中　国　文　学　史　新　著  中　国　文　学　史　新　著

本书荣获

第二届中华优秀出版物（图书）奖
第二届"三个一百"原创出版工程入选奖
2005—2007上海图书奖一等奖
上海市第九届哲学社会科学成果奖一等奖

教育部重点推荐大学文科教材

章培恒 骆玉明 主编

上卷

增订本
第二版

复旦大学出版社

内容提要

本书是对现代文学以前的中国文学发展过程的实事求是而又独具特色的描述。在描述中，作者根据马克思主义理论，以人性的发展作为文学演变的基本线索；吸收西方形式美学的成果，把内容赖以呈现的文学形式（包括作品的语言、风格、体裁、叙事方式、由各种艺术手法所构成的相关特色等）作为考察的重点，并进行相应的艺术分析；严格遵照实证研究的原则，伴随必要而审慎的考证，通过对一系列作品的新的解读和若干长期被忽视的重要作家、作品以及其他文学现象的重新发现，以探寻和抉发中国古代文学本身的演化和中国文学古今演变的内在联系，从而揭示出中国现代文学乃是中国古代文学的合乎逻辑的发展，西方文化的影响只是加快了它的出现而非导致了中国文学航向的改变。此书虽然充分吸收了复旦大学出版社1996年出版的《中国文学史》的优点，但却已是一部新的著作。

原　序

章培恒　骆玉明

中国文学史研究正处于转型期，这已成为学术界许多有识之士的共识。《中国社会科学》1996年第6期还专门为此发表了一组专家笔谈。专家们的文章内容虽有所不同，但都直接或间接地表达了如下意见：转型的目的地远未达到，需要继续努力。这也就意味着"中国文学史"目前正面临着一个学科更新的严峻任务，只有通过艰苦的、不懈的探索才能实现。

我们主编的那部在1993年底通过专家审查[①]、1996年上半年由复旦大学出版社正式出版的《中国文学史》仅仅对原有模式作了初步的突破，就已获得了许多学者和广大读者的热情鼓励，足证大家对学科更新的期待的殷切。上海的钱伯城先生誉之为"石破天惊"之作，此说并得到了钱谷融先生的赞同；北京的孙明君先生则说：该书"开创了文学史研究的新境界，它的出版标志着古典文学研究打破了旧的思维定势，完全走出了政治因素干扰的时代"（《北京大学学报》1997年第1期《追寻遥远的理想》）。这与上海的两位钱先生的意见其实是差不多的。尽管孙先生还指出了该书"距离人们的期望尚有一定的距离"，但所谓"石破天惊"也不过是肯定了它的开创性，并不意味着它已满足了人们的要求。两位钱先生是著名的老一辈学者，孙明君先生则至多四十几岁（这是从该文篇末所附作者履历推算而得），可见我们主编的那部书在两代人中都至少获得了部分学者的支持。这使我们十分感动，也使我们清醒地看到该书的问世只不过在转型过程中走出了较重要的一步而已。如果老是停留在这一步，那就会很快地被历史的潮流抛到后面并被遗忘。从新时期开始以来，在经济界和文学界，这样的现象都屡见不鲜。所以，我们非赶快突破现在的自

[①] 该书原是国家教委自学考试指导委员会组织的自学考试教材的一种，所以在完成后由当时担任自学考试指导委员会中文学科负责人的徐中玉教授以及郭豫适、齐森华、王水照教授和邓绍基研究员共同审查并通过。但后来我们觉得该书对自学考试不尽适合，所以没有把它作为自学考试的教材。

己不可。

　　这部《中国文学史新著》就是我们从事新的攀登的成果。与1996年出版的《中国文学史》相比较，此书至少有如下几个特色。

　　第一，1996年所出的《中国文学史》将文学中的人性的发展作为贯穿中国文学演进过程的基本线索。正如孙明君先生所说："对人性的强调与张扬是章编文学史区别于以往文学史著作的最大特征"，"相对于以往文学史对社会政治、对阶级斗争的强调"，这是该书的一个重大优点；也是它受到许多书评热情赞扬和被两位钱先生誉为"石破天惊"、孙明君先生赞为"开创了文学史研究的新境界"的原因。但如果从学科更新的高度来看，则那部书在这方面至少存在着两项明显的不足：第一，人性的发展呈现怎样的样相和态势？第二，这种发展与文学的艺术形式和美学特征的演变的关系又如何？只有对此作了较为具体的、哪怕是初步的阐述，才能把人性的发展作为文学发展的内在动力。但1996年版的《中国文学史》虽然在《导论》中对此有过若干论证，却未能贯穿于对文学发展过程的整体叙述。这是因为我们自己在这些问题上还有待于进一步探索。在目前的这部书中，这两个问题对我们来说已经有了答案。我们以此建构了自己的文学史体系。总之，在1996年版的《中国文学史》中，我们提出了一些新的看法，但远未能以此作为全书的脉络；而在这一部新著中，它真正成了全书的灵魂。

　　由于初步把握了人性的发展与文学的艺术形式及其所提供的美感的发展之间的联系，我们对文学的艺术形式的重要性有了较充分的认识。这对我们来说，也是文学思想的一种突破。人性论与形式主义久已是文学理论上的恶谥。但对人性论的大规模批判是从50年代后期才开始的[①]，对形式主义美学，则左翼文坛至迟从30年代就已开展批判，加上"形式主义"一词又经常用以指代生活中的那种只求表面好看、实际效果却很差的现象，这就更增加了人们对形式主义美学的望文生义的恶感，连带地对形式在文学中的作用也就不敢予以充分估计。所以，从新时期开始以来，以前从人性的角度来研究文学而受到批判的论著都已恢复了名誉，但是，对艺术形式的巨大作用却还远未取得共识。我们自己本来一直片面地认为"内容是第一位的，形式是第二位的"，却没有认识到在文学作品中内容与形式已融合起来，再无第一、第二之分了。在写作上一部《中国文学史》时，对这种片面的看法虽已产生了怀疑，但仍不敢加以否定；在本书中，我们终于抛弃了它。

[①] 因为这是1998年版的《序》，文中所述及的"50年代"、"30年代"等，皆就20世纪而言。——增订本注

第二，由于上述的片面性，1996年出版的《中国文学史》偏重于思想内容的论述，对艺术特色的分析则相对薄弱，严格说来，并未真正涉及文学形式的演变过程。本书则力图克服上述缺陷。举一个明显的例子：在《中国文学史》中说了诗以后有词、词以后有曲，有人大概以为这就是形式的演变过程，但这只是体裁的演变过程，而体裁与形式之间并不能划等号。形式是比体裁远为广泛、远为内在、决定艺术之为艺术的东西，所以，必须说明了在怎样的内容要求的驱动下，以怎样的形式上的已有条件为基础，词和曲才分别成长为文学的主要样式之一，这才是说明了诗、词、曲之间的形式上的演变过程。而这一点是《中国文学史》没有涉及的，也是本书所努力探讨的。

第三，在中国文学发展的分期上，1996年出版的《中国文学史》纯以朝代分，这也是50年代以来的中国文学史著作的通例。我们以前虽感到了这一通例的不合理，但仍不知怎样划分才能比较符合中国文学的实际，所以在上一部书中仍照此办理。对这一点，孙明君先生提出了很中肯的批评：

> 韦勒克·沃伦指出："大多数文学史是依据政治变化进行分期的。这样，文学就被认为是完全由一个国家的政治或社会革命所决定。""不应该把文学视为人类政治、社会或甚至是理智发展史的消极反映或摹本。因此，文学分期应该纯粹按照文学的标准来制定。"遗憾的是，像过去的文学史著作一样，章编文学史分期的标准依然是取决于王朝的更替，而不是依据文学自身的嬗变规律。

我们非常感谢孙先生的这一提示。这意味着学术界对这种通例已不能忍受。在读到孙先生的这篇书评之前，我们对文学史的重写工作已经基本完成，而且本来准备在1997年第二季度就出版新著；读了孙先生的书评后，我们在这方面进行了艰苦的探索，并作了重大的修改，把现代以前的整个中国文学划分为上古文学、中世文学、近世文学三个阶段，在中世文学中又分发轫、拓展、分化三期，在近世文学中则分萌生、受挫、复兴三期①。我们认为这是把社会发展和文学发展结合起来的分期法，较能反映文学演进的面貌。这一改动，大大推迟了原定的出版期。

此外，本书在许多具体问题上采取了新的做法，提出了新的见解。举例而言：（一）以《诗经》为依据，探讨我国诗歌从周初到春秋时的发展过程，这是

---

① 现已分为萌生、受挫、复兴、徘徊、嬗变五期。——增订本注

以前的文学史著作所没有进行过的工作；（二）肯定《大招》作于秦末，这是本书的新说；（三）认为五言诗在汉武帝太初改历以前已经出现，并已达到较高艺术水平，这虽本于前人之说，但却与1949年以后的中国文学史著作异趣；（四）以为四声和平仄的区分、八病的发现和声律的形成是受梵文的影响，此说虽由陈寅恪先生发其端，并为最近二十余年来的海外学者的研究所证实，但将此种研究成果引入中国文学史却自本书始。以上只是随手所举的几个不同类型的例子①；我们的目标是使此书真正成为一家之言。所以，我们现在出版的这部《中国文学史新著》是与1996年出版的《中国文学史》不同的另一著作。但因为50年代以来出版的许多中国文学史书籍都以"中国文学史"作为书名，那早已不是某个作者或某个出版社的专利名称了，故仍以"中国文学史"为名，只是加上"新著"二字，以免与1996年出版的那一部相混淆而已。

总之，我们所追求的，是对以前的自己，也是对原有的中国文学史模式的进一步突破。这样的结果，是有助于中国文学史学科的更新，还是进一步陷入了荒谬，我们诚恳地期待着学者的批评指正。

最后需要特地说明的是：此书其实是由陈正宏和我们共同主编的，但陈正宏自己觉得年纪较轻，又听过我们的课，坚决不同意列名于主编之中。他是一个很有主见的人，也常做一些别人不易理解之事（例如，他曾应别人的要求，将陈寅恪先生在《弘明集》上所作批注整理成文，发表后却按照蒋天枢先生为陈先生整理文集不收报酬之例拒收稿费），所以我们也不能勉强他。参加此书编写工作的，还有魏崇新、黄仁生、郑利华、陈广宏、邵毅平、杨光辉诸位先生（以承担编写任务的多少为序）。在本书编写过程中，承裘锡圭教授多次赐予宝贵教示，李庆先生远在国外，但却对我们作了许多重要的帮助，周春东、黄敏、黄毅、杨光辉、吕海春诸君帮我们做了许多具体工作，谨此一并致谢。

---

① 这样的例子其实不胜枚举。这里再添几个。例如：（一）肯定《神女赋》、《高唐赋》至迟是汉代前期的作品，并对汉代的叙事赋作了较具体的介绍；（二）指出《古诗为焦仲卿妻作》并不是汉末的作品，而是南朝写定的，从汉末到南朝有一个演化过程；（三）说明《玉台新咏》并非徐陵所编，而是南朝陈代的一个宫中妃子（很可能是张丽华）所编，它在文学史上具有重要地位；（四）阐明唐代诗歌从盛唐发展到中、晚唐并不是成就的减弱，而是符合于文学前进趋势的演化；（五）着重探讨中国古代文学与现代文学之间的演变，强调宋词、元曲、明代传奇、明清小说和抒写真情的散文与五四新文学之间存在着的内在联系，这在对《近世文学·嬗变期》——本书的最后一部分——的描述中表现得尤为突出。——增订本注

增 订 本 序

章培恒

1996年3月,我与骆玉明教授共同主编的《中国文学史》由复旦大学出版社出版,并获得了广泛而热情的肯定。但我们自己知道这其实只是对在"左"的思想影响下形成的长期流行的文学史模式的初步突破,与文学史的应有任务——对文学发展过程的内在联系的描述——还有很大的距离。至于距离的所在,本书原《序》已有说明,此不赘述。为了对学术负责,我们决定重写一部并迅即出版。

这在当时引起了轩然大波,各种指责纷至沓来,总的意思是说这么快就决定重出一部是为了捞钱。但我们泰然处之。因为我们认为,原书到底已对早应改变的文学史模式作了初步突破,自应及时出版;但既已知道还须大加改进,也就不应听之任之。所以不但立即动笔,而且很快将《中国文学史新著》交给上海文艺出版社陆续出版,到1998年已出了上、中二卷(至《近世文学萌生期的诗文》止)。不料我在1999年患了癌症,下卷的出版就长期搁置了下来。

经过五年的保守治疗后,我于2005年初在华山医院做了内放疗手术,同年秋冬间自觉精力较前略为增加,遂决定赶快将下卷完成。但因距离此书的开始写作已近十年,我们的基本写作原则——文学的发展与人性的发展同步,文学内容的演进是通过形式的演进而体现出来的——固然一如既往,但也对自己提出了新的要求:尽可能地显示中国文学的前现代期所出现的与现代文学相通的成分及其历史渊源。我们不仅在近来新写的本书下卷第九编《近世文学·嬗变期》中努力贯彻这种意图,而且还力图显示出近世文学嬗变期的这些特征是怎样在中国文学的长期发展过程中逐渐演变而成的,所以对上、中二卷及下卷中原已写成的部分也相应有所修改。

也正因此,这部增订本对以前长期流行的文学史模式有了进一步突破,并且成为自觉地从事中国文学古今演变研究的成果。尽管对于探讨中国文学整个发展过程的内在联系来说,这仍是初步的工作,而且可能含有严重的讹误,但至少已经勾勒出了我们所认为的从中国古代文学进向现代文学的历程。

因为现代文学本身也存在发展的过程,而且对现代文学的性质在学术界也有不同的看法,所以,本书所能勾勒的,只是从古代文学向现代文学最早阶段演进的脉络,而且对这一阶段的文学性质还得在这里有所交代。

关于最早的一次集中体现了中国现代文学发展方向的文学运动——肇始于1917年的文学革命,作为马克思主义者的鲁迅早在1934年就已正确指出:"最初,文学革命者的要求是人性的解放,他们以为只要扫荡了旧的成法,剩下来的便是原来的人,好的社会了,于是就遇到保守家们的迫压和陷害。大约十年以后,阶级意识觉醒了起来,前进的作家就都成了革命文学者。"(《且介亭杂文·〈草鞋脚〉小引》)文中的所谓"文学革命者"——包括鲁迅自己在内——就是1917年"文学革命"开始以来投身于新文学的人们。由此可见,从1917年到1927年的新文学的基本精神就是追求"人性的解放";这也正是以1901年为起点的中国现代文学发展的必然结果。至于以后的"革命文学",则是在这基础上的革命性的展开。而当时的所谓"人性的解放"乃是以个人为本位的,是以郁达夫在其为《中国新文学大系·散文二集》所写的《导言》中说:"五四运动的最大的成功,是'个人'的发现。从前的人,是为君而存在,为道而存在,为父母而存在的,现在的人才晓得为自我而存在了。我若无何有于君,道之不适于我者还算什么道,父母是我的父母;若没有我,则社会、国家、宗族等那里会有?"

这种性质的中国现代文学,曾被某些研究者视为仅仅是西方文化影响下的产物,甚至是中国文化传统断裂的结果。——既是断裂,自须重新衔接起来;近些年所兴起的"文化传统热"——"二十四孝"重新受到一些人的提倡;有人虽然缺乏汉文字学的基本常识,但却大言不惭地反对汉字的简化,狂热地要求恢复繁体字——原非无因而至。但若根据本书的描述,那么,中国文学从上古至近世的整个演进过程原是必然要导致这种追求"人性的解放"的文学的形成的,西方文化的影响只是加速了它的出现而已。作为这种必然性的内在动力的,是马克思早就阐明过的人类本性及其体现于各个历史时期的具体的人性。至于此种内容之得以在文学领域内具体呈现,则有赖于文学形式的不断演进。我们不敢自诩上述勾勒具有多大的准确性,但无疑是对中国文学发展过程的一种新的——尽管也许会招致严厉批判的——思考。而如没有新的思考,任何学科都只能陷于停滞僵化。这也就是从1996年复旦版的《中国文学史》出版以来我们不恤"忍尤攘诟"一再修订的原因。

当然,近些年来已有不少学者指出,光从文学来研究文学是不够的,必须从文化的总体发展中来研究文学。我们的看法是:从文化的总体来研究文学确实是必要的,但如没有对于文化各个组成部分——包括文学在内——的分门别类的深入研究,哪有对于文化总体的多少接近于正确的认识,又如何能从文化的总体来研究文学? 即使我们今天已经具有了从文化总体来研究文学的条件,但我们仍然需要对文化各个组成部分的分门别类的深入研究,否则我们对文化总体的认识就只能停留在浮光掠影甚或似是而非的阶段。所以,从文化的总体发展来研究文学和着重于(并不是"光从")文学本身来研究文学都是需要的,二者可以——而且必须——相互配合、相互促进,以至彼此纠正。本书属于后一种工作的性质。我们充分注意到了文学内容的演化是受文化——包括经济——的整体演变制约的,但我们认为这种制约作用又以人性的发展为中介(尽管人性的发展仍是文化整体发展的结果)。例如,中国古代文学中不可能出现现代文学中那样的要求个性解放的内容,然而,现代文学的作者如果没有个性解放的真诚而迫切的要求,又怎能写出具有生命力的追求个性解放的作品? 所以,我们仍然坚持本书原定的写作原则。

　　必须说明的是:此书的编写者除了原《序》所列诸位以外,在此次增订时又请曹亦冰研究员、谈蓓芳教授承担了下卷中的一些章节的撰写,并请吴冠文博士校阅了全书,复核了全部引文、改正了若干讹误并做了许多具体工作。复旦大学中国文学古今演变专业的硕士研究生张蕾同学也参加了部分的引文校核工作。——顺便提一下:本书关于引文的原则,是尽量保持或接近作品的原貌。因此,如确知其为已经改变了作品原貌的文本,即使在读者中已有很大影响,仍不采用①;任意删改原文的《四库全书》,一律不作为引文的依据②。

　　关于本书的字体使用等问题,也有必要在这里作几点交代:(一) 书中有大量引文,而且以文言文为主;引文中有些异体字(以《辞海》所标为准)不改为正体;因改动后可能会引起歧义。(二) 引文中的有些繁体字如在改为简体后易引起歧义,则仍用繁体,而且在正文对该项引文须加以分析或说明时,则仍与本书的引文保持一致,以免引起读者误解。(三) 有些词古今用法不同(如早就见于《诗经》的"鱼网",今多作"渔网"),本书在分析古代作品时,为了与原作的文字保持一致,仍采取原来的用法。(四) 引文中的有些字虽为误字,但无确切的依据可以改正,除有些大致可以断定其正字者加注"疑当作×"外,余

---

　　① 如李白的《静夜思》,本书即不取流传甚广的"床前明月光,疑是地上霜。举头望明月,低头思故乡";参见本书正文的相关部分。

　　② 《四库全书》中也有少数在研究相关问题时必须使用的本子,如其据《永乐大典》辑出的著作;但本书恰巧不需用及它们。

则仍而不改,以示慎重。

现在可以说到本书的出版事宜了。如上所述,《中国文学史》原是复旦大学出版社出版的,《中国文学史新著》则由上海文艺出版社出版。现承复旦大学出版社社长贺圣遂先生——他是2000年起担任现职的——的盛情和上海文艺出版总社领导杨益萍、何承伟先生以及有关负责人陈鸣华先生的高谊,此书增订本改由两社联合出版。贺圣遂先生并与杜荣根副社长、韩结根编审共同担任此书的责任编辑。对上述诸位先生谨在这里表示衷心的感谢。对《中国文学史新著》原版的责任编辑戴俊先生(现为上海三联书店副总经理)也在此一并致谢。

在复旦版《中国文学史》的编写过程中和出版以后,当时担任复旦大学校长的杨福家院士给予我们许多鼓励和支持。作为理科专家的校长,对文科教师的科研具有如此深刻的理解和热情的关心使我们深为感动。特在此次增订本出版之际表示我们的敬意和谢忱。——这些话原应写入《中国文学史新著》的原《序》,但其时杨福家院士仍担任着复旦大学的校长,为了避免奉承领导之嫌,所以留到了现在。

目　录

导　论 ……………………………………………………………… 1

第一编　上　古　文　学

概　说 ……………………………………………………………… 23
第一章　文学的起源和中国早期神话 …………………………… 35
　　第一节　文学的起源 ………………………………………… 35
　　第二节　中国的早期神话和传说 …………………………… 37
第二章　西周至春秋时期的诗歌 ………………………………… 42
　　第一节　西周至春秋的诗歌总集——《诗经》 …………… 42
　　第二节　《诗经》中的西周前期作品 ……………………… 48
　　第三节　《诗经》中的西周中、后期作品 ………………… 58
　　第四节　《诗经》中的东周作品 …………………………… 63
　　第五节　《诗经》中所见的艺术特色 ……………………… 73
　　第六节　《诗经》对后代的影响 …………………………… 76
第三章　历史散文 ………………………………………………… 77
　　第一节　《尚书》与《春秋》 ……………………………… 77
　　第二节　《左传》 …………………………………………… 79
　　第三节　《国语》 …………………………………………… 82
　　第四节　《战国策》 ………………………………………… 85
第四章　诸子散文 ………………………………………………… 90
　　第一节　从《论语》到《孟子》 …………………………… 90
　　第二节　庄周与《庄子》 …………………………………… 95
　　第三节　荀况与《荀子》 …………………………………… 98
　　第四节　韩非与《韩非子》 ………………………………… 100

第五章　屈原与楚辞 ………………………………………… 102
第一节　《楚辞》与楚文化 ……………………………… 102
第二节　屈原的生平 ……………………………………… 106
第三节　屈原的作品 ……………………………………… 109
第四节　屈原在文学史上的地位 ………………………… 124
第五节　宋玉 ……………………………………………… 125

第二编　中世文学·发轫期

概　说 …………………………………………………………… 131
第一章　秦与西汉的辞赋 ……………………………………… 138
第一节　秦代的辞赋 ……………………………………… 138
第二节　西汉前期至中期的辞赋 ………………………… 140
第三节　西汉后期的辞赋 ………………………………… 157
第二章　西汉的散文和《史记》 ……………………………… 161
第一节　西汉前期的散文 ………………………………… 161
第二节　司马迁和西汉中期的散文 ……………………… 164
第三节　西汉后期的散文 ………………………………… 186
第三章　建安以前的汉代诗歌 ………………………………… 188
第一节　楚歌体诗的兴起和四言诗的没落 ……………… 188
第二节　五言诗形成的时间问题 ………………………… 192
第三节　西汉的五言诗 …………………………………… 195
第四节　建安以前的东汉五言诗 ………………………… 202
第五节　乐府诗 …………………………………………… 206
第四章　建安以前的东汉辞赋与散文 ………………………… 212
第一节　辞赋 ……………………………………………… 212
第二节　散文 ……………………………………………… 221

第三编　中世文学·拓展期

概　说 …………………………………………………………… 231
第一章　曹氏父子与建安文学 ………………………………… 245
第一节　曹操及其乐府诗 ………………………………… 245
第二节　建安七子和诗风的始变 ………………………… 249
第三节　曹丕与曹植 ……………………………………… 260
第四节　蔡琰的《悲愤诗》 ……………………………… 279

第二章　魏晋文学　282
第一节　曹魏文学　282
第二节　陆机、左思与西晋诗文　293
第三节　东晋诗文与陶渊明　306

第三章　南朝的美文学　322
第一节　谢灵运与山水诗的兴盛　323
第二节　鲍照及汤惠休等　330
第三节　沈约、谢朓与永明体　337
第四节　《文心雕龙》与《诗品》　348
第五节　萧氏兄弟及其后继者　355
第六节　以妇女问题为中心的"艳歌"集《玉台新咏》和《古诗为焦仲卿妻作》　373

第四章　魏晋南北朝民间乐府　383
第一节　陇上歌辞　384
第二节　南方乐歌　384
第三节　北朝民间乐府及其他　388
第四节　《木兰诗》　390

第五章　魏晋南北朝小说　392
第一节　志怪小说　393
第二节　《世说新语》　404

第六章　南北文学的融合与初唐的诗风　409
第一节　《水经注》与《洛阳伽蓝记》　409
第二节　北朝的土著作家　414
第三节　徐陵、庾信与王褒　418
第四节　隋及唐初的诗　427
第五节　"四杰"与"沈宋"　432

第七章　唐诗的新气象与李白　441
第一节　陈子昂、刘希夷、张若虚　441
第二节　张说、张九龄　446
第三节　王昌龄及其同道　449
第四节　孟浩然、王维　456
第五节　李白　464
第六节　高适与岑参　478

导　论

一

　　中国文学史可以有多种写法。我们的工作是以作品本身的演化为依据，描述中国文学的历史。在多数情况下，作家是作为某一作品群的代表而出现在书中的。

　　我们的描述基本着眼于在人性的发展制约下的文学的美感及其发展。这既牵涉到文学与人性的关系，也离不开文学的艺术形式。

　　从这样的视角考察的结果，我们把现代以前的文学划分为三个阶段：上古文学、中世文学、近世文学。第二阶段包括发轫、拓展、分化三期；第三阶段则有萌生、受挫、复兴、徘徊、嬗变五时期的区分。

二

　　读者为什么要阅读文学作品？就多数人来说，是为了获得精神上的享受，寻求愉悦。尽管我国古代也有些文学作品存在"教育意义"，但大部分古代作品都没有；而后者仍拥有广大的读者。

　　那么，文学作品给予读者的精神享受是怎样形成的呢？这在严肃的美学研究者中早就达成共识：它源于作品所蕴含的美感。上述的所谓"精神享受"，也可说是美的享受。而这就牵涉到了什么是艺术美的问题，当然最根本的还有美是什么的问题。但这在美学研究上迄今并无统一的认识，我们既无力判断各美学流派的谁是谁非，更不能任意采取一种意见作为我们的依据。所以我们在这里只引述柏格森的如下描述，而撇开其为美和艺术美所下的定义。

　　……艺术家把我们带到情感的领域，情感所引起的观念越丰富，情感越充满着感觉和情绪，那末，我们觉得所表现的美就越加深刻、越加高贵①。

关于艺术美形成过程的这种描述,虽然并不全面,但在其所论及的范围内却是正确的。如果艺术家能"把我们带到情感的领域",我们就能感受到美;至于美的程度,则是由"情感所引起的观念"的丰富程度及其所蕴含的"感觉和情绪"的程度决定的。而艺术家之"把我们带到情感的领域",也就是使我们"同情那被表达的情感"②。倘若没有这种"同情",我们是不会被带到艺术家所要带我们去的那种"情感的领域"的。因此,凡是其感情能打动读者的文学作品,也就是能够给予读者以美感的作品;打动得越深,美感也越强烈。然而,美离不开形式。艺术作品之能给人以美的享受,是因为其感情都是通过包含着一定程度的美感的形式而表现出来的。而这样的形式越是自觉的创造性工作的成果,在一般情况下其包含的美感也就越丰富。

总之,文学的基本功能是将美感带给读者,为读者提供美的享受;这也正是广大读者对文学的要求。至于那些兼具启发意义的杰出作品(例如鲁迅的小说),则不但不违背这一基本功能,而且在这方面显示了高度的成就;因为读者在阅读时所获得的丰富观念是"情感所引起"的。倘若离开这一基本功能而去追求文学的教育作用或别的目标,那也就剥夺了文学的生命力。

这一基本功能的构成,既有赖于作品所显示的感情以及处于感情的根底里的人性,也有赖于作品的艺术形式。

三

根据唯物主义原理,文学是社会生活的形象反映,用以反映的工具则是语言。关于后一点,大家都能理解;前一点则曾被误解为作家对于生活只要被动地反映就够了,所以须对之稍加说明。

在这一定义中的"社会生活",是由广大的人群构成的。人们的行为、思想、感情及其相互关系都包括在其中。如果没有人类的社会生活,就不可能有文学。就此点言,社会生活是第一性的,文学是第二性的;也可以说社会生活决定文学。而在被决定者身上,总这样或那样地反映了决定者的若干特点。同时,"反映"本身也是各色各样的,例如,人在镜子中的映象和在流水中的映象就各不相同,但两者都是"反映"。从准确性看,通常的镜子中的映象较胜;

---

① 见柏格森《时间与自由意志》第一章(《心理状态的强度》),吴士栋译,商务印书馆1958年版,1987年第四次印刷本第12页。
② 见《时间与自由意志》第一章(《心理状态的强度》)第10页。

从灵动多姿看,则在流水——乃至被风吹动着的流水——中的映象却更有风趣。何况文学作品中的"形象"(这是与抽象的概念相对而言的)本是由作家哺育而成;没有作家的主体意识,也就不可能有文学的"形象";作家的主体意识越弱,"形象"也就越平庸。所以,以这一定义为依据,文学创作也并不是作家的被动行为,而是需要高度的主体意识的创造性活动。

文学作品能否打动人,即能否使读者"同情那被表达的情感",并不取决于它反映了什么,而在于它是怎么写的。在这里起作用的首先是作家的感情。例如,《水浒传》里的潘巧云和迎儿被杀与《儒林外史》里的王三姑娘绝食自杀,都反映了封建社会里妇女的悲惨命运,但作者的感情却截然有别,因而其在今天的效果也就很不一样。

《水浒传》的有关情节如下:潘巧云与人有私情,石秀告诉了她的丈夫杨雄,杨雄酒后流露出要杀她之意,她就反诬石秀调戏她。"石秀却自寻思道:'杨雄与我结义,我若不明白得此事,枉送了他的性命。'"(第四十五回)接着,石秀杀死了她的情人,与杨雄一起把她和知道内情的丫环迎儿骗至翠屏山,逼问出真情,把她们都杀了。杀潘巧云时尤其残酷。而且,《水浒传》的这种描写实在起着引导读者肯定杨雄、石秀的凶残行为的作用。从而我们在阅读这些段落时,不但不能发生共鸣,反而感到厌恶;当然也就不能有美的感受。

《儒林外史》里的王三姑娘死了丈夫,决心殉节。她的公婆"惊得泪下如雨",但她的父亲、深受封建礼教之毒的王玉辉却说:"亲家,我仔细想来,我这小女要殉节的真切,倒也由着他行罢。"又对王三姑娘说:"我儿,你既如此,这是青史上留名的事,我难道反拦阻你?你竟是这样做罢。"尽管"亲家再三不肯",却当不得"王玉辉执意"。他的妻子为此"痛哭流涕",指责他"越老越呆了",他反而说"这样事你们是不晓得的"。而当女儿真的死了以后,他还以为"他这死的好,只怕我将来不能像他这一个好题目死哩","因仰天大笑道:'死的好!死的好!'"(第四十八回)在这段将王玉辉与其妻子、亲家的截然相异的态度加以对照的描写中,渗透着作者对王玉辉的憎恶和怜悯:憎恶他的冷酷,怜悯他的愚蠢。因而我们今天读来,仍深受感动。这同时也就是作品带给我们的美感。

杀害"淫妇"和制造"烈女"本是封建礼教残害妇女的两种互为辅助的手段;潘巧云(以及迎儿)和王三姑娘都是被害者。但《水浒传》作者和《儒林外史》作者对这类杀害妇女事件的感情是不同的:《水浒传》作者即使不是拥护,至少也是冷漠;《儒林外史》作者却是悲愤。应该承认,这两部书的作者都善于写实,而上述的两个段落之所以会在今天的读者中引起差别很大的反应,就在于其感情的不同。

像小说这样的文学门类,作家的感情尚且起着如此重要的作用,抒情作品当然更其如此。所以,感情在文学中的巨大意义是必须予以充分估计的。

至于在"怎么写"方面的第二个问题——艺术形式问题,我们将留到后面去叙述。

四

从上面谈到的我们今天对《儒林外史》中王三姑娘殉节的段落的反应,可知读者与文学作品所体现的感情之间的共鸣能够超越时代和阶级;因为吴敬梓乃是封建时期的地主阶级的士人,而我们显然不是。这种超越时代和阶级的感情共鸣,其基础不能不是人性。

但是,《水浒传》的上述段落,在当时大概也引起过广泛的赞赏。证据之一,是冯梦龙所编《古今小说》中有一篇《任孝子烈性为神》,那是一个更残酷的惩罚"淫妇"的故事。这一女人为了掩饰自己的通奸行为,也像潘巧云似的反诬别人,不过其所诬陷的乃是丈夫的父亲;其结果,不但她和情人被丈夫所杀,而且其娘家全家也都无辜被戮。她的丈夫成了疯狂的杀手。而仅仅从标题的"烈性为神"四字就可了解他在作品里受到了怎样的赞美。该书的编者冯梦龙在当时还是思想颇为开明的文人,但却把这样一篇血腥气很浓的小说收了进来,由此可见这种残害通奸妇女的行为在那个时代是得到社会的认同的。《水浒传》的上述描写的血腥气比起《任孝子烈性为神》来还要淡一些,自然不会招致反感。证据之二,是根据《水浒传》的这一段落改编的京剧《翠屏山》,在中华人民共和国成立前是颇能叫座的经常上演剧目之一,该剧对杨雄、石秀残杀潘巧云、迎儿同样没有加以否定。可见这样的故事直到建国前夕还没有丧失其魅力。换言之,在某种范围内,它也曾经获得过不同时代、不同阶级的人们的感情共鸣;而其基础也仍然只能是人性。

也正因此,文学作品之所以能使读者在感情上产生共鸣,从而在读者中引起美感,其依据虽在于人性,但这方面的情况十分复杂,因而需要略加说明。

从马克思的"首先要研究人的一般本性,然后要研究在每个时代历史地发生了变化的人的本性"①的论述中,可以知道:第一,马克思主义并不否认"人的一般本性"。第二,"每个时代历史地发生了变化的人的本性"既然仍被称为"人的本性",它与"人的一般本性"就只是个别与一般的关系,因而总有其相通点;但又必然有其相异点,因为它已"发生了变化"。第三,人的阶级性乃是"每个时代历史地发生了变化"的"人的本性"在不同阶级身上的体现,所以也都有

---

① 见《马克思恩格斯全集》第23卷《资本论》,人民出版社1972年版,第669页。

其与"人的一般本性"相通之处与相异之处。这一阶级的读者可以对另一阶级的作家撰写的作品产生共鸣，这一时代的读者也可从遥远世代的作品中受到感动，其原因正在此。

那么人性演进的线路又如何呢？马克思和恩格斯曾直截了当地说过："在任何情况下，个人总是'从自己出发的'……他们的需要即他们的本性。"①因此，马克思把"自我克制，对生活和人的一切需要克制"视为对人性的剥夺②。这里的所谓"需要"，不仅是维持生命所必需的温饱，而且包括享乐和显露自己的生命力③，后者是一个非常广泛的概念。其最终则是达到"每个人的全面而自由的发展"④。这也就意味着：随着社会的发展，个人的需要——包括个人的权利、自由、尊严、快乐、幸福等等——将日渐提高其满足度，最终获得全面、充分的实现，人的个性也必然越来越丰富而强烈。而这样的演进过程，同时又是不断地克服其相反的现象的过程。因为，越是处于生产力水平十分低下的人类社会的早期，个体对于群体的依赖就越严重，甚至离开群体片刻就会被野兽所搏杀。在这样的情况下，个体意识必然受到人类的自觉的压抑，但这仍是"从自己出发"的结果，是为了维护"自己"的生命和最低限度的生活。而在社会的生产力和科学技术水平已能保证满足较高的要求并提供较多的产品的时候，个人"从自己出发的"其他"需要"也就逐步地呈现，人性也就随着发展；如此往复，以至无穷。因此，所谓发展，就社会而言，是保障作为群体基础的个体⑤的不断增长的需要的实现，就人性而言，则是不断地发现、肯定个体的需要并为其实现而努力，在这样的过程中，人性就日益完全，个性也日益丰富，具体人性与"人的一般本性"的差别则日益缩小。

正因人性发展的线路是这样的，我们也就可以理解：对个体需要的否定和对个体生命的虐杀，本来是违背人的一般本性的，假如这些行为在某些历史

---

① 见《马克思恩格斯全集》第3卷（《德意志意识形态》），人民出版社1961年版，第514页。
② 见《马克思恩格斯全集》第42卷（《1844年经济学—哲学手稿》），人民出版社1979年版，第135页。
③ 马克思和恩格斯指出："关于享乐的合理性等等的唯物主义学说，同共产主义和社会主义之间有着必然的联系。""应当……使每个人都有必要的社会活动场所来显露他的重要的生命力。"见《神圣家族》，人民出版社1962年版，第166、167页。
④ 马克思指出：共产主义社会是以"每个人的全面而自由的发展为基本原则的社会形式"。见《马克思恩格斯全集》第23卷（《资本论》），第649页。
⑤ 关于群体与个体的关系，马克思、恩格斯在《神圣家族》中引述过边沁的如下意见，并认为这是"18世纪的唯物主义同19世纪的英国和法国的共产主义的联系"的实例之一，今转引如下："你们所人格化了的这种社会利益只是一种抽象：它不过是个人利益的总和……如果承认为了增进他人的幸福而牺牲一个人的幸福是一件好事，那末，为此而牺牲第二个人、第三个人，以至于无数人的幸福，就更是好事了……个人利益是唯一现实的利益。"（见该书第169、170页）

时期曾为具体的人性所认同,那只是社会限于生产力水平而不得不采取的相应措施所导致的人性的变异。社会生产力水平一旦超越了这一阶段,具体的人性也必随之改变,进而反对这样的行为。所以,今天的读者和观众不能从《水浒传》的虐杀潘巧云的描写和京剧《翠屏山》中感受到美,实在是很自然的事。至于《儒林外史》在反对妇女殉节这一事件上所体现的珍视个体生命价值的精神,则显然是符合"人的一般本性"的,因而仍为今天的读者所接受。

由此可知,"在每个时代历史地发生了变化的人的本性"中,其适应于特定时代的历史条件的部分,是随着历史条件的变化而变化的,文学作品中与此相应的感情,也就只能为该时代的读者所接受;但另一部分是与"人的一般本性"相一致的,它可以长久地体现在不同时代的人们身上,尽管其表现形式有所不同。换言之,作品所表达的感情之得以打动读者,从而引起美感,首先是由于在作家和读者之间存在着以人性为基础的共同点。在这种共同点或其中的一部分继续存在时,作品就能继续或在某种程度上打动读者;当这种共同点随着历史的发展、人性的变化而消失时,作品所表达的情感就不再能引起读者的"同情",从而也就引不起美感了。

五

文学作品与人性的关系既然如此密切,文学的发展也就与人性的发展分不开。

就我国情况来说,在人类早期,我们的祖先由于生产力和知识水平的低下,再加上黄河流域长期、频繁的水灾,不得不极度地自我克制,压抑人性,以求得生存。所以,从上古时期的文学作品《诗经》来看,个体意识尚未觉醒,人们所有的只是个人的朴素的需要和对群体的关心。在涉及前一点时,感情往往是委婉的、收敛的,别说是关系到个体与群体的矛盾,即使是纯粹的个人间的矛盾,也绝不出以剧烈的抗争。在涉及后一点时,虽然也有感情愤激的,但一般是出于对现体制和秩序的爱护,而不是相反。所以,重群体而轻个体的倾向很鲜明。如果衡以霍尔巴赫的"人在他所爱的对象中,只爱他自己;人对于和自己同类的其他存在物的依恋,只是基于对自己的爱","人在自己的一生中一刻也不能脱离开自己,因为他不能不顾自己"等观点[1],这类情况正是对于

---

[1] 马克思和恩格斯曾在《神圣家族》中引述过霍尔巴赫等人的这些观点,并认为其中存在着"同19世纪的英国和法国的共产主义的联系"。见《神圣家族》第169—170页。可见马、恩并不认为这些观点是错误的。

人性的自我压抑，但那是为了个人的生存所必需的，是历史的正常要求。

从春秋中、后期起，随着社会经济的发展，个人纯粹为群体附庸的局面初步有所变化；老子、孔子、墨子等人似乎有些以群体的指导者自居，但他们的主张都是重群体而抑个体的，所以他们并不是把个体凌驾于群体之上或将两者加以割裂，也没有把个体作为群体基础的意思；他们至多不过把自己视为群体中最优秀的一分子，含有显示个体的生命力的要求。

战国时期，屈原作品之能够在将个人奉献于群体的前提下追求自身的价值，坚持自己的选择，一方面固然由于南北方文化的差异，同时也与人性发展的上述现象有关。至于宋玉作品之重在"自怜"（《九辩》），同样也是对自身的重视，只不过没有采取屈原作品那种激昂的形式而已。

到了秦汉，随着中央集权的专制独裁政体的建立，思想统制的加强，除了作为独裁者的君主可以随心所欲以外，包括上层阶级在内的个人所受的压迫较前严酷，但经济的进一步发展又使人觉得个体对群体的严格依附并无多大的必要。汉宣帝时的杨恽声称"人生行乐耳，须富贵何时"（《报孙会宗书》），也就意味着个人不依附统治集团——群体的代表——以取得富贵，仍然可以快乐地生活。尽管杨恽因这些不驯的话最终招致了腰斩的悲惨结局，但专制独裁并不能扼杀个人对自身的重视，这种意识仍在夹缝中生长。大致说来，要求建立功名以显示个人的生命力依然是重要的一环，这也许是先秦诸子以及屈原的传统；但由于压力的沉重，也常转化为进一步的"自怜"和追求享乐的形式，在某种特殊的情况下则转化为反抗。所以，汉代的文学有几个很值得重视的现象：第一，文学中对个人生命的意义与价值的思考、对人生短暂的悲慨都加深了，对个人情感的抒发较前细腻，对个人命运的关心也较前加强。最后一点还影响到汉代叙事文学的兴起。第二，文学中的享乐意识有所抬头，供享乐——精神享受——之用的文学形成，那就是体物大赋与故事赋。第三，显示个人反抗性的作品开始出现。

自汉末建安(196—219)至南北朝时期，个人意识有了初步的觉醒，在南方尤其如此。由于经济的力量这一基本原因，君主的专制独裁政权不得不有所改变，君主独占的权力中的一部分交由士族阶层分享。特别在晋室南渡以后，君主必须取得士族的支持才能巩固其地位。由此，出现了一个相对自由的阶层。在这个阶层里，追求自身的价值、个性的自恣、精神的超越成为相当普遍的倾向，执着于自我和美感也就成了文学中最值得重视的主题。这是我国文学在各个方面——从内容、体裁、表现方法到文学思想——都取得重大成就的时期。

自南北朝统一直至唐代天宝末年(755)，南朝那样的士族阶层及其特权虽已不复存在，但他们那种尊重自我的精神却在广大的士人中扩散，连看来颇受儒家思想熏陶的杜甫都以"清狂"来形容自己青年时期的生活①；而"清狂"也正是以前的士族个性自恋的表现形态之一。当然，唐朝士人的尊重自我的精神与士族阶层的相较，在某些方面有所削弱，在君主权力和位高权重者之前的自卑成为较常见的现象；但唐代士人的人数远远超过士族阶层，因此，尊重自我的精神有了较前广大的社会基础。同时，由于唐代士人没有士族那样的特权和物质条件，也即没有天然的优越性，他们的追求自我价值偏重于显露自己的生命力，以建功立业来超脱凡俗，与士族的偏重于心灵的超越有别。从而在文学题材上多着眼于现实的社会生活及其与个人理想的冲突，不同于士族文学的沉湎于脱俗的心灵，但就其文学思想及创作实践来看，实是魏晋南北朝文学传统的继续和发展，在原有成就的基础上达到了新的高度。

　　从那以后，随着安史之乱的爆发和蔓延，藩镇的跋扈，五代十国的割据，乃至北宋的国势衰弱，南宋的北方沦陷，士大夫被推上了尴尬的处境。在这样的社会危机面前，只有牺牲众多个体的利益，壮大群体的力量，才能克服重重困难。这就要求加强社会规范，克制自我；但精神发展的定势又难以逆转。所以，自中唐时期起，在士大夫中有一部分人开始了复兴儒学的努力，强调"仁义"；但另一部分人仍沿着尊重自我的方向前进，强化了与群体的矛盾，由与群体的疏离，进而将自己的感情世界放到了更为突出的地位。同时，以商人和手工业者为主体的城市居民的俗文化，从中唐时期起也逐渐对士大夫产生影响，这更使他们的尊重自我逐渐向世俗的欲望方面倾斜。但这两部分士大夫并非截然对立，且有相互吸收之处；甚至像韩愈那样倡导儒学的人，也存在着服药以满足欲望的一面。所以，从中唐时期起，不但在士大夫阶层中出现了分化，连士大夫个人——特别是一些尊崇儒学的士大夫——也有发生分裂的。因此，在中、晚唐的文学中，既有白居易等人的新乐府、韩愈的古文运动，力图使文学成为群体的喉舌，也有李贺与李商隐那样使诗歌进一步回归内心、孟郊那样从自我出发斥责社会的作家，连白居易也写作了"有风情"的诗。大体说来，在后一类文学中，对个体——不仅是作家自我，而且包括作为个体的其他人——的关心加强了②，对心灵世界的体会更趋细腻、丰富，对爱情的歌唱更为热烈，作品中的欲望也日渐注入了世俗的内容。

　　上述的分化在五代时期暂告中止，儒学的复兴停顿了，新乐府、古文运动的声音听不见了。享乐生活、男女之恋、人生的悲哀——离情别绪、凄凉孤独、

---

① 见杜甫《壮游》："放荡齐赵间，裘马颇清狂。"那是指他青年时期的漫游生活。
② 例如唐蒋防《霍小玉传》所显示的对霍小玉的同情，显然是对于作为个体的人的关心，而霍小玉并非作者自我。

生命短促等等——成了文学中常见的主题。这是中晚唐文学中尊重自我的倾向与城市居民的俗文化结合的产物，有助于文学的进一步贴近人生。它主要体现于词这种文学门类中。

但五代只是中国历史的一支短小的插曲。宋王朝成立后，儒学的势力日渐抬头，终于形成程朱理学，以"存天理，去人欲"的主张抹煞个体的人的欲望。在文学上占据主流地位的诗也处于儒家思想的笼罩下，执着于自我的、感情热烈的作品极其罕见。但宋代的词却不但继承了唐五代词的传统，并且发展到了新的高度。以北宋的作品来说，对爱情的歌唱，对人生悲哀的倾诉，对美的追求，都能撼动人的心灵。这是一个纯粹以自我为中心的世界，它所展示的是人性的独特的表现形式，因而其感情在在与普通人相通。倘若要了解人性在北宋时期的状态，词实是最好的读本。但如果把同一人——例如欧阳修——的诗和词比较一下，我们就会发现两者存在着很大的差别。这是因为诗被认为是高尚的文学，作者不敢掉以轻心，必须处处严格要求自己，不越儒家思想的定规；词则是供酒宴间歌唱用的，不登大雅之堂，作家可以自由挥洒，不必考虑自己的身份。这种诗词分流的情况，说明中唐时期开始的士大夫的自我分裂，到宋代成了普遍的现象。到了南宋，词逐渐进入了文学的殿堂，因而作品中言不由衷的门面话也多了起来，但仍然产生了辛弃疾那样的词人，在作品里显示了实现自我价值的强烈的渴求，以致陈廷焯说："稼轩有吞吐八荒之概，而机会不来，正则可以为郭、李，为岳、韩，变则即桓温之流亚，故词极豪雄而意极悲郁。"（《白雨斋词话》卷六）在封建社会里，东晋桓温是被作为逆臣的（《晋书》即把他列入"叛逆"），可见辛弃疾的悲慨实在不是为了忠君爱国，而是为了个人理想的破灭。总之，到了宋代，尽管有理学的出现，但个体的欲望——从男女之情到政治抱负——却在暗暗地滋长起来。宋词的成就，就是与这种人性演进的状态相关联的。而且，在南宋时期还出现了陆象山的心学，鼓吹"我心即是宇宙"，公然与程朱立异；到明代中期经过王守仁的推衍，终于成为一股与程朱对抗的思潮。

在金、元时期，士大夫中的重视个人的意识较前又有所进展，其下层士人并进一步与市民相结合。这主要是因为市民力量从宋代起已有了令人重视的发展，其生活方式和观念已开始对一部分士人发生影响，加以在金元时期的少数民族的君主统治下，汉族士大夫地位下降（在元代尤其如此），这对推动部分士人依靠市民来谋生，并参与市民的俗文化的创造也起了一定作用。由此，市民的俗文化的水平固然得以提高，士大夫的意识和感情也进一步受到了市民的影响——从下层逐渐向上推移，从而金、元的人性状态发生了重要变化。到了元代（甚至有延续到明初的），对个人的欲望（饮食、男女、富贵、享乐等等）的肯定,对个体生命力的颂扬都到了违背伦常也在所不恤的地步,对个人意志的尊重和对自由的追求均有相应表现,这些显然也接近于近代的人性。董解元的《西厢记诸宫调》,元好问的诗词,王实甫、关汉卿等人的杂剧,《三国志通俗演义》、《忠义水浒传》等长篇小说,杨维祯、高启的诗,就是这一时期里的不同阶段的人性状态的体现。

然而,在朱元璋统一全国以后,在打击经济富庶地区、富民和工商业经济的同时,重建了专制独裁政体,并说元的统治太宽松了,他的统治必须严酷①。明成祖在这方面比他并不逊色。程朱理学在思想界取得了统治地位,人性遭到扼杀。文学界也一片黯淡。到明代中期以后,工商业逐渐复苏,市民力量也逐渐抬头。于是先有王守仁的主观唯心主义哲学出现,继承并发展陆象山之说,以个人的"心"作为宇宙的本体,这是一种可以与尊崇自我的观点相通的意见。其后李贽在这基础上进而提倡"童心",反对以儒家思想和各种传统观念对它加以戕害,并肯定"好货好色"等等要求,这实际上是从物质欲望和精神要求两个角度来阐释人性,企图使它从程朱理学束缚下得到解放。这也意味着当时的人性状态较元末明初有了进一步发展。以《金瓶梅词话》、《牡丹亭》、袁宏道前期"性灵说"为代表的所谓晚明文学新思潮正是这种人性状态下的产物。而晚明文学新思潮实可视为"五四"新文学的先声。本书在论述该部分时将作具体说明。

晚明的新思潮(包括哲学上的和文学上的)在明末清初虽有一个停滞的时期,但并未出现像朱元璋统一全国后那样的倒退。从思想方面来说,有金圣叹、廖燕等继续李贽的传统,在文学上则有吴伟业、王士祯等人仍能坚持自我。到了乾隆时期,戴震在哲学上反对以"理"杀人,袁枚在文学思想上标举"性灵",曹雪芹写作小说《红楼梦》,分别恢复了李贽、袁宏道、《金瓶梅》的传统。这也就意味着从明末到乾隆时期,我国的人性状态似乎并未逆转,只是在某些方面有所收敛。及至龚自珍出现,提出"众人之宰,非道非极,自名曰我"的观点,并把"我"作为宇宙的创造者(《壬癸之际胎观第一》),这就已跟后来鲁迅在《摩罗诗力说》里的主张"任个人而排众数"相接近了。而他的反对束缚个性的《病梅馆记》,也显然为"五四"新文学作品《花匠》的先声②。

从以上的叙述,可见人性本身就并不是凝固不变的,它一直处在发展的过

---

① 《四部丛刊》影印明隆庆本《太师诚意伯刘文成公集》卷一《皇帝手书》:"胡元以宽而失,朕收平中国,非猛不可。然歹人恶严法,喜宽容,谤骂国家……"联系上下文,其所谓"猛",即指"严法"。

② 鲁迅所选《中国新文学大系·小说二集》,先收他自己的作品,接着就是俞平伯的《花匠》。至于《花匠》与《病梅馆记》的关系,参见本书论述龚自珍的部分。

程中，而文学的发展又通过美感的媒介而与人性的发展存在紧密的联系。至于我国古代文学的发展趋势，则是以体现现代性的文学——与"五四"新文学的性质相类似的、以追求"人性的解放"为核心的文学①——为不可避免的指向的。当然，如果没有域外的营养，要从龚自珍发展到"五四"新文学那样的文学，必须经历较长的时间。

六

除了感情以外，文学作品藉以打动人的另一主因是其艺术形式。但这两者在作品中是无法分拆的，只是我们在进行阐述时，不得不分开来说而已。

在这里，首先要明确文学形式的概念。先看实例：

> 剑外忽传收蓟北，初闻涕泪满衣裳。却看妻子愁何在，漫卷诗书喜欲狂。白日放歌须纵酒，青春作伴好还乡。即从巴峡穿巫峡，便下襄阳向洛阳。（杜甫《闻官军收河南河北》）

> 锦瑟无端五十弦，一弦一柱思华年。庄生晓梦迷蝴蝶，望帝春心托杜鹃。沧海月明珠有泪，蓝田日暖玉生烟。此情可待成追忆，只是当时已惘然。（李商隐《锦瑟》）

若问这两首诗的形式是什么，也许有人会脱口而出："是七律。"但七律只是这两首诗的体裁；它对作品的形式起到某些制约作用，却不等于作品的形式。如就这两首诗来说，那么，其形式就分别是自"剑外"到"洛阳"、自"锦瑟"至"惘然"的各五十六个字。所以，形式乃是由作品的语言所构成的体系。而作品的内容（包括感情）则不但是由形式所体现，而且形式的变动必然会影响内容本身。例如，倘将陈子昂的《登幽州台歌》"前不见古人，后不见来者。念天地之悠悠，独怆然而涕下"改为"前既不见古人，后亦不见来者，余念天地之悠悠，因独怆然而涕下"，诗的原意毫无改变，但诗的气势却松懈了，原来所具有的那种压得人喘不过气来的感情力量也削弱到近乎消失了。在这样的情况下，还能说作品的内容是与原先一样的吗？由此可见文学作品的内容和形式是不可分割的。以前，曾有研究者把文学作品的内容与形式比作酒与酒瓶的关系，实在并不确切，因为酒与酒瓶是两种不同的事物，可以任意分离。

正因如此，形式的包含面非常丰富。这里，我们只能就形式演进的一些原则问题稍加说明。

---

① 鲁迅把"文学革命"开始以来的第一个十年的新文学概括为"要求""人性的解放"的文学，见其《且介亭杂文·〈草鞋脚〉小引》。

我国最早的一部文学作品是《诗经》,所收诗歌上起周初,下迄春秋中叶,均系以四言为主的抒情作品。从这里我们可以看出构成艺术形式的两项基本原则:注重直观性和注重主观感受。这是由我们民族早期的思维特点所决定的。

《诗经》中的作品采用得最多的是直叙其事的方式,这些叙述多数都具有直观性。即使像《芣苢》那样极其简单的诗,也是如此①。但有些事物是很难通过这样的叙述方式而达到直观性的要求的,于是就有"比"(比喻)、"兴"(象征)的手法。如《关雎》的"参差荇菜,左右流之;窈窕淑女,寤寐求之",其前两句是用来象征"君子"对"淑女"的追求的("流"是求取之意)。因为这种追求过程很难用简短的诗句具体说清楚,而在当时的农业社会里,采荇菜的情况大家都熟悉,读者见到这两句就会恍然大悟:"哦,君子追求淑女,原来是这样地辛苦而努力!"这也就增加了叙述的直观性。至于"比",也具有这样的作用,如《硕人》写妇女之美,有"螓首蛾眉"的话,用当时人习见的螓和蛾来比拟其头部和眉毛,也是为了使读者通过联想而对其"首"、"眉"有较明晰的了解。

不过,在这里也就出现了另一方面的问题:采荇菜与追求"淑女"有多少相通之处呢?头部像螓,眉毛似蛾,到底是怎样的一种形状?其共同点究竟何在?所以,在这样的句子中,作者告诉读者的,只是他的主观感受,并不一定含有客观上的确切性。换言之,在这里体现了注重主观感受的原则。这倒不是把主观置于客观之上,而是没有意识到主观感受并不都符合客观实际。

这种注重主观感受的特色,还表现在《诗经》的如下两点:第一,《诗经》都是抒情诗,也即都是抒发主观感受的诗;第二,《诗经》中的其他手法,如假想和对比、语词的选择和调配、复沓方式的使用、自然景色的描写等,都是用来强化和烘托其感情的②。

在《诗经》中就已出现的这两个基本原则,对中国文学的艺术形式的构成长期起着极其巨大的作用。不过,由于《诗经》是我国最早的文学作品,还只能朴素地显示这些特色,尽量地运用自然的、现成的事物,而很难看到再创造的迹象。具体地说,在抒发主观感受方面,作者只是把那些最使自己感动的事情和景物写入诗中,而没有对这些东西重新塑造;其所蕴含的,是一种朴素的美。在呈现直观性方面,也是尽量择取其对象中的具有直观性的事物,或以比、兴的手法,择取别的具有直观性的事物来代替,同样不进行重新塑造的工作。即使如《秦风·蒹葭》那样的优秀之作,其"溯洄从之,道阻且长。溯游从之,宛在

---

① 参见本书第一编第二章第二节的有关论述。
② 参见本书第一编关于《诗经》部分。

水中央"之句,虽似运用象征的手法,但其实不过是不惯使用舟船的秦地人民面对着三面皆水,只有一面可在陆上通行却又道路险阻的"伊人"居处时的慨叹;这样的居处也许并非写实,因而显示了丰富的想像力,但尚未达到在现实事物的基础上加以再创造的高度。

《诗经》以后的屈原和宋玉的作品,在继承这两个原则的基础上,有了重要的发展。第一,屈原运用大量的比兴手法,不仅是为了加强直观性,而且是为了强化其感情。例如《离骚》中写他的欲见天帝而为阍者所拒,三次求女都告失败,欲出国追求理想的实现而最终不忍远行,全都出以象征的手段,也杂以比喻,富于直观性;但更重要的是:在这样的描写里,他的痛苦、抗争、渴望显得更为强烈而感人。由此,比、兴的重要性就得到了极大的提高,成为中国诗歌表现、强化感情的主要方式之一。第二,屈原在表述其感受、追求直观性时,已经离开了以择取自然、现成的东西为主的方式,而进行再创造;其所凭借的,则是幻想和虚构。在《离骚》最后写他即将离国远行的一段,这一特色最为突出。从此以后,我国的文学超越了朴素的方式,进入了新的阶段,并显示了虚构的能力,尽管我国的虚构性文学作品(戏曲、小说)出现很晚。第三,屈原和宋玉所写虽然仍是抒发主观感受的作品,但在这前提下开始注意对景物的客观描写。屈原的《招魂》和宋玉的《九辩》在这方面都有代表性。试以《招魂》中写美人的部分或以《九辩》中写自然景色的部分与《诗经》中的相关描写加以比较,其区别就很明显①。

汉代的文学以赋——特别是大赋——为主,在形体上是楚辞的演化。它在文学史上的最大贡献,在于第一次把美作为自己的追求目标之一,并以描摹客观事物为主,打破了诗歌以抒发主观感受为限的格局。但其中仍含有幻想、虚构的部分,例如司马相如所写《上林赋》中的有些植物,是上林苑中根本没有的②。可见汉代大赋既继承了屈、宋作品中描写客观景物的传统并加以发展,也未能摆脱屈赋中的幻想、虚构的影响。

与此同时,汉代的诗歌与散文也有重要成绩。在诗歌方面,除吸取先秦诗歌中原有的五言成分,演变而为五言诗以扩大其表现力外,并继承、发展了屈原、宋玉作品中以比兴来强化感情和描摹客观景物等手法,来抒写人生的感慨,将抒情诗提到一个新的阶段。又逐渐增加抒情诗中描摹客观景物的部分,以致发展成为叙事诗。从此,中国诗歌出现了抒情、叙事分流的局面,虽然仍

---

① 以写美人来说,《诗经》的《野有蔓草》等都极简略,《硕人》虽较繁富,但以比喻为主,非客观的描写;《招魂》则以客观描写为主,又远较《诗经》的丰富细致。又,《诗经》中写自然景色的,都是就一二事物作粗线条的勾勒;《九辩》不仅写自然景物处较多,且较《诗经》为细。

② 见本书第二编中论述司马相如辞赋的部分。

以抒情为主。在散文方面，由于《史记》的出现，中国的叙事文学正式形成。由这一点说，汉代可说是中国文学的体物、叙事时代。

从汉末建安时期起，汉代大赋中的对于美的追求逐渐扩大而成为诗、赋乃至所有文学作品的追求目标，在一部分文学家中并成为文学的唯一目标。所以，这在文学上是一个特别热衷于追求美的时代，它一直延续到天宝末年。这时期在文学形式上的许多创新以及在艺术手段上的重大进步（参见第三编《概说》的有关部分）都是从美的追求出发的。而就基本原则来说，则仍是屈原、宋玉传统——以抒发主观感受为主，在这前提下注重客观的描写——的新发展。具体地说，就是在吸收汉代辞赋、诗歌的有关成就的基础上，对客观对象——无论自然景色、女性、游侠、歌舞或其他事件——力求作生动、细腻的描写，但这一切都是为了抒发诗人自己的心灵或表现他的某种感受（包括美感）。

自中唐开始直到宋末，文学在形式上的进步，第一在于作家对人的感情的挖掘与描写越来越深入、细致，从而追求一种更为适合的载体，并导致词的繁荣。其次在于抒情能力的不断提高，情景进一步融合：一方面在意象的营构中主观进一步驾驭甚至改造客观，同时又使读者感到其具有高度的客观真实性，张继的"月落乌啼霜满天"（《夜泊松江》①）就是这样的名句（霜不是从天上降下来的）；另一方面逐渐出现了抒情、叙事混合的特点——就作家自述其情这一点来看，固是抒情，就其所写的深、细来看，又似叙事。如柳永《雨霖铃》的上片："寒蝉凄切，对长亭晚，骤雨初歇。都门帐饮无绪，正留恋处，兰舟催发。执手相看泪眼，竟无语凝咽……"视为抒情或叙事均无不可。这就在形式上为代言体的戏剧——杂剧和后来的传奇——的出现准备了条件。第三是有意识的小说创作的产生。这里首先要注意的当然是唐传奇，其源头纷繁殊甚②，但它是我国文学长时期发展的产物则无疑义；其次是民间的"说话"。这两者在流传的过程中逐渐地结合，终于成为艺术水平较高的一个品种。

也正因此，从金、元以来，戏曲、小说遂成为那个时代最值得重视的文学门类。这是因为它们大力加强虚构，从而在表现人性、人的精神世界及其内部的冲突，人的追求、抗争及幻灭等各个方面都具有了远远大于以前的文学样式的容量，适合金、元以及明代中、后期开始的文学所要表现的内容；而中唐至宋末的文学发展固已为它们的兴起打下了基础，中国文学从先秦以来的注重直观性、注重主观感受与感情，汉代以后的重视对对象的客观描写，也都为金、元以

---

① 此诗之现存者最早见于《中兴间气集》，题为《夜泊松江》；今通作《枫桥夜泊》，并非原题。本书所引均据《中兴间气集》。

② 参见本书有关唐传奇的部分，此处不赘述。

后的戏曲、小说的发展提供了丰富的养料。加以"五四"新文学也以小说、戏剧为大宗,它们就成了中国古代文学各门类中与新文学距离最短的环节。

总之,文学要感动人,离不开文学的艺术形式;没有美的艺术形式,感情就无所依托。而艺术形式本身又必然有其悠远的发展过程;没有长期的积累,很难突然出现较美好的艺术形式。

不过,艺术形式的逐步丰富与完善,其最根本的推动力,仍是人性的不断发展。由此所导致的感情的不断丰富、细致、强烈及其相互冲突的更为尖锐、急剧,也就要求并推动其表现形式不断作出相应的调整。

七

现在,回过头来说一说本书的分期问题。

在西方的文艺复兴时期,彼特拉克①把历史划分为古代、中世纪和近代三个时期。这种分期法不但在西方被长期沿用,在日本明治维新以后,这种分期法也用来划分日本乃至中国的历史时期。不过,日本学者考虑到东方的特殊情况,在中世至近代之间又划出了一个近世期,而"近世"与"近代"的英译都是modern age。今以日本辞书《广辞苑》的相关解释——那是日本学术界的一般意见的反映——为例:"近世(modern age):历史的时代划分之一。承续于古代、中世以后的时期。在广义上与'近代'同义,就狭义言则与'近代'有别,多指其以前的一个时期。一般在西洋史上指文艺复兴以降,在日本史上特指相当于封建制后期的江户时代(也有包括安土桃山时代的)。""近代(2)(modern age):历史的时代区分之一。广义上与'近世'同义,一般系就承续于封建社会以后的资本主义社会而言,在日本史上通常指称明治维新至太平洋战争结束的时期。"②日本学者不仅将这样的历史分期法用于日本史的研究,而且也用于研究中国史,包括日本的文学史和中国的文学史。从 20 世纪初开始,中国学者所撰的《中国文学史》(包括郑振铎先生的插图本《中国文学史》)很多都接受了这样的分期法;但对于中国中世文学的起讫时间(包括近世文学的开始时间)的意见则不

---

① 彼特拉克(Francesco Petrarca,1304—1374),意大利诗人,人文主义的先驱之一。他在把西方历史划分为古代、中世纪和近代时,把中世纪作为人类历史发展的中间期,是黑暗、愚昧的时期,近代则是打破中世纪的黑暗、愚昧,复兴古代文化的灿烂的时期。以后的西方学者虽然采用了古代、中世纪、近代的历史分期法,但对中世纪逐渐有了新的看法,认为在中世纪也存在着推动文化发展的一面。

② 分别据日本新村出《广辞苑》(岩波书店 1979 年 10 月第二版补订版)第 603、604 页相应条目译出。

尽一致。当然,也有些学者不使用这样的分期法而使用王朝分期法,例如刘大杰先生的《中国文学发展史》和20世纪50年代以降的若干中国文学史著作(包括章培恒、骆玉明主编的,1996年由复旦大学出版社出版的《中国文学史》)。

这种古代、中世、近世、近代的分期法,是与把人类社会的历史划分为原始公社时期、奴隶制时期、封建制时期、资本主义社会时期的学说相应的。尽管历史学界现在已有新的分期法(例如分为农业文明时代和工业文明时代)出现,但以此为参照来划分中国文学史的时期至少在目前还存在太多的困难,而且历史学界迄今也尚未在这方面取得共识。所以我们对于中国文学史的分期采用了古代、中世、近世、近代的划分法。因为一则这较之王朝分期法更能反映时代的特色,再则由于中国封建社会的漫长,在封建制时代再分出一个近世期是合理而必要的。不过,汉语在习惯上常将"古代"作为"现代"以前的时期的统称,为了免于误解,我们把中国文学史分期中的"古代"改称为"上古"。

当然,这样的分期法本身仍然"不是依据文学自身的嬗变规律"(见《原序》所引孙明君先生语)来制定的。所以我们在对中国文学史上的这几个时期加以说明时,同时还必须述及各时期的文学情况。以下就是我们的说明。

上古时代是以奴隶制(及其以前的原始公社制)为基础的时期,其下限似应划在封建制形成的前夕。尽管春秋战国之交常被作为我国封建制开始形成的时期,但直到秦始皇建立集权的大帝国之后,专制独裁的封建政体的实质才充分显示出来并影响到文学。在这以前,我国的思想和文学都还处于较自由的时期。虽然重群体而抑个体已成为根深蒂固的观念,在仅仅涉及个人利益时,感情都较克制,但那原是在严酷的自然条件下为了求得生存所必需的,以后又作为传统而延续下来,并不是严酷统治的结果。相传周厉王曾命卫巫监视民众,不让他们发表不利于自己统治的言论,最后反而被推翻(见《国语·周语》),可见当时还不具备严酷统治的条件。而在秦始皇统一全国后,就建立了十分严厉的思想统制;代秦而起的汉王朝开始时在思想上尚较宽松,到汉武帝时又以罢黜百家、独尊儒术的方式继续对思想进行严格的控制。而且这种以儒学作为唯一统治思想的政策,虽然中间有所变化,但在宋代和明、清仍然继续执行,足见其影响的深远和巨大。参照欧洲中世纪的情况,我们把秦、汉作为我国中世文学的开始,而把秦始皇统一以前的时期作为文学上的上古时代,想来尚无大谬。

至于从文学本身的情况来看,那么,上古文学也可说是我国文学的自发阶段。正如我们在前面已说过的,文学的基本功能是给予读者以美感;上古时期的文学作品虽也有符合这条件的,但却显然不是作家自觉追求的结果。这点我们将在本书第一编《上古文学》的《概说》中进一步加以说明。

我们将秦至东汉建安以前的文学作为中世文学的发轫期,一方面固然因为秦汉是中世的开始,另一方面也因这是我国文学从自发走向自觉的过渡阶段。汉代文学的主流是赋,汉宣帝对赋所作的如下评价很能代表当时的意见:"'不有博弈者乎?为之犹贤乎已。'辞赋大者与古诗同义,小者辨丽可喜,譬如女工有绮縠,音乐有郑卫,今世俗犹者以此虞说(娱悦)耳目,辞赋比之,尚有仁义风谕、鸟兽草木多闻之观,贤于倡优博弈远矣。"(《汉书·王褒传》)他已认识到辞赋的审美功能,也即所谓"女工有绮縠",这与后来萧绎在《金楼子·立言》里以"绮縠纷披"来形容文学之美有其相通之处;但另一方面,他又强调"仁义风谕、鸟兽草木多闻之观",那却已经是非文学的功能了。所以,汉代虽已意识到了文学的审美功能,但却还没能真正认识文学的实质。

文学的进入自觉时期,是从建安间曹丕提出"诗赋欲丽"(《典论·论文》)开始的;到《金楼子·立言》提出"至如文者,惟须绮縠纷披,宫徵靡曼,唇吻遒会,情灵摇荡",这才对文学的审美功能及其与非文学的区别有了较成熟的理解。与此相应,从建安时期直到唐代天宝末期,文学创作一直向上发展,在各方面都取得了重要成就,所以我们把这一时期作为中世文学的拓展期。由于自中唐至宋末的时期文学上发生了分化,一部分作者遵循前一阶段文学发展的航向继续向前推进,另一部分作者则企图后退,甚或在同一作者身上分别具有这两种倾向(见本书第二编相应部分),所以我们把它定为中世文学的分化期。当然,其结果是文学仍然前进,不过行进迟缓而已。

所谓近世,乃是中国封建制的后期。中国历史上的近世时期应从何时开始,在历史学界存在不同看法;但作为中国文学史上的近世,我们认为必须考虑到文学本身的特点。正与历史发展中的近世乃是近代——或称现代[①]——的酝酿期相似,文学史上的近世也应是近代——现代文学的酝酿期。如所周知,最早集中地体现了中国现代文学的特色的,乃是由"文学革命"开始的中国新文学。鲁迅在1934年所作的《〈草鞋脚〉小引》中早就指出:"最初,文学革命者的要求是人性的解放,他们以为只要扫荡了旧的成法,剩下来的便是原来的人,好的社会了,于是就遇到保守家们的迫压和陷害。大约十年以后,阶级意识觉醒了起来,前进的作家就都成了革命文学者。"(《且介亭杂文》)文中所谓的"文学革命者"——包括鲁迅自己在内——就是1917年"文学革命"开始以来投身于新文学的人们。由此而言,从1917年到1927年的新文学的基本精

[①] 在"近世"与"近代"分别指封建制后期与资本主义社会时,"近代"实为"现代"的同义词。至于将1840年鸦片战争以后至"五四"运动以前(或俄国十月革命以前)的一段时期称为中国的近代时期,乃是"近代"的另一义项。本书除特地注明者外,都是把"近代"作为"现代"的同义词来使用的;有时为了论述的方便,也直接使用"现代"一词。

神就是追求"人性的解放"。这既是"文学革命者"的奋斗目标,同时也就是这一阶段新文学的特色所在。正因中国现代文学最早阶段的特色最集中的体现就是追求"人性的解放",作为中国现代文学酝酿期的近世文学,也就应该是追求"人性的解放"的文学的前奏。尽管有人认为新文学乃是在西方文化影响下中国的文化(含文学)传统断裂的产物,但也正如鲁迅所指出的:"新主义宣传者是放火人么,也须别人有精神的燃料,才会着火;是弹琴人么,别人的心上也须有弦索,才会出声;是发声器么,别人也必须是发声器,才会共鸣。"(《热风·随感录五十九"圣武"》)当时的中国如不是已具备了接受西方文化影响的基础,西方文化又怎能产生影响?所以,新文学其实是中国文学自身发展的必然结果,西方文化的影响只不过促使它提早出现而已。

在我们看来,作为追求"人性的解放"的现代文学的前奏,中国的近世文学至迟在金末元初就已开始,前述的董解元《西厢记诸宫调》,元好问的诗词,王实甫、关汉卿的杂剧等就是其最早的代表。但它并不是直线发展的,不但在明初遭到重大的摧残和挫折,导致了长期的萧条,至明代中叶才获得振兴;而且从万历三十年(1602)稍前到大约清代乾隆十年(1745),又处于徘徊的状态,虽有少数作家——如吴伟业、蒲松龄——取得了显著的成就,文学创作在总体上却并无重大的突破。自那以后,文学才较明晰地呈现出向现代文学嬗变的态势。也正因此,我们把金末至元末作为近世文学的萌生期,明初开始为受挫期,明代中叶至万历三十年略前为复兴期,自此至大约乾隆十年为徘徊期,其后为嬗变期。

至于我国的近代——现代——文学究从何时开始,目前已成为学术界颇有争议的问题。我们认为那始于 20 世纪初[①],所以本书的叙述即结束于 19 世纪之末,以与下一阶段的文学相衔接。

不过,这种分期法的大框架——上古、中世、近世——仍易与社会整体发展的分期法相混淆,尽管在某些方面——例如中世、近世文学的开始时间的确定——已经考虑到了文学自身的特点。所以,还必须对这种分期法所蕴有的文学的内涵作相应的说明。这可分为两个方面。

从人性发展的角度说:上古文学是人的自我意识的自觉尚未萌发的时期,尽管有少数人已意识到个人——包括其自己——的重要性,但都是以群体利益为本位的,其所在意的是个人在维护这种利益中的非凡能力、品格以及失

[①] 参见章培恒《关于中国现代文学的开端——兼及"近代文学"的问题》,原载《复旦学报》(社会科学版)2001 年第 2 期,后收入章培恒、陈思和主编《开端与终结——现代文学史分期论集》,复旦大学出版社 2002 年版。

败后的反抗或自我怜惜。仅有极个别的人(例如庄子和杨朱)才把个体利益置于群体利益之上。中世文学就总的趋势而论是作品中对个人的重视逐步从以群体利益为中心转向以自我为中心的过程,但其间充满了矛盾和斗争。在其开始阶段曾出现过企图把上古文学末期的那种对个人的重视也予取消的倾向,对屈原的否定就是明显的迹象;从建安至南北朝时期个人意识才有了初步的觉醒,并与文学的自觉相结合而导致了文学的空前繁荣;但从中唐开始的文学的分化,又使文学发展过程中的矛盾重又较清晰地暴露出来,这种矛盾在宋代有了进一步的发展。但唐五代词的出现和词在宋代的一枝独秀(乃至宋词被王国维和受到"五四"精神熏陶的文学史家作为宋代文学的代表)已可说明这一时期文学的前进方向。近世文学则是自我意识在前两期的基础上进展、个人与环境的冲突在文学中日益显示其重要性的时期,这种冲突尤其体现在戏曲和通俗小说中。

　　就文学的美学特征而言,上古文学是文学的自发阶段,中世文学是文学从自发进到自觉并逐步演进的阶段,已如上述;这里需要补充的是:中世文学的从自发进到自觉,不仅意味着文学以美为目的的观念开始形成,而且也意味着美的追求从外在的向内在的渗透①,但这种追求主要限于抒情诗所能容纳的范围。同时,直到中世文学的末期,要把文学从自觉的道路拉回来的力量仍然在发挥作用。到了近世文学阶段,就大的趋势言:一方面对美的追求无论在广度或深度上都较之中世文学有了重大的发展,中世文学的抒情诗虽也涉及了个人与环境的冲突,叙事诗中个别像《古诗为焦仲卿妻作》那样的杰构在这方面尤有卓特的表现,但就总体而论,在近世文学的戏曲与通俗小说中经过虚构而出现的个人与环境的冲突却更为广阔、集中与尖锐,因而感情更为具体、激烈,更能突入读者的内心而引起深刻的共鸣;与此相应,作为主流的文学样式已从诗歌转变为戏曲和通俗小说(尽管它们在当时的社会地位还不如诗文,但在一般民众中的影响却已超过诗文),而那些企图把文学从自觉方向拉回来的力量,除了从外部加以禁毁外,在文学内部的抗衡作用已日益衰落。所以,近世文学乃是我国文学在总体上进一步迈上自觉道路,并在美的追求上取得了新的、重大发展的时期。但就具体发展过程而言,则十分缓慢,充满了曲折乃至挫折。因为在近世文学以前的中世文学的分化期,两种力量——把文学引向前进的力量和拉向后退的力量——本就处在矛盾斗争之中,这就决定了

---

① 汉代大赋那样的"譬如女工有绮縠"的美,就是外在的美,因为没有接触到文学作品的核心——感情;陆机所说的"诗缘情而绮靡",就已接触到"情"了,不过把外在的美限于"绮靡",仍显示了其局限。

近世文学只能在矛盾斗争中前进;何况在文学的近世期阻碍文学前进的社会基础和现实力量又十分强大,所以近世文学在其行进过程中不得不一再出现倒退、停滞。而且这预示了现代文学的发展也必然要遭到蹉跌乃至经受严重的摧残。

但如撇开这些具体的过程,仅仅从文学的美学特征方面去考察,那么近世文学是在中世文学拓展期和分化期的文学的自觉逐步发展的基础上所形成的文学的自觉性进一步强化的时期,其突出标志是虚构文学的重要性和地位的飙升,在某些时段甚至占据了文学的主导地位。

也正因此,上述的文学史分期方法①就我国文学本身的发展而言,也有其充分的依据。

---

① 日本藤田丰八氏所著《支那文学史稿·先秦文学》(明治三十年东华堂刊)的《序论》曾把中国文学史分为三期:古代文学(上古至秦)、中世文学(汉代至宋)、今世文学(元、明、清);因为明治三十年为1897年,当时的清代文学仍处于近世阶段,故其称之为"今世文学"的实即"近世文学"。由此言之,本书的文学史分期实与之相近。但其分期的依据,是法国泰纳(Hippolyte Adolphe Taine, 1828—1893)的文学史观(参见陈广宏教授《泰纳的文学史观与早期中国文学史叙述模式的构建》,原载韩国汉城大学《中国文学》第40辑,2003年;后收入复旦大学中文系编《卿云集续编》,上海古籍出版社,2005年),本书的分期依据则是马克思主义中关于人性的理论和形式美学,二者显然有别。至于将中国的中世文学分为发轫、拓展、分化三期,将近世文学分为萌生、受挫、复兴、徘徊、嬗变五期,均为前人所未曾涉及。

第一编

上古文学

概　　说

　　所谓"上古时代"的"上古"一词，并不是通常所说的"远古"之意[①]。如同本书《导论》所述，我国的"上古文学"是指秦始皇统一全国以前的时代里的文学。其现存最早作品出现于周初，最晚的两位作家——屈原、宋玉——则生活于战国后期的楚国。

　　上古文学的特色对后世文学具有极其深远的影响，这种特色是在民族文化的厚实的土壤上形成的。因此，我们在这里首先要简单地介绍一下民族文化的有关的特点，然后进到上古文学本身。

崇群体而抑个体的深固观念

　　我们民族很早就形成了极其深固的崇群体而抑个体的观念。这跟早期生存地区的自然条件有关。——当然，决定一个社会的意识形态的，归根到底是当时的生产方式；但处在同样的生产方式下的不同民族的文化，既在其基本方面具有某种共同性，又有具体的差别，这种差别的成因就不得不从多方面加以探讨了。

　　人类开始在世界上出现时，是以石器作为主要生产工具的；这样的时期被称为石器时代，它前后延续了二三百万年。其间又可分为三个阶段：旧石器时代、中石器时代和新石器时代。以我国的情况来说，很早就已有人类在活动。长期为世所知的是1927年在我国北京周口店龙骨山洞穴内发现的猿人——最早阶段的人类——化石（即"北京猿人"），经古地磁法测定，其绝对年代距今约七十万年至二十三万年。而在中国境内发现的最早的猿人化石是"元谋猿人"，1965年发现于中国云南元谋上那蚌村（大那乌村）的下更新统上部的地层中，其绝对年代为距今170万年左右，北京猿人和元谋猿人的时代，

[①] 例如清代严可均所辑《全上古三代秦汉三国六朝文》的"上古"，即指"三代"（夏、商、周）以前的远古时代。

就是旧石器时代。

我国新石器时代的文化遗址，目前已发现很多。其中最值得重视的，是仰韶遗址和河姆渡遗址。仰韶遗址在河南渑池仰韶村，1921年发现。在后来的考古发掘中，又发现在黄河中下游很多遗址中的文化遗物与仰韶遗址的属于同系，故称此种文化为仰韶文化。据碳-14法测定，整个中原地区的仰韶文化，其时代大约为公元前五千年至前三千年。河姆渡遗址在浙江余姚县河姆渡村东北，1973年开始发掘。遗址共四层，以三四层为主，其年代约为公元前四千八百年左右。这是一种和仰韶文化很不一样的文化类型。例如，河姆渡遗址发现的建筑遗迹为"干栏"式，其梁柱之间用榫卯接合，地板则用企口板拼接密切，这是仰韶文化和黄河流域的其他地区文化所从未出现过的。它说明当时的木构技术已相当成熟。又如，河姆渡遗址的陶器为黑陶，而仰韶文化多为彩陶。此外，在河姆渡遗址发现了大量稻谷遗迹，可见当时已以农业为主。总之，河姆渡文化仅较最早的仰韶文化晚二百年左右，而较仰韶文化的中、晚期却要早很多；它不仅与仰韶文化属于不同类型，而且绝不比仰韶文化落后。以前通常把黄河流域作为我们民族文化的摇篮，并把长江流域的文化看作是在黄河流域文化的影响下才摆脱其落后状态而迅速成长起来的。但随着河姆渡遗址的发掘，这种看法已难于成立。应该说，黄河流域与长江流域都是我们民族文化的发源地；这两种文化在开始时就有颇大的差异，在后来的融合过程中，黄河流域的文化虽占了主导地位，但长江流域的文化也起了相当大的作用；而且，即使经过了融合，这两种文化在后世仍各有自己的特色。

至于我国新石器时代的历史情况，还有待于进一步探考。古史传说中的三皇五帝时期，大抵在新石器时代。尽管很难说这些传说有多少是真实的历史，但有一点非常值得重视，那就是洪水问题。根据有关的神话传说，早在五帝时期以前①，我国就有巨大的水灾，是靠着女娲——人类的创造者——才平息了的；到了五帝时期，又出现了延续百年以上的全国性的大水灾，最终由禹的艰苦治理，始获解决②。神话传说虽非信史，但总反映了一定程度的真实。

一般认为我国有确切实物可征的时代是从商开始的③。商朝的一个特点，是不断迁都。从建立商朝的成汤到中叶的帝盘庚，就迁都五次。其中两次是因为水灾；另三次也是因为天灾，但究竟是什么灾难，史料上无明确记载。

---

① 在我国的古代史籍中对五帝有不同说法，此据《史记》等书，以黄帝、颛顼、帝喾、唐尧、虞舜为五帝。

② 详见本编第一章第二节。

③ 清代光绪年间，在河南安阳小屯出土了大批刻有文字的甲骨，是商代人占卜的记录。王国维氏据此写了《殷卜辞中所见先王先公考》，证实了我国历史上确有商朝的存在。

盘庚以后,至少又迁都过一次。而在成汤以前,商的祖先曾迁徙过八次。由于商主要活动于黄河下游地区,并且"黄河自来就是一条多泥沙河流,这是由它中游流经一片数十万平方公里黄土地带所决定的。在战国中期下游河道全面修筑河堤以前,实处于一种自由泛滥、任意改徙的状态"(邹逸麟教授整理本《禹贡锥指·前言》)。这种频繁的迁徙,当也与水灾有关。总之,商曾长期活动的地区,是水患频仍、自然条件很艰苦的地区。

这种严酷的自然条件对我们祖先的思想特点的形成无疑具有不可估量的影响。在巨大的天灾面前,只有充分发挥群体的作用,使群体成为无比强大的力量,人们才能免于死亡。为此,对群体中的个人来说,就必须全心全意地奉献于群体而毫不计较自己的得失。而群体的利益和意志在那样的条件下是通过其领袖和各级负责人而体现出来的(尽管也难免存在异化的现象),所以又必须服从。

取代商朝的周,其祖先于"虞夏之间①……以避水患,西迁河洛,更渡河而入河东"(吕思勉《先秦史》第八章)。后来逐渐向东发展,活动于泾水、渭水流域。可见其原先也经历过与水灾的艰苦搏斗和长期的流徙。而开始时所居泾、渭一带,自然条件也很艰苦。直到周武王灭纣的十余年之前,武王的父亲文王"乃始谋居善原广平之地"(《诗经·皇矣》郑笺)。

也正因此,在留存下来的殷代和周初的文献中,这类崇群体、抑个体的观念显得很突出。如在《尚书·盘庚》篇里,殷代的君主盘庚就一再告诫臣下要"黜乃心"、"听予一人之作猷",也即要臣下克制自己内心萌生的种种想法,服从他一人的计划和安排;不过,作为"予一人"的君主,也不能乱来,而要"惟民之承","奉畜汝众"——服务于民众,使民众能好好生活。盘庚还说,倘若他做不到这一点,那么,在天上的商的先王就会给他大的惩罚,责问说"曷虐朕民";而臣下如果不能做到"黜乃心"而服从他,他们已经死去的祖先也会要求商的先王对他们降下大祸,让他们死去。在这里不仅反映了商人对祖先神的崇拜,而且也说明了崇群体、抑个人等观念已与祖先崇拜相结合,从而有了更为巨大的力量。又如,在出现于周初的《尚书·无逸》中,周公把"克自抑畏"、"徽柔懿恭,怀保小民"等作为君主必须遵守的原则,也就意味着君主应该抑制自我而把群体放在第一位。君主尚且如此,其他的人当然更不能例外。

这种传统到了春秋、战国时期有了进一步的发展。在当时的"百家争鸣"中,最有影响的儒家、墨家、法家和以老子为代表的道家都是主张崇群体而抑个体的,只有杨朱和道家中的庄子一派注重个体。但杨朱的学说在战国后就趋于消亡,庄子的学说也要到魏晋时才有较大的影响。同时,在政治生活中发

---

① 虞夏,指传说中的虞舜、夏禹时代。

生巨大作用的,则首推法家与儒家。法家以刑法来贯彻其崇群体、抑个体的主张①;儒家则要求人们时时、处处都遵循"仁"和"礼"的准则,根据孔子的解释:"克己复礼为仁","仁者爱人"(《论语·颜渊》),所以这也就是强调克制自己而爱人们——群体。而且,经过春秋、战国而到汉代,"礼"已演化成为一套等级制度森严的完密体系,并具有实际的威慑性和得到法律的保证②。总之,在自然条件极其艰苦的情况下形成的根深蒂固的崇群体而抑个体的观念,无论在儒家或法家那里都与恪守等级制度、服从长上的观念相结合,并通过"礼"、"法"而强制推行,只不过"礼"的强制性远较"法"隐蔽而已。当然,越到后来,其所崇的"群体"异化得越厉害,但打的却仍然是这一旗帜。

这种崇群体而抑个体的观念,在我国的上古文学中同样打下了深刻的烙印。但在黄河流域与长江流域的文学中,受烙的深浅程度有所不同。这是因为长江流域的自然条件较黄河流域优越,谋生较易,而且,早期的长江流域虽也可能遭受过洪水之灾,但水灾的主要地域当仍在黄河流域③。长江流域人们的崇群体而抑个体的意识在开始时自然也就不如黄河流域的人们强烈。然而,黄河流域与长江流域的文化交流是很早就开始的。在生产力水平相当低的情况下,崇群体而抑个体对生存竞争与战争更为有利,在当时具有明显的优势。从而长江流域的人们很早就注意吸收和学习黄河流域的文化,楚王的曾欲任用孔子,吴国的重用齐国的军事家孙武,楚悼王的重用卫国军事家、政治家吴起(见《史记》的有关世家和列传),都是明显的例子。近年来由上海博物馆收藏的、出土情况不明的战国楚竹书《诗论》(一称《孔子诗论》)的一再引述孔子论诗之语,而且奉为圭臬,更是长江流域的国家吸收黄河流域文化的物证。从《楚辞》的主要作家屈原的作品来看,他也已经接受了黄河流域文化中的基本政治观念。所以,崇群体、抑个体的意识后来在长江流域也扎下了根,与黄河流域只是程度的不同而已;但这不同仍然具有重要意义。我国最早的

---

① 根据法家的理论,对人民实行严酷的统治原是为了使所有的个人都符合规范,以维护群体的利益;只是在其理论体系中,缺乏对君主的有效监督机制,因而原本应该维护群体利益的君主在实际上往往成为肆意破坏群体利益的个人。

② 例如,汉武帝时的灌夫因为在一个奉诏命举行的宴会上使酒骂座,就被劾以"骂坐不敬",以致被杀。这里虽杂有政治上的恩怨,对灌夫加重了处分,但为其竭力辩护者也只说他"不足诛",可见他的这种行为本身是应受处分的。详见《史记·魏其武安侯列传》。

③ 在古史传说中,禹曾到过长江流域;可能在传说中长江流域也遭受水灾,故禹也曾前去治水。但《楚辞·天问》:"应龙何画,河海何历。"(原作"河海应龙,何尽何历",据《楚辞补注》引一本改。)意谓禹治洪水时,有应龙以尾画地,禹即按照其所画的路线来治理洪水,那么,应龙是怎么画的呢?经历了由河至海的哪些地方呢?按,先秦古籍中对"河"(黄河)、"江"(长江)区别甚严,此处只说"河"而不涉于"江",可见至少在楚地流传的神话传说中,洪水肆虐的地区在黄河流域。

两部文学作品——《诗经》与《楚辞》——的差别主要就由此而形成。

此外,也是由于自然条件的艰苦,我们的祖先还形成了重实际而轻玄想的态度。这种态度在当时对克服自然对人的压迫是必须和有益的。它直接作用于文学上,使上古文学——特别是《诗经》——中少有幻想的成分,同时也造成了神话的不发达;作用于思维特点上,则出现了下述注重具体和感受的情况。

注重具体和感受的思维特点

每个民族的文学都受其相应的思维特点的深重影响。而一个民族的思维特点最突出地体现在其哲学中,因为哲学是最注重思辨的学科。

说到哲学,首先应该重视的是《易经》。《易经》的情况非常复杂,那是一部以卦爻辞来预测吉凶的书。以卦而言,基本的是八卦;由八卦衍生为六十四卦。每一卦又有六爻。从预测吉凶的角度看,那当然是一部巫术性质的书;但从卦、爻演变的角度看,那又具有哲学性质。创造八卦者、演为六十四卦者、卦爻辞的制作者是谁,这是一个迄今难以解决的问题。但它是我国现存最早的具有哲学意味的书,则无疑问。值得注意的是:其卦、爻都以图象构成,而且其爻辞所言,多以物象或事件为喻。如乾卦初九爻辞:"潜龙,勿用。"意谓龙尚隐伏,不应有所动作;坤卦初六爻辞:"履霜,坚冰至。"意谓在履霜之时,就已预示着坚冰的将要出现。再如噬嗑六三爻辞:"噬腊肉,遇毒,小吝,无咎。"意谓在噬腊肉之时中毒,但毒很轻微,所以只是小有悔吝,并无祸患。在上引的三项爻辞中,第一、三项还明白告人以吉凶(第一项是说不采取行动则吉),第二项则连吉凶都不说明,要人从这样的物象变化中自己去体会。所以,它不是只提供抽象的原则,而是把抽象的原则与具体的东西一起提供,有时甚至只提供具体的东西。这也就意味着具体的东西比抽象的东西更为重要。这其实也正是由重实际的态度所决定的。

在先秦时期的其他哲学著作中,除了《老子》以外,都是论述实际问题或以寓言、故事来表述某种观点的。这虽然也反映了一定的哲学思想,但却看不出对于哲学思想的系统的、形而上的论述。这同样体现了重具体而轻抽象的特色。

同时,像《老子》这样的形而上的哲学著作,竟然没有形而上哲学所应有的辨析。例如《道经》的开头所提出的"道,可道也,非恒道也;名,可名也,非恒名也"(据马王堆汉墓帛书《老子》甲本),这是一种很深刻的认识;然而,什么是"道"?什么是"恒道"? 为什么"可道"的就非"恒道","可名"的就非"恒名"?

《老子》中对此没有一字一句的交代。由此可见,即使是老子,仍然没有严格地从事形而上的辨析,从而在一定程度上停留在感受的阶段。至于那些注重实际的思想家,当然更其如此。例如《论语》的第一句话,是"子曰:学而时习之,不亦说(悦)乎"。同样没有进行辨析。而且,这里并未作任何限制,应该是把它作为普遍现象的。那么,人们是否都为此而感到喜悦呢?这就牵涉到"好学"是否为人的天性。倘若是的,当然可以导致上述的结论。然而,魏的嵇康和张邈曾就"自然好学"的命题作过争论。张邈举出理由来证明这一点,嵇康则加以否定(见《嵇康集·难自然好学论》及其附录)。姑不论嵇康的理由是否比张邈的充足,就是从这争论本身来看,也足以说明"学而时习之"是否令人喜悦,并不是一个可以简单地判断的问题。所以,孔子在不加辨析的情况下,就把这作为理所当然的事情来宣布,其实是过于重视个人感受(也许孔子确实以为自己是这样的)的结果。感受由经验而得,经验又离不开实际;从而重感受而轻辨析在根底上仍是重实际而轻玄想。

我国上古时代这种注重具体、注重感受的思维特点,对于文学的影响十分重大。由于注重具体,上古文学多重视作品的直观性;由于注重感受,上古文学又偏向于述说主观的体会,当然这种体会仍力求具体。在中国传统诗歌中发挥了重大作用的"比兴",就是这两者结合的结果;抒情诗之所以在中国古代诗歌中具有十分重要的地位,当也与注重感受这一点有关。

汉语言文字的印记

上古时代的诗文普遍具有文字精练的特点,与当时的口语应已有距离,并成为以后书面语与口语割裂的滥觞。同时,在我国的第一部诗集《诗经》中,还存在句式大致固定与押脚韵的特点,也即句式以四言为主,押韵在句末,每句或者隔句用韵。这是我国诗歌所独有的特色,并对后代的诗歌形式产生巨大影响。而所有这一切都与汉语言文字——特别是汉字——的特性相联系。由此可见,我国上古时期的文学,不仅因运用汉语言文字来创作而与别国的文学所用的语言文字不同,而且在文学的形式上,还打着汉语言文字所特有的印记。语言的差别可以通过翻译来解决,而这种特有的印记则是翻译无法解决的。例如,倘将《诗经》第一篇《关雎》译成英文,它的押脚韵和通篇四言(每句的音节数相等)的特色就无法保留了。

汉字是单音节的方块字。其构成方法,汉代的许慎归结为六种:象形、指事、会意、形声、转注、假借。后来的学者通过对古文字——特别是甲骨文——的较深入的研究,对许慎的说法有所修正,陈梦家的《殷虚卜辞综述》认为古文字基本上为象形、形声、假借三种类型,即较许说合理。象形字和形声字都离不开图象,假借字的本字同样如此,因而先秦时期汉字的书写多少具有绘画的意味,颇为繁难。当时除铭文和帛书以外,文字一般是刻在竹简上的(甲骨卜辞则刻在龟甲、兽骨上);图象简单的还好刻些,较复杂的就很费力;倘是长篇记录自然更难对付。所以,遇到后一种情况,就很可能将文字加以浓缩,以致与口语脱节,形成言、文的分离。鲁迅早在上世纪30年代就针对胡适主张的战国前言、文一致的看法,在其所作《门外文谈》中提出:"《书经》有那么难读,似乎正可作为照写口语的证据,但商周人的的确确的口语,现在还没有研究出,还要繁也说不定的。""因为文字越容易写,就愈容易写得和口语一致,但中国却是那么难画的象形字,也许我们的古人,向来就将不关重要的词摘去了的。"他的怀疑是对的。如果我们把殷代的甲骨卜辞与《尚书》中的殷代文献《盘庚》对照,就会发现甲骨卜辞大多数都文从字顺,比《盘庚》好读得多;这是因为卜辞所记的事情都较简单,文字本就简短,不必多加浓缩,从而较接近口语的形态,如"今日雨？其自西来雨？其自东来雨？其自北来雨？其自南来雨？"(《卜辞通纂》375)倘要精练,至少第二至五句中的四个"雨"字是可省掉的。又如"帝令雨足年？帝令雨弗其足年？"(《卜辞通纂》363)第二句中的"帝令雨"三字也大可精简。其所以如此累赘,当是"照写口语"之故。而在《盘庚》中却丝毫没有这类"照写口语"的累赘痕迹。尤其值得注意的是,卜辞中常见"不其"、"弗其"一类的词,倘非在口语中本就如此使用,这个"其"字是完全没有必要加的。而在《盘庚》三篇中,虽多次出现"不"、"弗"字样,除中篇有"不其或稽"之语外,其余的"不"、"弗"下皆无"其"字,显然是对口语删略的结果。总之,《盘庚》并不是口语的记录,而是已与口语形态有距离的文章。

换言之,至迟从商代起,我国就已开始出现了言、文分离的现象。文、言不必一致的观念大概在那时就已确立,后来又进而发展为文必须与言有区别;文言文之长期流行,五四运动时期的提倡白话遭到一批人的反对,其故即在于此。所以,中国文学的形式在很长时间里都有其自己的、殊异于口语的准则和发展途径,很晚才出现基本上用口语写的文学作品。

《诗经》中诗歌的押脚韵,大概与追求音乐性和便于记忆有关(因当时的诗歌绝大部分都经过口头流传的过程,便于记忆就有助于它的流传),但句式的大致固定为四言却又为了什么呢？汉代的民间乐府很多是杂言体;敦煌曲子词以及宋词、元曲,句式也多变化。足见句式的固定并无助于音乐性的加强,因为宋词、元曲的音乐性都很强。而且,在人们的日常语言中,每句话的字数多少从来是不一样的。诗歌的句式大致固定为四言,与口语的距离实在太大。所以,倘若不是存在着文、言可以不一致甚或必须不一致的观念,《诗经》中的这种句式大致固定的现象是难以出现的。

不过,诗歌的押脚韵和句式的大致固定,又与汉语言文字的另一特点有关。由于汉字是单音节的方块字,加以书写繁难,其常用字必然不能多,否则人们就很难掌握和使用。因而汉字往往一字数义,也即一个字能顶好几个字使用,而且还能用两个或两个以上的字配置成种种复合词,其结果就使汉字中意义相同或相近的词很多。据《尔雅·释诂》所记,"始"的同义词有十一个,"乐"的同义词有十二个,"至"的同义词有十三个,"善"和"谋"的同义词各有十六个,"大"的同义词竟达三十九个,即此可见一斑。所以,用汉字押脚韵比较方便,因为可代用的词较多,要找一个能押韵的字不致太困难。《诗经》中常有这样的现象:表达同样意思的句子,所用的韵却不一样。例如《氓》的"其叶沃若"与《隰桑》的"其叶有沃",《南山有台》第一章的"万寿无期"("无期"为无穷期之意)与第二章的"万寿无疆"之类。另一方面,也正因同义词及意义相近的词很多,就较易用不同音节的词来表达同样的意思,何况有的词下面又可加虚字,所以控制句子的字数(音节)也不难。例如《诗经·羔羊》的"羔羊之皮,素丝五纯"和《诗经·郑风·羔裘》的"羔裘豹饰",其"羔羊之皮"和"羔裘"就意义说可以互换,此处乃是用不同的字样表达了同样的内涵,从而保持了四字句式。又如《诗经》的《汝坟》、《芄兰》、《出其东门》、《鸿雁》、《大东》均有"虽则"云云(如"虽则如燬"),《常棣》、《采菽》、《桑柔》等均有"虽"云云(如"虽有友生"),其用"虽则"处如改作"虽",就成了三字句,用"虽"处倘改作"虽则",就成了五字句。换言之,如果不是"虽"与"虽则"均可任意使用,那么,现在《诗经》中的有些四字句就不再能保留了。所以,汉语言文字的上述特点乃是诗歌押脚韵和句式大致固定的合适土壤。而我国后来的五言诗、七言诗以及五言、七言近体诗乃至骈文,又都是在这基础上发展起来的。

我国文学的自发阶段和异化的滥觞

上古时期,严格意义上的文学作品只有《诗经》和《楚辞》两部,具有不同程度的文学成分的作品,则有神话、历史散文和诸子散文。

《诗经》是我国第一部诗歌总集。所收作品均为抒情诗[①],以四言为主,绝大多数产生于黄河流域,包括今陕西、山西、河南、山东等地;少数出于今湖北省的若干地区,那已属于长江流域了。其时代大抵始于西周初,迄于春秋中叶,前后共五百多年。诗歌的内容,一般为日常的生活现象的咏歌,基本上没

---

① 一般认为《诗经》中包含少数史诗,似不确。详见本书第一编第二章。

有非现实性的虚构(有些内容虽涉及神话传说,但在当时是被作为实事的),感情较为温婉,但在抨击违背群体利益的行为时,也甚激烈。在艺术技巧上,较多运用比喻和象征手法,并已开始赋予作者的主观感受以具有直观性的形式。篇幅较短的诗,有不少写得很优美;长篇之作,虽在结构上不无稚拙之迹,但也颇有佳句和感人的章节。

《楚辞》产生于今湖北、湖南地区,属于长江流域的文化,但已受有黄河流域文化的影响。主要作家为屈原,值得注意的还有宋玉。屈原作品在根柢上虽重群体,但又时时强调自己的独特,因而被班固讥为"露才扬己"。其特色为感情热烈,怨诽深切,象征手法的运用已颇熟练而广泛。《九歌》与《离骚》并充满了非现实的瑰丽想像,富于浪漫情思。虽仍为抒情诗,但重视对对象的客观叙写,并取得了显著成绩。篇幅较长,结构已趋严整;《离骚》尤为特出。句式除四言外,较多运用六言、七言句,也有若干五言句,不但增加了变化,而且扩大了内涵的容量。所以,屈原的作品既继承了《诗经》的比兴手法等长处,又作了较全面的发展,具有显然相异的特色。宋玉的作品虽在总体成就上逊于屈原,但在对对象的客观叙写方面却有了很大的进步。

在诸子散文和历史散文中,最值得重视的是《庄子》和《战国策》。前者的想像闳肆,文字奇恣,后者的叙述婉委,兼擅铺陈,都具有较明显的文学色彩。

然而,不但《庄子》和《战国策》不是文学作品,就连《诗经》和《楚辞》也都不是文学发展的自觉阶段的产物。因为文学的基本功能是给予读者以美感,而当时的作者对于文学的性质、它的审美功能及其实现的途径都还没能明确把握。当然,这不仅是作者的观念问题,更重要的是实践问题。

在实践上,那些只具实用性而无真挚感情贯穿于其间的作品(例如《诗经》里某些用于宴会和祭祀的诗)固毋庸置论,就是一些相当优美、具有直观性的诗,也是作者将感动自己的具体情景径直移入诗中的结果,再创造的成分很少,近似于"天籁",例如,《诗经》中的《郑风·野有蔓草》、《魏风·十亩之间》[①]等。此类诗虽合于文学特性,但并非对于美感的自觉追求,实是文学发展的自发阶段的产物。

就当时诗歌作者的认识说,大致可分两类。一类是把诗歌作为舆论。如《诗经·魏风·葛屦》作者明言"维是褊心,是以为刺";同书《小雅·节南山》作者自述"家父作诵,以究王讻",都是要求诗歌发挥批判作用。另一类是强调诗

---

① 参见本编第二章第四节的有关分析。

歌的抒情性。这又可以分为两种。一种是希望将自己的感受告诉别人，《诗经·小雅·四月》所说"君子作歌，维以告哀"，就是要把自己的"哀"向人倾诉，以引起共鸣。这与把诗歌作为舆论来使用虽似不同，但都以获取别人的理解为目标。再有一种是为了求得自己心理上的平衡。《楚辞·九章·抽思》说："道思作颂①，聊以自救兮。""自救"为自我救解之意。内心的痛苦层层郁积，实在受不了了，通过诗歌加以发泄，就会好受一些，这便是所谓"自救"。《诗经·魏风·园有桃》说的"心之忧矣，我歌且谣"，内涵与此略同。由此言之，当时作者对诗歌的要求大抵不外两项：获得别人的理解和求得自己的安慰。

　　为了获得别人的理解，诗自应写得显豁。所以，先秦时期的许多诗歌在表达上都注重具体而避免抽象，与上述优美小诗之具有直观性相近似。诗歌之出现大量比兴手法，也与此有关。比喻——"比"——固然有助于表达的明白易解，象征——"兴"——手法在初期也多用于将较抽象的东西化为具体。但是，写得显豁的、别人能够理解的诗并不等于符合文学特性的作品，例如，它可以缺乏美感，甚或根本不能在感情上打动读者。所以，这样的要求虽与文学的特性有其可以相通之处，但还不是其完整、准确的体现。

　　另一方面，既是为了倾诉自己的感情，甚或企图以此来达到自我的心理平衡，自有可能在作品中把感情抒发得淋漓尽致，乃至赋予它以更强烈的、富于象征意味的形式，使读者深为感动。这也显然暗合于文学的特性，但同样不是对文学特性的完整、准确的把握。因为，纵使仅仅从抒情这一点来说，作者从上述要求出发，也可能一味沿着自己的思路，想到什么就倾诉什么，从而不能将其感情完整而集中地加以抒发，以致削弱其感动读者的程度。《诗经·邶风·谷风》中就有这样的情况②。有趣的是：此诗的作者所写的也是其在行路时缠绕着她的种种痛苦的心情，所谓"行道迟迟，中心有违"；其作此诗则是发泄心中的不平，以求得自我安慰。这与屈原的"道思作颂，聊以自救"若合符节，而效果却很不一样。

　　总之，上古文学处于我国文学发展史上的自发阶段，作者的写作主要是为了抒发自己的感受（即使是"以究王讻"或"是以为刺"，也是以抒发自己的感受为前提的），尚未出现对美感的自觉追求。

　　不过，即使在这一阶段，也已可以看到文学异化的滥觞了。那一方面

---

① "颂"通"诵"，此处指用于吟诵的作品。
② 参见本编第二章第三节。

是有些诗本为某些仪式的需要而作,诗人只是奉命完成任务,并非基于真实的感情;另一方面是通过对《诗经》的牵强附会的解释,赋予它以并不存在的道德、政治的内容,从而将它作为诗歌必须以道德、政治为出发点的示范。前者参见本书第一章第二节中《关于西周前期的〈雅〉〈颂〉》,后者在这里稍加阐释。

据《论语》记载:

> 子夏问曰:"巧笑倩兮,美目盼兮,素以为绚兮①,何谓也?"子曰:"绘事后素。"曰:"礼后乎?"子曰:"起予者商也,始可与言诗已矣。"(《论语·八佾》)

"巧笑"等句本是赞扬一位女性之美的,但孔子却由此而得出了"绘事后素"的看法,并对这种看法的进一步发展——"礼后"——大加赞叹,这已经显示了诠释《诗经》的一种导向。在战国楚竹书《诗论》中这种诠释方法被进一步强化了。其所涉及的《诗经》各篇都被加上了本不具有的道德、政治内容。如对《诗经》的第一篇《关雎》,就有"《关雎》之改"、"《关雎》以色喻于礼"、"以'琴瑟'之悦拟好色之愿,以'钟鼓'之乐……反纳于礼,不亦能改乎"、"《关雎》之改,则其思赋(益)矣"②等语。按,《关雎》是写一个男子思慕一位"窈窕淑女"的诗,其第四章有"窈窕淑女,琴瑟友之"的诗句,第五章(也即最后一章)则说:"窈窕淑女,钟鼓乐之。"《诗论》释第四章为"好色之愿",第五章为"反纳于礼",从而把整首的诗义归结为"以色喻于礼";而因为据《诗论》所释,《关雎》是从"好色之愿"转为"反纳于礼"的,所以赞为"不亦能改乎";这也就是所谓"《关雎》之改"的由来。汉代所传《鲁诗》(经今文学派"三家《诗》"之一)说《关雎》是周康王时大臣毕公刺康王好色晏起之作(见《诗三家义集疏》),与《诗论》所释可谓若合符节——希望康王由"好色"而"改"为"反纳于礼"。

对《诗经》中的作品的这一类牵强附会的解释,其实质是把《诗经》之诗作为道德、政治的工具来看待;当《诗经》被作为诗歌创作的典范——这是从汉武帝的独尊儒家开始的——时,这种对于诗歌的规定就更具有普适性了。当然,正如鲁迅所说,文艺作品并非不能用作政治宣传,但必须是"自然而然地从(作

---

① "巧笑倩兮"二句见于《诗经·卫风·硕人》,"素以为绚兮"一句,不见于汉代传下来的《诗经》。但从子夏的这个发问和孔子的回答来看,此句和"巧笑"二句当出于同一作品。所以,大概在孔子时代的《硕人》诗中本有这一句,后来佚失了。
② 见黄怀信《上海博物馆藏战国楚竹书〈诗论〉解义》,社会科学文献出版社2004年8月版,第23—31页。

者)心中流露的东西"①;而当诗歌被要求用来作为政治、伦理、道德的工具时,也就不再成为"自然而然地从心中流露的东西"了,这也就是文学的异化。所以,把诗歌作为"经夫妇,成孝敬,厚人伦,美教化"的工具,并要求其"发乎情,止乎礼义"——感情既要受"礼义"的束缚,其所作也就不可能是"自然而然地从心中流露的东西"了——之类的说法的盛行虽始于汉代②,但文学异化的滥觞实在先秦时期。

---

① 鲁迅曾先后说:"但在这革命地方的文学家,恐怕总喜欢说文学和革命是大有关系的,例如可以用这来宣传,鼓吹,煽动,促进革命和完成革命。不过我想,这样的文章是无力的,因为好的文艺作品,向来多是不受别人命令,不顾利害,自然而然地从心中流露的东西"(《而已集·革命时代的文学》);"一切文艺,是宣传,只要你一给人看。……那么,用于革命,作为工具的一种,自然也可以的","但我以为当先求内容的充实和技巧的上达……"(《三闲集·文艺与革命》。引者按:"但我以为……"句在原文是与其上一段"……自然也可以的"紧密衔接的)其所谓"内容的充实"首先就是要求作者真实地抒发内心的感受。因为在他写《文艺与革命》的第二年(也即1929年)所作的《叶永蓁〈小小十年〉小引》中又说:"中国如果还会有文艺,当然先要以这样直说自己所本有的内容的著作,来打退骗局以后的空虚。因为文艺家至少是须有直说己见的诚心和勇气的,倘不肯吐露本心,就更谈不到什么意识。"(《三闲集》)可见鲁迅所要求的文学作品的内容,首先是"直说自己所本有"的感受,也即出于"直抒己见的诚心和勇气";这不过是"自然而然地从心中流露的东西"的另一种说法。所以,他虽然认为文艺作品可以用来作为政治上的宣传的工具,但同时又必须是"自然而然地从心中流露的东西"。
② 见《毛诗序》。详见本书第48页。

第一章 文学的起源和中国早期神话

第一节 文学的起源

在中国文学史研究领域中,艺术——包括文学——起源于劳动之说曾经颇为流行。如果以"劳动创造了人本身"①为理由,这种说法当然可以成立。因为,倘不是劳动创造了人类,又何来人类的艺术?但若认为艺术直接起源于劳动,那就存在着一些需要进一步阐述的问题。

主张艺术直接起源于劳动的论著,其所依据的,据说是普列汉诺夫的《没有地址的信》和《艺术与社会生活》中的关于原始艺术的论述。不过,作为马克思主义理论家的普列汉诺夫在这两部著作中从没有作过这样简单的论断。以文学而论,他说的是:

> 毕歇尔深信,诗歌的产生是由精力充沛的具有节奏感的身体动作、特别是我们称之为劳动的身体动作所引起的;这不仅在诗歌的形式上是正确的,而且在内容上也是如此。
>
> 如果毕歇尔的这些出色的结论是正确的,那末我们就有权利说,人的本性(他的神经系统的生理本性)给了他以觉察节奏的音乐性和欣赏它的能力,而他的生产技术决定了这种能力后来的命运②。

在这里,第一,诗歌的产生既是由精力充沛的具有节奏感的身体动作所引起的,而劳动仅仅是这样的身体动作中的一种,尽管是特别重要的一种,但也不能因此而否定所有其他的这类身体动作的存在,断然宣称艺术——文学——起源于劳动。第二,如果没有"人的本性"所给予人类的"觉察节奏的音乐性和

---

① 恩格斯语。见《马克思恩格斯选集》,人民出版社1972年版,第三卷,第508页。
② 《没有地址的信·第一封信》,曹葆华译,人民文学出版社1962年版,第40—41页。

欣赏它的能力",那么,虽有劳动或其他类似的身体动作,也仍然不能"引起""诗歌的产生"。第三,"觉察节奏的音乐性和欣赏它的能力"乃是人的审美能力的一个方面。

所以,根据普列汉诺夫的观点,劳动是引起诗歌产生的"精力充沛的具有节奏感的身体动作"中特别重要的一种,而诗歌赖以创造出来的,则是"人的本性"所赋予的审美能力。当然,这种审美能力必然受到当时的生产力状况和生活方式的制约,正如普列汉诺夫在《没有地址的信·第一封信》中所曾指出的:"原始狩猎者的心理本性决定着他一般地能够有美的趣味和概念,而他的生产力状况、他的狩猎的生活方式则使他恰好有这些而非别的美的趣味和概念。"

根据现有资料,文学中最早出现的是诗歌。所以,文学从其最初的门类产生之日起,就是跟"人的本性"以及由此派生的人的审美能力(自然也离不开美感)联系在一起的。

从普列汉诺夫所引用的上述毕歇尔的意见,可知最早诗歌的主要功能在于其节奏的音乐性,而不是其词句的内涵。关于此点,在我国早期诗歌中也可找到若干印证:

> 今夫举大木者,前呼"邪许",后亦应之,此举重劝力之歌也。(《淮南子·道应训》。引者按:《淮南子》之前的《吕氏春秋·淫辞》也有类似记载,"邪许"作"舆谔")

> 邻有丧,舂不相。(《礼记·曲礼上》。郑玄注:"相者,声以相劝,歌以助舂,犹引重者呼'邪许'也。")

这种"邪许"之声以及与之相似的"相",显然只体现出某种节奏,而不存在词句方面的含义。此外如《诗经·周南·芣苢》,其词句的含义也简单到毫无吸引人之处,它的主要功能恐仍在体现节奏①。但另一方面,无论是怎样简单的节奏,人们在歌唱时也必然含有某种感情;例如"邪许",就是与振奋之情联系在一起的,所以能起到"劝力"的作用。总之,即使是最原始的、简单的诗歌,也总是表现一定感情的,不过有时是用节奏而非歌词的含义来表现而已。

至于我国的文学究竟起源于何时,目前已无任何可资依据的材料。以现存的文学作品而论,当以《诗经》为最早。另有一些相传为黄帝、尧、舜时代的歌谣,则均出于伪托。

---

① 详见本编第二章的有关分析。

第二节　中国的早期神话和传说

人类早期的神话、传说并不就是文学，但却含有文学的成分，并往往对后世文学产生颇大的影响，因此也是研究文学史所必须注意的方面。

马克思说："任何神话都是用想像和借助想像以征服自然力，支配自然力，把自然力加以形象化。"(《政治经济学批判导论》)普列汉诺夫在论述原始社会的"万物有灵论"时的一段话也适用于早期神话："原始人的知识非常贫乏，他是'根据自己来判断'的，他把自然现象都说成是一些有意识的力量的故意的行为(按，这也就是"把自然力加以形象化"——引者)。这就是万物有灵论的起源。"(《没有地址的信·第五封信》)原始人在把自然现象说成"有意识的力量的故意的行为"并进而征服自然力的过程中，充分地运用了幻想和想像，虽然这并不是自觉的行为，但却与文学的形象思维有共通之处，因而具有文学的成分。

由神话的上述性质所决定，原始神话所反映的乃是人与自然的矛盾。现存的中国古代神话主要保存在《山海经》、《楚辞》、《庄子》、《淮南子》等书中，前三种都出于战国时期，后一种出于汉代。而其所记神话，当都出于这些著作成书之前。

我国保存下来的古代神话不多，关于自然灾害的占了很大的比重。这也反映了我国古代自然条件的艰苦。

这里首先要举出来的是女娲补天的神话：

> 往古之时，四极废，九州裂，天不兼覆，地不周载。火爁炎而不灭，水浩洋而不息。猛兽食颛民，鸷鸟攫老弱。于是女娲炼五色石以补苍天，断鳌足以立四极，杀黑龙以济冀州，积芦灰以止淫水。苍天补，四极正，淫水涸，冀州平，狡虫死，颛民生。(《淮南子·览冥训》)

这种灾难是很可怕的景象。而从女娲所采取的四项措施来看，此等景象的主要成因实在于苍天缺、四极废、黑龙肆虐、洪水为害；是以在她"补苍天"、"立四极"、"杀黑龙"、"止淫水"后，就获得了"颛民生"的效果。而黑龙与洪水当又互有联系，想来是由于洪水泛滥，水中的凶猛动物也就随着大肆危害人类了。同时，"四极废"与"天不兼覆"实际上是不可能的事，纯出于初民的想像。所以，造成此等可怕景象的真实原因，实仅洪水与水中动物两项，归根到底也就是巨大的水灾。

在我国神话中，女娲又是人类的创造者。《太平御览》七十八引《风俗通义》:"俗说天地开辟,未有人民。女娲抟黄土作人,剧务,力不暇供,乃引绳絙于泥中,举以为人。故富贵者黄土人也;贫贱凡庸者絙人也。"①这一记载出现较晚,且已显然打上阶级意识的烙印,自非早期神话的原貌。不过女娲造人的神话当出现于屈原以前,是以《天问》有"女娲有体,孰制匠之"的疑问。意为人类既是女娲所造,那么女娲的形体又是谁制造的呢②? 正因女娲是人类的创造者,她所克服的这一水灾大概是人类出现以来的第一次。神话中的第二次大水灾则发生在颛顼时期。《淮南子·天文训》:"昔者共工与颛顼争为帝,怒而触不周之山,天柱折,地维绝。"这与女娲神话中的"四极废,九州裂"实是同样的意思,不可能不与别的自然灾害相联系。《淮南子·本经训》又说:"共工振滔洪水,以薄空桑。"空桑为地名,即颛顼之都③。足见共工的触不周山,也引发了洪水;也许在神话中他本是要以洪水来淹没颛顼之都才特意造成"天柱折,地维绝"的局面的。

从《淮南子》等书所保存的神话、传说来看,由共工引发的这次洪水,是在虞舜末年才由禹治理平定的④。若以《史记·五帝本纪》所载唐尧、虞舜的在位年数为依据,这次洪水前后延续了至少一百年以上。禹及其父亲鲧乃是古史传说人物,但古籍中关于他们治洪水的记载却颇有神话意味。

> 洪水滔天,鲧窃帝之息壤以堙洪水,不待帝命,帝令祝融杀鲧于羽郊。鲧复生禹,帝乃命禹卒布土以定九州。(《山海经·海内经》)

这是鲧、禹治理洪水之事的大致轮廓,其间还有好些具体的情节。

其一,鲧、禹在治水的过程中,都有动物给他们以教示。所以,《楚辞·天问》说:"鸱龟曳衔,鲧何听焉?""应龙何画? 河海何历?"后两句是指禹在治水时,有神龙以尾画地,指点疏泄洪水的方向;其发问的意思是:神龙当时是怎么以尾画地的? 洪水是怎样地经河入海的? 至于前两句,前人的注释不尽一致;参以"应龙"两句所说,此两句中"鸱龟"的"曳衔"当与应龙的以尾画地起着同样的作用。《天问》作者对此的疑问是:鲧怎么会听从这类动物的指示?

其二,两人在治水时都用了息壤。《淮南子·墬形训》:"凡洪水渊薮,自三百仞以上二亿三万三千五百五十里,有九渊。禹乃以息土填洪水,以为名山。"这里所说的"息土",当即《山海经》所说鲧曾用来"堙洪水"的"息壤";"壤"和"土"本

---

① 今本《风俗通义》无此记载。
② 现代学者据汉武梁祠画像及出土古器物上的画像,参以少数民族的传说,考证出女娲和伏羲是传说中人类的始祖,两人以兄妹而为夫妇。不过,此种传说与女娲造人神话的关系,仍是值得研究的问题。
③ 《吕氏春秋·古乐》:"帝颛顼生自若水,实处空桑,乃登为帝。"
④ 吕思勉《先秦史》曾综合古籍中的神话、传说而得出结论说:"自共工至禹,水患一线相承。"

是同样的意思。如此深广的洪水渊薮,禹竟能用息土将之填塞,可见这实是一种特别的神土。大概在神话传说中治洪水非此不可。不过禹用它而获得成功,鲧却因用它时没有得到帝的批准而被杀,这也实在是不平的事。因此《天问》作者对于鲧的被杀感到难以理解,提出了"(鲧)顺欲成功,帝何刑焉"的质问。

其三,两人都曾化身为熊,只是一在死后,一在生前。《国语·晋语》:"昔者鲧违帝命,殛之于羽山;化为黄熊,以入于羽渊。"是鲧在被杀后化为黄熊。《天问》则说:"(鲧)化为黄熊,巫何活焉?"据唐兰《〈天问〉"阻穷西征"新解》所考,这两句是问:鲧化为黄熊后,巫是怎么使他复活的呢?可见鲧后来又复活了。又,《淮南子》记:禹治洪水时,要打通轘辕山,他就化身为熊,以从事这一繁重的劳动。有一次他妻子涂山氏来送饭,"见禹方作熊,惭而去。至嵩高山下,化为石"。其时涂山氏已怀孕,禹就对她所化的石说:"归我子。"于是石头朝北的一方裂开,生下了他们的儿子启①。

比较起来,在我国早期的神话传说的人物中,鲧、禹的事迹是要算多的;在这方面可与鲧、禹比肩的是后羿。鲧、禹是治水的英雄,后羿则是抗旱的英雄。

> 逮至尧之时,十日并出,焦禾稼,杀草木,而民无所食。猰貐、凿齿、九婴、大风②、封豨、修蛇皆为民害。尧乃使羿诛凿齿于畴华之野,杀九婴于凶水之上,缴大风于青丘之泽,上射十日而下杀猰貐,断修蛇于洞庭,擒封豨于桑林。万民皆喜,置尧以为天子。(《淮南子·本经训》)

巨大的旱灾导致了各种凶猛的禽兽的横行,后羿不仅杀死了这些禽兽,而且"上射十日",从根本上解决了旱灾问题。不过,《淮南子·本经训》所记,只是故事的梗概,有些具体情节被删略了。例如,从《天问》中的"羿焉彃日,乌焉解羽"、"冯珧利决,封豨是射,何献蒸肉之膏,而后帝不若"等句,可知后羿射日时,把日中的乌也射死了(根据古代神话,日中有蹲着的、三只脚的乌鸦③);他擒封豨,也是先射后擒的,擒获后又把它杀死,并以其肉和脂膏献给天帝,但天帝却并不喜欢。

在上引的《淮南子·本经训》这段记载以外,羿还有一些其他的事迹。《山海经·海内经》说,是上帝派遣羿来扶助下方的,并赐给他红色的弓和白羽箭④,所以他为下民去除各种灾难。另据《天问》及《淮南子》,他不但解决了

---

① 今本《淮南子》无此记载,见《汉书·武帝本纪》颜师古注引。
② "大凤"即"大风",是一种凶猛的大鸟。
③ 见《淮南子》、《春秋元命苞》等书。
④ 《山海经·海内经》原文作"帝俊赐羿彤弓素矰,以扶下国"。帝俊是传说中东方殷族所奉祀的上帝。

旱灾，也与水患斗争。唐尧时河伯"溺杀人"，羿就射瞎了他的左眼。但对雒水女神却很好，娶她为妻①。

说到羿的妻子，人们就会想到嫦娥。据《淮南子·览冥训》及高诱注，后羿从西王母处得到不死之药，他的妻子嫦娥把药偷吃了，就飞升到月宫。这是我国很有名的神话，但不知其与羿妻雒嫔为同一神话的两个阶段（可能是羿先妻雒嫔、后娶嫦娥，但也可能是在嫦娥奔月后又妻雒嫔），抑或为彼此独立的两个神话，今天已无从考知了。

总之，羿在我国也是事迹众多的少数英雄之一，这同样反映了先民对他喜爱的程度。

从上述介绍，可以得出如下的结论：我国的早期神话虽然并不发达，但却具有显然不同于世界著名的希腊神话的特色。第一，这些神话人物（或具有神话色彩的传说人物）除极个别的以外，都是为民除害的英雄。至于个人的利害得失，他们并不挂怀。禹在父亲鲧受到不公正的处分以后，仍然全心全意地治水，甚至不惜化身为熊，以致妻子变而为石。羿在妻子嫦娥奔月以后，既不千方百计地去把她追回来，也没有任何报复行为，至多另外娶了一个妻子——雒嫔。这与奥林匹斯山上诸神的斤斤于个人恩怨甚或沉溺情欲成为鲜明的对照②。第二，中国神话对既存秩序持肯定态度。无论天上的帝（例如赐羿弓箭的帝俊）或人间的帝（例如命羿除害的尧）都关心民众，为民造福。对鲧的处分虽似过重，但仍重用其子禹，而且鲧最后也复活了。至于为害人群的共工，则终于自食恶果③。换言之，中国神话中的既存秩序是合理而有益的，因而并无受歌颂的反抗的英雄。希腊神话中的主神宙斯却颇有荒唐的行为，甚至到人间去偷情，他的妻子——天后赫拉又很妒忌，不但迫害宙斯的情人，甚至迫害其后裔。普罗米修斯窃火与人类，这本是为民谋利益的好事，但宙斯却因此而把他锁在高加索山崖，由神鹰每天去啄食他的肝脏，夜间伤口愈合，天明再啄。

---

① 《天问》原文为："帝降夷羿，革孽夏民。胡射夫河伯，而妻彼雒嫔？冯珧利决，封豨是射……"王逸《楚辞章句》及洪兴祖《楚辞补注》都以为"夷羿"是夏时的诸侯有穷羿；洪兴祖并说"射河伯、妻雒嫔"的为"尧时羿"，"革孽夏民，封豨是射"的为"有穷羿"，意为《天问》误合两个羿为一人。按，现代学者已有人指出，此"夷羿"即"尧时羿"，也即后羿，是。"夏民"犹言"下民"，非指夏朝之民。夷，大。"革孽"，犹言更生，"孽"通作"蘖"（"蘖"可通"蘖"，见《说文》"蘖"字段注），"蘖与萌芽同义"，见王念孙《广雅疏证·释诂》。羿擒封豨事见上引《淮南子》。彼言"擒"，此言"射"，盖射而擒之耳。

② 奥林匹斯（Olympus）是希腊东北部的一座高山，希腊神话中的诸神都居于该山山顶。关于希腊神话中诸神的行为，可参看《伊利昂纪》、《奥德修纪》及古希腊悲剧作家埃斯库罗斯的《被缚的普罗米修斯》等作品。

③ 《淮南子·原道训》："昔共工之力，触不周之山，使地东南倾。与高辛争为帝，遂潜于渊，宗族残灭，继嗣绝祀。"按，高辛为颛顼之子。是共工不但与颛顼争为帝，且又与高辛争为帝。

普罗米修斯始终不屈。后得希腊神话另一英雄赫拉克勒斯的解救,始得脱难。而赫拉克勒斯也是不断遭受天后赫拉迫害的、富于反抗性的人物。可见在希腊神话中,既存秩序不尽合理,因而反抗性的英雄备受歌颂;而这也显然与中国古代神话异趣。

两相对照,我们可以看出在中国早期神话中,就已渗透了重群体而轻个体的意识,并且这种意识是与肯定既存秩序联系在一起的。

最后简单地说一说我国神话是否发达的问题。在上世纪的二三十年代,我国的著名学者(例如鲁迅等)都断定我国古代神话并不发达。在上世纪50年代较大规模地批判"民族虚无主义"之后,对以前的有些见解重新思考,有的学者认为我国古籍中提及神话的不少,不能算不发达,只是没有加以汇集,是以日渐散佚。但就现存古籍中的神话来看,远不能形成诸神的谱系;就各个具体的神话来看,也没有前后连贯的矛盾冲突和较丰满的思想感情,连外形的交代也很少;诸如希腊神话中赫拉克勒斯那样完成十二项英雄业绩、而且其业绩具有相当丰富而生动的内容的人物,在我国早期神话中就没有。所以,鲁迅等人断言我国的古代神话不发达[①],确是有其依据的。这不是我国民族的耻辱,而是显示了我国民族文化很早就形成的特色:重实际而轻玄想。

---

① 见鲁迅《中国小说史略》。

第二章　西周至春秋时期的诗歌

中国有文献可征的时代是从商开始的,但有文学作品留下来却大致始于西周。也许有个别作品实际上产生于殷末,但后世已无从辨认,只好一概作为西周作品来看待。

周及其以前的商都是诸侯联盟的时代,周天子乃是联盟的首领。在一般情况下,诸侯对天子承担一定的义务;但在统治自己的诸侯国方面,他们不受天子的干预。周原来建都于镐(今陕西长安县西北),周幽王十一年(前771),申侯——诸侯国申的统治者——引西夷、缯人、犬戎兵攻幽王;幽王被杀。次年,其子平王迁都于雒邑(今河南洛阳市洛水北岸),史称东周;而称其以前为西周。东迁以后,周天子名存实亡,已起不到诸侯联盟首领的作用。不过,在东周的前半期,即历史上所谓的春秋时期(前770—前477),诸侯国的领袖中还有一些人在尊崇天子的名义下,依靠自己国家的力量,在一定范围内承担起诸侯联盟首领的任务。在这以后,诸侯国就完全凭借自己的实力相互争夺,对东周统治者连名义上的尊崇都没有必要了。从周元王元年(前476)起,我国就进入了战国时代。

我国现存的最早文学作品是诗歌。我国第一部诗歌总集《诗经》所保存的诗即作于西周至春秋时期(个别也许作于殷末)。此外在《周易》中可能有一些西周甚或更早时代的类似歌谣的作品,如"鸣鹤在阴,其子和之。我有好爵,吾与尔靡之"(《中孚》九二)之类,但一则这些作品的具体时代无法确定,再则它到底是一首完整的歌谣抑或仅是一首歌谣中的一部分也难以判断;所以,研究西周至春秋时期的诗歌只能以《诗经》为依据,并尽可能地从中寻找发展的脉络。

第一节　西周至春秋的诗歌总集——《诗经》

《诗经》本只称为《诗》。因为它很受到以孔子为首的儒家学派的推崇,汉代从武帝起独尊儒学,它也就被作为儒家经典之一,称为《诗经》。它分为《风》、《雅》、《颂》三部分。据《毛诗序》解释,《风》有"风化"、"风刺"之义,是在上者对下进行教化,在下者对上进行谏诫、讥刺的作品;《雅》是"正"的意思,所收为"言王政之所由废兴"的作品;《颂》是对统治者的颂歌,并用于祭祀、祈祷,所谓"美盛德之形容,以其成功告于神明者也"。后世研究者对《毛诗序》关于《颂》的解释一般无异议,但有所补充,如阮元认为《颂》在演奏时是配合舞蹈的(《释颂》),王国维认为"《颂》之声较《风》、《雅》为缓"(《说周颂》)。至于《风》,则既无教化意味、又非"风刺"之诗不少,《毛诗序》的说法显然不符合实际,故后世研究者多取"风"为"风土"之意,信从朱熹之说,以为《风》所收为"民俗歌谣之诗"(《诗集传》)。"雅"虽有"正"的意思,但因"政"也可释为"正",《毛诗序》就进而释"雅"为"政",并把《雅》定义为关于"王政"的作品,未免过于迂曲,现代研究者一般不取此说;但《雅》的含义究竟是什么,目前也尚无一致意见。较稳妥的一种说法,是据《荀子·王制》"使夷俗邪音不敢乱雅"之语,释"雅"为"正声";因《雅》所收皆为西周王朝所在地——即所谓"王畿"——的作品,故奉为正声①。但《雅》又分为《小雅》、《大雅》,若据此说,则区别"小"、"大"的依据又何在呢?对此尚无圆满解释。有人认为是依据其应用场合和音乐特点的不同,但《小雅》和《大雅》中都有若干批评时政的诗,很难说它们的应用场合有什么分别。至于两者的音乐特点,现仍毫无所知,更难辨其异同。

现今所见《诗经》共三百零五篇,另有《小雅》中的六篇有目无诗。其中《风》分为《周南》、《召南》、《邶风》、《鄘风》、《卫风》、《王城风》(《毛诗序》称之为"王风";此据郑玄《诗谱》)、《郑风》、《齐风》、《魏风》、《唐风》、《秦风》、《陈风》、《桧风》、《曹风》、《豳风》,共十五类。《周南》、《召南》为周的"南国"(犹言南方的疆土)之诗。其地于周初属周公旦、召公奭分管②,故分别称为"周南"、"召南"。至其地域,实远至今湖北省的江、汉流域(在汉水流域原有不少与周同姓

---

① 在上海博物馆所藏战国楚竹书《诗论》中,"雅"不称"雅"而称为"夏",且有"少夏"之称(当即指"小雅")。古代"雅"、"夏"可以通假,"小"、"少"义亦相通。然而,是"雅"为"夏"的通假字抑或"夏"为"雅"的通假字却又是问题。倘若"雅"为正字,则古今学者对《诗经》中"雅"的研究自仍不受影响;倘若"夏"为正字,那么,"夏"有"大"义,西周王畿地区的诗乐较其他邦国、地区的更为重要,故称之为"夏",自也合于情理。但何以要分"少夏"、"大夏"则仍有待于进一步研究。
② 《诗经·大雅·崧高》:"亹亹申伯,王缵之事。于邑于谢,南国是式。王命召伯,定申伯之宅。"此为周宣王时诗,所言"召伯",当为周初召公奭的后嗣。"谢"在今河南省南阳市东南。可知周初命周公、召公分治南国的制度,至周宣王时仍继续维持,故在南国"定申伯之宅",而必须下命令给召伯。

的小国，后来大抵被楚吞并①），也含有河南汝河流域的地区。《王城风》为东周政府所在地雒邑一带的诗歌。余均为诸侯国之诗，"卫"、"郑"、"齐"、"秦"等均为诸侯国名。故《风》又称《国风》②。《雅》分为《小雅》和《大雅》，均为西周时王畿之诗。《颂》分为《周颂》、《鲁颂》、《商颂》三部分。《周颂》为西周王朝的颂歌。《鲁颂》为春秋时歌颂鲁僖公的作品。《商颂》出于春秋时的宋国，是祭祀成汤、中宗、高宗等商代先王之诗，并歌颂他们的功德；因为宋的统治者是商王的后裔。

就《诗经》的这三百零五篇作品来看，其中既有统治阶层的诗，包括统治集团举行祭祀及其他重大仪式时的乐歌，也有众多民间歌谣。其创作时代早的为周初甚或殷末，晚的为春秋中叶，前后共五百多年。其诗篇所出之地，包括今陕西、山西、山东、河南、湖北等地区，十分广大。那么，这些诗歌是怎么收集起来，又如何编辑成书的呢？

大致说来，这些作品是先集中到周王朝的有关机构，加以整理，配置音乐，再推广到有关诸侯国的③。汉代人认为周王朝派有专门的采诗人，这些诗歌就是他们采集所得（见《汉书·食货志》及《艺文志》、《公羊解诂》等），但后世也有人据《礼记·王制》"天子五年一巡守……命大师陈诗以观民风"之语，认为是天子巡狩时由诸侯国所献。这两种说法都不尽合理④。

推想起来，《周颂》和《大雅》、《小雅》中周王朝举行祭祀和其他重要仪式时演奏的乐歌自是特意命人制作，并由乐官加以保存的；一些有重大政治意义和歌颂君明臣贤的诗，也可能在当时就配乐并交乐官保存，那些批评时政的诗，虽不为最高统治者所喜欢，但也许会受到统治阶层中非主流派的重视，有的就因此而得以留存，等到现政策的推行者遭到失败，这些作品也就有可能受到普遍的赞赏并配乐歌唱。所以，《周颂》和二《雅》之集中于周室，是用不到经过采诗、献诗之类手续的。《国风》中的《豳风》，为豳地之诗，豳与周室关系密切，故

---

① 见《左传·僖公二十八年》。
② 在上海博物馆所藏战国楚竹书《诗论》中有"邦风"之称却无"国风"之名；其称为"国风"，当是刘邦为皇帝后"邦"字必须避讳，所以汉代人就称之为"国风"了。后世即沿用此一称呼。
③ 据《左传》所载，襄公二十九年吴公子季札来到鲁国时，"请观于周乐"，获得同意，乐工为他歌唱了《诗经》的《国风》、《小雅》、《大雅》和《颂》（当指《周颂》——引者）。由此可见，这些作品都是配乐演唱的，当时的诗歌与音乐仍然密切联系而不可分离；而《诗经》诸篇既称"周乐"，自是周的乐官为之配乐，所以它们必然先集中于周室，再由周室于配乐后将它们颁发给一些国家。鲁国是周公之后，与周室关系亲密，故能得到"周乐"；吴在当时被视为蛮夷，不可能有此光荣，季札只能在访问鲁国时提出"请观于周乐"的请求了。
④ 崔述《读风偶识》卷二"通论十三国风"对"采诗"说提出过尖锐、有力的质疑。至于"献诗"说，则周自东迁后，统治力量衰弱，即使西周原有"天子五年一巡守"的制度，东周也已无力实行，更不可能到秦这样遥远的国家去巡狩，那么《秦风》等诗又是怎么来的？

西周时能得《豳风》七篇。至于其他地区的诗,因关系无如此之密,相隔又远,只能藉偶然的机缘陆续得到一些,是以在整个西周时代,所得甚少。倒是周室东迁以后,建都于雒,与中原地区的诸侯国交往方便了,故所得各国之诗反而远超西周时。换言之,周室之得到诸侯国诗,恐并无采诗、献诗之类的制度保证,是以五百余年所得仅一百五十篇(《王城风》不计在内)。

不过,把《诗经》编成目前的样子的,大概是鲁国人。从《左传》中鲁国乐工为季札歌唱"周乐"的记载来看,"周乐"的《颂》实只有《周颂》而无《鲁颂》、《商颂》①。《诗经》若由周的乐官或其他人员所编定,就不会有《鲁颂》和《商颂》。而且,《鲁颂》所颂的是春秋时的鲁僖公。鲁在春秋时至多算得上中等国家,僖公也至多算是中等的君主,把歌颂鲁僖公的诗与歌颂周的文、武、成王诸人之诗皆列于《颂》,实属拟于不伦;将春秋时秦、齐等大国的诗列于《风》,而独将鲁诗列于《颂》,亦非事理之平。所以,只有《诗经》为鲁国人所编定,这种现象才解释得通。何况鲁国本有十五《国风》、《小雅》、《大雅》和《周颂》诸篇的歌词,具备编定《诗经》的条件。

那么,《商颂》又是怎么回事呢?汉代的《诗经》研究者对它的时代有两种对立的意见,一种认为它是商代的诗,一种认为它是春秋时宋国大夫正考父所作。经清代很多学者的多方考证,以后一说为是(参见王先谦《诗三家义集疏》)。正考父为孔子的祖先。陈奂《诗毛氏传疏》认为《诗经》之有《商颂》是孔子收录的,这也颇有可能。因为《诗经》纵使非孔子所编,但也经过他的整理、刊定②。

然而,《诗经》所收作品的时代既达五百年之久,为什么作品却只有三百多篇呢?所以,《诗经》中所收之诗当非这五百年中所产生的全部作品。《史记·孔子世家》中说:"古者《诗》三千余篇,及至孔子,去其重,取可施于礼义,上采契后稷,中述殷周之盛,至幽厉之缺——始于衽席,故曰《关雎》之乱以为《风》始;《鹿鸣》为《小雅》始;《文王》为《大雅》始;《清庙》为《颂》始——三百五篇。

---

① 这一记载对季札对《风》、《雅》各部分的评论都记得很清楚。如季札对两个或三个部分评价相同,合在一起评论,对某些部分没有评论,也予载明。关于《颂》,该记载却只是说:"为之歌《颂》,曰:至矣哉!……"倘"周乐"中的《颂》就有《周颂》、《鲁颂》、《商颂》三部分,即使季札对它们的评价相同,该记载也当作"为之歌《周颂》、《鲁颂》、《商颂》,曰……"故知当时的"颂"实只《周颂》,是以不必分列。又因其所歌者本为"周乐",故其所谓《颂》自是《周颂》,不必再为标明。

② 据《史记·孔子世家》载:古者诗本三千余篇,孔子加以删削而存三百五篇;这意味着今本《诗经》是孔子所编定的。郑玄《诗谱序》则说:"孔子录懿王、夷王时诗,讫于陈灵公淫乱之事,谓之'变风'、'变雅'。"这也意味着《诗经》中至少有一部分诗为孔子所编录("变风"、"变雅"指《诗经》中产生于衰乱之世的作品)。后世否定孔子删诗说的研究者如朱熹等,对《诗经》经孔子重新整理、刊定这一点也并不否定。

孔子皆弦歌之,以求合《韶》、《武》、《雅》、《颂》之音。"现代学者受宋段昌武《毛诗集解》和清赵翼《陔馀丛考》等的影响,多不信此说。但在近些年发现的战国楚竹书中,却有两篇《诗经》以外的作品;又有三十九篇曲目,其中一篇名《硕人》,与《诗经》中的《卫风·硕人》同名。这些曲应该都有歌词——诗篇,所以,除《硕人》以外的三十八首歌词的内容已经亡佚了[①]。《孟子·离娄下》说:"王者之迹熄而诗亡,诗亡而后《春秋》作。"可见孟子已不知道在《诗经》之后还有诗歌流传下来了。所以,见于战国楚竹书以外的那两篇《诗经》不收的诗和三十九篇曲目中除《硕人》以外的三十八篇当都是《诗经》同时代的作品。仅仅依据战国楚竹书,就可知道在《诗经》时代还存在过四十篇为《诗经》所不收的诗,那么,说《诗经》时代所产生的诗绝不止三百篇自是毫无疑义的事。至于到底有多少篇,未保存于《诗经》中的诗是否为孔子所删,今天已无可究诘了。

还应说明的是:《诗经》的成书虽晚至春秋时期,收入《诗经》中的有些作品却早已在一定范围内流传并产生了较大的影响,例如,《小雅·小弁》末章:"莫高匪山,莫浚匪泉。君子无易由言,耳属于垣。无逝我梁,无发我笱。我躬不阅,遑恤我后!"所说的是:作者已为"君子"所弃,但犹谆谆嘱咐君子"无易由言";既而想到自己已不为"君子"所容,又何暇顾及"君子"今后的所为。其最后四句也见于《邶风·谷风》。两者之间当有承袭关系。而就《小弁》来看,"无逝"两句在此章中既与其上下文不相贯联,与全篇亦无联系。《邶风·谷风》所写则为妇人被丈夫弃逐后的思想感情,她对家中的一切仍然恋恋不舍,所以希望不要去动她设下的鱼梁和鱼笱;但接着就意识到自己既已被弃,这种希望实属多余。可见这四句在《邶风·谷风》中是很自然而和谐的,当为该诗所原有;《小弁》则是袭用,类似于后世的用典。又如《小雅·出车》中的"喓喓草虫"六句,实取自《召南·草虫》,唯将《草虫》中的"亦既见止"一句改为"既见君子"而已。至于《小雅·谷风》的第一二章显为《邶风·谷风》诗意的深化,《郑风·野有蔓草》在构思上曾得益于《小雅·蓼萧》(这些均将在下一节中具体加以分析)。这都可见《诗经》中有些作品早已在其流传过程中对后来也被收入《诗经》的另一些作品发生了影响。其发生的过程,大致是这样的:当诸侯国的诗歌流传到王畿时,就受到该地贵族及乐官的重视,有时并作为自己创作的借鉴;当王畿所有的诗歌(包括从别处传入的)配上音乐成为所谓"周乐"而传到诸侯国时,情况同样如此。《小弁》、《出车》、《小雅·谷风》所受到的影响代表了前者;《野有蔓草》所受的影响则是后者的代表。所以,无论是诸侯国的诗歌传进王畿抑或"周乐"传到诸侯国都是在漫长时期里逐渐进行的,诗歌

[①] 参见上海博物馆藏《战国楚竹书》(四)所收《采风曲目》和《逸诗》二篇及有关说明。

创作方面的相互影响也是在漫长时期里不断发生的。

由于《诗经》中的许多诗歌本是在一些重要场合配合音乐演奏的，周王朝及各诸侯国的贵族对这些作品必须熟悉。据汉代学者的研究，《诗经》中时代最晚的作品为《陈风·株林》，约产生于陈灵公十五年（前599）或稍前一些；后来的研究者则认为《诗经》中还有比《株林》更晚的作品。而从《左传》来看，早在公元前六一三年陈灵公即位以前，《诗经》中有些作品尚未问世，也即《诗经》尚未最终成书，各国诸侯聚会时就已在"赋"有关作品了，如鲁文公三年（前624）有"赋《菁菁者莪》"的记载，文公四年与七年分别有"为赋《湛露》及《彤弓》"、"为赋《板》之三章"等记载，这些诗后来都收入《诗经》。正因《诗经》中的作品原来就具有很大的重要性，所以，《诗经》成书以后便成了对贵族培养政治能力和提高文化、道德素养的教材。孔子说："小子何莫学夫《诗》？《诗》可以兴，可以观，可以群，可以怨；迩之事父，远之事君；多识于鸟兽草木之名。"（《论语·阳货》）就透露了其中的消息。"兴"是"感发志意"（据朱熹《论语集注》），即使人受到感动、启发而志向高尚，"观"是"观风俗之盛衰"（见何晏《论语集解》，下同），"群"是"群居相切磋"，"怨"是"怨刺上政"，也即以《诗经》中批评时政的作品为楷模，把"怨"限制在一定的范围内。而这一切都是为了"事父"、"事君"。此外，孔子还说过"不学《诗》，无以言"（《论语·季氏》）和"诵《诗》三百，授之以政，不达；使于四方，不能专对；虽多，亦奚以为"（《论语·子路》）之类的话，都可与上引的言论相参看。总之，当时对《诗经》的看法与今天的把它作为文学作品是很不一样的；而战国楚竹书中《孔子诗论》对《诗经》中作品的阐释（见本编《概说》），则正与春秋战国时期阐释《诗经》的基本倾向相一致。

到了汉代，经学研究者分为今文经学和古文经学两派。由于秦始皇焚书坑儒，禁止民间收藏《诗》、《书》等著作，有些学者就把一批经书的原文及其解释记在脑里。汉王朝建立后，他们把记得的经文和解释用当时的文字写出来教授学生，就是今文经学派（也称经今文学派）。也有些经书因隐藏得好，在秦时未被发现及烧毁，在汉代重现于世，有些学者根据此种经书来研究和教授学生，就被称为古文经学派或经古文学派，因为这类经书是用古文（实为战国时秦国以外的国家所使用的文字，即六国文字）书写的。《诗经》的今文学派，有汉代鲁人申培所传的《鲁诗》、齐人辕固生所传的《齐诗》和燕人韩婴所传的《韩诗》，合称"三家诗"；古文学派则为鲁人（一说河间人）毛亨所传的《毛诗》。三家诗后来亡佚了[①]，流传至今的为《毛诗》。

[①] 清代学者对三家诗作了很多辑佚工作（以王先谦的《诗三家义集疏》流传最广），所以我们还可知道其若干内容。

然而，无论今文学派还是古文学派，都把《诗经》作为政治、伦理的工具，正如古文学派的《毛诗序》（也称《诗序》）曾明确提出的："故正得失，动天地，感鬼神，莫近于诗。先王以是经夫妇，成孝敬，厚人伦，美教化，移风俗。"那么，怎么发挥诗的这种作用呢？《毛诗序》说："故诗有六义焉：一曰风，二曰赋，三曰比，四曰兴，五曰雅，六曰颂。"其关于"风"、"雅"、"颂"的解释已见上文，那就是要有"风化"、"风刺"的内容，要"言王政之所由废兴"，要歌颂统治者的"盛德"、"成功"。而且，在"风刺"和"言王政""废兴"之时，决不能违背"礼义"。《毛诗序》在这方面提出了"变风变雅"的概念："至于王道衰，礼义废，政教失，国异政，家殊俗，而变风、变雅作矣。"可见"变风"、"变雅"乃是在衰乱之世所写的进行"风化"、"风刺"和评论"王政"的诗篇。在那样的时代，人们自难免感到悲愤，如任其发泄，有可能违反纲常，危害统治，是以《毛诗序》提醒说："变风发乎情，止乎礼义。"在那样的时代写诗尚且要以"礼义"自律，更何况在平时！至于"六义"中的"赋"、"比"、"兴"，《毛诗序》没有对它们作具体解释，汉代著名经学家郑玄则说："赋之言铺，直铺陈今之政教善恶。比，见今之失，不敢斥言，取比类以言之。兴，见今之美，嫌于媚谀，取善事以喻劝之。"（《周礼·大师注》）换言之，"赋"、"比"、"兴"都是表现政治内容的手法。这样，"六义"就成为促使诗歌为政治、伦理服务的一项完整的规定。后世的文学家在要求诗歌具有政治内容和批判作用时，就往往强调"六义"和"风雅"、"比兴"。唐代白居易、宋代梅尧臣等人的诗论是其典型的例子。

但另一方面，郑玄不但指出了"赋"原是"铺"（铺陈）的意思，而且又引郑众的话说："比者，比方于物也；兴者，托事于物也。"然则"赋"、"比"、"兴"实是三种具体的写作手法，尽管他说这在《诗经》时代是专用来表现政治内容的，但在别的时代用来表现其他内容又何尝不可？就这一点说，"赋"、"比"、"兴"概念的提出，对总结《诗经》的艺术经验也是有贡献的。

第二节 《诗经》中的西周前期作品

《诗经》中的西周作品，包括《豳风》、《小雅》、《大雅》和《周颂》；在《周南》、《召南》以及《邶风》中有些作品也出于西周。产生于西周后半期的作品，较之前半期的已有所发展，所以分为两个阶段来介绍。

产生于西周前半期的，为《豳风》、《周颂》的全部与《雅》的一部分；另有一些诗篇如《周南·苤苢》等当也为西周前期之作。

这些作品都是抒情诗。就内容来说，一小部分是人们在生活中的感受，大部分是西周王朝用于祭祀及其他重要仪式的乐歌,包括对西周统治集团及其祖先的歌颂、对神及祖先的祈祷或感恩,也含有统治阶层对人们提出的要求和愿望。

一、西周前期的《风》诗

西周前期抒发人们生活感受的诗,均见于《国风》。它们有的非常简单,仅仅是某种情绪的发摅,但有些已涉及人们的痛苦遭遇,倾诉了由此所萌生的较为复杂的感情。代表前者的是《周南·芣苢》,代表后者的有《豳风》的《七月》、《东山》、《破斧》和《召南·草虫》等。

《周南》与《召南》是同时代、同类型的作品,《左传》记载襄公二十九年季札观周乐的情况说:"为之歌《周南》、《召南》,曰:'美哉!始基之矣,犹未也;然勤而不怨矣!'"从这一评语中,可知季札是把《周南》、《召南》看作一个单元的,而且认为那是周王朝奠基时期的诗歌。这是我国历史上最早出现的对于"二南"的阐释。其后《毛诗序》及郑玄《诗谱》把"二南"作为周文王、武王时期的诗,与季札的"始基之矣"之说实在是一致的。三家诗把《关雎》作为周康王时期的诗,也属于两周前期。后人在没有充分证据的情况下实不宜轻易推翻此等记载。不过《毛诗序》把其中的许多作品说成是写"后妃之德"、"后妃之志"等等,却与诗意不符。"五四"以后的有些研究者因反对《毛诗序》对"二南"诗旨的此类解释,连带将作品的产生时代也拉到了东周。主要是说"二南"中的有些作品在艺术上已较成熟,不像是西周的作品。也有研究者不完全同意这种看法,认为"二南"中既有西周的诗,也有东周的诗。由于艺术上是否成熟的标准很难确定,何况《小雅·出车》已在用《召南·草虫》的诗句①,足见"二南"中的有些作品在西周时确已经出现,把"二南"完全作为东周的诗似乎并不妥当;把其中的一些属于东周,也缺乏充分的依据。至于《周南·芣苢》,更难以其艺术上已较成熟的理由而否定其为西周的诗。

> 采采芣苢,薄言采之。采采芣苢,薄言有之。
> 采采芣苢,薄言掇之。采采芣苢,薄言捋之。
> 采采芣苢,薄言袺之。采采芣苢,薄言襭之。

全诗三章,每章四句。各章之间大同小异,在《诗经》中是常见的现象。但在每章的短短四句之间,其前两句和后两句也如此地大同小异,却仅有这一篇。整

---

① 参见上一节及下文。

首诗说的是采芣苢的过程①，几乎是机械的交代，就其言语的义蕴来看，虽然具有直观性，却无诗意可言。但如在一定的环境中歌唱起来，当仍能产生某种美感。清代方玉润《诗经原始》说：读此诗时，"恍听田家妇女，三三五五，于平原绣野、风和日丽中群歌互答，馀音袅袅，若远若近，忽断忽续。"其实，《芣苢》本身是引不起这种联想的，但当它在如方氏所说的那样美丽的自然环境中由"田家妇女""群歌互答"地唱出来时，大概也颇动听。由此可见，早期的诗歌可以仅仅靠其节奏——音乐性来打动人，正像"举重劝力之歌"的"邪许"之声在一定条件下也会给人以振奋之感一样。总之，今天尚难以否定《二南》为西周的"始基之矣"时期的诗，《芣苢》则是其中的一首素朴的歌。

与《芣苢》这样的情绪抒发不一样，《豳风·七月》具有比较丰富的内容。人们常称它为"农事诗"；因为其中反映了不少当时农业生产的情况。也有人称之为叙事诗，但《七月》实无故事可言②。所以，把它跟《芣苢》同样地列入抒情诗也许较为妥当。

《豳风》是豳地的诗歌，其地跟西周初期周公的关系较为密切。《七月》为周初之诗，全诗共八章。诗人是以"农夫"的身份发言的。从表面上看来，诗篇只是平铺直叙地述说其生活情况甚至自然界的情状，实际却含有感慨。第二至七章较为明显。第二章写农夫家的女孩子在春天努力采蘩，但却害怕被"公子"带回去作为媵妾，故以"女心伤悲，殆及公子同归"作结。第三、四章写"农夫"们辛勤劳动，但好的成果都要献给"公子"和"公"。第五章述说其居住条件之差，所谓"穹窒熏鼠，塞向墐户。嗟我妇子，曰为改岁，入此室处"，悲慨之意，较为显然。第六章述其食物之劣，"采荼薪樗，食我农夫"，与第五章的为"农夫"物质生活的艰辛而悲嗟是同样的情绪。第七章写"农夫"不仅要勤于农事，在农闲时期也仍要继续劳动，而且连晚上都不能闲："嗟我农夫，我稼既同，上入执宫功！昼尔于茅，宵尔索绹。"其嗟叹之意，与第五章的"嗟我妇子"相仿。至于第八章，先述"农夫"在农闲时期还要从事凿冰、运冰等劳动，与第七章意旨相同；结尾述上层人物在"公堂"上享受"朋酒"、"羔羊"，这当然没有"农夫"的份。

不过，第一章是这样的：

七月流火，九月授衣。一之日觱发，二之日栗烈。无衣无褐，何以卒

---

① 第一章泛说其采取芣苢（"有"是"取"的意思）。第二章说采集的方法：把已掉在地上的芣苢拾（"掇"）起来，还没掉的摘（"捋"）下来。第三章说采集时的存放：先用一只手拉起下裳（"袺"），将芣苢置于其中；到采集结束时，把拉起的下裳系结在衣带上（"襭"），省得再用手拉住。

② 叙事诗一般应有故事，简单的如《陌上桑》，较复杂的如《古诗为焦仲卿妻作》等。

岁？三之日于耜,四之日举趾。同我妇子,馌彼南亩,田畯至喜。

"授衣"是发下衣服来之意①。代"农夫"发言的诗人对此是存有感谢之意的,所以整首诗都没有愤怒和抗议,只是对"农夫"生活的艰辛有所感慨。诗的情绪大抵是平稳的。由于是早期的诗,诗人显然还不善于驾驭这样较长篇幅的结构,以致常有枝蔓的交代②。但如上引第五章慨叹其居住之劣,第六章慨叹其食物之恶,第七章慨叹其劳动之繁重的那些诗句,还是深沉有力、令人感动的。这显然不同于《芣苢》的纯以音乐性取胜,而是以言语的义蕴来打动读者了。

同属于《豳风》、但产生时代可能略后于《七月》的《东山》与《破斧》,也是文学史上很重要的诗。它们都作于周公"东征"之后。那主要是西周统治集团的一次内部战争。这两首诗都是以"东征"归来的战士的口吻写的。他们虽然凯旋而归,但并没有多少欢欣鼓舞之情,哀伤之意却颇为明显。

> 我徂东山,慆慆不归。我来自东,零雨其濛。我东曰归,我心西悲。制彼裳衣,勿士行枚。蜎蜎者蠋,烝在桑野。敦彼独宿,亦在车下。
>
> 我徂东山,慆慆不归。我来自东,零雨其濛。果臝之实,亦施于宇。伊威在室,蟏蛸在户。町畽鹿场,熠燿宵行。不可畏也,伊可怀也!
>
> 我徂东山,慆慆不归。我来自东,零雨其濛。鹳鸣于垤,妇叹于室。洒扫穹窒,我征聿至。"有敦瓜苦,烝在栗薪。自我不见,于今三年!"
>
> 我徂东山,慆慆不归。我来自东,零雨其濛。仓庚于飞,熠燿其羽。之子于归,皇驳其马。亲结其缡,九十其仪。其新孔嘉,其旧如之何!
>
> (《东山》)

此诗一再强调归途的"零雨其濛",与还乡战士的惨淡心情恰好相配。说明当时的诗歌已经注意到了情景配合的问题。第一章回忆其艰辛的军旅生活。第二章推测其家乡的荒凉破败,表现出对它的深切怀恋。第三章思念家乡的妻子,但却通过其想像中的妻子对自己的盼望、关切来体现:妻子因听到鹳鸟在蚁冢上鸣叫,知道天将下雨了③,正在途中的丈夫行程会更艰苦,夫妻的重聚也会延缓,是以在室中长叹。这种较细致的心理活动所显示的乃是他对妻子

---

① 为什么要"授衣"给"农夫"?这是否意味着当时还是奴隶社会,"农夫"就是奴隶?这些都还有待于进一步研究。
② 如第五章本是慨叹"农夫"居室的陋劣,但其前半章却大写"五月斯螽动股,六月莎鸡振羽。七月在野,八月在宇,九月在户,十月蟋蟀入我床下"。其实,这些句子里的重点只是"十月蟋蟀入我床下"一句,以说明当时已是岁暮(周历以十一月为一年的第一月;又,当时习惯于以蟋蟀入室来象征岁暮,如《唐风·蟋蟀》所说的"蟋蟀在堂,岁聿其莫"),从而引出下文的"曰为改岁"。其余都是由此句连类而及,游离于此章的主旨。我们不能倒过来说此章的主旨是写昆虫的活动。
③ 古代传说:鹳鸟在天将阴雨时就会鸣叫。

的深切的爱。第四章回忆其与妻子新婚的情景,这是诗中唯一带有欢乐色彩的部分,但结句却是:"其新孔嘉,其旧如之何!"——今天的妻子怎样了呢?这就又已隐含忧惧。

《东山》较之《七月》在艺术上具有明显的进步。题旨明确,诗意集中,层次也较分明,且已有较细的心理活动。"比"的手法的运用也值得注意。"蜎蜎者蠋"两句,以蚕比人,使战士露宿的情景较为明晰,有助于诗歌直观性的加强。而同样涉及"东征"的《破斧》在艺术手法上却与《东山》颇有不同。

> 既破我斧,又缺我斨。周公东征,四国是皇。哀我人斯,亦孔之将。

这是全诗三章中的第一章,另两章与此大同小异。唯末一句在二、三两章中分别作"亦孔之嘉"、"亦孔之休"。"嘉"为嘉美,"休"为幸福之意。是以"孔之将"的"将"意义当大致相近,释作伟大较妥。与上句合在一起,译成白话就是:"可怜我们这些人呀,也是很伟大的啊!"①这是一种相当复杂的感情。周公东征在当时自然被认为伟大的事业,是以参与这一战役的"我人"也就成为"孔之将"了。但诗人及其所代表的"我人"对此并没有感到自豪、幸福,却只觉得自己可怜,在这里也就反映了民众与统治集团间的距离。

西周前期写人们在现实生活中的感受的诗篇,值得重视的还有《召南·草虫》。这是一首丈夫行役于外,妻子在家思念的诗。

> 喓喓草虫,趯趯阜螽。未见君子,忧心忡忡。亦既见止,亦既觏止,我心则降。
> 陟彼南山,言采其蕨。未见君子,忧心惙惙。亦既见止,亦既觏止,我心则说。

这是全诗三章中的前二章;第三章与第二章略同,唯改"蕨"为"薇","惙惙"为"伤悲","说"为"夷"而已。所谓"亦既见止"云云,并非说已经见到;而是说必须在见到之后,她的心才能放下。此诗的特点,是自然而深情。虽似平平道来,其实已运用了一些强化感情的手法,如第一章的开头两句,就有几种作用:一是点明时间,以与第二章相呼应。"草虫"鸣叫,乃系秋天;第二章的采蕨,则为春天。足见时间已过去了半年多。二是以自然景色烘托她的孤独、寂寞。

---

① 《郑笺》释此两句为"周公之哀我民人,其德亦甚大也。"但同书释《小雅·正月》的"哀我人斯,于何从禄"句则为"哀乎今我民人见遇如此,当于何从得天禄,免于是难?"按,此两处为同样的句式,"于何从禄"既为对"我人"的情况的说明,"亦孔之将"当同样如此。《郑笺》对《破斧》这两句的解释有误。

草虫与阜螽尚且欢乐共处,但她却只有孑然一身。三是象征她对丈夫爱情的忠贞。意谓她与丈夫的关系就正如阜螽之于草虫,她将永远跟随着丈夫而不背叛。这就是《诗经》的所谓"兴"——郑众所解释的"托事于物"。同时,此诗在说到其与丈夫的重见时,每一章都用复沓的"亦既见止,亦既觏止",这也含有感情色彩,使人体味到其愿望的强烈;所以与之相对的"未见君子"则只有一句。

因《草虫》的有些诗句已为周宣王时的《出车》所袭取,其形成必在《出车》之前①,而且《召南》是季札所谓"始基之矣"的诗,其时代本就甚早,所以此诗也当出于西周前期。

总之,在我国的诗歌进入以言语的义蕴来抒发感情、打动人们的阶段之后,从《七月》到《草虫》所表达的都是个人的痛苦和呻吟,但又有意无意地加以克制。《破斧》的"哀我人斯,亦孔之将",感慨虽深,但绝非剑拔弩张;《草虫》中的妇女明明是只有见到丈夫才能放心,但却不采取"只有……才……"的表达方式,从而降低了感情的尖锐程度。至于从艺术上看,它们除了跟《芣苢》同样具有直观性外,感情的表达在朝着细腻和多样的方向发展,有的作品已开始使用比兴手法,这不但有助于加强直观性,而且使作品具有某种象征意味。此等比兴手法在同时期的《雅》、《颂》中也已开始运用,并在后来的诗歌中越来越显示出强大的生命力。但在结构上,虽然《东山》已比《七月》有了进步,在其后却还要经过反复的实践才能把这种进步巩固起来并取得进一步的成果。

二、西周前期的《雅》、《颂》

现在介绍西周前期用于祭祀和其他重要仪式的诗歌。它们均收入《周颂》

---

① 《出车》所袭取《草虫》的句子见于其第五章。现将其第四、五、六章全引如下:"昔我往矣,黍稷方华。今我来思,雨雪载涂。王事多难,不遑启居。岂不怀归,畏此简书。/喓喓草虫,趯趯阜螽。未见君子,忧心忡忡。既见君子,我心则降。赫赫南仲,薄伐西戎。/春日迟迟,卉木萋萋。仓庚喈喈,采蘩祁祁。执讯获丑,薄言还归。赫赫南仲,玁狁于夷。"其第四章的前四句源于《采薇》的"昔我往矣,杨柳依依。今我来思,雨雪霏霏。"后三句源于《小雅·四牡》的"岂不怀归? 王事靡盬,不遑启处。"其第六章的首四句,则源自《七月》的"春日迟迟,采蘩祁祁"。据三家诗,《出车》为周宣王时诗,《采薇》为周懿王时诗;《四牡》、《七月》时代更早。所以,上述雷同之处,当然不是《采薇》等诗袭取《出车》。《出车》既于其他诗篇多所袭取,则第五章之与《草虫》雷同,自以《出车》袭取《草虫》之可能性为大。而且,《出车》第五章中的这六句当是写出征将士家属对亲人的怀念,但从这六句本身的含义和上下文的联系,都很难看出这种意思;只有把它与《草虫》诗联系起来,才能理解。所以,这其实也是"用典"的性质。

和《雅》——特别是《大雅》——中。由于这些诗歌是要在一定场合使用的，自然要指派专人，按照其特定的目的来创作；换言之，无论创作者是否受到感动，都非写出来不可。所以，除了个别特殊情况以外，这些诗歌一般缺乏感情。所谓特殊情况，大致有两类：第一，诗人原来并非为此类需要而受命创作，而是因自己在现实生活中受到感动而产生了诗篇，但后来却被用做在上述场合演奏的乐歌了。第二，诗人虽是受命写作，但是对其所需歌颂的对象——例如本族的祖先——原具有相当的感情，是以作品也显出相应的感情色彩。

先说《周颂》。那是祭祀诗，大致以歌颂西周统治集团的功德为主，也祈求或感谢上天、祖先的护佑，常杂有天命思想，有时还加上对人们的告诫。但其内容一般都难以打动读者。仅个别作品感情比较真挚而强烈，如《小毖》：

予其惩而，毖后患！莫予荓蜂，自求辛螫。肇允彼桃虫，拚飞维鸟。未堪家多难，予又集于蓼！

此篇虽列入《周颂》，但并非为祭祀目的而写，实是周成王的自悔之词。在《周颂》中属于上文所说的个别特殊情况。据郑玄《毛诗笺》，周成王嗣位之初，相信流言而怀疑主持政事的周公，后来带头制造流言者举兵作乱，成王认识了自己的错误；本篇即缘此而作。但就诗而论，其意义实已超过了这一具体事件，而具有某种普遍性。我们在这里看到的，是对于往事的沉重的自悔自责和对于当前处境的惶惧、困惑。而这种艺术效果的获得，实与使用比、兴手法的"莫予荓蜂，自求辛螫"，"未堪家多难，予又集于蓼"等句有关。前者的意思是说，没有人挑动蜂窝来害我，是我自己去找蜂螫。这既使原先自己做错事情的过程(那本是相当曲折、不易表达清楚的)变得简单明了，一下子就给人较清晰的印象；同时那个过程也因此而超越了个别的性质，使得做错过事情而导致严重后果的人都能对这两句中所包含的痛悔引起共鸣。后者的"予又集于蓼"，是把自己比作停留在辛辣的水蓼上的鸟①，喻其处境的艰苦，而仍含有自悔之意；因为鸟是自己停到水蓼上去的。

其次介绍《大雅》、《小雅》中的西周前期作品。

在这方面最值得重视的是五篇歌咏周族始祖和先公先王的诗：《大雅》的《生民》、《公刘》、《绵》、《皇矣》、《大明》。它们分别歌颂后稷、公刘、古公亶父、周文王和武王。据《史记·周本纪》记载，这都是周族历史上具有深远影响的

---

① "集"为鸟在木上之意。蓼，水蓼，味辛辣。此处即以鸟集于蓼，喻其处境的辛苦。

人物。

五四运动以后的研究者常称这些诗为周族的史诗。但"史诗"(epic)本是由西方引进的译名①，而这些诗无论在内容或形式上都与西方的"史诗"属于不同的性质；故也有些学者改称它们为叙事诗，以免与西方的"史诗"相混（因叙事诗是中国固有的名称）。不过，这些诗是否为叙事诗也成问题。试以《绵》为例：

> 绵绵瓜瓞！民之初生，自土沮漆。古公亶父，陶复陶穴，未有家室。
> 古公亶父，来朝走马。率西水浒，至于岐下。爰及姜女，聿来胥宇。
> 周原膴膴，堇荼如饴。爰始爰谋，爰契我龟。曰止曰时，筑室于兹。
> 迺慰迺止，迺左迺右。迺疆迺理，迺宣迺亩。自西徂东，周爰执事。
> 乃召司空，乃召司徒，俾立室家。其绳则直，缩版以载，作庙翼翼。
> 捄之陾陾，度之薨薨。筑之登登，削屡冯冯。百堵皆兴，鼛鼓弗胜。
> 迺立皋门，皋门有伉。迺立应门，应门将将。迺立冢土，戎丑攸行。
> 肆不殄厥愠，亦不陨厥问。柞棫拔矣，行道兑矣。混夷駾矣，维其喙矣。
> 虞芮质厥成，文王蹶厥生。予曰有疏附，予曰有先后。予曰有奔奏，予曰有御侮。

此篇常被研究者认为是此类诗中最好的一篇，但如把它作为叙事诗，仍存在不少问题：第一，古公亶父是从什么地方迁到岐下的？为什么要迁？第二，诗中以"率西水浒"来表明其迁徙的路线，但这条水到底是什么水②？第三，据第二

---

① 这名词最早似由胡适引进，他原把它译为"故事诗"（见《白话文学史》），虽然并不确切，但还能显示出其题材实与"史"有别（尽管胡适自己又因此而扩大了它的范围，把《古诗为焦仲卿妻作》等也归于其中了）。后来朱光潜译黑格尔《美学》时说："史诗在希腊文里是 Epos，原义是'平话'或故事……"（见其所译黑格尔《美学》，商务印书馆1981年版第三卷下册第102页）"平话"是中国固有的名称，其特点是有一点"史"的因头，但又可随意生发，以娱悦读者。希腊史诗的题材，就其性质来说确与"平话"有相通之处。至其形式，则陈寅恪先生在《论再生缘》中已经指出："其构章遣词，繁复冗长，实与弹词七字唱无甚差异。"这却是不同于"平话"的。

② 关于这个问题，清代学者王引之已经注意到了。所以，他认为此诗第三句"自土沮漆"的"土"应从齐诗作"杜"，"沮"则是"徂"的误字。这样，不但可以使人理解古公亶父是从"漆"迁岐下，而且"率西水浒"指的是什么水的问题也解决了。所以，他又联系"率西水浒"说："若上章未言涤水，而此忽言水浒，则不知为何水之浒矣。"（《经义述闻》卷六）他敏感到了此诗没头没脑地说"率西水浒"有悖常理，所以想解决此矛盾。但旧注释沮、漆为二水名并不误（"土"为居住之意），因《周颂·潜》也有"猗与漆沮"之语，《史记·周本纪》则说公刘"自漆、沮度渭"，"漆"、"沮"自是二水名。他引齐诗改"土"为"杜"既是孤证，说"沮"为"徂"之误更嫌无据。但他确已看出了此诗在叙事上的严重缺陷。

章,与他一起到岐下去的就是姜女,因而第三章所写的"爰始爰谋"也就是与姜女商量而已;但既然只是两个人,第四章所写的"迺疆迺理"等工作又怎么进行法?第六、七章所写的大规模的建筑又靠谁来承担?第四,第八章整章和第九章首两句所涉及的历史事件到底是怎么回事,从此诗本身根本看不出来;换言之,此诗对这些事件并未加以叙述。所以,从这一系列问题来看,此诗的目的显然不在于叙事,否则不会忽略到连这些重大的、关键性的事情都不予述说。

  细按诗意,这实是歌颂古公亶父功绩的作品。第一章为引子,说明周族虽于初期就居于沮漆流域,但直到古公亶父之时还连房屋都没有;由此反衬出迁岐后成绩的辉煌。第二章赞美古公亶父能及早作出迁离豳地的决定,前去寻求好的居地。第三章赞美其所择之地的美好,所以既得到随去的人的赞同,问卜又很吉利。第四章赞美其在周原安定民心,采取各种有效的措施,获得豳地来的所有人的拥护。第五章赞美其建筑室屋宗庙。第六章赞美其建筑工作的深得民心,正如《毛传》所说:"言百姓之劝也。"第七章赞美其建王宫和大社,这是当时建立较严格的国家制度所必需的。第八、九两章赞美其迁岐及上述建设对周的发展的贡献。正因其立足点在于抒发对古公亶父的赞颂而非叙述事件的过程,所以,对事件本身有许多交代不清之处乃是很正常的事。换言之,将此诗视为抒情的赞美诗实在更为适当。

  不仅是《绵》,《生民》等其他四篇的性质也无不如此。它们不是以外加的赞词来进行歌颂,而是将赞扬含蕴于对事情的某些环节的夸张、渲染之中。这种夸张、渲染有时体现于诗句的义蕴,如《绵》的"堇荼如饴"、"百堵皆兴"①;有时通过句子的排比和复沓来体现,例如:"捄之陾陾,度之薨薨。筑之登登,削屡冯冯。""迺立皋门,皋门有伉。迺立应门,应门将将。"(《绵》)在我国古代,这样的排比和复沓无论在诗歌或散文里都起着强调或渲染的作用,表示作者对此所具有的强烈感情。这些手法不仅影响了《诗经》中的后来作品,而且也影响了后世的其他文学体裁。汉赋所受的影响就很明显。

  此类诗篇所歌颂的对象都对周族的发展很有贡献,当时的人们——包括诗歌的作者——对他们怀有敬仰之情,所以诗中的感情都较为真实,有一种庄严、崇敬的气氛而无阿谀之感。

  西周前期还有一些用于朝廷其他仪式的诗歌,如用于天子宴群臣嘉宾的《鹿鸣》、派遣使臣的《皇皇者华》、臣子赞美君主的《天保》、天子宴远

---

① 荼是苦菜,怎能如饴之甘?在当时条件下,百堵墙同时起也没有可能。这些显然都出于夸张。

方国君的《蓼萧》、宴诸侯的《湛露》等等①。这些诗歌也颇有值得注意之处。

首先,这些诗具有明显的伦理、政治的内涵。即使是用于宴饮的,也带有某种道德的色彩。例如《鹿鸣》第一章的最后两句"人之好我,示我周行",就是要求嘉宾们示"我"以"至道"②。《湛露》第三章的"显允君子,莫不令德",也是在间接要求与会的君子具有"令德"。至于那些直接涉及政治行为的诗,更洋溢着对西周政权及君主的忠荩。例如:

皇皇者华,于彼原隰。骎骎征夫,每怀靡及。
我马维驹,六辔如濡。载驰载驱,周爰咨诹。(《皇皇者华》第一、二章)
天保定尔,以莫不兴。如山如阜,如冈如陵。如川之方至,以莫不增。……
如月之恒,如日之升。如南山之寿,不骞不崩。如松柏之茂,无不尔或承。(《天保》第三、六章)

《皇皇者华》写使臣奉命而出,只怕不能及时完成使命,是以不停地驰驱,以便周到地为天子咨询善道。作品明显蕴含着忠于所事的精神。《天保》的上引两章则极力祝颂天子的福寿,以显示臣子的忠爱之心。其政治、伦理内涵都极明显。

其次,这类诗歌大量运用比兴手法,不但形成了一种与诗人的感情颇为协调的气氛,也增强了诗的直观性。如《天保》中的山阜、冈陵、涨溢的川流、日月、松柏等一系列事物,给予人的感觉是高大与永恒,这既充盈着诗人对君主的景仰之情,又较形象地体现了他所希冀的君主的无穷福寿。

再次,在这些诗歌中可以看到一种含蓄与委婉的表达方式。如《皇皇者华》,乃是天子派遣使臣时所演奏的乐歌,其时使臣尚未踏上征途,他们在出使途中究会如何表现实是未知数,因而诗中的"每怀靡及"、"载驰载驱"等全都是事先对他们提出的要求;而从诗本身来看,却像是在赞美他们已经做到了这些。这就使上述要求成了含蓄的暗示,毫无命令、训诫的色彩。《湛露》的赞美与宴者"莫不令德"等等也都是同样的含意。这大概是为了不使人产生居高临

---

① 郑玄《诗谱》谓《小雅》中自《鹿鸣》至《菁菁者莪》十六首皆为周文王至成王时诗,其说虽未必尽确,但也不当一无根据。故除另有证据可以证明其误者以外,一般视为西周前期的诗。《皇皇者华》等篇均在此十六首内。
② 释"周行"为"至道"系据《毛传》。《郑笺》以为"示我周行"的"示"应作"寘",此二句是说"人有以德善我者,我则置之于周之列位"。说较迂曲。但纵据《郑笺》,这两句的政治、道德内容也很明显。

下的感觉,也就是出于所谓的谦虚;在一个崇群体、抑个体的社会里,"谦虚"正是人们必须遵守的道德原则。

以上两点——比兴手法和含蓄——也是《诗经》中后来许多作品的共同特色。

第三节 《诗经》中的西周中、后期作品

《诗经》中的西周中、后期作品,与西周前期的相比有较明显的进步。它们主要见于《小雅》和《大雅》;保存于《国风》中的虽然数量不多,但就其进步意义来说,却并不弱于《雅》诗。

一、西周中、后期的《风》诗

西周中、后期的《风》诗,其个人色彩较前期有所增加。一方面是个人的生命意识的萌发,其代表作为《唐风·蟋蟀》、《山有枢》、《秦风·车邻》;另一方面是从个人出发的抗议开始出现,虽然颇为微弱,其代表作为《邶风·谷风》。

《蟋蟀》和《山有枢》是《唐风》的第一、二两篇,据郑玄《诗谱》载,《唐风》始于西周"共和"时期(前841—前828)的晋僖侯时;此两诗就是那时所作①。

> 蟋蟀在堂,岁聿其莫。今我不乐,日月其除。无已大康,职思其居。好乐无荒,良士瞿瞿。
>
> 蟋蟀在堂,岁聿其逝。今我不乐,日月其迈。无已大康,职思其外。好乐无荒,良士蹶蹶。(《蟋蟀》第一、二章)
>
> 山有枢,隰有榆。子有衣裳,弗曳弗娄。子有车马,弗驰弗驱。宛其死矣,他人是愉。……
>
> 山有漆,隰有栗。子有酒食,何不日鼓瑟。且以喜乐,且以永日。宛其死矣,他人入室。(《山有枢》第一、三章)

《蟋蟀》诗的作者,由蟋蟀的进入堂上,感到岁月的流逝,从而觉悟到如今若不获取欢乐,则时日既迈,不可复追。虽然加上了"好乐无荒"的限制,但却在我国历史上第一次提出了生命有限、不应舍弃行乐的观念。在《山有枢》中,我们

---

① 《毛诗序》以为《蟋蟀》是晋僖公(即僖侯)时作,《山有枢》为晋昭公时作;《诗三家义集疏》则以为《山有枢》也是晋僖侯时作,今从之。又,毛诗和三家诗以为此两诗均是刺晋国君主俭啬,不能自娱乐的诗(《唐风》乃是晋国的诗),但《蟋蟀》一再言"良士",当与君主无涉。

更进而看到了矗立在这种观念背后的死亡的阴影。总之,流动在这两首诗的根底里的,乃是对个人生命的珍惜和留恋。这是一种可以导致个人意识的成分。因此,在今天看来,这两首诗在艺术上虽还比较稚拙,但对个人生命的珍惜和留恋在那个时代却是能打动人的。从《秦风·车邻》也可理解这一点。

毛《诗》和三家《诗》都认为《车邻》是赞美秦仲的诗,"秦仲始大,有车马礼乐侍御之好焉"(《毛诗序》)。秦仲为秦的首领。周宣王即位,命秦仲为大夫;《毛诗序》所说,即指此而言。周宣王六年,秦仲被西戎所杀。故此诗当作于周宣王元年至六年(前 827—前 822)间,较《蟋蟀》为晚;并可能晚于《山有枢》(见下文)。

  有车邻邻,有马白颠。未见君子,寺人之令。
  阪有漆,隰有栗。既见君子,并坐鼓瑟。今者不乐,逝者其耋。
  阪有桑,隰有杨。既见君子,并坐鼓簧。今者不乐,逝者其亡。
(《车邻》)

此诗的第一章赞美秦仲有车马和侍御之臣("寺人"),第二、三章赞美秦仲有音乐的享受(也即《毛诗序》的所谓"礼乐")①。值得注意的是,这后两章也强调了行乐的必要和死亡的威胁。在形式上,第二章的首两句与《山有枢》第三章的首两句"山有漆,隰有栗"只有一字之差,且其第四句的最末两字与《山有枢》第三章第四句的最末两字均为"鼓瑟",以"瑟"与"栗"为韵。这显然并非巧合,而是有意识地借鉴《山有枢》的结果②。也正因此,我们还可进而推断"今者不乐"当源自《蟋蟀》的"今我不乐","逝者其亡"(意为他日就会死亡)实是《山有枢》"宛其死矣"的另一种说法,而"逝者其耋"则是"逝者其亡"的变化。形式上的影响既如此明显,内容上的相通自然也非偶然。在《诗经》远未编定的时候,秦国诗人在创作中就从内容到形式对晋国的《蟋蟀》、《山有枢》多所汲取,足见此两诗的影响之大和入人之深。这一主题在东汉、特别是魏晋以后得到了重大的发展。

与这几首诗产生时代相近的是《邶风·谷风》。

---

① 从诗本身来看,实只写了"乐"而未涉及"礼"。《毛诗序》的说法不尽确切。
② 郑玄《诗谱》虽说《唐风》始于共和时期,但晋僖侯实活到宣王五年,只比秦仲早死一年。因而仅据郑玄之说而定《蟋蟀》作于《车邻》之前,似易被认为孤证。又,《山有枢》作于晋僖侯的哪一年在旧籍中也无明确记载。所以,说《车邻》借鉴《山有枢》更易被认为证据不足。但《山有枢》与《车邻》之间既存在借鉴关系,而秦原是文化比较落后的地区,直至战国秦献公时期的《石鼓文》仍多处模拟《诗经》的《车攻》、《采绿》、《角弓》、《隰有苌楚》诸篇,见唐兰先生《石鼓年代考》(载《故宫博物院院刊》1958 年第 1 期)。故与其说《山有枢》借鉴《车邻》,毋宁认为《车邻》借鉴《山有枢》。

据郑玄《诗谱》，《邶风》始于卫顷侯时，顷侯的时代大致与周夷王相当，已在西周后期；其中很多诗篇皆出于东周。但《谷风》既有诗句为《小雅·小弁》所引用（见上文），自不可能迟至东周，故当为西周后期所作。

习习谷风，以阴以雨。黾勉同心，不宜有怒。采葑采菲，无以下体。德音莫违，及尔同死。

行道迟迟，中心有违。不远伊迩，薄送我畿。谁谓荼苦，其甘如荠。宴尔新昏，如兄如弟。

泾以渭浊，湜湜其沚。宴尔新昏，不我屑以。毋逝我梁，毋发我笱。我躬不阅，遑恤我后？

就其深矣，方之舟之。就其浅矣，泳之游之。何有何亡，黾勉求之。凡民有丧，匍匐救之。

不我能慉，反以我为仇。既阻我德，贾用不售。昔育恐育鞫，及尔颠覆。既生既育，比予于毒。

我有旨蓄，亦以御冬。宴尔新昏，以我御穷。有洸有溃，既诒我肄。不念昔者，伊余来塈。（《邶风·谷风》）

在这首诗里，我们所看到的是一个被遗弃的妇女的痛苦、愤慨及其对原先的丈夫的谴责。它的谴责并不着眼于道德，而完全是从被遗弃者的个人感情出发的。因此，它在读者心中唤起的，首先不是对那个丈夫的不道德行为的憎恨，而是对这弃妇的个人遭遇的同情。特别是：诗中妇女最为痛心的是"不远伊迩，薄送我畿"，那是说她被弃而离家时，其丈夫只送她到大门口的门限之内（"畿"），是一种对她很不尊重的行为。她为此而"行道迟迟，中心有违"，而且把这件事提到很重要的地位，显然是由于她因此而深感屈辱。这种自尊心实是一种可以导致个人意识的因素。

由于这是我国的早期诗篇，在艺术上自不可能成熟，加以篇幅较长，叙述有些杂乱，这大概是诗人在感情的激动下，思绪纷沓，想到什么就倾诉什么，因而多少影响了别人的理解。例如，第二章的开头四句之所以这样写，当然是因诗中妇女受此事的刺激最深，在行路时一直念念不忘，但在诗中对此毫无铺垫，读者实不知其何所指，当然也就不可能为这四句中包含的沉痛、愤慨感情所打动，必须读到后面才能明白。这些对其艺术感染力自有所削弱。

但是，作品所蕴含的从个人际遇出发的真挚感情，仍使此诗在当时很具有吸引力。如上所述，在《小弁》中出现了此诗的"毋逝我梁"四句，而该诗所述与"梁"、"笱"全无关系，显然是征引此诗中的句子；这说明它在当时相当流行，否则人们就不可能了解《小弁》这四句是什么意思。同时，《谷风》的这四句也确是富于感情的佳句,蕴含着深沉的眷恋和悲哀。此外,《小雅·谷风》当也是此诗影响下的产物。其第一章为:"习习谷风,维风及雨。将恐将惧,维予与女。将安将乐,女转弃予。"第二章大意与此类似。可见两诗不仅篇名相同,第一句完全一样,而且《小雅·谷风》第一、二章实可视为对《邶风·谷风》诗意的概括,是以两者之间必有承袭关系。但如认为《邶风·谷风》是把《小雅·谷风》的这种纲要式的叙述发展为感情真挚、血肉丰满的诗篇的,则揆诸情理,似有不合。因为这样的诗绝不能是根据事先别人设定的框架再把感情和某些具体过程填塞进去而写成的。何况《毛诗序》以《小雅·谷风》为幽王时诗,其时代自在《邶风·谷风》之后。

二、西周中后期的《雅》诗

在西周中后期,朝廷的政治危机日益显示出来。周懿王时,猃狁(即匈奴)的侵扰已造成严重的威胁。其孙厉王因钳制言论,弄到国内"道路以目",最后被国人所逐;由大臣周公、召公共同主持政事,称为"共和"。其后周宣王即位,政治稍见起色,史称"中兴",但到其子幽王继位,政治又很混乱,西周终于灭亡。所以,在懿王时期,《雅》中就开始出现了感时伤事的作品,厉王和幽王时期更产生了不少批判时政的诗。宣王时虽有较多歌颂之作,但也虚有其表,大抵夸张过度而无深厚的情感,甚或为文造情,杂采前人诗篇。其最突出者为《小雅·出车》①,全诗四十八句,至少有十六句(即全诗的三分之一)是袭取或参照前人诗篇而成②。

懿王时期最有名的诗是《采薇》。其所写的,是猃狁的侵扰使人们长期苦于战争,无法返归,以及由此所造成的心理上的沉重负担。假如说在《东山》、《破斧》之类的诗篇里已多少透露出群体与个体之间的不一致,那么在《采薇》里就有了进一步的体现。诗的第一章说:"靡室靡家,猃狁之故。不遑启居,猃狁之故。"诗人知道,使自己远离家室、不能安宁的,是正在侵扰自己国家的猃狁,他是为了群体利益而承担着这一切;但是在他的内心深处最眷恋的却是自己的家庭和亲人。所以第二、三两章说:

---

① 三家《诗》以《出车》为赞美宣王之作,是。
② 第二章的"忧心悄悄",见《邶风·柏舟》。第四章的"昔我往矣"四句,由《小雅·采薇》的"昔我往矣"四句变化而来;"王事多难,不遑启居。岂不怀归……"则由《小雅·四牡》的"岂不怀归?王事靡盬,不遑启处"变来。第五章的"喓喓草虫"六句源自《召南·草虫》,唯第五句略作改动。第六章的"春日迟迟"四句中,第一、四句出自《豳风·七月》,第二句的"卉木萋萋",可能与《杕杜》的"卉木萋止"、"其叶萋萋"有关;"薄言还归"则出于《召南·采蘩》。

> 采薇采薇,薇亦柔止。曰归曰归,心亦忧止。忧心烈烈,载饥载渴。我戍未定,靡使归聘。
>
> 采薇采薇,薇亦刚止。曰归曰归,岁亦阳止。王事靡盬,不遑启处。忧心孔疚,我行不来。

第一章写其初服役时的情况为"薇亦作止"("作"在这里是初生之意),到第二章的"薇亦柔止",相距不过一两个月,他已因无法与家人通音讯("靡使归聘")而"忧心烈烈",犹如饥渴了。到第三章"薇亦刚止"之时,就已因自己的无法返归而忧心大炽,处于强烈的痛苦之中。至于末章,更明白地宣告了自己的孤独:

> 昔我往矣,杨柳依依。今我来思,雨雪霏霏。行道迟迟,载渴载饥。我心伤悲,莫知我哀。

开头四句是千古传诵的名句,王士禛说它"兴寄深微"(《香祖笔记》),是很对的。因为,从"杨柳依依"到"雨雪霏霏"不仅是自然景物的剧烈变化,暗寓着时间的迅急流逝,而且更隐喻着诗人心境的巨变,在他心里已经不再有初春的旖旎风光、幻想和希望,有的只是像严冬那样的沉重和寒冷。然而,这样深刻的忧伤却无人能够理解,只能独自咀嚼。即使在那样崇群体的时代里,个体也不可能完全消融于群体之中。

在厉王和幽王时期,先后出现了不少批判时政的诗。除个别作品外,这些诗歌大致从维护周室的统治出发,依据传统的政治观和道德观,对朝政的混乱、举措的不当、周王和统治集团中某些人不顾大局的言行提出批评,并表示自己的忧虑。由于这些诗多数都写得较长,而当时的艺术经验还不足以驾驭长篇,结构上难免存在繁杂或不完整之处;但就章节言,却也不乏佳品。

> 彼谮人者,谁适与谋!取彼谮人,投畀豺虎!豺虎不食,投畀有北!有北不受,投畀有昊!(《巷伯》第六章)
>
> 烨烨震电,不宁不令。百川沸腾,山冢崒崩。高岸为谷,深谷为陵。哀今之人,胡憯莫惩!(《十月之交》第三章)
>
> 秋日凄凄,百卉具腓。乱离瘼矣,爰其适归?(《四月》第二章)
>
> 驾彼四牡,四牡项领。我瞻四方,蹙蹙靡所骋!(《节南山》第七章)

以上的引文中,《巷伯》纯是情绪化的表现。在这些诗句里,我们可以体会到诗人内心的强烈不平和对"谮人"的无比憎恶。《十月之交》的这一章写的本是自然界的一次大灾变——"幽王二年(前780),西周三川皆震"。"是岁三川竭,岐山崩。"(见《国语》)但这种描写又同时具有象征意义:西周的统治也正面临着地震山崩的巨变。今天读来还能感受到那种紧张的气氛和诗人的忧惧。《四月》和《节南山》都偏于使用象征手法。《四月》以"秋日"两句象征西周统治已整个趋向没落，再无一点生气，因而诗人已感到无处可以投奔（"爰其适归"）。《节南山》以驾车的四牡都已颈项肿大，瞻顾四方也无可供驰骋之处，象征时势已无可为。两诗都浸透着绝望之感。

上引这些章节的作者大抵都是西周政权的士大夫，但《小雅》中也有少数作品为周所领导的小国人士所写，对西周政权的抨击更为严厉，如《大东》、《何草不黄》：

> 小东大东，杼柚其空。纠纠葛屦，可以履霜。佻佻公子，行彼周行。既往既来，使我心疚……（《大东》）
>
> 何草不黄？何日不行？何人不将，经营四方？
> 何草不玄？何人不矜？哀我征夫，独为匪民？
> 匪兕匪虎，率彼旷野。哀我征夫，朝夕不暇。
> 有芃者狐，率彼幽草。有栈之车，行彼周道。（《何草不黄》）

上一章写东国被西周政权搜刮空了，连谭国的公子到了冷天也只能穿着葛制的鞋子走路，这使诗人心里很难受。后一首的怨愤之情尤为强烈，意谓西周政府根本不把"下国"的民众当人看，迫使他们像虎、兕、狐那样没日没夜地在旷野、深草中奔走。全诗多用反问语气，且连续使用，使读者能较真切地体味到诗人的情绪的激动。像这样的修辞手法的运用，在我国诗歌史上也是第一次。

综上所述，我国西周中、后期的诗歌——包括《风》、《雅》两部分——与西周前期的相较，题材固然有所扩大，内容和艺术手段也都有所进步。

第四节 《诗经》中的东周作品

《诗经》中的东周作品，就题材来说，可分作两类。一类是抒写日常生活的感受，另一类是涉及时政的诗；但也有互相联系，难以截然分割的。这都是西周时期的诗歌传统的继续和发展。当然，也还有颂歌——《鲁颂》和《商颂》，但没有重大的特色，对后代文学也无多大影响，这里就不予介绍了。

一、抒写日常生活的感受

就抒写日常生活的感受说，西周有《苤苢》、《谷风》等作品；《草虫》所写虽是日常生活的情怀,但又关涉政治——诗中的"君子"乃是被政府派去出差的。此外,《周南》《召南》中的《桃夭》《摽有梅》等当也出于西周。到了东周,这一类型的诗有了较明显的进展。

首先,与西周作品题材相同或类似的,在艺术上都有不同程度的提高。只要把《十亩之间》和《芣苢》、《氓》和《谷风》、《伯兮》《君子于役》和《草虫》分别加以比较,就可以看得相当清楚。

《魏风·十亩之间》只有两章:

十亩之间兮,桑者闲闲兮,行与子还兮。
十亩之外兮,桑者泄泄兮,行与子逝兮。

现代学者中有人以为这是"采桑者之歌。……实无深义"(陈子展《诗经直解》),似与诗意最为相合。所以,《十亩之间》与《芣苢》乃是同类型的诗歌。但它显然已不像《芣苢》似的是劳动过程的机械的交代。第一章写:在将要收工的时间①,采桑者的动作已渐舒缓②,并相约共同回家;第二章写:有些人已走出采桑场地,神情愉悦③,尚在场地的人又相互说:"我们一起去吧!"整首诗虽然简单,却能使读者感受到一种明朗、欢快的气氛。由此体现出的艺术水平,已超出《芣苢》甚多。

《氓》和《谷风》都是抒写弃妇的悲哀的诗。与《谷风》相比,《氓》的结构显然优于《谷风》,其叙述层次分明。前两章回忆成婚经过,后四章抒发被弃后的悲愤。前后联系甚为密切。在前两章中,第一章述两人私下订立婚约,突出男方的主动和迫切;第二章述自己在订立婚约后,对对方的深切怀念和出嫁。在后四章中,第三章慨叹男女处境之不同;第四章指出他们婚姻的破裂,完全不是她的过失,而是男方的背叛;第五章述说自己在男方家中时固然竭尽劳苦,及至被弃以后,又受娘家人的讥笑,这与第四章都进一步印证了第三章所述男女处境不同之语;第六章以自伤自叹作结。——既然女子的地位如此,除了自伤自叹之外还有什么别的办法呢?像这样的在各章之间具有明晰逻辑关系的结构,在《诗经》的较长诗篇中是很少见的。在《谷风》的章与章之间,我们就很难找到此类逻辑关系。

同时,《氓》在感情的抒发上也具有同类诗歌所少见的力度。如第二章:"乘彼垝垣,以望复关。不见复关,泣涕涟涟;既见复关,载笑载言。"复关是其对象的所居之地,是否望得到这一地方,就使她的感情产生这样大的变化,从

---

① "行与子还兮"是将要与你一起回去之意,为采桑者彼此相约之语;这也意味着即将收工了。
② "闲闲",宽广。这里指动作舒缓。
③ "泄泄",和乐。

而生动地显示出了她的爱情的热烈。

《王城风》中的《君子于役》和《草虫》都是妻子思念其行役于外的丈夫的诗。在《草虫》中，以阜螽随草虫而行，说明妻子应与丈夫相伴，从而引出"未见君子，忧心忡忡"的愁绪；《君子于役》则以"鸡栖于埘，日之夕矣，羊牛下来"，引出"君子于役，如之何勿思"的悲叹。看起来两者颇为相似，但《君子于役》在"鸡栖"三句以前，有"君子于役，不知其期，曷至哉"三句作为铺垫，使读者了解其丈夫已外出甚久，未有归期，所以在诗中写到鸡与牛羊都于日夕归栖时，读者也就会想到这种情景将给予她怎样的刺激，从而很自然地对其由此导致的悲慨产生共鸣。而《草虫》则既无铺垫，下文又未说明其"未见君子"之故，因而读者在读开头的"喓喓草虫，趯趯阜螽"两句时，往往视为一般的写景，必须读到紧接着的"未见君子，忧心忡忡"，才能明白"喓喓"两句的寓意。就这一点来说，《草虫》的抒情稍嫌晦涩，《君子于役》则明快而能突入中心，故较《草虫》动人。

《卫风·伯兮》所写也为思妇之情，但诗中女子思念的是随王出征的丈夫。与《草虫》、《君子于役》不同的是：此诗触及了这一女子的矛盾的心态。诗的一开头就是："伯兮朅兮，邦之桀兮。伯也执殳，为王前驱！"她显然为自己丈夫的英勇、能够"为王前驱"而自豪，但丈夫的出征又为她带来了无限的痛苦："自伯之东，首如飞蓬。岂无膏沐，谁适为容？"在这样的外在形貌中蕴含着她对丈夫的深切思念，也显示了离别所给予她的巨大的打击。这种痛苦是如此难以负荷，以致她想忘却；但对丈夫的深厚感情又使她怎忍忘却？因此全诗以这样四句作结："焉得谖草？言树之背。愿言思伯，使我心痗。"此种复杂的心理状态，在《草虫》和《君子于役》中是看不到的；《伯兮》中上述通过外貌来写感情的手法也是《草虫》和《君子于役》所没有的。东周时的这两首诗本身的艺术水平虽然并不一致，但都较西周时期的同类作品《草虫》具有不同程度的进步。

其次，与西周作品相比较，东周的诗不但题材扩大了很多，而且在此类新增题材的诗歌中出现了不少在艺术上颇具特色的佳作。

如果我们把《周南》、《召南》、《豳风》全部作为西周时期的作品，再加上《风》诗中的其他西周作品和《小雅》、《大雅》、《周颂》，总数在一百七十篇以上。东周时期的风诗，在题材方面较这一百七十多篇有所突破，如《绿衣》的自伤，《北门》的苦闷无告，《野有蔓草》的邂逅相遇，《溱洧》的男女郊游，《葛生》的寡居悲忧，《蒹葭》的追求不遂，都为西周时的诗篇未曾涉及。大致而言，较西周时的作品增加了美感，个人感情也趋于细腻。

《绿衣》属于《邶风》，为卫庄姜所作。庄姜是卫庄公夫人①，庄公宠爱媵

---

① 当时之称国君夫人，是在国君称号下再加上她娘家的姓。庄公夫人娘家姓姜，故称庄姜。

妾,冷落庄姜,庄姜自伤而作《绿衣》:

> 绿兮衣兮,绿衣黄里。心之忧矣,曷维其已!
> 绿兮衣兮,绿衣黄裳。心之忧矣,曷维其亡!
> 绿兮丝兮,女所治兮。我思古人,俾无訧兮!
> 絺兮绤兮,凄其以风。我思古人,实获我心!

古人以黄为正色,绿为间色。诗中的以绿色为衣服的面子和上衣,黄色为衣服的里子和下裳,是隐喻尊卑倒置,以绿色丝衣为女子所制,隐喻此种反常现象为女子所造成。此诗大量运用隐喻,这在艺术手法上说自是一种进步;其中"絺兮绤兮,凄其以风"两句,给人以强烈而鲜明的印象,且能引起读者的悲悯,在隐喻的运用上相当成功。紧接在这以后的两句,说她只能以古人为知己,又以含蓄方式强化了她的孤独、寂寞,所以很能使人共鸣。清初著名诗人王士禛在《池北偶谈》中说:"予六七岁,始入乡塾受《诗》。诵至《燕燕》、《绿衣》等篇,便觉怅触欲涕,亦不自知其所以然。"这固然基于王士禛的敏感,同时也反映了此诗感染力之强。

诗中的这种孤独感在《邶风·北门》、《唐风·葛生》里也可看到。《北门》共三章。其第一、二两章如下:

> 出自北门,忧心殷殷。终窭且贫,莫知我艰。已焉哉!天实为之,谓之何哉!
> 王事适我,政事一埤益我。我入自外,室人交遍谪我。已焉哉!天实为之,谓之何哉!

第三章与第二章基本相同,唯"适我"、"益我"、"谪我"分别改为"敦我"、"遗我"、"摧我"而已。此诗的作者显然是一位官员。诗中涉及的政治情况,和《小雅·北山》所写的"大夫不均,我从事独贤"的情况有些类似;但诗人所尤感痛苦的,则是家属对他的态度,这使他感到了彻底的孤独。所以,他在为"莫知我艰"而悲哀的同时,只能再三地慨叹:"已焉哉!天实为之,谓之何哉!"在这里读者看到的是一种无可奈何的愁绪。

《唐风·葛生》是写一个死掉丈夫的妇人的悲痛。《诗序》说:"《葛生》,刺晋献公也。好攻战,则国人多丧矣。"意谓她的丈夫是战死的,而这是由晋献公喜欢发动战争而造成的,所以此诗实含有批判意味。假如情况属实,那么,当时晋国人是能从其中咀嚼出对晋献公的无言的控诉的吧。但正因无言,后世的读者却未必感受得到了。

> 葛生蒙楚,蔹蔓于野。予美亡此,谁与独处。

葛生蒙棘,蔹蔓于域。予美亡此,谁与独息。
角枕粲兮,锦衾烂兮。予美亡此,谁与独旦。
夏之日,冬之夜!百岁之后,归于其居。
冬之夜,夏之日!百岁之后,归于其室。

第一章首二句所写,是其丈夫墓地蔓生植物纠结之状;第三、四两句说:丈夫("予美")死后,还能和谁相亲呢?只能独处罢了①。前三章都写其寡居的痛苦。后两章则写其未来的可怕:岁月漫漫,她只能苦苦熬受,直到死亡来临,自己也被葬进那个墓穴。全诗渗透着深沉的孤独感,较前几首更为悲痛和忧郁,感情也较前细腻。诗中一再以"夏之日,冬之夜"来代表其往后的昼夜,其实暗示着她已毫无生趣,只希望日子快些过去,但在她的感觉中却每日每夜都似夏日冬夜那样的漫长而不肯消逝。此种象征性的手法,既丰富了诗句的感情内涵,也增强了感染力。是以陈澧《读诗日录》说:"此诗甚悲,读之使人泪下。"

与这一类诗歌相反,《郑风》的《野有蔓草》和《溱洧》所写的都是喜悦之情,但前者清华绝俗,后者热烈缠绵。

野有蔓草,零露漙兮。有美一人,清扬婉兮。邂逅相遇,适我愿兮。(《野有蔓草》第一章)

溱与洧,方涣涣兮。士与女,方秉蕑兮。女曰:"观乎?"士曰:"既且。""且往观乎?"洧之外,洵訏且乐!维士与女,伊其相谑,赠之以勺药。(《溱洧》第一章)

这两章都能制造气氛。前一章写:在郊野的蔓草上,有一颗颗晶莹的露珠。一个美人从那里经过,眉目清婉。"我"与她偶然相逢,却觉得她就是"我"的理想。环境所显现的,是空旷的美;细小的露珠在这空旷中更显得娇弱。人所显示的,是清冷的美;其动人之处,与其说在形貌,毋宁说在气质。甚至"我"的喜悦,也是淡淡道来,毫不显得强烈。这一切构成了一种清淡而隽永的整体美,体现了相当高的艺术造诣。作者大概有较深的文化素养,此诗在写作上显然受到了《小雅·蓼萧》的启发②。但上述整体美的构成很难说是有意识地经营的结果。因其第二章前几句意思都和第一章一样,末句却改为"与子偕臧"(意即"与你共度美好的时光"),感情突转热烈,以致第二章的整个气氛

---

① "与"为亲附之意,也即《周易·咸》所谓"二气感应以相与"的"与";第四句实为自问自答。
② 《蓼萧》第一章:"蓼彼萧斯,零露湑兮。既见君子,我心写兮……"先写野生植物,再写"零露",然后写其见到某一个人,这种构思与《野有蔓草》相似。且二诗的第二章第二句均为"零露瀼瀼"。但《蓼萧》出现在前,当是《野有蔓草》受《蓼萧》的影响。

很不协调。若第一章的和谐是有意识的经营,写第二章时不应对此弃而不顾。

与《野有蔓草》的清冷相反,《溱洧》一开始就是一幅春水迅流、青年男女群聚在溱、洧间玩乐的热烈场面。这时,一个女孩邀约一个男孩到那里去玩,男的虽已去过,但经不住女孩的邀请,又去了。这个邀约过程虽然简单,却为热烈的场面增添了一点旖旎的成分。在这里,我们所看到的不仅是春日的情景,更是青春的气氛:青年们无忧无虑地享受着他们的人生。

然而,在《秦风·蒹葭》中我们却看到了另一种人生体验:

蒹葭苍苍,白露为霜。所谓伊人,在水一方。溯洄从之,道阻且长。溯游从之,宛在水中央。

全诗三章,后两章内容与此基本相同,仅个别字句有所改动。

诗中的"伊人"到底是谁,在研究者中尚无共识。值得注意的倒是"在水一方"以下诸句。黄中松《诗疑辩证》说:"'在水一方',亦想像之词。若有一定之方,即是人迹可到,何以上下求之而不得哉?"这几句虽未必是"想像之词"①,但确给人以"上下求之而不得"之感;加以"伊人"是谁,迄未明言,读者可以任意联想起自己所渴欲追求到、但却始终"上下求之而不得"的目标;诗中所写"蒹葭苍苍,白露为霜"的凄清、甚或凄凉的景色,又使人平添几许惆怅。人生中本不乏这样的现象:对自己设定的某种目标的追求,无论怎样地努力,总是不能达到;永远可望而不可即。以致每一想及,即无限怅惘,而这也许是人生永远无法克服的;即使在像《溱洧》中的青年们那样喧闹的欢笑中,它也许会在某个或某些人的心头飘闪而过。《蒹葭》所触发的,就正是这种怅惘之感。但这恐怕也非作者的有意经营,诗的第二、三章的开头两句,分别改为"蒹葭萋萋,白露未晞"、"蒹葭采采,白露未已",诗的凄清感明显削弱乃至消失了。

总之,上述从《绿衣》到《蒹葭》的这些诗篇,其题材固为《诗经》中的西周作品所未曾涉及,其艺术成就尤令人瞩目。它们运用隐喻、暗示、象征等手法,以富于直观性的画面来拨动读者的心弦,而且在有些章节中已出现完整、统一的气氛,构成整体性的和谐的美,这说明诗歌虽还处于朴素地抒发生活中的感受的阶段,但已在不自觉地向美的追求靠近。

---

① "伊人"所居之处,当是三面环水,而且深不可涉,只有一条陆路可通,又崎岖难行。与其相隔一水的诗人,若沿着水的上流(溯洄)从陆路前往,则"道阻且长"(《说文》:"道,所行道也。""行,人之步趋也。"因此,"道阻且长"乃是说从陆路"步趋"而往,则路途险阻),若顺着水的下流走,则因对方居处三面环水,因此只能隔水相望。那么何不乘舟而往?则此诗出于《秦风》,秦非水乡,当地人本不惯于行舟。

二、关于政事的诗篇

上面介绍的东周时期一系列作品的内容,有的虽与政事有关,但就诗篇所见的来看,究以日常生活中人与人的关系以及由此引发的思想感情为主。东周时期另有不少作品则完全或主要针对某种政治情况而发,它们在艺术上的进步之迹也很明显。

大致说来,此种诗篇可分为两大类。一类是对统治集团的某些行为——特别是其过分的榨取——加以抨击,另一类是对统治集团的没落感到忧虑。此外,有些诗篇批评了统治集团中人物私生活的某些方面,若仔细考察,实可将它们分别隶属于以上两大类;但为叙述的方便起见,姑且另列一类。

属于第一类的,可以《魏风·伐檀》、《硕鼠》、《唐风·鸨羽》、《秦风·黄鸟》为代表。

《伐檀》和《硕鼠》都是把统治集团作为对立面来揭露的。前者批判其不劳而获,后者则斥之为贪婪的大鼠。两诗各三章,且三章的内容均基本相同,今各引其第一章如下:

坎坎伐檀兮,置之河之干兮,河水清且涟猗。不稼不穑,胡取禾三百廛兮?不狩不猎,胡瞻尔庭有县貆兮?彼君子兮,不素餐兮!(《伐檀》)

硕鼠硕鼠,无食我黍。三岁贯女,莫我肯顾。逝将去女,适彼乐土。乐土乐土,爰得我所!(《硕鼠》)

《伐檀》以砍伐檀木发端,似是与下文所述不劳动而坐享其成的行为相对照。尽管当时统治集团中的人们本不从事体力劳动,但诗人认为这些人也并不具有坐食的特权,必须为国家出力才行,是以结尾说:"彼君子兮,不素餐兮!"意谓"彼君子"与"尔"不同,他们虽然也不耕种与打猎,但却为国家出力,并非"素餐"[①]。由此言之,全篇主次分明。中间四句是主,诘质犀利,隐含着诗人对这些人的愤慨;首尾为辅,使中四句的诘质更显得义正词严,也使这些人的不劳而获更无可辞其咎。在全篇的结构上这样严密地相互照应,是在西周时期的诗歌中没有出现过的。这和《野有蔓草》等所显示的情调、画面的和谐,都呈现出一种整体性的原则;当然,当时的作者大概还没有自觉地掌握它。

《硕鼠》把魏国国君视为大老鼠,这隐喻对于揭露统治者的贪婪和虚弱是颇为生动而深刻的。而且,由于这一隐喻,也就引人深思地显示了现实的不合

---

① "素餐"即今天所说的白吃饭或只吃饭不干事。

理：人要服事("贯")老鼠,最后只好躲开老鼠。这是一种怎样反常的现象！其中既渗透着诗人对这种现实的憎恶,也使篇末对"乐土"的向往更具有感人的力量。因此,本篇的艺术特色首先在于隐喻运用的巧妙。

在以上两篇中,我们可以看到：春秋时期的诗人对自己国家统治集团的批判较西周时期加强了。这种特点在《唐风·鸨羽》和《秦风·黄鸟》中同样存在。

> 肃肃鸨羽,集于苞栩。王事靡盬,不能艺稷黍；父母何怙！悠悠苍天,曷其有所？(《鸨羽》第一章)

> 交交黄鸟,止于棘。谁从穆公？子车奄息。维此奄息,百夫之特。临其穴,惴惴其慄。彼苍者天,歼我良人。如可赎兮,人百其身！(《黄鸟》)

"王事靡盬"①那样的句子,在西周作品——如《采薇》等——里就不止一次地出现,但从没有如《鸨羽》似的揭示过由此而导致的"父母何怙"这样严重而悲惨的后果；至于高呼"苍天"而又发出"曷其有所"、"曷其有极"②的悲慨,那更意味着服役者已对目前的痛苦难以忍受了,正如《史记·屈原贾生列传》所说："人穷则反本,故劳苦倦极,未尝不呼天也。"何况在"苍天"之上又加了"悠悠"两字,显示出了他的唯一可以向之申诉的对象——天——离开他是何等遥远,作为希望的寄托是何等渺茫。所以,这首诗给予人们一种强烈的孤苦无依的感觉。而这实与语词的选择和调配有关。例如,倘把"悠悠苍天"换成《黄鸟》的"彼苍者天",这种孤弱而无所依靠的感觉就大为削弱了。因为在那样的句式里,天与人之间的无限遥远的距离是感觉不到的。

《黄鸟》所写的,是秦国的三个贤臣子车奄息、子车仲行、子车𫘧虎在秦穆公死后被迫殉葬的事。全诗共三章,每章哀悼一人。此处所引的为第一章。"彼苍者天"隐指秦国的最高统治者。据《史记》记载,此次殉葬的共一百七十七人。大概因为这三人是贤臣——"百夫之特",对国家具有重要作用,所以诗人特地把他们的被迫殉葬一节作为秦国统治集团"歼我良人"的暴行加以批判。其出发点仍是群体的利益,章末强调"如可赎兮,人百其身",也正意味着人的生命价值并不一致。但尽管如此,"临其穴,惴惴其慄"两句却是写出了个体生命在面临覆灭时的戳觫的。其实,"惴惴"与"慄"的意思本就相近,此句之所以形成一种恐怖的气氛,除了特定的环境("临其穴")以外,主要就在于这种同义重复给人造成的心灵的压力。这里显示了诗人在语词调配上的造诣。

---

① "靡盬"为不息之意,见王引之《经义述闻》。
② 此两句均见《鸨羽》。前句意谓何时才能不再四下奔波而有安居的处所,后句见于该诗第二章,意谓这种服役而四处奔波的生活何时才是尽头。

春秋时期直接或间接地对政治情况表示忧虑的诗,著名的有《王城风·黍离》、《魏风·园有桃》、《卫风·硕人》等。《黍离》和《硕人》在艺术上尤有特色。今先录前两诗的第一章。

> 彼黍离离,彼稷之苗。行迈靡靡,中心摇摇。知我者,谓我心忧;不知我者,谓我何求。悠悠苍天,此何人哉!(《黍离》)

> 园有桃,其实之殽。心之忧矣,我歌且谣。不知我者,谓我士也骄!"彼人是哉,子曰何其!"心之忧矣,其谁知之?其谁知之,盖亦勿思!(《园有桃》)

《毛诗序》说:《黍离》是东周的一位大夫所作,他行役而至西周故都,见"故宗庙宫室,尽为禾黍。闵周室之颠覆,彷徨不忍去,而作是诗也"。是以后世的文人也常称兴亡之感为"《黍离》之感"。但就诗而论,我们只看到诗人忧深思远,低徊欲绝。诗的前四句呈现出一幅清晰的画面:在连绵不绝的一列列黍稷间,诗人内心怔忡地缓慢行走着;广漠的空间与诗人迟缓而孤单的身影形成强烈的对比,显示出他的孤独。接着的四句虽有"知我者,谓我心忧"之语,但其重点实在"不知我者,谓我何求",故以"悠悠苍天,此何人哉"作结,造成一种只有苍天才能回答这个疑问的假象。这正说明了他的内心隐秘不可能公之于众,加强了前四句已含有的孤独感,并使整首诗具有一种含蓄的、朦胧的美。同时,诗人既对自己的内心这样地讳莫如深,则其为之悲痛和忧虑的,当是某种政治状况。

这种孤独感也见于《园有桃》。两诗都有"不知我者"之语,而且《园有桃》中的"不知我者"还站在诗人对立的一方对诗人加以指斥,于是诗人深深体味到了孤立的痛苦,并企图以"盖亦勿思"来逃避。至于其所"忧"的,自当是国事①。他的这种痛苦在后来屈原的作品里表现得更为强烈而尖锐;但屈原没有逃避,宁可在孤立中死去,这也可说是《诗》、《骚》精神的歧异。

《诗经》中在艺术成就上深受推许的作品,其抒情方式大致是内敛的,故显得含蓄乃至朦胧;《园有桃》却采用扩散、渲染的方式,故清初姚际恒谓其"极纵横排宕之致"(《诗经通论》)。

这时期的忧心国事而与《园有桃》存在相通之处的诗,最值得注意的是《卫风·硕人》。

---

① 诗人的身份是"士",他由于与"彼人"的矛盾而被斥为"士也骄",可见"彼人"的地位至少不比他低,或竟在他之上。至于"心之忧矣"的"忧",乃是忧虑之意,也即《尔雅·释诂》所说的"忧,思也"。他当是为国事而忧,所以他希望这种"忧"能被别人理解,从而在他发觉"其谁知之"时,就忍不住发出了"盖亦勿思"的慨叹。

《硕人》系为卫庄公夫人庄姜而作。庄姜是齐君的女儿,又是齐太子的嫡亲妹子。古代诸侯间的通婚,首先是基于政治利益,而且庄姜本人也很美;但卫庄公却不喜欢她。诗中强调庄姜之美和齐国的富强,热切地要求庄公与庄姜的和好,也就从反面显示了作诗者对庄公冷落庄姜一事的关心和忧虑;由于那种婚姻实是政治行为,这同时也就是对政事的忧虑。

　　此诗所用渲染的手法颇为多样,其中既有对其所叙事物的夸张,也有仅藉语词的选择和调配而导致的强烈印象。前者如第二章,我们将在下一节中有所论述。后者如第四章的前五句:"河水洋洋,北流活活。施罛濊濊,鱣鲔发发,葭菼揭揭。"那说的是在北流的河水中设网捕鱼,鱣鲔触网,河畔的芦荻长得很高,都是极普通的景象,但连用了五个排比的句子,又连用了"洋洋"、"活活"、"濊濊"、"发发"、"揭揭"五个分别给人以广大、高昂、富于活力的感觉的词①,从而造成了强大的气势,使人感到那真了不起。陈子展先生《诗经直解》说这五句"见其国俗(指齐国。——引者)之富",乃是很敏锐的感受;而这种感受实是从其气势中获得的。若就其所叙事物说,则河水、鱼网、鱣鲔、葭菼,在黄河流域的国家均是普通之物,何富之有?

　　在《诗经》里的春秋时期关涉政治的作品中,还有一些是批判统治者私生活的丑恶的,如《邶风·新台》、《鄘风·墙有茨》、《鹑之奔奔》、《齐风·南山》、《陈风·株林》等。其中《新台》、《墙有茨》两首尤值得注意:

　　　　新台有泚,河水㳽㳽。燕婉之求,籧篨不鲜。
　　　　新台有洒,河水浼浼。燕婉之求,籧篨不殄。
　　　　鱼网之设,鸿则离之。燕婉之求,得此戚施。(《新台》)
　　　　墙有茨,不可扫也。中冓之言,不可道也。所可道也,言之丑也。
(《墙有茨》)

　　据《毛诗序》,《新台》是刺卫宣公的作品。卫宣公为其世子伋聘齐国的姜姓女子为妻,后又听说齐女很美,就在齐女嫁过来时,在途中强占她作为自己的妻子;新台即其强占齐女之处,在卫国境外的黄河边。这位被迫成为卫宣公夫人的齐女就是卫宣姜。但因为此诗的重点在于对受害方——宣姜——的同情,而"新台"原也不妨视为新的台榭的泛称②,所以,读者在阅读时的感受很容易超越这具体事件本身而进入更广大的范围,由其所咏叹的"燕婉之求,得此戚施",想起世间的许多人——特别是青年妇女——的悲惨的婚姻,甚或进而想

---

① 洋洋,水广大貌。活活,水流声。濊濊,大水流动貌;"施罛濊濊"是说施罛于流动的大水中。发发,鱼尾划动貌。揭揭,高举貌。
② 是以有些学者认为此诗并非为卫宣公强占齐女而作。

到人生的种种追求也常不免获得类似的相反结果,从而为之怃然的吧。这与《蒹葭》之使人感到人生的目标总是可望而不可即,乃是相仿的境界,但此诗显得更为尖锐。而从其艺术特色说,通首诗均运用强烈的对比手法,是它能给读者带来深刻印象的原因。

《墙有茨》是讽刺卫的最高统治阶层荒淫无耻的诗。《毛诗序》说此诗是为卫宣姜与公子顽私通而作,公子顽是卫宣公庶出的长子;三家《诗》则说是刺卫宣公。其实,这首诗的好处正在于它超越了具体的个别事件而获得了较为广泛的意义;此点与《新台》是相通的。而这一效果的获得,则有赖于隐喻手法的巧妙运用。首两句是说:妨碍人的蒺藜生在墙上高处,无法扫除。与下文的"言之丑也"联系起来,就可明白这是隐喻丑恶的行为出在高层,人们对它无可奈何。"中冓"指宫中深隐之处。丑事出于"中冓",也即暗示其与男女幽会有关。所以,通篇不言淫乱,而读者自能体味出诗人对高层生活淫乱的不满之情。

总之,从西周前期到春秋中叶,我国诗歌经历了长期的发展过程。它一方面表现为诗歌内容的逐步广阔和深入:随着对个人命运的关心程度缓慢上升,既促进了对痛苦生活的申诉,导致了对统治集团的较明显的指责,也推动了对个人欲望的较直率的表达和对人生问题的思考;另一方面则表现了在艺术手段运用上的进步。至其艺术特色,我们将留到下一节叙述。

第五节 《诗经》中所见的艺术特色

《诗经》所收作品的时代,前后共五百多年。在《诗经》的这些作品中,我们一面可以抽象出某些艺术原则、发现某些艺术手法,另一方面也应注意到这些原则、手法是在不同时期发展的。但我们在这里只能就其概况略作介绍。

(一)《诗经》中的大部分作品都写得颇为具体,很少抽象的表述,这大概跟我们民族的思维特点有关;此点在本编《概说》中已经述及。《诗经》的写作手法,前人概括为"赋、比、兴"三项。比、兴留待后述。其用赋这一方法的,例如上引《黍离》的开头四句,《野有蔓草》的第一章,都轮廓鲜明,具有直观性。这就是赋的手法运用得很成功的实例。

(二)《诗经》在叙事述情时,十分重视该事物与其他事物的关系,有时甚至超过对该事物本身的重视。从另一角度来看,也可以说诗人将其对该事物的感受置于该事物本身之上。这在使用比喻的方法时尤为明显。

在《诗经》中,比喻手法的运用,本是为了使读者对某事物有较具体的了解,但却常常不具体描写该事物的本身。《卫风·硕人》的"手如柔荑,肤如凝脂,领如蝤蛴,齿如瓠犀,螓首蛾眉"等句,看起来对这一人物的手、皮肤、颈(领)、齿、头部和眉毛都作了描绘,但在实际上没有一项是直接描绘的,只是一连串比喻,而且有的还是以局部代整体。如"柔荑"(嫩荑),乃指其手指的洁白、纤长如嫩荑一样,用一"柔"字,是增加手指的柔软感。换言之,这一比喻乃是就手指而言,但手指既如此美好,则其手的整体的美也就可以想见。尽管这一连串用作比喻的事物与诗人所要描绘的对象之间在形体上有某种程度的类似,但到底不是对象本身;所以,像这样的以比喻代替对该事物的直接描绘,也可说是重视该事物与他事物的关系超过了该事物本身。

不但手、肤之类常用这种方式处理,就是表达事物的过程也可采用此类方式。如《大雅·生民》的"先生如达",就是说姜嫄生下头胎子时如母羊生小羊("达")一样,这是指其分娩顺利的程度;《周南·关雎》的"参差荇菜,左右流之。窈窕淑女,寤寐求之",则是说君子追求淑女,就像人们采取水中的荇菜一样,一会儿向左,一会儿向右,采求不息("流"是求的意思)。

上述这一切虽在具体运用上有纯熟与稚拙之别,但作为原则,却可从中看到:第一,当时的作者已初步意识到直观性在诗歌中的重要,其所以说"螓首蛾眉"、"先生如达",无非因为螓和蛾的形状、羊生育的情况是当时人十分熟悉的,人们读了这些诗句立即能在脑子中浮现出有关的清晰画面。但是,第二,这种清晰画面只是母羊产小羊和螓、蛾的图像,要转化为女子顺利分娩的场景和美丽的头部、眉毛,还有赖于读者的联想,并在联想时充分发挥主观能动作用。所以,在这样的描写中实含有调动读者想像力的成分。第三,这些描写向读者传达的,并不是对象的客观情况,而是作者的主观感受。因他并不说出美人的头部、眉毛等到底是怎样的情状。故其所重视的不是对事物的客观描写,而是作者对这些事物的主观感受。这些对我国后来的诗歌都起了定调的作用。

(三)象征手法开始形成,并出现了象征色彩浓厚的名篇。

传统所谓的兴,有很大一部分是象征手法。汉代郑众释兴为"托事于物",也即托此事物于彼事物。它与比的区别,在于比是标明以此物比彼物的,如"手如柔荑",兴则不标明其寄寓的内容,由读者自己去意会。有的兴很显豁,大家一看而知,那在事实上与比差不多;有的兴则可有种种理解,那就成为象征了,例如《秦风·蒹葭》,诗中的"伊人",就可视为追求的目标的象征,因而经历过任何类似的追求过程的人都能引起共鸣和深思。

(四)通过语词的选择和调配来加强表现力。

这其实是一种修辞手法,在东周时期的诗篇中表现已颇突出。它的出现,说明《诗经》已对修辞比较注意。如上述《黍离》、《鸨羽》的"悠悠苍天",用"悠悠"形容天的遥远,以增加作品中的人对其唯一的依靠者"天"的距离感;而《黄鸟》中的"彼苍者天,歼我良人",这里的"天"实借指秦国的统治者,所以就不用"悠悠"这样的形容词,而特地加一"彼"字,说明这里的"天"与他们的距离并不遥远,但却不是与他们站在一起的。再如《蓼萧》的"蓼彼萧斯,零露浓浓"。"浓浓"其实也是"浓",但却给人一种更浓厚的感觉。此处不像《野有蔓草》的"零露漙兮"那样地说"零露浓兮",却要这么说,正是要突出其浓。此外如上述《硕人》中"河水洋洋,北流活活"等句之所以能起到强调作用,也是与形容词的选择和组合分不开的;此处"北流"的本是"河水",但如改成"河水北流,洋洋活活",气势就减弱了。因为这样就成为先叙述河水流动的方向,而把表现其气势降到了次要地位;而且原来用两句来表现其气势,现在只剩了一句。

(五)运用假想和对比手法,以强化诗人的感情。

这种假想是以现实中不可能出现的情况来抒发感情。如《巷伯》的"取彼谮人,投畀豺虎!豺虎不食……"等句,就是现实生活中不会发生的事,豺虎哪会因谮人的卑鄙而不吃他呢?但诗人对谮人的极度鄙视却通过这些句子而表现出来了。至于对比,或把空间中的两种处境相对照,或把时间中的两种情况相比较,使诗人原有的感情更为强烈。例如《大东》的"东人之子,职劳不来。西人之子,粲粲衣服",以两者的对比,说明待遇的不公,也使诗人的不平之情获得集中的表现。又如《采薇》的"昔我往矣,杨柳依依;今我来思,雨雪霏霏",以今昔的对比来强化其今日的悲哀。这在当时都是较有效的艺术手段。特别是像《采薇》的那种句式,后来更逐渐发展为对偶。

(六)用景色的描写来烘托感情,增加感染力。

由于《诗经》是抒情诗,景色的描写只能起到陪衬的作用,但它同时又是一种较有效的艺术手段。其从正面来烘托的,如《溱洧》的"溱与洧,方涣涣兮",以春水洋溢的景象来增强青春的欢乐;从反面来烘托的,如《郑风·风雨》的"风雨凄凄,鸡鸣喈喈。既见君子,云胡不夷",写风雨凄凉之日见到了其所渴望的君子,就更显得心情的愉快。

(七)双声、叠韵字和叠字、叠章的大量运用。

《诗经》中大量运用双声、叠韵字和叠字,这除了增加音律上的美感外,有时也能起到修辞的效果,如上引"浓浓"之类。后来的诗歌也常采用这种方式。汉语言文字的特点为此提供了必要的条件。至于《诗经》常见的叠章,却完全是音乐方面的需要;当诗歌与音乐的关系有所疏远时,后代的诗歌就不再采用这种方式了。

此外,《诗经》中已开始采用铺排、渲染的手法,在《雅》、《颂》中已颇常见,如"维仲山甫,柔亦不茹,刚亦不吐。不侮鳏寡,不畏彊御"(《烝民》),"川泽訏訏,鲂鱮甫甫,麀鹿噳噳。有熊有罴,有猫有虎"(《韩奕》)之类,发展到东周,运用更为熟练,上引《硕人》的有关句子,就是突出的一例。这对于汉代大赋很有影响。

最后需要说明的是:《诗经》在抒情方面之显得内敛,在某种情况下是采取有迹可寻的委婉的表达方式而形成的,如上面已经说及的《草虫》的"亦既见止,亦既觏止,我心则降"之类;但更多的是把强烈的感情蕴藏在内心而不倾诉出来,这就成为无迹可寻了。

第六节 《诗经》对后代的影响

《诗经》对后代的影响非常深远。大致可以分为两个方面。

从文学上说,作为我国最早的一部诗歌总集,它汇集了我国在诗歌创作上积聚了五百年之久的经验,对后代的诗歌创作当然具有重大的意义。别的不说,《楚辞》就吸取了比兴的原则而又加以发展。如果没有《诗经》,很难想像《楚辞》会成为现在的这种样子。所以,《诗经》在我国漫长的历史时期中,一直是古代诗人可以作为创作借鉴的瑰宝。

另一方面,从汉代起,原称为《诗》的这部书就成了经,被奉为楷模。后世儒家对它作了不少不合实际的解释,比如把"风"、"雅"、"颂"、"赋"、"比"、"兴"作为他们所谓的"六义",使《诗经》的三百零五篇全都成为有政治内容的作品,然后再要求作家以此为标本来进行创作,把不符合这种要求的作品加以否定。这样,《诗经》就起了消极的作用。即使如唐代白居易、宋代梅尧臣这样的作家,当他们从这一意义上来主张作家们向《诗经》看齐时,至少也曾发生过一定的副作用(参见本书有关白居易、梅尧臣的部分)。

第三章 历史散文

中国向来重视历史，很早就设有史官，"古之王者，世有史官，君举必书……左史记言，右史记事，事为《春秋》，言为《尚书》"（《汉书·艺文志》）。后代学者如章学诚等虽对"左史"、"右史"之说有怀疑，但我国最早的史书确是《尚书》、《春秋》；前者记言，后者记事，亦属事实。《尚书》主要为殷商至春秋时期君王文告和君臣谈话记录①，《春秋》是以鲁国为主的春秋时期的历史材料汇编。到战国时，相继出现了《左传》、《国语》、《战国策》等含有若干文学成分的历史著作，并且其文学成分随历史的推移而逐步增强。我们姑且将《尚书》、《战国策》等称之为先秦历史散文。

第一节 《尚书》与《春秋》

《尚书》最早只称《书》，汉代才改称《尚书》，孔安国释为"上古之书"。儒家尊之为经，又称《书经》。

《汉书·艺文志》称《尚书》一百篇，但经秦始皇焚书和秦末战火，汉初实存二十八篇，以通行隶书书写，故称今文《尚书》。汉武帝时，孔子故居的墙壁中发现用古文写定的《尚书》，称古文《尚书》，比今文本多十六篇。后经兵火，其书不传。东晋初，梅赜献出古文《尚书》，计五十八篇。唐孔颖达以它作底本写成《尚书正义》，南宋以后编入《十三经注疏》。明代梅鷟、清代阎若璩先后考证其中的二十五篇为伪作。阎说几成定论，但现在也有学者对阎说表怀疑。

现存《尚书》中写作最早的是《商书》中的《盘庚》篇，最晚的是春秋时期的《周书·秦誓》。因汉字繁难，加上书写工具的局限，古人一般将口语浓缩后记录成文，以减省书写的精力和时间，造成言、文的分离。《尚书》也不例外。但

---

① 《尚书》中《虞书》、《夏书》为后世据传闻所作。

要求古人一开始就把口语浓缩成简明易解的文章显然是不实际的，故早期作品多古奥难懂，甚至"佶屈聱牙"（韩愈《进学解》）。如《盘庚》上篇说到：

> 今不承于古，罔知天之断命，矧曰其克从先王之烈？若颠木之有由蘖，天其永我命于兹新邑，绍复先王之大业，厎绥四方。

这是商君盘庚对臣民的告喻。其"若颠木"以下诸句，显与上文之间缺乏逻辑上的联系。"若颠木"句当然是对"天其永我命于兹新邑"的譬喻，但上文既说"今不承于古，罔知天之断命"，又怎知"天其永我命于兹新邑……"呢？由此可知，此段文字实分别说了两种相反的情况。其实际意思当是：现在不继承先王传统，不明白上天决心，那还说什么承继先王之事业？反之，就如倒伏的枯树会发出新芽一样，上天会让我们的生命在新都绵延下去，并且继续复兴先王的伟业，安定天下。文章本是从正反两方面向民众说明迁都的必要性，并且运用了譬喻，可看出在表达上已具有相当水平；但由于在把口语浓缩成书面语时，省略了"反之"一类必要的转折词，就变得艰涩难解了。

《周书》比《商书》叙事清晰，文字也较流畅。其时代最晚的《秦誓》，在这方面的特点尤为明显。此篇写秦穆公因不听劝谏，伐晋失败而产生的悔恨痛惜之情，文中写道：

> 古人有言曰："民讫自若是多盘。"责人斯无难，惟受责俾如流，是惟艰哉！我心之忧，日月逾迈，若弗云来。

先引古人的话，指出人若随心所欲，则多邪僻之事。接着说责备别人易，从谏如流难。然后又说，他忧虑时光迅速逝去①。每层意思都明白晓畅，以之与上引《盘庚》文字中正反两层意思的任何一层相比较，都显得清顺易解。但三层意思之间依然没有严谨的逻辑关系。如我们仔细思考，大致可以猜想出：在"责人"两字上当是省略了"以之"两字，意为用"民讫自若是多盘"的话去责备别人是容易的；至于"我心"以下与上文的联系，则大概是"我"由于未能受责如流而致"多盘"，现在很想改正，但担心岁月如驶，不一定还有机会。由于中间省略得太多，也就增加了理解上的困难。

由此可见，从《尚书》的最早一篇到最晚一篇，在表达能力上虽有不少进步，如"日月逾迈，若弗云来"这样把自然现象与心理状态融合起来的表达方法，就很值得重视，但在将口语浓缩成为成熟的书面语这一点上，却还有漫长

---

① "日月"两句的意思是：日月很快地运行，而且太阳落下去了好像不会再升上来，月亮也是如此。按，这是表现其对自己可能随时死去的忧惧心理：看到了今天的太阳落山，但不知能否看到明天的旭日东升。

的路要走。

《春秋》原由鲁国史官所编,相传经孔子整理、修订,成为儒家经典。它记载鲁隐公元年(前722)至鲁哀公十四年(前481)的二百四十二年历史。不同于《尚书》的古奥艰涩,《春秋》表现出文从字顺、言简意赅的特点。现引鲁文公四年(前623)的记事如下:

> 四年春,公至自晋。夏,逆妇姜于齐。狄侵齐。秋,楚人灭江。晋侯伐秦。卫侯使宁俞来聘。冬,十有一月壬寅,夫人风氏薨。

用四十四个字记述一年史事,以季节为经,以事件为纬,文从字顺,有条不紊。但记事过分简略,很难看出其驾驭文字的真实水平。由于上引《秦誓》那段文字中的三层意思,如孤立起来看,也都是明白清楚的,我们也很难说《春秋》的驾驭文字的水平已超过了《秦誓》。

总之,《尚书》和《春秋》虽还不是较成熟的书面语,但却为较成熟的书面语的出现准备了条件。《左传》、《国语》、《战国策》等具有文学成分的历史著作,正是在《尚书》和《春秋》的基础上产生的。

第二节 《左 传》

《汉书·艺文志》的《春秋》类有《左氏传》三十卷,视为解释《春秋》之作,又称《春秋左氏传》,简称《左传》。它与《春秋公羊传》、《春秋穀梁传》统称"春秋三传"。

《左传》的作者,《史记》、《汉书》都说是左丘明,唐代啖助、赵匡等疑之,至今尚无定论。就书的内容看,是对春秋时代重大历史事件的编年记载,比《春秋》的大纲式简略记事远为具体。古代学者认为这是以阐述史实的方式来为《春秋》作注。但在《春秋》的记事结束以后,《左传》又多记载了十七年的史事,那显然不是为《春秋》作注。再加上《左传》的记事与《春秋》也不是配合得很严密,所以现代学者一般认为《左传》是《春秋》以外的另一部著作,只是后人将它的每一年记事依附于《春秋》各年之下罢了。

《左传》虽仍是历史著作,但由于叙述较为具体、丰满,在文字的驾驭上已具有相当功力,对我国历史散文的发展起了积极的推动作用,也为文学性散文的出现提供了条件。以下几点尤其值得注意。

首先,《左传》已能以简要的文字,为事件的过程勾勒出较具体而明晰的轮廓,使人看到事件发生、发展及结束的过程,有时也能点明其原因。这在战争的描写中尤为明显。尽管战争——尤其是较大的战役——较之一般的事件更为错综复杂,但《左传》已能将其来龙去脉交代清楚。如写隐公元年(前722)"郑伯克段于鄢"的事件,《春秋》仅用了以上六字,在《左传》中则用了五百余字来叙述。对郑庄公寤生与其弟太叔段的互相讨伐、庄公母亲在这一事件中所起的作用、庄公母子黄泉相见的前因后果,一一阐明,毫无混杂、冗沓之感。这在我国散文发展的早期,实是一种很突出的成就。尤其令人称道的是"晋楚城濮之战"、"秦晋殽之战"等五大战役。作者将每一战役放在当时大国争霸的背景下,从战争的起因、各国关系的变化、战前准备,一直写到交锋过程及战后影响等,原原本本,有条不紊,其在处理复杂事件时的这种驭繁于简的功力,在当时是很重要的成就。在这以前,我国散文的记事,或如《春秋》似的只是极简单的大纲,或如甲骨文和铜器铭文中所见的,只是对简单事件的记述;因此,《左传》此类记事的出现,在我国记事文的发展上是一种巨大的进步,对后世的历史著作有重大影响。

其次,《左传》所载的外交辞令,不仅逻辑严密,而且表达相当精练有力,较之《尚书》式的记言文也是很大的进步。有名的"吕相绝秦"即是很有说服力的绝交辞,见于《左传》成公十三年(前578)。

由于晋国最突出的君主晋文公曾长期流亡于国外,得秦穆公的帮助,才能回国为君,从这一点说,秦实有恩于晋。晋要与秦绝交,颇难措词。但"吕相绝秦"处理得很好。一开始就回顾了这一段经过,结论道:"……用集我文公,是穆之成也。"足见晋国并没有忘恩。接着又说晋文公即位以后,也对秦作了很大贡献——"则是我有大造于西也";意谓我们已经报答过你们,因而对你们并无亏欠了。然后指责秦国的种种不是,替本国辩白,为绝交找依据。文中这样写道:

> 无禄文公即世,穆为不吊,蔑死我君;寡我襄公,迭我殽地,奸绝我好,伐我保城;殄灭我费滑,散离我兄弟,挠乱我同盟,倾覆我国家。我襄公未忘君之旧勋,而惧社稷之陨,是以有殽之师。犹愿赦罪于穆公。穆公弗听,而即楚谋我。天诱其衷,成王陨命,穆公是以不克逞志于我。
>
> 穆、襄即世,康、灵即位。康公我之自出,又欲阙翦我公室,倾覆我社稷,帅我蟊贼,以来荡摇我边疆。我是以有令狐之役。康犹不悛,入我河曲,伐我涑川,俘我王官,翦我羁马。我是以有河曲之战。东道之不通,则是康公绝我好也。

大量列举秦方罪状,说明并非晋国想与秦绝交,是秦国自绝于晋。这之后谈到秦、晋现状及解决矛盾冲突的办法,结尾是:"君若惠顾诸侯,矜哀寡人,而赐之盟,则寡人之愿也……君若不施大惠,寡人不佞,其不能以诸侯退矣。"既给对方以台阶,又显示本方的实力,不亢不卑,富于感染力。全文层层推进,逻辑严密,叙述清晰,论说有力;这在其前的记言之作中是见不到的,《秦誓》即无其明晰。

再次,在《左传》的记事中,有时引入具体、细致的情节描写。这一点在中国后来的历史著作中被发扬光大。著名的《史记》等著作不只是对历史事件作记录,有时并将人物的思想感情、心理活动描绘出来;这种传统实以《左传》为滥觞,尽管在《左传》中这远不是普遍现象。同时,这种描写也正是叙述性的文学作品所必需的,从而使《左传》具有了若干文学的成分。例如"郑败宋师获华元"(宣公二年)中有这样的一段记载:

> 宋城,华元为植,巡功。城者讴曰:"睅其目,皤其腹,弃甲而复。于思于思,弃甲复来!"使其骖乘谓之曰:"牛则有皮,犀兕尚多,弃甲则那?"役人曰:"从其有皮,丹漆若何?"华元曰:"去之,夫其口众我寡。"

这里说的是:宋国大臣华元在一次战争中失败了,受到一些筑城的人的讥笑。"弃甲",指其作战的失败;"睅其目"、"皤其腹"、"于思于思"是说华元的样子:瞪着眼睛,腆着肚子,脸上都是胡须。华元让其手下对筑城的人说:皮革很多,"弃甲"没有什么。不料对方回答说:纵然皮革不少,但漆甲所用的丹漆又到哪里去找呢? 于是华元只好赶快离开。这样的描写对史事来说毫无价值,纯是行文的小插曲,但却使记载生动,很具趣味性。此外如"齐晋鞌之战"(成公二年)中的齐将高固,在阵上打了胜仗,自以为了不起,就乘着车在自己的部队中且行且叫:"欲勇者贾余余勇!"意思是说:我有多余的勇气要出卖,需要的到我这里来买。也是同样的类型。

但是,尽管有以上特点,《左传》的叙述仍保留了不少早期散文的痕迹,即由于过分浓缩而至费解。如"晋公子重耳之亡"(僖公二十三、四年)的如下一段:

> 秦伯纳女五人,怀嬴与焉。奉匜沃盥,既而挥之。怒曰:"秦、晋匹也,何以卑我?"公子惧,降服而囚。

"奉匜沃盥"的主语是怀嬴,"既而挥之"的则是重耳。"怒曰"是怀嬴所发。不细读就不易明了。"降服而囚"则是说"脱去上衣,自囚以谢罪",也因过于简化而要想一想才能明白。这种阅读中的理解困难影响了读者的自由欣赏乃至阅读快感,导致文章感染力的下降。再如"齐晋鞌之战"中的"此车,一人殿之,可以集事",如从其字面上理解,自是说只要有"一人殿之"就行了,但若从其上、下文仔细推敲,此处实是说"必一人殿之,始可以集事"。这同样是浓缩过分而造成的问题。

总之,《左传》在叙事文上的成就,为《战国策》、《史记》等的出现奠定了必要的基础;它的那些具有文学性成分的描写,也为《史记》、《战国策》等书所继承和发扬。因此,《左传》在我国历史散文发展过程中具有重大的承前启后的作用。

第三节 《国 语》

《国语》的记事,上起西周穆王征犬戎(约前967),下讫战国初韩、赵、魏三家灭智氏(前453),前后五百余年。所记为周、鲁、齐、晋、郑、楚、吴、越的史事,以"国"为目,故称《国语》。

司马迁说:"左丘失明,厥有国语。"(《报任安书》)《汉书·艺文志》称:"《国语》二十一篇,左丘明著。"是以在一个相当长的时期内都认为《国语》的作者是左丘明。但后代如晋傅玄、隋刘炫、唐啖助、宋陈振孙直至清赵翼,都怀疑这种说法。现在一般认为《国语》写于战国初期,作者不详。

《国语》以记言为主,故在大场面(如大战等)描写上不及《左传》。但是,它在记言上较为丰赡,其记事有时较《左传》更注重细节,因而其文学成分也有所增加。

作为历史著作,《国语》的记言常有长篇大论、引经据典之处,这当然不符合于文学性的要求;但也有不少赡而不繁的段落,或具有趣味性,或兼具讽刺意味,或经过适当的夸张而颇具诱惑力。从文学性的角度来考虑,这些都可说是我国散文在当时的新发展。

具有趣味性的对话,可以《晋语》中记晋公子重耳离开齐国的一段为代表。重耳在齐国生活安逸,壮志消尽,已不想从事政治斗争以获取晋国的君主地位。他的随行人员子犯等与他在齐国的妻子合谋,把他灌醉,然后用车载着他离开。他醒来以后很生气,就"以戈逐子犯"。这一记事《左传》也有;但《国语》在这之后还有一段重耳与子犯的对话,却为《左传》所无:

> (重耳)以戈逐子犯,曰:"若无所济,吾食舅氏之肉,其知厌乎!"舅犯(即子犯)走且对曰:"若无所济,余未知死所,谁能与豺狼争食?若克有成,公子无亦晋之柔嘉,是以甘食。偃之肉腥臊,将焉用之?"遂行。(《国语·晋语》四)

子犯的意思是:此行如果失败,我将被敌人所杀而弃尸郊野,为豺狼所食,谁能与它们抢我的肉吃?如能成功,你贵为君主,所吃的都是柔嫩美好的食物,哪会来吃我身上的腥臊之肉呢？这是一段颇为幽默的话，它对这一事件根本无足轻重。作为历史著作，《左传》不予记载是完全对的；但就增加阅读的趣味性来说，这样的对话却很有用。由此也可看出，《国语》对趣味性的重视超过《左传》。

兼具讽刺意味的对话，最有代表性的当推《晋语》所载叔向对晋平公的讽谏。晋平公射鷃，伤而不死。他命竖襄去搏杀它，却让它飞走了。晋平公很生气，要杀竖襄。叔向知道后，就对平公说：我们的祖先唐叔，用箭射死了兕牛，所以被封为晋的国君。"今君……射鷃不死；(竖襄)搏之不得，是扬吾君之耻者也。君其必速杀之，勿令(君之耻)远闻。"其真实意思是说：你射鷃不死，本就愧对祖先；你不自感惭愧，反而责怪别人"搏之不得"；假如你把竖襄杀死，别人问起他的死因，也就连带知道了你的射鷃不死的丑事。所以，表面上是说：赶快把他杀掉，"君之耻"就不会"远闻"了，实际意义却是：你一把他杀掉，"君之耻"就要"远闻"了。这样的讽刺、挖苦而又确为晋平公声誉着想的话，结果是使得平公"忸怩，乃趣赦之"。这是一个颇具文学意味的故事。如果叔向谏止平公杀竖襄一事确有政治意义，实也没有如此具体地记载叔向之语的必要。特别是其所记叔向的这一段话中，一开始就说"君必杀之"，结尾又说"君其必速杀之"，就历史著作来说实嫌累赘，但却能起到一种戏剧性的效果。平公在开始听叔向说"君必杀之"时，大概会以为叔向赞同他的做法而感到高兴，而听叔向最后又说"君其必速杀之"时，恐怕就只能苦笑了。在这里我们可以又一次看到《国语》对趣味性的重视。

《国语》所记言词的诱惑力，则可以越臣文种在越国与吴国作战失败后代越王向吴王求和的一段话为例：

> 寡君句践乏无所使，使其下臣种，不敢彻声闻于天王，私于下执事曰：寡君之师徒，不足以辱君矣，愿以金玉、子女赂君之辱。请句践女女于王，大夫女女于大夫，士女女于士；越国之宝器毕从。寡君帅越国之众以从君之师徒，唯君左右之。若以越国之罪为不可赦也，将焚宗庙，系妻孥，沉金玉于江；有带甲五千人，将以致死，乃必有偶，是以带甲万人以事君也，无乃即伤君王之所爱乎？与其杀是人也，宁其得此国也，其孰利乎？（《国语·越语》上）

如果把《左传》中"吕相绝秦"的言词——特别是其最后部分（也给对方两种选择）——与此段相比较，就可发现前者谨严，此段夸张；前者具有说服力，此段具有诱惑性。它不是如"吕相绝秦"似的将两种方案客观地让对方去选择，而是尽量引诱对方接纳第一种方案，夸耀此种方案会给对方带来的好处，同时相当鲜明地表明己方在被逼迫到无路可走时的决心，以及这一决心将给对方造成的损害,以此来劝告对方排斥第二种方案。正因它是那样地具有吸引力,所以夫差听了以后,就准备接受越的投降。

以上的这些部分,都使对话显得生动有力,与文学作品中的对话具有可以相通之处。此类对话在《国语》中较多地出现,也就意味着文学成分的增加。

另一方面,《国语》虽以记言为主,但既然这些言都是与历史事件联系在一起的,自不可能不涉及事。而就记事说,它虽无《左传》那种总揽全局的记叙,有时却较能注意细节的交代和叙述的周密,间或也能渲染气氛。这些也都含有文学成分。

前者仍可以晋重耳离开齐国的一段为例。今引其有关文字如下:

> 遂适齐。齐侯妻之,甚善焉;有马二十乘。将死于齐而已矣,曰:"民生安乐,谁知其他?"
>
> 桓公卒,孝公即位,诸侯叛齐。子犯知齐之不可以动,而知文公之安齐而有终焉之志也,欲行,而患之①,与从者谋于桑下。蚕妾在焉;莫知其在也。妾告姜氏②,姜氏杀之,而言于公子曰:"从者将以子行;其闻之者,妾已除之矣。子必从之,不可以贰……"(《国语·晋语》四)

现再引《左传》的相应记事如下:

> 及齐,齐桓公妻之,有马二十乘。公子安之。从者以为不可,将行,谋于桑下。蚕妾在其上,以告姜氏。姜氏杀之,而谓公子曰:"子有四方之志,其闻之者,吾杀之矣。"公子曰:"无之。"姜曰:"行也。怀与安,实败名。"公子不可。姜与子犯谋,醉而遣之。

两相比较,就可知道《国语》此段记载的优点所在。《左传》中的"公子安之"这样抽象的记述,在《国语》中却是:"将死于齐而已矣,曰:'民生安乐,谁知其他?'"这不但说明了"安之"的具体内容,而且也触及了重耳在当时的心理活动;接近于文学所要求的人物描写的具体性原则。同时,从《左传》的上下文来看,"将行,谋于桑下"的只是重耳的"从者",重耳并未参与,所以他后来坚决不肯离开齐国;那么,姜氏对他说的"子有四方之志",那又是什么意思呢?这就使读者费解。《国语》叙此事则相当周密,不但交代清楚了"欲行"而"谋于桑下"的只是子犯及从者,连子犯为什么要离开的原因也说得很明白;在姜氏与重耳的谈话中更点明了"从者将以子行"。可知《国语》对此种细节的记叙实较《左传》重视。一般说来,记载史事重在大关节目,文学作品则应注意细部描

---

① "之",指晋文公重耳的"安齐而有终焉之志"。"患之",指恐怕文公不肯走。
② "姜氏",晋文公在齐所娶的妻子。

写；在这些地方也可看出《国语》中的文学性成分。

在气氛的渲染上，《国语》中最富于戏剧性的，是《吴语》中记吴晋争长，夫差陈兵而得为盟主的一段：

> 吴王昏乃戒令秣马食士。夜中，乃令服兵擐甲，系马舌，出火灶，陈士卒，百人以为彻行，百行。行头皆官帅，拥铎拱稽，建肥胡①，奉文犀之渠。十行一嬖大夫，建旌提鼓，挟经秉枹。十旌一将军，载常建鼓，挟经秉枹。万人以为方阵，皆白裳、白旂、素甲、白羽之矰，望之如荼。……为带甲三万，以势攻，鸡鸣乃定。既陈，去晋军一里。昧明，王乃秉枹亲就，鸣钟鼓、丁宁、錞于，振铎，勇怯尽应，三军皆哗釦以振旅，其声动天地。晋师大骇不出……

当时吴王已闻勾践攻破姑苏，为尽快让晋屈服，连夜聚兵，逼其就范。这段文字详述布阵的情状，行文简洁而又注重细部的记叙，不但写了士卒的如何列队，军官和士卒的比例，连兵将的衣甲、兵器的颜色都写到了，并特地点明"望之如荼"。通过这样的记叙，渲染出一种强大绝伦的气势和大战迫在眉睫的气氛，给人以精彩壮观、酣畅淋漓之感，已有些近似后世小说笔法了。

但是，为了文字的精练而造成的过于浓缩以致削弱了感染力的现象，在《国语》中仍有不少；在本节的引文中也并未绝迹。如上引重耳以戈逐子犯时子犯的回答，其"余未知死所"与下句的"谁能与豺狼争食"之间就缺乏必要的过渡。

第四节 《战国策》

《战国策》是战国时期游说之士的著作。刘向《战国策叙录》说："所校中《战国策》书②，中书余卷，错乱糅莒。又有国别者八篇，少不足。臣向因国别者，略以时次之，分别不以序者以相补，除复重，得三十三篇。……中书本号，或曰《国策》，或曰《国事》，或曰《短长》，或曰《事语》，或曰《长书》，或曰《修书》。臣向以为战国时游士辅所用之国，为之策谋，宜为《战国策》。"可见《战国策》是刘向整理、编次后定名的。

---

① "肥胡"，据黄丕烈覆刻宋明道本《国语》。《文选》左思《吴都赋》"建祀姑"句李善注引《国语》此段文字有"建祀姑"语，则此一"肥"字当为"祀"的误字，"胡"、"姑"则为通假字（以其皆为"古声"）。祀姑（胡）为幡名。

② "中"，刘向所校为汉朝中央政府之书，故称"中《战国策》书"、"中书"。

刘向似把此书视作"战国时游士辅所用之国,为之策谋"的记录,那恐并不确切。1973年出土的马王堆文物中有一种被定名为《战国纵横家书》的帛书,共二十七章。其中很多内容不见于《战国策》,也有不少记载直接与《战国策》所记相冲突。例如,《战国纵横家书》中的苏秦活动年代为燕昭王、齐湣王的时代,而据《战国策》中的大部分记载,苏秦的活动年代都要比燕昭王、齐湣王时代早。又如,《战国策》中,不少被作为苏秦的活动的,在《战国纵横家书》中却是苏代的活动;有的被《战国纵横家书》作为苏秦活动的,《战国策》却又记作苏代的活动。多数学者都认为《战国纵横家书》所记可信,但也有学者持相反的看法。

倘若真如多数学者所认为的,《战国策》中的这些记载不可信,足见其中掺杂了许多并非史实的东西。即使这些记载可信,但《战国纵横家书》与《战国策》乃是同类性质的著作(是以在其出土的初期,曾被视为"别本《战国策》"),《战国纵横家书》中既有许多不可信的记载,《战国策》自也难免;而且以前早就有学者指出过,《战国策》所记之事不尽可信(例如《战国策·魏策》的《唐且为安陵君劫秦王》;因为唐且不可能佩剑见秦王)。所以,《战国策》所载"战国时游士辅所用之国,为之策谋"之事,其中既有历史事实,也有夸张甚或虚构。作者当不止一人,其时代为战国后期或末期,个别的甚或在秦末、汉代。至于其写作目的,当是一方面说明游士作用的伟大,同时也作为游士游说人主的教材或参考书。在先秦历史散文中,它是文学成分最多的一部。

首先,《战国策》比《左传》、《国语》更注意写人物。因为这实是一部以战国游士为中心的历史故事集,重点在写游士的言行,突出其在历史上的作用和力量,因而对游士的描写比较生动。但真要写好游士,显出其力量,也不能把对方写得如同木偶,因此,对写游士以外的人物也给予一定重视。在这方面,《战国策》很注意人物话语的运用。有时用独白,有时用对话。凡用得较为成功的,都有助于表现人物感情或精神风貌。

前者如《秦策一》记苏秦事,以苏秦失意时"妻不下纴,嫂不为炊,父母不与言"的遭遇,和得意时"父母闻之,清宫除道,张乐设饮,郊迎三十里。妻侧目而视,倾耳而听,嫂蛇行匍伏,四拜自跪而谢"的情状相对照,而后由苏秦自己说:

> 嗟乎,贫穷则父母不子,富贵则亲戚畏惧。人生世上,势位富厚,盖可以忽乎哉!

这是很深沉的感慨,也是严肃的人生思考。读者从这些话语中,既可体味到他的志得意满,也可觉察到一种淡淡的悲哀;原来,人与人之间的关系竟是如此!通过话语表现人的较深层次的感情活动,这在以前的历史散文中还没有出现过。

后者如《魏策》所记的唐且与秦王的对话。秦王派人对安陵君说,愿以五百里土地交换安陵。安陵君不愿,请唐且前去说明理由。于是,秦王与他发生了冲突,并对唐且进行威胁,唐且则加以反击。

> 秦王怫然怒,谓唐且曰:"公亦尝闻天子之怒乎?"唐且对曰:"臣未尝闻也。"秦王曰:"天子之怒,伏尸百万,流血千里。"唐且曰:"大王尝闻布衣之怒乎?"秦王曰:"布衣之怒,亦免冠徒跣,以头抢地尔。"唐且曰:"此庸夫之怒也,非士之怒也。夫专诸之刺王僚也,彗星袭月;聂政之刺韩傀也,白虹贯日;要离之刺庆忌也,仓鹰击于殿上。此三子者,皆布衣之士也,怀怒未发,休祲降于天,与臣而将四矣。若士必怒,伏尸二人,流血五步,天下缟素,今日是也。"挺剑而起。秦王色挠,长跪而谢之曰:"先生坐!何至于此!⋯⋯"

在秦王说"天子之怒"时,我们可以体味到他的骄横;在其说"布衣之怒"时,我们可以体味到他的轻蔑;而在他说"先生坐!何至于此"时,我们可以体味到他的惊惶和强作镇定。以对话来表现这样强烈的感情变化,也是《左传》、《国语》等书所没有的。

除了话语以外,《战国策》写人物时当然也写其神态、动作,这也很重要。但那些往往与话语相配合。如上引《魏策》中的那段记载,若没有唐且"挺剑而起"的动作,他说"布衣之怒"的那段话就没有力量;但如没有那一段话,他的"挺剑而起"的动作就不会有如此大的威慑力。同样,如没有秦王的"色挠,长跪而谢",就不能充分表现其内心的恐慌;但如没有"先生坐!何至于此"的话,也就看不出秦王于恐慌中的强作镇定,那么,秦王就显得太胆怯无能。所以,话语与神态、动作在《战国策》中是配合在一起的,比较起来,话语更重要一些。

其次,《战国策》叙述事件的过程时,较《左传》、《国语》更注意细节的描写。因为《左传》的细节描写往往只注重在一两件小事情上;《国语》也基本如此,只是有时会对某一个大场景(如前引的吴王列阵的情况)的细节作较具体的描绘。而在《战国策》中,却出现了一种新现象:以将近一半的篇幅去写中心事件的陪衬,从而使整个过程显得生动而富于趣味性。在这方面最突出的是《触龙说赵太后》(《赵策》四)[①]。秦兵攻赵,赵求救于齐国。齐要求以赵国的长安君为质,才肯出兵。当时赵太后主持国政,长安君是她最喜欢的小儿子,所以

[①] 触龙,原作触詟,据马王堆帛书本改。

她坚决不同意。但触龙终于把她说服了。其过程如下：

> 左师触龙言愿见太后。太后盛气而揖之①。入而徐趋，至而自谢，曰："老臣病足，曾不能疾走，不得见久矣。窃自恕，而恐太后玉体之有所郄也，故愿望见太后。"太后曰："老妇恃辇而行。"曰："日食饮得无衰乎？"曰："恃鬻耳。"曰："老臣今者殊不欲食，乃自强步，日三四里，少益耆食，和于身也。"太后曰："老妇不能。"太后之色少解。
>
> 左师公曰："老臣贱息舒祺，最少，不肖，而臣衰，窃爱怜之，愿令得补黑衣之数，以卫王宫。没死以闻！"太后曰："敬诺！年几何矣？"对曰："十五岁矣，虽少，愿及未填沟壑而托之。"太后曰："丈夫亦爱怜其少子乎？"对曰："甚于妇人。"太后笑曰："妇人异甚。"

在这样的长段对话里，一点都没有涉及中心事件。第一段写的是触龙怎样使太后从"盛气而揖之"到"色少解"。第二段写触龙请求太后安排自己小儿子的职务，使太后的情绪进一步放松，终于有了笑容。这以后才逐渐向太后说明她目前的这种做法对长安君有害无利。而其说道理的部分的字数，比这些闲文多不了多少。这种写法较接近于叙述文学故事的方式，而不是记载历史事件的方式。因为这一事件的中心，是触龙说服赵太后把长安君派到齐国去为质；历史记载所要求的，是事件的实质——核心，所以只要把触龙用什么道理说服赵太后这一点交代清楚就行了。但如要描写触龙的能力，就必须把他怎样使赵太后由怒变为不怒的过程予以刻画。刻画得越细致，也就越能显示触龙的本事。而《战国策》是要说明战国时期士的作用和能力，也就很自然地会采用这种方式，从而促使历史记载向文学的方面倾斜。这一部分之使人读来兴味盎然，就是此种倾斜的结果。

再次，《战国策》善用夸张、排比，行文恣纵而明晰，因而比《左传》、《国语》更富文采。《左传》、《国语》都不能避免的由于过于简化而造成费解的某些缺陷，在《战国策》中已基本不再出现。它在语言上的这种特色，从上引的文字中已有所体现，如《触龙说赵太后》的周至而亲切，《唐且为安陵君劫秦王》的文字奇肆多变，皆是其例。现再就其夸张、排比略加说明。

《战国策》的夸张，是就其对象进行多角度的渲染，以造成一种气势，达到内容和形式的统一。如《齐策一》所载苏秦说齐宣王之词：

> 齐南有太山，东有琅邪，西有清河，北有渤海，此所谓四塞之国也。齐地方二千里，带甲数十万，粟如丘山。齐车之良，五家之兵，疾如锥矢，战

---

① 揖，据王念孙考证，是"胥"的误字。"胥"为等待之意。

如雷电，解如风雨。即有军役，未尝倍太山、绝清河、涉渤海也。临淄之中七万户，臣窃度之：下户三男子，三七二十一万，不待发于远县，而临淄之卒，固以二十一万矣。临淄甚富而实，其民无不吹竽鼓瑟、击筑弹琴、斗鸡走犬、六博蹹鞠者。临淄之途，车毂击，人肩摩，连衽成帷，举袂成幕，挥汗成雨。家敦而富，志高而扬。

从齐的地理形势的险要、区域的广大、粮食的充裕、兵甲的精良、军士的善战、人口的众多、都市的繁华、人民的富足等各个方面进行铺叙，以显示齐的强大，这跟汉代体物大赋的铺陈有其相通之处。而"连衽成帷，举袂成幕，挥汗成雨"之类明显的夸张笔法，也为汉代体物大赋所常用。由于其内容在总体上都是以张扬为特征的，这类笔法在此处也就显得自然而和谐。

至于其排比的句式，则"连衽成帷"等句固已可略见一斑，而最具代表性的，实是下面一类的文字：

> 夫断死与断生也不同，而民为之者，是贵奋也。一可以合十，十可以合百，百可以合千，千可以合万，万可以合天下矣。……然而甲兵顿，士民病，蓄积索，田畴荒，囷仓虚，四邻诸侯不服，霸王之名不成，此无异故，谋臣皆不尽其忠也。（《秦策一·张仪说秦王》）

其前半的"一可以合十"云云，几乎是同义重复，但却具有一种强调的作用，因而不但不致使人感到噜苏，反而显得气势甚盛。后半的"甲兵顿"云云，是在铺陈的基础上以揭示问题的严重，对读者起到一种震撼的作用。但无论前者或后者，其作用都在打动读者的感情，而不在于引导读者进行理智的分析①。

总之，《战国策》的这种语言上的特点，既是在《左传》、《国语》已有成就的基础上的新的发展，又为后来的文学语言提供了借鉴。

此外，《战国策》中还有不少寓言，这是游士为加强自己言辞的说服力而加以运用的，后来就具有了相对的独立性；人们普遍知道这类寓言，有些并发展为成语，但对于它们在《战国策》中是基于什么目的而被提出来的，它们与什么事件联系在一起，人们就不再注意了。这类寓言有"画蛇添足"、"亡羊补牢"、"狐假虎威"等。

---

① 倘若仔细加以分析，就会发现有些句子实是为了在字面上造成一种声势，就实际意义说则可有可无。例如，在"蓄积索，田畴荒"两句中，实已包含了"囷仓虚"的意思在内，蓄积既尽，田畴又荒，囷仓怎能不虚？

第四章 诸子散文

诸子散文是指春秋战国时期的各个学派——即所谓诸子百家——阐述自己的观点的著作。刘勰谓之"入道见志之书"(《文心雕龙·诸子》)。多数是其门人弟子或后人对本学派的具有代表性的人物——特别是创始人——的言论的记录、思想的阐述,但也有此类代表人物自己所作的。它们都不是文学作品,但一则诸子散文的发展过程从一个方面反映了古人驾驭语言文字能力的水平及其提高,再则这类著作中有些也含有不同程度的文学成分,所以,就文学史的研究来说,对文学散文出现以前的这些著作也有必要加以考察。当然是从文学的角度,把它们作为文学散文的史前时期的现象来看待,同时也注意到其中文学成分较多的著作与后代的文学作品之间的关系。

第一节 从《论语》到《孟子》

在先秦诸子中,作为思想家而出现的,以老子、孔子、墨子为最早。他们分别为道家、儒家、墨家的创始人。其中老子可能较孔子年岁略大,墨子则与孔子同时或稍后。《道德经》(即《老子》)相传为老子所撰,但那是高度抽象的理论性著作。所以,从文学史的角度谈先秦诸子散文时,似不必涉及此书。

传世的儒家学派的散文,以《论语》为最早;墨家的则为《墨子》。但如从文学性的角度来考察其驾驭语言文字的能力,那么,这两部书都还处于初期阶段。比较起来,时代后于《论语》的另一部儒家著作《孟子》,在这方面的进展甚为明显。所以,本节的介绍以《孟子》为重点,《论语》和《墨子》则是为了追溯诸子散文的起源而提及的。

孔子(前551—前479)名丘,字仲尼,鲁国陬邑(今山东曲阜)人。他曾在鲁国担任过短期的司寇,但其主要活动则是从事教学,一生招收过很多学生,突出的也不少,从而开创了儒家学派。他的思想的核心,是提倡"仁"和"礼",

而两者又是紧密联系的,所以他曾把"仁"归结为"克己复礼"。《论语》是其弟子所记载的孔子的言论,在孔子死后编纂成书。一般认为此书以语录体写成。但其话语简短,与宋儒语录的写法不同。后者无论是阐述一种见解或谈论一件事情,大都有其来龙去脉。而《论语》却不尽如此,往往只是孤立的一两句话。如全书一开头的"子曰:学而时习之,不亦说乎!有朋自远方来,不亦乐乎!"(《学而》)想来孔子不会不加说明地把似乎并不相干的"学而时习之"和"有朋自远方来"两件事联系在一起。所以,《论语》所记的其实已非孔子的原话,而是其谈话的纲要。

《论语》在驾驭语言文字方面的成绩,主要在于:第一,它在把孔子的原话删繁就简、压缩为提纲式的语言时,能够抓住其最主要之点,而且以很简明的方式传达给读者;第二,它的记录虽绝大多数都是纲要式的,但有时也能把谈话的过程、其间的某些动作、神态作简要的叙述。最突出的是《先进》中的这一段:

> 子路、曾皙、冉有、公西华侍坐。子曰:"以吾一日长乎尔,毋吾以也。居则曰:'不吾知也!'如或知尔,则何以哉?"
>
> 子路率尔而对曰:"千乘之国,摄乎大国之间,加之以师旅,因之以饥馑,由也为之,比及三年,可使有勇,且知方也。"
>
> 夫子哂之。……
>
> "点,尔何如?"
>
> 鼓瑟希,铿尔,舍瑟而作。对曰:"异乎三子者之撰。"
>
> 子曰:"何伤乎,亦各言其志也!"
>
> 曰:"莫春者,春服既成,冠者五六人,童子六七人,浴乎沂,风乎舞雩,咏而归。"
>
> 夫子喟然叹曰:"吾与点也!"……

此为《论语》里很长的一章,把孔子的提问,这几个弟子的回答,回答时偶尔伴随的神色、动作,孔子的反应都作了简要的记述,因而给人以亲切感。如"子路率尔而对"、"(曾皙)鼓瑟希,铿尔,舍瑟而作"、"夫子哂之"、"喟然叹曰",都能对他们当时的态度有所提示。如果考虑到这是早期的散文,那么,能达到这样的水平是难能可贵的。

然而,正因是早期的散文,其局限也是明显的。那就是:在处理稍长一些的记载时,前后的照应就难以完密。以上引的一例来说,开始只说曾皙与子路等一起"侍坐",没有说及"鼓瑟",所以,读到下文的"鼓瑟希"时,读者难免有突兀之感。当然,再读到下面的"舍瑟而作。对曰",就可以明白他当时在鼓瑟。

但接着就会产生另一个问题：那么，他是何时开始鼓瑟的呢？在孔子提问之前，抑或在孔子与其弟子对话的时候？这在《论语》中都没有交代。同时，由于文字的浓缩，有时不免费解。如"毋吾以也"句，学者解说不一。朱熹《论语集注》解作："（言我虽年少长于女）然女勿以我长而难言（按，此实本于《论语集解》所引孔安国之说）。"这儿，"以"读作"已"，作"止"解。刘宝楠《论语正义》释为："'毋'与'无'同……以，用也。言此身既差长，已衰老，无人用我也。"二者的解释差异很大。但无论根据哪种解释，原文在表达上都存在问题。若据朱说，原文的完整表达应为"虽吾一日长乎尔，尔毋以吾以（已）也"。它可以浓缩为"虽吾一日长乎尔，毋吾以也"，甚至把句首的"虽"字也省掉，但绝不应改"虽"作"以"。现在的这个句子，直可谓逻辑混乱。若据刘说，"以吾"句虽然逻辑严密，但这就成了说孔子自己的情况，而下文的"居则曰"云云则是说子路等人的情况；主语既已转换，"居则曰"上自应加一主语"尔"。所以，这是省略了不应省略的主语。朱熹及其以前的注释者大概想不到问题出在第二句，就只好对第一句作那样的解释了。总之，正因原文在表达上本就存在问题，所以引起了歧义。

与《论语》的这种有时容易引起歧义的情况相反，《墨子》表达详赡，但不免存在着行文累赘的局限。

墨子名翟，宋国人，但长期居住鲁国。他主张兼爱、尚同，反对战争，提倡"节用"、"节葬"和"尚贤"。《墨子》是墨子及墨家学派中其他人物的言论集。它以论说文为主，注重逻辑，故其文字运用上的长处，是论述清晰，层次分明，条贯严密，但常有繁冗之病。例如《兼爱上》：

> 圣人以治天下为事者也，必知乱之所自起，焉能治之；不知乱之所自起，则不能治。譬之如医之攻人之疾者然：必知疾之所自起，焉能攻之；不知疾之所自起，则弗能攻。治乱者何独不然！必知乱之所自起，焉能治之；不知乱之所自起，则弗能治。圣人以治天下为事者也，不可不察乱之所自起。

文中一再出现的"焉"，是"乃"的意思。这种用法，在今天虽已少见，但在当时却是常见的。所以，整段文字都明白易解，论证也很清楚，充分体现了《墨子》文章的长处。然而，既然"必知乱之所自起"才能"治之"，不知自然不能治，如此地反复论说，却不免累赘了。同时，其举出医人攻疾之事，本是作为"治乱"的譬喻的，则在说完此事后，实在也不必再说"治乱者何独不然"。如把此句及以下几句删去，直接接以"圣人"句，丝毫无损其文意，行文却简洁得多了。这也是文字运用还不熟练而造成的。直到《孟子》出现，我国诸子散文中才有繁简较为适中的著作。

孟子(约前372—前289)名轲,字子舆,邹(今山东邹县东南)人。相传为孔子之孙孔伋(子思)的门人,是继孔子之后的儒家的重要代表人物。《孟子》是记述他的言行的书,共七篇,由他自己和门人共同完成。他提倡"仁义",要求保障人民最低限度的物质生活,达到不饥不寒,七十岁以上的老人可以"衣帛"、"食肉",在这样的基础上建立起维护封建制度的伦理、纲常,并把全国统一起来。他认为当时各国统治者的作为都与这种理想不一致,因此对他们有很多批评。

《孟子》虽为语录体散文,但与《论语》的纲要式的记言不同,它不仅能较具体地记录谈话的过程,而且有不少段落能就某个问题为中心展开论证,逐步深入,已在向独立的论说文发展。若与《墨子》中的论说文相较,则虽然都是层层推进,但孟子进展迅速,论述犀利而富于气势,因而远为生动。

总的说来,在先秦诸子散文中,《孟子》是文学成分较多的一部,仅次于《庄子》。其文学成分表现在叙事和抒情两个方面。

就叙事方面说,它对谈话双方的记载,常有较为具体、灵动、引人入胜之处。如"齐桓晋文之事"章(《梁惠王》上)记孟子与齐宣王的谈话,孟子说齐宣王可以"保民",宣王问他原因何在。下面是他们的有关对话:

曰:"臣闻之胡龁曰:'王坐于堂上,有牵牛而过堂下者。王见之,曰:"牛何之?"对曰:"将以衅钟。"王曰:"舍之!吾不忍其觳觫,若无罪而就死地。"对曰:"然则废衅钟与?"曰:"何可废也,以羊易之。"'不识有诸?"

曰:"有之。"

曰:"是心足以王矣!百姓皆以王为爱也,臣固知王之不忍也。"

王曰:"然。诚有百姓者。齐国虽褊小,吾何爱一牛?即不忍其觳觫,若无罪而就死地,故以羊易之也。"

曰:"王无异于百姓之以王为爱也,以小易大,彼恶知之!王若隐其无罪而就死地,则牛羊何择焉?"

王笑曰:"是诚何心哉!我非爱其财而易之以羊也,宜乎百姓之谓我爱也。"

曰:"无伤也。是乃仁术也,见牛未见羊也。君子之于禽兽也,见其生不忍见其死,闻其声不忍食其肉,是以君子远庖厨也。"

王说,曰:"《诗》云:'他人有心,予忖度之。'夫子之谓也……"

这一段就像两个人在聊天,闲闲道来,相互补足,有时作一些辨正或发挥,气氛融洽,而孟子的有意迎合,宣王的神情轻松,也都不难体味。这实是一种文学的笔法。与《战国策》所记触龙与赵太后的谈话颇有可以相通之处,而《孟子》的记载犹在其前。又如孟子有一次问齐宣王,如果朋友不负责任怎么办,宣王说"弃之",孟子又问:"士师不能治士,则如之何?"宣王说:"已之。"最后问:"四境之内不治,则如之何?"于是"王顾左右而言他"。其最后一句也颇能显示出宣王的窘态,如能把宣王怎么"言他"的也加以记录,其文学意味就更明显了。

就抒情方面的文学成分说,主要在于《孟子》文章中有一部分颇具感情色彩。由于感情的激动,行文也就颇具气势。例如:

> 庖有肥肉,厩有肥马,民有饥色,野有饿莩,此率兽而食人也。兽相食,且人恶之;为民父母行政,不免于率兽而食人,恶在其为民父母也!仲尼曰:"始作俑者,其无后乎!"为其象人而用之也。如之何其使斯民饥而死也!(《梁惠王》上)

从"此率兽而食人也"、"恶在其为民父母也"、"如之何其使斯民饥而死也"这些感叹、诘问的句子中,可以感受到孟子心中的激动。首四句虽似叙事,但显然是有意识地将两种相反的景象加以对比,从中也反映了他的痛心和愤慨。所以,此段文字的感情色彩颇为明显。后来杜甫的名句"朱门酒肉臭,路有冻死骨",虽自有其切身体会,恐也受到了此文的启发。而此段中的排比句、感叹句、诘问句等足以显示文章气势的成分,又显然是其感情激动的产物。

当然,孟子有时使用排比句以造成气势是为了打动对方,但是仍以丰富的感情为基础。例如"齐桓晋文之事"章如下一段:

> 今王发政施仁,使天下仕者皆欲立于王之朝,耕者皆欲耕于王之野,商贾皆欲藏于王之市,行旅皆欲出于王之塗,天下之欲疾其君者皆欲赴愬于王。其若是,孰能御之?(《梁惠王》上)

一连串层层叠叠的排比,似激流巨浪,势不可挡,使整个文章气势逼人,能使对方为之神往,却没有《墨子》的重复繁琐之嫌。但是,这同时也是基于孟子对自己政治理想的信心。如果自己就对这种政治理想毫无感情,大概是写不出这样热情洋溢的句子来的。

《孟子》中还有一点值得注意,就是他在论述时所运用的寓言。这种寓言有的本是短小的文学故事。如著名的讽刺性寓言"齐人有一妻一妾"(《离娄》下):

> 齐人有一妻一妾而处室者,其良人出,则必餍酒肉而后反。其妻问所与饮食者,则尽富贵也。其妻告其妾曰:"良人出,则必餍酒肉而后反;问其与饮食者,尽富贵也,而未尝有显者来,吾将瞷良人之所之也。"

蚤起,施从良人之所之,遍国中无与立谈者。卒之东郭墦间,之祭者,乞其余;不足,又顾而之他。此其为餍足之道也。

其妻归,告其妾,曰:"良人者,所仰望而终身也,今若此!"与其妾讪其良人,而相泣于中庭。而良人未之知也,施施从外来,骄其妻妾。

由君子观之,则人之所以求富贵利达者,其妻妾不羞也,而不相泣者,几希矣!

像这样滑稽而富讽刺意味的故事,当然并非真实的;因为东郭墦间不可能有这么多的酒肉可以乞讨。但正因其出于虚构,所以更能显示其想像力。这一寓言短小精悍,富于生活气息,感染力较强。结尾处以妻妾的悲泣和"良人"的"骄"相对照,以进一步显示人物的卑劣,更可见其想像力的丰富。在先秦的诸子散文和历史散文中,用寓言作为说理的辅助手段,本较常见。但运用得好的,实以《孟子》为最早。

从《论语》、《墨子》到《孟子》,我们可以看到先秦诸子散文中的文学成分的发展过程。

第二节 庄周与《庄子》

庄周是宋国蒙(今河南商丘县东北)人。其生活年代与孟轲相近,可能年岁略小,他只担任过漆园吏,那是个小官。据说楚王曾聘他为相,被他拒绝了,理由是做了大官就很可能成为牺牲,还不如贫苦而自由自在地活着好。司马迁曾把这件事记入《史记·老庄申韩列传》,但那恐怕是庄周为了说明自己的哲学思想的寓言,未必是事实。据《汉书·艺文志》著录,《庄子》为五十二篇。现存的西晋郭象注本《庄子》只收三十三篇,其中《内篇》七篇,通常认为是庄子本人所著;《外篇》十五篇,《杂篇》十一篇,则有庄周门人及后来道家的作品。

庄周的思想,以保全自己为第一义。《山木》篇有这样一段记载:"庄子行于山中,见大木,枝叶盛茂,伐木者止其旁而不取也。问其故,曰:'无所可用。'庄子曰:'此木以不材得终其天年。'夫子出于山,舍于故人之家。故人喜,命竖子杀雁而烹之。竖子请曰:'其一能鸣,其一不能鸣,请奚杀?'主人曰:'杀不能鸣者。'明日,弟子问于庄子曰:'昨日山中之木,以不材得终其天年;今主人之雁,以不材死。先生将何处?'庄子笑曰:'周将处乎材与不材之间。材与不材之间,似之而非也,故未免乎累。若夫乘道德而浮游则不然,无誉无訾,一龙一蛇,与时俱化,而无肯专为;一上一下,以和为量。浮游乎万物之祖,物物而不物于物,则胡可得而累邪?……'"《山木》属于《外篇》,此文当是庄周门人所记,但与作为《内篇》的《人间世》,旨趣相同,故当符合庄子自己的思想。所谓"浮游乎万物之祖,物物而不物于物"是庄子《内篇》也一再宣扬的最高境界;但从《山木》此段可以了解这种最高境界不过是"材与不材之间"的进一步发展,其出发点实与追求"材与不材之间"并无本质的区别。

在先秦的学派中,庄周的思想与儒家、墨家、法家都有很大的不同。儒家等都是从群体出发。法家的极致是主张君主独裁,但按照他们的理论,独裁也是为了取得社会的安定和发展,所以还是从群体出发。而庄周则是明显地从个体出发。也正因此,在魏晋以前,庄子的思想一直不受重视。在汉代,黄老思想一度很流行,那是以道家思想为主而又吸收法家思想的一种特殊的学派,但他们标榜的是黄帝、老子,那就是因为庄子的这种从个体出发的思想对于统治者实在没有什么好处,只有少数人才把"老庄"合称。直到魏晋,《庄子》才流行起来,"老庄"成了道家思想的代表。

不过,庄子所追求的"浮游乎万物之祖,物物而不物于物",在现实世界中是无法实现的。要达到这个境界,只有两条路径:一条是出家修炼,以便成为神仙,这就是后来的道教徒所走的路,实际上是不可能的;另一条是从哲学上进行求索,获得心灵的满足与解脱。庄周走的是后一条路。简单地说,那就是把心作为物的主宰,让个体在物质世界上所受到的压迫和痛苦在心灵世界里转化为解放和快乐。因此,他尽量使他的心灵活动于无限广大的空间,遨游在无限漫长的时间之中。这样,他在阐述他的哲学思想时,就出现非常丰富的想像,而且,这种想像是不受时空的限制的,所以,又极富变化,自由灵动。这种哲学境界本来就是他的安身立命之处,因而他的阐发又伴随着很深的迷恋,充满感情。与此相应,他的文体随着内心世界的奔驰而跳跃变动,多姿多彩。这也就使庄子的散文具有明显的文学成分。

首先,庄子的散文为我们提供了许多宏伟美丽的景象,而与这种景象联系在一起的,是一种鄙弃尘俗的高远的精神境界。

> 肩吾问于连叔曰:"吾闻言于接舆,大而无当,往而不返,吾惊怖其言犹河汉而无极也,大有径庭,不近人情焉。"连叔曰:"其言谓何哉?"曰:"藐姑射之山,有神人居焉。肌肤若冰雪,淖约若处子,不食五谷,吸风饮露,乘云气,御飞龙,而游乎四海之外。其神凝,使物不疵疠而年谷熟。吾是以狂而不信也。"连叔曰:"然。瞽者无以与乎文章之观,聋者无以与乎钟鼓之声。岂唯形骸有聋盲哉?夫知亦有之。是其言也,犹时女也。之人也,之德也,将磅礴万物以为一,世蕲乎乱,孰弊弊焉以天下为事?之人也,物莫之伤,大浸稽天而不溺,大旱金石流、土山焦而不热。是其尘垢秕糠,将犹陶铸尧舜者也,孰肯以物为事?"(《逍遥游》)

这位藐姑射之山的神人，当然是他的某种哲学观念的象征，但这种哲学观念又是他的心灵的寄托，所以，他对这个以自己的想像创造出来的形象，又充满着热情。她美丽、高洁，具有无比高超的能力，人间的无论怎样伟大的人物，在她面前都不过是"尘垢秕糠"。而对于这种形象的任何怀疑，都只是弱智的表现。所以，这种形象同时又在促使人们抛弃自己的鄙俗，而向高远的精神境界攀登。这就是此段文字所具有的明显文学成分的所在。

与上引这一段隐含作者感情的文字相比较，下面的一段可说是在跟读者进行感情交流：

> 秋水时至，百川灌河。泾流之大，两涘渚崖之间，不辩牛马。于是焉河伯欣然自喜，以天下之美为尽在己。顺流而东行，至于北海，东面而视，不见水端。于是焉河伯始旋其面目，望洋向若而叹曰："野语有之曰'闻道百，以为莫己若'者，我之谓也……"
>
> 北海若曰："……天下之水，莫大于海。万川归之，不知何时止，而不盈；尾闾泄之，不知何时已，而不虚。春秋不变，水旱不知。此其过江河之流，不可为量数。而吾未尝以此自多者，自以比形于天地，而受气于阴阳，吾在天地之间，犹小石小木之在大山也。方存乎见少，又奚以自多？计四海之在天地之间也，不似礨空之在大泽乎！计中国之在海内，不似稊米之在大仓乎！号物之数谓之万，人处一焉；人卒九州，谷食之所生，舟车之所通，人处一焉。此其比万物也，不似豪末之在于马体乎？五帝之所连，三王之所争，仁人之所忧，任士之所劳，尽此矣。伯夷辞之以为名，仲尼语之以为博。此其自多也，不似尔向之自多于水乎？"（《秋水》）

其写河水之大，海水之广阔无垠，固然都能显示出想像力的丰富和分寸把握的准确，但更值得重视的，是北海若的对于宇宙的无限性的认识，以及由这种认识所产生的觉悟。从"计中国之在海内"句开始，作者就力图清除在一般读者的心胸中根深蒂固的观念，从其所认为的凡近中解脱出来。他运用了鲜明确切的比喻，又一连用了三个反问句，以期引起读者的思考。如果说在上一段《逍遥游》的引文中，作者所流露出的是对于怀疑自己见解的人的鄙视，那么在这一段引文中，作者所显示的是热切的期待，而他的要求读者思考与回答，也正是与读者之间的一种感情交流。

庄子文笔的灵动多变在上两段的引文中已经露其端倪；而尤为特出的，是如下的一段关于风的描写：

> 夫大块噫气，其名为风。是唯无作，作则万窍怒呺。而独不闻之翏翏乎！山林之畏佳，大木百围之窍穴，似鼻，似口，似耳，似枅，似圈，似臼，似

洼者,似污者。激者,谪者,叱者,吸者,叫者,譹者,宎者,咬者,前者唱于,而随者唱喁。泠风则小和,飘风则大和,厉风济则众窍为虚。而独不见之调调、之刁刁乎!(《齐物论》)

从"似鼻"开始,到"似污者",是写大木百围之窍的各色各类的形状。从"激者"起到"咬者",写的是大风起时从这些窍穴里边所发出来的各色各类的声音。他在这里举出各色各类的形状的窍穴,又举出各种各样的不同的声音,用的是铺陈的手法,这已开了汉代大赋的铺排的先声;写风声先从"山林之畏佳,大木百围之窍穴"写起,与后来体物赋的写音乐先从乐器的材料所由出产地的环境写起,也有相通之处。但在这里最能显示庄子散文的特色的,是文体的似断而续。在这段文字中,作者至少在字面上没说清楚那各种各样的风声就是通过各色各类形状不同的窍穴而发出来的。因此,在其介绍各类窍穴的形状和介绍各类风声之间似乎缺少一种必要的联系。或者说,这是一种行文的跳跃。但从读者的感觉来说,好像是在看到了各色各类的窍穴的形状以后,在耳边立即听到了各种各样的风声,并没有意识到两者的不相连贯。所以,这不是行文的稚拙,而是文笔的灵动。这种文气似断而续的现象,在庄子散文的其他部分也常见。而且,也正由于这一特色,他的行文虽然常有突兀而不符合通常所谓的规范之处,但却并不使人感到难以理解,反而有一种自由洒脱、变化多端的美感。

后代文人在思想上或文章风格上受《庄子》影响的很多,前者如阮籍、李白,后者如苏轼、袁宏道等。

第三节 荀况与《荀子》

荀子,名况,字卿,赵国人,荀也作孙。他五十岁时才游学于齐。后为楚国兰陵令。与孟子同属儒家,但他主张"性恶",因而与主张"性善"的孟子不同。作为法家的韩非与李斯都曾向他学习,因为"性恶"的理论跟法家的思想有可以相通之处:既然人性本恶,那么以刑法为治,就是很自然的事情。韩非子说:"今有不才之子,父母怒之弗为改,乡人谯之弗为动,师长教之弗为变。……州部之吏,操官兵,推公法,而求索奸人,然后恐惧,变其节,易其行矣。"(《五蠹》)也正是从"性恶"说出发的。但荀子自己倒是强调教化的。荀况的著作传世的有《荀子》三十二篇。

他的散文写得谨严而朴实;从文学成分来看,最值得注意的是他的《赋篇》。《赋篇》包括"礼"、"知"、"云"、"蚕"、"箴"五节,后附"佹诗"。以赋作为标题,实始于荀子。屈原的作品虽被汉人称为"屈原赋",但那是汉人的称呼,屈原自己并不以赋为名。至于署名为宋玉的《高唐赋》、《神女赋》,恐怕不出于宋玉。也正因此,后人也把荀况的《赋篇》作为汉赋的来源之一。

但其与汉赋的渊源关系,实不止标题的名称。现先引《赋篇》中的"箴"一节如下:

> 有物于此,生于山阜,处于室堂;无知无巧,善治衣裳;不盗不窃,穿窬而行;日夜合离,以成文章;以能合从,又善连衡;下覆百姓,上饰帝王;功业甚博,不见贤良;时用则存,不用则亡。臣愚不识,敢请之王!
>
> 王曰:此夫始生巨,其成功者小邪?长其尾而锐其剽者邪?头铦达而尾赵缭者邪?一往一来,结尾以为事;无羽无翼,反覆甚极;尾生而事起,尾遭而事已;簪以为父,管以为母;既以缝表,又以连里:夫是之谓箴理。

这个"箴"字,后来通常写作"鍼",也就是今天所用的"针"。此节的上半类似于谜语,其下半实是谜语的答案。但在提出正式的答案——"箴"——以前,又先把它形容一通。其与汉赋相通之处在于:第一,汉赋中的体物赋,是对物的铺陈,而《赋篇》所写,也都是具体的物,而且,就其前半来看,也是对物的各种情况的铺叙。例如,关于"箴"的这一节,先说"箴"的原料(金属)"生于山阜",变成"箴"以后就收藏在室堂之中;其下说它"善治衣裳";再说它能够穿通窟窿;然后说它能绣出各种花纹,既能直缝,又能横缝;它制成的衣服,既能给百姓穿,又能给帝王穿;它虽对人有很大用处,但它并不受到人们特别的称赞;人们需要它时,它就出现在眼前;不要它的时候,就被收藏起来而看不见了。这些也都属于铺陈的范围。第二,此《赋篇》采用问答式,先由人提出问题,所谓"臣愚不识,敢请之王";然后再由被问者(王)来进行回答。而汉代的大赋也常采用问答体。第三,《赋篇》后附"佹诗",而汉代的大赋也常有于篇末附诗的特点。由于存在着以上三点共通之处,荀子的《赋篇》之为汉赋的渊源之一,当是没有问题的。

此外,《荀子》还有《成相》,这是一种歌谣体的作品。"成相"到底是什么意思,汉代人没有作解释,后来的学者(如朱熹等)认为是"助力之歌",也即在从事体力劳动时(一般认为是在春米时)边劳动边唱的歌。《汉书·艺文志》曾著录《成相杂辞》十一篇,可见当时还存在着其他的此类作品,可惜后均亡佚。现引《荀子·成相》的一节如下:

> 曷谓"罢"?国多私,比周还主党与施。远贤近谗,忠臣蔽塞,主势移。

他在这里所批评的"比周还主党与施"之类现象,后来韩非子也一再揭示、抨击过,可见师生之间还是有些共同看法的。《成相》的其他部分也都是说明荀子自己的政治见解和批评他所认为的政治弊端的。

第四节　韩非与《韩非子》

韩非(约前280—前233)是韩国的贵族。他虽师从荀子,但主要是吸收了申不害、商鞅等人的观点,并作了多方面的发展,成为法家思想的集大成者。当时秦还没有统一全国,秦始皇读了他的文章,非常赏识,就把他邀到秦国。但韩非的同学李斯生怕他一旦受到重用会影响自己的地位,就设法陷害他。因而韩非被投入牢狱,最后在狱中自杀。

《韩非子》为韩非所著,共五十五篇。在这部著作中,他全面论述了自己的观点,并使法家思想构成一个严密的体系。他除了主张用"法"来治理国家以外,并为君主设计了一整套驾驭臣下的方案。所以,他所追求的目标实际上是一种严酷的专制独裁的制度。这正是他的悲哀所在。他看到了现实政治中的种种黑暗现象,特别是看到了那些有权势的大臣为了自己的利益所做的种种危害国家的事情,因而他想借助君主的力量来解决这些矛盾,但是他却没有料想到,一旦这种专制独裁的政体形成,其危害性将更为严重。

他的文章逻辑严密,笔锋犀利,围绕中心,层层推进,具有很强的说服力。但从文学史研究的角度来看,他的文章中最值得重视的,是隐含感情的作品。《孤愤》是最突出的一篇,司马迁说:"韩非囚秦,《说难》、《孤愤》。"(《报任安书》)大概此篇也曾获得司马迁的共鸣。

《孤愤》说的是"法术之士"与当权的大臣之间的矛盾,所谓"法术之士",是指坚持"法"的观点,有见解、有能力、有气节的一些地位低下的士人。他认为这些当权的大臣有国外的诸侯的支持,又得到国内的百官、君主身边的侍从之臣、学士等等的拥护,君主对他们也信赖、亲近,其力量无比强大。但是,"法术之士"要实现自己的理想,使国家富强,就必然要与他们产生矛盾。而且,由于他们具有绝对优势,"法术之士"非失败不可,最后并将遭到杀身之祸。文中这样写道:

> 凡当塗者之于人主也,希不信爱也,又且习故。若夫即主心同乎好恶,固其所自进也。官爵贵重,朋党又众,而一国为之讼。则法术之士欲干上者,非有所信爱之亲,习故之泽也;又将以法术之言矫人主阿辟之心,是与人主相反也。处世卑贱,无党孤特。夫以疏远与近爱信争,其数不胜也;以新旅与习故争,其数不胜也;以反主意与同好争,其数不胜也;以轻

贱与贵重争,其数不胜也;以一口与一国争,其数不胜也。

  法术之士,操五不胜之势,以岁数而又不得见;当塗之人,乘五胜之资,而旦暮独说于前;故法术之士,奚道得进,而人主奚时得悟乎?故资必不胜而势不两存,法术之士焉得不危?其可以罪过诬者,公法而诛之;其不可被以罪过者,以私剑而穷之。是明法术而逆主上者,不僇于吏诛,必死于私剑矣。

他在这里虽似是对这种情况作客观分析,但其隐含的沉痛、压抑之情,仍然可以体会出来。连用五个"其数不胜也",是为了强调"法术之士"处境的无比恶劣、悲惨,而作者的悲愤、危惧之感也就寄寓于其中。至其结尾之处,更发为深沉的悲叹。这种文章的特点,是在平淡中显出深沉。而其分析客观情况,则仍不失犀利。

  《韩非子》中还有一点常被提及的,是其以寓言来说理。在这以前,《孟子》和《庄子》都已在这么做了。但韩非所用的寓言,也常具尖锐性,如"楚人有鬻盾与矛者,誉之曰:'盾之坚,莫能陷也。'又誉其矛曰:'吾矛之利,于物无不陷也。'或曰:'以子之矛,陷子之盾,何如?'其人弗能应也"(《难一》)。以极简短的文字,突入事物荒谬之处的中心,这样的尖锐性是《孟子》、《庄子》的寓言都没有的。孟子的"齐人有一妻一妾"、"拔苗助长"等寓言,也是揭露事物的荒谬的,但写来从容不迫,还特意加一点渲染,与《韩非子》寓言的风格截然不同。

第五章 屈原与楚辞

战国时期是我国文学史上一个极其重要的时期。《诗经》中虽有少量作品的作者姓名流传了下来，但这些作品较之那些无从考知作者姓名的诗篇并无特异之处。明显地打上作家个人印记，而且无论就内容或形式来说都较《诗经》中的任何一篇显示出巨大进步的文学作品是从战国时期才开始出现的。它们由楚国的屈原和宋玉所创作，在中国文学史上占有极其重要的地位。假如说《诗经》主要是黄河流域文化的产物，那么屈、宋的作品就是长江流域文化的产物，尽管已受到了黄河流域文化的影响。保存他们著作最完整的就是《楚辞》。

第一节 《楚辞》与楚文化

《史记·屈原贾生列传》是今天所见的关于屈原和宋玉的最早传记资料，虽然对宋玉说得极其简略。在那篇传记中还收录了屈原的个别作品。今天所知的集中收载屈原、宋玉作品的最早的书籍则是西汉后期刘向所编的《楚辞》，东汉时的王逸又为《楚辞》作注，即传世的《楚辞章句》。但《楚辞》的原始面貌如今已看不到了。

据《楚辞章句》所记，刘向编的《楚辞》为十六卷，除屈原、宋玉的作品和作者姓名不能完全确定的《大招》外，还收有汉代人为屈原而写的作品六篇，其中包括刘向的《九叹》；《楚辞章句》中又增入了王逸作的《九思》，成为十七卷。值得注意的是：《楚辞章句》所收宋玉《九辩》篇的小序说："宋玉者，屈原弟子也。闵惜其师忠而放逐，故作《九辩》以述其志。至于汉兴，刘向、王褒之徒，咸悲其文，依而作词，故号为'楚词'。"似乎"楚词"之名只是用来指宋玉等人为屈原而写的作品。《楚辞章句》于其所收作品中，凡被认为是屈原所作的，题下均注为《离骚》；凡被认为别人为屈原而作的，始注为《楚辞》。此种体例，不知为刘向原书所有，抑或始于王逸。但总而言之，"楚辞"一词在汉代实有两种含义，一种只用来指称战国至汉代人为屈原而写的作品,另一种则把屈原自己所作也包括在内。后世所使用的,一般为后一义。

《史记·酷吏列传·张汤传》有"(朱)买臣以楚辞与(严)助俱幸"之语,指他们以楚辞得幸于汉武帝,可见至迟在武帝时已有这一名称。宋代黄伯思曾以"书楚语,作楚声,纪楚地,名楚物"(见《东观馀论》)来概括"楚辞"的特点,大致是对的。至于以屈原作品为主体的"楚辞"的内在特征,则是与楚国的文化传统紧密结合在一起的。

楚国国君姓芈。始祖鬻熊于西周初立国于荆山(在今湖北沮、漳水发源处)一带,周人称为"荆蛮"或"蛮荆",常与周发生战争。到鬻熊后裔熊渠为国君时,疆土伸展到长江中游。春秋时又不断兼并其周围小国,把汉水北岸一些与周同姓的小国也兼并了,其疆域逐步扩大,北到今河南南阳,南到洞庭湖以南,西北到武关(在今陕西商南),东南到昭关(在今安徽含山县北)。战国时,东部延伸到今山东南部和江苏、浙江,西南到今广西东北角,成为幅员十分广大的国家。其主要地区则属于长江流域,所以也可说是长江流域文化的代表。

如本编《概说》所述,黄河流域的文化与长江流域的文化原非出于一源。一般说来,基于南方的自然条件,人们获取生活资料相对于黄河流域来说较为容易,为人类的生存和繁衍所必需的群体对个体的约束也就稍为放松。《史记·货殖列传》中说:"楚越之地,地广人希,饭稻羹鱼,或火耕而水耨,果隋蠃蛤,不待贾而足。地势饶食,无饥馑之患。以故呰窳媮生①,无积聚而多贫。是故江淮以南,无冻饿之人,亦无千金之家。"同篇又说:"夫自淮北、沛、陈、汝南、南郡,此西楚也,其俗剽轻,易发怒。""衡山、九江、江南、豫章、长沙,是南楚也。其俗大类西楚。"楚人的这种"剽轻,易发怒"的气质,正是个体所受的约束不甚严酷的反映。同时也就使屈原、宋玉的作品具有显较《诗经》强烈的感情。

至于"呰窳媮生"虽含有贬义,但既"地势饶食,无饥馑之患",而又"无千金之家",可见楚人较注重消费,并不过分克制自己的生活欲望,从而生活水平较高。从近年地下考古发掘来看,战国时代楚国的青铜器固甚精美,其漆器、丝织品不但质地极佳,且往往有美丽而灵动的图案,殊非中原地区所能及。1978年在湖北随州市(旧楚地)出土的乐器编钟达六十四枚之多,每钟可发两音,中心音域约三个八度,在中心音域内能奏出完整的半音列,说明了楚国在音乐和工艺上的成就都甚为惊人。总之,在春秋战国时期,楚国的物质生活、艺术生活和手工业生产都已达到较高水平。由此言之,屈、宋作品之所以在艺术上具有很高的造诣,一方面自然在于作家个人的杰出才能,另一方面也在于楚国深

---

① "呰窳媮生"是苟且偷生的意思;见《史记·货殖列传》裴骃《集解》。

厚的艺术基础。同时,屈、宋作品的瑰丽多姿显然也与楚人的艺术趣味(例如由漆器、丝织品的上述图案所体现的)相联系。而像《楚辞·招魂》中描绘、赞美的奢华景象也离不开楚国的生产水平与消费意识。

楚人"信巫鬼,重淫祀"(《汉书·地理志》),这虽然对社会的发展来说并非好事,但楚国在战国时还有许多神话传说保留下来并继续流传却与这种风气有关。据《楚辞章句》卷三《天问》小序说,在屈原的时代,楚国的先王庙宇及公卿祠堂中,还"图画天地山川神灵,琦玮僪佹,及古贤圣怪物行事",这其中含有许多神话传说。屈原作品得以运用大量神话材料,就有赖于此。同时这种风气把人与神、鬼的交流和交往视为可能和正常的现象,这也为屈原在作品里写自己的驱使神灵,谒见早已逝去的帝王,乃至追求千余年前的女性,提供了丰厚的土壤。

作为文学作品,《楚辞》所受的最直接的影响,自然是在它以前的楚国诗文。但在这方面的材料实在太少。从《楚辞》等书中可以看到好些楚国古代乐曲的名目,借以推见其诗乐的发达,但却没有留传下来。保存下来较早而又较可靠的,是见于《孟子》的《孺子歌》,据说是孔子听一个小孩所唱。歌词是:

　　沧浪之水清兮,可以濯我缨;沧浪之水浊兮,可以濯我足。(《孟子·离娄》)

《孟子》中虽未载明孔子是在何地听到此歌,但"沧浪之水"在楚地(见《尚书·禹贡》及注),孔子又曾一度居于楚,所以这当是楚国小孩所唱的歌。歌词虽很简单,但却没有一句是四言的;足见当时已打破了以四言为主的格局;屈原的作品中也只有少数四言诗,宋玉的则全非四言。同时,一、三两句的句尾都有一个"兮"字,这大概仅是歌唱时的表声助词;《楚辞》中的绝大多数作品也都采用这种方式。这些地方都可看到屈、宋作品在形式上的特点确是渊源有自。

如果再往前探寻,则《诗经·周南》中的《汉广》可说是楚国诗歌的远祖。全诗三章,第二、三章只有两字之差①。今引第一、二章如下:

　　南有乔木,不可休思②。汉有游女,不可求思。汉之广矣,不可泳思。江之永矣,不可方思。

　　翘翘错薪,言刈其楚。之子于归,言秣其马。汉之广矣,不可泳思。江之永矣,不可方思。

这当是江汉流域的歌,因诗中所写的女子显然处于该地。在此诗产生时,其地

---

① 第二章第二句的末一字"楚",第四句的末一字"马",在第三章中分别改为"蒌"、"驹"。
② "思",《毛诗》作"息",此据"韩诗"。"思"为句末助词,并无实在意义。

也许尚不属于楚,但后来却成了楚国的一部分。此诗从字面上来看,是说"言"①所眷恋的汉水游女,可望而不可即,因为他既不能泅过汉水去找她,又不能乘船沿着江水去寻她。诗中反复吟咏"汉之广矣"四句,就是为了抒写他由此而生的深沉悲哀。但他仍热切地盼望与她结合,如果她肯下嫁,他就亲自喂饱了马匹前去迎接。整首诗的感情是缠绵而热烈的,在《诗经》中颇为少见。而尤其值得注意的是:三家诗中的"鲁诗"与"韩诗"都说诗中的"游女"乃是汉水神女。据说,一个男子——郑交甫——遇到了汉水神女,产生了爱慕之心,神女也把身上的玉佩解下来送给了他,但一忽儿玉佩和神女都不见了;此诗就是写郑交甫对神女的慕恋的②。此说虽似荒唐,但《楚辞·九歌》中的有些作品也正是写神人之恋的,与此可谓异曲同工。所以,将此诗理解为对汉水神女的慕恋,恐是符合其本义的;至于郑交甫遇神女的故事自然并非事实。

此外,刘向《说苑》还载有一首越国人所作、经过楚人翻译的歌,通常称为《越人歌》:

> 今夕何夕兮,搴中洲流。今日何日兮,得与王子同舟。蒙羞被好兮,不訾诟耻。心几顽而不绝兮,知得王子。山有木兮木有枝,心说君兮君不知。

这人是为楚国贵族鄂君子皙操舟的,唱此歌是主动向子皙求爱。其时越国当已为楚所灭,成了楚的疆土,是以越人会成为楚国贵族的舟子。诗中的大胆热烈的感情,同样是长江流域文化特征的反映;经过翻译的诗歌形式,则与《楚辞》同出一辙。

上述这一切,意在说明"楚辞"是在楚文化乃至长江流域文化的土壤上生长起来的;但它又受到黄河流域文化的影响。在春秋、战国时期,各国往来频繁,同时也就加强了文化之间的交流。楚国在当时曾不断吸收中原地区的文化,不但引入了《诗》、《书》等文化典籍,而且楚悼王还任用卫国左氏(在今山东定陶西)人吴起为令尹(即首相),"明法审令,捐不急之官,废公族疏远者,以抚养战斗之士,要在强兵。"(《史记·吴起列传》)这对促进楚国的富强发生了积极作用。吴起主要为兵家;其在楚国所采取的措施,颇有与法家不谋而合之处,但他又曾为儒家曾参的学生,其政治思想中也有强调"德"的一面③。由楚

---

① "言"是"我"的意思。
② 参见王先谦《诗三家义集疏》。
③ 《史记·吴起列传》中载:魏文侯既卒,起事其子武侯。武侯浮西河而下,中流,顾而谓吴起曰:"美哉乎山河之固,此魏国之宝也!"起对曰:"在德不在险。昔三苗氏左洞庭,右彭蠡,德义不修,禹灭之。夏桀之居,左河济,右泰华,伊阙在其南,羊肠在其北,修政不仁,汤放之。殷纣之国,左孟门,右太行,常山在其北,大河经其南,修政不德,武王杀之。由此观之,在德不在险。若君不修德,舟中之人尽为敌国也。"

悼王的重用吴起，足征中原文化对楚国的渗透。虽然在悼王去世的那一年（前381），楚国贵族曾集体作乱，杀害了吴起，这也许可以视为两种文化剧烈冲突的结果，但参与作乱的贵族被灭族的有七十余家，说明这一斗争并非以反对吴起的贵族的胜利而告终。而屈原的诞生，则在吴起被杀四十余年以后。

由上所述，可知以屈原作品为主体的"楚辞"产生的时代，楚国既有其自己的独特文化，又已受到了黄河流域文化的重大影响。后者不但使屈原的作品在政治思想上与黄河流域的文化存在若干联系，更使它们在艺术形式上于继承楚文化传统的同时吸取了《诗经》的许多特点，并加以发展，成为长江流域文化吸收黄河流域文化的最早的一个突出的实例。

第二节 屈原的生平

收集在《楚辞》中的最伟大的作品出于楚国的屈原。但屈原的生平却是研究者聚讼纷纭的问题。

关于屈原的最早记载是《史记》的《屈原贾生列传》。从中可以知道屈原名平，与楚王同姓①。曾被楚怀王任为左徒，那是一个相当重要的职位，"入则与王图议国事，以出号令；出则接遇宾客，应对诸侯"，楚怀王对他很信任。他的同僚上官大夫妒忌他的才能，向怀王进谗，说屈原将怀王命他起草宪令的事公之于众，并自夸说没有他就无法制定宪令；于是怀王发怒而疏远了屈原。屈原感到很痛苦，写作了《离骚》。其后，楚怀王受秦国派来的张仪的欺骗，与齐国绝交。等发觉上当，怒而攻秦，遭到重大失败。又受其他国家的攻袭，国力日渐衰弱。其间张仪曾再度来楚，怀王本欲不利于张仪，但张仪向怀王宠臣靳尚行贿，得到宠姬郑袖的帮助，怀王又把他放了。当时"屈平既疏，不复在位，使于齐"，回来后劝怀王杀死张仪。怀王虽采纳了他的主张，而张仪已去，追不上了。最后怀王仍受秦之骗，到秦国去与秦王相会，被扣留而死于秦国。行前屈原曾劝阻怀王，怀王的小儿子子兰却劝怀王去。怀王死后，其长子顷襄王即位，任子兰为令尹。

以上所述，主要本于《史记·屈原贾生列传》；至此为止，其记载都是明白易懂的，往后的叙述就出现了令人费解之处。现引其有关文字于后：

长子顷襄王立，以其弟子兰为令尹。楚人既咎子兰以劝怀王入秦而

---

① 古人姓、氏有别。楚王姓芈；屈原的"屈"则是他的氏，因其祖先受封于一个称为"屈"的地方，故以屈为氏。

不反也；屈平既嫉之，虽放流，眷顾楚国，系心怀王，不忘欲反，冀幸君之一悟，俗之一改也。其存君兴国而欲反覆之，一篇之中三致志焉。……① 令尹子兰闻之大怒，卒使上官大夫短屈原于顷襄王，顷襄王怒而迁之。屈原至于江滨，被发行吟泽畔，颜色憔悴，形容枯槁。渔父见而问之曰："子非三闾大夫欤？何故而至此？"屈原曰："举世混浊，而我独清；众人皆醉，而我独醒，是以见放。"……乃作《怀沙》之赋。……于是怀石，遂自投汨罗以死。（《史记·屈原贾生列传》）

在这里存在着许多问题：第一，在上文的叙述中，只说屈原被怀王疏远，从未言及他被"放流"，此处却说他"虽放流"，那么，"放流"的含义是什么？有人以为"放流"就是流放，但他是何时被流放的呢？为什么上文一无交代？有人说"放流"的"放"就是上文的"不复在位"之意，"流"是"流转"之义，意谓并无固定任务，随时被派遣去承担各种临时性工作。但这种解释在古代文献中找不到旁证。第二，所谓"一篇之中三致志焉"，这"一篇"是什么文章？若说就是《离骚》，则据上文的叙述，《离骚》明明作于怀王入秦之前，这"一篇"却作于顷襄王即位之后。第三，他在被"迁"而至于江滨时，渔父称他为"三闾大夫"；但在上文的叙述中只说他为"左徒"，这二者是一是二②？倘说二者有别，他又是何时担任"三闾大夫"的呢？第四，他在写作《怀沙》后就自杀了，这距离顷襄王继位为君到底有多久？

以上是《屈原贾生列传》留给我们的问题；而在《史记·太史公自序》和司马迁《报任安书》中又说"屈原放逐，乃赋《离骚》"，则是《离骚》当作于顷襄王继位后屈原被"放流"之时，与《屈原贾生列传》说其作于屈原被怀王疏远之时又很不一致。那么，《离骚》到底是何时所作？

正因为有这许多问题，而可用来解决问题的资料又相当少，所以研究者对屈原的生平就有了许多分歧的看法，至今仍无较为一致的意见。而且，随着研究的深入，分歧似还有扩大之势。现在姑且依据前一阶段较为流行的见解，对屈原的生平稍作补充：（一）关于屈原的生年：《离骚》说："摄提贞于孟陬兮，

---

① 此处删略的，是《史记·屈原贾生列传》对所谓"一篇之中三致志焉"的那篇文章所发的议论。
② 《楚辞章句》卷一《离骚》小序说："《离骚经》者，屈原之所作也。屈原与楚同姓，仕于怀王，为三闾大夫。三闾之职，掌王族三姓，曰昭、屈、景。屈原序其谱属，率其贤良，以厉国士。入则与王图议政事，决定嫌疑；出则监察群下，应对诸侯。谋行职修，王甚珍之。"对《史记》所说屈原曾任左徒一节，毫不提及。而其所述三闾大夫职务的"入则……出则……"云云，又显然与《史记》所述"左徒"职务的"入则与王图议国事，以出号令；出则接遇宾客，应对诸侯"类似。由此看来，小序作者是把"左徒"视为"三闾大夫"的别称；否则不会在叙述屈原履历时毫不提及左徒。现代研究者则多把左徒与三闾大夫作为两个不同的职务。

惟庚寅吾以降。"这是对其出生年月日的自述；但述生年是用的战国时通行的岁星纪年法,要把它换算成公历必须有较多的补充材料。现在已有几种换算结果。前一阶段被较多人接受的换算结果是前339年。（二）关于屈原的卒年：在屈原作的《哀郢》中有"民离散而相失"的话,清初王夫之的《楚辞通释》以为这是指顷襄王二十一年（前278）秦兵攻破楚国首都郢的事件,又因其中还有"至今九年而不复"一句,遂认为《哀郢》作于郢亡九年以后。由此推算,屈原去世不可能早于公元前269年。现在有些研究者认为《哀郢》所写虽是郢亡之事,但"至今九年而不复"却只是说屈原被放逐九年尚未召回,并非郢亡已有九年,所以定其卒年为前278年或前277年。尽管还有些研究者认为《哀郢》与郢都破灭事件根本无关,但这在现代研究者中已是少数。（三）关于《离骚》的写作时间：由于作品中有"老冉冉其将至"语,可见当时屈原年龄已相当大,再参以他的出生年份,现代多数研究者认为该篇应作于屈原被放逐之后而非其被怀王疏远之时。（四）关于屈原的放逐：现代研究者多认为屈原是在顷襄王时被放逐的,放逐地为江南的沅湘流域。但也有研究者依据屈原《九章·抽思》中"有鸟自南兮,来集汉北"之语,认为屈原在被顷襄王放逐到江南去以前,在怀王时还曾遭到放逐汉北的处分。不过,《抽思》并未说明他是被放逐到汉北去的,所以有些研究者不同意他曾被放逐汉北之说,饶宗颐教授《楚辞地理考》还指出《抽思》所述是屈原出使齐国途中的事。

我们对屈原生平作这样累赘的介绍,是为了说明在这方面存在着许多不确定的因素,很多都非定论。

至于屈原的作品,《汉书·艺文志》著录"《屈原赋》二十五篇"。王逸《楚辞章句·叙》也说屈原作品"凡二十五篇"①。其具体篇目,《汉书·艺文志》未载,据《楚辞章句》,则为《离骚》、《九歌》（十一篇）、《天问》、《九章》（九篇）、《远游》、《卜居》、《渔父》。另有《大招》一篇,《楚辞章句》的《大招·序》说："《大招》者,屈原之所作也；或曰景差,疑不能明也。"但此篇实为秦末所作（参见本书第二编第一章）,不能计入屈原作品。现代研究者多疑《远游》以及《卜居》、《渔父》非屈原作,又据《史记·屈原贾生列传》篇末"太史公曰：余读《离骚》、《天问》、《招魂》、《哀郢》悲其志"之语,认为《招魂》也是屈原所作（在《楚辞章句》中,那是被作为宋玉的作品的）。据此,屈原作品现存二十三篇。

从这些作品来看,屈原的思想显然已受到黄河流域的文化——特别是儒法思想——的影响。《离骚》说："皇天无私阿兮,览民德焉错辅。""孰非义而可

---

① 原文是："……作《离骚》,上以讽谏,下以自慰；遭时暗乱,不见省纳,不胜愤懑,遂复作《九歌》以下,凡二十五篇。"意谓《离骚》及《九歌》以下诸作共二十五篇。

用兮,孰非善而可服?""彼尧舜之耿介兮,既遵道而得路。何桀纣之猖披兮,夫唯捷径以窘步!"这当然是根据儒家的价值标准。《九章·惜往日》说:"奉先功以照下兮,明法度之嫌疑。国富强而法立兮,属贞臣而日娭。"这又显然是法家的理想。所谓"明法度之嫌疑",其实就是吴起在楚国推行过的"明法审令";"览民德焉错辅",与吴起所说的"在德不在险"也如出一辙。所以,我们也可以说,屈原在思想上所受的黄河流域文化的影响,也许与楚悼王的任用吴起有关;但作为诗人的屈原,其作品的价值所在,却首先植基于楚文化的传统,其次才是黄河流域的文学创作的经验。

第三节　屈原的作品

屈原的上述二十三篇作品都是屈原放逐于江南后所作;写得最早的当是《招魂》。《招魂》虽未指明其所要招的魂是谁,但招引魂返归的"故居"却极奢华,当是王宫,所以现代研究者多认为此篇所招乃楚怀王之魂。怀王于顷襄王三年(前296)死于秦国,"秦归其丧于楚。楚人皆怜之,如悲亲戚"(《史记·楚世家》)。《招魂》当作于此时。篇末说:"献岁发春兮汩吾南征……与王趋梦(指江南云梦泽。——引者)兮课后先。""吾"为屈原自称;其时当已放逐江南,也即屈原被顷襄王放逐到江南的初期。

接下来写的当是《九歌》。《楚辞章句·九歌序》说:屈原放逐到江南后,"怀忧苦毒,愁思沸郁。出见俗人祭祀之礼,歌舞之乐,其词鄙陋。因为作《九歌》之曲,上陈事神之敬,下见己之冤结,托之以风谏"。其《大司命》篇有"老冉冉兮既极"语,显为屈原自述。以屈原生于前339年计算,则其在顷襄王三年时只四十三岁。古人有"七十曰老"之语(见《礼记》);虽不必拘执,但也不应相差过远。故《九歌》当作于《招魂》后。而《湘君》篇的结尾又说:"采芳洲兮杜若,将以遗兮下女。时不可兮再得,聊逍遥兮容与。"《湘夫人》结尾也有类似意思的话。足见他还在犹豫、等待。而《离骚》的最后,同是"相下女之可诒",却已没有了"聊逍遥兮容与"的舒徐,反而强调"从彭咸之所居",决心以投水而死来结束自己的生命[①],其写作当在《九歌》后。《九章》中包括了屈原的绝命词《怀沙》,自不可能写于《离骚》之前。但若《九章》的九篇并非一时之作,其中也许有少数早于《离骚》。《天问》的结尾说:"吾告堵敖以不长,何试上自予,忠名弥彰!"意思是:"我已跟堵敖说过楚国的日子不会长了,为什么要由自己来试

---

① 相传彭咸是殷代投水自杀的贤臣。

验君主能否挽救危亡,以致我的忠名更加响亮?"他不仅对楚国的前途完全绝望,而且觉得自己为挽救国家而作的种种努力本就不会产生效果;这与《离骚》的"既莫足与为美政兮,吾将从彭咸之所居"是同样的情绪,两篇的写作时间大致相近。鲁迅《摩罗诗力说》以为《天问》是"灵均(屈原)将逝,脑海波起,通于汨罗"时所作,从作品的上述情绪来看,也非漫无根据的推测。

现按照其写作时间的先后,对屈原作品加以介绍。

一、《招　魂》

此篇一开头就是怀王之魂自述愁苦,接着天帝命巫阳还其魂魄,巫阳乃为之招魂。作品的这一引子,当源于楚国的巫术。全篇的主体是巫阳的招魂之词,分为两个部分。前半述其故居之外的各个地方的可怕,东南西北、上天下地都写到了;由此来说明魂不可行游于外。这些自然都出于虚构。后半写其故居的美好,对饮食歌舞、宫室侍女均极意铺陈;以此来招引魂返归。虽有夸张,但基本属于写实。所以,无论就内容或写作手法来看,前后的对比都极强烈。作品的最后为"乱"词("乱"有总结之意),以作者的身份,结合自己的处境,再次呼吁"魂兮归来"。

这是我国文学史上第一次出现的规模较宏伟的结构严密之作。全篇的三个组成部分——引子、主体、"乱"词——紧密衔接,而招魂之旨贯穿全篇。在这以前的《诗经》中的任何一篇作品,其结构都无如此严密。同时,在运用对比上的成功,在这以前的作品也没有一篇可以与之相比。《诗经》中在这方面最突出的是《小雅·北山》,而《北山》的"或燕燕居息,或尽瘁事国。或息偃在床,或不已于行"等句,虽也能显出两者间的不平——劳逸不均,但不能使人深切地感受到矛盾的尖锐性。而《招魂》主体的前半部分恍如恐怖世界,后半部分则犹如温馨的天地,造成极强烈的反差。现各引一节如下:

> 魂兮归来,君无上天些!虎豹九关,啄害下人些。一夫九首,拔木九千些。豺狼从目,往来侁侁些。悬人以娭,投之深渊些。致命于帝,然后得瞑些。归来,往恐危身些。……
> 高堂邃宇,槛层轩些。层台累榭,临高山些。网户朱缀,刻方连些。冬有突厦,夏室寒些。川谷径复,流潺湲些。光风转蕙,氾崇兰些。经堂入奥,朱尘筵些。……

前一节写天上虎豹豺狼的残忍,设想奇特。它们竟然先把人悬挂起来,以虐害为娱乐,然后再摔入深渊;而且,它们这样做乃是奉了天帝的命令。后一节写魂返归后的居室,对堂宇门户、台榭山水、筵席陈设的美丽,力为渲染,描写园庭植物的两句——"光风转蕙,氾崇兰些",其细腻入微,更令人惊叹。原来,日光照射在蕙兰上,在风拂动它们时,其光影的位置也随之变幻,使人感到是风挟带着光在行动,并引起蕙兰的摇曳。这就是"光风"两句所反映的实际内容。而这样的描写也更显示出了此种自然景色的蓬勃生气,与上一节所写的残狠酷毒成为截然对立的两极。

《招魂》之所以在对比手法运用上获得如此的成功,一方面固应看到《诗经》的有关传统对它可能产生的影响,更重要的则在于想像的丰富与描写的具体细致。就其描写而论,在当时实具有开拓性;但稍后的《九辩》比起《招魂》来又有了新的发展。这将在介绍《九辩》时再予阐述。

总之,屈原之为楚怀王招魂,并不排斥其中含有个人的感情因素或所谓"君臣之义"的成分,但基本上却与楚国民众对怀王之死"如悲亲戚"的感情相通。因为怀王之落得如此的下场,固存在咎由自取之处,而在客观上却反映了秦王对楚国的蔑视与蹂躏。这也就是楚国民众为此而深悲的原因。如要探寻《招魂》的思想意义,恐怕也就在这一点。但《招魂》之能打动人,第一步却在于它的艺术形式。倘若不是它那严密的结构使招魂之旨通贯全篇,读者就难以确切地把握其题旨所在;倘若不是其主体部分的强烈对比以及丰富的想像、细腻的描写,读者也就不能理解其对魂的深切关心和渴望他返归的急切之情,从而也就难以与作者感情相通。所以,作品的内容是依赖形式而传达给读者的。

二、《九 歌》

《九歌》共十一篇。本是楚国江南民间祭祀所用的乐歌,后经屈原改作。其篇目和祭祀对象依次为:《东皇太一》(最尊贵的天神)、《云中君》(云神)、《湘君》、《湘夫人》(均为湘水之神)、《大司命》(掌管寿命的神)、《少司命》(掌握子嗣的神)、《东君》(日神)、《河伯》(河神)、《山鬼》(山中之鬼)、《国殇》(阵亡将士之魂);末一篇《礼魂》则为送神总曲,也即《九歌》的尾声。在这里需要说明的是:楚国江南民间不可能同时祭祀这么多神祇,这大概是屈原把民间分别使用的祭祀乐歌集中起来,经过改作而成为大型的综合乐章,并以"九歌"作为标题。据《离骚》说,夏代就有名为《九歌》的乐章,屈原在这里实是袭用古题。

《九歌》虽是屈原"下见己之冤结"的作品(见上引《楚辞章句·九歌序》),但他并没有直接抒发自己的悲恨痛苦。从这些诗篇来看,不但分明是祭祀的乐歌,而且有六篇涉及了神(鬼)人之恋,五篇表现了诗中主人公"予"

（"余"）对祭祀对象的眷恋、相思，另有一篇则是祭祀对象对人的追求。就祭祀乐歌的性质来看，诗的主人公当是在祭祀中充当主角并以歌舞娱神的巫觋（男巫与女巫）。不是像《诗经》中的祭歌那样地以崇敬、感谢的心情祈求神的降临，却以男女之情吸引神的到来，这也正反映了黄河流域文化与长江流域文化的不同。

《九歌》中涉及神（鬼）人之恋的作品，以《湘君》、《湘夫人》、《少司命》和《山鬼》最为突出；在《云中君》和《大司命》中也有类似内容。今介绍前四篇如下：

相传湘君与湘夫人是尧的两个女儿——娥皇、女英，殁后为湘水之神①。《湘君》写"余"对湘君的眷恋、期待，而湘君则爱恋别人，不肯前来会面。"余"先是痛苦地思念，继而乘船渡江，前去寻找，但仍然不能如愿。于是发为怨恨之词："心不同兮媒劳，恩不甚兮轻绝。""交不忠兮怨长，期不信兮告余以不闲。"乃至欲断绝对湘君的感情，追求人间的女子，所谓"采芳洲兮杜若，将以遗兮下女"，但仍未能最后下定决心，故全篇以"聊逍遥兮容与"（意即姑且徘徊一阵吧）作结。

《湘夫人》一开始就富于诗情画意：

帝子降兮北渚！目眇眇兮愁予。嫋嫋兮秋风，洞庭波兮木叶下。

第一句为希冀之词，意为"帝子（帝尧的女儿——湘夫人）您降临到北渚来吧"。但尽管"予"极力远望，仍然不见帝子的影踪，所以他十分愁苦。这时秋风嫋嫋作响，吹得洞庭湖波浪涌起，树叶纷纷飘坠。作者很自然地以秋天的凄清来渲染"予"的愁绪。接着进而说明："予"原是与帝子约好在北渚会见的，并已作好了接待的各种准备。但她始终没有到来，"予"只好骑马、乘船前去寻找。这时"予"听说帝子召他前去相见，便赶快驱驰而往，并看到了湘夫人住处的种种情况。不料虞舜却派来了众多侍从的神灵，把她接走了。陷在绝望中的"予"于是也就产生了另作追求的念头，唱出了类似于《湘君》篇末的歌："搴汀洲兮杜若，将以遗兮远者。时不可兮骤得，聊逍遥兮容与！"

与《湘君》、《湘夫人》不同，《少司命》中的"予"乃是女性，而且已与少司命见了面，彼此产生了爱情。只是神人有别，匆匆一面，就此人天远隔，相思无极。所以，这是一首颇为凄艳的爱情诗。其前半部分为：

秋兰兮麋芜，罗生兮堂下。绿叶兮素华，芳菲菲兮袭予。夫人自有兮美子，荪何以兮愁苦？秋兰兮青青，绿叶兮紫茎。满堂兮美人，忽独与余兮目成。入不言兮出不辞，乘回风兮载云旗。悲莫悲兮生别离，乐莫乐兮

---

① 后代的研究者也有以为湘君、湘夫人是配偶神的，但从这两篇的内容来看，湘君、湘夫人当都是女性。

新相知。

降神之堂满布芳草,芬香袭人。而在作品里的这位女主人公眼中,少司命却似因爱情未能满足,颇有愁苦之色。而且,虽有满堂美人,他却只向自己以目传情,而她也以眼神表示了自己的爱。不料正在此时,他却突然走了。就这样,"生别离"的巨大痛苦与"新相知"的巨大欢乐一起撞击着她的心。

> 荷衣兮蕙带,倏而来兮忽而逝。夕宿兮帝郊,君谁须兮云之际?"与汝游兮九河,冲飚起兮水扬波。与汝沐兮咸池,晞汝发兮阳之阿!"——望美人兮未来,临风怳兮浩歌!孔盖兮翠旌,登九天兮抚彗星。竦长剑兮拥幼艾,荪独宜兮为民正。

这是全篇的下半部,主要写她的想像。她仿佛看到少司命在离开她之后没有直接返回天庭,却宿在天帝的郊外,她不由产生了疑问:他在云间等谁呢?然后,她好似听到了他由于等不到自己("美人")而临风高唱的痛苦的歌:"我要与你共游九河,在那大风突至而波浪高扬之际;我要在咸池里给你洗头,在阳阿上帮你把头发晒干!"于是她安慰他说:"驾着华丽的车(有着孔雀尾的车盖与翠鸟羽的旌旗的),回到天庭里去主持你那颗明亮的大星;挺起长剑,在漂亮女神的簇拥下,承担起为下民赐福降福的任务吧!只有你才能承担起那样的任务!"言下之意,自是要他为下民而忘掉自己,像以前那样地生活;然而,在这一连串丰富的想像中,人们完全可以理解,少司命的形象在她心里是再也抹不去了的。这短暂的爱情所给予她的巨大的欢乐和痛苦将永远伴随着她。在公元前3世纪我国就有这样细腻、出色的爱情诗,这实在是值得骄傲的事。顺便说一说,在深化人物感情方面,后半篇起了主要的作用。这种借助于诗篇主人公的想像来加强感情的方法在《诗经》里虽已较普遍地采用,但想像的内容如此丰富而细致,却是以前所没有的。

《山鬼》所写,不是巫对于祭祀对象的追求和怀思,却是祭祀对象山鬼对人的眷恋,所以清代贺贻孙《骚筏》说:"《山鬼篇》不作人佁鬼语,奇;作鬼佁人之词,更奇。"这也许与古人对神、鬼的态度不同有关。作品中的山鬼乃是年轻的女性,本处于不见天日的深竹丛中,但她好像看到山阿中有一个俊美的人,由于爱慕她的窈窕,折下了香草要送给她,她便向山上赶去。只是路途艰险,她到得晚了,那人已经离去。她独立在高山之上,虽是白昼,天色却阴暗而下起雨来。她意识到那曾经爱慕她的人——"灵脩"已被别人留住,不能再回来了。作品以"留灵脩兮憺忘归,岁既晏兮孰华予"两句来表达她的这种心绪:年华逐渐老去,谁还能使她的生命放出光彩呢?但她仍然留在山中,希冀他对自己还不至毫无思念之意。最后却完全绝望了,明白了自己的这种感情不可能获得报偿,一切都是徒然。

《山鬼》是一首蕴含着深沉的悲哀的歌。作品中的女性主人公所追求的并不是一般意义上的爱情,而是生命的价值与寄托。她之所以在爱情的追求失败后发出"孰华予"的哀叹,就因对她来说,爱情是唯一能使自己生发出光华的东西。也正因此,失掉了这种作为生命的寄托的爱情,就不得不落入无边的黑暗与恐怖:

> 雷填填兮雨冥冥,猨啾啾兮又夜鸣。风飒飒兮木萧萧,思公子兮徒离忧。

暴雷、豪雨、暗夜、猿的哀啼、树木在寒风吹打下的萧萧悲鸣,这一切虽是写自然景色,但又显然具有隐寓其处境的象征意味①。虽然在《诗经》中已有若干情景交融的描写,但运用象征的手法,以如此集中的自然景象来制造强烈的刺激,形成令人震撼的气氛,却是从《山鬼》开始的。

在这里特别值得注意的是:第一,上引《山鬼》的末句(也是全篇的最后一句)宣告她已陷入了"离忧",而屈原自述其生平的最具代表性的长诗《离骚》的标题也即"离忧"之意,如同司马迁《史记·屈原贾生列传》所说:"离骚者,犹离忧也。"这说明屈原在心理上已落入了与山鬼类似的境地。第二,如上引"留灵脩"两句所示,《山鬼》篇把作品主人公追求的目标称之为"灵脩",并认为他能使山鬼的生命发出光彩。而在《离骚》中屈原也称楚王为"灵脩",并倾诉了他的忠诚:"指九天以为正兮,夫唯灵脩之故也。"他还把自己之被楚王弃逐,称为与"灵脩"的离别:"余既不难夫离别兮,伤灵脩之数化。"也可以说《山鬼》的主人公与屈原都有对"灵脩"的深厚感情,都因被"灵脩"所遗弃而深感悲伤。第三,《山鬼》所写虽是男女之情,但《离骚》是以男女之情象征君臣之间的关系的,因此有"众女嫉余之蛾眉兮,谣诼谓余以善淫"的话;其指责楚王改变政治主张,用的是"曰黄昏以为期兮,羌中道而改路。初既与余成言兮,后悔遁而有他"之类的语言,也像是男女之间的约会和承诺,所以后世写爱情的词还有"人约黄昏后"的名句(朱淑真《生查子》)。也正因此,尽管屈原的悲剧和山鬼的悲剧在性质上是不同的,但在心理上的感受却显有其相通之处。说得更准确一些,那就是:屈原在写山鬼时,融入了自己在政治生活中的感受和痛苦。这也

---

① 此四句以前的七句是:"采三秀兮于山间,石磊磊兮葛蔓蔓。怨公子兮怅忘归,君思我兮不得闲。山中人兮芳杜若,饮石泉兮荫松柏,君思我兮然疑作。"在她觉得"君"仍在"思我"只是无闲暇来看望自己时,她所置身于其中的自然景色相当可爱;在她对"君"的是否"思我"已有怀疑时,其由"饮石泉兮荫松柏"的行动所体现出来的自然景色已趋于清寂;在她意识到她对"公子"——"君"的思念已毫无意义时,自然景色也就变为黑暗而恐怖了。所以,作品所写的这一类自然景色,实象征着作品主人公的心境以及与之相联系的处境。

就是他在《九歌》中"下见己之冤结"的所在。

类似的情况也出现在《九歌》的其他几篇涉及爱情的作品里。《湘君》指责神对"余"的遗弃说："期不信兮告余以不闲。"实与《离骚》的"曰黄昏以为期兮……后悔遁而有他"同意。其结尾处的"采芳洲兮杜若,将以遗兮下女",也与《离骚》的"折琼枝"以"相下女之可诒"为同样的心理状态。《湘夫人》的结尾大致与《湘君》相同。《少司命》篇中"余"称其所眷恋的神为"荪",而在《离骚》中"荪"正是对楚王的专称。参以上述对《山鬼》的分析,那么,说这些作品中同样融入了屈原自己的某些感受,也并不过分。此外,如《云中君》的"思夫君兮太息,极劳心兮忡忡",《大司命》的慨叹"老冉冉兮既极,不寖近兮愈疏",也都可从这样的角度来理解。

不过,从作品的本身来看,其打动读者的仍是对于爱情的描写。《山鬼》篇把纯属个人范畴的爱情对生命的意义提到如此的高度,实是对于个人价值的重视。《少司命》中的女子忍住心中的伤痛,劝告少司命离开自己而去"为民正",这固然是一种为群体而牺牲个人的美德;但从"悲莫悲兮生别离"这样的句子以及少司命在离开她以后的痛苦期待中,也正反映了这种牺牲对于个人是怎样的难于负荷。至于《湘夫人》中的"予",对于虞舜妻子的湘夫人如此地痴恋,而且这种爱情又显得如此美丽,更是把爱情置于道德之上的行为。《九歌》中的爱情描写显得热烈而缠绵,是与上述特色紧密联系在一起的。

《九歌》中的另一篇杰作为《国殇》,那是祭祀阵亡将士的歌。共两部分。第一部分写战争及将士阵亡的过程,第二部分是对其刚强、勇武精神的赞颂。全篇的结构十分严密。

> 操吴戈兮被犀甲,车错毂兮短兵接。旌蔽日兮敌若云,矢交坠兮士争先。
>
> 凌余阵兮躐余行,左骖殪兮右刃伤。霾两轮兮絷四马,援玉枹兮击鸣鼓。天时坠兮威灵怒,严杀尽兮弃原野。

在这第一部分的第一段中,战争的场面不但写得相当生动,而且含有一种紧张感。第二段写一位将军的被杀,从敌人的侵入我方阵地,到左右骖马一死一伤,以致战车无法行动,交代都很清楚,而对其如何遇害却无具体描写,反而强调其始终拿着鼓槌击鼓,勉励战士冲杀,以显示其英雄气概。末两句虽重在气氛的渲染,但也透露了将军和绝大多数战士的结局——"严杀尽"。这短短的两段,体现了我国文学形式上的一项重大进步,那是具有客观描写成分的叙述手法的第一次较集中的运用,而且取得了相当显著的成功。

如同我们在介绍《诗经》时所已指出的,《诗经》在写到客观事物时,重在叙述;偶有渲染,又偏于表达诗人对这事物的主观感受,如《卫风·硕人》的"螓首蛾眉"之类;因此,从没有以含有客观描写成分的叙述手法鲜明地表现事物的过程的。而在《国殇》的这部分中,第一段的四句和第二段的前四句,除"敌若云"以外都是具有客观描写成分的叙述,而且只突出其最主要之点,力避枝蔓①,这才能始终紧紧抓住读者而无松弛感。

《国殇》第二部分对阵亡将士精神的颂赞也很突出:

> 出不入兮往不反,平原忽兮路超远。带长剑兮挟秦弓,首身离兮心不惩。诚既勇兮又以武,终刚强兮不可凌。身既死兮神以灵,子魂魄兮为鬼雄。

前四句基本上是客观地写赞颂对象,从而反映其精神面貌,后四句则集中地表现作者的感情。这在我国文学形式的发展上也是一项值得重视的进步。因为在《诗经》中还没有用此来反映对象的精神面貌的写法,以客观叙述来反映的一般都是外在的东西②。这当然是由于反映精神的东西远为困难。而《国殇》的这四句,首先写出其誓死不归的决心,再以涉历远途、前来赴死的行动烘托决心的坚强,第三句虽似只是写其佩带的武器,但与第四句联系在一起,就成为英雄气概的外在表现,第四句始直写"心不惩"的精神,因上一部分已写出其陷入绝境后仍摇鼓促战,所以很具感染力。可以说,这是我国文学史上把人的内心活动、形貌和行为结合起来以写对象的精神世界的最早的一例。其后四句的赞颂,感情热烈深厚。而且,《诗经》中虽有不少歌颂性的作品,但颂美之句如此集中,并与所写对象的情况如此密合,却也是从此篇开始的。

综上所述,《国殇》在艺术形式上的特色,一方面是叙述方面的客观描写成分的加强,另一方面是结构的趋于密致。不过,《国殇》到底是短篇,所以,就后一点说,《离骚》的成就更为显著。

蕴含在《国殇》的上述形式中的,是对一种渗透爱国思想的人格力量的赞唱。将士之毅于献身,当然是基于对自己国家和人民的爱,而当这种爱作为人格力量显现出来时,那就成为"诚既勇兮又以武,终刚强兮不可凌"。而其所谓"首身离兮心不惩",与屈原在《离骚》中自述的"虽体解吾犹未变兮,岂余心之可惩"同样是人格力量的体现。所以,屈原与这样的英勇战士在心灵深处是相通的。

---

① 例如只说"操吴戈兮被犀甲",而对吴戈的锋利、犀甲的精良,全不涉及。
② 例如《诗经·采芑》的"方叔涖止,其车三千,旂旐央央。方叔率止,约𫓧错衡,八鸾玱玱"之类。

三、《离 骚》

《离骚》是中国古代文学史上最伟大的作品之一。其所倾诉的,是屈原为坚持自己理想和人格而经受的种种不幸,他的顽强的斗争、追求和由于眷恋故国而决意献出自己生命的悲愤。其内容的广大,感情的跌宕起伏,形式上的创新,使它在我国文学史上一直绚烂夺目。

《离骚》全诗共三百七十余句[①]。主要使用象征手法,可分为三个部分。它的主要特色,在于感情的强烈、想像的丰富、象征手法的成功运用和结构的宏伟。而这四点,又是相互联系,不可截然分割的。

感情的强烈首先表现在强烈的自信和自尊。他深信自己能把国家带上一条光明的道路,所以充满激情地向楚王说:"乘骐骥以驰骋兮,来吾道夫先路!"当他受到攻击、迫害时,他毫不畏缩,把反对者斥为"党人",投以甚深的憎恶和鄙视:"惟夫党人之偷乐兮,路幽昧以险隘。""众皆竞进以贪婪兮,凭不厌乎求索!"甚至说:"鸷鸟之不群兮,自前世而固然!"把那些反对他的人都斥为凡庸的小鸟。当然,他也知道这种不妥协的态度会给自己带来巨大的灾难,但他无惧无畏:"虽体解吾犹未变兮,岂余心之可惩?""亦余心之所善兮,虽九死其犹未悔!"与这种自信自尊同时存在的,则是对于生命的珍惜。那不是贪生怕死,而是唯恐浪费生命。所谓"汩余若将不及兮,恐年岁之不吾与";"老冉冉其将至兮,恐修名之不立"。不过,他所要求的,是由其理想实现而导致的名。他说:"怀朕情而不发兮,余焉能忍与此终古?"他首先要获得"情"的发舒。先秦时对"情"的理解不像汉人的狭隘[②],内心世界的一切都可称为"情";因而这也就意味着他绝不能抑制、违背内心的要求,他所渴望的"修名"当然同样如此。也正因此,自信、自尊和自珍在作品里是密切结合的,而包含在上引诗句里的那些强烈的感情,实都由此出发。

《离骚》的丰富的想像和象征的手法又都是与其强烈的感情相联系的。因为,只有采用象征的手法,才能把实际生活中的相当复杂的过程寓多于一地加以表现,从而把感情突出与强化;也才能创造出种种在实际生活中根本难以存在的过程,用以寄托其感情并使之深刻而鲜明。例如第三部分中,屈原好容易来到天庭,"吾令帝阍开关兮,倚阊阖而望余"。短短的两句话,就把屈原这次

[①] 研究者对《离骚》句数的统计有所不同,但都在三百七十句以上。
[②] 汉代人常把情看作是一种必须克制的东西,许慎《说文解字》把"情"释为"人之阴气,有欲者也",就是一个典型的例子。

追求的失败形象地写出来了,而且帝阍的傲慢和对屈原的蔑视,以及屈原在受到这打击时的悲愤,读者也可体味出来。但如用写实的手法,叙述屈原的某一次实际追求的失败,那不但要花许多笔墨,而且在叙述中势必要兼顾各个方面,感情的表现也不可能这样集中①。又如写他接受灵氛、巫咸的劝告而启行时的精神昂扬的情况,当然也是象征的手法,但这却表明了他实在已不能忍受楚国的这种政治现实,而且离开楚国以追求理想实现的想法,又强烈地吸引着他;因而当他终于不走时,也就深刻地表现出了他对楚国的挚爱。假如说帝阍的不肯开门是以象征的手法改换了在实际生活中曾发生过的过程,那么屈原的启行就是用象征的手法创造了一个未曾在实际生活中发生的过程。但无论是前一种还是后一种,都使诗人的感情显得更强烈而集中。

在《离骚》里,这种象征手法的运用在很大程度上借助于丰富的想像。作品里不但出现了大量的自然现象和神话传说的材料,而且这一切都被组织在种种具体、细致的虚构过程之中,从而使作品里用象征手法表现出来的形象具有高度的魅力。例如第三部分写他到天庭去的途中的情况:

> 朝发轫于苍梧兮,夕余至乎县圃。欲少留此灵琐兮,日忽忽其将暮。吾令羲和弭节兮,望崦嵫而勿迫。路曼曼其修远兮,吾将上下而求索。……吾令凤鸟飞腾兮,继之以日夜。飘风屯其相离兮,帅云霓而来御。纷总总其离合兮,斑陆离其上下。……

县圃是神话中的地名,说他到了县圃当然是虚构。但他又进而设想为:当时日已将暮,他却还想在县圃的神灵门口("灵琐")多停留一会,于是命令神话中为太阳驾车的羲和慢一些走,不要忙着把车赶入日落之处的崦嵫。这既使其虚构的情节显得丰满,又使原来各自独立的关于县圃的神话和关于羲和的神话自然地联系了起来。至于"飘风"、"云霓"当然都是自然现象,但在这里却被赋予了一种社会关系——统率与被统率的关系,并使它们成为有意志的东西:它们是来抵御屈原,不使他到达天庭的。对于它们在抵御中的形状,也写得相当生动。所以,屈原是凭借其丰富的想像力把种种自然现象和神话传说材料组织入自己的作品进行再创造而使之成为有机的整体的;而这也就是其成功运用象征手法的基础。《诗经》虽多用比兴手法,但从未出现过这样的再创造。

上述的这三点,决定了《离骚》的结构必须宏大,否则就容纳不了。但是,如果不能把其所要表现的一切组成一个较为完整的体系,那就必然导致结构庞杂。而《离骚》恰恰是我国文学史上第一篇结构宏伟而严密的作品。只要对

---

① 当然,如用写实的手法,读者从中所获的感受会深切得多;这是象征的手法所无法企及的。但从抒发作者感情来说,象征手法的上述长处也是难以替代的。

其全文的三大部分稍作分析，即可了解。

第一部分主要写屈原与楚国统治集团的矛盾，从其出生直写到与楚国当权派的矛盾日益尖锐、不可调和为止。逐步开展，脉络分明。而以"宁溘死以流亡兮，余不忍为此态也"作为第一部分的结束。虽然使用了象征的手法，但仍能使人理解实际过程的大概；只是把实际的过程转化为象征性的过程。

第二部分写屈原决意背离楚国统治集团，到别国去寻求自己政治理想的实现，同时仍要坚持自己的政治节操。这部分又可分作四小段，是理解《离骚》全篇的关键所在，故须稍加说明。第一小段写自己的决心。以"鸷鸟之不群兮，自前世而固然；何方圜之能周兮，夫孰异道而相安"开始，说明他与楚国统治集团的矛盾已不可弥合。接着四句为"屈心而抑志兮，忍尤而攘诟。伏清白以死直兮，固前圣之所厚"，意谓按抑自己的心志，忍受种种罪名，但终于攘除诟耻，像这样地保持清白、死于直道本来就是前圣所看重的。言下之意，他自此起将如此去做。故第二小段以"悔相道之不察兮"开始，说明他已决心改变自己以前的做法。接着写"忽反顾以游目兮，将往观乎四荒"。王逸解释说："将遂游目往观乎四荒之外，以求贤君也。"所谓"四荒之外"，自在楚国之外。所以这表明他将去国外从事新的追求。但虽去国外追求，仍将坚持自己的节操，故又说"民生各有所乐兮，余独好修以为常"。第三小段从"女媭之婵媛兮"起，写女媭对他的指责。女媭认为，他如不放弃自己的原则，必然不能得到好结果。第四小段自"依前圣以节中兮"起，写屈原受到女媭指责后，向虞舜陈词，集中地论述了他的政治理想和原则的正确性，以及自己愿意为此而牺牲的决心。这一部分的第四小段纯属虚构。第三小段恐也含有许多虚构的成分。

第三部分写新的追求及其失败，完全出于想像。可分作两大段。第一大段追述其想像中的已经历过的失败，其中包括欲上天廷而遭帝阍拒绝，三次"求女"都没有结果，故以"闺中既以邃远兮，哲王又不寤；怀朕情而不发兮，余焉能忍与此终古"四句结束这一大段，并引起下文。说明他的这一轮追求虽然失败，但绝不就此甘心。故他接着又先后向灵氛、巫咸请教。因他以前的三次求女都不是亲自前往的，所以灵氛、巫咸都劝他自己直接到国外去，所谓"思九州之博大兮，岂唯是其有女"。他经过反复考虑，终于出发了，而且情绪高涨。但到最后，还是舍不得离开故乡。而他又知道在故国已不可能实现自己的理想，所以只好去死："既莫足与为美政兮，吾将从彭咸之所居。"——彭咸是传说中殷王朝投水而死的贤臣。

这三大部分一气贯通，衔接紧密。如第一部分结尾已指出其决不与党人等妥协，故第二部分就说明其要采取新的行动。但正在即将行动之时，遭到了女媭的指责，是以向重华陈词，以求得精神上的支持。第三部分一开始就说其陈词已毕，感到自己所作所为均符合"中正"之道，遂毅然开始新的追求。在这样的一首长诗中，三大部分的衔接如此紧密，当时又还处在我国诗歌创作的早期，实属难能可贵。

在这三大部分中，真正叙述其经历的实际是第一部分，但用了象征的手法，所以显得似幻而实。第二、三两部分则除了女媭责骂他一段也许有些现实的影子外，其余均是其内心活动。但经过艺术创造，这些内心活动全都化为栩栩如生的形象；表面上看来与第一部分相类，其实是似实而幻。但由于三大部分的衔接密切，两者之间看不出任何割裂之处，第二、三两部分中的"余"的活动就像是第一部分的活动的继续和矛盾的激化，从而"余"在这似实而幻的环境里的追求、冲突、愁苦、激动、希望、失望，及其在"神高驰之邈邈"中的突然中止，都给人以逼人的真实感而紧紧地攫住读者。倘没有十分丰富的想像，就不能有如此宏伟的结构；而没有如此联系紧密的结构，这种丰富的想像也不过是一堆杂置的珍珠。

除了三大部分的紧密联系以外，在每一大部分内的各小段之间，不但接榫密切，而且配置适当，繁简得宜。如第三部分写其命灵氛占卜，只说"索藑茅以筳篿兮，命灵氛为余占之"，但在灵氛告诉了他占卜的结果，而他却仍犹豫不决，要巫咸为他决疑时，就写成如下的样子：

　　……巫咸将夕降兮，怀椒糈而要之。百神翳其备降兮，九疑缤其并迎；皇剡剡其扬灵兮，告余以吉故。

他对灵氛和巫咸的态度很不一样。对灵氛是"命"，对巫咸却是怀着礼物——"椒糈"——去邀请。而且巫咸降临时的气派又如此之大。这就显示了两人的身份很不相同，同时也说明了诗人为什么在灵氛占卜以后要请巫咸去作最后的决定。所以，他的这种写法有两大好处：第一，倘若写巫咸像写灵氛那样简单，会在读者中造成雷同、单调之感；现在的这种写法则显得灵动多变。第二，由于这种写法已使读者对巫咸的身份有了认识，读者自也会感到巫咸即将决定诗人的下一步行动，从而进一步引起对其所说"吉故"的重视和兴味。可见其即使写灵氛、巫咸两人，也都经过精心构造，安排得错落有致。

正因其每一部分内都针线细密，各部分之间又严丝合缝，是以《离骚》就成为我国文学史上第一首结构完整、严密的长诗。从《诗经》开始就存在的结构方面的有待解决的问题，到了《离骚》而有了较圆满的结果。当然，《诗经》中像《氓》那样的诗，结构也较严整，但《氓》的篇幅不但不能与《离骚》的一部分相比，而且也比其每一部分中的大多数段落为短。

《离骚》在结构上的宏伟，与其感情的强烈、想像的丰富、象征手法的成功运用相结合，是它在艺术创造上获得巨大成功的决定性原因。而就其根底来说，则出于对自身的执着。正因执着于自身，才有如此热烈的感情，并在自身与现实发生激烈冲突时，内心掀起急剧的波涛，从而以丰富的想像和象征的手法来表现这一切。当然，屈原的执着于自身是以奉献于群体为前提的，这也就是《离骚》所说的"岂余身之惮殃兮，恐皇舆之败绩"；他主观上是在为群体而奋斗。但尽管如此，他能以一己与"众"抗争，仍然显示出对个体的重视有所加强。

四、《九章》与《天问》

《九章》共九篇：《惜诵》、《涉江》、《哀郢》、《抽思》、《怀沙》、《思美人》、《惜往日》、《橘颂》、《悲回风》。据《楚辞章句》中《九章》序，"九章"之名是屈原自己定的；那么，这九篇即使不是同一时期所作，也不应是杂凑而成。不过，为什么要把这九篇置于一处，它们组成一个怎样的体系，却不易探究清楚。朱熹《楚辞集注》甚至说这九篇是后人把它们辑集起来并加上"九章"的总名的；这种可能性当然也不能排斥①。现代学者信从此说的不少。还有学者由此进一步提出《惜诵》、《思美人》、《惜往日》、《悲回风》四篇非屈原所作。

大致说来，在《九章》中最值得重视的是《涉江》、《哀郢》、《怀沙》三篇。《史记·屈原贾生列传》述及《哀郢》，录载《怀沙》，萧统编《文选》却只收了《涉江》。大概司马迁是从历史学家的角度考虑问题，萧统则以艺术成就定取舍。

就《九章》的排列来说，《涉江》在《哀郢》之前，《怀沙》则在这两篇之后。

《涉江》所述，是其经由鄂渚（在今湖北武汉市境内）而至辰阳（在今湖南辰溪县西南）的行程及感想。一般认为他这次是放逐出去的。篇中最受称赞的是这一段：

　　……朝发枉渚兮，夕宿辰阳。苟余心其端直兮，虽僻远之何伤？入溆浦余儃佪兮，迷不知吾所如。深林杳以冥冥兮，猿狖之所居。山峻高以蔽日兮，下幽晦以多雨。霰雪纷其无垠兮，云霏霏而承宇。哀吾生之无乐兮，幽独处乎山中。吾不能变心而从俗兮，固将愁苦而终穷。

---

① 不过，支持此说的理由之一，是司马迁在《史记·屈原贾生列传》的篇末说过"余读……《哀郢》"之语，并在传中录载了《怀沙》全篇；《怀沙》、《哀郢》皆属于《九章》，司马迁提到这两篇而不举《九章》之名，足见它们原不在《九章》之中。这却难以成立。因为即使《九章》是屈原自己所编定，司马迁在提及其中的某些篇时，只说其本身的篇名，而不说《九章》某篇，也并无不可。

其写自然景色,纵或杂有夸张,但基本应属于写实。在我国文学史上,这是第一次出现的对自然景色的较为集中而生动的描绘。《诗经》中当然也有写自然景色的,但从无这样较大规模而又较深细的刻画。如"风雨潇潇,鸡鸣胶胶"(《郑风·风雨》)之类,与此相较,区别很显著。其较有气势的,如"烨烨震电,不宁不令。百川沸腾,山冢崒崩。高岸为谷,深谷为陵"(《十月之交》),则又象征的意味居多。所以,《涉江》此段,实体现了中国古代文学史在写景上的一个重大进步。

同时,在此段写景文字之前,有"虽僻远之何伤"的自陈,此段之后有"吾不能变心以从俗"的自誓,因而这不是单纯的写景,而是进一步烘托了他的坚强不屈。

《哀郢》所写,大概是秦将白起攻破楚国首都后作者向东流亡的经历。其最动人的,是作品中洋溢的对郢都的眷恋之情和为国家前途的忧虑。而这两者又是紧密联系着的。作品一开头对此就表现得很明显:"皇天之不纯命兮,何百姓之震愆!民离散而相失兮,方仲春而东迁。去故乡而就远兮,遵江夏以流亡。出国门而轸怀兮,甲之鼌吾以行。"前四句写他从郢都被攻破这一事件中所引发的深重的危机感:是不是天命已经不再眷顾楚国了呢,为什么现实竟成了这种样子!后四句则写他对郢都的眷恋和痛苦:一出国门,他的心就像被车轮辗动着似的疼痛——"轸怀"。

作品往后的进展,就是以这两者为中心的。其写自郢都东行的历程,处处渗透着难舍难分的情怀:"望长楸而太息兮,涕淫淫其若霰",连郢都那高大的楸树对他来说也充盈着无限的亲情。因而越往前走,内心的痛苦越是剧烈:"心婵媛而伤怀兮,眇不知其所蹠";"心絓结而不解兮,思蹇产而不释"。人是在向东去,心却一直系念着西边:"羌灵魂之欲归兮,何须臾而忘反?背夏浦而西思兮,哀故都之日远!"当然,他的这种"伤怀",不仅仅是舍不得离开郢都而已;他的渴望返归,也就是要收复失地。然而,这种愿望能够实现吗?他知道这很困难,而危亡却已迫在眉睫。因此,当他在东行途中登上"大坟"遥望时①,这种忧愤不禁倾泻而出:

> 登大坟以远望兮,聊以舒吾忧心。哀州土之平乐兮,悲江介之遗风。当陵阳之焉至兮,淼南渡之焉如。曾不知夏之为丘兮,孰两东门之可芜?

他的"远望"本来想聊以排解忧愁,不料更增加了悲愤。国土的"平乐"仍如昔日,但楚国传统的勇烈之风——"遗风"——到哪里去了呢?在这个逃往何处

---

① "大坟",这里是高岸的意思。

纷扰不定之时①,你们这些当权者竟然不知大厦就要变成丘墟——国家就要灭亡了吗②? 谁说郢都的城门就可任它荒芜? 作者已经看到了这种可怕的前景,无限忧急;但当权者却还毫无所觉,因此他愤慨不已。

《哀郢》整篇都是这种眷恋和忧虑的倾诉,而且都很真实、深切。这里当然具有爱国思想,但这种爱国思想在作品里已经化为深挚的感情,所以能打动读者的心。顺便说一下,中国文学史上写到国破家亡的情况的,以《哀郢》为最早。

《怀沙》是屈原的绝命辞。但在它是否为屈原的绝笔——最后一篇文章——这一点上,学术界尚有不同的看法。不过,作品的最后说:"知死不可让,愿勿爱兮。明告君子,吾将以为类兮。"他在写此篇时,死志已很坚决,他的死亡离此很近当无问题;至于在《怀沙》以后,是否还写过别的文章,那自是另一回事。

正因为面对着死亡,《怀沙》的感情已以沉痛为主。那是因为人在临逝以前,想到即将与以前热爱过、痛恨过的一切永远告别,自己也将从人间永远消失,缅怀自己的一生,想起种种值得喜悦和忏悔的事情,总会有无限的悲哀袭上心头吧。所以,作品的一开始,就是"滔滔孟夏兮,草木莽莽。伤怀永哀兮,汩徂南土。眴兮杳杳,孔静幽默。郁结纡轸兮,离愍而长鞠"。这几句的意思是:在这草木茂盛、宇宙间充满生气的初夏,他却只有悲伤和永恒的哀愁,在这南方的土地上走来走去。在他的眼中,世界是无限的寂静。他的内心郁结绞痛,只有忧患和困穷将要永远陪伴着他,直到生命的终结。像这样的临死前的悲痛,屈原以前没有人写过;在他以后,似乎也没有人能写得如此真实而深切。

自然,屈原在《怀沙》中仍然存在着对国事的关心,也仍然有对"党人"的批判;但对这一切都已不似以前激动。像"玄文处幽兮,矇瞍谓之不章。离娄微睇兮,瞽以为无明"之类的句子,尽管仍斥对方为"矇瞍"、为"瞽",但却已隐含悲悯之意了。——对方并不是故意要诋毁玄文和离娄,只是看不到而已。

所以,《怀沙》与《九章》中的另外一些作品在风格上是明显不同的;而其最打动人的,则是那种沉痛的感情。

最后,介绍一下《天问》。

---

① 对"当陵阳"两句的解释,诸说纷纭。其中的一种意见是:楚国君臣在从郢都逃亡出来的初期,对迁都何处的问题尚无最后的决定。有一派主张到陵阳,也有一派主张南渡,但都遭到反对,是以有人说"陵阳怎么去",也有人说"大水浩渺,南渡怎么行",所以这两句乃是"当这'陵阳怎么去,南渡怎么行'的时候"的意思。此处姑据这一说。

② "夏",大屋。借作"厦"。

在《天问》中，作者就自然界和社会的各个方面提出了一百几十个问题。据今天有的学者的统计，共一百五十八个。实际上，这些在当时的观念中绝大多数是天经地义的，没有什么需要进一步考虑之处。例如《天问》一开始所说的：

> 曰：遂古之初，谁传道之？上下未形，何由考之？冥昭瞢暗，谁能极之？冯翼惟像，何以识之……

这些句子的意思是：关于宇宙开辟之初的情况，是谁传说下来的？其时天地既未形成，又从哪里去查考其所说的是否正确？那时黑夜和白昼都没有什么差别，朦朦胧胧的一片，谁能穷尽其究竟？所谓元气，本是看不到的，只能凭依想像，怎能识别这种关于元气的说法对不对呢？现在虽已无从考知当时关于宇宙开辟有些什么说法，但在这样的质疑面前任何说法都站不住脚。这就是真正的怀疑精神、科学精神！科学的进步、社会的发展都离不开这种精神。唐代的柳宗元曾企图回答这些问题，写了《天对》。屈原认为值得怀疑的，在他那里都已有了答案。这其实是可悲的，因为怀疑精神消失了。

不过，作为文学作品，《天问》之能在感情上打动人之处实不多，只有最后几句——"吾告堵敖以不长，何试上自予，忠名弥彰"——含有较深沉的感情。所以，它在思想史上的价值远远超过其在文学史上的。

第四节　屈原在文学史上的地位

屈原在中国文学史上具有崇高的地位，因为他对其以前的诗歌传统作了重大的发展。

首先，《诗经》中的作品在抒情方面是内敛的，特别在写及纯属个人的感情时，一般相当克制。与此相对，屈原的作品则感情丰富而热烈。尽管他的政治理想确是为了群体，但他在表示自己的反抗时，又往往只说自身，如"亦余心之所善兮，虽九死其犹未悔"，这种对"余心"的强调，若任其发展下去，就会成为龚自珍的"虽天地之久定位，亦心审而后许其然。苟心察而弗许，我安能颔彼久定之云"（《定庵八箴·文体箴》）。同时，《九歌》中所写的恋情也极炽热。如前引《山鬼》的结尾几句，其直接写感情的虽只"思公子兮徒离忧"一句，但其关于震雷、风雨、猿啸、木鸣的景色描写，却已烘托出了她内心的汹涌波涛。所以，屈原的作品在中国文学史上形成了一种与《诗经》颇有异处的传统，这种传统被李白所继承并推到了新的高度;李白之唱出"屈平词赋悬日月"(《江上吟》)的颂歌绝非偶然。

其次,屈原一面继承了《诗经》的不少优点,如象征手法、比喻、假想和对比等,但又作了发展,在象征和想像方面尤为突出。在《诗经》中偶尔出现的、在小范围内使用的假想,如《巷伯》中的"投畀豺虎,豺虎不食"之类,在《离骚》中成了作品的绝大部分篇幅所赖以产生的前提;象征手法在屈原的作品中也随处可见。另一方面,《诗经》在艺术上有待于进一步提高的问题,例如作品的结构、对客观对象的描绘等,在屈原的作品中获得了程度不同的进展。所以,屈原对我国诗歌在艺术创造上的演进起了巨大的作用。

第三,屈原的作品已开始对生活中的美的事物进行较集中的铺叙,包括宫室、音乐、自然景色、美丽的女性等,这在《招魂》中表现得尤为明显。而且,在这些铺叙中又已有了若干较细腻的描写,如前引的"光风转蕙,氾崇兰些"之类。尽管在《诗经》的《野有蔓草》、《黍离》等作品中读者也能体味到美,但作者的重点只是在写人物、场景,美是在人物、场景中自然地流露出来的。而在《招魂》中,却是作者特意要将这些事物的美显示出来。尽管《招魂》之写这一切是为了招引魂魄归来,并不是以美的显示为根本目的,但却已开了汉代体物大赋的先声,对文学之向审美的方向倾斜起了积极的作用。

第四,屈原作品的句式虽然源自楚国原已存在的民间歌曲,如"沧浪之水清兮,可以濯我缨"之类,但显然已发展得远为丰富多彩。由此不但形成了"骚体",在后世继续发挥作用(例如汉代的抒情小赋就明显源自骚体),而且也影响于后来的"楚歌体"作品。例如项羽《垓下歌》的"力拔山兮气盖世,时不利兮骓不逝",就与《国殇》的"操吴戈兮被犀甲,车错毂兮短兵接"之类的句式相一致。

所以,屈原作品对后世文学的影响是深远的与多方面的。

第五节 宋 玉

宋玉在中国文学史上曾产生过很大的影响,《文心雕龙·诠赋》有"屈宋逸步,莫之能追"的评价。但他的作品传留下来而又可靠的,只有《九辩》一篇,其生平资料也很少。《史记·屈原贾生列传》只说:"屈原既死之后,楚有宋玉、唐勒、景差之徒者,皆好辞而以赋见称;然皆祖屈原之从容辞令,终莫敢直谏。"《楚辞章句》的《九辩·序》则说宋玉是屈原的弟子,曾在楚任大夫之职。但《楚辞章句》的这种说法是否可靠,目前也难以断定。

《九辩·序》说《九辩》是宋玉为"闵惜"屈原而作,那恐怕并非王逸的个人意见,而是汉人相承的旧说,至少在刘向编《楚辞》时是这么看的。因为刘向编的《楚辞》中还收了一篇淮南小山的《招隐士》,从作品本身看不出与屈原有什么关系,但据《楚辞章句》的《招隐士·序》,那也是为招屈原而作的。这就提出了一个问题:刘向编《楚辞》一书到底有什么原则?如果跟屈原无关的"楚辞"体作品都可以收,为什么连《招隐士》都收了,其他的却都不收?所以,刘向此书,所收恐确是屈原以及当时认为与屈原有关的作品,是以《楚辞章句》说《九辩》、《招隐士》与屈原有关,也是当时的传说。不过,从《九辩》本身来看,似看不出与屈原有什么关系。所以,现在的研究者中有很大一部分人并不相信此说。

与屈原的作品相比较,《九辩》没有《离骚》、《哀郢》等篇的悲愤;带给读者的是深沉的哀愁,也杂有若干怨恨。这是因为:屈原虽然重视自己,但却把一己的价值从属于群体,情愿为群体而奉献自己,因而对于党人损害群体利益的行为及君主的信任党人充满了愤怒;宋玉虽也想通过服务于群体而建立功名,并且不愿用不正当手段来达到目标,但却失去了像屈原那样的对群体的热情。他更注重的是自己的生命。在他看来,生命这么快地流逝,本就是很可悲的事;而如果流逝得毫无意义,那就更其惨痛了。《九辩》所说的"惆怅兮而私自怜"、"私自怜兮何极",很能说明他的这种感情状态。

也正因此,《九辩》突出地表现了生命虚度、自身价值不能实现的伤感:

> 靓杪秋之遥夜兮,心缭悷而有哀。春秋逴逴而日高兮,然惆怅而自悲。四时递来而卒岁兮,阴阳不可与俪偕。白日晼晚其将入兮,明月销铄而减毁。岁忽忽而遒尽兮,老冉冉而愈弛。心摇悦而日幸兮,然怊怅而无冀。中憯恻之凄怆兮,长太息而增欷。年洋洋以日往兮,老嶚廓而无处。事亹亹而觊进兮,蹇淹留而踌躇。

这种人生短促的意识,在《离骚》里是以如下的状态出现的:"日月忽其不淹兮,春与秋其代序。惟草木之零落兮,恐美人之迟暮。""老冉冉其将至兮,恐脩名之不立。"洋溢在这些句子中的,是积极的追求;当这种追求遭到扼杀时,则以愤恨和坚持来回答。而在《九辩》中,强调的却是岁月的流逝本身所导致的悲哀;生命的虚度只是增加了这种悲哀的重量。所以,此段中述及其有所追求而未能实现的,仅是"心摇悦"两句和"事亹亹"两句,而且采取了淡化的手法,淹没在大量悲慨年命将尽的句子之中。它给予读者的不是悲愤而是伤感。但这正是其价值的所在,因为它开创了一种新的境界,而不是重复前人的创造。

至其所以能达到这一点,除了宋玉的感情状态本与屈原有别外,还在于其独特的表现手法。就上引的一段文字来说,写实和象征的结合以及大量的铺叙起了很重要的作用。其第一句的"杪秋之遥夜"就不单是指自然现象,同时也意味着他的生命进入了类似的阶段,第三句的"春秋逴逴而日高"即是对此所作的阐发。其"白日"两句也是象征性的,故王逸注上句说:"年时欲暮,才力衰也。"释下句为"形容减少,颜貌亏也"(《楚辞章句》)。至于其前的"四时"两句,所言虽是岁月的推移,同时也暗含生命的流逝之意。所以,经过这样的写实和象征的结合,就把自然的无常、人生的倏忽糅合起来而融成一体。同时,就整个这一段来说,变成为对于年华老去的多方面的、变化繁杂的铺叙,如"白日"两句和"岁忽忽"两句,本都写其生命已进入迟暮,但前两句是象征,后两句是写实,因而并无重复之感。在这样铺叙的基础上,再杂以所求不遂的悲哀,便构成了一幅从自然到人生的黯淡画面。它给予读者的感受,主要是人生衰颓期的凄惨;追求的失败则加重了凄惨的分量。自然,在这一段中的"年洋洋"四句是含有怨恨之意的,说他想有所作为,却到老年仍未获得地位,终于久处无成;但这比起年命遒尽的悲凄来显然不占主要地位。

在叙述其追求的失败时,宋玉运用象征的手法,将过程交代得清晰而集中,从而突出了主客观之间的矛盾。

> 霜露惨凄而交下兮,心尚幸其弗济。霰雪雰糅其增加兮,乃知遭命之将至。愿徼幸而有待兮,泊莽莽与壄草同死。愿自往而径游兮,路壅绝而不通。欲循道而平驱兮,又未知其所从。然中路而迷惑兮,自压桉而学诵。性愚陋以褊浅兮,信未达乎从容。

希望一个个地破灭,所想采取的行动没有一项能够成功。在这样的主客观的矛盾中,显然包含了十分丰富、复杂的内涵。将这样繁复的事件,以如此鲜明而又具有感情色彩的方式加以表达,是在《诗经》和屈原的作品里都没有出现过的。这不仅是叙事能力的提高,同时也在诗歌特殊语言的形成方面跨出了重要的一步。——一般说来,我国在这以前的诗歌语言除了押韵、句式大致固定与较为精练以外,在叙述上尚未出现过如下的情况:将一个过程压缩为非常简要而又能使读者完全理解的文句,并将以同样的手法压缩而成的若干过程连结起来,在连结时,又删去在散文中常见的承上启下之类的词语。这是从《九辩》开始的。它对诗歌特殊语言的形成具有开创性。我们将在介绍汉代和魏晋南北朝诗歌时对此作进一步阐述。

宋玉的作品在表现伤感之情时,不但注意内心的感受,而且重视客观的环境。在达到情景交融的境地的同时,又显示出其在描绘客观事物本身方面的艺术造诣。《九辩》的第一段尤为突出。

>悲哉秋之为气也！萧瑟兮草木摇落而变衰。憭慄兮若在远行,登山临水兮送将归。泬寥兮天高而气清,寂寥兮收潦而水清。憯凄增欷兮,薄寒之中人。怆怳懭悢兮,去故而就新。坎廪兮,贫士失职而志不平。廓落兮,羁旅而无友生。惆怅兮而私自怜。燕翩翩其辞归兮,蝉寂漠而无声。雁廱廱而南游兮,鹍鸡啁哳而悲鸣。独申旦而不寐兮,哀蟋蟀之宵征。时亹亹而过中兮,蹇淹留而无成。

在这里,秋天的寂寞凄清使人如同身受。这一方面有赖于作者敏锐的感觉,如"憭慄兮"两句,把秋天所给予他的孤独感比拟为远行的游子送别还乡友人时所产生的悲哀,就十分深切;另一方面也有赖于对客观景物的细致的观察和生动的描绘,如"萧瑟兮"句和"燕翩翩其辞归兮"四句,就是对秋天景物本身的多方面刻画,突出了秋天的气氛。这两者的结合,才使秋天的哀愁成为撼动读者心灵的东西,并与"贫士失职而志不平"、"羁旅而无友生"的作者的心态融为一体。

这种对于客观事物的细致描绘也见于《九辩》的其他段落,如"叶菸邑而无色兮,枝烦挐而交横。颜淫溢而将罢兮,柯仿佛而萎黄"之类,就描画的客观性与细腻来说,比起屈原在《招魂》、《山鬼》、《涉江》中的有关部分实又进了一步。因为,除了《招魂》的"光风转蕙,氾崇兰些"之外,屈原的其他的描绘均无如此细腻;"光风"两句虽然细腻,但《招魂》在写景方面却远未达到把许多富于特征的事物集中起来以鲜明地表现某种自然景象的程度。也正因此,宋玉《九辩》的景物描写不但受到后世的崇高评价,而且后人也常从中吸取营养。如曹丕《燕歌行》开头的"秋风萧瑟天气凉,草木摇落露为霜,群燕辞归雁南翔"三句,就主要由《九辩》生发而来。

总之,《九辩》善写凄怨之情,能把写实与象征手法比较完善地结合起来,长于铺叙,在对自然景物进行客观的细致描画方面有了新的发展,并对诗歌的特殊语言的形成作出了贡献,所以,后世以屈宋并称,实不是对宋玉的过高评价。

第 二 编

中世文学

发轫期

概　　说

　　作为历史分期之一的中世,也称中古,是指以封建制为基础的时代。由于各国的封建社会的起讫时间不同,中世的时间也有所不同。例如,在西洋史上,一般以公元四七六年西罗马帝国的灭亡为中世的开始,而在日本史上,以12世纪末镰仓幕府的成立作为中世的开始。就中国而言,目前的历史学界以春秋、战国之交作为中国封建社会发端的意见较占优势,中国的中世似亦当起于此时。不过,文学的发展与经济、政治的发展之间并不总是严格地同步的,偶有先后的现象也不能排除。所以,我们把秦汉文学作为中世文学的开始。其理由已在本书《导论》中说明,此不赘陈。

　　相对来说,西方的中世纪是思想受到较严酷的统制的时代。这种统制虽以1220年的异端裁判所(亦称宗教裁判所)的设立为最明确的标志,但这并不是突然发生的,而是思想统制逐渐加强的结果。这种严酷的思想统制显然也影响了文化的其他部门,包括文学。所以,中世纪的文学也就是受到较严格的限制的文学,尽管在限制下也仍有其向前的发展。中国的中世文学也就首先以此为特色。

　　毫无疑问,东西方的文化很有不同,近代以前尤其如此。但近代以来,双方文化同大于异这一点已逐渐显示出来。尤其是在经济全球化的今天,文化的多元化固然越来越被认识和强调,同时文化的相互吸收也在加快进行,这也就进一步表明了东西方文化本就有其相通之处。也正因此,中国的中世文学也是受到较严格限制的文学。何况我们既然借用西方的"中世纪"这一名称来作为我国文学分期的时段之一,我们自应考虑到其原来的内涵。

　　如上所述,我国的先秦文学虽然具有明显的重群体而轻个体的倾向,但大多数都不是作为个体的作者被迫的结果,而是其感情的自然流露。文学在基本上成为受限制的文学是从秦汉开始的。这种限制来自两个方面:政治的压力和儒家思想的统治。大抵说来,秦代是单方面地依靠政治的权威,从汉代起则两手都用。

虽然在总体上是受到这两方面的限制的文学,但中国的中世文学从魏晋时期起却有一个在很大程度上放宽限制的时期,从而导致了文学的自觉;而且这一时期相当地长。这以后虽然限制又逐渐加紧,在儒家思想指导或影响下的文学又兴盛起来,但在那个漫长时期里所形成的文学发展的趋势却已只能加以抑制而不能加以清除了,形成了双方相峙的局面。而在这样的相峙中,文学又最终走上了一个新的阶段——近世文学阶段。

也正因此,中国的中世文学可以分为三期:从秦汉开始的发轫期,从魏晋开始的拓展期,从中唐开始的分化期。而无论在哪一期中,文学又各有其自己的发展。

就发轫期说,秦汉都处于封建社会的早期,而且都采取中央集权的专制独裁政体,实行严格的思想统制;在文学上,不但屈原、宋玉作品里所体现的重视自身的意识在总体上遭到了挫折,而且在《诗经》的"变风"、"变雅"里的那种从群体出发的批判精神也在总体上消失了。但文学的娱乐功能及其对艺术美的追求却较前有所发展,文学的门类及体裁较前增加,表现手法也较前多样,这都为以后文学的演进提供了有利条件。以下对此稍加申述。

在专制独裁政体的桎梏下

战国后期起,秦的国力、兵力日益增强,先后消灭韩、魏、楚、燕、赵五国。公元前二二一年秦始皇消灭齐国,实现了中国的统一,建立了我国历史上第一个大一统的封建帝国。

秦帝国采取中央集权的郡县制;统一文字;统一度量衡;统一车的建制,开辟道路。这都为当时和以后的国家统一提供了非常必需的条件。秦又修筑长城,以巩固国防,这也有利于当时和后世。但秦始皇焚书坑儒,烧去《秦纪》以外的各国史书和民间收藏的《诗》、《书》及"百家语"。有两人或多人在一起议论《诗》、《书》的,都处以死刑。这是我国历史上实行严酷的思想统制的开始。

秦始皇死后,秦王朝很快就灭亡了。代之而起的汉王朝,在开始的七十年左右的时间里以黄老思想来治理国家①,使社会经济与文化都得到较迅速的

---

① 体现黄老思想的著作很早就已亡佚,直到本世纪70年代才在长沙马王堆汉墓中发现了很少的几种,所以人们长期以来把黄老思想混同于道家思想,其实它是道家思想与法家思想的结合,而以道家思想为主。它并不否定刑法的必要性,但主张清静无为,反对过多地干扰人民生活。

发展。但到汉武帝(前140—前87在位)时期,重建了严厉的中央集权的专制独裁政体,并采纳董仲舒的建议,罢黜百家,独尊儒术,以儒家思想来统一全国的思想。这种儒学,虽以先秦的儒家思想为基础,但又糅合阴阳家、法家的思想成分,并经过董仲舒的阐发、改造,成为一种以三纲五常为核心,严格维护封建秩序——特别是皇权——和封建等级制度的思想体系。由于政府的提倡,儒学不但成为读书人入仕的主要途径,而且在社会生活中产生巨大的实际作用。例如,当时可以根据《春秋》来决狱;又如,儒家经典《仪礼》所规定的礼制,也是当时所必须执行的。这样,儒学就成了得到确实保证的官方思想而深入人心。

汉武帝死后,这种统治格局和思想统制的局面在汉王朝基本保持下去。其间虽经过公元八年汉朝大臣王莽篡夺帝位的事变,但到公元二十五年刘秀重建汉朝的统治后,又沿着原来的轨道前进了,不过在历史上称王莽篡位前的汉王朝为西汉、刘秀重建的为东汉而已①。从东汉中、后期起,以豪强为主的地方势力日益抬头,经过东汉末期黄巾起义以及地方势力与一度掌握中央政权的大臣董卓的战争,终于形成群雄割据的局面。在这过程中,儒学的势力也逐渐减弱,终至衰微。这以后东汉政权也就宣告灭亡。

在这样的情况下,文学的发展自必离开了上古文学的方向,而形成新的特点。

首先,《诗经》中"变风"、"变雅"那种从群体出发的批判精神消失了,类似屈原作品的抗争之音也听不见了。这跟秦、汉时的严酷统治有关。秦始皇的焚书坑儒固不必说,就是汉代的并非以残暴闻名的君主也并不手软。西汉宣帝时的杨恽,因在一封私人信件中发了通牢骚,就被处以腰斩之刑,并株连家属,东汉章帝时的梁鸿作了一首《五噫歌》,对皇帝宫室的崔巍和人民的劳苦有所感慨,"肃宗(即章帝。——引者)闻而非之,求鸿不得"(《后汉书·梁鸿传》)。这里的"求"其实是缉捕之意,幸而未被捕获。而这首《五噫歌》若与"变风"、"变雅"中的激烈抨击相比,不过是微温的作品罢了。在汉代的文学中只有司马迁的《史记》是坚持批判精神的,但他在某种意义上本是被抛出了社会轨道以外的人(因为受过腐刑),而且《史记》中也许批判精神最强的《景帝本纪》、《今上本纪》都未能保存下来。

在这里需要特别指出的是:秦王朝的统治时间虽短,但其在思想上的影响绝不容低估。就是在汉武帝重建专制独裁政体以前,汉代士大夫已经显示了思想上的畏缩性。汉文帝时期的贾谊,是一个与屈原同样有杰出才能、深受

---

① 因汉朝原建都于长安,刘秀即位后建都于洛阳,故以京都所在而分别称之为西汉、东汉。

君主信任、后又遭谗被贬的人物,他自己感到与屈原同病相怜,写了《吊屈原赋》;司马迁《史记》把他跟屈原置于同一篇传记(《屈原贾生列传》)中。但他的作品在涉及自己遭遇时,不但没有屈原的抗争精神,也没有宋玉那样的"自怜"(见本编第一章第二节),这正反映了汉代士大夫与战国士大夫的区别。正因如此,虽然日本著名汉学家吉川幸次郎氏曾把汉武帝时期作为中国中世的开始(见其所著《关于司马相如》,译文收入章培恒等译《中国诗史》),并举出了具有真知灼见的理由①,但我们经过慎重考虑,仍把秦汉文学作为中世文学发轫期。

其次,对于文学的政治、道德功能有了基本统一的规范。由于独尊儒学,推崇《诗经》,儒家对《诗经》的阐释也就成了对文学的不可违背的规定。大致说来,就是要求文学起到教化、讽谏和歌颂(歌颂神祇和统治集团及其祖先)的作用,但从事讽谏又要"哀而不伤"、"怨而不怒",也即"止乎礼义"。这些原则在《毛诗序》(《大序》和《小序》)中说得很清楚②。它在当时实得到社会的认同,连司马迁也用这样的观点来评价司马相如的赋③。秉承儒家思想的扬雄、班固等对屈原进行批判,也是依据这样的原则④。正因当时儒家的文学思想既主张讽谏,又给它加上种种限制,何况又有专制独裁政体紧紧地压在文人的头上,文人所能作的讽谏也不过就是赋中那种不痛不痒的讽谏而已。

第三,在文学的抒情功能受到上述严重限制(不许发牢骚、不许对现实有所批判)的同时,适应统治集团——特别是其上层——的享乐需要,文学的娱乐功能却发展了,而且在社会上还逐渐普及。汉赋的兴盛就与上层的享乐需要有关;而像《神乌傅(赋)》那样较通俗的故事赋的出现,则恐是迎合了统治阶级中下层的需要。

第四,尽管文学的发展不得不受这种专制独裁政体和思想统制的束缚,但"个人总是从自己出发的"(《德意志意识形态》),某些人在遭到这样的社会的压制、迫害时总会产生不满甚至反抗,有的就见诸文学,因此在秦汉的文学中仍存在着与专制独裁政体及思想统制不一致的因素,并艰难地成长。

---

① 日本汉学家内藤虎次郎把先秦至西汉划为中国的上古时期,东汉至唐代为中世,宋以后为近世,这在日本是一种很有影响的分期法。吉川氏的分法本与此一致,后才改为以汉武帝时期为中世的开始;但后来他在中国文学史分期方面的看法又有所变化。
② 三家《诗》虽已亡佚,但从《诗三家义集疏》来看,其基本原则实与《毛诗》之说并无不同,只是对某些具体作品的解释与《毛诗序》有所抵触而已。
③ 《史记·司马相如列传》:"相如虽多虚辞滥说,然其要归,引之节俭。此与《诗》之风谏何异?"
④ 扬雄《反离骚》批评屈原说:"知众嫭之嫉妒兮,何必扬累("累"指屈原。——引者)之蛾眉","舒中情之烦或兮,恐重华之不累与"。末一句是说虞舜不会赞成屈原。班固《离骚序》则指责屈原"露才扬己"。

文　学　的　成　长

在秦始皇时期,除了歌颂皇帝功德的刻石外①,没有留下什么文学作品。而这些刻石的内容和形式都无可取之处。倒是秦朝灭亡以前出现的《大招》颇有特色,但那其实是反对秦的统治的作品。

与秦相比,汉代在文学上的成就远为突出。

首先,汉代是文学领域得到了大规模拓展的时代。

在这一拓展中,最引人注目的是赋。赋分为抒情小赋和体物大赋两类。抒情小赋颇多继承屈原、宋玉之处,体物大赋则是汉代文学的新创造,它奠基于景帝时期而极盛于武帝时期。此后,体物大赋就成为汉代文学的重心之一。文学史家常以汉赋与唐诗、宋词、元曲并列,认为它们是分别代表了各自的时代的文学;而在汉赋中大赋占了更大的比重。它的主要内容是描摹统治阶层物质生活的种种宏伟景观,以显示出一种磅礴的气势,并将事实与想像熔为一炉,更增其巨丽,为我国文学开辟一新境界。不过,在汉武帝至成帝时代,虽然涌现了许多大赋作家,产生了大量作品,但是没有一个作家能及得上司马相如。西汉后期大赋作家中成就最高的扬雄,更沦为对于司马相如的模仿。而且,司马相如自己在武帝时所作的《上林赋》,比起他在景帝时期所作的《子虚赋》来,已有了某种后退的迹象,即在篇末增加了讽谏的内容,从而与全篇的夸张统治阶层生活中的宏伟景观相矛盾。到了东汉,班固作《两都赋》,盛夸京都的富丽。这与统治阶层的奢侈生活虽然有其联系,但到底并不相同,所以在篇末不必出现类似司马相如、扬雄赋末的那种讽谏的内容,解决了上述的矛盾。其后张衡继之而作《二京赋》,但已没有了班固赋的气势。汉代大赋自此也逐步走向衰微。

由汉代的体物大赋,又孳生出一种叙事赋。相传为宋玉所作的《高唐赋》、《神女赋》,大概即出于汉代。另有民间的通俗叙事赋《神乌傅》,约出于西汉中后期。这些作品在虚构故事情节,描写姿态、动作、对话、感情上,都有筚路蓝缕之功。《神乌傅》更为我国民间的叙事文学的初祖。

汉赋在文学史上的划时代的贡献在于:从汉赋起,我国文学开始了对于美的有意识的追求(虽然还有其不可避免的局限),从而使我国文学的自发阶

---

① 例如李斯的《泰山刻石》:"皇帝临立,作制明法,臣下脩饬。廿有六年,初并天下,罔不宾服。亲𫐓远黎,登兹泰山,周览东极。从臣思迹,本原事业,祗诵功德。治道运行,诸产得宜,皆有法式。大义著明,陲于后嗣,顺承勿革……"其他的石刻也都与此相类。

段进到了由自发向自觉过渡的阶段。

汉代在文学领域拓展上的另一大成就是文学散文的出现。

汉代的散文,文帝、景帝时已有贾谊《过秦论》、晁错《论贵粟疏》等名篇,但那都不是文学性的散文。文学散文是从东方朔的《答客难》开始的。这是一篇用以自慰的作品,虽属于"论"的一体(在《文选》中列入"设论"),但具有抒情性。这以后有司马迁的《报任安书》、李陵的《答苏武书》、杨恽的《报孙会宗书》,也都是抒写在当时政权下的个人的悲哀或愤懑之作,杨恽并为此而被处死刑。这是我国抒情散文的良好的开端。

与抒情散文相比,汉代的叙事散文的成就远为辉煌。最突出的就是司马迁的《史记》。《史记》虽出现在汉武帝的时代,但司马迁的思想却更接近于黄老,与汉武帝时的统治思想——儒学存在一定的矛盾。《史记》当然是历史著作,但其中包含了一系列单独成篇的人物传记。作者在写这些传记时倾注了自己的感情,对人物的描写也多具体生动,实可视为叙事性的文学作品。到了东汉初期,又有班固的《汉书》出现,其中某些传记也有相当高的艺术成就。所以司马迁和班固都对我国文学性的叙事散文的发展作了重大的贡献。其描写事件和人物的能力对后代的虚构的叙事文学也产生了巨大的影响。唐代的单篇传奇好多都以"传"命名,如《任氏传》、《莺莺传》、《李娃传》等,从这里就可看到它们与《史记》、《汉书》的传记之间的联系。

汉代文学在诗歌上的进展也引人注目。其最重要的,是五言诗的兴起和叙事诗的产生、发展。

《诗经》以四言为主。但从汉代出现了五言诗后,到了魏晋南北朝,我国的诗歌就成为以五言为主了。五言诗较之四言诗大大地提高了诗歌的表现能力。而这种表现能力之得以显示出来,首先必须归功于汉代抒情诗人在创作实践中所取得的成就。《古诗十九首》是其集中的代表。在这些诗歌里,被压抑的个人对自己的珍惜以一种新的途径表现出来。至于《古诗十九首》到底是什么时期的作品,在学术界存在着不同的看法;我们认为其中既有东汉的作品,也包含着西汉的诗篇。

汉代的叙事诗最早出现于乐府诗里。乐府是王朝中掌管音乐的机构。汉武帝时期,通过乐府广泛收集民间歌曲,用于演唱、娱乐。通常称乐府机构所掌管的这些歌曲的歌辞为乐府诗;按照其曲调所写的歌辞也被冠以此称。在它们被收集起来并进入文人的圈子以后,不但刺激了文人写乐府诗的兴趣,出现了不少文人的作品,提高了乐府诗的水平,而且文人还吸取民间歌曲的经验,作为自己的营养,在总体上推动了诗歌的发展。在这些民间乐府诗中,有一部分是叙事诗,改变了中国的诗歌在这之前没有叙事诗的局面。在这以后,叙事诗就逐步发展起来,并突破了乐府诗的范围,到建安时期出现了名篇《悲愤诗》。在长时期中逐渐形成的《古诗为焦仲卿妻作》也发端于建安时期(见上卷第三编第三章《南朝的美文学》第六节《以妇女问题为中心的"艳歌"集〈玉台新咏〉与〈古诗为焦仲卿妻作〉》)。但大致说来,我国的叙事诗远不如抒情诗发达。

作为中国文学从自发走向自觉的过渡阶段,汉代虽然对于文学的性质还没有明确的认识,甚至还没有像后来那样的文学的概念,但已经把其文学性最强的两个门类——诗、赋——看作同样性质的东西。在西汉后期的目录书《七略》中,就把诗赋作为一个独立的门类①。当然,在作这样的分类时,还强调了诗赋的"风谕之义"(见《汉书·艺文志》),但在实际上,人们对赋的"辨丽可喜"、"虞说(娱悦)耳目"的作用也已开始重视,比作"女工"的"绮縠"(见《汉书·王褒传》引汉宣帝语),这已与后来曹丕在《典论·论文》中所说的"诗赋欲丽"有其相通之处,但距离仍然很大,详见第三编《概说》的相关部分。

---

① 《七略》已佚,但《汉书·艺文志》本于《七略》,从中可看到《七略》的分类情况。

第一章　秦与西汉的辞赋

第一节　秦代的辞赋

在秦王朝统治时期，曾产生过若干赋篇。据《汉书·艺文志》载：保存至西汉末的，尚有"《秦时杂赋》九篇"，惜今已亡佚。另有出现于秦统一天下前夕的《吕氏春秋》和李斯《谏逐客书》，其性质均非严格意义上的文学。但《楚辞》中的《大招》实出于秦末。

王逸《楚辞章句》的《大招序》说："《大招》者，屈原之所作也，或曰景差，疑不能明也。"而《大招》中有"青色直眉"语，此"青色"实指黑色。游国恩氏《楚辞概论》引《礼记·礼器》郑玄注，指出称黑为"青"实始于秦末。所以它不可能是秦末以前的作品。

《大招》的主要内容为招魂。据篇中"魂魄归徕，闲以静只。自恣荆楚，安以定只"之语，知此篇是要把魂魄招回楚国。篇中又说："名声若日，照四海只。德誉配天，万民理只。北至幽陵，南交阯只。西薄羊肠，东穷海只。魂乎归徕，尚贤士只。"从上下文来看，此处的"魂乎归徕"以上诸句只能是写楚国的情况。而且，这几句若是用典，就不应说"西薄羊肠"①。不过，除了秦末的楚以外，春秋战国时期的楚国疆域和汉代的楚的疆域从未达到过这样的程度。倘是指项羽为"西楚霸王"时事，则属于项羽直接统治的楚的疆域也无如此之广；若把接受其号令的诸侯国也算在一起，其西方又远逾羊肠。

据《史记·项羽本纪》载：在陈涉败亡后，项梁立战国时楚怀王之孙心为

---

① 《大招》中的幽陵，即幽州、幽都。先秦古籍说到尧的疆域的，有《墨子·节用》、《尸子》(《荀子·王霸》杨倞注引)、《韩非子·十过》等，其东、南、北三方都与《大招》所述相当，但西方则为日入之处而非羊肠。倘要通过用典来赞美当时楚国已可与尧媲美，就不当说"西薄羊肠"。又，羊肠指羊肠山，在今山西省境内；所谓"西薄羊肠"，并非说西方只到羊肠山，而是说羊肠以南、以北的地区凡不逾越幽都、交阯的都属于其疆域。

楚怀王，其国号即为楚。当时已有许多反秦的侯王，这位后起的楚怀王至少在名义上成了他们的共主；他们对他"北面事之"（见《史记·高祖本纪》）。因这些对他"北面事之"的侯王，其势力范围在秦末已到达交阯等地，所以，《大招》中的"南至交阯……"等语对它是完全合适的①。

由此言之，《大招》之作当在秦代末年怀王即位之后军事进展较为顺利，但兵锋尚未越过羊肠（及其迤南地区）而西之时。篇中所述魂魄归来之后的种种享受、待遇，都只适合于王者，其所招之魂当是楚的先王。当时楚的先王中影响最大的为楚怀王②，故所招当即为怀王之魂；作者则当为楚人。篇中在说到新建的楚国的美政时，特地指出"发政献行，禁苛暴只"，则正道出了苦于秦的暴政的人民的心声。

至其篇名，应是"盛大的招魂"之意。当时楚国重建，形势很好，作者觉得对怀王有举行盛大的招魂的必要（也很可能当时确有盛大的招魂仪式），故以《大招》名篇。

这篇作品的艺术成就，首先在于继承并发展了象征性的景色描写。在分析《山鬼》时，我们曾经指出：《山鬼》已把景色描写与人的心境相结合，当人心情愉快时，作品中的景色就显得美丽；感到绝望时，景色就变得可怖。而在《大招》中，则进一步将自然景色与社会形势相结合。作品一开始就说："青春受谢，白日昭只。春气奋发，万物遽只。冥凌浃行，魂无逃只。魂魄归徕，无远遥只。"意为春天代替了冬天，日光明亮，春气奋发，万物迅快地生长，黑暗、寒冷均已退走，魂魄不用再奔逃了③。在对自然景色的描写中，充满了奋发鼓舞之情。而尤其值得注意的，是"魂无逃只"一句。从《大招》所写来看，其所以要招魂，是恐魂不知归来或不愿归来；并非因魂无可奔逃。《大招》通篇都没有出现过这样的意思。作者此处写这一句，当是因在他想像中，楚既已被秦所灭，怀

---

① 据《史记·项羽本纪》及《陈涉世家》载：在项羽分封诸王时，因鄱君吴芮"率百越佐诸侯，又从入关"，封之为衡山王；是吴芮和百越都站在反秦诸侯的一边。百越之地甚广，则说"南至交阯"不为无据。在陈涉尚未失败时，韩广已为燕王，在陈涉失败后，其将臧荼从楚救赵，当出于他的派遣，是燕确为对怀王"北面事之"的诸侯之一，则"北幽陵"之说也信而有征。项梁立楚怀王后，项氏于秦亡以前在表面上还是臣服于怀王的；而吴、越本是项氏的根据地，因而说"东穷海"也没有问题。至于西方，当时秦的军力还相当强。在陈涉未失败时，其军锋一度至于荥阳、武关，那已在羊肠山西南了，但陈涉失败后，反秦军西进的，或败亡，或东撤，也有降秦的，在怀王即位之初及其后的相当一段时期内，反秦军的力量确实不能越过羊肠山（及羊肠迤南地区）而西，所以，说"西薄羊肠"也正符合实际。
② 其孙心立为楚王之后仍称楚怀王，就足以说明这一点。
③ 《楚辞章句》释冥为玄冥，说此两句的意思是："玄冥之神，遍行凌驰于天地之间，收其阴气，闭而藏之，故魂不可以逃。"今不取。因玄冥为掌管冬日之神；掌管春日之神为句芒（均见《礼记·月令》）。其时既已为春天，句芒用事，玄冥早应退避，不当再"遍行凌驰于天地之间"。

王鬼魂自也受到迫害，不得不四处躲逃。现在楚国重建，形势大好，怀王之魂已不必再如此。所以，此处的写景，实象征着当时的政治形势。这不仅意味着象征手法在文学创作中的进一步运用，而且其所写景色与其所要象征的内涵配合甚密，这同时也显示出了作者在这方面的造诣。

其次，是描写的细腻。作者在写作之前，可能已读过《招魂》，是以其描写尽量避免与《招魂》重复。以写美人来说，《招魂》着重写目；如"蛾眉曼睩，目腾光些。靡颜腻理，遗视矊些。""娭光眇视，目曾波些。"《大招》则着重写口、齿、颊部，如"朱唇皓齿，嫭以姱只。""靥辅奇牙，宜笑嘕只。"这些均为《招魂》所未涉及。有时也写到眉目，如"嫮目宜笑，蛾眉曼只。""曾颊倚耳，曲眉规只。"着眼点也显与《招魂》不同；前者写笑容使眼睛、眉毛更美[①]，隐含着口颊与眉目的配合，后者更将颊、耳、眉作为整体来看待。从这些地方都可察知《大招》作者观察、描写的细腻。

若从文学发展的角度来看，《大招》在结构上也有值得重视之处。它在用较长篇幅写了宫室、饮食、女乐之美以后，又大写政事之美，并一再说"魂乎归徕，赏功当只"，"魂乎归徕，尚贤士只"，"魂乎徕归，国家为只"，"魂乎徕归，尚三王只"。这就使作品不是一味宣扬生活的豪华，而且提出了奋斗的目标，其中如"孤寡存"、"禁苛暴"、"诛讥罢"之类固然符合当时人民的愿望，而作品的这种结构方式，也称得上是汉代大赋在篇末进行讽谏的先声。不过汉末大赋的曲终奏雅与其铺陈豪侈不能成为有机的统一体，《大招》则两者结合较好，比西汉的这类大赋自然多了。

《大招》中还有一点值得注意的，那就是其中的"二八接舞，投诗赋只。叩钟调磬，娱人乱只"之句。据此，可知当时已经有"诗赋"之称，所以《七略》列《诗赋略》一类，实非刘向、刘歆的独出心裁，而是因这一名称已有长期流传的历史。同时，当时的"赋"既可合乐，当仍是"楚辞"一类的作品，而非荀子《赋篇》一类；所以，屈、宋之作是否在秦汉之间已被称为"赋"，实是一个值得研究的问题。

第二节 西汉前期至中期的辞赋

这时期的辞赋，包括楚辞体的作品和赋两类。赋主要是抒情小赋、体物大

[①] 眼睛不会增加笑容的美，但笑时面部肌肉的牵动，却会影响眼睛的美观，是以"嫮目宜笑"是说笑容不但不会损害眼睛的美，且能使之增加。

赋,还有叙事赋。抒情小赋的体制基本上与楚辞体一样,从汉代人把楚辞中屈原、宋玉的作品称为赋这一点来看,他们也并没以为抒情小赋与楚辞体的作品有什么区别。体物大赋则是对物的摹写,在体制上是一种新的创造。它不仅从楚辞和战国时期的赋篇中吸取营养,而且跟散文中的夸张成分也有关系。叙事赋产生于何时现在还很难说,但是最晚在西汉的中期已经出现。它不仅对后来的叙事赋(例如曹植的《洛神赋》)产生影响,而且还影响到后来的民间俗赋,更由民间俗赋影响到再后的"说话"。所以辞赋是汉代文学最有成就的组成部分之一,而汉赋的最辉煌的时期也就是西汉的前期与中期。

一、抒 情 辞 赋

现存汉代最早的抒情赋是贾谊的《吊屈原赋》。贾谊(前200—前168),洛阳(今属河南)人,二十二岁时就受汉文帝的赏识,曾任太中大夫,很受文帝信任。他就当时的重大政治事件提出了不少改革的意见,大概说来,这些意见都是有助于中央集权的政治体制的巩固与加强的。但是,朝中的不少大臣对他不满,后来他就被任命为长沙王太傅,离开了中央。这可以看作是政治上的一种贬谪,因此他心里很悲哀。在赴任途中,经过湘水,他写了《吊屈原赋》。虽然是哀悼屈原的作品,但实际上也反映了自己失志的悲愤。既对屈原的遭遇表示同情,也对当时现实的混浊表示愤慨。虽然这样的主题在屈原的作品中已经一再出现,而且贾谊的感情也不如屈原强烈,但是,作品中的重沓的比喻却是屈原作品所没有的:

> 鸾凤伏窜兮,鸱枭翱翔;阘茸尊显兮,谗谀得志。贤圣逆曳兮,方正倒植。世谓随夷为溷兮,谓跖蹻为廉。莫邪为钝兮,铅刀为铦。于嗟默默,生之无故兮! 斡弃周鼎,宝康瓠兮。腾驾罢牛,骖蹇驴兮。骥垂两耳,服盐车兮。章甫荐履,渐不可久兮。

除了"于嗟默默"两句以外,这里所写的是一连串的黑白颠倒的现象。以比兴的手法写现实中的美丑倒置,虽始于屈原的作品,但在楚辞中从没有用这样多的比喻来说明同一个情况的,这已开汉代大赋排比铺陈的先声。

到了长沙以后,贾谊又写了《鵩鸟赋》。有一天,鵩鸟飞入了贾谊的居室,相传鵩鸟是不祥之鸟,它的进入意味着贾谊即将有大的灾祸,所以他写这篇赋以宽慰自己。赋中虽以道家的思想来说明对吉凶祸福不必为意,但实际上是对吉凶多变、祸福无常的深沉的感叹,在貌似说理的文辞中隐伏着无法把握自己命运的悲哀。所以这仍是抒情的小赋。以下的一段就很可以见出它的特色：

> 祸兮福所倚，福兮祸所伏；忧喜聚门兮，吉凶同域。彼吴强大兮，夫差以败；越栖会稽兮，句践霸世。斯游遂成兮，卒被五刑；傅说胥靡兮，乃相武丁。夫祸之与福兮，何异纠缠；命不可说兮，孰知其极。

这一段里，除了显示出它的抒情特色以外，也带有铺陈排比的色彩，但不如上引《吊屈原赋》那样的突出。

贾谊的遭遇，与屈原在被楚怀王疏远时的处境有类似之处，但他的上述作品中不但没有屈原的抗争精神，而且也没有宋玉那样的"自怜"。这说明了文学史上的屈宋时代已经结束，也显示了中世文学有异于上古文学的特色。

在汉武帝时代，较突出的抒情辞赋有司马相如的《长门赋》、司马迁的《悲士不遇赋》等。署为汉武帝作的《秋风辞》在这里也应附带提及。

司马相如（？—前118），字长卿，蜀郡成都（今属四川）人。他在景帝时曾任武骑常侍，不得意，遂离开朝廷而到梁国，游于梁孝王门下。他与西汉另一著名辞赋家枚乘相识也即在此时。梁孝王死后他返回蜀郡。后因汉武帝很喜欢他的《子虚赋》，又把他召到长安，在中央政府任职。曾奉命出使西南。但汉武帝基本上把他作为文学侍从之臣。他是汉代最有名的辞赋作家，其作品流传至今的有《子虚赋》、《上林赋》、《大人赋》、《长门赋》、《美人赋》、《哀二世赋》六篇。其中《美人赋》最早见于《艺文类聚》，《文选》不收。且其所述与见于《文选》的宋玉《登徒子好色赋》颇有类似之处，因袭之迹甚显。而即使《登徒子好色赋》确实出于宋玉，司马相如似亦不至如此公然剽取，故学者多以为是后人假托之作。至于《长门赋》，最早见于《文选》。《文选》所收，篇前有一简短说明，大致谓：汉武帝陈皇后贬居长门宫，因而送司马相如黄金百斤，司马相如为作此赋以后，陈皇后重新得到亲幸。因陈皇后并无重得亲幸之事，所以后来也有人怀疑此赋亦非司马相如所作。但此一说明当为后人所加①，不应因其中有一些不符合事实的记载而怀疑此赋不出于司马相如之手。其实，陈皇后既已被废居长门，就不敢再与外人交通，所以，说此赋是司马相如应陈皇后的请求而作，根本就不可信。但此赋仍当是司马相如所作。《汉书·艺文志》有"《司马相如赋》二十九篇"，至萧统编《文选》时即使已亡佚一部分，必然还有不

---

① 此段说明的原文为："孝武皇帝陈皇后时得幸，颇妒，别在长门宫，愁闷悲思。闻蜀郡成都司马相如天下工为文，奉黄金百斤为相如、文君取酒，因于解悲愁之辞。而相如为文以悟主上，皇后复得幸。"孝武皇帝是武帝死后的谥号，非司马相如所能知。"闻蜀郡成都司马相如"云云也显为第三者的叙述语气。此段说明的作者若要将它假托为出于司马相如之手，就不可能公然用孝武皇帝这样的称号，更不应用第三者的叙述语气。所以，此段说明显是别人（而且是汉武帝死后的人）所加，而且也并未假托为辞赋作者的手笔。

少保留下来，萧统当据此等文献辑录，自当有一定的可靠性。另据台湾简宗梧教授《〈长门赋〉辨证》所考，《长门赋》以"襜"、"间"为韵，此两字韵部不同，很少通押，但王褒《四子讲德论》、扬雄《太玄》中却有此类现象①，可知这种押韵方法符合西汉蜀郡人的习惯（王、扬均蜀人），也可证明《长门赋》作者应为司马相如。

此赋叙一废居长门宫的女子的愁思悲苦，开头的四句是以第三者的身份叙说的。第五句为"言我朝往而暮来兮"，改用"我"字，以下直到篇末，用的都是第一人称。所以此赋在我国文学史上有两大重要意义：第一，它是我国代言体的抒情作品的开端。代言体的文学作品在我国文学史上有很大的贡献，唐诗中就有很多代妇女抒情的名篇，例如李白的《长干行》、《春思》等②。而且，从某种意义来说，杂剧和传奇中的曲词，乃是代言体抒情诗词的传统的继续。第二，它是后来宫怨文学的开端。自六朝以还，我国的诗歌中出现过不少这一类的名篇。至于《长门赋》本身，其环境的渲染、感情的描写，也颇生动、细腻。例如：

> ……白鹤噭以哀号兮，孤雌跱于枯杨。日黄昏而望绝兮，怅独托于空堂。悬明月以自照兮，徂清夜于洞房。援雅琴以变调兮，奏愁思之不可长。案流徵以却转兮，声幼妙而复扬。贯历览其中操兮，意慷慨而自卬。左右悲而垂泪兮，涕流离而从横。

用凄厉的自然景色与"左右"的流涕以烘托其愁苦，用"日黄昏"四句写其孤独绝望，用音乐来间接表达其心情，三者交融，颇足感人。

不过，辞赋写到后来却让那女子自己承认错误，说是"揄长袂以自翳兮，数昔日之愆殃。无面目之可显兮，遂颓思而就床"。这却是儒家思想统治下的产物。因为，如只写女子的值得同情，而不写这种悲惨的遭遇是她自己的过失所造成，那不就意味着皇帝太冷酷了吗？这于"君君臣臣"之义何居？所以非有这样的一笔不可。

而这种承认错误的事情，不但在屈原、宋玉的赋里没有出现过，就是在贾谊的赋里也没有。这意味着汉代的辞赋进一步与屈、宋拉大了距离。当然，即使在汉武帝的时代，不想这样承认错误的人也有，司马迁就是如此。他的《悲士不遇赋》一开头就说：

---

① "襜"、"间"在《广韵》中分属"盐"部和"真"部韵；在江有诰的古韵二十一部中分属"谈"部和"真"部韵。简宗梧教授查得《四子讲德论》以"陈、贤、廉"为韵，《太玄》以"渊、鉴"为韵，均以此两部韵通押。

② 为了节省篇幅，我们在下文涉及这类代言体的抒情诗时，不再说明其为代言体。

悲夫士生之不辰，愧顾影而独存。恒克己而复礼，惧志行之无闻。谅才韪而世戾，将逮死而长勤。虽有形而不彰，徒有能而不陈。何穷达之易惑，信美恶之难分。时悠悠而荡荡，将遂屈而不伸。

此赋的第三句虽然显示出他已受了儒家思想的影响，但他坚持自己的不遇是因时世乖戾（"世戾"），自己却没有错，这正是屈原的传统。在上引的这些句子里，也都充溢着愤懑。不过，司马迁由于受了腐刑，本已被抛到社会的正常轨道之外[①]，这跟他的时代的主流显然是违戾的。可惜《悲士不遇赋》没有完全保留下来——在《艺文类聚》中有此赋的引文，但已非全篇。至于司马迁的生平，我们将在下一章关于《史记》的部分具体介绍。

　　这时期的抒情赋还有一篇值得重视的，是《招隐士》。《楚辞章句·招隐士》篇首《序》说："《招隐士》者，淮南小山之所作也。昔淮南王安，博雅好古，招怀天下俊伟之士。……各竭才智，著作篇章，分造辞赋，以类相从。故或称小山，或称大山，其义犹《诗》有《小雅》、《大雅》也。"据此，"淮南小山"并非人名，而是淮南王刘安（前179—前122）门客所造辞赋中的某一门类的名称，类似于《诗经》中的《小雅》；因其为集体创作，作者无考，故凡被收入《小山》中的，就通称为淮南小山作了。但《文选》收入此篇，称其为刘安作，不知何据。今从《楚辞章句》。

　　《楚辞章句·招隐士》篇首序又说："小山之徒，闵伤屈原，又怪其文升天乘云，役使百神，似若仙者，虽身沉没，名德显闻，与隐处山泽无异；故作《招隐士》之赋，以章其志也。"但就作品来看，实找不出其中有表彰屈原之志或其他与屈原有关之处；把一个死了一百好几十年的人设想为隐士，招其出山，这种想法也颇为奇特。但无论所招的隐士是否为屈原，其人必为作者十分关心的人，篇中既极写其高洁，又深为其处境的危险而忧虑，感情深切。所写其人在山中的情况，当是一种象征手法，其人未必真是隐居山泽的人。

　　此赋一开始写山中景色，颇为优美："桂树丛生兮山之幽，偃蹇连蜷兮枝相缭。山气茏苁兮石嵯峨，溪谷崭岩兮水曾波。"但突然转为危苦：

　　猨狖群啸兮虎豹嗥，攀援桂枝兮聊淹留。王孙游兮不归，春草生兮萋萋。岁暮兮不自聊，蟪蛄鸣兮啾啾。块兮轧，山曲岪，心淹留兮恫慌忽。罔兮沕，憭兮栗，虎豹穴，丛薄深林兮人上慄。……虎豹斗兮熊罴咆，禽兽骇兮亡其曹。王孙兮归来，山中兮不可以久留。

山中情况既甚可怖，其人内心亦极恐惧。看来他本是因山气茏苁，桂树芬芳，

[①] 参见本编第二章第二节。

是以攀援桂枝而上,聊作淹留,不料竟陷入困境。——这当然只是一种象征手法,用以说明他意外地落入了这样的境地。

此赋的特色,在于将真实的感情与假想的景象相结合。赋中的景色,当然都出于想像,但却生动而亲切,并使读者也不免为这位隐士置身的环境深感危惧,从而生出"王孙兮归来,山中兮不可以久留"的感慨,那就是作者的感情已打动了读者。因为作者正是深深关心着"王孙",才用象征的手法把他的处境写得如此危苦的。

这篇赋在写景色时尚有"欹岑碕礒兮,硐磳魂硊,树轮相纠兮,林木茇骩"等句,这样的铺陈手法,而且集中使用同一偏旁的字,这不但为屈原、宋玉的作品所没有,在贾谊的赋中也不曾出现过,在体物大赋中则并不少见。所以,此篇也意味着汉代的抒情小赋已受到了大赋的影响。

最后,简单地谈一谈署为汉武帝所作的《秋风辞》。此篇最早见于《西京杂记》。该书为葛洪所撰,但却假托为汉代留存下来的旧籍;不过其中也可能确实保存着一部分汉代的资料。所以,这篇《秋风辞》既不能率尔断为伪作,却也不敢遽信为确出于汉武帝之手。但因其常被一些文学史著作所引用,故于此处也附带加以介绍。

《西京杂记》说《秋风辞》是汉武帝在汾河的楼船上所作。以前都把它视为文(按照以前的分类,辞赋都属于文),萧统编《文选》时,把它同陶渊明的《归去来辞》列为一类。后来也有把它视为诗的,逯钦立《先秦汉魏晋南北朝诗》就把它作为诗来处理。考虑到它与楚辞体更为接近,似把它列入辞赋类较为合适。

> 秋风起兮白云飞,草木黄落兮雁南归。兰有秀兮菊有芳,怀佳人兮不能忘。汎楼船兮济汾河,横中流兮扬素波,箫鼓鸣兮发櫂歌。欢乐极兮哀情多,少壮几时兮奈老何?

前两句写秋天的景色,以及美好的时日已经逝去的淡淡的哀愁。三四两句由眼前的兰、菊而想到那像兰、菊一样美好高洁的佳人,但佳人已遥不可及,只在心底镌刻着她那永远无法磨灭的形象。下面的三句写景色的壮丽与音乐的美妙,似乎已从悲哀的情绪中脱出,但结以欢乐既尽,哀情转增,少壮无几,衰老将至,悒郁之怀,更不可遏;所以那三句实是欲抑故扬的手法。作品情调统一,结构完整。而尤其值得注意的,则是其所抒写的愁绪并非某种具体的事件所引起,而是人生的本然。人不可能永远跟亲爱的人在一起,不可能永远留住青春,更不可能永远处在欢乐之中而无愁苦。尽管人不会一直沉浸在这种人生的本然的悲哀之中,然而,它有时却会袭上心头。中国文学史上抒写这样的情绪的,《秋风辞》是第一篇。

二、《七发》与体物之赋

"体物"的"物",既与"情"相对,又与"事"有区别,所以体物跟叙事不一样。"叙事"是叙述事件进展过程中各个环节的演变,体物的作品有时虽也牵涉到事件,但其重点不在叙述事件的过程,而在夸张过程中的种种具体的景象。关于此点,我们在下文介绍《子虚赋》时将作进一步的说明。在汉代以前,我国文学中还没有这样类型的作品,所以它在当时是一种新的创造。这类作品既具有一种宏大的气势,又体现出新的美感。其篇幅一般较长,故通称"体物大赋";虽然也有不很长的,如王褒《洞箫赋》之类,但最能体现这类新体赋的特色和成就的还是规模宏大的赋。

说到体物大赋,现代一般认为以枚乘的《七发》为最早,但那恐怕是后人的看法。目前并无任何材料可以证明汉代人把它看作赋,而梁代人明确地说明它不属于赋。在刘勰《文心雕龙》的"杂文篇"里,把它列入杂文①。萧统编《文选》,既不把它列为"赋",也不把它列为"骚"、"辞",而把它另列一类,称为"七"。而萧统的这种分类法,实本于曹植。曹植作《七启》,文前小序说:"昔枚乘作《七发》,傅毅作《七激》,张衡作《七辩》,崔骃作《七依》,辞各美丽,余有慕之焉。遂作《七启》,并命王粲作焉。"可见曹植已把这些以"七"作标题的文章列为同类。值得注意的是,曹植在这里没有提及东方朔的《七谏》,由于《七谏》收入《楚辞章句》,曹植不可能没有看到过,而《七谏》是楚辞体,与《七发》等体制有别,这又可见曹植把这些作品列为一类,并不只是因为标题中有个"七"字,而确是因其体制相类。大致说来,这类作品的散文成分远多于体物大赋(具体说明见后),所以直到梁代还没有人把它看作赋。不过枚乘的《七发》已经出现了若干体物的特点,在某些部分吸取了楚辞的句法,从而与散文也已不一样,故可把它视为体物大赋的前驱。

枚乘(?—前140),字叔,淮阴(今属江苏)人。初仕于吴,后为梁孝王客。武帝即位后,征召他入京,其时乘已年老,死于途中。他是当时著名的赋家,《汉书·艺文志》著录"《枚乘赋》九篇"。但是从《文心雕龙·诠赋》来看,他的赋的代表作是《梁王菟园赋》。《文选》不收,《艺文类聚》所引已非全篇。其传世之作,以《七发》最为著名。

---

① 从《文心雕龙·杂文》来看,刘勰把《七发》与东方朔的《答客难》以及《连珠》都归属于杂文。可见他的所谓杂文是指一种按照当时的文体分类无类可归的作品,跟今天所说的杂文有所不同。

《七发》写楚太子有疾,吴客前往问候,并向太子指出,他的疾病是因在居室、衣服、饮食、声色等方面事奉过厚而引起的,不应以医药治疗,而应引导太子"变度易意",才能痊愈。接着,吴客就以"七事"来打动太子。这"七事"中的前六件为音乐、饮食、车马、游观、田猎、观涛,都是生活上的享受。它们中有的对太子完全不起作用,有的则引起了太子的一定程度的兴趣,但最终治愈太子的却是"七事"中列于最末的"妙言要道"。从这儿可以看出,《七发》虽已有重精神的倾向,但并不否定物质生活的享受,所以,作品中说车马之乐时,太子为之动心,说田猎之乐时,太子就"有起色",说观涛之乐有发蒙解惑的作用时,太子表示同意。

在说前面六件事时,枚乘用了铺陈、夸张的笔法,描摹具体生动,现引其说观涛的前面一部分如下:

> ……将以八月之望,与诸侯远方交游兄弟,并往观涛乎广陵之曲江。至则未见涛之形也。徒观水力之所到,则卹然足以骇矣。观其所驾轶者、所擢拔者、所扬汩者、所温汾者、所涤汔者,虽有心略辞给,固未能缕形其所由然也。

> 恍兮忽兮,聊兮慓兮,混汩汩兮。忽兮慌兮,俶兮傥兮,浩汻漾兮,慌旷旷兮。秉意乎南山,通望乎东海。虹洞兮苍天,极虑乎崖涘。流揽无穷,归神日母。汩乘流而下降兮,或不知其所止。或纷纭其流折兮,忽缪往而不来。临朱汜而远逝兮,中虚烦而益怠。莫离散而发曙兮,内存心而自持。

> 于是澡概胸中,洒练五藏,澹澉手足,颓濯发齿,揄弃恬怠,输写淟浊,分决狐疑,发皇耳目。当是之时,虽有淹病滞疾,犹将伸伛起躄,发瞽披聋而观望之也。况直眇小烦懑,酲酸病酒之徒哉!故曰发蒙解惑,不足以言也。

在这三小段文字中,第一、第三小段都是散文,第二小段显然受了楚辞体的影响,但其中的"秉意乎南山,通望乎东海"、"流揽无穷,归神日母"之句,又是散文句式,所以在这一大段文字中,具有相当多的散文成分。当然,在散文句式中,又有骈偶、押韵的情况存在,这从第三小段中也可以看到。如其"澹澉"以下的六句,每两句均自相对偶,"浊"与"目"押韵。《七发》中散文句式的这种变化,是其与体物大赋中的若干句式相同之处。但是由总体来看,则《七发》与体物大赋的体制显然并不一样。

至于《七发》与以后的体物大赋相通点,则从上述的叙述和引文也可以看出:第一,《七发》的主要特点是对客观景象的夸张性的铺写和描摹,以烘托出一种宏伟的气势,由此引起美感,以后的体物大赋走的也是这一条路子。第二,《七发》所说的前六件事,在后来的体物大赋中也成为主要的题材。第三,《七发》所说之事是虚构的,同时采取了问答体,后来的体物大赋也采取了虚构的主客问答体,虽然在问答的形式上有所不同(并不是像《七发》那样地在每一大段描写中都有主客问答)。第四,《七发》已显露出重精神的迹象,而在以后的体物大赋中更发展为在表面上重精神而否定物质的倾向。第五,《七发》的吸收楚辞体成分和具有若干骈偶、押韵句式的特点,为以后的体物大赋进一步发展而成为一种特殊的文体。至于就《七发》本身的渊源而言,除了铺陈的手法始于《诗经》、细腻的描绘(如上引的"汩乘流"诸句)和"兮"字句式源于《楚辞》外,更需要注意《庄子》和《战国策》——尤其是《庄子》——的影响;因其中已有许多对话和夸张的描写。但《战国策》中的对话即使出于虚构,从表面上看来似乎还是真实的历史记载,而在《庄子》中却出现了很多显属虚构的对话,例如《秋水》中河伯与北海若的对话、《知北游》中知与无为谓的对话等等。同时,《战国策》中的夸张描写偏于叙事,《庄子》中却已出现了一部分对于客观景象的夸张描写,例如《齐物论》中对于风的描写,《秋水》中对于海的描写。特别是《七发》中的"所驾轶者、所擢拔者"之类词语构造,即使不直接源于《庄子·齐物论》中的"似洼者,似污者。激者,谪者,叱者,吸者,叫者,嚎者,宎者,咬者"等等,也应该是这一路散文传统的继续。所以《七发》是从《诗经》、《楚辞》和上述散文等多方面来取得营养的,从而作为其后继者的体物大赋同样是在此类交叉影响下的产物。当然,体物大赋还受了荀子《赋篇》的影响,至少以"赋"名篇当源于《荀子》。总之,没有先秦文学的长期发展,既不可能有《七发》,也不可能有体物大赋。

现在所能见到的枚乘《梁王菟园赋》虽非全篇,但可清楚看出它是描绘和赞美梁孝王所建菟园的宏丽的。最能从这样的作品中感到满足的读者,当然是建造了菟园的梁孝王。尽管该赋所写的园苑之美对其他的读者也有吸引力,但由于作品语言文字的奇奥(如"西山陷陷,岬馬隤隤,塞路萎椏,釜岩竽㮹,巍魷来焉"之类),必须具有高度文化素养的人才能欣赏。而当时的文化是掌握在统治阶级(特别是其上层和一般士大夫)的手里,所以这类作品首先是供统治阶级上层赏玩的。枚乘的后辈司马相如所走的也是这样的道路。

司马相如是汉代体物大赋的最重要的作家。他那使汉武帝非常赞赏的《子虚赋》原写于景帝时代,后来他又为汉武帝写了《子虚赋》的续篇。《文选》把续篇称为《上林赋》,但在《史记》、《汉书》中仍只是一篇,并无"上林"之称。不过,无论把它作为一篇还是两篇,现在所看到的《子虚赋》与景帝时代的《子虚赋》必然已有所不同。例如,在《子虚赋》的开头部分,有这样的记载:

> 楚使子虚使于齐，王悉发车骑，与使者出畋。畋罢，子虚过奼乌有先生，亡是公存焉。

这个"亡是公"是在"乌有先生"向子虚夸耀了一通齐国的"游戏之乐，苑囿之大"以后，起而反驳乌有先生，并进而夸耀天子的上林苑的。如果没有《子虚赋》的续篇，这位"亡是公"在作品中根本没有任何作用。而司马相如在景帝时期写《子虚赋》时，不可能想到他以后还要为汉武帝写《上林赋》，因而不可能在原来的《子虚赋》中安排一个这样毫无用处的人物。换言之，这一人物当是司马相如为汉武帝写《子虚赋》续篇时所加入的，因而我们现在所看到的《子虚赋》实际上已经是汉武帝时期的改本。

《子虚赋》所写，主要是楚王在云梦泽游猎的盛况。就其写游猎盛况的部分来说，大致可分为三大段加一个尾声。三大段的第一大段是写云梦的形势，第二大段是写楚王命令手下的勇士狩猎，第三大段是写楚王与美人一起狩猎。在这三大段中，第一大段比重最大，第三大段次之，第二大段最小。而且在第三大段中还用了相当的篇幅来写为楚王扶持车子的美人（也就是以后跟楚王一起打猎的）的情况：

> 于是郑女曼姬，被阿緆，揄紵缟，杂纤罗，垂雾縠，襞襡褰绉，纡徐委曲，郁桡溪谷。衯衯裶裶，扬衪戌削，蜚襳垂髾，扶舆猗靡，翕呷萃蔡；下靡兰蕙，上拂羽盖；错翡翠之葳蕤，缪绕玉绥。眇眇忽忽，若神仙之仿佛。

如果把这一部分跟第一大段加在一起，那就超过了三大段总和的一半。楚王的游猎，是此赋的中心事件。但就这三大段的篇幅分配来看，其目的显然不是在于把这一事件叙述清楚，而是要尽量夸张这一事件中的值得炫耀的景观。从这里也就显出了体物与叙事的不同。再以上引的这段文字来看，不仅对美人的服饰，而且连"扶舆"行进时衣服的飘动、由此发出的声音都作了细致的描写，充分表现了楚王后宫的豪华，渲染出一种华丽的美。这也就是体物大赋在艺术上所追求的目标。

大致说来，体物大赋所借以吸引读者的，就是这种由巨大的人力、物力、财力所构成的景象中蕴含着的华丽、庄严、宏伟之类的美。而且，为了构成这样的美，有时还以幻想来补足。例如，在司马相如的《上林赋》中，为了夸耀植物之富，把一些并非上林苑所有的植物也铺叙进去了，所以晋灼说："此虽赋上林，博引异方珍奇，不系于一也。"（《文选》卷八《上林赋》注引）这也可见体物大赋在这方面是调动了不少手段的。它跟先秦时期的文学作品或者出于实用的目的，或者仅仅为了抒发自己的感情以得到心理上的平衡，已有明显的区别，因而成为我国文学从自发走向自觉的过渡阶段。当然，我们今天也许难以体会体物大赋中的这种美,但这一方面是由于文字的隔阂,另一方面则是由于文学艺术的进步——我们今天对于这种多少显得有些笨重的美已经难以欣赏,但是,它在当时出现,却确实具有令人耳目一新的作用。

体物大赋虽出现于景帝时期,但其极盛则在武帝时期。当时不但赋家的人数、作品的篇数大为增加,而且作品的内容从某一方面看也更为宏大,这是把《上林赋》跟《子虚赋》比较一下就可以看到的。在《上林赋》中,崇山幽林、巨木芳草、珍果奇卉、鳞介禽兽、大川湍流、珍宝怪石、亭皋陂池、离宫别馆、层台洞房,汇为一个雄伟的整体。天子游猎处的车骑之盛,部属之众,搏兽之勇,馆舍之精;游猎结束后的酒宴之富,音乐之众多而美妙,靓女之妖冶妩媚,形成天地间的巨观。这一切都不是《子虚赋》的描述所可比拟的。

可惜的是,在《上林赋》中存在着一些不协调的声音。在赋的一开始,就有亡是公对《子虚赋》所铺陈的种种景观加以批评,说那是"以奢侈相胜,荒淫相越"。到了赋的结束,又有天子进行自我批评,说"此大奢侈",将为后世带来不良的影响,于是改弦易辙,"游乎六艺之囿,驰骛乎仁义之塗"。就这样,作品所要显示的美,倒过来成了应该批判的东西。而在《子虚赋》里,就没有这样的现象。该赋的末尾,乌有先生虽对子虚加以嘲笑,但又夸称齐之富丽远超楚国,"吞若云梦者八九于其胸中,曾不蒂芥"。可见,他仍然把这些看作是值得骄傲的东西,因而不至造成《上林赋》那样强烈的不和谐感。而造成这种差别的原因,当在于汉武帝时代儒家的思想已统于一尊。

这并不意味着对统治阶级的奢侈生活不应该批判,而只意味着对统治阶级的奢侈生活的批判与体物大赋的那一种美的创造本来就是矛盾对立的。所以,从批判统治阶级的奢侈生活出发,本就不应该写那样的赋。司马相如的后继者、西汉另一位著名的大赋作家扬雄后来终于明白了这一点。在下一节中,我们将对扬雄作具体介绍。

西汉中期的体物大赋作家,除了司马相如以外,最值得注意的是王褒。褒(生卒年不详)字子渊,蜀资中(今四川资阳)人,汉宣帝时为谏议大夫。汉宣帝也喜欢辞赋,在宫廷里有许多文学侍从之臣。王褒是其中最突出的一个。其作品今存《洞箫赋》、《九怀》、《圣主得贤臣颂》、《四子讲德论》、《僮约》等。另有《责须髯奴辞》,但一说黄香作。《九怀》与其以前的东方朔《七谏》一样,都是悼念屈原的长篇骚体作品,其《僮约》留待下一章散文的部分介绍。

《洞箫赋》是我国历史上第一篇专写音乐的作品,从制箫所用的竹写起,一直写到乐声感动万物的作用。此赋的写作,显然受到枚乘《七发》中写音乐的一段的启发。该段写琴从"龙门之桐,高百尺而无枝"写起,与《洞箫赋》的一开头就写竹,显然不是偶然的巧合。但该段用十个句子来写"龙门之桐"周围的

自然环境,《洞箫赋》则大为扩充:

> 徒观其旁山侧兮,则岖嵚岿崎,倚巇迤𪩘,诚可悲乎其不安也。弥望傥莽,联延旷盪,又足乐乎其敞闲也……翔风萧萧而径其末兮,回江流川而溉其山。扬素波而挥连珠兮,声礚礚而澍渊;朝露清泠而陨其侧兮,玉液浸润而承其根。孤雌寡鹤,娱优乎其下兮,春禽群嬉,翱翔乎其颠。秋蜩不食,抱朴而长吟兮,玄猿悲啸,搜索乎其间。处幽隐而奥屏兮,密漠泊以猭猱。

如此地铺张扬厉,这又已是司马相如体物大赋的作风了。所以,在王褒此赋中,同时体现了枚乘和司马相如的传统。

不过司马相如的《子虚赋》、《上林赋》重在体物,没有什么抒情的成分,此赋的"翔风萧萧"以下诸句虽是写景,而景中含情。在体物赋中注入了抒情的成分,这却是此赋的创造。而为了抒情,此赋也就用了较多的骚体句法。

然而,此赋的最大创造,在于对乐声的描写:"状若捷武,超腾踰曳,迅漂巧兮。又似流波,泡溲泛㴸,趋巇道兮。哮呷呟唤,跻蹠连绝,淈殄沌兮。搅捜浮捎,逍遥踊跃,若坏頺兮。优游流离,蹉躇稽诣,亦足耽兮。頺唐遂往,长辞远逝,漂不还兮。"意思是说:箫的声音像是"捷武"之人"超腾"空中,其动作迅速巧妙;又如"流波"汹涌,冲过险峻的道路;那宏大的声音,或上或下,似断似续,混杂不分;又如风吹竹木,声音渐渐远去,忽又转为巨响,像是把什么东西吹断折倒;及其声音和缓下来了,像是一个人在蹉躇徘徊,那也是值得赏玩的;终于逐渐微细而消失,就像一个人去向远方不再回来。以这么多的比拟来形容乐声,这显示出丰富的想像力;由此开创,经过东汉马融《长笛赋》的继承发扬,再逐渐进展到唐代,就出现了白居易《琵琶行》中描绘琵琶声的那些名句。

正如司马相如在其体物大赋中加入讽谏的部分,此赋中也有不少地方打着儒家思想的烙印,例如"赖蒙圣化,从容中道,乐不淫兮"之类,从这里可以看到儒学对文学的浸润。然而此赋显然不是以崇儒颂圣为目的的,它所追求的,首先是艺术的美。这也就显示了汉代的文学逐渐向着魏晋文学自觉阶段演进的轨迹。

总之,王褒和司马相如都是在我国文学发展中起过重要作用的文学家,也都具有高度的艺术才能。刘勰《文心雕龙·才略》说:"自卿(司马长卿)、渊(王子渊)以前,多俊才而不课学;雄(扬雄)、向(刘向)以后,颇引书以助文。此取与之大际,其分不可乱者也。"他们在创作中所依恃的,都是自己的"俊才"。

尤其需要注意的是:到了西汉中期的汉宣帝时,汉赋仍保持着繁荣的态势。据《汉书·艺文志》的记载,在西汉末期还保存着的西汉前期与中期的赋就有四十余家,五百多篇。除了上面述及的以外,辞赋作家还有庄忌、吾丘寿王、枚皋、庄忽奇、严助、朱买臣等。而正是在辞赋创作繁荣的基础上,人们才开始认识了辞赋——主要是体物大赋——的"辩丽可喜。辟如女工有绮縠"、"虞说(娱悦)耳目"的美学特征,尽管同时也强调了它的"仁义风谕、鸟兽草木多闻之观"①的非美学功能,但由此可见文学中的一个门类已把美的追求作为自己所应承担的任务之一,也即意味着我国的文学已从自发阶段进入了由自发向自觉转化的过渡期。

三、叙事赋

西汉的叙事赋,主要有署名为宋玉作的《神女赋》以及十余年前出土的《神乌傅(赋)》。《神女赋》是《高唐赋》的续篇。

署为宋玉作的《高唐赋》、《神女赋》,经后人考证,并非宋玉所作,所以现在一般的文学史著作都很少提及。但是,它出于西汉当无疑问。东汉前期傅毅所作的《舞赋》,托名为宋玉所作,其叙谓:"楚襄王既游云梦,使宋玉赋高唐之事……"可见在傅毅以前已有托名宋玉的《高唐赋》行世。而且,该赋显然行世已久,为文人所熟知,否则,傅毅没头没脑地说一句这样的话,将使人不知所云。《汉书·艺文志》曾著录"《宋玉赋》十六篇"。可知西汉时宋玉赋传世者甚多,此《高唐赋》当也在《宋玉赋》十六篇中,世所诵习,是以傅毅赋以此发端,不必担心别人不理解。又,《汉书·艺文志》本于刘歆《七略》,而《七略》中所著录的书均为西汉中央政府的藏书。《汉书·艺文志》说:"至成帝时,以书颇散亡,使谒者陈农求遗书于天下。诏光禄大夫刘向校经传、诸子、诗赋……每一书已,向辄条其篇目,撮其指意,录而奏之。会向卒,哀帝复使向子侍中奉车都尉歆卒父业。歆于是总群书而奏其《七略》……"由此可见,《七略》所著录的书,最晚是汉成帝时从民间收集来的。《宋玉赋》十六篇应在成帝以前均已流行,而不可能是陈农录求遗书时有人临时伪造。因为这些赋都有较高的艺术水平,若作于当时,作者不以自己的名义进赋以求得好处②,却冒充为宋玉的赋

---

① 《汉书·王褒传》载汉宣帝对辞赋的评价说:"'不有博弈者乎?为之犹贤乎已。'辞赋大者与古诗同义,小者辩丽可喜。辟如女工有绮縠,音乐有郑、卫,今世俗犹皆以此虞说耳目,辞赋比之尚有仁义风谕、鸟兽草木多闻之观,贤于倡优博弈远矣。"从这里很可看出统治阶级上层对辞赋的态度。由于体物大赋首先是为统治阶级上层服务的,有些大赋作家即使以前没有意识到这一点,在汉宣帝指出后,也必然要从事美的追求了。

② 当时善于作赋的人,不但可以获得名声,还有可能得到实际的好处。例如司马相如就因赋写得好,而被汉武帝召到京城里去做官;扬雄也因赋写得好,而被人推荐给汉成帝。

献上去干什么呢？所以此赋原本当与傅毅的《舞赋》一样，虽假托为宋玉，但仍署作者的真实姓名；只是在流传过程中作者的真实姓名佚去，遂被误以为宋玉之作而收入了《宋玉赋》中。但从其开始传播到佚去作者姓名，其过程必较漫长，否则作者与其亲友或其后辈尚存于世，可以出来说明，不致以讹传讹而误为宋玉自作。由此言之，此赋即使是陈农访求遗书时收入朝廷的，至迟也当为西汉中期之作。同时，《高唐赋》、《神女赋》两赋在内容上本相连属。在《高唐赋》中，宋玉对楚襄王言怀王于高唐会神女之事，其结尾云："盖发蒙，往自会。"这儿的"往自会"是说楚襄王去的话，自然能与神女相会，已引出襄王会神女之事。而《高唐赋》对此并未触及，自当另有一赋专言此事。故《神女赋》当与《高唐赋》出于一人。《高唐赋》既为西汉中叶以前的作品，《神女赋》的时代当与之相同。

　　《神乌傅（赋）》在古籍中不见著录，一九九三年在江苏东海县尹湾汉墓中出土了《神乌傅（赋）》竹简，始为世人所知。一九九六年第八期《文物》上发表了此简释文。一九九七年第一期《文物》又发表了裘锡圭教授的《神乌赋初探》，除探讨此赋在文学史上的意义外，并对释文作了补正，又对原文作了注释（下面引用此赋主要据裘锡圭教授所释）。至于此赋的写作年代，由于墓主是在汉成帝元延三年（前10）下葬的，其下限自不可能迟于此年，又，《神乌傅》的"傅"自即赋字。把"傅"字作"赋"字来使用，且见于标题，就目前所知，除此篇及同时为墓主殉葬的《列女傅》外，只有刘安的《离骚傅》，见《汉书·淮南王传》[1]。这当然不是班固改"赋"作"傅"，而是刘安原作本用此字。可见，在刘安的时期，"赋"与傅在作为标题时也可通用。但既然如此，这样使用的就不可能只有刘安一人，那为什么在《汉书》里说到别人的赋都用"赋"字，唯独于刘安所作仍用"傅"字呢？推想起来，当是后来于诗赋的赋通用"赋"字，不再使用"傅"字了，所以，刘安同时期或其稍后的作家所写的赋，其标题原用"傅"字的，在传抄过程中都改作"赋"了，而刘安的《离骚傅》因后来不流行[2]，后人未加以传抄，是以标题中的"傅"字一直没有改动。班固为他作传时，也就不再特地改"傅"为"赋"。而《神乌傅》仍用"傅"字，则竹简的书写年代和赋的写作时间都应较早，似不至迟于西汉中期。换言之，它与《高唐赋》、《神女赋》都应出于西汉中期或以前。

　　《高唐赋》写宋玉与楚襄王游云梦之时，宋玉向楚襄王说了楚怀王在高唐

---

[1] 今本《汉书》"《离骚傅》"作"《离骚传》"，王念孙《读书杂志》说"传"为"傅"的误字。以后的学者，一部分赞成王念孙的看法，一部分不同意。但是《神乌傅（赋）》出土后，学术界一般同意王念孙的意见。
[2] 刘安此赋不但无全文流传，而且在唐代的类书中也从不见引用。

梦见神女的事,接着为他描绘了高唐的情况。其说怀王梦神女之事的部分,属于叙事;描写高唐情况的部分,属于体物。而在此赋中,叙事的部分很简短,只有这样的一段记载:

> 昔者先王尝游高唐,怠而昼寝,梦见一妇人,曰:"妾巫山之女也,为高唐之客。闻君游高唐,愿荐枕席。"王因幸之。去而辞曰:"妾在巫山之阳,高丘之岨,旦为朝云,暮为行雨。朝朝暮暮,阳台之下。"旦朝视之如言。故为立庙,号曰"朝云"。

记载虽简单,却颇有诗意。但若与其体物的部分相较,则后者的细腻远非前者所及:

> ……纤条悲鸣,声似竽籁。清浊相和,五变四会。感心动耳,回肠伤气。孤子寡妇,寒心酸鼻。长吏骚官,贤士失志。愁思无已,叹息垂泪。

光是写风吹树枝的声音,就如此大肆铺陈,足见此赋乃是以体物为主。然而,《神女赋》就变而为以叙事为主。从《高唐赋》与《神女赋》的这种变化中,也可以理解叙事赋实是由体物赋滋生而成。

《神女赋》写楚襄王在宋玉为他描绘高唐情况的当夜,就梦见与神女相遇。赋中一部分是刻画神女的状貌的,仍属于体物性质。而更多的部分则叙述神女与襄王会见的过程及其感情上的变化,属于叙事性质。

> ……望余帷而延视兮,若流波之将澜。奋长袖以正衽兮,立踯躅而不安。澹清静其愔嫕兮,性沉详而不烦。时容与以微动兮,志未可乎得原。意似近而既远兮,若将来而复旋。
>
> 褰余帱而请御兮,愿尽心之惓惓;怀贞亮之契清兮,卒与我乎相难。陈嘉辞而云对兮,吐芬芳其若兰。精交接以来往兮,心凯康以乐欢。神独亨而未结兮,魂茕茕以无端。含然诺其不分兮,喟扬音而哀叹。颓薄怒以自持兮,曾不可乎犯干。
>
> 于是摇珮饰,鸣玉鸾;整衣服,敛容颜;顾女师,命太傅。欢情未接,将辞而去;迁延引身,不可亲附。似逝未行,中若相首,目略微眄,精彩相授。志态横出,不可胜记。
>
> 意离未绝,神心怖覆;礼不遑讫,辞不及究;愿假须臾,神女称遽。徊肠伤气,颠倒失据。闇然而冥,忽不知处。情独私怀,谁者可语。惆怅垂涕,求之至曙。

第一段是说:神女望着我的帷帐,眼波流动。轻展长袖,用手拉平衣襟;不安地站了一会,然后宁静下来。有时缓慢地动一下,又自我克制而不再行动①。她的内心好像要接近我,又像是要远离我;好像是要到我这儿来了,却又回转过去。第二段是说:她终于拉开我的帷帐准备与我欢好了,但她的贞洁之怀又使她终难于与我结合。她用美丽的言辞与我对答,吐气芬芳,犹如兰花。我们的精神相互沟通,心里平安喜乐。但是,我由于只是精神感到愉悦,而未能交好,我的灵魂却无端地感到孤独起来。她虽似含有许诺之意而终不分明表露,于是,我长长地叹息。这使她显出薄怒之色,神态矜持,不可侵犯。第三段说:于是她整一整佩饰,玉佩振动而发出鸾鸣一样的声音;又理一理衣服,容饰庄重,向女师和太傅发出返回的命令。未能交好,却将永别;她恋恋不舍地站起来,不容许我对她有亲昵的动作。她像是要去了,却还没有动身,其间对我似看未看,目光略偏,眼中的精彩却朝我倾注。她神志超妙,记不胜记。第四段说:正在这心里想要离开却还未绝然而去的时候,神女突然害怕自己会改变心意,来不及行完辞别之礼,话也尚未说完,她就急遽而去,尽管我希望她能稍留片刻。她走了以后,就只留下我回肠伤气,神魂颠倒,无依无靠。我从梦里醒来,眼前一片黑暗,神女不知何处去了。我的这种孤独的情怀,可以向谁诉说呢?我惆怅流泪,寻求她直到天亮。

综合此四段来看,其过程的叙述,感情的描绘,实在非常细腻。特别是在西汉时代,能有这样的叙事作品,是很值得重视的。当然,由于其所使用的是楚辞体,不是散文,在叙述时难免稍有跳跃。尽管如此,从中仍可看出相当强的叙事能力。同时,作为一篇虚构的作品,这里还包含着较强的想像力与创造力。

《神乌傅》用拟人化的方式写一对乌鸦夫妇的故事。大致是:乌鸦夫妇筑巢于府官园中,为了安全,它们想在筑巢的树的周围插上有刺的棘。但是,它们准备好的材料被别的鸟盗走了。雌乌要它归还,却被它所伤,而且伤得很厉害。在雌乌临死之前,雄乌很悲痛,想跟它一起死,但被雌乌劝阻了。最后,雌乌死去,雄乌悲愤交集,"遂弃故处,高翔而去"。

此赋以四言为主。虽名为赋且押韵,但所用的仍是散文的叙述方式,力图把过程交代清楚,而没有跳跃式的省略。例如写雌乌与盗鸟搏斗受伤而被捆缚起来,又逃回故处的情况说:

> 贼□捕取,系之于柱(?),幸得免去,至其故处。绝系有余,纨树欋椷。自解不能,卒上傅之。不□他拱(?),缚之愈固。

这段是说雌乌被盗乌捆在柱上,幸而被它挣断绳子,逃回故处。但是,它身上

---

① 此就"志未可乎得原"而说。李善释"原"为"本",似未确。此"原"字当释"再"。此句是说,她的意志不容许她有再进一步的动作。

的残余的绳子缠绕到了树上,使它行动不能自由。它不能自己解开,终于被高挂树上,紧贴着树身①。雌乌没有其他的办法,身上的束缚越来越牢固②。至其原文,虽有个别地方的叙述略显含混,但读者只要稍想一想就能清楚(例如,"绝系有余"句中的"绝系",初读时也许不知其何所指,但略一思索,就可理解是雌乌被"系之于柱〔?〕"时被它所挣断的"系",同时也就能进而明白其"幸得免去"是雌乌挣断了捆缚它的绳子的缘故)。所以,其对过程的交代,就总体来说是脉络分明的。

而且,此赋还有很值得注意的三点:其一,多运用"人物"的话语。全文约六百六十字,使用对话和独白共八处,达二百数十字,超过全篇字数的三分之一。且多能符合其当时的处境,也有一定的感情色彩。如雌乌劝阻雄乌同死时所说:"死生有期,各不同时。今虽随我,将何益哉?见危授命,妾志所待(持)。以死伤生,圣人禁之。疾行去矣,更索贤妇。毋听后母,愁苦孤子。"既说明了道理,又流露出对丈夫和子女的关心、爱护,而"疾行去矣"③一句包含着深深的悲痛和无奈。一般说来,运用人物话语的数量与质量是考察一篇叙事性文学作品水平的重要条件之一。其二,此赋已较重视感情的描写。除了用话语来表现以外,还有直接的刻画。如在雌乌死掉以后,"其雄大哀,俶(?)踯非回(徘徊)。尚羊(倘佯)其旁,涕泣从(纵)横。长炊(叹)泰(太)息,忧悗(懑)嘑(唬)呼,毋所告愬(诉):'盗反得免,亡乌被患!'遂弃故处,高翔而去。"既写了它的"大哀",以及由此引起的一连串动作,又写了它的感情的内涵。"盗反"两句,实是它内心的绝叫。最后它的弃去故居,则是因其悲痛已极,不忍再见到妻子死亡的这个所在。此类描写,都能显示雄乌的悲愤。也还有把感情与话语结合起来写的,如写雄乌看到雌乌被缠缚在树上不能解脱的情况:"其雄惕而惊,扶翼申(伸)颈,比(?)天而鸣:'苍天苍天!视颇(彼)不仁。方生产之时,何与其□?'顾谓其雌,曰:'命也夫!吉凶浮沠,额(愿)与女(汝)俱。'"此段写雄乌由惊慌到悲痛到痛不欲生的感情演变,层次颇为分明。其三,此赋已相当重视神态的描画。在写话语时,多伴以神态。如雌乌在发现材料被盗,要对方归还时,是"□□发忿,追而呼之";盗乌对此反唇相讥,是"盗乌不服,反怒作色";在遭到雌乌的反驳后,盗乌又"喷(溃)然怒曰";然后雌乌"沸(怫)然

---

① "纨",疑当读为"缨"。"欋楝",当是行动不能自由之义。"上",高。"傅",附着。"之",这里指树。"卒上傅之"就是终于高高地紧贴在树上的意思。
② "不□他拱(?)",裘锡圭先生认为"他"字下的这个字是否为"拱",很有问题。由于此句只有四字,且有两个字的原文不清楚,所以其意义很难弄明白。根据清楚的这两个字来猜测,大概是"没有其他办法"的意思。
③ 此句意为:"我很快就要离开你了。"

而大怒,张曰(目)阳(扬)麋(眉),喷(奋?)翼申(伸)颈……"至其写雌乌与雄乌的最后一段对话,更将神态夹于话语之间:

> 雌曰:"佐子佐子!"涕泣侯(疾)下:"何□亘家(?)……"

这在我国古代文学作品中,是非常少见的。在"五四"新文学的作品中,则较常见了。

综上所述,可知此赋不但纯出虚构,且在叙事上已有相当高的水平。它的语言通俗,属于通俗文学的范畴。这也反映了汉代通俗文学的成就。

此赋的发现在我国文学史上具有重要意义,它有力地说明了汉代通俗文学与后代通俗文学之间的紧密联系。例如,唐代也是通俗文学发达的时代,其中最为重要的是俗赋和变文。随着《神乌傅》的发现,现在可以断言,唐代的俗赋实源自汉代的俗赋,从而对于俗赋与变文之间的关系,也就可以引起新的思考。

第三节 西汉后期的辞赋

在辞赋的创作上,西汉后期是体物大赋已不能保持原先的旺盛势头,而抒情小赋却有了新的发展趋势的时期。体物大赋的作家代表是扬雄,抒情小赋的作家代表则是班婕妤、刘歆与班彪。

扬雄(前53—后18),字子云,西蜀成都(今属四川)人。据《汉书·艺文志》记载,他有赋十二篇,今存《甘泉赋》、《河东赋》、《羽猎赋》、《长杨赋》、《反离骚》等,另有《解嘲》、《解难》、《剧秦美新》等。汉成帝时,有人向成帝推荐,说他的文章写得像司马相如,被拜为黄门侍郎。他写《甘泉赋》等大赋,就是为了向成帝进行讽谏。

在这些赋中,铺陈夸张最甚的是《羽猎赋》。但主要只写了天子狩猎的过程,而司马相如的《上林赋》在写天子出发狩猎之前,对上林苑的形势和离宫别馆的情况,作了大规模的渲染,其篇幅远远超过了直接写狩猎过程的部分;《上林赋》的宏大的气势,很大程度上是通过这样的渲染而体现出来的。由此而论,《羽猎赋》远不如《上林赋》宏伟。

而且《羽猎赋》在很多描写中,都流露出摹仿《上林赋》的痕迹。例如,《上林赋》写天子出发狩猎时是这样的:

> 于是乎背秋涉冬,天子校猎。乘镂象,六玉虬;拖蜺旌,靡云旗;前皮轩,后道游。孙叔奉辔,卫公参乘。

《羽猎赋》则是：

> 于是天子乃以阳晁始出乎玄宫。撞鸿钟，建九斿，六白虎，载灵舆。蚩尤并毂，蒙公先驱。立历天之旗，曳捎星之旃。

两相比较，其设想十分类似。司马相如是先说天子出猎的时间，然后讲天子坐车的情况、旗帜和为天子驾车的人。《羽猎赋》的那一段也包括了这四个方面。不过司马相如所说的天子出发狩猎的时间是指的季节，扬雄则是指一天里的时辰；同时，扬雄将旗帜分作两次来写，其排列次序也与司马相如的不同，即把"建九斿"置于天子的座车之前，把"立历天之旗"两句列在最后。而从总体来说，则《羽猎赋》的此段文字实源于《上林赋》。所以，就想像力、创造力而论，司马相如均在扬雄之上。

然而，扬雄的讽谏意识却在司马相如之上。《羽猎赋》一开始就说明皇帝应该节俭，对武帝"广开上林"进行批判，并明确地宣告他是怕"后世复修前好"——走汉武帝的老路——才写作此赋以讽谏的。他在次年所作的《长杨赋》，则比《羽猎赋》更进了一步。此赋以虚构的子墨客卿与翰林主人的对话贯穿全篇，这一格局显然来自司马相如的《子虚赋》、《上林赋》。赋中首先由子墨客卿对汉成帝狩猎长杨一事加以批判，再由翰林主人加以反驳。翰林主人说子墨客卿的这番话是"知其一未睹其二"。接着翰林主人全面阐述了自己的见解。他先赞美汉文帝的节俭和汉武帝的武功，再歌颂汉成帝的"遵道显义"，进而说明成帝的狩猎乃是"平不肆险，安不忘危"之意，而且时间很短，以免劳民。狩猎回来后，又抚恤百姓，振兴礼乐。于是子墨客卿大为折服，全篇也到此结束。在这一篇中，铺陈的部分相当少，正面提倡仁义节俭的文字则要多得多，他对汉成帝的歌颂其实只是对成帝的希望。假如说司马相如的体物大赋是以铺陈为主，讽谏为辅，那么，扬雄的这一篇赋已成为以铺陈为辅，讽谏为主。司马相如体物大赋的传统至此有了很大的改变。从这点上说，扬雄作《长杨赋》时已开始从对司马相如的摹仿中脱出。

但是，扬雄后来意识到这种体物大赋在讽谏上总是不会产生好的效果的，它们的实际作用是"劝百讽一"、"劝而不止"。因此他就停止了赋的写作，转向学术性的著述。他的两部大著作《太玄》、《法言》分别为摹仿《周易》和《论语》而作。在这两部著作中，他完全是以纯正的儒家的面貌出现的。扬雄的这一转变，既反映了体物大赋与儒家思想的矛盾，同时也说明了体物大赋虽是从汉武帝时代兴盛起来的，但是，汉武帝的"罢黜百家，独尊儒术"的政策，最终必将导致这种体物大赋的衰微。

与扬雄写作体物大赋相先后，班婕妤写了优秀的抒情小赋《自悼赋》，也是

第一篇由女子所写的伤悼自己命运的赋。

　　班倢伃,楼烦(今山西宁武县附近)人,为汉成帝的妃子。成帝宠幸赵飞燕,倢伃为飞燕所谗,遂自动要求供养太后于长信宫。这就是她作赋自悼的原因。

　　赋的前半部分说她于选进皇宫后,既感侥幸,又兢兢业业,但最终仍被废弃。赋中于此虽不敢怨尤,但仍能使人感受到深藏在内心的痛苦。赋的后半部分,则寓情于景,将其忧郁凄苦表现得十分动人。

　　　　潜玄宫兮幽以清,应门闭兮禁闼局。华殿尘兮玉阶苔,中庭萋兮绿草生。广室阴兮帷幄暗,房栊虚兮风泠泠。感帷裳兮发红罗,纷綷縩兮纨素声。神眇眇兮密靓处,君不御兮谁为荣。俯视兮丹墀,思君兮履綦。仰视兮云屋,双涕兮横流。顾左右兮和颜,酌羽觞兮销忧。惟人生兮一世,忽一过兮若浮。已独享兮高明,处生民兮极休。勉虞精兮极乐,与福禄兮无期。绿衣兮白华,自古兮有之。

在这里,她虽然把自己的哀乐都寄托在君主身上,但这是当时的宫中女子无可奈何的事;作为一个人,她深深知道生命只有一次,而且十分短促,因此,她需要欢笑,需要幸福。可是,所有这一切都被扼杀了。而即使在这样的情况下,她仍然不敢明白地宣泄自己的感情,却用凄冷的景色来象征自己的内心,以清丽的语言来掩盖自己的哀怨。这是真正的悲剧,也是其作品艺术魅力的所在。

　　班倢伃以后的抒情赋作家刘歆,在寓情于景上,也很有特色。

　　刘歆,字子骏,为汉宗室。与其父刘向都是杰出的目录学家。哀帝时为河内太守,徙五原。他既对当时的政治危机感到忧虑,又不满于自己的处境,因作《遂初赋》,记其赴五原时的经历,并抒发心中的忧郁。今引其描写自己由雁门而入云中的一段:

　　　　历雁门而入云中兮,超绝辙而远逝。济临沃而遥思兮,垂意兮边都。野萧条以寥廓兮,陵谷错以盘纡。飘寂寥以荒昒兮,沙埃起之杳冥。回风育其飘忽兮,回贴贴之泠泠。薄涸冻之凝滞兮,莭溪谷之清凉。漂积雪之皑皑兮,涉凝露之降霜。扬电霭之复陆兮,慨原泉之凌阴。激流渐之濙泪兮,窥九渊之潜淋。飙凄怆以惨怛兮,慽风漻以冽寒……

将这种凄厉的自然景色如此集中地加以铺排,这是以前任何辞赋中都没有出现过的现象,虽然铺陈过甚,但仍然可以使读者感到其内心的抑郁与凄凉。

　　刘歆的《遂初赋》除了写途中所见景色外,也结合所经地区的史实以抒发感慨,如"悦善人之有救兮,劳祁奚于太原。何叔子之好直兮,为群邪之所恶!赖祁子之一言兮,几不免乎徂落。霍美不必为偶兮,时有差而不相及。虽韫宝而求贾兮,嗟千载其焉合",就是借晋国的史事,悲慨政事的混浊、直道的难行、贤士的不遇。所以,这实是一种把景色与感情、历史与现实结合起来的作品。由此开了赋中的纪行一体,并对后来的辞赋有相当大的影响。稍后的班彪《北征》固是纪行之作,东汉班昭的《东征》乃至蔡邕的《述行》也都是纪行传统的继续。

班彪(3—54),字叔皮,扶风安陵(今陕西咸阳)人,班固之父,也是一位著名的史学家。作有《史记后传》六十五篇,是后来班固写作《汉书》的重要基础。《北征赋》记述他在西汉末的动乱中离长安至天水避乱的行程。与刘歆的《遂初赋》相似,也是结合途中所见景物与有关的史事,抒发感想。赋的一开头就说:

余遭世之颠覆兮,雁填塞之陀灾。旧室灭以丘墟兮,曾不得乎少留。遂奋袂以北征兮,超绝迹而远游。……

充分表达了心情的沉重。其对历史事件的回顾,也常常与自己的处境相联系,以显示内心的痛苦。如其经郁郅而回忆公刘的事迹时,就强调"彼何生之优渥,我独离此百殃。故时会之变化兮,非天命之靡常";看到日暮时牛羊的返归,则想到《诗经》里曾用"牛羊下来"的景色来描绘思妇对其亲人的怀念,写下了"日晻晻其将暮兮,睹牛羊之下来。寤旷怨之伤情兮,哀诗人之叹时"。因而整篇赋都笼罩着凄惨的感情。这较之《遂初赋》通过史事所抒之情更为直接而浓烈。其对自然景色的描写更能达到集中而突出,较之刘歆的铺陈也是一种进展:

隮高平而周览兮,望山谷之嵯峨。野萧条以莽荡,迥千里而无家。风猋发以漂飖兮,谷水灌以扬波。飞云雾之杳杳,涉积雪之皑皑。雁邕邕以群翔兮,鹍鸡鸣以哜哜。游子悲其故乡兮,心怆恨以伤怀。抚长剑而慨息兮,泣涟落而沾衣。揽余涕以於邑兮,哀生民之多故。夫何阴曀之不阳兮,嗟久失其平度。谅时运之所为兮,永伊郁其谁愬!

用以描写景色的句子远较《遂初赋》为少,但渗透在景色里的感伤却深深地打动了读者。可以说,班彪有力地推动了刘歆开创的纪行赋体的发展。同时,在这段引文中,作者首述自己的行动,次述其所见山川原野,再叙人以外的动物,最后写自己的感情;而王粲《七哀诗》之二(见本书 252 页)的叙述次序与此颇为相似。这很难说是偶然的巧合,王粲也不会低能到刻意模仿;当是平时就很喜欢班彪此篇,浸淫既久,在自己的写作中遂也不免留下印痕。由此言之,班彪赋篇对后来的诗歌也有不可忽视的影响。

第二章　西汉的散文和《史记》

汉代是我国历史上最早出现文学性散文并取得巨大成就的时期。在西汉，不仅完成了非文学性散文到文学性散文的转变，而且创作了值得重视的作品。大致来说，当时的文学性散文分为抒情文和叙事文两类。抒情文中既有纯以抒发自己感情为目的的文章，也有虽具实用性、但以抒发自己感情为主的书信，包括司马迁的《报任安书》、李陵的《答苏武书》等。叙事文则主要是《史记》中的人物传记。这些人物传记并非都是文学散文，但其中有不少可以视为传记文学。这两类作品对后世的散文都有重大的影响。此外还有少数游戏文字也很值得注意。

第一节　西汉前期的散文

西汉前期的散文，包括"上书"和政论文。这两类都还不是文学性散文，但在文学性散文还没有出现的当时，有些作品在文学史上仍有值得注意之处。

"上书"之名始见于《文选》。《文选》所收的有邹阳《上书吴王》、《狱中上书自明》，枚乘《奏书谏吴王濞》、《重谏聚兵》等。这里的吴王都是指吴王刘濞。刘濞在汉初的同姓诸侯王中力量很强，他对中央政权并不尊重，后来终于举兵反叛。邹阳、枚乘都曾仕于吴国，在他反叛之前，曾对他进行过谏诫。这些"上书"中有三篇是为谏阻吴王而作；只有邹阳的《狱中上书自明》作于梁国。他在上书吴王以后，不被采纳，就离开吴国，投奔到梁孝王门下；但为梁孝王的宠臣所妒，向孝王进谗，因而入狱。梁孝王见书后，就立即释放了他，奉为上客。

邹阳是齐人，为人慷慨。《汉书·艺文志》纵横家类著录《邹阳》七篇，其人实为纵横家之属。枚乘的生平简介已见于上章。

这类"上书"都具有实用的目的，力图打动对方，使之赞同自己的意见。就这一点来说，它们与战国策士的游说之辞有其相通之处。但是作者又往往夸耀自己，表现自己的志节，这就使作品部分地具有感情色彩和抒情的意味，例如邹阳的《上书吴王》：

> 臣闻蛟龙骧首奋翼，则浮云出流，雾雨咸集。圣王砥节修德，则游谈之士，归义思名。今臣尽智毕议，易精极虑，则无国而不可干；饰固陋之心，则何王之门不可曳长裾乎？然臣所以历数王之朝，背淮千里而自致者，非恶臣国而乐吴民也，窃高下风之行，尤说大王之义。故愿大王无忽，察听其至。

在这里，他首先巧妙地运用比喻，说明诸侯王只有"砥节修德"，才能使自己声势壮大，吸引游士为他尽力；以蛟龙云雨作比，也生动而富于气势，是较好的修辞手法。接着，作者进一步说明自己并不是非依附吴王不可，显示出他的自信和自尊，从而使读者较具体地看到他的精神风貌。这种对自己精神风貌的显露，也正是抒情文的特征之一。

另一方面，为了使对方接受自己的意见，又往往表示出对对方的关心，以从事感情的交流。这些部分也具有文学意味，例如枚乘的《上书谏吴王》：

> ……忠臣不避重诛以直谏，则事无遗策，功流万世。臣乘愿披心腹而效愚忠，惟大王少加意念恻怛之心于臣乘言。夫以一缕之任系千钧之重，上悬之无极之高，下垂之不测之渊，虽甚愚之人犹知哀其将绝也。马方骇鼓而惊之，系方绝又重镇之；系绝于天不可复结，坠入深渊难以复出。其出不出，间不容发。能听忠臣之言，百举必脱。必若所欲为，危于累卵，难于上天；变所以欲为，易于反掌，安于泰山。今欲极天命之上寿，敝无穷之乐，究万乘之势，不出反掌之易，居泰山之安，而欲乘累卵之危，走上天之难，此愚臣之所大惑也。

这一连串生动的比喻的运用，都是要起到一种震骇的作用。以这种危险的景象来打动对方，与后来南朝丘迟的《与陈伯之书》以江南三月的美丽景象来打动对方（见本卷360页关于丘迟的部分）实是同一机杼，只不过运用的景象有所不同而已。这都可视为文学的成分。而正因作者是要与对方从事感情交流，所以在这段文字中，作者并没有就事件本身作任何的分析，他所表示的乃是为对方的忧急和惋惜。

西汉前期的政论文作家，最有代表性的是贾谊和晁错。贾谊的生平简介，已见上一章。他的政论散文，最著名的是《过秦论》和《论治安策》。《过秦论》旨在论述秦的过失，分上、中、下三篇。它所总结的秦王朝灭亡的原因，是"仁义不施，而攻守之势异也"。所谓"仁义不施"自然是从儒家的思想出发，而所谓"攻守之势异也"则是一个政治家的看法。其意思是说：战国时期秦所占有的土地,主要是在函谷关以内,由于函谷关的存在,别的国家就很难去进攻它,这也就是《过秦论》一开始所说的"秦孝公据殽函之固,拥雍州之地,君臣固守,而窥周室";但在统一全国以后,它的疆域大为扩大,到处都会受到攻击,因而失掉了原来的地理优势。而从文学的角度来看,此篇之值得注意的,则在于它的铺陈与夸张。如以下的一段:

> ……当此之时,齐有孟尝,赵有平原,楚有春申,魏有信陵。此四君者,皆明智而忠信,宽厚而爱人,尊贤而重士,约从离衡,并韩、魏、燕、赵、宋、卫、中山之众。于是六国之士,有宁越、徐尚、苏秦、杜赫之属为之谋,齐明、周最、陈轸、召滑、楼缓、翟景、苏厉、乐毅之徒通其意,吴起、孙膑、带佗、兒良、王廖、田忌、廉颇、赵奢之伦制其兵。尝以什倍之地,百万之众,叩关而攻秦。秦人开关而延敌,九国之师逡巡遁逃而不敢进。秦无亡矢遗镞之费,而天下诸侯已困矣。

此处所写,就属夸张。其中所列举出来的六国的一系列人物,许多并非同时,有的生活在"约从离衡"之前,有的则生活在"约从离衡"之格局已被打破之后,例如吴起、孙膑就与廉颇、赵奢隔开不少年代。说秦"无亡矢遗镞之费"就打败了六国的"百万之众",更非事实。这种写法,还是战国策士的遗风。不过,他举出一连串的"通其意"、"制其兵"的人物,以示六国力量的强大,而不管这些人是否同时,这跟后来的体物大赋说植物时就举出一连串植物名称,说动物时就举出一连串动物名称,而不管其地是否真有这么多的植物、动物,却是同一机杼。在这些地方,都可看出散文与赋之间的关系。

他的《论治安策》又名《陈政事疏》,主要是对当时他所认为的不利于汉王朝统治的现象予以揭示,并提出一些解决的办法。这完全是一种政治上的建议书,其文学成分也远不如《过秦论》。

晁错(?—前154),颖川(今河南禹县)人。在汉景帝时曾很受信用,官至御史大夫。他辅助景帝积极推行打击诸侯王的政策,引起诸侯王的武装反抗,这就是所谓的"吴楚七国之乱"。由于叛军力量强大,汉景帝一度想与他们妥协,因而杀了晁错,以示让步。但叛乱的诸侯并未撤兵,战争还是继续下去了。最后,叛军被消灭,诸侯王的力量在这一役中遭到了决定性的打击,汉景帝有力地巩固了中央集权的统治。

晁错的政论文,其传世者,有《论贵粟疏》、《言兵事疏》、《守边劝农疏》、《贤良文学对策》等。他的文章比贾谊的谨严,几乎无文学性可言。仅《论贵粟疏》的个别段落尚有一些感情色彩。如:

> 今农夫五口之家,其服役者,不下二人;其能耕者,不过百亩;百亩之

收,不过百石。春耕夏耘,秋获冬臧,伐薪樵,治官府,给徭役,春不得避风尘,夏不得避暑热,秋不得避阴雨,冬不得避寒冻,四时之间,亡日休息。又私自送往迎来,吊死问疾,养孤长幼在其中。勤苦如此,尚复被水旱之灾,急政暴虐,赋敛不时,朝令而暮改。当具有者,半贾而卖;亡者,取倍称之息。于是有卖田宅、鬻子孙以偿责者矣。

对农夫的痛苦生活的描写,虽然简要,但从字里行间仍可体味到他对农民的同情。像"勤苦如此,尚复被水旱之灾……"这样的语意转折中,隐隐透露出他的感情,他显然认为农民的这种处境是不公平、不合理的。但是,他由于同情农民而主张打击商贾,这实在并不真正能改善农民的生活。而在后来的封建社会里,这种"重农抑商"的政策却一直起着很大的作用。这篇《论贵粟疏》,最早见于《汉书·食货志》,目前的篇名是后人所加。

自西汉中期起,文学性散文开始出现。为了进一步明确文学与非文学的界限,也为了节省篇幅,本书在叙述以后的文学发展过程时,除了个别必须的情况外,不再介绍非文学性散文。

第二节 司马迁和西汉中期的散文

西汉中期是散文发展取得了辉煌成就的时代,无论叙事散文还是抒情散文都有了重要的发展。叙事文学的代表作是司马迁的《史记》,抒情散文的作家则有东方朔、司马迁、李陵、杨恽等人。

一、司马迁的生平和思想

在汉代的散文作家中,成就最高的是司马迁。因为其所著的《史记》含有很多优秀的传记文学作品。

司马迁(前145—约前87),字子长,左冯翊夏阳(今陕西韩城)人,出生于史学世家,父亲司马谈任太史令。他在近十岁时,随父亲移居长安,向孔安国学《古文尚书》;又曾向董仲舒学《春秋》。二十岁起,游历南方,由江、淮、会稽而至沅湘流域,又经齐、鲁、梁等地而回长安,后任郎中,又曾奉使至今四川、云南等地。这种经历,增长了他的见识,使他对现实的社会生活获得了较具体的感受,并对历史上的著名人物所到之处作了实地考察,为他以后的写作《史记》创造了很有利的条件。

他的父亲司马谈曾立志写一部杰出的历史著作。元封元年(前110)司马谈去世,他把自己这一未能完成的愿望交托给司马迁来实现。元封三年,司马迁继任太史令。从此,他有机会接触国家收藏的各种档案及图书资料,他的撰写《史记》的工作也得以顺利进行。天汉二年(前99)发生了李陵投降匈奴的事件,司马迁对此发表了自己的意见,因此而遭到腐刑。这使司马迁体验到了专制独裁的淫威、世态的炎凉,也感受到社会的压力,在他的内心激起强烈的反抗。作为对这种迫害的回答,他决心忍辱苟活,以写好他的这一部伟大的著作。他自己说,他的这部著作要"究天人之际,通古今之变,成一家之言"(《报任安书》)。也就是要对历史的发展作出总结,从而发表自己一系列关于社会和人生的见解,当然也包括对于现实的批判。

他在这样的处境下完成的《史记》是我国的第一部通史,上起传说中的黄帝,下至汉武帝时期,共十二本纪、十表、八书、三十世家、七十列传,总共一百三十篇。"本纪"记载列代君主(包括传说中的君主和名义上、实际上的君主)的事迹,以时间的先后为序,实是全书的大纲。"表"是记载历史上各个时期的重大事件的简表。"书"是对自然界和人类社会的一些重大现象、问题及其历史演变的分门别类的记载,包括天文、历法、水利、经济、礼、乐等,具有专门史的性质。"世家"是统治一定地区的世袭家族,以及在汉代祭祀不绝的人物(如孔子、陈涉)的传记。"列传"是在历史上起过重要作用但不符合世家条件的人物的传记,也包括中国边远地带的有关民族的史事。作为历史著作,这五个门类相互配合,较为全面地显示出社会发展的过程。后来班固写《汉书》,基本上沿袭这一体例,只是把"书"改称为"志",并取消"世家";那是因为西汉到后来已经没有那样的世袭家族,而孔子这样的人物,当然不能收录在专记汉代历史的《汉书》里。从文学性的角度看,《史记》中最重要的是本纪、世家和列传,因为这些绝大部分都是人物传记。

司马迁写作《史记》的指导思想,主要是黄老思想。他的父亲司马谈在论六家(阴阳、儒、墨、名、法、道)要旨时,推重道家,而贬抑儒家。当时的所谓"道家",其实也就是"黄老思想"。在本编的《概说》中,我们曾经指出,黄老思想实际上是道家思想和法家思想的结合,但既称为黄老,又注重清静无为,所以也就被列入道家。司马迁的尊崇黄老,一方面固然是家庭的影响,另一方面也包含着他自己对于汉代的历史发展的看法。

在《曹参世家》中,他记述曹参为齐相时的政绩说:"其治要用黄老术,故相齐九年,齐国安集,大称贤相。"这很清楚地说明:他认为黄老思想是能把国家治理好的思想。他在此段文字中特意加了一个"故"字(如无此字,文意仍可连贯),更强调了两者之间的因果关系。而且,他认为黄老思想不但对诸侯国能起这样的作用,对全国也是如此。同篇又记载了曹参在担任汉的相国后坚持黄老思想及其受到百姓赞美的情况,在篇末的赞中再次肯定他的"清静",并说:"百姓离秦之酷后,参与休息无为,故天下俱称其美矣。"不但对曹参,就是对于在统治集团内部斗争中显得很残忍的吕后,司马迁也称赞了她在治理百姓方面的清静无为。他在《吕太后本纪》的赞中说:"孝惠皇帝、高后之时,黎民得离战国之苦,君臣俱欲休息乎无为。故惠帝垂拱,高后女主称制,政不出房户,天下晏然,刑罚罕用,罪人是希,民务稼穑,衣食滋殖。"

然而,黄老思想不但有强调清静无为的一面,也有重视刑法的一面。司马迁对后者也没有忽略,他在《曹参世家》里记录了当时百姓赞美曹参的一首歌:"萧何为法,顜若画一。曹参代之,守而勿失。载其清静,民以宁一。"在这儿说到萧何的"为法",是因萧何为汉律九章(那是汉代早期的一部较系统和正规的律法)的制定人(见《汉书·刑法志》)。在《萧相国世家》的赞里,司马迁对萧何作这样的评论:"何谨守管籥,因民之疾,奉法顺流,与之更始……位冠群臣,声施后世,与闳夭、散宜生等争烈矣。"他对萧何的评价很高,而且还有"奉法顺流"一句,可见他对萧何的立法也持肯定的态度。在《史记·张释之冯唐列传》里边,司马迁还肯定了张释之坚持按法律办事而不按皇帝意志定人罪名的行为,赞美他"守法不阿意",所谓"不阿意"就是不奉承皇帝之意。所以,司马迁所主张的黄老思想,是一方面坚持清静无为,不烦扰百姓,另一方面能够有一种体现清静无为精神(即所谓"顺流")的法律,而且严格按这样的法律办事。

司马迁所说的清静无为,包括让人民按照其本性从事生产,以提高自己的生活水平这样的意思。所以,他在《货殖列传》中说:"富者,人之情性,所不学而俱欲者也。"又说:"人各任其能,竭其力,以得所欲。故物贱之征贵,贵之征贱,各劝其业,乐其事,若水之趋下,日夜无休时,不召而自来,不求而民出之。岂非道之所符,而自然之验邪!"也正因此,他对汉初推行清静无为政策的赞扬的重要原因,就在于由此创造了巨大的物质财富,并给人民带来富足的生活。他在《史记·平准书》里说:"汉兴七十余年之间,国家无事,非遇水旱之灾,民则人给家足,都鄙廪庾皆满,而府库余货财。京师之钱累巨万,贯朽而不可校;太仓之粟陈陈相因,充溢露积于外,至腐败不可食。众庶街巷有马,阡陌之间成群,而乘字牝者傧而不得聚会。守闾阎者食粱肉,为吏者长子孙,居官者以为姓号。故人人自爱而重犯法,先行义而后绌耻辱焉。"

然而,在他看来,这样的一种景象都被汉武帝所推行的政策破坏了。《平准书》说:"自是之后,严助、朱买臣等招来东瓯,事两越,江淮之间萧然烦费矣。唐蒙、司马相如开路西南夷,凿山通道千余里,以广巴蜀,巴蜀之民罢焉。彭吴贾灭朝鲜,置沧海之郡,则燕齐之间靡然发动。及王恢设谋马邑,匈奴绝和亲,侵扰北边,兵连而不解,天下苦其劳。而干戈日滋,行者赍,居者送,中外骚扰而相奉,百姓抏弊以巧法,财赂衰耗而不赡,入物者补官,出货者除罪,选举陵迟,廉耻相冒,武力进用,法严令具,兴利之臣自此始也。"整篇《平准书》,几乎都是批判汉武帝的,对他的政策采取基本否定的态度。最后说:"于是外攘夷狄,内兴功业,海内之士力耕,不足粮饷;女子纺绩,不足衣服。古者尝竭天下之资财以奉其上,犹自以为不足也,无异故云。事势之流,相激使然,曷足怪焉。"在他看来,汉武帝的时代就是"竭天下之资财以奉其上,犹自以为不足也"的时代。

不过,司马迁并不认为这仅仅是汉武帝个人的责任,所谓"事势之流,相激使然",也就意味着这是一种时代潮流,并非某个人的意志的结果。他在《平准书》中叙述了汉兴七十余年以来所造成的富足情况以后,接着又说:"当此之时,网疏而民富,役财骄溢,或至兼并,豪党之徒,以武断于乡曲,宗室有土,公卿大夫以下,争于奢侈,室庐舆服僭于上,无限度。物盛而衰,固其变也。"这也就是说在这样的兴盛之中,本来就潜伏着衰变的因素。汉武帝的政策,本来也就是在这样的形势下形成的。

当然,这又不是意味着汉武帝对"竭天下之资财以奉其上,犹自以为不足"的局面的形成没有个人责任。《货殖列传》在说到人民都在求利以图享乐时说:"故善者因之,其次利道之,其次教诲之,其次整齐之,最下者与之争。"所谓"与之争",就是与民争利。而他在《平准书》中说了"兴利之臣自此始也"之后又简单地介绍了这些"兴利之臣"的行为。总的来说,他们都是"与民争利"。由此可见,司马迁认为汉武帝所采取的是最下的政策。这就显然含有批判意味。总之,在司马迁看来,西汉进到高峰时期的那种繁荣、富庶的情况是不可能永远继续下去的,但是,局面变得那么严重却是汉武帝的政策造成的。

在汉武帝所推行的政策中,司马迁对之不满的,除了"与民争利"这一点外,还有高度的中央集权、专制独裁、严刑酷法、草菅人命、用人全凭个人好恶等等。例如,《平准书》说:"自公孙弘以《春秋》之义绳臣下,取汉相,张汤用峻文决理为廷尉,于是见知之法生,而废格沮诽穷治之狱用矣。其明年,淮南、衡山、江都王谋反迹见,而公卿寻端治之,竟其党与,而坐死者数万人。长吏益惨急,而法令明察。"就是一种很明显的批判。所谓"以《春秋》之义绳臣下",就是要群臣对天子绝对服从,而天子则可对臣下任意处置,这正是专制独裁的一个重要方面。至于其他的那些文字,所说的都是严刑酷法、草菅人命的事。在《李将军列传》、《卫将军骠骑列传》等篇中,司马迁指出,卫青、霍去病并无真正的大将之志和大将之才,但却一再被汉武帝委以重任,而像李广这样有突出的军事才能的将军,却一直不被重用,最后被迫自杀。这是对专制独裁之下用人全凭皇帝个人好恶的严厉批判,也可说是对东方朔曾指出的"用之则为虎,不用则为鼠"(《答客难》)的现象提供的实证。而且,司马迁对于打击诸侯王以加强中央集权的政策也是不满的。这政策在汉武帝以前就开始推行,晁错是这方面的急先锋。司马迁在《史记·袁盎晁错列传》的赞中评价晁错说:"后擅权,多所变更。诸侯发难,不急匡救,欲报私仇,反以亡躯。语曰:'变古乱常,不死则亡。'岂错等谓邪!"对晁错的"变古乱常",也显然并不赞成。

　　由上所说,可知司马迁的黄老思想与汉武帝的政策之间存在着尖锐的矛盾。而汉武帝的政策又是跟当时的儒学联系在一起的,所以,他对公孙弘等打着儒家招牌的人显然也持批判态度。但是,他对儒家思想本身并不否定,对孔子还很尊重;只是他所理解的儒家思想,与公孙弘等人所提倡的很不一样。他在《太史公自序》里引用父亲司马谈的话说:"儒者博而寡要,劳而少功,是以其事难尽从。然其序君臣父子之礼,列夫妇长幼之别,不可易也。"司马迁是赞成他父亲的这种意见的,他所肯定于儒家的也就是"序君臣父子之礼,列夫妇长幼之别"。但是,礼为什么是必要的呢?他在《太史公自序》中说:"维三代之礼所损益各殊务,然要以近情性、通王道,故礼因人质为之节文……"所以,礼必须近情性。他所肯定的儒家的礼,也是他所认为的近情性的礼。而公孙弘等儒家所主张的礼,则是扼杀广大人民的情性,以满足皇帝个人的欲望,这样的礼自是司马迁所反对的。

　　正因从黄老思想出发写作的《史记》与汉武帝的政策之间存在着尖锐的矛盾,卫宏《汉书旧仪注》中的下面一段话恐怕并不是毫无根据的:"司马迁作《景帝本纪》,极言其短及武帝过。武帝怒而削去之。后坐举李陵,陵降匈奴,故下迁蚕室。有怨言,下狱死。"此处所记,与《汉书·司马迁传》所说的不一致,学者对之多持怀疑态度。但是,卫宏是东汉时期的人,他说司马迁"有怨言,下狱死",总应有所本。今天虽已不能知道其来源和是否可靠,而若考虑到汉宣帝时的杨恽因在所作《报孙会宗书》中对自己处境有所不满竟致被杀的事实,那么,司马迁的"有怨言,下狱死"实在并非意外的事。他作有《报任安书》,是在友人任安已经下狱而且即将被处死刑的时候所写,所以这封信必然是送到监狱里去的。而任安所牵连进去的是太子叛乱的大案件,是汉武帝亲自过问的,这样,监狱当局对任安自不能不特别注意。因而送进监狱去的这封信被监狱当局发现而呈报上去,并被汉武帝看到的可能性是很大的。汉宣帝比汉武帝宽厚得多,尚且要腰斩杨恽,司马迁的《报任安书》,其不满情绪远在杨恽的《报孙会宗书》之上(均见本节中《西汉中期的抒情文及其他》),以汉武帝的忌刻,岂有宽纵司马迁之理?所以司马迁"有怨言,下狱死"的可能性确是存在的,班固的《汉书·司马迁传》不载此事,大概是有所顾忌的缘故。《汉书·司马迁传》说《史记》中"十篇缺,有录无书",张晏注说:"迁没之后,亡《景纪》、《武纪》、

《礼书》、《乐书》、《兵书》、《汉兴以来将相年表》、《日者列传》、《三王世家》、《龟策列传》、《傅靳列传》。元成之间，褚先生补缺，作《武帝纪》、《三王世家》、《龟策》、《日者传》，言辞鄙陋，非迁本意也。"①班固没有说明何以"有录无书"的原因，张晏说是司马迁死后亡失，也是想当然之辞。这十篇是否全部或部分被汉武帝削去？如果是，又在何时被削去？这都是问题。卫宏说先被削去《景帝本纪》，也未知其是否可靠，说司马迁因举李陵而受腐刑，也与事实有出入。但汉代的统治者把《史记》作为"贬损当世"的书则是确实的，班固《典引》引永平十七年"诏"："司马迁著书，成一家之言，扬名后世。至以身陷刑之故，反微文刺讥，贬损当世，非谊士也。"东汉皇帝尚且这么看，西汉皇帝是更会有切肤之痛的吧。汉武帝如看到《史记》，确也可能大发雷霆。

《史记》在西汉时原称《太史公书》，至东汉末才改称《史记》，但是，其在西汉时称《太史公书》，是司马迁自己给它起的书名还是别人所称，现在也已毫无材料可资依据。

二、《史记》的文学成就

在《史记》以前，已经有了《左传》、《国语》、《战国策》等历史散文。《左传》、《国语》所记的是历史事件，特别是历史事件的具体过程，只是在所记某些过程的某个或几个段落中，出现了若干具有文学成分的描写。但是，没有一个事件的过程，也没有一个人物，是完全用文学的手法来写成的。《战国策》虽然重在写战国游士的言论、活动及其作用、力量，重点由事转为人，但是，也只是写某些人物的某个活动时，出现一些文学成分，对整个活动的描写仍然不是文学性的。以《战国策》的《触龙说赵太后》来说，尽管前半部分写触龙跟赵太后聊家常的时候，很有些文学意味，但是，其后半就转为劝说赵太后让长安君到齐国做人质，重点在于写其说服赵太后的理由，而说理当然不属于文学的范畴。所以，就触龙来说，只是借助某些具有人情味的动作和话语来达到其说理的目的，而就《触龙说赵太后》来说，那些体现出文学成分的描写只不过是其说理的陪衬。而在《史记》中却有好多篇是可以称为文学作品的，而且有的具有突出的成就。所以，《史记》本身就是我国古代的文学名著之一，尽管其中的有些篇也显然不是文学作品，例如《史记》中的"表"和"书"。当然，《史记》同时又是一

---

① 颜师古《汉书注》对张晏此说提出批评："序目本无兵书，张云亡失，此说非也。"但南朝宋裴骃作《史记集解》引张晏此注，"兵书"作"律书"；裴骃时代比颜师古要早得多，可能张晏注本作"律书"，在传抄过程中，"律"误作"兵"，颜师古所见本作"兵书"，当是误字。

部伟大的历史著作,但它的作为历史著作的意义不是本书所要介绍的内容。

《史记》中存在不少文学传记,实与它以人物为本位这一点密不可分。在它以前的历史著作,或以时间为本位(如《春秋》、《左传》的按年记述),或以地域、事件为本位(如《国语》、《战国策》),从没有像《史记》那样以人物为本位的①。这是因为:司马迁在写历史著作时,对个人给予极大的关心。他在《史记·伯夷列传》中说"君子疾没世而名不称焉",但许多品德崇高的"岩穴之士",由于没有地位高的人为之表彰,"类名湮灭而不称,悲夫"! 同书《游侠列传》也说:"至如闾巷之侠,修行砥名,声施于天下,莫不称贤,是为难耳。然儒、墨皆排摈不载。自秦以前,匹夫之侠湮灭不见,余甚恨之。""悲"也好,"恨"也好,都是为这些杰出的个人在历史上受到的不公正待遇而不平。他自述其写作七十篇列传的原因说:"扶义俶傥,不令己失时,立功名于天下,作七十列传"(《太史公自序》)。他所看重并予以记述的,是他们"不令己失时"——抓住际遇,充分发挥自己作用——的特点。这种对于个人及其主观能动性(闾巷之侠的"修行砥名"也是主观能动性的表现)的强调,对于这些人物的遭遇的关注,就是《史记》中出现大量的人物传记并以此来反映历史面貌的根本原因。从这一点说,司马迁的《史记》是与春秋战国时期重视自身的意识逐渐滋生、一些杰出人物力图发挥其自身生命价值的传统紧密联系在一起的。

大致说来,《史记》的文学成就表现在以下几个方面。

首先,《史记》中的不少篇章已以文学的手段来塑造人物形象。这些人物当然都不是虚构的,但在作品里,他们是以一系列具体生动的描写构成的。如《项羽本纪》写项羽的诛宋义、救巨鹿、鸿门宴、不愿建都关中、分封诸王、中反间计、烹周苛、欲烹刘邦父亲、向汉王挑战、垓下之围、自杀前的表现等,均非抽象、平淡的叙述。鸿门宴、垓下之围那些著名的段落固然不必说,就是像项羽向刘邦挑战的那一小节,就已很能显示出这种特色:

> 楚汉久相持未决,丁壮苦军旅,老弱罢转漕。项王谓汉王曰:"天下匈匈数岁者,徒以吾两人耳,愿与汉王挑战,决雌雄,毋徒苦天下之民父子为也。"汉王笑谢曰:"吾能斗智,不能斗力。"项王令壮士出挑战,汉有善骑射者楼烦,楚挑战三合,楼烦则射杀之。项王大怒,乃自被甲持戟挑战。楼烦欲射之,项王瞋目叱之,楼烦目不敢视,手不敢发,遂走还入壁,不敢复出。汉王使人间问之,乃项王也。汉王大惊。

仅此一节,就已生动地显示出了项王的英雄气概。他跟汉王所说的那些话语,

---

① 在《史记》以前的《穆天子传》是记周穆王的经历,其书的性质与《史记》不同。

固然是英雄的话语；在自己军中的壮士一再被射杀的情况下，他亲自出战，而且仅仅是"瞋目叱之"，就使得善射的楼烦如此恐惧，这更是英雄的行为，称得上盖世无双！

正因传中人物的一生，是由这么多生动的画面所构成，再加上一些起陪衬作用或铺垫作用的具体的记述，例如"籍长八尺余，力能扛鼎，才气过人"，"项籍少时学书，不成，去，学剑，又不成。项梁怒之，籍曰：'书足以记名姓而已；剑，一人敌，不足学。学万人敌。'于是项梁乃教籍兵法，籍大喜，略知其意，又不肯竟学"，等等，整个形象就显得具体而丰满，因而既是历史人物，又是文学形象。

当然，因为《史记》主要是一部历史著作，所以，在写项羽等人物时，不能不把有关的重要历史事件都写进去，同时也不可能把所有的历史事件都写得那么具体、生动，有些就只能采取简单交代的方式。但因就其基本方面来看，作品所提供的已是文学人物的形象，这些简单交代的部分，并不能改变作品的文学性。

这样的文学形象，除了《项羽本纪》中的项羽以外，还有《高祖本纪》里的刘邦，《留侯世家》里的张良，《魏公子列传》里的信陵君，《廉颇蔺相如列传》里的蔺相如，《刺客列传》里的荆轲，《淮阴侯列传》里的韩信，《李将军列传》里的李广等等。此外如《陈涉世家》中的陈涉、《平津侯主父列传》里的主父偃，虽就人物的整体描写来看，不如上述的这些人物形象，但也有若干较出色的画面。

其次，这些作品里不仅作为传主的人物形象是文学形象，并且非传主的人物也常有生动细致的描写。仍以《项羽本纪》为例，其写宋义、范增、樊哙、刘邦等，也都各具自己的特色。其中着笔最少的是宋义。他本是项羽叔父项梁的部下，项梁战胜而骄，宋义劝谏不听，项梁派遣宋义出使于齐，他在路上碰到齐国的使者高陵君显，就对高陵君说："臣论武信君（项梁）军必败。公徐行，即免死；疾行，则及祸。"项梁果然失败了，他因此而被提拔为上将军，与项羽一起领兵去救赵。当时秦兵把赵王围困在巨鹿，宋义率领的军队到安阳就停了下来，一连住了四十六天，于是与项羽发生冲突：

> 项羽曰："吾闻秦军围赵王钜鹿，疾引兵渡河，楚击其外，赵应其内，破秦军必矣。"宋义曰："不然。夫搏牛之虻，不可以破虮虱。今秦攻赵，战胜则兵罢，我承其敝；不胜，则我引兵鼓行而西，必举秦矣。故不如先斗秦赵。夫被坚执锐，义不如公，坐而运策，公不如义。"因下令军中曰："猛如虎，很如羊，贪如狼，强不可使者，皆斩之！"乃遣其子宋襄相齐，身送之至无盐，饮酒高会。天寒大雨，士卒冻饥。

在他与高陵君显的谈话的语气中,已可体会到他的自信和他的喜欢自我炫耀。在他与项羽的对话中,这种自信已经发展为骄傲自大,毫不考虑别人的意见;他所下的命令更显示了他的刚愎自用和仗势欺人,而在"天寒大雨,士卒冻饥"的情况下,他竟然为了给自己儿子饯行而"饮酒高会",更说明他完全不把士兵放在眼里,也根本没有军事领导的能力。所以,虽是很简单的几笔,但宋义这个人物已在读者的脑中留下了相当深的印象。至于"鸿门宴"的樊哙,当然更是形象鲜明:

> 哙曰:"此迫矣!臣请入,与之同命。"哙即带剑拥盾入军门,交戟之卫士欲止不内,樊哙侧其盾以撞,卫士仆地。哙遂入,披帷西向立,瞋目视项王,头发上指,目眦尽裂。

樊哙对刘邦的忠贞、焦急、勇烈、无畏都写得栩栩如生。不过他们在《项羽本纪》中都不是具有独立意义的存在。宋义既是这样的一个人物,那么,项羽把他杀掉完全是对的,这显示了项羽的决断和魄力。樊哙如此英勇,又是如此的气势,但据下文所写,项羽仅仅为他的闯入而"跽"①,因而显出了项羽的勇敢和镇定。

所以,《史记》的这种写法,一方面在作品里除了传主以外还刻画另一些文学形象或具有文学成分的人物,从而提高整篇作品的文学水平;另一方面,也使传主的形象更为突出,有红花绿叶相得益彰之效。其缺陷是:《史记》到底是一部主要以人物传记构成的历史书,不少人物本身必须有单独的传,因而有的事件会牵涉到两个以上的有传的人物。在这样的情况下势必只能把这件事主要写入某一传记,而在另一篇传记里只能简单地提一下甚或不提。例如,在《史记·樊哙列传》里就不能像在《项羽本纪》里那样地写他在鸿门宴中的表现。这对于在《樊哙列传》里塑造樊哙形象便成为一种损失。这种把一个事件详略不同地记入两篇或多篇传记,甚或在有的传记里根本不写,让读者去看另一篇传记,这种方法称为"互见"。如果我们把《史记》作为文学研究的对象,那么,在研究某一形象时,必须把散见于其他传记里的描写一并汇总起来。

第三,《史记》在写人物时,已能调动多种文学手段,通过人物的形貌、神态、动作、话语、行动的场面、气氛、人物的相互关系等方面,来写人物的特征。而且,不但写他们在重要事件中的表现,也写他们的若干生活细节,因而能展示其较完整的面貌。

关于人物的形貌、神态和动作,上引关于项羽、樊哙的段落已是很好的例

---

① 古时席地而坐,坐时把双脚垫在臀下;"跽"是把膝盖以上的腿部挺直。

子,不过,项羽的挑战和樊哙的闯宴都是在重大事件中发生的。这儿再引一段生活上的小事:

> (周)昌尝燕时入奏事,高帝方拥戚姬。昌还走,高帝逐得,骑周昌项,问曰:"我何如主也?"昌仰曰:"陛下即桀纣之主也。"于是,上笑之。然尤惮周昌。(《史记·张丞相列传》)

当时刘邦已经做皇帝,周昌是御史大夫,这是仅次于丞相、太尉的高官,不料在皇帝与这样的大官之间竟会出现如此一幕。在这里既活现了刘邦的无赖相,但更显示了他的精明。周昌当面骂他"桀纣之主",他不怒反笑,不但不给周昌任何处分,而且对他非常忌惮。这说明他对周昌很了解,深知其对自己确是忠心耿耿,为了巩固统治,他绝不愿意杀掉周昌这样的忠臣,因而不但宽容他的顶撞,而且自己还不得不因他而有所收敛。这一逐、一骑、一笑,就使读者对刘邦增加不少了解。当然,在这里同时也表现出周昌的倔强。

至于写人物的话语,上引宋义的那两段话与周昌的那一句很简单的话,都能在某些方面显示人物的性格特征。项羽在从"垓下之围"中冲出,乌江亭长为他准备好船只,请他渡江时,"项王笑曰:'天之亡我,我何渡为!且籍与江东子弟八千人渡江而西,今无一人还,纵江东父兄怜而王我,我何面目见之?纵彼不言,籍独不愧于心乎!'"(《史记·项羽本纪》)这一段话也很能显示出英雄末路的悲凉和强烈的自尊,尤其是那一"笑",更含蕴着无限的痛苦、心酸和宁死也不接受屈辱的坚强!

但是,在考察《史记》中人物的话语时,不仅应该注意他们的对话,也应重视他们以诗歌的形式表现出来的内心活动。项羽的《垓下歌》和刘邦的《大风歌》,我们在下一章中将作介绍,这里再引一首刘邦的作得并不好、但很能看出其思想感情的歌。那是刘邦唱给他的宠姬戚夫人听的。刘邦的太子是其原配夫人吕后所生,刘邦想废掉这一位太子而立戚夫人儿子如意为太子。但太子请了四位很有声望、连刘邦也请不动的人为辅佐,这使刘邦大为震动:

> 四人为寿已毕,趋去,上目送之。召戚夫人,指示四人者曰:"我欲易之,彼四人辅之,羽翼已成,难动矣。吕后真而主矣。"戚夫人泣,上曰:"为我楚舞,吾为若楚歌。"歌曰:"鸿鹄高飞,一举千里。羽翮已就,横绝四海。横绝四海,当可奈何!虽有矰缴,尚安所施?"歌数阕,戚夫人嘘唏流涕。上起去……(《史记·留侯世家》)

从这首歌可以很清楚地看出刘邦对他的大儿子的态度。他恨不得像射鸟一样地把自己的这个亲生儿子一箭射死,而且因为无法射他而感到很深的痛苦和悲哀。像这样的歌,实在比千言万语还要深刻。

在话语中,还有一项要特别注意的,就是那种力图掩盖内心真实活动的对话。在中国的传统写法中,一般都是要进而揭示其实际情况的,直到《儒林外史》,作者才不去揭示而让读者自己体会。但在《史记》里已有了这样的萌芽。那是在刘邦死前发生的。他在讨伐叛乱的九江王黥布的战争中受了箭伤,回来路上,病越来越重,"吕后迎良医,医入见。高祖问医,医曰:'病可治。'于是嫚骂之曰:'吾以布衣,提三尺剑,取天下。此非天命乎!命乃在天,虽扁鹊何益?'遂不使治病,赐金五十斤,罢之。"(《史记·高祖本纪》)就这样,高祖生病去世了。从文学的角度看,这实在是很出色的描绘。虽说是真命天子,但在正常的情况下,哪一个天子会因自己"命乃在天"而拒绝治病服药呢?何况以刘邦的精明,病又已经很重,他哪会不知再不治就会有生命危险?再说,刘邦并不是一个要硬装好汉的人,医生又已跟他说"病可治",如果要活下去,他为什么要如此坚决地拒绝治疗呢?所以,他实在是不想再活下去了,"命乃在天"云云,不过是为了掩盖其拒绝治疗的真实动机的门面话。在他对医生"嫚骂"的背后,隐藏着生不如死的深重的悲哀、痛苦。就这一点说,他的"嫚骂"与项羽自杀之前的"笑"实可谓前后辉映,他临死前的心情,大概也未必比项羽自杀前好多少。

那么,刘邦何以会如此呢?这在《高祖本纪》中是找不出答案的。在《留侯世家》的上引文字中,我们才可看到一点端倪。在《张丞相列传》中,这一点就写得较为明白:

> 居顷之,赵尧侍高祖。高祖独心不乐,悲歌。群臣不知上之所以然。赵尧进,请问曰:"陛下所为不乐,非为赵王年少,而戚夫人与吕后有郄邪,备万岁之后而赵王不能自全乎?"高祖曰:"然。吾私忧之,不知所出。"

虽然赵尧为他出了主意,让周昌去担任赵王——即如意——的相,以便在高祖死后保护赵王;刘邦接受他的意见,并为此请求了周昌;但以刘邦的精明,绝不会认识不到周昌是保护不了赵王的。他之所以这样做,与其说是欺骗自己,还不如说是欺骗戚夫人,让她暂时有某种安全感。由于不能改换太子,他的晚年就不能不一直在这样的不乐、忧思中经受熬煎,戚夫人和如意未来的悲惨处境,不能不时时在他眼前晃动,而在现实中,戚夫人自然又会经常地向他"嘘唏流涕"。这样的生活,恐怕也正是生不如死。所以,《史记》写刘邦病重而不肯服药,正是显示其晚年心境的一种很好的细节描写。

在以行动的场面和气氛来写人物上,最突出的是写项羽被困垓下直到乌江自刎的部分和荆轲刺秦王的部分。今引后一部分中荆轲出发及在殿上行刺的两段于下①：

>……太子及宾客知其事者皆白衣冠以送之。至易水之上，既祖，取道，高渐离击筑，荆轲和而歌，为变徵之声，士皆垂泪涕泣。又前而为歌曰："风萧萧兮易水寒，壮士一去兮不复还！"复为羽声忼慨，士皆瞋目，发尽上指冠。于是荆轲就车而去，终已不顾。
>
>……秦王谓轲曰："取舞阳所持地图。"轲既取图奏之。秦王发图，图穷而匕首见。因左手把秦王之袖，而右手持匕首揕之。未至身，秦王惊，自引而起，袖绝。拔剑，剑长，操其室。时惶急，剑坚，故不可立拔。荆轲逐秦王，秦王环柱而走。群臣皆愕，卒起不意，尽失其度。而秦法：群臣侍殿上者，不得持尺寸之兵。诸郎中执兵皆陈殿下，非有诏召，不得上。方急时，不及召下兵，以故荆轲乃逐秦王。而卒惶急，无以击轲，而以手共搏之。是时，侍医夏无且以其所奉药囊提荆轲也。秦王方环柱走，卒惶急，不知所为。左右乃曰："王负剑！"负剑，遂拔以击荆轲，断其左股。荆轲废，乃引其匕首以擿秦王，不中，中铜柱。秦王复击轲，轲被八创。轲自知事不就，倚柱而笑，箕踞以骂曰："事所以不成者，以欲生劫之，必得约契以报太子也。"

在前一段中，制造出一种极其悲壮的气氛。这种气氛，本是由送行者的衣冠、歌唱、歌词、瞋目发指的神态组成的，而最后荆轲的"就车而去，终已不顾"，则把这气氛推向了高潮。但也正是基于这种气氛，尽管荆轲在这里没有多少表现，他的英雄气概就更其突出，人物形象也更栩栩如生了。

在后一段中，荆轲刺秦王的场面十分生动。作者不仅写出了秦国君臣的惶急、混乱，也交代了其所以如此的原因。这一切不但增加了读者的阅读兴趣，也更显出了荆轲的临危不乱，从容不迫：在殿上一片混乱时，他争取生劫秦王；一旦自己受伤，知生劫已无可能，立即以匕首投掷；及至失败已成定局，遂"倚柱而笑，箕踞以骂"，他始终没有把秦国君臣看在眼里！两相对照，荆轲的形象更为鲜明。

在通过人物之间的关系来写人物方面，《刺客列传·荆轲传》中也有很好

---

① 《史记》记荆轲事与《战国策》大致相同。由于班固在《汉书》中说过司马迁在写作时采择过《战国策》，后人对《史记》、《战国策》相同之处，一般认为是《史记》采择《战国策》。但《刺客列传》篇末司马迁说："世言荆轲，其称太子丹之命'天雨粟，马生角'也，太过。又言荆轲伤秦王，皆非也。始公孙季功、董生与夏无且游，具知其事，为余道之如是。"可见其在《刺客列传》中所记荆轲刺秦王事，皆为公孙季功、董生为他所"道"。故明、清时有不少学者认为《史记》中荆轲刺秦王一节并非司马迁采自《战国策》，倒是《战国策》中此一部分系采自《史记》。今从之。因《战国策》是刘向于汉成帝时将几种书名不同而性质相同的著作拼成，其中难免搀入汉代前期乃至其后的著作，是以有采择《史记》之可能。

的例证。在荆轲寓居燕国之前,曾到过榆次,与善于剑术的盖聂论剑,"盖聂怒而目之。荆轲出,人或言复召荆卿。盖聂曰:'曩者吾与论剑,有不称者,吾目之。试往,是宜去,不敢留。'使使往之主人,荆卿则已驾而去榆次矣。使者还报,盖聂曰:'固去也。吾曩者目摄之。'"由此看来,荆轲似乎很胆怯;盖聂在得知他走后所说的那两句得意洋洋的话,也说明他的胆怯原在盖聂意料之中。接着又写荆轲到了邯郸,"鲁句践与荆轲博,争道,鲁句践怒而叱之,荆轲嘿而逃去。遂不复会。"这就在读者中进一步加深了荆轲胆怯的印象。而到了篇末,却有这样一段:"鲁句践已闻荆轲之刺秦王,私曰:'嗟乎!惜哉其不讲于刺剑之术也!甚矣吾不知人也!曩者吾叱之,彼乃以我为非人也。'"通过鲁句践自己的忏悔,读者这才明白了荆轲不与他们争,乃是对他们的蔑视;不但不是胆怯,也不是出于"小不忍,则乱大谋"之类的考虑,而是根本没有把他们当人看。这是真正的骄傲!

这类通过与别人的关系来表现作品主人公思想、感情与其特征的手法,在《史记》的其他篇中也不乏其例。如《廉颇蔺相如列传》中廉颇要与相如过不去,相如处处退避,显示出了他的以大局为重;《淮阴侯列传》中,韩信在封王以后,对以前曾要自己从他胯下爬过去的人不但不加以惩罚,反而予以重任,则写出他的善于笼络人心。而且,《史记》在通过人物之间的关系写人物时,并非只把其他人物作为突出主人公的工具,而仍然在条件许可的情况下写出那人的特点。《廉颇蔺相如列传》中的廉颇,固然通过其与相如的为难和终于悔悟,而显得更为生动,就是鲁句践的那段话,其中的"惜哉其不讲于刺剑之术也"一句,也仍然显出了他的自以为是和可笑。他显然以为荆轲如果精于刺剑之术就会获得成功,所以为他惋惜;但当时荆轲根本不可能带剑,剑术再精也没有用。鲁句践在对事情不怎么了解的情况下,就以如此肯定的语气发表其荒谬的见解,这种自以为是和可笑,跟他以前对荆轲的"怒而叱之"其实是一脉相承的。但如果只是借鲁句践来描画荆轲,司马迁原不必写这句话的。

总之,通过人物的神态、动作、话语、特定的气氛、场面、人物之间的关系,《史记》写出了许多生动的人物形象。这不仅使《史记》中的不少篇章成为优秀的传记文学作品,而且,司马迁所使用的这一系列手法,对于以后的叙事性文学——包括虚构性的小说——都是可贵的经验。

《史记》不但在文学的叙事性方面取得了重大成就,而且还含有抒情的成分。有时表现在篇末的赞里,有时也表现在正文里。最突出的是《伯夷列传》:

> 或曰:"天道无亲,常与善人。"若伯夷、叔齐,可谓善人者非邪?积仁洁行如此而饿死!且七十子之徒,仲尼独荐颜渊为好学,然回也屡空,糟糠不厌,而卒蚤夭。天之报施善人,其何如哉!盗跖日杀不辜,肝人之肉,

暴戾恣睢,聚党数千人,横行天下,竟以寿终,是遵何德哉!此其尤大彰明较著者也。若至近世,操行不轨,专犯忌讳,而终身逸乐,富厚累世不绝。或择地而蹈之,时然后出言,行不由径,非公正不发愤,而遇祸灾者不可胜数也。余甚惑焉。傥所谓天道,是邪非邪?

……君子疾没世而名不称焉……伯夷、叔齐虽贤,得夫子而名益彰;颜渊虽笃学,附骥尾而行益显。岩穴之士,趣舍有时若此,类名湮灭而不称,悲夫!闾巷之人,欲砥行立名者,非附青云之士,恶能施于后世哉?

在这里,他勇敢地倾诉了人间的不平。伯夷、叔齐、颜渊那样的人,为什么竟然陷入如此的惨境?更多的类似他们的高尚的人,生前固然吃尽辛苦,死后又无声无息,还不如他们有孔子为之表彰,这又是怎样的悲哀!但其实也不奇怪,在当时的社会里,如果不依附"青云之士",一般的老百姓无论其品德、操行多么了不起,又哪能把声名传于后世呢?这种对"天道无亲,常与善人"的传统观念的尖锐的诘质;既包含着对现存人间秩序的强烈怀疑,又蕴含着满腔的悲愤,实可作为抒情文来看待。

三、《史记》在文学史上的地位和影响

《史记》在中国史学史和文学史上都具有崇高的地位。史学方面的,不属于本书的范围。其在文学方面的重要意义,则主要有两点。

首先,从《史记》开始,中国才有了散文的叙事文学,而且使叙事性的文学在汉代取得了重要的发展。

先秦时期的历史散文不是严格意义上的文学作品,而且在先秦也没有叙事诗。到了汉代,随着《史记》的出现,才打破了在散文领域内没有严格意义上的叙事文学的局面。同时,汉代虽已有叙事诗和叙事赋,但一则像《神女赋》、《神乌傅》之类作品的产生时间无法确考,再则即使它们产生在《史记》之前,但从其本身的成就和此类体裁长期缺乏有力的后继这两点来看,也不能说它们已为汉代的叙事文学奠定了基础。叙事诗的情况同样如此,在那一领域里较优秀的作品的出现要到东汉后期。所以,最早在中国文学史上显示了叙事文学的强大生命力的,乃是《史记》。

其次,《史记》是最早为我国文学散文的发展开辟道路的作品。

不但先秦时期的历史散文不是严格意义上的文学作品,先秦的诸子散文和西汉前期的政论散文同样不是。邹阳、枚乘的上书则实用性远较其文学成分强。所以,西汉的文学性散文除《史记》以外数量很少,而且,除东方朔《答客难》以外,其他都出现在《史记》以后(司马迁的《报任安书》也作于《史记》成书

之后)。即使因刘勰把《七发》视为杂文,我们把它也算作散文,仍不过两篇;当然难于承担为文学散文开辟道路的任务。所以,在西汉为文学散文开辟道路的,乃是《史记》和少数的几篇文学散文,而实以《史记》为主力。

至于《史记》对后代文学的影响,首先也在于叙事文学方面。但其影响有直接与间接之分。

就直接影响说,由《史记》所开创的纪传体史书,几乎无不受《史记》的影响。而最早的几部,例如班固的《汉书》等,更是其直接的继承者。在这些史书中,也有些较好的传记文学作品,例如《汉书》的《苏武传》、《李陵传》等,就这个意义上说,《史记》实对其以后的传记文学产生了重大的影响。

另一方面,《史记》还为以后的通俗说唱、小说、戏剧提供了丰富的素材,而且一直影响到现代文学。就目前所知,这类作品最早的为通常称作《伍子胥变文》的通俗文学作品。至于古代的小说、戏曲,其肯定取材于《史记》的,都不是第一流的作品,如戏曲《千金记》等,但因数量不少,对繁荣戏曲、小说当然是有益的。其比较突出的古代作品,例如元曲《赵氏孤儿》,则实在很难肯定其到底取材于《史记》还是《左传》。在现代文学方面,有郭沫若的剧本《棠棣之花》、《虎符》,茅盾的小说《大泽乡》等,其主人公也都出于《史记》。

就间接的影响说,那牵涉到中国的虚构性文学与历史著作的关系。作为中国最早的具有自觉意识的小说创作的唐代传奇,就与历史著作的关系非常密切。作者的写作目的在于显示其"史才、诗笔、议论"(见赵彦卫《云麓漫钞》),故其作品不少以"传"作为标题,如《任氏传》、《霍小玉传》等;因而作为纪传体历史著作创始者的《史记》与文言小说实存在间接的关系。至于如清代蒲松龄的《聊斋志异》,每一篇末有一段"异史氏曰",那更直接源自《史记》每篇末的"太史公曰"。此外,从唐传奇开始的文言小说,常影响于通俗小说和戏曲,而通俗小说中的讲史(后又演变为演义)一类,又与历史著作联系密切。总之,中国的虚构性文学与历史著作的上述关系,同时也就意味着《史记》对它们的间接影响。

《史记》对后代其他散文也有影响。不过,由于《史记》是散体文章,而至迟从东汉开始,文章中的骈偶成分就日益增多,到魏晋南北朝乃至唐代前期,骈文都很盛行,《史记》对散文的文体及笔法产生较大的影响实际上是从中唐开始的。但尽管自中唐以后,有不少人提倡学习司马迁的散文,在这方面到底产生了多少积极影响,还必须作进一步的研究才能得出较为明晰的结论。

四、西汉中期的抒情文及其他

流传至今的基本上可以视为抒情性散文的西汉中期较重要的作品,有东方朔《答客难》、司马迁《报任安书》、李陵《答苏武书》、杨恽《报孙会宗书》。此外尚有王褒《僮约》,则属于游戏文章。

就目前所知,西汉最早的抒情散文是东方朔的《答客难》。

东方朔(前154—前93),字曼倩,平原厌次(今山东惠民)人,武帝时为太中大夫。他为人诙谐滑稽,但其内心也具有愤懑、苦闷,滑稽只不过是他的一种表现形式。他的《答客难》在《文心雕龙》中被列为"杂文",刘勰说:"自《对问》以后,东方朔效而广之,名为《客难》,托古慰志,疏而有辨。"这很能表明其内容特征,特别是"慰志"之语,准确地抓住了它的抒情性;尽管其体裁属于论说。至其文体,实为散文,只不过有些句子押韵而已。但此等现象在先秦散文中早就出现(参见江有诰《先秦韵读》),不能因此而怀疑《答客难》之非散文。是以萧统《文选》也把《答客难》列入"设论"。当然,《答客难》中还有一些骈偶的文字,但在西汉前期和中期的散文中,这也并不是稀见的现象,从邹阳的上书中就可看到这样的实例。因此《答客难》实是一篇最早的抒情性散文①。

此文以主客问答体的方式展开。先由"客"对东方朔提出责难,大意是说:东方朔非常"好学乐道",但地位却不高,是不是他的行为中有不对头的地方呢?这样的责难,显然是为了作文的需要而进行的虚构。然后由东方朔对此加以回答。他说:在战国的时代,全国尚未统一,是以"得士者强,失士者亡",苏秦、张仪之类,能够很容易地建功立业,取得高贵的地位。而自己所处的时代,却与此完全不同了,因而他的处境也就完全不一样:

> 今则不然,圣帝流德,天下震慴,诸侯宾服,威振四夷,连四海之外以为带,安于覆盂。天下平均,合为一家,动发举事,犹运之掌,贤与不肖,何以异哉?遵天之道,顺地之理,物无不得其所。故绥之则安,动之则苦;尊之则为将,卑之则为虏;抗之则在青云之上,抑之则在深渊之下;用之则为虎,不用则为鼠;虽欲尽节效情,安知前后?夫天地之大,士民之众,竭精驰说,并进辐凑者,不可胜数,悉力慕之,困于衣食,或失门户。使苏秦、张仪与仆并生于今之世,曾不得掌故,安敢望侍郎乎!

这段文字虽然好像是在歌颂汉武帝——"圣帝"——的伟大,实际上是写了在这样一种所谓的伟大的时代里的士大夫的悲惨处境。独裁者的喜怒和好恶决定了他们的命运。没有什么才能的人,只要独裁者喜欢,就可以为将、为侯,处在青云之上;才能突出的,如果统治者不喜欢,也就成了"虏"、"鼠",处于深渊底下。而且,"绥之则安,动之则苦",如果自己想要有所作为,有所行动,就可

---

① 《文心雕龙》所说的"自《对问》以后"中的《对问》,是指署名宋玉作的《对楚王问》。这也是一篇文学性的散文。但大概未必为宋玉所作,其时代难以确定,今不置论。

能带来很大的灾难,比东方朔略后一点的司马迁就是这方面很好的例子。相反,如果庸庸碌碌,随波逐流,反而有可能取得富贵。在这样的独裁统治底下,整个社会就只能死气沉沉。在我国文学史上,东方朔是第一个揭示这种独裁统治的可怕的作家。司马迁《史记》里面的不少列传,则以具体的历史事实,印证了他的这种感受。

此文在形式上的特点,是以雍容甚至稍显滞重的文笔,不断地引经据典的方法,来隐约地透露若干内心的苦涩;有时甚至使人分不清楚是安慰还是叹息。例如,文中说:"使苏秦、张仪与仆并生于今之世,曾不得掌故,安敢望侍郎乎!"这就是刘勰说的"托古慰志";他似乎是在为此而欣幸,然而,他真是因此而为自己高兴吗?

稍后于《答客难》的是司马迁的《报任安书》(亦名《报任少卿书》)。任安字少卿,是司马迁的朋友,当时任安因事下狱,并且不久将处死刑。在这以前,任安曾写信给司马迁,劝他"推贤进士",司马迁一直没有答复。这时因任安即将离开这个世界,所以就将自己内心的悲愤郁积作一番总的倾诉,同时也回答他以前的建议。

在这信中,司马迁首先说明自己是受过宫刑的人,为世人所鄙视,所以不宜再担任推荐贤才的任务。其次说明自己受宫刑的原因,反映了当时的专制独裁政权下的黑暗、残酷的一面。接着诉说自己经此奇耻大辱而仍偷生于世的动机:完成一部足以传世的著作。最后以表明自己又自豪又痛苦的心情作结。他不只写出了封建专制的淫威对他的摧残、迫害,更进而写出了个人与社会的矛盾和冲突。这是因为如同马克思主义所早就证明过的:统治的思想就是统治阶级的思想。司马迁既受到体现封建专制制度的统治阶级的惩处,也就必然受到当时社会的鄙弃。所以,在这封信中,我们不仅听到了个人在社会重压下的呻吟,也看到了个人的勇猛的反抗。

现引其最后的部分如下:

《诗》三百篇,大底贤圣发愤之所为作也。此人皆意有所郁结,不得通其道,故述往事,思来者。乃如左丘无目,孙子断足,终不可用,退而论书策,以舒其愤,思垂空文以自见。

仆窃不逊,近自托于无能之辞,网罗天下放失旧闻,略考其行事,综其终始,稽其成败兴坏之纪。上计轩辕,下至于兹,为十表、本纪十二、书八章、世家三十、列传七十、凡百三十篇。亦欲以究天人之际,通古今之变,成一家之言。草创未就,会遭此祸,惜其不成,是以就极刑而无愠色。

仆诚已著此书,藏之名山,传之其人,通邑大都。则仆偿前辱之责,虽万被戮,岂有悔哉!然此可为知者道,难为俗人言也。

且负下未易居,下流多谤议。仆以口语遇遭此祸,重为乡里所戮笑,以污辱先人,亦何面目复上父母之丘墓乎?虽累百世,垢弥甚耳。是以肠一日而九回,居则忽忽若有所亡,出则不知其所往。每念斯耻,汗未尝不发背沾衣也。身直为闺阁之臣,宁得自引深藏岩穴邪?故且从俗浮沉,与时俯仰,以通其狂惑。

今少卿乃教以推贤进士,无乃与仆私心剌谬乎?今虽欲自彫琢,曼辞以自饰,无益于俗,不信,祇足取辱耳。要之,死日然后是非乃定。书不能悉意,略陈固陋。谨再拜。

由此可见,他的著书——写《史记》——是为了发抒愤懑,其本身就是一种抗争;及至身受腐刑,而仍然坚持写作,那更是一种抗争。所以,在完成了这一任务以后,他能够自豪地声称:"虽万被戮,岂有悔哉!"这时他的内心是无比地痛快和骄傲!他已对社会所给予他的耻辱,作了极其猛烈的反击!但是,社会仍在压迫他,而且,这种压力是这样地强大,使他觉得"虽累百世,垢弥甚耳"。于是,他又只能在无比的痛苦中经受煎熬,体验到无地可容的自卑,并把希望寄托于未来:"要之,死日然后是非乃定。"他归根到底还是希望取得社会的承认。但是,在他那样的处境中,这种希望恐怕只能更增加他的痛苦。

也正因此,司马迁的《报任安书》是我国历史上第一篇非常坦率、深刻地表现其内心的激动和冲突的散文,它虽然是写给朋友的信,但同时也是能在感情上打动广大读者的文学散文。

司马迁的受腐刑,与李陵有关。李陵(?—前74)字少卿,陇西成纪(今甘肃秦安)人,西汉名将李广的孙子。他在汉武帝时,率兵与匈奴作战,表现很勇敢,取得了很大的战果,但因没有救兵,战败而降。司马迁认为李陵"身虽陷败,彼观其意,且欲得其当而报于汉"(《报任安书》)。并且把这样的意思向汉武帝说了,因此而触怒了汉武帝。后来,西汉政府派苏武出使匈奴,李陵在匈奴与苏武有所交往。在《文选》中收有李陵的《答苏武书》。从内容来看,是苏武回到西汉首都长安以后李陵写给他的信。一般认为此信乃是伪作。

最早提出这一看法的是唐代的刘知幾。《史通·杂说下》说它:"词采壮丽,音句流靡,观其文体,不类西汉人,殆后来所为,假称陵作也。迁史缺而不载,良有以焉。"到了宋代,苏轼在《答刘沔都曹书》中也说:"及陵与武书,辞句儇浅,殆齐梁间小儿所拟作。"后来定此篇为伪作的人,也主要是承袭刘、苏之说而没有提出新的有力证据;虽然苏轼的所谓"殆齐梁间小儿所拟作"明显是错误的①。综合刘知幾与苏轼两人的意见,其理由不过是如下两点:(一)书信的风格与西汉不类;(二)司马迁的《史记》中没有记载这一封信。如要补充,还可以说,在班固的《汉书·李陵传》里也没有提到这封信,而且《汉书·艺文志》中并没有说到李陵有文集。但是,从此信的内容来看,其时苏武已经回到汉朝,那是汉昭帝元始六年(苏武于该年返汉)以后的事情了,其时司马迁已死,他当然不可能再看到这封信并将它写入《史记》。所以刘知幾以"迁史不载"为疑,实在是不必要的。至于说《汉书·艺文志》没有著录李陵的著作,那也不能证明当时不可能有李陵的这封信。一个很明显的例证:《汉书·艺文志》中只著录了司马迁的《太史公书》(即《史记》)和《司马迁赋》,并没有著录其他的文章,但是《汉书·司马迁传》就记入了司马迁致任安的信。可见《汉书·艺文志》没有著录的东西,并不意味着不存在。另一方面,现在所见的李陵《答苏武书》中,有好些对西汉统治者很不利的话,例如为韩信、彭越鸣冤叫屈,而班固《汉书》乃是官书,则其在《李陵传》中不收录此信也是情理之常,不能据此就认为李陵此信乃是伪作。除了这些证据以外,剩下来的就是所谓的风格"不类"了。但是,仅仅依靠风格来辨别真伪,是不可靠的,何况对于这篇《答苏武书》的风格,刘知幾与苏轼的意见就差别很大,刘知幾说它"辞采壮丽,音句流靡",苏轼则说它"词句儇浅",到底哪个人的说法可以相信呢?这也足见光凭个人印象来判断一篇作品的风格很易发生见仁见智的现象,若再以此来判断作品的真伪,就更危险了。而且,就此篇体制上的特点来说,其略近六朝之文的,不过是多用四字句(有一处竟连用二十九句之多)和偶杂骈偶句式;但连用二十九句四字句,晁错《贤良对策》已有先例,间杂骈偶句式的现象,在西汉中期的文章中也非绝无仅有。例如终军的《白麟奇木对》,全文仅四百十三字,有将近三分之一的篇幅为骈偶句式,如"设官涘贤,县赏待功。能者进以保禄,罢者退而劳力。""陛下盛日月之光,垂圣思于勒成;专神明之敬,奉燔瘞于郊宫。献享之精交神,积和之气塞明"之类,其骈偶化的程度较之《答苏武书》有过之而无不及。所以,在出现确切证据以前,我们仍把此篇作为李陵的作品。

在《答苏武书》中,李陵倾诉了自己的悲痛和愤恨,既有对于故土的怀恋,又有对于西汉政府的决绝。此篇的一个重大的特色就在于能够写出这种内心的矛盾。他述说自己的悲痛道:

---

① 六朝时江淹于宋末所作《诣建平王上书》中说:"此少卿所以仰天槌心,泣尽而继之以血者也。"此句本于李陵《答苏武书》的"何图志未立而怨已成,计未从而骨肉受刑,此陵所以仰天椎心而泣血也。"知李陵此书至迟于宋末已广泛流行,人多知之,故江淹将它作为典故使用,又怎可能为"齐梁间小儿所拟作"?

> 与子别后，益复无聊。上念老母，临年被戮；妻子无辜，并为鲸鲵。身负国恩，为世所悲。子归受荣，我留受辱，命也如何！身出礼义之乡，而入无知之俗，违弃君亲之恩，长为蛮夷之域，伤已！令先君之嗣，更成戎狄之族，又自悲矣！

这是一种源于价值观念的深刻的精神痛苦。"君亲之恩"、"华夷之辨"在当时已是神圣不可侵犯的原则，所以，在李陵的内心不能不存在着深重的犯罪感。他曾当面对苏武说过："陵与卫律之罪上通于天矣。"①这里表白的正是同样的心情。何况全家被戮的悲痛又时时咬啮他的心。而且，如果一直在匈奴留下去，他的这种悲惨的处境就永远不能改变。但如要回到父母之邦，又必然蒙受另一番耻辱，这又是他所不能忍受的。

> 男儿生以不成名，死则葬蛮夷中。谁复能屈身稽颡，还向北阙，使刀笔之吏，弄其文墨耶？愿足下勿复望陵。嗟乎子卿，夫复何言！相去万里，人绝路殊。生为别世之人，死为异域之鬼。长与足下生死辞矣！幸谢故人，勉事圣君。

他的祖父李广就是因为不愿受刀笔吏的审查而自杀的，难道他要去接受祖父所不能忍受的耻辱吗？何况他的事情远比祖父当时的失误要严重得多，刀笔吏自可名正言顺地给他更大、更重的侮辱。而且，尽管杀他亲属的汉武帝已经死了，但是，他能够向汉武帝的后人去"屈身稽颡"吗？面对这一切，他觉得自己又无法回去。而从"嗟乎子卿"以下几句来看，他在作出这一决定时，其内心又承受着怎样的伤痛！

这样痛苦地活着实在毫无意义。那么，索性自杀吧！然而，自杀又只能"增羞"，为他的自尊心所不能接受：

> ……每一念至，忽然忘生。陵不难刺心以自明，刎颈以见志。顾国家于我已矣，杀身无益，适足增羞。故每攘臂忍辱，辄复苟活。

这里的"国家"是指天子②。在皇帝杀了他的全家以后，他如再自杀，就是服罪或畏罪，所以他说是"适足增羞"。而这样地活下去，就他来说，确是忍辱苟活！而且，除了死亡的自然到来以外，他既无法改变这种局面，也无法使它提早结束。

就这样，他的这封信真切而生动地表露了内心的痛苦、矛盾与绝望。当然，他在信中也发泄了自己的怨愤，并对西汉最高统治者的残害功

---

① 见《汉书·苏武传》。卫律也是汉臣而投降于匈奴的。
② 汉人习惯上以"国家"指称天子，见《名义考》。

臣、漠视贤人提出了批判,但比较起来,前述的这种内容占着更重要的地位。

此篇文字洗练,感情强烈。最能显示其艺术成就的,是如下一段:

> 自从初降,以至今日。身之穷困,独坐愁苦。终日无睹,但见异类。韦韝毳幕,以御风雨;膻肉酪浆,以充饥渴。举目言笑,谁与为欢?胡地玄冰,边土惨裂,但闻悲风萧条之声。凉秋九月,塞外草衰。夜不能寐,侧耳远听,胡笳互动,牧马悲鸣,吟啸成群,边声四起。晨坐听之,不觉泪下。

写景抒情,融为一体,尤其是最后几句,悲凉之气,沁人心脾。即使真如苏轼所说,此文出于齐梁人之手,也可算得上是当时的佳作,何况这是西汉时期的作品!而其所以能够写得如此感人,主要当是因为作者对此具有切身的强烈的感受。

西汉的另一篇显示个人反抗性的重要散文,是司马迁的外孙杨恽所写。恽(?—前55)字子幼,华阴(今属陕西)人。他曾任中郎将,封平通侯,清廉而有才能,一度为宣帝所信任。后因与宣帝的亲信太仆戴长乐有矛盾,两人均被免官为庶人。于是,他在家里建房舍,治产业,以增加财富。他的朋友安定太守孙会宗写信给他说:"大臣废退,当阖门惶惧,为可怜之意。不当治产业,通宾客,有称举。"杨恽接到此信后,给他写了一封回信,这就是《报孙会宗书》,信中说:

> ……窃自思念,过已大矣,行已亏矣,长为农夫以没世矣。是故身率妻子,戮力耕桑,灌园治产,以给公上。不意当复用此为讥议也。
>
> 夫人情所不能止者,圣人弗禁。故君父至尊亲,送其终也,有时而既。臣之得罪,已三年矣。田家作苦,岁时伏腊,烹羊炮羔,斗酒自劳。家本秦也,能为秦声。妇赵女也,雅善鼓琴,奴婢歌者数人,酒后耳热,仰天抚缶而呼呜呜。其诗曰:"田彼南山,芜秽不治;种一顷豆,落而为萁。"人生行乐耳,须富贵何时?是日也,拂衣而喜,奋袖低昂,顿足起舞,诚淫荒无度,不知其不可也。
>
> 恽幸有余禄,方籴贱贩贵,逐什一之利。此贾竖之事,污辱之处,恽亲行之。下流之人,众毁所归,不寒而慄。虽雅知恽者,犹随风而靡,尚何称誉之有?

在这些文字里,充满着桀骜不驯之气。其实,孙会宗所说的那些话,并不只是他的个人意见,而是当时生活在专制独裁统治底下的人们非遵守不可的规矩。因为,既然必须绝对服从皇帝,那就应该承认皇帝所做的一切都是对的;皇帝处分了谁,谁就必须只能承认自己是犯了与这种处分相应甚或更重的罪,从而在受处分后,也就理当在家里闭门思过,感谢皇帝对自己的宽大,装出一副既惶恐又感恩的可怜的样子。只有这样，才不会带来进一步的灾难。但是，杨恽就是不愿意这样做。他在信中为自己辩护，实际上是对专制独裁统治下的这种信条的挑战。

上引文字的第一段是说：我已经是老百姓了，"戮力耕桑"正是老百姓的本分，为什么要说我"治产业"而加以"讥议"呢？第二段说：即使死了父母，也只要守孝三年就够了。我犯罪受处分已经三年了，今天，我在劳动之余喝点酒，听听音乐，唱唱歌，以慰劳一下自己，这也正是人情之常；这确实是"淫荒无度"吧，但我并不觉得这有什么不可以。第三段说：我现在是在贩卖粮食以追求利润，这是被大家所看不起的商贾的行为，哪里还会有什么"称誉"可言？而在这三段文字中，最锋芒毕露的，是"人生行乐耳，须富贵何时"一句。把人生的意义归结为"行乐"，这跟当时作为统治思想的儒学是恰相对立的；鄙弃富贵又会导致对富贵者的轻蔑，这是不利于权势者的。

此文直抒胸臆，不事雕琢，而气势甚盛。上引文字的每段之末，分别使用感叹句、讽刺句和反问句，均含有强烈的感情色彩，显示出他的自信，有助于气势的造成。就总体来说，这是一篇颇有感染力的散文。

他写这封信以后，过了不久，发生日食。有人向皇帝举报，说杨恽不思悔过，日食是由他的这种行为引起的。根据儒学的"天人感应"的理论，这自然也说得过去。于是，对杨恽逮捕审查。在审查中，发现了他给孙会宗的这封信，汉宣帝看了很愤怒，最后杨恽就以大逆无道的罪名，被处以腰斩之刑；妻、子都发配到酒泉郡。孙会宗也受到免官的处分，想是因为他收到杨恽这样的信而没有举报之故。这大概是我国历史上的第一次文字狱。

与以上三人的作品相比，王褒的散文完全是另外一种类型。他的最重要的文学散文《僮约》是一篇游戏文章。文中说：他有一次借宿在寡妇杨惠家里，杨惠家里有个奴仆叫便了，王褒让他去买酒，他却说，杨惠的丈夫生前买他的时候，只是说让他看家，没有说让他为别的男人去买酒。王褒很生气，就问杨惠是否愿意将便了卖掉，杨惠表示愿意。便了对王褒说：你以后要我做什么事情，都应事先在买卖的契约上写清楚。于是王褒在契约上写了很多很多他所应该做的事，而且规定了做得不好时的处罚。这下把便了吓怕了，他"仡仡叩头，两手自搏，目泪下落，鼻涕长一尺：'审如王大夫言，不如早归黄土陌，丘蚓钻额。早知当尔，为王大夫沽酒，真不敢作恶。'"

篇中所写，显非事实。当时的主人对奴婢是可以"颛断其命"（见《汉书·王莽传》）的，杀死奴婢，不必抵命；灼伤奴婢，也用不到受刑事处分[①]；责打当

[①] 这种情况，到东汉光武帝的时候才改变，见《后汉书·光武纪》。

然更不在话下。王褒如要虐待奴婢,根本用不到在买契上如此详细地载明。当然,他也不会特地写这样的买契向奴婢示威。假使奴婢不遵约束,他任意惩罚就是。所以,这样的文章本就是写着玩的,文中使用了"鼻涕长一尺"、"丘蚓钻额"这样的口语,也正说明那是一种逗人笑乐的文字。

《僮约》这篇文章本身并无多大价值,但它的出现,在文学史上的意义却应予足够的重视。第一,它意味着文学的虚构性与娱乐性的加强。从《七发》到司马相如等人的体物大赋都具有虚构性及娱乐性(大赋的娱乐性是供上层人物——例如汉武帝——的欣赏,尽管后来加强了讽谏的成分,但主要仍是供上层人物的欣赏);《答客难》之类的文章也具有虚构性。至此又出现了这一类的游戏文章,这说明文学的虚构性与娱乐性得到了进一步的承认,并因此而在文学创作中开辟了新的门类。第二,它意味着通俗性文学受到了上层文人的关注。《僮约》文字通俗,并引口语入文,显然具有通俗性的一面。从《神乌傅(赋)》我们可知西汉有通俗文学的存在,《僮约》则说明了像王褒那样的上层文人对通俗文学也感兴趣,并且他自己的创作也有向通俗文学倾斜的成分。这不仅可借以测知通俗文学在当时的影响,而且也可借以推知在这些较上层的文人的参与下,汉代的通俗文学必将有相当的发展。所以,在考察隋唐的通俗文学时,我们必须对其历史渊源有足够的重视。第三,这意味着创作中的游戏态度的形成。而这种态度对作品艺术水平的提高有可能带来积极的作用。像司马迁《报任安书》那样的散文,以抒发自己的感情为主,不可能以较多的时间和精力用于艺术形式的加工;以取悦别人为目的的作品——例如体物大赋——虽会注重艺术上的提高,但一般缺乏自由意志,因而也不利于创作。唯有游戏的态度,既能从容推敲,又可基本不考虑迎合读者的问题,所以对创作不为无益。当然,也有作者会因其是游戏文章而粗制滥造,所以,并非所有的游戏文章都有好处。但从总体来看,游戏态度对文学发展仍是有益的。例如,词在开始出现时,又何尝不是游戏性的作品?

王褒还有《责须髯奴辞》一文,也是游戏文章,但只见于《初学记》征引,恐已不是全文;而《古文苑》收此篇,则题为黄香作。

第三节 西汉后期的散文

在西汉后期,由于儒家思想的进一步贯彻,士大夫也更小心谨慎。在文学散文方面像司马迁《报任安书》、杨恽《报孙会宗书》那样的作品是绝迹了。唯一值得重视的是班嗣的《报桓谭书》。

班嗣是班彪的从兄,其生平不详。班固说他"虽修儒学,然贵老、严之术"(《汉书·叙传》)。"老、严"即老、庄,东汉时避讳,改"庄"为"严"。当时桓谭向他借《庄子》,他在《报桓谭书》中说①:

> 若夫严子者,绝圣弃智,修生保真,清虚澹泊,归之自然,独师友造化,而不为世俗所役者也。渔钓于一壑,则万物不奸其志;栖迟于一丘,则天下不易其乐。不絓圣人之罔,不齅骄君之饵,荡然肆志,谈者不得而名焉,故可贵也。今吾子已贯仁谊之羁绊,系名声之韁锁,伏周孔之轨躅,驰颜闵之极挚。既系挛于世教矣,何用大道为自眩曜。昔有学步于邯郸者,曾未得其仿佛,又复失其故步,遂匍匐而归耳。恐似此类,故不进。

此信自由挥洒,锋芒毕露;不但阐发庄周之旨,讥讪桓谭,而且对君主专制政体予以不留情的揭露,目皇帝为"骄君",把皇帝给予臣子的爵禄视为钓鱼的"饵",对"仁谊"、"周孔"、"颜闵"也斥为违反"大道",这在西汉后期是很难得的。也可以说,这实在是魏晋思想的先驱。

---

① 《汉书·叙传》原文说:"桓生欲借其书,嗣报曰……""报"指报书,故以意定其标题为《报桓谭书》。严可均《全汉文》收此篇,题作《报桓谭》。

第三章　建安以前的汉代诗歌

在中国文学发展早期曾经辉煌一时的四言诗，到了战国时期就已被《楚辞》体的诗所代替；不过《楚辞》中还有不少四言的句子，此外，战国时也还有少量四言诗的存在，例如《石鼓文》①。到了汉代，四言诗仍然颓势难挽。在西汉前期，较有成就的是楚歌体的诗，项羽的《垓下歌》和刘邦的《大风歌》都是传诵不绝的名篇。但到了后来，在汉代与楚歌体诗同时出现的五言诗就逐渐取代了它的地位。从西汉至东汉时代陆续产生的《古诗》十九首是其突出的代表。从建安时代起，诗歌成为文学的主要样式，五言诗又成为诗歌的主要体裁，这就是诗歌——特别是五言诗——在汉代发展的结果；但在这过程中，乐府诗也起了重大的作用，它导致了我国叙事诗的形成和演进。

第一节　楚歌体诗的兴起和四言诗的没落

在西汉前期，诗歌发展中最引人注目的现象是楚歌体诗的兴起和四言诗的衰落。从这里就可以看出楚文化对汉初文学的影响。不过，这些作品都是一时感情激动的产物，这也说明当时的诗歌创作还不是一种从审美意识出发的自觉活动。其所以能感动人，主要在于感情的真挚强烈，当然作者本人还必须有一定的文化修养。

此处首先要介绍的是项羽在垓下被汉军包围时所作的歌，一般称为《垓下歌》：

---

① 《石鼓文》为刻于石鼓上的诗歌，原石藏北京故宫博物院。唐兰先生作有《石鼓年代考》（载《故宫博物院院刊》1958年第1期），谓其作于战国秦献公时期。

力拔山兮气盖世，时不利兮骓不逝。骓不逝兮可奈何，虞兮虞兮奈若何！

秦被推翻以后，项羽曾一度恢复分封制，自封为"西楚霸王"，也即诸侯联盟的首领。但刘邦等人起兵反对他，最终他被围困于垓下，势穷力竭，遂于晚上起来喝酒，唱了这首他即兴创作的歌。歌中所说的"骓"，是他常骑的骏马。"虞"是他所宠爱的并经常陪伴他的美人。他认为自己的失败是由于天时不利，即所谓"天之亡我"（《史记·项羽本纪》）。诗歌的第一句洋溢着无比的豪气与自信，但第二、三句就显出了人在上天面前的苍白无力，即使是他那样的盖世英雄，当上天不再眷顾他时，连骓都不肯再行进了，他只得徒呼"奈何"。第四句则一转而变为无限深情，他知道自己已经不可能再有光明的前途，死亡已经在等待着他，但是他还念念不忘于这个挚爱着的美人，为她的未来深深担心，因而发出了"奈若何"的感叹。

这首歌之所以能打动读者，就因其感情容量的巨大，而且情感强烈，富于变化。至于表现手法则很朴素，只是直抒胸臆。

项羽死后六年（前196），他的对手、已经做了好几年皇帝的刘邦回了一次故乡——沛县（今属江苏省）。他把自己昔日的朋友、尊长、晚辈都召集起来，共同欢饮了十几日。一天酒酣，刘邦一面击筑，一面唱了一首自己即兴创作的歌，通常以其首两字命名，称为《大风歌》：

大风起兮云飞扬，威加海内兮归故乡，安得猛士兮守四方？

唐代李善注释其第一句说："风起、云飞，以喻群凶竞逐，而天下乱也。"这是对的。刘邦以这种宏伟的自然景象隐喻秦末群雄纷起、争夺天下的情状，使风云都成了他这位威加海内归故乡的天子的陪衬，因而显得更有气势，同时也使此诗的第二句更具有一种踌躇满志的意味。但是第三句又突然一转，透露出很重的忧思：要维持对天下的统治，必须猛士来守卫四方，但是这样的猛士怎么才能得到呢？又哪里能够得到呢①？所以此诗乃是强烈的自豪感和深重的危机感的对立统一。它之能够引起人的共鸣，就在于这种隐藏在欢乐背后的内心的不安。

此诗基本上也是直抒胸臆，以感情的强烈来打动读者；只是第一句的隐喻运用得颇为巧妙。

刘邦作《大风歌》后十一年（前185），他的儿子赵王刘友又有一首楚歌体的作品。因无标题，通常泛称为《歌》，也称《幽歌》。刘邦死后，他的遗孀吕后

---

① "安"字兼有这两种意义。

专政。刘友的妻子为吕后的宗族；他不爱她而爱别的姬妾，其妻进谗于吕后，吕后大怒，把他召至京师，加以幽禁，活活饿死。此诗为其饿死前所作。其中说：

> 诸吕用事兮刘氏危，迫胁王侯兮强授我妃。我妃既妒兮诬我以恶，谗女乱国兮上曾不寤……于嗟不可悔兮宁蚤自财，为王而饿死兮谁者怜之？吕氏绝理兮托天报仇。（据《史记·吕后本纪》）

虽然遭到了这样的迫害，但诗中仍缺乏激情，因而感染力并不强。篇中的"上"是指吕后。从上下文来看，他显然是把"上"与"诸吕"区分开来的；结尾处的"托天报仇"是报诸吕之仇，不包括吕后。可见君臣尊卑之别的观念已在作者的心中深深地扎下了根。值得注意的是：从项羽作《垓下歌》至刘友作此篇的十余年间，除用于祭祀的《安世房中歌》（见后）外，其抒发个人生活感受的共六篇，而楚歌体就占了四篇①。另两首也非四言（一首为虞美人作的五言诗；另一首为戚夫人作，也基本为五言。均见下节）。足见楚歌体在当时声势之盛和四言之衰。

自此以后至西汉中期，楚歌体作品仍有佳作陆续出现。至其作者，不但有男性，而且有女性。今引两首女性作者的歌如下：

> 吾家嫁我兮天一方，远托异国兮乌孙王。庐为室兮旃为墙，以肉为食兮酪为浆。居常土思兮心内伤，愿为黄鹄兮还故乡。（《乌孙公主歌》）②
>
> 发纷纷兮寘渠，骨籍籍兮亡居，母求死子兮妻求死夫。裴回两渠间兮君子独安居！（《华容夫人歌》）

第一首为刘细君所作。细君为汉宗室，其父名建，封江都王。元封六年（前105），汉武帝出于政治上的需要，令细君以公主的身份嫁给西域乌孙国王昆莫。当时昆莫已经年老，而且与细君语言不通，细君每年只有很少几次与昆莫见面，平时都独自居住。细君很悲哀，就作了这首歌，朴素地写了自己的遭遇、痛苦和愿望。但由于感情真挚，仍能令人感动。特别是开始的两句，说尽了被自己人抛弃、损害的悲哀：使自己沦落天涯，过着这样悲惨的日子的，竟然是"吾家"！然而，尽管是为家国所弃，却还是不得不深深地怀念着她，幻想着自己能像黄鹄一样地飞回故乡。这大概也是人的一种无法排除的矛盾。

---

① 楚歌体的四篇中，除上述三篇外，另一篇为刘邦的《鸿鹄》。《史记》、《汉书》所引为四言体，而据逯钦立先生考证，此歌原载于《楚汉春秋》，每两个四言句之间有一"兮"字（见《先秦汉魏晋南北朝诗》，第88页）。又，被认为这一时期的诗的，尚有所谓四皓所作的《歌》，不可信。

② 此首和下一首均无正式篇名，后人以作者名篇。"乌孙公主"，犹言嫁给乌孙国的公主。又因"乌孙公主"的正式姓名为刘细君，故后人也有称之为《细君歌》的。

第二首是燕王刘旦的夫人华容夫人所作。刘旦是汉武帝的第四个儿子。汉昭帝时,他因谋反被发觉,心中忧懑,召集宾客、群臣、妃妾在万载宫共坐饮酒。席间他自己作歌歌唱:"归空城兮狗不吠鸡不鸣,横术何广广兮固知国中之无人。"按照当时的规定,发生反叛事件的当地的吏民都要被杀,刘旦的这首歌是假想他被杀以后魂魄归来时的景象:只看到一座空城,在城中不但没有人,连鸡狗都没有了,只有广阔的街道还存在着。接着华容夫人起舞而歌,上引的这一首就是当时她所歌唱的。开头两句是想像中的屠城以后的惨况:沟渠中都是尸体,其头发在水面上飘浮着,陆上也白骨枕藉,不予埋葬。第三句是写被杀害的女性鬼魂在这样的惨境中寻找着自己被杀的丈夫和子女,显示出女性特有的对亲属的依恋。第四句是对刘旦以下的这些有权力的男性的质问:直到现在,你们还徘徊不决,你们准备怎么办呢?这一句中的"两渠间",当是指他们会饮所在的万载宫,当地处在两渠之间。

　　这首歌既给人一种恐怖感,又包含着女性的深厚的感情;而在这样的气氛中,这种感情又含有凄厉的色彩。同时,前三句和最后一句成为鲜明的对照:面临着即将到来的浩劫,这些有权也应该决定燕国全国命运的男性们却还在徘徊,不知所措!在这里,既有悲愤,又满含鼓励。短短的四句里能表现出这样的复杂的内容,在早期的诗歌里实属难能可贵。

　　但无论《乌孙公主歌》还是这一首,都不是自觉的艺术创造。《乌孙公主歌》固然很朴素,华容夫人在那样的气氛下大概也不可能去仔细推敲。

　　在这一时期的楚歌体的作品里,值得重视的还有李陵在匈奴与苏武诀别时所唱的歌、广陵王刘胥在被迫自杀前所作的歌。在这以后,楚歌体的诗也渐渐衰落了。

　　至于四言的诗,在汉高祖时,有高祖姬唐山夫人所作《安世房中歌》[①];全诗十七章,其中十三章为四言体。又有武帝时司马相如等人所作的《郊祀歌》十九章,也多为四言体。这些作品都用于祭祀,但均失于板滞。如"大孝备矣,休德昭清。高张四县,乐充宫庭"(《安世房中歌》第一章),"青阳开动,根荄以遂。膏润并爱,跂行毕逮"(《郊祀歌·青阳》)之类。

　　西汉前期的四言诗较有名的,尚有韦孟所作的《讽谏》诗。韦孟在景帝时为楚元王傅,元王的儿子夷王和孙王戊都是他教导的。元王死后,夷王继位;夷王死后,戊即位。此诗即讽谏戊所作,其中说:"如何我王,不思守保。不惟履冰,以继祖考。邦事是废,逸游是娱。犬马繇繇,是放是驱……"对王作这样直率的批评,是不容易的;但作为文学作品,此诗实缺乏感染力。韦孟另有《在

---

① 一说唐山夫人所作的仅是曲调,而非歌词。

邹诗》，那时他因讽谏无效，已离开楚而迁居于邹。诗中继续对楚王戊加以批判，同时表示他要向孔子学习，结尾说："洋洋仲尼，视我遗烈。济济邹鲁，礼义唯恭。诵习弦歌，于异他邦。我虽鄙耇，心其好而。我徒侃尔，乐亦在而。"其艺术上的缺陷也与《讽谏》相同。总之，这时期的四言诗已趋于没落了。

第二节 五言诗形成的时间问题

关于我国五言诗形成于何时的问题，学术界存在不同的看法。现所知的最早的五言诗，为《楚汉春秋》所载项羽宠幸的虞美人所作（《史记正义》引）。此后，在南朝梁代萧统编的《文选》中，收有不署作者姓名的《古诗》十九首、署为李陵作的《与苏武诗》三首和苏武作的《诗》四首，另有署为班婕妤作的《怨歌行》一首；这些都是五言诗。其《古诗》十九首中的十首，也见于《玉台新咏》，署为枚乘作。据此，西汉不但已有不少五言诗，而且有相当一部分出于西汉前期。但是，对于这些诗的作者和写作年代问题，一直有人表示怀疑。"五四"以后，一般以为《文选》所载这些五言诗出于东汉中后期甚或更迟一些（对《楚汉春秋》所录的一首，则没有作深入的讨论），并得出了我国五言诗要到东汉中后期才成熟的结论。所以，必须先就此略加辨析。

至迟在六朝时期，就已有人怀疑署为李陵、班婕妤作的这些五言诗出于假托。刘勰《文心雕龙·明诗》说：

> 汉初四言，韦孟首唱，匡谏之义，继轨周人。孝武爱文，柏梁列韵。严马之徒，属辞无方。至成帝品录，三百余篇，朝章国采，亦云周备。而辞人遗翰，莫见五言，所以李陵、班婕好见疑于后代也。按，《召南·行露》，始肇半章；《孺子》"沧浪"，亦有全曲。《暇豫》优歌，远见春秋；"邪径"童谣，近在成世。阅时取证，则五言久矣。

刘勰的意思是：因为汉代著名的辞赋作家都没有写过五言诗，所以，后人对于署名为李陵、班婕妤作的五言诗是否出于这两人之手，产生了怀疑。但刘勰则以为：在先秦时代，五言的诗句已经有了。而且，在汉成帝时出现的一首以"邪径"开端的童谣，又是纯粹的五言诗；而班婕妤也是成帝时人。因此他的强调"五言久矣"，实际上意味着对李、班之作不必怀疑。接着他又说：

> 又，《古诗》佳丽，或称枚叔，其"孤竹"一篇，则傅毅之词。比采而推，两汉之作乎！观其结体散文，直而不野，婉转附物，怊怅切情，实五言之冠冕也。

由于《文心雕龙》的写作在《玉台新咏》编纂之前，其"《古诗》佳丽，或称枚叔"之言,并非源于《玉台新咏》,而当另有依据。至于"孤竹"(指《古诗》十九首中以"冉冉孤生竹"为首句的一篇)的作者,他说得很肯定,并无游移之词,其依据当甚坚确。他把这十九首作为"两汉之作",也就是说,它们是在从西汉到东汉的漫长时期里,由不同的作家陆续写成的。

刘勰以后的杰出批评家钟嵘对李陵、班婕妤诗篇的著作权也没有任何怀疑,对于《古诗》十九首,他是这么说的:

> 其体源出于《国风》。陆机所拟十四首,文温以丽,意悲而远,惊心动魄,可谓几乎一字千金。其外"去者日以疏"四十五首,虽多哀怨,颇为总杂,旧疑是建安中曹王所制。"客从远方来"、"橘柚垂华实",亦为惊绝矣。人代冥灭,而清音独远,悲夫!(《诗品》卷上)

他所说的"陆机所拟十四首",今存十二首,其中十首是拟《古诗》十九首中的"行行重行行"、"青青河畔草"、"青青陵上柏"、"今日良宴会"、"西北有高楼"、"涉江采芙蓉"、"明月皎夜光"、"庭中有奇树"、"迢迢牵牛星"、"明月何皎皎"的;另一首注明拟"东城一何高",不知是否即《古诗》十九首中的"东城高且长";再有一首拟"兰若生春阳",该诗不在《古诗》十九首内。由于被陆机所拟的十四首中,至少包括《古诗》十九首中的十首,属于"其外""四十五首","旧疑是建安中曹王所制"的,在《古诗》十九首中至多只有九首而已,换言之,钟嵘即使同意"旧疑",他也至多认为十九首中有九首为建安时期所作,至于对十九首中其他各篇的写作年代,他并没有发表过任何意见。

在这以后,也有学者对《古诗》十九首的写作年代问题提出过一些新的看法,但大致说来,并不能推翻刘勰的"两汉之作"之说。到五四运动以后,由于史学界的疑古思潮的兴起,有不少学者著文论证这些作品出于东汉中后期,此一意见几成定论。但也有不同意这种看法的,最突出的是隋树森先生,他曾写过一篇材料丰富、很具说服力的反驳文章,收于其所著《古诗十九首集释》(中华书局1955年初版)的卷一,证明了刘勰的"两汉之作"之说的正确。此外,日本著名汉学家吉川幸次郎氏原也信从《古诗》十九首作于东汉之说,但后来也认为《古诗》十九首中既有东汉之作,也有西汉的诗篇①。

隋树森最有力的是对《古诗》十九首中的"凛凛岁云暮"一首的写作年代的考证。该诗一开始就说:

> 凛凛岁云暮,蝼蛄夕鸣悲。凉风率已厉,游子寒无衣。

隋树森先生说:"严冬岁暮而有蝼蛄悲鸣;'孟秋之月,凉风至'(《礼记·月

---

① 见《吉川幸次郎全集》第六卷(筑摩书房1968年版),第266页,又,第430—431页。

令》),凉风是秋天的风,而此诗叙岁暮始云凉风已厉,游子无衣;那么这所谓岁暮,当系夏历八九月的时候,故此诗也是成于太初以前的。"他的意思是:既是"岁云暮"(按,这里的"云"是语助词,无义),则衡之农历岁暮的实际情况,不应该再有蝼蛄悲鸣,也不应该刮"凉风";但从汉朝开国,直至汉武帝太初元年更改历法之前,都以农历十月作为一年的开始,而以九月底作为"岁暮"(参见《汉书·张苍传》及同书《武帝本纪》);与此诗所说情况恰相符合。故此诗必为太初改历之前所作。又,《诗经·七月》有"七月流火,九月授衣"之句,则"无衣"之叹也以发于九月为宜。

根据同样的理由,隋树森先生认为"东城高且长"也作于太初改历以前,因为该诗中说:"回风动地起,秋草萋已绿。四时更变化,岁暮一何速。"既已在感慨"岁暮一何速",其时当已在岁暮或接近岁暮。但若是农历岁暮,则草不可能犹盛("萋"是草盛貌)而绿,更不可能称为秋草。所以,此处的"岁暮"也是指"太初"改历之前,也即农历的九月底。

这两首既为太初改历前的作品,自不能说《古诗》十九首俱作于东汉中后期。至于有些学者以东汉班固《咏史》诗的"质木无文"为依据,欲以证明在班固的时代五言诗尚未成熟,因而《古诗》十九首不可作于西汉,显然也不能成立。因为上述两首都出于太初以前,而且其水平也早已超过"质木无文"的阶段。班固的《咏史》诗"质木无文"至多只能说明他不善于写五言诗,却不能证明在他的时代五言诗还没有成熟。何况傅毅的生活年代与班固相仿,《古诗》十九首中他作的"冉冉孤生竹"一篇的水平就显然高于班固的《咏史》。

不过,在《古诗》十九首中,确也存在着东汉作品。其"青青陵上柏"言"洛中"的情况,有"王侯多第宅"及"两宫遥相望,双阙百余尺"等语,这已是东汉时建都洛阳的气象。其"驱车上东门"一首,说到城池的北门外,有"松柏夹广路"的墓地,也是指东汉时洛阳门外北邙山的墓地。因"上东门"是洛阳城门,北邙山在洛阳之北,"自后汉建武十一年城阳王祉葬此之后,遂为王侯卿相之墓地"(《古诗十九首集释》卷一《考证》)。

总之,《古诗》十九首实作于两汉时期,其"去者日以疏"等六首(也可能稍多一些)更可能作于建安时期[①]。

[①] 从上文所引钟嵘《诗品》之语可知,《古诗》十九首中为陆机所拟过的不在"旧疑是建安中曹王所制"的作品之内,而陆机拟作的十四首中,两首已佚,一首所拟在《古诗》十九首之外,另一首是否为拟《古诗》十九首中的"东城高且长"未能确定。倘此首为拟"东城高且长",已佚的两首所拟也为《古诗》十九首中的作品,则《古诗》十九首中有六篇在陆机所拟之外。但若已佚的作品(或其中的一首)不是拟《古诗》十九首中的作品,其"东城一何高"一篇并非拟"东城高且长",则《古诗》十九首中出于陆机所拟之外的作品数就相应增加。

此外，李陵与苏武分别在汉昭帝时，远在太初改历之后，从文学发展的角度来看，既然在太初改历以前就已有"凛凛岁云暮"，"东城高且长"这样的五言诗出现，那么，在昭帝时产生李陵《与苏武诗》三首这样的作品就毫无不合理之处；而且，这三首诗的内容与苏武、李陵两人的遭际也并无矛盾。有些学者因《汉书》只收录了李陵与苏武分别时的楚歌体诗，而没有收入这三首五言诗，而且《汉书·艺文志》也没有著录李陵的作品，就以为这三首五言诗是后人假托。但是，《汉书》的传记没有必要把传中人物所写的诗歌全都引入，因此，《汉书》不收这三首五言诗并不能证明李陵没有写过；同时《汉书·艺文志》没有著录过的东西，也并不意味着它不曾存在过，《汉书》引入的李陵那首楚歌体诗在《汉书·艺文志》里同样找不到痕迹。根据同样的理由，说《文选》所收的苏武《诗》四首是后人假托的证据也不充分；何况从《文选》的标题来看，这四首诗至少并不都与李陵有关，更不能如有的研究者似的以其是否与苏李的关系相合而作为判定其真伪的依据。不过，钟嵘《诗品》根本不提苏武①，所以，这几首到底是否出于苏武确也存在问题。至于班婕妤的那一首，其时代已迟至汉成帝以后，诗的内容又与婕妤的生平毫无抵牾，更无从疑为伪作。《文选》虽然把该诗作为"乐府"，但《玉台新咏》收此诗却题为《怨诗》，实也属于古诗。

第三节　西汉的五言诗

我国最早的完整的五言诗为项羽所宠幸的虞美人所作。据《史记正义》引《楚汉春秋》所载，在项羽被困垓下，夜晚起来喝酒，并唱了《垓下歌》后，虞美人也作了一首诗以表达自己的心情："汉兵已略地，四方楚歌声。大王意气尽，贱妾何乐生。"此诗感情真挚，整首都是五言，且无"兮"字穿插其间，是完整的五言诗。《楚汉春秋》的作者陆贾为汉初人；即使此诗为陆贾伪造，也可证明完整

---

① 《诗品》的正式品评中没有评及苏武，但在其《序》中有"子卿'双凫'"之语，已有不少研究者指出"子卿"为"少卿"之误。因庾信《哀江南赋》明确把"双凫"之句归于李陵，可知"双凫"句在当时确是名句，是以钟、庾均予征引。但钟书既不收苏武，则其《序》中自不应引及苏武之诗。且此"双凫"句若指"双凫向背飞，相远日已长"，则此实为李陵诗；若指"双凫俱北飞，一凫独南翔"，则虽为苏武诗（均见《艺文类聚》卷二十九），但语句平凡，实无可称。故钟嵘赞扬的"双凫"句，当与庾信所称相同，均出于李陵；但在后来的《诗品》流传过程中，"少卿"误为"子卿"。见曹旭《诗品集注》（上海古籍出版社 1994 年版）。

五言诗的出现是在汉初①。

在这以后,出现了戚夫人的《春歌》和李延年的《佳人歌》,虽非完整的五言诗,但却以五言为主:

> 子为王,母为虏。终日舂薄暮,常与死为伍。相离三千里,当谁使告女?(《春歌》)

> 北方有佳人,绝世而独立。一顾倾人城,再顾倾人国。宁不知倾城与倾国,佳人难再得。(《佳人歌》)②

戚夫人是汉高祖生前的宠姬,高祖曾考虑立她的儿子如意为太子而废掉吕后所生的太子。高祖死后,她受吕后的迫害,作为罪犯在冷宫中舂米。其时如意在很远的地方作王——赵王。戚夫人一面舂米,一面唱着这一首歌。内容虽很真实,但却不能引起人们的强烈同情③。

李延年是汉武帝时期的音乐家,他的妹妹是很受武帝宠幸的李夫人。此首写美人的魅力,实际上是把对异性的追求作为人生的最重要的事情来歌唱,它与项羽《垓下歌》把对于虞美人的爱情作为其去世前最系心的事,实是一脉相通的。

这两首歌只要稍加改动,就成了完整的五言诗。例如,《春歌》的第一、二句若改作"子王母为虏",就成了五言;《玉台新咏》在收入李延年此诗时,把"宁不知"句的"宁不知"三字删去了(并改"与"为"复"),却于诗意并无损失。这种情况的存在,说明五言诗的写作对于当时的作者已经并不是困难的任务了。

也正因此,在汉武帝太初元年(前104)以前出现《古诗》十九首中的"东城高且长"、"凛凛岁云暮"那样的作品也就并无不可理解之处了。

> 东城高且长,逶迤自相属。回风动地起,秋草萋已绿。四时更变化,岁暮一何速!《晨风》怀苦心,《蟋蟀》伤局促。荡涤放情志,何为自结束?燕赵多佳人,美者颜如玉。被服罗裳衣,当户理清曲。音响一何悲,弦急知柱促。驰情整巾带,沉吟聊踯躅。思为双飞燕,衔泥巢君屋。(《古诗》

---

① 《楚汉春秋》已佚。《隋书·经籍志》著录《楚汉春秋》九卷,而《旧唐书·经籍志》则著录为二十卷,有些学者据此断言此书在唐代遭到增窜,而张守节《史记正义》所引虞美人作诗的部分即唐人窜入。按,《新唐书·艺文志》著录此书仍为九卷。《新唐书》是在《旧唐书》基础上纂修的,但又依据史料作了许多补正。换言之,若无可靠史料依据,《新唐书》决不致任意改"二十卷"为"九卷"。所以,《楚汉春秋》在唐代当仍为九卷。至于现在所见的《旧唐书·经籍志》作"二十卷",或为偶然的疏失,或为传抄、刊刻过程中的错误。
② 这两首原无标题,现在的标题是后人所加。
③ 这可能是此歌太强调了她作为王的母亲的身份,使人感到只是说作为王的母亲是不应该受到这样的待遇的;同时,"常与死为伍"这样的说法也太抽象。

十九首之十二)

在这一首中反映了追求个人的欢乐与尽忠于君主之间的矛盾及其弥合。《晨风》是《诗经·秦风》中的一篇。全诗三章,其第一章有"未见君子,忧心钦钦。如何如何,忘我实多"之语,其下两章也都有类似意思的语句。据《诗》今文学派的解释[①],"忘我"是君忘其臣之意[②]。所以,此诗的"《晨风》"句是说,诗人怀着《晨风》作者那样的"苦心",为见不到君主而忧愁不堪,但君主却根本记不得有他那样的人。因而他从《蟋蟀》诗中受到启发[③],决心及时行乐,舒放情志,前去追求燕赵佳人。但到底忘不了君主,所以想在追求到佳人以后,与她一起,像"双飞燕"似的"衔泥"作巢于君主之屋。——在这里生动地显示了心灵已经受到桎梏的中世文学发轫期的诗人的限制:虽然希望能像"双飞燕"似的自由飞翔,但仍要作巢于主人的屋宇。

此诗在构思上显然受到宋玉《九辩》的影响。诗人先写秋天的景色,由此而想到岁月之速,再进而感到年命的短促,并引起种种感慨;而以秋景来引发年华遄逝的悲慨正是《九辩》的特色之一(参见本书第一编对宋玉的介绍)。同时,此诗在思想上虽受到《诗经·唐风·蟋蟀》的"今我不乐,日月其除"等观念的影响,但《蟋蟀》一再强调"好乐无荒",此诗却声称"荡涤放情志,何为自结束",较之《蟋蟀》又进了一步。这是因为《蟋蟀》的"日月其除"只不过一般地意识到时间逝去了就不能再回来,而此诗的作者则深切地感受到了生命的匆促,所谓"岁暮一何速",也即具有了较强烈的关于自身的生命意识,这同样是与《九辩》相通的。

此外,该诗在语言上已向着创造诗歌的特殊语言跨进了一步。如把它和虞美人诗乃至李延年的《佳人歌》相比较,就可看出虞、李的作品在语言上虽然句式整齐(或基本整齐),精练而押韵,但其叙述方式却与散文的语言并无多大不同,只注意逻辑上的前后联系,而忽视了加强感情的含量。如《佳人歌》在盛赞佳人的"一顾倾人城,再顾倾人国"后,即接以"宁不知倾城与倾国,佳人难再得",就是典型的例子。《玉台新咏》收入该诗时,将"宁不知"八字改为"倾城复倾国"五字,似乎割断了逻辑联系,且与其前两句有重复之嫌。但在实际上,这种看似重复之处正是对其危害性的进一步强调;而且,尽管危害性如此之烈,却仍然以"佳人难再得"作结,这就更显出了佳人的可贵与诗人对她的倾心。

[①] 在汉武帝时,今文学派在经学中居于支配地位。
[②] 见《诗三家义集疏》。
[③] 《蟋蟀》是《诗经·唐风》的一篇。全诗三章,第一章感慨于"今我不乐,日月其除",第二、三章也有类似的感慨。《诗》今文学派认为是讥刺"俭啬以龌龊"的作品(见《诗三家义集疏》)。此诗所说"伤局促"的"局促",即指"俭啬以龌龊"。

至于"宁不知"这样的转折词,在散文的语言里固然必不可少,在诗歌的语言里却是不必要的,读者完全可以自己去体会。以这种观念去考察"东城高且长"诗,我们就会发现:首先,凡是没有那些表达逻辑上的前后联系的语句而读者自能体会的,就一律不用,这就达到了内容上的凝练,而不仅是语句上的精练了。例如,在"岁暮一何速"以后即接以"《晨风》怀苦心",在逻辑上似乎联结不起来,但其实际意思却是:正因岁暮如此之速,可见年命甚促,也就不必怀着《晨风》那样的"苦心"了;所以,其间的逻辑联系实际是体会得出来的。至于诗人对《晨风》那种"苦心"的否定,在诗中也没有直接表现出来,而是以肯定《蟋蟀》的伤感的方式来进行的,同样缺乏表达此种逻辑联系的词语,而读者也仍可以体会。再如"燕赵多佳人"诸句、"思为双飞燕"两句,其与上文的逻辑关系也未明白表达。这些句子的省略,同时也就是作品感情含量的增加。其次,诗篇中的有些句子,如仅从逻辑关系来看,是应该删去或修改的,但在实际上却起着强化感情的作用。如在"秋草萋以绿"以后删去"四时更变化"一句而径接"岁暮一何速",其间的联系似乎更为密切,因为"岁暮"句所体现的感慨本是由秋草的这种情状引发的;但有"四时"句,却更显示出了诗人对岁月如驶的强烈感受,从而更加强了"岁暮"句的感慨的分量。又如"何为自结束"句与其后的"燕赵多佳人"句之间似乎缺乏联系,倘把"燕赵"两句改为"情驰燕赵间,佳人美如玉",其联系就很清楚了。但这样一来,却反而不如原句之能引起读者对燕赵佳人的向往,也就降低了作品的感情含量。总之,在这些地方都可看出作者在追求一种更适合表达诗歌感情的语言。这跟《九辩》也有其相通之处。

此外,本诗也很注意语词的调配和对偶的运用。如"《晨风》怀苦心",原是说诗人曾怀着《晨风》那样的苦心,但若改作"怀《晨风》之苦心",就不是五言诗了。像这样的句子结构的灵活调配,在后世的五、七言诗(特别是近体诗)中常见,也可说是必须的修辞手法。这是最早的一例。至于"《晨风》"两句的对偶的工整也很值得重视。"晨风"与"蟋蟀"都是《诗经》中的篇名,而且前者为鸟名,后者为昆虫,以此为对,颇见功力。

现在看《古诗》十九首中的"凛凛岁云暮":

> 凛凛岁云暮,蝼蛄夕鸣悲。凉风率已厉,游子寒无衣。锦衾遗洛浦,同袍与我违。独宿累长夜,梦想见容辉。良人惟古欢,枉驾惠前绥。愿得常巧笑,携手同车归。既来不须臾,又不处重闱。亮无晨风翼,焉能凌风飞?眄睐以适意,引领遥相睎。徙倚怀感伤,垂涕沾双扉。(《古诗》十九首之十六)

此诗所写,是妇人对其远游的丈夫的怀念。逼近岁暮(实际是秋末),丈夫还不回来。她既为其客行的辛苦而担心,又怕他已另有所欢①。在经过长期的独宿以后,她有一次梦见了丈夫,在梦中很高兴。但梦是那样短暂,须臾之间又只剩下了孤身一人。她只能夜半起来,引领远望,流下来的眼泪沾湿了房门。其感情被写得相当细腻,而且有一种迷离恍惚之感。

在这以后就出现了李陵的五言诗。据《隋书·经籍志》,知梁代已有《李陵集》;但不知其始于何时。从唐代类书《艺文类聚》等所载李陵诗(含残篇)来统计,李陵诗实超过十首。南朝宋颜延之已说当时流传的李陵诗"总杂不类","非尽陵制";故仍以《文选》所收《与苏武诗》三首为依据。

> 良时不再至,离别在须臾。屏营衢路侧,执手野踟蹰。仰视浮云驰,奄忽互相逾。风波一失所,各在天一隅。长当从此别,且复立斯须。欲因晨风发,送子以贱躯。

> 嘉会难再遇,三载为千秋。临河濯长缨,念子怅悠悠。远望悲风至,对酒不能酬。行人怀往路,何以慰我愁?独有盈觞酒,与子结绸缪。

> 携手上河梁,游子暮何之!徘徊蹊路侧,恨恨不能辞。行人难久留,各言长相思。安知非日月,弦望自有时。努力崇明德,皓首以为期。

逯钦立先生不承认此诸诗为李陵作,故言其中"无一切合李陵身世者,说明既非李陵所自作,亦非后人所拟咏;前贤如苏轼、顾炎武等皆疑之,固是,然亦未能释此疑难也"②。但如仔细研究,在这三首诗中也无违背李陵身世之处。唯第三首中的"游子暮何之"句易滋误会,须稍加说明。此"暮"字并非日暮,而是暮年之意;因核以常理,行者无日暮出发的可能,且第一首明言"欲因晨风发,送子以贱躯",则其出行实在早晨。又,从上下文来看,"徘徊蹊路侧,恨恨不能辞"的实为"游子",而"行人"却似急于出发,故第三首既言"行人难久留",第二首又言"行人怀往路",其去心难绾之状可见。因此,从这三首中可以知道如下情况:第一,送客者其时已是暮年,且本身也客居异地;他觉得自己已到了日暮途穷之境,故有"游子暮何之"之叹。第二,送客者在异乡与"行人"相处了一段较长的时期,友谊很深,但从此一别就很难再见了,故第一首说"良时不再至",第二首称"嘉会难再遇";第三首的"安知"云云也不过是强自慰解而已。第三,尽管送客者与"行人"友谊甚笃,不忍分别,"行人"却并无相应表示,只是"怀往路"、"难

---

① "锦衾遗洛浦",指其丈夫把锦衾作为信物赠送给别的女人。神话中的宓妃处于洛水,"洛浦"在这里借指宓妃。
② 见《先秦汉魏晋南北朝诗》第 337 页。逯先生谓此等诗为东汉末李陵所作,因其姓名与西汉李陵相同,故误入李陵集。逯先生说此等诗并非"后人所拟咏",那么,它们何以会被误认为西汉李陵的作品呢?这确是要否定这些诗为李陵所作的学者所必须回答的问题。至于说此诗为东汉末李陵作,亦无确据。

久留"。综此三点而言,这实是适应于李陵与苏武的相别的。就李陵来说,苏武一走,再无可以互诉衷情的友人了,自是悲痛难禁;就苏武来说,回到久别的故国以后,能与亲人团聚,并与更多的知心朋友欢会,自然急欲动身。

这三首诗中的诗人感情十分抑郁、孤独,又充满着人生的感慨。他在送行时偶然看到天上的浮云,就觉得人的一生正像云那样地不由自主,一忽儿超越了同伴,一忽儿又被同伴超越,更可怕的是:风波一来,不知会流落到何方的天涯海角。像这样的深沉的悲叹,不是在生活中经过大起大落、有过大的痛苦的人是发不出来的。但尽管如此,他却绝做不到随遇而安,还想拼命抓住那唯一能给他一些安慰的东西。他知道这个朋友一走之后,还能使他减少一些痛苦的,就"独有盈觞酒"了。所以,连多流连片刻也是好的。"长当从此别,且复立斯须"。这几乎已经是对朋友的哀求了。其间包含着多少痛苦和血泪!钟嵘评李陵诗说:"其源出于《楚辞》,文多凄怆,怨者之流。"(《诗品》卷上)这是说得很对的。上引的三首,确极凄怆之致。至于"怨者之流",犹言《离骚》之流,因为"屈平之作《离骚》,盖自怨生也"(《史记·屈原贾生列传》)。在这里,我们可以再一次看到《楚辞》对于汉代五言诗的影响。

《文选》所收班倢伃的《怨歌行》,顾名思义,也是"自怨生"的作品。原文如下:

新裂齐纨素,皎洁如霜雪。裁为合欢扇,团团似明月。出入君怀袖,动摇微风发。常恐秋节至,凉飚夺炎热。弃捐箧笥中,恩情中道绝。

她在《自悼赋》(见本编第一章)中说:"历年岁而悼惧兮,闵蕃华之不滋。"也就是恐惧岁月逝去、花萎色衰之意,与此诗的"常恐秋节至……恩情中道绝"若合符节。作《怨歌行》时她大概尚未被遗弃,但忧惧之意已极深重。她把自己比作团扇,固然显示了其取舍由人的可怜;但开头的两句却托物喻志,体现了她的高洁。这种自傲与自卑的结合,"出入君怀袖"的愉悦和"恩情中道绝"的恐惧的交融,使得诗的感情丰富而动人。

刘勰《文心雕龙》在论证班倢伃此诗并非伪托时,曾以汉成帝时的童谣为据。那与班倢伃此诗是同一时期的作品。其原文为:"邪径败良田,谗口乱善人。桂树华不实,黄爵巢其颠。故为人所羡,今为人所怜。"虽有文野之别,其为纯粹的五言诗则一;但从《自悼赋》中已可看出班倢伃具有很高的艺术水平,所以,她能写出这样优秀的五言诗来是很合理的。何况此诗与《自悼赋》的感情又如此合拍。至于此诗也被收入乐府(见《乐府诗集》),当是在写成后曾配乐歌唱之故,与其作者问题并无关系。

如把此诗与上引的两首《古诗》和三首李陵诗相比较,即可知以前诸诗均以"赋"的手法为主,杂以比兴,此则纯用象征手法,而且托喻深切,叙述婉转,描写生动,在艺术上的进步十分明显。只可惜我们因已知此诗为班倢伃所作,在阅读时往往很快就把作品与她的身世联系起来思考;倘能撇开此等思路,那么,此诗实可引起读者丰富的联想。

除了以上诸首以外,《古诗》十九首中还有一些在内容上和艺术形式上与"东城高且长"、"凛凛岁云暮"颇有相近之处的,也附带在此介绍。在这里需要说明的是,上述两首诗的感情都较含蓄、内敛,如"东城高且长"以"衔泥巢君屋"作结,"凛凛岁云暮"虽怀疑自己的丈夫可能已有外遇,但并无怨恨。所以,我们在考察其他诗歌与它们的近似度时,对此应给予充分的注意。经过这样的考察,我们认为符合条件的是"行行重行行"、"涉江采芙蓉"、"明月皎夜光"、"庭中有奇树"、"孟冬寒气至"、"明月何皎皎"六首。

"行行重行行"与"凛凛岁云暮"都是妻子怀念远行的丈夫的诗,并且都怀疑丈夫已有外遇;"庭中有奇树"所写似也是妻子对丈夫的怀念;诗的感情均深厚而内敛。"孟冬寒气至"是表示对远行的丈夫的忠贞的,感情的内敛与上三首同,和东汉时的"客从远方来"显然有别(下节将对此加以论述)。"明月何皎皎"与"涉江采芙蓉"是远行在外的男子怀念家庭的诗,感情的表现方式也与此数首类似,而且好像更朴素一些。

"明月皎夜光"的感慨于"白露沾野草,时节忽复易",与"东城高且长"的"回风动地起"四句意旨相同,并均由此致憾于自己的失时——被君主所弃或为同门所遗。慨叹时光流逝的诗在《古诗》十九首中并不少见,但其余几首的感情都没有这两首温厚,是以此二首彼此较为相近。现引上述六首中的三首如下:

行行重行行,与君生别离①。相去万余里,各在天一涯。道路阻且长,会面安可知?胡马依北风,越鸟巢南枝。相去日已远,衣带日已缓。浮云蔽白日,游子不顾返。思君令人老,岁月忽已晚。弃捐勿复道,努力加餐饭。

明月皎夜光,促织鸣东壁。玉衡指孟冬,众星何历历。白露沾野草,时节忽复易。秋蝉鸣树间,玄鸟逝安适?昔我同门友,高举振六翮。不念携手好,弃我如遗迹。南箕北有斗,牵牛不负轭。良无盘石固,虚名复何益!

庭中有奇树,绿叶发华滋。攀条折其荣,将以遗所思。馨香盈怀袖,路远莫致之。此物何足贵,但感别经时。

这些诗都写得很温婉,诗人似乎尽量避免激动,但其内心深处的思念、痛苦、失望仍然能使人深切地感觉到,读来不能不为之感动。

---

① "行行重行行"者为"君"。

第四节 建安以前的东汉五言诗

在东汉的五言诗中,我们首先要介绍的仍是《古诗》十九首中的作品。

据刘勰说,《古诗》十九首中的如下一首为东汉前期的傅毅作:

> 冉冉孤生竹,结根泰山阿。与君为新婚,菟丝附女萝。菟丝生有时,夫妇会有宜。千里远结婚,悠悠隔山陂。思君令人老,轩车来何迟! 伤彼蕙兰花,含英扬光辉。过时而不采,将随秋草萎。君亮执高节,贱妾亦何为!

此为新婚的妻子等待其丈夫归家并埋怨丈夫来迟而作的诗。她所担心的,并不是丈夫回来不回来的问题,可见其处境比"凛凛岁云暮"、"行行重行行"中的女子要好得多,而且她显然还年轻,"含英扬光辉"的"蕙兰花"的比喻,形象地显示了她的青春美丽。但她却已在忧虑着花的枯萎,因而强烈地要求及时采摘,可见其生命意识远较那两首诗中的女子强烈;因而其感情也热烈而缠绵。诗中以生动的比喻,清丽的文字强调了结婚的不易、青春的应当珍惜、爱情生活的不应辜负,很具艺术感染力。《古诗》十九首中另有"青青河畔草"一篇,以"荡子行不归,空床难独守"作结,其要求就更为大胆、直率了。

这种要求,归根到底是与对人生的观念联系在一起的。《古诗》十九首中有好几首都说到了这一问题,"青青陵上柏"就是其中之一:

> 青青陵上柏,磊磊涧中石。人生天地间,忽如远行客。斗酒相娱乐,聊厚不为薄。驱车策驽马,游戏宛与洛。洛中何郁郁,冠带自相索。长衢罗夹巷,王侯多第宅。两宫遥相望,双阙百余尺。极宴娱心意,戚戚何所迫!

这种"人生天地间,忽如远行客"的观念,在"今日良宴会"、"回车驾言迈"、"驱车上东门"、"去者日以疏"、"生年不满百"等诗中都有表现;在那些作品里,"人生寄一世,奄忽若飙尘"、"浩浩阴阳移,年命如朝露"等诗句不一而足。正因生命如此短促,所以诗人们或者要求"极宴娱心意"的享乐,"先据要路津"的富贵("今日良宴会"),或者欣赏锦衣美食("驱车上东门")、秉烛夜游("生年不满百"),当然也有渴望着树立"荣名"的("回车驾言迈"),而爱情的满足也正是其中十分重要的一环。所以,这些诗人其实是在探求生命的意义;他们的追求都非常执着而强烈,因其所追求的实已不只是这些东西本身,而更是自身生命的价值。王国维评"荡子行不归,空床难独守"、"何不策高足,先据要路津"等诗句为"可谓淫鄙之尤",但又说它们"真切动人"、"精力弥满",所以"无视为淫词鄙词者"(《人间词话删稿》),其故也就在此。

也正因此,有时诗人所追求的目标,似乎并不是生命所系,但其痛苦却极为强烈。例如:

> 去者日以疏,来者日以亲。出郭门直视,但见丘与坟。古墓犁为田,松柏摧为薪。白杨多悲风,萧萧愁杀人。思还故里闾,欲归道无因。

他所希冀的返归故里,与此诗所强烈地渲染的生命短促的悲哀似乎没有直接的联系,因而有人对于诗人何以要唱出这样痛苦的歌会感到不解。但如仔细体味就能明白:诗人本就对短促的人生极感痛苦,因此只能把返回故乡作为唯一的慰藉;而当这一慰藉也无法获得时,他自然更难以负荷了。

正由于诗人是出于这样的态度,诗中的感情就浓厚而激烈,与"凛凛岁云暮"、"东城高且长"的内敛很不一样。自然,东汉的诗歌本身也有一个发展过程,一般说来,感情越浓厚而激烈的,其产生的时代就越晚。

总之,在《古诗》十九首的东汉作品中,以热烈的感情歌唱人生的悲哀和赞颂人生的追求——从爱情、享乐到"荣名"——成为一种强烈的倾向,而且这两者往往结合在一起,从而形成特殊的魅力。

而且,在一般的感情的表达上,也往往具有此种热烈的特色。例如:

> 客从远方来,遗我一端绮。相去万余里,故人心尚尔。文彩双鸳鸯,裁为合欢被。著以长相思,缘以结不解。以胶投漆中,谁能别离此!

这里写的是一个女子接到其丈夫或情人从远方送给她的绮以后的欢喜感动之情,她不仅把这种欢喜化作"裁为合欢被"的行动,而且以"以胶"两句所表现的热情来显示自己的决心。钟嵘说此诗可能是建安时的作品,虽未必有什么确据,但它大概已是东汉后期的诗了。《古诗》十九首中还有一篇"孟冬寒气至",写一个女子接到远方的丈夫或情人给他的信,"上言长相思,下言久离别",虽然没有礼物,她仍然很高兴。这与"客从远方来"中的女子的欢喜不致有大的差别,但以"置书怀袖中,三岁字不灭。一心抱区区,惧君不识察"这样的方式来表达。感情虽然深厚,却是含蓄而内敛的,故其写作时间可能比"客从远方来"早得多。

也许可以说:在两汉时陆续出现的《古诗》十九首,其本身实是两汉诗歌发展的缩影。

除了《古诗》十九首中的作品以外,东汉的五言诗还有班固、张衡、秦嘉、徐淑等人之所作。其中班固《咏史》写缇萦救父的事,钟嵘评为"质木无文"并不错;徐淑的一首《答秦嘉诗》在每句的中间都有一个"兮"字,还不是成熟的五言诗。所以,这里仅对张衡、秦嘉略作介绍。此外,梁鸿的《五噫歌》虽非纯粹的五言诗,但也显然受了五言诗的影响,而且从其作《五噫歌》的遭遇,很可看出东汉文人的处境,故有必要一并述及。

梁鸿,字伯鸾,扶风平陵(今陕西咸阳市西北)人。博学而家贫,隐居耕织。章帝(75—88在位)时,曾登北邙(即"北芒")山,遥望首都洛阳,见到宫阙巍峨,不免为民众的艰难辛苦而感叹,作了这样的歌:

> 陟彼北芒兮,噫!顾览帝京兮,噫!宫室崔嵬兮,噫!民之劬劳兮,噫!辽辽未央兮,噫!

此诗写得很朴素。但以统治阶层的"宫室崔嵬"与"民之劬劳"相对照,而且还特地加上了"辽辽未央"一句,意谓民众的"劬劳"远远没有尽头,因此,它所传达给读者的是沉重与愤懑的感情,在朴素中自具撼人的力量。就其体制说,如去掉每句末的"噫"字,就成了五言诗;所以,此诗也可说是五言诗影响下的产物。——当然,它在每句中还有个"兮"字,但被作为五言诗的徐淑《答秦嘉诗》同样如此,不过"兮"字的位置有所不同而已。

梁鸿这首诗后来传得连汉章帝都知道了,章帝"闻而非之,求鸿不得"(《后汉书》本传)。所谓"求",实是搜捕之意。梁鸿只好改姓运期,名耀,字侯光,与妻子孟光避居齐、鲁之间,后又迁移至吴,最终死在该地。赴吴前作诗说:"逝旧邦兮遐征,将遥集兮东南。心惙怛兮伤瘁,志菲菲兮升降。欲乘策兮纵迈,疾吾俗兮作谗。竞举枉兮措直,咸先佞兮唌唌。"(《后汉书》本传)看来汉章帝之所以知道他的《五噫歌》,是"作谗"的人举报的,而且"作谗"的行为在那一带已经成为习俗。就这一点说,梁鸿此诗不仅是《楚辞》体,其以个人与世俗抗争的精神,与屈原也是相通的。

张衡的五言诗可以《同声歌》为代表:

> 邂逅承际会,得充君后房。情好新交接,恐栗若探汤。不才勉自竭,贱妾职所当。绸缪主中馈,奉礼助蒸尝。思为苑蒻席,在下蔽匡床。愿为罗衾帱,在上卫风霜。洒扫清枕席,鞮芬以狄香。重户结金扃,高下华灯光。衣解巾粉御,列图陈枕张。素女为我师,仪态盈万方。众夫所希见,天老教轩皇。乐莫斯夜乐,没齿焉可忘!

此诗写一女子在新婚之夜的感想,其中既有愿为男子奉献自己的衷悃,又有从新婚生活中感到的快乐甚至骄傲。前者为封建道德的要求,后者基于其切身的感受。末一句"没齿焉可忘",似乎是既对自己、又对丈夫提出的要求。其中"情好"两句及"素女"以下诸句写女子的心理活动都颇有新意。

张衡不但写五言诗,也写七言诗。有《四愁诗》行世。该诗共四章,第一章为:

> 我所思兮在太山,欲往从之梁父艰,侧身东望涕沾翰。美人赠我金错刀,何以报之英琼瑶,路远莫致倚逍遥。何为怀忧心烦劳!

以下三章大致相类。现所见的单独的七言诗以此为最早。但"何以"一句实为自问自答,并为一句,不甚合适。故与此相较,张衡《思玄赋》末所附"系曰"一首在形式上更符合七言诗的要求(参见下章)。

秦嘉,字士会,陇西人,东汉末曾被任命为黄门郎,病卒于津乡亭。他与妻子徐淑感情甚笃。徐淑因病回娘家,他却被派遣到京师去,因而未能面别。他为此写诗给徐淑,表示自己的悲哀。今引其第三首于下:

> 肃肃仆夫征,锵锵扬和铃。清晨当引迈,束带待鸡鸣。顾看空室中,仿佛想姿形。一别怀万恨,起坐为不宁。何用叙我心?遗思致款诚。宝钗好耀首,明镜可鉴形。芳香去垢秽,素琴有清声。诗人感木瓜,乃欲答瑶琼。愧彼赠我厚,惭此往物轻。虽知未足报,贵用叙我情。

其前八句写得很好,尤其"顾看"两句,深切地显示出了他对妻子的深情,接着的"一别"两句,也很能表达出他的郁闷和留恋。往后的几句流为一般的叙述,但结尾的四句仍能于惭愧中见真情。

就总体来说,建安以前的汉代五言诗虽已有了若干优秀的作品,但篇数不多,而且仍处于五言诗发展的第一个阶段。这是因为诗歌的语言不仅要求高度精练,不能流漫,而且必须有弦外之音、言外之味(参见王国维《人间词话》),能够引发读者的联想而使之体味到作品本身所没有直接表达的许多东西。而《古诗》十九首等作品尚未达到这一点。刘勰评论《古诗》十九首说:"观其结体散文,直而不野,婉转附物,怊怅切情,实五言之冠冕也。"(《文心雕龙·明诗》)这是它们的优点,也是它们的极限。如"行行重行行"一首:"行行重行行,与君生别离。相去万余里,各在天一涯。道路阻且长,会面安可知?"既然相去万里,各在天涯,则"道路阻且长"不言可知。又如"涉江采芙蓉"一首:"涉江采芙蓉,兰泽多芳草。采之欲遗谁?所思在远道。"其第三四句的自问自答,也使进展缓慢。这类现象,在南朝以还的名篇中就日益少见了①。总之,从宋玉的《九辩》中,我们已看到某些力求加速进展的表达法,在《古诗》十九首中,我们也看到了创造诗歌的特殊语言的努力(皆见前),但在这方面,以后还有漫长的路要走。

---

① 有时从表面上看来似甚相类,实则不同。如杜甫《蜀相》:"蜀相祠堂何处寻?锦官城外柏森森。"白居易《琵琶行》:"座中泣下谁最多?江州司马青衫湿。"似也为自问自答。但杜诗的第一句,实含有对蜀相的敬仰之情。正因敬仰,才要寻其祠堂。白诗的下句并不只是为回答问题而设,而是正面写其悲痛之情("青衫湿");故其上句实为对于他在座中悲痛最甚的变相说明。这种表达方法并不增加字数,也即不导致进展的缓慢。

第五节 乐 府 诗

乐府本是汉武帝时设立的掌管音乐、采集地方歌谣的政府机构①。这个机构除掌管朝廷在祭祀、朝会等隆重的场面所使用的乐曲、乐歌(一般称为"雅乐")外,也掌管从民间采集来的乐曲、乐歌(一般称为"俗乐")。由此就进而把他们所掌管的上述两种乐曲、乐歌都称为乐府,再往后便把别人(包括后人)以乐府旧题所写的诗歌也统称为乐府诗。至于"乐府"一词在后来还衍生了别的意义,那已不属于这里所要讨论的范围了。

汉代的乐府中属于雅乐部分的乐歌,一般说来价值不高,如用于祭祀的《安世房中歌》、《郊祀歌》等,所以此处就不再讨论了。但汉初的《安世房中歌》已有好些七言的诗句,到汉武帝时所作的《郊祀歌》十九章又有所发展,如其中《景星》一篇的下半部分连用了十二句七言的句子,就是很突出的一例。从诗体演进的角度看,这是有意义的:正是由于七言诗句的使用逐渐增多,最后终于形成了纯粹的七言诗。

汉乐府中属于俗乐部分的乐歌,对于我国诗歌的发展具有不可忽视的作用,但很难把这种作用确切地解释清楚。因为,搜集我国古代乐府诗最完备的书是宋代郭茂倩编的《乐府诗集》,其书除保存作品外,也辑录了一些有关的研究资料,但并未能对作品产生的时代一一说明,甚至大部分作品的确切时代是没有说清的;《乐府诗集》以外的有关著作,例如《宋书·乐志》等,在这方面也未能给我们多少帮助。所以,我们至今不能确切地知道《乐府诗集》中到底有多少是汉乐府,尤其难以分辨其到底是西汉作品,抑或东汉作品。例如,《宋书·乐志》中收了一些标明为汉乐府的诗,但却没有说明其为西汉抑东汉,我

---

① 《汉书·艺文志》:"自孝武立乐府而采歌谣,于是有代、赵之讴,秦、楚之风,皆感于哀乐,缘事而发……"明言乐府为武帝所立。同书《礼乐志》也说:"至武帝……乃立乐府,采诗夜诵。"但《礼乐志》又说:"孝惠二年,使乐府令夏侯宽备其箫管……"有的学者就根据"乐府令"之名认为在汉武帝以前本有乐府机构。按,倘若事实真是如此,班固就不应自相矛盾,说出"孝武立乐府"那样的话来。考汉初本有大乐,是掌管音乐的机构。《汉书·礼乐志》说:"汉兴,乐家有制氏,以雅乐声律,世世在大乐官。"至汉武帝设立乐府,大乐机构仍然存在。是以汉哀帝欲撤销乐府时,主张把乐府机构承担的一些必不可少的工作"别属他官",经群臣讨论,得出了"可领属大乐"的结论,可证乐府设立后大乐仍然存在。疑孝惠时的"乐府令"当是大乐的属官;武帝的"立乐府",则当是另设一个与大乐并列的、以"乐府"为名的机构,而原先由大乐的乐府令所承担的全部或大部分任务大概就划给乐府了。至于"采歌谣"等,则当是乐府机构设立后的新任务。

们也很难根据这些作品本身来判定其时代。另一方面,这些乐府诗是以乐曲来标名的,因此,凡是据某一乐曲谱写的作品,其标题就都相同。例如,汉乐府中有一首《战城南》,后人据这一乐曲谱写的也叫《战城南》;甚至在其乐曲已经失传之后,根据其已经留传下来的作品的大致模式写的,仍然可称《战城南》。汉代的乐府诗除个别作品外,又都不署作者姓名。所以,尽管在某一古代著作中提到过汉乐府的某一作品,在《乐府诗集》中也确有以此为题的诗,但我们也难以断定二者是否为一个东西。何况由于乐歌是以乐曲命名的,有时我们甚至难以分辨古代某一著作中所述的是乐曲的情况抑或作品的情况。例如,我们可以根据有关资料知道西汉中期已有《短箫铙歌》(即《鼓吹铙歌》),但我们实在难以断言这是意味着当时已有这种乐曲,抑或意味着已有我们现在所见的这些乐府诗。具体地说,《宋书·乐志》收了《汉鼓吹铙歌》十八曲;尽管我们根据有关资料,已知《短箫铙歌》出于西汉中期,但仍然很难说这十八曲就是西汉中期的作品。因为,《宋书·乐志》又引蔡邕释《短箫铙歌》之说:"军乐也。黄帝岐伯所作,以扬德建武劝士讽敌也。"把乐曲的创始人说成黄帝岐伯,这当然不可靠;但释为军乐自无问题,而《宋书·乐志》所载《鼓吹铙歌》,除《战城南》等少数几篇外,其内容多与军乐不符,那么,这十八曲到底是否全系西汉中期用于军乐的作品?会不会有一部分西汉中期用作军乐的作品后来失传了,又由西汉后期或东汉人以别的非军乐作品把遗失的部分填补起来?换言之,这十八首到底是否全都为西汉中期之作也很难说。

正因如此,在对于作为俗乐的汉乐府诗(下同)的评价中存在不少不确定的因素,我们的介绍也就只能限于资料许可的范围以内。

大致说来,汉乐府在我国文学史上的最大贡献是推动了叙事诗的形成。它的最大长处也在于描绘具体的生活现象,以此来使人感动。

目前所见最早的汉乐府中属于俗乐的作品为《铙歌》的《战城南》,那虽非完整的叙事诗,但其写及战争具体情况的部分尽管文字不多,却能给人较强烈的印象:

> 战城南,死郭北,野死不葬乌可食。为我谓乌:"且为客豪!野死谅不葬,腐肉安能去子逃?"水深激激,蒲苇冥冥,枭骑战斗死,驽马徘徊鸣。……

激战过后的战场上,尸体横陈,乌鸦在上空盘旋,准备啄人肉,如此描绘战争之惨烈,在《诗经》中完全看不到踪影;楚辞中的《国殇》,其主旨在于表现战死者的英勇,因而也不会去涉及这些场面。《战城南》的这种描写,在根底里是对于个体生命的珍视。

在这之后值得注意的是《妇病行》和《孤儿行》。

妇病连年累岁,传呼丈人前。一言当言;未及得言,不知泪下一何翩翩。"属累君两三孤子,莫我儿饥且寒!有过慎莫笪笞:行当折摇,思复念之!"乱曰:抱时无衣,襦复无里。闭门塞牖,舍孤儿到市。道逢亲交,泣坐不能起。从乞求与孤买饵,对交啼泣,泪不可止。"我欲不伤悲,不能已!"探怀中钱持授交。入门见孤儿啼,索其母抱。徘徊空舍中,"行复尔耳,弃置勿复道!"(《妇病行》)

孤儿生,孤子遇生,命独当苦。父母在时,乘坚车,驾驷马。父母已去,兄嫂令我行贾。南到九江,东到齐与鲁。腊月来归,不敢自言苦。头多虮虱,面目多尘。大兄言办饭,大嫂言视马。上高堂,行取殿下堂,孤儿泪下如雨。使我朝行汲,暮得水来归。手为错,足下无菲。怆怆履霜,中多蒺藜。拔断蒺藜肠肉中,怆欲悲。泪下渫渫,清涕累累。冬无复襦,夏无单衣。居生不乐,不如早去,下从地下黄泉。……(《孤儿行》)

其前一首写一对贫贱夫妇的痛苦生活,由两个场景构成。第一个场景是夫妇永诀。妻子的遗言朴实而生动,感情深厚,令人感动,从这里显示了其写对话的能力。第二个场景和《孤儿行》的写法相仿,把有关的细节集中起来以显示当事人的痛苦,虽有巨细不辨之失,但有些描写还是令人感动的。如《妇病行》的最后,丈夫认为孤儿反正不久就会因养不活而死去——"行复尔耳",因而索性"弃置勿复道",在这种似乎无情的行为中,包含着多少内心的痛苦!《孤儿行》中的孤儿所发"居生不乐,不如早去"的悲叹,也颇能显出其生不如死的悲愤。

但这两首诗也存在着明显的幼稚的痕迹:不集中,多少有点罗列现象而不分主次的缺陷。《孤儿行》尤为突出。上面所引的,本就已写了好多事情,在其下还写了孤儿种瓜、卖瓜、瓜车翻倒而瓜都被行人吃掉的事情和孤儿的惶急,这就使其缺陷更为分明。但到了另一首乐府诗《东门行》中,这种幼稚的痕迹就基本消失了。

出东门,不顾归。来入门,怅欲悲。盎中无斗米储,还视架上无悬衣。拔剑东门去,舍中儿母牵衣啼。"他家但愿富贵,贱妾与君共铺糜。上用仓浪天故,下当用此黄口儿!""今非,咄!行!①吾去为迟。""白发时下难久居!"

---

① 此处语义费解,汉乐府中常有类似情况。通常标作"今非,咄!行!"似乎可通,但作为歌辞,这种句式不知如何歌唱。

此诗写一对夫妇因生活贫困,实在维持不下去了,丈夫准备出去行劫;虽经妻子劝阻,但他还是毅然走了。诗人显然并不鼓吹抢劫,他所写的实是这对夫妻走上绝路的过程。丈夫的这种行为当然不会有好结果,妻子也因此完了。作品结尾妻子的悲叹,也就是他们的黯淡命运的预告。此诗把这一过程写得集中而分明,对丈夫的果决和妻子的痛苦也有所显示,在字里行间又表现了对他们的同情。所以,它较之《妇病行》、《孤儿行》实是一种很大的进步。这并不意味着《东门行》的出现就在那两首之后,但叙事诗的发展必有自己的历程,我们可以说《妇病行》、《孤儿行》和《东门行》的区别就正是这种历程的反映。

不过,《东门行》仍是对某一个具体事件的叙述,而且其叙述也未能展开。《十五从军征》和《陌上桑》则从两个方面分别表现了叙事诗的进展。

《十五从军征》是写一个从十五岁就去从军、到八十岁才能复员的老人在回乡后的经历:

> 十五从军征,八十始得归。道逢乡里人:"家中有阿谁?""遥看是君家,松柏冢累累。"兔从狗窦入,雉从梁上飞。中庭生旅谷,井上生旅葵。舂谷持作饭,采葵持作羹。羹饭一时熟,不知饴阿谁。出门东向看,泪落沾我衣。

诗中着重写了他回乡后的孤苦无依,由此来显示他的一生都是一个悲剧。这既揭示了当时的统治阶级给人民制造的灾难,也反映了人民生活的痛苦。而由于诗中对这老人的孤苦无依写得相当具体、生动,它的感动人的力量也就大于《东门行》了。

《陌上桑》所写,是一个美丽妇人出外采桑时遭到当地太守调戏、她用巧妙的话语将他逐走的故事。此诗的特色,在于其趣味性。

> 秦氏有好女,自名为罗敷,罗敷憙蚕桑,采桑城南隅。青丝为笼系,桂枝为笼钩。头上倭堕髻,耳中明月珠。缃绮为下裙,紫绮为上襦。行者见罗敷,下担捋髭须,少年见罗敷,脱帽着帩头。耕者忘其犁,锄者忘其锄。来归相怨怒,但坐观罗敷。使君从南来,五马立踟蹰。……使君谢罗敷:"宁可共载不?"罗敷前置辞:"使君一何愚!使君自有妇,罗敷自有夫。东方千余骑,夫婿居上头。何用识夫婿?白马从骊驹。青丝系马尾,黄金络马头,腰中鹿卢剑,可直千万余。十五府小史,二十朝大夫,三十侍中郎,四十专城居。为人洁白晳,鬑鬑颇有须。盈盈公府步,冉冉府中趋。坐中数千人,皆言夫婿殊。"

诗中写罗敷的美丽极尽夸张之能事,她所叙述的她丈夫的情况也是着意刻画的结果。这种手法与大赋的铺陈显然有相通之处,可见大赋对中国文学的影响实是多方面的。就叙事诗的发展来说,此诗的成就在于引入了铺陈的手法,以增加叙事诗的感染力。

不过,此诗的长处——较浓厚的趣味性——同时也就是它的局限所在,因而,作品中对人物感情的描写不免有所欠缺。这点在辛延年的《羽林郎》中多少得到了一些补偿:

> 昔有霍家姝,姓冯名子都。依倚将军势,调笑酒家胡。胡姬年十五,春日独当垆。长裾连理带,广袖合欢襦。头上蓝田玉,耳后大秦珠。两鬟何窈窕,一世良所无。一鬟五百万,两鬟千万余。不意金吾子,娉婷过我庐。银鞍何煜爚,翠盖空踟蹰。就我求清酒,丝绳提玉壶。就我求珍肴,金盘脍鲤鱼。贻我青铜镜,结我红罗裾。不惜红罗裂,何论轻贱躯!男儿爱后妇,女子重前夫。人生有新故,贵贱不相逾。多谢金吾子,私爱徒区区。

此诗写子都调戏酒家胡而遭拒绝,与《陌上桑》的故事属于同样的类型,对胡姬的描写所用的手法,也与《陌上桑》写罗敷的相同。不过,在子都调戏她而将青铜镜结在她的红罗裾上时,她却由于挣扎而将红罗撕裂,并义正词严地指出:"不惜红罗裂,何论轻贱躯!"意即她为了反抗子都的调戏,牺牲生命也在所不惜。这里就显出了她的勇敢与对自己丈夫的深情,也就使此诗较之《陌上桑》有了深入一步的内容。辛延年的生平不详,大概是东汉中、后期人;至于此诗与《陌上桑》产生的先后,现在也难以断言。不过,从这两首诗的比较中也可以明白,叙事诗除了铺陈的手法外,更需要进入人物的感情世界。以后的《古诗为焦仲卿妻作》就正是沿着这条路径前行的。

我国文学从原来没有叙事诗进到出现《陌上桑》、《羽林郎》这样的作品,是一种重要的进步,这也就是汉代乐府诗对我国文学发展所作的贡献。

除此以外,汉乐府中属于俗乐部分的乐歌在抒情方面也很有特色。在《古诗》十九首中的那种人生短促的悲哀在乐府中曾一再表现出来。在这方面出现的最早的,是汉代两首流行的丧歌《薤露》和《蒿里》。

> 薤上露,何易晞!露晞明朝更复落,人死一去何时归!(《薤露》)
> 蒿里谁家地?聚敛魂魄无贤愚。鬼伯一何相催促,人命不得少踟蹰!(《蒿里》)

前一首感叹生命就像草上的露水很快晒干一样短暂,却又不像露水又会重新降落;后一首感叹在死神的催促下,无论贤者、愚者,都不能稍有停留,都成了草中枯骨。应当指出,汉代并不是只在送葬时唱这种歌;平时——甚至在欢聚的场合,也唱它们。《后汉书·周举传》载,外戚梁商在洛水边大会宾客,极乐尽欢,"及酒阑倡罢,继以《薤露》之歌,座中闻者,皆为掩涕"。据崔豹《古今注》说,这两首出于汉初,本是一首,到汉武帝时,李延年将它分为两首。所以,现在我们所看到的,也许已经过李延年的润色。

这样的悲哀,在以后的《西门行》等作品中也有体现,而到了宋子侯的《董娇娆》中,则将叙事和抒情结合起来,显示了乐府诗独有的特色。

> 洛阳城东路,桃李生路旁。花花自相对,叶叶自相当。春风东北起,花叶正低昂。不知谁家子,提笼行采桑。纤手折其枝,花落何飘飏。请谢彼姝子,"何为见损伤?""高秋八九月,白露变为霜,终年会飘堕,安得久馨香?""秋时自零落,春月复芬芳。何时盛年去,欢爱永相忘!"吾欲竟此曲,此曲愁人肠,归来酌美酒,挟瑟上高堂。

此诗写一个少女与花的问答,以花的答语来表现人生短暂的悲哀。这与《古诗》十九首中"冉冉孤生竹"的"伤彼蕙兰花,含英扬光辉。过时而不采,将随秋草萎"相似,而悲哀更其深刻。但作品相对于汉代抒情诗的最大特点,却在于以叙事来抒情。叙事正是乐府的特长。至于作品的那种较细腻的描写和铺陈性的手法,也是在《陌上桑》、《羽林郎》等作品中都可看到的。

当然,乐府诗所抒之情尚有其他方面,如《上邪》显示挚爱之深,《有所思》表现决绝之情,也都有其值得重视之处,但就以叙事来抒情这一点说,却以此篇为最。

最后需要说明的是:无论是《陌上桑》、《羽林郎》还是《董娇娆》,不仅都吸收了汉代大赋的铺陈手法,而且都已注意到了词句之美,如《陌上桑》的"青丝"等六句,《羽林郎》的"长裙"等六句、"银鞍"等六句,《董娇娆》的"洛阳"等六句,就都是较明显的例子。而且,这种美也正是汉宣帝评论辞赋时提到过的"女工"的"黼黻"之美。由此可见,对于美的追求终于由汉代辞赋蔓延到了汉代诗歌;而建安诗歌也正是由此起步的,是以曹丕《典论·论文》有"诗赋欲丽"之说。

第四章　建安以前的东汉辞赋与散文

东汉政权建立后,仍然实行中央集权的专制独裁统治。但由于在西汉末年王莽篡汉而引起的大动乱中,地方力量有所抬头,从东汉初期起,地方势力与中央统治集团之间的矛盾较前尖锐,中央统治集团对地方势力及代表这种势力的部分士大夫的打击也就日益强化。作为这种斗争的内容之一,东汉初期起中央统治集团就对一些被认为有害于自己的士大夫实行"禁锢",并连及其"党"①。随着经济的发展和地方力量的增长,这种斗争日益尖锐,导致在东汉后期发生了两次大规模的"党锢之祸",为数甚巨的士大夫受到了镇压,地方的离心力更为强大,中央集权也即衰落。经过东汉末的黄巾起义和地方武装力量的混战,东汉王朝遂告解体。

在这样的斗争过程中,士大夫中不畏强横、敢于发表意见、不计个人祸福乃至不惜牺牲生命的人逐渐增多,到东汉后期,尊重自己的倾向日益抬头。同时,从东汉中期起,专制独裁的淫威有时也不得不有所收敛。

第一节　辞　赋

在东汉前期与中期,辞赋仍是主要的文学体裁之一。大致说来,体物大赋的影响仍较抒情小赋为大。因为在这时期出现了两位重要的体物大赋作家:班固和张衡。但抒情赋在此期间也有所发展。到了后期,随着王朝的没落,体物大赋已失去了它的基础,抒情辞赋就占了明显的优势。

---

① 如东汉初汝南戴凭对光武帝说:"伏见前太尉西曹掾蒋遵,清亮忠孝,学通古今。陛下纳肤受之诉,遂致禁锢。世以是为严。"光武帝发怒说:"汝南子欲复党乎?"凭遂"自系廷尉"。见《后汉书·儒林传》。"禁锢",指禁止其本人及亲戚、门生、故旧等做官。

一、东汉前期的辞赋

东汉前期最有影响的辞赋作家是班固(32—92)。他是西汉辞赋家、历史学家班彪的儿子,字孟坚,扶风安陵(今陕西咸阳东北)人。曾任兰台令史。与大将军窦宪关系密切,在统治集团内部斗争中,窦宪失败,被迫自杀,班固受牵连,下狱死。他较全面地继承了父亲班彪的事业,在历史学方面写作了《汉书》(见下节),在辞赋方面著有《两都赋》等作品。

东汉政权建立后,以洛阳为首都。但在建武十八年(42),光武帝去了一次西汉的首都长安,"经营宫室,伤愍旧京","告觐园陵,凄然有怀祖之思",于是在关东的人们中引起了狐疑和震动,以为光武帝要以长安为首都了(见杜笃《论都赋》)。对这一点,有人赞同,但反对的似乎更多。在辞赋作家中也引起了反响。先是杜笃作《论都赋》,并进献给光武帝,说明建都长安的不妥。其后傅毅作《洛都赋》、《反都赋》,今均已残缺,似乎也是主张仍以洛阳为首都的。崔骃作《反都赋》,当也与此一争论有关,但已残缺得无法知其原意了。而在此一争论中的最大成果就是班固的《两都赋》。

此赋实有《西都赋》、《东都赋》两篇,以"西都宾"与"东都主人"辩论的形式,分别论述二地的长处。但"西都宾"所述,主要是长安的富丽,包括统治阶层的奢侈生活,故《西都赋》的部分可以明显地看出司马相如赋的传统;《东都赋》则强调东汉统治集团的重视教化,不滥用民力,从中可以更多地看到扬雄赋的影响。也可以说,《两都赋》的出现进一步反映了儒家思想对辞赋的渗透。

今引《西都赋》、《东都赋》各一段于下:

> ……周庐千列,徼道绮错,辇路经营,修除飞阁。自未央而连桂宫,北弥明光而亘长乐。陵橙道而超西墉,掍建章而连外属。设璧门之凤阙,上觚棱而栖金爵。内则别风嶕峣,眇丽巧而耸擢。张千门而立万户,顺阴阳以开阖。尔乃正殿崔嵬,层构厥高,临乎未央。经骀荡而出驺娑,洞枌诣以与天梁。上反宇以盖戴,激日景而纳光。神明郁其特起,遂偃蹇而上跻。轶云雨于太半,虹霓回带于棼楣。虽轻迅与僄狡,犹愕眙而不能阶。攀井干而未半,目眩转而意迷。舍棂槛而却倚,若颠坠而复稽。魂悦悦以失度,巡回途而下低。既惩惧于登望,降周流以彷徨。步甬道以萦纡,又杳窱而不见阳。排飞闼而上出,若游目于天表,似无依而洋洋。前唐中而后太液,览沧海之汤汤。扬波涛于碣石,激神岳之嶈嶈。滥瀛洲与方壶,蓬莱起乎中央。(《西都赋》)

于是圣上睹万方之欢娱,又沐浴于膏泽。惧其侈心之将萌,而怠于东作,乃申旧章、下明诏、命有司、班宪度、昭节俭、示太素。去后宫之丽饰,损乘舆之服御;抑工商之淫业,兴农桑之盛务。遂令海内弃末而反本,背伪而归真。女修织纴,男务耕耘。器用陶匏,服尚素玄。耻纤靡而不服,贱奇丽而弗珍。捐金于山,沉珠于渊。于是百姓涤瑕荡秽而镜至清,形神寂寞,耳目不营。嗜欲之源灭,廉耻之心生。莫不优游而自得,玉润而金声。(《东都赋》)

两相对照,《东都赋》的这一段自然缺乏艺术感染力,《西都赋》的一段却颇有特色。其所写宫殿的名称、位置等都是写实的,其夸张、渲染也有一定的现实依据,但又伴以丰富的想像,而且在描述各种景象时,突出了人在亲临其境时的感受,因而更具有吸引力;这却是司马相如的赋中所没有出现过的。

此外,在《东都赋》中还有如下一段:

往者王莽作逆,汉祚中缺,天人致诛,六合相灭。于时之乱,生民几亡,鬼神泯绝。壑无完柩,郭罔遗室,原野厌人之肉,川谷流人之血。秦项之灾,犹不克半,书契以来,未之或纪。

在体物大赋中写及此等惨酷的情状,也是以前所没有的。

在东汉前期的抒情赋中首先要提到的是冯衍的《显志赋》。衍字敬通,京兆杜陵(今陕西西安东南)人。曾从刘玄起兵反对王莽,后归光武帝,有功而未受重用,又以交通外戚免官,永平[①]中潦倒而死。

他的《显志赋》分为两个部分。一部分抒发自己不得志的愤懑,另一部分则假托其经历在历史上发生过重要事件的各地区,从而对这些历史事件及有关人物发表议论,显示其政治观。其第一部分中最突出的是如下一段:

……念人生之不再兮,悲六亲之日远。陟九嵕而临崒嶭兮,听泾渭之波声。顾鸿门而歔欷兮,哀吾孤之早零。何天命之不纯兮,信吾罪之所生。伤诚善之无辜兮,赍此恨而入冥。嗟我思之不远兮,岂败事之可悔。虽九死而不瞑兮,恐余殃之有再。波汹澜而雨集兮,气滂浡而云披。心怫郁而纡结兮,意沉抑而内悲。瞰太行之嵯峨兮,观壶口之崢嵘。悼丘墓之芜秽兮,恨昭穆之不荣。岁忽忽而日迈兮,寿冉冉其不与。耻功业之无成兮,赴原野而穷处。昔伊尹之干汤兮,七十说而乃信;皋陶钓于雷泽兮,赖虞舜而后亲。无二士之遭遇兮,抱忠贞而莫达。率妻子而耕耘兮,委厥美而不伐。韩卢抑而不纵兮,骐骥绊而不试。独慷慨而远览兮,非庸庸之

---

① 永平(58—75),汉明帝年号。

所识。

此段所写，显然受到《楚辞》的影响，从有些句子中也可看出这样的痕迹，如"恐余殃之有再"等。但是，进入汉代以来，这样直接地抒发其对现实不满的辞赋已经绝迹了；司马迁的《悲士不遇赋》也没有表现得如此明显。就这一点来说，此赋在东汉初出现，意味着尊重自身的意识在东汉文学中缓慢地抬头。

在此赋的另一部分中，他对孙武、白起、苏秦、张仪、商鞅、韩非、秦始皇、李斯等一一加以否定，其中虽打着儒家思想的印记，但对道家也很推崇，如：

> 嘉孔丘之知命兮，大老聃之贵玄。德与道其孰宝兮？名与身其孰亲？陂山谷而闲处兮，守寂寞而存神。夫庄周之钓鱼兮，辞卿相之显位。於陵子之灌园兮，似至人之仿佛。盖隐约而得道兮，羌穷悟而入术。离尘垢之窈冥兮，配乔松之妙节。惟吾志之所庶兮，固与俗之不同。既俶傥而高引兮，愿观其从容。

这里对道家思想所作的推崇，已与西汉前期的黄老思想有别，而且他特别把庄周提出来予以表扬，这就与班嗣的倡言老庄相一致了。这实可视为魏晋崇老庄的滥觞，当然，无论班嗣或冯衍，他们的观念与魏晋玄学还有很大的距离。但冯衍这种尊重自身的意识与老庄思想的结合，却预示着文学的一种新的动向，尽管在当时仍很微弱。

《显志赋》以后，班彪女儿班昭所作的《东征赋》也值得重视。班昭（约49—约120）一名姬，字惠班。也是史学家。《东征赋》是在其子曹穀出任陈留长，她随子赴任时所作①。述途中经历及其感触，虽不如《北征》之生动感人，但叙其出发之初的感伤之情，却颇细腻，显示出女性的特色：

> 惟永初之有七兮，余随子兮东征。时孟春之吉日兮，撰良辰而将行。乃举趾而升舆兮，夕予宿乎偃师。遂去故而就新兮，志怆恨而怀悲。明发曙而不寐兮，心迟迟而有违。酌樽酒以弛念兮，喟抑情而自非。谅不登巢而琢蠡兮，得不陈力而相追！且从众而就列兮，听天命之所归。遵通衢之大道兮，求捷径欲从谁？乃遂往而徂逝兮，聊游目而遨魂……

班昭颇受儒家思想的熏陶，篇中所谓的"抑情"，就是当时儒家的主张；但在这种听天由命的自白中，其实仍透露了哀伤的心绪。

---

① 此赋作于永初七年（113），已属东汉中期；但就班昭生年说，她在东汉前期也生活了相当长的阶段，故将她视为前期作家。

二、东汉中后期的辞赋

东汉中后期是体物大赋呈现衰势的时期。作为东汉体物大赋的殿军的，是张衡的《二京赋》。至于马融的《长笛赋》和王延寿的《鲁灵光殿赋》，虽也属于体物范围，但其规制，实已称不上"大"了。除此之外，就都是抒情小赋的天地。而张衡同时也是抒情小赋作家。

张衡(78—139)字平子。南阳西鄂(今河南南阳)人。曾任河间相等职。他不仅是文学家，也是著名的天文学家。他所生活的时代，东汉的统治危机已暴露出来，他对此颇感忧虑。他所作的《二京赋》实际上含有这种忧患意识。他的《思玄赋》和《归田赋》也显示了对当时政治现实的厌倦。

《二京赋》分《西京》、《东京》二篇。在《西京赋》中，凭虚公子向安处先生说明地理形势对政治的重要性，认为"高祖都西而泰，光武处东而约。政之兴衰，常由此作"，因此大大地赞扬了一通西京的好处。在《东京赋》中，安处先生对凭虚公子的理论作了针锋相对的驳斥，指出政治的成败在德而不在地理环境。就这点说，《二京赋》的构思与《两都赋》有其相似之处，都是上篇夸富丽，下篇言德化。不过，在《两都赋》中，争论是由哪个地方作为首都更合适而引起的，而在《二京赋》中则在这个争论的背后还存在政治原则方面的分歧。赞扬西京的凭虚公子主张统治集团的生活应该奢华，所谓"方今圣上，同天号于帝皇，掩四海而为家。富有之业，莫我大也，徒恨不能以靡丽为国华，独俭啬以龌龊，忘《蟋蟀》之谓何"；正因如此，他认为西汉统治集团在长安的奢华生活是值得赞扬的，西京是光荣的标志。但安处先生则主张统治者应该做到"方其用财取物，常畏生类之珍也；赋政任役，常畏人力之尽也。取之以道，用之以时。……民忘其劳，乐输其财。百姓同于饶衍，上下共其雍熙"，所以，对于以秦始皇为代表的统治者的奢侈生活作了严厉的批判：

> 乃构阿房，起甘泉，结云阁，冠南山，征税尽，人力殚。然后收以太半之赋，威以参夷之刑，其遇民也，若薙氏之芟草，既蕴崇之，又行火焉。惵惵黔首，岂徒跼高天、蹐厚地而已哉！乃救死于其颈，敺以就役，唯力是视，百姓不能忍。(《东京赋》)

这在以前的体物大赋中是没有出现过的，所以，《二京赋》的批判性为《两都赋》和其他大赋所不及。

不过，在《二京赋》中，其夸富丽的段落也有新的创造，如其写百戏的一段：

> 大驾幸乎平乐之馆，张甲乙而袭翠被，攒珍宝之玩好，纷瑰丽以参靡。

> 临迥望之广场,程角觝之妙戏。乌获扛鼎,都卢寻橦,冲狭燕濯,胸突铦锋。跳丸剑之挥霍,走索上而相逢。华岳峨峨,冈峦参差,神木灵草,朱实离离。总会仙倡,戏豹舞罴。白虎鼓瑟,苍龙吹篪。女娥坐而长歌,声清畅而蜲蛇。洪涯立而指麾,被毛羽之襳襹。……

除了体物大赋以外,张衡的抒情小赋《思玄赋》和《归田赋》也很有特色。

《思玄赋》的追求目标,实与《显志赋》的结尾有其共通之处,所谓"收畴昔之逸豫兮,卷淫放之遐心","御六艺之珍驾兮,游道德之平林",这都是厌倦了现实的政治生活,企图从观念世界去获得慰藉的表现。但与此同时,赋中又对物欲的世界也有精心的渲染,例如:

> 聘王母于银台兮,羞玉芝以疗饥。戴胜愁其既欢兮,又诮余之行迟。戴太华之玉女兮,召洛浦之虙妃。咸姣丽以蛊媚兮,增嫮眼而蛾眉。舒诊婧之纤腰兮,扬杂错之袿徽。离朱唇而微笑兮,颜的砾以遗光。献环琨与琛缡兮,申厥好之玄黄。虽色艳而赂美兮,志浩荡而不嘉。

虽然说是"不嘉",但把这些美女都写得十分生动与美丽,而且所用的是客观描绘的手法(并不是从主观感受出发的比拟),这是以前的任何体物大赋都没有的,反映了我国文学的描写技巧的进步。

还有一点也值得注意:《思玄赋》结尾的"系曰",是纯粹的七言诗:

> 天长地远岁不留,俟河之清只怀忧。愿得远度以自娱,上下无常穷六区。超逾腾跃绝世俗,飘飘神举逞所欲。天不可阶仙夫稀,柏舟悄悄吝不飞。松乔高跱孰能离,结精远游使心携。回志揭来从玄谋,获我所求夫何思。

此诗虽然尚未成熟,但却通篇没有"兮"字;与他的《四愁诗》之带有"兮"字的不同。这两首不同类型的七言诗,都体现了他在写作七言上的努力。尽管在西汉初唐山夫人的《房中乐》乐歌里就已出现过若干七言的诗句,但完整的七言诗却是在张衡的时代才有的。

张衡的《归田赋》虽然短小,却代表了我国抒情小赋演进中的一个新阶段。由于赋本是一种带有铺陈性质的文学体裁,很不容易写得精练。《归田赋》却以二百余字的篇幅,既写了他对当时现实的不满,又写了他回归自然后的愉悦;既写了景色的美丽,又写了他所追求的精神世界的宁恬。至其结尾以纵心物外为追求的目标,也与冯衍《显志赋》的结尾相通。东汉少数士大夫已在缓慢地接近老庄思想了。

> 游都邑以永久,无明略以佐时。徒临川以羡鱼,俟河清乎未期。感蔡

子之慷慨,从唐生以决疑。谅天道之微昧,追渔父以同嬉。超埃尘以遐逝,与世事乎长辞。于是仲春令月,时和气清,原隰郁茂,百草滋荣。王雎鼓翼,仓庚哀鸣。交颈颉颃,关关嘤嘤。于焉逍遥,聊以娱情。尔乃龙吟方泽,虎啸山丘。仰飞纤缴,俯钓长流。触矢而毙,贪饵吞钩。落云间之逸禽,悬渊沈之鯋鰡。于时曜灵俄景,继以望舒。极盘游之至乐,虽日夕而忘勚。感老氏之遗诫,将回驾乎蓬庐。弹五弦之妙指,咏周孔之图书。挥翰墨以奋藻,陈三皇之轨模。苟纵心于域外,安知荣辱之所如。

在张衡同时及以后,东汉在写体物赋方面值得注意的作家还有马融与王延寿。马融(79—166)所作《长笛赋》,对笛的素材及其产地、笛的制作和声音等,一一加以铺陈,纵其想像。如述笛声说:"尔乃听声类形,状似流水,又象飞鸿,氾滥溥漠,浩浩洋洋。长眘远引,旋复回皇。充屈郁律,瞋菌碨柍。酆琅磊落,骈田磅唐。取予时适,去就有方。洪杀衰序,希数必当。微风纤妙,若存若亡。苶滞抗绝,中息更装。奄忽灭没,晔然复扬。"从笛声与自然界的各种声音之间求其相似点,颇能显示出感觉的敏锐。王延寿(约124—约148)的《鲁灵光殿赋》,是为汉景帝之子恭王馀所建的鲁灵光殿而作。据其自述,自西汉以至当时,历经事变,长安的未央宫等均已毁坏,"而灵光岿然独存,意者岂非神明依凭支持,以保汉室者也"(《鲁灵光殿赋·序》),故其写作此赋,实含有颂扬汉室之意。赋中极写此殿之壮丽,如:

……于是详察其栋宇,观其结构。规矩应天,上宪觜陬。倔佹云起,嶔岑离楼。三间四表,八维九隅,万楹丛倚,磊砢相扶。浮柱岹嵽以星悬,漂峣峞而枝柱。飞梁偃蹇以虹指,揭蘧蘧而腾凑。层栌磥佹以岌峨,曲枅要绍而环句。芝栭攒罗以戢舂,枝牚杈枒而斜据。傍夭蟜以横出,互黝纠而搏负。下岪蔚以璀错,上崎崟而重注。

这较之司马相如、扬雄所写西汉长安的宫殿尤有过之。但其所反映的,恐怕主要是他自己的欢喜赞叹之情。

张衡以后的东汉抒情赋作家,主要有赵壹和蔡邕。赵壹(生卒不详)字元叔,汉阳西县(今甘肃天水)人。主要生活于汉灵帝时期。其代表作为《刺世疾邪赋》。赋中对德治、法治皆加以否定,对春秋直至当时的社会情况都作了严厉的批判:

德政不能救世溷乱,赏罚岂足惩时清浊。春秋时祸败之始,战国愈复增其荼毒。秦汉无以相逾越,乃更加其怨酷。宁计生民之命,唯利己而自足。于兹迄今,情伪万方。佞谄日炽,刚克消亡。舐痔结驷,正色徒行。妪媀名势,抚拍豪强。偃蹇反俗,立致咎殃。……

此赋虽从历史情况写起,但其批判的主要对象却是当时的现实。所以,他在赋中不仅像上引文字那样揭露了社会风气的腐败,而且还毫不留情地指出:"原斯瘼之攸兴,实执政之匪贤。女谒掩其视听兮,近习秉其威权。""九重既不可启,又群吠之猜猜。"总之,无论是皇帝、执政还是宦官,全都是一丘之貉。汉赋中的批判因素,从东汉以来一直在缓慢地增强,至此而达极致。在赋的后面,还附了一首五言诗,也具有同样的批判锋芒,通常称为《刺世疾邪歌》。不过,无论是赋还是诗,虽然都很尖锐,但似都缺乏深厚的感情,反而不如蔡邕《述行赋》的感人。

蔡邕(139—192),字伯喈,陈留圉(今河南杞县)人,曾任左中郎将。他不满于当时的政治现实,对董卓却颇有好感;这也许与董卓掌权时曾为遭党锢之祸的人们平反有关。董卓被杀后,他为之叹息,因而被认作董卓党羽而遭害。有《蔡中郎集》。

蔡邕以写文章——尤其是碑版文——著名,但那似都不属于文学的范围。他的赋也颇有佳作。《述行赋》作于其二十七岁时。当时是延熹二年(159)。赋前有序,述其写作经过:

> 延熹二年秋,霖雨逾月。是时梁冀新诛,而徐璜、左悺等五侯擅贵于其处。又起显阳苑于城西。人徒冻饿,不得其命者甚众。白马令李云以直言死,鸿胪陈君以救云抵罪。璜以余能鼓琴,白朝廷,敕陈留太守发遣。余到偃师,病不前,得归。心愤此事,遂托所过,述而成赋。

序虽简短,但足可见其悲愤郁结之情。赋的一开头就说:"余有行于京洛兮,遘淫雨之经时。途迕遭其塞连兮,潦汙滞而为灾。桑马蹯而不进兮,心郁悒而愤思。聊弘虑以存古兮,宣幽情而属词。"将路途的艰苦、心中的郁悒融而为一,奠定了此赋的基调。赋中写景之处,其实也都是其心情的写照。如:"寻修轨以增举兮,邈悠悠之未央。山风沮以飙涌兮,气憯憯而厉凉。云郁术而四塞兮,雨濛濛而渐唐。仆夫疲而勊瘁兮,我马虺颓以玄黄。格莽丘而税驾兮,阴曀曀而不阳。"而最突出的,则为赋中的如下一段:

> 命仆夫其就驾兮,吾将往乎京邑。皇家赫而天居兮,万方徂而星集。贵宠扇以弥炽兮,佥守利而不戢。前车覆而未远兮,后乘驱而竞及。穷变巧于台榭兮,民露处而寝湿。消嘉谷于禽兽兮,下糠秕而无粒。弘宽裕于便辟兮,纠忠谏其骎急。

此段中对当时现实所作的批判,不但对比鲜明,而且"穷变巧"四句的描写十分具体而生动;加以整篇赋都使人深切感到他的内心所受的煎熬,因而其感动人的程度实在超过了《刺世疾邪赋》及所附的诗。

蔡邕除《述行赋》外,还作有《青衣赋》,写其与一个奴婢短暂的情缘和别后的思念,也属于抒情赋性质。可见他在反抗现实与执着于爱情方面都很突出。

  金生沙砾,珠出蚌泥。叹兹窈窕,产于卑微。盼倩淑丽,皓齿蛾眉。玄发光润,领如蝤蛴。修长冉冉,硕人其颀。绮绣丹裳,蹑蹈丝扉。盘珊蹴躞,坐起昂低。和畅善笑,动扬朱唇。都冶妩媚,卓铄多姿。精慧小心,趋事如飞。中馈裁割,莫能双追。关雎之洁,不陷邪非。

  察其所履,世之鲜希。宜作夫人,为众女师。伊何尔命,在此贱微!代无樊姬,楚庄晋妃。

  感昔郑季,平阳是私。故因杨国,历尔邦畿。虽得嬿婉,舒写情怀。寒雪翩翩,充庭盈阶。兼裳累镇,展转倒颓。昒昕将曙,鸡鸣相催。饬驾趣严,将舍尔乖。矇冒矇冒,思不可排。停停沟侧,嗷嗷青衣。我思远逝,尔思来追。

  明月昭昭,当我户扉。条风狎猎,吹予床帷。河上逍遥,徙倚庭阶。南瞻井柳,仰察斗机。非彼牛女,隔于河维。思尔念尔,怒焉且饥。

此赋值得注意的是:第一,它具有若干叙事赋的成分,但与《神女赋》一类作品的叙事相比,远为通俗,显示了赋的通俗化的倾向。第二,对青衣的形貌的描写具体而细腻。这种写法在后世通俗赋与其他通俗文学作品中得到继承与发展。这在下面谈到唐代通俗文学时还将说到。第三,赋的最末一节描写了恋爱之人在月光皎洁的晚上因思念对方而不能成寐,在庭院中徘徊的情形,意境很美。《古诗》十九首中的《明月何皎皎》和乐府古辞中的《伤歌行》,都有类似描写,从中可以看出东汉后期的辞赋与诗歌相互影响的痕迹。

《青衣赋》的出现,一方面说明了蔡邕的勇敢和当时的道德制约已有所松弛,但从其写作后所受到的批判来看,可见儒家的道德观念在那时还有相当的影响。今节引张超的《诮青衣赋》如下:

  彼何人斯,悦此艳姿!丽辞美誉,雅句斐斐。文则可嘉,志卑意微。……历观古今,祸福之阶,多由孽妾淫妻。《书》戒牝鸡,《诗》载哲妇。三代之季,皆由斯起。……况此丽竖,三族无纪,绸缪不序。蟹行索妃,旁行求偶。昏姻无媒,宗庙无主。门户不名,依其在所,生女为妾,生男为虏……

不但说蔡邕"志卑意微",而且说蔡邕如果与这女子生下子女,就是妾虏,因而蔡邕是"欲作奴父"。这实在是道德家的眼光远大的思考。

蔡邕尚有《协和婚赋》、《检逸赋》,今仅存残文。其中有些写男女之情的句子也很大胆,如"粉黛弛落,发乱钗脱"(《协和婚赋》)、"昼骋情以舒爱,夜托梦以交灵"(《检逸赋》)等,都与《青衣赋》有相通之处。从汉武帝独尊儒术以来,文学不断受到儒学的影响、控制;这类文学作品的出现,又说明了儒学的衰微。

第二节 散 文

东汉的文学性散文,主要仍是历史著作中的人物传记和书信。前者在继承《史记》传统的基础上,对立传标准和传记的具体写法有所发展,后者则从感情的抒发进到形式美的重视,都在不同程度上体现了文学朝着自觉靠拢的进程。

一、东汉前期的散文

东汉初期,较有特色的抒情散文仍为书信,从中可看到作者的感情。如田邑的《报冯衍书》、冯衍的《与妇弟任武达书》等均是如此。今节引《报冯衍书》如下:

> 仆虽驽怯,亦欲为人者也。岂苟贪生而畏死哉!曲戟在颈,不易其心,诚仆志也。间者老母诸弟,见执于军,而邑安然不顾者,岂非重其节乎?
>
> 若使人居天地,寿如金石,要长生而避死可也。今百龄之期,未有能至;老壮之间,相去几何?诚使故朝尚在,忠义可立,虽老亲受戮,妻儿横分,邑之愿也。间者上党黠贼,大众围城,义兵两辈,入据井陉。邑亲溃敌围,拒击宗正,自试智勇,非不能当。诚知故朝为兵所害,新帝司徒,已定三辅,陇西北地,从风响应,其事昭昭。日月经天,河海带地,不足以比。死生有命,富贵在天,天下存亡,诚云命也。邑虽没身,能如命何!
>
> 夫人道之本,有恩有义。义有所宜,恩有所施。君臣大义,母子至恩。今故主已亡,义其谁为?老母拘执,恩所当留!而厉以贪权,诱以策马,抑其利心,必其不顾,何其愚乎!

邑字伯玉,生活于西汉末期至东汉初期。当时反王莽的部队曾立刘玄为帝,年号更始。他为更始的上党太守。冯衍也为更始之臣。及更始被害,刘秀即位。田邑的母亲妻子为刘秀部将所获。刘秀遣宗正刘延率兵进攻,也被田邑所拒。后田邑知更始已死,而且并非被刘秀所害,就投降了刘秀。冯衍等不知更始已死,写信给田邑,有所指责。田邑此信,不同于一般的政治性函件;充满愤激之情，颇能感人。虽似逗臆而谈，而仍文字精练，条理明晰，显示出较高的写作水平。

这之后有孔僖给汉章帝的上书。孔僖，字仲和，鲁国鲁县（今山东曲阜）人。在太学读书时，与友人崔骃一起议论汉武帝。崔骃说："昔孝武皇帝始为天子，年方十八，崇信圣道，师则先王，五六年间，号胜文景。及后恣己，忘其前之为善。"孔僖表示同意。因此遭到举报，说他们"诽谤先帝，刺讥当世"，由有关部门对他们加以审讯。于是孔僖上书给章帝说：

> 臣之愚意，以为凡言诽谤者，谓实无此事而虚加诬之也。至如孝武皇帝，政之美恶，显在汉史，坦如日月，是为直说书传实事，非虚谤也。夫帝者为善，则天下之善咸归焉；其不善，则天下之恶亦萃焉。斯皆有以致之，故不可以诛于人也。且陛下即位以来，政教未过而德泽有加，天下所具也。臣等独何讥刺哉？假使所非实是，则固应悛改；傥其不当，亦宜含容，又何罪焉！陛下不推原大数，深自为计，徒肆私忿以快其意，臣等受戮，死即死耳！顾天下之人，必回心易虑，以此事窥陛下心。自今以后，苟见不可之事，终莫复言者矣！臣之所以不爱其死，犹敢极言者，诚为陛下深惜此大业，陛下若不自惜，则臣何赖焉！

在这里，孔僖面对着皇帝的尊严，据理直言，毫无畏怯乞怜之意，并公然声言"臣等受戮，死即死耳"，很能显示其志节。此等信件，于辩析之词中也含蕴感情，具有以情动人的力量。由于如上所述，在东汉地方势力与中央统治集团的矛盾日益尖锐的情况下，后者有时不得不作些妥协，孔僖这次终于得获无罪释放。

但东汉前期的散文最值得重视的，实为班固的《汉书》。

班固父亲班彪曾著《史记后传》六十五篇，续记《史记》所无的汉代史事。班固以《史记》的汉代部分与《史记后传》为基础，写成《汉书》。从《本纪》来看，始自汉高祖元年，但其实是从秦末写起的，故书中有《陈涉传》与《项羽传》。讫于王莽地皇四年。是我国第一部断代史。

《史记》是私家著作，《汉书》则是官修的史书；加以班固受儒家思想影响较深，在叙述史事时自不如司马迁勇敢，但《史记》中的基本史实还是保存着的。而且，《汉书》的材料比《史记》丰富。虽然由于其大量征引原始资料而不免减弱了文学性（但这对于历史著作却是十分重要的），但有些材料的补充却不仅能把人物的面貌暴露得更清楚，有时也能加强文学性。

关于前者，可以《晁错传》为例。在《史记》的本传中，晁错因积极为汉景帝策划削弱诸侯王势力，引起了吴、楚七国的叛乱；汉景帝本是很积极、主动地采纳他的主张并付诸实行的，但一看到叛乱势力强大，就接受袁盎的建议，决定杀死晁错以与吴、楚七国妥协，于是景帝就命人把晁错杀了。但在《汉书》中，除保留这些内容外，还在景帝已与袁盎定议杀晁错后增加了如下一段：

> 后十余日，丞相青翟、中尉嘉、廷尉欧劾奏错曰："吴王反逆亡道，欲危宗庙，天下所当共诛。今御史大夫错议曰：'兵数百万，独属群臣，不可信，陛下不如自出临兵，使错居守。徐、僮之旁，吴所未下者，可以予吴。'错不称陛下德信，欲疏群臣百姓，又欲以城邑予吴，亡臣子礼，大逆无道，错当要斩，父母妻子同产无少长皆弃市，臣请论如法。"制曰"可"。

杀晁错本是为了取悦于叛乱势力，但加给他的罪名却是破坏对叛乱的镇压，这就可见政治上的手段是何等卑劣。而且，作者虽然没有点明，但只要联系上、下文，就可知青翟等人的劾奏实是出于景帝的授意。这一着也实在巧妙，不但给了晁错一个该死的罪名，而且，以后如要翻案，可以拿这几位丞相、中尉、廷尉做替罪羊，景帝不过是受了蒙骗而已。

关于后者，可以《汉书·李广苏建传》中写李陵兵败而投降匈奴的一节为例。《史记》的这一部分写得很简单，或者是由于资料所限，但也可能由于司马迁本是为李陵事件而遭祸的，他在这方面就不敢写了。《汉书》却是这么写的：李陵所部只有五千人，在没有后援的情况下，武帝"诏陵以九月发，出遮虏障"，结果与匈奴骑兵约三万相遇而被围困。

> 陵引士出营外为陈，前行持戟盾，后行持弓弩，令曰："闻鼓声而纵，闻金声而止。"虏见汉军少，直前就营。陵搏战攻之，千弩俱发，应弦而倒。虏还走上山，汉军追击，杀数千人。单于大惊，召左右地兵八万余骑攻陵。陵且战且引南，行数日，抵山谷中，连战。士卒中矢伤三创者载辇，两创者将车，一创者持兵战。……明日复战，斩首三千余级。引兵东南，循故龙城道。……是时陵军益急，匈奴骑多，战一日数十合，复伤杀虏二千余人。……遂遮道急攻陵。陵居谷中，虏在山上，四面射，矢如雨下。汉军南行，未至鞮汗山一日，五十万矢皆尽。即弃车去，士尚三千余人，徒斩车辐而持之，军吏持尺刀，抵山，入陿谷。单于遮其后，乘隅下垒石，士卒多死，不得行。……

原来，李陵是经过这样的血战——以五千人抵抗八万人，取得了巨大的战绩——后在矢尽援绝的情况下，才被迫投降的。而且，班固还对李陵自被围至投降的情况作了这样的描写：

> 昏后，陵便衣独步出营，止左右："毋随我，丈夫一取单于耳。"良久，陵还，大息曰："兵败，死矣。"军吏或曰："将军威震匈奴，天命不遂。后求道

径还归,如浞野侯为虏所得,后亡还,天子客遇之,况于将军乎!"陵曰:"公止吾不死,非壮士也。"于是尽斩旌旗,及珍宝埋地中。陵叹曰:"复得数十矢足以脱兮。今无兵复战,天明,坐受缚矣。各鸟兽散,犹有得脱归报天子者。"令军士人持二升糒,一半冰,期至遮虏鄣者相待。夜半时击鼓起士,鼓不鸣,陵与韩延年俱上马。壮士从者十余人。虏骑数千追之,韩延年战死。陵曰:"无面目报陛下。"遂降。军人分散,脱至塞者四百余人。陵败处去塞百余里。

在这里,班固既写了李陵的必死的决心、壮烈的行动,也写了他最后的投降。作为传记文学看,这样的段落也是能吸引人的。

此外,《汉书》所写的人物,很多是《史记》没有写到过的;其中也有些传记写得颇为生动。《李广苏建传》的苏武,就是突出的一例。

苏武出使匈奴,副使张胜与匈奴的一些贵族相勾结,欲谋杀在匈奴握有重权的卫律。但没有成功。苏武在事前本不知情,事发后也受到牵累。单于要他投降,他坚决不从,遂被迫在匈奴牧羊,历尽困厄,经过十几年才得归汉。班固此传,很能写出苏武的威武不能屈、富贵不能淫的精神。如写其得知张胜参与阴谋活动及其接受审讯的情况说:

单于使卫律治其事,张胜闻之,恐前语发,以状语武,武曰:"事如此,此必及我。见犯乃死,重负国。"欲自杀。胜、惠共止之。……单于使卫律召武受辞。武谓惠等:"屈节辱命,虽生,何面目以归汉!"引佩刀自刺。卫律惊,自抱持武。驰召医,凿地为坎,置煴火,覆武其上,蹈其背以出血。武气绝,半日复息。……律曰:"汉使张胜,谋杀单于近臣,当死。单于募降者,赦罪。"举剑欲击之,胜请降。律谓武曰:"副有罪,当相坐。"武曰:"本无谋,又非亲属,何谓相坐?"复举剑拟之。武不动。

这些段落既显示了苏武宁死不屈的气概,也写得委曲细致,颇有文学意味。

大致说来,在《汉书》的可以视为传记文学的作品中,《史记》写人物的那些原则基本上得到了体现,但较之《史记》似乎更注意一些日常的小故事。

以人物的立传来说,《史记》为之立传的,是"扶义俶傥,不令己失时,立功名于天下"(《太史公自序》)的人,《汉书》却并不完全如此。《杨王孙传》中杨王孙"家业千金,厚自奉养生,亡所不致",到生病将死的时候,他对儿子说,他要裸葬。他的朋友写信劝他,他写了回信,说明何以要裸葬的道理,他的朋友被说服了,于是就裸葬。整个传记就说了这么一件事情。那么,杨王孙算什么"扶义俶傥,不令己失时,立功名于天下"者呢?他之能使人感兴趣的,就是裸葬一事而已,而班固为他立了传。

从传记的具体写作来说,班固写了许多生活性的小故事,如《东方朔传》、《朱买臣传》中都有这样的情况。现引其中各一段如下:

> 伏日,诏赐从官肉,大官丞日晏不来。朔独拔剑割肉,谓其同官曰:"伏日当蚤归,请受赐。"即怀肉去。大官奏之。朔入,上曰:"昨赐肉,不待诏,以剑割肉而去之,何也?"朔免冠谢。上曰:"先生起自责也。"朔再拜曰:"朔来朔来,受赐不待诏,何无礼也;拔剑割肉,壹何壮也;割之不多,又何廉也;归遗细君,又何仁也。"上笑曰:"使先生自责,乃反自誉。"复赐酒一石,肉百斤,归遗细君。(《汉书·东方朔传》)
>
> 初,买臣免,待诏,常从会稽守邸者寄居饭食。拜为太守。买臣衣故衣,怀其印绶,步归郡邸。直上计时,会稽吏方相与群饮,不视买臣。买臣入室中,守邸与共食。食且饱,少见其绶。守邸怪之,前引其绶,视其印,会稽太守章也。守邸惊,出语上计掾吏,皆醉,大呼曰:"妄诞耳!"守邸曰:"试来视之。"其故人素轻买臣者入视之,还走,疾呼曰:"实然!"坐中惊骇,白守丞。相推排,陈列中庭拜谒,买臣徐出户。(《汉书·朱买臣传》)

这两条记载,对于历史大事固然毫无意义,对人物的一生也没有什么影响,关于朱买臣的一节尤其如此。但如果作为传记文学,这些当然都是很有趣味的。所以,在《汉书》的某些传记中,也还存在着进一步向传记文学倾斜的成分。

二、东汉中后期的散文

东汉中后期有文学性的散文,均是书信一类。但西汉时的司马迁、李陵、杨恽的书信均纵心而言,情感沛然欲流,东汉初期田邑的书信,还保留着若干这样的特色;东汉中后期的这类作品,则走上了言简意赅而情志自见的道路,因而较前凝练。至于汉末臧洪之作,更于凝练的基础上对感情加以渲染,接近于自觉的文学创作了。

首先要介绍的是李固的《遗黄琼书》。

李固(94—147)字子坚,南郑(今属陕西)人。曾任大司农、太尉等职。反对外戚、宦官专权,后为外戚梁冀所诬,被杀。黄琼也是当时的著名人物,他的这封信是劝黄琼出仕:

> 闻已度伊洛,近在万岁亭。岂即事有渐,将顺王命乎!
>
> 盖君子谓"伯夷隘,柳下惠不恭",故传曰:"不夷不惠,可否之间。"盖圣贤居身之所珍也。诚遂欲枕山栖谷,拟迹巢由,斯则可矣。若当辅政济民,今其时也。自生民以来,善政少而乱俗多。必待尧舜之君,此为志士,

终无时矣。……

这里所说虽是劝黄琼出仕的原因，但却很能显出他自己的知其不可为而为之的气概。他的意思是：明明知道君非尧舜之君，其所行也非善政，但如大家都畏险惧难，哪里还做得成志士呢？从这一点来说，此信实写得凛凛有生气。

李固是实践了自己的志向的。在被害前，写了一封信给同事，临难不屈，满腔悲愤；信件虽短，却颇感人：

> 固受国厚恩，是以竭其股肱，不顾死亡。志欲扶持王室，比隆文宣。何图一朝，梁氏迷谬，公等曲从，以吉为凶，成事为败乎！汉家衰微，从此始矣。公等受主厚禄，颠而不扶，倾覆大事，后之良史，岂有所私？固身已矣，于义得矣，夫复何言？（《临终与胡广赵戒书》）

感情深切而文辞含蓄，颇有沉郁之致！

与此相较，朱穆（100—163）的《与刘伯宗绝交书》就显得剑拔弩张了：

> 昔我为丰令，足下不遭母忧乎！亲解缲绖，来入丰寺。及我为持书御史，足下亲来入台。足下今为二千石，我下为郎，乃反因计吏，以谒相与。足下岂丞尉之徒，我岂足下部民，欲以此谒为荣宠乎？咄！刘伯宗于仁义道何其薄哉！

穆字公叔，宛（今河南南阳市）人。曾为侍御史、冀州刺史等，后拜尚书。此书当作于其为冀州刺史之前。至于刘伯宗的为人，则可从这封信中看出来。大概在他"为二千石"（那是指汉代的中级偏上的官吏）以后，曾因计吏带信给朱穆，请穆去谒见。朱穆认为这是对自己的侮辱，遂写信绝交。虽似过于直露，但愤慨之情充溢于字里行间，也仍能见其性情。

当时的书信中写得最为真挚而悲切的，是张奂的《与延笃书》。张奂（104—181）字然明，敦煌酒泉人，曾为护匈奴中郎将。以暮年而久居边地，书中充满悲痛之情。

> 唯别三年，无一日之忘。京师禁急，不敢相闻。岂不怀归？畏此简书。年老气衰，智尽谋索。每有所处，违宜失便。北为儿车所仇，中为马循所困，真欲入三泉之下，复镇之以大石，尨乎此时也！且太阴之地，冰厚三尺，木皮五寸，风寒惨冽，剥脱伤骨，但此自非老惫者所堪；而复加之以师旅，因之以饥馑，众难鏖集，不可一二而言也。聋盲日甚，气力寖衰，神邪当复相见者①？从此辞矣。

---

① "神邪"二字或有脱误。此文据《艺文类聚》卷三十引。

此虽为自诉愁苦之词,而写景叙事,均甚精切,运用骈偶,也颇工丽,故较有艺术感染力。

此外,如秦嘉的《与妻徐淑书》和《重报妻书》这一种叙写夫妻感情的散文也值得注意。前者云:

> 不能养志,当给郡使。随俗顺时,俛俛当去。知所苦故尔,未有瘳损,想念悒悒,劳心无已。当涉远路,趋走风尘,非志所慕,惨惨少乐。又计往还,将弥时节。念发同怨,意有迟迟。欲暂相见,有所属托,今遣车往,想必自力。

所说均日常生活之事和夫妻离别之情,却娓娓道来,别有情致。像这样的散文,是以前的汉代散文中所未曾出现的,它们之所以出现在压抑个体的意识有所松弛的东汉后期,也不是偶然的,这已开了后来在魏晋南北朝文学中经常可见的那种日常性抒情散文的先河。

东汉末的书信中,臧洪的《答陈琳书》可谓情文并茂。洪字子源,广陵射阳人,曾任即丘长。灵帝末弃官。广陵太守张超任他为功曹。"政教威恩,不由己出,动任臧洪。"(《三国志·臧洪传》)张超与袁绍等起兵讨伐董卓,未能成功,袁绍派他统辖青州,徙东郡太守。张超被围,他请求救援张超,袁绍不准,他就以不与袁绍集团合作来表示自己的抗议。因此,袁绍率兵包围他的城池。经过长期抵抗,他终于以城破被杀。《答陈琳书》就是在围城中写的,全文长达一千二百二十二字。当时陈琳为袁绍属下,写信劝他投降。他与陈琳原是朋友;此信既表现了朋友之情,又义正词严地拒绝了他的劝诱。其中虽不无外交辞令,而其动人之处,仍在感情的恳挚。例如:

> 仆小人也,本乏志用。中因行役,特蒙倾盖。恩深分厚,遂窃大州。宁乐今日自还接刃乎?每登城勒兵,观主人之旗鼓;瞻望帐幄,感故友之周旋;抚弦搦矢,不觉流涕之覆面也。何者?自以辅佐主人,无以为悔。主人相接,过绝等伦。当受任之初,自谓究竟大事,扫清寇逆,共尊王室。岂悟天子不悦,本州见侵,郡将遘牖里之厄,陈留克创兵之谋,请师见拒,辞行被拘,使洪故君,遂至沦灭,区区微节,无所获申。谋计栖迟,丧忠孝之名;杖策携背,亏交友之分。揆此二者,与其不得已,丧忠孝之名与亏交友之道,轻重殊途,亲疏异画,故便忍悲挥戈,收泪告绝。……①

此段自述内心的矛盾,宛委曲至,颇能显示其重情尚义的特色,以及在感情的夹缝——一边是张超对他的国士之遇和张氏满门殒灭的惨酷,一边是袁绍对

---

① 据《全后汉文》卷六十八。与《三国志》、《后汉书》所载均有异同。

他的"过绝等伦"——中受煎熬的痛苦。值得注意的是：他在这里不仅是直抒胸臆，而且通过精心的修辞来强化自己的感情，如"每登城"数句，就以构造和突出强烈的反差来达到这一点。"勒兵"、"瞻望"、"搠矢"等行动，本应满怀戒惧和仇恨，他的心里却充溢着依恋友情和无奈的伤痛，因而尤为动人。而且，他把城头守御时的行为分作上述三项，——配以个人的反应，又显然是用精析和铺陈的手法来进一步渲染其感受。可见此数句虽则貌似自然，实为精雕细琢而成。他的这封信之所以能感人甚深，与他在形式上的这种有意识的追求是密不可分的。

从张奂的"太阴之地，冰厚三尺，木皮五寸，风寒惨冽，剥脱伤骨"等句子中，已显露出刻意求工的痕迹；"冰厚"两句更为明显。而臧洪此信，则把这种努力提到了新的高度。同时，无论李固、张奂，还是秦嘉、臧洪，其书信都已趋向精致，这是只要与李陵《答苏武书》中的下一段稍作比较就可以理解的：

> 凉秋九月，塞外草衰。夜不能寐，侧耳远听，胡笳互动，牧马悲鸣，吟啸成群，边声四起。晨坐听之，不觉泪下。嗟乎子卿，陵独何心，能不悲哉！

这里有两个问题：第一，他在早晨起来时听到这些声音，"不觉泪下"，那么，他在"夜不能寐，侧耳远听"时，这些声音又给他带来什么呢？这在信中全无交代。第二，既然已经"不觉泪下"了，其"悲"自见，下文的"能不悲哉"云云就近于蛇足。而像这样的疏失和累赘的表达方式，在上引的这些信件中就都绝迹了。这也就意味着：李陵此书虽在西汉信札中较为整饬，以致被有些研究者认为不可能出于西汉；但东汉中后期的这些书信仍比它精致。

总之，在东汉中后期，这类抒情散文有了明显的进展，在精致的追求、修辞手段的运用以及感情的渲染、抒发的感人等方面，都有相应的表现，而臧洪的《与陈琳书》，则是其中最突出的作品。

第 三 编

中世文学

拓展期

概　　说

从东汉末的建安时代到唐代中叶安史之乱前夕,这一历史时期的文学,在以往的文学史中大都划归两个阶段:以隋代文学为界限,在这界限以前的(有时也包括隋代在内)一般属于魏晋南北朝文学,在其后的则为隋唐五代文学的前半部分。那样的分法的表面依据,是王朝的更替;而深层的理由,是长期以来国内学界普遍对魏晋南北朝文学尤其是南朝文学评价不高,并将之与繁荣的唐代文学对立起来,同时又较少注意到唐代文学本身所发生的重大变异。近年来,魏晋南北朝文学与唐代文学的关系,尤其是南朝文学与唐中叶以前文学的关系,受到学界较多的关注,取得了不少研究成果。事实表明,唐代尤其是唐代前期的文学在很大程度上是承继了南北朝文学的成果才发展起来的,而唐代安史之乱以后的文学,在主导倾向上又发生了前所未有的分化局面,使中国文学走上了一条面貌更为复杂的发展道路。因此,我们把从建安开始至唐代中期前的这一有比较密切的联系的文学,作为中世文学的第二个发展阶段。考虑到这一阶段的中国文学已经从自发走向自觉,以诗为代表的文学样式又发展到了令人瞩目的高度,而小说、散文及辞赋或初露锋芒,或更为成熟,文学的疆域进一步拓展,所以,我们把这一阶段作为文学史上的一个在性质上相互贯联(尽管其中也存在相互排斥的因素)的时期,称为中世文学的拓展期。

这一时期在我国文学史上具有巨大意义。而其所以如此,既有外部的条件,又有内部的动因。

专制独裁政体的削弱

自东汉后期开始,社会势力中地方大姓的地位越来越突出。这些大姓有自己的庄园和私人武装,在相当广泛的层面上逐渐上升为汉王朝所不敢轻视的社会政治力量。到魏晋时期,由曹魏统治者曹丕首创的符合地方大姓利益的选官制度——九品中正制,经过魏禅西晋的政权更替,而衍化出"上品无寒门,下品无势族"的格局,那些昔日的大姓在官职显达后都先后形成为士族。士族在政治上具有特权,血缘上一般不与庶族通婚,并在士族间实行联姻,进而使魏晋以还的社会上层出现一种特殊的门阀制度。

由于士族的权力总体而言是世袭的,即不是受赐于皇权而是基于自身的力量,它在一定程度上具有同皇权并列的性质。例如在东晋初建之际,曾有"王与马,共天下"之说(《晋书·王敦传》)。又如齐武帝时庶族出身的纪僧真得幸,要求列于士族,武帝谓:"由江敩、谢瀹,我不得措此意,可自诣之。"纪僧真承旨诣敩,遭到轻辱,归告武帝云:"士大夫故非天子所命!"(《南史·江敩传》)从这句话很可以看出皇权的限度。

从政治思想的层面而言,士族权力还有与皇权既相配合又相抗衡的特征,这一特征具有阻止皇权绝对化和遏止专制独裁政治膨胀的效用,从而减弱了读书人(尤其是士族)对皇权的依附意识。至少在魏晋南北朝时期,所谓君臣大义并不被看得很重,《南齐书·褚渊传论》批评士人"殉国之感无因,保家之念宜切;市朝亟革,宠贵方来;陵阙虽殊,顾眄如一",大抵不错。在两汉及唐以后专制独裁盛行的年代,这真可以视为"大逆不道"。但在当时,既然士族的权力并非来自皇权,他们不愿为之承担太大的道德义务,也是很自然的事情。唐代立国之后,尽管统治者非常期望利用科举取士制度培养出一批非传统士族性质的预备官员,但在实际政治中,依靠地方势力与旧士族大姓的情况,依然在不同的阶段不同程度地存在着。这就使秦汉时代那种中央具有绝对权威的专制统治形式,在唐代始终无法建立起来。

士族及门阀制度的诞生,直接导致了封建专制统治的持续削弱,给汉末建安时代开始,迄于唐代安史之乱前的这一阶段的文学创造了一种较前一阶段远为宽松的环境:文学的主体性渐次凸现,文学的个性与感情也得到了较为自由的展现。这是秦汉专制政治桎梏下的文学不可能达到的境界。

儒家学说独尊局面的打破

与士族的成长及专制独裁的削弱互为表里的,是儒家学说一尊地位的丧失,这成为此一历史时期中思想文化变迁的又一个重要特征。

也是自东汉后期开始,儒家学说的神圣地位受到来自内外双方的冲击。从内部而言,古文经学的繁琐章句之学,与过于神秘化的今文经说,使整个思想学术界普遍产生了一种厌倦与拒斥的心理。就外部来说,地方势力的逐渐强大,在汉桓帝、灵帝之际就造成了社会文化方面"户异议,人殊论,论无常检,事无定价"(曹丕《典论》述汉桓帝、灵帝之际时风语)的局面,儒家学说的权威性不断受到怀疑和公开的挑战,连孔子后裔的孔融竟也倡言"非孝"(见本编第一章第二节)。因此,当曹操已经完全掌握汉末政治大权时,他便敢于不顾传统的礼法教条,而一再下达"唯才是举"的命令。曹丕代汉后承继乃父遗训,使曹魏这一三国时期经济文化发展程度最高的区域,同时也成为背叛两汉独尊儒术的思想统制最为成功的地区。

儒家学说独尊的局面既已在曹魏时期受到最高当局的挑战,其后的历程看起来就顺理成章了。魏晋之际玄学的盛行,与士大夫阶层对老庄哲学的偏爱,从一个崭新的角度进一步冲击了儒学一统天下的地位。士人们醉心于"名教"与"自然"同异的讨论,这种表面上几乎不涉及任何现实问题的理论辩说被冠以"清谈"的称号,而热衷于"清谈"的,相当一部分都是无视传统的儒家礼教者。像嵇康在《与山巨源绝交书》中敢于扬言"非汤、武而薄周、孔",阮籍之侄阮咸公然"与婢累骑而还"(《晋书·阮籍传附阮咸传》),都反映了当时儒家学说统治人心之力的丧失。

东晋南朝佛教的兴盛,使萧梁等王朝的统治者亦屡有舍身寺院之举,这又从另一个侧面说明了儒学在南方文化发达区域的进一步式微。佛教当然从来都没有能够取儒家学说而代之,成为一种王朝法定的政治与伦理教条——就如两汉时期的儒学那样。但在同一历史时期,与南方对峙的北方,出现北周武帝一年中三度组织儒生、僧侣和道士辩论儒佛道三教优劣的情形①,已足以说明儒学已经在相当程度上被降格为与外来宗教平起平坐的普通学说。这样的情形至隋代及唐前期,仍未在实质上得到根本性的改观。唐代立国之初,因为氏姓的缘由,最高统治者便对道家学说十分推崇。至唐太宗时,虽然诏令孔颖达等撰定五经义疏,但那只是勘定与注释儒家经典文本,而并未能在政治上重新确立儒家学说独尊的地位,所以,不但当时即有太学博士对孔氏所撰《五经正义》加以驳难(见《旧唐书·孔颖达传》),而且此后佛道两家及各派学说仍然流行于世,并在不同程度上为士人所崇奉②。

中世文学在这样一种儒家独尊的局面业已被打破的思想背景下进入其拓展期,使得文学本身所受束缚大为减少。基于儒家学说对于文学的伦理与政治性要求相应减退,非儒家式的重视纯美的表现,强调思辨与玄想等等的特征,就在文学中得到了比较自由的培植与发展。这些进步,也是在两汉儒学独

---

① 参见刘汝霖《东晋南北朝学术编年》卷六北周天和四年"周议三教优劣废立"条,中华书局1987年版。
② "盛唐"时期两位最著名的诗人王维和李白,前者思想上接受较多的,是佛教学说;后者则"颇尝览千载,观百家"(《上安州李长史书》),并且受道家及各派杂说影响较深,甚至谓"我本楚狂人,凤歌笑孔丘"(《庐山谣》)。可见当时的儒家学说并未取得神圣不可侵犯的权威地位。

尊的时代无法实现的。

个人意识的初步觉醒与文学的自觉

东汉建立以后,虽曾不止一次地对匈奴、西羌等用兵,但就总体来说,社会基本稳定。到了东汉后期,经过长期的经济的积累和发展,已初步具备了为小部分人在有限的范围内减轻个人对群体的依附性所必需的物质条件;东汉末期的专制独裁政治的削弱与儒家学说独尊局面的打破,又对此起了有力的推动作用,以致在建安时期的若干文人中出现了个人意识的初步觉醒。这较鲜明地体现在刘桢的为其在日常生活中的活动自由受到压制而生发的深重痛苦及其对保持"本性"的强烈渴望中(参见本编第一章第二节关于刘桢的部分),而个人意识的初步觉醒也正是文学自觉的必要前提。因为文学就其本质来说,乃是植基在个人感情上的对艺术的美的自由创造。同时,文学的自身发展也在建安以前的长期的艺术积累与反复实践中为文学的进入自觉阶段在艺术上奠定了基础。

鲁迅在《魏晋风度及文章与药及酒之关系》一文中,介绍建安文学的代表之一曹丕的"文以气为主"、"诗赋欲丽"(《典论·论文》)等主张及其创作时,曾说:"用近代的文学眼光看来,曹丕的一个时代可以说是'文学的自觉时代',或如近代所说是为艺术而艺术的一派。"他的这一看法虽受日本学者的影响,但经他提出并阐述以后,在中国学界已得到广泛认同;近些年虽有少数研究者对此提出不同意见,但并不足动摇其基础。我们也认为这是对的。因此,这里有必要对曹丕的主张略加阐述。

曹丕说:"文以气为主。气之清浊有体,不可力强而致。譬诸音乐,曲度虽均,节奏同检,至于引气不齐,巧拙有素,虽在父兄,不能以移子弟。"其"譬诸"以下诸句五臣注:"譬如箫管之类者,言其用气吹之,各不同也。"此注甚是。因为它不但在字面上与"譬诸"诸句的含义相符,而且曹丕在这几句以前还说过"徐幹时有齐气"(李善注:"言齐俗文体舒缓,而徐幹亦有斯累。")的话,可见其所谓"气",实指文气(齐俗的"文体舒缓"实由文气舒缓而来);其作用之于文章,与吹奏箫管者"用气吹之"的气之于乐声大致相似,只不过吹奏箫管者的"气"是物质的,而文气的气却并不是物质的东西。

"气"在中国古代文化中的概念十分广泛。关于文气,从李善对"齐气"的注释中,可知那是一种导致文章在结构上的特色(例如"舒缓"就是结构不紧凑)的精神力量;但《典论·论文》又说孔融"体气高妙",再参以"气之清浊有体"之语,则文气又似是就风格——那是与人的气质相联系的——而言了。所以,文气当与风格、结构均有近似之处,但在具体使用时,有时偏重前者,有时又偏重后者。

把"文以气为主"和"诗赋欲丽"结合起来,就可以知道曹丕的意思是:写作当以风格、结构之类的事项为主,而就诗赋来说,这一切都必须落实到美。因为在曹丕的时代,文学的主要门类也就是诗赋,所以,曹丕提出"诗赋欲丽"的主张也就是引导文学从事美的追求。尽管这种追求并不是在建安时代突然出现的,在汉代的体物大赋中,本就存在着美的若干特征;东汉后期的《陌上桑》《羽林郎》《董娇娆》等诗中也颇有美词丽句,所以曹丕的这一主张的提出原是以其前的文学发展为基础的;不过,正如鲁迅在《魏晋风度及文章与药及酒之关系》中所指出的,"诗赋欲丽"的主张是含有"诗赋不必寓教训,反对当时寓训勉于诗赋的见解"之意的,这就使诗赋有可能摆脱儒家文学观的束缚而成为仅仅是个人所追求的美的体现,因而同时也就意味着个人有不受其他方面的束缚的追求与享受美的权利。由此言之,这种主张的正式提出又是个人意识初步觉醒的产物。

在这里需要特别注意的,是以下几点:

第一,曹丕的这种认识,在建安时期并不是个别的现象,实际上反映了一种相当普遍的倾向。与他同时的曹植,虽然在看待文学的地位方面与曹丕有不尽相同的见解,但他同样在追求文学的美。他在《七启》序中解说自己的写作动机是看到枚乘《七发》等"辞各美丽,余有慕之焉",即是证明。此外,曹植在诗歌创作中也注意到了"气"的问题,所以钟嵘评曹植五言诗为"骨气奇高"。

第二,虽然如此,建安时代在观念上对文学的美的认识尚偏重于词彩的华美,也即曹植所谓"辞各美丽";《典论·论文》也没有把诗赋的"丽"与情相联系,却说诗赋与非文学的奏议等都以"气"为主。至西晋陆机的《文赋》提出"诗缘情而绮靡",这才在文学美的认识上进了一步。因为,如本书《导论》所述,艺术家只有把读者带到情感的领域读者才能有美的感受。

陆机之所以能提出这一点,不仅也是以儒家思想的衰微为前提,而且进一步体现出了个人意识的初步觉醒与文学自觉之间的紧密联系。原来,在儒家思想的体系中,"情"与"性"是有区别的。许慎的《说文解字》说:"情,人之阴气,有欲者也。""性,人之易(阳)气,性善者也。"这其实是儒家的一般看法,所以《诗大序》在说到"变风""发乎情"的时候,同时又指出其"止乎礼义",而汉元帝在一诏书中更明确地说:"情乱其性,利胜其义,不失厥家者未之有也。"(《汉书·宣元六王传》)在"性"中抽去或部分抽去"情",正是束缚人性的一种具体措施。但到了正始时期,在一部分人的观念中,"性"与"情"已逐渐合流。例如,嵇康在《与山巨源绝交书》中公开主张"性有所不堪,真不可强";而在叙述其"性"与社会的冲突时,有这样的话:"不喜吊丧,而人道以此为重,已为未见恕者所怨,至欲见中伤者;虽瞿然自责,而性不可化,欲降心顺俗,则诡故不情。"在这里,"不情"显然是被他这种主张顺性的人视作不可忍受的行为而加以否定的,所以,顺性和适情也就成了同一事物的两个侧面,这就与汉代儒家思想的力图以性来克制情、从而在根本上必须"不情"①的观念异趣,表现出了尊情的倾向。而这也显然是个人意识初步觉醒的产物,因为其所尊的乃是个人的情。陆机能够没有任何附加条件地把"缘情"作为诗歌的出发点,正是这一倾向的继续和发展;由于这种主张明确提出诗歌必须植基于个人的情,并由此形成"绮靡"的美,它对于诗歌的自觉无疑起着重大的推动作用。

第三,在齐梁时代,文学在自觉的道路上又跨进了一大步。刘勰提出:文学作品必须达到"风骨"与"采"相结合;所谓"若风骨乏采,则鸷集翰林;采乏风骨,则雉窜文囿"(《文心雕龙·风骨》)。"采"指文采,这较陆机所提出的"绮靡"内涵更广;例如,"清新"、"俊逸"等都可包括在"采"里面,但却与"绮靡"有别。至于所谓"风骨",大致言之,是植基于作者生命力的作品打动读者的力量及与作者生命力间接相关的在结构、表达方面的能力(我们将在本编述及《文心雕龙》时再予详论)。其后钟嵘论诗,主张"干之以风力,润之以丹彩,使咏之者无极,闻之者动心,是诗之至也"(《诗品序》),就是把刘勰"风骨"之说引入诗论的结果。至萧绎,则更进一步指出:"至如文者,惟须绮縠纷披,宫徵靡曼,唇吻遒会,情灵摇荡。"(《金楼子·立言》)所谓"惟须",就是"只要……就够了"之意。他一方面强调了美是文学的最重要的因素,另一方面又丰富了美的内涵,指出文学之生命是辞藻、声律与情感三者的融合,它不仅应给人的视觉与听觉以愉悦,同时还应当引起读者感情上的激动。这就对文学的基本职能——为读者提供美的感受作了在当时可谓全面、明确的阐释。到了陈代,更出现了公然赞扬"艳歌"的主张(见徐陵《玉台新咏序》)以及专门收录"艳歌"的诗集——《玉台新咏》②。虽然在萧绎的理论中本也包含着对艳歌的肯定,但对此点加以强调,到底是大胆的。《玉台新咏》并成为后来的艳体诗和《花间》词一类作品的先声。

第四,上述的文学见解不仅在魏晋南北朝时期是为作家们所认同的,在初盛唐也同样如此。初唐之承袭南朝,固毋烦赘陈,即使盛唐的陈子昂与李白,

---

① 反对"情乱其性",当然是要求以性制情;说"变风""发乎情,止乎礼义",其"止乎礼义"之时也就是"情"被"礼义"克制之时。
② 《玉台新咏》为陈代宫廷中的一位女性所编,参见章培恒《〈玉台新咏〉为张丽华所"撰录"考》(《文学评论》2004年第2期)、《再谈〈玉台新咏〉的撰录者问题》(《上海师范大学学报》2006年第1期)。

也没有脱出这范围。在人生观方面,陈子昂标榜"龙性讵能驯"(《酬李参军崇嗣旅馆见赠》),李白高唱"安能摧眉折腰事权贵,使我不得开心颜"(《梦游天姥吟留别》),都是魏晋以还的适性任情思想的继续。在文学上,陈子昂固然在《与东方左史虬〈修竹篇〉序》中批判了齐梁文学的"彩丽竞繁,兴寄都绝",但同时又倡导"正始之音";而作为"正始之音"代表的阮籍,其诗歌在根本上也正体现了上述的文学精神。至于李白,他曾对"蓬莱文章建安骨,中间小谢又清发"(《宣州谢朓楼饯别校书叔云》)大加赞赏,这不仅肯定了建安文学,也肯定了齐梁文学,因为谢朓正是"采丽竞繁"的齐梁文学的代表。梁简文帝萧纲在《与湘东王书》中称赞谢朓、沈约之诗为"文章之冠冕,述作之楷模",《诗品序》也说谢朓是当时"轻薄之徒"最推崇的两个作家之一,被誉为"今古独步",可见李白的这种意见与萧纲及梁代的"轻薄之徒"颇有相通之处。又,杜甫赞扬李白的诗说:"清新庾开府,俊逸鲍参军。"(《春日忆李白》)鲍照(鲍参军)就是《诗品序》中言及的"轻薄之徒"最推崇的两个作家中的另一位,李白自己的创作竟然继承了鲍照的传统,更可见其与齐梁"轻薄之徒"的接近。而杜甫对此加以推许,这又反映了他的文学见解与李白之间的共同点。

所以,对美的追求乃是从建安到盛唐的诗歌——这一阶段的主要文学样式——的基本倾向;而隐伏在这一倾向底层的对束缚人性的观念的某种程度的反拨也成为其鲜明的特色。

文 学 的 繁 荣

随着文学进入自觉阶段,它的体现了其本质的特征就不再是如汉宣帝所说的仅仅优于"博弈"的一种东西了。曹丕《典论·论文》称文章为"经国之大业,不朽之盛事",由于他的所谓文章不仅指诗赋而言,其承担"经国之大业"的任务的,当然有另一种文章在;但以"丽"作为本质特征的体现的诗赋却也进入了"不朽之盛事"的行列。

文学地位提高的根本原因,一方面是个人意识的初步觉醒使个人的思想感情急剧丰富、细腻和深入,并迅速增加表现和交流的需要,另一方面是文学的自觉使文学能更好地表现这些感情,更具魅力。二者的结合使建安至南朝的从事文学的人数较前一时期明显增多。由《文选》、《玉台新咏》、《诗品》等收录、品评的作家群即可以发现,两汉时代文人作家屈指可数的情形到建安以后便开始有较大的改观;而且从事文学创作的群体中政治地位较高者亦不乏其人,如建安时代的曹操、曹丕父子,南朝梁代的萧纲、萧绎,隋代的杨广,都位居权力世界的顶峰而同时又领导了时代的文学潮流;而在士族形成以后,这一特殊贵族阶层的人们参与文学活动更成为普遍现象。因而在社会上形成了重视文学——特别是诗歌——的风气。这在梁代钟嵘《诗品·序》的如下一段文字中可以看得很清楚："若乃春风春鸟,秋月秋蝉,夏云暑雨,冬月祁寒,斯四候之感诸诗者也。嘉会寄诗以亲,离群托诗以怨。至于楚臣去境,汉妾辞宫,或骨横朔野,或魂逐飞蓬;或负戈外戍,杀气雄边,塞客衣单,孀闺泪尽;又士有解佩出朝,一去忘返;女有扬娥入宠,再盼倾国:凡斯种种,感荡心灵,非陈诗何以展其义,非长歌何以骋其情?""故词人作者,罔不爱好。今之士俗,斯风炽矣。绰能胜衣,甫就小学,必甘心而驰骛焉。……至使膏腴子弟,耻文不逮,终朝点缀,分夜呻吟。"到了隋唐,由于文化发展的惯性和科举制度的影响,崇文之风始终不绝,也客观上培养了一代又一代的作者。

由于个人意识的初步觉醒、文学的进入自觉阶段和从事文学的人数的众多,这一时期的文学在内容、形式和门类方面都出现了重大的突破;文学批评在这一时期的正式形成则可视为这种突破的见证。因而当时的文学处于空前繁荣的状态;具体表现如下:

首先,文学在内容上取得了开拓性的进展。作为个人的作者不仅对自己与环境(包括自然与社会)的矛盾有了远较以前敏锐、深刻的感受,对自己的遭遇有了远为强烈的反应,对个人生命的价值、意义有了饱含感情的深入思考,而且,对自己以外的个人——无论是单个的或是复数的——表现了深切的关心。从建安时期惨遭杀戮的广大群众、"抱子弃草间"的"饥妇人"(王粲《七哀诗》)到秦代被征发去筑长城的无数青壮年及其家属的悲惨的命运(陈琳《饮马长城窟行》)都在诗中占据着显眼的位置;妇女的追求和痛苦尤为众多男性诗人所瞩目,曹丕、曹植的思妇诗及弃妇诗、晋代傅玄代女性哀诉其整个屈辱处境的《豫章行·苦恨篇》和以后许许多多的闺怨诗、宫怨诗,成为魏晋南北朝乃至唐代诗歌的殊异光彩。此外,以山水诗、田园诗为代表的用自然风物来寄托自己心灵的诗也开始出现,而且数量众多,绚烂馥郁。所以,就诗歌而言,建安至南北朝的阶段比起汉初至建安以前的时期来是一个崭新的世界;而曹植则是开辟新境界的最突出的代表。至于在赋的领域,虽然变化没有如此迅疾、巨大,但也在按照同一方向前进。自王粲《登楼赋》、祢衡《鹦鹉赋》、向秀《思旧赋》、鲍照《芜城赋》、《舞鹤赋》,直到江淹《恨赋》、《别赋》、庾信《哀江南赋》、《枯树赋》,赋在抒写作者个人的痛苦或对别人悲惨遭遇的犹如身受的感应上,都不断趋向多样和深切。

这种局面的形成显非偶然。正如霍尔巴赫所指出的:"人在他所爱的对象中,只爱他自己;人对于和自己同类的其他存在物的依恋只是基于对自己的爱。""人若是完全撇开自己,那末依恋别人的一切动力就消灭了。"霍尔巴赫的这种看法受到了马克思的高度肯定①。个人意识的初步觉醒,不仅促进了对自己的关怀,导致了许多前所未有的感受,也使以前已有的若干(当然不是全部)感受获得了不同程度的加强,而且更有力地推动了人对作为自己同类的别的个人的关心和依恋。以曹操来说,从"对酒当歌,人生几何?譬如朝露,去日苦多。慨当以慷,忧思难忘。何以解忧,唯有杜康"(《短歌行》)诸句所体现的对自己生命的珍惜、由生命的无可阻挡的流逝(也即其逐渐接近死亡)所引发的忧伤固然都是前所未有的强烈,而他的"生民百遗一,念之断人肠"(《蒿里行》)那样由别的个人的大量死亡而产生的剧烈悲痛也为前所未见。即此一端,便可见人的对于自己的爱和对作为自己同类的别人的依恋之间的密切关系。而就依恋别人而言,关涉异性的尤具重要作用。马克思在批判属于思辨唯心主义的"批判的批判"的爱情观时说:在"批判的批判"的理论中,"爱情竟把一个人变成另一个人所'**迷恋的这一外在客体**',变成满足另一个人的**私欲**的客体,——这种欲望之所以是**自私**的,是因为**它企图**在别人身上**寻求自己的本质**,但这是不应该的。"马克思对此讽刺道:"批判的批判**是这样地清心寡欲**,以至于在**自己的'自我'身上**可以充分**找到**人类本质的全部内容。"②这也就意味着人不能光在自己的自我身上找到"人类本质"——包括"自己的本质"——的全部内容,而必须同时在别人身上——尤其是作为爱人的异性身上——寻找。所以,个人意识的初步觉醒必然导致对于异性——对当时的男性统治的

---

① 霍尔巴赫的论述转引自马克思、恩格斯《神圣家族》第六章第三节(该节为马克思所写),人民出版社1958年版中译本第169、170页。马克思在该节中引述霍尔巴赫等人的观点时曾有如下说明:"18世纪的唯物主义同19世纪的英国和法国的**共产主义**的联系,则还需要详尽地阐述。我们在这里只引证爱尔维修、霍尔巴赫和边沁著作中的一些特别具有代表性的段落。"(中译本169页)可见霍尔巴赫的这些认识是与19世纪的英国、法国的共产主义相联系的。在复旦版《中国文学史·导论》中我们曾引用过马克思和霍尔巴赫等的上述意见。而后来有一位文艺学教授在批判我们的《导论》时竟然说:马克思的这段话"表明马克思只是作为英法共产主义的思想资源来引用这些话的,并不等于他就认同这些观点"。然而,也正是在《神圣家族》的第六章第三节中,马克思明确指出:"但是成熟的共产主义也是**直接**起源于法国唯物主义的。这种唯物主义正是以**爱尔维修**所赋予的形式回到了它的祖国**英国**。边沁根据爱尔维修的道德学建立了他那**正确理解的利益**的体系,而**欧文**则从边沁的体系出发去论证英国的共产主义。……比较有科学根据的法国共产主义者**德萨米**、**盖伊**等人,像欧文一样,也把**唯物主义**学说当做**现实的人道主义**学说和**共产主义的逻辑**基础加以发展。"(中译本第167页)由此可见,在马克思看来,爱尔维修等人的学说,不仅与19世纪的英国、法国共产主义相联系,而且成熟的共产主义也直接起源于此。那么,马克思是否"成熟的共产主义"者?在他写这些话的时候是否还有比它更"成熟"的共产主义者?作为成熟的共产主义者的马克思竟然不"认同""成熟的共产主义"所由起源的爱尔维修等人的上述学说,宁非怪事?至于霍尔巴赫,马克思是这么说的:"在霍尔巴赫的'**自然体系**'中……论述道德的部分实质上则是以爱尔维修的道德论为依据。"(中译本第166页)

② 见《神圣家族》第四章第三节(该节也为马克思所写),中译本第25页。

社会来说也就是女性——及其地位、遭遇、感情等等的高度关心；在文学中具有相应的表现也是事理之常。另一方面，如同鲁迅早就观察到的，人的心灵如果深受"无邪"之类的观念的束缚，那么，"即或心应虫鸟，情感林泉，发为韵语，亦多拘于无形之囹圄，不能抒两间之真美"（《坟·摩罗诗力说》）。个人意识的初步觉醒必然伴随着某种程度的思想禁制的削弱和心灵的自由度的增加，因而人对自然界的美好及其力量的感受也就远为丰富和加强（也许可以说，人的心灵所外化的自然界更为瑰奇和迷人），并形诸文学之中。

其次，本时期的文学的繁荣同时也体现在形式的创新及其所取得的巨大成就上。这包含文学表现手段的提高、诗歌特殊语言的形成、文学门类的拓展及其内部演变三个方面，此处先说前两个方面。

第一，文学的表现手段有了极大的提高。不仅是个别的具体手段的提高，更在于多种手段的综合运用的能力的提高。就前者说，如王粲《七哀诗》其二中对光线变化的细致描绘是前所未见的，这反映了在描绘方面的细腻化；又如曹植诗的"工于起调"，这也是其所独有的，意味着当时的诗人已力图在作品的一开始就对读者形成一种强大的冲击；再如谢朓的"大江流日夜，客心悲未央"（《暂使下都夜发新林至京邑赠西府同僚》），本是从景物中生发出的感情，却反过来使景成为情的象征，更在情景的交融上有了新的开创（以上所述，详见本编中对王粲、曹植、谢朓的有关分析）。就后者说，实以《古诗为焦仲卿妻作》为最集中的代表。这首在南朝中后期最终完成的长诗，是以汉末焦仲卿妻刘氏无辜为仲卿母所弃逐的事件为原型而创作的，但不仅诗中焦、刘二人誓不相负、刘氏被逼再嫁以致二人分别自杀的情节均出于创造，连刘氏的无辜被逐在诗中也成了刘氏不愿忍受"公姥"的压迫而自请"遣归"，使她成为一个为维护自我尊严而不惜牺牲的勇敢女性。所以，这是一首植基于虚构与想像的诗。在这基础上，调动了当时的各种艺术手段——如细腻的描写（从外形描写到心理描写）、充满了矛盾、冲突的结构，给人以强烈撼动的结尾——而成为汉魏至南北朝时期的最伟大诗篇，也是在这时期综合运用各种艺术手段的最突出的代表（详见本编关于《古诗为焦仲卿妻作》的部分）。

第二，在诗歌领域内开始形成了特殊的文学语言。如上一编所述，汉代的《古诗》十九首已显示出探寻诗歌的特殊语言的努力；但在总体上仍存在着迁就散文式的逻辑联系而导致进展缓慢、缺乏张力的现象。从魏晋开始，这种情况有了较明显的改观，出现了一种诗歌特有的语言，它以意象密集，结构跳跃，文句浓缩，词语凝练为特征，散文中常见的联系词被逐渐取消，语序也呈现了完全不同的面貌，形象性、直观性更为鲜明，因而从整体上看也冲破了文学中前此常见的感情表达程式。这种文学的特殊语言，先在王粲的作品中呈现其雏形；曹植诗"工于起调"，一开始就能给人以一种紧张感，也包含着这样的倾向。此后到南朝宋谢灵运、齐谢朓诗中进一步成熟化。至唐代李白，则已能在形制比较散漫的歌行中也创造出一种跳跃紧张的气氛。与此同时，以"弦外之音，言外之味"为特征的诗歌的独有境界也从晋代开始形成。诗与散文的界限，至此完全得到明确。此外，这一时期诗歌语言的变化还体现在骈偶与声律的讲究方面。由于佛经翻译的影响，以刘宋时期沈约等的"四声八病"说为发端，诗歌声律论经过诗人们的长期实践，终于在梁代被诗坛普遍采用，后来并发展成为近体诗①。

在这里需要说明的是：诗歌特殊语言的形成与骈偶、声律的讲究，是与诗体的发展同步进行的。在魏晋南北朝时期，随着五言诗的更为成熟，七言也从成立走向分化，出现了齐言与歌行体杂言两大类别；到了唐初，律诗（包括五律与七律）得以完全定型，绝句也从初始的民间短歌演进为正式的诗体（《玉台新咏》卷十所载《古绝句》为民间歌词，也是今天所见最早的绝句形态）。而且，七言诗在唐代得到了特别迅猛的进展，完全改变了魏晋南北朝时以五言为主的局面。在李白、杜甫的时代，五、七言也许还是双峰并峙，李白以七言胜，杜甫的《三吏》、《三别》等名篇却都是五言；到了后来，七言的成就甚至驾五言而上之，中晚唐的元稹、白居易、李商隐、杜牧等皆以七言更为擅场，韦庄的《秦妇吟》也是以七言写的。

再次，当时的文学繁荣还体现在文学门类的拓展和内部演变上。这本来也属于文学形式创新的范畴，但为了叙述的眉目清晰，所以把它另列一点。

如上所述，在曹丕写《典论·论文》的年代，也即本时期的开始阶段，文学主要只有诗、赋两个门类；在散文的领域中，建安以前虽已有少数具有文学功能，可称为文学作品的，如司马迁、杨恽的书信，《史记》中的若干纪传，但书信是为了人际交往，《史记》中的纪传是历史记述，其目的都非文学创作，这种情况在建安时期尚无变化。而且，在本时期的开始阶段，作为文学的诗、赋两个门类中，赋占着更为重要的地位，是以左思肯以十年的时间写作《三都赋》，写完以后，受到一些著名文人的称赞，"于是豪贵之家，竞相传写，洛阳为之纸贵"（《晋书·左思传》）；从中可见当时重赋的风气。但从晋代起，上述状况就开始有了变化。

第一，至迟在晋宋之际，诗成了文学的主要门类，赋则退居次要地位，而且

---

① 近体诗包含律诗与绝句。梁、陈的五言诗中，已有许多接近或同于律诗的作品，见逯钦立先生《先秦汉魏晋南北朝诗》的梁诗、陈诗。又，《玉台新咏》卷十有《古绝句》，陈沈炯有《和蔡黄门口字咏绝句诗》，由梁入北朝的庾信有《和侃法师三绝诗》、《听歌一绝诗》。可见当时已有绝句之名。

赋这一门类内部也有了较大变化。

前引钟嵘《诗品·序》所说五言诗为"今之士俗"所热烈爱好的情况——"缀能胜衣，甫就小学，必甘心而驰骛焉"——虽就梁代而说，但士庶之热爱五言诗，至迟于宋初已经开始。《宋书·谢灵运传》载：宋少帝时，谢灵运在会稽，"每有一诗至都邑，贵贱莫不竞写，宿昔之间，士庶皆遍。"这固然由于谢灵运诗本身的魅力，但若不是当时已形成了社会普遍重视诗歌的风气，谢灵运诗就不可能受到这样的待遇。与此相应，自西晋木华《海赋》、东晋郭璞《江赋》之后，就再也没有著名的体物大赋。所以，至迟在晋宋之际，诗歌已成为社会的宠儿，赋则难以与之争衡了。

再从赋本身来看，在体物大赋趋向衰落以后，抒情赋仍不断有佳作出现，如鲍照《芜城赋》、江淹《恨赋》、《别赋》、庾信《哀江南赋》等，直到20世纪初叶还一直为人所传诵。这一方面表明了赋本身的演变——从以体物大赋为主转变成以抒情小赋为主，另一方面也说明了当时人们对于文学的普遍而强烈的要求已在于抒情而不在于体物。而以抒情来说，五言诗能以精练的语言集中地表现丰富而复杂的感情，这在李陵及《古诗十九首》中已具雏形，至建安而有了明显的发展；汉赋则以铺陈为本，语言又近似散文。因而以赋抒情，其可资凭依的遗产远逊于诗，难免事倍功半。是以作者日益趋向于写五言诗而鲜于作赋了。南北朝时有佳赋传世的作者鲍照、江淹等人，其主要精力也在于作诗。唐代以降，南北朝时那种优秀的抒情赋也难以看到了。

总之，由于个人意识的初步觉醒，抒写个人之情自然成为文学的首务；因而在抒情上本有一定优势的五言诗也就成为热点，越来越成为作者们所愿意选择的体裁，并通过自己的精心写作而使之不断提高。因而，至迟从晋宋之际起诗歌就成为文学的最主要门类，这一格局一直延续至唐宋。同时，也至迟从晋宋之际起，赋就开始衰退。先是体物大赋走向没落，抒情赋尚有佳篇，唐代起则抒情赋也走向没落了。

第二，在散文（这里指诗歌、辞赋以外的文章；下同）的领域内，以抒情、叙事为目的的文学之文日益增多，终于成为一个独立的文学门类。此等文章，在晋代有陆机的《吊魏武帝文》(《文选》还收了贾谊的《吊屈原文》，但《史记》、《汉书》皆名之为赋，然则贾谊之作实为赋而非文；与陆机此篇不属于同一门类）、王羲之的《兰亭集序》、陶渊明的《桃花源记》等。以后此类文学之文日益增多，在书信等作品中也出现了不少纯属于文学性的文章，如鲍照《登大雷岸与妹书》，实是以其妹为读者的抒情写景之作；虽也有向其妹通报自己已抵达大雷之意，但若仅是为此，则数语可了，何必费这么大的篇幅？吴均的《与朱元思书》当也属于此类①。随着文学之文的不断丰富和赋的日渐衰退,到了唐代,文学性的文章遂成为文学的第二大门类,赋却反在其下了。

另一方面,自东汉以来,文章中的骈俪成分已日渐增多,随着文学之文的形成,对美的追求愈益成为作者的目的,纯粹的骈文也终于出现并日益发展了。

第三,小说成为新的文学门类。

魏晋以前本有名为"小说"的文字,但与后世文学性的小说性质不同。魏晋南北朝的志怪小说才是文学性小说的滥觞,到唐代终于发展成为传奇。自金、元以降,以戏曲、小说为主体的虚构性文学进而成为与诗文相对蹠的两大文学主力之一,而且更能体现文学的特质。

当然,正如鲁迅所说:"文人之作(志怪小说),虽非如释道二家,意在自神其教,然亦非有意为小说,盖当时以为幽明虽殊途,而人鬼乃皆实有,故其叙述异事,与记载人间常事,自视固无诚妄之别矣。"(《中国小说史略》第五篇《六朝之鬼神志怪书》)内容虽皆出于虚构,但非有意识的创作,而是辗转传述过程中的有意无意的夸张和增添所造成。然而,何以当时对这类事件特别关心,以致有不少文人将其笔之于书呢?这固然跟人们的好奇心有关,但也不尽然。因为在志怪小说出现的同时,还出现了一批以《世说新语》为代表的志人小说,那却都是平常的人和事,并无怪异之谈。究其实际,也如鲁迅所说,《世说新语》"记言则玄远冷俊,记行则高简瑰奇"(《中国小说史略》第七篇《〈世说新语〉及其前后》),无论言、行都较能显示人的个性,这也正是个人意识初步觉醒的人们所关注的。而在志怪小说的不少作品中,也正显示了作为个人的人的追求、能力、痛苦、斗争、胜利等等,例如对于男女爱情的执着,虽受压迫而死却仍不改初衷,甚至复活成婚,这也正是个人意识初步觉醒的人们所喜爱的。所以,志怪小说和志人小说的兴起,归根到底仍与个人意识的初步觉醒相联系;至于其在形式上的成就的取得,则又与文学的自觉相关联。不过,志怪小说较之志人小说更能体现文学的虚构特质,因而也更具有发展的潜力。

最后,这一时期的文学的繁荣还可从文学批评——以文学为本位的批评——的成立中获得印证。

先秦时期的有关文学的评论,其实是一种道德批评——从道德上加以肯定(如"思无邪")、否定、规定其性质或阐发其意义;汉宣帝对赋的评论,虽接触到了文学的美,但仍把讽谕作为赋的最大功能。所以,以文学为本位的文学批评是在这一时期才产生的。

---

① 今所见此文出于《艺文类聚》,应已有所删节;但其主干为写景抒情当无疑问。

在上文叙述本时期的文学的自觉时，曾对文学思想的演变作过简要的概括。大致说来，在曹丕的《典论·论文》、陆机的《文赋》和刘勰的《文心雕龙》中，其所谓"文"，虽仍包括文学和非文学性的文两个部分，但对以诗赋为主要内容的文学的认识，已在以文学为本位的道路上不断前进了。所以，《文心雕龙》是含有许多以文学为本位的精辟批评内容的重要著作，钟嵘的《诗品》则纯粹是以文学为本位的批评著作。萧绎的《金楼子·立言》虽然简略，但却是第一次明确地把文学与非文学加以明确区别的文学批评。可以说，以文学为本位的文学批评至钟嵘和萧绎乃正式成立。

由以上四点来看，自建安至南北朝的时期实是我国文学史上的一个划时代的时期，初、盛唐文学则是建安至南北朝时期的文学的继续和发展。与先秦、两汉文学相比较，建安至南北朝时期的文学处处显示着新的开拓，形成一种崭新的境界；而初、盛唐文学则是在继承它的基础上的重大的发展。

第一章 曹氏父子与建安文学

第一节 曹操及其乐府诗

建安文学是我国文学自觉阶段的开始。就其特点来说,一方面是个人意识的初步觉醒,另一方面是对艺术的自觉的追求,由此导致了文学的长足的进展。不过,这两点在其前的汉末文学中已显露端倪,到了建安时期只是进一步明显而已。同时,就建安文学本身来说,也有一个发展的过程;而且在不同的作家身上,又各有所侧重。如曹操的乐府诗,其个人特色就相当突出,对艺术美的追求则相对减弱;但从其《步出夏门行·观沧海》中对自然景色的出色描写来看,在他的作品里也不是没有对于艺术美的自觉追求。

总之,上述两点在建安文学的总体倾向中实起着主导的作用。

建安时代前期文坛的领袖人物,是当时兼具政治首脑特殊身份的曹操。

曹操(155—220),一名吉利,字孟德,小字阿瞒,沛国谯(今安徽亳州市)人。祖父曹腾,是东汉历侍顺、冲、质、桓四帝的大宦官,仕至中常侍大长秋。父亲曹嵩,乃曹腾养子,由《三国志》所记"莫能审其生出本末"(《魏志·武帝纪》中语)推测,其出身恐甚微贱,但因曹腾的关系,也官至太尉。曹操本人则年轻时任侠放荡,同时人有"治世之能臣,乱世之奸雄"的评语[①]。年方二十,举孝廉为郎,除洛阳北部尉。此后,汉末群雄纷起,他也逐渐培植起了自己的军事政治势力。至建安元年,领兵迎汉献帝移都许(今河南许昌东),挟天子以令诸侯。三年后以少胜多,在官渡(今河南中牟东北)之战中一举击败当时北方最强盛的割据者袁绍所统率的军队,并由此逐步统一了北方。建安十三年拜丞相,试图进一步统一南方,结果在赤壁(在今湖北蒲圻)之战中被孙权和刘

[①] 见《三国志》卷一《魏志·武帝纪》裴松之注引孙盛《异同杂语》。

备统率的联军击败,中国由此开始呈现三国鼎立的雏形。后曹丕代汉建魏,曹操被追尊为武帝。有《魏武帝集》。

就家世而言,曹氏一门并无经学传统;从时代风气说,汉末又正是儒学崩溃之际。所以曹操一生行事基本上看不到正统伦理与价值观的影响,而更多地显现出一种任性率真、一切从现实利益出发的性格特征。这种性格特征,前人以"通脱"两字标示。所谓"通脱",就是行为举止无所拘束而不偏执。这一性格特征,自然对曹操一生的文学创作产生了深刻的影响。

曹操在文学上历来被人推崇的,是他的诗。他的诗现存的都是曾经配乐演唱的乐府歌辞,且大都是乐府相和歌辞——一种用管乐与弦乐相和伴奏,主要在宴会上演唱的歌曲的歌词。这与他一生爱好音乐并精通音律有关①。而曹操个人之所以具备较高的音乐修养,又可以追溯到其家族的特殊背景——曹操的祖父曹腾曾为黄门从官及小黄门,而在宫廷中执掌音乐等娱乐也是黄门官署的职责。但曹操亲自写作乐府歌辞供乐工演唱,不仅仅是爱好问题。他的乐府诗往往突破旧题的限制或自创新题,在娱乐性的歌辞中融入个人的人生感慨,而又不太顾及诗的整体结构的严密,凡此均反映了他在艺术上也不受传统习惯束缚的"通脱"性格。

从曹操的乐府诗,可以看到诗人的打着个人印记的激情,这不仅是汉代民歌中所没有的,在仅存的几篇汉代文人所作乐府相和歌辞中也看不到。其最典型的例子,是《短歌行》:

> 对酒当歌,人生几何?譬如朝露,去日苦多。慨当以慷,忧思难忘。何以解忧,唯有杜康。
>
> 青青子衿,悠悠我心。但为君故,沉吟至今。呦呦鹿鸣,食野之苹。我有嘉宾,鼓瑟吹笙。
>
> 明明如月,何时可掇?忧从中来,不可断绝。越陌度阡,枉用相存。契阔谈䜩,心念旧恩。
>
> 月明星稀,乌鹊南飞。绕树三匝,何枝可依?山不厌高,海不厌深。周公吐哺,天下归心。

---

① 《三国志》卷一《魏志·武帝纪》裴松之注引《曹瞒传》,云曹操"好音乐,倡优在侧,常以日达夕"。同书卷二九《魏志·杜夔传》记曹操以杜夔"为军谋祭酒,参太乐事,因令创制雅乐"。时"汉铸钟工柴玉,巧有意思,形器之中,多所造作"。而"夔令玉铸铜钟,其声均清浊多不如法,数毁改作。玉甚厌之,谓夔清浊任意,颇拒捍夔。夔、玉更相于太祖(曹操),太祖取所铸钟杂错更试,然(后)知夔为精而玉之妄也……"可见曹操于音律甚精通,否则无以辨杜夔、柴玉二家之是非。

此诗当是曹操为宴会而创作的乐府歌辞，因此并不以思想的深邃见长。从内容上看，诗的第一节所表达的人生短暂、只能以酒浇愁的慨叹，与以下展示的期待天下贤才归于他麾下而成就功业的愿望，二者之间实存在着尖锐的冲突。因为面对短暂的人生，像曹操这般具有雄才大略的乱世英雄也只能无奈地说"何以解忧，唯有杜康"，那么他希望才智之士助其建功立业的宏伟目标，其本身是否有价值也就存在极大的疑问。不过，如果考虑到这是一首在宴会上演唱的乐歌，也就可以理解，其第一节乃是敦劝与宴者放怀痛饮，第二、三节对与宴者表示其深厚的感情，包括原先对他们的怀念和由于他们的到来而产生的喜悦，末节则希望目前还无枝可依的贤士都来与他共同创业，他将以"山不厌高，海不厌深"的态度一概容纳，并学习周公一饭三吐哺的精神，做到"天下归心"。总之，这是一首以感动与宴者为目的的乐歌，诗人所要表现的是对他们的热情与坦诚，因而歌词中所存在的上述矛盾并不妨碍这一目的的实现。一般说来，这样的劝酒歌是很难感动与宴者以外的广大读者的，然而，由于曹操在第一节里集中而强烈地表达了他对人生的深沉感慨，第三节的前四句以象征手法倾诉了由绝望的追求所导致的无底的忧愁，第四节的开头四句又流露了沉重的孤独无助的心情，因而真切地凸现了诗人内心的矛盾和忧虑，并渗透着慷慨悲凉的情调，对一般读者也深具感染力。在这里需要说明的是：第一，在劝酒的时候，本来用不到袒露他对人生的这种悲观的心绪。第二，第三节的"忧从中来"本是就其旧友在此前一直不来看他而发，以衬托下文他们终于"枉用相存"的喜悦，但因用了欲掇月而不得的象征手法，前四句的内涵也就远远超出了这一具体事件，具有了普遍意义，表达了正在从事注定要失败的追求的人们的共同悲哀；而这种悲哀想来也正是曹操所经常经历的，所以能表达得如此深刻。第三，无枝可依的乌鹊本比喻尚未找到合适的主人的贤才，但写得如此情真意切，其中恐也杂有曹操自己的身影。——那些克服了种种艰难困苦而获得成功的英雄，谁能从不受此种心情的困扰呢？换言之，即使在这样的劝酒歌中，曹操也投入了自己的由人生的感慨和平日经受的忧愁、痛苦所凝结而成的激情，而上述诗句的感人力量，也正来自这种激情。不过，这些诗句与诗中的另一些诗句——例如全诗的第二节和第三节的下半——并不很协调，因而就整篇来说，结构并不完整。钟嵘《诗品》评曹操诗说："曹公古直，甚有悲凉之句。"只赞美他的诗句而不及全篇，实在是有道理的。——钟嵘此处虽是就其五言诗而论，但对其四言诗也同样适用。

这种打着个人印记的激情，也显现在曹操写景和叙事的篇章中。

曹操的写景之作，最突出的是《步出夏门行》中的《观沧海》。此篇描绘大海的波澜壮阔，于写景中投射了作者特有的个人气质，格调与上引《短歌行》十分相近。

> 东临碣石,以观沧海。水何淡淡,山岛竦峙。树木丛生,百草丰茂。秋风萧瑟,洪波涌起。日月之行,若出其中;星汉灿烂,若出其里。幸甚至哉,歌以言志。

这是一篇现存最早的完整的山水诗(按,《步出夏门行》各章分别独立)。虽然在先秦的《诗经》和《楚辞》中已有若干写景的句子,但那都是以景抒情;汉代大赋中的写景,又都是为了显示园苑宫馆之盛;《七发》的写观涛也是为了说明自然对人所可能发挥的作用。此诗却纯是写自然景色的壮美,虽由写景显现出诗人宽广的胸怀,但诗人的感情是与这种景色自然地融合为一的。他是被这种景色所陶醉,而并不是把自己的感情色彩涂抹到景色中去。这样客观而集中地描绘自然景色的美,在我国文学史上还是第一次。曹操另作有《沧海赋》,仅有"览岛屿之所有"一句残存于《文选》的《吴都赋》注中,或许写作的背景与本篇相同。

由于大半生都在戎马倥偬的岁月里度过,曹操对于军旅生活有颇为深刻的感受。他的不少乐府诗,以行军与战争为题材,且情致深切,刻画入微。《却东西门行》、《苦寒行》描写战士征途的艰辛和思归之情,实际上也包涵了作者本人在统率大军征战过程中所产生的伤感。其中《苦寒行》描绘征途的艰辛,抒发的感情真实而动人:

> 北上太行山,艰哉何巍巍!羊肠坂诘屈,车轮为之摧。树木何萧瑟,北风声正悲。熊罴对我蹲,虎豹夹路啼。蹊谷少人民,雪落何霏霏。延颈长叹息,远行多所怀。我心何怫郁,思欲一东归。水深桥梁绝,中路正徘徊。迷惑失故路,薄暮无宿栖。行行日已远,人马同时饥。担囊行取薪,斧冰持作糜。悲彼《东山》诗,悠悠使我哀。

此诗虽为叙事,但其个人的激情仍蕴含其中。作为军事统帅,他的厌战情绪竟是如此浓烈,甚至发出了"我心何怫郁,思欲一东归"的悲吟!这种感情其实正是出于人的本性。然而,为什么不索性撤兵回归呢?他以象征的手法回答道:"水深桥梁绝,中路正徘徊。"要回去的路已经断绝了。这是因为:正在与其他政治、军事力量苦斗着的曹操是没有退路的,回头就意味着死亡。所以,我们在这里听到的,已经不只是诗人在行军途中的呻吟,更是他在人生路途上的悲鸣。但他终于战胜了自己,因而他是英雄。

作为叙事诗,此篇在结构上虽不甚严密,而刻画军旅生活的佳句时见其中。像"熊罴对我蹲",用野兽与人的恣意对峙呈现行军途中环境的险恶;"斧冰持作糜",将严寒酷冷之中战士食粮的奇缺直观地加以描摹,便都达到了一种可以入画的境地。而尤其重要的是：此诗将叙事诗提到了一个新的高度。

汉乐府中的叙事内容，大抵描绘生活中的个别事件，如《十五从军征》、《陌上桑》等；至曹操的乐府诗，则已能从宏观的视角富有条理地描绘大规模的复杂过程，并在整体上显现出一种前所未有的弘廓气象。此诗就是一个突出的例子。此外像《薤露》、《蒿里行》两诗突破乐府旧题原本为挽歌的旧制，直接表现汉末征战史事，尽管铺叙尚有散漫而不凝练之病，但叙事条理分明，境象开阔，在中国古代诗歌叙事方式的进步历程中，仍有独特的意义。至如《蒿里行》的下引段落，以由近及远、交错迭现的形式，凸现战后的惨痛与战争的严酷，又有一种惊心动魄的冲击视觉与情感的效力。

> 铠甲生虮虱，万姓以死亡。白骨露于野，千里无鸡鸣。生民百遗一，念之断人肠。

中世文学发展到汉末，由于外部的社会文化的急剧变革，诗人内心表现自我愿望的强烈，达到了一个新的阶段。在这样的时刻，既需要一个人站出来担任新文学开拓者的角色，也需要一种能为大多数人接受的文学形式充当通向未来文学的实验工具。曹操及其乐府诗，正是在这样的意义与背景上成为建安文学的先锋。曹操的无所顾忌的个性及其特殊的政治地位，使他十分成功地在汉末流行乐坛掀起了一股为旧曲填新词乃至创新曲新词的狂飙。他将自身的感慨、迷惘、悲哀、激奋融进那些形制尚不免有些粗糙的乐府歌辞之中，把一向不被重视因而也常常不署作者名的乐府诗提升为文人作品，结果是从两个方面为稍后成名的建安七子以及他的两个富于文学天才的儿子曹丕、曹植指点了前进的方向：文学应当自觉地表达个人的自我感觉，诗可以更为客观并富于条理地描绘现实。而事实上建安文学后来发展的主流，在相当程度上正是继承了曹操乐府诗的精神特征。

第二节 建安七子和诗风的始变

建安文学由乱世英雄曹操抒写其慷慨悲凉的乐府诗而揭开序幕后，又有所谓的"七子"，以神采各异的作品，为之频添绚烂的胜景。

"七子"之名，最早见于曹丕的《典论·论文》。在那篇著名的文学论文中，曹丕历数同时文坛名流，特别举出"鲁国孔融文举，广陵陈琳孔璋，山阳王粲仲宣，北海徐干伟长，陈留阮瑀元瑜，汝南应玚德琏，东平刘桢公幹"七人，并谓："斯七子者，于学无所遗，于辞无所假，咸以自骋骥䮅于千里，仰齐足而并驰。"

另据《三国志·魏书·王卫二刘傅传》,"七子"中除孔融外,其他六人在建安时代均与曹丕、曹植相友善。综合各人现存作品分析,研究者普遍认为当时在"三曹"周围的确存在一个以王粲等六人为骨干的文学沙龙。由于他们的参与和创造性的实践,建安文学才成为一股势不可挡的文学潮流,既在当时波澜迭兴,又为以后魏晋文学的深入发展开辟了道路。

一、孔 融

建安七子年辈多高于曹丕、曹植①。其中孔融(153—208)的情况,相对而言较为特殊。他字文举,鲁国鲁县(今山东曲阜)人,是孔子的二十世孙。汉灵帝时已进入仕途。献帝初年,因为得罪了董卓,由虎贲中郎将左迁议郎,已而出为北海相。建安元年,北海城为青州刺史袁谭攻陷,他出逃,投奔曹操,被征为将作大匠,并迁官少府。但因经常讥刺曹操,终被曹杀害。有《孔北海集》。

孔融因身为圣人后裔,颇为自负。过人的才智,加上长期浸染于汉末清流肆意论事的风气里,使其性格中孤傲狂放、尖锐彰露的一面尤其凸显。他的议论颇有大胆怪特之处,如《后汉书》本传载路粹列其罪状,说他曾对祢衡说:"父之于子,当有何亲?视其本意,实为情欲发耳。子之于母,亦复奚为?譬如寄物瓶中,出则离矣。"这是对"孝"的伦理观的釜底抽薪式的攻击,即使在建安年代,也是有点骇人听闻的。

《典论·论文》评孔融的文章,谓之"体气高妙,有过人者",这当是指他在文章中表现出才情充溢、思绪敏捷的个性特征。但孔融的作品现仅存几篇书札、杂论和数首诗。从文学的角度看,以书信体散文写得最好。像《论盛孝章书》,是为了请求曹操救助其友人盛宪(字孝章)而作,辞气较委婉,感情色彩较浓,尤其开头一节:

> 岁月不居,时节如流。五十之年,忽焉已至。公为始满,融又过二。海内知识,零落殆尽,惟会稽盛孝章尚存。其人困于孙氏,妻孥湮没,单子独立,孤危愁苦。若使忧能伤人,此子不得复永年矣。

---

① 曹丕生于中平四年(187)。曹植生于初平三年(192)。曹丕生时,孔融、徐幹、王粲分别为三十五岁、十七岁、十一岁。陈琳中平六年(189)已为何进主簿,时曹丕三岁;阮瑀少受学于蔡邕,邕被害于初平三年(192),时曹丕六岁;刘桢建安三年左右已为司空军谋祭酒。则陈、阮、刘三人年纪亦当大于曹丕。七子中唯应玚年岁是否长于曹丕、曹植不详,余均年长于曹氏兄弟。参郁贤皓、张采民《建安七子年表》,文载《建安七子诗笺注》,巴蜀书社1990年版。

建安文人书札重视以情动人而带有较强的文学性，这也是一例。那一时代普遍的伤感气氛也渗透在这信札中，所以一下笔先说人寿不永。

孔融的诗，以前经常提及的有《杂诗》二首，但据有关学者考证，二诗实非孔氏所作①。依此说，则孔氏现存诗篇中可以一提的就只有《临终诗》了。这首诗写得质朴无文。开头"言多令事败，器漏苦不密"，似对自己言多而不能守默颇觉后悔；中间"人有两三心，安能合为一。三人成市虎，浸渍解胶漆"云云，则对人心的险恶感到愤慨；最后无奈地哀叹："生存多所虑，长寝万事毕。"从这首诗中，可以看到在汉末思想统制瓦解的形势中成长起来的机敏任性的文人与实际政治不相适应的悲哀。即使曹操那样尚"通脱"的政治家，当孔融的言论直接触犯了他的政治需要时，也仍然是无法容忍的。所谓"生存多所虑"的感受，在以后的诗文中会愈显浓重，有其必然的原因。

二、王　粲

王粲(177—217)，字仲宣，山阳高平(今山东邹县西南)人。少年时代即才华出众，献帝初年在长安，深得文坛名流蔡邕器重。后离京赴荆州避乱。建安十三年，因劝荆州割据势力刘琮归顺曹操有功，被任为丞相掾，赐爵关内侯。十六年迁军谋祭酒，并与曹丕、曹植兄弟及邺下文人交往颇密。建安二十一年，以侍中随曹操征吴，次年病卒于行军途中。其著作今人辑集为《王粲集》。

在后人对建安七子的评论里，王粲一直处于很高的地位。《文心雕龙·才略篇》即谓："仲宣溢才，捷而能密，文多兼善，辞少瑕累，摘其诗赋，则七子之冠冕乎！"钟嵘的《诗品》把王粲、刘桢的诗都列为上品，并说："……陈思为建安之杰，公幹、仲宣为辅。"从诗歌方面看，王粲的诗上承李陵，而善"发愀怆之词"(《诗品》)。这方面的代表作是《七哀诗》二首。其中第一首叙写战乱惨况与诗人面对惨况生发的悲愁，在文学史上有重要的意义：

> 西京乱无象，豺虎方遘患。复弃中国去，远身适荆蛮。亲戚对我悲，朋友相追攀。出门无所见，白骨蔽平原。路有饥妇人，抱子弃草间。顾闻号泣声，挥涕独不还。"未知身死处，何能两相完？"驱马弃之去，不忍听此言。南登霸陵岸，回首望长安。悟彼下泉人，喟然伤心肝！

此诗据考证大约作于初平三年(192)王粲离长安赴荆州避乱时，时诗人年仅十

---

① 此五言《杂诗》二首，一首首句为"岩岩钟山首"，一首首句为"远送新行客"。最早见于《古文苑》卷四，系于李陵录别诗之后，题孔融作。而《文选》李善注数引第一首，均作李陵诗。逯钦立因据之考证二诗均非孔氏作品，见所辑《先秦汉魏晋南北朝诗》汉诗卷十二。

六岁。作品以自述避乱缘由及与亲朋离别的场面开始,中间讲述了一个途中所见饥妇弃子的令人揪心的故事,最后归结到对时局与离乱人生的感叹,组织完整,情感深切,并已初步显现出意象密集、进展迅速的特色。把它与《古诗》十九首及李陵《与苏武诗》三首相比较,可以很清楚地看到这一点。例如,《古诗》中的"明月何皎皎"一首,既云"忧愁不能寐,揽衣起徘徊",又云"出户独彷徨,愁思当告谁","徘徊"之与"彷徨","忧愁"之与"愁思",显得意象复沓、进展迟缓,李陵诗的"良时不再至,离别在须臾"与"长当从此别,且复立斯须"也是类似的现象。在王粲此诗中,这些都消失了。考虑到此诗创作时间甚至比曹操的《蒿里行》、《苦寒行》等还要早①,因此其在建安文学中的地位自然是十分突出的。

《七哀》诗的第二首作于留居荆州时,借自然的景色叙写因漂泊无定而引发的思乡愁绪:

> 荆蛮非我乡,何为久滞淫。方舟泝大江,日暮愁我心。山冈有余映,岩阿增重阴。狐狸驰赴穴,飞鸟翔故林。流波激清响,猴猿临岸吟。迅风拂裳袂,白露沾衣襟。独夜不能寐,摄衣起抚琴。丝桐感人情,为我发悲音。羁旅无终极,忧思壮难任。

王粲在荆州时不为当地割据首领刘表所重,心情颇为郁闷。但诗中所流露出的强烈的孤独感,却与那一时代文人的个人意识的初步觉醒、唯恐人生价值失落的忧惧有关,所以诗中对具体遭际的不快反而说得很少。也是因为唯恐人生价值失落的忧惧,诗中对时光流逝引起的自然景物的变化表现得特别敏感。"山冈"两句,一句写日将没时山冈上还剩一抹余晖,一句写原本阴暗的山冈在日暮时更添一重阴暗,这种对光线变化的细致描绘,是过去的诗赋中所没有的。王粲其他诗中也有类似情况。如《从军行五首》之三,以"白日半西山,桑梓有余晖。蟋蟀夹岸鸣,孤鸟翩翩飞"的景色,衬托"征夫心多怀,凄凄令吾悲"之情绪,与这首诗很相似。在诗歌写景方面,这是一种发展。

而从整体上看,此诗重视对眼见的实际景物进行富于条理而动情的描绘,既不是简单地罗列景象,也不是放任情感的宣泄,或取相关的写景套语入诗。这反映了王粲的诗歌创作更多地借鉴了东汉某些辞赋家擅长在赋中带着真挚

---

① 曹操的《蒿里行》中有"淮南弟称号"句,指袁术于建安二年(197)春在淮南称帝事,故该诗写作年代,不可能早于建安二年。《苦寒行》起首即云:"北上太行山,艰哉何巍巍。羊肠坂诘屈,车轮为之摧。"所述经历与时令和建安十一年(206)曹操征讨割据势力高幹事合,故其诗当作于此年。参见张可礼《三曹年谱》建安三年、十一年条,齐鲁书社1983年版。

的情感描写实见的自然事物的创作特点。像《七哀》第二首,便与班彪的《北征赋》有着明显的渊源承继关系。而王粲的这种对实际自然景色的描写,又影响了稍后曹丕《芙蓉池作》、曹植《公宴诗》的创作。从这点上说,王粲的诗歌创作取径,与曹操等较多从汉乐府中吸取营养以创造新一代的乐府诗的作法颇有不同①。

值得注意的是,在文章方面,王粲最擅长的文体也正是辞赋。他的辞赋与诗歌有相似的特点,都善于深入地表现个人在逆境中的愁绪忧思,而文辞之优美,结构之精巧,又比汉代辞赋大有进步。其代表作是著名的《登楼赋》:

> 登兹楼以四望兮,聊暇日以销忧。览斯宇之所处兮,实显敞而寡仇。挟清漳之通浦兮,倚曲沮之长洲。背坟衍之广陆兮,临皋隰之沃流。北弥陶牧,西接昭丘。华实蔽野,黍稷盈畴。虽信美而非吾土兮,曾何足以少留!

这开首的一节,以旷阔的远景,壮丽的自然,引动起江山虽美而非故乡的一腔愁怀,为以下中间一节悲哀深切的抒情作了很好的铺垫。

> 情眷眷而怀归兮,孰忧思之可任?凭轩槛以遥望兮,向北风而开襟。平原远而极目兮,蔽荆山之高岑。路逶迤而修迥兮,川既漾而济深。悲旧乡之壅隔兮,涕横坠而弗禁。昔尼父之在陈兮,有归欤之叹音。钟仪幽而楚奏兮,庄舄显而越吟。人情同于怀土兮,岂穷达而异心!

其中抒发的,既是个人离乡背井后的无尽的隐痛,同时也代表了在那个动乱的时代人们普遍怀有的渴望和平与回归家园的心绪。至其最后一节,尤为动人:

> 惟日月之逾迈兮,俟河清其未极。冀王道之一平兮,假高衢而骋力。惧匏瓜之徒悬兮,畏井渫之莫食。步栖迟以徙倚兮,白日忽其将匿。风萧瑟而并兴兮,天惨惨而无色。兽狂顾以求群兮,鸟相鸣而举翼。原野阒其无人兮,征夫行而未息。心凄怆以感发兮,意忉怛而憯恻。循阶除而下降兮,气交愤于胸臆。夜参半而不寐兮,怅盘桓以反侧。

此节集中抒发了唯恐人生虚度而无所建树的忧惧。因此写景的部分,将所见的世界描绘成一片仓皇不宁的景象,衬托出作者内心的烦乱与孤独。这种心情,在动乱时代的读书人中很容易引起共鸣,以至"王粲登楼"本身成为习用的

---

① 参阅本书160页关于班彪《北征赋》的论述及日本学者伊藤正文《王粲〈七哀诗〉考》,后者的中译载《中华文论史丛》1982年第二辑。

典故。

王粲的另一些赋,除题旨与《登楼赋》类似,都以抒发个人愁绪为主外,还注意到了具体而生动地刻画对象的动态,并努力以这种动态寓示辞赋的主题。如现仅存残章的《莺赋》,便通过对笼中之莺"就隅角而歛巢,倦独宿而宛颈"的形态描绘,写自己的与其相类似的悲哀,自然地引申出由于受到拘系而导致本性受束缚的深重感叹,与下文将要述及的祢衡《鹦鹉赋》属于同一类型。

三、刘　桢

刘桢(？—217),字公幹,东平宁阳(今属山东)人。曾被曹操辟为丞相掾属,又先后在曹丕、曹植门下任职。据《三国志》注引《典略》,曹丕曾在一次宴饮中命夫人甄氏出拜,坐者皆伏,独刘桢平视之。曹操闻此事,以为不敬,收逮刘桢,罚作苦工。由此可见其性格倨傲,不同凡俗。在文学上他最擅长写五言诗,曹丕《与吴质书》谓"其五言诗之善者,妙绝时人"。而钟嵘《诗品》称赞他"真骨凌霜,高风跨俗",这当是指其诗多表现出超凡脱俗的志趣与风貌;其实,钟嵘所体会到的他的这种诗歌特点,也正是建安时期个人意识初步觉醒的集中体现。

刘桢诗中最值得重视的,是写其个人受环境压抑而难以自主的悲哀的作品。这在直至当时为止的中国文学史上是一种新的体验。

> 谁谓相去远？隔此西掖垣。拘限清切禁,中情无由宣。思子沉心曲,长叹不能言。起坐失次第,一日三四迁。步出北寺门,遥望西苑园。细柳夹道生,方塘含清源。轻叶随风转,飞鸟何翩翩。乖人易感动,涕下与衿连。仰视白日光,皦皦高且悬。兼烛八纮内,物类无颇偏。我独抱深感,不得与比焉。(《赠徐幹诗》)

> 职事相填委,文墨纷消散。驰翰未暇食,日昃不知晏。沈迷簿领间,回回自昏乱。释此出西城,登高且游观。方塘含白水,中有凫与雁。安得肃肃羽,从尔浮波澜。(《杂诗》)

第一首写他对友人徐幹的怀念。虽然相距甚近,但限于其所任职的政府部门的规章("拒限清切禁"),不能前去访问畅叙。这使他感到非常痛苦。第二首写他由于工作繁忙,简直陷入了昏乱之境,充分体现了其内心的焦灼。而在这两首中,作为解脱途径的,都是到自然界去寻求安慰。于是他看到了自然界的生物(树木、飞鸟、凫、雁)都在自由地生长或活动,进一步感到自己远远不如它们,就更增加了苦闷(《赠徐幹诗》的"乖人"以下诸句)和对自由的渴望(《杂诗》

的"安得肃肃羽,从尔浮波澜")。

如果把个人仅仅作为群体的附庸,这样的感受是根本不会产生的。限于规章制度而在一段时期内不能与朋友见面,乃是平常不过的事,有什么值得大惊小怪的?努力承担繁重的本职工作,乃是自己应尽的义务,何况在刘桢当时的情况下,更应为自己能接近上层统治集团,为他们处理公文而感到荣耀。根据现存的文献,刘桢以前从无这样的诗歌。这种抒发由个人的自由活动受环境压抑而生发的痛苦的诗篇的出现,既是个人意识在那个时代开始初步觉醒的体现,也是中国诗歌在表现诗人与群体关系上的"岂余身之惮殃兮,恐皇舆之败绩"(《离骚》)、"思为双飞燕,衔泥巢君屋"(《古诗十九首·东城高且长》)等类型之外的新的方向的生成。杜甫的"束带发狂欲大叫,簿书何急来相仍"(《早秋苦热,堆案相仍》),是"沈迷簿领间,回回自昏乱"的暴烈的再演,高启在明初被迫做官后发出的"海鸟那知享钟鼓?野马终惧遭笼靰"(《喜家人至京》)的痛苦的叫声,则是"安得肃肃羽,从尔浮波澜"的渴望在新的历史条件下向着更高程度的发展。

刘桢尚有《赠从弟诗三首》,从另一角度表现了他的人生追求。今录其二、三两首如下:

> 亭亭山上松,瑟瑟谷中风。风声一何盛,松枝一何劲。冰霜正凄惨,终岁常端正。岂不罹凝寒?松柏有本性。
>
> 凤皇集南岳,徘徊孤竹根。于心有不厌,奋翅凌紫氛。岂不常勤苦?羞与黄雀群。何时当来仪?将须圣明君。

因为刘桢本在为个人的自由活动受到环境的压抑而痛苦,所以,在其前一首诗中的"本性"应该是包含着不甘丧失个人的自主性而随人摆布的内涵的。为了保持这种"本性",即使"罹凝寒"也在所不恤,这就与嵇康后来在《与山巨源绝交书》中所说"性有所不堪,真不可强"有了共同之处。而后一首的"于心有不厌,奋翅凌紫氛"那样的对"心"的强调,与其对"本性"的坚守正是一脉相承的。尽管后一首的最末两句表明了愿意辅佐"圣明君"以建功立业的志向,但同时也表明了如无"圣明君"便决不"来仪"的节概;还是把坚守自己的"心"、"性"放在第一位的,不肯因迁就环境而委屈自己。

当然,刘桢自己也并不能真正做到这一点,否则就不会在曹氏集团麾下吃苦了。所以,《赠从弟诗》虽是对从弟的勉励,恐也含有自己的忏悔之意在内。

刘桢的诗写得很朴素,但以真挚、浓烈的感情表现了新的价值取向和前人未曾经验的人生困境,劲气内充,意象颇为密集,因而在当时仍很具感染力。《诗品》虽谓其"雕润恨少",但仍把他作为建安时期成就略次于曹植的诗人,并置于王粲之上,所谓"陈思已下,桢称独步";其故当即在此。

四、建安七子中的其他诗人

陈琳(?—217),字孔璋,广陵(今江苏扬州)人。早年任大将军何进府主簿,颇有谏才。汉献帝初平初年,避乱冀州,曾为袁绍典文章。袁氏败,归依曹操,掌书记之事。后徙官门下督。他在当时以擅长应用性的檄书闻名。而事实上从文学的角度看,其真正的成就是在诗歌创作方面。他的诗,以乐府《饮马长城窟行》最为后人熟知。诗写长城之筑带给筑城军卒及其家人的无法弥补的痛苦,其中借筑城卒给妻子写家书,叮嘱"生男慎莫举,生女哺用脯。君独不见长城下,死人骸骨相撑拄"诸语,展现了一幅酷烈骇人的修长城惨景,同时也从侧面显现了诗人并不把个人为群体利益的牺牲视为无足轻重的事(修筑长城是为了捍卫群体利益),他为无数个人的这种悲惨的命运深感愤懑与哀痛。其五言古诗,现存者也不乏佳构,如佚题的如下一首:

> 高会时不娱,羁客难为心。殷怀从中发,悲感激清音。投觞罢欢坐,逍遥步长林。萧萧山谷风,黯黯天路阴。惆怅忘旋反,歔欷涕沾襟。

写一种欢宴之际莫名而起的惆怅心怀,借自然景色的萧瑟黯淡为映衬,感情真挚,语调流畅,是很能代表建安诗人慷慨悲歌的特征的。

阮瑀(约165—212),字元瑜,陈留尉氏(今河南开封)人。经历与陈琳相仿,早年师事蔡邕,后来在曹操麾下做军谋祭酒,掌书记,并迁官仓曹掾属。作品为后人盛传的,首推乐府诗《驾出北郭门行》。诗用移步换景之法,写作者循啼哭之声而见一孤儿哭于坟边,引出一凄惨的孤儿受后母虐待的故事,在叙事与对话运用方面,颇见功力。其古诗以《七哀》最佳:

> 丁年难再遇,富贵不重来。良时忽一过,身体为土灰。冥冥九泉室,漫漫长夜台。身尽气力索,精魂靡所能。嘉肴设不御,旨酒盈觞杯。出圹望故乡,但见蒿与莱。

诗以直白的语言,叙写生命易逝、享乐难再的悲哀。中间蕴含着对人生意义的思索,可谓开后来正始诗文中相关主题之先声。诗的最后两句:"出圹望故乡,但见蒿与莱",以奇异的想像,幻写死者精魂从坟墓中游荡到地面,望见昔日故乡,已成生命枯萎的蒿莱之原,充满了一种沧海桑田之慨。从另一个角度看去,这首诗也可以说是诗人内心深感人生绝望的传神写照。

"建安七子"中的应玚(?—217),字德琏,汝南(今属河南)人。与刘桢等同被曹操辟为丞相掾属,后为五官中郎将文学。传世作品仅诗六首,以《侍五官中郎将建章台集》较著名,诗前半节借孤雁无着自喻,有王粲诗赋的悲愁风致①。徐幹(171—218),字伟长,北海(今山东潍坊市西南)人。建安中由军谋祭酒掾属,转为五官中郎将文学。所撰《中论》,是理论性的著作。文学方面,他本以辞赋见称,但作品流传极少,倒是五言《室思》诗叙写相思男女之情,较有特色。全诗共五章,第三章为:

> 浮云何洋洋,愿因通我辞。飘飘不可寄,徙倚徒相思。人离皆复会,君独无返期。自君之出矣,明镜暗不治。思君如流水,何有穷已时。

这诗带有汉代民歌的风格。"自君之出矣"后来成为一个乐府诗题;南朝至唐,许多人写过以这以下四句为套式而加以翻新的小诗。

"建安七子"的文学创作,尤其是诗歌创作,是建安文学从发端到成熟的一个不可或缺的中介。它一方面把曹操乐府诗那种为人生意蕴、天下大事而慷慨悲歌的新异风格发扬光大,并从西汉文学中借鉴合适的艺术表现方式,加以改造,熔铸新篇;另一方面又以其角度各异的探索,为年辈稍后的曹丕、曹植兄弟进一步完善这一时代文学的特征留下了必要的艺术创造空间。中世文学由汉代诗风转向魏晋诗风,从某种程度上说,正是在七子的努力下完成的。

五、建安时代的其他文人

七子之外,建安时代文坛上较有名的作者,还有祢衡、杨修、吴质、丁仪、缪袭以及繁钦等人,他们的年辈也大都早于曹氏兄弟②,而各家作品传世无多。其中最突出的是祢衡,繁钦也值得注意。

祢衡,字正平,平原般(今山东乐陵市西南)人。《后汉书》本传说他"少有才辩,而尚气刚傲,好矫时慢物"。建安初到达当时的首都许,本想与人结交,但到了以后,觉得没有一个配和他交往的。有人向他推荐陈群、司马朗,也有人推荐荀彧、赵俨,这都是当时的大名人。但对于前两人,他说:"吾焉能从屠沽儿耶?"后两人中一个长得仪容整齐,另一个食量很大,他评价说:一个"可借面吊丧",另一个"可使监厨请客"。后来认为孔融、杨修值得结交,与他们成为好友。当时他还只有二十四岁,孔融却已四十岁了。孔融将他推荐给曹操,

---

① 此诗后半段写蒙五官中郎将知遇后的感激心情,而与前半节风格不类,故有人疑其本为二诗,后人误合为一。见梁章钜《文选旁证》引梅鼎祚语。
② 祢衡(173—198)、杨修(175—219)、吴质(177—230),缪袭(186—245),三人均年长于曹丕。丁仪(?—217)、繁钦(?—218)二人生年不详,但以丁仪曾为曹操丞相掾,繁钦曾为丞相主簿(分别见《三国志·魏志》卷十九《陈思王传》及同书卷二十《王卫二刘傅传》裴注引《典略》)推测,似二人当与阮瑀、陈琳等年辈相仿。

曹操要见他,但他素来轻视、憎恶曹操,不肯相见,还说了好些冒犯曹操的话。曹操很生气,但因祢衡有名,不想杀他;就在一次大会宾客时,召他为鼓吏,并要他穿上鼓吏的衣服。他仍然穿着平时的衣服去击鼓,"容态有异,声节悲壮,听者莫不慷慨"。曹操手下的人要他换衣,他就当着曹操的面把衣服全部脱光,再换上鼓吏的服装,继续击鼓,"颜色不怍"。曹操无奈地说:"本欲辱衡,衡反辱孤。"孔融要他向曹操谢罪,祢衡却跑去坐在曹操的大营门口,"以杖捶地大骂"。曹操要杀他,又怕受到舆论的指责,就把他送到刘表那儿去。他的才能使刘表大为佩服,但因"侮慢于表",刘表又把他送到了江夏太守黄祖那里。黄祖先对他很佩服、看重,但有一次"大会宾客,而衡言不逊顺,祖惭,乃诃之。衡更熟视,曰:'死公云等道?'[1]祖大怒,令五百将出[2],欲加箠。衡方大骂,祖恚,遂令杀之。"(《后汉书·祢衡传》)死时还只二十六岁。他的这种独特的个性,充分体现了在个人意识初步觉醒的时代里的独立、自尊、宁死也不受屈辱的人格。

  他在黄祖那里时,黄祖的儿子黄射与他很好。一次共同饮宴,有人送来一只鹦鹉,黄射请他为鹦鹉作赋。他"笔不停缀,文不加点"(《鹦鹉赋·序》),很快就写成了。全文如下:

    惟西域之灵鸟兮,挺自然之奇姿;体金精之妙质兮,合火德之明辉。性辩慧而能言兮,才聪明以识机。故其嬉游高峻,栖跱幽深,飞不妄集,翔必择林。绀趾丹觜,绿衣翠衿;采采丽容,咬咬好音。虽同族于羽毛,固殊智而异心;配鸾皇而等美,焉比德于众禽。

    于是羡芳声之远畅,伟灵表之可嘉。命虞人于陇坻,诏伯益于流沙。跨昆仑而播弋,冠云霓而张罗;虽纲维之备设,终一目之所加。且其容止闲暇,守植安停。逼之不惧,抚之不惊。宁顺从以远害,不违迕以丧生。故献全者受赏,而伤肌者被刑。

    尔廼归穷委命,离群丧侣。闭以雕笼,翦其翅羽。流飘万里,崎岖重阻。逾岷越障,载罹寒暑。女辞家而适人,臣出身而事主。彼贤哲之逢患,犹栖迟以羁旅。矧禽鸟之微物,能驯扰以安处。眷西路而长怀,望故乡而延伫。忖陋体之腥臊,亦何劳于鼎俎?

    嗟禄命之衰薄,奚遭时之险巇。岂言语以阶乱,将不密以致危。痛母子之永隔,哀伉俪之生离。匪馀年之足惜,愍众雏之无知。背蛮夷之下

---

[1] 《后汉书》李贤注:"'死公',骂言也。'等道',犹今言何勿语也。"(按,"云等道",疑犹今言"说什么"。)

[2] 《后汉书》李贤注:"五百,犹今之问事也。"

国,侍君子之光仪。惧名实之不副,耻才能之无奇。羡西都之沃壤,识苦乐之异宜。怀代越之悠思,故每言而称斯。

若乃少昊司辰,蓐收整辔。严霜初降,凉风萧瑟。长吟远慕,哀鸣感类。音声悽以激扬,容貌惨以顑颔。闻之者悲伤,见之者陨泪。放臣为之屡叹,弃妻为之歔欷。感平生之游处,若埙篪之相须,何今日之两绝,若胡越之异区?顺笼槛以俯仰,阚户牖以踟蹰。想崑山之高岳,思邓林之扶疏。顾六翮之残毁,虽奋迅其焉如?心怀归而弗果,徒怨毒于一隅。

苟竭心于所事,敢背惠而忘初?托轻鄙之微命,委陋贱之薄躯。期守死以报德,甘尽辞以效愚。恃隆恩于既往,庶弥久而不渝。

此赋借鹦鹉的遭遇,写自己的身世。称赞鹦鹉"性辩慧而能言兮,才聪明以识机",与《后汉书》本传说他"少有才辩"正相契合。鹦鹉是被远道送来的,并非出于它的自愿;而他也是被送到荆州、江夏来的,同样不是出于自愿。虽然在与黄祖发生冲突而被杀以前,黄祖父子都待他不错,但就他的个性而言,那也不过是"闭以雕笼,翦其翅羽而已"。所以,赋中所写的鹦鹉的痛苦,也正是他自己的痛苦的隐喻。"顺笼槛以俯仰,阚户牖以踟蹰。想崑山之高岳,思邓林之扶疏。顾六翮之残毁,虽奋迅其焉如?心怀归而弗果,徒怨毒于一隅",则是在身不由己的情况下的对自由的空间的渴望,以及由于愿望不能实现而产生的痛苦。不过这时祢衡已屡经重大的打击,实在也不想再与黄祖等人发生冲突了,所以有"苟竭心于所事①,敢背惠而忘初"等句;因为他还得为自己的家属着想,"匪馀年之足惜,愍众雏之无知"。然而,当个人的尊严受到侵犯时,他还是无法忍耐,终于起而抗争,并为尊严而献出了自己的生命。把此赋和他的遭遇联系起来,是更能认识其在这种特定的环境里的悲剧的性格和命运的吧。

就赋而论,在其所咏的对象身上,处处渗透着作者的浓厚的感情——他的悲愤、渴望和无可奈何的退让,而在无可奈何之中仍蕴藏着难以熄灭的反抗之火,那是由"苟"之一字透露出来的。他何尝甘心如此?苟且安之而已!以十分短小的篇幅,这样鲜明而集中地表现出上述丰富而错综复杂的感情,是以前的赋所没有的(例如蔡邕的《述行赋》感情就较单一),因而具有较强的艺术感染力。倘与其以前的以禽鸟为对象的咏物名篇——贾谊的《鹏鸟赋》相比较,那么,"鹏"只是贾谊抒发自己思想、感情的道具,而鹦鹉却已是祢衡自己感情的载体了。因而鹦鹉具有鹏所不具备的鲜活的生命。这里也正反映了咏物赋的演进的历程。倘若以此赋与刘桢的《赠徐幹诗》、《杂诗》、《赠从弟诗》诸篇相

---

① "苟"是苟且、姑且之意,此句是说,姑且努力地为黄祖工作吧。

参照,我们也许能较清楚地体会到初步觉醒的个人意识对文学的作用。

繁钦,字休伯,颍川(治所为今河南禹州市)人,曾为丞相主簿。所作《定情诗》颇具民歌风格。诗中写一女子与一男子邂逅相遇,"我既媚君姿,君亦悦我颜","乃解衣服玩好致之,以结绸缪之志"(《乐府解题》)。然而在以后的约会中,却再也没有等到所爱之人,于是"自伤失所欲,泪下如连丝"。男女相悦,本是民间歌谣的核心内容,但在汉乐府诗中,这种内容曾一度转变为通过描写女子拒绝男子的引诱来歌颂她们的坚贞品格(如《陌上桑》、《羽林郎》等),这类作品自有其重要价值,但爱情主题的消失却反映了社会对个人生活的制约的加强。而到了《定情诗》中,不仅恢复了《诗经》早已广泛咏唱的男女相悦的主题,而且在华丽的铺陈中将这一主题表现得更为大胆。如诗中写女子向男子送各种礼物以定情一节:

何以致拳拳,绾臂双金环;何以致殷勤,约指一双银;何以致区区,耳中双明珠;何以致叩叩,香囊系肘后;何以致契阔,绕腕双跳脱;何以结恩情,佩玉缀罗缨;何以结中心,素缕连双针;何以结相于,金薄画幧头;何以慰别离,耳后玳瑁钗;何以答欢欣,纨素三条裙;何以结愁悲,白绢双中衣。

这种不厌重叠的铺写,技巧上似乎过于简单,却正是借用乐府体的笔法,尽最大限度渲染了女子用情之深。从这诗中可以看出建安文学在抒情方面的解放和南朝那种热烈的情歌兴起的先兆。

第三节 曹丕与曹植

曹操、曹丕、曹植,文学史上习惯简称为"三曹"。但事实上曹丕、曹植兄弟与曹操不仅从年龄上讲是两代人,从建安文学的发展而言,他们的创作也代表了前后两个不同的阶段。

曹 丕

曹丕(187—226),字子桓,是曹操次子。少能属文,善骑射。建安十六年任五官中郎将,六年后被立为魏太子。依靠父亲打下的基础,凭借个人的政治手腕,他在建安二十五年继承魏王之位后不久,便取汉王朝而代之,成为魏朝的开国皇帝。死后谥称文帝,有《魏文帝集》。

与父亲曹操相似,曹丕性格中也有通脱率真的一面。《世说新语·伤逝》

载,王粲死后,曹丕因王粲平时好驴鸣,便在葬礼上约请客人齐声作驴鸣为之送葬。这一特别的倡议,既说明曹丕的重视朋友之情,同时也反映了他性格中具有不失乃父遗风的一面。他的《与吴质书》中说到"年行已长大,所怀万端。时有所虑,至通夜不瞑",又可以看出一种易感的气质。这些性格气质特征,在他的文学创作中都留下了印痕。

曹丕现存的作品中,以诗歌成就最高。他的诗中不仅有乐府歌辞,也有不少古诗。代表作中如《杂诗》二首的第一首,写得慷慨悲凉,颇有曹操诗作的风貌:

> 漫漫秋夜长,烈烈北风凉。展转不能寐,披衣起彷徨。彷徨忽已久,白露沾我裳。俯视清水波,仰看明月光。天汉回西流,三五正纵横。草虫鸣何悲,孤雁独南翔。郁郁多悲思,绵绵思故乡。愿飞安得翼,欲济河无梁。向风长叹息,断绝我中肠。

诗虽然尚有散漫的疵病,却已比曹操的作品更多地注意到了整体效果。诗境与曹操诗具有同样的廓大气势,而表现的内涵则较曹操诗更为深刻,开始着意描摹个人面对无垠的自然所产生的孤独感与彷徨心绪。

从文学史的角度看,曹丕更具有价值的诗作,是代女性抒情与客观地摹写所见实景两类作品。前者的代表作是七言《燕歌行》二首的第一首:

> 秋风萧瑟天气凉,草木摇落露为霜。群燕辞归雁南翔,念君客游思断肠。慊慊思归恋故乡,君何淹留寄他方?贱妾茕茕守空房,忧来思君不敢忘,不觉泪下沾衣裳。援琴鸣弦发清商,短歌微吟不能长。明月皎皎照我床,星汉西流夜未央。牵牛织女遥相望,尔独何辜限河梁?

此诗与上引《杂诗》第一首题旨类似,都有思乡的义项;诗中展开的画面相同,都是秋夜。但表达形式不同,叙述主体在此诗中成了一位拟想中的思念远行丈夫的女性。全诗从天气的变化,候鸟的迁徙落笔,引出对久游不归的丈夫的深长眷怀,又从自己的孤独哀伤,写到欲以乐歌遣怀而其思愈甚,直至夜色深沉犹不能寐,唯有星月相照,最后借牵牛织女的传说发出难抑的埋怨。抒情的展开以人物的心理举止变化为线索,描摹得细致生动。音调的和谐舒缓与感情的缠绵悠长相结合,较好地发挥了七言诗的长处,语言也显得清新流丽。以前的乐府和古诗中虽已有同样的题材,但没有写得如此委婉的。且从七言诗发展的角度来看,《燕歌行》显然比张衡《四愁诗》之类作品较为成熟而优美。

同时需要指出的是,这诗中所抒发的当然不是曹丕自己的生活感情,而是诗人力图深入体会的其所写的那位妇女的内心感受。曹丕的其他诗篇,也颇有代女性抒情的,如《寡妇诗》,是拟写友人阮瑀的遗孀追怀亡夫的心情,《代刘勋妻王氏杂诗》，是拟写王氏被遗弃后的伤感。在建安以前的汉代诗歌中，当然也有写思妇、弃妇等的哀伤的作品，但很难确定哪些是男性诗人所写，而且此类作品的数量本就相当少。而如本编《概说》所已说明的，本时期为妇女写情的作品却大为增加了，这正是个人意识初步觉醒的一种体现，曹丕的《燕歌行》等诗也正属于这一类。

曹丕以写景为主要内容的诗作，大部分可能是他做太子时招聚邺下文人宴游时的作品。这部分作品大都写得舒缓华丽，带有较浓厚的及时享乐色彩。如《芙蓉池作》：

> 乘辇夜行游，逍遥步西园。双渠相溉灌，嘉木绕通川。卑枝拂羽盖，修条摩苍天。惊风扶轮毂，飞鸟翔我前。丹霞夹明月，华星出云间。上天垂光彩，五色一何鲜。寿命非松乔，谁能得神仙。遨游快心意，保己终百年。

诗采用缕述眼前之景的方式铺排文词，尽管尚未达到一种凝练而凸显景致意蕴的水准，但描摹的细腻，与通过对景致的描绘来展示个人内心的愉悦，确已超越了西汉乐府中偶尔出现的写景部分。此外像《于玄武陂作》中以"菱茨覆绿水，芙蓉发丹荣"一联极富色彩的诗句展现明丽的植物在绿水之中生机勃勃，这种对色彩的刻意追求，也是前所罕见的。由于曹操的现存诗中虽然也已出现写景的篇章，如《步出夏门行·观沧海》之类，但同类题材作品甚少；王粲《七哀》之二虽注意到光线变幻对于自然景色的作用，而对色彩则似尚未着意描绘，因此曹丕的这些诗在运用丽辞佳句表现自然美景方面，无疑是更进步了。

曹丕的辞赋散文不如他的诗那么著名，但其中也不乏佳构。如骚体的《柳赋》在运用细腻的描写展现柳树的婀娜多姿的同时，还注重表现个人因自然事物的变化而引发的人生感慨，溯其源则显然受到屈原赋中"草木摇落"、"美人迟暮"之类的影响。但屈赋中的相关文辞大体说来只是描摹出一个轮廓大概，至《柳赋》则进步为细致的刻画，并且意义更深刻①。同时，与曹丕诗中重视写景异曲同工，对客观事物的细腻描摹也在曹丕的书信体散文中有所表现，如《答繁钦书》中记一歌女貌美声丽，其状摹情态之功，便比宋玉《神女赋》显得更

---

① 《柳赋》约作于建安十九年，题旨比较复杂。其见于文词的意义，是睹柳思人，感伤当亲手所植的柳树成长起来时，与他共同相处的僚属多已物故。后来晋代桓温所谓"树犹如此，人何以堪"，意旨与之相仿。其深层的寓意，据蒋天枢先生《〈三国志·魏志·陈思王传〉校记》（载《论学杂著》，中州古籍出版社1985年版）考证，可能和当时曹丕深以曹植为曹操所宠信为忧，因采纳亲信进言而"深自砥砺"有关，故赋中有"丰弘荫而博覆兮，躬恺悌而弗倦。秉至德而不伐兮，岂简卑而择贱"诸语。

为高超：

> 玄烛方微，乃令从官引内世女。须臾而至，厥状甚美。素颜玄发，皓齿丹唇。详而问之，云"善歌舞"。于是振袂徐进，扬蛾微眺，芳声清激，逸足横集。众倡腾游，群宾失席。然后修容饰妆，改曲变席。激清角，扬《白雪》，接孤声，赴危节。于是商风振条，秦鹰度吟，飞雾成霜，斯可谓声协钟石，气应风律，网罗《韶》、《濩》，囊括郑卫者也。

其间声形并茂之态，歌舞流转之势，都通过四言三言交替的句式，得到了较细致的展露。而中间又巧妙地插入"众倡腾游，群宾失席"两句，用短暂的描写对象的切换，烘托倩女歌舞的现场效果，既使大段刻画文字富于张弛相间的节奏，也增强了全文对于读者的阅读兴味。此外像《与梁朝歌令吴质书》中的如下一段：

> 白日既匿，继以朗月，同乘并载，以游后园。舆轮徐动，参从无声，清风夜起，悲笳微吟。乐往哀来，怆然伤怀！

用整齐的四言句式，清丽的写景文字，表现人生莫名的悲哀在这惬意的夜游中悄然涌起的复杂心态，又具有一种力透纸背的强烈的感染力。至于这种感染力之所以能产生，除曹丕本人的才情因素外，从历史的角度看，西汉以来文坛出现像司马迁、李陵、杨恽所写那种情怀激越的书信体散文，影响到士人在书信写作上的力求显示才思，可能也是一个原因。

除了文学作品的创作以外，曹丕在文学批评方面也颇有建树。他的《典论·论文》是现存最早一篇文学理论与批评专论。篇中所提出的"文以气为主，气之清浊有体，不可力强而致。……至于引气不齐，巧拙有素，虽在父兄，不能以移子弟"的观点，被后代研究者称为"文气说"。如本编《概说》所指出，这既是较早触及作家气质与文学品格关系的论断，同时也涉及到作品的结构。而篇中特意标举的"诗赋欲丽"的主张，则可以说既是曹丕本人诗赋实践的理论反映，同时也代表了建安文人的共同的文学观念。

曹　植

曹植（192—232），字子建，曹丕同母弟。他是建安至魏初最有成就的诗人，也善辞赋。建安十六年受封平原侯，继而改为临淄侯，以干练机敏，并富文才而颇受曹操器重。曹操数度东征，曾委以留守重任，并有可能被立为继承人。但由于他的恣情任性，有些事情使曹操失望甚至震怒，终于不立他而立了曹丕。其间最使曹操恼怒的是：有一次他喝醉了酒，竟然乘车行于驰道中，开司马门而出，至于金门，那是严重犯禁的。曹操自己说："自从子建私开司马门来,吾都不复信诸侯也。"(《三国志·陈思王传》注)但这还没有使曹操对他完全绝望。建安二十四年,关羽包围了曹仁,曹操任命他为南中郎将、行征虏将军,要派他领兵去救。行前召见他,准备对他有所训诫;但他喝醉了,无法去见曹操,曹操也就取消了这一任命。建安二十五年曹操去世后,他被贬为安乡侯,又改封鄄城王、雍丘王,离开京城,行居均受牵制。直到黄初末太和初,魏明帝登基后,才稍获自由。曾上疏求自试,而终未有结果。太和六年(232)改封陈王,不久即去世,谥曰"思",世称陈思王。有《曹子建集》。

恣情任性的人生态度与诗歌创作

曹植的恣情任性既表现在上述的两件事情上,也渗透在日常生活的其他方面。《三国志·王粲传》注引魏鱼豢《魏略》,写他初次接见邯郸淳的情形是:

> 时天暑热,植因呼常从取水,自澡讫,傅粉。遂科头拍袒,胡舞五椎锻,跳丸击剑,诵俳优小说数千言,讫,谓淳曰:"邯郸生何如邪?"于是乃更着衣帻,整仪容,与淳评说混元造化之端,品物区别之意;然后论羲皇以来贤圣名臣烈士优劣之差;次颂古今文章赋诔及当官政事宜所先后;又论用武行兵倚伏之势。乃命厨宰,酒炙交至。坐席默然,无与伉者。

从这里看到的曹植是那样轻肆放纵、性情外露;儒家文化所要求的经由自我约束而达到的端谨庄重、贵公子身份所必需的矜持雍容,在这里连影子都找不到。所有的是一片天真、对朋友的热忱、广阔的生活兴趣(从爱好艺术到讲究饮食)、渊博的知识、高度的才能,以及隐伏在这些背后的刻苦的学习和丰富的内心世界。可以说,这正是个人意识初步觉醒时期所产生的有异于先前的人。与祢衡的为了维护自我尊严而不恤屡次以自己的生命来反抗,在本质上是相通的。

曹植的恣情任性的人生态度及其上述素质和下文将要阐明的他对文学的美的追求,成为他有可能在诗歌中开辟出一种新的境界的前提。这种新境界包括新的人生理想、关怀、欢乐、痛苦的歌咏和由此形成的新的美。当然,由于他所处的历史条件及其独特的境遇,他的诗歌存在着一些复杂的情况,包括正、反两个方面。

他在诗歌中所开辟的新境界主要有下列四项:对新的人生理想的讴歌;对属于享乐性质的、同时洋溢着高昂的生命力的生活场景的赞美;对人生痛苦的新的感受和表现;对女性的生活及其悲惨遭遇的深刻关心。

首先,曹植的诗歌展示和歌颂了新的人生理想——这植基于一种已对传统的人生理念有所超越的价值观,从而在诗中显示出鼓舞人的强大力量。

最集中地体现此种人生理想的是《白马篇》：

> 白马饰金羁，连翩西北驰。借问谁家子，幽并游侠儿。少小去乡邑，扬声沙漠垂。宿昔秉良弓，楛矢何参差。控弦破左的，右发摧月支。仰手接飞猱，俯身散马蹄。狡捷过猴猿，勇剽若豹螭。边城多警急，胡虏数迁移。羽檄从北来，厉马登高堤。长驱蹈匈奴，左顾陵鲜卑。弃身锋刃端，性命安可怀？父母且不顾，何言子与妻！名编壮士籍，不得中顾私。捐躯赴国难，视死忽如归。

此诗常被阐释为抒发其对个人建功立业的渴望，这是忽略了诗中关键性的"幽并游侠儿"一句而造成的误解。《史记·游侠列传·序》说："今游侠，其行虽不轨于正义，然其言必信，其行必果，已诺必诚，不爱其躯，赴士之阨困，既已存亡死生矣，而不矜其能，羞伐其德，盖亦有足多者焉。"对游侠虽指出其"不轨于正义"，但同时却又对其颇有好感。而班固《汉书·游侠传·序》则不但对贵族中的游侠加以否定，对布衣中的游侠郭解等人更大肆挞伐："况于郭解之伦，以匹夫之细，窃杀生之权，其罪已不容于诛矣。观其温良泛爱，振穷周急，谦退不伐，亦皆有绝异之姿，惜乎不入于道德，苟放纵于末流。杀身亡宗，非不幸也。"这也就意味着，随着专制、独裁的封建体制的加强，以个人从事反抗的游侠已经成为必须压制、打击的另类。而曹植此诗恰恰是反映了他的时代要求的对这样的另类的重新评价和热烈歌颂。而且，据诗中所述，他在为救援受"胡虏"侵犯的"边城"以前，已经进行过无比英勇的生死搏斗，核以他的身份，这显然是为了行侠——也即班固所谓"不容于诛"的罪恶。至于其后来之与"胡虏"作殊死之战，也是为了维护"壮士"的品格，所谓"名编壮士籍，不得中顾私"。而在曹植以前的"壮士"中，最能显示出这种特色的，就是荆轲。他在从燕国出发去行刺秦王时，明明知道此去"往而不反"，但慷慨地唱着"风萧萧兮易水寒，壮士一去兮不复还"的歌，送行之士"皆瞋目，发尽上指冠"，荆轲则"就车而去，终已不顾"(《史记·刺客列传》)。这就是不顾其私的壮士典型。再看诗里的"游侠儿"，他的与"胡虏"作战，只是因为"边城多警急"，他所一再激励自己的，则是不惜牺牲生命，以求不辜负其列名于"壮士籍"的荣誉，这正是"壮士一去兮不复还"的精神；他又何尝有建功立业的追求？当然，诗的结句是"捐躯赴国难，视死忽如归"，但联系上文，他之愿意如此，正是由于作为"壮士"岂可"中顾私"而苟且偷生。

所以，《白马篇》所歌颂的，乃是具有崇高精神境界和强大生命力的、追求自我的理想而不为世俗成见和戒条所束缚的人格。这样的人格为曹植以前的中国诗歌所未见，而在他的《鰕䱇篇》里更可进一步看出其心目中的"壮士"的另类特色：

> 鰕䱇游潢潦，不知江海流；燕雀戏藩柴，安识鸿鹄遊。世士比诚明，大德固无俦。驾言登五岳，然后小陵丘。俯观上路人，势利惟是谋。雠高念皇家，远怀柔九州。抚剑而雷音，猛气纵横浮。汎泊徒嗷嗷，谁知壮士忧！

此诗所歌颂的仍然是"壮士"，只是强调了他的孤独和无人能够理解。诗中最关键性的是"雠高念皇家，远怀柔九州"二句。从上下文的逻辑联系看，它们是对"势利惟是谋"的具体内涵的说明；正因为对这样的行为也鄙夷不屑，才会造成"谁知壮士忧"的后果。但在当时的历史条件下的曹植是否会有那样的认识呢？这是只要读一下他的《远游篇》就会明白的：

> 远游临四海，俯仰观洪波。大鱼若曲陵，承浪相经过。灵鼇戴方丈，神岳俨嵯峨。仙人翔其隅，玉女戏其阿。琼蕊可疗饥，仰首吸朝霞。昆仑本吾宅，中州非我家。将归谒东父，一举超流沙。鼓翼舞时风，长啸激清歌。金石固易敝，日月同光华。齐年与天地，万乘安足多！

在诗人眼里，既然连皇帝都不过如此——"万乘安足多"，那些"雠高念皇家，远怀柔九州"之辈又有什么价值？视为"鰕䱇游潢潦，不知江海流。燕雀戏藩柴，安识鸿鹄遊"，正是当然的事。

还应指出的是：《远游篇》的最后几句实本于《楚辞》的《九章·涉江》："登昆仑兮食玉英，与天地兮同寿，与日月兮同光。"不但"日月同光华。齐年与天地"即本于其后二句，就是"昆仑本吾宅"以下所述，也是"登昆仑"的过程。而《涉江》里的那几句，显然并不意味着屈原已经或希望成为长生不死的神人，而只是以比兴之法喻其高远的人生境界，故王逸注"与天地"二句说："言己年与天地相敌，名与日月同曜也。"①运用此一典故的曹植的《远游篇》，当然也是这样；只是与《涉江》相比，《远游篇》的想像更为丰富。其所设想的过程更为细致而引人入胜，并在最后发出了"万乘安足多"的勇敢的呼号，这就是文学的发展。

总之，曹植诗中所歌颂的，是无视世俗的规范、睥睨帝王、渴望心灵活动的广大空间、具有强大的生命力、无限英勇、不惜一己的死亡以实现自我价值的"壮士"。这正是在个人意识初步觉醒的历史时期里所可能憧憬的人格。

其次，曹植诗歌高度赞美了属于享乐性质的、热烈奔放、洋溢着高昂的生

---

① 王逸注"登昆仑"句说："犹言坐明堂，受爵位。"那却不确。此句系喻其高洁，承《涉江》上文"世溷浊而莫余知兮，吾方高驰而不顾"而来。"昆仑"即其"高驰"之所至；"食玉英"犹《离骚》"夕餐秋菊之落英"，言其服食之洁，以与"溷浊"相对。

命力的生活场景;这其实是其理想人格的另一侧面。

这样的生活场景集中体现在其《名都篇》里:

> 名都多妖女,京洛出少年。宝剑直千金,被服丽且鲜。斗鸡东郊道,走马长楸间。驰骋未能半,双兔过我前。揽弓捷鸣镝,长驱上南山。左挽因右发,一纵两禽连。馀巧未及展,仰手接飞鸢。观者咸称善,众工归我妍。我归宴平乐,美酒斗十千。脍鲤臇胎鰕,炮鳖炙熊蹯。鸣俦啸匹侣,列坐竟长筵。连翩击鞠壤,巧捷惟万端。白日西南驰,光景不可攀。云散还城邑,清晨复来还。

这种诗篇所带给读者的强烈感受,是人生的美好、行动的渴望、对生命力发舒的神往,从而与凡庸、卑琐相对立。所以,不但唐代的李白对此十分歆羡,说是"陈王昔时宴平乐,斗酒十千恣欢谑。主人何为言少钱,径须沽取对君酌"(《将进酒》),宋代的陆游更从类似的热烈的生活场景中受到了很大的启发,悟到了文学创作的神髓:

> 我昔学诗未有得,残余未免从人乞。力屏气馁心自知,妄取虚名有惭色。四十从戎驻南郑,酣宴军中夜连日。打毬筑场一千步,阅马列厩三万匹。华灯纵博声满楼,宝钗艳舞光照席。琵琶弦急冰雹乱,羯鼓手匀风雨疾。诗家三昧忽见前,屈贾在眼元历历。天机云锦用在我,剪裁妙处非刀尺。(《九月一日夜读诗稿有感,走笔作歌》)

陆游此诗所写的生活场景,比曹植《名都篇》的更宏伟、更热烈,但并不是军中的血与火的战斗,而是"夜连日"的享乐。至于这里的"屈贾",显然只是伟大诗人的代名词,而非屈原、贾谊本人;因为贾谊原与"诗家三昧"不相干。所以,从陆游的诗中我们可以体会到:能把这类享乐生活写得如此地气势磅礴、撼人心魄,就是可与"屈贾"并驾齐驱的伟大作品。马克思曾经指出:"关于人性本善……关于享乐的合理性等等的唯物主义学说,同共产主义和社会主义之间有着必然的联系。"①可见享乐本来就是体现人类本性的一个重要方面,曹植、李白、陆游的这些诗篇之值得肯定,其故也即在此。

然而,在曹植以前从来没有把享乐写得如此之美的诗歌。就是曹植此诗,也颇有人视为对享乐者的讽刺;尽管讽刺说在诗中举不出任何证据。况且此诗的内容与《魏略》所载曹植自己的表现颇有可以相通之处。因此,此种创造了新的美的诗篇的出现实是突破了即使在后代也颇有影响的某些传统观念的结果。

---

① 《神圣家族》中译本第166页,人民出版社1958年版。

关于曹植所歌颂的此类生活与以儒家为代表的传统观念之间的对立,他自己是清楚的。《赠丁翼》诗在叙述了与朋友们饮宴时"嘉宾填城阙,丰膳出中厨","秦筝发西气,齐瑟扬东讴。肴来不虚归,觞至反无余"的盛况后,即结以"蹈荡固大节,时俗多所拘。君子通大道,无愿为世儒"。在《箜篌引》中他又进一步写道:

> 置酒高殿上,亲友从我游。中厨办丰膳,烹羊宰肥牛。秦筝何慷慨,齐瑟和且柔。阳阿奏奇舞,京洛出名讴。乐饮过三爵,缓带倾庶羞。主称千金寿,宾奉万年酬。久要不可忘,薄终义所尤。谦谦君子德,磬折欲何求?惊风飘白日,光景驰西流。盛时不可再,百年忽我遒。生存华屋处,零落归山丘。先民谁不死?知命复何忧!

诗的前半写在豪华、欢乐的宴席上主宾结成生死之交,相约万年不逾;至其酒筵之盛则与《名都篇》所述大致相近。诗的后半更对这种热烈豪华的生活进一步加以肯定。先以"谦谦"二句对与此相反的生活原则提出质问,其前一句出于《周易·谦》的"初六"象辞:"谦谦君子,卑以自牧也。"后一句的"磬折"为表示自己的谦卑和尊重对方的动作,也即"卑以自牧"的象征;《尚书大传》载周成王时诸侯前来朝参,"进受命于周公而退见文武之尸""皆莫不磬折"(《玉海》卷九十七引),《礼记·曲礼》也有"立则磬折垂佩"的规定。把这两句译成白话,就是:"把谦谦作为君子的道德准则,(这些人)从磬折中又贪图得到什么呢?"①诗人对此显然存在着反感。因为"谦谦"之德既然要人以"卑"自处,自应处处克制自己,怎能纵恣自适、过此诗上半和《名都篇》所述那样张扬而洋溢着欢乐的生活呢?要当"游侠儿"当然更不行。在赞扬了那样的生活以后,回过笔来对此加以反拨,也正是顺理成章的事。接着,诗人又以"惊风"六句惋惜于上述美好生活的不能久长和生命的短暂,最终却以"先民"二句作结,意为你只要理解没有人是能不死的——"知命",那么,你又何必为此而忧愁呢?还是尽情地享受有限的生命的欢乐吧!这与《名都篇》的结句"白日西南驰,光景不可攀。云散还城邑,清晨复来还"的表现形式虽不一致,精神上却是相通的。

《周易》既是儒家的经典,也是道家的规范。由此可见,曹植所憧憬的人格和生活既与儒家的礼法相背驰,也与道家的清静无为相违异。而其"谦谦君子德,磬折欲何求"的诗句,则可视为阮籍《大人先生传》中批判"立则磬折"的儒生及其思想的先声。

第三,曹植的诗歌中出现了对于人生的痛苦的新的感受和表现,从而显示

---

① "欲"释为"贪",见《孟子》赵岐注、《吕氏春秋》高诱注等;又,《说文》:"欲,贪欲也。""求"释为"得",见《淮南子·说山》"刍狗待之而求福"句高诱注。

了较之以前的诗歌中所已见的远为丰富、复杂、敏锐的心灵活动的内容与样相。

在这里首先值得注意的是其所展示的个人的孤独和寂寞。这跟屈原的寂寞、孤独是很不一样的。屈原的是因其维护群体利益的原则及行为遭到了来自另一方面的打击而在其他的人群中也没有获得理解和同情,所以伴随着悲愤,并有明确的憎恶对象——"党人";曹植的则当源于其从个人出发的追求——以其对"游侠"、"壮士"的憧憬和对"世儒"的反拨为核心——遭到环境的普遍冷淡和抵制,因而没有明显而集中的憎恶对象,其所感到的是周遭的冷漠、疏离和自己的孤寂、无奈。《赠王粲诗》是其最突出的代表:

端坐苦愁思,揽衣起西游。树木发春华,清池激长流。中有孤鸳鸯,哀鸣求匹俦。我愿执此鸟,惜哉无轻舟。欲归忘故道,顾望但怀愁。悲风鸣我侧,羲和逝不留。重阴润万物,何惧泽不周?谁令君多念,遂使怀百忧。

在此诗中所呈现的是一个完全孤独的身影。第一句倘不意味着他只是一个人坐着,至少意味着他在周围并无可以交谈的人,是以长久地枯坐愁思并深为所苦。他想通过游览来排解愁苦,但撼动他的却是在美丽的景色中愈益显得悲痛的、哀鸣求偶的"孤鸳鸯";他想与之亲厚("执此鸟"的"执"即"执友"之"执",为亲厚之意),但被环境所阻绝。而且,这时候他已迷了路,连回到原处都不可能了;天气也突然变化,悲风在他身边呼啸。他只能一个人在这样孤寂的处境中任时间逐渐流逝,自己的生命也不断枯萎。尽管在诗的最后出现了"重阴润万物,何惧泽不周"的劝慰之词,但与此种绝望的孤独、寂寞相比较,又显得何等苍白无力——即使有重阴在润泽万物,但能够消解如是沉重的、从骨子里生发出来的孤寂吗?

值得注意的是:曹植写此诗时深受曹操喜爱、信用,有可能成为他的继承人[①]。所以,这种寂寞、孤独不是缘于政治上的失意,而是个人意识初步觉醒

---

① 建安十九年七月曹操征讨孙权时,对曹植还寄予厚望,命他留守,见《三国志·魏书·陈思王传》;而曹植《赠王粲诗》至迟作于此年春天。因曹操于建安二十年三月出兵征讨张鲁,同月抵达陈仓(今陕西宝鸡市东),并在那里停了些时候(见《三国志·魏书·武帝纪》);其出发当不迟于三月上旬。曹植与王粲、丁仪都参加了这次军事行动,见《文选》卷二十四曹植《又赠丁仪王粲诗》(《文选》李善注因此诗标题与其所见《曹植集》略异,谓其有误。按,《文选》所收曹植诗,当也出于《曹植集》,且必远早于李善所见之本;故不当据李善所见《曹植集》疑《文选》为误)。据标题中"又赠"之语,知该诗必作于《赠王粲诗》及《赠丁仪诗》(亦见《文选》同卷)之后。《赠王粲诗》不但明言"春毕",且又有"清池激长流"语,知春水已极盛,必已在春末;而诗中所写生活又与军旅之紧张艰辛者不侔,故不可能作于建安二十年春而必在其前。

所导致的对个人与环境的矛盾的敏锐感应的产物。诗中的"孤鸳鸯"当然隐喻王粲，诗人与他都是当时的孤独者；但彼此却连相呴以湿、相濡以沫的可能都没有，只能各自忍受着自己的孤独。这就是人生的悲哀！

其次，曹植在诗歌中抒发了弱者被凌逼的悲痛，同时也强调了与此相伴随的深沉的孤独。

此类诗歌篇幅最大的是《赠白马王彪诗》，共七章，前有小序，述其作诗缘起：

> 黄初四年五月，白马王、任城王与余俱朝京师，会节气。日不阳，任城王薨。至七月，与白马王还国。后有司以二王归藩，道路宜异宿至。意毒恨之。盖以大别在数日，是用自剖，与王辞焉。愤而成篇。

白马王为曹彪，任城王为曹彰，都是曹操的儿子。曹彰英勇善战，曹操病重时，急召曹彰，彰至而曹操已死，曹彰欲拥立曹植继位，为曹植所拒绝。此次曹植与曹彰等至京，曹丕因对曹彰不满，故彰"来朝不即得见，彰忿怒，暴薨"（《三国志》本传注引《魏略》）。曹植所说"日不阳"至少意味着他是把曹彰的死看作天日也为之惨伤的事件的。及至朝见之后，他想与曹彪同行一程再分别，却也不被容许，只能匆促分手。他的心中既充满了对"有司"的愤恨，也深感痛苦，因为他知道自己已经到了日薄西山之际，这次与曹彪的分手可能就是永诀——"大别"。此诗所写也就是这样的感情。现引其集中表现痛苦、悲哀的后四章如下：

> 踟蹰亦何留，相思无终极。秋风发微凉，寒蝉鸣我侧。原野何萧条，白日忽西匿。归鸟赴乔林，翩翩厉羽翼。孤兽走索群，衔草不遑食。感物伤我怀，抚心长太息。
>
> 太息将何为，天命与我违。奈何念同生，一往形不归。孤魂翔故域，灵柩寄京师。存者忽复过，亡没身自衰。人生处一世，去若朝露晞。年在桑榆间，影响不能追。自顾非金石，咄唶令心悲。
>
> 心悲动我神，弃置莫复陈。丈夫志四海，万里犹比邻。恩爱苟不亏，在远分日亲。何必同衾帱，然后展殷勤。忧思成疾疢，无乃儿女仁。仓卒骨肉情，能不怀苦辛。
>
> 苦辛何虑思，天命信可疑。虚无求列仙，松子久吾欺。变故在斯须，百年谁能持。离别永无会，执手将何时。王其爱玉体，俱享黄发期。收泪即长路，援笔从此辞。

第四章写薄暮中所见的景色，其实是以比兴的手法隐喻自己当时的处境。"秋风"四句意味着自己的生命已经到了类似秋天傍晚的阶段，只剩下了萧条和灰暗。"归鸟"四句喻自己的愿望及其无法实现：前两句象征自己像归鸟那样急迫地想回归故林，但自己的故林又在何处？后二句则谓自己像孤兽那样地想寻求伴侣，但又哪里能与伴侣共处？再以"感物"二句把"物"与"我"明确地联系起来。第五章主要写曹彰的悲哀、孤独的死亡，由此导出人寿的短促和自己的"年在桑榆"，从悼人而自伤，进一步显示出人生的可悲。第六章写其与曹彪分别时的痛苦。虽反复譬解，想使别人和自己相信离别的不值得悲哀，但却更加重和加深了痛苦的程度。第七章是对"天命"——其实是对生命的价值——的怀疑：既然生活如此"苦辛"，"变故"又随时可以降临，夺走那未来短暂的生命，那么，人降生下来的意义又何在呢？此章虽以"王其爱玉体，俱享黄发期"作结，但对照其前所写的一切，这显然只是无可奈何的徒然的安慰。

像这样的对人生绝望的痛苦，是其以前的诗歌从所未见的。例如屈原，虽然痛苦得宁可自杀，但他有对自己及其生活信念——包括"孰非义而可用兮，孰非善而可服"（《离骚》）之类的政治理想——的坚强自信，因而不致流于绝望，并能自豪地宣称："亦余心之所善兮，虽九死其犹未悔。"（《离骚》）至于曹植的绝望，则是在个人无法掌握自己命运的社会制度下的个人意识初步觉醒者的悲剧。此类悲剧的产生意味着个人不能掌握自己命运的社会制度最终必将被马克思所渴望的"以每个人的全面而自由的发展为基本原则的社会形式"（《资本论》）所取代。

再次，在曹植此类诗歌中可以看到其对个人无法决定自己的生活航程、一切都只能任人摆布的悲痛。其实，在这之前个人也都是这样的；但只有在个人意识初步觉醒之后，才能感到它的深刻的可悲。

最集中地体现曹植的此种悲痛的，是《吁嗟篇》：

> 吁嗟此转蓬，居世何独然。长去本根逝，宿夜无休闲。东西经七陌，南北越九阡。卒遇回风起，吹我入云间。自谓终天路，忽然下沉渊。惊飚接我出，故归彼中田。当南而更北，谓东而反西。宕宕当何依，忽亡而复存。飘飖周八泽，连翩历五山。流转无恒处，谁知吾苦艰。愿为中林草，秋随野火燔。糜灭岂不痛，愿与根荄连。

此诗以丰富的想像、巧妙的隐喻，不但抒写了其身不由己、忽而居于高位、忽而沉沦泥途的苦艰，而且指明了纵或能"终天路"，对他也是难以忍受的痛苦，因为这同样是"长去本根逝，宿夜无休闲"的结果；而他的愿望却是"与根荄连"，即使因此而被"野火""糜灭"，也远胜于如此悲惨地活着。换言之，无论富贵还是穷困，违背自己愿望的生活都是比糜灭成灰更惨酷的遭遇！这样，此诗一面将个人的愿望提到了无上的高度，一面也就痛心地暗示了人生的悲哀：人经常不得不在远不如灭亡的困境中挣扎,而且这不是其自己的过错。

总之,在对人生的痛苦的咏叹上,曹植诗的内涵的丰富与深刻都远胜于其前人的诗篇。这与其对新的人生理想的讴歌、对属于享乐性质而又洋溢着昂扬的生命力的生活场景的赞美一起,都体现了对于个人的价值和生命的意义的重新思考。如果放到建安的总的时代背景中去考察,那么,曹植的这些诗与其前辈祢衡的《鹦鹉赋》及同辈刘桢的诗歌,都是那个时代的个人意识的初步觉醒在文学中的体现。

第四,同样是作为个人意识的初步觉醒在建安文学中的体现,在曹植的诗歌中表现出对女性的生活及其悲惨遭遇的多方面的深刻关怀、理解和同情(参见本编《概说》中关于个人意识与文学关系的论述),不但在其以前的作者中所未见,在其同时代的诗人中也最为突出。

以逯钦立氏《先秦汉魏晋南北朝诗》所收的曹植诗为依据,在其全部共55首的五言诗(不含残句)中,专写女性的为10首,占全数的五分之一弱,这是相当高的比率。这些诗大都感情真挚,涉及女性生活的许多方面,从其对爱情的渴望到婚后的痛苦。今以《美女篇》和《浮萍篇》为例。

《美女篇》的前半,写这位女性的美丽,显然受到《陌上桑》的影响,后半则为曹植的独创:

> ……借问女安居,乃在城南端。青楼临大路,高门结重关。容华晖朝日,谁不希令颜。媒氏何所营,玉帛不时安。佳人慕高义,求贤良独难。众人徒嗷嗷,安知彼所欢。盛年处房室,中夜起长叹。

这里所写的是:这位美丽的女性尽管为"众人"所艳羡,她却没有看得上眼的人。当然并不是不渴望爱情,她甚至还为辜负青春("盛年")而深感悲哀,以致"中夜起长叹"。像这样地细腻描绘女性的渴望爱情的心理及其在现实生活中缺乏爱情的矛盾,是以前的文学作品中从所未见的。如果与《陌上桑》相比较,那么,《陌上桑》所写的是一位美丽而忠于丈夫的女性,正反映了男性对于女性的要求;此诗所写,则是女性自己的要求,而且她显然自居于许多男性之上,这却不能不说是出于诗人对女性的理解和尊重了。

再看《浮萍篇》:

> 浮萍寄清水,随风东西流。结发辞严亲,来为君子仇。恪勤在朝夕,无端获罪尤。在昔蒙恩惠,和乐如瑟琴。何意今摧颓,旷若商与参。茱萸自有芳,不若桂与兰。新人虽可爱,无若故所欢。行云有返期,君恩倘中还。慊慊仰天叹,愁心将何愬。日月不常处,人生忽若遇。悲风来入怀,泪下如垂露。发箧造裳衣,裁缝纨与素。

此种题材在《诗经》中早就出现,其代表作就是《邶风·谷风》和《卫风·氓》。曹植这首诗的长处是在对被冷遇的女性的痛苦的细腻描写,由此突出了女性的地位的屈辱:她知道自己是无辜的,但她不但不敢对丈夫有所怨恨,甚至还承认"新人"的"可爱",她只是希望丈夫能想到自己也还有优点,有一天也许能回心转意;但她也知道这只是自己欺骗自己而已。她的忧愁无可告诉,只能独自叹息;又想到自己的生命即将逝去,禁不住"泪下如垂露";在这样的悲惨处境下,她的唯一的排解就是裁制衣服。这是何等悲惨的遭遇和非人的生活!因而其感动读者的力量就远在《谷风》和《氓》之上了。

就以上四端来看,曹植的诗比起以前的诗歌来确是开辟了一个新的境界。这固然是曹植的成就,从中也可看出建安在中国文学史上确是一个新时代的开始。

曹植诗的艺术特色

钟嵘《诗品》曾以"骨气奇高,词彩华茂"来概括曹植诗的特色。这是说得很好的。就其诗歌本身来说,这二者是互相渗透与融合的,难以分剖;就其成因来看,则前者偏重于恣情任性的为人和对"游侠"、"壮士"的憧憬,后者偏重于对美的有意识的追求,其《七启·序》说:"昔枚乘作《七发》、傅毅作《七激》、张衡作《七辩》、崔骃作《七依》,辞各美丽,余有慕之焉。遂作《七启》,并命王粲作焉。"可见其对"美丽"之"辞"的景慕。所以,曹丕的提出"诗赋欲丽"并不是他的独见,而是时代的风气;曹植诗的"词彩华茂"则是此种时代风气的最鲜明、集中的体现。

曹植诗的艺术特色大致有如下三项,而"词彩华茂"则贯穿于这三项之中。

首先,是细腻的描写与强烈的感情的和谐的结合。

从文学表现方式的角度看,描写的逐渐细腻与感情表达的愈来愈强烈,是魏晋南北朝诗歌发展史中两个十分值得重视的趋向。这两个趋向是从建安文学发端的,在这方面呈现得最为鲜明而突出、而且把二者结合起来的,便是曹植的诗。前引诸篇大抵都具有这样的特色。如《名都篇》写欢宴的情景十分细致,诗中洋溢着的欢乐、兴奋之情也很强烈,二者水乳交融;《赠白马王彪》第四章写秋暮凄凉的景色具体而鲜明,其惨伤之情也溢于言表——诗中一连串萧瑟的、令人压抑的景象皆借喻诗人内心的苦闷与孤独,尤其是取用了寒蝉、归鸟、孤兽三个叠加的异物之象,渲染其各自在秋风旷野中或哀鸣、或疾飞、或徬徨无依的声形之态,更将人由环境所引发的压迫感与无所归依的感受真切地传达了出来。他的这种在对事象的描写中蕴含感情,而在感情的抒写中又蕴含事象——《赠白马王彪》第四章的结句"感物伤我怀,抚心长太息"就是其突出的代表——的艺术手段,使其无论在写景或抒情上都远比两汉诗歌更具感染力。

其次,是重视意象的营构。

《诗经》《楚辞》中本已有好些诗句显示了意象之美,但很难说是有意识的营构。两汉诗歌同样如此。而曹植之诗则富于意象,倘非有意识的营构这是很难达到的。

也正因此,曹植诗的意象构造已颇为精致。如《野田黄雀行》以"高树多悲风,海水扬其波"两句开头,这一高旷激越的意象,暗示了作者激荡不平的心境与险象环生的处境,给全诗笼罩上一片特定的情感气氛。而且,这显然不同于从《诗经》到汉乐府、古诗的比兴句只是由眼前景物产生某种联想,它是诗人精心构造的产物。又如《七哀》诗:

> 明月照高楼,流光正徘徊。上有愁思妇,悲叹有馀哀。借问叹者谁?言是宕子妻。君行逾十年,孤妾常独栖。君若清路尘,妾若浊水泥。浮沉各异势,会合何时谐?愿为西南风,长逝入君怀。君怀良不开,贱妾当何依?

开头两句,也是用了与一般朴素的比兴句不同的精致意象。流光徘徊,不仅意象本身很美,而且给人以迷惘的荡漾不定的心理感受。很多微妙的、不易确切叙说的情绪,通过这一类意象得到了可以直接渗透到读者内心的传达。

再次,是重视结构。

曹植诗大抵结构严密,长诗尤为明显。如其《赠白马王彪》,全诗共七章。第一章叙其从京城朝见后离京东返的情景,第二章叙途中的艰苦,第三章叙其得知必须与白马王分路而行时的悲愤,第四章叙二人即将分手时的自然景色的萧瑟,进一步表现其"感物伤怀"之思;第五章由与白马王的分别而追忆此次在京中死去的另一个兄弟,进一步突出其孤独感,同时引出人生短促、自己当也已不久于世的悲慨;第六章进而点明此次分别可能即是永别,能尽骨肉之情的,恐怕只是这片刻之间了,因而忧思难任——"仓卒骨肉情,能不怀苦辛";第七章则是全诗的总结,既以宣告人生的绝望,又以表明此后已无再见的可能,但仍勉强提出相互珍重的希望,其实是更增悲凄。在各章之间联系如此紧密,且又层次井然,逐步深入;在每章内部则叙述婉转而条理分明;充分显示了其结构的严密。

曹植对诗篇结构的重视,还表现在对发端的精心结撰上,使之能笼罩全篇,所以清沈德潜说他"极工于起调"(《说诗晬语》)。这同时也是一种结构上的讲究。仍以前面引用过的《七哀》诗为例,开头两句所给予人的迷惘的摇漾不定的心理感受，与三、四两句所述的"悲叹有馀哀"极为密合，而这又必然引起读者对其悲哀的原因的强烈关心，从而顺理成章地引入思妇的自述，再用比喻写出她被遗弃的悲哀，继而转换比喻，以思妇愿"入君怀"而"君怀""不开"，写出她的愁怨永无解脱。整首诗的诗意富于起伏变化，尽管中间的问答使进展较为迟缓，但就总体而言，衔接得颇为细密。所以，他的"工于起调"也正是使全篇的结构趋于精细的一种措施。

最后需要强调的是：曹植的这些艺术手段都是与其"词彩华茂"的特点结合在一起的。他的诗总体都有华美精致的特点，比前此的建安七子更讲究文辞的工整精练。其中最引人注目的是已经注意到讲究炼字。如"凝霜依玉除，清风飘飞阁"（《赠丁仪》），"白日曜青春，时雨静飞尘"（《侍太子坐》），其中的动词都显然经过精心锤炼，因而有一种凸现诗境的效果。尤其第一例中"依"和"飘"相对，前者是静态，后者是动态；第二例中"曜"和"静"相对，前者为焕发之状，后者为消歇之状，把原本是分散的、各自不相关联的景物改造为抑扬变化中互相对应、互相映照的完整图景，表现了诗歌语言的构造力量，同时也使有限的词语所包蕴的美感更为丰富。

以上诸项特点，虽说有的并非为曹植所独有，但都是以他最为突出和最具代表性。加上前面说及的，曹植较其他诗人更喜爱并擅长描绘自然景物，更善于抒情，这就使得古代诗歌的面貌经他之手发生了明显的改变，他在建安乃至整个魏晋南北朝诗歌发展的过程中，因此也就占据了特别重要的地位。

曹植诗歌的复杂性

曹植的诗歌虽然代表了建安诗歌的最高成就，但却存在着一种复杂性，这是在研究曹植诗时必须注意的。

在曹操去世，尤其是曹丕当上皇帝以后，曹植的处境就变得很恶劣。曹丕一当上魏王，就把曹植的好友、当时被认为是他的"羽翼"的丁仪、丁廙处死，并把他们的男性亲属全都杀死。等到他一做皇帝，就命令曹植和其他的兄弟都到各自的封国去；曹植当时是临菑侯，也就被打发到了自己的封地，而且还有监国谒者对他进行监管。黄初二年（公元221年），监国谒者诬奏他"醉酒悖慢，劫胁使者"，差点被处死，幸而曹植与曹丕是同母兄弟，由于太后的关系，曹丕无法杀他，但公开下诏说，他对曹植是因"骨肉之亲，舍而不诛"（《三国志》本传及注）；这其实是一个严重的警告：你如不改变态度，那么，只要太后一旦不在，我就非杀你不可。同年，改封鄄城侯、次年加封为王，四年徙封雍丘王，其年至京都朝见，曹植不但呈上奏疏，作了深刻的检讨，而且还献上《责躬》诗，除痛骂自己外，又对曹丕歌功颂德，与其以前判若两人：

......伊予小子,恃宠骄盈。举挂时网,动乱国经。作藩作屏,先轨是隳。傲我皇使,犯我朝仪。国有典刑,我削我绌。将真于理,元凶是率。明明天子,时惟笃类。不忍我刑,暴之朝肆。违彼执宪,哀予小臣。改封兖邑,于河之滨。股肱弗置,有君无臣。荒淫之阙,谁弼予身。茕茕仆夫,于彼冀方。嗟予小子,乃罹斯殃。赫赫天子,恩不遗物。冠我玄冕,要我朱绂。光光大使,我荣我华。剖符授玉,王爵是加。仰齿金玺,俯执圣策。皇恩过隆,祇承怵惕。咨我小子,顽凶是婴。逝惭陵墓,存愧阙庭。匪敢傲德,实思是恃。威灵改加,足以没齿。昊天罔极,生命不图。常俱颠沛,抱罪黄垆。愿蒙矢石,建旗东岳。庶立毫氂,微功自赎。危躯受命,知足免戾。甘赴江湘,奋戈吴越。天启其衷,得会京畿。迟奉圣颜,如渴如饥。心之云慕,怆矣其悲。天高听卑,皇肯照微。

与此相应的,是《杂诗七首》中的如下二首:

仆夫早严驾,吾将远行游。远游欲何之,吴国为我仇。将骋万里涂,东路安足由。江介多悲风,淮泗驰急流。愿欲一轻济,惜哉无方舟。闲居非吾志,甘心赴国忧。

飞观百余尺,临牖御棂轩。远望周千里,朝夕见平原。烈士多悲心,小人媮自闲。国雠亮不塞,甘心思丧元。拊剑西南望,思欲赴太山。弦急悲声发,聆我慷慨言。

其中"远游欲何之,吴国为我仇"、"拊剑西南望,思欲赴太山"等句,与《责躬》诗的"甘赴江湘,奋戈吴越"是一致的("江湘"在其西,"吴越"在其南);都是要讨伐孙吴。在他上《责躬》诗的黄初四年,正是曹丕一心要消灭孙吴的时候。黄初三年九月,曹丕伐吴,"帝自许昌南征,诸军兵并进,(孙)权临江拒守。十一月辛丑,行幸宛。……是岁穿灵芝池"(《三国志·魏书·文帝纪》)。至四年三月才从宛还洛阳。所以,曹植之一再说要参与伐吴,不惜为此捐躯,正是迎合曹丕的这种意图。曹植还作有《鼙舞歌五首》,其中的《灵芝篇》一开头就说"灵芝生玉池"("池"字原误作"地",据逯钦立《先秦汉魏晋南北朝诗》此首校语改),当是就黄初三年"穿灵芝池"而说,其中有"陛下三万岁"这样的祝颂之句。如此阿谀奉承,令人可悯可笑。

当然,这些都是违心之论。这是只要看看前引作于黄初四年七月的《赠白马王彪》中所流露出来的深切的悲哀乃至绝望之情,就可知这些都是言不由衷的门面话,是在严酷的政治压力下不得不有的表态。但由此可知现存的曹植诗其实有两个部分——真话和假话,这是我们在分析曹植诗时必须加以区别的。

在这里还应补充的是：曹植诗的这种复杂情况，在曹操生前就已有其萌芽。其所作《赠丁仪王粲》诗，开首就说"从军度函谷，驱马过西京"，当是建安二十年跟曹操征张鲁时所作（曹操于此年征张鲁），其中又有"权家虽爱胜，全国为令名"之句，知曹操其时已接受张鲁投降，且封其为侯（参见《三国志·武帝纪》）。但该诗接着又说：

> 君子在末位，不能歌德声。丁生怨在朝，王子欢自营。欢怨非贞则，中和诚可经。

那却似是在进行道德说教，要丁仪、王粲以"中和"的原则来修身了。其实，此诗的重点在"君子在末位，不能歌德声"二句，批评丁、王没有为曹操的这一行为歌功颂德。"丁生"二句是说丁仪不肯用心为官，王粲也只顾忙自己的事，不把恪尽职守——为曹操歌功颂德也是他们的职守——放在心上，以致出了这样的纰漏（此等事件倘若有人挑拨，是可以说成丁、王对曹操不满而不写诗歌颂的）。"中和诚可经"则《文选》李善注已经指出其为用汉宣帝"使王褒作《中和乐职宣布诗》"事，要丁、王"中和乐职"，小心尽职。其所以如此，实因丁、王都被视为他的党羽，丁仪后来遭到曹丕的残酷报复，已见上述；王粲幸而死得早，免掉了及身之戮，但王粲的两个儿子却被牵入了魏讽谋反案件而被处死，此案正是由曹丕负责审理的，曹操事后才知道，叹息说："孤若在，不使仲宣无后。"（见《三国志·王粲传》注引《文章志》）。而在征张鲁时，曹植已因私开司马门事使曹操很恼火；自己处境既不好，自然帮不了朋友的忙，只好请他们处处小心。所以，这首诗也是不能光从字面上看的。王粲后来写了《从军行》，对曹操的征张鲁大加歌颂，当是接受了曹植意见的结果。

<h3 style="text-align:center">曹植的文章与辞赋</h3>

诗歌之外，曹植在散文、辞赋方面也取得了相当特出的成就。他的《与吴季重书》是在"适对嘉宾，口授不悉"的状态下草成的一封致友人信，却能以生动的比喻、浪漫的想像、华丽的文辞、恣肆的风格，描绘出友人的豪情与作家自身疏放的性情。如前半部分中的如下一段：

> 若夫觞酌陵波于前，箫笳发音于后，足下鹰扬其体，凤观虎视，谓萧曹不足俦，卫霍不足侪也。左顾右盼，谓若无人，岂非君子壮志哉！

只用些许笔墨，拈来几个贴切而突出的喻象，活画出吴质（季重）的自负昂然之态。与曹丕书信之以描写细腻见长（见本书263页）各有千秋。

曹植辞赋方面的代表作，是黄初三年（222）所写的《洛神赋》。赋前有序，谓其于此年过洛水而忆洛水之神宓妃的传说，因感宋玉对楚王说神女之事而为此赋。其篇中内容,则为虚构的作者于洛水邂逅洛神的故事。这一故事之中是否有今人所无从探寻的隐喻,今已不可确知,但赋通过艳丽的文辞刻画人神相遇而不能交接的无尽愁怨,对于表现完美事物总是可望而不可即的人生体验确有很好的效果。《洛神赋》另一个显著特点,是以前所未有的细致的笔法,生动地刻画了神女的容貌、神态,如下一节:

> 其形也,翩若惊鸿,婉若游龙,荣曜秋菊,华茂春松。仿佛兮若轻云之蔽月,飘飖兮若流风之回雪。远而望之,皎若太阳升朝霞;迫而察之,灼若芙蕖出渌波。

这里连用比喻,表现神女美好、灵动而又缥缈若虚的形象。而紧接着,转为直接的描写:

> 秾纤得中,修短合度。肩若削成,腰如约素。延颈秀项,皓质呈露。芳泽无加,铅华不御。云髻峨峨,修眉联娟。丹唇外朗,皓齿内鲜。明眸善睐,靥辅承权。瑰姿艳逸,仪静体闲。柔情绰态,媚于语言。

如果分开来看,这一节实是写人间的美女。其实,向来的神女赋都包涵着对女性的兴趣,神话故事往往只是一层朦胧的遮掩罢了。因此,《洛神赋》的这一特点,可以说是反映了建安时代文人对女性美的更为浓烈的关注。这和当时男性注重自身仪态之美的风气其实是一致的。以后的文学沿着这一方向,对女性美的描写越来越多,并主要以人间的女性为对象,这也是一个自然而然的过程。

以作品本身而论,大致可以说,《洛神赋》是一种唯美性的文学。它给读者的感动,主要在于对幻想中的完美女性以及由此所代表的某种完美人生的向往。而当这种向往最终以悲剧性的结局幻灭时,作者所表现的无尽怅惘,又在另一个层面上使读者体味到了人生的一切过于美好的愿望难以实现的苦涩。下面是该赋结尾描写洛神飘然而逝后引动作者思绪的一节:

> 忽不悟其所舍,怅神宵而蔽光。于是背下陵高,足往心留。遗情想象,顾望怀愁。冀灵体之复形,御轻舟而上泝。浮长川而忘反,思绵绵而增慕。夜耿耿而不寐,沾繁霜而至曙。命仆夫而就驾,吾将归乎东路。揽騑辔以抗策,怅盘桓而不能去。

在这段文辞的构思上可以看到《诗经·秦风·蒹葭》的影子,但所表现的情致和意境与"所谓伊人,在水一方"式的浪漫则又有所不同。在它所呈现的怅惘之中,更交织着一种无法排遣的悲哀。它对于完美事物的期待更迫切,因而一旦失去后的追寻也显得更急迫。魏晋文学中后来常见的那种对于人生的焦虑，在这里可以说是率先得到了一次侧面的展示。

《洛神赋》是曹植现存赋作中全篇完整的作品之一。曹植另有一些辞赋，虽为残篇，但对于读者更全面地了解其作品的内涵与风格也不无帮助。如《鹞雀赋》，采用拟人化的手法，叙写在雀受到鹞的攻击时，两鸟之间的对话，以及雀以翻飞之技摆脱窘境的经历，即颇新异。它可能受到西汉时的通俗赋《神乌傅（赋）》的影响。又如《出妇赋》、《叙愁赋》，以代女子抒发忧思愁绪的形式，展开描写，可以说是用曹丕诗歌中同类手法在辞赋领域内所作的新尝试。至《归思赋》中所存的如下一节，又显然与曹植本人某些诗中表现的萧瑟意象十分近似。

> 背故乡而迁徂，将遥憩乎北滨。经平常之旧居，感荒坏而莫振。城邑寂以空虚，草木秽而荆榛。嗟乔木之无阴，处原野其何为。信乐土之足慕，忽并日而载驰。

曹植于太和六年（232）在郁郁不得志中离开人世。他一生的文学创作，对于整个建安时代来说，是一个值得骄傲的存在。他的诗赋，代表了建安文学的最高成就，使建安文学在慷慨悲凉与华美壮丽两方面都得到了长足的发展。而他的去世，也标志了一个激情昂扬的文学时代的终结。

第四节　蔡琰的《悲愤诗》

在建安文学中，最突出地体现叙事诗的成就的，是蔡琰的《悲愤诗》。与其以前的叙事诗——包括《陌上桑》、《羽林郎》和王粲的《七哀》——相比较，这首诗的特点是叙事容量扩大，描绘更趋生动、细致，抒情的能力也有显著提高。

蔡琰，字文姬，是蔡邕的女儿。在家庭的熏陶下，她在文学、音乐等方面都有较深造诣。东汉末年，函谷关以东的地方武装力量联合起来，讨伐当时掌握中央政权的董卓。董卓的部队东下作战，并大肆抢掠；这些部队中有不少是由少数民族成员——即所谓"胡羌"——组成的。蔡琰被他们所掳，后辗转流落到南匈奴。在那里生了两个儿子。过了十二年，蔡邕生前的朋友曹操将她从南匈奴赎回，嫁与董祀为妻。这时已是建安年间了。在《后汉书·蔡琰传》中录载了她的两首诗，一为五言体，一为骚体，均称《悲愤诗》。其五言体一篇，研究者大抵认为确系蔡琰所作；骚体一篇则颇有疑为伪托者。此外，《乐府诗集》还收有一篇蔡琰的《胡笳十八拍》，研究者多以为出于伪托。今介绍五言体《悲愤诗》于后。

此诗叙述其由被掳至赎回的过程。重点为两个部分：一是在汉末大动乱中家破人亡的悲惨遭遇；一是乡国之思和母子之情的尖锐矛盾；最终归结为对生命价值的怀疑。

作品一开始就描绘了董卓的部队东下时给人民带来的巨大灾难：

> 卓众来东下，金甲耀日光。平土人脆弱，来兵皆胡羌。猎野围城邑，所向悉破亡。斩截无孑遗，尸骸相撑拒。马边悬男头，马后载妇女。长驱西入关，迥路险且阻。还顾邈冥冥，肝脾为烂腐。所略有万计，不得令屯聚。或有骨肉俱，欲言不敢语。失意几微间，辄言"毙降虏。要当以亭刃，我曹不活汝！"岂复惜性命，不堪其詈骂。或便加棰杖，毒痛参并下。旦则号泣行，夜则悲吟坐。欲死不能得，欲生无一可。彼苍者何辜，乃遭此厄祸！

但这还只是被掳掠的过程中所遭受到的切身痛苦。作为被掳掠的人们中极个别幸运者，蔡琰在十二年后竟然又回到了故居，不料她所看到的是一幅更为怵目惊心的悲惨画面：

> 既至家人尽，又复无中外。城郭为山林，庭宇生荆艾，白骨不知谁，从横莫覆盖。出门无人声，豺狼号且吠。茕茕对孤景，怛咤糜肝肺。登高远眺望，魂神忽飞逝。……

在王粲《七哀诗》中，我们曾经读到过"出门无所见，白骨蔽平原"；而在这里，我们看到了更为具体和凄惨的场景。而且，王粲是以旁观者的身份写一个妇人的悲剧，而此诗则是蔡琰在经历了种种惨绝人寰的遭遇以后所发出的"糜肝肺"的绝叫，因此在这方面具有更为迫人的力量。

《悲愤诗》的另一个重点，是写她在南匈奴时对乡国的深切怀念和临行时与儿子分别的无限伤痛。她以"边荒与华异，人俗少义理。处所多霜雪，胡风春夏起。翩翩吹我衣，肃肃入我耳。感时念父母，哀叹无穷已。有客从外来，闻之常欢喜。迎问其消息，辄复非乡里"等句来表现其在南匈奴的孤独、痛苦。这不是一般的思乡怀人，而是被强迫抛离了原有的生活轨道、置身于陌生而落后的文化环境中所形成的无告的绝望。然而，真要离去这块土地时，母子连心的骨肉之情又把她推入了另一种无告的绝望之中：

> 邂逅徼时愿，骨肉来迎己。己得自解免，当复弃儿子。天属缀人心，念别无会期。存亡永乖隔，不忍与之辞。儿前抱我颈，问母欲何之。"人言母当去，岂复有还时？阿母常仁恻，今何更不慈？我尚未成人，奈何不

顾思?"见此崩五内,恍惚生狂痴。号泣手抚摩,当发复回疑。……悠悠三千里,何时复交会。念我出腹子,胸臆为摧败。

她虽然回到了家乡,但这种失去了亲生儿子的悲痛将永远折磨着她,临别时儿子的依恋和埋怨将永远萦绕在她的心头。那么,她的痛苦难道会比流落异乡时少一些吗?

对于她,痛苦是与生命同在的。因此,她在篇末发出了这样的绝望的叹息:"人生几何时,怀忧终年岁!"在这样的叹息中,同时也蕴含着如下的问题:生命既然是这样的短促,而忧愁又始终缠束着它,那么生命到底有什么意义呢?人是不是能使自己的生命有价值一些呢?这也就是下一阶段的文学——正始文学——所要探索的问题。

此诗虽以感情的真挚见长,但其叙事的能力也很值得重视。不但语言精练,剪裁得当,而且叙事、抒情的配合十分密切。如在叙述其被掳经过时,以"旦则号泣行"六句结束,其前两句纯为叙事,接着的"欲死不能得"两句,既是进一步交代其处境,同时也触及了当时的心情,兼具叙事、抒情的性质,而结末的"彼苍者何辜,乃遭此厄祸",则已是由这种处境所激起的绝叫,纯属抒情了。在这样的进展中,不仅由叙事到抒情的脉络十分清楚,而且抒情乃是其叙事的必然结果,不过将叙事中原已包含的感情明白显示出来并加以强调而已,因而具有强大的说服力。同时,就结构来说,这两句抒情的诗句出现以后,上述的叙事也就自然地告一段落,因而读者也就知道以下所叙是另一阶段了。换言之,此诗看来虽然似平铺直叙,但作者实是很具匠心的。这也正是文学已进入自觉时期的表征之一。

第二章 魏晋文学

魏晋文学是在建安文学的基础上发展起来的。其所继承于建安文学的，是对于美的自觉追求和对于自我的珍视；这两点也正是建安文学——特别是诗歌——的最重要的特征。

不过，就第一点来说，建安诗歌所追求的美偏于华美，魏晋诗歌则在吸收其长处之外，又发展出了深沉、自然之美。同时，建安文学中的对美的自觉追求仅限于诗赋，晋代文学则开始将它扩展到了文的领域，于是有美文的出现。

就第二点说，在魏晋诗歌中，对自我的珍视演进为在玄学意义上的对于以自我为真实内容的个体生命价值的探寻。当这种探寻洋溢着激情与对美的自觉追求相结合时，有力地推动了诗歌的进步，阮籍、左思乃至陶渊明就是这方面的代表。反之，就会使诗歌"平典似《道德论》"（钟嵘《诗品》）。

所以，就总体而论，魏晋文学是把建安时期开创的文学的新局面推向了更高的阶段。

第一节 曹魏文学

在三国时期，文学最兴盛的是魏国。其他两国保存下来的文学作品都很少，也没有特色。蜀汉诸葛亮的《出师表》虽为人传诵，但并不是严格意义上的文学作品。

曹魏文学可以正始（240—248）作为界线，分为前后两期。前期的作家很多都曾活动于建安时期，因而上一章中已予介绍；在此处须论述的只有魏明帝曹叡一人。正始及其以后的文学则是本节介绍的重点。

正始年间，统治阶级的内部矛盾很尖锐，以曹爽为首和以司马懿为首的两个集团斗争激烈，最后司马氏集团得胜，曹爽被杀。由于曹爽实际上代表了王室的利益，经过这场斗争，王室的力量也大大削弱了。这之后，政治权力主要掌握在司马氏集团手里,并对亲王室的人士进行镇压,造成了一种恐怖的气氛。

玄学的开始兴盛也是在正始时期。那是一种尊奉老子、庄子——特别是庄子——的学说,其根本点是崇尚自然。当时曾就名教与自然的关系问题发生过一场意义重大的争论。拥护名教者主张名教与自然一致,另一派则主张"越名教而任自然"(例如嵇康)。由此可见,两派对名教的态度虽然不同,但其用以衡量的标准却都是自然。

正由于崇尚自然,也就强调适性、适情,因为从玄学的角度来看,性与情都是人的自然本性。正始文学中两个最杰出的作家嵇康、阮籍分别声称:"性有所不堪,真不可强。"(嵇康《与山巨源绝交书》)"但愿适中情。"(阮籍《咏怀诗》其五十九[①])就正体现了当时的时代精神。这既是他们的追求目标,也是他们所认为的生命价值的所在。而"性"与"情"都属于自我,所以这种观念在根本上是与自我意识的发扬相一致的。由此言之,"适情"、"适性"之说的理论武器虽是玄学,但同时又是与建安时期逐渐形成起来的尊重自我的风气相联系的。曾经有一种相当流行的观点,以为当时玄学的兴盛是因司马氏集团对异己人士进行残酷镇压,迫使士大夫以玄学作为逃避的渊薮或消极反抗的工具;但在司马氏集团击败曹爽与掌握政治实权之前,玄学已经兴起了。上述观点似未必尽合事实。

正始虽然只有九年,但在魏的历史上是很关键的时期。在这以后,魏的皇帝已形同傀儡。所以唐代纂修《晋书》时,把生活在正始以后但没有活到晋王朝正式成立时期的一些人(例如阮籍),也视为晋人而写入《晋书》。另一方面,魏后期的主要文学家又都曾活动于正始时期,故在习惯上也称魏后期的文学为正始文学。

这时期的文学家最具有代表性的是阮籍与嵇康;曹叡和向秀也值得重视。

一、曹　叡

魏明帝曹叡(206—239),字元仲,曹丕长子。曹丕于黄初七年(226)去世后,他即位为帝。因与其祖、父都善于写诗,在诗歌史上并称为魏之三祖。但所保存下来的作品只有十一首完整的乐府诗,另有一些断篇零句。而在这十一首中,情调悲哀的就占了四首。

今录其《乐府诗》及《燕歌行》于下:

[①] 见《阮籍集》,上海古籍出版社1978年版;下同。

昭昭素明月,晖光烛我床。忧人不能寐,耿耿夜何长。微风冲闺闼,罗帷自飘飏。揽衣曳长带,屣履下高堂。东西安所之? 徘徊以彷徨。春鸟向南飞,翩翩独翱翔。悲声命俦匹,哀鸣伤我肠。感物怀所思,泣涕忽沾裳。伫立吐高吟,舒愤诉穹苍。(《乐府诗》)

　　白日晼晼忽西倾,霜露惨悽涂阶庭,秋草卷叶摧枝茎。翩翩飞蓬常独征,有似游子不安宁。(《燕歌行》)

这两首都渗透着深沉的孤独感。在第一首中,景色是凄清的,但诗人的内心却悲苦而烦躁,他不知道怎样来安置自己;而当他听到失群孤鸟的哀鸣时,就再也忍受不住了,只好以高吟来舒泄他的愤懑。所以,人们在这里看到的是一个苦闷的灵魂。第二首的景色则已转为凄厉,作为诗人自喻的飞蓬在这样的环境的压迫下,正在秋风中苦苦挣扎。他的这种感情固然缘于其切身遭遇:因为他的母亲甄皇后失宠于魏文帝,终致被杀,他自己在即位前的处境也一直很危险;但就诗歌创作来说,他却开辟了一条新的道路:主要以自然景色来抒发痛苦和忧郁。这是在以前曹植的诗中还没有出现过的[①],而阮籍《咏怀诗》则沿着这条道路取得了更大成就。如把下面即将述及的《咏怀诗》其一与《乐府诗》比较一下,就可以看得很清楚。

二、阮　　籍

　　阮籍是正始文学中最杰出的诗人。但作为他的前辈何晏(? —249)[②]所作的《言志诗》,实可视为阮籍诗歌的前驱。

　　何晏是倡导玄学的主要人物之一,其主要成就在哲学方面。诗歌流传下来的主要是两首《言志诗》。他是汉末大官僚何进的孙子,因母亲改嫁曹操,遂为曹操收养,他本人又娶魏公主为妻,与曹魏政权有特殊关系。因此在当时的权力之争中,他成为曹爽一派的核心人物,后被司马懿所杀。对政治斗争中的危机,他是有预见的,《言志诗》就抒写了对此的忧惧,其一云:

　　鸿鹄比翼游,群飞戏太清。常恐夭(《类聚》作"天")网罗,忧祸一旦并。岂若集五湖,顺流唼浮萍。逍遥放志意,何为怵惕惊!

诗中表示愿以退缩自守的姿态换取人生的安全,认为志向过于远大容易遭祸。

[①] 如曹植的《吁嗟篇》也是以转蓬自喻,但却要以转蓬的经历来抒发其身不由己的悲哀;而曹叡却以自然景色本身来抒写其痛苦。
[②] 据《三国志·魏志·何晏传》注引《魏略》,何晏母是在曹操任司空时跟随曹操的,其时何晏已经出生;而曹操在建安十三年(208)已由司空改任丞相,故何晏出生必在阮籍之前。

人们也许可以指责他：既知如此，又何必卷入权力斗争的漩涡？但以他的身份，根本不可能从这种漩涡里退出；即便他退出了，对手仍不会放过他。《世说新语》注引《文士传》说他"内虽怀忧，而无复退也"。也就是说，诗中那种逃世的"逍遥"虽是他的向往，却是不可能之事。由此我们能够感受到诗中实际上是倾诉了人生不自由的悲哀，这种心情与阮籍的《咏怀诗》是相通的。

阮籍(210—263)，字嗣宗，是"建安七子"之一阮瑀的儿子。少好《书》、《诗》，有济世之志。稍大便博览群籍，尤嗜《庄》、《老》。因有隽才，司马氏集团与曹爽集团都要授以官职。虽屡以疾辞，而终不得摆脱。正始、嘉平(249—253)间先后任领军将军蒋济太尉掾，尚书郎，大将军曹爽参军，太傅司马懿、大司马司马师从事中郎等职，正元(254—256)初，高贵乡公曹髦即位，他受封关内侯，迁官散骑常侍。其时司马氏甚至以与之联姻相诱迫，他只能以大醉六十日的特殊方式，躲避被卷入政治漩涡的厄运。但后来仍不得不做司马昭的从事中郎。晚年以步兵厨营人善酿酒，求为步兵校尉，遗落世事，终日酣醉。终于在个性不得舒展的痛苦中保全生命，度过余生。有《阮嗣宗集》。

《晋书·阮籍传》谓籍"容貌瑰杰，志气宏放，傲然独得，任性不羁，而喜怒不形于色"，又说他"不拘礼教，然发言玄远，口不臧否人物"。由此可见阮籍的性格与其一生的行事间实存在巨大的矛盾。他的旷放不羁的个性，因现实生活的险恶不得不受到出自自身的强力压抑。个性与环境的这种激烈冲突对阮籍的文学创作自有深刻的影响。阮氏诗文中对人生问题思考的深刻性，便与此有关。而其中动情之处，则又可以视为个性在文学中得到艺术化的宣泄的表现。

阮籍在诗歌方面的代表作是《咏怀诗》八十二首（五言）[①]，多以象征的手法喻写诗人内心的复杂情感，理寓意中，辞随情转，十分出色。而且，他与曹丕等人一样，也认为诗歌必须写得美，所谓"歌以叙志，舞以宣情，然后文之以采章，昭之以风雅……"[②]故其诗虽被评为"厥旨渊放，归趣难求"（钟嵘《诗品》），但其中所展露的具有人类普遍意义的情绪，依然能动人心弦。它在文学史上因而也具有了特殊的地位。

[①] 《咏怀诗》黄节注本又有四言十三首，云录自崇祯潘璁刊本，并谓潘本系翻嘉靖刊本，"有嘉靖癸卯陈德文序"。按，嘉靖陈德文序刊本今存，其中《咏怀诗》四言仅二首。《古诗纪》则收有阮籍《咏怀诗》四言三首，潘璁本较《古诗纪》又多十首。又，上海古籍出版社1978年出版《阮籍集》校点本，即以嘉靖陈德文序刊本为底本，并广校诸本。校点者已疑《古诗纪》所收三首系后人增窜而成，似可信据。潘璁刊本所增十首，不明所出，益为可疑。陈德文序刊本所收二首则辑自类书，难以定其全否。

[②] 见《〈乐论〉佚文》，上海古籍出版社1978年版《阮籍集》，第51页。

从《古诗》十九首开始，诗人已经意识到了生命的短暂的悲哀，这在阮籍的作品里显得更其强烈；而在《古诗》十九首和建安诗歌中曾经被作为美好的事物咏歌过的，诸如功业、享乐、友情和家庭的温暖等，在阮籍的作品里都失去了光彩。所以，阮籍的诗染着浓厚的悲观色彩。但也有其光明的一面，那就是对于摆脱了一切束缚的绝对自由的赞美，也即"适性"、"适情"的极致。虽然多少具有虚幻性，但总显示了一种追求的目标。

生命的短暂在阮籍诗里采取了这样尖锐的形式："朝为美少年，夕暮成丑老！"（其六）"朝生衢路旁，夕瘞横街隅。欢笑不终晏，俛仰复欷歔。"（其四十四）"朝阳不再盛，白日忽西幽。去此若俯仰，如何以九秋！"①（其六十二）这较之《古诗》十九首的"人生寄一世，奄忽若飙尘"，"四时更变化，岁暮一何速"等诗句，更其惊心动魄；因为人从少壮至迟暮，在阮籍的笔下迅疾得几乎连喘息的余地都没有。既然如此，人生的意义又在哪里呢？像这样的深具独创性的诗句，当然会给予人们深刻的印象，李白的"君不见高堂明镜悲白发，朝如青丝暮成雪"（《将进酒》）之句，当是从"朝为"两句化出。

正因为从生到死的距离是拉得这样地近，一切美好的东西也就瞬息即逝，没有什么可以留恋。"嬿婉同衣裳，一顾倾人城。从容在一时，繁华不再荣。晨朝奄复暮，不见所欢形。"（其五十九）连情深爱厚的美丽异性，也只是在朝暮之间就失去了为他所迷恋的形貌！至于亲属和朋友呢，"一身不自保，何况恋妻子！"（其五）"如何金石交，一旦更离伤！"（其四）妻子固不足恋，朋友则即使交如金石，也转眼成空。别的当然更不在话下："荣名非己宝，声色焉足娱？"（其七十）

既然这一切都是由于生命的短暂而引起，那么，倘能延年不死，这些矛盾似乎就都解决了。但却又并不。因为求仙未必能够成功，所谓"采药无旋返，神仙志不符"（其七十），而且即使能够延年，那又有什么意义呢？"人言愿延年，延年欲焉之？……簪冕安能处？山岩在一时"（其三十七）。生活在廊庙之中固然很可怕，山岩间又到底只能暂住而无法久居；茫茫大地，何处是其安身立命之处？

所以，在阮籍诗中几乎没有什么是他所追求的。有时虽然也歌颂"临难不顾生，身死魂飞扬"的"壮士"（其五十三），但却并不是他自己的追求目标。《咏怀诗》其四十七说：

> 少年学击刺，妙伎过曲城。英风截云霓，超世发奇声。挥剑临沙漠，饮马九野坰。旗帜何翩翩，但闻金鼓鸣。军旅令人悲，烈烈有哀情。念我

---

① "以"，通作"已"。

平常时,悔恨从此生。

他把悲哀的军旅生活与平时的起居相对照,就对其到沙漠去从军之举产生了悔恨之情。这倒并不是胆怯,因为从他的思想体系来说,远征沙漠原是没有意义的事。

他的这种人生态度在当时是很难被理解的,因而他不得不深感寂寞与孤独。《咏怀诗》其四十六说:

> 独坐空堂上,谁可与亲者? 出门临永路,不见行车马。登高望九州,悠悠分旷野。孤鸟西北飞,离兽东南下。日暮思亲友,晤言用自写。

从堂室到长路直到"九州"——当时人心目中的"天下",整个世界除了作者自己就是一片旷野。这当然不是眼见的实际情况("九州"也不是一个人的视野所能收纳的),而是象征的写法,是以孤独的内心看待世界的精神印象。当然,诗人也写到了这种彻底的孤独有其无法忍耐的寂寞,写到了"日暮思亲友,晤言用自写"的愿望,但这并不意味着他可以从"亲友"那里获得心灵的沟通。——前面象征性的描写,已经把沟通的可能完全取消了。"写"当为"泻"之本字,他所能期望的,只是一种并无沟通的自我宣泄,这种愿望使孤独显得更沉重乃至有些可怕。

孤独其实是一种自我体认,它通过对外界的拒绝和排斥,凸现了自我在世间的存在。当阮籍写到"登高望九州,悠悠分旷野",把整个世界描绘成空无一人的荒芜时,不仅表现了他内心的痛苦,也表现了他内心的高傲。后来初唐诗人陈子昂写出"前不见古人,后不见来者。念天地之悠悠,独怆然而涕下"(《登幽州台歌》),也是阮籍的这种人生精神的延续和强化;甚至可以说,陈子昂的《登幽州台歌》很可能就是从上引阮籍的两句诗演变而成的。

然而,这种与世隔绝的孤独,同时又为他带来了解脱,构成了自由的精神世界。

> 危冠切浮云,长剑出天外。细故何足虑? 高度跨一世。非子为我御,逍遥游荒裔。顾谢西王母,吾将从此逝。岂与蓬户士,弹琴诵言誓?(《咏怀诗》其四十七)

诗的前六句写出了他的高昂的精神世界,扫去了一切的忧郁和苦闷。接着的四句,是说他不但要离开这些"蓬户"下士,而且要向作为神仙和长生的象征的西王母告别。于是,他既没有了任何追求(包括对长生的追求),也摆脱了一切交往。这时他的心灵就不再有任何束缚,种种烦恼也就一扫而空。这就是他所向往的绝对自由的境界;它当然只能在幻想中获得,而其前提则是绝对的孤独。

总之,《咏怀诗》在一些重要的方面代表了诗歌的新发展。它通过揭示理想的破灭,实际上宣告了建安诗人曾经进行过的以政治功业为核心的对个人价值的追求的虚幻性(这是曹植等人已经接触到但尚未展开的主题),由此出发开始探寻完全摆脱社会价值后个人生命的意义何在的问题;在上述问题无法得到解答的情况下,它仍然通过抒写诗人自身的孤独与傲岸,表现了对自我意识的坚持。所以,尽管从未有人像阮籍那样把人生描绘得如此沉闷、孤独、阴冷,但这种描绘至少在当时并不是消极的东西,因为这里面归根结底还是包含着对自由和完美的人生的期望。顺带应该指出,正始以后的文学中与政治有关的内容明显减少,由建安文学到正始文学的变化来看,其原因是可以理解的。

与上述特点相关,《咏怀诗》在抒情表现方面也有了重大突破;创作时在诗歌意象中比较自然地引入了哲学的思考,使诗歌的内涵更为深邃,并具有一种曲折婉转、引人入胜的艺术魅力。《文心雕龙》谓"阮旨遥深",钟嵘《诗品》说阮诗"可以陶性灵,发幽思",正是从不同的角度对《咏怀诗》所作的精当之论。而《咏怀诗》以组诗的形式表现内心复杂感受的形制,在以后的历史中又有陶渊明的《饮酒》、陈子昂的《感遇》、李白的《古风》等出色的后继者,使抒情性组诗发展成为中国古典诗歌的主要形制之一。

不过,阮籍在诗歌艺术上的这种进展是以充分吸收前人成果为基础的,这从《咏怀诗》第一首就可以看得很清楚:

> 夜中不能寐,起坐弹鸣琴。薄帷鉴明月,清风吹我衿。孤鸿号外野,翔鸟鸣北林。徘徊将何见,忧思独伤心。

长夜里辗转反侧不能入睡的诗人,起身坐到琴边弹奏一曲,本意是想驱散内心的郁闷。然而当他望见帘幕外的一轮明月,感受到徐徐吹来的清风拂动衣襟,又听到窗外孤独的鸿雁在深夜的旷野中哀号,群飞的鸟儿鸣叫着掠过树林时,他的忧思不仅没有被驱散,反而更加深了。于是只能漫无目的地在洒满月色的空堂中徘徊。这其中所表现的是一种莫名的忧伤与惆怅,同时在这种忧伤与惆怅的背后,又隐含了一份深切的孤独感,很能打动读者的心。但其开头两句,实本于王粲《七哀诗》之二的"独夜不能寐,摄衣起抚琴";其下的各种形象则在魏明帝的《乐府诗》中几乎都可找到,因为那里有"明月"、"罗帷"、"微风"的吹动、孤飞的鸟及其悲鸣、诗人在夜间的忧愁以及起来后的"徘徊"和"伤我肠"之类的语句(参见上节)。阮籍对这些应该是有所借鉴的。但其头两句显然比王粲的原句自然,而其以下各句的意象也显然比魏明帝的原诗集中、鲜明和优美,其艺术成就远在魏明帝原诗之上。——魏明帝原诗颇有意象纷杂之嫌,是以《玉台新咏》收录该诗时,索性把其最后的两句去掉了(因为那两句感情太激烈,与整首诗的忧伤情调不协调)。由此可见,阮籍诗是对前人的继承,同时也是一种创造。

《咏怀诗》的弊病,主要在于它有时夹杂议论,因而对诗歌的艺术特征造成一定程度的破坏。东晋时玄言诗的兴起与此有关,后世的与之相类的组诗也在不同程度上受到它的影响,陈子昂的《感遇》尤为明显。

诗歌之外,阮籍在辞赋方面也有较高的造诣。他的辞赋在旨意与表现形式上与他的诗颇多相通之处,同时跟建安诸大家的辞赋相比,也有一定程度上的承继关系。像《清思赋》中的如下一节:

> 是时羲和既颓,玄夜始扃。望舒整辔,素风来征。轻帷连飏,华茵肃清。彭蚌微吟,蟪蛄徐鸣。望南山之崔巍兮,顾北林之葱菁。大阴潜乎后房兮,明月耀乎前庭。乃申展而缺寐兮,忽一悟而自惊。焉长灵以遂寂兮,将有歔乎所之。意流盪而改虑兮,心震动而有思。若有来而可接兮,若有去而不辞。嗟愽贱而失庚,情散越而靡治。岂觉察而明真兮,诚云梦其如兹。

遣辞及表现方式与曹植的《洛神赋》颇多类似,但内涵上却更多玄意,因而也显得更富有神秘感。又如《首阳山赋》的开始部分:

> 在兹年之末岁兮,端旬首而重阴。风飐回以曲至兮,雨旋转而纤襟。蟋蟀鸣乎东房兮,鹍鸠号乎西林。时将暮而无俦兮,虑悽怆而感心。

与王粲的《登楼赋》相比,尽管视角与表现内容不尽相同,但寓情于写景的表现形式与感情抒写的强烈程度,实颇相类。但其最末两句却不免使人想到上引的《咏怀诗》其四十六。这种深沉的孤独感正是阮诗所独有的,从而也就显示出了其与前辈辞赋家作品的明显差异。

此外,阮籍的《达庄论》和《大人先生传》也值得重视。

《达庄论》是虚构的"先生"与"缙绅好事之徒"的一场争论;"先生"持老庄观点,"缙绅好事之徒"则为儒家思想的代表,这场争论以"先生"的胜利告终。所以,此篇与东方朔的《答客难》基本属于同样的性质,但其描写的部分比《答客难》要丰富、细致得多。至于"先生"与"缙绅好事之徒"的对话,虽有不少说理的部分较为枯燥,但也有感情色彩强烈而颇具感染力的。今各引一段如下:

> 伊单阏之辰,执徐之岁,万物权舆之时,季秋遥夜之月,先生徘徊翱翔,迎风而游。往遵乎赤水之上,来登乎隐坌之丘。临乎曲辕之道,顾乎

泱漭之州。恍然而止,忽然而休。不识曩之所以行,今之所以留。怅然而无乐,愀然而归白素焉。平昼闲居,隐几而弹琴。

于是,缙绅好事之徒,相与闻之,共议撰辞合句,启所常疑。乃窥鉴整饬,嚼齿先引,推年蹑踵,相随俱进。奕奕然步,腼腼然视。投迹蹈阶,趋而翔至。羞肩而坐,恭袖而检。犹豫相临,莫肯先占。

有一人,是其中雄桀也,乃怒目击势而大言曰……

于是先生乃抚琴容与,慨然而叹,俛而微笑,仰而流眄,嘘噏精神,言其所见。曰:"昔人有欲观于阆峰之上者,资端冕,服骅骝,至乎昆仑之下,没而不反。端冕者,常服之饰,骅骝者,凡乘之耳,非所以矫腾增城之上,游玄圃之中也。且烛龙之光,不照一堂之上;钟山之口,不谈曲室之内。今吾将堕崔巍之高,杜衍漫之流,言子之所由,几其寤而获及乎!"

前一段为全文的开端,从秋夜皓月当空的自然胜景写起,引出主人公的玄妙行踪。之后又转而描绘缙绅好事之徒准备论难前的忐忑之态,叙事生动。后一段为"先生"的开场白,既显示了他对"缙绅好事之徒"的鄙视,也反映了他的傲岸、洒脱,可谓传神之笔。

至于《大人先生传》,并不是正式的传记。作为主角的大人先生,能够"舒虹霓以蕃尘"、"奋乎大极之东,游乎昆仑之西",显然是虚构的人物。即使在现实生活中有其原型,但两者已不能混同了。

此文在体制上颇有创新之处,其前半篇为散文(含有骈偶成分),杂有诗歌;后半篇则属于辞赋的性质。作品既以象征手法写了大人先生对绝对自由的追求,也有对当时的君子的猛烈鞭挞。大人先生斥责君子的这一段话尤为深刻:

且汝独不见夫虱之处于裈之中乎!逃于深缝,匿乎坏絮,自以为吉宅也。行不敢离缝际,动不敢出裈裆,自以为得绳墨也。饥则啮人,自以为无穷食也。然炎丘火流,焦邑灭都,群虱死于裈中而不能出。汝君子之处寰区之内,亦何异夫虱之处裈中乎?悲夫!

这一段既显示了大人先生的精神世界,也反映了阮籍自己的观点。但在阮籍以自己的名义发表的意见中,却从不见这样大胆的议论。由此可见,当作者以一种激烈的态度来抨击社会弊端时,就不得不虚构一种超时空的立场,以避免与现实发生直接、正面的冲突。他对于自己所厌恶的社会现实,终究是无能为力的。

三、嵇康与向秀

在正始文学中与阮籍齐名的嵇康(223—262),字叔夜,本姓奚,因其系谯郡铚（在今安徽宿州西南）人，而铚有嵇山，遂改姓嵇。早年即有隽才，豪迈任性，疾恶如仇，不注意世俗的毁誉。博学多闻，于老庄学说造诣甚深。通晓音乐，尤善鼓琴。虽恬静无欲，而颇好采炼药物，服食求仙。曾任中散大夫。他的妻子是曹操的曾孙女，因而与魏的王室有一定关系。但属于司马氏集团的名士山涛，却对他与阮籍都很赞赏；他们三人再加向秀、阮咸、王戎、刘伶四人相互友善，号为七贤，也称竹林七贤。山涛本任吏部郎，那是一个很重要的官职；后来山涛欲荐嵇康代替自己，嵇康就写信给山涛，宣布绝交。其中有"非汤武而薄周孔"之语，遭时所忌。因为当时司马氏集团提倡名教，而嵇康的这种说法是与名教对立的；而且孔子赞美尧舜，尧舜是实行帝位禅让制的，汤、武则以武力夺取帝位，嵇康的上述说法，实际上是把这两种变换帝位的途径都否定了。以后司马氏集团的钟会，就借机陷害嵇康，康遂被杀。但他入狱以后，竟有太学生三千人上书要求任命嵇康为博士，足见他深得人心。不过司马氏集团还是把他杀了；因为越是受到人们拥护，司马氏集团就越是要铲除。吴骐《读书偶见》甚至怀疑这三千人上书是嵇康的仇家搞出来的，以促使司马氏集团杀嵇康的。其诗文收入《嵇康集》，一称《嵇中散集》。

嵇康在当时以文论著名，沈约《七贤论》说他"言理吐论，一时所莫能参"（《艺文类聚》三十七引）。今存《养生论》、《答难养生论》、《声无哀乐论》、《释私论》、《管蔡论》、《难自然好学论》等篇，皆议论犀利，逻辑严密，且敢于发表不同于流俗之见；如《管蔡论》即为被周公所讨伐、儒家所否定的管、蔡翻案，足见其胆识。但这些都不是文学散文。其在文学史上有意义的，为《与山巨源绝交书》。

此文的特色，在于自由挥洒而感情热烈，很能显示其傲岸的精神世界，而又能使读者产生亲切感。他自述其不能担任吏部郎的理由如下：

> ……自惟至熟，有必不堪者七，甚不可者二：卧喜晚起，而当关呼之不置。一不堪也。抱琴行吟，弋钓草野，而吏卒守之，不得妄动。二不堪也。危坐一时，痹不得摇，性复多虱，把搔无已，而当裹以章服，揖拜上官。三不堪也。素不便书，又不喜作书，而人间多事，堆案盈机；不相酬答，则犯教伤义，欲自勉强，则不能久。四不堪也。不喜吊丧，而人道以此为重，已为未见恕者所怨，至欲见中伤者；虽瞿然自责，然性不可化，欲降心顺俗，则诡故不情，亦终不能获无咎无誉，如此。五不堪也。不喜俗人，而当与之共事。或宾客盈坐，鸣声聒耳，嚣尘臭处，千变百伎，在人目前。六不堪也。心不耐烦，而官事鞅掌，机务缠其心，世故繁其虑。七不堪也。又每非汤武而薄周孔，在人间不止。此事会显，世教所不容。此甚不可一也。刚肠疾恶，轻肆直言，遇事便发。此甚不可二也。以促中小心之性，统此九患，不有外难，当有内病，宁可久处人间邪？

以并不精心雕饰的笔墨,娓娓道来,写尽了个性与环境的冲突,而又毫无剑拔弩张之感;其"每非汤武而薄周孔"之语,虽触时忌,但也只是叙述客观事实,并非意存讥刺。因此,其中虽充分表现了他的尊重自己个性、不愿为利禄而克制自我的精神,而仍像是与朋友谈心,读来颇感亲切。除了文字较为整饬以外,与晚明小品实有其相通之处。

在这里需要说明的是:嵇康在此信中表明其要与山涛绝交的,实仅结尾处"并以为别"四字。而且,在写了此信以后,两人似乎并未真的绝交,所以嵇康在临终前对嵇绍说:"山公尚在,汝不孤矣。"①意为山涛会像抚养自己儿子一样地抚养嵇绍,足见两人乃是生死不渝的交情。

嵇康的诗留传下来的不多,但也很有特色。其《兄秀才公穆入军赠诗(十九首)》的第一首,尤为世所传诵,钟嵘《诗品》把"叔夜'双鸾'"视为"五言之警策"。全诗如下:

> 双鸾匿景曜,戢翼太山崖。抗首漱朝露,晞阳振羽仪。长鸣戏云中,时下息兰池。自谓绝尘埃,终始永不亏。何意世多艰,虞人来我疑。云网塞四区,高罗正参差。奋迅势不便,六翮无所施。隐姿就长缨,卒为时所羁。单雄翻孤逝,哀吟伤生离。徘徊恋俦侣,慷慨高山陂。鸟尽良弓藏,谋极身心危。吉凶虽在己,世路多崄巇。安得反初服,抱玉宝六奇?逍遥游太清,携手长相随!

前六句写其自己和兄长的高洁不羁;其下写世路的险恶,和其中的一鸾终就长缨的悲惨遭遇;接着抒发别离的伤痛;最后以叮嘱对方珍重,希望仍返逍遥之身作结。全诗运用象征手法,但清晰地表现了他对自由的追求与环境的矛盾。虽不如阮籍《咏怀诗》的深沉,但感情的明朗过之,可谓各有特色。

他的另一首值得重视的诗是《游仙诗》。其开端为"遥望山上松,隆谷郁青葱。自遇一何高,独立迥无双"。虽写松树,而实象征着一种崇高的精神境界。接着叙述自己得遇黄老,授以自然之道,故"蝉蜕弃秽累,结友家板桐","长与俗人别,谁能睹其踪"。陈祚明《采菽堂古诗选》评之曰:"轻世肆志,所托不群,非真欲仙也,所愿长与俗人别耳。"所言甚是。在嵇康以前,诗歌中已有涉及神仙的题材(曹操诗中即有),但都是写其成仙的愿望,而不是表现其蝉蜕秽累的追求。嵇康此诗则在这方面开辟了一条新的途径,其后郭璞的《游仙诗》就是嵇康这一传统的继续。

所以,就总体而论,嵇康在五言诗方面的成就虽不如阮籍,但在我国诗歌

---

① 见《白孔六贴·事类集》卷六,参见戴明扬《嵇康集校注》,人民文学出版社 1962 年版,第 372 页。

史上也有值得重视之处。

嵇康被害后,其友人向秀(约227—272)为哀悼他而作《思旧赋》。秀字子期,河内怀县(今河南武陟西南)人。为竹林七贤之一,于晋代曾任黄门侍郎、散骑常侍。据臧荣绪《晋书》,向秀"始有不羁之志,与嵇康、吕安友。康既被诛,秀应本州计入洛。太祖问曰:'闻有箕山之志,何以在此?'秀曰:'以为巢、许未达尧心,是以来见。'反自役,作《思旧赋》。"(《文选》卷十六向秀《思旧赋》李善注引)

在当时的政治气氛下,他能如此从容地回答晋太祖咄咄逼人的问题,实为难得。他的答案,虽可以理解为他与巢、许不是一路人,但也可说是对尧的挖苦。因为相传尧要让天下给巢、许,巢、许就躲起来了;所以这也可理解成尧是不会真的让天下的,巢、许的隐居乃是"未达尧心"。

正因为有这样的气度,他才敢作《思旧赋》。但到底迫于政治环境,写得很短,而感情真挚,意在言外,凄怆沉郁,为抒情小赋中的特绝之作。赋前有序,并引如下:

> 余与嵇康、吕安居止接近,其人并有不羁之才。然嵇志远而疏,吕心旷而放,其后各以事见法。嵇博综技艺,于丝竹特妙。临当就命,顾视日影,索琴而弹之。余逝将西迈,经其旧庐。于时日薄虞渊,寒冰凄然,邻人有吹笛者,发声寥亮。追思曩昔游宴之好,感音而叹,故作赋云:

> 将命适于远京兮,遂旋反而北徂。济黄河以泛舟兮,经山阳之旧居。瞻旷野之萧条兮,息余驾乎城隅。践二子之遗迹兮,历穷巷之空庐。叹黍离之愍周兮,悲麦秀于殷墟。惟古昔以怀今兮,心徘徊以踌躇。栋宇存而弗毁兮,形神逝其焉如。昔李斯之受罪兮,叹黄犬而长吟。悼嵇生之永辞兮,顾日影而弹琴。托运遇于领会兮,寄馀命于寸阴。听鸣笛之慷慨兮,妙声绝而复寻。停驾言其将迈兮,遂援翰而写心。

《序》中的"于时日薄虞渊"四句,凄怆感人。赋虽短,而物在人亡,伤时怀旧之情溢于言表。是以鲁迅在纪念其被杀害的青年朋友柔石等人而作的《为了忘却的记念》中说:"……要写下去,在中国的现在,还是没有写处的。年轻时读向子期《思旧赋》,很怪他为什么只有寥寥的几行,刚开头却又煞了尾。然而,现在我懂得了。"《赋》中所写,实是经受过严酷的政治迫害的人的共同心声。

第二节　陆机、左思与西晋诗文

曹魏的统治,因为统治者自身的腐败,自正始年间开始被司马氏诸人控制。公元二六五年,在魏灭蜀两年之后,司马炎终于重演曹丕代汉的故事,建立晋朝(史称西晋),并于公元二八〇年灭吴,重新统一了中国。但西晋政权本身也不稳固,统治后期爆发了"八王之乱",北方因此重新进入分裂的时代。公元三一六年,西晋被内迁的匈奴贵族建立的汉国所灭。

西晋立国五十余年,政治上并无突出的业绩,却是一个文学相当繁盛的时代。西晋作家及其作品,不仅数量上超越了前代,而且在表现思想情感的方式与思想内涵、艺术创造等诸多方面,都比前此的正始文学有了更大的发展。

这首先表现在建安文学中所有的那种个人意识的觉醒,经过正始作家的张扬而发展为对个人生命价值的思考后,到西晋,进一步衍化为一种深入的探讨。这其中既有左思式的承继嵇康、阮籍的思想内涵,从社会批判的角度倡导个人尊严的成果,也有潘岳、陆机式的发展三曹及建安七子的探索精神,对人生无可避免的悲剧性命运作更深入咏叹的作品。其结果,是文学尤其是诗歌中的哲理色彩进一步加重。这一方面使得文学的内涵有所加深,另一方面也因为一些作品中经常出现表述理念的文句,而在一定程度上对文学的美的特质有所损害,成为后来东晋玄言诗中一部分以谈玄见长、"平典似《道德论》"(《诗品》)的诗作的先声。

同时,建安文学追求诗赋之丽,与正始文学重视诗歌内在之美的特征,至西晋也向探寻更为深沉的审美艺术效果的方向进展。一部分作家继承了建安时代以曹植为代表的文学传统,讲究文辞的藻丽精工,在充分表现与人心契合的自然胜景之美方面,有了长足的进步;情与景的融合,也达到了一个崭新的阶段。这可以陆机为代表。另一部分作家则发展了正始时期以阮籍为代表的艺术审美风格,主要不以追求文辞的华美为目标,而力图以作品的内质凸现文学的动人之处。这方面左思是一个明显的例子。二者均在西晋文化最繁盛的太康时期臻于高峰,显示了西晋文学追求艺术之美达到了一种新的境界。

一、傅 玄 张 华

西晋的著名作家,以年辈而论,傅玄最高,张华其次,两人均是由魏入晋的人物。

傅玄(217—278),字休奕,北地泥阳(今陕西耀县)人。魏末举秀才,历仕郎中、弘农太守、典农校尉等职。入晋,受封为鹑觚子,由驸马都尉,官至司隶校尉。精通音律,以乐府诗见长。有《傅鹑觚集》。

傅玄的诗,有一部分明显承继了正始诗风,重视追索人生的意义,写得沉郁苍凉。如《放歌行》:

> 灵龟有枯甲，神龙有腐鳞。人无千岁寿，存质空相因。朝露尚移景，促哉水上尘。丘冢如履綦，不识故与新。高树来悲风，松柏垂威神。旷野何萧条，顾望无生人。但见狐狸迹，虎豹自成群。孤雏攀树鸣，离鸟何缤纷。愁子多哀心，塞耳不忍闻。长啸泪雨下，太息气成云。

诗从灵龟、神龙亦有衰败之象落笔，引出人生无常之叹。而其中所借以喻示这种无常的诸般物事，则为水上之尘、丘冢旷野等一般诗人很少取以入诗的幽异之象，不仅如此，诗中还花了相当的笔墨，写了旷野无一生人、野兽恣意横行的令人恐怖的状况。最后抒写了一种莫名的悲伤，显现出个人无法抗拒自然力量的摆布的无奈心绪。类似的作品还有《杂诗三首》第一首和佚题的四句五言诗——"萧萧秋气升，凄凄万物衰。荣华尽零落，槁叶纵横飞"，前者在结构、措辞与意境方面都与阮籍《咏怀诗》中悲慨人生短促、抒写孤独感的作品相近，后者则以对秋的落寞的描写，展示了诗人内心的惆怅。

傅玄的另一些诗，像《吴楚歌》、《车遥遥篇》、《昔思君》等，模仿汉代的楚歌体，有取喻巧妙、辞意婉转之长。如《昔思君》：

> 昔君与我兮形影潜结，今君与我兮云飞雨绝。昔君与我兮音响相和，今君与我兮落叶去柯。昔君与我兮金石无亏，今君与我兮星灭光离。

全篇用一系列的譬喻组成，表现了女子被弃绝的悲哀，具有一定的感染力。

但其诗中最值得重视的，是《豫章行·苦恨篇》①：

> 苦恨身为女，卑陋难再陈。儿男当门户，堕地自生神。雄心志四海，万里望风尘。女育无欣爱，不为家所珍。长大逃深室，藏头羞见人。无泪适他乡，忽如雨绝云。低头和颜色，素齿结朱唇。跪拜无复数，婢妾如严宾。情合同云汉，葵藿仰阳春。心乖甚水火，百恶集其身。玉颜随年变，丈夫多好新。昔为形与影，今为胡与秦。胡秦时相见，一绝逾参辰。

这是对女性在社会上的屈辱地位的颇为全面而具体的揭示，充满了同情和不平；开端的"苦恨身为女"一句，写出了女性的心声。此诗既是其前的《浮萍篇》（曹植作）等作品的继承和发展，也是在重视个人权利的观点的指引下对女性问题的新的思考的成果。

傅玄的辞赋，以刻画细致，描写生动见长。其中有不少以动物为题材的游戏之作，基本不追求言外寓意，而状摹入微，颇有意趣。如《走狗赋》、《猿猴赋》

---

① 篇名及首句的"恨"字，今传《玉台新咏》、《乐府诗集》各本均作"相"，而实不可通。唯北宋晏殊《类要》所引《玉台新咏》此诗作"恨"，是"相"字实为"恨"字之误；今据改。参见谈蓓芳《〈玉台新咏〉版本考》，载《复旦学报》（社会科学版）2004年第4期。

用工笔手法写猛捷之犬、机灵之猴,神形兼备;《斗鸡赋》《蝉赋》或以夸张语辞状斗鸡神旺之态,或以写意笔调绘飞蝉轻盈之姿,在准确而生动地表现对象方面都达到了一个新的水平。

张华(232—300),字茂先,范阳方城(今河北固安县南)人。曹魏时官太常博士、著作佐郎等职。晋初任中书令,以力劝武帝定灭吴之计,于吴灭后受封广武县侯。晋惠帝时,历任侍中、中书监、司空。后被赵王司马伦杀害。有《张司空集》,另撰有集异闻奇谈为一编的《博物志》。

张华学识渊博,擅为文辞。其诗取材广泛,而较为人注意的,则在写情一途。钟嵘评价他的作品,即着眼于其"儿女情多,风云气少"(《诗品》)一面。但张华写男女之情,实颇有特色,如《情诗五首》的第二首:

> 明月曜清景,晄光照玄墀。幽人守静夜,回身入空帷。束带俟将朝,廓落晨星稀。寐假交精爽,觌我佳人姿。巧笑媚欢靥,联娟眸与眉。寤言增长叹,凄然心独悲。

从男性的视角,假借一个梦遇佳人的情节,表现个人情思之切与思之不得的怅然与悲戚,写得清丽悠远,真情毕现。又如下面这首《杂诗》之三:

> 荏苒日月运,寒暑忽流易。同好逝不存,迢迢远离析。房栊自来风,户庭无行迹。兼葭生床下,蛛蟊网四壁。怀思岂不隆,感物重郁积。游雁比翼翔,归鸿知接翮。来哉彼君子,无然徒自隔。

诗写思妇怀远之情,题材是汉代古诗以来就很常见的。但"房栊自来风"等几句的写景,却有着以前少见的精细。此外如"密云荫朝日,零雨洒微尘"(《上巳篇》)、"微风摇菠若,层波动芰荷"(《杂诗》之二)等,都是相似的例子。

张华的诗中,其实也有颇显"风云气"的作品,如《游侠篇》《博陵王宫侠曲二首》《壮士篇》等。这些诗作不免有与傅玄诗同样的说理过多之弊,但个别篇章写得慷慨激昂,颇有气势,如《博陵王宫侠曲二首》的第二首:

> 雄儿任气侠,声盖少年场。借友行报怨,杀人租市旁。吴刀鸣手中,利剑严秋霜。腰间叉素戟,手持白头镶。腾超如激电,回旋如流光。奋击当手决,交尸自纵横。宁为殇鬼雄,义不入圜墙。生从命子游,死闻侠骨香。身没心不惩,勇气加四方。

对一个侠义满腔,出手非凡的侠客作了热烈的歌颂,但这侠客的行为是违法和应该进入监狱("圜墙")的,而且他宁可死亡也不愿被关入牢中。所以,这是一个为了个人的友谊,凭借自己的勇敢和力量而与社会规范相抗争的人。司马迁虽然早就赞美过游侠和刺客(见《史记·游侠列传》和同书《刺客列传》),但却一直遭到来自儒家思想的批判;张华在此诗中旗帜鲜明地赞扬这样的侠客,他又是个地位相当高的官僚,并不是像司马迁那样地被抛出了社会的正常轨道的人,这意味着西晋的士人对个人反抗行为存在着较多的谅解。这一写法与题旨,一直影响到后来唐代前期诗人同类题材作品的创作。

二、潘岳、陆机及其他

傅玄、张华之后成长起来的西晋作家中,著名的是"三张(张载、张协、张亢兄弟)、二陆(陆机、陆云兄弟)、两潘(潘岳、潘尼叔侄)、一左(左思)"。其中文学成就较高的,是潘岳、陆机和左思。潘、陆往往并称,因为他们的作品都承继了建安、正始文学中注重表现人与自然契合,以及抒发人生感慨的特征,风格接近。左思则稍异其趣,更多发展了建安、正始文学中对自我价值追求的那一面。

潘、陆之中,潘岳(247—300)又年辈稍前。他字安仁,荥阳中牟(今河南中牟县东)人。少以才颖获"奇童"之誉。晋武帝时,举秀才为郎。后历任河阳令、著作郎、给事黄门侍郎等职。曾谄事权臣贾谧,终为赵王司马伦所杀。有《潘黄门集》。

在文学史上,潘岳以"辞藻绝丽,尤善为哀诔之文"(《晋书·潘岳传》)而闻名。他现存的哀、诔文,如《马汧督诔》、《哀永逝文》、《为诸妇祭庾新妇文》等,或追述逝者业绩,或状摹生者之哀,辞句复叠,痛惜之情溢于言表。他的诗尽管用语浅显,刻画也不甚精巧,但在叙写悲情方面达到了前无古人的程度。这方面的代表作,是他为悼念已经去世的妻子而写的三首《悼亡诗》,其中第一首云:

> 荏苒冬春谢,寒暑忽流易。之子归穷泉,重壤永幽隔。私怀谁克从,淹留亦何益。僶俛恭朝命,回心反初役。望庐思其人,入室想所历。帏屏无仿佛,翰墨有余迹。流芳未及歇,遗挂犹在壁。怅恍如或存,回遑忡惊惕。如彼翰林鸟,双栖一朝只;如彼游川鱼,比目中路析。春风缘隙来,晨霤承檐滴。寝息何时忘,沈忧日盈积。庶几有时衰,庄缶犹可击。

诗中虽有语意重复之病,文辞也过于华丽,若与后世同类题材的佳作相比,会觉得滞重且有些做作;但在当时条件下,它的优点还是很明显的。"望庐思其人"以下数句,通过细节写出对亡妻的不能忘怀之情,有委婉动人的效果。"春风缘隙来"两句,以早晨的微风与屋檐的滴水映衬因哀思而不眠的人,也很细致真切。这些对后人都有启迪。尤其是,以现存资料而言,在潘岳之前还没有出现过这样以深沉的感情追怀亡妻的诗篇,它反映了由于对文学的抒情因素的重视,诗歌题材不断向日常生活领域扩展的趋向。"悼亡"字面意义本来是很宽泛的,但由于潘岳的《悼亡诗》,这题目后来专用来悼念亡妻,可见其影响之深远。

潘岳诗文中显现出来的作者文学上的另一特长,是与陆机同样善于融情入景,表现人与自然的契合。诗作中如《金谷集作》,为展示"亲友各言迈,中心怅有违。何以叙离思,携手游郊畿"的题旨,对"绿池泛淡淡,青柳何依依"、"灵囿繁石榴,茂林列芳梨"的园林胜景颇加渲染,同时又引出"春荣谁不慕,岁寒良独希"的人生感叹。又如辞赋中的《秋兴赋》,集中表达了对于脱离官场羁束而得到自由生活的期望,而全篇以对秋的叙写为背景,着力展现因秋景而引发人心思归的情怀。像如下的一段:

> 庭树摵以洒落兮,劲风戾而吹帷。蝉嘒嘒以寒吟兮,雁飘飘而南飞。天晃朗以弥高兮,日悠阳而浸微。何微阳之短晷,觉凉夜之方永。月朣胧以含光兮,露凄清以凝冷。

状写高秋风致,颇为爽洁,而辞家情致,也融入其中。至如所谓"譬犹池鱼笼鸟,有江湖山薮之思",就作品本身而言,它的情调与后来陶渊明的诗赋多有相似之处,陶诗《归园田居五首》之一中"羁鸟恋旧林,池鱼思故渊"之句,或许就出于潘赋。由于潘岳曾谄事权贵贾谧,他的这种表述被讥为虚伪。但事实上,两者也可能是矛盾地并存着的。而且不管怎样,从这里至少可以看到,保持个人的自由已经成为公认的价值。

潘岳的诗文、辞赋都偏重抒情,并以抒发低沉、伤感的情绪为主。这里既有时代的阴影,同时恐怕也有审美因素的考虑,当描绘人生的悲哀情绪成为一个作家的主要兴趣时,这种描绘已经不是单纯的个人心理宣泄,而是一种特殊的美学追求了。

陆机(261—303),字士衡,吴郡华亭(今上海松江县)人。出身东吴世家,少时曾任吴牙门将。年二十,吴为晋所灭,即退居故里,闭门勤学。晋武帝太康末年,与弟陆云赴洛阳,造访张华。因张华的推荐,名动京师,时有"二陆"之称。由祭酒,历著作郎、尚书中兵郎,仕平原内史,世因称之为陆平原。惠帝太安初,成都王司马颖兴兵讨伐长沙王司马乂,假予陆机后将军、河北大都督之衔,督诸军二十余万人。兵败受谗,被司马颖杀害。有《陆士衡集》。

陆机是西晋文学中最有代表性的作家。他才识颇高,精研文理,诗文辞赋,俱所擅长。尤其是他的诗,承继了前代大诗人曹植的长处,而又有所发展,创造出一种典雅与华美并重,抒情与写景结合的风格,在西晋一朝具有广泛影响。

陆机诗常有浓厚的伤感。作为亡国的名族之后,他是有着重振家族声威的功名心的,"但恨功名薄,竹帛无所宣"(《长歌行》)之类诗句,透露了他的这种心情。但是,同样因为他的特殊的家世背景,加上西晋极其混乱的政治态势,又使他对仕途满怀忧虑,深觉无奈。"天道夷且简,人道险而难"(《君子行》),是他对人生的很深的感受。他的一生就这样处于进退维谷的状态。早在应召北上时所作《赴洛道中作》二首之一中,他就发出了"世网婴我身"的感叹,他明白自己对人生道路的选择权是有限的。而在第二首中,他竭力描绘出自己走上不可预知的道路时的孤独与疑惧:

远游越山川,山川脩且广。振策陟崇丘,案辔遵平莽。夕息抱影寐,朝徂衔思往。顿辔倚高岩,侧听悲风响。清露坠素辉,明月一何朗。抚枕不能寐,振衣独长想。

这是陆诗的名作之一。风格与题旨上明显受到阮籍《咏怀诗》的影响。诗中为了突出内心的孤独和彷徨无所依的感受,将此行特意描绘成仿佛是孤身独行,而事实上当时他并非只身前往洛阳。"夕息抱影寐"是很精警的句子,它将上述内心感受化为可以凭视觉观察的东西。"清露"两句,虽似纯粹的写景,实又隐寓景中之人心绪的寂寞,状景的精细与抒情的深入结合堪称完美。

入洛以后,陆机一方面常常为"日归功未建"(《猛虎行》)而感到焦躁,同时也对仕途中的险恶与不自由感到厌倦,《招隐》诗就是这种心情的反映:

明发心不夷,振衣聊踯躅。踯躅欲安之,幽人在浚谷。朝采南涧藻,夕息西山足。轻条像云构,密叶成翠幄。激楚伫兰林,回芳薄秀木。山溜何泠泠,飞泉漱鸣玉。哀音附灵波,颓响赴曾曲。至乐非有假,安事浇淳朴?富贵苟难图,税驾从所欲。

"招隐"诗题出于《楚辞》中淮南小山的《招隐士》,原作旨意是招隐士出山,而西晋时陆机、左思等人的《招隐》诗,则变为对隐逸生活的赞美和向往。当然,陆机作此诗时,并未真正决意脱离仕途,但他确实意识到这可能是保全个人自由的一种途径,是"明发心不夷"这种烦闷心境的可能的解脱。除了诗末四句说理过于直露而缺少诗意外,诗的其余部分写得非常华美,写景的部分尤其显出刻意形容物象和造语力求新鲜的倾向,而且这一部分基本上是用对仗句式构成。这种借助语言重构的自然的美,似乎给作者焦躁不安的心灵带来了某种安慰。同样,在《悲哉行》中,也可以看到"和风飞清响,鲜云垂薄阴。蕙草饶淑气,时鸟多好音"这样精美的景物刻画与"忧思一何深"的心情的对映,这种情况在陆机诗中是相当普遍的。

在《日出东南隅行》中,陆机又以精细的笔触刻画了女性的美。从诗题来看,这诗像是对汉乐府《陌上桑》的模拟,但两者的区别又很大。陆诗是写上巳节时洛阳女子在洛水边游玩的情景,这与《陌上桑》的虚构故事不同。《陌上桑》描绘罗敷的美,显得简单而缺乏动态,且它并不是以描摹女性美为主要目的,而《日出东南隅行》则是单纯描摹女性的美,不牵涉其他内容。它写女子的容貌,有"美目扬玉泽,蛾眉像翠翰。鲜肤一何润,秀色若可餐。窈窕多容仪,婉媚巧笑言"之句;写其舞姿,有"赴曲迅惊鸿,蹈节如集鸾。绮态随颜变,沈姿乏定源。俛仰纷阿那,顾步咸可欢"之语,都是正面的、细致的笔法,"秀色若可餐"更是显得切近。显然作者并不认为爱慕美色是邪恶的表现。这种审美态度开了南朝宫体诗中纯粹描写女性之美一类作品的先河。

  陆机诗代表了西晋诗歌的唯美倾向。论写景的精细、语言的精练和典雅,都超过了建安时代的曹植、王粲等人;建安诗中偶尔可见的对偶句式,在陆机诗中往往占到一半以上,有些甚至接近通篇对仗。沈德潜称陆机"开出排偶一家"(《古诗源》),把诗歌重对偶之风气的开创归于陆机而不是归于曹植、王粲诸人,这是对的。这些特点对后来诗歌的发展趋向产生了深远的影响。

  这种唯美倾向固然可以视为贵族文化特征的表现,但它同时也和特定的人生态度、抒情需要相联系。西晋是一个传统价值观进一步崩溃、政治失衡、士人生活陷于彷徨无所依但个人意识仍在滋长的时代。这主要表现在儒学独尊时期受到压抑的个人要求的进一步释放(当然,获得释放的只是其中的一部分),以致在东汉时期还被认为体现"性恶"的欲望的"情"也被作为诗歌的根本,而且这种观念在南朝得到进一步发扬(参见本书235—236页)。换言之,个人的情欲中的至少若干成分在某种程度上成了合理的存在。与此相联系,能够使个人在感情、欲望上获得满足的不少事物都受到了远超于前的重视。在这种情况下,对美——自然之美、异性之美(在男权社会里主要是女性之美)以及表现这些对象的语言的美——的强烈追求,把它提升为单独的价值,以便从中获得愉悦与慰藉,也就是顺理成章的事了。从前面对陆机一些诗的分析,可以看出这一点。

  晋代及以后对陆机诗的讥评也不少。由于陆机的创作有表现文学才能和标榜学问的意识,便造成文辞的繁缛。张华即曾批评陆机道:"人之作文,患于不才;至子为文,乃患太多也。"(《世说新语》注引)繁缛则难免有平弱乏力即缺乏"风骨"的现象,故清人沈德潜说,到了陆机,"西京以来空灵矫健之气不复存矣"(《古诗源》)。另外,陆机还好为模拟,如他的《拟古诗》十二首,就是把《古诗十九首》的一部分按照各篇原来的内容用不同的语言重写了一遍,其用力主要在于修辞,没有多少个人的特点。然而换一个视角去看,陆机诗歌创作中所呈现的这些不足,同时又是中国诗歌发展到一定阶段,在突破固有程式前所不可避免会出现的情况。而其积极的意义,是为诗歌特殊语言的形成,作了具有一定价值的探索性的实验工作。

陆机的辞赋在精神上与他的诗有相通之处,不少作品也带有浓厚的感伤情致,表现了个人的渺小与人生的无奈。其中的出色之作,则在此基础之上,又显示出境界开阔,思想深邃的特征。如《叹逝赋》的如下一节:

> 悲夫!川阅水以成川,水滔滔而日度。世阅人而为世,人冉冉而行暮。人何世而弗新,世何人之能故,野每春其必华,草无朝而遗露。经终古而常然,率品物其如素。譬日及之在条,恒虽尽而弗悟。虽不悟其可悲,心恫焉而自伤!

从自然的更替联想及人世的代谢,以"世"与"人"词语的交替运用,喻示人类生生不息背景之下个人无可避免地被抛弃的宿命题旨,整体上给人一种回肠荡气而又不免悲凉失落的感觉。后来初唐诗人刘希夷"年年岁岁花相似,岁岁年年人不同"的诗句,其创意或许受到过此赋的启发。

陆机辞赋中的《文赋》,是一篇从创作角度讨论文章艺术的文学批评名作。赋中对创作过程里灵感的涌现,有生动的描绘;而其中就诗歌特征提出的"诗缘情而绮靡"的观点,继承并发展了曹丕《典论·论文》"诗赋欲丽"的主张,强调文学中情与美并重的重要意义,反映了晋代作家对文学特性的认识达到一个新的水准。

陆机的文章向来评价也很高。从文体演变的角度来说,其文在骈文形成过程中很有代表性的意义。而其《吊魏武帝文》,不但在文章中开创了"吊文"一体①,而且是用骈文写的抒情之作,为纯粹的文学作品。因而此文的出现既为文学开辟了一个新的门类,也意味着骈文的趋于成熟。文中抒写生死之际的眷恋、悲怆,颇足感人:

> ……惜内顾之缠绵,恨末命之微详。纡广念于履组,尘清虑于馀香。结遗情之婉娈,何命促而意长。陈法服于帷座,陪窈窕于玉房。宣备物于虚器,发哀音于旧倡。矫感容以赴节,掩零泪而荐觞。物无微而不存,体无惠而不亡。庶圣灵之响像,想幽神之复光。苟形声之翳没,虽音景其必藏。徽清弦而独奏,进脯糒而谁尝。悼缥帐之冥漠,怨西陵之茫茫。登爵台而群悲,伫美目其何望。既睎古以遗累,信简礼而薄葬。彼裘绂于何有,贻尘谤于后王。嗟大恋之所存,故虽哲而不忘。览遗籍以慷慨,献兹

---

① 在这之前贾谊曾作《吊屈原赋》;后人改称《吊屈原文》,非其本旨,真正的吊文是从陆机此篇开始的,可参看本编概说相关部分。

文而悽伤。

此外，陆机所作文体短小、取譬喻以见义的《演连珠》，也以精巧流贯著名。陆机之弟陆云（262—303），字士龙，曾官清河内史等职，后与陆机同时遇害。其才名稍逊乃兄。而所作《答车茂安书》一篇，用赋体笔法描写鄮县风光物产，较有特色。后来鲍照的《登大雷岸与妹书》或许受到它的影响。

与潘岳、陆机大致同时的"三张"，文学风貌大都与潘、陆相近，文辞华美而擅长写景。张载的《七哀诗》二首及《剑阁铭》，便是名作。而张协的成就则更突出些。

张协（？—307），字景阳，安平（今属河北）人。由秘书郎，历中书侍郎等职，官至河间内史。因西晋后期时世纷乱，故隐居不出。永嘉初，征为黄门侍郎，称病不赴。有《张景阳集》。

张协最著名的作品是《杂诗》十首。诗以精致的文辞，展示了诗人面对自然而引发的诸多感慨，如第四首：

> 朝霞迎白日，丹气临旸谷。翳翳结繁云，森森散雨足。轻风摧劲草，凝霜竦高木。密叶日夜疏，丛林森如束。畴昔叹时迟，晚节悲年促。岁暮怀百忧，将从季主卜。

钟嵘《诗品》评张协诗云："其源出于王粲。文体华净，少病累，又巧构形似之言。……词采葱蒨，音韵铿锵，使人味之亹亹不倦。"这些特点从本篇中可以看出。大抵张协诗以擅长写景、状物工巧为主要特点，除本篇外，《杂诗》其他诸篇中如"腾云似涌烟，密雨如散丝"、"浮阳映翠林，回飚扇绿竹"等，都很突出。这方面他与陆机颇为相近。只是他用语较浅显，全篇的文辞也较少繁冗之病。

同时期值得注意的作家还有木华。华字玄虚，曾为太傅杨骏府主簿，以《海赋》一篇名传后世。赋写大海的波涛汹涌与辽阔无垠，辞藻华美，取喻繁博，文学风格上与潘、陆二家诗亦不异趣。像下面这一段：

> 飞沫起涛，状如天轮胶戾而激转，又似地轴挺拔而争回。岑岭飞腾而反覆，五岳鼓舞而相磋。濆渍沦而渲溧，郁沕迭而隆颓。盘涡激而成窟，滒渖潕而为魁。

表现惊涛骇浪的急涌与缓泄，与波浪翻滚喷射之态，刻画之工，取喻之切，都比前代的写景之赋有了进一步的提高。

三、左思及刘琨

如果说潘岳、陆机代表着西晋文学的主流，左思则既有与之相近之处，又有别具一格的创造。

左思(约250—约305),字太冲,齐国临淄(今属山东淄博市)人。出身寒微,不好交游。因妹左芬被召入宫,故移家京师。其间为了作《三都赋》,"构思十年。门庭藩溷皆著笔纸,遇得一句,即便疏之。"(《晋书·文苑列传》)赋成而名动朝野,一时"洛阳纸贵"。曾官秘书郎,为秘书监贾谧门下"二十四友"之一。贾谧被诛,他退居宜春里,专意典籍,并辞齐王司马冏之召。晚岁因洛阳大乱,举家迁居冀州。有《左太冲集》。

据《晋书·文苑传》载,左思"貌寝,口讷",入洛之初,被陆机等视为"伧父"。生理上的这些障碍,与寒族的家庭背景,无疑给他带来了很大的心理压力。作为一种个性化的反抗方式,他的作品因而显现出气概豪迈,极度自尊,并在某种程度上追求辞文壮美奇瑰的特征。这在他的诗歌辞赋创作中均有反映。

通过描写隐士的生活来表达对于自由而高尚的人生的向往,是西晋文学中较普遍的现象,左思也作有《招隐》诗:

> 杖策招隐士,荒塗横古今。岩穴无结构,丘中有鸣琴。白雪停阴冈,丹葩曜阳林。石泉漱琼瑶,纤鳞或浮沉。非必丝与竹,山水有清音。何事待啸歌?灌木自悲吟。秋菊兼馈粮,幽兰间重襟。踌躇足力烦,聊欲投吾簪。

此诗不仅与陆机的《招隐》题目相同,而且"石泉漱琼瑶"一句也显与陆机的"飞泉漱鸣玉"类似,其中的一首必受另一首的影响,可惜现已无从考知哪一首写作在前了。就诗句的语言说,左思此篇由于意象内涵的丰富,较王粲、曹植之作乃至陆机的《招隐》都更趋成熟。如"荒塗横古今"一句,既说明了隐士所居远隔人世,必须越过自古至今无人行经的"荒塗"才能找到,又由"横古今"这样的词语,使人由今天的隐士联想到古代的许多隐士,增加了"隐士"这一概念的历史深度。大概正因为此句的超卓,唐代的陈子昂曾把它改头换面地用在自己的《感遇》诗里:"苍苍丁零塞,今古缅荒途。"再如"非必"四句,其"山水"的"清音"与"灌木"的"悲吟"都是《庄子》的所谓"天籁",故此等诗句虽为写景,而实含有玄理,意味着对"天籁"的向往。此外如"丘中有鸣琴"一句,在使人如闻琴声的同时,又隐隐逗出沉醉于自然中的隐士潇洒抚琴的风姿;"秋菊"二句用《离骚》中"餐秋菊之落英"和"纫秋兰以为佩"的典故,不但写了山中兰菊的众多,更隐寓着隐士人格的完整。总之,在这以前固然已经出现了若干意象密集的优秀诗篇,而在意象内涵的丰富方面,此诗却有了新的进展。

左思最具独特风格的创作是《咏史诗》八首。诗以咏史为题,大约始于班固,建安以后,继者不乏;但大都以叙写史实为主,间抒个人感慨。而左思的《咏史诗》,则主要是借历史材料来抒发自己的怀抱,开辟了咏史诗写作的新径。其中心内容,一是揭露、批判世族垄断政治而使寒门之士怀才不遇、有志难伸的社会现象,一是抒写个人的人生志趣;而两者又相互联系,并都可以溯源至正始文学。

在《咏史诗》之二中,作者以"郁郁涧底松,离离山上苗"的对照,揭露了当时社会以势位而不以才德取人,以致"世胄蹑高位,英俊沉下僚"的荒谬现实,这代表了寒士的共同愤慨。但《咏史诗》感人之处,主要却并不在于它对现实政治的批判(诗歌在这方面的作用总受到限制),而在于当作者意识到自己不能得到社会的合理对待时,并不陷于沮丧自怜,却以精神性的自我提升,表现出与社会的压迫相对抗的姿态,从而使诗中贯注了一种豪迈激昂的情绪。像其中的第五首:

> 皓天舒白日,灵景耀神州。列宅紫官里,飞宇若云浮。峨峨高门内,蔼蔼皆王侯。自非攀龙客,何为欻来游?被褐出阊阖,高步追许由。振衣千仞冈,濯足万里流。

诗在一个极为阔大的背景下展开叙述,而前半部分描绘王侯居处的文字,完全是从一种俯视的角度来加以组织,所以有令人目眩的宏观意味。后半部分则用"自非"两句作转折,对前半部分的王侯生活加以精神性的否定。然后把抽象的玄想化为形象的描绘,创造出"高步追许由"这一奇特之境。结句则另外铺写一种与开首四句同样境界阔大,而有清浊之别的场景,用对照手法,映衬出了个人孤傲、激昂的豪迈气概。

这种豪迈气概又是从何而来的呢?在第三、第六两首作者关于自我人生志趣的表述中,可以得到解答:

> 吾希段干木,偃息藩魏君;吾慕鲁仲连,谈笑却秦军。当世贵不羁,遭难能解纷。功成耻受赏,高节卓不群。临组不肯绁,对珪宁肯分?连玺曜前庭,比之犹浮云。

> 荆轲饮燕市,酒酣气益震。哀歌和渐离,谓若傍无人。虽无壮士节,与世亦殊伦。高眄邈四海,豪右何足陈!贵者虽自贵,视之若埃尘;贱者虽自贱,重之若千钧。

两诗表现出对个人的自我尊严的高度重视。在前一首中,作者想像个人可以以一种自由的身份来从事政治活动,可以凭借自己的才华轻易地获得成功而又始终不受社会既有等级秩序的束缚,不为荣华富贵而丧失自由;在后一首中,作者表明:人的尊严并非由他人、由社会地位来决定,而是由其自身决定。

个人如果选择了有尊严的生活,那么即使如荆轲、高渐离那样处于沦落之境,仍然能够傲视四海。正因如此,作者才能以居高临下的态度来批判、对抗社会的不合理压迫。这种人生态度对唐代诗人有很强的吸引力,李白的诗中就经常有类似的表述;其《古风》第十所写的鲁仲连,实际上来自经左思《咏史诗》改造过的形象,而非《战国策》所记载的本来面目。

值得注意的是,《咏史诗》所表现出的上述人生态度,恰恰又正是具有贵族特征的士族文化的产物。换言之,士族文化中对个人尊严的重视,也符合于人的一般本性。

从诗的语言风格来说,《咏史诗》与潘、陆等人的诗有明显差异。潘、陆的诗虽然也是偏重抒情的,但由于无奈的进退维谷的人生处境,很难表现出高昂的激情;相应地,他们的诗歌语言就向着唯美的、繁缛或精巧的方向发展,而主要不以抒情的力度见长。《咏史诗》则相对地较少雕琢的痕迹和过分的铺叙,主要以诗的气势与骨力取胜,有一种壮美之风,所以《诗品》有"左思风力"之誉。需要指出的是,这种风格在当时不占主导地位,同时由于相对而言比较注重个人理念的表述,因而某些篇章也有诗味不足的弊病。

除了《咏史诗》,左思的《娇女诗》也写得颇为出色。诗中描摹两个女儿纨素、惠芳娇憨天真之态,富于谐趣,风格别致。如写小女儿纨素初学化妆,以"明朝弄梳台,黛眉类扫迹"之语状之;相对地写大女儿惠芳的专意修饰,则用"轻妆喜楼边,临镜忘纺绩"两句摹画,一粗拙,一细心,便很传神地写出了不同年龄段的女孩子追求美的相异情状。全诗别无深旨,而慈父面对娇女时既爱又嗔的心情,跃然纸上。从文学史的角度看,出现这样完全生活化的作品,在晋代诗歌中是颇为特殊的。

中原崩溃、晋室南渡之际,刘琨在另一种人生体验中写出了激昂有力的诗章。

刘琨(271—318),字越石,中山魏昌(今河北无极)人。"少负志气,有纵横之才"(《晋书》本传)。永嘉初年,任并州刺史。后又拜大将军,都督并州诸军事。在西晋末叶动荡的局势中,他联合鲜卑贵族拓跋猗卢、段匹磾,抗击匈奴与羯族的进攻。但最终还是被羯族首领石勒之部击破。因投奔段匹磾,又被段氏所杀。遗著后人辑集为《刘越石集》。

刘琨早年与后来成为东晋北伐名将的祖逖为友。后闻逖被用,与亲故书云:"吾枕戈待旦,志枭逆虏,常恐祖生先吾着鞭。"(《晋书》本传)可见其在北方的抗敌活动,至少不仅仅是为了挽救晋室,也是为了求取自身的壮丽人生。这在魏晋时代,实是正常的思考。前人认为刘琨诗多表现其忠于晋室的精神,这一点固然不错,但他的诗中更强烈的,却是一种欲力挽狂澜而自知其难、不无人生失路之感的悲凉情调。其《扶风歌》云：

> 朝发广莫门，暮宿丹水山。左手弯繁弱，右手挥龙渊。顾瞻望宫阙，俯仰御飞轩。据鞍长叹息，泪下如流泉。系马长松下，发鞍高岳头。烈烈悲风起，泠泠涧水流。挥手长相谢，哽咽不能言。浮云为我结，归鸟为我旋。去家日已远，安知存与亡？慷慨穷林中，抱膝独摧藏。麋鹿游我前，猿猴戏我侧。资粮既乏尽，薇蕨安可食？揽辔命徒侣，吟啸绝岩中。君子道微矣，夫子故有穷。惟昔李骞期，寄在匈奴庭。忠信反获罪，汉武不见明。我欲竟此曲，此曲悲且长。弃置勿重陈，重陈令心伤。

诗写赴任并州刺史途中所见所感，风格与措辞在某些方面与曹操的《苦寒行》颇为相似。而其中知其不可为而为之的悲壮之情，比曹诗显得更为浓烈。诗开始部分的弘廓场面，让人想起左思《咏史诗》之五的起首部分。"烈烈悲风起"以下数语，则有一种晋代诗歌中少见的悲怆之情。但全诗结构较松散，文辞丛杂，显得精致不足。

刘琨存诗仅三首，另外的《答卢谌》、《重赠卢谌》二首风格与《扶风歌》大体相同。而说理谈玄的意味更加浓重，文学性不太高。前人评刘琨诗，谓之"善为凄戾之词，自有清拔之气"（《诗品》），"壮而多风"（《文心雕龙》），都是从诗中所含激荡而深沉的感情这一点下的判断。这种激越的感情是西晋一般诗人所缺少的，因此在当时的诗坛上便显得特立不凡。

第三节 东晋诗文与陶渊明

西晋后期爆发的"八王之乱"，导致中国北方重新进入分裂的时代，当时有所谓的"五胡十六国"，在北方各自或相替为政。南方则在公元三一六年西晋被匈奴人所建汉国覆灭后的次年，由琅琊王司马睿在建业（今江苏南京）登基，揭开了东晋王朝的序幕。

东晋王朝是在北方南下的汉族贵族与南方土著士族的共同支持下建立起来的。在整个东晋历史上，王室也是依靠士族中的俊义之材度过一次次危机。因此，东晋成为历史上士族势力特别强大的时代。处在这种环境中的东晋士人，一方面并不放弃对自身的政治与经济利益的追求，一方面却渴望在精神上获得更大的解脱；他们的生活态度较前人少了些狂诞，多了些优雅和从容。唐代杜牧诗云："大抵南朝皆旷达，可怜东晋最风流"（《润州二首》之一），便是由此而来的感想。

与此相应,东晋士族文化最突出的表现,是对玄学清谈和山水自然的爱好。清谈之风在魏末已盛,至东晋更为流行。士林领袖(如先后成为东晋政权之支柱的王导、谢安)往往是清谈中的核心人物,帝王中也不乏热心于此的人(如简文帝,《晋书》本纪称其"尤善玄言")。以前的玄学清谈在抽象命题下还有隐然关涉政治背景的内容,东晋时则基本上远离政治,大抵只是表现士人的智慧与风度。谢尚《谈赋》描绘个中情形,为"斐斐亹亹,若有若无,理玄旨邈,辞简心虚",可以想像其飘忽于世俗生活之外的风味。此外,佛教在当时也已对士大夫开始产生影响。不过,其影响还主要在宗教观念方面。至于在哲学思想上,由于当时的僧徒以"格义"①的方法来解释佛学,人们还难以明确把握佛学和玄学的不同,从而对士大夫的影响还不大。

对山水自然的爱好,固然是前代风气的延伸,却也有这一时代特别的条件。当时北方名族南徙以后,多在浙东一带经营庄园,这里山水风光的明媚秀丽,实非西晋时士人聚居的洛阳等地可比;而东晋士人追求脱俗、标榜优雅从容的生活态度,也使他们更容易与自然相融合。在《世说新语·言语》的一些记载中,可以明显感觉到当时人对自然的亲近和敏感,与前人相比是更为深切了的:

> 王子敬云:"从山阴道上行,山川自相映发,使人应接不暇。若秋冬之际,尤难为怀。"

> 简文入华林园,顾谓左右曰:"会心处不必在远,翳然林水,便自有濠濮间想也,觉鸟兽禽鱼,自来亲人。"

这里对自然的态度,已经不仅是品赏,而且是从品赏中引发出对人生的感动。

上述两种现象,对东晋文学的特点有极大影响。

一、郭璞与玄言诗

关于东晋文学,我们首先要谈的是从北方到南方的郭璞。

郭璞(276—324),字景纯,河东闻喜(今属山西)人。博学好古,长于阴阳卜筮之术。西晋末避乱过江,曾任王导参军。东晋初为著作佐郎。后为大将军王敦引作记室参军。当王敦不服司马氏的抑制而欲起兵谋反时,曾受命卜筮吉凶,以卜得必败之象,劝阻王氏勿反,而被王敦杀害。诗文传世者,后人辑为《郭弘农集》。另著有《尔雅注》、《方言注》、《山海经注》、《穆天子传注》等。

---

① 以中国原有的哲学(主要是玄学)概念和词汇来解释佛学,称为"格义"。

郭璞在文学史上最著名的成就，是在南渡后创作了一组《游仙诗》①。借游仙题材来表现从现实中获得解脱的愿望，在阮籍《咏怀诗》中已屡见，嵇康并写有以《游仙诗》为题、旨在摆脱尘秽的作品，郭璞《游仙诗》与之有沿承关系。不过，郭璞更多地把虚构的仙界作为永恒和超越的象征，以对照出现实生活中价值观的不可靠和不足道；同时，他又把西晋以来渐盛的向慕隐逸的内容融入诗中，实是阮籍《咏怀诗》、嵇康《游仙诗》与陆机、左思等人《招隐诗》的结合。诗中表达的，主要是摆脱人世间的拘束而进入自由境界的幻想。如其七：

  旸谷吐灵曜，扶桑森千丈。朱霞升东山，朝日何晃朗。回风流曲櫺，幽室发逸响。悠然心永怀，眇尔自遐想。仰思举云翼，延首矫玉掌。啸傲遗世罗，纵情在独往。明道虽若昧，其中有妙象。希贤宜励德，羡鱼当结网。

在幻想的仙界中，可以"纵情"、"独往"；而在这虚构的超越时空的立场上看人间，一切都变得非常渺小，那里的不自由的生活显得格外可怜："东海犹蹄涔，昆仑蝼蚁堆。遐邈冥茫中，俯视令人哀。"（其八）甚至被前人当作高尚的典范来歌颂的伯夷、叔齐之流，由于不能够摆脱渺小的人间是非，也丝毫不值得效仿，因此作者宣称要"高蹈风尘外，长揖谢夷齐"（其一）。

《游仙诗》通过"仙"与"凡"的对照，以富于色彩的文辞，生动地描绘出一种超越现实的人生境界，不仅在东晋和南朝受到许多人的喜爱，在唐代，如李白、李贺的一些诗作中，也仍然可以看到它的影响。

《游仙诗》的另一题旨，是对人生无可挽回的悲剧性结局的咏叹。这与前此西晋文学的某些方面也有承继关系，是潘岳、陆机等探讨人生价值诗作的进一步深化，也带有浓厚的感伤情调。如其四：

  六龙安可顿，运流有代谢。时变感人思，已秋复愿夏。淮海变微禽，吾生独不化。虽欲腾丹谿，云螭非我驾。愧无鲁阳德，回日向三舍。临川哀年迈，抚心独悲吒。

诗中表现的，实是个人无法获得生死解脱的深切悲哀。在最末两句中，更显示出一种极度的焦虑。值得注意的是，因无法超越生死而产生的焦虑与慨叹，在以后陶渊明的诗作中也有呈现，并且情绪更为激烈。

郭璞的辞赋中，现存篇幅最大的是《江赋》，而艺术上更值得一提的，是《登百尺楼赋》。后者的前半段如下：

---

① 诗中有"灵溪"、"青溪"，据《文选》李善注，皆为荆州一带地名，故诗当作于郭氏南下之后。

> 在青阳之季月,登百尺以高观。嘉斯游之可娱,乃老氏之所叹。抚凌槛以遥想,乃极目而肆运。情眇然以思远,怅自失而潜愠。瞻禹台之隆岊,奇巫咸之孤峙。美盐池之滉汻,察紫氛而霞起。异傅岩之幽人,神介山之伯子。揖首阳之二老,招鬼谷之隐士。

尽管题材与王粲《登楼赋》相近,而写登楼所见所思,已完全是一种境界更为虚幻的场面。就这点而言,其风格与作者在《游仙诗》中所展示的是一脉相承的;所表现的,也是个人期待摆脱人世间的束缚而进入自由境界的幻想。

据《世说新语》注引檀道鸾《续晋阳秋》的说法,东晋玄言诗代表作家孙绰、许询均是"祖尚"郭璞的,他把郭璞视为东晋玄言诗风的先导。这里似乎有问题,因为郭璞的《游仙诗》辞采颇丰艳,与东晋流行的以抽象语言说理的枯淡之作不同。不过从另一个角度来看,从正始以来,包括阮籍、嵇康在内,诗歌就有好议论、好说老庄哲理的风气,郭璞诗也有这种毛病,孙、许诸人沿此而变本加厉,也是可能的。

玄言诗是因清谈风气空前兴盛而造成的哲理笼盖文学的产物,它不追求诗的形象性,也不重视诗风的劲健华丽,而以表现理趣见长。关于它的兴起与特征,沈约在《宋书·谢灵运传论》中写道:

> 有晋中兴,玄风独振。为学穷于柱下,博物止乎七篇,驰骋文辞,义殚乎此。自建武暨乎义熙,历载将百,虽缀响联辞,波属云委,莫不寄言上德,托意玄珠,遒丽之辞,无闻焉耳。

由此可见,玄言诗的重要特征,一是在题旨方面以"寄言上德,托意玄珠"为主,一是艺术风格方面无"遒丽之辞",比较素朴。但应该注意到问题还有它的另一面。正如前述,玄学清谈和悦情山水自然是东晋士人普遍的双重爱好,而且这两者之间又是相互关联的。在玄学之士看来,人生的根本意义不在于世俗的荣辱毁誉、成败得失,而在于精神的超越升华,对世界对生命的彻底把握。宇宙的本体是玄虚的"道",四时运转、万物兴衰是"道"的外现。所以对自然的体悟即意味着对"道"的体悟,人与自然的融合即意味着摆脱凡庸的、不自由的、为现实社会关系所羁累的世俗生活,而得到自由和高尚的生存体验。所以玄言诗大多以体察自然发端,它与田园诗、山水诗的兴起,是有很重要的关联的。

玄言诗的代表作家是孙绰。孙绰(314—371)字兴公,太原中都(今山西平遥西北)人。家于会稽(今浙江绍兴),少好隐居。入仕之初为著作佐郎,后曾任永嘉太守,官至廷尉卿。有《孙廷尉集》。

孙绰的诗,大部分如《诗品》所言,"平典似《道德论》"。即基本上都是抽象说理,很少诗趣。但当诗中灌注了鲜活的情感时,情况就有所不同。如下面这首《秋日》：

> 萧瑟仲秋月，飂戾风云高。山居感时变，远客兴长谣。疏林积凉风，虚岫结凝霄。湛露洒庭林，密叶辞荣条。抚菌悲先落，攀松羡后凋。垂纶在林野，交情远市朝。澹然古怀心，濠上岂伊遥。

尽管诗中确乎没有什么"遒丽之辞"，但通过表现自然的神韵及个人与自然的契合，还是创造出了一种令人神往的意境。又如《兰亭诗二首》之二：

> 流风拂枉渚，停云荫九皋。莺语吟修竹，游鳞戏澜涛。携笔落云藻，微言剖纤毫。时珍岂不甘，忘味在闻《韶》。

诗用淡雅的笔触描绘一种富于理趣的自然景致，试图以此去展示玄理的无穷蕴味。而上引两诗的末尾，均有数语阐发诗旨。这种在诗中探索自然与人的精神世界的契合之处，并以比较素朴的言语加以表现，而最终又归结为一种理念的特征，实开了后来陶渊明诗歌的先声。

孙绰也擅长辞赋创作，作品著名的是《游天台山赋》和《遂初赋》。前者借游天台而畅说个人对神仙生活的企慕，语多玄意，不甚感人。但其中所述登天台山过程中的奇险情形，如"披荒榛之蒙茏，陟峭崿之峥嵘。济楢溪而直进，落五界而迅征。跨穹隆之悬磴，临万丈之绝冥"等等，描绘高山奇绝之象，笔调超逸，颇多神采。

二、王羲之与谢安

与孙绰大致同时的作家中，较著名的是王羲之和谢安。

王羲之（321—379，一作303—361），字逸少，琅琊临沂（今属山东）人。他是东晋名臣王导的侄子，起家秘书郎，官至右军将军、会稽内史，世称王右军。王氏擅长书法，好山水之游。辞官后定居山阴（今浙江绍兴），专意书艺。他文学上的代表作，是散文《兰亭诗序》：

> 永和九年，岁在癸丑，暮春之初，会于会稽山阴之兰亭，修禊事也。群贤毕至，少长咸集。此地有崇山峻岭，茂林修竹，又有清流激湍，映带左右，引以为流觞曲水，列坐其次。虽无丝竹管弦之盛，一觞一咏，亦足以畅叙幽情。
>
> 是日也，天朗气清，惠风和畅，仰观宇宙之大，俯察品类之盛，所以游目骋怀，足以极视听之娱，信可乐也。
>
> 夫人之相与，俯仰一世，或取诸怀抱，悟言一室之内，或因寄所托，放

浪形骸之外，虽趋舍万殊，静躁不同，当其欣于所遇，暂得于己，快然自足，曾不知老之将至；及其所之既倦，情随事迁，感慨系之矣。向之所欣，俯仰之间，已为陈迹，犹不能不以之兴怀，况修短随化，终期于尽。古人云：死生亦大矣，岂不痛哉！

每览昔人兴感之由，若合一契，未尝不临文嗟悼，不能喻之于怀。固知一死生为虚诞，齐彭殇为妄作。后之视今，亦犹今之视昔，悲夫！故列叙时人，录其所述。虽世殊事异，所以兴怀，其致一也。后之览者，亦将有感于斯文。

此文作于晋穆帝永和九年（353），所记为王氏与谢安、孙绰等四十余人于山阴兰亭修禊事。文中突出反映了东晋士人从山水自然中感悟人生的意趣，表现了对生命的深深眷恋和对自然的敏锐的感受力。文字由清隽恬淡始而进至超脱深沉。因为将情与理相融为一，故关于人生哲理的探讨对文章并不造成破坏。另据《世说新语·企羡》记载，当时有人曾将本序比作西晋石崇（249—300）所撰《金谷诗序》，王氏闻之"甚有欣色"。《金谷诗序》现存文甚短，其中写景部分并不出色，而引人注目的，是它对"感性命之不永，惧凋落之无期"的强调。由此可见王羲之《兰亭诗序》在当时人及王氏本人心目中最重要的部分，也便是文中对人生哲理的探讨。

谢安（320—385），字安石，陈郡阳夏（今河南太康）人。出身士族，由吴兴太守，历吏部尚书等职，到晋孝武帝时官至宰相。晚岁因受排挤，出镇广陵，不久病故。

谢安以政治家而兼擅文辞，特殊的地位，使他的作品颇多人生慨叹。其中写得较为出色的，是书信体文章《与支遁书》：

思君日积，计辰倾迟。知欲还剡自治，甚以怅然。人生如寄耳，顷风流得意之事，殆为都尽。终日感感，触事惆怅。唯迟君来，以晤言消之。一日当千载耳。此多山县，闲静差可养疾。事不异剡，而医药不同。必思此缘，副其积想也。

信中文辞不着色彩，平平淡淡，而表现的情致，则真挚可感。尤其是信中无所顾忌地言及个人对生命易逝的悲愁，显现了与西晋文学同样深沉的人生感悟。

三、湛方生与释慧远

王羲之、谢安之后，东晋后期较有代表性的作家，是湛方生和释慧远。

湛方生，生卒年不详，据所撰《庐山神仙诗序》中言及太元十一年（386）

事推测,大约是晋孝武帝时人。曾任卫军谘议参军。他在文学上的成就,首先表现为创作了不少玄意渐淡而描摹自然山水颇工的诗作。如《帆入南湖》:

> 彭蠡纪三江,庐岳主众阜。白沙净川路,青松蔚岩首。此水何时流,此山何时有。人运互推迁,兹器独长久。悠悠宇宙中,古今迭先后。

此诗前四句纯是写景,其中三、四两句对仗工整,而注重自然色彩的描写,是前此玄言诗中少见的。第五句以下,虽仍以说理为主,但已不主于表现比较玄妙的神学式的哲理,而拓展为抒发较为宽泛的由自然与人生的关系所引出的感慨,并有一种历史的沧桑感。后来唐代张若虚《春江花月夜》一诗中的某些表现手法,或即源于此。又如《佚题诗》:

> 仲秋有秋色,始凉犹未凄。萧萧山间风,泠泠积石溪。

同样是写景,又主要以个人内心的感受着笔,力图展示萧萧秋景背后的意境。这种写景方式,在稍后的陶渊明诗歌中得到了较成功的继承与创造性的发展。

湛方生的辞赋文章颇见创意。他的《怀春赋》重视展现自然变化在个人内心激起的复杂情绪,并重现出西晋陆机等讲究文辞藻饰的特色。像"麦芃芃而含秀,桑蔼蔼而敷荣。华照灼以烂林,叶婀娜以媚茎"这样明丽的句子,在前此玄风大畅的文坛上是很难见到的。而《游园咏》一篇,则更以清隽秀挺的笔文,充分显现了作家身处纯净自然的愉悦之怀:

> 谅兹境之可怀,究川阜之奇势。水穷清以彻鉴,山邻天而无际。乘初霁之新景,登北馆以悠瞩。对荆门之孤阜,傍渔阳之秀岳。乘夕阳而含咏,杖轻策以行游。

在以上这一段文字中,清秀的山水被作家以一种明快的笔调加以观赏性的展示;而文字之外,又蕴含了一份对自然冲淡无欲,但愿融身于其中的陶然情致。这样的境界,在中国文学史上一直是许多作家创作时追求的目标。

释慧远(334—416),俗姓贾,雁门楼烦(今山西宁武附近)人。年二十一,从释道安出家,精通般若性空之学。太元六年(381)移居庐山,倡弥陀净土法门,为后世尊为佛教净土宗始祖。他的诗现仅存一首,即《庐山东林杂诗》:

> 崇岩吐清气,幽岫栖神迹。希声奏群籁,响出山溜滴。有客独冥游,径然忘所适。挥手抚云门,灵关安足辟。流心叩玄扃,感至理弗隔。孰是腾九霄,不奋冲天翮。妙同趣自均,一悟超三益。

也许是由于作者为出家之人,又身处玄风曾经大畅的南方佳山水间,故诗中仍较多留有叙说玄理,表现玄意,展示玄趣之处。但诗的前六句,却在对空灵出尘的景色的描绘中,烘托出一个独游客的孤高身影,形象生动,意境深远,艺术上显然超出一般玄言诗作甚多。

释慧远传世的文章相对较多,其中文学价值较高的,是《庐山记》。记文叙写庐山胜景,笔法洗练,而状摹自然山色极见功力。如下面总叙山景的一段:

> 其山大岭,凡有七重。圆基周回,垂五百里。风雨之所攄,江山之所带。高岩仄宇,峭壁万寻。幽岫穿崖,人兽两绝。天将雨,则有白气先抟,而缨络于山岭下。及至触石吐云,则倏忽而集。或大风振岩,逸响动谷,群籁竞奏,其声骇人。此其化不可测者矣。

文虽不繁,而山之概貌、特征,及山雨欲来,狂风已至之态,跃然纸上。这种以简洁优美见长的散文风格,到南朝得到了长足的发展,在谢灵运、鲍照的某些作品里,便可以找到类似的遣词方式和境界。

据史籍记载,玄言诗风至东晋末殷仲文、谢混,开始发生较大的变化。如沈约说:"仲文始革孙、许之风,叔源(谢混字)大变太元之气。"(《宋书·谢灵运传论》)殷、谢存诗数量很少,不完全能够据以判断他们在诗风变革中的作用。如从现存东晋诗歌的总体情况来看,大致可以说,一则玄言诗与描写山水自然的诗本来就并非是截然对立的,一则愈到后期,描写山水自然而兼有玄理或佛理的诗愈是增多。上述湛方生与释慧远即其例。至于殷仲文、谢混特别受重视,除了他们社会地位较高因而影响较大,恐怕还因为他们的诗与湛方生的辞赋文章类似,比较明显地延续了西晋诗的华美的特征。如《诗品》便明白说谢混、殷仲文为当时"华绮之冠"。而谢混显然在写景方面更突出一些。其《游西池》中"惠风荡繁囿,白云屯曾阿。景仄鸣禽集,水木湛清华"之句,堪称秀丽。他与族侄谢灵运关系密切,对谢灵运的诗歌创作应该有较大的影响。

东晋诗歌另有一种值得注意的现象,是有些上层文士开始运用江南短小的民间歌谣体式写作,如谢尚有《大道曲》,孙绰有《情人碧玉歌》,王献之有《桃叶歌》,这预示着民间乐府将再度影响文人创作而造成新的变化。

四、陶 渊 明

东晋文学就总体而论,其繁荣程度似乎既不及之前的西晋,也不及之后的刘宋。但生活于晋宋之际而习惯上归入东晋的陶渊明,却被后人推举为整个魏晋南北朝最为杰出的文学家。

陶渊明(365—427),字元亮,后更名潜,浔阳柴桑(今江西九江)人。他的血统中有江南少数民族——溪族的因子①,曾祖陶侃本为渔户,后以军功发迹,赠大司马;荫庇所及,使陶渊明的祖父、父亲也都做过太守之官。但到了陶渊明本人,却时运不济,幼年丧父,很早便尝到了贫困的滋味。年未而立,便出就江州祭酒一职,不久辞官归隐。后来他又断断续续地在江州刺史桓玄、镇军将军刘裕等人的门下当过几任参军一类的小官,并最终因生计所迫、亲友所劝而官彭泽令。但在彭泽令任上仅八十余天,即以不堪忍受官场缛节,弃职返乡。自此以隐居躬耕终其一生。有《陶渊明集》。

陶渊明在文学创作上是一位全才型的人物,从他现存的诗歌、辞赋和散文中都可以举出不少传世名篇。而由文学发展的历程看,他最具独创性的成果是在诗歌方面。作为一位身处东晋南朝之交的诗人,他的诗还带有较多的玄言诗的印痕,诗中好言哲理,但他高出一般玄言诗人之处,在能把哲理相当圆满地结合在对自然事物或者乡村景色的动人描绘之中,并因此创造出了一种富于诗意的玄言诗和前人未曾涉及的田园诗。另一方面,他后期的诗文创作又在深入地表达个人情感等方面作了可贵的探索,一定程度上成为后来南朝文学的先声。

陶渊明的诗歌创作,以他四十二岁第二次弃官归隐为界,大致可以分为前后两个时期。前期诗作以表现玄意或在对自然景色的描述中抒发个人玄想为主,语境恬淡,结构自然。后期诗歌,则重在描绘田园风光,表现个人归隐心绪,同时也呈现出对生命易逝的焦虑和壮志未酬的悲愤,构思上平静与奇崛并具,风格多样。

陶诗中属于前期的诗歌里,最著名的当数三十九岁时写的《饮酒二十首》中的第五首②:

> 结庐在人境,而无车马喧。问君何能尔?心远地自偏。采菊东篱下,悠然见南山。山气日夕佳,飞鸟相与还。此中有真意,欲辩已忘言。

据《饮酒》组诗诗题后自序,诗是作者在"闲居寡欢,兼比夜已长,偶有名酒,无夕不饮。顾影独尽,忽焉复醉。既醉之后,辄题数句自娱"的状态下写的。因为是醉境中的产物,所以此诗最成功的地方,是用飘逸而又略带恍惚的诗语,营造起一种个人与自然、内心与外界浑然一体、不分彼此的美妙境界。在这一

---

① 参见陈寅恪先生《魏书司马叡传江东民族条释证及推论》中的有关考证,文载《金明馆丛稿初编》。
② 以下所述陶渊明作品的系年,主要依据逯钦立《陶渊明事迹诗文系年》,文附载中华书局1979年版《陶渊明集》后。

境界里,物的存在与变化以心的感受为唯一动因,只要诗人的内心已经远离尘俗,则虽身处车马喧嚣的闹市之中,依然会有居地偏僻之感。而也正因诗人心地如此超凡脱俗,故其忆念中的世界,均浸润在一种和谐的逸韵之中。"采菊东篱下"以下诸句,在充分发挥诗句句式的自由度与诗语语外之旨方面,可谓匠心独运。其中像"悠然见南山"一句,既可理解为诗人悠然地看见南山,也可读解作诗人看见南山的悠然[①],物我同一,颇契醉心之语;"飞鸟相与还",则除了字面上的飞鸟相伴还巢的意思外,还带有一层有生之物返归自然("山")的寓意。而结束之辞归结到一种言语无法解说的"真意",又将全诗推向了一种更为玄远的境地。从某种角度看,这首以"饮酒"为题的诗仍是一首玄言诗,但它与前此那种以纯粹说理为目标而少考虑诗的特性的玄言诗相比,一个很大的进步,是回复到用真正的诗的语言去表现内心对玄意欲言不能的感受,同时又用了表面平静而内部颇具情致的意境,来侧面展示玄意即在人心中的题旨。而醉酒的境界,又正好是创造这种但求传达玄意而不必追求言语确定性与明晰度的新玄言诗的最佳时机。

在这里需要说明的是:陶渊明诗歌语言的成就,不在于意象的密集,而在于意象内涵的丰富。以此诗的前四句来说,其"问君何能尔"一句,毫无意象可言,完全是散文式的承上启下之语。其后王维的"虽与人境接,闭门成隐居"(《济州过赵叟家宴》),显然受陶渊明这四句的影响。因"虽与人境接",即"结庐在人境";"成隐居"即"无车马喧";唯王维的避世方式在于"闭门",陶渊明则在于"心远"而已。但王维只用两句诗就涵盖了陶渊明用四句诗来表达的意象,这自是后来居上的正常现象,却也可见陶诗并不以意象密集见长。不过,其中间四句的含蕴之富和构造的浑成,实为我国的古代诗歌别开生面。在前两句中,人的悠然(篱边采菊)与自然("南山")的悠然融而为一。在后两句中,山气的灵动美妙与劳苦了一天的群鸟终于归向自然,这不仅是一幅感人的画面,而且也富于象征意义:包括人在内的所有的动物最终都是要像鸟这样地归向自然的吧,这实在是一个美丽的结局和永恒的安慰。由此也就可以理解,诗人这种与自然融而为一的悠然的生活,正是人生意义的所在。所以,这四句诗创造了一种可以引发人们多种联想的境界;全诗的最后两句实际上是在启发读者去探寻其中的"真意",从而使联想的空间更其广阔。在我国传统的文学批评中被评为富于"弦外之音,言外之味"的这种境界的出现,是我国诗歌史上的一大进展。它是通过诗人对生活场景的择取,并根据一定的意念加以提

[①] 此采日本学者吉川幸次郎之解说,见所撰《陶渊明》一文,文收入吉川氏《中国诗史》,中译本由章培恒等译,安徽文艺出版社1986年版。

炼、集中和组织而形成的,所以其中渗透着诗人对生活的感悟。也正因此,陶渊明和左思诗歌的意象虽都内涵丰富,但左思偏重于修辞的手法,陶渊明则得力于上述境界的创造。从此以后,显示"弦外之音,言外之味"的境界就日益成为我国诗歌的一个重要方面并扩大其影响。

这一时期的陶诗中蕴含类似境界的,还有写于三十七岁时的《辛丑岁七月赴假还江陵夜行涂口》和作于三十九岁时的《癸卯岁十二月中作与从弟敬远》等。其前一首说:"凉风起将夕,夜景湛虚明。昭昭天宇阔,皛皛川上平。怀役不遑寐,中宵尚孤征。"自然界如此广大、宁静、深沉、光明、空灵,而自己的龈龈奔竞与伟大的自然相比便成了渺小而卑琐的存在,何等可笑可鄙。所以接着的两句就是:"商歌非吾事,依依在耦耕。"诗中的这些写景的句子,与上引的"采菊"等句实有异曲同工之妙。

陶渊明后期的诗作,一方面继承了上述《饮酒》等诗的基本格调,另一方面也有了不少新的拓展。

在继承的一面,可举其四十四岁时所作《和郭主簿二首》中的第二首为例:

> 和泽周三春,清凉素秋节。露凝无游氛,天高风景澈。陵岑耸逸峰,遥瞻皆奇绝。芳菊开林耀,青松冠岩列。怀此贞秀姿,卓为霜下杰。衔觞念幽人,千载抚尔诀。检素不获展,厌厌竟良月。

诗述怀友之绪,在借自然之景表现个人体悟方面和《饮酒》诗同诣——尤其是"陵岑耸逸峰,遥瞻皆奇绝。芳菊开林耀,青松冠岩列"诸句,跟"悠然见南山"、"飞鸟相与还"等实出于相似的构思,因而也有相似的句式。而"衔觞念幽人,千载抚尔诀"两句,则又展示了诗人依然注重于在诗中表现个人玄想,追求宇宙真意的一贯作风。

至拓展的一面,又可分为题材及感情表达方式两类来说。题材的拓展中,最引人注目的便是陶渊明归隐后写的大量的田园诗。兹举《归园田居五首》中的第一、第三两首为例:

> 少无适俗韵,性本爱丘山。误落尘网中,一去三十年。羁鸟恋旧林,池鱼思故渊。开荒南野际,守拙归园田。方宅十余亩,草屋八九间。榆柳荫后檐,桃李罗堂前。暧暧远人村,依依墟里烟。狗吠深巷中,鸡鸣桑树巅。户庭无尘杂,虚室有余闲。久在樊笼里,复得返自然。

> 种豆南山下,草盛豆苗稀。晨兴理荒秽,带月荷锄归。道狭草木长,夕露沾我衣。衣沾不足惜,但使愿无违。

两诗大约写于诗人从彭泽归里的次年。诗中着意表现的,是摆脱仕途羁绊后身心的愉悦与乡间生活的恬静悠闲。前一首结构上采用了首尾以直叙之语相呼应,中间用"羁鸟恋旧林,池鱼思故渊"两句比兴之辞,引出大段铺陈式的田园场景描绘的形制,意在借近乎琐碎的有关乡土风光的述说,去反衬诗人对"尘网"、"樊笼"的极度厌恶,并表达个人对回复既具有实性又意指身心状态的"自然"的无限欣慰。后一首则择取种豆南山及因之参与田间劳作的特定场景,对田园生活作了不露痕迹的美化式描绘。二诗所营造的意境与前引《饮酒》诗有某种程度的相似,从前一诗的"少无适俗韵"的起句与"复得返自然"的结语,到后一首的"但使愿无违"的表述,正可见出诗人一以贯之的对超脱凡俗的理想的不懈追求和适于自然的独特个性,但题材却已有所区别,因为自然场景在诗中已不再是某种玄意的象征性的借喻,而是诗人实际生活的诗化写照。从这一层面上说,这两首诗已堪称真正意义上的田园诗。

当然在题材拓展这一方面,也仍不乏对前期诗作主导风格的继承。比如同样在《归园田居》组诗中,就还可以看到陶氏比较标准的新玄言诗。如第四首以"久去山泽游,浪莽林野娱"起首,虚构了一个在荒野中与采薪者问答的情节,最后得出"人生似幻化,终当归空无"的结论,显现了浓烈的借诗谈玄的风貌。

就感情表达方式的拓展而言,后期陶诗中已为前人指出的,主要是与平淡自然的陶诗主流风格截然相反的所谓"金刚怒目"式的出语形式。其代表性的诗作,是《读山海经》组诗的第十首:

> 精卫衔微木,将以填沧海。刑天舞干戚,猛志故常在!同物既无虑,化去不复悔。徒设在昔心,良晨讵可待?

此诗取《山海经》中炎帝少女溺于东海,化为精卫鸟而衔西山木石填海,以及刑天和天帝争神,被割断头颅,而仍以乳为目,以脐为口,操干戚起舞这两个悲壮的故事为引,充分地表现了诗人壮志未酬而又痛感时不再来的悲愤心情。语调急切,有一种强烈的感染力。

与这种表达情感方式相通而又颇存差异的,有其四十五岁时所写的《己酉岁九月九日》:

> 靡靡秋已夕,凄凄风露交。蔓草不复荣,园木空自凋。清气澄余滓,杳然天界高。哀蝉无留响,丛雁鸣云霄。万化相寻绎,人生岂不劳。从古皆有没,念之中心焦。何以称我情,浊酒且自陶。千载非所知,聊以永今朝。

此诗中既没有《饮酒》诗中的悠然,尽管也写到了"浊酒且自陶";也没有《归园田居》的恬静,虽然也描绘了不少自然的场景。就这点说,它与上引的《读山海经》诗都背离了原先的与自然融合的追求，故有其相通之处。但它又显然不同于上述"金刚怒目"式的倨傲悲愤。其中展示的，是一种对生命易逝的焦虑。这种焦虑的身影在汉代的《古诗》十九首中曾经闪现，但在那里很快被及时行乐的吟唱所代替。而到陶渊明，则以一种新的凝聚化姿态重新凸现了这种焦虑。此时自然与人的合一被转向了另一个角度，即人作为自然的一部分同样不可抗拒死神的降临。因此自然草木被置于一种或明或暗的背景中，而虫鸟也被描绘成寂响不定。虽然诗末将"浊酒"引入以冲淡焦虑的浓度，但整首诗前面大半的低调叙写，已将其基本风格限定在一种凄苦激越的格局中。

风格与之类似而艺术造诣更高的，还有晚年所作《杂诗十二首》中的第二首：

> 白日沦西阿，素月出东岭。遥遥万里辉，荡荡空中景。风来入房户，夜中枕席冷。气变悟时易，不眠知夕永。欲言无予和，挥杯劝孤影。日月掷人去，有志不获骋。念此怀悲凄，终晓不能静。

诗的前四句境界弘廓，极具气势。自第五句起，以风为介引，转入对自身所处与感悟的描绘。在充分表现了个人无人可与晤语，独有持杯劝自己的影子饮酒的孤独情怀后，用句式奇崛的"日月掷人去"诸语，将诗人因光阴已逝而感到的深切悲哀表现得淋漓尽致。全诗结构上一如陶渊明以往诗作的圆润自然，而所表现的感情及其表现方式却异常地激越悲愤，整体上给人一种愈到后面感情表现愈急迫、强烈的感受。这种感情表现方式的拓展，无疑是陶渊明后期思想矛盾的一种艺术外化。而从文学形式的发展看，它们又与阮籍、左思一路的诗风有着继承的关系。

除了诗歌，陶渊明在辞赋与散文方面也创造了高出时辈的成就。他的代表性的辞赋与散文大多写于第二次归隐之后，意旨以表现精神束缚得到解脱后的愉悦为主，同时也用文章形式展示了个人对无拘无束的自由天地的向往。结构精巧，语辞自然，既有魏晋文章特有的洒脱，也不乏南朝辞赋的明丽之美。其中最为出名的，是《归去来兮辞》和《桃花源记》两篇。

《归去来兮辞》包括序及辞两部分，序署年月为"乙巳岁十一月"，即晋义熙元年（405），而辞中语涉及春耕，故一般推定全文完成于序所署年份的下一年，即义熙二年（406），时陶渊明四十二岁。据辞序，这篇辞赋之所以题名为《归去来兮辞》，是由于作者任彭泽令后不久，便感"质性自然，非矫励所得。饥冻虽切，违己交病"，而"眷然有归欤之情"，适程氏妹丧于武昌，故"情在骏奔，自免去职"。至辞赋正文，则围绕着陶渊明平生最为欣赏的适性自然之说展开话题，结构上用"归去来兮"四字起首，先表述诗人自己"觉今是而昨非"的彻悟之念,继铺叙归家经过与回返乡里之后的闲适,最后归结到"聊乘化以归尽,乐夫天命复奚疑"的题旨,与前引《归园田居》诗颇为相似,且凭借了辞赋的特长,中间的铺叙部分抒写更为自由,因而成为全文中最精彩的部分:

> 引壶觞以自酌,眄庭柯以怡颜。倚南窗以寄傲,审容膝之易安。园日涉以成趣,门虽设而常关。策扶老以流憩,时矫首而遐观。云无心以出岫,鸟倦飞而知还。景翳翳以将入,抚孤松而盘桓。归去来兮,请息交以绝游。世与我而相违,复驾言兮焉求?悦亲戚之情话,乐琴书以消忧。农人告余以春及,将有事于西畴。或命巾车,或棹孤舟。既窈窕以寻壑,亦崎岖而经丘。木欣欣以向荣,泉涓涓而始流。善万物之得时,感吾生之行休。已矣乎!寓形宇内复几时,曷不委心任去留?

这部分的特点,是不单作纯叙事式的描述,而是多插入作者个人的感受,尤其是弃去官职回归乡里之初的新异感受。同时由于脱尽了樊篱,作者个人的独立与自尊意识表现得尤为明显,像"世与我而相违,复驾言兮焉求"两句,不仅可以看到其中与《归园田居》诗之三"但使愿无违"句的相通之处,而且比前者更进一步,把"我"与"世"的对立加以强化,并且是尘世和我对立,而不说我跟尘世对立,显然将我摆在了一个更主要的位置。也正因此,尽管文章开始部分写到了对岁月已逝的悲怅,后半部分写到了对未来有限时光的珍惜,但整体上并不给人以悲观的感觉,而更多地表现出作者能够自由地把握现在的自信与欢愉。

与《归去来兮辞》同负盛名的散文《桃花源记》,一般也认为作于陶氏归隐之后。此记后并有五言诗一首,复述记中所言之事,并写到桃花源"春蚕收长丝,秋熟靡王税",显现了作者怀有一种乌托邦式的小国寡民的政治理想。《桃花源记》的本文,则语简意深,颇耐人寻味:

> 晋太元中,武陵人捕鱼为业。缘溪行,忘路之远近。忽逢桃花林,夹岸数百步,中无杂树,芳草鲜美,落英缤纷。渔人甚异之,复前行,欲穷其林。林尽水源,便得一山。山有小口,髣髴若有光,便舍船从口入。初极狭,才通人。复行数十步,豁然开朗。土地平旷,屋舍俨然。有良田、美池、桑竹之属。阡陌交通,鸡犬相闻。其中往来种作,男女衣着,悉如外人。黄发垂髫,并怡然自乐。见渔人,乃大惊。问所从来,具答之。便要还家,为设酒杀鸡作食。村中闻有此人,咸来问讯。自云先世避秦时乱,率妻子邑人,来此绝境,不复出焉,遂与外人间隔。问今是何世,乃不知有汉,无论魏晋。此人一一为具言所闻,皆叹惋。余人各复延至其家,皆出酒食。停数日,辞去。此中人语云:"不足为外人道也。"

> 既出，得其船，便扶向路，处处志之。及郡下，诣太守说如此。太守即遣人随其往，寻向所志，遂迷不复得路。
>
> 南阳刘子骥，高尚士也。闻之，欣然规往，未果，寻病终。后遂无问津者。

此文大致上是一篇虚构性的作品①，某种程度上具有文言小说的意味。故事结构完整，情节生动曲折，其中写渔人初次发现桃源别有洞天一节，因有一个预设的悬念，而尤为引人入胜。语言则简洁异常，多短语为句，借此充分表现了故事所具有的神秘色彩与多重转折的情节起伏。而返观全文整体，则在讲述一个精彩的故事的同时，又于仿佛不甚经意之中，建构起一个别具出尘之姿的人间仙境，凸现了作者身处动荡的时代而渴望宁静并且无所拘束的田园生活的美好幻想。

除了《归去来兮辞》和《桃花源记》，陶渊明的文章中还有一篇值得一提，即被梁昭明太子萧统指为"白璧微瑕"的《闲情赋》。此赋撰于何时，不可确知，但从言情文学的发展历史看，则颇有其独到的意义。赋写作者被一位女子的绝世之美所深深地吸引，意绪千般都为此美人而生，但最终仍无法实现其魂牵梦萦的理想的爱情悲剧。赋中用"愿在衣而为领，承华首之余芳"一类梦想成为贴近女性身体之物的虚拟句式，重复排比，传写出一种臆想性的期待灵肉合一的情爱幻觉。在接下来的一段中，则进一步刻画了那位单恋者的失魂落魄之态与复杂心绪：

> 考所愿而必违，徒契阔以苦心。拥劳情而罔诉，步容与于南林。栖木兰之遗露，翳青松之余阴。傥行行之有觌，交欣惧于中襟。竟寂寞而无见，独悁想以空寻。敛轻裾以复路，瞻夕阳而流叹。步徙倚以忘趣，色惨凄而矜颜。

这位有情人明知自己的诸般心愿都只不过是枉费心神的空想，却依然情不自禁地步入南林，期待与心仪已久的美人能偶然相遇，并且想像自己邂逅佳人时内心必是欣喜与害怕并生。然而这样的偶遇终究未能出现，于是他只得怀着满心的失望踏上归途。值得注意的是，这篇赋与前此题材类似的曹植的《洛神赋》相比，描写更细致，对人性的展示也更充分。《洛神赋》只是在表现人神之恋，因而象征意义大于实际意义。而《闲情赋》则转而真切表现男女之恋，尤其

---

① 陈寅恪先生认为《桃花源记》"亦纪实之文"，而从其考证结论看，所谓纪实已是将数事糅合改造。(见《金明馆丛稿初编》所收《桃花源记旁证》)因此从结构上说，《桃花源记》仍是以虚构为主的作品。

是潜意识中的爱的臆想，和沉浸于深爱之中的人的心理与举止，他在该赋的《序》中虽说："始则荡以思虑，而终归闲正，将以抑流宕之邪心。"但就赋本身来看，实在没有什么"抑流宕之邪心"的作用（这也是昭明太子不满此赋的根源），所以从言情文学的历史发展角度而言，这篇赋可谓后来南朝文学中充分表现情爱的一类作品的前奏。

中国文学发展到东晋南朝之交，一方面逐步纠正了早期玄言诗中那种不太讲究诗意的纯说理的品格，另一方面又呈现出文学题材与题旨均有进一步拓展的态势。陶渊明正是这一文学过渡时期的代表性作家。他的诗语言自然，饱含理趣，有优美的景致，但无鲜明的色彩，所以到后来齐梁的文学批评家钟嵘撰著《诗品》时，只称赞他"文体省静，殆无长语。笃意真古，辞兴婉惬"，总体上仍只能置其诗于"中品"。反映了陶诗与后来齐梁时代普遍的审美趣味仍有一定的距离。后来唐代杜甫曾将陶渊明与谢灵运并举，有"焉得思如陶谢手，令渠述作与同游"（《江上值水如海势聊短述》）之语，但也主要从其共同的对山水美的描写着眼。而在整个唐代，批评界并未曾给陶渊明以十分高的评价。只是到了宋代，陶渊明的文学地位才开始大幅度地提高，苏轼甚至谓"其诗质而实绮，癯而实腴，自曹、刘、鲍、谢、李、杜诸人，皆莫及也"（《与苏辙书》）。这恐怕与陶渊明作品中尤其是他的诗中多理趣，而宋人又适好言理不无关联。宋代以后的中国文学发展呈现出多姿多彩的风貌，也有较多曲折，但无论如何，陶渊明其人及其文学，总是获得士大夫文人的普遍喜爱；他作品中的一些意境与词句，如"桃花源"、"采菊东篱下，悠然见南山"等等，不仅广泛而创造性地被运用于后来的文学创作实践中，而且深入地成为中国文化的基本语汇。陶渊明文学地位的这种变迁，某种程度上反映了中国文学演进过程中所具有的分化变异态势，因而也是后人从一个侧面理解中国文学史的绝佳例证。

第三章　南朝的美文学

公元420年,刘裕取东晋而代之,成为刘宋王朝的开国皇帝。刘宋的统治,延续五十九年后,被以萧道成为首的南方贵族推翻,于是齐朝建号。然而齐政权的寿命更短,只过了二十三年,又为同宗的萧衍夺得,梁朝因是成立。五十五年后,梁敬帝被迫"禅让"帝位给陈霸先,陈朝自此立国。公元五八九年,陈被隋所灭。

宋、齐、梁、陈四朝,历史上通称为南朝——当时分裂的北方诸朝相对地称作北朝。这一时期政权更替频繁,但多在上层间进行,故一百七十年的岁月,并没有使南方的社会经济发展停滞,而文化开放的格局,倒促进了文学的进一步繁荣。

南朝的文学,以追求"新变"为主要特征。梁、陈时的著名诗人徐陵,其文章的特点,便是"颇变旧体,多有新意"(《陈书》本传)。但他自己写信给族人徐长孺,仍称自己缺乏新变,并为之自愧。这种努力追求"新变"的意识有力地促进了文学题材、形式、风格的丰富与变化。当时,只要是符合时代审美观念的对象,都被作为题材来写入文学作品。特别是那些有关山水自然、有关女性以及男女之情的题材,得到了更为集中的表现,而且边塞诗也开始兴起。这一时期的文学对艺术形式的追求也格外强烈,最突出的表现就是诗歌的格律化和骈文(包括骈赋)的盛行。

诗歌的律化集中地出现于齐永明年间,以沈约的"四声八病"之说为理论的前导,同时又有竟陵文学集团的代表人物谢朓等致力于追求音律效果、文辞更为凝练的永明新体诗的创作。诗歌的这种律化过程,梁代又有进一步的发展。一方面,永明时代新体诗尚是较小部分人的尝试,到梁代已扩展成相当普遍的现象;另一方面,是诗律的具体规则有所变化,新体诗合律的程度更高了。《梁书·庾肩吾传》说,自齐永明中谢朓、沈约等人"始用四声,以为新变",到以萧纲为中心的文学集团(其中包括庾肩吾、庾信父子及徐摛、徐陵父子),"转拘声韵,弥尚丽靡,复逾往时"。若以这一群文人的诗来衡量,当是更接近于后来定型的诗律。

骈文的形成,据《文心雕龙·丽辞》所说应始于魏晋时代。这大致不错,像西晋陆机的《豪士赋序》、东晋殷仲文的《解尚书表》之类,已是很严整的骈体。但这种文章修辞性虽然很强,却终究不是纯文学的作品。到了刘宋时代,出现了精美而又富于抒情性的骈体书信和小赋(如鲍照的《登大雷岸与妹书》及《芜城赋》、谢惠连的《雪赋》、谢庄的《月赋》等),纯文学的骈文才进入成熟阶段。

诗歌的格律化和骈文的产生,是由多方面因素造成的。它们首先表现了人类对心理最容易感受到的对称和均衡的美的追求。《文心雕龙·丽辞》所谓"造化赋形,支体必双;神理为用,事不孤立",便是说对称与均衡既是自然界的普遍现象,也是人类天性的要求。同时,它们也以一种显著的艺术形式,以鲜明的音乐节奏,构成美文学与口语及普通文章的区别,强化了美文学的抒情效果。南朝文学在这两个方面所取得的进步,为后来唐代文学的繁荣,做了实验性探索工作,打下了坚实的基础。

因此,南朝是我国文学在自觉性的道路上取得了进一步发展的时期,这在当时的文学批评中也有明显的反映。

第一节 谢灵运与山水诗的兴盛

沈约《宋书·谢灵运传论》谈两晋至刘宋的文学流变,先是指出西晋时"潘陆特秀","缛旨星稠,繁文绮合",继而提到东晋时由于玄风大盛,文学偏于枯淡,"遒丽之辞,无闻焉尔",然后说:"爰逮宋氏,颜谢腾声。灵运(谢灵运)之兴会标举,延年(颜延之字延年)之体裁明密,并方轨前秀,垂范后昆。"从这里可以看出,刘宋前期文学的一个重要现象,是以颜、谢为代表,接续了西晋文学注重华美典雅的倾向。

从题材来说,刘宋前期文学的突出现象,是继承东晋后期文学的趋势,掀起了山水文学的新潮。刘勰《文心雕龙·明诗》说:"宋初文咏,体有因革。庄老告退,而山水方滋。俪采百字之偶,争价一句之奇;情必极貌以写物,辞必穷力以追新。"这虽然有些简化(如前一章所述,玄言诗与山水诗并非对立的存在),但勾勒一代文学风尚颇为明晰。同时,也指出了宋初山水诗在修辞方面的努力。这方面的主要代表人物是谢灵运。

一、谢灵运

谢灵运(385—433),陈郡阳夏(今河南太康)人,后移籍会稽。幼时寄养在外,族人因名之为客儿,世称"谢客"。又以早年袭封康乐公,而在当时即被人称作谢康乐。他出身于门第显赫的世族之家,祖父谢玄在东晋曾任车骑将军。本人则自少好学,品格孤高,有强烈的政治抱负。但以生性偏激,不拘礼度,故仕途蹭蹬。除了当过永嘉太守、侍中、临川内史一类的内外官,并未受到最高统治者的赏识。最后还在广州以聚党谋反罪名而被杀。有《谢康乐集》。

谢灵运一生不得志,而出任外官时所居之地如永嘉、临川等又素多山水名胜,因此他便将个人的孤独之绪寄托于自然山水之间,在漫游中倾泻内心的郁闷。他一出游便"动逾旬朔,民间听讼,不复关怀。所至辄为诗咏,以致其意焉",而诗成又往往出现"贵贱莫不竞写"、"名动京师"的热闹场面(均参见《宋书·谢灵运传》),故导致了山水诗的兴盛。一般认为,到了谢灵运,山水诗作为中国古代诗歌的一个重要流派,才真正确立。

但需要注意的是:其一,山水诗的形成,实际上经历了相当长的过程。自建安以来,诗歌中的写景成分就不断增长;而且自曹操《步出夏门行·观沧海》之后,两晋又出现了不少记行旅、游览的诗作,已经属于山水诗的范畴。但是,当时的这些山水题材作品,大都是把自然当作是一个异己的对象,加以比较客观的描述。而谢灵运的山水诗,虽然也多是以记行旅、游览的面貌出现的,却已将自然视为与己身同一之物,是在对山水的真正的欣赏与热爱之中描绘自然之美,表现个人的感悟。其二,如前一章所述,山水诗的兴盛,和东晋诗歌的变化趋向有直接关系。陶渊明和年辈稍晚的谢灵运,他们的诗便有共同的趋向,即逐步使玄言诗从纯粹议论的困境中解脱出来,用经过诗人思绪美化的自然的动人描绘,去艺术化地展示那些言说不尽的玄意和富于创造力的人生思索,并借此显现个人与自然融为一体的企盼。只是陶渊明的田园诗在其生前几乎没有什么影响,到谢灵运出现,才凭借其特出的品格与诗才,以合乎刘宋时代普遍的欣赏趣味的艺术风格,掀起了山水诗的热潮。

谢灵运的山水诗常常是记述一次完整的游历过程,这从诗题上就明显表现出来,如《石壁精舍还湖中作》、《游赤石进帆海》、《从斤竹涧越岭溪行》、《登江中孤屿》等等。在这种诗中,自然景物随着诗人视线的移动和时间的流动而变化,表现出类似游记的特点。如《石壁精舍还湖中作》:

> 昏旦变气候,山水含清晖。清晖能娱人,游子憺忘归。出谷日尚早,入舟阳已微。林壑敛暝色,云霞收夕霏。芰荷迭映蔚,蒲稗相因依。披拂趋南径,愉悦偃东扉。虑澹物自轻,意惬理无违。寄言摄生客,试用此道推。

又如《从斤竹涧越岭溪行》的前半部分:

猿鸣诚知曙,谷幽光未显。岩下云方合,花上露犹泫。逶迤傍隈隩,迢递陟陉岘。过涧既厉急,登栈亦凌缅。川渚屡径复,乘流玩回转。苹萍泛沉深,菰蒲冒清浅。……

以前的诗歌写景,大抵是平列的画面,缺乏时空的变化。谢灵运这种写法,运用了细致的观察,所以既能写出各处山水的不同特点,每首诗中的景致也显得丰富多彩,这对当时读诗的人来说,无疑有一种新鲜感。

谢灵运的山水诗从题旨方面看,仍不乏"此中有真意"式的表述。这些表述大都出现在描绘山水游历的过程之后,成为一种总结性的辞令,如《登江中孤屿》末六句为:"表灵物莫赏,蕴真谁为传。想像昆山姿,缅邈区中缘。始信安期术,得尽养生年。"但其中也不乏显出谢灵运个人的生活态度之处,像《游赤石进帆海》末,谈到"仲连轻齐组,子牟眷魏阙。矜名道不足,适己物可忽",便可见其追求"适己"目标时的通脱的人生观。只是就总体而论,这些说理的部分尚未能彻底转换为形象的喻指,因而一定程度上削弱了谢氏山水诗本应具有的崇高意境。

谢灵运诗最为突出的优点,是他常能写出深于刻炼的佳句,显示出对于自然的敏感和语言的创造力。如"芰荷迭映蔚,蒲稗相因依"(《石壁精舍还湖中作》),是细巧而容易被忽视的景色;"云日相辉映,空水共澄鲜"(《登江中孤屿》),则是壮阔而明亮的景象,在这两组诗句中,各种景物的配合都很完美;"白云抱幽石,绿筱媚清涟"(《过始宁墅》),其中动词的用法带有很强的主观感受,使自然风光显得富于人情味。而且,这种景物描写大都是虽幽静却又处于变化之中,很能引起丰富的感想。另外,像历来受诗家称赏的"池塘生春草,园柳变鸣禽"(《登池上楼》)、"明月照积雪,朔风劲且哀"(《岁暮》),则是以自然平易见长的名句。《诗品》说谢诗"杂有景阳(张协)之体,故尚巧似",确实不错;但其艺术技巧又显然超过前人。

与陶渊明的诗相比,谢灵运的诗又显现出一种十分引人注目的清明之姿。这种清明之姿首先表现在其擅长组织富于亮丽色彩的画面方面。像"原隰荑绿柳,墟囿散红桃"(《从游京口北固应诏》)、"春晚绿野秀,岩高白云屯"(《入彭蠡湖口》)、"晓霜枫叶丹,夕曛岚气阴"(《晚出西射堂》)这类色彩鲜明、对比强烈的景色,在陶渊明的笔下是见不到的。同时,谢灵运在大部分诗里并不选用过多的表示色彩的语辞,而于"清"、"明"两字则情有独钟,如:

景夕群物清,对玩咸可喜。(《初往新安至桐庐口》)
中园屏氛杂,清旷招远风。(《田南树园激流植援》)
野旷沙岸净,天高秋月明。(《初去郡》)

火逝首秋节，明经弦月夕。(《七夕咏牛女》)

通过画龙点睛式的"清"字或"明"字，在诗中营造起了一种高爽明朗的氛围。

隐含在这种清明之姿背后的，还有谢灵运借山水喻示的个人愁绪与孤高超俗的品格。如写于任永嘉太守时期的《游南亭》：

> 时竟夕澄霁，云归日西驰。密林含余清，远峰隐半规。久痗昏垫苦，旅馆眺郊岐。泽兰渐被径，芙蓉始发池。未厌青春好，已观朱明移。戚戚感物叹，星星白发垂。药饵情所止，衰疾忽在斯。逝将候秋水，息景偃旧崖。我志谁与亮，赏心惟良知。

从清澄芳鲜的春景落笔，以兰草的渐渐覆盖小径，与荷花的刚刚开放于池塘两个富有动态的景象为转折，由盛及衰，引出青春易逝的慨叹，并最终归结为用个人孤独地游赏悦人心智的山水化解老境已至的悲愁。值得注意的是，谢灵运的这类即景抒情之作，与陶渊明抒发适性自然之旨、风格恬淡的田园诗相比，在内在感情的表述方面，有一个很大的不同，那便是陶诗中多见一种真正的自我解脱，因此自然与人均处于一种和谐的状态下；而谢诗则更多地借助于自然来并不轻松地转移郁闷，更注重刻意营造孤峭特出的山水百态来展示个人的孤高不群。像"孤屿媚中川"(《登江中孤屿》)之类的诗句，便既是对实景的描写，同时也是诗人自我心境的隐喻。

谢灵运的山水诗也有一些语言方面的疵病，主要是有时过于铺排，如《诗品》所言，"颇以繁富为累"。所以到了梁代，谢诗的语言风格受到了尖锐的批评。不过，截然有别于散文的诗歌特殊语言也是在谢灵运诗里达到成熟阶段的。就其诗歌的总体而论，他的作品基本是意象的有序的组合，而不是语句的具有明确逻辑联系的构成(上引的谢诗都可作为例证)。词语的省略、语序的颠倒、词性的转换是其善用的手法。这一切不但不影响对其诗句的理解，而且具有积极的效应。如《登池上楼》的首四句："潜虬媚幽姿，飞鸿响远音。薄霄愧云浮，栖川怍渊沉。"其三、四两句是说自己欲薄霄汉则不能如飞鸿浮游云际，欲栖川流又不能如潜虬沉于深渊，因而深感惭怍。这里省略了大量词语，但因其紧接在"潜虬"二句之后，读者仍能理解其命意所在。而且，由于这里的"云浮"、"渊沉"分别指代飞鸿、潜虬，也就使它们在诗中的意象更为丰满。至其省去两个"欲"字，则使读者感到他确实作过"薄霄"、"栖川"的努力，并非只是空想。——实际也正是如此，因为这分别比喻其在政治上的进取和退藏。又如《晚出西射堂》的"抚镜华缁鬓"，意为从镜中看到缁鬓已华，其"华"字本应置于"缁鬓"之下，经过这样的倒置，更突出了"华"的惊心动魄；《从游京口北固应诏》的"原隰荑绿柳"，既把名词"荑"作动词用，又将其移置于"绿柳"之前(此处本是说绿柳已长出嫩枝),这就更使人感受到了绿柳在春天的生气勃勃,似乎其嫩枝正在逐渐增生。所以,谢灵运在诗歌语言运用上的成绩,远远大于其疵累。

现在对谢灵运山水诗的评价一般低于陶渊明的田园诗。但应该充分注意到:(一)谢诗显然更富于对外部世界的兴趣,个人色彩也更为强烈;(二)在艺术技巧方面,它也为后人提供了可以学习、效仿的宝贵经验。从南北朝到唐代,谢灵运对文学尤其是诗歌发展的影响,显然比陶渊明大得多。

谢灵运的辞赋,与其诗歌一样,善写山水清明之姿,而对景致的刻画之工,又比诗更进一步。如《长谿赋》,虽仅存残句,却将一脉溪流表现得晶莹清澈,而又极富动感声势:

> 潭结绿而澄清,濑扬白而戴华。飞急声之瑟汨,散轻文之涟罗。始镜底以如玉,终积岸而成沙。

寂静的溪潭之水,经过扬波振声、迅疾驰泄式的奔腾,注入一池微起涟漪的方塘,而它所裹挟而来的泥沙,最终又在塘岸边铺积开来。谢灵运在表现溪水的这一流动过程时,不仅把水流作为主角,以一种动态与静态对照的方式加以叙写,而且注意到了表现这一过程中富于色彩的事物对于辞赋的点缀效用,因此这几句赋文组织得如行云流水一般自然,而仔细推敲起来,又颇显工巧之思。在另一篇篇幅颇大的作品《山居赋》中,谢灵运更是竭尽状景摹形之功,以对所居周围各个方位的自然山水的描写,向读者展示了一个世外桃源式的令人羡慕的生活空间。尽管赋的本旨是"选自然之神丽,尽高栖之意得",即借对自然的抒写展示一种乐于隐居的理念,但具体描写实突破了理念的束缚,而显示出作家相当高的写景技能,像如下的两段:

> 近西则杨、宾接峰,唐皇连纵。室、壁带谿,曾、孤临江。竹缘浦以被绿,石照涧而映红。月隐山而成阴,木鸣柯以起风……
>
> 远北则长江永归,巨海延纳。岷涨缅旷,岛屿绸杳。山纵横以布护,水回沉而萦湿。信荒极之绵眇,究风波之瞑合。

或写山水明丽之美,或摹大江弘廓之壮,均注意到了宏观景象中的细微变化,因而整体上有一种活动的姿态。此外像"近西"、"远北"之类,从各个方位表现自然胜景的写法,虽在汉赋中已开其端,但均无灵运此赋的清丽。后来鲍照的《登大雷岸与妹书》对此又有发展。

二、谢惠连 谢 庄

谢灵运之外,刘宋谢氏宗族中在文学方面造诣较高的,还有谢惠连和谢庄。

谢惠连（397—433）是谢灵运的族弟。因早年服父丧期间赋诗赠人，故长期不得官职。元嘉元年（424）始任彭城王刘义康法曹参军。年三十七即去世。有《谢法曹集》。

谢惠连在诗歌创作方面与乃兄谢灵运颇有相似之处，也擅长写山水诗，并且大部分山水诗也还留有玄言诗的余韵。但个别篇章通篇写景，状摹自然的笔力也不弱。如《西陵遇风献康乐》五章的第四章：

> 屯云蔽曾岭，惊风涌飞流。零雨润坟泽，落雪洒林丘。浮氛晦崖巘，积素惑原畴。曲汜薄停旅，通川绝行舟。

通篇以对仗的句式描摹风云雨雪之中的山水景色，将人的静止与自然的动态对照叙写，营造起了一种肃穆的气氛。

谢惠连在文学史上最著名的作品是《雪赋》。该赋虚构梁孝王宴客，命司马相如即景赋雪：

> 其为状也，散漫交错，氛氲萧索；蔼蔼浮浮，瀌瀌弈弈；联翩飞洒，徘徊委积。始缘甍而冒栋，终开帘而入隙；初便娟于墀庑，末萦盈于帷席。既因方而为珪，亦遇圆而成璧；眄隰则万顷同缟，瞻山则千岩俱白。……

这一节文字状写盛雪由飘洒而积聚的过程，完全使用骈偶句式，多用叠字、双声、叠韵之词，既工整又和谐，富于音乐的美感。"散漫"、"氛氲"、"联翩"、"徘徊"、"便娟"、"萦盈"这些摹态之词，显然是经过精心选择，充分地展现了飞雪的轻灵之状。南朝骈体小赋精致华美的特点及其与前代赋作的不同，于此可见一斑。

谢庄（421—466），字希逸，是谢灵运的侄儿。由始兴王刘濬后军法曹参军，官拜吏部尚书。明帝时转中书令，加金紫光禄大夫。有《谢光禄集》。

谢庄在谢氏一门中居官颇高，而同时也擅长文学创作。特殊的政治地位，使他的作品较多地沾染上了一种台阁气象。但某些写景为主的诗作，如《北宅秘园》等，在状写园林风光方面尚较工巧。而其尤为后人称赞的，则是《月赋》一篇。

《月赋》假托曹植因应玚、刘桢之丧而郁郁不欢，中夜与王粲对答，铺写月景和月夜情思。它的语言比《雪赋》更见工丽，而且善于把月色的朦胧与个人内心的惆怅相互渗透，创造出一种情致悠远的意境。像"白露暧空，素月流天"之句，可谓精工异常。又如下引一节：

> 若夫气霁地表，云敛天末；洞庭始波，木叶微脱；菊散芳于山椒，雁流

哀于江濑;升清质之悠悠,降澄辉之蔼蔼。列宿掩缛,长河韬映;柔祇雪凝,圆灵水镜;连观霜缟,周除冰净。

将天光水色、草木飞禽、宫室楼台,全都收入溶溶月色之中,使天地间成了一片清幽素洁的世界。赋中的曹植于是含悲低吟:

> 美人迈兮音尘阙,隔千里兮共明月。临风叹兮将焉歇,川路长兮不可越!

这种对月怀人的抒情笔调,在后来的唐宋诗词中被反复地运用。

谢惠连的《雪赋》和谢庄的《月赋》,及其同类题材的辞赋的出现,与正在兴起的山水诗互相呼应。它们所表现的自然景物的美,归根结蒂是高雅脱俗的贵族理想人格的美。

三、颜 延 之

刘宋前期在文坛上与谢灵运同辈并且齐名的作家,是颜延之。

颜延之(384—456),字延年,琅邪临沂(今属山东)人。少孤贫而好学。晋末官江州刺史刘柳后军功曹。入宋,为太子舍人。少帝即位后,出任始安太守。文帝元嘉年间,征为中书侍郎。至孝武帝时,又升任金紫光禄大夫,故世称颜光禄。有《颜光禄集》。

钟嵘《诗品》谓颜诗"其源出于陆机,故尚巧似,体裁绮密"。从现存的诗作看,颜延之的确继承了陆机注重细致地描摹对象的形态与神态的创作手法。他的部分作品,尽管整体效果一般,但其中的一些诗句却写得相当出色。如《赠王太常僧达》中的"庭昏见野阴,山明望松雪"一联,表现光线暗明不同情形下的自然景象,语词凝练厚重,对比强烈,有一种工整镂刻的意味。又如《秋胡行》九章之三中的"离兽起荒蹊,惊鸟纵横去"两句,以写行役途中所见兽鸟的出没,凸现诗人内心的孤寂,也颇见匠心。

《诗品》又称赞颜诗:"情喻渊深,动无虚发;一句一字,皆致意焉。"这主要是指颜延之的另一类作品,其中较多地呈现出深沉的情感。如《还至梁城作》:

> 眇默轨路长,憔悴征戍勤。昔迈先祖师,今来后归军。振策睠东路,倾侧不及群。息徒顾将夕,极望梁陈分。故国多乔木,空城凝寒云。丘垄填郛郭,铭志灭无文。木石扃幽闼,黍苗延高坟。惟彼雍门子,吁嗟孟尝君,愚贱同堙灭,尊贵谁独闻?曷为久游客,忧念坐自殷。

诗的前八句节奏迟缓,颇有文辞累赘之病。但自"故国多乔木,空城凝寒云"一联起,则渐入佳境。尽管诗的最后部分仍有一般玄言诗常见的说理成分,但由于中间段落以富于沧桑感的形象的历史遗迹为表现中心,选择的对象及借以表现这些对象的文辞均十分凝重,而后半部的说理又顺此而来,因而使全诗在结构上并不显得形意割裂,别具一份难得的深沉意蕴。诗中所展露的对个人生命的真正价值的疑惑与怅惘,又使之染上了一层苍凉的色彩。这是前此的玄言诗中所不曾表现的主旨,也是谢灵运诗未曾深入探讨的话题。

第二节　鲍照及汤惠休等

刘宋中叶讫齐代初年,文坛上最杰出的作家,是庶族出身的鲍照。年辈稍晚的汤惠休和吴迈远,创作风格与鲍照接近,也值得一提。

鲍照的诗赋

鲍照(约414—466),字明远,东海(郡治今江苏涟水县)人。早年曾拜谒临川王刘义庆而未见器重,因欲献诗言志。有人劝阻他:"卿位尚卑,不可轻忤大王。"他勃然道:"千载上有英才异士沉没而不闻者,安可数哉!大丈夫岂可遂蕴智能,使兰艾不辨,终日碌碌,与燕雀相随乎?"凭着这种自负与才情,他毅然献诗,结果大受刘义庆赏识,被提拔为王国侍郎。刘义庆死后,他一度曾任始兴王刘濬的侍郎。到孝武帝时,他又被任命为太学博士、中书舍人。孝武帝是一位有点儿文才但又非常专横的君主,自恃文章天下无人能及,鲍照因此也就不敢尽显才华,而只能以多写"鄙言累句"自保。此后他外任秣陵、永嘉二县县令。大明年间,临海王、前将军刘子顼开府荆州,他转任参军,掌书记之事。泰始元年(465),刘子顼与晋安王刘子勋等被政客挟持反叛,次年兵败,鲍照也被荆州治中宗景及当地士人姚佥所率镇压叛军部队杀害。因为他最后官至参军,故世称鲍参军。有《鲍参军集》。

在中世文学的发展历程中,鲍照是一位十分引人注目的人物。他个性特出,欲望强烈,而又不喜欢掩饰本性。充沛的才力与激情,在一种强盛的表现欲的支持下,使他在诗赋文章的领域里纵横驰骋,并取得了很高的成就。他的五言古体诗近承谢灵运等注重外部世界细腻描摹的特长,在色彩对比、意象创造等方面都有了进一步的拓展;他的乐府歌行突破了自曹丕《燕歌行》以来七言整齐的形制,而用浓烈的色调,铿锵的音律,在自由舒展的结构下,尽情咏叹人生的不平、艰辛与理想,成为后来不少诗人十分喜欢的一种新的诗体。他的辞赋意象与比兴兼胜,已能在铺叙中借助场景对照等手法,集中地表述题旨;他的书信体文章则善于将山水诗的意境与骈散结合的文体巧妙糅合,营造出一种悠远而深长的情韵。凡此均为齐梁乃至唐代文学的成长开辟了新的道路。

梁代文学批评家钟嵘在所著《诗品》中,谓鲍照诗"源出于二张。善制形状写物之词。得景阳之𬤇诡,含茂先之靡嫚","贵尚巧似,不避危仄"。由钟嵘在诗体方面特别注重五言来看,他的这番评论主要是针对鲍照的五言诗而言的。所谓"二张",即西晋诗人张协(字景阳)、张华(字茂先)。张协的诗擅长状物而境象奇诡,张华的诗语言俊丽而刻画精细,鲍照的五言诗正有两者合一的特征。如《望孤石》:

> 江南多暖谷,杂树茂寒峰。朱华抱白雪,阳条熙朔风。蚌节流绮藻,辉石乱烟虹。泄云去无极,驰波往不穷。啸歌清漏毕,徘徊朝景终。浮生会当几,欢酌每盈衷。

起首四句便将暖谷、寒峰、朱华、白雪、阳条、朔风诸种冷暖与色彩完全相对的景象聚合于一处,构筑起孤石及其所在环境的奇诡风貌。而后用拟物与正侧面刻画相交错的方式,把孤石在常态下如蚌节般的纹理,以及在日光映照下迷乱山烟彩虹的绚烂图画描绘得光怪陆离,并以云水百态加以生动的衬托。最后由欣赏孤石而生发人生几何的感慨。其中细节的表现方式,可以说很大程度上带有二张的遗风,但整体结构则完全是刘宋诗的样式,——更具体地说,是谢灵运山水诗的样式,不同的是谢诗的终结往往带有更多说理谈玄的意味,而鲍诗则大大地淡化了这方面的内容。

鲍照的五言诗也有与二张及谢灵运诗在意境方面颇为不同的一面,那便是他似乎更喜欢用阴沉、怪异的意象营造一种压抑而促迫的氛围,来表现内心的焦灼。如《苦雨》:

> 连阴积浇灌,滂沱下霖乱。沈云日夕昏,骤雨淫朝旦。蹊汙走兽稀,林寒鸟飞晏。密雾冥下溪,聚云屯高岸。野雀无所依,群鸡聚空馆。川梁日已广,怀人邈渺漫。徒酌相思酒,空急促明弹。

把怀人的题旨放到一个凄风苦雨的背景中加以尽力的渲染,为此将走兽飞禽孤苦无依、寒云密雾屯聚溪山的萧飒场景引入诗境,以暗示诗人本身受风雨激荡内心不平之绪,这样格调低沉而又不时涌被压抑的激情的文字,在前此阮籍的笔下曾有类似的呈现,但鲍诗显得更具激情。其中的写景,则直接影响了后来梁代何逊等在诗中着力表现萧飒之景一类诗风的形成。同时,像《苦雨》诗这样细微雕琢所表现对象的咏物诗,在齐梁时代也得到了长足的发展,只是鲍照诗中涌动的那份焦灼与激情，则逐渐消退以至完全消失了。

与五言诗相比，乐府诗是更适合鲍照表现个人澎湃激情的文学形式，因而他在乐府诗的创作方面也取得了更具影响力的成就。他的乐府诗中最为后人推崇的，是《拟行路难》十八首。该组诗虽非同时创作，所写题材与题旨也不尽相似，但却都以激越的音调、浓烈的色彩表现了诗人特出的个性：

泻水置平地，各自东西南北流。人生亦有命，安能行叹复坐愁。酌酒以自宽，举杯断绝歌路难。心非木石岂无感，吞声踯躅不敢言。（其四）

君不见河边草，冬时枯死春满道。君不见城上日，今暝没尽去，明朝复更出。今我何时当得然，一去永灭入黄泉。人生苦多欢乐少，意气敷腴在盛年。且愿得志数相就，床头恒有沽酒钱。功名竹帛非我事，存亡贵贱付皇天。（其五）

对案不能食，拔剑击柱长叹息。丈夫生世会几时，安能蹀躞垂羽翼。弃置罢官去，还家自休息。朝出与亲辞，暮还在亲侧。弄儿床前戏，看妇机中织。自古圣贤尽贫贱，何况我辈孤且直！（其六）

以上三首连排于组诗中，第一首感慨世道艰险，个人不能畅所欲言；第二首咏叹人生短暂与苦多乐少，意在弃置功名而纵情享受；第三首叙写弃官侍亲，与家人共享天伦之乐的意愿，并表白个人孤傲正直的心迹。三诗主题不尽相同，有因压抑而显无奈的消沉之语，也有彻底放纵后激情充溢的悲壮之辞，而表现形式则基本一致，都是以七言为主而又长短相间的句式，自由地随情绪的跃动布置整体结构。像其中的第二首，用冬枯春荣的河畔草，与夕没朝升的城上日两个具有重复特征的意象起兴，对比人生的短暂与不可重生，以痛切之辞哀吟了一曲人生的挽歌。当个人意识增强，生命价值受到重视时，死便不再被虚幻地视为去另一个世界漫游，而被人清醒地意识到是一种一去不返的生命终点，现时生活也就必然被大大地强调。艺术地表现这种现实的生死观，在《古诗》十九首中已经出现过，但如此情怀激越地咏歌这一主题，则始于鲍照。鲍照找到了一种突破七言整齐句式乐府诗旧体的新形制，来充分地展示他的意绪、激情与才华，这既使他的诗成为刘宋时代的特异之品，也使这一形制的诗成为后代诗人表现同样激越情感的最佳工具。梁代文学潮流中有一类诗"发唱惊挺，操调险急，雕藻淫艳，倾炫心魄。亦犹五色之有红紫，八音之有郑卫"，据史家称，其为"鲍照之遗烈"（见梁萧子显《南齐书·文学传论》），所指大约就是鲍照这类乐府诗的特征及其在梁代的影响。后来唐代诗人李白的作品，被同时代大诗人杜甫誉为"俊逸鲍参军"，而李白所作《将进酒》的艺术构思，又显然受到上引《拟行路难》第六首的深刻影响。可见鲍照的乐府诗在形式及感情表现方面泽惠后人处的确颇多。

鲍照乐府诗在文学史上的另一个突出的贡献,是用乐府旧题创作了一批边塞诗。边塞诗的滥觞,可以上推至建安时代;曹植的《白马篇》虽以歌颂游侠为主,但其中已含有后世所谓边塞诗的成分。至鲍照,则在曹植《白马篇》的基础上发展成为正式的边塞诗。他的此类诗篇中固有后来这一题材的诗作里常见的报国之旨,但更值得一提的,是其中展现的诗人对个人价值的重视。如《代陈思王白马篇》:

> 白马骍角弓,鸣鞭乘北风。要途问边急,杂虏入云中。闭壁自往夏,清野径还冬。侨装多阙绝,旅服少裁缝。埋身守汉境,沈命对胡封。薄暮塞云起,飞沙被远松。含悲望两都,楚歌登四墉。丈夫设计误,怀恨逐边戎。弃别中国爱,邀冀胡马功。去来今何道,卑贱生所钟。但令塞上儿,知我独为雄。

诗中塑造了一位为了立功扬名而抛弃所爱,志愿赴边的军人形象,既写了他军旅生活的艰辛,也写了他在边关因为出身卑贱而一无所得的痛苦心情。其中最耐人寻味的,是诗的后半部分表现军人虽存后悔与矛盾心理,而仍以个人价值在边关得以实现为荣的数句,所谓"但令塞上儿,知我独为雄",正凸现出诗人最为倾心的独立孤傲的人格。又如《代苦热行》,它注重表现一种特异而具有刺激性的审美趣味,并在此基础上显示战争的严酷与对人性的摧残。诗从"赤阪横西阻,火山赫南威。身热头且痛,鸟坠魂来归"写起,中间恣意描绘了瘴气、毒淫、饥猿、丹蛇等险异之象,而结以"生躯蹈死地"、"土重安可希"的深重悲叹,充分展现了边关战斗的艰危与边塞将士的悲凉心绪。鲍照边塞诗中所显现的这种注重展示个人价值,注重从人性的视角探讨战争的意义的特点,无疑对后代的边塞诗创作有积极的影响。

鲍照某些边塞诗所创造的境象,已渐启唐代边塞题材作品的粗犷之风。在这方面可举《代出自蓟北门行》一诗的前半部分为例:

> 羽檄起边亭,烽火入咸阳。徵骑屯广武,分兵救朔方。严秋筋竿劲,虏阵精且强。天子按剑怒,使者遥相望。雁行缘石径,鱼贯度飞梁。箫鼓流汉思,旌甲被胡霜。疾风冲塞起,沙砾自飘扬。马毛缩如蝟,角弓不可张。

尽管铺叙尚有些散漫,而笔力雄健,景象生动,与后来的唐代边塞诗已有几分神似了。

在鲍照的乐府诗中,还可以看到自建安时代文人诗兴盛以后就极少见的对于贫困生活的刻意描写。如《代贫贱苦愁行》:

> 湮没虽死悲，贫苦即生剧。长叹至天晓，愁苦穷日夕。盛颜当少歇，鬓发先老白。亲友四面绝，朋知断三益。空庭慙树萱，药饵愧过客。贫年忘日时，黯颜就人惜。俄顷不相酬，恧怩面已赤。或以一金恨，便成百年隙。心为千条计，事未见一获。运圮津途塞，遂转死沟洫。以此穷百年，不如还窀穸！

这里所写的不是真正属于社会底层的农民的生活，而是鲍照那样的贫寒之士的人生经历。诗中不仅反映出他们在物质上的困窘，更突出表现了作者亲身感受到的精神上的创伤。《诗品》言鲍诗"颇伤清雅之调"，确实，像"以此穷百年，不如还窀穸"——如此度过一生，不如早归黄泉——这样的呼喊，是贵族人士即使陷于绝境也不会发出的。

除了诗歌，鲍照在辞赋与骈文创作方面也有佳作传世。其中最著名的是《舞鹤赋》、《芜城赋》和《登大雷岸与妹书》。

《舞鹤赋》所写，为逍遥区外的仙鹤，因"厌江海而游泽，掩云罗而见羁"的悲剧。自此之后，"去帝乡之岑寂，归人寰之喧卑。岁峥嵘而愁暮，心惆怅而哀离。于是穷阴杀节，急景凋年。凉沙振野，箕风动天。严严苦雾，皎皎悲泉。冰塞长河，雪满群山。既而氛昏夜歇，景物澄廓。星翻汉回，晓月将落。感寒鸡之早晨，怜霜雁之违漠。临惊风之萧条，对流光之照灼。唳清响于丹墀，舞飞容于金阁"，它终于成了被驯养的、深受帝王上层人士所喜爱的"舞鹤"。然而，"守驯养于千龄，结长悲于万里。"此赋所抒写的，是失去了自由的悲哀。托物喻志，其所寄寓的，实是鲍照自己内心的伤痛。就此点而论，也可说是祢衡《鹦鹉赋》的后继。

《芜城赋》则是另一种类型的作品。宋孝武帝大明三年（459），竟陵王刘诞据广陵叛乱，朝廷命始兴公沈庆之率兵镇压。沈氏平定刘诞叛乱后，在广陵大开杀戒，使这座昔日繁华之都一变而成了荒芜之城。《芜城赋》所倾力描绘的，便是广陵城因此次战争而衰败的令人悲哀的历史画面。鲍照在赋中采用了他在诗歌中常用的对照手法，结构上以广陵昔日"车挂辖，人驾肩。廛闬扑地，歌吹沸天"的热闹繁盛，反衬今日歌堂舞阁"薰歇烬灭，光沉响绝"的冷寂萧竦，而其主要的场景，则是如下或恐怖、或荒凉的一幕幕：

> 泽葵依井，荒葛罥涂。坛罗虺蜮，阶斗麏鼯。木魅山鬼，野鼠城狐。风嗥雨啸，昏见晨趋。饥鹰厉吻，寒鸱吓雏。伏虣藏虎，乳血飧肤。
>
> 崩榛塞路，峥嵘古馗。白杨早落，塞草前衰。稜稜霜气，蔌蔌风威。孤蓬自振，惊沙坐飞。灌莽杳而无际，丛薄纷其相依。通池既已夷，峻隅又以颓。直视千里外，唯见起黄埃。凝思寂听，心伤已摧。

这种鬼哭狼嚎、杳无人烟的惨况,如果用《资治通鉴》卷一二九所记大明三年广陵屠城时的情形,即"广陵城中士民,无大小悉命杀之";"长水校尉宗越临决,皆先剖肠抉眼,或笞面鞭腹,苦酒灌创,然后斩之";"上聚其首于石头南岸为京观"之类来诠释,正可凸现那死一般枯寂中的浓烈的血腥味。而鲍照将那些耸动着惊恐之躯的野兽饮血餐肤的场景也逼真地描摹出来,把孤蓬、惊沙的莫名振动飞升亦细腻地刻画出来,整体上构造起的,是一种战争虽已结束而人心依旧战栗,自然恢复平和而万物仍为之惊恐的气氛。在这样令人窒息的氛围中再去读赋中"观基扃之固护,将万祀而一君。出入三代五百余载,竟瓜剖而豆分"数语,则其中对历史无常的慨叹,与对统治者一厢情愿的万世长存梦想的讽刺,更给人以深刻的印象。

风格与《芜城赋》不同的《登大雷岸与妹书》,是鲍照写给同样以写诗著称的妹妹鲍令晖的一封家信。信以骈偶句为主体,而间以散文句式,富于情致地叙述了作者自建康赴江州途中的所感与所见。其中最受后人推崇的,是几段有关自然山水的描写:

> 南则积山万状,负气争高。含霞饮景,参差代雄。凌跨长陇,前后相属。带天有匝,横地无穷。
> 东则砥原远隰,亡端靡际。寒蓬夕卷,古树云平。旋风四起,思鸟群归。静听无闻,极视不见。……

> 西南望庐山,又特惊异。基压江潮,峰与辰汉相接。上常积云霞,雕锦缛。若华夕曜,岩泽气通,传明散彩,赫似绛天。左右青霭,表里紫霄。从岭而上,气尽金光;半山以下,纯为黛色。信可以神居帝郊,镇控湘、汉者也。

这里展示的,是一幅群山起伏、旷野无垠、云蒸霞蔚、风起鸟飞的绮丽的画面。结构虽然还是以表现方位为基本格局的赋体,而写景的手法,则跟鲍照在五言诗中常用的非常相似,也是强调色彩的对比,注重动态的描绘,并在整体上具有一种张力。尤其是写庐山一段,色彩的变幻与山景的葱郁,在作者的笔下被描绘得生机勃勃,意态流转。与谢灵运的《山居赋》相比,鲍照文章表现自然的技巧无疑是更进步了。

汤惠休和吴迈远

鲍照之后,刘宋时期文坛上比较有特异风格的作家,是汤惠休和吴迈远。

汤惠休，字茂远，早年曾遁入空门，惠休是其法号。宋孝武帝时，受命还俗，官至扬州从事史。他在诗歌创作上被齐梁时人与鲍照并称，谓之"休、鲍"（《齐书·文学传论》）。这大约主要是指其乐府诗多有绮丽之风，某种程度上与鲍诗相近。但汤诗整体水平颇不及鲍照，故钟嵘《诗品》有"世遂匹之鲍照，恐商周矣"的贬词。相对而言写得较成功的，是下面这首《怨诗行》：

> 明月照高楼，含君千里光。巷中情思满，断绝孤妾肠。悲风荡帷帐，瑶翠坐自伤。妾心依天末，思与浮云长。啸歌视秋草，幽叶岂再扬。暮兰不待岁，离华能几芳？愿作张女引，流悲绕君堂。君堂严且秘，绝调徒飞扬。

诗写思妇之愁叹，本极常见。而诗末用歌曲萦绕女主人所思念的男性所居之堂，却不得传入其中的情节，喻示关爱与怀想之意无从转达的绝望之情，构思奇巧，颇不同寻常。

吴迈远（？—474），字贯不详，据《南史》及《诗品》，曾官江州从事与奉朝请。以参与桂阳王刘休范谋反被杀。其人好为篇章而颇自负，赋诗偶有称意语，便狂言："曹子建何足数哉！"传汤惠休曾对之云："吾诗可为汝诗父。"又谢庄谓汤诗可为吴诗之"庶兄"，则汤、吴之作，在当时也被视为同类。

吴迈远比较擅长的，也是乐府诗。其诗有类似鲍照乐府激越悲怆的一面，也不乏汤惠休诗美艳多情的特色。像《飞来双白鹄》即其例：

> 可怜双白鹄，双双绝尘氛。连翩弄光景，交颈游青云。逢罗复逢缴，雌雄一旦分。哀声流海曲，孤叫出江濆。岂不慕前侣，为尔不及群。步步一零泪，千里犹待君。乐哉新相知，悲来生别离。持此百年命，共逐寸阴移。譬如空山草，零落心自知。

诗所表现的，表面上是一双雌雄齐飞的白鹄，在连翩飞翔的途中横遭网罗羽缴而分离的悲情故事，而其深层寓意，似是指人生旅途中个人不免因外界的压迫而失去最密切的亲人朋友，终至孤独悲寂地走完一生的严酷事实。或许正因为吴氏参透了人生的这种无可避免的悲剧性结局，所以他到临终时所写的那首五绝，反倒在悲凉之中流露出一种豁达之慨：

> 伤歌入松路，斗酒望青山。谁非一丘土，参差前后间。（《临终诗》）

尽管是一种在"伤歌"伴奏、"斗酒"陶醉的情形下展现的豁达，但东晋以来不少诗作中所具有的那种对生命易逝的焦虑，到此确乎是荡然无存了。在文学中以这样的方式理解生命，也许可以说是刘宋时期出现的一个新趋向。

第三节　沈约、谢朓与永明体

南朝齐永明年间(483—493),关于汉语声韵学的研究有很大进展,在以竟陵王萧子良为核心的文学集团中,周颙是这方面的专家,著有《四声切韵》,沈约对此也深有心得,他把这种学问运用到文学创作上来,著《四声谱》,建立了一套关于诗歌声律的理论。同属于这个文学集团的谢朓、王融、范云等人也积极依照这种理论来写诗,于是形成了一种新的诗体,世称"永明体"或"新体",它标志了古体诗向近体诗演变的一次关键性的转折。

一、沈约的诗歌理论与创作

"永明体"的倡导者和关键人物,是沈约。

沈约(441—513),字休文,吴兴武康(今浙江德清武康镇)人。出身仕宦之家,年十三,遭家难,流寓孤贫,而好学不倦。及壮,以才识闻名,被刘宋郢州太守蔡兴宗引为安西外兵参军,兼记室。入齐,由征虏记室,升太子家令,历五兵尚书等职,官至司徒左长史。梁武帝登基,又任尚书仆射,封建昌县侯。后迁尚书令,领太子少傅等官。一生历仕三朝,行止端谨。自少即勤于著述,文史兼能。著作除《沈隐侯集》外,尚有《宋书》存世。另撰有《四声谱》,已佚。

沈约是南朝文学中非常重要的人物。齐永明年间,受爱好文艺的竟陵王萧子良的招引,他与当世才士谢朓、萧衍、王融、萧琛、范云、任昉、陆倕并游竟陵之门,时称"竟陵八友"。《诗品》说:"于时谢朓未遒,江淹才尽,范云名级故微,故约称独步。"可见他当时已是领袖人物。到了梁代,他作为文坛耆老,仍然保持着宗师的身份,可谓影响深远。

沈约的文学观念,是强调发展和变化的。他在《宋书·谢灵运传论》中,简要地描述了到他那时为止文学流变的概况,隐然有一种把楚辞视为中国文学真正的开端的意思。所以,对这以前的歌谣,只作笼统的概括,然后说:

> 周室既衰,风流弥著。屈平、宋玉导清源于前,贾谊、相如振芳尘于后,英辞润金石,高义薄云天。自兹以降,情志愈广……

从儒家重教化的观点来看,《诗经》以后文学就已走上了歧途。持这种观点者代不乏人,就连文学批评史上地位很高的刘勰,也说过"楚艳汉侈,流弊不还"

（《文心雕龙·宗经》）。但沈约的看法却与其相反，是"周室既衰，风流弥著"，这是基于文学独立于王朝兴衰之外的立场才会有的认识。

正是由于上述理论意识的支配，沈约在南朝文学中成为一个善于新变、领风气之先的人物，而这首先表现在他是永明声律论的创立者和新体诗的主要倡导者上。

沈约用以建立诗歌格律形式的《四声谱》今已不可得见（日本释空海《文镜秘府论》有关四声、病犯的部分，研究者或认为其中若干内容系《四声谱》佚文），其声律论的概要，大致可见于其《宋书·谢灵运传论》："欲使宫羽相变，低昂舛节。若前有浮声，则后须切响。一简之内，音韵尽殊；两句之中，轻重悉异。"①又其《答甄公论》云："作五言诗者，善用四声，则讽咏而流靡；能达八体，则陆离而华洁。""八体"在唐代文献中通称为"八病"，故沈氏声律论又被简称为"四声八病"说（或疑"八病"说非出沈约，不确）。

永明时代的声律论与唐代定型的诗律有许多不同之处，特别是什么样的情况为"病"，后来的说法颇纷杂（《文镜秘府论》中将六朝至唐代各种病犯解说总列为"二十八种病"），因此关于沈约的"四声八病"说具体应怎样解释，自古及今，研究者的理解多有分歧，我们在这里只能作一点简要的说明。大体上，沈约的理论是以两句（一联）为基本单位。"宫羽相变，低昂舛节"是总的原则，即平、上、去、入四声应交错地使用，以造成声音的高低缓急的变化。而根据下文来看，四声又可以归为"浮声"、"切响"两大类（约相当于后来的平仄声之分）。"前有浮声，后须切响"，则指两句之间的对应关系，即上句用平声的位置，下句以仄声相对。但这和四声交替的原则如何谐调，现在已不大容易搞清楚。而"一简之内，音韵尽殊；两句之中，轻重悉异"，是指两句十字之中须避免出现同韵、同声母的字（不包括叠韵、双声词。《文心雕龙·声律》言"双声隔字而每舛，叠韵杂句而必睽"，意指双声、叠韵字不可相隔地出现，可证明这一点）。八病为：平头、上尾、蜂腰、鹤膝、大韵、小韵、旁纽、正纽，是按以上规则提出的八种应忌避的毛病。前四病关乎四声谐调的问题，后四病关乎双声字、叠韵字的问题。后代诗律的改变，主要是更强调平仄交替与对应的关系，在这方面作出许多新的规定，而"八病"中的后四病则被取消了。

声律论的提出和运用，据研究与当时中印文化的交流有关，受到过梵文及其研究中的有关现象的启示。

最早向人们提示这一点的是陈寅恪先生，他认为：四声说的成立，间接受

---

① 经常被引用来说明永明声律论的《南史·陆厥传》中的一段文字，已按照后代诗律对沈约的原话作了改动。

天竺《围陀·声明论》的影响;四声中除入声为中国固有外,其平、上、去三声实可与《围陀·声明论》的高声调(udātta)、非高声调(anudātta)、混合声调(svarita)相比拟,永明文士通过佛经转读而体会到了这三种声调的差别,由此受到启发,遂有平、上、去三声的辨析①。后来饶宗颐先生虽同意四声说与《围陀·声明论》有联系的说法,但却从不同的角度更具体地证明了声律论与梵文之学的关系。他说:"悉昙为印度学童学习字母拼音之法门,梵书东传,随之入华",这种拼音法颇为周密,有关书籍还附有相应图表;周颙的精析四声,实由此受到启发,沈约则在此基础上进一步发展,其"声谱与悉昙家言有血脉相承之关系"②。此后的研究又进而发现"八病"中"病"的概念,来源于梵文诗学中doṣa(瑕疵、污点、病)这一观念;而"浮声"、"切响"的诗律二元化,显然与梵文诗律中的"轻重音"有关;同时像śloka("颂")等有比较严整的程式的梵文诗律套数,也对汉语诗律的最终成立不无影响③。

但从中国文学本身的发展而言,声律论的提出和运用,根本上是由于诗歌与乐曲的脱离。自先秦至汉代的诗歌(不算《楚辞》),基本上都是配乐演唱的,依附于外在的音乐机制。到了建安以后,文人诗——包括他们的乐府诗,逐渐脱离乐曲,就像《文心雕龙·乐府》所说,曹植、陆机之作,"并无诏伶人,故事谢丝管"。这样,就产生了如何从语言本身求得诗的音乐性的问题。而正是曹植、陆机开始对此有所注意。据研究者调查,曹植诗已有个别句子可以看出是讲究声韵和谐的,陆机更明显,其诗犯后世所说"上尾"病(指一联中两句的末字同声,为诗律最忌)的情况比前代诗显著减少。而且,陆机《文赋》还明确提出:"暨音声之迭代,若五色之相宣。"只是怎样从汉语的声韵特点出发建立诗的内在音乐机制,并没有获得明确答案。所以,诗歌的律化,是诗歌自身发展的要求借助四声考辨的成果得到了实现。

新体诗在篇制长短上虽无明确规定,但习惯上,除四句的短诗外,多以八句或十句为一首,并且,越到后来,八句一首的作品越多。律诗篇制的定格,便沿此而来。由于体制较为短小,像晋宋诗歌那样寓目辄书、不避繁缛、随意铺排的作法,显然是不合适的了。同时,四句或八句的格式,又逐渐与"起承转

---

① 见陈寅恪《四声三问》,原载1934年出版的《清华学报》九卷二期,后收入《金明馆丛稿初编》。
② 见饶宗颐《文心雕龙声律篇与鸠摩罗什通韵》,原载《中华文史论丛》1985年第三辑,后收入《梵学集》,上海古籍出版社1993年版。饶先生关于此一问题还撰有一系列重要论文,其他各篇也收入《梵学集》。
③ 参见美国学者梅维恒(Victor H. Mair)与梅祖麟(Tsu-Lin Mei)在《哈佛亚洲学报》("Harvard Journal of Asiatic Studies")51卷2号(1991年)上发表的《近体诗律的梵文来源》("The Sanskrit Origins of Recent Style Prosody")一文,他们对该课题的研究又取得了突破性的进展。

合"的内容结构相结合,达到高度的匀称感。所以,齐以后的文人五言诗,在结构方面更为严密,在修辞方面更为简练。

沈约是声律论和永明体新诗的提倡者,同时也是一位出色的实践者。他现存的诗,可分为乐府和非乐府两类,两类之中,均颇有新体诗的特征。

沈约的乐府诗,虽多取古题,而形制上实与前此的古题乐府颇多不同,最显著的特点,是句式上常用对偶,并且十分注意音律的效果。如《却东西门行》:

> 驱马城西阿,遥眺想京阙。望极烟原尽,地远山河没。摇装非短晨,还歌岂明发。修服怅边羁,瞻途眇乡谒。驰盖转徂龙,回星引奔月。乐去哀镜满,悲来壮心歇。岁华委徂貌,年霜移暮发。辰物久侵晏,征思坐沦越。清氛掩行梦,忧原荡瀛渤。一念起关山,千里顾丘窟。

诗在壮阔的自然背景中展开叙述,表现的是羁守边关的壮士对年向桑榆事业未成的悲愁与浩叹。诗中大量运用了对偶的句式,在整体上有一种深沉抑郁的况味。尤其是诗的后半部分,激情涌动而文辞力求克制,更显出诗人内心的悲凉之绪。《诗品》说沈约的诗"宪章鲍明远"、"长于清怨",于此可见一斑。

沈约非乐府类的新体诗,以五言最为出色。其中大多以写景或咏物为题材。这些诗多写得温厚典雅,有一种凝练的韵味。如《早发定山》:

> 凤龄爱远壑,晚莅见奇山。标峰彩虹外,置岭白云间。倾壁忽斜竖,绝顶复孤圆。归海流漫漫,出浦水溅溅。野棠开未落,山樱发欲然。忘归属兰杜,怀禄寄芳荃。眷言采三秀,徘徊望九仙。

同样是写景,一是整体结构上明显比前此谢灵运同类题材的作品更显工整,语辞也更凝练;二是所绘山水既富于色彩,又有一种具体的优美的形态,像"倾壁忽斜竖,绝顶复孤圆",创意巧妙,摹形奇瑰,而文辞上又讲究对仗的完美。诸如此类,可以说是典型的永明体样式。同时谢朓等人的写景诗作,便颇有与之相近的风貌。又如《石塘濑听猿》:

> 嗷嗷夜猿鸣,溶溶晨雾合。不知声远近,惟见山重沓。既欢东岭唱,复伫西岩答。

描写自夜及晨浓雾中传来的猿啼声,一反以往同类题材作品中常见的凄苦之风,而借那片朦朦胧胧的背景,创造出了一个富有情趣的山猿唱答场面。能将不易用文字表现的音色之趣,描绘得如此动人,当与沈约精研音律,重视诗的声调节奏有关。

从诗歌题材方面说，沈约还是南朝艳体诗写作的带头人。他的《十咏》现存两首，一是《领边绣》，一是《脚下履》，所描绘的均是女性贴身之物；在《少年新婚为之咏》一诗中，他又写了"裾开见玉趾，衫薄映凝肤"的女性体态。前者可以说是在诗歌领域对陶渊明《闲情赋》中某些表现方式的继承，后者则是魏晋以来描摹女性形象的诗作的进一步发展。两者均直接影响了后来梁代宫体诗中同类题材作品的创作，反映了中世文学发展到南朝，对人的情感（包括潜意识中的情欲）表现更为大胆，同时对人本身的美的表现也更为重视。

沈约的诗歌创作还有两点值得注意，一是他作有不少七言诗（包括杂言式的），这表现了当时的新风气。二是他与梁代诗赋混融的现象有较大的关系。他的《天渊水鸟应诏赋》杂用五言诗句。而他的《八咏》，却又是一种似诗似赋的体格。八篇全部被作为诗收入《玉台新咏》；但在《艺文类聚》里，八篇中有七篇（除《解佩去朝市》外）被征引时，均列于"赋"一类，其中《岁暮愍衰草》一篇的篇题，则径引作《愍衰草赋》。诗与辞赋的混融，一定程度上使这两种文学体裁在表现形式方面获得了拓展，从而也拓展了作家们表现个人情感的空间。

由于沈约长期身居高位，个性偏于内敛，他的诗总体上看较少性情发露之作，而以技巧新颖见长。这与中国传统文学批评重视寻求诗歌内在旨意的思路颇相违背，故而后世对其诗作评价不高。明代胡应麟在所著《诗薮》中即谓沈约"诸作材才有余，风神全乏"。意思是说他有较高的写作技巧，却缺乏生动感人之处。但是如果从文学发展的历史看沈约的新体诗实践，则他的偏于技艺一面的探索工作，实为后来格律诗的进一步发展完善奠定了基础。他大部分诗中情致不深厚的缺陷是明显存在的，但这并不能动摇他作为南朝诗歌重要代表人物之一的地位。而将他所倡导的声律论更好地付诸永明体新诗的创作实践，则又有待于谢朓等更年轻一辈的诗人的努力。

二、谢　朓

在永明新体诗人中，谢朓的诗成就最高。

谢朓（464—499），字玄晖，陈郡阳夏（今河南太康）人。他与同族前辈谢灵运均以诗著称，故后世称谢灵运为"大谢"，而称谢朓为"小谢"。永明初，谢朓始入仕，为豫章王太尉参军。后由中书郎出为宣城太守，仕至尚书吏部郎。他性格懦弱，胆小怕事。建武年间，其岳父王敬图谋反叛，他即向上告密，因得保身，并迁官尚书吏部郎。但在政治的漩涡中，他最终未能逃脱厄运。当永元初始安王图谋废东昏侯自立时，他再度泄密，终反遭诬陷而下狱死，时年仅三十六岁。有《谢宣城集》。

谢朓处事小心谨慎，遭祸前仕途比较顺利，这跟他的同族前辈谢灵运适成对照。他的文才虽也享誉当时，但作品总体上看不像谢灵运那样有较充沛的感情，而更多地向结构完整、色彩鲜亮的方向进一步发展，呈现出一种圆润清丽的特色。这既是谢朓个性特质在其文学创作上的投影，也是魏晋南北朝文学发展的必然结果。

谢朓流传至今的作品都是诗，以描写山水景物见长。他也有如《游山》、《游敬亭山》那样篇幅较长、记述完整的游历过程的诗篇，和谢灵运相似，但大多数作品不是如此。如《游东田》：

戚戚苦无悰，携手共行乐。寻云陟累榭，随山望菌阁。远树暧仟仟，生烟纷漠漠。鱼戏新荷动，鸟散余花落。不对芳春酒，还望青山郭。

诗以游历发端，但写景的四句，却不是铺排游历所见的风光，而是有选择地描绘了两幅画面，相互配合：一是远景，广阔而悠渺；一是近景，鲜丽而生动。两者之间不需要多余的说明，就构成了完整的具有层次感的春暮景色。这和谢灵运以前的诗歌写景大都是几组平列的、相互关系不很密切的画面又有不同。

"鱼戏新荷动，鸟散余花落"是诗中名句，但所写的实是寻常的、人人可见的景物，语言也很浅近，不见雕琢之迹。善于从寻常景物中发现新鲜动人的美感，以细致的笔法构造清丽的意象，令读者既感新异又感亲切，是谢朓诗特出的优点。类似的例子，还有如"日华川上动，风光草际浮"（《和徐都曹出新亭渚》）、"余霞散成绮，澄江静如练"（《晚登三山还望京邑》）、"叶低知露密，崖断识云重"（《移病还园示亲属》），等等。这是对美好景物的敏感和美妙联想的精妙结合，所以自然秀丽。李白在六朝诗人中特别喜爱谢朓，主要就在于这一点。

在写景与抒情的结合上，谢朓诗较前人也有新的发展。他有时直接从景物中生发出一种感情，反过来使景成为情的象征，如"大江流日夜，客心悲未央"（《暂使下都夜发新林至京邑赠西府同僚》）、"落日飞鸟还[①]，忧来不可极"（《和宋记室省中》），有时则把情完全寄托在写景中，如《之宣城郡出新林浦向板桥》：

江路西南永，归流东北骛。天际识归舟，云中辨江树。旅思倦摇摇，孤游昔已屡。既欢怀禄情，复协沧洲趣。嚣尘自兹隔，赏心于此遇。虽无玄豹姿，终隐南山雾。

这诗作于明帝建武二年谢朓离开建康（今南京）赴宣州太守任的途中。他既以

---

① 通行本作"远"，兹据空海《文镜秘府论》所引。

脱离险恶的政治漩涡为喜,又很眷恋在京都的生活(谢朓是把建康视为故乡的),内心颇矛盾。诗的开头四句,看起来是纯客观的写景,实际上,西去江路之长,东归水流之急,都有作者的心理感受在内;而"天际识归舟,云中辨江树",更如王夫之《古诗评选》所说,"隐然一含情凝眺之人,呼之欲出",是"语有全不及情而情自无限"的"活景"。

谢朓的乐府诗创作也颇具特色。他继承了南朝民歌中常见的五言四句小诗的形式,在内涵上加以创造性的发挥,使之成为一种文人诗的新体裁;不妨视为五绝的滥觞。其代表作,即如下引这首《玉阶怨》:

> 夕殿下珠帘,流萤飞复息。长夜缝罗衣,思君此何极?

诗开头写景的两句,就酝酿着一种情绪氛围,然后才写出长夜缝衣之人,结末一句点醒怨情。诗体虽短小,却曲折有致,韵味悠长。唐代宫怨诗受此影响甚深,李白著名的《玉阶怨》也从此诗翻新而出。

对谢朓诗,后代诗评家关注最为集中的,是其渐启唐风。如严羽称"谢朓之诗,已有全篇似唐人者"(《沧浪诗话》),赵师秀言"玄晖诗变有唐风"(《秋夜偶成》)。所谓"全篇似唐人"、"有唐风",既是指用词、结构方面,也是指意境方面,像著名的《晚登三山还望京邑》:

> 灞涘望长安,河阳视京县。白日丽飞甍,参差皆可见。余霞散成绮,澄江静如练。喧鸟覆春洲,杂英满芳甸。去矣方滞淫,怀哉罢欢宴。佳期怅何许,泪下如流霰。有情知望乡,谁能鬒不变?

除了句佳辞丽以外,全诗结构圆满,少有颜延之、谢灵运诗中那种不时出现的多余累句,而呈现出一种有机的整体感。虽然这一整体尚缺乏较富生机的动感,但景象开阔,主题集中,情与景的转换比较自然,有一种滋润的色泽。同时,对偶的穿插使用,又使诗中呈现出一种比谢灵运诗更为工整的韵律之美;而抒情表现的技巧,至此也更圆熟了些,有较多言外的意趣。凡此都比较接近于唐初诗歌的风貌。

在诗歌语言的运用方面,谢朓较之谢灵运也有了新的发展。他的诗同样是意象的有序组合,尽可能地避免从语句的逻辑联系需要出发的连接词、转折词之类。如《之宣城郡出新林浦向板桥》一诗,在"旅思倦摇摇,孤游昔已屡"和"既欢怀禄情,复协沧州趣"之间本有一层意思上的转折,前为羁旅之思,后为欢乐之情,但全用意象来表现,不用转折词来提示,这也正是诗歌语言成熟的标志之一。不过,其意象组合的有序性较谢灵运诗更为清晰。这一效果的获得,一方面是由于诗篇的整体感的加强,使其意象间的有序性能自然地凸现出来;另一方面是其有意识的努力,《玉阶怨》就是典型的例子。其第二句"流萤飞复息"不仅写了流萤的飞动,增加了意象的空灵之美,而且"飞复息"还喻示着时间的流逝,与"长夜缝罗衣"在时间上的衔接就很密切。这种意象间的有序性的着意显示,正是谢灵运诗所未曾顾及的。同时,在保持诗歌语言特殊性的前提下,他的遣词造句尽可能地符合通常的习惯,因而显得自然、亲切。这也是其不同于谢灵运而接近初唐诗歌风貌之处。

对谢朓诗风的评语,用得最多的是"清绮"、"清丽"一类。相应地,对他的批评是不够厚重。这也是对的。谢朓是个性情软弱的诗人,他很少去触及生命深处的巨大困苦。他的诗中,常常写到自己在遥望什么,诸如"沧波不可望,望极与天平"(《和刘西曹望海台》)之类。但这只是对世事的倦怠,遥望本身是空茫的,并不带来飞翔的豪兴。包括钟嵘说他善于发端而"篇末多踬"(《诗品》),与此亦不无关系。

三、范云与王融

"竟陵八友"中,文学上较有特色的,还有范云和王融。

范云(451—503),字彦龙,南乡舞阴(今河南泌阳西北)人。他年辈略晚于沈约,而经历与之相似,也在宋、齐、梁三朝做过官。由刘宋时的法曹行参军,齐代竟陵王府主簿、广州刺史,到入梁后的散骑常侍、吏部尚书、尚书右仆射,职位越来越高。但他的文学创作活动主要还是在齐代。

范云的诗,与沈约相比,同样讲究声韵的和谐,但在诗的整体意境方面,则更显自然。如《之零陵郡次新亭》:

> 江干远树浮,天末孤烟起。江天自如合,烟树还相似。沧流未可源,高驷去何已。

用语浅显,语意连绵而少有大的跳脱,声调婉转;有些文字巧妙地重复使用,使江天一色、烟树迷蒙的景色在一种富于乐感与画面的结构中自然呈现,确有《诗品》评价范诗时所谓的"清便宛转,流风回雪"之妙。又如《送沈记室夜别》:

> 桂水澄夜氛,楚山清晓云。秋风两乡怨,秋月千里分。寒枝宁共采,霜猿行独闻。扪萝忽遗我,折桂方思君。

写秋日与好友分别的惆怅与别后的怀念,取清幽的山水为背景,借寒枝、霜猿等一系列动植物为喻示心迹的意象,在词语对仗与文字重复两者的交替运用中,传达了一种颇难用言语述说的思念之情。

"竟陵八友"中的另一位著名作家王融(467—493),字元长,琅邪临沂(今属山东)人。他与谢朓同辈。曾做过晋陵王司徒法曹参军、丹阳丞、中书郎兼主客郎等职;竟陵王时被引为宁朔将军军主。他的结局亦与谢朓类似,也是被下狱处死,而寿命更短,只活了二十七岁。

王融的诗大都写得平直乏趣,显现出刻意追求对偶工整与声律协调的痕迹,这或许与他永明年间年纪才二十岁左右,艺术上尚不成熟有关。兹举《临高台》一诗,以见其特点:

> 游人欲骋望,积步上高台。井莲当夏吐,窗桂逐秋开。花飞低不入,鸟散远时来。还看云栋影,含月共徘徊。

诗语尚较稚拙,但力图在规整的形制下创造一种悠远的意境,是显而易见的。

此外还有两点值得注意:一是王融写了不少五言四句的短诗,可以看出这种新诗体在文人中流行的情况;一是《全齐文》所录他的《净住子颂》三十一篇中,自《自庆毕故止新篇颂》以下十一篇均是隔句用韵的齐言体七言诗的格式(其中《一志努力篇颂》、《回向佛道篇颂》,《初学记》录为《努力门诗》、《回向门诗》)。这是一种宣扬佛教思想的唱词,虽不是严格意义上的诗歌,但这种格式,对于研究七言诗体的发展是有价值的。

四、江 淹 孔稚珪

江淹、孔稚珪均是与沈约同辈而又不属于竟陵文学集团的作家。孔卒于齐;江虽入梁,但据前引《诗品》之说,他在永明中已是"才尽",而现存的作品,也均是作于宋、齐的。

江淹(444—505),字文通,济阳考城(今河南兰考东)人。少孤贫而好学。刘宋时,起家南徐州从事,出入诸王幕府,郁郁不得志。入齐,为建安王记室,历庐陵内史、宣城太守,升任秘书监。至梁朝,又由散骑常侍、左卫将军,迁官金紫光禄大夫。其人早岁以文章著名于时,晚年官运亨通,创作激情衰退,"江郎才尽"的成语,即出于此。有《江文通集》。

《诗品》说江淹"诗体总杂,善于摹拟"。此处"总杂"也是指他摹拟的诗体多而言。其文集中题明仿效前代作家的,就有《效阮公诗十五首》、《学魏文帝》、《杂体诗三十首》等,占存诗总数的近半。而《文选》收录江淹《杂体诗三十首》全部,其他诗仅收两首。这也表明当代人对他的看法。《杂体诗三十首》的具体写法,是兼取模拟对象代表性诗作的内容、风格、篇制、用辞,成为一首能体现其人生态度与文学特点的新诗,这确实也需要才思。其中拟曹丕、曹植、王粲、阮籍、陶渊明的几篇,都很逼真;如下面这篇拟陶的《田居》,还长期羼杂在陶集中。

> 种苗在东皋，苗生满阡陌。虽有荷锄倦，浊酒聊自适。日暮巾柴车，路闇光已夕。归人望烟火，稚子候檐隙。问君亦何为？百年会有役。但愿桑麻成，蚕月得纺绩。素心正如此，开径望三益。

这种模拟，至少表现了对各种不同风格的诗作的深入体味，将之与《诗品》推求诗歌源流的努力联系起来看，能够感受到南朝文人对文学的理解正在不断深入和细致化。

除摹拟前人之作外，江淹也有不少抒写个人实际生活的作品。这些作品多能将写景与抒情融为一体，个别出色之作则流露出一种迷惘、伤感的意绪，显得清幽异常。如《赤亭渚》：

> 吴江泛丘墟，饶桂复多枫。水夕潮波黑，日暮精气红。路长寒光尽，鸟鸣秋草穷。瑶水虽未合，珠霜窃过中。坐识物序晏，卧视岁阴空。一伤千里极，独望淮海风。远心何所类，云边有征鸿。

这诗大约作于宋末，文辞比谢灵运、颜延之等人的诗作，显得浅近了许多。而诗句多见对偶，讲究色彩，反映了永明体兴盛以前有关创作手法在文坛已颇受重视。诗中借自然山水或壮丽或萧瑟的景致的衬托，表现个人内心因岁晚而生孤独，又因孤独而起莫名的惆怅与悲哀的微妙变化，整体上有一种朦胧而又清怨的情致。刘熙载《艺概》说："江文通诗，有凄凉日暮不可如何之意。"的确如此。

在文学史上，江淹最为后人称道的，则是他的辞赋，尤其是《恨赋》和《别赋》。

《恨赋》的题旨，据李善注，是"意谓古人不称其情，皆饮恨而死也"。赋的起首，即以悲凉激越的文辞，创造了一个独特的人生末路场景：

> 试望平原，蔓草萦骨，拱木敛魂。人生到此，天道宁论！

以此为开场，作者在赋中缕叙了秦汉以来君王、臣僚、义士仁人各以不同的原因而抱恨终身的事例，然后又拓展视野，写了种种带有普遍意味的憾恨：

> 或有孤臣危涕，孽子坠心。迁客海上，流戍陇阴。此人但闻悲风汩起，泣下沾衿。亦复含酸茹叹，销落湮沈。若乃骑叠迹，车屯轨，黄尘匝地，歌吹四起，无不烟断火绝，闭骨泉里。

此段文字的后半部分某种程度上与鲍照的《芜城赋》有异曲同工之妙。但鲍照所写，是具体场景的繁盛与萧条的对照；江淹在这里展示的，则是已经浓缩为人类普遍现象的令人心悸的场面与情感。

相比较而言，《别赋》写得更为出色。赋开头的"黯然销魂者，唯别而已矣"

一语,已成千古名句。赋中用分类的形式,渲染各种离别的情景,也时见状摹维肖,情致深切处。如下引的两节,前一节写远赴绝国的臣子生离时的痛苦,后一节状深爱中的情侣暂别时的忧伤,均辞文环转,旨意深长。

> 至如一赴绝国,讵相见期?视乔木兮故里,诀北梁兮永辞。左右兮魂动,亲宾兮泪滋。可班荆兮增恨,唯樽酒兮叙悲。值秋雁兮飞日,当白露兮下时。怨复怨兮远山曲,去复去兮长河湄……
>
> 下有芍药之诗,佳人之歌,桑中卫女,上官陈娥。春草碧色,春水渌波,送君南浦,伤如之何!至乃秋露如珠,秋月如珪,明月白露,光阴往来。与子之别,思心徘徊。

《恨赋》、《别赋》集中抒写了人生的缺憾和悲哀,所谓"自古皆有死,莫不饮恨而吞声",在作者看来,这种缺憾和悲哀是无所不在乃至无可逃脱的。南朝文学普遍带有伤感性,这既是对人生的感受,也是审美的追求。如果说,美归根结蒂是一种感动的力量,那么在南朝文人心目中,悲哀的情绪是最能使人感动的。

在语言风格上,鲍照的骈体文、赋语意紧缩,意象密集,显得峭拔有力,江淹之作则多用虚字、助字以及重叠的句式,造成曼婉的语调。两者各有所宜,并反映了作者不同的性格。

孔稚珪(448—501),字德璋,会稽山阴(今浙江绍兴)人。仕宋为安成王车骑法曹行参军。入齐,由记室参军,迁太子詹事、散骑常侍。有《孔詹事集》。

孔稚珪的诗现存甚少,其《旦发青林》一首,堪称佳作:

> 孤征越清江,游子悲路长。二旬倏已满,三千眇未央。草杂今古色,岩留冬夏霜。寄怀中山旧,举酒莫相忘。

写游子面对自然山水而生起的一腔悲愁,文辞简劲,富有历史的沧桑意蕴。风格上与谢灵运诗有某种程度的相似,而重视对偶运用,与永明体诗亦颇相近。

孔稚珪的文章中,最有名的是嘲讽性的骈体文《北山移文》。该文采用官样文章的体式("移文"是公文之一种,用于官府之间或官府告谕民间),拟人化的措辞,亦庄亦谐的文风,以"钟山之英,草堂之灵"向驿路山庭发布移文的形式,塑造了一个变节入仕的假隐士周子的形象,以此对当时普遍存在的身处林下、心慕朝市的士林虚伪之风进行了尖锐的嘲讽。

从骈体文发展的角度看,《北山移文》全文对偶严密,而句式富于变化。它以三四字的短句为主干,造成简洁有力的节奏,又较多地交错使用六七字的长句,以免语调过于急促。每小节的开头多用发语词、连接词疏通文气,并间或在小节之尾使用有感叹语气的散句,形成紧密节奏中的缓冲。这样,读来既铿锵有力,又有腾挪摇曳之态。以前像《雪赋》、《月赋》还不是完整的骈体(其开头部分主要以散文虚构故事背景),《登大雷岸与妹书》、《芜城赋》句式较单一,到了江淹、孔稚珪,骈文的形式发展得更完整了。

《北山移文》文章内容的结构也富于起伏变化,与精致的形式形成很好的配合。文章起始,先以轻蔑的口吻对士林中"终始参差,苍黄翻覆"、"乍回迹以心染,或先贞而后黩"的那一类人作了总的刻画。而后用两节篇幅相当的文字,描绘周子前后不同的人生姿态。在表现周子初至北山(即钟山)自标其清高的一节里,文章写道:

> 其始至也,将欲排巢父,拉许由,傲百氏,蔑王侯。风情张日,霜气横秋。或叹幽人长往,或怨王孙不游。谈空空于释部,核玄玄于道流。务光何足比,涓子不能俦。

做作之态,已初露端倪。至下一节,则笔锋一转,周子的本来面目暴露无遗:

> 及其鸣驺入谷,鹤书赴陇,形驰魄散,志变神动。尔乃眉轩席次,袂耸筵上;焚芰制而裂荷衣,抗尘容而走俗状。

文章的最后,又以拟人的笔调,描写北山因曾有周子这样的俗士居处而受到众山的嘲笑,和北山因此发布移文,阻止周子再度经行本山的情形。其中像"南岳献嘲,北陇腾笑。列壑争讥,攒峰竦诮"四句,同样表现讥诮的情态,而用语无一重复,实为精工之笔。而结尾"请回俗士驾,为君谢逋客"两语,又以官样文章的口吻,表达了一种对虚伪之士的深切厌恶。

讽刺、谐谑性的文章一般很容易写得过于夸张而缺乏意蕴。《北山移文》则由于注意炼句与炼词,某些段落显得颇有情致。如表现周子离山入仕后北山的寥落的一段文字,视自然为性灵之物,笔调凄清:

> 使我高霞孤映,明月独举,青松落荫,白云谁侣?涧石摧绝无与归,石径荒凉徒延伫。至于还飙入幕,写雾出楹,蕙帐空兮夜鹤怨,山人去兮晓猿惊。

文辞间蕴含着一种抒情气氛,从中也表现出作者对山林的向往。

南朝文学多颂美隐逸生活,但实际上能做到的人却很少。《北山移文》这种对假隐士的讽刺,在揭示南朝文人人生态度的矛盾上,是有着普遍意义的。

第四节 《文心雕龙》与《诗品》

在南朝美文学的发展过程中,中国文学批评也有了长足的进展。齐、梁两代尤为突出。其代表作为刘勰《文心雕龙》与钟嵘《诗品》。这两部书在中国文学批评史上的价值和地位,自有中国文学批评史领域的论著予以阐明;我们在这里所要做的工作,是通过它们来考察文学自觉性的成长程度。

《文心雕龙》

《文心雕龙》是我国第一部规模宏伟的文学批评著作,它不仅把美作为文章的本质,而且就创作的若干具体问题对美的实现进行了探讨。它的著者刘勰(约465—约532),字彦和。祖籍东莞莒县(今山东莒县);但在西晋末的大乱中,莒已属于北方少数民族所建立的政权,他的先辈迁至南方,世居京口(今江苏镇江)。刘勰因家庭贫困,早年曾依靠僧人,居住寺院,遂得通晓佛经。他的《文心雕龙》作于齐末,其时尚未出仕。入梁后,为奉朝请,又曾任东宫通事舍人;其时太子为萧统,也爱好文学,与刘勰文学思想颇多共通之处。在萧统编的《文选》中,刘勰《文心雕龙》所提到的作品就被收入了半数以上。

《文心雕龙》的所谓"文",以今天的标准来看,包括文学作品和非文学性的文章两类。他在此书的第五十篇——全书的最后一篇——《序志》中说:

> 夫"文心"者,言为文之用心也。昔涓子《琴心》,王孙《巧心》;心哉美矣,夫故用之①。古来文章,以雕缛成体,岂取驺奭之群言雕龙也?

这是对其书名的解释。前数句释"文心","古来文章"以下释"雕龙"。他把文章之体归结为"雕缛",显然是文章以美为本的意思②。同时此处也说明了其书名中的"雕"是"雕缛"之意,"雕龙"犹言"雕缛的龙"。"龙"喻文章。他在《文心雕龙》第一篇《原道》中论述"旁及万品,动植皆文"时,特地举出"龙凤以藻绘呈瑞"作为实例。"藻绘"也即"彫(雕)"之引申义"文饰"之意,故用来比喻"以雕缛成体"的文章。又恐被误解为战国时"雕龙奭"的"雕龙",所以特地指出:"岂取驺奭之群言雕龙也?"总之,根据刘勰自己的解释,"文心雕龙"乃是"文

---

① "夫故用之",据上海古籍出版社1984年影印元至正刊本《文心雕龙》,通行本作"故以用之"。按,至正本是。"夫",彼。意为涓子《琴心》、王孙《巧心》之所以用"心"为名,就是"心哉美矣"之故。
② "雕",通作"彫"。《礼记·郊特牲》:"彫漆雕几之美。""雕"即为"彫"之通假字;又,《文心雕龙》于"彫"字多作"雕",如《原道》篇"云霞雕色","雕"亦显为"彫"之通假字。《说文》:"彫,琢文也。"段玉裁注:"凡琱琢之成文曰彫。"按,"成文"之文谓"文饰"之文。故"彫"之引申义为"文饰",见《三国志·魏志·陈思王植传》注。又,《说文》:"缛,繁采饰也。"(《说文》通行本"饰"作"色",据段注改。)"雕缛"即采饰繁富之意,也即通常所谓的美。

心"在于"雕龙"之意。也正因文章以"雕缛"——美——为体,所以他在阐释"文心"时,特为说明:"心哉美矣,夫故用之。"

值得注意的是:刘勰的所谓"文"是包括非文学性的文章在内的,他甚至明确地把"诸子"、"论说"、"诏策"等都作为"文"来论述(见《文心雕龙》十七至十九篇)。这样,他的把"雕缛"作为文的本体,较之曹丕的"诗赋欲丽"的主张就有了很大的变异。这是符合当时文学发展的实际的,一方面,"诗赋"以外的美文已经出现;另一方面,实用性的文章也力求写得美丽,因此,美就成了一切文章都必须追求的目标。这种观点的进步意义在于扩大了文学的范围,从而有助于诗赋以外的文学作品的成长;其局限性则在于对非文学性的文章也提出了"美"的要求,从另一个角度混淆了文学作品与非文学性的文章的区别。这到后来,又倒过来成了否定文学作品的美的借口;唐代的古文运动就是突出的例证。

但就刘勰来说,在这样的观点的指导下,他对文学作品怎样达到美的境地作了认真的探索,并取得了重大的成就,这正是我国文学在沿着自觉的道路发展过程中的辉煌的标志。

首先,刘勰提倡"风骨"与文采的结合。"风骨"这一范畴的提出是一种创造性的发现。

在中国文学批评史的研究者中对"风骨"有种种不同的理解,至今尚未取得共识。现先引刘勰的意见如下:

> 诗总六义,风冠其首。斯乃化感之本源,志气之符契也。是以怊怅述情,必始乎风;沉吟铺辞,莫先于骨。(《文心雕龙》第二十八《风骨》)

"六义"之说,本于《诗大序》。其中说:"风,风也,教也。风以动之,教以化之。"又说:"上以风化下,下以风刺上。""风,风也"的第一个"风"字是指"六义"之首的"风",第二个"风"字指自然界的风,也即"风以动之"的风,"谓主上风教能鼓动万物,如风之偃草也"(皆见《经典释文》)。而就"下以风刺上"之语来看,则"六义"之"风"对上也有"动之"的作用。刘勰所谓"化感之本源","化"自就是"上""化下"而说,"感"则当是就"下""刺上"而言。总之,"六义"之首的"风",具有一种"如风之偃草"那样的打动对方的力量。其能"化感",即源于此。然而这种力量的产生,是与诗人之"志"、"气"相配合的,即所谓"志气之符契";换言之,没有相应的"志"、"气",作品就不能打动对方。至于"志"与"气"的关系,在《风骨》的上一篇《体性》中已经提出:"气以实志,志以定言。"[①]同篇又说:

---

① 此两句本于《左传·昭公九年》。

"志实骨髓。"所以,作为"志气之符契"的"风",又是天然地与骨不可分割的。这也就是刘勰在这四句之后接以"是以"两句的原因。意谓"怊怅述情"时必须以风——打动对方的力量——为始基;安排词句时先要有坚凝的骨髓。倘进一步分析,则"风骨"可分为作品形成以前和形成以后两种类型。所谓"故辞之待骨,如体之树骸;情之含风,犹形之包气"(《风骨》),即就前一类型而言。因其时文辞尚未形成,却已需要骨来支撑;情还没有化成作品,却已包含着风。至于"结言端直,则文骨成焉;意气骏爽,则文风清焉"(同上),又是就后一种类型而言了。因为只有在文章写好后,才说得上"文风"、"文骨"。

文风、文骨当然是由前一种类型的"风骨"转化而成;而前一种"风骨"又源于"气"。刘勰说:

> ……若丰藻克赡,风骨不飞,则振采失鲜,负声无力。是以缀虑裁篇,务盈守气。刚健既实,辉光乃新。其为文用,譬征鸟之使翼也。故练于骨者,析辞必精;深乎风者,述情必显。(同上)

这也就意味着"风骨"为"气"的两翼;倘有充沛的"气",就能"练于骨"而"深乎风"。是以刘勰很赞同曹丕"文以气为主"之说,并认为"鹰隼乏采,而翰飞戾天,骨劲而气猛也。文章才力,有似于此"。

曹丕对"气"没有作具体的阐释,《体性》篇则说:"才力居中,肇自血气。气以实志,志以定言。……"可见刘勰所说的"气"乃是"血气"。而古之所谓"血气",实相当于生命力[①]。因此,"风骨"的"风",乃是植基于作者生命力的作品之打动读者的力量,"骨"则是由源于生命力的"志"所决定的在结构、表达方面的能力。在作者具有这方面的足够能力、力量时,作品就能出现"文风清"、"文骨成"之类吸引读者的特色。这样,刘勰就把曹丕"文以气为主"的论述作了充实和重要的发展。

不过,刘勰虽然注重生命力,又强调后天的学习。《体性》在肯定才力"肇自血气"的同时,又提出"夫才有天资,学慎始习","故宜摹体以定习,因性以练才"。他并认为作者尽管有充沛的生命力,但如作品没有文采,也非上乘。所以《风骨》又说:"若风骨乏采,则鸷集翰林;采乏风骨,则雉窜文囿。唯藻耀而高翔,固文笔之鸣凤也。"他所要求的是"风骨"与文采的结合,在对文学的本质特征的理解上,较之陆机所要求的"情"与"绮靡"的结合显然又进了一步。

[①] 例如《论语·季氏》:"少之时,血气未定,戒之在色;及其壮也,血气方刚,戒之在斗;及其老也,血气既衰,戒之在得。"《左传·襄公二十一年》:"瘠则甚矣,而血气未动(注:"言无疾")。"《国语·鲁语》上:"若血气强固,将寿宠得没。"《列子·天瑞》:"其在少壮,则血气飘溢。"其言及"血气"诸处,义均近于生命力。如"血气未定",即可释为生命力尚未坚凝。

在"风骨"的基础上,刘勰又宣扬"隐秀"。他说:"是以文之英蕤,有秀有隐。隐也者,文外之重旨者也;秀也者,篇中之独拔者也。隐以复意为工,秀以卓绝为巧。斯乃旧章之懿绩,才情之嘉会也。"(《隐秀》)"隐"即"含蓄","秀"为篇中卓绝之句。他所举出来作为例子的,是王赞的"朔风动秋草,边马有归心"。在这里,诗人并未明白表现自己的怀归之情,但这两句却都充盈着浓郁的乡思,所以它们是"隐"与"秀"的化合。这在我国古代诗歌中是一种很高的境界:以极其精练的词句,通过平常而又能强烈地打动人们的景物,蕴含丰富而深刻的感情。把这样的诗句作为追求的目标,反映了刘勰对文学本质特征的领会。刘勰把这种境界视为"才情之嘉会",跟后来唐代之标举"兴会"有其相通之处。

此外,刘勰以《神思》篇讨论创作中的想像力,《体性》讨论作家的性格与作品的风格关系,《情采》讨论思想、感情与修辞的配合,《比兴》讨论譬喻与象征,《附会》讨论文章的组织,又以《声律》、《丽辞》、《夸饰》、《事类》、《章句》、《练字》分别讨论音律、对偶、夸张、用典、章句的组合、文字的选择等问题,所有这一切都是为了达到文章的美。换言之,曹丕为文学所提出的"丽"的笼统标准,在刘勰那里已经发展成为从原则到具体问题的一系列规范。这里固然显示了刘勰的艰苦研究和杰出才能,但更反映了从建安到齐末的文学创作的迅猛发展。

不过,刘勰的《文心雕龙》也有其严重的局限,那就是对儒家思想的强调。《文心雕龙》的前面三篇——《原道》、《征圣》、《宗经》——是对所有的作家、作品提出的要求。倘若严格贯彻,当然会对文学产生不利的影响。但幸而他在这方面还比较宽松:只要文章写得好,在"征圣"、"宗经"上马虎一些,也就算了。如《风骨》篇说:"昔潘勖锡魏,思摹经典,群才韬笔,乃其骨髓峻(铃木云黄氏原本峻作峻)也;相如赋仙,气号凌云,蔚为辞宗,乃其风力遒也。"潘勖的"思摹经典",固然深合"宗经"之旨;相如的"赋仙",却显然与"征圣"的规定背道而驰;但刘勰却对这两者均作了赞扬。而到了梁代,在另一位重要批评家钟嵘的著作《诗品》中,像刘勰这样的对于儒家的热情也消失了。

《诗　品》

《诗品》的作者钟嵘(约468—518),虽然年长于刘勰,但《诗品》却作于《文心雕龙》之后①。钟嵘,字仲伟,原籍颍川长社(今河南许昌)。齐代已经出仕,

---

① 因书中收录了沈约,约卒于梁天监十二年(513)。而据钟嵘为《诗品》所规定的"不录存者"(《诗品·序》)的体例,足见其时沈约已死。故《诗品》当作于513年之后。

入梁后曾为西中郎将晋安王记室。晋安王萧纲即后来的简文帝,也是梁代重要的文学家。但钟嵘与萧纲的文学思想却不尽一致。

《诗品》是对自汉至梁的五言诗进行评论的专著,分为三卷。卷首原各有序,清何文焕《历代诗话》所收《诗品》将三序合一,置于全书之前,成为通行版式。研究者多认为只有原来上卷的序才是全书的序,原中、下卷的序则原是书中的附论。前者的内容为总论五言诗的起源与发展,表明对诗歌的基本看法,并述著书缘由,后者主要是对当时诗坛的一些具体现象发表评论。正文部分为钟嵘对五言诗所作的评价,分为上、中、下三品,每品各一卷。这种把人分"品"的办法,是当时的风气,并非钟嵘的独创,值得注意的是其分品的标准。

收入上品的为《古诗》、李陵、班婕妤、曹植、刘桢、王粲、阮籍、陆机、潘岳、张协、左思、谢灵运。而其最推崇的则为曹植,说是"陈思之于文章也,譬人伦之有周孔,鳞羽之有龙凤,音乐之有琴笙,女工之有黼黻。俾尔怀铅吮墨者,抱篇章而景慕,映余晖以自烛。故孔氏之门如用诗,则公幹升堂,思王入室,景阳、潘、陆自可坐于廊庑之间矣"(卷上)。其开头几句,意味着曹植在诗歌史上的地位是前无古人的,也即超过了其以前的诗人;至于最后一句又说明了潘岳、陆机、张协都无法与曹植相比。又,《诗品》卷下《序》说:"昔曹、刘殆文章之圣,陆、谢为体贰之才。"可见谢灵运也只配坐于"廊庑之间"。其不提阮籍、左思,是因他以为这两人还不如陆机、潘岳。《诗品·序》说:"降及建安,曹公父子笃好斯文,平原兄弟郁为文栋……彬彬之盛,大备于时矣。尔后陵迟衰微,迄于有晋。太康中,三张、二陆、两潘、一左,勃尔复兴,踵武前王,风流未沫,亦文章之中兴也。"他把阮籍的时代看作诗歌"陵迟衰微"的时代,肯定了陆机等人的"中兴"之功,却没有一个字提到阮籍的作用。而且,他在评述另一个诗歌衰微的时代——西晋、东晋之交时,还肯定了郭璞、刘琨的作品,然后结之以"彼众我寡,未能动俗";对阮籍却连这样的赞语都没有。至于左思,他虽视为太康中兴的功臣之一,但在进行具体分析时,又明确地说:"陆机为太康之英,安仁、景阳为辅。"左思连"为辅"的资格都不具备。

所以,在上品的十二家中,被钟嵘列于第一、二名的,乃是曹植和刘桢。他虽然把建安、太康、元嘉三个时代作为五言诗的兴盛时代①,但其最向往的却是曹、刘所生活于其中的建安时期的诗歌。

再看他对曹植、刘桢的具体评价:

---

① 《诗品·序》说:"故知陈思为建安之杰,公幹、仲宣为辅。陆机为太康之英,安仁、景阳为辅。谢客为元嘉之雄,颜延年为辅。斯皆五言之冠冕,文词之命世也。"可见其对这三个时代的诗歌的赞美。

> 骨气奇高,词采华茂。情兼雅怨,体被文质。粲溢今古,卓尔不群。(卷上《魏陈思王植》)
>
> 仗气爱奇,动多振绝。贞骨凌霜,高风跨俗。但气过其文,雕润恨少。然自陈思已下,桢称独步。(卷上《魏文学刘桢》)

他肯定曹植的"骨气奇高",刘桢的"仗气爱奇"、"贞骨凌霜",也就是肯定他们的风骨;如同在介绍《文心雕龙》时所已指出的,"风"为"志气之符契",气足必然风劲。但曹植于"风骨"之外又有"词采华茂"的特色,而刘桢则"气过其文",是以略逊于曹植。由此可见,钟嵘的批评标准与刘勰相同,也是"风骨"与文采的结合。

说得更明确一些,钟嵘所追求的也是文学的美。他专评五言诗而不涉四言,也是就此点着眼。所以他说:

> 夫四言,文约易广,取效《风》、《骚》,便可多得。每苦文繁而意少,故世罕习焉。五言居文词之要,是众作之有滋味者也,故云会于流俗。岂不以指事造形,穷情写物,最为详切者邪?故诗有六义焉:一曰兴,二曰比,三曰赋。文已尽而意有余,兴也。因物喻志,比也。直书其事,寓言写物,赋也。弘斯三义,酌而用之,干之以风力,润之以丹彩,使咏之者无极,闻之者动心,是诗之至也。

他所强调的,是诗的"指事造形,穷情写物",至于其事、形、情、物是什么,却不加限制。因而儒家于诗讲"六义",强调诗歌的政治、道德内容,钟嵘却只讲"三义",而且把"三义"都说成艺术手法。在他看来,比、兴是写诗人的内心世界(即所谓"意"、"志")的,但必须具有比见诸文字的更多的意蕴,且运用比喻;至于赋,则是写客观事物的。是以接着又说:"若专用比兴,则患在意深";"但用赋体,则患在意浮。"他对赋、比、兴的这种解释是否完全确切为另一问题,但在这种解释中却把儒家诗教赋予这"三义"的政治、道德内容都抽去了。因此,按照他的意见,诗人的任务是把自己的内心世界和客观事物适当地调配,再把"风力"与"丹彩"相结合,倘若就此而能给予读者强烈的感动,那就是诗的最高境界。而他的重视五言诗,也就是因其能帮助诗人较好地做到这一点。

不过,同样是追求文学的美,他与永明体的作家却有所不同。他反对当时诗坛流行的用事和声律。其批评用事说:

> 至乎吟咏情性,亦何贵于用事?……观古今胜语,多非补假,皆由直寻。颜延、谢庄,尤为繁密,于时化之。故大明、泰始中,文章殆同书抄。近任昉、王元长等,词不贵奇,竞须新事,尔来作者,寖以成俗。遂乃句无虚语,语无虚字,拘挛补衲,蠹文已甚。但自然英旨,罕值其人。

又批评声律论说:

> ……王元长创其首,谢朓、沈约扬其波。三贤或贵公子孙,幼有文辨。于是士流景慕,务为精密,襞积细微,专相陵架。故使文多拘忌,伤其真美。余谓文制本须讽读,不可蹇碍。但令清浊通流,口吻调利,斯为足矣。至平上去入,则余病未能;蜂腰鹤膝,闾里已具。

文章贵用事,是刘宋以来流行的习气,而讲究四声八病的永明新体诗,在齐梁更是风靡一时,为众人所竞趋。当然,适当地运用典故和声律手段,对于诗歌创作并非没有益处,但若过于强调,也会带来弊病。所以,钟嵘的批评有其合理性,至于一概否定"平上去入"的分别,就与当时的潮流不一致了。若完全采纳钟嵘的意见,就不可能有近体诗的出现。但钟嵘这种批评的主观动机,是认为此类倾向妨碍了"真美"和"自然英旨",所以,他和王融、谢朓等人的分歧,乃是在基本目标一致的前提下的矛盾。

总之,钟嵘《诗品》主要是对建安以来的诗歌发展的回顾和总结,他肯定了在这一历程中所呈现的基本倾向,并对今后的道路提出了自己的看法。《诗品》所提出的标准基本和《文心雕龙》相同,所以这两部书都反映了当时我国文学的自觉性已达到了相当的高度。至于其相异之点,则在于对待儒家思想的态度上,刘勰多了一点保守性;在对待声律、用典等问题上,刘勰更接近当时的新趋势。

最后,《诗品》很重视诗人的源流。如说李陵诗"其源出于《楚辞》",谢灵运"其源出于陈思"等,这些说法有的较有依据,有的毫无道理。但在这里有两点值得注意:第一,这说明钟嵘的诗歌批评中已树立了史的观念,这是一种重要的进步;第二,其源流实是以作品的风格为依据的,这与《文心雕龙》之有"体性"篇一样,都说明当时对诗歌的风格已引起重视,这同样是一种进步。

第五节　萧氏兄弟及其后继者

在刘勰、钟嵘以后,我国的文学思想进一步朝着唯美的方向迈进。这一倾向的最突出的代表,是梁代萧纲、萧绎兄弟。与此相应,文学创作从齐末直至陈代,也在前一阶段以永明体为主流的趋势上进一步发展,而萧氏兄弟在这过程中也起了重要的作用。

诗歌领域,这一时期出现了以萧纲、萧绎作品为代表的"宫体诗"。这种诗以轻艳柔曼为特征,没有深刻的思想,但在客观而细腻描写事物方面达到了相当的水平。与此同时,梁、陈两代的大部分诗人在运用音律、对偶等手段表现诗歌题旨方面也有了更明显的进步,整体结构更完美,用词也更凝练。诗歌题材方面,许多诗人都喜写咏物诗与艳体诗;而在五言诗进一步律化的基础上,七言诗与七言歌行的技巧也开始有了明显的提高。

辞赋文章方面,骈文、骈赋盛行,其中以表现自然山水之美的作品最具突破性的成果。与此相应,书信体散文也从实用性的文章逐渐演变成了以描述美的事物为主的艺术性的小品文体。此外,梁代还形成了"宫体"之文。

这一阶段的文学,总体上说是思想较为解放,创作较为繁盛,形式与技巧发展较快。尽管从现存作品看,缺乏前此文学中常见的对人生重大问题的关怀和思考,缺乏强烈而激动的感情,但在中国文学追求艺术之美的历史进程中,它是通向唐代文学的一个重要的过渡阶段。

一、何逊、吴均等

何逊、吴均是梁代前期齐名的诗人,其诗各具特色。

何逊(?—518),字仲言,东海郯(今山东郯城)人。八岁能赋诗,弱冠举秀才,以诗文出众而颇受当时名流范云、沈约称赏。梁天监中,由奉朝请入仕,迁中卫将军、建安王萧伟水曹行参军,兼记室。后又先后任安西将军、安成王萧秀参军事,兼尚书水部郎,以及仁威庐陵王萧续记室等职。有《何记室集》。

何逊的诗,在梁代即被人与前朝名家谢朓并举①。从长于写景一面看,他的作品的确承继了谢朓诗的不少长处。但同时他也创造出了自己的风格,这主要表现为其诗在根据意象配置的需要来组织语言时,文辞更凝练,设想更巧妙,描写更富于动感,并在此基础上比较充分地表达了个人日常生活的情感,呈现出一种比较新异的审美趣味。

生动的自然景色是何逊诗中着意描绘的对象,但就全诗而言,山水已不是中心话题。何逊诗中更常见的主题,是离别与怀乡。如《望新月示同羁》:

> 初宿长淮上,破镜出云明。今夕千余里,双蛾映水生。的的与沙静,滟滟逐波轻。望乡皆下泪,非我独伤情。

此诗是说:他离乡初宿长淮之时,月如破镜;如今月如蛾眉,而他离开家乡已在千里之外了。于是抚今追昔,与其同在羁旅的朋辈一起流下思乡的眼泪。他虽把今日的月亮和昔日的月亮加以对照,但不直说其形状的不同,却以"双蛾映水生"来暗示其时天上、水中各有一个蛾眉般的新月。这既获得了对比的

---

① 《梁书》卷四十九《何逊传》引梁元帝萧绎语称:"诗……少而能者谢朓、何逊。"

效果,显示出了时间的流逝,而今日的月亮又不仅仅是比照的对象,其本身仍是灵动多姿的独立存在。就全诗而言,其中对天色月光、水景月影的描写,无一是单纯的写景,而总是与羁愁的引动、思乡之情的激发有密切的关联,因而整体上是一种以意绪的流转为线索的结构,富于内在的张力。类似的作品还有《边城思》:

> 柳黄未吐叶,水绿半含苔。春色边城动,客思故乡来。

尽管篇幅短小,但画面色彩鲜亮,水树姿态具有一种含而未露的动势,并且这种动势在末两句又被拓展为边城春色初动的象征,而引出边客的思乡之情。诗境精巧,从某种程度上说,的确是比谢朓更接近于唐诗的风貌了。而从题旨及情感表现的角度看,大量写作这类以思乡或离情别绪为主旨的诗,实际上反映了魏晋南北朝诗歌发展到这一阶段,日常生活及个人的各种不具有哲学意味的普通情感,已开始成为诗所倾力表现的主题,诗歌中的人生因素更丰富了。

与此同时,何逊诗也呈现出了一种比较新异的审美趣味。与谢灵运、谢朓诗歌主要展示明亮的色调不同,何逊的诗更强调明暗的对比,对一些萧瑟、荒凉的景象的描绘也更动人心魄。像《下方山》:

> 寒鸟树间响,落星川际浮。繁霜白晓岸,苦雾黑晨流。鳞鳞逆去水,淼淼急还舟。望乡行复立,瞻途近更修。谁能百里地,萦绕千端愁。

诗的前六句均为写景,从色调上看无一是比较柔和鲜亮的景色,其中三四句对仗工整,而色调对比及语辞铸境尤为特出:浓重的霜色弥漫大地,使拂晓的河岸变成了一片苍白;晨雾则给人一种苦涩的滋味,将本是清澈的河流也染成了黑色。黑白之间的强烈对比与反差,与前后带着一份寒意鸣叫的鸟儿和逆水急行的归舟,共同营造起了一种孤苦苍凉的氛围,生动地衬托出了后四句所着力描摹的诗人内心的千般愁绪。

比此诗更进一步,另一些作品中还较多出现了死树、寒藤、严野、荒坟等景象:

> 百年积死树,千尺挂寒藤。(《渡连圻》二首之二)
> 旅葵应蔓井,荒藤已上扉。(《行经范仆射故宅》)
> 季月边秋重,严野散寒蓬。(《学古》三首之三)
> 华台日未徙,荒坟路行湿。(《王尚书瞻祖日》)

对这类景象加以描写,并不始于何逊,但何逊以凝练的笔触,将它们表现得更具有一种凄丽的美感。同时,这些荒凉、萧瑟的景象与"开帘觉水动,映竹见床空"(《夜梦故人》)、"山烟涵树色,江水映霞晖"(《日夕出富阳浦口和朗公》)、"水底见行云,天边看远树"(《晓发》)等景致优美的画面,并现于何逊的诗中,从一个侧面反映了当诗所表现的个人生活更为凡俗而多姿多彩时,进入诗境的景象与诗人的审美趣味也必将变得更为丰富复杂。

从题材方面看,何逊也写过一部分齐梁诗人普遍创作的以女性为咏歌对象的作品。这部分作品与他的其他作品一样,也具有注重动态美的展示与结构完整、文辞凝练的特长。如《咏舞》:

> 管清罗荐合,弦惊雪袖迟。逐唱回纤手,听曲动蛾眉。凝情眄堕珥,微睇托含辞。日暮留嘉宾,相看爱此时。

诗中每句皆有一个富于动感的动词,如"回"、"动"、"眄"、"睇"等,以此带动句与篇,凸现舞妓的绰约风姿。虽然全诗没有什么深切的题旨,却以细腻的刻画呈现了一种女性特有的妩媚。而同样是描写女子的妩媚之态,前此陆机的《日出东南隅行》虽然也写到了"美目扬玉泽,蛾眉象翠翰",但整体上缺乏一种动态感,结构也不如此诗紧凑,因而尚不能如此诗似地以少胜多。

何逊还写过一首题为《行经孙氏陵》的诗,以"山莺空曙响,陇月自秋晖。银海终无浪,金凫会不飞。闻寂今如此,望望沾人衣"的惆怅,表现了个人对三国时期吴国孙氏诸帝的感怀,大约可以说是后来唐代诗人擅写的怀古诗的先声。

吴均(469—520),字叔庠,吴兴故鄣(今浙江安吉西北)人。家世寒贱,而好学有文才。早年曾因文章出色,受到沈约的称赞。梁天监初年,起家为吴兴郡主簿,后官至奉朝请。一生位居下僚,而颇好史学,欲以此成名。晚年受诏编纂三皇迄齐代的《通史》,已草成本纪、世家,而列传未成,不幸去世。有《吴朝请集》,另有小说《续齐谐记》。

《梁书·文学传》称吴均"文体清拔有古气,好事者或斅之,谓之吴均体"。所谓"清拔有古气",盖指吴均的诗文语言简劲,有一种或雄迈或俊秀的风姿。

吴均的诗,以边塞和离别后的赠答两类题材的作品最为出色。边塞诗如《胡无人行》:

> 剑头利如芒,恒持照眼光。铁骑追骁虏,金羁讨黠羌。高秋八九月,胡地早风霜。男儿不惜死,破胆与君尝。

此诗以一柄寒光照眼的利剑发唱,引出在边疆驰骋的铁骑健儿不惜身死、奋力杀敌的画面,其雄壮的气概,为鲍照以来边塞诗作中所罕见。清王士禛《带经堂诗话》说,盛唐"边塞之作,则出鲍照、吴均也"。可见其在后世的影响。

吴均所写后一类题材的诗,一方面继承了前代作家江淹的《恨赋》、《别赋》

对离愁别绪的刻画精工的特长,另一方面又受沈约等为代表的永明体诗的影响,比较注意结构的工巧与对偶句式的运用,使诗作具有一种凝重挺拔的力度。如下面的两首:

闲房肃已静,落月有余辉。寒虫隐壁思,秋蛾绕烛飞。绝云断更合,离禽去复归。佳人今何在,迢递江之沂。一为《别鹤》弄,千里泪沾衣。(《与柳恽相赠答》六首之五)

清晨发陇西,日暮飞狐谷。秋月照层岭,寒风扫高木。雾露夜侵衣,关山晓催轴。君去欲何之,参差间原陆。一见终无缘,怀悲空满目。(《答柳恽》)

两诗以赠答为题,而所写均涉及离别之绪。诗人在展示这种令人悲戚的离别之绪时,十分注重运用自然景色来喻示个人内心的各种复杂感受,并且这些自然景色或场景辽阔,或形体细微,均在作者的笔下被有机而凝练地组织为一个富于韵律的整体。尽管细节的精致似乎不如沈约、谢朓,而全诗的气势则往往过之。这也反映了永明新体诗发展到梁初,已经有了新的进步。

吴均的诗在当时很有特点,但多少让人觉得还有些粗糙。而他的书信体散文,则在表现"清拔有古气"方面较其诗更胜一筹。如《与朱元思书》:

风烟俱净,天山共色,从流飘荡,任意东西。自富阳至桐庐一百许里,奇山异水,天下独绝。水皆漂碧,千丈见底;游鱼细石,直视无碍。急湍甚箭,猛浪若奔。夹峰高山,皆生寒树,负势竞上,互相轩邈,争高直指,千百成峰。泉水激石,泠泠作响;好鸟相鸣,嘤嘤成韵。蝉则千转不穷,猿则百叫无绝。鸢飞戾天者望峰息心,经纶世务者窥谷忘返。横柯上蔽,在昼犹昏;疏条交映,有时见日。

通篇多以四字句构成,而起首四句"风烟俱净,天山共色,从流飘荡,任意东西",笔调清俊,尤显洒脱之姿。至"夹峰高山"以下数语,视静态的群山为极富动感的性灵之物,描写生动,给人的印象也十分深刻。实用性的书信,至此发展为一种主要以表现非功利的美为主旨的文学作品,这一转变,在中世文学史上具有十分重要的意义。

其时可以一并提及的是陶弘景(452—536)的书信体写景小品《答谢中书书》。陶是著名的道士,由齐入梁,隐居不仕,而武帝遇朝廷大事仍遣使向他咨询,因有"山中宰相"之称。文如下:

山川之美,古来共谈。高峰入云,清流见底。两岸石壁,五色交晖。青林翠竹,四时俱备。晓雾将歇,猿鸟乱鸣。夕日欲颓,沉鳞竞跃。实是

> 欲界之仙都,自康乐以来,未复有能与其奇者。

此文与前引吴均之作不同,它不重刻画,只以简淡的文笔,勾勒了几组富于色彩与画意的景象,便渲染出山林中优美的氛围,颇有高逸之趣。

梁代前期著名诗人还有柳恽(456—517),字文畅,河东解(今山西运城解州镇)人。初仕于齐,入梁官至吴兴太守。他还是一位著名的书法家和音乐家,善弹琴。

柳恽少时作《捣衣诗》,有"亭皋木叶下,陇首秋云飞"之句,王融见而叹赏,书之于斋壁。这两句诗将江南、塞北之景,思妇、游子之情,在对偶形式中联为一体,表现出利用偶句构造跨时空诗境的出色的能力,语言清新而灵动。他的《江南曲》,也是一篇名作:

> 汀洲采白苹,日落江南春。洞庭有归客,潇湘逢故人。故人何不返,春华复应晚。不道新知乐,祇言行路远。

此诗写思妇怀远之情,但并不特别刻画思妇的哀怨,而是通过一个简单的故事情节,将游子耽于"新知"之乐,而不愿归来的隐情与思妇叹息年华易逝、好景不长的心理两相对映,令人自生遐思。诗的语言浅显而省净,开头两句尤以善于渲染江南春日的氛围而著名。

梁代前期作者中,丘迟和刘峻都以文章著称于后世。

丘迟(464—508),字希范,吴兴乌程(今浙江吴兴)人,梁时官司徒从事中郎。也有诗名,《文选》所收《旦发渔浦潭》,写舟行富春江所见,颇出色。文章以《与陈伯之书》最著名。书为劝说已经降魏的梁朝大将陈伯之反正而作,形式自由,骈散交错,句式工整而不呆板,而其中融情于景的一段,尤有韵味:

> 暮春三月,江南草长,杂花生树,群莺乱飞。见故国之旗鼓,感生平于畴日,抚弦登陴,岂不怆恨!所以廉公之思赵将,吴子之泣西河,人之情也。将军独无情哉?

描绘江南三月草长莺飞的宜人风光,优美动人;借此引动对方的故国之思,又情真意切。据说陈伯之因此书而悔悟归降,也许是夸大了文字的力量,但这种从"人之情"出发的文字,即使后人,也能从中受到一定的感动。"暮春三月"以下数句,几乎成为描写江南风光的典范。

刘峻(461—521),字孝标,平原(今属山东)人。少曾被掳入北魏为奴,已而出家。后还俗仕梁,典校秘书。撰有《世说新语》注。他"负材矜地"(《文选》李善注语)而一生坎坷,胸中多不平之气。故为文一反齐、梁注重精巧流丽的特点,而自成一种音律铿锵、辞韵酣畅的格调;但其长于骈俪,则仍是齐、梁文学的特色。如《广绝交论》中的如下一节：

> 若其宠钧董、石，权压梁、窦，雕刻百工，炉捶万物，吐漱兴云雨，呼噏下霜露，九域耸其风尘，四海叠其熏灼，靡不望影星奔，藉响川骛。鸡人始唱，鹤盖成阴，高门旦开，流水接轸；皆愿摩顶至踵，隳胆抽肠，约同要离焚妻子，誓殉荆卿湛七族。是曰势交。

写人生舞台上的势利之交，以略带些夸张的笔调和形象而又峭刻的文辞，把权贵得势时的威风与巴结权门那一群的作态刻画得淋漓尽致。

二、萧氏兄弟及其他

梁代中后期，武帝诸子萧统、萧纲、萧绎构成了各自的文学集团，他们的活动成为当时文学的主要景观。

在叙述萧氏兄弟之前，必须先简单地介绍一下其父梁武帝萧衍（464—549）。他字叔达，南兰陵（今江苏常州西北）人。与齐代王室同宗，而趁齐内乱，夺取了帝位。他在齐代是"竟陵八友"之一，称帝后依然爱好文艺，其趣尚在当时自有重大影响。

萧衍爱好音乐，据《南史·徐勉传》载，其宫中蓄有吴声、西曲的乐部。而他现存的九十余首诗中，有一大半是乐府诗，其中又大多是模仿南朝民间乐府或受其影响的。他还改造西曲作了《襄阳蹋铜蹄歌》《江南弄》《上云乐》等新曲。其中《江南弄》七曲，均以七言与三言各三句组合而成，格式固定。后人也有认为词即起源于此的。下面是其第三曲《采莲曲》：

> 游戏五湖采莲归，发花田叶芳袭衣，为君艳歌世所希。世所希，有如玉，江南弄，采莲曲。（《乐府诗集》载此前有和辞：采莲渚，窈窕舞佳人。）

辞语华丽，音调轻盈，颇富音乐之美。梁代文学有近俗的倾向，文辞偏于轻艳流丽，与民间乐府的影响有关。而这一风气的形成，萧衍起了不小的作用。他所作《子夜歌》中就有明显属于轻艳风调的，实可视为"宫体"诗的先声[①]。

萧衍创作的乐府诗中，个别作品境象开阔，有独特的意蕴。例如：

[①] 《梁书·徐摛传》载：摛"属文好为新变，不拘旧体"，后为萧纲侍读、记室参军等；萧纲率军北伐，"教命军书，多自摛出"；纲为太子，摛"转家令，兼管掌记，寻带领直。摛文体既别，春坊尽学之，宫体之号自斯而起。高祖闻之怒……"此处所谓"宫体"，常被误认为宫体诗，故易产生萧衍反对宫体诗的印象。按，"属文"一词最早见于《汉书》，原指作文，不包括作诗。《徐摛传》所云当也就作文而言（至少应以作文为主），下文所言"教命军书"即其明证。

> 高台半行云,望望高不极。草树无参差,山河同一色。仿佛洛阳道,道远难别识。玉阶故情人,情来共相忆。(《临高台》)

同样是抒发对情人的思念,却不强调表现缠绵的情感,而取高台上所见山河一色的弘廓背景为映衬,使情人间的相忆具有了一种与天地共长久的深长意味。

可以说,萧统、萧纲、萧绎之所以在文学上具有不同程度的唯美倾向,原是有其家庭传统的。

萧统(501—531),字德施,武帝萧衍的长子。天监元年(502)被立为皇太子。好招引才学之士,讨论篇籍,商榷古今。所罗致诸人,当时号为"东宫十学士"。能诗赋,好山水。年仅三十一而病卒,谥号昭明,故世称昭明太子。有《昭明太子集》。

萧统在中国文学史上最为人称道的业绩,是主持编纂了《文选》一书。《文选》是我国现存最早的一部诗文总集。因与昭明太子的因缘,故世又称之为《昭明文选》。其成书的年代,约在公元五二六年至五三一年间。全书三十卷,以文体和题材分类,共分三十七体①;各体之中,又依作品题材分为若干类。综计全书共收录了上起周秦下迄梁代的一百三十余位作家的近八百篇作品。据萧统《文选序》说,不但诗赋颂赞一类作品,连论铭诔箴,诏诰教令,表奏笺记,书誓符檄,乃至吊祭序引,碑碣志状之属,都应给人以美的享受,"譬陶匏异器,并为入耳之娱;黼黻不同,俱为悦目之玩"。其与此相异的,则是作为"孝敬之准式,人伦之师友"的经部书,"以立意为宗,不以能文为本"的子部书,"褒贬是非,纪别异同"的史部书。但史书中的"赞论之综缉辞采,序述之错比文华,事出于沈思,义归乎翰藻"的,则与前述的文章有其相通之处,它们都是《文选》的选录对象。所以,萧统已把"文"与经、子及一般的纪事之史加以区别,而且把类似乐器、锦绣那样的对人的娱悦作用视为"文"的基本功能,这就初步确定了文学的义界。尽管他把一些实用性的文章也视为"文",并认为它们也应具有娱悦作用,这实在是对于实用性文章的不合理要求,也可说是刘勰的类似失误的延续,但以娱悦作用来界定文学,这在当时已经达到了对于文学性质的比较清醒和深入的认识。

对于具体作品的选择,《文选》则明显偏重典雅华美一路。所收诗歌,以曹植、王粲、陆机、潘岳、谢灵运、颜延之等家为多。辞赋一体,又在书中占据了相当的篇幅。而民间乐府诗及近俗的文人诗则颇少见录。因此,《文选》可以说是梁以前文人文学的精华的汇集。

《文选》的价值不仅在于汇集了历史上大量的优秀文学作品,起到保存和流布的作用,而且,它还通过所选录的具体作品,显示其文学的范畴,提供了文

---

① 其中"书"一体末又附"移"体之作,故也有学者认为《文选》实分三十八体。

学的范本。这对于推动文学沿着其自身的轨道发展,是有重要意义的。《文选》自唐代起就受到文坛的高度重视,"文选学"的兴盛,即在其时。杜甫曾叮嘱儿子要"熟精《文选》理"(《宗武生日》),而他的诗中所使用的语汇、意象,也有大量是源于《文选》的。

萧统周围的文人以刘孝绰最为著名。据《文镜秘府论》所言,"至如梁昭明太子萧统与刘孝绰等撰集《文选》"(南卷《集论》),故揆以惯例,负责编纂《文选》的具体工作的人似应是刘孝绰(481—539)。刘氏少有"神童"之称,为其舅王融及沈约、范云等前辈文士所重。诗与何逊齐名,并称"何刘"。他不像何逊写过许多工整匀净的诗篇,但若干佳句所表现出的对自然景物——尤其光与声音——的敏感,实超过何逊。如《侍宴集贤堂应令》是平常的应酬之作,但结尾"反景入池林,余光映泉石",却是捕捉到透过树林映在泉石上那短暂而微弱的夕阳余晖所造成的幽静之美,体现了诗人丰富的感受力。王维的名句"返景入深林,复照青苔上"(《鹿柴》)即出于此,也是一眼可知的。另外像《夕逗繁昌浦》中"日入江风静,安波似未流",《夜不得眠》中"风音触树起,月色度云来",都是极漂亮的诗句。下录其短诗《月半夜泊鹊尾》:

客行三五夜,息棹隐中洲。月光随浪动,山影逐波流。

写夜幕中静息的船与人,衬以在波浪中激荡的月光与山影,动静对比之中,凸现出一种独特的意蕴。

萧纲(503—551),字世缵,小字六通,梁武帝第三子。天监五年受封晋安王,中大通三年昭明太子萧统去世,被继立为太子。太清三年武帝死,因继登皇帝位。其时国内已大乱,他本人也在幽禁中遇害。死后谥简文。

萧纲工于作诗,《梁书·简文帝本纪》:"(帝)雅好题诗,其序云:'余七岁有诗癖,长而不倦。'然伤于轻艳,当时号曰宫体。"又,同书《徐摛传》:"(摛)属文好为新变,不拘旧体。""文体既别,春坊尽学之,宫体之号,自斯而起。"按,《徐摛传》所谓"宫体",实就(或主要就)文而言(参见本书361页注);"宫体"的"宫"则指太子东宫。由此可知,先是在文中有了"宫体"之号,其后遂称萧纲之诗也为宫体诗。至其所以如此称呼,当是因徐摛之文实以"绮艳"为特征(《周书·庾信传》说徐摛、徐陵与庾肩吾、庾信"文均绮艳"),宫体之文自也如此。这与萧纲诗的"轻艳"之"艳"在格调上本就相通。何况《资治通鉴》卷一五五梁武帝中大通三年载:"太子(按,指萧纲)以侍读东海徐陵为家令,兼管记,寻带领直。摛文体轻丽,春坊尽学之,时人谓之宫体。"是宫体之文本也具有"轻"的特色。考《文心雕龙·体性》释"轻"为"浮文弱植",又说"壮与轻乖",所以,"轻艳"的宫体诗当是一种缺乏深刻性和壮气但却很为绮艳的诗作。其先本指萧纲个人的诗,后来在文学史上也兼以指萧纲同时代人的同样风格的诗篇。这种诗中有一部分作品是以女性为主题的,表现着贵族男性对女性美的品赏和对女性生活的兴趣;毫无疑问,这里面包涵着程度不等的渲染、暗示情欲的成分。但也有不少的作品,是题咏自然或人事的。它们共同的特点是描写细巧,音乐性强——特别是七言诗,节奏曼婉而流荡。而其注重对象的客观描写,又的确与前此诗歌中普遍流行的重视情感表现或阐扬某种特定理念的倾向大相径庭①。

下面是萧纲宫体诗中以女性为题材的一首名作——《咏内人昼眠》:

> 北窗聊就枕,南檐日未斜。攀钩落绮障,插捩举琵琶。梦笑开娇靥,眠鬟压落花。簟文生玉腕,香汗浸红纱。夫婿恒相伴,莫误是倡家。

这首诗过去曾被视为表现宫廷荒淫生活的典型作品。因为与传统的表现女性美的作品相比,它缺乏一个道德性的主旨,而在卫道者看来又更容易诱发关于性的联想。如果只是写到"梦笑开娇靥,眠鬟压落花"为止,在旧时代正统观念中大概尚可接受;到了"簟文生玉腕,香汗浸红纱",便难以容忍了。但事实上此诗不过是写了一位青年女子的睡态之美,其取材与描写方面的特点,是选了一个前人未曾表现过的题材,而描写又是用了一种追求逼真的细腻笔触,要说它怎么"色情",却也够不上——这毕竟是贵族文人雅士的创作,与民间的某些粗俗的作品不同。

萧纲创作的女性题材的宫体诗中,另一些作品则在表现形式上较前此的类似作品有了较多的进展,如《咏舞诗》二首中的第二首:

> 可怜称二八,逐节似飞鸿。悬胜河阳伎,阇与淮南同。入行看履进,转面望鬟空。腕动苕华玉,衫随如意风。上客何须起,啼乌曲未终。

与陆机《日出东南隅行》和何逊的《咏舞妓》相比,陆诗表现舞女形态只是全诗的一个部分,而"赴曲迅惊鸿,蹈节如集鸾。绮态随颜变,沈姿无定源"的描写又过于笼统,不能给人以强烈的鲜明印象;何诗描写集中,但其主要表现的是处于动态中的舞女的容貌神情,舞姿的描绘并不着重。萧纲此诗的首两句和"入行"四句,则用真切的文字,充分显现了舞蹈的流转风姿,描写细致切题,较陆、何之作均有所进展。

这方面有一个问题值得讨论。如前所述,齐、梁文学中表现所谓"艳情"的

---

① 宫体诗注重描写的客观细致而不重视表现思想内容的特点,到唐初还颇有影响。如唐太宗即曾作过一首宫体诗,让词臣虞世南作和诗,遭到虞的拒绝。其理由是:"圣作诚工,然体非雅正。"(见《唐书·虞世南传》)所谓"工",自然是指形式上的精致,而"体非雅正",则是说思想方面不合乎正统规范。

风气在宫体诗中表现女性题材的作品出现之前已有渐渐扩展的势头,这是文人文学的传统、民间乐府诗的影响、齐梁文人的审美情趣等多种因素重合的结果。而宫体诗中这类作品的出现,则是以萧纲为中心的文学集团寻求"新变"的结果。萧纲的文学观,是主张"文章且须放荡"(《诫当阳公大心书》)的。显然,在他们看来,文学描写女性的体貌,是一种有价值的美的创造;包括为后人强烈指斥的那种"轻艳",在他们的意识中,也并未达到不能容忍的越规程度。

宫体诗中的这部分女性题材作品,自唐代以还一直受到严厉的批判,但这是属于政治和伦理性质而非文学性质的。传统制度保证帝王在性需要方面可以得到最充分的满足,同时也要求他们负担维护传统道德的责任。像萧纲那样的身份,把对女性的兴趣用细致的文笔表现于诗,是对上述规则的触犯。至于从文学方面来看,就需要作另外的分析。应该说,不附着于道德主题而单纯地表现女性体貌之美,是文学中可以而且应该存在的内容;即使带有暗示情欲的成分,也不能算是文学的罪过——情欲也是人性的基本内容,后世如《牡丹亭》等在这方面的表现要远远超过宫体诗中的这类作品。其实,宫体诗中的这类作品真正的缺陷,在于它所表现的乃是贵族男性对女性的品赏,这里缺乏由女性的美而引发的真正的激情。换言之,宫体诗的缺陷倒是源于贵族的"雅"的姿态,他们不可能把女性和女性的美视为对于自我生命具有根本意义的存在。——尽管对另一部分士大夫来说,这种诗已经是"淫邪"的了。

在文学史上,宫体诗中女性题材的作品客观上起到了扩大诗歌的审美表现范围的作用,其实际影响是广泛而深远的。唐代李白、李贺、李商隐的诗,都有这类诗风的痕迹;晚唐五代词,更被指为富于"宫体"气息。当然,这里面有许多变化和新的因素,后面将会论及。

除了女性题材的宫体诗外,萧纲还写过不少写景、咏物类的宫体诗。这部分诗大多以观察的细致、描绘的纤巧入微见长,让人觉得诗人的感觉神经特别的纤细。如《晚春》:

> 紫兰叶初满,黄莺弄不稀。石蹲还似兽,萝长更如衣。水曲文鱼聚,林暝鸦鸟飞。渚蒲变新节,岩桐长旧围。风花落未已,山斋开夜扉。

诗中并无什么深沉的情感表露,其着意展示的,是春暮花鸟虫鱼的细微变化。在表现这种种细微的变化时,诗人所持的是一种客观的态度,而其所追求的,则是一种尽可能细密逼真的境界。萧纲的这类风格的诗,大都以"赋得××"、"咏××"为题。这种命题作诗,在齐、梁时代很盛行。作为贵族文学沙龙中的产物,它们虽然由于缺乏激情而减弱了感人的艺术魅力,但这种以固定的题目来表现各人的文学才能的创作,确实也刺激了对于事物的细致的观察与体会,促进了语言表现的技巧。像萧纲的《赋得桥》以"斜阑隐浊雾,布影入清渑"展现浓雾中、清流间桥影的变幻多姿,《咏烟》用"浮空覆杂影,含露密花藤"描绘轻烟弥漫于天空与花丛时的迷蒙之景,凡此种种,从历史发展的角度看,对后来诗歌更为传神、细腻地表现对象的诸种形态和神态,无疑是有积极意义的。

宫体诗人的作品,《梁书·庾肩吾传》说是"转拘声韵,弥尚丽靡,复逾于往时"。以诗歌形式的发展来说,这也是值得注意的。若拿唐代定型的诗律来衡量,沈约、谢朓等永明体诗人的诗合律程度不高,这可能是因为永明声律论主要是以四声的相互交替为原则,和后来的诗律有所不同。但其具体规则,现在也难以透彻地了解。而萧纲、庾信、徐陵等人的诗(尤其唱和之作),有很多是严格地遵守一句之中平仄交错、两句之间平仄对立的原则,已十分接近近体诗的形式。也就是说,从他们的诗中,可以看到以平仄关系为中心的声律规则已经确立①。

宫体诗之外,萧纲也创作过一些风格并非"轻艳"的作品。这些作品大多是对前此传统的诗歌风格的创造性继承。如佛教题材的《十空诗》六首之二《水月》:

  圆轮既照水,初生亦映流。溶溶如渍璧,的的似沈钩。非关顾兔没,岂是桂枝浮。空令谁雅识,还用喜腾猴。万累若消荡,一相更何求。

借对水月的形象描绘表现佛教的空无之旨,创作思路与前代玄言诗颇为相似,不同的是前人用诗谈玄,而萧纲则借诗释佛。又如《登板桥咏洲中独鹤》:

  远雾旦氛氲,单飞才可分。孤惊宿屿浦,羁唳下江濆。意惑东西水,心迷四面云。谁知独辛苦,江上念离群。

表现单鹤的孤苦无依,语辞间凝聚着一种悲寂之情,虽然刻画同样细腻,却与一般纯粹咏物的宫体诗很不一样。至其末路被软禁时所作《被幽述志》诗,则更是流露出浓重的悲凉无奈之绪:

  恍忽烟霞散,飕飀松柏阴。幽山白杨古,野路黄尘深。终无千月命,安用九丹金。阙里长芜没,苍天空照心。

诗中烟霞消散、松柏聚阴与幽山白杨、野路黄尘等意象,无一不喻示着诗人内心的绝望,最后一联境界阔大,而旨意凄凉,全诗因此笼罩在一种极为悲哀的

---

① 日本学者高木正一在所撰《六朝律诗的形成》(《六朝における律诗の形成》,《中国学会报》第4期,1952年)一文中,通过统计,由六朝诗犯"八病"之例逐渐递减的实况,得出律诗的声律在梁简文帝时(550—551)已经成立的结论,可参看。

气氛中。

萧纲的辞赋,也有佳作。如《述羁赋》中的如下一节:

> 远山碧,暮水红,日既晏,谁与同?云嵯峨而出岫,江摇漾而生风。奉玺言而遄迈,改余玉于江隈。遵阳埵而中正,轸悲心其若颓。引领京邑,瞻望弗远。恋逐云飞,思随蓬卷。观江水之寂寥,愿从流而东返。

表现被羁不得返归时的落寞、哀戚与颓唐,以日落的宏伟场景为依托,因而带有些许悲壮的意味。

他的书信体散文,在写景与抒情结合方面,又比吴均、陶弘景等更进一步,显得文辞优美而又不失其生活化的特征。典型的例子,是《与萧临川书》。信中"零雨送秋,轻寒迎节,江枫晓落,林叶初黄"的开头和近结尾处"白云在天,苍波无极。瞻之歧路,眷慨良深"的融情入景式感慨,景致悠远明丽,情感真挚深切,把思念友人的心绪很好地映衬了出来。

萧纲在文学理论方面也有自己较为独到的看法,这主要见于他的《与湘东王书》。信中写道:

> 比见京师文体,懦钝殊常,竞学浮疏,争为阐缓。玄冬修夜,思所不得。既殊比兴,正背风骚。若夫六典三礼,所施则有地;吉凶嘉宾,用之则有所。未闻吟咏情性,反拟《内则》之篇;操笔写志,更摹《酒诰》之作;迟迟春日,翻学《归藏》;湛湛江水,遂同《大传》。吾既拙于为文,不敢轻有掎摭。但以当世之作,历方古之才人,远则扬、马、曹、王,近则潘、陆、颜、谢,而观其遣辞用心,了不相似。若以今文为是,则古文为非;若昔贤可称,则今体宜弃;俱为盍各,则未之敢许。

文中明确指出儒家经典与文学作品是性质相异的两类东西,并以历来公认的文学名家为例,证明成功的文学创作从不曾以经典为规范。这实际上已触及到了文学的本质问题。

萧纲周围也曾集聚了众多文士,对其中最著名的庾信和徐陵,将在后面作介绍。

萧绎(508—554),即梁元帝,字世诚,小字七符,武帝第七子。天监十三年(514)受封湘东王。侯景之乱平定后,于承圣元年(552)在江陵即位称帝,后在西魏军攻破江陵时被杀。著有《金楼子》等。

萧绎的文学创作风格,有与萧纲宫体诗相似的一面,比较重视客观地描摹对象,文风轻丽。如《咏晚栖乌》:

> 日暮连翩翼,俱向上林栖。风多前归驶,云暗后群迷。路远声难彻,

飞斜行未齐。应从故乡返,几过入兰闱。借问倡楼妾,何如荡子妻。

诗对晚归栖枝的乌鸦从声、形及经历地方等方面作了详细的描摹,而整体上基本没有情感的流露,表现出诗人的兴趣点,主要在客观展示方面。与萧纲一样,他现存的诗歌中,也有不少以"赋得××"、"咏××"为题的作品,这些诗大多显现出诗人创作时抱有一种游戏心态。如《咏萤火》:

著人疑不热,集草讶无烟。到来灯下暗,翻往雨中然。

全诗了无深意,却以富于想像力的生动刻画,凸现了萤火的奇妙特征。文学创作中的这种游戏心态,与注重客观摹写的创作态度,从文学发展的历史看,是有其积极意义的。唐代文学在表现自身与外部世界的形象特征方面达到一个崭新的水准,其基础从某种程度上说正是梁代文学为之打下的。而视文学为游戏,对于中国文学回到文学表现美的本位上来,更是意义深远。

萧绎的诗也有与萧纲风貌不同之处。如《燕歌行》,是梁代盛行的七言长篇歌行体中具有代表性的作品:

燕赵佳人本自多,辽东少妇学春歌。黄龙戍北花如锦,玄菟城前月似蛾。如何此时别夫婿,金羁翠眊往交河。还闻入汉去燕营,怨妾愁心百恨生。漫漫悠悠天未晓,遥遥夜夜听寒更。自从异县同心别,偏恨同时成异节。横波满脸万行啼,翠眉暂敛千重结。并海连天合不开,那堪春日上春台!乍见远舟如落叶,复看遥舸似行杯。沙汀夜鹤啸羁雌,妾心无趣坐伤离。翻嗟汉使音尘断,空伤贱妾燕南垂。

全篇五小节,除开头一节六句外,其余均是四句一转韵,段落分明,于整齐中见变化。齐、梁自五言诗走向律化以后,形成篇制短小、结构紧密、语言精练的基本趋向(像萧绎的《寒闺》:"乌鹊夜南飞,良人行未归。池水浮明月,寒风送捣衣。愿织回文锦,因君寄武威。"文情并茂,堪称佳构);而七言诗——尤其如《燕歌行》这种篇幅较长的七言歌行,则朝另一个方向发展,与之形成相互补充。这种诗多用铺排手法,语言浅俗而音节流荡,尤宜于表达萧绎所说的那种"流连哀思"之情。此篇虽为和王褒同题诗之作(见本书 423 页),而凄切过之。

诗歌之外,萧绎的辞赋文章也较有特色。其中《荡妇秋思赋》尤为独绝之作。赋写荡子之妇对远行之人的怀思,是古老的题材,语言浅俗而艳丽,有较强的音乐感。开头部分"登楼一望,唯见远树含烟;平原如此,不知道路几千?"中间"重以秋水文波,秋云似罗。日黯黯而将暮,风骚骚而渡河;妾怨回文之锦,君思出塞之歌",这都是用浅语写情,用景物与情相衬托的佳句。

又有《采莲赋》,用明丽的笔调描绘青年女子成群在湖船上采莲时的姿态

与咏歌,有一种绚烂而流动的美:

> 紫茎兮文波,红莲兮芰荷,绿房兮翠盖,素实兮黄螺。于时妖童媛女,荡舟心许;鹢首徐回,兼传羽杯。櫂将移而藻挂,船欲动而萍开。尔其纤腰束素,迁延顾步;夏始春余,叶嫩花初。恐沾裳而浅笑,畏倾船而敛裾。故以水溅兰桡,芦侵罗袸;菊泽未反,梧台迥见;荇湿沾衫,菱长绕钏。泛柏舟而容与,歌采莲于枉渚。

此节在缤纷的色彩间点缀采莲女活泼的身影,文字表述方面与宫体诗有类同之处,即都以描写细腻、逼真见长。但其所歌颂的,既是江南春月的美景,又是少女焕发的青春,因而很具感人的力量。这与五四运动后的美文实有相通之处。朱自清在其名作《荷塘月色》中有这样一段话:

> 忽然想起采莲的事情来了。采莲是江南的旧俗,似乎很早就有,而六朝时为盛;从诗歌里可以约略知道。采莲的是少年的女子,她们是荡着小船,唱着艳歌去的。采莲人不用说很多,还有看采莲的人。那是一个热闹的季节,也是一个风流的季节。梁元帝《采莲赋》里说得好:
>
> 于时妖童媛女①……
>
> 可见当时嬉游的光景了。这真是有趣的事,可惜我们现在早已无福消受了。

朱自清的《荷塘月色》所要显示的,是生活中的美;而《采莲赋》正是对生活中的美的赞歌。这就是两者的相通之处,也是朱自清甚至发出"可惜我们现在早已无福消受了"的慨叹的原因所在。赋中虽有"妖童媛女,荡舟心许"之类的话,但在精神上受过"五四"洗礼的作家并不认为那是一个问题。而建国后的有些中学语文教材,虽然选入了朱自清的《荷塘月色》,却把文中引用萧绎此赋的部分及朱氏的相关文字删去了。

萧绎的文学见解,主要见于所著《金楼子·立言》一文中。该文将"古人之学"分为"儒"、"文"两类,谓"夫子门徒,转相师受,通圣人之经者,谓之儒;屈原、宋玉、枚乘、长卿之徒,止于辞赋,则谓之文",这是从源头上就把经学与文学分别为完全不同的两类。继而又把"今人之学"再分为"儒"、"学"、"文"、"笔"四类。所谓"学",是习儒之士中"但能识其事,不能通其理者"。而"文"与"笔"的区分,是要分开实用文章与抒情诗文。这种分类,不仅仅是学科性质的判别,很重要的一点就是否定了文学受儒学的统属。如此,"文必宗经"就变成

---

① 朱自清所引用的这段文字,至"畏倾船而敛裾"止,已见上引,不再重复。又,朱氏引"于时妖童媛女"句作"于是妖童媛女","时"、"是"通。

无稽之谈了。南朝文学中的"文"、"笔"之分,是始终有这层意义存在的。在文中萧绎还对"文"的特征作了如下的解说:

> 吟咏风谣,流连哀思者谓之文。……至如文者,惟须绮縠纷披,宫徵靡曼,唇吻遒会,情灵摇荡。

这里把"文"完全视为声色之美和感情抒发相结合的产物,而根本不考虑所谓的"原道"、"征圣"与"宗经",自然比《文心雕龙》更进一步了。

萧绎周围的文士中,以王褒最为著名,他于梁亡后去了北方,后面另作介绍。另外,也曾任过萧绎僚属的王籍,是值得一提的。他仅有两首诗存世,而其中一首《入若邪溪》非常有名:

> 艅艎何泛泛,空水共悠悠。阴霞生远岫,阳景逐回流。蝉噪林逾静,鸟鸣山更幽。此地动归念,长年悲倦游。

这是一首借自然的幽静来表达对人世的倦怠之情的诗。虽然语言说不上特别工巧,却恰当地表达出人在山水环境中恬然的心情。尤其"蝉噪"两句,写出幽、静并不只是事物的固有性状,也是人对环境的感受,因此在声音的衬托下,山林反而愈显幽深。这样以动写静,将自然的"静"表现得有生气,同时也把人和自然更密切地联系起来。梁代诗中感性的丰富,这又是一个很鲜活的例子。

三、阴铿和陈代诗文

陈代继梁而立,其时的不少作家由梁入陈,作品因此也颇染梁代文风。陈代中叶以前的著名作家,是文学史上被与梁朝名诗人何逊并称的阴铿;后期的文坛名流,则是后主陈叔宝及其词臣江总。陈代的另一位杰出的文学家徐陵,虽有"一代文宗"的美誉,而所撰诗文中的出色之作,并非是他的那些与梁代文学风尚有密切关联的宫体文学作品,而是一部分劲健苍凉的诗歌和书信体散文,这大约与他曾数度出使魏、齐,并曾在北方羁留过一段时期有关,所以我们把他放到第六章再作介绍。

阴铿,字子坚,武威姑臧(今甘肃武威)人。幼诵诗赋,长善五言诗。起家梁湘东王法曹参军,陈天嘉(560—565)年间,任始兴王府中录事参军。因为徐陵的推荐,其诗才为陈文帝赏识,而累迁招远将军、晋陵太守、员外散骑常侍等职。原有集三卷,已佚。现仅存诗三十四首。

阴铿诗才敏捷,史载其应文帝之命赋《新成安乐宫》诗,"援笔便就"(《陈书》本传)。他现存的诗,则大多显现出一种辞句凝练、注重情蕴的特征。如

《和傅郎岁暮还湘洲》：

> 苍茫岁欲晚，辛苦客方行。大江静犹浪，扁舟独且征。棠枯绛叶尽，芦冻白花轻。戍人寒不望，沙禽迥未惊。湘波各深浅，空轸念归情。

写岁暮冬寒里征人依然辛苦独行的寂寥，以江浪徐动、沙禽未惊而枯叶已落、芦絮轻飞的似乎是悄然间发生的节候变化为对照，把旅人欲归不得的无奈与落寞真切地表达了出来。又如《江津送刘光禄不及》一首：

> 依然临送渚，长望倚河津。鼓声随听绝，帆势与云邻。泊处空余鸟，离亭已散人。林寒正下叶，钓晚欲收纶。如何相背远，江汉与城闉。

开头直接从送友不及、怅然远望落笔，起得简洁明快。随后写远去的帆景、萧飒的秋景、孑然一身的送别者，构成一个完整的、富于抒情意味的画面。从结构的细致和情景的融合来说，此诗都是相当突出的。

阴铿和何逊均以擅长描写自然景物著称，但他们之间也有区别。阴铿诗的语言似乎用力不重，给人以清灵的感觉。他常能把寻常景象写得摇曳多姿，新鲜动人，而读起来又不觉得怎么奇特，如"夜江雾里阔，新月迥中明"(《五洲夜发》)、"花逐下山风"(《开善寺》)、"晨风下散叶"(《罢故章县》)之类。另外，他还喜欢在对仗句中以不同色彩为对照，像"水随云度黑，山带日归红"(《晚泊五洲》)、"栋里归云白，窗外落晖红"(《开善寺》)等。而实际诗语内在的凝练程度，已比何逊更进一步了。

阴铿的诗在唐代颇有影响。唐代最杰出的两位诗人李白与杜甫，在作品中都留有向其学习的印痕。杜甫称赞李白的诗，即谓"李侯有佳句，往往似阴铿"(《与李十二白同寻范十隐居》)；而他自述赋诗经历，又说"颇学阴何苦用心"(《解闷》)。可见阴铿在唐人的心目中，是有相当的文学地位的。

陈代后期，以后主陈叔宝为中心，形成了一个宫体文学集团。参与其间的，有江总、陈喧、孔范、王瑗等十余人。

陈后主陈叔宝(553—604)，字元秀，生于江陵，是陈代的末代皇帝。在位八年，游宴无度。祯明三年(589)为隋军俘虏，后病死于洛阳。有《陈后主集》。

陈叔宝是亡国之君，但他在艺术上有相当好的修养，能诗，通音乐。他的宫体诗在俗、艳两方面较梁代宫体诗似乎更为突出，趣味是不高的。不过，在其他一些诗篇中，他常常表现出出众的想像力和丰富而细致的审美感受。如"思君如夜烛，垂泪著鸡鸣"(《自君之出矣》)是非常生动的比喻，以致蜡烛后来成为情诗的典型意象，像杜牧的名句"蜡烛有心还惜别，替人垂泪到天明"(《赠别》)显然由此而出。写景的佳句中，"天迥浮云细，山空明月深"(《同江仆射游摄山栖霞寺》)，那种带佛教意味的空渺幽远，也许对王维不无影响；而"野雪明岩曲,山花照迥林"(《献岁立春光风具美泛舟玄圃》),却是写得明丽喜人;"沙长见水落,歌遥觉浦深"(同前),是从简朴中显出优美的韵致,其意境在后代诗词中再三被化用。

陈叔宝的辞赋文章也值得一提。他的《夜亭度雁赋》中写春景的一节,谓"春望山楹,石暖苔生。云随竹动,月共水明。暂消摇于夕径,听霜鸿之度声",景致清幽,笔调明丽,很有梁代萧纲、萧绎兄弟为文的风韵,而《题江总所撰孙玚墓志铭后四十字》,则在状摹胜景之外,又展现了一种怅惘与悲怆交织的情怀:

> 秋风动竹,烟水惊波。几人樵径,何处山阿。今时日月,宿昔绮罗。天长路远,地久云多。功臣未勒,此意如何!

全文均以四字句结撰,并且十分讲究对仗的工整。而所对照的事物,又往往隐含着一分斯人已去的感伤情绪。情与景融合得如此自然,而文字又这般洗练,在前此同类题材的文章中是不多见的。

以陈叔宝为中心的宫体文学集团中,江总文学的成就最高。

江总(519—594),字总持,济阳考城(今河南兰考)人。仕梁、陈、隋三朝。陈后主即位后,由祠部尚书,转散骑常侍、吏部尚书等职,官终尚书令。在朝无甚政绩,日与后主游宴后庭,时号"狎客"。有《江令君集》。

《陈书》本传称江总"好学,能属文,于五言七言尤善"。史书中专门言及某人善为七言诗,江总是第一个,这很值得注意。他留存的七言诗近二十首,在南北朝诗人中是数量最多的;他的《宛转歌》(此诗或题徐陵作)共三十八句,又是南北朝七言诗中最长的一篇。由此可见他在这方面的爱好。

江总的七言诗大多是艳体诗,其中包括一部分传统闺怨题材,一般来说立意较浅,但常能给人以鲜丽明快的感受。如《闺怨篇》:

> 寂寂青楼大道边,纷纷白雪绮窗前。池上鸳鸯不独自,帐中苏合还空然。屏风有意障明月,灯火无情照独眠。辽西水冻春应少,蓟北鸿来路几千。愿君关山及早度,念妾桃李片时妍。

诗的内容毫不新鲜,但写得颇漂亮。通篇对仗,但并不滞塞;各联之间关系既是明白的,又带有跳脱,所以显得流畅而活泼。末句在令人惊悚的叹息中陡然结束,将爱惜青春之意写得十分热烈。因其对仗方面的上述特点并讲究平仄,后世学者或以为此诗实唐人排律之先声。

江总一生经过两代兴亡,离乱中引发的人生感受有时是很沉重的,如《遇长安使寄裴尚书》:

> 传闻合浦叶,远向洛阳飞。北风尚嘶马,南冠独不归。去云目徒送,离琴手自挥。秋蓬失处所,春草屡芳菲。太息关山月,风尘客子衣。

此诗作于陈亡以后居于北方时,抒发了人生失路之感。几乎每一句都化用了典故或古诗文中的成句,却自然密合,不觉得费力。再如《于长安归还扬州九月九日行薇山亭赋韵》:

> 心逐南云逝,形随北雁来。故乡篱下菊,今日几花开?

经历沧桑后南归,直觉恍如隔世。而这种深重的感受,只从琐小处写出。这诗从声律形式和表现技巧两方面来说,都已经是很老练的五绝了。

与阴铿一样,江总对唐代文学的影响也不小。韩愈以"久钦江总文才妙"(《韶州留别张使君》)赞美张籍,而李商隐以"前身恐是梁江总"(《赠牧之》)推许杜牧,可见其垂名久远。

陈代是五言律诗的形式接近成熟的时期,这是当时的许多诗人共同努力的结果。如张正见,其诗被严羽批评为"最无足省发"(《沧浪诗话》),因此后人对他较少注意。但张氏现存诗九十余首,大都是格律颇为严谨的五言诗,这在南北朝显得相当突出。明人王世贞说:"张正见诗律法已严于四杰,特作一二拗语为六朝耳。"(《艺苑卮言》)张溥也说他的诗有"声骨雄整"(《汉魏六朝百三名家集题辞》)之长。而且,张正见的诗对仗也显得工稳老练,修辞技巧是很强的。总之,这类诗虽然兴味不足,但在诗歌形式的发展过程中,仍有其不可忽视的意义。

第六节　以妇女问题为中心的"艳歌"集《玉台新咏》和《古诗为焦仲卿妻作》

随着社会的发展和儒学的衰微,被与"小人"并列而且斥为"难养"的女性①,其自身固然在逐渐觉醒,男性中关心妇女问题并为之写诗的也日渐增多起来了。到了陈代,就有人编了一部以妇女问题为中心的"艳歌"集——《玉台新咏》。其中收了许多关于女性的爱情及其悲惨命运的诗,也有对于女性的勇敢、能力乃至爱美的心理的赞扬。像《古诗为焦仲卿妻作》那样的杰出作品就是依赖此书而保存下来的。所以,《玉台新咏》乃是研究我国女性文学——至

---

① 《论语·阳货》:"唯女子与小人为难养也,近之则不逊,远之则怨。"

少是女性文学思想——的一部很重要的书。至于这部书的出现,则是建安以来文学自觉的成果。

《玉台新咏》

《玉台新咏》长期被认为是徐陵在梁代奉萧纲之命而编①,但徐陵其实只是为此书写了一篇《序》。该文一开头就说:"陵云概日,由余之所未窥;千门万户,张衡之所曾赋。周王璧台之上,汉帝金屋之中;玉树以珊瑚作枝,珠帘以玳瑁为押。其中有丽人焉。"意思是:在皇帝后宫之中,有一位享受皇后似的待遇的、在妃子中地位最高的美人。此《序》在对这位美人的美丽、才情大大称赞了一通后又说:她"无怡神于暇景,唯属意于新诗","但往世名篇,当今巧制,分封麟阁,散在鸿都。不藉连章,无由披览。于是燃脂暝写,弄墨晨书,撰录艳歌,凡为十卷。曾无参于《雅》、《颂》,亦靡滥于《风》人"。可见此书实是皇帝的这位宠妃所编。又因书中所收萧衍、萧纲的诗,分别署为梁武帝、梁简文,足见其时二人皆已去世,否则不会用他们的谥号;所以,此书当编于陈代。从陈代后妃的情况来看,如此美丽、有才情而又如此受皇帝宠爱的妃子,除张丽华外,很难找到第二个。此书很可能是她所编②。

张丽华是陈后主的妃子,最受后主的宠爱。隋兵攻破陈的首都后,她被隋兵统帅杨广所杀。因其美丽、有才气而又遭遇悲惨,历史上许多诗人都写过关于她的诗,清代的吴伟业更写了杂剧《通天阁》,对她大加颂扬。但也有不少人基于"女色亡国"的观念,对她加以谴责。

徐陵虽把书中的诗都称为"艳歌",其中也确有一些写艳情的诗,但"艳歌"的"艳"其实是称赞诗写得美,并不是指其内容均关涉艳情。试引两首为例:

> 天上何所有?历历种白榆。桂树夹道生,青龙对道隅。凤凰鸣啾啾,一母将九雏。顾视世间人,为乐甚独殊。好妇出迎客,颜色正敷愉。伸腰再拜跪,问客平安不?请客北堂上,坐客毡氍毹。清白各异樽,酒上正华疏。酌酒持与客,客言主人持。却略再拜跪,然后持一杯。谈笑未及竟,左顾勅中厨。促令办粗饭,慎莫使稽留。废礼送客出,盈盈庭中趋。送客亦不远,足不过门枢。取妇得如此,齐姜亦不如。健妇持门户,胜一大丈

---

① 关于徐陵的情况参见本编第六章第三节。
② 参见章培恒《〈玉台新咏〉为张丽华所"撰录"考》(《文学评论》2004年第2期)、《再谈〈玉台新咏〉的撰录者问题》(《上海师范大学学报》2006年第1期)、《〈玉台新咏〉的编者与梁陈文学思想的实际》(《复旦学报》社科版2007年第2期),谈蓓芳《〈玉台新咏〉版本考》(《复旦学报》社会科学版2004年第4期)、《〈玉台新咏〉版本补考》(《上海师范大学学报》2006年第1期)。

夫。（古乐府诗《陇西行》）

　　苦恨身为女①，卑陋难再陈。儿男当门户，堕地自生神。雄心志四海，万里望风尘。女育无欣爱，不为家所珍。长大逃深室，藏头羞见人。垂泪适他乡，忽如雨绝云。低头和颜色，素频结朱唇。跪拜无复数，婢妾如严宾。情合同云汉，葵藿倾阳春；心乖甚水火，百恶集其身。玉颜随年变，丈夫多好新。昔为形与影，今为胡与秦。胡秦时相见，一绝逾参辰。（傅玄《豫章行·苦恨篇》）

前者歌颂妇女的能力，说她"胜一大丈夫"，同时对限制妇女的"礼"颇有非议，因而称赞她的"废礼送客出"。后者则代妇女倾诉了她们在那个社会的痛苦处境与命运，甚至发出了"苦恨身为女"的悲愤之声。二诗不但不涉艳情，且以素朴真挚为特色。以二诗并观，更可见作为女性的编者对妇女能力的自信及其所受到的不平等待遇的怨恨。

大致说来，此书在内容的选录上所注重的是女性的痛苦及其对爱情的渴望，因而光是关于妇女被弃的诗就选了好多首，如班婕妤《怨诗》、甄皇后《塘上行》、刘勋妻王宋《杂诗》、曹植《弃妇》等等。当然，还有涉及爱情的其他方面的，如写爱情的欢乐的张衡《同声诗》、写妇女对爱情的坚贞的辛延年《羽林郎》；还选了不少男性对其妻子的真诚怀念的诗，像秦嘉的《赠妇诗》等。

至于在艺术形式上，则在感情真挚的前提下兼收并蓄，既有像前引《陇西行》《豫章行》那样素朴的作品，也有不少齐梁时代的绮丽之作，如所收梁简文帝的《妾薄命篇十韵》，虽也写女性的痛苦，但在风格上却流于艳冶一路了：

　　名都多丽质，本自恃容姿。荡子行未至，秋胡无定期。玉貌歇红脸，长鬐串翠眉。衾镜迷朝色，缝针脆故丝。本异摇舟谷，何关窃席疑。生离谁抚背，溢死讵成迟？毛嫱貌本绝，跟跄入毡帷。卢姬嫁日晚，非复好年时。转山犹可逐，乌白望难期。妾心徒自苦，傍人会见嗤。

此外，书中还收了好些南朝的女诗人的诗，如范靖妇、鲍令晖、刘令娴、王叔英妻等。其中既有刘令娴那样写其与丈夫离别的悲哀的，也有王叔英妻那样写女性的对美的渴望的；虽内容不同，表现女性的心理都相当细腻。

　　花庭丽景斜，兰牖轻风度。落日更新妆，开帘对春树。鸣鹂叶中舞，戏蝶花间骛。调瑟本要欢，心愁不成趣。良会诚非远，佳期今不遇。欲知

---

① 此句及诗题中的"恨"字，今所见《玉台新咏》各本均误作"相"，参见本卷295页注①。

幽怨多，春闺深且暮。（刘令娴《诗二首》之一）

梅花自烂熳，百舌早迎春。逾寒衣逾薄，未肯惜腰身。（王叔英妇《暮寒》）

《暮寒》的末两句是说，她宁可挨冻，却不愿多穿衣服以保护腰身；那当然是为了不肯掩盖自己的身材之美。这与现代青年女性的心理相通，但却与"冶容诲淫"之类的圣训大相违背了。

总之，这是一部以妇女问题（包括男女情爱）为中心而选录的诗歌总集，虽然编选者是一位上层妇女，但仍可看出当时女性对自己处境、命运的若干看法，包括她们的追求、悲慨和不平，也包括她们的艺术趣味。而从其所选录的作品来看，则其文学思想显然比南朝的另一部重要选集《文选》更为大胆。因为其中不仅有许多显然违礼之作，而且还有《古诗为焦仲卿妻作》那样赞扬女性公然向礼教挑战，最后不惜以生命来捍卫自己的尊严和爱情的杰构，而这些都是《文选》所未选入的。对于这样的一部"艳歌"集，徐陵的《玉台新咏序》竟然赞之为"靡滥于《风》人"，给予它以相等于《诗经·国风》的地位，这也反映了我国文学思想的一种新的进展。

《古诗为焦仲卿妻作》

《古诗为焦仲卿妻作》最早见于《玉台新咏》卷一，诗前有小序：

汉末建安中，庐江府小吏焦仲卿妻刘氏，为仲卿母所遣，自誓不嫁。其家逼之，乃没水而死。仲卿闻之，亦自缢于庭树。时伤之，为诗云尔。

此篇又见于《乐府诗集》卷七十三，列入"杂曲歌辞"，改题《焦仲卿妻》，也有小序，大致同于《玉台新咏》所载，唯于"时伤之"句的"时"下有一"人"字，末句则作"而为此辞也"。按，《乐府诗集》在收入此篇时，除小序外，并未录载其他有关资料，可证在这以前它并未被收入和著录于其他的乐府类书籍中，否则，《乐府诗集》不会不予引述。因此，它被作为乐府诗，为时较晚。至于其改小序的"为诗"作"为此辞"，自当在其配乐歌唱之后。但大抵自20世纪50年代起，此诗已被较普遍地视为乐府民歌，且篇名也改称《孔雀东南飞》，仔细推究，恐怕是有问题的。

此诗通常被作为建安时期的诗歌，其根据就是诗前小序的"汉末建安中"之语，其实此语显为汉朝灭亡以后的人所加，否则是不可能知道建安时期已是"汉末"的。而且诗中的好些诗句都打着东晋乃至南朝时代的烙印，如诗末的

"两家求合葬,合葬华山旁"就是用南朝乐府《华山畿》的典故,故其写定当在齐、梁时期①。又,《艺文类聚》卷三十二有这样一条:

> 后汉焦仲卿妻刘氏为姑所遣,时人伤之,作诗曰:"孔雀东南飞,五里一徘徊。十三能织绮,十四学裁衣,十五弹箜篌,十六诵书诗。十七嫁为妇,心中常苦悲。君既为府史,守节情不移。鸡鸣入机织,夜夜不得息。三日断五疋,大人故言迟。非为织作迟,君家妇难为。妾有绣腰襦,葳蕤金缕光。红罗复斗帐,四角垂香囊。交文象牙簟,宛转素丝绳。鄙贱虽可薄,犹中迎后人。"

这当是此诗在东汉时流传的面貌。其时尚无刘氏与焦仲卿自杀的故事,故有关的记载中毫不涉及。换言之,此诗是经过魏晋至南朝的不断加工,才由《艺文类聚》所载的那种面貌而成为见于《玉台新咏》这样的杰构的②。也正是因为此诗是在长时间中经过不断的加工而成,所以其中不免有自相矛盾之处。最明显的是:第一,诗前小序中明说刘氏是"为仲卿母所遣",但从诗的内容来看,却是刘氏自己要求回去的(见后);第二,诗中焦仲卿向其母亲说:"共事二三年,始尔未为久。"可见刘氏被遣时,二人结婚不过二三年;但刘氏在与其小姑告别时,却说"新妇初来时,小姑始扶床;今日被驱遣,小姑如我长",那么,她在焦家至少十几年了③。这些都是此诗在流传过程中不断被增加、润色而留下的痕迹。

若据小序所言,《古诗为焦仲卿妻作》叙述的是兰芝被遣归后"自誓不嫁"而其娘家逼迫她出嫁所酿成的悲剧。但就作品考察,实际原因却远非如此。所以,对此诗的分析,应以作品本身为依据,而不能受小序的误导。同时,如上所述,此诗只是把焦仲卿妻被逐的事作为由头,其所写之事则大抵出于虚构,所以,这是一个虚构性的作品,其人物和情节均出于艺术创造。

在作品中,兰芝所争取的,首先是个人的尊严;从另一个角度看,这也可说是对礼教的公然挑战。因为根据礼教,儿媳妇本是应该接受公婆的压迫的,但她却不甘忍受。

---

① 详见章培恒《关于〈古诗为焦仲卿妻作〉的形成过程与写作年代》(《复旦学报》2005年第1期)。
② 同上。
③ 《玉台新咏》和《乐府诗集》的有些本子作"新妇初来时,小姑如我长",因而有些研究者认为中间两句系后人增窜。但实际上,晏殊《类要》所引《焦仲卿妻》诗确有"新妇初来时,小姑始扶床"之语;而现在所见的无"小姑始扶床。今日被驱遣"二句的本子,均晚于晏殊的时代远甚。可见原诗本有此两句;无此两句的倒是出于后人的删削。参见谈蓓芳《〈玉台新咏〉版本考》。

兰芝的被遣归，其实是她的主动要求。作品一开头对此就说得很清楚。

"……十七为君妇，心中常苦悲。君既为府吏，守节情不移。贱妾留空房，相见常日稀。彼意常依依。鸡鸣入机织，夜夜不得息。三日断五匹，大人故嫌责。非为织作迟，君家妇难为。妾不堪驱使，徒留无所施。便可白公姥，及时相遣归。"

这是兰芝对焦仲卿提出来的。而且，在这以前，作者从未交代过焦仲卿的母亲要把兰芝遣归娘家。所以，这实际是兰芝无法忍受在焦家的屈辱的待遇，不惜以婚姻的破裂来捍卫自己的尊严。她的丈夫焦仲卿在听到了她的这种抗议后，立即对母亲提出了婉转的批评：

府吏得闻之，堂上启阿母："儿已薄禄相，幸复得此妇。结发同枕席，黄泉共为友。共事三二年，始尔未为久。女行无偏斜，何意致不厚？"

这话其实已说得很重。大意是：兰芝并没有什么不对的地方，你为什么不好好待她（"何意致不厚"）？而且，他还以"黄泉共为友"之语暗示母亲：一旦兰芝被逼死，他也不会活着。但是，这不但不能使焦母端正态度，反而招致了她的大怒，要他立即把兰芝遣归。虽然仲卿明确地表示："今若遣此妇，终老不复取。"然而他的母亲始终坚持自己的主张。于是焦仲卿只好对兰芝去说："我自不驱卿，逼迫有阿母。卿但暂还家，吾今且报府。不久当归还，还必相迎取。"

由此可见，在"遣归"的问题上，兰芝是主动的，焦母则是被动的。焦仲卿所面临的问题，不是要焦母收回"遣归"的成命，而是要她尊重兰芝。若做不到后一点，兰芝就不可能再留在焦家。

也正因此，焦仲卿刚一提出"不久当归还，还必相迎取"，就遭到了兰芝的拒绝："勿复重纷纭！"只是在仲卿表露了"誓不相隔卿"的赤诚后，兰芝才被感动而作出了"君当作磐石，妾当作蒲苇"的保证。而且，在这以前，兰芝并没有考虑过要为仲卿守节。这从她回娘家后所申述的拒绝再婚的理由即可看出："兰芝初还时，府吏见丁宁，结誓不别离。今日违情义，恐此事非奇……"换言之，若不是焦仲卿在临别前的深情盟誓，她是不会拒绝再婚的。所以，她最后的自杀，实在不是殉节，而是不肯负情；当然，捍卫个人的尊严也是主因之一，因为她在这件事上受到了如下所述的很大屈辱。

在她回到娘家后的十余日，县令就为自己的儿子遣媒来求婚。她母亲按照她的意见，打发走了媒人。但过了几天，太守所派的媒人又来了，这次是为太守的公子说亲。母亲仍然婉言谢绝，但却惹怒了兄长。"阿兄得闻之，怅然心中烦。举言谓阿妹：'作计何不量！先嫁得府吏，后嫁得郎君。否泰如天地，足以荣汝身。不嫁义即体①,其往欲何云?"这里的"体"是分、解之意②,末两句是说:你如不肯出嫁,兄妹之义、父女之义等等都不可能再维系了,你住在这里还有什么理由呢?这是对她的公然胁迫!连"三日断五匹,大人故嫌责"的处境都无法忍受的刘兰芝,又怎肯在这样的胁迫下屈服?为了维护自己的尊严,她只有出以死之一途。所以,她表面上对兄长很顺从,说是"理实如兄言"、"便可作婚姻",实际上却已决定以死来抗议,她在婚期前夕对焦仲卿说的"黄泉下相见,勿违今日言"即是明证。

于是,两个人都死了。焦仲卿为了爱情,刘兰芝则既为了爱情,更为了个人的尊严。假如她肯于忍受焦母对她的不公正的指责,不主动要求"遣归",这样的悲剧就不会上演。当然,在那样的情况下,她的一生也仍将是悲剧——在长时期的折磨中悲惨而缓慢地死亡,但焦仲卿却不致这么快地自杀了。所以,从儒家的道德观来看,刘兰芝绝不是一个好的妻子。

不过,从儒家的道德观来看,焦仲卿也绝不是一个好的儿子。他在得知刘兰芝决意自尽后,就回去与母亲诀别,表明其即将自绝于人间。尽管他的母亲因此非常悲伤,"零泪应声落",求他别死;尽管他也知道自己一死,母亲就会孤单无依,所谓"令母在后单",但他还是死了。这种遗弃母亲的行为固属不孝,何况自杀时还没有孩子,更是对"不孝有三,无后为大"的训诫的公然挑衅。

由于当时已经不是儒家思想占统治地位的时代,作品对这两个人不但没有谴责,反而表示了显然的同情。其结尾说:

> 两家求合葬,合葬华山旁。东西植松柏,左右种梧桐。枝枝相覆盖,叶叶相交通。中有双飞鸟,自名为鸳鸯。仰头相向鸣,夜夜达五更。行人驻足听,寡妇起傍徨。多谢后世人,戒之慎勿忘。

"中有双飞鸟"以下六句显然出于虚构,乃是为了表明他们的死引起了人们的感动。其最后两句,更进一步显示了作者自己的态度:希望后世人从这一事情吸取教训,不要再把自己的意图强加给青年一代,以免再发生这样的悲剧。

然而,作品的同情主要还不是表现在结尾,而是渗透在通篇的描写中。作者调动了在当时所能调动的种种艺术手段——华美的词语、对偶的句子、铺陈

---

① "即",《玉台新咏》及《乐府诗集》(宋刊本、明汲古阁刻本)所收此诗均同;明人编总集或作"郎",显系无据臆改。

② 《周礼·天官》:"体国经野。"注:"体,犹分也。"《孔子家语·问礼》:"体其犬豕牛羊。"王肃注:"体,解其牲体而荐之。"按,今本《孔子家语》虽然为魏王肃据有关资料伪造而成,但可知王肃的时代"体"尚有分解之义。

的手法、细腻的刻画——使兰芝显得十分可爱,也使他们的悲剧感人肺腑;同时,结构的完密又使整个的叙述有一种引人入胜的力量。

作品中的兰芝的可爱,在于美丽、坚强与多情。

作者写刘兰芝的外形,是"足下蹑丝履,头上玳瑁光。腰若流纨素,耳着明月珰。指如削葱根,口如含朱丹。纤纤作细步,精妙世无双"。倘若把它跟《陌上桑》写罗敷的"头上倭堕髻,耳中明月珠。缃绮为下裙,紫绮为上襦"或《羽林郎》写胡姬的"长裾连理带,广袖合欢襦。头上蓝田玉,耳后大秦珠。两鬟何窈窕,一世良所无。一鬟五百万,两鬟千万余"等句相比较,我们就可发现三篇的上引词语都相当华丽,也都用了铺陈的手法,但这里增加了动态的美("腰若"句及"纤纤"两句)。而更其重要的是:此处所写是刘兰芝在离开焦家当天早晨的情况,在这几句之前还有四句:"鸡鸣外欲曙,新妇起严妆。着我绣夹裙,事事四五通。"这是她强抑悲痛,刻意打扮的结果。但在"严妆"时竟不能一次完成,而要"事事四五通",可见她内心是何等纷乱。而其所以要妆饰得如此之美,只不过是用来在焦母面前表示"遣归"一事丝毫不能影响她的心绪;她毋宁是高高兴兴地回家去的。——她在向焦母辞行时,冷漠而有礼貌①,在离开焦母而与小姑作别之际,却"泪落连珠子",及至出门登车而去,就"涕落百余行"了,这也证明了她不愿在焦母面前流露出内心的悲伤。所以,上引那些写其外形美的句子,不仅描写本身较之以前的作品有了明显的进步,而且还间接显示了她的坚强。这与作品中她的自动要求遣归、归家后的拒绝再婚、在兄长胁迫下以死来抗争,以及在成婚——她计划中的自杀的日子——的前一日还能镇静而迅疾地缝制衣衫,构成了反映其坚强特征的一系列环节。

然而,她又是多情而真挚的。在与小姑告别时,流着眼泪,回忆来焦家后与小姑相互扶持、尽心奉养公姥的情况,并且谆谆叮嘱:"初七及下九,嬉戏莫相忘。"对于焦仲卿,她虽然因忍受不了在焦家的屈辱而要离开他,但又希望他在自己走后"时时为安慰,久久莫相忘",其心情实在非常矛盾而痛苦。及至一旦答应了焦仲卿重新结合,那就生死不渝。既不为求婚者的富贵所诱惑,也不因兄长的胁迫而屈服。当焦仲卿以为她真要再嫁时,讥刺她说:"贺卿得高迁!磐石方且厚,可以卒千年。蒲苇一时纫,便作旦夕间。卿当日胜贵,吾独向黄泉。"尽管她当时的心情肯定也很恶劣,但她一点也不生气,温柔地回答道:"何意出此言!同是被逼迫,君尔妾亦然。黄泉下相见,勿违今日言。"这是伟大的

---

① 此处的原句是:"上堂拜阿母,阿母怒不止。'昔作女儿时,生小出野里。本自无教训,兼愧贵家子。受母钱帛多,不堪母驱使。今日还家去,念母劳家里。'"其"昔作女儿时"以下诸句,皆为兰芝对焦母所说,纯是出于礼貌,毫不流露感情。

宽容和体谅。

正因刘兰芝被写得如此可爱,所以,焦仲卿为她而婉转地向焦母抗议,低声下气地求她回心转意,最后因不能重圆而自杀,也就赢得了读者的同情和赞赏。

作者对他们爱情悲剧的描绘,也很真切动人。当兰芝返回娘家时,焦仲卿送她到大道口,再一次向她立下永不相负的誓言,刘兰芝被他感动而作了同样的保证:

>……出门登车去,涕落百余行。府吏马在前,新妇车在后。隐隐何甸甸,俱会大道口。下马入车中,低头共耳语:"誓不相隔卿,且暂归家去。吾今且赴府,不久当还归,誓天不相负。"新妇谓府吏:"感君区区怀。君既若见录,不久望君来!君当作磐石,妾当作蒲苇。蒲苇纫如丝,磐石无转移。我有亲父兄,性行暴如雷。恐不忍我意,逆以煎我怀。"举手长劳劳,二情同依依。(据影印五云溪馆活字本《玉台新咏》,下同)

在这里,刘兰芝因与焦仲卿诀绝而引起的无限伤痛,焦仲卿对兰芝的情深一往,都被写得细致而鲜明。在这样的情况下,兰芝的改变初衷、同意与焦仲卿重新结合,也就显得自然而合理。同时,由这决定所引起的她的内心矛盾也凸现了出来:她既萌生了新的希望,也因此而平添了深重的忧虑。而分离的时刻终于来到了,他们不断地举手作别,相互叮咛,但总是恋恋不舍,又停留了下来。不过当他们最后一次见面,并决定分头自杀时,告别之际反而没有这样缠绵了。

>……执手分道去,各各还家门。生人作死别,恨恨那可论!念与世间辞,千万不复全。

尽管在这以前,作品已以"府吏闻此变,因求假暂归。未至二三里,摧藏马悲哀。新妇识马声,蹑履相逢迎。怅然遥相望,知是故人来。举手拍马鞍,嗟叹使心伤"等诗句,细腻地写出了两人在这次见面时的悲痛的气氛,但临分手时两人已经没有了眼泪,也不再有依依惜别的情绪,因为他们内心充满了怨恨,激励他们的是投向死亡的决心与勇敢。在这样的悲壮感情支配下,是不可能再有泪水和留恋的——哪怕是对于爱人的留恋。而正是在这样的描绘中,又一次显出了这个爱情悲剧的真切动人。

在最后写他们死亡时,作者只花了很少的笔墨:

>其日牛马嘶,新妇入青庐。奄奄黄昏后,寂寂人定初。"我命绝今日,魂去尸长留!"揽裙脱丝履,举身赴青池。府吏闻此事,心知长别离。徘徊

顾树下，自挂东南枝。

对于死亡，他们已没有任何的恐惧。刘兰芝固然是如此从容，在投水前还脱下丝履；焦仲卿的"徘徊"也显然不是对死的犹豫不决，而是对生命的告别。但正因他们是如此镇静，也就更显出了这个爱情悲剧的惨烈。

所以，这是一首以虚构为基础的、含量十分丰富的叙事长诗。它生动地叙述了刘兰芝从反抗到死亡的过程及其思想感情的演变，从她对个人尊严的执着与焦仲卿对她的态度中，既反映了个人意识在那个时代的增长，也反映了当时围绕着这一问题的两代人的矛盾。诗人对刘兰芝与这一爱情悲剧的描写，不但体现出激情，也显示了高度的技巧，不但把我国的叙事诗提到了一个新的水平，也意味着我国文学在虚构上已达到了一个新的阶段。

最后还应提到的是此诗的结构。它由刘兰芝和焦母的矛盾——刘兰芝的主动要求"遣归"——揭开序幕，接着就转为焦仲卿与焦母的冲突，然后是焦仲卿和刘兰芝的意见分歧（焦仲卿希望以后能重新结合，但被刘兰芝拒绝）；到刘兰芝离开焦家后她与焦母的矛盾告一段落，在回娘家途中兰芝和焦仲卿盟誓，她与仲卿的分歧也得以消除，但同时她与父兄的矛盾又开始显露出来（所谓"我有亲父兄，性行暴如雷"）；回娘家以后，她先是受到母亲的指责，不久就在再婚问题上与兄长相对立；她的假装许婚虽然缓和了与哥哥的关系，又引来了焦仲卿的怒火；及至兰芝向他解释误会，相约同死，两人之间才恢复和谐，但他们与自己的家庭之间的矛盾重又突出起来，因为正是这两个家庭把他们逼上了死路。直到两人死亡，"两家求合葬"，所有的矛盾才告解决，而作品也就到了尾声。整个作品就是由这一系列的矛盾联结起来的，而诗人又显然是在有意识地强化这种特色。例如，在兰芝向焦仲卿提出"便可白公姥，及时相遣归"后，焦仲卿必然在思想上有很大的震动，也理应对兰芝的要求有所表示，但作品对此全不涉及，却立即写"府吏得闻之，堂上启阿母……"，由第一个矛盾直接进入了第二个矛盾。这在叙述上虽有所欠缺，但却使结构十分紧凑，也使读者在阅读时始终有一种紧张感，因而具有引人入胜的魅力。至于怎样来弥补这种叙述上的缺陷，那却要由后来的作家来努力了。

还应说明的是：与焦仲卿相比较，此诗中刘兰芝的形象实较焦仲卿更为高大。因为，焦仲卿得知兰芝要成婚时，竟然认为兰芝真的背叛了以前的承诺，因而特地去找她，并讽刺她说："卿当日胜贵，吾独向黄泉。"但他却一定要到获得了兰芝确实已死的消息后才真的自杀，所谓"府吏闻此事，心知长别离"。所以，作品对这两人虽然都加以赞扬，但却更可说是为女性而唱的颂歌。

第四章　魏晋南北朝民间乐府

在汉代以后，产生于民间的乐歌数量依然很多。它们中的一部分被政府的音乐机构所收集，得以保存；宋代郭茂倩编《乐府诗集》时，把当时还存在的魏晋南北朝的民间乐歌也收了进去。就《乐府诗集》中的这部分作品来看，它们——尤其是其中的《吴声歌曲》和《西曲》——在我国文学史上是重要的存在，对齐、梁乃至后世的文人诗歌产生过相当重大的作用。但其中有不少作品的时代及地域难以确切断定。例如，属于《吴声》的《子夜歌》四十二首、《子夜四时歌》七十五首，都产生于晋、宋、齐三代，但却不知各首究出于这三代中的哪一代。又如，梁《鼓角横吹曲》中的不少作品，常被视为北朝的乐府民歌，但如其中的《琅琊王歌辞》，有"谁能骑此马，唯有广平公"之句，广平公是姚泓的弟弟，其时代距离北朝的建立还有二十余年，故其歌辞虽出于北方，却并非北朝时的歌曲。其实，在南北朝时期，双方处于对峙状态，到了后期，情况虽有所改变，但梁的政府或个人恐仍很难到北朝去收集民歌；而尤其重要的是，梁《鼓角横吹曲》中的有些乐曲虽然来自北朝，歌辞却与北朝演唱该曲时的不同，北朝演唱时用的是"虏音"（少数民族的语言），梁演唱时用的是"华音"（汉族的语言）[①]。那么，梁《鼓角横吹曲》的这些歌辞是根据北朝的"虏音"译为汉语的呢，还是根据其曲调另写的？目前没有任何资料可资说明。鉴于这些复杂情况，我们把魏晋南北朝的民间乐府集中到一章来叙述，而不在上面几章的有关诸节分别介绍，并对某些可疑之处稍加说明。

---

① 《旧唐书·音乐志二》："《北狄乐》……皆马上乐也。鼓吹本军旅之音，马上奏之；故自汉以来，《北狄乐》总归鼓吹署。后魏乐府始有北歌……今存者五十三章，其名目可解者六章：《慕容可汗》、《吐谷浑》、《部落稽》、《钜鹿公主》、《白净王太子》、《企喻》也。……歌辞虏音，竟不可晓。梁有《钜鹿公主》歌辞，似是姚苌时歌，其辞华音，与北歌不同。梁乐府鼓吹又有《大白净皇太子》、《小白净皇太子》、《企喻》等曲，隋鼓吹有《白净皇太子曲》，与北歌校之，其音皆异。"可见梁《鼓角横吹曲》中属于《北狄乐》的只有以上几个乐曲，而且这些乐曲在北朝是用"虏音"演唱，梁则用"华音"。

第一节 陇上歌辞

就民间乐府说,曹魏只保留下来很少歌谣,在文学上也没有什么价值,例如"阿公阿公驾马车,不意阿公东渡河,阿公东还当奈何"①(魏明帝景初中童谣)之类。较有意义的民间乐府是从晋开始出现的。

这里首先要提及的是陇上人为陈安作的歌。陈安是东晋初期在北方抗击刘曜军队而牺牲的一位将军。他勇敢善战,但最后终于由陇城败逃陕中,力战而死。这首歌就是陇上人民为悼念他而作:

> 陇上壮士有陈安,躯干虽小腹中宽,爱养将士同心肝。骢骢父马铁瑕鞍,七尺大刀奋如湍,丈八蛇矛左右盘,十荡十决无当前。战始三交失蛇矛,弃我骢骢窜岩幽,为我外援而悬头。西流之水东流河,一去不还奈子何!

诗中热情地赞颂了陈安的凛然英气,对他的死亡虽然表示哀悼,但并无消沉之词,因而通篇的情调是统一的。

这一带地区的歌曲值得注意的还有《陇头歌》:

> 陇头流水,流离四(一作"西")下。念我行役,飘然旷野。登高望远,涕零双堕。
>
> 陇头流水,呜声幽咽。遥望秦川,心肝断绝。

这两首其实都是外地人来到陇上时所作。在这样的旷野之地,所见的是荒凉的景色,心中又怀念着遥远的家乡,自然不免悲痛欲绝了。但诗歌本身仍隐隐透出豪迈之气,这主要是由于"陇头流水"的宏壮景色的衬托。

在这里顺便说明一下,由于梁《鼓角横吹曲》的《陇头歌辞》中,有两首就是上引的歌词(只是第一首略有改动,把"念我行役"改作了"念吾一身",并删去了五、六两句),所以也有把这视为北朝民歌的。但它们分别出于郭仲产《秦州记》和辛氏《三秦记》,是以逯钦立先生《先秦汉魏晋南北朝诗》把它仍编入东晋时的"杂歌谣辞";这是较为妥当的安排。

第二节 南方乐歌

这里所要介绍的南方乐歌,其时代大抵在上述陇上歌辞之后。它们是在

---

① 据《宋书·乐志》。

晋与南朝陆续出现的。主要为产生于吴的《吴声歌曲》和产生于湖北长江流域（尤其是今江陵、武汉、襄樊诸地）的《西曲》，另有少数《杂曲歌辞》中的作品。其属于《吴声》的，主要有《子夜》、《上声》、《欢闻》、《前溪》、《阿子》、《丁督护》、《读曲》、《神弦》、《碧玉》、《华山畿》等曲；属于《西曲》的，有《石城乐》、《乌夜啼》、《乌栖曲》、《估客》、《莫愁》、《襄阳》、《江陵》、《共戏》、《寿阳》等曲；属于《杂曲歌辞》的则有《西洲曲》、《长干行》等。当时的这些乐歌，绝大部分都是歌咏男女爱情的；而其优秀之作也都不出这个范围。

　　这种男女情爱之歌的大量出现，而且写得热烈缠绵，甚至相当大胆，这既与南方的文化传统①以及当时南方经济的发达有联系，又跟那个时代礼教的堤防有了缺口、个人意识有所抬头的情况相关联。倘以之与汉代的民间乐府相比较，就可看得颇为清楚。汉代民间乐府中，此类作品数量既少，而且内容并不明确。例如其《上邪》一首："上邪！我欲与君相知，长命无绝衰。山无陵，江水为竭，冬雷震震夏雨雪，天地合，乃敢与君绝。"这常获得很高评价。不过，这诗到底出自男方抑或女方，两人的关系到底是恋人抑或夫妇？这在诗歌本身是看不出的。倘若这是表示妻子永不背叛丈夫的诗②，那就并不违背礼教。而在晋和南朝的民间乐府中，有些却很明白地是男女偷情的诗，为礼教所不容；倘若不具有上述的时代背景，这类作品的大量出现是根本不可能的。

　　晋和南朝的这类诗歌不但歌唱了对爱情的渴望、坚贞，爱情中的欢乐和在爱情遭到挫折时的痛苦，也有力地提高了诗歌的艺术水平。

　　　　恃爱如欲进，含羞未肯前。口朱发艳歌，玉指弄娇弦。
　　　　朝日照绮钱，光风动纨素。巧笑蒨两犀，美目扬双蛾。（以上《子夜歌》）
　　　　妖冶颜荡骀，景色复多媚。温风入南牖，织妇怀春意。（《子夜四时歌·春歌》）
　　　　秋夜入窗里，罗帐起飘飏。仰头看明月，寄情千里光。（《子夜四时歌·秋歌》）
　　　　严霜白草木，寒风昼夜起。感时为欢叹，霜鬓不可视。（《子夜四时歌·冬歌》）
　　　　忧思出门倚，逢郎前溪度。莫作流水心，引新都舍故。（《前溪歌》）

----

① 相对于北方来说，我国南方人的感情一直比较热烈、大胆，所受束缚也较少。
② 因为在汉代，妻子可主动要求与丈夫分离（汉武帝时朱买臣的妻子就曾如此做过），所以由妻子提出永不"与君绝"的保证还是有必要的。

送欢板桥湾，相待三山头。遥见千幅帆，知是逐风流。

风流不暂停，三山隐行舟。愿作比目鱼，随欢千里游。(《三洲歌》二首)

逆浪故相邀，菱舟不怕摇。妾家扬子住，便弄广陵潮。(《长干曲》)

华山畿！君既为侬死，独生为谁施？欢若见怜时，棺木为侬开！(《华山畿》)

华山畿！不能久长离。中夜忆欢时，抱被空中啼。(同上)

花钗芙蓉髻，双鬓如浮云。春风不知著，好来动罗裙。(《读曲歌》)

大致说来，这些诗的基调都是把爱情作为人生正常的、值得赞美的事物来歌唱；凡是提到"欢"的，都是指情人，因而其所歌唱的爱情很明显地包括私情在内，这就使此类作品有了明显的与礼教相违的倾向。其中《华山畿》的第一首还有个凄艳的爱情故事为背景。据说，这是一位美丽的少女在为她而死的士人的丧车前唱的歌，唱了以后，棺木自动开启，少女就跳了进去，与深爱着她的人死在一起①。此类神奇事件固然不可信，但"君既为侬死，独生为谁施"这样的对爱情的执着，却正是以自我为本位的鲜明体现。这意味着爱情在她生命中占据着首要地位，而生命是由她自己任意支配的，她不必为任何人(例如养育她的父母)负责，愿死就死。自然，焦仲卿、刘兰芝也许在其前就这样做了，但以如此明快而多情的形式把这一点公之于众，却是由此诗开始的。而在实际上，上引的这些诗在根本上都是与此诗相通的。《三洲歌》第二首的"愿作比目鱼，随欢千里游"，又何尝不是把爱情放在一切之上？也正因为对爱情如此重视，《秋歌》、《冬歌》和《华山畿》另一首所写的与爱人的别离才会显得如此惆怅、感伤和悲痛，《前溪歌》所写的恐怕爱人变心的"忧思"才会那样深切，《长干曲》的女子才敢为了追求爱情而大胆地"逆浪故相邀"。当然，有些诗是以第三者的身份写的，与前述那些直接或间接以第一人称写的有所不同，但诗人对爱情显然也持着同样的态度，所以把《子夜歌》里的正在恋爱中的少女写得出奇的美丽，把《春歌》中织妇的"怀春意"写得自然而令人同情，把《读曲歌》中的女

---

① 据《乐府诗集》引《古今乐录》载：在南朝宋少帝时，有一士人见到华山畿的旅舍中有一少女，暗暗爱上了她，回去后相思成疾。他母亲得知情况后，就到旅舍中找到了那少女，告诉她一切。少女很感动，就把自己用的蔽膝交给士人的母亲，要她暗暗置于士人所睡的席下，说是这会使他的疾病痊愈。他母亲照办后，他的病果然好了。有一天他忽然掀开席子，见到了蔽膝，就紧紧抱持并把它吞吃了下去，因此死亡。临死前嘱咐母亲：下葬时丧车要从华山畿经过。等丧车行到少女门口时，驾车的牛却忽然不肯走了，少女对他们说："且待须臾。"自己就洗澡化妆，完毕后出来，唱了上引那首"华山畿……"的歌。随着她的歌声，棺木自动开启了，她就跳了进去，棺木便又闭合。家里人再叩击棺材，却打不开了。于是就把两人合葬，其坟墓称为"神女冢"。

子对爱情的渴望写得哀婉动人①。

不过,上引诗篇的魅力乃是通过其富于创造力的艺术形式而呈现出来的。首先,这些都是短诗,基本为五言四句。它们所表现的,是一刹那间的感受。更确切些说,是择取一个最适合的刹那,把长期积累的感受一下子迸发出来。因此,其感情含量的丰富就远远超过其他形式的诗歌。例如《秋歌》所写的是在秋天的凄清景色里的一个女子对着月亮怀念其远在千里外的所爱者——丈夫或情人。她跟所爱者的关系、对方是怎么走的、走了多久、在走了以后她的处境如何、她平时又是怎样思念他的,这一切在诗里全都没有交代,但读者仍然可以体会到她在这一刹那间的思忆之苦、惆怅之深。我们不妨把它与《诗经·卫风·伯兮》比较一下,上述的一些问题,《伯兮》几乎都作了交代②,因而我们对那篇中的女主人公的情况了解得较多;但就我们对这两个女子的怀人之情(这里指的是这种情感本身)的体味来说,却不见得有多大差别。而《伯兮》所用的字数远比它多。再如《子夜歌》的那两首,所写的实是诗人在一刹那间对一个少女的情状的感受,但一则这是最能显示其美的一刹那(上一首是美的神态,下一首是美的状貌),再则这又是给人以丰富想像的余地的一刹那,因而可以使读者用自己的主观能动性把她的美创造得更完整。

这样的诗歌的大量出现,在我国文学史上具有重大意义。正因为能在一刹那的情思或感受中体现出丰厚的感情、多彩的形象,五言绝句等近体诗的出现才成为可能。所以,近体诗的形成并不仅仅是由于声律方面的原因,更主要的是写作水平的提高。

为达到这一点,除了必须准确选择最能表达自己感受的一刹那以外,还须调动其他的艺术手段,这在上引的诗歌中也可见一斑。例如"春风不知著,好来动罗裙"那样内涵丰富的隐喻,以"寄情千里光"之句来表达怀人之思而将其与爱者远别等具体情况都推入幕后的含蓄,"巧笑蒨两犀"那样奇妙的词语选择③,就都是很突出的例证。也正因此,晋和南朝民间乐府对后世的影响很大,为后来诗人提供了重要的养料。例如李白《静夜思》的"举头望山月",与《秋歌》的"仰头看明月",就似有传承之迹;他的"春风不相识,何事入罗帷"(《春思》),似也受到"春风不知著,好来动罗裙"的影响。

---

① "春风不知著,好来动罗裙",意为春风不肯附着在她的罗裙上,却又喜欢把它吹拂。隐喻男子不肯专意爱她,却喜欢故意来引惹她。

② 只是《伯兮》中的丈夫走了多久没有说清楚,但仍可以体会出已走了很久。

③ "巧笑蒨两犀"的"蒨"是红的意思,"两犀"指上下嘴唇。倘若直译,此句的意思乃是巧笑使她的嘴唇发红,当然很不易理解。实际意思是说,她的美丽的巧笑使别人的视线都集中于她的嘴部,同时也就感到了她的嘴唇实在红得可爱。这是一种巧妙的修辞手法。

除了短诗以外,南朝民间乐府还有少量长诗。其最值得重视的是《西洲曲》:

> 忆梅下西洲,折梅寄江北。单衫杏子红,双鬓鸦雏色。西洲在何处,两桨桥头渡。日暮伯劳飞,风吹乌白树。树下即门前,门中露翠钿。开门郎不至,出门采红莲。采莲南塘秋,莲花过人头。低头弄莲子,莲子青如水。置莲怀袖中,莲心彻底红。忆郎郎不至,仰首望飞鸿。鸿飞满西洲,望郎上青楼。楼高望不见,尽日栏干头。栏干十二曲,垂手明如玉。卷帘天自高,海水摇空绿。海水梦悠悠,君愁我亦愁。南风知我意,吹梦到西洲。

此首写得灵动多姿。其一开始的"忆梅"两句,就给人颇强的悬念,这当是受了曹植等人的重视发端的影响。三、四两句虽交代清楚了这"忆梅"、"折梅"者乃是"单衫杏子红,双鬓鸦雏色"的女郎,但对其"忆梅"、"折梅"的事情似又搁下了。但读到后来就可以理解,这两句其实是说,"郎"在梅开以前已经离去,而今已到了穿单衫的时候,他却还没有回来。所以,"单衫"一句实含有双重的意义。这种看似自然、实则蕴含丰富的写法,反映了较高的艺术水平。再如其中间的部分在写了"开门郎不至"以后,即接以"出门采红莲",似乎"郎"来不来对她也无多大关系,并还进而形容莲塘的景色,更加深了上述的印象;但接着就写"低头弄莲子",又转到"郎"的身上去了。——在南朝乐府中"莲子"是"怜子"的谐音。下面的"仰首望飞鸿"等句也与此相似。因此,在这整首诗中,女郎的注意力似乎时时被别的事物引开,但迅即又归着到"郎"的身上。这种写法既显得自然,又表现了女郎的天真,同样需要较高的艺术水平。

这首诗还有一点值得注意的,就是其回环往复的手法。如在"风吹乌白树"下接以"树下即门前","出门采红莲"下接以"采莲南塘秋","仰首望飞鸿"下接以"鸿飞满西洲"之类。此种手法为后来不少诗人所运用,特别是在写缠绵的感情的时候。吴伟业的《圆圆曲》就用了这种手法。

因此,晋和南朝的民间乐府在我国文学史上具有重要地位。

第三节 北朝民间乐府及其他

北朝的民间乐府留存到后世的不多,在文学史上广为传诵的,只有《敕勒歌》一首。此外,在北朝正式形成以前,在北方地区也有过少数民间乐府。今一并介绍于下。

在《乐府诗集》所收的《梁鼓角横吹曲》中，有《企喻歌》四首，"企喻"本为北乐，而其第四首相传为苻融作，则其歌辞也出于北方。又有《琅琊王歌辞》八首，及《钜鹿公主歌辞》，前者的第八首赞扬姚泓的弟弟广平公，后者则《唐书·乐志》已说其为"姚苌时歌"，故当均出于北朝成立以前的北方。

> 男儿欲作健，结伴不须多。鹞子经天飞，群雀两向波。（《企喻歌》）
> 男儿可怜虫，出门怀死忧。尸丧狭谷中，白骨无人收。（《企喻歌》）
> 新买五尺刀，悬着中梁柱。一日三摩娑，剧于十五女。（《琅琊王歌辞》）

此处所引的第一、第三首皆歌颂尚武的精神，这跟游牧民族的生活情况原是很适应的。但其第二首（即相传为苻融所作）却显然与另两首的倾向不同，反因男子的这种战斗生活会引起许多伤亡，所以把他们称为"可怜虫"了。这与陈琳《饮马长城窟行》的"生男慎莫举，生女哺用脯"就有些接近了。至于《钜鹿公主歌辞》三首，则均每曲两句，如"车前女子年十五，手弹琵琶玉节舞"之类，恐其长处在于音乐而非文字。

北魏民间乐府中值得重视的是咸阳王宫女为哀悼咸阳王禧而作的歌。咸阳王横暴贪婪，终致被杀。其宫人为他作了这样的歌：

> 可怜咸阳王，奈何作事误。金床玉几不能眠，夜起踏霜露。洛水湛湛弥岸长，行人那得度？

诗中运用比兴手法，哀思婉转，似已吸收了南朝诗的若干特色。此歌后来传到了南朝，北方在南朝的人听到此歌均为之洒泪。

在这里顺便谈一下北魏胡太后所作《杨白花》。胡太后有个情人杨华，投降了南朝。胡太后很怀念他，便作了这首乐府诗：

> 阳春二三月，杨柳齐作花。春风一夜入闺闼，杨花飘荡落南家。含情出户脚无力，拾得杨花泪沾臆。秋去春还双燕子，愿衔杨花入窠里。

此诗感情柔弱、深婉而文字绮丽，与咸阳王宫人所作的那首歌相比，其所受南朝民间乐府的影响更为深邃，实可作为北方文化向南方倾斜的极好例证。

最后，简单地介绍一下《敕勒歌》：

> 敕勒川，阴山下。天似穹庐，笼盖四野。天苍苍，野茫茫，风吹草低见牛羊。

这是北齐神武帝在打了败仗以后，为了安抚士众，强作镇静，命斛律金歌此曲而自为之和。歌词本为鲜卑语，以上所引是其汉译。此歌虽短，但雄浑苍凉，大草原的浩茫气象如在目睫，确为北方歌曲中的杰作。

第四节 《木兰诗》

《木兰诗》是我国文学史上一首著名的叙事诗。其最早的出处为《文苑英华》与《乐府诗集》。《文苑英华》把它作为唐代的诗。《乐府诗集》则将它列入梁《鼓角横吹曲》。现代学者一般把它作为北朝民歌。其原因是认为梁《鼓角横吹曲》中有北朝乐曲,故先断定此诗是用北朝乐曲歌唱的,由此又进一步断定其歌辞也出于北朝。当然,歌辞的内容似也存在着与南朝的情况不符之处,因为诗中有"燕山胡骑鸣啾啾"等语,而南朝的军力是不可能到达燕山的。不过,这必须先假定诗中所写都是事实,而不存在艺术虚构。否则,正与萧绎写《燕歌行》相似,尽管辽东早已不属梁的版图,但他仍可写作"黄龙戍北花如锦,玄菟城前月似蛾。如何此时别夫婿……"的诗句。

然而,《乐府诗集》所收《木兰诗》解题引《古今乐录》:"《木兰》不知名。"意为不知其曲名。又,从《旧唐书·音乐志》来看,梁《鼓角横吹曲》并不都是从北朝引入的。所以,肯定《木兰诗》是与北朝乐曲相配的前提就没有足够的证明材料,再要进一步肯定其为北朝民歌自然更成问题。

另一方面,《古今乐录》为南朝陈释智匠所撰,此书既已述及《木兰诗》,其诗似不可能出于唐代。不过,释智匠所述及的《木兰诗》是否即今天所见的《木兰诗》?假如陈代或其以前有一首简单的《木兰诗》,为释智匠所见并予记述,到唐代又有人重写一首,成为今天所见的样子,也不是不可能的。上世纪曾有些学者怀疑其为唐人诗,逯钦立先生《先秦汉魏晋南北朝诗》即针对诗中"策勋十二转"、"天子坐明堂"两句说:"十二转勋制始于唐,建立明堂在武则天时。"因而定为唐人所作。

同时,木兰是否真有其人?杜牧曾在黄州作《题木兰庙诗》:"弯弓征战作男儿,梦里曾经与画眉。几度思归还把酒,拂云堆上祝明妃。"其第二句以下所述之事不见于《木兰诗》,可知黄州还另有一些关于木兰的传说。而这又跟隋开皇十八年设木兰县(见《隋书·地理志》)有关。隋木兰县即在黄州,而黄州又有关于木兰的传说。所以,在该地区有过木兰这样的奇女子而以之名县的可能性也不是不存在的。假如这一推定可以成立,那么,木兰就不可能是北朝人(不论其与梁同时或在梁以前),《木兰诗》也不可能是由北朝传入梁代的了。

总之,《木兰诗》的时代和地域还是一个值得研究的问题。现引其原诗如下:

唧唧复唧唧,木兰当户织。不闻机杼声,唯闻女叹息。问女何所思,问女何所忆？女亦无所思,女亦无所忆。昨夜见军帖,可汗大点兵,军书十二卷,卷卷有爷名。阿爷无大儿,木兰无长兄,愿为市鞍马,从此替爷征。东市买骏马,西市买鞍鞯,南市买辔头,北市买长鞭。旦辞爷娘去,暮宿黄河边,不闻爷娘唤女声,但闻黄河流水鸣溅溅。旦辞黄河去,暮至黑山头,不闻爷娘唤女声,但闻燕山胡骑鸣啾啾。万里赴戎机,关山度若飞。朔气传金柝,寒光照铁衣。将军百战死,壮士十年归。归来见天子,天子坐明堂。策勋十二转,赏赐百千强。可汗问所欲,"木兰不用尚书郎,愿驰千里足,送儿还故乡。"爷娘闻女来,出郭相扶将;阿姊闻妹来,当户理红妆;小弟闻姊来,磨刀霍霍向猪羊。开我东阁门,坐我西间床,脱我战时袍,着我旧时裳,当窗理云鬓,对镜帖花黄。出门看火伴,火伴皆惊忙。同行十二年,不知木兰是女郎。雄兔脚扑朔,雌兔眼迷离,双兔傍地走,安能辨我是雄雌?

从这首诗本身来看,集中写了木兰代父从军的英雄事迹,但并不具体交代其艰苦的经历、战斗的业绩,而只是用烘托和制造气氛的方法使读者为之感动。所以,这与《古诗为焦仲卿妻作》那样的细致描写很有区别。不过此诗也有若干铺陈的手法,如"东市"四句,"旦辞爷娘去"及"旦辞黄河去"两小节等,这是与《古诗为焦仲卿妻作》有其相似之处的。

第五章　魏晋南北朝小说

　　小说是一种虚构性的文学。但这样的小说概念在我国出现很晚。在先秦时期,"小说"是指肤浅的、不合于"大道"的议论①。到了汉代,"小说"仍是与"大道"相对的"小道"的一种,是以《汉书·艺文志》说:"小说家者流,盖出于稗官。街谈巷语,道听塗说者之所造也。孔子曰:'虽小道,必有可观者焉。致远恐泥。是以君子弗为也。'然亦弗灭也。"至其内容,则大抵可分为两类:议论和记事。属于前者的,如《汉书·艺文志》所著录的《宋子》②;属于后者的,如《青史子》③。这种"小道"性的记事,当然不能视为正式的历史著作,但其不符事实之处,实为"街谈巷语,道听塗说"的以讹传讹,未必为有意识的虚构。这种记事性的"小说"发展下去,就成为现代概念的小说的一个源头。

　　现代概念的小说的另一个源头是史部类的书籍,尤其是其中的"杂史"、"杂传"。

　　古代史部类的书籍(甚至其中的地理类书籍)中,有些含有神怪成分。至于"杂史"、"杂传"类中主要甚或全部记载怪异之事的书,有一部分是方士所作,以宣扬神仙之说的;还有不少是因当时社会本流传着种种怪异之谈,遂被认为事实而记录了下来。随着社会的发展,人们渐渐地认识了这些书的实质,就把它们从史部移到了小说类。例如《隋书·经籍志》中列于地理类的《山海经》,分别列于杂史、杂传类的《王子年拾遗记》、《搜神记》等,在清代的《四库全书》中都被列入了小说类。它们是我国现代性小说的另一个源头。由于它们本属于史部,除了内容不属于史实以外,在写法上是与其他史部书一样的,尤其是那些属于杂传的小说,在文字组织方面与史部的正式传记颇有近似之处。这就使我国的小说与史部类著作,特别是在写传记上成就突出的《史记》等书

---

① 如《庄子·外物篇》所说"饰小说以干县令"的"小说",即是此意。
② 《汉书·艺文志》原注:"孙卿道宋子,其言黄老意。"可见这是一部以黄老思想为指导的议论性的著作。
③ 见于《汉书·艺文志》的著录。原注:"古史官记事也。"

具有密切的关系。

在魏晋南北朝,上述两类作品的成绩都很显著,较之前代有了重大的进步。因而这一时期成为我国现代概念的小说史的滥觞。这些小说中原属于史部杂史、杂传类怪异之作的,前人称为志怪小说;原属于小说类记事之作的,则被称为志人小说。

第一节　志怪小说

所谓"志怪",即关于怪异事物的记载。《庄子·逍遥游》云:"齐谐者,志怪者也。"这便是"志怪"一词最早的出处。关于"齐谐",古注或以为是书名,或以为是人名,若是前者,那便是一部志怪书了。只是《庄子》言多悠谬,难以为据。以现存的书籍来看,中国古代关于怪异事物的记载散见于各种书籍的,为数甚多,其中收录丰富、年代早而影响大的,首推战国时期形成的《山海经》。明人胡应麟称之为"古今语怪之祖"(《少室山房笔丛》)。另有《汲冢琐语》,亦成于战国,胡应麟称之为"古今纪异之祖"(同上)。不过这两种书均是以简单的文字记录异闻,小说的因素较淡薄。汉代似乎也未有太大的发展。

魏晋南北朝是志怪小说兴盛的时代,据研究者统计,今可知的志怪书约有五六十种之多。这是因为我国本信巫术,秦、汉时盛行神仙之说,魏晋南北朝时佛道二教又甚流行,加以文学的进步,这类小说也就日益繁多了。至于这类小说的形成与巫的关系,现已由考古发掘的材料所证实。原来,战国末期就已出现过类似六朝志怪小说的记载,但却把其所载的事作为事实,并且向政府汇报,这实可视为志怪小说的先驱。

这一记述见于1986年甘肃天水放马滩一号秦墓出土的竹简。现引李学勤先生所作的释文于下①:

> 卅八年八月己巳,邸丞赤敢谒御史:大梁人王里□□曰丹□:今七年,丹刺伤人垣雍里中,因自刺殹。弃之于市,三日,葬之垣雍南门外。三年,丹而复生。丹所以得复生者,吾犀武舍人,犀武论其舍人□命者,以丹未当死,因告司命史公孙强。因令白狗(?)穴屈出丹,立墓上三日,因与司命史公孙强北出赵氏,之北地柏丘之上。盈四年,乃闻犬狺鸡鸣而人食,

---

① 本书对此所作的介绍,均据李学勤先生《简帛佚籍与学术史》(台湾时报文化出版企业有限公司1994年12月版)中的《放马滩简中的志怪故事》。

其状类益、少麋、墨，四支不用。丹言曰：死者不欲多衣(?)。市人以白茅为富，其鬼受(?)于它而富。丹言：祠墓者毋敢骰。骰，鬼去敬走。已收腏而瞽之，如此□□□□食□。丹言：祠者必谨骚除，毋以□渝祠所。毋以羹沃腏上，鬼弗食殹。

为了便于大家的理解，再引李学勤先生的译文如下：

三十八年八月己巳日，邸丞赤谨向御史报告：大梁人现居王里的……名叫丹的(自述)：今王七年，丹在垣雍城间里中将人刺伤，随即自刺，被弃市。三日后，被埋葬在垣雍南门以外。过三年，丹得到复活。丹所以能复活，是由于本来是犀武的舍人，犀武审议他的舍人……命的，认为丹罪不应死，便向司命史公孙强祷告。公孙强就叫白狗把丹从地下掘出来，在墓上停了三天，于是随司命史公孙强向北经过赵国，到了北地郡的柏丘上面。满四年以后，才能听见狗叫鸡鸣，吃活人的饭食。丹的状貌是喉部有疤，眉毛稀落，肤色黑，四肢不能动转。

丹说道：死去的人不愿多穿衣服。人间认为祭品用白茅衬包是富的表现，而鬼只要有所得(?)于他人就是富了。丹说：进行墓祭的人千万不要呕吐。一呕吐，鬼就吓跑了。祭饭撒下后一下子吃掉，这样……丹说：祭祀时必须细心扫除，不要用……冲洗祭祀的地方。不要把羹汤浇在祭饭上，鬼是不肯吃的。

人死复生的事情当然是不可能的，但邸丞赤敢于捏造事实并向御史汇报的可能性也很小。大概丹本是巫一类的人物(所以他大谈"死去的人不愿多穿衣服"之类的鬼话)，这些死后复生的经历是他自己造出来骗人的。但在神鬼观念深入人心的当时，大家都信以为真，以致邸丞赤也向御史汇报了。这个故事虽未在后世流传，但《搜神记》的"王道平"条，记秦始皇时一个死去的女子在破坟开棺后获得重生(详见下文)，也可能与此有关。因两个故事都发生在秦，所说都是死人葬后复活的事，并都是葬后三年而复活，且《搜神记》所记前代故事并非作者的创造，多是从其以前流传下来的文献中采择的，而简文的三十八年据李学勤先生考证，为秦昭襄王三十八年，距秦王政(即后来的秦始皇)之立仅二十三年。在故事流传过程中，将事件发生时间从昭襄王时期逐渐变为秦始皇时期，将复活的人从男性变为女性，再根据女性的特点而另外创造一个故事，都是有其可能性的。

总之，正因为至迟从战国时期起，就有一些怪异的事件被作为真实的事情在社会上流传，这种传统一直被继承下来，至六朝仍未改变，所以，六朝志怪小说的兴盛实以此为必要的前提。但另一方面也应看到，志怪小说的兴盛还同魏晋以来社会思想比较活跃自由、人们对不那么"正经"的读物抱有较浓的兴趣有关(如《三国志》裴注引魏鱼豢《魏略》,说曹植与邯郸淳①初次会面,为了表现自己的多才多艺,曾"诵俳优小说数千言"。这"俳优小说"或许与志怪并无关系,但也说明了当时文人好为游戏之谈的风气。裴注又引《异林》钟繇遇女鬼事,末云:"叔父清河太守说如此。"裴氏以为这"清河太守"就是西晋著名文士陆云,由此可以窥见一些文人好谈怪异故事的情况)。而更其重要的是:在这些志怪小说中,还有许多对于个人为争取幸福——甚至是违背礼教的幸福——的斗争的同情,对个人的能力的赞扬等等,所以,这同时又是个人意识初步觉醒的产物。也正因此,志怪小说无疑是反映着较过去更为活跃和广泛的人生情趣。基于这种心理而产生的作品,与单纯宣扬神道之作相比,其作为小说的意味便显得浓厚些。而且,从这一特点来看,魏晋南北朝的志怪小说是有进展轨迹可寻的。其具体情况,下文再作分析。

一、《搜 神 记》

在现存的志怪小说中,时代较早,又较可靠,而且保存较多的,为东晋干宝作的《搜神记》。若以作者的署名为依据,则早于《搜神记》的志怪小说尚有题为郭宪作的《洞冥记》,题为班固作的《汉武帝故事》、《汉武帝内传》,题为曹丕作的《列异传》等,但都不甚可靠。

干宝(?—336),字令升,新蔡(今属河南)人。曾为史官,著有《晋纪》二十卷,当时很受推崇。后官散骑常侍。所撰《搜神记》均记鬼神怪异之事。据其自序,此书的材料一部分来自前人的记载,另一部分则是他所采访到的"近世之事";他认为自己的著作"亦足以发明神道之不诬"。所以这并不是他的有意识的虚构之作。当然,书中的故事也反映了作者自己的情趣。原为三十卷,今存二十卷;但今本也可能是后人辑集而成。

《搜神记》所载故事,内容甚广。其最值得重视的,乃是叙述男女情爱之篇。这是有其时代背景的。晋、宋、齐的民间乐府颇多男女情爱的歌辞,其中《华山畿》所歌唱的更是青年男女为爱情而献出生命的美丽而悲惨的事件;在这样的重视爱情的风气下,《搜神记》在赞美爱情方面有较突出的表现也是很自然的。

这里首先值得注意的是"韩凭夫妇"的故事:宋王霸占了韩凭的妻子,但他们夫妻均忠于爱情,先后自杀而死。"宿昔之间,便有大梓木生于二冢之端,

---

① 其所著《笑林》被列入《隋书·经籍志》的小说类,《笑林》为我国第一部笑话集。

旬日而大盈抱，屈体相就。根交于下，枝错于上。又有鸳鸯，雌雄各一，恒栖树上，晨夕不去，交颈悲鸣，音声感人。宋人哀之，遂号其木曰相思树。相思之名，起于此也。南人谓此禽即韩凭夫妇之精魂。"据裘锡圭教授的研究，韩凭夫妇故事至迟起于汉代的通俗文艺，在传世汉简中还保存着有关记载①，所以，干宝写《搜神记》的此一故事确是有所承传的，但也并不排斥他在某些方面有所丰富和充实。如把鸳鸯说成是男女主角的"精魂"，就是汉简所没有的，而在《搜神记》中，这类深爱着的男女死后的"精魂"仍然热恋对方的观念却相当突出。试看其"王道平"条：

> 秦始皇时，有王道平，长安人也。少时，与同村人唐叔偕女——小名父喻，容色俱美——誓为夫妇。
>
> 寻王道平被差征伐，落堕南国，九年不归。父母见女长成，即聘与刘祥为妻。女与道平言誓甚重，不肯改事。父母逼迫不免，出嫁刘祥。经三年，忽忽不乐，常思道平，忿怨之深，悒悒而死。
>
> 死经三年，平还家，乃诘邻人："此女安在？"邻人云："此女意在于君，被父母凌逼，嫁与刘祥。今已死矣。"平问："墓在何处？"邻人引往墓所。平悲号哽咽，三呼女名，绕墓悲苦，不能自止。平乃祝曰："我与汝立誓天地，保其终身；岂料官有牵缠，致令乖隔，使汝父母与刘祥。既不契于初心，生死永诀。然汝有灵圣，使我见汝生平之面；若无神灵，从兹而别。"言讫，又复哀泣。逡巡，其女魂自墓出，问平："何处而来？良久契阔。与君誓为夫妇，以结终身，父母强逼，乃出聘刘祥，已经三年，日夕忆君，结恨致死，乖隔幽途。然念君宿念不忘，再求相慰，妾身未损，可以再生，还为夫妇。且速开冢破棺，出我即活。"平审言，乃启墓门，扪看其女，果活。乃结束随平还家。
>
> 其夫刘祥，闻之惊怪，申诉于州县。检律断之，无条，乃录状奏王。王断归道平为妻。寿一百三十岁。实谓精诚贯于天地，而获感应如此。（卷十五）

这一故事反映了婚姻不能自主给青年男女——特别是女性——所造成的痛苦。父喻为此而付出了自己的生命，王道平的"悲号哽咽，三呼女名，绕墓悲苦，不能自止"，也给人以撕心裂肺之感。应该说，这一对青年男女的要求较之韩凭夫妇已进了一步。因为韩凭夫妇的爱情是在婚后产生的，其婚姻本身并无违背礼教之处。而这一故事却已在要求男女婚姻自主了。其结尾的刘女复活、两人重圆，则突出了"精诚贯于天地"所能产生的效果。而所谓"精诚贯于

---

① 参见裘锡圭教授《汉简中所见韩朋故事的新资料》（《复旦学报》1999年第3期）一文。

天地"又很容易使人想起"韩凭夫妇"中的"精魂"。也可以说,父喻和王道平在婚恋方面的要求提高了,他们的"精诚"所起的作用,也就超过了韩凭夫妇的"精魂"。

干宝对"精诚"非常注重,这可以从同书"河间郡男女"中得到旁证。河间郡的一对男女青年彼此相爱,也是为父母拆散而导致女子死亡,男子"不胜其情,遂发冢开棺,女即苏活";最后引用王导(东晋名相)的话,说明女子的再生乃是"精诚之至,感于天地"。干宝在两个故事中用同样意思的言语来表述同一个意蕴,足见其对这一意蕴的强调。而这"精诚"的具体内涵,实为个人之间的爱情。女子为爱而死,又为爱而再生,就显示了"精诚"——爱情的力量。何况这两个女子都背弃正式的丈夫而与情人擅自成婚,其反礼教的色彩更为浓厚。这种对个人的爱情及其力量的赞扬,反映了当时个人意识的抬头。尤其是在汉代的独尊儒术之后,能够有这样的观念出现,更可见魏晋在思想上确有了大异于前的面貌。

当然,从表面上看来,这种"精诚之至,感于天地"的说法近似于汉代儒学的"天人感应"说。但汉儒所说的能使"天"感应的"人"的愿望与要求,乃是符合儒家道德观的东西,而这两个故事中的男女爱情却是违反儒家道德的。所以,其精神实质已与儒家的"天人感应"说违异。她们为了爱情由生至死又由死至生的经历,实可视为明代汤显祖《牡丹亭》的先声。

正是由于对青年男女爱情的同情,《搜神记》中还写了另一些青年男女的爱情悲剧。"吴王小女"是后来传诵较广的一个。其故事如下:

> 吴王夫差小女,名曰紫玉,年十八,才貌俱美。童子韩重,年十九,有道术。女悦之,私交信问,许为之妻。重学于齐鲁之间,临去,属其父母,使求婚。王怒,不与女。玉结气死,葬阊门之外。
>
> 三年重归,诣其父母,父母曰:"王大怒,玉结气死,已葬矣。"重哭泣哀恸,具牲币,往吊于墓前。玉魂从墓出,见重,流涕谓曰:"昔尔行之后,令二亲从王求,度必克从大愿。不图别后,遭命奈何!"
>
> 玉乃左顾,宛颈而歌曰:"南山有鸟,北山张罗。鸟既高飞,罗将奈何!意欲从君,谗言孔多。悲结生疾,没命黄垆。命之不造,冤如之何!羽族之长,名为凤凰。一日失雄,三年感伤。虽有众鸟,不为匹双。故见鄙姿,逢君辉光。身远心近,何当暂忘。"
>
> 歌毕,歔欷流涕,要重还冢。重曰:"死生异路,惧有尤愆,不敢承命。"玉曰:"死生异路,吾亦知之。然今一别,永无后期。子将畏我为鬼而祸子乎?欲诚所奉,宁不相信?"重感其言,送之还冢。玉与之饮宴,留三日三夜,尽夫妇之礼。临出,取径寸明珠以送重,曰:"既毁其名,又绝其愿,复

> 何言哉！时节自爱。若至吾家，致敬大王。"
>
> 　　重既出，遂诣王，自说其事。王大怒曰："吾女既死，而重造讹言，以玷秽亡灵。此不过发冢取物，托以鬼神。"趣收重。重走脱，至玉墓所诉之。玉曰："无忧，今归白王。"
>
> 　　王妆梳，忽见玉，惊愕悲喜，问曰："尔缘何生？"玉跪而言曰："昔诸生韩重，来求玉，大王不许，玉名毁义绝，自致身亡。重从远还，闻玉已死，故赍牲币诣冢吊唁。感其笃终，辄与相见，因以珠遗之。不为发冢，愿勿推治。"夫人闻之，出而抱之，玉如烟然。

这个故事中紫玉的勇毅与执着，使人感动。以后的文学中，男女之爱生不能遂愿而继之以鬼魂的故事相续不绝，成为一种类型，其共同的背景就是婚姻的不能自主。从这一意义来说，"吴王小女"也是文学史上值得重视的作品。

《搜神记》中还有些带有幽默感的故事，如"张华"一则写一狐精化为白面书生，谈古说今，无所不晓，难倒了以博物著称的张华。于是张华就把它烧死，让它露出了原形。有些怪异事迹的记载，则表现了匪夷所思的想像，也颇有趣味，如"宋定伯卖鬼"一条：

> 　　南阳宋定伯年少时，夜行逢鬼。问之，鬼言："我是鬼。"鬼问："汝复谁？"定伯诳之，言："我亦鬼。"鬼问："欲至何所？"答曰："欲至宛市。"鬼言："我亦欲至宛市。"遂行数里。鬼言："步行太迟，可共递相担，何如？"定伯曰："大善。"鬼便先担定伯数里。鬼言："卿太重，将非鬼也？"定伯言："我新鬼，故身重耳。"定伯因复担鬼，鬼略无重。如是再三。定伯复言："我新鬼，不知有何所畏忌？"鬼答言："惟不喜人唾。"
>
> 　　于是共行，道遇水，定伯令鬼先渡，听之，了然无声音。定伯自渡，漕漼作声。鬼复言："何以有声？"定伯曰："新死，不习渡水故耳。勿怪吾也。"行欲至宛市，定伯便担鬼着肩上，急执之。鬼大呼，声咋咋然，索下。不复听之。径至宛市中，下着地，化为一羊，便卖之。恐其变化，唾之。得钱千五百，乃去。当时石崇有言："定伯卖鬼，得钱千五。"

鬼本是人所害怕的，但在这故事里，人却凭借自己的智慧，不但捉住了鬼，而且把鬼卖了。文中定伯处处以"新鬼"来哄骗鬼，不但掩盖了自己身体太重、渡河时声音太响等非鬼的特征，而且还因而获知了鬼的禁忌，得以将其制服；这种安排很见匠心。

但唐、宋人类书中引这则故事也署作《列异传》。据《隋书·经籍志》，《列异传》为曹丕所作；而类书所引《列异传》故事有些显然在曹丕之后，故《旧唐书・经籍志》和《新唐书・艺文志》改题作张华；以此条来说，唐宋类书所引《列异传》的文字与《搜神记》大致相同①，篇末"当时石崇有言：'定伯卖鬼，得钱千五。'"则作"于时言：'定伯卖鬼，得钱千五百。'"因《搜神记》作者明言其故事有很多是"承于前载"的，倘此故事确出于其前的《列异传》，干宝没有必要特意增加"石崇"之名以示异。因石崇的时代不但远在曹丕之后，张华也没有必要征引石崇之语②，所以，此条当原出于《搜神记》，后人把它窜入《列异传》时，为了防止此语与曹丕、张华身份的矛盾，就把"石崇"两字删去了。

总之，《搜神记》一书所记的神怪故事，虽然正如其《序》所言，为"成其微说"，并无深意。但在当时重视个人的思潮和文学不重教化的风气的影响下，出现了重精诚、肯定爱情、讲究趣味的特色，这也就是其价值的所在。至于就其记述本身来说，则还处于粗陈梗概的阶段，离开较成熟的小说还有相当大的距离。

二、《搜神后记》及其他

此后的志怪书，较著名的有《搜神后记》、《幽明录》、《续齐谐记》、《拾遗记》等，较《搜神记》又有了新的进展。

《搜神后记》题陶潜撰，论者多以为出于伪托（如《四库提要》、鲁迅《中国小说史略》）。不过，梁慧皎《高僧传序》已提及"陶渊明《搜神录》"（当即是指《搜神后记》），可见这种说法由来颇久，书的产生年代可能也比较早。其书体例，大致同于《搜神记》。在肯定青年男女的爱情追求方面，也继承了《搜神记》的传统，但设想与描绘都较细致，有的且已初具恍惚迷离之致。

《搜神后记》写男女情爱的作品中最值得注意的是"李仲文女"和"徐玄方女"。前一则写李仲文女死后将要复生，因与张子长相爱，遂昼夜共处。有一次李家的婢女在子长房中发现了李女的一只鞋子，归告李父，李父遂与子长父亲一起向子长追问，并开坟相验。但其时还未到李女可以复活之期，由于提早开坟，她就不能再生，也不能再与子长相处了，便托梦给子长说："万恨之心，当复何言！"与他"涕泣而别"。在《搜神记》的"王道平"、"河间郡男女"、"吴王小女"等故事中，家长都是子女的爱情和幸福的破坏者，此则也是如此。当然，李仲文并不知道开坟会造成这样严重的后果。但是无论家长的动机如何，这些

---

① "宋定伯"，《法苑珠林》引《列异传》同，《太平广记》引作"宗定伯"，"宋"、"宗"形近，当是传抄之讹。
② 揆以上下文意，此处引石崇之语，乃是证明当时确有此事。但张华年岁长于石崇，他的记载比石崇的话更有权威性，用不到再加征引。干宝则生活时代在后，故有征引石崇之语以证明此事可靠性的必要。

作品都反映了两代人之间的矛盾。而且这一主题一直延续到"五四"以后的文学。"徐玄方女"写徐玄方女为鬼所枉杀,已经埋葬,她托梦给马子,要马子救她回生后结为夫妇,马子照她所说的做了,徐女终于回生,并与马结合。这一故事中的女方死后复生而与所爱者结合,可说是《搜神记》的"王道平"、"河间郡男女"的类似情节的重现。但在那两个故事中,都是棺木一开,女子就活了转来;此则却设计了一个较为复杂的过程:

> ……至日,以丹雄鸡一只、黍饭一盘、清酒一升酹其丧前,去厩十余步,祭讫,掘棺出,开视,女身体貌全如故。徐徐抱出,着氍帐中。唯心下微暖,口有气息。令婢四人守养护之,常以青羊乳汁沥其两眼,渐渐能开,口能咽粥。既而能语。二百日中,持杖起行。一期之后,颜色、肌肤、气力悉复如常。

与上引"王道平"、"河间郡男女"中写的女子复活情况对比,可以看出此则在构思和描写技巧上的进步。

《搜神后记》中还有一则"剡县赤城",记会稽剡县人袁相、根硕于深山中遇两个少女,成为夫妇。后两人思归,潜行出山,她们已知其意,追上后送给他们一个"腕囊",并叮嘱他们千万不要打开,然后同意他们离去。但过了一些时候,根硕的家里人偷偷打开了腕囊,"囊如莲花,一重去,一重复,至五盖,中有小青鸟,飞去"。根硕知道后,"怅然而已"。最后,根硕在田中耕作时,其家属去送饭,发现他躺着不动,"就视,但有壳,如蝉蜕然"。这故事颇有迷离恍惚之致:一则不说明这两个少女是仙是怪;二则不交代腕囊有何用处,打开后到底有何危害;三则不解释清楚根硕的"如蝉蜕然"是成仙化去还是被害而死亡;四则根本不触及袁相的结局。而且,连两人遇见两女之处究在何地也故意不予明示,只说:

> ……二人猎,经深山重岭甚多。见一群山羊六七头,逐之。经一石桥,甚狭而峻。羊去,根等亦随渡。向绝崖。崖正赤,壁立,名曰赤城。上有水流下,广狭如匹布。剡人谓之瀑布。

根据有关的文献,两人所至之处,似即天台赤城山①;但小说中既不点明,就又好像是另一处类似赤城之地了。总之,正因写得迷离恍惚,反而可以引发人的种种想像,略有空灵之感。这也就意味着小说已稍具情致。虽然《搜神记》已

---

① 《文选》所收孙绰《游天台山赋》说:"赤城霞起而建标,瀑布飞流以界道。"李善注引孔灵符《会稽记》:"赤城,山名,色皆赤,状似云霞。悬雷千仞,谓之瀑布。"又引《天台山图》:"赤城山,天台之南门也。"同赋还有"跨穹隆之悬磴"一句,李善注:"悬磴,石桥也。……天台山石桥,路径不盈尺,长数十步,步至滑,下临绝冥之涧。"小说所写石桥、赤城绝崖、瀑布,与此皆合。

有董永配天上织女、弦超与天上玉女成婚的故事，《搜神后记》也有天河中白水素女为谢端操持家务之篇，但都不如此篇奇幻。

此篇还有一点值得注意的，就是其与《幽明录》的"刘晨阮肇"之间的关系。据《隋书·经籍志》，《幽明录》为南朝宋刘义庆（403—444）撰，二十卷。原书已佚，鲁迅《古小说钩沉》中有辑本。义庆为宋宗室，封临川王。此书很可能出其周围文人之手。其中有一则记剡县刘晨、阮肇共入天台山取榖皮，在山中迷路，经过十三日，几乎饿死。幸而看到一树桃子，摘来吃了，"饥止体充"。又看到从山腹流出的水中有芜菁叶和一只留剩胡麻饭糁的杯子，就游泳逆水而上，遇到两个女子，留他们住下，并结成夫妇。住了半年，两人思归。但回到家里，"亲旧零落，邑屋改异，无复相识"，在世的已是他们的七世孙了。这个故事十分有名，后代文人常用作典故，并被改编成戏剧。其与《搜神后记》的"剡县赤城"显有传承关系。第一，刘、阮与袁、根都是剡县人；刘、阮入天台山，袁、根所入也近似天台山。第二，刘、阮和袁、根都是遇到两个女子，成为婚配，都因思归而回家。第三，袁、根与女子相见时先进入"山穴如门"，刘、阮与女子相见则先游泳进入山腹。第四，女子与他们见面时说的话也有相似之处，跟袁、根说的是"早望汝来"，跟刘、阮说的则是"来何晚耶"。所有这些，显非偶然的巧合。虽然由于《搜神后记》的作者无从考知，要判断它与《幽明录》的先后较为困难，但把这两个故事加以比较，则"刘晨、阮肇"似为后出。因刘、阮入天台山的原因是"取榖皮"，据陆机《诗草木鸟兽虫鱼疏》，榖树皮是江南人用来织布、造纸的，树的嫩芽则作"菜茹"食用；既然如此普遍使用，则一定广为种植。据段成式记载：唐代有"楮田"（"楮"即"榖"）；当时虽未知是否已如此，但决不可能是要到天台山那样的险峻之山去采取的植物①。由此看来，在这两个故事中，当是"剡县赤城"在前，《幽明录》作者在据之发展为"刘晨阮肇"时，为了避免入山原因的雷同，就将之改为在江南人中常见的"取榖皮"的行为，却一时疏忽，没有考虑到这件事是用不到进入险峻的天台山的。

但是，"刘晨阮肇"虽然后出，并且失去了"剡县赤城"的迷离恍惚之致，其描写的细腻却颇胜于"剡县赤城"。如写二女在家中款待刘、阮：

> 因邀还家，其家铜瓦屋，南壁及东壁下各有一大床，皆施绛罗帐，帐角悬铃，金银交错。床头各有十侍婢。敕云："刘、阮二郎，经涉山岨，向虽得琼实，犹尚虚弊，可速作食。"食胡麻饭、山羊脯、牛肉，甚甘美。食毕，行酒。有一群女来，各持五三桃子，笑而言："贺汝婿来。"酒酣作乐，刘、阮忻怖交并。

---

① 天台山的险峻难登见孙绰《游天台山赋》。

而像这样细致的描写,在"剡县赤城"中是根本看不到的。这也可见《幽明录》在描写上比《搜神后记》又进了一步。

与《搜神记》和《搜神后记》一样,《幽明录》在写男女恋爱上的成就也比较突出。"刘晨阮肇"只是其一例。此外如"卖胡粉女子",写一男子爱上了一个卖胡粉的美丽女子,相思而死,那少女得知后前去哭祭,男子遂复活,两人成为夫妇;这是《华山畿》故事的翻案①。其"庞阿"一则,写一少女爱上了庞阿,其身体虽仍在家里,其魂魄却俨如生人似的去与庞阿相会,并在作品中特地点明其为"精情所感"。这显然是《搜神记》中"精诚"说的延伸,但其设想更为奇幻。唐代传奇《离魂记》则又是此类故事的进一步发展。

此外,《幽明录》中的个别作品已蕴含人生哲理,其代表作为"柏枕":

> 焦湖庙祝有柏枕,三十余年,枕后一小坼孔。县民汤林行贾,经庙祈福。祝曰:"君婚姻未?可就枕坼边。"令林入坼内。见朱门、琼宫、瑶台胜于世。见赵太尉,为林婚,育子六人,四男二女。选林秘书郎,俄迁黄门郎。林在枕中,永无思归之怀,遂遭违忤之事。祝令林出外间,遂见向枕。谓枕内历年载,而实俄忽之间矣。

在这里,故事本身几乎并不奇幻,只是一个人做了个怪梦。不过这个梦是庙祝利用柏枕使他做的,因而显示了柏枕的神奇力量。但人们在这故事中所感受到的,主要是人生如梦的悲慨。以后唐代沈既济作传奇《枕中记》,明代汤显祖作戏曲《邯郸梦记》,都写一个人依靠神奇的枕头在梦中历尽富贵与坎坷,其重点也在点出人生如梦。

在《幽明录》以后,志怪小说之值得注意的,还有吴均的《续齐谐记》和题为晋王嘉撰、梁萧绮录而实为萧绮所作或主要由萧绮作的《王子年拾遗记》②。

---

① 《华山畿》故事是男子相思而死后,其所爱的女子跳入棺中,与他同死。
② 《隋书·经籍志》有《拾遗录》二卷,王嘉撰;《王子年拾遗记》十卷,萧绮撰"。故明代胡应麟以为今见十卷本《拾遗记》实为萧绮所作。《四库提要》非之。按,此书萧绮《序》曰:"《拾遗记》者,晋陇西安阳人王嘉字子年所撰,凡十九卷,二百二十篇,皆为残缺。"既云"皆为残缺",自当篇篇皆残,何以今本无一篇残缺?《序》又说:"世德凌夷,文颇缺略。绮更删其繁紊,纪其实美,搜刊幽秘,捃采836,言匪浮诡,事弗空诬,推详往迹,则影彻经史,考验真怪,则叶符图籍。若其道业远者,则辞省朴素;世德近者,则文存靡丽。"则自"绮更"以下的一系列工作,都是萧绮做的。可见他不但删去了王嘉的很多东西,而且又从"幽秘"文献中增补了很多内容("残"为缺的意思,一方面当是指王嘉原来未捃采完全,另一方面是指王作中有些部分已经残缺;"落"则是指王嘉所未收的)。可见此本的很多内容都已不同于王嘉原本。何况据萧绮说,书中所载故事,其时代较早的,则文笔简古,时代较近的,则文笔靡丽,这也都出于萧绮;那么,萧绮已经把文字都大加改动甚或重写了。所以,今本最多只保留了王嘉原作的很少部分。

吴均以诗文清丽著称。此书系续宋东阳无疑《齐谐记》而作。东阳无疑之书已佚,吴均此书恐也系后人据《太平广记》等书所引辑录而成,非其原貌。仅有十余条,而其中记狐怪与张华的故事,实出于《搜神记》,文字也基本相同,当系后人窜入。

《续齐谐记》中最值得注意的是"阳羡书生"和"赵文韶"两条。"阳羡书生"写许彦遇一书生,要求寄身于许彦的"鹅笼"中。入笼以后,"笼亦不更广,书生亦不更小"。既而书生于口中吐出一个藏有许多珍奇酒食的铜奁子和一个女子。女子也于口中吐出一个男子,男子口中又吐出一个女子,彼此嬉戏。这一故事,唐代段成式已证明其出于佛经,见其所著《酉阳杂俎》续集《贬误》,从中可见佛经的传入对我国文学的影响。"赵文韶"则以情致胜:

> 会稽赵文韶为东宫扶侍,坐清溪中桥,与尚书王叔卿家隔一巷,相去二百步许。秋夜嘉月,怅然思归,倚门唱《乌西夜飞》,其声甚哀怨。忽有青衣婢,年十五六,前曰:"王家娘子白扶侍,闻君歌声,有门人逐月游戏①,遣相闻耳。"时未息,文韶不之疑,委曲答之,亟邀相过。
>
> 须臾女到,年十八九,行步容色可怜,犹将两婢自随。问家在何处。举手指王尚书宅曰:"是。闻君歌声,故来相诣,岂能为一曲邪?"文韶即为歌《草生盘石》。音韵清畅,又深会女心。乃曰:"但令有瓶,何患不得水?"顾谓婢子:"还取箜篌,为扶侍鼓之。"须臾至。女为酌两三弹,泠泠更增楚绝。乃令婢子歌《繁霜》,自解裙带系箜篌腰,叩之以倚歌。歌曰:"日暮风吹,叶落依枝。丹心寸意,愁君未知。歌繁霜,侵晓幕,何意空相守,坐待繁霜落!"
>
> 歌阕,夜已久,遂相伫燕寝。竟四更,别去,脱金簪以赠文韶。

这种男女邂逅欢会的事,在其以前的志怪小说中曾多次出现,但从无写得如此精致而有诗意的。就诗歌与叙述的结合来说,此篇较之以前志怪小说中的男女情爱之作又跨进了很大的一步。

《王子年拾遗记》的特色,在描写的细腻。这在魏晋南北朝的小说中是无可比拟的,与唐传奇则已相当接近了。如"翔风"一条,写石崇爱婢翔风的事迹,兼及石崇之豪富:

> ……崇常择美容姿相类者十人,装饰衣服大小一等,使忽视不相分别,常侍于侧。……结袖绕楹而舞,昼夜相接,谓之恒舞。欲有所召,不呼姓名,悉听珮声,视钗色:玉声轻者居前,金色艳者居后,以为行次而进

---

① "有门人"疑为"有意"之误。

也。使数十人各含异香,行而语笑,则口气从风而扬。又屑沉水之香如尘末,布象床上,使所爱者践之。无迹者,赐以真珠百琲;有迹者,节其饮食,令身轻弱。故闺中相戏曰:"尔非细骨轻躯,那得百琲真珠!"

又如"薛灵芸"写魏文帝迎灵芸入京的情况:

> ……帝以文车十乘迎之。车皆镂金为轮辋,丹画其毂。辄前有杂宝,为龙凤衔百子铃,锵锵和鸣,响于林野。驾青色之牛,日行三百里。此牛尸屠国所献,足如马蹄也。道侧烧石叶之香。此石重叠,状如云母,其光气辟恶厉之疾。此香腹题国所进也。灵芸未至京师数十里,膏烛之光,相续不灭;车徒咽路,尘起蔽于星月,时人谓为"尘宵"。又筑土为台,基高三十丈,列烛于台下,名曰"烛台",远望如列星之坠地。又于大道之旁,一里一铜表,高五尺,以志里数。故行者歌曰:"青槐夹道多尘埃,龙楼凤阙望崔嵬。清风细雨杂香来,土上出金火照台。"

此两段都很夸张,有些显然出于想像,溯其根源,当出自体物大赋。但不采用铺排的手法而追求描写的细腻,这就更符合小说的特色。此等段落,置于唐宋传奇中已毫无愧色。而宋代乐史《绿珠传》,写石崇的豪奢实不如此段灵动多姿。

总之,从干宝的《搜神记》到萧绮的《王子年拾遗记》,我国的志怪小说有了较明显的进展:从以情节取胜进到了初步含蕴情致,从粗陈梗概进到了较具体的描画。因此,从总体上说,虽还不是有意识的文学性虚构,但就局部的设想和叙述来看,却已有了文学性虚构的成分。

第二节 《世说新语》

《世说新语》为魏晋南北朝时期志人小说的代表作。与志怪小说所述大抵为人间不可能发生的异事相反,志人小说所记皆为实事,仅略有加工;虽偶或失真,也系传讹,并非有意造作。但它又不同于人物的传记,所载只是人物言行中的一枝一节;每则篇幅都很短小,有的甚至只有十几个字[①],但又往往能显示出人物的某种特点。所以,虽与现代概念的小说大异,但也可供欣赏,且其写人的技巧可作为后来现代概念的小说的参考,从而仍是研究中国文学史所必须注意的现象。

---

① 如《世说新语·言语》中的一则:"何平叔曰:服五石散,非唯治病,亦觉神明开朗。"共十八字。

据《隋书·经籍志》著录,此类小说开始出现于晋代,已知者为裴启撰《语林》十卷、郭澄之撰《郭子》三卷,后均散亡,鲁迅曾据前代载籍的征引,从事辑佚;其所得即收入《古小说钩沉》中。此外,葛洪《西京杂记》中的某些记载也可视为志人小说。

《世说新语》署刘义庆撰。与《幽明录》或出其周围文人之手一样,此书恐亦成于其门客之手。今本共三十六篇。以所记言行的性质划分,包括德行、言语、伤逝等。它的原名,从现存的唐写本来看,实为《世说新书》,但《隋书·经籍志》则作《世说》;研究者在这方面尚无统一意见,但《世说新语》为后人所改之名,则是可以肯定的。梁代刘孝标曾为之作注,引书多达四百余种,后人若离开刘注也就很难读懂此书。其所载录,始于西汉,讫于东晋。所记前代事,自应有文献作为依据。但因其以前的书籍亡佚甚多,故已难以确知,仅能从少数例证,窥见一斑。如其《规箴》篇涉及东方朔的一条即本于《西京杂记》,今分别引录于下,以资比较:

> 汉武帝乳母尝于外犯事,帝欲申宪,乳母求救东方朔。朔曰:"此非唇舌所争。尔必望济者,将去时但当屡顾帝,慎勿言,此或可万一冀耳。"乳母既至,朔亦侍侧,因谓曰:"汝痴耳!帝岂复忆汝乳哺时恩邪?"帝虽才雄心忍,亦深有情恋,乃凄然愍之,即勅免罪。(《世说新语》)

> 武帝欲杀乳母。乳母告急于东方朔。朔曰:"帝忍而愎,旁人言之,益死之速耳。汝临去,但屡顾我,我当设奇以激之。"乳母如言。朔在帝侧曰:"汝宜速去,帝今已大,岂念汝乳哺时恩邪!"帝怆然,遂舍之。(《西京杂记》)

两相对照,可知其素材实取自《西京杂记》,但在叙述上则有所加工,因而较《西京杂记》为胜。如改"屡顾我"为"屡顾帝",就合理得多。因为"屡顾帝"是表现乳母对武帝的恋恋之情,易于打动武帝;"屡顾"东方朔只不过是说明她希望东方朔出来讲情,在那样的情况下未必会有好处。至于最后几句,与原来的"帝怆然,遂舍之"相比,也较有情致。何况汉武帝凭着东方朔这么一句话就"怆然"赦免了乳母,似也不能算怎样的"忍而愎"。所以,对东方朔原话的前半加以删改而于末尾添上"才雄心忍,亦深有情恋",既加强了东方朔的分析的准确性,也增加了汉武帝的人情味,实较原作优越得多。从这里可以看到:《世说新语》作者对于把文章写得动人这一点相当重视;为了达到这一目的,不惜稍稍改动事实。由此言之,它是一部文学性的小品而非历史性的著作。

作为文学性的作品,《世说新语》的长处在于以下几点:

首先,作者的胸襟较为开阔,思想并不拘执。因而,其所写的虽主要是士族阶层的男女,但却各种类型的人物均有。其所记言行,有的固然具有表彰或批评的性质,有的则纯是出于趣味。但属于前者的,也不是通常所谓的劝善惩恶,而能从中显出人的某种气质,也即具有可供文学鉴赏的功能;属于后者的,也不流于庸俗。从而在总体上都能对人的心灵产生愉悦作用。

现先引属于第一种类型的如下:

> 陈仲举言为士则,行为世范,登车揽辔,有澄清天下之志。为豫章太守,至,便问徐孺子所在,欲先看之。主簿白:"群情欲府君先入廨。"陈曰:"武王式商容之闾,席不暇暖。吾之礼贤,有何不可?"(《德行》)

> 荀巨伯远看友人疾,值胡贼攻郡。友人语巨伯曰:"吾今死矣,子可去。"巨伯曰:"远来相视,子令吾去。败义以求生,岂荀巨伯所行邪!"(《德行》)

> 石崇每要客燕集,常令美人行酒。客饮酒不尽者,使黄门交斩美人。王丞相与大将军尝共诣崇,丞相素不能饮,辄自勉强,至于沉醉。每至大将军,固不饮,以观其变;已斩三人,颜色如故,尚不肯饮。丞相让之。大将军曰:"自杀伊家人,何预卿事!"(《汰侈》)

> 石崇厕常有十余婢侍列,皆丽服藻饰,置甲煎粉①、沉香汁之属,无不毕备。又与新衣箸令出。客多羞不能如厕。王大将军往,脱故衣,箸新衣,神色傲然,群婢相谓曰:"此客必能作贼。"(《汰侈》)

前两条中的第一条,虽写陈仲举的礼贤心切,但更写出了他的不顾世俗规矩、想怎么做就怎么做的风度,以及学问渊博、富于辩才的特色。第二条则仅仅"岂荀巨伯所行邪"一句,就显示出了他的自尊自豪;倘把此句改为"余不为也",就了无生气了。后两条虽有批评石崇奢侈之意,但重点是在写王敦(大将军)。石崇连杀三个美人,王敦仍坚持不喝酒,两个人都很残忍。但王敦的这种举动,特别是最后的两句话,却又于残忍中体现出一种我行我素、视世俗规范如无物的性格特征,与下一条所记"客多羞不能如厕",只有他能"神色傲然"地"脱故衣,箸新衣",实相呼应。换言之,他不是一个一般性的残酷的人物,而是能够叱咤风云的一代枭雄。是以石崇的婢女说他"必能作贼"。——这里的"贼"不是今天所说小偷的意思,而指叛逆作乱。王敦后来果然造反,曾一度占领了东晋首都。

所以,这样的描写乃是以文学的笔法,使人看到人间的世相。而且,由于《世说新语》写到的人物类型很多,其所显现的世相也就颇为丰富。

---

① 甲煎粉是以药物和果花配合烧灰,再与白蜡调和而成,可作口脂。

再看后一种类型：

> 元帝皇子生，普赐群臣。殷洪乔谢曰："皇子诞育，普天同庆。臣无勋焉，而猥颁厚赉。"中宗笑曰："此事岂可使卿有勋邪！"（《排调》）
>
> 王浑与妇钟氏共坐，见武子从庭过。浑欣然谓妇曰："生儿如此，足慰人意。"妇笑曰："若使新妇得配参军，生儿故可不啻如此。"（《排调》）
>
> 王蓝田性急。尝食鸡子，以筯刺之，不得，便大怒，举以掷地。鸡子于地圆转未止，仍下地以屐齿蹍之，又不得，瞋甚，复于地取内（纳）口中，啮破即吐之。王右军闻而大笑曰："使安期有此性，犹当无一豪可论，况蓝田邪！"（《忿狷》）

第一条中宗所说颇有幽默感，意思是：在别人生儿子的事情上怎么能容许你去出力呢？这不是一般的滑稽，实含有对殷洪乔过分谦卑、出言不伦的讽刺，但说来颇有趣味。第二条的"武子"是王浑的儿子，"参军"则是王浑的弟弟王伦。王浑赞美自己的儿子，他的妻子却说，如果是她与王伦生的儿子，会比武子更好。这当然是夫妇间的玩笑话，但读者也想像得出王浑听了此话后哭笑不得的狼狈相；作为文学描写，这条也颇有风趣。同时，这也可看出当时人们所受的思想上的禁锢还较少，是以王浑的妻子敢于这么开玩笑。清末的李慈铭对此就很看不惯，说这种"显对其夫，欲配其叔"的话，"即倡家荡妇，市里淫姑，尚亦惭于出言"。这就是两个时代的风气不同之故。至于第三条的王蓝田的行为固然可笑，但更值得重视的却是王羲之（右军）以及作者对这事的宽容态度。安期是蓝田的父亲，其性"冲淡寡欲"，王蓝田则以性急出名。在王羲之看来，即使冲淡的王安期有了这样的事，也没有什么可讥评的，何况是王蓝田呢？而我们在读这一条时，也确实只觉得好玩而已。

其次，作者在写人物的言行时，较能注意他们的感情，因而记载虽简短，却颇有以情动人之处：

> 王处仲每酒后，辄咏"老骥伏枥，志在千里。烈士暮年，壮心不已"。以如意打唾壶，壶口尽缺。（《豪爽》）
>
> 庾稚恭既常有中原之志。文康时，权重未在己；及季坚作相，忌兵畏祸，与稚恭历同异者久之，乃果行。倾荆、汉之力，穷舟车之势，师次于襄阳，大会参佐，陈其旌甲，亲授弧矢曰："我之此行，若此射矣。"遂三起三叠，徒众属目，其气十倍。（《豪爽》）
>
> 王濬冲为尚书令，着公服，乘轺车，经黄公酒垆下过。顾谓后车客："吾昔与嵇叔夜、阮嗣宗共酣饮于此垆。竹林之游，亦预其末。自嵇生夭、阮公亡以来，便为时所羁绁。今日视此虽近，邈若山河。"（《伤逝》）

第一则写王处仲的慷慨抑塞,第二则写庾穉恭的悲壮激烈,第三则写王潜冲的悼逝伤旧,俱能得其神髓。用笔简练,纯作白描,而所采择的人物对话、动作,都能深刻表达其当时的心情激动,故有浓厚的感情色彩;而"唾壶击缺"、"邈若山河"等也就成为后世文人的常用典故。

《世说新语》有以上的长处,一方面固然是由于作者的写作技巧,另一方面也是时代使然。当时的士族受束缚较少,礼教的压抑远不如后世(如宋代、明清)之强,人们较能敞开心扉,其感情、性格上的特色较为明显,因而也较易以简明的形式来表现。倘若人人都处于自我封闭的状态,个个口是心非,那就必须花很大的力气才能了解其心态,并用很多笔墨才能表现出来。是以清代著名的讽刺小说《儒林外史》虽也纯用白描,但却必须用相当细腻的描写才能使读者了解其人物的真实内心活动。也正因此,后世模仿《世说新语》的作品虽多,但却没有一部能稍稍望其项背。

试再举一例以说明:

> 山公与嵇、阮一面,契若金兰。山妻韩氏觉公与二人异于常交,问公,公曰:"我当年可以为友者,唯此二生耳。"妻曰:"负羁之妻亦亲观狐、赵;意欲窥之,可乎?"他日,二人来,妻劝公止之宿,具酒肉。夜穿墉以视之,达旦忘反。公入曰:"二人何如?"妻曰:"君才致殊不如,正当以识度相友耳。"公曰:"伊辈亦常以我度为胜。"(《贤媛》)

在后世封建社会里,哪个妇人敢于主动向丈夫提出要窥视丈夫的朋友,而且窥了整整一夜,竟忘了回房睡觉,事后还要对丈夫说"君才致殊不如"? 所以,此处虽只寥寥数笔就把山公妻子写得很生动,但若妇女都不敢这样直白地表现自己,那就根本不可能用很少的笔墨把她写活。

第六章　南北文学的融合与初唐的诗风

南北朝后期,一些北朝的文臣出使来到南方,南方的一批著名词臣也因各种原因流落北方,南北文化的交流开始出现一种繁盛的局面,具有不同风貌的南北两地文学,也呈现出融合的趋势。

经过长时间的陶养,北方土著文人的创作水准有了显著提高,诞生了像郦道元的《水经注》、杨衒之的《洛阳伽蓝记》那样杰出的作品。按习惯归于隋的卢思道、薛道衡,早在北朝就已文名卓著。《隋书·薛道衡传》载,薛曾接待陈朝使者傅縡,两人以诗唱和,"南北称美",又言"道衡每有所作,南人无不吟诵焉"。这和过去南方文人占绝对优势的情形已大不相同。

由南方进入北方的文人中,在创作上成就最高的是庾信和王褒,两人在南方时也都是齐梁的文坛名流,赴北方后进一步吸收北方文学中的新因素,而创造出一种崭新的文学风格。这种新风格既不失南朝文学追求美的特征,同时又注入了北朝文学特有的劲健有力的气势。这对于以后文学逐渐走向全面繁荣具有深远的意义。

公元五八一年建立的隋朝,使中国在经历长期分裂局面后重新归于统一。隋朝立国的时间尽管不到四十年,却是南北文学走向无所阻碍的融合的关键阶段。公元六一八年唐王朝建立后的最初一个阶段,这种融合的态势虽然并未进一步加强,但"四杰"的出现,却为唐诗创造自己独特的文学风格,形成全面繁荣的格局,打下了良好的基础。

第一节　《水经注》与《洛阳伽蓝记》

《水经注》与《洛阳伽蓝记》是北朝的两部地理书,但在某种程度上也可说是两部文章的汇编,因为其中许多片断都可视为文学性的散文,并对后来的文学散文产生影响。同时,它们也是较早地体现了南北文学融合倾向的作品集。

《水经注》

《水经注》的作者郦道元(?—527),字善长,范阳涿县(今河北涿州市)人。约生于北魏天安元年(466)至延兴二年(472)之间。曾在北魏首都平城任尚书主客郎等职,北魏迁都洛阳后,任治书侍御史,复出任冀州镇东府长史、鲁阳郡太守、东荆州刺史,罢官家居十余年后,又任河南尹、御史中尉,最后出任关右大使,被叛军所害。他的这种经历,使他到过许多地方,从而有助于其《水经注》的写作。

《水经》是记载我国河流情况的书,三卷,作者不详。所记很简单。郦道元《水经注》则通过为它作注的方式,对我国河流及其有关情况作了十分具体、条理井然的介绍,字数超过《水经》达二十几倍,是地理学上的杰构。而且,它对山水的描绘往往使用文学的手段,时或回顾历史、抒发感情,所以,在全书中存在许多优美的山水小品。

现引其记河水的一部分于下:

> 成皋县之故城在伾上,萦带伾阜,绝岸峻周,高四十许丈,城张禽险,崎而不平。《春秋传》曰:"制,岩邑也,虢叔死焉。"即东虢也。鲁襄公二年七月,晋成公与诸侯会于戚,遂城虎牢以逼郑,求平也。盖修故耳。《穆天子传》曰:"天子射鸟猎兽于郑圃,命虞人掠林,有虎在于葭中。天子将至,七萃之士高奔戎生擒虎而献之。天子命之为柙,畜之东虢,是曰虎牢矣。"然则虎牢之名,自此始也。秦以为关,汉乃县之。城西北隅有小城,周三里,北面列观临河,岩岩孤上。景明中,言之寿春,路值兹邑,升眺清远,势尽川陆,羁途游至,有伤深情。
>
> ……汜水又北,右合石城水。水出石城山。其山复涧重岭,欹叠若城。山顶泉流,瀑布悬泻,下有滥泉,东流泄注。边有数十石畦,畦有数野蔬。岩侧石窟数口,隐迹存焉,而不知谁所经始也。(《河水》)

此段既写成皋的历史,又描绘其地理形势。写历史的部分,读来使人兴趣盎然;而且由于当时的士人对《左传》都相当熟悉,而此处所引的这几句还牵涉到一场统治阶层内部的著名斗争①,读到此处,知道了这就是春秋时的制,就更

---

① 春秋时郑庄公的母亲不喜欢庄公而喜欢其弟弟,有心让其弟弟夺取庄公的君位,曾要庄公把制邑封给其弟,庄公因该地险要,恐怕被其弟所得后造起反来,他无法应付,就用了"制,岩邑也……"之类的话来应付,表面上是关心其弟弟的安全,实际上是为了使自己不受威胁。

会增加亲切感。写地理形势的部分,则景色清晰而笔力雄俊,又杂以"羁途游至,有伤深情"的抒情成分,更能打动读者。

不过,此处所写景色,尚较分散,回顾历史,则偏于客观的记述,现再各引一段与此稍有不同的。

……其西则石壁千寻,东则磻溪万仞,方岭云回,奇峰霞举,孤标秀出,罩络群山之表,翠柏荫峰,清泉灌顶。郭景纯云:"世所谓鹜浆也,发于上而潜于下矣。"厥顶方平,有良药,《神农本草》曰:"地有固活、女疏、铜芸、紫菀之族也。"是以缁服思玄之士、鹿裘念一之夫,代往游焉。路出北巘,势多悬绝,来去者咸援萝腾罥,寻葛降深,于东则连木,乃陟百梯,方降岩侧,縻锁之迹,仍今存焉,故亦曰百梯山也。(《涑水》)

……然则漯水,亦或武水矣。臧洪为东郡太守,治此。曹操围张超于雍丘,洪以情义请袁绍救之,不许,洪与绍绝。绍围洪,城中无食,洪呼吏士曰:"洪于大义不得不死,诸君无事空受此祸。"众泣曰:"何忍舍明府也!"男女八千余人,相枕而死。洪不屈,绍杀洪。邑人陈容为丞,谓曰:"宁与臧洪同日死,不与将军同日生。"绍又杀之,士为伤叹。今城四周,绍围郭尚存。(《河水》)

前一段的写景文字集中而凝练,洋溢雄杰之气;引用《神农本草》,更显摇曳多姿。后一段回忆历史事实,富于感情色彩,使读者如见臧洪及其部属的慷慨志节。所有这些,实都可视为优美的文学小品。

在这里值得注意的是:郦道元在上引段落中运用南方文学擅长的骈俪笔法,并不弱于鲍照、丘迟等人,但其俊雄的风力却又显然是北方文学的本色。所以,在《水经注》中实已初露南北文学融合的端倪。

关于此点,还可从《江水》中写三峡的一节获得旁证:

自三峡七百里中,两岸连山,略无阙处。重岩叠嶂,隐天蔽日,自非亭午夜分,不见曦月。至于夏水襄陵,沿溯阻绝,或王命急宣,有时朝发白帝,暮到江陵,其间千二百里,虽乘奔御风,不以疾也。春冬之时,则素湍绿潭,回清倒影,绝巘多生怪柏,悬泉瀑布,飞漱其间,清荣峻茂,良多趣味。每至晴初霜旦,林寒涧肃,常有高猿长啸,属引凄异,空谷传响,哀转久绝。故渔者歌曰:"巴东三峡巫峡长,猿鸣三声泪沾裳。"

此节文字,于清丽中见雄奇,一直为世传诵。而其最能显示清丽特色的,实出于盛弘之《荆州记》:"峡长七百里,两岸连山,略无绝处。重岩叠嶂,隐天蔽日。常有高猿长啸,属引清远。渔者歌曰:'巴东三峡巫峡长,猿鸣三声泪沾裳。'"(《世说新语》刘孝标注引)此外,袁山松《宜都记》的"自黄牛滩东入西陵界,至峡口一百许里,山水纡曲,而两岸高山重嶂,非日中夜半,不见日月。……林木高茂,略尽冬春(此处疑有脱误)。猿鸣至清,山谷传响,泠泠不绝"(《水经注·江水》引)等清词丽句对此段中的有关文字显然也有影响。至于"绝巘多生怪柏,悬泉瀑布,飞漱其间"等雄异之句的补充,纵或别有依据,但郦道元特为补入,也可见其艺术趣味的所在。至于改"属引清远"为"属引凄异",变"泠泠不绝"为"哀转久绝",使之具有凄厉的色彩,则显然是郦道元的手笔。换言之,这节文字也正可作为南北文学融合的一个实例。

《水经注》中的写景文字,虽还不是独立的山水游记,但它对后来这一文体的形成与发展,有不可忽视的作用。柳宗元的山水游记,就明显受其影响。像《洧水》中"平潭清洁澄深,俯视游鱼,类乘空矣"一节,就被柳宗元在《至小丘西小石潭记》中化为一段精彩的描写。

《洛阳伽蓝记》

《洛阳伽蓝记》为杨衒之作。杨衒之系北魏人,但《魏书》无传。约生活在北魏中后期,曾为奉朝请,又曾任抚军府司马。东魏武定五年(547),他经过洛阳,时在大乱之后;洛阳原先寺院很兴盛,当时则已"城郭崩毁,宫室倾覆,寺观灰烬,庙塔丘墟"(《洛阳伽蓝记·序》),他不胜感慨,故写成此书,记述洛阳盛时的寺院情况。"伽蓝"为僧寺的梵文音译"僧伽蓝摩"的略称。

其所以把"伽蓝"作为回忆的对象,是因为北朝的佛教之盛不仅是宗教信仰的问题,也是个政治现象。当时的统治阶层不仅大力提倡佛教,给僧徒以特殊的地位,并以巨大的财力、人力来建造和扩大寺院。因此,寺院的毁灭也就象征着统治的衰颓。杨衒之为此深感痛心。这从书中"永宁寺"部分写庄帝被尔朱兆所获、所杀及孝武帝等眼睁睁望着寺中浮图为大火烧毁的情况,可见一斑:

……时十二月,帝患寒,随兆乞头巾,兆不与,遂囚帝还晋阳,缢于三级寺。帝临崩礼佛,愿不为国王。……至太昌元年冬,始迎梓官赴京师,葬帝靖陵。……朝野闻之,莫不悲恸;百姓观者,悉皆掩涕而已。

永熙三年二月,浮图为火所烧。帝登凌云台望火,遣南阳王宝炬、录尚书长孙稚(稚)将羽林一千救赴火所。莫不悲惜,垂泪而去。火初从第八级中,平旦大发,当时雷雨晦冥,杂下霰雪,百姓道俗,咸来观火,悲哀之声,振动京邑。时有三比丘赴火而死。火经三月不灭。有火入地寻柱,周年犹有烟气。

他写百姓对皇帝之死的悲痛和对浮图被烧毁的悲哀,也正是他自己心情的写照。而更值得注意的是:在上引"永熙三年二月"这一段以后,紧接着还有如下一段:

> 其年五月中,有人从象(东莱)郡来,云:"见浮图于海中,光明照耀,俨然如新,海上之民咸皆见之。俄然雾起,浮图遂隐。"至七月中,平阳王为侍中斛斯椿所使,奔于长安,十月而京师迁邺。

他在此处所说的"平阳王"(即孝武帝)奔长安及"京师迁邺",也就是北魏的崩溃。因为从那个时候起,北魏就分裂为东魏、西魏而一蹶不振了。他把此一事件与浮图现于海中、雾起而隐的事写在一起,显然是把浮图的存毁、寺院的盛衰作为北魏兴废的象征的。

因此,他在写洛阳寺院的盛况时,处处流露出无限怀恋之情,寺院及其附属的园林也常被写得伟大、庄严而宏丽。兹引"瑶光寺"的有关部分如下:

> 瑶光寺,世宗宣武皇帝所立,在阊阖城门御道北,东去千秋门二里。
>
> 千秋门内道北有西游园,园中有凌云台,即是魏文帝所筑者。台上有八角井,高祖于井北造凉风观,登之远望,目极洛川。台下有碧海曲池。台东有宣慈观,去地十丈。观东有灵芝钓台,累木为之,出于海中,去地二十丈。风生户牖,云起梁栋。丹楹刻桷,图写列仙。刻石为鲸鱼,背负钓台;既如从地踊出,又似空中飞下。钓台南有宣光殿,北有嘉福殿,西有九龙殿。殿前九龙吐水成一海。凡四殿,皆有飞阁向灵芝往来。三伏之月,皇帝在灵芝台以避暑。
>
> 有五层浮图一所,去地五十丈。仙掌凌虚,铎垂云表,作工之妙,埒美永宁。讲殿尼房,五百余间。绮疏连亘,户牖相通,珍木香草,不可胜言。

在这里,我们既看到了寺院及其园林的宏伟,也体味到了作者对它们的赞美。至于写"景明寺"四月八日的佛会,那更是一种狂热的情况:

> 时世好崇福,四月七日,京师诸像皆来此寺。尚书祠曹录像凡有一千余躯。至八月(日)节,以次入宣阳门,向阊阖宫前受皇帝散花。于时金花映日,宝盖浮云,幡幢若林,香烟似雾。梵乐法音,聒动天地。百戏腾骧,所在骈比。名僧德众,负锡为群;信徒法侣,持花成薮。车骑填咽,繁衍相倾。时有西域胡沙门见此,唱言佛国。

这使读者又一次感到了场面的庄严与热烈。面对着满目疮痍的现实,回想辉煌的过去,作者心情的沉痛也是可以理解的吧。

总之,这是一部抚今追昔之作,由于描绘具体、细致,笔力劲健,时或杂以感慨,其中的许多片断也可作文学小品来读。作品所体现的虽以北方文学的壮阔为主,但偶有南方文学的清丽,是以也有南北文学融合的特色,但不如《水经注》的显著。且限于其描写的对象,宗教色彩较浓,也就减弱了打动人的力量。这都是其逊于《水经注》之处。

第二节 北朝的土著作家

一、"北地三才"

北朝土著文人中,除了郦道元和杨衒之在上一节已作介绍外,值得一提的还有所谓"北地三才"——温子昇、邢邵和魏收。

温子昇(495—547),字鹏举,太原(今属山西)人。北魏宣武帝时入仕,历御史、南主客郎中等职。东魏初任中书舍人,迁散骑常侍。入北齐,为大将军咨议参军,后下狱死。

温子昇的诗,较有特色的是五言四句的小诗,写北地的生活与风光,颇为洒脱。如下面这首《白鼻䯄》:

> 少年多好事,揽辔向西都。相逢狭斜路,驻马诣当垆。

这种写贵族少年游侠生活的诗,在魏晋时代已经很常见,但一般都作铺排的描写。温子昇此作则以简洁的辞语描绘出活跃的画面,能够从中感觉到"好事"的贵族少年轻浮放浪而又充满热情的精神气息。

温氏的另一部分诗,风格上与当时南朝流行的新体诗十分接近,用词华丽,讲究对偶。如《春日临池》:

> 光风动春树,丹霞起暮阴。嵯峨映连璧,飘飖下散金。徒自临濠渚,空复抚鸣琴。莫知流水曲,谁辩游鱼心?

写春光里的云霞投射至池塘中,显现出如碎金般的倒影,用辞瑰丽,令人有目眩之感,而诗的后半部分转而述个人内心的迷惘心绪,与前半写景适成映照,构思颇为巧密。

邢邵(496—?),字子才,河间(今河北任丘北)人。历仕北魏、北齐两朝,由奉朝请、除骠骑将军、西兖州刺史等职,官至太常卿、兼中书监、国子祭酒。

邢邵的一部分诗,多显魏晋文风,如《冬日伤志篇》:

> 昔时惰游士,任性少矜裁。朝驱玛瑙勒,夕衔熊耳杯。折花步淇水,

> 抚瑟望丛台。繁华夙昔改,衰病一时来。重以三冬月,愁云聚复开。天高日色浅,林劲鸟声哀。终风激檐宇,余雪满条枚。遨游昔宛洛,踟蹰今草莱。时事方去矣,抚己独伤怀。

诗的意旨,有点与阮籍的《咏怀诗》相似;而辞藻方面,则接近齐梁文风,但又有一种朴拙之意,是南朝诗中所罕见的。

邢邵也有颇讲究音律对偶的作品,显现出与温子昇同样的向南朝新体诗学习的热情。如《齐韦道逊晚春宴》:

> 日斜宾馆晚,风轻麦候初。檐喧巢幕燕,池跃戏莲鱼。石声随流响,桐影傍岩疏。谁能千里外,独寄八行书。

文辞凝练,情绪克制,而写景优美,造境清丽,与同时梁代诗人的作品很相像①。

魏收(506—572),字伯起,钜鹿下曲阳(今河北晋县南)人。北魏时由典起居注起家,至北齐,除中书令,官光禄大夫,尚书右仆射。以史学著名,有《魏书》三十卷。

魏收的诗,较出色的是《挟琴歌》:

> 春风宛转入曲房,兼送小苑百花香。白马金鞍去未返,红妆玉筯下成行。

诗有齐梁诗风味,色调鲜亮,节奏轻快。他现存的其他诗作,则以五言居多,追求对偶与色彩之风,也颇明显。

魏收又擅长作赋。他因邢邵、温子昇均不长于此,曾得意地说:"会须作赋,始成大才士。唯以章表自许,此同儿戏。"(《太平御览》引《三国典略》)他的赋作均失传,仅在《北齐书》本传中列有若干篇名。但这件事本身,却也说明了纯文学作品在北方日渐受到重视的情况。

二、元子攸 郑公超 高延宗

"北地三才"之外,北朝土著作家中创作成就较高的,还有元子攸、郑公超、高延宗诸人。

北魏孝庄帝元子攸(507—530),本非文学家,但他在末路被尔朱兆俘虏、命归西天之前,写的一首《临终诗》却十分出色:

---

① 此诗《文苑英华》题邢邵作,而《诗纪》据诗题,谓"似韦道逊作"。

> 权去生道促,忧来死路长。怀恨出国门,含悲入鬼乡。隧门一时闭,幽庭岂复光。思鸟吟青松,哀风吹白杨。昔来闻死苦,何言身自当!

表现个人临终前的极度悲凉与恐惧,以浅显而又富于感染力的诗句加以描摹,这种对于生命的真切依恋,在同时南朝的诗歌中是很少能见到的。它说明了北朝政治的激烈动荡,给予身处政治漩涡中心的帝王以巨大的心理压力;当这种巨大的心理压力在一位有文才的帝王笔下外化为文学作品时,会有一种意想不到的特殊效果。

郑公超是北齐后主高纬(565—576年在位)时的奉朝请,曾待诏文林馆。他现存诗仅一首,即《送庾羽骑抱》:

> 旧宅青山远,归路白云深。迟暮难为别,摇落更伤心。空城落日影,迥地浮云阴。送君自有泪,不假听猿吟。

诗从青山白云的景致着笔,引出送别的主题,又转而再写景,以空城落日、迥地浮云喻指好友离去之后内心的失落与寂寥。最后的两句,类似于北朝文学名著《水经注》"三峡"一段中所引渔者之歌"巴东三峡巫峡长,猿鸣三声泪沾裳",而反其语出之,以此表现诗人对离别的痛惜,更显其诚挚之意。值得注意的是,此诗全首八句,对仗工整,结构严密,与后来唐代成熟的五律相比,已经很接近了。

高延宗是北齐王室,宣帝时曾受封安德王,在武平七年(576)底做过一个月还不到的皇帝,不久即被北周所灭。他现存的诗也仅一首,题为《经墓兴感》:

> 夜台长自寂,泉门无复明。独有鱼山树,郁郁向西倾。睹物令人感,目极使魂惊。望碑遥堕泪,轼墓转伤情。轩丘终见毁,千秋空建名。

建安文学中开始出现的那种对生命价值的探讨,与正始文学中所有的以阮籍诗为代表的对功业的否定,至此又以一种悲怆、低沉的声调在北方重新回荡起来。如果说对人生意义的表现,在南朝诗歌中,已经异化为一种比较纯粹的对事物之美的官能享受,那么高延宗的这首声泪俱下的作品,恰好说明北朝土著文学具有一种唤起中国文学对人生再作深沉思索的力量。

三、李谐　李骞

北朝的土著作家中,另有两位值得一提,即李谐和李骞,他们两人均代表东魏出使过南方。

李谐(496—544),字虔和,顿丘(今河南清丰西南)人。东魏始建时,任给事黄门郎中。孝静帝天平年间(534—537),曾受命担任聘梁使,来到建业。返归后转官秘书监。他在出使南方事毕后,有《江浦赋诗》一首:

> 帝献二仪合,黄华千里清。边笳城上响,寒月浦中明。

诗写得清峻悠远,而通篇对偶工整,正显现出诗人对南北二朝诗歌基本风貌加以综合,力创新词的努力。

李谐也擅长辞赋创作。他的《述身赋》,自述身世,文辞繁冗;而其中描写所居山水之胜及交游之乐的一节,则颇见才情:

> 山隐势于复石,水回流于激沙。树先春而动色,草迎岁而发花。座有清谈之客,门交好事之车。或林嬉于夜月,或水宴于景斜。肆雕章之腴旨,咀文艺之英华。

赋中用明丽的笔调描绘居游的盛景,而其中显现的作者的文学态度,则是追求"雕章之腴旨"。两者都很生动地说明,对于曾经亲身体味过南朝文化风尚的北朝土著作家来说,南朝文学在他的创作中留下了如何深刻的印记——尽管这种印记可能是不经意中留下的。

比李谐可能稍晚出使南方的另一位北朝土著作家李骞,字希义,赵郡平棘(今河北赵县)人。曾官散骑常侍、尚书左丞。其出使梁代的时间,大约在梁简文帝执政前[①]。后因事免官,复起任黄门侍郎,卒于晋阳。

据《酉阳杂俎》记载,李骞与同僚出使梁朝时,受到梁黄门侍郎明少遐等的款待。宴会间明少遐咏诵了李骞的一首诗,李骞则回诵明氏的"灯花寒不结"诗,以为"最拊时事",据此可以想见李氏对南朝诗歌的熟悉与喜爱。返观李骞现存的诗,如下面这首作于出使南方返归之后的《赠亲友》的前半节,也确有融合南北二朝诗风的意味。

> 幽栖多暇日,总驾萃荒坰。南瞻带宫雉,北睨拒畦瀛。流火时将末,悬炭渐云轻。寒风率已厉,秋水寂无声。层阴蔽长野,冻雨暗穷汀。侣浴浮还没,孤飞息且惊。

用凝练而又不秾丽的笔触表现自然界的简淡与幽静,而境象开阔,意绪深沉;同时在表现形式上又注意到对偶的工巧与节奏的适当,既根基于北朝文学的

[①] 《酉阳杂俎》谓"梁遣黄门侍郎明少遐……宴魏使李骞"。据《南史》卷五十《明山宾传》附明少遐传,少遐"位都官尚书。简文(帝)谓人曰:'我不喜明得尚书,更喜朝廷得人。'"据此少遐简文时任都官尚书。简文帝在位仅两年(550—551),故明氏任都官尚书大约即在其间;而都官尚书领都官诸曹,隋代改为刑部尚书,是其职显高于黄门侍郎,故李骞出使梁及明少遐宴李骞事,当在明少遐任都官尚书前,亦即不会晚于简文帝执政之时,而很可能在其前。

传统之中，又汲取了南朝文学的新变因素。

第三节　徐陵、庾信与王褒

在南北朝时期文学发展的历程中，对于融合南北方文学作出了重要贡献的，是一些由南方出使北方或被迫羁留于北方的文坛名流。其中最杰出的，是徐陵、庾信、王褒三人。

徐　陵

徐陵（507—583），字孝穆，东海郯（今山东郯城）人。是梁代宫体之文创始者徐摛的儿子。中大通年间萧纲在东宫设置学士，他也在选。后由尚书度支郎，迁通直散骑常侍。入陈，历任吏部尚书、尚书左仆射、中书监等职。在梁代曾出使东魏、北齐，承圣（552—554）年间使齐时被羁留北方两年；至绍泰（555）年间又出使北齐。有《徐孝穆集》。

与父亲徐摛一样，徐陵也是梁代的重要作家。由于徐氏父子二人及其同时的庾肩吾、庾信父子皆在东宫任职，文均绮艳，当时被并称为"徐庾体"。入陈以后，徐陵文名更著，成为"一代文宗"（见《陈书》本传）。同时，因其曾在北朝生活过一段时期，有些作品也有融汇南北的痕迹。

徐陵的诗，大约可以分为两类。一类是梁陈时期流行的宫体诗，而在艺术上颇有超越同时诸家之作处。《文镜秘府论》引隋刘善经语云："吴人徐陵，东南之秀，所作文笔，未曾犯声。"如他的五言新体诗《刘生》，在格律上几乎没有可挑剔的毛病。又如《春日》：

岸烟起暮色，岸水带斜晖。逕狭横枝度，帘摇惊燕飞。落花承步履，流涧写行衣。何殊九枝盖，薄暮洞庭归。

诗并不表现什么深邃的思想，却写出了一种明丽优美的景致。五言八句的结构，中间两联对偶工巧，并且讲究用词，凡此均显现出宫体诗在技巧方面的进一步成熟。另如七言歌行《杂曲》，描写陈后主之妃张丽华的美艳，全诗二十句，四句一转韵，平仄韵相间，形式比梁代歌行更为整齐，由此奠定了初唐歌行的基本格式。

徐陵的另一类型的诗作，是以边塞题材为主而风格比较刚健的一批作品。这部分"颇变旧体"、"多有新意"（《陈书》本传），且有一个比较明显的倾向，即已经注意到将南北二朝的文学特长加以融贯,使诗的语辞更凝练,结构进一步完善,而所表现的情感更具有力度。这些作品之所以产生,可能与他曾一度使魏、两度使齐,对北方实际生活有切身的体验有关(至少其中的一部分作品是如此)。

这类诗中,值得一提的,是乐府题的边塞诗《关山月》两首和《出自蓟北门行》。《关山月》其一写战士怀归之情:

> 关山三五月,客子忆秦川。思妇高楼上,当窗应未眠。星旗映疏勒,云阵上祁连。战气今如此,从军复几年?

前四句以"客子"对家乡的思念与其想像中"思妇"对自己的眷怀两相对映,后四句通过描绘浓郁的"战气"揭示"客子"无由得归的现实,使得前面所抒发的怀归与相思之情因客观势态的阻遏而更显悲苦和浓重。在结构上,这诗有一种在起伏中不断推进的特点。其二主要写战争的气氛:

> 月出柳城东,微云掩复通。苍茫萦白晕,萧瑟带长风。羌兵烧上郡,胡骑猎云中。将军拥节起,战士夜鸣弓。

此诗前六句以写景为主,渲染出一种战争的气氛,最后落到结末两句我方将士警觉的动作。叙述不是呆板、平行式的,而是把力量逐渐凝聚到一个焦点上;同时"将军拥节起,战士夜鸣弓"是一组刚刚发生、尚有余势的动态画面,诗在这里截止,造成一种很强的紧张感。《出自蓟北门行》云:

> 蓟北聊长望,黄昏心独愁。燕山对古刹,代郡隐城楼。屡战桥恒断,长冰堑不流。天云如地阵,汉月带胡秋。溃土泥函谷,搀绳缚凉州。平生燕颔相,会自得封侯。

诗写得沉郁苍凉,虽然未实写历史,却充满了历史的沧桑感。中间八句完全对仗,而选字考究,实际上是用南朝宫体诗的技巧来表现北方的边塞题材。而如果没有在北朝的生活经历,仅凭想像,是很难写出这样富于实感的作品的。

齐、梁、陈诗经常被批评为"轻艳";轻艳固然也没有什么不可,不过大量的作品缺乏强烈的感情和力度,却不能不说是一种缺陷。但诗人们并非没有作过努力,边塞诗正是他们追求诗歌的抒情力度的集中表现。徐陵的两首《关山月》不仅形式更接近五律的定格,它的意境和结构对唐人也颇有启迪。像李白的名篇《关山月》,就是从徐诗化出的。《出自蓟北门行》则在抒情力度方面显然大大超出了同时一般南朝诗人的作品,当然也超过了徐陵本人的宫体诗。

徐陵的文章以诏策等应用文著称,也有文学性作品。其散文中既富于文辞之美,又能以真情动人的,是他在梁代因出使北齐被强迫羁留,而写给北齐执政大臣杨遵彦的《与杨仆射书》。信中逐一驳斥北齐官方的种种托词与无理要求,力陈自己希望早日南归以赴国难(时梁朝有侯景之乱)的急切心情,说理抒情熔于一炉,故能真挚动人。文长近三千字,引用了大量典故,却无妨于说理分明有序,雕饰辞藻而更增感情的深度,清人陈维崧誉之为"奴仆《庄》、《骚》,出入《左》、《国》,即前此史迁、班掾诸史书未见"(《词选序》)。下面节录其最后一段:

> 岁月如流,人生何几!晨看旅雁,心赴江淮;昏望牵牛,情驰扬越。朝千悲而下泣,夕万绪以回肠,不自知其为生,不自知其为死也!……若一理存焉,犹希矜眷。何故期令我等必死齐都,足赵魏之黄尘,加幽并之片骨。遂使东平拱树,长怀向汉之悲;西洛孤坟,恒表思乡之梦。干祈以屡,哽恸良深。

写思归之绪,而调动起诸多境象,融贯于一篇之中,并给人以一气呵成的感觉。其感人的力量,自是不弱。

骈文方面,以《玉台新咏序》最为著名。其文极为华丽典雅,使用大量典故,讲究声律,而且几乎完全由四、六字的对偶句构成,十分工整。骈文进一步演变为工整精致的所谓"四六文",主要出于徐陵、庾信,这篇《玉台新咏序》是具有代表性的作品之一。而更重要的是,《序》中对"艳歌"作了高度的评价,这是我国文学思想史上的一个很值得重视的见解;因为在上文关于《玉台新咏》的部分已经述及,此处就不再赘陈了。

徐陵是南朝著名作家中较早以实际创作推进南北文学交融的人物。他的特殊经历与文学成就,使他的作品获得了南北双方人士的共同喜爱。《陈书·徐陵传》谓其"每一文出手,好事者已传写成诵,遂被之华夷,家藏其本"。他的诗文在当时受到欢迎的程度,于此可见一斑。

庾　　信

庾信(513—581),字子山,南阳新野(今属河南)人。是梁代与徐摛同时的宫体诗人庾肩吾的儿子。博览群书,而对《左传》颇有研究。初仕梁,为湘东王国常侍。又入梁太子东宫,与父亲庾肩吾及徐摛、徐陵父子,同任抄撰学士,以文体绮艳,被当时称作"徐庾体"。后出使西魏,又适逢西魏灭梁,遂被羁留于北方。先后在西魏、北周做官,担任过弘农郡守、骠骑大将军、开府仪同三司等职,世因称之为庾开府。北周末,卒于北方。有《庾子山集》。

庾信的创作,以留居北方为界,大致可分为前后两个时期。早期作品比较明显地留有宫体文学的印痕,而同时又有一种以清新为特征的个人风格。后期作品则较多展现一种沉郁苍凉的风貌。

庾信早期创作的诗,因战乱而所存甚少,且大多是唱和之作。其中《奉和泛江》一首,写景工巧,较为出色:

> 春红下白帝,画舸向黄牛。锦缆回沙碛,兰桡避荻洲。湿花随水泛,空巢逐树流。建平船柹下,荆门战舰浮。岸社多乔木,山城足迥楼。日落江风静,龙吟回上游。

诗以细腻的笔触描绘春江里画舸争流、江岸上山树葱郁的景色,结句境界弘廓,在宫体诗人作品中很少见到类似的构思。同一时期的诗作,还表现出庾信为凝练诗语而作的创造性的探索,像"日落含山气,云归带雨余"(《奉和山池》)等诗句,便反映了诗人力图在有限的文字中表现尽可能丰富而又效果奇特的意象的努力。

庾信早期所作的赋,现存《春赋》、《对烛赋》、《荡子赋》等七篇(个别篇章已残缺)。其中《春赋》一篇,摹写妇女游春的情景,尤有韵致:

> 三日曲水向河津,日晚河边多解神。树下流杯客,沙头渡水人。镂薄窄衫袖,穿珠帖领巾。百丈山头日欲斜,三晡未醉莫还家。池中水影悬胜镜,屋里衣香不如花。

这是赋中结尾的一节文字,五七言交错,格式类似诗作,因而乐感较强。而其中所赋写的,则是对欢乐春光的留恋。诗与赋的融会,自沈约之后,至庾信又进一步,而融会的技巧,也更娴熟。

庾信后期的创作,并没有完全舍弃早年的那一种风格。他同北朝显贵的唱和之作,依然是雍容华贵,且多艳情成分。另有《咏画屏风》二十五首,是以山水诗的手法,把画面的内容与想像结合,在题材上具有开拓意义;但其艺术风格,仍是以精巧华丽见长。换言之,在庾信自己看来,他前期的创作内容及风格,并不是需要排斥的。

同时,庾信后期的部分作品,也明显呈现出一种与早年之作不同的文学风貌。这方面的代表性佳作,是《拟咏怀》二十七首。这组诗从题目上就明确标出是追仿阮籍的,所谓"唯彼穷途恸,知余行路难"(《拟咏怀》之四),意味着他和阮籍有相似的人生感受。但和阮籍的《咏怀》诗多用象征手法、多从哲学意义上反映人生的困境不同,庾信的《拟咏怀》虽也有比较晦涩的地方,但每首诗所牵涉的具体背景大抵是清楚的。这里面包涵了亡国的悲痛、思归不得的哀怨、因仕宦北朝而产生的道德上的自责等等。而归结起来,可以说是对自我的失落的审视——时局的变化是个人无法抗拒的,在政治生活中所担当的角色是个人无权选择的,甚至,如果不愿选择死,自我在理论上所信服的道义责任,也是无法完成的,那么,自我在精神意义上赖以安身托命的东西在哪里呢？只有万般无奈而已了。

> 俎豆非所习,帷幄复无谋。不言班定远,应为万里侯。燕客思辽水,秦人望陇头。倡家遭强聘,质子值仍留。自怜才智尽,空伤年鬓秋。(《拟咏怀》之三)

首两句言侯景攻建康时自己受命抵御事,三四句言自己奉命出使西魏事,其结果都是彻底失败,而终于被强行扣留在北方。最后两句感慨自己年已向老,而个人才智尽为无谓的政治冲突所虚耗,有言说不尽的悲凉之味。

> 寻思万户侯,中夜忽然愁。琴声遍屋里,书卷满床头。虽言梦蝴蝶,定自非庄周。残月如初月,新秋似旧秋。露泣连珠下,萤飘碎火流。乐天乃知命,何时能不忧？(《拟咏怀》之十八)

建立功业的人生理想破灭了,琴声书卷也不足以遣愁,虽说人生如梦,却又做不到庄子所描述的旷达。那么,何时才能做到乐天知命而不忧呢？

> 萧条亭障远,凄惨风尘多。关门临白狄,城影入黄河。秋风别苏武,寒水送荆轲。谁言气盖世,晨起帐中歌？(《拟咏怀》之二十六)

李陵、荆轲、项羽,都是历史上的悲剧人物。他们的悲剧性人生场景一一浮现,好像是在证明厄运的无法避免。

庾信的性格,既非果敢决毅,又不善于自我解脱,所以凝视自我失落的人生,找不到任何出路,往往只是在无可慰藉中强自慰藉,结果却是愈陷愈深。使得诗中的情绪沉重无比。《拟咏怀》二十七首的结句,也多是"眼前一杯酒,谁论身后名"(之十一)、"乐天乃知命,何时能不忧"(之十八)、"怀秋独悲此,平生何谓平"(之九)一类完全是无奈的慨叹。

这组诗虽标明为《拟咏怀》,却与阮籍《咏怀》诗有明显的区别,在诗歌的表现形式方面尤为突出。在南朝诗歌中孕育起来的声律、对偶、用典等手段被运用得十分老练。有些诗几乎完全是用典故组成,且用一组组对偶句联缀而成,像是经过剪裁的历史镜头的组合,作者本身并不出现,他的情感借助这种画面得以抒发。用典,在南朝文学中虽然已经很普遍,但往往过于注重它对于诗文的雅化作用,而在庾信《拟咏怀》等诗中,它的抒情效果得到了更好的发挥。另外,《拟咏怀》中一些写景的句子也非常精练而生动,如前引第十八首"残月如初月,新秋似旧秋",看起来很简单,却是精警非凡地写出了日复一日的无聊与绝望。下面"露泣连珠下,萤飘碎火流"两句,则精工而细致,富于感情色彩。

而尤其值得重视的是：正是在庾信的《拟咏怀》等诗中,生动地体现了南北诗风的融合。如"壮冰初开地,盲风正折胶。轻云飘马足,明月动弓弰"(《拟咏怀》之十五),"日晚荒城上,苍茫余落晖。都护楼兰返,将军疏勒归"(《拟咏怀》之十七),"萧条亭障远,悽惨风尘多。关门临白狄,城影入黄河"(《拟咏怀》之二十六)等句皆具有北国文学的风味;而"纤腰减束素,别泪损横波"(《拟咏怀》之七)、"秋云粉絮结,白露水银团"(《拟咏怀》之二十)及前引"残月如初月"四句,则是南方文学的传统。在这些地方,均可看出南、北文学的交汇。至如"直虹朝映垒,长星夜落营"(《拟咏怀》之十一)这样的诗句,总体精整,上句于明丽中寓含劲气,下句苍凉而不失圆润,实可谓兼具南北文学之长,是二者的相互渗透的结果。

庾信后期诗中,五绝的创作也很值得注意。南朝文人的五绝由于是从南朝小曲中脱化而出的,一般格局都不大,主要是发展得较为精致、委婉,大体仍属于轻巧的诗型。庾信的一些作品,则利用五绝短小的格式,以高度集中的手法,表达苍凉而厚重的情感。如《寄徐陵》:

故人倘思我,及此平生时。莫待山阳路,空闻吹笛悲。

又如《寄王琳》:

玉关道路远,金陵信使疏。独下千行泪,开君万里书。

在这一类诗中,五绝的基本风格发生了重大的变化,对后人多有启迪。另外,像《山斋》则别有情趣:

石影横临水,山云半绕峰。遥想山中店,悬知春酒浓。

诗截止在一个美妙的联想上,把进一步的体味留给了读者。杜牧"借问酒家何处是,牧童遥指杏花村"(《清明》),也是同样的结构。

庾信后期的辞赋,在题材及风格方面也有了较大的改变。其中《枯树赋》、《小园赋》、《伤心赋》、《竹杖赋》等,是短篇的抒情之作,着重表达了对自己人生遭遇的哀伤。如《枯树赋》写树木所受的各种摧残,有的已经毁坏,有的则虽枝叶婆娑,而生机已尽;由此隐喻人生的各种悲剧,意深思远,颇为感人。虽运用了大量典故,略显晦涩;但仔细寻思,仍可领略其佳处。今引其尤能引起悲感者如下:

若夫松子、古度、平仲、君迁,森梢百顷,槎枿千年。秦则大夫受职,汉则将军坐焉。莫不苔埋菌压,鸟剥虫穿。或低垂于霜露,或撼顿于风烟。东海有白木之庙,西河有枯桑之社,北陆以杨叶为关,南陵以梅根作冶。小山则丛桂留人,扶风则长松系马。岂独城临细柳之上,塞落桃林之下。

若乃山河阻绝,飘零离别。拔本垂泪,伤根沥血。火入空心,膏流断节。横洞口而欹卧,顿山腰而半折。文斜者百围冰碎,理正者千寻瓦裂。戴瘿衔瘤,藏穿抱穴。木魅睒睗,山精妖孽。

在庾信辞赋中,最负盛名的代表作为《哀江南赋》。题意出自《楚辞·招魂》:"目极千里兮伤春心,魂兮归来哀江南。"赋前有骈体文的序,交代创作的缘起,概括全篇大意;正文以自身的经历为线索,历叙梁朝由兴盛而衰亡的过程,抒发自己陷入穷愁困顿、灵魂永远得不到安顿的悲苦。此赋篇制宏大,头绪纷繁,感情深沉,叙事、议论、抒情结合一体,而以抒写哀痛、愤懑为主,在古代赋作中罕见其例。

据陈寅恪先生考证,《哀江南赋》的写作在庾信的晚年,是其最后时期的作品①。此时西魏及梁的覆亡均已年久,庾信的一生也差不多到了尽头,所以文中羞惭自责的内容较少,而自知将客死异乡、一生以漂泊无着为终的悲愤愈重。赋序中以"日暮途远,人间何世!将军一去,大树飘零;壮士不还,寒风萧瑟"的悲怆之语展开对个人心境的表述,而赋中叙梁朝败亡经过,对其政治的荒疏混乱,提出了尖锐的批评。如说武帝太平之时,"宰衡以干戈为儿戏,缙绅以清谈为庙略。乘渍水以膠船,驭奔驹以朽索",已种下破亡的病根。及至台城失守,简文帝幽囚被害,诸王却于危亡之际只顾争权夺位,"晋、郑靡依,鲁、卫不睦。竞动天关,争回地轴。"到元帝平侯景之乱,本有中兴机会,无奈他"沉猜则方逞其欲,藏疾则自矜于己。天下之事没焉,诸侯之心摇矣",终于由内争而招外患。至江陵被攻破之后,大量的南方士人及普通百姓被驱迫到北方,出现一片国破家亡、妻离子散的凄惨景象;而庾信尤为敏感的,是贵者的沦落,这尤其能显示在历史的巨大变局中人的可悲可怜:

水毒秦泾,山高赵陉。十里五里,长亭短亭。饥随蛰燕,暗逐流萤。秦中水黑,关上泥青。于时瓦解冰泮,风飞电散。浑然千里,淄、渑一乱。雪暗如沙,冰横似岸。逢赴洛之陆机,见离家之王粲,莫不闻陇水而掩泣,向关山而长叹。况复君在交河,妾在青波。石望夫而逾远,山望子而逾多。才人之忆代郡,公主之去清河。栩阳亭有离别之赋,临江王有愁思之歌。别有飘飘武威,羁旅金微。班超生而望返,温序死而思归。李陵之双凫永去,苏武之一雁空飞。

《哀江南赋》的序与正文,都迭用典故,并在征引旧典的基础上创造出了不少切合时事的"新典",这种新旧典故重合运用的方式,是庾信颇为擅长的一种创作手法。它一方面给历史故事注入了新的内涵,同时使得文章的风格变得

---

① 见《读哀江南赋》,文载《金明馆丛稿初编》。

凝重厚实。

骈偶的技巧,在庾信文章中也显得十分老练和成熟。像《哀江南赋序》是所谓"四六体"的骈文,但全篇文意多转折而流动,没有呆板之感。同时庾信很善于在句式上调度变化,又善用虚词勾连句与句之间的关系,表现了极强的构造能力。像"孙策以天下为三分,众才一旅;项籍用江东之子弟,人唯八千。遂乃分裂山河,宰割天下。岂有百万义师,一朝卷甲,芟夷斩伐,如草木焉!"前六句为不同的对偶句式,有很强的顿挫感;后四句变为散体,一泻而下,写得纵横自如,而所要表达的感情,与语言的节奏配合得极密切。

对庾信及其作品的评价,向来是有些争议的。若论其为人,显然是缺乏坚定的人生态度和深刻的思想,这使得他的作品缺乏阮籍、陶渊明那样的精神气质;他的诗文,在表现自身才学的渊博典雅方面颇为刻意,有显著的贵族文化特征,这造成了一些明显的弊病。但这些问题并不能否定庾信创作的重要价值。他对自我的失落的追问,对内心的羞惭与屈辱的披露,毕竟表现了正视人生的勇气,和对于人生的根本处境的关怀,从而在一定程度上恢复了魏晋文学的某些重要传统,而改变了南北朝文学,由于部分作品回避人生的尖锐矛盾而呈现的缺乏深度的余憾。在文学史上尤为重要的是:他是运用在南北朝文学中孕育起来的各种艺术技巧来表现深重的人生感受,从而证明了华丽、精致的语言,并不总是意味着缺乏力度的风格,而这对于唐代文学的进展是有重要意义的。明人张溥《汉魏六朝百三名家集》中《庾子山集》的题辞称:史评庾诗"绮艳",杜工部又称其"清新"、"老成"。"此六字者,诗家难兼,子山备之……夫唐人文章,去徐、庾最近,穷形写态,模范是出……"其中便点出了庾信作品影响唐代文学的主要方面。

王　褒

王褒(约513—576),字子渊,琅琊临沂(今属山东)人。出身望族,自曾祖至父亲,皆有重名于江左。他本人长得风度翩翩,又喜爱谈笑,工于书法,在梁代即颇受武帝青睐,曾官吏部尚书、左仆射等职。梁亡被羁,迁往北方,又在北周担任小司空等要职,后出任宜州刺史。有《王司空集》。

王褒性格开朗,比较能顺应环境的变化,所以后期仕居北地虽也有不安之感,却不像庾信那样陷于深重的悲哀,史称其"忘其羁旅焉"(《周书》本传)。但他有较敏锐的艺术感觉,又有南北方两地的生活经验,因此诗作同样显现出融贯南北朝诗风的特点。

其诗以《燕歌行》最著名,当时和者颇多,前引萧绎同题诗即其中之一。

>初春丽景莺欲娇,桃花流水没河桥。陇西将军号都护,楼兰校尉称嫖姚。无复汉地关山月,唯有漠北蓟城云。充国行军屡筑营,阳史讨虏陷平城。属国小妇犹年少,羽林轻骑数征行。胡笳向暮使人泣,长望闺中空伫立。试为来看上林雁,应有遥寄陇头书。蔷薇花开百重叶,杨柳拂地数千条。自从昔别春燕分,经年一去不相闻。淮南桂中明月影,流黄机上织成文。城下风多能却阵,沙中雪浅讵停兵。遥闻陌头采桑曲,犹胜边地胡笳声。桃花落地杏花舒,桐生井底寒叶疏。(《燕歌行》)

诗从莺歌燕舞桃红柳绿的明丽春景着笔,逐渐引出因边塞战争而造成夫妻分离的主题,而中间部分屡次采用对照的手法,将双方的境遇真切地加以摹写,最后以上林雁为喻,表现出一份浓郁的相思之情。与建安文学名作曹丕《燕歌行》相比,其表现的内涵自然是更深邃了,而同时表现的形态也更为舒展自由。其纵横开阖之势,有鲍照诗的遗风,而同时又多了一点前所少见的流动之姿。七言歌行发展至此,可以说是又达到了一个新境界。

此为王褒在南朝时所作,虽写哀愁之情,但仍具绮艳之色,正是南朝绮丽诗风的典型体现。居留北朝之后,其诗风为之一变。如下面的两首:

>昔别伤南浦,今归去北邙。书生空托梦,久客每思乡。塞近边云黑,尘昏野日黄。陵谷俄迁变,松柏易荒凉。题铭无复迹,何处验龟长。(《送刘中书葬》)

>秋风吹木叶,还似洞庭波。常山临代郡,亭障绕黄河。心悲异方乐,肠断《陇头歌》。薄暮临征马,失道北山阿。(《渡河北》)

前一首由送葬连带引起人生——乃至陵谷——的无常的悲哀,后一诗表现故国之思和人生失意的无奈,风格都以萧瑟苍凉为主。但不像庾信的诗那样接触到更深的心理矛盾。所以在南北朝诗风的演变上,王褒虽有与庾信一致的地方,但后人对他的重视程度,则远不如庾信。

以上两首均为五言诗,现存王褒诗也基本为五言。其中通篇四句的短诗颇值得注意。此类诗体自鲍照《玉阶怨》后不乏佳作,前引萧绎《寒闺》也即一例。王褒之作则构思独到,常有一种意出言表的韵味。如《入关故人别》:

>百年余古树,千里闇黄尘。关山行就近,相看成远人。

诗中十分注意时空距离的表述,以一种突破现实的时空观,营造起了一种旷远深沉的历史氛围。其间人与山的接近,和人与人的远离,正显示了无法言说的怅惘迷惑之情。而辞语的简练,又似乎到了一种省之又省的程度。但大致说来,其艺术手法——对偶的工整、描绘的细腻等——是南朝的,境界的阔大又近似北朝。后来唐代流行的绝句诗,有不少便是沿着同样的思路创作出来的。

第四节　隋及唐初的诗

　　隋立国虽短,但在文学上开南北进一步融合之路。唐初的诗歌,沿着隋的道路而继续发展:律体的完成和诗歌的注意华美,是南朝文学传统的继续和发展;诗歌的渐重刚健的风格,则显示了北方文学的影响。

一、隋代诗歌

　　在经历了魏晋南北朝三百余年的分裂局面后,隋重新统一了中国。统一带给文坛的最大泽惠,是本因军事政治对立而分离的南北文学,自此实现了无所阻碍的交流融合;而交流融合的成果,便是诞生了具有隋代自身时代特色的文学,尤其是隋代的诗。

　　隋诗前期的代表作家,是文帝时代的卢思道和元行恭。

　　卢思道(535—586),字子行,范阳(今北京附近)人。早年曾师事"北地三才"之一的邢劭。北齐天保中进入仕途,北周时授仪同三司,迁武阳太守;隋初任散骑侍郎,但不久即去世。一生的大部分时间都在北朝度过,然而他的诗却更多地显现出梁、陈宫体诗风貌,像"落花流宝珥,微吹动香缨"(《棹歌行》)、"擎荷爱圆水,折藕弄长丝"(《采莲曲》)等诗句,选词考究,用语婉丽,是对典型的南朝宫体诗的模仿。他的作品中较为后人称赏的,是歌行体长诗《从军行》。诗中所写,如"庭中奇树已堪攀,塞外征人殊未还。白雪初下天山外,浮云直上五原间。关山万里不可越,谁能坐对芳菲月"等句,把远征军人所目击的塞外奇景,与故乡思念他们的亲人所眼见的庭树新月加以重组对照,创造出了一种独特的惆怅诗情,表现出诗人对于自己常轨诗风的超越。

　　比卢思道年辈稍小的另一位隋前期诗人元行恭[①],是河南洛阳人。他也由北齐经北周而入隋,北齐时位中书舍人,待诏文林馆;入周,迁司勋下大夫;至隋代开皇年间,则出仕尚书郎,后坐事徙瓜州而卒。他曾奉父命与卢思道交游,而被卢氏誉为"辞情俊迈"(见《北史》卷五十五《元文遥传》附行恭传)。他

[①] 据《北齐书》卷三十八元行恭传,行恭少受其父文遥之命,与卢思道交游。文遥尝谓思道云:"小儿比日微有所知,是大弟之力……"文遥既称卢氏为"大弟",则卢氏当与之同辈而年颇少之;然其辈分,则仍在文遥之子行恭前。

的诗虽然现存仅两首,却的确都是甚有情致之作:

> 旅客伤羁远,樽酒慰登临。池鲸隐旧石,岸菊聚新金。阵低云色近,行高雁影深。欹荷泻圆露,卧柳横清阴。衣共秋风冷,心学古灰沈。还似无人处,幽兰入雅琴。(《秋游昆明池》)

> 颓城百战后,荒宅四邻通。将军树(《初学记》作"戟")已折,步兵途转穷。吹台有山鸟,歌庭聒野虫。草深斜径没,水尽曲池空。林中满明月,是处来春风。唯余一废井,尚夹两株桐。(《过故宅》)

两诗均带有一种伤感的情调,而表现这种伤感情调的基本方法,是将各种自然事物引入诗中,并借对这些自然事物某一独特场景的定格式描绘,显现诗人本身的情感。比较而言,前一首尚有刻意雕凿之痕,某些语句亦带有与卢思道基本诗风相似的梁陈诗风貌;后一首则更为成熟,清丽之中,不乏俊健,显现出进一步融合南北诗风的面貌,而所创造的境象如"荒宅四邻通"、"水尽曲池空"等又皆有象外之旨,结句"唯余一废井,尚夹两株桐"尤能给人以触目惊心的强烈感受,形象地传达出一种战争不仅给人们的物质生活造成破坏,而且给人带来严重的心理创伤的意念。

继卢、元两家之后,隋诗中期的代表性诗人,是兼跨文帝、炀帝两个时期的杨素和薛道衡。

杨素(?—606),字处道,弘农华阴(今属陕西)人。他在北周先后任车骑大将军仪同三司、汴州刺史等官。入隋,为信州、荆州总管,进尚书右仆射;隋炀帝即位,又迁官尚书令,拜太子太师。他是先后为隋文帝、炀帝赏识的重要阁僚,所赋诗现存者大多为赠同道僚属或与他们唱和之作,均是五言诗。只是其诗全首完美者很少,倒是一些联语与单句,如"兵寝星芒落,战解月轮空"(《出塞》之一)、"白云飞暮色,绿水激清音"(《山斋独坐赠薛内史》之二),以及"阴山苦雾辰"(《出塞》之二)、"风起洞庭险"(《赠薛播州》之十四)等,较有气势,合于后人评价其诗时所称的"雄深雅健"(清刘熙载《艺概》语)之风。

薛道衡(540—609)是杨素的诗友。字玄卿,河东汾阴(今属山西)人。由北齐经北周而入隋,在隋文帝时曾任吏部侍郎、内史侍郎等职,炀帝即位后,官播州刺史,又转拜司隶大夫。他因"空梁落燕泥"(《昔昔盐》)一句诗而名传后世,传说他也是因有这般诗才而终遭隋炀帝嫉妒,被害致死。但这一传说并无切实的凭据。不过那一名句的确可以代表薛道衡的诗风的一个侧面:情思婉转,清丽工巧。至其另一面,则更接近于杨素诗的风格,如:"露寒洲渚白,月冷函关秋"(《敬酬杨仆射山斋独坐》),"吹旌朔气冷,照剑日光寒"(《重酬杨仆射山亭》),"塞云临远舰,胡风入阵楼"(《渡河北》)。这些诗句不仅与杨素的一些诗语同样具有一种弘廓的气势,而且在用凝练的词句表现一种强烈的视觉效果方面比杨诗更进一步,因此从给人以感动的程度来说也比杨诗更具有力度。同时,这些诗句对仗的工整也十分引人瞩目,这方面的成就,无疑是为唐初五律诗的完成做了必要的准备。

隋诗发展到后期也就是隋炀帝时代,出现了一批宫廷诗人如虞世基、虞世南兄弟以及王胄等,但其诗多为奉和炀帝之作,在艺术上并无特色。这一时期在诗的领域内取得最高成就的,不是别人,而是隋炀帝杨广本人。

杨广(569—618)是隋文帝杨坚的次子。开皇元年(581)被封为晋王,仁寿四年(604)即帝位,义宁二年(618)在江都(今江苏扬州)被禁军将领宇文化及等杀害。他在位期间修建了著名的运河网络,该网络对于隋及此后唐代的社会经济的持续发展颇有助益;但同时他也好大喜功,晚年发动侵略高丽的战争,结果导致隋王朝国力衰竭而灭亡。他在文学方面颇有造诣,对美的事物有相当的鉴赏力。他的诗,正如他的为人,有相当出色的作品,也有味同嚼蜡之作,后者主要是一些赐给臣下或与臣下唱和的诗篇。

杨广的血缘中有非汉族的因子,其生母为独孤氏;早年在北周,又受过典型的北方化的骑战、狩猎等军事性训练。但他成年后,娶了一位南方后梁的名门闺秀为妻,又曾长期驻守江都,对南方文化相当熟悉与热爱。这种南北兼涉的生活背景,使他的一部分成功诗作很自然地带有一种融贯南北两朝诗风的刚柔兼济的风貌;而其身为帝王的特殊身份,又使这些诗既具有一种非宫廷诗人们所可望其项背的恢弘气度,又具有一种难以排遣的孤独况味。如《夏日临江》:

> 夏潭荫修竹,高岸坐长枫。日落沧江静,云散远山空。鹭飞林外白,莲开水上红。逍遥有余兴,怅望情不终。

把修竹、长枫、沧江、远山那样相对而言的大境象,与飞鹭、莲花这般小生命有机地组合于一个动静交替的画面中,而最后出现在这一画面中的,则是怀有惆怅情绪的诗人本身。这样,全诗也就染上了一层浓浓的个人情感色彩。又如《早渡淮》:

> 平淮既淼淼,晓雾复霏霏。淮甸未分色,泱漭共晨晖。晴霞转孤屿,锦帆出长圻。潮鱼时跃浪,沙禽鸣欲飞。会待高秋晚,愁因逝水归。

气势比前一诗更宏大,动静交替的形象也更为鲜明,显现出北朝诗特有的爽健,而选词的精微,与表意的婉转,又大有齐梁诗清丽的风致。整首诗用这种融贯南北诗风的形式,表现了一位统治区域兼跨南北的君主那种生命力未曾彻底释放而造成的莫名的愁绪,从艺术表现上讲,是隋诗中少见的成功之作。

而从文学发展的历史看,正是这样的成功之作,奠定了隋诗的不可被替代的承前启后的文学史地位,直接引导了后来的唐代诗歌的发展方向。

二、贞观前后的诗人

唐王朝的建立,为开创一个文学的新时代提供了极好的机缘。然而可能主要是由于战乱初息,也可能是因为改朝换代的巨大变化给文化人以某种心理上的不适应,唐诗在其发展的最初二三十年间,总体上并未呈现出特别的新面貌,而只是承续了隋诗乃至更早的南朝诗或北朝诗的诸种流派,吟唱着仿佛有点过时的旧曲调。

这一阶段的诗人大都由隋入唐,诗风或偏于南朝,或上承北朝;而占主导地位的,则是几位宫廷诗人,如虞世南、上官仪等。

虞世南(558—638),字伯施,越州余姚(今属浙江)人。他由南朝的陈朝入隋,又由隋入唐,先后做过陈朝西阳王友、隋代秘书郎、起居舍人,以及唐太宗的秦府参军,最后累官至秘书监,兼弘文馆学士。他早年在文学上师承陈朝著名作家徐陵,连徐陵本人也说他"得己之意"(《旧唐书·虞世南传》)。以后虽然由江南而迁居西北,赋诗亦渐流露出一些北地劲健风骨,有"有月关犹暗,经春陇尚寒。云昏无复影,冰合不闻湍"(《拟饮马长城窟》)以及"雾锋黯无色,霜旗冻不翻"(《出塞》)之类的句子,但他入唐后诗歌的主流风格,还是典型的徐陵体。其中写得较有情致的,则是一些小诗,如《春夜》:

　　春苑月裴回,竹堂侵夜开。惊鸟排林度,风花隔水来。

尽管没有什么深刻的内涵,却能在寥寥数语中包容诸种富于动感的自然事物,描绘出一幅和谐优美的图画。

继虞世南之后,唐初诗坛上的宫廷名流是上官仪(约605—665)。上官仪,字游韶,陕州陕县(今属河南)人。他于唐太宗贞观初年进士及第,召授弘文馆直学士。高宗时迁西台侍郎。后被告与废太子梁王李忠通谋,下狱死。他一生最为风光的年月是在唐太宗时期,传说太宗凡写作诗文,必要请他过目。他本人的诗则绮错婉媚,颇为时人所仿效,而有"上官体"之称。

从文学史的角度看,上官仪的作品并未能超越他所继承的梁陈诗歌,部分诗作由于刻意求丽,反不如一些优秀的梁陈诗作明丽动人。但在描摹的细巧方面,也有值得重视之处,如《奉和山夜临秋》:

　　殿帐清炎气,辇道含秋阴。凄风移汉筑,流水入虞琴。云飞送断雁,月上净疏林。滴沥露枝响,空濛烟壑深。

让风云水月与器乐、鸿雁诸种音象交融,而结尾处写忽闻枝头露珠滴响,造语的尖新,超过了虞世南。

上官仪在文学史上得占一席之地,更主要的是他上承南朝以来诗歌理论中已出现的对偶说和声病说,而进一步提出"六对"、"八对"之说,为后来律诗的成熟起到了促进作用。所谓"六对",是指词的对偶,包括正名对、同类对、连珠对、双声对、叠韵对、双拟对;所谓"八对",则是指句的对偶,包括的名对、异类对、双声对、叠韵对、联绵对、双拟对、回文对、隔句对[①]。对偶从词扩展到句,无疑已触及律诗的一大中心问题。而再看上官仪本人的作品,如上引的那首《奉和山夜临秋》,中间两联不仅对仗工整,而且平仄合拍,可见上官仪尽管未能在诗歌创作的内质方面有较大突破,却以其实验性的形式变革与实践,为唐初诗歌的发展作出了独特的贡献。

唐诗发展的最初阶段,也有个别诗人身处宫廷之外,诗风也与流行的宫体相异,其代表人物,是年辈位于虞世南后、上官仪前的王绩。

王绩(约589—644),字无功,号东皋子,绛州龙门(今山西河津)人。他是隋代著名学者文中子王通的弟弟,本人也由隋入唐,在隋曾任秘书省正字,继官六合县丞;入唐以原官待诏门下省,继任太乐丞。最后弃官归隐。有《王无功文集》。

王绩的诗个别尚带梁陈余韵,如《九月九日赠崔使君善为》写黄花之美,有"映岩千段发,临浦万株开。香气徒盈把,无人送酒来"之句;《秋园夜坐》状秋夜之景,有"浅溜含新冻,轻云护早霜。落萤飞未起,惊鸟乱无行"诸语。此外所作大都铅华洗尽,而有北朝诗特有的那种洗练与高爽之味,最著名的是五言的《野望》:

薄暮东皋望,徙倚将何依。树树皆秋色,山山唯落晖。牧人驱犊返,猎马带禽归。相顾无相识,长歌怀采薇。

诗选取秋天山野里日落时分牧人归家的一幕场景加以静观式的描绘,而诗景下着意呈现的,却是诗人在天翻地覆的朝代更替之后的某种失落感与怀旧感。所谓"树树皆秋色,山山唯落晖",既是状景,亦是抒情,只不过此情的深处夹杂着一份深深的寂寞与无奈。

王绩又是一个典型的酒徒,因此他的诗颇有以酒为主题的。这部分诗多学陶潜同类诗,而较多理趣,如《赠程处士》:

百年长扰扰,万事悉悠悠。日光随意落,水势任情流。礼乐囚姬旦,

[①] 详见魏庆之《诗人玉屑》卷七引《诗苑类格》。

诗书缚孔丘。不如高枕卧,时取醉销愁。

以放浪形骸、蔑视礼法表现自己的独立意识,诗语的通达自由正显出诗人个性的洒脱不羁。此外像四言诗《郊园》:

汾川胜地,姑射名辰。月照山客,风吹俗人。琴声送冷,酒气迎春。闭门常乐,何须四邻?

用简净的文字状摹自然与人的融通,同时凸现诗人身处尘世时的孤傲旷放,也很有特点。

以虞世南、上官仪为代表的宫廷诗创作的流行,和以王绩为代表的宫廷外非主流诗风的存在,这种两途各偏一方局面的出现,一定程度上可以说是南北朝后期以来融贯南北诗风的诗坛趋向前进过程中的短暂反复,也可以说是在新的更高层次的融合产生前夕的必要的过渡。对此,当时即有有识之士提出,应当大力推进南北两种不同文学风格的融合。像唐初名臣魏徵(580—643),在所撰《隋书》的《文学传》序中便写道:

江左宫商发越,贵于清绮;河朔词义贞刚,重乎气质。气质则理胜其词,清绮则文过其意,理深者便于时用,文华者宜于咏歌,此其南北词人得失之大较也。若能掇彼清音,简兹累句,各去所短,合其两长,则文质斌斌,尽善尽美矣。

其论虽就隋代文学而发,而从"若能……"的语气看,它同时也是魏徵心目中最佳的文学范式。因此,这段文章也可以说是代表了唐初文坛部分有远见者对唐代文学发展方向的基本思路。当然,这一理论要在较高的层次上转化为现实,尚须更年轻并且也更富于创造力的一代诗人的努力。

第五节 "四杰"与"沈宋"

"四 杰"

经历了高祖、太宗两朝二十余年的过渡,唐诗的发展进入了一个逐步深化的阶段。在接下来的高宗、武后时期,诗坛上最引人注目的人物,是被誉为"四杰"的王勃、杨炯、卢照邻、骆宾王。

"四杰"中的卢、骆,与王、杨其实是两代人。因此卢、骆的诗,无论是形式还是内涵,都跟作为其后辈的王、杨的作品有一定的区别。但"四杰"作为一个整体，其诗作又有一个共同的趋向，那便是继承了隋诗融贯南北两朝明丽爽健诗风的特点，并初步创造出一些属于唐诗本身的独特风貌。

"四杰"中年辈最高的是卢照邻（约 630—约 680）。他字昇之，号幽忧子，幽州范阳（今北京附近）人。早年任邓王李元裕的王府典签，后调新都尉。因患风疾而辞官，先后隐居太白山、具茨山中。曾服丹疗疾，而反致手足残废。终以不堪病苦，投颍水而死。有《幽忧子集》。

卢照邻早年读书王府，主掌书记，后半生却为恶疾折磨，哀痛自杀，其特殊的遭遇，本身便是一曲人生的悲歌。而在这样的经历与背景下诞生的诗，也便有了一种对人生的与众不同的感悟。如歌行体的《行路难》、《长安古意》两诗，均从铺叙长安的繁华奢侈生活落笔，在以极富色彩、动感的文字描绘"昔日含红复含紫，常时留雾亦留烟"的长安自然美景（《行路难》），与"北堂夜夜人如月，南陌朝朝骑似云"的京城豪贵交游场面（《长安古意》）后，笔锋陡转，唱出了"一朝憔悴无人问，万古摧残君讵知？人生贵贱无终始，倏忽须臾难久恃"（《行路难》）那样的警醒之句。而《长安古意》的结尾一段，更成为咏叹古今沧桑的绝调：

> 节物风光不相待，桑田碧海须臾改。昔时金阶白玉堂，即今唯见青松在。寂寂寥寥扬子居，年年岁岁一床书。独有南山桂花发，飞来飞去袭人裾。

这八句诗，不仅是以今日的落寞，对照往昔的繁华，而且也说明了即使清节自守，不追逐荣利，但同样经受不住时间的淘洗，那寂寥的扬子庐舍不也踪迹无存，其昔时所居之处，只有（"独有"）桂树还年年在那里开花吗①？这样深沉的对人生无常的慨叹，上承《古诗》十九首和阮籍《咏怀诗》的有关内容的绪余，下开杜甫"孔丘盗跖俱尘埃"（《醉时歌》）之类悲慨的先声，至其藉以表现此一主旨的形式，又很明显地影响了稍后一代的唐诗人的创作，像刘希夷的《代悲白头翁》，即与《长安古意》颇有渊源关系。

但另一方面，《长安古意》虽有这样的对人生的慨叹，全诗的绝大部分篇幅都是对于热烈而欢乐的生活的歌咏，其"得成比目何辞死，愿作鸳鸯不羡仙"之

---

① 此诗当受左思《咏史诗》之四的影响。该诗以"济济京城内，赫赫王侯居"发端，先写贵族的豪华生活，接着写扬雄的寂寞："寂寂扬子宅，门无卿相舆。寥寥空宇内，所讲在玄虚。……悠悠百世后，英名擅八区。"意谓豪贵转瞬即逝，寂寞的扬雄则能留名千古。卢诗的"寂寂寥寥扬子居"一句，显从左诗的"寂寂"、"寥寥"两句化出，但其结尾的意思却与左诗相反，是说扬雄本人及其寂寞的居室与当时贵族及其豪华的第宅全都消失无踪，以此来突出人生无常的悲慨。我们以前曾认为卢氏此诗是以扬雄的生活来对照，否定贵戚的豪纵生活，实与诗意不符。

句更说明了生命的价值在于幸福和快乐的获得而不在于时间的久暂。此种对欢乐生活的颂赞,又是曹植《名都篇》的传统的发展、李白《将进酒》等诗篇的先驱了。

除了创作歌行体诗,卢照邻也写了不少五言诗。这些诗大都具有南朝诗的幽丽之姿,而同时又透露出一点北朝诗的劲健风貌。其中的成功之作,则与卢氏著名的歌行一样,充满了对照古今、感慨人生的意绪。如《相如琴台》:

闻有雍容地,千年无四邻。园院风烟古,池台松槚春。云疑作赋客,月似听琴人。寂寂啼莺处,空伤游子神。

诗的中间两联不仅对仗工整,反映出唐代初期五律的较高水准,而且以拟人手法赋予云月风烟一种历史的内涵与现场感,拓展了写景诗的意蕴空间。其他像"窗横暮卷叶,檐卧古生枝。旧石开红藓,新荷覆绿池"(《宿晋安亭》)、"横琴答山水,披卷阅公卿"(《首春贻京邑文士》)、"野老堪成鹤,山神或化鸠"(《过东山谷口》)等联,也都意态恣纵,想像奇特,表现了诗人善于融幻觉、臆想入诗的高超本领。

年岁比卢照邻稍小的骆宾王(约638—?),一生的经历颇富传奇色彩。他是婺州义乌(今属浙江)人,早年任道王李元庆府属,历官武功、长安两地的主簿;武则天时左迁临海丞,以不得志而弃官。光宅元年(684),徐敬业等起兵扬州,以讨伐武后相号召。宾王归徐氏麾下,主起草文檄之事。不久兵败,他便不知所终——传说他出家为僧,也有传说谓其兵败后伏诛①。他的著述当时已多散失,后人辑为《骆临海全集》。

史载骆宾王"少善属文"(《旧唐书》本传)。他现存诗歌中写作年代最早的,是七岁时撰的《咏鹅》:

鹅,鹅,鹅,曲项向天歌。白毛浮绿水,红掌拨清波。

笔力虽然稚嫩,却已显露出诗人对于音律、色彩的敏锐的感受能力。他成年后的成名作,则是歌行体长诗《帝京篇》。诗以汉赋特有的那种丽辞铺写的笔法,细密地描绘了京都富丽堂皇的建筑、宫廷日常生活以及帝王近臣的浮艳行迹。而诗所归结的题旨,则是"古来荣利若浮云,人生倚伏信难分",与卢照邻《长安古意》的寓意颇近似,而文辞的流转生动,则不如卢氏之作。他的另一首歌行体长诗《畴昔篇》,题旨近于《帝京篇》,篇幅较前者更大,而像"共踏春江曲,俱唱采菱歌。舟移疑入镜,棹举若乘波"等诗句,则更多地带有南朝乐府诗的

---

① 《新唐书》卷二〇一骆宾王传谓"敬业败,宾王亡命,不知所之",孟棨《本事诗》则记宾王在钱塘灵隐寺为僧,而《旧唐书》一九〇骆宾王传又称"敬业败,(宾王)伏诛",三说不同。

风味。

从成功地营造诗境的角度说,骆宾王诗歌中情韵俱佳的作品,是《艳情代郭氏赠卢照邻》和《代女道士王灵妃赠道士李荣》。两诗都是代女子赋赠异性情人之辞,也都是七言长歌,它们共同的优点,是能在写人之情的同时,充分赋予自然以动人的情致,从而使全诗在流动的韵律间处处显现出一种沉浸于挚爱中的人们所特有的相思悲欢。像前一诗中的"芳沼徒游比目鱼,幽径还生拔心草"与后一诗中的"不忿娇莺一种啼,生憎燕子千般语",便借花草鱼鸟写有情人的心境,情意盎然。而《代女道士王灵妃赠道士李荣》将道教术语融贯重组,以本无情感可言的宗教境象表现坠入情网的男女道士的相思之意,亦可谓匠心独运。至如诗中间写两位情人对天相誓的一段,则又可发现其对于后来白居易《长恨歌》不无影响:

> 寄语天上弄机人,寄语河边值查客。乍可匆匆共百年,谁使遥遥期七夕。想知人意自相寻,果得深心共一心。一心一意无穷已,投漆投胶非足拟。只将羞涩当风流,持此相怜保终始。相怜相念倍相亲,一生一代一双人。

叠词的采用与顶真格的频繁出现,使诗语仿佛是情人絮语的实录,有效地强化了该诗咏歌生死不渝情爱的主旨,从而也使得这首诗在整体上具有高潮迭起的律动之美。

与卢照邻同样,骆宾王在擅长歌行的同时,也工于五言诗。他的五言诗与歌行一样颇多情韵,因而更多地具有齐梁诗的余风。如下面的两首:

> 闲庭落景尽,疏帘夜月通。山灵响自应,水净望如空。栖枝犹绕鹊,遵渚未来鸿。可叹高楼妇,悲思杳难终。(《月夜有怀简诸同寮》)
> 星楼望蜀道,月峡指吴门。万行流别泪,九折切惊魂。雪影含花落,云阴带叶昏。还愁三径晚,独对一清樽。(《送费元之还蜀》)

或抒离愁,或叙别绪,用语精致,而又时时注意到音画结合;诗境虽未必阔大,诗情也不显豪迈,却能婉转地传情达意,而语辞凝练,对仗工巧,是南朝诗的较出色的后继者。

初唐四杰中名声最大的是王勃(650或649—676)。王勃字子安,绛州龙门(今山西河津)人。他是隋代著名学者文中子王通的孙子,未冠便应举及第,授职朝散郎。其文名为沛王所知,故被招为王府修撰;后来又任职虢州参军,坐事除名。二十八岁时,赴交趾省视父亲,渡海溺水,惊悸而死。有《王子安集》。

与比他年长二十余岁的卢照邻、骆宾王擅写歌行相异,王勃写的最多也最

好的,是已经逐渐成熟起来的新体的五律与五绝。他最为人熟知的诗《送杜少府之任蜀州》,便是一首格律工整的五言:

> 城阙辅三秦,风烟望五津。与君离别意,同是宦游人。海内存知己,天涯若比邻。无为在歧路,儿女共沾巾。

诗中"海内存知己"一联,用最浅显的描述,体现出感情的巨大力量,蕴含深刻的人生哲理,因而成为传诵千古的名句。而王勃另一首更富于诗情的五律则是《咏风》:

> 肃肃凉风生,加我林壑清。驱烟寻涧户,卷雾出山楹。去来固无迹,动息如有情。日落山水静,为君起松声。

这首诗值得注意处有二:一是已经出现了前此梁陈时期咏物诗中很少出现的注物以情的表现方法(例如梁简文帝萧纲和梁元帝萧绎均有五言《咏风》诗,但只是客观地写风动的效果,不表现任何情感),尽管尚不彻底,却是以后唐代咏物诗呈现意象迭出的胜景的前导;二是遣词造句虽然上承南朝诗注重景致营筑的特征,却突破了南朝诗藻饰过多的局限,而具有一种在律诗的体制下显现灵动的诗意的特长,这也是后来唐诗成功之作的共同特征。

王勃的五绝是五律的更为凝练的表现形式,其中也不乏诗情画意:

> 长江悲已滞,万里念将归。况属高风晚,山山黄叶飞。(《山中》)
> 抱琴开野室,携酒对情人。林塘花月下,别是一家春。(《山扉夜坐》)

这些短小的诗篇,均能在有限的字句中表现言外之旨,而诗境或高爽或幽雅,有一番耐人回味的特别情趣。从唐代文学史的角度看,它们与王勃创作的那些出色的五律,可说是开启了后来以王维为代表的悠远静美一路的诗风。

王勃的歌行与七言诗作品传世虽不多,其中也有一些上乘之作。如《采莲曲》,从"采莲归,绿水芙蓉衣。秋风起浪凫雁飞,桂棹兰桡下长浦"写起,转入"佳人不在兹,怅望别离时"的悠悠情思,最后归结到"共问寒江千里外,征客关山路几重",诗语回环,既保持了齐梁同题诗明丽的色调,又与后来的《春江花月夜》等作品在抒情诗内融贯一个较为深刻的题旨的做法有异曲同工之妙。而七言《滕王阁》诗则境界宏大,别有一番情致:

> 滕王高阁临江渚,佩玉鸣鸾罢歌舞。画栋朝飞南浦云,珠帘暮卷西山雨。闲云潭影日悠悠,物换星移几度秋。阁中帝子今何在,槛外长江空自流。

诗以滕王阁的历经沧桑,与槛外长江的流水无尽为背景,映衬出帝王霸业的短暂与人生的无常,在明丽悠闲的景色描写之下泛出一层淡淡的悲凉之绪,其精神上与作者的前辈卢照邻的诗歌基调是相通的。

四杰中的最后一位杨炯(650—693后)与王勃同龄,而境遇较王勃稍好,活得年岁也稍长。他是华阴(今属陕西)人,十二岁举神童。授校书郎。武后时为婺州盈川令,卒于官。有《盈川集》。他性格孤傲,因在"四杰"中排居王勃之后,而自感不平,传其有"愧在卢(照邻)前,耻居王(勃)后"之语。但事实上从现存的诗作来看,他在诗歌创作方面既不如卢照邻,也比不上王勃、骆宾王。如果说他的诗与王、卢、骆相比有什么不同的话,那么比较明显的一点是议论较多,其次是相对而言写得比较疏放。他的代表作一般均举《从军行》,诗中"雪暗凋旗画,风多杂鼓声"一联写得较有意境,而全诗实不佳。其他如《梅花落》、《送临津房少府》诗语较精致,但基本风格仍未超越南朝诗的基调。因而他本人也只能在事实上位居"四杰"之末了。

沈佺期　宋之问

在唐代前期,有两位诗人致力于诗歌体制的进一步格律化,那就是为律诗的完成作出了重要贡献的沈佺期和宋之问——因为他们共同取得的特殊成就,也因为当时两人诗名相若,故史称"沈宋"。

沈、宋年岁略小于"四杰"中的王勃、杨炯,而活动时期约止于睿宗末岁、玄宗开元初年。沈佺期(约656—713),字云卿,相州内黄(今属河南)人,上元二年(675)进士及第,武则天执政时期历官考功郎、给事中等职,后因依附权贵,被流放至驩州;中宗神龙年间召还,官至太子少詹事。宋之问(约656—712),字延清,虢州弘农(今河南灵宝)人,武后时官尚方监丞,后以与沈佺期同样的原因,被贬泷州参军;中宗时曾一度任职修文馆学士,不久又因罪被贬为越州长史;睿宗登基后,更被流放到钦州,以赐死告终。

沈、宋两人在文学史上最为人称道的业绩,是以大量的严守格律的创作实践,使律诗在唐初得以进入成熟的阶段。他们现存的诗歌,虽颇多应制之作,但大都对偶严整、韵律规范,显出了成熟的近体诗面貌。其中的少数作品,则于格律讲究之外,更具有一种丰厚的情韵,如宋之问以其最擅长的五律体制所作的《江南行》:

　　妾住越城南,离居不自堪。采花惊曙乌,摘叶倭春蚕。懒结茱萸带,愁安玳瑁簪。待君消瘦尽,日暮绿江潭。

此诗写越地一个思妇的哀愁,从叙述其"离居"的"不自堪",到交代其由于等待而"消瘦"已尽,层层推进,而时间也已从清晨("曙鸟")到了日暮——这既显示了白日已经流逝,同时也含有象征意义,意味着她的生命也已到了日暮。中间两联不仅对仗工整,用词美艳,而且以其行动来暗示时间的流逝——从"惊曙鸟"的"采花"到摘好树叶、倭养春蚕,时间就是在这样地过去;再以她在梳妆打扮时的愁绪,进一步点明她的采花、养蚕只是排解愁闷的无可奈何之举。再如沈佺期著名的七律《独不见》,则又在严守格律之中,比较深刻地表现了征战给思念丈夫的少妇带来的痛苦:

> 卢家少妇郁金堂,海燕双栖玳瑁梁。九月寒砧催木叶,十年征戍忆辽阳。白狼河北音书断,丹凤城南秋夜长。谁为含愁独不见,更教明月照流黄。

诗中以对偶的形式,表现了相隔千里的征夫思妇天各一方、音讯断绝的令人心酸的景况,形与质切合,意境甚佳。可以这样说,随着近体诗——特别是律诗——的出现,中国的诗①在形制方面的探讨的第一阶段已告结束,今后的努力就集中于新的意象和境界的创造了。当然,诗歌的形制仍需进一步发展,但那种发展的结果已是狭义的诗的形制的打破与词的产生。所以,把律诗正式形成的意义仅仅归结为在声律、对偶等方面的规定的确立,显然是远远不够的。下述几点也许更值得注意。

第一,如同沈、宋律诗所显示的,近体诗虽则篇幅短小,但其意象更为密集,内容的含量相当丰富。像《独不见》似的每句有两个或更多的简单意象的近体诗并不少见,而那些不提供意象的诗句(例如陶潜《饮酒》中"问君何能尔"那样不增加意象、仅仅为了满足承上启下需要而写的句子),则在优秀的近体诗中被排斥出去了。与此相应,意象成了近体诗表达意义的基本单位。

在这以前,诗句是表达意义的基本单位,但到这一阶段,情况有了明显的变化。如宋之问《游称心寺》的"江鸣潮未落,林晓日初悬",其实际意思是江上响起了鸣声,潮却还没有退下去;林中明亮起来了("晓,明也",见《说文》),太阳刚悬挂在空间。每一句中都含有两个句子,也即两个基本的意义单位,因而把诗句作为近体诗的基本意义单位显然已不再适合。这种情况到后来变得更为分明。例如张继的名篇《夜泊松江》中的"月落乌啼霜满天",已经包含了三个句子。换言之,在这样的场合,诗句已经不是一个具有严密语法结构的独立的单位,而是意象——"江鸣"、"潮未落","林晓"、"日初悬"等——的有序组

---

① 这里是指狭义的诗,不包括骚体,词曲。

合。而且,我们如果忽略了这一点,有时就难免误入歧途。例如《独不见》的"十年征戍忆辽阳",我们倘若把它视为语法结构严密的句子,就只能把"十年征戍"和"忆辽阳"视为句中被省略的主语所指示的同一主体的两项连续性的行为。但此句实与"江鸣"、"林晓"二句类似,是两个主体的两项行为,即丈夫"十年征戍",妻子思念辽阳。由此可见,只有把这一诗句看作两个意象的组合,不把它作为符合语法规律的独立的句子,我们才能准确把握其意义。

总之,此类近体诗的出现,不仅使意象更为密集,而且加强了它在诗歌中的作用:它成了诗歌表达其意义的基本单位,而意象的组合较之语法关系也就有了更重要的意义。只要意象的组合能使读者理解,甚至可以不考虑是否会在语法结构上引起误解。当然,就单个的意象表达来说,其语法结构必须明确。

第二,由于内容含量的丰富和篇幅的短小,作品的意象不但必须密集,其表述也要尽量精炼。所以,意象的营造和组合经常给读者留下丰富的想像空间,从而更增添了诗歌的魅力。例如《独不见》的"九月寒砧催木叶",用了《九歌·湘夫人》中"洞庭波兮木叶下"的典故,呈现出了寒砧的声响伴随着不断飘落的木叶的凄凉画面;而"催"字的运用更意味着寒砧声中所包含的浓重的悲哀竟把木叶仅存的一点生机也摧毁了,促使它们加快坠落,那么,可想而知,这悲哀的砧声又是怎样在促使这位少妇加速衰老和死亡呢!再如同诗的"谁为"二句,其怨怅似乎非常深广。因为,造成诗中女主人公与丈夫长期分离以致悲愁不堪的,首先当然是把他征调到辽阳去的人,但为什么要把他征调去而且十年不归呢?这又涉及到了一大批的人和一系列社会问题。然而,也许女主人公根本没有考虑这么多,而只是怨上天给了她这么一个悲惨的命运,而且还安排了这样一个恼人的——在一般人的眼睛里其实是美丽的——"明月照流黄"的夜色,使她触景生情,更加愁苦。换言之,这两句既可理解为上句指人,下句指天,也可理解为两句均就天而言。若是前者,固然可以使人感受到她的内心的激荡,倘是后者,也会使读者由于她的单纯而更为怜悯。但无论前者或后者,都含蓄而深沉地显示了夜色越美,她所受的精神折磨也就越大。

第三,由于律诗的中间两联必须对偶,意象的对立统一已经成为其不可或缺的环节。这在很大程度上加强了诗歌的表现力。如《江南行》的"采花惊曙鸟,摘叶饲春蚕",第一句本已含有不安之意——因为她的采花而惊动了尚在休息的清晨的鸟,但她却不得不以接着的行动——"摘叶饲春蚕"——来进一步惊扰它们,否则她就无从打发自己的时间与排解愁闷。这就更使人感到其痛苦之深。同诗的"懒结茱萸带,愁安玳瑁簪"的矛盾更其明显:"茱萸带"本是不情不愿地结上的("懒结"的"懒"是"懒懒地"的意思),又为什么要忧愁地安上玳瑁簪?不结、不安不就得了?而且"安"根玳瑁簪有什么可愁的?读到下句"待君消瘦尽"才明白她始终是在等待他的到来,所以她不得不打扮。打扮是出于期待,但她又知道这种期待是要落空的,接着而来的是更沉重的失望的打击。因此,她在打扮时的心情就很矛盾和痛苦,这一联正是这种矛盾、痛苦心情的表现。可见律诗的对偶绝不只是追求一种字面上的相反相成的趣味。

总之,近体诗——特别是律诗——的正式形成,乃是我国诗歌发展史上的一项重大创举。从这个意义上说,后来中唐诗人元稹总结沈、宋的历史成就时所言"沈、宋之流,研练精切,稳顺声势,谓之为律诗。由是而后,文体之变极焉"(《唐故工部员外郎杜君墓系铭》),的确是不错的。但这一切都是以感情的浓缩、含蓄为前提的,于炽烈、奔放的感情并不相宜。所以,像李白那样的诗人,其代表作就多为歌行。

第七章　唐诗的新气象与李白

唐诗的发展，经过贞观前后众诗人对南北两朝诗风各有偏好的继承，经过初唐四杰对以融合南北两朝诗风为主旨的隋代诗风的再度综合与深化，经过沈宋等在诗歌格律化方面的不懈探索，在唐王朝立国将近百年之际，终于开始了一个崭新的历史阶段。这一历史阶段与起自开元初年（713）、讫于天宝十四载（755）"安史之乱"爆发前的唐玄宗在位时期基本重合，历来被认为既是唐代社会发展最繁荣的时期，也是唐代诗歌最繁盛的时期，故有"盛唐"之称。

这一阶段唐诗发展的盛况，一方面表现为名家辈出，佳作迭现，诞生了像李白那样杰出的诗人，出现了如王孟诗派、高岑诗派那样具有鲜明个性的文学流派；另一方面又体现为这一阶段的诗有一种共同的风貌，那便是气度恢弘，意境深远，文辞优美。这种繁荣的文学景象，既是一个国力强盛的王朝给人以充分自信心的必然结果，也是诗歌发展历经变迁走向全面成熟的标志。

第一节　陈子昂、刘希夷、张若虚

开元、天宝时期唐诗的繁荣，是与生活年代稍早的一批诗人致力于探索诗风转变的各种途径密切相关的。其中首先在实践与理论两方面倡导新诗风的，是陈子昂。与陈子昂大致同时而在创作上颇显特色的，又有刘希夷和张若虚。

陈　子　昂

陈子昂（659—700），字伯玉，梓州射洪（今属四川）人。他出身富家，年轻时任侠尚气，后发愤读书，耽爱黄老与《周易》之学。二十四岁时考取进士。武则天当政之初，他上《大周受命颂》，得拜麟台正字之官。累迁至右拾遗。万岁通天元年(696),随武攸宜北征契丹,以进言频繁为武氏所厌恶,终遭贬职。后辞官返乡,又被县令诬陷,下狱而死。有《陈伯玉集》。

陈子昂性格旷放倨傲,仕途又遭挫折,因此他的诗大都慷慨苍凉,具有一种唐初诗歌中不多见而与汉魏西晋诗歌有较多联系的苍劲之风。他的组诗《感遇》三十八首,诗旨与形式上承阮籍《咏怀》诗,又参以左思诗的骨力和手法,主要抒写对时事及个人境遇的感慨,虽有一些篇章由于过分注重玄学式的理念而显得诗味不足,但大都慷慨苍凉。如第三首:

> 苍苍丁零塞,今古缅荒途。亭堠何摧兀,暴骨无全躯。黄沙漠南起,白日隐西隅。汉甲三十万,曾以事匈奴。但见沙场死,谁怜塞上孤!

以苍茫无垠的塞上荒原为背景,将由汉及唐的数百年战争史纳入诗境,通过暴露于荒野的不完整的尸骨、大漠里如屏障般漫天而起的黄沙等极富感情色彩的、惊心动魄的意象,对残酷的战争进行了严肃的反思。又如第二十九首,写垂拱三年丁亥(687)武则天为袭击吐蕃而下令唐军进攻羌人,致将士毫无意义地奔走于危岩冰雪之间,风格与曹操的《苦寒行》颇为相似。其中"严冬岚阴劲,穷岫泄云生。昏曀无昼夜,羽檄复相惊。攀踬竞万仞,崩危走九冥。籍籍峰壑里,哀哀冰雪行"数句,用战士行军的艰苦侧面描绘战争的严酷,使自然的山石、风云、冰雪都带有一重压抑人心的基调,从而把作者对"丁亥岁云暮,西山事甲兵"的忧虑与不满都以一种特殊的方式表达了出来。

但从唐诗发展的历史来看,陈子昂诗歌更具有独特性的一面,是其中表现出的对自我的关注及其随之而来的孤独感。如《感遇》第二首:

> 兰若生春夏,芊蔚何青青!幽独空林色,朱蕤冒紫茎。迟迟白日晚,袅袅秋风生。岁华尽摇落,芳意竟何成?

此诗以香草兰、若(杜若)为喻,写它们"幽独"地生于"空林",春、夏间茂盛、美丽,但时光迅速流逝,终至凋谢,任何希望("芳意")都无法实现;由此来抒发其在冷漠的环境中的孤独和绝望,渗透着深重的失落感和高度的自傲。感情内涵甚为丰富。而在此类诗中最突出的则是其千古绝唱《登幽州台歌》:

> 前不见古人,后不见来者。念天地之悠悠,独怆然而涕下!

除了广阔的天地,诗中没有任何多余的背景或道具,所有的,只是一个孤独的自我。这一自我置身于一个前无古人后无来者的场景中,眼前与心中所呈现的,是时空的无尽、历史的悠远,以及个人生命的短促,这怎能不使人悲从中来,为自己一腔的抱负与热血洒一掬痛切之泪!值得注意的是,陈子昂所描绘的这一在中世文学拓展期具有士大夫通性意味的自我及其孤独感,其创意很可能受到阮籍《咏怀诗》第四十六首"登高望九州,悠悠分旷野。孤鸟西北飞,离兽东南下"等诗语的启发,因为阮籍在登高而望时也只看到旷野和失群的鸟兽,却看不到人类;但陈氏在表现方式上突破了阮诗的通体五言,而采用五六言交替并且句式相对拗口的形制,以反常规的诗歌形式,呈现不同寻常的诗歌境界,从而凸现文学中的个人形象,这不能不说是一种创举。

在中国文学批评史上,陈子昂又是一位力图改变、扭转唐初诗风的文学理论家;其理论要旨见于《与东方左史虬修竹篇序》:

> 东方公足下:文章道弊五百年矣。汉、魏风骨,晋、宋莫传,然而文献有可征者。仆尝暇时观齐、梁间诗,彩丽竞繁,而兴寄都绝,每以永叹,思古人,常恐逶迤颓靡,风雅不作,以耿耿也。一昨于解三处见明公《咏孤桐篇》,骨气端翔,音情顿挫,光英朗练,有金石声。遂用洗心饰视,发挥幽郁。不图正始之音,复睹于兹,可使建安作者相视而笑。解君云:"张茂先、何敬祖,东方生与其比肩。"仆亦以为知言也。故感叹雅制,作《修竹诗》一篇,当有知音,以传示之。

序中十分引人瞩目的,是其"文章道弊五百年矣"的感叹和对齐梁诗"彩丽竞繁,兴寄都绝"的不满。而从序中看,陈子昂提倡的,是"汉魏风骨"和"正始之音"。两者作为诗歌风貌,在陈子昂的诗中有明显的表露,再结合序中所说东方虬《咏孤桐篇》"骨气端翔"等语,可以体会陈氏的宗旨是希望唐诗的发展回到以建安、正始文学为代表的比较注重内质的道路上去。这无疑是正确的。但他将"彩丽"与"风骨"相对立,将齐梁与汉魏、正始之风相割裂,则不免走向了另一个极端。

这中间另有一问题可以讨论,即陈子昂的这篇序中所言及的"兴寄"、"风雅"究竟是指什么?这就需要来读一读他于作序同时"感叹雅制"而作的《修竹诗》:

> 龙种生南岳,孤翠郁亭亭。峰岭上崇崒,烟雨下微冥。夜闻鼯鼠叫,昼聒泉壑声。春风正淡荡,白露已清泠。哀响激金奏,密色滋玉英。岁寒霜雪苦,含彩独青青。岂不厌凝冽,羞比春木荣。春木有荣歇,此节无凋零。始愿与金石,终古保坚贞。不意伶伦子,吹之学凤鸣。遂偶云和瑟,张乐奏天庭。妙曲方千变,箫韶亦九成。信蒙雕斫美,常愿事仙灵。驱驰翠虬驾,伊郁紫鸾笙。结交嬴台女,吟弄升天行。携手登白日,远游戏赤城。低昂玄鹤舞,断续采云生。永随众仙去,三山游玉京。

诗将修竹称为"龙种",当其为"伶伦子"所取而制成箫后,对于不能保持"终古保坚贞"的初衷并不感到特别遗憾,反而有"信蒙雕斫美,常愿事仙灵"、"永随众仙去,三山游玉京"的庆幸与表白,对于"张乐奏天庭"、"结交嬴台女"等等亦感到无上光荣而颇加渲染。如果说这样的诗有"兴寄",则其"兴寄"所在必是作者本人对于身列朝班的得意,带有极强的功利色彩;如果说这样的诗"风雅",则这种"风雅"也并没有超出齐梁以还文人感谢圣恩之作中常见的那种丽辞堆砌的套路(这种堆砌从文学史上看可以追溯到汉赋)。因此,在肯定陈子昂《与东方左史虬修竹篇序》确为唐代文学批评的重要文献时,如认为其所云的"兴寄"也有崇高的内涵,这显然是不符合事实的。其实真正能代表陈氏一生文学成就的,还是像《登幽州台歌》那样充分表现了自我及个人孤独感的诗,以及像"怀挟万古情,忧虞百年集"(《秋园卧疾呈晖上人》)这般凝聚了时空、历史和个人深刻感受与沉郁感情的诗句,而不是《修竹诗》一类的作品。

刘希夷和张若虚

大约与陈子昂追求苍凉慷慨诗风同时,另外两位诗人则沿着唐初诗坛主流顺流而下,在创造性地继承和发挥南朝乐府诗明丽特色的基础上,与陈子昂一样在诗中表现了对自我的深切关注和对生命短暂的感喟,显现出唐诗的新风貌。他们是刘希夷和张若虚。

刘希夷(651—约679),字庭芝,汝州(今河南临汝)人。上元二年(675)进士,以擅长射策文辞而有名于当时。他相貌俊美,又喜欢说笑、喝酒,还能弹一手好琵琶,可惜未得善终——有一种传说甚至称宋之问因酷爱他的《代悲白头翁》中一联诗,求而不得,遂使人杀害了他。其事之有无虽不可断定①,但他的诗在当时便为人所喜爱,是可以想见的了。

刘希夷原有诗集十卷,已散佚。《全唐诗》中收了他的诗一卷,大都是从军及闺情诗,五言、七言古诗皆有,而尤以歌行为佳。像著名的《代悲白头翁》,以流畅婉转的笔调抒写人世沧桑的感叹,意蕴较卢照邻的《长安古意》更深一层:

洛阳城东桃李花,飞来飞去落谁家?洛阳女儿好颜色,坐见落花长叹息。今年花落颜色改,明年花开复谁在?已见松柏摧为薪,更闻桑田变成海。古人无复洛城东,今人还对落花风。年年岁岁花相似,岁岁年年人不同。寄言全盛红颜子,应怜半死白头翁。此翁白头真可怜,伊昔红颜美少年。公子王孙芳树下,清歌妙舞落花前。光禄池台开锦绣,将军楼阁画神

---

① 此传说见载于《大唐新语》、《刘宾客嘉话录》、《唐才子传》等书,但后人疑其非实,详见傅璇琮主编《唐才子传校笺》卷一刘希夷条考证。

仙。一朝卧病无相识,三春行乐在谁边?宛转蛾眉能几时?须臾鹤发乱如丝。但看古来歌舞地,惟有黄昏鸟雀悲。

全诗结构上采用了倒叙、回环等手法,具象的人物与抽象的哲理融贯一体;韵节分明,诗句流畅,极富音乐性。写白头翁之悲情,而起首先用一正当青春年华的洛阳女子叹花作引子;同时将红颜白发的强烈对比,借落花这一富于哲理意蕴的自然现象,不着痕迹地融入对桑田成沧海的思索之中。那"年年岁岁花相似,岁岁年年人不同"的名句,即是传说为宋之问所酷爱的那一联,在内涵方面可能受到过陆机《叹逝赋》中"人何世而弗新,世何人之能故。野每春其必华,草无朝而遗露"数语的影响。但刘希夷将之表述得更为凝练深刻,其不同凡响之处,便在以简洁而又韵律灵动的文字组合,把无尽的自然时间与短促的个人生命相对照,抒发了一种超越一时一地的人生感悟。

这种超越时空的人生感悟,在刘希夷的其他诗作中也时有表露。如五古《春女行》,以典型的齐梁诗体写一女子"自怜妖艳姿,妆成独见时"的莫可名状的悲叹,其中也有"桑林变东海"式的怅惘与"但看楚王墓,唯有数株松"那样的无奈;而《蜀城怀古》诗中出现的"鬼神清汉庙,鸟雀参秦仓"之类颇具言外之旨的句子,一方面从形式上看无疑是继承了隋代以来融合南北两朝诗风的成果,另一方面从内旨上说,实在也是那种超越时空的人生感悟的另一表现形式。

张若虚(约660—约720)年岁小于刘希夷,而诗风却与刘氏相当接近。他是扬州人,曾官兖州兵曹。历史上将他跟同一时代的贺知章、张旭、包融并称为"吴中四士"。他的诗现仅存两首,一是《代答闺梦还》,写"情催桃李艳,心寄管弦飞"、"梦魂何处入,寂寂掩重扉"的闺秀情思,用笔细腻,但诗境较小。而其文学史上久负盛名的《春江花月夜》,辞调明丽,意境深远,代表了唐诗的一种崭新的境界:

> 春江潮水连海平,海上明月共潮生。滟滟随波千万里,何处春江无月明。江流宛转绕芳甸,月照花林皆似霰。空里流霜不觉飞,汀上白沙看不见。江天一色无纤尘,皎皎空中孤月轮。江畔何人初见月?江月何年初照人?人生代代无穷已,江月年年只相似。不知江月待何人,但见长江送流水。白云一片去悠悠,青枫浦上不胜愁。谁家今夜扁舟子,何处相思明月楼?可怜楼上月裴回,应照离人妆镜台。玉户帘中卷不去,捣衣砧上拂还来。此时相望不相闻,愿逐月华流照君。鸿雁长飞光不度,鱼龙潜跃水成文。昨夜闲潭梦落花,可怜春半不还家。江水流春去欲尽,江潭落月复西斜。斜月沉沉藏海雾,碣石潇湘无限路。不知乘月几人归,落月摇情满江树。

诗以流动的江水和一轮亘古不变的明月那一动一静两个意象为中心，突破了时空的界限，也突破了一般歌行体结构上大都安排一个有序情节的常规，让江水的流动与月光的洒泻作为诗语自然流露的前导，将看似并无联系的扁舟、高楼、玉户帘、捣衣砧等物象一一串进诗中，并给它们注入了相思、惆怅、依恋等各种不同的人间感情。诗中"江畔何人初见月？江月何年初照人"等语，创意或源自东晋诗人湛方生《帆入南湖》一诗里"此水何时流？此山何时有？人运互推迁，兹器独长久"四句，但湛诗尚留玄言意味，境象也比较单一，至本诗则因引入夜月这一独特的意象，使说理式的诗语更具韵味，并圆满地融入了美丽的场景里。而全诗所表述的意旨，则在这流光溢彩的月夜景色之中悄然呈现，那便是"人生代代无穷已，江月年年只相似"的人生慨叹。这慨叹与刘希夷诗相似的一面，是它同样表露了对个人生命短暂的感喟；而比刘希夷诗更进一步的，则是在感喟个体生命短促的同时，又富于情致地吟咏了人类生生不已的希望。

《春江花月夜》是乐府旧题，相传创自陈后主。同题诗前人亦多有制作，如隋代杨广即以五言绝句写过两首："暮江平不动，春花满正开。流波将月去，潮水带星来。""夜露含花气，春潭漾月晖。汉水逢游女，湘川值两妃。"取之与张若虚的诗相比，可见张诗不仅是在篇幅上大大超过了杨诗，更重要的，是将这一古题所可容纳的内蕴拓展到了一个前所未有的程度，用这一似乎是纯写景的老题目来抒发深刻而又全新的人生感悟。张若虚在唐代诗坛上所做的这种创造性工作，与和他同时的陈子昂、刘希夷等优秀诗人的成功探索一起，为唐代诗风的重大转变打下了良好的基础，它预示着一个在新的高度上融贯南北朝诗风而同时有鲜明的唐代特征的诗歌发展的高潮，即将到来。

第二节　张说、张九龄

在玄宗前期唐诗繁荣的局面中，有一个不容忽视的因素，那便是高级阁僚参与诗歌创作，提携年轻诗人，并在诗坛上提倡一种与繁荣的社会相适应的健劲有力、蕴藉深厚的诗风。这中间特别值得一提的，是张说和张九龄两人。

张　说

张说（667—731），字道济，一字说之，洛阳（今属河南）人。他曾经先后在武后、中宗、睿宗、玄宗四朝任职。武后时期因不附和张易之兄弟,被发配流放到钦州。中宗即位后才被召还。他政治生涯最辉煌的时期是在唐玄宗开元年间,时任中书令,封燕国公,不久出任相州刺史、岳州刺史,继而又召拜兵部尚书,进集贤院学士,最后官至尚书左丞相。有《张燕公集》。

张说为人讲气义,重然诺,好延纳后进。他在文学上最受时人推崇的,是他为朝廷所撰的应用文章,故与许国公苏颋并有"燕许大手笔"之誉。他的诗虽多奉和圣制之作,但一些自抒胸臆的作品,却在不经意之中,透露出一种率真的品格。如《巡边河北作》:

> 抚剑空余勇,弯弧遂无力。老去事如何,据鞍长叹息。故交索将尽,后进稀相识。独怜半死心,尚有寒松直。

以白话般的诗句刻画一位年将老去的勇士无奈而又不甘心的心态,十分传神。他的另一些诗,虽全篇不甚佳,但其中的一些联语,却想像独特、出语直率,别有一种意趣。像形容荒冈间群起的古墓,谓之"汹涌蔽平冈,汩若波涛连"(《过汉南城叹古坟》);描绘阴沉的自然,则称"古木无生意,寒云若死灰"(《岳州宴别潭州王熊》)。这类描写很容易使人联想起梁代吴均的同类诗句,但张说笔下的这类景致却有一分自然的奇崛之姿。而在表现历史沧桑时,张说又能在这类唐初诗人常写的题目下显现一种新形式。如《邺都引》:

> 君不见魏武草创争天禄,群雄睚眦相驰逐。昼携壮士破坚阵,夜接词人赋华屋。都邑缭绕西山阳,桑榆漫漫漳河曲。城郭为墟人改代,但见西园明月在。邺旁高冢多贵臣,娥眉漫睩共灰尘。试上铜台歌舞处,唯有秋风愁杀人。

同样是描绘旧都昔盛今衰的场面,却不再如唐初诗人的作品那样大肆铺叙,而以更为浓缩的语言,简洁地刻画出这一历史变迁过程。而所谓"城郭为墟人改代,但见西园明月在",又与《春江花月夜》中的"人生代代无穷已,江月年年只相似"两句颇为相似,可见同一时期诗人作品间的关联。

张说也有一些诗与其常规的率真诗风不同,而更多具有唐初诗歌描绘工整细致的风情,如《深渡驿》:

> 旅宿青山夜,荒庭白露秋。洞房悬月影,高枕听江流。猿响寒岩树,萤飞古驿楼。他乡对摇落,并觉起离忧。

此诗更多地带有一种唐初诗歌常见的与隋代诗歌风格相关联的风貌,可见张说作为唐代诗风转变初期的作家,其作品仍具有某种过渡的性质。

张 九 龄

张说之后,在开元诗坛以位居高官而领袖群才的宗匠,是张九龄。

张九龄(678—740),字子寿,韶州曲江(今属广东)人,故后世又称其为"张曲江"。他是一位少年才子,武后神龙年间进士及第后,又以"道侔伊吕科"登高第,任左拾遗。以后因为张说的推荐,为集贤院学士,累官中书侍郎同平章事,迁中书令。由于他在朝中敢于直言相谏,又为奸臣李林甫所忌,终于被罢相而贬荆州长史。有《曲江集》。

张九龄是玄宗朝著名的清廉丞相,高尚的人格使他的诗歌创作较多表现一种洁净自爱的主旨,而其天赋的文才又使他的作品在风格上具有一种蕴藉深厚、气度恢弘的美。他的一些被后人广为传诵的作品,大多于含蓄中见风骨。如《感遇诗》第一首:

> 兰叶春葳蕤,桂华秋皎洁。欣欣此生意,自尔为佳节。谁知林栖者,闻风坐相悦。草木有本心,何求美人折?

诗以兰、桂这两种自然植物为比,前四句写兰、桂自芳,欣欣向荣;后四句先写兰、桂为人所赏,继而表白兰、桂不愿因人赏而为人折的心志,寓意深远,体现了作者追求个性自由的人生宗旨,显与陈子昂的《修竹诗》异趣。又如《望月怀远》:

> 海上生明月,天涯共此时。情人怨遥夜,竟夕起相思。灭烛怜光满,披衣觉露滋。不堪盈手赠,还寝梦佳期。

用万顷无波的海上升起一轮圆月,远在天涯的情人共同仰望这一浩大的场面为开端,表现了陷入深深的相思之苦的主人公即景所思的种种情态,将无生命的月光、夜露描绘得充满诗情画意,最终以主人公因月光不能盈手相赠所思者而深感遗憾,却期望在梦中与情人相聚这一奇特的构思作结尾。全诗结构精巧,意境浑圆,充分显现出作者具有一种善于营造朦胧而富于情致的美的境象的高超才能。而诗起首"海上生明月,天涯共此时"一联,更是气魄弘大,境界开阔,已成为文学史上的名句。

张九龄还写过一些比较纯粹的写景诗,这部分诗作大都具有弘阔的气势,显现了唐诗的独特风貌。如《湖口望庐山瀑布水》:

> 万丈红泉落,迢迢半紫氛。奔流下杂树,洒落出重云。日照虹蜺似,天清风雨闻。灵山多秀色,空水共氤氲。

诗中充分利用了日光、树木、天空等瀑布周围的自然景色,以之为映衬,把本已极具流动感与冲击力的一泻水瀑表现得更具色彩与乐感,并且因此显出一种迷离滋润的意态。而其落笔又非纤弱巧奇,乃是大处着眼,气度恢弘,因此整首诗给人的感受,是一种前所未有的自然的壮美。这种壮美,又饱含着张九龄大部分诗中所特有的深厚的意蕴,两者结合,便形成了玄宗时期唐代诗歌的一种独特的时代风貌。

第三节 王昌龄及其同道

唐诗发展的历程中,有一批诗人,大都进士出身,官职不高,经历了开元、天宝盛世的几乎全部过程,而在安史之乱爆发前或爆发不久即谢世,因而赋诗多显激昂豪迈之态,作品有洒脱俊丽之风。但在其边塞诗中,也有好些于豪迈中见悲郁的,可见他们并不只是沉醉于国势的强盛,而是也注意到了与此并存的个人的悲剧命运。其中的代表,是王翰、李颀、崔颢、王昌龄诸人。

一、王 翰 王之涣

诸人中年辈稍前的大约是王翰,他是景云元年(710)进士及第的,主要活动时期则在开元年间。王翰字子羽,并州晋阳(今山西太原)人。年轻时豪放不羁,中进士后又举"直言极谏"科,任昌乐尉;再举"超拔群类"科,为名相张说看中,召为秘书正字,又出任汝州长史。张说罢相,他也被贬为仙州别驾。后又贬作道州司马。《全唐诗》存其诗一卷。

王翰生性豪侠,诗亦颇有旷放之作。他最为后人称道且传唱久远的诗,是《凉州词》二首中的第一首:

> 葡萄美酒夜光杯,欲饮琵琶马上催。醉卧沙场君莫笑,古来征战几人回?

写边关将士虽在激越的琵琶声的催促下,仍用玉制的夜光杯痛饮葡萄美酒,因为他们知道生还的机会很少,即使醉卧沙场而被杀也不算什么。貌似潇洒,其实包含着深重的悲愤。他的另一些诗,则以语辞艳丽,句式流转见长,像《春女行》《飞燕篇》之类,虽然诗境不高,却描写细腻,有南朝乐府的风味。

与王翰同样以一曲《凉州词》闻名的,又有王之涣(688—742)。他字季陵,和王翰同乡,也是并州人。曾做过文安县尉,传说由于遭人诬陷,而一度弃官

漫游。他的诗现存六首,其中的《凉州词》也有两首,而同样以第一首最著名:

> 黄沙直上白云间①,一片孤城万仞山。羌笛何须怨杨柳,春风不度玉门关。

诗表现塞外大漠的苍凉广袤,而首先用黄沙与白云相连接的奇特境象开场;黄沙白云之中,又绘上孤城高山以增添其苍凉的气氛。然后笔锋一转,以羌笛为引子,营造出一个没有春风和杨柳的荒漠境界②。虽似只写景色,而"羌笛何须怨杨柳"一句,实已透露了吹奏羌笛者对生活于这种荒寒环境中的悲怨。

盛唐诗中另一首流传甚广的《登鹳雀楼》,一般认为也出自王之涣之手③:

> 白日依山尽,黄河入海流。欲穷千里目,更上一层楼。

诗写面对夕阳西下、黄河东流入海的雄浑景致,主人公望之而犹未尽兴,故再登鹳雀楼的更高一层,去眺望更远、更辽阔的山河大地,用语简洁,境界弘大。而最为出色的,是这首诗除了上述表层的含义外,还蕴含了一种深层的催人奋发向上的人生哲理。意与景如此契合,而构思又如此奇巧,不能不说是唐诗中的杰作。

二、李颀与崔颢

继王翰、王之涣之后成长起来的诗人中,首先应当提及的是李颀(?—约753)。李颀是东川(今四川三台)人,寄籍颍川(今河南许昌)。他于开元二十三年(735)考取进士,曾任新乡县尉。但长期未得升迁,故弃官归隐。有《李颀集》。

李颀创作中历来最受人推崇的,是他的边塞题材的诗歌。像《古从军行》,用"胡雁哀鸣夜夜飞,胡儿眼泪双双落"等悲戚之辞,表现"年年战骨埋荒外,空见蒲桃入汉家"的反战主旨,确非平庸之作。而从文学史的角度看,他的一些刻画人物个性风采的作品也值得注意。如《赠张旭》:

---

① 此句前四字通行本作"黄河远上",而影宋本《乐府诗集》卷二十二引本诗,作"黄沙直上"。细审辞意,"黄沙直上"似更贴切,故依《乐府诗集》引录。
② 或以为诗中"怨杨柳"的"杨柳"为曲调名或某一曲调的简称。但羌笛只能吹奏某个曲调,却不会"怨"任何曲调;如说其吹奏的曲中有"怨"意,其所怨的也只能是具体的人或物,而不可能是曲调。且三、四两句诗意甚明,第四句是"何须怨杨柳"的理由:既然春风不到玉门关外,杨柳自不能在当地生长,人们怎能因关外的没有杨柳而对它产生怨恨之情呢?
③ 唐芮挺章所辑《国秀集》卷下收此诗,列于朱斌名下,题为《登楼》。《文苑英华》、《全唐诗》等则列此诗于王之涣名下。

> 张公性嗜酒,豁达无所营。皓首穷草隶,时称太湖精。露顶据胡床,长叫三五声。兴来洒素壁,挥笔如流星。下舍风萧条,寒草满户庭。问家何所有,生事如浮萍。左手持蟹螯,右手执丹经。瞪目视霄汉,不知醉与醒。诸宾且方坐,旭日临东城。荷叶裹江鱼,白瓯贮香秔。微禄心不屑,放神于八纮。时人不识者,即是安期生。

表现盛唐书法大家、有"草圣"之誉的张旭的容貌、个性、作态与品格,运用白描手法连续传写,既写出了张旭的嗜酒好食、落拓不羁的外形,更凸现了其鄙视利禄、游心艺苑的品性。又如《别梁锽》诗,描写梁氏的倨傲,以"回头转眄似雕鹗"一语状之,瞬间即给读者以十分深刻的印象。再如《送陈章甫》诗云:"陈侯立身何坦荡,虬须虎眉仍大颡。腹中贮书一万卷,不肯低头在草莽。"将对陈氏的外貌描写与对他的品德评价糅合起来,诗语粗放,正与所描写的人物性格的坦荡旷放相契合。而从张九龄的"草木有本心,何求美人折"到李颀诗中的这种"不肯低头"、个性强烈的人物的出现,再到李白的"安能摧眉折腰事权贵,使我不得开心颜"(《梦游天姥吟留别》),正是盛唐诗歌的合乎逻辑的发展。

李颀还有另一种类型的作品,能在恬静中透露出一份别致的情趣,如《野老曝背》:

> 百岁老翁不种田,惟知曝背乐残年。有时扪虱独搔首,目送归鸿篱下眠。

诗的三、四两句尤妙,借扪虱搔首这一常人一般不取入诗的画面,写尽了高龄老者的自得及其这种自得之下的无聊。这类诗(包括前述《赠张旭》等)的出现,不仅显现了李颀在运用诗体描绘人物性格方面具有特殊的才情,而且反映出唐诗发展到玄宗时期,在写人方面已有了长足的进步。从中世文学史的角度看,这是魏晋南北朝时期志人小说重视人物形象与性格的刻画,并逐渐影响诗歌创作的结果。唐代中叶以后小说的繁盛,尤其是人情小说中人物塑造手法的全面进步,则又可能与诗歌方面的这种实践与探索不无关联。

李颀诗歌的又一值得注意之处,是一些以音乐为主题的作品写得相当出色。例如歌行体长诗《听董大弹胡笳声兼语弄寄房给事》,语调流畅,音节铿锵,而又不乏象外之旨:

> 蔡女昔造胡笳声,一弹一十有八拍。胡人落泪沾边草,汉使断肠对归客。古戍苍苍烽火寒,大荒沉沉飞雪白。先拂商弦后角羽,四郊秋叶惊摵摵。董夫子,通神明,深山窃听来妖精。言迟更速皆应手,将往复旋如有情。空山百鸟散还合,万里浮云阴且明。嘶酸雏雁失群夜,断绝胡儿恋母声。川为净其波,鸟亦罢其鸣。乌孙部落家乡远,逻娑沙尘哀怨生。幽音

> 变调忽飘洒,长风吹林雨堕瓦。迸泉飒飒飞木末,野鹿呦呦走堂下。长安城连东掖垣,凤凰池对青琐门。高才脱略名与利,日夕望君抱琴至。

诗中反复借自然山水、动物人物之声状摹胡笳之音,并且努力表现这些或缓或疾的音乐内在的意蕴,最后引申出"高才脱略名与利,日夕望君抱琴至"的题旨,可谓巧思杰构。另一首《琴歌》,则意境悠远,词调清丽,令人有出尘之想:

> 主人有酒欢今夕,请奏鸣琴广陵客。月照城头乌半飞,霜凄万树风入衣。铜炉华烛烛增辉,初弹渌水后楚妃。一声已动物皆静,四座无言星欲稀。清淮奉使千余里,敢告云山从此始。

其中"一声已动物皆静,四座无言星欲稀"两句,写有声与无声之间的互衬,无言与有情之间的关联,人与景的交相辉映,极有境界。而这类音乐题材的诗及其表现方法,发展到唐代中期,就产生了白居易《琵琶行》那样的名篇。

李颀以写五言古诗及七言歌行见长,但也有一些律诗写得对偶工巧,颇有情致。如《寄镜湖朱处士》:

> 澄霁晚流阔,微风吹绿蘋。鳞鳞远峰见,淡淡平湖春。芳草日堪把,白云心所亲。何时可为乐,梦里东山人。

这样的诗,与王维、孟浩然的山水田园诗风貌,是相当接近了。

和李颀大约同时,又有崔颢颇负盛名。崔颢(?—754)是汴州(今河南开封)人,开元十一年(723)进士,曾任太仆寺丞,天宝年间又做过司勋员外郎。《全唐诗》存其诗一卷。他的名声来源于所作《黄鹤楼》一诗:

> 昔人已乘黄鹤去,此地空余黄鹤楼。黄鹤一去不复返,白云千载空悠悠。晴川历历汉阳树,芳草萋萋鹦鹉洲。日暮乡关何处是,烟波江上使人愁。

按《南齐书》卷十五"州郡下"的郢州部分,有"夏口城(郢州州治)踞黄鹄矶,世传仙人子安乘黄鹤过此上也"之语,黄鹤楼的命名,盖即出自此典。崔颢诗则将该典故加以引申泛化,来表现诗人登楼时触景而生的诸多愁绪,含蕴着一种深沉的失落感。游仙既不可期,还乡又不可得。虽则芳草萋萋,而日暮已届;人世茫茫,归宿何在?其所申述的,实已不仅是个人的身世之悲,更是人生的无奈。而在表现手法上又纯朴自然,略无造作之感,甚至连律诗的中间两联必须对偶的规定也不予顾及(三、四两句的"不复返"和"空悠悠"即非对偶),似乎只是在感情的驱动下自述心曲,因而令人倍感亲切;但其意象营造的深切,组合的精当,又深深地攫住了读者的心。严羽《沧浪诗话》说"唐人七言律诗,当以崔颢《黄鹤楼》为第一",虽出于个人爱好,但也自具眼力。此诗在唐代即为人传诵。据说李白即因崔氏先作此诗,登黄鹤楼而不赋同题之作,并留下了"眼前有景道不得,崔颢题诗在上头"的句子(见《唐才子传》卷一)。其事未必属实,却生动地显现了这首诗引人入胜的艺术魅力。

从现存的诗作看,崔颢创作中比较侧重的,倒是闺情和边塞两大题材。前者传世数量尤多,也不乏佳作。如《行路难》:

> 君不见建章宫中金明枝,万万长条拂地垂。二月三月花如霰,九重幽深君不见。艳彩朝含四宝宫,香风旦入朝云殿。汉家宫女春未阑,爱此芳香朝暮看。看来看去心不忘,攀折将安镜台上。双双素手剪不成,两两红妆笑相向。建章昨夜起春风,一花飞落长信宫。长信丽人见花泣,忆此珍树何嗟及。我昔初在昭阳时,朝攀暮折登玉墀。只言岁岁长相对,不悟今朝遥相思。

诗以建章宫中春来花开的枝条作道具,精心编撰了在不同处境中的宫女见花时的感受迥然相异的情节,去深刻地表现这些身份特殊的丽人即使在欢乐的表面下所隐寓的悲剧命运。诗的语言极为流丽,描写尚处欢愉中的宫女心向花枝,力欲攀折而不得的细节也颇传神。下半段以春风为引,将情节、事态皆转入对照的层面,虽意境与前半段全殊,而痕迹不露,衔接自然,足见崔氏的语言运化之功超越凡常。至其同是闺情题材的小诗,则又有别一番意趣:

> 君家何处住?妾住在横塘。停船暂借问,或恐是同乡。
> 家临九江水,来去九江侧。同是长干人,自小不相识。

两诗分别是《长干曲》的第一第二首,而前后组合,一问一答,实不可分离。前诗写小女子羞怯地提问,而首先自报家门,意显其已对对方心生好感;后诗记小儿郎爽快地答复,使前诗是否同乡之疑得以解除,却另生出一段由不识到相识的乡情。至其间是否会更进一步产生儿女恋情,诗人在此两诗中则巧妙地回避了,但使读者去想像。诗能造境至此,则虽全篇均是对话,也已令人回味无穷了。

崔颢的边塞诗,数量及艺术造诣均不及其闺情诗。但诗中的一些联语或句子,却有刻画入微、颇具创意之处。如:

> 射麋入深谷,饮马投荒泉。马上共倾酒,野中聊割鲜。(《赠王威古》)
> 山头野火寒多烧,雨里孤峰湿作烟。(《雁门胡人歌》)
> 露重宝刀湿,沙虚金鼓鸣。(《辽西作》)

能于边塞诗常见的肃穆峻严、粗笔疏放风貌之中,融入些许或意趣横生或精致细画的境象,给这一类型的作品带来了诸种色彩更为斑斓的新姿态。

三、王 昌 龄

这一批诗人中,年辈最晚,而文学成就相对而言又最高的,大概要数王昌龄。

王昌龄(？—约756),字少伯,京兆长安(今陕西西安)人。开元十五年(727)进士及第,历授汜水尉、校书郎,因事被贬岭南。后迁江宁丞。天宝七载(748)再度贬为龙标尉。安史之乱爆发后,他避乱返乡,道经亳州,为刺史闾丘晓所杀。有《王昌龄集》。

王昌龄性格洒脱,为人处事不拘小节,一生经历曲折坎坷,未终天年。但他生活的时代恰值盛唐,建立功业的梦想与时代文学的氛围使他于不平之外更有一种勃发的创造力,他的诗因此也就充溢了昂扬的意绪。他最擅长的诗体是七绝,七绝中写得最好的,则大都是一些边塞诗。像传诵千古的《出塞》:

> 秦时明月汉时关,万里长征人未还。但使卢城飞将在①,不教胡马度阴山。

用跨越时空的意象组合,表现自秦汉以来的边塞敌对状态带给人民的深重苦难,以致唐代的许多人仍然只能长戍塞上,失去正常的家庭生活。首两句写得极有气势,但仍隐隐透露出未能还乡的哀愁。后两句则对朝廷不明、边将非人含有批判之意。诗中的"卢城飞将",是指汉代的右北平(唐代称北平郡,治所在卢龙县)太守,有"飞将军"之号的李广。《史记·李将军列传》说:"广居右北平……(匈奴)避之数岁,不敢入右北平。"但诗人当时的边将都不能起到这样的作用,这就增加了人民和国家的负担。全诗借历史的旧典,融入当代的内涵,使诗的旨意具有一种叠加而成的丰富感,用语又甚为洗练,因此成为超越一时一地、具有永恒艺术价值的诗苑名作。又如《从军行》七首,或叙边愁,或表心志,或记战功,也都言简意赅,词境高旷。兹录三首:

> 琵琶起舞换新声,总是关山旧别情。撩乱边愁听不尽,高高秋月照长城。(其二)
> 青海长云暗雪山,孤城遥望玉门关。黄沙百战穿金甲,不破楼兰终不还。(其四)

---

① 此句中"卢城飞将"一词,通行本作"龙城飞将"。而现存王昌龄集较早版本,如宋本王安石所辑《唐百家诗选》的王昌龄之部、明铜活字本《王昌龄诗》等皆作"卢城飞将"。清阁若璩《潜邱札记》从汉唐地理的角度考释,谓作"卢城飞将"者是,可参看。

大漠风尘日色昏,红旗半卷出辕门。前军夜战洮河北,已报生擒吐谷浑。(其五)

这些诗,即使是表现边关愁思的,也并非通篇低沉,而能在写愁之余,给意象注入一种高爽的气概。至正面描绘边关将士的文字,更是豪迈勇武,有一往无前、不可阻挡之势。值得一提的是,诗中还颇注重声音与画面、画面与色彩的配置,用琵琶声映衬秋月的孤高,以雪山、黄沙以及大漠风尘中出现的红旗,显现战场的壮丽与战斗的严峻。这种细心配置的结果,与前引《出塞》诗同样地铸就了种种出人意表而又动人心魄的境象,延伸了诗所欲表现主题的广度与深度。

王昌龄的七绝中,又有一批是以闺情、妇女为题材的,这些诗大都以写情见长,而词语明丽,富于情节性。如著名的《闺情》:

　　闺中少妇不知愁,春日凝妆上翠楼。忽见陌头杨柳色,悔教夫婿觅封侯。

以春色动人心为喻,喜剧式地描写少妇对自己丈夫的思念,展示了爱情比功名更具价值的题旨。又如《采莲曲》二首之二:

　　荷叶罗裙一色裁,芙蓉向脸两边开。乱入池中看不见,闻歌始觉有人来。

写采莲女子容貌姣好,歌声优美,而造境曲折,欲显故隐,在运用非直白的形式表现含蓄的主题方面,做得颇为成功。

此外,王氏七绝中也有题材各异,而洗练简洁、意蕴深厚一如其边塞、妇女诗中的佳品者,像《芙蓉楼送辛渐》:

　　寒雨连天夜入吴,平明送客楚山孤。洛阳亲友如相问,一片冰心在玉壶。

借送客的话题,表一己的廉洁,而出语形象,词语洁净,使整首诗的韵味与其所体现的内涵十分融合。

现存王氏诗集中自不乏七绝一体之外的其他诗体作品,其中像五言古诗《太湖秋夕》、七言古诗《箜篌引》等,写得也各有特点,但从总体上看成就均未能超过他的七绝之作。

从王翰到王昌龄,这一批主要生活于唐玄宗时期的诗人,尽管未必都有过塞外沙场的经历,但大都能写或喜欢写边塞诗,其中既有个人强烈的建功立业的渴望,又有对于艰苦的军旅生活和死亡的威胁的悲慨,对和平生活的向往。

这种丰富多彩的、从不同方面体现较强烈的自我意识的作品,在唐玄宗时期的诗坛连缀起了一道独特的风景线;其中的一些杰出之作,也的确为中国文学增添了新的光彩。而从文学史的角度看,这些多才多艺、又充满创造力的诗人,贡献给唐代及以后文学的,除了边塞诗,还有其各具独特风格的一些探索性的成果,像李颀、崔颢诗中的人物刻画,王昌龄笔下的诗境与诗意的高度契合,以及相当一部分诗人作品中表现出的对情节的重视与对结构的讲究。这些探索性的成果,从文学发展的角度看具有十分重要的意义。因为正是这些潜在而又颇具活力的因素,经过稍晚一些的几位大诗人,如李白、王维等的进一步发挥,加上唐中叶以后大批作家承前启后式的广泛实践,使中国文学的表现方式日趋丰富,为后来者在此基础上拓展出一片又一片文学新天地,创造了绝好的机缘。

第四节 孟浩然、王维

在唐代诗歌形成自己独特风貌的历史过程中,诗歌流派的出现有着重要的意义。唐诗史上最早具有较鲜明的特征的流派,一般认为是以孟浩然、王维为代表的山水田园诗派。

孟 浩 然

孟浩然(689—740),襄州襄阳(今湖北襄樊)人,故世称"孟襄阳"。早年隐居于家乡岘山的南园。四十岁时赴京都长安应进士举,不第,即漫游吴越,穷极山水之胜。数年后归家,居于鹿门山。开元年间,名相张九龄因受李林甫诬陷,被贬荆州长史,署浩然为从事,不久罢去。以隐居终。有《孟浩然集》。

在唐玄宗时期的诗坛上,孟浩然年辈小于张九龄,长于王维,而与张、王两位均有交往;后世因其诗多写山水,且将其与王维并称为"王孟"。他的一部分诗作,显然受到张九龄诗风的影响,具有张诗特有的那种恢弘的气势,像写赠张九龄的《望洞庭湖上张丞相》一诗,前四句曰:"八月湖水平,涵虚混太清。气蒸云梦泽,波撼岳阳城。"大处落笔,意蕴深厚,把秋境中水雾迷蒙、波涛涌动的洞庭湖表现得极富生气。但由于他个人一生基本上都处于一种与张九龄完全不同的境遇中,而这种境遇又非他原来就十分倾心的——他的诗中就有不少句子流露出对自己终未入仕的遗憾,如"不才明主弃"(《岁暮归南山》)之类,因此他的作品从整体上看也就较少显现出由开阔的胸襟而造就的一种开阔的诗境,而更多呈现出一种经过约束提炼而铸就的貌似自然的质态。史称其为诗"伫兴而作,造意极苦;篇什既成,洗削凡近"(《全唐诗》小传语),我们读他的一些名作,也的确可以发现其自然形质之下的苦心。如著名的《过故人庄》:

> 故人具鸡黍,邀我至田家。绿树村边合,青山郭外斜。开轩面场圃,把酒话桑麻。待到重阳日,还来就菊花。

诗所记述的,是一件再平凡不过的小事:应邀至一位乡村老朋友家喝酒。诗整体上描绘的,也似乎是十分平常的途中所见与席间所谈。然而透过这平凡的主题,却可以发现作者表述这一主题的方式颇具匠心。从结构上看,首联中"邀我至田家"的"邀"字,与末联中"还来就菊花"的"就"字,两两成对,一出自朋友,一出自作者,"我"对于赴宴的态度在诗中由被动而转主动,动态之中便将诗人对田家生活的羡慕之情悄然呈露。而解答何以诗人会出现这种转变的文字,则是诗的中间两联。那是既对仗工整、又意趣盎然的两联,前两句绘途中之景,有色彩,更有动感,"合""斜"两字尤其传神;后两句则似乎俗得不能再俗,但因为前有"绿树""青山"那一细巧之联作引导,后有"待到重阳日"的浓情预约作殿军,故而俗中见雅,平中见奇。唐人称赞孟氏诗作"遇景入咏,不钩奇抉异,令龌龊束人口者,涵涵然有干霄之兴,若公输氏当巧而不巧者"(皮日休《孟亭记》),指的正是这类诗。

孟浩然又是唐代大量写作山水诗的第一人。他行踪所至,虽然大都在家乡周围以及吴越一带,但游即赋诗,而诗多熔铸个人对于自然的感受,较之六朝时期山水诗那种较多平面表现自然之美的倾向(如谢灵运诗所呈现的),是大大地进步了。例如下面这首《与诸子登岘山》:

> 人事有代谢,往来成古今。江山留胜迹,我辈复登临。水落鱼梁浅,天寒梦泽深。羊公碑尚在,读罢泪沾襟。

风格上与孟诗习见者不异,都是以自然的语言表现眼前所见与即景所思,而构思上却能由今思古,给自然之物注入诗人的独特感受。中间穿插"水落鱼梁浅,天寒梦泽深"一联,似是闲笔,却能调节全诗节奏,给读者以想像的空间。结语则沉郁悲怆,余味无穷。又如著名的《宿建德江》:

> 移舟泊烟渚,日暮客愁新。野旷天低树,江清月近人。

用天边的夕阳映衬泊于水岸的舟中之客的愁绪,而又以"新"字形容这种伴随日落而初起的莫名愁绪,诗语间情景交融之奇巧,为前所罕见。而更为出色的,是诗的后两句似乎忽而离开主人公的情绪表现,转去描绘江天景致。但旷野中因视野开阔而造成的天高树低,江面上因水清而显现的水中之月与人的贴近,又实无一不系于人的情绪与感觉。表现这种自然与人的亲近,其潜在的含义,是浪迹天涯的游子,内心总有一份难以排遣的与尘世的疏离感。这份疏离感不能简单地用给人以喜或给人以悲去概括,它更多的是表现了人生的一种莫名的惆怅。孟浩然借山水诗来艺术地表现人作为自然的存在及其面对自然时所特有的心态,无疑是大幅度地拓展了山水诗的表现空间。

从艺术表现手法上看,像《宿建德江》的"野旷天低树,江清月近人"两句,还反映出孟浩然诗歌创作的一个重要的成就,就是更加注重用诗的语言铸造文学意象;更明确地说,是注意在对自然物的描绘中,以凝练的诗语给对象注入浓烈的主观色彩。这种注重意象创造的表现方式,在前此的文学中偶有呈现,但多偏重于主观色彩的表露而忽视了诗语的凝练(如西晋文学)。而同时又有一部分作品,则偏重于诗的形式之美而忽视了主观色彩的融入(如梁陈时期的一些诗作)。两者均未能完美结合,至孟浩然则明显进步了。这种注重意象构造的方式,在以后的唐诗中得到了长足的发展,成为唐诗区别于其他时代诗歌的一个重要特征。

孟浩然的另一些诗,常以天真而富于情趣见长,显现出这位终于未能入仕的老隐士对于人情自然的深刻观察力,以及充分享受自由人生乐趣的心志。如传诵千古的小诗《春晓》:

春眠不觉晓,处处闻啼鸟。夜来风雨声,花落知多少。

短短四句诗,却蕴含着浓厚的春的气息。前两句所赞颂的,是自足的生命与春天的蓬勃生机相结合而形成的美,后两句则用了一种转折的笔法,写出一觉醒来的主人公由落花而伤春、惜春的心情,那是一种源自春天的淡淡的忧愁,一丝不易被人觉察的感伤。此诗之所以成功,也就在于它用平易而又恬静的语句,深刻地描写了人们对于春天的独特感受和情绪。再如《济江问同舟人》:

潮落江平未有风,轻舟共济与君同。时时引领望天末,何处青山是越中。

把一处将要呈现于眼前的他乡,表现得如同久别的亲友,情趣天真,锻造无痕,可谓七绝妙作。

孟浩然在唐代前期诗坛上是一个身虽在野,而名闻当世的重要诗人。他的人品与他的作品,受到了当时年辈稍晚的许多著名作家的羡爱。青年时代的李白,即写有"吾爱孟夫子,风流天下闻。红颜弃轩冕,白首卧松云。醉月频中圣,迷花不事君。高山安可仰,徒此揖清芬"(《赠孟浩然》)那样备极赞美的诗句。天宝后期丹阳殷璠编《河岳英灵集》,又称赞其诗"无论兴象,兼复故实"、"文采䒠茸,经纬绵密,半遵雅调,全削凡体"。从某种意义上说,孟诗与前面介绍的张九龄的作品,既分别代表了在野在朝诗人在不同的地位上对唐诗发展的开拓性的贡献,也代表了唐诗发展至玄宗前期所已具有的多侧面的表现方式与不同的主题,它们共同成为唐诗繁荣的序曲。

王　维

　　王维(约701—761),字摩诘,原籍太原祁县(今属山西),其父王处廉官终汾州司马,徙家于蒲州(今山西永济),故为蒲州人。他年轻时有过一段隐逸生涯,其间对文学、绘画与音乐都下过钻研功夫。开元九年(721)进士及第,调任大乐丞。后受牵累而贬谪为济州司仓参军。开元二十二年(734),张九龄始任中书令,他被提拔为右拾遗。三年后,张九龄被贬为荆州长史,他也离开京城,远赴塞外,在河西节度副使崔希逸幕中供职。数年后返回长安,历官左补阙、库部郎中、吏部郎中、给事中。天宝十四载(755)安史之乱起,次年乱军攻入长安,他被捕而又被迫出任伪职。至德初,官军收复两京后,他因被叛军拘禁时曾赋《凝碧池》诗,表白其对唐王朝的忠心,又因其时已居高官的弟弟王缙请削己之职为兄赎罪,故未遭严厉处分,仅降职为太子中允。此后累迁至尚书右丞,故世称其为王右丞。有《王右丞集》。

　　王维的幼年时代,是唐诗发展的转折时期。沈佺期、宋之问虽老而犹在;陈子昂尽管在他出生后不久即谢世,其力倡新诗风的呼唤却余响不绝;而《春江花月夜》的作者张若虚则正当盛年。他在这样的文学启蒙背景下成长起来,年轻时期的诗歌创作也就不可避免地浸润了转折初始期唐诗的丹彩与风情。他写于十六岁(一说写于十八岁)时的《洛阳女儿行》,便很有些模仿唐代诗风转变初期的歌行的意味:

> 洛阳女儿对门居,才可颜容十五余。良人玉勒乘骢马,侍女金盘脍鲤鱼。画阁朱楼尽相望,红桃绿柳垂檐向。罗帏送上七香车,宝扇迎归九华帐。狂夫富贵在青春,意气骄奢剧季伦。自怜碧玉亲教舞,不惜珊瑚持与人。春窗曙灭九微火,九微片片飞花琐。戏罢曾无理曲时,妆成只是薰香坐。城中相识尽繁华,日夜经过赵李家。谁怜越女颜如玉,贫贱江头自浣纱。

此诗诗题源于梁武帝萧衍《河中之水歌》中"洛阳女儿名莫愁"句,而全诗主旨则在描绘唐代贵族女子奢华的生活。诗中用了许多浓彩笔墨渲染这些似乎一辈子都无忧无虑的美人婚前婚后的物质享受,但在诗尾却引入与之貌美相同而生活境遇截然相反的浣纱女形象,借对照而表现诗人的思索。尽管整首诗的深刻程度不如刘希夷《代悲白头翁》、张若虚《春江花月夜》，但其表现主旨的方式，则显然与刘、张等人的作品颇为相似，都是在极写繁华之后，揭示出人生的悲惨一面；不过刘、张是纵向的比较，王维此诗是横向的比较。

王维年轻时候另有一些铅华洗尽、语言简练的作品，显示了他具有深入把握诗的特质以传神地表达个人情感的潜力。其中最著名的，是他十七岁时写的绝句《九月九日忆山东兄弟》：

> 独在异乡为异客，每逢佳节倍思亲。遥知兄弟登高处，遍插茱萸少一人。

诗的前两句以看似极平常的语言，表述了具有普遍人性意味的佳节思亲主题；而落笔所重，则在首句的一个"独"字和两个"异"字，以此创造出一种个人离乡的孤独情绪，来反衬佳节思亲程度的浓烈。后两句又将意绪飘然落至所思亲人处，用想像彼时彼地"我"不在场的情景方式，借对方的失落感再一次反衬出思亲之人的孤独与怀乡之意。这种在极为有限的篇幅中打破时空界限，反复照应以组合意象，进而表现出带有普遍性的个人情感的艺术创造方式，是王维以后诗歌创作中常用并且日臻圆熟的手法。如他的一首题为《杂诗》的五绝："君自故乡来，应知故乡事。来日绮窗前，寒梅著花未？"便同样是以跨越时空的形式，通过向乡人询问故乡梅花开放胜景的情节，来传神地刻画诗人的思乡之情。

王维早年诗歌中的另一值得重视之处，是对近体诗的语言的探索。自魏晋以来，诗歌已逐步形成一种以显示感情的强度和深度为主，使语句构造（包括句子间的逻辑联系）适合此一要求的特殊语言，沈佺期、宋之问的律诗的出现，更在近体诗中把诗歌语言的特殊性推到了一个新的阶段，诗句甚至可以不是一个语法结构完整的独立句子（参见本编第六章第五节论沈佺期、宋之问的部分）。但在王维早期的近体诗中，又出现了某种向日常语言倾斜的特点，上引《杂诗》的"君自故乡来，应知故乡事"就是一个突出的例子。语言朴素，看不出雕琢痕迹，而且不避重复，短短的十个字中，"故乡"二字就出现了两次。但这种重复，正突出了他对故乡的深切怀念。加以起句突兀，使人不知其关心的重点在"君"抑在"故乡"；读到第二句，虽然明白了上述疑点，却又会急于知道其所关心的是故乡的何等大事。读完全诗，始恍然于其关心之琐细，同时也就为其对故乡的深情所深深感动。全诗的结构，如抽茧剥丝，连绵不绝而层层深入。总之，此诗是以接近于日常用语的素朴语言，表述其深厚的感情，并不着痕迹地运用修辞手法和巧妙的结构，使其感情得以强烈地打动读者。他的《九月九日忆山东兄弟》也有类似的特点。如就近体诗的发展来考察此种倾向，则孟浩然的《春晓》等诗也有类似的印痕,但不如王维这些诗鲜明;而且孟浩然只比王维大十二岁,王维作《九月九日忆山东兄弟》时又只有十七岁,所以,把王维作为近体诗中这种倾向的最早的突出代表当无大误①。而在后来的近体诗中,这种倾向不但继续存在,并且愈益发展,如李商隐脍炙人口的"君问归期未有期,巴山夜雨涨秋池。何当共剪西窗烛,却话巴山夜雨时"(《夜雨寄北》),起句突兀,第一句中有两个"期",第二句与第四句的"巴山夜雨"重出,可说是更集中地体现并强化了上述特点。

王维进入中年后的诗作,其个人境遇的印痕较前强烈,尤其是开元二十五年后有一段时间他在凉州崔氏幕中,边地塞上的特殊生活使他的诗也染上了一种瑰奇的色彩。像《使至塞上》:

> 单车欲问边,属国过居延。征蓬出汉塞,归雁入胡天。大漠孤烟直,长河落日圆。萧关逢候骑,都护在燕然。

诗中描绘诗人轻车出使,慰问边关将士时的所见,把无生命的蓬草和有活力的雁行都表现得颇有动感,而与这种动感相联系的汉、胡界域,则容易使人联想起当时唐朝军队与吐蕃的交战。诗中最出色的一联是"大漠孤烟直,长河落日圆",前一句的创意可能源自齐梁诗人范方《之零陵郡次新亭》诗中的"天末孤烟起"句,但衍化为一联后对仗工整,意象弘阔,并富于美术上的装饰味。这说明诗人具有善于将绘画构图技巧完美地表现为文字的卓越才能。诗的结尾则带有戏剧性,以萧关偶遇侦察骑兵,指示边塞将领仍在前线燕然山的情节,把诗境进一步拓展至文辞之外。

不过从总体上看,进入中年以后的王维,生活基本上还是比较平静而优裕的;他把自己早年对隐居的兴趣带进了此时的仕宦生涯,先在终南山置别业,继而又得宋之问旧宅辋川山居,就此过上了一种亦官亦隐的特殊生活。他的诗因此也呈现出主要描绘、表现山水田园的趋向。他被后人广泛称颂的作品中,大部分是写山居的静谧与闲适的。如《山居秋暝》:

> 空山新雨后,天气晚来秋。明月松间照,清泉石上流。竹喧归浣女,莲动下渔舟。随意春芳歇,王孙自可留。

境象清晰爽丽,旨意浅显超脱,以美的自然召唤诗人归隐作结,有巧夺天工之妙。又如写终南别业所在的《终南山》诗:

> 太乙近天都,连山到海隅。白云回望合,青霭入看无。分野中峰变,

---

① 崔颢的《黄鹤楼》诗也有这样的倾向,但现在尚无证据证明崔颢的年岁长于王维,也不能证明其《黄鹤楼》诗的写作早于王维的这些诗。

阴晴众壑殊。欲投人处宿，隔水问樵夫。

叠用多个因自然因素而变幻态势、位置、色彩、明暗的自然境象，表现已融会于自然的诗人面对此景的惊喜与惬意，有一种斑斓却不驳杂，述景又能表情的独特诗意。诗的末两句，则与《使至塞上》结尾同样具有一种戏剧效果，不同的是这里隔着一潭清水向素不相识的樵夫打探投宿处的景致，较前诗候骑报信的实境描写显得更为空灵，因而也更富情趣。

王维的山水田园诗中，还有不少以他后期别业辋川别墅及其周围景色为背景。五绝组诗《辋川集》二十首尤为著名，每诗咏一景。其中常为人称引的，是如下两首：

空山不见人，但闻人语响。返景入深林，复照青苔上。（《鹿柴》）
木末芙蓉花，山中发红萼。涧户寂无人，纷纷开且落。（《辛夷坞》）

前一诗着眼于从声、光的变幻表现空山的静谧，其中"返景入深林，复照青苔上"两句，本于梁代刘孝绰《侍宴集贤堂应令》诗中"反景入池林，余光映泉后"一联，而更富于纵深度与色彩感；后一诗则以芙蓉花的自开自落喻指自然的代谢。两诗都突出描写了王维诗中经常出现的空山无人的意象，联系他中年以后喜欢参禅礼佛的经历，可以说这种对于"空"境的偏爱，乃是其宗教情怀的艺术呈现。而两首诗都具有的不动声色、超然物外的表述方式，又可以说是与他所熟悉的佛教典籍表述方式相一致的。这些特征在《辋川集》以外的其他诗中仍可以经常看到，像题写友人皇甫岳所居"云溪"之地的《鸟鸣涧》一诗：

人闲桂花落，夜静春山空。月出惊山鸟，时鸣春涧中。

诗起首虽述及"人闲"一景，全诗所侧重的，则依然在空山一面。在这月光所照及的空山之中，忽然可以听到因月出而受惊的山鸟鸣叫起来，夜的静被暂时打破了，但山的空旷却也更加鲜明地凸现了。这是对梁代诗人王籍《入若邪溪》诗中"鸟鸣山更幽"一句的出色的形象化诠解，而整体构思似乎又受到过像陈后主《同江仆射游摄山栖霞寺》诗中"山空明月深"之类诗境的启发。又如《山中》诗：

荆溪白石出，天寒红叶稀。山路元无雨，空翠湿人衣。

诗的后两句描绘的，虽然是自然山色的空灵秀翠，使得行进于山间之人的衣服显得湿润那样一个自然的美景，但联系前两句表现的寒天萧瑟景象来考察，"空翠湿人衣"是不可能的，所以这其实是诗人的幻觉而非实境。以主观感受来取代客观实际，从佛教以心为一切的本源的观点来看，原是很正常的事，因此，王维这句颇富美感的诗正是佛教思想影响下的产物。另一方面，这也反映了在唐诗发展中其意象营造向主观倾斜的历程。

王维的不少诗作,在当时即入乐为歌,其中最负盛名的是《送元二使安西》,又名《渭城曲》:

> 渭城朝雨裛轻尘,客舍青青柳色新。劝君更尽一杯酒,西出阳关无故人。

据载,唐人取此歌作为送别之曲,且将末句"西出阳关无故人"反复重叠歌唱,称为"阳关三叠"。从文学的角度看,这种叠句的表现形式,由于所叠之句恰好表现了令人感伤的事实,因此在送别之曲中出现,无疑具有一种强烈的情感冲击力与颇有情致的现场效果。至于另一首在唐代广泛传唱,据说歌词亦出于王维之手的《相思》,即"红豆生南国,春来发几枝。劝君多采撷,此物最相思",则又纯粹是以细腻的感情抒写打动人心,让人很容易联想起王维早年的那首思亲之作。音乐与文学的结合,与后人评论王维作品"诗中有画,画中有诗"一样,都反映了王维擅长运用其他艺术类别的特性去丰富文学的表现力与内涵深度。

通观王维一生,从时间上说他完整地经历了唐玄宗开元二十九个年头和天宝十四个春秋这两段史家合称"盛唐"的历史时期。从创作上看,他年轻时代的作品一方面尚未脱尽唐初诗歌的风貌,另一方面也已开始有自己的特色,而中年以后之作,则以山水田园诗为主,边塞诗为辅,诸体悉能,众艺交融,而作品的艺术个性又极为鲜明。因此他可以说是名副其实的"盛唐"诗人。而如果我们把他和他的作品与同时期的大诗人李白及其诗歌作一比较,又会发现一些十分有意味的现象。两人年岁大约相仿,但生活经历截然不同:李白浪迹天涯,王维则大半辈子都在京城郊外的别业中度过。李白的诗更多地富于浪漫气息,"天然去雕饰",有壮美之风;王维的诗则精工细琢,除一小部分作品外,大都以巧丽秀美取胜。然而,如果探寻两人在文学上表现出不同风貌的现实背景,则又可以发现不论是李白的浪漫壮美,还是王维的巧丽秀美,都是唐代开元、天宝时期社会经济繁荣与富足,以及因之而来的士大夫在现实生活中较少受到束缚的成果。王维的诗表面上似乎远离尘世的喧嚣,但诗中所展现的诗人对纯美的注视,以及对诗的形式与意境创造的讲究,实是一种完全个人化的艺术探索。他的山水诗中有人与自然的相忘,但没有自然与人的尖锐对立;他的田园诗中颇有禅意,但却不枯寂,不灰暗,反倒因此流转无碍,生机盎然。这一切都是他的自我的体现。而李白的诗歌创作也正是在体现自我的道路上行进的。这就是他们诗歌的共同点,尽管他们的诗歌风格很不相同,而且李白在体现自我方面无疑更为勇猛。

王维在诗歌创作上所取得的成就，自然也与前辈诗人的开拓性工作分不开。就山水田园诗而言，六朝山水诗尤其是梁陈山水诗的传统，与稍前的孟浩然的大量实践，无疑对王维的创作具有启发性。不同的是六朝山水诗还比较平面化，孟浩然的作品相对而言还较多率性之辞，王维则更为精致；六朝山水诗大家往往好在诗中言理，孟浩然写山水而较多引史入诗，王维则更喜欢纯粹地描绘山水美本身。王维的边塞诗尽管写得不多，却在境界铸造与遣辞等方面与王昌龄等人的作品不无关联。

王维诗歌对唐代中期及以后诗歌的发展，具有深刻而又久远的影响。中唐诗人或重视意象铸造，或点染个人情愫，或引禅入诗，或细摹山水，都不同程度地从王维的作品中获取了灵感与养料。唐代宗故以"天下文宗"称誉王维（见《答王缙进王维集表诏》）。唐以后的诗史上，又颇有人奉王、孟诗派为大宗，像清代前期大家王士禛，即在创作中对王维式的艺术境界与情趣有所吸收，虽未能达到（也不应达到）与王维诗歌相仿的程度，却也从一个侧面显现了王氏作品的长久的艺术魅力。

第五节 李 白

李白是唐代的伟大诗人，也是中国文学史上最伟大的诗人之一。他的作品把唐代诗歌推到了一个新的阶段。在他以前，在中国古代文学中，没有哪一个诗人曾那样地热情讴歌生活，显示强大的生命力，也没有哪个作家向往过他所憧憬的那种自由。他的诗波澜壮阔，气象万千，但又不乏清新、明媚、宁谧之作，对中国文学史来说，他像是一颗发出巨大光芒的划过长空的彗星。

一、李白的生平

李白（701—762），字太白。他出生在碎叶①。据陈寅恪先生考证，他本是西域胡人，已与汉族同化②。他自称原籍陇西成纪（今甘肃静宁）。约五岁时，随他父亲移居绵州昌隆（今四川江油）。他父亲在有关的古代资料中被称为"李客"，这"客"字是他父亲的名还是对非土著人的泛称，在研究者中有不同看法。

---

① 碎叶，唐代安西四镇之一，治所在碎叶城（在今吉尔吉斯斯坦境内）。
② 见《金明馆丛稿初编·李太白氏族之疑问》。

李白出生在一个富裕的家庭,但从小所受的教育非常奇怪,他自己说:"五岁诵六甲,十岁观百家"(《上安州裴长史书》),"十五观奇书,作赋凌相如"(《赠张相镐》)。在这里,他没有提到儒家,尽管在百家中也可以包括儒家,但是这至少说明他并不觉得儒家比百家中其他各家有什么特别需要尊重之处。在别的作品里,他也没有对儒家表示过特别的尊重,不但在《行行且游猎篇》中说"儒生不及游侠人,白首下帷复何益",在《嘲鲁儒》里说"鲁叟谈五经,白发死章句","秦家丞相府,不重褒衣人",而且还在《庐山谣寄卢侍御虚舟》中说:"我本楚狂人,凤歌笑孔丘。"像这样的对儒家的态度,说明他在少年时所受的教育中恐怕并没有给予儒家高于百家中其他流派的地位。

　　他还一再把自己比作鲁仲连,《古风》第十说"齐有倜傥生,鲁连特高妙","吾亦澹荡人,拂衣可同调";《五月东鲁行答汶上翁》说"我以一箭书,能取聊城功。终然不受赏,羞与时人同";《赠从兄襄阳少府皓》说:"结发未识事,所交尽豪雄。却秦不受赏,击晋(一作"救赵")宁为功"。这里所说的"一箭书"、"却秦"都是指鲁仲连的事情。鲁仲连是战国时纵横家一派的人物,声称自己宁可投海而死,也决不接受暴秦的统治;曾帮助其他国家反抗秦军,取得明显的成绩。赵国的平原君为了他的功绩要封他为官,又要送他黄金,他都坚决拒绝。此外,李白还很崇拜侠士,在下文中将要引及的《侠客行》,实际上也就是他心中的理想。由此可见,李白的为人与思想和儒家确有相当大的距离。这大概跟他从小就没有好好地接受过儒家的熏陶有关。当然,李白也相信道教,想做神仙,这是当时的社会风气如此。

　　从李白对鲁仲连的推崇中,可知他的事业心是很强的。基于这样的愿望,李白于大约虚龄二十五岁(725)左右,离开四川,漫游各地。他先从四川到荆门附近①,然后至浙江嵊县一带,因为当地风景秀美。其行程大抵是由今湖北省,经湖南、江西而入浙江,到嵊县以后,可能再由浙江经今南京一带,再由江苏经安徽回到湖北。在虚龄二十七八岁时,与高宗朝的宰相许圉师的孙女在今湖北安陆结婚,并住在安陆,许氏为他生了一男一女。婚后,他仍时时出游,游踪所达,北至太原,东抵齐鲁,南到吴越。但过不几年,李白就与许氏离异了。至迟在开元二十一年(733)秋天,他去当时的京城长安,想在那里找到建功立业的机会。他是从南陵(今安徽南陵县)出发的,其时他的子女也在南陵;出发前他写了《南陵别儿童入京》:"游说万乘苦不早,着鞭跨马涉远道。会稽愚妇轻买臣,余亦辞家西入秦。仰天大笑出门去,我辈岂是蓬蒿人。"他对前途充满了希望。

---

① 荆门,山名。荆门山在今湖北宜都县西北,长江南岸。

李白在长安与担任太子宾客的著名文人贺知章、书法家张旭,以及另外一些上层人物结交,他们常在一起豪饮,因此被人们称为"饮中八仙",杜甫后来还特地写了《饮中八仙歌》。其中贺知章对他的诗特别钦佩,称他为"谪仙人"。但是在政治上没有获得进身的机会,所以他又离开长安,把孩子从南陵带到了山东,就在那里落户,他自己则仍到很多地方漫游,并在吴地与一姓刘的女子结合,在那里至少住了三年。天宝元年(742),可能由于唐玄宗妹妹玉真公主的推荐,唐玄宗下诏征李白入京。李白就在吴地与他的妻子告别,应诏去长安。行前写了《别内赴征三首》,其第一首说:"王命三征去未还,明朝离别出吴关。白玉高楼看不见,相思须上望夫山。"

他一到长安,开始时唐玄宗对他很重视,命他供奉翰林,间或叫他起草一些诏告文件,他自己也很兴奋,以为实现抱负的机会来到了。但他自由率直的性格,跟这种官僚环境很不适应,唐玄宗也慢慢地对他产生厌倦。当时,他有两首诗,很能反映这种情况。节录如下:

凤凰初下紫泥诏,谒帝称觞登御筵。揄扬九重万乘主,谑浪赤墀青琐贤。朝天数换飞龙马,敕赐珊瑚白玉鞭。世人不识东方朔,大隐金门是谪仙。西施宜笑复宜颦,丑女效之徒累身。君王虽爱蛾眉好,无奈宫中妒杀人!(《玉壶吟》)

青蝇易相点,白雪难同调。本是疏散人,屡贻褊促诮。(《翰林读书言怀呈集贤诸学士》)

不过,这一时期的长安的生活对李白还是有好处的。他对于当时政治上的黑暗面看得较为清楚了。他的《古风》第二十四首写宦官的气焰之盛说:"大车扬飞尘,亭午暗阡陌。中贵多黄金,连云开甲宅。"在《古风》第四十六首中又写上层的情况说:"王侯象星月,宾客如云烟。斗鸡金宫里,蹴鞠瑶台边。举动摇白日,指挥回青天。"统治集团只注意享乐,随心所欲,他们已经腐朽了。这两首诗都写于长安。他感到没有必要再呆在长安了,于是就自己要求离开。

走出长安后,李白又开始了他的漫游生活。他先去河南商丘、开封和洛阳,并于天宝三年(744)在洛阳与杜甫相会,建立了亲密的友谊。不久,他们在兖州分别。李白自此遍历江南江北各地,生活很不得意,有时还得看别人的白眼。旧日的朋友也有不少与他疏远了,正如他自己所说:"一朝谢病游江海,畴昔相知几人在? 前门长揖后门关,今日结交明日改。"(《赠从弟南平太守之遥》)这使他更加体会了人生的悲欢哀乐,对现实有了进一步的认识。其时李白对国家军政大事异常关心,写了不少涉及时事的诗篇。

他的个人生活在这一时期也有相当大的变化。由于长期不回吴地,姓刘的妻子终于与他离异了;两人都为此很痛苦。他又与鲁地一个女子结合,但后来也分手了。最终与宗氏结婚。宗氏的上代宗楚客曾三次做过宰相,但后来因罪被杀。

天宝十四载(755),镇守北方边境的大将安禄山反叛,次年攻占长安。安禄山死后,他的部将史思明统率叛军,继续与政府军作战。安、史叛军对汉族人民残暴杀掠,社会各个方面都遭到严重破坏。这对李白的晚年具有深刻的影响。

安史之乱爆发时,李白正在安徽宣城。国家的危难,人民所遭到的灾祸,使他感到异常悲痛和愤慨。他渴望参加战斗,为国家贡献自己的力量。肃宗至德元载(756),永王李璘以抗敌为号召,在江陵起兵,并邀请李白参加他的幕府。李白接受了邀请。然而,李璘却想乘机扩充自己的势力,与他的哥哥肃宗(李亨)发生了矛盾,不久就被肃宗的军队所消灭。李白也因此获罪,被投入了浔阳监狱,终遭流放夜郎(今贵州正安县)的处分。幸而中途遇到大赦,才得再获自由。这时他已是五十九岁的高龄了。流放回来,一度曾准备从军去讨伐叛乱,但在路上忽然生起病来,这一愿望也终于没有实现。宝应元载(762)死于当涂,年六十二岁。

二、李白的诗

李白的诗歌,内容丰富,激情洋溢,具有高度的艺术成就,在我国古代作家中称得上"前无古人,后无来者"。他与屈原常被相提并论,但屈原的作品充满愤激,李白的诗主要是讴歌——对生命的讴歌,其愤激也与这种讴歌相联系。

在内容上,李白的以讴歌生命为主的诗可概括为:对生活的热情,对人的关心,对自然——自我的外化——的热爱。

首先,是对生活的热情。

李白的诗,虽然也有倾诉个人生活的愁苦的,如《醉后赠从甥高镇》的"欲邀击筑悲歌饮,正值倾家无酒钱"、"黄金逐手快意尽,昨日破产今朝贫"之类,但即使在这样的诗里,也仍然存在着"且将换酒与君醉,醉归托宿吴专诸"这样的豪气,决不被生活的愁苦所压倒。更多的诗则赞美了生活中的种种乐趣。甚至在常人看来并不能引发快乐的处境,在他笔下也变得生趣盎然。最突出的是《月下独酌》:

> 花间一壶酒,独酌无相亲。举杯邀明月,对影成三人。月既不解饮,影徒随我身。暂伴月将影,行乐须及春。我歌月徘徊,我舞影零乱。醒时同交欢,醉后各分散。永结无情游,相期邈云汉。(其一)

孤身独处,寂寞得只能跟明月及自己的影子作伴。他也明知月亮与身影都无知无觉,但仍然自歌自舞,歌唱时欣赏月亮的缓缓移动,舞蹈时欣赏零乱的身影,并由此感到无穷的欣慰。这是一种几乎在儿童身上才能看到的天真的情趣,而在儿童的天真情趣中正蕴藏着旺盛的生命力。

正因如此,生活中很多现象都引起他的由衷的赞美,无论是"炉火照天地,红星乱紫烟,赧郎明月夜,歌曲动寒川"(《秋浦歌》其十四)的工人劳动的夜景,还是"长干吴儿女,眉目艳星月。屐上足如霜,不着鸦头袜"(《越女词》其一)的少女美丽的青春,都使他神往。正如儿童一样,生活对于他具有无穷的吸引力;跟儿童不一样的是,他把这种吸引力又转达给读者,使读者与他一起欢喜赞叹。

当然,对他来说,更具有吸引力的是他亲自参与的享乐生活。这主要是喝酒,尽管也掺杂一些别的;如"有时六博快壮心,绕床三匝呼一掷"(《猛虎行》)之类。而他之所以喜欢喝酒,并不仅仅在于酒本身,更在于由此所体现的境界。这从下面的场景可以看得很清楚:

>……银鞍金络到平地,汉东太守来相迎。紫阳之真人,邀我吹玉笙。餐霞楼上动仙乐,嘈然宛似鸾凤鸣。袖长管催欲轻举,汉东太守醉起舞①。手持锦袍覆我身,我醉横眠枕其股。当筵意气凌九霄,星离雨散不终朝。……(《忆旧游寄谯郡元参军》)

他所念念不忘于这次酒筵的,是筵中"凌九霄"的"意气"、"不终朝"的忘情。在这样的场合,人忘掉自己身上的束缚,任着自己的心意,尽情享受生命的欢乐。当然,这种境界也可以以别的形式表现出来,例如《襄阳歌》:"落日欲没岘山西,倒着接䍦花下迷。襄阳小儿齐拍手,拦街争唱白铜鞮。傍人借问笑何事,笑杀山公醉似泥。"这里没有"仙乐",没有汉东太守的"起舞"。但对醉后的山公来说,仍然有着自由自在、无拘无束的快乐。

不过,李白所最渴望的并不是生活上的享乐,而是建功立业,使自己的才能得到充分的发挥。他之歌咏享乐的生活,是因为他觉得自己的抱负必能实现,所以他具有享乐的条件。《将进酒》说:

>君不见黄河之水天上来,奔流到海不复回!君不见高堂明镜悲白发,朝如青丝暮成雪!人生得意须尽欢,莫使金樽空对月。天生我材必有用,千金散尽还复来。烹羊宰牛且为乐,会须一饮三百杯。

在这里歌咏享乐和对于自己才能的自信,紧密地结合了起来。人生之所以应

---

① 汉东太守,原作汉中太守,研究者一般认为"汉中"为"汉东"之误,今据改。

该"尽欢",是因为生命短促,不尽欢就辜负了这有限的而且是迅速流逝的生命;但同时也必须充分发挥自己的才能,这才具有"尽欢"的条件,使得"千金散尽还复来"。当然,李白并不是为了生活上的尽欢才去发挥自己的才能的;他本来就迫切地要求实现自己的抱负,因此非发挥才能不可。

他经常自比管仲、诸葛亮。在《留别王司马嵩》中说:"余亦南阳子①······功成还旧林。"他要像诸葛亮那样地建立一番伟大的事业,在成功以后返回"旧林"。这是他在许多诗中一再出现过的思想,反映了他的理想的最根本的两个方面:做一番事业和不受束缚。其所以要"功成还旧林",那是因为"松柏本孤直,难为桃李颜"(《古风》第十二),一直在朝廷做官是他所受不了的。但如隐居一世以保持清高,就像孔子的弟子原宪一样,他又认为是可耻的:"羞入原宪室,荒径隐蓬蒿。"(《白马篇》)因为,"苟无济代心,独善亦何益"(《赠韦秘书子春》),像原宪这样度过一世,生命又有什么意义呢?

也正因此,对理想的执着和对个人尊严的坚持,就成为李白显示其生活热情的诗歌的两大支柱,并使他的诗不只是对于生活温馨的赞歌。

李白一再讴歌自己的抱负和巨大的才能,为自己的抱负不能实现而悲愤,因此,他与当时的现实实际是对立的。他不仅批判当时的统治集团,而且也批判"世人";他在自己诗中的形象是一个孤傲的形象。这种形象在屈原的作品里就出现过,但李白的自我形象却更富于冲击力。这从《梁甫吟》一诗里可以看得很清楚:

> 长啸梁甫吟,何时见阳春?君不见,朝歌屠叟辞棘津,八十西来钓渭滨。宁羞白发照清水,逢时壮气思经纶。广张三千六百钓,风期暗与文王亲。大贤虎变愚不测,当年颇似寻常人。君不见,高阳酒徒起草中,长揖山东隆准公。入门不拜骋雄辩,两女辍洗来趋风。东下齐城七十二,指挥楚汉如旋蓬。狂客落魄尚如此,何况壮士当群雄!我欲攀龙见明主,雷公砰訇震天鼓,帝旁投壶多玉女。三时大笑开电光,倏烁晦冥起风雨。阊阖九门不可通,以额叩关阍者怒。白日不照吾精诚,杞国无事忧天倾。猰貐磨牙竞人肉,驺虞不折生草茎。手接飞猱搏彫虎,侧足焦原未言苦。智者可卷愚者豪,世人见我轻鸿毛。力排南山三壮士,齐相杀之费二桃。吴楚弄兵无剧孟,亚夫咍尔为徒劳。梁甫吟,声正悲。张公两龙剑,神物合有时。风云感会起屠钓,大人峨屼当安之?

诗中既批判当时的统治集团,又指出"世人"与他的矛盾。这样的处境跟屈原

---
① "南阳子"指诸葛亮。

似乎颇为相似,而且,"以额叩关阍者怒"无疑是从《离骚》的"吾令帝阍开关兮,倚阊阖而望予"变化而来。但是,李白的形象却远为有力,这不仅是因为诗中出现了"以额叩关"这样为屈赋所无的勇敢动作,而且,诗中作为李白陪衬的吕望与郦食其的形象也都充满主动性而显得强大有力,而这种主动性其实是李白赋予他们的。例如,所谓的"广张三千六百钓",实际上是吕望钓了十年的鱼,是一个漫长而消极的等待,命运并不操在吕望自己手里,倘若不是文王发现了他,他大概也就只能以钓鱼终其一生。但在李白的这两句诗中,漫长的等待化成了气势宏伟的行动,并且以这种行动所体现出来的"风期",吸引了文王,这就变被动为主动。郦食其的"入门不拜骋雄辩"固是事实,但说刘邦"来趋风",这已是夸大,至于"指挥楚汉如旋蓬",则根本是无中生有。但这样一来,郦食其就更了不起,因为楚汉争雄的局势,变成由他在指挥了。陪衬人物已经如此,李白的形象自更显得强大有力。但是,这样的人物竟然见不到明主,并被世人视为"鸿毛",所以它也就成为对于统治集团和世人的强力冲击。

这样的诗篇和诗句,在李白的集子里不一而足,例如《赠新平少年》,他在其中诉说自己的处境是:"而我竟何为?寒苦坐相仍。长风入短袂,两手如怀冰。故友不相恤,新交宁见矜?摧残槛中虎,羁绁韝上鹰。何时腾风云,搏击申所能?"在《行路难》其二中,他说"大道如青天,我独不得出"、"淮阴市井笑韩信,汉朝公卿忌贾生"。不过,虽然他对统治集团跟世人都作了冲击,其重点还是在统治集团。《行路难》其二特地指出:"昭王白骨萦蔓草,谁人更扫黄金台!"最根本的是因为当时已经没有像燕昭王那样礼贤下士的君主了。

在坚持个人的尊严方面,李白在《梦游天姥吟留别》里所说的"安能摧眉折腰事权贵,使我不得开心颜",是最典型的表白。对他来说,"开心颜"是最为重要的,因而他决不肯压抑自己。由于生活在封建社会里,他对皇帝当然不敢直接表示不敬,但对宰相以下的权贵,却不肯谄媚奉迎,在他的诗里经常出现"曳裾王门不称情"(《行路难》其二)、"一醉累月轻王侯"(《忆旧游寄谯郡元参军》)之类的诗句;《侠客行》、《白马篇》更是他的自喻。在前一首中他说:"闲过信陵饮,脱剑膝前横。将炙啖朱亥,持觞劝侯嬴。三杯吐然诺,五岳倒为轻。眼花耳热后,意气素霓生。"在后一首中则是:"酒后竞风采,三杯弄宝刀。杀人如剪草,剧孟同游遨。发愤去函谷,从军向临洮。叱咤经百战,匈奴尽奔逃。归来使酒气,未肯拜萧曹。"这些作品都具有傲岸不屈的特征。他愿意为国家建功立业,但无论如何不能对权贵奴颜婢膝。所以,对于臣子中地位最高的宰相萧何、曹参都不肯下拜;王侯中能够礼贤下士的,像信陵君等,他可以与他们平辈论交,作为很熟的朋友往来。而更重要的是,在这些诗里他都强调了个人的力量,对于封建等级制度则视若无物。甚至可以"杀人如剪草",跟著名的游侠剧孟之类去干王朝统治所不允许的勾当。这样一种与统治、与社会对峙的强大有力的形象,显然是屈赋中所没有出现过的。同时,这对当时的现实显然具有冲击作用。

李白诗的第二个重要内容,是对人的关心。

马克思和恩格斯曾经在《神圣家族》中以肯定的态度引用过霍尔巴赫的如下意见:"人对于和自己同类的其他存在物的依恋只是基于对自己的爱。"李白对自我的尊重也导致了他对别人的生命的重视和关怀。因此,在他的诗里,对朋友有真挚的感情,对妻子、儿女有出自衷心的爱,对广大的人群的命运,他亦非常关注。

他为朋友所写的诗,一般都情真意切。其中《赠汪伦》、《闻王昌龄左迁龙标遥有此寄》两首尤为人所传诵。

李白乘舟将欲行,忽闻岸上踏歌声。桃花潭水深千尺,不及汪伦送我情。(《赠汪伦》)

杨花落尽子规啼,闻道龙标过五溪。我寄愁心与明月,随风直到夜郎西。(《闻王昌龄左迁龙标遥有此寄》)

前一首所写的是通常的离别,诗歌所运用的语言也素朴而自然,但人们可以感觉到,李白是被汪伦的这种深厚的感情所打动了,他的内心充满了温暖与感激。后一首诗是听说友人遭到了不幸而写的,他因此而深感忧愁,而且一直为之担心,所以他的心也就随着友人到了龙标。仅仅"我寄愁心与明月"一句,就间接显示出了他在月下为王昌龄焦虑不安的情景,以致他眼前显出了王昌龄在龙标的种种幻象,使他感到自己的心已经随着明月到了那儿的上空,看到了王昌龄的一切。

李白为妻子而写的诗,最有特色的是《久别离》:

别来几春未还家,玉窗五见樱桃花。况有锦字书,开缄使人嗟。至此肠断彼心绝,云鬟绿鬓罢梳结,愁如回飙乱白雪。去年寄书报阳台,今年寄书重相催。东风兮东风,为我吹行云使西来。待来竟不来,落花寂寂委青苔。

这首诗大概是李白为他在吴地姓刘的妻子写的。他在被唐玄宗征召到长安去时,是从吴地出发的,但他在失意离开长安时,却去了今天的河南商丘一带,这也就是他在《梁园吟》里所说的:"我浮黄河去京阙,挂席欲进波连山。天长水阔厌远涉,访古始及平台间。"而且,他在这一带逗留了相当长的时间。在这期间,他曾写信给妻子,要她西来。但是,妻子无法做到。到这时,妻子就写信给他,决定与他离异了①,这也就是诗中所说的"至此肠断彼心绝"。估计妻子在信里还跟他说明,这是出于无奈,她为此很悲伤。李白在诗中对妻子没有任何的埋怨和不满。他自己为这一变故而肠断,但他也知道她亦同样地非常痛苦,甚至比自己更为痛苦,她的"云鬟绿鬓"已经由于愁苦而变得乱如白雪。尽管接到妻子的这封信以前,他一直热切地期待着她的到来,这就是"东风兮东风"这两句诗所表达的意思;但是,一旦知道她不可能再来以后,他只是用"落花寂寂委青苔"这样的诗句来表示他自己的落寞与失望,而且仍然充满着眷恋,没有感到是妻子对不起他。在当时这样的男权社会里,李白能对妻子如此,这是很难能可贵的。

李白为子女所写的诗,感情最深切的是《寄东鲁二稚子》,当时他寄居吴地,可能已与上说的吴地女子结婚,所以已有将近三年没有回东鲁的家了。他想到东鲁的子女在家中的孤单、寂寞的情况,觉得非常痛苦:"娇女字平阳,折花倚桃边。折花不见我,泪下如流泉。小儿名伯禽,与姐亦齐肩。双行桃树下,抚背复谁怜?念此失次第,肝肠日忧煎!"他想像子女在家里的情况是如此地鲜明生动,而在这样的想像中也体现了他对他们的无限爱怜。

李白虽然崇拜侠士,但对刺杀庆忌的要离却非常反感。因要离为达到刺杀庆忌的目的,竟让人杀害了自己的妻子和子女。故李白在《东海有勇妇》诗中说:"要离杀庆忌,壮夫所素轻。妻子亦何辜,焚之买虚声!"在中国的传统观念中,妻子和儿女是应该为丈夫、父亲作牺牲的,以致安史之乱期间坚守睢阳的张巡在军粮断绝时杀掉自己的爱妾给部下分吃,还被传为美谈。两相对照,李白这种对待妻儿的态度实含有尊重个人生命价值的精神。

李白对广大人群的关心是多方面的,包括精神生活和物质生活。

李白集子中有不少诗,是写女子对丈夫的怀念以及独居的寂寞痛苦。例如《长干行》《乌夜啼》《子夜吴歌》《春思》《思边》《独不见》等等。诗中女子的丈夫,有的是自己出去经商或做别的事情的,有的是被国家征发出去服兵役的。但无论是哪一种情况,李白都对她们很同情,为她们深感悲伤。属于第一类型的,可以《长干行》为代表:

妾发初覆额,折花门前剧。郎骑竹马来,绕床弄青梅。同居长干里,两小无嫌猜。十四为君妇,羞颜未尝开。低头向暗壁,千唤不一回。十五始展眉,愿同尘与灰。常存抱柱信,岂上望夫台。十六君远行,瞿塘滟滪堆。五月不可触,猿声天上哀。门前迟行迹,一一生绿苔。苔深不能扫,

---

① 李白跟他在吴地的妻子,大概并非正式的婚娶关系,所以女方要离异也用不着征得李白的同意。关于李白的婚姻问题,参见章培恒《献疑集·李白的婚姻生活、社会地位和氏族》。

落叶秋风早。八月胡蝶来,双飞西园草。感此伤妾心,坐愁红颜老。早晚下三巴,预将书报家。相迎不道远,直至长风沙。

诗中的女子还很年轻,在诗中,她回忆了跟丈夫结合的经过,充满着爱情的甜蜜,同时也充分地表达了相思的痛苦。而最突出的是她的为青春的流逝所感到的深切悲哀,也就是她所嗟叹的"感此伤妾心,坐愁红颜老"。诗中的女子是为生命的虚掷而悲哀,而这样的悲哀也正是李白所深深地体会到的。从这也可以说明,只有珍惜生命的人,才会懂得别人从珍惜生命出发的种种感情。

属于后一种类型的,可以《子夜吴歌》其三、其四作为代表:

长安一片月,万户捣衣声。秋风吹不尽,总是玉关情。何日平胡虏,良人罢远征?(其三)

明朝驿使发,一夜絮征袍。素手抽针冷,那堪把剪刀。裁缝寄远道,几日到临洮?(其四)

在这里,妇女对于戍边的丈夫的深切怀念、挚爱和李白对她们的深刻的同情,都写得很鲜明。"素手"两句,固然出于想像,但既符合实际情况,又充分体现了李白对她们的理解。

李白对人群的关心,最突出地表现在他对人群被大量地投入死亡所产生的悲愤。在安史之乱爆发以后,他写过不少诸如"白骨成丘山,苍生竟何罪"(《经乱离后天恩流夜郎忆旧游书怀赠江夏韦太守良宰》)之类的诗句,显示了他的高度义愤。而在这以前,他早就为人民的非人的遭遇而感到深重的痛苦。

……借问此何为?答言楚征兵。渡泸及五月,将赴云南征。怯卒非战士,炎方难远行。长号别严亲,日月惨光晶。泣尽继以血,心摧两无声。困兽当猛虎,穷鱼饵奔鲸。千去不一回,投躯岂全生!如何舞干戚,一使有苗平?(《古风》第三十四)

这里所记的事件是:天宝九载(750),南诏国王阁罗凤为云南太守所辱,并遭诬告,被迫起兵反抗。唐朝的统治者两次派兵南征,伤亡达十余万人,这是当时伤亡最惨重的战争。当统治者大举募兵时,人民都"莫肯应募,杨国忠遣御史分道捕人,连枷送诣军所……于是行者愁怨,父母妻子送之,所在哭声震野。"(《资治通鉴》卷二百十六)李白在诗里所表现的,不是对被征发的士兵及其家长的一般的同情,而是感同身受的痛苦。在"泣尽继以血,心摧两无声"这样的诗句里,其实也包含着李白自己的血泪和心碎肠裂。

李白诗歌的第三个重要内容是对自然——自我的外化——的热爱。

李白对自然的热爱体现在他的许多写景诗里。这些诗篇同时也打着诗人性格的鲜明烙印。

李白所热爱和歌颂的,往往是高峻和奇特的山峦,广大的、怒龙似地飞驰的江河,以及笼罩着某种神话气氛的奇异境界。当然,他也写过幽美恬静的风景诗,但是最有代表性的乃是描写这类瑰奇景色的诗篇;它们表达出他在直观自然时的深刻感受。诗篇里的一草一木、一山一水,都经过诗人感情的锤炼,凝结着他的追求自由、不顾一切地冲破束缚的精神,具有一种雄伟的气势,从侧面显示出他对那些狭隘的、"拘挛而守常"的生活的厌倦和憎恶,渗透着行动的渴望。

《蜀道难》是李白在这方面的最著名的诗篇。

> 噫吁嚱,危乎高哉! 蜀道之难,难于上青天! 蚕丛及鱼凫,开国何茫然。尔来四万八千岁,不与秦塞通人烟。西当太白有鸟道,可以横绝峨眉巅。地崩山摧壮士死,然后天梯石栈相钩连。上有六龙回日之高标,下有冲波逆折之回川。黄鹤之飞尚不得过,猿猱欲度愁攀援。青泥何盘盘,百步九折萦岩峦。扪参历井仰胁息,以手抚膺坐长叹。问君西游何时还? 畏途巉岩不可攀。但见悲鸟号古木,雄飞雌从绕林间。又闻子规啼夜月,愁空山。蜀道之难,难于上青天,使人听此凋朱颜! 连峰去天不盈尺,枯松倒挂倚绝壁。飞湍瀑流争喧豗,砯崖转石万壑雷。其险也若此,嗟尔远道之人,胡为乎来哉? ……(《蜀道难》)

这首诗所写的蜀道,确实非常险峻,但它却不使人畏缩,而是使人产生一种要想身历其境的冲动、攀缘登临的渴望。这是因为诗人自己并没有被它所吓倒。他在问"嗟尔远道之人,胡为乎来哉"的时候,给人的感觉是他已经越过了这些险境,正在自豪地向别人提问。因此,诗里所写的这一切,是作为已经被克服的东西而出现的。越是写得高峻艰险,诗篇本身也就越显得气势磅礴,越具有一种挑战的意味。这就使《蜀道难》不仅成为李白诗中写自然景色最为优秀、最具代表性的一篇,而且也是中国文学史上无可比拟的杰构。

这一类的景色描写,在李白的其他诗篇里也经常可以看到,例如,"洪河凌竞不可以径度,冰龙鳞兮难容舠。邈仙山之峻极兮,闻天籁之嘈嘈。霜厓缟皓以合沓兮,若长风扇海,涌沧溟之波涛。玄猿绿罴,舔舕崟岌,危柯振石,骇胆栗魄,群呼而相号。峰峥嵘以路绝,挂星辰于岩嵌。"(《鸣皋歌送岑征君》)"西岳峥嵘何壮哉! 黄河如丝天际来。黄河万里触山动,盘涡毂转秦地雷","巨灵咆哮擘两山,洪波喷流射东海。三峰却立如欲摧,翠崖丹谷高掌开。"(《西岳云台歌送丹丘子》)所有这些,都具有一种激动人心的力量;也都是在他以前的文学作品中所没有出现过的境界。

三、李白在中国文学史上的地位

李白在中国文学史上具有崇高的地位。这是因为,他的诗歌的上述独一无二的内容是通过与此相配的完美的形式而表现出来的,从而具有高度的美感。

大致说来,感情的强烈和想像的丰富是他作品中最为重要的因素。由于感情的强烈,他往往依据感情的发展来决定结构。由于想像的丰富,他能把许多互不相关的事物组织在一起以表现其强烈的感情。以《梁甫吟》来说,作品的前半部分已经写了吕望和郦食其,赞扬了他们巨大的功绩,而且还以"狂客落魄尚如此,何况壮士当群雄"这样的诗句表明自己远比吕望、郦食其伟大。但是到了作品的下半部分,却又出现了"力排南山三壮士,齐相杀之费二桃。吴楚弄兵无剧孟,亚夫咍尔为徒劳"这样的诗句,那也是用来比拟自己的,而晏婴与剧孟决不比吕望和郦食其的成就更大。放在这里,似乎是一种累赘。但在这四句以前,诗人写了一句"世人轻我等鸿毛",而这一句是为了表现他的处境和愤慨所必需的。既有此句,他自非反击不可;而出于反击目的的这四句自也不能或缺了。同时,由于在这些诗句里都体现出诗人感情的激烈的跃动,读者的感情同样随之起伏,如没有诸如此类的诗句出现,读者也会感到不满足。总之,通过《梁甫吟》,我们可以充分看到感情在李白诗中的巨大作用。另一方面,李白在这首诗里用了十几个典故①,再加上帝旁玉女、阍者震怒等在典故基础上的虚构,使全诗瑰丽多彩,并能充分表现自己的感情。这固然有赖于他的丰富的想像力,同时也有赖于他所掌握的丰富的材料。所以,李白之成为伟大诗人,当然离不开他的天赋,但也离不开才学。

正因如此,李白长诗中的形象往往既有现实的成分,也有夸张的、虚构的成分。虚实结合,使之能充分表现强烈的感情。《梁甫吟》是如此,《江夏赠韦南陵冰》《经乱离后天恩流夜郎忆旧游书怀赠江夏韦太守良宰》《书情题蔡舍人雄》等无不如此。与此相应,诗篇中的感情不但喷薄欲出,而且激烈多变。例如他的《行路难》其一,开头四句主要写其"心茫然"的情景,接下来的"欲渡黄河冰塞川,将登太行雪满山"两句却突然转为悲愤,调子也变为激昂。再下

---

① 除吕望、郦食其、晏婴、剧孟外,还有杞人忧天、猰貐、驺虞、飞猱、雕虎、焦原、张公龙泉、阊阖等。

一句"闲来垂钓碧溪上",一变而为悠闲、恬静,紧接着的"忽复乘舟梦日边"①,又显出对事业的渴望和信心。感情在瞬息之间就经历多种变化,鲜明地表现出了他内心的冲突。

上述的这一切,可说是李白的创造。有的虽在原则上已为其前辈作家使用过,但李白又作了重大的发展。如形象的虚实结合,屈原就曾运用过。但屈原的形象偏于虚,现实的矛盾斗争转化成了象征性的矛盾斗争;李白的形象却植根在确切的现实土壤中,虚的部分是作为对实的部分的强化而出现的,因而其冲击力也就更大。虽然从实际情况来说,屈原与当时的政治现实的冲突恐怕更为剧烈。

李白由于感情丰富,兴趣广泛,他的诗歌也就风格多样,各体皆备。上引诸诗,虽多情绪激动,富于气势,但其作品中也有《自遣》诗"对酒不觉暝,落花盈我衣。醉起步溪月,鸟还人亦稀"的恬淡、宁静,《静夜思》"床前看月光,疑是地上霜。举头望山月,低头思故乡"②的自然、朴素,而且都富于魅力。至就体裁来说,七言歌行固然最为擅长,但五律、五绝以及七绝,也都佳作纷呈。其余各体在上面都已引及,今再引五律一首如下:

> 青山横北郭,白水绕东城。此地一为别,孤蓬万里征。浮云游子意,落日故人情。挥手自兹去,萧萧班马鸣。(《送友人》)

在语言之外,含有无限深情。"浮云"一联,尤为警策。意谓游子之意虽如浮云无定,故人之情却似落日——落了仍升。仅此一首,即可见其律诗的功力。在李白之前,我国诗人中还没有人能这样兼工多种体制的。李白之后,也只杜甫一人。

李白藉以在文学史上建立崇高地位的上述成就的取得,其原因是多方面的;除了个人的天才以外,以下两点必须给以特别的注意。

首先,是自我意识的昂扬。李白诗歌的对生活的热情、对人的关心和对自然——自我的外化——的热爱,洋溢在诗中的强烈的感情,无不是自我意识昂扬的结果。至于其想像力的丰富,也必须以挣脱心灵的束缚为前提,从而在根本上仍离不开自我意识的扩张。他的这种特色的形成,一方面是历史发展的产物。从嵇康的发现"性有所不堪,真不可强"(《与山巨源绝交书》),左思的渴

---

① 相传伊尹在将受汤的聘请时,曾梦见自己乘舟在日月旁经过。
② 此诗文字据《四部丛刊》影明本《分类补注李太白诗》。据日本森濑寿三教授考证,宋本《李太白文集》、宋刊《乐府诗集》、洪迈《万首唐人绝句》嘉靖本(现存此书的最早刊本)所收此诗均与此同;作"床前明月光,疑是地上霜。举头望明月,低头思故乡"者为明代后期人所改。见其所著《唐诗新考》第二章第一、二节,关西大学出版部,平成十年。

望实现个人抱负和坚持自我尊严①,陶渊明的高唱"违己讵非迷"(《饮酒》之九),直到王绩的否定"礼乐囚姬旦,诗书缚孔丘"(《赠程处士》),张九龄的声言"草木有本性,何求美人折"(《感遇》之一),这些都在不同程度上体现了自我意识的觉醒,也说明了自魏晋到唐玄宗时期都存在着此种历史要求。李白正是这一传统的继承者。但另一方面,李白的自我意识更为高昂,更具有冲击力,这除了社会发展的因素之外,与李白的家庭出身及其从小所受的教育当也存在着联系。就这一点说,陈寅恪先生关于李白家世的考证对我们理解李白诗歌特色的成因是很有帮助的。

其次,是对于其以前的长期积累的创作经验的继承和发展。无论是创作原则还是具体的诗句,李白对前人的经验多所吸取,但绝非因袭,而是创造性地加以运用。以创作原则而言,如其形象的虚实结合,就是对屈原作品中已经出现过的这一原则的重大发展(说已见前)。至就具体诗句论,其例子更不胜枚举。如李白《战城南》的"野战格斗死,败马号鸣向天悲。乌鸢啄人肠,衔飞上挂枯树枝",其前两句显然本于汉乐府《战城南》的"枭骑战斗死,驽马徘回鸣",后两句则自该诗的"野死不葬乌可食"演化而来,但李白的这些诗句远比汉乐府《战城南》的惊心动魄。又如其《淮南卧病书怀寄蜀中赵征君蕤》的"吴会一浮云,飘如远行客",也源于《古诗》十九首中"青青陵上柏"一诗中的"人生天地间,忽如远行客",但《古诗》的"忽如"句是象征人生的短促,李诗的"飘如"句则是形容"远行客"的行踪无定,身不由己,犹如浮云的随风飘荡("飘如"作"飘然"解)。句子的形式类似,而意义迥别。总之,李白广泛地、创造性地吸取了前人的经验,作为自己的营养,这也是其诗歌获得辉煌成就的重要原因之一。大致说来,李白于魏晋南北朝文学,获益更多。他虽然对建安以后的绮丽之风感到不满②,但却吸收了六朝文学的清新、俊逸,正如杜甫评李白诗所说的:"清新庾开府,俊逸鲍参军。"(《春日忆李白》)六朝文学对美的追求,也对他产生了深刻影响。他集子中提到谢灵运和谢朓的诗句有数十处,好些诗中都直接引用了二谢的诗句,如"山水含清晖"、"朔风吹飞雨"、"澄江静如练"等,这些诗句都深具美感,从中也可看出李白吸取六朝文学经验的重点所在。

正因李白在诗歌创作方面具有如此巨大的成就,他在生前就很受推崇,杜甫誉之为"白也诗无敌,飘然思不群"(《春日忆李白》)。到了中、晚唐时期,他

---

① 左思诗的"铅刀贵一割,梦想骋良图。左眄澄江湘,右盼定羌胡。功成不受赏,长揖归田庐"(《咏史诗》之一),"功成耻受赏,高节卓不群。……连玺曜前庭,比之犹浮云"等句子,均是这种思想的体现。
② 李白《古风》其一:"自从建安来,绮丽不足珍。"恐应理解为建安以后文学中的绮丽之风不足珍,并非说建安以后的文学全都"绮丽"而"不足珍"。

与杜甫更成为诗坛的两面旗帜,韩愈谓之"李杜文章在,光焰万丈长"(《调张籍》),李商隐也说"李杜操持事略齐,三才万象共端倪"(《漫成》)。白居易、元稹虽因强调"风雅比兴",对李白有所不满,但白居易在《读李杜诗集因题卷后》中仍并赞两人为"吟咏留千古,声名动四夷"。足见其在唐代影响的深远。如果联系中、晚唐时期的诗歌演进来考察,那么,中、晚唐时期诗歌纵情倾向的发展、想像的瑰奇、对美的追求,均与李白一脉相承;诗歌意象的向主观化倾斜,也与王维、李白有关(均见本书第四编《概说》)。倘就中国整个文学的演变而论,那么,后来的词、曲乃至小说的成就的取得,也以纵情倾向的进一步强化、对美的不倦追求为主因之一。宋代王安石曾说李白"识见污下",因为他的诗"十句九句言妇人耳"(释惠洪《冷斋夜话》卷五),这并非事实,因为李白诗中"言妇人"的远没有那么多;但后来文学作品中写女性和爱情的内容愈益扩大和深入,也确是纵情倾向加强的结果。自然,我们不能把这一切归因于李白个人。如上所述,李白的诗歌既是其个人的产物,但其自我意识的昂扬、感情的强烈等等,均是历史潮流的体现;而其以后的文学的发展,也离不开历史的趋势。所以,确切地说,李白诗歌实是我国文学演化过程中承先启后的一座突出的里程碑。至于李白作品对后来诗歌的具体影响(例如其气势对韩愈诗的影响),限于本书的性质和篇幅,这里就不再介绍了。

第六节 高适与岑参

被视为安史之乱以前的重要诗人的,还有年岁接近李白的高适与小于李白的岑参。两人均以边塞诗著称。但王昌龄等人的边塞诗的成就,偏重于抒情;高、岑的边塞诗的名篇,则尤在于叙事。前面我们已经介绍了王昌龄等一批擅写边塞诗的作家及其作品,这里我们要讲一下唐诗发展到玄宗后期涌现出来的两位也是以擅写边塞题材诗歌著名的诗人——高适与岑参。

高 适

高适(约700—765),字达夫,渤海蓨县(今河北景县)人。生性落拓,不拘小节,早年有相当长一段时期浪游于梁、宋(今河南开封、商丘)一带,传说他甚至靠当乞丐为生。他的理想是做官,二十岁时即赴长安寻求机会,未获成功;至年届不惑,犹苦读不辍,希冀有出头之日。后来他终于靠了宋州刺史张九皋的荐举,中"有道科",而结果也不过只当上了一个官阶甚低的封丘县尉。到河西节度使哥舒翰分守边塞时,他便离开封丘,入哥舒翰幕任记室参军。安史之乱爆发后,他屡有建言,因被提拔为谏议大夫,节度淮南。最后官终散骑常侍,且封渤海县侯。有《高常侍集》。

高适一生,前半生潦倒贫困,后半生官运亨通,史并有"有唐以来,诗人之达者,唯适而已"(《旧唐书》语)的话。然而从高适的文学成就看,他诗歌创作中的大部分为世所传诵之作,大都写于安史之乱前其官职不高甚至是一无官位时。因此尽管高适就其生活年代而言是一位兼跨玄宗、肃宗、代宗三个阶段的人物,但从文学地位来看,他实是一位玄宗时代的诗人。

高适的早期诗作中,流传甚广的是绝句《别董大》二首的第一首:

十里黄云白日曛,北风吹雁雪纷纷。莫愁前路无知己,天下谁人不识君!

根据同题第二首"六翮飘飖私自怜,一离京洛十余年。丈夫贫贱应未足,今日相逢无酒钱"诸语,可推见两诗当作于高适个人生活尚颇潦倒时。然而由上引的第二首看,高适虽身居困境,而其内心仍充满了一股不甘堕落的豪气。诗以黄云白日和漫天大雪开场,先渲染出一种对个人精神上造成沉重的压抑感的自然氛围,然后笔锋一转,用颇为昂扬的语调,充满信心地安慰朋友:您根本不用担心我们离别之后您就不再有知己相伴前程,天下人谁会不认识您! 这里诗人既是在给予好友以实际的慰藉,同时也是在为自己的人生旅途点一盏自信的明灯。而作者自处逆境仍能写这样的诗,虽说主要是由于个人性格豁达所致,但"盛唐"这一特殊的时代能给意欲有所成就的人以充分的自信心与最大限度的成功机会,恐怕也是一个不可忽视的原因。

高适在其文学创作进入成熟阶段时写就的作品,最著名的是七言歌行体的长诗《燕歌行》:

汉家烟尘在东北,汉将辞家破残贼。男儿本自重横行,天子非常赐颜色。摐金伐鼓下榆关,旌旆逶迤碣石间。校尉羽书飞瀚海,单于猎火照狼山。山川萧条极边土,胡骑凭陵杂风雨。战士军前半死生,美人帐下犹歌舞! 大漠穷秋塞草腓,孤城落日斗兵稀。身当恩遇常轻敌,力尽关山未解围。铁衣远戍辛勤久,玉箸应啼别离后。少妇城南欲断肠,征人蓟北空回首。边庭飘飖那可度,绝域苍茫无所有! 杀气三时作阵云,寒声一夜传刁斗。相看白刃血纷纷,死节从来岂顾勋? 君不见沙场征战苦,至今犹忆李将军!

此诗题下有序,曰:"开元二十六年,客有从元戎出塞而还者,作《燕歌行》以示,适感征戍之事,因而和焉。"开元二十六年当公元738年,时高适三十九岁。从诗序看,该诗是和人同题之作;而由整首诗论,则它显然已经突破了早期边塞诗比较单纯地吟咏战事或因从军而起的闺怨的格式,而具有一种集中、深入地表现边塞战争的实质及其给予整个社会的深刻影响的特征。就构思而言,诗歌下半段中插入跨越空间的征夫怨妇相互思念的揪心场面,明显受到了南北朝后期王褒《燕歌行》的影响,但"少妇城南欲断肠,征人蓟北空回首",显然比王褒诗中"属国小妇犹年少,羽林轻骑数征行"数语更为凝练动人。而从诗的形式看,中间不时以对偶的句式表现题旨,使七古歌行因有近体诗的些许特征而表现力更为丰富,也为开拓诗境作了十分有益的尝试。其中像"战士军前半死生,美人帐下犹歌舞"一联,不仅形式对偶,而且意旨尖锐对立,深刻地表达了对战争中主帅、将士之间苦乐有天壤之别的反常情形的愤慨,从而也将诗的情绪表现推到了高潮,使全诗具有一种跌宕起伏的质感。

与《燕歌行》相比,艺术上更为成熟的诗作,是高适于天宝八载至十二载(749—753)任封丘县尉的数年间所写的《封丘县》:

> 我本渔樵孟诸野,一生自是悠悠者。乍可狂歌草泽中,宁堪作吏风尘下! 只言小邑无所为,公门百事皆有期。拜迎官长心欲碎,鞭挞黎庶令人悲。归来向家问妻子,举家尽笑今如此。生事应须南亩田,世情付与东流水。梦想旧山安在哉? 为衔君命且迟回。乃知梅福徒为尔,转忆陶潜归去来。

此诗以对照的方式,口语化的文字,写出了诗人对进入仕途的懊悔,对官场的不满,以及个人身处官场的痛苦,和意欲归隐又不知归于何处的迷茫。诗中洋溢着一份真性情,流露了一股耿介之气,显现了个性与传统意识、个人要求与社会政治的无可避免的冲突。而为了表现这种冲突给予诗人内心的沉重压力,全诗又采用了隔两句即有一联对偶,散偶相间,而对偶之联必有重点表现冲突的文辞的形式。像"乍可狂歌草泽中,宁堪作吏风尘下"和"拜迎官长心欲碎,鞭挞黎庶令人悲"两联,音节铿锵,前者抒发个人不羁的个性与作吏小县的水火不容,后者兼涉个人与百姓跟官场的对立,而吟出了具有人道主义精神的内心独白,均在诗中起到了彰显题旨的作用。对偶的形式,在本诗中无疑是被诗人运用得比《燕歌行》更娴熟因而效果也更好了。

在另外一些七言古诗中,高适则有意不用其所擅长的对偶,并且还夹杂了一些重复出现的字词,以相对拗口的方式表现诗境的古拙。像《送别》:

> 昨夜离心正郁陶,三更白露西风高。萤飞木落何淅沥,此时梦见西归客。曙钟寥亮三四声,东邻嘶马使人惊。揽衣出户一相送,唯见归云纵复横。

诗中虽然出现像"三"、"西"两字比较拗口式的重复现象,但整首诗的意境浑然苍老。尤其是诗末数语,写诗人披衣起身,欲送归客,而出门一望,所见的仅有飘然于天边的归云,此情此景,自然引读者起无尽的遐想。

高适的律诗现存不多,但也不乏形神兼备,尽显"盛唐"风采之作。如《同群公登濮阳圣佛寺阁》:

> 落日登临处,悠然意不穷。佛因初地识,人觉四天空。来雁清霜后,孤帆远树中。徘徊伤寓目,萧索对寒风。

诗中虽也流露出高适诗特有的人生沧桑感,而全诗文辞清幽,旨意悠远,与其边塞诗相比显然又是别一种风致。至其绝句佳作,除前引《别董大》第二首外,写得更为出色的是《塞上听吹笛》:

> 雪净胡天牧马还,月明羌笛戍楼间。借问梅花何处落,风吹一夜满关山。

同样以边塞为题材,风格则与《燕歌行》迥异。末两句既悲慨当地的苦寒,又隐寓思乡的悲愁。谓其时正是落梅季节,但寒冷的边塞大雪方净,根本无梅花可见,只有笛曲《梅花落》之声弥漫夜空。凄凉之情见于言外,感人至深。

岑　参

岑参(约715—770),江陵(今属湖北)人。天宝三年(744)登进士第后,曾在安西节度使高仙芝幕中掌书记。至天宝末年,又摄监察御史,充安西、北庭节度判官。安史之乱爆发后,任右补阙。历虢州长史,官至嘉州刺史,世因称之为"岑嘉州"。有《岑嘉州集》。

在文学史上,岑参向与高适被并称为"高岑",因其皆为玄宗后期边塞诗的代表性作家。与高适相比,岑参由于曾两度出塞,"累佐戎幕,往来鞍马烽尘间十余载"(《唐才子传》语),他的边塞诗不仅比玄宗前期的同类作品更多实际生活体验的表述,而且较高适的边塞诗也更为切实并富于个人情感。他不再以一个外来的旅行者的眼光去看待塞上风光,而是以一个生活于其中的边塞人的心态去记录、表现自然万物与人在绝塞风尘中的种种情状。因此他笔下的边关大漠,时常显现出常人不易目见的奇丽;而他所描绘的军旅生活,也多了一份常人难以想像的艰辛:

> 君不见走马川行雪海边,平沙莽莽黄入天。轮台九月风夜吼,一川碎石大如斗,随风满地石乱走。匈奴草黄马正肥,金山西见烟尘飞,汉家大

将西出师。将军金甲夜不脱,半夜军行戈相拨,风头如刀面如割。马毛带雪汗气蒸,五花连钱旋作冰,幕中草檄砚水凝。虏骑闻之应胆慑,料知短兵不敢接,车师西门伫献捷。

在这首题为《走马川行奉送封大夫出师西征》的歌行体诗中,给人以深刻印象的,首先是边关秋夜风沙漫天、碎石乱走之景的惊心动魄,其次是行军途中将士、幕僚乃至军马的种种困苦。全诗采用了基本上是三句一断一转韵的比较奇崛的形式,来表现这些不同寻常的画面,其中的相当一部分押韵尾字都用了动词;而如"吼"、"走"、"拨"、"割"等则更是神形兼备,凸现了本诗实录塞外征战之艰苦的题旨。又如同类题材的《白雪歌送武判官归京》:

北风卷地白草折,胡天八月即飞雪。忽如一夜春风来,千树万树梨花开。散入珠帘湿罗幕,狐裘不暖锦衾薄。将军角弓不得控,都护铁衣冷难着。瀚海阑干百尺冰,愁云惨淡万里凝。中军置酒饮归客,胡琴琵琶与羌笛。纷纷暮雪下辕门,风掣红旗冻不翻。轮台东门送君去,去时雪满天山路。山回路转不见君,雪上空留马行处。

此诗与上引《走马川行奉送封大夫出师西征》同样写到了军旅生活的艰辛。但在表现这种艰辛的过程中,又透露出一股边关将士的豪情,和惜别曾经共患难的同道时的无限惆怅。诗中最成功的地方,是以雪为串引,处处有雪,而又处处不仅是写雪。像"忽如一夜春风来,千树万树梨花开",自是想像奇瑰,因成千古名句。而"愁云惨淡万里凝",更是境象凝练,融入了诗人的意绪与创造力。至"风掣红旗冻不翻",则显然由唐初诗人虞世南《出塞》诗中"霜旗冻不翻"衍化而来,但着一"掣"字,又显现了虞诗所未有的力度。

岑参的边塞诗中,有一部分作品以抒写个人感受为主。这部分诗大都真情流露,与一般边塞题材作品中所常见的豪情充溢之态略有不同。如《凉州馆中与诸判官夜集》:

弯弯月出挂城头,城头月出照凉州。凉州七里十万家,胡人半解弹琵琶。琵琶一曲肠堪断,风萧萧兮夜漫漫。河西幕中多故人,故人别来三五春。花门楼前见秋草,岂能贫贱相看老。一生大笑能几回,斗酒相逢须醉倒。

诗借琵琶曲调引人愁思的景象,叙写了长期身处塞外的中层官僚借酒浇愁的无奈与自嘲,语言朴素而句式流畅,诸多心事,娓娓道来,而终不能道尽,遂以建议一醉方休作结,很自然地引出了人生欢愉时短、苦闷日长的感伤题旨。另一首题为《日没贺延碛作》的绝句,则质直而引人深思:

> 沙上见日出,沙上见日没。悔向万里来,功名是何物?

四句二十字的小诗,即有两句文字仅一字之差,但这种重复却恰好生动地传摹出塞外生活的枯燥单调。因此而来的下两句,则写尽了为寻求建功立业机会而来到大漠的文士面对实际的困惑。对这种困惑加以真切的表露,反映出唐诗发展至玄宗后期,一向以讴歌大漠壮美、表现塞上健儿豪情为主的边塞诗,也开始出现怀疑功利性目标的价值,更真切地表达个人实际感受与复杂的人性品质的趋向。

岑参年辈晚于高适,当他从嘉州刺史任上罢官后客死于成都旅舍时,已是代宗的大历年间。因此他的诗歌创作既具有玄宗时期唐诗的特征,也带有肃、代二宗时期诗的风貌。就这点而言,如果说在高适诗中出现像诸如"舞换临津树,歌饶向迥风"之类的意象十分凝练的诗句还多少带点偶然性,那么岑参诗里不断呈现如下一类构思奇巧的意象与联语,则应当说是一种时代的必然结果:

> 溪月冷深殿,江云拥回廊。(《闻崔十二侍御灌口夜宿报恩寺》)
> 峨眉山月落,蝉鬓野云愁。(《骊姬墓下作》)
> 演漾怨楚云,虚徐韵秋烟。(《秋夕听罗山人弹三峡流泉》)
> 砌冷虫喧坐,帘疏月到床。(《赵少尹南亭送郑侍御归东台》)

这些诗句中大都没有转折性或铺垫性的文字,用语十分凝练;而其组织文字的关键,又均非自然的逻辑,而是诗人的眼界与思绪,这正是后来中唐诗人结构诗语时最常用的手法。至如同样是边塞诗作,像《岁暮碛外寄元㧑》:

> 西风传戍鼓,南望见前军。沙碛人愁月,山城犬吠云。别家逢逼岁,出塞独离群。发到阳关白,书今远报君。

表现塞外的苍凉与诗人内心的孤独感,而使两者巧妙地融合,创造出如"发到阳关白"那样意蕴深长的句子,从精神上说,其实也是中唐式的。而七绝《山房春事》二首之二:"梁园日暮乱飞鸦,极目萧条三两家。庭树不知人死尽,春来还发旧时花。"将庭树拟人化,以其时至春季花朵依旧开放的胜景,反衬因战争而造成的"人死尽"的惨况,对比强烈,意旨沉痛,其中已几乎看不到开元、天宝年间唐诗的昂扬姿态,而更接近杜甫在中唐时期的诗歌风貌了。

国文学史新著 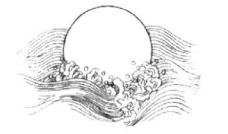 中国文学史新著

本书荣获

第二届中华优秀出版物（图书）奖
第二届"三个一百"原创出版工程入选奖
2005—2007上海图书奖一等奖
上海市第九届哲学社会科学成果奖一等奖

教育部重点推荐大学文科教材

中国文学史新著

章培恒 骆玉明 ⊙ 主编

中卷

增订本
第二版

复旦大学出版社

内容提要

本书是对现代文学以前的中国文学发展过程的实事求是而又独具特色的描述。在描述中,作者根据马克思主义理论,以人性的发展作为文学演变的基本线索;吸收西方形式美学的成果,把内容赖以呈现的文学形式(包括作品的语言、风格、体裁、叙事方式、由各种艺术手法所构成的相关特色等)作为考察的重点,并进行相应的艺术分析;严格遵照实证研究的原则,伴随必要而审慎的考证,通过对一系列作品的新的解读和若干长期被忽视的重要作家、作品以及其他文学现象的重新发现,以探寻和抉发中国古代文学本身的演化和中国文学古今演变的内在联系,从而揭示出中国现代文学乃是中国古代文学的合乎逻辑的发展,西方文化的影响只是加快了它的出现而非导致了中国文学航向的改变。此书虽然充分吸收了复旦大学出版社1996年出版的《中国文学史》的优点,但却已是一部新的著作。

目　录

第四编　中世文学・分化期

概说 …………………………………………………………………… 3

第一章　文学分化的开始与中唐诗文 ………………………… 13
　第一节　杜甫 ……………………………………………………… 13
　第二节　经历安史之乱的其他诗人 …………………………… 33
　第三节　诗坛的新生代 ………………………………………… 43
　第四节　韩愈、柳宗元及其诗文的异途 ……………………… 55
　第五节　元稹、白居易诗的两重性 …………………………… 72
　第六节　李贺及其他 …………………………………………… 81
　第七节　唐代的女诗人 ………………………………………… 94

第二章　体现新倾向的唐代俗文学与传奇 ………………… 101
　第一节　俗赋和《游仙窟》 …………………………………… 101
　第二节　变文、讲经文与词文 ………………………………… 105
　第三节　唐代的话本 …………………………………………… 108
　第四节　唐代的传奇 …………………………………………… 111

第三章　晚唐诗歌的演进与诗文分化的缓解 ……………… 128
　第一节　杜牧与许浑、张祜 …………………………………… 129
　第二节　李商隐与温庭筠 ……………………………………… 134
　第三节　晚唐前期的其他诗人 ………………………………… 139
　第四节　韦庄、韩偓等晚唐后期诗人 ………………………… 142
　第五节　司空图的诗论 ………………………………………… 153

第四章　词的兴起及其任情唯美的倾向 …………………… 155
　第一节　词的起源 ……………………………………………… 155
　第二节　唐五代民间词 ………………………………………… 156
　第三节　唐代的文人词 ………………………………………… 159
　第四节　西蜀词人 ……………………………………………… 164
　第五节　南唐词人 ……………………………………………… 167

第五章　词在北宋的繁荣 …… 172
   第一节　李煜及宋初的词 …… 172
   第二节　柳永、晏殊与张先 …… 178
   第三节　从六一词到东坡词 …… 187
   第四节　秦观、周邦彦及北宋晚期的词 …… 196

第六章　北宋诗文的重道抑情倾向 …… 209
   第一节　北宋前期诗文的趋时与复古 …… 209
   第二节　欧阳修与诗文"宋调"的形成 …… 221
   第三节　曾巩、王安石和苏氏兄弟 …… 232
   第四节　江西诗派及其他 …… 249

第七章　南宋诗词的衍化 …… 260
   第一节　两宋之交的诗词与李清照 …… 260
   第二节　陆游及其同时代的诗人 …… 272
   第三节　辛弃疾 …… 288
   第四节　永嘉四灵诗和白石道人词 …… 297
   第五节　江湖诗派、《沧浪诗话》及其他 …… 305
   第六节　从梦窗词到玉田词 …… 311

第八章　宋代的俗文学及志怪、传奇的俗化 …… 322
   第一节　杂剧 …… 322
   第二节　"说话" …… 325
   第三节　志怪、传奇的俗化 …… 327

第五编　近世文学·萌生期

概说 …… 333

第一章　作为近世文学发端的金末文学 …… 344
   第一节　辽以来文学发展的回顾 …… 344
   第二节　元好问及其他 …… 347
   第三节　《西厢记诸宫调》 …… 353

第二章　元代的杂剧 …… 361
   第一节　元杂剧的体制 …… 361
   第二节　关汉卿和他的杂剧创作 …… 365
   第三节　白朴的杂剧创作 …… 376
   第四节　马致远的杂剧创作 …… 381

第五节　王实甫与《西厢记》……………………………………… 385
　　第六节　元杂剧第一期其他作家…………………………………… 393
　　第七节　郑光祖和元杂剧第二期作家……………………………… 398
第三章　元代的南戏………………………………………………………… 405
　　第一节　南戏的兴起及早期剧本《张协状元》…………………… 405
　　第二节　《琵琶记》………………………………………………… 412
　　第三节　《拜月亭记》及其他……………………………………… 419
第四章　元代的散曲………………………………………………………… 425
　　第一节　由金入元的散曲作家……………………………………… 425
　　第二节　散曲的精致化……………………………………………… 434
第五章　近世文学萌生期的小说…………………………………………… 443
　　第一节　中短篇话本………………………………………………… 443
　　第二节　《三国志通俗演义》……………………………………… 450
　　第三节　《水浒传》………………………………………………… 459
　　第四节　文言小说《娇红记》……………………………………… 467
第六章　近世文学萌生期的诗文…………………………………………… 473
　　第一节　元初的诗文创作…………………………………………… 473
　　第二节　诗坛新风的形成…………………………………………… 476
　　第三节　元诗的高峰与殿军………………………………………… 485

第四編

中世文学

分化期

概　　说

中国文学自建安至唐玄宗时期,在总体上是沿着文学自觉的途径、本着美的追求的精神发展过来的。其间虽有梁裴子野作《雕虫论》,对美文学加以攻击,但影响不大;北周的苏绰、隋代的李谔力图改变文风①,也没有达到目的。到了唐代,陈子昂否定齐梁诗歌的"彩丽竞繁",倡导"复古",但他标举的"汉魏风骨",其实是建安、正始乃至太康时期左思的诗歌传统,并没有违背建安以来的文学发展道路。而自中唐时期起,文学就开始分化,明显地出现了两种足以对峙的倾向;当然并非在任何时期都势均力敌。

一种倾向是把文学作为政治、道德的附属品或工具,而其所坚持的政治、道德的指导原则则是儒家之道。中唐时期柳宗元提出"文者以明道"(《答韦中立论师道书》),白居易要求诗歌的"风雅比兴"(《与元九书》),都在不同程度上体现了这种倾向。到了宋代,其声势更盛。周敦颐主张"文所以载道也"(《通书》二十八),邵雍认为作诗需把"情累都忘去"(《伊川击壤集·序》),就显然比柳宗元、白居易走得更远。这些在文学创作中都有相应的体现,唐代的古文运动和新乐府运动、宋诗的感情薄弱成为较普遍的现象就是生动的例证。另一种倾向则是建安至唐玄宗时期的文学主流的继续并向着更高阶段的发展,在这方面不但有诗文,也有传奇、讲唱文学和新起的词。后者成为宋代文学中最有生命力的门类;尽管到了南宋,词的任情唯美倾向有所减弱。换言之,自中唐至南宋末期,一方面是文学的分化,另一方面是文学仍在前进。更确切地说,这是在分化中的前进。

我们把这一时期称为中世文学的分化期。

城市经济的繁荣与理学的兴起

上述文学局面的形成,除了文学自身的原因(这在本编各章中将予以具体

---

① 分别见《周书·苏绰传》、《隋书·李谔传》。

说明)外,经济的发展是很重要的因素。

南北朝时期虽长期分裂,但双方经济都在增长。不但农业,工商业也在逐渐繁荣。与此相应,则是富庶的城市的扩展。隋唐的经济就是顺着这个势头向前推进的,虽然在这过程中又经受了隋末大动乱和安史之乱等波折。

在唐玄宗时代,全国已有了许多富庶、繁荣的城市。安史之乱及其后的藩镇跋扈虽然对经济造成了很大的破坏,但那主要在黄河流域,长江流域基本未受影响,经济仍不断壮大,并承担了唐王朝的绝大部分赋税;所以中唐时期的韩愈说:"当今赋出于天下,江南居十九。"(《送陆歙州诗序》)扬州和益州(今四川成都)成了全国最繁华的都市,有"扬一益二"之称(见《资治通鉴》卷二五八)。到了唐末和五代时期,扬州虽也遭到破坏,但就总体来说,"南方及华东经济却在发展,局部区域经济正在兴起。……这些地方,发展起来的不仅是小农经济,而且是商业;宋代商品经济的发展超过唐代,主要是由于这些东南各省区域经济有新发展所形成"①。

宋代的城市经济繁荣,更胜唐代。在北宋中期,处于江南的城市杭州,已是"参差十万人家","市列珠玑,户盈罗绮,竞豪奢"(柳永《望海潮》)。至于首都汴梁的富丽,更是甲于全国。孟元老《东京梦华录》记其于北宋末的情况说:"举目则青楼画阁,绣户珠帘;雕车竞驻于天桥,宝马争驰于御路。金翠耀目,罗绮飘香。新声巧笑于柳陌花衢,按管调弦于茶坊酒肆。八荒争凑,万国咸通。集四海之珍奇,皆归市易;会寰区之异味,悉在庖厨。"但杭州在作为南宋的首都后,其规模又非北宋汴梁可及。《都城纪胜》载,南宋末年,杭州的户数达到"仅百万余家"②,这虽可能有些夸张,但几十万户总是有的。这样的一个大都市,绝不是只靠政治力量就能形成的,必须有发达的商业、手工业和文化娱乐设施相配合。有关这些方面的情况,《都城纪胜》和《梦粱录》都有较具体的记载。

与此相应,人口结构也发生了变化。杜佑在唐代中期说:"……其后仕宦途多,末业日滋,今大率百人才十人为农,余皆习他技。"(《新唐书·突厥传》)农业人口的减少实已到了极为突出的地步。又,宪宗元和六年中书、门下奏:"国家自天宝以后,中原宿兵,见在军士可使者八十余万,其余浮为商贩,度为僧道,杂入色役,不归农桑者又十有五六,则是天下常以三分劳筋苦骨之人,奉七分坐衣待食之辈。"(《旧唐书·宪宗本纪》)其所估算的农业人口虽较杜佑所估算的为多,但僧道、商贩、色役等既占到十分之五六,则其中商人及手工业者

---

① 见朱伯康、施正康《中国经济通史》,中国社会科学出版社1995年版,第649页。
② "仅"是几乎、接近之意。

的人数即使仍少于农业人口,当也不至相差很大。总之,从唐代中期起,商人和手工业者的人数必然增加颇多,这也正是城市得以发展的基础。

宋代的经济比唐代更为发展,光就海外贸易来说,南宋"渡江之初,东南岁入,不满千万"[①],而杭州、明州、广州三市舶司(管理海上贸易的机构)自建炎二年(1128)至绍兴四年(1134)间每年"收息钱九十八万缗"[②],占政府年收入的十分之一。所以顾炎武《天下郡国利病书》(卷一百)说:"南渡后,经费困乏,一切依办海舶,收入固不少。"这都可以反映其工商业的总体水平,而其手工业者和商人的人数较之唐代当亦只多不少。

城市经济的发展,手工业和商业的发达,虽然加强了整个社会的经济联系,但就从事手工业和商业的个人来说,却获得了较多的活动空间(甚至作为个人的农民也增添了谋生的途径),其个人意识自必相应增长,群体对个体的束缚不得不相应放松。同时,以经济为杠杆,享乐生活和享乐意识也大为发展起来。这一切,对于文学的较无束缚地抒发个人感情,提供了有利的客观条件。

但另一方面,这对于封建秩序却起着腐蚀作用;就当时经济的基本方面来说,还是封建经济。因而,有害于封建秩序的思想和行为是与当时制度相矛盾的。加以安史之乱的爆发和其后的藩镇的跋扈无论给唐王朝的统治还是整个社会都造成了严重的危害,于是,从思想上维护封建秩序和排斥异端就成为深具现实意义的迫切任务。宋王朝建立以后,由于手工业和商业的进一步发达,由生产发展所导致的对封建秩序的腐蚀作用有增无减,少数民族所建立的辽、夏等政权的力量又对宋政权形成强大的压力,上述的思想要求就更具有迫切性。

在中国的传统思想武库中,在这方面最能起作用的是儒家思想。但自建安以来,它一直未能再恢复到汉武帝时期所开始树立的辉煌地位。隋、唐虽然分别采取了一些提高儒家思想地位的措施,但并未产生巨大的效果。例如,唐太宗贞观时期令孔颖达等撰《五经正义》,高宗永徽二年(651)又诏中书、门下与国子、三馆博士、弘文馆学士加以考证,似乎对儒学非常重视;在完成以后,又于永徽四年宣布:"每年明经,令依此考试"(《旧唐书·高宗本纪》)。而在唐代的科举考试中,明经科却又很受轻视,远不能与进士科相比[③]。所以,此等盛举远不能改变局面。在安史之乱爆发以后数十年,遂有韩愈、柳宗元、李翱等致力于儒学复兴。这不是一种官方行为,而是作为统治阶级的地主阶级中

---

① 《建炎以来朝野杂记》甲集卷十四《国初至绍熙天下岁收数》。
② 同上书卷十五甲集《市舶司本息》。
③ 见陈寅恪先生《元白诗笺证稿》,上海古籍出版社1978年新一版,第84—85页。

一批热衷于挽救统治危机的人们的主张。它在当时就引起了较强烈的反响,到晚唐五代虽一度消沉,但到宋代则以理论更为周密、气势更为盛大的形态出现,形成了理学。尽管在宋代倡导理学的并非大官僚,理学也曾一度受到官方排斥,但在地主阶级的士人中却有广大的信徒。同时,宋王朝从真宗时期起大力提倡儒学。真宗一即位,就下诏访求孔子嫡孙,不久找到了孔子的四十五世孙,任他为曲阜县令,袭封文宣公。大中祥符元年(1008),加谥孔子为玄圣文宣王,次年,追封孔子弟子七十二人,以左丘明等十九人配享孔子庙,加封爵;同年,正月"庚午诏,读非圣之书及属辞浮靡者皆严谴之,已镂板文集令转运司择官看详,可者录奏";三年七月己亥,"诏南宫、北宅,大将军以下各勤讲肄,诸子十岁以上并受经学书,勿令废惰"(以上皆见《宋史·真宗本纪》二)。对儒家思想不仅正面宣扬,而且辅以思想统制的手段,儒学之得以在思想领域取得统治地位,自非意外。这也就给理学——儒学在当时最切合实际需要和具有最高理论水平的一个派别——的兴盛提供了肥沃的土壤。换言之,自唐代韩愈等开始的振兴儒学的努力,至宋代而结出了丰硕的果实。

不过,社会既已发展到了唐宋时期,就不可能原封不动地搬用先秦的儒家思想来解决当时的问题了。所以,韩愈、李翱等人都希图对原有的儒家思想作若干改造。李翱的见解尤其值得注意。他认为人性都是善的,但却为情所累,"情既昏,性斯匿矣,非性之过也"(《复性书》上)。为此,他主张去情而复性,但"人之昏也久矣,将复其性,必有渐也",所以,他要人首先"斋戒其心",做到"弗虑弗思,情则不生",进而达到"惟性明照,邪也何所生"的境地(《复性书》中)。被他作为"复性"的必不可少阶段的"斋戒其心",实源自佛道两家。他把韩愈的儒、法结合改成了儒与佛、道结合;这再一次证明了单单依靠儒家思想已不能挽救当时的社会危机。

宋代的理学虽有不同的派别,但以北宋的程颢(1032—1085)、程颐(1033—1107)和南宋的朱熹(1130—1200)为代表的一派影响最大,通常称为程朱理学。由南宋的陆九渊(1139—1193)与其兄陆九韶、陆九龄(1132—1180)倡始的一派在明代虽然声势很盛,在宋代却无法与程朱理学并驾齐驱。程朱理学主张"存天理,去人欲",实际是由李翱的复性去情说发展而来。其所谓"天理",就是李翱的所谓"性",但在论证"性"即"天理"的体现这一点上,较充分地显示了思辨哲学的特色;这在中国哲学史上是一种新的进展,也可说是中国自然科学进展的曲折反映。其所要去的"人欲",虽不似"情"的笼统,但也有其相通之处。因为,李翱之反对"情",就是由于从"情"出发的欲求有可能破坏社会规范;而程、朱所否定的"人欲",则正是一切与当时的社会规范相反的东西。

程朱理学在宋代虽非官方意识形态,但儒家思想在宋代受到官方的积极支持,而作为儒家思想中一个派别的程朱理学,要求人们通过普遍的自我调节来维护社会的秩序和安定,并为此提供了一整套的论据和实践的步骤,又正适合当时的维护封建秩序的需要,因而在士大夫中获得强烈的反响也正是十分合理的事。

由此,在中唐至宋末的漫长时期里,一方面,随着工商业的发展、城市的繁荣、市民队伍的日益壮大而来的市民意识对文学(以及从事文学活动的士大夫)的影响必然日渐加深,但另一方面,随着儒学的复兴、理学的形成而来的儒家思想对士大夫和文学的影响也必然会愈益加强,这就形成了文学上的较为明显的、同时又是处于错综复杂的态势的分化。

这种分化的主要表现是:第一,俗文学的兴起与雅、俗文学的互为影响;第二,雅文学本身乃至士大夫作者自身的分化。

俗文学的兴起与雅俗文学的互为影响

在唐代以前,本就存在着出于民间的文学作品。以汉代而论,即有民间乐府与俗赋。但其在文学发展中的影响,均不能与唐、宋的俗文学相提并论。因为,汉代的俗赋固然长期未曾受到重视,就是汉代乃至南朝的民间乐府,与士大夫创作的诗歌相比,也始终处于附庸的地位。但元、明两代最为杰出的文学作品却是关汉卿等人的杂剧和被称为"四大奇书"的小说——《三国志通俗演义》、《水浒传》、《西游记》、《金瓶梅词话》——以及汤显祖的《牡丹亭》;而元杂剧与"四大奇书"皆属于俗文学的范围,《牡丹亭》的体裁——传奇也由俗文学的南戏演化而成。因此,从文学发展的角度说,俗文学在元、明已由附庸而成为主流。作为当时的杂剧和通俗小说的滥觞的,则是唐、宋的俗文学。由此也可说明唐、宋的俗文学在我国文学史上的重大意义。至其所以如此,乃因唐、宋的俗文学主要是适应市民的需要而产生的,随着市民在社会上的日益壮大,这类文学也就越来越显示出它的生命力,并扩展其影响于士大夫阶层;当然同时也从士大夫的文学中吸取营养。

唐、宋的俗文学中最早出现的,是虚构性的通俗叙事作品。大致说来,这些作品均以叙述故事为主,全部或基本出于虚构,以情节及叙述的趣味性来吸引读者;至其体制,或为俗赋,或为骈文,或诗文间杂,或纯属歌诗。此类作品,绝大部分保存于敦煌石窟,一度曾被泛称为敦煌变文,似乎并不确切[①]。它们

[①] 例如,由王重民、王庆菽、向达、周一良、启功、曾毅公六位先生联合编校的《敦煌变文集》,是一部对研究敦煌保存的此类俗文学作品很有贡献的书;而书中所收,恐有相当一部分不能称为变文。参见本编第二章。

的产生时代,由现在掌握的材料看来,最早的不迟于唐玄宗开元(713—741)年间,最晚的当在唐代末期甚或宋初。中唐时期兴盛起来的传奇——属于雅文学的文言短篇小说,显然受到它的重大影响。

唐代的这种虚构性的通俗叙事作品,就是宋代"说话"的前身。但宋代"说话"又曾较多地从唐传奇吸取养料。虽然现在已无法看到宋代"说话"的面貌,但元、明间的《三国志通俗演义》和《水浒传》是宋代"说话"的后裔,则为研究者所公认。而这两部作品中所出现的对欲望等的强烈追求,在唐代的虚构性通俗叙事作品和传奇中已开其端。

在虚构性的通俗叙事作品之后出现的另一类型的俗文学,是唐、五代的民间词。在敦煌石窟中也保存着很多这类作品。以抒情为主,也间以叙事。文词虽多质俚,而不少篇章均能直写其所见所感,较少掩饰,故能真实地显示出普通人的追求和哀乐,具有感人的力量。其中唐写本《云谣集杂曲子》,收词三十首,朱祖谋曾予刊行,评为"朴拙可喜,洵倚声椎轮大辂"(《彊村遗书》本《云谣集杂曲子跋》)。其他的敦煌词,也多可作如是观。而五代、北宋的文人词则基本上继承了这一传统。其所写的,大抵为日常生活的悲欢,包括男女之情和对生命及美好的往日迅速流逝的慨叹,其中隐隐体现出对于自我的执着。北宋虽是儒家思想复兴的时代,但北宋的文人词仍颇为大胆,不像北宋诗的小心谨慎①。这大概与北宋人将词视为小道、并不把词编入自己的文集有关。因此,词人不必多所顾忌,他们努力追求的,在于真切而细腻地表现出内心的感受,其艺术成就又迥出于敦煌民间词之上,所以宋词能与唐诗、元曲并列,成为我国文学史上的独绝之作,而北宋词又较南宋为优,致使王国维《人间词话》为"北宋风流,渡江遂绝"而感慨。这恐怕与南宋人对词的重视超过北宋、开始把词编入自己的文集不无联系。陆游在为其自编的词集所作《长短句序》中说:"予少时汩于世俗,颇有所为,晚而悔之。然渔歌菱唱,犹不能止。今绝笔已数年,念旧作终不可掩,因书其首,以识吾过。"其实,陆游的词不但没有北宋柳永的大胆,也不如秦观的洒脱,但他却已经要作自我检讨了。从这里也正透露了南北宋词变迁的消息。

---

① 这里举一个例子。《王直方诗话》的《少游和参寥诗》条载:秦观曾有一诗和参寥,其末两句为"平康何处是?十里带垂杨。""孙莘老读此诗至末句,云:'这小子又贱相发也。'少游(秦观)后编《淮海集》,遂改云:'经旬牵酒伴,犹未献《长杨》。'"此诗收入秦观《淮海集》卷七,题为《辇下春情》,末两句是已经改过的。"平康"为伎女聚居之处,原来的那两句明显地表示出他与伎女之间有交往。虽然当时一般伎女都会歌舞,有的并能写诗词,与她们来往的并非都是所谓"嫖客",但把这样的内容写入诗中仍应受到指责,所以秦观不得不把它改为冠冕堂皇的"犹未献《长杨》",尽管从原来的与伎女交往一变而为想向天子献赋未免有点突兀而滑稽。但在秦观的词中,却有不少涉及伎女和赠伎女之作,根本用不到掩饰。

继唐、宋词而出现的宋代（包括金代）另一种俗文学体制为曲，在南方的为南曲，北方的为北曲，它大抵渊源于唐、宋大曲（一种大型乐舞）、词和当时当地的民间曲调（南方或北方的民间曲调）。曲和词的体式相近，但在字数定格上较为自由。同时，曲可以把同一宫调的两支或多支曲子（宫调虽异，但管色相同的曲子也可），在使用同一韵的前提下构成一个表情达意的单位，称为套数；就此点而言，其内容的含量就较词为丰富。在宋词已以雅文学的面貌流行时，曲仍为俗文学的一种。但由于上述的特点，它具有很大的发展潜力。到后来又进而将不同宫调的许多套数也按一定的规律联结起来，并杂以说白，演唱故事，称为诸宫调。由此，曲就不但是抒情性的文学作品，而且又兼具较大规模的叙事功能了。在这基础上，曲又与唐、宋（包括金代）的戏剧①相结合，演进而为剧曲：在北方的为金、元杂剧，在南方的为南戏。北方的杂剧可能在金代就已产生了杰出的作品，但由于现知的金代杂剧作家都生活到元代，并已难以区别其哪些作品写于金代、哪些写于元代，所以只能一并放到元代部分去叙述；南戏在宋代虽尚处于稚拙的阶段，其剧本也全部没有保存下来，但在元代却有了较大的发展，在明代更成为当时的主要戏剧样式——传奇——的基础。

需要指出的是：无论诸宫调还是金元杂剧、明代传奇，都是虚构性的叙事文学，从而都自唐代俗文学的虚构性叙事作品、唐传奇和宋、元"说话"中吸收了养料；同时，它们又都是以曲子来为作品中的人物抒情的，在这方面，自唐、五代直至宋代的词在述事抒情上的高度成就又为其提供了充分的借鉴。

总之，由于唐代的俗文学的兴起，一方面为宋词的繁荣奠定了基础，另一方面又为宋代以后的通俗小说和戏曲的发达直接或间接地提供了条件。而如同我们在下一编中将要指出的，就作品的成就来说，中国近世文学中最有代表性的，乃是通俗小说和戏曲。所以，唐代及其后的俗文学对于我国文学由中世进入近世起了很大的作用。至于唐、宋的俗文学对当时雅文学②的分化所产生的影响，则是我们在下文将要涉及的内容。

雅文学的分化及其走向

从中唐时期起，中国的雅文学出现了较为明显的分化。大致有两种趋向：一种是继续注重自我、追求艺术的美，并不断演进；另一种是注重群体，抑制自

---

① 主要是宋杂剧、金院本，参见本书第五编。
② 自本编起，为了与日益繁盛的俗文学相对照，我们有时将使用"雅文学"一词。这只是为了表明其与俗文学的区别，并无褒贬之意存于其间。其所以不用"文人文学"的名称，是因为俗文学的很多作品也出于文人之手。

我,有时并否定艺术的美。

在诗歌中,杜甫本是体现第一种倾向的杰出诗人,他在安史之乱以前所写的诗,无论是述说个人的痛苦或民众的不幸都无所遮隐。但安史之乱爆发以后所写,就有为了国家利益而控制自己感情之处,甚至自欺欺人。及至时局稍稍平定,他又回到了原先的道路,只是在表现形态上有所不同。因此,从中唐开始形成的这两种不同倾向,最早是在杜甫身上同时体现出来的。

安史之乱以前的唐代诗歌的重视自我,主要是赞美自我的价值、尊严,勇敢地抒写自己在现实中的感受,歌唱自己所认为的美,倾诉个体生命流逝的悲哀等等;而安史之乱以后的唐代诗歌的重视自我,却有了一种新的倾向:显示个体与群体的疏离。而且,这种倾向越到后来越加突出。这是由于士大夫既对政治现实的失望日益严重,对社会无法保护个人——大批惨罹浩劫的个人——而引起的不满渐趋强烈,但当时的环境又使士大夫不得不抑制自己对作为群体代表的唐王朝的怨愤和抨击,就只能采取疏离的态度了。此种倾向即以杜甫的诗为滥觞。《佳人》诗的"在山泉水清,出山泉水浊",就是典型的例子。

在这以后,体现前一种倾向的唐代诗人,大抵是沿着此一路径走下去的。那些真正有特色的诗篇,便是挖掘各种与群体相疏离的心灵的隐秘之作;即使是写景诗,其中所渗透的情绪也是其独特的心灵活动的折射。因此,就总体来说,中、晚唐的优秀诗人的个人特色更为鲜明,李贺、李商隐等是尤为突出的代表。另一方面,由于与群体的疏离,纯粹个人的东西的重要性就越来越突出,爱情——个人的情欲[①]——在诗歌中也就越来越显赫;当然,这同时又与城市的繁荣、市民的兴起而导致的在男女关系上的某种松动状况有关。不过,因为上述的个体与群体疏离的倾向并不采取积极进取的态势,唐代中后期的爱情诗也大都缠绵悱恻,缺乏奋发的追求。

较集中地体现后一种倾向的唐代诗人,是元稹和白居易。他们要求诗歌体现儒家诗教的"风雅比兴"的精神,实际上也就是要使诗歌为政治、伦理服务。根据这种理论,诗歌首先是舆论的工具,而感情和形式的美反而成了无关紧要的东西。也正因此,白居易的《新乐府》中不但存在着像《时世妆》那样使人想起我国在20世纪七八十年代报刊上的批判牛仔裤文章的诗篇,即使是像《缭绫》一类反映民生疾苦、意存讽谏之作也因缺乏感情而不可能真正打动读者。这也就成为宋代大量出现的关注国计民生而其实平庸的诗篇的先声。但

[①] 马克思说:"爱情是一种情欲。"(见《神圣家族》中译本第23页,人民出版社1958年版)。对每个个人来说,这当然是个人的情欲。

应该注意到的是：第一，白居易的此类诗歌中，也有诗人的感情比较激动，因而能打动人心的作品；第二，白居易、元稹都未能把此类主张贯彻于其全部创作中。因此，白居易、元稹的诗也存在着与前一倾向相通之处。

然而，尽管存在着这样的分化，中唐以降的唐代诗歌在总体上是在建安至盛唐诗的基础上向前发展了。这主要在于诗歌所表现的内心活动更其丰富、深入、细腻，更其内在，不但像李商隐的《无题》、《锦瑟》这样的诗是以前不可能出现的，就是张继的《夜泊松江》那样想像丰富的诗也是只有在中唐那样的气氛中才写得出的①。至于宋代的词一方面固然有赖于俗文学的传统，但在对人的内心的抒写上，则主要是中、晚唐诗歌传统的弘扬。

在文章中，唐代中期以前的文学之文，基本是沿着南朝美文的路子发展下来的，以表现个人感情与追求形式美为主。但到中唐时期，韩愈、柳宗元倡导的古文运动兴起，要求文章成为儒家之道的体现，从根本上否定了南朝以来的美文。这在当时曾产生过相当大的影响。而与此同时，传奇在中唐也很繁荣，这却是一种关心个体命运、强调个体感情、重视形式美的作品，尽管它曾受到俗文学的影响，但其本身却属于雅文学的范畴。——就其渊源而言，唐传奇一面是六朝志怪的发展，故鲁迅谓二者之间"演进之迹甚明"（《中国小说史略》第八篇《唐之传奇文》）；另一面则与史传相联系，因传奇中的不少作品在当时本属于史部杂传记类，如宋初《太平广记》仍视《霍小玉传》等传奇为杂传记，唐李肇《国史补》更因传奇《枕中记》而赞其作者沈既济为"真良史才也"；盖其体制类似史传，篇末系论也为史传成法。加以文辞华艳，诗笔兼美，其为雅文学自不待言。然而逞其想像，叙述宛转，对话繁富，这却是最早见于俗赋、变文、话本等俗文学的传统；这当与文人喜爱俗文学有关（参见本书第101页）。

总之，与诗在中唐时期发生分化相似，文在这一时期也发生了分化。

不过，雅文学的这种分化在唐代晚期与五代时期却暂告一段落。不以政治、伦理为主，而以个人的感情、欲望、命运为对象，并以形式美为着眼点的作品占了压倒的优势，词的兴盛则使这一倾向变得更其突出。但到了宋代，尤其是从北宋中期起，在诗歌领域里，"风雅比兴"之说取得了统治地位，作品的感情愈益淡薄，诗人只能在具体的写作手法上倾注自己的心力；在文的领域里，唐代古文运动的传统成了写作的规范，文学性的文日益萎缩，传奇的成就也大不如唐代，仅在南宋后期由于志怪、传奇的俗化而略有新的气象。成绩显著的唯一文学样式是词。词在开始时虽属于俗文学的范畴，但到五代、北宋早就成为雅文学的一种了；虽然在雅文学中仍被视为不登大雅之堂。这不仅是宋代

---

① 《夜泊松江》为《枫桥夜泊》诗之最早题名，说详本书第39页注①。

文学中最具代表性的文学样式，也是文学在宋代仍然在向前进展的最具说服力的证据，而且为元曲的兴盛准备了条件。所以，王国维和20世纪50年代以前受到五四新文学影响的文学史家都把宋词和唐诗、元曲等并列，作为一代文学的代表①。但到了南宋，"风雅比兴"的要求也开始侵入了词，于是词的成就也削弱了。

因此，大致说来，作为雅文学的诗文从中唐时期起虽开始了分化，但直到唐至五代时期，总体上是在进展的，并由于传奇和词的兴起，这一进展更显得突出；但从宋代开始，雅文学中的诗文却出现了衰退，虽然少数作家仍有自己的值得重视的贡献。其中五代和宋词的成就，则正反映了俗文学对雅文学的重大而有益的影响。

---

① 虽然明、清都有人把词作为宋代文学的代表，但其出发点是与王国维不同的，他们竟把八股文与宋词并列而作为明代文学的代表。王国维与受到五四新文学影响的文学史家之推崇词则均着眼于其文学成就（王国维所着重的就是其"境界"，见《人间词话》），绝不将词与八股文相提并论。

第一章　文学分化的开始与中唐诗文

自明代高棅在《唐诗品汇》中将唐代诗歌明确地划分为初、盛、中、晚四个阶段以来，人们也常以此来划分唐代的整个文学的发展。中唐是指安史之乱以后直到唐敬宗宝历二年(826)的这一阶段。我国文学在这时期出现了明显的分化。大致说来，一方面是在传统的诗文中两种倾向并峙：注重自我、追求形式的美和注重群体而抑制自我、有时并否定形式的美；另一方面是在传统诗文之外的新的文学样式——通俗性的叙事作品和传奇——的兴盛。本章所要叙述的，就是前一种现象。

在这里需要强调提出的是：在文学史研究中有一种较为流行的观点——盛唐是唐代诗歌(乃至整个中国诗歌)的最高峰，这恐怕并不确切。中唐诗歌就总体来说，固然出现了分化，但其注重自我、追求形式的美的诗歌，却较之盛唐诗有不少新的开拓，其对自我的内心世界的更深入、细腻的开掘，在意象营构上的更趋向主观以及在此前提下的愈益丰富与隽永，不仅对诗歌是重大的发展，而且成为词曲的兴盛的厚重的土壤。

第一节　杜　甫

杜甫曾被《唐诗品汇》目为盛唐诗人，并在很长一段时间内成为人们的共识。但五四运动以后的有些研究者已认识到杜甫诗中成就最高的部分，多数写于安史之乱以后，因而把他作为主要属于中唐的诗人。这是一种比较切合实际的看法。杜甫的诗一方面延续了盛唐诗的若干重要特点，如对壮阔的诗境和华丽的修辞的爱好等等，但同时又有许多新的突破与转变。杜诗的逼近社会与人生的苦难的写实态度，更为深细曲折的艺术表现，以主观的想像来营构景物与意象，以及语言运用上的更新等等，都具有不同程度上的开创意义。

一、杜甫的生平及创作历程

杜甫(712—770),字子美,祖籍襄阳(今属湖北),自曾祖时迁居巩县(今属河南)。其先祖为西晋名将和名学者杜预。祖父审言为武后朝名诗人,但政治地位不高。父闲终于奉天令,父辈中其他人也都只担任过低微的官职。对自己的家世,杜甫一方面夸耀自其先祖以来"奉儒守官,未坠素业",同时又感叹"近代陵夷公侯之贵,磨灭鼎铭之勋"(《进雕赋表》)。这正表明其家族虽世代仕宦,却已见衰微。唐人重门第,重诗名,追求仕途事业和诗歌成就也就成为杜甫一生的两大目标。

据杜甫《壮游》诗自叙,他七岁便能写诗,十四五岁时已跻身"翰墨场"中。二十岁起,离乡漫游,先到过吴、越一带,后赴洛阳,应试未第,遂浪游齐、赵。三十三岁时,在洛阳与已经是诗名震天下的李白结为至交,而后又在梁、宋一带为豪侠之游。这十余年,是杜甫一生中最放旷和富于浪漫色彩的阶段。三十五岁左右,杜甫为谋求入仕而来到首都长安,就此一住十余年。由于缺乏有力的援手,他不断受到挫折,生活也日渐艰困。他只好乞求权贵荐引,而这又令他深感羞辱;人生苦难的阴影向他一步步逼近。

天宝十四载(755),杜甫因其以前曾向朝廷进献过《大礼赋》(三篇)等作品而在上层社会中产生过一些影响,这年冬天被任命为河西尉,他没有接受,改任右卫率府胄曹参军,那是一个掌管兵器甲杖和门禁锁钥的小官。而就在这一年,安史之乱爆发。次年六月,叛军占领了长安。七月,杜甫听到唐肃宗即位于灵武的消息,把家属安顿在鄜州的羌村,欲去投奔肃宗,但在途中被叛军捕获,送回长安。杜甫不得不在叛军统治下生活,深感痛苦和忧虑。后从长安逃至凤翔——唐肃宗当时的驻在地,肃宗任以左拾遗之职。但不久就因宰相房琯受到罢免处分,杜甫上疏申救,为肃宗所恶。乾元初(758)外贬为华州司功参军。其时战乱连年,又值饥荒,他在华州无法生活,遂于次年弃职而去,携家属度关陇,客秦州,寓同谷,最后进入当时尚为安定富足的蜀中,寄居成都。

杜甫在成都过了两年多较安逸的生活,但到唐代宗宝应元年(762),蜀中发生了军阀徐知道的叛乱,杜甫遂漂泊到梓州(今四川三台)、阆州(今四川阆中),直至广德二年(764)春天才回成都。当时任剑南节度使的严武是杜甫友人,聘他为参谋,并荐为检校工部员外郎。但杜甫于次年正月就辞去了节度使署中的职务,不久又离开成都,经嘉州(今四川乐山)、渝州(今重庆)等地,于第二年到达夔州(今四川奉节)。在那里住了两年左右,生活还算安定。至大历三年(768)正月,杜甫因思念家乡,离开了四川,但终于未能返归。在今湖北、湖南一带漂流了两年多,历尽艰困,于大历五年(770)冬天死于由潭州(今湖南长沙)往岳阳的舟中。

杜甫的诗集为《杜工部集》(又名《杜少陵集》),其诗歌创作大致可分为三个时期。

杜甫早期诗歌留存下来的数量很少。大体说来,这些作品与盛唐诗歌普遍的风气是一致的。如《房兵曹胡马》以"所向无空阔"、"万里可横行"写马,《画鹰》以"何当击凡鸟,毛血洒平芜"写鹰,表现出充满自信的情调和英雄主义的倾向;又像《今夕行》写"家无儋石输百万"的豪杰式的赌徒,《饮中八仙歌》写李白、张旭等名士任酒纵情的风姿,也散发着盛唐社会的浪漫气氛。但杜甫诗歌的显著特色,在早期还没有突现出来。

天宝后期,唐代社会已经危机四伏。大约在天宝十一载(752),杜甫为唐政府大规模征发民众到云南作战的事件,写了长诗《兵车行》。这是杜甫诗风转变的开始。由此直至他进入蜀中,是他诗歌创作的中期。

> 车辚辚,马萧萧,行人弓箭各在腰。耶娘妻子走相送,尘埃不见咸阳桥。牵衣顿足拦道哭,哭声直上干云霄。道旁过者问行人,行人但云点行频。或从十五北防河,便至四十西营田;去时里正与裹头,归来头白还戍边。边庭流血成海水,武皇开边意未已。君不闻汉家山东二百州,千村万落生荆杞。纵有健妇把锄犁,禾生陇亩无东西。况复秦兵耐苦战,被驱不异犬与鸡。长者虽有问,役夫敢伸恨?且如今年冬,未休关西卒。县官急索租,租税从何出?信知生男恶,反是生女好;生女犹得嫁比邻,生男埋没随百草!君不见青海头,古来白骨无人收。新鬼烦冤旧鬼哭,天阴雨湿声啾啾。(《兵车行》)

凑巧的是:李白也写过同样题材的诗——《古风》中的"羽檄如流星"一首,而且都用问答的手法来展开其内容。但两诗的角度却颇不相同。李白的是:"借问此何为?答言楚征兵。渡泸及五月,将赴云南征。怯卒非战士,炎方难远行。长号别严亲,日月惨光晶。泣尽继以血,心摧两无声。困兽当猛虎,穷鱼饵奔鲸。千去不一回,投躯岂全生!"他完全是被征人临出发时的悲惨情景所打动:他充分地体会到他们对死亡的恐惧、和亲人告别时的摧心的痛苦,他的心也在流血。杜甫虽然用了"牵衣顿足拦道哭,哭声直上干云霄"这样的句子来叙述那凄绝的告别场面,但与李白的"长号"四句相比较,就显得表面化而缺乏深度了。就这点说,其感情实在不如李白的强烈。但杜甫却比李白更善于思考。他意识到了这一事件的原因——"武皇开边意未已",更认识到了这种原因必将造成的种种恶果。不过,这些基本上是理智的成果,例如"且如今年冬"八句,前四句完全是冷静的思索,后四句则自陈琳《饮马长城窟行》的"生男慎莫举,生女哺用脯。君独不见长城下,死人骸骨相撑拄"化出,但感情色彩还不如陈琳原句之强。因此,杜甫此诗实已具有宋诗中极为显眼的重理智的特点。至其根本原因,则是由于当时杜甫跟这些苦难的人民尚无坚实的感情上的纽带。

至天宝十四载,杜甫从长安回到奉先去探望寓居该地的妻子。到了家里,才知他的幼子已经饿死了。这当然跟杜甫自己在长安处境很糟、无力赡养家庭有关。从自己的这种可悲的遭遇中,他才进一步体验到了人民的痛苦。他写了一首《自京赴奉先县咏怀五百字》,叙述自己平素的志向、遭遇以及对政治现实的看法,其篇末说:

老妻寄异县,十口隔风雪。谁能久不顾?庶往共饥渴。入门闻号咷,幼子饿已卒。吾宁舍一哀,里巷亦呜咽。所愧为人父,无食致夭折。岂知秋禾登,贫窭有仓卒。生常免租税,名不隶征伐。抚迹犹酸辛,平人固骚屑。默思失业徒,因念远戍卒。忧端齐终南,澒洞不可掇。

正因为是以自己的痛苦为基础,他对人民的苦难才真正有了切肤之感。如同马克思、恩格斯在《神圣家族》中所肯定并引用过的霍尔巴赫的意见指出的那样:"人对于和自己同类的其他存在物的依恋只是基于对自己的爱。""人若是完全撇开自己,那末依恋别人的一切动力就消灭了。"(《神圣家族》中译本第169、170页)这也就意味着若不是自己经受过类似的痛苦,就不能对别人的痛苦有深切的同感。理解了这一点,我们才能懂得《自京赴奉先县咏怀五百字》中何以会出现那样的诗句:

彤庭所分帛,本自寒女出。鞭挞其夫家,聚敛贡城阙。……朱门酒肉臭,路有冻死骨!

由于自己幼子的饿死,路上的"冻死骨"与他的距离就缩短乃至消失了;他才会对统治阶层以残酷的榨取来维持自己的奢侈生活而置人民于死地的现实充满了悲愤,他的诗句才有如此撼人的力量!不过,此诗感情之所以远较《兵车行》强烈,从客观条件说固是因为杜甫的生活陷入了更惨痛的境地,从思想原因说则是杜甫的尊重自我——这也是从魏晋直至盛唐诗歌的可贵传统之一——的精神。从上引的霍尔巴赫的意见可以知道:杜甫如果没有对自己的强烈的爱,就不可能对别人有如此深切的同情;如果不是对自己的痛苦感到不可忍受并敢于倾诉,他就不会为人民的痛苦而呐喊。

从安史之乱爆发以后到杜甫入蜀之前,他的诗歌的内容更为丰富而复杂。叛军的残暴、社会的残破、人民的灾难、个人的不幸都成为他诗歌的题材;他在文学史上的地位主要也就由此奠定,尽管现存的杜甫诗篇有一大半写于其入蜀以后。

在这一阶段的杜甫诗歌中,在历史上影响最大的是那些被称为"诗史"的"忧国忧民"之作。其实,诗之是否具有"史"的价值并不属于文学评价的范围;如果仅仅着眼于"忧国忧民",那也只是道德评价而非文学评价。不过,以强烈感情为基础的杜甫这类直接突入社会政治现实的作品,确是杜甫这一阶段诗歌创作的主流。

这部分诗歌大致可分为两类:一类感情邃密而统一,一类则不免彼此冲突。但无论前者或后者,都能显示出其内心的激动。导致此类区分的重要因素,是他对唐王朝的态度。安史之乱已充分暴露了这一政权的无能和腐朽,但作为群体的代表,它同时又是维系社会安定的不可或缺的存在。杜甫谴责它的无能,却又不得不维护它的统治,表现出对它的深切关心甚至依恋。这对他的诗歌创作产生了深刻的影响。

前一类诗歌大致不涉及其对唐王朝的评价。例如《春望》:"国破山河在,城春草木深。感时花溅泪,恨别鸟惊心。烽火连三月,家书抵万金。白头搔更短,浑欲不胜簪。"这里写的是杜甫困居于叛军统治下的长安时的心情。首两句既写了长安的破败,点明了原先如此繁华的大都市却成了草木孳生之地,又写了他对未来的坚强信心:国家虽然残破了,但伟大的山河仍在,而且春天已经来到了!次两句以比兴的手法写人民的普遍的悲哀,最后四句表现自己在这种处境下的深沉的痛苦。短短四十个字,内涵十分丰富,社会的动荡与个人的命运水乳交融,构成一个不可分割的整体。又如《悲陈陶》:"孟冬十郡良家子,血作陈陶泽中水。野旷天清无战声,四万义军同日死。群胡归来血洗箭,仍唱夷歌饮都市。都人回面向北啼,日夜更望官军至。"这首诗反映了唐肃宗至德元载(756)唐军——即诗中所谓"义师"——与安史叛军的一次惨烈的战斗。前四句的笔触是沉重的,对牺牲的战士充满了无言的崇敬与深切的哀悼,后四句则谴责了叛军的凶残,显现了广大人民对他们的憎恨。这也是一首感情统一的、很能打动人的诗篇。不过,这里的感情的统一却是诗人有意识地避开了对唐王朝的评价的结果。因为,导致这"四万义军同日死"的惨祸的,首先不是叛军的英勇无敌,而是唐军统帅的腐朽无能,异想天开地要用早就被历史淘汰了的"车战"的方式与叛军对抗(参见《资治通鉴》至德元载有关纪事)。倘若换一个角度来写,诗人完全可以把批判的矛头首先指向唐军主持这场战事的统帅以及重用这位统帅的唐肃宗。而这就与杜甫当时维护唐王朝的立场相抵触了,他只好不去触及。不过,在这样的短诗中,诗人为了主题的单一而只着眼于一个方面,当然并无不可。

后一类诗歌则本就无法不涉及对唐王朝的否定性评价,但杜甫为了维护唐王朝,只得出以矫饰的手法。这就使诗歌的内容前后矛盾或者离开了真实。他那著名的《新安吏》、《新婚别》、《垂老别》都属于这种类型。在《新安吏》中,他写了"绝短小"的"中男"也被征发出战的惨况,但又说这次征发是因叛军狡猾("贼难料")、政府军遭到了意外失败之故,而且军旅生活并不太苦,最后用"送行勿泣血,仆射如父兄"这样的安慰之语作为全篇的结束。在《新婚别》、《垂老别》中,那成婚仅仅一夜就不得不送丈夫去出征的少妇,子孙死尽而自己还要去从军的老翁,全都"深明大义",少妇临别时鼓励丈夫"努力事戎行",并想尽办法让他去得安心;老翁更洋溢着勇往之气:"四郊未宁静,垂老不得安。子孙阵亡尽,焉用身独完!""何乡为乐土?安敢尚盘桓!"所有这一切,都缩小或掩盖了作为个体的人与唐王朝之间的矛盾。但前一首中为唐政权所作的开脱固与事实不符①,后两首诗中所写的少妇与老翁在如此悲惨的处境下,对官府竟没有丝毫的不满——至少在诗中看不到这一点,也有些令人难于相信。连杜甫这样具有高度社会责任感的士大夫,在其任华州司功参军时尚且因那一带地区发生饥荒而弃官离去,足见在他的心目中,维持自己的生命实比承担社会责任来得重要;那些接受忠君爱国教育远比杜甫要少的老翁、少妇,怎会置自己或丈夫的生命于不顾,毫无怨尤地、自觉地去承担社会责任呢?

但是,尽管运用了矫饰的手法,杜甫的这些诗歌还存在着另外的一面:对个人在这种情况下的痛苦的显现;从而构成了与上述内容的矛盾。在《新安吏》中,他不仅以"白水暮东流,青山犹哭声"的比兴之句来写被征发者和亲属分别时的情景,暗示整个大地都已被悲痛所笼罩,而且还对他们说:"莫自使眼枯,收汝泪纵横。眼枯即见骨,天地终无情!"这里包含着无穷的悲愤。其最后一句的"天地",即使不是隐喻朝廷,也是用《老子》"天地不仁,以万物为刍狗;圣人不仁,以百姓为刍狗"的典故,隐喻"圣人"——这在杜甫的时代也是对皇帝的称呼。而对于"穷年忧黎元,叹息肠内热"(《自京赴奉先县咏怀五百字》)的杜甫来说,这样的"无情"却是绝对不能忍受的。因此,他并不是没有意识到唐王朝对百姓的"无情"或不仁,他在字里行间流露的悲愤与其为唐王朝所作的开脱、对民众进行的自欺欺人的安慰,其实是互相冲突的。在《新婚别》、《垂老别》中,杜甫也不是没有描画少妇和老翁的哀痛与怨苦:

---

① 杜甫此诗所写,是乾元二年春唐军在邺城大败后的情况。其上一年冬天,郭子仪率军收复长安和洛阳,并与李光弼、王思礼等九节度使以二十万兵力包围叛军,但唐肃宗疑忌郭、李等将领,派宦官鱼朝恩监军,诸军不相统属,又有鱼朝恩掣肘,唐军终于大败。郭子仪退守洛阳(诗中的"仆射"即指郭子仪),为了补充兵力,遂大肆征兵。所以,这一失败以及由此导致的后果是由唐王朝统治层的腐朽所造成的。

……结发为妻子,席不暖君床。暮婚晨告别,无乃太匆忙!……君今生死地,沉痛迫中肠。……仰视百鸟飞,大小必双翔。人事多错迕,与君永相望!(《新婚别》)

　　……投杖出门去,同行为辛酸。幸有牙齿存,所悲骨髓干。男儿既介胄,长揖别上官。老妻卧路啼,岁暮衣裳单。孰知是死别,且复伤其寒。此去必不归,还闻劝加餐。……弃绝蓬室居,塌然摧肺肝。(《垂老别》)

《新婚别》中的结尾四句,悲慨于人的处境远不如鸟;"君今"两句,言简情深,其沉痛令人战栗;至于"结发"四句,语虽委婉,但不过是对内心惨酷的强自抑制,即使就上引的另六句来看,处于这样的情绪状态下的新婚少妇,对于自己"暮婚晨告别"的非人遭遇,其内心岂会平静到只有"无乃太匆忙"这样的感想!但也正因此,这位少妇对官府的残酷行为毫无怨尤,在临别时除了要丈夫"努力事戎行"之外,竟没有一句要他保重和珍惜自己之类的可能影响其作战积极性的话,恐怕只是反映了诗人自己的愿望。《垂老别》中的老翁,虽有勇往之气,但不是引起别人的崇敬,却引来了同行者的"辛酸",他自己也为"骨髓"已"干"——已经没有用处——而悲哀;他与老妻分别时的伤痛,更使人有摧心裂肺之感,因而其结尾的"塌然摧肺肝"之句也就具有巨大的力度。由此人们不能不产生怀疑:让这样的老人去从军——送死,是必要的吗?像这样的人也成了征发的对象,不是太残忍了吗?那么,身处如此惨境的老人哪里来的勇决之气,又怎么可能对官府一点都没有怨愤?

　　从这些诗篇来看,杜甫对于个体的人在当时社会大动乱中的剧烈痛苦是具有深刻理解和同感的,但为了社会的安定、群体的利益,他不得不对作为群体代表的唐王朝政权加以维护(当然其中也含有儒家思想所导致的"忠君"的因素),因而不得不在写作中进行自我克制,缩小或掩盖民众与唐王朝的矛盾,以免导致对唐王朝的否定性评价。但其诗中所反映的人民的痛苦,仍具有撼动人的力量,而且只要仔细阅读全诗,我们仍能体会到他内心的激动。他在那一阶段所写的《石壕吏》、《潼关吏》、《无家别》(与上述三诗合称"三吏"、"三别")等作品也都体现出同样的特色。

　　杜甫在这一阶段的诗歌创作,除了写其个人生活、感情的作品我们将在下面《杜甫诗歌的艺术成就》中加以叙述外,还有一个很值得注意的现象:在其于华州司功参军任上弃官而去以后,他的有些诗篇开始出现了与群体疏离的倾向。如《秦州杂诗》的如下两首:"传道东柯谷,深藏数十家。对门藤盖瓦,映竹水穿沙。瘦地翻宜粟,阳坡可种瓜。船人近相报,但恐失桃花。""万古仇池穴,潜通小有天。神鱼今不见,福地语真传。近接西南境,长怀十九泉。何时一茅屋,送老白云边。"这两首均作于乾元二年(759)他写作"三吏"、"三别"之后。这在实际上反映了他对唐王朝的极度失望,也是他对社会不给他以应有尊重的反拨;在根底里当然仍出于强烈的自我意识,是高傲的自我对混浊的现实的藐视。在《佳人》和《初月》里,这类诗的特质表现得更为清楚:

> 绝代有佳人,幽居在空谷。自云良家子,零落依草木。关中昔丧乱,兄弟遭杀戮。官高何足论,不得收骨肉。世情恶衰歇,万事随转烛。夫婿轻薄儿,新人美如玉。合昏尚知时,鸳鸯不独宿。但见新人笑,那闻旧人哭?在山泉水清,出山泉水浊。侍婢卖珠回,牵萝补茅屋。摘花不插发,采柏动盈掬。天寒翠袖薄,日暮倚修竹。(《佳人》)
>
> 光细弦初上,影斜轮未安。微升古塞外,已隐暮云端。河汉不改色,关山空自寒。庭前有白露,暗满菊花团。(《初月》)

这两首均作于他寓居秦州期间。《佳人》中的"佳人"即使不是杜甫借以抒写自己与群体的疏离的艺术虚构,也如清代黄生《杜诗说》所说,是"偶有此人,有此事,适切放臣之感,故作此诗",即借"佳人"来写杜甫自己的感触;尽管他所用"放臣"一词似乎不很适切。诗的一大半篇幅写社会与家庭对她的损害,自"在山泉水清"以下写她对群体的鄙弃与这位空谷佳人的高洁,最后两句略见寂寞之感,但又有一种凄清之美。《初月》诗虽纯是写景,但也有一分高洁、寂寞与凄清,可以说是同样心境的产物,只不过没有像《佳人》那样交代其心境的成因。

像这样的对群体的疏离,或者说像这样的高洁、寂寞与凄清,是以前的诗歌乃至其他文学作品所没有的。陶渊明和王维在回归自然之后,所感到的是自然的宁静的美,甚至从中领悟到了生命的意义。杜甫却是有强烈的事业心的人,虽然由于与现实的不协调,为了保持自我的高洁而与群体疏离,但事业心并未真正消失,因而不免有寂寞之感,在陶渊明、王维眼中的自然界的宁谧的美在杜甫那里也就转为凄清。值得注意的是,这也是中唐时许多诗人所共同追求的美。

入蜀以后,杜甫的诗歌创作进入了晚期。在继续沿着中期所开辟的道路前进并增强了对群体的疏离感的同时,其题材更为扩大,增加了对日常生活(包括自然景色)的美的歌咏和对历史的深沉思考。对艺术形式的追求也较前进了一步。

在他的晚期诗歌中,抒发其对政治现实的感受仍是重要内容之一。他不但仍倾诉自己的忧虑和悲愤,而且在批判统治阶层上较前要大胆多了,这可能是因为他入蜀以后,唐王朝最危险的时期已经过去,他已经不必像安史之乱炽烈时期那样唯恐有损于唐王朝的统治了。然而,诗歌的撼动人的力量似乎不及中期。例如以下两首：

> 闻说初东幸，孤儿却走多。难分太仓粟，竟弃鲁阳戈。胡虏登前殿，王公出御河。得无中夜舞，谁忆《大风歌》？春色生烽燧，幽人泣薜萝。君臣重修德，犹足见时和。（《伤春五首》之五）

> 殿前兵马虽骁雄，纵暴略与羌浑同。闻道杀人汉水上，妇女多在官军中。（《三绝句》之三）

前一首为广德元年（763）吐蕃攻陷长安的事件而作。杜甫在诗中指出：这是唐王朝君臣不"修德"的结果，如果再不"修德"，天下就不会太平（"时和"）。后一首更显然是对官军的罪行的揭露。这样的内容都是其中期的诗歌所没有出现过的，但其感情的强烈程度却不如《自京赴奉先县咏怀五百字》和"三吏"、"三别"等作品。这大概与当时杜甫身处四川，对此并无切肤之痛有关，但主要是由于此类现象自安史之乱以来多次发生，已不像开始出现时那样地能引起诗人的激动了。倘把这两首与其写蜀地的相较，就会看得更清楚：

> 十室几人在，千山空自多。路衢惟见哭，城市不闻歌。漂梗无安地，衔枚有荷戈。官军未通蜀，吾道竟如何！（《征夫》）

其沉痛之情显然超过上引的两首，但较之"肥男有母送，瘦男独伶俜。白水暮东流，青山犹哭声"（《新安吏》）等诗句，其震撼力仍相形见绌。

也正因此，杜甫晚期这类揭示民生疾苦的诗歌，虽然不乏佳句，如"哀哀寡妇诛求尽，恸哭秋原何处村"（《白帝》）之类，但就通篇来说，均不如其中期的同类名作。倒是抒发其由于政治现实的变动而产生的喜悦之情的，较此更具特色，《闻官军收河南河北》就是这方面的代表。我们将在下面的《杜甫诗歌的艺术成就》中加以叙述。

在这时期的杜甫诗作中，最值得引起重视的是那些表现其与唐王朝——当时的群体的代表——的疏离感加深、自我意识强化的篇章。其《秋兴》八首之七在以象征手法歌咏唐王朝的衰败（引文见下）后，竟然以"关塞极天唯鸟道，江湖满地一渔翁"作结。前一句是说，他僻处蜀中，路途险峻，对蜀地以外的事无能为力；后一句更说，他不过是个"渔翁"罢了，到处是"江湖"，他也到处可以垂钓，王朝兴废原也不必怎么关心。所以，就该诗的前六句来看，他固然也为唐王朝的衰败而伤感，但那其实已是旁观者的凭吊了。

也正因此，他在这时期写的好多诗，主要是对个人命运的悲叹；有时虽也涉及社会、政治情状，但往往是作为个人不幸境遇的背景而出现的。它们所显示给读者的，是个人的孤独和艰苦；由此体现的顽强的生命力则是此类诗能使读者受到大的感动的由来。例如：

>风急天高猿啸哀,渚清沙白鸟飞回。无边落木萧萧下,不尽长江滚滚来。万里悲秋常作客,百年多病独登台。艰难苦恨繁霜鬓,潦倒新亭浊酒杯。(《登高》)
>
>昔闻洞庭水,今上岳阳楼。吴楚东南坼,乾坤日夜浮。亲朋无一字,老病有孤舟。戎马关山北,凭轩涕泗流。(《登岳阳楼》)

这两首诗的前半首都富于气势,"无边"一联和"吴楚"一联尤为雄浑,后半首则转为抒写个人的悲哀。在第一首中,"万里"句点出他是一个无根的漂泊者,以下又写了他的多病与衰老。但他绝不向环境与命运屈服:"百年"句象征性地突现了在漫长的时间、广漠的空间里他那高居于凡庸之上的虽则是病弱的孤傲身影,"潦倒"句写他虽在喝酒时仍为时事而痛心,但却只有潦倒之感,早已不为统治阶层的豪言壮语所迷惑了①。因此,整首诗所显示的,是置身于"艰难"中的孤高而对上层人物深为鄙弃的自我,也是对于这样的自我的颂赞;前半首的意象实是其心灵的外化。在第二首中,尽管其后半写了处境的恶劣,但前半可谓豪气万丈。在他的眼中,洞庭湖不但分裂了吴楚,而且使乾坤也日夜浮动("吴楚"两句乃是"东南坼吴楚,日夜浮乾坤"之意。或释后句为洞庭湖水日夜在乾坤内浮动,则诗意全失。又,此当是水既浩渺,浪又汹涌,注视既久,遂产生了一切都在随之晃动的幻觉);这也正体现了他的精神世界的广大、高远。倘非如此,又怎能写出这样的诗句?在此种精神世界的光照下,后半的"亲朋"二句并不显得是无告的哀诉,倒反而有一种兀傲感。何况"老病有孤舟"的"有"字,本就隐含了他仍要也仍可依靠自己来奋斗的决心和信心,哪怕这是一种必然要失败的拼搏。最后的两句虽然出于伤心,但那也正是大丈夫的眼泪——他既为自己(由于兵戈塞途而无法还乡)、也为这个苦难的时代而悲哀。

这种自我意识强化的特点,在杜甫晚期所写吟咏历史事件和人物的诗歌中也有所表现。他在当时写了不少这样的作品,有些只是一般性的感慨或赞美,但也有出于对历史的深沉思考的。表现此种特点最突出的是《咏怀古迹五首》中关于王昭君的一首:

>群山万壑赴荆门,生长明妃尚有村。一去紫台连朔漠,独留青冢向黄昏。画图省识春风面,环珮空归月夜魂。千载琵琶作胡语,分明怨恨曲

---

① "新亭"是用典。据《晋书·王导传》,东晋初期,王导与一些人在新亭(在今江苏南京市南)饮宴,座间周顗叹息说:"风景不殊,举目有河山之异。"众人皆相视流涕。"惟导愀然变色曰:'当共戮力王室,克复神州,何至作楚囚相对泣耶?'众收泪而谢之。"但王导也只是徒为壮语。不但东晋,其后的宋、齐、梁、陈都没有"克复神州",最后是南朝的陈被隋消灭了。

中论。

相传王昭君（"明妃"）于汉元帝时被选入宫廷，但元帝对入选女子并不亲自观看，只命画工描画她们的形貌，他凭图画决定是否召见她们。昭君很美，而在画工所画的图中却看不出来，因而长期未获召见。当时南匈奴单于呼韩邪来朝，"帝敕以宫女五人赐之。昭君入宫数岁，不得见御，积悲怨，乃请掖廷令求行。呼韩邪临辞大会，帝召五女以示之。昭君丰容靓饰，光明汉宫，顾景裴回，竦动左右。帝见大惊，意欲留之。而难于失信，遂与匈奴。"（《后汉书·南匈奴传》）于是元帝认为他不能尽早发现昭君全是画工的责任，把画工杀了①。杜甫的这首诗，渗透着对个人命运的深切关心和对昭君这位甘于抛却邦国、以自己更哀凄的命运为代价来发舒其"悲怨"的女青年的赞美。此诗的第一句"群山万壑赴荆门"有百川朝宗于海的气概，把昭君的故乡写得极其雄伟壮丽，正如明代胡震亨《杜诗通》所说，让人感到那是个"生长英雄"的地方②。这也就体现了杜甫对昭君这一悲剧英雄的颂赞。其第三、第四句指明昭君悲剧的根本原因在于其被选入宫廷，把"紫台"（借指皇宫）写成了使昭君从家乡到匈奴以致落得孤坟独对黄昏的凄惨结局的中转站，并以第四句所生动展示的可悲可怕的情景引起读者对昭君的无限同情。其五、六两句更进一步指出，毁灭了昭君的是汉元帝，是他那光凭图画而不依据人的真实状貌来判断其美丑的做法③。全诗的最后两句，是说昭君时创作并流传下来的琵琶曲一直在抒发她心中的"怨恨"，经"千载"而不绝④。——点明"千载"，是暗示其"怨恨"之深长。所以，这首诗是对一个具有强烈的个人反抗性的青年女性的热烈颂赞，对她的悲剧命运的深刻同情，也是对这种摧残个人的环境的悲愤抗议。

---

① 以上所述，见《西京杂记》及《后汉书·南匈奴传》。按，《汉书·元帝纪》仅云：呼韩邪来朝时，"赐单于待诏掖廷王樯为阏氏。"王樯（一作"嫱"，或云当作"嬙"）即昭君。从宋代起，已有人说《西京杂记》及《后汉书》的上述纪事不可信；但唐代尚无人对此加以怀疑。而且《后汉书》有唐代章怀太子的注，在当时甚流行；杜甫之咏昭君，当以此等材料为依据。
② 胡震亨是把此句作为杜甫此诗的缺陷——即其所谓"未为合作"——的，因为他认为昭君不是英雄。清代吴瞻泰《杜诗提要》则对此句大加称赞，谓其"说得窈窕红颜，惊天动地"。两人对此句的评价虽大相径庭，但都体味到了此句所蕴含的高度崇赞之意。
③ 此诗第五句"画图省识春风面"的"省"是"视"的意思，"识"指识别，"春风面"借指少女（这里是指征入宫廷的少女们）的面容。第六句说，昭君魂魄纵或于月夜归来，但汉元帝既是这样的君主，魂归何益？故曰"空归"。又，此诗第三、四、六句的主语均为昭君，其第五句若是以汉元帝为主语的独立句，则此四句的诗意无法贯连；故第五句实是对第六句所述昭君魂归何益的原因的交代，只是省掉了"由于"一类意思的词；而这是近体诗这种特殊体裁所容许的。
④ 琵琶是"胡"地的乐器，其音为"胡音"，故称琵琶的音乐语言为胡语。据石崇《王明君词·序》，石崇时有名为《王明君》的琵琶曲，"多哀怨之声"（"王明君"即王昭君，晋代因避司马昭讳而改）。就杜甫这两句诗来看，这一琵琶曲在杜甫时还存在。

杜甫晚期诗歌还有一点也值得注意，那就是写了不少歌咏平凡的日常生活（包括自然景色）的美好的诗篇，于其早期的追求气势的雄伟（如《望岳》的"造化钟神秀，阴阳割昏晓"，《同李太守登历下古城员外新亭》的"迹藉台观旧，气冥海岳深"）之外，写出了自然恬静的景色及生活的魅力。如"江月去人只数尺，风灯照夜欲三更。沙头宿鹭联拳静，船尾跳鱼拨剌鸣"（《漫成一首》）、"舍南舍北皆春水，但见沙鸥日日来。花径不曾缘客扫，蓬门今始为君开。盘飧市远无兼味，樽酒家贫只旧醅。肯与邻翁相对饮，隔篱呼取尽余杯。"（《客至》）这一类平凡的景色、生活所蕴藏的美，往往是人们所难以感受的，也是其以前的诗歌所未写及的。例如，陶渊明所写农村景物的美，或是从玄学角度加以阐发的结果，或借以写其心灵获得解脱的感受；王维所写自然美，则常是其心灵的外化；而杜甫所写的这种美，则纯然出于一个热爱生活者对生活本身的体味。孟浩然田园诗与此虽有近似之处，但因其对农村的热爱不如晚期的杜甫，故诗中也缺乏杜诗那种盎然的生活情趣，试把他的"故人具鸡黍，邀我至田家。绿树村边合，青山郭外斜。开轩面场圃，把酒话桑麻。待到重阳日，还来就菊花"（《过故人庄》）与上引《客至》作一比较，即可了然。

此外，他在诗歌形式上的追求比以前更为努力，他自己也说："晚节渐于诗律细。"（《遣闷戏呈路十九曹长》）在下文（《杜甫诗歌的艺术成就》）中将要述及的杜甫在诗歌的语言运用、意象构造、声律节奏等方面的特点和成就，都是在后期更为突出，有的更是在后期才开始出现的。

二、杜甫诗歌的艺术成就

唐人就已经开始将李杜并称（见韩愈《调张籍》），后人却多强调两人之间的区别，认为李白是天才型的诗人，不可摹仿，杜甫对于诗则是苦心经营，"语不惊人死不休"（《江上值水如海势聊短述》），示人以学习的途径。其实，杜甫诗歌之所以具有巨大的成就，首先不在于其苦心经营，而在于感情的强烈，这又与其对自我的执着分不开。就此点而言，李、杜是一致的。

旧时的诗评家往往强调杜甫的忠君爱国思想。作为封建社会的诗人，杜甫自有其忠君爱国的一面，但出发点却是其个人的强大事业心，也即追求自我生命的价值。《自京赴奉先县咏怀五百字》说：

> 杜陵有布衣，老大意转拙。许身一何愚，窃比稷与契。居然成濩落，白首甘契阔。盖棺事则已，此志常觊豁。穷年忧黎元，叹息肠内热。取笑同学翁，浩歌弥激烈。非无江海志，潇洒送日月。生逢尧舜君，不忍便永诀。当今廊庙具，构厦岂云缺？葵藿倾太阳，物性固难夺。顾惟蝼蚁辈，

但自求其穴。胡为慕大鲸,辄拟偃溟渤?以兹悟生理,独耻事干谒。兀兀遂至今,忍为尘埃没!

在这里,他的自我评价实与李白没有多大差别。他不但自比稷、契,还把当今的君主仅仅等同于尧舜;而他却是个要"致君尧舜上"(《奉赠韦左丞丈二十二韵》)、把君主的水平更提高一个档次的人物。这样的自许,岂是宋代以来那些循规蹈矩的儒生所能望其项背?尽管他的这种志向遭到当时很多人——包括他的"同学辈"——的嘲笑,他却"浩歌弥激烈",自命"大鲸",而把那些龌龊小人斥为"蟪蚁",这样的鄙视庸众的气概,正是从东汉以来就受到班固等人批判的"露才扬己"的表现,而与屈原、李白皆有相通之处。上引诗句之不同于李白的,主要在于"葵藿"两句,把君主视作太阳,而以葵藿自居,这就把自我置于卑屈的地位,符合儒家的道德规范了。所以,在杜甫身上,既有自魏晋以来日益强烈的对自我的尊重,又有自唐代以来缓慢地复兴的儒家思想的影响。直到安史之乱爆发为止,前者在杜甫思想中一直处于主导地位;这种执着于自我和鄙视庸众的精神,使他敢于向那与自己对立的现实宣战,他在《自京赴奉先县咏怀五百字》中能对当时的社会现实加以激烈批判,其原因也就在此。而到了晚期,这种精神重又增强了。

"人若是完全撇开自己,那末依恋别人的一切动力就消失了。"正由于对自我的执着,杜甫对自己亲人乃至朋友的感情也极深厚。他对幼子饿死所感受到的无限悲痛,已见前述;而在友人李白受到流放夜郎处分后所写的怀念之诗更证明了这一点:

死别已吞声,生别常恻恻。江南瘴疠地,逐客无消息。故人入我梦,明我长相忆。君今在罗网,何以有羽翼?恐非平生魂,路远不可测。魂来枫林青,魂返关塞黑。落月满屋梁,犹疑照颜色。水深波浪阔,无使蛟龙得!(《梦李白二首》之一)

李白在当时是一个"世人皆云杀"(《不见》)的人,但杜甫却无视世上的舆论,对李白无限深情,其结尾的两句更于系念中蕴含着对迫害李白的人们的不满,这在他的另一首关于李白的诗里说得更明白:"文章憎命达,魑魅喜人过。"(《天末怀李白》)前一首中的"蛟龙",其实也就是后一首中的"魑魅"。为了友情,不惜向舆论挑战,这又岂是乡愿之流所能为、所敢为?梁启超曾称杜甫为"情圣",说他是"中国文学界笃情圣手"(《情圣杜甫》),实在不算过分。而他之"笃情",则是与其执着于自我、敢于鄙视庸众紧密联系在一起的。

这种从自我出发的强烈感情,是杜甫诗歌最能打动读者的所在及其一切杰构的基础。他的有些诗即以感情——当然还有任何艺术都不可或缺的想像力——取胜。如《月夜》：

> 今夜鄜州月，闺中只独看。遥怜小儿女，未解忆长安。香雾云鬟湿，清辉玉臂寒。何时倚虚幌，双照泪痕干？

这诗怀念其寄居在鄜州的亲属（主要是妻子）。除"香雾"两句因属对工整，显示出文学技巧外，其他均为朴素的叙述；而且那两句在技巧上也并无殊异之处。此诗所以能吸引读者，全在于感情的真挚和无所顾忌。他所想念的妻子是个美丽的女性，他就直率地表现出来，而这也就更使人感到其情之真。再如杜甫后期所作的脍炙人口的《闻官军收河南河北》，也主要以感情取胜：

> 剑外忽传收蓟北，初闻涕泪满衣裳。却看妻子愁何在，漫卷诗书喜欲狂。白日放歌须纵酒，青春作伴好还乡。即从巴峡穿巫峡，便下襄阳向洛阳。

此诗也曾被认为是具有爱国思想的作品，但如以文本为依据，则杜甫不过是在饱尝乱离之苦以后，为叛乱平定、自己得以回返久别的故乡而悲喜交集。正因诗中没有"忠君爱国"的大话空话，而纯从切身际遇和由此产生的真情实感出发，这才能深入人心。当然，此诗的艺术技巧也值得称道，这点我们将在下面加以说明；但如不是以充沛的感情为基础，艺术技巧再高也仍不能打动读者。

总之，就杜甫诗歌的艺术成就而言，其强烈的感情是第一位的，其艺术技巧是第二位的。但这并不意味着艺术技巧可有可无，因此，杜甫在这方面的经验仍然必须重视。以下几点尤其值得注意：

首先，杜甫诗歌在结构上随着感情的波动而跳跃。这种情况在李白的诗中本也存在，但杜诗有其自己的独特形态。在抒写悲痛的作品中，其感情曲折多变，形成了一种特殊的深沉感；在抒写欢乐的作品中，则由于感情的迅疾进展而使情绪更为饱满。前者如《自京赴奉先县咏怀五百字》的开头部分，其最初的四句已把其自比稷、契斥为愚蠢，但接着的四句又肯定了这一志向，并显示出锲而不舍的精神，以下四句再把此点加以强化；但到了"非无江海志"两句又突然一转，似乎要退缩了，接着的"生逢"两句，又否定了上述的想法，其后的"当今"两句则使人感到其如此执着实在大可不必，不料下面的"葵藿"两句却对上述的思想矛盾作了总结：他无论如何也不会改变！这样的反复陈述，实际上体现了他内心的冲突和苦闷，使其感情更显深沉。《新婚别》也具有这样的鲜明特色："君今生死地，沉痛迫中肠。誓欲随君去，形势反苍黄。勿为新婚念，努力事戎行。……仰视百鸟飞，大小必双翔。人事多错迕，与君永相望。"

其间有多少转折！于叮嘱其"勿为新婚念"后，又以人不如鸟的悲怆作结，其内心的冲突可谓激烈。后者如《闻官军收河南河北》，在"却看妻子愁何在，漫卷诗书喜欲狂"之后，突接以"白日放歌须纵酒"，似乎不相系属，但却把杜甫自己因受妻子感染，由悲转喜而精神昂扬的状态充分表现出来了。

其次，杜甫在诗歌语言的运用上也有独特的成就。概括来说，杜诗的语言尽力向两端——精丽巧致和粗拙鄙俗——伸展，在中间形成非常广阔的空间。

以前的文人诗，在语言上虽说不上有何定规，却有它的习惯和避忌。深、浅与浓、淡不论，但大致总要合于温雅的要求。而杜甫有意打破了这一限制。这既是诗人正视生活的需要（温雅典丽的语言用于描写悲惨可怕的生活必然成为涂饰），也是他力避陈俗、跳出狭隘的诗歌观念的约束的努力。对于杜诗用语的反常规，唐人就注意到了。《刘宾客嘉话录》说："为诗用僻字须有来历。常讶杜员外'巨颡拆老拳'，疑'老拳'无据。"后在《石勒传》中找到了出处，于是不胜佩服。这是给杜诗的因俗显得"僻"的语汇以一种合于文雅传统的解释。后人言"杜诗无一字无来历"亦源于此。但"老拳"显然是日常口语，杜甫当时未必有意用典。而且不管怎样，杜诗中粗、俗、鄙、拙之句大量存在是显然的事实。像"布衾多年冷似铁，娇儿恶卧踏里裂"（《茅屋为秋风所破歌》），"楼头吃酒楼下卧"（《狂歌行》），"二月已破三月来"（《绝句漫兴九首》之四）等等，不胜枚举。最有趣的，是清人赵翼《瓯北诗话》举了许多例子来谈杜诗"独创句法"，但对《杜鹃》的首四句，仍认为是"题下注语"。因为"西川有杜鹃，东川无杜鹃；涪万无杜鹃，云安有杜鹃"，实在不像是诗句。然而博学的赵翼疏忽了，这四句作为说明用的散文来理解，更为荒唐，所以只能说杜甫的诗句原来就是写成这样的。仅此一例，就可以理解杜诗的语言有时"离谱"之远。

粗拙鄙俗的语言构成的诗句，其艺术效果如何是需要作个别分析的问题。我们这里要着重指出的是：这是对已经形成的诗歌用语习惯与规则的破坏，它打开了诗歌的新生面，对中晚唐及宋代诗人的影响甚大。

其精丽巧致的一面，前人说得很多；特别对杜诗擅长锤炼"诗眼"、一字之下后人无法更易的特点，更是一致表示钦佩。我们这里着重谈一点：杜甫善于利用汉语的词性可以变化、汉语句子中各成分之间的语法关系没有明确标志的特点，有意识地造成诗句的歧义或多义性，凸呈诗歌的意象效果，避免把变易不定的生活直感锁定在简单的逻辑关系上。前人虽也用过这样的手法，但杜诗中对此运用的老练、精致和复杂，是远过于前人的。举几个突出的例子，像"麒麟不动炉烟上，孔雀徐开扇影还"（《至日遣兴奉寄北省旧阁老两院故人二首》之二），前句"不动"主要说"炉烟"，却兼带了"麒麟"（麒麟形态的香炉）；后句"徐开"是指"扇影"，却首先呈现孔雀开屏的映象（因扇上绣有孔雀）。

又如"丛菊两开他日泪，孤舟一系故园心"(《秋兴八首》之一)，动词"开"和"系"，都关联本句中的两项事物。再如"永夜角声悲自语，中天月色好谁看"(《宿府》)，"悲"和"好"两字属上读或属下读，诗句的意义会有微妙的区别，音节也有明显不同，而实际上两者都可以。这样的语言，确是到了精致异常的地步。所以，在杜甫以后，诗人们对诗歌语言的锤炼之功有了更多的追求。

此外，在杜甫后期诗歌中出现的独特的语序倒置，对造成诗歌的气势和力度也很有作用。最著名的为"香稻啄残鹦鹉粒，碧梧栖老凤凰枝。"(《秋兴八首》之八)如译成白话，就是："香稻中的鹦鹉啄剩的残粒，碧梧上的栖老了凤凰的树枝。"对比之下，杜甫这两句不仅高度浓缩，而且"啄残鹦鹉粒"显为"鹦鹉啄残粒"的语序倒置①；而这种倒置正是高度浓缩所必要的。倘直作"香稻鹦鹉啄残粒"，就使人不知所云了。总之，语序的倒置既是句子高度浓缩的手段，其本身又导致一种突兀感，这也就产生了气势和力度。

第三是杜甫在意象构造上的独创性。

杜诗的意象特征也是向两端——壮阔浑浩与纤巧细微——伸展的。前者如"吴楚东南坼，乾坤日夜浮"(《登岳阳楼》)、"江间波浪兼天涌，塞上风云接地阴"(《秋兴八首》之一)之类；后者如"仰蜂黏落絮，行蚁上枯梨"(《独酌》)、"鸣雨既过渐细微，映空摇飏如丝飞"(《曲江对雨》)之类，都很突出。这两者之间同样有很大的空间。而有时，杜甫又把两种意象组合在一起。细密才能够丰富，所以杜甫并不以纤巧为嫌，反而说"纤毫欲自矜"(《寄峡州刘伯华使君四十韵》)。当然他也不愿一味地在纤巧上用力。

杜诗自然景物的描写及写景与抒情的结合，也有新的特点。从过去的情况来看，由于每首诗都是一个独立的世界，诗中的事物总是在某种程度上意象化了的，所以自然景物的呈现状态，也总是和诗人表现于诗中的情绪基调一致。而杜诗的情况则与之有别。著名的《春望》诗的开头两句"国破山河在，城春草木深"，宋司马光解释说："山河在，明无余物矣；草木深，明无人矣。"(《温公续诗话》)认为这是"意在言外"地表现了诗人的忠爱之心。这虽然久已成为被普遍接受的说法，但恐怕实是穿凿之谈。因为杜诗中经常并且是喜好表现自然与人情的不一致，即不管人世是何等混乱可悲，人心是多么阴沉凄凉，自然仍保持着自己的生机。像《伤春》的开头两句"天下兵虽满，春光且自浓"，其实与《春望》的开头是同样感受，不过说得更明白而已；《江亭》中"寂寂春将晚，欣欣物自私"也是类似写法。岂但自然，连人心也常常互不相通："野哭初闻

---

① 而这又巧妙地运用了古汉语中动词的主动性和被动性没有明确规定、"于"字可以省略的习惯，而非语序的任意倒置，"啄残鹦鹉粒"实即"啄残于鹦鹉之粒"。

战,樵歌稍出村。"(《刈稻了咏怀》)诗人这种感受的由来,或因为他自己的情绪每每徘徊于活泼的自然与苦闷的人世之间,或因为他意识到所谓"天地无情",在永恒的自然中人世的一切变化都短暂而渺小。如单从诗歌艺术来说,这也是对传统表现习惯的打破。

当然,杜甫也有把客观景物主观化的写法,有时甚至以自己的主观来构造景象,以抒发某种情绪。《秋兴八首》之七是最突出的例子:

> 昆明池水汉时功,武帝旌旗在眼中。织女机丝虚夜月,石鲸鳞甲动秋风。波漂菰米沉云黑,露冷莲房坠粉红。关塞极天唯鸟道,江湖满地一渔翁。

这诗借汉喻唐,又通过昆明池的荒凉来象征唐王朝的衰败。中间四句写得极深细而生动,其景色的凄冷充分体现出了没落的悲凉,但这种景色完全是他创造出来的。昆明池在长安,杜甫自己当时则在蜀中。这种以主观来营造景色、创造意象的方法,是在杜甫后期创作中开始出现的,并成为中唐诗歌的一种突出现象。这使诗人能更充分地表现自己的内心。

最后要说到杜诗在声律、节奏等方面的特色。

杜甫对诗歌声调、格律的理解显然与前人已有很大不同。譬如说,由于诗歌格律化的影响,唐人的古体诗也大致在一句中以平仄交错求谐调(只是不那么严格),而杜甫却常常以五平五仄组成一联(单句还有七平或七仄的),这在杜甫绝非偶然。这实际是打破常规,在五平和五仄句中各自寻求变化与谐调(因同是平或仄声字,仍有许多差别存在),然后在两句之间造成对比。像"硖形藏堂隍,壁色立积铁"(《铁堂峡》),不仅是五平对五仄,而且分别以叠韵之词押尾,"堂隍"发音洪亮,"积铁"收敛急促,两句之间的先扬后抑之感十分强烈。这表现了杜甫对诗律的不循常规的积极追求。而且,即使在定型的律诗中,这种追求仍能够表现出来。一方面,在规定的格式中,杜甫对声调的辨别、使用比常人更精细(其律诗在首句押韵时,三、五、七句的末尾仄声字基本上均分用上、去、入);而在需要的时候,他又经常打破格律定式,形成后人所谓"拗句"乃至"拗体"。——这一点又与下面要说的诗歌的节奏问题相联系。

诗歌的节奏感与音乐不同,它既是由声音的变化决定的,同时也是由词汇的意义及其组合方法所引发的读者情绪变化来决定的,这两者需要很好地结合起来。在这点上,杜甫显然比前人有更自觉的意识和更积极的努力。他的古体长诗在收纵及转折上讲究很精细,其变化常常出人意料。不过从律诗来看,杜甫对节奏感的追求更为明显。因为律诗是定型的格式,在这里求节奏的变化难度更大些。

首先从单句来说,五、七言句的惯常音步是上二下三、上四下三,杜甫则常用特殊句法来打破它。五言像"青惜峰峦过,黄知橘柚来"(《放船》)、"碧知湖外草,红见海东云"(《晴》)之类,由于把表示色彩的字放在句首,非常醒目,因而在第一字就形成了停顿。同时这也强化了诗的意象化特征——在生活中,人们常是先看到颜色,然后才引起关于实物的判断。七言句,杜诗屡有在第五字形成强烈停顿的,如前面提到的"永夜角声悲自语,中天月色好谁看",这时由于五、二的音步结构失衡,会令读者感到突兀和惊悚;有时看起来似乎是上四下三的寻常结构,但第五字有强烈的转折或推进意义,也形成一种顿挫。而把一联与另一联组合起来时(联通常是律诗中相对独立的意义和音乐单元),杜甫很注意两者之间的变化。如《登高》的中二联:"无边落木萧萧下,不尽长江滚滚来。万里悲秋常作客,百年多病独登台。"前一联的两句是平易流畅的句法,而且意义特别单纯,所以有一种舒放的节奏感;后一联的两句,正如上面所说的,是在第五字处有一强烈的顿挫,情绪的流动不能轻松地滑过去,而且两句诗的意义高度凝练(宋罗大经《鹤林玉露》谓"十四字内含八意"),所以它的节奏便有紧张与收缩感。

再以《闻官军收河南河北》全诗来看,它的情绪欢跃,节奏也快。固定格式的七律,何以能够有特别"快"的节奏感呢?首先,全诗动词和具有动作感的形容词用得超常地多,而且所表现的动作是有连贯性的,即使稍有停顿(如第二句),也是一提即放;其次,"忽传"、"初闻"、"却看"、"漫卷"、"便下"等词组,都在动词前面加了修饰语,从而增强了动作的活跃性和现场感(读诗时有"当下发生"之感),且这些词组是相同结构,彼此呼应,相互纠结,情绪上不容滞缓间隔;最后,此诗在末联用对仗句持续推进,没有任何收缩、终止的表现。于是全诗便去势迅疾,一气流注而下。相反,像《江汉》诗"江汉思归客,乾坤一腐儒",这种单纯以名词和名词性短语平列组合的诗句,节奏便显得凝静。

杜诗中的"拗律",是通过打破律诗的定格来作特殊的表现。正如前述,这反映了杜甫对诗律的独特的理解。以《白帝城最高楼》为例:

> 城尖径仄旌旆愁,独立缥缈之飞楼。峡坼云霾龙虎卧,江清日抱鼋鼍游。扶桑西枝对断石,弱水东影随长流。杖藜叹世者谁子?泣血迸空回白头。

这诗每一句都违律,第五字均与规定的平仄相反。第二、七句则是古体诗中才有的散文句法(第七句甚至在古体诗中也算怪例)。律诗所追求的和谐协调首先在整体上被打破了。仔细读来,首句不仅意象密集,而且连续发音非常困难,所以一上来就有一种堵塞感。到了第二句忽然飘逸地展开,令人感觉诗中情绪变化极大。对仗的中二联相对平稳,但句尾均以三仄声对三平声,比普通律诗加强了起伏的幅度。第七句又忽然变得极为奇崛突兀("者"字停顿非常强烈),然后引出悲怆无比的末句。这首诗调动了各种因素来造成奇特的节奏感,但总体上又是严整的。用譬喻来说,犹如一群愤怒的囚徒被强行排列得很整齐,内中隐伏着力与力的激烈冲突。如此,诗人不平静的心情直接在形式上得到了充分的表现。这种手段,后来在宋代诗人黄庭坚那里被广泛运用。

总结来说,杜甫是一位善于汲取前人经验而又富于创造力的诗人。他在诗史上最大的贡献,是打破了许多陈规惯例,开拓了诗歌的表现领域,丰富了诗歌的语言和表现手法,对诗的形式进行了更深细的探究,从而给后人留下了广阔的发展余地。但要说杜诗的缺陷也很明显。首先,他的诗歌的运用范围极广,很多照例用散文来写的东西,如人物评述、诗文评、政论、书信之类,他都用诗来写。诗中不是不可以渗入散文因素,但过度了,会影响诗歌的特质,而出现"以文为诗"的毛病。宋人在这方面受杜甫的影响不小。还有,杜甫诗歌切近社会现实、反映民生疾苦的努力当然是值得肯定的,但由于他的身份和文化背景,与此同时,在有些作品中也出现了诗人个体意识削弱和对于国家依附意识加强的现象。他在封建时代得到"诗圣"这样一种带有浓厚道德意味的尊称,除了他的人格和诗歌成就的因素,也还是有其他因素起了作用的。

杜甫对后代的影响,大致可分为两个方面。一是加强了诗歌对社会问题的关心和重视。在先秦的《诗经》和汉代的乐府乃至王粲等人的诗篇中,本就出现过这类作品,而自魏晋以来,此类题材在诗歌中已很少见。唐代前期诗中虽偶或有之,但远未能形成气候。自杜甫出,情况始逐渐改变,经白居易及宋代梅尧臣等人的推演,这种题材遂成为我国诗歌的热点之一。只是由于缺乏杜甫那样强烈的感情,后世的此类诗歌中具有巨大感染力的很少;有些甚至如金圣叹所指斥的,"微闻四郊说有小警,辄更张皇其言;曰:'我于兵戈涕泪,乃至不减老杜。'"(《唐才子诗集》卷二《鱼庭闻贯》)二是其对诗歌形式的追求在宋代及其以后的诗歌创作中发生了重大的影响。宋代的江西诗派是其最突出的代表。但也由于缺乏杜甫那样强烈的感情,未能得其神髓。

最后,附带介绍一下与杜甫的诗歌创作具有某些相通因素的元结。在安史之乱以后,元结的诗歌并曾受到杜甫高度评价。

三、元　结

元结(719—772),字次山,晚号漫叟,河南(今河南洛阳)人。天宝十二载(753)登进士第。曾任道州刺史。有《元次山集》。他在道州任上,曾作《舂陵行》和《贼退后示官吏作》两诗,杜甫看到后很赏识,写了《同元使君舂陵行》,其序说:"览道州元使君结《舂陵行》兼《贼退后示官吏作》二首……不意复见比兴体制、微婉顿挫之词,感而有诗……不必寄元。"可见杜甫并不是出于应酬目的而写的,确是衷心赞扬。

《舂陵行》有序:"癸卯岁,漫叟授道州刺史。道州旧四万余户,经贼已来,不满四千,大半不胜赋税。到官未五十日,承诸使征求符牒二百余封,皆曰:'失其限者,罪至贬削。'於戏!若悉应其命,则州县破乱,刺史欲焉逃罪?若不应命,又即获罪戾,必不免也。吾将守官,静以安人,待罪而已。"其诗说:

军国多所需,切责在有司。有司临郡县,刑法竞欲施。供给岂不忧,征敛又可悲。州小经乱亡,遗人实困疲。大乡无十家,大族命单羸。朝餐是草根,暮食仍木皮。出言气欲绝,意速行步迟。追呼尚不忍,况乃鞭扑之!邮亭传急符,来往迹相追。更无宽大恩,但有迫促期。欲令鬻儿女,言发恐乱随。悉使索其家,而又无生资。听彼道路言,怨伤谁复知!去冬山贼来,杀夺几无遗。所愿见王官,抚养以惠慈。奈何重驱逐,不使存活为。……

《贼退后示官吏作》诗说:

今来典斯郡,山夷又纷然。城小贼不屠,人贫伤可怜。是以陷邻境,此州独见全。使臣将王命,岂不如贼焉!今彼征敛者,迫之如火煎。谁能绝人命,以作时世贤?思欲委符节,引竿自刺船。将家就鱼麦,归老江湖边。

这两首诗只是直抒胸臆,但仍有令人感动之处,因为它们不仅写了当时人民的痛苦,更重要的是显示了元结自己的内心矛盾。作为官吏,他不得不考虑自己的责任,也不得不想到完不成任务时的处分;但如果狠心催征呢,看到人民的这种样子他实在下不了手。在前一首中,他不得不问自己,同时也问同僚:人民已经吃够了苦,他们希望我们会对他们好一些,我们为什么不让他们活下去呢?这是一个痛苦的问题。在第二首中,他问得更为尖锐:我们这些当官的,难道连贼都不如吗?于是他初步从这个矛盾中脱出:"谁能绝人命,以作时世贤?"这里的"人"本应作"民",唐人因避李世民的讳,故写作"人"。这提法本身就很有意思:在当时要成为贤臣,非断绝人民的生命不可。但他却已下了决心,不愿再做这种罪恶的事情了。在这里,读者也能体会到他的解脱的喜悦。是以诗的最后四句,就显得比较愉悦了。

所以,这两首诗的感人之处,在于诗中有元结真实的自我在。尽管元结似乎并不是一个感情型的人,诗中的感情并不强烈,也因此而削弱了感人的程度;但与那些没有感情或只有虚假感情的诗到底是不同的。杜甫在《同元使君春陵行》中称赞这两首诗说:"道州忧黎庶,词气浩纵横。两章对秋月,一字偕华星。"这大概主要是从元结的道德品质来赞美的,但"词气浩纵横"则是就诗而说;因为诗中有一股真挚之气,所以也确实称得上"浩纵横"。

元结是主张诗歌应起到"上感于上,下化于下"(《系乐府序》)的作用的。所以,除了上引两首以外,他还写过《系乐府十二首》,那还是在安史之乱以前的天宝十载写的,这却写得并不高明。因为诗中缺乏对人民的感情。试引其《贫妇词》如下:

> 谁知苦贫夫,家有愁怨妻。请君听其词,能不为酸嘶?所怜抱中儿,不如山下麑。空念庭前地,化为人吏蹊。出门望山泽,回顾心复迷。何时见府主,长跪向之啼。

在这里,既不能使读者真正体会到人民的痛苦,也看不出作者对此有多少激动。事实上《春陵行》等两首写人民的痛苦也是比较概念化和缺乏强烈感情的,那两首的好处在写他的内心矛盾——官吏的职责和人性的矛盾;对于人民,他只感到道义上的责任。在这样的情况下,写人民的痛苦本来就不能写好,何况他的文学思想又是儒家的风雅比兴说,要使诗歌成为政治、教化的工具,那就更难以发挥感人的作用了。

第二节 经历安史之乱的其他诗人

属于唐代中期而在安史之乱时已经成年的诗人,以杜甫最为年长;此外尚有刘长卿、钱起、韦应物、顾况等。他们在安史之乱以前所作的诗留传下来的很少,而且也看不出盛唐诗的壮阔气象;安史之乱以后所作,则在不同程度上存在着与群体疏离的倾向,以及由此派生的惆怅、寂寞和哀愁。至于热烈的追求和愤怒的抗争,在他们诗中是很难看到的,仅顾况稍有不同。这是因为,他们对于作为群体代表、但经过安史之乱已日益暴露其腐朽无能的唐政权深为失望,而唐政权同时又是社会秩序的象征和支柱,他们当然不能站在它的对立面。于是,在依附唐政权的同时,又保持着某种内心的孤寂。这种孤寂既是自我安慰,又是自我保护。就这点说,此类诗在本质上是与杜甫的《佳人》相通的;尽管"佳人"已决定不再"出山",但她在山中不也感到寂寞而凄清么?与此相应,这些诗人往往与禅理结下了不解之缘,因为这对他们的心灵是很好的抚慰。

一、刘长卿和钱起等

刘长卿(约727—约790)①,字文房,河间(今属河北)人。开元时登进士第,肃宗至德年间曾任长洲县尉、摄海盐县令,不久因事被勘问,贬潘州南巴县尉。后任监察御史、检校祠部员外郎、转运使判官、知淮南鄂岳转运留后等职。又贬为睦州司马。至德宗建中二年(781)始擢为随州刺史。高仲武《中兴间气集》卷下说刘长卿"刚而犯上,两遭迁谪,皆自取之",可见其生性刚傲,以至于犯忌而遭受厄运。有《刘随州集》。

安史之乱发生时,刘长卿身在江南,他虽然没有亲身经历中原的战乱,但却目睹了这场战乱所带来的严重后果,"十年经转战,几处更芳菲"(《送友人西上》)、"凋残春草在,离乱故城多"(《毘陵送邹绍先赴河南充判官》),"举目伤芜没,何年此战争"(《奉使申州伤经陷没》),时代的创伤显然在诗人的心灵深处投下一块巨大的阴影,给他带来难以抹去的痛苦。

由于处在动荡衰乱之际,加上个人遭遇的坎坷不平,在他的诗歌中已难以体察到盛唐时代文人的那种关注时代、满怀抱负的自信飞扬的入世激情,而出现了对群体以及作为群体代表的唐政权的深重怀疑和失望。这在以下两诗中表现得很清楚:

> 目极雁门道,青青边草春。一身事征战,匹马同辛勤。末路成白首,功归天下人。(《从军六首》之二)
>
> 黄沙一万里,白首无人怜。报国剑已折,归乡身幸全。单于古台下,边色寒苍然。(《从军六首》之三)

这是对盛唐时期人们的青春热情和辉煌理想的无情否定。但他的这种思考在那个时代却显得相当深刻。在安史之乱这样的社会大动乱中,多少人为了国家、民众、社会的安定作出了巨大的牺牲,但政府和社会给了他们什么呢? 在"白首无人怜"、"功归天下人"这样的诗句里,人们似乎听到了诗人的深沉叹息。而渗透于这种无奈之感的,则是一种浓烈的个体意识;正由于尊重个体,他才会对

---

① 刘长卿生年据其《罢摄官后将还旧居留辞李侍御》推定。此诗当作于其《至德三年春正月,时谬蒙差摄海盐令,闻王师收复二京,因书事寄上浙西节度李侍郎中丞行营五十韵》之后,绝不至早于至德三年(即乾元元年)。诗有"世难慵干谒,时闲喜放归。潘郎悲白发,谢客爱清辉"语。"潘郎"句用潘岳"余春秋三十有二,始见二毛"(《秋兴赋》)的典故,知其于乾元元年(758)约为虚龄三十二岁。又,刘长卿《同姜濬题式微余干东斋》,当作于其罢摄官后贬南巴县尉途经余干时,中有"生涯欲半过"语,意谓其生命已过了将近一半,当时能活七十岁已经不容易,则写诗时当还不到三十五岁。

个体之被轻易作为牺牲而悲叹。就这一点说,他的这些诗与李白那些追求个体生命价值的、充满憧憬的热烈诗篇其实是相通的,尽管给人的感受截然不同。

正因为刘长卿对当时的社会现实已有冷静而深刻的思考,他在痛苦失落之余也就转向对自我命运更为深切的关注。"旧业已应成茂草,余生只是任飘蓬"(《避地江东留别淮南使院诸公》),"愁中卜命看《周易》,梦里招魂读《楚辞》"(《感怀》)。这里不但有对自己不幸命运的慨叹,而且更有着对个人生活前景无着与难以把握的哀伤。这样的意绪,在刘长卿受到贬南巴县尉处分后所作的《负谪后登干越亭作》一诗中有更为明显的流露:

> 天南愁望绝,亭上柳条新。落日独归鸟,孤舟何处人。生涯投越徼,世业陷胡尘。杳杳钟陵暮,悠悠鄱水春。秦台悲白首,楚泽怨青蘋。草色迷征路,莺声伤逐臣。独醒空取笑,直道不容身。得罪风霜苦,全生天地仁。青山数行泪,沧海一穷鳞。牢落机心尽,惟怜鸥鸟亲。

战乱留下的创伤还未弥合,仕途偃蹇的忧郁又重重袭来,身处困顿的世间,诗人感到孤立失倚,出处无凭。难以化解的哀伤、凄凉、无奈的心绪有增无已,以至于凄迷的野草与莺鸟的鸣叫在他的笔下都带有忧伤的情调。

元人方回以为刘长卿诗"细淡而不显焕,观者当缓缓味之,不可造次一观而已也"(《瀛奎律髓》卷四十二)。清人屈复也说其诗"有味外之味,最耐人吟诵"。的确,刘长卿不少诗看似平淡冲虚,实际却意味深长,只有细心体味,才能得其神理;淡泊虚静诗境的背后,所掩藏着的常常是诗人内心世界中不平常的一面:孤寂、失落、彷徨。这种种内在的意蕴格外耐人寻味。如《江中对月》:

> 空洲夕烟敛,望月秋江里。历历沙上人,月中孤渡水。

诗的遣字造句看上去平淡无奇,然而空洲、夕烟、秋江、明月以及孤零的渡人等景象组合在一起,增添了空寂冷落的气氛,似是诗人怅惘落寞心境的折射。再比如《逢雪宿芙蓉山主人》:

> 日暮苍山远,天寒白屋贫。柴门闻犬吠,风雪夜归人。

整首诗的措词结构同样显得平常而不显眼,而真正动人心魂的是诗所营造出来的"味外之味",暮色降临的傍晚时分已不免有几分冷落,浓重寒气中的白屋更显出荒凉,在风雪中经过艰难跋涉的人虽然已在夜晚归来,并且当他与贫寒的家人聚首时,在当夜或许还能多少得到些慰藉,但第二天将又是为了生活而作的艰苦的、没有尽头的挣扎,真正的归宿究在何方?笼罩在全诗字里行间的是诗人心中难以掩饰的孤独与迷茫感,它是那样沉重而难以排解。

有人曾说刘长卿"体物情深,工于铸意,其胜处有迥出盛唐者"(陆时雍《诗镜总论》)。如果联系诗人特定的生活境遇来看,不难理解他"体物"与"铸意"的一番苦心。他的诗常常以各种孤寂、萧瑟和荒凉的意象来熔铸意境。如"空余白云在,容与随孤舟"(《抄秋洞庭中怀亡道士谢太虚》),"孤烟出广泽,一鸟向空山"(《使还至菱陂驿渡浉水作》),"孤云飞不定,落叶去无踪"(《洞庭驿逢郴州使还寄李汤司马》),"寒渚一孤雁,夕阳千万山"(《秋抄江亭有作》),"荒村带返照,落叶乱纷纷"(《碧涧别墅喜皇甫侍御相访》)。类似的诗句在他的诗集中比比皆是。而这类由夕阳、独鸟、孤舟、荒村、落叶等所组成的意象,有些其实是他的主观营造,而非实际的景色①,它们奠定了刘长卿诗"凄婉清切"(李东阳《怀麓堂诗话》)的基调。

然而,一味"凄婉清切",对诗人的心灵来说,究竟是太痛苦的事。于是他不得不有所逃避,以求得某种慰藉。所以,在他的诗里也可以见到对于禅的归依。

　　上方鸣夕磬,林下一僧还。密行传人少,禅心对虎闲。青松临古路,白月满寒山。旧识窗前桂,经霜更待攀。(《宿北山于禅寺》)
　　自从飞锡去,人到沃洲稀。林下期何在,山中春独归。踏花寻旧径,映竹掩空扉。寥落东峰上,犹堪静者依。(《过隐空和尚故居》)

景色依然是清寂的,但心灵却多少有了寄托。前诗中的桂树,后诗中的东峰,其实都是禅理的体现:它们既无所执着,也无所挂碍,于是脱离一切烦恼,得大自在。此外,在刘长卿的诗中写到"云"的就有几十处之多,据葛兆光先生研究,在此类"云"中也具有禅的意蕴②。从浓烈的个体意识出发而疏离群体,把重心移到自我;但又由此而深刻感受到自我被压抑的痛苦,为了解除痛苦终于不得不转向消解自我的佛门,这当然是一种矛盾,但在当时却是完全可以理解的。

与刘长卿诗风相近的,还有钱起、郎士元、张继等。

钱起(约720—782),字仲文,吴兴(今浙江湖州市)人。天宝时登进士第,

---

① 例如"孤烟"联,他可以看到有一只鸟在空中飞,但怎知它是在"向空山"飞呢?一则他只是途经该地,显然没有到那里的山上去考察过,怎知其是空山?再则鸟也可能不飞到那座所谓的"空山"就停下来,它既不以"空山"为目的地,自不能说它在"向空山"飞(按,此处所引的这两句,系据明弘治刊本《刘随州文集》;储仲君先生《刘长卿诗编年笺注》谓北宋本《刘文房文集》此两句作"孤烟飞广泽,一鸟响空山",则是诗人在"渡浉水"时听到了一声鸟叫,但他又怎能知道这声鸟鸣来自山中,而且山是空山?何况在渡水时能否听到山中的鸟叫也是问题)。又如,"夕阳"下的"千万山"也是他所望不到的。

② 见葛兆光《禅意的云》(载《文学遗产》1990年第3期)。

官至考功郎中。有《钱考功集》。诗与郎士元齐名,并称钱郎。又与卢纶、吉中孚、韩翃、司空曙、苗发、崔峒、耿湋、夏侯审、李端并称"大历十才子"(见《新唐书·卢纶传》)。他与郎士元的诗名当时超过刘长卿,"士林语曰:前有沈宋,后有钱郎。"(《中兴间气集》卷上)但诗歌成就不如长卿。

钱起诗歌多为送别、酬赠之作。据高仲武说:"自丞相以下,更出作牧,二公(指钱起、郎士元。——引者)无诗祖饯,时论鄙之。"(《中兴间气集》卷下)这一方面可见两人诗名之大,另一方面也可知道诗歌在他们那里主要成了应酬的工具。但尽管如此,钱起的诗仍然自具特色。他善写愁苦之情,从中颇可见出其心灵所受的压抑:

> 退飞忆林薮,乐业羡黎庶。四海尽穷途,一枝无宿处。严冬北风急,中夜哀鸿去。孤烛思何深,寒窗坐难曙。劳歌待明发,惆怅盈百虑。(《冬夜题旅馆》)

其"四海尽穷途,一枝无宿处"之句,已与孟郊的"出门即穷途,谁谓天地宽"相似,但比起孟郊的愤激来,钱诗却要和婉得多了。

由于内心的郁悒,钱起所写的自然景色也多被涂上一层凄冷的色彩。如《裴迪南门秋夜对月》:

> 夜来诗酒兴,月满谢公楼。影闭重门静,寒生独树秋。鹊惊随叶散,萤远入烟流。今夕遥天末,清光几处愁!

中间四句都具有孤独、凄凉的意味,所以,其发端两句虽颇有逸兴,但最后却只能以"几处愁"作结。而"影"本是无法"闭"的,"寒生"与"独树秋"也纯由诗人的主观缀合而成,无论把此句理解为寒生于独树所体现的秋意,抑或解释成寒生而独树有了秋意,都是如此。何况诗人本在楼上,故能看到远处的流萤,则其说鹊惊是由于叶散,显为想像之词而非他真能看得如此明白。因而诗中的景色多半是诗人以自己的心境来营造的结果。

这类具有孤独、凄凉意味的句子在钱起诗中颇为常见,如"鸟道挂疏雨,人家残夕阳"(《逃暑》)、"落叶寄秋菊,愁云低夜鸿。薄寒灯影外,残漏雨声中"(《宿毕侍御宅》)、"回云随去雁,寒露滴鸣蛩"(《晚次宿预馆》)等皆是如此。以主观营造景色的特点在这些诗句中也颇明显①,这都是钱起诗风近于刘长卿的所在。

被高仲武认为在诗歌创作方面与钱起"体调大抵欲同"(《中兴间气集》卷下)的郎士元,字君胄,中山(今河北定州市)人,天宝时登进士第,官至郢州刺

---

① 例如,寒露滴在鸣蛩上,诗人又怎能看见或听到?

史。有《郎士元诗集》。他也善于通过写景来传达某种惆怅的意绪,有时气象较钱起开阔,如《鳌屋县郑礒宅送钱大》①:

  暮蝉不可听,落叶岂堪闻?共是悲秋客,那知此路分!荒城背流水,远雁入寒云。陶令门前菊,余花可赠君。

其"荒城"一联,即被高仲武评为"近于康乐(指谢灵运。——引者)"。又如《夜泊湘江》:

  湘山木落洞庭波,湘水连云秋雁多。寂寞舟中谁借问,月明只自听渔歌。

诗中的凄清景色和寂寞之情颇能感人,其"湘山"两句的气象也较开阔。不过,其时既为夜晚,又泊舟湘江,湘山叶落他是无法看到的;由于鸟类夜间栖息的习性,月明之夕虽或有雁仍在飞翔,但不可能多。所以,诗中的这类景色均是作者为了传达其情绪而营构的。

  在与钱起并称"大历十才子"的诗人中,有的远为年轻,我们将在下一节中介绍;那些与钱起年辈相若的,诗风也大致相近。如天宝十三载(754)登进士第的韩翃(字君平),其以《寒食》为题的七绝"春城无处不飞花,寒食东风御柳斜。日暮汉宫传蜡烛,轻烟散入五侯家",曾为德宗赏识,世遂盛传,但就其诗集中的多数作品和高仲武《中兴间气集》所选录、赞扬的诗篇来看,他仍有与刘长卿、钱起等相仿佛的一面。

  春城乞食还,高论此中闲。僧腊阶前树,禅心江上山。疏帘看雪卷,深户映花关。晚送门人出,钟声杳霭间。(《题荐福寺衡岳禅师房》)
  长簟迎风早,空城澹月华。星河秋一雁,砧杵夜千家。节候看应晚,心期卧亦赊。向来吟秀句,不觉已鸣鸦。(《酬程延秋夜即事见赠》)

前一首很容易使人想起上引刘长卿《宿北山禅寺兰若》等诗。后一首所写景色,于疏淡中见凄清,也与刘诗有相通之处;虽然因系应酬之作,末二句不免落入俗套,但"星河"一联与前一首的"疏帘"一联,高仲武评为"方之前载,'芙蓉出水'未足多也"(《中兴间气集》卷上),似亦并非过誉。

  最后,说一说张继。继字懿孙,襄州(州治在今湖北襄樊市汉水南襄阳旧城)人。天宝间登进士第,大历末检校祠部员外郎,分掌财赋于洪州。与其妻子均逝于该地。他死后刘长卿作有《哭张员外继》诗,题下原注:"公及夫人相次没于洪州。"

---

① 《中兴间气集》收此诗,题为《别郑礒》,《极玄集》作《送友人别》。

由于张继诗风与上述诗人相近,他的诗与郎士元、韩翃的颇有彼此相混的,如《全唐诗》所收张继《郢城西楼吟》、《冯翊西楼》,题下均注:"一作郎士元诗。"《送张中丞归使幕》、《华州夜宴庾侍御宅》、《奉送王相公赴幽州》题下均注"一作韩翃诗。"

张继诗最著名的,为下引的七绝《夜泊松江》①:

> 月落乌啼霜满天,江枫渔火对愁眠。姑苏城外寒山寺,夜半钟声到客船。

此诗第一句实包含三个短句,寥寥七字即显现出一幅凄清景色;第二句补叙诗人的心绪,并以江枫、渔火为陪衬,更增哀愁;三、四两句则写夜半时分城外寒山之中的佛寺钟声②,虽然愈显凄清,但又给人以宁静之感,诗人的心灵也由此而得到慰藉。其前两句既近于刘长卿的"凄婉清切",后两句也与刘长卿的于禅中求寄托殊途同归。而此诗在艺术上尤其值得重视的,则是由丰富的想像所形成的以主观驾驭客观的特色。如"霜满天"就纯是心造的意象,因为霜是地面或地物表面在温度0℃以下时由于散发热量而致空中水汽凝华在其上的结晶,并非空中降下的,所以根本不可能有"霜满天"的现象。再以"姑苏城外寒山寺"二句来说,诗人只是坐船经过松江,泊舟夜宿,不可能对周围寺院的情况作详细调查。他在夜半听到钟声,怎能断定来自"寒山"中的寺院?因而"寒山寺"云云,其实也只是基于想像而已。

二、韦 应 物

韦应物(约737—约791),京兆长安(今陕西西安)人。早年以三卫郎事唐玄宗。安史之乱起,流落失职,始立志读书,由洛阳丞累迁至比部员外郎。出为滁州刺史,移江州。不久入朝为左司郎中,官终苏州刺史。有《韦苏州集》。

韦应物也属于由玄宗时期而进入中唐时期的诗人。不过相比之下,杜甫、

---

① 根据现存文献,此诗最早收载于唐人所编《中兴间气集》,题作《夜泊(一本作"宿")松江》,宋人所编《文苑英华》所载此诗始改题《枫桥夜泊》,后世选本多从之。实当以其最早的题名为依据(此事曹震氏已作过考证,见其所撰《〈枫桥夜泊〉新考(一)》,载《文汇读书周报》1997年1月25日)。现存的张继诗集(如《张祠部诗集》)也均系ေ出。按,唐代所称松江,即今吴淞江。《通典》、《元和郡县志》吴县(当时的吴县包括今吴江市)下均有松江。

② "姑苏城外寒山寺"的寒山寺,通常释为今苏州枫桥寒山寺的前身。但诗题既为《夜泊松江》,而松江出于太湖,在唐代是从今天的吴江流经甪直,再经由上海市松江县最终入海的,在松江夜泊不可能听到枫桥寺院的钟声。故此诗中的"寒山寺",乃是"寒山"中的寺院之意;参见曹震《〈枫桥夜泊〉新考(二)》,《文汇读书周报》1997年2月1日。

刘长卿、钱起等在天宝盛世并没有什么显赫的经历，而韦应物却有过一段值得夸耀的"出身"："与君十五侍皇闱，晓拂炉烟上赤墀。花开汉苑经过处，雪下骊山沐浴时。"(《燕李录事》)这种出入宫闱、扈从游幸的特殊经历，还滋养了他任侠负气的豪纵性格，在《逢杨开府》一诗中，他就曾将自己描绘成"身作里中横，家藏亡命儿。朝提樗蒲局，暮窃东邻姬"的侠少形象，因而在他身上所见的盛唐那种雄放不羁的气概是杜甫以外的一般中唐诗人所不存在的，其诗歌中常常有一些风格豪放遒壮的作品。如《古剑行》写千年沉埋土中的宝剑是"豪士得之敌国宝，仇家举意半夜鸣。小儿女子不可近，龙蛇变化此中隐"；《广陵行》写万军阵中叱咤风云的勇将是"翕习英豪集，振奋士卒骁。列郡何足数，趋拜等卑寮"；而《长安道》则将大都贵游骄纵豪奢、备受宠幸的欢荣描写得如此热烈而丰满：

  宝马横来下建章，香车却转避驰道。贵游谁最贵？卫霍世难比。何能蒙主恩？幸遇边尘起。归来甲第拱皇居，朱门峨峨临九衢。中有流苏合欢之宝帐，一百二十凤凰罗列含明珠。下有锦铺翠被之粲烂，博山吐香五云散。丽人绮阁情飘飘，头上鸳鸯双翠翘。低鬟曳袖回春雪，聚黛一声愁碧霄。山珍海错弃藩篱，烹犊煮羔如折葵。既请列侯封部曲，还将金印授庐儿。欢荣若此何所苦，但苦白日西南驰。

在这些诗中，作者事实上仍然承续了盛唐诗歌的气象与格调，雄豪而具有力度，高亢而富于气势，内中还不时洋溢着欢乐奔放的旋律。即如《西塞山》这样的写景小诗，也写得突兀奇峻、壮阔飞动：

  势从千里奔，直入江中断。岚横秋塞雄，地束惊流满。

山势绵延奔腾，入江忽绝，其上因山岚弥漫而益见雄伟，其下则涧峡骤敛而惊湍流急，让人明显感受到诗人胸中自有一种横空特立的豪情。

  在另一方面，跨入中唐时期的韦应物，因为曾亲身经受了由天宝盛世至衰世的时代巨变，在宦海浮沉中虽尚算平顺优裕，但也不免有挫折之时，加上佛道思想的深入影响，所以渐渐看淡世情而"日夕思自退"(《高陵书情寄三原卢少府》)，在个性上便渐由纵放而转向内敛。他所向慕的，是陶渊明式的隐逸田园山林的生活与境界，所谓"日夕临清涧，逍遥思虑闲"(《郊居言志》)，"时事方扰扰，幽赏独悠悠"(《游西山》)，"心同野鹤与尘远，诗似冰壶见底清"(《赠王侍御》)，从而写下了不少被后人称为冲淡闲远的作品。像"微雨夜来过，不知春草生"(《幽居》)，"绿阴生昼静，孤花表春余"(《游开元精舍》)，"空山松子落，幽人应未眠"(《秋夜寄丘二十二员外》)，"雨歇林光变，塘绿鸟声幽"(《月晦忆去年与亲友曲水游宴》)，这些诗句所呈现的意象及用以表现的语言，确如司空图评价韦诗所说的"澄淡精致"(《与李生论诗书》),被人们认为足敌王、孟。

不过,这尚不足以代表韦诗的主要倾向与成就,毕竟亲身体验过一种"欢娱已极人事变"(《骊山行》)之盛衰裂变的韦应物,会更多地怀有"今来萧瑟万井空,唯见苍山起烟雾"(《温泉行》)的沧桑之感,更何况他的向自我内心的退守,很大程度上是因为"世事茫茫难自料,春愁黯黯独成眠"(《寄李儋元锡》),故而在他的心灵深处,总有那么一种却之不去的悲凉与哀伤。我们来看下面两首诗:

> 今朝郡斋冷,忽念山中客。涧底束荆薪,归来煮白石。欲持一瓢酒,远慰风雨夕。落叶满空山,何处寻行迹?(《寄全椒山中道士》)
> 南楼夜已寂,暗鸟动林间。不见城郭事,沉沉唯四山。(《夜望》)

前一首作于滁州刺史任上。写诗人在寒夜的怀人之念,渗透着无边的孤寂。一方面是诗人虽想念着朋友,却不但无从见面,连想送他一瓢酒以使彼此的心中均感到一点温暖都无法办到;另一方面是友人平时本就过着辛苦、孤高的生活,到了这样的风雨之夜,面对着空山和无数的落叶,其内心更是一片荒寒。结句的萧瑟、迷茫之景其实只是诗人的一种想像,因为他只是想去而并没有去;更进一步说,诗中所写的其友人的孤高、寂寞,也都是诗人内心的折射,都是为了显示诗人孤凄的心境。在后一首诗中,我们所能感受到的,同样是诗人对自己的被晦寂黑夜与四周沉沉山峦所包围的处境的敏感,基调低沉而压抑。在不少为后人传诵的韦诗名句中,我们还能举出一些这方面的例子。如"寒雨暗深更,流萤度高阁"(《寺居独夜寄崔主簿》),"漠漠帆来重,冥冥鸟去迟"(《赋得暮雨送李胄》),"独鸟下东南,广陵何处在"(《淮上即事寄广陵亲故》),"巢燕翻泥湿,蕙花依砌消"(《闲斋对雨》),"数家砧杵秋山下,一郡荆榛寒雨中"(《登楼寄王卿》)。这些精心营造的意象看上去似由自然景物构成,却已经鲜明地将作者的主观感受与情绪色彩编织在内,用以传导出诸如幽寂、萧索、沉重、忧伤、迷惘、孤凄之类的心境。因此,就韦应物的诗风而言,虽有冲淡闲远的一面,但更主要的却是与刘长卿等相通的凄冷与孤寂,只不过比起刘长卿等诗人来,在他的诗中有时还可看到一些盛唐的痕迹。

三、顾　况

顾况(?—806以后),字逋翁,海盐(今属浙江)人,至德二载(757)进士,曾任节度判官、著作佐郎。他性格傲岸,轻视权要,所以被贬饶州司户参军,晚年定居茅山,自号华阳真逸。有《华阳集》。

顾况与刘长卿等人一样,都经历了社会的巨变,加以个性桀骜不驯,"虽王公之贵,与之交者,必戏侮之"(《旧唐书·顾况传》),在仕途上屡遭排挤,生活一直失意困顿。面对这样一种境遇,一方面他当然陷入了对现实世界深深的失望之中,因而厌倦世情以至抽身归隐,采取了一种消极、退避的生活态度。但在另一方面,他却仍倔强地坚持自己向来的生活操守,所谓"将底求名宦,平生但任真"(《别江南》),表现出坚执自我的信念。这种矛盾的情况也反映在他的诗歌创作中,形成了他的特色。

由孤独感和对现实的厌倦、悲观出发,其诗歌中存在着与刘长卿等相近的一面,下引的这一类诗是其代表:

古庙枫林江水边,寒鸦接饭雁横天。大孤山远小孤出,月照洞庭归客船。(《小孤山》)

绝顶茅庵老此生,寒云孤木伴经行。世人那得知幽径,遥向青峰礼磬声。(《山僧兰若》)

虽然没有刘、钱诗的空灵,但第一首的景色于清远中暗含凄凉,第二首写遗世独立的孤寂而以归心禅悦作结,均与当时诗坛的风气相合。

然而,顾况毕竟具有桀骜不驯的个性,因而他的这样一种"绝顶茅庵老此生"的决心,同时又意味着对现实社会的蔑视。由此,他甚至连陶渊明的生活也有点不屑,而崇尚宁愿焚死也不出山的介之推:

浮生果何慕?老去羡介推。陶令何足录,彭泽归已迟。空负漉酒巾,乞食形诸诗。吾惟抱贞素,悠悠白云期。(《拟古三首》之三)

他羡慕介之推弃世的那一份坚决,无非是要表现出自己与恶俗尘世决裂的决心,从而抱持高洁的幽怀,与悠悠白云相往还。

也正是基于这样一种态度,他对现实社会的黑暗、压抑与丑恶有时会作出尖锐的揭露,而不管针砭的对象是谁。他的一首《叶上题诗从苑中流出》,可以看作是这方面的代表作。据孟棨《本事诗》,顾况在洛阳时,曾与三诗友游于苑中,于流水上得一大梧叶,上有题诗曰:"一入深宫里,年年不见春。聊题一片叶,寄与有情人。"于是他也在叶上题诗和道:

花落深宫莺亦悲,上阳宫女断肠时。君恩不闭东流水,叶上题诗寄与谁?

诗中所表现的,是对身锁深宫的宫女的深切同情。在这里,庄严神圣的帝王内宫被描写得如此阴暗幽凄,"花落深宫"这一自生自灭、生命的消息无人理会的现象,无疑是宫女命运的象征;而"莺亦悲"所展示的意象,则是诗人悲愤情怀的激切投射,在深重的哀伤之外,还能令人感受到某种尖利的东西。唐人诗写宫怨的不少,但写得这样近乎凄厉的,却首推顾况此诗。

另外,顾况的那种傲岸,又使他不安于凡俗而追求一种超然不凡的境界,这使得他的诗常常具有神异奇特的想像和纵横开张的气势。这种风格特征尤以古体歌行表现得最为集中,如《梁广画花歌》写梁生画花之美妙,会使仙界上元夫人的小女看了之后对他以心相许;《龙宫操》把发大水说成是因为"鲛人织绡采藕丝,翻江倒海倾吴蜀",加以"汉女江妃杳相续",终于造成"龙王宫中水不足"的后果。其他如写庐山瀑布之高是"应从织女机边落",其声势形态为"火雷劈山珠喷日"(《庐山瀑布歌送李顾》),写弹筝的美妙能令"赤鲤露鬐鬣"、"白猿臂拓颊"(《郑女弹筝歌》),所使用的意象亦皆奇幻怪诞,充满玄想。皇甫湜在《顾况诗集序》中因此评价顾诗是"偏于逸歌长句,骏发踔厉,往往若出天心,穿月胁,意外惊人语,非寻常所能及"。这样一种显著的特点固然使得顾况的诗歌在大历、贞元诗坛上独树一帜,而且从某种意义上也可说是李贺歌行奇幻瑰丽境界的先声,但它同时又是从杜甫以来以主观营构景色的方法的扩大和弘扬。试看其《同裴观察东湖望山歌》:

> 浴鲜积翠栖灵异,石洞花宫横半空。夜光潭上明星启,风雨坛边树如洗。水淹徐孺宅恒干,绳坠洪崖井无底。主人载酒东湖阴,遥望西山三四岑。

从全诗的结构看,前六句显然是其"遥望西山三四岑"时的所见,但从东湖"遥望",哪里能把西山的情况看得如此清楚呢?这一切都是以想像为基础的主观营构。由此再进一步发展,就可以营构出非现实性的奇异景象了。

总之,顾况的诗歌创作既有与刘长卿等诗人相通的一面,又有他自己比较鲜明的特色。

第三节 诗坛的新生代

本章第一、二节所介绍的诗人,在安史之乱爆发时都已是成年人。社会的突然由盛入衰,给予他们强烈的刺激;赶快平息叛乱的愿望,又使他们积极支持唐政权,即使不为之曲意辩解,也小心翼翼地避免在作品中有损于它。而在本节中所要介绍的李益、卢纶、孟郊等人,则在安史之乱爆发时尚处于幼年,唐代的盛世,在他们的脑中至多留下一些很淡的印象;而当他们成年时,安史之乱已经平定,虽然出现了藩镇跋扈的现象,有时在中央政府与某些藩镇之间还会发生战争,但就总体而言,社会秩序已渐趋恢复。在这样的情况下,个体与群体的关系有所松弛,个体已不必为了求得自己的生存而去拼命维护社会的稳定、群体的利益,何况他们从懂事的时候起,所接触到的就是唐政权的腐朽无能和由此给人民造成的灾难,不像他们的前辈那样曾对这一政权有过深厚的感情。所以,他们的个体意识较上一辈有所加强,与环境的冲突也较上一辈剧烈;他们的诗歌不仅有体现其与群体的疏离感的一面,而且出现了热烈的追求和若干抗争的内容,诗歌的风格也趋向多样化。

一、李 益

杜甫及刘长卿等人于安史之乱以后所写的篇章,其诗风本已有别于盛唐,但进一步显示出唐代中期诗歌的特色的,则始于李益(748—约829)。益字君虞,姑臧(今甘肃武威)人,登大历四年(769)进士第,曾任郑县尉、侍御史等职,又曾五次从军,担任幕职,到过朔方、幽州等地。约于元和初(806)入长安任都官郎中,屡经升迁,太和元年(827)以礼部尚书致仕。

作为新生代的诗人,李益思考问题的着眼点与其上一辈显有不同。最突出的是关于杨贵妃之死的看法。杜甫在《北征》中说:"忆昨狼狈初,事与古先别。奸臣竟菹醢,同恶随荡析。不闻夏殷衰,中自诛褒妲。周汉获再兴,宣光果明哲。桓桓陈将军,仗钺奋忠烈。微尔人尽非,于今国犹活。"在他看来,杀杨贵妃是挽救国家的伟大行动,在这一事件中起主导作用的陈玄礼("陈将军")更是"忠烈"之辈,国家的大功臣。这种传统的女色亡国论或女人祸水论同时又是对唐政权的最好颂扬,不仅把导致国家衰乱的罪责推到了杨贵妃及其家族身上,而且通过这一事件与夏殷的对比,说明夏殷政权都无法由自己来改正错误,合该灭亡,而唐政权则能自己改正错误,是以前途无量——所谓"周汉获再兴,宣光果明哲"。而这也正是杜甫同时代人们的共同认识。但李益却在《过马嵬》中说:

> 汉将如云不直言,寇来翻罪绮罗恩。托君休洗莲花血,留记千年妾泪痕。

他明确宣告:杨贵妃无罪!她那悲惨的死亡值得人们永远记取。就此而言,杀死杨贵妃一事不仅不值得赞扬,反而成为凶残和卑鄙的了。唐政权在这一事件上的表现,也就完全失去了杜甫所给予的夺目光彩。在这里既体现了李益与其上一辈诗人之间的差异,也说明了他对维护唐政权的威信已没有杜甫那一辈人的热心与设想周到。其后白居易在《长恨歌》中不把处死杨贵妃写成值得赞扬的事件，而只渲染"宛转蛾眉马前死"的悲哀，与李益的想法是相通的。

在文学史上，李益最负盛名的是边塞诗。由于他具有长期的军旅生活的经历，他在这方面的作品真切感人。但其思考问题的着眼点既与上一辈诗人有所不同，他的边塞诗也就呈现出一种新的鲜明特色。

> 我行空碛，见沙之磷磷与草之羃羃，半没胡儿磨剑石。当时洗剑血成川，至今草与沙皆赤。我因扣石问以言，水流呜咽幽草根："君宁独不怪阴燐吹火荧荧又为碧，有鸟自称蜀帝魂！南人伐竹湘山下，交根接叶满泪痕，请君先问湘江水，然我此恨乃可论。秦亡汉绝三十国，关山战死知何极！风飘雨洒水自流，此中有冤消不得。"为之弹剑作哀吟，风沙四起云沉沉。满营战马嘶欲尽，毕昴不见胡天阴。东征曾吊长平苦，往往晴明独风雨。年移代去感精魂，空山月暗闻鞶鼓。秦坑赵卒四十万，未若格斗伤戎虏。圣君破胡为六州，六州又尽为胡丘。韩公三城断胡路，汉甲百万屯边秋，乃分司空授朔土，拥以玉节临诸侯，汉为一雪万世仇。我今抽刀勒剑石，告尔万世为唐休。又闻招魂有美酒，为我浇酒祝东流。殇为魂兮可以归故乡些，沙场地无人兮尔独不可以久留。（《从军夜次六胡北饮马磨剑石，为祝殇辞》）

诗中不仅把边塞风光写得阴森可怖，而且代历史上一切战死于关山的人们倾诉了积冤与长恨。在这里，诗人思考的出发点乃是个体的生命价值。诗题所云"为祝殇辞"的"殇"，显然取义于《九歌》的《国殇》；然而，《国殇》中"首身离兮心不惩，魂魄毅兮为鬼雄"那样的英雄气概，在作为"殇"的回答的"君宁独不怪……"等话语中是连影子都看不到的。其所有的，只是对自己不幸战死的无比悲恨。"南人伐竹"四句，系用李白《远别离》中"苍梧山崩湘水绝，竹上之泪乃可灭"的典故，意谓苍梧之山（"湘山"）犹存，竹上满布"泪痕"，"湘江水"仍在奔流，可知娥皇、女英的怨恨痛苦千古如新①，而"我此恨"亦与之仿佛。"秦亡"以下四句，则说秦汉以来无数战死者的冤魂永远不会消失。由此可见，虽然就群体的角度看，"汉"已"一雪万世仇"；但作为个体的战死者，其沉冤深恨并不因此而减弱。在这里所显示的，正是个体与群体的矛盾，也是个体对自身价值的肯定。而在诗人笔下，"殇"的上述怨愤具有巨大的震撼力，不仅诗人为之"哀吟"，而且风起云暗，万马悲嘶，天地失色；充分体现了诗人对这种感情的

---

① 相传虞舜南征，死于苍梧之野，其妻娥皇、女英相与痛哭，泪下沾竹而成斑纹。

共鸣。——其实,"殇"的答词本来就是诗人的主观营构。总之,李益此诗乃是为个体生命在边塞战争中被大量毁灭而唱的极其深沉的悲歌。其感情的强烈、直率,心灵为此而产生的震颤,均是此前的边塞诗所没有的。

当然,李白的《战城南》也深刻地写出了战争的可怖,对战死者也很同情,但该诗最能打动人的,是战争结束不久的战场上的惨酷景象①,而且诗中加入了少量不能给人以强烈印象的说明性的句子②。而李益此诗,则是对战争的残酷性的多方位的渲染,从战争当时的"洗剑血成川"到多年以后的"草与沙皆赤"的情状所体现的恐怖气氛,由诗人的想像所营构而成的战死者的控诉和其中所蕴含的万古不磨的强烈冤苦,诗人自己和天地万物由此所受到的剧烈震撼,运用联想引入的秦军在长平之战中的血腥屠杀及其与边塞战争的对比,在在都引起读者的惴栗,从而也就使读者感受到李益在这方面的心灵震颤程度超过了李白。——其实,这两位诗人的心灵震颤程度是我们无法知道的,确切地说,我们所能知的只是李益在此诗中所表现的心灵震颤程度超过了李白在《战城南》中的表现。而"表现"又是与形式、技巧分不开的,所以,李益此诗的上述效果的形成,实与其熟练而集中地运用以主观来营构意象的方法分不开。此诗从"当时洗剑血成川"起,至"空山月暗闻鼙鼓"止,全都是诗人的主观营构,因而可以在激情的驱使下,自由地想像与挥洒,以种种出人意表而又包含着迫人的真实的画面来震动读者。

在此诗中,其"韩公三城"以下五句也值得注意。"韩公"指封为韩国公的唐代名将张仁愿,他筑了三座受降城以加强边备,断绝了突厥抄袭之路。"司空"指崔宁,当时是镇守北方的主帅,李益即在他幕中任职。从这五句看来,断绝"胡路",以重兵和地位崇高的主帅备边,使边塞不再受到侵扰,就是"一雪万世仇"了。他不仅不要求开边,也不企图以杀戮对方来报仇;较之传为岳飞所作《满江红》的"驾长车踏破贺兰山缺,壮志饥餐胡虏肉,笑谈渴饮匈奴血",是另一种思考方式。有的研究者以为,他的"汉为一雪万世仇",是企求崔宁等为唐"收复失地"。但此句明是已然的语气,并无企望之意。何况他明确反对"来远赏不行,锋交勋乃茂"(见下),而"收复失地"自然必须"锋交"。

他的这种想法显然出于对个体的珍视。也正因此,与盛唐时期的边塞诗相比,他的作品远为注重边塞战士的生活痛苦,尤其是他们的思乡之情:

……五城鸣斥堠,三秦新召募。天寒白登道,塞浊阴山雾。仍闻旧兵

---

① 如《战城南》的"野战格斗死,败马号鸣向天悲。乌鸢啄人肠,衔飞上挂枯树枝"等句。
② 如《战城南》的"匈奴以杀戮为耕作,古来惟见白骨黄沙田",后一句给人以触目惊心之感,前一句却不能给人深刻的印象。

老,尚在乌兰戍。笳箫汉思繁,旌旗边色故。寝兴倦弓甲,勤役伤风露。来远赏不行,锋交勋乃茂。未知朔方道,何年罢兵赋!(《五城道中》)

胡风冻合鸊鹈泉,牧马千群逐暖川。塞外征行无尽日,年年移帐雪中天。(《暖川》)

行行上陇头,陇月暗悠悠。万里将军没,回旌陇戍秋。谁令呜咽水,重入故营流。(《观回军三韵》)

回乐烽前沙似雪,受降城外月如霜。不知何处吹芦管,一夜征人尽望乡。(《夜上受降城闻笛》)

这些诗歌,情绪都颇低沉,有痛苦的叹息,也有意在言外的感伤。盛唐边塞诗的豪情,在这里完全看不到了。上引第一首的"来远"两句的"来远",本是招来远人之意,这里是指保持边塞的安定,使远人与己方处于友好交往的状态。在诗人看来,这是唯一正确的政策,但朝廷对于执行这种政策的将军不予奖励,只赏赐有战功的人,这无异是鼓励打仗,边塞的情况也必然日益恶化。于是,诗人在这一首里写出了人民不断地被送到边塞,挣扎于艰苦的军事生活之中,不知何时才能返回的哀伤。第二首慨叹于边塞士卒的生活比马更为悲惨,马还能追逐暖川,士卒却只能年年在冰雪中经受煎熬。第三首写出"回军"的状态:将军已经阵亡,侥幸活下来的人也笼罩在悲凄之中,诗中的凄凉景色正是他们心境的写照。第四首写将士的思乡之情,在凄清的自然景象和悲哀的笛声的衬托下,他们的这种精神上的痛苦不必再作渲染,已深深打动了读者。

在这些诗里,诗人的激动感情和高超的艺术技巧相结合,发挥了明显的感染作用。以第一首来说,从开头至"新召募"几句,只以淡笔烘托气氛。至"仍闻"两句,笔调已转为沉重,因为诗人联想到了他们的不幸命运:将与目前的"旧兵"那样,在边塞老去。以下六句,既写"旧兵"的悲哀,也以预示这些"新召募"的未来:"笳箫"两句隐喻其思乡之情的繁复及其在长期边塞生活折磨下的衰颓(犹如旌旗的蔽旧),"寝兴"两句直写其昼夜勤役、疲惫不堪之状,"来远"两句写其为维持边塞安定而艰辛如此却得不到赏赐,但如守边无状,引来侵掠却可因战争而建功。随着对战士的边塞生活的揭示的逐步深入,诗人的感情也愈益激烈,终至转为对朝廷现行政策的悲愤抨击。至最后两句,则对战士的关心、同情与对朝廷的强烈谴责合二而一,对读者也就产生了更大的震撼力。诗人这种通过联想和想像把眼前所见与更能引起感动的景象相联系或重合的技巧在很大程度上增加了此诗的力度。再如第四首,开头的两句就使人恍若置身于茫无涯际的雪霜之中,似乎心都要冻僵了,于是对温暖的渴求就自然地从胸际升起;且其第二句的"月如霜"已暗用李白《静夜思》中在如霜的月光下怀念故乡的典故,故第三、四句所写战士因闻笛而"尽望乡"的情景,不必多所描写,已深印读者心中,并引起他们的共鸣了。——在这里补充一点:此处实仍暗用李白诗的典故,笛子吹奏的当是《折柳》一类能引发乡思的曲调①。

除了边塞诗外,李益还写过不少关于妇女的诗。据蒋防《霍小玉传》,李益曾对其情人负心薄幸;但这到底是小说家言,不能据为信史。从诗篇来看,他对妇女倒是颇为同情的;其为杨贵妃鸣不平的《过马嵬》,已见上述。此外还有写弃妇、宫怨、思妇之作多篇,其最脍炙人口的为《江南词》(一作《江南曲》):

> 嫁得瞿塘贾,朝朝误妾期。早知潮有信,嫁与弄潮儿。

此诗直抒商人之妇因丈夫经常外出、在爱情上不能满足而产生的怨悔之情,虽笔致蕴藉,但她的痛苦与怨怅仍深深打动读者。尤其是"早知"两句所蕴含的对其丈夫的不满,在当时更是一种大胆的思想。与他在《长干行》②中代另一位商人妻子所喊出的"自怜十五余,颜色桃花红。那作商人妇,愁水复愁风",如出一辙;却已没有了李白《长干行》(见本书上卷472—473页)中商人妇的温婉。这跟其边塞诗都反映了我国文学中对个体价值的尊重的进展。

李益的诗在当时获得很高评价,与李贺齐名,据《旧唐书·李益传》载:"其'征人歌早行'篇③,好事者画为屏障;'回乐峰前沙似雪,受降城外月如霜'④之句,天下以为歌辞。"王建《寄李益少监兼送张实游幽州》诗说:"大雅废已久,人伦失其常,天若不生君,谁复为文纲?迷者得道路,溺者遇舟航……"所说虽不免过分,但也可见其对当时诗坛的风气确有所突破与超越。不过,这是以继承上一辈的传统为基础的。如他早期所作的《送同落第者东归》的"片云归海暮,流水背城闲",就颇有刘长卿、钱起的风致。当然,他后来所写的边塞诗等,就远非刘、钱等人所能范围了;但尽管如此,他边塞诗中常见的以主观来营构景色、意象等特征,在刘、钱等人诗中也早就出现过了。

二、戎昱与卢纶

戎昱、卢纶都是与李益年龄相仿的诗人,他们的诗歌也都具有与李益相通之处。

---

① 李白《春夜洛城闻笛》:"谁家玉笛暗飞声,散入春风满洛城。此夜曲中闻《折柳》,何人不起故园情?"
② 此诗曾被误收入李白集,见《全唐诗》中李益《长干行》题下注。
③ "征人歌早行"的"早"为"且"字之误。此是李益《送辽阳使还军》中的诗句:"征人歌且行,北山辽阳城。"
④ 此为李益《夜上受降城闻笛》中的句子,在传世的李益集中,"回乐峰前"或作"回乐烽前"。按,作"烽"是。

戎昱，荆南（治今湖北江陵）人。曾以进士试登第。德宗建中（780—783）年间由侍御史出为辰州刺史，后迁虔州刺史。他的生平资料留传下来的很少。其生年大致在公元748年左右甚或更晚一些①。

与李益一样，戎昱也写过好几首边塞诗，而且也都强调士卒的痛苦：

惨惨寒日没，北风卷蓬根。将军领疲兵，却入古塞门。回头指阴山，杀气成黄云。

上山望胡兵，胡马驰骤速。黄河冰已合，意又向南牧。嫖姚夜出军，霜雪割人肉。

塞北无草木，乌鸢巢僵尸。泱漭沙漠空，终日胡风吹。战卒多苦辛，苦辛无四时。（《塞下曲》一至三）

城上画角哀，即知兵心苦。试问左右人，无言泪如雨。何意休明时，终年事鼙鼓！（《塞下曲》之六）

尽管诗人知道当时的战争是为了防止"胡兵"的"南牧"，但他绝不虚构出一幅战士们豪气干云地卫国杀敌的图景。他只是感同身受地为战士们倾诉战争的艰辛、死亡的惨酷、内心的痛苦；诗人所着意营造的壮烈和凄厉的气氛使这种倾诉深具震撼力。"何意"两句则是诗人的愤怒再也按抑不住的爆发：战士的痛苦其实不是"胡兵"带来的，而是政治的黑暗造成的；倘若政治清明，战士们怎会落到"终年事鼙鼓"的惨境中去！

类似的愤怒也体现在其写洛阳浩劫的《苦哉行》五首中。由于唐政权的腐朽，本来可以剿平的安史叛军没有剿平，自己却在乾元二年（759）、上元二年（761）遭到了两次惨败，遂于宝应元年（762）借助回纥兵以讨伐叛军，同年十月收复了洛阳，回纥兵就在洛阳大肆杀掠，死者数万，官军也参与掳掠。戎昱的这五首诗即为此而作。题下原注："宝应中过滑州洛阳，后同王季友作。"诗中假借一个被掠的女子口气说："上马随匈奴，数秋黄尘里。"则其写作当已在事件发生的数年之后了。此诗的第一首，是诗人自己抒发感想，以"冀雪大国耻，

---

① 他的《赠岑郎中》诗说："童年未解读书时，诵得郎中数首诗。四海烟尘犹隔阔，十年魂梦每相随。"岑郎中即著名诗人岑参。从岑参仕历来看，其任郎中至早在广德元年（763）；大历二年（767）岑参被任命为嘉州刺史，按照当时习惯，就不应再称"郎中"了。所以此诗当即作于这四年间。诗的意思是说：他在"未解读书时"就已能背诵岑参的几首诗，从那以来他对岑参就"魂梦相随"，到写诗时已经十年了。假定此诗作于广德元年，那么他背诵岑诗是在天宝十二载（753）。当时士大夫家庭的孩子一般读书较早，如岑参"五岁读书"（《感旧赋序》）、卢纶"八岁始读书"（见下文）。其他他既还"未解读书"，则当不至大于虚龄六七岁。倘此诗写于公元764年或其后，其出生自然更晚。不过，他在宝应元年（762）经过洛阳，对当时回纥及官军的暴行已有很深印象，则当时他至少应已虚岁十一二岁。

翻是大国辱"、"登楼非骋望，目笑是心哭"等句表现其对此一事件的悲愤。自第二首以后都假托为被掠女子的自述：

　　官军收洛阳，家住洛阳里。夫婿与兄弟，目前见伤死。吞声不许哭，还遭衣罗绮。上马随匈奴，数秋黄尘里。生为名家女，死作塞垣鬼。乡国无还期，天津哭流水。

　　登楼望天衢，目极泪盈睫。强笑无笑容，须妆旧花靥。昔年买奴仆，奴仆来碎叶。岂意未死间，自为匈奴妾。一生忽至此，万事痛苦业。得出塞垣飞，不如彼蜂蝶。

　　妾家清河边，七叶承貂蝉。身为最小女，偏得浑家怜。亲戚不相识，幽闺十五年。有时最远出，只到中门前。前年狂胡来，惧死翻生全。今秋官军至，岂意遭戈铤。匈奴为先锋，长鼻黄发拳。弯弓猎生人，百步牛羊羶。脱身落虎口，不及归黄泉。苦哉难重陈，暗哭苍苍天。

　　可汗奉亲诏，今月归燕山。忽如乱刀剑，搅妾心肠间。出户望北荒，迢迢玉门关。生人为死别，有去无时还。汉月割妾心，胡风凋妾颜。去去断绝魂，叫天天不闻。

在这样的叙述里，不仅存在着诗人对此等被掠的贵族女子的痛苦的体验，也蕴含着自己的愤怒。如"前年狂胡来，惧死翻生全。今秋官军至，岂意遭戈铤"这样的控诉，"去去断绝魂，叫天天不闻"这样的绝叫，就既是女子内心的倾吐，也是诗人激情的表露。

诗人对唐政权所作的这种尖锐、激烈的批判，在其上一辈诗人的集子中是看不到的。这与李益的边塞诗一起，都反映了当时诗坛上新生代的特色。关于此诗还有两点值得注意：第一，元稹《遣悲怀》之一的"谢公最小偏怜女，嫁与黔娄百事乖"，意为谢公最小的偏得怜爱的女儿，嫁给黔娄以后的所有遭际都很可悲；其第一句显然本于此诗的"身为最小女，偏得浑家怜"。由此也足见此诗传诵之广，及其受到元稹等著名诗人重视的程度。第二，此诗开创了假托女子自述其遭遇、心情以写重大政治事件的模式，其后韦庄的著名长诗《秦妇吟》就是此种模式的继承；当然，韦庄对此又作了重大的发展。

戎昱不仅为别人倾诉痛苦，也直接述说自己的悲愤。在这方面最突出的是《苦辛行》："东西南北少知音，终年竟岁悲行路。仰面诉天天不闻，低头告地地不言。天地生我尚如此，陌上他人何足论！谁谓西江深？涉之固无忧。谁谓南山高？可以登之游。险巇唯有世间路，一晌令人堪白头。"在这里，我们看到了个人与环境的剧烈冲突；在中唐诗歌里本就颇为普遍的个体对群体的疏离感，转化成为强烈的孤独。诗中的这种情绪，与孟郊的《赠别崔纯亮》、李贺的《公无出门》是相通的;它在卢纶的诗中,虽表现得较为平和,但仍颇深刻。

卢纶(748—约800)①是李益的内兄,字允言,河中蒲(今山西永济)人。大历(766—779)中曾任集贤学士、校书省校书郎。德宗时,浑瑊镇河中,任纶为元帅府判官,官至检校户部郎中。他的诗在唐代编为《卢纶诗集》十卷,但到宋代已佚,存一卷(分别见《新唐书·艺文志》及《宋史·艺文志》);今存六卷本及十卷本皆为明人辑集重编。

卢纶在"大历十才子"中属于年轻的一代。跟李益、戎昱一样,他在维护唐政权威信方面没有像其上一代那样多所考虑。其《逢病军人》说:"行多有病住无粮,万里还乡未到乡。蓬鬓哀吟古城下,不堪秋气入金疮。"这与上引李益边塞诗的精神是一致的。军人为了国家而流血负伤,但到了其身体已不能再作为战争的工具时,政府不顾其创伤未痊,也不给予应具的路费,就把他打发回家。于是,他只得在路上挣扎,很可能终于回不了家乡而死在途中。诗人以沉重的笔触写出了这位病军人的痛苦,末一句尤为触目惊心。

他的表现孤独感的诗,最突出的是《焦篱店醉题(时看弄邵翁伯)》。

> 洛下渠头百卉新,满筵歌笑独伤春。何须更弄邵翁伯,即我此身如此人。

在这里不仅显示了他与群体格格不入的孤独感,而且他还觉得自己只是被操纵的傀儡("弄邵翁伯"是傀儡戏的一种),一切都身不由己,随人摆布,这正是当时个人与社会的关系的深刻写照。对自身处境的这种认识,意味着他的自我意识已相当敏锐。这是盛唐诗人所没有达到过的境界。李白虽然尊重自我,但却始终没有体会到即使在他高唱"仰天大笑出门去,我辈岂是蓬蒿人"的时候,他也仍然只是被弄的傀儡。若和中唐其他诗人的与群体的疏离感相比较,那么,他已经觉悟到疏离是不可能的,他始终被牢牢地支配着:他是这样

---

① 卢纶《纶与吉侍郎中孚、司空郎中曙、苗员外发、崔补阙峒、耿拾遗湋、李校书端风尘追游,向三十载。数公皆负当时盛称,荣耀未几,俱沉下泉。畅博士当感怀前踪,有五十韵见寄。辄有所酬,以申悲旧,兼寄夏侯侍御审、侯仓曹钊》:"禀命孤且贱,少为病所婴。八岁始读书,四方遂有兵。童心幸不羁,此去负平生。是月胡入洛,明年天翼星。"据此,纶八岁(虚龄)时安史之乱爆发,当生于公元748年。然今本卢纶集中又有《至德中赠内兄刘赞》及《至德中途中书事却寄李僴》两诗,后一诗中且有"颜衰重喜归乡国"语,则纶于至德(756—757)中不仅成年,颜亦衰矣,自不可能生于公元748年。按,卢纶原集已佚,今所见纶集,为明人所编,不无他人之作阑入其中。上引《纶与……》诗,明署作者之名;且畅当《别卢纶》诗亦有"故交君独在"语,是于当时交旧中谢世最迟者确唯此两人;故此寄畅当诗之为纶作,自无疑义。《至德中……》二诗既与此诗抵牾,当为他人之作阑入集中者。又,《新唐书》本传谓纶"避天宝乱,客鄱阳。大历初数举进士,不入第",似于大历前未曾应进士举,亦与其生于公元748年一节相吻合。

的渺小与无力！而唐代晚期的那种悲哀、美丽的诗,也正是以个人的渺小与无力为出发点的。

基于此种敏锐的自我意识,卢纶不仅为自己的生命的迅速流逝而慨叹,吟唱着"岁去人头白,秋来树叶黄。搔头向黄叶,与尔共悲伤"(《同李益伤秋》),"发白晓梳头,女惊妻泪流。不知丝色后,堪得几回秋"(《白发叹》);而且还在别人(包括美丽的女性)身上,同样地发现了这种生命迅速流逝的悲哀,其《过玉真公主影殿》可作为这方面的代表:

夕照临窗起暗尘,青松绕殿不知春。君看白发诵经者,半是宫中歌舞人。

使"白发诵经者"和"宫中歌舞"的少女在刹那间重合为一,这实在是一种触目惊心的现象,使人不能不为个体生命的短促而震动。

这种对生命短促的悲叹,有时与世事的盛衰无常感相结合,就成为《华清宫》一类的诗:

汉家天子好经过,白日青山宫殿多。见说只今生草处,禁泉荒石已相和。

水气朦胧满画梁,一回开殿满山香。宫娃几许经歌舞,白首翻令忆建章。

在这里"宫娃"的"白首"和华清宫的荒芜融合为一,也正意味着为繁华的消散而感伤与为个体生命的迅速流逝而悲哀原是相通的。

另一方面,对个体生命的珍视又导致对某种传统的人生理想的怀疑,卢纶之所以在《题伯夷庙》中写出"中条山下黄礓石,垒作夷齐庙里神。落叶满阶尘满座,不知浇酒为何人"这样的诗句,不仅是讥笑庙的简陋,而且是对伯夷、叔齐是否值得崇敬的重新思考。因为,为伯夷、叔齐浇酒本来是出于对他们的敬仰,本不在于庙与神像的是否简陋。所以,其末句其实是说,伯夷、叔齐早已逝去,今天浇酒是为了谁呢？也即对他们还有什么意义呢？这也正是"使我有身后名,不如生前一杯酒"之意。换言之,只有个体生命的存在是真实的,其他——包括气节、声名等——都是虚幻的。因此,"耻将名利托交亲,只向尊前乐此身"(《无题》)之类的享乐思想对他也就成了正常的观念,而美丽的女性也就成了与酒同样的值得颂赞的对象:

残妆色浅髻鬟开,笑映朱帘觑客来。推醉唯知弄花钿,潘郎不敢使人催。

自拈裙带结同心,暖处偏知香气深。爱捉狂夫问闲事,不知歌舞用黄

金。(《古艳诗》二首)

其细腻与情致已超过六朝,成为中、晚唐艳诗的发端。

所以,从李益直至卢纶,尽管诗歌的艺术成就有别,但都体现了诗风的转变,其后的元稹、白居易、李贺乃至李商隐、温庭筠等,都与此等诗风存在不同程度的联系。

三、孟　郊

较李益等年岁略小的诗人孟郊,其个体意识的强度大致与李益等相仿,甚或稍过之;其诗歌的语言风格则与李益等有明显的差异,而与其稍后的韩愈有相通之处。

孟郊(751—814),字东野,湖州武康(今浙江德清)人。他生长于一个低级官吏的家庭,早年隐居于嵩山。曾两次参加科举而不得中,直到贞元十二年四十六岁时才进士及第,又过了四年才当上一个小小的溧阳尉,元和初年又当过河南水陆转运从事、试协律郎,元和九年得暴疾而客死他乡。因生性耿介,友朋谥之曰"贞曜先生"。有《孟东野诗集》。

孟郊一生穷困,其心中充满了悲愤;而且感情丰富,易于激动。这种缘于自我意识的特点,在《赠崔纯亮》一诗中表现得最为突出:

> 食荠肠亦苦,强歌声无欢。出门即有碍,谁谓天地宽。……君心与我怀,离别俱回遑。……古人劝加餐,此餐难自强。一饭九祝噎,一嗟十断肠。况是儿女怨,怨气凌彼苍。彼苍若有知,白日下清霜。今朝始惊叹,碧落空茫茫。

此诗的首四句,以充沛的激情唱出了个人与社会的矛盾,颇具感染力,是以为重视理智、遵守儒道的宋人所不满。苏辙《诗病五事》就以孟郊的这四句诗作为"唐人工于为诗,而陋于闻道"的证据,这里也正显示了唐宋诗的差异。至于上引的其他诸句,则是强调个人感情的重大意义的。他与崔纯亮友谊深厚,为离别而深感悲伤。唐代前期的人认为这种悲哀并非大丈夫所应有,是以王勃《杜少府之任蜀州》说:"无为在歧路,儿女共沾巾。"孟郊却认为"儿女"情比别的情更有价值,其"况是儿女怨"四句就清楚地表明了这种看法(这里的"儿女"并不只是指男女之情,而是指小儿女似的纯真的感情;可以由异性引发,也可以发生于同性之间,孟郊与崔纯亮的友情就属于后者)。这其实也正反映了中唐时期开始的个体意识加强的一面。这些谈感情的句子作为诗歌来看并不值得称道;我们加以引用,只是作为理解其创作思想的资料。

也正因此，孟郊诗歌中最有特色的，就是体现其孤独、悲哀及其与环境冲突的诗篇：

> 秋月颜色冰，老客志气单。冷露滴梦破，峭风梳骨寒。席上印病文，肠中转愁盘。疑怀无所凭，虚听多无端。梧桐枯峥嵘，声响如哀弹。（《秋怀》之二）

> 冷露多瘁索，枯风饶吹嘘。秋深月清苦，虫老声粗疏。颣珠枝累累，芳金蔓舒舒。草木亦趣时，寒荣似春余。自悲（一作悲彼）零落生，与我心何如。（《秋怀》之九）

这些诗歌，以凄凉而又深具力度的意象来打动读者。这是由其内心所受的压抑和对此所作的反拨交叉作用的结果，也是其诗风与韩愈存在相通之处的原因。孟郊要比韩愈大十七岁，韩愈对他又十分尊重，也可以说孟郊实是韩愈诗的前驱。

具有这种特色的意象，在孟郊的其他类型的诗篇里也可以遇到，其写景之作在这方面就很具代表性：

> 石龙不见形，石雨如散星。山下晴皎皎，山中阴泠泠。水飞林木杪，珠缀莓苔屏。畜异物皆别，当晨景欲暝。泉芳春气碧，松月寒色青。险力此独壮，猛兽亦不停。日暮且回去，浮心恨未宁。（《游石龙涡〔自注：四壁千仞，散泉如雨〕》）

在这里所写的自然景色，处处都已融入了他的精神力量。其所显示的，是一种与明丽、鲜妍等截然有别的、清冷而又深具力度的美；也是对中唐以来以主观营造景色的艺术方法的进一步发扬。

但孟郊又是感情丰富的人。他的抒发母子之情的《游子吟》，在风格上也与此有很大的差别：

> 慈母手中线，游子身上衣。临行密密缝，意恐迟迟归。谁言寸草心，报得三春晖。

据胡震亨《唐音统签·丁签》，此诗题下原有自注云："迎母漂（当是'溧'字之讹）上作"，则其作约在贞元十六年诗人年届五十被选为溧阳尉时。在这首诗里，我们所看到的只是一种温馨的感情，是母子之间的爱的交流与融合。他在近五十岁时还能写出这样的诗，正是重视"儿女"情的结果。因为在这首诗中，已完全摆脱了受环境压抑和加以反拨的心理因素，所以风格就很不一样了。至于他的悲悼其早逝的幼女的《杏殇》诗，虽然也体现了父女之情，但因这事件给予了他太多的痛苦，所以其风格又与《秋怀》等相近了。

> 冽冽霜杀春,枝枝疑纤刀。木心既零落,山窍空呼号。班班落地英,点点如明膏。始知天地间,万物皆不牢。(《杏殇》之六)

在这样与《游子吟》截然相异的风格里,我们也就看到了诗人的主体性在创作上所起的作用。

第四节　韩愈、柳宗元及其诗文的异途

中世文学发展到唐代的贞元、元和年间,分化的趋势明显起来了。其代表,是四位著名作家韩愈、柳宗元、元稹、白居易的理论和作品。这四位大家在理论上都提出了功利性颇强的"明道"主张,不同的是韩、柳重在提倡"文以明道",而元、白强调诗歌的应时与为政治服务。与此相应,韩、柳的文章与元、白的诗中,也都出现了与其理论主张一致,而与隋唐以来文学发展主流相背离的弃逐文学之美的现象。但四家作品从整体上看,又都呈现分化的态势:一部分作品成为其"明道"的功利性理论的注脚,另一部分则无论是风格还是题旨都仍在隋唐文学发展的主流路径上。这种分化的态势,在韩愈、柳宗元笔下主要表现为诗与文的异途;在元稹、白居易那里,则更进一步呈现为诗歌内部的分化。关于元、白诗的两重性,下一节我们将作较详细的讨论,本节主要介绍韩、柳的文学理论及其作品。

韩、柳的名字,在文学史上是与"古文运动"这一名称联系在一起的。发生在唐代中叶文坛上的这场著名的文章变革运动,以其明确的理论主张,与倡导者充分的写作实践,多方位地排斥南朝以来流行的以追求美为目标的文学之文,而大力推举一种以崇奉儒家道统为旨归的非骈体的散文——也就是所谓的"古文"。韩愈、柳宗元两人,便是这一运动的倡导者和中坚人物。他们的文章,尤其是韩愈的文章,大部分与其有关古文运动的理论合拍,不再以追求美的文学特征为主要目标,但也因此不属于文学之文;他们的诗,则与他们的文章呈现出不同的面貌,较多地表现了个人内心的真实感受,追求一种与前此的诗风有颇多关联、旨在表现个人的主观意象及与现实世界疏离感的风致。韩、柳的这种诗文异途发展的倾向,一定程度上反映了中世文学发展过程中文学与现实世界的矛盾与冲突,预示了今后文学的进步将走上一条更为复杂的路途。

一、古文运动展开的基础

所谓"古文",是指古代的文体。韩愈的时代,骈体文流行,他和他的同道

把骈文称为"时文",而把骈文形成以前的古代文体称为"古文",那也就是先秦和汉代的单行散句、在体式上没有限制的文体。

韩愈等人反对骈文,首先是因骈文中的文学性文章不仅不以宣扬儒家之道为目的,反而对这目的发生不利作用。从这一点来说,古文运动首先是一个要在意识形态领域——特别是文学领域——加强儒家统治的运动;而且把六朝时期的文学观从根本上加以否定,从而至少在理论上取消了文学的艺术特征。但另一方面,从六朝到唐代,骈文不但用来写文学性的文章,也用来写实用性的文章,这当然会形成弊端;同时,骈文在形制上有种种规定,虽可增加文学作品的美感,但也增加了写作时的困难,因而改用"古文"来写文学作品也有其方便之处,也即有利于自由地写景抒情。不过,从魏晋南北朝至唐代前期的文章流变看,骈文独尊地位的打破与"古文"的兴起,实为文学发展由渐变转向突变的结果,尽管古文运动的展开并不局限于文学领域中。

如前所述,骈文在魏晋南北朝的衍化经历了一个漫长的过程。至迟在西晋时期,比较完整的骈文已经出现。而文学性骈文的成熟,大致在南朝的刘宋时代,其代表是鲍照的一些作品[①]。齐梁以还,以表现美的事物为主旨而注重形式的各类骈文逐渐成为文坛流行的文体,像梁简文帝萧纲的《三月三日曲水诗序》、陈代顾野王的《虎丘山序》、沈炯的《林屋馆记》等形制相当规整而艺术上又均有较高水准的文学性骈文皆其适例。

这样到隋唐之际和唐王朝建立以后的相当一段时间里,骈文在文学性文章的领域内实际已占据了主导的地位。此时骈文的特点,是一方面继承了南朝文学重视美的表现的特长,另一方面更注意以美的形式抒发个人的情感。其代表,是初唐四杰中的骆宾王和王勃的一些作品。

骆宾王有《与博昌父老书》,是一封几乎全用骈偶句写就的书信。信中忆昔慨今,对"荒径三秋,蔓草滋于旧馆;颓墉四望,拱木多于故人"一类的揪心场景,作了反复的摹画,表现出一种以状写眼前景色见长的六朝书信体骈文中少见的悲凉意绪。王勃则写了大量的骈体序文,其中最著名的,即《秋日登洪府滕王阁饯别序》(后人简称为《滕王阁序》)。序中最为后人称道的,是如下一节:

  虹销雨霁,彩彻区明。落霞与孤鹜齐飞,秋水共长天一色。渔舟唱晚,响穷彭蠡之滨;雁阵惊寒,声断衡阳之浦。

从骈文的结构上看,这一节包括三组对偶句:第一组为四言句,第二组为七言

[①] 参见本书上卷第三编第三章《南朝的美文学》。

句,第三组为四六句。因此形态上有一种逐步扩展的舒缓之势。而从这一节所表现的内涵而言,其描写的着眼点虽是远景,不过王勃在表现这一远景时,不以平面的展示为满足,而力图在声与画两个方面都使这一远景具有某种纵深感(首先是远处的彩虹,然后是作为彩虹背景的晚霞,继而又出现画面更为广大的秋水长天;对声音的摹画也同样),同时依靠了这种纵深感,将个人惆怅心绪的绵延不绝之态,映现得分外细腻与真切。这样,作家的感情、文章的内涵与骈文的形制三者,处于变化方向相同的情状之下;而精确的对偶形式,又适为增添文章的丰富内涵创造了条件。因此当序的后半部分写到"关山难越,谁悲失路之人;萍水相逢,尽是他乡之客"时,取山水作比的方式显得十分自然,而被再次引动并强化了的作家个人的惆怅情绪,也才会普遍化为一种被读者认同并引起共鸣的对人生孤独处境的慨叹。

但用精确的对偶形式充分表现作家的复杂情绪毕竟是困难的,能兼顾两者的作品,像《滕王阁序》之类,在唐前期文坛上并不多见,即是明证。所以大约到开元、天宝之际,唐文领域骈文一统天下的局面开始有所改变:一方面,不再过分注意精确对偶或较多插入散文句式的骈文逐渐盛行;另一方面,采纳一些对偶句形式的散文或比较纯粹的散文也开始出现。前者的代表性作品,是李白的《春夜宴从弟桃花园序》,后者的典型例子,则有王维的一些书信体散文、何延之的《兰亭记》等。

李白的《春夜宴从弟桃花园序》,以一种恣纵笔调,抒写了春夜筵席上李氏兄弟诗酒往还的快乐场面。虽篇幅短小,而气势颇弘:

> 夫天地者,万物之逆旅也;光阴者,百代之过客也。而浮生若梦,为欢几何?古人秉烛夜游,良有以也。况阳春召我以烟景,大块假我以文章。会桃花之芳园,序天伦之乐事。群季俊秀,皆为惠连;吾人咏歌,独惭康乐。幽赏未已,高谈转清。开琼筵以坐花,飞羽觞而醉月。不有佳咏,何伸雅怀?如诗不成,罚依金谷酒数。

序中所表现的对生命短暂的强烈的自觉,与游赏目前的放浪之态,很容易使人想起西晋石崇的《金谷诗序》与东晋王羲之的《兰亭诗序》。所谓"如诗不成,罚依金谷酒数",正说明李白撰写此序时,心中是存有《金谷诗序》的影子的。但李白在意识上与王羲之或石崇又有很大的差异,那就是《金谷诗序》与《兰亭诗序》在表现人生短暂、生死无常时,面对现实抱有一种焦虑与无奈的心态,因而他们的作品总体上表现出来的,是一种幽丽的美;而李白在这篇序中,尽管同样意识到个人与天地宇宙相比实在太渺小,但对现实世界,却充满了可以自由把握的自信与欢愉,因此文章的整体风格,是表现一种热烈的美。这样,骈序中采用的那种并非精确对偶的对句形式,适与文章的题旨相配合,而达到了自由与约束相平衡的高超境界。后来像李华的《吊古战场文》等骈文,也就是沿着李白此序的路子发展而来的。

与李白、李华不同,王维、何延之等在文学性文章的创作方面,走的是另一条路,一条更注重散文创作的路。

王维散文的代表作,是书信体的《山中与裴秀才迪书》和《招素上人弹琴简》。前一信在散文的形制下,采纳了不少骈文写作的技法,因而在整体的流畅之中,又显现出一种与王维诗同样的含蓄、恬静之趣。其中描写山中夜色和期待与友人共赏春景的一段,尤见匠心:

> 比涉玄灞,清月映郭。夜登华子冈,辋水沦涟,与月上下。寒山远火,明灭林外;深巷寒犬,吠声如豹;村墟夜舂,复与疏钟相间。此时独坐,僮仆静默。多思曩昔,携手赋诗,步仄径,临清流也。当待春中,草木蔓发,春山可望,轻鲦出水,白鸥矫翼,露湿青皋,麦陇朝雊。斯之不远,倘能从我游乎?

这种在实用性的书信中专注于表现美的景色,并强化其抒情功能的写法,显然与南朝齐梁时代流行起来的书信体小品,如吴均的《与朱元思书》、陶弘景的《答谢中书书》等有相当深的渊源关系。但王维此信形态方面比吴均、陶弘景等同类作品更具有创新意味的,是信中既巧妙地吸收了骈文句式之长——不仅穿插了明显的对偶句,如上引一段中"草木蔓发"以下数句,而且还隐含了一些结构性的对称文字,像"寒山远火"、"深巷寒犬"、"村墟夜舂"之类——又整体上用与骈文根本不同的散文体式加以结缀,并且将优美的自然景色,以同样优美的散文句描绘了出来,上引"比涉玄灞"以下数语,即其例。后一信写得非常短,却同样吸收了骈文句之长,而显得意味隽永:

> 仆乍脱尘鞅,来就泉石。左右坟史,时自舒卷。颇觉思虑,斗然一清。嗯俟挥弦,写我佳况。

几乎全部为四字句,外形给人以骈文对句的感觉,而实际上几无一联为对偶句。散文与骈文的界限,至此似乎已经不存在,而实现了两者间的某种融合。

相比之下,同一时期何延之所撰《兰亭记》一文,具有更为纯粹的文学性散文特征。该记的写作年代,在开元二年(714)①。文章从王羲之与友朋子侄兰

---

① 《兰亭记》结尾部分有"于时岁在甲寅,季春之月,上巳之日,感前修而撰此记"语,此段文字前述辩才弟子元素向作者讲说其事,时在"长安三年(703)";后记作者之子何永以《兰亭记》写本进贡,在开元十年(722),则上所云"甲寅",当即开元二年(714)。

亭修禊故事写起,用相当的篇幅,详细叙述了因唐太宗欲夺取《兰亭叙》真迹,监察御史萧翼奉命赴越州设计骗取收藏真迹的辩才和尚的信任,最后得到这一稀世珍宝的曲折经过。文章全用散文撰写,其最引人入胜之处,在叙事中善于制造悬念与波澜,而描写又比较注意有趣味场景的展示。兹引文中萧翼与辩才初会,以及辩才终于信任萧翼而示以《兰亭叙》真迹两节文字如下:

> (萧翼)又衣黄衫,极宽长潦倒,得山东书生之体。日暮入寺,巡廊以观壁画。过辩才院,止于门前。辩才遥见翼,乃问曰:"何处檀越?"翼因便前礼拜,云:"弟子是北人,来此鬻蚕种。历寺纵观,幸遇禅师。"寒温既毕,语议便合,因延入房内,即共围棋抚琴,投壶握槊,谈说文史,意甚相得。乃曰:"白头如新,倾盖若旧,今后无形迹也。"便留夜宿,设缸面、药酒、茶果等。……酣乐之后,请宾赋诗。辩才探得来字韵,其诗曰:"……"萧翼探得招字韵,诗曰:"……"妍媸略同,彼此讽咏,恨相知之晚。通宵尽欢,明日乃去。……
>
> 翼依期而往,出其书示辩才。辩才熟详之,曰:"是则是矣,然未佳善也。贫僧有一真迹,颇亦殊常。"翼曰:"何帖?"辩才曰:"《兰亭》。"翼伴笑曰:"数经乱离,真迹岂在?必是响榻伪作耳。"辩才曰:"禅师在日保惜,临亡之际,亲付于吾。付授有绪,那得参差。可明日来看。"及翼到,师自于屋梁上槛内出之。翼见讫,故驳瑕指颣曰:"果是响榻书也。"纷竞不定。……

前一节写萧翼初会辩才时的温文尔雅,与辩才误以为得一知己的欢愉场面,借此凸现那一场"赚《兰亭》"阴谋设计者的狡诈与虚伪;后一节以大量的对话,将富于戏剧性的辩才上当的一幕渐次披露,悬念在波澜迭兴的对白中得到解决,而《兰亭叙》的悲剧性命运也由此展开。值得注意的是,作者对这类富于紧张感的场面的描绘,采用的全都是散文的句式。而这种叙事性的散文,与前此陶渊明的《桃花源记》等相比,不仅篇幅更大,结构更复杂,而且在刻画人物个性方面已有了长足的进步,并能运用侧面的叙写与正面的对话记录相结合的方式,将文章的层次表现得相当丰富。因而这样的散文已在一定程度上具备了小说的某种雏形状态。

这样大约到至德初至大历年间,比较纯粹的散文和吸收了骈文因素的散文,在文坛又重新构筑起其与骈文分庭抗礼的格局。这时的散文,在实用性方面利用率更高,但同时对美的形态,也相当重视。像任华所写的一批赠序,就在实际的赠别题旨下,透露出文学性散文特有的神韵:

> 平西原之岁,陇西李审自湘东来,才甚清,气甚和,节甚奇,心甚高。仆是以恨相知晚也。秋九月,又言归于湘东,众君子出饯于北郭。碧峰巉

巉,出于柏梢,有如虎牙,夹天而立;加以白日欲落,挂在岩半,横照滩水,月带微明。操袂于兹,挥袂于兹,恨无昆山片玉以相赠,赠君桂林之一枝。审再拜曰:"幸甚。"①

在这篇题为《送李审秀才归湖南序》的短小的散文中,自然景色的描写可以说是王维书信体散文的继续,而对于人的刻画与在情节、对话方面的巧妙设置,可以说是吸收了何延之《兰亭记》的特长。出现这样融叙事、写景、抒情于一体的散文,实际意味着此时骈文在唐代文学性文章领域内的主导地位已开始动摇。而后来古文运动兴起,用实用型的散文去驱逐追求形式之美的骈文,不过是借助了唐代前期文学性文章发展的自然趋势,并加以理论化的宣传,而达到其预设的功利性目标罢了。

除了散文本身的发展外,古文运动展开的另一基础,是韩愈之前已经不断有人提出反对骈文的主张,并且在现实中官方也已开始注意到在某些场合用散文去代替骈文。

早在中唐以前,就有人反对过骈文和六朝文风。西魏时的宇文泰、苏绰以及隋初的隋文帝、李谔等,就从现实政治的需要出发,企图用行政手段强行变革文体,但没有成功。唐代安史之乱以后,萧颖士、李华、独孤及、梁肃、柳冕等人,从维护社会秩序的角度,将文体改革问题又提了出来。他们的观点围绕着"文本于道"和反六朝文风两个方面展开。梁肃在《补阙李君前集序》中说得很明确:"文之作,上所以发扬道德,正性命之纪;次所以财(裁)成典礼,厚人伦之义;又其次所以昭显义类,立天下之中。"柳冕则对"文章之道,不根教化"与屈、宋以后"为文者本于哀艳,务于恢诞,亡于比兴"、"魏、晋以还,则感声色而亡风教,宋、齐以下,则感声色而亡兴致"等现象表现出莫大的忧虑②。宝应二年(763),杨绾和贾至又明确提出在科举中废诗赋、去帖经而重义旨的主张。这些见解,从本质上说是要使文成为儒家之"道"的工具,而魏晋以来的文学之文则是他们排斥的主要对象。

与这种理论性的主张相适应,唐代中叶的科举考试及其相关领域也发生了一些引人瞩目的变化。建中元年(780),令狐峘主持贤良方正能言极谏科策试,开始采用散体文形式。这对振兴古文当然是有利的。而整个中唐时期,尽管科举依旧以诗赋取士,但举子向王公贵卿投献文章,有人却已开始用散文体。《旧唐书·韩愈传》谓愈"举进士,投文于公卿间,故相郑馀庆颇为之延誉,

---

① 此序开首云"平西原之岁",当指唐至德二载(757)郭子仪击败崔乾祐、定河东事。西原在河南灵宝西南,天宝末哥舒翰出潼关,与崔乾祐战于此。
② 分别见柳冕《谢杜相公论房杜二相书》、《与徐给事书》、《与滑州卢大夫论文书》。

由是知名于时。"而现存的韩愈当时所"投"之"文",如《上宰相书》三通等,即是散文。因此,虽然诗赋取士制度没有废除,散文在唐代实际社会生活中的地位,已经比以前有很大的提高了①。

二、韩愈、柳宗元的古文理论

在古文运动的发展过程中,对有关理论作系统而又综合的表述的,首先是韩愈。韩愈之后,在理论方面进一步加以阐发的,则是柳宗元。

韩愈(768—824),字退之,河阳(今河南孟县)人。因祖籍昌黎,世称之为韩昌黎;又官至吏部侍郎,人称韩吏部。幼年丧父,由兄嫂抚养。早年曾多次试进士,不第;贞元八年(792)终于考取,又三试博学鸿词而未入选。至贞元十八年(802)才由观察推官,进四门博士,开始其稍显顺利的仕宦生涯。其后又曾两度贬官,到穆宗时,由国子监祭酒,历兵部侍郎,官终吏部侍郎。有《昌黎先生集》。

柳宗元(773—819)比韩愈小五岁,字子厚,河东(今山西永济)人,世称柳河东。贞元九年(793)举进士。后又中博学鸿词科,授集贤殿书院正字。调蓝田尉,任监察御史。其间参与王叔文集团的政治革新活动,失败后被贬为永州司马,十年后又改官柳州刺史。有《柳河东集》。

韩、柳在倡导古文运动的过程中,提出了一整套主题鲜明的古文理论,其中心是"文以明道",处于该中心两翼的,则是对追求艺术之美的文学之文的排斥和对一些适用于更为宽泛的场合的一般性文章的作法的解说。

韩愈、柳宗元都十分强调"道"在为文过程中的重要地位。柳宗元在《答韦中立论师道书》中即明确提出"文者以明道"的看法;韩愈也认为:"学古道则欲兼通其辞,通其辞者,本志乎古道也。"(《题哀辞后》)很显然,在韩、柳看来,"道"是凌驾于"文"之上的超特之物,作文的根本目的,就是为了实现"道"的统摄人心的力量。那么,他们所谓的"道",究竟是什么东西呢?依照韩愈《重答张籍书》中的解释:"己之道,乃夫子、孟轲、扬雄所传之道也。"则"道"的核心自然是儒家正统的政治、伦理思想。但韩、柳在具体运用"道"这一词时,有时也对其外延加以拓展,以指代某种以理性思考为基础所得出的人生与自然的法则。至于如何才能"明道",他们提出的最便捷的方法,是向儒家经典学习,以

---

① 关于韩愈之前已经有人提出反对骈文的主张,与中唐科举考试及其相关领域发生的以散文代替骈文的现象,罗宗强先生《隋唐五代文学思想史》(上海古籍出版社1986年版)第六章已有详细的讨论,可参阅。

经书为范本,去体会其中的"圣人之志"。

因为将"道"抬到"文"的上面,韩、柳古文理论的另一重要主张,便是贬低以表现美为宗旨的文学性文章的独立存在价值,尤其是骈文的价值。韩愈曾以水和浮物的关系,来比喻作家之"气"跟文辞表达出来的"言"的关系,认为"水大而物之浮者大小毕浮。气之与言犹是也,气盛则言之短长与声之高下者皆宜"(《答李翊书》),这也就从侧面否定了骈文对于文章的形式化要求的自然合理性。柳宗元则从道与文的关系的角度,对文学性文章追求表现力的诸多方式加以限定,认为它们只有在有助于道的阐发时才有存在的价值,否则有害无益。在《答吴武陵论非国语书》中,他写道:"夫为一书,务富文采,不顾事实,而益之以诬怪,张之以阔诞,以炳然诱后生,而终之以僻,是犹用文锦覆陷阱也。"在《答韦中立论师道书》中,他更明确地自称,他个人成年后,就已经自觉地意识到"文者以明道,是固不苟为炳炳烺烺,务采色,夸声音而以为能也。"这些见解显然是上述崇道主张的自然延伸,而因为这一延伸,文学之文在文坛的地位就被大大降低了。

当然,在韩、柳的古文理论中,也谈到一点古文的作法。但这些作法的前提,依然是"道",真正涉及具体操作方面的,则仍是些比较笼统的规诫。韩愈在《答李翊书》中提出作文须去"陈言"("惟陈言之务去"),而在《答刘正夫书》中回答刘氏"为文宜何师"的提问时,又谓"宜师古圣贤人",其具体办法则是"师其意,不师其辞",但文章之"意"既不脱"古圣贤人"的旧规,则在言辞上又有多少创新可言? 较之"陈言",也不过百步与五十步之别罢了。柳宗元教人的作文法,相对而言似有路径可循。所谓"本之《书》以求其质,本之《诗》以求其恒,本之《礼》以求其宜,本之《春秋》以求其断,本之《易》以求其动,此吾所以取道之原也。参之《榖梁氏》以厉其气,参之《孟》、《荀》以畅其支,参之《庄》、《老》以肆其端,参之《国语》以博其趣,参之《离骚》以致其幽,参之《太史公》以著其洁,此吾所以旁推交通而以为之文也"(《答韦中立论师道书》),是将文章的内涵与形态割裂为两部分,认为前者的典范是六经,后者则可以取一些经籍外的带有一些文学性的文章作范本。这种做法,其实是在摆脱骈文体式限制之后,又从思想上给古文套上了无形的枷锁。

因此,韩、柳所倡导的古文运动,从其提出的一套理论看,对于中国文学的发展实在没有什么积极的贡献,相反地倒是大大贬低了以追求美为宗旨的文学之文的价值,将绝大多数纯粹的文学之文驱逐出了文章领域。而这种理论的影响,随着后来程朱理学的兴起,又逐渐扩大、强化,对以后的中国文学的健康发展,是有明显的负面作用的。至于散体文的发展,在文学史上自有积极意义,但那很难说是"古文运动"的产物,例如唐代的传奇;而且那显然是与"明道"之旨相对立的。

三、韩、柳的古文创作

除了提出一整套的古文理论,韩愈、柳宗元对古文撰写也作了大量的实践,写出了许多在文章史上颇有影响的名篇。但从文学发展的角度看,韩、柳的古文创作又存在与其理论颇相矛盾的一面。

韩愈的文章名篇中,像《原道》、《原性》、《师说》、《送李愿归盘谷序》、《送孟东野序》、《进学解》、《平淮西碑》、《论佛骨表》之类,都不是文学作品。尽管其中的一些篇章,从文章笔法上讲,写得纵横开阖,甚有气势,但因为不是文学作品,自然也就无法在文学史上占一席之地。需要特别指出的是,这类作品在韩愈现存文章中占了绝大多数。

韩愈现存的文章名篇中,也有几篇可归入文学作品,因为其中有抒情、想像与虚构的成分。如著名的《祭十二郎文》,突破南朝以来祭文习惯以骈文体式撰写的传统,而用通篇的散文,抒发其对侄儿逝去的悲痛心绪。全文所用句式均极口语化,絮絮叨叨,短而且有重复语,充分表现出作者在极度的悲痛中言语出现轻微的伦次失序的特征。在祭文的结尾部分,作者写道:

> 呜呼!汝病吾不知时,汝殁吾不知日。生不能相养以共居,殁不得抚汝以尽哀。敛不凭其棺,窆不临其穴。吾行负神明,而使汝夭。不孝不慈,而不得与汝相养以生,相守以死。一在天之涯,一在地之角。生而影不与吾形相依,死而魂不与吾梦相接。吾实为之,其又何尤。彼苍者天,曷其有极。自今已往,吾其无意于人世矣!……呜呼!言有穷而情不可终,汝其知也邪?其不知也邪?呜呼哀哉!尚飨。

在这一段文字中,值得注意的有两点。其一是从中可以看出韩愈撰写此篇"古文"时,所持的基本立场,与他本人所持的有关古文的理论相背离:祭文通篇不言道,而上引一段中表现出的重情的一面,适与"文以明道"的原则相冲突。这实质上反映了韩愈的古文理论与真正的文学之间存在着深刻的矛盾。其二是这篇以散文结缀的祭文中,实际上已经吸收了不少骈文的特长。如上引一段中多采用对句,尽管已不是骈文式的比较规整的对仗,但对句的运用,无疑是加强了文章的表现力。这也和韩、柳古文理论对骈体的排斥不相一致。

韩愈的另一篇值得一提的文学性文章,是《送穷文》。文章以拟人化的手法,虚构了一个主人具车马食粮送"穷鬼"及其朋辈出门,反遭"穷鬼"及其朋辈奚落的故事情节,其结尾部分以君子"立名百世"的道理,点出文章题旨,有与

韩愈"文以明道"理论相合拍的一面,但文章最富于趣味的部分,却是开始时对主人欲送"穷鬼"出门的场景的描绘:

> 元和六年正月乙丑晦,主人使奴星结柳作车,缚草为船,载糗舆粻,牛系轭下,引帆上樯,三揖穷鬼而告之曰:"闻子行有日矣,鄙人不敢问所途。窃具船与车,备载糗粻,日吉时良,利行四方。子饭一盂,子啜一觞,携朋挚俦,去故就新,驾尘坌风,与电争先,子无底滞之尤,我有资送之恩,子等有意于行乎?"屏息潜听,若闻音声。若啸若啼,砉欻嚘嘤,毛发尽竖,竦肩缩颈,疑有而无。久乃可明,若有言者……

这一段文字比上引《祭十二郎文》的那一节更多地吸收了骈文的因子,而其所描绘的场景又通过这种比较规整的句式,寓含了一种突破现实规范的滑稽兼讽刺的风格。其中表现出的作者的想像的丰富,与文字运用的传神,都达到了相当的水准。但写这样以趣味性见长的文学之文,显然也是与韩、柳的古文理论相矛盾的。

韩愈的文学性文章中,与其古文理论矛盾突出的,还有《毛颖传》。传取《史记》笔法,虚构了古中山国毛颖在秦始皇时被俘获而拔毫取颖,臣服于朝廷,充当簿书工具的情节,传末有"太史公曰",称赞毛颖于"秦之灭诸侯""有功",并谓其"赏不酬劳,以老见疏",末以"秦真少恩哉"的感慨作结。显然,毛颖只是毛笔的隐喻,而非指人;所以,这是一篇与"明道"的原则完全违背的游戏文章。而且,由于模拟《史记》笔法,写得十分简练,既无趣味性,也无幽默感,陈寅恪先生说这是"盖以古文试作小说,而未能甚成功者也"(《读〈莺莺传〉》)。所以,由《毛颖传》一文,我们可以认识到:第一,文学性和儒家之"道"之间的矛盾是韩愈自己都无法弥合的;第二,到了韩愈的时代,一味运用《史记》之类的古文笔法,未必就能获得令人满意的文学性效果。

相比之下,柳宗元文章中这种理论与实践的冲突与矛盾比韩愈之文显得更为复杂化。柳氏文风,整体上不像韩文那么汪洋恣肆,而有一种比较优雅的态势。但大部分作品与韩愈的一样,亦非文学性文章。其现存作品中属于文学性文章的,大致可分为记叙文与寓言两类。这两类文章中,都既有与"道"疏离的一面,又有努力"明道"的一面。

柳氏记叙文中的游记一类,历来为文学批评家所重视,获得了甚高的评价。而核其内容,其中的名篇大都不言"道",而专注于对美的自然的描绘。如写于永州的《至小丘西小石潭记》:

> 从小丘西行百二十步,隔篁竹。闻水声,如鸣珮环,心乐之。伐竹取道,下见小潭,水尤清洌。全石以为底,近岸卷石底以出,为坻为屿,为嵁

为岩。青树翠蔓,蒙络摇缀,参差披拂。潭中鱼可百许头,皆若空游无所依。日光下澈,影布石上,怡然不动。俶尔远逝,往来翕忽,似与游者相乐。

潭西南而望,斗折蛇行,明灭可见。其岸势犬牙差互,不可知其源。坐潭上,四面竹树环合,寂寥无人,凄神寒骨,悄怆幽邃。以其境过清,不可久居,乃记之而去。

同游者吴武陵、龚右,余弟宗玄;隶而从者,崔氏二小生,曰恕已,曰奉壹。

此记文字颇为精练,尤其是三字句与四字句的间用,在短句式的描写中充分展示了小石潭的静谧之美。第一段中写日光照耀下的游鱼或静止不动,或迅即远逝的场景,着笔不多,却能表现出一种景外的韵致,甚见功力。而整体上最值得称道的,是其毫不关注柳氏本人最推崇的"文以明道"之说,将描写的重点完全建立在对美的自然景色的描摹上。

柳氏所撰记叙文,还有一篇《捕蛇者说》颇值得一提。文章写永州蒋氏三世以捕蛇为业,历尽艰危,但当作者以"余将告于莅事者,更若役,复若赋,则如何"为问时,出人意料地引来蒋氏对苛刻赋税的强烈的控诉,致作者在文末不得不哀叹:"孰知赋敛之毒,有甚是蛇者乎!"文中最能打动人的部分,是中间蒋氏向作者诉说乡人惨遭赋敛之毒的一节:

蒋氏大戚,汪然出涕曰:"君将哀而生之乎?则吾斯役之不幸,未若复吾赋不幸之甚也。向吾不为斯役,则久已病矣。自吾氏三世居是乡,积於今六十岁矣,而乡邻之生日蹙。殚其地之出,竭其庐之入,号呼而转徙,饥渴而顿踣,触风雨,犯寒暑,呼嘘毒疠,往往而死者相藉也。曩与吾祖居者,今其室十无一焉;与吾父居者,今其室十无二三焉;与吾居十二年者,今其室十无四五焉,非死而徙尔。而吾以捕蛇独存。悍吏之来吾乡,叫嚣乎东西,隳突乎南北,哗然而骇者,虽鸡狗不得宁焉。吾恂恂而起,视其缶,而吾蛇尚存,则弛然而卧。谨食之,时而献焉。退而甘食其土之有,以尽吾齿。盖一岁之犯死者二焉,其余则熙熙而乐,岂若吾乡邻之旦旦有是哉!今虽死乎此,比吾乡邻之死则已后矣,又安敢毒耶?"

这段叙述性的文字,以比较纯粹的"古文",穿插以文学性甚强的小情节(如写蒋氏在悍吏下乡时小心查看缶中蛇的一段),把叙说者内心的强烈感情波澜表现得淋漓尽致。同时作者亦不忘"明道",以结尾的议论点明个人的看法。只是由于这段议论与前边的叙事有同样强烈的感情色彩,且在全文中又占较小的篇幅,才没有破坏文章的整体效果。

但传记体的《梓人传》，即因为作者企图在文中突出其"文以明道"的主张，而使得全文失去了整体上的平衡。该传实际上分为文体完全不同的两部分：前一部分是叙事，后一部分是议论。叙事部分用白描的手法讲述了一个作者亲身经历的故事：

> 裴封叔之第，在光德里。有梓人款其门，愿佣隙宇而处焉。所职寻引、规矩、绳墨，家不居砻斫之器。问其能，曰："吾善度材，视栋宇之制，高深、圆方、短长之宜，吾指使而群工役焉。舍我，众莫能就一宇。故食於官府，吾受禄三倍；作于私家，吾收其直太半焉。"他日，入其室，其床阙足而不能理，曰："将求他工。"余甚笑之，谓其无能而贪禄嗜货者。
>
> 其后京兆尹将饰官署，余往过焉。委群材，会众工。或执斧斤，或执刀锯，皆环立向之。梓人左持引右执杖而中处焉。量栋宇之任，视木之能，举挥其杖曰："斧！"彼执斧者奔而右；顾而指曰："锯！"彼执锯者趋而左。俄而斤者斫、刀者削，皆视其色，俟其言，莫敢自断者。其不胜任者，怒而退之，亦莫敢愠焉。画官于堵，盈尺而曲尽其制，计其毫厘而构大厦，无进退焉。既成，书于上栋，曰"某年某月某日某建"，则其姓字也。凡执用之工不在列。余圜视大骇，然后知其术之工大矣。

裴封叔是作者的姐夫，那位但动口不动手的梓人姓杨（据本文末段）。柳氏的故事讲述至此，尽管未点明其写作的用意，从文学的角度看已相当成功，因为其中塑造的梓人形象甚为生动，而叙述所用的语言也充分体现了"古文"比骈文所具备的特长——能够传神地摹画对象的言谈举止。但在该传的接下去的段落中，作者变叙事为议论，以梓人统领群工作类比，连篇累牍地大谈"彼佐天子相天下者，举而加焉，指而使焉，条其纲纪而盈缩焉，齐其法制而整顿焉，犹梓人之有规矩、绳墨以定制也"的道理，而议论部分的字数，与前半部分的叙事相比，竟超出一倍还多，占了全文的三分之二。这不仅使这篇从名称上看应是传记体的文章失却了其本应具备的统一的文体特征，而且使一篇本来颇为精彩的文学之文在瞬间失去了它的光彩。柳氏的"文以明道"主张确乎在该传中得到了充分的展示，但它留给读者印象最深的，却是"道"的介入对文学之文的巨大损害。

柳宗元文学性文章中的另一类——寓言，亦不乏出色之作。像著名的《黔之驴》，借对驴虚张声势而最后被虎吞噬的描写，讽刺现实中外强中干的那一类人，寓意深刻而形象生动，实质上是对人性中因懦弱而举措乖张一面的艺术化揭示。然而即便是在这则仅百余字的小品中,柳宗元仍不忘在最后点题,也就是"明道"。

柳宗元的文学性文章中经常出现的后半部分插入较明显的议论段落的写法,从文学的角度看,无疑弊大于利,因为除非议论也带有较强烈的感情色彩,并与前半部分的文学性描写基调一致,否则冷静而过于理智的评论文字,必然会削弱文学性文章的抒情性与形象性,从而破坏文章的整体风格;但这却对以后文章体式的衍化颇有影响。宋人多在一些游记、传记性的文学文章的后半部插入大段议论的做法,其较近的源头即可追溯至柳宗元这类作品。就这一方面而言,古文运动高潮中诞生的比较标准化的古文,确乎使唐代中叶的文章,走上了一条与唐诗的主流态势明显分化的路途。

四、韩、柳的诗

韩愈的一生(除了晚年功成名就),大抵可以用他自己所写的两句诗来概括:"少小尚奇伟,平生足悲吒。"(《县斋有怀》)早年那种"事业窥皋稷,文章蔑曹谢"(同上)之远大抱负与"岁时易迁次,身命多厄穷"(《赠族侄》)之间的巨大反差,在他内心深处所造成的创痛无疑是尖锐而深重的。尽管他不常表露个人伤感的愁绪,但我们还是能够在他的诗中读到像"愁忧无端来,感叹成坐起"(《秋怀诗》之一),以及因一片梧桐叶落而"惊起出户视,倚楹久汍澜"(《秋怀诗》之九)那样一种莫名的悲哀。然而韩愈毕竟是韩愈,他并不因时代多难、社会政治理想失落、个人屡遭困厄而就此消沉、退避,儒家的道德信念在他心中依然坚定,因此会有"我能屈曲自世间,安能从女巢神山"(《记梦》)的豪迈宣言;而在另一方面,所有内心承受的抑郁、苦痛、困惑又确因无从消释而愈演愈烈,激化为某种亢愤的情志,其尖厉严冷的程度,甚至是"我心如冰剑如雪"(《利剑》)。这样一种愤激之情,在那个时代,以韩愈的教养与身份,自不可能在正常的言行中得到宣泄,他的文章中基本上看不到这份愤激之情,便是证明。与传统的士大夫一样,他所能采用的渠道,大概只有如他自己所说的"多情怀酒伴,余事作诗人"(《和席八十二韵》);而恰恰是这个被视为"余事"而实际上韩愈又极为自负的诗歌领域,终于成为他鸣不平、显峥嵘、纵横驰突、游戏挥洒的理想天地,所谓"我愿生两翅,捕逐出八荒。精神忽交通,百怪入我肠。刺手拔鲸牙,举瓢酌天浆。腾身跨汗漫,不著织女襄"(《调张籍》),虽然说的是他与所向慕的李白、杜甫之间的精神交通,却完全可以看作是他在这个领域雄桀恣肆地开拓想像、抒发胸臆的写照。

在韩愈的诗中,给人印象最为强烈的,首先是他将他所观照的这个世界,表现得前所未有的阴狞险怪、酷烈异常。他写寒冷,竟然是"凶飚搅宇宙,铓刃甚割砭。日月虽云尊,不能活乌蟾。羲和送日出,恇怯频窥觇。炎帝持祝融,呵嘘不相炎"(《苦寒》),在宇宙间肆意施虐的寒飚,其酷厉甚至连赫赫日神、火神都胆战心惊,难以自保;写积雪,从来是晶莹洁白的形象被描绘成"鲸鲵陆死骨,玉石火炎灰","日轮埋欲侧,坤轴压将颓"(《咏雪赠张籍》),在一片死寂中,尚有一种无形的吞噬力;写火山爆发,那更是"天跳地踔颠乾坤",不仅"山狂谷很相吐吞,风怒不休何轩轩",而且"神焦鬼烂无逃门,三光弛隳不复暾"(《陆浑山火一首和皇甫湜用其韵》)。其他如湫龙的阴奸,训狐的凶狡,南地江岭的险山恶水,氛祲瘴疠、蛇虺鬼魅,所有这些常人难以入诗的题材与意象,都汇聚在韩愈的笔底,被用来展示他对这个充满险恶、冷酷、厄运之现实的深刻的内心体验。

其次,是韩诗中显示出一种特有的刚大奇崛、乖张冲荡的力量感,有人形容为"山立霆碎"(蔡絛《蔡伯衲诗评》)。我们看他摹写洞庭波涛:"轩然大波起,宇宙隘而妨。巍峨拔嵩华,腾踔较健壮。"(《岳阳楼别窦司直》)激荡怒张的波涛冲天而起,势若五岳,力相摩戛,令宇宙顿显逼仄,这是何等的气势!在这里,"拔"和"较"两个动词极显力度。在韩愈诗中,像这样由显示力量感的动词构成的意象时可发现,如"仰见突兀撑青空"(《谒衡岳庙遂宿岳寺题门楼》),"洪涛舂天禹穴幽"(《刘生》),都极为传神地体现出他所谓"精神兀傲"(方东树《昭昧詹言》)的内涵。而在《贞女峡》一诗中,我们更可以清楚地领略到一种力与力的格斗:

　　江盘峡束春湍豪,雷风战斗鱼龙逃。悬流轰轰射水府,一泻百里翻云涛。……

这首诗作于贞元二十年(804)被贬阳山时,面对悍急的峡流,诗人生发出这般恢奇的想像,胸中该是怎样的矫然、激越!在韩愈其他题材的作品中,这种力与力的较量各有其表现:如《陆浑山火一首和皇甫湜用其韵》写火神与水神的交战,《雉带箭》写将军与野雉的角逐,《记梦》写自己与鬼神争斗,《题炭谷湫祠堂》则写欲血刃蛟龙的斗志。不管这些作品本身是否有具体的寓意,我们从中确实能够感受到他内心痛苦的挣扎,愤激的抗争,以及拓张自我的强烈要求。唐末诗人兼诗论家司空图说他的诗"驱驾气势,若掀雷挟电,撑抉于天地之间,物状奇怪,不得不鼓舞而徇其呼吸也"(《题柳柳州集后》),显然是针对他诗中的那种力量感而言的。

再次,则是韩愈诗中所表现出来的那种奇特的想像具有极为强烈的主观性。这种想像基本上不考虑自然物象本身具有的真实性与内在逻

辑,而是完全按照诗人自己强烈的情感感受来进行的。如下面这首《秋怀诗》之九:

> 霜风侵梧桐,众叶着树干。空阶一片下,琤若摧琅玕。谓是夜气灭,望舒霣其团。青冥无依倚,飞辙危难安。……

诗所表现的主题,无非是一叶落而知秋,然而作者却将一片梧桐叶落写得掷地有声,如美玉摧碎,先已令人感到一奇;又接着联想到月亮陨坠、天道危仄,这就更加于事实无征而显得荒诞无稽了。但是,恰恰是这样一种近乎荒诞的想像,却最为贴切地表现出诗人在叶落一刻所感受到的超乎寻常的惊心动魄,充分地体现了他内心深重的忧伤。又如李花之状,他想像成"白花倒烛天夜明,群鸡惊鸣官吏起"(《李花赠张十一署》),万树李花之白如烛光照彻夜空,以致群鸡误以为天明而惊觉争鸣,把官吏们都叫起了床。对天井关之水因溢涨而倾泻直下,他先是想像成"谁把长剑倚太行",接着又忽发奇思:"冲风吹破落天外,飞雨白日洒洛阳"(《卢郎中云夫寄示送盘谷子诗两章歌以和之》),飘风会将这把飞流之剑吹破,于是水流漂散作雨,洒向洛阳。这些看似不近情理的奇特造意与想像,实际依据的是个人流荡、跳动的主观情思,而不再是以现实生活和自然物象为基础的那种想像,这更加重了韩愈诗风中雄怪奇险的成分,因而毕竟为中国诗歌开辟了一种新的境界。

韩愈诗歌中所表现的这些特征,在唐代中叶诗坛上显得相当独特。前此像刘长卿等诗人的作品里,这种以险怪为美的情状是看不到的;仅孟郊诗歌对力度的追求与此略有相通之处。而后来李贺诗歌中常显现的那种秋风鬼雨式的风格,则可溯源于此。但韩愈的诗亦非超越时代之物,其中所具有的重主观意象塑造的创作方式,实是由杜甫开创的、刘长卿们常用的诗歌创作形式的继续。而在韩诗的险怪、雄奇背后,也仍可以看到诗人在诗中所流露的与群体的疏离感,只不过这种疏离感呈现为一种反抗的倔强姿态,而不是萧疏落寞的意绪。

韩愈也写过一些文字流畅易晓的诗,尤其是在元和六年秋奉调返京后,随着官越做越大,应酬越来越多,他的诗歌风格发生了明显的变化,那种圆熟小巧的近体诗越来越占主导地位,如《早春呈水部张十八员外》:

> 天街小雨润如酥,草色遥看近却无。最是一年春好处,绝胜烟柳满皇都。

这首诗,多少体现了他所谓"奸穷怪变得,往往造平淡"(《送无本师归范阳》)的追求。但是这当然不是韩诗的主要特色与成就,如前所述,韩愈正是以其在诗歌创作风格上的尚险怪、骋雄力、重主观,成为继李白、杜甫之后又一杰出的诗人,不仅开创了诗坛上怪异险奥一派诗风,更重要的是完成了"唐诗之一大变"(叶燮《原诗》),使得中唐之后直至宋代的诗歌风尚及审美趣味发生了极为重大的变化。

柳宗元的诗,现今在他集子中所能见到的,主要是他遭贬谪后创作的作品,数量并不多,但风格独到,受人重视,蔡絛《西清诗话》称"柳子厚诗雄深闲淡,迥拔流俗,致味自高,直揖陶、谢"。大致来说,简淡兼有幽深、温醇不失孤峭构成柳宗元诗歌主要的风格特征,他往往在平淡的摹绘与叙述中寄寓个人不平淡的胸襟,诗境峻峭萧散而意味深长。

柳诗的这一风格,有时是通过诗人心境的表、内层反差的刻画表现出来的,诗中表面看似淡泊的意绪,常常隐含不平常的内蕴,如《渔翁》一诗:

渔翁夜傍西岩宿,晓汲清湘燃楚竹。烟销日出不见人,欸乃一声山水绿。回看天际下中流,岩上无心云相逐。

写这首诗时,柳宗元已被贬为永州司马,从作品的描述来看,诗中的主人公渔翁带有几分自况的意味,他静处默宿,似乎显得闲散淡泊,然而孤往独来的举动,难以完全掩饰住闲淡中夹杂的几丝孤寂落寞的情绪,隐约传递出当生活失意袭来时诗人欲求淡泊宁静而又无法消融的双重心理。

但是,这种风格在更多的情况下,是透过平淡的自然山水画面,以凸现作者起伏不平的胸臆而表现出来的。"投迹山水地,放情咏《离骚》"(《游南亭夜还叙志七十韵》),政治上所受的挫折以及因此而造成的心灵上的苦闷,使得柳宗元常将目光移向自然山水,徜徉其中,企图以此获取精神的慰藉,排遣心中的忧郁。他在贬谪到永州和柳州期间,不但写下了许多寄情山水的游记散文,同时也创作了不少以自然山水为背景的诗篇。这些诗歌常借助描摹山水风光,寄托诗人失意的胸臆,在不少情况下,那些冲淡画面中的自然景致在诗人主观情绪作用下,交杂着一种峻寒、惊突、荒寂的情调,如"寒月上东岭,泠泠疏竹根"(《中夜起望西园值月上》),"西陆动凉气,惊鸟号北林"(《感遇》),"惊风乱飐芙蓉水,密雨斜侵薜荔墙"(《登柳州城楼寄漳汀封连四州刺史》),"山城过雨百花尽,榕叶满庭莺乱啼"(《柳州二月榕叶落尽偶题》)。再看《秋晓行南谷经荒村》一诗:

杪秋霜露重,晨起行幽谷。黄叶覆溪桥,荒村唯古木。寒花疏寂历,幽泉微断续。机心久已忘,何事惊麋鹿。

作者同样以疏淡平缓的笔调来勾勒自然景象,然而诗中所出现的一组组幽寒而荒寂的深秋景色,被明显地敷上一层主观的色彩,映衬出他忧伤失落的内心,尽管诗人自称机心已忘,超然物外,但却是让人感觉到这不过是强作旷达的话语,寓含其中的恰恰是无法忘却的惆怅。这种在平淡自然画面中融入浓重主观色彩而用以遣情抒怀的创作特点,在柳宗元的名作《江雪》中有更为明显的体现:

> 千山鸟飞绝,万径人踪灭。孤舟蓑笠翁,独钓寒江雪。

"千山"与"万径"都是极言自然境界空阔广大,但如此广阔的环境中不见鸟影,难觅人踪,只有一叶扁舟上的渔翁在雪中的寒江垂钓,冲淡幽清图景中广袤与单小的反差在这里被主观地加以极度的夸张,因而孤舟独钓的情形显得清寒冷寂,诗人心中蕴藏的孤独也更明晰地浮现于诗的画面之中。同时十分值得注意的是,该诗通过整体意象的构造而显露出来的诗人跟群体疏离的意向。在寒江的风雪中孤身独钓的渔翁,尽管是孤独的,但从诗整体呈现的画面看,这种孤独之中又分明带了几分傲然,即纵然人、鸟皆已绝迹,作为个人的"我"依旧我行我素。个人与群体的这种疏离感,被如此清晰而有意识地表述出来,在前此的唐诗中还不多见;《江雪》则用最简洁与传神的言辞,对之加以生动的传摹,因此它在文学史上具有独特的地位。

应该说,柳诗风格中所交织的冲淡平和的一面,反映了柳宗元对闲淡萧散心境的一种追求;然而政治上的失败以及个人不幸的遭遇,使他无法从根本上摆脱自身命运带来的痛苦,保持超然优游的精神淡泊,他的诗因此也没有完全贯穿一种闲适平淡的风格,从而出现上述这些平和中有峻峭,闲淡中有惆怅,静谧中有落寞的特征。冲淡平和是有意识的求取,而怅惘落寞则是无意识的流露。然而到诗人心中失落的痛苦难以自抑倾泻而出时,诗中闲适淡泊的成分则完全被悲怆的慨叹取而代之。如《饮酒》:"举觞酹先酒,遗我驱忧烦。"已有借酒消忧的意味;《与浩初上人同看山寄京华亲故》:"海畔尖山似剑铓,秋来处处割愁肠。"更是触景生情,愁绪难断;至于《别舍弟宗一》更借送人自遣悲怀,近乎心灵绝望的泣诉:

> 零落残魂倍黯然,双垂别泪越江边。一身去国六千里,万死投荒十二年。桂岭瘴来云似墨,洞庭春尽水如天。欲知此后相思梦,长在荆门郢树烟。

蔡启《蔡宽夫诗话》说柳宗元"忧悲憔悴之叹,发于诗者,特为酸楚",上诗已可见其中之一斑。

韩愈、柳宗元的出现,是中世文学明显地呈现分化的态势的重要表征。因为韩、柳古文理论的盛行一时与其一部分"明道"之文的广泛流传,自中唐开始,以表现美为主旨的文学之文相应减少。但韩、柳的诗歌创作,又显然是沿着唐代诗歌发展的正常轨道行进,而与刘长卿等的诗风有密切的关联。这是一个十分耐人寻味的文学现象。但在实际上,诗歌也在分化,只不过推动其分化的并非韩、柳,而是元稹、白居易。

第五节　元稹、白居易诗的两重性

与韩愈、柳宗元在文章领域内大力推进古文运动大致同时,唐中叶诗坛上也出现了两位理论上与韩、柳相呼应的人物——元稹、白居易。以白居易《与元九书》为代表的元、白诗歌理论,倡导一种"文章合为时而著,歌诗合为事而作"的带有强烈功利色彩的文学主张,其诗歌作品的一部分,因此也具有明确的教化目的,而不注重感情的真挚与艺术的精致。但同样是元、白的诗,也有不少作品完全背离其诗歌理论,而在抒情、状物等诸多方面达到了相当高的水准。元、白诗创作中呈现的这种两重性,反映了中世文学进入分化期以来,作家面对现实和艺术的矛盾,不得不以同样充满矛盾、题旨游移不定的作品去应付的无奈。

元　稹

元稹(779—831),字微之,河南河内(今河南洛阳)人。十五岁明经及第,授校书郎。元和元年(806)登才识兼茂明于体用科第一名,除左拾遗,历监察御史,颇有直声,因忤宦官而被贬为江陵士曹参军。元和年间调任通州司马,后召还至京,则变节干谀近倖,一度官至宰相(工部侍郎同平章事)。复出为同州、越州刺史,浙东观察使等,年五十三,卒于武昌军节度使任所。有《元氏长庆集》。

从刘长卿与大历时期诗人以来,唐诗的发展,带有两个明显的特征,即一方面强调表现诗人的个人生活,另一方面注重创造带有强烈主观色彩的意象。这两个特征,在元稹的不少作品中都有充分的反映;而元稹一生的成功之作,也大都具备了这双重的文学特征。

元稹早年即以所赋诗为宫中传唱,而有"元才子"之誉。这些诗中被元稹自己后来标目为"艳诗"的,大抵用明丽的语辞表现个人的情爱之思。流传最广的是《离思五首》之四:

曾经沧海难为水,除却巫山不是云。取次花丛懒回顾,半缘修道半缘君。

诗取"沧海"、"巫山"一类弘廓的自然景色为建构意象的基础,用最为惊世骇俗的语句描绘自身完全沉浸于个人情爱后的独特感受,使大自然之大与两人世界之小这种表面的文辞对比,同时寓含了让大自然为个人情爱的坚贞作证的哲理意蕴。另外像《春晓》一诗:

> 半欲天明半未明,醉闻花气睡闻莺。狂儿撼起钟声动,二十年前晓寺情。

以朦朦胧胧的自然景色去衬托那朦朦胧胧的往日爱情,用辞尽管艳丽,却因朦胧而使这份艳丽具有了一重特殊的风致。

与艳诗具有相同声誉与价值的,是元稹的悼亡诗。悼亡诗是元稹怀念已故的原配夫人韦丛的一组作品,由于韦氏与元稹共同生活的岁月是元氏仕途尚未一帆风顺之时,"贫贱夫妻百事哀"(《三遣悲怀》之二),因而诗也就带有了一层悲凉哀婉而又诚挚深厚的况味。如著名的《遣悲怀》第一首:

> 谢公最小偏怜女,嫁与黔娄百事乖。顾我无衣搜荩箧,泥他沽酒拔金钗。野蔬充膳甘长藿,落叶添薪仰古槐。今日俸钱过十万,与君营奠复营斋。

生与死的对照,在元稹笔下是用韦氏生前生活的贫穷与死后奠斋的富有来展现的,当诗的前六句均在以极细琐的笔调记录往日的艰辛时,末两句的富足描写,实在是一种对人生的无奈而又非常沉痛的嘲讽。也正是在这一层面上,元稹的悼亡诗在艺术内涵方面超过了前此以悼亡诗著名的潘岳的同类作品。

元稹后期诗作中最为著名的,是七言长歌《连昌宫词》。此诗据陈寅恪先生考证,大约是元和十三年(818)春元稹在任通州司马时"依题悬拟"之作①。诗以位于河南寿安的唐代帝王行宫连昌宫为背景,借一宫边老翁之口,由讲述人所熟知的唐玄宗、杨贵妃爱情故事入手,艺术地展现了安史之乱前后唐代社会由盛转衰的历史事实,并据此在诗末提出重振唐王朝的最佳策略为"努力庙谟休用兵"。全诗最精彩的部分,是对安史之乱后连昌宫内的衰败景象所作的细致描绘:

> 去年敕使因斫竹,偶值门开暂相逐。荆榛栉比塞池塘,狐兔骄痴缘树木。舞榭欹倾基尚在,文窗窈窕纱犹绿。尘埋粉壁旧花钿,乌啄风筝碎珠玉。上皇偏爱临砌花,依然御榻临阶斜。蛇出燕巢盘斗拱,菌生香案正当

---

① 参见《元白诗笺证稿》第三章《连昌宫词》,上海古籍出版社1978年新一版。

衙。寝殿相连端正楼,太真梳洗楼上头。晨光未出帘影黑,至今反挂珊瑚钩。指似旁人恸哭,却出宫门泪相续。自从此后还闭门,夜夜狐狸上门屋。

这一大段文辞,除了用惊心动魄的意象凸现连昌宫人去楼空、狐兔蛇鸟当道的惨景外,其更深一层的含义,是借此与前一段所展示的"楼上楼前尽珠翠,炫转荧煌照天地"的繁华岁月作一对比,隐喻盛唐风貌从此消亡这一历史大悲剧。而也正是由于此诗有这番艺术感染力极强的描述与可为人理解的隐喻,所以尽管其中所写的诸如唐玄宗、杨贵妃同在望仙楼凭栏眺望胜景之类的情节纯属虚构(据考两人生前从未一同到过连昌宫),它仍然得到了唐代及以后人们的共同喜爱与推崇。

从另一角度看,《连昌宫词》在中国文学史上还具有一个重要的贡献,便是推动了虚构的叙事文学在传统的诗歌领域中的展开。如所周知,唐传奇在中唐的勃兴是中国小说发展史的重要一环。《连昌宫词》这首"依题悬拟",而又充满了虚构情节的长诗,形式上保留了七言歌行的形制,而内容结构则多采传奇特有的叙事体,所叙又多凭空撰结,波澜起伏,引人入胜,不能不说是为传统诗歌的创作开辟了一番新天地。

元稹由其个人性格看,是属于那种才华横溢而多情善感一类的诗人,他在艳诗与悼亡诗方面所取得的高度成就,正是他这种独特的诗人品性直接流露的结果;他的《连昌宫词》虽然被归入"讽喻"一类,但其实诗末的劝休兵讽喻之辞从全诗看是最没有诗味的部分,而因为前面两部分繁华与衰败的对比占全诗相当比重,所以他的情感抒发依旧得以有一个相当大的空间。凡此均是元稹创作成功的内在因素。

元稹的诗歌也有一部分是主要受外部因素推动的产物,他的乐府诗与被称为"元和体"的长篇排律便大都如此,这使其诗歌整体上分化为两个互相对立的部分。元氏在"乐府古题"与"乐府新题"两方面均有所尝试,而支持这种尝试的,是诗当以"寓意古题,刺美见事"为高(《乐府古题序》)的带有强烈政治色彩的诗歌理论,与"遭理世而君盛圣,故直其词以示后"(《和李校书新题乐府十二首序》)的赤裸裸的功利目的。"乐府古题"是和进士刘猛、李馀之作,其中有"虽用古题,全无古义者",亦有"颇同古义,全创新词者"(《乐府古题序》),用意不可谓不新;"乐府新题"是读到李绅所作同题诗而有所启发,于是选和其中与时弊有关者十二首,立意也不可谓不高,然而无论是前者还是后者,在元稹都没有成功之作。乐府诗重作的实验性,以及元稹缺乏责任感的天然品性与诗题所要求的强烈功利色彩的冲突,当是元稹在这方面不能写出与其艳诗及悼亡诗有同等感染力的作品的重要原因。至于"元和体"的长篇排律,其实验性类似新旧乐府的制作,而其适用的范围又多囿于朋辈僚友间相互唱和,其无法呈现真正的诗情似乎是必然的。以功利为目的的乐府诗及缺乏感情的"元和体"长篇排律的存在,无疑使元稹作品的整体面貌受到一定的损害。不过从中国文学发展的角度而言,元稹诗歌中的这些受外部因素推动的产物仍有其历史的意义,那便是通过一个特定的途径(即所谓的新乐府运动),向诗坛发出了革新旧诗体的号召;同时对"元和体"的长篇排律的充分实践,也进一步推进了中唐以来的律诗向更为合律更为精致的方向发展。

白 居 易

白居易(772—846),字乐天,晚年自号香山居士。下邽(今陕西渭南)人,生于新郑(今属河南)。少年时因两河用兵,逃难越中数年。贞元十六年(800)进士及第,三年后与元稹等同以书判拔萃科登仕籍,授秘书省校书郎。元和初,复应才识兼茂明于体用科的考试,授盩厔(今陕西周至)尉,不久召为翰林学士,除左拾遗,开始其谏官生涯。元和五年(810)改官京兆府户曹参军,转授太子左赞善大夫。元和十年(815),因平卢节度使李师道等遣人刺杀宰相武元衡,上疏请急捕贼,为当政者所恶,被贬江州(今江西九江)司马,移忠州刺史。此后三度内召(元和十五年归朝任尚书司门员外郎,改主客郎中、知制诰等;宝历初被召为太子左庶子分司东都;大和初复被征为秘书监,迁刑部侍郎),又三度外任(先后为杭州刺史、苏州刺史及河南尹),于会昌二年(842)以刑部尚书致仕。年七十五卒于洛阳。有《白氏长庆集》。

白居易的诗歌创作,可以分为三个时期。

白居易的前期创作

白居易的少年时代,正是诗坛上刘长卿与大历诗人们流风未断、余韵不绝的年月。他考取进士前的作品,便带有那个时代的深刻烙印。像"暮钟鸣鸟聚,秋雨病僧闲。月隐云树外,萤飞廊宇间"(《旅次景空寺宿幽上人院》)之类的诗句,在精致工巧的联语下蕴含个人内心或悠远或孤独的情绪,即是追随那个时代特有的诗歌风尚的产物。他的创作于同一时期的成名作《赋得古原草送别》,虽然在诗境方面与大历诗风有弘廓与纤细之别,但在运用文辞表露心绪、创造意象方面则如出一辙:

> 离离原上草,一岁一枯荣。野火烧不尽,春风吹又生。远芳侵古道,晴翠接荒城。又送王孙去,萋萋满别情。

时空在诗人的笔下被浓缩成一个既富自然色彩、又具感情色彩的画面,当春天原野里那寂静无声却又震撼人心的荣枯交替被艺术地凸现时,自然界的勃发生机与人类的黯淡历史也在一种颇为感伤的情调中得到了一次强烈的对比。

《赋得古原草送别》这种以高度的想像、浓郁的情感铸就文学意象的写作形式,是白居易最富个性、因而也时常诞生名作的创作途径。他三十五岁在盩厔尉任上写的歌行体长诗《长恨歌》,便取当时流传的唐玄宗、杨贵妃人间天上始终不渝的情爱故事,敷之以想像渲染,在以情写情方面达到了一个崭新的境界。

现存《白氏长庆集》中《长恨歌》诗前,有白居易之友陈鸿所写的《长恨歌传》。该传除缕述诗歌所本传说始末及白氏创作此诗因缘外,还特地指出其撰述动机为"不但感其事,亦欲惩尤物、窒乱阶,垂于将来"。然而由《长恨歌》本身看,这种"讽喻"的意图,除了在诗的起始部分稍有流露——如谓杨玉环"一朝选在君王侧"后,有"遂令天下父母心,不重生男重生女"语——之外,全篇绝大部分还是咏歌李杨两人的情爱,尤其是唐玄宗对杨贵妃的迷恋。如果说这种对情爱的歌咏在诗的前半部,即自杨氏被选入宫,至安史之乱前"尽日君王看不足"为止,尚较多表现为美色对于玄宗的诱惑,与帝王表白其感情时所不免的挥金如土与沉溺丝竹,因而诗亦尚主要以语辞绚烂、工于摹画取胜,如写杨妃"回眸一笑百媚生,六宫粉黛无颜色"之类;则诗的后半部,即从"渔阳鼙鼓动地来,惊破霓裳羽衣曲"开始,直到诗末,便转为表现"宛转蛾眉马前死"后李杨两人的相思乃至天上人间的情感交流。对这种相思及情感交流的描绘,白居易主要是借用了传说中方士为玄宗寻觅已成太真仙子的杨贵妃,获得太真亲传物事,转授玄宗这一情节,而加以渲染,至诗末则以杨氏向方士重述生前与玄宗的七夕誓词,点出全诗主旨:

> 临别殷勤重寄词,词中有誓两心知。七月七日长生殿,夜半无人私语时。在天愿作比翼鸟,在地愿为连理枝。天长地久有时尽,此恨绵绵无绝期。

到此该诗所尽力呈现的唐玄宗与杨贵妃之间的相互思念与眷恋,已不仅是一个帝王对妃子的幸顾,或一个妃子对帝王的感恩,而是更具普遍意义的一对沉浸于爱情中的男女的无限相思,是一种已经超越了男女双方本来身份与地位的真挚感情。诗人所痛惜的,也不是一次帝王艳遇的不幸终结,而是那种极易引起人共鸣的刻骨铭心的爱的永远消逝——"在天愿作比翼鸟,在地愿为连理枝",这种"愿"越美丽,留给人的伤感也便越沉重。因此如果把《长恨歌》的前后两部分作为一个整体加以考察,可以说这首长诗实质上是以瑰丽的语辞、真切的感情咏唱了一曲爱的悲歌。其深刻性,在于以一个帝王的爱情故事,映现了根植于人性的情爱的普遍性,以及这种情爱面对动荡政治时的无奈与脆弱。但另一方面,又显示出了感情世界可以具有比物质世界更为长久的生命力,所以,当天地消失时,由情所派生的"恨"却仍会永远存在下去。这种对"情"的巨大力量的强调,实已开明代汤显祖的情可以超越生死之说的先声。

白居易的中期创作

元和二年(807),白居易从盩厔尉调任回京,授翰林学士,次年又除左拾遗。左拾遗的谏官地位与其本人政治上的进取意识,使他对于文学的功用与地位有了一种完全不同于以往的理解。元和四年(809),他开始创作著名的组诗《新乐府》。在该组诗的"序"中,他开宗明义,称其此番新作:

> 篇无定句,句无定字,系于意,不系于文。首句标其目,卒章显其志,《诗三百》之义也。其辞质而径,欲见之者易谕也。其言直而切,欲闻之者深诫也。其事核而实,使采之者传信也。其体顺而肆,可以播于乐章歌曲也。总而言之,为君、为臣、为民、为物、为事而作,不为文而作也。

此序中最引人注目的,是白居易将诗歌创作中的"意"与"文"加以尖锐的对立,将"文"也就是诗的形式特征贬置于绝对次要的地位;同时抛弃了他十分擅长的重视想像的艺术手法,转而强调诗歌取材的"核而实";最终归结其赋诗的首要目的是"为君"而作。这与韩、柳古文理论的中心内容十分相似:韩、柳主张"文以明道";而白居易这里说的,实际上就是"诗以明道"。从这样的指导思想出发,白氏的《新乐府》五十首自然大都是新闻式的记录加上从维护朝廷政治与宣扬传统伦理道德出发的尖锐的批评,其宣传性大大超过了其文学性。如与《长恨歌》题材类似的《李夫人》,题旨便变为"鉴嬖惑也",虽然仍不得不肯定情的存在("人非木石皆有情"),却归结为"尤物惑人忘不得"、"不如不遇倾城色"。描写青年男女自由恋爱的《井底引银瓶》,用倒叙手法表现一个婚姻悲剧,尽管主体部分塑造了一位"墙头马上遥相顾,一见知君即断肠"、"感君松柏化为心,暗合双鬟逐君去"的勇敢地追求个人幸福的女性形象,但后半却写她因"君家大人频有言,聘则为妻奔是妾"而后悔不已,并在结尾点题曰:"寄言痴小人家女,慎勿将身轻许人!"这也就完全站在正统但并不合乎人性的传统礼教的立场,彻底否定了女性追求自身婚姻幸福的合理性。而由于这一否定,又使得该诗整体上显得极不协调:前半部分以同情的笔触所构筑的文辞畅丽的情爱画面,与后半尤其是结尾的对这种情爱的批判,形成了尖锐的矛盾。这种矛盾,自然是因作者力图在诗中表现其卫道的立场而造成的。

《新乐府》中能脱出原序框框而具有较高艺术成就的作品,是《上阳白发人》和《新丰折臂翁》两诗。前者述一被玄宗遗置上阳宫的宫女在寂寞中虚度青春的不幸遭遇,后者记一新丰老翁年轻时为躲避征兵被迫自残一臂而有幸存活的悲惨经历,在用富于色彩和感情的语辞塑造人物形象及性格,以及充分运用想像方面,与《长恨歌》实有异曲同工之妙。像写那位"入时十六今六十"的宫女被打入冷宫后苦度漫长而孤独的岁月时,便以"秋夜长"、"春日迟"两个交替出现的意象,用"夜长无寐天不明"、"日迟独坐天难暮"两句刻画出深宫生活带给她红颜老去之外的又一重难以弥补的心理创伤。而新丰折臂翁的诉说,如"臂折来来六十年①,一肢虽废一身全。至今风雨阴寒夜,直到天明痛不眠。痛不眠,终不悔,且喜老身今独在。不然当时泸水头,身死魂飞骨不收"等等,言苦痛惨烈之境而特以喜幸之词出之,造意的奇巧与文字的跌宕起伏,也恐非单"系于意"而"不系于文"所能成就。

约较创作《新乐府》稍晚,白居易又完成了题材及宗旨相近的另一组诗《秦中吟》。《秦中吟》十首,对现实的批评较《新乐府》有过之而无不及,如《轻肥》一诗中对官场宴席"樽罍溢九酝,水陆罗八珍"的豪奢,即喊出了"是岁江南旱,衢州人食人"的悲愤呼声。但这种似乎无处不在的悲愤,并未能以适当的文学形象加以更富感染力的凸现,因此该组诗从整体上看,依然与大部分的《新乐府》诗有同样的缺陷,即没能以诚挚深厚的感情引导读者沉浸于诗人所着意创造的诗境中,而更多的只是向读者提供了黯淡的现实记录。

不过《秦中吟》与《新乐府》的通俗化与暴露性,的确使白居易在当时获得了一般诗人所难以获取的政治上敢言直谏的名声,基本上达到了他"为君、为臣、为民、为物、为事"而作诗的目的。当然同时也招致了诗以外的麻烦,他因此被阁僚所忌恨。耐人寻味的是,白居易被贬江州司马的当年曾给前此同样制作《新乐府》的好友元稹写了一封信,即著名的《与元九书》,信中不仅酣畅淋漓地表述了他以前所坚持的诗歌创作宗旨及其由来,并进一步归纳出"文章合为时而著,歌诗合为事而作"的理论主张,而且以激烈的言辞,将批评的矛头直接指向唐诗创作两位大师级人物李白、杜甫:

> 唐兴二百年,其间诗人,不可胜数。……又诗之豪者,世称李、杜。李之作才矣,奇矣,人不逮矣;索其风雅比兴,十无一焉。杜诗最多,可传者千余篇,至于贯穿古今,觇缕格律,尽工尽善,又过于李。然撮其《新安吏》、《石壕吏》、《潼关吏》、《塞芦子》、《留花门》之章,"朱门酒肉臭,路有冻死骨"之句,亦不过三四十首。

---

① 按,"来来"为唐人常语,见陈寅恪先生《元白诗笺证稿》第五章《新乐府》此诗下的有关考证。

字里行间所透露的,是一份凌驾于当代权威之上的不凡气概。然而尽管白居易理论上表明了他前后一贯的姿态,实际上自写《与元九书》之后,他很少再作那类具有强烈的干预时政意味和宣传效应的"讽喻诗",相反地写得较多的,恰是被他自己轻视的"索其风雅比兴,十无一焉"式的诗。这从一个侧面反映出左拾遗一类的谏官地位与这类诗的存在之间有一种密切的关系;同时也说明这类诗的写作,本来便缺乏一种真诗所特有的完全发自诗人内心的创作冲动,因此"时"过境迁,其生命力便迅速退化。

更富有意味的是,就在白居易写《与元九书》后不久,他创作了另一首给他带来崇高声誉的长诗——《琵琶行》,而此诗无论是形制还是内涵,都很容易使人回想起白氏当年的名作《长恨歌》:

> 浔阳江头夜送客,枫叶荻花秋瑟瑟。主人下马客在船,举酒欲饮无管弦。醉不成欢惨将别,别时茫茫江浸月。

诗以这样一幅饱含离愁别绪的秋景为开场,继引出水上传来的琵琶声,又造一"千呼万唤始出来,犹抱琵琶半遮面"的悬念,再出以"弦弦掩抑声声思,似诉平生不得意"的双关情景,接着有大段描绘琵琶女弹曲声情兼备的精妙文辞:

> 大弦嘈嘈如急雨,小弦切切如私语。嘈嘈切切错杂弹,大珠小珠落玉盘。间关莺语花底滑,幽咽泉流冰下难。冰泉冷涩弦凝绝,凝绝不通声暂歇。别有幽愁暗恨生,此时无声胜有声。银瓶乍破水浆迸,铁骑突出刀枪鸣。曲终收拨当心画,四弦一声如裂帛。东船西舫悄无言,唯见江心秋月白。

这段文辞最为成功的地方,是用无声的文字表现了起伏变化的音乐节奏,而同时又写出了演奏者所欲表现的深切感情与音乐带给听众的震撼效应。这段文辞的另一个优点,是它在结构上与诗的下半部分所记琵琶女自述身世飘零的话语形成一种音乐抒情与言语叙事相对照的效果,使那当年"妆成每被秋娘妒"、而今"老大嫁作商人妇"的琵琶女的絮絮诉说,成为前面乐曲的一个最佳注解,加深了读者对那如泣如诉琵琶曲的内涵的体认。而在这样的背景下,诗人再进一步将自身投入诗境,抒发"同是天涯沦落人,相逢何必曾相识"的人生感慨,并因此要求琵琶女"莫辞更坐弹一曲",而琵琶女所弹则"凄凄不似向前声",终使"江州司马青衫湿",这种意态回环的结构,既使全诗带有叙事诗特有的高潮迭起的风貌,同时也将诗的感情表露随着戏剧性情节的展开而渐次推向极致。从这点上说,《琵琶行》以更为复杂的结构表现了一种比《长恨歌》更为蕴藉深厚的诗境,显现了白居易在诗歌创作上已达到一个新的高峰。

白居易的后期创作

元和十四年(819),白居易由江州司马迁官忠州刺史。此后仕途比较平稳,他开始花大量的笔墨创作所谓的"闲适诗"。"闲适诗"在白居易本人看来是与"讽喻诗"有同等重要地位的作品,在《与元九书》中,他已明示:

> 故仆志在兼济,行在独善;奉而始终之则为道,言而发明之则为诗。谓之"讽喻诗",兼济之志也;谓之"闲适诗",独善之义也。

因此他的"闲适诗"与"讽喻诗"实为相反相成之物:尽管在创作时间上各有侧重,而对于理念的重视(要不断地、反复地强调退居后的"闲"与"适"),对于浅显俗语的运用,乃至"首句标其目,卒章显其志",如《昭国闲居》诗便以"何以养吾真,官闲居处僻"作结,等等,都显现出这是一类与大多数"讽喻诗"同样缺乏创作冲动与诚挚的感情而强为制作的诗。

在白居易后期创作的诗歌中,仍有动人情致与优美诗境的作品,是一些被他归入与《长恨歌》同类为"人所爱"而在他自己却"非平生所尚者"的"杂律诗"。这些诗"或诱于一时一物,或发于一笑一吟",尽管"率然成章"①,却往往真情流露,妙语天成。如他在杭州刺史任上所作的两诗:

> 孤山寺北贾亭西,水面初平云脚低。几处早莺争暖树,谁家新燕啄春泥。乱花渐欲迷人眼,浅草才能没马蹄。最爱湖东行不足,绿杨阴里白沙堤。(《钱塘湖春行》)
>
> 柳湖松岛莲花寺,晚动归桡出道场。卢橘子低山雨重,棕榈叶战水风凉。烟波澹荡摇空碧,楼殿参差倚夕阳。到岸请君回首望,蓬莱宫在海中央。(《西湖晚归回望孤山寺赠诸客》)

前一诗把一种荡漾人心的春景描绘得色彩斑斓而又富于情趣,后一诗移步换景而景景都映射出一重诗人逸致,其中既不见激烈而又功利性极强的讽喻,也没有着意造作的"闲适",有的只是物物皆有情、物我复同一的诗情画意。诗人着意表现个人与自然如此亲近,其背后隐含的,似乎是一份力图与纷扰复杂的尘世疏远的心绪。而这份诗情画意背后隐含的对群体的疏离感,从白居易一生的创作历程看去,似乎又可以说是对其早年浸润的大历诗风的一次更高层次的回归。

在唐诗的发展过程中,白居易是一位声名仅次于李白与杜甫的重要诗人。而从现存诗歌的数量论,白诗传世约三千首,在唐代诸位大诗人中首屈一指。

---

① 以上关于"杂律诗"的引文,皆见白氏《与元九书》。

然而就是这样一位高产大诗人,其创作却显现了诸多矛盾:他所着力制作的"讽喻诗",尤其是《新乐府》,从形式到内容均给唐代诗坛带去了前所未有的新面貌,然而其过于功利性的创作动机与对诗歌文学特征的轻视,终未能使这种新面貌自然地孕育出唐诗的新意境,即使在个人创作生涯中,它们也只是匆匆开放又匆匆凋谢的一丛昙花。而白诗中在当时即广为流传,至后世亦为不同阶级、阶层的人们共同喜爱的作品,如《长恨歌》、《琵琶行》,却并非是与其理论上强调的创作主旨一致的作品。白居易诗歌创作中的这些矛盾,是韩愈、柳宗元诗文异途之外,唐中叶诗歌内部亦出现分化局面的直接表现,也是中国传统文学观念中教化功用与美的创造之间存在深刻矛盾的典型一例。

第六节 李贺及其他

唐贞元、元和年间的诗坛上,名家辈出,佳作迭现,唐诗的发展又进入了一种兴盛的状态。其间除上面几节已经介绍过的韩愈、柳宗元、元稹、白居易诸大家外,还有若干与他们年辈相若或稍后的诗人。最重要的是李贺。他以其天才的文笔,创造出一种极富个性特征的诗歌风貌,其作品中表现出的凄艳乃至令人恐怖的凄厉之美,为唐诗又添一效果新奇的格调。其余刘禹锡、张籍、王建、姚合、贾岛等,所作诗篇也各有各的风格,共同形成了中唐诗坛的新面貌。

一、李 贺

李贺(790—816),字长吉,生于福昌(今河南宜阳),祖籍陇西,为唐宗室郑王的后裔。他早岁工诗,为韩愈、皇甫湜所器重。然而他因父亲名"晋肃","晋"与"进"同音,排挤他的人就说"父名晋肃,子不得举进士"(见韩愈《讳辩》),所以无法参加进士科考试,仕进道路不畅,仅在太常寺做过从九品小官奉礼郎,郁郁而死,年仅二十七岁。有《李长吉歌诗》。

李贺生平才华横溢,怀有不凡的抱负。在《马诗》其五中,他借写马流露过渴望一展所长的襟怀:"大漠沙如雪,燕山月似钩。何当金络脑,快走踏清秋。"然而现实的环境并没有带给他展示自我的机会,他的内心充满了压抑。因此,个人与环境的剧烈冲突在他诗中以空前尖锐和集中的形式表现了出来:

> 天迷迷,地密密。熊虺食人魂,雪霜断人骨。嗾犬狺狺相索索,舐掌偏宜佩兰客。帝遣乘轩灾自灭(一作息),玉星点剑黄金轭。我虽跨马不

得还,历阳湖波大如山。毒虬相视振金环,狻猊貙狰吐馋涎。鲍焦一世披草眠,颜回廿九鬓毛斑。颜回非血衰,鲍焦不违天。天畏遭衔啮,所以致之然。分明犹惧公不信,公看呵壁书问天。(《公无出门》)

周围的一切是那么可怕,刺骨的雪霜和各色各样的猛兽毒龙正在吞噬高洁、善良和有才能的人们,只有得到天帝的庇护才能免于灾难,但天帝也害怕它们的衔恨和咬啮,反而站在它们一边,使得与世无争的鲍焦、安贫乐道的颜渊也一生困顿或过早夭亡,屈原同样是受迫害的一个,他的"呵壁问天"就是这方面的有力证据。在这里,整个现实固然极其可怕,而作为自然界和人间秩序的代表的"天"、"帝"竟然也始终是高洁、善良和有才能的人们的异己力量;因而诗人与环境的冲突也就成为历史的必然。尽管在屈原的作品中也已触及过这样的问题,但李贺诗中的"佩兰客"与环境的矛盾更为集中、尖锐,其所受的压迫更为凶厉。虽然李贺在生活中遭受的打击不如屈原沉重,但在此诗中(或者说在李贺的感觉中),个人在环境逼拶下的孤立、绝望与窒息感却远为深重。

不过,李贺死时只有二十七岁,一个敏感的青年所必然具有的对于美(包括美丽的异性)的强烈追求又常使他的这种压抑感与之结合而形成独特的形态。

在压抑感处于优势的情况下,其诗呈现出一种凄艳的、有时甚或凄厉的美,这是中国以前的文学所没有出现过的,也是李贺在中国文学史上的独特贡献。

只要粗略地翻检一下,我们就能发现许多这样的句子:

角声满天秋色里,塞上燕脂凝夜紫。半卷红旗临易水,霜重鼓寒声不起。(《雁门太守行》)
离宫散萤天似水,竹黄池冷芙蓉死。月缀金铺光脉脉,凉苑虚庭空澹白。(《河南府试十二月乐词·九月》)
瑶姬一去一千年,丁香筇竹啼老猿。古祠近月蟾桂寒,椒花坠红湿云间。(《巫山高》)
蜀江风澹水如罗,堕兰谁泛相经过。南山桂树为君死,云衫浅污红脂花。(《神弦别曲》)

这些诗句,有的传诵甚广,有的则不甚为人所知,但都具有一种凄艳的美。其运用的手法,大致是在凄冷的意象中,杂以艳丽的色彩或略显温馨的情景,例如第一例的第二句和第三句中的"红旗",第二例第二句中的虽则已死的"芙蓉"与第三句,第三例中的"瑶姬"、"丁香"、"蟾桂"和"椒花坠红",第四例中的第一句与第四句,其第三句的"南山桂树"为君而死也多少含有缠绵的感情。

这实际上反映了李贺在极度压抑感中的挣扎和渴求；诗歌的凄艳之美乃是诗人的这种心灵冲突与其深厚的艺术造诣相结合的产物。

李贺诗歌凄厉的一面，常常是透过他所构筑的一系列怪异、凄清、阴冷甚至有些令人恐怖的图景呈现出来的。如"桂叶刷风桂坠子,青狸哭血寒狐死"（《神弦曲》）,"石脉水流泉滴沙,鬼灯如漆点松花"（《南山田中行》）,"白狐向月号山风,秋寒扫云留碧空"（《溪晚凉》）之类；在这方面更有代表性的，则是《感讽》五首之三：

> 南山何其悲？鬼雨洒空草。长安夜半秋,风前几人老！低迷黄昏径,袅袅青栎道。月午树无影,一山惟白晓。漆炬迎新人,幽圹萤扰扰。

冷雨空草本已颇有鬼气,坟墓间飞萤的纷纷扰扰,又像是在迎接新死者的漆炬,给人以阴森之感。然而,《神弦曲》以桂叶桂子与狐狸的哭血、死亡相映照,《南山田中行》于鬼灯间点缀着松花,《溪晚凉》中上句的凄凉与下句的澄碧截然有别,就是《感讽》之三中,"袅袅"固是摇曳多姿之态,月午而树木无影,也是光明的境界。由此可见,即使在李贺诗歌的凄厉之景中,也仍然留有一抹亮色。这就是因为年轻的心纵或在冻僵了的时候,也仍多少渴望着温暖。在《秋来》一诗中,对此有更充分的流露：

> 桐风惊心壮士苦,衰灯络纬啼寒素。谁看青简一编书,不遣花虫粉空蠹？思牵今夜肠应直,雨冷香魂吊书客。秋坟鬼唱鲍家诗,恨血千年土中碧。

萧索的秋景与幽魂相吊、鬼唱鲍诗的画面交叠在一起,更增添了荒凉悲凄的气氛。"恨血"一句则说明了诗人的悲痛、愤恨永远不会消减。然而,在经受着这样极度的压抑和从事着绝望的反拨之际,诗人仍然没有忘记对美丽的异性的向往,这就是"雨冷"一句的由来,也是李贺诗歌的凄厉之美的独特性的所在：在凄厉的深处始终有一颗年轻的心在跳动,哪怕有时跳动得极为微弱。

李贺在这方面与韩愈有明显的承继关系,也有颇为不同的一面。就承继关系而言,两人都将反常态的诗境之美的显现视为一种诗歌创作的新途径,其根底则均在于与群体的乖违；就不同的一面看,韩愈在诗中较多地表现为浅层次的气势和结构上的殊常,而李贺则更喜欢借此凸现其作为个人的独特性。从这个意义上说,李贺的作品显示出唐中叶诗歌在表露个性色彩方面达到了一个更高的水平。

在李贺的个人压抑感与青春追求相结合而后者处于优势的情况下,就形成一种艳丽的、时或迷离恍惚的美,而从中仍直接或间接地体现其与环境的对立、内心的失望。《洛姝真珠》《李夫人歌》《天上谣》《将进酒》《美人梳头

歌》、《花游曲》等均属于这一类。《将进酒》说:

> 琉璃钟,琥珀浓,小槽酒滴真珠红。烹龙炮凤玉脂泣,罗帏绣幕围香风。吹龙笛,击鼍鼓。皓齿歌,细腰舞。况是青春日将暮,桃花乱落如红雨。劝君终日酩酊醉,酒不到刘伶坟上土。

整个的场面不但是艳丽的,甚或具有某种热烈的气氛,但"况是"两句就已有凄惨之意,虽然"桃花乱落如红雨"在表面上仍使人感到美艳,末两句则更深含无常之苦。至如《天上谣》,尤为奇特:

> 天河夜转漂回星,银浦流云学水声。玉宫桂树花未落,仙妾采香垂珮缨。秦妃卷帘北窗晓,窗前植桐青凤小。王子吹笙鹅管长,呼龙耕烟种瑶草。粉霞红绶藕丝裙,青洲步拾兰苕春。东指羲和能走马,海尘新生石山下。

虽云"天上",但其重点写的仍是美丽的女性:仙妾、秦妃和穿着藕丝裙的女子。又以"天河"两句发端,杂以"呼龙耕烟种瑶草"之句,因而具有迷离恍惚之姿。但其结尾两句又归结到人生的短促,与《将进酒》的结尾同意。假如说《秋来》等诗所强调的是社会对个人的压抑,那么这类诗所强调的则是自然对个体生命的摧残。而无论前者或后者,其根底都在于自我意识的强化。

从艺术上看,李贺诗歌的上述内容都以极富个性色彩的形式呈现出来。具体来说,李贺的诗较之前人更注重个人内心情绪的表达,以至于往往超越事物的客观特征和理性的思维逻辑,形成瑰奇诡怪、变幻多端的艺术风格。明人王世贞以为"李长吉师心,故尔作怪"(《艺苑卮言》卷四),徐献忠也说李贺"天才奇旷,不受束缚,驰思高玄,莫可驾御"(《唐诗品》)。诗人时常根据自己主观意向表现的需要,融实觉与幻觉为一体,进行意象的拼合与创造,展开丰富奇特的想像。如《金铜仙人辞汉歌》中的金铜仙人本无凡人的知觉,却被作者描写成"清泪如铅水",《苏小小墓》中墓旁幽兰上的露珠被诗人幻想成死者的泪眼,而死者生前乘坐的油壁车则仿佛在等待载它的主人去赴会。时幻时真的描绘渲染了诗中的气氛,也从一个侧面烘托出作者空落怅惘的心绪。

情绪化的意象组合也使得李贺的诗歌体现出结构上跳跃跌宕的特征,以他的《梦天》一诗为例:

> 老兔寒蟾泣天色,云楼半开壁斜白。玉轮轧露湿团光,鸾珮相逢桂香陌。黄尘清水三山下,更变千年如走马。遥望齐州九点烟,一泓海水杯中泻。

诗描写作者梦中遨游天空。前四句写天界仙境,在那里诗人与众仙人欣然相逢；后四句写俯视人世沧桑变化的情景，结构上作了转折。随着意象跳跃性的切换，诗人的情绪也发生了变化，畅游天宫的轻松心情一下子被对世间人事沧桑的沉重喟叹所代替。诗中这种结构上的跳跃性，表露出作者的内心冲突，他的心灵始终在现实与幻境之间徘徊，一方面他企图摆脱人世的痛苦，另一方面幻想之梦不时地被冷酷的现实所击碎，受压抑的苦闷始终无法解脱。

李贺诗所具有的意象的拼合、创造与重组的特点，从唐代文学的发展路径看，实与韩愈某些诗的以文为诗，以及元、白某些作品过分强调通俗易懂相对立，是使魏晋以来一直延续使用的诗的特殊语言，向一个更为精致、深入与内涵丰富的层次发展。

与上述的艺色特色相应，李贺在语言的运用上也具有鲜明的特色。他一方面喜欢采用"死"、"泣"、"血"、"哭"、"鬼"这一类字眼，如"嗷嗷鬼母秋郊哭"（《春坊正字剑子歌》），"彭祖巫咸几回死"（《浩歌》），"杜鹃口血老夫泪"（《老夫采玉歌》），"冷红泣露娇啼色"（《南山田中行》），使诗句显得幽冷怪异，给人以强烈的感官刺激。联系他诗中的情绪来看，它们实际上正是作者一种"哀激之思"（王思任《昌谷诗解序》）的凝聚，也即其心灵的外化。另一方面他又特别喜欢在诗中用色彩语词表现独特的心绪。日本学者荒井健教授曾对李贺、韩愈、王维三家诗中出现的色彩语汇作过一个有趣的统计，发现李贺诗中此类语词出现的频率，在三家中占绝对的优势；而李贺所用的诸语中，又以白、绿、红、蓝等原色或接近原色的色彩辞语为主；但李贺并不将这些色彩词作为一种单纯的自然形态的表征，而常常在色彩语辞前再加上一特定的动词，使色彩具有一种自我独自行动的活的姿态，借以凸现诗人落句时的独特的心绪。如《昌谷诗》中有"颓绿愁堕地"句，《上云乐》中有"飞香走红满天春"句，前者以"颓"字修饰"绿"色，又想像这种颓然潦倒的绿色，似乎正为即将"堕地"也就是失去其本来鲜活的面貌而犯"愁"，其中所构筑的意象，实际正是诗人主观的境象，是一种对生命易逝的悲戚与不安；后者在"红"前着一"走"字，与"飞香"这一灵动的意象一起，使春色满天跃然纸上①。凡此均可以说是李贺诗歌语言不同凡响的地方。而这种不同凡响，又正是大历以来诗歌越来越转向内心世界这一趋势的一种新的发展。

总之，在李贺的诗歌中，虽有像前引《马诗》那样抒写其"快走踏清秋"抱负的作品，也可以听到"少年心事当拏云"（《致酒行》）那样自豪的声音，甚至还可以看到他因民众被迫采玉的悲惨遭遇而激起的痛苦与激动（《老夫采玉歌》），但这些虽然值得重视的内涵都不是他的诗歌的主流，个人的深重压抑感才是

---

① 参阅荒井健《李賀の色彩感覚》一文，收入其所著《秋风鬼雨》，筑摩书房昭和五十七年初版。

其诗的基因。就这点来说,《老夫采玉歌》也是与此种基因相通的,因为采玉的老夫也深受社会的压抑。而这种压抑感与他的青春追求的结合及其变相,形成了他的诗歌的富于个人特色的瑰丽,用杜牧的话来说,就是"荒国陊殿,梗莽丘垄,不足为其怨恨悲愁也;鲸呿鳌掷,牛鬼蛇神,不足为其虚荒诞幻也"(杜牧《李长吉歌诗叙》)。

二、刘禹锡

　　刘禹锡(772—842),字梦得,洛阳(今属河南)人。贞元九年(793)进士及第,登博学宏词科,授监察御史,投入了王叔文集团,参与政治革新活动。王叔文失败,他受牵连而被贬为朗州司马。元和十年(815)召还,同年又因"诗语讥忿"而触犯当政者,出为连州刺史。至大和二年(828)才征入为主客郎中。官至检校礼部尚书。有《刘梦得文集》。

　　从总体上看,刘禹锡的诗歌创作体现着大历以来诗风中的主要特点,即由盛唐的高昂地关注时代的入世热情,转化为对个人生活命运的观照,更侧重于主体内在情思的刻画。作为在人生旅途中几起几落饱受世间风霜的诗人,刘禹锡的不少诗篇描写了个人遭受波折后苦闷与彷徨的心理,"楼上见春多,花前恨风急。猿愁肠断叫,鹤病翘趾立"(《谪居悼往》),"潦倒声名拥肿材,一生多故苦遭回"(《洛中酬福建陈判官见赠》),"归目并随回雁尽,愁肠正遇断猿时"(《再授连州至衡阳酬柳柳州赠别》),就都是上述心情的流露。

　　但另一方面,生活中的刘禹锡性格倨傲孤高,他在所作《砥石赋》中,曾借描写宝刀表示自己尽管在现实中蒙受种种挫折,但并不想改变自己的初衷,还是要"故态复还,宝心再起",坚持自己原有的生活态度,尽管那在实际生活中难免要承受更大的精神压力。这种个性特征以及由此带来的精神痛苦在他的诗歌创作中打下了鲜明的烙印。与大历诸子相比,刘禹锡的诗在表现个人情思时,往往更喜欢选取一些空阔荒旷的意象以寓托自己孤高峻拔、凄凉悲苦的心情。从而在表现风格上更显雄浑苍老,意蕴深邃。如《秋江晚泊》:

　　　　长泊起秋色,空江涵霁晖。暮霞千万状,宾鸿次第飞。古戍见旗迥,
　　　　荒村闻犬稀。轲峨舻上客,劝酒夜相依。

诗中所展现的空江、暮霞、古戍、荒村等一系列意象阔远而苍凉,在此背景下"劝酒夜相依"的诗人所给人的是悲凉之感;这是大历诸子的作品中难以见到的诗境。又如其作于晚年的《始闻秋风》:

　　　　昔看黄菊与君别,今听玄蝉我却回。五夜飕飗枕前觉,一年颜状镜中

来。马思边草拳毛动,雕眄青云睡眼开。天地肃清堪四望,为君扶病上高台。

诗以秋天作为时间背景。劲疾的秋风声触动着诗人怀旧伤逝的情怀,尽管此时已为衰病所困,但他还是努力支撑病躯攀上高台,放眼四望。浩阔萧飒的天地景象烘托着诗人孤傲迟暮的身影,于雄浑中见悲凉。此种境界,更为大历十才子所无。

诗人的这种孤高悲苦的心境在其怀古咏史诗中获得了最引人注目的表现。《西塞山怀古》、《台城怀古》、《金陵五题》、《蜀先主庙》等怀古诗是这方面的代表作。在这些诗篇中,诗人常常超越历史与现实的时间距离,借怀古以伤今,在历史、现实两者的交融中,进行个人对漫漫人生的体认与感悟,如:

山围故国周遭在,潮打空城寂寞回。淮水东边旧时月,夜深还过女墙来。(《金陵五题·石头城》)

王濬楼船下益州,金陵王气黯然收。千寻铁锁沉江底,一片降幡出石头。人世几回伤往事,山形依旧枕江流。今逢四海为家日,故垒萧萧芦荻秋。(《西塞山怀古》)

前一首所构筑的画面已有几分荒芜凄凉,六朝时代繁华的石头城,如今虽然故址依然,但昔日的风采已是荡然无存,剩下的只有无情的潮水默默地拍打着城壁。后一首显露出的情调也给人以无比苍凉的感觉,历史上无论是晋伐吴国的强盛气势,还是吴人败降的悲惨结局,这一切的盛衰兴亡已成为过去,在今天所剩下的只是荒凉的故垒伴随着秋风中的芦荻。然而,旧时的月亮还在深夜照映着石头城的女墙,西塞山也依然屹立于江流之中。这虽然更显出人生的短促,但永恒的自然总多少给脆弱的人生以某种心灵的寄托,何况"夜深还过女墙来"的月亮不也多少含有眷恋的情愫,那迄今枕着江流的山形不也意味着世上总有某些被孔子慨叹为"逝者如斯夫"的流水淘洗不了的事物存在?因此,在这样的诗篇里,既尽情地倾诉了他所感受到的世事无常的悲哀,但又给人以轻微的抚慰。这与《秋江晚泊》、《始闻秋风》等诗中悲凉而不颓丧的特色实是相通的。

刘禹锡的诗歌中,值得一提的还有他受民歌启发而创作的诗篇,这些作品被人称为"道风俗而不俚,追古昔而不愧"(魏庆之《诗人玉屑》卷十五)。诗人在南方地区有过长时间的贬谪生活,那里一些地区所盛行的民歌给他以一定的影响,如《杨柳枝词》、《竹枝词》、《堤上行》、《踏歌词》等都是仿拟民歌的作品,不少篇章风格自然朴实,清新活泼,如:

山桃红花满上头,蜀江春水拍山流。花红易衰似郎意,水流无限似侬

愁。(《竹枝词》九首之二)

杨柳青青江水平,闻郎江上唱歌声。东边日出西边雨,道是无晴还有晴。(《竹枝词》二首之一)

两诗都是描写青年男女情爱的作品。诗中的女子对爱情既怀有希冀,又抱有忧虑,喜忧相杂;作者借用女主人公的口吻,将她这样一种复杂而微妙的内心活动形象地刻画出来,富有情韵,也体现了刘禹锡诗歌创作的另一种风格。不过,在这里除了民歌的影响以外,我们还必须注意到时代的风尚:在唐代中期,对儿女之情已开始尊重起来了。

三、张　籍

张籍(约766—约830),字文昌,原籍苏州(今属江苏),后移居和州(今安徽和县)。贞元十五年(799)进士及第,历官太常寺太祝、水部员外郎、主客郎中、国子司业。有《张司业集》。

张籍与文学名士多有交往,他是韩愈的学生,同白居易也有密切的联系。创作上擅长乐府诗,白居易曾称他"尤工乐府诗,举代少其伦"(《读张籍古乐府》)。他的乐府诗一类是古题古义的拟古之作,如《白纻歌》、《妾薄命》等;一类是古题今义与即事名篇的作品,如《筑城词》、《猛虎行》、《董逃行》、《征妇怨》、《野老歌》、《促促词》等。所以,张籍有时也被研究者视为"新乐府运动"中的一员。

张籍生活的时代在唐代宗、德宗统治时期,当时经过安史之乱后,社会秩序虽日渐恢复,但各种社会问题仍很突出,他的有些乐府诗比较真实地反映出这种时代特征。如《废宅行》描绘了吐蕃兵入袭而造成"都人避乱唯空宅"、"曲墙空屋多旋风"的人空宅废的荒凉景象,《征妇怨》也写到"万里无人收白骨,家家城下招魂葬"的战争残酷以及给人们所带来的痛苦。再如《猛虎行》的"南山北山树冥冥,猛虎白日绕林行。向晚一身当道食,山中麋鹿尽无声",以麋鹿在猛虎淫威下销声匿迹,喻示出人们在现实苛政面前压抑、恐惧而又无奈的心理,给人以一种沉重感。这些诗与白居易的某些"新乐府"诗确都有其相通之处,但诗中缺乏强烈的激情,因而感人不深。

张籍诗传诵最广的、可能也是写得最好的一首,是《节妇吟》:

君知妾有夫,赠妾双明珠。感君缠绵意,系在红罗襦。妾家高楼连苑起,良人执戟明光里。知君用心如日月,事夫誓拟同生死。还君明珠双泪垂,何不相逢未嫁时!

相传此诗是因李师道邀他入自己的幕府,他用来婉转地拒绝李师道的聘请的。诗中的"节妇"乃是自比。不过,张籍是一位非常关心妇女问题的诗人,作有《征妇怨》《寄衣曲》《别离曲》《吴宫怨》《楚妃叹》《春江曲》《白头吟》《妾薄命》《乌夜啼引》《离妇》等一系列诗歌,从各个方面表现妇女的生活、心理和痛苦。因此,这首诗尽管另有作用,但却是基于对妇女感情的深刻理解并表露出深刻同情的作品,我们实不妨将它视为张籍一系列妇女诗中的一篇来考察。

从这个角度看,此诗所写的乃是一位已婚妇女遇到另一个男子求爱时所产生的内心矛盾。她显然对他也有好感,并为他的深重情意所打动。至于对自己的丈夫,她只是强调其地位的显赫和宅第的宏伟,而并不涉及两人之间的情谊(从他的《白头吟》等诗来看,他是知道已婚妇女的痛苦的)。最后,她在"事夫誓拟同生死"的道德观念的约束下,谢绝了他的爱,内心却充满了痛苦。在当时能以如此充满同情的笔触,写一个已婚妇女的情感上的纠葛,并仍称之为"节妇"的,实不多见。而这也正是与魏晋以来的诗歌主流相应的。

张籍的另一首写妇女命运的诗,是《离妇》:

> 十载来夫家,闺门无瑕疵。薄命不生子,古制有分离。托身言同穴,今日事乖违。念君终弃捐,谁能强在兹!堂上谢姑嫜,长跪请离辞。姑嫜见我往,将决复沉疑。与我古时钗,留我嫁时衣。高堂捋我身,哭我于路陲。昔日初为妇,当君贫贱时。昼夜常纺绩,不得事蛾眉。辛勤积黄金,济君寒与饥。洛阳买大宅,邯郸买侍儿。夫婿乘龙马,出入有光仪。将为富家妇,永为子孙资。谁谓出君门,一身上车归。有子未必荣,无子坐生悲。为人莫作女,作女实难为。

诗所反映的是一出封建制度下的婚姻悲剧,女主人公尽管辛勤持家,帮助她丈夫度过困苦岁月,建立家业,但最终还是因无子而被休弃,成了牺牲品。值得注意的是:张籍此诗并未把这个弃妇的悲剧仅仅归因于个人。决定她与丈夫离异的"姑嫜",对她也不是没有感情,"高堂捋我身,哭我于路陲",这并不是虚假的做作。其所以休弃她,是为了传宗接代,也即为了家族的利益不得不采取的行动,同时也是社会的规定——在制裁妇女的"七出"之条中,"无子"本来就是一条。换言之,这是以群体利益残酷地扼杀个人的范例之一。尽管此诗的感情不如"节妇吟"强烈,但从中可以看出诗人对个体利益的尊重,与其《筑城词》的"家家养男当门户,今日作君城下土",同是反映个体与群体的矛盾之作。作为研究文学发展的资料,这都值得注意。

宋人张戒在比较张籍与元稹、白居易的诗风时曾指出:"张思深而语精"(《岁寒堂诗话》卷上)。从创作情况看,张籍的一些小诗往往能体现这一特色。

它们于精练处见宏阔,平常处显隽永,并在简洁疏淡的意象勾勒中寓托深情远意。以他的《湖南曲》为例:

> 潇湘多别离,风起芙蓉洲。江上人已远,夕阳满中流。鸳鸯东南飞,飞上青山头。

诗为送别之作,所展现的画面十分简淡平常,并没有直接刻画情绪的词句,但通过二、四句的写景,其愁绪已见于言外。末两句写鸳鸯,一以点明这是夫妇的分别,再借鸳鸯的双飞双宿,更增加别离的惆怅。言尽而意犹未尽,不愧"思深而语精"之誉。

四、王 建

王建,字仲初,颍川(今河南许昌)人。他生年与张籍相仿[①],历官昭应县丞、渭南尉、秘书郎、陕州司马。有《王司马集》。

王建与张籍交情深厚,创作的取材与风格上和张籍有些相似,也比较擅长乐府诗。一些作品中寓含了作者对某些社会问题的思考,如《海人谣》,一面写宫廷中珠积满库的情况,一面则写海人采珠纳税的窘境,以突出这种不平等的社会现象。《羽林行》写到长安恶少"百回杀人身合死",但结果却是"赦书尚有收城功",对当政者以意拟法的举措提出质疑。而《送衣曲》借送衣少妇希冀征战丈夫"愿身莫着裹尸归"的口吻,从一个侧面点出当时内外血腥的战乱给人们所带来的不安和倦烦的情绪。

王建的《宫词一百首》是为人所传诵的作品,描写的都是宫禁琐事,其中有不少篇章反映了宫女的生活境况和她们的内心世界,引人注意,如:

> 闷来无处可思量,旋下金阶旋忆床。收得山丹红蕊粉,镜前洗却麝香黄。

> 合暗报来门锁了,夜深应别唤笙歌。房房下着珠帘睡,月过金阶白露多。

前一首以较为细腻的笔墨刻画了诗中这位宫女一连串的举动,在这些外在行为掩盖下的是宫女的寂寞无聊和烦躁不安的情绪。后一首描绘出宫廷沉寂凄清的夜间情形,使人感觉到宫女所处的是一个何等幽闭沉闷的环境,她们默默承受着常人所没有的那种精神摧残。在《故行宫》《旧宫人》诗中,王建也写到了前朝宫女凄凉的晚境。从这些作品中可以看出诗人对宫女生活的关注与对

---

① 见张籍《逢王建有赠》诗:"年状皆齐初有髭,鹊山漳水每相随。"

宫女的同情。这跟张籍诗歌对妇女的态度是相通的。

不过，同张籍相比，王建诗在开掘人物心理活动上似乎更趋于细腻化，他善于在展现人物的行为过程中透露出他们微妙的心理变化，并由此起到点化形象与主题的作用，上述写宫女举动以表现其烦闷心绪的诗，已体现出这样的特征，再举《老妇叹镜》诗为例：

> 嫁时明镜老犹在，黄金镂画双凤背。忆昔咸阳初买来，灯前自绣芙蓉带。十年不开一片铁，长向暗中梳白发。今日后床重照看，生死终当此长别。

女主人公有镜不照而"长向暗中梳白发"的举动，似乎与她买镜的意图相悖，但这一行为细节正暗示出她内心的活动：岁月飞逝，青春难驻，以至于使人不敢正视这样的现实。蕴积在她心中的显然是青春与生命流逝带来的无穷悲哀。这种注意人物心理活动开掘的创作手法，不同程度地增强了作品传递人物情感的作用。

五、姚　合

姚合（约775—约846），陕州（今河南陕县）人。元和十一年（816）进士及第，由武功主簿，历监察御史、户部员外郎，出为金州、杭州刺史，官至秘书少监。有《姚少监诗集》。

姚合出身官宦世家，是唐代开元年间著名的宰相姚崇的曾侄孙，一生仕途比较顺利。但他天性旷达，喜欢诗酒，故虽在官场，而时有出尘之想。他的诗里，便不乏僧侣的身影，像《武功县中作三十首》之十二，已有"野客教长醉，高僧劝却归。不知何计是，免与本心违"的话，至《寄元绪上人》中，更谓："何计休为吏，从师老草堂。"尽管他一辈子并没有离开官场遁入空门，但他在实际生活中却常把官场视作遣发闲心、游戏笔墨的场所，他的诗因此也在出尘的风貌中多了几分对闲居岁月的歌咏和对世俗名利的嘲弄：

> 身外无徭役，开门百事闲。倚松听唳鹤，策杖望秋山。萍任连池绿，苔从匝地斑。料无车马客，何必扫柴关。（《闲居遣怀十首》之一）

> 悠悠小县吏，憔悴入新年。远思遭诗恼，闲情被酒牵。恋花林下饮，爱草野中眠。疏懒今成性，谁人肯更怜？（《游春十二首》之七）

前一首记自己获得闲居后的自得与自足，文辞的平易正显出诗人心境的平淡；后一诗以玩世不恭的笔调勾勒出的那位疏懒成性而又酷爱诗酒的小县吏形象，与诗人在《武功县中作三十首》之廿九中自述其在职时"印朱沾墨砚，户籍杂经书"的情形实有异曲同工之妙。而追寻诗人之所以写此类诗又如此写的根源,则可发现主要是在"名利"与"本心"两者之间,诗人更为倾心的是后者。这当然与唐代中期以来诗坛上长期存在的与群体的疏离感有关。所以在他的诗中,同时也经常有"信涉名利道,举动皆丧真"(《感时》)、"寂寞求名士,谁知此夕情"(《夏夜》)之类的感慨。

因为对自身处境有透彻的理解,而追求不违本心的境界,又因为时时往来于古寺禅房之间而于佛教义理有所参悟,姚合的诗便在旷达率真之外,别有一种幽寂的意味。他既善于在那貌似严肃的官场生活中找到调侃的素材,同时也能于本无感情可言的自然世界里发现另一番情趣,如:"古塔虫蛇善,阴廊鸟雀痴"(《题山寺》);"雾湿关城月,花香驿路尘"(《送崔中丞赴郑州》);"苔文翻古篆,石色学秋天"(《题宣义池亭》);"野色吞山尽,江烟衬水流"(《过杜氏江亭》)。这些景致,是将个人的感情注入自然界,而后对之作拟人化的描绘所产生出来的,它们与刘长卿及大历十才子的诗歌风格有着很明显的联系。但同时也有姚合独到的特征,那便是选字更为细密,对仗更为工整,铸就的意象也更偏向于富有禅味的幽寂一路,情趣之外又给人以一种理趣。这些特征,与同时的诗人贾岛的创作风格,颇有些相近,所以后世以"姚贾"并称。

除创作之外,姚合还编过一部两卷本的唐诗选本《极玄集》,撰过一本选评古诗名联的《诗例》。《极玄集》共收录了王维、祖咏、大历十才子等二十一位唐代诗人的一百首诗作,姚合自序称这些诗人"皆诗家射雕手"。从选人及选诗看,姚合所推崇的,正是与自身及其创作具有相似的出尘之姿与幽寂风貌的作家作品,因此也可以说《极玄集》是姚合文学思想的直接表现。《诗例》虽已亡佚,但从其"摭古人诗联,叙其措意,各有体要"(《唐才子传》卷六"姚合"条叙《诗例》语)的特点看,把它视为姚合及其同道精研诗句对仗过程中的一项成果,大概也与事实相差不远。

六、贾 岛

贾岛(779—843),字阆仙,一作浪仙,范阳(今河北涿县)人,早年为僧,法名无本,后还俗,数应进士试皆落第。担任过长江主簿、普州司仓参军等低级官职。有《长江集》。

早年出家的经历对于贾岛的文学创作具有深刻而久远的影响。佛教对于世界万物抱持的非执着无爱憎的态度,和僧侣生活对于个人空寂心境的陶冶,使得贾岛诗歌中有一个不断重现的意象,那便是孤寂。像:

仆本胡为者,衔肩贡客集。茫茫九州内,譬如一锥立。(《重酬姚

少府》)

　　独鹤耸寒骨,高杉韵细飔。(《秋夜仰怀钱孟二公琴客会》)
　　寒蔬修净食,夜浪动禅床。雁过孤峰晓,猿啼一树霜。(《送天台僧》)

这些诗句或是对自身实在处境作真切的记录,或是借外物的情状、境遇隐喻自身内心的感受,而都取一些孤立无援的形象,如九州大地上的一小立锥,无奈地耸动瘦骨的一只孤鹤,破晓时分那一簇山峰,等等,来做话题。归结起来看,则无处不表现了诗人内心的一种孤独感。至如"几蜩嘿凉叶,数蛩思阴壁"(《感秋》),"柴门掩寒雨,虫响出秋蔬"(《酬姚少府》),"空巢霜叶落,疏牖水萤穿"(《旅游》),这些诗句中虽然没有直接出现那些孤独的形象,却充分展示了诸如残叶枯木、孤蝉寒蛩、落日黄昏之类带有强烈主观色彩的寂寞场景,由此透露出诗人内心世界孤独凄清的消息。

　　这种特有的孤寂境界的营造,从创作技巧上说,得自于贾岛的以追求形式完美为宗旨的"苦吟"。传说贾岛曾在京城骑驴赋诗,为思考"鸟宿池边树,僧敲月下门"一联中的"敲"字是用"推"好还是用"敲"好,不知不觉中竟冲撞了韩愈的节仗队伍。这一故事根据现代学者考证,并无切实的根据。但贾岛确有"苦吟"的习惯,这在其《戏赠友人》一诗中有十分生动的记述:

　　一日不作诗,心源如废井。笔砚为辘轳,吟咏作縻绠。朝来重汲引,依旧得清泠。求赠同怀人,词中多苦辛。

由此诗可以发现贾岛创作中的两个重要特征:一是他的诗,不管是那些风格上被韩愈称为"往往造平淡"的,还是相对而言比较尖新奇巧的,都不是不经意之作,而是屡经锤炼的成果,即便是"平淡",也是细心遣词、着意安排的"平淡"。一是"苦吟"是其达到所赋诗歌具有孤寂意味的形式中介,是他在实践中追求一种诗风的"清泠"——所谓"朝来重汲引,依旧得清泠"——的手段。这种"清泠"在文字选择上表现为多取形、声、色俱备的词语组合成具有特定的清幽寒寂的意象,在诗句构成上则凸现为重视对仗的精巧、工整与优美。而这般由苦吟而获得的清泠诗风,从诗的综合形态上说,自是有一定外部限制的律诗,尤其是句式较短的五律,最适合做其载体。所以贾岛尤其喜欢写五言律诗。从现存诗作看,他写得最好的,也是五律。如他自己感叹"两句三年得"的诗句,即出于五律:

　　独行潭底影,数息树边身。(《送无可上人》)

两句对偶工巧,而又不留斧凿之痕。前一句五字中写了茕茕孑立的孤独者、清澈的潭水及潭水中映出的身影,在形影相吊的意境中给人一种寂寞感;后一句五字中则写了人的疲惫，而疲惫的孤独者倚树小憩，又在寂寞之中增添了无家可依的气氛。又如《风蝉》一诗：

> 风蝉旦夕鸣，伴叶送新声。故里客归尽，水边身独行。噪轩高树合，惊枕暮山横。听处无人见，尘埃满甑生。

诗从写声（蝉鸣）入手，归结为无人听声（听处无人见），而中间两联又出以声画结合的意境，把一种有声似无声、斯人独踯躅的景象表现得淋漓尽致。而通观全诗，风格清冷之下，又充满了那种贾岛诗特有的孤寂况味。

苏轼曾用一个"瘦"字评价贾岛，以"寒"字来评价孟郊（《祭柳子玉文》），故"郊寒岛瘦"常被视为定评。苏轼的这种评价显然含有对两人不满之意，但这也正是两人的独创性之所在。贾岛在以后的王朝衰亡期，例如晚唐五代、宋末，常受诗界一些人的推崇。唐末李洞甚至"铜写岛像，戴之巾中；常持数珠念贾岛佛，一日千遍"，当遇见有喜欢贾岛诗的人，他一定手录贾岛之诗相赠（见《唐才子传》卷九）。这其中的缘由，恐怕跟贾岛的诗歌表现了一个衰落时代的特征——个人往往看不到出路，因而深感孤独——有密切的联系。

第七节　唐代的女诗人

从唐中叶开始，诗坛出现了一批女诗人，见于《唐才子传》记载，有姓名或姓氏可案的，即超过二十人。其中最著名的，是李冶、薛涛和鱼玄机。李、薛均生活在唐中期，经历特殊而情感细腻，其诗风具有明显的女性特征；鱼氏则为晚唐人，在以情感与结构两方面结合的形式创造精致的诗境方面，作了更多的探索，并有反性别写作的实验性尝试。中国在这以前的女作家，即使不是贵族，也出身于仕宦门第，而这三位却都社会地位较低。就这一点来说，也反映了唐代文学发展的一种新的动向。为了显现唐代诗坛女性作家创作的既有连续性又有发展的特色，我们把晚唐的鱼玄机也附于本节，与李冶、薛涛一起介绍。

一、李　冶

李冶（或作李裕，？—784），字季兰，是唐代中叶的一位著名的女道士。据其《从萧叔子听弹琴赋得三峡流泉歌》（见下引），她的老家似在长江三峡一带。但到肃、代二宗时期，她已流寓吴越，与刘长卿、陆羽、皎然等均有交往。此后可能在德宗时被征召入宫,留居长安;其间长安有朱泚之乱,而她又曾献诗给朱氏,"言多悖逆"(见赵元一《奉天录》),所以到兴元元年(784)动乱平息后,她被德宗亲自下令处死。

据《唐才子传》记载,李冶"美姿容,神情萧散,专心翰墨,善弹琴,尤工格律"。何时入道今不可知,而细考其诗,参以其他史料,可知这位美貌而又颇有诗才的女道士,一生曾与多位男性文士有相当深入的交往,且相互间言语往还,颇多放浪不羁之辞①。因此按照中国传统的道德标准看,李冶是一位既具有传统闺秀所应具备的一技之长,而性格中又充满了与传统观念完全背道而驰的"淫荡"品质的女性。但也正是这种不为传统规范所认可的矛盾品性,铸就了李冶我行我素的独特风致;而她的诗,又成为这种独特风致的最佳印证。

李冶表面上与男性随意周旋,而内心深处实对两性关系有相当深切的关注与十分透彻的理解。她的《八至》诗谓"至近至远东西,至深至浅清溪,至高至明日月,至亲至疏夫妻",极端化而又辩证的文辞背后寓含的,正是对男女双方完全沟通是否可能的巨大怀疑;就此显现出的作为个体的人的孤独感,既与唐中叶诗人诗作中普遍存在的孤独况味有相通之处,又带有女性作家习惯从性别视角看待世界的显著特征。但她又显然以热切的心情企盼在有限的生命中为自己找到感情的归宿,因此在诗中花了相当的笔墨,抒发离别的愁苦、等待的焦灼与重逢的喜悦。她的《相思怨》诗以"人道海水深,不抵相思半。海水尚有涯,相思渺无畔"描绘有情人之间因离别而生的相思之苦,后来元稹《离思》诗中用"曾经沧海难为水"表现爱情的专一与坚贞,或即受到该诗的启发。而从艺术上看写得更成功的,则是《明月夜留别》:

> 离人无语月无声,明月有光人有情。别后相思人似月,云间水上到层城。

无声的夜月悄然注视着一对即将离别的有情人,在这特殊的场合下,男女双方却默默无语,只是让一泻而下的月光铺满大地;而他们之间的挚情,虽无语辞的渲染,却也因此变得光彩夺目。这是诗的前两句所描绘的动人的一幕。诗人在营构了这样一个静谧而美丽的夜景后,进一步设想自己与对方别后的相思情形,此时那普照的月光不仅成为相爱的人们间的情感见证,而且本身也变为鲜活而空灵的情感,突破时空限制,而自由地飞翔到相思的对方所在的处所。这样,整首诗便借"月"这一特殊的意象,圆满地完成了一次有情人间的心

---

① 一个典型的事例,是《中兴间气集》所载李冶与刘长卿互相嘲谑的故事:"(冶)尝与诸贤集乌程开元寺,河间刘长卿有阴重之疾,乃诮之曰:'山(疝)气日夕佳。'长卿对曰:'众鸟欣有托。'举坐大笑。论者两美之。"

灵之旅。与此诗相比，写得稍显质实而依然感情充沛的，还有《湖上卧病喜陆鸿渐至》诗：

  昔去繁霜月，今来苦雾时。相逢仍卧病，欲语泪先垂。强劝陶家酒，还吟谢客诗。偶然成一醉，此外更何之？

陆鸿渐即陆羽，诗中所写，是诗人与陆氏重逢的场景。与前诗写离别相比，本诗中多了一些凄苦之味。但也因为有这一重凄苦之味，这次难得的重逢才没有被俗化为一次简单的男女幽会，而具有了对人生分合永远无法避免这一几乎带有些宿命色彩的话题的艺术化诠释意味。

李冶"善弹琴"，因而对音乐有敏锐而细腻的感受。她现存的诗中，字数最多的即是一首记听琴的七言歌行——《从萧叔子听弹琴赋得三峡流泉歌》。诗写得流丽婉转，跌宕多姿，充分显示了诗人对音乐与诗两种艺术类型的完美把握：

  妾家本住巫山云，巫山流泉常自闻。玉琴弹出转寥夐，直是当时梦里听。三峡迢迢几千里，一时流入幽闺里。巨石崩崖指下生，飞泉走浪弦中起。初疑愤怒含雷风，又似呜咽流不通。回湍曲濑势将尽，时复滴沥平沙中。忆昔阮公为此曲，能令仲容听不足。一弹既罢复一弹，愿作流泉镇相续。

此诗的出色之处，在对音乐所表现的内容与音乐本身形式的描写两者作了巧妙的融合，整体上以流畅的体式与文辞表现三峡流泉的奔腾不息之态，而局部中又借"巨石崩崖"、"飞泉走浪"等语境凸呈音乐的强烈变化，从而使全诗富于一种意在言外的激情。这种激情产生的表层原因，可能是诗人从琴声中听出了故乡三峡的壮美景色，而引动万千思绪；但其高亢与不凡的姿态，从深层方面探究，又不能不使人想起诗人那我行我素的独特品性。从这个意义上说，此诗不仅是一首听琴诗，更是一首诗人自道心迹的诗，其中描绘的诗人本身对深入而生动地表现情感的诸种艺术形式的痴迷，显现的实质上是一种力图超越平庸的艺术境界。高仲武《中兴间气集》评李冶诗，谓之"形气既雄，诗意亦荡"，如果去掉其中的伦理评判成分，则这一评价正反映了李冶诗激情充沛的特长。

二、薛　涛

  薛涛（约770—832），字洪度，长安（今陕西西安）人。幼年随父薛郧入蜀，八九岁时即知声律。贞元中，韦皋镇蜀，召令侍酒赋诗，因入乐籍。因能诗，时有"女校书"之称。与元稹、白居易、刘禹锡等文士皆有来往。曾居成都浣花溪,创制深红小笺,供写诗之用,后人称为"薛涛笺"。著作传世的有《薛涛李冶诗集》,系与李冶作品合编一书者。

薛涛与李冶有一些相似的地方,如都以美貌聪颖闻名,都和文坛名流有诗酒往还,都擅长写诗等等。但也有不少相异之处:李冶以一女道士身份周旋于众位男性文士之间,进退出处尚多自主权;而薛涛乃一完全的风尘女子(即所谓官妓),个人在相当长的一段时期里不得不依附于官场权贵,其与男性的交往,也就带有更多的应酬性的特征。因此薛涛尽管同样擅长赋诗,其诗风却与李冶的颇有不同,她的诗中很少显示出李冶诗所具备的那种我行我素的强烈地表现个性的姿态,而更多地流露了个性被压抑与个人生活漂泊无着的苦闷与无奈。

现存薛涛诗中,有一组名为《十离诗》的作品很耐人寻味。传说它们是薛涛因侍候元稹时不小心犯了错误,遭到元稹的驱逐,而写下的一组伤心曲。组诗十首,诗题分别为《犬离主》、《笔离手》、《马离厩》、《鹦鹉离笼》、《燕离巢》、《珠离掌》、《鱼离池》、《鹰离鞲》、《竹离亭》、《镜离台》。其中《犬离主》一首云:

驯扰朱门四五年,毛香足净主人怜。无端咬着亲情客,不得红丝毯上眠。

显然薛涛在诗中,是将自己比作了一条狗(尽管是一条曾经受到主人宠爱的狗,"毛香足净",但终究还是狗),而把元稹比作养狗的主人,并为自己这条狗因误伤主家客人而遭驱逐的结果,深感悲哀,但也无可奈何。这是一种令读者十分震惊的比拟,一位才貌出众的女性,竟会如此地自辱人格,如果不是处在一种自己无法主宰自我的境遇中,是不可能出此下策,并将之形诸文字的。《十离诗》当然没有什么文学价值,但从中我们却可以看出作为一位女性诗人的薛涛的实际生活处境,并由此去深入地理解薛诗的特殊风格。

薛涛现存的诗,大部分是与男性官僚应酬的作品,情致浅薄,艺术水准不高。另有一小部分则写得较为成功,可分为两类:一类是由现实生活引发的人生感慨,另一类是基于自然景色而生成的对美的咏叹。两类作品中都带有浓重的个人主观想像成分。

前一类的代表性作品,是《春望词四首》中的第一首:

花开不同赏,花落不同悲。欲问相思处,花开花落时。

诗题及诗中均未明言作品所诉告的对象是谁,但由诗的内容看,薛涛在写此诗时,又分明有一位异性对象"站"在她所看不到的对面。只是花开花落,悲喜交替,一切都只有诗人自己一人孤独地理会,对方并不实际在场。因此该诗实质上是用最简单的文字结构,表述了一种既具象又抽象的人生况味:相爱的人们之间的无缘相聚,以及因这种无缘而生的永远无法遏制的思念。

后一类作品中的优秀之作,首先值得一提的,是《赋凌云寺二首》之一:

> 闻说凌云寺里苔,风高日近绝纤埃。横云点染芙蓉壁,似待诗人宝月来。

凌云寺在四川乐山,开元中,寺僧海通凿寺所在的凌云山岩,成弥勒大像,即今俗称的"乐山大佛"。薛涛以凌云寺为题赋诗,却只字不提大佛(另一首专咏"凌云寺里花"),而在想像中将目光聚焦于凌云寺里那谁也不会去注意的青苔上,并竭力描摹青苔的一尘不染之姿,甚至还异想天开地觉得,那似乱云点染着寺壁的丛丛青苔,是在静静地等待北齐诗僧宝月的到来——也许宝月只是面对青苔作无声无息的玄想,也许宝月还会赋一首令薛涛亦赞赏不已的诗。这种对某些他人不太注意的自然事物的特殊兴趣,以及对自然的绝对洁净境界的企盼迷恋,通过一种清新细巧的诗歌形式表现出来,其背后蕴含的,可能是薛涛这位风尘女子对本身无法臻至的某种清雅的人生境界的渴望。此外像《风》和《采莲舟》两诗,也都别具韵味:

> 猎蕙微风远,飘弦唳一声。林梢鸣淅沥,松径夜凄清。(《风》)
> 风前一叶压荷蕖,解报新秋又得鱼。兔走乌驰人语静,满溪红袂棹歌初。(《采莲舟》)

前一诗借风鸣及风引动的树梢淅沥之音,展现夜的凄清,虽无一字道人,却分明流露了诗人内心的凄苦之情。尤其是诗中描绘的似从琴弦上流淌下来的那飘忽不定的长唳之声,夹杂着树林间传来的间歇性的淅沥声,创造出一种奇异的尖锐感觉,使无形的风,像有形的剑一般刺痛人心。后一诗外观上不仅写得相当美,而且容易给粗心的读者造成一种欢快的假象。但仔细体味,诗中还是有一份孤独感隐约其间。美的景致与鲜亮的色彩,在诗人笔下是一种外在的东西,诗人只有傍观与艳羡,而不能成为这种美的一部分,所以留下的潜台词,只能是自我的落寞与无奈了。

王建曾有诗寄薛涛云:"万里桥边女校书,枇杷花里闭门居。扫眉才子知多少,管领春风总不如。"(《寄蜀中薛涛校书》)此诗代表了传统文人对薛涛的典型看法,即不论她如何有才,她永远只能被视作"管领春风"的妓女来看待。另一方面,该诗也写出了薛涛与尘世的疏离:她让人看到并激发起人们想像的,总是"闭门居"式的有些神秘的一面。理解薛涛的最佳切入点自然是她的诗,而她的诗所呈现的真实内涵,却是一位风尘女子内心因受到强烈的压抑而产生的孤独与苦闷,以及因压抑而衍生的对纯洁之美的向往。遗憾的是,与她同时代的欣赏其才貌的人们,似乎都未明白这一点。

三、鱼玄机

鱼玄机(约 844—868),字幼微,一字蕙兰,长安(今陕西西安)人。年方及笄,便成为补阙李亿(字子安)的小妾。后以爱衰,于咸通年间出家,当上了咸宜观的女道士。平生与温庭筠、李郢、李近仁等文士皆有交往。后因妒而杀侍婢绿翘,被京兆尹温璋处死。

鱼玄机现存诗四十余首,这些诗大都有一个与晚唐诗主流风格相似的特征,即所谓"情致繁缛"(《唐才子传》评鱼氏诗之语)。繁缛的质的一面,是浓情积聚;形的一面,则是镂刻细密,意象复杂。兹举《寄飞卿》一首为例:

> 阶砌乱蛩鸣,庭柯烟露清。月中邻乐响,楼上远山明。珍簟凉风著,瑶琴寄恨生。嵇君懒书札,底物慰秋情?

尽管诗中也出现了诸如"清"、"明"等字眼,但由于整体上小处着笔,且处处设法将一重难以排遣而又不可言说的情涂染到诗语之中,故全诗给人的感觉,是诗人依照自己的意绪组合叠加景象,从而营造起一种密不透风的浓情氛围。很难说此诗在艺术上达到了特别高的水准,但其创意及遣词造句的方式,确是典型的晚唐风格。又如《情书寄李子安》:

> 饮冰食蘗志无功,晋水壶关在梦中。秦镜欲分愁堕鹊,舜琴将弄怨飞鸿。井边桐叶鸣秋雨,窗下银灯暗晓风。书信茫茫何处问,持竿尽日碧江空。

李子安即李亿,据诗中"秦镜"一联,诗似写于鱼氏与李亿婚姻即将破裂时。所谓"晋水壶关在梦中",指的是夫妇两人前此在咸通间客居山西事①。诗写得极为缠绵,用以表现那份但可追忆已难挽回的情感,又取诸种典故以及经典性的写情词汇加以重组,使全诗境象迷蒙纷繁,而形式又显得相当精致。这从艺术上看,是前此女诗人李冶、薛涛的作品所未曾达到的。

鱼玄机现存的作品中,有一小部分诗除了具备一般晚唐诗共同具备的要素之外,还呈现出某种游离于常规之外的个性特点,这些诗常常隐含了一种着意反叛传统女性作品表征的特质,而显得或境象弘廓,或旨意深峭。如《游崇真观南楼睹新及第题名处》,便感慨深切:

> 云峰满目放春情,历历银钩指下生。自恨罗衣掩诗句,举头空羡榜

---

① 参见梁超然为《唐才子传》卷八"鱼玄机"条所作笺证,载傅璇琮主编《唐才子传校笺》第三册,中华书局 1990 年版。

中名。

诗写得疏放异常,其中流露的,是一位才女对男权社会的羡慕,和自身不得厕于其中的遗憾。鱼氏既有此心,故其不少诗出语豪隽,有遗世独立之风,如"茫茫九陌无知己"(《和人》)、"人世悲欢一梦"(《寓言》)等等,也就可以理解了。就全诗而言,鱼氏写得较成功的,则是下面两首:

> 翠色连荒岸,烟姿入远楼。影铺秋水面,花落钓人头。根老藏鱼窟,枝低系客舟。萧萧风雨夜,惊梦复添愁。(《赋得江边柳》)

> 春花秋月入诗篇,白日清宵是散仙。空卷珠帘不曾下,长移一榻对山眠。(《题隐雾亭》)

前诗写烟水迷蒙中花树萧疏之姿,以及因此引发的诗人的梦境与愁态,从笔力上看,像是出自一位饱经风霜的男性长者之手;后诗将春花秋月、白日清宵里诗人的闲情逸态刻画入微,从意趣方面看,似是一位潇洒的男性文士在摹写其自得其乐的隐逸生活。换言之,两诗都不类传统的女性诗人的作品。而鱼玄机却成功地将个人的性别姿态隐匿到了文字以外,用当时男权社会公认的题材及叙述话语,把人生的愁绪与快乐或细致或简洁地表达了出来。这种特殊的才能以及因此而创造出的艺术成果,在前此唐代中叶的著名女诗人李冶、薛涛那里也是看不到的,因此从中国文学发展的历程来看,无疑是值得重视的。

第二章　体现新倾向的唐代俗文学与传奇

有关唐代通俗文学的情况,原来仅在一些笔记杂传资料中偶有记载;真可作为研究凭藉的,乃是1899年在敦煌千佛洞石窟发现的一批俗文学资料,计有俗赋、词文、变文、讲经文以及话本(原题为"话")等。其中除话本及少部分变文、俗赋纯为叙事之文外,其余的或诗、文相间,或全为诗体,均可用于讲唱或唱。至于唐代的文言短篇小说"传奇",实与此种俗文学有关①。它们都体现了唐代文学的新倾向。因传奇的兴盛实始于中唐,俗文学虽在这以前就已出现,但敦煌发现的这些材料大抵在中、晚唐时仍在流行,有些并即产生于该时期,所以一并将它们置于中晚唐时期来叙述。

第一节　俗赋和《游仙窟》

在敦煌发现的唐代俗文学作品中,历史最久的为俗赋;而传为张鷟所作的《游仙窟》恐也与俗赋有关。

俗赋形成于汉代,现知的最早作品为《神乌傅(赋)》,我们已在本书的中世文学发轫期部分予以介绍。在敦煌发现的则有《燕子赋》二种、《晏子赋》一篇、《韩朋赋》一篇;另有讲述伍子胥故事、孟姜女故事、董永故事、秋胡故事的各一篇,标题残缺,通常目为变文,但视为俗赋也许更合适一些。

《韩朋赋》在形制上与《神乌傅(赋)》一致。其故事来源至迟始于汉代,裘锡圭教授在《汉简中所见韩朋故事的新资料》这一重要论文中,已据1979年甘

---

① 由以下事例可窥知当时文人的爱好与谙熟俗文学:(一)元稹《酬翰林白学士代书一百韵》自注谓其与白居易共听《一枝花话》,"自寅至巳,犹未毕词";(二)张祜以《目连变》与初次见面的白居易开玩笑,见《太平广记》卷第二百五十一"张祜"。余见本书第11页。

肃省文物工作队在敦煌西北马圈湾汉代烽燧遗址发现的汉代残简中原始编号为79.D.M.T6：16的一枚残简，作了极具说服力的考证。所以，它当是现存敦煌俗赋中时代最早的一篇，有的研究者认为其可能出于隋以前。作品内容为：韩朋夫妇恩爱，但宋王掠夺朋妻，迫使二人俱自杀身亡。其叙事模式与《神乌傅（赋）》有接近之处，如均设置了由恩爱夫妇的生活被破坏、厄运的来临、生死不渝的深情和悲惨的结局这样一条情节的主线来结构全篇。不过，《韩朋赋》在虚构的能力上以及与之相关的具体描写上，明显地比《神乌傅（赋）》进了一大步。如写宋王派使者去骗夺朋妻贞夫，贞夫本不欲见客，但朋母年老，为使者所欺而怀疑贞夫，贞夫明知这必将为自己带来重大灾祸，但仍毅然出见：

> 贞夫曰："……客从远来，终不可信。……阿婆报客，但道新妇，病卧在床，不胜医药。并言谢客，劳苦远来。"使者对曰："妇闻夫书，何故不喜？必有他情，在于邻里。"朋母年老，不能察意。新妇闻客此言，面目变青变黄："如客此语，道有他情，即欲结意，返失其理。遣妾看客，失母贤子。姑从今已后亦失妇，妇亦失姑。"遂下金机，谢其王事："千秋万岁，不当复织。井水湛湛，何时取汝？釜灶尪尪，何时吹汝？床席闺房，何时卧汝？庭前荡荡，何时扫汝？园菜青青，何时拾汝？"出入悲啼，邻里酸楚。低头却行，泪下如雨。上堂拜客，使者扶舆。贞夫上车，疾如风雨。朋母于后，呼天唤地，号咷大哭，邻里惊聚。贞夫曰："呼天何益，唤地何免？驷马一去，何得归返。"①

这是此赋写得最出色的一段。在这里，贞夫对朋母的昏聩所产生的悲愤之情，被写得深切而激烈；对于朋母最后的呼天唤地，贞夫与其说是同情，不如说是具有某种报复的快感。这正是在封建族权统治下形成的儿媳对婆母的对立、怨恨心理的深刻揭示，因而很具感人的力量。在文人文学里，这样的描写是很难看到的。

在这些俗赋中，其故事渊源与《神乌傅（赋）》关系最密切的，为《燕子赋》。此赋所述为：燕子筑巢后，被黄雀所占，燕子回来，反被黄雀殴打。燕子遂于凤凰——百鸟之王——处申诉，凤凰秉公判断，将雀儿决杖五百，关入狱中；最后雀儿服罪，遂与燕子和好。其与《神乌傅（赋）》相似之处是：所述均为鸟的故事，均由一方强横地抢夺另一方的物事引起，且抢夺者均殴打、凌辱原主，只不过在《神乌傅（赋）》中，原主遭害而无处申诉，在《燕子赋》中则得凤凰主持公

---

① 见王重民、王庆菽、向达等编《敦煌变文集》第138—139页，人民文学出版社1984年重印本。其误字之能校改者，已参考原书校记改正。俗字也已校改。

道而使抢夺者以失败告终。二赋的传承及演进之迹甚为明显,所以《燕子赋》也是从汉代发展下来的本土文化的一分子。

在传世的两种《燕子赋》中,一种基本上以四字句、六字句分别构成,大体押韵,其本身虽非骈文,但从其四字、六字的句式来看,显然已受到骈体四六文的影响,篇末又有鸿鹨(当作"鹄"。——引者)的七言诗和燕雀的五言诗各一首,和六朝时既用骈文写作、又有五言诗的俗赋《庞郎赋》在形制上基本属于同一类型,而与《神乌傅(赋)》有别。另一种《燕子赋》所述故事虽与上一篇相同,但却纯为诗体。因原来的赋与俗赋都没有通篇用诗体的,所以这显然已为俗赋的变体,其形成当在上一篇《燕子赋》之后。换言之,在上一篇《燕子赋》中仅仅作为附庸而存在的诗,到了此篇中却已取原来的赋体而代之了。这可以看作诗的影响在俗赋中迅速膨胀的证明;由于诗在唐代的发达,这种现象本来也是很自然的。又,诗体的《燕子赋》开首有一首五言诗:"此歌身自合,天下更无过。雀儿和燕子,合作开元歌。"从其末一句来看,此篇当作于唐玄宗开元年间;上一篇当更在此之前。与通篇以四字句为主、形制更接近《神乌傅(赋)》、也更为古朴的《韩朋赋》相较,这两篇《燕子赋》自在《韩朋赋》之后。总之,这两篇《燕子赋》的重要性,主要在于显示了俗赋体制的演变。

虽不以"赋"作为标题,但恐与俗赋有关的,是相传为张鷟所作的《游仙窟》。

张鷟(658?—730?),字文成,深州陆泽(今河北深县)人。上元二年(675)登进士第,曾任长安等地县尉,迁鸿胪寺丞。开元初谪贬岭南,后内徙,官终司门员外郎。有《龙筋凤髓判》、《朝野佥载》等杂著。

张鷟为人,《唐书》本传说是"倜傥无检",虽有文才,下笔立就,却"浮艳少理致",其论著又多讥诮,故而为当朝所恶;然而,他的文字又显然为时人所好,尤其是那些晚进之辈,"莫不传记",风行之盛,连新罗、日本使节入唐,亦必出重金购之。《游仙窟》在中土久佚不传,也不见有任何记载,但却保存于日本,今又由日本传入;据日本学者研究,此书之传入日本相当于中国的开元时期,当是日本的使节带回去的。

不过,此篇到底是否出于张鷟,颇为可疑。汪辟疆先生谓其"(卷首)题宁州襄乐县尉张文成作。世因定为唐张鷟所撰。……惟宁州襄乐县尉结衔,两《唐书》无可考。著作署字,古人虽有常道将《华阳国志》之例,亦非习见。虽异国流传,不无歧异;然征诸史籍,不能无疑"[1]。自为有见之言。考此书为第一

---

[1] 见汪辟疆校录《唐人小说》第 34 页,上海古籍出版社 1978 年重印本。又,张鷟确曾任襄乐尉,见李剑国《唐五代志怪传奇叙录》。

人称的自叙体小说,而在作者叙述中,却有"遂引少府升阶"、"十娘共少府话语"、"遂引少府向十娘卧处"、"五嫂遂抽金钗送张郎"、"桂心以下,或脱银钗,……皆自送张郎"等句。"少府"为作品中男主人公所任官职"县尉"的尊称,"张郎"也为对男主人公的称呼。《游仙窟》若为张鷟所作自叙体小说,绝不会自称"少府"、"张郎",而当用此篇中自称常用的"仆"或"下官"。所以,此篇当原为第三人称的小说,却被人改成了第一人称,却又对原来的称呼改得不干净,留下了马脚。然则何以要改呢?考作品中主人公姓张,其名或字为文成①;若改作第一人称,就可把它作为张鷟的作品了。推想起来,是因当时日本、新罗使者出高价购买张鷟的文章,就有人把此篇改为第一人称,卖给日本使者;但若此篇是信而有征的张鷟作品,就不必做这样的手脚了。

《游仙窟》所述,为作品男主人公奉使河源道中,夜间借宿一第宅——作品中赞为"神仙窟"——及与女主人十娘、五嫂欢宴调笑,最后与十娘一夜缱绻而别的故事。此种故事可上溯到蔡邕的《青衣赋》。此篇形制则多用骈文而杂以大量诗歌,其诗均为作品中人物所吟咏。这一面使人想起六朝时骈文与五言诗相间的俗赋《庞郎赋》,另一方面,其诗歌数量之多,又使人想起由开元时的诗体《燕子赋》所体现的俗赋大量使用诗歌的现象;何况作品中又出现频繁的对话,那正是《神乌傅(赋)》和《燕子赋》共同的特点,作品的语言也尽量向通俗化倾斜。所以,此篇之曾受俗赋影响当无问题;同时,发现于敦煌石室的《下女夫词》,当是唐代中期或以后的作品②,它与《游仙窟》之间显然有影响与被影响的关系(见下节),这又足见《游仙窟》在俗文学中有其强大的生命力,与它在文人中从未被提及(此据目前已知的资料而言)的情况截然有别。因此,此篇当也属于俗文学的范畴。

严格说来,这篇所写实在只是一则冶游故事。其所值得注意者在于:第一,它不把男女欢谑写成庸俗和不道德的,而唐传奇也是如此;第二,这种男女间的故事及描写的具体、细腻,男女间的以诗歌、书信相酬答,都成为唐代传奇的先声;第三,据陈寅恪先生考证,此篇男女主人公的姓分别为张、崔,元稹《莺莺传》男、女主人公的姓与之相同,可能是受它的影响;第四,因为此篇实属于俗文学的范畴,故从上述三点也可看出俗文学对唐传奇的影响;第五,此篇把女主人公所住称为仙窟,作品一开头就这样写:

---

① 作品中女主人公小名琼英,男主人公所作诗有"何日见琼英"语,女主人公即答以"何日见文成",故其名或字为文成。
② 作品中有"使君贵客,远涉沙碛"及"马上剌史,本是敦煌"语,知为敦煌作品。敦煌在当时文化较落后,类似这样的作品在唐玄宗时期或其以前恐还未能出现,当出于唐代中期或以后。故《游仙窟》当在其前。

日晚途遥，马疲人乏。行至一所，险峻非常：向上则有青壁万寻，直下则有碧潭千仞。古老相传云："此是神仙窟也；人迹罕及，鸟路才通。每有香果琼枝，天衣锡钵，自然浮出，不知从何而至。"余乃端仰一心，洁斋三日。缘细葛，泝轻舟。身体若飞，精灵似梦。须臾之间，忽至松柏岩、桃华涧，香风触地，光彩遍天。见一女子向水侧浣衣，余乃问曰……

这显然受有六朝志怪小说中刘晨、阮肇遇仙女之类故事的影响，故也可被视为六朝志怪影响于唐代文言小说的实例。

　　此外，在敦煌石室中发现，通常被目为《伍子胥变文》的一篇作品，实在很难说是变文[①]，其体制倒与《游仙窟》相近（作品中的诗，主要是人物的话语，只有极个别之处是对情况的形容）；现将其简称为《伍子胥》而在这里作一介绍。此篇主要讲述伍子胥亡命吴国、借兵伐楚、以报杀父之仇的故事，最后也写到他无辜遭吴王夫差的诛杀。伍子胥的事迹见于多种史传材料，在《吴越春秋》与《越绝书》中又作了种种增衍，可以说为此篇提供了较为丰厚的积累。尽管如此，此篇作者还是显示了相当强的创造力。如全文竟以占三分之一强的篇幅，着力敷衍伍子胥亡命途中的种种遭遇，除了浣纱女及渔父为之投江自沉已见于《吴越春秋》与《越绝书》二书外，入川谷乞食姐家、遭遇妻子等情节，均为他书所不见。写他与浣纱女、渔父之间的邂逅，从心理活动到言语对接，也都在原有材料的基础上做了很多具体的演绎；尤其是与渔父相遇的那一段，无论是故事情节的设计还是叙述节奏的掌握都很见功力。全篇在结构上相当精致，韵文担当场景交代、人物自白诸功能，已呈现出某种定型化的趋向。而在文字上，文人化的痕迹也较明显，辞意文雅，叙述多用骈偶，体现出辞赋对俗文学的深入影响。

第二节　变文、讲经文与词文

　　唐代的寺院中存在一种称为"俗讲"的宣扬佛教的方式；具体地说，就是对于佛经的通俗讲解。据日本僧人圆仁的《入唐求法巡礼行记》的记载，9世纪上半期在长安就有好几位著名的俗讲法师，尤其是文溆，在当时简直有轰动效应。虽然所讲鄙俚，但却拥有许多听众，教坊甚至仿效其声调以为歌曲。变文与讲经文均与当时的俗讲有关，但变文的情况较为复杂。

　　所谓变文，在我国古籍中极少记及，故而现代研究者主要仅能依据敦煌写

[①] 参见本章第二节。

本实物对它加以解释。

从现存的敦煌俗文学作品看,其题目标明为变文或变的,为《汉将王陵变》、《舜子变》、《破魔变文》、《降魔变文》、《大目乾连冥间救母变文》、《频婆娑罗王后宫采女功德意供养塔生天因缘变》六种;另有卷首署《前汉刘家太子传》、卷尾署《刘家太子变》的作品一种。标题已缺失,而研究者通常视为变文的作品共十五种。

据唐末诗人吉师老《看蜀女转昭君变》诗所述:"檀口解知千载事,清词堪叹九秋文。翠眉颦处楚边月,画卷开时塞外云。"可知变文是配合图画的。而现存的《汉将王陵变》卷末署"《汉八年楚灭汉兴王陵变》一铺";"铺",当为图像的单位,"变"则指像,向达先生《敦煌变文集·引言》说:"变文、变相是彼此相应的,变相是画,洛阳龙门石刻中有唐武后时所刻《涅盘变》一铺,所知唐代变相以此为最早。因此可以这样说,最迟到7世纪的末期,变文便已经流行了。"①又,今存《降魔变文》(巴黎藏伯4524号)、《破魔变文》(伦敦藏斯3491号)均附有图画,伦敦藏斯2614号《目连救母变文》其标题即为《大目乾连冥间救母变文并图一卷》。所以,变文必须与图相配合,这也可说是变文的最基本特征。

由于是与图相配合,变文中常有"××处"之语,如《汉将王陵变》就有"二将辞王,便往斫营处,从此一铺,便是变初"的话,及"二将斫营处,谨为陈说"及"祭礼处若为陈说"等语,这"××处",当即指图画中的相应部分而言。以此为标准,我们认为上述标题已佚而被研究者认为是变文的作品中,其被认为《李陵变文》、《王昭君变文》、《张义潮变文》、《张淮深变文》的,均有"××处"云云,可以证明其为变文。另有很重要的几篇,即被称为《伍子胥变文》、《孟姜女变文》、《董永变文》、《秋胡变文》的,既无标题,作品内也并无可以证明其为变文的痕迹,称之为"变文",似嫌无据。

现在看到的变文多数是诗、文间杂,但也有纯属文而无诗的《舜子变》(也称《舜子至孝变文》)。倘若此篇出现在后,则变文原来既都是诗、文相间,此篇不可能突然删除韵文。所以,此篇当是较原始形式的变文(《刘家太子变》的形制与此相同),而诗、文相间的变文当是后起。同时,此篇的体制与《韩朋赋》类似;由于俗赋始于汉代,源远流长,自当是俗赋影响此等早期形式的变文而不可能是相反。又,俗赋后来向韵文的方向发展,也与变文后来由文而演变为诗、文夹杂相应。

从今存敦煌发现的文物资料来看,专门演绎佛经故事的变文数量不少,如

---

① 见王重民、王庆菽、向达等编《敦煌变文集》,人民文学出版社1957年初版。

《降魔变文》、《大目乾连冥间救母变文》等。这些不为经文所拘而自由敷陈的佛经故事,展示了来自异域文化的一种极为丰富奇特的想像力,这种想像力以及它所表现的神魔变幻的多重世界、生动而富有个性的人物形象,丰富了我国叙事文学的母题库,对后来的一些戏曲、小说产生过不同程度的影响。

但另一方面,变文还有相当一部分是演述与宗教题材无关的历史故事、民间传说以及当代时事的,如《舜子至孝变文》、《汉将王陵变》、《王昭君变文》、《张义潮变文》、《张淮深变文》等。并且,就其讲唱者来说,有些显非僧侣,如吉师老《看蜀女转昭君变》一诗中所描写的那位蜀女,显然是一位职业女艺人。这表明,变文是一种为广大民众所喜闻乐见的带有某种娱乐功能的民间技艺。

在这部分内容的变文中,艺术成就比较高的当属《王昭君变文》。它演述昭君出塞的悲伤故事。原写本起始部分残缺,原题亦缺,一上来已经是塞北荒径流沙的铺叙与昭君愁肠百结的表述。此前有关昭君的记载,正史中当然简之又简,即如《西京杂记》记录的一段传说,也仅增衍了不贿画师一类细节。在一些文人的诗歌作品中,如鲍照《王昭君》、陈后主《昭君怨》、薛道衡《昭君辞》等,虽然已经有了边塞场景中愁怨情状的描写,但变文中这方面的演绎要具体详尽得多。变文中还设置了单于情重、对昭君珍爱备至这样一条副线,然而它却反而成为昭君那种触目皆非、极度忧郁心境的某种铺引:单于命歌乐为昭君解闷,昭君却因异域曲调更生乡愁,频频下泪;单于又传箭诸蕃,同时出猎,让昭君在烟焰山上观看"万里攒军,千兵逐兽",昭君却是望断紫塞,不见帝乡,反而"恨积如山,愁盈若海",终于病笃而至身亡。从这里,人们显然可以体察到创作者那种构想故事、安排情节的能力与技巧。文中韵文部分叙事相当出色,尤其是七言体,形式上也已颇为精细,不少句子都是对偶式的,反映出民间艺人对发达的诗歌传统的吸收与继承。

根据上述两种变文并存和变文演唱者的情况,可以得出两个截然相反的结论:第一,中国原有名为"变文"的民间说唱艺术,以讲述历史人物故事为主,后来,佛教徒就利用这一种形式来宣扬佛经的故事;第二,变文原是用来宣讲佛经故事的,由于这种形式受到人们的广泛欢迎,后来也就用来演述历史人物的故事,于是成为民间的曲艺。要解决这个问题,可以从两方面来考察。第一,从变文这一名称的来源来考察。目前学者对此意见不一。一种意见认为"变文"的"变"字为汉语所固有,同于变相之变(指变更或者神通变化)。另一种意见认为,是源于梵文 citra(图画)或 mandala(曼荼罗)。所以,我们还不能由此来确定民间曲艺的变文在前还是讲唱佛经的变文在前。上引向达先生之说,因龙门石刻中的《涅盘变》为武后时所刻,遂推定至迟其时已有变文,其实在这里还存在一个作为图像的变是否与变文同时出现的问题。另一个方面是从变文这种形式的来源来查考,换言之,就是变文这种形式是从国外输入的,还是中国原有的。如说从国外输入,则至今尚无确切的证据。如说是中国原来就有的,也没有可靠的材料。但若《舜子变》、《刘家太子变》确是较原始形式的变文,那么,这是否意味着较原始的变文本是演说民间故事而非演说佛经故事的。就此等变文的形制来说,自当从《韩朋赋》之类俗赋演变而成,只不过配以图画罢了。其后,在俗赋中诗歌成分逐步增加(这是已为《燕子赋》的发现所证明了的),变文也成了一种诗、文相间的演述故事的作品,并同时用来演说佛经故事了。

讲经文是寺院"俗讲"专门用来讲解佛经经义的一种文本。它与演绎佛经故事那种变文的关系比较密切。它们的不同之处在于,后者可不拘经文、任意择取佛经中若干故事自由发挥,而前者则必须严格依照经文敷陈其义,所以先以唱经的形式引述一段经文,然后讲解一段,讲解之后继以吟词。现存讲经文写本,主要有《金刚般若波罗蜜经讲经文》、《佛说阿弥陀经讲经文》、《妙法莲华经讲经文》、《维摩诘经讲经文》、《父母恩重经讲经文》等。严格地说,讲经文与文学并没有很大的关系,仅有一部分可以看出那种异域文化特有的想像力,从而间接地对我国通俗文学产生某种影响。

至于词文,当是由俗赋衍生而来,纯为诗体。今存《下女夫词》、《季布骂阵词文》(又题作《捉季布传文》)等。像《下女夫词》,在形式上就明显与诗体《燕子赋》有相通之处。该文也完全是诗的形式,有四言,也有五言,通篇由一男子与一女子的对答构成,基本上也是一方的说话用一个韵,通过对答显示了这位男子月夜投宿、与女主人言辞挑逗而终成欢好的经过,最后一部分全部再用咏诗的形式将男子登堂入室至两人好合的过程吟唱一遍。就此一故事的情节看,显然受到《游仙窟》的影响;其不以调情之辞为秽亵,也与《游仙窟》同。再如《季布骂阵词文》,也是用长篇七言诗体来演述能词善说的季布故事。他不施一弓一弩,在战阵前痛骂汉王而击退汉军,结果遭到刘邦的怀恨和通缉;他到处藏匿,备受困厄,终于以自己的才智与胆略获得赦免,且得官乔州太守。全诗也多由对话构成,情节曲折,铺叙细密,尤其是篇幅上长达三百二十韵,却一韵到底,体现出民间叙事文学由赋体转向诗体后在艺术上的进展。

第三节 唐代的话本

"说话"在宋、元时期的发展及其对中国文学所起的重要作用,今天已成为学术界的共识。作为一种独立的民间伎艺,它在唐代城市已经相当盛行,这从当时人一些零星的记载中可以确知①。在敦煌文献中还保存着少量唐代的话本。那大概原是"说话人"的底本,后来也作为一般的读物。

在这批唐代话本中,艺术上比较有特色的有《庐山远公话》、《叶净能诗》等②。另有一篇演述韩擒虎故事的,标题已佚,通常被称为《韩擒虎话本》,今从之。

《韩擒虎话本》所讲述的是隋将韩擒虎佐隋文帝杨坚灭陈、受命和蕃等不凡经历,末尾还有一段将他的死说成是天庭命其为阴司之主的神异传说。从题材上来看,它显然是从史传材料中择取了隋代开国一段历史作为素材,又利用了民间原有的有关韩擒虎的传说加以充实、改造,这种做法,使它成为后来元、明平话以及历史演义小说的滥觞。而就其艺术手法而言,当然有比较粗朴、幼稚的一面,如写韩擒虎与陈将任蛮奴斗阵,与后来《水浒传》、《三国演义》这样的小说中所描写的种种变幻莫测的阵法相比较,显然显得文字简朴而想像力贫弱;但也有描写相当具体、想像力颇为丰富的地方,如写韩擒虎入蕃后,单于为炫耀看家武功,命王子作射雕表演,偏偏王子不争气,给了有备而来的擒虎露一手的机会,只见:

> 擒虎十步地走马,二十步把臂上捻弓,三十步腰间取箭,四十步搭括当弦,拽弓叫圆,五十步翻身背射,箭既离弦,势同劈竹,不东不西,况前雕咽喉中箭,突然而过,况后雕劈心便著③,双雕齐落马前。

我们不妨将此与《水浒传》中"小李广梁山射雁"一处情节描写作一对比,该书中写道:

> 花荣搭上箭,拽满弓,觑得亲切,望空中只一箭射去。看时,但见:
>
> 鹊画弓弯开秋月,雕翎箭发迸寒星。塞雁排空,八字纵横不乱;将军撚箭,一发端的不差。孤影向云中倒坠,数声在草内哀鸣。血模糊半浣绿稍翎,大寨下众人齐喝采。

《韩擒虎话本》虽无诗赞,但就搭箭开弓至箭发整个过程和双雕坠落的散文描写来说,显已颇为具体、细致,从中可以看出其铺叙能力与想像力虽还不如《水浒》,但正在朝着那个方向发展。

《庐山远公话》叙述东晋高僧惠远一生在宣扬佛法方面的种种奇特经历。

---

① 如郭湜《高力士外传》、元稹《元氏长庆集》卷十《酬翰林白学士代书一百韵》"翰墨题名尽,光阴听话移"句自注、段成式《酉阳杂俎续集》卷四等有关材料。
② 此文全篇为叙事体散文,仅结尾处有一小节浅俗的韵文,当也属于话本。张震泽教授认为原标题可能是《叶净能话》的笔误。
③ 两"况"字疑误。

今所见抄本除没有结尾外,大体完整。因是述说佛徒宣教事迹之作,其中不少段落演说佛经的教义,削弱了它的文学性,但也有些颇具传奇性的叙述。如写惠远舍身为奴一段经历,先写寿州贼首白庄听人说江州庐山化成寺富贵,由此引出劫寺之事;然后写劫寺时惠远不惊不怖,安坐寺中,遂被贼首看中而欲让其作一手力,很自然地过渡到舍身为奴之举。其间土地事先密告众僧有贼来劫、众僧尽谋走计、惠远上足弟子云庆恳求师傅回避、白庄布阵排兵并四处搜寻以及远公答应为奴后借脱还僧衣于寺中去向云庆作交代等等细节,描写都较详而曲折,表现出较强的虚构与叙事能力。至于叙事中一些闲笔的运用,也很具有艺术的意味,如写惠远不远万里,终于行至庐山境内:

且见其山非常,异境何似生。嵯峨万岨(岫),叠掌千层,崒(嶙)屼高峰,崎岖峻岭。猿啼幽谷,虎啸深溪。枯松〔□〕万岁之藤萝,桃花弄千春之色。

文笔颇为优美,从中可看出六朝写景小品的影响。

《叶净能诗》是有关唐玄宗时道士叶净能精于符咒的诸多灵异故事,诸如在华州迫令岳神放还所强占的人妻,在长安疗治少女野狐之病,入大内后为玄宗皇帝采仙药、取龙肉、变酒瓮为道士作陪助乐,以及作法带玄宗行三千里同往蜀中观灯,又同往月宫游览等,最后则因玄宗欲在殿内加害于他而决计返归大罗天。有些描写较为细腻生动,情节也较新奇。如在他获知华岳神强夺人妇为妻时,就连发三道符,各各化为太一使者,轮番前去索还人妻。尽管岳神每次都强调是奉天曹匹配,可净能并不将天曹放在眼里,反而作色大怒;最后一道符遣去的是一个身高一丈、腰阔数围的金甲大将军,拔剑拟斩岳神,这才使岳神屈服。像这样的描写,既丰富了情节,也突出了净能不畏天曹的精神。而这样一种形象的塑造,只能说是迎合了当时一般城市民众的某种欣赏要求。

总之,唐代话本的发现,为研究中国民间叙事文学的发生、发展弥补了曾经缺失的重要一环。它所呈现的面貌以及它所达到的成就,既揭示了它是中国文化传统的产物,又证实了它是宋元话本以及后来长篇白话小说最直接的源头。

综上所述,唐代通俗文学的发生、发展确实受到了多方面因素的影响,但却显然又具有自己的特点。首先,从它与史书志传的关系来看,无论是变文还是话本等,其中有许多题材就来自历史故事,像伍子胥、王昭君、韩擒虎;而从《前汉刘家太子传》——《刘家太子变》,更可以直接看出变文与史传之间的某种联系。但尽管如此,书史志传所提供给这些通俗文学样式的,只是一种非常简单而基本的素材,或者说只是一种"话题",其内容已完全经过再创造,如前面着重分析过的《伍子胥》《王昭君变文》,故事开展中的一些具体生动的描写,明显是民间自己的创作。其次,从它与诗赋的关系来看,以诗而言,我们从一些俗赋、变文(如《韩朋赋》《舜子变》)原无唱词相配合,到不少作品有唱词相配合,或像词文那样纯由韵文构成,自可感觉到其影响渐次深入的程度;就赋而言,不仅在形制上对俗赋的形成、发展有所作用,并且其铺叙手段及骈俪化特征对其他一些通俗文学样式也都有不同程度的浸润。然而,不管是诗还是赋,作为一种传统的文学样式,它们从来没有出现过像它们所影响的俗文学具有的那样一种具体、细致的描写,即使拿白居易的《长恨歌》与《王昭君变文》的韵文部分比,也是如此。所以,后来就从这种通俗文学中逐渐发展出通俗小说来;当然,这里还要考虑到传奇的影响。再次,从它与佛经的关系来看,像演绎佛经故事的变文以及一些讲经文的具体内容,当然是从佛经故事来的,并且它们所带来的丰富奇幻的想像,也可能受到佛经的影响。不过,前面也已述及,它们所采用的形式却是中国原来就有的。此外,它们具有的想像力,尤其是幻想式想像,是在与中国特有的内容结合后,才能进一步发挥其作用的。如在《欢喜国王缘》中,虽然演绎的是佛经故事,但从欢喜王为夫人占相望气、获知其七日将亡、夫人死后上天、又下界度化欢喜王一同去天界等情节来看,则又离开了佛教的教义,吸收了中国固有的文化(如"望气"、"命相"),并与中国世俗的愿望相一致。这种情形,越发展到后来越明显,一直到像《西游记》那样的作品,主要人物都已完全渗透了明代人的思想感情与精神。总之,作为民间产物的唐代通俗文学,与中国传统文化是密不可分的;虽然在某种程度上受到了外来文化的影响,但却无疑是以中国文化为根基的。就其文学成就而言,无论在虚构的能力上还是在与之相关的具体描写上,都已达到了相当高的水平,与唐代传奇各有特色。

第四节 唐代的传奇

传奇一词,含义甚广;此处所指,为文言短篇小说的一种,始于唐代。在这以前的文言小说,篇幅都很短小,记述怪异之者,通常称为"志怪"。鲁迅说:"传奇者流,源盖出于志怪。然施之藻绘,扩其波澜,故所成就乃特异。其间虽亦或托讽谕以抒牢愁,谈祸福以寓惩劝,而大归则究在文采与意想,与昔之传鬼神明因果而外无他意者,甚异其趣矣。"(《中国小说史略》第八篇《唐之传奇文》)鲁迅又说:"小说亦如诗,至唐代而一变。虽尚不离于搜奇记逸,然叙述宛转,文辞华艳,与六朝之粗陈梗概者较,演进之迹甚明,而尤显者乃在是时则始有意为小说。"(同上)这也是指传奇而言。所以,传奇是主要以"文采与意想"为目的的、我国小说史上最早出现的有意识的文学创作;在我国文学史上具有重大意义。而传奇之盛,则始于中唐时期。

一、唐代前期传奇质疑

一般认为传奇出现于唐代前期,被作为代表作的是《古镜记》、《补江总白猿传》与《游仙窟》。但《游仙窟》实是俗文学影响下的产物,与"大归则究在文采与意想"的传奇有别;至于《古镜记》与《补江总白猿传》,也未必为唐初之作。

《古镜记》是以"王度"为第一人称的小说,叙述隋末发生的古镜神异故事。多数研究者认为王度是隋末人王通的弟弟,此篇即王度所作。段熙仲教授对此早有怀疑,至 80 年代又发表《〈王度古镜记〉是中唐小说》一文①,证明其为后人伪托。其最有力的证据是:《古镜记》中称"其年(指大业九年——引者)冬,度以御史带芮城令,持节河北道,开仓粮赈给陕东",但隋代本无"道"的建置,贞观元年始分天下郡县为十道。此篇作者若确为隋末人,在作品中岂会出现如此大背史实的情节,除非他有意要使读者知道其所写皆为荒诞;而《古镜记》显然不是这种类型的作品。所以,仅此一点即可证明此非隋末唐初人作。而周楞伽氏却说隋本有河北道,据《隋书·炀帝本纪》中大业四年"河北道郡守毕集"语为证②。但《隋书》编者本为隋末唐初人,隋末是否有"河北道",自所深知。倘若确有,自当载入《隋书·地理志》,不像后人修史,对当时史实已难以辨析,遇有史料彼此抵触的,只能两存。所以,《隋书·炀帝本纪》中的"河北道郡守"语,不过是为求文字的省略,不欲一一引举郡名,故以唐时已经出现的"河北道"一语概括之;至于《古镜记》中的"河北道",则不可能作这样的解释,因当时既无"道"的建置,则政府至多派遣他"持节"一至两郡,绝不可能派遣他"持节"多郡,以至必须用"河北道"这样的词来概括。再说,据《隋书·百官志》载,大业时承担"持节"、"出使"任务的为谒者台的官员,而非御史。所以,此种记载只能证明《古镜记》的作者对隋末情况的了解颇多错误,绝不可能出于隋末唐初人之手。

《补江总白猿传》之所以被列于唐代前期,是因作品中叙述梁末欧阳纥妻曾被白猿所污而产一子,而欧阳纥是唐初欧阳询之父,是以宋代以来,即以为

---

① 见 1984 年 4 月 17 日《光明日报》。
② 见 1984 年 8 月 21 日《光明日报》所载周楞伽《谈〈古镜记〉及其作者——与段熙仲先生商榷》。

此篇为"唐人恶询者为之";后人又进而谓其人当与欧阳询同时,否则就不至于"恶"欧阳询,从而把此篇定为唐代前期之作。然而,说作者写此篇仅仅为了好玩,也未尝不可。《隋唐嘉话》曾载长孙无忌与欧阳询相互嘲戏事,无忌谓询状似"猕猴"。类似记载也见于《本事诗》等,足征其流传甚广。倘说《补江总白猿传》的作者由此类书籍所载询之状貌而逞其意想,造出此一故事,也并非没有可能。

尤其值得注意的是:《古镜记》与《补江总白猿传》的文体都是熟练的古文,与《游仙窟》的骈文截然有别。初、盛唐承六朝的传统,文章大抵为骈体;散体而精致者绝少,如唐初所修史书,虽为散体,均不究意文采;偶有优美散文,其篇幅均甚短小,例如王维的信札(参见上一章关于"古文运动"的部分)。此两篇不仅均远较王维书札为长,且较何延之《兰亭记》远为精美,当是在古文写作已经过较长期的实践之后。

《古镜记》和《补江总白猿传》不但设想奇幻,文采斐然,而且虽写异物,也能突出其感情和内心世界。《古镜记》关于狐精和《补江总白猿传》关于猿精的如下描写,皆是其例:

……(度)宿于主人程雄家。雄新受寄一婢,颇甚端丽,名曰鹦鹉。度……将整冠履,引镜自照。鹦鹉遥见,即便叩首流血,云:"不敢住。"度因召主人问其故。雄云:"两月前,有一客携此婢从东来。时婢病甚,客便寄留,云:'还日当取。'比不复来,不知其婢由也。"度疑精魅,引镜逼之,便云:"乞命,即变形。"度即掩镜,曰:"汝先自叙,然后变形,当舍汝命。"婢再拜自陈云:"某是华山府君庙前长松下千岁老狸,大行变惑,罪合至死。遂为府君捕逐,逃于河渭之间,为下邽陈思恭义女,思恭妻郑氏,蒙养甚厚。嫁鹦鹉与同乡人柴华。鹦鹉与华意不相惬,逃而东,出韩城县,为行人李无傲所执。无傲,粗暴丈夫也,遂劫鹦鹉游行数岁,昨随至此,忽尔见留。不意遭逢天镜,隐形无路。"度又谓曰:"汝本老狐,变形为人,岂不害人也?"婢曰:"变形事人,非有害也。但逃匿幻惑,神道所恶,自当至死耳。"度又谓曰:"欲舍汝,可乎?"鹦鹉曰:"辱公厚赐,岂敢忘德。然天镜一照,不可逃形。但久为人形,羞复故体。愿缄于匣,许尽醉而终。"度又谓曰:"缄镜于匣,汝不逃乎?"鹦鹉笑曰:"公适有美言,尚许相舍。缄镜而走,岂不终恩?但天镜一临,窜迹无路,惟希数刻之命,以尽一生之欢耳。"度登时为匣镜,又为致酒。悉召雄家邻里,与宴谑。婢顷大醉,奋衣起舞而歌曰:"宝镜宝镜,哀哉予命!自我离形,于今几姓!生虽可乐,死必不伤。何为眷恋,守此一方!"歌讫,再拜,化为老狸而死。(《古镜记》)

……(猿精)今岁木叶之初,忽怆然曰:"吾为山神所诉,将得死罪。亦求护之于众灵,庶几可免。"前月哉生魄,石磴生火,焚其简书。怅然自失,曰:"吾已千岁,而无子。今有子,死期至矣!"因顾诸女,汍澜者久。(《补江总白猿传》)

虽是千年精魅,面对死亡,亦感怆至此!鹦鹉歌中的"生虽可乐,死必不伤。何为眷恋,守此一方",强自解免,益见哀痛。作者能设想至此,正是个体的生命意识日渐强化的结果。

在这两篇中,还有一个非常值得注意的现象,就是对话的众多。《古镜记》里自"鹦鹉叩首流血"后,就是一连串的对话,包括特地插入的程雄的回答。此种对话,一则起到了交代情节的作用,一则将人物的神态与心理活动写得更为生动。鹦鹉在叙述来历后与王度的几次问答,就是如此。传奇的写作,显然受有史传的影响,是以《云麓漫钞》谓传奇可以显示"史才"(见该书卷八),但这样大量的对话却是史传中难以见到的,这正是《神乌傅(赋)》以来的俗文学的传统;唐代非诗体的《燕子赋》也有这种特色。在这些地方,都可以看出俗文学对传奇的重大影响。

二、中唐时期的传奇

中唐是单篇的传奇创作取得显著成绩的时期,重要作家有沈既济、李公佐、元稹、陈鸿、白行简、李朝威、沈亚之、蒋防等。至其作品,大致可分为三个方面:男女之情;人生意义的探讨;政治。其中成就最重要的是关于男女之情的作品。在政治方面,最突出的作品为《长恨歌传》,但它同时也涉及男女之情;而其引起读者兴趣的,恐还在叙男女之情这一点上。

这一时期叙男女之情的最早作品为陈玄祐的《离魂记》。作品的内容是:张镒在衡州做官,其女倩娘与镒甥王宙相爱。镒原已许女于王宙,后又食言,王宙遂离衡州而去。船行之夜,见倩娘赶来,就与倩娘共同逃至蜀中。居住五年,共生两子。倩娘思念父母,与王宙又回衡州。这时才知道随王宙私奔的乃是倩娘的灵魂,其肉体仍在家中,卧病床上,已经五年。直至灵魂归来,并与肉体相合,病才豁然而愈。其篇末说:"玄祐少常闻此说……大历末,遇莱芜县令张仲规,因备述其本末。镒则仲规堂叔,而说极备悉,故记之。""大历末"云云为追述语气,其写作当已在第二年建中元年或往后一些。

此篇所记,虽很简单,并无较细腻的描写,但却体现了青年男女在爱情、婚姻问题上的愿望。作品中的倩娘,虽只是灵魂出奔,但也已足以显示出"私奔"乃是她的衷心所愿。至于作品不写她真的私奔,恐因真实的私奔行为乃礼教所不容,作品也就不敢触及。但尽管如此,这篇在当时也已算得很大胆了。所以,它在以后一直产生不小的影响。宋代秦观写《调笑转踏》,已用此事。元代郑光祖的杂剧《倩女离魂》更为著名。其后也还有不少写此事的剧本。

陈玄祐的生平不详。离魂之事,在刘义庆《幽明录》的《庞阿》中已经有过描述,但灵魂可以离开肉体五年,而且可以生子,这却是此记的创造。

与《离魂记》基本同时的为沈既济的《任氏传》。既济(约750—约797),德清(今属浙江)人。曾任左拾遗、史馆修撰,官终礼部员外郎。著有《建中实录》十卷。《任氏传》叙郑六与女狐任氏相爱,虽知其为狐,而感情甚笃。郑有亲戚韦崟,常周济郑六。见任氏甚美,欲施以强暴。任氏剧烈抗拒,韦崟受到感动,平息了邪念,并与任氏成为良友。后郑六授槐里府果毅尉,欲携任氏赴任,任氏说:"有巫者言,某是岁不利西行。"坚决拒绝。但经不住郑六和韦崟的一再相劝,勉强随行。在途间,为猎犬所害。

此篇所写,其重点不在求男女恋爱的自由。因任氏在作品中只是郑六的外室身份,她本身又没有父母、丈夫的干涉,这样的男女交往在封建社会里也并不禁止。此篇所值得重视的,除了描写的细腻以外,还有如下两点:第一,此篇意味着男女之情可以冲破自然条件的束缚。郑六在与任氏欢好而发觉其为狐狸后,仍十分眷恋:

> 愿复一见之心,尝存之不忘。经十许日,郑子游,入西市衣肆,瞥然见之,曩女奴从。郑子遽呼之,任氏侧身周旋于稠人中,以避焉。郑子连呼前迫,方背立,以扇障其后,曰:"公知之,何相近焉?"郑子曰:"虽知之,何患!"对曰:"事可愧耻,难施面目。"郑子曰:"勤想如是,忍相弃乎?"对曰:"安敢弃也,惧公之见恶耳。"郑子发誓,词旨益切。任氏乃回眸去扇,光彩艳丽如初。

就这样,他们的感情越来越深厚。至于韦崟,在爱她时,并不知道她是狐狸,一直等任氏死了,他才知道。而在知道以后,韦崟"惊讶叹息,不能已。明日命驾,与郑子俱适马嵬,发瘗视之,长恸而归。"他们对任氏的爱,都打破了人狐的界限。第二,作品显示了一种新的男女之间的关系。那也就是韦崟与任氏的关系。作品是这样描写任氏对韦崟的态度的变化的:

> ……崟爱之发狂,乃拥而凌之,不服。崟以力制之。方急,则曰:"服矣。请少回旋。"既从,则捍御如初。如是者数四。崟乃悉力急持之。任氏力竭,汗若濡雨,自度不免,乃纵体不复抗拒而神色惨变。崟问:"何色之不悦?"任氏长叹息曰:"郑六之可哀也。"崟曰:"何谓?"对曰:"郑生有六尺之躯而不能庇一妇人,岂丈夫哉!且公少豪侈,多获佳丽,遇某之比者众矣。而郑生穷贱耳,所称惬者,唯某而已。忍以有余之心而夺人之不足

乎！哀其穷馁不能自立，衣公之衣，食公之食，故为公所系耳。若糠糗可给，不当至是。"崟豪俊有义烈，闻其言，遽置之，敛衽而谢曰："不敢。"俄而郑子至，与崟相视咍乐。自是凡任氏之薪粒牲饩皆崟给焉。任氏时有经过出入，或车马舆步，不常所止。崟日与之游，甚欢。每相狎昵，无所不至，唯不及乱而已。

这里既表现了任氏对郑六的坚贞，又显示了一种新的交往原则。任氏明知韦崟仍然爱着自己，但因韦崟不会再对她强暴，所以她对韦崟的这种感情不但没有任何反感，而且把他作为自己的最好的朋友。韦崟仍然深爱着她，但是不想再占有她，而是无微不至地爱护她。这样一种交往原则，在现代化社会里是正常的，但在封建社会里是极其罕见的。至于作品描写的细腻，从上面的两节引文里可以看得很清楚。尤其在韦崟的欲施强暴的这一段里，任氏的剧烈而巧妙的抗拒、无法抗拒时的颜色惨变、对韦崟的责备和对郑六的哀怜，都写得颇为生动。这样细腻的描写，在《古镜记》、《补江总白猿传》和《离魂记》里都是没有出现过的。而《任氏传》的写作，在建中二年，至多比《离魂记》迟一年。

据卞孝萱教授《元稹年谱》考证，元稹的《莺莺传》作于贞元二十年（804），距沈既济作《任氏传》的建中二年（781）已有二十余年了。此传所叙，为张生对少女莺莺始乱终弃的故事。崔莺莺与其母亲郑氏，遭遇兵乱，为张生所救。郑氏与张氏本有亲戚关系，设宴表示感谢，并命其女儿莺莺出来相见。张生见到莺莺后，不能自持，通过莺莺的婢女红娘，欲与莺莺私通，红娘要他挽媒说亲，正式迎娶。张生说："数日来，行忘止，食忘饱，恐不能逾旦暮。若因媒氏而娶，纳采问名，则三数月间，索我于枯鱼之肆矣。"意思是：他对莺莺已爱得发狂，不能再等待了。后来莺莺果然与他幽会。张生向她打听她母亲对此事的意见，莺莺说：她母亲知她不可奈何矣，"因欲就成之"。但尽管莺莺母亲已打算让他们成婚，张生却一直不愿遣人说亲，最后就把莺莺抛弃了。在作品的结尾处，张生为自己辩护说："大凡天之所命尤物也，不妖其身，必妖于人。使崔氏子遇合富贵，乘宠娇，不为云为雨，则为蛟为螭。吾不知其变化矣。昔殷之辛，周之幽，据百万之国，其势甚厚。然而一女子败之，溃其众，屠其身，至今为天下僇笑。予之德不足以胜妖孽，是用忍情。"

所以，从这一篇来看，张生对莺莺本来就只是见她生得美貌，意图玩弄，当红娘要他正式说亲时，他说：如再过"三数月"就要"索我于枯鱼之肆"了。如果这是真话，那么，在莺莺与他欢好以后，而且向他明确表示她的母亲已同意他们成婚，他为什么始终不请人说亲呢？而莺莺对此也一直容忍。其所以如此，实与其家庭地位有关。《莺莺传》中始终没有提及莺莺的家世，但在作品开始提到崔家时说："适有崔氏孀妇，将归长安，路出于蒲，亦止兹寺。""兹寺"指

"普救寺"。张生在寺中与她们见面后,不久与莺莺幽会,来往将近一月。然后张生离开蒲而去长安,过了数月,"复游于蒲,会于崔氏者又累月"。寡妇孤女,说是要回长安,却长期寄居于蒲的僧寺,其家之非高门可以想见。陈寅恪先生在《论〈莺莺传〉》中已经指出,唐代的士人对婚姻看得很重,因为这会影响他们的一生。所以,寒门女子很难与这些士人正式结婚。唐代的另一篇著名的传奇《霍小玉传》的女主人公则是门第更低的女子,所以她根本不想与她所爱的士人正式结婚,只希望共同度过八年欢乐的时光,但也终于没有能如愿以偿。因此,《莺莺传》所写的,其实是这种寒门女子的悲剧。

此传的长处,也在于对莺莺的描写。在莺莺第一次与张生见面时,因她本不想出来相见,是在母亲的一再催迫下勉强应命的。作品这样写她当时的情态:"久之乃至,常服悴容,不加新饰,垂鬟接黛,双脸销红而已。颜色艳异,光辉动人。张惊为之礼。因坐郑旁。以郑之抑而见也,凝睇怨绝,若不胜其体者。"描绘莺莺的美丽与怨抑之态,均甚传神。而在张生将要弃她而去时,作品又如此写她:

> 崔已阴知将诀矣,恭貌怡声,徐谓张曰:"始乱之,终弃之,固其宜矣。愚不敢恨。必也君乱之,君终之,君之惠也。则没身之誓,其有终矣,又何必深感于此行?然而君既不怿,无以奉宁。君常谓我善鼓琴,向时羞颜,所不能及;今且往矣,既君此诚……"因命拂琴。鼓《霓裳羽衣》序,不数声,哀音怨乱,不复知其是曲也。左右皆欷歔,崔亦遽止之,投琴,泣下流连,趋归郑所,遂不复至。

在这一段中,很深切地表现了莺莺在柔顺的言词背后的内心的无比伤痛,同时也显现了她对张生的挚爱和留恋。如果读者能进一步思考,还可以发现在莺莺的柔顺里边,正反映了社会对这些家庭地位卑微的女子的深重的压力。

此外,作品的后半部分还载录了莺莺给张生的一封骈体文的信,这信也很能显示莺莺的感情与才华。例如:"倘仁人用心,俯遂幽眇,虽死之日,犹生之年。如或达士略情,舍小从大,以先配为丑行,以要盟为可欺,则当骨化形销,丹诚不泯,因风委露,犹托清尘。存没之诚,言尽于此。临纸呜咽,情不能申。千万珍重,珍重千万。"文字的优美与感情的深厚,都很能显示出这一人物的不同凡响。据很多专家研究,《莺莺传》是以一个确与元稹恋爱过的美丽而有才华的女性为原型的,所以,这一封信,可能确实是她原来的手笔。

总之,《莺莺传》之所以能感动读者,是因为作品中有这样的一个女性形象。同时,元稹在一面替张生这一恶劣行为辩护的同时,一面又能把莺莺写得美丽、深情而富于才华,是因为他对这一人物的原型也一直未能忘情——这也是许多专家研究元稹所得的结论。

金代董解元《西厢记诸宫调》和元代王实甫的《西厢记》杂剧,都把张生写成多情才子,这跟《莺莺传》中的张生是很不一样的,千万不能混同。

上文提及的《霍小玉传》是蒋防所作。防字子微,义兴(今江苏宜兴)人。曾任右拾遗、翰林学士、中书舍人等职。其作《霍小玉传》约在宝历、太和间(825—827)①。

此传叙小玉的爱情悲剧。她与书生李益相爱,自知出身倡家,不可能与李益正式成婚。其后李益登科,授郑县主簿。小玉对他说:"妾年始十八,君才二十有二,迨君壮室之秋,犹有八岁,一生欢爱,愿毕此期,然后妙选高门,以谐秦晋,亦未为晚。妾便舍弃人事,剪发披缁,夙昔之愿,于此足矣。"李益听后,既惭愧又感动,立誓永不相负。但不久之后,他的母亲为他订了亲事。他不敢反抗,就此不敢再去见小玉。小玉多方打听他的消息,不但落得经济困窘,病也日益加重。在她生命垂危之时,有一黄衫豪士,把李益挟持到她家。这才得以与李益见了最后一面:

> 玉沉绵日久,转侧须人,忽闻生来,欻然自起,更衣而出,恍若有神。遂与生相见,含怒凝视,不复有言,羸质娇姿,如不胜致,时复掩袂返顾②。李生感物伤人,坐皆欷歔。

在这一段,写她的悲愤和刚烈,都很鲜明。她虽然非常愤怒,但内心实在悲痛得不断地要流下眼泪来,而她又不愿意让李生看到她的软弱,所以在要落泪时,一面用衣袂拭泪,一面就回过头去。等到坐定以后,"玉乃侧身转面,斜视生良久,遂举杯酒酬地,曰:'我为女子,薄命如斯;君是丈夫,负心若此。……李君李君,今当永诀。我死之后,必为厉鬼,使君妻妾,终日不安。'乃引左手握生臂,掷杯于地,长恸号哭,数声而绝。"在以"举杯酒酬地"和"掷杯于地"的两个发泄其无比愤怒的动作以后,她才毫不掩饰地表达了她的悲痛;但是,这种长痛号哭仍然充溢着刚烈之气。在这里,我们可以较明显地看到小玉与崔莺莺之间的区别。

此传写李益也很值得注意。李益的行为,当然很恶劣。但是,如果不是他的母亲作主给他订亲,他的本意并不想辜负小玉。在订亲以后,他不顾小玉的死活,一味逃避,给小玉增加了无限的痛苦,以致终于稚年早逝,其罪责不容回

---

① 见李剑国《唐五代志怪传奇叙录》第453—454页。
② 这两句也有本子点作:"时复掩袂,返顾李生。"按上文说她"含怒凝视",其所凝视的,势必为李生,而不可能是别人。换言之,李生与她是面对面的,因此,她在此处不可能再返顾李生。其掩袂返顾者,是她不愿让李生看到她落泪,是以要流泪时就掩袂拭泪,同时回过头去。

避。然而,当他终于跟小玉见面以后,他还是"感物伤人",在小玉死后,他"为之缟素,日夕哭泣甚哀"。这决非做作,所以小玉在地下也为之感动。"将葬之夕,生忽见玉褵帷之中……顾谓生曰:'愧君相送,尚有余情。幽冥之中,能不感叹!'言毕遂不复见。"小玉下葬时,"生至墓所,尽哀而返"。而他在跟新妇成婚以后,"伤情感物,郁郁不乐"。这种描写,并不是为李生开脱,而是显示了人的感情的复杂性,同时也说明了不能把这一悲剧的造成简单地归因于李生。

在这一时期的写男女之情的作品中,李景亮的《李章武传》、白行简的《李娃传》、李朝威的《柳毅传》、沈亚之的《湘中怨解》,也都值得注意。《李章武传》写章武与一已婚女子王氏相恋。女子在临死前,还拜托邻居杨氏,要她带信给章武,将自己的情况告诉他。其后,她的鬼魂与章武相会,欢爱如旧。章武临行时,她的鬼魂还去相送,说是:"今于此别,无日交会。知郎思眷,故冒阴司之责,远来奉送,千万自爱。"此传不仅写了这一女子对李章武的深厚感情,而且对于这种违背封建礼教的恋情加以肯定。这跟中唐时期的礼教衰落应该是有联系的。李朝威的《柳毅传》,所写具体内容虽与《李章武传》完全不同,但也同样反映了礼教的衰落。此传写洞庭龙君的女儿嫁给泾河小龙,受到婆家的虐待,被迫牧羊。柳毅经过,龙女就托他带信给娘家。柳毅同意了。龙女的叔父钱塘君知道后大怒,吞食了小龙,并要把侄女嫁给柳毅。因他对柳毅说话不礼貌,为柳毅所拒绝与斥责。钱塘君当场向柳毅道歉,后来龙女终于与柳毅成婚,柳毅也成了仙。此篇虽也涉及男女之情,但并非重点。根据封建的伦常,妇女本应绝对服从公婆与丈夫,受人虐待,也应逆来顺受。龙女却要娘家来进行干涉,钱塘君又采取这样的断然措施,这其实是违背伦常的。但作品显然对钱塘君及他所采取的这种行动加以肯定和赞美。钱塘君在作品里的形象,颇有豪侠色彩。

《李娃传》虽然没有与礼教不一致之处,但与唐代重视婚姻门第的习惯也有矛盾。作品里的荥阳生爱上了娼女李娃,耗尽了资财,终于流落为乞丐。李娃本曾欺骗过他,但看到这种惨况以后,就把他收留下来,不顾鸨母的压力,资助他读书,终于使他成名做官。但她知道自己的身份不能与他结婚,就提出要与他分手。虽经他恳求,她仍然不同意。幸而荥阳生的父亲在这一点上相当开明,主张儿子与她结婚,两人这才成婚。

从荥阳生的角度来说,这是一个败子回头的故事;从李娃的角度来说,则是做了错事的妓女改邪归正的故事。而且,在她跟荥阳生结婚以后,她对她的公婆很孝顺,这种孝顺甚至感动了上天。不过,荥阳生和其父在对待李娃的态度上,都是冲破了当时把婚姻和门第联系在一起的那种观念的。

这篇作品之吸引人的地方,在于情节的丰富与曲折。当荥阳生在李娃家里把钱花完以后,李娃母女就设计把他骗走,自己再仓促搬迁,让荥阳生再也找不到她们。以后荥阳生就沦落为丧肆的挽郎,但当他在两家丧肆的挽歌比赛中受到热烈欢迎的时候,却被他父亲家里的仆役发现。仆役把他带到他父亲那儿,本以为荥阳生可以脱离苦难,想不到他父亲看儿子沦落成这个样子,竟要把他打死。幸而在他还没有死的时候,他的父亲就离他而去了。他又被丧肆中的人救活,但已被打得浑身创伤,手脚的关节也僵直了,只得依靠乞讨为生。在这种情况下,有一次偶然被李娃发现,李娃冲动地抱住了他。

与这些曲折的情节相应,作者的笔触也相当细腻,例如写挽歌比赛的那个场面:

> ……乃置层榻于南隅,有长髯者拥铎而进,翊卫数人。于是奋髯扬眉,扼腕顿颡而登,乃歌《白马》之词。恃其夙胜,顾眄左右,旁若无人。齐声赞扬之。自以为独步一时,不可得而屈也。有顷,东肆长于北隅上设连榻,有乌巾少年,左右五六人,秉翣而至,即生也。整衣服,俯仰甚徐,申喉发调,容若不胜,乃歌《薤露》之章,举声清越,响振林木,曲度未终,闻者歔欷掩泣。

由这种较为细致具体的描写所显现的曲折的情节,是这一作品受到读者欢迎的重要原因之一。

另一方面,作品在总体上并不与礼教相冲突,但是又对人的行为采取较为宽容的态度。当荥阳生在妓院里花尽自己所有资财的时候,作者并没有对他的违背传统观念的行为加以批判;李娃虽然与母亲设计骗走了荥阳生,但作者仍把李娃写成在本质上很善良可爱的人。就是对于荥阳生的父亲,作者也没有完全否定。他在毒打儿子的时候,显得很残忍、凶狠,但在后来他对李娃跟儿子之间的婚姻问题上,却又主动支持。在当时那种注意婚姻门第的社会里,要将妓女作为自己正式的儿媳妇,这是需要勇气和良心的。

在写男女之情的传奇中,沈亚之(约781—约832)的《湘中怨解》是别具一格的作品。亚之,字下贤,吴兴(今浙江湖州市)人。官终郢州掾。与李贺、杜牧等友善。有《沈下贤文集》。此篇约作于元和十三年(818)。故事如下:郑生邂逅一青年女子,遂同居。女号汜人,"能诵楚人《九歌》《招魂》《九辩》之书,亦常拟其调,赋为怨句,其词丽绝。""居数岁……谓生曰:'我湘中蛟宫之娣也,谪而从君。今岁满,无以久留君所,欲为诀耳。'即相持啼泣。生留之不能,竟去。"作品的结尾是:

> 后十余年,生……与家徒登岳阳楼,望鄂渚,张宴。乐酣,生愁吟曰:"情无垠兮荡洋洋,怀佳期兮属三湘。"声未终,有画舻浮漾而来。中为彩

楼,高百余尺,其上施帷帐……其中一人起舞,含嚬凄怨,形类泣人。舞而歌曰:"沂青山兮江之隅,拖湘波兮裹绿裾。荷拳拳兮未舒,匪同归兮将焉如!"舞毕,敛袖,翔然凝望。楼中纵观方怡。须臾,风涛崩怒,遂迷所往。

故事简单而富于诗意,其迷离怅惘之情颇足感人,这实际上是一种对于个人无法掌握自己命运的感伤。沈亚之又有《异梦录》《秦梦记》,也具有类似的情调。

这一时期的传奇,除了写男女之情的作品外,其探讨人生意义的作品也很值得重视。其代表作为沈既济的《枕中记》与李公佐的《南柯太守传》。

《枕中记》写:少年卢生在客店中遇见道人吕翁,谈笑甚欢。接着他们就讨论起人生怎么样才是"适"的问题:

久之,卢生顾其衣装敝亵,乃长叹息曰:"大丈夫生世不谐,困如是乎!"翁曰:"观子形体,无苦无恙,谈谐方适,而叹其困者,何也?"生曰:"吾此苟生耳,何适之谓!"翁曰:"此不谓适,而何谓适?"答曰:"士之生世,当建功树名,出将入相,列鼎而食,选声而听,使族益昌而家益肥,然后可以言适乎!"

于是吕翁就给他一个枕头,说这枕头能够让他如愿。卢生就枕着它打起瞌睡来。在梦中他经历了种种荣华富贵,也两次受到贬谪的处分,差一点送命。在遭受灾厄的时候,他哭着对妻子说:自己生活原来也还过得去,何苦追求功名而弄到这种地步;如今想恢复原来的生活,也办不到了。但等灾厄一过,他仍照旧在荣华富贵的生活中打滚,一直活了八十几岁,临死之前,还上表给皇帝说:"空负深恩,永辞圣代,无任感恋之至。"在上表的当天晚上,他就死了。但在死去同时,客店中的卢生也就从梦中醒来。在他开始打瞌睡时,客店的主人正在蒸黄粱,他一梦醒来,黄粱也还没有熟。于是,他觉悟了,拜谢吕翁说:"夫宠辱之道,穷达之运,得丧之理,死生之情,尽知之矣。此先生所以窒吾欲也。敢不受教!"联系上文来看,他这里所说的"窒吾欲",就是打消了"建功树名、出将入相"等等的渴求,也就是同意了吕翁的观点:他现在的这种生活才是"适"的生活,所谓"此而不适,而何为适"。在南朝宋刘义庆的《幽明录》里,有一条关于焦湖庙柏的记载,已经出现了一个人在梦中度过几十年的幸福生活的故事,但把这一类故事跟人生意义的问题相结合,却是此篇的创造。

对于这种"适"的生活的肯定,以及与此相联系的对于荣华富贵的鄙弃,在元代的散曲中得到了进一步的发展。也可以说,这是盛唐诗歌中以李白为代表的关于自由的某些观念的继续。

与《枕中记》相类似的,是李公佐的《南柯太守传》。公佐,字颛蒙,曾自称陇西李公佐，但陇西是否是其出生地，已不可知。他曾考取进士，在大历间入仕，元和时曾任江西判官。所作传奇，除本篇外，尚有《谢小娥传》、《庐江冯媪传》、《古岳渎经》。《谢小娥传》叙谢小娥为其丈夫、父亲报仇，历尽艰苦，终得如愿，在传奇中也颇有名；但成就最高的则为《南柯太守传》。

此篇叙淳于棼梦入槐安国事。他在梦中被大槐安国国王招为驸马，任南柯太守，经历种种得意的事情。后来，公主去世，他也被免去了南柯太守的职务，居住国都。但又遭到国王的疑忌。于是国王要他暂回家中，三年后再见，派遣两个使者送他回家。他的梦就此醒来。下面是他梦醒后的凄凉之状：

……生遂发寤如初，见家之僮仆拥篲于庭，二客濯足于榻，斜日未隐于西垣，余樽尚湛于东牖。梦中倏忽若度一世矣。生感念嗟叹……

他回思梦中经历，寻根究底，终于发现了所谓大槐安国不过是蚁窟，国王就是蚁王。他"感南柯之浮虚，悟人生之倏忽，遂栖心道门，绝弃酒色"。三年以后，他就去世了。

此篇虽与《枕中记》一样地写梦中之事，但作者的思想却与沈既济不很一样，他在篇末叙述其写作动机说："……编录成传，以资好事，虽稽神语怪，事涉非经，而窃位著生，冀将为戒。后之君子，幸以南柯为偶然，无以名位骄于天壤间云。"所以，他写此篇，与其说是鄙弃富贵，倒不如说是鄙视富贵者。这种鄙弃富贵者的思想，其实也是对于封建秩序的某种离心的倾向，这在元代的散曲中有进一步的发挥。

《南柯太守传》的写作时间，较《枕中记》为晚，约在贞元十八年（802）或其后（因文中提到该年八月事），其描写的细腻也远过《枕中记》。如叙淳于棼与公主成婚时，有许多女子来参加婚礼，和淳于棼言笑欢洽，其状如下：

有群女，或称华阳姑，或称青溪姑，或称上仙子，或称下仙子，若是者数辈，皆侍从数十，冠翠凤冠，衣金霞帔，彩碧金钿，目不可视。遨游戏乐，往来其门，争以淳于郎为戏弄。风态妖丽，言词巧艳，生莫能对。复有一女谓生曰："昨上巳日，吾从灵芝夫人过禅智寺，于天竺院观石延舞'婆罗门'。吾与诸女坐北牖石榻上。时君少年，亦解骑来看。君独强来亲洽，言调笑谑，吾与穷英妹结绛巾，挂于竹枝上。君独不忆念之乎？又七月十六日，吾于孝感寺侍上真子，听契玄法师讲《观音经》。吾于讲下舍金凤钗两只，上真子舍水犀合子一枚，时君亦讲筵中，于师处请钗合视之，赏叹再三，嗟异良久，顾余辈曰：'人之与物，皆非世间所有。'或问吾氏，或访吾里，吾亦不答。情意恋恋，瞩盼不舍。君岂不思念之乎？"生曰："中心藏之，何日忘之？"群女曰："不意今日与君为眷属。"

此等情事,对于传奇的主要内容来说,全是闲笔。跟下文的情节发展也毫无关系。但经这样的描绘,婚礼的风光旖旎就很生动地呈现出来。

这一时期的传奇中,涉及政治事件的,主要是陈鸿的《长恨歌传》。鸿曾任吏部员外郎。此篇作于元和元年(806),是与白居易的《长恨歌》相配合的作品。即把无法在诗歌里具体描写的事件用散文的形式作较具体的叙述,也补充了诗歌没有涉及的某些内容。例如《长恨歌》一开始即说:"汉皇重色思倾国,御宇多年求不得。杨家有女初长成,养在深闺人未识。"好像杨贵妃是从她的父母家里直接选到玄宗宫中去的,但她原先实是玄宗儿子寿王的妻子。《长恨歌》对此加以回避,《长恨歌传》则隐约作了透露,说是有一次"内外命妇"随玄宗去清华宫时,玄宗"恍若有遇",就命"高力士潜搜外宫,得弘农杨玄琰女于寿邸"。可见她原是寿王府中已婚的"命妇",这就增加了对玄宗的批判内容。

不过,《长恨歌传》中的这种政治批判的内容,并不深刻。倒是写唐明皇与杨贵妃的爱情的部分反而较为细腻。例如,作品将近结束处,写方士为唐明皇找到了已经成仙的杨贵妃,她把"金钗钿合,各析其半",让方士带回去给唐明皇。于是,方士要她说一件她与唐明皇两个人知道的事情,以便他回去时取信于唐明皇;否则,唐明皇会认为他带回去的金钗钿合是以不正当的手段得到的,那样他就会遭受重罚。下面就是杨贵妃对此作出的反应:

> 玉妃茫然退立,若有所思,徐而言曰:"昔天宝十载,侍辇避暑于骊山宫。秋七月,牵牛织女相见之夕,秦人风俗,是夜张锦绣,陈饮食,树瓜华,焚香于庭,号为乞巧。宫掖间尤尚之。时夜殆半,休侍卫于东西厢,独侍上。上凭肩而立,因仰天感牛女事,密相誓心,愿世世为夫妇,言毕执手,各呜咽。此独君王知之耳。"因自悲曰:"由此一念,又不得居此,复堕下界,且结后缘。或为天,或为人,决再相见,好合如旧。"因言太上皇亦不久人间,幸唯自安,无自苦耳。

这里所写的全是杨贵妃对唐明皇的满腔柔情。至此,作品就完全失去了政治批判的意义,而成为赞扬爱情的作品了。

这类具有政治性的作品,还有陈鸿的《开元升平源》、陈鸿祖的《东城老父传》。但情节都比较简单,描写也不生动,难以与传奇中的名篇并列。

总观以上三种类型的作品,唐传奇确以意想与文采取胜,且在中唐之作中已有突出表现。而在其根底里,实在于作家个体意识的滋长。正是由于这一点,才能尊重个体的甚或与当时社会规范不甚一致的感情、要求与对人生的思考,理解其从自身欲求出发的勇敢、冲动或在群体压力下的软弱、失误,同情或体会其喜怒哀乐;其想像才能因此而具有广大的空间;其对人的行为和感情的描写才能随着想像的丰富和理解的深切而日益生动细腻。当然,这里还需要作家的高度技巧,但没有上述的这一切,技巧是起不了作用的。

三、晚唐的传奇

晚唐的传奇,与中唐相较,传奇集增加很多,单篇的名作却已绝迹。

将传奇及短篇的志怪之作汇为一集,唐代中期已经出现,如戴孚《广异记》、薛用弱《集异记》之属。但书中作品的质量,均远不及上述名篇。至唐代后期,传奇志怪集不仅数量大增,且其中颇有值得重视的作品,如牛僧孺《玄怪录》、李复言《续玄怪录》、裴铏《传奇》、袁郊《甘泽谣》、皇甫枚《三水小牍》等。今择其中作品之尤著者简介于后。

传奇集之最值得重视的是裴铏的《传奇》。《全唐文》卷八五○收裴铏文一篇,其小传云:"铏咸通中为静海军节度高骈掌书记,加侍御史、内供奉,后官成都节度使副使,加御史大夫。"另据《唐诗纪事》卷六十七,其官成都节度副使为乾符五年(878)事。所撰《传奇》原为三卷,宋代曾析为六卷;明代已佚,存一卷。现代的通行本均经后人辑补,以周楞伽辑补本《传奇》(上海古籍出版社1980年版)所辑较多,共三十一篇;然犹有可补者(见李剑国《唐五代志怪传奇叙录》卷三《传奇》条)。

书中最有影响的,为《昆仑奴》、《聂隐娘》;后世的武侠小说,实以此为滥觞。两篇中尤以《昆仑奴》为胜。

此篇写昆仑奴磨勒帮助崔生成就婚姻事。崔生于勋臣一品家见到一个"衣红绡"的妓者,临别时"妓立三指,又反三掌者,然后指胸前小镜子云:'记取'"。崔生归后,思忆甚苦。家中昆仑奴磨勒助其解明红绡妓的隐语——那是说她住在第三院中,约他于十五月明之夜前去相会。他并冲破一品宅中的森严警卫,将崔生负入与她会面,又将她与其"囊橐妆奁"一起负回崔生院中,使之成婚。后被一品发觉,发兵围崔生院,而终被磨勒逸去。作品于磨勒的气概,多所颂美;对崔生的鄙陋畏葸,则颇致讥讽:

    ……(生)返学院,神迷意夺,语减容沮,恍然凝思,日不暇食。……时家中有昆仑奴磨勒,顾瞻郎君曰:"心中有何事,如此抱恨不已?何不报老奴?"生曰:"汝辈何知,而问我襟怀间事?"磨勒曰:"但言,当为郎君解释。远近必能成之。"生骇其言异,遂具告知。磨勒曰:"此小事耳,何不早言之,而自苦耶?"生又白其隐语。勒曰:"有何难会?……"

写崔生的自命高贵和磨勒的英雄声口,皆生动有致。至作品结尾处,此种差别尤为明显：

> 姬隐崔生家二载,因花时驾小车而游曲江,为一品家人潜志认,遂白一品。一品异之,召崔生而诘之事。惧而不敢隐,遂细言端由："皆因奴磨勒负荷而去。"一品……命甲士五十人,严持兵仗,围崔生院,使擒磨勒。磨勒遂持匕首飞出高垣,瞥若翅翎,疾同鹰隼,攒矢如雨,莫能中之。顷刻之间,不知所向。然崔家大惊愕。后一品悔惧,每夕多以家童持剑戟自卫。如此周岁方止。

崔生起先不可一世,对磨勒叱以"汝辈何知";及至身受磨勒厚恩,一遇危难,就毫不犹豫地将磨勒出卖,把责任全都推在他头上。相比之下,磨勒视一品及其甲士利矢为无物,反而令一品夜不安枕,更显出崔生的龌龊。这种通过相互映照来写人物的手法,体现了传奇在人物描写上的进展。

唐传奇写侠士助人成就婚姻者,前有许尧佐《柳氏传》中的许俊,帮助韩翊从蕃将沙吒利处夺回柳氏;又有与裴铏基本同时的薛调《无双传》中的古押衙,帮助王仙客从宫中救出其未婚妻无双。许俊虽被写得勇伟壮烈,但不是作品的主人公。古押衙为救无双而牺牲自己的生命,固有古代侠士之风,而将知道此事者一并杀死以免泄漏,"冤死者十余人",又何其残忍!且全篇仍以王仙客为主。以侠士为主角,既能写出其勇烈和胆略,又具扑朔迷离之致者,实仅《昆仑奴》一篇。——以磨勒这样的英雄,为何竟在崔生家中为奴?作者于此始终不作一点交代。

以侠士为主角的作品,在《传奇》中还有《聂隐娘》,但其重点不在写侠士的气概与风采,而在故事的奇诡。隐娘幼年遇一尼姑,得授剑术。其父为魏博大将。魏博节度使知隐娘有异术,遂署其夫为吏。既而命隐娘夫妇往刺陈许节度使刘昌裔,隐娘反而帮助昌裔杀死了魏博派去的另一刺客精精儿,并使昌裔躲过了空空儿的狙击。这是全篇的高潮所在,今节引于后：

> ……(隐娘)却返曰："……后夜必使精精儿来杀某及贼仆射之首。……"……是夜明烛,半宵之后,果有二幡子,一红一白,飘飘然如相击于床四隅。良久,见一人望空而踣,身首异处。隐娘亦出曰："精精儿已毙。"拽出于堂之下,以药化为水,毛发不存矣。隐娘曰："后夜当使妙手空空儿继至。……此即系仆射之福耳。但以于阗玉周其颈,拥以衾,隐娘当化为蠛蠓,潜入仆射肠中听伺,其余无逃避处。"刘如言。至三更,瞑目未熟。果闻项上铿然,声甚厉。隐娘自刘口中跃出,贺曰："仆射无患矣。……"

这是全篇的最奇幻处,对后世影响甚大。钱锺书先生《管锥编》已经指出：隐娘化为蠛蠓而入昌裔腹中,当出于《中阿含经》的"魔王化作细形,入大目犍连腹中",后来《西游记》的孙悟空化为蟭蟟虫而入铁扇公主之腹,也与此有关。至于"一红一白"的"二幡子"相击,乃后世剑侠小说中以飞剑相斗的先声;化尸药更为今日的武侠小说所常用,唯金庸《鹿鼎记》中的韦小宝以化尸药化去活人的血肉,足征其制药技术已大有改进了。

《传奇》中另有一篇写侠士的《虬髯客传》,对后世的影响并不在《昆仑奴》、《聂隐娘》之下,但却长期被误认为杜光庭或张说之作。近年李剑国教授始据宋人《绀珠集》等书,考定其出于裴铏《传奇》①。此篇叙隋末大臣杨素宅中红拂妓与李靖私奔,道遇虬髯客,结为兄妹,虬髯客因李靖而得见李世民,知其为"真天子",遂以所有资财尽赠李靖夫妇,自己与妻子乘马而去。其不欲居于人下的豪壮之气,跃然纸上。较之李白的犹欲从天子以建功业,然后辞爵而去,又是另一种气象了。

> 四人(指虬髯客夫妇与李靖、红拂。——引者)对馔讫,陈女乐二十人,列奏于前,若从天降,非人间之曲。食毕,行酒。家人自堂东舁出二十床,各以锦绣帕覆之。既陈,尽去其帕,乃文簿钥匙耳。虬髯曰:"此尽宝货泉贝之数。吾之所有,悉以充赠。何者?欲以此世界求事,当或龙战三二十载,建少功业。今既有主,住亦何为?太原李氏,真英主也。……持余之赠,以佐真主,赞功业也,勉之哉!此后十年,当东南数千里外有异事,是吾得事之秋也。一妹与李郎可沥酒东南相贺。"因命家童列拜,曰:"李郎一妹,是汝主也!"言讫,与其妻从一奴,乘马而去。数步,遂不复见。

裴铏《传奇》中还有一篇很值得注意的,是《孙恪》。篇中叙孙恪遇一姓袁的青年女子,甚美而富,遂结为夫妇;婚后十余年,彼此相得,已育有两子;而女实猿精,最终仍化为猿猴而去。

当孙恪第一次与袁女相见时,是在洛阳宅第之中,"女摘庭中之萱草,凝思久立,遂吟诗,曰:'彼见是忘忧,此看同腐草。青山与白云,方展我怀抱。'吟讽惨容。"结尾是:

> 后恪之长安,谒旧友人王相国缙,遂荐于南康张万顷大夫,为经略判官,挈家而往。袁氏每遇青松高山,凝睇久之,若有不快意。到端州,袁氏曰:"去此半程,江壖有峡山寺,我家旧有门徒僧惠幽居于此寺。别来数十年,僧行夏腊极高,能别形骸,善出尘垢。倘经彼设食,颇益南行之

---

① 见李剑国《唐五代志怪传奇叙录》(南开大学出版社 1993 年版)中"虬须客传"及"传奇"条。按,《虬髯客传》一题《虬须客传》。

福。"……及抵寺,袁氏欣然易服理妆,携二子诣老僧院,若熟其径者。……及斋罢,有野猿数十,连臂下于高松,而食于生台上;后悲笑扪萝而跃,袁氏恻然。俄命笔题僧壁曰:"刚被恩情役此心,无端变化几湮沉。不如逐伴归山去,长笑一声烟雾深。"乃掷笔于地,抚二子咽泣数声,语恪曰:"好住!好住!吾当永诀矣。"遂裂衣化为老猿,追笑者跃树而去。将抵深山,而复返视。……僧方悟:"此猿是贫道为沙弥时所养。开元中,有天使高力士经过此,怜其慧黠,以束帛而易之。……及安史之乱,即不知所之……"

此篇所写,实为本性之不可压抑。袁女虽处富贵,然仍时时怀念适合其本性的"青山白云"的生活,为之"吟讽惨容";后虽获得了爱情与子女,但仍是"每遇青松高山",即凝睇不快;最终抛夫撇子,返归本来。这种对于本性的尊重,也正是魏晋以来文学中的个体意识日益发扬的成果,与虬髯客的不愿臣事"真天子"有相通之处。

除裴铏《传奇》以外,如《玄怪录》的《乌将军娶妇》、《杜子春》,《续玄怪录》的《定婚店》、《张老》、《薛伟》,《甘泽谣》的《圆观》、《红线》,《三水小牍》的《步飞烟》等,对后世的小说、戏曲都很有影响。其中《乌将军娶妇》记乡人集资为妖神乌将军娶妇,有一女子的父母贪图钱财,将己女出卖,幸而为郭元振所救,其女于次日责备父母说:"多幸为人,托质血属,闺闱未出,固无可杀之罪。今日贪钱五百万,以嫁妖兽,忍锁而去。岂人所宜?若非郭公之仁勇,宁有今日。是妾死于父母,而生于郭公也,请从郭公。不复以旧乡为念矣。"这不仅是对父母的反抗,也是对孝道的否定。《三水小牍》的《步飞烟》,写武公业之妾步飞烟因不满公业而与赵象相爱,事发,飞烟为庇护赵象,"声动色颤,而不以实告。公业愈怒,缚之大柱,鞭楚血流。(飞烟)但云:'生得相亲,死亦何恨!'深夜,公业怠而假寐。飞烟呼其所爱女仆曰:'与我一杯水。'水至,饮尽而绝。"其对爱情的执着与坚贞,宁死不屈的悲壮,与《乌将军娶妇》中的少女,《孙恪》中的袁女,虽表现迥异,而尊重自我则一。

第三章　晚唐诗歌的演进与诗文分化的缓解

文学史上的中唐和晚唐的区分，既与唐的政治形势有关，又与文学发展本身的特色相联系。从政治形势说，当然是指唐王朝进一步走向衰落，就文学本身的发展说，则是所谓"盛唐气象"的进一步失落。假如说中唐时期还有杜甫的沉郁、韩愈的雄奇等风格可与盛唐相通，那么，到了晚唐时代，这些都已经看不到了。作为诗歌的主要特色的是抑郁、感伤、哀愁、痛苦，连愤怒也似乎减少了。但抒写诗人自身由男女爱恋所生发的感情的诗篇却取得了长足的进展，并在文学史上具有重要地位。杜牧、李商隐的有关诗篇固然璀璨夺目，至韦庄、韩偓又将它推进到了一个新的阶段，成为唐诗向五代词演化的中介。在表现由黑暗现实所引发的痛苦以及沉潜的愤慨上，以韦庄为代表也有了新的开拓。

就诗歌的艺术特色而言，一方面以杜牧、李商隐为代表的诗人，在情绪的表现上作了新的探索。尤其是李商隐，在他的《锦瑟》等不朽诗篇中，已经不是明白地传达其感情的内容，而是把他的由某些感情内容所形成的情绪集中而鲜明地传达给读者，从而为诗歌的感染作用的发挥开辟了一条新的道路。另一方面，以韦庄、韩偓为代表的诗人则致力于诗歌描写的细腻化，并取得了成功，为五代词提供了有益的借鉴；韦庄的长篇叙事诗《秦妇吟》更体现了我国叙事诗的新成就。因此，晚唐诗在中唐诗的基础上又前进了一大步。

大致说来，所谓"晚唐"，始于唐文宗时期，讫于唐的灭亡，共约八十年（827—907）。其中约可分为两个阶段，从晚唐开始到9世纪的60年代初为前一阶段，然后就进入后一阶段。杜牧、李商隐与韦庄、韩偓分别代表了这两个阶段的诗歌的进展。后一阶段还出现一些根据儒家文学观来批评时政的诗，在宋诗中可以看到它们的后继者。此外，司空图的诗论也是在这后一阶段产生的。

在晚唐诗歌领域中，与新乐府运动相通的倾向虽还存在，但总体上处于颓势。在文的方面，晚唐虽无重大的进展，但古文运动的影响却也衰退了。所以，从中唐开始的诗文分化，在晚唐得到了缓解。

第一节 杜牧与许浑、张祜

杜牧(803—852)，字牧之，京兆万年(今陕西西安)人。大和二年(828)登进士第，授弘文馆校书郎，试左武卫兵曹参军。曾入沈传师江西观察使、宣歙观察使和牛僧孺淮南节度使幕。历黄、池、睦、湖等州刺史，仕至中书舍人。有《樊川文集》。

杜牧生活的晚唐时代，是唐王朝更趋衰败的时期，其间宦官把持政局，藩镇拥兵自固，加上激烈不休的党争，使王朝重新振兴的希望已变得越来越渺茫。另一方面，自中唐开始的在士人乃至统治阶层中的注重个人感情和欲望的倾向在晚唐进一步发展，对生活的放荡和男女情爱采取进一步宽容的态度。从个人的经历来说，杜牧虽没有像刘禹锡、柳宗元那样很坎坷的仕途遭遇，但长期处于幕府下僚，使他尝够了受压抑的滋味；而在大城市扬州(淮南节度使所在地)等地的长期生活以及上述的较宽容的气氛里，他身上又形成了某种浪子的色彩。这一切都直接对他的文学创作发生影响，所以，杜牧的诗多表现处于衰世之际的由这种特殊个人遭遇所引发的复杂的心理感受。以创作风格而言，体现着中唐以来侧重个体情思的主导倾向，所不同的只是作品基调显得更为悲凉伤感，对个人生活和感情的表述也更为大胆。

在杜牧诗中，这种悲凄的情怀往往表现为对世事艰难、人生无常的伤感哀叹，并交织着种种迷惘、失落的情绪，"今对晴峰无十里，世缘多累暗生悲"(《望少华三首》之一)，"空悲浮世云无定，多感流年水不还"(《将赴京留赠僧院》)。而在他作于睦州刺史任上的一首题为《初冬夜饮》诗中，这种感叹表现得更为沉重："淮阳多病偶求欢，客袖侵霜与烛盘。砌下梨花一堆雪，明年谁此凭栏干？""淮阳"原指西汉由于耿介直言而受朝廷排挤的汲黯，杜牧用此自况是为了表达其流落不偶的喟叹，而诗的后两句以纷纷夜雪作映衬，更流露出归宿茫然、流转无常的悲哀。

当种种人生失意向杜牧袭来而令他深感无奈时，诗人曾企图以精神放旷来寻求超脱，如他的《九日齐山登高》：

> 江涵秋影雁初飞，与客携壶上翠微。尘世难逢开口笑，菊花须插满头归。但将酩酊酬佳节，不用登临恨落晖。古往今来只如此，牛山何必独沾衣！

这是一首自我抚慰的诗,但却充满了苦涩。他要尽量欢笑,排除悲哀;因为欢笑在生活中本就"难逢",而悲哀本就笼罩着"古往今来"的一切,自己又何必独独为之"沾衣"?但既然如此,欢笑又哪里可得,悲哀也何从解脱。以此而求旷达,旷达最多只是包裹着痛苦的糖衣,有时甚至会成为增强痛苦浓度的调味品。这也就难怪他在另一首诗《寓题》中要说"假如三万六千日,半是悲哀半是愁"了。

从杜牧的作品来看,最能强烈地抒发这种个人伤情哀感的还要数其怀古咏史一类的诗篇。杜牧的祖父是唐朝名相杜佑,博通古今,曾撰有著名的典章制度史《通典》。史学世家遗风的熏陶,使得杜牧有时在诗中习惯从历史的角度省思现实问题与个人命运,表达主观感受,有时并因而体现出一种深邃的历史感。像《过华清宫》、《润州二首》、《江南春》、《题宣州开元寺水阁,阁下宛溪,夹溪居人》、《登乐游原》、《泊秦淮》、《赤壁》等都属于这一类。它们在怀古中透出伤今情绪,将历史遗事与现实人生交织为一体,通过盛衰兴亡的感慨,默默体味世事人生带来的悲凉,如《题宣州开元寺水阁,阁下宛溪,夹溪居人》:

六朝文物草连空,天淡云闲今古同。鸟去鸟来山色里,人歌人哭水声中。深秋帘幕千家雨,落日楼台一笛风。惆怅无因见范蠡,参差烟树五湖东。

随着岁月无情地流逝,昔日的文化名胜早已变为连天的衰草,只有青空闲云、山色水声还和以前一样;诗人去时正值秋雨连绵,而当斜阳映照楼台之际,他又听到了随风传来的孤凄的笛声。五湖之东的烟树还隐约可见,而兴越灭吴、最终归隐五湖的范蠡却已影踪无存,留给诗人的只有一腔的惆怅。在《登乐游原》中杜牧也写道:

长空淡淡孤鸟没,万古销沉向此中。看取汉家何事业,五陵无树起秋风。

今古归于同一,一切的一切都最终在时间的长河中消失,犹如鸟儿飞没在浩瀚的天空中。应该说,上面这些怀古诗流露出来的情调是十分伤感的。这里既有对往日繁盛时代的怀恋,更有对衰世不可挽回的无奈;既有个人希望的残影,更有希望不断被现实粉碎而留下的失落。时世的衰败与个人失志的感受已完全融入于历史的观照之中。

出于抒写个人悲凄襟怀的需要,杜牧的诗在抒情风格上往往表现出重视意象选取以凸现自我感受的特征。在这一点上,它承接了中唐以来的意象营构上偏于主观的创作倾向,只是在诗歌的表现情绪方面较中唐有所发展,而且与中唐诗人作品相比,杜牧诗中择取的意象在更多情况下散溢出荒寂、衰败的气息,如"日暮东风怨啼鸟,落花犹似坠楼人"(《金谷园》),"青山隐隐水迢迢,秋尽江南草木凋"(《寄扬州韩绰判官》),"仙掌月明孤影过,长门灯暗数声来"(《早雁》)。伴随着这些意象的出现,诗人在语言运用上也似乎别有一番苦心。假如说"死"、"泣"、"血"、"哭"、"鬼"一类字眼为李贺所爱用,那么,体现荒衰意味的"落"、"暗"、"残"等字眼在杜牧诗所刻画的景象中也多次出现,除上引诗句外,又如"花径落成堆"(《题茶山》),"一树梨花落晚风"(《鹭鸶》),"斜辉更落西山影"(《怀钟陵旧游四首》之四),"一叶暗辞林"(《秋梦》),"雨暗残灯棋散后"(《齐安郡晚秋》),"月过楼西桂烛残"(《瑶瑟》),"映山帆满碧霞残"(《贺崔大夫崔正字》)。这一些无疑渗透着诗人面对衰颓时世与残缺人生而生发的强烈的情绪,成为他悲凉抑郁心境的某种外现,在诗中有着特殊的艺术效果。

但另一方面,在杜牧诗歌中也存在着写其放荡生活和由此导致的感情的作品,例如:

　　落魄江湖载酒行,楚腰纤细掌中轻。十年一觉扬州梦,赢得青楼薄幸名。(《遣怀》)
　　娉娉袅袅十三余,豆蔻梢头二月初。春风十里扬州路,卷上珠帘总不如。(《赠别二首》之一)

前一首直写其放荡的生活,颇为浅露。后一首赞美一个年少的妓女,也嫌轻佻。其值得注意的是大胆:敢于直接承认自己为青楼薄幸,敢于以这样的笔调来赞美妓女。这不仅需要个人的勇气,也需要社会的允许。此类诗篇与李商隐的爱情诗都出现在晚唐,也正意味着晚唐诗风的转变。

而且,当个人的勇敢与真挚的感情结合在一起时,就会写出动人的诗:

　　多情却似总无情,唯觉樽前笑不成。蜡烛有心还惜别,替人垂泪到天明。(《赠别二首》之二)

这首诗也是赠妓女的。杜牧曾较长期地生活在扬州,这时却要离开了;今后是否还能再来,谁都难以预料。所以,这一次也许就是永别。处此情境,没有什么话可以相互安慰,但也不愿再增加对方心头的负担;那么,还是把离别的悲哀埋在心底,忍住那将要流下的眼泪罢!这就是所谓的"多情却似总无情",也就是要"蜡烛""替人垂泪"的背景。全诗感情深切动人;但如缺乏勇气,当然不敢把这种感情写入诗中。

这一时期与杜牧诗风存在某些接近之处的诗人是许浑。

许浑(生卒年不详),字用晦,丹阳(今属江苏)人。大和六年(832)登进士第,曾任当涂、太平两县令,以病免。起润州司马,任监察御史。后出为睦州、郢州刺史。有《丁卯集》。

许浑的诗历来褒贬不一,赞誉的称其"字字清新句句奇"(韦庄《题许浑诗卷》),贬斥的说其"意多牵合,声韵急促,而调反卑下矣"(许学夷《诗源辩体》卷十七)。他现存的诗无一古体,全为近体,五、七律居多,而这些近体诗中,怀古之作尤具特色。

与杜牧的不少怀古诗一样,他的这些作品多包含强烈的伤古悼今的情怀,于咏史怀古中寄托对现实人生的种种感慨。寓意深沉,感情色彩浓厚。如《金陵怀古》、《姑苏怀古》、《凌歊台》、《骊山》、《咸阳城东楼》、《登洛阳故城》等篇即是代表。现举两例:

玉树歌残王气终,景阳兵合戍楼空。松楸远近千官冢,禾黍高低六代宫。石燕拂云晴亦雨,江豚吹浪夜还风。英雄一去豪华尽,唯有青山似洛中。(《金陵怀古》)

禾黍离离半野蒿,昔人城此岂知劳。水声东去市朝变,山势北来宫殿高。鸦噪暮云归古堞,雁迷寒雨下空壕。可怜缑岭登仙子,犹自吹笙醉碧桃。(《登洛阳故城》)

两首诗所怀对象不同,但基调却是一样的,荒芜的陈迹与依旧的山川景象融合在一起,形成变与不变、短暂与永恒的强烈对比,增加了诗歌感情表现的力度,也使诗的意境更显苍凉萧飒。更重要的是,在诗人的对历史兴废、人世沧桑的喟叹声中,隐约流露出他对现实人生的某种抑郁与寂灭感。他的其他的怀古诗也往往采取这一类今昔对比的手法,如《咸阳城东楼》的"鸟下绿芜秦苑夕,蝉鸣黄叶汉宫秋"等。

他对现实人生的抑郁与寂灭感在其他类型的诗里也有表现,那往往是与他关注自身生存境况的着眼点缠结在一起的,因而他的作品常有杜牧诗中出现过的那种在世事人生中透视个人命运的意味,如在其《秋霁潼关驿亭》诗中就有明显的表露:

霁色明高巘,关河独望遥。残云归太华,疏雨过中条。鸟散绿萝静,蝉鸣红树凋。何言此时节,去去任蓬飘。

驿亭的暂憩,似乎并未给奔波的诗人带来多少轻松与宁静。那着意刻画的秋景透出几分荒旷、静寂与残落之感,不难从中看出其所寓含的沉闷失落的心情。结句"去去任蓬飘",则是在以景传情基础上所作的点睛之笔,为的是明晰突出作者情感的强烈。在诗人看来,他所处的现实世界显得迷惘,令人难以从中找到自己的生活坐标;自身犹如飘飞的蓬草,流转不定,无所依凭,所以倍添感慨。

总的来说,许浑诗称得上清新,但其缺点是意象易于重复。如《金陵怀古》既言"禾黍高低六代宫",《登洛阳故城》又说"禾黍离离半野蒿";若孤立地看其中的一首,确写得不坏;若两首合在一起,就使人觉得他的语汇贫乏了一些。是以胡仔《苕溪渔隐丛话》卷二十四引《桐江诗话》说:

> 许浑集中佳句甚多,然多用水字,故国初士人云"许浑千首湿"是也。谓如洛中怀古诗云:"水声东去市朝变,山势北来宫殿高。"若其他诗无水字,则此句当无愧于作者。

不过,张为作《诗人主客图》,还是把这两句作为佳句列进去的。

杜牧和许浑的友人张祜,当时也以诗著名。祜字承吉,一生未仕,故又号张处士。有《张承吉文集》。集中有不少与杜牧唱和之作,如《和池州杜员外题九峰楼》之属。尤以作宫词见长,《赠内人》、《长门怨》皆是其代表作,都能写出宫女的寂寞和幽怨,体现出对她们的同情。

> 禁门宫树月痕过,媚眼惟看宿鹭窠。斜拔玉钗灯影畔,剔开红焰救飞蛾。(《赠内人》)

> 日映宫墙柳色寒,笙歌遥指碧云端。珠铅滴尽无心语,强把花枝冷笑看。(《长门怨》)

其《宫词二首》之一传诵尤广:

> 故国三千里,深宫二十年。一声《何满子》,双泪落君前。

但对此诗的命意所在,似多误解。这一首倒不是写一般的宫女幽怨,而牵涉到唐代的政治斗争。张祜所作《孟才人叹》的《序》说:

> 武宗皇帝疾笃,迁便殿。孟才人,以歌笙获宠者,密侍其右。上目之曰:"吾当不讳,尔何为哉!"指笙囊泣曰:"请以此就缢。"上悯然。复曰:"妾尝艺歌,愿对上歌一曲,以泄其愤。"上以恳许之。乃歌一声《何满子》,气亟立殒。上令医候之。曰:"脉尚温而肠已绝。"及上崩,将徙其柩,举之愈重。议者曰:"非倭才人乎?"爰命其榇,榇及至,乃举。嗟夫,才人以诚死,上以诚明,虽古之义激,无以过也。

唐武宗即位以前,政权已为宦官把持;武宗就是宦官所拥立的。但武宗即位后用李德裕为相,渐削宦官之权。不久武宗病重,宦官拥唐宪宗之子怡(后更名忱)为皇太叔,准备推翻武宗已推行的措施;武宗当时已毫无实权。孟才人所说的"泄其愤",是发泄对宦官等的愤慨。但因激动过甚,是以"乃歌一声《何满子》"后就"气亟立殒"。这也就是《孟才人叹》所说的"却为一声何满子,下泉须吊旧才人"。因而《宫词二首》之一的"一声《何满子》,双泪落君前",也即就此而言。

张祜的写景诗也很有特色,最有名的为《题金陵渡》:

> 金陵津渡小山楼,一宿行人自可愁。潮落夜江斜月里,两三星火是瓜洲。

其末一句的"两三星火",使寂寞的行人增添了若干温馨,也使凄清的夜色有了一点暖意。此诗为广大读者所喜爱,实非偶然。

他另有一首《平原路上题邮亭残花》,其首两句云:"云晦山横日欲斜,邮亭下马对残花。"斜日残花,颇有凄凉之意,不免使人想起李商隐的"更持红烛赏残花"(《花下醉》);晚唐诗人对残花的兴趣似乎超过前人。

第二节 李商隐与温庭筠

李商隐(813—858),字义山,号玉谿生,怀州河内(今河南沁阳)人。开成二年(837)举进士,授秘书省校书郎,调补弘农尉。又入京应礼部试,授秘书省正字。后曾入桂管观察使郑亚、武宁军节度使卢弘正幕下。河南尹柳仲郢任东川、剑南节度使,聘为判官,加检校工部郎中。最后客死在荥阳。有《李义山诗集》。

李商隐生平遭际并不如意,当时正值牛李党争,他曾卷入朋党倾轧的漩涡,政治上受到排挤,困厄落魄。而在个人生活上,李商隐也历尽波折。他的妻子为当时泾原节度使王茂元的女儿,夫妇感情很好,但妻子却在他三十九岁那年过早地去世。他另外可能还有一些由于男女情爱而导致的精神创伤。

李商隐的诗在晚唐诗坛可称得上是独树一帜,有人甚至认为,"于李、杜、韩后,能别开生路、自成一家者,惟李义山一人"(吴乔《围炉诗话》卷三)。这主要是由他的文学思想所决定的。在《献相国京兆公启》中他曾说:"人禀五行之秀,备七情之动,必有咏叹以通性灵。故阴惨阳舒,其途不一,安乐哀思,厥源数千。"这就意味着诗歌是抒发性灵、宣泄情感的产物。所以,在中唐以来诗歌创作尤重作家个人情思表现的基础上,李商隐的诗更加强了对自身内心世界深入全面的开掘,注重丰富深邃的心理体验与情绪传递。同时,晚唐时期特殊的时代氛围,政治生活与个人生活上的失落感,及其不能完全消融于环境中的个性,铸成了李商隐"一生襟抱未曾开"(崔珏《哭李商隐》)的忧郁气质,也使他的诗歌带上浓重的感伤情调。这种具有感伤色彩的心灵化乃至情绪化的特点,使李商隐的诗开创了晚唐诗歌创作的新境界。

抒写内心深处对人生种种哀痛的体验,成为李商隐诗歌一个基本的主题。这一主题通过种种富于独创性的艺术手段,形成一种前所未有的美感。

对个人身世的感伤是其基本主题中的一个主要方面。这类诗多流露出作者抑郁而真挚的深衷,如他作于荥阳的《夕阳楼》诗:

> 花明柳暗绕天愁,上尽重城更上楼。欲问孤鸿向何处,不知身世自悠悠。

诗题下有作者自注:"(夕阳楼)在荥阳。是所知今遂宁萧侍郎牧荥阳日作矣。""萧侍郎"指当时被贬为遂州司马的刑部侍郎萧澣。诗人在夕阳楼上登高望远,触景生情,见孤鸿独征,不由得引发起对只身远贬他乡的友人的深切怀念。然而思情未了,一股自伤之情又涌入胸中。友人的遭际固然是不幸的,但自己的境遇不也同样是沉沦困顿的吗?这样的悠悠身世,正可谓自顾不暇。从"欲问"到"不知"的语气回折,可以感受到作者的这种心理变化,其中渗透着浓烈的伤悼情绪。

值得注意的是,在李商隐诗中,这种自伤身世的心境,不少情形下是通过特殊的意象择取与缀合的方式来凸现的。在诗人笔下,一些含有衰残、凄凉情味的意象常为他所喜用,如"回头问残照,残照更空虚"(《槿花》),"夕阳无限好,只是近黄昏"(《乐游原》),"如何肯到清秋日,已带斜阳又带蝉"(《柳》),"秋阴不散霜飞晚,留得枯荷听雨声"(《宿骆氏亭寄怀崔雍崔衮》)。这些富有感情色彩的景物,无不寄寓着诗人"况我沦贱艰虞多"(《安平公诗》)的身世悲慨。他的有名的《花下醉》一诗在这方面更有代表性:

> 寻芳不觉醉流霞,倚树沉眠日已斜。客散酒醒深夜后,更持红烛赏残花。

诗中出现的斜日与残花的意象十分触目,"日已斜"已浸透着一种迟暮感,而"残花"则使迟暮又进为没落,所谓持烛赏玩,暗示自己与残花的同命相惜。总之,生命的美好时期已经逝去,现在无人可以倾诉,无从获取慰藉,只有深夜的残花,还能多少使他领略到一点已经消逝的美,激发起自怜自惜的情绪。这里可以看出诗人内心所蕴积的是多么凄怆的身世沦落感。

除感伤身世外,李商隐也有不少诗展现了诗人内心更为丰富复杂的人生体验,它们既同个人的遭际有一定的联系,又不限于具体的身世境遇,而是较为广阔意义上的个体心灵对沉重人生的内向观照。就其表现特征来说,这些作品往往更注重于内心体验基础上的情绪传达,而不是反映具体的感情内容。

他的一些情思较为隐晦的无题诗以及与无题诗风格相似的作品对此体现得尤为明显。举《无题》为例：

> 相见时难别亦难，东风无力百花残。春蚕到死丝方尽，蜡炬成灰泪始干。晓镜但愁云鬓改，夜吟应觉月光寒。蓬山此去无多路，青鸟殷勤为探看。

诗所描写的似乎是对一位女性的思念。但所思对象确切的身份是什么，诗中并未透露，因而也无法了解思情的实际内容，然而所折射出的情绪则是可以体味到的。那东风无力百花凋谢的景象已映衬出离别的愁苦，而春蚕丝尽蜡炬泪干的画面又传递出内心的黯淡失望，至于蓬山非遥而仙凡阻隔，只能寄希望于青鸟传书的局面，更增加了一种会合无缘的无尽的悲哀。它仿佛喻示着人世间充满种种的缺陷，生命美好的愿望总是被击破而难以实现，留下的只有无法消释的心灵忧伤。

这种情绪化有时在李商隐诗中达到了扑朔迷离的程度，所谓"辞难事隐"（辛文房《唐才子传》卷七）。但那不但不影响读者的欣赏，反而使其具有一种朦胧的美。最突出的是《锦瑟》：

> 锦瑟无端五十弦，一弦一柱思华年。庄生晓梦迷蝴蝶，望帝春心托杜鹃。沧海月明珠有泪，蓝田日暖玉生烟。此情可待成追忆，只是当时已惘然。

从诗的首尾两联中，可以依稀体味出作者是在追思华年，为那美丽、凄凉的往事而无限感伤。而整首诗的意境显然给人以飘忽幽邃之感。尤其中间四句用典，朦胧的意味更浓。但又使人深深感受到：往昔的事和人如像"晓梦"似地迷离短暂，"蝴蝶"似地优美翩跹；"春心"那样热烈眷恋，"望帝"那样忧伤痛苦；清纯凄凉犹如海上明月、月下泪珠；最后却又如玉上青烟，冉冉消融在暖日之中。这都使人有回肠荡气之感。

李商隐诗的这种朦胧美的形成，一方面固然是作者故意将感情的具体内涵隐藏起来，但更重要的是由于典故的创造性运用与结构布置的特殊性。

就用典而言，李商隐不但在诗中融入大量的典故，而且常常对它们赋予新的解释，甚至增入其原来所没有的内容，并将相互没有关系的典故根据自己的需要置于一体，从而传达一种内心的感受。以上引《锦瑟》一诗为例，其中间四句所用的四个典故，"庄生"句用了《庄子·齐物论》中庄周梦见自身化蝶之典，但《庄子》原意是在说明"梦"与"觉"（梦中的景象与醒后的景象）并无截然的界限，且根本没有说那是黎明时分所做的梦，李商隐却舍弃"梦"与"觉"难分的原意，从而突出了梦境之美，并称它为"晓梦"，进一步强调其短暂、恍惚，同时改

"化"为"迷",使其内涵更为扩大①。"望帝"句用的是《华阳国志》中周末蜀国君主杜宇死后魂化为杜鹃鸟、暮春悲啼而至于口中出血的典故,但据原典,只能说望帝将自己的心事寄托于暮春啼血的杜鹃,这心事本非"春心",经诗人如此一改,遂变凄厉为缠绵。"沧海"句用的是《博物志》中海里鲛人哭泣时泪流成珠的典故,但原典并未言及月亮,诗人增入"月明",使大海与珍珠都蒙上一层柔和的清辉,又将鲛人泪化珍珠改为珍珠上有泪痕,更有凄凉的意味。"蓝田"句所用典故不知其出处,中唐诗人戴叔伦曾将"蓝田日暖,良玉生烟"比喻"可望而不可置于眉睫之前"的诗景(司空图《与极浦书》引戴氏语),但从以上三句来看,诗人所追忆的往事必甚热情而凄艳,并非那种"可望而不可即"的境界,所以,运用此典当是说梦中的蝴蝶终于如玉上青烟般地消失。总之,这四个典故都是诗人创造性地运用,以此传递心灵特定的感受。其用典的意思难以具体而明确地落实,具有模糊性;典故之间本没有牵连,各自独立,但出现在他诗中,也许已有某种内在联系②,却未明言,因而可以引发读者种种联想,使全诗蒙上一层朦胧幽晦的色彩。但它们在整体上所传递出的一种迷惘、失落与忧伤的情味,同诗首尾两联惘然自失的悲慨交合在一起,形成一种尽管朦胧但仍能使人体味到的人生惆怅感。他在典故运用上的这种特色,同样体现了中唐以来的诗歌日益主观化的倾向。

从结构布置来看,由于追求情绪的传达,李商隐这一类情思朦胧的诗,往往不太注重情节因素与事理逻辑,而多以作者潜在流动的心绪来建构诗中的意脉,因此有时所流露出的情绪层次上有跳跃性的套叠,较为典型的如《春雨》诗:

> 怅卧新春白袷衣,白门寥落意多违。红楼隔雨相望冷,珠箔飘灯独自归。远路应悲春晼晚,残宵犹得梦依稀。玉珰缄札何由达,万里云罗一雁飞。

诗中呈露的是一种幽渺迷忽的相思之情。头一二句描写作者为思情所困,和衣独卧,寂寥惆怅。三四句则由人去楼空、隔雨相望的冷寂,一下进到求访所思却无获而归的失落。五六句跳至对所思对象悲情触发的设想,再折回到自己梦境依稀的慨叹。七八句又闪现由彼此遥隔而书札难通引发的哀愁。整首诗结构起伏曲折,心象层层叠出,跌宕而纠结的思绪映照出诗人流动不定而又

---

① "迷蝴蝶",可以理解为"迷而为蝴蝶",也可理解为"为蝴蝶所迷"。前一种理解符合《庄子》原意,后一种理解更有一种缥缈的美。
② 例如,可以将这四句理解为:迷于梦中的蝴蝶,托杜鹃传达其春心,经过一种清纯、凄凉的境界,蝴蝶终于如青烟般地消失。

深邃缥缈的内心,这既使得诗境在种种心绪错结中更显幽微恍惚,又构筑起一种具有浓重感伤意味的情绪氛围。

总的来说,李商隐的诗无论是直观方式的心灵折射,还是朦胧形态的情绪传递,它们都或明或晦地摹刻着作者特定的心理情状,这种心灵的体验在更多时候贯穿着痛苦人生中形成的忧伤的情结。也许正是这样一种感伤的心灵化与情绪化的风格,使得李商隐诗更显出其情感的魅力。

李商隐也有一些政治性的诗。大和九年,唐文宗与一些大臣欲诛杀把持政权的宦官,没有成功,臣僚中被宦官杀害的不少。他对此很感悲愤,写了《有感》、《重有感》等诗篇。此外,他还有若干针对历史上的政治现象而抒发感慨的诗。这两类诗篇中,后一类较有特色:

> 紫泉宫殿锁烟霞,欲取芜城作帝家。玉玺不缘归日角,锦帆应是到天涯。于今腐草无萤火,终古垂杨有暮鸦。地下若逢陈后主,岂宜重问《后庭花》!(《隋宫》)

这是讽刺隋炀帝以生活奢侈、巡幸无度而亡国的诗。如就政治见解来说,并无突出之处。而"于今"一联,设想奇特,属对精工,又极悲凄之致。这是李商隐诗所独具的艺术魅力。

当时在诗歌上与李商隐齐名的为温庭筠(?—866),有"温李"之称。他字飞卿,太原(今属山西)人。才思敏捷,为人狂放。《唐诗纪事》载:"……(宰相)令狐绹曾以故事访于庭筠,对曰:'事出《南华》,非僻书也。或冀相公燮理之暇,时宜览古。'绹益怒,奏庭筠有才无行,卒不登第。"所以他一生只担任过襄阳巡官、国子助教、方城尉等小官。善诗工词。其近体诗有的与李商隐有近似之处,如《瑶瑟怨》:

> 冰簟银床梦不成,碧天如水夜云轻。雁声还过潇湘去,十二楼中月自明。

诗也写得迷离恍惚。似是怀人之作。从字面上看,其所怀的当是仙人,因为《史记·封禅书》记方士曾言:"黄帝时为五城十二楼,以候神人于执期,命曰迎年。"其人既居"十二楼",自非一般的凡人。但这实与李商隐诗自言其怀念的人在"蓬山"同一机杼。其诗的凄艳之致,也略近李商隐诗。但感情却没有李商隐深厚。

温庭筠的写景诗也颇有佳作,写得清新自然,而属对精切。例如:

> 晨起动征铎,客行悲故乡。鸡声茅店月,人迹板桥霜。槲叶落山路,枳花明驿墙。因思杜陵梦,凫雁满回塘。(《商山早行》)

澹然空水带斜晖,曲岛苍茫接翠微。波上马嘶看棹去,柳边人歇待船归。数丛沙草群鸥散,万顷江田一鹭飞。谁解乘舟寻范蠡,五湖烟水独忘机。(《利州南渡》)

上一首的"鸡声"两句,去掉动词,以六个意象并列,固然是别出心裁之举;但若不是属对之工,以"茅店月"对"板桥霜",就不能形成苍凉的氛围。下一首的"数丛"两句,以"数丛沙草"之微,对"万顷江田"之广,以"群鸥散"之众,对"一鹭飞"之孤,对比十分鲜明,从而给人较强烈的印象。所以,在其自然清新的背后,实隐藏着精心的刻琢;但在诗里却已融化于总体的自然清新之中,不易为人所察知了。

必须指出的是:温庭筠比杜牧、李商隐更不关心政治。日本村上哲见教授曾以其咏陈后主、隋炀帝、唐玄宗故事的《鸡鸣埭歌》、《春江花月夜词》、《过华清宫二十二韵》、《华清宫和杜舍人》、《鸿胪寺偶成四十韵》、《马嵬佛寺》、《华清宫》等诗为例,指出诗人们在运用这类题材时往往出以批判、讽刺的态度,杜牧的《过华清宫绝句》和李商隐的《华清宫》也不例外,但温飞卿的上述诗篇却极少这样的内容,主要是写其对华丽的宫廷生活的憧憬及其对繁华消逝的无限惋惜①。这也正显示了中国文学从晚唐向五代推移的轨迹。

第三节 晚唐前期的其他诗人

活跃在晚唐前期诗坛的诗人,除前已叙述的以外,大致可分为两派。一派追求清新,接近于许浑,有李群玉、赵嘏等;另一派则注重炼字造句、渴望超俗,仰慕姚合、贾岛,有刘驾、马戴、雍陶、李频等。但他们之间又有其共同点,均立足于描摹个人的生存境况,追求真切、深邃的抒情境界。这体现了中唐诗风中注重主观世界的趋向在他们作品中的某种延续和发展,尽管落实到具体的作家身上有着程度不同的区别。

从这些诗人留存的作品看,涉及自身的生存境况的,主要还是集中于从不同侧面表现对个人遭际与命运的关注,抒发内心悲愁的人生感受。在这里体现着晚唐诗坛创作的基调。现试举李群玉、赵嘏两人的诗各一首为例。群玉,字文山,澧州(今湖南澧县)人,曾任校书郎。是杜牧友人。赵嘏(约806—?),字承祐,山阳(今江苏淮安)人。大中年间终于渭南尉任上。

---

① 见村上哲见《宋词研究(唐五代北宋篇)》第111—116页,创文社昭和五十一年版。

摇落江天欲尽秋,远鸿高送一行愁。音书寂绝秦云外,身世蹉跎楚水头。年貌暗随黄叶去,时情深付碧波流。风凄日冷江湖晚,驻目寒空独倚楼。(李群玉《江楼闲望怀关中亲故》)

　　云物凄清拂曙流,汉家宫阙动高秋。残星几点雁横塞,长笛一声人倚楼。紫艳半开篱菊静,红衣落尽渚莲愁。鲈鱼正美不归去,空戴南冠学楚囚。(赵嘏《长安秋望》)

　　前一首的头四句由秋日思亲怀故的情愫引出身世蹉跎的感慨。五、六句写年貌衰逝,犹如枯叶,心情灰冷,尽付逝流,实则是慨叹身世情绪进一步的扩张。最后两句构筑风凄日冷、倚楼怅望的画面,传递诗人内心极度的孤寂和凄凉。后一首的前六句主要从描写景色入手,烘托诗人怅惘愁闷的心境。其中"残星几点雁横塞,长笛一声人倚楼"两句,情韵更显深长,映衬出诗人黯然神伤的情态。据《唐诗纪事》记载,杜牧曾对赵嘏这两句诗十分赞赏,"吟味不已,因目嘏为'赵倚楼'"。诗的末尾两句承接上面写景而点明诗人忧伤的缘起,那客居的窘迫与压抑,让诗人甚至有犹如被囚的感觉。其内心苦闷的程度可以想知,因而促使他引发归思。两首诗就表现风格而言,既不像杜牧诗那般苍老雄浑,也不如李商隐诗那样幽微迷渺,但它们都具有笼罩在杜、李诗歌中的那种悲凄哀婉的情调。而由上述所流露的浓烈而深沉的感情来看,这种在晚唐诗中具有代表性的感伤情调,无疑不是作者有意的造作或仿拟,而是出自他们真切而愁苦的内心感受。

　　对于这时期的诗人来说,人生中的诸多失意既有个人因素,也有时代因素,但无论如何,它们在客观上加重了诗人们的精神负荷,这使有些诗人在失落之余常常为自己寻找摆脱苦闷的途径。马戴、雍陶等就属于这一类。在诗歌中他们有时描写自己寄情自然的闲逸生活,恬静的画面、冲淡的诗境透出的是获取某种精神解脱的企求。如马戴《山中寄姚合员外》:"朝与城阙别,暮同麋鹿归。鸟鸣松观静,人过石桥稀。木叶摇山翠,泉痕入涧扉。敢招仙署客,暂此拂朝衣。"又如雍陶《卢岳闲居十韵》中也云:"扰扰走人寰,争如占得闲。防愁心付酒,求静力登山。见药芳时采,逢花好处攀。望云开病眼,临涧洗愁颜。"在远离人事喧嚣的自然中,诗人似乎暂时避却烦忧的心念,得到安宁。

　　这两人都是姚合、贾岛的诗友,这两首诗也具有追踪姚、贾的痕迹。如马诗中间四句,颇见枯寂,以"涧扉"对"山翠",炼字之迹也很明显。雍诗的"防愁心付酒"句,不是像通常所说的以酒解忧,而用一"防"字,意为将忧愁抵御于外,又说把"心"交付给酒,那都是力求表现的奇特。至其末两句,原意是"望云病眼开,临涧愁颜洗",这本是一种奇特的想像(即意味着"云可以使病眼睁开,涧能使颜上的忧愁洗掉"),再把语序颠倒一下,在表现上也颇显特别了。这都是姚、贾一路。

这两首诗所写的从自然中求解脱,也是别的诗人所一再吟咏过的。然而切身的人生愁苦毕竟难以完全从这些诗人的内心抹去,有时不免与闲静的企求纠结在一起;表现在他们的诗里,恬淡的气氛中也会掺杂一种怅然若失的意味,情思更显得深邃。如刘驾的《山中夜坐》:

> 半夜山雨过,起来满山月。落尽醉处花,荒沟水决决。怆然惜春去,似与故人别。谁遣我多情,壮年无鬓发。

清寂的山中之夜,诗人的心情并不平静,残春的情境不时撩拨着他感伤的内心。诗的末两句进而点出,缠绵的伤春思绪的背后,隐藏着诗人更为深重的一层愁怀。

刘驾大概也是仰慕姚、贾的,故其诗颇有深思苦吟的特点。他的《早行》诗开头两句"马上续残梦,马嘶时复惊",写得颇为传神;而能选择这样的景象,并且写得如此细致,又置于一诗之首,开头就使人产生突兀之感,这都是深思细琢的结果;至于上引之诗,也有同样的特点。如"落尽醉处花"一句,为什么要强调"醉处"呢?这诗是写他半夜里起来的感受;由这一句,一面点出他睡前已喝醉了;再则因为只是睡了一觉,醉处的花还清晰地留在他脑中,不料在现实里却已荡然无存了,所以更能产生触目惊心之感。再如末二句,同样是深思的结果。多情与没有头发有什么关系呢?想来是因潘岳《秋兴赋》写他三十二岁就有白发,而赋中又显得一往情深,因而产生了多情会使人早生白发的想法①;由此,他又进一步认为脱去头发是比生白发更为多情的结果。这样的一种思路,不是姚、贾一派的诗人是不会有的。我们不妨再看一看赵嘏的《南园》:

> 雨过郊园绿尚微,落花惆怅满尘衣。芳尊有酒无人共,日暮看山还独归。

虽有闲逸的情调,却无闲逸的兴致,种种莫可名状的惆怅与孤独感时时萦绕在诗人的胸中,积郁难开。这与上引的刘驾之诗都说明自然并不能真正使人解脱,但在表现形式上就与刘驾很不一样了。

除马戴、雍陶、刘驾外,追踪姚、贾的还有朱庆馀、李频、薛能等。李频是姚合的女婿;因为姚合认为他诗写得好,就把女儿嫁给了他。这些诗人在贾、姚的影响下,大多对诗的炼词造字十分用心,并常常爱选一些衰残凄冷的意象传达内心的悲愁,或以较奇特的设想显示其脱俗的格调,如李频"独鸟惊来客,孤云触去樯"(《陕州题河上亭》),"半湖乘早月,中路入疏钟"(《送刘山人归洞

---

① 所以后来苏轼也有"多情应笑我,早生华发"(《念奴娇》)之句。

庭》）；朱庆馀"山深松翠冷，潭静菊花秋"（《送僧》）；方干"细看枝上蝉吟处，犹是笋时虫蚀痕"（《越州使院竹》）；顾非熊"石室和云住，山田引烧开"（《寄九华山费拾遗》）；刘得仁"劲风吹雪聚，渴鸟咏冰开"（《题邵公禅院》）等，其精练的字句，萧飒的意象，都具有极强的主观色彩，融入诗中，不同程度地增强了抒情的效果。

第四节 韦庄、韩偓等晚唐后期诗人

晚唐后期的诗歌，就其总体来说，仍是晚唐前期诗歌的延续，其中有两点尤其值得重视：第一，由于晚唐的社会矛盾较前其更尖锐，加以战祸频仍，人民的生活愈益痛苦。在诗歌中也就出现了揭示社会残破、人民遭受灾难的作品。大致可分为两类。一类基于诗人的激动，无所顾忌地叙事抒情，以韦庄的叙事长诗《秦妇吟》为最突出的代表。它是中国古代叙事史上的独绝之作。在当时很流行，后来却几乎失传了。另一类则基于儒家的文学观，意在讽谏，成为宋代同类诗歌的先声。第二，在杜牧、李商隐的勇敢地抒写由男女爱恋所生发的感情的基础上，将此类诗篇的写作推向新的阶段：通过生动的描绘，把感情表现得更为细腻、深入，并且赋予了新的内涵。这在韦庄的诗中已可看出，至韩偓《香奁集》而更为明显；它同时也意味着唐诗向五代词的转变。

此外，在晚唐后期还出现了司空图的诗论，这表明当时人们对诗歌的艺术特征已有了新的体认。

一、韦　　庄

韦庄（约836—910），字端己，京兆杜陵（今陕西西安）人。早年不得志，在各地游历，乾宁元年（894）他四十好几岁时才进士及第，任校书郎，转补阙。后仕蜀，官至吏部侍郎兼平章事。工诗词，有《浣花集》。他的词我们将在下章中介绍。

韦庄早年漫游时，自悲沦落，又经战祸，所见皆伤心惨目，故其诗既有对于残酷现实的深刻揭露，也有悲愤难抑的叛逆之音。今引两首为例：

> 欲上隋堤举步迟，隔云燧燧叫非时。才闻破虏将休马，又道征辽再出师。朝见西来为过客，暮看东去作浮尸。绿杨千里无飞鸟，日落空投旧店基。（《汴堤行》）

> 九重天子去蒙尘，御柳无情依旧春。今日不关妃妾事，始知辜负马嵬

人。(《立春日作》)

前一首写社会的残破,人民生命的朝不保夕,真可谓惨不忍睹。而造成这种局面的原因,则在于朝廷。"才闻"二句实是点睛之笔。后一首不但是为杨贵妃鸣不平,也是对他当时的政治现实的无情鞭挞。诗人的意思是说:国家原是当权者自己搞糟的,到了无可收拾时,却归罪于妃妾,让女性去做替罪羊。但现在已经到了替罪羊都找不出的时候了,于是反过来证明了杨贵妃一类妃妾的无辜。这是何等的愤激,又是何等的大胆!

他的这类诗篇中,最具代表性的是《秦妇吟》。该诗共一千三百六十九字,是唐代最长的叙事诗,在他生前就已流行。但后来他感到诗中有些内容触忌,就尽量不予流传。在他集子中也没有收入,以致失传。幸而在清末发现的敦煌文献中,还保存着几个《秦妇吟》写本。

此诗以一青年妇女自述其经历的形式展开。她的叙述大致可分三部分:她在黄巢攻破长安时的遭遇;陷在黄巢军中的痛苦生活;三年后她从长安逃出来的经历。通过她的自述,实际上反映了唐末的大动乱及其对社会的严重破坏。在此以前从没有一首叙事诗能对这样巨大的社会变动在如此广阔的范围内加以铺叙;所以,从文学的发展来说,这是值得重视的现象。

在长诗的上述三部分以前,有一个起着引子作用的开端:

> 中和癸卯春三月,洛阳城外花如雪。东西南北路人绝,绿杨悄悄香尘灭。路旁忽见如花人,独向绿杨阴下歇。凤侧鸾敧鬓脚斜,红攒黛敛眉心折。借问女郎何处来,含颦欲语声先咽。回头敛袂谢行人:丧乱漂沦何堪说。三年陷贼留秦地,依稀记得秦中事。君能为妾解金鞍,妾亦与君停玉趾。

从诗歌的下文我们可以看到,这一"女郎"基本上是以黄巢攻陷长安事件的目击者的身份来叙述动乱的,她个人的遭际和命运在诗里不但只是附带地偶一提及,而且在关键的时候根本不提①。所以,作者写这一人物,并不是要以她的命运来打动读者,而仅仅是让她起一个叙述者的作用。同时,韦庄自己对当时长安情况早有了解,并非真是有一位妇女向他述说了以后他才知道的。所以,作品里出现的这一"女郎",仅仅是代替韦庄来充当叙述者。但对于这样的人物的出场,韦庄仍作了相当具体、细致的描绘,这显然是为了使作品一开始就能吸引住读者。由此可见,韦庄已较熟练地掌握了叙事的技巧。

---

① 例如,当长安大饥荒的时候,连黄巢的宰相也只能吃树皮,她又是怎么活下来的?她孤身一人从长安逃到洛阳,这历程必然极为艰险,她又是怎么度过的?

下面,就是这"女郎"的自述的第一部分——长安陷落的经过及惨况:

前年庚子腊月五,正闭金笼教鹦鹉。斜开鸾镜懒梳头,闲凭雕栏慵不语。忽看门外起红尘,已见街中擂金鼓。居人走出半仓惶,朝士归来尚疑误。是时西面官军入,拟向潼关为警急,皆言博野自相持,尽道贼军来未及。

须臾主父乘奔至,下马入门痴似醉:适逢紫盖去蒙尘,已见白旗来匝地。扶羸携幼竞相呼,上屋缘墙不知次。南邻走入北邻藏,东邻走向西邻避。北邻诸妇咸相凑,户外崩腾如走兽。轰轰崑崑乾坤动,万马雷声从地涌。火迸金星上九天,十二官街烟烘㷇。

日轮西下寒光白,上帝无言空脉脉。阴云晕气若重围,宦者流星如血色。紫气潜随帝座移,妖光暗射台星拆。家家流血如泉沸,处处冤声声动地。舞伎歌姬尽暗捐,婴儿稚女皆生弃。东邻有女眉新画,倾国倾城不知价,长戈拥得上戎车,回首香闺泪盈把,旋抽金线学缝旗,才上雕鞍教走马,有时马上见良人,不敢回眸空泪下。西邻有女真仙子,一寸横波剪秋水,妆成只对镜中春,年幼不知门外事,一夫跳跃上金阶,斜袒半肩欲相耻,牵衣不肯出朱门,红粉香脂刀下死。南邻有女不记姓,昨日良媒新纳聘,琉璃阶上不闻行,翡翠帘间空见影,忽看庭际刀刃鸣,身首支离在俄顷,仰天掩面哭一声,女弟女兄同入井。北邻少妇行相促,旋拆云鬟拭眉绿,已闻击托坏高门,不觉攀缘上重屋,须臾四面火光来,欲下回梯梯又摧,烟中大叫犹求救,梁上悬尸已作灰。

在这段叙述中,长安陷落时的惶遽和政府的无能都写得颇为生动。"轰轰崑崑乾坤动,万马雷声从地涌",也很能反映黄巢军队入城时的气势及其在人们心理上所引起的震撼。问题是在于写妇女遭遇的那一部分,它使人读来伤心惨目。在20世纪的相当长的一段时间里,《秦妇吟》被斥为攻击和诬蔑农民起义军,就因这类描写不符合当时处于主流地位的关于农民起义的观念,而且在以前的史籍里也有黄巢军在攻入长安以前纪律严明的记载①。不过,无论是《旧唐书》抑《新唐书》的《黄巢传》,都有黄巢军队入长安后的残暴行为的记载,只是《旧唐书》说黄巢军于占领长安一年后"始酷虐,族灭居人";《新唐书》则说巢军入长安"甫数日,因大掠,缚箠居人索财,号淘物,富家皆跣而驱,贼酋阅甲第以处,争取人妻女乱之。捕得官吏悉斩之,火庐舍不可赀",与此诗所述相近。

接着,她继续叙述自己的被掳和在"贼"中三年的所见所闻;这也就是其自

---

① 例如《旧唐书·僖宗纪》就说黄巢部队"自淮以北,整众而行,不剽财货,惟驱丁壮为兵耳"。他在攻入洛阳后也没有扰乱人民的生活。

述的第二部分。

  妾身幸得全刀锯，不敢踟蹰久回顾。旋梳蝉鬓逐军行，强展蛾眉出门去。旧里从兹不得归，六亲自此无寻处。
  一从陷贼经三载，终日惊忧心胆碎。夜卧千重剑戟围，朝餐一味人肝脍。鸳帏纵入岂成欢，宝货虽多非所爱。蓬头面垢猍眉赤，几转横波看不得。衣裳颠倒言语异，面上夸功雕作字。柏台多士尽狐精，兰省诸郎皆鼠魅。还将短发戴华簪，不脱朝衣缠绣被。翻持象笏作三公，倒佩金鱼为两史。朝闻奏对入朝堂，暮见喧呼来酒市。
  一朝五鼓人惊起，叫啸喧争如窃语。夜来探马入皇城，昨日官军收赤水。赤水去城一百里，朝若来兮暮应至。凶徒马上暗吞声，女伴闱中潜生喜。皆言冤愤此时销，必谓妖徒今日死。逡巡走马传声急，又道官军全阵入。大彭小彭相顾忧，二郎四郎抱鞍泣。沉沉数日无消息，必谓官军已衔璧。簸旗掉剑却来归，又道官军悉败绩。
  四面从兹多厄束，一斗黄金一升粟。尚让厨中食木皮，黄巢机上刲人肉。东南断绝无粮道，沟壑渐平人渐少。六军门外倚僵尸，七架营中填饿殍。长安寂寂今何有，废市荒街麦苗秀。采樵斫尽杏园花，修寨诛残御沟柳。华轩绣毂皆销散，甲第朱门无一半。含元殿上狐兔行，花萼楼前荆棘满。昔时繁盛皆埋没，举目凄凉无故物。内库烧为锦绣灰，天街踏尽公卿骨。

这里的"三载"是连头尾一起算的，是她从庚子年到壬寅年——即中和二年，也就是她与诗人在洛阳城外见面的上一年——的经历①。

  上面的第一、二小段述其被掳随行及其与黄巢部下一位大将成婚后的日常见闻。虽偶有夸大过分而使人产生幻灭感的所在（她与那人成婚后的物质待遇似乎不错，故有"宝货虽多非所爱"之语；那么，在官军包围长安而导致食物极度匮乏之前，她要求在早餐时另外吃些别的东西也不至于办不到，何至每晨都只"一味人肝脍"呢），不过，她主要是讽刺那些人摆官派摆得不像，此外并没有多所渲染。

  第三小段述黄巢部队忽然退出长安，但又很快回来。这是历史事实。发生在中和元年（即攻入长安的下一年）四月，当时唐朝政府讨伐黄巢的部队到得很多，黄巢见官兵势大，就率众退出。但很快就发现官军的士气和战斗力都

---

① 这是由此诗下文"前年又出杨震关"之语而推断的。唐人于本年以前均可称"前年"，与今天以"前年"专指去年的上一年不同（是以此诗有"前年庚子"之语，而"庚子"距其叙述当时的癸卯已四年）。她既至迟于癸卯的上一年已离长安、出潼关，则其陷于"贼"中至多至壬寅年止。

不强,又率兵返回。此段在述这一事情时,纯从这一女子的视角,只写其所能看到和听到的,而不使她知道得更多,也不代她来补充。这也是叙述技巧上值得肯定的。

第四小段写:在官军的四面包围下,长安城内粮食缺乏,人民大批饿死,长安遭到严重破坏。这是全诗最有价值的部分。第一,与这种惨酷的局面相比,黄巢部队入长安之初的劫掠就远为逊色。由此可见,这场浩劫实是黄巢部队与官兵共同造成的。就韦庄及其同一阶层的人来说,黄巢当然是"贼",讨伐者是正义的一方;而就这段描写来看,则广大人民群众正是在正义的一方和"贼"的斗争中受到了最为惨重的损害。第二,这一段写得具体、生动,毫无讳饰,读来真使人惊心动魄。在这以前的中国文学作品里,无论诗歌或散文,都还没有出现过这样的描写。不过,这样无讳饰的描写,恐怕不符合中国的传统思想,据孙光宪《北梦琐言》记载,"内库烧为锦绣灰,天街踏尽公卿骨"两句为公卿所讶异。想来是这样的写法有失公卿的尊严。后来韦庄也果然尽量不让《秦妇吟》流传。

以下就写这一女子离开长安后的途中所见,是其自述的第三部分。这部分对官军颇多讽刺、揭露,最突出的是如下一段:

> 明朝又过新安东,路上乞浆逢一翁。苍苍面带苔藓色,隐隐身藏蓬荻中。问翁本是何乡曲,底事寒天霜露宿。老翁暂起欲陈词,却坐支颐仰天哭:乡园本贯东畿县,岁岁耕桑临近甸。岁种良田二百廛,年输户税三千万。小姑惯织褐纯袍,中妇能炊红黍饭。千间仓兮万丝箱,黄巢过后犹残半。自从洛下屯师旅,日夜巡兵入村坞。匣中秋水拔青蛇,旗上高风吹白虎。入门下马若旋风,罄室倾囊如卷土。家财既尽骨肉离,今日垂年一身苦。一身苦兮何足嗟,山中更有千万家,朝饥山上寻蓬子,夜宿霜中卧荻花。

这一小段中引人注意的是:黄巢部队经过后,这位老翁家的粮食还剩下了一半;但自从屯驻了官军,剩下的一半也被官军抢走了。这也就意味着在残害人民方面,官兵绝不输于黄巢。

此诗在中国文学史上的意义,有如下几点:第一,规模之宏伟为以前所无。这不仅指篇幅,更在于内容的广阔。对黄巢攻破长安的这一个大事件以及由此所引起的其周围广大地区的变化,作如此正面的描述,而且细部描写如此丰富而生动,从而形成如此宏大的叙事规模;这在中国文学史上是第一次出现。杜甫的诗被称为"诗史",是就其诗的整体来说;若就其单独的一篇来说,则从没有如此庞大的。第二,叙事的格式十分明晰。从诗人开始见到"女郎",

直到女郎的长篇述说,没有任何省略;而在以前的叙事诗里,省略是常见的。例如杜甫的《新安吏》:"肥男有母送,瘦男独伶俜。白水暮东流,青山犹哭声。'莫自使眼枯,收汝泪纵横。……'"杜甫的"莫自"等话是向谁说的?怎么说的?或者,这只是他在心里默默地说?实际上,杜甫的《新安吏》虽然基本上是叙事诗,但仍有若干抒情诗的成分。所以,这两句只是表达他自己的感情,上面问的这些,都无关紧要。但如是纯粹的叙事诗,当然就不能这样。而韦庄此诗,对这一类过程、细节都交代很清楚,所以是纯粹的叙事诗格式。第三,设定了一个叙述人,并且全诗都没有背离她的视角。除了诗歌开头起着引子作用的部分是诗人述其自身所见外,以下皆是叙述人的叙述,诗人自己没有任何插话;而其愤怒、悲悯之情则隐伏其间,如诗篇结尾的"一身苦兮何足嗟,山中更有千万家。朝饥山上寻蓬子,夜宿霜中卧荻花",乃是女郎所转述的老人之语,但读者可以感受到诗人的心也在流血。第四,叙述具体而细致,无论是黄巢军队进入长安时的那种大场面,还是诗篇将近结束时女郎逢到老翁的小插曲("苍苍面带苔藓色,隐隐身藏蓬荻中","老翁暂起欲陈词,却坐支颐仰天哭"),无不明晰如画。这三者也都是以前的叙事诗中所少见的。

此诗明显的不足之处,就在于这一"女郎"仅仅起了叙述者的作用,而且在叙述中又避开了许多涉及她个人命运的事情,倒好像她是时事讲解员,这就使人产生不自然的感觉。但尽管如此,此诗的出现仍反映了我国文学在叙事诗方面的重大进步。

韦庄的诗不仅在控诉当时的政治现实、表现自己的悲愤方面成就显著,而且在抒写其由男女爱恋所生发的感情上也可谓前无古人。最突出的是其悼亡姬之作。

> 凤去鸾归不可寻,十洲仙路彩云深。若无少女花应老,为有姮娥月易沉。竹叶岂能消积恨,丁香空解结同心。湘江水阔苍梧远,何处相思弄舜琴。(《悼亡姬》)

> 默默无言恻恻悲,闲吟独傍菊花篱。只今已作经年别,此后知为几岁期?开箧每寻遗念物,倚楼空缀悼亡诗。夜来孤枕空肠断,窗月斜辉梦觉时。(《独吟》。题下原注:"以下四首,俱悼亡姬作。")

> 六七年来春又秋,也同欢笑也同愁。才闻及第心先喜,试说求婚泪便流。几为妒来频敛黛,每思闲事不梳头。如今悔恨将何益,肠断千休与万休。(《悔恨》。引者按:此首原紧接于《独吟》后,也为悼亡姬作)

这三首相互关联,第三首尤为重要。而在第三首中,"试说"句更为点睛之笔。因为唐代的士人在婚姻问题上非常重视门第,若其正式妻子不出身于高门大族,他的发展前途和社会地位都将蒙受严重的不利影响。《莺莺传》中的张生之所以抛弃莺莺,其真实原因乃是莺莺非高门大族出身(参见陈寅恪《论〈莺莺传〉》);《霍小玉传》中的霍小玉之所以不敢奢望与李益正式结婚,而只希望他能陪伴自己八年,也是因为她出身卑微。韦庄虽然是在尚未结婚时就与这位亡姬同居的,但在这样的环境中他自然不愿将她作为自己的正式妻子,而要另外"求婚"。大概他与她确实已有感情,想先征得她的同意再去做,所以有"试说求婚"之事,而她则一说便哭。至于她的"为妒"而"频敛黛",也许是由于他要向别人求婚,也许是他另有拈花惹草之事,今已难于考知;她的"每思闲事不梳头"显然也是因为心中常感不快。如从封建道德的标准来看,那么,她在其夫君的求婚事件上的表现,是不识大体(不以其夫君和家族的前途为重)、不顾名分、不安分守己,加以好妒忌、爱耍小性子,乃是不贤之妇;但在写作此诗时的韦庄看来,这却是自己的错,是他使她陷入了这种痛苦的处境,以致青年夭折。因而他深为悔恨,并因今天的悔恨已无济于事而不胜悲哀——"肠断千休与万休"。这是在男女不平等——而且将此视为天经地义——的社会中男性的真诚的、虽然是初步的忏悔。

理解了第三首,就可以明白第一首也含有忏悔之意。开始时他之与她相处,只是为了她的年轻貌美,借以寻求快乐,消除自己的悲哀、孤独,所谓"若无少女花应老,为有姮娥月易沉"(后一句是欢娱夜短、寂寞更长之意);但在她去世以后,他经受了纵酒也难以排遣的、深沉的痛苦("竹叶"为酒名),同时也觉悟到自己辜负了她,她像丁香一样地要与自己结同心,但他却并未真正为她着想,同心无从缔结,所以说是"丁香空解结同心"。可悲的是:现在虽已觉悟,却已无从挽回了。首二句和末二句所写都是人天永隔之痛。

也正因此,见于第二首的悲痛是有真实而丰富的内涵的,这不但是由于爱情的失去,更由于深刻的愧疚和忏悔无从。所以,他只希望早日与她在地下相见,然而,"此后知为几岁期",这一天不知何时才能到来。于是生命就成了沉重的负担,他只好以翻检她的遗物和写悼亡诗来聊以排遣哀愁,但又如何排遣得了?"夜来孤枕空肠断,窗月斜辉梦觉时",这是怎样悲凄欲绝的境界!

长期在男女不平等的制度中享受着特权的男性,却通过爱情而理解了所爱者的饱受委屈的死,于是有了忏悔,写出了如此真诚坦率、悲哀感人的诗,这在我国文学史上固然值得珍视,同时也可视为作为个人的人的某种程度的觉悟。

二、皮日休及其他

在晚唐后期的诗人中,对社会问题有所揭露并受到注意的,还有皮日休、聂夷中和杜荀鹤。不过他们都受儒家文学观的影响较深,不同于韦庄的自恣。

皮日休(约838—约883),字逸少,后改袭美,襄阳(今属湖北)人,因曾隐居鹿门山,自号鹿门子。咸通八年(867)登进士第,曾任著作佐郎、太常博士。有《皮子文薮》。他赞同白居易强调诗歌的"风雅比兴"传统的主张,作《正乐府》十首,以提示人民的痛苦。聂夷中(837—?),字坦之,河东(今山西永济)人,出身贫苦。咸通十二年(871)登进士第,曾任华阴县尉。杜荀鹤(846—904),字彦之,石埭(今属安徽)人,大顺初(890)登进士第。授翰林学士。有《唐风集》。他自述其文章说:"言论关时务,篇章见《国风》。"(《秋日山中寄李处士》)其文学思想实与皮日休相近。今各引其诗一首如下:

秋深橡子熟,散落榛芜岗。伛伛黄发媪,拾之践晨霜。移时始盈掬,尽日方满筐。几曝复几蒸,用作三冬粮。山前有熟稻,紫穗袭人香。细获又精舂,粒粒如玉珰。持之纳于官,私室无仓箱。如何一石余,只作五斗量!狡吏不畏刑,贪官不避赃。农时作私债,农毕归官仓。自冬及于春,橡实诳饥肠。吾闻田成子,诈仁犹自王。吁嗟逢橡媪,不觉泪沾裳。(皮日休《橡媪叹》)

二月卖新丝,五月粜新谷。医得眼前疮,剜却心头肉。我愿君王心,化作光明烛。不照绮罗筵,只照逃亡屋。(聂夷中《咏田家》)

经乱衰翁居破村,村中何事不伤魂。因供寨木无桑柘,为著乡兵绝子孙。还似平宁征赋税,未尝州县略安存。至今鸡犬皆星散,日落前山独倚门。(杜荀鹤《乱后逢村叟》)

这三首诗的前两首,显然都为讽谏而作,作者自己并无强烈的感动,当然也就无法给予读者以真正的震撼。如第一首的"自冬及于春,橡实诳饥肠"与"吁嗟逢橡媪,不觉泪沾裳"之间插入了"吾闻田成子,诈仁犹自王"两句,这自是讽谏的需要,但这种训诫式的诗句的插入,却明显减弱了读者从人民的这种痛苦生活中所能得到的感受。至于第二首,更像是向君主上的奏疏。第三首的感染力虽比前二首要强,但与也是写"经乱衰翁"的《秦妇吟》的末段一比较,就明显缺乏后者的那种激情。这就因为杜荀鹤所追求的是"篇章见《国风》",因而就难免"发乎情,止乎礼义",不可能有《秦妇吟》结尾那样的愤激之词了。这些都是与白居易新乐府的传统相通的,也是后来宋代的那些涉及人民的痛苦生活、但却缺乏激情的诗歌的先声。

这几位诗人虽然写过数量不等的揭露社会现实问题的诗篇,但正如白居易那样,他们在诗歌领域里还有另一种追求。杜荀鹤受贾岛、姚合的影响,耽于苦吟,他自己说:"苦吟无暇日,华发有多时。"(《投李大夫》)这正是贾岛一派的作风。聂夷中很崇拜刘驾,说是"君诗如门户,夕闭昼还开"(《哭刘驾博士》),这大概是称赞刘诗会永远不朽。不过,使用这样的句子,显然是很经过一番推敲的。他又说:"白发欺贫贱,不入醉人头。"(《饮酒乐》)那其实是说人在醉后就忘了头上的白发;而若老是喝醉,总得有点钱,所以说"白发欺贫贱"。这跟刘驾所说无发是多情的结果,恰是同一机杼。皮日休耽于唱和,而且还作过不少杂体诗,那就有点文学游戏性质了,见其与陆龟蒙合撰的《皮陆唱和集》。

除了皮日休等以外,当时的诗人还有郑谷(约851—约910以后)、胡曾等。郑谷,字守愚,袁州(治所在今江西宜春)人。曾受知于马戴、李频等,颇有姚合、贾岛之风。如《蜀中赏海棠》诗云:"浓淡芳春满蜀乡,半随风雨断莺肠。""断莺肠"当是苦思而得。但他又受知于司空图,故有些诗也重情致,如《雪中偶题》:"乱飘僧舍茶烟湿,密洒高楼酒力微。江上晚来堪画处,渔人披得一蓑归。""茶烟湿"之类不脱苦吟本色,后两句却颇有潇洒出尘之致。胡曾,邵阳(今属湖南)人,咸通时举进士不第。曾为高骈等人幕僚。以咏史诗著名。现存一百数十首。此类诗较通俗,但影响甚大。后世演义往往引其诗作为评论历史人物和事件的依据。今引其《垓下》一首为例:

    拔山力尽霸图隳,倚剑空歌不逝骓。明月满营天似水,那堪回首别虞姬。

三、韩偓及其《香奁集》

晚唐后期的诗人中写男女恋情最著名的是韩偓,他的《香奁集》是我国第一部个人所写的艳诗集。

韩偓(844—923),字致光(一作致尧),京兆(今陕西西安)人。龙纪元年(889)进士,曾任刑部员外郎等职。天复初官翰林学士、中书舍人,随唐昭宗奔蜀,进兵部侍郎、翰林承旨。他很受昭宗信任,也曾提过好些在政治上有益的建议。因不附朱全忠而被贬斥,遂由湖南入闽,依王审知而卒。有《韩内翰别集》及《香奁集》。《韩内翰别集》中诗颇有感时伤乱之作,而其在中国诗歌史上影响最大的则为《香奁集》。

《香奁集》是其早年所作的艳体诗的结集,卷首有自序:

    余溺章句信有年矣,诚知非丈夫所为;不能忘情,天所赋也。自庚辰、辛巳之际,迄辛丑、庚子之间,所著歌诗不啻千首,其间以绮丽得意亦数百篇,往往在士大夫之口,或乐工配入声律,粉墙椒壁,斜行小字,窃咏者不可胜记。大盗入关,缃帙都坠,迁徙不常厥居,求生草莽之中,岂复以吟讽为意?或天涯逢旧识,或避地遇故人,醉咏之暇,时及拙唱。自尔鸠辑,复得百篇,不忍弃捐,随时编录。退思宫体,未降称庾信攻文;却诮《玉台》,何必倩徐陵作序。初得捧心之态,幸无折齿之惭。柳巷青楼,未尝糠粃;金闺绣户,始预风流。咀五色之灵芝,香生九窍;咽三危之瑞露,春动七情。如有责其不经,亦望以功掩过。

此《序》有如下几点值得注意:第一,庚辰、辛巳为公元860、861年,辛丑、庚子则为881、880年,所以这集中所收为其虚龄17岁至38岁的作品;换言之,其中很大一部分作于其青年时代,也即对爱情有种种渴望和追求的时期。再参以"柳巷青楼"、"金闺绣户"等语,则其在对女性的赞扬上并无身份的差别。第二,从"退思宫体"等句,可知韩偓是把《香奁集》中诗视为与《玉台新咏》的诗篇同样属性的,所以用"却诮《玉台》,何必倩徐陵作序"来间接说明《香奁集》由他自己作序的原因,同时,他说他不愿称赞庾信的宫体诗,也是在说明自己收在《香奁集》中的诗并不比庾信的宫体诗差。由此可知,他是把《香奁集》视为南朝艳诗的继承与弘扬的。第三,就其所述这些诗篇之在当时受欢迎的情况及"乐工配入声律"等语来看,它们的功能与五代时的词基本一致。总之,这是一部继承南朝艳诗传统的、歌咏爱情和青年女性的"绮丽"诗篇的结集。作者知道,有人会"责其不经",但他自己却认为其"功"足以"掩过"。事实上,他并不把这种"不经"的指责及其所由提出的依据——儒家的文学观当一回事;也可以说,这篇序是对此种文学观的挑战。

这部诗集之最能打动人的,就是其对爱情的执着和在爱情中所感受到的欢乐与痛苦的真诚的诉说;当然,这些在诗篇里都是通过深具美感的形式表现出来的:

> 别绪静悁悁,牵愁暗入心。已回花渚棹,悔听酒垆琴。菊露凄罗幌,梨霜恻锦衾。此生终独宿,到死誓相寻。月好知何计?歌阑叹不禁。山巅更高处,忆上上头吟。(《别绪》)

这是一首与其所爱者分别以后的歌。首两句写别后的愁绪。接着的两句用比喻的手法写他想去找别的女孩子来排解,但都难以如愿:"已回"句是说在去的路上就已意兴萧索而回舟,"悔听"句是说听了"酒垆琴"以后反而更加悲哀,所以深为懊悔。于是回到自己的住处,寒冷的秋夜却如此凄凉。他终于下定了"此生终独宿,到死誓相寻"的决心。窗外的美丽月色又来刺激他,使他不知如何是好。他哼起歌来,哼罢了又不禁悲叹——他忆起了与她在很高的山头上唱歌的情景。

这样的诗是以前所从来没有的。南朝的关于恋爱的抒情诗从无如此感情真挚、深厚的,杜牧、李商隐的又从不如此具体、细腻。所以,这是爱情诗的一种新的发展。它曾感动过五四以后的不少青年,被鲁迅赞为"中国最杰出的抒情诗人"的冯至,就把此诗的"菊露"四句作为其诗集《无花果》的卷头语。

韩偓诗对爱情生活的好多方面都有涉及,也都写得很有吸引力。今引两首,以见一斑:

倚醉无端寻旧约,却令惆怅转难胜。静中楼阁深春雨,远处帘栊半夜灯。抱柱立时风细细,迴廊行处思腾腾。分明窗下闻裁剪,敲遍栏干唤不应。(《倚醉》)

往年曾在弯桥上,见倚朱栏咏柳绵。今日犹来香径里,更无人迹有苔钱。伤心阔别三千里,屈指思量四五年。料得他乡过佳节,亦应怀抱暗凄然。(《寒食日重游李氏园亭有怀》)

前一首写的是:他跟他爱人闹矛盾,她不睬他了。有一次他倚醉前去,想与她和解。她却不开房门,让他在风雨中站立着或在回廊中徘徊。后一首是写他所爱者迁至外地四五年后,他于寒食节来到了以前他们曾同游过的李氏园亭,他抚今思昔,感到很伤心;同时想到她在异乡过节,一定也很凄凉。这两首写感情都真实自然,深切感人。

但其诗之所以深具感染力,还不仅由于感情真挚,更在于描绘的深细,使读者有身历其境之感;其所写入诗中的,又经过仔细裁剪,不但不致流于繁冗,并且都有助于突出其所要表现的感情。如《别绪》诗写他在与所爱者分别后也曾找过别的女性,而这不但没有使他的"此生终独宿,到死誓相寻"的决心显得虚假,反而使人更为感动。由此言之,他实是把高度的叙事技巧融入于抒情诗之中,从而大大地加强了其抒情诗的魅力。

韩偓的香奁诗由于上述的特色,不仅对后来的此类诗歌——例如杨维桢的《续奁》诗、王彦泓的艳情诗——具有开拓之功,而且对词也很有影响。元好问曾把《香奁集·自序》中"咀五色之灵芝,香生九窍;咽三危之瑞露,春动七情"之语写入其赞美男女爱情的《摸鱼儿》词中:"《香奁》梦,好在灵芝瑞露。"而李清照的《如梦令》——"昨夜雨疏风骤,浓睡不消残酒。试问卷帘人,却道海棠依旧。"——恐也受到韩偓《懒起》诗"昨夜三更雨,临朝一阵寒。海棠花在否,侧卧卷帘看"的启发,因为二者都是躺在床上关心着夜雨后海棠的命运,不过一个是自己"侧卧卷帘看"(当然是由别人卷的帘),另一个则是"试问卷帘人"。

第五节　司空图的诗论

由于诗歌创作的突进,晚唐后期在诗论上也有了明显的进展。作为其代表的,就是司空图的诗论。

司空图(837—908),字表圣,河中(今山西永济一带)人。咸通十年(869)登进士第,曾任中书舍人等职。后隐居中条山王官谷。有《一鸣集》。现在所能见到的《司空表圣文集》,较原集已佚失很多,《司空表圣诗集》则为后人所辑,也远非其诗之全。他论诗标举"味外之旨"(《与李生论诗书》)。这话似乎有点玄妙,但如与他在《与极浦书》中所说的"象外之象,景外之景"相联系,就较易于理解了。

有些诗歌,几乎每句都是景、象。例如王维的"空山不见人,但闻人语响。返景入深林,复照青苔上"(《鹿柴》),就是如此。如果我们把此诗的每种景、象孤立起来体味,并不会觉得有多少令人感动的东西,但如我们把这首诗作为整体,就会感受到《与李生论诗书》中评价王维时所说的"澄澹精致"。这主要是就诗的情趣而言。换言之,王维诗的这种情趣,并不是其任何一个"景"、"象"所呈现出来的,而是"景"、"象"的总体所体现的,所以,这就是"景外之景"、"象外之象"。当然,有时候某些"景"、"象"的结合也会产生"味外之旨",并非都要整首诗才能体现(引王维此诗为例,只是便于说明问题而已)。司空图在《与李生论诗书》中举出了自己的若干诗句作为"味外之旨"的例证。这些诗句均以两句为一组,而且有的还注明其上句;如引了"五更惆怅回孤枕,犹自残灯照落花"后,又注明:"上句'故国春归未有涯,小栏高槛别人家。'"这就是因为:那些不加注的诗句的"景"、"象"的结合已体现了"味外之旨",其加注的诗句则须把其上句的"景"、"象"也联系起来,才能较充分地体现。

司空图还有一部论诗的著作:《诗品》①。此书对诗的以下二十四种品类加以描述:雄浑、冲淡、纤秾、沉着、高古、典雅、洗练、劲健、绮丽、自然、含蓄、豪放、精神、缜密、疏野、清奇、委曲、实境、悲慨、形容、超诣、飘逸、旷达、流动。通常认为这二十四种品类就是二十四种风格。但他所说的,跟今天所说的"风格"并不完全一致。例如,"雄浑"、"高古"固可说是风格,但"实境"、"形容"怎

---

① 《诗品》又名《二十四诗品》。近年有学者提出:宋、元人未曾引用过此书,此当为明人托名之作。但也遭到不少学者的反驳。为慎重起见,在学术界就此取得共识之前,仍将此书视为司空图之作。

能算是风格？"含蓄"恐也只是一种手法，它尽管对某些风格不合适，但还是有好些不同风格的诗都可以具有含蓄的特点。所以，这二十四品类，实是他论诗时所提出并重视的二十四个基本概念，其中既有好些类似于今天所说的风格的，如雄浑、冲淡、纤秾、高古、劲健、绮丽、豪放、缜密等等，反映了他在风格区分上的细致，但也有一些类似今天所说的手法之类的，因而不能一概而论。再如"形容"，他强调"离形得似，庶几斯人"，那又在提倡神似了。但"神似"既不是风格，也并非单纯的手法。

现引《诗品》中的"自然"如下：

  俯拾即是，不取诸邻。俱道适往，着手成春。如逢花开，如瞻岁新。真予不夺，强得易贫。幽人空山，过水采蘋。薄言情悟，悠悠天钧。

这里的"自然"，既是风格，又牵涉到内容。它首先要求出自作者的内心，所谓"不取诸邻"。同时，诗人要处在一种"俱道适往"的状态，即自然的、无所系着的、天趣盎然的状态，因而种种景象经过这种心态都能"着手成春"。他所看到的一切都是令人愉悦的，"如逢花开，如瞻岁新"。把这一切真实地表现出来——"真予不夺"——就是"自然"。人们在读这些"自然"的作品时，那就好像看到或听到"幽人空山，过水采蘋，薄言情悟，悠悠天钧"。由此可见，并不是把任何内容或感情自然地表现出来就是"自然"，而是要把诗人在"自然"的心态下的经过"着手成春"的感受自然地表现出来才是"自然"。书中对于二十四个品类的描述都是用的与上引文字相似的四言韵文。文字优美，但不易确切理解。实际上，这都是对他所体会到的诗歌的"味外之旨"[①]的描述。"味外之旨"本是一种比较难于说清楚的感受，所以他就用了这种比较玄妙的语言。

在司空图之前，中唐时代的诗僧皎然所撰《诗式》，已接触到诗歌的许多理论问题，其中有些也显然对司空图产生过影响。如《诗品》中的"高古"和"精神"，就已分别见于《诗式》。但司空图诗论和《诗品》的出现，则意味着当时在对诗歌艺术特征的探索上取得了重大进展。而他的理论又对宋代严羽、清代王士禛的诗论很有影响。

---

① 在《与李生论诗书》中他还提到"韵外之致"，与"味外之旨"相通。

第四章　词的兴起及其任情唯美的倾向

宋代以后,词成为中国文学史上非常重要的体裁之一。从清代后期起,就有研究者把汉赋、唐诗、宋词、元曲作为最能代表各时代的最高文学成就的文学作品。清末以后,这种说法被更多的研究者所采用。但是,词的形成其实是在唐代,到了五代时期,已相当繁荣。在词史上受到高度评价的词人李煜,也是在五代就开始词的创作的,虽然他的最好的作品大概都写于宋代。因此,词在唐代的成就,虽然远不能与诗相比,但词的形成及其逐步发展,却是中国文学史上一个十分重要的现象。

第一节　词的起源

词在开始时是配合一种特定的音乐而歌唱的曲词。根据有关专家的研究,当时的这种特定的音乐就是燕乐,起源于隋唐间。

本书的第一编介绍《诗经》时,曾经说及,最早的诗原都是可以歌唱的。起先只是口头歌唱,后来也配合乐器。《诗经》中的作品和《楚辞》的至少一部分作品都可配合音乐歌唱。从《大招》中我们还可以看到,在秦代末年,诗赋都配合音乐歌唱,当然,这儿的赋指的还是楚辞体的作品。汉代乐府(官署)所收的诗也都是配乐歌唱的。到了魏晋南北朝,配乐歌唱的诗仍然不少,尽管另有不少诗歌已经不再配乐歌唱了。大致说来,收入郭茂倩所编的《乐府诗集》里的作品,除了《杂歌谣词》以外,都是可以配合乐器歌唱的,《杂歌谣词》也可以歌唱,只是不配合乐器演奏罢了。在隋唐以前,"清商乐"曾长期流行,所以乐府诗中的许多作品都是跟"清商乐"相配合的曲词。

但在隋唐之间,燕乐兴起。关于燕乐的情况,《乐府诗集·近代曲辞》的序说:

> 唐武德初,因隋旧制,用九部乐。太宗增高昌乐,又造燕乐而去礼毕

曲。其著令者十部：一曰宴乐，二曰清商，三曰西凉，四曰天竺，五曰高丽，六曰龟兹，七曰安国，八曰疏勒，九曰高昌，十曰康国。而总谓之"燕乐"，声辞繁杂，不可胜纪。

所谓燕乐，"是北方中国音乐被胡乐化的抒情音乐"（参见刘尧民《词与音乐》第四编《燕乐与词》）。那是在北朝音乐的基础上发展而成的，这种音乐具有很强的感人作用，所以，很快就流行起来。除了庙堂应用的音乐以外，在一般的场合所用的逐渐都成了燕乐。

燕乐需要与它相配合的歌词，而中国原来的诗歌，包括律诗、绝句、古诗和乐府诗都不能与这种音乐很好地配合。变通的办法，就是在把诗与燕乐配合时，根据乐调的需要，将诗中的某些诗句及其某些词语重复歌唱。但这种做法当然使原诗的内容的美受到影响，而且也不能充分发挥音乐的原有的长处。要彻底解决这个问题，就只能按照乐曲的特点来创作歌词。沈括说：

> 唐人乃以词填入曲中，不复用和声。此格虽云自王涯始，然贞元、元和之间，为之者已多，亦有在涯之前者。（《梦溪笔谈》卷五）

李之仪也说：

> 唐人但以诗句而用和声抑扬以就之，若今之歌《阳关词》是也。至唐末，遂因其声之长短，句而以意填之，始一变以成音律。（《跋吴思道小词》）

所谓"因其声之长短，句而以意填之"，是说根据乐调的需要，确定歌词的句子及每句的长短，以写作曲词。李之仪认为，这种做法是从唐末开始的。沈括则认为还要早。他所说的王涯，是唐德宗至文宗时人，贞元是唐德宗年号。所以沈括的意思是说，在唐德宗贞元年间这样的做法已很普遍，而且有人在王涯以前就开始这么做了。换言之，这种做法其实是唐德宗以前就已有，只是到了贞元、元和年间得到进一步的发展，成为相当普遍的现象。沈括对音乐作过专门的研究，他的话应该可信。

不过，沈括所说的是文人填词的情况，民间作词恐怕还在文人之前。所以，中国的词到底在什么时候开始出现，则还是一个没有公认的具体结论的问题，目前只能说词的形成不可能迟于唐德宗时期。

第二节 唐五代民间词

所谓唐五代民间词，是清末在敦煌石室所发现的。因为它们在敦煌石室是与很多其他的歌词混杂在一起的,所以,除了有一种唐人写本《云谣集杂曲子》肯定为词总集(收词三十首)外,其他的首先就必须确定哪些是词,哪些不是词。在这问题上,研究者的意见颇为分歧。王重民先生的《敦煌曲子词集》、任二北先生的《敦煌曲校录》、饶宗颐先生的《敦煌曲》和任二北先生后来所编的《敦煌歌辞总编》,所收就很不一样,甚至同是任二北先生所编的《敦煌曲校录》和《敦煌歌辞总编》,也大相径庭。为慎重起见,我们在这里介绍的作品,一般是大多数专家都承认其为词的。

从这些唐五代的民间词中,我们可以看到词的早期形态:第一,词牌的字数不固定。同一个词牌可以有不同的字数。第二,平仄没有限制。同一词牌,在这一首中用平声之处,在另一首中就可以用仄声;同时,在同一首里边,也有根本不注意平仄的谐和的。第三,叶韵比较自由。有些应该叶韵之处,可以不叶韵。想来是因词初期的时候,只考虑跟乐曲能够大致配合起来,至于怎样配合得更好、更密切,却要在长期的实践过程中慢慢地摸索。后来在字数、平仄、叶韵等方面规定得越来越严格,就是这种摸索的结果。第四,词的内容一般与词牌名相适应;所以,除词牌名以外没有别的题目。至于这些词的语言,有的俚俗,有的朴素,有的明快,有的已颇有情致,这大致反映了在语言上的演进过程,但并不意味着这些作品中语言俚俗、朴素的就一定时代早。

唐五代民间词内容广泛,既有政治大事,又有日常生活。这与唐五代文人词的只写日常生活不同。例如下面的一首《酒泉子》词:

> 每见惶惶,队队雄军惊御辇。蓦街穿巷犯皇宫,只拟夺九重。　　长枪短剑如麻乱,争奈失计无投窜。金箱玉印自携将,任他乱芬芳。

这写的大概是黄巢军队攻破京都的情况:一度很威风,但后来失败了,于是,有人就带着抢来的东西,只顾自己逃掉,而不顾部队里其他人的死活。末两句写这种人的心理情况,颇为深刻。这样的内容,不但在唐五代文人词里没有出现过,在唐五代诗里也少见。

不过,唐五代民间词中最能显示出其艺术成就的,仍是写日常生活情况和内心感受的作品,特别是写女性,或以女性的声口写的。这跟唐五代文人词的趋向大致相似。

其写景之作,经常受到赞赏的,是《浪淘沙》。特别是下片:"满眼风波多陕灼(闪烁),看山恰似走来迎。子细看山山不动,是船行。"因为这写出了坐船行进时的人们的心态:只感到前面的景物不断地向自己靠拢,却没有感觉到是自己所坐的船在向对方靠近。但就写景本身来说,则下引的《西江月》实远胜于此:

女伴同寻烟水，今宵江月分明。舵头无力一船横，波面微风暗起。　拨棹乘船无定止，楚歌处处闻声。连天红浪浸秋星，误入蓼花丛里。

此词的长处，在于写出了一种美的景色。呈现在读者面前的，是江月分明的夜晚，少女们在船上自在而慵懒地划着桨，也不注意掌舵，让船在水面上任意东西，甚至横过来。她们感到水上有微风吹来，又听到多处传来的楚歌声，然后她们看到秋空的星星倒映在红色的水波里，这时她们才发觉船已进入蓼花深处，是无数的蓼花把水映红了。读者在这里看到的，不仅是自然景色本身的清幽，更有并不浓烈但却令人神往的青春的欢乐。这首词其实是以船上的少女的声口写的，词中的景色也是她感受中的景色。不知作者是男性还是女性；若是男性，能把女性的心理体味得这么细腻，也是不容易的。

其写情之作，感情一般都较真挚、深切，并已能把情与景相结合，以强化其感受，如《凤归云》：

　　征夫数载，萍寄他邦。去便无消息，累换星霜。月下愁听砧杵起，塞雁南行。孤眠鸾帐里，枉劳魂梦，夜夜飞飏。　想君薄行，更不思量。谁为传书与，表妾衷肠？倚槛无言垂血泪，暗祝三光。万般无奈处，一炉香尽，又更添香。

此词上片写怀念，下片于怀念之中更杂以怨恨，因其久无音讯而怀疑他薄幸无良，不想念自己。但虽说怨恨，却仍然不能忘怀他，又无人可以捎信，悲痛更加强烈。从上片到下片，感情发展层次分明。上片以月下的砧杵、南行的塞雁、孤眠的鸾帐衬托其愁绪，下片则以单调的添香动作来表现其百无聊赖，虽似不如上片的感情强烈，但实际上却痛苦更深。

与《凤归云》的写别后思忆不同，下引《别仙子》是写分别时的情景。《凤归云》以妇女的口气写，《别仙子》则以男性的声口写，但所写重点实仍在女性。

　　此时模样，算来似，秋天月。无一事，堪惆怅，须圆阙。穿窗牖，人寂静，满面蟾光如雪。照泪痕何似，两眉双结。　晓楼钟动，执纤手，看看别。移银烛，猥身泣，声哽噎。家私事，频付嘱。上马临行说，长思忆，莫负少年时节。

这首的起句非常突兀，实际上反映了他内心的愁绪。正因他为别离的痛苦所缠束，才以月有圆缺来自我安慰，以为现在虽然月亮很好，非常美满，但过不了多久它也得残缺，而残缺后又会团圆。在这样地以月亮安慰了自己以后，接着就写在月光映照下的妻子悲愁欲绝，夜的寂静更增加这种悲愁的气氛。下片纯用白描，妻子的不忍相别，悲痛难抑，临行叮嘱，都写得极为深切。而"晓楼钟动"作为上下片的纽结，具有一种撼动的力量，使原来强行控制的情绪再也无从控制。"移银烛"这一动作，则说明两人原来在烛旁坐了一夜，所以妻子在"猥身"时要把银烛移开，在这里银烛也就成了表现他们行为与感情的道具。由此可见，《别仙子》与《凤归云》虽然写法不同，但在以景来增加情的分量这一点上却是相通的。

以上三首都写得比较朴素，似乎没有经过文人的修改，至少是没有经过大的修改，所以还保存着或基本保存着民间词的本色。

此外，在敦煌发现的这些词里，还有一些写得相当秾丽，似出于文人之手。如收于《云谣集》的《天仙子》：

燕语莺啼三月半，烟蘸柳条金线乱。五陵原上有仙娥，携歌扇。香烂漫，留住九华云一片。　　犀玉满头花满面，负妾一双偷泪眼。泪珠若得似珍珠，拈不散。知何限，串向红丝应百万。

王国维评论说："此首当是文人之笔，其余诸章，语颇质俚，殆皆当时歌唱脚本。"他这是就《云谣集》一书而说，并不意味着所有的敦煌词里边，除了此首以外就没有文人之笔。如下引的《菩萨蛮》词即使不出于文人之手，也应经过文人的较大修改：

清明时节樱桃熟，卷帘嫩笋初成竹。小玉莫添香，正嫌红日长。　　四肢无气力，鹊语虚消息。愁对牡丹花，不曾君在家。

此类作品，已与《花间集》（见本章第四节）中写离情的词有些接近了。

总之，从敦煌发现的唐五代民间词来看，有不少作品写景抒情都已相当细腻而有诗意，虽或文字上偶有不成熟之处，但就总体而论，已具有较高艺术水平。

第三节　唐代的文人词

在本章第一节叙述词的起源的时候，已经引用了沈括的观点，说明文人词至迟是从唐德宗时期开始的。目前所能见到的唐代文人词，一般也都始于中唐。当然，在这方面研究者的意见仍存在分歧。例如林大椿所辑《唐五代词》中就收有不少玄宗前后的作家所写的词。但又有不少研究者认为林氏所认为的这些词其实并不是词。为慎重起见，本书也不对这些作品加以介绍，只对所谓李白写的《菩萨蛮》与《忆秦娥》略加说明。

现引这两首词于下：

平林漠漠烟如织，寒山一带伤心碧。暝色入高楼，有人楼上愁。玉阶空伫立，宿鸟归飞急。何处是归程，长亭连短亭。（《菩萨蛮》）

箫声咽，秦娥梦断秦楼月。秦楼月，年年柳色，灞陵伤别。乐游原上清秋节，咸阳古道音尘绝。音尘绝，西风残照，汉家陵阙。（《忆秦娥》）

这两首词的艺术成就都很高，特别是《忆秦娥》，王国维《人间词话》评其中"西风残照，汉家陵阙"两句说："寥寥八字，遂关千古登临之口。"但这两首词最早见于宋代黄昇《唐宋诸贤绝妙词选》，从明代起，就有不少人对此两首词的作者问题提出不同的意见，认为李白的时代还不可能出现这样的词。现在的多数研究者也不认为它们是唐玄宗时期的作品。有的研究者认为它们产生于北宋前期，但也没有确凿证据。所以，对这两首词的时代只能存疑。

中唐的文人词作者，值得重视的有张志和、韦应物、王建、刘禹锡、白居易等。

张志和，金华（今属浙江）人，生卒年不详。他作有《渔父》词五首，传播甚广，并传到日本。日本的嵯峨天皇有《和张志和〈渔歌子〉》五首，智子内亲王及滋野贞主也有和作。唐宪宗曾闻名而"写真求访"（李德裕《玄真子渔歌记》）。不过，在这里要注意的是：此作标题原为《渔父》，后称《渔歌子》。《渔歌子》为词牌名，崔令钦《教坊记》所记曲名中即有《渔歌子》（以后的词牌很多都是从教坊曲发展而成的）。"教坊"是唐代管理宫廷音乐的官署，《教坊记》是记述开元时期的教坊情况的。既然开元时就有名为《渔歌子》的教坊曲，而张志和的作品却名《渔父》，可见他并不是为教坊曲《渔歌子》而写的歌词，只不过在写成以后，被人们用《渔歌子》曲调来演唱罢了。后来教坊曲《渔歌子》演变为词牌名，于是张志和的《渔父》也就成了词。而就他自己来说，实在并不是在作歌词，也很难说他是在为教坊曲《渔歌子》作词。中唐的文人词中，像这样的情况可能并不只张志和的作品。

《渔父》词传播最广的是第一首："西塞山前白鹭飞，桃花流水鳜鱼肥。青箬笠，绿蓑衣，斜风细雨不须归。"开首两句写景，很能显出春天的生气盎然、万物悠然自得的情状，与下面几句所写的渔父悠闲自在的生活结合成和谐的画面，使人领略到一种自然而宁静的美。

张志和这一首的长处在写自然景色。中唐的其他文人词如韦应物的《调笑》、白居易、刘禹锡的《忆江南》等，写景也均各有其特色。如韦应物的"边草无穷日暮"（《调笑》）就颇有苍凉之感，白居易《忆江南》的如下一首更为人所称赞：

> 江南好,风景旧曾谙。日出江花红胜火,春来江水绿如蓝,能不忆江南!

此首中的"日出"两句也是写春天的美,不过,其基调是热烈的,与《渔父》的清淡颇为不同。

但在当时的《忆江南》词中,尤其值得注意的是刘禹锡的如下一首:

> 春去也! 多谢洛城人。弱柳从风疑举袂,丛兰裛露似沾巾。独坐亦含颦。(《忆江南》)

刘禹锡的《忆江南》共两首,题下有自注:"和乐天春词,依《忆江南》曲拍为句。"在现存的作品中,有确切的依据可以证明其按照曲调来写的作品,以白居易和刘禹锡的这几首《忆江南》为最早。刘禹锡的这首词,很明显地把"弱柳"和"丛兰"比拟为女性,而且,柳与兰虽然为两种植物,其动作却是连贯的。在亲人或友人相互分别时,折下柳枝以送给行者,在唐代是很普遍的风气。至于沾巾也是在分别时常见的情景,王勃的《送杜少府之任蜀州》中说:"无为在歧路,儿女共沾巾。"就可见"儿女"在分别时于歧路沾巾,乃是常事。所以,刘禹锡其实是把青年女性在送别时的两个动作——举袂远望行人和以巾拭泪——分别赋予了柳和兰①。写江南的景色,却从柳、兰而想到女性,更进而想到她们在送别时的悲哀的感情,可见在中唐的文人词里就已经出现了喜欢把青年女性作为题材的倾向。这一点,在白居易的另一首《忆江南》词中也可以看到:

> 江南忆,其次忆吴宫。吴酒一杯春竹叶,吴娃双舞醉芙蓉。早晚复相逢。

在这里也是把植物来比作女性。

此外,如王建的《宫中调笑》四首,也是如此。今引其咏杨柳的一首如下:

> 杨柳,杨柳,日暮白沙渡口。船头江水茫茫,商人少妇断肠。肠断,肠断,鹧鸪夜飞失伴。

其开头的"杨柳,杨柳",应该是用来比拟下文的"商人少妇"的。否则,其"船头"以下诸句,都与杨柳无涉,全词的题旨也不再成为咏杨柳了。

中唐文人词中的这种喜欢把青年女性作为题材的倾向,到了晚唐时期,发展得更为突出。温庭筠的词就是其集中的体现。

---

① 其所以说青年女性,因为在古代诗词中,习惯上不把柳比作男性,此处注明弱柳当然应该是年轻的人。

他的词很多都直接写女性的形貌和内心,从中显示出女性的美。他写得很细腻,能够表现出她们的愁绪。遣词用语,都很精致。所以,胡仔说:"庭筠工于造语,极为绮靡。"(《苕溪渔隐丛话》后集卷十七)有时显得很秾丽。

在写女性的感情方面,其词大致可分为两种类型:一种是把感情写得比较明显,使读者能够较直接地知道她为什么而痛苦,从而对其痛苦的内容产生同情;另一种则对其心绪写得较为隐约,使读者不能明白其具体的内容,但却对其当前的痛苦的处境产生同情。现各引一首如下:

玉炉香,红蜡泪,偏照画堂秋思。眉翠薄,鬓云残,夜长衾枕寒。
梧桐树,三更雨,不道离情正苦。一叶叶,一声声,空阶滴到明。(《更漏子》)

夜来皓月才当午,重帘悄悄无人语。深处麝烟长,卧时留薄妆。
当年还自惜,往事那堪忆?花露月明残,锦衾知晓寒。(《菩萨蛮》)

从前一首我们可以知道,她是为离情而痛苦:在秋天的午夜,蜡台上已经滴满了蜡泪,玉炉中的香也将要烧尽。她单枕孤衾,听着雨声不断地打在梧桐上,又不断地滴在空阶上。于是,我们完全可以理解寂寞和怀念是在怎样地咬啮她的心。对于后一首的女主人公,我们只知道她在怀念往事,并为当前的遭遇而痛苦不堪。但是,"当年还自惜"是什么意思呢?也许是说:当年情人向她求爱时,她由于自惜而没有同意,后来终于分手了,因此她为昔日的自惜深感悔恨;也许是当年她的处境还能够自惜,如今则处境越来越恶劣,只能任人摆布,连自惜都办不到了。诸如此类的猜想,还可以举出一些。自然,从"卧时留薄妆"这一句来看,她大概是在等待丈夫或者情人回来,否则就没有"留薄妆"的必要,就像上一首词中的女主人公,因为丈夫或情人已经远出,她就"眉翠薄,鬓云残",在睡觉时就不再保留什么薄妆了。同时,从"重帘悄悄无人语"这一句,也可知道她实际上是在很留心地听着有没有丈夫或情人回来的声音,但即使如此,我们仍然不明白她的为"当年还自惜"而悲慨,是由于当年的自惜使她失掉了一个更好的伴侣,还是在跟现在的这一个伴侣的相处中,她的处境已经越来越恶劣,只要这一个人能够回来,她就已经满足。不过,尽管有这样的疑问,读者还是会对她当前的处境深感同情。因为这首词写出了她一直在等待那个人:当皓月已经当午的时候,她还在安慰自己,说是"才当午",他还有回来的可能;就仔细地听着外面有没有人声。但是,外面静悄悄的,只有麝烟在陪伴着卧时还留着薄妆的自己。于是,她一面回忆往事,并从今昔的对比中深感痛苦;另一方面,她仍然耐心地等待着,一直等到月亮由明到残,晓寒袭来,她才知道天将要亮了,她又空等了一整夜。读者不能不为她的痴情与痛苦而感动。

这两种写法虽然有所不同,但都写得很细腻,而且都不流于轻薄。作者是真心地同情她们的痛苦的。虽然此两首所涉及的都是恋情,但温庭筠的作品也并不只局限在这一点上。下面我们再看两首:

竹风轻动庭除冷,珠帘月上玲珑影。山枕隐浓妆,绿檀金凤皇。两蛾愁黛浅,故国吴宫远。春恨正关情,画楼残点声。(《菩萨蛮》)

楚女不归,楼枕小河春水。月孤明,风又起,杏花稀。 玉钗斜篸云鬓重,裙上金缕凤。八行书,千里梦,雁南飞。(《酒泉子》)

这两首所写的都是乡思。第一首词中的女主人公原本处于吴地,但后来流浪到了异乡。尽管当前生活的条件也很好,但是,她仍深深地怀念着以前的一切。在带着淡淡的哀愁的晚上,她又想起了家乡,特别是家乡的恋人,所谓"春恨正关情"。但是这一切对她又是那么遥远,她耳中只听到更点之声,而且知道天已将晓。另一首一开始就点明"楚女不归",可知女主人公是一个无法回到家乡的楚地的女子。在春天的夜晚,她听着楼下小河中的水声,看着天上孤寂的明月,又听到风声起来,于是她感慨地想:"留在树上的杏花越来越少了!"这实际是在为她自己的青春将要逝去而悲叹。下片写她想写信给家乡的人,但是无人可托,她只能够希望在睡梦中见到家乡。然而,一直不能入睡,只听到南飞雁的叫声。这里的乡愁比前一首的女主人公的更为深切。而且,她所怀念的家乡的人,也未必就是恋人。所以,陈廷焯在《词则·别调集》评此词为"情词凄怨";对"月孤明"三句尤为赞赏,谓"三句中有多少层折"。

不过,温庭筠词也有并不凄怨而很秾艳的:

小山重叠金明灭,鬓云欲度香腮雪。懒起画蛾眉,弄妆梳洗迟。照花前后镜,花面交相映。新帖绣罗襦,双双金鹧鸪。(《菩萨蛮》)

温庭筠的词后来被收入《花间集》,这是《花间集》的第一首,因此也常常被认为是温庭筠的代表作。但是,从上面所引的温庭筠的几首作品来看,这只能代表温庭筠的秾艳的一体,而不能代表温庭筠的全部风格。而且,前面所引的这些温庭筠的作品,都远比这一首为好。此词着重写女性的形体,而对其感情则写得很隐约,况且其本身也不深厚。只是以"照花前后镜"和"双双金鹧鸪"相对照,说明罗襦上的鹧鸪倒是成双作对,而她却只能在镜子里面看到自己的影像,从而隐隐透出寂寞之感。再配以上片中的"懒起"两句,已显示其由于孤单而情绪不好。但是,这种寂寞孤单之感实在太淡,所以并不能感动人。剩下来给人比较强烈的印象的就是这位女性的形体。它在温庭筠的词里也非上乘之作。

除了温庭筠以外,晚唐词人中值得注意的还有韩偓。韩偓以写"香奁诗"著名,他的词与其有相通之处,但不如诗的真挚动人。现引两首以见一斑:

> 宿醉离愁慢髻鬟,六铢衣薄惹轻寒,慵红闷翠掩青鸾。　罗袜况兼金菡萏,雪肌仍是玉琅玕,骨香腰细更沉檀。(《浣溪沙》)
> 秋雨五更头,桐竹鸣骚屑。却似残春间,断送花时节。　空楼雁一声,远屏灯半灭。绣被拥娇寒,眉山正愁绝。(《生查子》)

其第一首词与温庭筠《菩萨蛮》的"小山重叠金明灭"一首皆以写女性的形体为重点,虽然也涉及感情,但只轻轻带过,因而被形体的描写所掩。第二首写孤独寂寞之情,较有特色。"空楼雁一声,远屏灯半灭"的境界再配以"秋雨五更头"的时节,颇有凄凉之意,可惜色彩太浓重了一些,如"绣被"、"娇寒"、"眉山"之类,多少冲淡了凄凉的意味。

总之,从温庭筠、韩偓等晚唐词人来看,其以女性为题材的倾向,较中唐有了很大的发展。就词本身的特点来看,则描写细腻,造语精工,注重以外在景色的刻画来烘托其内心情绪,有时甚至出现喧宾夺主的现象,色彩也偏秾丽。这对于五代词的发展,具有重大影响。

第四节　西蜀词人

从晚唐进入五代,词作愈益丰富。当时,西蜀是词的大本营,南唐词虽然质量较高,但在数量上不能与西蜀相比。

唐末的动乱,西蜀并未波及。赵崇祚于广政三年(940)编了一部《花间集》,收温庭筠、皇甫松、韦庄、薛昭蕴、牛峤、张泌、毛文锡、牛希济、欧阳炯、和凝、顾敻、孙光宪、魏承班、鹿虔扆、阎选、尹鹗、毛熙震、李珣所作的词共五百篇,除温庭筠、皇甫松时代较早,和凝、孙光宪不仕于蜀外,其余十四人均为西蜀词人。所以《花间集》汇集了西蜀词人之作。

词在当时主要是供歌妓演唱的娱乐性的作品,写女性和男女之情是其主要题材。只不过有些写得比较大胆,有些比较含蓄。

写得大胆的,有的只是一般性的男女调笑和欢好,缺乏感人的内容,甚或流于轻薄。但是也有感情真挚而强烈的,如牛峤的《菩萨蛮》:

> 玉楼冰簟鸳鸯锦,粉融香汗流山枕。帘外辘轳声,敛眉含笑惊。
> 柳阴烟漠漠,低鬓蝉钗落。须作一生拚,尽君今日欢。

此首所写男女情事,已开后来《西厢记》《牡丹亭》的先声。而最后两句所表现出来的对爱情的执着及其无畏的精神,为以前的文学作品所未见。

其写得含蓄而又情真意切,并能写出男女之间的真挚爱情的,牛峤仍是很突出的一个。

> 南浦情,红粉泪,争奈两人深意。低翠黛,卷征衣,马嘶霜叶飞。
> 招手别,寸肠结,还是去年时节。书托雁,梦归家,觉来江月斜。(《更漏子》)

> 东风急,惜别花时手频执,罗帷愁独入。马嘶残雨春芜湿,倚门立。寄语薄情郎,粉香和泪去。(《望江怨》)

> 极浦烟消水鸟飞,离筵分首时,送金卮。渡口杨花,狂雪任风吹。日暮空江波浪急,芳草岸,雨如丝。(《江城子》)

第一首是写男子在外怀念家乡的妻子或情人。词的上片是对以前分手时的回忆。其"卷征衣"一句写得很细,不是指风把他的征衣卷起来,而是说女子用手拉着他的衣服,一面低着头,一面用手把他的衣角慢慢地卷起来。由此一节,就可见他们已经这样地站了很久。下片写一年以后,男子仍在征途,只能在梦中回家去跟她见面。但当梦醒来时,发现自己身在船上,江上的月亮已经将要落下去。这种情景实开后来柳永词"杨柳岸晓风残月"的先声。第二首是写女子怀念她的丈夫或情人。前三句回忆以前的分别及别后的孤独愁苦。中间两句,写她迫切地期待他归来,听到门外有马嘶的声音,她就赶紧跑出去看,但是只看到残雨和已湿的春芜。她心里很难受,于是就倚着门呆呆地站立着。最后两句写她对他又怨恨又想念,急切地希望把这样的一种心情告诉他。这首词感情深挚而摹写入微,很能感人。况周颐对它评价甚高:"昔人情语艳语,大都靡曼为工。牛松卿《西溪子》……《望江怨》……繁弦促柱间,有劲气暗转,愈转愈深。"(《餐樱庑词话》)所谓"劲气暗转"云云,是说作品所表现的女主人公的感情越来越强烈而深入。第三首则除"分首时,送金卮"六字以外,其余似都是写景,但"渡口杨花"两句,实是隐喻。上一节介绍王建的《宫中调笑》,已说明"渡口"的"杨柳"是比拟词中的女性,此首也是同样的情况。这里是说她在送金卮以后,虽然船已起行,但她仍然伫立渡口,一任江风吹拂,就像杨柳任凭晚风吹得杨花乱落一样。因此,虽是"日暮空江波浪急"的苍凉景色,却仍使人有几分温馨——"芳草岸,雨如丝"。

所以,在《花间集》中,牛峤是一个颇有特色的作家。但是,与他相比,韦庄更为人所注目。

韦庄的词,其优秀的也有感情较真挚的特点,词风也较清丽,这跟牛峤有其相同之处。不过，前引的牛峤那几首词，很难说是他自己的真实遭遇还是出于虚构。而韦庄的这些较优秀的作品，则都出于切身感受。

> 记得那年花下，深夜，初识谢娘时。水堂西面画帘垂，携手暗相期。
> 惆怅晓莺残月，相别，从此隔音尘。如今俱是异乡人，相见更无因！
> （《荷叶杯》）

此首是写以前在家乡时的恋情。词中女子，大概是歌妓一流，写词时韦庄当已入蜀，她也流落他乡，今世已无再见之期。但这一恋人始终镌刻在他的心底，初次相见的情景，恍如眼前。分别时的"晓莺残月"，也永不会忘却。而这一切，都只能在记忆里寻觅，于是他感到无限的悲痛。这样的感情是真实可信的，因而也能感动读者。

从上一首词里，可以看出其"丽而不腻"的风格，以下几首，更能显示其"清"的一面：

> 绿树藏莺莺正啼，柳丝斜拂白铜堤，弄珠江上草萋萋。　日暮饮归何处客，绣鞍骢马一声嘶，满身兰麝醉如泥。（《浣溪沙》）
> 夜夜相思更漏残，伤心明月凭栏干，想君思我锦衾寒。　咫尺画堂深似海，忆来唯把旧书看，几时携手入长安？（《浣溪沙》）
> 劝君今夜须沉醉，罇前莫话明朝事。珍重主人心，酒深情亦深。　须愁春漏短，莫诉金杯满。遇酒且呵呵，人生能几何！（《菩萨蛮》）

这三首内容不同。第一首写欢乐之情，第二首写相思之苦，第三首则写人生的悲哀，貌似旷达，而悲凄欲绝。但都有清新之致，除第一首"兰麝"一语以外，略无脂粉气息。

在《花间集》中，还有一个值得注意的作家是鹿虔扆。他的词仅存六首。其《临江仙》一首是写前蜀被后唐灭亡以后宫苑残破的情况的：

> 金锁重门荒苑静，绮窗愁对秋空。翠华一去寂无踪。玉楼歌吹，声断已随风。　烟月不知人事改，夜阑还照深宫。藕花相向野塘中。暗伤亡国，清露泣香红。

唐人的诗也有写荒凉残破之景的，但都不如此首的惊心动魄。这并不是因为唐人才气不够，而是因为词要求、也允许写得更细腻、更深切。藉此一点，也可以看出词的特色。

总之，《花间集》的总的倾向是秾艳，而且多以女性为题材，其中不乏以女性的形貌、体态作为观赏对象的；但也有感情深厚、颇具特色，甚至在选材上超越上述范围的，对后者应予充分重视。

第五节 南唐词人

建都于金陵(今江苏南京市)的南唐,是五代时经济比较繁荣、社会比较安定的国度之一,特别是其首都金陵,更为繁荣富庶。因此南唐在词的创作上也具有显著的成绩。词人的数量虽不如西蜀之多,但质量却高。

在南唐词人中,成就最高的是冯延巳、李璟和李煜。但是,李煜的最好作品是南唐灭亡以后在宋朝的首都开封(今属河南)写的,所以我们将留到下章中去介绍。

冯延巳(903—960),字正中,广陵(今江苏扬州市)人。他很得南唐中主李璟的信任,几度担任宰相。"学问渊博,文章颖发,辨说纵横"(《钓矶立谈》)。由于南唐的词也是基本上供歌妓演唱用的,写女性与男女之情的作品也不少。冯延巳同样如此,但却不似"花间集"的秾艳。例如他的《谒金门》:

> 风乍起,吹绉一池春水。闲引鸳鸯香径里,手挼红杏蕊。　　斗鸭阑干独倚,碧玉搔头斜坠。终日望君君不至,举头闻鹊喜。

这是他的名作之一。马令《南唐书》:"元宗(即李璟)乐府词云:'小楼吹彻玉笙寒。'延巳有'风乍起,吹绉一池春水'之句。皆为警策。元宗尝戏延巳:'吹绉一池春水,干卿何事?'延巳曰:'未如陛下"小楼吹彻玉笙寒"。'元宗悦。"词中所写思妇怀人之情,是《花间集》习见的题材之一,此词写女子形态的只有"斗鸭"两句,而且是用来显示其寂寞无聊的,以烘托对远人的怀念之切。整首作品中绝无将女性作为观赏对象的痕迹。其开头的景色描写,尤为清疏。

但冯延巳词的最大特色,在于擅写惆怅之情。这种惆怅之情,有些固然是由男女情爱所引起,但有些已涉及更深层次的人生的悲哀。王国维《人间词话》评冯延巳词说:"冯正中词,虽不失五代风格,而堂庑特大,开北宋一代风气。"所谓"堂庑特大",恐怕是就后一点而说。

冯延巳写男女情爱所引发的惆怅的作品,有时也能超越具体的恋爱事件,而表达一些内涵较为丰富的情绪,例如,他的《鹊踏枝》:

> 谁道闲情抛掷久?每到春来,惆怅还依旧。日日花前常病酒,不辞镜里朱颜瘦。　　河畔青芜堤上柳。为问新愁,何事年年有?独立小桥风满袖,平林新月人归后。

词中的主人公当是青年男子,所谓"闲情"自是恋情。但"抛掷"的内涵却颇复杂,可能是他以前已有恋人,后来两人决绝了;也可能是他曾暗暗地恋上一个人,但从没有表白过,对方也不知道,后来决心放弃;还可能连恋爱的对象都没有,只是渴望着爱情,后来把这种渴望抑制下去了。下片的"新愁"也可以因此而作相应的三种解释。总之,词中的青年男子自以为早就抛掷了"闲情",但一到春天,由闲情所诱发的惆怅又猛烈地袭来,使他只能天天以酒解愁,日渐消瘦。而纵饮归来,他在晚间独立小桥之上,对着河畔的青草和堤上的杨柳,不由陷入沉思:为什么年年都有新愁产生呢?

这首词的一个明显特点,是直写心绪,而尽可能地避开引起这种心绪的客观条件,以致如上所说,对"闲情抛掷久"可有三种理解。因此,凡是具有类似心绪的人,都可引起共鸣。其次,它突出了恋情所带给人的痛苦的一面。其实,不仅爱情的渴望与单恋会导致哀愁,就是在恋爱过程中,也会产生种种愁绪,特别在没有恋爱自由、婚姻不能自主的社会里,更是如此。词中的逻辑是:如果不能抛掷闲情,就必然产生新愁。这就不仅把恋情与痛苦紧密地联系了起来,而且把人生和痛苦也联系了起来;因为从词中所写来看,人生本来也不能抛掷闲情。不过,词中所写的痛苦,并不是尖锐到使人无法忍受。所以,读者虽会因此而产生惆怅,却不会引起震动。这也就是冯延巳"不失五代风格"的所在。

再看他另一首《鹊踏枝》:

> 梅落繁枝千万片。犹自多情,学雪随风转。昨夜笙歌容易散,酒醒添得愁无限。　　楼上春山寒四面。过尽征鸿,暮景烟深浅。一晌凭栏人不见,鲛绡掩泪思量遍。

从最末两句来看,词中主人公的"凭栏"正是为了眺望他所想念的人,由于那人没有望到,他就"鲛绡掩泪",并引起种种思虑。足见那人乃是其恋人,此首也为写恋情之作。作者在这首词中,一面强调爱情的巨大力量,树叶即使已经落下,其生命已经凋萎,但却"犹自多情";这就意味着,人直到生命的终结都忘不了爱。另一方面又暗示了爱情的易于消散和生命的易于消逝,这就是"昨夜笙歌容易散"隐喻的内涵。实际上,笙歌散后,他的恋人恐已离他而去了,所以才有"酒醒添得愁无限"那样的自述。而其"一晌凭栏"恐也只是习惯性动作,以前的这种时刻,他都凭栏等待着她的到来,今天,凭依栏干伫望了好一会,才猛然想起她已不会再来了,所以才"鲛绡"掩面。同时,词中的"梅落繁枝"和"暮景",实也隐喻着暮年。总之,爱情的力量是那么巨大,人一直到死都不能摆脱它;但是,它又给人带来那么多痛苦,使本来短促的人生更增加了负担:这就是冯延巳在此词中所讲述的。这当然是片面的感受,从另一个角度看,也可以说是荒谬的感受,但同时也说明了他的这种惆怅比《花间集》所写的仅仅着眼于恋情的惆怅含有更多的感慨。

冯延巳另有一些词所写的惆怅,并非由恋情引起,最突出的是下面一首《鹊踏枝》:

> 六曲阑干偎碧树。杨柳风轻,展尽黄金缕。谁把钿筝移玉柱? 穿帘海燕双飞去。　满眼游丝兼落絮。红杏开时,一霎清明雨。浓睡觉来莺乱语,惊残好梦无寻处。

此词上片所写的景色,与下片很不一样。在上片中,杨柳还是"黄金缕",下片却已落絮满眼了。如果上、下片所写的景色并非同时,一般要显示发展过程;或是明显的今昔对比。此词却全非如此。而下片的末句为"惊残好梦无寻处",以此与上片联系起来看,可知其上片所说,实是好梦中的情景。所以,这首词的结构是:上片写梦境,下片开始三句是写梦醒后所见到的景色,第四句以"浓睡觉来"来补充说明前三句所写是梦醒以后的所见,最后一句才点明其浓睡之时做了一个好梦,而梦中的一切,醒来都已无法再寻见了。这种结构,似乎比较特别,但却为冯延巳所习用。以前引的那首《鹊踏枝》来说,下片开始所写到的青芜跟柳,都是他站在桥上的所见,其提出为什么年年有新愁的问题也是他站在桥上时的事。而他站在桥上这一点却要到第四句去补足;至于他何以独自站在桥上的原因,则是到词的最后才说出来。所以,这两首《鹊踏枝》在这方面所用的手法颇为近似。

其写梦境的这一首,首先使人感到好景的易逝:长满黄金枝的杨柳,一下子就落絮飞舞,春天已经垂暮。这自然会导致一种悲怆的情绪。但读到最后,读者又进一步领会到这易逝的好景原来不过是梦境而已。于是感伤也就更深了一层。这一种人生的感伤,显然不是由恋情所引起;即使就作者来说,其上片所写的好景原是某种恋情的象征,但在读者的感受中,却已完全离开了恋情。所以,这首词的内涵比那种由恋情所引起的惆怅更为丰富。

就冯延巳词的艺术特色来说,最值得注意的是意象的选择与结构的配置。在意象的选择上,偏向于清、轻。所谓"清",是一种脱俗的美。它常常带来某种感伤的情绪,但通过感动人的心灵而产生美感。例如"独立小桥"两句,就属于"清",它有一种淡淡的哀愁。所谓"轻",是在涉及艳丽的景象时,尽量减轻其色彩,而不致给人秾丽感。如前引《谒金门》的"闲引鸳鸯"两句,其鸳鸯、香径、红杏本都颇为艳丽,此处就不再加任何渲染,而且,其前后诸句,也都不再有任何艳丽之物,是以不致造成秾艳的景象。在结构的配置上,其优秀之作常常采取逐步增加感情分量的方式。以上引的三首《鹊踏枝》来说,其"六曲阑干"那首,先使人感到"好景已逝",再使人感到这已逝的好景原来只是梦境;此点已如前说。其"谁道闲情抛掷久"一首,上片写惆怅依旧,下片则点出新愁,已较上片进了一步;而在下片的最后,又点出其在月下晚风中独立小桥,更增添了凄清之姿。至于"梅落繁枝"的那一首,其上片的"昨夜笙歌"两句,本已凄婉,至下片末两句,又点明昨夜之宴乃是与其恋人的离别,而且很可能就是他们恋情的结束,遂更悲凄欲绝。这种不断增加感情分量的方式,也就使读者所受到的感动愈益加强。而整首词的结构,虽都按照这样的需要配置,却又灵动多变:或者颠倒叙述的顺序,或者不对事情的原委作通盘的叙述,而是随着作品主人公感情的逐步强化,将事情的真相逐步显示出来。前引的三首《鹊踏枝》中,"梅落繁枝"一首用的就是后一法,另两首用的是前一法。这样的结构配置,也就增加了他作品的艺术魅力。

与冯延巳基本同时的南唐中主李璟(916—961),流传至今的词虽然很少,但《浣溪沙》"菡萏香销"一首,实为千古绝唱。

菡萏香销翠叶残,西风愁起绿波间。还与韶光共憔悴,不堪看。
细雨梦回鸡塞远,小楼吹彻玉笙寒。多少泪珠无限恨,倚阑干。

《苕溪渔隐丛话》前集卷五十九引《雪浪斋日记》:"荆公问山谷云:'作小词曾看李后主词否?'云:'曾看。'荆公云:'何处最好?'山谷以'一江春水向东流'为对。荆公曰:'未若"细雨梦回鸡塞远,小楼吹彻玉笙寒"最好。'"王安石在这里显然是记错了,他把这两句记作李后主的词。不过,这也说明,他认为李璟的这两句词比李后主的所有的词都好。而王国维《人间词话》则说:"南唐中主词'菡萏香销翠叶残,西风愁起绿波间',大有众芳芜秽,美人迟暮之感。乃古今独赏其'细雨梦回鸡塞远,小楼吹彻玉笙寒',故知解人正不易得。"虽跟王安石等人的意见不同,但对此词显然也极为推重。

李璟此词,实是代思妇抒情。其开始两句,确如王国维所说,有"众芳芜秽"之感,第三句则写此一女子从这种景色中感到自己也已与"香销"、"叶残"的荷花一样憔悴了,所以不忍再看。此片所写,乃是人生短促的悲哀。而且,写来惊心怵目,是以当时深受悲观主义哲学影响的王国维极为赞赏。下片则写其怀人之情:梦中虽暂与丈夫相见,但梦回以后,帘外细雨迷茫,丈夫仍远戍在鸡塞,小楼中充满了不知自何处传来的凄凉的笛声,于是,她无限幽怨,眼泪再也抑制不住,只能独自依着栏杆。她的这种伤痛之情能表现得如此感人,实有赖于"细雨"两句。所以王安石等人对此大为赞美。由于王国维与王安石等人的欣赏角度并不相同,这就证明了此词在这两个方面都写得很好。

李璟另有一首《浣溪沙》,虽不如此首杰出,但也很有感染力。

手卷真珠上玉钩,依前春恨锁重楼。风里落花谁是主?思悠悠。

青鸟不传云外信,丁香空结雨中愁。回首绿波三楚暮,接天流。

此首也是写怀人之情,但又充溢身世之感,所谓"风里落花谁是主"。下片先以"丁香"句点明当时正下着雨,结合上片"风里落花"之语,形成"风雨凄其"的氛围,继以"回首"两句,用浩渺无际的江水为背景,引出空旷无依的感觉,与上片的"谁是主"相呼应,又以"三楚暮"透出迟暮之意,遥与上片的"落花"相接。至于"青鸟不传云外信",当是从李商隐的"蓬山此去无多路,青鸟殷勤为探看"(《无题》)化出①,只是反用其意。"丁香"句当暗用韦庄"丁香空解结同心"②语意,认为自己与人枉结同心,现在大概已被抛弃,只能像眼前丁香似地独自在雨中忧愁。这两句属对精工,本来是很凄凉的感情,但用了"青鸟"和"丁香"两词,稍增艳色。它与上首虽都写怀人之思,但上一首是所怀之人无法回来,此一首则是所怀之人恐已不想回来,从而导出生命的空虚感。由此而言,李璟的这两首词,虽都没有脱离男女之情,但却又已超越了男女之情,因而也就成为其子李煜直写人生悲哀的先声。

最后值得一提的是:现代诗人戴望舒的名篇《雨巷》,悲哀地歌唱着"撑着油纸伞,独自/彷徨在悠长,悠长,/又寂寥的雨巷/我希望逢着/一个丁香一样地/结着愁怨的姑娘。""她是有/丁香一样的颜色,/丁香一样的芬芳,/丁香一样的忧愁,/在雨中哀怨,/哀怨又彷徨";"在雨的哀曲里,/消了她的颜色,/散了她的芬芳,/消散了,甚至她的/太息般的眼光,/她丁香般的惆怅。"这不能不使人想起李璟"丁香空结雨中愁"的名句。在这些地方,我们都可以看到古代文学与现代文学之间的联系;当然,戴望舒诗中所写,已是一个活生生的寂寞而哀怨的美丽女郎,而不再是丁香本身——尽管那在词中已具有象征意义,但同时仍是思妇眼中所见的植物丁香——了。

不过,需要注意的是:这是戴望舒早期的作品,写于新文学的第一个十年间,其时他的诗在形式上不但注重韵律,而且讲究平仄,内容上则是"古典派的"③。他之如此从古代诗、词中吸取养分是基于这样的背景。这以后不久,他就走上了与此截然相异的道路,对中国古代诗词的传统也就态度大变④。所以,中国现代诗歌的发展与古代诗歌的传统之间的关系实在呈现着很复杂的形态。

---

① 青鸟的典故当然不始于李商隐,但李商隐的《无题》诗是要青鸟为恋人之间传信,而此词所说的也是情人之间的信,两者当有关联。
② "丁香"句所本的韦庄诗见本书本卷 147 页引;又,"丁香"句之后的"回首"二句,当也与韦庄同诗的"湘江水阔苍梧远,何处相思弄舜琴"有关,因"湘江"正在"三楚"。
③④ 参见戴望舒《望舒草》卷首杜衡《序》,上海复兴书局,1936 年。

第五章　词在北宋的繁荣

经过唐五代时期民间及文人词家的共同努力,词这一新兴的文学体裁逐渐走向成熟。北宋(960—1126)初期,李煜把词的创作推向了一个新的阶段。其后不久,更形成了全面繁荣的局面,出现了柳永、晏殊、张先、欧阳修、苏轼、秦观、周邦彦等一批杰出的词人。在将音乐语言和文学语言完美结合以充分表现个人真切的情感方面,达到了很高的境界。但与此同时,词逐步演化成为一种雅文学形式;从北宋中期起,由于拓展了词的表现空间,向宋诗靠拢而淡化情感表露的倾向,也已初露端倪。

第一节　李煜及宋初的词

北宋立国之初,词的创作一度消沉。但在这普遍的消沉之中,由南唐入宋的杰出词人李煜,却以其天才的造诣,凝聚血泪的情感,写出了一批传诵千古的名作,为北宋词史谱就了一章出色的开篇。宋初的另一些较为出色的词,大多是诗人之作,虽然在意境创造上未达到李煜的水准,但其即景抒情之功,亦颇不弱。

李　煜

李煜(937—978),字重光,是李璟的第六个儿子。他在虚岁二十五岁时继承帝位。但他其实并无统治国家的能力,在三十九岁时,被迫降宋,南唐灭亡。他一共做了十四年君主。降宋以后,处境很恶劣。

他的词流传至今而又比较可靠的,只有三十几首。按照作品的内容,大致可以降宋为界,分为前期和后期两个阶段。

其前期之作,虽然成就不如李璟,但也已显示出了值得重视的艺术才能。

不过,一般较受人称道的《菩萨蛮》,却并非其前期词中突出之作。

  花明月暗笼轻雾,今宵好向郎边去。刬袜步香阶,手提金缕鞋。画堂南畔见,一向偎人颤。奴为出来难,教君恣意怜。

此词写爱情,但不如牛峤《菩萨蛮》感人,因为牛词中的女性,显示出了一种强烈的、不顾一切的爱,而此词的女性,不过是一般的偷情罢了。

  比较起来,李煜前期词中的这两首更值得重视:

  辘轳金井梧桐晚,几树惊秋。昼雨新愁。百尺虾须在玉钩。琼窗春断双蛾皱,回首边头。欲寄鳞游,九曲寒波不泝流。(《采桑子》)
  一重山,两重山。山远天高烟水寒,相思枫叶丹。菊花开,菊花残。塞雁高飞人未还,一帘风月闲。(《长相思》)

第一首的"边头"系边塞之意,第二首的"塞雁"句也明说其所思之人在边塞,是以作品中人为塞雁已至、人却未返而悲哀。足见这两首都是代思妇写愁。从现存李煜后期词的名作来看,他写自己的痛苦都是直叙,并不借托为思妇之类。在那样的凄惨环境中,他恐也没有闲情逸致再去为思妇写愁了。所以,这两首也当为其前期之作。

  这两首词的长处在于清新。写情虽不深切,但善于以景色来烘托。李煜在自然景象的选择和配置方面很具匠心。如第二首的上片以"一重山,两重山"喻空间的辽阔,下片以"菊花开,菊花残"喻时间的流逝;本来很平常的景物,经这样一调配,就染上感情色彩了。前两句中隐含着对距离遥远的悲伤,后两句则隐含着对时间逝去的叹息。又如同一首里的"相思枫叶丹",这两者本无关系,但经这样一配置,就好像枫叶丹是由相思所引起的了,因而突出了思妇的悲痛。关于这一点,后来《西厢记》的《长亭送别》说得更明确:"晓来谁染霜林醉,都是离人泪。"(《端正好》)这其实也正是词和曲的区别所在。两者都是以作者的想像,把本无关系的东西联系起来,以显示一种感情。但词比较含蓄,曲则比较透彻。总之,从这些地方,都可看出李煜当时在艺术上既具有较敏锐的感受力,也已掌握了较高的技巧。而就这两首词的清新来看,足见其前期所继承的实是冯延巳、李璟的传统。

  再看《清平乐》和《蝶恋花》:

  别来春半,触目愁肠断。砌下落梅如雪乱,拂了一身还满。雁来音信无凭,路遥归梦难成。离恨恰如春草,更行更远还生。(《清平乐》)
  遥夜亭皋闲信步,乍过清明,早觉伤春暮。数点雨声风约住,朦胧淡月云来去。桃李依依春暗度,谁在秋千,笑里低低语?一片芳心千万

绪,人间没个安排处。(《蝶恋花》)

《清平乐》的"路遥归梦难成",易于被误解为他在开封居住时想要在梦里返回金陵而未能如愿。但其上句为"雁来音信无凭",当仍是怀人之作,而非思乡;应与上两首词同类。"路遥"句是说其所怀念的人因路远而无法在梦中归来与亲人相见。后一首的"谁在秋千,笑里低低语",风光旖旎,更非后期之作。这两首词都有较高的艺术成就。前一首的"离恨"两句,不仅写离恨极为传神,而且被用来作为离恨比喻的春草,更是充满动态地呈现于读者眼前。后一首上片的"数点"两句,写春天轻柔的美,灵动曼妙。后片的"一片"两句,写少女情怀,也细腻周至。也正因李煜前期的词虽还不如李璟,但在写景、抒情上已深具功力,是以后期环境骤变,感情上受到强力刺激,即能以词为工具,写出他的无穷悲哀和痛苦。

王国维在《人间词话》中说:"词至李后主而眼界始大,感慨遂深,遂变伶工之词而为士大夫之词。"又说:"尼采谓:'一切文学,余爱以血书者。'后主之词,真所谓以血书者也。宋道君皇帝(徽宗)《燕山亭》词亦略似之。然道君不过自道身世之戚,后主则俨有释迦、基督担荷人类罪恶之意,其大小固不同矣。"这都是就李煜的后期词而言。王国维的真实意思是说:李煜的词已经不只是写个人的身世之感,在他所写的自身痛苦中,实体现了人生的痛苦,也即人类共同具有的痛苦。在这一意义上,也可说是在代表人类受苦,这就是他所谓的"释迦、基督担荷人类罪恶之意"。王国维的这种意见,是从他的悲观主义哲学出发的,自不免有其片面、夸大之处,但说从后主的词中已经不只看到其个人的悲哀,而且看到了某些人生的悲哀,这却是确实的。从而所谓"词至李后主而眼界始大,感慨遂深",也是有依据的。

李后主的词,实破个人身世之感而能引起读者共鸣的,有《乌夜啼》等:

林花谢了春红,太匆匆。无奈朝来寒雨,晚来风。　燕脂泪,留人醉,几时重。自是人生长恨,水长东。(《乌夜啼》)

帘外雨潺潺,春意阑珊。罗衾不耐五更寒。梦里不知身是客,一晌贪欢。　独自莫凭栏,无限关山。别时容易见时难。流水落花春去也,天上人间。(《浪淘沙》)

风回小院庭芜绿,柳眼春相续。凭栏半日独无言,依旧竹声新月似当年。　笙歌未散尊前在,池面冰初解。烛明香暗画楼深,满鬓清霜残雪思难任。(《虞美人》)

在这些词里,我们看不到任何帝王痕迹,而只听到了普通人的对于生活的悲叹。其具体内容是:生活中的美好的东西实在消逝得太快,所谓"林花谢了春红,太匆匆";消逝了的东西,永远不可能再得到,因为,"无限关山,别时容易见时难";而在消逝了以后,重新回忆起来的时候,不但不能得到安慰,反而只能更加感觉到今天的凄凉——"满鬓清霜残雪思难任"。李煜在诉说这一切时,虽似平静,心却在流血。例如,"自是人生长恨,水长东","流水落花春去也,天上人间",前者是对人生唱的无限悲痛的挽歌,后者是对生命中的短暂而美好的一切的告别。这些句子,也就是王国维所说的"以血书者"。

李煜的词,也有一些是可以看出昔日帝王的影子的。但因其重点是在写当前的悲痛,而且悲痛之情极其强烈,所以仍能引起读者的共感,例如《虞美人》:

> 春花秋叶何时了,往事知多少!小楼昨夜又东风,故国不堪回首月明中。　　雕栏玉砌依然在,只是朱颜改。问君能有几多愁,恰似一江春水向东流。

"雕栏玉砌"当然不是一般的人家所有,但其所强调的却在于"只是朱颜改"。意思是指:无生命的东西可以长在,但人的一生却是那么快地流逝,转瞬之间,朱颜就已消失。因此,在读这些词句的时候,人们只是跟作者一起为生命的短促而感慨,不再由于作者昔日的拥有雕栏玉砌而产生感情上的隔阂。再加以此词的上片,一开始就指出了生灭的无常①,以及人在这样的生灭过程中的无法解脱的烦恼:老是留恋着不可复追的过去,不肯忘却,而回忆却又带来更多的痛苦。所以,当作者在最后提出"问君能有几多愁,恰似一江春水向东流"时,他自己固然已经感觉到他所经历的愁苦本身实是人生的愁苦,是读者("君")也已经历到或将要经历到的,而读者也已跟着他沉浸入这种哀愁中了。

这是一首很动人的词,李煜也为此而献出了自己的生命。相传宋太宗对此词中的"小楼昨夜又东风"云云很恼怒,因为这说明他还在留恋过去;再加上他在七夕时曾命人奏乐歌唱,认为他无悔罪之心,就用药把他毒死了。

除了写上述的人生悲哀之外,李煜还有一些写寂寞、孤独的作品,也很深切:

> 无言独上西楼,月如钩。寂寞梧桐深院,锁清秋。　　剪不断,理还乱,是离愁。别是一般滋味,在心头。(《乌夜啼》)

> 深院静,小庭空,断续寒砧断续风。无奈夜长人不寐,数声和月到帘

---

① 春花喻生机蓬勃,秋叶喻枯萎。"春花秋叶何时了",意为春花忽已变为秋叶,这样的生灭过程何时才是结局。

枕。(《捣练子令》)

上一首所写的"离愁",是离别故国之愁。这一种愁是无法向人诉说的,只能独自在心头咀嚼;而自然景色又是如此凄凉:月亮是那么黯淡,梧桐又是那么寂寞。后一首也是写自己的孤独感:夜深了,宅院中的人都已睡去,只有他无法入眠。而随着断续的风声传来的隐约的砧声,以及深秋的寒月,更增加了他的烦忧。这些作品所蕴含的哀愁,虽不如"流水落花春去也,天上人间"那样地惨人心目,但也很有感染力。

李煜后期作品之所以在中国文学史上占有重要地位,是因为从那时开始,词才进入卓越的纯文学领域,成为作家融入了自己生命和心灵的真诚歌唱。李璟的词尽管优秀,却是代思妇诉愁;冯延巳、韦庄的有些词虽然是写内心的真实,却没有李煜词那种灵魂的颤动。至于李煜词的魅力,就在于他那强烈的感情,以及他在前期就开始培养起来的选择、配置意象使之与感情密切配合的能力,与这种意象相称的自然而清新的语言。

宋初其他词人的作品

李煜一生兼跨两朝,在文学上倾力作词,是一个典型的词人。宋初像他这样的词家,可谓绝无仅有。现存大部分宋初词,其作者大都是诗人,词只是他们作诗之余的消遣。但这些诗家之词中,也有一些写得比较出色。

与下一章我们将要介绍的宋初诗稍有不同,宋初的词并未显出太多的风格异趋之态,而基本上沿着唐五代尤其是南唐词的发展路径前行。比如在诗歌创作上属于不同流派的王禹偁(954—1001)和寇准(961—1023),其词作即具有一种相似的特征:重视由眼前美景生发个人的情怀。

雨恨云愁,江南依旧称佳丽。水村渔市,一缕孤烟细。　天际征鸿,遥认行如缀。平生事,此时凝睇,谁会凭栏意!(王禹偁《点绛唇》)

春色将阑,莺声渐老。红英落尽青梅小。画堂人静雨濛濛,屏山半掩余香袅。　密约沉沉,离情杳杳。菱花尘满慵将照。倚楼无语欲销魂,长空黯淡连芳草。(寇准《踏莎行》)

尽管从语辞方面看,两词仍有清俊与艳丽之别,但其总体情致却是基本一致的。在王禹偁的词里,看不到他诗中特有的那种基于儒家正统观念的对现实的强烈参与,所有的,只是面对秀丽迷蒙的江南水村景色,回顾平生而涌起的一股无法言说的怅惘之绪。在寇准的词里所显现出的,则虽与其诗境无甚大的差别,但表现那份由胜景而生成的欲语不得的惆怅,却比其诗中述写同类题旨,显得更为细密缠绵,因而也更为深入动人。值得注意的是,无论是王词还是寇词,在形式上都采用了上片以景中含情之句起笔,转向描绘平静的景色,下片则主要表现个人由景生情的心绪那样一种结构。这种即景生情的词作形式,在林逋(967—1029)的笔下衍化成为一种更简单、更具民歌风味,却因此更能打动人心的抒情手段。著名的《长相思》即是典型的例子:

    吴山青,越山青,两岸青山相送迎。谁知离别情？   君泪盈,妾泪盈,罗带同心结未成,江头潮已平。

自然生成的江水两岸的吴山与越山,被拟人化地引入词中,来作这对有情而不得不分离的恋人现实处境的反衬,如果说那日日相对峙于江岸两边的吴山越山是无法分离的话,那么已有"罗带同心"之愿的男女被生生拆散,将是何等残酷的人生悲剧！但对于这样的人生悲剧,林逋采用的,却是表面克制的描写形式:整首词所用都是平声韵,且一韵到底,词末"江头潮已平"一句,句式的平静与内容上的无奈,更显出词所表现的悲剧的深度——连自然的山水都能够永世相伴,"谁知离别情",深深相爱的恋人却只能接受分离的现实,这不是人生的一大悲哀么？

  现存宋初词作中,还有两首也值得一提。其一是潘阆(？—1009)的《酒泉子》之四:

    长忆西湖,尽日凭栏楼上望。三三两两钓鱼舟,岛屿正清秋。   笛声依约芦花里,白鸟成行忽惊起。别来闲整钓鱼竿,思入水云寒。

词所写是杭州西湖的秋天胜景。与上述几首宋初词相比,此词情致恬淡,可以说是一首重在写景的作品。但由于词中较好地设计了画面与声音的巧妙配合,并力图使宏观与微观的描写错落有致,因此整体上具有一种俊美之姿。另一首值得注意的词,是钱惟演(977—1034)的《玉楼春》:

    城上风光莺语乱,城下烟波春拍岸。绿杨芳草几时休？泪眼愁肠先已断。   情怀渐变成衰晚,鸾镜朱颜惊暗换。昔年多病厌芳樽,今日芳樽惟恐浅。

惟演是吴越忠懿王钱俶之子,入宋后处境比李煜好得多。此词据黄昇《花庵词选》说,乃其"暮年之作"。尽管从境界上看与李煜入宋后之作有高下之别,但表现那种因美好时光的流逝而生成的个人深切慨叹,其强烈程度并不亚于李煜。这从一个侧面反映了宋初词所特有的时代风貌,也显示了李煜词在宋初不乏其直接的后继者。

第二节　柳永、晏殊与张先

以李煜为代表的宋初一代作家对于词的努力实践，为具有宋代面貌的词的形成，创造了条件。这样到仁宗朝，词逐渐走向繁荣。首先为这一繁荣局面的展开作出重要贡献的，是柳永、晏殊和张先三大家。三家之中，柳永的天分与才情最高，其与晏殊分别从俗、雅情趣不同的两个方面，将宋词引入了一个崭新的境界。张先创作成就稍逊两家，但从整合柳永、晏殊两家的角度，为宋词的进一步成熟作了积极有益的探索。

柳　永

柳永初名三变，字景庄，后更名永，字耆卿，崇安（今属福建）人。他的生卒年现已无法确考，大致的生活年代，一般认为在太宗雍熙至仁宗皇祐间[①]。早年即以擅长文辞与制曲闻名，长期出入于歌楼酒肆与妓院，流浪于江淮、两湖等地，创作了大量为大众喜爱的俗曲词。大约在景祐元年（1034），他进士及第，之后授睦州团练使推官、定海晓峰场盐官等职，官至屯田员外郎，故后世又称之为"柳屯田"。有《乐章集》。

在词这一文学体裁由五代风尚向宋人格调转变的过程中，柳永起了十分重要的作用，作出了无人可以替代的独特的贡献。他是北宋皇朝建立后出生的作家中，最早一位以词为主业，大量写词，并且作品结集流传下来的著名作家。他的词，是最早在较大程度上脱离了南唐五代词的官僚士大夫的崇雅趣味而表现了具有北宋面貌的新的市民情趣的成功实践。同时，他对词的形式变革进行了广泛而卓有成效的探索，其成果为后来的宋词创作提供了具有更大表现空间的范式。

柳永现存词作中的大部分，留给读者以鲜明印象的，是其世俗化的格调。虽然主题仍是五代以来词作所流行的艳情，表现的方式却不再是精致与含蓄，而是充满了一种热烈与率真的意绪。如《法曲第二》：

青翼传情，香径偷期，自觉当初草草。未省同衾枕，便轻许相将，平生欢笑。怎生向、人间好事到头少。漫悔懊。　　细追思，恨从前容易，致

[①] 唐圭璋、金启华《柳永事迹新证》（载《文学研究》1957年第3期）考证柳永生年约为雍熙四年（987），卒年约为皇祐五年（1053）。

得恩爱成烦恼。心下事千种,尽凭音耗。以此萦牵,等伊来,自家向道。泊相见,喜欢存问,又还忘了。

词以第一人称的口吻,描写一位堕入情网的女性被懊悔、烦恼与欢喜等诸多心绪所困扰的神态与心态。从语言运用的角度论,其中已完全看不到前此南唐情词的那种精练与蕴藉深厚,而弥漫着一种口语化与直截了当的真切之感。尤其是词末,写那位痴心女子等待心上人与之重逢的心情,是本想对方来时责问其何以音信全无,待到相见了,却因为大喜过望,只顾相叙别后之情,而将原本准备的质问抛到了九霄云外,可谓传神之极。

如果用传统的文学批评观点看,这首词整体上的一个不可原谅的缺陷,是写得太"露",太"俗",其内容从头至尾表现了本不应表现或不该如此表现的私情。但是它却具有那些同时代人所写的含蓄而雅致的词所不具备的独特的风致——真,因此即便是今天的读者读来,仍能感到一份动人心致的情趣。

同样用世俗化的文字表现市民式真情、具有一种世俗的人生感情的作品,在柳永词集里还有一首更为著名,即《定风波》:

自春来,惨绿愁红,芳心是事可可。日上花梢,莺穿柳带,犹压香衾卧。暖酥消,腻云亸,终日恹恹倦梳裹。无那!恨薄情一去,音书无个。

早知恁么,悔当初、不把雕鞍锁。向鸡窗、只与蛮笺象管,拘束教吟课。镇相随,莫抛躲。针线闲拈伴伊坐。和我,免使年少,光阴虚过。

此词的中心话题与上引《法曲第二》十分相似,都是表现女性对暂时离别的情人因思念而起的种种幻想。不同的是在这首《定风波》里,由于采用了不少带有浓烈色彩与感觉的物象,如春天的"惨绿愁红"与恹恹沉睡的女子的"香衾"与"腻云"之类,使得整首词在风格上更为远离"清雅"之途,而具有了一种由世俗的人生感情"腻"结而成的真率情调。像"针线闲拈伴伊坐",就词句与境象来说,都为一般崇雅的士大夫所鄙视①,但在柳永,却是写出了当时普通女性渴望平安与长久的感情生活的实况。

柳永同时也擅长用士大夫所接受的比较风雅的形式,表现现实人生中的情感际遇。他的一批被后人广泛称道的词作,大都可归入此类。如著名的《雨霖铃》:

---

① 张舜民《画墁录》云:"柳三变既以词忤仁庙,吏部不放改官,三变不能堪,诣政府。晏公曰:'贤俊作曲子么?'三变曰:'只如相公亦作曲子。'公曰:'殊虽作曲子,不曾道"针线慵拈伴伊坐。"'柳遂退。"晏殊的回答,可以代表当时一般士大夫的普遍看法。

寒蝉凄切,对长亭晚,骤雨初歇。都门帐饮无绪,留恋处,兰舟催发。执手相看泪眼,竟无语凝噎。念去去,千里烟波,暮霭沉沉楚天阔。

多情自古伤离别,更那堪、冷落清秋节!今宵酒醒何处?杨柳岸、晓风残月。此去经年,应是良辰好景虚设。便纵有、千种风情,更与何人说?

词用现实与想像相结合的方式,表现离别带给有情人的深切痛楚与无尽惆怅。上片所写为实景,景中之物,如寒风中嘶鸣的蝉,刚刚停下的阵雨,暮霭笼罩下的浩渺无边的水上烟波,皆凄婉低迷,仿佛都在为即将分别的这对沉浸于挚爱中的异性伤感不已。景中之人,却只有默默地流泪,而无法说出一句道别的话。下片转入拟虚之境,所绘均为离人分别之后的情形。而彼时的景物,如最典型的"杨柳岸、晓风残月",却一反前片实景的低沉况味,而显出一份清丽之色。但也因这份清丽之色,使身处此虚幻之境的主人公更因佳人的不在而深感悲哀,所谓"便纵有千种风情,更与何人说",正表现了真爱的唯一性与离开真爱的对象给主人公带来的无法弥补的创伤。值得一提的是,《雨霖铃》中所描绘的这种真爱,精神实质上与前引柳永的俗词中所表现的爱情之真并无差异,它们都是柳永词之具有强烈的感染力的真正根源,也是一般宋代词作虽然表现个人情感,却无法与柳词相提并论的重要缘由。

与前辈词人词作相比,柳永的词更具有现实的具象性,描写更细致具体,从而抒情与叙事紧密结合。如此词上片,既可说是抒情,也可说是叙事。这既大大提高了词的叙事能力,也更切近普通市民的情感,并且因为表现这种市民化的情感主要不是采用传统的比较含蓄的方式,而较多运用直露、铺写的形式,所以他的词作经常出现篇幅较大的情形。北宋词中与小令相对的慢词长调的大量出现,即始于柳永。

柳永的《乐章集》共收词二百余首,其中将近一半都是慢词长调。柳永用一种更为舒缓也更为开阔自由的艺术形式吐露自身的情感,其对于宋代文学发展的贡献是十分突出的。他的俗词中的《浪淘沙》,将原来常规的双调五十四字,翻衍成双拽头的三叠一百四十四字,以之表现自己半夜梦醒,回忆与佳人"相怜相惜"的"万般千种"情态,进而深盼重逢到来的曲折缠绵的心路历程;雅词中的《戚氏》,用新创的长达二百余字的篇幅,深情而详细地回忆自己往昔"暮宴朝欢"的快乐生活,表达自己因追怀往事而起的无限惆怅。凡此都把宋词带上了一条新的富有生机的发展路途,同时也为其后出现的新的文学样式——曲——细致地摹写人生百态,提供了可资借鉴的艺术手法。至于因为篇幅的拓展而形成的在词作中多采用赋体的铺排与对句笔法,则已是许多研究者共同指出的柳词的明显特征了①。

不仅如此，柳永还从一己的感受出发创作了不少带有或深邃或旷大的词境的作品，给以后宋词的创作提供了极富启发性的意境与题目。他的《八声甘州》写的是个人面对滚滚东流的长江水而生起的思乡之情：

> 对潇潇暮雨洒江天，一番洗清秋。渐霜风凄紧，关河冷落，残照当楼。是处红衰翠减，苒苒物华休。惟有长江水，无语东流。　不忍登高临远，望故乡渺邈，归思难收。叹年来踪迹，何事苦淹留？想佳人、妆楼颙望，误几回、天际识归舟？争知我、倚阑干处，正恁凝愁？

以后宋词中常出现的面对山水凝望思索，并以此展开叙述、描写与抒情的表现形式，大概即可追溯到柳永此词。而其《双声子》的下片所写——

> 想当年，空运筹决战，图王取霸无休。江山如画，云涛烟浪，翻输范蠡扁舟。验前经旧史，嗟漫载、当日风流。斜阳暮草茫茫，尽成万古遗愁。

虽是由吴王夫差旧国的消亡而起的感慨，而其词对于后来苏轼著名作品《念奴娇·赤壁怀古》的影响也是一望便可知的。后来学者评宋词，以为自仁宗朝以后已由南唐一路转换成为宋代本朝特色的一路，而后者的关键性的特征是所谓的"发越"，也就是从一种比较拘谨含蓄的境界，走向一种更为扩展、豪放的境界。柳永的词，虽然整体上尚未达到"发越"的程度，但片断的词语，确已突入其境。

但是柳永在宋代以至后代的运气并不佳，他的俗词一直遭到论者的猛烈抨击，谓之"格固不高"、"韵终不胜"、"杂以鄙语"等等②，甚而至于像"杨柳岸、晓风残月"这样的佳句，也被浅薄地讥刺为"梢公登溷诗"③。后来北宋词的发展尽管在形式上吸收了由柳永开辟的慢词长调，但以表现真情为旨归的俗词，却未获得进一步的深化，而有流于游戏之作的趋向。

晏　殊

年辈与柳永相仿，而在北宋中叶词坛上与柳永异途而行的代表性词家，是晏殊。

---

① 参见日本学者宇野直人《论柳永的对句法》，中译收入王水照等编译的《日本学者中国词学论文集》，上海古籍出版社1991年版。又，龙榆生在《宋词发展的几个阶段》一文中认为，柳永慢词长调中的承转方式，是"从魏、晋间骈文得着启示"而来的。文收入《龙榆生词学论文集》，上海古籍出版社1997年版。
② 分别见陈振孙《直斋书录解题》、李之仪《姑溪词跋》及《历代词叙》引孙敦立语。
③ 见贺裳《皱水轩词筌》引时人语。

晏殊(991—1055),字同叔,临川(今属江西)人。七岁能属文。景德年间,以神童召试,赐进士出身。后屡迁官,由翰林学士,拜集贤殿学士同中书门下平章事,兼枢密院使,成为仁宗朝著名的宰相。晚年曾一度外放,复以疾归京师,留侍经筵。卒赠司空兼侍中,谥"元献",故世又称"晏元献"。有《珠玉词》。

　　晏殊的家乡江西临川,五代时属南唐的统治区域。南唐词的明丽温婉、蕴藉深厚的特征,在日后的晏氏词作中可以看到其影子①。就词家而言,晏殊最喜欢的冯延巳,便是南唐词坛大家②。而冯氏那种擅长用小令表现言说不尽的惆怅的特长,似乎也在很大程度上为晏殊所继承,成为晏词的一个突出的表征。只是晏词中所表现的惆怅,大多不是由男女情爱而起,而更多地与更为宽泛意义上的个人生存境遇有关。

　　时间的流逝以及因此而带来的人事变幻,是晏殊经常在词中咏叹的。他似乎很喜欢用花天酒地的暂时欢乐,去反衬人生易老的宿命话题:

　　　　一向年光有限身,等闲离别易消魂,酒筵歌席莫辞频。　满目山河空念远,落花风雨更伤春,不如怜取眼前人。(《浣溪沙》)
　　　　池塘水绿风微暖,记得玉真初见面。重头歌韵响铮深,入破舞腰红乱旋。　玉钩阑下香阶畔,醉后不知斜日晚。当时共我赏花人,点检如今无一半。(《玉楼春》)

前一首末尾借用《莺莺传》中崔莺莺诗"还将旧来意,怜取眼前人"之句,从而从一个侧面反映了唐传奇对后世文学的影响,但晏殊在此处抒写的却不是欲与佳人共欢的意趣,而是人生有限、欢娱难再的无奈。在后一首中,上片歌舞醉欢的热闹场面,至下片被西斜的落日和旧伴遄逝的触目惊心的悲叹所消解。两词的中心话题显然是:个体生命的短暂及死亡的无法抵抗,因此只能用醉酒为欢来获得暂时的解脱。

　　即便是平凡的、恬淡的日常生活场景,在晏殊心中也会引动种种莫名的惆怅,并通过小词表现出来。如著名的《浣溪沙》:

　　　　一曲新词酒一杯,去年天气旧亭台。夕阳西下几时回?　无可奈何花落去,似曾相识燕归来。小园香径独徘徊。

夕阳西下时分,还是像去年今日的天气,面对着一切依旧的亭台楼阁,词人在

---

① 王灼《碧鸡漫志》云:"晏元献公……风流蕴藉,一时莫及;而温润秀洁,亦无其比。""风流蕴藉"、"温润秀洁",这两大特征亦可说是南唐词的特点。
② 刘攽《中山诗话》云:"晏元献尤喜江南冯延巳歌词。其所自作,亦不减延巳。"冯延巳在南唐几度担任宰相,而晏殊亦官至是职,不知这种巧合是否也增加了晏殊对冯氏词的亲近感。

一曲新词的伴奏下,慢慢地酌上一杯酒。这本该是个十分恬静、惬意的场景;但在晏殊看来,这都包含了无法挽留的衰败与无法抵御的更新;处于其中的个人不过能顺势欣赏那偶然出没的美景,却无法改变连自身在内的一切有生之物必将消失的现实。花朵固然在"无可奈何"地落去,就是年年归来的"似曾相识"的燕子难道还是旧时的燕子吗?正如明天所见的夕阳已异于今日,今年所见的燕子即使与去年所见的是同一只,她的生命不也已消逝了不少么?于是,怀着无尽的惆怅乃至酸楚,他再也无心听曲喝酒,只得独自在园中徘徊。

从艺术表现的形式方面看,晏殊在描绘那份几乎无处不在的惆怅时,笔触较冯延巳更为细致,并且具有一种以理性为归依的矜持——换言之,尽管他在词中表达了个人的情感,其方式却不是情思充溢,更不是一泻千里。上引《浣溪沙》即是生动的例证,现再以《踏莎行》为例:

> 小径红稀,芳郊绿遍,高台树色阴阴见。春风不解禁杨花,濛濛乱扑行人面。　翠叶藏莺,珠帘隔燕,炉香静逐游丝转。一场愁梦酒醒时,斜阳却照深深院。

为了表现词末一场愁梦酒醒之后,词人面对斜阳照射进空旷的深宅大院场景时的落寞心绪,这首词不惜大费"闲"笔,从院子外的芳郊小径落笔,一直写到帘外树上的黄莺、燕子,与静静点着的炉香。但细细品味,却"闲"笔不闲,每一笔所绘图景,都蕴含了与词人心境相近的意绪,像下片中的"炉香静逐游丝转",用极其尖新细巧的笔触,把香炉中袅袅回旋上升的烟丝的形态充分展现,而同时又借隐喻之效,很自然地使它完成了一次完美的过渡——从上面描写的一幅幅自然之景,过渡到紧接着登场的满怀惆怅心绪的主人公。南唐词有时也有类似的表现形式,但像晏殊这样在小词中富有理致地、严密地层层推进,以构筑一种精巧的词境,却不多见。就这点而言,后人将晏殊誉为"北宋倚声家初祖"(冯煦《六十一家词选例言》),也不是毫无道理的。

与同一时期的柳永相比,晏殊在词的写作上表现出明显的趋雅倾向,这与南唐词有较多的关联,而与柳永所擅长的俗词取径完全不同。但是无论是晏词还是柳词,有一个共同点是显而易见的,那就是都注重从个人的感受与生活实态出发,表现真切的情感。这与同一时期的宋代诗文中萌芽的淡化感情、崇奉理念的情势形成了尖锐的对立。从这一层面而言,风格与旨趣相异的柳、晏词,又可以说是殊途同归的。

张　　先

从不同的角度,使宋词在北宋中叶尤其是仁宗朝开始以一种独立的文学样式的面貌呈现在世人面前的,除柳永和晏殊外,还有张先。他尽管在创作上未曾如柳、晏两家那么显现鲜明的个性,却擅长折中两家之长,为宋词的发展贡献其独特的才智,因此也颇值得在文学史中著上一笔。

张先(990—1078),字子野,乌程(今浙江湖州)人。举天圣八年(1030)进士,由宿州掾升知吴江县,历任嘉禾判官、永兴军通判,以屯田员外郎出知渝州、虢州,又入为都官郎中。晚年致仕,闲居于杭州、湖州等地。有《安陆词》。

张先生性开朗,喜好戏谑,一辈子都过着有声妓相伴、诗酒流连的闲雅生活。他年纪稍长于晏殊,而略少于柳永,活了将近九十岁的高寿,故后半生与下一辈的王安石、苏轼等著名文人也都有交往。特殊的经历,使他成了北宋词由逐渐兴盛走向全面繁荣的见证人;同时他本人的词,也以其独特的兼容与创新并存的特质,为宋词的发展增添了光彩。

小令是晏殊等同时代追随南唐词风的传统型词人擅长的词体。张先在词坛上虽不以创作小令著称,但也留下了一些令词佳作。如下面这首《相思令》:

蘋满溪,柳绕堤,相送行人溪水西。回时陇月低。　　烟霏霏,风凄凄,重倚朱门听马嘶。寒鸥相对飞。

上下片各十八字的这首小词,大半的文字都是描绘自然景物,人在其中的只有"相送行人溪水西"和"重倚朱门听马嘶"两句。但词人却以这两句为中介,前续后延,使整首词描绘的自然,都笼罩在一种因送别而起的惆怅之中。像上片结尾所写的送别之后抬头望见陇上月儿低垂的景象,所映衬的,实是主人公送别亲友之后内心情绪的低落;而下片结尾所绘的寒风中对对鸥鹭相伴而飞的景致,又很容易使人想起人不如鸥的分离情势。这种用小令的形式,借自然之景抒发个人惆怅情怀的创作方法,显然与晏殊词的形态及中心题旨是相似的。

但在另一方面,张先也写了不少新起的长调慢词,而且其中的一些作品,用词轻艳,情感恣纵,与柳永的情词不乏相近之处。如《山亭宴慢》:

宴亭永昼喧箫鼓。倚青空、画阑红柱。玉莹紫微人,蔼和气、春融日煦。故宫池馆更楼台,约风月、今宵何处?湖水动鲜衣,竞拾翠、湖边路。

落花荡漾愁空树。晚山静、数声杜宇。天意送芳菲,正黯淡、疏烟逗雨。新欢宁似旧欢长,此会散、几时还聚。试为把飞云,问解寄、相思否?

尽管从整体上看,由于词中缺乏柳词特有的那种"真"的情致,因此感染力不强,但在运用铺叙的手法比较自由地展开场景描写,使词具有一种雅致之中透露着热烈之美的格调方面,张先的确与柳永一样进行了有价值的探索。同时可以一提的是,包括这首《山亭宴慢》在内,张先的不少词作,词牌之下都出现了简短的小序,以说明该词的实际创作目的或情形。像《山亭宴慢》即有小序云:"有美堂赠彦猷主人。"这种在词牌下加序的形式,在前此的词作中是几乎见不到的,它是张先在使词的表现领域更为宽泛方面所作的另一项具有独特意义的探索性工作①。

张先词作中,最为后人称道的,是一部分融合了柳、晏两家词之长,而又发挥了张先个人艺术才情的作品。所谓融合两家之长,指的是既有柳词重视真情抒发的一面,又有晏词婉丽工巧的一面。所谓发挥其本人的艺术才情,则是指其词作尤其擅长图像性的构思与色彩的搭配,因为张先本人除了擅长填词,同时亦能画②。试看如下这首张先名作《天仙子》:

> 《水调》数声持酒听,午醉醒来愁未醒。送春春去几时回?临晚镜,伤流景,往事后期空记省。　　沙上并禽池上暝,云破月来花弄影。重重帘幕密遮灯,风不定,人初静,明日落红应满径。

此作词牌下有小序云:"时为嘉禾小倅,以病眠不赴府会。"据考时在仁宗庆历元年(1041),张先五十二岁③。词写的是已过盛年的词人因孤独而起的伤时之感,上片纯抒情,下片兼写景,而其中最为人称道的,是下片中间的"云破月来花弄影"句以及词末数语。"云破月来花弄影"一句,与张氏另两首词中的"隔墙送过秋千影"、"浮萍断处见山影",以都有"影"字而脍炙人口,为张先带来了"张三影"的美誉④。其实对"影"的偏爱,正反映了张氏作为画家对图像性意象的敏感。单就"云破月来花弄影"一句而言,则在动态的描述中借助富于生命力的动词——"弄",拟人化地凸现夜景的幽丽与令人伤感的寓意,又说明张先画家兼词家的双重身份与特长,为他的文学创作带来了超越绘画平面效果的优美意境。至于"风不定,人初静,明日落红应满径",其实也可作如是观,只是它们对于《天仙子》一词中心题旨的揭示,更为直接,写出了词人对未来的无可奈何之绪。

在表情方面较《天仙子》更出色一些的还有《千秋岁》:

> 数声鶗鴂,又报芳菲歇。惜春更把残红折,雨轻风色暴,梅子青时节。永丰柳,无人尽日飞花雪。　　莫把幺弦拨,怨极弦能说。天不老,情难绝,心似双丝网,中有千千结。夜过也,东窗未白凝残月。

---

① 有关张先词这方面的更详细的分析与研究,可参看日本学者村上哲见《唐五代北宋词研究》中有关的章节。其书中文本由杨铁婴译,陕西人民出版社1987年版。
② 世传《十咏图》即张先之作。
③ 参见夏承焘先生《张子野年谱》庆历元年条,谱收入《唐宋词人年谱》,上海古典文学出版社1955年版。
④ 见《苕溪渔隐丛话》引《高斋诗话》。

此词的引人注目的特征,一是在张先所擅长的图像性构思中,突出了色彩的效用:上片的因春天逝去而造成的红残绿消景色,至下片进一步转为夜的黑暗(只是词未用"黑"、"暗"之类的字眼,而以"夜过"、"残月"、"东窗未白"等景象加以侧面的展示),其所创造的整体意象,暗示了一种生命受到摧残的可悲局面。二是尽管在色彩描绘方面显现了这种悲观性的局势,却以下片的大部分文字,构筑起一道感情的护卫长堤,用"天不老,情难绝"等具象与抽象交织的叙述,去展现面对自然变幻时的个人内心情绪的激烈波动。情在整首词里虽然是作为受自然压抑的一面被展露的,但其激烈的反抗性与真切程度,依然可以打动读者的神经,使他们为词中所写的那份似乎无法述说清楚的强烈的悲戚而感慨。

在宋词的发展过程中,张先所起的作用,是将柳永的新变之词与晏殊的传统之词加以初步的整合,为以后的宋词指示了若干新的方向。从宏观的角度看,他本人的创作也许尚未达到如陈廷焯所说的"古今一大转移"(《白雨斋词话》)那样的高度,但他所作的富于探索精神的种种尝试,的确是值得充分肯定的。

仁宗朝繁荣的词坛上,除了柳、晏、张三大家,还有一些并非很致力于词的文士,也尝试创作具有新风格的词,为北宋词境的开拓,作出了特殊的贡献。其中最突出的,是范仲淹(989—1052)。

仲淹字希文,吴县(今江苏苏州)人。大中祥符八年(1015)进士,曾官枢密副使、参知政事。与晏殊、张先等皆有交往。他的词,为传统词评家最为看好的是《苏幕遮》,该词上片所写的"碧云天,黄叶地,秋色连波,波上寒烟翠。山映斜阳天接水,芳草无情,更在斜阳外",确实情景俱胜,其中起首两句,后来即为《西厢记》袭用,以衬托张生与莺莺离别时令人悲感的场景。从拓展词境一面看,则范词中更有价值的,是下面这首《渔家傲》:

> 塞下秋来风景异,衡阳雁去无留意。四面边声连角起。千嶂里,长烟落日孤城闭。　　浊酒一杯家万里,燕然未勒归无计。羌管悠悠霜满地。人不寐,将军白发征夫泪。

词在此前表现的主题,一直是比较狭窄的个人情绪尤其是男女之情。范仲淹此词,则以浑厚的笔力,展示了边关壮丽的景色和驻守边关的将士内心深切的苦闷。后来苏轼等把词的表现空间进一步拓展,使词成为一种和诗一样可以描绘一切事物的文学样式,从历史的角度看,其前驱实即范仲淹此词。不同的是,范词尚带有颇为浓烈的感情,苏词则大部分感情都比较淡化了。

第三节　从六一词到东坡词

　　柳永、晏殊、张先三人,是北宋第一代真正意义上的重要词人;宋词的基本面貌,就是在他们手中确立的。然而在他们之后,北宋词坛出现了短暂的断层。由于诗文领域里响起了强烈的复古崇道的呼声,官僚文人集团中的大部分著名人士都将创作重点转向了诗歌与文章。以抒写个人情感与男女之恋为主要方向的词,在整体上受到冷落。其间比较特别的,是以开创诗文"宋调"而闻名的六一居士欧阳修(1007—1072),尽管在诗文理论与作品里显现了崇道抑情的明确倾向,却同时写了大量以艳情为主题的词。欧阳修之后,直到神宗朝,词坛才重新出现了以填词为主业的词家晏幾道;与此同时,诗文兼长的苏轼,也涉足词的创作,开始了其旨在拓展词境的大胆探索。

一、六　一　词

　　在宋代文学发展历程中,欧阳修首先是作为诗文"宋调"的提倡者与主要实践者而名载史册的。有关他的生平及其诗文方面的情况,我们将在下一章中作详细的述评。这里先讨论一下他的词——即世所盛传、以其别号命名的"六一词"。

　　据唐圭璋先生辑校的《全宋词》,"六一词"现存二百余首。这些词中有相当一部分由于是以表现艳情为主旨的作品,自南宋起就被个别学者怀疑非欧阳氏之作。这种怀疑的前提,一是欧阳修诗"温柔敦厚",词不可能与之异途;二是像欧阳修这样的著名文士,不可能写"浅近"之词[①]。这两个前提其实都站不住脚。因为除了个别互见他人词集之作确有可商榷之处外,被目为他人伪作的"六一词",几乎全都出于《醉翁琴趣外编》中,而其书有宋本传世,非后世伪造。尽管其中也可羼入伪作,但假定一个作家在运用不同的文学体裁进行创作时必然旨趣、风格一致,原是臆想之辞。何况在宋代,诗与词所表现的内容,本来就有为一般文人约定俗成的明显区别。

　　如果我们能绕开那些先入之见,从整体上去把握欧阳修词的内在旨趣,则"六一词"所展示的,实是一个十分丰富的感情世界。

[①]　如蔡絛《西清诗话》即云:"欧阳(修)词之浅近者,谓是刘辉伪作。"

"六一词"与晏殊词以及晏词的源头南唐冯延巳词的相似处，前人已多论及。最著名的说法，是刘熙载的"冯延巳词，晏同叔得其俊，欧阳修得其深"(《艺概》)一语。那么，欧阳修是在怎样的意义上得冯词之"深"的呢？不妨先读一读下面这首《踏莎行》：

候馆梅残，溪桥柳细，草薰风暖摇征辔。离愁渐远渐无穷，迢迢不断如春水。　寸寸柔肠，盈盈粉泪，楼高莫近危阑倚。平芜尽处是春山，行人更在春山外。

此词所写，是一位女性在送别情人之后无法遏止思恋之绪的真切感情。上片和下片分别营造了一个以感情为旨归的颇具纵深感的自然场景，不同的是上片实际表现的是无止境的离愁，而借迢迢无尽的春水之景来作比拟；下片则实写行人远去后的春山，隐喻在双方重见之途上横亘着障碍。表现惆怅自然是冯延巳所擅长的，也是晏殊词中常见的题目。但利用自然景色的纵深感，来真切自然地表现词中主人公内心刻骨铭心的感情，则是欧阳修的专长，而这大约也就是所谓的得冯词之"深"的一个重要方面吧。

"六一词"中还有一首《蝶恋花》，起首场景即以数个"深"字加以描绘，整首词则情感抑郁，充满悲戚之调，也许可以拿来作为对欧阳氏词作之"深"的另一种更深层的内涵进行抉发的例证：

庭院深深深几许？杨柳堆烟，帘幕无重数。玉勒雕鞍游冶处，楼高不见章台路。　雨横风狂三月暮，门掩黄昏，无计留春住。泪眼问花花不语，乱红飞过秋千去。

此词也被收入冯延巳词集《阳春集》，故有个别学者认为非欧阳氏之作。但南宋初李清照词序已引其中"庭院深深深几许"句，谓之"欧阳公"作，所以目前一般都认为是"六一词"。词的上片所写，是男性恣游歌楼妓馆，女性在家中高楼颙望，也不能见其在章台路上的身影；下片所绘，即为此一女性的无奈、苦闷与悲戚之情。词中对于男性的感情宣泄需求，写得相当隐晦，但对女性期待爱情久长而不得的抒写，虽也运用了借喻的手法，所表现的感情的浓度却非常高。从精神上说，整首词表现的，其实是两性间感情的脆弱与虚幻。需要指出的是，由于欧阳修在表现这种脆弱与虚幻时采用了许多象征的手法，所以这首词在内蕴上也就有了与众不同的深入刻画人性的特征。"六一词"之"深"，这也是一个重要方面。

但欧阳修的词，有时也写得很浅，非但浅，而且有时还很俗，某种程度上可以说是承继了柳永俗词的特征。这方面的作品题材，依然是男女艳情，基调却主要不是悲戚之情，而更多地带有欢快、浪漫乃至喜剧化的色彩。且看下面三首：

凤髻金泥带,龙纹玉掌梳。走来窗下笑相扶,爱道"画眉深浅入时无"。　　弄笔偎人久,描花试手初。等闲妨了绣工夫,笑问:"双鸳鸯字怎生书?"(《南歌子》)

见羞容敛翠,嫩脸匀红,素腰裛娜。红药阑边,恼不教伊过。半掩娇羞,语声低颤,问道"有人知么"。强整罗裙,偷回波眼,佯行佯坐。　　更问"假如,事还成后,乱了云鬟,被娘猜破。我且归家,你而今休呵。更为娘行,有些针线,诮未曾收啰。却待更阑,庭花影下,重来则个。"(《醉蓬莱》)

夜来枕上争闲事,推倒屏山褰绣被。尽人求守不应人,走向碧纱窗下睡。　　直到起来由自㷀,向道夜来真个醉。大家恶发大家休,毕竟到头谁不是?(《玉楼春》)

第一首写的是新婚夫妇间的闲情逸趣,主人公是新娘,上下片的两个问句都出自其口,而娇媚之态因之跃然纸上。第二首用了比第一首更多的口语化的文字,表现一位初涉情事的小女子内心的激动与矛盾心绪。第三首所绘则为一幅宋词中从未有过的夫妇争吵图。三词的题旨,无一称得上是深刻,用词也至为浅显,但刻画男女双方的神态与心态,却颇为传神。

亦深亦浅的"六一词",从总体上看,是运用词这一特殊的文学体裁,把对人的感情的丰富性的艺术表现,推进到了一个新的高度。因此在一定程度上可以说是较前一代的张先词更具新意。但"六一词"中的某些奇异的特质,也不能不引起我们的关注。如词中大量出现有关"泪"的描写与场景,似乎寓示着欧阳修的内心积郁了太多的悲感,有过多的压抑的情绪。而词中大量的情感性表述,又与欧阳修诗文的崇道抑情倾向形成巨大的反差。一个人在需要大量情感投入的艺术创造领域里,某些场合过度地宣泄情感(欧阳词多借女性口吻大写情词可作例证),在另一些场合又固执地抑制情感的表露,这从某种程度上说,实有人格分裂之嫌。而这种人格分裂竟出现在被目为一代宗师的欧阳修身上,又不能不说是宋代文学的一大悲哀。

二、小 山 词

欧阳修一辈的文人中,词不过是消遣性作品。直到其下一辈的晏幾道登上词坛,这一萧条的景象才有所改观。

晏幾道(1038—1110)字叔原,号小山,临川(今属江西)人。他是仁宗时期大词人晏殊的第七个儿子,但晚年家道中落,沉迹下僚,只做过颍昌府许田镇监的小官。有《小山词》。

词史上常将晏幾道与乃父晏殊并称为"大小晏"、"二晏",而谓小晏词风承

大晏而来。这有一定的道理,因为晏幾道的词确有几分晏殊词的婉丽之貌。如下面这首《临江仙》:

> 梦后楼台高锁,酒醒帘幕低垂。去年春恨却来时。落花人独立,微雨燕双飞。　　记得小蘋初见,两重心字罗衣。琵琶弦上说相思。当时明月在,曾照彩云归。

词的中心话题,是忆念一位绝色的歌女小蘋。结构上采用了倒叙回环的手法:起首先自述酒梦之后,去年因小蘋离去而生的"春恨"再度涌上心头;接着回忆去年"春恨"生时,自己独立落花丛中,惆怅地面对雨中飞燕双双的情形;然后又回闪至"春恨"生以前,描绘初见小蘋时女孩的装束,与当时弦歌的场景;最后再回到现时,怅叙明月依旧,人事全非的悲怀。词中借喻的笔法随处可见,像"落花人独立,微雨燕双飞",用燕子的双双结伴而飞,反衬词人的孤独与失落,被誉为"名句千古"①;而"当时明月在,曾照彩云归",所写虽似实景,而实又寓含了景外之象,曾经被明月伴照而归的"彩云",隐指的正是如今已经离去的小蘋。这种婉转的写法,自与晏殊词十分相似,稍显不同的,只是"小山词"更有一种清丽之姿。

"小山词"从另一个角度看,也与大晏词有精神实质上的差异,那就是其中少了晏殊作品中的那份矜持与节制,而多了一些洒脱乃至狂放;词中表现感情的程度,也更为激越。

黄庭坚序《小山词》,曾云:"叔原乐府寓以诗人句法,清壮顿挫,能动摇人心。"所谓"诗人句法"、"清壮顿挫",的确道出了晏幾道词作的重要的文学特征。"顿挫"的一面,上引《临江仙》即其典型。至"诗人句法"及"清壮",可举《鹧鸪天》词为例:

> 彩袖殷勤捧玉钟,当年拚却醉颜红。舞低杨柳楼心月,歌尽桃花扇底风。　　从别后,忆相逢,几回魂梦与君同。今宵剩把银釭照,犹恐相逢是梦中。

这是一首由回忆、思念与重逢三个有自然逻辑顺序的场景组成的抒情性作品。由于《鹧鸪天》词在形制上与诗颇多相似之处,此词给人的第一感觉,确有诗的风致。尤其是上片的四句,前两句的具象化描写,与后两句既对仗工整,又比喻巧妙的补衬,似断实连,写尽了在自己倾心的歌舞女子陪伴下,词人当年沉醉欢场的恣纵之态。同时,从节奏上看,此词虽仍是写传统题材的男女艳情,但叙述与抒情的推进速度显然比大部分词作要快,有一种干脆利落之风,这大约就是黄

---

① 谭献《复堂词话》。

庭坚所谓的"清壮"。而无论是其所用的诗的形态还是词风的"清壮",又都与词所表现的实际内涵密不可分。换言之,词风的一往无前,正是词人情感真切执着、一往无前的表征。这只要将词的下片与上片联系起来看,即可明了。词人之所以魂牵梦萦于那位当年殷勤劝酒的"彩袖"女性,是因为往昔的她既给自己带来了难以忘怀的美的歌舞,同时又使他在放浪形骸中得到了异乎寻常的快乐。可以说,正是因为有了这样一位充满活力的异性,晏幾道才真正获得了彻底袒露个性与情感的机遇。所以尽管是歌舞女子,在词人眼里她仍堪称红颜知己。一旦分别,留给词人的便是无穷无尽的思念;而当"今宵"的灯火再度照见这位令词人日思夜想的佳人时,他惊喜得几乎要怀疑自己身处梦境了。

"小山词"的洒脱乃至狂放,其背后的意识根源,乃是一种追求身心自由的天性。落魄的生涯,多情的品性,与傲然的人格,使晏幾道的个人行为颇有逸出常规处。如传说同时大诗人苏轼欲通过黄庭坚的中介,与之见一面,他却一口回绝,谓:"今日政事堂中半吾家旧客,亦未暇见也。"①这种反常规的个性,使其词作也呈现出一种不凡的姿态:

小令尊前见玉箫,银灯一曲太妖娆。歌中醉倒谁能恨?唱罢归来酒未消。　春悄悄,夜迢迢,碧云天共楚宫遥。梦魂惯得无拘检,又踏杨花过谢桥。(《鹧鸪天》)

这首词描写的,是词人自己醉酒纵歌的生活实态。其中最有意味的,是词末"梦魂"两句,因为它们凸现了一种意欲摆脱现实与精神的束缚,以获得个人自由的强烈心愿。

从宋词发展的历史看,由于"小山词"的出现,打破了仁宗朝以后词坛的短暂沉寂,并使自柳永以来即已形成的宋词重视个人真实情感抒发的传统,得以在一个更新的层面上延续。但"小山词"中那种十分可贵的追寻个人自由的强烈意识,虽然在稍后的苏轼词中得到了某些共鸣,但大部分苏词所采用的感情更为平淡的表述形式,也意味着晏幾道的这种传统并未在宋词中得到弘扬。

三、东　坡　词

苏轼(1037—1101)以散文和诗歌著称于时,其有关作品,历来被认为是宋文和宋诗的"正宗",因此关于他的生平及诗文创作情况,我们将在下一章里再

---

① 参见夏承焘先生《二晏年谱》元祐三年条引《研北杂志》卷上邵泽民语并有关考证,谱收入《唐宋词人年谱》,上海古典文学出版社1955年版。

详细介绍。这里先谈他的词。

对于苏轼的词,历来的意见相当分歧。这是因为自晚唐五代以来,词的风格以清切婉丽为宗,其内容又以儿女情长为主,而在音乐方面则强调要能吟唱;而到了苏轼,却开了词中的豪放一派,与前此的传统甚异其趣。对此后人见仁见智,褒贬不一。而一般的看法,可以《四库全书总目提要》的下述说法为代表:

> 词自晚唐五代以来,以清切婉丽为宗;至柳永而一变,如诗家之有白居易;至轼而又一变,如诗家之有韩愈,遂开南宋辛弃疾等一派。寻源溯流,不能不谓之别格;然谓之不工则不可。故至今日,尚与《花间》一派并行而不能偏废。(《四库全书总目》卷一九八《集部·词曲类一·东坡词》提要)

也就是说,苏轼创造的词派,从总体数量上来看,在词史上占不到主流地位;但是从质量上来看,则至少与主流派不相上下。这种看法也许较为恰当。

苏轼词的特点,可以说一是扩大了词的表现领域,将原来仅限于儿女情长的抒情,扩展到人生的众多方面,将历来不认为是词的题材的内容,广泛地引入到词中来;二是繁荣了词的风格,特别是以他的"豪放"词作,打破了过去人们对于词的"低吟浅唱"的固定观念。正如下面这则传说所显示的,苏词与传统风格的对比可说是十分强烈的:

> 东坡在玉堂日,有幕士善歌,因问:"我词何如柳七?"对曰:"柳郎中词,只合十七八女郎执红牙板,歌'杨柳岸晓风残月';学士词,须关西大汉,铜琵琶,铁绰板,唱'大江东去'。"东坡为之绝倒。(俞文豹《吹剑录》)

三是跟其散文和诗一样,苏轼词背后隐含有一种宏观的视角,在观照人生的悲哀不幸时常能加以超越,从而不同于晚唐五代词的一味沉湎于感伤。

对于苏轼的词,历来有所谓"以诗为词"的说法,主要是认为苏轼以诗语为词语,用作诗的方法来作词,从而增强了词的表现力。不过倘再深入一层考察,则也可以认为,苏轼也将本应由诗歌来表现的感情,转而用词来加以表现,从而在其诗歌减弱了感情强度的同时,其词却还保存着某种感情强度。如将苏轼的诗和词作通盘考虑,而且把它们统统视为广义的"抒情诗",则我们不能不认为,其最好的一部分"抒情诗",是在其词里,而不是在其诗里。在这里,抒情的强度比量更重要(有时候我们想,对宋诗和宋词的全体,大致上也可以这么说)。

苏轼的词,以其三十余岁至四十余岁间作于密州、徐州和黄州任上者为最佳,风格也多种多样。如《江城子·乙卯正月二十日夜记梦》,为悼亡词中别开生面之作。

> 十年生死两茫茫。不思量,自难忘。千里孤坟,无处话凄凉。纵使相逢应不识,尘满面,鬓如霜。　　夜来幽梦忽还乡。小轩窗,正梳妆。相顾无言,唯有泪千行。料得年年肠断处:明月夜,短松冈。

"乙卯"为宋神宗熙宁八年(1075),苏轼三十九岁,在密州任上。当时其妻王氏已去世十年了。此词的最大特色,是写悲哀而仍具豪放的意态。其所以然之故,第一是意象的开阔。试将此词结尾与柳永《雨霖铃》的"今宵酒醒何处?杨柳岸晓风残月"相比较,明月之于残月,松之于杨柳,分别有明朗与低迷、坚强与柔弱之别,是以柳词的"酒醒"处较此词的"肠断"处更显凄楚。其次是在作品中没有那种深化悲感或缠绵感情的具体描写,而代以较有气势的、实即与开阔意象相关联的文字。如同是写女性的坟茔,杜甫"独留青冢向黄昏"(《咏怀古迹》其三)的前四字,固较此词的"孤坟"富于感情色彩,其"向黄昏"三字更凸现出悲凄萧瑟之情;而此词的"千里"一语却以广大的空间为之平添了若干气势。再如同是写相对流泪,柳永《雨霖铃》的"执手相看泪眼,竟无语凝噎",在生动的刻画中充满了缠绵之意,此词的"相顾无言"就给人以粗线条之感,但接着的"泪千行"虽写悲痛,却又隐含无所顾忌地倾泻感情的豪气,这却非柳词所能。第三是以奇特的想像缓解痛苦的程度。词末的"料得"云云,乃是估计其已死妻子的情况,在他的想像中,她仍是有知的。这与开头的"十年生死两茫茫"句恰相呼应①。正因地下的妻子仍在关怀着他,并为之肠断,如同一个远处乡间的妻子在惦记着丈夫,这自是悲痛中的莫大安慰,使他不致陷入与豪放不相容的绝望。

作于同年的另一首《江城子》也是借助于自我安慰的手法,不但表现了他的豪情壮志,而且洋溢着乐观精神。

> 老夫聊发少年狂,左牵黄,右擎苍。锦帽貂裘,千骑卷平冈。为报倾城随太守,亲射虎,看孙郎。　　酒酣胸胆尚开张。鬓微霜,又何妨!持节云中,何日遣冯唐?会挽雕弓如满月,西北望,射天狼。(《江城子·密州出猎》)

词中所表现的英雄气概难免有夸张的成分。即如"酒酣胸胆尚开张"之句,大概就是如此。因为苏轼的酒量实在不行,而且也不怎么喜欢喝酒(他曾自称"我本畏酒人")。不过这一点并不重要,重要的是此时此刻他需要这种"狂"的感觉。而这里所表现的与"狂"相联系的英雄气概,不仅是此前的词里所未曾

---

① "十年生死两茫茫"是指生者、死者都有茫茫之感,也意味着死者仍然有知。

出现过的,即使在苏轼的诗里也难见其例。作品的动人之处,也正在此。然而,最能显示其乐观精神的结尾三句,却是自我安慰的产物。当时苏轼的政治处境并不好,他的此种壮志是根本不可能实现的。无论是他没有意识到这一点抑或是有意识的回避,都使此词避免了与现实的冲突,从而与南宋辛弃疾的抒发壮志而悲愤郁结的豪放词具有不同的境界。

苏轼的最有名的词之一,是那首《水调歌头·丙辰中秋》。据说,"中秋词自东坡《水调歌头》一出,余词尽废。"(胡仔《苕溪渔隐丛话》)

> 明月几时有?把酒问青天。不知天上宫阙,今夕是何年?我欲乘风归去,又恐琼楼玉宇,高处不胜寒。起舞弄清影,何似在人间! 转朱阁,低绮户,照无眠。不应有恨,何事长向别时圆?人有悲欢离合,月有阴晴圆缺,此事古难全。但愿人长久,千里共婵娟。

这首词作于宋神宗熙宁九年(1076),作者仍在密州任上,时年四十岁,与其弟弟苏辙已有七年不见了。这首词的思路,是典型中国式的。也就是将自然与人生视为一体,在自然现象中看出人事,在人事变迁中看出自然。月的"阴晴圆缺",被比喻为人的"悲欢离合",或者反过来,人的"悲欢离合",被比作月的"阴晴圆缺",这个比喻堪称千古绝喻。此外,中国式的思路还表现在,虽然关于月亮存在着美丽的神话,浪漫的诗人也不免遐想羽化登仙,但他最终却还是认为人间更好,这正是中国人重视现世生活的人生观的典型表现。但是,虽然"高处不胜寒"而"何似在人间",人间却也有人间的难处,那就是"人有悲欢离合"了,而那是亘古如斯、永难改变的。那又怎么办呢?于是苏轼一边沉湎于这一事实引起的感伤,一边又试图以宏观的眼光来超越它。他通过将人的"悲欢离合"与月的"阴晴圆缺"的对比,来试图将人事与自然打成一片,从而暗示了这样一种想法:如果连永恒的自然也有种种变化的话,那么人事的变化也就更是无可奈何的了;我们与其沉湎于这种无可奈何的悲哀,还不如将它置于一边而享受眼前的欢乐。这就导出了最后的美好祝愿:"但愿人长久,千里共婵娟。"于是这首洋溢着感伤氛围的词,便有了一个高亢的尾声。这既可以说是源自苏轼人格的一种必然结果,也可以说是对于宋词的一种风格上的贡献。但其中抑制了自我情感的宣泄,也是显而易见的。

苏轼词中的另一首被誉为"千古绝唱"之作,是《念奴娇·赤壁怀古》。在苏轼的词中,它最能代表其豪放的风格:

> 大江东去,浪淘尽、千古风流人物。故垒西边,人道是、三国周郎赤壁。乱石穿空,惊涛拍岸,卷起千堆雪。江山如画,一时多少豪杰!
> 遥想公瑾当年,小乔初嫁了,雄姿英发。羽扇纶巾,谈笑间、强虏灰飞烟

灭。故国神游，多情应笑我，早生华发。人间如梦，一樽还酹江月。

这首词作于黄州团练副使任上。与前后《赤壁赋》一样，也是游"东坡赤壁"的产物。因为三国时著名的"赤壁之战"，并不发生在苏轼所游之地。在苏轼《前赤壁赋》中，三国往事是由客人述说的，而在此词中，作者本人站到了前台，直接抒发了怀古之幽情；但是，那说不尽的三国往事所引发的感慨，则是这两类作品的共同的动力和成因。此类感慨至少在两个方向上发生。一是三国英雄的悲壮事迹，也引发了作者的英雄气概。此词的豪放的气势，主要便是因此而产生的。试比较《江城子·密州出猎》，就可以看出此词的力度更强，气势更壮。这不仅是因为三国往事的悲壮性超过了"出猎"，而且也是因为还有浩浩荡荡的长江在后面推波助澜。不过此词中的英雄气概却未能贯彻到底，因为作者的第二种感慨在中间插了进来。也弥漫于《前赤壁赋》的那种物是人非的感伤基调，在此词最后部分替代了一泻千里的豪放基调。即使那叱咤风云的三国英雄们的悲壮事迹，也没能在亘古永恒的自然前留下多少痕迹，那"早生华发"而又陷于逆境的自己又会如何呢？物是人非的感伤中于是又渗入了壮志难酬的郁愤。但是正如《前赤壁赋》一样，作者不愿一味沉湎于这种感伤和郁愤，他把所有这一切都付诸无可奈何，于是所有的一切感慨便都随风而逝。这样的题旨，一定程度上淡化了词的感情浓度。但这首词依然动人，则是由于具备了下列的优点，即词中描写的转换与基调的转换同步，从眼前浩荡的大江和雄奇的古战场，到对"雄姿英发"的三国英雄的"遥想"，到从"神游"中回到现实世界，自然、人事、古往、今来，两组对比三个层面，衔接得天衣无缝，过渡得妥帖自然。而其中关于大江和古战场的描写、关于三国英雄的描写，又都是此前宋词中绝无仅有的，在苏轼诗中也是见不到的；自此以后，便都成了这些方面的经典表现，以致后人竟以"大江东去"或"酹江月"作为"念奴娇"的别名。如果要仅举一首词来说明苏轼词的豪迈风格，其对于扩展词的世界的贡献，那么这可以说是最合适的一首。

以上这些作品较典型地反映了苏轼词的特点及其对于宋词的贡献。它们虽然也隐含了苏轼所特有的宏观视角，出现了比前此北宋词情感更为淡化的缺陷，但相比之下，仍比苏轼本人的诗更有激情。在表现其特有的宏观视角方面，更为典型的例子是《定风波》，其缘起是"三月七日沙湖道中遇雨，雨具先去，同行皆狼狈，余独不觉。已而遂晴。故作此"。其词曰：

莫听穿林打叶声，何妨吟啸且徐行。竹杖芒鞋轻胜马，谁怕？一蓑烟雨任平生。　　料峭春风吹酒醒，微冷。山头斜照却相迎。回首向来萧瑟处，归去，也无风雨也无晴。

此词所写的是日常生活中的一个常见场景,这种题材在此前的词里很少出现。作者之所以选中了这个生活常景,显然是因为"道中遇雨"可说象征了人生的危机或是逆境,作者对此的反应与狼狈的同行不同,他不但无所畏惧、懊丧,而且能从中找到乐趣。而当危机或逆境过去之后,作者用宏观的眼光来回顾,则发现一切都已无所谓,既无所谓逆境,也无所谓顺境,"也无风雨也无晴"。此词作于宋神宗元丰五年(1082),当时苏轼正谪居黄州,处境较为困难。但是他的人生态度,却正如此词所表现的,是"善处逆境"的。因而此词可以说是苏轼的人生态度的一个典型表现,词牌的选择"定风波"也极具象征意义。

以上这几个例子,已足以让我们看出苏轼词的特点,及其在北宋词史上的重要地位。后来南宋的辛弃疾等人,便深受苏轼的影响,在内忧外患的刺激下,进一步光大了豪放派的传统,作出了许多气势雄壮的杰作。辛词的悲愤郁结固为苏词所无,但苏轼词却也正是宋词豪放派形成与发展过程中不可缺少的一环。

第四节　秦观、周邦彦及北宋晚期的词

苏轼的出现,给宋词带来了创造多种风格、表现更广阔天地的机缘。在苏轼的影响下,约从神宗后期开始,北宋词坛形成了百花齐放、纷繁复杂的局面。其间苏门弟子黄庭坚、秦观各走一途,在拓展传统词境和细腻地表现个人情感方面颇有成就。黄、秦之后,贺铸、周邦彦两大词家又进一步着重在形式上对词的发展作了艰苦的探索;尤其是周邦彦,填词讲究音律的谐和周密,传摹意象细致入微,其特征鲜明的艺术成果,成为晚期北宋词的辉煌终曲。

一、山　谷　词

黄庭坚(1045—1105)的名字,文学史上是向与"江西诗派"的称号联系在一起的,这反映了黄氏的诗较之他的词更为后人所重视的一面。但也有个别学者认为,黄氏其实"词胜诗"[1]。比较黄庭坚的诗与词,也许是个饶有兴趣的话题。但这里我们暂且先来看看他的词,而把他那名声显赫的诗,放到下一章里去述评[2]。

---

[1] 见明王世贞《艺苑卮言》。
[2] 黄庭坚的生平也将在下一章述其诗时介绍。

黄庭坚的词,后人习惯以其号名之为"山谷词"。"山谷词"现存一百七十余首,从总体上看,一个较明显的特征,是全部词作可大致分为两部分:一部分承传统词的面貌而延伸之,述写男女之情,有时比柳永词更为通俗化;另一部分则显然遵循了苏轼开辟的新路径,将词作为表现更为广阔的现实世界诸象的工具。

黄庭坚很早就开始尝试填词。山谷词里现存创作年代最早的,是十六岁时所写的一首《画堂春》:

东风吹柳日初长,雨余芳草斜阳。杏花零落燕泥香,睡损红妆。
宝篆烟销龙凤,画屏云锁潇湘。夜寒微透薄罗裳,无限思量。

黄庭坚十六岁当仁宗嘉祐五年(1060),当时词坛前辈张先、欧阳修尚在世,苏轼还未在词作方面形成自己的独特风格,北宋词走的仍是柳永、晏殊之路。所以早期山谷词从意象的选取到风格的营造,都偏于柔美细巧,像"芳草斜阳"一类的令人伤感迷茫的春色,正是当时的文人最喜欢写入词境的景象。

成年后的黄庭坚在词作中仍保留了一部分少年之作的柔美,如他的另一首《画堂春》:

东堂西畔有池塘,使君幕几明窗。日西人吏散东廊,蒲苇送轻凉。　　翠管细通岩溜,小峰重叠山光。近池催置琵琶床,衣带水风香。

词写得既富于情致,又充满了美感,并且无少年之作那种过于明显的沿袭前辈之作的斧凿之痕。但在更多的场合,他尝试将这类写情之作转换成一种适宜在歌楼妓馆即兴演唱的通俗歌曲。他的一些写与歌妓交往的作品,由于过于露骨,曾被僧侣法秀咒为当入犁舌之狱[①]。与其题旨、风格相近的另一些作品,则因非含蓄地表情,在北宋士大夫的词中颇为独特。如下面这首《归田乐引》:

暮雨濛阶砌。漏渐移、转添寂寞,点点心如碎。怨你又恋你,恨你惜你。毕竟教人怎生是。　　前欢算未已。奈向如今愁无计。为伊聪俊,销得人憔悴。这里诮睡里。诮睡里梦里心里,一向无言但垂泪。

虽然词中的片断文辞化用前贤之作,如"为伊聪俊,销得人憔悴",显然出自欧阳修《蝶恋花》中"衣带渐宽终不悔,为伊消得人憔悴"两句,整体风格却完全与《蝶恋花》的趋雅情调相反,而追求一种通俗明了的感情抒写程式。"怨你又恋你,恨你惜你",是完完全全的白话,今天吟唱爱情的流行歌曲里也常出现类似

---

① 见黄庭坚《小山词序》。

的语句。但在北宋时期,这样无所顾忌不加修饰的词,毕竟让崇尚雅致的士大夫感到难堪。

与这类题材传统、写法新异的写情之作并驾齐驱,而在同时及后来论词者那里获得了更多好评的,是山谷词里的另一部分作品。这部分作品大多是黄庭坚宦游生涯的记录,表现了比男女之情更为广泛的现实世界,以及个人面对这一世界的诸多心绪;形式上除了词牌,还常有词题或词序——从词题或词序看,不少作品是次友人词韵,或因前人有同调之作而别撰新词,反映了黄氏继承了张先开创的传统,有意识地将词这一原本相当私人化的文学样式,进一步应用到了更为公开化的社交领域——个别词中间或末尾还有自注;词的风格,则显如王灼所云,是"学东坡,韵制得七八"①。且看下面这首题为"次高左藏使君韵"的《定风波》词:

> 万里黔中一漏天,屋居终日似乘船。及至重阳天也霁,催醉,鬼门关外蜀江前。　莫笑老翁犹气岸,君看,几人白发上华颠?戏马台南追两谢,驰射,风流犹拍古人肩。

据首句,词当作于哲宗绍圣年间黄氏谪居黔州时,词题中的高左藏,即时任黔州守的高羽。全词从描绘一幅令人郁闷的雨景图落笔,而想像奇特,将被久雨围困的居室,比作了一只在风雨中飘荡的小船。之后又笔锋一转,写雨后初晴时作者欲开怀畅饮的洒脱情怀,但同时也现实地点出自己身处的险恶环境,是在"鬼门关外蜀江前"。与上片所写总体为压抑人心的境象不同,下片的词气再度转折,洋溢着一重不甘为恶劣的境遇所压垮的倔强与豪迈之气。尤其是写到"戏马台南追两谢"以后,词中呈现的完全是一个落拓不羁而潇洒之态不减当年的老名士形象;"风流犹拍古人肩"一句结语,更如奇峰凸起,传达了一种俊逸的风神。可以作为类比性印证的,还有《醉落魄》的第一首:

> 陶陶兀兀,尊前是我华胥国。争名争利休休莫,雪月风花,不醉怎生得?　邯郸一枕谁忧乐,新诗新事因闲适。东山小妓携丝竹,家里乐天,村里谢安石。

此词词调下有一颇长的序,记述本词的写作缘起,源于一首据说是王仲父所作的同调词,该词以"醉醉醒醒"起首,词中又有"从他兀兀陶陶里,犹胜醒醒,惹得闲憔悴"诸语,故山谷本词以"陶陶兀兀"起句,而重点在用简洁明晰的文字,道出"雪月风花,不醉怎生得"的要旨。但黄氏此词显然要比他所本的那首可能为王仲父作的词更多一些洒脱之姿,因为其中不再顾影自怜地摹写"憔悴"

---

① 见《碧鸡漫志》卷二"各家词短长"条。

之容,而是将东山携妓的典故现实化,由此突出地表达了个人应当追求"闲适"生活的意念。

作为一位在诗坛提倡"点铁成金"、"夺胎换骨"理论的著名作家,黄庭坚在词中亦不时运用其诗论以尝试使旧作富有新意,似乎是可以理解的事。但这样做成效如何,则颇难说。如他将唐代张志和的《渔父》词扩展为如下这首《鹧鸪天》,就并不成功。

西塞山边白鸟飞,桃花流水鳜鱼肥。朝廷尚觅玄真子,何处如今更有诗。　　青箬笠,绿蓑衣,斜风细雨不须归。人间底事风波险,一日风波十二时。

上片末所加的两句,是由传说唐宪宗时曾画玄真子像,"访之江湖不可得,因令集歌诗上之"(见本词小序)而来;下片末所加的两句,则纯是发议论。这两处添加可谓典型的蛇足之笔。此外像《瑞鹤仙》,将欧阳修的散文《醉翁亭记》稍事删削,改成词体,而同时保留了原作中的十余个"也"字,结果文章不像文章,词不像词,也显然是一次并不成功的尝试。

更值得注意的是,自欧阳修在北宋诗文领域里强调"道"的重要价值后,宋词一直处于跟诗文分途的局势中。但从黄庭坚开始,词里也出现了崇"道"的内容,像他的题为"用前韵示知命弟"的那首《减字木兰花》里,赫然出现了"阿连高秀,千万里来忠孝有"这样前此只有在宋人诗文中才能见到的道学式的表述,尽管仅此一例,却颇耐人寻味。进入南宋以后,词的领域里逐渐响起愈来愈强烈的卫道呼声,其渊源也许即可以追溯到北宋晚期的"山谷词"。

二、淮海词

与黄庭坚一样诗词兼擅、同列"苏门四学士"的秦观,其词的创作则走了一条与苏、黄不同的路。

秦观(1049—1100),字少游,又字太虚,号淮海居士,高邮(今属江苏)人。早年即以诗文俱佳而获苏轼、王安石等的赞赏。元丰八年(1085)举进士,元祐间任秘书省正字,兼国史院编修官。因与苏轼交游甚密,在绍圣初的新旧党交锋中被目为元祐旧党,贬职监处州酒税。后又谪徙郴州,编管于横州、雷州等地。直到元符三年(1100)哲宗死后方得召还,但归途过藤州时,不幸病逝。有《淮海集》。

秦观性格柔弱,感情细腻,而前半生科场不利,后半生仕途蹭蹬,这一切使他的文学创作染上了很浓的感伤乃至悲观的情调。但他所处的文学时期,从宋词发展的一面看,又是已经柳永、苏轼两代人从不同的方向变革创新后的阶段。因此他的词,尽管在精神上更多地承继了以李煜为代表的南唐五代词重视感情抒发的传统,但表现的角度与方式,却更为丰富细致。孙兢《竹坡词序》引蔡伯世语谓:"苏东坡辞胜乎情,柳耆卿情胜乎辞。辞情兼称者,唯秦少游而已。"其说虽不免有夸张之处,而所揭示的"淮海词"的艺术特征,颇可取以衡量秦观词作的历史地位。

秦观早年的成名词作,是下面这首据传因不能忘情会稽蓬莱阁中所见某女性而赋的《满庭芳》:

> 山抹微云,天黏衰草,画角声断谯门。暂停征棹,聊共引离尊。多少蓬莱旧事,空回首,烟霭纷纷。斜阳外,寒鸦万点,流水绕孤村。　　销魂。当此际,香囊暗解,罗带轻分。谩赢得、青楼薄幸名存。此去何时见也?襟袖上,空惹啼痕。伤情处,高城望断,灯火已黄昏①。

词中描写的,是与情人离别的场景和因离别而生的伤感情怀。其题材跟柳永的《雨霖铃》相同,表现形式也颇多相似,即都是从一个特定的可以引动离思的自然场景落笔,转而拟设将来的某种相忆场面,并在其间穿插表现个人的悲戚之情。但这首《满庭芳》与柳永《雨霖铃》相比,也有两处比较明显的差异:其一是同样运用了具象描写的方法,秦词显得更细致,同时也变得更纤巧。像起首的"山抹微云,天黏衰草",在对句的形制下,用两个极富动感的字"抹"、"黏",把一种饱含了人情的自然生态刻画入微,就显然比柳永的"寒蝉凄切,对长亭晚,骤雨初歇"更为凝练精致。而上片末句的"斜阳外,寒鸦万点,流水绕孤村",本自隋炀帝诗"寒鸦千万点,流水绕孤村",尽管有"万点"寒鸦飞过斜阳的大场面作背景,但一脉流水绕过孤寂的村庄,这一简单而不免冷落的情形,仍使得全句所构造的景象变得十分纤细。相比之下,柳永"念去去、千里烟波,暮霭沉沉楚天阔"的场景,就显然要壮观得多。其二是同样抒写离情别绪,同样染着一重感伤的色彩,秦词明显缺乏柳词特有的那种激情。像"多情自古伤离别,更那堪、冷落清秋节"、"便纵有千种风情,更与何人说"这样冲口而出、无法抑制的激烈情绪,到秦观笔下已看不到了,所有的,只是充溢了无奈之绪的"空回首,烟霭纷纷"和"伤情处,高城望断,灯火已黄昏"。换言之,同样是表现感情,秦观擅长将情描绘得更为复杂细腻,但同时却达不到柳永那般的强度。

---

① 此词本事见《苕溪渔隐丛话》引《艺苑雌黄》。关于此词在当时的流传情况,见下页注①引黄昇《花庵词选》;又据叶梦得《避暑录话》,苏轼有"山抹微云秦学士"的诗句;蔡絛《铁围山丛谈》则谓秦观婿范仲温于酒席间大言:"某乃山抹微云女婿也。"二例可见此词在当时盛传之一斑。

其间当然有个性差异的原因,不过从一种更为宽泛的意义上说,这其实反映了北宋后期士大夫的精神世界受到了现实政治的愈来愈多的压抑。耐人寻味的是,即便如此,秦观仍因在词作中表现了过多的柳词情调,而受到苏轼的责难①。

"淮海词"中,与《满庭芳》一样以表现男女情感为主题,而比《满庭芳》传诵更久的,是《鹊桥仙》:

> 纤云弄巧,飞星传恨,银汉迢迢暗度。金风玉露一相逢,便胜却人间无数。　柔情似水,佳期如梦,忍顾鹊桥归路?两情若是久长时,又岂在朝朝暮暮!

此词所写为人所共知的牛郎织女七夕相会故事,结构的工巧——如上下片起首两句都用了精妙的对句——与因题材而生的较之《满庭芳》更为空旷的场景,以及对有关场景的色彩斑斓的描绘,为读者营造了一种缠绵的爱情幻觉。全词的重点,在叙解七夕一会的无比珍贵。由于是一年方得一会,所以词中对牛郎织女聚少离多的境遇表现出了真切的同情,"柔情似水,佳期如梦,忍顾鹊桥归路",便以优美而简洁的文辞,传写了这对天仙与人无异的完整的人性;并且从感情表现的强度上看,显然要比《满庭芳》的某些词句更为激越。但是,秦观在词的末尾,却写了两句完全从他个人的角度出发的"高境界"之语:"两情若是久长时,又岂在朝朝暮暮。"这两句孤立地看,自然也可以说是对坚贞爱情的咏歌;但如果从全词的整体性考察,却不能说是个十分成功的结尾,因为它有意无意地化解了牛郎织女因某种外力的影响而无法久长相聚这一事实的悲剧性,隐含了与前面几句对分离痛苦描写的深刻矛盾,从而在某种程度上跟苏轼的大部分词一样,最终冲淡了文学中感情的浓度。

秦观后期的生活境遇十分恶劣,精神压力甚重,他的词中感伤迷茫成分也因此不断加大。典型的例子,可举他谪徙郴州时在旅舍中写的《踏莎行》:

> 雾失楼台,月迷津渡,桃源望断无寻处。可堪孤馆闭春寒,杜鹃声里斜阳暮。　驿寄梅花,鱼传尺素,砌成此恨无重数。郴江幸自绕郴山,为谁流下潇湘去?

此词上下片的起首,结构上采用的仍是秦词中最常见的对句法。上片中"失"、"迷"两字的运用,像《满庭芳》里的"抹"、"黏"两字一样,很快将读者引入一个

---

① 据黄昇《花庵词选》,"秦少游自会稽入京,见东坡,坡曰:'久别当作文甚胜,都下盛唱公"山抹微云"之词。'秦逊谢。坡遽云:'不意别后,公却学柳七作词。'秦答曰:'某虽无识,亦不至是。先生之言,无乃过乎!'坡云:'"销魂当此际",非柳词句法乎?'"

具有灵性的自然场景中，不同的是此时的自然景象，映衬的不只是词人内心的伤感，更有一重无法言说的迷惘。在接下来的描写中，词人更突出地表现了个人孤独无援的凄凉处境，尤其那春天响起的杜鹃鸣声，在与孤馆、春寒、斜阳暮色等意象的结合中变得悲戚无比。下片"驿寄梅花，鱼传尺素"的叙写，似乎一定程度上使上片的那种强烈的孤独感有所淡化，因为它写了词人尽管身处闭塞的山乡，仍与外界互通音讯。但是紧接着词意又陡转直下，说明这样无法谋面的交流，其实更增加了主人公内心的痛苦。词最后以对郴江水无情地流入潇湘的描绘为结束，意在言外地传达了一种个人无法把握一己命运的无尽哀感。

从词的发展历程看，像《踏莎行》这样的作品的出现，一方面说明了自唐五代以来重视细腻地表达个人感情的传统至北宋后期仍不乏后继者；另一方面，它运用具象描绘来曲折地喻现情感的方式，又反映了此时以抒情为主的词，已超越了唐五代词的比较简单的抒情形式。后者其实已开周邦彦词的先河。

秦观在词的创作方面另有一功值得指出，那就是他比较有意识地探索诗与词两者的区分与融合，尝试将诗转换成真正适合于词的形态的作品，而不是如前辈那样，只是简单地将某些诗语引入词中。他写过一组《调笑令》，每首词的小序里，都先用诗的形式咏歌一女性或与女性相关的物事，然后在正文中，再取诗的内容而转换成词的形式。如第七首《莺莺》，原诗云：

> 崔家有女名莺莺，未识春光先有情。河桥兵乱依萧寺，红愁绿惨见张生。张生一见春情重，明月拂墙花树动。夜半红娘拥抱来，脉脉惊魂若春梦。

"曲子"——也就是词——则写作：

> 春梦，神仙洞，冉冉拂墙花树动。西厢待月知谁共？更觉玉人情重。红娘深夜行云送，困弹钗横金凤。

两者相较，诗主要在叙事，故写得条理分明；而词重在表意，故从半空中（所谓"春梦，神仙洞"）起笔，不叙缘由，曲曲折折，情意绵绵，并且最后写到了诗中未曾出现的云雨情形。从艺术上说，这两首诗词包括全部的《调笑令》都写得并不精彩，但它显现的秦观对于诗词创作的探索精神与诗词有别的实验性成果，却是值得重视的。当然秦观本人的诗歌在一定程度上仍与其词有相通之处，这我们将在下一章中讨论。

与山谷词相比，淮海词总体上距东坡词稍远而更接近柳永词，其间最重要的一点，即是淮海词里的感情虽然未达到柳永词的强度，却较东坡、山谷词要浓烈。因此像彭孙遹《金粟词话》中所说"词家每以秦七、黄九并称，其实黄不及秦甚远",并不是毫无道理的。但秦观在表达个人情感时,时有压抑或消解感情的企图,又不能不说与苏、黄词处于同一发展方向上。这样的态势,从一个传统词论家的角度来看,或许正好达到了"辞情相称"的高度,但以我们今日的眼光看去,其中毕竟存在着深刻的矛盾。这种矛盾的趋向,到稍晚一些的周邦彦那里,就转变成以更为精致的形式,曲折地抒写更为压抑的自我情感,北宋词因此也变得形态更为复杂,旨意更为晦涩。

三、东山词

黄庭坚、秦观之后,较明显地对两家风格均加吸收的词家,是贺铸。

贺铸(1052—1125),字方回,卫州(今河南汲县)人。因祖籍山阴(今浙江绍兴),其地有镜湖(本作"庆湖"),故自号庆湖遗老。他大约在熙宁初离开卫州,宦游汴京,历仕右班殿直、泗州太平州通判等职,至大观年间以承议郎致仕,寓居于苏州等地。重和、宣和之际,一度又迁朝奉郎,旋即再度致仕,最后客死于常州僧舍。有《庆湖遗老集》、《东山词》。

据陆游《老学庵笔记》记载,贺铸"状貌奇丑",时有"贺鬼头"的绰号;又贺氏《庆湖遗老集》自序称:"铸少有狂疾。"天生丑陋的容貌,再加上"狂疾",本来很容易使个性走向极端。但贺铸天性中另有一份极强的自制力,且又十分喜欢读书,这就使得他的生活与艺术创作活动处于一种既分裂又统一的奇异的状态中。他能够慷慨激昂、口若悬河地说古道今,评断是非,同时也能写牛毛小楷,制妙丽小词。他的词与黄、秦词相比,不仅数量多[①],而且题材更广泛。唯一不足的,是如王国维《人间词话》所言,少一点"真味",有游移之病。

在历代词评家笔下被推为"东山词"中第一佳作的,是下面这首依《青玉案》旧调填写,又改题为《横塘路》的作品:

  凌波不过横塘路,但目送、芳尘去。锦瑟华年谁与度?月桥花院,琐窗朱户,只有春知处。 飞云冉冉蘅皋暮,彩笔新题断肠句。若问闲情都几许?一川烟草,满城风絮,梅子黄时雨。

此词描写的,是词人因目送佳人远去而闲愁漫起的惆怅心绪,其出色之处,在能用借虚言实、借实言虚的奇幻笔法,刻画出一段剪不断、理还乱的绵绵情丝。上片起笔所写步履轻盈的女子未过横塘路即已飘然而去,是词人眼见的实景,除此之外,接下来的则全属臆想之辞;不过词人却能借一己的想像,将那令人

[①] 据程俱撰《宋故朝奉郎贺公墓志铭》,其词达五百首。今传"东山词"二百七十余首。

心动的女子远去后的情爱经历,描绘得若隐若现,有一重朦胧的美感。下片转写自己因此而起的愁绪,"试问"以下数语,最见精神,因为它们一连用了三个富有情致的意象,借烟草、风絮和梅雨,来凸现词人愁绪的迷茫、纷乱与悠长。贺铸因此也赢得了"贺梅子"的美誉①。

《横塘路》的基本风格,可以说是接近秦观词的,只是其中没有淮海词那样明显的感伤色彩,而多了一点秦词中略缺的惆怅。"东山词"中这一类作品不少。但在我们看来,其中更有特色的,或许是个别接近黄山谷通俗词风的作品,因为这些作品不仅风格洒脱,而且相对而言较多也较直接地袒露了词人内心的真实感受:

闲爱孤云静爱僧,得良朋。清时有味是无能,矫聋丞。　　况复早年豪纵过,病婴仍。如今痴钝似寒蝇,醉懵腾。

在这首用《太平时》词调填写,题作《爱孤云》的词里,展现的是一位曾经血气方刚、而今疾病缠身的壮士,不愿在所谓的"清时"也就是盛世中展露才华的隐逸心绪。词中所用的语辞皆极普通,但语句中寓含了慰藉、自嘲、愤世等诸多复杂的情绪。词末用寒天里行迹迟钝的苍蝇自比,摹画自己沉浸于美酒时的醉态,十分新异而又颇为切当,表现出贺铸具有相当的艺术想像力与出奇制胜的撰词功底。在另一首题为《将进酒》的《小梅花》词中,词人将咏叹历史沧桑巨变的文辞浓缩为"开函关,掩函关,千古如何,不见一人闲"数语,虽直白如话,却也颇为利索地道出了令人感慨的人世变幻真相。

从词体衍化的角度看,东山词在两个方面影响了词这一文学形式的发展。其一是如陈振孙《直斋书录解题》已指出的,"以旧谱填新词,而别为名以易之"。像上述《横塘路》、《将进酒》两词,原本调名分别为《青玉案》和《小梅花》,贺铸则在原词调之外,又为之别取新词名,而新词名则如一般的诗题一样,是跟词的内容完全吻合的。这样,即便是用同一词调填多首词,随着内容的不同,每首词都可以有自己的词题,而不再会出现因词调相同而只能以其一、其二之类的计数方法区别各词的情况。像"东山词"里有一组七首《踏莎行》,贺铸就分别依照各词的内容,为它们取了《惜余春》、《题醉袖》、《阳羡歌》、《芳心苦》、《平阳兴》、《晕眉山》、《思牛女》等七个词题。词调之外别取词题,这一创举,完全是从词作为一种文学样式的角度作出的,不涉及词的音乐性,因此它在文学史上有特殊的意义。

贺铸给予词体衍化以影响的另一方面,是他比前辈更多地采用袭取、借

---

① 见周紫芝《竹坡诗话》。

用、转化前人诗句的形式,试铸新词。史载他自称:"吾笔端驱使李商隐、温庭筠常奔命不暇"(《宋史》本传)王铚《默记》也曾说:"贺方回遍读唐人遗集,取其意以为诗词。"这方面东山词有成功之处,像《横塘路》中的名句"梅子黄时雨",本是寇准诗,贺氏取之与前两个意象相合,便构成了一个寇诗所未曾抉发的新意境。又如《爱孤云》上片的"清时有味是无能"、"闲爱孤云静爱僧",原是唐人杜牧《将赴吴兴登乐游原一绝》的前两句,贺铸取之融入自己的词里,由于词的总体旨意与杜牧诗的闲适情调迥异①,结果这两句陈语便神奇地转换成为对一位孤傲愤激之士的生动描绘。也有明显不足,如某些词作过于依赖前人佳句与诗意,拾人牙慧,结果使词本身的整体面貌变得比较零乱,王国维所谓"惜少真味",一定程度上可能与这类情形有关。同时名家周邦彦即吸取了这方面的教训,故"清真词"虽也有檃括前人诗之作,却多能在整体上自出机杼,而成为依然保持其个性风貌的新词。

四、清 真 词

周邦彦(1056—1121)年岁略小于贺铸,而词史上的地位远高于贺氏。周氏字美成,号清真居士,钱塘(今浙江杭州)人。史传对他早年生活的描写,是"疏隽少检,不为州里推重,而博涉百家之书"(《宋史》本传)。他进入仕途,是在元丰六年(1083)向宋神宗献《汴都赋》后。初任太学正;到哲宗、徽宗时期,又先后历官知溧水县、秘书省正字、校书郎、知隆德府等。他得以才尽其用,是升任徽猷阁待制,提举大晟府(国家音乐机构)的那段岁月。此后又外调知顺昌府、知处州等职。最后在六十六岁那年去世。有《清真集》。

从现有的史料看,周邦彦属于那种对政治没有太多兴趣,而有良好的艺术天赋与修养,喜欢为艺术而艺术的才士型人物②。他虽以撰赋跻身仕宦之林,但最为擅长的,还是填词。他的词也就是习称的"清真词",善于巧借自然万物,来深入细致地描摹丰富复杂的情感世界,尽管从整体上看没有达到北宋词所能达到的高峰,却以其独具特色的对词的形式探索,成为宋词发展的一个不可或缺的中介。

"清真词"中,长调小令,各体皆备,但相对而言写得更为出色的,是一批篇幅较大的长调慢词。如以"柳"为题的《兰陵王》,就颇受后人推崇:

---

① 杜牧全诗云:"清时有味是无能,闲爱孤云静爱僧。欲把一麾江海去,乐游原上望昭陵。"诗虽然也写了一己的孤独与自由,而格调比较平和。

② 参见王国维《清真先生遗事》有关考评。

> 柳阴直，烟里丝丝弄碧。隋堤上、曾见几番，拂水飘绵送行色。登临望故国，谁识，京华倦客？长亭路，年去岁来，应折柔条过千尺。　　闲寻旧踪迹，又酒趁哀弦，灯照离席，梨花榆火催寒食。愁一箭风快，半篙波暖，回头迢递便数驿，望人在天北。　　凄恻，恨堆积。渐别浦萦回，津堠岑寂，斜阳冉冉春无极。念月榭携手，露桥闻笛。沉思前事，似梦里，泪暗滴。

此首写词人心灵的痛苦及其历程，从中显示了人生的无奈。上片写其长期在京城过着令人厌倦的孤独生活，为了排解苦闷，每到清明前后就到隋堤上登高遥望故乡，尽管其故乡（杭州）是望不到的，但以此聊作安慰。每次去时，他都在那里看到许多折柳送别的人。次片以"闲寻旧踪迹"为过渡，一则点明上片所写为以前的事，再则暗示其处境有了较大的改变（由下文所述，可知其在京中有了知心的恋人），所以这些痛苦的往事已只是他闲中回忆的材料；接着写新的痛苦的袭来：到了今年寒食节，他却要离京远行了，于是深为即将离别的忧伤所折磨。末片所写则词人已在远行的舟船中，而且已是出行当日的傍晚了。分别之处（"别浦"）已被迂曲的水流所萦绕，再也望不到了，沿途的津堠也已荒寂无人，他的内心堆满了凄恻之恨，回想起以前与她"月榭携手，露桥闻笛"的情景，恍如梦境，他不由滴下泪来。

其在艺术上的特色，是描绘细致，多用隐喻与暗示，一词一语往往有多重意义，但不明白说出①（如上片的"见几番"、"年去岁来"，即意味着其这样的登临不止一次、已有多年；其以柳为题及词中写及柳的数句，不仅点明时间，并以柳的无端被摧折自况，故"应折"句含有无限感慨）。是以内涵丰富，感人至深，而又有扑朔迷离之致②。

周邦彦为后人称道的词作里，还有一些表面上是以写景的奇巧取胜的，实则另具深意。其中最著名的，是《苏幕遮》：

> 燎沉香，消溽暑。鸟雀呼晴，侵晓窥檐语。叶上初阳干宿雨，水面清圆，一一风荷举。　　故乡遥，何日去。家住吴门，久作长安旅。五月渔郎相忆否？小楫轻舟，梦入芙蓉浦。

词中"叶上初阳干宿雨，水面清圆，一一风荷举"数语，将雨后初升太阳照耀下迎风而立的枝枝荷花，描摹得十分传神，尤其是一个"圆"字和一个"举"字，写尽了荷叶柔和平整之态和绿叶上荷花的挺拔清俊之姿。然而这样的描写对全

---

① 村上哲见《周美成的词》对其艺术特色有颇细致的分析，中译收入王水照等编译《日本学者中国词学论文集》，上海古籍出版社1991年版。
② 周济《宋四家词选》以此词题旨为"客中送客"就是不领会其艺术特色而致的误解。

词而言有什么特殊的用意呢？如果我们将下片的怀乡之辞对照起来看，就可以发现，对眼前荷塘胜景的细腻摹写，其实是为了照应"梦入芙蓉浦"的思乡之绪，换言之，"久作长安旅"的词人眼中的客地风荷之所以如此美丽动人，根源还在于它们令词人忆念起了故乡水间的荷花。从这个角度来看，这首《苏幕遮》其实在结构与写法上与前引《兰陵王》并无二致，都是以非直接抒情的形式，渐次营造景中之情的佳构。

陈振孙在《直斋书录解题》中谈及"清真词"的特点时，有"美成词多用唐人诗櫽括入律，混然天成"的评语；张炎《词源》亦云：美成词"浑厚和雅，善于融化诗句"。"清真词"之所以能在这一方面获得赞辞，是因为融化前人诗句的方式虽然在北宋词中一直不乏其例，至黄庭坚甚至将其诗作中的"点铁成金"法也运用到了词的写作里，但如何使诗变成真正意义上的词，这一问题一直未能很好地解决——稍前于周邦彦的秦观尽管在诗词互转方面作了有益的探索，而其成果从艺术上看却不能成为佳作。这样，像"清真词"中的如下这首题为"金陵怀古"的《西河》词，就自然显得十分突出了。

> 佳丽地，南朝盛事谁记？山围故国绕清江，髻鬟对起。怒涛寂寞打孤城，风樯遥度天际。　　断崖树，犹倒倚，莫愁艇子曾系。空馀旧迹郁苍苍，雾沉半垒。夜深月过女墙来，伤心东望淮水。　　酒旗戏鼓甚处市？想依稀、王谢邻里。燕子不知何世，向寻常、巷陌人家，相对如说兴亡，斜阳里。

此词的主体，源自唐代刘禹锡的如下两首诗：

> 山围故国周遭在，潮打孤城寂寞回。淮水东边旧时月，夜深还过女墙来。（《金陵》）
> 朱雀桥边野草花，乌衣巷口夕阳斜。旧时王谢堂前燕，飞入寻常百姓家。（《乌衣巷》）

比较刘诗与"清真词"，可以发现，"清真词"虽然取用了刘诗的大部分典型语汇，但所构筑的整体意象及其构筑方式，仍是周邦彦的。像"淮水东边旧时月，夜深还过女墙来"，自有一种历史的沧桑感；但转成"夜深月过女墙来，伤心东望淮水"，表露的却是那充满主动姿态的月的意象中所蕴含的词人本身因历史而起的感伤情怀。同样地，当"旧时王谢堂前燕，飞入寻常百姓家"的令人感慨的一般性场景，变成了"燕子不知何世，向寻常、巷陌人家，相对如说兴亡，斜阳里"这样生动具体的画面，其间弥漫起的，当然就不是一般性的今昔之慨，而更有一重深切的人生永远也无法倒转的悲感。因此可以说，周邦彦的这首《西河》，语汇尽管是"櫽括"刘禹锡诗而成，但其中的整体性构思，却是自出机杼，而词中所创造的境象,的确比刘诗有更复杂的内蕴;其抒写的方式,也更为周密而多层次感。这样的"檃括"与"融化",当然是山谷词中的同类作品远不及的,也是"淮海词"所未曾达到的境界。

  词发展到北宋末叶,从形式上看,已经完全成熟。代表这种成熟的最高水准的,便是"清真词"。周邦彦把柳永开始写作的长调慢词,推进到了一个更为精致并且也更富于表现力的层次。以后的南宋词,尽管有各种各样的流派,但由表现形式看,基本上未脱至"清真词"为止的北宋词的基本格局。另一方面,"清真词"虽然仍注重感情的表达(这也成为北宋后期词仍延续南唐五代词风的一个典型的例子),但是这种表达变得更为曲折,感情又受到来自词人本身的强制性的压抑与郁积,这从文学发展的历程看,却未必是词真正健康发展的征兆;尽管后人也有专意从这一角度肯定周邦彦的。

第六章　北宋诗文的重道抑情倾向

词的繁荣,为北宋文学带来了夺目的光彩和崇高的声誉。与此同时,北宋的诗文创作,却走着一条与词的发展相异的路。除了北宋前期诗坛短暂地回响过一阵唐代余韵,自北宋中叶起,由于欧阳修等人的倡导,从道德理念出发、以维护王朝稳定为目标的力图抑制情感自由表现的文学观,逐渐在文坛占据了统治地位。在北宋的大部分时期里,诗歌创作因此为一种情感淡薄、诗意缺乏的"宋调"所左右。这一现象即使是在苏轼、王安石、黄庭坚等大家笔下也存在,尽管他们同时也写过一些逸出"宋调"之外的好诗。相比之下,北宋文章受道学观念的侵蚀比诗更厉害,文学性文章的大量减少,以及即便是文学性的文章也时常出现重道抑情的倾向,使北宋一朝的文章,在文学史上的地位大为降低了。

第一节　北宋前期诗文的趋时与复古

北宋前期,诗歌创作仍笼罩在唐代诗风的影响下。一般认为,当时的诗歌,可以分为学白居易、学晚唐、学李商隐的三派,这大致符合事实。但是,这三派本身有一个消长的过程。最初是学白居易派得势,其最突出的是王禹偁。稍后,兴起了学晚唐的一派,其代表人物有寇准、林逋等。再往后就出现学李商隐的一派,通常称为"西昆体",其代表人物有杨亿、刘筠、钱惟演等。西昆体一形成,就取代了学白居易派的地位。《蔡宽夫诗话》说:

> 国初沿袭五代之余,士大夫皆宗白乐天诗,故王黄州主盟一时。祥符、天禧之间,杨文公、刘中山、钱思公专喜李义山,故昆体之作,翕然一变……

末两句是说诗坛风气因"昆体"的出现而翕然一变。所以,这三派并不是同时流行的。

北宋前期的文章领域里,则较早出现了复古的呼声。先是柳开,继有穆修,从重振儒家道统之声威的角度,以极端化的表述,轻视乃至反对文章的文学色彩,使宋文在发展之初便蒙上了崇道抑文的阴影。

一、王禹偁及其同道

北宋前期诗歌中学白居易的一派,虽说是由王禹偁主盟,但这一派是宋朝一成立就开始存在的,比较起来,王禹偁还是后劲。其最早的代表人物为李昉(925—996)、徐铉(917—992),他们比王禹偁(954—1001)分别大二十九岁和三十四岁,实际上是两代人。李昉原仕于后汉、后周,徐铉则仕于南唐。他们的学白居易,实际上是学白居易的唱和闲适诗。李昉与李至有唱和集传世,称为《二李唱和集》。李昉自己为这一集子作序说:

> 昔乐天、梦得有《刘白唱和集》,流布海内,为不朽之盛事。今之此诗,安知异日不为人之传写乎?

集中所收之诗不仅如吴处厚《青箱杂记》评《二李唱和集》所说"诗务浅切,效白乐天体",而且都是白居易的闲适诗一路。至于徐铉的诗,基本上也是这一路子。如他的《晚归》诗:

> 暑服道情出,烟街薄暮还。风清飘短袂,马健弄连环。水静闻归橹,霞明见远山。过从本无事,从此涉旬间。

其最后两句,充分体现出闲适之趣,整首诗的基调也是宁静、怡淡的。

不过,徐铉在南唐地位很高,后随李后主降宋,虽然他在宋朝也做到散骑常侍,但心情不可能很愉快,所以在有的诗句里也难免含一点愁绪,如"春愁尽付千杯酒,乡思遥闻一曲歌"(《和钟郎中送朱先辈还京垂寄》),"黄花泛酒依流俗,白发满头思故人"(《九日落星山登高》),那就有违闲适之旨了。

王禹偁的诗虽然也学白居易,但与他们相比,却颇有不同。

禹偁,字元之,巨野(今属山东)人。他于太平兴国八年(983)举进士,虚龄恰为三十岁,此后就一直为官,只是有时在中央政府任职,有时出任地方官员。曾任翰林学士,知制诰,晚年曾知黄州,故又称"王黄州"。有《小畜集》。

王禹偁的诗一开始也还是以闲适为主,并多唱和之作,如其《和郡僚题李中舍公署》诗:

　　　　树影池光映晓霞,绿杨阴下吏排衙。闲拖展齿妨横笋,静拂琴床有落花。地脉暗分吴苑水,厨烟时煮洞庭茶。青宫词客多闲暇,按曲飞觞待岁华。

全诗所写,确是闲暇、安适的情趣,诗题更明言其为唱和。但另一方面,宋王朝建立之初,儒家思想、旧的力量就很强大,王禹偁也深受其影响。所以,儒家倡导的社会责任感在他身上也就根深蒂固。这使他对社会现实不能漠不关心。即使在他仕途比较顺利的时候,他的诗就已开始接触到社会问题。三十五岁时,他在朝廷任左拾遗,写有《对雪》:

　　　　……因思河朔民,输挽供边鄙。车重数十斛,路遥几百里。羸蹄冻不行,死辙冰难曳。夜来何处宿,阒寂荒陂里。又思边塞兵,荷戈御胡骑。城上卓旌旗,楼中望烽燧。弓劲添气力,甲寒侵骨髓。今日何处行,牢落穷沙际。自念亦何人,偷安得如是。深为苍生蠹,仍尸谏官位。謇谔无一言,岂得为直士?褒贬无一词,岂得为良史?

他当时并没有眼见河朔民与边塞兵的苦况,安逸地在京都做官,但是,在天下大雪的时候,他忽然想起了他们,并且为自己没有能尽到其做官应尽的责任而感到惭愧,在这里,起主导作用的,完全是他的社会责任感。不过,这样的诗与白居易的传统也并不矛盾;因为白居易也有新乐府、《秦中吟》等这样一类的诗歌。所以,《对雪》之类的作品,只是说明王禹偁的学白在早期虽以闲适、唱和一类为主,但也存在着与白居易的新乐府相通之处。

淳化二年(991),他被贬官商州,直到淳化四年止。这使他对社会和政治有了进一步的体认,其创作也就进一步向新乐府的方向倾斜。他的《感流亡》、《畲田调》、《对雪示嘉祐》等符合白居易所谓"唯歌生民病"(《寄唐生》)精神的诗篇,就是在这样的情况下的产物。《感流亡》说:

　　　　谪居岁云暮,晨起厨无烟。赖有可爱日,悬在南荣边。高春已数丈,和暖如春天。门临商於路,有客憩檐前。老翁与病妪,头鬓皆皤然。呱呱三儿泣,惸惸一夫鳏。道粮无斗粟,路费无百钱。聚头未有食,颜色颇饥寒。试问何许人?答云:"家长安。去年关辅旱,逐熟入穰川。妇死埋异乡,客贫思故园;故园虽孔迩,秦岭隔蓝关。山深号六里,路峻名七盘。襁负且乞丐,冻馁复险艰。唯愁大雨雪,僵死山谷间。"我闻斯人语,倚户独长叹。尔为流亡客,我为冗散官。在官无俸禄,奉亲乏甘鲜。因思筮仕来,倏忽过十年。峨冠蠹黔首,旅进长素餐。文翰皆徒尔,放逐固宜然。家贫与亲老,睹翁聊自宽。

这首诗说明了几点：第一，他后期多写这类诗，实与自己贬官的处境有关。所谓"尔为流亡客，我为冗散官"、"在官无俸禄，奉亲乏甘鲜"，均显示出他的对"流亡客"的关心与他的"冗散官"的窘境之间存在着某种联系。第二，他虽然看到了"流亡客"的痛苦，而且对他们也不是毫无同情，但到底没有切身之痛，因而，并没有在他的心灵中引起强烈的震动。他倒反而"睹翁聊自宽"。这不但显示了此诗的缺陷，而且也显示了他所有的那些从社会责任感出发的写民生疾苦的诗的共同缺陷。杜甫的《三吏》、《三别》之类的诗之所以能打动人，是因为其中溶入了强烈悲痛（尽管已有所克制）；如果杜甫也是"睹翁聊自宽"，那是写不出像现在我们所看到的《三吏》、《三别》那样的诗篇来的。然而，也正因王禹偁能坦率地表露自己的心情，所以，读者对他这位"冗散官"及其窘境反而有某种亲切感。假如诗中连这样的话也没有，却假装出一副痛哭流涕的样子来，这首诗恐怕就离读者更远了，因为感情是假装不出来的。

贬官商州以后，王禹偁除进一步向白居易新乐府倾斜以外，同时也注意学杜甫。《蔡宽夫诗话》有这样的一段记载：

> 元之本学白乐天，在商州尝赋《春日杂兴》云："两株桃杏映篱斜，装点商州副使家。何事春风容不得，和莺吹折数枝花！"其子嘉祐云："老杜尝有'恰似春风相欺得，夜来吹折数枝花'之句，语颇相近。"因请易之。王元之忻然曰："吾诗精诣，遂能暗合子美邪？"更为诗曰："本与乐天为后进，敢期子美是前身。"卒不复易。

他说自己的这两句诗与杜甫的类似是暗合，这恐怕是不对的，因为他们之间太相像了，大概他以前读过杜甫的这首诗，而且这两句在他脑中留有较深刻的印象，只是后来忘了这两句出自杜甫，在自己写诗时就用了上去。但从这则记载也可以知道，他从这一时期起，打出了学杜的旗号，表明在自己的诗中存在着与杜诗相通的一面。

他在诗中写民生疾苦，固然也可说是学杜，但他同时还吸收了杜甫的若干艺术经验，如他的写于商州的《村行》：

> 马穿山径菊初黄，信马悠悠野兴长。万壑有声含晚籁，数峰无语立斜阳。棠梨落叶胭脂色，荞麦花开白雪香。何事吟余忽惆怅？村桥原树似吾乡。

此诗语言浅近，层次清楚，开始的两句颇有闲适的情趣，五、六两句的写景自然亲切，这些都是白居易诗的特点，但是，其三、四两句——特别是第四句——颇有孤寂幽怨之意，这就离开了白居易闲适诗的传统，而与杜甫《秋兴》一类的律诗略有相通之处了。不过，他在这儿不是直接表露自己的感情，而以拟人化的手法写山峰,再以"无语立斜阳"的山峰来表达自己的感情,这种手法确是杜甫以及其他的唐人诗中所少见的,可说是王禹偁的创造。王禹偁的诗最能显示其成就的,也就是这一类写自然景色、抒发其在日常生活中的心情的作品。他的《寒食》、《新秋即事》、《上寺留题》等,都属于这一类。

二、寇准与林逋

学晚唐的一派中,以隐逸诗人林逋最为著名。年岁稍长于林逋而曾位及宰相的寇准,一般也被归入该派。

寇准(961—1023),字平仲,华州下邽(今陕西渭南)人。年十九考取进士;由知巴东县,历官参知政事,至真宗朝出任集贤殿大学士、同中书门下平章事。在景德初抗击辽军侵宋的战役中,力主真宗亲征;但也因主持澶渊之盟,遭到阁僚排挤而罢相。晚年更被远贬为雷州司户、衡州司马。因曾封莱国公,遗集名《寇莱公集》。

在宋代前期诗坛上,寇准是一位富有传奇色彩的诗人。他是白居易的同乡,但在宋初流行白体的风气中,却喜好王维、韦应物乃至晚唐诗;他性格豪爽刚毅,从政果敢决断,作诗却擅长传达细腻的情感。他似乎更多地将文学视为一种个人生活的慰藉,而不愿追逐当下的潮流。但也以此,他的诗文反而显现出与众不同的新的动人姿态:

> 高楼聊引望,杳杳一川平。远水无人渡,孤舟尽日横。荒村生断霭,深树语流莺。旧业遥清渭,沉思忽自惊。(《春日登楼怀归》)

诗中"远水无人渡,孤舟尽日横"一联,显然是从韦应物《滁州西涧》的"野渡无人舟自横"句化出的。但全诗所表现的意境,却不只是中唐式的个人与群体的疏离,更有晚唐式的极细微的情感自慰。"荒村"、"深树"一联,将富于生机的烟霭、流莺置于令人惊悚的荒凉萧飒的场景之中,借生死古今的对照,寓示人生的无常,从而自然地引发令人心动的家园意识。但诗末的一个"惊"字,又将这种本可落实的归家感觉悬置了起来,表现了有家难归甚而几乎忘记家园的苦涩心绪。可与此诗对看的另一首诗①,也写得充满言外之旨:

> 岸阔樯稀浪渺茫,独凭危槛思何长。萧萧远树疏林外,一半秋山带夕阳。

---

① 此诗题目较长,作《予顷从穰下移莅河阳,泊出中书,复领分陕帷。兹二镇俯接洛都,皆山河襟带之地也。每凭高极望,思以诗句状其物景,久而方成四绝句,书于河上亭壁》。

从字面上看,这是一首以写景为主体的诗,除了第二句。其整体上表现的弘阔的景致,使人很容易想起上引《春日登楼怀归》诗的起首两句。但诗中传达的,又不仅仅是秋天山水的缥缈悠远之态,而更有一种沉积于诗语内部的发自诗人内心的迷茫感,它述说着一份无所着落、没有依傍甚至也没有焦虑痛苦的孤独的感受,反映了宋初高级阁僚的特殊的文化心态。

据《苕溪渔隐丛话》说,寇准的诗"含思凄惋,盖富于情者也"。其实除了"富于情",寇氏的诗也很注意美的意境的营造。这使得他的诗作与宋代的词有很多相通之处。如下引之诗,即颇有欧阳修、秦观词的风致:

> 杳杳烟波隔千里,白蘋香散东风起。日落汀洲一望时,愁情不断如春水。(《追思柳浑汀洲之咏尚有遗妍因书一绝》)

此诗写春天的情形,从日落时分的烟水浩渺之势,引出柔情好似春水的比喻;其境界细密入微,情致浓郁,具有小词的味道。

林逋(967—1029)比寇准小六岁,经历与寇氏完全不同。他字君复,是钱塘(今浙江杭州)人。少孤力学,不应科举。早年放游江淮间,中岁返乡,在西湖孤山当起了隐士。此后二十年不入城市,一生未娶妻,故而"隐"名大振,不但范仲淹、梅尧臣等著名文士都去拜访他,连真宗皇帝也闻名赐与粟帛,并诏令地方官岁时劳问。他死后被宋仁宗赐谥和靖先生,故世称林和靖。有《林和靖诗集》。

林逋虽以隐逸林下、遗世独立闻名,实际上骨子里与浮沉于宦海里的大多数宋代文人没有太多的区别。他看重个人的社会声望,对于地方官的顾问颇感荣耀①;他本人虽不入仕,却努力教导侄儿应科举试②;"其谈道,孔孟也;其语近世之文,韩、李也";"其辞主乎静正,不主乎刺讥"(梅尧臣《林和靖先生诗集序》)。他的归隐,与其说是一种合乎个人心性的自然选择,不如说是一种刻意追求的生活姿态。这种姿态反映到他的创作中,就使他的诗带有一种缺乏深刻的富于独立意识的内涵,但文辞比较精巧澄淡的特征。

现存林逋诗中,名声最大的要数《山园小梅》(其一)与《梅花》二首。据《诗话总龟》记载,两诗的第二联分别得到过欧阳修和黄庭坚的赞赏。前者更被某些史传誉为"古今绝唱"③。

---

① 林逋有一篇写给杭州知府的"启",将对方赠其刻石一事视为"不朽之奇事"。
② 见《宋史》卷四五七《隐逸·林逋传》。
③ 见《咸淳临安志》林逋本传。

众芳摇落独暄妍，占尽风情向小园。疏影横斜水清浅，暗香浮动月黄昏。霜禽欲下先偷眼，粉蝶如知合断魂。幸有微吟可相狎，不须檀板共金尊。（《山园小梅》其一）

吟怀长恨负芳时，为见梅花辄入诗。雪后园林才半树，水边篱落忽横枝。人怜红艳多应俗，天与清香似有私。堪笑胡雏亦风咏，解将声调角中吹。（《梅花》）

两诗除了受到欧阳氏与黄氏赞赏的第二联，全诗整体上其实写得都不出色。可以说是有晚唐诗的形，却没有晚唐诗的质，即没有那种尽管可能卑微但却真实的感情。第二联则无论是《山园小梅》（其一）的还是《梅花》的，在营造一种比较单纯的美的景致方面做得颇为成功；尤其是第二首，描写雪后水边忽然斜出的梅枝，落笔细巧，境象轻盈，并且富于戏剧性。遗憾的是好句并未能充盈全诗，所以这两首咏梅之作只能以其孤立的佳联留在文学史中。

从整体效果看，林逋诗中比《山园小梅》与《梅花》写得更好一些的，是一批以西湖景色为描摹主体的作品。像《孤山寺端上人房写望》，虽然感情表现仍比较淡漠，却能在有限篇幅中多层次地展现湖山的佳丽景色：

底处凭栏思眇然？孤山塔后阁西偏。阴沉画轴林间寺，零落棋枰葑上田。秋景有时飞独鸟，夕阳无事起寒烟。迟留更爱吾庐近，只待重来看雪天。

如果将此诗与寇准的《春日登楼怀归》作一比较，就可以发现，尽管林作与寇作都是表现诗人极目远眺之景，并且最终都归结到家园意识，但寇诗能传达给读者一种更为深切的个人感受，林诗则有浮在面上而比较轻逸的感觉——尽管诗中用了"阴沉画轴林间寺"的意象，这种古雅的构思带给读者的感受其实并不真的沉重——然而也唯其轻逸，孤山塔后山阁上望去的那一片湖光山色，才会被描绘得那么恬静美丽：有古寺点缀的山村似画一般，水上之田零落如棋子，秋色中忽然飞来一只孤单的鸟儿，而夕阳也闲得无事地升起了轻漫的烟云。林逋就是这样用他巧匠般的手笔，营造着一个又一个既令人喜爱又让人感到不满足的不免矛盾的诗境。他的成功，说明了晚唐诗那种追求细巧之美的创作方式依然有其长久的生命力；他的不足，又预示了诗人感情的淡薄将成为以后宋诗的一个主要缺陷。

三、西 昆 体

当林逋结束江淮间的放游生活，回到杭州开始隐居时，北宋京城的一批台阁词臣正酝酿着诗坛的一次新的变革。参与这次变革的中心人物，是杨亿、刘筠、钱惟演诸人；变革的实绩，是编出了一部同人唱和诗集《西昆酬唱集》；变革过程中诞生的诗，则被称为"西昆体"。

《西昆酬唱集》中所收的诗，大都是景德二年（1005）官修大型类书《册府元龟》开始编纂后诸词臣的唱和之作。由于创作的背景和作者均与书册所藏之府，即《山海经》、《穆天子传》等旧籍所称的西方昆仑群玉之山有关，故其书取"西昆"为名。据书中所录，当时参加唱和的，除了杨亿、刘筠、钱惟演三人，还有李宗谔、陈越、李维、刘骘、丁谓、刁衎、任随、张咏、钱惟济、舒雅、晁迥、崔遵度、薛映、刘秉等十四家。这十七家的登录于《西昆酬唱集》里的诗作，由于是在一个特定的生活境遇里互相唱和而诞生的，因此具有两个比较明显的共同特征：一是艺术上都比较追求表现个人的才学，讲究典故的充分运用；二是除了一小部分作品意在讽谏当朝政事或表露个人心迹，大部分主要是比较纯粹的文字游戏，带有文学实验的意味，所以不以表现比较深刻的主题为目标。而从总的风格看，书中所录的诗作，有相当部分又是继承了李商隐的诗歌风貌的。

"西昆体"的头号作家、也是《西昆酬唱集》的主编杨亿（974—1020），字大年，建州浦城（今属福建）人，是宋初著名词臣杨徽之的侄孙。七岁能属文，年十一应诏赴京师试词艺，以文才授秘书省正字。淳化年间，又以献赋受试翰林，赐进士及第。后为赵恒（即后来的宋真宗）东宫僚属。真宗即位，与修《太宗实录》。景德中，又与王钦若负责编纂《册府元龟》。官至翰林学士，兼史馆修撰，判馆事。有《武夷新集》。

杨亿的诗，在《西昆酬唱集》里收录了七十五首，在十七家中独占鳌头。他写得较好的作品，能营造出一种美的意境，这方面与寇准的诗非常相似。如《夕阳》：

> 夕籁起汀葭，秋空送目赊。绿芜平度鸟，红树远连霞。水阔迷归棹，风清咽迥笳。高楼未成下，天际玉钩斜。

虽然没有表现出令人激动的情绪，却能将夕阳西下、残月初升时天水迷离、风清鸟飞的纯美景色描摹得细致入微，显现出诗人擅长用优美的言辞、充分的想像状写自然景物的特殊才能。他的《独怀》一诗，不见载于《西昆酬唱集》，在借描绘自然景象以抒发个人心绪方面，也颇有独到的风致：

> 独依青桐听鼓声，参旗历落上三更。凉风卷雨忽中断，明月背云还倒行。赖有清吟消意马，岂无美酒破愁城。是非人世何须较，方外吾师阮步兵。

诗的题旨是说对人世间的是非应当学会自我化解,这一题旨很容易使人想起后来苏轼的诗。也许这样的题旨本不适于用重在情感表达的文学样式来表现。但杨亿此诗的佳处,在其前半部分对个人内心翻腾不息思绪的象征性叙述,尤其是三、四两句,用自然中风雨的无常和云月的异态,映衬诗人心中的纷乱之状,使夜的变幻与身处夜间的人内心的变化两者一并融入了诗境之中。

但杨亿的大部分诗过于追求典故的充分运用,因而时常使诗成为旧典的展览,失却了其本应具有的灵性。像《西昆酬唱集》中所收的以《泪》为题的两首诗,其一云:

> 锦字梭停掩夜机,白头吟苦怨新知。谁闻陇水回肠后,更听巴猿拭袂时。汉殿微凉金屋闭,魏宫清晓玉壶欹。多情不待悲秋气,只是伤春鬓已丝。

由于整首诗的大半部分都倚靠汉魏故事转述有关"泪"的悲愁情怀,结果当诗终于摆脱典故的缠绕道出伤春的主题时,杨亿仍无法使读者真正进入其所精心构筑的充满了他人话语的意境中。也许博学的读者可以耐心地绕过他所引述的典故明白诗的每一句的内涵,但经过这样费力的周折,诗本身所欲表现的意绪已经完全模糊了。

"西昆体"诗人中名声次于杨亿的,是刘筠(970—1030)和钱惟演(977—1034)。筠字子仪,大名(今属河北)人,咸平元年(998)进士,做过御史中丞、知制诰、翰林承旨等官,在宋初诗坛上一度与杨亿齐名,时号"杨刘"。但他的诗,实际上却并无十分突出的个人风格。《西昆酬唱集》里所载的他写得较好的作品,是咏史题材的《南朝》:

> 华林酒满劝长星,青漆楼高未称情。麝壁灯回偏照昼,雀航波涨欲浮城。钟声但恐严妆晚,衣带那知敌国轻。千古风流佳丽地,尽供哀思与兰成。

诗用秾丽的笔调描画南朝君臣歌舞升平、醉生梦死的生活实态,背后隐寓的,是对那个本应富有生机的王朝最终自毁于一旦的痛惜。在这一点上,正如诗末所写的,它与庾信的《哀江南赋》具有相通之处,尽管在篇幅上两者有大小之别。

钱惟演字希圣,是被北宋消灭的五代十国之一吴越国君钱俶的儿子。入宋后累迁翰林学士、枢密使,曾做到过加同中书门下平章事的高职。但两度因故贬官:先改保大军节度使,知河阳;后又为崇信军节度使。他能词,上一章我们介绍过其所填的《玉楼春》。他的某些诗,跟他的词一样充满哀伤之绪。例如七律《小园秋夕》:

潘鬓秋来已自伤,庾园时物更荒凉。紫梨半熟连红树,碧藓初圆乱剽墙。月露暗从孤桂滴,水风犹猎败荷香。滑稽还喜鸱夷在,欲取临邛美酒尝。

从首联看,此诗明显是一首因秋景而自伤迟暮的作品。但是从第二联开始,诗人将视线转向了周围的自然景致,笔触也不再触及伤感的题旨,甚至到最后一联还出现了一些富于喜剧色彩的境象,似乎诗人已从美酒之中找寻到了解脱的妙方。然而仔细品味全诗,仍可以发现,第二联开始的对秋天色彩鲜艳的外在景色的细心描摹,其实正好反衬了作者内心的无限落寞。尤其是第三联的"月露"、"水风"两句,尽管描绘的视线专注到了富于生命力的桂树与荷花,但一个"孤"字与一个"败"字,正好凸现了秋天的那种无可挽回的孤寂与衰败的悲哀色彩——晶莹的月露无奈地滴落在孤独的桂枝上,而水面吹过的清风也只能抓紧最后的时机带走留存在衰落的荷花上的一点余香。如果说西昆体诗人还在某种程度上为诗歌的发展提供了有益的经验,那么钱惟演的这首描写十分细腻却并未大用典故的诗可以作为一个范例。但诗中所具有的那种因改朝换代而生的独特的愁思,在以后的宋诗中很快被复古的浪潮所冲淡。"宋调"——具有宋代本身特征的重视理念的诗——逐渐将西昆体逐出了诗坛。

四、柳开与宋初的复古思潮

与宋初诗歌仍承继唐诗风范不同,北宋前期的文章领域较早被复古的论调所困扰。提倡复古的代表人物,是柳开和穆修。

柳开(947—1000)曾名肩愈,字绍先,署号东郊野夫;后更名开,字仲塗,别号补亡先生。大名(今河北大名东)人。早年笃于经义、古文,与同时范杲齐名,世称"柳、范"。开宝六年(973)举进士,由宋州司寇参军,历殿中侍御史,知全、桂、滁等州,最后病故于赴知沧州道中。有《河东先生集》。

柳开一生,始终为复古、传道的梦想所困扰。他原先的名和字里,便有肩负韩愈之道、继承先祖柳宗元之志的寓意。而他自十七岁读韩愈之文后,也确有好几年颇为韩文所倾倒,以至于"日夜不离于手"(《昌黎集后序》),下笔亦"学其为文"(《东郊野夫传》)。开宝年间,他逐渐从崇拜韩愈转向企图超越韩愈,作文"与韩渐异",而"取六经为式",并最终将自己的名与字也彻底加以改变,"意谓将开古圣贤之道于时也,将开今人之耳目,使聪且明也。必欲开之为其塗矣,使古今由于吾也,故以仲塗字之,表其德焉"(《补亡先生传》)。自此他完全沉浸在自己营造的继往圣绝学、启一代道统的亢奋氛围中,即使有人誉之为"宋之夫子",也当仁不让①。

对于文学(主要是文章),柳开的见解带有强烈的功利色彩。他虽然尚未像后来的宋代理学家那样彻底否定文学的艺术特征,但也已经有诸如"女恶容之厚于德,不恶德之厚于容也;文恶辞之华于理,不恶理之华于辞也"之类的论调。他所谓的"理",其实便是他口口声声絮说不停的"道"。他认为"文章为道之筌"(以上皆见《上王学士第三书》),并宣称:"吾之道,孔子、孟轲、扬雄、韩愈之道。吾之文,孔子、孟轲、扬雄、韩愈之文也。"(《应责》)道与文如此合一并且以道统文,文学本身的美的特征,自然也就受到轻视乃至排斥。所以柳开对五代及宋初文风相当不满,以为"华而不实,取其刻削为工,声律为能。刻削伤于朴,声律薄于德"(《上王学士第三书》)。而他自己提倡的"古文",则被界定为是一种"古其理,高其意,随言短长,应变作制,同古人之行事"的文体(亦见《应责》)。身处宋初之世,欲为此等"古文",柳氏的理论不切实际,自不待言。但这套以轻视文学的审美特质、张扬道统意识为指归的文学理论,从整个宋代文学的发展来看,实为以后北宋中后期流行的重道抑情文学观的先声;南宋以还理学家彻底取消文学独立性,将文学视为道学附庸的做法,与之也有或多或少的关联。

返观《河东先生集》中所收的各体文章、辞赋与诗歌,最常见的,还是无处不在的对君臣父子之"道"的宣传,与柳氏个人对自身在臆想中担当道统继承人的自得与自傲。其中个别篇章有相对充沛的感情抒发。如《报弟仲甫书》和《赠麴植弹琴序》,两者的开首部分,分别抒写了自己对久别的兄弟的思念,以及由听琴声而起的文章不为时所赏识的悲哀之情,但这类比较自然、真挚的情绪,在两文中很快被接下来密不透风的理与道的说教文字所冲淡。又如《袁姬哀辞》,是柳氏在淳化元年(990)爱姬袁氏病卒后写于桂州的一首骚体之作。虽然不大合"道",但在其文集中还算是多少有些人情味的。作品对于美丽而年轻的袁氏的永远离去,很表哀痛,因在结尾叹道:

> 明知有生兮亦必有死,无如奈何兮情思罔已。倏焉胡往兮音容莫寄,馀玩遗香兮忍孰为视?桂山崭崭兮翠攒若指,曷能可忘兮我心于此!西流之日兮东流之水,瞬息一去兮终天远矣。

为求古奥和不注意修辞而导致的文字的别扭与拖沓(如"曷能"句)不去说它,有意思的是:辞的中间部分在述说自己遭此巨创而"摧伤骨髓"时,仍将导致爱姬病故的直接动因——自己被派赴边军——视作一种荣耀,说是"高旻孔仁

---

① 见《河东先生集》卷六《答臧丙第三书》。

兮皇边予委"。

柳开的诗,载于本集中的仅有四首①,均为无甚诗意之作,且与其大部分文章一样充斥了说教。倒是被归于其名下、但未见于本集中、因而不知究竟是否为他所作的这首题为《塞上》的七绝颇有特色:

> 鸣骹直上一千尺,天静无风声更干。碧眼胡儿三百骑,尽提金勒向云看②。

万里晴空之中,一声苍劲有力的箭响过后,骑队中的碧眼胡人纷纷勒马仰首观望,但见带着鸣哨的箭镞,直冲静谧无风、辽阔无垠的云霄而去。诗中有声又成画,声画相映,的确别具意趣。

与柳开在文学上持相似观点的穆修(979—1032),字伯长,郓州(今山东东平)人。大中祥符二年(1009)举进士,由泰州司理参军,迁官颍州、蔡州文学参军。有《河南穆公集》。

穆修在文学创作上比柳开更少创获,而以对唐代韩愈、柳宗元文章的竭力推崇,并坚决反对骈文、提倡古文著称于世。他曾经整理刊刻韩、柳文集。其倡导文章复古的有关见解,则集中见于《答乔适书》:

> 盖古道息绝,不行于时已久。今世士子,习尚浅近,非章句声偶之辞不置耳目,浮轨滥辙,相迹而奔,靡有异途焉。其间独敢以古文语者,则与语怪者同也。……噫!仁义中正之士岂独多出于古而鲜出于今哉。亦由时风众势驱迁溺染之,使不得从乎道也。

他对于宋初追求"章句声偶"文风的盛行怀着莫大的忧虑,而企图以"道"的标准挽回世风。但他本人的创作才力实在不高,他崇尚的古文又过于偏窄,完全不能给人以美的享受——比如现存于其文集中的大部分序、记,皆无文采可言。这样,他的主张无法获得文坛的迅速回应,也就是必然的了。

但由柳开、穆修提出的复古思想,到宋代前期的稍后阶段,逐渐获得了高层文士的认同。像范仲淹(989—1052),虽以其倡导"先天下之忧而忧,后天下之乐而乐"的《岳阳楼记》留名于文学史中,而检阅《范文正公集》,其中本应带有极强的文学性的辞赋,单从其题目如《蒙以养正赋》、《礼义为器赋》、《尧舜帅天下以仁赋》等,即可看出复古崇道的思想对于文学的深入渗透。这种情形在

---

① 《河东先生集》卷十三有《赠梦英》、《讽虞嫔》、《赠诸进士》三诗,另同书卷十四《宋故柳先生墓志铭》中录有柳开所撰七律一首("皇唐三百八十年"),合计为四首。
② 此诗见载于江少虞《皇朝类苑》卷三十五、袁枚《随园诗话》卷十一等(《随园诗话》未记作者名氏)。钱锺书先生《宋诗选注》选柳开诗,即录此首。

当时决非个别现象,它预示了宋代文学(尤其是文章)将经历一次脱胎换骨的大变革。

第二节 欧阳修与诗文"宋调"的形成

北宋文学经历了前期趋时与复古两股潮流的对峙阶段,到宋仁宗时代,终于发生了较大规模的转型。转型的结果,是出现了可以称之为"宋调"的诗文形式。这种诗文比较重视对合乎官方政治伦理的教条的阐述,个人感情表现比较淡薄,诗歌带有程度不等的散文化倾向,文章则大大降低了文学性。

诗文"宋调"的形成,与仁宗朝开始出现的社会政治危机——尤其是宋王朝面临日益严重的少数民族压力与财政困难——有密切的关系,同时也是对自晚唐、五代就已日益显露的某些士大夫对儒学的离心倾向的一种反拨。意识形态之于社会文化的影响,前所未有地受到北宋官方及倡导儒学的士大夫的重视。于是,在文学中加强儒家思想的统治地位,便成为许多理论家在文坛竭力呼吁的主要内容。

在文坛发生的这次诗文转型过程中,欧阳修以其理论、创作兼长的突出才能,为"宋调"的形成起了决定性的作用。作为欧阳修的前驱与同道,梅尧臣、苏舜钦与石介,则从不同的角度,为诗文"宋调"的出现做了推波助澜的工作。

一、梅 尧 臣

梅尧臣(1002—1060),字圣俞,宣州宣城(今属安徽)人。因屡举进士不第,长期位居下僚。虽因从父梅询曾官侍读学士,早年得以门荫补太庙斋郎,但所历桐城等县主簿、知建德县等,皆非显官。后签署忠武、镇安两军节度判官。晚年被馆阁大臣举荐,赐进士出身,任国子监直讲,官至尚书都官员外郎。有《宛陵先生文集》。

梅尧臣在近世的许多文学史著作中被描绘成一位坚决反对西昆体的诗坛领袖。但衡之实际,情形却要复杂得多。梅氏于而立之年调任河南县主簿,从外省来到当时的西京洛阳。其时担任西京留守一职的,恰是西昆体的著名诗人钱惟演。梅尧臣在以钱惟演为首的文人集团中如鱼得水,他早年的诗,因此亦不乏典丽工整之姿:

> 遥爱夏景佳,行行清兴属。安知转回溪,始觉来平谷。古殿藏竹间,香庵遍岩曲。云霞弄霁晖,草树含新绿。时鸟自绵蛮,山花竞纷缛。莫言

归路赊,明月还相续。

这首题为《游龙门自潜溪过宝应精舍》的诗,是梅尧臣早年在洛阳时游山玩水经历的记录之一。这样的记录在梅氏文集中还有很多,其中颇不乏跟随钱惟演出游的咏叹之作。就这首诗而言,虽然其中并无西昆体主要代表人物赋诗好用典故的通习,但写景的细密繁缛,色彩的秾丽,则如出一辙。又如写于同一时期的《依韵和载阳登广福寺阁》:

   过闻联骑出,登览思逾清。晓涨林烟重,春归野水平。始看仙杏发,已爱袷衣轻。谁见吟余处,残阳上古城。

除了用精致工巧而又比较富于意境的文字描摹眼前胜景外,诗的末尾两句,还让人很容易想起钱惟演诗所特有的那种集身世与时世变幻为一体的人生悲感。值得特别指出的是,该诗诗题中的载阳,即钱惟演之子钱暄(字载阳)。梅尧臣早年生活与艺术经历中的这段与西昆体巨子钱惟演父子的交往,实在很耐人寻味。

  大约从景祐初举进士不第,又离开洛阳而去建德知县事开始,梅尧臣的诗歌中表现出了不同于前辈的格调。一方面,他力图突破诗歌题材的诸种限制,使诗成为大千世界诸相的忠实记录;另一方面,他像唐代白居易等诗人一样,企图提升诗的政治地位,让诗在更大程度上充当捍卫道德与秩序的重要工具。这两方面的情形,与残存的前期诗风交织在一起,形成了梅氏中年以后诗歌的复杂面貌。

  梅尧臣是有宋一代勤奋做诗的早期代表,传说他"日课一诗",少有间断。他又要求诗"意新语工,得前人所未道者"(见《宋史》本传)。这就使他不得不大幅度地拓展诗作的题材范围,写前人未曾入诗的内容。这方面他中年以后的尝试并不成功,他反宋初诗追求典丽、纯美之路而行,将一些难以描画的丑陋景象写进诗里,企图以内容的新异与陌生征服读者,结果却得不偿失。他对扪虱得蚤、乌鸦啄蛆等令人恶心的场面的描写,如"飞鸟先日出,谁知彼雌雄。岂无腐鼠食,来啄秽厕虫。饱腹上高树,跋箹噪西风。吉凶非予闻,臭恶在尔躬"(《八月九日晨兴如厕有鸦啄蛆》)之类,的确是前无古人,但作为诗的价值也完全丧失了。

  梅尧臣又是宋代中叶率先明确表示诗应当为现实政治服务,而不应着力追求美的表现的著名作家。庆历年间他在许昌签署判官任上,有《答韩三子华韩五持国韩六玉汝见赠述诗》,诗中写道:

   圣人于诗言,曾不专其中,因事有所激,因物兴以通。自下而磨上,是之谓国风,雅章及颂篇,刺美亦道同,不独识鸟兽,而为文字工。屈原作

《离骚》，自哀其志穷，愤世嫉邪意，寄在草木虫。迩来道颇丧，有作皆言空，烟云写形象，葩卉咏青红，人事极诙诡，引古称辨雄，经营唯切偶，荣利因被蒙。遂使世上人，只曰一艺充，以巧比戏弈，以声喻鸣桐。嗟嗟一何陋，甘用无言终。

按照此时梅氏的理解，诗歌的写景功能即所谓"烟云写形象，葩卉咏青红"是应当加以否定的，抒情作用也须以儒家"六义"说中的风雅、美刺为限，于是诗歌便成了政治的工具或附庸。这里梅氏虽然没有否定屈原，但把屈原作品的内容缩小为"愤世嫉邪意"，也即视之为单纯的政治批判的工具。

他自己中年以后的创作，也的确努力依据这种旨在挽救社会道德、不作"空言"的理论而落笔。他的《襄城对雪》、《陶者》、《田家语》、《汝坟贫女》等诗，都以反映现实的政治问题和民生疾苦为主题。《田家语》有小序云："庚辰诏书：凡民三丁籍一，立校与长，号'弓箭手'，用备不虞。主司欲以多媚上，急责郡吏；郡吏畏，不敢辨，遂以属县令。互搜民口，虽老幼不得免。上下愁怨，天雨淫淫，岂助圣上抚育之意耶？因录田家之言，次为文，以俟采诗者云。"全诗如下：

谁道田家乐？春税秋未足！里胥扣我门，日夕苦煎促。盛夏流潦多，白水高于屋。水既害我菽，蝗又食我粟。前月诏书来，生齿复板录；三丁籍一壮，恶使操弓韣。州符今又严，老吏持鞭扑；搜索稚与艾，唯存跛无目。田间敢怨嗟？父子各悲哭。南亩焉可事？买箭卖牛犊。愁气变久雨，铛缶空无粥。盲跛不能耕，死亡在迟速。我闻诚所惭，徒尔叨君禄；却咏"归去来"，刈薪向深谷。

诗序中的"庚辰"，是康定元年（1040），时西夏出兵进攻北宋，故朝廷有广征"弓箭手"之举。对于这一举措，梅尧臣从同情农家的角度出发，显然是不赞同的；但作为一个朝廷任命的地方官（当时他担任知襄城县一职），他又不得不执行。这种两难的处境，使得这首五言古诗总体上呈现出一种试图抒写愤懑之情，却又不敢纵情宣泄，力求为最高统治者辩解（所谓"岂助圣上抚育之意耶"），却又无法辨白清楚的矛盾、尴尬的局势。诗中不乏对乡村屡遭困顿的悲惨场景的记录，但一切都是瞥眼匆匆，没有更加深入的、令人刻骨铭心的描绘；诗中也有不安与焦虑，但像杜甫诗中"莫自使眼枯，收汝泪纵横。眼枯即见骨，天地终无情"（《新安吏》）那样真切的悲愤，却根本看不到——可以说面对"父子各悲哭"的揪心场景，梅尧臣始终只是以一个局外人的身份加以怜悯，他更希望自己能逃避这一切，眼不见为净，所谓"却咏'归去来'，刈薪向深谷"，正是这个意思；但他又并未真的"归去"。

《田家语》一诗还比较充分地展示了梅尧臣中年以后诗作中经常呈现的

"以文为诗"的特征：语句间逻辑关系明确，整首诗文意完足，没有跳跃感，因此总体上显得比较平。这与梅诗在内质方面注重情感的克制与叙事的条理性有很大的关联。梅尧臣自述其所向慕的诗境时曾说："作诗无古今，唯造平淡难。"(《读邵不疑学士试卷》)同时代的人评他的诗，则认为是从"清丽闲肆平淡"，进入到"涵演深远"的境界(欧阳修《梅圣俞墓志铭》)，而中年以后之作"尤古硬"，给人以"咀嚼苦难嚼"之感(欧阳修《水谷夜行寄子美圣俞》)。"平淡"与"古硬"从表面上看似乎是互相矛盾的，但它们在梅尧臣笔下获得了某种程度的统一，究其原因，无疑是梅氏诗重视理智、淡化感情而又不免想出奇制胜的结果。值得注意的是，"以文为诗"和"平淡""古硬"的现象在以后的宋诗里有更充分的表现；欧阳修、王安石乃至苏轼的诗中，都不同程度地存在"以文为诗"与"平淡"的特征，而以黄庭坚为代表的江西诗派则更多地继承了"古硬"一路的诗风。

梅尧臣后期所写的诗，仍有一些保留了其早期作品的典丽工整之风，只是在典丽工整之外，又多了一点散淡之趣。如著名的《东溪》：

> 行到东溪看水时，坐临孤屿发船迟。野凫眠岸有闲意，老树着花无丑枝。短短蒲茸齐似剪，平平沙石净于筛。情虽不厌住不得，薄暮归来车马疲。

这是他暂时脱离《田家语》那种两难处境，内心比较平和自然时所写的诗。眼中所见的天地万物，显现出比人世更有意趣的美的姿态，已习惯于冷静地面对一切的诗人，也不免被感染而生成了一份对自然的依恋之情。但尽管如此，诗人最后仍无法摆脱尘俗的牵累，而不得不舍弃那令人心旷神怡的纯美之境。同样地，在《献甫过》一诗中，美的自然只有在作家开门送客的一刹那，才以动人的情影获得暂时的眷顾：

> 几树桃花夹竹开，阮家闾巷长春苔。启扉索马送客出，忽觉青红入眼来。

诗用极为简单的语辞，描绘了春天胜景在诗人内心所引动的惊喜之情，表现手法上则采用了一点小悬念，即先写门外春景，再述其初见春景时的时间、地点与气氛，可谓平中见奇。但这样的诗，不正是梅氏自己所强烈批评的"烟云写形象，葩卉咏青红"之作么("忽觉青红入眼来"一句中，就正好有"青红"两字)？可见梅尧臣的诗歌理论与其创作实际，也不无矛盾。

二、苏舜钦

北宋中叶文坛上与梅尧臣一同开创诗歌"宋调"的著名诗人，还有苏舜钦。

苏舜钦(1008—1049)，字子美，开封(今属河南)人。他的祖父苏易简、父亲苏耆都是北宋前期的著名文臣，他本人也因了家庭的关系，入仕之初即补太庙斋郎，调荥阳县尉。景祐元年(1034)举进士，之后由光禄寺主簿，历知蒙城、长垣县，迁官大理评事。庆历年间，他受到范仲淹的推荐，升任集贤殿校理，但不久即被反对范氏的一派诬陷，罢官退居苏州。有《苏学士文集》。

苏舜钦"状貌怪伟"(《宋史》本传语)，性格刚烈，前半生怀抱壮志，而少得施展的机会，后半生被放废江湖，不得不以自筑沧浪亭之类的消闲之举来解脱内心的郁闷。因此他的诗，常常显得表面豪放、充满激情，而深层则蕴含了难以排遣的无奈。如早年所写的《对酒》：

> 丈夫少也不富贵，胡颜奔走乎尘世！予年已壮志未行，案上敦敦考文字。有时愁思不可掇，峥嵘腹中失和气。倚官得来太行颠，太行美酒清如天。长歌忽发泪迸落，一饮一斗心浩然。嗟乎吾道不如酒，平褫哀乐如摧朽。读书百车人不知，地下刘伶吾与归！

诗直白地抒发了个人不得志的愤懑。然而，诗中的愤激不但不能与李白的"大道如青天，我独不得出"(《行路难》)之类的感情相提并论，甚至不能跟鲍照的"对案不能食，拔剑击柱长叹息。丈夫生世会几时，安能蹀躞垂羽翼"(《拟行路难》)的激烈相比。因为时代到底不同了。尽管在北宋诗人中，苏氏的豪放已经要算得"惊人"(《宋史》本传语)了。

苏舜钦在文学史上往往被与梅尧臣并提，称为"梅苏"，这主要是由于他现存的诗中，与梅尧臣同样不乏关注现实政治和力图用诗的形式表达个人政治见解的作品。这部分作品一般写得比梅尧臣的同类之作有激情，但文字的粗糙、不精练和以文为诗特征的存在，则与梅氏诗如出一辙。兹举《城南感怀呈永叔》一首为例：

> 春阳泛野动，春阴与天低，远林气蔼蔼，长道风依依。览物虽暂适，感怀翻然移。所见既可骇，所闻良可悲。去年水后旱，田亩不及犁。冬温晚得雪，宿麦生者稀。前去固无望，即日已苦饥。老稚满田野，斲掘寻凫茈。此物近亦尽，卷耳共所资：昔云能驱风，充腹理不疑；今乃有毒疠，肠胃生疮痍。十有七八死，当路横其尸；犬猳咋其骨，乌鸢啄其皮。胡为残良民，令此鸟兽肥？天岂意如此？泱荡莫可知！高位厌粱肉，坐论搀云霓；岂无富人术，使之长熙熙？我今饿伶俜，闵此复自思：自济既不暇，将复奈尔为！愁愤徒满胸，嵚崟不能齐。

诗从城南美丽的春景落笔，但很快即转入对因灾害而导致饥民遍野的惨况的描述，后半部分将贫富两类人的不同境遇作了比较鲜明的对照，似乎引出了对现实的批判,然而结尾仍不得不归结到那种苏氏特有的无奈。全诗形式上采用的完全是一种散文化的叙述方式,步步进逼,转换之际逻辑分明。然而一些场景的描绘过于直白,显得毫无诗意;而诗中所蕴含的激情,也因这种整体上的进展舒缓,以及开首的离题描绘与结尾的有意消解紧张感,而大大降低了其感染读者的力度。同样的情形,在苏舜钦同类题材的《庆州败》《吴越大旱》、《己卯冬大寒有感》等作品中也不同程度地存在着。

从艺术上看,苏舜钦写得较为成功的,是一部分以写景为主的律诗和绝句。这部分诗常常能将眼前胜景的细部之美描绘得精巧而富于动感,有时也显现出一点理趣。如《清轩》:

> 谁凿幽轩刮眼明,湖中嘉处更禅扃。龙听夜讲寒生席,鸥伴晨斋暖戏庭。水月澄明应作观,云山浓淡自开屏。我公亦为留奇句,此地人间合有灵。

描写在山水鸥禽的映衬下,清净的轩廊间所流动的似乎来自天外的一份灵气,用语机巧,富于象征性,虽有说理稍多之病,而诗境仍是不弱。至如七绝《夏意》的"别院深深夏簟清,石榴开遍透帘明。树阴满地日当午,梦觉流莺时一声",则已凭借其秾丽而流畅的文辞,进入到与北宋词争胜的境界了。

三、石　介

与梅、苏年岁相仿,而在北宋中叶文章领域内再度张起崇道抑文旗号的,是石介。

石介(1005—1045),字守道,兖州奉符(今山东泰安)人。登天圣八年(1030)进士第,初仕郓州观察推官,曾官国子监直讲。有《徂徕石先生全集》。

石介在文学理论方面上承北宋前期柳开、穆修的有关主张,也竭力强调"道"对于"文"的统领地位,批评重视对偶、雕琢的文风。但有一点与柳、穆不甚相同的地方,那就是开始明确将"道"的教化作用、现实的纲纪伦常与"文"作对照,突出"文"的功利性,并进而排斥文学之文。在《上赵先生书》中,他认为:"今之为文,其主者不过句读妍巧、对偶的当而已;极美者不过事实繁多、声律调谐而已。雕镂篆刻伤其本,浮华缘饰丧其真,于教化仁义、礼乐刑政,则阙然无仿佛者。"以此他用激烈的措辞攻击西昆体的代表人物杨亿,谓之"穷妍极态,缀风月,弄花草,淫巧侈丽,浮华纂组,刓镂圣人之经,破碎圣人之言,离析圣人之意,蠹伤圣人之道","其为怪大矣"(《怪说中》)。而他所推崇的,也自然就是道外无文的那一套了:

> 故两仪，文之体也；三纲，文之象也；五常，文之质也；九畴，文之数也；道德，文之本也；礼乐，文之饰也；孝弟，文之美也；功业，文之容也；教化，文之明也；刑政，文之纲也；号令，文之声也。(《上蔡副枢书》)

"文"遭到三纲五常等道德政治概念如此多层次的束缚，其自身的特征也便完全消亡了。

值得注意的是，持此种文学见解的石介，其文章方面的实践，的确完全依循其理论而行。他不讳言由此产生的"文字实不足动人"的缺陷，却颇为自己"心能专正道"而自得，并认为自己"不敢跬步叛去圣人，其文则无悖理害教者"，是值得骄傲的"一节之长"。(均见《与欧阳永叔书》)在他的文集中，已经完全看不到文学性的文章，文章中出现稍有文学性的文句的情况，也很难找到——像《祭孔中丞文》末有"大冬残腊，风号云咽。节物惨淡，心肝摧折。炉烟氤氲，樽酒冷烈"诸语，实在是个难得的例外。石介似乎是想以比柳开等更为过激的极端化的姿态，表明其忠实于宋王朝官方政治伦理教条，并以此为据去开辟宋文新途径的正意诚心。

四、欧阳修

梅尧臣、苏舜钦在开创诗歌"宋调"方面作了不少尝试，但他们在当时都未位居高官，无法在诗坛掀起一股足以改变世风的潮流。石介自视甚高，为宋文的发展描绘了一幅完全受制于政治伦理教条的"新"蓝图，但极端化的见解与其自身才力的薄弱，尚未足以改变文坛趋向。这时，一位地位、才力都超过他们的人物适逢其时地登上了文坛，北宋诗文在他的引导下，开始步入"宋调"的成型期。这位特殊的文士，就是欧阳修。

欧阳修(1007—1072)，字永叔，号醉翁、六一居士，庐陵(今江西吉安)人。幼孤家贫，而力学不辍，于天圣八年(1030)考取进士。初任西京留守推官，继入朝为馆阁校勘。景祐三年(1036)，为范仲淹言事忤宰相遭贬职事，他写信给主张罢黜范氏的谏官高若讷，严加谴责，结果自己也被降职为峡州夷陵县令。康定初官复原职，与修《崇文总目》。之后由知谏院，历右正言知制诰等官，除龙图阁直学士、河北都转运按察使。庆历五年(1045)，因支持范仲淹等倡导的"新政"，再度贬官，始出知滁州，继徙知扬州、颍州。直到至和年间才被召回，任翰林学士，主持《唐书》的编纂工作。此后仕途比较顺利，做到了枢密副使、参知政事。晚年出知青州等地，以政治见解与当时主张变法的王安石相左，一再上书请求告退，终于熙宁四年(1071)获准致仕，回到第二故乡颍州，翌年即去世。有《欧阳文忠公集》。

在北宋中叶的文人士大夫圈中，欧阳修有"今之韩愈"的美称（见苏轼《居士集序》）。这一称号的出现，很大程度上与欧阳修所持的文学观点有关，也跟他的文学创作实绩有关。在经历了北宋前期诗文趋时与复古两股潮流相互消长对峙的纷繁局面之后，政坛与文坛都期待一种更为有力也更有本朝特色的话语出现，以使北宋的文学发展走上一条与朝廷思想统治相合拍的路。梅尧臣、苏舜钦、石介等人都为此作过努力，但因种种原因，未见成效。欧阳修则适逢其时，又充分具备构造这种新的"宋调"的才能，所以便自然地充当起了当代韩愈的角色。

与韩愈一样，欧阳修也十分强调"道"在文学创作中的重要意义。他认为"大抵道胜者，文不难而自至也"（《答吴充秀才书》）、"道纯则充于中者实，中充实则发为文者辉光"（《答祖择之书》），这就将"道"的地位十分突出地置于"文"之上，上承柳开、穆修、石介重道轻文之说，下启宋代道学家文以载道、道外无文的极端主张。因为醉心于"道胜"、"道纯"之文，所以尽管对石介个人性格中"自许太高，诋时太过"的一面不太赞赏（见《与石推官第一书》），对石介所著《徂徕集》还是一再诵读，推崇备至，并有"我欲贵子文，刻以金玉联"的诗句（《重读徂徕集》）。同时可能出于同样的理由，谓屈原的《离骚》的佳处，只是"摘一二句反复味之，与《风》无异"，整体上则"读之使人头闷"（《论屈宋》）。相应地，他在文学上更欣赏那些富于理性，既不放任感情，也不卖弄才学的作品，而主张创作上的"简而有法"（见《尹师鲁墓志铭》）。由于欧阳修曾经身处北宋政权的高层地位，尤其是嘉祐二年（1057）受命知贡举，力主在科举考试中排斥险怪奇涩的文风，其所倡导以重"道"为中心的文学主张，得北宋官方认可之便，终于成为北宋中叶文坛的主导倾向，他本人也因此被后世列为"唐宋八大家"中宋人的首席文学家。

但返观欧阳修的文集，从文章的一面看，其中文学之文的稀少，实与其散文大家的地位颇不相称。他的被历代评论家推崇备至的文章中，如《朋党论》、《泷冈阡表》等，或根本不是文学性的文章，或仅带有一点点文学性。文学性文章中最著名的《醉翁亭记》、《秋声赋》，虽然在作文程式与文体发展方面不无贡献——尤其是《秋声赋》，开创了一种被后人称为"文赋"的新文体——但综合地加以考察，也都不免有明显的败笔。兹录《醉翁亭记》全文如下：

> 环滁皆山也。其西南诸峰，林壑尤美，望之蔚然而深秀者，琅邪也。山行六七里，渐闻水声潺潺，而泻出于两峰之间者，酿泉也。峰回路转，有亭翼然临于泉上者，醉翁亭也。作亭者谁？山之僧曰智仙也。名之者谁？太守自谓也。太守与客来饮于此，饮少辄醉，而年又最高，故自号曰醉翁也。醉翁之意不在酒，在乎山水之间也。山水之乐，得之心而寓之酒也。

若夫日出而林霏开,云归而岩穴暝,晦明变化者,山间之朝暮也。野芳发而幽香,佳木秀而繁阴,风霜高洁,水落而石出者,山间之四时也。朝而往,暮而归,四时之景不同,而乐亦无穷也。至于负者歌于途,行者休于树,前者呼,后者应,伛偻提携,往来而不绝者,滁人游也。临溪而渔,溪深而鱼肥,酿泉为酒,泉香而酒洌,山肴野蔌,杂然而前陈者,太守宴也。宴酣之乐,非丝非竹,射者中,弈者胜,觥筹交错,起坐而喧哗者,众宾欢也。苍颜白发,颓然乎其间者,太守醉也。已而夕阳在山,人影散乱,太守归而宾客从也。树林阴翳,鸣声上下,游人去而禽鸟乐也。然而禽鸟知山林之乐,而不知人之乐;人知从太守游而乐,而不知太守之乐其乐也。醉能同其乐,醒能述以文者,太守也。太守谓谁?庐陵欧阳修也。

此记的特点有二:一是结构完整,层层推进,环环相扣,看得出作者结撰时花了相当的功夫,努力使文章显现出"巧"的一面;二是记文整体上虽然是散文,内部句式却采用了不少骈文的对句体,并且由于注意到用优美的辞藻文饰所描绘的场景人物,因此使文章总体上有一种韵律感。但由这两大特点构成的这篇《醉翁亭记》,也存在明显的不足,像记中的每一句均用一"也"字作结,全文多达二十一处,就显得十分做作;而本篇的题旨是渲染自然(处于自然状态的景色和生活)之美,与这种近于做作的形式(内容也有做作处,如所谓"苍颜白发",见下引《赠沈博士遵歌》)显有矛盾。这就使得文章缺乏深厚的感情。更明白地说,读者阅读这样的文学之文,比较容易欣赏其色彩斑斓的外观,而无法从中获得感情的共鸣,因为作者本人就没有尽情地宣泄那"醉"中的个人情绪,而只是在"醉"的题目下颇有节制地做一篇精巧的文章。相比之下,写得较出色一些的,倒是《秋声赋》:

> 欧阳子方夜读书,闻有声自西南来者。悚然而听之,曰:"异哉!初淅沥以萧飒,忽奔腾而砰湃,如波涛夜惊,风雨骤至。其触于物也,鏦鏦铮铮,金铁皆鸣;又如赴敌之兵,衔枚急走,不闻号令,但闻人马之行声。"余谓童子:"此何声也?汝出视之。"童子曰:"星月皎洁,明河在天,四无人声,声在树间。"
>
> 余曰:"噫嘻悲哉!此秋声也,胡为而来哉?盖夫秋之为状也:其色惨淡,烟霏云敛;其容清明,天高日晶;其气栗冽,砭人肌骨;其意萧条,山川寂寥。故其为声也,凄凄切切,呼号愤发。丰草绿缛而争茂,佳木葱茏而可悦;草拂之而色变,木遭之而叶脱。其所以摧败零落者,乃其一气之余烈。夫秋,刑官也,于时为阴;又兵象也,于行为金;是谓天地之义气,常以肃杀而为心。天之于物,春生秋实。故其在乐也,商声主西方之音;夷

则为七月之律。商,伤也,物既老而悲伤;夷,戮也,物过盛而当杀。嗟乎!草木无情,有时飘零。人为动物,惟物之灵,百忧感其心,万事劳其形,有动于中,必摇其精。而况思其力之所不及,忧其智之所不能,宜其渥然丹者为槁木,黟然黑者为星星。奈何以非金石之质,欲与草木而争荣?念谁为之戕贼,亦何恨乎秋声。"

童子莫对,垂头而睡。但闻四壁虫声唧唧,如助余之叹息。

此赋最成功的地方,是整体上突破了传统赋必用骈体写作的樊篱,而代之以一种吸收了骈文句式特长的新的散体文,从而使中唐以来改变文体的运动,进一步拓展到赋的领域,形成了文赋这一新形式。作为一篇描述秋景秋声的文学性的散文,本赋又与《醉翁亭记》一样,具有结构完整、用辞洗练生动的特长;尤其是赋的起首一节,用富于情趣的对话引出秋声的话题,意境悠远,令人回味。同时它超过《醉翁亭记》之处,在能从对秋天的形象描摹之中,生发出个人真切的感慨,所谓人"非金石之质",奈何"欲与草木而争荣"的悲叹,尽管情绪过于消沉,却表现了受到环境压抑的北宋文人内心普遍具有的悲观心态。赋中的败笔,是第二节中间从"夫秋,刑官也"到"夷,戮也,物过盛而当杀"一段。由于从铺叙式的秋景细绘,过渡到个人因景而起的感情抒发之间,插入了这一段纯粹学理性的解释文字,本应一气呵成的文章流程被生硬地阻断,一定程度上损害了赋文的整体美感与流畅的阅读效果。《醉翁亭记》与《秋声赋》中表现出的欧阳修文章的长处,反映了作者对于文学性文章的要素尚有较清晰的体认,所以没有像石介那样走到取消文学之文的极端。但其存在的缺陷,又从一个侧面寓示了宋代文学性文章发展所存在于内部的深刻矛盾:感情的抒发与"道"的表现,两者的冲突,即便在最擅长作文的才士笔下,也无法调和。

欧阳修的诗,在历来的文学史家笔下评价都是不如其文,这一看法有些过于笼统。如果我们把表达个人的真实感情作为判断文学价值的一个重要标准的话,那么可以说,欧阳修诗歌的整体价值,要在其文章之上。他的诗中,有"念昔始从师,力学希仕宦,岂敢取声名,惟期脱贫贱"(《读书》)那样的自我剖析,其中述说的早年理想,可能在当时看来并不高尚,但却十分真实;有"试问尘埃送斗禄,何如琴酒老云岩"(《送郑革先辈赐第南归》)式的怀疑入仕价值的人生疑问,并且同样的主题反复出现在其诗中,尤其是晚年的诗中。诸如此类,在欧阳修的文章里是看不到的。而除了一批力主言道的诗和以文为诗的诗,欧阳氏诗集中也还是有一些既有感情又有艺术价值的作品,尤其是那些写于其个人身处逆境时的诗,尽管有时仍不免有与其文章同样的"做"的缺憾,但大体上有一份真挚的情感在。如著名的《戏答元珍》:

春风疑不到天涯，二月山城未见花。残雪压枝犹有橘，冻雷惊笋欲抽芽。夜闻归雁生乡思，病入新年感物华。曾是洛阳花下客，野芳虽晚不须嗟。

诗写于景祐四年(1037)初春，时诗人已被贬为峡州夷陵县令，诗题中的"元珍"，即峡州判官丁宝臣(字元珍)。尽管名目上是"戏答"，全诗抒写的，其实是诗人由物候而感发的对个人当下特殊境遇的深切感慨。诗从二月的山城尚未见到花开的场景落笔，先写虽未见花开，自然的生机仍从残雪中突出的橘枝和将欲破土而出的竹笋两者显露出来；继述个人因闻归雁鸣声而思乡，因新年仍在病中而感慨时光的流逝；最后用自慰的语辞，宽解前述的精神紧张，认为自己既已熟见京城花开花落，则在此僻远的山区等待野花晚一些时候开放，实在不是件值得嗟叹的事情。这里洛阳之花与山野之花的对比，其实寓意着诗人遭贬前后政治境遇的不同，因此诗中所写虽然是自然的花事，其实却是实在的人事。诗人以这种特殊的方式，表现个人倔强不屈的人格，与面对昏暗的现实而不免生起的一丝悲戚。唯一在内涵上显得缺乏深切的情致的，是最后两句自慰之辞。这种因自我宽慰而冲淡悲观感情的写法，在以后苏轼的诗作中也可以见到。

欧阳修在嘉祐年间还写过两首题材大致相同的歌行体诗《赠沈遵》和《赠沈博士遵歌》，形制流畅，感情也较充沛，在其诗中较值得重视。兹引后一首如下：

沈夫子胡为醉翁吟，醉翁岂能知尔琴？滁山高绝滁水深，空岩悲风夜吹林。山溜白玉悬青岑，一泻万仞源莫寻。醉翁每来喜登临，醉倒石上遗其簪，云荒石老岁月侵。子有三尺徽黄金，写我幽思穷崎嵚。自言爱此万仞水，谓是太古之遗音。泉淙石乱到不平，指下呜咽悲人心。时时弄余声，言语软滑如春禽。嗟乎沈夫子，尔琴诚工弹且止。我昔被谪居滁山，名虽为翁实少年。坐中醉客谁最贤？杜彬琵琶皮作弦。自从彬死世莫传，玉连锁声入黄泉。死生聚散日零落，耳冷心衰翁索莫。国恩未报惭禄厚，世事多虞嗟力薄。颜摧鬓改真一翁，心以忧醉安乐！沈夫子谓我翁言何苦悲，人生百年间，饮酒能几时？揽衣推琴起视夜，仰见河汉西南移。

此诗中弥漫着一重欧阳修大部分诗作中少见的悲愤之情。诗句虽围绕着沈遵弹琴一事展开叙述，却语语均涉及诗人本身对个人生命流逝的悲叹。像"我昔被谪居滁山，名虽为翁实少年"，更是以直截了当的文字，抒写了因遭遇不公正的待遇而使个人在精神上青春消失殆尽的令人扼腕的愤慨与无奈。诗的后半部分虽有个别套话，如"国恩未报惭禄厚"之类，但整体上能通过对比方式，从前半的激越，自然地过渡到后半的哀悯，并有一种颇具内蕴的令人回味的思致。这使人很容易想起欧阳修的另一首题为《梦中作》的小诗：

> 夜凉吹笛千山月，路暗迷人百种花。棋罢不知人换世，酒阑无奈客思家。

同样是表现时光的流逝与个人内心因此而生的无奈心绪，这里采用的，是更为平和但依然不乏思致的形式。苏轼在《居士集序》中称赞欧阳氏"诗赋似李白"，指的大约就是像《赠沈博士遵歌》、《梦中作》这样一类的作品。遗憾的是，这类诗在欧阳氏集中其实并不多。

值得注意的是，上引《赠沈博士遵歌》的后半部分与梅尧臣、苏舜钦两家诗一样显露出"以文为诗"的特征，而这一特征在欧阳修现存诗作中，又决不是一个无足轻重的存在。欧阳氏的一部分诗，竭力消解诗本身的跳跃性特点，不再留给读者以充分的想像空间，而代之以一种类似散文的体式。极端的如《赠李士宁》，前半从起首的"蜀狂士宁者，不邪亦不正"到"进不干公卿，退不隐山林"，形式上还像是诗，接下来的后半部分，则完全成了散文：

> 与之游者，但爱其人，而莫见其术，安知其心？吾闻有道之士，游心太虚，逍遥出入，常与道俱，故能入火不热，入水不濡。尝闻其语，而未见其人也。岂斯人之徒与？不然，言不纯师，行不纯德，而滑稽玩世，其东方朔之流乎？

诗歌创作走到这样的地步，无论其探索精神有多么可贵，对诗体造成的损害仍是显而易见的。

如果我们将上一章提到的欧阳修的词，与本节介绍的欧阳修的诗文联系起来考察，则可以发现一个有意思的现象，那便是在欧阳修的笔下，由于文学体裁的不同，其整个文学创作呈现出一种明显的分裂态势。他在文章里尽量避免个人的真实情感，多的是冠冕堂皇的套话；他的诗则于言道之辞外不无写情之处，表现出一种矛盾的状态；他的词则专主言情，而不涉道。不同的文学体裁在一位作家那里完全变成不同的个人生活姿态的演习场所，并且分化程度如此细密，这从一个侧面反映了北宋政治与思想的统治，给予有才华而难以自由拓展的文士的深刻的文化烙印。欧阳修的诗文就像是北宋文学发展的一个新的路标，指示着后继者沿着这种形态特殊的"宋调"艰难而小心地前进。

第三节 曾巩、王安石和苏氏兄弟

在欧阳修倡导北宋诗文向合乎道德与政治目标的方向转型的过程中，有一批后继者创造性地发展了他的理论和创作形式,使文学中的"宋调",得以更丰富的形态,更明确地凸现在世人面前。这其中在当时文坛上获得较高声誉的,是宋仁宗后期步入仕途的曾巩、王安石和苏轼。苏轼之弟苏辙,也颇有文名,所以这里一并加以介绍。

一、曾　巩

曾巩(1019—1083),字子固,建昌南丰(今属江西)人。仁宗嘉祐二年(1057)登进士第,由太平州司法参军,历集贤校理、越州通判,知齐州、福州、明州等,官至中书舍人。以籍贯南丰,被称为南丰先生。有《元丰类稿》。

曾巩早年慕欧阳修人品文名,曾主动给欧阳氏写信,表其愿列门墙之意,并附上了他写的杂文时务策两编。欧阳修读了他的文章,非常赞赏;据说后来还满意地对别人道:"过吾门者百千人,独于得生为喜。"(见《宋史·曾巩传》)而究此中根源,十分重要的一点,便是曾巩在文学理论上是欧阳修崇道复古主张的坚决支持者,在写作实践中又能将乃师古文的意脉贯通、富于节奏的特征加以创造性的发挥。他后来被名列"唐宋古文八大家"之中,原因也在于此。

但从文学的角度看,《元丰类稿》中的文章部分里,能算得上比较纯粹的文学作品的,可以说是一篇也没有。这或许与曾巩对文章功效的看法有关。他在《王子直文集序》中曾说:

> 由汉以来,益远于治。故学者虽有魁奇拔出之材,而其文能驰骋上下,伟丽可喜者甚众,然是非取舍,不当于圣人之意者亦已多矣。故其说未尝一,而圣人之道未尝明也。士之生于是时,其言能当于理者,亦可谓难矣。由是观之,则文章之得失,岂不系于治乱哉?

这种功利性十分强的看法,实质上较欧阳修对文的见解已有出于蓝而胜于蓝的意味,又回到柳开、穆修、石介诸人那里去了。只是在实际写作中,曾巩还是力图发展欧阳修文章的特色,故其作品尽管有多论说、重推理的成分和说教的倾向,而总体上仍不乏结构谨严、文辞洗练的长处。兹引《拟岘台记》中文学性较强的一节:

> 初,州之东,其城因大丘,其隍因大溪,其隅因客土以出溪上,其外连山高陵,野林荒墟,远近高下,壮大闳廓,怪奇可喜之观,环抚之东南者,可坐而见也。然而雨霪潦毁,盖藏弃委于榛丛莽草之间,未有即而爱之者也。君得之而喜,增甓与土,易其破缺,去榛与草,发其亢爽,缭以横槛,覆以高甍。因而为台,以脱埃氛,绝烦嚣,出云气而临风雨。然后溪之平沙

漫流，微风远响，与夫浪波汹涌，破山拔木之奔放，至于高桅劲舻，沙禽水兽，下上而浮沉者，出乎履舄之下。山之苍颜秀壁，巅崖拔出，挟光景而薄星辰。至于平冈长陆，虎豹踞而龙蛇走，与夫荒蹊丛落，树阴晻暧，游人行旅，隐见而继续者，皆出乎衽席之内。若夫雪烟开敛，日光出没，四时朝暮，雨旸明晦，变化不同，则虽览之不厌，而虽有智者，亦不能穷其状也。……

此节文字的形式特点是表面上的文句多较短，而实际内部文理相联，语脉甚长，其整体上又有一个前后反衬及排比的基本结构，因此在描绘楼台建筑起因，及台成后纵目所见与心绪所及诸物态时，给人以一种似乎叙说不及的紧张感。至于其中多见富于动态及情绪效果的词汇，则又是曾巩文章中所常见的。

曾巩作品中真正具有较高文学价值的，其实是诗。虽然在宋代即流传有曾巩不会做诗的说法[1]，而衡之以实情，这种看法恐怕只能说是一种偏见。从现存的曾巩诗作看，其中至少有两点值得重视，一是诗中有真性情流露——尽管有时仍不免有道与理的言说，二是不少作品写得风致婉然，有一种宋代中期诗少见的美感。

《宋史·曾巩传》记吕公著曾经在宋神宗面前对曾巩有如下的评价："巩为人，行义不如政事，政事不如文章。"将曾氏的"文章"列为最先，而"行义"次于最末，可见曾巩尽管在文章中吟唱道德的高调，其实际行为依照宋人的标准来看仍是不够格的。以他在诗中袒露心迹的文字而论，像《菊花》诗里"三公未能送饿死，九鼎竟亦为尘埃"的悲观意绪，《人情》诗中"天禄阁非真学士，玉麟符是假诸侯"的尖刻嘲讽，与《圣贤》诗内"圣贤性分良难并，好恶情怀岂得同。荀子书犹非孟子，召公心未悦周公"的迷惘心态，的确也称不上是全心全意于彰显圣贤道德之事。但换一个角度来看，也正因此，曾巩才没有完全没入道学的红尘之中，而给后人留下了一批具有较多真性情的诗作。他的《题宝月大师法喜堂》诗以"谁能怀抱信分明，扰扰相欺是世情"的爽快语起笔，在对自己意欲摆脱功名归隐溪山的幻想加以真切展示之后，用"君向此堂应笑我，病身南北正营营"两句作结，嘲讽自身毫不留情，正显出曾巩内心尚未彻底为"道"所迷惑的一面。令人遗憾的是，这部分流露真性情的诗作，艺术上都比较粗糙，未能用真正的诗的语言表达情感，因而也难以引起读者的共鸣。

曾巩另外的一些诗，则不乏对美的事物与真的情感的艺术抒写。其中颇有学韩愈奇险一路的作品，如《鹊山》：

---

[1] 见钱锺书先生《宋诗选注》曾巩部分叙录。

>一峰孤起势崔嵬,秀色挼蓝入酒杯。灵药已从清露得,平湖长泛宿云回。翰林明月舟中过,司马虚亭竹外开。我亦退公思腊屐,会看归路送人来。

诗中"秀色挼蓝入酒杯"与"会看归路送人来"两句,想像奇特,视角新颖,置入全首之中,正好显现出鹊山突兀傲然的形态,以及能引动诗人心致的出尘之姿。又如《离齐州后五首》之五:

>荷气夜凉生枕席,水声秋醉入帘帏。一帆千里空回首,寂寞船窗只自知。

虽意绪低沉,而写景的笔力,仍是不弱。像用一"醉"字形容秋水之声在夜色中传来,其摇荡曳然之态,如可视见。而在这般清冷的情景中再转摹船客的心思,其寥落之慨更具一种压抑感。此外像"求群白鸟映沙去,接翼黄鹂穿树飞"(《南湖行二首》之二)、"风出青山送水声"(《闲行》)、"满堤明月一溪潮"(《夜出过利涉门》)等诗句,也都较为灵动、洗练而具有韵味。

从北宋文学发展的历程而言,曾巩作品总体上的一个明显倾向,是诗与文也有所分化。这种分化的外部表征,是文章与诗歌从内涵到形态均有若干相戾之处,文中所抑制着的真性情与本应具有的对美的追求,在诗的领地还有所流露;这种分化的内部实质,则是以曾巩为代表的一批新一代作家,面对北宋日益严酷的政治与道德压力,个人人格上出现了某种难以克服的自相矛盾与冲突的分裂情态。为了在本心与"道"、"理"之间求得一表面的平衡,他们不得不在诗文中吟唱起了题旨不尽相同的曲调,并逐渐将之视为与诗词分途同样理所当然的事情。

二、王 安 石

与曾巩既是同乡,又有相似的文学见解的,是王安石。

王安石(1021—1086),字介甫,晚号半山,抚州临川(今属江西)人。宋仁宗庆历二年(1042)考取进士,由签书淮南判官,历知鄞县、常州,提点江东刑狱等职,于嘉祐年间入为京官,以向皇帝献万言书,纵论时政,而初显锋芒。英宗治平四年(1067),以知制诰出知江宁府。神宗即位后,于熙宁二年(1069)由翰林学士提拔为参知政事,并曾两度拜相,全力推行"新法"。其间因"新法"屡遭朝野反对,又两度辞相。熙宁十年(1077)以集禧观使退居金陵钟山。次年改元元丰,受封舒国公;继改封荆国公,世因称为王荆公。卒后谥曰文。有《临川集》。

王安石与曾巩都是在欧阳修文学变革的潮流中成长起来的一代文坛新人,其少年时代,正是北宋朝廷内外着力"矫文章之弊"、"兴复古道"的时候。

所以成年后的王安石，与曾巩一样，在论文时自然而然地注重文章"有补于世"的一面，而强调"适用为本"（见王氏《上人书》）。但王氏个人性格上又与曾巩颇有不同，他争强好胜，富于独立意识，首先把自己视为一位政治家，而不是一个文人。尽管在以维护封建皇权为终极目的的政治改革中他并未获得成功，但政事之余所从事的文学创作活动却因此涂上了一层特殊的色彩，很大程度上成为其政治活动的一种补充或补偿，这在他的作品——尤其是诗——中有很明显的表现。

王安石的诗，大致可分为两种类型。一类是风格上与当时北宋诗的主流趋向一致的，重在以诗表述对社会及政治的看法，而不重在抒情。这类诗从内容上说其实是王氏政治活动的延伸与补充，是借文学形式表达的政治见解，如《河北民》：

> 河北民，生近二边长苦辛。家家养子学耕织，输与官家事夷狄。今年大旱千里赤，州县仍催给河役。老小相携来就南，南人丰年自无食。悲愁白日天地昏，路旁过者无颜色。汝生不及贞观中，斗粟数钱无兵戎！

诗中只有表述，而无描写，可以看出诗人对当时所谓"事夷狄"政策的不满，但实在看不出诗人自己的强烈而深切的痛苦，尽管有"悲愁"两句，但因诗中并未写出"老小相携来就南"的具体悲惨情况，所以这两句也并不能引起读者的强烈震撼。又如《商鞅》：

> 自古驱民在信诚，一言为重百金轻。今人未可非商鞅，商鞅能令政必行。

如果我们将它跟同样是咏历史人物、也同样是七绝的晚唐诗人李商隐的名作《贾生》相比，就可以发现：《贾生》中所描绘的"可怜夜半虚前席，不问苍生问鬼神"的动人场面，凝聚了诗人个人的感情；诗中流露的，是为书生们的才能与抱负不能真正得到最高统治者的重视而感到的深切悲哀。而《商鞅》则不过是用近乎顺口溜的形式，冷静地表达诗人对历史人物的理性评价，而这种评价又是以不掺杂情感为基础的；但正因如此，诗也就根本不能感动人。

在这一种类型的诗中，诗的特殊语言往往被有意识地消解，而有"以文为诗"的特征。如《白鹤吟示觉海元公》的后半部分：

> 北山道人曰，美者自美，吾何为而喜；恶者自恶，吾何为而怒；去自去耳，吾何阕而追；来自来耳，吾何妨而拒。吾岂厌喧而求静，吾岂好丹而非素。汝谓松死吾无依邪，吾方舍阴而坐露。

尽管句末保留了韵脚，但诗的固有节奏被完全打破，而与文章界限也变得模糊,这也就难怪南宋刘辰翁对该诗的评价只有两个字:"无味。"①

王安石诗的另一类,则与上一类有较大的不同。它们不再关心现实政治,而更注意表现个人内心的真实感受,描绘自然和谐优美的景致,虽然总体上看仍有抑制情感宣泄的现象存在,但诗味显然要较上一类作品浓得多。写作这类诗,一定程度上可以说是王安石投身政治的一种心理补偿,而王氏作为北宋有独特成就的文学家的地位,主要也由此奠定。

这类诗中的一部分作品,从题材上看仍与政治有关,但视角与前一类作品很不一样。如著名的《明妃曲》二首:

> 明妃初出汉宫时,泪湿春风鬓脚垂。低徊顾影无颜色,尚得君王不自持。归来却怪丹青手,入眼平生未曾有。意态由来画不成,当时枉杀毛延寿。一去心知更不归,可怜着尽汉宫衣。寄声欲问塞南事,只有年年鸿雁飞。家人万里传消息,好在毡城莫相忆。君不见咫尺长门闭阿娇,人生失意无南北。(其一)
>
> 明妃初嫁与胡儿,毡车百两皆胡姬。含情欲说独无处,传与琵琶心自知。黄金捍拨春风手,弹看飞鸿劝胡酒。汉宫侍女暗垂泪,沙上行人却回首。汉恩自浅胡自深,人生乐在相知心。可怜青冢已芜没,尚有哀弦留至今。(其二)

两诗所咏歌的,都是汉代王昭君出塞的故事。但与前一类诗不同,其着眼点,均不在这一故事所包含的对现实政治的意义,而是其中所显现的个人的命运。前一诗末尾的"君不见咫尺长门闭阿娇,人生失意无南北",用汉武帝陈皇后(阿娇)身虽在汉宫而遭幽闭一事,与汉元帝时王昭君的出塞远嫁匈奴的经历相对照,凸现了被卷入高层的女性身不由己的可悲境遇,其间似亦隐含了王安石个人面对实际政治生活而起的感慨。后一诗中"汉恩自浅胡自深,人生乐在相知心"两句,因为其泯灭"夷夏"之辨,专注于从人生贵相知的角度去评判王昭君出塞的事件,这在宋代即遭到持正统观念的士大夫的激烈抨击②。值得注意的是,这两首主要从关注个人命运的角度出发撰就的诗作,整体上形象性的描写比较丰富,而说理性的部分能较好地融会于其中,且说理中又有一定的动情的成分,因此它们在艺术上都达到了相当的水准。

王安石诗的后一类中,又有一小部分与《明妃曲》取径类似而不涉及政治,主要表现个人生活实态,带有较为强烈的感情色彩。典型的是如下二首:

---

① 见《王荆文公诗李壁注》(上海古籍出版社 1993 年影印朝鲜活字本)卷三。
② 参见《王荆文公诗李壁注》卷六《明妃曲》之二李壁注引范冲对高宗语。

>少年倏忽不再得，后日欢娱能几何？顾我面颜衰更早，怜君身世病还多。窗间暗淡月含雾，船底飘摇风送波。一寸古心俱未试，相思中夜起悲歌。(《寄王回深甫》)
>
>少年离别意非轻，老去相逢亦怆情。草草杯盘供笑语，昏昏灯火话平生。自怜湖海三年隔，又作尘沙万里行。欲问后期何日是，寄书应见雁南征。(《示长安君》)

两诗的构思颇为相像，均是从对照少年离别、老来重逢的角度着笔，不同的是前一首写别后的思念，后一首写重逢的欢愉与不免再度分离的悲哀。从形式上说，前一诗中"窗间"、"船底"一联似乎游离于全诗的抒情写意之外，但全诗也正是靠了这两句，才在前半部叙议过多导致的紧张感中，呈现出一份舒缓而深沉的诗意，借窗间朦胧的月色与船底带风的逝波，渲染了诗人内心的愁绪。后一诗中"草草"、"昏昏"两句，则是诗坛名联。其佳处，在以过于普通乃至带有些感伤的情调抒写本应显得隆重热烈的久别重逢场景，使重逢的内涵超越通常的含义，而与诗后半部对不可避免的再度分别的感伤，有了一种深层次的联接，凸现了人生中亲友分离这一难以避免的悲剧性情景。遗憾的是这两首诗均存在某些词句过于直露的缺点，而其克制个人情感的宣泄，某种程度上也削弱了全诗的感染力量。

从数量上看，现存的王安石诗中，可以归入后一类的，大多数都是围绕自然胜景落笔的作品。这部分中最著名的，自然是七绝《泊船瓜洲》：

>京口瓜洲一水间，钟山只隔数重山。春风又绿江南岸，明月何时照我还。

诗从一个特殊的场景——诗人身处长江北岸的瓜洲，而眺望隔江相对的京口——落笔，通过巧妙的文辞转移——既是描述对象的地点转移，也是个人视角的转移，引发出思念其钟山旧居的话题，然后再借一个引人注目的诗眼（"绿"字），刻意营造出一种富于惆怅意味的诗情：春风已经吹绿了江对岸的丛林，而天上的一轮明月，却不知何时才能伴我返回金陵？这是一个在政治漩涡中奋力挣扎的官僚，面对和平且富有生机的自然，而油然生起激流勇退之念时的内心写照。诗中感情的表达虽然不是激越外露的，但透过那着意求美的诗句形态，依然可以发现诗人努力加以修饰的思归情绪[1]。

---

[1] 王安石还以同样的构思写过一首《杂咏》："故畦抛汝水，新垄寄钟山。为问扬州月，何时照我还？"以颇为类似的语句写过一首《与宝觉宿龙华院三绝句》（之三）："与公京口水云间，问月何时照我还。邂逅我还还问月，何时照我宿金山？"但意境内涵均不如《泊船瓜洲》。

这部分作品中又有相当一部分是纯粹描写自然胜景而不涉及个人生活与情感的,它们构思奇巧,用典含蓄,表现出诗人高超的驾驭文字的功夫。如《江上》:"江北秋阴一半开,晚云含雨却低徊。青山缭绕疑无路,忽见千帆隐映来。"其最后两句所显示的给人以惊喜效果的独到构思,正是王安石写景诗最擅长的手法。而后来南宋陆游所写"山重水复疑无路,柳暗花明又一村"的名句,似乎某种程度也受到过此诗的影响。又如《书湖阴先生壁》二首之一:

> 茅檐长扫净无苔,花木成畦手自栽。一水护田将绿绕,两山排闼送青来。

诗的前两句与后两句所写景物,在境界上有大小之别,在形态上有动静之异,而尤以后两句所状摹的绕田而过的一脉活水,与两山青色似乎强行推门而入,格外引人注目。更有意味的是,据宋代学者李壁考证,这两句诗实本自五代诗人沈彬的"地隈一水巡城转,天约群山附郭来"两句诗;而其中的"护田"、"排闼"二词,又典出《汉书》——前者是取《西域传序》里的故事造辞,后者则径出自"樊哙乃排闼直入"一语。王安石在如此繁复的背景下重新组合创造,而成就的诗语却似乎完全是自出机杼,这确乎已经达到了他自己赞叹前代诗人作品时所说的那种境界:"看似寻常最奇崛,成如容易却艰辛。"(《题张司业诗》)但更注重写这样类型的诗,也反映出王安石的文学创作存在着明显的缺陷,即创作过程中感情比较淡薄,而只能以对诗的技巧的展示来实现其作品的价值。

王安石的文章,从文学角度说成就远不如他的诗歌。其中的大部分作品,题旨与表达方式与诗歌中的第一类相仿,也重在表述其政治见解,而不重抒情与美的表现,并且体裁上实用性的表、制、碑铭占了绝大多数。另有一小部分文章,从写作技巧上讲不无可称道之处。如《祭欧阳文忠公文》中的如下一节:

> 如公器质之深厚,智识之高远,而辅学术之精微,故充于文章,见于议论,豪健俊伟,怪巧瑰琦。其积于中者,浩如江河之停蓄;其发于外者,烂如日星之光辉;其清音幽韵,凄如飘风急雨之骤至;其雄辞闳辩,快如轻车骏马之奔驰。……

虽无深厚感情,但在运用比喻、排比等手段方面,可见作者颇加用心。他如《游褒禅山记》,前半部分由褒禅山得名写起,引出慧空禅院及华山洞,描写简洁而引人入胜:

> ……距洞百余步,有碑仆道,其文漫灭,独其为文犹可识,曰花山。今言华如华实之华者,盖音谬也。其下平旷,有泉侧出,而记游者甚众,所谓

> 前洞也。由山以上五六里,有穴窈然,入之甚寒,问其深,则其好游者不能穷也,谓之后洞。予与四人拥火以入,入之愈深,其进愈难,而其见愈奇。有怠而欲出者,曰:"不出,火且尽。"遂与之俱出。盖予所至,比好游者尚不能十一,然视其左右,来而记之者已少,盖其又深,则其至又加少矣。方是时,予之力尚足以入,火尚足以明也。既其出,则或咎其欲出者,而予亦悔其随之,而不得极夫游之乐也。

但接在这有趣而又有一点小悬念的描述后的下半部分,则以一句"于是余有叹焉"为转折,纵谈为学须有志与力、不畏艰险的道理,从而使得前半部分的文学性叙述,实际上仅成为后面说理部分的引子。因此由这篇文章的标题看,似乎是一篇叙事性的游记,而实质上它却是一篇议论文。《游褒禅山记》的这种特征,从王安石本人的创作来看,可以说是他在文章写作中力图突破常规的一个典型例子。但从中国文学发展的历程说,却是文章领域里文学的特征日益被消解,六朝以来以追求与表现美为宗旨的文学之文,因为理与道的介入,而被迫放弃文坛主导地位的前奏。

三、苏 轼

苏轼的生平与个性

苏轼(1037—1101),字子瞻,号东坡,眉山(今属四川)人。在中国文学史上,蜀中历来不乏杰出之士,汉有司马相如,唐有李白,为各自时代的文学增光添彩。到了北宋,出了苏轼,又成了北宋文坛上的一位引人瞩目的人物。

苏轼的文学天才不容怀疑。还在少年时,苏轼便已"学通经史,属文日数千言"(苏辙《亡兄子瞻端明墓志铭》)。不仅是文章,他的诗、词、书、画也极有名,大概都是在少年时代打下的基础。仁宗嘉祐二年(1057),他年仅二十一岁,便与弟弟苏辙一起,考取了进士,可谓少年得志。主考官是欧阳修,当时文坛的领袖,诗文转型的关键人物。传统科举考试中考官与考生的那种特殊关系,使苏轼成了欧阳修的"嫡系"弟子。这对北宋文坛意义重大:欧阳修发现了一个堪受重托的衣钵传人,苏轼找到了一位乐于提携自己的良师。这不仅保证了北宋诗文转型得以最终完成,而且也使诗文"宋调"具有了更为丰富的内涵。

然而在宋代文人视为安身立命之基的政治方面,苏轼却远非一帆风顺,而且毋宁说是蹉跎终身。少年及第并未给他带来飞黄腾达,相反他大半生辗转于地方官职。他这一个自信而又极其认真的人,为人处事常常认理不认人,加以他所处的又是统治集团内部斗争很激烈的时代，这就难免使他"所如不合"，到处遭人嫉，不讨巧了。他的侍妾朝云说他"一肚皮不合时宜"（费衮《梁溪漫志》），大概是有史以来对他的最当评价。所谓"一肚皮不合时宜"，就是说他做事过于认真，所以"时宜"也就不会来"合"他了。——知苏轼者莫如朝云！

正是因了这种性格方面的原因，所以在北宋中期的政坛上，新党、旧党轮番失势又轮番得势，而只有苏轼却是一个永远的失败者。当社会上改革风潮风起云涌之际，苏轼也曾积极投身其间。在嘉祐六年（1061）的对策中，他就发表过改革弊政的议论，其后在《思治论》中，他又提出过"丰财"、"强兵"、"择吏"的建议。看起来像是一个"新党"。然而王安石厉行新法时，苏轼却又不同意其过激做法，屡屡与新党发生矛盾。于是自求外放，先是通判杭州，其后又提升而知密州、徐州和湖州等地。元丰二年（1079），忽以在诗文中攻击新法的罪名，而被新党逮捕下狱，这就是有名的"乌台诗案"。出狱后，外放黄州团练副使。这时，他像是一个典型的"旧党"。神宗去世以后，新党失势，旧党上台，苏轼也被召入京，看来可以在政治上一展抱负了，然而这次他又和旧党不一致起来。因为他反对司马光等人一味"以彼易此"，将新法全行废除的做法，而是认为新法中也有合理因素，应该"较量利害，参用所长"（《辨试馆职策问札子》）。由此又得罪了旧党，受到了旧党的排挤，只好再次自求外放，出知杭州，后又辗转于颍州、扬州和定州等各地方官任所。哲宗亲政后，新党再度得势，苏轼作为"旧党"分子，又遭无情打击，一贬再贬，最后贬到海南岛。直到元符三年（1100）徽宗即位，大赦元祐旧党，他才得以北归，次年（1101）到过常州，一病不起，结束了"不合时宜"的一生。

游戏都有规则，政治游戏也不例外。党争的本质是不同政治集团之间的利益之争。党派的成员只有把自己牢牢地绑在集团的战车上，才有可能在集团得势时分得一杯之羹，这是一荣俱荣、一损俱损的关系。简言之，党派游戏的规则，一是要"抱团"，二是要"认人不认理"。这两条都违反苏轼的性格。所以最终是新党讨厌他，旧党也不喜欢他，在政治上两边不讨巧，里外不是人。但是，也正是在这种地方，显示出他作为政治家的特色，使他区别于那些不讲原则的政客。而他从政期间对于民生疾苦的关心，也使他成了一个获得民众好感的官吏。

性格决定命运，命运也决定性格。"一肚皮不合时宜"使他饱受挫折，挫折也逼得他培养出了一种善处逆境的人生态度。当然，在不同性格的人身上，挫折引出的反应是不一样的。在富于激情的人的身上，也许反应较偏重于愤怒或沮丧；然而在偏于理智的人看来，也许超脱与排遣是更好的办法。苏轼大概属于后者。苏轼的性格，除了自信与凡事认真以外，也许还可以再加上一条，那就是喜欢节制,不喜欢激烈。他的这种性格,在党争浮沉中即已表现出来:他既不喜新党的那种激烈的改革路线,也不喜旧党的那种激烈的反改革措施。在他个人的生活方面,这种善处逆境的人生态度,使他面对种种不断袭来的挫折时,能够表现得不致过于沮丧或愤怒,而是相当地超脱和冷静。从他那饱受挫折的经历来看,这对他无疑是一种非常有用的智慧。如果他一遇挫折便"忧伤病沮,不能复振"(《贾谊论》),则也许他早已消失在那党争的险恶漩涡里了,不会再留下那些优秀的文学作品,北宋文坛便也会少了一个杰出的文人。当然,从另一方面来说,这种善处逆境的人生态度,也使他的文学作品减弱了激情的力量,因而与"宋调"存在相通的一面。从这一点来说,他的性格其实也是时代所决定的。

苏轼的朋友诗僧道潜在《东坡先生挽词》中写道:

> 峨冠正笏立谈丛,凛凛群惊国士风。却戴葛巾从杖屦,直将和气接儿童。

有人曾将道潜此诗与道潜为王安石作的另一首诗作过对比,以显示苏轼与王安石在为人气质方面的不同:

> 古木苍藤一径缠,我公畴昔所回旋。萧萧屋底瞻遗像,杰气英姿尚凛然。(《过定林寺谒荆公画象》)①

参寥诗若果为实录的话,则也许正画出了苏轼性格的两个侧面:他凡事认真,所以在朝具有"国士"风范;他喜欢节制不喜激烈,所以能将国士之风与一团和气汇于一体。而相比之下,王安石的性格显得缺乏"和气"了。

苏 轼 的 散 文

苏轼是北宋散文大家,当他开始写散文的时候,欧阳修等致力于北宋诗文的转型已经接近完成,"古文"的正宗地位已经牢不可破,这是他的一个有利条件。不过,他并不是一个懒惰的坐享其成者,而是也以自己的天才和灵气,为之添上了独具特色的一笔。

俗话说,"文如其人",在苏轼身上更显得分明。在散文写作方面,他在《文说》中的下述自评,也许是理解其文章的最好钥匙:

> 吾文如万斛泉源,不择地而出,在平地滔滔汩汩,虽一日千里无难;及其与山石曲折,随物赋形而不可知也。所可知者,常行于所当行,常止于

---

① 参见吉川幸次郎《关于苏轼》,载其《中国诗史》(章培恒等译),安徽文艺出版社1986年版,第288页。

不可不止,如是而已矣。其他虽吾亦不能知也。

其开头的两句,一面充分显示了他对自己文章的自信,所谓"如万斛泉源",也就意味着其文章的广大浩涵;另一面又说明他的写文章是基于自己的需要,正如泉水的奔涌而出乃是由其自性所决定的。接下来的两个譬喻,显然是一组矛盾:"滔滔汩汩"、"一日千里",乃是水性的自然;"止于不可不止",则是遵守规矩。由此也就形成了苏文的特色。的确,苏轼的散文在所谓"古文"的传统中,无论比之于早期的韩、柳,还是比之于同时的欧、曾,都要少一些格局、架构、气势之类的人为讲究,而是如行云流水一般的自然。这种"自然"当源于他的自信。他在写作中能以自己为主,任意挥洒,这是自信的结果。而他的性格的另一侧面是喜欢节制、不喜欢走极端,这又是所谓的"常止于不可不止"的来历了。这种"规矩"与"自然"的巧妙平衡,形成了苏轼散文所特有的张力,同时也使文章"宋调"在一个更高层次上获得了生机。

对于传统古文的各种体裁,如史论、政论、随笔、游记、杂记、小品文等等,苏轼均极擅长。但与欧阳修等前辈一样,其中比较纯粹的文学之文,仍然不多。文学性较强而又经常被后代称引的,仅有《前赤壁赋》、《后赤壁赋》、《石钟山记》等数篇。《前赤壁赋》在自夜及晨的时间流动中,贯穿了游览过程与情绪变化,把记事、写景、对答、引诗和议论水乳交融地汇为一体,完全摆脱了过去赋体散文呆滞的形式与结构,可以说是发扬了欧阳修《秋声赋》之长,为赋体散文开辟了一个全新的世界。先试看其记事、写景和引诗部分:

> 壬戌之秋,七月既望,苏子与客泛舟,游于赤壁之下。清风徐来,水波不兴。举酒属客,诵"明月"之诗,歌"窈窕"之章。
>
> 少焉,月出于东山之上,徘徊于斗牛之间。白露横江,水光接天。纵一苇之所如,凌万顷之茫然。浩浩乎如冯虚御风,而不知其所止;飘飘乎如遗世独立,羽化而登仙。
>
> 于是饮酒乐甚,扣舷而歌之。歌曰:"桂棹兮兰桨,击空明兮泝流光。渺渺兮予怀,望美人兮天一方。"

记事则要言不烦,虚实相间;写景则或历历如绘,或驰骋想像;引诗则既切合场面,又符于文体;而行文又骈散相间,衔接自然,在过去很难找到相同的例子,可以说是作者自创的新文体。接着,面对客人"寄蜉蝣于天地,渺沧海之一粟;哀吾生之须臾,羡长江之无穷"的感伤,苏轼表达了他所特有的那种乐观思想:

> 苏子曰:"客亦知夫水与月乎?逝者如斯,而未尝往也;盈虚者如彼,而卒莫消长也。盖将自其变者而观之,则天地曾不能以一瞬;自其不变者而观之,则物与我皆无尽也;而又何羡乎?"

这种乐观思想的本质，在于通过极为宏观的眼光，来消解普遍认为是两个极端的自然与人生之间的界线，从而也就能一扫由诸如"物是人非"之类自然与人生对比观念所引起的悲哀。苏轼的这种宏观视角，无疑曾受过庄子的相对论思想的影响，其长处，是将"天地曾不能以一瞬"之"变"的背后所暗示的时间的无限悠久性，和"物与我皆无尽"之"不变"的背后所暗示的时间的现时性，这两种时间意识之间的强烈反差，巧妙地融会于文章之中，给人以新鲜强烈的刺激。其短处，则是将本应可以顺势而生的对于人生无常的真切感喟，抑制并转化为一种冷静的观照，使这篇文辞优美的文学之文显得感情淡薄。但联想到苏轼作此文时，正被远贬黄州，处于逆境之中，则他的这种消解生命悲哀的想法，无疑正来自于现实生活中他对于逆境的超越。盖用乐观的眼光来看，则逆境也自不乏可乐之处（比如眼下的遨游赤壁，享受无价之清风明月）；而用悲观的眼光来看，则顺境也不过是心造的幻境而已（即如眼下所陶醉的赤壁，其实全非三国时的赤壁）。

一般说来，苏轼的文学性散文写作手法比前人更自然，文章结构雷同的情况很少，各种文体习惯上的界限不受重视。但普遍缺乏一种比较深切的情感表露。这一矛盾状态的存在，深刻地反映了北宋文学因作家与环境的冲突而造成的现实困境。

苏轼的诗歌

在北宋的诗人中间，苏轼的诗歌以规模宏大著称。这不仅是由于他辗转各地，广知各地的风土人情，而且也是由于他兴趣广泛，到处都能发现作诗的素材。"却戴葛巾从杖履，直将和气接儿童。"有这种温厚人格的人，有这种不喜摆架子的人，自是不难到处适应，并发现可咏之物。而且他具有敏锐的感觉能力，因此在他的诗歌中，不难看出许多观察入微、感受细腻之作。

然而，由于他那喜节制不喜激烈的性格，以及由此导出的善处逆境的人生态度，他总是将感情自然地导入节制的河床，用宏观的眼光去消解悲哀，他的诗也因而较少激情。何况宋诗较其前代更注重社交应酬功能和议论，苏轼也未能免俗。所以，他的词比起诗来更能显示其文学上的创造性。这一点，恐怕也是宋代文学的普遍现象。

然而这也只是相对而言的。和任何其他优秀的诗人一样，苏轼无法中断对于生命意义的思考，无法拒绝表现生命悲哀的诱惑。不过由于他的上述特点，加以他的横溢才华，这种思考和表现披上了与众不同的意象外衣。比如同样是表现时间飞逝、生命短暂的悲哀，有谁能够想得出如下这种比喻呢？

人生到处知何似？应似飞鸿踏雪泥：泥上偶然留指爪，鸿飞那复计

东西。……(《和子由渑池怀旧》)

"飞鸿"是生命,"指爪"是生命偶然留下的痕迹,"鸿飞"象征了生命的转瞬即逝;而即使是生命偶然留下的痕迹,其实也是靠不住的,因为雪消泥融,那痕迹也就随风而逝了。传统的主题,便这样在新奇的比喻中,获得了再生。这大概就是所谓的"出新意于法度之中"吧?但与此同时,不自由的人生在这里成了像飞鸿那样的逍遥自在的生命(至少在中国的文学传统中,飞鸿是逍遥自在的),这也正是对于人生的悲哀的消解。

然而,对于"时间"的近乎痛苦的敏锐感觉,也许是中国诗歌的永恒动力之一。而就苏轼来说,人生的悲哀也总有无法消解之时,所以在他的另一首诗中,我们可以看到苏轼的时间意识也同样是富于悲哀意绪的,同时却又常常用苏诗所特有的意象来加以表现:

> 暮云收尽溢清寒,银汉无声转玉盘。此生此夜不长好,明月明年何处看?(《中秋月》)

当诗人欣赏这每年一度的中秋明月时,他无疑感到了一种真正的快乐。但是诗人马上对"时间"产生了怀疑,因为不断流逝的时间会带走一切美好的事物,眼下的快乐因而也显得像是镜花水月。这种时间意识使良辰美景惨然变色,而其与良辰美景的强烈反差,则尤使人感到惊心动魄。这种时间意识所导致的悲哀,曾一再被表现在其诗歌中。如"为问登临好风景,明年还忆使君无?"(《十月十五日观月黄楼席上次韵》)"雪里盛开知有意,明年开后更谁看?"(《和子由柳湖久涸,忽有水,开元寺山茶旧无花,今岁盛开》)在某种意义上,苏轼此类诗歌也是对唐诗传统的一种继承。如刘希夷《代悲白头翁》的"洛阳女儿好颜色,坐见落花长叹息:今年花落颜色改,明年花开谁复在",杜甫《九日蓝田崔氏庄》的"明年此会知谁健,醉把茱萸子细看",杜牧《初冬夜饮》的"砌下梨花一堆雪,明年谁此凭栏干",都表现了相似的时间意识,它们都是苏轼的先驱;不过苏轼诗中的"中秋月"意象,特别是以"转玉盘"来暗示时间的流逝,却无疑是宋诗所特有的。因而可以说传统的时间意识,也以新鲜的意象出现在苏轼诗中。

当苏轼用其敏锐的时间意识,转而观照和表现季节景物时,便也创造出了一种奇妙的效果,遂超越了单独的写景状物本身。其《惠崇春江晓景》便是这方面的一首名作:

> 竹外桃花三两枝,春江水暖鸭先知。蒌蒿满地芦芽短,正是河豚欲上时。

这本来是一首常见的题画诗，所写也只是画面上的景色，不过，为什么它仍能深深地打动读者心灵呢？除了恰到好处的意象选择和安排以外，还有就是其背后的时间意识。正是其基于对春天到来的敏感而显示的自然界的勃勃生机，使我们深受感动。

在苏轼诗中，还有一些说理之作。这是宋诗"好议论"的特点的反映。不过苏轼由于其文学造诣，这类诗篇也常具有某种形象性，从而高出侪辈。比如著名的《题西林壁》：

> 横看成岭侧成峰，远近高低各不同。不识庐山真面目，只缘身在此山中。

横看侧看，成岭成峰，远近相异，高低不同，象征了人生的各个侧面，各种境况；人们之所以执于一隅，昧于一方，是因为太执着于人生，太投入于生活。而苏轼的潜台词则是，要看清人生的本来面目，则大概只有超越人生才行。用宏观的眼光来看待人生，则宛如从山外看山里，不唯较能看得清楚，抑且能泯除了峰岭的无谓差别。这种宏观观照的眼光，颇具哲学的意蕴。如果我们想获得某种启示，又惮于读枯燥的说理之文，那么，苏轼此类诗篇是很有吸引力的。

当然，当苏轼的议论与那些美丽的景色结合时，有时也会产生一些意想不到的奇妙效果。比如《饮湖上初晴后雨》：

> 水光潋滟晴方好，山色空濛雨亦奇。欲把西湖比西子，淡妆浓抹总相宜。

据说把西湖比作美女西施，是从苏轼此诗开始的。不管怎么说，这个比喻很有创造性：不仅西湖的秀丽的确有女性味道，并且西湖和西施都碰巧姓"西"！而且，以"水光潋滟"状"晴"西湖，以"山色空濛"状"雨"西湖，也相当生动。不过，把西湖比作西子，特别是把西湖的晴与雨比作西施的浓抹淡妆，显然不是基于感情的联想，而是基于理性的思考，所以其实也是议论的一种，不过颇为漂亮而已。

总之，苏轼的诗数量庞大，体制皆备，他善于写景，善于比喻，善于选材，善于议论，有时还善于卖弄；不过他的诗歌的核心，仍是他那独特的性格。如果我们了解了他的性格特征，了解了他的思想，我们就能对他的诗有更好的领悟，对他的诗在宋诗中的地位，也会有更适切的认识。

四、苏　辙

苏辙（1039—1112），字子由，晚号颍滨遗老，是苏轼的胞弟。他于嘉祐二年(1057)、六年(1061)和苏轼一起先考取进士,后中制举科。此后历仕大名府推官、秘书省校书郎、户部侍郎、门下侍郎等职,又出知汝州、袁州。其间他与苏轼同样卷入了因王安石推行"新法"而起的政治漩涡中,始于元丰初以上书请求代兄受过而贬职监筠州盐酒税,继于绍圣间以反对新法一派而责授化州别驾,雷州安置。所幸晚年得隐居颍川,在参禅吟诗中安度余生。有《栾城集》、《栾城后集》、《栾城三集》、《应诏集》。

无论从政治生涯还是从日常生活方面看,苏辙都与乃兄苏轼有着太多、太密切的关联。但与苏轼相比,他又有明显的差距:性格比较脆弱,而才气也稍乏。对此他本人倒有自知之明,晚岁为诗,即袒露心曲曰:"富贵非所求,宠辱未免惊。"(《次韵子瞻和渊明饮酒二十首》之三)又说:"少年喜为文,兄弟俱有名。世人不妄言,知我不如兄。"(《题东坡遗墨卷后》)而这些现实的因素,使得苏辙一生的文学创作,既有始终追随苏轼,视苏轼作品为仿效的楷模,而终未超越苏轼的一面,又因个性与经历的原因,部分作品显现出与乃兄之作风致不同的一面。

以诗而论,现存苏辙集中颇有次韵苏轼诗之作以及与苏轼倡和之诗,这部分诗往往在题旨或诗风上与苏轼原作或和作比较类似,但境界仍有高下之别。兹取苏轼《病中闻子由得告不赴商州三首》第一首,与苏辙《次韵子瞻闻不赴商幕三首》第一首作一比较:

> 病中闻汝免来商,旅雁何时更著行。远别不知官爵好,思归苦觉岁年长。著书多暇真良计,从宦无功漫去乡。惟有王城最堪隐,万人如海一身藏。(苏轼)
>
> 怪我辞官免入商,才疏深畏忝周行。学从社稷非源本,近读诗书识短长。东舍久居如旧宅,春蔬新种似吾乡。闭门已学龟头缩,避谤仍兼雉尾藏。(苏辙)

两诗从艺术上看都写得不太成功,有宋诗重说理、轻感情的缺陷。但苏轼的那一首,尚有一些通脱之味,末联也写得较有气势;苏辙的这一首,则通篇显出作者的懦弱与心虚,尤其是末联,从思想到技巧都可以说是败笔。又如苏轼的《望海楼晚景五绝》之四和苏辙的《次韵子瞻登望海楼五绝》之四:

> 楼下谁家烧夜香,玉笙哀怨弄初凉。临风有客吟秋扇,拜月无人见晚妆。(苏轼)
>
> 荷叶初干稻穗香,惊雷急雨送微凉。晚晴稍放秋山色,洗却浓妆作淡妆。(苏辙)

尽管孤立地看,苏辙的这一首写得也不错,能将秋天傍晚的湖光山色表现得富于韵致。但如果取苏轼的原诗来比较,仍可看出苏轼之作那种奇巧的构思,与写景诗中注意到人的活动,以及二者的协调,是苏辙之作所未曾达到的。简单地说,苏轼的诗富于层次感,有较多的内涵;而苏辙的诗则就事写景,比较单薄。

单薄固然不佳,但因简单而产生的某种单纯的美,却使苏辙的一小部分诗,呈现出既与乃兄苏轼之作、也与他本人的不少诗作不同的面貌。如《翠樾亭》:

> 一夜飞霜点绿苔,晓庭黄叶扫成堆。檐间翠樾凋疏尽,却放墙东好月来。

描写深秋由夜及晓的一幕,用颜色的转换——绿苔被飞霜"点"没,黄叶已可积扫成堆——表现季候的变化;而最后又出人意料地用拟人的手法,引出月色被"放"出来的场景。诗中没有复杂的寓意,仅有对自然胜景所作的奇巧的描摹,很容易使人想起王安石的某些作品,但细细品味,苏辙的这类作品风格上要较王氏之作更为纯净。值得注意的是,苏辙的这类作品大多是绝句。而他的一些五律、七律与歌行体诗,虽也偶有佳联,但往往全篇俱佳者甚少。像七律《和孔教授武仲济南四咏》中的《北渚亭》一首,其中"临风举酒千钟尽,步月吹笛十里声"一联不乏意境,而结句颇弱;《舟次磁湖以风浪留二日不得进子瞻以诗见寄作二篇答之前篇自赋后篇次韵》诗第一首,结句"夜深魂梦先飞去,风雨对床闻晓钟"写得亦有回味,而首联平平,凡此都反映出苏辙在诗歌创作方面存在才弱情少的缺点。

与诗歌稍有不同,苏辙的文章历来颇受好评,与其父兄一同名登"唐宋八大家"之列即是明证。但实际上历来推崇其文,所举的例子均是他的政论文。而他的文学性文章,全篇出色的仍不多。相对而言较好的,是《黄州快哉亭记》。其文虽以"记"名而实非通篇皆用记叙文体,后半部分转为议论,跟王安石的《游褒禅山记》类似。文中写得颇有文学色彩的是中间一节:

> 盖亭之所见,南北百里,东西一舍。涛澜汹涌,风云开阖。昼则舟楫出没于其前,夜则鱼龙悲啸于其下,变化倏忽,动心骇目,不可久视。今乃得玩之几席之上,举目而足。西望武昌诸山,冈陵起伏,草木行列,烟消日出,渔夫樵父之舍,皆可指数。此其所以为"快哉"者也。至于长州之滨,故城之墟,曹孟德、孙仲谋之所睥睨,周瑜、陆逊之所骋骛,其流风遗迹,亦足以称快世俗。

文中虽写"快哉"之亭中所见所感,而文笔并不疏放,倒是以一种简要的笔墨,将眼前之景勾勒得分外清晰。这与苏辙的一部分诗所追求的简单之美有异曲同工之妙。至如《待月轩记》的末段用拟人手法表现月色的可人,又显与上引《翠樾亭》诗出于同样的构思:

> ……筑室于斯,辟其东南为小轩。轩之前廓然无障,几与天际。每月之望,开户以须月之至。月入吾轩,则吾坐于轩上,与之徘徊而不去。

其中用省而又省的字句曲写月上时分轩中人赏月的雅兴,虽无深切的情致,而有一份清幽的趣味,算得上是北宋中期文坛上的好文字了——但这样的文学性较强的文字,在苏辙笔下实在不多见。

从中国文学发展的历史看,苏辙在文学方面的作为,比较值得注意的,还有他的一些有关文学的见解。他虽然说过"夫六经之道,惟其近于人情"的话,并认为《诗经》是"天下之人,匹夫匹妇,羁臣贱隶,悲忧愉佚之所为作也"(均见《诗论》),但在更多的场合,他持一种文学创作应控制个人情感,努力为道德服务的正统观点,并对与这种观点相左的作品颇致微辞。他因其女婿文务光作文"悲哀摧咽,有江文通、孟东野感物伤己之思",而批评文氏说:"子有父母昆弟之乐,何苦为此!"(《王子立秀才文集引》)这一批评显然是从非文学的角度出发的。在《诗病五事》一文中,他更将批评的矛头指向前代名家李白、孟郊等:

> 李白诗类其为人,骏发豪放,华而不实,好事喜名,不知义理之所在也。语用兵,则先登陷阵不以为难;语游侠,则白昼杀人不以为非,此岂其诚能也哉?白始以诗酒奉事明皇,遇谗而去,所至不改其旧。永王将窃据江淮,白起而从之不疑,遂以放死。今观其诗固然。唐诗人李、杜称首,今其诗皆在,杜甫有好义之心,白所不及也。……

> 唐人工于为诗,而陋于闻道。孟郊尝有诗曰:"食荠肠亦苦,强歌声无欢。出门如有碍,谁谓天地宽!"郊耿介之士,虽天地之大,无以安其身,起居饮食,有戚戚之忧,是以卒穷以死。而李翱称之,以为郊诗"高处在古无上,平处犹下顾沈、谢",至韩退之亦谈不容口。甚矣!唐人之不闻道也。

这里贬斥李白、孟郊诗的重要理由,是两家"不知义理之所在"与"陋于闻道",作为其对照的杜甫,则被誉为"有好义之心"。这种将道德评判凌驾于艺术判断之上的文学批评观念,在宋代很有典型的意味。从一定的角度看,宋代诗文普遍存在的重说理、轻感情的缺陷,正是这种非文学的文学批评观念指导文学创作所结出的苦果。

第四节 江西诗派及其他

北宋后期,诗坛再度发生变化。名列"苏门四学士"的黄庭坚,率先从理论上对流行已久的诗歌"宋调"加以修正,强调诗的艺术特征,并尝试写一种句法奇异、境象具有陌生感的诗。稍后陈师道承继了黄氏的诗风,作诗提倡"拙朴"。逐渐地整个北宋后期的诗坛都笼罩在黄、陈的影响之下。后人因黄庭坚籍贯江西,遂将这一诗歌流派称为"江西诗派"①。江西诗派的作品,从诗艺的角度看,对宋中叶以来盛行的以文为诗之风有所纠正,但感情仍普遍比较淡漠。与此同时,在苏轼之后另辟蹊径的诗坛名家,是秦观。秦氏的诗比较追求美与情感的表现,有回归宋初诗并向北宋词境靠拢的迹象。但终究身单势弱,影响不大。

一、黄 庭 坚

黄庭坚(1045—1105),字鲁直,号山谷道人、涪翁,洪州分宁(今江西修水)人。早年生活相当贫困,但发愤读书,于治平四年(1067)考取进士,踏入仕途。熙宁年间,他由叶县尉升任北京国子监教授,深得留守文彦博器重。后因苏轼的推举,其诗作在文坛获得了广泛的声誉。此后曾出知吉州太和县,并于元祐间被召入京,历校书郎、《神宗实录》检讨官、秘书丞、兼国史编修官等职。绍圣初年,又出知宣州,改鄂州。其时北宋政坛已发生王安石变法之后的第二次反复,他被"新党"一系的章惇、蔡卞目为旧党,遭到排斥,贬职涪州别驾,黔州安置。徽宗即位后,他的命运虽一度呈现转机,但不久即以所作《荆州承天院塔记》语涉"谤国",被转运判官陈举告发,而再度遭谴,羁管于广西宜州,又迁徙至永州,最后于崇宁四年客死他乡。有《豫章黄先生文集》等。

在北宋文坛上,黄庭坚是一位典型的学人型的作家。他毕生致力于诗歌创作,并且通过创作,总结出了一套有关诗歌写作技巧的理论,其中最著名的,是"点铁成金"说和"夺胎""换骨"法。"点铁成金"之说,见于其《答洪驹父书》:

> 自作语最难,老杜作诗,退之作文,无一字无来处,盖后人读书少,故谓韩、杜自作此语耳。古之能为文章者,真能陶冶万物,虽取古人之陈言入于翰墨,如灵丹一粒,点铁成金也。

信中"点铁成金"一词源出佛教禅宗经典②,黄庭坚借用之,想要说明的,是文学创作中取用前人"陈言",却能展现一种全新内涵的境界。有关"夺胎"、"换

---

① "江西诗派"的称号,最早是吕本中在北宋崇宁间所撰《江西诗社宗派图》中提出来的。至宋末元初,方回在《瀛奎律髓》中,又提出了诗派的"一祖三宗"说,一祖即杜甫,三宗依次为北宋的黄庭坚、陈师道和南宋的陈与义。
② 《景德传灯录》卷十八:"灵丹一粒,点铁成金;至理一言,点凡成圣。"

骨"二法的记载,在宋人惠洪的《冷斋夜话》里:

> 山谷言:诗意无穷而人才有限;以有限之才追无穷之思,虽渊明、少陵不得工也。不易其意而造其语,谓之换骨法;规摹其意形容之,谓之夺胎法。

黄庭坚敏锐地意识到个人才力与诗歌意境创新之间存在的矛盾。因此在"点铁成金"之外又创"夺胎"、"换骨"二法,意在借用前辈诗人之才,或袭其意而创新词,或在旧意的启发下加以拓展,从而使诗歌创作借助于丰富的文化遗产,而达到一个崭新的高度。

黄庭坚的这套以"点铁成金"说和"夺胎""换骨"法为主体的文学理论,在宋代文学发展史上是一种令人耳目一新的见解;他本人的创作(主要是诗歌创作),又以其独特的反常态的形式,成为其理论的最生动的实践样板。但无论是黄氏的理论还是其创作,都不是文学突变的产物,而与前此欧阳修的倡导诗文"宋调"有密切的关联;并且从黄氏本身的创作经历看,也有一个逐步成形与演化的过程。

黄庭坚的青年时代,正是欧阳修一路的诗文及其理论初显峥嵘之时。欧阳氏当年面对的北宋文坛长期被唐诗风貌笼罩的局面,同时却也是青年黄庭坚汲取文学营养的时期;而欧阳氏力图变革时风的努力,又成为日后黄庭坚有意识地创造个人独特文学风格时所积存的一份可贵的历史记忆。

现存黄庭坚的诗歌作品中,有确切记年而年代又最早的,是黄氏十七岁时所写的《溪上吟》和《清江引》[①]。《溪上吟》写于"春山鸟啼,新雨天霁,汀草怒长,竹筱交阴"那样的春光明媚之季,诗中却充满了因"出门望高丘,拱木漫春萝"而起的对人生"安能如南山,千岁保不磨。在世崇名节,飘如赴烛蛾。及汝知悔时,万事蓬一窠"的慨叹。《清江引》是一首七言古诗,写的是秋天里渔家的快乐与安恬:

> 江鸥摇荡荻花秋,八十渔翁百不忧。清晓采莲来荡桨,夕阳收网更横舟。群儿学渔亦不恶,老妻白头从此乐。全家醉着篷底眠,舟在寒沙夜潮落。

此诗与《溪上吟》在题旨上有深浅之别、悲喜之异,但形式上的共同特点,是都写得比较流畅,而且注重凸现优美的自然景致。这说明嘉祐元年(1056)前后

[①] 史季温《山谷别集诗注》卷上收有黄庭坚《牧童》诗,题下注云:"《西清诗话》云:'世传山谷七岁作。'"但《西清诗话》既云"世传",则其诗是否确为黄氏七岁时作在宋代已成疑问,故《牧童》诗不能被视为是黄庭坚现存作品中有确切纪年的最早之作。

的黄庭坚,在创作上较多接受的,仍是当时流行已久的具有唐诗面貌的风格。这一风格在此后一段时期黄氏所写诗里仍可见到,如治平三年(1066)他第二次在家乡参加考试时,为《野无遗贤》的诗题所写"渭水空藏月,傅岩深锁烟"两句诗,即有同样的风韵。

但大约到元丰前期,黄庭坚诗歌的风格,在整体上开始出现较大的变化。他对用诗表露个人过于明显的情感的做法似乎不再感兴趣,尽管有时仍写一些真情流露之作;他对于诗歌之美也有了一些与众不同的看法,更欣赏不凡的意象,而不再致力于描摹那种往日曾经醉心的优美简单的自然胜景。他的诗因此变得使人有陌生感,但有时也以此带来令人惊奇的效果。他中年时期写的诗中,后来为人传诵甚广的,是《题落星寺》四首之一和《寄黄幾复》二诗。《题落星寺》大约写于元丰三年(1080),诗云:

> 星宫游空何时落,着地亦化为宝坊。诗人昼吟山入座,醉客夜愕江撼床。蜜房各自开牖户,蚁穴或梦封侯王。不知青云梯几级?更借瘦藤寻上方。

诗从外部形制上看是一首七律,但细品诗句,却通篇无一句合律①。诗的内在意义,除首联与末联比较容易理解外,中间二、三两联似有脱离本题之势;不过单从联语结构与意境的奇巧方面说,也正是这中间两联,使诗整体上显得奇特异常:因为如果仔细阅读并加以思索的话,读者仍可发现诗人这种诡异造语的实际意图,是想借落星寺中人的奇特感受,以彻悟并显示人间的鄙琐,凸现其进一步摆脱凡俗的要求。这里诗歌本身的篇章结构顺序完全不依照现实的逻辑排列,而诗人主观想像的东西占据了主导的位置。这不能不说是一种具有诗人个性特征的创造。但是这一创造性的成果,留给读者最大的遗憾,是诗中看不出诗人的情感,当然更没有令人激动的东西。诗人仿佛是在冷静地描述一位与己无关者所做的一场毫无感情的片断的梦,读者可以由此解析这一奇特之梦,却无法与诗人一同融入梦境,分享诗所创造的美。可以作为此诗对照的,是同为七律的《寄黄幾复》:

> 我居北海君南海,寄雁传书谢不能。桃李春风一杯酒,江湖夜雨十年灯。持家但有四立壁,治病不蕲三折肱。想得读书头已白,隔溪猿哭瘴溪藤。

诗写于元丰八年(1085),题中的黄幾复,即当时在广州四会任县令的黄庭坚的老友黄介。全诗从形制上看有类似上引《题落星寺》的地方,如有不合律的句

---

① 参阅周裕锴氏《宋代诗学通论》(巴蜀书社1997年版)第545页有关本诗声律的论述。

子,博用典故,句与句之间有跳跃感等等。也有明显的不同,即在内质上具有一重深沉的情感,并以这种深沉情感为线索组织诗句。"桃李"一联,被同时代人誉为"极至",而细考此联,恰恰是最不具备黄庭坚诗博用典故特征的两句诗。但它却以凝练的意象,写出了朋友间往日的欢欣与离别的寂寞,使整首诗的意蕴得以充分地展现。《题落星寺》与《寄黄几复》两诗的这种不同,反映了黄庭坚中岁创作中的矛盾状态:他力图突破常规去创作具有崭新形态的诗歌,但往往走入失却真情实感而去"做"诗的迷途。而他偶尔为之的流露真情之作,衡之实际,则与他早年学唐一路的作品有更多的联系。

然而黄庭坚本人依然十分看重他在诗歌方面的新的探索。他曾经问外甥洪朋:"甥最爱老舅诗中何等篇?"当洪氏举"蜂房各自开户牖,蚁穴或梦封侯王"等联,以为"绝类"杜甫时,他满意地说:"得之矣!"①而当有人称赞"桃李春风一杯酒,江湖夜雨十年灯"一联时,黄氏却认为这两句仍有"砌合"的毛病②。因此在他后半生创作的诗歌中,大部分仍是《题落星寺》式的,不过由于个人阅历的丰富与诗艺的磨砺,作品有时显出一点更为疏放的特征罢了。如大约写于建中靖国元年(1101)的《王充道送水仙花五十枝欣然会心为之作咏》:

凌波仙子生尘袜,水上轻盈步微月。是谁招此断肠魂,种作寒花寄愁绝。含香体素欲倾城,山矾是弟梅是兄。坐对真成被花恼,出门一笑大江横。

诗的前四句写得非常雅致,突出了水仙花洁净轻盈的姿态。五、六两句形式明显奇兀,而意绪仍是前四句的顺延,只不过将山矾与梅花引进诗境,丰富了诗的表现方面。但最后的七、八两句完全不同,是用一种带有些滑稽的、突破常规的手法,表现诗人因花而起的奇特举止,这大约也就是黄庭坚所说的"作诗正如作杂剧,初时布置,临了须打诨,方是出场"。这种为"出场"也就是结束全诗而作的"打诨",从构造诗境上看自能起到引人瞩目的效果,如上引诗中,真正能引起读者兴致的,大概就是最后的那两句,但以这种"打诨"为特色的创作方法,并未能从根本上提高诗的整体意境,并未使诗深切地打动读者,这也是显而易见的。究其根源,仍不能不说是由于诗人在写作时并不具备充沛的激情所致。

黄庭坚诗歌风格再度发生变化,是在崇宁年间。其时黄氏身遭贬斥,年已向晚,尽管其间有短暂的命运转机,而诗人对人生与政治已有透彻的理解,故

---

① 见《王直方诗话》。按:洪氏所举联语,出黄氏《题落星寺》,其中"蜂房各自开户牖"句,山谷诗集通行本作"蜜房各自开牖户",与之稍异。
② 见吕本中《童蒙诗训》。

诗作中常显现出某种穿透力;但与此同时,其创作在整体上也呈现出一种内在的矛盾态势,即同一首诗中,感情的积聚与压抑同时存在,并且最终没有爆发的迹象。所以此时的诗风变化,是一种以中年诗风为底蕴并加以延续的小变化。其代表作,可举崇宁元年(1102)所写的如下一首诗为例:

> 有人夜半持山去,顿觉浮岚暝翠空。试问安排华屋处,何如零落乱云中?能回赵璧人安在?已入南柯梦不通。赖有霜钟难席卷,袖椎来听响玲珑。

诗的写作缘起,见于它那颇长的诗题:《湖口人李正臣,蓄异石九峰,东坡先生名曰"壶中九华",并为作诗。后八年自海外归,过湖口,石已为好事者所取,乃和前篇以为笑,实建中靖国元年四月十六日。明年当崇宁之元,五月二十日,庭坚系舟湖口,李正臣持此诗来。石既不可复见,东坡亦下世矣。感叹不足,因次前韵》。据此,黄氏作此诗的真实寓意,乃是借感叹奇石的流失,来痛悼苏轼。然而这一本应充满感伤色彩的题旨,在诗中却被以一种感情相当克制的形式加以呈现。第一联里的两句,借《庄子》"藏舟于壑,藏山于泽,谓之固矣。然而夜半有力者负之而趋,昧者皆不知也"诸语,创造出了一份难得的空濛而令人深感迷惘的况味,确乎是"夺胎换骨"而成就的佳句。但这种况味很快就被接下来第二联的两句安慰之辞消解殆尽,似乎在黄氏看来,苏轼的至死不被重用,未必不是好事。第三联则再度回到第一联的境地,哀叹苏轼的永远离去,如入南柯一梦,不再能与在世者重逢。但接着的第四联又再次消解了这份哀叹,诗人以自慰的笔触,轻松地写道:好在被东坡《石钟山记》描写过的湖口石钟山还在,咱们不妨带着椎子去敲打一番,听听那如玲珑般作响的山间清音吧。于是,诗本身所应具有的深沉、悲凉的情感,到此也被清洗得无影无踪了。这样的诗,单纯从结构与形式方面看不无值得称道之处,但其有意识地压抑情感,致使诗作最终失去了其本应具有的深切的感染力,不能不说是相当可惜的。

如果我们将黄庭坚中岁以后诗风的变化,与其个性及政治生涯联系起来考察,可以发现,因与苏轼的密切关系而导致的元丰年间即已开始的政局变化给黄庭坚带来的巨大的心理压力,是黄氏诗风趋向情感克制的外部原因。黄氏晚年谆谆告诫后辈莫学东坡文章的"好骂"[①]。及其《书王知载朐山杂咏后》一文中对诗"发于讪谤侵陵"的警与惧,都可证明这一点。而黄氏自少年时代起即不愿受拘束的个性,又是其诗作不得不向形式诡异方向发展以求得某种

---

① 见《答洪驹父书》。

补偿并达到心理平衡的内在动因。因此从某种程度上说,风格特殊的黄庭坚诗的出现,是北宋王朝严酷的思想统制致使文学异化的结果。

从中国文学的发展历程看,黄庭坚作为北宋时期的著名诗人,其贡献给后人的,主要是其对于诗歌形式的不懈探索。尽管从这种探索中产生的诗歌,用一个较高的文学标准看,尚存在较多的遗憾,如抑制了诗人的感情,而一味致力于纯粹形式的变异,等等,但它对于诗歌篇、句、字的精细讲究,对于创造具有特殊的陌生感的新诗境的重视,为唐诗以后的中国诗歌的进一步开拓艺术疆域,作了有意义的实验性的工作,成为中国文学的一笔重要的理论遗产。

二、陈 师 道

北宋后期诗坛上追随黄庭坚诗风,后来被与黄氏同列江西诗派"三宗"的,还有陈师道。

陈师道(1053—1102),字履常,又字无己,号后山居士,彭城(今江苏徐州)人。早年师事曾巩;元祐初以苏轼等人的荐举,起任徐州教授,改颍州教授。绍圣年间,因苏轼等被贬官,他也被以"进非科第"的理由罢职。此后曾调彭泽令,不赴。直到元符三年(1100)冬才又除秘书省正字,但不久即去世。有《后山居士文集》。

陈师道性格孤傲,不喜结交权贵,因此一生为贫穷所困。据《宋史》记载,他晚年"以寒疾死",而致死的直接原因,是当时参加郊祀行礼,天寒地冻,却无御寒的棉衣;尽管前此他的妻子曾向亲戚赵挺之借了衣服,但陈师道一向讨厌赵氏其人,所以宁愿受冻至死亦不穿赵家衣。在他的诗集里,有一首写给另一位姓赵之人的诗,中云:"平生忍欲今忍贫,闭口逢人不少陈。"(《谢宪台赵史惠米》)可见他有极强的自制力,并且颇以此自负。

同时陈师道也是一位标准的诗人。他曾自称"此生精力尽于诗"(《绝句》),黄庭坚则以"闭门觅句陈无己"的诗句形容其作诗的认真与辛苦;宋人记载的传说里,甚至说他在外一旦得句,便立即回家,躺在床榻上,用被子蒙住头,一心一意地构思诗作,此时他的家人便赶紧将猫狗之类都逐出,连小孩也都抱寄到邻居家,等他写出诗来,才恢复家庭常态[①]。他在文学创作上的这种认真态度和苦吟功夫,与其追求目标的高远——前代诗人只崇奉杜甫,同辈中学习黄庭坚——有密切的关联,同时也是他文学理论的一种侧面展示:《后山

---

① 马端临《文献通考》卷二三七引宋人叶梦得语。

诗话》中记载的最简洁也是最极端的诗文作法，是"宁拙毋巧，宁朴毋华，宁粗毋弱，宁僻毋俗"。这种着意与常规背道而驰的见解，要贯彻到创作中，无疑是需要大用一番心思的。

性格与行为的这种种特殊性，铸就了陈师道作品尤其是诗作的特殊面貌。陈氏的诗，在"奇"的一面与黄庭坚的诗颇为相像。但由于陈氏学问底子不如黄氏，故作品尽管亦用了"夺胎换骨"之法，而出人意表的效果仍不及黄诗。如其流传甚广的名作《春怀示邻里》：

> 断墙着雨蜗成字，老屋无僧燕作家。剩欲出门追语笑，却嫌归鬓着尘沙。风翻蛛网开三面，雷动蜂窠趋两衙。屡失南邻春事约，只今容有未开花。

诗由描绘诗人自己寓所的破败落笔，曲折地表现了一种春天来临时诗人内心涌动的某种情绪①。其整体上给读者的初步印象，是意象比较奇特，语句结构不平常。"风翻""雷动"一联，尤其容易让人想起黄庭坚《题落星寺》中的某些诗句。但全诗也有两个比较明显的缺点：一是字面的奇特，并没有寓示更为深入的内涵；二是整体上情绪克制，欲言又止，不能将诗人的感情充分表达出来，从而也就无法感染读者。后者还可再举《寒夜》一诗为例：

> 留滞常思动，艰虞却悔来。寒灯挑不焰，残火拨成灰。冻水滴还歇，风帘掩复开。熟知文有忌，情至自生哀。

诗中传达的，是诗人欲动不能、欲止又不能的两难处境。其中"寒灯"、"残火"两句，寓示了作者动辄得咎，很容易亲手摧毁成事的无奈与悲哀。这是宋代文化给予读书人的一种特殊的"礼物"。所以诗人除了寂寞地看那停停滴滴的冻水，和被风吹开又掩上的帘幕，别的一无可干；即便是情致涌动，勾起的也只是悲哀。诗写得曲曲折折，又平平淡淡，因此尽管诗末有"情"有"哀"，读者的情绪却早已被那前面三联的平淡冲淡了。

相对而言陈氏写得比较成功的诗作，是一小部分从其个人的思想实态与生活境遇出发而成就的作品。这部分作品因其中蕴含了诗人对人生的慨感与对亲人的感情，而显得意味深长：

> 书当快意读易尽②，客有可人期不来。世事相违每如此，好怀百岁几回开！

---

① 关于此诗各联的涵义，钱锺书先生《宋诗选注》有详细的解说，可参看。
② 此句《四部丛刊》影印高丽本《后山诗注》卷九《绝句四首》之四作"晋当快意读易书"，语不可解，此据通行本。

这首并无专门题目的绝句,写的是一种普通人都能生发的人生永远留有遗憾的感受。据《复斋漫录》说:"此无己得意诗也。"而此诗用词极为平常,句法也无出奇之处,跟陈师道大部分诗作的整体风格显然不同。但这样的诗确是陈氏本人的"得意"之作,因为它从另一个角度,让我们理解了诗人所说的诗文"宁拙毋巧,宁朴毋华"的涵义。尽管从另一个角度看,此诗又有过于直露的缺点,但它毕竟道出了一份可以引起读者共鸣的诗人的心声。又如《别三子》,写诗人因穷困而不得不让妻子、儿女寄食于丈人家,故有与妻儿生离之事:

夫妇死同穴,父子贫贱离。天下宁有此?昔闻今见之!母前三子后,熟视不得追。嗟乎胡不仁,使我至于斯!有女初束发,已知生离悲,枕我不肯起,畏我从此辞。大儿学语言,拜揖未胜衣,唤爷我欲去,此语那可思!小儿襁褓间,抱负有母慈,汝哭犹在耳,我怀人得知?

诗从起首至"使我至于斯",写的是诗人自己对亲人不得已离开他时,他内心的无奈与哀怨。其中值得注意的,是诗题尽管是"别三子",此数句描写的,实包括与妻子的痛别。所谓"夫妇死同穴",表达的正是夫妇双方生不能聚,至死方会的令人悲哀的现实;而"母前三子后,熟视不得追",也是既写别子,又写别妻。此间意绪,可与陈氏另一首写于同时的《送内》相参看①。从"有女初束发"起到诗末,诗人用四句一顿的方式,分别描绘了一女二男与之分别的情形:女儿已经懂事,知道离别的痛楚,所以伏在父亲身上不愿离开;大儿子学着大人说话,年幼瘦弱得连衣服穿在身上都似不胜负担,向父亲揖拜告别,说是"爷,我要走了";小儿子尚在襁褓,虽有慈母抱持,在分离时却大哭起来。全诗在这里戛然而止,留给读者的,是一种难以言说的悲凉气氛。遗憾的是,这样的诗,在陈师道诗集里并不多见。

三、秦 观

秦观与黄庭坚年岁相仿,又同出苏轼之门,而以擅长填词著称于世。关于其词作的艺术成就,我们在上一章中已作过介绍。其实秦观的诗也很有特点,只不过走的主要不是江西诗派一路,而跟他自己的词颇有相通之处。

对于秦观诗,历来就有褒贬相异的两种评价,誉之者谓之"清新婉丽,鲍、谢似之"(《苕溪渔隐丛话》引王安石转述叶致远评语),贬之者则云其"如时女

---

① 任渊《后山诗注》目录中,《送内》、《别三子》二诗相连,排于元丰七年,《别三子》题下注:"右二篇后山妻子从郭槩入蜀时作。"郭槩即陈师道岳丈。又《送内》诗有"与子为夫妇,五年三别离"语,是夫妻常不能相聚,故陈师道有"夫妇死同穴"的感叹。

游春,终伤婉弱"(敖陶孙《诗评》),甚者干脆称之为"女郎诗"(元好问《论诗绝句》之廿四)。但不论是褒还是贬,评论者有一点是达成了共识的,那就是秦观的诗写得婉转清丽,有小词的风味①。什么是小词的风味?不妨先读一读下面所引的这首题为《游鉴湖》的诗:

> 画舫珠帘出缭墙,天风吹到芰荷乡。水光入座杯盘莹,花气侵人笑语香。翡翠侧身窥渌酒,蜻蜓偷眼避红妆。蒲萄力缓单衣怯,始信湖中五月凉。

这是秦观在浙东名胜鉴湖游乐时撰就的作品。此诗的一个最突出的特点,是将宋初以来文人词中常见的醇酒美人题材,用诗的形式表现了出来——而自北宋中叶以来,诗坛主流对此是竭力排斥的。此诗的另一个特点,是旨趣简单,感情纤弱,甚而有些卑下(在正统士大夫看来),但用词俊丽,并且由这些俊丽之辞构筑的意象,透露出一份北宋诗中难得一见的真正快乐的基调。而这些,都与以重视个人感情充分表达的秦观词乃至整个北宋词有共同点。

秦观所作的这一类型的诗,较具特色的还有《陈令举妙奴诗》。该诗以歌行的体式,流丽的文辞,生动地描绘了一位美丽的侍酒少女及其主人在酒席上的风神仪态:

> 西湖水滑多娇嫱,妙奴十二正芬芳,肌肤晳白发脚长,含语未发先有香。溪上夜燕侍簪裳,皎如华月堕沧浪,音声入云能断肠,不许北客辞酒浆。主人蔼蔼邦之良,少年射策谒未央,俊词伟气森开张,玉杵贯斗生怒芒。天欲文采老更昌,故使敛翮窥群翔,五十仅补尚书郎,浩歌骑牛倚倡伴。东风戏雨花草狂,二溪泱泱青黛光。妙奴勿倦侑羽觞,主人正欲游醉乡。

诗的前半部分表面上充满了一种颓废的情绪,似乎对于酒宴诗人可写的只有醇酒美女。但到后半,则融入了一个主人怀才不遇的题旨,从而使该诗在表现人生欲望的基调上,又增添了一份借酒浇愁的人生慨叹。而这也是秦观词中所常见的。

当然秦观的诗并非其词的齐句式翻版。其中有比秦词更为广阔丰富的现实内容。像《还自广陵》:

> 南北悠悠三十年,谢公遗堞故依然。欲论旧事无人共,卧听钟鱼古寺边。

---

① 陈师道《后山诗话》引"世语"云:"苏子瞻词如诗,秦少游诗如词。"又《王直方诗话》亦谓秦氏"诗如小词"。可见这是评论者的一致看法。

描写历经时事变幻后的诗人故地重游,感慨万千,而此时欲找一个旧交或新知共话前事,却无法寻得,只能闲卧着听那古寺里传来的仿佛是永远也不会改变节奏的钟鸣与木鱼敲击声。这种孤寂的感受,在唐五代诗人笔下经常被抒写;而入宋之后,就很少见了。又如《次韵子瞻赠金山宝觉大师》:

> 云峰一变隔炎凉,犹喜重来饭积香。宿鸟水干迎晓闹,乱帆天际受风忙。青鞋踏雨寻幽径,朱火笼纱语上方。珍重故人敦妙契,自怜身世两微茫。

虽然是和苏轼之作,但苏诗中常见的那种自我消解人生悲感的做法,却一点也没有承继下来。相反地,诗开始的"喜"赴寺院的轻松情绪,到最后由于深感故人的深契与自我的落寞,被一种带有悲戚情调的迷茫心态所彻底取代。而诗中第二联的水边鸟儿的闹晓与天际船帆的迎风乱舞,又适好成为这一复杂心绪形成过程的暗喻。

有时秦观也写一点类似江西诗派奇异风貌的诗,如《和孙莘老游龙洞》:

> 苇萧传火度冥冥,乍入清都醉魄醒。草隐月崖垂凤尾,风生阴穴带龙腥。壁间泉贮千钟碧,门外天横数尺青。更欲仗筇留顷刻,却疑朝市已千龄。

诗所描绘的主题其实毫无深刻性可言,只是写了一次探游洞穴的经历,但诗人用了许多奇奇怪怪的境象,又用非常规的句法加以展示,于是便获得了一种奇妙的效果。秦观也能写这样的诗,说明当时黄庭坚倡导的江西诗派诗风,的确影响广大。

一般说来,秦观的诗普遍写得比较精致,比较重视对美的形态的摹画,比较重视感情的表露。像"夜深楼上拨书眠,天在栏干四角边。风拂乱云毫发尽,独留壁月向人圆"(《四绝》),"霜落邗沟积水清,寒星无数傍船明。菰蒲深处疑无地,忽有人家笑语声"(《秋日》之一),或表现恬静的自然之美,或抒发普遍而平易的人间情趣,虽然不免仍有一些宋诗共有的散文化倾向,但从总体上看,的确比北宋中叶以来的大部分诗写得更富情韵,也更有美感。但这样风格类型的诗,在当时及以后的宋代诗坛不能获得普遍的认同与推崇,也是必然的。因为它们与秦观之师苏轼的诗相比,显得太"幼稚",太多情,距离欧阳修等开创的诗歌"宋调",毕竟太远了。

第七章　南宋诗词的衍化

靖康二年(1127)，南下的金兵继攻破宋都开封后，又掳劫徽、钦二宗及后宫贵戚北去，北宋就此宣告覆亡。同年徽宗第九子赵构在归德即帝位(庙号高宗)，改元建炎，两年后又定杭州为临时首都，南宋王朝便在这样的动荡局势中拉开了序幕。

南宋一朝的文学，就体裁而论，成就较高的是诗和词。南宋诗词与北宋诗词相比，最大的差异，是除个别作家作品外，总体上并未呈现明显的分化态势。同时，南宋中叶出现的陆游诗和辛弃疾词，以饱满的激情，精致的形式，为两宋文学增添了前所未有的夺目光彩，成为以后中国近世文学发展的精神上的先驱。但南宋文学的整体水准仍未能超过北宋文学，诗坛上相继形成的诚斋体、永嘉四灵和江湖诗派，与词坛上前后登场的姜夔、吴文英诸家，虽不无各自的独立面貌，但或率意落笔，或刻意雕琢，都难免有不讲究艺术效果或轻视情感表达的偏弊。相对而言，南宋的诗词批评，则较北宋有长足的进步，《沧浪诗话》等著作的出现，既反映了南宋作家对建立一己的文学理论有浓厚的兴趣，也显示了他们对本朝文学的成败作初步反思的努力。

第一节　两宋之交的诗词与李清照

如同北宋的突然灭亡和南宋的匆忙建立一样，两宋之际的文学(这里主要指诗词)，由于经历了一场天翻地覆的大变故，而显得纷乱异常。面对即将、正在或已经发生的历史灾难，作家们大多没有充分的心理准备，他们手中的笔，在展现自身的那一段特殊经历与感受时，也就变得分外沉重。

这一时期最为后世称道的作家作品，是李清照的词和陈与义的诗。而从整个南宋初期诗与词两者的创作状况来看，在北宋已得到长足发展的词，整体上显然比诗更具活力。其标志，是李清照之外，同时还出现了一批各具风格的词人。

一、李清照

李清照(1084—约1151)是有宋一代最著名的女作家。她自号易安居士,章丘(今属山东)人。出身名门,父亲李格非,乃元祐年间的文坛名流。丈夫赵明诚,是一位有很高的艺术鉴赏力的金石学家。她的一生,以北宋灭亡为界,分为前后两个时期:前期婚姻美满,生活安逸;后期则接连遭遇了流寓南方、丈夫病故、孤苦无依等诸多不幸——有传说甚至称其晚年改嫁张某又离异[1]——最后大约在临安一带去世。其著作原有《易安居士文集》和《易安词》,皆已散佚。后人辑有《漱玉词》、《李清照集》。

与丈夫赵明诚一样,李清照也有很高的艺术鉴赏力,能诗文,而尤擅填词。对于词,她不仅是一位实践家,同时也是一位批评家。《苕溪渔隐丛话》后集里所收的一篇出自其手的词论,既文风犀利,而又不乏真知灼见。在该论文中,李清照提出词"别是一家"之说,强调词与诗的界限,认为词的最高境界,是在遵守音律基础上的情致与典雅并重。基于此,她对北宋初以来的诸位词坛名家一一加以点评,而评语则贬多褒少,如谓晏殊、欧阳修、苏轼三大家"学际天人,作为小歌词,直如酌蠡水于大海,然皆句读不葺之诗尔";后来晏幾道、贺铸、秦观、黄庭坚虽已懂得词"别是一家"的道理,但又各有各的缺陷:"晏苦无铺叙,贺苦少典重;秦则专主情致而少故实,譬如贫家女,虽极妍丽丰逸,而终乏富贵态;黄即尚故实,而多疵病,譬如良玉有瑕,价自减半矣。"这些看法有的不免尖刻,其过于崇雅的观念也不见得正确,但从凸现各家词特征的角度看,大都还是抓住了要害的。

李清照本人的词,相当程度上堪称其词论的实践范本。但她写得比较出色的作品,往往除了符合自定的词体规范,还在表情达意时透露出一种特有的悲观情致。这种悲观情致出现在她前半生所撰词里,其背景主要是作为一位天资出众的女性作家,李氏对外界具有一份特别敏锐、纤细的感受;而同样的情致在其后半生所写的词里呈现,则更多了一重特定时代因家破国亡而生的切肤之痛。

在一般被归入创作于北宋末的那部分李氏词作里,《如梦令》之二是很能

---

[1] 王灼《碧鸡漫志》云清照"赵死再嫁某氏,讼而离之",《苕溪渔隐丛话》也有类似的记载。后人也有不信此说的,见吴衡照《莲子居词话》、俞正燮《癸巳类稿》、夏承焘《〈易安居士事辑〉后语》等。

代表那种悲观情致的一首：

> 昨夜雨疏风骤，浓睡不消残酒。试问卷帘人，却道"海棠依旧"。"知否，知否？应是绿肥红瘦"。

此词的创意或由孟浩然《春晓》诗的"夜来风雨声，花落知多少"得到启发，引入"海棠"和"卷帘"则可能与韩偓《懒起》有关。词从一个富有贵族生活气息的雨后酒醒场景开始，仿佛平淡无奇。但第三句以下设计了一个与"卷帘人"（可能是她的侍女吧）相互问答的情节，寓含了对春天在不知不觉中消逝的悲慨，于是，当"海棠依旧"的粗疏感觉，被以两个重叠"知否"起首的反问纠正时，那帘外因季候变化而导致的红花渐次凋零、绿叶因此显得比先更多的情景，也便成为可以让读者明确感知的景象，尽管由词里"应是"一语可以发现，实际上这一景象连词家本人也未目验，而只是凭着其细腻的感受推断而得的。从遣词造语的角度看，词末"绿肥红瘦"四字尤见匠心，因为它将本欲表现的绿叶与红花的数量对比，从一种线性的状态转换成了具有质感的立体状态——"肥"与"瘦"的对照，这种将植物拟人化的写法，从整体上丰富了词的伤春惜花情调，可谓在《春晓》诗之外另辟蹊径。

同一时期所写的《一剪梅》，则是她与赵明诚某次暂别后的相思之作：

> 红藕香残玉簟秋。轻解罗裳，独上兰舟。云中谁寄锦书来？雁字回时，月满西楼。　花自飘零水自流。一种相思，两处闲愁。此情无计可消除，才下眉头，却上心头。

此词虽因题材的缘故没有表现出李清照词特有的那种比较强烈的悲观情致，却曲折地描写了因夫妻情爱的深厚真挚而起的离愁别绪。上片中"雁字回时，月满西楼"诸语，以含蓄的方式说明，尽管可以有鸿雁传书，但当月光洒进自己所在的小楼时，同时可以望见天边那一轮明月的夫妻双方，终因不能相见而惆怅不已。下片感情尤其浓郁，像"此情无计可消除，才下眉头，却上心头"，本自北宋前期作家范仲淹《御街行》词里"都来此事，眉间心上，无计相回避"，但比范词写得更具体生动，有一种时间上的延续感；而词人之情的浓度，也在这种延续感中得到了充分的展露。

李清照南渡以后尤其是晚年的词作，在上述那种细腻表情——经常是表悲观之情——的基调之上，又增添了对以艰辛的个人经历为背景的比较深切的人生痛苦的直观表现。一般认为是其晚年之作的《声声慢》，在这方面达到了一个很高的境界：

> 寻寻觅觅，冷冷清清，凄凄惨惨戚戚。乍暖还寒时候，最难将息。三

杯两盏淡酒，怎敌他、晚来风急。雁过也，正伤心，却是旧时相识。　　满地黄花堆积，憔悴损、如今有谁堪摘？守着窗儿，独自怎生得黑？梧桐更兼细雨，到黄昏、点点滴滴。这次第，怎一个、愁字了得！

此词与北宋时期大部分词作最大的不同，是再度回到晚唐五代词那种比较纯粹的抒情写意。但也有与晚唐五代词不尽相似的地方，那就是抒情写意的篇幅更大，形态更曲折丰富，这方面一定程度上可以说是脱胎于周邦彦，而比周词显得更为明晰，其原因是周词将感情裹藏在绵密微细的叙述或描写之中，须读者仔细体会，清照则以感情的激流直叩读者的心扉。词中历来备受评论者称誉的，是起首连用七组十四个叠字①。这种劈空而起，无所依傍，直接描绘个人内心悲戚以为开头的写法，令读者瞬间便进入了词人设定的场景。这样当接下来词人再回头转述其饮酒不能浇愁，因意念中旧时相识的鸿雁飞过而引动伤心之绪等一系列显示一定具象的情形时，人们的同情心也便随之而生。词的下片与上片相比，节奏上显得更急促，词人面对萧索的秋天，昏暗的晚景，而提出的那其实不可能有任何回应的痴情问题，非但没有使全词的悲观情致有丝毫的淡化，反而推动这种弥漫于词人身心及周围自然景物的悲情，走向一个似乎怎么也无法超越的境地——当词人喊出"这次第，怎一个、愁字了得"的近乎绝望的呼声时，她表达的既是一个孤立无援的女性在特定场景中内心所生成的无法排遣的愁苦，也是任何时代具有敏锐感受的文化人在遭遇时势变迁的大动荡后，都能感受到的一种莫可名状又难以解脱的痛苦。而正是在这个意义上，李清照的这首《声声慢》，以其近乎完美的形式和纯真的情感，出色地印证了其词论，成为"卓绝千古"（万树《词律》评此词语）的名作。

李清照后期词作里，大约写于其流寓金华时的《武陵春》，篇幅不大，而情致深切，也颇值得重视：

风住尘香花已尽，日晚倦梳头。物是人非事事休，欲语泪先流。
闻说双溪春尚好，也拟泛轻舟。只恐双溪舴艋舟，载不动、许多愁。

双溪是浙江金华的一处水上胜景，可是当李清照绍兴年间来到金华时，已经毫无游赏的兴致。词的上片，突出地表现了词人因家破国危而无法抑制内心悲痛的情形。所谓"物是人非事事休"，道出的正是尽管暂时有了安顿之处，内心

---

① 张端义《贵耳集》云："此乃公孙大娘舞剑手。本朝非无能词之士，未曾有一下十四叠字者，用《文选》诸赋格。"又，李清照除擅用叠字填词外，其词中还常采用句式相同的叠句法以充分地表现情感，如《诉衷情》有"更挼残蕊，更捻余香，更得些时"，《行香子》有"甚霎儿晴，霎儿雨，霎儿风"，《忆秦娥》有"又还秋色，又还寂寞"。值得注意的是，这三处叠句均处于本词的末尾，这与《声声慢》用叠字起首有异曲同工之妙，都增强了词中特定意境的表现力。

的创伤却永远也不可能抚平的悲感。下片起首,表现的情绪似乎稍趋平和,有一种试图重温往日恬静优雅生活情调的幻觉,但紧接着那份似乎无处不在的悲观情致又阵阵袭来,于是词人最终留在词里的,只能是双溪舴艋小船,根本无法承载巨大愁绪这样想像奇异的结论了。"愁"本是一种无形的个人情绪,但在李清照的笔下,它被描绘成了既具有可叠加的数量,还具有可以真实感知其重量的物质性的东西。它的沉重,与双溪舴艋小舟的轻盈,成为一种触目惊心的对比,而正是在这种强烈的对比之中,李清照后期的词,以其隐含于柔美外形之下的尖锐质感,深深地撼动了读者。

李清照的诗,与北宋欧阳修倡导诗文"宋调"以来诞生的大部分宋诗相似,强调表现合乎正统道德的主旨,从而在形态上跟她的词处于分化的局势中。她现存的诗作中,像"两汉本继绍,新室如赘疣。所以嵇中散,至死薄殷周"之类,尽管被朱熹誉为"如此等语,岂女子所能"[1],但作为一首诗,却谈不上有多少诗味。她的另一首题为《上枢密韩公工部尚书胡公》的杂言古诗,描写南渡以后派使臣赴金的情形,据自序称是为了"以待采诗者"而作的,虽然其中有一些比较激动的情绪,但那冗长的体制、散文化的句法与无所不在的忠君意识,仍令人难以卒读。相比之下写得稍好的,倒是下面这首言简意赅的小诗:

生当作人杰,死亦为鬼雄。至今思项羽,不肯过江东!

这首题为《乌江》的二十字作品,语言与结构均不甚精致,却有一种连前此宋代男性作者诗里也少见的激昂之态。其中无论生死都要出人头地的绝对化的人生观,一定程度来源于李清照的那种天生的争胜好强的个性[2],但从两宋之际的历史现实考察,这样的诗的存在,又反映了士人阶层中不甘屈服的那一批人在面对危难时内心的愤激之情。意味深长的是,这样的诗竟出自一位擅长写"婉约"式的悲情之词的女性作家之手,而非来自数量众多的男性诗人笔下,这难道完全是个人性格的原因?

二、陈 与 义

两宋之际在文学创作上获得了较高成就的,除了李清照,还有陈与义。不同的是李氏的专长是词,陈氏则以诗著称。

陈与义(1090—1139),字去非,号简斋,洛阳(今属河南)人。他于北宋政

---

[1] 见《宋诗纪事》卷八十七李清照诗部分引朱子《游艺论》。
[2] 关于李清照性格的这一方面,龙榆生《漱玉词叙论》一文里有较详细的分析,可参阅。龙氏之文收入《龙榆生词学论文集》,上海古籍出版社1997年版。

和年间进入仕途,起初只担任开德府教授、辟雍录等小官。宣和间升太学博士,因所赋《墨梅》诗被徽宗看到并称赏,得官秘书省著作佐郎、司勋员外郎。但不久即遭贬官。靖康之难后,他由贬任之所陈留出发,流徙于湘鄂两广一带。直到绍兴初年,方抵达会稽,转赴临安,并在此后继续为南宋朝廷效力,曾官参知政事、知湖州等职。有《简斋诗集》、《简斋诗外集》。

陈与义的一生,跟两宋之际的大部分文人士大夫一样被北宋的灭亡划为两个阶段。不同的是即使在前一阶段,他的生活也是欢少忧多;至南宋,更是饱尝了颠沛流离之苦。不过他的诗,总的说来写得还是比较清新,且时能创造一些奇特的诗境,显现出这位境遇并不上佳的诗人,擅长作超越自身实际的艺术玄想的才能。

陈与义写于北宋时期的诗里,尽管不乏对自己贫困而落魄的生活的咏叹,如用"有钱鬼可使"(《书怀示友十首》之六)①、"为官不救饥"(《年华》)等或激愤或无奈的话,抒发内心的不平,但从整体的角度看,更有水准的,是一批境象优美、想像奇妙的作品。如《雨晴》:

> 天缺西南江面清,纤云不动小滩横。墙头语鹊衣犹湿,楼外残雷气未平。尽取余凉供稳睡,急搜奇句报新晴。今宵绝胜无人共,卧看星河尽意明。

这是诗人受徽宗"知遇"擢官秘书省著作佐郎后写的闲适之作,并无深刻的意义,却给人以一种舒缓清旷的美感。诗中描绘的,是新秋雨后的情景。起笔将天空想像成为一方清澈的江水,如此则天边那凝结不动的一片云彩,自然也就成了江中横着的一处小滩。接着诗人的视野与思绪转回近地,眼中所见,是墙头伫立着的喜鹊刚受过雨水的洗礼,羽衣犹湿,却已叽叽喳喳叫个不停;耳中所闻,则是楼屋外隐约传来的阵阵残余雷声,听那声响,仿佛雷公仍意气难平。这是一个虽然还留着雷雨的痕迹,却不再令人感到恐惧、压抑的良宵。面对这样清爽的夜景,诗人所想的,自然只有美美地睡一觉,并且在睡前将眼前这雨后新晴的迷人景色形诸于诗句。此时唯一令诗人感到遗憾的,是如此奇绝的胜景却没人跟他一起共赏,只能独自卧看灿烂星河的那一片明光。诗的整体节奏并不快,因此初读时很容易使人有一种平淡的错觉。但如果再品味一回,则可发现几乎每一句都有以反常规语汇、意象构成的"奇"处——像"急搜奇句报新晴"一句,一个"报"字,便人为地将诗人与自然的关系拉得相当贴近,雨后

---

① "有钱鬼可使"这一意旨,陈与义早期诗里曾多次出现,如"有句惊人虽可喜,无钱使鬼故宜休"(《元方用韵见寄次韵奉谢兼呈元东》之二)、"星霜屡费惊人句,天地元须使鬼钱"(《漫郎》)等。后来俗传的"有钱能使鬼推磨"一语,其语源可能即来自陈与义的这些诗句。

新晴的天色,此时成为急切地搜求奇异的诗句相报答的知心朋友,这样的写法,实在蕴含了非凡的想像,可谓"奇"中有奇。再如《秋夜》:

> 中庭淡月照三更,白露洗空河汉明。莫遣西风吹叶尽,却愁无处着秋声。

意境与上引的《雨晴》颇为相似,题材也都是描写秋天的明净高爽,但后半的两句却出人意料地把对落叶的惋惜与秋声的吟动联系了起来,说明自己希望秋叶的不被吹尽,只是替靠着风吹树叶而起的秋声无所着落而犯愁。此等奇想,在前此宋人的同类题材作品中实为罕见。而若从文学史的角度考察,则陈与义的此类作品尽管没有写得十分奇崛,也没有用太多的典故,但其求"奇"的态度,则或多或少与北宋后期的江西诗派有关联。后来方回因之将陈氏抬为江西诗派"三宗"之一,近世学者又以为陈氏决非江西诗派中人,恐怕都不够准确。

当然,陈与义北宋时期诗里显现出的"奇",是一种清奇之姿。到了南宋,他的诗依然还有"奇"的一面,但同时也多了一些厚重的内涵。而在他自己看来,这是因为现实使他向杜甫靠拢的结果。建炎二年(1128)初,他在从邓州往房州行进的途中突遇金兵,仓皇奔逃。生命旦夕不保的可怕经历,使他第一次产生了因战争而起的恐惧。下面这首《正月十二日自房州城遇虏至奔入南山十五日抵回谷张家》诗,便是当日情形的记录:

> 久谓事当尔,岂意身及之!避虏连三年,行半天四维。我非洛豪士,不畏穷谷饥。但恨平生意,轻了少陵诗。今年奔房州,铁马背后驰。造物亦恶剧,脱命真毫厘。南山四程云,布袜傲险巇。篱间老炙背,无意管安危。知我是朝士,亦复颦其眉。呼酒软客脚,菜本濯玉肌。穷途士易德,欢喜不复辞。向来贪读书,闭户生白髭。岂知九州内,有山如此奇!自宽实不情,老人亦解颐。投宿恍世外,青灯耿茅茨。夜半不能眠,涧水鸣声悲。

当经历了身后有狂奔的铁骑穷追不舍、自我危在旦夕后,诗人最深切的感慨,是"但恨平生意,轻了少陵诗"。也就是说,杜甫写安史之乱中自身痛苦遭遇的那些诗,此时才被诗人真正读懂并引起了强烈的共鸣。因此他本人所写的这首五古,尽管仍有不少粗糙的地方,但其中描绘大难之后获山间老农的救济、受到惊恐的心稍见平复即以喜见奇山而兴奋,以及终因避乱他乡而夜不能寐、心生悲戚,诸如此类的曲折情节,均饱含了一份超越字面意义的痛切之情。诗中自然也有一些出奇之笔,像写老农收留诗人后以酒菜相款待,而用"菜本濯玉肌"叙述严酷的环境里获得食物的士子如大旱之逢甘霖,即于欣喜中深含感慨；"菜本"与"玉肌"的对比，以及显有自嘲成分的"玉肌"被菜根洗濯一新的构思，也颇机巧。

后期陈与义诗中的一个重要的主题是怀念故乡。从开始"易破还家梦，难招去国魂"（《道中书事》）的凄凉，到最后"故园非无路，今已不念归"（《同左通老用陶潜还旧居韵》）的绝望，陈与义其实始终未能忘怀洛阳。他的小诗中经常被后人称引的一首，便是《牡丹》：

> 一自胡尘入汉关，十年伊洛路漫漫。青墩溪畔龙钟客，独立东风看牡丹。

清墩溪是浙江桐乡的一个小地方，牡丹是诗人老家洛阳的名花。陈与义在诗中为读者呈现了一幅独立东风之中的老翁独自欣赏牡丹花的自画像，简洁的笔法背后寓含的，是无限丰富复杂的个人情感。

进入南宋时代的陈与义，在晚年也写过一些跟他早年清奇诗风相似的作品，比较值得注意的是，这部分诗往往于清奇之外另具一份洒脱之风。如《秋夜独酌》：

> 凉秋佳夕天氛廓，河汉之涯秋漠漠。月出未出林彩变，幽人露坐方独酌。自歌新词酒如空，天星下饮觥船中。忽思李白不可见，夜半乔木摇西风。百年佳月几今夕，忧乐相寻老来疾。琼瑶满地我影横，添酒赋诗何可失。

此诗与前引陈氏早年之作《雨晴》、《秋夜》相比，所写景色同样，都是秋夜之景；所现风致相似，都比较清旷。其不同之处，在本诗刻画了一个独酌并有些醉态的隐士形象，并通过这一形象，展现了一种历史的沧桑感，表达了甘愿流连诗酒的人生态度。诗总体上写得境象开阔，奇思迭现，像"忽思李白不可见"、"琼瑶满地我影横"两句，前一句描写想将李白作为酒友却见不到，后一句将洒满地上的秋月光视作"琼瑶"，而谓"我影"则"横"卧其上，就都既生动表现了他的欣喜之情，又造语新异。至全诗的节奏，则又如江水般波澜不息，自然流畅。

陈与义以诗著名，而同时也能填词，有《无住词》传世。他的词与他的诗有相通之处，曾被人誉为"清婉奇丽"（《苕溪渔隐丛话》作者胡仔评语）。词中经常被征引的，是下面这首《临江仙》：

> 忆昔午桥桥上饮，坐中多是豪英。长沟流月去无声。杏花疏影里，吹笛到天明。　二十余年如一梦，此身虽在堪惊。闲登小阁看新晴。古今多少事，渔唱起三更。

此词有题云："夜登小阁忆洛中旧游"。联系词中"二十余年如一梦"句，可以推定其为作者入南宋后之作。词的上片回忆当年在洛阳与朋辈酒席花间的潇洒生活,"长沟"以下数句,写水中之月随流波无声逝去,而无声之中,却有悠扬的笛声在杏花丛里响起,无声有声之际,万事缥缥缈缈,境象颇为深远。下片转而抒发个人今日的感怀,有一份与前引《秋夜独酌》诗同样的历史沧桑感,但结尾用"渔唱起三更"作结,则意在言外,不道破题旨,而给人以无穷的回味。

从文学史的角度看,陈与义作品的价值,在于它虽产生于两宋之交的历史巨变关头,其中的大部分仍不失自我的独特品格,有真的性情,也有比较明显的感情色彩,从而以一种特定的形式,成为文学(主要是诗)由北宋向南宋过渡过程中的出色代表。陈与义词与其诗风格的接近,则从一个侧面,反映了早期南宋词存在进一步向诗靠拢的明显趋向。

三、靖康之难前后的其他作家

两宋之际文坛上的活跃人物,除了上面介绍的李清照和陈与义,还有一些作家虽然作品的文学成就未臻李、陈那样高的水准,而其创作中显现的某些倾向,跟后来的南宋文学颇多关联,所以在文学发展史上仍值得一提。

这部分作家中,以诗著称的是韩驹和曾几。

韩驹(?—1135),字子苍,仙井监(今属四川)人。北宋政和间召赐进士出身,除秘书省正字,官权直学士院。靖康之难后,知江州。有《陵阳先生诗》。他早年经友人的介绍认识黄庭坚,故作诗有学山谷处;后来对江西派的一套有所不满,故独辟蹊径,走了一条有江西派诗注重字句锻炼之神,而少江西派诗晦涩繁琐之弊的新路。他的诗中,最为同时人推崇的,是下面这首《和李上舍冬日书事》:

> 北风吹日昼多阴,日暮拥阶黄叶深。倦鹊绕枝翻冻影,飞鸿摩月堕孤音。推愁不去如相觅,与老无期稍见侵。顾藉微官少年事,病来那复一分心。

诗的第二联描写晦暗的冬季里疲倦的喜鹊飞翻于树际的身影,与孤寂的鸿雁在月光中飞翔时留下的一串凄鸣,想像奇特,结构精致,颇有江西派诗的神韵。但诗在整体上又不显滞涩,而比较流畅、深入地以这一令人压抑的自然环境景色表现了个人当时的心绪。其中像"推愁不去如相觅"一句,将愁这一无形的情绪拟人化、物化,仿佛一个令人讨厌甚至畏惧的无赖,时时都紧随着诗人,便画就了一幅十分真切的个人精神受到折磨的景象。这种对人的精神状态所作的颇为深切的摹画,是两宋之际诗人身心深受时局动荡刺激的现实产物,因此它能引起同时代人的共鸣。

李彭《赠子苍》一诗谓"满朝以诗鸣,何独遗大雅?平生黄叶句,摸索便知价",所谓"黄叶句",指的就是韩氏此诗①,可见其在当时的反响甚为热烈。

曾幾(1084—1166)年辈略小于韩驹②,而诗风与韩氏之作有某种承续关系。他字吉甫,号茶山居士,赣州(今属江西)人。北宋时曾官秘书省校书郎,南宋高宗朝历江西、浙西提点刑狱,以反对秦桧与金议和而罢官,秦桧死后官复原职,继升任秘书少监、权礼部侍郎等官。有《茶山集》。在诗歌理论方面,他与曾写过《江西诗社宗派图》的同时诗人吕本中颇多相似见解,如谓"学诗如参禅,慎勿参死句"(《读吕居仁旧诗有怀其人作诗寄之》)之类,但他比吕氏出色的地方,是不仅理论方面有一己的主张,同时创作上也较有个人的面貌。他的诗,从某种程度上说是韩驹诗风的发展,结构上更为精致,更注重诗境的营造,而流畅的特征仍见保留。如《诸人见和返魂梅再次韵》:

> 蜡炬高花半欲摧,斑斑小雨学黄梅。有时燕寝香中坐,如梦前村雪里开。披拂颇令携袖满,横斜便欲映窗来。重帘幽户深深闭,亦恐风飘不得回。

此诗所咏的"返魂梅",其实并非植物类的梅花,而是一种香味似梅花的合成香。诗将那仅有袅袅轻烟的香态与香味细细描绘,而描绘的过程中又不忘与其"梅"的名称相联系,结果造成了一种似梅非梅的梦幻般的效果。虽然全诗从整体上看笔力还比较弱,但意境的深曲与美的形态,还是营造得颇为成功的。后来南宋大诗人陆游从学曾幾,其早年的诗作以及中岁以后的一部分风格较为细密、雅致的作品,便留有曾幾诗的遗痕。从这个意义上说,韩驹、曾幾到陆游,江西诗派的那一套诗歌创作方法,其实是经过了富有独创性的改造,而在一定程度上得到传承。

不过,靖康之难前后在创作上为以后的南宋文学开拓了更多路径的作家群中,词人较诗家更活跃,成就也更高。

词人中首先应提到的,是朱敦儒。

朱敦儒(1081—1159),字希真,洛阳(今属河南)人。早年不仕。南宋绍兴间以荐补右迪功郎,继被赐进士出身,官秘书省正字、兵部郎中等职。后被劾"专立异论",且与同时名臣李光"交通"而罢官。秦桧执政时期,又起任鸿胪少卿。秦氏死,复致仕。有词集《樵歌》传世。

---

① 见《宋诗纪事》卷三十三本诗后引《复斋漫录》。
② 韩驹生年不可考,但由他认识黄庭坚是由友人徐俯介绍看,年辈似不当长于徐俯(1075—1141),而很可能与徐同辈;又《诗人玉屑》谓"茶山(曾幾)之学,亦出于韩子苍"(卷十九),是曾的年辈又不当高于韩。故推定曾幾年辈略小于韩驹。

朱敦儒从性格上讲是个天生喜欢自由的人。但由于时代的原因，一度卷入了南宋初政坛战、和两派斗争的漩涡边缘。他的词，有对时事的关切，也有对个人在靖康之难后一度流离失所的可悲境遇的描写①，但其中写得最成功的，则大多是表露个人对自由而无所羁绊的人生十分向往的作品。如著名的《鹧鸪天·西都作》：

　　我是清都山水郎，天教懒慢带疏狂。曾批给露支风敕，累奏留云借月章。　诗万首，醉千场，几曾着眼看侯王？玉楼金阙慵归去，且插梅花醉洛阳。

由词题中的"西都作"及词末"且插梅花醉洛阳"句，可知这是朱氏写于北宋时的作品——北宋时称洛阳为"西京"，也叫"西都"——也就是朱氏尚未出仕时的作品。词的基本风格，是洒脱不羁，性情毕露。词中没有用什么典故，流畅的口语体文句，率真地表达了词人醉心家乡山水，蔑视权贵的孤傲心态。词的韵脚选用音色嘹亮的阳韵，使全词带有一种昂扬、高亢的意绪，与词的题旨相当契合。后来辛弃疾词具有的那种强烈地表达个人率真品性的特征，在此词中已初露端倪。

朱敦儒同样用《鹧鸪天》填制的另一首词，则运用清丽的文辞，表达了一份深切的思念之情：

　　画舫东时洛水清，别离心绪若为情。西风挹泪分携后，十夜长亭九梦君。　云背水，雁回汀，只应芳草见离魂。前回共采芙蓉处，风自凄凄月自明。

此词从形态及感情流露的方式上说，跟北宋柳永、秦观一路的情词有相通之处，都不回避对自我情感的直接表露，因此成为宋词从柳、秦词发展到后来南宋中后期相似词作的一个必要的中介。

继朱敦儒之后在词的创作上形成了个人的独特风格的，又有张元幹（1091—约1170）。元幹字仲宗，号芦川居士，长乐（今属福建）人。在两宋之际经历历史巨变的诸位著名词人中，他是唯一真正上过战争前线的一位。靖康元年（1126）北宋名臣李纲任亲征行营使率军抗金时，他便是李纲的属官。他的官做得不大，仅至将作监丞，但政治上一直是激烈的主战派。他的词集《芦川集》里流传最广的一首作品，是南宋绍兴年间赋赠遭到除名、编管等责罚的主战派名臣胡铨的《贺新郎》：

---

① 关于《樵歌》中这方面的词作，龙榆生《试论朱敦儒的〈樵歌〉》有比较详细的介绍与分析，可参阅，文收入《龙榆生词学论文集》，上海古籍出版社1997年版。

> 梦绕神州路。怅秋风、连营画角，故官离黍。底事昆仑倾砥柱，九地黄流乱注，聚万落千村狐兔？天意从来高难问，况人情老易悲难诉，更南浦、送君去。　　凉生岸柳催残暑。耿斜河，疏星淡月，断云微度。万里江山知何处？回首对床夜语。雁不到，书成谁与？目尽青天怀今古，肯儿曹恩怨相尔汝！举大白，听金缕。

此词的特点，一是气魄宏大，像上片出现的"昆仑倾砥柱"与"九地黄流乱注"等开阔雄壮的景象，前此宋词里是很少见到的；二是感情悲愤，如"天意"两句，便借用杜甫诗句，传达出了一种对现实黑暗的强烈的不平与愤懑[①]。全词从形制上看写得并不精致，但由于其中充满了激情，故而形态的疏放，反而获得一种意想不到的震撼人心效果。后来辛弃疾的很多感情澎湃的词作，从风格上说走的正是张元幹此词的路径。

词史上常与张元幹并称的南宋前期词家，还有张孝祥（1132—1170）。孝祥字安国，号于湖居士，乌江（今安徽和县）人。绍兴间举进士，曾官荆南、湖北安抚使。有《于湖词》。他的年辈其实比张元幹小得多，而跟下两节要介绍的南宋四大家及辛弃疾年岁相仿；但他年寿不永，跟曾幾、张元幹等一批前辈作家大约在同一时期谢世。所以我们仍按习惯将他放在本节里介绍。

"于湖词"里有一些作品确实跟张元幹词颇多相似，如《六州歌头》抒写因远望淮河边关荒草，而油然生起的对北方沦陷的感慨，以"黯销凝"三字浓缩无限悲凉，用"使人到此，忠愤气填膺，有泪如倾"白描当时心境，皆不乏感染人的力量。但由独创性方面看，张孝祥写得更出色的，则是《念奴娇·过洞庭》：

> 洞庭青草，近中秋、更无一点风色。玉鉴琼田三万顷，着我扁舟一叶。素月分辉，明河共影，表里俱澄澈。悠然心会，妙处难与君说。　　应念岭海经年，孤光自照，肝肺皆冰雪。短发萧骚襟袖冷，稳泛沧浪空阔。尽挹西江，细斟北斗，万象为宾客。扣舷独啸，不知今夕何夕！

一片澄朗晶莹的天空中，一轮中秋明月，悬照着无风的洞庭湖。湖中的一叶扁舟上，载着怡然自得地"扣舷独啸"、仿佛已与天地融为一体的词人。这就是本词所展示的迷人场景。以这一迷人场景为主体的本词，从选题、取材及基本视角看，明显受到苏轼同类词作的某些影响。尤其是它的宏观视角与自我满足的心态呈现，分明是步趋了东坡词的主导风格的。但词中显现出的经过滤化而似乎不食人间烟火般的澄净境界，与个人的孤傲与超脱神情，又与苏词的基本风格有所差异。从文学史的角度看，这是"于湖词"贡献给后人的新风格，而

[①] 杜甫诗云："天意高难问，人情老易悲"，语见《暮春江陵送马大卿公恩命追赴阙下》。

这种以孤高标格为特征的新风格,在后来的姜夔词里获得了再现,只是相比之下,"白石词"的内涵更为丰富,外观更为雅致了。

因为说到了张元幹、张孝祥的"豪放"体词,这里顺便提一下风格相近,而在以前文学史中又常引及的那首《满江红》("怒发冲冠")。该词据传是南宋抗金名将岳飞所作,词中表现出的强劲的姿态,与字里行间带有血腥味的文风,确实像出自一位武将的手笔。而词中的一些语句,如"三十功名尘与土,八千里路云和月"等,流传久远,也已经成为中国文学中的名联。但是这首最早见于明代前期人记载的作品,是否确为岳飞所写,甚至是否确为宋人之作,迄今学术界仍有不同的看法[①],因此我们这里也就不作具体的述评了。

第二节 陆游及其同时代的诗人

陈与义于绍兴九年去世后,短时间里南宋诗坛并未出现能继其后的大家。但到绍兴后期,一批出生于靖康建炎之际的诗人脱颖而出,使南宋诗歌很快呈现出繁荣的态势。其中尤袤、杨万里、范成大、陆游四人尤其引人注目,后来被称为"中兴四大诗人"或"南宋四大家"。四家诗风格不尽相同,尤氏诗存世不多,现存者骨力较弱,但尚能注重抒情,也较有美感;杨万里则一改自北宋后期以来即流行诗坛的江西派做法,不求工而求平,某些作品流于俗滑,但也因此别开诗家一途,当时有"诚斋体"之名;范成大早期之作,颇重视感情表露与诗歌的美感,后期却有所退化;相比之下,陆游的作品蕴含了丰富的情感(虽也有所抑制),又十分注意诗的形式效果,从而在相当程度上,成为对崇道抑情的北宋诗的一种反拨。

一、尤 袤

被列于南宋四家之首的尤袤(1127—1194),字延之,号遂初居士,常州无锡(今属江苏)人。早年就读于太学,以擅长词赋著称。绍兴十八年(1148)举进士,由泰兴令,历江东提举常平、权中书舍人兼直学士等职,官至礼部尚书兼侍读。其集在宋末有《遂初小稿》六十卷、《内外制》三十卷[②],但早已散佚。现

[①] 有关的讨论情况,参见王学太的综述性文章《岳飞〈满江红〉(怒发冲冠)的真伪问题》,文收入卢兴基主编《建国以来古代文学问题讨论举要》,齐鲁书社1987年版。
[②] 据《宋史》卷三八九尤袤本传。

存《梁谿遗稿》二卷,为清人辑本。

在南宋前期,尤袤首先是以词臣与学问家的身份而为人熟知的。据《宋史》记载,南宋第一位皇帝赵构的庙号"高宗",就是由当时任太常少卿的尤袤与礼官共同拟定,并在尤氏的竭力主张下确立下来的。从学术承传的一面看,尤袤年轻时的老师之一是喻樗,而喻氏乃程颐的再传弟子,故尤氏于道学一途不乏亲近之感。这种政治与学术两方面的特殊背景,使尤袤的文学创作,很大程度上表现出一种个性内敛的特征。方回评其诗,即谓之"冠冕佩玉,度骚婉雅"[1]。所谓"冠冕佩玉",说白了就是有一点官腔,而"度骚婉雅",则显然是指其诗合乎正统诗教,无逸出常规之作。方回大约是看到过比较完整的尤氏诗集的,故其说当合乎尤诗实际。而由辑本《梁谿遗稿》里仅存的四十余首诗作考察,则除了"冠冕佩玉,度骚婉雅",尤袤的部分诗还有一种未为方回抉出的特点,即偶尔表现一点淡淡的情,同时又比较注意诗的整体的美感。如下面两首写梅花的诗:

  清溪西畔小桥东,落月纷纷水映红。五夜客愁花片里,一年春事角声中。歌残玉树人何在?舞破山香曲未终。却忆孤山醉归路,马蹄香雪衬东风。(《落梅》)[2]

  冷蕊疏枝半不禁,眼看芳信日骎骎。雪霜不管朝天面,风月能知匪石心。望远可无南北使,客愁空费短长吟。年年准拟花排恨,不道看花恨更深。(《梅花二首》之二)

二诗所取的题材及基本风格,很容易使人想起北宋前期诗人林逋的梅花诗。但与林逋诗相比,尤诗骨力显得更弱,同时其中还多了一重林诗所没有的伤感之绪。像第一首中间的"歌残玉树人何在?舞破山香曲未终"一联,便借前面四句的优美写景为映衬,化用陈后主作"玉树后庭花,花开不复久",命后宫美人歌唱,以及西王母宴群仙,有舞者帽上簪花舞《山香》,一曲未终而花皆落,这两个典故,道出了春色已深,而使人流连忘返的梅花盛开之景终究消逝的令人感伤的心曲。尽管如此,诗人仍情不自禁地回忆起往昔的快乐生活,故有末两句所写早春醉后马踏晴雪情状。第二首的情感表露,比第一首《落梅》更明显一些。诗中"望远"、"客愁"一联,很可能与南宋初国势日弱的现实环境有关,所以写得如此迷茫、低沉。而诗里写得最好的,当是结束的两句:"年年准拟花排恨,不道看花恨更深。"自然的花事,本可使观者身心愉悦,消解烦愁。但身处当时那样一个特殊的历史时期,弱不禁风的疏疏落落的梅花,令诗人内心生

---

[1] 见《宋诗纪事》卷四十七"尤袤"之部引方回跋尤氏诗语。
[2] 此诗一作《瑞鹧鸪》词,参见唐圭璋先生编《全宋词》第1632页,中华书局1965年版。

起的,却不是欣赏怜惜之情,而是满腔的愁恨。此时梅花的弱态,在诗人看来正如难以振作的南宋国势,所以越多看花一眼,内心激起的那种恨铁不成钢之"恨",与个人于时无补的无奈之"恨",就越深重。

与南宋四大家的其他三位相比,尤袤的诗歌成就恐怕只能排在末位,但其诗里表现出的如上这种因时势而起的心理反应与艺术化表白,却是南宋朝与北方金人战事初息之后,一代文人痛定思痛心绪的自然流露。它的骨力的缺乏,一定程度上又可以说是南宋官方文化整体上缺乏强健之力的缩影。

二、杨万里

杨万里(1127—1206)是尤袤的文坛挚友,而诗风则与尤氏之作大不相同。杨氏字廷秀,号诚斋,吉州吉水(今江西吉安)人。绍兴二十四年(1154)进士及第,初仕赣州司户、零陵丞、知奉新县等低级官职。孝宗乾道年间,因在地方政绩突出,受荐召为国子博士,升太常丞兼吏部侍右郎官,之后又出知漳州、常州等地。光宗即位,复召为秘书监、实录院检讨官等。宁宗时以宝文阁待制致仕。有《诚斋集》。

在南宋诗的发展历程中,杨万里是一位用自己高产的作品转移一代风气的人物。他的诗,以明白晓畅为主要特征,与北宋后期以来盛行的江西诗派作品形成了强烈的对比,被后人称为"诚斋体"。"诚斋体"的出现与为当时诗坛所接受,很大程度上说明,宋诗的基本形态开始逐渐摆脱江西派的牢笼。

但在杨万里本人,其"诚斋体"的形成则经历了漫长的探索过程。据《诚斋集》中的《江湖集》一编自序,杨氏"少作有诗千余篇,至绍兴壬午七月皆焚之,大概江西体也"。壬午当绍兴三十二年(1162),时杨万里三十六岁。可见年轻时代的杨氏,诗风本也追随潮流,未脱江西派的樊篱,只是当时的作品,后来都被他自己焚毁,而无法看到了①。三十六岁后的杨万里,一度醉心于北宋陈师道、王安石及唐人绝句,《江湖集》所收,即是这一阶段的作品。其中不乏近似后山式奇巧与荆公式的精练一类的诗,像下面两首绝句:

一晴一雨路干湿,半淡半浓山叠重。远草平中见牛背,新秧疏处有人踪。(《过百家渡四绝句》之四)

梅子留酸软齿牙,芭蕉分绿与窗纱。日长睡起无情思,闲看儿童捉柳花。(《闲居初夏午睡起》)

---

① 《诚斋集》现存之作皆杨氏三十六岁后所写,其中仍有个别作品残留江西诗派之风,如卷一《除夕前一日归舟夜泊曲涡市宿治平寺》、卷三《再和》(按此首前为《和罗武冈钦若酴醾长句》)之类。

第一首描绘的,是春日乡间的胜景。前两句运用了多重对偶与对比的形式,把晴雨交替与因雨雾晴霁而变幻的浓淡山色叙写得曲曲折折,极富意态。后两句则平中现奇,借自然之景凸现农人与牲口的存在与活动,从而造就了一幅有水墨趣味的山乡田园图。诗在整体风格上与陈师道的某些作品相似。第二首的题材甚普通,表现手法也似乎很随意,但其中个别文字的择用则颇见匠心,如"梅子留酸"的"留"和"芭蕉分绿"的"分",即被后来评论家誉为"精致而不费力"①。而这种"精致而不费力"的境界,正是前辈诗人王安石的绝句中常见的。

杨万里对于后山、荆公及唐人绝句的这种兴趣,大约到淳熙四、五年间(1177—1178)开始淡化,时杨氏已年过半百。据自述,淳熙五年元旦他在常州,"忽若有悟,于是辞谢唐人及王、陈、江西诸君子,皆不敢学,而后欣如也。试令儿辈操笔,予口占数首,则浏浏焉,无复前日之轧轧矣"。(《诚斋荆溪集序》)这意味着他明确意识到,必须彻底放弃追随前人的赋诗方式,方能获得一己的独特的文学面貌。他此后所写的诗,也的确不仅摆脱了江西诗派的重用典与求奇崛,同时也远离了唐诗及王安石等的工丽精致,而变得意态恣纵,一无依傍,想到哪里就写到哪里。这样的写法,客观上无疑能痛快淋漓地表露个人的特定心绪,所以杨氏五六十岁时的部分诗作,不乏动人之处,如《行路难》的第五首:

> 造化小儿不耐闲,阿兄阿姊一似颠。两手双弄赤白丸,来来去去绕青天。赤丸才向西山没,白丸又向东山出。只销三万六千回,雪色少年成皱铁,铁色头须却成雪! 双丸绕从地下复上天,少年一入地下更不还。日日喜欢能几许? 况有烦恼无喜欢。莫言酒不到刘伶坟上土,刘伶在时一醉曾三年。明珠一百斛,更添百斛也只心不足。侯印十九枚,更添一倍也只眉不开。先生笑渠不行乐,莫教人笑先生错!

广漠宇宙间的日月轮回,在诗人的笔下被描绘成造化小儿的一种循环游戏,太阳和月亮因之也成了"阿兄阿姊"们玩于股掌之间的赤、白两丸。与这种自然游戏形成鲜明对照的,是渺小的个人无法逆转的衰老与死亡。自然与人,在诗里被安排成嘲弄和被嘲弄的双方。诗中最令人惊悚的文字,是"雪色少年成皱铁,铁色头须却成雪"两句,雪的白色与软性,跟铁的青色及钢性,被用来作为两种可以互相转换的神奇的象征之物,寓示宇宙中的任何个人在其短暂的生命历程里,都无法抗拒因时间的流逝而造成的红颜老去。诗的最后以提倡及时行乐作结,而透过这种明显带有颓废情绪的表白,读者还可以发现,其中隐

---

① 见钱锺书先生《宋诗选注》第 165 页本诗注,人民文学出版社 1989 年版。

含着一份因人寿不永而产生的深切悲感。

这一时期的个别写景之作，也显现出了前此杨氏同类作品中少有的开阔豪壮的气势。如《过杨子江》的第一首：

> 只有清霜冻太空，更无半点荻花风。天开云雾东南碧，日射波涛上下红。千载英雄鸿去外，六朝形胜雪晴中。携瓶自汲江心水，要试煎茶第一功。

冬日暖阳照映下的长江胜景，引动的不再是诗人懒洋洋的闲思，而是一种历史的沧桑感与意欲有所作为的豪情。诗的局部笔法是粗疏的，对仗也浅显机械，但因为整体上较有气势，节奏又较快，所以仍有打动人心的力量。

不过杨万里同时及其后所写的大部分诗作，因其率易的创作态度与极高的出产频率①，而显得诗意缺乏或尽失。某些作品尽管有较好的构思，但通篇不佳，如著名的《晓出净慈送林子方》：

> 毕竟西湖六月中，风光不与四时同：接天莲叶无穷碧，映日荷花别样红。

诗的后两句历来颇受称赞，因为它从一个非平面与单色的视角，将夏日阳光映照下的红荷绿叶之态表现得十分别致新奇。但前两句相比之下实在过于平淡，甚至可以说有点像顺口溜。结果仅有四句的这首七绝，整体效果便无法达到上佳的水准。至于如下的两首，则完全失却了诗所应具备的内涵与美的形态：

> 垂近姑苏特转弯，盘门只隔柳行间。望来望去何时到，且倚船窗看远山。（《船过苏州》之一）
>
> 今年六月不胜凉，七月炎蒸不可当。一阵秋风初过雨，个般天气好烧香。（《初秋行圃》）

除了用规定的七字四句体式写作之外，这里看不到诗人与自然的真切交流，因而既没有可以感动人的意绪，也没有令人心悦的文辞。它们确乎十分流畅，好似说家常话，但从更深一层看也因此远离了真正具有艺术价值的诗的形态。清代翁方纲在《石洲诗话》里贬称杨氏诗为"诗家之魔障"，所指当即此类作品。

自五十二岁左右摆脱各方面前辈的影响后创作的上述各类诗作，一般认

---

① 《诚斋荆溪集序》在谈到淳熙五年诗风变化后即说："自此每过午，吏散庭空，即携一便面，步后园，登古城，采撷杞菊，攀翻花竹，万象毕来献予诗材，盖麾之不去，前者未雠，而后者已迫，涣然未觉作诗之难也。"

为即是形成了独自风格的"诚斋体"诗。从实际成果看,诚斋体的面貌相当复杂,其中有真切地流露了个人感情的作品,也有不乏美的展示的诗篇,但就总体而言,其特征则是以身边所见所闻及个人偶然所思为题材,旨意不求深切,语言尽量通俗,一挥而就,不假思索。出现这样的诗,从杨万里个人一面而言,是力图突破已成传统的江西诗派的陈规,使自己的作品获得独立一家地位的现实需要。杨氏中年以后为诗,尽管理论上对江西派仍致以敬意①,而实践上处处反江西派之道而行。如江西诗派强调锻炼诗句;杨万里则认为作诗当"去词去意"(《颐庵诗稿序》),让诗自动出来,所谓"老夫不是寻诗句,诗句自来寻老夫"(《晚寒题水仙花并湖山》之三),即此意。从南宋文学发展一面来看,则追求生涩、奇崛与用典的江西派,本身所构筑的艺术樊篱过于险隘深峻,而诗派发展至南宋,派内诗家又缺乏像黄庭坚那样的学者型的带头人物,因此整个诗坛风气的转变便成为顺理成章的事。

诚斋体的出现,为诗人畅所欲言地表达个人意愿提供了范式,南宋中期以还,北宋诗所具有那种几乎无处不在的崇道抑情倾向,已不再成为诗坛主流,这在一定程度上得益于无所不写的诚斋体的盛行。但与此同时,也是因为诚斋体的出现,诗作为一种精致的艺术语言形式及充分而艺术化地表达感情的有效手段的常规,受到了前所未有的挑战。杨万里似乎在着意告诉他的同辈与后人,写诗不必讲究什么艺术性,也不需要什么技巧与修养,想写什么就写什么,排成仿佛是诗的格式就行了。这对于南宋及南宋以后的近世诗坛都产生了久远的负面影响,顺口溜式的所谓律诗绝句在近现代曾被视为诗家正宗,其渊源即可溯至杨万里的诚斋体。

三、范 成 大

杨万里给南宋文学贡献了一个优劣参半的"诚斋体",南宋四大家里常被与杨氏并称的范成大,则以其前半生创作的风格独特的诗,为南宋诗坛增添了亮色。

范成大(1126—1193),字致能,号石湖居士,吴郡(今江苏苏州)人。生当靖康难起之岁,在孤独与贫穷之中度过了少年时代。绍兴二十四年(1154)举进士第,由徽州司户参军,历知处州、中书舍人、四川制置使、参知政事等职,后知太平

---

① 淳熙十一年(1184)杨万里曾为吕本中所辑《江西诗派诗集》撰《江西宗派诗序》;后又增补吕氏《宗派图》为《江西续派》,将江西诗派比于禅宗南宗,赞为诗中最高境界(参见《江西续派二曾居士诗集序》及《送分宁主簿罗宠材秩满入京》)。

州。晚年以被劾、患疾等原因两度乡居。有《石湖居士诗集》、《石湖词》等。

范成大的家乡,是姑苏著名的风景地石湖。秀丽的自然山水,与相对狭小的社交圈,使范氏青年时代诗歌创作的取材比较单纯,但诗中的情致与意境,却也因此达到了一种纯真的境界。他考取进士前写的一些作品,便近于北宋词的意境,如《代圣集赠别》:

> 一曲悲歌水倒流,尊前何计缓千忧?事如梦断无寻处,人似春归挽不留。草色粘天鹎鹕恨,雨声连晓鹧鸪愁。迢迢绿浦帆飞远,今夜新晴独倚楼。

诗虽为代人赠别友人之作,其中表现的因惜别而起的悲愁,却相当真切。起句"一曲悲歌水倒流",有平地突起之势,很快将读者带进一个情感激越的宴别场面。第二联的两句,显然是脱化于苏轼《正月二十日与潘郭二生出郊寻春》诗中"人似秋鸿来有信,事如春梦了无痕"一联,但苏诗写得超脱轻灵,范氏此处改成对人事的无可挽回的慨叹,则有一重感伤的意味。接下来的第三联与最后两句,尽管取用的皆是平常意象,而描绘友人离别后主人公心绪的波动,与思念心绪的悠长,仍显出一种纯美的动人姿态。事实上范成大前期创作的大部分诗作,都保留了重视感情表露与诗的美的形态构造这两个特点。如他在徽州司户参军任上写的如下两首诗,即均甚有意味:

> 雾雨胭脂照松竹,江南春风一枝足。满城桃李各嫣然,寂寞倾城在空谷。城中谁解惜娉婷?游子路傍空复情。花不能言客无语,日暮清愁相对生。(《岭上红梅》)
>
> 结束晨妆破小寒,跨鞍聊得散疲顽。行冲薄薄轻轻雾,看放重重叠叠山。碧穗吹烟当树直,绿纹溪水趁桥弯。清禽百啭似迎客,正在有情无思间。(《早发竹下》)

两诗都是因自然物事而引动诗人情怀之作。前一诗以一种惆怅的笔调,凸现了对岭上孤独开放的红梅无人眷顾的哀感;后一诗则用工丽而又轻松的手法,状摹了乡间山水禽鸟的活的姿态。从旨意上说,两者都强调了自然与人的亲近与融合。但诗人在表现这种亲近与融合时,所设计的诗境与所采用的艺术化语言,则显然吸收了早期江西诗派大家黄庭坚、陈师道作品的某些表现形式,从而使得两诗都带有一点禅家机趣,有一些奇态。如《岭上红梅》诗末用无言的花与客的对峙,生动地画出孤独的愁绪通过自然之物在人内心生成时的刹那景象,《早发竹下》借刻意营造的富于装饰意味的"冲"雾、"放"山情形,侧现人在自然中畅意漫游的经历,便都逸趣横生,有出奇制胜之效。

乾道中期以后,范成大开始担任较高级别的中央与地方官员,社会阅历逐渐丰富,视野更为开阔。他的诗因此呈现出比较复杂的面貌。一方面,表现个人情感及令人感动的事物,仍是其诗的一个重要主旨;另一方面,将诗视为生活反映,平静地记录所见所闻的写作形式,也初露端倪。

乾道六年(1170),范成大以起居郎借资政殿大学士身份,受命担任祈请国信使,出使金朝,时年四十五岁。在赴金途中及到达北方之后,他写了一组以见闻为主,兼抒个人感慨的七绝诗。这些诗一方面表现了由于亲眼见到沦为金朝统治区域的北方景色萧条而生的悲凉之绪,另一方面也以题注及正文实叙的形式,记录了沿途实况。组诗常为后人称引的一首,是《州桥》:

> 州桥南北是天街,父老年年等驾回。忍泪失声询使者:"几时真有六军来?"

此诗题下有注云:"南望朱雀门,北望宣德楼,皆旧御路也。"诗内所写,是北宋故都开封的旧时御街上,一些望眼欲穿地盼望着宋代君主重返京城的百姓,强忍泪水向如今作为宋朝使者赴金的诗人询问:"什么时候,才真的会有御林军回到此地?"由于范成大出使已在著名的隆兴和议签订数年之后,宋金的分裂与对峙,已为既成事实,所以诗中所记的北方父老之问,是相当沉痛的——"几时真有六军来"句中的一个"真"字,便说明那些已事实上成为金朝臣民的北宋遗民,尽管仍企盼着宋王朝的复归,但这种企盼由于经历了太多的失望而已变得近乎绝望了。此诗从形制上说并不精致,但由于表现的情感相当沉挚悲戚,因而仍不乏动人之处。

但在范成大此后创作的诗里,像《州桥》及前此一些佳作那样较充分地抒写情感的,变得越来越少。而将诗作为生活原态实录,尤其是民俗民风记录的情形,大盛其道。他的诗,或津津乐道于吴中米稻的品种有多少,或嘲笑巴蜀人好食生蒜臭不可近,或铺排文字叙写苏州元宵节物,或记叙乡间四时农事与时令气候①。诗的情感色彩越来越淡漠,诗中以说明性文字为主的小字注释则越来越多。有的诗,字句不乏精工处,也有一点美的意境,如《晚步宣华旧苑》:

> 乔木如山废苑西,古沟疏水静鸣池。吏兵寨窣番更后,楼阁崔嵬欲暝时。有露冷萤犹照草,无风惊雀自迁枝。归来更了程书债,目瞀昏花烛穗垂。

写已经废弃的旧苑里荒凉而幽寂的一幕幕,单独而论均颇传神。但诗整体上

---

① 分别见所作《苏畲耕》、《巴蜀人好食生蒜,臭不可近。顷在峤南,其人好食槟榔合蛎灰、扶留藤(一名蒌藤),食之辄昏然,已而醒快。三物合和,唾如脓血可厌。今来蜀道,又为食蒜者所薰,戏题》、《上元纪吴中节物俳谐体三十二韵》、《腊月村田乐府十首》等诗。

没有高潮,也没有诗人个人情感的注入,显得平而又平。还有的诗,则更进一步流于以文为诗的旧套与"诚斋体"式的率易。像下面的两首:

> 二千里往回似梦,四十年今昔如浮。去矣莫久留桑下,归欤来共煨芋头。(《送举老归庐山》)

> 河流满满更满,檐溜垂垂又垂。皇天宁有漏处,后土岂无乾时?(《苦雨五首》之一)

第一首将七言本来颇富音乐性的上四下三格式,或硬改成上三下四的拗格,或变为前二后五的文章句法,结果使得本来很简洁明朗的七绝,形式方面的节奏被完全破坏。第二首不仅文字俗易,且内涵尽失,显然是毫无诗兴时硬凑而成的作品。

相比之下,范成大后期诗作里写得较好的,是一些虽然情感表露不明显,但字里行间仍透露出因经历复杂的人生道路而颇有感慨的作品。如《次韵蜀客西归者来过石湖并寄成都旧僚》:

> 走遍尘埃倦鸟还,故乡元在水云间。黄梁饭里梦魂醒,青篛笠前身世闲。鸥鹭飞来俱玉立,松篁岁晚各苍颜。岷峨交旧如相问,铁锁无扃任客攀。

此诗明显的优点,一是写出了历经世态炎凉,终于返回故乡安居的诗人超脱红尘的坦然,一是表现了诗人对于个人获得身心自由的愉悦。从艺术上说,诗的第三联看似闲笔,实际上却是借独立自在的鸥鹭,与苍颜挺拔的青松,寓示了诗人自己的人格力量。风格类似而题材不同的,还有《四时田园杂兴六十首》七绝中的如下一首:

> 昼出耘田夜绩麻,村庄儿女各当家。童孙未解供耕织,也傍桑阴学种瓜。

诗通过塑造一位少不更事却依然不得不学种瓜的儿童形象,以诗的语言展现了底层百姓生活的艰辛,不乏感染力。但整个《四时田园杂兴六十首》,虽然在近世的文学史里颇受称誉,从感情表现与美的形态的构造两方面看,其实均不能算是上乘之作,它们充其量只能说是后期范成大众多生活实录式诗里的田园篇,只有视角的转换,而并未达到艺术的高峰。

范成大享年六十八岁,于绍熙四年秋在家乡去世。他留给后人一部前后期风格意旨都存在较明显的冲突的诗集,使人对南宋中期诗歌的发展变化可以作较为直观的体认。范氏前期作品中显露的那份真切纯真的情怀,与其对于诗歌美的形态的努力探索,使这位姑苏才士毫无愧色地厕名南宋四大家之列;他后期大部分诗作,尽管对后世的史学家与民俗学者来说具有很高的史料价值，但其中暴露出的轻视情感表现，只求客观地反映生活的写作态度，却对诗的文学特质造成了严重的损害。这部分诗，与同时杨万里首创的包含了率易特质的"诚斋体"一道，成为南宋诗歌走入歧途的典型。

范成大的《石湖词》里，大部分作品跟他前期诗风接近，写得工巧流丽，并显现出作者对个人自由与情感的重视。如《南柯子》：

> 槁项诗余瘦，愁肠酒后柔。晚凉团扇欲知秋，卧看明河银影界天流。
> 鹤警人初静，虫吟夜更幽。佳辰只合算花筹，除了一天风月更何求？

上片先画出醉心诗酒的主人公，在凉秋之夜惬意地卧看星河的场景，下片接表主人公面对静谧的自然一无所求，只愿风月相伴的旷放心绪，景与意二者，转换自如而毫无生硬之态，全词结构又不繁复，显现出作者具有相当高的驾驭文字的功力。另一首值得一提的词，是《霜天晓角》：

> 晚晴风歇，一夜春威折。脉脉花疏天淡，云来去、数枝雪。　　胜绝，愁亦绝，此情谁共说？惟有两行低雁，知人倚、画楼月。

此词很容易使人回想起范成大年轻时写的那首《代圣集赠别》诗。词的题材及其风格，并非范氏独创，在北宋词里，即已出现很多同类作品。范氏此作的特点，在能将这一内容的词写得相当简洁，而句句意象分明，且互相照应，就很有画面效果，也很有意趣。

四、陆　　游

南宋四大家中，文学创作成就最高的，是陆游。

陆游（1125—1210），字务观，号放翁，越州山阴（今浙江绍兴）人。北宋宣和末出生于淮上，襁褓之中即遭逢金人南下、东京陷落的大动乱，三岁时随父南归。少年时期的生活环境，一方面是避乱他乡，且"亲见当时士大夫相与言及国事，或裂眦嚼齿，或流涕痛哭，人人自期以杀身翊戴王室"（《跋傅给事帖》）；另一方面又因家庭的原因，获得了较为传统的文学趣味的培养，十三四岁时得读家藏陶渊明诗集，即"欣然会心"，而"至夜，卒不就食"（《跋渊明集》）。青年时代，个人婚宦两途初次受到较严重的打击。先是迫于父母的压力，和情感甚洽的妻子唐氏结合未久即离婚；继赴临安应科举试，省试名列第一，礼部试却被权臣秦桧一党之人黜落。之后当过几年福州宁德县主簿、福州决曹掾之类的小官。绍兴末孝宗即位，受赐进士出身，命运才开始有所改观。始任镇江、隆兴二府通判，继于乾道六年（1170）入蜀，官夔州通判；两年后被四川宣抚使王炎辟为幕僚官，由夔州抵南郑，投身军旅，直接参与了抗金的战斗。但不久因王炎调任京官，他也转任成都府路安抚使司参议官，摄知嘉州事。淳熙三年（1176）朝廷曾委以知嘉州之命，不料尚未赴任，便遭言官弹劾，指其前在摄知嘉州事时"燕饮颓放"，结果成命收回，改为主管台州桐柏山崇道观的虚职。经此事变，情绪转恶，遂自号放翁。之后复起，先后除提举福建、江西两地常平茶盐公事、知严州、礼部郎中、实录院检讨官等职。淳熙十六年（1189）罢官，其后虽于嘉泰间一度复官，并升秘书监、宝谟阁待制等，但大部分岁月都在山阴老家度过。嘉定二年除夕前一日，在终身未见宋朝收复中原的遗憾中离开人世。著作传世有《剑南诗稿》、《渭南文集》、《老学庵笔记》、《放翁逸稿》等多种。

陆游在年龄相仿的南宋四大家里最为长寿，活了八十五岁，经历了北宋徽、钦二宗，南宋高、孝、光、宁四宗，前后六代宋朝君主的统治时期。他是一位对生活具有热情，喜欢行动的人。但自他懂事时起，南宋就处在一种以偏安为主的政治军事格局中，这使得他本欲借动荡的时势而成就一己功名的强烈愿望，至死都无法实现。他的才能与抱负，因而转在文学中尽情展露；尤其是他的诗，流传至今的就有近万首，其中有不少称得上是宋王朝立国以来诗坛出现的最富激情的作品。

据考证，陆游在十八、十九岁时就从游于诗人曾几；绍兴末曾几曾寓居会稽禹迹精舍，陆游适逢由敕令所删定官罢职返乡，因再获向旧师讨教诗法的机会①。后来陆氏回忆自己的学诗经历，有"忆在茶山听说诗，亲从夜半得玄机"、"律令合时方帖妥，工夫深处却平夷"（《追怀曾文清公呈赵教授赵近尝示诗》），以及"我得茶山一转语，文章切忌参死句"（《赠应秀才》）等语，可见他最初所学的诗歌入门之法，也受江西诗派的影响，注重诗家的学养与难以言传的"活法"，并讲究形式的精致②。只是陆游中年自编诗集时，跟杨万里相似，将早年之作大量删削，现在我们能据以考察其诗风变化的，基本都是丙戌（乾道二年，公元1166年，时陆游四十二岁）以后的作品了③。

丙戌以后之作，随着陆游个人的经历、思想与情绪的变化，又可分为以下四个阶段来考察。

首先是乾道六年（1170）入蜀之前。这一阶段陆游主要在南昌任隆兴府通判，后因"力说张浚用兵"而遭言官劾论，罢官还乡。其间所写的诗，形制上距早年江西派一路的作品并不遥远，最著名的是大约写于乾道三年（1167）的《游

---

① 参见于北山《陆游年谱》绍兴十一年、绍兴三十一年谱，上海古籍出版社1961年版。
② 陆游晚年作《示子遹》诗，有"我初学诗日，但欲工藻绘"之语，可作为参证。
③ 赵翼《瓯北诗话》卷六"陆放翁诗"云："放翁六十三岁在严州刻诗，已将旧稿痛加删汰。六十六岁家居，又删订诗稿，自跋云：'此予丙戌以前诗十之一也，在严州再编又去十之九。'然则丙戌以前诗，存者才百之一耳。"

山西村》:

> 莫笑农家腊酒浑,丰年留客足鸡豚。山重水复疑无路,柳暗花明又一村。箫鼓追随春社近,衣冠简朴古风存。从今若许闲乘月,拄杖无时夜叩门。

诗里描绘的,是农家的富足生活和春日乡间所见的民风习俗。全诗结构的精致,与力求凸现奇巧意境的企图,相当明显;第二联"山重水复疑无路,柳暗花明又一村",尽管相似的景象前人已经写过多次①,但以如此简洁工巧的句式加以表达,仍使人不能不佩服陆游的诗学功底。而这一切又都可以追溯到他的从学于江西诗派名家的早年经历。

但是到乾道六年(1170)入蜀,尤其是乾道八年(1172)赴南郑后,陆游的诗风发生了相当大的变化。因为生活天地的改换与拓展,他的个性得以较少限制,他的诗因此也变得洒脱奔放、激情昂扬。对于这一转变及其实际的生活背景,陆游晚年曾有《九月一日夜读诗稿有感走笔作歌》一诗加以追述,诗中写道:

> 我昔学诗未有得,残余未免从人乞。力屏气馁心自知,妄取虚名有惭色。四十从戎驻南郑,酣宴军中夜连日。打毬筑场一千步,阅马列厩三万匹。华灯纵博声满楼,宝钗艳舞光照席。琵琶弦急冰雹乱,羯鼓手匀风雨疾。诗家三昧忽见前,屈贾在眼元历历。天机云锦用在我,剪裁妙处非刀尺。世间才杰固不乏,秋毫未合天地隔。放翁老死何足论,广陵散绝还堪惜!

从这首诗里我们可以知晓:其一,即便是像《游山西村》那样的名作,在后来的陆游看来,也仍有"残余未免从人乞"的弊病,也就是说诗的个人特征不够鲜明。其二,来到南郑以后,促使陆游诗风发生明显转变的主要动因,并不是如近世一些研究者所认为的那样,是宋金交战的严酷现实,而是军旅中"酣宴"、"打毬"、"阅马"、"纵博"乃至流连歌舞的放纵生活。说得更全面一点,是摆脱了相对正统但乏味的生活环境,人的个性得以较自由地展露后,在诗歌创作上也就能较少束缚而发挥自己的独创性。这就是他的所谓"诗家三昧忽见前,屈贾在眼元历历"。

也正因此,陆游这一阶段的诗,突破了前此刻意追求工巧的程式,在艺术上臻于前所未及的高峰。其最具代表性的,是作于乾道十年(1174)的《长歌行》:

---

① 参见钱锺书先生《宋诗选注》第176页本诗注(一),人民文学出版社1989年版。

> 人生不作安期生，醉入东海骑长鲸；犹当出作李西平，手枭逆贼清旧京。金印煌煌未入手，白发种种来无情。成都古寺卧秋晚，落日偏傍僧窗明。岂其马上破贼手，哦诗长作寒螀鸣？兴来买尽市桥酒，大车磊落堆长瓶。哀丝豪竹助剧饮，如钜野受黄河倾。平时一滴不入口，意气顿使千人惊。国仇未报壮士老，匣中宝剑夜有声。何当凯还宴将士，三更雪压飞狐城。

这是一曲咏叹个人才能无从施展的悲歌。全诗的基调相当悲壮，而在这悲壮的底色上，作者通过刻画并强化其自我设计与现实处境的冲突，又注入了一重昂扬不屈的意态，结果使全诗或明或暗地蕴含了一种压抑与抗拒压抑的矛盾。这一矛盾凭借着流畅而快速推进的七古诗句，造成了一份足以攫取人心的紧张感，诗因此显得高潮迭起，富于感染力。需要指出的是，从宋王朝建立以来的诗歌中，从没有在对自我作如此热烈赞颂的基础上又进而像这样地隐隐抗议现实对自我的压抑的。因而称得上是有激情的、有血有肉的诗。不过，与辛弃疾的内容相类的词一比较，就显得力度不足；因为缺乏辛弃疾那样强烈而尖锐地对现实的反拨。

陆游在蜀中生活了大约八年。淳熙五年(1178)南返，此后直到淳熙十六年(1189)罢官前，他一直在福建、江西、浙江一带任职，诗歌创作因此也进入了第三个阶段。其时他年届花甲，生活的阅历更为丰富，诗的艺术造诣也进一步提高，而作为一位行动型诗人的热情尚未减退，因此作品总体上显现出比前一阶段更多一些深沉的内蕴。如果说前一阶段写的诗有一些李白诗的神韵，那么这一阶段写的诗可以说是不无杜甫之作的思致。而其间写得比较出色的一批作品，也大都正是杜甫擅长的七律：

> 早岁那知世事艰，中原北望气如山。楼船夜雪瓜洲渡，铁马秋风大散关。塞上长城空自许，镜中衰鬓已先斑。出师一表真名世，千载谁堪伯仲间！

在这首题为《书愤》的诗里，陆游一面对"世事"——阻碍其实现抱负的政治环境——加以含蓄的掊击，一面为自己恢复中原、建立伟大功业的理想尚未实现即已鬓发斑白而深感悲愤。诗中最为后人称道的一联，是中间的"楼船夜雪瓜洲渡，铁马秋风大散关"之句。这两句表面上记述的是诗人往日曾经游历的两个地方，但因为瓜洲渡和大散关同时又都是绍兴年间宋金交锋的战场，所以诗人的这种回溯性的描写，既真实地记录了个人值得永久怀念的重要历程，同时又唤起了读者对曾经发生过的一个民族不屈抗战场景的鲜活记忆。尤其是这两句一反宋诗常见的散文化句式，完全删除联系性的文字，每句各以三个极富境界的意象叠加组成,凸现被描绘的自然场景及其背后的历史性寓示,有一种久违了的唐诗风貌。而那以赞叹诸葛亮《出师表》不忘北伐为结尾的两句,虽然多少回避了个人与环境冲突的实质,似乎其早岁的恢复中原的壮志未能实现,仅仅是缺乏诸葛亮那样的贤相,但就诗歌的总体看,仍有一种神完意足的气势。

同样是七律,与《书愤》写作时间略相先后的下面两首,则又是别一番神韵:

> 市人莫笑雪蒙头,北陌南阡信脚游。风递钟声云外寺,水摇灯影酒家楼。鹤归辽海逾千岁,枫落吴江又一秋。却掩船扉耿无寐,半窗落月照清愁。(《夜步》)
>
> 世味年来薄似纱,谁令骑马客京华。小楼一夜听春雨,深巷明朝卖杏花。矮纸斜行闲作草,晴窗细乳戏分茶。素衣莫起风尘叹,犹及清明可到家。(《临安春雨初霁》)

两诗所写,均是诗人的日常生活以及由这种日常生活生发的个人感慨。诗的结构都相当精致,节奏也颇为舒缓,不再有前一时期诗作的那种强烈的冲击力。但是优美的意境与隐含在意境背后的深切的人生感伤与慨叹,却很容易诱使读者随着诗人手中的那枝生花妙笔,不知不觉地沉浸于其所创造的境象之中。"风递钟声云外寺"的"递"字,与"水摇灯影酒家楼"的"摇"字,两个拟人化而主动性极强的动词,不经意之中即串联起了一个声画结合并具有时间意识与纵深感的美妙场景。面对月夜里如此幽丽动人的场景,回思人世沧桑,谁能不如诗人那般,从内心生出一段清愁,几许惆怅呢?而"小楼一夜听春雨,深巷明朝卖杏花"两句,孤立地看似乎平常无比,但设想一位已经对京城的人间风尘抱有戒惧甚至厌恶之意,而壮志尚未泯灭的老诗人,在孤寂的都市客舍中彻夜未眠,听着那潇潇春雨的滴落声,第二天又听着那从长长的巷子里传来的叫卖杏花声,他又怎能没有淡淡的哀愁袭上心头呢?在这两首诗里,感情的自然流露与诗的形式之美两者,得到了高度的统一;但自我与环境的冲突也已淡化了。

陆游丙戌以后诗歌创作的第四个也是最后一个阶段,是淳熙十六年(1189)后他以家居为主的晚年岁月。这是一个陆氏诗歌出产的数量超越前此任何一个阶段的时期,据统计,除了最初两年及诗人去世的那年诗作稍少外,其余十九年间每年赋诗的数量均超过二百首,并且基本上是年龄越大,写诗越多,像嘉定元年(1208)诗人八十四岁时,一年里作诗竟多达五百九十九首[①]。

[①] 参见欧小牧《陆放翁诗系年统计表》,表附载于所著《陆游年谱》第335页,人民文学出版社1981年版。

诗作数量的大幅度增加，一方面说明诗人年寿虽高，而精力依然充沛，诗兴依旧勃发；另一方面也反映了诗人视写诗如家常便饭，有轻忽形式、率易落笔之病。而后者一定程度上又与当时"诚斋体"流行的时势相合拍。因而这一阶段陆游诗的整体风格趋于平淡，也出现了不少顺口溜式的作品。其间感情激越或沉挚的诗作，往往被淹没在众多平常的日记体文字之中。下面的这首《悲歌行》，作于开禧二年（1206）诗人八十二岁时，笔力尚是不弱：

> 读书不能遂吾志，属文不能尽吾才，远游方乐归太早，大药未就老已催。结庐城南十里近，柴门正对湖山开，有时野行桑下宿，亦或恸哭中途回。檀公画计三十六，不如一篇归去来；紫驼之峰玄熊掌，不如饭豆羹芋魁；腰间累累六相印，不如高卧鼻息轰春雷。安得宝瑟五十弦，为我写尽无穷哀！

此诗风格上与前此诗人在蜀中创作的《长歌行》十分相似，但正如诗题及诗语差异所示，此时老年陆游内心涌动的无穷悲哀，已是由"大药未就老已催"所引起的了；因而如"腰间"等句所表明的，他认为早年对功名的追求其实毫无意义，六国相印还不如一觉好睡。从语言的角度看，虽然此篇与《长歌行》同为七古歌行，但在文句运用的自由度方面走得比《长歌行》更远，而日常口语的大量引入，虽然因为诗的整体气势较强而未露出明显的破坏性，却终究缺乏了一重《长歌行》所有的雄伟壮美的意境。

诞生于同一阶段而创作时间稍前的《沈园》诗，由于显现了诗人晚年对青年时代第一位妻子的深切回忆与怀恋之情，独具异彩。诗共两首，以下是第一首：

> 城上斜阳画角哀，沈园非复旧池台。伤心桥下春波绿，曾是惊鸿照影来。

诗的语言与结构都谈不上精致，也几乎没用什么典故，只有"惊鸿"这一意象借用了曹植《洛神赋》里的那个著名的比喻。全部的感染力都来自诗人本身对那一桩美满婚姻不幸终结的无尽哀感。至于诗中所写是否如后来研究者所说，是陆游追怀离异之后与前妻在沈园的某次重逢，那其实并不重要，因为诗人所要表述的是：尽管岁月流逝，连沈园都将要倾圮，但曾经在沈园出现过的妻子的情影，将永远铭刻在他的心底。即使已进入暮年，爱是永远不会被忘记的。

从中世文学进入分化期以来的诗歌发展历程看，陆游的诗是对于北宋中叶以来形成的崇道抑情趋向的值得重视的反拨；尽管这种反拨之中，有时不得不有所回避①,有时仍依赖于"道"的支持②,但毕竟如《长歌行》那样地将自我写成了与环境相对抗的存在。同时,他的诗也是脱胎于江西诗派的南宋诸家诗中,最注重改变江西派诗歌重艺不重情倾向,而又获得了最广泛的成就的一家。从感情充沛这一点上说,两宋诗家中前此未曾有人达到过他的高度,后来也无人力追其后,并超过他的成就。这使得他作为一位杰出诗人的不羁形象出现在两宋充满了世故式旷达与自抑性矜持的诗坛上时,显得光彩夺目。

除了诗歌,陆游也留给后人一批比较出色的词作。其基本精神与陆氏诗相同,都注重感情的表露。但词中较少激情昂扬之作,而颇多哀婉悲愤之调。最为人熟知与推崇的,是《诉衷情》和《钗头凤》两首。《诉衷情》主要抒写壮志未酬的哀痛:

> 当年万里觅封侯,匹马戍梁州。关河梦断何处,尘暗旧貂裘! 胡未灭,鬓先秋,泪空流。此生谁料,心在天山,身老沧洲!

词中流露的不甘心之态,是陆诗中常见的。但整体上呈现出的那种凝重、深沉而又简练异常的风致,却是陆诗所缺乏的。尤其是下片,分别用三个三字句和四字句,借工整的意象对比,不费冗辞,即概括了词人内心由感愤、悲哀到无奈的复杂的情绪变化,很见功力。《钗头凤》是一首情词,旧时史料有以为是绍兴二十五年(1155)陆游三十一岁时,在沈园重逢已经离异的前妻,而题于园壁的作品。近时也有学者提出异议③。词云:

> 红酥手,黄縢酒,满城春色宫墙柳。东风恶,欢情薄,一怀愁绪,几年离索。错,错,错! 春如旧,人空瘦,泪痕红浥鲛绡透。桃花落,闲池阁,山盟虽在,锦书难托。莫,莫,莫!

此词值得注意的地方,是尽管从题材上说,描绘的是私人艳情,属词体正宗,而其表现艳情的手法,则是继李清照之后,再度回到比较纯粹的抒情路径上。因为某种原因被生生拆散的一对男女,其无法抑制的相思之情,在陆游的笔下被描绘得如此缠绵,又如此凄惨,自然的春日花柳,因此也完全成了感情表露的某种寓示与陪衬,而降于次要的位置。情在其中成为可以穿透任何文字字面意思的奇异之物,陆游根本不打算对之进行任何的抑制,而一任其肆意倾泻。

---

① 例如在《沈园》诗中就没有说明其所怀念的是已离异的前妻。因那是由父母之命而离异的,所以,这种怀念至少在客观上意味着对父母的不满;若公布其怀念对象,也就是把这种不满公开化。
② 如在表现其与环境的冲突的《长歌行》中,作为其楷模的,乃是"手枭逆贼清旧京"的李晟。
③ 参见吴熊和教授《陆游〈钗头凤〉词本事质疑》,文收入所著《唐宋词通论》,浙江古籍出版社1989年第二版。

这其中显现的景象,联系陆游的整个文学创作活动来看,很耐人寻味:陆游既在诗歌方面背离了北宋中叶以来的大势,同时也在词作上与北宋中期以苏轼为代表的词坛新变保持了相当的距离。

第三节 辛 弃 疾

陆游的出现,使宋诗的面貌获得了很大改观,感情在诗里的重要地位得以重新确立。而在词坛上,使词成为富于激情和反抗性的文学样式、在文学创作中走得比陆游更远的重要人物,是比陆游年少十五岁的后起之秀辛弃疾。

一、辛弃疾的生平与个性

辛弃疾(1140—1207),本字坦夫,改字幼安,号稼轩居士,历城(今山东济南)人。当他出生时,包括历城在内的大片中原土地早已被金人占领,所以在南宋一方看来,他从根子上说是金国的臣民。但济南辛氏本为汉族,弃疾的祖父辛赞虽然不得已而仕于金,内心却是典型的北宋遗民,所以辛弃疾自少所受的家庭教育,是被嘱切记宋金有不共戴天之仇——据辛弃疾自称,祖父生前为此还特地让他"两随计吏抵燕山,谛观形势"[①];他对于军事地理的熟悉,当即与此有关。这样到二十二岁左右时,随着中原诸地反金义军的蜂起,他也拉起了两千人的队伍,加入到当时山东以耿京为首、人数多达数十万的起义军中,他本人则在耿京麾下充任掌书记一职。绍兴二十三年(1162),由于他的劝说与策划,耿京同意了他提出的与南宋方面联络抗金的计划,并派他跟另一位首领贾瑞等奉表南归。辛氏等人渡江来到建康(今江苏南京),受到巡幸至此的高宗的召见,弃疾还被授予承务郎的官职。但当他带着南宋朝廷的任命归报耿京时,却意外地听说耿京已被部下叛将张安国杀害了。血气方刚的辛弃疾当下便率领精锐人马夜袭张氏所投奔的金军兵营,活捉叛徒张安国,并连夜驰送建康,将张氏斩首示众。这一壮举,一时间令南宋上下对辛氏刮目相看,也成了辛弃疾一生最为自豪的英雄业绩。

然而,有着这般壮举的辛弃疾在南方定居之后,其特出的才智并未得到有效的发挥。虽然他先后向朝廷呈上过《美芹十论》、《九议》那样仔细对比宋金军事力量、扼要论述恢复大计的建议书,但中央政府对此反应冷淡。而在此期

---

① 见辛弃疾《进美芹十论劄子》。

间他个人的职位,也不过是从江阴签判,调为通判建康府,又转知滁州。直到淳熙二年(1175),为了镇压鄂、赣地区的茶商暴动,他才被提升为江西提点刑狱,委以"节制诸军,讨捕茶寇"的重任。之后因为平乱有功,官位也渐有升迁,由差知江陵府兼湖北安抚,擢知隆兴府兼江西安抚,召为大理少卿,又相继出任湖北、湖南转运使等。在湖南转运使任上,他认为实现个人北定中原抱负的机会已经来临,便招兵买马,创办精锐部队"飞虎军"。但随即便遭到以"聚敛"为借口的诬陷,不久就在两浙西路提点刑狱任上被罢了官,时在淳熙八年(1181),辛弃疾不过四十二岁。

自淳熙八年迄绍熙二年(1191),激情充沛、才智过人的辛弃疾一直闲居在江西上饶他自筑的带湖别墅里。直到绍熙三年(1192)春天,他才被重新起用,赴任福建提点刑狱,不久迁知福州兼福建安抚使。绍熙五年(1194)七月宁宗即位,他再次受到弹劾,罪名是"残酷贪饕,奸赃狼籍",结果自然是再度罢官。这回他将家从上饶搬到了铅山,在那里又度过了八年的闲居岁月。

嘉泰三年(1203),权臣韩侂胄企图以对金用兵为个人捞取政治资本,因再度将辛弃疾这位主战派名臣推上政坛,让他当了知绍兴府兼浙东安抚使。这年辛弃疾已六十四岁,时光的流逝,仕途的坎坷,虽还没有将他的一腔抱负消磨净尽,但他对于宋金交战形势的审度,则显然较早年之见更细密客观;简言之,他并不主张轻举妄动。而韩侂胄则以邀功为目的,在次年贸然发动攻金之役,结果以惨败告终。其间及稍后辛弃疾还做过知镇江府、龙图阁待制、知江陵府等职,也曾尽其所能参与指挥攻金必需的情报工作,但终因现实的原因,只能眼看着他个人热切期盼的恢复中原事业付诸东流。开禧三年(1207),他以朝议大夫的身份离职回到铅山,不久就病逝了。

在南宋文学史上,辛弃疾是位传奇式的人物。他生长于北方,体态魁伟,天性中带有山东大汉特有的粗豪与果敢,早年身处异族统治区域的特殊经历,又培养了他的强烈的民族自尊心,热切的个人建功立业的志向,以及军人特有的骑射身手和攻战谋略。但他一生中大半辈子都在南方度过,在南宋人眼里,他始终是一个"反正"的异邦叛徒——他第一次被罢官时朝廷颁布的《辛弃疾落职罢新任制》里,便特别提到"尔乘时自奋,慕义来归"一节[①];直到南宋末年,刘辰翁在所撰辛氏词集序中,还在为"斯人北来,喑呜鸷悍,欲何为者"而慨叹。这种被视为异类的特殊待遇,必然影响到辛氏南来以后的个性发展,使他的一生在传奇式的开场之后,所延续的生活场景不免带有某种几乎可以说是

---

① 此制由崔敦诗起草,见《西垣类稿》卷二,转引自邓广铭《辛稼轩年谱》第93页,上海古籍出版社1997年版。

宿命式的悲剧性。他试图以个人的出众才智改变南方官僚对他的歧视态度，结果是他的表现越出色，官僚对他的戒惧与歧视也就越深重。一心利用他的韩侂胄，辛氏临终也说："侂胄岂能用稼轩以立功名者乎？"①可见内心深处对自己终不获信任是十分清楚的。在这样的境遇下，辛弃疾的粗豪与果敢的个性，逐渐地就被外界与自我双重的抑制力量所倾压、消磨，而外化为一种悲观中带有激愤的不平情绪，并在其文学作品（主要是词）里充分地展示了出来。

二、稼轩词衍化的几个阶段

辛弃疾以擅长填词著称于世，他的词——即后来以其别号而得名的"稼轩词"——现存六百二十余首，数量在两宋诸家词人传世作品中首屈一指。从创作时间看，这些词都是辛氏南来以后的成果。尽管辛弃疾的切实的词学渊源仍是个值得研究的课题，但由现存的这批数量庞大的稼轩词，我们已经可以比较明晰地勾勒辛氏在南宋时期的创作历程了。

概括地说，"稼轩词"的衍化，大致经历了以下三个阶段。

第一阶段始于词人南来之初，止于淳熙八年第一次罢官时。这一时期的稼轩词，尚有一份对初次见识的南宋文明的新鲜感，而新鲜感之外，也隐约显现了无人理会、壮志难酬的孤独与困惑。可以作为前者代表的，是著名的《青玉案·元夕》：

> 东风夜放花千树。更吹落，星如雨。宝马雕车香满路。凤箫声动，玉壶光转，一夜鱼龙舞。　　蛾儿雪柳黄金缕，笑语盈盈暗香去。众里寻他千百度，蓦然回首，那人却在，灯火阑珊处。

这首词大约是辛弃疾南来后首次在宋都临安做官时写的②。词中描绘的，是元宵灯会的华彩场景和词人与一位不知名的佳人偶然邂逅的难忘情形。词的上片在一幅极为热烈的画面中拉开序幕，元宵之夜悬挂于丛丛树枝上的花灯，在东风的吹拂下摇曳多姿，远远望去，就像是千棵花树上的花朵一齐绽放，而后又飘飘忽忽地似星星雨点般落下。置身于如此激动人心的美景之中，看着周围宝马雕车的来来往往，器乐歌舞的此起彼伏，难得见识南方都会文化的词人不免有些眼花缭乱。但更令人陶醉的情景还在后头。词的下片由写灯景转而写人，循着女性特有的迷人芳香与笑语欢声，词人不期然中瞥见一位令他怦

---

① 见谢枋得《叠山集》卷七《宋辛稼轩先生墓记》，《四部丛刊续编》影印明刊本。
② 此说见邓广铭《稼轩词编年笺注》（上海古籍出版社1993年版）本词编年条。以下所述辛词系年，均据该书。

然心动的佳丽,只是转眼间"那人"便消逝于元宵夜熙熙攘攘的人海中,即便词人千百遍地寻觅,都无法再见到。近乎绝望之时,词人不经意地偶一回头,竟发现他苦苦寻找的佳人并未远去,而就站在那灯火阑珊的地方。这是一个作者没有告诉读者结局,抑或是根本没有结局的情感故事,它那明丽爽洁的文辞,与这种文辞所营造的朦胧而又有些令人惆怅的美感,是南宋情词中少见的。

这一时期稼轩词中可以作为后一方面代表的作品,是作者淳熙二、三年间(1175—1176)任江西提点刑狱时写的《菩萨蛮》:

> 郁孤台下清江水,中间多少行人泪。西北望长安,可怜无数山。
> 青山遮不住,毕竟东流去。江晚正愁余,山深闻鹧鸪。

此词词牌下有题云:"书江西造口壁。"造口是南宋初隆祐太后被金兵追迫、终于脱险的地方。在词人看来,这是个象征了太多的民族屈辱的所在,因此他的词虽由赣州郁孤台下的清江之水起笔,上片所写重点,却全在由造口旧事联想到的北方大片国土沦陷于金人之手的令人悲叹的现实。下片的前两句是千古名句,表面上写的是眼见的山水实景,实际却寓示了一种因时势潮流不可逆转而生的人生信念。但最后两句一转而为低调,作者在傍晚山间听到的鹧鸪鸣叫"行不得也哥哥",仿佛是在提醒他放弃过于理想化的恢复中原志向。稼轩词里表现出的这种行动与抑制行动的矛盾心态,借着对山水叠绕的自然实景的曲折描写而渐次呈现,字里行间显示的,正是随个人处境的变异而变化得更为深沉的文学内质。

稼轩词衍化的第二个阶段,是从辛弃疾淳熙八年第一次罢官,到嘉泰三年他结束两度闲居生活这一段时期。其间有两年多的时间他被短暂起用,但大部分岁月都在上饶与铅山两处乡居度过。离开政治舞台对于这位一心实现个人抱负的才士来说是件相当痛苦的事,然而与自然的接近、跟农人的相邻,确也使他激情澎湃的内心得到某种抚慰。这一时期的稼轩词,就是在这样一种以不甘心与努力寻求解脱两者的矛盾冲突为底色的背景下,显现着其比前一阶段词更为丰富复杂的外观。

个人的功业梦想依然以一种激情与愤懑交织的刚性文辞呈现着,但锋芒毕露之际,也不时流露出一丝年将老去的凄凉。如《贺新郎·同父见和再用韵答之》里虽有"我最怜君中宵舞,道'男儿到死心如铁'。看试手,补天裂"这样坚毅雄壮的文字,但同样是为友人陈亮(字同甫)所作的《破阵子》,便在豪气冲天地抒写杀敌立功梦想之后,无奈地表露了个人对白发已上华颠的悲哀:

> 醉里挑灯看剑,梦回吹角连营。八百里分麾下炙,五十弦翻塞外声。

沙场秋点兵。　　马作的卢飞快,弓如霹雳弦惊。了却君王天下事,赢得生前身后名。可怜白发生!

此词的标题是"为陈同甫赋壮词以寄之",所谓"壮词",联系词中所写看,其实就是全文除最后一句之外的醉梦之辞。那是一个灯下看剑,号角长鸣,大块吃肉,军乐齐奏的令人兴奋无比的军营生活场景,在词人看来,只要他得以放手去做,则国家复兴的大事,跟个人功成名就的业绩,都立马可成。然而梦醒以后,酒过时分,再回味那令人热血沸腾的场面,终究不能不承认眼前的严酷现实:一切都是幻觉,唯有自己白发已生,仍然一无所成,才是真实的。这是一个使人无限伤感,又无法回避的现实。于是,词人只能再一次醉酒,再一次解愁,并在庄子、陶渊明的文辞旧境中寻求解脱。他的词里,因此也就一再出现诸如"酒兵昨夜压愁城"(《江神子》)、"人生行乐耳,身后虚名,何似生前一杯酒"(《洞仙歌》)、"而今老矣,识破关机:算不如闲,不如醉,不如痴"(《行香子》)之类与进取意识截然相反的话语。他的那首流传甚广的以"书博山道中壁"为题的《丑奴儿》,更是自己前后两个不同阶段的心境的出色写照:

少年不识愁滋味,爱上层楼。爱上层楼,为赋新词强说愁。　　而今识尽愁滋味,欲说还休。欲说还休,却道"天凉好个秋"!

"愁"这种难以摆脱的人生情绪,在辛弃疾笔下被简洁而又神异地化解为两种颇具沧桑意味,而又有不同等级的境界:其初级阶段,是少年人的"为赋新词强说愁",其中包含了过多的刻意追求;而其高级阶段,则是识尽愁中滋味,却不再想将它说出来,结果是只能抬头漫望天空,淡淡地道一句:"天凉了,真是个好秋天。"然而又有谁知道,此时由词人口中说出的这个"秋"字底下,又蕴含了怎样多的挥之不去、化解不开的愁绪!这首形制对称、文辞洁净的词,正如一份持续幻化为外在的自由之物的个人心情记录,真切而又曲折地诉说着词人内心的苦闷与不平。

当然,这一时期的稼轩词里也有一些是写得相当平和而富于情趣的,它们大都是闲居生活给词人创作带来的意外收获。如下面这首《清平乐·村居》:

茅檐低小,溪上青青草。醉里吴音相媚好,白发谁家翁媪?　　大儿锄豆溪东,中儿正织鸡笼。最喜小儿无赖,溪头卧剥莲蓬。

全词无一用典——这与不少辛词的基本风格不同;正如我们下面将要讲到的,对典故的出色运用是稼轩词的一个重要特征——而用三个不同的场景,即溪流青草边的茅屋、醉中听到的老人的吴侬软语,以及三个儿子形态不同的做事情形,借此活画出了乡居生活的恬静与愉悦。另外,词的大半部分都是客观的描写,只是到了最后,才以"最喜"两字引出自家小儿溪头卧剥莲蓬的使人忍俊不禁的情状,以表现自己对眼前生活的无比喜爱。这种化繁就简的笔法,也是前此南宋词人不易达到的境地。

稼轩词衍化的第三阶段,延续时间比前两个阶段都要短,只有嘉泰三年辛氏重新出仕以后的五年岁月。但其间辛弃疾的词,还是有不少新的变化:他一直没有泯灭的建功立业的雄心,此时再度在词中振发,虽然雄心之中不免多了一层因阅历丰富而积淀的沧桑感,整体上的弘廓境界与不凡气度却达到了前所未有的高度。如嘉泰四年(1204)登京口北固亭而作的《南乡子》:

> 何处望神州?满眼风光北固楼。千古兴亡多少事,悠悠,不尽长江滚滚流。　年少万兜鍪,坐断东南战未休。天下英雄谁敌手?曹刘。生子当如孙仲谋!

这是一首咏赞三国时期吴国皇帝孙权(字仲谋)的作品。因为孙权当时建立的吴都就在京口,所以词人登楼念及的古人中,自然就免不了这位当年三国纷争中的年少英杰。词的上片描写北固楼所见长江滚滚东流的景色,虽语出杜甫《登高》"不尽长江滚滚来"句,但由于词的前后景致特殊,故写在此地毫无挪用成语之感。下片首句中的"兜鍪",是指战士的头盔,"坐断"即坚守住的意思,因此前半部分描绘的,是孙权这一英武君主率领着千军万马扼守东南的雄壮场面。接下来的一句疑问和一句仅两字的回答,借用曹操之语,绝妙地勾勒出了词人自己对孙权的评价,即当时天下的英雄能相互匹敌的,为曹操、刘备二家(这本是曹操的自述);而当年曹操看到吴国水军的整齐队列时,也不得不发出了"生子当如孙仲谋"的感喟。这虽是一首怀古词,但从他对英雄业绩的这种热烈颂赞以及本篇的发端——"何处望神州"——所隐含的恢复中原的壮志中,不也可以体味到他胸中是在燃烧着怎样的热情吗?从这一角度说,稼轩词尽管发展衍化的历程不乏曲折之处,但激情昂扬的特征,是始终贯穿于其中的。

三、稼轩词的艺术成就

辛弃疾的词,在南宋即获得一部分有识之士很高的评价。刘克庄在所撰《辛稼轩集序》里谈到稼轩词,便以热情的笔触写道:"公所作大声鞺鞳,小声铿鍧,横绝六合,扫空万古,自有苍生以来所无。其秾纤绵密者,亦不在小晏、秦郎之下。"刘氏的这番话,自是颇为全面地表彰了辛词的各体皆备的大家风范。但是稼轩词之所以为稼轩词,很大程度上还是根源于它艺术品格上与其他词人之作的诸般不同。这种种不同在我们看来,大致可以归纳为以下三个方面。

首先,稼轩词里洋溢着一种在前此词作中少见的、与陆游诗作相近的激情;而郁结于其中的深沉的悲愤则是陆游诗也没有的。如所周知,词自其诞生时起就与歌楼舞榭相依相伴,描写人的感情本是其常态。但是稼轩词以前的大部分词作,都注重描绘那种或缠绵或悲戚的个人情感(尤其是男女相思相恋之情);苏轼的词尽管因题材的开拓而风格转为旷放,但感情的表露强度则反比"正宗"的词有所减退;南宋前期如张元幹、张孝祥的某些词,虽然也表现出了因国势不振而起的激愤之绪,但那种激愤都是因具体的事件而起的,各人词从总体上看并未呈现激情充沛的鲜明特征。只有到了稼轩词,浸透着悲愤的激情才像是词人与生俱来的一种本能,成为词的内在本质的重要组成部分。甚至是一些跟传统的"正宗"词作所写不乏相似处的题材,到辛弃疾笔下也会变得情绪激越。如下面这首《水龙吟·登建康赏心亭》:

> 楚天千里清秋,水随天去秋无际。遥岑远目,献愁供恨,玉簪螺髻。落日楼头,断鸿声里,江南游子。把吴钩看了,栏干拍遍,无人会,登临意。
>
> 休说鲈鱼堪鲙,尽西风、季鹰归未?求田问舍,怕应羞见,刘郎才气。可惜流年,忧愁风雨,树犹如此!倩何人唤取,红巾翠袖,揾英雄泪?

此词上片前八句(自发端至"江南游子"止)所写游子面对水天迷离之景而起的悲感,通常都是怀乡伤逝之情。而辛弃疾在本篇中所接着展开的,却是故乡——被金所占领的中原——不能收复的愁恨,以及他自己的相关抱负不能实现的悲愤,由此形成的他与环境的对立,他的寂寞、孤独,他那鄙视凡庸(包括张翰式的洒脱与求田问舍的鄙俗)的高傲,生命流逝的痛苦,连红颜知己也不可得的绝望;并一一成为充盈着愤激悲慨情绪的艺术境象,以一种峻急的节奏、掷地有声的文辞展示了出来。词中所包含的情感,即使是在写到"倩何人唤取,红巾翠袖,揾英雄泪"那样的场面时,也完全不是柔弱靡曼的,而具有强大的冲击力。辛词之在后世被奉为"豪放"派的重要代表,这种在在都激情涌动的文学特征,自是其主要的缘由。

其次,因为时时为个人内心的激情所驱使,所以辛弃疾往往不太顾及词体固有形态的限制,而使稼轩词在突破陈规方面显现了相当大的自由度。这可以分两个方面来看。一是稼轩词有时会出现不顾上下片的形式区别所包含的分述词义的要求,将二者融合起来。如《鹊桥仙·赠鹭鸶》以"溪边白鹭,来吾告汝"起首,之后上片的后半部与下片的全部,都是告诉白鹭的话,文本中间虽有过片的形式阻断,但上下文的意义则是完全连贯的,并且一贯到底。二是稼轩词里有不少作品完全随情感的需要转换句中或句间的结构,选择合适的文辞,似乎不照应文义的联系,但随着词境的展开,其词义的逻辑关系就充分显现出来,从而使读者对作品的义蕴获得更深刻的理解。如《摸鱼儿·淳熙己亥自湖北漕移湖南,同官王正之置酒小山亭,为赋》:

> 更能消几番风雨,匆匆春又归去。惜春长怕花开早,何况落红无数。春且住。见说道、天涯芳草无归路。怨春不语。算只有殷勤,画檐蛛网,尽日惹飞絮。　　长门事,准拟佳期又误。蛾眉曾有人妒。千金纵买相如赋,脉脉此情谁诉?君莫舞,君不见、玉环飞燕皆尘土!闲愁最苦。休去倚危栏,斜阳正在、烟柳断肠处。

从表面看来,此词的上片纯是为春日的逝去而悲伤;因而下片的开头部分突然写被所爱者弃绝的哀痛,似与上片在意义上全无联系。接着对破坏爱情者加以愤怒的斥责,似与上片更无关涉。但在将近结束处,以"闲愁最苦"一句兜转,复以"休去"、"斜阳"二句收拾全篇,始知此词所写,乃是为"闲愁"——通常指由爱情不能满足而引发的哀愁——所折磨者在春晚日暮时的极度痛苦。上片写其所处的节令,下片开头部分交代其"闲愁"的成因、叙写其对导致"闲愁"者的悲愤,正是在逻辑上紧密联系、不可或缺的组成部分。同时,其下片的开首数句,又显然是用传统的比兴手法,以爱情经历隐喻其在政治生活中的遭遇,"蛾眉曾有人妒"更显然是从《离骚》"众女嫉余之蛾眉兮"变化而来;因此,有了下片这几句,我们也才能懂得上片所写的暮春景色及词人的悲慨也都有象征的意味,暗示着南宋王朝可以有为的时间已经不多了;而结末的"闲愁"几句,则正倾诉了作者的无穷愤怨和痛苦:他在政治上已饱受打击和失望①,如今只能眼睁睁地看着没落的到来,这是怎样的痛苦!于是他只有逃避,所谓"休去倚危栏"。但逃避真能减轻痛苦吗?这原是不言而喻的事,词也就到此戛然而止。由此看来,此词之能深入表现词人的悲慨及其具体内容,其上述结构是起了重大作用的,而下片开头的似与上片不相衔接的几句,又正是其关键所在。这种超越了一般词家斤斤计较词体格式的写作程式,而将词作为个人自由地表现诸多情怀的艺术方式的创作手段,极大地推动了作为文学性文本的词的发展。遗憾的是,辛氏以后的大多数才智出众的词家,未能将词的这一方面进一步开拓,反而回到追求程式精致的逼仄的老路上去了。

再次,稼轩词由于作者个人才学的广博,而多用典故,但大多数作品的用典,均能与词人所表现的当下景致或感受相契合,因此词在整体上往往带有一重比字面意义更深切的意蕴。例如前面引到的《南乡子》,最后那句"生子当如

---

① "准拟佳期又误"的"又"字,意味着他这样的遭遇已不止一次了。

孙仲谋"，就字面意义看已经气度不凡，但如果读者明了它其实还运用了一个典故，即《三国志》里曹操看到孙权军队时说了一句同样的话，则词人此时的取用，除了其个人意愿的真切表达外，背后还蕴含了一重他本人也跟武帝一样具有睥睨天下英才的豪放气概，这样这首词也就具有了更深一层的内涵。又如与《南乡子》写于同时的《永遇乐·京口北固亭怀古》：

千古江山，英雄无觅，孙仲谋处。舞榭歌台，风流总被、雨打风吹去。斜阳草树，寻常巷陌，人道寄奴曾住。想当年，金戈铁马，气吞万里如虎。

元嘉草草，封狼居胥，赢得仓皇北顾。四十三年，望中犹记、烽火扬州路。可堪回首，佛狸祠下，一片神鸦社鼓！凭谁问：廉颇老矣，尚能饭否？

在这首被后人评为辛词"第一"①的名作中，前后出现了孙权、刘裕（小字寄奴，即南朝宋武帝）、北魏太武帝（佛狸）、廉颇四位古人的名字——这还不包括"元嘉草草"诸语里隐藏着的那位刘裕之子、宋文帝刘义隆。与上述诸位古人相联系的典故，是三国时的孙权曾以京口为根据地；刘裕从京口起家，曾率兵经略中原，一度取得重大胜利；北魏太武帝曾率兵南侵，在瓜步山上建有行宫，后来成为神祠，即"佛狸祠"；刘义隆没能承继乃父的宏业，而好大喜功，贸然北伐，结果以惨败告终；以及廉颇至老仍一饭斗米，能披甲上马。这些典故之间本无什么密切的联系，但被组织到这首词里后，却将辛弃疾着意要表现的对现实的悲慨——今日真正能够恢复中原的英雄已不可得；宋孝宗北伐失败后，当政者即安于现状，再也不图恢复，举国上下早忘了少数民族政权南侵之恨（这就是"佛狸祠下"两句的含意所在）；自己年岁已老、英雄不减当年但却无用武之地——既醒豁、又传神地表露了出来。历史人物与相关场景，在辛氏笔下不仅是一个个片断的回闪，而且是可以围绕着一个特定的境地——京口北固亭，而连缀成一幅具有历史纵深感的令人百感喈集的长卷。在这样的长卷里，古人和今人，在情感上已经完全沟通，他们互相交换着各自的位置，向读者共同讲述那些已经逝去、正在展现和将要上演的历史悲喜剧。词这一原本体态轻盈的文学体裁，因此也具有了它前此从未获得过的沉郁厚重的质感。

在南宋文学的发展历程中，稼轩词是个独特的存在。宋词领域里在此之前未曾出现过作品如此富于激情的大家，在此之后也成绝响。而更其重要的是，从陆游、辛弃疾的晚年起整个词坛风气产生了消极性变化。由于词从北宋以来的成就，南宋词的地位提高了很多，这从北宋时词不被收入个人文集而南

---

① 见明人杨慎《词品》。

宋时却被收入这一点就可知道。如陆游的《渭南文集》中即收入了他的词,而他这样做则是"用庐陵所刊欧阳公集例"(见《渭南文集》卷首陆遹序)。庐陵刊欧阳修集为南宋时所刻,则词收入个人文集当即始于南宋。而词的地位的提高也就导致了社会对词的思想内容要求的严格;词受到了接近于诗的束缚。以致陆游晚年对晚唐五代的词提出了批评,也对自己的词作了自我检讨:"千余年后,乃有倚声制辞,起于唐之季世,则其变愈薄,可胜叹哉!予少时汩于世俗,颇有所为,晚而悔之。然渔歌菱唱,犹不能止。今绝笔已数年,念旧作终不可掩。因书其首,以识吾过。"(《渭南文集》卷十四《长短句序》)这样的检讨是北宋词人从来没有作过的,而陆游词之"薄"绝不超过北宋;他又不是一个迂腐的人。所以,这种检讨其实是社会舆论对词已予注意、个人也不得不加强自律的反映。其结果是:第一,词中的门面话增多,谈忠孝,讲恢复,但却全无真情实感,连秦桧"十客"之一的曹冠,也在其《浪淘沙·述怀》中自称"清介百无求,民瘼怀忧,席珍藏器效前修。自负平戎经国略,壮气横秋"。第二,有些词人虽仍能写真情实感,但已不能如北宋词人之率性,显得"啜嚅"(借用鲁迅《摩罗诗力说》评中国古代诗歌语);虽然由此又形成了某种特殊风格。下述的姜夔、吴文英等都不脱此范畴。第三,由于词已可登大雅之堂,应酬之作就大量增加。贺寿之词尤多。这就使南宋词虽然出现了辛弃疾这样的大家,但其总体成就不如北宋。

第四节 永嘉四灵诗和白石道人词

在陆游、辛弃疾晚年就开始文学创作的后一辈作家中,在诗歌方面较著名的有永嘉四灵等,词则以姜夔最为突出。他们本无陆、辛的豪情,在他们生活的时代,思想文化活动又多受南宋政府的禁制,故其作品虽意境清丽,技艺专精,而感情收敛,取材不广,表现了南宋文学从高潮的回落。

一、永 嘉 四 灵

"四灵"的称号,最早见于同为永嘉(今浙江温州)人的南宋著名哲学家叶适文中。《水心文集》卷二十九《题刘潜夫南岳诗稿》云:"往岁徐道晖(徐照字道晖)诸人摆落近世诗律,敛情约性,因狭出奇,合于唐人,夸所未有,皆自号'四灵'云。"叶适又选编有《四灵诗选》,南宋末即已刊行。据此,"四灵"的名号本是徐照等人自封,而以叶适的介绍鼓吹为世人所知。

"四灵"中的徐照(？—1211)字道晖，一字灵晖，号山民，喜饮茶，工绘画，一生未仕，而穷困潦倒，是四家中辞世最早的一位，有《芳兰轩诗集》。徐玑(1162—1214)字子渊，又字致中，号灵渊，曾官建安主簿、武当令等职，善书法，喜服药，而最后之死，似乎也因误服药而致，有《二薇亭诗集》。翁卷字续古，一字灵舒，生卒年岁皆不详，所知者只有曾膺淳熙十年(1183)乡荐，又曾入某越帅之幕，著作有《苇碧轩诗集》传世。赵师秀(1170—1219)字紫芝，号灵秀，是宋太祖的八世孙，举绍熙元年(1190)进士，历任上元主簿、高安推官等职，四家中数他交游最广，有《清苑斋诗集》。二徐与翁、赵四人的字或号里都有个"灵"字，故一般认为"四灵"的名称即源于此。

　　与"诚斋体"的率易晓畅有所区别，永嘉四灵的诗虽然没有回复到江西诗派的艰涩与用典，却也远离了过于直白、毫无诗意的南宋四大家的后期诗风。他们崇尚唐诗(其实主要是以贾岛、姚合为主的晚唐诗)，视写诗为一种艰苦的劳作，讲究"苦吟"与朋辈间的切磋，从而一定程度上使南宋诗再度回到注重形式之美的路径上，客观上有效地阻隔了道学思想对诗的进一步侵蚀。"四灵"的诗，在着意表现清幽古寂的景致与心如止水的心境方面有十分相似的共同面貌，而其共同喜爱而最常用的诗歌形式，则是姚、贾当年亦擅长的五律。他们常做同题同韵的五律，如徐照、徐玑和翁卷，就都写过以《宿寺》为题的诗：

　　　　古殿清灯冷，虚堂叶扫风。掩关人迹外，得句佛香中。鹤睡应无梦，僧谈必悟空。坐惊窗欲晓，片月在林东。(徐照)
　　　　古木山边寺，深松径底风。独吟侵夜半，清坐杂禅中。殿静灯光小，经残磬韵空。不知清梦远，啼鸟在林东。(徐玑)
　　　　一宿此禅宫，身同落发翁。深窗难得月，老屋易生风。灯冷纱光淡，香残印篆空。独怜吟思苦，妨却梦西东。(翁卷)

　　这三首诗孤立起来看，都还算比较有意境。像徐照诗末的"坐惊窗欲晓，片月在林东"两句，写诗人在幽寂的古殿中久坐不觉，忽然看见窗间的明月之光，误以为天已放晓，定睛看时，原来只是树林东边的一片月光，照进了殿内。句子本极平淡，而着一"惊"字，便颇显几分禅机。徐玑诗里"殿静""经残"一联，前句简单而有对比，后句曲折而富意态，整体上也不乏象外之旨。但三诗并置在一起时，各家的特点则实在看不出什么，所有的，只有几无差异的共性。如果我们再读一下下面这首赵师秀所写的《冷泉夜坐》，则共性之说更可了然：

　　　　众境碧沉沉，前峰月正临。楼钟晴听响，池水夜观深。清净非人世，虚空是佛心。却寻来处宿，风起古松林。

　　把此诗与前引三诗加以对照，可以很明显地感到，"四灵"的诗，从风格到意境均有类型化的倾向,而缺乏鲜明的个性。虽说题材的相同或近似容易使诗的创作出现近似的风致,但像四灵这样所取境象不出"风"、"林"、"灯"、"月",所用词汇难免"禅"、"佛"、"清"、"空",如此步调一致,则除了各人诗才的窘窄,只能说是他们头脑里深层的赋诗思路实出一辙了。

但"四灵"的炼句工夫仍值得称赏。四家现存诗作中,虽通篇上佳的很少,写得出色的联语仍是不少。如徐照《登祝融峰》有"老僧冬离寺,群狖夜归坟"一联,孤寂荒凉之中略带几分嘲谑;徐玑《时鱼》第三联作"月斜寒动影,水碧静传香",境界清雅而有动感;翁卷《石门庵》里"岚蒸空寺坏,雪压小庵清"两句,想像奇特而不乏意趣;还有赵师秀《薛氏瓜庐》的"野水多于地,春山半是云",虽脱化于姚合诗,而以简语状异事,屡受后人称道。诸如此类,尽管所在原诗全首并不出色,却仍能以十字两句之妙,形容情事毕肖,而显现出"四灵"对于南宋诗的贡献。由此也可以看到,"四灵"跟他们的上辈诗人如尤、杨、范、陆四大家相比,尽管才力、气度均有不如,其个人对于诗艺的钻研与探索,均不比前者逊色。

永嘉四灵虽写作了许多类型同一、风格相近的诗作,但各人也偶尔写一点风致稍显独特的作品。相比之下,赵师秀在四家中最有个人面貌。其诗炼句工夫似不如其余三家,而叙事状物,时见情趣。如《赠约老》:

> 一径入深竹,数楹临古沟。更无人共住,极喜客来游。白发长垂领,新茶绿满瓯。自言门外寺,皆是老僧修。

用简洁愉快的文字,描绘一位身处枯寂萧疏人迹罕至的寺庙里的老僧,不甘寂寞又自得其乐的神态,便颇传神。翁卷的《中秋步月》,不仅基调跟其他三人的大部分诗相异,也和他本人的大部分诗不同,有一份"四灵"诗难得的情致涌动其中:

> 幽兴苦相引,水边行复行。不知今夜月,曾动几人情?光逼流萤断,寒侵宿鸟惊。欲归犹未忍,清露滴三更。

当中秋的一轮圆月高挂天边时,诗人乘兴来到水边,徘徊许久,不忍离去。月色引动了他内心莫名的情感,思绪所及,形诸诗语的,是"不知今夜月,曾动几人情"的慨叹,这很容易使人回想起唐人张若虚《春江花月夜》的意境,但翁诗追求的境界却非张诗的晶莹透彻与弘旷壮美,而是幽寒清丽;月光在他的笔下也不是那么柔美,而带有一重锐利的锋芒与逼人的寒意。诗最后归结到三更的清露这样一个纤小的景象,这景象就仿佛是永嘉四灵诗风的某种精神性的象征,清丽、脆弱而境界逼仄。就这点而言,翁卷此诗,最终仍没有跳出"四灵"诗类型的框框,只是从整体的情景构造来看,它在四灵诗中已经堪称独具特色之作了。

二、姜　夔

永嘉四灵把南宋诗引到了重新注重形制与美的境象的路途,姜夔则使南宋词转入了更为曲折精致地状写物态意绪的幽境。和诗坛上流行的趋向一样,文辞与结构的效用在姜词中受到了甚至超过感情宣泄的关注;当然,他并非不重感情。南宋词就此跨入了一个与辛弃疾词有明显差异的新境界。

姜夔(约1155—约1209①),字尧章,号白石道人,饶州鄱阳(今江西波阳)人。其父姜噩曾任知汉阳县,姜夔自幼即随父宦,早年因在湖北一带度过。淳熙年间,始浪迹于江淮间,在合肥有过一次刻骨铭心的情遇,后来词中多有咏及;后见知于当时诗坛名流萧德藻,颇受推誉,且应萧氏之约往居湖州。光宗、宁宗时期,以清客的身份往来于皖、浙、苏诸地,与杨万里、范成大、尤袤等前辈作家交游,并于庆元三年向朝廷进《大乐议》等,惜未见用。晚年隐居杭州,以诗词书法自娱。一生未仕,而精通音乐,尤擅制词。著有《白石道人歌曲》、《白石道人诗集》、《白石道人诗说》等。

姜夔一生漂泊,在生活与感情两方面始终都没有找到真正的归宿。他最初因为诗作出色而受文坛前辈的知赏,继而凭借了个人突出的文学与音乐才能,周旋于江南上流社会中间,靠那些富有者的善意接济,而闲度其充满虚荣的生活。词对于他来说,既是生活的慰藉,也是生活的来源。因此他的作品既不可能像比他年长十六岁的辛弃疾的词那样豪气迸发,一泻心中的积郁(这中间自也有两人个性差异的原因);也无法如北宋周邦彦作品那样用温缓的笔触细细描摹内心沉郁的情感——尽管从重视词的音乐形式与效果看,两者有明显的承续关系。他所能做的,只有尽可能地使自己的词作过滤掉过分强烈直观的个人情感,而给其外加一个风雅清丽的玻璃护罩。只是个性毕竟是无法彻底销毁的东西,对于一位具有相当才情与天分的作家来说更是如此。所以"白石词"里虽常呈现种种清雅深窅之美,细细品味,则总也抹不去一重由生活漂泊而铸就的幽冷劲峭的格调。

"白石词"现存八十余首,依照词体特征分,包括小令、慢词和自度曲三大类,其中自度曲的大部分也是长调慢词。小令中写得最出色的,是下面这首

---

① 姜夔卒年,据陈尚君氏《姜夔卒年考》(载《复旦学报》1983年第2期),"当在嘉定二年(1209)夏至后到嘉定三年(1210)间","嘉定二年的可能大些",其说较通行的卒年在嘉定十四年(1221)左右论据更充分,今采其说。

《点绛唇》：

  燕雁无心,太湖西畔随云去。数峰清苦,商略黄昏雨。　　第四桥边,拟共天随住。今何许？凭栏怀古,残柳参差舞。

此词有小序云："丁未冬过吴松作。"丁未当淳熙十四年(1187),时姜夔三十三岁。据考此年春由于大诗人杨万里的介绍,姜氏由湖州前往苏州,谒见另一位诗坛前辈范成大,词或即该年冬再往苏州、道经吴松时所作[①]。词表面上描绘的大都是眼前之景,实际却是在曲折地渲染个人迭经飘零的孤苦情绪。上片在水天云山的背景下展开画卷,燕雁才入词境,即已随云飘然飞去;而那仅存的数丛山峰,在词人眼里正满溢"清苦",酝酿着一场黄昏细雨。这是一幅令人惆怅失落又深感压抑的画卷。在这般沉郁底色的映衬下,词人本身开始成为词中一景。下片先有词人在吴江第四桥边打算做当地前贤、唐代隐逸诗人陆龟蒙(号天随子)后继的表白,继由今及古,怀思无尽,而最终在"残柳参差舞"的衰败冷落景象里结束,其中体现的,是个人怀古伤今却又一无可依的惆怅。此词从内容上说尚属为己之作,但其基调已经显现出白石词不直接抒情的特征。

"白石词"中的长调慢词,以结构与遣辞的精工著称。兹选其前期与后期作品各一首,略加解说：

  芳莲坠粉,疏桐吹绿,庭院暗雨乍歇。无端抱影销魂处,还见篠墙萤暗,藓阶蛩切。送客重寻西去路,问水面、琵琶谁拨？最可惜、一片江山,总付与啼鴂。　　长恨相从未款,而今何事,又对西风离别？渚寒烟淡,棹移人远,缥缈行舟如叶。想文君望久,倚竹愁生步罗袜。归来后、翠尊双饮,下了珠帘,玲珑闲看月。（《八归》）

  庾郎先自吟愁赋,凄凄更闻私语。露湿铜铺,苔侵石井,都是曾听伊处。哀音似诉,正思妇无眠,起寻机杼。曲曲屏山,夜凉独自甚情绪？

  西窗又吹暗雨,为谁频断续,相和砧杵？候馆迎秋,离宫吊月,别有伤心无数。豳诗漫与,笑篱落呼灯,世间儿女。写入琴丝,一声声更苦。（《齐天乐》）

两词中的前一首是送别友人之作,写于淳熙十三年(1186),时姜夔三十二岁;后一首乃作者庆元二年(1196)在杭州应张镃之邀而填的游戏之词,所赋为蟋蟀,时词人已过不惑之年。两首作品在后来的词评家那里都获得了不低的评价：《八归》被陈廷焯誉为"声情激越,笔力精健,而意味仍是和婉,哀而不伤,

---

① 参见夏承焘先生《姜白石词编年笺校》本词笺,上海古籍出版社1981年版。

真词圣也"(《白雨斋词话》);《齐天乐》则在许昂霄看来,"将蟋蟀与听蟋蟀者层层夹写,如环无端,真化工之笔也"(《词综偶评》)。然而平心而论,两词最出色的地方,也就是善于融会、化用前人写离别、状秋愁时常用的意象与文辞,并将它们组织得色彩淡雅而富于层次感,而若要抉发其中能真切打动读者之处,则颇为困难。像《八归》中虽有"惜"、"恨"、"愁"之类的形容情感的词汇,《齐天乐》里更见"凄凄"的"哀音"与"一声声更苦"的悲鸣,但整体上都未能抒发个人的激情,或将感情推进到一个足以形成高潮的程度。

从宋代词史的角度看,"白石词"中相对而言写得最成功的,是一些著名的自度曲。所谓自度曲,也称"自制曲",就是不依照已有的词调填写,而先撰文辞,再为该特定文辞另谱新曲的词作。《白石道人歌曲》中现存姜夔所撰自度曲共十二首。其中撰写年代最早的,是淳熙三年(1176)词人年方二十二时作的《扬州慢》:

淮左名都,竹西佳处,解鞍少驻初程。过春风十里,尽荠麦青青。自胡马窥江去后,废池乔木,犹厌言兵。渐黄昏,清角吹寒,都在空城。

杜郎俊赏,算而今、重到须惊。纵豆蔻词工,青楼梦好,难赋深情。二十四桥仍在,波心荡、冷月无声。念桥边红药,年年知为谁生?

本词有小序云:"淳熙丙申至日,予过维扬。夜雪初霁,荠麦弥望。入其城则四顾萧条,寒水自碧,暮色渐起,戍角悲吟。予怀怆然,感慨今昔,因自度此曲。千岩老人以为有《黍离》之悲也。"序末所称的"千岩老人",即最早赏识姜夔才华的著名诗人萧德藻。而被萧德藻叹为"有《黍离》之悲"的这首《扬州慢》,也的确呈现了一种"白石词"中少见的悲痛。词从初见扬州夜景落笔,上片在对已久别战事而仍见萧索的城池的低调描绘中收场;接续其后的下片,则引入了历史上与扬州有颇多关联的唐代诗人杜牧,感慨于即便是这位多情才子故地重游,也不再可能赋写轻婉俊丽的情词,从侧面凸现了由于金人的一度南侵而给扬州乃至整个南宋的人民所造成的酷烈的心理创伤。词的上下两片结构上有一种递进关系,即上片所状主要为扬州所受到的物质性的损害,下片所写,则是比物质性损害更为严重的人心的创伤。与此相应,两片情绪也有一个渐次加强的过程:上片多用陈述的语气述说实景,且是由扬州昔日的春风之景过渡到使人压抑的废池乔木之象;下片则多用转折性甚强的复合句与带有绝望色彩的疑问句,唯一例外的是"二十四桥仍在,波心荡、冷月无声",虽所绘为清丽景色,但"冷月无声"四字所造就的凄戚意象,所寓示的仍是那因战争而造成的死一般的寂静底下的惊恐心态。

白石自度曲中另一首十分著名的作品,是绍熙二年(1191)词人三十七岁

时,应范成大之邀创作的咏梅之词《暗香》:

> 旧时月色,算几番照我,梅边吹笛?唤起玉人,不管清寒与攀摘。何逊而今渐老,都忘却春风词笔。但怪得竹外疏花,香冷入瑶席。　江国,正寂寂,叹寄与路遥,夜雪初积。翠尊易泣,红萼无言耿相忆。长记曾携手处,千树压、西湖寒碧。又片片、吹尽也,几时见得?

"暗香"的词牌,显然源自北宋诗人林逋的咏梅诗。但姜夔在这首咏梅词里创造的意境,既与林逋诗的境界有很大的区别,也和他自己的不少游戏性的咏梅之作颇为不同——尽管根据本词的小序,它也是应景之作①——它以一种不断展开今昔对比回复往还的结构,低回曲折地表现了词人因眼前梅雪之景而引发的怀人情思。所怀之人,也许是身处别地的旧日情人;也许并无具体目标,只是一位想像中的"玉人"。梅花这一物象,此时不过是词人笔下引动思绪的象征性的东西,因此在空间和时间两个方面,它都很容易被驱遣,结果却造就了一重扑朔迷离、虚实相济而又具有朦胧之美的奇异效果。但从感情流露的角度看,则《暗香》也显然不如《扬州慢》抒情充分,这是其艺术上的不足。

值得指出的是,《扬州慢》与《暗香》二词在用字方面的特色,颇能代表白石词的综合特质。其中出现的"清"、"寒"、"空"、"冷"等可以组成幽寂清丽意象的字,在姜氏其他词作里也经常被取用。不仅如此,"白石词"中还颇多"冷红"、"寒碧"一类冷艳异常的色彩词汇,"清愁"、"清苦"等等孤戚的情绪词语,以及各种各样以"香"为中心的语句,这一定程度上体现了"白石词"的特殊的审美情趣,成为其与前此两宋大部分柔美词作相区别的一个重要特征。

姜夔词的另一个重要特征是其词序文辞优美,具有独立的文学价值。如《念奴娇》一词之序云:

> 予客武陵,湖北宪治在焉。古城野水,乔木参天。予与二三友,日荡舟其间,薄荷花而饮,意象幽闲,不类人境。秋水且涸,荷叶出地寻丈,因列坐其下,上不见日,清风徐来,绿云自动;间于疏处,窥见游人画船,亦一乐也。揭来吴兴,数得相羊荷花中,又夜泛西湖,光景奇绝,故以此句写之。

用散文的结构,骈体的句法,简练生动地描绘与友人在吴兴古城风荷间欣赏风物的动人景象,是南宋文章中罕见的文字佳构。在当时虽未引导出如魏晋间诗序那般重大的文体进步,却在一定程度上成为后来蓬勃兴起的明代小品文

---

① 姜夔《暗香》、《疏影》两词合有一篇小序,云:"辛亥之冬,予载雪诣石湖。止既月,授简索句,且征新声,作此两曲。石湖把玩不已,使工妓隶习之,音节谐婉,乃名之曰'暗香'、'疏影'。"

的先声。

　　姜夔的诗在文学史上不如他的词那样有突出的地位,但在其生前,则颇受同时名家称誉。杨万里所谓"尤萧范陆四诗翁,此后谁当第一功?新拜南湖为上将,更推白石作先锋"(《进退格寄张功甫姜尧章》),虽然字面上以张镃居于姜夔之上,而由其平生极喜诵姜氏《姑苏怀古》等诗诸事①,以及"更推"句里所显现的期许看,杨氏真正所赏的恐怕是姜夔。姜夔的《姑苏怀古》云:

　　　　夜暗归云绕柁牙,江涵星影鹭眠沙。行人怅望苏台柳,曾与吴王扫落花。

前两句景致深幽而沉寂,后两句一转为轻盈而奇巧,但此轻盈与奇巧之下,犹有因历史沧桑巨变而生发的感慨,故轻巧之中,非无着落,转折之际,乃见融贯。杨氏之喜诵,看来确有道理。又如下面的两首:

　　　　灯已阑珊月气寒,舞儿往往夜深还。只因不尽婆娑意,更向阶心弄影看。(《灯词》)
　　　　细草穿沙雪半销,吴宫烟冷水迢迢。梅花竹里无人见,一夜吹香过石桥。(《除夜自石湖归苕溪》)

诗境与姜氏本人的词境颇为相近,虽然总体风格接近于同时的永嘉四灵的诗风,也有学晚唐诗的一面,但其中所蕴含的恬淡情趣与出奇制胜的构思,却是永嘉四灵所未曾达到的。其中可见姜夔早年得力于江西派的诗学功底,又充分展现了其后来广采博取而形成的"不求与古人合而不能不合,不求与古人异而不能不异"(《白石道人诗集自叙二》)的独立姿态的实际成效。

　　因为说到了姜夔的诗,这里顺便也介绍一下他所撰的诗学论著《诗说》。这部托名南岳异人若士所传,篇幅甚小而文辞扼要的诗话,以片断性的思语,精切地讨论了作诗法则,形象地状摹了佳诗境界,成为后人理解包括姜夔本人诗词在内的南宋文人文学趣味的一把钥匙。像如下的数则:

　　　　难说处一语而尽,易说处莫便放过;僻事实用,熟事虚用,说理要简切,说事要圆活,说景要微妙。
　　　　意格欲高,句法欲响。只求工于句字,亦末矣。故始于意格,成于句字。句意欲深、欲远,句调欲清、欲古、欲和,是为作者。
　　　　诗有四种高妙:一曰理高妙,二曰意高妙,三曰想高妙,四曰自然高妙。碍而实通,曰理高妙;出事意外,曰意高妙;写出幽微,如清潭见底,曰

---

① 杨万里喜诵《姑苏怀古》等诗事,见罗大经《鹤林玉露》。

想高妙；非奇非怪，剥落文采，知其妙而不知其所以妙，曰自然高妙。

结合白石道人自己的诗词创作来看，这些正是其毕生致力的方向和追寻的境界。如其诗中时时显现的奇妙构思，可说是"意高妙"的具体成果；而大部分白石词中对字句的讲究，以及同时又超越了字句表面效果而呈现的清雅格调，其理论背景，一定程度上又可以说是源自姜氏的诗论，是诗论在词创作领域里发挥了其借鉴之功。

姜夔的出现，预示了南宋诗词已开始进入一个从风格到意境均发生明显变化的阶段。曾经在陆游诗和辛弃疾词里出现过的那种由家国之慨、个人抱负而起的奋发慷慨的激情，至此已经消退，个人深切情感的直观表达，在文学中被一种新起的更为曲折婉转的形式所取代；诗词中间旷大弘放与明朗的意境，一转而变成狭小细腻而幽丽的境界；一度不甚受重视的诗词文句的锻炼，开始成为作家们普遍认可的创作法则，粗糙率意的作品，逐渐被驱逐出文坛。诗词再度成为个人化倾向凸显的艺术样式，这既阻隔了道学对文学的侵蚀，同时也妨碍了作家们眼界的开拓。姜白石这一名字，从此在相当长的一个历史时期内，一方面领受着许多评论者出乎寻常的高规格的褒扬，同时又经常受到不应有的轻视，由此形成了中国文学批评史上的一大奇观。

第五节　江湖诗派、《沧浪诗话》及其他

自嘉定后期开始，直到南宋末叶的德祐年间，诗坛上最为流行的，是与前此永嘉四灵诗既有联系、又有区别的江湖派诗。这一派诗并无统一的风格，但因大都为浪迹江湖的社会地位不高的文士的作品，又在其发展的前期遭遇了一次不期然而至的诗祸，而诗祸的起因即一部专收此类诗人之作的总集《江湖集》，故有江湖诗派之称。后世被划归该诗派的南宋后期诗人为数不少，但作品真正值得介绍的，不过戴复古、刘克庄等仅有的几家。至德祐以后，因为时局的动荡，诗坛面貌变得纷纭繁复，一些非江湖派作家取得了引人注目的成就。

与江湖派的盛行大约同时，南宋诗歌批评领域里出现的一部系统性颇强的论著——《沧浪诗话》，为南宋后期的文学史增添了亮点；其作者严羽，与江湖派诗人有较多交往，《沧浪诗话》对唐诗的大力推崇，也与刘克庄的诗论相合。

一、江 湖 诗 派

江湖诗派由《江湖集》而得名。该书是由临安书商陈起(？—约1257)刊刻的一部主要收录浪迹江湖的文人诗作的总集,其问世的时间不会晚于宋理宗宝庆元年(1225)。而就在宝庆元年的前一年,南宋朝廷发生了由宰相史弥远一手操纵的宫廷政变:趁宁宗驾崩之际,废太子沂王赵竑,另立皇侄赵贵诚为太子以继帝位。由此在已被贬为济王的赵竑所居的湖州引发了以潘氏兄弟为首领的暴动。暴动不久即被平息,但史弥远对朝廷各方的政治思想控制却因此变本加厉,《江湖集》这部新出的诗总集,便在这样的背景下,被诬陷为某些作品语含讥刺而遭到禁毁;连带而来的,还有在整个文坛实行的诗禁——禁止不利于当权者的诗。

史弥远死于绍定六年(1233)。耐人寻味的是,不论史弥远执政之时还是他死后,浪迹江湖的诗人却不绝如缕,这使得像陈起那样的书商可以不断以"江湖"这一名称为号召,连续出版有关的诗总集。江湖诗派因此在理宗、度宗二朝发展成为文学界最具影响力的流派。

江湖派诗人中年辈较长,而创作上有个人特色的,是戴复古(1167—？)。复古字式之,号石屏,黄岩(今属浙江)人。其人长期以诗游公卿间,享寿八十余。有《石屏诗集》。他擅长写一种浅显而比较口语化的诗作,其中一些仿古或投赠贵人的作品,直白显露,颇乏诗味;但当他用心精研诗艺,或真实地表达个人浪迹江湖的落寞心绪时,他的诗常会显出一点令人惊异的光彩。如下面这首五律:

> 世事真如梦,人生不肯闲。利名双转毂,今古一凭栏。春水渡旁渡,夕阳山外山。吟边思小范,共把此诗看。

此诗有一个很长的题目,讲述了自己与友人合力写成此诗的故事[①]。诗中提到的"小范",即范鸣道,"春水渡旁渡"一句,便是他为戴氏"夕阳山外山"句所对的联语。整首诗透露出一份对世事的洞察力,也流露了若许人生感慨。"春水"、"夕阳"一联,更以带有些令人伤感气息的笔触,向读者描画了一幅春晚胜

---

① 诗题曰:"三山宗院赵用父问近诗,因举'今古一凭栏'、'夕阳山外山'两句未得对。用父以'利名双转毂'对上句。刘叔安以'浮世梦中梦'对下句,遂足成篇,和者颇多,仆终未惬意。都下会李好谦、王深道、范鸣道,相与谈诗,仆举此话。鸣道以'春水渡旁渡'为对,当时未觉此语为奇。江东夏潦无行路,逐处打渡而行,溧水界上,一渡复一渡,时夕阳在山,分明写出此一联诗景,恨不得与鸣道共赏之。"

景。唯一遗憾的是结束时的一联转为诗里说本诗,破坏了作品整体效果。再如《九日》一诗,直白地抒写了个人身处他乡的真实心境,在他的诗集中也为难得之作。

> 醉来风帽半欹斜,几度他乡对菊花。最苦酒徒星散后,见人儿女倍思家。

用语与造境皆不深刻,但因为诗中充盈着发自内心的苦苦思念家乡的怅惘之绪,故能使读者对这位江湖诗人当时的孤独身影与心态有较分明的感受。

江湖派诗人中年辈比戴复古小,而名声更大的作家,是刘克庄。克庄(1187—1269)初名灼,字潜夫,号后村居士,莆田(今属福建)人。嘉定二年(1209)以门荫补将仕郎,宝庆初知建阳县。淳祐中赐同进士出身,官至工部尚书兼侍读,以龙图阁学士致仕。有《后村先生大全集》、《后村诗话》。

刘克庄在江湖诗派诸家中,是一位理论与创作兼长的人物。他作于晚年的诗学论著《后村诗话》,以推崇唐诗尤其是李白、杜甫、陈子昂三家之作,梳理宋诗流变为两大特色,在南宋后期与下面我们将要介绍的《沧浪诗话》一起,为诗坛摆脱狭窄的创作路径,指示"向上一路"作出了贡献。但刘氏本人的作品,从总体上看仍没有十分明显的大家气度,而只是在诗境方面较"四灵"一派的略有拓展。他前期所作《落梅》诗,曾被收入《江湖集》,是导致该书被禁的作品之一。该诗也因此而闻名,他自己却幸而未受处分。全诗是:

> 一片能教一断肠,可堪平砌更堆墙。飘如迁客来过岭,坠似骚人去赴湘。乱点莓苔多莫数,偶黏衣袖久犹香。东风谬掌花权柄,却忌孤高不主张。

据罗大经《鹤林玉露》卷四"诗祸"一则,此诗的得祸,是由于最后一联。据考证该诗的写作时间在嘉定十三年(1220),时史弥远正居于炙手可热的权臣地位,则"东风"云云是否别有所指,确实也难说。但从文学的角度看,这首《落梅》诗措意平常,对偶拘泥,实在不能算是一首好诗。相比之下,后村诗里较有特色的,是《齐人少翁招魂歌》:

> 夜月抱秋衾,支枕玉鸾小。艳骨泣红芜,茂陵三十老。卧闻秦王女儿吹凤箫,泪入星河翻鹊桥。素娥划袜跨玉兔,回望桂宫一点雾。粉红小蝶没柳烟,白茅老仙方瞳圆。寻愁不见入香髓,露花点衣碧成水①。

诗题中的"齐人少翁",即汉武帝时名噪一时的齐国方士李少君。据《拾遗记》

---

① 此诗录自魏庆之《诗人玉屑》卷十九所引文字。

卷五载，少君自称能招致亡魂，曾在武帝爱幸的李夫人亡故后，置李夫人像于纱幕中，远望栩栩如生。刘克庄本诗描绘的基本情节，即源于这一传说。其特异处，在模仿李贺诗的写法，并插入了更多神奇的幻象性情节，把那原本为无根之谈的历史传说，转换成一个具有冷艳的色彩与空灵的意境的天人相感神话，使即便不甚明了本事的读者初读此诗，也能感受到一种与一般南宋诗完全不同的凄艳之美。

除了戴复古和刘克庄，江湖派诗人中的陈起和叶绍翁也值得注意。陈起即刊行《江湖集》的书商，字宗之，号芸居，宝庆初因《江湖集》而遭流放，不久放还，重操旧业。亦能诗，有《芸居乙稿》流传至今。其中较出色的是《泛湖纪所遇》：

> 六桥莺花春色浓，十年情绪药裹中。笔床茶灶尘土积，为君拂拭临东风。可笑衰翁不自忖，少年场中分险韵。画舸轻移柳线迎，侈此清游逢道韫。铢衣飘飘凌绿波，翡翠压领描新荷。雍容肯就文字饮，乌丝细染还轻哦。一杯绝类阳关酒，流水高山意何厚。曲未终兮袂已扬，一目归鸦噪栖柳。

诗里描写的，是诗人晚年泛舟西湖，偶遇一位才华出众的女子，与之诗酒往还，未几即怅然分离的情形。与大多数宋代诗词描写邂逅佳人的常式不同，陈起在诗中始终将对方视为一位才高如东晋女诗人谢道韫的值得尊重的人物，因此在后半部分描绘两人的分别场景时，用了钟子期、俞伯牙"高山流水"的古典，而一无缠绵之语，显得相当别致。叶绍翁（1194？—？）字嗣宗，一字靖逸，建安（今属福建）人，著有《靖逸小集》、《四朝见闻录》，其诗作整体成就并不突出，但因为下面这首小诗，成了后世一般学童都知其大名的文学名人：

> 应怜屐齿印苍苔，小扣柴扉久不开。春色满园关不住，一枝红杏出墙来。

这首题为《游园不值》的七绝，最受后人称道的是三、四两句。前此唐代吴融、宋代陆游等许多诗人都曾在各自的作品里涉及过相似画面与意境①，但均不如叶氏此诗传诵之广。究其原因，除诗中第三句本身具有简洁醒豁的特点外，更重要的，恐是前两句的寂无人应与后两句的红杏出墙，正好形成了一个很富意趣、反差甚强的对照，给读者带去了一份既有些孤独，又有点欣喜兴奋，因春而生、由花而起的浪漫诗意。

---

① 参见钱锺书先生《宋诗选注》第266页本诗注，人民文学出版社1989年版。

二、《沧浪诗话》

在南宋后期江湖派诗盛行一时之际，一位名字虽未被列入江湖诗派，而实际与该派诗人颇多交往的诗歌批评家，也以其独特的诗学研究成果，为南宋后期文学增光添彩。此人即严羽，其成果名《沧浪诗话》。

严羽（约1195—1240），字仪卿，一字丹丘，号沧浪逋客，邵武（今属福建）人。年轻时隐居于莒溪，不愿出应科举，往来江楚间，以做江湖谒客为生。与江湖派早期诗人戴复古为忘年之交。有《沧浪吟卷》。

严羽撰著《沧浪诗话》的本旨，是要批驳前此盛行的江西诗派及永嘉四灵的创作理论与方法，为同时人及后学做诗评诗指示一条正确门径。《诗话》全书分为《诗辨》、《诗体》、《诗法》、《诗评》、《考证》五篇。五篇中在后代影响最大的，是《诗辨》篇里提出的"以禅喻诗"的文学批评方式和崇尚"妙悟"的诗歌理论。严氏写道：

> 禅家者流，乘有小大，宗有南北，道有邪正；学者须从最上乘，具正法眼，悟第一义。若小乘禅，声闻辟支果，皆非正也。论诗如论禅：汉魏晋与盛唐之诗，则第一义也。大历以还之诗，则小乘禅也，已落第二义矣。晚唐之诗，则声闻辟支果也。学汉魏晋与盛唐诗者，临济下也。学大历以还之诗者，曹洞下也。大抵禅道惟在妙悟，诗道亦在妙悟。且孟襄阳学力下韩退之远甚，而其诗独出退之上者，一味妙悟而已。惟悟乃为当行，乃为本色。然悟有浅深，有分限，有透彻之悟，有但得一知半解之悟。汉魏尚矣，不假悟也。谢灵运至盛唐诸公，透彻之悟也。他虽有悟者，皆非第一义也。

按"以禅喻诗"并非由严羽首创，两宋之际韩驹在所著《陵阳室中语》里已有"诗道如佛法，当分大小乘"的说法，其后范温在《潜溪诗眼》中亦说过"学者先以识为主，禅家所谓正法眼，直须具此眼目，方可入道"之类的话，但他们均未曾像严羽这般系统而又重点突出地将之作为一个诗歌创作的重大原则去看待。而严羽的上述论断，尽管其中有明显违背佛学基本概念之处①，但因其意在告诫学诗者当取法盛唐以上诗的创作精神，勿似永嘉四灵那样狭窄地模仿晚唐，所以客观上是为南宋诗歌境界的开拓作出了理论贡献。

同时，严羽在《沧浪诗话》中提出的诗的"别材"、"别趣"问题，也非无的放

---

① 如声闻辟支本属小乘，而严羽却将之视为小乘之外的佛教别派；又如，将本无轩轾可言的禅家临济、曹洞二宗强分优劣，等等。

矢之见。他说：

> 夫诗有别材，非关书也，诗有别趣，非关理也。……所谓不涉理路，不落言筌者，上也。诗者，吟咏情性也。盛唐诸人惟在兴趣，羚羊挂角，无迹可求。故其妙处透彻玲珑，不可凑泊，如空中之音，相中之色，水中之月，镜中之象，言有尽而意无穷。
>
> 近代诸公乃作奇特解会，遂以文字为诗，以才学为诗，以议论为诗。夫岂不工，终非古人之诗也。盖于一唱三叹之音，有所歉焉。且其作多务使事，不问兴致；用字必有来历，押韵必有出处，读之反覆终篇，不知着到何在。

这是进入南宋以来，学者对本朝诗歌的最大宗派——江西诗派所作的最有力的抨击。它明确地肯定了诗的"吟咏情性"也就是表达个人情感的首要功用，将前此宋诗中最为流行的以才学显示代替情感流露的诗作，断然判为劣作，而提倡在诗歌创作中追求一种"言有尽而意无穷"的境界，凡此对于探讨诗的艺术特征、从理论上纠正宋诗崇道抑情倾向，都很有益处。

三、宋末诗歌及其余响

宋恭帝德祐二年(1276)，原本与南宋合力灭金的蒙古军队，乘势南下攻占了南宋首都临安。三年后，南宋末代皇帝赵昺在臣下陆秀夫的肩负下蹈海而死，南宋就此宣告灭亡。天翻地覆的历史巨变，使文坛再也无法延续江湖派作品的那份逍遥。诗歌也因此呈现出向两个不同的方向衍化的态势。

代表南宋官方人士创作姿态的诗人，是文天祥(1236—1283)。文氏字履善，一字宋瑞，号文山，庐陵(今江西吉安)人。他是宝祐年间的进士，历官知瑞州、赣州等。在蒙古军队进攻临安之际，他率赣州部队北上保卫首都。德祐二年出任右丞相，被派赴敌营主持谈判，结果遭到对方的扣押。逃脱后再次被俘，于至元十九年在元大都被杀害。有《文山先生全集》。

文天祥的现存诗作里，有两首以前一直被人提起，一是五古《正气歌》，一是七律《过零丁洋》。《正气歌》是作者就义前一年在大都牢狱中写的，诗以"天地有正气，杂然赋流形"为开头，而后罗列从齐太史简到唐代段秀实等一大批历史上的宁死不屈之士，咏赞他们"生死安足论"的气概和"凛烈万古存"的壮举；最后自述被捕后的悲惨遭遇，发出了"悠悠我心悲，苍天曷有极"的愤慨呼声。《过零丁洋》诗中的名句"人生自古谁无死，留取丹心照汗青"，在历史上的不同阶段都曾发生过很大的激励作用。他的这些名篇与他的品格一起长期受到人们的尊崇。

与文天祥的生活年代大致相同,并曾在文氏入狱后赴囚所探慰,相互唱和,而作品却与文氏风格不同,代表了宋末元初在野士大夫创作趋向的诗人,是汪元量(约1241—约1317)。元量字大有,号水云,钱塘(今浙江杭州)人。早年入南宋宫廷为琴师,宋亡后随后宫被掳至北方;年近知命,以道士身份南还。有《湖山类稿》。其诗外观有放逸清丽之姿,而内中实多幽忧沉痛之思。如《戏马台》:

> 台空马尽始知休,枳棘丛边鹿自游。泗水不关兴废事,佛峰空锁古今愁。风吹野甸稻花晚,雨暗山城枫叶秋。欲吊英灵何处在,髑髅无数满长洲。

诗的前半部分写残酷的战争结束后,昔日热闹繁盛的场所完全变成了一片荒芜之地,只有流水无情依旧,山峰无言至今,字里行间带有无限的伤感。下半部分先淡淡地描出眼前的景致:田野里的稻花在晚风中摇曳作态,秋雨中的山城由枫叶点缀着姿容。仿佛一切都已复归和平。但是突然间,最后一句的"髑髅无数"四字带着极为刺目的色泽映入读者眼帘,借着累累白骨,诗人才以沉痛的笔调明示了本诗的主旨:一切尚未过去,战争留给人们的现实与心理双重的创伤,自是难以抚平;而那为国捐躯的英灵,也终要得到切实的抚慰才能安息。值得一提的是,后来元代诗歌发展的基本路径,正是承续了这种重感情的传统。

第六节　从梦窗词到玉田词

白石词对于音律及文辞的重视,在南宋后期词坛获得了广泛回应。自理宗时代开始,词家虽不尽沿袭姜词的"清空"、"骚雅"之调,而对于词律与词句的精心考究,已成一势不可挡的潮流;同时其清婉的抒情方式,也在个别大词人笔下得到延续并发扬,而直率地抒情则一般不被采用。其间词坛上相继出场的著名人物,是吴文英(梦窗)、周密(草窗)、王沂孙(碧山)、张炎(玉田)四家。周氏与吴氏并称"二窗",而词作水准远不如吴;张氏词有自己的面貌,更值得注意的却是其词论。相比之下,梦窗、碧山二家,前者注重情致,后者富于巧思,堪称南宋词的出色殿军;梦窗成就尤为突出。

一、梦　窗　词

姜夔约于嘉定二年(1209)辞世。在稍后的词坛上首先显露锋芒的,是吴文英。

吴文英字君特，号梦窗，又号觉翁，四明（今浙江鄞县）人。大约生于宁宗前期，卒时则大概已到理宗末或度宗初了①。本姓翁氏，后不知何时何因改姓吴。一生未登科第，也没有得到过什么正式的官职，但交游甚广。早年曾赴苏州为仓台幕僚。晚岁依浙东安抚使吴潜，为其幕僚；继又入宋宗室赵与芮府邸，做起了清客。因擅填词，多以此技与苏杭两地官僚相酬酢。有《梦窗词》。

吴文英的一生，与词坛前辈姜夔颇多相似，如都没有科第功名，都以清客的身份周旋于达官贵人间，等等。但姜夔立身端谨，处处着意显示其孤傲的品性。吴文英则随便得多，因此相比之下其游历之地虽不及白石道人多（不出江、浙一带），而交游的面则远过于白石。《梦窗词》里存有他写给包括当时权臣贾似道在内的许多官绅的作品，即反映了这一点。性格及立身的随和，一方面容易在人际交往中暴露出弱点（梦窗愿意献词给贾似道，终以人品不够"高尚"为后人诟病，即以此）；另一方面也因不怕暴露弱点而较少顾忌，较少伪装。"梦窗词"里写得较成功的一部分作品，大都不具备姜夔词式的孤高标格，但同时也不像白石词那样仿佛不食人间烟火般地"无情"，便是这后一方面的结果。

"梦窗词"里很少被人提及，其实却写得相当不错的，是下面这首《浪淘沙》：

灯火雨中船，客思绵绵。离亭春草又秋烟。似与轻鸥盟未了，来去年年。　　往事一潸然，莫（"暮"的古写。——引者）过西园。凌波香断绿苔钱。燕子不知春事改，时立秋千。

这首词表现的，是词人为往日一份情感再也无法追回而生的深深痛惜。整首词没有具体描写那份旧情的细节，却以侧面渲染的形式，让人感受到它的久长的冲击力。作品先把读者带进词人身处的独特环境中：雨夜的小船里，漂泊他乡的主人公对着灯火思绪万千。想起自己出发时离亭畔春草正生，现在却已是秋烟演漾的季节了；而且年年都是这样地来往，那江上的鸥鸟，似乎已成了与主人公订下山盟海誓的故人，次次总能相遇。然而这一切带给主人公的，当然不是旅行的欢愉。接着的下片里，起首的一句"往事一潸然"便将词境陡然一转，使人蓦然发现，原来词人上片末所写的与轻鸥"盟未了"，只不过是要曲折反衬自身当年的实际之"盟"，终究未如今日眼前这与鸥鸟相结的无意之"盟"这般久远，一切都已成"往事"；当他在今天傍晚重经昔日游处的西园时，

---

① 夏承焘先生《吴梦窗系年》推考吴氏约生于庆元六年（1200），卒于景定元年（1260），《系年》收入所著《唐宋词人年谱》，古典文学出版社1955年版。但也有学者从吴氏与周密有交往的方面推测，吴文英的生年与卒年都可能要更晚一些。参见日本学者村上哲见《吴文英〈梦窗〉及其词》，中译收入王水照等编译《日本学者中国词学论文集》，上海古籍出版社1991年版。

故人踪迹已杳,只有绿苔如钱,不识人间哀愁("春事改"隐喻旧欢已逝)的燕子闲立秋千架上,这怎能不使人流下痛苦的眼泪!在另一首《夜游宫》里,词人的感情表露得更为含蓄,但精致温润的语辞背后依然显示了悠长的情思:

> 人去西楼雁杳,叙别梦,扬州一觉。云淡星疏楚山晓,听啼乌,立河桥,话未了。　　雨外蛩声早,细织就、霜丝多少?说与萧娘未知道,向长安,对秋灯,几人老?

人去楼空,扬州梦醒,词人据以展开叙说的,本是一些十分平常的意境,但由于上下片各插入了一个以动物为中介的隐喻——一是乌鸦"啼""立"河桥,似人说话未完;一是雨季里响起的蛩鸣声,一声声仿佛是在织就道道"霜丝"——将词境开拓,创造出一种具有延时性的纵深感,结果词里的本不显著的感叹离别与人生易老的题旨,以一种可以意会的方式凸现了出来。

在历来对"梦窗词"的评论文字中,宋末元初词人张炎所说的如下一段话最为著名:"词要清空,不要质实;清空则古雅峭拔,质实则凝涩晦昧。姜白石词如野云孤飞,去留无迹。吴梦窗词如七宝楼台,眩人眼目,碎拆下来,不成片断。"(《词源》)无论是"质实"而"凝涩晦昧",还是"如七宝楼台",衡之上引两词,都并不般配。从"梦窗词"的整体看,张炎所批评的,是其中另一部分以用辞秾丽、风格细密为特征的作品。

这另一部分"梦窗词",以慢词长调居多,个别甚至是宋词里前所未有的长篇巨制。如《莺啼序》三首,每首均有四叠,多达二百四十字。下面是其中的第二首:

> 残寒正欺病酒,掩沉香绣户。燕来晚、飞入西城,似说春事迟暮。画船载、清明过却,晴烟冉冉吴宫树。念羁情游荡,随风化为轻絮。　　十载西湖,傍柳系马,趁娇尘软雾。溯红渐、招入仙溪,锦儿偷寄幽素。倚银屏、春宽梦窄,断红湿、歌纨金缕。暝堤空,轻把斜阳,总还鸥鹭。　　幽兰旋老,杜若还生,水乡尚寄旅。别后访、六桥无信,事往花委,瘗玉埋香,几番风雨。长波妒盼,遥山羞黛,渔灯分影春江宿,记当时、短楫桃根渡。青楼仿佛,临分败壁题诗,泪墨惨淡尘土。　　危亭望极,草色天涯,叹鬓侵半苎。暗点检、离痕欢唾,尚染鲛绡,亸凤迷归,破鸾慵舞。殷勤待写,书中长恨,蓝霞辽海沉过雁,漫相思、弹入哀筝柱。伤心千里江南,怨曲重招,断魂在否?

写这样精心构筑的长词与读这样词藻秾丽的长词,对作者与读者两方面而言,都是一种考验。从这个意义上说,称这样的词为"七宝楼台",也并无不合适的地方。但若加细绎,那么,此词除了初读时可以感受到的色彩斑斓的词汇与叠叠重重的典故以外,全篇的题旨与每叠的内容均甚清晰,并非"碎拆下来,不成片段"。其第一叠是写晚春出游西湖,于是回忆起以前游湖时的一段爱情经历。该叠结尾的"念羁情"二句,是说自己关于旧情的思绪,如柳絮随风,远远地飘荡。第二叠就写那段经历。那是美丽而悲哀的爱情,相聚甚短("梦窄"),而且在聚首时也笼罩着忧伤的氛围,以致红泪沾湿了歌扇("歌纨")。"轻把斜阳,总还鸥鹭",则隐喻两人的分别。意为他原可伴随着"斜阳",但却轻易地放弃了。着一"轻"字,表现了事后对这一放弃的懊悔。第三叠写别后的忆念、寻访和痛苦,意义自明。第四叠的前三句又回到第一叠所写的出游。他当时虽"危亭望极",但旧梦已毫无踪迹可寻,只见芳草无际,远接天涯,而他自己的头发也已半白了。于是他只能从遗物中来寻求安慰。但是,看到遗物上她所留下的那还像是新鲜的痕迹,他更感受到了"鸾风迷归,破鸾慵舞"的痛苦。那么,怎么来寄托相思和悲哀之情呢?写信吧,无处可以投递;弹琴吧,"断魂"也何尝能够听到?读到此处,我们也就可以理解,此词一开头的"残寒正欺病酒,掩沉香绣户",原是伤心人别有怀抱,而非漫然着笔。总之,这是一篇结构宏伟而严密的词作,以抒情为主而穿插叙事。感情深厚,叙事虽简要而仍渗透着深情。从唐代中期开始出现小词,到这样的鸿篇巨制的形成,既反映了词的重大发展,也意味着由于个体意识的日益觉醒,人的感情是越来越丰富而细腻了。这种长词如能写得明快、显豁,就与套曲很为接近;由此又透露了从词发展到曲的消息。不过,吴文英词多用典故和隐喻,近于鲁迅《摩罗诗力说》所谓的"啜嚅",倘不细读,就不免使人有坠入迷宫难以寻到出口的感觉。

因此,比较而言,张炎对于吴文英词的评价,远没有周济在《四家词选序论》里所说的如下一段话更具史的观念:

梦窗奇思壮采,腾天潜渊,返南宋之清泚,为北宋之秾挚。

"奇思壮采,腾天潜渊",自然是有些过誉了,但从我们上面对《莺啼序》所作的分析来看,这种说法也并非毫无根据。至于"返南宋之清泚,为北宋之秾挚",则虽不尽然,却是有其合理成分的见解。"秾"是指辞藻的华丽,"挚"是指感情的真切,梦窗词中的出色之作,确乎是走了一条与前此以清丽风雅的形式来过滤强烈直观感情的姜夔词精神相异的"秾挚"之路,感情可谓深挚,虽然较柳永等作品中的尚有距离;且北宋词秾中有清,显与梦窗有别。

二、草 窗 词

周密(1232—约1298)年辈略晚于吴文英,字公谨,号草窗,另外还有苹洲、四水潜夫、弁阳老人等别号。其先祖为济南(今属山东)人,南渡时迁居江南,遂为吴兴(今浙江湖州)人。出生于官宦世家,南宋末叶曾为临安府幕属,监和济药局,并担任过义乌令等职。宋亡后,不再出仕。著作传世甚多,以《草窗韵语》、《草窗词》、《齐东野语》、《武林旧事》、《癸辛杂识》诸种最为有名。

由于家庭的原因,周密自少即深受南宋官僚文人歌酒流连风尚的深刻影响,在诗书画尤其是填词方面,有相当的修养。但也因为同样的缘由,他的艺术创作活动缺乏姜夔、吴文英那种比较强烈的身世之慨,而显得形美而意不深。"草窗词"里自然也不乏"花自多情,看花人自老"(《齐天乐》)这样的伤感之辞,"往事夕阳红,故人江水东"那样的惆怅之语,但全篇富于情致的,却很难举出一首。相比较而言,写得较有象外之旨的,是下面这首《玉京秋》:

> 烟水阔,高林弄残照,晚蜩凄切。碧砧度韵,银床飘叶。衣湿桐阴露冷,采凉花、时赋秋雪。叹轻别,一襟幽事,砌蛩能说。　客思吟商还怯,怨歌长、琼壶暗缺。翠扇恩疏,红衣香褪,翻成消歇。玉骨西风,恨最恨、闲却新凉时节。楚箫咽,谁倚西楼淡月。

根据此词词牌下小序所云"长安独客,又见西风,素月、丹枫,凄然其为秋也,因调夹钟羽一解",可知它是词人客居杭州时写的一首感叹秋至的作品。而由词上片"叹轻别"以下诸语,及下片"翠扇恩疏"等三句推测,这对于秋至的感叹之中,还隐约有一份与佳人怅别的幽情在;"琼壶暗缺"四字的出典,是《世说新语》所载王敦酒后吟曹操"老骥伏枥"之诗,以如意击唾壶为节,致壶口尽缺,词人在此用"琼"字饰"壶",以"暗"字绘"缺",则感秋、怅别之外,又暗藏了一重事业未成的悲怨。这样诸种情绪一并涌现于一首辞藻冷艳的词里,而对诸种情绪的描写,在层次上并无十分明显的划分,其表现手法略显芜杂。但词的整体风格相当闲雅;感情流露也十分节制——尽管有"恨","最恨"的却只不过是"闲却"了"新凉时节"那样的风雅时令——故一定程度上又接近于姜夔的"高"格了。

从文学史的角度看"草窗词",其中更值得注意的是它的一些词序。如前所述,姜夔的一部分词序已显现出文学性文章所特有的优美的意境。这一特长,至南宋末为周密所继承。草窗词的某些词序,比白石词的词序写得更长,情节更为曲折,而文辞之美的特征则仍予保留。如《三犯渡江云》一首的小序:

> 丁卯岁末除三日,乘兴棹雪访李商隐、周隐于馀不之滨。主人喜余至,拥裘曳杖,相从于山巅水涯、松云竹雪之间。酒酣,促膝笑语,尽出笈中画、囊中诗以娱客。醉归船窗,犹然夜鼓半矣。归途再雪,万山玉立相映发,冰镜晃耀,照人毛发,洒洒清入肝鬲,凛然不自支,疑行清虚府中,奇绝境也。揭来故山,恍然隔岁,慨然怀思,何异神游梦适。因窃自念人间世不乏清景,往往汩汩尘事,不暇领会,抑亦造物者故为是靳靳乎?不然,戴溪之雪,赤壁之月,非

有至高难行之举,何千载之下,寥寥无继之者耶? 因赋此解,以寄余怀。

此序的特点,一是比较细致优美地描写了一次乘兴踏雪访友的来去全程,有一个线性的情节;一是后半部分转入议论,这使人很容易想起"唐宋八大家"的某些写景散文。虽然后半部分加入议论的写法从文学角度看未必值得赞赏,但由宋代文章的一般程式看,上引的这篇序,显然比姜夔的某些序更具有整体性。换言之,更像一篇完整的文章。词序发展到这样的程度,从一个侧面反映了文学性散文尽管在南宋的文章领域里一直不受重视,却在词坛上获得了与前此同类文章有渊源关系的一线生机。当然,这一线生机相当微弱,并且直到宋末,终究也未能强盛起来。

周密对于词的发展的另一项贡献,是编选了一部南宋词选《绝妙好词》。此书七卷,选录了自张孝祥至仇远共一百三十二位词人的近四百首作品。由于其中不仅登载了辛弃疾、陆游、姜夔、吴文英等名家名作,而且搜罗了像韩疁、周晋、钟过、曾揆、江开、谭宣子等一批后世已不甚知名的词家作品,故成为后来学者研究南宋词的一部重要的资料汇纂。但周密本人词作的大量选入(计二十二首,入选数量列于书中诸家之首),以及只收其本人爱好的婉约之作,一定程度上也削弱了该书的学术价值。后来清人查为仁、厉鹗曾为该书作笺释,题曰《绝妙好词笺》,这个本子成为本书流传最广的一个版本。

三、碧 山 词

宋末元初词坛上,与周密同辈且颇有交往的另一位著名词人,是王沂孙。

王沂孙字圣与,一字咏道,号碧山,又有中仙、玉笥山人等别号,会稽(今浙江绍兴)人。他的生年大概不会比周密晚[1],卒年则在元代至元二十五至二十八年间(1288—1291)。除了擅长填词,入元后曾在至元中做过庆元路学正,其别的生平详情现在还不太清楚。有《碧山乐府》,一名《花外集》。

王沂孙在词史上以善制咏物词著称。现存"碧山词"中,明确标题为咏物

---

[1] 王氏词作中有明确纪年的最早一首是《一萼红·丙午春赤城山中题花光卷》。因为王氏卒于1288至1291年间基本上是确定的(参见饶宗颐《词集考》卷六王沂孙《花外集》解题),所以上词题中的"丙午",必是淳祐六年丙午(1246)。周密生于绍定五年(1232),若王氏生于同年,则作《一萼红》时年十五,尚有可能,再早则似不太可能。又:或以王氏《淡黄柳》题序中有"别周公谨丈于孤山中"语,推测王氏年辈小于周密,然王词中原亦有径称周氏为"公谨"、"草窗"而不加"丈"之尊号者(见《三姝媚》及《高阳台》第三首之题),是称周氏为"丈",不过是交谊未深时的权宜之计,就如同今日大学里的初执教鞭者,于同事不论是否年长于己,一概尊称"老师",日久天长,则称兄道弟,或直呼其名。

的作品,约占百分之六十。不仅数量多,而且质量也堪称上乘,因为它们往往不是简单地以一种再现对象的客观姿态,平面描摹被咏之物,而是时常让词人自己也身临其境,成为所展现的场景的一分子。其出色之作,可举下面这首《水龙吟》:

> 晓霜初着青林,望中故国凄凉早。萧萧渐积,纷纷犹坠,门荒径悄。渭水风生,洞庭波起,几番秋杪。想重崖半没,千峰尽出,山中路、无人到。
> 　　前度题红杳杳。溯宫沟、暗流空绕。啼螀未歇,飞鸿欲过,此时怀抱。乱影翻窗,碎声敲砌,愁人多少。望吾庐甚处,只应今夜,满庭谁扫?

此词词牌下题"落叶",可知是一首描写秋景中落叶的咏物之作。词的上片所写的是落叶的宏观场景,但"望中故国凄凉早"一句的"望中"二字,已显出那宏观的场景并非比较抽象的一般景色,而是由词人独特视角看去的充满故国之思的情景。而"想重崖半没"以下数语,更以想像之辞,勾勒出一幅挺拔、肃穆的秋天山野图画,那无人踏及的山中之路,则似是作者个人孤寂心境的写照。下片相比之下描写的场面较为细小,但词家心绪依然可见。"前度题红杳杳"云云,似是化用唐人顾况《题叶上诗从苑中流出》之典,但与"此时怀抱"相连,则创造出的,是一份由古及今,具有历史纵深感的人间沧桑滋味。这样落叶的身影与声音,在词人眼中也就都成了令人忧愁的活生生的对象,并最终使他不由得怅望家园,向那空寂的故乡发问:今夜洒满我整个庭院的落叶,谁会去清扫? 很显然,这首词尽管由题目看是咏物之作,但在作者笔下被咏的对象"落叶",其实却是词人故国家园之思的一种带有某种灵性的象征,词人的身影,顽强而富于个性地出没在词境里,只不过稍显繁复的旧典,与跟姜夔词同样的求雅姿态,有时不免使情感的表达不甚顺畅。

其实在"碧山词"中,咏物词与非咏物词除了题目上的区别外,内涵的表现方式本无差异。如下面这首《绮罗乡》,以"秋思"为题,风格上便跟上引《水龙吟》十分相似:

> 屋角疏星,庭阴暗水,犹记藏鸦新树。试折梨花,行入小阑深处。听粉片、蔌蔌飘阶,有人在、夜窗无语。料如今,门掩孤灯,画屏尘满断肠句。
> 　　佳期浑似流水,还见梧桐几叶,轻敲朱户。一片秋声,应做两边愁绪。江路远、归雁无凭,写绣笺、倩谁将去? 漫无聊,犹掩芳樽,醉听深夜雨。

词所表现的,是因思念友人或情人而生的孤独之感、哀愁之情、无聊之态。和《水龙吟》一样,这首词里也运用了想像的手法,借画彼处之"他"或"她"的实际境遇与心情,反衬本身的意态。从词汇运用上看,词中写得颇为别致的,是"还见梧桐几叶,轻敲朱户"一句,梧桐树的落叶,"敲"击门户,一个"敲"字,本已十分传神,其前再着一个"轻"字,而"户"又被绘成"朱"色,则传达出的,便是一份声画相融,又极具时空、冷暖与物态大小对比之效的惆怅心绪。"秋思"正是在这样细腻的抒写之中被具象化,以至于似乎可以伸手触摸了。

"碧山词"里另有一些作品,精致程度不如上引二词,而构思的奇巧,仍是同时诸家所不及。如《摸鱼儿》:

> 洗芳林、夜来风雨,匆匆还送春去。方才送得春归了,那又送君南浦。君听取、怕此际、春归也过吴中路。君行到处,便快折湖边,千条翠柳,为我系春住。　　春还住,休索吟春伴侣,残花今已尘土。姑苏台下烟波远,西子近来何许?能唤否?又恐怕、残春到了无凭据。烦君妙语,更为我将春,连花带柳,写入翠笺句。

把春完全拟人化,别出心裁地设计了一个送春归后又送友人归去,因请友人赶上春天,并将残春存诸文辞以供凭吊的情节,一波三折,事在不可能之列,而追求又在情理之中。其所表现的,是对于春天——在这里是美好事物的象征——的依恋和对于她的必然逝去的深切哀悼;他之渴望从纸上的春天得到慰藉,更折射出他当前心地的寂寞和悲苦。以上述的奇幻想像来抒写这种颇难言宣的情绪,从而使读者理解和感动,这是一种具有创造性的尝试。

从词的创作路径上说,碧山词并未逸出姜夔、吴文英开创的基本方向与范围,但它的重视词人本身形象在词中的凸现,以及对结构遣辞的出奇效果的追求,充分显现了王沂孙的个性与才情。因此与同时登场的"草窗词"相比,"碧山词"显然境界更高,更富有意趣。

四、玉田词及《词源》

在习惯上归入宋代作家的宋末元初的著名词人里,年辈最晚的一位是张炎。

张炎(1248—1314 后)字叔夏,号玉田,又号乐笑翁,临安(今浙江杭州)人。他的家庭背景跟周密相似,都是几代为官,其中六世祖张俊,乃南宋初的著名将领;曾祖张镃,为擅长填词的臣僚。张炎本人年轻时代过的,是风流豪华的公子哥儿生活。但好景不长,二十九岁那年,首都临安被元兵攻陷;三十二岁时,南宋灭亡。之后他漂泊南北,其间似乎是应官方之召为写金字藏经而去了一趟大都(今北京),时在至元二十七年(1290);晚年据传又沦落到在四明摆设算命摊的境地。有词集《山中白云词》,另著有论词专著《词源》。

现存的张炎词,即因作者别号而获称的"玉田词",大部分都是临安陷落以后创作的。天翻地覆的人事大变革,使词人的生活道路发生了根本性的转折,这不可能不在其作品中留下印痕。"玉田词"里一部分在后世颇获好评的作品,便以独特的视角,表现了那种令人伤感的沧桑之痛。其中最著名的,是下面这首《高阳台·西湖春感》:

> 接叶巢莺,平波卷絮,断桥斜日归船。能几番游,看花又是明年。东风且伴蔷薇住,到蔷薇,春已堪怜。更凄然,万绿西泠,一抹荒烟。　当年燕子知何处,但苔深韦曲,草暗斜川。见说新愁,如今也到鸥边。无心再续笙歌梦,掩重门、浅醉闲眠。莫开帘!怕见飞花,怕听啼鹃。

由词里描绘的眼前"凄然"之景,以及对"当年"西湖明丽春景的回忆看,这首词写作的时代,当在临安被元军攻占以后①。词的上片先以一种慵懒的笔触描绘春天里西湖花鸟船桥的平常景致,仿佛世事一切都依然照旧,但忽然间以"更凄然"三字引出一道远远的风景,那本该是一片迷人绿影的西泠桥畔,而今展现给世人的,竟是"一抹荒烟"!面对如此骇人心目的景致,词人于是在下片中回忆起往昔温暖优美的湖边景色,但越回忆,"愁"越多,结果只能以孤独地闭门饮酒、睡觉来设法忘掉一切。但是这一切又怎能忘却呢!于是,词人的神经变得分外脆弱、敏感,对什么都"怕":怕看到帘外飘飞的花絮,因为它令人想起往日漫游于花海中的欢愉;怕听到树上的杜鹃啼鸣,因为那仿佛是亡国之臣的某种带血的哀吟。很显然,在以上所述的经历了宋末元初历史巨变的诸位词人中,没有一位写过情绪如此低沉、伤感的哀痛之辞,因此"玉田词"在这方面确有其超越同时代人之处。

《高阳台》词由于上片后半部分的转折颇为突兀,下片跌宕起伏的节奏,又伴随了较强烈的情绪推进,因此整体上越到后半,情感的表露越充分一些。同样表现出此种情感倾向的作品,还有《南楼令》:

> 一见又天涯,人生可叹嗟。想难忘、江上琵琶。诗酒一瓢风雨外,都莫问,是谁家。　怜我鬓先华,何愁归路赊。向西湖、重隐烟霞。说与山童休放鹤,最零落,是梅花!

此词词牌下的小序说:"送韩竹间归杭,并写未归之意。"而词里有"怜我鬓先华"之语,可见是词人入元以后浪游他乡,鬓发已经花白时的作品。词写得颇

---

① 张惠言批校本《山中白云词》于本词批云:"陆文奎跋语所云,淳祐、景定间,王邸侯馆,歌舞升平,君王处乐,不知老之将至,余情哀思,听者泪落,君亦因是弃家远游无方者,此词盖斯时所作也。时叔夏年二十八,此后皆入元所作。"(以上转引自吴则虞校辑《山中白云词》,中华书局1983年版)所引陆氏跋语颇不明。又既云"弃家远游"时作,则显当在张氏二十九岁以后,而非二十八岁。

为疏放,起句即显出一重深切的人生感慨,至末了则用梅花已零落殆尽,暗寓故乡已非昔日的南宋首都,自己回去也已做不了太平盛世的隐士。词中虽似竭力回避无家可归的悲哀心绪,而饰以"都莫问,是谁家"的旷放之态,因而情感的表露并不显得十分激越。但其所以"莫问",是因"人生可叹嗟",到处都一样痛苦。所以这并不削弱其感情的强度,却使得作品具有某种超逸的格调。

不过,"玉田词"有时也将对格调的追求、词句的锻炼及雅正的姿态,置于比情感表现更为重要的地位。这类作品不乏写得比较优美的,但总给人以一种孤芳自赏的感觉,不易引起读者的深切共鸣。如下面这首《南乡子》:

> 风月似孤山,千树斜横水一环。天与清香心独领,怡颜。冰雪中间屋数间。　庭户隔尘寰,自有云封底用关。却笑桃源深处隐,跻攀。引得渔翁见不难。

词的首两句写得颇有意境,整个上片也用洁净的文字凸现了一种冰清玉洁般的人格。但下片由于一味追求超脱,过于矫饰,且有说理化的趋向,结果使全词显得如不食人间烟火而又洞彻人世的得道仙人般地通体不凡。尽管文辞不乏清丽处,却终究无法感动读者。

张炎词作里表现出的如上特征,与其倡导的词学理论密切相关。他的词论专著《词源》大约写于元代延祐年间(1314—1320),现代研究者认为该书可能是其最后的著作[①]。全书分上下二卷,上卷叙词乐,下卷论词的作法及理论,其中最为著名的论断,即是见于卷下的推崇"清空"、贬抑"质实"的一段文字。因为推崇"清空",所以张炎对于前辈词家最赞赏姜夔,认为白石词如"野云孤飞,去留无踪",他自己的词其实也是在着意追随这种高逸的格调。因为欣赏"白石词",所以对"白石词"的讲究字词句法也颇为倾心,于《词源》卷下专辟"句法"、"字面"、"虚字"等节讨论那些文辞上细微的差异。同时值得注意的是,《词源》对词里表现感情的程度及其方式十分在意。"杂论"一节里曾说:

> 词欲雅而正,志之所之,一为情所役,则失其雅正之音;耆卿、伯可不必论,虽美成亦有所不免。

很显然,在张炎看来,词家的个人情感在作品中自然流露,并不是件值得赞赏的事情,因为它会妨碍词体的"雅正"。而依照这样的标准,不仅柳永、康与之(字伯可,南宋前期词人)那样任凭情感在词里自由宣泄的词家一无是处,即便是历来被视为雅词代表人物的周邦彦,也因词多言情而不免有污点。但张炎也没有说词不要言情,《词源》里还专列"赋情"、"离情"两节讨论有关问题。他

---

① 见夏承焘《词源注》前言,人民文学出版社1963年版。

的意见,是词"稍近乎情可也",换言之,有节制地流露一点感情就可以了。这一见解,一方面当然保证了词的领域内不像北宋大部分诗文与南宋中期的某些诗那样崇道抑文,词的美的形态得以顺利延续,但另一方面也使得词不再具有其初生阶段那样在内质上富有浪漫而自由的勃勃生机。这与南宋后期的大部分词作的特点——虽有美丽的外形,而缺乏激动人心的冲击力是一致的;所以张炎的这种理论也正是南宋后期词的创作倾向的反映。至于他的那些写得较好的词,如上引《高阳台》、《南楼令》之属,则是强烈的感情突破了他所设定的"雅正"限制的结果。

第八章　宋代的俗文学及志怪、传奇的俗化

在宋代，除雅文学产生了上述演变外，俗文学的发展也是我国文学史上的极其重要的现象。这种发展以杂剧和"说话"在唐五代基础上的演进为具体内容。这二者均与市民阶层的逐步壮大相关联。而在"说话"的影响下，还出现了志怪、传奇的俗化。这都对后代文学发生了重大影响。

第一节　杂　　剧

杂剧的产生，至迟在唐代后期。但唐杂剧的情况今天几已一无所知。宋杂剧虽然也并无剧本传留下来，但从有关记载，可以知道如下三点：

第一，宋杂剧实有两种类型。一种是嘲讽性的滑稽戏，另一类是歌舞剧。见王国维《宋元戏曲史》。

先说第一种。

南宋洪迈《夷坚志》支乙卷四："俳优侏儒固技之下且贱者，然亦能因戏语而箴讽时政，有合于古矇诵工谏之义，世目为杂剧者是已。"接着所举的例子是：宋徽宗时，摈斥元祐时期当政的人，凡涉及元祐的，一律废弃。于时，"伶者对御为戏。推一参军作宰相，据坐，宣扬朝政之美。一僧乞给公凭游方，视其戒牒，则元祐三年者，立涂毁之，而加以冠巾。一道士失亡度牒，问其披戴时，亦元祐也；剥其羽衣，使为民。一士人以元祐五年获荐，当免举，礼部不为引用，来自言，即押送所属屏斥。已而主管宅库者附耳语曰：'今日于左藏库请得相公料钱一千贯，尽是元祐钱，合取钧旨。'其人俯首久之，曰：'从后门搬入去。'副者举所持梃抶其背曰：'你做到宰相，元来也只好钱！'"在这里值得注意的是：一、洪迈明明把此称为"杂剧"。二、洪迈在这里提到"参军"和"副者"。据王国维研究，唐五代时之滑稽戏，以"参军""为脚色之主"，"其与之相对者，

谓之苍鹘","上所载滑稽剧(指其所引述的唐五代滑稽剧。——引者)中,无在不可见此二色之对立。"(《宋元戏曲史》一《上古至五代之戏剧》)则洪迈此处所说的"杂剧",实为唐代参军戏之继续;其所谓"副者",实即"苍鹘"。

再说第二种。

生活在南宋末和元初的周密所撰《武林旧事》卷十载有宋"官本杂剧段数"名目二百八十本。何以称为官本,现在已无从确知。这些名目大部分都标明其演唱时的曲调。据王国维《宋元戏曲史》研究,"其用大曲者一百有三,用法曲者四,用诸宫调者二,用普通词调者三十有五"。另有少数用俗曲的,加起来"共一百五十余本,已过全数之半"。所以,王国维认为这些杂剧"殆多以歌曲演之",而"大曲"乃是歌舞相兼的;因此,这些又显然是歌舞剧。王国维并指出,这些杂剧并不只是南宋的,也包括北宋。如其中所引的《王子高六么》就出于北宋神宗时。

这种歌舞剧无论在内容或形式上与嘲讽性的滑稽戏自当有相当大的不同。但二者之被通称为杂剧,却也有历史渊源。王国维《宋元戏曲史》引范摅《云溪友议》卷九:"元稹廉问浙东,有俳优周季南、季崇,及妻刘采春自淮甸而来,善弄陆参军,歌声彻云。""弄陆参军"当指参军戏①。可见唐五代时的参军戏本有滑稽戏和以歌唱为主的两类;是以宋代将这两类统名为"杂剧",并不悖于以前的传统。

第二,宋杂剧的这两种均以打诨为主。但在其发展过程中,第一种逐渐衰亡,第二种则日渐兴盛。

南宋灌圃耐得翁《都城纪胜·瓦舍众伎》说:"(杂剧)大抵全以故事世务为滑稽,本是鉴戒,或隐为劝惩也。故从便跣露,谓之无过虫。"吴自牧《梦粱录》卷二十也说:"杂剧全以故事,务在滑稽,唱念应对通遍②。此本是鉴戒,又隐为谏诤。故从便跣露,谓之无过虫耳。""务在滑稽"和"为滑稽",意思是一样的,都意味着杂剧以打诨为特色;但《梦粱录》说得更明确一些,指明了杂剧在"唱念应对"中都要显示出这种"务在滑稽"的特色。这也就是说,"唱"是杂剧的首要特色。

---

① 唐代陆羽《陆文学自传》说他自己"诣伶党,著《谑谈》三篇;以身为伶正,弄木人、假吏、藏珠之戏"。"弄""假吏"当即弄参军;因那并非真的参军官,故谓之"假吏"。又,《新唐书·隐逸传》谓陆羽"匿为优人,作诙谐数千言,天宝中州人酺吏,署羽伶师"。足见其所作"诙谐数千言"(应即指《谑谈》)当与其为优伶有关,故《新唐书》叙其事于为优人及伶师之间。任半塘先生《唐戏弄·总说》谓《谑谈》即"参军戏"(当指参军戏脚本。——引者),参以陆羽曾弄参军的经历,任说是。故"弄陆参军",当是以陆羽的脚本弄参军或弄陆式参军之意。
② 有的研究者将此处的第二句断作"务在滑稽唱念",似不确。参以《都城纪胜》"全以故事世务为滑稽"之语,《梦粱录》此处自当断作"全以故事,务在滑稽";"务在滑稽",即"为滑稽"也。

在这里值得注意的是：《梦粱录》的作者显然是看过《都城纪胜》的，他的这段记载有些文字无疑本于《都城纪胜》，但为什么《都城纪胜》把杂剧的题材说成"故事世务"而他却要去掉"世务"，只说"故事"呢？由于《梦粱录》作者的时代较《都城纪胜》的要晚得多，推想起来，是因吴自牧的时代，杂剧已很少涉及"世务"了。而这也就意味着嘲讽性的滑稽戏的没落和歌舞戏的日益独占杂剧舞台。

《都城纪胜》撰成于端平二年（1235），见该书自序所署年月。作者生平不详，但既自署"耐得翁"，作书时当已为老翁，其生年应不至迟于宋孝宗在位（1163—1189）时。他通过耳闻目睹，对南宋前期的事当还有深刻印象。《梦粱录》作者吴自牧，《四库提要》云："钱唐人。仕履未详。……自序云：'缅怀往事，殆犹梦也，故名《梦粱录》。'末署甲戌岁中秋日。考甲戌为宋度宗咸淳十年，其时宋尚未亡，不应先作是语。意'甲戌'字传写误欤？"（《四库提要》卷七十《梦粱录》提要）所言甚是。序末只署干支而不署年号，也是宋遗民不愿署元代年号的惯例，足证作书时南宋已亡。但"甲戌"若是"传写"时发生的错误，通常只是错其中的一个字。宋亡后的第一个"甲"年为甲申（1284），第一个"戌"年为丙戌（1286）。换言之，此书至早当写于1284年，其时距《都城纪胜》的写成已四十九年。即使吴自牧当时已是老翁，则就其出生年代言，对南宋前期也已不可能有深刻印象了。所以，耐得翁与吴自牧在关于宋杂剧题材的记载中产生如上差异，很可能是这种时代差别所引起：吴自牧所反映的是以南宋后半期为主的杂剧情况，耐得翁所反映的则主要是以南宋前半期为主的杂剧的情况。而且，从王国维所钩稽出来的宋杂剧中那些讽刺时政——也即以"世务"为题材——的作品（见《宋元戏曲史》二《宋之滑稽戏》）来看，它们都产生在北宋后期与高宗时期，尚未发现南宋后期也有此类杂剧。

由此可知，吴自牧之删去"世务"二字，乃是因为他已不了解那些以"世务"为题材的嘲讽性滑稽戏了。这样也就可以理解《都城纪胜》的"本是鉴戒，或隐为劝惩也"与《梦粱录》的"本是鉴戒，又隐为谏诤"的区别。在耐得翁的意思，这两类题材的作品都是为了鉴戒，但有些作品的鉴戒之意可能不明显，所以说"或隐为劝惩"；在吴自牧的意思，这些以故事为题材的作品，不但是出于鉴戒，有些并对时政有谏诤之意，但限于题材，自然只能是"隐为谏诤"了。

从上引洪迈所记的那一个嘲讽性的滑稽戏来看，那是只说不唱的。王国维钩稽出来的其他同类戏剧，也是如此。这大概是以世务为题材的滑稽戏的共同特色。但《梦粱录》述杂剧时却强调"唱念应对"，把"唱"放在第一位，这也同样意味着杂剧中世务题材的衰落和以故事为题材的歌舞剧的势力越来越大。其结果，是在南宋末期出现了杂剧的新品种——戏文，把以故事为题材的歌舞剧的特色推向新的高度。随着戏文的出现，杂剧中原先的那种歌舞剧也日渐消歇了。不过戏文在产生后的相当长一段时期内仍保持了打诨的特色。这些，我们都将在下一编第三章叙述。

现在补充说明一下杂剧中的歌舞剧怎样以打诨为特色的问题。以《武林旧事》所列的"官本杂剧段数"名目来看，有不少杂剧似乎是很难以打诨为主的，如《崔护六么》、《莺莺六么》等。但现存较早期的戏文《张协状元》为我们提供了有用的参考材料：张协离家去赴试，路途遥远而危险。他与其母亲、妹妹的告别，本应是一场严肃而悲哀的戏，结果却被处理成了闹剧，他母亲、妹妹毫不伤悲，只是一再叮嘱他从外地买东西回来，而且所要的东西非常可笑（见下一编第三章）。按照这样的路子写，"全以故事，务在滑稽"的要求是完全可以做到的。

第三，宋杂剧上演的脚色是："末泥为长，每一场四人或五人"，具体分工为："末泥色主张，引戏色分付，副净色发乔，副末色打诨；或添一人，名曰装孤。"（《梦粱录》卷二十）但这是就基本脚色而言，此外还可增加若干，如次净、次末、装外等，见《武林旧事》等书。

上述性质的杂剧，不但存在于宋代，也为金所继承。不过金代在习惯上称之为"院本"。所以陶宗仪《南村辍耕录》说："院本、杂剧，其实一也。"《南村辍耕录》并载有院本名目689种。金元杂剧大概就是以金院本为中介而在体制上吸收宋杂剧的特色的。至于元杂剧自己的体制，则既有源自宋杂剧的一面，也有新的发展；其中还吸收了诸宫调的许多长处。

第二节 "说 话"

"说话"就是讲故事，但常引述诗词和骈文，因而当与吟诵相配合。从事这项民间艺术的人称为"说话人"。讲说故事的底本称为"话本"，本只供说话人使用，后也作为印刷品供一般读者阅读；但后者与前者在形态上当已有所不同，例如在文字上较为整饬等，并为了增加读者的兴趣，常配上插图。

"说话"在唐代就已经有了，但其具体情况现已不甚清楚；到了宋代，则据《东京梦华录》等书的记载，"说话"成为两宋市民所喜爱的民间艺术之一，甚为发达。南宋灌圃耐得翁《都城纪胜》的"瓦舍众伎"条谓：

"说话"有四家。一者小说，谓之银字儿，如烟粉、灵怪、传奇、说公案（皆是搏刀赶棒及发迹变泰之事）、说铁骑儿（谓士马金鼓之事）。说经，谓演说佛书；说参请，谓宾主参禅悟道等事。讲史书，讲说前代书史文传、兴废争战之事，最畏小说人，盖小说者能以一朝一代故事，顷刻间提破。合生，与起令随令相似，各占一事。

是以鲁迅、孙楷第等都以为"说话"四家是小说、说经（包括说参请）、讲史、合生。但因《都城纪胜》的原文是没有断句和标点的，倘用另一种方式来标点，就可把"合生"排斥在"说话"四家之外（例如，把"说话"和"说参请"各作为"说话"的一家）。同时，洪迈《夷坚志》支乙卷六《合生诗词》条有"江浙间路歧伶女有黠慧知文墨、能于席上指物题咏、应命辄成者，谓之合生"的话，更似"合生"不属于"说话"。但元代罗烨《醉翁谈录》卷一甲集《舌耕叙引》的《小说引子》说："小说者流……或名演史，或谓合生。"此处的"小说"，当就其广义的概念而说，与今天的所谓小说——也即"说话"——略同，而非仅指"说话"四家中的小说（故"演史"也可包括在"小说者流"之中）。由此看来，"合生"原在"说话"之内；而洪迈所说的那种"合生"，显然不属于"小说者流"，与"说话"四家中的"合生"当是同名异物。至于"说话"中的"合生"的具体情况，现已不能详知。有的研究者据"各占一事"之说，以为应由两个故事构成，如《清平山堂话本》中的《简帖和尚》含有"错封书"与"错下书"两事，原当属于"合生"①。这是一种可供参考的意见。

宋代的"说话"虽然主要在供市民欢乐的"瓦舍"演述，属于市民文学一类，但却深受志怪、传奇的影响。罗烨《醉翁谈录》的《小说开辟》指出：

夫小说者，虽为末学，尤务多闻。非庸常浅识之流，有博览该通之理。幼习《太平广记》，长攻历代史书。烟粉奇传，素蕴胸次之间；风月须知，只在唇吻之上。《夷坚志》无有不览，《琇莹集》所载皆通。动哨、中哨，莫非《东山笑林》；引倬、底倬，须还《绿窗新话》。

足见"说话"不仅与《太平广记》所收六朝至唐的志怪、传奇之文相联系，而且也以《夷坚志》和《绿窗新话》中宋人的志怪、传奇之作为养料。

"说话"在宋代虽很繁荣，但现在所见的话本至早为元刊②；而且，《醉翁谈录》虽然列载了大批话本名目，我们也已难于判断其孰为宋话本、孰为元话本了。不过，正因有了宋代"说话"的繁荣，在元代才出现了《三国志通俗演义》和《水浒传》那样的小说；所以，这是我国文学史上的一个十分重要的

---

① 今本《清平山堂话本》将《简帖和尚》列为"传奇"，当是由于后来已不使用"合生"之名，故将它转入了"小说"的"传奇"类。
② 关于此点，参见章培恒《关于现存的所谓"宋话本"》，载《上海大学学报》1996年第1期。

现象。

第三节 志怪、传奇的俗化

唐代是我国传奇十分兴盛的时代,就文采与意想而言,宋传奇不免相形见绌。但宋代的志怪、传奇也有值得重视之处,那就是经历了一个俗化过程。从形式上来说,主要在于文字的渐趋通俗,描写的趋于细腻;从题材来说,则是与封建道德相违异的男女情爱故事的日益增多,市民阶层的人物和生活进入作品的逐渐增加。

这种俗化的过程是从北宋开始的。最早的代表是写隋炀帝故事的四篇作品:《大业拾遗记》、《隋炀帝海山记》、《炀帝开河记》、《隋炀帝迷楼记》。鲁迅《中国小说史略》将它们作为宋代传奇,当代研究者也有将它们定为唐代的,但这四篇中一再出现唐人应该避讳的字,如"世"、"治"等,自当为宋人所作。其作者均无考。大抵以《大业拾遗记》出现最早。

这四篇作品文字均较浅显通俗,如《开河记》的"知他是甚图画,何消皇帝如此挂怀",《海山记》的"小儿子吾已提起,教作大家,即不知了当得否"之类,几已接近口语。又如《大业拾遗记》的如下一段:

> 帝昏湎滋深,往往为妖祟所惑。尝游吴公宅鸡台,恍惚间与陈后主相遇,尚唤帝为殿下。后主戴轻纱皂帻,青绰袖,长裾,绿锦纯缘紫纹方平履。舞女数十许,罗侍左右。中一人迥美,帝屡目之。后主云:"殿下不识此人耶?即丽华也。每忆桃叶山前乘战舰与此子北渡,尔时丽华最恨方倚临春阁试东郭𪓰紫毫笔,书小研红绡作答江令'璧月'句。诗词未终,见韩擒虎跃青骢驹,拥万甲直来冲人,都不存去就,便至今日。"俄以绿文测海蠡,酌红梁新醅劝帝。帝饮之甚欢,因请丽华舞《玉树后庭花》。丽华辞以抛掷岁久,自井中出来,腰肢依拒,无复往时姿态。帝再三索之,乃徐起,终一曲。后主问帝:"萧妃何如此人?"帝曰:"春兰秋菊,各一时之秀也。"后主复诗十数篇,帝不记之,独爱《小窗》诗及《寄侍儿碧玉》诗。……丽华拜帝,求一章。帝辞以不能。丽华笑曰:"尝闻'此处不留侬,会有留侬处'。安可言不能?"帝强为之操觚曰:"见面无多事,闻名亦许时。坐来生百媚,实个好相知。"丽华捧诗,嘁然不怪。

写一梦境而细腻若此。各人声口,既甚逼肖,而陈后主、张丽华此类回忆又本不应向炀帝絮陈,是以似真似幻,颇有迷离之致。同时,这一节除说明炀帝"为妖祟所惑"外，在故事的进展上别无其他意义；其描写的细腻实在于增加读者的兴趣。从这里也可看出当时的风气。

这之后则有《夷坚志》、《云斋广录》、《摭青杂说》中的若干作品，它们大致出于北宋末期至南宋前期。《夷坚志》作者洪迈（1123—1202），字景庐，鄱阳（今江西波阳）人，绍兴十五年进士，淳熙二年（1175）以端明殿学士致仕。《摭青杂说》作者王明清（1127—1202后），字仲言，汝阴（今安徽阜阳）人。曾任宁国军节度判官、泰州通判、浙西参议等职。皆为南宋前期人。《云斋广录》作者李献民，字彦文，开封府酸枣县（今河南延津）人，生平不详。该书卷首有北宋政和元年辛卯（1111）的序，而卷中所收《西蜀异遇》的故事却发生于绍兴（或以为系"绍熙"之误）年间，则其人实生活于北宋后期至南宋初期。

这些书中的作品值得注意的，有洪迈笔下的《王朝议》、《满少卿》、《李将仕》、《临安武将》、《吴约知县》、《丰乐楼》、《刘元八郎》、《西湖女子》、《张客奇遇》等，李献民笔下的《西蜀奇遇》、《钱塘异梦》，王明清写范希周夫妇与单符郎夫妇的两篇。从中可概括出如下几个特色：

首先，在语言上的浅显通俗都较明显。洪迈、王明清都是标准的士大夫，但其作也杂入口语。如《夷坚》支戊卷五《刘元八郎》中的"世上却有如此好人，真是可重"、"我自无饭吃，那得闲钱"，《摭青杂说》中范希周妻子吕氏所说的"他在贼中常与人作方便，若有天理，其人必不死"，"儿今且奉道在家，作老女奉事二亲，亦多少快活"之类，均是好例。这意味着他们已认识到使用此类口语乃是此类文体所需要的；因为他们当然不可能不会写纯粹的文言文。

其次，写人物的行为与对话都较细腻，如写吕氏与"贼党"范希周成婚后，朝廷派军队来征剿，二人被迫分离。作品中对此是这样写的：

> 是冬，朝廷命韩郡王统大军讨捕，吕氏谓希周曰："妾闻正女不事二夫，君既告祖成婚，妾乃君家之妇也。孤城危迫，其势必破，则君乃贼之亲党，必不能免。妾不忍见君之死。"引刀将自刎。希周止之曰："我陷在贼中，虽非本心，无以自明，死有余责。汝衣冠宦族儿女，虏劫在此，为大不幸。大将军士皆是北人，汝既是北人，或言语相合，宛转寻着亲戚骨肉，又是再生也。"吕氏曰："果然，妾亦终身不嫁人。但恐为军人将校所掳，吾誓再不辱，唯一死耳。"希周曰："我万一漏网，得延残年，亦终身不娶，以答汝今日之心。"

写对话的往复颇为细腻，其间感情的发展也颇自然，吕氏的愿意死和终于不死皆无矫强之迹。——她对希周是有感情的，但本是为"贼"所掳，所以又系念父母，想到有可能与他们重见，便又不想死了，但对希周又不能忘怀，所以决定不再嫁人。再如《王朝议》写沈将仕被骗的过程也委曲周至,引人入胜。

第三,这些作品均以追求趣味为主,离开了劝善惩恶之类的道德目的。如写骗局的《王朝议》、《李将仕》、《临安武将》、《吴约知县》等,只是描绘骗术的高明,看不出有什么教育意义;《丰乐楼》写五通神的捉弄人,更无教育意义可言。不但如此,有些更显然与封建道德相违戾。吕氏被贼所掳,而终于与"贼党"结婚;单符郎的未婚妻以知县小姐的身份,竟然流落为娼,靦颜偷生。这都为封建道德所不容。但作品对她们都加以宽容,并含有同情之意。至于《西蜀奇遇》中的男主人公,明知其所眷恋的为妖狐,但因贪图她的美貌,宁死也不愿离开她;《钱塘异梦》中的男主人公与女鬼相爱,终于暴亡,其灵魂随女鬼而去。而作者对此均加以肯定、赞美,把欲望与爱情置于生命之上,这更与封建道德大相径庭。

第四,作品中的不少人物都是市民,如《丰乐楼》中的沈一、《满少卿》中的焦氏父女、上述写骗局的各篇中的骗子、《西湖女子》中的女子、《张客奇遇》中的张客等。这也意味着志怪、传奇向市民文学的倾斜。

正是在这样的基础上,南宋后期就出现了《红绡密约张生负李氏娘》这样的作品。

此篇全文见于《醉翁谈录》,但南宋末的《岁时广记》已引《蕙亩拾英集》说到这个故事,把这称为"近世"作品,则此一故事当出于南宋后期。所说的故事是:张生遇到一个美丽女子李氏,相约私奔;但后来又负心另娶;最后经官府审判,仍以李氏为正室,以后娶的为"偏室"。作品中对张生与李氏的私奔是采取肯定态度的。今引二人私会后的一段如下:

> 女曰:"妾乃节度使李公之偏室也。公性强暴,威德之名,闻于辇下,伊必知之。妾虽处富贵,奈公年老,误妾芳年欢会,惟此为恨!……妾之此去,定当永诀,幽囚深院,无复再会,相思抱恨,有死无生,不若以死向君。愿君无忘今日之语,妾亦感恩地下!"言讫,香腮裹泪,翠黛愁紫。生曰:"不意昨夜浓欢,变成今日离索。伊赋情如是,我非土木,岂能独生!愿与伊共死,庶免两处离愁。"女曰:"子有此心,我之愿也。生既不得同床,同死庶得同穴。"乃解衣带作同心结,系于梁上,"乞与郎共死!"老尼在旁曰:"是何言也!累劫修行,方得为人,岂可轻生就死!你门若要百年偕老,但患无心耳。"女与郎问计于尼。尼曰:"但不得以富贵为计,父母为心,远涉江湖,更名姓于千里之外,可得尽终世之欢矣。"生曰:"但愿与伊共处平生,此外皆不介意。"

这女子为有夫之妇,但嫌丈夫年老,"误妾芳年欢会",而李生为了女子,竟然连富贵、父母"皆不介意",核以封建道德,均属大逆不道,而作品均加以肯定,这已与金元近世文学中歌颂爱情之作(参见下编)相通;但因《醉翁谈录》成书于元代,此等描写究竟出于南宋抑或元代就难以断定了。

此外,《青琐高议》别集所收《张浩——花下与李氏结婚》可能也出于南宋后期或稍晚一些。《青琐高议》作者刘斧虽生活于北宋仁宗至哲宗时期,但此篇题下有"新增"二字,当非原书所有。南宋前期的《绿窗新话》所收此一故事,题为《张浩私通李莺莺》,没有故事的后半;可见南宋前期这还只是一个一般的私情故事,到南宋后期或更晚一些才发展成为一个完整的争取婚姻自由的故事。作品中的女主人公不顾男女双方家长的反对,最后竟向官府告状,而成就了原无父母之命、媒妁之言的婚姻。作品虽写得较为粗糙,认为官府会支持男女的自主婚姻更是幼稚的设想,但女主人公的勇敢大胆,却是与元代杂剧中《墙头马上》的李千金之类的人物相通的。

第五编

近世文学

萌生期

概　　说

作为历史时代区分之一的近世，指封建制后期并已有明显的市民色彩的时期。例如，在日本史上，即称江户时代(1603—1867)为近世。至于近世文学，则不仅文学所由产生的时代已应是近世，而且文学本身也应已具有近世的特征；就总体而言，其注重个人——包括个人的感情、欲望、自由、尊严——的倾向日益扩大和深化，对个人与环境的矛盾、对立的表现愈益丰富、深入、细腻、强烈。换言之，在我们所谓的中国近世文学时期的开始，文学里至少应已具有这样的迹象，而且并不是个别的、孤立的存在。

如同下文将要说明的，中国的近世文学始于金末元初，也即始于13世纪初，比日本文学的进入近世期早了约四百年，但比日本文学的进入近(现)代期要晚数十年。这也就意味着中国文学的近世期特别漫长。因为在近世文学的发展过程中一再出现逆转和徘徊。大致说来，中国的近世文学可以分作五个阶段：萌生期、受挫期、复兴期、徘徊期、嬗变期。

中国近世文学的开始

近世文学时期，我们认为是从金末元初开始的。如从经济的发展来说，南宋后期较金末可能有过之而无不及，但我们迄今尚未在南宋文学中发现像《西厢记诸宫调》这样的作品。假如这种情况并不是由于资料的湮没而形成，那就意味着宋王朝的意识形态延缓了此类文学的产生。尤其是假如我们考虑到元代前期北方文学(以杂剧为代表)的成就远胜于南方文学，而对明代文学的复兴发生重大推进作用的前七子中的六个人[①]，就其籍贯来说，都不在宋金对峙时期的南宋辖区，那么，我们也许会觉得这问题实在值得研究。

假如说西方文艺复兴的基本是人文主义，是从以神为中心转向了以人为

---

① 参见本书第七编的有关部分。

中心,那么,中国的人文主义则是从以群体为中心转向以个体为中心;因为西方的中世纪以"神"的名义所扼杀的人的要求和权利其实也是个体的人的要求和权利。而中国从上古直到中世虽然似乎都重视"人",但重视的只是作为群体的人;作为个体的人的要求和权利同样遭到扼杀。所谓"忠孝节义",所谓"君要臣死,臣不死不忠;父要子死,子不死不孝",所谓"饿死事小,失节事大",其实都是扼杀个体的人的要求和权利。中国近世文学的基本点也就是在这种背景下逐步与以个体为中心的这种人文主义相联系的。

在这里需要说明的是:第一,中国近世文学的这种尊重个体的人的精神并不是突然发生的。在这以前已体现出某种程度的这样的因素,并成为文学发展的动因;但另一方面,就社会的统治思想而论,始终是以群体为中心,文学上出现的那些与此相违异的成分,只是植基于个人感情的某种自发性反应,而并非基于尊重个体的人的自觉精神,北宋诗词的分流、陆游对自己所作词的检讨,都可说明这一点,而且,即使是中世文学的杰出作家,其思想跟人文主义的距离始终是明显的,例如李白,当他沉醉于"朝天数换飞龙马,敕赐珊瑚白玉鞭"(《玉壶吟》)的时候,也就意味着他所要求的个人尊严已在封建的皇权面前被击得粉碎了。其次,在受到西方的民主主义思想影响之前,在中国的近世文学里也没有体现出完整的人文主义精神,但与其以前的文学相比较,却已较为集中地表达了对个人的要求和权利的尊重,而且逐渐地强化和深化。第三,中国近世文学对个人的要求和权利的尊重,首先较突出地表现在爱情方面,然后再逐步向其他方面扩张。

金代董解元的《西厢记诸宫调》虽是今存最早的中国近世文学代表作,但在这以前却已有不少类似的诸宫调的作品。《西厢记诸宫调》的开头部分述其将要演唱的故事时说:"也不是崔韬逢雌虎,也不是郑子遇妖狐。也不是井底引银瓶,也不是双女夺夫。也不是离魂倩女,也不是谒浆崔护。也不是双渐豫章城,也不是柳毅传书。"(〔柘枝令〕)此处所述,全都涉及男女情事,当也都是诸宫调所演唱的内容。其间如"双渐豫章城"、"井底引银瓶"当皆是金代的新作,泼辣大胆可与《西厢记诸宫调》相颉颃,非"崔韬逢雌虎"等诸篇可及①。这

---

① "双渐豫章城"及"井底引银瓶"分别见本编第一、二章。"崔韬逢雌虎"本事见《太平广记》卷433,叙崔韬娶虎妇事,原出唐陆勋《集异志》。周密《武林旧事》所载官本杂剧段数有《雌虎》(原注:"崔智韬"),是"崔韬"又名"崔智韬"。《醉翁谈录》小说名目中有《崔智韬》,《武林旧事》所载官本杂剧段数中有《崔智韬艾虎儿》,所演当也为崔韬事。"二女争夫"当为话本《红白蜘蛛》中红蜘蛛、白蜘蛛争夫事(《红白蜘蛛》今仅存一页,中无争夫事,但本该篇而作的《郑节使立功神臂弓》有此;余见本编第五章);"谒浆崔护"本事见《本事诗》。"郑子遇妖狐"、"离魂倩女"、"柳毅传书"本事分别见唐传奇《任氏传》、《离魂记》、《柳毅传》。

也足见《西厢记诸宫调》在金代后期出现决非偶然，而是在若干同类诸宫调的基础上形成的出类拔萃之作。

《西厢记诸宫调》等作品对个人权利和要求的强调，从根底上来说，是一种市民意识，必须以一定的经济发展为基础。但在以前的中国历史（包括经济史）的研究中，往往强调辽、金、元的统治在经济方面所起的消极作用，近一二十年来随着学术思想的解放和学术环境的改善，看法有所变化。其实，辽政权的建立不仅对我国东北一带的建设有其积极作用，其所统辖的华北地区，在中唐以后就主要是藩镇跋扈、割据之地，在这以前也是作为军事重镇的生产滞后地区，辽政权对这些地区的建设也有贡献。在历史上，北京等地的建设达到相当的规模，则是在辽、金、元时期完成的。金的经济情况虽有待于进一步研究，但有两个数字非常值得注意。第一，金的户口数。泰和七年（1207）"十二月奏：天下户七百六十八万四千四百三十八，口四千五百八十一万六千七十九"（《金史·食货志》一）。这是金的户口的最高纪录。而南宋户口的最高纪录为淳熙五年的户12 976 123，口28 558 940。户虽多于金，人口却要少1 700余万。北宋户口的最高纪录为徽宗大观（1107—1110）年间的户20 882 258，口46 734 784（均见梁方仲《中国历代户口、田地、田赋统计》），其人口也仅较金的最高纪录多90余万。当时人口的多寡是很能反映其政治、经济状况的，所以历史上多次有人主张以当地人口的增减作为考察地方官政绩的依据，南宋绍兴八年尚书刘大中就向政府提出过这样的建议（见《文献通考》）。所以，金的人口能达到这样的水平是并不容易的，何况当时的许多经济发达、人口众多的地区都在南宋的统辖下。第二，茶叶的消耗数。《金史·食货志》载："（泰和六年）十一月尚书省奏：茶，饮食之余，非必用之物。比岁上下竞啜，农民尤甚。市井茶肆相属，商旅多以丝绢易茶，岁费不下百万。"是以在这一年定下了"七品以上官，其家方许食茶"的规定。仅仅为了喝茶，全国每年就要消耗一百万两银子，而且"农民尤甚"；这种情况绝不可能出现在经济困窘的社会。加以茶是要从南宋进口的，仅此一项，也可见其商业的发达。"市井茶肆相属"又说明了市镇的繁荣。所以，在金的统治下出现市民意识的增长并不是奇怪的事。

元代经济的发展更为明显。在农业上，"元代岁入粮大于唐、宋，元时天下岁入粮为2 422余万石，比唐天下岁入粮1 980余万石增多400余万石。岁入粮数为面积产量的缩影。"[①]以前在说到元的统治对经济造成的破坏时，主要集中在农业方面；但由上引材料来看，元代即使在农业方面较之唐、宋也有进展。至于交通的发达，大城市的众多和繁荣，手工业和商业的兴盛，海外贸易

---

① 见余也非《中国古代经济史》，重庆出版社1991年版第424页。

的展开,都超过前代。以前的研究很强调元代手工业的官营性质,认为这是一种落后的生产关系。但在实际上,至迟在元代后期,民营手工业已大大超过了官营手工业。所以,市民阶层在元代远较以前壮大,上层市民的影响也远非前代可比,并日益渗入文化领域;元末在江南文化界很具声望的顾瑛、倪瓒(元镇)等人实都是上层市民。明代王世贞《艺苑卮言》说:"吾昆山顾瑛、无锡倪元镇,俱以猗、卓之资,更挟才藻,风流豪赏,为东南之冠,而杨廉夫实主斯盟。"(卷六)"猗、卓"都是《史记·货殖列传》所载的靠经营手工业及其产品的货卖而成巨富的人。因而,顾、倪都是上层市民家庭出身。从王世贞的上项记载来看,这两人实为元末东南文坛盟主杨廉夫①的重要臂助。这样的人能在文化界有如此大的影响和声望,倪瓒本人并且是杰出的画家,这是以前的王朝所没有的现象。但在元末的东南地区,这却只是众多实例中的一项。关于元末以工商业者为主体的市民阶层在东南文化界的重要影响,陈建华氏《中国江浙地区十四至十七世纪社会意识与文学》有较具体的说明②,可以参看。

由此必然导致市民意识在文化方面的逐渐扩张,而金、元的统治阶层均为少数民族,尚未充分理解思想统制的重要性。他们虽也接受某些汉族士大夫的建议,颁布一些提倡儒学、甚至程朱理学的命令,但实际上并未发生多大作用。元末余阙《青阳先生文集》中的《送范立中赴襄阳诗序》说:

> ……郡中(指合肥。——引者)衣冠之族,惟范氏、商氏、葛氏三家而已。……皇元受命,包裹兵革……春秋月朔,郡太守有事于学,衣深衣,戴乌角巾,执笾豆罍爵,唱赞道引者,皆三家之子孙也。故其材皆有所成就,至学校官,累累有焉。……虽天道忌满恶盈,而儒者之泽深且远,从古然也。

作为"儒者之泽深且远"的证据的,竟是这些"衣冠之族"的子孙能在学校里举行祭祀等仪式时承担"唱赞道引"的任务,其"有成就"者还能当"学校官"——坐冷板凳的可怜的小官,这也足见当时儒学和儒者地位的低微了。何况在元代中后期又出现了以陆九渊学说来反对程朱理学的思潮③,蔓延到文学上,在元末造成了如下现象:"近来学者,类多自高,操觚未能成章,辄阔视前古为无物。且扬言曰:'曹刘、李杜、苏黄诸作虽佳,不必师;吾即师,师吾心耳。'"(宋

---

① 杨廉夫即杨维桢,见本编第六章第三节。
② 见《中国江浙地区十四至十七世纪社会意识与文学》,上海学林出版社1992年版,第72—85页。
③ 虞集《送李彦方闽宪·序》:"近日晚学小子不肯细心读书穷理,妄引陆子静之说以自欺自弃,至欲移易《论语章句》,直斥程朱之说为非……"

濂《答章秀才论诗书》)这种不师前人而"师心"的观念,显然出于陆氏"此心此理,我固有之,所谓'万物皆备于我'。昔之圣贤,先得我心之所同然者耳"(《与侄孙濬书》)之说①,而与晚明的"性灵说"等尊重自我的思潮相通。从哲学与文学的关系说,元代中后期的由陆象山心学导致文学上的"师心"之论,不妨视为明代后期由王阳明心学发展到文学上尊重自我的思潮的预演。而对于异端的思想,元统治者与金统治者一样,并不加以禁绝。所以,朱元璋在总结元朝灭亡的教训时竟然说:"奈何胡元以宽而失,朕收平中国,非猛不可,然歹人恶严法,喜宽容,谤骂国家,扇惑非非,莫能治。"(《四部丛刊》影印隆庆本《太师诚意伯刘文成公集》卷一《皇帝手书》)所谓"以宽而失"当也包括在文化方面的宽松。

因此,从金代后期开始的文学面貌的演化,在元代不仅没有倒退,反而以更快速度前进。中国文学也就这样进入了近世,形成了近世文学的萌生期。直到朱元璋建立明王朝,采取打击工商业和抑制文化的政策,形势才有了大的逆转。不过,在明王朝建立的头几年,由于文化人都是在元代成长起来的,不可能立即改变态度,仍可视为近世文学萌生期的余波。

近世文学萌生期的特征

大致说来,中国近世文学萌生期有如下的特征。

第一,是市民意识在文学中的增长。

在这方面首先需要注意的,是对商人的评价。在这以前,文学中的商人一般是重利而无情的、生活放荡的、不合理地轻易获得高额利润的人物,也即传统的重农抑商观念的体现。但在中国近世文学中,一方面固然仍有以这种观念来写商人的,特别在元杂剧的那些涉及士子与商人争夺妓女爱情的剧本中,还显示出对商人的更大反感,这其实反映了在商人地位提高过程中的部分士大夫对商人的妒意②;另一方面却也出现了若干从另一角度来写商人的作品:

> ……食禾有百螣,择肉非一虎。呼天天不闻,感讽复何补?单衣者谁子,贩籴就南府。倾身营一饱,岂乐远服贾?盘盘雁门道,雪涧深以阻。半岭逢驱车,人牛一何苦!(元好问《雁门道中书所见》)

---

① "师心"之语最早见于《文心雕龙》的《论说》、《才略》等篇,虽含有不为古人所束缚之意,但并无不向古人学习的内容。只有从陆象山心学出发,才会得出古人虽佳也不必师、"吾即师,师吾心耳"的结论。
② 关于此点,可参阅郑振铎先生的《论元人所写士子商人妓女的三角恋爱剧》,最早刊于《文学季刊》一卷四期,后收入郑氏多种文集。

想着我幼年时血气猛，为蝇头努力去争，哎哟！使的我到今来一身残病。我去那虎狼窝不顾残生，我可也问甚的是夜甚的是明，甚的是雨甚的是晴。我只去利名场往来奔竞，那里也有一日的安宁？投至得十年五载，我这般松宽的有，也是我万苦千辛积攒成，往事堪惊。（秦简夫《东堂老》第二折〔滚绣球〕）

山盘盘，车逐逐，大车前行后车促。不愁雪里衣裳单，但恐雪深车折轴。行人岁暮心忉忉，天寒马疲牛腹栿，日落不知行路遥。今年月尾度敖鄀，明年月头过成皋，二月三月临帝郊。似闻物低米价高，莫使终岁徒劳劳。城中贵客朱门豪，狐裘绣袴红锦袍。琵琶合曲声嘈嘈，壇房肉阵传羊羔。雪花回风如席飘，卷帘醉脸殷若桃，岂知人间衣食如牛毛！（顾瑛《三二年来商旅难行，畏途多棘，政以为叹，徐君宪以〈雪景盘车图〉求题，观其风雪载道，不能无戚然也，遂为之赋云》）

以上所引，分别出于金代末期、元代中期和元代后期。虽然所写角度不同，但都注意到了商人生活的艰辛和痛苦。秦简夫《东堂老》的〔滚绣球〕用的是一个已经获得成功的老年商人的声口，而作者显然是同意这种观点的；它说明了商人的成功要付出多么重大的代价！是"不顾残生"地在"虎狼窝"拼搏的结果。顾瑛的那首诗，更进一步指出了商人与朱门豪贵不但绝非一路，而且处于生活的两极。这些与传统的对商人的观念都截然有别。尤其是秦简夫和顾瑛，显然是站在商人的立场上来说话的。这也可视为市民意识对文学的侵入。

其次，市民意识当然不只限于对商人的评价。正如恩格斯所早就指出的："一方面，每一种新的进步都必然表现为对某一神圣事物的亵渎，表现为对陈旧的、日渐衰亡的、但为习惯所崇奉的秩序的叛逆，另一方面，自从阶级对立产生以来，正是人的恶劣的情欲——贪欲和权势欲成了历史发展的杠杆。"①因此，归根到底，市民意识的主要内涵就是背叛那"为习惯所崇奉的秩序"——群体对个体的束缚，以便市民们满足自己的欲望。他们所要满足的，不仅有贪欲和权势欲，而且还有性爱方面的欲求。恩格斯说："性爱特别是在最近八百年间获得了这样的意义和地位，竟成了这个时期中一切诗歌必须环绕着旋转的轴心了。"②可见性爱在西方之特别受到重视，也是与市民等级的产生与发展分不开的。

---

① 《费尔巴哈和德国古典哲学的终结》，《马克思恩格斯选集》第四卷，人民出版社1972年版第233页。又，恩格斯是在阐发黑格尔的"恶是历史发展的动力借以表现出来的形式"的观点时说这番话的，把"贪欲和权势欲"作为"人的恶劣的情欲"是就黑格尔的哲学体系而言，并不是恩格斯自己的评价。

② 同上书第229页。

因此,在作为中国近世文学第一阶段的金元文学中,对爱情的讴歌就成为主要内容之一,金代诸宫调和元杂剧、散曲在这方面表现得最为清楚;对权势欲和对给人带来快乐的其他欲望的追求,在金、元文学中也开始出现,通俗小说在这方面提供了很好的例证。同时,这样的追求必然导致个体与环境的冲突,引起对长期崇奉的人生信念的动摇;金元文学于此也有相应的反映。这一切,有些是近世文学才出现的新内容,有些则是在原来基础上的重大发展;它们与五四新文学都有相通之处。

近世文学萌生期的第二个特征,是作为个体的人的独特性、人与环境的矛盾冲突得到了进一步的表现。

这一时期文学较之前代的一个明显的不同,就是文学的主干从作者自抒其情的抒情文学(并不排斥想像甚或少量的虚构)向虚构的叙事文学的转化。可以说,从先秦到宋代的文学是以上述抒情作品——特别是其中的诗歌——为主,但从金、元开始,就变成以虚构的叙事文学——杂剧、小说等——为主了。20世纪初,王国维吸取前人之说,提出"一时代有一时代之文学"的观点,分别以汉赋、唐诗、宋词、元曲等作为其各时代的代表性文学作品;这种看法曾一度成为中国文学史研究者的共识,近若干年已有学者公开表示异议。而从1950年代开始,由于片面地理解和强调文学的思想性,宋诗早已被置于宋词之上,王国维的上述见解也可说在那时已被否定了。不过,在金、元时代我们还找不出哪一位诗人或词人——从元好问直到杨维桢、高启——可与杂剧作家关汉卿、王实甫等相提并论的,所以仍只能把杂剧作为最能代表元代文学成就的文学样式。尽管《三国志通俗演义》和《忠义水浒传》也是杰构,但其出现已在元末乃至明初,非若杂剧贯穿整个元代。这也就意味着叙事性的杂剧乃是元代文学的主流,而抒情性的诗词则已退居次要地位了。也许我们还可以说,元末已经出现了长篇小说取代杂剧的趋势,而长篇小说仍是虚构性的叙事文学。

倘将元杂剧与宋词相比较,那么,杂剧有故事情节而词没有,所以很容易得出如下的结论:元代民众喜爱杂剧是因其有故事情节。但另一方面也应看到:元杂剧有些剧本的情节固然能吸引人,如《赵盼儿风月救风尘》;但有些剧本则情节毫无动人之处,全凭曲词来打动人,如白朴的《梧桐雨》。何况元杂剧的曲词大抵是对人物心理活动的描摹,如以情节的交代为主,很多曲词、甚至很多折都可删掉。例如,去掉了《西厢记》的"长亭送别",张生仍然可以被迫赴长安应试,从而丝毫无碍于整个剧本的情节进展;《单刀会》中关羽在船上的唱词,对情节的推进也并无作用。因此,元杂剧的有些曲词并不是为情节服务的,倒是情节为这些曲词的出现提供了条件。仍以《西厢记》为例,倘若没有张生被迫赴试的情节，就不可能有"长亭送别"的绝妙曲词。在这里也就可以看出曲词在元杂剧中具有极其重要的地位。而如将曲词和词相比较，常会使人觉得曲词能更具体地显示感情的内涵、人与环境的矛盾冲突。柳永的《雨霖铃》虽是词中写离情别恨的名篇，但我们既不知道他与那一位割舍不下的人的确切关系，又不知道他们分别的原因和可能的后果，虽然也很受感动，却不可能明确地体认其感情的内容，更无从体味到其中必然蕴含的个人与环境的矛盾冲突；而我们在读《西厢记》的"长亭送别"时，对这些都会有清楚的感受。造成这种差别的原因，完全在于词和杂剧的不同体制。假如我们把《窦娥冤》中窦娥被杀前所唱的那支著名的〔滚绣球〕与全剧割裂开来，那么我们在读它时绝不会像现在这样地被激动。由此可见，作为叙事作品的元杂剧，它的情节本身固然也能在某种程度上产生打动人的力量，而尤其不应忽略的是：叙事性还使作品有可能较完整地显示人物感情的来龙去脉、人与环境的矛盾冲突，从而使曲词更能表现人物的内心活动和更为感人。从有些著名剧本几乎没有什么故事性或在情节上仅仅是老调重弹（例如《倩女离魂》）这一点来看，有些作家写作杂剧和有些观众（读者）喜爱杂剧，实不在于追求情节，而是被上述与叙事性联系在一起的曲词特点所吸引。至于这种叙事性与虚构的联系——甚至可说是虚构的产物——则是不言自明的。

在这个意义上，我们可以说：金元杂剧的出现意味着人与环境的矛盾冲突、人的感情的具体内涵——实际上也就是作为个体的人的独特性——在文学中通过虚构而得到了进一步的表现。稍后出现的同是作为虚构叙事文学的《忠义水浒传》这样的小说巨著，则是杂剧此种传统的继续和发扬。

近世文学萌生期的第三个特征，是文学语言的开始变化。

从《诗经》、《楚辞》开始，中国文学所用的语言就与口语存在明显的区别。这种情况一直保持到宋代。即使是敦煌俗文学，其所用的也不是口语；尽管有些作品的语言看起来与口语相当接近，但那是作者不善于运用特殊的文学语言——文言文——的结果，并不是有意识地运用口语。在金元以前可以称之为使用口语的文献，是和尚谈禅、道学家讲学的"语录"，但那不是文学作品。

用口语——白话——写的文学作品，是从元代开始出现的。它们是：杂剧中的某些曲词、散曲中的某些作品、若干通俗小说；集大成的则是《忠义水浒传》。

今天还没有发现完全用口语写的元杂剧剧本，但却可以找到用口语写的若干单支曲。而特别值得重视的是：这些曲词往往是用来表现人物的极其激动的感情的。如《西厢记》中"长亭送别"的〔叨叨令〕、《窦娥冤》中窦娥临刑前的〔滚绣球〕、〔快活三〕、马致远《岳阳楼》中的〔贺新郎〕等等。现引〔叨叨令〕

如下：

> 见安排着车儿、马儿，不由人熬熬煎煎的气；有甚么心情花儿、靥儿，打扮的娇娇滴滴媚；准备着被儿、枕儿，则索昏昏沉沉的睡；从今后衫儿、袖儿，揾湿做重重叠叠泪。兀的不闷杀人也么哥！兀的不闷杀人也么哥！久已后书儿、信儿，索与我凄凄惶惶的寄。（〔叨叨令〕）

这些作家不是不会用纯粹的文言写漂亮的曲词，这有他们的许多作品为证。但为什么在这些地方又要写此种口语化的曲子呢？唯一可能的回答是：他们觉得在这些地方用口语比用文言更好。换言之，他们已经意识到了口语在某些方面较文言更具优越性。

在元杂剧中，虽然还没有整个作品的曲词都用口语的，但在散曲中却已出现了全用口语的套数。最突出的就是睢景臣的《高祖还乡》（〔般涉调哨遍〕）。这是一首讽刺之作。从睢景臣另一首套数《寓僧舍》（〔商角调黄莺儿〕）来看，他也不是不能用文言写散曲的。因此，他在《高祖还乡》中纯用口语，当是觉得在这类曲子中用口语更为泼辣和生动。

不仅如此，有些作家在运用口语写作方面已具有相当高的造诣：精练而富于诗意。白朴、马致远等都是如此。试看白朴的《秋》（〔越调天净沙〕）：

> 孤村落日残霞，轻烟老树寒鸦。一点飞鸿影下，青山绿水，白草红叶黄花。

除了"残霞"、"寒鸦"有点文学性的修饰以外，其他都是口语，但却使人看到了一幅很美丽而又略有惆怅意味的画面，色彩的调配也丰富而和谐。另有一支传为马致远作的〔天净沙〕（《秋思》），与此相似，但略有萧飒之意：

> 枯藤老树昏鸦，小桥流水人家。古道西风瘦马。夕阳西下，断肠人在天涯。

较之上一首，各具特色。但说出于马致远，则恐不确[①]。不过，马致远也确有优美的散曲：

> 他心罢，咱便舍。空担着这场风月！一锅滚水冷定也，再撏红几时得热！（〔双调寿阳曲〕）

所用全是口语，而且精练生动，感情真切。尤其值得注意的是：前两首"天净

[①] 此首出于元代《梨园按试乐府新声》及《中原音韵》，均不署撰人；元盛如梓《庶斋老学丛谈》载此亦无撰人名；明蒋一葵《尧山堂外纪》始以此为马致远作（以上见隋树森氏辑《全元散曲》）。而蒋氏之说，实不尽可据。

沙"虽运用口语,但其结构和思考方式,仍是古典诗词的传统,而非日常语言的习惯;"寿阳曲"则显然与此相反。例如,前两首中没有一个主、谓语完整的句子,而"寿阳曲"诸句的语法关系却都清楚。像第三句,虽是主语的省略,但一望而知,其省去的主语乃是在第二句中出现并也被用作主语的"咱"。这是现在的白话文中都常在使用的方法。所以,这一首也就进一步显示出了向口语的倾斜。

正因元代已有不少作家开始运用口语来写作,所以,最后出现像《忠义水浒传》那样杰出的白话长篇小说,就并不是值得奇怪的事了。

在这里还应补充的是:由于元朝的最高统治阶层为蒙古族人,汉语的文言文当然是他们所不熟悉的;为了他们的方便,元代的有些公文已用白话。文学中的口语之作的出现,与这种情况可能有一定联系。但从元杂剧中以口语来表现人物的激动感情这一现象来看,作家实已对口语在文学创作中的优越性有所了解,而不只是被动地接受白话公文的影响。

近世文学萌生期的第四个特征,是有别于传统文人的作家群的逐步形成,从而导致某些异端性作品的出现。

根据现有资料,这种类型的作家,最早的是《西厢记诸宫调》的作者董解元。他生活于金代后期。在《西厢记诸宫调》的开头部分,他曾作过这样的自我介绍:"秦楼谢馆鸳鸯幄,风流稍是有声价,教惺惺浪儿每都伏咱。不曾胡来,俏倬是生涯。""携一壶儿酒,戴一支儿花;醉时歌,狂时舞,醒时罢。每日价疏散,不曾着家。放二四,不拘束,尽人团剥。""俺平生情性好疏狂,疏狂的情性难拘束。一回家想么诗魔多,爱选多情曲。比前贤乐府不中听,在诸宫调里却数数。"稍后于他的另一作家关汉卿,则在《不伏老》中对自己作了这样的描绘:

> 我是个蒸不烂煮不熟捶不扁炒不爆响珰珰一粒铜豌豆,恁子弟每谁教你钻入他锄不断斫不下解不开顿不脱慢腾腾千层锦套头。我玩的是梁园月,饮的是东京酒,赏的是洛阳花,攀的是章台柳。我也会围棋会蹴鞠会打围会插科,会歌舞会吹弹会咽作会吟诗会双陆。你便是落了我牙歪了我嘴瘸了我腿折了我手,天赐与我这几般儿歹症候,尚兀自不肯休!则除是阎王亲自唤,神鬼自来勾;三魂归地府,七魄丧冥幽。天那,那其间才不向烟花路儿上走。(〔南吕一枝花〕)

两相比较,我们可以发现他们之间的如下共同点:追求享乐,不愿接受束缚,也不愿按照传统的标准使自己成为"正派人"或"人上人"。在宋代的作家中,唯一与他们有些相似之处的是柳永。他的《鹤冲天》词也有"青春都一饷,忍把浮名,换了浅斟低唱"之语,但该词的一开头就说:"黄金榜上,偶失龙头望。明代暂遗贤,如何向!"他是由于未能在"黄金榜上"题名,有激使然;这与董、关的出于"情性"之自然,很不一样。元代后来不少文人走的就是董、关的这种路子。其地位低的为"书会才人"——不登大雅之堂的通俗文艺工作者,在南戏《张协状元》中对他们的情况有所反映,那是一些能嘲风弄月,弹丝品竹,编写戏曲、小曲,也能上演的良家子弟,南戏的好些作品就是他们所编;地位较高的就成为元末杨维祯一类"狂生"、"文妖"[①]。

以前有一种看法,认为这一类作家在元代出现是由于文人儒士在元代不受重视、他们在社会上得不到应有的地位之故。但是,倘若不是经济的发展已为这一类作家提供了必要的生存条件,那么,文人儒士受轻视只能使他们改行成为商人、手工业者甚或沦为乞丐,却不能使他们过上董解元、关汉卿那样的"风流"生活。倘若社会已为他们提供了这样的生存条件,那么,他们就是社会向前发展的必然产物,而不是元王朝的轻儒政策所结下的苦果;轻儒政策至多只是促使某些本可不走这条路的人也走上了这条路而已。

随着这一作家群的逐步形成,在文学中必然会产生与封建主义的政治、道德原则相违背,从而体现了某种尊重个人权利的要求的作品。关于此点,在论述中国近世文学萌生期的第一个特征时已有所涉及,这里不再赘陈。

总之,就近世文学萌生期的上述特征来看,这时期的文学是在朝着新的方向——类似于五四新文学那样的方向——行进;当然,它跟五四新文学还有很大的距离。

---

① 参见本编第六章。

第一章　作为近世文学发端的金末文学

中国近世文学发端于金代后期，最早的两个代表性作家是元好问和董解元。金的文学一面继承北宋的传统，一面又继承辽的传统。正如反对接受宋、辽文化传统的金贵族完颜伟所说："自近年来多用辽、宋亡国遗臣，以富贵文字坏我土俗。"（《大金国志》）在金世宗（1161—1189在位）时期，这种局面已经奠定；但金的"土俗"只是遭到破坏而非完全消失，这就使金的文学仍有其自己的鲜明特色，给近世文学从金开始提供了有利条件。为说明这种情况，有必要对辽以来的文学发展稍作回顾。

第一节　辽以来文学发展的回顾

辽王朝的最高统治层为契丹贵族。因王朝的创立者耶律阿保机即为契丹人，在其于后梁贞明二年（916）开国时本名契丹国，到后汉天福十二年（947）才改称为辽。契丹原先活动于辽河上游一带，所过的是游牧生活。自阿保机建国后，逐步吸收汉族文化，发展农业，并向华北地区扩展，终致统治中国北部，与宋王朝对峙。在这过程中，许多汉族人成了辽的臣民，汉族文化与契丹文化不断融合，经济、文化日渐发达，连手工业和商业也随之进步。

契丹有自己的语言文字，契丹人的文学作品自当以契丹语作的为多；受汉文化影响后，也有以汉语来写作诗文的。限于种种条件，我们在这里作为研究对象的只能是以汉语写的文学作品和个别虽以契丹语创作，但却已译成汉文的作品。

现存最早的辽诗为耶律倍（899—936）的《海上诗》。他是辽太祖耶律阿保机的太子，但阿保机的妻子（皇后）却想让次子耶律德光继承帝位。阿保机死后，他主动让位给德光——辽太宗，却反而遭到疑忌，遂应后唐明宗之招，离辽

而去。临行前"立木海上"而刻此诗,故称《海上诗》:

> 小山压大山,大山全无力。羞见故乡人,从此投外国。(《辽史·宗室传》)

诗写得很质朴。以"小山"喻太宗,"大山"自比。说自己因受"小山"压迫而无力抗衡,深感羞耻,故而出奔。这种想法颇为幼稚,显得感情用事。由此也就可以了解,他原先主动把皇位让给太宗,太宗反而对他猜疑,就因他一直把自己看作"大山",并认为"小山"不应"压大山"之故。换言之,在他眼中看来,太宗始终是弟弟,而不是理当压在自己头上的皇帝;这当然是已经当了皇帝的太宗所受不了的,两人的矛盾也就无可避免了。因此,在这首质朴的诗中,充分表现了率真、任情的特点。

随着对汉族文化的进一步吸收,契丹人用汉语写作诗歌的能力不断提高,礼义之重、尊卑之别一类的观念也日益取得统治地位;但率真、任情的这一面并未完全泯灭。在比耶律倍迟出生一百三十余年的辽道宗耶律洪基(1032—1101)的诗里,还可以看到这一点:

> (李处能)谓(刘)远曰:"本朝道宗皇帝好文,先人昔荷宠异。尝于九日进《菊花赋》,次日赐批答一绝句云:'昨日吟卿菊花赋,碎剪金英作佳句。至今襟袖有余香,冷落秋风吹不去。'"(侯延庆《退斋雅闻录》)

此处的"先人"指耶律俨(《辽史》卷九八有传);俨本姓李,自其父亲一代起赐姓耶律。这首诗除"卿"字是君臣间的习惯称呼外,通篇都是对《菊花赋》的衷心赞美,而看不出皇帝褒美臣下时所应具的分寸感;所以仍含有某种率真、任情的特色。

道宗的妻子萧观音(1040—1075),即懿德皇后,是用汉语写作的辽代诗人中最杰出的一个。由于统治集团间的内部倾轧,她被诬为与伶官赵唯一有私情而处死("赐"自尽)。她所遗留下来的作品,有《回心院》(十首)、《怀古》、《绝命词》等。

作《回心院》时,道宗对她已经疏远了。她在诗中既写了被冷落的痛苦,也表现了对重新获得爱情的渴望:

> 铺翠被,羞杀鸳鸯对。犹忆当时叫合欢,而今独覆相思块。铺翠被,待君睡。(《回心院》其四)
>
> 剔银灯,须知一样明。偏是君来生彩晕,对妾故作青荧荧。剔银灯,待君行。(《回心院》其八)

无论写痛苦还是渴望,其感情都热烈而鲜明。作品的感染力也就在此。由于礼教的束缚,在此之前的写上层妇女在两性关系上的痛苦、悲哀的作品,情感都颇含蓄;无论是女性自作或男性代作,全都如此。所以,《回心院》的这种特色,正是少数民族的上层妇女不同于汉族的上层妇女之处;尽管从《回心院》来看,她的依附意识也已颇为浓重,第九首的"爇熏炉,能将孤闷苏。若道妾身多秽贱,自沾御香香彻肤",即是明证,但跟久受礼教熏陶的汉族上层妇女到底还不一样。

她的《怀古》写得相当大胆:"宫中只数赵家妆,败雨残云误汉王。惟有知情一片月,曾窥飞燕入昭阳。"从诗本身来看,是为赵飞燕翻案。意思是:宫中只责备("数")赵飞燕不贞,但有谁知道赵飞燕的真实情况呢? 只有月亮才能在晚间进入昭阳宫看到她的一切! 虽不知萧观音在此处是否含有以飞燕自寓之意,但对史籍上早有定论的赵飞燕秽乱宫禁之事加以怀疑,把对赵飞燕的批判说成是不明真情者的人云亦云,这是颇要胆力的,也非久受礼教熏陶的汉族上层妇女所敢为。

至于她的《绝命词》,乃是在被处死前所作。文中充满了悲愤和怨恨,毫无自我检讨之意,因而也可以说毫无忠爱之忱。所谓"忠臣去国,不洁其名",也就是要使别人不认为皇帝把这位"忠臣"赶走是错的;她的《绝命词》却是在临死前还要进行抗争:

　　……岂祸生兮无朕,蒙秽恶兮宫闱。将剖心兮自陈,冀回照兮白日。宁庶女兮多惭,遏飞霜兮下击? 顾子女兮哀顿,对左右兮摧伤! 其西曜兮将坠,忽吾去乎椒房。呼天地兮惨悴,恨今古兮安极! 知吾生兮必死,又焉爱兮旦夕?

作品中的刚烈之气,在柔弱的上层妇女中也是少见的。

辽时以契丹文所写的作品经过汉译而保存下来的,只有寺公大师的《醉义歌》。加以汉译的,是耶律楚材;译文即收入其《湛然居士文集》卷八,楚材并为之序:"辽朝寺公大师者,一时豪俊也。贤而能文,尤长于歌诗。其旨趣高远,不类世间语,可与苏、黄并驱争先耳。有《醉义歌》,乃寺公之绝唱也。"寺公生平无考,从此一序文中略可知其梗概。《醉义歌》所写,为醉中的乐趣;与此相对,则将人世间的恶浊予以揭露和批判。全诗气势磅礴,所谓"可与苏、黄并驱争先",当就此而言。诗中多引史实与庄子之说,足见其对汉文化浸淫甚深,而仍高唱"德则利名何足有",将这四者("则"为"法",见《尔雅》)全都否定,足以见其趋向所在。

总之,辽的文学虽日益受到汉文化的影响,但仍保有若干率真任情的特色。它与北宋文学都成为金的文学遗产。

金的最高统治阶层是女真贵族。金初的作家,很多都是由宋入金的汉人。

其中吴激(？—1142)兼擅诗词。宇文虚中(1079—1146)、高士谈(？—1146)皆善诗,蔡松年(1107—1159)以词与吴激齐名。入金之初,作家们新经世变,其作品均具有较真实、强烈的感情。诗歌固然脱出了重理智的藩篱,词也有悲慨之气。

> 佳气犹能想郁葱,云间双阙峙苍龙。春风十里灞陵树,晓月一声长乐钟。小苑花开红漠漠,曲江波涨碧溶溶。眼前叠嶂青如画,借问南山共几峰？(吴激《长安怀古》)

> 南朝千古伤心事,犹唱《后庭花》。旧时王谢、堂前燕子,飞向谁家？ 恍然一梦,仙肌胜雪,宫髻堆鸦。江州司马,青衫泪湿,同是天涯。(吴激《人月圆》)

> 两年重九皆羁旅,万水千山厌远游。白酒黄花聊度日,青蘋绿绮共忘忧。却怜风雨梁山路,不似莼鲈楚泽秋。何必东皋是三径,此身天地一虚舟。(宇文虚中《己丑重阳在剑门梁山铺》)

> 登临酒面洒清风,竟日凭栏兴未穷。残雪楼台山向背,夕阳城郭水西东。客情到处身如寄,别恨他时梦可通？ 自叹不如华表鹤,故乡常在白云中。(高士谈《晚登辽海亭》)

> 倦游老眼,放闲身、管领黄花三日。客子秋多,茅舍外、满眼秋岚欲滴。泽国清霜,澄江爽气,染出千林赤。感时怀古,酒前一笑都释。 千古栗里高情,雄豪割据,戏马空陈迹。醉里谁能知许事,俯仰人间今昔。三弄胡床,九层飞观,换取穿云笛。凉蟾有意,为人点破空碧。(蔡松年《念奴娇》)

这些作品,所写的角度不同,有的另具本事(如吴激之词,是为被金所俘虏的北宋宫女而作,"江州司马"则以自喻),有的并无背景;感情的内涵也有差别,或悲咽欲绝,或强自解免。但均出于真切的感受,因而能打动读者。这也就使金的文学有了一个良好的开端。

金注重文化建设,是从金世宗(1161—1189 在位)时期开始的。他一面吸收宋、辽的文化,另一方面在可能范围内保存和发扬女真自己的传统,从而为金的文化发展奠定了基础。金代后期的文学家都是在金世宗及其以后的时代培养和成长起来的。

第二节　元好问及其他

在本书第四编《中世文学·分化期》的《概说》及有关章节中已经说明：唐

代的诗歌基本上是沿着魏晋以来的文学主流,朝着尊重自我(自我的感情)、追求文学的美的方向发展的,唐五代和宋的词则是这种传统的进一步演化,宋词对唐五代词来说更是新的高度;但从中唐时期起,诗歌中又出现了一种强调群体、强调为其政治和道德要求服务而漠视甚或排斥对美的追求的倾向,它虽然远未成为唐诗的主流,但在宋诗中却占了绝对的优势,并演变成为重群体、重理智的特色。而从元好问为其《遗山新乐府》所作《引》中我们可以知道,他是认为"宋诗人大概不及唐,而乐府歌词过之"(《彊村丛书》本《遗山乐府》卷首)的。他所肯定的正是中世文学的前一种传统,也可说他是沿着这一传统向前走的。他之所以如此,又取决于金的文学风气。

一、元好问的文学前辈

作为金的文学渊源之一的辽文学,原偏向于率真、任情,由宋入金的汉族作家也都表现出了感情较为真挚强烈的一面;而金的"土俗"本就注重感情,对男女之情的限制也少于汉族(见下)。这样就在文学中形成了一种重真情的风气。在年辈长于元好问的金代作家中,作为这种风气的代表——特别是在文学理论方面的代表的是李纯甫、周昂(?—1211)、王若虚(1174—1243)等。元好问对他们甚为尊重(见其所编《中州集》的有关部分)。他们对诗歌都强调应发自心声,而反对江西诗派。如李纯甫为《西岩集》作序说:"人心不同如面。其心之声,发而为言;言中理谓之文,文而有节为之诗。然则诗者,文之变也,岂有定体哉?故三百篇,什无定章,章无定句,句无定字,字无定音,大小长短,险易轻重,惟意所适。虽役夫室妾悲愤感激之语,与圣贤相杂而无愧,亦各言其志也已矣。"因而对江西派的"高者雕镂尖刻,下者模拟剽窃"加以嘲笑。王若虚的《滹南诗话》更明确提出:"哀乐之真,发乎情性,此诗之正理也。"又认为:"古之诗人,虽趣尚不同,体制不一,要皆出于自得,至其辞达理顺,皆足以名家,何尝有以句法绳人者?鲁直开口论句法,此便是不及古人处。"这也就意味着,到元好问踏上文坛的时候为止,主张诗歌必须出自心声、真情的观点已具有强大的影响。

二、元好问及其文学思想

元好问(1190—1257),字裕之,号遗山,秀容(今山西忻县)人。兴定进士,曾任行尚书省左司员外郎等职。金亡不仕。在金、元之际声名甚盛,被认为金代最杰出的诗人。而他被我们认为是近世文学最早的代表作家之一,则尤由于其文学思想和词的创作。

他的文学思想显然受到李纯甫等人的影响。他论诗不但强调真,而且主张以自我为主。他在《新轩乐府引》中,提倡"情性之外不知有文字"、"非有意于文字之为工,不得不然之为工也"的写作态度,也即要求作品全本于情性,而不计文字的工拙;如果在感情的迫使下,非如此写不可("不得不然"),就如此写,那必然是好作品。他认为新轩(张胜予)的词就是这样写出来的,因而,无论是"喜而谑之之辞"还是"愤而吐之之辞"都很能感动人。他把这意见告诉屋梁子后,"屋梁子不悦,曰:'《麟角》、《兰畹》、《尊前》、《花间》等集,传播里巷,子妇母女交口教授,淫言媟语深入骨髓,牢不可去,久而语之俱化。浮屠家谓:笔墨劝淫,当下犁舌之狱。自知是巧,不知是业。陈后山追悔少作,至以"语业"命题,吾子不知耶?《离骚》之《悲回风》、《惜往日》,评者且以"露才扬己,怨怼沉江"少之;若《孤愤》、《四愁》、《七哀》、《九悼》、《绝命》之辞,《穷愁志》、《自怜赋》,使乐天知命者见之,又当置之何地耶? 治乱,时也;遇不遇,命也。衡门之下,自有成乐,而长歌之哀甚于痛哭。安知愤而吐之者,非呼天称屈耶? 世方以此病吾子,子又以及新轩,其何以自解?'"对此,他回答说:"子颇记谢东山对右军哀乐语乎?'年在桑榆,正赖丝竹陶写;但恐儿辈觉,损此欢乐趣耳!'东山似不应道此语。果使儿辈觉,老子乐趣遂少减耶?……"(《新轩乐府引》)这也就是说:写作是为了"陶写""情性",以此来求得自己的"欢乐趣",至于别人的反应,他都不放在心上,并且绝不因此而减少自己由写作得来的"欢乐趣"。他的这种视别人如无物,只求"陶写"自己"情性"以取得乐趣的写作态度,在中国文学史上是新的倾向,也可说是创作态度近世化的一种表现。这是元好问文学思想中最重要的内容。——元好问写过不少表述其文学思想的诗文,其中主张诗歌必须出于真情的,实与此相通,却无其尖锐性;其对个别作家进行评价的,所涉及的又多是文学批评中的具体问题。

三、元好问的词

在元好问的词中,存在着对于爱情的热烈讴歌。这与我国近世文学中赞扬爱情的诸宫调和杂剧显然属于同一范畴。

先看他的《梅花引》。其前有小序。这篇序也可视为短小的散文:

> 泰和中,西州士人家女阿金,姿色绝妙。其家欲得佳婿,使女自择。同郡某郎独华腴,且以文彩风流自名。女欲得之,尝见郎墙头,数语而去。他日又约于城南,郎以事不果来。其后从兄官陕右,女家不能待,乃许他姓。女郁郁不自聊,竟用是得疾。去大归二三日而死。又数年,郎仕,驰驿过家。先通殷勤者持冥钱告女墓云:"郎今年归,女知之耶?"闻者悲之。

此州有元魏离宫,在河中渾。士人月夜踏歌,和云:"魏拔来,野花开。"故予作《金娘怨》,用杨白花故事。词云:"含情出户娇无力,拾得杨花泪沾臆。春去秋来双燕子,愿衔杨花入窠里。"郎,中朝贵游,不欲斥其名,借古语道之。读者当以意晓云。"骨化形销,丹诚不泯;因风委露,犹托清尘。"是崔娘书词,事见元相国《传奇》。

再看词的原文:

> 墙头红杏粉光匀,宋东邻,见郎频。肠断城南、消息未全真。拾得杨花双泪落,江水阔,年年燕语新。 见说金娘埋恨处,蒺藜沙草不知春。离魂一只鸳鸯去,寂寞谁亲?惟有因风委露托清尘。月下哀歌宫殿古,暮云合,遥山入翠鬟。

元好问对这个悲惨地死去的女孩子显然持有深厚的同情。不过,她的家庭竟然同意她自己选择对象,而且她以一个未婚闺女的身份竟然可以与所爱的男性交谈,她的这种为爱而死的行为不但没有引起别人的鄙视,还有人到她的墓上向她报告有关情况和表示哀悼,这都说明她的家庭和社会对男女情爱采取了较为宽松的态度。这大概也就是金的"土俗"——一种特殊的文化传统。元好问的作品在这方面的表现以及我们在下一节中将要述及的许多讴歌爱情的诸宫调的出现,当都与这种文化传统有关。

元好问另一首与此相似的词是《摸鱼儿》,词前也有小序,格局同于《梅花引》序:

> 泰和中,大名民家小儿女有以私情不如意赴水者。官为踪迹之,无见也。其后踏藕者得二尸水中,衣服仍可验,其事乃白。是岁,此陂荷花开无不并蒂者。……曲以乐府《双蕖怨》命篇,"咀五色之灵芝,香生九窍;咽三清之瑞露,春动七情。"韩偓《香奁集》中自叙语。

至于词中感情,则较《梅花引》更为悲郁而深厚。

> 问莲根、有丝多少,莲心知为谁苦?双花脉脉娇相向,只是旧家儿女!天已许,甚不教、白头生死鸳鸯浦?夕阳无语。算谢客烟中,湘妃江上,未是断肠处。 《香奁》梦,好在灵芝瑞露。人间俯仰今古。海枯石烂情缘在,幽恨不埋黄土。相思树,流年度,无端又被西风误。兰舟少住。怕载酒重来,红衣半落,狼藉卧秋雨。

在他想像中,眼前所见的并蒂荷花就是这对为情而死的男女的化身。他为他们不能像鸳鸯那样地享受爱情的欢乐而深感痛苦,认为这是人间的最大悲剧。但他又认为,他们的这种伟大的爱情已远远超脱了个人的生死,而将长存于天壤间,活着的人们将永远从中受到激励和鼓舞。"相思树"三句由他们而说到了他自己:他也有刻骨相思的人,但随着韶光的逝去,他们一直未能聚首;今年又被耽误了!在这三句中,含有多少悔恨和思慕!而这就是被他们的爱情悲剧所唤起或强化的。"兰舟少住"以下诸句,语意双关。从字面上看,是表示自己要对这并蒂荷花多凭吊、瞻仰一会,生怕重来时这无比美好的一切都凋残了。但联系"相思树"三句,人们自也可以获得这样的理解:既然美好的东西如此易于消逝,那么,"兰舟少住"以后,就赶快回到爱人那里去吧,不要再耽误了!

这一首不仅对那两个青年的反礼教的爱情作了热情的礼赞,而且真诚、大胆地写出了自己由此获得的启示,深刻而生动地显示了自己的震撼与共鸣,从而使读者受到强烈的感动。这真算得上"非有意于文字之为工,不得不然之为工也"。

把以私情为内涵的性爱提到这样的高度,较之《西厢记》、《墙头马上》等名剧对爱情的态度毫不逊色;就这点说,元好问与王实甫等人在思想上至少是处于同一水平的。

四、元好问的诗

元好问一生作诗极多,据传有五千七百余首,但保存至今天的不足一千四百首,且颇多应酬之作。而其佳篇,则均感情真挚强烈,足以感人。

赵翼《瓯北诗话》特别赞赏他的七言律诗,说"七言律则更沉挚悲凉,自成声调。……惜此等杰作,集中亦不多见耳"。这是说得很对的。实际情况确是如此。

他的七律,写得最好的是倾诉自己在这动乱的时代里的悲愤之作。在这里,我们可以看到社会对个人的压迫、个人的无奈与挣扎,我们的共鸣也就由此而产生:

惨澹龙蛇日斗争,干戈直欲尽生灵。高原水出山河改,战地风来草木腥。精卫有冤填瀚海,包胥无泪哭秦庭。并州豪杰今谁在,莫拟分军下井陉!(《壬辰十二月车驾东狩后即事五首》之二)

百二关河草不横,十年戎马暗秦京。岐阳西望无来信,陇水东流闻哭声。野蔓有情萦战骨,残阳何意照空城。从谁细向苍苍问,争遣蚩尤作五兵!(《岐阳三首》之二)

按照赵翼的说法,这些诗是"事关家国,尤足感人"。但如果我们把它们与杜甫的《新安吏》、《悲陈陶》等"事关家国"的诗相比较,就会发现,杜甫完全是站在"家国"一边,对敌方充满了憎恨,并且渴望己方群策群力,以取得胜利。但在元好问的诗里,却完全看不到杜甫的那种政治热情。他所有的,只是对"生灵"即将被消灭干净的悲叹和战栗,对这种战争本身的愤怒。第一首的头两句和第二首的末两句,所写的就是这样的意思。

关于此点,还可以参看他的《十日登丰山》:"十日登高发兴新,丰山孤秀出尘氛。村墟带晚鸦噪合,林壑得霜烟景分。芳臭百年随变灭,短长千古只纷纭。诗成一叹无人会,白水悠悠入暮云。"此诗的后半首特别值得重视。在他看来,芳臭——以及与之相连的美丑、善恶、是非等等——本来是不断变化和没有意义的,历史上的短长也永远弄不清楚。所以,投身到这样的纷争之中,实在太不值得;可惜这样的想法无人能够理解。他的另一首《楚汉战处》对此说得更清楚:"虎掷龙挐不两存,当年曾此赌乾坤。一时豪杰皆行阵,万古河山自壁门。原野犹应厌膏血,风云长遣动心魂。成名竖子知谁谓,拟唤狂生与细论。"原来,历史上的那些大斗争,不过是双方的头头以乾坤为彩头的一场大赌博,那些个豪杰不过是他们的筹码,为此付出惨重代价的却是无数普通的个人。"原野犹应厌膏血",这是怎样惨酷的画面!两相对照,我们就可以理解,前引诗中的"惨澹"两句和"从谁"两句,所表达的也正是这样的感情。

也正因此,这两首诗所强调的,并不是战争双方的是非,而是战争本身的残忍与恐怖。所谓"干戈直欲尽生灵",是战争双方的生灵都包括在内的;"野蔓有情萦战骨",所"萦"的也是双方战死者的骨。从而"争遣蚩尤作五兵"的质问,也就代表了在战争中备受磨折的双方普通人的共同心声。

在战争的进行过程中,双方使用的都是捍卫群体——国家——利益的名义;何况金王朝在当时显然是被侵害的一方,更易以群体的名义来号召和鼓动人们站在它的一边,但元好问却是这样的态度!这一方面可说是中唐以来的个体对群体的疏离感的进一步发展,另一方面也是由于如同《楚汉战处》所表明的,他对个体与群体的关系有了新的认识。这种认识也可说是个体观念在近世的强化。

他的这两首诗的感染力,首先就源于他自己对这种社会现象的强烈反感。如同《壬辰十二月车驾东狩后即事五首》之三所写:"郁郁围城度两年,愁肠饥火日相煎。"他自己就饱尝了战争的痛苦;也不得不面临死亡的威胁。他对于个人被这样地投入战乱自然充满了痛苦和愤恨,而这两首诗就正是他的充满激情的控诉。

其感染力的另一个来源,是诗中对战争的可怖场景所作的触目惊心的描摹。而他的"描摹",主要恐源于想像。所谓"战地风来草木腥",到底是他的幻觉抑或确有这样的气味固是疑问;至于"陇水东流闻哭声"及"野蔓"两句更完全是艺术创造,他当时置身于离岐阳很远的今河南省之地,哪能看到和听到这一切？所以，这些全都是中唐以来运用诗人的主观以营造场景、意象的方法的发扬。不过他的想像丰富而细腻，能生动地传达出他所要使读者理解的战争的恐怖和残酷，让读者与他一起痛苦和憎恨。

除了七律以外，元好问的古诗也很受人称道，不但气势磅礴，而且"构思窅渺，十步九折，愈折而意愈深，味愈隽"（《瓯北诗话》），《望归吟》即是一例：

> 塞云一抹平如截，塞草离离卧榆叶。长城窟深战骨寒，万古牛羊饮冤血。少年锦带佩吴钩，独骑匹马觅封侯，去时只道从军乐，不道关山空白头。北风吹沙杂飞雪，弓弦有声冻欲折。寒衣昨夜洛阳来，肠断空闺捣秋月。年年岁岁望还家，此日归期转未涯。谁与南州问消息，几时重拜李轻车。

先写塞外的可怖，继写少年的雄心壮志，为第一折；接写少年愿望的落空与关山的苦寒，为第二折；再写其妻子的殷切期待与关心体贴，为第三折；转而写少年感到愧对妻子，又欲在边塞立功，为第四折；最后写李轻车已不可能出现，少年的愿望实已无从实现，为第五折。经过这样的五个转折，也就写出了人的主观愿望与实际无法吻合的悲哀，令人惆怅，也令人深思。

第三节 《西厢记诸宫调》

中国近世文学发端时期的另一代表作家是金代作《西厢记诸宫调》的董解元。"解元"是当时对读书人的敬称，"汤显祖评本"《西厢记诸宫调》说他名朗，研究者多以为不可凭信，该本是否为汤显祖评，也属疑问。《录鬼簿》说他是金章宗（1190—1208 在位）时人，生平不详。

诸宫调是我国古代说唱艺术的一种，据宋代王灼《碧鸡漫志》载，为北宋神宗、哲宗时艺人孔三传所创：将宫调相同的若干曲牌联成一个首尾一韵的短套，再将宫调不同的若干个这样的短套联成长套，并杂以说白，用以说唱故事。因用琵琶等乐器伴奏，故又称"搊弹词"。

此等说唱故事的诸宫调，其渊源有二：一为唐代以来的说话。《西厢记诸宫调》说："此本话说唐时这个书生，姓张名珙……"此自是"说话"口吻。南戏《张协状元》中所保存的一段诸宫调，其体尤与"说话"相似。另据杨立斋〔般涉调哨遍〕套数（见下页注②）所述《双渐小卿》诸宫调演出情况来看，说唱时只有一个人；因其序中先说"赵真卿善歌（《双渐小卿》）"，又说"见杨玉娥唱其曲"（实际上杨玉娥在"唱"的同时还兼"说"，也见下页注②），可见表演时只有一个人。这也与"说话"的方式相同。至其题材,则颇取唐代传奇,如《西厢记诸宫调》所提到的八个诸宫调作品,有四个即明确出于唐传奇(见本编《概说》),而《西厢记诸宫调》也自唐传奇出。是以《梦粱录》说:"说唱诸宫调,昨汴京有孔三传,编成传奇灵怪,入曲说唱。"(卷二十)另一渊源为宋的乐曲。当时最流行的歌曲为词,歌舞相兼的有传踏(也称转踏)、大曲;另有曲破,为舞曲,其乐则有声无词(皆见王国维《宋元戏曲史》)。而宋的转踏所用乐歌,则为诗、词。故诸宫调的乐曲,首先渊源于词,其次则大曲及其他民间曲词;当然并非照搬,而经过改造。以《西厢记诸宫调》的曲牌来说,如〔降黄龙衮〕、〔大圣乐〕①、〔伊州衮〕等均源自大曲,而〔哨遍〕、〔侍香金童〕、〔玉抱肚〕、〔应天长〕、〔剔银灯〕等均源自词牌;其不源于宋之大曲及词,而被元杂剧用为曲牌的,有近三十曲(参见《宋元戏曲史》),这当是诸宫调艺人的新创,在这中间可能参考了其他的民间乐曲或仍对大曲和词有所借鉴。总之,诸宫调是一种既有所承,又富于创造的曲艺。而它的创造性实不仅表现在音乐方面,尤在于人物的描绘方面。其写人物感情的深入、具体、细腻,既远远超过了唐传奇,更非现在所见的宋元说话所可望其项背。

一、《双渐小卿》及其他

目前所保存下来的诸宫调作品,以金代的为最早,但只有两种。一种就是《西厢记诸宫调》,另一种是《刘知远诸宫调》,已经残缺。而从《西厢记诸宫调》所叙述的来看,当时至少还有另外八种叙述男女情事的诸宫调作品(参见本编《概说》)。其中的"双渐豫章城",当为张五牛创制、商正叔重编的《双渐小卿》诸宫调②,是很值得重视的作品。

---

① 〔大圣乐〕为大曲;虽宋康与之以之为词牌,然与之为南宋初人,其时南北分裂,金人董解元不可能受其影响;《西厢记诸宫调》用〔大圣乐〕,当以大曲为据。
② 元杨朝英辑《朝野新声太平乐府》收有杨立斋〔般涉调哨遍〕套数,前有序云:"张五牛、商正叔编《双渐小卿》,赵真卿善歌。立斋见杨玉娥唱其曲,因作〔鹧鸪天〕及〔哨遍〕以咏之。"〔哨遍〕的〔二煞〕又说:"张伍牛创制似选石中玉,商正叔重编如添锦上花。"则所谓"张五牛、商正叔编",实为张五牛创制,商正叔重编。其〔鹧鸪天〕则说:"烟柳风花锦作园,霜芽露叶玉装船。谁知皓齿纤腰会,只在轻衫短帽边。 啼玉靥,咽冰弦,五牛身后更无传。词人老笔佳人口,再唤春风到眼前。""烟柳"四句当指《双渐小卿》中事。"啼玉靥"三句,当指赵真卿于五牛死后"啼玉靥"而"咽冰弦",不再演唱此曲,故云"更无传"。"词人"二句,则说今由杨玉娥("佳人")重唱其"词人老笔"之曲,遂使"春风"再到"眼前"。可知赵真卿演唱此曲时是配以"冰弦"的。〔哨遍〕套数的〔一煞〕又以杨玉娥声口说:"俺学唱咱,学说咱……"又可知《双渐小卿》系有说有唱。《西厢记诸宫调》既说当时有"商渐豫章城"诸宫调,而此《双渐小卿》兼具说、唱,又配"冰弦",与诸宫调的演唱情况相合,其时代也与《西厢记诸宫调》相近,故所谓"双渐豫章城"当即指此而言。

正叔名道，"滑稽豪侠，有古人风"，见元好问《曹南商氏千秋录》。同篇又说："正叔年甫六十……癸丑二月吉日河东元好问裕之谨书。"是商道约生于金明昌五年(1194)。张五牛，当也为金代后期人，与商正叔、赵真卿都有交往，是以原来"善歌""张五牛、商正叔编《双渐小卿》"的赵真卿于五牛死后悲痛得不再演唱(见上页注②)。有的学者因《梦粱录》提及绍兴年间南宋的"张五牛"，遂以为其人即"创制"《双渐小卿》诸宫调者。但绍兴末年(1162)距商道能改编《双渐小卿》的年岁至少五十年左右，赵真卿若与绍兴年间的张五牛交情深厚，以致五牛死后就不忍再唱他的作品，则在绍兴末年当也已十六七岁，换言之，其"善歌"张五牛原著、商正叔改编的《双渐小卿》时已为六七十岁的老妪，杨立斋却还以"啼玉靥"来形容她于五牛死后的悲痛，恐均无是理。绍兴间的张五牛与创制《双渐小卿》的张五牛当只是姓名偶同。

　　关于这一诸宫调的故事梗概，见于《醉翁谈录》(《永乐大典》卷2405引)，大致为：双渐本是间江县吏，苏小卿为知县的女儿，两人相爱。双渐为了博取功名以便与她成婚，就到远郡去刻苦读书。过了两年，小卿父母亡故，流落于扬州为娼，并为当地官员薛司理所包占；双渐辗转寻访到扬州，与小卿秘密往来。后来离开扬州，赴临川知县任。一天晚上，双渐泊舟豫章城下，恰值苏小卿也泊舟于此，但其时已经嫁人。双渐伺机与她同逃，遂得结为夫妇。诸宫调所唱，当与此大致相似，特别是关于豫章城私逃的一段，应也为诸宫调的重要内容之一，是以杨立斋的套数在概述双渐苏小卿的简况后，抚今追昔，有"而今汝阳斋掩绿苔，豫章城噪晚鸦"语，可知豫章城乃是双渐苏小卿故事中非常重要的地方。"汝阳"当即《醉翁谈录》的"间江"——两人开始爱恋之处。古无"间江"县，而"汝阳"与"间江"发音相近；疑《醉翁谈录》所记，即源自诸宫调，但无文本可作依据，仅藉听闻，故将"汝阳"误作了"间江"。又，据杨立斋曲所述，诸宫调中苏小卿的丈夫为茶商，还有苏小卿于金山寺题诗之事，这些在《醉翁谈录》中也省略了。

　　这一作品在讴歌爱情方面非常大胆：第一，苏小卿在当知县小姐之时就与双渐由相爱而欢好，完全不顾礼教的束缚与家长的权威；第二，在苏小卿沦为妓女、有了丈夫之后，双渐对她的爱情始终不衰；第三，双渐作为朝廷的命官，竟与有夫之妇私奔。

　　在《西厢记诸宫调》所举的作品中，还有一个"井底引银瓶"。那本是白居易《新乐府》中的一篇，题旨为"止淫奔也"。故其结语说："寄言痴小人家女，慎勿将身轻许人。"其后白朴作《墙头马上》，则吸取其诗中的情节，却反其意而用之，成为赞扬私奔的剧本。至于诸宫调的"井底引银瓶"，到底是白居易诗的一路抑或白朴杂剧的一路，目前虽无其他证据，但《西厢记诸宫调》在举这些故事以前,先说"比前贤乐府不中听,在诸宫调里却着数,一个个旖旎,风流济楚,不比其余",接着再说"也不是崔韬逢雌虎……也不是井底引银瓶",则这些"也不是"者,应也是旖旎风流之作,只不过不是他所要说的那一个而已;所以此处的"井底引银瓶"当与白朴的《墙头马上》为同一倾向,否则就大煞风景而不风流济楚了。因而白朴之作实与王实甫《西厢记》一样,也是受诸宫调的启发。

由此可见,在《西厢记诸宫调》以前,金王朝已出现了不少讴歌爱情的诸宫调,其中如"双渐豫章城"、"井底引银瓶"等,与封建社会的道德观念都有剧烈的冲突。所以,《西厢记诸宫调》的产生,绝不是偶然、孤立的现象。

二、《西厢记诸宫调》

《西厢记诸宫调》的故事虽渊源于元稹传奇《莺莺传》,但在《莺莺传》中,崔、张的爱情并未受到来自第三者的阻碍,是张生主动抛弃了莺莺。因此,《莺莺传》的成就,是写出了莺莺的美丽、才华以及在爱情上的勇敢追求,也在某种程度上接触到了她的爱情悲剧。《西厢记诸宫调》在情节上作了如下的改动:第一,张生对莺莺的爱情是坚贞的,他们两心如一,但却受到了第三者的破坏;第二,在热心人帮助下,他们终于结合了。这样,此一作品的主题就转化成为争取恋爱——婚姻自由。

如果我们仔细想一想,就会发现:在这时期(金代后期)以前,我国几乎没有以争取恋爱——婚姻自由为主题的作品;有不少只是涉及这一问题而已。例如,《搜神记》中的《王道平》一条,虽然也写了婚姻不能自主所导致的年轻人的悲剧,但作品的主旨却在于证明精魂的实在及其力量的巨大。再如在《古诗为焦仲卿妻作》中,刘兰芝与焦仲卿本是夫妇,而且并不是自由的结合;其后的离异,乃是刘兰芝自己因受不住婆婆的压迫而提出来的。换言之,此一作品的主要冲突是家长制的威权与在家庭中处于被侮辱与被损害地位的年轻一代的冲突,而且这一冲突的起因完全与恋爱——婚姻自由问题无关;只是在此一冲突已把刘兰芝、焦仲卿推入更悲惨的境地以后,才产生了由于青年没有婚姻自主权而形成的第二次悲剧事件。但是,如果没有第一次冲突,就不会发生第二次悲剧事件;但如没有第二次悲剧事件,刘兰芝和焦仲卿也仍然只能在悲惨处境中苟延残喘,因为从作品的描写来看,焦仲卿母亲绝不会向他们让步。至于唐传奇《霍小玉传》中的霍小玉,本就不敢期盼与李益结婚,只希望同居一段时期,共度欢乐生活,然后李益与高门女子成亲,自己出家;李益虽与霍小玉海誓山盟,但根本没有为此作过任何努力,也即根本没有去争取过婚姻自由。但在金代后期,像《西厢记诸宫调》、《双渐小卿》诸宫调、"井底引银瓶"诸宫调等都以争取恋爱——婚姻自由为主题,甚至上节引述过的元好问《摸鱼儿》,也是对争取恋爱——婚姻自由者的礼赞。而此一主题,不但在元明清文学中继续发出光耀,在五四新文学中也占有重要地位。也可以说,这一主题的出现与强化,是个人与环境的冲突加剧的折射。

与此相应,《西厢记诸宫调》对人物的感情作了相当细腻的描写。没有这些,是不可能真正表现个人与环境的冲突的。从文学发展的角度看,这是我国叙事文学的一大进步;在以前的叙事作品中从来没有出现过这样的描写。而这一成就的取得,又与我国抒情文学的进展分不开。从《诗经》、《楚辞》直到唐诗、宋词,就其最主要点来说,乃是抒情能力的进化:抒情日益走向具体和深入。因此,《西厢记诸宫调》在人物感情刻画方面的最大特色,是把抒情的手段用于叙事文学。

〔正官〕〔梁州令断送〕帘外萧萧下黄叶,正愁人时节,一声羌管怨离别。看时节,窗儿外雨些些,晚风儿淅溜淅冽,暮云外征鸿高贴。风紧断行斜,衡阳迢递,千里去程赊。

〔应天长〕经霜黄菊半开谢,折花羞戴,寸肠千万结。卷帘凝泪眼,碧天外乱峰千叠。望中不见蒲州道,空自断暮云遮。　荒凉深院古台榭,恼人窗外琅玕风欲折。早是离人心绪恶,阁不定泪啼清血。断肠何处砧声急,与愁人助凄切。

〔赚〕点上灯儿,闷答孩地守书舍。谩咨嗟,鸳衾太半成虚设,独对如年夜,如年夜。守着窗儿闷闷地坐,把引睡的文书儿强披阅。检秦晋传检不着,翻寻着吴越把耳朵搋。　收拾起,待刚睡些儿,奈这一双眼儿劣。好发业,泪漫漫地会圣也难交睫。空自撅,似恁地凄凉恁地愁绝,下场知他看怎者。行志了,不觉声丝和气噎,几时捱彻?

〔甘草子〕我伴呆,我伴呆!一向志诚,不道他心趄。短命的死冤家,甚不怕神夭折?一自别来整一年,为个甚音书断绝?着意殷勤待撰个简贴,奈手颤难写。

〔脱布衫〕几番待撇了不藉,思量来当甚厮憋!孩儿!我须有见伊时,咱对着惺惺人说。

〔三台〕愁敧单枕,夜深无寐,袭袭。静闻沉屑。隔窗促织儿泣新晴,小即小叫得畅吓。辄向空阶那畔,叨叨地悄没休歇。做个虫蚁儿没些儿慈悲,聒得人耳疼耳热。

〔尾〕越越的哭得灯儿灭,惭愧哑!秋天甫能明夜,一枕清风半窗月。

这是写张生在赴长安应试后,在旅舍中满怀凄凉地思念莺莺的心情的。于此需要说明的是：第一，像这种类型的对人物感情的描写，在《西厢记诸宫调》中不一而足，如写莺莺的〔越调水龙吟〕套（"露寒烟冷庭梧坠"）、写两人分别时的〔大石调玉翼蝉〕套（"蟾宫客"）和〔越调·上平西缠令〕套（"景萧萧"）等均是其例；但在我国以前的叙事文学（包括唐传奇和唐代俗文学）中是看不到的。由上引这些曲词，读者能较具体地感到这次离别带给张生的悲哀和痛苦，进而理解个人处境的不自由。尽管这次赴试是张生自己提出来的，但那是因为"功名世所甚重，背而弃之，贱丈夫也"（张生语）；他为了使自己不成为"世"所鄙视的"贱丈夫"，只好去应试，这里仍含有被"世"所迫的成分。其次，这些曲词里的对感情的描写，有许多与词相似之处。尤其是上引的第一、二支曲，所用的纯是词中常见的以写景来抒情的方法。所以，倘若不是以词为基础，诸宫调及以后的杂剧在人物感情描写方面绝不可能达到这样的水平。当然，诸宫调和元曲在写景时所用的文字较词更接近口语，词一般注重凝练，此则显得自由舒展。如第一支曲的"窗儿外雨些些，晚风儿淅溜淅冽"，此等相当接近口语的词句是词所忌的；既有了"愁人时节"，又出现"看时节"，既已说了"晚风儿……"，又加上"风紧……"，如此的复沓也非词所宜有。这样写的好处，是使人物的感情能自然而直接地与观众（读者）交流，而不必经过后者的仔细体味，因而更显生动。但这是一种以词为基础的演变，而非新的创造。第三，除此以外，上引曲词中还存在对人物心理活动的具体描摹。第四、五支曲是其突出代表。这样的描写在诗词里是没有的。其他体制的叙事文学中虽然有，但很少，而且往往用于说明其重要行动的原因，缺乏感情。如在敦煌发现的《伍子胥》（通常称为《伍子胥变文》）中写浣纱女自杀前的心理活动为："君子容仪顿憔悴。倘若在后被追收，必道女子相带累。三十不与丈夫言，与母同居住邻里，娇爱容光在目前，烈女忠贞浪虚弃。"前三句主要说明其何以要自杀，后四句的意旨不很明确，不知是临死前回忆自己短暂的一生，含有留恋人间之意，抑或是因违背了自己一直不肯与男人说话的决心，懊悔自己"忠贞""虚弃"。但无论作何种解释，都看不出浓厚的感情。而《西厢记诸宫调》的那两支曲，根本没有导致任何行动，只是说明了张生当时的情绪，它对张生今后的行为也无实际意义，从中所体现的感情——对莺莺的埋怨——却很强烈。所以，这跟以前叙事作品的心理描写并不一样。由于这种无理的埋怨既反映了他对莺莺的爱情和关心的深刻——他太渴望知道莺莺当前的情状了，也表明了他当时的悲哀和痛苦的酷烈——他的理智已几乎崩溃，这实是我国文学在描写人物感情方面的新探索和新收获。在以后的戏曲中，这种直接、具体描摹人物心理活动的方法被继续使用并有较好的效果，《窦娥冤》中窦娥在临刑前所唱的〔滚绣球〕就是一个突出的例子。但大致说来，我国古代文学使用这一方法相对较少，因而更显得可贵;没有对人物心理活动的直接、具体而深入的刻画,是很难深入而生动地显示人物的感情和精神状态的。

《西厢记诸宫调》对描写人物心理活动的重视,还可以张生旅舍惊梦的一段来说明。张生因赴长安应试而与莺莺分别的当夜,在旅舍中梦见莺莺和红娘赶了上来,说要与他共赴长安。正在欢喜间,却有五千余人全副武装,前来搜捕莺莺二人,张生惊吓而醒。接下来就是如下一支曲词。

〔仙吕调〕〔醉落魄缠令〕酒醒梦觉,君瑞闷愁不小。隔窗野鹊儿喳喳地叫,把梦惊觉,人来不当个嘴儿巧。闷答孩似吃着没心草,越越的哭到月儿落,被头儿上泪点知多少!媚媚的不干,抑也抑得着。

这梦所起的唯一作用是写张生对莺莺的想念之切和神思颠倒(虽然也反映了前些时孙飞虎率五千士兵包围普救寺欲劫夺莺莺这一事件在他脑中留下的深刻印象,但这事件仍与莺莺有关),再配以张生醒后的曲词,使人们对张生的旅途情思有生动的感受,至于对情节的发展,可说毫无意义。

总之,《西厢记诸宫调》的着重点及其成就,首先不在于情节的调整,而在于对人物感情的具体描写。正由于写出了张生(以及莺莺)对爱情的追求如此深切,人们才能具体理解性爱对个人的重要意义,也才能理解并同情他们为恋爱——婚姻自由所作的斗争,作品的主题意义就自然而然地显示出来了。

当然,作为一部规模较大的叙事作品,不能仅只写好两个主要人物。所以,与《莺莺传》相比,《西厢记诸宫调》增加了法聪、郑恒等人物,红娘、老夫人的作用也加强了。红娘被写成聪明、勇敢而富于同情心,法聪——一个原以"盗掠为事"、后因"悟世路浮薄"而出家的和尚——更是我国文学中的新形象,在某种意义上可说是鲁智深的前身。现引其出战时的曲词如下:

〔仙吕调〕〔绣带儿〕不会看经,不会礼忏,不清不净,只有天来大胆。一双乖眼,果是杀人不斩。自受了佛家戒,手中铁棒,经年不磨被尘暗;腰间戒刀,是旧时斩虎诛龙剑,一从杀害的众生厌,挂于壁上,久不曾拈。 顽,羊角靶尽尘缄,生涩了雪刃霜尖。高呼僧行,有谁随俺?但请无虑,不管有分毫失赚。心口自思念,戒刀举今日开斋,铁棒有打鏖。立于廊下,其时遂把诸僧点。挡搜好汉每兀谁敢?待要斩贼降众,大喊故是不险。

〔尾〕开门但助我一声喊,戒刀举把群贼来斩,送斋时做一顿馒头馅。

俊爽的曲词生动地体现了他那不受羁勒的英雄肝胆。这是我国文学中最早出现的新型侠士的形象:他有非凡的勇力,但却有某种平民气质。就我国文学中以前的侠士形象来看,虬髯客与他相比具有贵族性,昆仑奴与他相比又具有神秘性；而武松、李逵等人则是他的不同类型的后辈。

所以，在一部较大规模的作品中人物形象的增多和对次要人物的精心描画，也是最早由《西厢记诸宫调》所提供的艺术经验。应该说，这对作品主题的突出是有积极作用的。正是在红娘和法聪的帮助下，张生和莺莺的争取恋爱——婚姻自由的斗争才能冲破种种险阻而取得胜利。

最后，补充说明一下诸宫调的体制。诸宫调是叙述体与代言体相结合的文学作品，以代言体为主。据王国维《宋元戏曲史》说，元杂剧才是我国纯粹代言体的开始，那么，诸宫调中的代言体成分对纯粹代言体的元杂剧的出现应是有其积极作用的，何况元杂剧在人物描写和音乐方面都从诸宫调中吸收了许多营养（见下一章第一节），诸宫调的这种体制当然也会成为其借鉴的对象。今引一则为例：

〔般涉调〕〔哨遍缠令〕君瑞悬梁，莺莺觅死，法聪连忙救。"您死后教人打官防，我寻思着甚来由。……"

前三句为叙述体，以作者身份分别叙述三人的行动，"您死后教人打官防"以下几十句，都是以法聪声口所说的话，也就是代言体。后世弹词等曲艺都是这种叙述体与代言体的结合。

第二章 元代的杂剧

在中国近世文学中,戏剧和通俗小说占有极重要的地位,是最能代表近世文学水平的两种文学样式。而且,在元代绝大部分时间里,杂剧——元代戏剧中最重要的部门——的成就都比小说突出,较明显地体现了近世文学环绕着个人与环境的冲突而展开的新特色;直到元代末期,通俗小说才显示出重大的进步。这一差别的形成,主要在于元杂剧具有远比通俗小说丰富的遗产。

第一节 元杂剧的体制

从文学史的角度来说,元杂剧是我国戏剧文学创作中最早出现的重大成果。因为以关汉卿为首的不少重要杂剧作家的生活时期都跨金、元两代,他们的有些作品应该作于金代。可见这种体制的杂剧在金代已经产生。但现在仅能知道它是由宋杂剧演变而来,至于演变的具体过程以及此种杂剧正式形成于金代的什么时期,还有待于进一步研究。同时,关汉卿等人的杂剧中哪些是金代时所作,现在也已根本分辨不出了,故而笼统称为元杂剧。

从金代开始的这种杂剧,在体制上有如下特点。

第一,以唱为主,说白只起很次要的作用。

现存的元杂剧中,元刊本很少;要了解元刊杂剧的面貌,目前只能以《元刊杂剧》三十种为依据[①]。其中除根本没有说白者外,均只有极少的说白,略起前后连接作用。而现存的明本元杂剧一般都有较多的说白。是以有些学者认为:元杂剧作家写剧本时只有曲及极少量连接前后的、非有不可的说白,其余

---

① 此书为元刊,收关汉卿、高文秀、郑廷玉、马致远等人的杂剧三十种。1914年曾由日本京都帝国大学文科大学据元本景刻,1958年经影印而收入《古本戏曲丛刊》四集。

的说白都是由演员自己加上去的;元本杂剧所依据的是尚未增入演员所加说白的本子,明本元杂剧则以演出本为依据,把那些由元、明演员陆续增加的说白一起抄写或刊印出来了。而从明本元杂剧增出的说白来看,有些确与曲词存在矛盾。如明脉望馆抄校本《古今杂剧》所收关汉卿《单刀会》第一出,在正末扮乔公唱〔金盏儿〕夸赞关羽的英勇之前,有鲁肃的白:"小官不曾与此人相会,老相公你细说关公威猛如何。"但在第四折关公与鲁肃见面时,却有这样的曲词:"两朝相隔数年别,不付能见者,却又早老也。"(〔胡十八〕)"今日故友每才相见,休着俺弟兄每相间别。"(〔得胜令〕)可见关羽与鲁肃乃是分别了"数年"的"故友",鲁肃怎能说"小官不曾与此人相会"呢? 又,第一折乔公在唱〔那吒令〕说"收西川"一事之前,鲁肃白:"收西川一事,我不得知,你试说一遍。"而其曲词是:"收西川白帝城,将周瑜来送了。汉江边张翼德,将尸骸来当着。船头上鲁大夫,几乎间唬倒。你待将荆州地面来争,关云长听的闹,他可便乱下风雹。"(〔那吒令〕)其"你待将"以下,是对当日鲁肃想取回荆州的告诫,这之前是对"收西川"一事的回忆。而从这些曲词来看,鲁肃那时是参与"收西川"之役的,而且"在船头上""几乎间唬倒",他又怎能说"收西川一事,我不得知"呢? 这些说白若出于原作者之手,绝不会与曲词矛盾至此! 此外,乔公在这一折中另有一支〔金盏儿〕:"你道是三条计决难逃,一句话不相饶,使不的武官粗憁文官狡。那汉酒中劣性显英豪,吃塔的揪住宝带,没揣的举起钢刀。……"这里的背景是:鲁肃对其所定下的三条计策十分自负,拟在席间向关羽索取荆州,决心到时一言不让,而且认为对方一定无法可施,所谓"使不的武官粗憁文官狡"。因此,此曲的前三句是乔公复述鲁肃的如意算盘。这以下就是乔公估计关公所可能采取的办法:趁着酒兴显英豪,一把抓住鲁肃的腰带,举刀相胁,使鲁肃只好屈服。所以,在乔公的前三句唱词之后,鲁肃如要提问,只能问自己的这计策好不好,能否成功等等,想不到在明脉望馆本《单刀会》中,鲁肃于此处竟然提了一个与他们当时讨论之事风马牛不相及的问题:"关公酒性如何?"设计这句说白的人显然没有看懂这段曲词,见乔公的下一句唱词是"那汉酒中劣性显英豪",就以为他们是在研究关公酒性的优劣了。而在现存的元本《关大王单刀会》中,这样的说白完全没有①。从这些例子来看,明本《单刀会》之所以比元本《单刀会》多出很多说白,并非是因为元本对原作的删削,而是因为明本对原作的增加。元杂剧作家在写作时,说白的稀少程度大概与《元刊杂

---

① 元刊本《单刀会》的第一折,是乔公与鲁肃等共同在孙权面前讨论收回荆州的问题,明刊本此剧第一折则是鲁肃与乔公二人在一起讨论。所以明刊本此折的说白有些对元刊本根本不合适。

剧》的情况差不多①。王国维在为这三十种元刊杂剧景刻本所写的序中说："此本虽出坊间,多讹别之字,而元剧之真面目,独赖是以见。"实在是说得很精确的。

杂剧曲词重在抒情;有些虽为写景,也是抒情性的。元杂剧作家在创作时既然只写曲词和极少量非有不可的说白,这意味着元杂剧所重视的,主要是代剧中人物抒情。至于戏剧的矛盾、冲突怎样展开,剧中人物的相互关系怎样突出,作家似尚未多作考虑,否则就不会这样轻视说白了;因为要较好地解决那些问题,必须尽量发挥说白的作用。

在这里顺便说明一点:除了少数尚有元刊本传世的杂剧以外,我们今天已经无法分辨明本元杂剧中的说白哪些是作家所写,哪些是元代演员抑或后人所加,所以,它们不能作为我们研究元代作家的剧本的依据,正如我们不能把后世昆曲演出本中的说白作为研究原本的依据一样,尽管在其中也许包含着原作者所写的极少量说白。

第二,元杂剧一本四出;还可加楔子,通常加一个。因此一般篇幅较短小。只有《西厢记》等个别的例外,才用几本来表现一个连续性的故事;但每本仍具有相对的独立性,说明其仍遵守杂剧的规范。此外,每折都只能由一个剧中人

---

① 部分学者认为明本元杂剧的说白是元剧原有的,其理由是:第一,明本元杂剧说白中含有一些明人已经不懂的古语,必是元人所作;第二,明本杂剧的说白虽较元本杂剧为多,但元本杂剧的说白明本基本都有,且文字也大致与元本所有的一致,是见明本杂剧的说白并非后人任意制造而应有其依据;且明本杂剧所多出的说白,与元本杂剧的说白都有曲白相生之妙,当都出于原作者之手。元本之少去许多说白,当是刊印此等杂剧的元代书坊所删。因它们大概是供人们在观剧时使用的,曲不易听懂,所以要参看这些本子,白听得懂,所以在本子里可以删去。第三,明本元剧中的说白鄙俚蹈袭的虽多,但其杰作如《老生儿》等妙处全在于白;这种白必然出于作者。第四,周宪王朱有燉离开元代不远,其自刊杂剧曲白俱全,可见元剧作者写作时也是如此。不过,上述理由似乎不充分。第一,说白倘是演员所加,则元代演员当然也会使用这些明人已经不懂的古语,并不能由此证明这些说白必然出于杂剧作者之手。第二,如明本所据为演出本,演出本中自应有作者所写之白,这并不能作为演出本的其他说白也出于作者的依据;何况明本《单刀会》的说白显与曲词存在矛盾。至于说到明本多出来的说白的"曲白相生之妙",那么,一则持这种意见的研究者也承认元杂剧中说白的"鄙俚蹈袭"之多,能达到"曲白相生之妙"的其实是少数,再则元杂剧演员中有些人颇有才气,这从《青楼集》中所记女艺人的情况就可见,因此有少数剧本经演员添加说白而达到"曲白相生之妙"也非不可能之事。何况说这些元刊本杂剧是供人观剧时所用也全凭想像,并无证据。第三,《老生儿》作者武汉臣尚有另两个剧本存世:《李素兰风月玉壶春》及《包待制智勘生金阁》。其曲、白均不见出色。然则《老生儿》说白之妙,恐正可作为该本说白不出于作者之证。第四,朱有燉的杂剧"颇杂以南曲,且每折唱者不限一人,已失元人法度矣。"(《宋元戏曲史》十六《余论》)是以倘若元代杂剧家写剧本只有极少量的白或不写白,他却要把说白写得很多,也没有什么可以奇怪的。他既写了这么多说白,那么,在自刊剧本时把这些说白一起刊印,也是情理中事。

唱,每本又只能由一个脚色唱,在通常情况下也就是由某个剧中人把一本四折的歌唱全都包下来①。这样的折数规定和歌唱方式,既不利于戏剧矛盾、冲突的展开,也不利于表现和强化人物之间的相互关系。这再次说明元杂剧实是以代剧中人物抒情为主,而且主要是代一个人物抒情。

这样的一种格局,给剧作家的创作带来了无法克服的困难,因为剧中的主角永远无法与别人对唱,从而不可能充分地互诉衷肠,也不可能针锋相对地展开斗争。《西厢记》在这方面虽似有所突破,但也不知其是否为明人所改②。

第三,元杂剧的脚色分为末、旦、净、外、杂五个大类。主角分别由末或旦充任,因而整个剧本也只能分别由末或旦演唱。末唱的称"末本",旦唱的称"旦本"。倘与宋杂剧比较,那么,末可能由"末泥"演变而来,因为宋杂剧中"末泥为长"(《梦粱录》),而元杂剧的末是可以充主角的。但也可充任主角的"旦"却是元杂剧新增的。这同时意味着宋杂剧原来没有以女性为主角的剧本;因此在元杂剧的旦本戏中,具有比末本戏更多的创造性。也许可以说:元杂剧对女性问题的重视是破天荒的。

第四,从音乐的角度看,元杂剧的曲调与词及诸宫调都有较密切的关系。曲的最基本单位为单支曲。这些单支曲的曲调(曲调的名称就是曲牌)又按照各自的音乐特点分别隶属于不同的宫调。元杂剧的曲调在这方面有两点值得注意:第一,其曲牌与词牌有较紧密的联系。王国维曾就元杂剧的曲牌作过一个初步的统计,发现其名称为前此所有者将近一半;其中出于大曲的十一,出于唐宋词的七十五,出于诸宫调的二十八。出于词的在这三项的总数中占65%强。换言之,北曲曲牌之出于词牌的,占全部曲牌数的30%左右。这说明,元曲在音乐上对大曲、诸宫调都有所吸取,于词尤甚;当然,曲还从当时的民间音乐——包括金、元时的少数民族音乐——中吸收营养,这才形成了自己的音乐特点。而由于曲与词在音乐上的这种密切关系,曲在文学方面也很自然地吸收了词的种种长处。中国的目录学在分类上把词曲列为一类,把诗列为另一类,这是很符合实际情况的。也正因此,曲在抒情(包括抒情性的写景)上有唐宋词这样的很丰富的遗产可以借鉴,其抒情能力自然大为提高。而在词与元杂剧间起中介作用的,则是宋杂剧。上一编第八章已经说过,宋杂剧中的歌舞戏一类,分别用大曲、词和诸宫调等演唱,作为宋杂剧后裔的元杂剧因此而与大曲、词和诸宫调在音乐上建立联系并进而在文学上吸收营养乃是很

---

① 只有当某个脚色在一个剧本中扮演两个或多个剧中人物时,才会出现在一本中由两个或多个剧中人歌唱的情况;但就每一折来说,仍只能由一个剧中人歌唱。
② 明本《西厢记》有若干不符合这种规定之处,但目前所能见的《西厢记》以弘治本为最早,而此本显已经过明人的改动,目前无法确定这些不符规定之处是否为明人所改。

自然的事。第二,元杂剧除了在曲牌的创制方面对诸宫调有所继承外,在曲牌的组合方面更采取了诸宫调的原则。如按照王国维的统计,那么,源自诸宫调的曲牌数占元曲全体曲牌数的10%以上。而且,由于诸宫调作品绝大部分已亡佚,这一统计数字恐远不能反映实际情况。至就曲牌的组合说,诸宫调以同一宫调的若干曲牌构成小套,再以宫调不同的若干小套构成大套,元杂剧则在每一折中由同一宫调的若干曲牌组成套曲(也称套数),在另一折中再组构其他宫调的套曲,最后合四折而成全本,这和诸宫调的曲牌组合法显然是相通的。经过这样的组合,元杂剧在音乐上既显得丰富多彩,又不致因频繁改变宫调而流为芜杂和不易操作。而元杂剧在音乐上对诸宫调的这种大力继承,也反映了二者在文学上的关系。宋杂剧以打诨为主,诸宫调则以抒写人物的感情为主;元杂剧走的正是诸宫调的路子。至于《西厢记诸宫调》及其所提到的其他诸宫调作品绝大部分都有相应的杂剧剧本,也从另一角度反映了二者在文学上的关系,而王实甫《西厢记》之曾吸取董《西厢》尤为明显。

总之,金元杂剧是在我国韵文经过从《诗经》以来的长期发展而兴起的唐宋词高度抒情能力的基础上,通过对宋杂剧的继承改造,并着重吸取诸宫调作品的营养而形成的戏剧文学样式。它的最大长处,是以抒情为手段,具体、细腻地描写人物的感情及其发展,从中体现个人与环境的冲突。至于戏剧文学的其他要素的实现,则还有待于此后的努力。

第二节 关汉卿和他的杂剧创作

王国维在《宋元戏曲史》中将元代的杂剧创作分为三期。按照他的意见,第一期为蒙古字儿只斤窝阔台(即元太宗)取中原至元世祖统一全国的时期(1234—1279),他称之为"蒙古时代",其作者"皆北方人也";第二期为全国统一后元王朝的统治相对稳定的时期(1279—1340),他称之为"一统时代",其作者除由第一期延续至第二期者以外,以南方人为多,"否则北人而侨寓南方者也";第三期为元末,他称之为"至正(1341—1368)时代"。这是一种较为科学的分期法。他说:"此三期,以第一期之作者为最盛,其著作存者亦多,元剧之杰作大抵出于此期中。至第二期,则除宫天挺、郑光祖、乔吉三家外,殆无足观;而其剧存者亦罕。第三期则存者更罕,仅有秦简夫、萧德祥、朱凯、王晔五剧,其去蒙古时代之剧远矣。"(《宋元戏曲史》九《元剧之时地》)至元杂剧的代表作家,则是关汉卿、王实甫、白朴、马致远、郑光祖等。关汉卿与马致远、郑光祖、白朴常被称为元曲四大家,而就创作成就说,实以他与王实甫最为突出。

在这五个作家中,关、白都属于第一期,马致远介于第一、二期之间,郑光祖属于第二期。王实甫的时代在研究者中存在不同看法,现姑次于马致远之后。

一、关汉卿的生平与个性

关汉卿是元代杂剧的奠基人,也是我国文学史上最早的伟大戏剧家。然而有关他的生平情况,现存资料甚少,而且说法不一。

据元末钟嗣成《录鬼簿》记载:"关汉卿,大都人①,太医院户②,号已斋叟。"并将其列在"前辈已死名公才人有所编传奇行于世者"之首。《录鬼簿》有至顺元年(1330)所作序,而杨维祯于天历(1228—1330)年间所作《宫词》之二曰:"开国遗音乐府传,白翎飞上十三弦。大金优谏关卿在,《伊尹扶汤》进剧编。"清人楼卜瀍《铁崖逸编注》征引杨氏《周月湖今乐府序》所说"以今乐府鸣者,奇巧莫如关汉卿",认为"关卿"即关汉卿。据此,关汉卿在金亡前当已成年。随后铁崖友人朱经在《青楼集序》中还明确提到"金之遗民若杜散人(善夫)、白兰谷(朴)、关已斋辈",入元后"皆不屑仕进,乃嘲风弄月,留连光景"。至其卒年,则可依据其散套《杭州景》(〔南吕一枝花〕)中"大元朝新附国,亡宋家旧华夷"等语而定在南宋灭亡的1279年以后③。

与传统士大夫的人格心态大异其趣,关汉卿是一位自由洒脱、狂放不羁的旷世奇才。陶宗仪《辍耕录·嗓》称关汉卿为"高才风流人也",而他本人却自命为"浪子风流",其散套《不伏老》(〔南吕一枝花〕)正突出地表现了他这方面的生活与个性。他毫不掩饰地自叙其"半生来弄柳拈花,一世里眠花卧柳"的生活经历,自称为"普天下郎君领袖,盖世界浪子班头"。曲中所自夸的"会围棋会蹴鞠会打围会插科,会歌舞会吹弹会咽作会吟诗会双陆"的多才多艺和无论如何都要"向烟花路儿上走"的倔强精神,实际上是对世俗享乐的合理性的肯定,是以他主张的"人生贵适意"(〔双调乔牌儿〕)的人生哲学为精神支柱的,也即其《闲适》所谓"适意行,安心坐,渴时饮、饥时餐、醉时歌,困来时就向莎茵

---

① 大都:今北京。
② 太医院户:指其户籍为医户。一本"太医院户"作"太医院尹"。
③ 关汉卿有散曲《大德歌》,有些研究者以为"大德"是指元代年号(1297—1307),故以为关汉卿当死于1297年以后;但也有研究者认为"大德"并非指元代年号。又,现存关汉卿杂剧《窦娥冤》的说白中谓窦天章任"两淮提刑肃政廉访使",有些研究者因元代设肃政廉访使在至元二十八年(1291),故定关汉卿卒于此年之后;但也有研究者认为元代只有"提刑按察使",后改"肃政廉访使",并无"提刑肃政廉访使"这样不伦不类的官名,且窦娥的唱词中也只说自己是"提刑的女孩","提刑"自是"提刑按察使"的简称,故说白中的"提刑肃政廉访使"当系后人所改。

卧","离了利名场,钻入安乐窝,闲快活"(〔四块玉〕)。这里一方面可以看到魏晋以来士大夫中的重视"适己"的思想影响,另一方面也可以看到市民生活情趣的痕迹。这种重个人的观念,在他的杂剧作品中就表现为对个人命运的关怀和思考,有时并进而与当时的社会现实相对立。

二、关汉卿的杂剧创作

关汉卿是我国古代创作戏剧数量最多的作家,见于著录的杂剧共有六十六种,现存十八种:《窦娥冤》、《救风尘》、《望江亭》、《诈妮子》、《拜月亭》、《单刀会》、《西蜀梦》、《哭存孝》、《绯衣梦》、《金线池》、《谢天香》、《玉镜台》、《蝴蝶梦》、《鲁斋郎》、《五侯宴》、《陈母教子》、《裴度还带》、《单鞭夺槊》。其中《鲁斋郎》以下五种是否为关汉卿作,尚有争议。由于关汉卿是杂剧的早期作家,他的作品虽有不少获得很大的成功,也有一些尚残留着不成熟的痕迹;但即使是后一种,在表现剧中人物的思想感情上也有许多动人的段落,只不过结构尚欠完整而已。作为前一种代表的是《窦娥冤》、《望江亭》等,作为后一种代表的是《单刀会》、《哭存孝》。现分别介绍如下。

《窦娥冤》

关汉卿的剧作中,成就最高的是《感天动地窦娥冤》(简称《窦娥冤》)。它被公认为元杂剧中最伟大作品之一,王国维甚至认为,"即列之于世界大悲剧中,亦无愧色也"(《宋元戏曲史》)。其所以感天动地,震撼人心,就在于剧本写出了社会对窦娥的扼杀和她在孤立无助情势下的抗争和怀疑,立体地展示了其悲剧根源的广泛社会性及其悲剧性格的丰富内涵。

窦娥三岁丧母,七岁时被父亲作为高利贷的牺牲品而送到蔡家做童养媳,十七岁成亲,不久丈夫病亡,年纪轻轻就成了寡妇,在痛苦中忍受着煎熬:

〔仙吕〕〔点绛唇〕满腹闲愁,数年坐受,天知否?天若是知我情由,怕不待和天瘦。

〔混江龙〕则问那黄昏白昼,两般儿忘餐废寝几时休?大都来昨宵梦里,和着这今日心头。催人泪的是锦烂熳花枝横绣闼,断人肠的是剔团圞月色挂妆楼。长则是急煎煎按不住意中焦,闷沉沉展不彻眉尖皱,越觉的情怀冗冗,心绪悠悠。(第一折)

这两支曲子以接近口语而又极有深度的语言,写出了这位年轻寡妇的深沉的痛苦。绣闼边花枝烂熳,妆楼的上空月儿团圞,这本来是美丽的景色,但给她带来的却是泪落、肠断的悲哀。她镇日镇夜地感到无端的焦急、忧闷,心中空落落地,以致"忘餐废寝"。她觉得这是难以忍受的痛苦,倘若上天有知,也会受到感染而"和天瘦"。但她自己却不知道这种痛苦的由来,所以只能名之为"闲愁"。这正是青春时期的正常要求惨遭严酷的压抑,而受到封建礼教禁锢的心灵又拒绝让这种要求进入明晰的意识而导致的难以名状的烦躁、忧郁、空虚和苦恼。在这里,我们既看到了关汉卿在刻画人物思想感情上的深入、细致,也体会到了在封建礼教熏陶下的窦娥,其青春的火焰被严重抑制的痛苦是怎样的深沉和无可告语。

然而,连这样的悲惨的日子她也无法平静地继续下去。一种更大的厄运降临了。一直靠放高利贷为生的蔡婆在讨债时遭到赛卢医的暗算,虽侥幸被张驴儿父子救出,却又身不由己地引狼入室。恶棍张驴儿欲娶窦娥为妻,她的婆婆也劝她嫁给他,但她却"百般的不肯随顺",即使受到要挟、胁迫,也坚决拒绝。于是张驴儿就诬告她谋害人命,昏庸的桃杌太守对她百般拷打,一连昏厥三次,正如她自己所说:"恰消停,才苏醒,又昏迷。捱千般打拷,万种凌逼,一杖下,一道血,一层皮"(第二折〔感皇恩〕),"打得我肉都飞,血淋漓,腹中冤枉有谁知!"(第二折〔采茶歌〕)最后,她被判处了死刑。

作为一个弱女子,窦娥始终恪守社会秩序,甚至她的拒绝嫁给张驴儿,也是遵照封建道德"一马难将两鞍鞴"(意谓"一女不嫁二夫")的规诫。然而,社会对她却是如此的冷酷无情,从七岁起她就被父亲遗弃,在痛苦中被折磨了十几年以后,又落得如此的结局。在临刑前,她终于对当时的社会秩序产生了深刻的怀疑:

〔滚绣球〕有日月朝暮悬,有鬼神掌着生死权。天地也,只合把清浊分辨,可怎生糊突了盗跖颜渊!为善的受贫穷更命短;造恶的享富贵又寿延。天地也,做得个怕硬欺软,却元来也这般顺水推船。地也,你不分好歹何为地?天也,你错勘贤愚枉做天!哎,只落得两泪涟涟。(第三折)

杜甫在《新安吏》中早就说过:"眼枯即见骨,天地终无情。"而窦娥却一直幻想着天地鬼神会给人间带来正义,会使善良的人幸福,让罪恶的人得到报应;现在,通过自己的遭遇,她才知道天地也只是顺水推舟,并不曾真正承担起自己的任务。然而,认识了这一点又有什么用呢?"哎,只落得两泪涟涟"!她开始怀疑,但她又如此无力!在这里,既进一步显示了她的痛苦,又突出了社会对她的冷酷。

正因她如此无力,最后她不得不重新归向天地鬼神,在死前发下三桩誓愿:血飞白练,六月飞雪,楚州大旱三年。并自叙意图:

〔一煞〕你道是天公不可期,人心不可怜,不知皇天也肯从人愿。做什么三年不见甘霖降?也只为东海曾经孝妇冤。如今轮到你山阳县。这都是官吏每无心正法,使百姓有口难言。(第三折)

她希望天地来证明冤屈,自然是基于古代的"天人感应"观念,但她的第三桩毒誓——楚州大旱三年,却实在是对社会的一种报复。既然在她的短暂的一生中,社会从没有给过她温暖,她对社会也就没有感情可言。自然,她的仇恨对象是"无心正法"的"官吏每",而不是"有口难言"的"百姓";但维系社会秩序、以社会的代表身份出现的也正是这些官吏。同时,窦娥本是一个善良的人,她在临死前发下这样的誓言,并没有考虑到这种恶毒诅咒的应验会给包括蔡婆在内的"百姓"带来灾难。这正好反映了她在被斩首之前痛苦的心灵已经达到了狂乱的程度。在我国戏剧史上,能够把悲剧主人公临死前的精神重压写得如此深刻和真实,它是第一次。

在窦娥被斩首以后,她的三个誓愿都实现了,她的冤枉最终也得到了昭雪,这有点像是蛇足,但同时也反映了作者对个人命运的重视:社会对个人的冷酷,必将受到应有的报复。这里有必要加以说明的是:由于官吏错杀了一个孝妇而当地干旱三年,本是一个古老的传说,见于《说苑·贵德》及《汉书·于定国传》。不过,在那古老的传说中,干旱是皇天主动降下的惩罚,而在《窦娥冤》中却是窦娥的誓愿,是被害者要求复仇的渴望。

总之,《窦娥冤》所写的,是个人被社会扼杀的痛苦以及由此引起的怀疑和反拨。这是一种新的内容。它的出现,说明了我国当时的文学中已有新的因素在萌生。

《望江亭》及其他

与《窦娥冤》的题材不同,但同样表现了对个人的关心和重视的关汉卿优秀作品还有《望江亭》、《救风尘》、《拜月亭》和《诈妮子》。它们都以妇女为主角,也都体现了关汉卿某种程度的轻视封建礼教的精神;当然,这是通过剧中人物的思想感情和行动自然地流露出来的。其中《望江亭》和《救风尘》更具新意。

《望江亭》全名《望江亭中秋切鲙旦》(一作《望江亭中秋切鲙》),写美丽的寡妇谭记儿经人介绍,与官员白士中为婚;"权豪势宦"杨衙内欲杀害白士中,她利用自己的色相,从杨衙内处骗取了势剑金牌和谋害白士中的文书,迫使杨衙内屈服,保了自己的丈夫。这在当时来说,是我国文学史上从未出现过的新的妇女形象。

谭记儿在剧中出场时,尚处于守寡期间,正饱尝着寡居的痛苦:

〔混江龙〕我为甚一声长叹,玉容寂寞泪阑干?……我想着香闺少女,但生的嫩色娇颜,都只爱朝云暮雨,那个肯凤只鸾单?这愁烦恰便似海来深,可兀的无边岸!怎守得三贞九烈,敢早着了钻懒帮闲。(第一折)

谭记儿的这种愁烦,实质上与窦娥一样,都是感情和生理上的正常要求受到压抑而形成的。但窦娥不敢让这些进入明晰的意识,因而只能名之为"闲愁";谭记儿在这一点上却敢于正视,因而明确地意识到这种"海来深"、"无边岸"的痛苦是由"凤只鸾单"而产生的,要加以排除,只能抛弃"三贞九烈"。在这里,我们就看到了她与窦娥的差别。也正因此,窦娥虽也痛苦,但却坚守"一马难将两鞍鞴"的观念,甚至在她婆婆嫁人时她还有所不满;谭记儿却不但敢于再嫁,而且还敢于利用色相去欺骗别的男人以保全丈夫。

在别人为她做媒时,谭记儿没有立即同意;直到白士中答应她提出的"肯做一心人不转关"等条件后,她才允诺;但她对自己的这种表现特地加以说明:"非是我要拿班,只怕他将咱轻慢。"(第一折〔后庭花〕)她并不把自己乔装为不愿再婚、被迫答应的样子,而是明白告诉别人,她早就意动了,她所顾虑的,只是白士中在婚后能否尊重自己。在当时的社会里,一个青年妇女敢于坦率地承认这一点,同样需要无视世俗观念的勇气。

正是基于这种勇敢,当她知道权豪势宦杨衙内带着势剑金牌前来潭州企图杀害她的丈夫进而谋娶她为妾时,她不但临危不惧,敢于用自己的色相去与他斗争,而且充满了自信:

〔十二月〕你道他是花花太岁,要强逼的我步步相随;我呵,怕甚么天翻地覆,就顺着他雨约云期。这桩事,你只睁眼儿觑者,看怎生的发付他赖骨顽皮。(第二折)

在这里,不但表现出她超过须眉的胆识,而且说明了封建礼教对妇女的束缚在她身上已起不了多大作用。所以,尽管有妇女不应离开深闺、男女授受不亲等规诫,她却毫不犹豫地作出了"就顺着他雨约云期"的决定。当她于中秋之夜扮成渔妇主动到望江亭献新切鲙,乘机迷惑、哄骗杨衙内时,她更装扮出千般风情,丝毫看不出她曾受过礼教的熏陶:

〔鬼三台〕不是我夸贞烈,世不曾和个人儿热。我丑则丑,刁决古撇;不由我见官人便心邪,我也立不的志节。……我呵,只为你这眼去眉来,(正旦与衙内做意儿科,唱)使不着我那冰清玉洁。(第三折)

显而易见,谭记儿从守寡时的自觉"怎守得三贞九烈",到做了州官夫人后的这种虽则虚情假意,但却淋漓尽致的调情,在在都违背了封建礼教。但关汉卿对她的大胆机智、不择手段地获取及捍卫自己幸福的行为显然持着赞赏的态度；否则就不会把这个人物形象塑造得十分可爱。

像这样地无视世俗、充满主动精神的妇女形象,在我国文学史上是第一次出现,并与五四新文学中的某些具有叛逆性的妇女形象在精神上存在某些相通之处①。但这在元代并不是孤立的存在,我们从白朴《墙头马上》中的李千金身上,也可以感受到这种时代气息。而关汉卿《救风尘》、《拜月亭》、《诈妮子》中的女主人公也都在不同程度上具有类似的特点。

与《望江亭》一样,《救风尘》的女主人公也机智勇敢,并以色相战胜对手。不过,这个剧本中的女主人公赵盼儿是一个妓女,她所从事的斗争不是为了自己,而是为了救助同伴。她的风尘姐妹宋引章天真轻信,羡慕虚荣,起初不听她的劝阻,执意抛弃穷秀才安秀实,匆匆嫁给了富有的花花公子周舍,结果才出火坑,又入虎口,受尽百般凌辱。赵盼儿接到宋引章求救的书信后,不计前嫌,挺身而出。她看准周舍好色贪财的弱点,制订周密的计划,自带羊酒红罗,前往郑州,以"风月"手段诱骗周舍,促使他一步步落入机彀,终于赚取休书,救出宋引章。

此剧虽在女主人公以"风月"手段战胜对手这一点上与《望江亭》有相似之处,但《望江亭》重在刻画女主人公的内心世界,《救风尘》则重在结构,全剧不但情节曲折,波澜迭起,妙趣横生,而且针线细密。当宋引章决意嫁给周舍时,赵盼儿对她说:"我也劝你不得,有朝一日,准备着搭救你块望夫石。"(第一折〔幺篇〕)说明她不但早就料到了宋引章嫁周舍的前景,而且也已有了救她的计策。所以,当宋引章写信向她求救时,她不但毫无意外之感,立即到宋引章所在的郑州去营救,而且在行前还带了羊、酒、红罗,又安排挚爱着宋引章的安秀实赶到郑州去告状。在她哄骗周舍、假意要与他成婚时,用的是自己带去的羊、酒和红罗,藉以表示她对周舍的诚意;及至周舍明白了这是骗局,欲以她受了自己的羊、酒、红罗为由,硬说她是自己的妻子,她就理直气壮地说,这些都是她自己的,驳得周舍哑口无言。而在周舍被骗写了休书给宋引章后,赵盼儿立即把休书要来,乘机换了一份假休书交给宋引章,因而当周舍赶来从宋引章手中骗走休书并把它撕毁时,真休书仍在赵盼儿手上。后来周舍拉着她和宋引章到官府去告状,赵盼儿已事先安排下安秀实冒充宋引章的丈夫状告周舍霸占他的妻子,并把赵盼儿作为证明他们夫妇关系的证人,终于打赢了官司。像这样的细针密线,在以代剧中人抒情见长的元杂剧中是极为少见的。它不

---

① 这里指的是新文学中以获取自己的幸福和快乐为中心,无视世俗规定的妇女,包括茅盾《虹》中前期的梅女士。

但大大增强了观众的兴趣，较好地发挥了戏剧的艺术效果，也进一步突出了赵盼儿的非凡才能和机智。因而，赵盼儿与谭记儿成了我国戏剧史上最早出现的两个在较大程度上无视世俗的女性形象。如果说谭记儿无视的主要是礼教，那么，赵盼儿无视的主要是法律。她先安排人告假状，而她本人又心安理得地作伪证；当然，她也有违背礼教之处，但那对于妓女本是无所谓的。

《闺怨佳人拜月亭》和《诈妮子调风月》中的女主人公也都在不同程度上具有类似谭记儿、赵盼儿的特色。《拜月亭》写王尚书的女儿瑞兰在战乱流离中与书生蒋世隆相识、相爱并结为患难夫妻。三个月后，瑞兰在招商店照料病染沉疴的丈夫时，被父亲强行拉走。回到尚书府，她日夜思念生死未卜的丈夫，责骂父亲狠毒，甚至说他是"猛虎狞狼，蝮蝎虮蛇"（第三折〔三煞〕）。对父亲的这种刻毒咒骂，衡以封建道德，真是万死不足以蔽其辜。所以，她在行动上虽没有公然反抗父亲，但她在思想上的反抗家长、反抗礼教却是很惊人的。南戏《幽闺记》即由此剧发展而来。《诈妮子》写婢女燕燕因贴身服侍小千户而关系日趋密切，终于委身于许诺娶她做"小夫人"的小千户。但当她发现小千户爱上莺莺小姐后，她内心非常痛苦，责骂小千户负心。随后小千户的母亲派燕燕去莺莺家说媒，她企图乘机破亲，没有成功。便在婚宴上大闹，把小千户与她的私情当众揭发，终于如愿以偿，争取到"小夫人"的地位。这种为了自己的幸福而不顾一切的行为，与谭记儿的做法在精神上显然有相通之处。同时，正因为她的反抗精神，此剧在人物描写方面也很有特色。如同郑振铎氏所说："我们看惯了红娘式的婢女，却从不曾在任何剧本上见过像这位燕燕那般的一位具着真实的血肉与灵魂的少女，这是汉卿最高的创造。"（《插图本中国文学史》）

《单刀会》及其他

以上分析的《窦娥冤》、《望江亭》、《救风尘》等剧作，在戏剧冲突和戏剧结构的处理上都相对完善；而《单刀会》、《哭存孝》等作品，则在这方面存在不同程度的缺陷。此类问题在早期杂剧中是不难理解的（参见本章第一节）。而且，《单刀会》、《哭存孝》尽管存在这些缺陷，在感情抒发上仍很有特色，因而从文学角度看，也值得重视。

《单刀会》全名《关大王单刀会》。写三国时关羽镇守荆州，孙权手下的大将鲁肃以请关羽赴宴为名，欲以武力迫他交还荆州（因荆州本属于孙权一方），关羽单刀赴会，终于挫败了鲁肃的阴谋。第一、二折写鲁肃的计划分别遭到乔玄、司马徽的反对；第三折写关羽接到邀请，第四折写他单刀赴会。第一、二折以乔玄、司马徽主唱，虽在唱词中对关羽的英勇多所渲染，但实是过场戏性质，却占了全剧的一半，显有喧宾夺主之嫌。第三、四折由关羽主唱，这才着重抒写其豪情壮怀,但忽略了戏剧冲突:关羽接到邀请书,就识破鲁肃的阴谋,但他胸有成竹,无所畏惧,认为必可轻易挫败鲁肃;渡江后果然使对方缚手缚脚,因而得胜而归。所以这两折戏并无多少戏剧冲突,实际是以抒情取胜。尤其第四折写关羽带着周仓等人泛舟长江,面对滔滔江水,回忆昔年的赤壁鏖战,不禁感慨万状;其曲词沉郁苍凉,一直受到高度赞扬:

〔双调〕〔新水令〕大江东去浪千叠,引着这数十人驾着这小舟一叶。又不比九重龙凤阙,可正是千丈虎狼穴。大丈夫心别,我觑这单刀会似赛村社。(第四折)

〔驻马听〕水涌山叠,年少周郎何处也?不觉的灰飞烟灭。可怜黄盖转伤嗟,破曹的樯橹一时绝。鏖兵的江水由然热,好交我情惨切。(这也不是江水)二十年流不尽的英雄血。(第四折)

两曲视野如江天一样开阔,感情似江涛那般起伏,前后文脉相连,但角度和情调却有所区别:前曲有感于当前使命而即景抒情,其藐视一切无所畏惧的雄风,充分显示了大丈夫气概。后曲有感于二十年前的赤壁之战而顿生江水依旧、人事已非之感。当年震赫一时的江上鏖战事迹及其英雄人物已"灰飞烟灭",曾被战士血染的江水却永远奔流,无穷无尽,这种面对自然的永恒而深感人生短暂所产生的"惨切"之情,实际上是一种英雄垂暮时的悲凉。当然,英雄无悔,暮年的悲哀更进一步拓展了英雄的感情世界,使关羽的形象更贴近现实人生。

就艺术表现而言,这两支曲子所取得的成就实与继承诗词的传统有关,从而显示出了剧曲和以往诗词的密切联系。大约自中唐以降,古典诗歌的意象创造开始表现出一种新的特点:以主观的"意"来改造客观事物,因而写入诗中的"象"实际上不过是诗人主观精神世界的外化。关羽唱词中所谓"鏖兵的江水由然热"云云,正是继承了诗歌的这种表现方式,写的是剧中人物的一种主观感受,而并非客观实际。因此,从这句中我们可以感知诗人已经沉浸到当年那场血与火的战斗之中,在他眼前正燃起把江水烧得滚烫的熊熊大火,从而也使他进一步感到了当前流淌着的江水乃是"二十年流不尽的英雄血"。换言之,这看似平淡的两句,正显示了关羽的万千思绪以及他从幻觉中醒来时的不胜今昔之感。另外,这两支曲子尤其是〔驻马听〕明显化用了苏轼《念奴娇·赤壁怀古》一词的意境和语言,作者显然从苏词中受到了启发,这才使关羽对周郎特别怀念,并称之为"年少周郎"①;而"年少周郎何处也",当然更能使人产

---

① 按照当时的观念,周瑜在赤壁之战时已不算年少;因此,所谓的"年少周郎",显从苏词"遥想公瑾当年,小乔初嫁了,雄姿英发"句化出。但说当时周瑜结婚不久,也纯是苏轼的想像。

生惊心动魄之感。但作者赋予关羽的感受比苏轼更加深刻,苏词只是对"人生如寄"的惆怅,而〔驻马听〕则通过一边是"年少周郎何处也"、一边是"鏖兵的江水由然热"的强烈对照,表现出关羽的一种强烈的"惨切"之情,一种对英雄时代、英雄人物逝去的悲凉意绪。

《哭存孝》全名《邓夫人苦痛哭存孝》。它写五代时英雄李存孝始终忠于李克用,却因小人李存信、康君立构陷,被五车裂体而死,最后得以伸冤的故事①。作者把这部英雄被害的悲剧处理为旦本剧。第一、二折的矛盾冲突乃是围绕着李存孝与李存信、康君立而展开的,但主角却是李存孝的妻子邓夫人,李存孝连唱的资格都没有。其结果,李存孝的激动的感情只能由邓夫人来抒发,如第二折的《梁州》,邓夫人就完全是以李存孝的口吻发言的,其中充满了"俺破黄巢血战到三千阵,经了些十死九生,万苦千辛"之类的话语,但那自然不能充分表达李存孝的内心活动;而邓夫人既主要是作为李存孝的代言人而出现,她自己在这场冲突中对李存孝的关心忧急等感情就反而无从展示了。第三折由正旦扮莽古歹(小番)主唱,实是以旁观者的身份来重叙高潮事件,更导致结构散漫。至第四折仍由邓夫人主唱,在情节上虽为结局,但就女主人公痛苦感情的抒发而论,却属高潮,尤其邓夫人身背丈夫的骨殖、手拿引魂幡、痛哭着上场所唱二曲,感人肺腑:

〔双调〕〔新水令〕我将这引魂幡招飐到两三遭,存孝也,则你这一灵儿休忘了阳关大道。我扑簌簌泪似倾,急穰穰意如烧;我避不得水远山遥,须有一个日头走到。
〔水仙子〕我将这引魂幡执定在手中摇,我将这骨殖匣轻轻的自背着。则你这悠悠的魂魄儿无消耗,(带云)你这里不是飞虎峪哪,(唱)你可休冥冥杳杳差去了!忍不住,忍不住痛哭号咷,一会儿赤留乞良气,一会家迷留没乱倒,天那,痛煞煞的心痒难挠!(第四折)

二曲运用富于动作性的语言,让表演和抒情融为一体,把邓夫人的深悲巨痛和盘托出。李存孝这位盖世英杰,不是死于战场,而是蒙冤屈死于小人之手,他的痛苦的灵魂自然不能安息。邓夫人闻讯赶来收回丈夫的骨殖,却唯恐他的灵魂迷失,因而一边"痛哭号咷",一边摇幡招魂,为引导英雄的亡灵沿着"阳关大道"一日间返回他的出生地——飞虎峪,她不避"水远山遥"而跟跄跋涉。曲词把邓夫人此时万般痛苦中的号哭和万分焦急中的迷乱如此淋漓尽致地表现出来,更强化了剧中所表现的一种英雄末路的悲凉情绪。

---

① 新旧《五代史·义儿传》和《五代史平话》都记载李存孝因反叛李克用被车裂而死。本剧故事情节不是依据历史,而是依据传说重构而成。

三、关汉卿剧作的历史地位

关汉卿在我国文学批评、尤其是戏剧批评上受到重视并获得高度评价,始于元末明初,但评价角度不一。周德清《中原音韵序》认为乐府之备,"则自关、郑、马、白一新制作",当是就散曲、剧曲并论,后人所谓元曲四大家之说实本于此。明初贾仲明作《凌波仙》词挽关汉卿:"驱梨园领袖,总编修师首,捻杂剧班头",以及朱权《太和正音谱》称他"初为杂剧之始",当是分别依据《录鬼簿》著录的剧作数量和排名的顺序而立论。我们称关汉卿为元代杂剧的奠基人和中国文学史上最早的伟大戏剧家,固然也基于上述因素,但主要依据关汉卿杂剧创作的艺术成就,尤其是以下三个方面的突出贡献。这在促使元杂剧走向成熟和繁荣的进程中发挥了巨大作用,从而奠定了他在文学史和戏剧史上的地位。

其一是促使抒情性与戏剧性的融合。金元杂剧以代人物抒情为主,但作为戏剧文学,这是远远不够的,《单刀会》、《哭存孝》的缺陷就说明了这一点。而在杂剧的初始阶段,一切都还处于探索的过程中,不可能对此立即有明确的认识。关汉卿却终于在写《哭存孝》等作品的同时,走上了一条把诗词的抒情要素与若干戏剧要素尤其是戏剧冲突、戏剧结构等结合起来的道路。例如《窦娥冤》把高利贷剥削作为悲剧冲突的诱因,把恶棍的横行肆虐作为冲突发展的直接动因,把官吏昏庸贪酷、草菅人命作为窦娥悲剧的根本原因,甚至剧本中出现的每一个人物,包括窦天章和蔡婆婆,都或多或少造成了窦娥的不幸,既揭示了悲剧根源的广泛社会性,又展示了悲剧主人公被社会逐渐扼杀的心理历程,包括她的痛苦的哀叹、不屈的呼号、怀疑的责骂、报复的诅咒,从而一步步地显现出了环境与个人的冲突,并以富于感染力的语言来表现这一切,使抒情性与戏剧性获致统一,相得益彰。他的《望江亭》既能相当具体、深入地为谭记儿抒发感情,又能使戏剧冲突得以较自然而清晰地展开和解决,并将这两者相结合,也是一个成功的例子。这些对其后的杂剧发展无疑具有示范作用。

其二是把抒情功能戏剧化。为适应戏剧中的抒情性要求,以便于它与戏剧性融合,必须把从古典诗词中继承而来的抒情功能加以调适、改造。因为古典诗词一般只是抒发作者个人的感情,并且是无须连贯的片断;而戏剧作为代言体作品所要抒发的则是剧中人物的感情,并要求展示出其感情发展的流程,因此它实际成为刻画人物心理活动、塑造人物性格或形象的重要手段,这当然主要就曲词而言。关汉卿在这方面也取得了显著的成就。例如,同样是寡妇痛苦感情的抒发,窦娥的曲词中是含糊的、委婉的,笼统名之为"闲愁",这说明她还不敢也不能正视其内心苦闷和要求的实质,所以她后来不仅自己坚持守节,而且嘲讽婆婆招亲;而谭记儿的曲词中是明确的、直率的,意识到要解除这种因"凤只鸾单"带来的痛苦,必须抛弃"三贞九烈",所以她后来不仅敢于改嫁,而且敢于以色相哄骗杨衙内。由此可见,只有把诗词的抒情功能戏剧化,也即把作品所抒之情与剧中人以往的经历、当前的处境密切结合,并且与其今后的发展相适应,才有戏剧的抒情性可言。

其三是本色当行的语言创造。关汉卿是元曲本色派的创始人,他善于将生动的口语、方言和古代诗词融于一炉,写出既切合剧中人物身份和情境、又富于诗意和动作性的语言。这种语言比词接近口语,但又并非照搬口语,所以它比口语更凝练,而且更富于表现力。它给人的感觉似乎和生活语言一样本色自然,而看不到雕琢的痕迹,但实际却是一种炉火纯青式的创造。例如《单刀会》第四折《驻马听》有"破曹的樯橹一时绝"、"鏖兵的江水由然热"两句,好读好懂,似乎是随意为之,但若去掉两个"的"字,变为"破曹樯橹一时绝,鏖兵江水由然热",就成为很精练的对偶性的诗句了,这样的诗句当然是苦心经营所得,而实际上前句又是化用苏轼词中"樯橹灰飞烟灭"一句的意境而成。在这基础上加了两个"的"字,便使人感到那是不经意的、接近口语的句子。这也就是中国古代文论所谓的"刻镂之极,渐近自然"。王国维说:"关汉卿一空倚傍,自铸伟词,而其言曲尽人情,字字本色,故当为元人第一。"(《宋元戏曲史》)这个"铸"字用得很好,他的本色的语言其实是精心铸造出来的。而就总体来说,他的语言尽管经过熔铸,在表现形态上却在逐渐向口语化的文学语言倾斜了;这也就意味着是在向五四新文学的方向行进。

第三节 白朴的杂剧创作

白朴(1226—1306以后),原名恒,字仁甫,后改字太素,号兰谷。祖籍隩州(今山西河曲附近),生于汴京(今河南开封),后迁居真定(今河北正定)。父亲白华以诗名世,在金代仕至枢密院判官,但因在金亡前夕(1233)叛金投宋,两年后(1235)又叛宋投北,内心深感抑郁。国家的丧乱沧桑和家道的盛衰巨变,都曾对白朴的生活和思想产生深刻影响。与白朴有三十年交情的王博文于至元二十四年(1287)作《白兰谷天籁集序》,称他"自幼经丧乱,苍皇失母,便有山川满目之叹。逮亡国,恒郁郁不乐,以故放浪形骸,期于适意。中统初(1261),开府史公(指史天泽)将以所业力荐之朝,再三逊谢。栖迟衡门,视荣利蔑如也。"白朴青壮年时期曾由北而南,漫游各地,"玩世滑稽"。五十五岁起侨居金陵(今南京),一直过着"诗酒优游"的生活①。晚年又有人荐他为官,他仿效嵇康的《与山巨源绝交书》,作《沁园春》一词予以拒绝,终身不仕。《录鬼簿》谓其曾有"赠嘉议大夫,掌礼仪院太卿"的官衔,可能是以其子白镛为官的品秩而在白朴死后封赠的②。关于他的卒年,一般依据今传本《天籁集》中《水龙吟·丙午秋到维扬……》一词,定在大德十年(1306)以后。

白朴出身于书香世家,八岁随白华好友元好问逃难,曾由元好问抚养、教育数年,元好问赠诗中有"元白通家旧,诸郎独汝贤"之称,随后又由其父教习律赋,在诗、词、文、赋等传统文学方面有深厚的修养。而他青壮年时代所生活的真定,实为元杂剧的发祥地之一;并且他本人与侯克中、李文蔚、史樟等杂剧作家和一些倡优妓女也有交往。于是,"不屑仕进"、"玩世滑稽"的白朴终于以文学世家的身份投入杂剧创作。一生写作剧本十六种,今存全本仅三种:《墙头马上》、《梧桐雨》、《东墙记》。其中《东墙记》是否为白朴所作,尚有争议。前两剧皆为上乘之作,并又各具特色。

一、《墙头马上》

《墙头马上》与关汉卿的《拜月亭》、王实甫的《西厢记》、郑光祖的《倩女离魂》被并称为元杂剧中的四大爱情剧。剧中女主角——洛阳总管李世杰的女儿李千金,"深通文墨,志量过人",是一个大胆、泼辣、坚强的女性形象,在元杂剧中别具一格。李千金出场时十八岁,春天的美好景致和围屏上的佳人才子画使她产生了渴望爱情的冲动:

〔混江龙〕我若还招得个风流女婿,怎肯教费工夫学画远山眉。宁可教银缸高照,锦帐低垂,菡萏花深鸳并宿,梧桐枝隐凤双栖。这千金良夜,一刻春宵,谁管我衾单枕独数更长,则这半床锦褥枉呼做鸳鸯被。(梅香云)等老相公回来呵,寻一门亲事,可不好也。(正旦唱)流落的男游别郡,耽阁的女怨深闺。(第一折)

希望以嫁人的方式来满足自己的性爱欲望,这本属于人之常情,但她能把这种欲望以及由于这种欲望不能满足的哀怨毫不掩饰地向侍女表露出来,却非同寻常。所以,她在后花园隔墙望见骑马经过的陌生美男子裴少俊,爱慕之情就油然而生,甚至想入非非:

---

① 参见孙大雅《天籁集叙》。
② 但也有学者认为所赠官阶为正三品,白朴子孙未有达此位者,唯与其弟恪官阶相同,疑为传者误以白恪官职为白朴封赠,钟嗣成乃据之入录,实不可信。

〔后庭花〕休道是转星眸上下窥,恨不的倚香腮左右偎,便锦被翻红浪,罗裙作地席。(梅香云:小姐休看他,倘有人看见。)(正旦唱)既待要暗偷期,咱先有意,爱别人可舍了自己。(第一折)

初次见到满意的男子,即想和他偷期;并且不知对方是否有意,就提出"咱先有意",的确表现出她在爱情观念上的勇敢无畏。而随后接到裴少俊的情诗,就立即回奉一首,以诗为媒,相约当晚幽会;幽会时被嬷嬷双双捉拿,而且坚持要去举发;李千金毫不畏惧,说她要"自伤残害",以此赖嬷嬷"致命图财",吓得嬷嬷只好同意她当夜随裴少俊私奔。这一切表现出她的大胆、泼辣及其与封建礼教的对立。

李千金跟随裴少俊前往长安,在裴家后花园自主成亲,同居七年,生下一儿一女,除了老院公,无人得知。她对这种生活的评价是:"过了些不明白好天良夜"。当被裴少俊的父亲裴尚书发现,老院公遮盖不住时,她开始也有些惊慌,接着就坦然与尚书折证,对他要拆散自己夫妇的行为提出抗议,说自己"冰清玉洁肯随邪?怎生的拆开我连理同心结",不但不承认她的这种违反封建礼教的行动有什么错误,反而宣称自己与裴少俊的结合是纯洁无瑕的,不应硬行"拆开",这都反映出她对个人权利的坚持和对有关的封建礼教的蔑视。尽管由于裴少俊的软弱,她终于被休弃而离了裴家,但她始终不承认自己有什么错误。

后来裴少俊做了官,要求破镜重圆,她在内心对裴少俊及其父母的怨恨并没能消除,指责裴少俊不辨贤愚,又说是"恁母亲从来狠毒,恁父亲偏生嫉妒"(第四折〔上小楼〕)。最终虽因舍不得自己留在裴家的亲生儿女,同意与裴少俊完聚,但却并不感到有什么欣喜,正如她自己所说:"有甚心情笑欢娱?踌也波蹰,贼儿胆底虚,又怕似赶我归家去。"(第四折〔尧民歌〕)这不仅是对以前裴氏一家赶逐她的事件的讽刺,也反映了这一事件在她心底留下了多么深重的耻辱的烙印,因而从反面显示出了她的自尊心是多么强烈。

总之,就其对幸福的大胆追求、自尊心的强烈以及对封建礼教的反叛而言,实与新文学作品中所写"五四"初期的叛逆女性有其相通之处。在元曲四大爱情剧中,无论王瑞兰、崔莺莺或张倩女,在这方面都不如她。而剧本中所安排的紧凑强烈的戏剧冲突和它所运用的本色生动的人物语言,则是李千金这一形象塑造获得成功的前提。

在这里特别要指出的是:白朴此剧实是对白居易新乐府诗《井底引银瓶》的否定。白居易自言该诗的主旨是"止淫奔"(见该诗自序)。其诗歌则为:"墙头马上遥相顾,一见知君即断肠。知君断肠共君语,君指南山松柏树。感君松柏化为心,暗合双鬟逐君去。到君家舍五六年,君家大人频有言。聘则为妻奔是妾,不堪主祀奉蘋蘩。终知君家不可住,其奈出门无去处。"但尽管她已无家可归,后来还是被男方赶了出来,是以该诗的最后说:"寄言痴小人家女,慎勿将身轻许人。"将白朴此剧与白居易诗相对照,可知两个少女的婚恋遭遇基本相同,甚至在男家所住的时间也差不多。李千金被赶出去时在男家已住了七年,诗中女子则是在"到君家舍五六年"后又过了些时候才终于被赶走的。尤其是白朴的剧名《墙马头上》,显然源于白居易诗的"墙头马上遥相顾"。然而,白居易是反对这种"淫奔"行为的,白朴却对此大加赞美,并对阻碍这种私奔婚姻的男方父母表示了明显的不满。这又一次显示了中国近世文学的特色。

白朴此剧的男主人公为裴少俊,而宋官本杂剧有《裴少俊伊州》(《伊州》为大曲名),其所述情节当与《墙头马上》略似;然则将白居易此诗内容演为戏剧,实始于宋代。但宋人当不敢公然赞扬私奔,《裴少俊伊州》的结局大概与白居易诗相同;将结局加以改变的,恐始于金的诸宫调(见本编第一章第三节)。所以,白朴这个剧本也是从诸宫调中吸取了有益的营养的。

二、《梧桐雨》

《梧桐雨》描写唐明皇李隆基和杨贵妃的爱情故事。这一题材,自中唐进入文学殿堂,历两宋金元而日益流行①。白朴此剧主要取材于白居易的《长恨歌》,但对正史、野史的记载和其他作品的描写也有所汲取,经过艺术处理重新整合而成。

就全剧基调而论,这是一部悲剧性的抒情诗剧。它的故事情节和抒情线索都是围绕李杨爱情和安史之乱而展开,但其最大的特点,则是强烈的盛衰对比。孟称舜在《古今名剧·柳枝集》中说:"《梧桐雨》摹写唐明皇、玉环得意失意之状,悲艳动人。"这确是有见之言。

此剧的第一折和第二折的前半,极写其爱情的美满和生活的欢乐,如第一折:

〔醉中天〕我把你半鲜的肩儿凭,他把个百媚脸儿擎。正是金阙西厢叩玉扃,悄悄回廊静。靠着这招彩凤、舞青鸾、金井梧桐树影,虽无人窃听,也索悄声儿海誓山盟。(第一折)

这是"七月七日长生殿,夜半无人私语时"的情景,风光旖旎,真似人间仙侣。及至第二折,唐明皇与杨贵妃新秋饮宴,品尝当时在长安难以见到的新鲜荔

---

① 写李、杨故事的文学作品除白居易《长恨歌》外,还有陈鸿的《长恨歌传》、乐史《太真外传》、金院本《击梧桐》,元杂剧有关汉卿《唐明皇哭香囊》、庾吉甫《杨太真华清宫》、《杨太真霓裳怨》、岳伯川《梦断杨贵妃》,诸宫调有王伯成的《天宝遗事》。

枝，杨贵妃又演出《霓裳羽衣舞》，唐明皇不觉情意如醉：

> 〔红芍药〕腰鼓声干，罗袜弓弯，玉佩丁东响珊珊，即渐里舞䩑云鬟。施呈你蜂腰细，燕体翻，作两袖香风拂散。（带云）：卿倦也，饮一杯酒者。（唱）寡人亲捧杯玉露甘寒，你可也莫得留残，拚着个醉醺醺直吃到夜静更阑。（第二折）

谁知道虽以李隆基的帝皇之尊，却连这样一个平凡的愿望也未能满足。歌舞未彻，酒宴未阑，却传来了安禄山攻破潼关的噩耗，唐明皇不得已仓皇幸蜀：

> 〔普天乐〕恨无穷，愁无限，争奈仓卒之际，避不得蓦岭登山。銮驾迁，成都盼，更那堪泸水西飞雁，一声声送上雕鞍。伤心故园，西风渭水，落日长安。（第二折）

这一意味深长的境界固然是从贾岛《忆江上吴处士》一诗的"西风吹渭水，落日满长安"借用而来，但王国维非常欣赏，认为"此借古人之境界为我之境界者也。然非自有境界，古人亦不为我用"（《人间词话》）。可以说，作者在当时实体会到了与唐明皇同样的愁惨，这才能"自有境界"。当然，作者绝不可能与唐明皇具有同样的经历，但他应该已经体会到了人生本是一个"恨无穷，愁无限"的历程；剧本中所写的这种瞬息之间盛衰悬绝的变化，原不过是人生本质的一种集中表现。

从此以后，唐明皇就跌入了无边的悲惨。在幸蜀途中，他不得不眼睁睁地看着杨贵妃惨死，死后的尸体还要遭万马践踏。幸而安史之乱平定，他回到了京城。虽然现任的皇帝就是自己的儿子，但他却权柄全失，连想盖一座贵妃庙都不能如愿，所谓"寡人有心待盖一座杨妃庙，争奈无权柄谢位辞朝。"（第四折〔呆骨朵〕）于是，一种凄苦无依的孤独感深入了他的骨髓，原来，连亲生的儿子也是靠不住的。那么，除了哀悼和怀念死去的爱人以外，他的生命还有什么意义呢？

然而，这样的哀悼和怀念，只能使他更为痛苦，生命更显得黯淡。好容易在梦中得到了杨贵妃的邀请，却又被"那窗儿外梧桐上雨潇潇"惊醒：

> 〔倘秀才〕这雨一阵阵打梧桐叶凋，一点点滴人心碎了。枉着金井银床紧围绕，只好把泼枝叶做柴烧，锯倒。（第四折）

他当日与杨贵妃山盟海誓，原在这梧桐树下，而今使他连梦中都无法与杨贵妃见面的，却还是这梧桐树。然而，即使把梧桐树"锯倒"了，又有什么用呢？在这样的雨夜，他哪里还能再度入梦？

> 〔黄钟煞〕……斟量来这一宵，雨和人紧厮熬。伴铜壶点点敲，雨更多泪不少。雨湿寒梢，泪染龙袍，不肯相饶，共隔着一树梧桐直滴到晓。

（第四折）

人生就是这样的悲惨，不但在现实生活中无法寻得欢乐，连在梦中都无法得到安慰。

从表面上看来，《梧桐雨》的这种悲观的精神与《墙头马上》的对幸福与欢乐的追求是一组尖锐的矛盾，但如考虑到李千金在剧本将近结束时仍高唱着"有甚心情笑欢娱"，也就可以理解白朴把人生看作一个悲剧原是很自然的事。在群体的重压下刚刚有所觉醒的个人，对生活的看法不得不是十分黯淡的。不要说白朴，就是在"五四"后的郁达夫的笔下又何尝有什么欢乐的气息？他那《春风沉醉的晚上》，虽然由于一个青年女工的出现而透出了若干亮色，但这青年女工却仍在痛苦中挣扎。与此相比，清代洪昇的《长生殿》使唐明皇与杨贵妃在仙界"重圆"，实在不能不说是一种平庸的设想。

倘将《墙头马上》与《梧桐雨》加以比较，我们就会发现两种相异的艺术特色。《墙头马上》注重的是戏剧冲突，也即李千金的性爱要求及其与裴少俊的婚恋关系所引起的与环境的矛盾，环境对她的压迫和她的反拨。剧本通过李千金内心世界——配以相应行动——的较具体、生动的展示，逐步展开这一冲突，使观众（读者）被李千金的形象所深深吸引。在这里有很值得注意的一点：为了更真实地揭示人物的内心世界（这同时也是使戏剧冲突更具可信性），这剧本开始出现了在某种程度上脱离诗词的抒情传统而向散文式的描绘倾斜的现象，前引的表现李千金性爱要求的曲子就是如此。倘把这种曲子与汤显祖《牡丹亭》中写杜丽娘怀春的曲子相比较，就可以清楚看到《牡丹亭》中的杜丽娘怀春是经过了诗化的，而李千金的性爱要求则是直率的。与此相反，《梧桐雨》中唐明皇的感情却是经过了高度诗化的，以致王国维把第二折中的《普天乐》评为"有境界"的曲词；"境界"本来是用以评价诗词的。但是，在《梧桐雨》中我们看不到贯穿全剧的戏剧冲突，只看到了强烈的今昔对比以及在由"昔"演变到"今"的过程中的唐明皇的始终被诗化的感情，所以，这是一个充分显示诗词的抒情传统的剧本。但如将它与关汉卿的《单刀会》、《哭存孝》等剧本相比较，它仍是具有一以贯之的人物和相对完整的结构的戏剧文学作品。所以，白朴的这两个不同类型的作品，都在不同程度上体现了在寻求戏剧文学特色方面的新的努力。

第四节　马致远的杂剧创作

马致远，号东篱。《录鬼簿》记载为"大都"（今北京）人，曾任"江浙行省务官",名列"前辈已死名公才人"之六。其生年可据张可久《次马致远先辈韵九篇》等资料定在忽必烈即位(1260)以前,卒年则在泰定元年(1324)以前(见周德清《中原音韵序》)。从现存马致远的散曲作品来看,他早年有"佐国心",自命为"拿云手"(见《叹世》,〔南吕四块玉〕),热衷于功名进取,"且念鲰生年幼,写诗曾献上龙楼"(〔黄钟女冠子〕)。其青少年时代是在大都一带度过的,大约在至元二十二年(1285)以后到杭州任职,掌管税收。终因仕宦不得意而辞官归隐。从其晚年所作《野兴》的"东篱本是风月主"(〔双调清江引〕)、《悟迷》的"云雨行为,雷霆声价,怪名儿到处里喧驰的大"(〔大石调青杏子〕)之类自述中,可知他本也是风月场中的著名人物。

马致远一生创作杂剧十五种,今存六种:《汉宫秋》、《青衫泪》、《荐福碑》、《陈抟高卧》、《岳阳楼》、《任风子》;另有《黄粱梦》,是他和李时中、花李郎、红字李二合写的。《汉宫秋》堪称他的代表作,《青衫泪》作为言情之作也颇有佳致;《荐福碑》写张镐怀才不遇而对功名苦苦追求,《陈抟高卧》写陈抟参破功名,虽有"文能匡社稷、武可定乾坤"之才而弃世归隐,两者殊途同归,都表现了儒士的苦闷;另外,《岳阳楼》、《任风子》、《黄粱梦》等神仙道化剧,在元明时代颇有影响,他以此赢得了"万花丛里马神仙"之称。

总括说来,马致远杂剧的戏剧性都不很强,他是以曲词之美著名的。朱权《太和正音谱》甚至说:"马东篱之词,如朝阳鸣凤。其词典雅清丽,可与《灵光》、《景福》而相颉颃。有振鬣长鸣,万马皆瘖之意。又若神凤飞鸣于九霄,岂可与凡鸟共语哉?宜列群英之上。"

《汉宫秋》与《梧桐雨》一样,也是描写宫廷爱情的悲剧。剧中所写到的昭君和亲的故事,虽然在正史中有简略记载,但作品的主要矛盾则出于虚构。说是汉元帝很爱王昭君,但匈奴单于以武力威胁,要汉以昭君和亲。汉朝大臣怯懦,劝元帝同意单于的要求。元帝对大臣虽很恼怒,但最终还是把昭君送到匈奴去了。剧本的深层次的冲突,实是道德和个人感情的对立。

汉朝大臣中带头劝元帝同意匈奴要求的是尚书五鹿充宗,他是汉朝有名的儒学大师。他的理由是"女色败国",因而元帝应"割恩断爱"。这是符合儒家的理论的,恐怕也符合国家、民众的利益。一场仗打下来,要死多少百姓,要承担多么巨大的军费支出!而这些支出归根到底要转嫁到人民头上。人民为什么要为皇帝的一个心爱女人而作这么大的牺牲?而如果战争失败,国家也有可能沦亡;由于当时汉朝没有优秀的军事统帅,连汉元帝也承认"一将难求",能够战胜的希望很小。何况昭君虽然很受元帝宠爱,但并非其正式配偶,把她送给匈奴也不算是违反"名教"。汉元帝对以昭君和番提了很多抗议,但从不以"名分"问题作为理由,也正说明了这一点。所以,从群体利益和儒家道德观来说,确应让昭君去和番,但就汉元帝的个人感情说,又怎忍她去和番?虽然由于元杂剧本身的局限(只能由一人主唱;说白除必不可少的几句外,都由演员临场发挥;明刊本中的很多说白当为后来所加,未必符合作者原意),现存作品中没有把对方的理由表现充分,但从元帝"说什么大王、不当、恋王嫱"的曲词中,可知对方一定就此作过阐述。最后,汉元帝牺牲了他的个人感情,从而承受了精神上的巨大痛苦。

此剧由正末主唱。其所抒发的感情,主要是对群臣的恼恨及其与王嫱别离的痛苦。

写元帝对群臣的恼恨的,以下面一段曲词最有特色:

〔斗虾蟆〕……怎也丹墀里头,枉被金章紫绶;怎也朱门里头,都宠着歌衫舞袖。恐怕边关透漏,殃及家人奔骤。似箭穿着雁口,没个人敢咳嗽。吾当僝僽,他也、他也红妆年幼,无人搭救。昭君共你每有甚么杀父母冤仇?休、休,少不的满朝中都做了毛延寿。我呵,空掌着文武三千队,中原四百州,只待要割鸿沟。陡恁的千军易得,一将难求。(第二折)

这支曲词深刻揭露了这些大臣们的卑劣心理:他们平时享受着高官厚禄,但当大事临头,他们考虑的却只是自己和家族的利益;而更其重要的是:它同时又生动地表现了汉元帝的焦虑与愤恨,以致他对问题的思考已背离了正常的逻辑。他明明知道这些大臣只不过怕边关被攻破而祸及己身,但却还要提出"昭君共你每有甚么杀父母冤仇"的质问,好像他们是在蓄意陷害昭君。以这样的曲词来展现其内心的错乱,并进而写出其当时的特定心态,这与《窦娥冤》写窦娥被杀前立下誓愿的情况相仿佛,都显示了不同凡响的艺术水平。

抒写他与昭君分别的痛苦的,以下引的三支曲词最被称道:

〔七弟兄〕说甚么大王、不当、恋王嫱,兀良,怎禁他临去也回头望!那堪这散风雪旌节影悠扬,动关山鼓角声悲壮。
〔梅花酒〕呀!俺向着这迥野悲凉,草已添黄,色早迎霜,犬褪得毛苍,人搠起缨枪,马负着行装,车运着馍粮,打猎起围场。他他他,伤心辞汉主;我我我,携手上河梁。他部从入穷荒,我銮舆返咸阳。返咸阳,过宫墙;过宫墙,绕回廊;绕回廊,近椒房;近椒房,月昏黄;月昏黄,夜生凉;夜生凉,泣寒螀;泣寒螀,绿纱窗;绿纱窗,不思量。
〔收江南〕呀!不思量除是铁心肠。铁心肠也愁泪滴千行。美人图今夜挂昭阳,我那里供养,便是我高烧银烛照红妆。(第三折)

昭君临去时充满依恋的一步步"回头望",使他这位软弱天子撕心裂肺。这种生离,尤惨于死别。他对飘扬的旌旗、悲壮的鼓角以及迥野上呈现的一切悲凉情景,确实难以忍受;但回去以后又如何呢?等待他的不过是孤独感伤,相思断肠,那又能够忍受吗?所以,"铁心肠也愁泪滴千行"的悲叹,确是情真意切。

这种悲痛在第四折中得到了进一步的深化:深宫寒夜,孤衾独处的汉元帝梦见昭君逃回,却被孤雁的叫声惊破了这难得的团圆的梦境。而孤雁的每一声哀鸣又引起了他无尽的愁痛和思念,"一声儿绕汉宫,一声儿寄渭城,暗添人白发成衰病"(第四折〔随煞〕)。全剧就在这种悲剧气氛中结束,与《梧桐雨》有异曲同工之妙。

假如说这是一个感情被碾碎的悲剧,那么,这一悲剧以汉元帝为主角,也正说明了人生的悲哀是皇帝都无法避免的;汉元帝的曲词中说:"谁似这做天子的官差不自由!"他甚至还在羡慕平民。

《青衫泪》写京都名妓裴兴奴与士人白居易、商人刘一郎的恋爱纠葛,结局是商人失败,士人与妓女团圆。第四折让皇帝断婚,纯属蛇足。结构也无特色。但全剧曲词优美,对裴兴奴的感情刻画颇见功力。如第二折写她听到白居易病死江州后的痛苦感受:

〔叨叨令〕我这两日上西楼,盼望三十遍;空存得故人书,不见离人面。听得行雁来也,我立尽吹箫院;闻得声马嘶也,目断垂杨线。相公呵,你原来死了也么哥!你原来死了也么哥!从今后越思量越想的冤魂儿现。(第二折)

写她在白居易走后对他的想念和强烈地盼望他归来的心情,十分生动。"听得行雁来"两句,并非说她真相信雁能带来书信,而是由此想到雁足传书的故事,于是更为白居易的一直没有信来而思绪万千,长立返想。中间的"你原来死了也么哥"两叠句,惊诧、悲痛、绝望、恍然——恍然于白居易何以一直没有音讯——等各种感情交错其中,无限酸楚;这是只要读者稍一存想就能明白的。但所有这一切只能使白居易的形象在她的心头镌刻得更深。在短短一支曲词中能包含这么多的复杂内容,文字又清丽自然(如"听得"四句,极尽锻炼,而无雕琢之迹),实属难能可贵。

再如她被母亲卖给茶商时,瞻望未来的痛苦生活,回忆以前的屈辱经历,既哀叹自己的不幸,又愤恨母亲的残酷,感情十分复杂。以下两支曲词对这种心情的表述极为传神:

〔四煞〕……我虚度三旬,是这婆娘亲女;受用了十年,是这赵妈妈金莲。我也曾前厅上待客,后阁内留宾,只不曾坐车上当辕。偌来大穷坑火院,只央我一身填。……(第二折)

〔尾煞〕不甫能一声金缕辞歌扇,划地听半夜钟声到客船。少年的人,苦痛也天;狠毒呵娘,好使的钱。你好随的方就的圆,可又分的愚别的贤?女爱的亲,娘不顾恋;娘爱的钞,女不乐愿。今日我前程事已然。有一日你无常到九泉,只愿火炼了你教镬汤滚滚煎,碓捣罢教牛头磨磨研。直把你作念到关津渡口前,活咒到天涯海角边。都道这风尘是夙缘,明理会得穷神解不的冤。(带云)娘呵,(唱)你只把我早嫁浔阳一二年,怎到的他干贬去江州四千里远!(第二折)

曲词本色,痛快淋漓,满腔酸楚、怨毒,一泻而尽。如"偌来大穷坑火院,只央我一身填"之句,凝结着多少血泪!而对亲生母亲如此咒骂,在我国文学史上也是空前的。它反映了传统的道德观念在近世文学中的逐步削弱。

第五节 王实甫与《西厢记》

有关王实甫生平的记载,现存的可靠资料极少。《录鬼簿》称他为"大都人",列入"前辈已死名公才人",位于关汉卿、白朴、马致远等名家之后。元末明初贾仲明作《凌波仙》挽王实甫:"风月营,密匝匝列旌旗;莺花寨,明飚飚排剑戟;翠红乡,雄赳赳施谋智。作词章,风韵美,士林中等辈伏低。新杂剧,旧传奇,《西厢记》天下夺魁。"可见他大致属于关汉卿一类"浪子风流"人物。至其生活年代,学术界有两说。一说由金入元,与关汉卿为同辈人;一说生于元初,年辈晚于关汉卿,14世纪初尚在世。我们姑且依据《录鬼簿》的次序,把他作为前期作家排在马致远之后。

王实甫作有十四种杂剧,包括《西厢记》、《破窑记》、《丽春堂》三种。后两种语言本色,与今存《西厢记》的华美差距甚大。唯《破窑记》的女主角刘月娥,宁可抛弃富裕的家庭而与贫穷的吕蒙正结婚,因她认为"心顺处便是天堂";婚后虽长期栖身破窑,但仍不以丈夫能否得官为意:"但得个身安乐还家重完聚,问甚么官不官便待怎的。"她在婚姻上的这种态度,与《西厢记》中所表现的婚姻理想有其相通之处。

一、《西厢记》的创作成就

关于崔莺莺和张君瑞爱情故事的源流演变,我们在金代文学部分的董解元《西厢记诸宫调》(简称《董西厢》)一节中已有介绍,而王实甫的《西厢记》(简称《王西厢》)则是在《董西厢》思想艺术成就的基础上的继续创造,在历史上一直受到很高评价。王世贞认为"北曲故当以《西厢》压卷"(《曲藻》);李贽在《杂说》中称它为"化工"之笔。《录鬼簿》、《太和正音谱》等最早著录《西厢记》的著作未标本数折数。此剧的现存版本,以弘治本《西厢记》为最早,共五卷二十一折,一卷相当于一本。学术界对这五本是否全由王实甫作,尚有争议。嘉靖间王圻《稗史汇编》曾明确地说:"王实甫《西厢记》始以蒲东邂逅,终以草桥扬灵。""草桥扬灵"指第四本第四折。所以部分学者认为第五本非王实甫所作,至于作者是谁,尚待考证①。

《西厢记》最突出的特点,在于打破了元杂剧的一本四折(再加"楔子")的限制,首次创造了用多本杂剧表演一个故事的成功范例。相对于当时的杂剧,《西厢记》堪称结构宏伟,而且直到明代,仅有《西游记》(一般以为杨景贤作)以六本二十四折与之前后辉映。

由于结构的宏伟,《西厢记》比起它以前的元杂剧来,至少有了以下四个方面的进展。

首先,在人物思想感情的刻画方面比较细腻深入。以往元杂剧限于篇幅,对剧中人物的思想感情的描写一般来说是粗线条的,即使是优秀作品,也只能对主要人物在某种情境下的思想感情作相对深入的开掘,而对其余的场合就只能作粗略的交代。如《墙头马上》写李千金在被裴少俊父母驱逐和后来裴少俊要求她重圆时的思想感情都较细致,但写她和裴少俊一见钟情,密约偷期,就显得粗略。这是篇幅所限,无可如何。而《西厢记》则因结构宏伟,得以充分展开。试以张生初见莺莺为例,整个第一本由他主唱,基本上都是刻画他见到莺莺后的风魔情态。在佛寺中初次遇见莺莺,他的感觉是:"呀!正撞着五百年前风流业冤"。接着连唱四曲:

〔元和令〕颠不剌的见了万千,似这般可喜娘脸儿罕曾见,则着人眼花撩乱口难言,魂灵儿飞在半天。他那里尽人调戏軃着香肩,只将花笑撚。
〔上马娇〕这的是兜率宫,休猜做离恨天。呀,谁想这寺里遇神仙!我见他宜嗔宜喜春风面,偏宜贴翠花钿。
〔胜葫芦〕则见他宫样眉儿新月偃,侵入鬓云边。(旦云:红娘,你觑:寂寂僧房人不到,满阶苔衬落花红。末云:我死也!)未语人前先腼腆,樱桃红绽,玉粳白露,半晌恰方言。
〔幺〕恰便似呖呖莺声花外啭,行一步可人怜。解舞腰肢娇又软,千般袅娜,万般旖旎,似垂柳晚风前。(弘治本《西厢记》卷一第一折)

这种饱含激情的唱词充分显示了他那又惊又喜的心理活动。从中可看到他对

---

① 明中叶以后乃至清代有人说关汉卿续作第五本,甚至说《西厢记》五本皆由关汉卿作,实不可信。

莺莺的细致观察，以及与此相伴随的衷心赞叹和无限热爱。与此相比，李千金初见裴少俊时的感情就显得太平淡了①。其实，不但《墙头马上》，在其前的任何元杂剧中也不可能在非高潮的场合出现这么细腻的描写。《西厢记》正因打破了原先的体例，才能如此放笔挥洒；当然，这里还有作者的艺术才能在起作用。

限于杂剧的体制，因为两人见面的那一折由末主唱，她无法表达自己的感情，所以，我们在剧本中所看到的，已是她在事后的对张生的怀念和愁思。一开始就用了三支曲词：

〔八声甘州〕恹恹瘦损，早是伤神，那值残春。罗衣宽褪，能消几个黄昏。风袅篆烟不卷帘，雨打梨花深闭门；无语凭阑干，目断行云。
〔混江龙〕落花成阵，风飘万点正愁人。池塘梦晓，阑槛辞春；蝶粉轻沾飞絮雪，燕泥香惹落花尘。系春心情短柳丝长，隔花阴人远天涯近。香消了六朝金粉，清减了三楚精神。
〔油葫芦〕翠被生寒压绣裀，休将兰麝熏。便将兰麝熏尽，则索自温存。昨宵锦囊佳制明勾引，今日个玉堂人物难亲近。这些时睡又不安，坐又不宁。我欲待登临不快，闲行又闷。每日价情思睡昏昏。（卷二第一折）

在这三支曲中，其实只是表达了她的一种愁绪；只有"昨宵"两句才隐约地透露出她对张生的怀念。换言之，她的相思之情在这里只是开了个头，在紧接着的下面四支曲词中才进一步展开。而只是表现一种愁绪就用了这三支曲词作如此细致的描写，在这以前的元杂剧中也是没有看到过的。例如《窦娥冤》中写窦娥的闲愁的曲词，那也是写得很真切而生动的；其中的"长则是急煎煎按不住意中焦，闷沉沉展不彻眉尖皱，越觉的情怀冗冗，心绪悠悠"，与此处的"这些时"几句虽则相通，而此处更为具体；至于"翠被生寒"几句所体现的情绪，那本是寡妇更易感受到的，但在《窦娥冤》的那些曲词中反而没有类似的表现。《西厢记》之所以能更为细腻，也就是因其在篇幅上的限制放宽了。

其次，由于能较细致地刻画人物思想感情，也就能在一定程度上写出其发展过程。而以前的元杂剧因受体例限制，这也是无法做到的。

以张生来说，他初见莺莺时只是惊喜于她的美貌，因而萌生了要获得她的强烈欲望。但等到偷看她晚间烧香，张生以诗相挑，莺莺和韵以后，他就进而为自己不能和她共处而深感凄凉了。"对着盏碧荧荧短檠灯，倚着扇冷清清的旧帏屏。灯儿又不明，梦儿又不成，窗儿外淅零零的风儿透疏棂，忒楞楞纸条

---

① 《墙头马上》的相应曲词是："兀那画桥西，猛听的玉骢嘶，便好道杏花一色红千里，和花掩映美容仪。他把乌靴挑宝镫，玉带束腰围；真乃是能骑高价马，会着及时衣。"（〔金盏儿〕）

儿鸣；枕头儿上孤另，被窝儿里寂静。你便是铁石人，铁石人也动情。"（第一卷第三折〔拙鲁速〕）后来他救了莺莺一家，而崔夫人反悔了以前所作的允婚的诺言，加上崔莺莺虽以诗约他相会，却又临时变卦，把他抢白了一顿，这使他更为痛苦。他也想过就此断情，但对莺莺的爱情已深入心底，再也无法摆脱，所以他忍辱苦挨，盼望莺莺有一日能回心转意。

〔油葫芦〕情思昏昏眼倦开，单枕侧，梦魂飞入楚阳台。早知道无明无夜因他害，想当初不如不遇倾城色。人有过，必自责，勿惮改。我却待贤贤易色将心戒，怎禁他兜的上心来。

……

〔鹊踏枝〕恁的般恶抢白，并不曾记心怀；拨得个意转心回，夜去明来。空调眼色经今半载，这其间委实难捱。（第四卷第一折）

到了这一步，张生对莺莺的爱就已生死以之了。

莺莺对张生的爱情在作品中也有一个发展的过程。她在和诗以后，本已"每日价情思睡昏昏"，并因此而埋怨"老夫人拘系得紧"（第二卷第一折），但也只限于想念而已。等张生救了她全家，她对张生又增加了钦敬和感谢，何况崔夫人许婚在前，所以她当时已在想像着婚后的生活，所谓"我做一个夫人也做得过"（第二卷第四折〔么篇〕）。不料崔夫人突然变卦，让张生与他兄妹相称，于是，她不仅感到痛苦难忍，更对母亲充满了怨恨："他那里眼倦开软瘫做一垛，我这里手难抬称不起肩窝。病染沉疴，断然难活。则被你送了人呵，当什么喽啰。"（第二卷第四折〔折桂令〕）她认识到自己和张生都会相思而死，而把他们推上死路的就是自己的母亲！在这样的悲愤感情的驱使下，她与张生的幽会就是不可避免的了；虽然幽会那一折是张生主唱的，她没有充分抒发自己感情的机会。而既经幽会，她与张生的感情自然更深了一层，所以在张生被迫去京都赴试时，她就为这一离别而悲痛难禁。在送别时，她"眼面前茶饭怕不待要吃，恨塞满愁肠胃。"（第四卷第三折〔朝天子〕）

第三，在作品中出现了多个丰满的人物形象，打破了以前的元杂剧一般只有一个丰满的人物形象（其余均是陪衬）的惯例。那是因为以前的杂剧都只一本，而且只能由末或旦主唱；所以，即使是男女爱情剧，也只能以一人为主，另一人只能是无足轻重的陪衬。《西厢记》则不但张生、莺莺都写得很丰满，已如上述；红娘也有血有肉，连惠明都给人颇深的印象。

红娘虽是一个婢女，却见义勇为，有一股豪侠气概。夫人赖婚以后，她热心为崔、张撮合。张生曾表示要以金帛酬谢她，她生气：

〔胜葫芦〕哎！你个馋穷酸徕没意儿，卖弄你有家私。莫不图谋你的东西

来到此?先生的钱物,与红娘做赏赐!非是我爱你的金资。(第三卷第一折)

在她将张生的信传给莺莺时,莺莺由于害羞,假装发怒,红娘立即反唇相讥:

〔快活山〕分明是你过犯,没来由把我摧残;使别人颠倒恶心烦。你不惯,谁曾惯?(同上第二折)

后来崔、张的私情被夫人发觉,她挺身而出,既隐约指责夫人的忘恩负义,又以利害关系来打动她,言简意赅,既有风趣,又具说服力:

〔鬼三台〕夜坐时停了针绣,共姐姐闲穷究。说张生哥哥病久,咱两个背着夫人,向书房问候。(夫人云:问候呵,他说甚么?红云:他说来。)唱道:夫人事已休,将恩变为仇,着小生半途喜变做忧。他道红娘你且先行,教小姐权时落后。

〔秃厮儿〕我则道神针法灸,谁承望燕侣莺俦。他两个经今月余则是一处宿,何须一一问缘由。

……

〔络丝娘〕不争和张解元参辰卯酉,便是与崔相国出乖弄丑。到底干连着自己骨肉,夫人索穷究?(第四卷第二折)

剧本中的配角能多次以曲词表现自己的性情,又能长篇大论地折服对方,这在以前的元杂剧中是不可想像的。也正因红娘的形象相当丰满,她在后世还赢得了许多观众、读者的喜爱。

第四,戏剧冲突的展开比较充分。《西厢记》的故事情节并不复杂曲折,但因人物写得较为具体细致,丰满的人物形象又较多,人物的感情、活动及其相互之间的矛盾得以较充分地展开,所以全剧有张有弛,有起有伏,波澜迭起,变化多姿,令人应接不暇。

全剧明显的戏剧冲突有两条线索:一是以莺莺、张生、红娘为一方同以崔夫人为一方之间的矛盾主线。不仅在张生救了崔氏一家以后,决定崔、张命运的一系列重要事件都是直接、间接由此引发的,就是在此以前,当莺莺对张生产生好感时,她已感到了来自夫人的压抑——"老夫人拘系得紧"(第二卷第一折〔天下乐〕)。另一条是莺莺与张生、红娘的矛盾线,它在剧中处于次要地位,但也起了重要作用。那是在崔夫人赖婚以后才开始的,至第四卷第一折张生和莺莺幽会而结束。在这过程中,张生热情地追求莺莺,红娘热心撮合,莺莺虽也爱着张生,但不免有矫饰和退缩的行为,这就构成了三人之间的矛盾。如张生托红娘传简给莺莺,红娘先是顾虑莺莺责怪,不敢答应(第三卷第一折);

及至拿去以后，红娘不敢当面交给她，放在妆盒上，让她自己发现，她见到后果然大怒，说要告诉夫人，红娘针锋相对地驳斥，她才软下来，红娘因此而对她颇为不满（同上第二折）；至于她自己以诗约张生来，临时翻悔，当然使张生十分痛苦，以至疾病加剧（同上，第三、四折）。这些矛盾，有时颇具趣味性，有时带来剧中人物激烈的感情波动，因而对观众（读者）都很有吸引力。这一矛盾之所以存在，一是由于夫人的赖婚；二是由于莺莺既感到来自夫人方面的威慑而有恐惧心理，又受以夫人为代表的礼教的束缚，导致了羞怯、装傻和动摇。所以，这条矛盾线是由上述矛盾主线所派生的。

然而，倘若不是全剧的规模宏大，这两条矛盾线的充分展开是不可能的。

总之，以上的四项重要成就的取得，都以打破元杂剧的原有体制为先决条件。

除此以外，《西厢记》还有一项重大成就，那就是语言华美，堪称元曲文采派的代表作。这种语言风格较多地吸取了古典诗词尤其是词的抒情传统，又直接继承了《董西厢》在语言表现、意境创造方面的成就。但其前提，是创造出一种适合元杂剧特点和剧中的人物、气氛所需要的语言。试以长亭送别的一支曲词为例：

〔正宫〕〔瑞正好〕碧云天，黄花地，西风紧，北雁南飞。晓来谁染霜林醉？总是离人泪。（第四卷第三折）

这支曲词，前半吸取了范仲淹《苏幕遮》词的"碧云天，黄叶地，秋色连波，波上寒烟翠"，后半吸取了《董西厢》的〔大石调·尾〕："莫道男儿心如铁，君不见满川红叶，尽是离人血。"但都有较大的改动。改范词的"黄叶地"为"黄花地"，当是因原句衰飒，不符合当时崔、张于愁苦中有希望、欣悦的情绪。以"西风紧"两句来取代"秋色连波"两句，则显然并非只因为送别之处无水（否则"寒烟翠"一句可以保留，因树林也可以有烟霭）；当是由于范词这两句必须仔细体味才能理解，那是士大夫的一种细腻感觉，而杂剧在当时是由许多市民观赏的艺术，这种句子显然不能使他们充分理解，何况只是依靠听觉，所以改为较近口语的"西风"两句。《董西厢》的曲词，虽然情景交融地写出了离别时的痛苦心情，但充溢着刚烈之气①，与王《西厢》中由莺莺所唱的这支充满温馨的儿女之情的曲词不相应，所以在字面上将其改变。虽然所说的意思是一样的，都意味着枫林的红色是离人的血泪染成，但在王《西厢》里却连"血"这样有刺激性的字眼也避免了。

---

① 董《西厢》此曲的第一句既已出现了"男儿心如铁"之句，就已具刚烈之致，虽加了"莫道"两字，也不过使其程度略为减弱；"君不见"这样的反问语气，也不宜表现温婉的感情。

正因作品的语言具有这样的优点,也就能较生动地刻画出人物的思想感情。如长亭送别时,最后两人分别,莺莺唱了如下二曲:

〔一煞〕青山隔送行,疏林不做美,淡烟暮霭相遮蔽。夕阳古道无人语,禾黍秋风听马嘶。我为甚么懒上车儿内,来时甚急,去后何迟!
〔收尾〕四围山色中,一鞭残照里。遍人间烦恼填胸臆,量这些大小车儿如何载得起?(第四卷第三折)

〔一煞〕所写青山疏林、淡烟暮霭、夕阳古道、禾黍秋风,都从莺莺眼中看出;这种带有凄凉意味的秋景,也正是莺莺的愁绪的折射。〔收尾〕以"一鞭"与"四围山色"相对照,更形孤寂,复衬以"残照",其凄凉尤沁人心脾,在这样的愁苦的重压下,崔莺莺所感受到的已不只是她与张生分别的痛苦,她体会到了一切深深地相互挚爱着的人在分离时是经受着怎样难忍的折磨,所以说"遍人间烦恼填胸臆"。这样,我们就不仅看到了她的强烈的悲痛,而且看到了她的思想活动。

二、遗留的问题

《西厢记》在戏曲史上的重大突破,固然值得我们重视;但有两个问题,也有待于进一步思考。

首先,在超越元杂剧体制的限制方面,《西厢记》原作到底达到了什么程度?

《西厢记》留存于今的,最早为"弘治戊午季冬金台岳家重印刊行"的《新刊奇妙全相注释西厢记》,世称弘治本。此外值得重视的,是"上饶余泸东校正、书林刘龙田绣梓"的《重刻元本题评音释西厢记》,通称明刘龙田本。书中注释与弘治本大同小异,当自弘治本或其底本出,与弘治本为同一系统,虽刊刻时代后于弘治本,而校正者余泸东所见本实有出于弘治本之外的。

从这两本看来,今传《西厢记》已经被明朝人作过改动。元杂剧的男主角为"末",此则已改为"生";"生"是南戏(以及后来的"传奇")的名称。但弘治本在张生唱时虽一律作"生唱",在写张生的科白时却仍经常作"末"。如张生的第一次上场就作"末扮骑马引徕人上开",其后凡张生说白多作"末云"。可见弘治本的祖本,张生原是"末"扮,作"生"当是明代人依据南戏的习惯而修改[①]。刘龙田本则将这些"末"字也改作了"生",可见其所谓"校正",并非将其恢复原本,而是

---

① 因弘治本还保留着"末扮"、"末云",可见当时还处于改动的初始阶段,是以改得很不干净(其后的刘龙田本就把残留的"末"字改作"生"了);故其改动当出于明人。

将其毛病掩盖起来。

不但如此，弘治本还存在把张生的唱词改作莺莺或红娘唱以及将莺莺、红娘的唱词改作张生唱的情况。例如，其卷一（即通常所称的第一本）实为元杂剧的末本，其第二折的〔耍孩儿〕却成了"旦唱"，紧接着的《五煞》成了"红唱"。而在〔耍孩儿〕中却有"本待要安排心事传幽客，我则怕泄漏春光与乃堂"的话，"乃堂"犹今言"他（她）的令堂"，显是张生口吻，作"旦唱"明是弘治本（或其底本，下同）所改，则下一支〔五煞〕绝无红娘唱之理；是以刘龙田本把这两支曲词都属于张生。再如其卷二应是旦本，而第四折的〔庆宣和〕却是张生唱，词如下：

> 门儿外帘儿前将小脚儿那，我只见目转秋波，谁想那识空便的灵心儿早瞧破，唬得我倒趄倒趄。

刘龙田本曲词同，但有一条眉批："赵本作'我却待目转秋波'。"按，赵本是。此一曲词的背景是：张生与老夫人已在房内，莺莺后到；她来到门外时，"生曰：小子更衣咱。做撞见旦科。"若据赵本，则是当时莺莺来到门外，本欲在帘前偷觑房内（所谓"我却待目转秋波"），不料张生在房内已经发觉（"那识空便的灵心儿早瞧破"），就假托"更衣"而出，遂与莺莺"撞见"，以致吓得莺莺"倒趄倒趄"。若作张生唱词，则"谁想那识空便的灵心儿早瞧破"就无法理解。诸如此类，均是弘治本改动原本的例证，而且这种改动显然是有意识的，否则就不必把"我却待"改为"我只见"。对这样的改动所可能作的唯一解释，就是改动者认为原先的一人主唱太单调了。至于刘龙田本所引及的"赵本"，〔庆宣和〕曲当也已作张生唱，否则刘龙田本不会只言其文字异同而不言此曲在赵本中为莺莺唱。由此看来，改此曲为张生唱当在弘治本之前，只是初改时尚未发现曲词中有与张生的身份不合的，是以仍保留了"我却待"；后来发现了，就又作了改动。倘改为张生唱始于弘治本，则赵本（或其底本）既已据弘治本将此曲属于张生，便不会反而将弘治本的"我只见"改为"我却待"了。

那么，《西厢记》的那些突破元杂剧体制之处，到底在多大程度上是出于后人之手，这实在是个重大的问题。

其次，弘治本的五卷，通常理解为五本，这大概是对的。前四本各有"题目"、"正名"，分别为"老夫人闭春院，崔莺莺烧夜香。俏红娘怀好事，张君瑞闹道场。""张君瑞破贼计，莽和尚生杀心。小红娘昼请客，崔莺莺夜听琴。""老夫人命医士，崔莺莺寄情诗。小红娘问汤药，张君瑞害相思。""小红娘成好事，老夫人问由情。短长亭斟别酒，草桥店梦莺莺。"第五本只有"题目"，由"生"、"旦"、"夫"（老夫人）、"外"（杜确）各说一句："几谢将军成始终，多承老母主家翁。夫荣妻贵今朝足,愿得鸳帏百岁同。"与元杂剧题目、正名的体例完全不同;实是原无题目、正名,刊印者硬把四人的下场诗当作题目。有些研究者已疑第五本不出于王实甫,而从这情况来看,此本是否出于元人也成问题。

弘治本原不署作者①,刘龙田本同。所以,把这五本(或四本)的《西厢记》作为王实甫的作品,实是后人根据《录鬼簿》、《太和正音谱》著录所定。但王实甫的剧本名称为《崔莺莺待月西厢记》;而前四本的题目正名和第五本题目中都无"待月西厢"的字样。明崇祯本《张深之先生正北西厢秘本》于卷一之前有八言四句作为"楔子":"张君瑞巧做东床婿,法本师住持南禅地。老夫人开宴北堂春,崔莺莺待月西厢记。"但在此之前元杂剧中从无这样的"楔子"(就目前已知材料而言),且也不知此四句何所本。加以《太和正音谱》著录的王实甫的剧作,其《破窑记》、《贩茶船》、《丽春堂》、《进梅谏》、《于公高门》下均注明"二本",《西厢记》下却无注。倘王实甫的《西厢记》确有四本或五本,为什么《太和正音谱》于二本的均注明本数,于四本或五本的反而不注呢? 王实甫的《西厢记》到底是一本抑或多达四本、五本呢? 总之,《录鬼簿》等书著录的《西厢记》与今本王实甫《西厢记》的关系如何,也是一个值得研究的问题。

第六节 元杂剧第一期其他作家

元杂剧第一期是杂剧成熟、兴盛的时期,除出现关汉卿、白朴、马致远、王实甫等名家引导潮流以外,其有作品流传至今的尚有数十人。从现存作品的题材内容来看,最有价值的大致可分为历史剧、水浒剧、公案剧、爱情剧和社会剧等五类。

历史剧(包括历史传说剧)所占比重最大,今存比较著名的有高文秀的《渑池会》、郑廷玉的《疏者下船》、李寿卿的《伍员吹箫》、尚仲贤的《气英布》、纪君祥的《赵氏孤儿》、狄君厚的《介子推》、张国宾的《薛仁贵》和孔文卿的《东窗事

---

① 弘治本卷首有〔满庭芳〕九首。其中七首分别咏剧中人物。剩下的两首,其一为:"汉卿不高。不明性理,专弄风骚。平白地褒贬出村和俏,卖弄才学。瞒天谎说来不小,拨舌罪死后难饶。着人道,虚空里架桥,枉自笔如刀。"此首列于咏郑恒的一首之后,不知是说关于郑恒的一本为汉卿所作,抑或说整个《西厢记》都为汉卿所作。其另一首则为:"王家好忙。沽名吊誉,续短添长。别人肉贴在你腮颊上,卖狗悬羊。你没有朱文公的肚肠,他没有程夫子的行藏。期狂荡,用心了一场,上不得庙和堂。"此处"王家",不知是指王实甫抑另一"王生"(弘治本卷首另有一折写红娘与莺莺着围棋,相传此折为"王生"所作),但其人所做的工作既只是"续短添长",显非《西厢记》原作者。刘龙田本也有此九首〔满庭芳〕,并注明"王家好忙"一首所咏为王实甫,不知何据。

犯》等。这些作品写的虽是历史故事,但其重点则在抒发对世事的感慨,常有悲凉之气;又特别重视英雄人物,或赞扬其刚烈、功绩,或同情其不幸,多能显示出其与凡庸的对立。其中以《赵氏孤儿》在后世影响最大。

水浒剧写水浒英雄的故事,见于著录的剧目约三十种,今存四种:高文秀的《双献头》、李文蔚的《燕青博鱼》、康进之的《李逵负荆》,另有无名氏《还牢末》、《三虎下山》、《黄花峪》,则难以考定其产生于元代的什么时期①。值得注意的是,这些水浒戏的故事,多数不见于小说《水浒传》;以前四种来说,只有《李逵负荆》的故事可以在小说中找到。而且,作品所赞美的梁山英雄的功绩,主要在于保护平民和小官吏不受社会恶势力的危害,这就使水浒戏和公案剧有了某些相通之处。其中以《李逵负荆》最为著名。

公案剧写清官断狱的故事。今存作品的清官多为包公,著名作品除在前文介绍关汉卿时已提及的《蝴蝶梦》、《鲁斋郎》以外,尚有郑廷玉的《后庭花》、武汉臣的《生金阁》、李行道的《灰阑记》等②。另存以张鼎为清官的作品两种:孟汉卿的《魔合罗》和孙仲章的《勘头巾》;又有王仲文的《不认尸》,以王翛然为清官。这些剧本或歌颂清官敢于与权豪势要斗争,为民请命;或赞美其聪明智慧,能勘明疑案。属于后一种的《灰阑记》在后世影响较大,19世纪后期曾被译为英、法、德等多种文字在国外流传,德国著名剧作家布莱希特还将它改编为《高加索灰阑记》。

爱情剧在元前期杂剧中也不少,前文专节阐述的关、白、马、王皆有佳作,而石君宝的《紫云亭》、《曲江池》,尚仲贤的《柳毅传书》,李好古的《张生煮海》,石子章的《竹坞听琴》,张寿卿的《红梨花》等作品也颇有名。其中《柳毅传书》和《张生煮海》写人神(龙女)相爱,《竹坞听琴》写道姑由恋情而还俗成婚,皆为各具特色的优秀之作。

社会剧本是一个相当宽泛的概念,这里仅指其内容不在上述各类题材范围以内而又反映出社会问题的作品。如武汉臣的《老生儿》,写争夺家产;张国宾的《合汗衫》,写奸人恩将仇报,谋财害命;郑廷玉的《看钱奴》,讽刺守财奴的贪婪吝啬;另如杨显之的《潇湘雨》写丈夫为功名富贵而迫害妻子,石君宝的《秋胡戏妻》写妻子不满于丈夫的负义,因其主要不在于写爱情,也可列入社会剧。这些作品写人情世态各具特色。《潇湘雨》尤为突出。

限于篇幅,下面仅拟介绍三种有代表性的作品。

---

① 传世的无名氏的水浒剧尚有《梁山三虎大劫牢》、《梁山七虎闹铜台》、《王矮虎大闹东平府》和《宋公明排九宫八卦阵》四种,一般认为是明初作品。
② 另有无名氏《陈州粜米》、《合同文字》、《神奴儿》、《借尸妻》、《盆儿鬼》等作品也以包公为清官,但难以考定其作于前期还是后期。

一、纪君祥的《赵氏孤儿》

纪君祥,大都人。《录鬼簿》著录其所作杂剧六种,今仅存《赵氏孤儿》一种。该剧根据《左传》、《史记》所载有关史实和传说敷演而成,所写的是:晋灵公时大将军屠岸贾玩弄权术和阴谋,杀害了上卿赵盾全家三百余口,还不肯放过襁褓中的赵氏孤儿;赵氏门客程婴偷带孤儿出宫,奉命把守宫门的下将军韩厥为不忍杀害孤儿而放走了他,随后自刎而死;屠岸贾为斩草除根,竟欲杀死全国与赵氏孤儿同龄的婴儿,程婴于是找赵盾友人公孙杵臼计议,以己子冒充孤儿藏在公孙家中,然后向屠岸贾告密,公孙和程子被杀,赵氏孤儿得以保存;二十年后,程婴向赵氏孤儿说明真相,终于报了大仇。剧本主要围绕杀孤与存孤展开情节和冲突,着重歌颂了韩厥和公孙杵臼反抗残暴、舍身救孤的精神。

第一折由韩厥主唱,写出了他救孤前后的心理活动。他奉屠岸贾之命把守宫门,搜查孤儿。他虽为赵盾的被杀而悲愤,也不满于屠岸贾的狠毒,但他又是屠岸贾的门下,并曾受其恩惠,因而只能接受驱遣。他对赵氏的受迫害是这样看的:

〔雀踏枝〕枉了扫烟尘立功勋(指赵盾。——引者),不能勾高卧麒麟,古墓荒坟。断胫分尸了父亲,划地狠毒心,所算儿孙。

但他又怕程婴带走孤儿,使自己辜负了屠岸贾的恩情:

〔后庭花〕说你(指程婴。——引者)是赵驸马堂上宾,我是屠岸贾门下人。道你藏着一岁麒麟子,也飞不出九重龙凤门。我若不关心,不将伊盘问,有恩的合报恩①。

这实是一个具有正义感而又处于剧烈的矛盾中的人物。他本无救孤之心,但被夹带出去的婴儿的样子是那么的天真可怜:"子见他腮脸上泪成痕,口角内乳食喷,子转的一双小眼将人认。紧帮帮匣子内束着腰身,窄狭狭难回转,低矮矮怎舒伸!"(〔金盏儿〕)这深深地打动了他,于是他断然作出了决定:

〔醉中天〕我若献利便图名分,便是安自己损它人。三百口家属斩灭门,枝叶都诛尽。若见这小厮决定粉骨碎身,不留龃龆,你白甚替别人剪草

---

① 据《元刊杂剧三十种》本《赵氏孤儿》引。"有恩"句前当有脱字。这里的意思大致是,他若对程婴不详加搜检,就违背了"有恩的合报恩"的原则。

除根。

所以，他的终于放走程婴，自刎而死，既是出于内心深处同情婴儿、不愿损害婴儿的冲动，又出于对自己人格的尊重，对"安自己损它人"的卑劣行为的憎恶。作品对他进行了歌颂，也写出了他在达到这一境界的过程中的自我斗争；因而这一人物形象显得血肉丰满。

第二、三折由公孙杵臼主唱。他本来也在朝中做着不小的官，因看不惯屠岸贾，又不愿与他斗争，就告老归隐，在乡间过着逍遥的生活。但生命的热情在他身上早就衰退，他对生命也就没有多少留恋。程婴与他定计救孤时，最初提出由他负责抚养孤儿，但他觉得自己已年满七十，难以担此重任，于是主动选择了舍身救孤：

〔梁州〕向傀儡棚中鼓笛儿般弄，韶华又断送，断送的老尽英雄。有恩不报枉相逢，见义不为非为勇，言而不信成何用？你不索把我陪奉，大丈夫何愁一命终？况兼我白发蓬松！

在他看来，人生像是傀儡戏，活着不过是一场短梦。然而，在他内心深处始终不能泯灭英雄与凡庸的差别，也始终以英雄自居。"断送的老尽英雄"一句，蕴含着无限的悲凉。正因如此，他坦然地承担了牺牲自己的任务；那原是英雄本色。而对于他的考验，是在屠岸贾率兵包围太平庄、对他严审之时，他一度感到恐惧："谎的我立不住笃索索膝盖摇，摆不定可丕丕心头跳。"〔雁儿落〕但随即镇定下来："我怎肯有上梢无下梢。休道再折末，便支起九鼎油镬，老的来没颠倒，便死也死得着。一任你乱下风雹。"〔水仙子〕在这里作品真实而热情地歌颂了他的人格力量。

此剧今存元刊本只有四折，第四折由赵氏孤儿主唱，写他终于报仇雪恨，但那不过是交代一个结果，全剧真正感动人的主要在前三折，王国维曾把它与《窦娥冤》并称为无愧于世界大悲剧的作品，认为"剧中虽有恶人交构其间，而其蹈汤赴火者，仍出于其主人翁之意志。"《赵氏孤儿》中"蹈汤赴火"的"主人翁"当指韩厥和公孙杵臼。程婴从救孤到抚孤，以及最后帮助孤儿报仇，是一个贯穿始终、在戏剧结构上不可或缺的人物，但却始终没有主唱的机会。这可能是因他献出自己的儿子让屠岸贾杀死，毕竟是一件痛苦而残酷的事，要写好这样的人物太困难的缘故。

《赵氏孤儿》在元明清三代影响颇大，元代南戏、明代传奇、清代花部中都有改编本。公元一七三五年它还被译成法文刊行，是第一部被介绍到欧洲去的中国戏曲。后来又被转译为多种文字刊行，并被伏尔泰、歌德、梅塔斯培齐奥分别改编上演过，在欧洲影响颇大。

二、康进之的《李逵负荆》

康进之,棣州(今山东惠民县)人。《录鬼簿》著录其杂剧两种,都是写李逵的水浒剧,今仅存《李逵负荆》一种。此剧写李逵误以为宋江和鲁智深强抢民女,因而大闹聚义堂,并且以头相赌,迫使宋江、鲁智深和他一起下山对质。后来知道这是歹徒冒名作恶,他愧悔不已,负荆请罪。最终由他擒获歹徒,将功折罪。

这部剧作最突出的特点是运用误会来构成喜剧性冲突,在这冲突中多角度地刻画李逵的精神世界:爱憎分明,疾恶如仇,天真淳朴,勇于认错。剧中有不少曲子颇为生动地描绘了李逵的思想感情,第一折的《混江龙》尤为出色:

〔混江龙〕可正是清明时候,却言风雨替花愁。和风渐起,暮雨初收。俺则见杨柳半藏沽酒市,桃花深映钓鱼舟,更和这碧粼粼春水波纹绉。有往来社燕,远远沙鸥。
〔醉中天〕俺这里雾锁着青山秀,烟罩定绿杨洲。他道是轻薄桃花逐水流,恰便是粉衬的这胭脂透……

那是他下梁山游玩时所唱。既显示了梁山泊风景的优美,也写出了他内心的喜悦,情文并茂。但他的这种感情与《水浒传》中的粗鲁的李逵显然不协调,这大概是因元代作家笔下的李逵形象尚未定型,所以有不同的描写。

三、杨显之的《潇湘雨》

杨显之,大都人。天一阁本《录鬼簿》称他是"关汉卿莫逆之交,凡有文辞,与公较之,号杨补丁是也。"并著录其所作杂剧八种,今存《潇湘雨》、《酷寒亭》两种。

《潇湘雨》是现存元杂剧中最早的一部"婚变剧"。写少女张翠鸾随父亲张天觉赴任,在淮河翻船落难,为崔文远收养,后嫁与其侄崔通。崔通考中状元后,谎称未婚,另娶试官之女为妻,同赴秦川任职。翠鸾前往寻夫,他不仅不认前妻,反而诬她为"逃奴",严刑拷打,面上刺字,发配沙门岛,并授意解子于途中加害。但因翠鸾在临江驿哭泣,惊动住在驿中的廉访使张天觉,于是父女相认,得以拘捕崔通。崔通懊悔地说:"我早知道是廉访使大人的小姐,认她做夫人可不好也!"后以崔文远求情,翠鸾妥协,与崔通重做夫妻,将后妻贬为奴婢。剧中所描写的崔通这个势利、狠毒的负心汉形象,在元杂剧中并不多见,因而值得重视。

该剧从情节、人物到主旨,都与南戏《张协状元》相近,只是篇幅不如《张协状元》长,但其艺术表现却要精致得多,刻画张翠鸾遭受遗弃和发配时的思想感情尤其动人心弦。如第三折写张翠鸾带着枷锁被解子押往沙门岛中的感受:

〔黄钟〕〔醉花阴〕忽听的摧林怪风鼓,更那堪瓮瀽盆倾骤雨。耽疼痛,捱程途,风雨相催,雨点儿何时住?眼见的折挫这女娇姝,我在这空野荒郊,可着谁做主?
〔喜迁莺〕好着我无情无绪,淋的我走投无路,知他这沙门岛是何处酆都。长吁气结成云雾,行行里着车辙把腿陷住,可又早闪了胯骨。怎当这头直上急簌簌雨打,脚底下滑擦擦泥淤。

她忍受着深悲巨痛艰难地在漫长的程途上跋涉,而风摧雨骤、泥淤路滑的氛围和困境,更反衬出这位弃妇的"走投无路",孤苦无告。

第七节 郑光祖和元杂剧第二期作家

在元杂剧的第二期作家中,郑光祖是最著名的一个。他与关汉卿、白朴、马致远并称为元曲四大家。据《录鬼簿》记载:"光祖,字德辉,平阳襄陵(今属山西)人,以儒补杭州路吏。为人方直,不妄与人交,故诸公多鄙之,久则见其情厚,而他人莫之及也。病卒,火葬于西湖之灵芝寺,诸吊送各有诗文。公之所作,不待备述,名香天下,声振闺阁。伶伦辈称'郑老先生',皆知其为德辉也。惜乎所作贪于俳谐,未免多于斧凿,此又别论焉。"其病卒之年,据周德清《中原音韵序》,当在泰定元年(1324)以前。钟嗣成与之相知,并把他列在"方今已亡名公才人"之二,著录其所作杂剧十七种,今存七种:《倩女离魂》、《㑳梅香》、《王粲登楼》、《三战吕布》、《无盐破环》(即《智勇定齐》)、《周公摄政》、《伊尹扶汤》(即《伊尹耕莘》)。其中《倩女离魂》是他的代表作,并且被称为元杂剧四大爱情剧之一;此外,《㑳梅香》、《王粲登楼》也颇有名。不过,德辉杂剧最佳之处,借用王国维的话说,"不在其思想结构,而在其文章"。

《倩女离魂》取材于唐传奇《离魂记》(陈玄祐撰),又多因袭杂剧《西厢记》。剧中写衡州张倩女与王文举自幼指腹订亲,两人相爱,但张母命两人兄妹相称,并以"俺家三辈儿不招白衣秀士"为由,要文举至京应试,倩女不忍与他分别,生魂遂随文举而去。其躯壳则病卧在床,不过有时也能言动,也有感情;却又自己不知生魂已追随在文举身边。三年以后,文举中状元授官,携倩女生魂回张家请罪,离魂与病体翕然合为一体,遂欢宴成亲。其中张母阻挠两人成婚、逼文举应试固然袭自《西厢记》，就是倩女的生魂私奔虽为传奇《离魂记》所原有，但与《西厢记》的《草桥惊梦》也不无关系。

然而，剧中人物的曲词却完全是郑光祖的创造，语言优美生动，描摹细致。即使所写场景与《西厢记》相似，而曲词则自出机杼，略无模拟、蹈袭之迹。试以剧中王、张分别的一折为例。尽管《西厢记》也有送别，但《倩女离魂》却另辟蹊径。

〔后庭花〕我这里翠帘车先控着，他那里黄金镫懒去挑。我泪湿香罗袖，他鞭垂碧玉梢。痛无聊，恨堆满西风古道。想急煎煎人多情人去了，和青湛湛天有情天亦老。俺氲氲喟然声不定交，助疏剌剌动羁怀风乱扫；滴扑簌簌界残妆粉泪抛，洒细濛濛浥香尘暮雨飘。

〔柳叶儿〕见淅零零满江干楼阁，我各剌剌坐车儿懒过溪桥，他矻蹬蹬马蹄儿倦上皇州道。我一步步伤怀抱，他那里最难熬，他一程程水远山遥。

（第一折）

上一支曲词中的"想急煎煎"以下六句，是颇能显示其性格的奇想：她想像着由于王文举的离去，她一下子变得衰老了，而且带累得天也老了；她那长叹的气息，推动着风刮得更大；她的眼泪化作了细雨飘洒下来。这样的曲词真是情景交融：一方面表明文举走时天色忽然黯淡下来，风声聒耳，细雨飘洒，更助长了离别的凄凉；另一方面也表明张倩女的极度悲痛，以致产生了天地自然都在为她哀伤的错觉。这较之《西厢记》的"晓来谁染霜林醉，都是离人泪"，不仅有静态与动态之别，而且其感情色彩更为强烈。

后一支曲词不仅写出"我"的难舍，而且写出"他"的难分，两人都是在高度的悲痛中无可奈何地分袂的，所以此曲着重表现的是他们相互眷恋，凄恻缠绵。而在《西厢记》中写崔、张分别后的曲词，则着重表现莺莺的伫立瞻望，遥闻马嘶，以此来显示其深情和孤独。写情的角度不同，而同样沁人心脾。

尤其值得注意的是：在倩女的生魂追赶王文举并与他见面时，有这样的曲词：

〔麻郎儿〕你好是舒心的伯牙，我做了没路的浑家。你道我为什么私离绣榻，待和伊同走天涯。

〔么〕险把、咱家、走乏。比及你远赴京华，薄命妾为伊牵挂，思量心几时撇下。

〔络丝娘〕你抛闪咱。比及见咱，我不瘦杀，多应害杀。（末：若老夫人知道怎了也？）他若是赶上咱，待怎么，常言道做着不怕。（第二折）

这真是热情如火，无所顾忌；"比及见咱"三句，虽似直露，而中含无限柔情。《墙头马上》里李千金虽及得上她的勇敢，但却没有这么深情的表白。至于《西厢记》,因《草桥惊梦》一折由末主唱,莺莺根本无法以曲词来表现自己的感情①。在元杂剧中,这样的女性形象也只倩女一人而已。

在剧本将近结束时,倩女解释自己能够离魂的原因说:"想当日暂停征棹饮离尊,子恐怕千里关山劳梦频,没揣的灵犀一点成秦晋,便一似生个身外身。"(第四折〔水仙子〕)由于"灵犀一点",就能产生这样的奇迹,这和后来《牡丹亭》的认为真情能使人由生而死、由死而生的观念实相一致;何况倩女的所谓"灵犀一点"其实也是"真情"(第二折〔雪里梅〕曲词说:"我本真情")。就这点说,《倩女离魂》实为《牡丹亭》的先声。故明人孟称舜评此剧云:"《牡丹亭》格调原祖此,读者当自见也。"(《古今名剧·柳枝集》)"祖此"之语,有些过分,但两者有其相通之处当是事实。

《㑇梅香》也是一部爱情剧,写裴小蛮和白敏中早有婚约,不料为裴母所阻,只许两人以兄妹相称,致使白生相思成疾。婢女樊素为之传书递简,使两人贪夜相会,却被裴母撞见。于是拷问樊素,羞辱敏中,激使入朝取应。其后白生得中状元为翰林学士,奉旨与小蛮完姻。此剧从关目、人物到主旨都与《西厢记》相似,但有两点值得肯定:一是安排正旦扮演樊素主唱,而她所服侍的小姐反而成了次要人物。这表明作者是有意把婢女作为主要人物塑造的,剧中的樊素比红娘的主动性更强,无论对于小蛮的嘲诮,还是对于白生的调侃,都酣畅淋漓,妙趣横生。二是曲词优美,语言风格近于本色而又富于情致。故孟称舜评曰:"此剧科目,全类《西厢》,而填词迥别"(《古今名剧·柳枝集》)。

《王粲登楼》由王粲的名作《登楼赋》生发,写王粲恃才傲物、始困终亨的故事。同样以曲词见长。李开先称此剧"四折(曲词)俱优,浑成慷慨,苍老雄奇。"(《词谑》)而何良俊则尤其激赏第三折,谓其"摹写羁怀壮志,语多慷慨,而气亦爽烈。"(《曲论》)今引其中两曲如下:

〔迎仙客〕雕檐外红日低,画栋畔彩云飞。十二栏干,栏干在天外倚。我这里望中原,思故里,不由我感叹酸嘶,(带云)看了这秋江呵,越搅的我这一片乡心碎。

〔红绣鞋〕泪眼盼秋水长天远际,归心似落霞孤鹜齐飞。则我这襄阳倦客苦思归。我这里凭栏望,母亲那里倚门悲。争奈我身贫归未得。

两曲意境开阔高远,感情悲壮激越,表现出强烈的思乡之情和怀才不遇的愤慨,就抒情的显豁感人而言,实已超过了王粲的名作《登楼赋》。这也正是元杂剧较辞赋更能表现感情的旁证之一。

---

① 明刻本《西厢记》此折有莺莺唱词,不符合元杂剧体例,当是后人所加。

除郑光祖以外,第二期杂剧作家值得重视的还有宫天挺和乔吉。

宫天挺,字大用,大名开州人。曾任钓台书院山长,为权豪所构陷。后虽得辨明,但不再见用,卒于常州。与《录鬼簿》作者钟嗣成的父亲是莫逆之交,嗣成作《凌波仙》曲悼念他说:"豁然胸次扫尘埃,久矣声名播省台。先生志在乾坤外,敢嫌天地窄,更词章压倒元白。凭心地,据手策,无比英才。"他作有杂剧六种,今存《严子陵垂钓七里滩》、《死生交范张鸡黍》两种。

《严子陵垂钓七里滩》的情节是:严子陵与刘秀本是友人。刘秀做皇帝后,他仍在七里滩钓鱼。刘秀派使臣来宣召他,他回绝了。刘秀只好以朋友的身份写信来请他,他才到京城去看了刘秀一次,但坚决不愿为官。剧本中的严子陵不是一般地鄙弃功名富贵,而是显示了一种人格力量。

他是汉朝的子民,但在王莽篡夺了汉朝的帝位后,他丝毫无动于衷,反而说:"则愿的王新室官家寿命长。我这里斟量,有个意况:体乾坤姓王的由他姓王,它夺了呵夺汉朝,篡了呵篡了汉邦,倒与俺闲人每留下醉乡。"(第一折〔天下乐〕)在这里,"忠"这种道德观念完全消失了,他只是冷漠地看着这些最高统治者的你抢我夺。这种冷漠既是中唐以来的一部分士大夫对群体的疏离感的强化,也是元好问把开国君主视作"赌乾坤"的赌徒、导致"原野犹应厌膏血"的惨剧的罪魁祸首①这种思想的继续;而更其重要的是:在对于被认为天经地义的"忠君"观念的上述否定中,蕴含着一种以我为主、无视世俗的生活态度。

在刘秀派使臣来征召他和他后来在与刘秀见面时,他都毫不掩饰地表示了他对帝王权力的轻视。

〔络丝娘〕俺两个醉偃仰同眠抵足,我怎去他手里三叩头扬尘拜舞?我说来的言词你寄将去,休忘了我一句。

〔尾〕说与你刘文叔,有分付处别处分付。我不做官呵有甚梁没发付您那襕袍靴笏②?我则知十年前共饮的旧知交,谁认的甚么中兴汉光武?(第二折)

〔四煞③〕你也不是我的君,我也不是你的卿。咱两个一樽酒罢先言定:若你万圣主今夜还朝去,我这七里滩途程来日登。又不曾更了名姓。你则是十年前沽酒刘秀,我则是七里滩垂钓的严陵。(第三折)

刘秀(文叔)虽然已经贵为皇帝,但严子陵绝不肯向他卑躬屈节,叩头拜舞。他

---

① 参见本编第一章第二节。
② "梁"字疑误。或以为当作"么",但"么"字与"梁"字形、音俱不相近,不知何以致误。
③ "四"当是"二"字之误。

所要维护的是他的个人尊严。而且,这些曲词都不是抽象地宣扬某种观念,而是生动地突出了严子陵的傲然不屈的气概,真有些"志在乾坤外,敢嫌天地窄"的意味。杨维祯后来曾在《大人词》里歌颂过"天子不能子"的志节,而严子陵就是这种"大人"的先声。

还应注意的是:剧本的情节虽然简单,但写严子陵的内心活动却颇为丰富。他对刘秀虽然仍存在友情,也有某种程度的好感,但对刘秀作为皇帝的威势气派却又颇为抵触,这正是一个维护自我尊严者对这些东西的本能的反拨。例如,当他看到刘秀排着銮驾来迎接自己而吓得路上行人赶快躲避时,有这样一段唱词:

〔倘秀才〕见旗帜上月华日精,唬的些居民似逮风迸星,百般的下路潜藏无掩映。不知您,帝王情,是怎生?

〔滚绣球〕折銮驾却是应也不应?怖民人却是惊也不惊?更做道一人有庆!汉君王真恁地,将銮驾别无处施呈。他出郭迎,俺旧伴等,待刚来我跟前显耀他帝王的权柄。和俺钓鱼人莫不两国相争,齐臻臻戈殳镫棒当头摆,明晃晃武士金瓜夹路行!我怎敢冲撞朝廷!

〔倘秀才〕他往常穿一领粗布袍,被我常扯的偏襟袒领。他如今穿着领柘黄袍,我若是轻抹着该多大来罪名!我则似那草店上相逢时那个身命,便和您,叙交情,做咱那伴等①。(第三折)

在这里有不满,有鄙视,也有讥讽,但最终仍决定对刘秀以平等朋友相待。对此特别值得注意的是:在封建社会的长期熏陶下,人与人之间是不平等的、皇帝理当威势十足之类的观念已深入一般人骨髓,但他却向皇帝提出了"怖民人却是惊也不惊"的问题,意思是:把人民吓得这个样子,你是否因此而有所警惕呢("惊"有警戒之意)?这意味着上述的传统观念在他心里已有所动摇;他不仅强烈地维护自己的个人尊严,而且对损害别人的个人尊严的行为也颇具反感。就这一点说,作为文学形象的严子陵与崔莺莺、李千金、张倩女等都具有对封建礼教的冲击作用。它们都是时代的产儿。

此剧为严子陵直抒胸臆,不注重词藻的华美,而能充分显示出其襟怀的阔大、思想的活跃、想像的丰富、气概的傲岸,因而形成一种颇为强大的撼动力。王国维说它"文字雄劲遒丽,有健鹘摩空之致"(《元刊杂剧三十种序录》),是很确切的评价。

他的另一个杂剧《死生交范张鸡黍》,写范式、张劭之间生死不渝的友谊,

---

① 此剧旧本仅元刊本一种,文字颇多讹误。此处引文,已参照郑骞、徐沁君二氏校本改正。

也能以强烈的感情打动读者。现引范式得知张劭死讯后,连夜赶去奔丧的曲词如下:

〔商调集贤宾〕二十年死生交同志友,再相见永无由①。一灵儿伴孤云冥冥杳杳,趁悲风荡荡悠悠。恨不的摔碎袖里丝鞭,走乏我这坐下骅骝。整整的三昼夜水浆不到口,沿路上几时曾半霎儿迟留!身穿的缌麻三月服,心怀着今古一天愁。

〔逍遥乐〕打的这匹马不剌剌的风团儿驰骤,百般的抹不过山腰,盼不到那地头,知他那里也故冢松楸。仰天号叫破我咽喉,那堪更树杪头阴风不住吼,荒村雪霁云收。猛听得哭声咽喉,才望见幡影悠悠,眼见的滞魂夷犹。(第三折)

乔吉②(1280?—1345),字梦符,号笙鹤翁,又号惺惺道人。太原(今属山西)人。寓居杭州。擅散曲及杂剧。作有杂剧十余种,今存《玉箫女两世姻缘》、《杜牧之诗酒扬州梦》、《唐明皇御断金钱记》三种。第一种尤为有名。

《两世姻缘》写洛阳妓女韩玉箫与书生韦皋相恋,遭到鸨母的阻碍。韦皋不得不离开洛阳,前去求取功名,并到边庭军中任职。玉箫相思成疾。死前自画小像,并附《长相思》词一首,托人寄给韦皋。韦皋因为身在边关,无法与玉箫联系,后来派人去接,则玉箫已死。又经过十八年,韦皋见到了一个叫作张玉箫的女孩子,乃是韩玉箫转世,容貌完全一样。经过种种波折,韦皋终于与张玉箫成为夫妇。此剧的后半显得怪诞而杂乱,但前半写情却真挚动人,第二折更堪称杰作。

此折所写,为韩玉箫的病重、画像和死亡。其所极力描摹的,是个人的感情要求不能实现的痛苦。这种痛苦的强烈程度是其以前的作品——包括《西厢记》和《倩女离魂》——所没有写到过的。因为她已彻底绝望,同时,她虽然怀疑韦皋的负心,并因此而对他怨恨,但又始终抑制不住对他的热爱。这种爱恨的交织使她的感情更为动人,其痛苦也就更为尖锐。以下是她画像、写词和托人寄去时的曲词:

〔金菊香〕怕不待几番落笔强施呈,争奈一段伤心画不能。腮斗上泪痕粉渍定,没颜色鬓乱钗横,和我这眼皮眉黛欠分明。

〔柳叶儿〕兀的不寂寞了菱花妆镜,自觑了自害心疼。将一片志诚心写入

---

① 此剧引文据元刊本《死生交范张鸡黍》。但自"友"字至"再相见永无由"六字原本缺损,据《元曲选》补。
② 《楝亭藏书十二种》本《录鬼簿》"乔吉"作"乔吉甫",与他本异;"甫"字当为衍文。

了冰绡帕,这一篇相思令,寄与多情,道是人憔悴不似丹青。

〔浪里来〕你道个题桥的没信行,驾车的无准成,我把他汉相如厮敬重,不多争,我比那卓文君有上梢没了四星,空教我叫天来不应。秀才呵,岂不闻举头三尺有神明!

〔高过随调煞〕心事人拔了短筹,有情人太薄幸。他说道三年来,到如今五载不回程。好教咱上天远,入地近,泼残生恰便似风内灯。(带云:小二哥!)比及你见俺那亏心的短命,则我这一灵儿先飞出洛阳城。(做死科,下)

在〔柳叶儿〕中,她还以韦皋为"多情",并想像着他会因自己的憔悴而怜惜,因而特地说明"人憔悴不似丹青";在〔浪里来〕、〔高过随调煞〕里,她却指责韦皋害得她"叫天来不应",断送了她的"泼残生"。情绪的这样迅疾的转换,正说明了她的内心是在怎样激烈地冲突,她忍受着多么苦痛的煎熬。所以,她已经非死不可;她其实是把年轻的生命献给了爱情。整个曲词也很能显示出凄艳的气氛。青木正儿《元人杂剧概说》认为汤显祖《牡丹亭》中的杜丽娘死前为自己画像是受到了此折的启发,虽然只是推测,但这种可能性也不能轻易否定。

最后要补充说明的是:作家对个人感情问题上的痛苦的强烈能体会得如此深切,从而生动地加以表现,这意味着一方面被压抑的自我的种种要求已在强化,从而其与环境的矛盾和由此感受到的痛苦也随之增强,另一方面则人们对个体生命及其要求的关心在加深。这也正是近世文学的特征。

至于元杂剧第三期的作家作品,保存下来的很少。其中秦简夫《东堂老劝破家子弟》一剧,写商人东堂老劝富商子弟扬州奴败子回头的事,作为商人意识渗入文学创作的例证,颇有值得重视之处,这在本编《概说》中已经涉及。但大致说来,元杂剧第二期的创作已远不如第一期兴旺,第三期更成了强弩之末。这绝不意味着元杂剧已被时代所淘汰,而是它的创作经验已与南戏相结合,开出了另一品种的鲜艳花朵。

第三章 元代的南戏

宋杂剧始于北宋。及至金兵南下，在金占领区内的原属北宋的土地上，杂剧继续发展，终于演进为金元杂剧；而在南宋的土地上，宋杂剧又演变为南戏（原称戏文）。在元统一全国后，南北文化交流，南戏与元杂剧又逐步融合，最终成为传奇。所以，元代不仅是杂剧的黄金时期，也是南戏的繁盛时期。

第一节 南戏的兴起及早期剧本《张协状元》

关于南戏的产生年代，以前一般采取祝允明《猥谈》①和《南词叙录》②之说，分别定为南北宋之交——"宣和之后，南渡之际"或南宋光宗朝。但这两部书都没有对自己说法的依据提出任何说明，而且这两种说法又彼此歧异，相差六七十年之久。是否可以信从，还是问题。近年胡忌、洛地先生在宋末元初人刘埙《水云村稿》卷四《词人吴用章传》中发现了关于南戏的最早资料，此事总算有了眉目。他们两位特地为此写了《一条极珍贵资料发现——"戏曲"和"永嘉戏曲"的首见》(《艺术研究》十一辑)。但对他们两位这一发现的重要意义，目前似尚未给予应有的重视。故需稍加阐发。

先引《词人吴用章传》的有关文字如下：

> （用章）南丰人，生宋绍兴间。……当是时去南渡未远，汴都正音，教坊遗曲犹流播江南。用章博采精探，悟彻音律，单词短韵，字征协谐。……乾道丁亥岁，用章携（所作词）以见刘季高侍郎岑。侍郎负重名，

---

① 《猥谈》说："南戏出于宣和之后，南渡之际，谓之温州杂剧。余见旧牒，有赵闳夫榜禁，颇述名目，如《赵真女蔡二郎》等，亦不甚多。"但"赵闳夫榜禁"出于何种文献，赵闳夫是什么时代的人，均没有说明；目前也未发现此一文件。
② 《南词叙录》一般认为徐渭作，骆玉明等考证为陆粲作。

> 靳许可,特为之序,而称其意密词清,上达古人用心未到处。……用章殁,词盛行于时。不惟伶工歌妓以为首唱,士大夫风流文雅者酒酣兴发辄歌之。由是与姜尧章之《暗香》《疏影》、李汉老之《汉宫春》、刘行简之《夜行船》并喧竞丽者殆百十年。至咸淳,永嘉戏曲出,泼少年化之。而后淫哇盛,正音歇。然州里遗老犹歌用章词不置也。

既说"盛行于时",当然包括当时南宋的各地区,而不是光指其家乡;因而下文的"永嘉戏曲出,……而后淫哇盛,正音歇",也应是指当时各地区而说,并不只是就吴用章家乡一带而言,否则就有悖于"永嘉戏曲出"的"出"字的原意,也与此处的上下文相抵牾。

关于南戏,以前已经发现的两条早期资料是:

> 俳优戏文,始于《王魁》,永嘉人作之。(叶子奇《草木子》)
> 贾似道……自入相后,犹微服闲行,或饮于妓家。至戊辰己巳间,《王焕》戏文盛行于都下……(刘一清《钱唐遗事》)

所谓"戊辰己巳间",这里是指贾似道为相期间的咸淳四、五年(1268—1269)。刘一清元代人,叶子奇元末明初人,其时代均远较祝允明、徐渭(或陆粲)为早。综合这两人的意见,可知"戏文"是"永嘉人"创始的,至迟于咸淳时期已经盛行,现再参以刘埙之言,更可知"永嘉戏曲"——"永嘉人作之"的"戏文"——实"出"于咸淳(1265—1274),并很快流行于南宋统治的其他地区,大概首先是"都下"。然则《猥谈》所说的"南戏出于宣和之后,南渡之际",《南词叙录》所说的"南戏始于宋光宗朝",都并不可靠。

当然,对刘埙所说的"至咸淳,永嘉戏曲出",也不能理解为永嘉戏曲于咸淳间才形成;在这以前它应已积累了丰富的艺术经验,这才能很快导致"淫哇盛,正音歇"的局面。所以,它当是在咸淳间走出家乡永嘉而推向"都下"及其他各地的;至于它以前在家乡形成和演进的情况现在都已不清楚了。

咸淳已是宋代末期,从咸淳元年到南宋灭亡一共只有十四年。从刘埙的记载,可知南戏在宋末元初都很流行。又,《草木子》说:"其后元朝南戏盛行,及当乱,北院本特盛,南戏遂绝。"是其在元代亦仍盛行。钱南扬氏《戏文概论》辑得宋元戏文目二百三十八种,其中绝大多数当都为元代南戏;此亦足为元代南戏盛行之一证。但到明初,南戏却一度衰息;至成化、弘治间才开始复苏。这也就是叶子奇所谓的"及当乱"云云。关于此点,我们将在下一编中叙述。

然而,元代南戏虽盛,其保存下来的较早著作却只有收入《永乐大典》的《张协状元》;另有《小孙屠》和《宦门子弟错立身》两种,也收入《永乐大典》,其时代已后于《张协状元》,今也一并在此介绍。

此三种以前曾被认为宋南戏，但并无确切的证据来证明。例如，有的研究者因《宦门子弟错立身》中用了宋代地名（如东平府和称河南为西京），就认为这一剧本出于宋代。但在古代文学作品中使用其以前的地名乃是普遍的现象。所以，《宦门子弟错立身》用宋代地名只能证明其时代不可能早于宋代，而不能证明其不会晚于宋代。其实，这三本都有出于元代的证据。

《张协状元》已开始使用北曲的曲牌，最明显的为〔沉醉东风〕。王国维《宋元戏曲史》在研究南戏曲牌的渊源时，把它列为"同于元杂剧曲名"的一类，其出于同名北曲曲牌的痕迹颇为显然。在一般曲谱中，北曲的〔沉醉东风〕为七句六韵，各句的字数依次为七、七、三、三、七、七、七，第三句不押韵，南曲的〔沉醉东风〕则为八句八韵，各句字数依次为七、七、六、四、七、四、四、八。

两者的差别是：第一，北曲牌的第三句不押韵，而南曲牌押韵；且北曲牌的第三、四句字数均等，均为三字句，南曲牌则不均等，分别为六字、四字句。第二，北曲牌的第六句——七字句，在南曲牌中变成了两个四字句，且均押韵。第三，北曲牌的末句为七字句，而南曲牌则成了八字句。而如将《张协状元》的〔沉醉东风〕作为此一南曲曲牌之祖（目前没有发现比这更早的资料），那就可以说，南曲这一曲牌原与北曲十分接近。因为，《张协状元》的第一、二、五句均为七字句，第三句不押韵，且三、四两句的字数相等，这均与北曲曲牌同。唯三、四两句均为四字句①，似与曲谱中北曲牌的均为三字句者略异。但当时并无曲谱一类的书，写曲子时不过根据曲调和前人用这一曲调所写的曲词，做到便于歌唱而已，对于后世所谓正字、衬字也无严格区别。从北曲的〔沉醉东风〕曲词来看，其第三、四句均用三个字的虽较多，用五个字的也不少，用四个字的同样可以看到，例如关汉卿小令〔沉醉东风〕（"伴夜月银筝凤闲"）的第三、四句"信沉了鱼，书绝了雁"就是四字句，我们固然可说关作的其中一个字是衬字，但也无法证明《张协状元》这曲牌中第三、四句的四个字中没有一个是衬字。同时，虽然曲谱中的北曲〔沉醉东风〕的末一句为七字句，而北曲作品中此曲牌的末句也有八字句的，如卢挚用〔沉醉东风〕写的《闲居》（"雨过分畦种瓜"）的末句即为"任他高柳清风睡煞"；而《张协状元》这一曲牌的末句"不如上国追寻

---

① 《张协状元》连用三支〔沉醉东风〕，其第三句均不押韵。至于字数，第二、三支的第三、四句均为四字句，唯第一支分别为五字、四字句（见《古本戏曲丛刊》初集所收影印北京图书馆藏逸录《永乐大典》本《小孙屠》等三种）四十页下）。但第二、三支既为两个四字句，则第一支第三句所多出的一个字自当为通常所谓衬字。故可将《张协状元》中〔沉醉东风〕的第三、四句视为两个四字句。

丈夫"①与卢挚此句均为二字一组的四组。所以,《张协状元》此曲的第三、四句及最末一句,与北曲曲牌并无截然异质的差别。其较成问题的,是《张协状元》此曲末一句之前的八个字:"爹娘又无兄弟又无。"②若将其视为一句,则与北曲牌的第七句也没有矛盾了;因为北曲牌此句虽以七字为多,但也有用八字的,如张可久的〔沉醉东风〕(《琼花》),此句即作"炀帝荒淫自丧了国",而且从文义上看,也不妨把它视为两句。不过,《张协状元》此句的第四个字"无"与此曲的韵脚相同,所以目前还无法判断这是《张协状元》作者有意要增添一韵,抑或还是出于巧合。但即使是有意要增添一韵,也不会与北曲〔沉醉东风〕的曲调发生冲突③,只不过给写曲子的人增加了一点难度。总之,由于据王国维《宋元戏曲史》的研究,在以前的大曲、唐宋词乃至金元诸宫调中,都没有〔沉醉东风〕,而北曲的〔沉醉东风〕与《张协状元》的〔沉醉东风〕在体格上又如此相似,所以两者之间必有渊源关系。但是北曲作家很早就用〔沉醉东风〕,而且使用的人很多,早期作家胡祗遹、关汉卿、白朴等均曾用之。胡祗遹是河北人,他一生中有可能接触南曲的时期,当在其任江南浙西道提刑按察使时,但任期短暂,他其时又已至少六十岁左右④,想来不会再去学习南曲并将其曲调改造为北曲,当是《张协状元》的作者将这一北曲的常用曲调改造为南曲⑤。所以,《张协状元》之作当在元灭南宋,北曲传至江南以后。

在《张协状元》的时代问题上,还有一点也值得注意:剧中五矶山的强人说自己"一条扁担,敌得塞幕里官兵;一柄朴刀,敢杀当巡底弓手"⑥。有的研究者认为"塞"字是"寨"之误。但"塞幕"是可以理解的,改作"寨幕"反而不通了。"塞幕"有两种解释:一、即塞漠;在我国古籍中,把"幕"作为"漠"的假借字,从汉代就开始了。二、塞漠地区的帐幕。而无论作哪一种解释,"塞幕里

---

① 此为《张协状元》中第二、三支《沉醉东风》的曲词,第一支于"追寻"下多一"着"字。
② 此为第一支曲词中语;第二、三支曲词分别为"囊箧又无敌人又无"、"箱儿又无笼儿又无。"
③ 根据北曲曲谱,〔沉醉东风〕第六句的第四个字与第七个字一般用平声,《张协状元》中〔沉醉东风〕的两个"无"字也是平声。
④ 胡祗遹《元史》有传。其中说,"宋平,为荆湖北道宣慰副使。……(至元)十九年为济宁路总管。……久之,治效以称,升山东东西道提刑按察使。……召拜翰林学士,不赴,改江南浙西道提刑按察使,未几,以疾归。"由"久之"一语,可知其任济宁路总管甚久,就算为三年,其任山东东西道提刑按察使也已在至元二十二年,改江南浙西道若在第二年,则为至元二十三年。同传又说:"(至元)三十年卒,年六十七。"是至元二十三年为六十岁。
⑤ 因为后来的南曲牌〔沉醉东风〕显然是在此基础上发展的,其中"爹娘又无兄弟又无"这样的句式一直为后来南曲牌所承袭并成为南、北〔沉醉东风〕在句式上的重要异点之一,可见以后的南戏、传奇都将此视为南曲牌。所以,《张协状元》之有〔沉醉东风〕,并不是在南戏中用北曲牌,而是将北曲牌改造为南曲牌。
⑥ 《古本戏曲丛刊》初集《小孙屠等三种》十九页上。

官兵"都当指元军中的蒙古士兵;或因其来自塞漠,或因其住在蒙古人所惯住的帐幕里。据《元史·兵志》二《镇戍》,元灭南宋后,在浙东一带屯驻重兵,温州、处州通常设有万户府①,其士兵则"蒙古、汉人、新附诸军相参";战斗力最强的为蒙古士兵。而《张协状元》出于温州(见下),作者对这种情况自不致一无所知,是以其笔下的强人自夸武艺时,也说他"敌得塞幕里官兵"。至于弓手,虽然宋代已有,但到元朝成了全国各地都设置的、类似公安部队的组织:"元制,郡邑设弓手,以防盗也。"(《元史·兵制》四《弓手》)是以《张协状元》中的强人特地将"官兵"与"弓手"并举。

由上所述,可知《张协状元》已是元代的南戏。不过,剧本中虽已有将北曲曲牌改造成为南戏曲牌的情况,如上述的〔沉醉东风〕;但还没有出现直接用北曲牌的情况②。而《小孙屠》、《宦门子弟错立身》都已直接使用北曲牌,并已有南北合套的迹象,其时代当在《张协状元》之后。换言之,《张协状元》当是早期南戏。

此剧情节为:书生张协赴京应试,途中遇盗,所带资财全部被劫,流落破庙,与一贫女成婚。及至考取状元,不但遗弃贫女,且欲将她杀死,但幸而她只是受了伤。后来她成为"枢密使相"王德用的养女,并与张协重圆,只是把张协责骂了一通,张协也承认错误。其情节和曲词都不足称,但从中可看出早期南戏的若干特色:

第一,剧本不受折数限制,也不分折。大致说来,在第一场中先后出现的人物全都下场时,该场也就结束;随着新的人物的登场或第一场中原有人物的重新上场而开始第二场。如此往复,以至剧终。每一场中的任何人物都可歌唱。

第二,全剧由好多场构成,篇幅较元杂剧的一本为长,剧中人物在舞台上变换甚频。

第三,说白较元杂剧为多。

第四,非常注重插科打诨。全剧充满了此类内容。如张协离家赴试时,与其母亲、妹妹分别,其母、妹并无丝毫离别的悲哀,他母亲说:"有好全带花似门前樟树大底,买一朵归来与娘插在肩头上","有好掉篦似扁担样大底,买一个

---

① 据《元史·兵志》二《镇戍》所载,元自灭南宋后,于至元二十二年曾调整全国镇戍建置,其于浙江地区,仅杭州设立中万户府,处州设立下万户府,但至二十七年,"江淮行省言:……浙东一道,地极边恶,贼所巢穴,请复还三万户府以戍守之。……一军戍温处。……枢密院以闻,悉从之。"
② 剧中虽也出现过极少几个与北曲牌同名的曲牌(如〔叨叨令〕),但与北曲牌的句式相差很大,当也是改造北曲牌为南曲牌;只是未被以后的南戏所沿用。

归来与娘带";他妹妹则说:"亚哥亚哥,狗胆梳千万买归,头须千万买归","有好膏药买一个归","与妹妹贴个龟脑驼背"。由此看来,插科打诨较之深切地抒发人物感情在南戏中具有更重要的地位。这一点当是宋杂剧传统的继承。

第五,与此相关,曲词也较平庸,并无"写情则沁人心脾"之词;虽然字句都颇通俗。

从戏剧文学作品的角度来看,与元杂剧相较,南戏的前三点足资借鉴,后两点是其短处。而在元杂剧传入江南后,南北戏曲交融,南戏吸收了元杂剧的长处,逐渐改变了自己的面貌。这在《宦门子弟错立身》和《小孙屠》中可以看得较为清楚。

《宦门子弟错立身》写河南府同知之子完颜延寿马爱上了女演员王金榜,因受到父亲的阻碍,遂离家而去,成为王金榜的戏班子的一员,并与她成婚。后来他父亲把两人都收留回家,他们为爱情所作的斗争取得了胜利。剧中的科诨较之《张协状元》虽显为减少,但仍有相当分量。写人物感情也仍只能有大致轮廓,如完颜延寿马表示其对爱情的追求的两支曲词:

〔乐神安〕一从当日,心中指望燕莺期,功名不恋待何如。拚却和伊抛故里,不图身富贵,不去苦攻书,但只教两眉舒。

〔六么令〕一意随它去①,情愿为路歧。管甚么抹土搽灰,折莫擂鼓吹笛,点拗收拾,更温习几本杂剧。问甚么妆孤扮末诸般会,更那堪会跳索扑旅。只得(疑当作"待")同欢共乐同鸳被,冲州撞府,求衣觅食。

其为了爱情而不顾一切的决心颇为明晰,曲词也干脆利落,较之《张协状元》的曲词已有所进步。但就总体来说,还只是一种朴素的表述。《小孙屠》较此又有明显的提高。

《小孙屠》所写的是:妓女李琼梅与孙必达结成夫妇。但婚后受到冷落,又受到小叔子孙必贵(小孙屠)的鄙视,内心痛苦。遂与其旧识朱邦杰通奸,并与朱邦杰合谋,凶残地杀死婢女梅香,嫁祸孙必达。但因孙必贵愿意代他哥哥受刑,遂处死了必贵。幸被神明救活,昭雪了冤情,邦杰与琼梅则双双受刑。此剧不重科诨,对人物感情的刻画却颇细致。其最大的缺陷,是写李琼梅由渴望爱情的少妇转变为杀人凶手的过程缺乏合理的依据。现引李琼梅表达婚后受冷落时的心情的曲词如下:

(旦上唱)〔梁州令〕一对鸾凤共宴乐。恨连日抛弹,这冤家莫景信凋唆,把奴家恩和爱尽奚落。(白)鸳鸯本是飞禽性,养杀终须不恋家。自嫁孙家,

---

① "它"字原文如此,指王金榜;《小孙屠》中"它"、"他"也常混用。

将谓如鱼似水,效学鸾凤。谁知把我新婚密爱,如同白木。连日不见回来,知它是争名夺利,知它是恋酒迷花?使奴无情无绪,因倚绣床,如何消遣?

〔梧桐树〕思量闷上心,人去无踪影,悄似随风柳絮无凭准。却与旧日心不应,误我良宵寂寞守孤灯。数尽更筹,夜长人初静,教人恨杀活短命。无情弄绣针,镇日心不足,落得凄惶,为它成孤冷。终日黯约何情兴,睡到黄昏月上小窗明。泪眼通宵揾湿鸳鸯枕,晓来时懒对孤鸾镜。

(外扶生叫"开门"介。旦开门介。生睡叫睡叫介。)

(旦唱)〔北曲新水令〕却踏过满庭芳草看花回,怨王孙不思折桂。每日上小楼,沽美酒,销金帐里共传杯。吃酒沉醉扶归,不由我不伤情若萦系。

(又唱)〔南曲风入松〕记前日席上泛绿蚁,做夫妻,永同连理。谁知每日贪欢会,醺醺地不思量归计。你那里谁人共美,教奴自守孤帏。

〔北曲折桂令〕几回价守定香闺,转无眠情绪如痴,直哭得绛蜡烟消,银蟾影坠,宝篆香微。才听得促织儿声沉四壁,又听得叫残星报晓邻鸡。只影孤凄,心下伤悲,一弄儿凄凉总促在愁眉。

〔南曲风入松〕我一心指望你攻书,要改换门闾,如今把奴成抛弃。朝朝望朝朝不至,好教人鸳衾里冷落,须闲了我一个枕头儿。

〔北曲水仙子〕好因缘间阻武陵溪,辜负花前月下期。彩云易散琉璃脆,亏心底不似你,担阁了少年夫妻。不枉了真心真诚意?不把我却寒知暖妻,不能勾步步相随。

〔南曲风入松〕想伊聪惠、伊怜悧、伊冷戏,今日里怎如是?念奴娇媚、奴风韵、奴佔俤,谁知(疑当作"和")我手同携?

〔北曲雁儿落〕谁同莺燕,谁展鸳鸯被?谁双抖鹦鹉觞,谁匹配鸾凤对?

此处的几支曲词很生动地表现了她在婚后受到冷落的悲哀,对丈夫不顾家的埋怨,对小叔子的"凋唆"①可能促使丈夫变心的恐惧,等待丈夫归来的热切,由丈夫的醉归所引起的痛苦,最后这一切又转为懊恨和绝望,文字自然,有些词句颇为优美,具有感染力,非《错立身》可及。其曲牌则南北兼用,很清楚地表明了其所受于元杂剧的影响。

由此可见,在杂剧传入江南后,南戏就吸收了它的优点,使自己获得了长足的进步。而就南戏的形制而言,较之杂剧本有相当大的优越性。这就使戏剧文学出现了新的动向:将南戏的形制与杂剧在表现人物、感情及写作曲词等方面的创作经验相结合,以推动戏剧文学的前进。因此,从表面上看,杂剧

---

① "凋"当是"调"之误。

在元代后期相对衰落,而在实际上,元代后期的南戏之所以能有迅猛的发展,实与元杂剧的传统分不开。

南戏的这种发展趋势,在《琵琶记》、《拜月亭记》等作品中显示得更为明晰。

第二节 《琵琶记》

在南戏中,成就最高的是《琵琶记》和《拜月亭记》。它们都出现于元末明初,也可说是南戏与元杂剧结合后所取得的最辉煌的成果。这以后的南戏就未能再有所超越。直到明代传奇兴起,戏剧文学史才又掀开了新的一页。

《琵琶记》为高明所作。明字则诚,号菜根道人,瑞安(今属浙江)人。约生于大德十年(1306)之前,为黄溍弟子,又曾与刘基交游。至正五年考取进士,曾任处州录事、福建行省都事等职。晚年隐居于今浙江宁波市的栎社。卒于至正十九年(1359)。

高明虽也能诗文,但其在中国文学史上的地位,则全源于南戏《琵琶记》。此戏现知的最早刊本为《元本琵琶记》,其次为嘉靖时据之翻刻的《新刊元本蔡伯喈琵琶记》,均二卷,已佚,幸有以之为底本的陆贻典抄校本尚存,《古本戏曲丛刊》初集据以影印。其格式大抵同于《永乐大典》本《小孙屠》等三种与成化刊本《白兔记》,不分折,知较接近原貌。在文字上也与现存其他明刊本《琵琶记》颇有异处,是以研究《琵琶记》应以此本为依据;其他明刊本之与此相异者,皆为明人所改。又,《元本琵琶记》为"王充、仇寿、以忠、以才刊",黄仕忠《琵琶记研究》考定为弘治刻本;因这些人为弘治时刻工。

《琵琶记》的故事如下:书生蔡邕(伯喈)和其父母及新婚的妻子赵五娘在乡间过着快乐、和谐的生活。但后来由于父亲的逼迫和舆论的压力,恪守孝道的他不得不赴京应试,并考取了状元。牛丞相看中了他,要招他为婿。他虽说明在家乡已有妻子,极力推拒,并上表辞官,要求回乡;但由于牛丞相的影响,皇帝不但不批准他的辞呈,反而颁下旨意,要他和牛丞相女儿结婚。他只好服从。婚后,虽然牛氏对他很好,但他惦念家乡父母、妻子,精神一直很痛苦。他原想在京城做三年官,然后以请求外任的名义,离京而去,到家乡探望父母。但在这期间,他的故乡发生了大饥荒。赵五娘为了抚养他的父母,虽受尽艰辛,自己甚至以糠为食,而其父母最终仍悲惨地死去。赵五娘埋葬公婆后,孤身赴京寻夫,沿途乞讨。幸而牛丞相的女儿很贤惠,劝导父亲放蔡邕回家探亲,又收留了赵五娘。蔡邕得知父母死亡后,悲痛万分,在父母墓地守孝三年。期满后受到皇帝表扬,一夫二妇和睦度日。

此剧的题目为"极富极贵牛丞相,施仁施义张广才。有贞有烈赵真女,全忠全孝蔡伯喈"①。在剧本开始时"末"的独白(那一般是作者借以说明剧本的内容和思想的)也说:"论传奇,乐人易,动人难。知音君子,这般另做眼儿看。休论插科打诨,也不寻宫数调,只看子孝与妻贤。"(〔水调歌头〕)因而在一段时期里,此剧曾被视为宣扬封建孝道之作。但在实际上,这剧本所体现的是环境对个人的压抑以及由此所导致的个人的痛苦;敏感的读者(或观众)可以因此而产生对孝的怀疑。

作为深受儒家思想熏陶的士人,蔡邕固然具有对功名富贵的追求,但对父母亲的爱恋却更为强烈。他一上场所唱的〔瑞鹤仙〕,对这一点说得很清楚:

> 十载亲灯火。论高才绝学,休夸班马。风云太平日,正骅骝欲骋,鱼龙将化。沉吟一和,怎离双亲膝下?且尽心甘旨,功名富贵,付之天也。

他对父母的爱恋,在他自己看来,是符合"孝"的原则的,所以在上引唱词之后,他又在说白中把自己的行动概括为"入则孝,出则弟,怎离双亲之膝下"。同时,"孝"的这种道德也确已较严重地导致了他的人性的异化(说见后)。但在实际上,它跟封建道德所要求的"孝"仍然存在着距离甚或矛盾。因此,当他父亲以在家照顾父母为"小节",以"立身行道,扬名于后世,以显父母,孝之终也"为"大孝",要他赴京应试,并指责他"家贫亲老,不为禄仕,所以为不孝"时,他仍然不愿离开年迈父母而去参加京都的考试。后虽不得已而去,但内心却是抵触而痛苦的。在"苦被爹行逼遭,脉脉此情何限。骨肉一朝成拆散,可怜难舍拚"(〔谒金门〕)、"我哭哀哀推辞了万千,他闹炒炒抵死来相劝,将我深罪,不由人分辨"(〔忒忒令〕)、"做孩儿节孝怎全,做爹行不从人几谏。(白:呀,俺为人子,不当恁地说。)也不是要埋冤。影只行单,我出去有谁来看管"(〔沉醉东风〕)等唱词中,可知他不但不赞同"大孝"的原则,反而颇为反感;他的按照这一原则去做,纯是被迫。由此可见,他的本于人类一般本性的对父母亲的爱,虽已被打上了"孝"的烙印,却还没有完全被"孝"所吞食。

由于他的这种被迫采取的行为跟其对父母的爱恋深相对立,他一直深感忧虑不安。在路途中,他"回首高堂渐远,叹当时恩爱轻分。伤情处数声杜宇,客泪满衣襟。"(〔满庭芳〕)及至被迫入赘相府,更是"终朝思想,但恨在眉头,人

---

① 见《古本戏曲丛刊》初集所收《新刊元本蔡伯喈琵琶记》卷上,第一页上。以下所引,均据此本。又,这四句见于本剧卷首。按南戏体例(见《小孙屠等三种》),此为"题目"。

在心上。"（〔喜迁莺〕）"在家不敢高声哭，只恐人闻也断肠。"（〔雁鱼锦〕）即使有时操琴解愁，也"只见指下余音不似前，那些个流水共高山！呀，怎的只见满眼风波恶，似离别当年怀水仙。"（〔懒画眉〕）他的这类痛苦，都颇能引起读者（或观众）的同情。

造成他的痛苦的，是他所置身的环境。在剧本开头处，曾这样描写了他与妻子赵五娘在他被迫赴试以前的快乐心情：

〔醉翁子〕（生）回首，看瞬息乌飞兔走。（旦）喜爹妈双全，谢天相佑。（生）不谬。更清淡安闲，乐事如今谁更有？

而当他的父母以"论做人要光前耀后，劝我儿青云万里驰骤"来要求他时，他回答说："听剖：真乐在田园，何必当今公与侯！"（同上）但环境却把他从这种满足中驱逐出来，使他陷入了难忍的困境。在他被迫入赘相府后，他曾这样概括自己的生活道路："被亲强来赴选场，被君强官为议郎，被婚强效鸾凰。三被强，衷肠说与谁行？"（〔雁鱼锦〕）①在这里需要补充的是：据剧本所写，勉强他来"赴选场"的，还有他家的邻居、被"题目"赞为"有仁有义"的张广才，他的意见实际上是代表了当时一般的正派人的看法，所以这里还包含了舆论的力量。在这样的多种力量的驱使下，他个人是显得如此渺小。倘若他坚持不去赴选，他就要被父亲和舆论视为不孝，难以在家乡立足；倘若他不遵照圣旨为官和入赘，那更是欺君大罪，后果非常可怕。所以他只有服从。但是，假如说他对父亲的命令还不敢公然埋怨，对于皇帝的硬要他做官和宰相的逼婚，他却再也抑制不住不满之情：

〔啄木儿〕苦！我亲衰老，妻幼娇，万里关山音信杳。他那里举目凄凄，我这里回首迢迢。他那里望得眼穿儿不到，俺这里哭得泪干亲难保。闪杀人么一封丹凤诏。

〔归朝欢〕冤家的，冤家的，苦苦见招，俺媳妇埋怨怎了！饥荒岁，饥荒岁，怕他怎熬！俺爹娘怕不做沟渠中饿莩？②

上一首是对皇帝那道不准他辞官和迫使他与牛相女儿结婚的诏书而发，后一首中所说的"冤家的"则指牛丞相。而牛相为所欲为，则正是由于皇帝那道诏书的支持。所以，从这两支曲词来看，他已经意识到了自己的父母的悲惨命运，而使他们陷入这一绝境的就是皇帝和宰相。

自然，他不敢与这种环境相对抗，而是妥协、屈服，因此被褒为"全忠

---

① 《琵琶记》卷下，页四下。
② 《琵琶记》卷上，页二十三上。

全孝",有了一个看似美满的结局,但他的父母却终于饿死了,他心中的创伤再也无法愈合。在剧本的结束处,蔡邕对自己所获得的荣华富贵发表了这样的感想:"呀!如何免丧亲,又何须名显贵!可惜二亲饥寒死,博换得孩儿名利归!"(〔一封书〕)这种痛苦,也正体现了个人与环境的矛盾冲突之无法真正消融。

在这样的矛盾冲突中,"孝"是加于蔡邕身上的最早压力。倘不是蔡邕父亲硬逼他去赴试,这一系列悲惨事件都不会发生。对蔡父的这一决定,当时不但蔡邕和赵五娘不同意,蔡母也不赞成。在蔡父饿死前,他忏悔了,意识到这"是我相耽误"(〔雁过沙〕)①。然而,尽管他的决定是如此错谬,蔡邕在当时却仍非执行不可,因为这是"孝"的道德所规定的,"父亲严命怎生违"(〔三学士〕)②。那么,"孝"到底给这个家庭带来了幸福呢抑或不幸?这是剧本所客观提出的问题。

当然,这一问题的出现,绝非偶然。首先是由于蔡邕从自我出发的对父母的爱③,在作品中尚未完全异化;尽管人的一般本性在蔡邕身上已通过"孝"而遭到较严重的扭曲,以致他在被迫离乡赴试而深感痛苦时,曾与妻子赵五娘两次合唱:"为爹泪涟,为娘泪涟,何曾为着夫妻上意牵!"(〔沉醉东风〕)夫妻之情在他们意识中竟处于如此卑下的地位!他的第二个妻子牛氏在知道了他的实际情况后,很同情他,劝父亲放他回乡,没有成功,羞愤之下,想要自杀,他劝解说:"夫人,你知其一,不知其二。身体发肤,受之父母,不敢毁伤,岂可陷亲于不义?那时节人知,只道你从夫言而弃亲命。此事不可。"这完全是道德的训诫,连一点夫妻感情也看不到。纵使这不是他的内心的真实表现,而是极力使自己顺应道德观念的结果,甚或是不自觉的自欺欺人,但也反映了人性被扭曲的严重程度。然而,他对父母的爱如已完全被"孝"和"忠"一类道德观念所吞食,那么,他就会因自己行为完全符合道德、并使父母也在死后受到了封赠而自慰,不会因父母的饿死在心灵上受到无法愈合的创伤了。倘蔡邕真是那样,也就削弱了这一故事的悲剧性。而作品之不把蔡邕写成那样的人物,我们自不能不考虑到作者的因素。其次,是由于作者写作的出发点。蔡邕的故事本

---

① 《琵琶记》卷上,页三十下。
② 同上卷上,页七下。
③ 马克思、恩格斯在《神圣家族》中曾把霍尔巴赫的"人对于和自己同类的其他存在物的依恋只是基于对自己的爱"作为与社会主义理论有联系的观点加以引用(见《神圣家族》中译本169页)。人对父母的爱同样如此。这不是意味着人在对父母的爱中含有为自己获取现实好处的卑污动机,也不意味着人不可能为父母而牺牲自己。然而,人在儿童时期就自发地爱父母,便正是由于父母对他(她)热爱之故;人在必要时为父母牺牲自己,则是从儿童时期就形成的对父母的爱的延伸。

见于南戏旧本,祝允明《猥谈》说南宋时"有赵闳夫榜禁(南戏),颇述名目,如《赵真女蔡二郎》等"。《南词叙录》谓此剧所演"即伯喈弃亲背妇,为暴雷震死"事①。据此两书所载,《赵真女蔡二郎》在《琵琶记》之前。而在《琵琶记》里,体现作者观点的"题目"虽已赞蔡邕为"全忠全孝",在具体描写中却又显示出他已落得了"不孝"之名,并为之辩护②;这反映了作者在给蔡邕"全孝"的评价时是与一般的看法相违异,因而必须作出解释的。由此看来,《琵琶记》之前当已有过《赵真女蔡二郎》这样斥蔡邕为不孝的作品。假如《琵琶记》也把蔡邕作为"弃亲背妇"的不孝之子来批判,那么,批判得越激烈,就越能显示出"孝"的必要性和合理性。然而,《琵琶记》的作者却要把蔡邕写成一个"全忠全孝"的人,显示出其达到这一境界的过程。所以,作者之极写蔡邕的内心痛苦,正是为了显示这一过程的艰巨性,否则,"全忠全孝"又有何可贵?第三,作者所处的时代,对自我、感情的尊重都已达到了前所未见的高度(参见本编第二、第四章)。因此,他已开始意识到了"情"与"理"之间的矛盾。当蔡邕和赵五娘等返回家乡,在其父母坟上痛哭时,张广才劝解说:"休恁地哭,且逆来顺受么!(唱)抑情就理通今古。"③因此,在作者的笔下,蔡邕的上述这一过程也就是"逆来顺受"、"抑情就理"的过程;而他之不把"情"视为邪恶的东西,并能理解和写出"抑情就理"的剧烈痛苦,加以同情,则正是当时这种尊重自我、尊重感情的思潮在他身上的反映。只可惜由于材料的缺乏,现已无法全面理解高明的思想状况了。

剧本中的另一主要人物赵五娘,也处于这种"逆来顺受"、"抑情就理"的困难处境中。作者较具体、生动地写出了她身上的这种矛盾:

〔风云会四朝元〕春闱催赴,同心带缱初。叹阳关声断,送别南浦,早已成间阻。谩罗襟上泪渍,谩罗襟上泪渍,和那琴瑟尘埋,锦被羞铺。寂寞琼窗,萧条朱户,空把流年度。嗏,酩子里自寻思,妾意君情,一旦如朝露。君行万里途,妾心万般苦。君还念妾,迢迢远远,也索回顾。

〔前腔〕朱颜非故,绿云懒去梳。奈画眉人远,傅粉郎去,镜鸾羞自舞。把归期暗数,把归期暗数。只见雁杳鱼沉,凤只鸾孤。绿遍汀洲,又生芳杜。

---

① 陆游《小舟游近村,舍舟步归》诗:"斜阳古柳赵家庄,负鼓盲翁正作场。身后是非谁管得,满村听唱蔡中郎。"据此,是宋代说唱一类的通俗文艺已对蔡邕加以丑化,故陆游有"身后是非谁管得"的感慨。但当时的通俗文艺是否说他"弃亲背妇",就不得而知了。

② 如蔡邕第二个妻子牛氏道:"丈夫,是我……误你名为不孝也。"(卷下,页二十四下)足见蔡邕已有不孝之名。又,蔡邕的邻居张广才也说蔡邕"生不能事,死不能葬,葬不能祭","三不孝逆天罪大",经旁人解释后,才明白"这是三不从,把他厮禁害","三不孝亦非其罪"。

③ 《琵琶记》卷下,页二十八下。

空自思前事,嗏,日近帝王都。芳草斜阳,教我望断长安路。君身岂荡子,妾非荡子妇。其间就里,千千万万,有谁堪诉。

〔前腔〕……文场选士,纷纷都是才俊徒。少甚么镜分鸾凤,都要榜登龙虎。偏他将我误? 也不索气苦,也不索气苦。既受托了蘋蘩,有甚推辞? 索性做个孝妇贤妻,也得名书青史,省了些闲凄楚。嗏,俺这里自支吾。休得污了他的名儿,左右与他相回护。你腰金与衣紫,须记得荆钗与裙布。一场愁意绪,堆堆积积,宋玉难赋①。

这几支曲词,既写了由夫妇别离所带给她的愁苦,也写了她经过自我克制而产生的"做个孝妇贤妻"以"名书青史"的决心。但就读者(观众)的印象来说,她的愁苦却比她的决心更令人感动;而她自己,尽管立下了这样的决心,最后却仍然被"愁意绪"所包裹。所以,在这人物身上,虽然体现了"逆来顺受"、"抑情就理"的过程,但却更显示了"逆来顺受"、"抑情就理"的痛苦。而越到后来,她所感受到的痛苦就越强烈。及至饥荒年岁,她无依无靠,为了养活公婆,她只好吃糠度日。这时她的痛苦就达到了极致;她在吃糠时的大段唱词也一直为研究者所推重。

〔山坡羊〕……(合)思之,虚飘飘命怎期? 难捱,实丕丕灾共危。
〔前腔〕滴溜溜难穷尽珠泪,乱纷纷难宽解的愁绪,骨崖崖难扶持的病体,战钦钦难捱过的时和岁。这糠呵,我待不吃你,教奴怎忍饥? 我待吃呵怎吃得? 苦! 思量起来不如奴先死,图得不知他亲死时。(白)奴家早上,安排些饭与公婆,非不欲买些鲑菜,争奈无钱可买。不想婆婆抵死埋怨,只道奴家背地吃了甚么,不知奴家吃的却是细米皮糠。吃时不敢教他知道,只得回避;便埋怨杀了,也不敢分说。苦,真实这糠怎的吃得!(吃介唱)
〔孝顺歌〕呕得我肝肠痛,珠泪垂,喉咙尚兀自牢嘎住。糠! 遭砻被舂杵,筛你簸扬你,吃尽控持,悄似奴家身狼狈,千辛百苦皆经历。苦人吃着苦味,两苦相逢,可知道欲吞不去。(吃吐介)
〔前腔〕糠和米本是两倚依,谁人簸扬你作两处飞。一贱与一贵,好似奴家共夫婿,终无见期。丈夫你便是米么,米在他方没寻处;奴便是糠么,怎的把糠救得人饥馁? 好似儿夫出去,怎的教奴供给得公婆甘旨。(不吃放碗介)
〔前腔〕思量我生无益,死又值甚的,不如忍饥为怨鬼。公婆老年纪,

---

① 《琵琶记》卷上,页十二。

靠着奴家相依倚,只得苟活片时。片时苟活虽容易,到底日久也难相聚。谩把糠来相比。这糠尚兀自有人吃,奴家骨头,知他埋在何处[①]?

渗透在这些唱词里的剧烈的痛苦,主要不是引起人们对作为孝妇的赵五娘的敬仰,而是激发起对于作为普通人的赵五娘的同情,于是又回到了上述的问题:由"孝"所导致的这个家庭的悲剧是必要、合理的吗?

由此而论,与其说《琵琶记》是在宣扬封建道德,不如说它写出了恪守封建道德的人的苦难和心灵的创伤。

在艺术形式上,《琵琶记》写人物内心活动的深切,是其鲜明的特色之一。如上引"吃糠"的这一段,既写出了赵五娘在这饥荒年头的总的情状,更深刻地表现了她在吃糠这一事件上的内心矛盾、肉体苦痛和由此所引起的对前途的绝望;由糠和米的悬殊想到自己和丈夫的云泥之别更是奇绝之思。而所有这一切都亲切自然,是以王国维《宋元戏曲史》把这一大段都作为"写情则沁人心脾"的例子加以引述。

然而,由于这一类艺术造诣甚高的曲词在元杂剧中早已出现(只不过内容不同),相比之下,《琵琶记》在体制、结构上的成就,对戏剧文学的发展更具重大的意义。首先,就全剧结构来看,经常把蔡邕在京城的情况和赵五娘及其公婆在家乡的情况交替叙述,其贫富的差别固是强烈的对照(如在赵五娘吃糠、导致蔡母死亡的这一场以后,即接以蔡邕在相府与其第二个妻子赏荷饮酒,不能不使人产生极大的撼动)。同时赵、蔡两人不同的悲痛又可互为映照,起到相反相成的作用,使人们进一步理解环境对人的压迫及其后果。此种结构上的优点却是杂剧所无法达到的。其次,就每一场来说,不同人物的对唱、轮唱极为频繁。这不仅能较好地表现人物在思想上的冲突与交流,并能通过这样的冲突、交流来深化人物的思想、感情(前者如蔡父逼蔡邕应试时的蔡邕及其父、母和张广才的唱词,后者如蔡邕同意应试后与其妻子赵五娘的唱词),这也是元杂剧所没有达到的;弘治本《西厢记》在这方面虽已有所突破(姑不论这种突破是否出于王实甫之手),但就对唱、轮唱的数量的众多及其所引起的作用来说,都不如《琵琶记》。因为它的对唱、轮唱仍有以一人为主的倾向,而在《琵琶记》里,这种倾向至少已不明显。至于说白之多,虽是南戏的传统,但较之杂剧,这也是《琵琶记》的长处。正因如此,《琵琶记》在我国戏剧文学史上具有重要地位。

另一方面,元杂剧的特长——重视人物感情的抒发和曲词的动人,《琵琶记》同样具有。所以,《琵琶记》(以及产生时期与其相近的《拜月亭记》)的出

---

① 《琵琶记》卷上,页十九下—二十上。

现,意味着以南戏体制为基础的南北戏曲的交融已结出了丰硕的果实,并奠定了今后戏剧发展的方向。

第三节 《拜月亭记》及其他

除《琵琶记》外,元代南戏较著名的还有《荆钗记》、《刘知远白兔记》、《拜月亭记》和《杀狗记》,往往被称为"古戏四大家"。如王骥德《曲律》说:"古戏如《荆》、《刘》、《拜》、《杀》等,传之二三百年,至今不废。"《南词叙录》把它们和《琵琶记》一并列入"宋元旧篇"。凌濛初《谭曲杂札》也说:"曲始于胡元,大略贵当行不贵藻丽,……故《荆》、《刘》、《拜》、《杀》为四大家。"可见明人一般认为此四剧皆为元代作品。按,明世德堂刊本《月亭记》(即《拜月亭记》)所写金朝大臣,无论忠奸,皆称蒙古为"大朝"(见第四折),显为元人声口,自出于元朝无疑。而此戏一则受到关汉卿《拜月亭》的影响,再则其艺术成就远高于《小孙屠》等南戏,当已是元代后期之作。为便于行文,姑且将它与《荆钗记》等都放在《琵琶记》之后阐述。

南戏《拜月亭记》是依据关汉卿的著名杂剧《闺怨佳人拜月亭》改编而成,最早的改编者一般认为是元人施惠[①]。它在《永乐大典》戏文目录中全称为《王瑞兰闺怨拜月亭》,在《南词叙录·宋元旧篇》中则著录为《蒋世隆拜月亭》,原改本已佚。今存各本都经明人作过进一步改编,其中以万历世德堂刻本《新刊重订出相附释标注月亭记》比较接近元人改编本,但已分为四十三出,并加出目;而容与堂本和汲古阁本都题作《幽闺记》,并已删改为四十出。

就现存四大南戏而论,当以《拜月亭记》的成就最高。其首要原因在于关汉卿的原著堪称杰作,并且剧中所涉及的社会生活面远比《西厢记》广阔,但因受杂剧一本四折、一人主唱的限制而未能充分展开,这就为后人的改编创造留下了许多空间。元人改编本充分利用南戏相对自由的表现形式来对杂剧加以扩展、发挥,使之取得了青出于蓝而胜于蓝的艺术效果。

与关汉卿原著相比较,元人改编本在情节上虽无重大发展,但在艺术表现上却有较明显的推进。这主要是因为杂剧受体制的局限,篇幅短小,每折又只

---

① 何良俊《曲论》、王世贞《艺苑卮言》、王骥德《曲律》等都认为是元人施君美撰,汲古阁本《幽闺记》径署"元施惠著"。按钟嗣成《录鬼簿》"方今已亡名公才人"中有施惠小传:"君美名惠,杭州人。居吴山城隍庙前,以坐贾为业。……诗酒之暇,惟以填词和曲为事。"但未著录其所作戏曲名。又张大复《寒山堂曲谱》卷首《拜月亭》下注云:"吴门医隐施惠字君美著。"但也有人提出质疑,如吕天成《曲品》说:"云此记出施君美笔,亦无的据。"

能由一人主唱,所以全剧只有王瑞兰形象丰满,作为她的丈夫的蒋世隆就很少有表现的机会,其他的人当然更是如此。而且,就是王瑞兰,在这方面也不能不受到影响。例如,她在客店中被迫与丈夫分离时,固然充分展现了她的悲痛,但她再上场时,距离两人的分别至少已六七个月了①。她在这期间思念丈夫的痛苦就未能充分显示。南戏《拜月亭记》则不仅对蒋世隆等剧中其他人物作了较具体细致的描摹,对王瑞兰的内心活动也有进一步的刻画。因而剧本中出现了较多的颇为鲜明的形象,使戏剧冲突得以较完整地展开,从而有力地增强了作品的感染人的程度。

王国维的《宋元戏曲史》曾就关剧和南戏都有的王瑞兰烧夜香的一场(在那一场中,王瑞兰与她的义妹——也是蒋世隆的亲妹——瑞莲得以相互了解,产生了亲密的感情)加以具体比较,得出结论说:"汉卿杂剧固酣畅淋漓,而南戏中二人对唱,亦宛转详尽","情与词偕"。这实在很扼要地说出了南戏《拜月亭记》的优点。

这种优点,其实是贯穿全剧的,在作品中处处可以遇到。例如,王瑞兰的父亲把瑞兰与蒋世隆拆散后,带着瑞兰借宿于驿馆。这一夜,由于逃难而沦落的瑞兰母亲带着义女瑞莲也借宿于此,但因形似乞丐,只能在阶石上休息。从黄昏直到天亮,她们三人都悲痛不胜,轮流唱〔销金帐〕曲:

(夫②)黄昏悄悄,助冷风儿起。想今朝思向日,曾对这般时节,这般天气。羊羔美酒,美酒销金帐里。兵乱人荒,远远离乡里。如今怎生,怎生阶头上睡。

(旦)(初更起了。)初更鼓打,哽咽谯角吹。满怀愁分付与谁。遭这般磨折,这般离别。铁心肠打开,打开鸾孤凤只。我这里凄惶,他那里难存济。反复怎生,怎生独自个睡。

(贴)(如今是二更了。)鼕鼕二鼓,败叶敲窗纸。响扑簌聒明耳。谁禁这般消索,这般岑寂。骨肉到头,到头伊东我西。去又无门,住又无依。伤心怎生,怎生阶头上睡。

(旦)(夜阑人静月微明,眼转孤眠睡不成。心上只因关系伴,万愁千恨叹离人。这又是三更时候了。)三更漏转,寒雁声嘹呖。半明灭灯火归昧。寻思他这般沉疾,这般狼狈。相逢今朝,今朝吉凶未知。冷落空房,饮食谁调理。床儿怎生,怎生独自个睡。

---

① 两人分别时当在秋天,因王瑞兰有"我索立马西风数雁行"的唱词;王瑞兰再次上场时,则说"我甫能把这残春捱彻",已在春末夏初了。

② "夫"指王瑞兰的母亲,下文"旦"指王瑞兰,"贴"指蒋瑞莲。

（夫）（谯楼打四更了。）楼头四鼓，风卷檐铃动。略朦胧都是梦。娘女这般相逢，这般重会。霎然觉来，觉来孩儿那里。多少伤情，多少萦系。交人怎生，怎生阶头上睡。

　　　（贴）（谯鼓已五更矣。）五更又催，野外钟声急。算通宵几叹息。那似这般烦恼，这般孤凄。一身苟活，苟活成也甚地。（旦）这厢烦那壁长吁气。听得怎生，怎生独自个睡。

这段轮唱，较充分地显示了三个人的悲痛感情，也写出了王瑞兰对蒋世隆的无限牵挂和对父亲的怨恨，这些都是关汉卿原剧所没有，也是限于杂剧的体制而不可能有的。而有了这样的描摹，读者对王瑞兰的不幸固然产生了进一步的同情，对蒋瑞莲和王瑞兰的母亲也有了亲切感。

再如第二十一折《隆兰遇强》，写蒋世隆和王瑞兰同行逃难，其一开头的曲词如下：

　　〔高阳台〕（生）凛凛严寒，漫漫肃气，依稀晓色将开。宿水餐风，去客尘埃。（旦）思今念往心自骇，受这苦谁想谁猜？（合）望家乡，水远山遥，雾云埋。（生：乱乱随逐客，纷纷避祸民。旦：家山何处是，甚日见双亲。合：宁为太平犬，莫作离乱人。生：娘子，路途遥远，不免趱行几步。）

　　〔山坡羊〕（生）翠嵬嵬云山一带，碧澄澄寒波几派，深密密烟林数簇，乱飘飘黄叶都零败。一两阵风，三五声过雁哀。（旦）伤心，对景愁无奈。回首西风也，回首西风泪满腮。（合）情怀，急煎煎闷似海；形骸，骨挨挨瘦似柴。

战争的动乱造成这对青年男女的邂逅相遇和结伴逃亡，一路上只见满目都是肃杀凄凉的景色，反衬出他们受到战乱的惊扰时思乡怀亲的忧愁和顾影自怜的感伤，曲词明白如话，却又情景交融。与此同时，这两支曲词也间接地反映了他们由互不相识而逐步接近起来的过程，使他们后来的结合毫无突兀之感。

正因《拜月亭记》在关汉卿原著的基础上，在艺术表现方面有了较明显的推进，它在我国戏剧文学史上占有重要地位。中晚明曲论家曾就《拜月亭记》、《琵琶记》等剧何者最优进行过讨论。何良俊《四友斋丛说》认为《拜月亭记》"高出于《琵琶记》远甚。盖其才藻虽不及高，然终是当行"。王世贞在《艺苑卮言》中则表示反对，认为《拜月亭记》"亦佳"，但因有"三短"而不如《琵琶记》。于是又引出徐复祚的辩驳。此后，沈德符在《野获编》中也声援何良俊，反驳王世贞；而李贽则认为"《拜月》、《西厢》，化工也；《琵琶》，画工也。""画工虽巧，已落二义矣"（《杂说》）。这场争论的是非姑置不论，但它却反映了一个事实：

《琵琶记》、《拜月亭记》是足可相互颉颃的作品，否则人们就不会因此而争论不休。

比较起来，《荆》、《刘》、《拜》、《杀》中的另外三个——尤其是《刘》和《杀》——就颇为逊色了。

《荆钗记》全名为《王十朋荆钗记》，一般认为是元人柯丹邱撰①。原本已佚，今存各本都经明人作过不同程度的修改②。剧本写王十朋和钱玉莲的悲欢离合之情，情节曲折生动，冲突迭起。如围绕钱玉莲的议婚，先写钱流行夫妻之间的矛盾，再写玉莲和后母的冲突；围绕王十朋的拒婚，展开他与万俟丞相的争论，由此导致改官；接着因孙汝权篡改王十朋的家书，回乡后又造谣生事，造成后母"大逼"和钱玉莲"投江"；及至王十朋见到从家乡赶来的母亲，得知噩耗，带着深悲巨痛赴潮阳上任，而钱玉莲被钱安抚救起后，同往福建，派人打探，误传丈夫上任三月而死；于是，一个清明祭祀"亡妻"，一个烧夜香痛悼"亡夫"；谁知五年后别立丞相，王十朋升任吉安知府，竟得与"亡妻"相逢。所有这些均富于戏剧性，是以徐复祚《曲论》说："《荆钗》以情节关目胜。"它的语言虽质朴俚俗，其中有少数曲子也写得感情真切。如第三十五出《时祀》，写王十朋以为妻子钱玉莲为自己投江而死，因而举行祭祀。其所唱〔雁儿落〕、〔收江南〕、〔沽美酒〕三曲，感情真挚而激越。较之《琵琶记》、《拜月亭记》的曲词，也可谓各具特色。

〔雁儿落〕（生）徒捧着泪盈盈一酒卮，空列着香馥馥八珍味，慕音容，不见你。诉衷曲，无回对。俺这里再拜自追思，重相会，是何时？揾不住双垂泪，舒不开咱两道眉。先室，俺只为套书信的贼施计。贤妻，俺若是昧诚心，自有天鉴知。

〔收江南〕（生）呀，早知道这般样拆散呵，谁待要赴春闱？便做到腰金衣紫待何如？说来又恐外人知，端的是不如布衣，端的是不如布衣。俺只索要低声啼哭自伤悲。

〔沽美酒〕（生）纸钱飘，蝴蝶飞。蝴蝶飞。血泪染，杜鹃啼，睹物伤情越惨凄。灵魂恁自知，恁自知，俺不是负心的，负心的随着灯灭。花谢有芳菲时节，月缺有团圆之夜，我呵，徒然间早起晚寐，想伊念伊。妻，要相逢除非是梦儿里再成姻契。

---

① 参见《南音三籁》、《古人传奇总目》、《剧说》等著作。张大复《寒山堂曲谱》还明确记为"吴门学究敬仙书会柯丹邱著"，则此柯丹邱为书会才人，与号丹邱生的台州书画家柯九思不是一人。

② 今存较早版本有嘉靖温泉子编集本、万历嵩春堂本、李卓吾批评本、屠赤水批评本、继志斋刻本、世德堂刻本、明末汲古阁刻本等。此以汲古阁本为依据。

《荆钗记》的《家门》概述其剧情,虽有"义夫节妇,千古永传扬"的话,但王十朋的这种感情实已与封建道德有了距离:妻子的价值竟在"腰金衣紫"——尽忠报国、显亲扬名——之上,这恐怕是《琵琶记》中的蔡伯喈也难以接受的吧。只可惜类似上引的曲词,在《荆钗记》中稀如凤毛麟角。

《白兔记》的古本题为《刘知远白兔记》,原本已佚。今存最早刻本为明成化年间刊印的《新编刘知远还乡白兔记》①,其开场白中明确说是"永嘉书会才人"编。全剧不分出,文辞古朴粗疏,尚接近古本原貌。

此剧写刘知远与李三娘的悲欢离合。流浪汉刘知远与李三娘结婚后,就遭到其兄嫂的忌恨。不久三娘父母去世,兄嫂就开始破坏她的婚姻,刘知远终于被迫弃家从军,但她宁愿"日间挑水三百石,夜间挨磨到天明",也不肯改嫁。狠毒的兄嫂剥夺了她的一切权利,她不仅经常挨打受骂,而且只能在磨房咬脐生子,甚至儿子生下才三天就差点被害,只好托窦公送给刘知远。尤其是丈夫走后,"十六年并无书半纸",她实际上过着既被丈夫遗弃又被兄嫂虐待的悲惨生活。后因咬脐郎追猎白兔而见李三娘,才迫使刘知远回乡会前妻。当刘知远叙说他早已娶了岳小姐,李三娘的满腔怨愤立即一泻而出。但丈夫以"若不是取秀英,焉能够做官人"为由加以辩解后,她便不再埋怨,实际是原谅了他。

剧本虽然歌颂了李三娘的坚强,但人物刻画、情节描写都还比较粗略,语言质朴平直而缺少诗意。体现了早期南戏的特点。

《杀狗记》的古本在《南词叙录·宋元旧篇》中称为《杀狗劝夫》,它与元后期萧德祥的杂剧《王翛然断杀狗劝夫》题材相同,但孰先孰后难以确知。明末清初人如吕天成、朱彝尊、张大复、焦循等认为是徐𤲞著。按徐𤲞,字仲由,淳安(在今浙江省杭州市西南部)人。洪武初曾任县学教官三年,其后于洪武年间征秀才时,他又被当地政府所征聘,至省会辞归。因元代戏文《宦门子弟错立身》中已提到传奇《杀狗劝夫婿》,故一般认为徐𤲞不可能是最初作者,而或许是改编者。古本已佚,今存汲古阁本,已经过冯梦龙改订。剧中写东京富家子弟孙华在父母故世后,与市井无赖柳龙卿、胡子传结义为兄弟,大肆挥霍,并听信谗言,将胞弟孙荣逐出家门。妻子杨月真屡劝不听,便设计买来一条狗,杀死后头戴巾帽,身穿衣服,扮狗作人,置于后门。孙华酒醉夜归绊倒,以为人尸,惊恐中打算请结义兄弟私埋,但柳、胡两人不仅不帮他避祸,反而向官府告发。倒是孙荣念兄弟之情,先于黑夜移尸,又在公堂承担罪责。杨月真亲往诉

---

① 这个本子于 1967 年在上海嘉定县宣姓墓中出土后,曾由上海博物馆影印出版,但有不少残缺和错误。本节所引以江苏广陵古籍刊印社 1980 年出版的校补本为依据。

状,说明杀狗劝夫真相,于是兄弟和好,全家褒封。这部戏剧虽然多少触及封建家庭的内部矛盾,但作者的意图是通过表彰孝悌的孙荣和贤德的杨月真来宣扬封建伦理道德,提倡"王化以亲睦为本,维风以孝友为先",说教的气味相当浓烈。但用于说教的"杀狗劝夫"这一关目颇有新意,部分语言尚保持着质朴、俚俗的本色。在四大南戏中,《杀狗记》大致可与《白兔记》相颉颃。

第四章 元代的散曲

　　元代散曲是与当时的杂剧和南戏同质的、较鲜明地体现了近世文学新成分的文学样式。在南宋灭亡以前，散曲纯用北曲写作，作者均为北方人；南宋灭亡以后，随着南北文化的交融，南方作者也有用北曲写散曲的了，后来并出现了用南曲写的散曲和南北曲合用（通常称为南北合套）的散曲。但以用北曲写的为主，用南曲写和南北合套的较少。就其用北曲写的散曲来说，在音乐和曲牌方面与杂剧并无不同。但杂剧是戏剧的一种，因而必须具备戏剧所应有的基本条件，例如情节、人物、对话等等；散曲则是广义的诗歌，分抒情、叙事两大类。其叙事类的散曲虽也有故事内容较复杂的，但其性质仍属于叙事诗。此外，在杂剧中每一折都是包含若干曲牌的套数，单支曲不可能成为一个独立而完整的单位，它只是套数的组成部分；但在散曲中，一首单支曲就可以成为一篇独立的作品，那被称为"小令"；当然，也有以一套（一个套数）为一篇的。此外还有"带过"曲，就是以两个（或两个以上）曲牌按照一定规律组成的曲子，"带过"也简称为"过"；例如《醉高歌过红绣鞋》，那就是由《醉高歌》和《红绣鞋》两个曲牌组合而成。"带过曲"仍属小令。至于南曲的散曲，除曲调有别以外，其他情况均与北曲散曲相类。

　　就总体而论，元代散曲是以个人为本位，歌唱个人的自由、享乐和爱情的诗歌，较宋词远为大胆、泼辣，并常显示出乐观的精神；虽然也有部分悲观、消极的作品，但在其根底里却是对快乐的追求，听不到诸如"可堪孤馆闭春寒，杜鹃声里斜阳暮"（秦观《踏莎行》）之类的断肠之音。至其发展过程，则与元杂剧的相应，可分为三个阶段：自元太祖取中原后，至南宋灭亡、全国统一之初，为第一期；统一全国后元朝统治相对稳定的时期为第二期；元末至正时期为第三期。

第一节 由金入元的散曲作家

　　元散曲的上述总体特点，是在其第一期就已奠定的。

元杂剧第一期作家是由金入元的,散曲作家同样如此。就目前掌握的材料看,作散曲者当以元好问为最早。其《春宴》说:"梅擎残雪芳心奈,柳倚东风望眼开,温柔樽俎小楼台。红袖绕,低唱《喜春来》。""携将玉友寻花寨,看褪梅妆等杏腮,休随刘阮到天台。仙洞窄,且唱《喜春来》。"(〔中吕喜春来〕)又,〔双调骤雨打新荷〕说:"人生有几?念良辰美景,一梦初过。穷通前定,何用苦张罗!命友邀宾玩赏,对芳樽浅酌低歌。且酩酊,任他两轮日月,来往如梭。"他的意思是:人生既不必为穷通而奔忙,求仙也没有意义;还是抓紧有限的时光,在"红袖"围绕下,对着美丽的景色,饮酒听歌吧。作品的语言虽较雅致,体现了由词到曲的过渡,因而不如关汉卿等人的鲜活,但其所展示的人生追求却是彼此一致的。

在这以后,元代第一期散曲作家在创作上成就突出的是关汉卿、白朴、马致远;另有王和卿、庾天锡、奥敦周卿等也值得重视。

关汉卿的散曲,现今传诵最广的是《不伏老》(〔南吕一枝花〕),曲中把享乐的生活写得很美。这种对享乐生活的具体描写和赞美虽是从曹植诗歌就已开始的传统,然而,关汉卿是这样写他的享乐生活的:

> 我是个普天下郎君领袖,盖世界浪子班头。愿朱颜不改常依旧。花中消遣,酒内忘忧,分茶攧竹,打马藏阄,通五音六律滑熟,甚闲愁到我心头。伴的是银筝女,银台前理银筝笑倚银屏,伴的是玉天仙,携玉手并玉肩同登玉楼,伴的是金钗客,歌《金缕》捧金樽满泛金瓯。你道我老也,暂休,占排场风月功名首,更玲珑又剔透。我是个锦阵花营都帅头,曾玩府游州。(〔梁州〕)

这完全是市民的享乐生活,无论在曹植与其后李白等人的诗歌或者宋代柳永、晏幾道的词里都没有出现过这样的写法。例如,他在这里夸耀的"银筝女"、"玉天仙"、"金钗客"其实都是歌妓。在以前的诗词里,称赞她们的美貌和才能甚至对她们表示某种同情或感情是有的,但从没有把自己放在与她们相伴的地位并以此为荣的,因而此处"伴的是"三句所体现的并不是贵族和一般士大夫的感情,而是当时市民的向往。假如再参以他在〔双调乔牌儿〕套〔庆宣和〕中所说的"算到天明走到黑,赤紧的是衣食。凫短鹤长不能齐,且休题,谁是非",我们就可以进而理解他的生活目标实与当时市民基本属于同一范畴(至于他与当时一般市民的思想差别,留待后述)。总之,贵族和一般士大夫所具有的社会责任感以及由此而来的崇高理想在他身上已消失无踪,因而满足个人的要求就成为生活的目标。在这方面最要紧的自是"衣食",而在"衣食"之上的其他为个人所需要的东西——包括享乐——也就成为生活目标的重要组成部分。于是，享乐就不再是曹植、李白等作品里那样的生活的余兴，而是生命的渴求。在上引曲词里，他把自己那种被传统观念视为鄙俗、被程朱理学视为邪恶的享乐生活及由此生发的感情写得如此踌躇满志、笔酣墨饱，其故就在于此；他在该套数的〔尾〕甚至说"则除是阎王亲自唤，神鬼自来勾，三魂归地府，七魄丧冥幽，天那，那其间才不向烟花路儿上走"，更把那种被斥为放荡的享乐奉为生命不可或缺之物，以"阎王"等四个短句来表达"死"这一概念，以突出他那有生之日决不放弃享乐的强烈决心。像这样的对享乐的顶礼颂赞在我国文学史上真称得上前无古人。而流荡在这些曲词里的炽热的感情则使它具有打动人的强大力量。无论我们是否同意他的这种享乐方式，都会感受到他的那种对于生活的热情。因为，享乐正是生活的必不可少的部分，正如马克思、恩格斯所指出的："……关于享乐的合理性等等学说，同共产主义和社会主义之间有着必然的联系。"(《神圣家族》中译本第 166 页)

也正因为关汉卿是如此尊崇个人的需要，性爱在他的散曲里也就占据了重要的位置，并成为他的另一个重点颂赞的对象。不过，那主要是通过具体描写——叙事——而体现出来的。最突出的是如下一首：

〔新水令〕楚台云雨会巫峡，赴昨宵约来的期话。楼头栖燕子，庭院已闻鸦。料想他家，收针指晚妆罢。

〔乔牌儿〕款将花径踏，独立在纱窗下。颤钦钦把不定心头怕。不敢将小名呼咱，则索等候他。

〔雁儿落〕怕别人瞧见咱，掩映在酴醾架。等多时不见来，则索独立在花阴下。

〔挂搭钩〕等候多时不见他。这的是约下佳期话，莫不是贪睡人儿忘了那，伏家在蓝桥下。意懊恼却待将他骂，听得呀的门开，蓦见如花。

〔豆叶黄〕髻挽乌云，蝉鬓堆鸦。粉腻酥胸，脸衬红霞。袅娜腰肢更喜恰。堪讲堪夸。比月里嫦娥，媚媚孜孜，那更撑达。

〔七弟兄〕我这里觅他，唤他。哎！女孩儿，果然道色胆天来大。怀儿里搂抱着俏冤家，揾香腮悄语低低话。

〔梅花酒〕两情浓，兴转佳。地权为床榻，月高烧银蜡。夜深沉，人静悄。低低的问如花，终是个女儿家。

〔收江南〕好风吹绽牡丹花，半合儿揉损绛裙纱。冷丁丁舌尖上送香茶。都不到半霎，森森一向遍身麻。

〔尾〕整乌云欲把金莲屣，纽回身再说些儿话：你明夜个早些儿来，我专听

　　　　着纱窗外芭蕉叶儿上打。（〔双调新水令〕）

对青年男女的爱情的同情和赞美，在元好问的词里已有引人瞩目的表现，但对性爱过程的某个片断作具体描写，却是从关汉卿开始的①。在这里他不仅把情与欲结合起来写，而且把整个片断都写得相当美，将人的生理要求和感情要求都作为正常的、值得肯定的东西来赞赏，这和薄伽丘《十日谈》中某些关于性爱的描写在本质上是一致的，而关汉卿的时代实较薄伽丘为早。同时在这一散曲里，对男青年开始时的惊恐、见到爱人时的欢喜赞叹、女孩子的深情眷恋和临别时的依依不舍，都以精练的笔墨写得颇为鲜明，为我国广义的叙事诗别开一新生面。

此外，在关汉卿散曲里还有两首写蹴踘——我国古代的踢球运动——的套数〔越调斗鹌鹑〕。其中既写到从事蹴踘的女性（当时称之为"女校尉"），也写到他自己：

　　〔寨儿令〕得自由，莫刚求，茶余饭饱邀故友。谢馆秦楼，散闷消愁，惟蹴踘最风流。演习得踢打温柔，施逞得解数滑熟，引脚蹬龙斩眼，担枪拐凤摇头。一左一右，折叠拐鹘胜游。
　　〔尾〕锦缠腕叶底桃鸳鸯叩，入脚面带黄河逆流。斗白打赛官场，三场儿尽皆有。（《女校尉》，〔越调斗鹌鹑〕）
　　〔秃厮儿〕粉汗湿珍珠乱滴，宝髻偏鸦玉斜堆，虚蹬落实拾蹴起。侧身动，柳腰脆。丸惜。
　　〔圣药王〕甚旖旎，解数儿希。左盘右折煞曾习，甚整齐，省气力，旁行侧脚步频移。来往似粉蝶儿飞。
　　〔尾〕不离了花前柳影闲田地，斗白打官场小踢。竿网下世无双，全场儿占了第一。（〔越调斗鹌鹑〕）

上引《女校尉》的二曲是写作家自己。在他看来，这是自由潇洒生活的组成部分，而这种生活必须能显示、释放自己的能力。〔秃厮儿〕等曲则写蹴踘的女性，描绘并赞颂她们的美。这种美不仅在于艺的精湛，也在于力的角逐。所以，在这样的世俗化的享乐生活中，其实涵蕴了一种强烈而高扬的生命形态。这跟他的《不伏老》所歌咏的生活态度、乃至〔双调新水令〕所写的热烈的恋情，都有其相通之处。

不过，在关汉卿散曲里还存在另外一种声音，较突出的是他的一组题为

---

① 王实甫的时代当后于关汉卿，故《西厢记》不可能在此之前。《游仙窟》虽也有男女欢会的描写，但那并非严格意义上的爱情。

《闲适》的小令："旧酒投,新醅泼,老瓦盆边笑呵呵,共山僧野叟闲吟和。他出一对鸡,我出一个鹅,闲快活。""意马收,心猿锁,跳出红尘恶风波。槐阴午梦谁惊破?离了利名场,钻入安乐窝,闲快活。"(〔南吕四块玉〕)他以明白如话的语言,描绘了一种没有进取性的、自由宁静的生活,并尽量显示其中的美。这其实也就是陶渊明在诗歌里所向往和追求过的境界,只不过陶渊明所使用的是多少具有玄学气味的、士大夫的话语,而关汉卿所使用的则是平民的世俗话语。然而,这样的追求跟关汉卿在《不伏老》、《女校尉》等作品里所讴歌过的情境固然甚异其趣,与当时市民的理想也距离甚远;只要看一看秦简夫《东堂老》中商人的"只去利名场往来奔竞",就可以知道"离了利名场"的理想对他们何等不合适了。这说明了关汉卿的思想虽基本属于市民的范畴,但也有若干源自传统的士大夫的成分。

稍后于关汉卿的白朴,其散曲中对名利的否定更为明显。他的《饮》(〔仙吕寄生草〕)和《知几》(〔中吕阳春曲〕)中以"知荣知辱牢缄口"为首的一篇,在这方面都很突出。但有时这种否定又与对高层次的享乐的追求结合了起来,并渗入了对人生的意义的探寻,因而进一步显出了个体生命的张扬自我的渴望,在艺术上也更为优美、感人。堪称为其代表作的是《对景》(〔双调乔木查〕):

〔乔木查〕海棠初雨歇,杨柳轻烟惹,碧草茸茸铺四野。俄然回首处,乱红堆雪。
〔么篇〕恰春光也,梅子黄时节。映日榴花红似血,胡葵开满院,碎剪宫缬。
〔挂搭沽序〕倏忽早庭梧坠,荷盖缺,院宇砧韵切。蝉声咽,露白霜结,水冷风高,长天雁字斜,秋香次第开彻。
〔么篇〕不觉的冰澌结,彤云布朔风凛冽。乱扑吟窗,谢女堪题,柳絮飞;玉砌长郊万里,粉污遥山千叠。去路赊,渔叟散,披蓑去,江上清绝。幽悄闲庭院,舞榭歌楼酒力怯,人在水晶宫阙。
〔么篇〕岁华如流水,消磨尽自古豪杰。盖世功名总是空,方信花开易谢,始知人生多别。忆故园,漫叹嗟。旧游池馆,番做了狐踪兔穴。休痴休呆,蜗角蝇头,名亲共利切。富贵似花上蝶,春宵梦说。
〔尾声〕少年枕上欢,杯中酒好天良夜,休辜负了锦堂风月。

前四支曲,以自然景物的转瞬即逝来表现岁华的短暂、人生的虚浮。其所用的方法,是把一年中不同时期的最富于美感的特色一一排比,并以最精简的词语,使读者感到它们是在不断地闪现又不断地消失,以致在刹那间似已经历了漫长的一年,于是就不得不联想到人生不过是若干个这样的刹那,从而深为悲哀。其〔么〕曲则在把后一点加以点明的同时，再以人事的沧桑，把名利富贵都作为痴呆人的梦境加以否定，由此就在〔尾〕中顺理成章地向读者展示了作者认为真正值得珍视的东西：爱情、美酒和其他豪华的享受——"锦堂风月"。在这里虽也取消了对于名利的追求，但却强烈冲击了压制自我的传统观念，而把自我的快乐作为唯一可信的——也即与"春宵梦说"相对立的——真实存在。我们今天也许会觉得这样的人生态度过于消极，但在自我的觉醒过程中，这却也是一个难以避免的阶段。其实，《红楼梦》里的贾宝玉就是这种人生态度的实践者。也正因此，这首散曲中虽也含有传统的士大夫观念的成分，但它较之关汉卿的《闲适》却更具有时代气息。

基于对"少年枕上欢"的肯定，白朴散曲中有好些歌吟男女离别之情的作品。小令如〔双调得胜乐〕四首，套数如〔仙吕点绛唇〕、〔小石调闹煞人〕等，都属于一类。其〔仙吕点绛唇〕尤具特色。

〔点绛唇〕金凤钗分，玉京人去。秋潇洒。晚来闲暇，针线收拾罢。
〔么篇〕独倚危楼，十二珠帘挂。风萧飒，雨晴云乍，极目山如画。
〔混江龙〕断人肠处：天边残照水边霞；枯荷宿鹭，远树栖鸦。败叶纷纷拥砌石，修竹珊珊扫窗纱。黄昏近，愁生砧杵，怨入琵琶。
〔穿窗月〕忆疏狂阻隔天涯。怎知人埋怨他？吟鞭袅青骢马，莫吃秦楼酒，谢家茶？不思量执手临歧话。
〔寄生草〕凭阑久，归绣帏，下危楼强把金莲撒。深沉院宇朱扉虚。立苍苔冷透凌波袜，数归期空画短琼簪，揾啼痕频湿香罗帕。
〔元和令〕自从绝雁书，几度结龟卦。翠眉长是锁离愁，玉容憔悴煞。自元宵等待过重阳，甚犹然不到家。
〔上马娇煞〕欢会少，烦恼多，心绪乱如麻。偶然行至东篱下。自嗟自呀，冷清清和月对黄花。

像这样的闺中愁思，在唐诗和宋词里已经多次出现，但均重在凝练；此曲的描写，则能较充分地展开。从曲中的女子于傍晚做罢针线、登楼凭眺写起。先描绘当前的暮秋景色所给予她的感动，一切都在提醒她岁华的流逝——一天已将过尽，一年中的大半时间也已过去——和独居的孤寂：鹭和鸦都已返回其宿处，但自己的丈夫却仍杳无踪迹。何况又有砧杵之声①和琵琶的哀怨之音随风传来，更增加了她的凄凉。在唐宋诗词中，将这些景物的一部分作为思妇的背景虽然常见，但并无这样把它们集中起来加以铺叙的，因而此曲也就能更

---

① 砧杵之声在古代诗词中往往是与妇女为其身处异乡的丈夫制作寒衣之事相联系的。

具体而鲜明地显示出自然景色所引起的她的内心波动。接着，曲中较细致地叙写了她对丈夫的怨恨与担心（〔穿窗月〕）、由思念他而形成的愁绪（〔元和令〕），中间又插入她的动作——由楼上下来，要想返归"绣帏"，却又久久在庭院中伫立，计算他的归期，以致泪湿罗帕。最后则写她由于心乱如麻，本欲归房，却反而走到了"东篱下"，这时晚霞早已消失，清冷的月儿悬于空际，她不由对着菊花深深叹息。像这样地把较详细的心理活动与动作多次穿插以表现感情的内涵与深度的，更为唐诗、宋词所无，因而读者在此一曲中所体会到的女子的离愁更为真切，更可把握。

从上引的〔乔木查〕和〔点绛唇〕两个套数中，还可以看到白朴散曲的另一特点：善写自然景色。不但文词清丽，而且善于把精练和铺陈相结合。以〔点绛唇〕〔乔木查〕的写景来说，在总体上都是铺陈的，就局部来说，则常是精练的，如〔点绛唇〕的"枯荷宿鹭"、"远树栖鸦"，〔乔木查〕的"蝉声咽"、"露白霜结"、"水冷风高"，其每一短句均精练如诗词，是以虽经铺陈而无冗散之感，仍能以较短的篇幅具较大的容量。这样的描写景色的能力，不仅使白朴写出了不少情景交融的抒情之作，也使他作成了不少吟咏自然景色的著名小令。后者除本篇《概说》已提及的《秋》（〔越调天净沙〕）以外，以下几首也都很出色：

一声画角谯门，半庭新月黄昏，云里山前水滨。竹篱茅舍，淡烟衰草孤村。（《冬》）

春山暖日和风，栏干楼阁帘栊，杨柳秋千院中。啼莺舞燕，小桥流水飞红。（《春》）

无论写冬景的清冷或春日的明媚，都能得其神髓。前一首给人以寂寞之感，后一首予人以向往之情。此等手法，虽从唐诗的"鸡声茅店月，人迹板桥霜"（温庭筠《商山早行》）之类句法演变而来，但一则前人从无通篇以此种句法构成者，此则全首无一动词，诸多景色在读者眼前迅疾轮现，形成一种使人如行山阴道上，应接不暇的感受，再则前人往往出以微观的角度，如温庭筠的那一首，所写仅是其所经过的局部，此则出以宏观的角度，从各个不同的方面来写冬或春的景物，呈现出它的总体轮廓，这却是中国写景文学中的创举。

后于白朴的马致远，为元代第一期散曲家中留存作品最多的一个。至于作品的确数则无法统计，因有些作品的著作权还存在问题，如题为《秋思》的〔天净沙〕，虽然很受称道，但恐未必为马致远所作（见本编《概说》）。

他的散曲题材甚广，甚至有内容相互冲突的。例如：

夜来西风里，九天雕鹗飞，困煞中原一布衣。悲。故人知未知？登楼意，恨无上天梯。（〔南吕金字经〕）

绿鬓衰，朱颜改，羞把尘容画麟台。故国风景依然在。三顷田，五亩宅，归去来。(《恬退》，〔南吕四块玉〕)

"恨无天上梯"和"羞把尘容画麟台"就截然相反。这意味着他的思想常处于矛盾之中。大致说来，马致远散曲中最有特色的是感叹人生短促的作品。小令如〔双调拨不断〕、套数如〔双调夜行船〕都是这方面的代表。

布衣中，问英雄。王图霸业有何用？禾黍高低六代官，楸梧远近千官冢。一场恶梦。(〔双调拨不断〕)

〔夜行船〕百岁光阴一梦蝶，重回首往事堪嗟。今日春来，明朝花谢，急罚盏夜阑灯灭。
〔乔木查〕想秦宫汉阙，都做了衰草牛羊野。不恁么渔樵没话说。纵荒坟横断碑，不辨龙蛇。
〔庆宣和〕投至狐踪与兔穴，多少豪杰。鼎足虽坚半腰里折，魏耶，晋耶？
〔落梅风〕天教你富，莫太奢。没多时好天良夜。富家儿更做道你心似铁，争辜负了锦堂风月？
〔风入松〕眼前红日又西斜，疾似下坡车。不争镜里添白雪，上床与鞋履相别。休笑鸠巢计拙，葫芦提一向装呆。
〔拨不断〕利名竭，是非绝，红尘不向门前惹。绿树偏宜屋角遮，青山正补墙头缺，更那堪竹篱茅舍！
〔离亭宴煞〕蛩吟罢一觉才宁贴，鸡鸣时万事无休歇，何年是彻？看密匝匝蚁排兵，乱纷纷蜂酿蜜，急攘攘蝇争血。裴公绿野堂，陶令白莲社。爱秋来时那些，和露摘黄花，带霜分紫蟹，煮酒烧红叶。想人生有限杯，浑几个重阳节？人问我顽童记者，便北海探吾来，道东篱醉了也。(〔双调夜行船〕)

在这两首作品里，前者慨叹浮生若梦，后者提醒人们"争辜负了锦堂风月"，实际上都反映了从传统的为群体的观念中挣脱出来的自我的迷惘。既然个体生命的意义在于自我价值的实现，那么，自我的价值究竟何在呢？自我为之积极争取、生死以之的一切，包括王图霸业在内，都转瞬即逝，这种争取又有什么意义？还不如及时行乐吧！值得注意的是：在汉代诗歌里虽已出现过以个体生命的短促为理由而提倡享乐的思想，但从没有把"王图霸业"一概加以否定的，所以，个体生命还可以在这种被视为体现群体利益的"王图霸业"里得到寄托；如今连这样的立足点都已失去，那就真的只剩下了虚无。然而，虽则是尽量地争取享乐，其时间的短暂又怎能不使人悲哀？"想人生有限杯,浑几个重阳节",其中蕴含着怎样的沉痛!所以,这两首都是作为个体的人在自然的压抑下的哀吟;而在其根底里,则是对快乐和永恒的渴望。由于直到现在,人还处在自然的这样的压抑底下,这种哀吟仍然能引起人们的共鸣。尤其是〔双调夜行船〕,以种种反差强烈的对比和隐喻的手法,将美丽、宏伟、英雄的人和事转瞬间化为黑暗、荒凉甚至狐踪兔穴,其撼人尤为深切。

马致远的散曲,以前曾受到极高的评价,朱权《太和正音谱》的《古今群英格势》甚至说"马东篱之词,如朝阳鸣凤","岂可与凡鸟共语哉?宜列群英之上",那实是溢美之词。他的作品有时会出现感情较贫的缺陷,其写女性的爱情之作就颇有缺乏深厚感情而以巧取胜的。如"从别后,音信杳,梦儿里也曾来到。问人知行到一万遭,不信你眼皮儿不跳"(〔双调寿阳曲〕)之类。倘再将他的套数《思情》(〔商调集贤宾〕)与上引白朴的〔仙吕点绛唇〕加以比较,即可明其优劣:

〔集贤宾〕天涯自他为去客,黄犬信音乖。日日凌波袜冷,湿透青苔。向东风不倚朱扉,傍斜阳也立闲阶。扑通地石沉大海,人更在青山外。倦题宫叶字,羞见海棠开。
〔幺〕春光有钱容易买,秋景最伤怀。他便似无根蓬草,任飘零不厌尘埃。假饶是线断风筝,落谁家也要个明白。近来自知浮世窄,少负他惹多苦债。别离期限数,占卜卦钱排。
〔金菊香〕敢投了招婿相公宅?多就了除名烟月牌。迷留没乱处猜。柳叶眉儿好,等你过章台。
〔浪里来〕更漏永,怎地捱?砧声才住角声哀。有灯光恨煞无月色,是何相待?姮娥影占了看书斋。
〔尾〕听夜雨无情,哨纱窗紧慢有三千解。韵欺蛩入耳,点共泪盈腮。疏竹响,晚风筛,划地将芭蕉叶儿摆。意中人何在?猛随风雨上心来。

此首的好处,在于其〔尾〕。那确已做到了情景交融,能使人感受到曲中女子在这样风雨交加之夜思念远人的痛苦,但通篇不称,〔尾〕中的"意中人何在?猛随风雨上心来",显与前几曲矛盾。就前所写,是这女子对其人始终未尝去心,一直为离别而悲哀,到了〔尾〕曲,就应在以前基础上更推进一步;而现在所见的最后两句,则似她在以前并未十分在意,到了风雨之夜,才"猛"上心头。这样的情况当然也可能发生,写得好同样感人,但显然不适用于此一女子。所以,〔尾〕若作为独立存在的小令,可算是优秀之作;处在此一套数中作为尾声,却不能视为有机的组成部分。这就是由于作者情感不足,不能如白朴那首的一气呵成。而且,他在写此首时显然从白朴那一套受到了启发,不仅两篇题旨相似,诸如"日日凌波袜冷,湿透青苔。向东风不倚朱扉,傍斜阳也立闲阶"与白朴的"深沉院宇朱扉闭。立苍苔冷透凌波袜","别离期限数,占卜卦钱排"与白朴的"数归期空画短琼簪"、"几度结龟卦"、"敢投了招婿相公宅?多就了除名烟月牌"与白朴的"莫吃秦楼酒,谢家茶"等句,在境界上也有类似之处。所以,他的此篇理应后来居上,但终于不及白作,即由感情不足以贯穿全篇之故。比较起来,本编《概说》引用过的"他心罢,咱便舍"(〔双调寿阳曲〕)这样在爱情上提得起、放得下的作品,倒颇有人所难及的潇洒之意,在散曲中别开生面;因为这倒也许真是写出了马致远的心声。

第一期的散曲作家中,王和卿、奥敦周卿、庾天锡等也均有值得重视之作。其优秀散曲的基本倾向,大致与以上所述的相通;而又自具特色。如奥敦周卿的《远归》(〔南吕一枝花〕):

〔一枝花〕年深马骨高,尘惨貂裘敝。夜长鸳梦短,天阔雁书迟。急觅归期,不索寻名利。归心紧归去疾。恨不得衮断鞭梢,岂避千山万水?
〔梁州〕龟卦何须再卜,料灯花已报先知。并程途不甫能来到家内。见庭闲小院,门掩昏闺。碧纱窗悄,斑竹帘垂。将个栊门儿款款轻推,把一个可喜娘脸儿班回。急惊列半晌荒唐,慢朦腾十分认得,呆答孩似醉如痴。又嗔,又喜。共携素手归兰舍,半含笑半攀泪。些儿春情云雨罢,各诉别离。
〔尾〕我道因思翠袖宽了衣袂,你道是为盼雕鞍减了玉肌。不索教梅香鉴憔悴。向碧纱厨帐底,翠帏屏影里,厮揾着香腮去镜儿比。

其题材固为上引诸篇所未及,写夫妇久别乍见时的情状也自出机杼,甚为真切生动,至其基本倾向,则是以为寻求名利无益,远不如爱情的可贵,这却是跟上述诸家相通的。

第二节 散曲的精致化

元代第二期散曲,基本上仍是个人情性的较自由抒写,但在艺术上则追求精致,较之第一期散曲的崇尚自然,颇有区别。而这种精致化的倾向,实来自南方文化的影响。其代表作家有白贲、冯子振、张可久、贯云石等。

在此期作家中,最早体现出向精致的追求的,是白贲。贲号无咎,钱塘(今浙江杭州)人,至治三年(1323)为温州路平阳州教授,后为文林郎、南安路总管府经历。所作散曲,可以确定为出于他之手的,虽只剩小令一首,套数三套和另一残套中的少量曲词,均甚精工。

保存下来的他的套数,皆写妇人对丈夫(或情人)归来的期待,设想深细,文字明快而优美。如〔双调新水令〕套的〔离带歇拍煞〕云:"急煎煎愁滴相思泪,意悬悬慵拥鲛绡被,揽衣儿倦起。恨绵绵,情脉脉,人千里。非是俺,贪春睡,勉强将鸳鸯枕欹。薄倖可憎才,只怕相逢在梦儿里。"不仅写出了她的悲愁和慵倦,而且从她的可怜的希冀——与他在梦里相见——中表现出了她的相爱之深、思念之切。

留存至今而又可靠的他的唯一的小令〔鹦鹉曲〕,在当时就被人所叹服。冯子振为其自己写的〔鹦鹉曲〕作序说:

> 白无咎有〔鹦鹉曲〕,云:"侬家鹦鹉洲边住,是个不识字渔父。浪花中一叶扁舟,睡煞江南烟雨。觉来时满眼青山,抖擞绿蓑归去。算从前错怨天公,甚也有安排我处。"余壬寅岁留上京,有北京伶妇御园秀之属相从风雪中,恨此曲无续之者。且谓:"前后多亲炙士大夫,拘於韵度,如第一个'父'字,便难下语。又'甚也有安排我处','甚'字必须去声字,'我'字必须上声字,音律始谐,不然不可歌;此一节又难下语。"诸公举酒,索余和之。以汴、吴、上都、天京风景试续之。

由此可知,白贲的这首小令在当时就已很受推崇①,使人有难以为继之叹。至其长处,主要实不在音律,而在意境之美。短短八句,把秀丽的自然景色、渔父的自由自在的生活和怡然自得的心态,都很生动地表现了出来。其"浪花中"两句,不仅为写实,又兼具隐喻的意义:无论外界怎么颠簸,不识字的渔父都

---

① 有的研究者认为这首小令非白贲所作,理由是:一、王恽所作《游金山寺》(〔黑漆弩〕)的《序》中曾提到一首有"江南烟雨"字样的〔黑漆弩〕(也即〔鹦鹉曲〕)散曲,似即此首。王恽该篇约作于1292年左右,当时白贲约十来岁,不可能写这样的作品。二、卢挚曾作有一首自称次"田不伐〔黑漆弩〕"韵的散曲,就其所用的韵来看,其据以次韵的原作似即此首。田不伐为北宋末年人,则此曲当出于北宋末。三、沈和所作《潇湘八景》中,有些语句与此曲同。沈和与白贲大致同时,不可能用其同时人作品里的语句,故此篇不可能出于白贲。按,这三点都不能成立。一、没有任何证据可以确证王恽该篇写于1292年左右,也不能确证白贲于1292年只有十来岁。二、卢挚既可用田不伐〔黑漆弩〕韵,白贲当然也可以,然则卢挚次田不伐韵之作所用韵与白贲此首同,很可能是因白贲此首也用田不伐韵之故;何况揆以常理,北宋人绝不可能写出像白贲这样的散曲,倘卢挚所次韵的真是这一首,那也是以讹传讹,把元朝人的散曲误认作了北宋人的作品而已。三、沈和与白贲的年龄差距目前已无法弄清,作为证据的所谓沈和《潇湘八景》是何人所作,题目是什么,都是问题。因《盛世新声》、《词林摘艳》、《雍熙乐府》都收此套,仅《词林摘艳》原刊本及徽藩本题为《潇湘八景》,署沈和作,《盛世新声》及《雍熙乐府》俱不署作者,也不标题目。且《词林摘艳》重刊增益本及万历内府本也去掉了作者姓名和题目。

能在美丽的自然中酣睡。且上句极显其动荡,下句极写其恬静,把相反的两端合而为一,给予读者强烈的感受,更突出了此种隐喻的意义。这都是作者惨淡经营的结果(例如,"浪花中"句的剧烈动感就是作者不交代小舟原就系定在岸边这一事实所造成的效应)。因而这首散曲所呈现的精致的特色,也正体现了作者的有意识的艺术追求。

对白贲这首〔鹦鹉曲〕"试续之"的冯子振(1257—?),字海粟,自号怪怪道人。攸州(今湖南攸县)人。官至承事郎集贤待制。大德六年壬寅(1302)以前他已到过今江浙、开封、北京等地,大德六年寓居上都(今内蒙古正蓝旗东闪电河北岸),其时他离家乡已十年左右了。他的年龄比白贲要大不少①,而且,他在"续"〔鹦鹉曲〕的壬寅年已经虚龄四十六岁了,但他所留存下来的四十四首散曲(皆为小令)中,有四十二首就是〔鹦鹉曲〕。这固然可能是因子振想压倒白贲,所以尽量多做;同时也说明了他的散曲实以此曲为最好,是以别的作品基本失传了,〔鹦鹉曲〕却大量保存了下来。尤其要注意的是:冯子振〔鹦鹉曲〕也力求精致,这无论是为了与白贲竞争还是基于对他的佩服,总之是受了白贲的影响。而通过冯子振的大量写作〔鹦鹉曲〕,这种对精致的追求也就得到了进一步推广。

他的〔鹦鹉曲〕也重在意境。所作题材广泛,而以慨叹人生短暂、歌咏无拘系的生活的为最好。

茅庐诸葛亲曾住,早赚出抱膝《梁父》。笑谈间汉鼎三分,不记得南阳耕雨。〔幺〕叹西风卷尽豪华,往事大江东去。彻如今话说渔樵,算也是英雄了处。(《赤壁怀古》)

朱门空宅无人住,村院快活煞耕父:霎时间富贵虚花,落叶西风残雨。〔幺〕总不如水北相逢,一棹木兰舟去。待霜前雪后梅开,傍几曲寒潭浅处。(《荣华短梦》)

孤村三两人家住,终日对野叟田父。说今朝绿水平桥,昨日溪南新雨。〔幺〕碧天边云归岩穴,白鹭一行飞去。便芒鞋竹杖行春,问底是青帘舞处?(《野渡新晴》)

沙鸥滩鹭褵依住,镇日坐钓叟纶父。趁斜阳晒网收竿,又是南风催雨。〔幺〕绿杨堤忘系孤桩,白浪打将船去。想明朝月落潮平,在掩映芦花

---

① 白贲为白珽之子,珽生于宋理宗淳祐八年(1248)(见白珽《湛渊静语》卷首周睐序及宋濂《湛渊先生白公墓铭》,参见孙楷第氏《元曲家考略·白无咎》)。古人早婚,十八九岁生子也是常见的事,但即使如此,白贲至早也只能生于1265年左右,至少要比冯子振小八岁。有的研究者由白珽的生年而推定白贲生于1270年,这也只是一种假定;他的生年早至1265年和晚至1275年甚或更迟的可能性都是存在的。

浅处。(《渔父》)

第一首以诸葛亮一生的前后对照,生动地显示出他建功立业时的志得意满;而后突然笔锋一转,以"叹西风"两句把这些光荣的业绩一扫而空,并进而指出英雄们的显赫的一切,最终都不过是渔樵闲话的资料罢了。这种今昔的强烈对比,使人深感落寞、悲凉。因而这不是对人生意义的否定,而是对人生的无奈的悲慨。第二首更进一层。意谓富贵固然只是"虚花",一俟"西风"到来即荡然无存,但置身富贵场外的"耕父",与此相较固然显得很"快活",却还"不如"在浩茫的江湖中自由地来往,尽量地领略"霜前雪后梅开"的美景。第三、四首讴歌无拘系的生活,也可说是对上述人生态度的具体写照。第三首的"碧天边"两句实是自由人生的象征;第四首的后半固可视为写实,同时也是用典。贾谊说:"其生兮若浮,其死兮若休。澹乎若深泉之静,泛乎若不系之舟。"(《鵩鸟赋》)赋中的这几句所表达的是一种无所挂虑、顺其自然的心境。渔父见到忘系之舟为浪打去,仍怡然自得,认为它于明天会落在"芦花浅处",也体现了类似的心灵的解脱,但却是由他的生活环境所造成。总之,冯子振的这些散曲,无论是写人生短暂的可悲还是无拘系的生活的可爱,都能令人感动。其根底固与第一期散曲同样的是个人本位,但象征、隐喻手法的大量运用,对比的鲜明,文字的锤炼,却处处显示出对精致的追求,这也是第二期散曲的新倾向。

虽然冯子振年长于白贲,但他的这些散曲都作于白贲《鹦鹉曲》之后,也可说是受了白贲影响的结果,所以,这种倾向实是以白贲为开端,由冯子振加以发扬的。联系这两人的籍贯,则此种倾向又是南方文化作用于散曲创作的结果。

冯子振的创作成就,为散曲的精致化奠定了基础。略后于冯氏的第二期散曲家中的重镇贯云石在《阳春白雪序》中除对他加以肯定之外,并说稍前的曲家卢挚及不上他,与他"不可同舌共谈"。卢挚(?—1314后),字处道,号疏斋。祖籍涿州(今河北涿州市一带),其先世已迁居河南。曾任集贤学士、湖南道肃政廉访使、翰林学士等职。其文集名《疏斋》,已佚,今有《疏斋集辑存》。他也是元代较有名的散曲家之一,其时代大致介于第一二期之间。所作散曲今存一百余首,以写洒脱生活的较有特色。有些作品在题材上与冯子振颇有相似之处,如用〔双调沉醉东风〕写的如下两首《闲居》:

雨过分畦种瓜,旱时引水浇麻。共几个田舍翁,说几句庄家话。瓦盆边浊酒生涯,醉里乾坤大,任他高柳清风睡煞。

恰离了绿水青山那答,早来到竹篱茅舍人家。野花路畔开,村酒槽头榨。直吃的欠欠答答,醉了山童不劝咱,白发上黄花乱插。

作品所写的田家生活也是冯子振散曲喜用的题材,但以卢作与冯作相较,就可知卢作自然而朴素,冯作精致而清新。卢挚的"共几个田舍翁,说几句庄家话"和冯子振的"说今朝绿水平桥,昨日溪南新雨"(《野渡新晴》,〔鹦鹉曲〕),就是各自的典型代表。并非南方人的贯云石的尊冯抑卢,正意味着在冯子振创作成就的带动下,追求精致已成为第二期散曲家的共识。

冯子振以后的第二期散曲作家,走的大抵是这种求精致的路子。今引郑光祖、曾瑞、张养浩三人之作各一首以为例:

半窗幽梦微茫。歌罢钱塘,赋罢高唐。风入罗帏,爽入疏棂,月照纱窗。缥缈见梨花淡妆,依稀闻兰麝余香。唤起思量。待不思量,怎不思量?(郑光祖《梦中作》,〔双调蟾宫曲〕)

秦城望断箫声。时物供愁,夜景伤情。鹤唳松庭,风摇槛竹,雨滴檐楹。银烛暗雕盘篆冷,绣帏孤翠被寒增。数尽残更,天也难明,梦也难成。(曾瑞《闺怨》,〔双调折桂令〕)

清明禁烟。雨过郊原。三四株溪边杏桃,一两处墙里秋千。隐隐的如闻管弦,却原来是流水溅溅。人家浑似武陵源。烟霭濛濛淡春天,游人马上袅金鞭,野老田间话丰年。山川,都来杖屦边。早子称了闲居愿。(张养浩《寒食道中》,〔中吕十二月兼尧民歌〕)

在以上三人中,郑光祖的贡献主要在于杂剧。曾瑞,字瑞卿,大兴(今属北京市)人,后寓居今杭州。《录鬼簿》载有他的小传,列于"方今已亡名公才人,余相知者"。所作散曲,很多是写风情、闺怨的。涉及风情之作,虽常用口语,与上引《闺怨》有别,但颇见巧思,仍可见精致的痕迹。如《风情》(〔迎仙客〕)的"我共你,莫相离,肉铁索更粘如胶共漆",其"肉铁索"一词即新颖而别致。张养浩(1270—1329),字希孟,别号云庄,济南(今属山东)人。曾任礼部尚书,参议中书省事。其散曲题材广泛,但有不少近乎说理,感人不深,如"真实常在,虚脾终败。过河休把桥梁坏。你便有文才,有钱财,一时间怕不人耽待。半空里若差将个打算的来,强,难挣揣;乖,难挣揣。"(〔山坡羊〕)之类。艺术上较有特色的,是上引那一类写景抒情之作。

与张养浩相比,乔吉、张可久、贯云石的成就远为突出。

乔吉的散曲,今存小令二百余首,套数十一首,数量仅次于张可久。作品中写爱情的很多,但以表现其不受束缚的精神的最值得注意。

华阳巾鹤氅蹁跹,铁笛吹云,竹杖撑天。伴柳怪花妖,麟祥凤瑞,酒圣诗禅。不应举江湖状元,不思凡风月神仙。断简残编,翰墨云烟,香满山川。(《自述》,〔双调折桂令〕)

这种作品很能显示其追求自由的风姿,"铁笛"两句也颇富气势。但以"断简"、"翰墨"自矜,与关汉卿的生活情趣就差得很远了。

与上述生活态度相关联,其写景之作也颇有豪放之气,《登江山第一楼》(〔双调殿前欢〕)可作为这方面的代表。

> 拍阑干。雾花吹鬓海风寒,浩歌惊得浮云散。细数青山,指蓬莱一望间。纱巾岸,鹤背骑来惯。举头长啸,直上天坛。

这首写得很有气势,在散曲中甚为杰出。但其第二句,实际是说寒冷的海风把雾花吹到了他的鬓上。若如实地写作"海风吹鬓……",句子就显得平缓,气势也就减弱了。是以他用了类似杜甫"香稻啄馀鹦鹉粒"那样的句法。由此可见,作品虽给人豪放的印象,但仍离不开精致的手法。再如他的《秋思》(〔双调折桂令〕):

> 红梨叶染胭脂,吹起霞绡,绊住霜枝。正万里西风,一天暮雨,两地相思。恨薄命佳人在此,问雕鞍游子何之。雁未来时,流水无情,莫写新诗。

在这首写情之作中,其"正万里西风,一天暮雨"之句,很见气势。而就全篇来看,精致的特色就更其明显了。总之,生活在追求精致的潮流中的乔吉,尽管其豪放的特色很受称道,朱权《太和正音谱》甚至谓其散曲"如神鳌鼓浪",但他终于不能离开时代的潮流。

张可久,字小山(一说号小山)。《录鬼簿》谓其"庆元人[①]。以路吏转首领官。"编有《今乐府》、《新乐府》等四个散曲集,今存小令八百数十首,套数九套,是元代散曲家中保存作品最多的一个。贯云石于延祐己巳(1319)为其《今乐府》作序,谓其"四十犹未遇"。虽然古人在数字上往往仅据成数而言,但其时他至少已三十八九岁,则其生年当不致迟于1281年。

张可久的散曲虽然数量甚多,内容很广,但其最值得注意的,是以掩抑之笔,写人生的悲哀。他的《西湖废圃》(〔双调水仙子〕)是其中较为明显的一篇。

> 夕阳芳草废歌台,老树寒鸦静御街。神仙环珮今何在?荒基生暮霭。叹英雄白骨苍苔。花已飘零去,山曾富贵来。俯仰伤怀。

看到西湖的废圃,他就在幻想中浮现出当日的繁华情景,再与当前的荒凉相对照,于是不胜悲感。这是一种对人生的短暂的极度敏感,同时也是对人生的高度留恋。所以,他深深地被伤感所俘获。

也正因此,在他的写景之作中,也常常渗透着悲感。《即景》(〔中吕满庭

[①] 此所云"庆元",当指庆元路,今浙江宁波市一带。

芳〕)是其突出代表:

> 空林暮景,疏梅瘦影,老树秋声。倚阑干千古南楼兴,斗转参横。命仙客联诗赋鼎,试佳人按曲吹笙。无心听,寒江月明,鼓瑟怨湘灵。

其开首三句以萧瑟的景色来显示其心绪。接着的两句,以"斗转参横"四字,隐喻晋代庾亮游南楼时的豪兴早已随着时间的流逝而消失无踪。结末两句,本就是凄凉的情景,加上"无心听"三字,点明了他急欲从这种凄凉中逃出,因而也就进一步烘托出其内心的愁绪。至于"命仙客"两句,本是写其逃避的手段,但愁绪如此之深,他真的能够逃避么? 以这样的深细之笔写愁,就是张可久的重大特色。其艺术的精致,也于此可见。

现再引一首同类的作品为例:

> 老梅边,孤山下。晴桥蝴蛛,小舫琵琶。春残杜宇声,香冷荼蘼架。淡抹浓妆山如画,酒旗儿三两人家。斜阳落霞,娇云嫩水,剩柳残花。(《暮春即事》,〔中吕普天乐〕)

其中虽有美丽的景色,但杂以"春残"两句和"斜阳"三句,特别是以"剩柳残花"作结,不必言悲,而伤感的意绪已能浸润读者了。

贯云石(1286—1324),回鹘人(今维吾尔族人)。其名原为小云石海涯,因受到汉化,故将其姓名浓缩为贯云石,字浮岑。号芦花道人、酸斋。在散曲的创作上自成一家。既能写出生活的美好,又能显示其不羁的个性。

属于前者的,如:

> 春风花草满园香。马系在垂杨。桃红柳绿映池塘,堪游赏。沙暖睡鸳鸯。〔么〕宜晴宜雨宜阴阳,比西施淡抹浓妆。玉女弹,佳人唱。湖山堂上,直吃醉何妨。(《春》,〔正宫小梁州〕)

> 彤云密布锁高峰,凛冽寒风。银河片片洒长空。梅梢冻。雪压路难通。〔么〕六桥顷刻如银洞,粉妆成九里寒松。酒满斟,笙歌送。玉船银棹,人在水晶宫。(《冬》,〔正宫小梁州〕)

无论是春天还是冬天,他都能体会到生活的美,加以赞颂。写春天那种热烈的生活,与关汉卿等人的散曲颇有相通之处,写冬天的清冷,则又与诗词中常见的意象相接近了。

属于后者的,如:

> 弃微名去来心快哉,一笑白云外。知音三五人,痛饮何妨碍! 醉袍袖舞嫌天地窄。(〔双调清江引〕)

> 东村醉西村依旧,今日醒来日扶头,直吃得海枯石烂恁时休。将屠龙

剑,钓鳌钩,遇知音都去做酒。(〔中吕红绣鞋〕)

朱颜绿鬓少年郎,都变做白发苍苍。尽教他花柳自芬芳,无心赏,不趁燕莺忙。〔么〕东家醉了东家唱,西家再醉何妨。醉的强?醒的强?百年浑是醉,三万六千场。(〔正宫小梁州〕)

在这些作品里有一种傲视凡庸的气魄,但同时又与上一类型作品中对享乐的追求相通,另有一种感动人的力量。而无论前者或后者,都能以少量的文字表现丰富的内涵。如"将屠龙剑,钓鳌钩,遇知音都去做酒"一句,就既能显示其用世的大志和才能("屠龙剑"、"钓鳌钩"都是这种大志和才能的象征),又能显示其无视一切的英雄气概和追求享乐、友谊的无比豪迈。这样的句子,也正是精致的典型例证。

此外,贯云石也能写凄凉之情,如〔双调蟾宫曲〕:"竹风过雨新香。锦瑟朱弦,乱错宫商。樵管惊秋,渔歌唱晚,淡月疏篁。准备了今宵乐章,怎行云不住高唐?目外秋江,意外风光。环佩空归,分付下凄凉。"这又与张可久的以景代情有些近似了。

除贯云石外,第二期较著名的散曲家还有睢景臣、刘时中、徐再思等。景臣,字景贤,大德七年(1303)自扬州至杭州,卒于至顺元年(1330)之前。所作套数《高祖还乡》(〔般涉调哨遍〕),以乡农的口吻写其所见高祖还乡时的情景,对皇帝的尊严加以讥嘲。其〔尾〕说:"只道刘三谁肯把你揪摔住,白甚么改了姓更了名唤做汉高祖!"与宫天挺《严子陵垂钓七里滩》中严子陵所说的"谁认的甚么中兴汉光武"(第二折〔尾〕),可谓异曲同工。通篇运用口语,更增加了讽刺的效果。而构思的巧妙,则从另一角度反映了精致的特色。刘时中大致与《录鬼簿》作者钟嗣成同时,官待制。所作散套《上高监司》(〔正宫端正好〕)虽是歌颂高监司的功德,但也写到"去年"饥荒时的民间惨状,有的曲词还涉及贫富的对立,如:"有钱的贩米谷置田庄添生放,无钱的少过活分骨肉无承望;有钱的纳宠妾买人口偏兴旺,无钱的受饥馁填沟壑遭灾障。小民好苦也么哥,小民好苦也么哥!便秋收鬻妻卖子家私丧。"(〔叨叨令〕)这在散曲中是很难见到的,因而曾受到相当高的评价。徐再思字德可,嘉兴(今属浙江)人,与张可久同时。因喜甜食,自号甜斋。以写景之作较有特色,如《吴江八景·西山夕照》(〔中吕普天乐〕):"晚云收,夕阳挂。一川枫叶,两岸芦花。鸥鹭栖,牛羊下。万顷波光天图画,水晶宫冷浸红霞。凝烟暮景,转晖老树,背影昏鸦。"

总之,元代的第二期散曲,在第一期作家已开辟的道路的基础上,于艺术上做了有益的探索,把散曲创作又推进了一步。至于散曲的第三期,由于时间的短促,较有特色的作家只有薛昂夫一人。

薛昂夫(?—1351后),名超吾,回鹘人。汉姓马,故也称马昂夫。祖父曾任御史大夫,父亲也曾任御史中丞。他自己在皇庆(1312—1313)、延祐(1314—1320)间任江西行中书省令史,后官三衢路达鲁花赤。他的散曲以如下两首〔中吕朝天曲〕最值得注意:

    杜甫,自苦,踏雪寻梅去。吟肩高耸冻来驴,迷却前村路。暖阁红炉,党家门户,玉纤捧绿醑。假如,便俗,也胜穷酸处。

    老莱,戏采,七十年将迈。堂前取水作婴孩,犹欲双亲爱。东倒西歪,佯啼颠拜。虽然称孝哉,上阶、下阶,跌杀休相赖。

这两首的长处在大胆,敢于言人所不敢言。特别是"老莱娱亲",一直被作为孝行而受到表扬,他却挖苦说:七十岁的老人了,还要装小孩子,一跤跌死了可不要赖人!这种不顾世俗毁誉而直抒胸臆的创作态度很值得重视。而其构思的巧妙,则与《高祖还乡》可谓异曲同工。

第五章　近世文学萌生期的小说

在我国近世文学的萌生期，小说也取得了重大的成就。尤其是到了元末明初，随着《三国志通俗演义》和《水浒传》的相继出现，小说便成为文学中足以与戏曲并驾齐驱的部门。从此开始，我国的虚构性文学的地位就变得极为重要了。明清的非虚构性文学的成就实不足以与虚构性文学相抗衡。

大致说来，在元代前期和中期出现的，主要是中短篇的"小说"话本和"讲史"话本，虽然成绩并不显著，较之元杂剧颇为逊色，但就其体现的基本精神和创作原则而言，却为其后的小说奠定了良好的基础，从而在元末明初出现了我国小说创作的第一次高潮（第二次高潮是在晚明时期）。

第一节　中短篇话本

宋代盛行的"说话"在元代仍然流传。"说话人"的底本称为话本。其有话本流传于后世的，主要是"小说"和"讲史"两类，它们全都属于文学体裁的小说的范畴，并作为早期通俗小说而在我国小说史上起过重要作用。现分别加以介绍。

先说"小说"话本。

保存至今的"小说"话本没有一篇可以肯定其为宋代的作品[1]。在罗烨《醉翁谈录》的《小说开辟》中曾列举一百余种话本的名目，除《红白蜘蛛》尚残存一页外，余均亡佚。罗烨此书作于元代[2]，这些话本到底是宋话本抑元话本难以断言。从《红白蜘蛛》的残页来看，此书为元刊本[3]，题为《新编红白蜘蛛小说》，则很可能为

---

[1] 详章培恒《关于现存的所谓"宋话本"》，载《上海大学学报》1996年第1期。
[2] 同上。
[3] 见黄永年教授《记元刻〈新编红白蜘蛛小说〉残页》，载《中华文史论丛》1982年第1辑。

元代所"新编"。据发现这一残页的黄永年教授的研究,此小说即《醒世恒言》中《郑节使立功神臂弓》的蓝本,而《红白蜘蛛》的篇幅还不到《郑节使立功神臂弓》的一半,后者较前者远为丰赡①。此外,《醉翁谈录》所提及的《莺莺传》、《爱爱词》、《三现身》,当为《警世通言》中《宿香亭张浩遇莺莺》、《金明池吴清逢爱爱》、《三现身包龙图断冤》之所本,但基于《醒世恒言》中的《郑节使立功神臂弓》与《红白蜘蛛》的相异,绝不能认为这三篇就是罗烨时代的话本的原貌。同时,《述古堂藏书目》及《也是园书目》著录的《宋人词话》共十七种,绝大多数今亦亡佚,仅有五篇见于明代嘉靖时洪楩所编刊的《六十家小说》残本(今称《清平山堂话本》)中,即《简贴(帖)和尚》、《西湖三塔记》、《柳耆卿诗酒玩江楼记》、《风月瑞仙亭》及《合同文字记》,但这五篇话本的编定都在元代②。又,《警世通言》的《崔待诏生死冤家》、《一窟鬼癞道人除怪》、《醒世恒言》的《十五贯戏言成巧祸》,在题下分别附有《警世通言》、《醒世恒言》编者的小注,说明其出于"宋人小说"及"宋本",但均不可据。《十五贯》原为元话本③,而就《醒世恒言》的《郑节使立功神臂弓》曾对《红白蜘蛛》大动手术的情况来看,也很难说此篇是否为元话本原貌。《崔待诏生死冤家》篇有"湖南潭州府"这样的明代地名,显非宋元人之作。《一窟鬼癞道人除怪》的故事缘起为:吴秀才赴京师参加科举考试,没有录取,就留在京师,准备过三年后,"春榜动,选场开,再去求取功名";在那里待了一年多,就经人撮合而成婚。这只能是明、清时人的习惯④。可知此篇纵或出于宋元话本,但已经明人作了很大改动。

总之,我们现在能作为考察元代"小说"的话本的依据的,是《清平山堂话本》中的上述《简贴(帖)和尚》、《西湖三塔记》、《柳耆卿诗酒玩江楼记》、《风月瑞仙亭》、《合同文字记》;同书的《五戒禅师私红莲记》也出于元代⑤;另有元刊

---

① 见黄永年教授《记元刻〈新编红白蜘蛛小说〉残页》,载《中华文史论丛》1982年第1辑。
② 详章培恒《关于现存的所谓"宋话本"》,载《上海大学学报》1996年第1期。
③ 同上。
④ 同上。
⑤ 该篇开头说:"话说大采英("采"当作"宋","英"下当脱"宗"字。——引者)治平年间,去这浙江路宁海军钱塘门外……"可知这是"说话人"在杭州演说的话本,故称"这浙江路宁海军",而这一名称则为当时人所习用,故不必另加解释(同书的《错认尸》为明代之作,其开首也提到"这浙江路宁海军",接着就说明"即今杭州是也";可为反证)。但明代无"浙江路",宋代也不可能称杭州为"浙江路"(宋代有"两浙路",有时又分为"两浙东路"、"两浙西路",无"浙江路"之称),但元代的杭州路为江浙行省的治所,故习惯上称杭州路为"江浙路";如《清平山堂话本》的《柳耆卿诗酒玩江楼记》说耆卿"为江浙路管下余杭县宰",即是其例。余杭县在元代即属于杭州路。但明人习闻"浙江"之名,故常臆改为"浙江",如《绣谷春容》卷四所收《柳耆卿玩江楼记》,即改"江浙路管下"为"浙江管下"。《五戒禅师私红莲记》的"浙江路",当即"江浙路",所以,此篇当是元代作品。至于"宁海军"之称,则是因为杭州在宋代"淳化五年改宁海军节度"(《宋史·地理志》)。这一名称在元代当仍为人所习闻,是以在《五戒禅师私红莲记》中仍继续使用。

《大唐三藏法师取经记》①一种，以前曾被认为"说经"话本，但"说经"的内容为"演说佛书"(《都城纪胜》)，当是唐代俗讲的继续，与此不同，此当也属于"小说"。至于《郑节使立功神臂弓》、《宿香亭张浩遇莺莺》、《金明池吴清逢爱爱》、《三现身包龙图断冤》、《十五贯戏言成巧祸》，其基本情节也可作为我们考察元"小说"话本的参考。

从这些作品可以得出大致结论如下：

第一，这些话本所着重的，主要在于情节，以故事本身的魅力来吸引读者，而描写则不甚重视，有的仅能交代清楚情节。如《柳耆卿诗酒玩江楼记》，写耆卿为余杭县宰，欲与妓者周月仙欢洽，月仙不从，因她本与黄员外相爱。耆卿命一舟子对月仙施暴，"月仙惆怅，而作诗歌之。"耆卿在得到舟子对此事的汇报后，遂于玩江楼上设宴，命月仙参与，他并在席间歌唱月仙于被辱后所作之诗。"周月仙惶愧，羞惭满面，安身无地，低首不语。""向前跪拜，告曰：'相公恕贱人之罪，望怜而惜之。妾今愿为侍婢，以奉相公，心无二也。'"而核以情理，月仙从耆卿歌咏自己诗作之举中必然知道了那次事件实是耆卿指使，也必然引起很大的震动，从而产生悲愤或其他情感，这些在话本中却全未涉及，足见其所重实在情节的交代，而不在写人物感情。——不过，"说话人"在讲述时是否在这基础上还有较多的生发，如今已无从确知了。

就情节本身来说，其所重首在新奇。上述诸篇中，除《合同文字记》及《风月瑞仙亭》外，均有神异、怪奇及其他不平常的情节，而《风月瑞仙亭》所写风月之事也为人所乐闻。同时，《西湖三塔记》及《宿香亭张浩遇莺莺》、《金明池吴清逢爱爱》的情节里，又都涉及男女之情。因此，风月对这些话本来说具有略次于新奇的重要性。至于《合同文字记》，当是据元杂剧改编；元杂剧重在代剧中人抒情，与话本(至少是前期话本)的着重点不同，是以改编成话本后即显得沉闷。

第二，这些作品已开始出现在某种程度上的轻视当时道德的倾向，这实际上是把个体的要求置于道德之上。《柳耆卿诗酒玩江楼记》的柳耆卿为了得到周月仙而采取上述的恶劣手段，而作品却对他颇加赞美，并说周月仙后来终与耆卿真心相爱，其篇末诗云"一别知心两地愁"，又云"两下相思不相见"，则周月仙对这种手段也全无芥蒂了。再如《五戒禅师私红莲记》，写五戒禅师见到少女红莲，"一时差讹了念头，邪心遂起"，因而与红莲有染，其事被同伴明悟禅师发觉，以诗相讽，五戒"心中一时解语("语"当作"悟"——引者)，面皮红一

---

① 《大唐三藏法师取经记》，与《大唐三藏取经诗话》为同书异名。王国维原以为是宋刊本(见《观堂别集》卷三《〈大唐三藏取经诗话〉跋》)，后改定为元刊本(见《两浙古刊本考》)，今从之。

回,青一回",遂写了八句辞世颂,就此圆寂,转世而为苏轼,才华绝世,"只是不信佛法,最不喜和尚,自言我若一朝管了军民,定要灭了这和尚们",后得明悟转世的佛印禅师劝化,始改信佛法。五戒的辞世颂说:"吾年四十七,万法本归一。只为念头差,今朝去得急。传与悟和尚,何劳苦相逼。幻身如雷电,依旧苍天碧。"此篇有两点很值得注意:第一,作为"得道高僧"的五戒,数十年参禅证悟之力,抵不住一个平凡的美丽少女的魅力,足见人的自然欲求的力量之巨;第二,这位坏了戒行的禅师,对讽戒他的明悟禅师隐含不满,所谓"何劳苦相逼",而且实际上认为这种淫行也没有什么大不了的,所谓"幻身如雷电,依旧苍天碧",正是因为这一点不满,他转世后才"灭佛谤僧";第三,他虽破了戒体,但来世仍是绝世才人,足见这种破戒的行为并未造成严重后果。所有这些,作者本意也许并不是为非道德的行为张目,而只是为了追求情节的新奇,但在实际上却使作品具有了非道德的倾向。至如《简贴(帖)和尚》中的男主人公,在误以为妻子不贞而把她休弃后,过了一年,却又想念起妻子来:"自思量道:每年正月初一日,夫妻两人双双地上本州大相国寺里烧香;我今年却独自一个,不知我浑家那里去?簌地两行泪下,闷闷不已。"及至偶尔在相国寺中看到了昔日妻子,已与新的丈夫在一起,"当时丈夫看着浑家,浑家又觑着丈夫,两个四目相视,只是不敢言语。"这都可见感情的力量实超过了道德的戒条。

第三,在这些作品中与道德相抗衡的个人要求,实为欲望和感情。《柳耆卿诗酒玩江楼记》、《五戒禅师私红莲记》固然如此,《风月瑞仙亭》之写卓文君随司马相如私奔,《红白蜘蛛》及《莺莺传》、《爱爱词》中男女主人公违背道德的婚恋关系,同样如此。《西湖三塔记》中奚宣赞对一个迷路的小女孩(其实是妖怪)给予帮助后,她母亲向他道谢,请他喝酒,"当时一杯两盏,酒至三杯,奚宣赞目视妇人,生得如花似玉,心神荡漾",虽然见到那妇人命别人杀掉一个活人,拿心肝来下酒,但仍然"'春为花博士,酒是色媒人',当夜二人携手,共入兰房。"而在整篇作品中,奚宣赞仍被写成值得同情的人物。

当然,作品中也有对非道德的行为加以谴责的,如《三现身包龙图断冤》中谋杀丈夫的妻子及其同谋的情人,《简贴(帖)和尚》中计夺皇甫殿直妻子、最后并企图杀死她的和尚,都应是作品的谴责对象。在和尚被处死刑时,作品还以"一只曲儿"对他加以讽刺。但这都牵涉到了人命,与上述的违反当时道德的行为有所不同了。

第四,这些作品虽然对描写不甚重视,但却已开始注意叙述的方式。如《简贴(帖)和尚》,先写一个男人要"卖鹌鹑馉饳儿"的僧儿去送封简帖及礼物给皇甫殿直的妻子,被皇甫殿直发现,从简帖中得知自己妻子与那人已有私情,大怒之下,把妻子送到衙门监禁,最后把她休了。她在走投无路之际,有个老女人自称是她姑姑，把她接到了家中，过了几天，又劝她嫁人；她也就嫁了。一年之后，她与新丈夫到庙中进香，遇到了皇甫殿直，两人互有留恋之意。新丈夫对她说："小娘子，你如何见了你丈夫便眼泪出！我不容易得你来。我当初从你门前过，见你在帘子下立地，见你生得好，有心在你处。今日得你做夫妻，也不通容易。"这时她才问他："当初这个柬帖儿，却是兀谁把来？"而新丈夫也就自己承认了。直到此时，从作品一开始就设置的悬念才完全得到了解决。但这也不是突然而至。在作品一开头就已对那个托僧儿送东西给皇甫殿直妻子的男人的形状作了如下说明："浓眉毛，大眼睛，蹶鼻子，略绰口。头上裹一顶高样大桶子头巾，着一领大宽袖斜襟褶子，下面衬贴衣裳，甜鞋净袜。"而当皇甫殿直休了妻子后，她第一次与后来的丈夫见面时，看到他"粗眉毛，大眼睛，蹶鼻子，略绰口。抹眉裹顶高装大带头巾，阔上领皂褙儿，下面甜鞋净袜"，当下就想道："好似那僧儿说的寄柬帖儿官人。"读者（或听众）自也会有"就是送东西给她的那个人吧"的猜想。这种设置悬念、给予暗示、最后宣布答案的叙述方式，能使读者或听众的注意力始终集中于事件的过程；对于以情节为重的小说来说，这具有很大的重要性。它常被以后的同类小说所运用。

此外，在这些作品中，有时也有简要的心理描写，并与对话、动作相结合，以显示其神态。如《五戒禅师私红莲记》中写五戒要红莲的养父——清一道人——把红莲送到自己房中去时，有这样的文字：

> 清一口中应允，心内想道："欲待不依长老，又难；依了长老，今夜去到房中，必坏了女身。千难！万难！"长老见清一应不爽利，便道："清一，你锁了房门，跟我去房里去。"
>
> 清一跟了长老，径到房中。长老去衣箱里取出十两银子，把与清一，道："你且将这些去用。我明日与你讨道度牒，剃你做徒弟。你心下如何？"清一道："多谢长老抬举！"只得收了银子……

虽然着墨不多，清一的不愿答应又不得不答应的心理状态却已给读者留下了颇为深刻的印象。

第五，由于追求情节的新奇，作品所体现的想像力也就趋于丰富。这大致可分为两种类型。一种是现实性的，如《简贴（帖）和尚》中的和尚因看上了皇甫殿直妻子，就趁她丈夫在家时故意命人送简帖及礼物给她，并对所派的人特地说明，东西不能交在她丈夫手上。由此就使皇甫殿直怀疑她有外遇，并休弃了她。这自是很高明的诡计，也是作者充分运用想像力的成果。又如《三现身包龙图断冤》中的妻子，因算命人为丈夫算命，说他当夜三更要死，她就与情人合谋，当夜害死了他，并伪造出他自动投河的现场。在迷信盛行的当时，谁都相信她丈夫当真是命已当绝,故用自杀来结束生命,而不会怀疑其为谋杀。这也称得上匪夷所思。另一种是幻想型的。《西湖三塔记》所写的妖怪就属于这一类,而更突出的则是《大唐三藏法师取经记》。那是写猴行者保护唐僧到西天去取经的种种故事的。虽文字粗率,但怪异之事甚众。如《过狮子林及树人国第五》,写小行者前去买菜,被一家人家的妖法所困,变成了驴子。猴行者寻去,把那家的新妇——"年方二八"的美人——变作了一把青草,置于小行者所变的驴子口边。最后主人服输,把驴子变还为小行者,猴行者也让新妇恢复了原形。诸如此类故事,皆以幻想的瑰奇取胜。随着描写的渐趋细致,其艺术魅力也就日益显示出来。

再说"讲史"。

元代的"讲史"话本,今存者以《五代史平话》为最著。包括《五代梁史平话》、《五代唐史平话》、《五代晋史平话》、《五代汉史平话》、《五代周史平话》五种,而《梁史平话》及《汉史平话》今均只剩上半部。在宋代,"说三分"与说五代史都是讲史中很受欢迎的节目,各有著名艺人,《东京梦华录》有"霍四究说三分,尹常卖《五代史》"的记载;而现在所见《五代史平话》则是元刊。此外还有《新刊全相平话武王伐纣书》三卷、《新刊全相平话乐毅图齐七国春秋后集》三卷、《新刊全相秦并六国平话》三卷、《新刊全相平话前汉书续集》三卷、《至治新刊全相平话三国志》三卷,皆为元代建安(今福建建阳)书贾虞氏所刊。其中《三国志平话》刊于至治(1321—1323)年间,另四种的刊刻时间当与之相近。此五种通称《全相平话五种》。另有一种名为《大宋宣和遗事》(也称《宣和遗事》)的书籍,系"抄撮旧籍"、"节录成书"(《中国小说史略》)。鲁迅谓其"案年演述,体裁甚似讲史",故名之为"拟话本"。而现代研究者或谓其所据之书中可能本有讲史一类的书,则"体裁甚似讲史"者,正是其原有的印痕。其中最值得注意的,是关于宋江三十六人的故事。

在这几种书中,有一个共同特色:重在叙述事迹,尤其是其英雄行为,由平民而"发迹变态"的情况,而很少有从封建道德出发的评价。如《五代梁史平话》叙王仙芝造反说:

> 到那十一月,有那秀才王仙芝,是那郓州人氏,同着那濮州秀才尚君长、齐州王璠、维州楚彦威、淄州蔡温玉,因就试长安,试官只取势家子弟应选,这几个秀才皆是寒族,怨望朝廷。为见蝗虫为灾,天下饥馑,遂结谋聚众,在那郓、曹、濮三州反叛,在那地名长垣下了硬寨。真个是:不向长安看花去,且来落草佐英雄。
>
> 王仙芝倡乱之后,远近从乱的都来相附为盗,剽掠州县。盖是世之盛衰有时,天之兴废有数,若是太平时节,天生几个好人出来扶持世界;若要

祸乱时节,天生几个歹人出来搅乱乾坤。

既称之为"英雄",又名之为"歹人",实不知其究竟对王仙芝等是肯定还是否定。但把王仙芝等的造反归因于试官的不公,对他们的"怨望朝廷"显然还有同情之意。这种特色,对于解除思想束缚、以新的眼光来重新观察社会、描绘人物,无疑是有益的;《三国志通俗演义》和《忠义水浒传》可说是这种传统的发展。

在此类讲史话本中,《五代史平话》虽也叙述简略,但有些段落的描写相对较细,因而较《全相平话五种》为胜。今引黄巢为帝后朱温反叛黄巢的一段如下:

> 朱温打听得官军又四起,黄巢问朱温道:"咱自称帝后,再入长安,军民都有怨望,为之奈何?"朱温道:"哥哥自从做皇帝后,残忍忒煞。只因洗城令下,尸骸满城,民无固志;掠得府库子女,不放散赏军,军有怨言。咱听得四处已得州县,太半反叛归唐。有那同州是个要害田地,须索个好伴当每去据守。"黄巢回言:"不奈何烦朱将军去同州,缓急看兄弟的面皮相救援则个。"道罢,朱温待归营收拾了,分付着老小,拣好日起行。只见那妻子张归娘泪簌簌的下。朱温向张归娘道:"咱每行军发马,您哭则甚?"张归娘只管含羞不说,泪珠似雨,滴滴地流满粉腮。正是:玉容寂寞泪阑干,梨花一枝春带雨。
>
> 朱温镇日价只是去四散走马趯球,使枪射箭,怎知他浑家曾被黄巢亲到他军营来相寻,因见张归娘生得形容端正,美貌无双,使些泼言语,要来奸污他;奈缘张归娘是个硬心性的人,不肯从允,跪谢黄巢道:"妾丈夫朱三,是大齐皇帝的弟弟,大齐皇帝便是妾的伯伯。皇帝新得天下,未有休兵之期,岂宜行这无道歹的勾当?"道罢,有人报朱温已回,黄巢潜身便走。那时节张归娘不曾敢向朱温道。今听得朱温要往同州,只得依直说了。朱温未听得万事俱休,才听得后,怒从心上起,恶向胆边生:"却不叵耐这黄巢欺负咱每忒甚!"时下间,便带将他的老小,部所属军,不辞黄巢,迤逦向同州路去。黄巢得知朱温有反叛的意思,差使命岳喜来赶,到那小地名离愁村,赶着朱温。温将岳喜杀了,教他的伴当将岳喜首级回去报与黄巢道:"朱三传示黄巢:您今盗有长安,僭号大齐皇帝,全不记得咱每兄弟带挟他在悬刀峰下结义做弟兄,相同投奔着尚让时分,曾指天说誓道:'富贵时,无相忘。'今才得长安,便要来奸占咱每浑家。这黄巢是个无信行的头口!咱自去据了同州,他日相逢,不妨厮杀!"道罢,将些银子与那岳喜的伴当,交他好好的传示着。

此等描写，较能表现出朱温的粗鲁直率，其"传示"黄巢之语，也颇能显示出他对黄巢的愤慨和轻蔑，而且声口肖其为人。这在元代"讲史"话本中是较好的一段。

总之，从元代的"小说"话本与"讲史"话本来看，虽然尚无突出的成就，但就上述特色所体现的基本精神及创作原则来说，却无疑是良好的开端，为以后的我国小说创作奠定了可喜的基础。

第二节 《三国志通俗演义》

由宋元话本发展而来的长篇小说在元代末期和明初取得了显著的成就。《三国志通俗演义》与《水浒传》就是其最重要的代表，并对明清两代长篇白话小说的创作产生了很大的影响。

《三国志通俗演义》与《水浒传》源自"说话四家"中的"讲史"。"讲史"专门讲演长篇历史故事，必须连续讲多次。现在所能看到的早期讲史话本，其水平虽彼此参差，例如《五代史平话》就优于《三国志平话》，但就总体来说，情节都较简单，描写也失于粗略。而这两部书的作者则凭借自己深厚的文学素养与对历史题材的把握能力，对已有的故事材料进行系统的整理加工与艺术再创造，创作出了中国古代最早最杰出的两部长篇小说，其艺术成就远远超越了它们以前的讲史话本，从而揭开了中国小说史上的新的一页。

一、《三国志通俗演义》的成书与罗贯中

据《三国志通俗演义》卷首题署，此书为罗贯中所编。

在罗贯中的《三国志通俗演义》之前，三国的史事就以各种形式在社会上长期流传。晋人陈寿所编的《三国志》是最早的一部系统记述三国史事的著作，南朝裴松之为它作注，征引了大量的史料。这些史书为后来民间文艺中的三国故事提供了丰富的素材。

三国故事很早就进入了民间文艺的领域。至迟在隋炀帝时便已有了曹操谯水击蛟、刘备跃马檀溪等杂戏（见杜宝《大业拾遗录》）。到了宋代，随着说话艺术的繁盛，三国故事的流传更加广泛，出现了说"三分"的专业艺人。而现存最早的三国故事的话本，则为元代至治年间新安虞氏所刊的《全相三国志平话》（此书后来又名《三分事略》），其情节描述虽然简率，文字也粗糙，却已具有不少重要的三国故事。同时三国故事在元代还被大量地搬上戏剧舞台，根据

《录鬼簿》、《太和正音谱》等书的记载，三国剧目有四十多种。以现存的演三国故事的剧本与在宋代说"三分"的基础上形成的《三国志平话》相比较，可见其内容日趋丰富（如关汉卿杂剧《单刀会》所演故事，即为《三国志平话》所无），人物形象也日趋丰满。罗贯中在此基础上，对三国故事进行了系统搜集整理和艺术加工，"据正史，采小说，证文辞，通好尚"（高儒《百川书志》），再加上作者自己的丰富想像和大量虚构，创作了《三国志通俗演义》这部长篇历史小说。

关于《三国志通俗演义》的作者罗贯中的生平，史传无载，材料缺少，其籍贯也有分歧。在元末明初人所撰的《录鬼簿续编》中有一段关于他的记载："罗贯中，太原人，号湖海散人。与人寡合。乐府、隐语极为清新。与余为忘年交。遭时多故，各天一方。至正甲辰复会，别来又六十余年，竟不知其所终。"据此可知，罗贯中在元末至正二十四年甲辰（1364）还在世。此外，明人王圻在《稗史汇编》中称罗贯中为"有志图王者"，但不知所据。罗贯中是一位伟大的作家，著述丰富，不仅是长篇小说《三国志通俗演义》的作者和《水浒传》的作者之一（见后），还作有杂剧三种，今存《赵太祖龙虎风云会》一种。另外，小说《隋唐志传》、《残唐五代史演义》、《三遂平妖传》等，也署罗氏作，但恐为书贾假托罗氏之名，未必真出其手。

此书的版本，现存最早的是明嘉靖元年（1522）的刊本，书名为《三国志通俗演义》；二十四卷，每卷分为十则，共二百四十则，每则以七言单句为目。其次为嘉靖二十七年（1548）叶逢春刊《新刻按鉴汉谱三国志传绘像足本大全》十卷[①]。此本的刊刻时间虽较嘉靖元年本为晚，但并非据嘉靖元年本翻刻，因而有些地方还保存了嘉靖元年本以前的面貌，并可知此书确实出于元代[②]。至万历年间，又出现了一种增入关索故事的本子，此类本子中最重要的是万历二十年（1592）双峰堂刊行的《新刊按鉴全像批评三国志传》。由于双峰堂本的祖本并非嘉靖元年本，而可能渊源于这以前的"旧本"，该本中的关索故事到底是新增抑或为"旧本"所原有而被嘉靖元年本删去，也就成了问题。现经日本井上泰山教授考证，叶逢春本即源自嘉靖元年本以前的旧本，并为双峰堂本之所

[①] 此书仅保存于西班牙爱斯高里亚尔修道院（缺第四、第十两卷）。日本关西大学井上泰山教授在征得该院同意后已于1998年3月由关西大学出版部出版，除影印原书外，并附印经井上教授整理的文本及其所作《解说》，《解说》中对叶逢春本的有关问题作了考证。又，此书卷首总目录题《新刻按鉴汉谱三国志传绘像足本大全》，各卷卷首则杂题《新刊通俗演义三国志史传》、《通俗演义三国志史传》诸名，第六卷题《重刊三国志通俗演义》；可知其底本实名《三国志通俗演义》。

[②] 如该本卷七《玉泉山关公显圣》有"圣朝赠号义勇武安王"之语。按，关羽"赠号义勇武安王"为元朝天历元年事。这里称元朝为"圣朝"，可见《三国志通俗演义》的旧本实出于元代。

出,而叶逢春本并无关索故事,这就有力地证明了关索故事并非"旧本"所有①。此外,还有人将原书的二百四十则合并为一百二十回。清康熙年间,毛纶、毛宗岗父子对此书作了较大的更动,修改了回目,并逐回加以评论,对情节和文字也作了一些增删。这种本子简称为《三国演义》,共一百二十回。后来颇为流行。本节所述,则全以嘉靖元年本《三国志通俗演义》为依据。

二、《三国志通俗演义》的创作成就

《三国志通俗演义》描写的是东汉末年至西晋统一这一历史时期的故事和人物。这是一个动荡不安纷纭复杂的历史时期,也是一个英雄辈出的时代。罗贯中以小说这种容量大、笔法灵活的特殊艺术形式,写了许多英雄人物的活动,歌颂了他们的才能与功绩,可以说是一曲英雄的颂歌。

《三国志通俗演义》主要写以曹操、刘备、孙权为首的三个集团之间的争斗,也写了吕布等人的活动。尽管这些人的表现甚至道德品质各有不同,但罗贯中从特定的历史视角出发,把他们都作为英雄来描写。他们有的武艺高强,有的智慧无双,有的刚烈不屈。只要有一节可取,作者都对之大加渲染。所以,书中就有了一系列精彩动人的场面,脍炙人口的故事达数十个之多。诸如虎牢关吕布大战,王允巧使连环计,关羽斩颜良、诛文丑,曹操官渡破袁绍,赵云长阪坡救主,张飞当阳桥独挡曹兵,诸葛亮草船借箭,周瑜赤壁火攻,祢衡击鼓骂曹,陆逊火烧连营等等,读来都令人兴味盎然。

《三国志通俗演义》的上述成就的取得,除了题材本身具有吸引力和作者的写作能力外,作者对人物评价的尺度也很值得重视。

首先,作者特别重视人物的能力及其在事业上的成就。

在小说中,刘备被描写成复兴汉室的英雄。他是汉宗室后裔,由讨伐黄巾军起家,然后礼贤下士,招兵买马,取荆州,占蜀中,称王称帝,与曹操、孙权争霸于天下。曹操在青梅煮酒论英雄时,将天下豪杰全不放在眼里,唯独肯定刘备和自己为英雄。刘备也颇自负,他曾对刘表说:"备若有基本,何虑天下碌碌之辈耳!"(《刘玄德襄阳赴会》)黄权对刘璋说:"某居西蜀,素知刘备久矣。斯人宽以待人,柔能克刚,英雄莫敌。"(《庞统献策取西川》)而徐庶母亲的话或许更能代表当时的人对刘备的评价,她这样对曹操称赞刘备:"吾久闻刘玄德乃中山靖王之后,汉景帝阁下玄孙,有尧舜之风,怀禹汤之德。况又屈身下士,恭己待人,世之黄童白叟,牧竖樵子,皆知其名,真当世之英雄也。"(《徐庶定计取

---

① 见注①所言井上泰山教授《解说》。

樊城》）可知刘备在作者笔下是许多人公认的英雄。

经常被认为与刘备站在对立面的曹操不但以英雄自许，说自己与刘备都"胸怀大志，腹隐良谋，有包藏宇宙之机，吐冲天地之志"，而且曹操一出场，作者就为他写了这样一段文字：

> 为首闪出一个好英雄，身长七尺，细眼长髯。胆量过人，机谋出众。笑齐桓、晋文无匡扶之才，论赵高、王莽少纵横之策。用兵仿佛孙、吴，胸内熟谙韬略。（《刘玄德斩寇立功》）

这段文字概括了曹操的两个特点，匡扶社稷的能力超过齐桓公、晋文公那样的五霸之雄，纵横捭阖之才胜于赵高、王莽那样的奸诈之人。可见作者并没有回避曹操身上的奸诈、冷酷的特点，但在他看来，尽管有这样的问题，只要真有才能，并且能做一番事业，那仍然是英雄。而从曹操的实际才能与其所创建的功业看，也确实如此。他破黄巾，讨袁术，击袁绍，克刘琮，统一中原，安定汉室，挟天子以令诸侯。他自称"如国家无孤一人，正不知几人称帝，几人称王"，这话说得颇有道理。

孙坚是江东英豪，作者写他"身长八尺，英雄双全。横跨三江，威服六郡。"（《曹操起兵伐董卓》）孙坚死后，孙策继承父志，独霸江东，"招贤纳士，屈己待人"，颇干了一番轰轰烈烈的事业。作者引"史官"之诗，赞为"威镇三江静，名闻四海香"。孙权"继承父兄之志，思立桓、文之政"。他占据江东数十年，兢兢守业，开疆拓土，使东吴的基业稳固强盛。作者引诗称赞他："紫髯碧眼号英雄，能使臣僚肯尽忠。二十四年兴大业，龙盘凤踞在江东。"孙氏父子兄弟皆可称为一代英雄。

罗贯中将刘备、曹操、孙氏父子作为英雄加以肯定赞美，但他们却不是传统道德意义上的忠臣。作为汉室的臣子，他们都怀有个人野心。孙坚在讨伐董卓时偶然得到汉帝的传国玉玺，马上意识到自己"必有登九五之分"。孙策、孙权继承父志，继续做着"建号帝王，以图天下"的英雄梦。至于刘备，表面上打着复兴汉室的旗帜，表示做汉室的忠臣，其实在他外表的忠诚与仁厚中依然包藏吞并天下的野心。张松劝他："'天下者，非一人之天下，乃天下人之天下也，惟有德者居之。'何况明公乃汉室宗亲，仁义充塞乎四海。休道占据州郡，便代正统而即帝位，亦不分外。"他虽逊谢说："如公所言，吾何敢当之。"但那只是客气地表示自己条件不够，并非意味着这类事不应干。后来他果然夺取了同宗刘璋的蜀中，进而称王称帝。在孔明劝他称帝时，他说："吾非推阻，恐天下人议论也。"正道出了他的心迹。可知他的忠于汉室只是为收买人心称霸天下而做的表面文章。

由上面的分析可以看出，无论是孙氏父子还是刘备，他们争战都不是为了汉朝的天下，而是为了自己的事业和利益。他们把建立个人的功业放在第一位，从来就不是也不愿做封建道德的模范。但作者却仍然把他们视为值得赞扬的英雄。所以，他并不是以个人道德品质的高下为依据，而是以人物的才能与建树为标准。这是一种非道德的英雄观。

在对吕布的描写中，这一点表现得也极为突出。吕布是《三国志通俗演义》前四卷中的中心人物之一，罗贯中以浓墨重彩写了他超人的勇武与英风豪气，在虎牢关前吕布出阵与八路诸侯交战，作者写道：

> 见吕布出阵，头戴三叉束发紫金冠，体挂西川红锦百花袍，身披兽面吞头连环铠，腰系勒甲玲珑狮蛮带，弓箭随身可体，手持画杆方天戟，坐下嘶风赤兔马，果然是"人中吕布，马中赤兔"！人马之中，汉末两绝。

这一段刻画对吕布极尽赞美之能事。接着又大肆渲染他的英勇无敌，仅他一人就杀得"八路诸侯，心丧胆裂"。最后是刘备、关羽、张飞三人联手合战吕布，才稍占上风。就连作为吕布敌手的曹操也感叹说："吕布英雄，天下无敌。"濮阳一战，吕布连败曹操数员大将，杀得曹操狼狈而逃。辕门射戟，吕布一箭罢息了一场大战，解了刘备之忧，作者引诗称赞吕布道："昔日将军解斗时，全凭射戟释雄师。""温侯神射世间稀，曾向辕门独解危。"而从道义上讲，吕布是个典型的乱臣贼子，他身为丁原的义子而杀了丁原，投靠董卓后又因与董卓争貂蝉而杀了董卓，在他走投无路时刘备接纳了他，他却乘机夺了刘备的徐州，等等。罗贯中将他写成为一个无敌于天下的英雄，给他以热烈的赞美，正是出于他的不以道德为标准的英雄观。

从这样的英雄观出发，作品对这三个集团中的任何符合标准的人皆加以肯定，不管他们忠于谁，也不管他们之间的关系如何。在写赤壁之战中的诸葛亮和周瑜时，这点尤为分明。他们都极富智慧。作品对诸葛亮的歌颂是贯穿全书的，周瑜则忠于孙权，一心要把诸葛亮杀死。但作者仍把周瑜写得才略杰出，雄姿英发。试看其在群英会上对付蒋干的一段。——蒋干本是周瑜旧友，当时已在曹操麾下，来说周瑜降曹。周瑜将计就计，表面上殷勤款待，却迫使他不能开口说降，然后佯装大醉，让他把一封假信偷去，从而害死了曹操的水军统领。

> 周瑜正在寨中议事，忽报蒋干至。瑜笑谓众将曰："说客至矣！"与众将附耳低言，如此如此，众皆应命而去。瑜整衣冠，引从者数百，皆锦衣花帽，前后簇拥。瑜步行，远远迎接蒋干。干引一青衣小童，昂然而来。瑜

教从者摆列于两下,瑜慌忙拜而迎之。干曰:"贤弟别来无恙?"瑜应声答曰:"子翼良苦,远涉江湖生受,为曹操作说客耶?"干愕然,良久曰:"吾与足下间别久矣,近知威镇江东,名扬华夏,故来叙旧,以观其志,何疑吾作说客耶?"瑜曰:"吾虽不及师旷之聪,闻弦歌而知雅意也。"干曰:"足下视人如此,吾告退。"瑜笑而抚其臂曰:"吾但嫌兄与曹氏作说客。既无此心,何去速也?"遂入帐上。叙礼毕,坐定,令左右请江左英杰与子翼相见。

少时,面前设金银器皿,光射眼目。文官武将,各穿锦绣之衣;帐下小将,尽披银铠,分两行而入。瑜都教相见,已毕,就教列于两旁而坐,奏军中得胜之乐,轮换行酒。瑜告诸将曰:"此是吾同窗友兄也。虽从江北到此,却非是曹操家说客,众等勿疑。"遂唤子义曰:"可佩吾剑作明甫①,今日置酒,但叙旧日交情耳;如有但提曹操并东吴军旅之事者,可立斩之!"太史慈轩昂应诺,按剑坐于席上。蒋干闻之,如坐针毡。周瑜曰:"吾自领军以来,点酒不饮;今日见了心腹故友,又无疑忌,当饮一醉。吾兄开怀。"座上觥筹交错,但是一个起来把盏,必须夸其才能,周瑜大笑而畅饮。酒至半酣,瑜携干手,同步出帐外。瑜左右军士,皆全装贯带,持戈执戟而立。瑜曰:"吾之小卒,颇雄壮否?"干曰:"虎狼之兵也。"引干到帐后一望,粮草堆积如山。瑜曰:"吾之粮食,颇足备否?"干曰:"兵精粮足,名不虚传。"瑜又大笑,引干看营中军器鞍马。瑜伴醉大笑曰:"想周瑜与子翼同学业时,不曾望有今日矣!"干曰:"以贤弟高才,实不为过。"瑜执干手曰:"大丈夫处世,遇知己之主,外托君臣之义,内结骨肉之恩,言必行,计必从,祸福共之。假使苏秦、张仪更生,陆贾、郦生复出,口似悬河,舌如利刃,安能动吾铁石之心也!况今时章句腐儒,欲一面之词,等闲难说我耶?"言罢大笑。此时蒋干面如土色,心似刀锥。瑜又邀入帐上,会诸将再饮,又指诸将曰:"此皆江左之豪杰。今日此会,群英会耳!"饮至天晚,点上灯烛,瑜自起舞剑作歌。众拍手而和之。歌曰:

　　大丈夫处世兮,立功名。功名既立兮,王业成。王业成兮,四海清。四海清兮,天下太平。天下太平兮,吾将醉。吾将醉兮,舞霜锋。

歌罢慷慨,满坐尽欢,独有蒋干,寸心欲碎。夜已更深,干辞:"不胜酒力矣。"瑜挟干臂曰:"日久不与子翼同榻,今宵抵足而眠。"

瑜本不醉,佯推大醉,同干入帐共寝。瑜衣不能解带,呕吐狼藉于床上。是夜,蒋干如何睡得着。……(《群英会瑜智蒋干》)

此种描写,正可谓虎虎有生气,也是对周瑜的热情赞美。也正因此,尽管周瑜

---

① 此据嘉靖元年本;嘉靖二十七年本"作明甫"作"作个明辅"。

器量狭窄，又老是想杀刘备与诸葛亮，但在作品中仍显得十分可爱。

其次，作者对于那些能维护自己的尊严，不甘奴颜婢膝的人也甚为赞赏，而不管他们在政治上忠于哪一方。

在这方面最值得重视的，自是祢衡击鼓骂曹的一段。祢衡本是才能杰出的人，孔融向曹操推荐了他。"操教唤至。礼毕，操不命坐。祢衡仰面叹曰：'天地虽阔，何无一人也！'"接着，他把曹操手下的文武僚属贬得一钱不值。曹操就命他在朝会时充任鼓吏。本意是要借此羞辱他，但他并不推辞。"朝贺，操于省厅上大宴宾客，令鼓吏挝鼓。旧吏曰：'朝贺挝鼓，必换新衣。'祢衡穿旧衣而入，遂击鼓，为《渔阳三挝》，音节殊妙。坐而听之，莫不慷慨。左右喝曰：'何不更衣？'衡当面脱下破旧衣服，裸体而立，浑身皆露。坐客掩面。衡乃徐徐着裤，颜色不改，复击鼓三挝。操叱曰：'庙堂之中，何太无礼？'衡曰：'欺君罔上，以为无礼。吾露父母之形，以显贞洁之人！'操曰：'汝为清洁之人，何为污浊？'衡曰：'汝不识贤愚，是眼浊也；不读诗书，是口浊也；不纳忠言，是耳浊也；不通古今，是身浊也；不容诸侯，是腹浊也；常怀篡逆，是心浊也。吾乃天下之名士，用为鼓吏，是犹阳货害仲尼，臧仓毁孟子耳。欲成王霸之业，而如此轻人，真匹夫也！'左右皆欲斩之。"（《祢衡裸体骂曹操》）这正是觑权威如无物！头可断，个人的尊严绝不可屈。

类似的情况也出现在其他人物身上。张辽被曹操所擒时，"操指辽曰：'这人好面善。'辽曰：'我两个在濮阳那里相见，如何忘了？'操大笑曰：'你原来也记得！'辽曰：'只是可惜！'操曰：'可惜甚的？'辽曰：'只可惜火不大；若火大，烧杀你这国贼！'操大怒曰：'败将安敢辱吾！'拔剑在手，亲自来杀张辽。辽引颈待诛。"（《白门曹操斩吕布》）但曹操迅即改变了态度，显得对他十分尊重，张辽也就投降了曹操。又如张松，本是想把西川献给曹操的，但曹操对他傲慢无礼，他就当面顶撞。

至次日，与张松同至西教场。操点虎卫雄兵五万，布于教场中。果然盔甲鲜明，衣袍灿烂；金鼓震天，戈戟参地；四方八面，各分队伍；旌旗散彩，人马腾空。松斜目视之。良久，操唤松前，指而示曰："汝川中曾见此英雄人耶？"松曰："吾蜀中不曾见此兵革，但有以仁义定天下之士。"操变色视之。松全无惧怯之意，颇有藐视之心。杨修频以目视松。操与松曰："吾觑天下鼠辈犹草芥耳。大军到处，战无不胜，攻无不取，顺吾者生，逆吾者死。非止能令人荣达，亦能使人灭族。汝知之乎？"松曰："丞相驱兵到处，战必胜，攻必取，松亦素知也。"操曰："汝既能知吾用兵，何不畏服？"松曰："丞相昔在濮阳敌吕布之时，宛城战张绣之日，赤壁遇周郎，华容逢关将，割髯弃袍于潼关：此皆无敌于天下！"操大怒曰："竖儒怎敢揭吾短处!"喝令左右即推出斩之。

尽管张松的品格不高,但这一段所写的凛然不屈之概,仍能令人感动。

作者之表扬祢衡、张松,倒不是因为他们反对曹操。对曹操部将的类似表现,他同样赞赏。庞德奉曹操之命抗拒关羽,战绩辉煌,最后中计被擒,誓死不降。

> 关公又令押过庞德来。庞德睁眉怒目,立而不跪。关公曰:"汝兄见在汉中,故主马超亦事吾兄为将。吾欲招汝为将佐,何不早降,却被吾擒之?"德大骂曰:"竖子!何谓降也?吾魏王有带甲百万,威震天下。刘备乃庸才耳,吾岂肯降汝!宁死于刀下,安降无名之将耶!"骂不绝口。公大怒,喝令刀斧手推出斩之。德舒颈受刑。公怜而葬之。有诗赞之曰:
> 　　威武不能屈,节操不能改。生当立金銮,死尚披铁铠。烈烈大丈夫,垂名昭千载。南安庞令明,日月竞光彩。(《关云长水淹七军》)

庞德当然受有封建道德的影响,但他强调"刘备乃庸才耳"、"安降无名之将耶",以此作为不降的理由,仍含有尊重自己之意。就此点而言,他的骂关羽和祢衡、张松的骂曹操,实有相通之处。

这种对于能力和尊严的尊重,归根到底是对于个体生命价值的重视;尽管当时的这种重视还夹有很多的杂质。但正是基于这种重视,《三国志通俗演义》才能集中于表现英雄的才能、建树与气概。于是小说也就有了与此相应的丰富多彩的故事与曲折生动的情节。除上文所引述者外,再如通过三气周瑜,七擒孟获,六出祁山表现诸葛亮的足智多谋;通过温酒斩华雄,过五关斩六将,单刀赴会的故事显示出关羽的英勇;通过诈病欺关羽,智取荆州,伏兵麦城杀关羽等故事写出了吕蒙的权谋;通过驱兵取临潼,渭桥大战等故事渲染马超的勇猛,等等,都写得有声有色,引人入胜。尽管《三国志通俗演义》在人物描写上不重视性格的刻画,具有类型化倾向,甚至描写人物有过分夸大、不自然的毛病,正如鲁迅所说的:"至于写人,亦颇有失,以致欲显刘备之长厚而似伪,状诸葛之多智而近妖。"(《中国小说史略》第十四篇《元明传来之讲史(上)》)但它通过故事来写英雄人物,写得生动曲折,具有很强的戏剧性效果,因此,小说中的人物和故事长期以来一直受到广大读者的喜爱。这是《三国志通俗演义》所取得的最主要的创作成就。

三、《三国志通俗演义》的历史地位

《三国志通俗演义》是中国文学史上出现的第一部长篇小说,它在创作上

所取得的成就对后世的小说创作产生了深远的影响,在中国小说史上占有重要的地位。总起来看,《三国志通俗演义》对中国小说史所作的贡献主要表现在以下几个方面。

第一,在中国小说史上,《三国志通俗演义》第一次突出地描写了人的生命力并给予热情的歌颂,第一次较集中地描写和肯定了维护个人尊严的行为。

生命力是人的生命能量与活动能力,生命力的发挥外显为人的才能、智慧、勇敢,对人生欲望的渴求,对人生理想的强烈追求等。在封建社会中,由于封建道德和社会秩序的束缚,人的生命力经常受到压抑,从而生命力的发挥常与道德相冲突。所以,封建社会对人物的评价首先是从道德出发,而不是从人的才能出发。《三国志通俗演义》描写英雄时所显示出的上述特色,实际上就是对人的生命力的肯定与赞美。如孙策大战太史慈、许褚战马超是个人勇力的较量,关羽刮骨疗毒是对强韧的个体生命毅力的颂扬,吕布为了貂蝉而杀董卓,表现出其为了实现性爱而不顾一切,等等。这些都是三国英雄生命力的表现形态,作者对此都给予肯定与歌颂。

《三国志通俗演义》写了很多英雄死亡的场面,其描写着力凸现出人物的生命欲求以及充分发挥个体生命力的渴望。如雄姿英发的周瑜连败于诸葛亮,郁愤而死,临死前他仰天长叹:"既生瑜,而何生亮!"就是胜算如神的诸葛亮,在"秋风五丈原",预感到自己的生命将尽时,也禁不住仰天长叹:"吾再不能临阵讨贼矣!悠悠苍天,曷我其极!"东吴大将太史慈在兵败身死时也大声呼叫:"大丈夫生于乱世,当带三尺剑以升天子之阶;今所志未遂,奈何死乎!"姜维被乱军包围,"拔剑下殿,往来冲杀,不幸心疼转加。维仰天大叫曰:'吾计不成,乃天命也!'言毕,自刎而死。"他们或是渴望延长生命,要求进一步发挥生命力,或是因壮志难酬而遗恨万千,他们的临终悲叹本身就是其不断奋斗、永不满足的生命力的显现。这种描写带有一种昂扬而悲壮的情调,表现出对英雄的崇仰与对英雄命运的同情。罗贯中对英雄生命力的弘扬赞美,在后来的《水浒传》等小说中有了进一步的发展。

对个人尊严的维护与生命力的弘扬其实也是联系在一起的,因为那需要相应的勇气,否则就只能卑躬屈节。在这方面,它的要求甚至高于一般的勇敢。吕布在作战时是一往无前的,但到最后,他却向刘备和曹操乞求了,这就扔掉了他的尊严,所以张辽骂他为匹夫。

第二,在中国小说史上,《三国志通俗演义》第一次比较集中地反映出当时的市民意识。当时市民意识的主要特点是重功利、重个体、重个人的能力。《三国志通俗演义》写英雄不重个人的道德品质,而重视其个体能力、建树与个人的情感。如华容道义释曹操,就主要是基于关羽的个人情感与价值选择,而不是基于对刘备集团的忠诚。这种重个人利益——关羽对曹操的好感也正是基于曹操对其个人利益的满足——而轻道德的观念在明代后期的短篇白话小说集"三言"、"二拍"中表现得更充分。

第三,从小说创作上看,《三国志通俗演义》是中国小说史上民间文艺与文人素养相结合而产生的第一个重要成果。在《三国志通俗演义》之前,关于三国的故事一直以民间文艺的形式流传着,这些民间的文艺虽有其生动活泼的一面,却比较原始粗糙。罗贯中则以其深厚的文学素养对有关三国的民间文艺进行艺术的加工与提高,将雅俗结合,使《三国志通俗演义》成为一部成功的艺术作品。罗贯中的这一经验在后来的长篇小说如《水浒传》、《西游记》等的创作中被进一步继承发扬,形成了中国小说史上独特的创作传统。

第三节 《水 浒 传》

一、《水浒传》的成书及其作者

《水浒传》所写的是宋江等一百零八位梁山好汉的故事。宋江是历史上实有的人物,关于他的事迹,《宋史》和《东都事略》都曾提及。《宋史·徽宗本纪》于宣和三年记载:"淮南盗宋江等犯淮阳军,遣将讨捕,又犯京东、河北,入楚、海州界,命知州张叔夜招降之。"同书《张叔夜传》称:"宋江起河朔,转略十郡,官军莫敢撄其锋。"《东都事略·侯蒙传》称:"宋江以三十六人,横行河朔、京东,官军数万,无敢抗者,其材必过人。"从这些记载中可以看出,宋江率领的这支队伍有三十六个将领,且声势浩大,后来却投降了宋朝政府。

宋江的事迹在当时就受到人们的关注,在南宋时就已广泛流传,成为街谈巷语的材料,据周密《癸辛杂识续集》所录龚圣与的《宋江三十六人赞》及其序文,还可以知道在当时已有宋江等人的画像流传。在宋元的说话中也有关于宋江等人的故事,如罗烨《醉翁谈录》甲集卷一《舌耕叙引》的《小说开辟》条载录,说话中已有《青面兽》、《花和尚》、《武行者》等名目。成书于元代的《大宋宣和遗事》并讲述了宋江等三十六人的故事,其中已有杨志等人押运花石纲、杨志卖刀、晁盖等人智取生辰纲、宋江杀阎婆惜、九天玄女庙受天书、宋江投降等故事,虽然叙述很简单,但《水浒传》中的很多重要情节已经具备,可以看作是话本中有关宋江等人故事的最早聚合。但在元代,其有关故事应当更丰富,如关汉卿的杂剧《钱大尹智勘绯衣梦》中有"比及拿王矮虎,先缠住一丈青"的唱词,说明在关汉卿的时代已经有了王矮虎与一丈青夫妇的故事,而这一故事却不见于《大宋宣和遗事》。据《录鬼簿》载，红字李二作有《武松打虎》杂剧，此故事也不见于《宣和遗事》；红字李二的生活年代与关汉卿相距不远，他们在《录鬼簿》中都属于"前辈已死名公才人，有所编传奇行于世者"。总之，在《大宋宣和遗事》之外，宋江等人的故事在元代必然还在不断地扩充、聚合，内容与质量也在不断地提高，故事中以宋江为首的队伍并不断地扩大，逐渐由三十六人增加到一百零八人，只是很多故事都没有流传下来。

在元末明初，最终完成水浒故事的整理与加工的是罗贯中和施耐庵。根据现有材料，最早记录《水浒传》的目录书是高儒的《百川书志》，其中载："《忠义水浒传》一百卷。钱塘施耐庵的本，罗贯中编次。"后人曾因这种署名是施耐庵在前，罗贯中在后，就误以为施耐庵的时代比罗贯中早，以为罗贯中"编次"《水浒传》是在施耐庵"的本"的基础上进行的。其实不然，署名类似的小说尚有杨氏清江堂刻本《唐书志传通俗演义》，署"金陵薛居士的本，鳌峰熊钟谷编集。"此书卷首有李大年作于嘉靖三十二年（1551）的序，序中只说该书为熊钟谷编集，并无一言及于金陵薛居士；可见李大年所见之书既非熊、薛合编，也非熊在薛本的基础上编成。清江堂本之所以署"薛居士的本"，只能意味着薛居士曾对熊钟谷的这一作品作过润色加工，杨氏清江堂所刊之本是经过薛居士加工过的真（的）本。据此可知，《百川书志》署《水浒传》为"钱塘施耐庵的本，罗贯中编次"，实际上指《水浒传》是罗贯中所编，施耐庵是在罗贯中的基础上进行加工的。

关于罗贯中的情况，我们在上一节已经介绍。至于施耐庵的情况，所知更少。据《水浒传》的署名，可知他是钱塘人，生平不详；而《忠义水浒传》七十二回写宋江等至东京看灯，"宋江、柴进扮作闲凉官"；这显然是将明代的制度误认为宋代的制度①，不可能出于像罗贯中那样长期生活于元代的作家之手，当是施耐庵的手笔。则此人即使生于元末，但其时显然尚未成年，否则就不会把明初的新制度误认为自古已有的制度；但若出生再晚一些，就不会知道"闲凉官"有特殊的服色了，因那种制度在洪武三十年就已取消。故其生活年代当为元末明初，而《水浒传》的写定则当为洪武或永乐时期。据近数十年江苏大丰县发现的施氏族谱及有关出土材料，知其祖先为施耐庵，元末曾居浙江，一直活到永乐年间，与《水浒传》作者之一的施耐庵的时代相近；或即此人。但其他一些关于大丰县施耐庵的材料多系后人伪造，不足为据②。

《水浒传》版本大致可分为繁本与简本两个系统，繁本描写细致生动，简本

---

① "闲凉官"指请假家居或已告老的官员；宋、元的"闲凉官"都无特殊服色，明初曾为"闲凉官"制定特殊服色，洪武三十年后取消。

② 参见章培恒《献疑集》所收《施彦端是否即施耐庵》、《〈施耐庵墓志〉辨伪及其他》。

则描写简略。它其实是繁本的缩写或节本，但又增入了繁本原来没有的征田虎、王庆的情节。在繁本系统中，比较能保存小说原貌的是天都外臣序本和容与堂刊本《水浒传》，嘉靖间武定侯郭勋刊刻的《水浒传》则已略有删改。此外，还有一百二十回本的袁无涯刻本《忠义水浒全传》，基本上以郭勋刻本为底本，但增加了宋江征田虎、王庆的故事（与简本的征田虎、王庆故事有很大不同，是重写的）；又有金圣叹批点的七十回本《水浒传》，则是金圣叹删改而成。我们对《水浒传》的论述以容与堂本为依据。

二、《水浒传》与《三国志通俗演义》的比较

《三国志通俗演义》与《水浒传》的创作时代相近，又都经过罗贯中之手，这使两者在创作上有某些相似之处，但由于所表现的具体内容不同，而《水浒传》又经过了施耐庵的加工创造，所以两部小说在思想内容与艺术成就上也存在着不少差异。在本节中，为了论述的方便，我们将以《三国志通俗演义》为参照，从比较的角度阐述《水浒传》的创作成就。

在作品的内容上，《水浒传》与《三国志通俗演义》所写虽都是英雄故事，但《三国志通俗演义》写的是上层社会的英雄，是帝王将相，《水浒传》写的多是下层社会中的英雄，如农民渔夫、市井商贩、屠夫刽子、下级官吏等。相比之下，《水浒传》的英雄故事中寄寓着更多的市民阶层的思想观念，因为在水浒英雄的身上已经出现了下层人民争取某种程度的个人权利——包括物质和精神——的倾向。这种倾向主要体现在以下几个方面。

首先，在《水浒传》所写的英雄身上表现出了对个人物质欲望与享乐的追求。晁盖等人劫取生辰纲，其目的是在谋求个人的富贵，刘唐向晁盖报信时就直截地说要"献此一套富贵"与晁盖，晁盖听了连称："壮哉！"（第十四回）吴用劝说阮氏三兄弟参加劫生辰纲的行动时也说要"取此一套富贵不义之财，大家图一个快活。"阮小七听了，立即"跳起来道：'一世的指望，今日还了愿心'。"就连身为道士的公孙胜前去找晁盖时也称"今有十万贯金珠宝贝，专送与保正作进见之礼。""此一套富贵，不可错过"（第十五回）。可见他们劫取生辰纲是为了满足自己的物质生活欲望，使自己的生活过得更舒服。在作者的笔下，他们都是英雄，这就在一定程度上肯定了他们的这种生活信念。

水浒英雄上梁山，虽然有些是因官逼民反，但有相当一部分人是为了追求生活的快活与丰富的物质享受。提起梁山上的强人，阮小五曾十分羡慕地说："他们不怕天，不怕地，不怕官司，论秤分金银，异样穿绸锦，成瓮吃酒，大块吃肉，如何不快活！我们弟兄三个空有一身本事，怎地学得他们"（第十五回）。

朱贵劝朱富上山时说:"兄弟,你在这里卖酒也不济事。不如带领老小跟我上山,一发入了伙。论秤分金银,换套穿衣服,却不快活"(第四十三回)。李逵劝汤隆上山时也说:"你在这里几时得发迹? 不如跟我上梁山泊入伙,教你也做个头领"(第五十四回)。上梁山的人,除了被官府压迫及少数准备将来受招安做官的人以外,大多数人都是为了生活的享乐——使人生更"快活"。值得注意的是,梁山英雄们对物质欲望的追求不是基于生存的需要,而是为了较高层次的物质享受,这是社会向前发展,人们对物质生活的要求越来越高的时代条件下的市民的人生理想和追求。

其次,在水浒英雄身上表现出不愿压抑自我,忍受不了束缚和欺凌,要求在某种程度上张扬个性的倾向。这一特点在鲁智深、武松、李逵等人身上表现得尤为明显。武松被发配到孟州牢狱,别的囚徒劝他给差拨送人情,免得吃苦,武松不肯。差拨骂他,他针锋相对地说:"你倒来发话,指望老爷送人情与你,半文也没! 我精拳头有一双相送! 金银有些,留了自己买酒吃! 看你怎地奈何我。"管营想免他的杀威棒,暗示他,要他承认路上害病,他却倔强地说:"不曾害,不曾害,打了倒干净"(第二十八回)。武松是一个"平生只要打天下硬汉"的英雄,当然不会在这些官吏手下认输服低。鲁智深虽然在五台山上出家,却不愿忍受佛寺里的清规戒律,他在佛殿后"撒尿撒屎,遍地都是",在禅床上喝酒吃肉,大闹五台山(第四回),就因为他的个性不甘被束缚。刘唐酒醉后无故被雷横抓住吊了一夜,虽然经晁盖说情获得释放,但他仍咽不下这口气,还是拿着刀去追赶雷横,要讨还晁盖送雷横的银子,"出一口恶气"(第十四回)。这同样是他不愿受人凌辱的表现。

既然自己不愿受压抑和欺凌,当然也就容不得别人受人欺凌,遇到别人受欺凌时,也就会路见不平,拔刀相助,不顾一切。鲁智深看到金翠莲受恶霸郑屠的凌辱逼迫,就毫不犹豫地挺身而出,打死郑屠,救出金翠莲(第三回)。李逵得知殷天锡仗势欺压柴皇城的恶霸行为,愤而打死了殷天锡(第五十二回)。他们的这些仗义行为不仅为别人伸张了正义,也舒展了自我。

《三国志通俗演义》虽已在若干人物身上体现了维护自我尊严的要求,却还看不到对个性自由的哪怕是某种程度上的愿望。

第三,《水浒传》歌颂了建立在个人感情之上的友谊与义气。例如史进与陈达、朱武、杨春三人本是敌手,但感于三人之间的义气,就化敌为友,与三人结交,并为此丢失了庄园和财产,流落他乡(第二回)。鲁智深为救林冲而大闹野猪林,宋江为义气而放走晁盖,朱仝为义气而释放宋江。为了朋友间的义气,他们可以置官府法律与社会道德于不顾。宋江被判死刑时,李逵冒着生命的危险去劫法场。他之所以甘愿为宋江送命,就是因为他与宋江之间有特殊的感情。初识宋江，宋江得知李逵需要钱，就慷慨解囊，给他一锭十两的银子。宋江请他吃饭，他不耐烦用小盏，宋江便叫人换大碗。李逵笑道："真个好个宋哥哥，人说不差了！便知我兄弟的性格。结拜得这位哥哥，也不枉了！"吃鱼时，宋江见李逵把三碗鱼汤"和骨头都嚼吃了"，知道李逵饿了，就让酒保专门给李逵切了二斤肉，李逵道："这宋大哥便知我的鸟意，吃肉不强似吃鱼？"（第三十八回）李逵把宋江作为自己的知己，非常敬重宋江，所以他才肯不惜生命地去救宋江，这颇有点士为知己者死的意味。三国英雄也讲义气，而且同是出于对个人情感价值的选择，但那是受上层社会价值判断的影响的，至多危及集团的利益，而不致危及封建秩序本身，例如关羽之在华容道上释放曹操；水浒英雄的义气则是下层社会中人与人之间的情感沟通、气味相投，因而有可能危及封建的社会秩序本身，李逵的劫法场就足以说明这一点。

第四，与《三国志通俗演义》描写上层统治集团之间的军事、政治争斗有所不同，《水浒传》写的众多英雄走上梁山或被逼上梁山的过程，也是他们反抗社会的过程，从中反映了个人与社会之间的矛盾冲突。

水浒英雄的反抗主要有两种类型。一是起因于个人欲望得不到满足，个性得不到舒张，如晁盖、吴用、阮氏三兄弟，以及鲁智深、李逵、武松等人的反抗即是。二是由于统治阶层对人的无理压迫而引起的反抗，如林冲、解珍、解宝兄弟等人的反抗。前一种反抗是为了争取个人的权利而主动反抗社会，后一类反抗则是个人利益受到侵害，做人的权利被剥夺而作的忍无可忍的反抗。如林冲是东京八十万禁军教头，有着优厚的待遇和温暖的小家庭，起初他本无意于反抗社会。但高俅父子陷害他，逼得他妻死家亡，成为囚犯，最后在他的个人生存权利受到危害时，他终于手刃仇敌，走上梁山。解珍、解宝兄弟本来是安分的猎户，恶霸毛太公赖掉他们的猎物，又串通官府把他们投进牢狱，他们不得不杀了恶霸，走上了反抗社会的道路。总之，无论水浒英雄们以何种形式反抗社会，也不论他们的反抗是主动的，还是被动的，他们的这些反抗行为在一个纯粹自给自足的小农经济社会里，都会被认为是不安分守己的行为而受到指责或被否定，《水浒传》的作者却把他们的反抗作为英雄行为歌颂，这与作者思想中的市民意识有关。在明代后期，《水浒传》在社会上广泛流行，多次被重印，可见读者对它的热烈欢迎，这跟当时资本主义萌芽开始形成及市民意识的增强也不无关系。

在艺术成就方面，《水浒传》继承了《三国志通俗演义》的创作经验，在小说故事的叙述与人物描写方面有了进一步的发展。

第一，《水浒传》与《三国志通俗演义》所写的都是英雄故事，并善于在故事情节的叙述中描写人物，但比较而言，《水浒传》所写的故事比《三国志通俗演义》中的故事更精彩、更生动,在故事中所展示的社会矛盾也更复杂、更尖锐。例如,在武松的故事中,武松打虎一段的描绘十分紧张而生动,表现了武松超人的勇力;武松斗杀西门庆则表现了武松的复仇性格,也揭示出在当时的社会中平民与金钱权势间的矛盾。武松发配孟州,帮施恩义夺快活林,直到大闹飞云浦、血溅鸳鸯楼,一个个故事扣人心弦,在个人的恩怨中又夹杂着统治集团内部的矛盾争斗。矛盾冲突的结果是施恩入狱,最后也走上反抗的道路。再如三打祝家庄,其主要矛盾是梁山英雄与祝家庄地主武装之间的矛盾,同时也穿插着祝家庄、扈家庄、李家庄之间的冲突。中间插入的解珍、解宝越狱的故事表现的是平民百姓与地主恶霸、封建官府的矛盾。在这个故事中,多种矛盾交织,不断激化,最后是解珍、解宝等人汇合到梁山英雄的队伍中来,促进了三打祝家庄的胜利,李应也从地主武装中分化出来,走上梁山。无论是武松的故事或是三打祝家庄的故事,都较《三国》中的精彩故事(例如《火烧赤壁》)更引人入胜。因为《三国》的故事一般是一组矛盾(统治阶级中的这一集团与那一集团的矛盾),至多在矛盾的双方中各有同盟军和内部矛盾,因而比较单纯;《水浒》中的上引故事则是多种矛盾的组合,且包含着矛盾的转化,因而其情节容易展开,内容也更为丰满。值得注意的是:在三打祝家庄中所述解珍、解宝的故事,运用了插叙手法,从而在某种程度上打破了传统小说中按时间发展的先后顺序叙述一个完整故事的习惯,于纵向的时间叙述中横向展开,将时间的顺序与空间的转换相结合,使得故事悬念顿生,波澜迭起,内容更丰富,情节更曲折。

第二,《三国志通俗演义》在人物描写上的主要特征是类型化,而《水浒传》的某些人物描写已经多少显现出其个人的性格特点。就此点而言,比《三国志通俗演义》前进了一步。

《水浒传》比较注重将人物置于现实环境中,通过其语言、行动、与其周围人之间的关系来刻画人物的性格。如林冲因地位较高,生活优裕,这就养成了他满足现状,安守本分的性格。起初看到有人在调戏妻子,他很愤怒,"恰待下拳打时,认的是本管高太尉螟蛉之子高衙内……先自软了。"他考虑的是打了高衙内,"太尉面上须不好看"(第七回)。从中可以看出他性格的谨慎与软弱。高太尉设计陷害他,将他刺配沧州,一路上他忍气吞声,受尽两个公人的欺凌。初到沧州牢营,差拨见他没送银子,对他破口大骂,他则赔着笑脸把银子送上。林冲的这些行为与武松在孟州牢营中的表现截然相反,显示出两人不同的性格。直到陆谦、富安等火烧草料场,要取他的性命时,他才忍无可忍,挺身反抗,杀了陆谦等人,反上梁山。到了梁山,他开始时对王伦仍然逆来顺受,显示出了其原先性格特点的延续性;但当王伦又一次妒贤嫉能,拒绝晁盖等入伙时,他就主动拜访晁盖等,加以挽留,并提出保证,然后火并了王伦。这又显示出了其性格的发展。作者对林冲性格的描写,使人感到真实可信。

《水浒传》写人物,已经注意到通过不同人物的语言行动来表现不同人物之间的性格差异。如鲁智深、李逵都是性格粗鲁的人,但两人的粗鲁却有不同。鲁智深虽粗鲁而通达人情世故,他的行为往往粗中见细,如其打死郑屠之后,为了脱身,他"拔步便走,回头指着郑屠尸道:'你诈死,洒家和你慢慢理会。'一头骂,一头大踏步去了。"(第三回)回到住处就卷起东西,溜之大吉。李逵的粗鲁则单纯天真,不通世故,莽撞得可爱。在梁山泊英雄排座次后,宋江在宴会上写了一首《满江红》词让乐和唱,"正唱到'望天王降诏早招安',只见武松叫道:'今日也要招安,明日也要招安去,冷了弟兄们的心!'黑旋风便睁圆怪眼大叫道:'招安招安,招甚鸟安!'只一脚把桌子跳起,掇做粉碎。""鲁智深便道:'只今满朝文武俱是奸邪,蒙蔽圣聪,就比俺的直裰,染做皂了,洗杀怎得干净?招安不济事。便拜辞了,明日一个个各去寻趁罢。'"(第七十一回)武松、李逵、鲁智深三人都对宋江的招安想法不满,但他们的语言及表现方法却不同。武松在叫嚷,李逵在大喊大叫的同时并带有踢桌子的行动,鲁智深则冷静地说理。三个人的不同性格特点在这段描写中生动地反映出来。

《水浒传》写人物,还比较注意在故事的叙述中刻画人物的心理活动。武松被发配到孟州牢营,因为没有送人情,管营却免了他的杀威棒,囚徒们替他担心,对他说:"寄下这顿棒,不是好意,晚间必然来结果你。"武松信以为真。白天施恩派人给武松送来好酒好肉,武松寻思道:"敢是把这些点心与我吃了,却来对付我?我且落得吃了,却又理会。"晚上仍是好酒美食,武松暗自忖道:"吃了这顿饭食,必然来结果我。且由他,便死也做个饱鬼,落得吃了,恰再计较。"晚饭后让武松洗浴,武松想道:"不要等我洗浴了来下手?我也不怕他,且落得洗一洗。"第二天却给武松换了一个干净房间,武松想道:"我只道送我入土牢里去,却如何来到这般去处?比单身房好生齐整!"武松一直认为管营要害他,他在等待着,提防着,却不见动静。于是他开始怀疑:"众囚徒也是这般说,我也这般想,却是怎地这般请我?"一连住了三日,不见有害他之意,"武松心里正委决不下"时,得知这是小管营的安排,武松又想道:"却又作怪,终不成将息得我肥胖了,却来结果我,这个鸟闷葫芦,教我如何猜得破"(第二十八回)。直到施恩出来解释,武松心头的闷葫芦才打破,读者心中也恍然大悟。这里逐步写武松的心理活动及其变化;既显示出其无所畏惧的英雄本色,又显示出其考虑的审慎,真实生动,合情合理,给人以亲切的感觉。这种心理描写使《水浒传》在人物塑造方面比《三国志通俗演义》又前进了一步。但是,《水浒传》的这种心理描写并不是用以刻画人物的个性,而是出于情节的考虑,为了使故事情节更具悬念,以增加故事的生动性与曲折性。《水浒传》的人物心理描写还没有从故事情节的辅助地位中独立出来。真正以人物个性为目的的心理描写到了《金瓶梅》中才开始出现。

总之,无论是从中国小说的整个发展历程看,还是与《三国志通俗演义》相比较,《水浒传》都取得了很大的进步。但是,《水浒传》歌颂了男性英雄,却贬低了女性。在《水浒传》中没有真正意义上的对女性的描写,其中所写的女性大致可分两类,一类是孙二娘、扈三娘、顾大嫂这样的男性化了的女性,另一类是潘金莲、潘巧云、阎婆惜等"淫妇"。作者把潘金莲等女性写成天生的淫贱,既不顾及社会对妇女(例如潘金莲)的迫害以及由此引起的她们心理上的扭曲,又将对她们的迫害(例如石秀、杨雄的杀潘巧云)视作英雄的行为,这是其主要的历史局限。至其成因,则是我国封建社会长期流行着的对性爱的压抑和对女性的歧视。

三、《水浒传》的历史地位

《水浒传》是继《三国志通俗演义》之后的一部长篇白话小说,它的创作上承《三国志通俗演义》,下启《金瓶梅》,在长篇白话小说的发展进程中有着特殊的地位。它的这种承先启后作用在以下三方面表现得尤为明显。

在《三国志通俗演义》中已经显露出初步的市民意识,这种市民意识在《水浒传》中有了进一步的发展。如上所述,《水浒传》所写的英雄们对物质欲望的追求,享乐的意识,不甘受束缚的自我要求,以及较强烈的反抗精神等,都不见于《三国志通俗演义》;因而,其所反映的市民阶层的愿望和理想都较《三国志通俗演义》强烈。同时,《水浒传》所写的英雄们平凡的人生欲望,也使人们更感到亲切可近。在后来的《金瓶梅》中,由于注重于对普通人的生活及人生欲望的描写,这种市民意识得到了更集中更真实的展现。从《三国志通俗演义》到《水浒传》,再到《金瓶梅》,我们可以看到市民意识的不断增强,看到市民性在中国文学史上的发展脉络。

在人物描写上,《水浒传》体现了从类型化向性格化发展的趋向。武松、鲁智深、李逵等人物具有了若干性格特征。当然,对《水浒传》人物描写的性格化程度也不应夸张过度,在其所写的一百零八位英雄中,有特色的只有少数人,大多数的人性格还不够鲜明。金圣叹说其所写的一百零八人"人有其性情,人有其气质,人有其形状,人有其声口"(贯华堂本《水浒传·序三》),显是溢美之词。应该说,《水浒传》的人物描写比《三国志通俗演义》有了进步,而《金瓶梅》在人物描写上的成就实较《水浒》更为突出。但它比《水浒》要晚一百数十年,所以,《水浒传》在人物描写方面所起的推进作用理应受到重视。

第三，《三国志通俗演义》是以杂有不少白话成分的浅近文言来写作的，而《水浒》则是我国历史上第一部以较成熟的白话文写成的文学作品。其文字生动而精练，无论抒情叙事，皆能得其窍要，较之那些仅能粗述梗概的白话作品固然远胜，就是较之以文言写的叙事名篇，也别具胜场：由于其委曲周至且富于形象性，能给予读者以这些文言名篇所无法给予的感动。在《水浒》以后，近世文学中的白话文学作品在质量上已不弱于同期的文言作品，甚或有所超越；自《红楼梦》出，其后的文言作品就无法再与白话名作相抗衡了。

现引书中写林冲投奔梁山途中情景的一段如下：

> 林冲与柴大官人别后，上路行了十数日。时遇暮冬天气，彤云密布，朔风紧起，又早纷纷扬扬下着满天大雪。行不到二十余里，只见满地如银。……林冲踏着雪只顾走，看看天色冷得紧切，渐渐晚了。远远望见枕溪靠湖一个酒店，被雪漫漫地压着。……林冲看见，奔入那酒店里来，揭起芦帘，拂身入去，到侧首看时，都是座头。拣一处坐下……又吃了几碗酒，闷上心来，蓦然间想起："以先在京师做教头——禁军中，每日六街三市，游玩吃酒，谁想今日被高俅这贼坑陷了我这一场，文了面，直断送到这里，闪得我有家难奔，有国难投，受此寂寞！"因感伤怀抱，问酒保借笔砚来，乘着一时酒兴，向那白粉壁上写下八句五言诗。

其写景真实生动，写动作具体细致，写心理活动深切自然，而且三者相互渗透，成为一个统一整体；这种境界实非文言的作品所能达到。至于像鲁智深大闹五台山、武松打虎等段落，早已脍炙人口，为节省篇幅，就不再引述了。

所以，《水浒传》由于白话的成功运用，在形式上也为文学开辟了一个新的世界。使它得以生动真切、不失原貌而删其繁冗、突出神髓地展现人物的内心世界、行为动作及其所置身的环境，从而承担起近世文学所要求的描写在新的历史阶段出现的个人的强烈感情及其与环境的剧烈冲突的任务，这也就是五四新文学中只有小说一门在形式上与以前的传统联系最为密切的原因。倘将《水浒传》与文言小说《娇红记》这两个时代相近的作品稍加对照，《水浒传》的上述意义就更加明显。

第四节　文言小说《娇红记》

从宋代开始的志怪、传奇的俗化过程，到元末结出了丰硕的果实。那就是题为虞集所作的文言小说《申王奇遘拥炉娇红记》，简称《娇红记》。不过，把它作为虞集的作品虽然至迟始于明代嘉靖时期①，但在远早于嘉靖的宣德十年(1435)丘汝乘为杂剧《金童玉女娇红记》所作的《序》却说它为"元清江宋梅洞"所作②。据日本伊藤漱平教授考证，宋梅洞即宋末元初的宋远③。而作品中人物飞红所举"古词"《昼夜乐》显然受到元末人梁寅的同一词牌的作品的影响④。梁寅主要生活在元代后期，洪武间始去世，是以《娇红记》之作不可能早于元末，也即不可能出于宋远、虞集之手。又，明代初期李昌祺所作《剪灯余话》(有永乐十八年自序)内的《贾云华还魂记》叙元末至正年间事，其主人公已提到《娇红记》，可知明初人是把它作为元代已有的作品的；故其时代以定于元末较妥。至于作者，似为江西这一区域的人。因为最早提及此一作品的李昌祺、作品所依傍的《昼夜乐》词的作者梁寅的籍贯皆属于今江西地区，足证《娇红记》既为江西人所熟知，而作者对江西文学家梁寅的词也颇熟悉。又，宋远为江西人，虞集也自其父亲起就移居江西；《娇红记》之所以被先后假托为宋、虞之作，大概就是因其出于江西之故。

作品所叙故事是这样的：北宋末的宣和年间，眉州书生申纯至舅父王通判家作客，与表妹王娇娘相爱并有了私情。申纯父亲为他向王通判求婚，遭到拒绝；两人却相爱越烈。后来申纯春闱及第，王通判也同意了两人的婚事，申家已"择日遣聘毕"。此时帅府公子听说娇娘很美，遣人来求亲。经过威胁利诱，王通判终于许婚。娇娘得知自己与申纯结合的希望已经断绝，决意以死相殉，对申纯更为温柔体贴。申生知道她的打算后，十分悲痛和感动。在婚期前夕，娇娘绝食忧郁而死。申纯也自缢，虽经解救，而仍含悲以殁。王通判这时后悔已晚，就将娇娘灵柩与申纯合葬。不久娇娘与申纯在家中显灵，说已登仙班，两人"朝欢暮宴。天上之乐，不减人间"。

篇中的男女主人公虽似是宦门子女，但就其所写情状来看，毫无男女内外之别。申生一到舅父家，舅母就令当时已经成年的女儿与他相见；以后有别的外甥来，也同席饮宴。申纯居于舅家时，虽和娇娘尚无爱情关系，也"终日得与

---

① 高儒《百川书志》卷六著录"《娇红记》二卷"，注明为"元儒邵庵虞伯生编辑"。虞伯生即虞集。《百川书志》有嘉靖十九年自序。
② 见日本昭和三年影印金陵积善堂刊本《金童玉女娇红记》(《古本戏曲丛刊初集》又据以影印)卷首。
③ 见伊藤漱平译《娇红记》附《解说》，日本平凡社1973年版。
④ 《娇红记》中"古词"的开头为"西川自古繁华地，正芳菲，景明媚"，梁词的开头则为"秣陵犹忆豪华地，醉春风，景明媚"，相袭之迹显然；"古词"的"杂遝香车宝骑"，与梁词的"油壁小轻车，间雕鞍金辔"，意亦相仿；"油壁小轻车"即"香车"，"间"即"杂"，"雕鞍金辔"即"宝骑"；"古词"有"才子逞疏狂"语，梁词亦云"同游放浪多才子"。然梁寅善于作词，当不致对小说中的作品或其前的"古词"如此生吞活剥；所以，这首"古词"实是参照梁词写成。

游",并常单独相处。这种事情,在当时只有市民阶层的家庭才有可能发生。而且,在王通判已受了申家的聘礼后,又把娇娘许配别人,这也不是士大夫家庭所敢为。因此,这实是市民阶层的青年男女故事,只不过给他们披上了与其身份不相称的外衣。把这样的人物作为主人公,并对他们的违背礼教的行为大加赞美,这正是市民意识侵入传奇,也即传奇俗化的结果。

这篇小说不仅文字比唐传奇浅显,其篇幅之大也为以前的文言小说所无。在这以前最长的文言小说为《游仙窟》,但不超过九千字,《娇红记》则长达一万七千余字[①]。这不是由于其情节的复杂,而是由于其描写的细腻。在这方面,它不但超过了志怪、传奇等文言小说,并可与《水浒》相颉颃。

这样地描写细腻的结果,使它既能具体、生动地表现出申纯、娇娘从相爱、定情直至死亡的整个过程及其欢乐、挣扎与痛苦,以显示个人与环境的矛盾、冲突,也能较鲜明地写出娇娘的性格,较之董《西厢》、王《西厢》中的莺莺并不逊色。

就前一点言,作品以种种细小的情事,写两人逐渐表露自己感情的经过,直至彼此直叙其相爱之深。整个过程都使人有历历如见之感。以前作品之写恋爱,从无如此深细的。

两人的相互表示感情,最早是在娇娘、申纯、王通判夫妇及另一个外甥参加的酒宴上。王通判和另一个外甥虽已"将酣",娇娘仍劝他们多饮;而当其母亲向申纯劝酒、申纯推辞时,娇娘却说"三兄动容,似不任酒力矣,姑止此"。既而"送目语生曰:'非妾,则兄醉甚矣。'生谢曰:'此恩当铭肺腑。'娇微谢(疑当作"哂"。——引者)曰:'此岂恩乎?'生曰:'义重于此矣。'"这是娇娘第一次流露出对申纯的与众不同的情意,而申纯所说的"义重于此"则意味着他已理解这事背后的娇娘的感情,所谓"此恩当铭肺腑"则是说自己永不会辜负她。其后又经历了一系列类似的情况。例如:

> 一日,舅妗开宴,自午至暮。酒散,舅妗起归舍。生独坐堂中,欲即外舍。俄而娇至筵所,抽左髻细钗拨博山里余香。生因曰:"夜分人寝矣,安用此?"娇曰:"香贵长存,安可以夜深弃之!"生又继之曰:"篆灰有心足矣。"娇不答,乃行近虚阶,开帘仰视,月色如画。因呼侍女小惠画月以记夜漏之深浅。乃顾生曰:"月已至此,夜几许?"生亦起下阶,瞻望星汉,曰:"织女将斜,夜深矣。"因曰:"月白风清,如此良夜何?"娇曰:"东坡钟情何厚也?"生曰:"奇美特异者,情有甚于此,焉可以此诮东坡也。"娇曰:"兄出此言,应被此苦众矣,于我何独无之?"生曰:"然则实有也,不然,则佳句所

---

① 据伊藤漱平译《娇红记》所附《解说》中的统计数字。

谓压梦者,果何物而苦难醒乎!"(按,娇娘所作诗有"春愁压梦苦难醒"之句,为申纯所见。——引者)言情颇狎。娇因促步下阶,逼生曰:"兄谓织女斜河,何在也?"生见娇娘骤近,恍然自失。未及即对,俄闻户内妗问:"娇娘寝未?"娇乃遁去。

次日晨起,生入揖妗。既出,遇娇于堂西小阁中。娇时对镜画眉未终,生近前,谓之曰:"兰煤灯烬,即烛花也①?"娇曰:"灯花耳。妾用意积久,近方得之。"生曰:"若是,则愿以一半丐我书家信。"娇遂肯,令生分其半。生举手分煤,油污其指,因谓娇曰:"子宜分以遗我,何重劳客耶?"娇曰:"既许君矣,宁惜此!"遂以指决煤之半,以赠生。因牵生衣拭指污处,曰:"缘兄得此,可作无事人耶!"生笑曰:"敢不留以为赘?"娇因变色曰:"妾无他意,君何戏我?"

经过这样一次次的试验,两人终于互诉衷情了:

一日暮春小寒,娇方拥炉独坐,生自外折梨花一枝入来。娇不起,亦不顾生②,生乃掷花于地。娇惊视,徐起以手拾花,询生曰:"兄何弃掷此花也?"生曰:"花泪盈晕,知其意何在? 故弃之。"娇曰:"东皇故自有主,夜秉一枝,以供玩好足矣,兄何索之深也?"生曰:"已荷重诺,无悔。"娇笑曰:"将何诺?"生曰:"试思之。"娇不答,因谓生曰:"风差劲,可坐此共火。"生欣然即席,与娇共坐,相去仅尺余。娇抚生背曰:"兄衣厚否? 恐寒威相凌逼也。"生恍然曰:"能念我寒而不念我断肠耶?"娇笑曰:"何事断肠? 妾当为兄谋之。"生曰:"无戏言。我自遇子之后,魂飞魄散,不能着体,夜更苦长,竟夕不寐,汝方以为戏,足见子之心也。予每见子,言语态度非无情者,及予言深情切,则子变色以拒,果不解世事而为是沽娇耶? 谅屏缪之迹,不足以当雅意,深藏固闭,将有售也? 今日一言之后,余将西骑矣,子无苦戏我。"娇因慨然,良久曰:"君疑妾矣。妾敢有言:妾知兄心旧矣,何敢固自郑重以要君也? 第恐不能终始,其如后患何! 妾自数月以来,诸事不复措意,寝梦不安,饮食俱废,君所不得知也。"因长吁曰:"君疑甚矣! 异日之事君任之,果不济,当以死谢君!"

在以前的小说中,从没有把爱情关系确立的过程写得如此委曲周至的。而二人既已定情,接着就是他们与环境的冲突了。先是王通判的拒婚,由此导

---

① "即",疑当作"抑"。笔者按,此引《娇红记》系据《古本小说集成》本《绣谷春容》所收;《花阵绮言》也收有《娇红记》,此"即"字在《花阵绮言》中作"耶",然核以文义,亦不甚顺。

② "亦"下原脱"不"字,据《花阵绮言》所收《娇红记》补。

致申纯"伤感成疾";既而因王家侍女飞红的破坏,使得申纯不能再留在王通判家,二人遂悲泣而别;其间曾一度在申纯家相遇,又再度相约,决不相负;这是环境对他们的压迫和他们的反响。此后申纯及第,重至王通判家,娇娘也曲意奉事飞红,获得了她的欢心,反过来帮助二人,遂得欢叙,并成就了婚事。这是他们对环境的克服。但最后王通判把娇娘许配帅府,二人的处境愈益悲惨。他们终于被环境所吞噬。"娇自是见生愈密,然一相遇,则凄惨不乐。殆平生善歌,乃作哀怨之音,则闻者动容,或至流涕。虽与生相遇甚厚,未尝对生一歌。生或潜听,娇觉之,则又中辍,生每以为嫌。至是,生不请自歌,词名《一丛花》。……歌未终,黯黯然泪下如雨。生平生嗜好有不能致者,娇广用金玉,售以遗生。一夕家宴罢,至就寝,生被酒未能卧,娇秉烛侍侧。生从容问曰:'尔来眷我何益厚也?''始者妾谓可托终身于君,今既不如所愿,事兄有日矣,虽殒此身,何足以谢!'生大感恸。居数日,娇忽卧病,不得与生会者近二月。一日舅出谒,生厚赂左右,欲一见娇。左右扶娇至生室之侧,生迎与相见,呜咽不自胜。良久,娇乃曰:'乐极生悲,俗语不诬。妾疾必难扶持,生愿既不谐,死亦从兄,在所不恤也。'语毕,倚生之怀,似无所主。左右惊扶而入,久之方醒。生亦自此闷闷,作事颠倒,言语无实,目前所为旋踵而忘。"把青年男女由欢愉而陷入悲惨的过程写得如此细致深切的,也为以前的任何作品所无。

在这样的过程中,娇娘的性格就逐步突现出来。她先前对申纯若即若离,正如其在拥炉谈心时所表明的,乃是"第恐不能终始,其如后患何"。在妇女受着远为深重的压迫的当时,她的顾虑远远超过申纯乃是当然的事。及至既已下了"当以死谢君"的决心,她此后的行动远较申纯勇敢。她约申纯晚上到自己房间去,申纯害怕了,她却"变色曰:事至此,君何畏!……事败当以死继之"。在王通判把她许配帅府、申纯被迫还家之时,嘱她"勉事新君",她发怒说:"兄丈夫也,堂堂五尺之躯,乃不能谋一妇人。事已至此,更委之他人,君其忍乎!妾身不可再得,既以与君,则君之身也……"接着"掩面大恸"。她与申纯分别后,"日夜悲泣……近半月,病愈甚,将不能起",飞红就暗暗把申纯约来,与她再见一面。"娇见生,乃大恸曰:'……妾向时与兄拥炉,谓事不济,当以死谢,妾敢背此言耶!兄气质弱薄,常多病,善摄养,毋以妾为念。'因出断袖还生,曰:'谢兄厚爱,复思此景,其可再得乎!'哭愈恸。"对申纯深情款款,而其勇决之气也仿佛如见。直到婚期前夕,她还作了最后的一次斗争,然后悲壮地死去,"娇之佳期已逼,乃托感疾,蓬头垢面,以求退亲。父迫之,娇引刀自截,左右救之,得不殒。因绝食数日,不能起。"以如此细腻的描写,把这一深情而勇敢的少女性格这样突现出来,这也是我国以前的文学作品所没有过的。

总之,《娇红记》所描写的,是长期处于群体深重压抑下的个体生命为自己的幸福所作的自发而悲壮的斗争。作者满腔同情地讴歌了他们的追求和奋斗,也为他们的死亡而悲痛。他已经摆脱了《红绡密约张生负李氏娘》、《张浩——花下与李氏结婚》所显示出来的在青年男女争取婚姻自主问题上的盲目乐观,但仍给以死后成仙的廉价安慰;这正反映了他在现实生活中还看不到这方面的任何出路。

如果说《水浒传》是我国通俗小说中直到当时为止的成就最高的作品,那么,《娇红记》就是直到当时为止的文言小说中成就最高的作品。它们与戏曲共同体现了元代文学对我国文学发展所作的重大贡献。

但是,正由于这一以文言所写的作品描绘得相当细,就更暴露出了文言已不适合于进一步的创作需要。因为,文学发展到近世,个人意识较前有了新的进展,感情更为强烈而细腻,个人与环境的冲突也更为剧烈,这就必然要求文学较具体真切地写出这种冲突和人物的激动感情,从而也就要较充分地展开矛盾和人的内心世界,使读者仿佛身临其境。而文言的特色是精简与凝练,用以写作凝练的诗词固然胜任愉快,却无法承担"展开"的任务。这就是《窦娥冤》的〔叨叨令〕等曲词几乎就是白话而《娇红记》中的对话却感染力不强的原因;连上引的娇娘一些感情激动的话语也是如此。

第六章　近世文学萌生期的诗文

在近世文学萌生期,杂剧、南戏、散曲、小说固然取得了重大的成就,诗文——主要是诗歌——也在原有的基础上前进了。大致说来,诗从宋代的主理向主情回归,而且较唐代更强调自我的作用;文章也开始向抒写性灵的方向倾斜。至于其发展阶段,则与杂剧等的相同,可分为三期:以太宗取中原至全国统一之初为第一期,以全国统一后的元王朝统治相对稳定时期为第二期,以元末为第三期。只是王国维在作杂剧分期时,把第三期划为至正时期,而就诗文来说,则可把后至元时期(1335—1340)作为第三期的起点,因为第二期的最重要作家,这时已只剩下了年逾六十的虞集、揭傒斯,而第三期的最重要作家杨维桢、萨都剌都为泰定四年(1327)进士,在后至元时期他们已都是有影响的诗人。

第一节　元初的诗文创作

在元杂剧创作的第一期,出现了不少杰出的作家和作品。但诗文的作家群与杂剧的作家群显然是不同的。从事诗文的作家,其社会地位均高于杂剧作家,因而其思想没有后者的洒脱,且大都出身汉族,源远流长的儒家文化不可能不对他们产生影响,尽管辽金统治区的儒家思想的力量较之宋统治区要弱小得多。所以,第一期诗文作家的作品既有由于特定的社会状况和思想状况而注重情性的一面(参见本编《概说》及第一章有关论述),又有继承自中唐以来力图使得诗文成为政治、伦理工具的那种倾向的一面。甚至在同一个作家身上,这两面也同时存在。不过,就总体来说,通过这一阶段的发展,前一方面得到了加强。

在第一期作家中,时代最早的是耶律楚材(1190—1244)。楚材,字晋卿。

契丹族。本是辽皇族的后代。他的父亲仕于金朝,他也仕金。贞祐二年(1214)金宣宗在蒙古军力的威胁下,迁都至南京(今河南开封),他留在中都(今北京)。次年,中都为成吉思汗所占领,遂仕于蒙古,并曾随军西征。后任中书令。有《湛然居士文集》。《四库全书总目提要》评其诗说:"今观其诗,语皆本色,惟意所如,不以研炼为工。"这是说得很对的。

他的诗的优点,是有真感情的流露。如《还燕京,题披云楼和诸大夫韵》:

闲上披云第一重,离离禾黍汉家宫。窗开青琐招晴色,帘卷银钩揖晓风。好梦安排诗句里,闲愁分付酒杯中。静思二十年间事,聚散悲欢一梦同。

作此诗时,他已为蒙古的高官,但由于其与辽、金王朝的关系,重到"燕京"——先后为辽、金首都——时,抚今思昔,他不仅产生了《黍离》之悲,而且引发了人生如梦之感,从中也隐隐透露出宦海中的难言的苦闷。诗中真切地抒发了这种感情,故足以动人。其"好梦"一联,语虽平淡,内涵却颇丰富。

然而,作为一个身处高位的政治人物,他的有些诗也显含政治色彩:

八月阴山雪满沙,清光凝目眩生花。插天绝壁喷晴月,擎海层峦吸翠霞。松桧丛中疏畎亩,藤萝深处有人家。横空千里雄西域,江左名山不足夸。(《阴山》)

最后两句无疑别有寄托,被斥为"不足夸"的"江左名山"乃是南宋王朝的象征,而所谓"横空千里雄西域"者,也不只是指阴山,而是隐喻蒙古王朝。所以,此诗虽似写景,却具有"颂圣"的意味。其感人的力量就远不如上一首了。

其次值得注意的是刘秉忠和郝经。

秉忠(1216—1274)初名侃,字仲晦,邢台(今属河北)人。十七岁时即为邢台节度府令史,后为僧,法名子聪。又出而辅佐忽必烈,多所谋划。忽必烈即皇帝位,他被任命为光禄大夫、太保、参领中书省事,改名秉忠。有《藏春集》。

他的诗也属于"本色"一路。其较有特色的,是寄寓人生感慨的作品,如《寄友人》:

悠悠离阔感中年,我辈情钟岂不然?好景与时浑易过,可人和月只难圆。五更残梦鸡声里,千里归心雁影前。漠北云南空浪走,今春又负杏花天。

此诗虽较粗率,但颇能见出人生的无奈。即使像他这样的显贵,也总是身不由己,事与愿违。其"五更"一联,深具凄婉之致。但正因身为显贵,有些诗的政治、伦理目的极为明显,不但纯是理智的产物,而且毫无诗意了。例如:

贤圣随时出处同，道存元不计穷通。一番天地鸿蒙后，千载君臣草昧中。玄德必咨当世事，孔明良有古人风。长才自献成何用，三顾还酬莫大功。（《读诸葛传》）

郝经（1223—1275），字伯常，泽州陵川（今山西晋城）人。他的思想很受朱熹的影响，但反对"华夷之辨"。在忽必烈即位前，他就是其得力僚属之一。忽必烈即位后，他以翰林侍读学士充任国信使，至南宋议和，被长期羁留，于至元十二年（1275）才获释放，不久病死。有《郝文忠公集》。

郝经的诗，也有不少仅是政治、伦理的工具。但他在南宋长期过着被软禁的生活，因而有些诗愤慨而激烈，有些诗又悲哀欲绝。前者的代表是《忆宝刀歌》，后者的代表是《落花》：

生平知己压腕刀，借交报仇燕南豪。一从濠梁成隔绝，枭獍触忤狐狸嗥。夜夜斗牛多异气，玉虹萦天光烛地。几回梦里飞入手，痛惜当年都废弃。近来馆下遇家贼，空拳无奈徒忿激。撼床一夜宝刀鸣，黑风卷地吹霹雳。只今使节犹未回，只应玉琫生青苔。何时磊落却在手，为我讨贼除氛埃。（《忆宝刀歌》）

彩云红雨暗长门，翡翠枝余荨绿痕。桃李东风蝴蝶梦，关山明月杜鹃魂。玉栏烟冷空千树，金谷香销谩一尊。狼藉满庭君莫扫，且留春色到黄昏。（《落花》）

后一首意义自明；结句无限惆怅。前一首却须稍作解释。郝经在南宋期间，蒙古边将曾派人来暗杀他；幸而阴谋未成①；其目的当是破坏和议。"近来馆下遇家贼"句即指此而言。末句的"贼"，则是指双方统治集团中破坏和议的人们——"家贼"和外贼。比较起来，后一首的艺术成就远高于前一首。但那种哀艳之姿，很可能是受了南方文学的影响。

这时期的文章虽多为实用性的，但如麻革的《游龙山记》，已着重于写自然界的美和自己的感受，是一篇纯粹的文学散文。麻革，字信之，号贻溪，临晋人。金末名士，入元后，曾于太宗十一年（1239）赴试武川。《游龙山记》即于应试后途经浑水时所作。今引其登龙山绝顶的部分于下：

行茂林下，又五里，两岭若岐，中得浮屠氏之居，曰大云寺。有僧数辈

---

① 参见《陵川集》卷十二《入奏行赠千户魏斌》："天王推恩下宝书，龙节玉币金虎符。边臣喜兵祸二国，阴使竖子来相图。七年奸凶缄髓骨，故作狼跋期一扑。朦人救死趋夜发，群起先尸帐下督。拔栅登门强斩关，直入卧内杀长官。汹涌逆气喷信函，模糊生血撼帐竿。魏斌慷慨掉臂人，举头为城令避贼。抱书登埔性命存，黑风卷地飞沙石。贼徒骇乱各散走，馆吏严兵拥前后。仓皇国士几委地，再活还因此人手。……""国士"指郝经自己。

来迎,延入,馆於寺之东轩。林峦树石,栉比楯立,皆在几席之下。

憩过午,谒主僧英公,相与步西岭。过文殊岩,岩前长杉数本挺立,有磴悬焉。下瞰无底之壑,危峰怪石,巉岏巧斗,试一临之,毛骨森竖。南望五台诸峰,若相联络,无间断。西北而望,峰豁而川明,村墟井邑,隐约微茫,如弈局然。徜徉者久之。

寅缘入西方丈,观故侯同知运使雷君诗石及京叔诸人留题。回,乃径北岭,登萱草坡,盖龙山绝顶也。岭势峻绝,无路可跻。步草而往,深弱且滑甚。攀条扪萝,疲极乃得登。四望,群木皆翠杉、苍桧,凌云千尺,与山无穷。此龙山胜概之大全也。

降乃复坐文殊岩下,置酒小酌。日既入,轻烟浮云,与暝色会。少焉月出寒阴,微明散布石上。松声翛然,自万壑来。客皆悚视寂听,觉境逾清思逾远。已而相与言曰:"世其有乐乎此者与!"

作为元代早期的纯文学散文,这是一个良好的开端。因为此文所追求的,纯是自然界的美,而完全离开了"明道"、"载道"的要求。至如"下瞰无底之壑"至"如弈局然"一段描绘的真切,"日既入"至"思逾远"一段文字的空灵,在游记文学中均属上品。

第二节 诗坛新风的形成

诗文创作的第二期,始于南宋灭亡,全国统一之后。宋元之际,江西派虽然出现了最后一员大将方回,但该派终于颓势难挽。南宋灭亡后,江南诗风日益变化,感情趋于浓厚,并崇尚清词丽句,至赵孟𫖯而达于高潮。这种风气也传播到了北方,又与北方诗人"气骨超迈"(以刘因为代表)的特色相结合,形成了一种尊情、求美而又较有力度的诗风,这也可说是元代诗坛的主流。这时期的代表诗人有赵孟𫖯、刘因、杨载、虞集等。

一、由宋入元的诗人

方回(1227—1307),字万里,号虚谷居士,歙县(今属安徽)人。宋末曾知严州,元兵南下,开城迎降。官建德路总管。有《桐江集》和《桐江续集》。又选评唐、宋诗为《瀛奎律髓》,继江西派的余绪,并倡"一祖三宗"之说,以杜甫为一祖,黄庭坚、陈师道、陈与义为三宗。他论诗强调"格",谓"格高而意又到、语又工为上,意到语工而格不高次之",又崇尚"瘦硬枯劲",讲究"句法"、"字眼"。

其实，南宋的陆游、尤袤、范成大、杨万里已从江西诗派脱出，他则企图重煽江西之焰，故在元代影响不大。但到清代后期"同光体"出，他的理论又受到重视。

他的作品，大抵缺乏感情，如《涌金门城望三首》之一："萧条垂柳映枯荷，金碧楼空水鸟过。略剩繁华犹好在，细看冷淡奈愁何。遥知堤上游人少，渐觉城中空地多。回首太平三百载，钱王纳土免干戈。"此诗称得上"瘦硬枯劲"。且首句既写物候，又隐喻杭州（乃至江南）的美好时节已经过去；第二句继续写景，却以"楼空"之语点出其所写实不仅是自然景色；三四两句写其面对此种情景的愁绪；五六两句进一步点出杭州的衰落；结句则指明其原因所在；求之"句法"、"字眼"，也无懈可击。然而，全诗仍不足以动人。因作者虽自言"奈愁何"，而读者并不能从中感染到强烈的哀愁，诗篇所写也不能使读者产生深刻的盛衰之感。这种平淡乃是作者缺乏真感情的结果。

在当时比方回小十七岁的戴表元（1244—1310），论诗主张显然与他相反。表元字帅初，奉化（今属浙江）人。南宋末曾任建康府教授，宋亡后隐居家乡。但到六十余岁时又被推荐为信州教授，调婺州，以疾辞。有《剡源文集》。他的诗论集中见于《洪潜甫诗序》：

> 始时（指宋初。——引者）汴梁诸公言诗，绝无唐风，其博赡者谓之义山，豁达者谓之乐天而已矣。宣城梅圣俞出，一变而为冲淡。冲淡之至者可唐，而天下之诗于是非圣俞不为。然及其久也，人知为圣俞，而不知为唐。豫章黄鲁直出，又一变而为雄厚。雄厚之至者尤可唐，而天下之诗于是非鲁直不发。然及其久也，人又知为鲁直而不知为唐。非圣俞、鲁直之不使人为唐也，安于圣俞、鲁直而不自暇为唐也。迩来百年间，圣俞、鲁直之学皆厌，永嘉叶正则倡四灵之目，一变而为清圆。清圆之至者亦可唐，而凡枵中捷口之徒，皆能托于四灵，而益不暇为唐。唐且不暇为，尚安得古！余自有知识以来，日夜以此自愧。

他明确地把唐、宋诗风相对立，崇唐而抑宋，这与严羽《沧浪诗话》之说虽然相通，但通过对宋诗发展过程的分析来否定宋诗，却自戴表元始。他对梅尧臣、黄庭坚、永嘉四灵的批判都很注重策略。如说梅氏"一变为冲淡。冲淡之至者可唐"，但梅尧臣是否写出过"冲淡之至"的诗篇，他就绝口不说了。总之，他在这里否定了整个宋诗，但却巧妙地避开了对宋诗这些代表人物的正面评价。而自戴表元以来，否定宋诗就成为元代诗坛的主流。但这并不是由于戴表元的影响，而是时代风气使然。

戴表元的诗，颇有反映当时的民生疾苦的，如《剡民饥》、《江行杂书》等，但

在艺术上缺乏感人的力量。其最具代表性的,是《胡蝶》一类诗篇:

> 春山处处客思家,淡日村烟酒旆斜。胡蝶不知人事别,绕墙闲弄紫藤花。

以浅显的文字,写平常的生活,但却隐寓很深的感慨。此诗关键在"蝴蝶"一句,那背后隐藏着千言万语。大而至于沧桑之变,小而至于个人的悲欢,皆可容纳其中。而无论人事怎么变化,蝴蝶却仍悠然如故;两相对照,真令人感怆欲绝。这也许只是诗人刹那间的感受,但作为其根底的,则是丰富的感情。这种写法,也正是唐诗的长处。如王昌龄的"闺中少妇不知愁,春日凝妆上翠楼。忽见陌头杨柳色,悔教夫婿觅封侯"(《闺怨》),同样是以末二句的刹那间的感受,造成感人甚深的艺术效果。

这种以最后两句振起全篇的手法,在戴表元诗中常见。今更举两首为例:

> 六月苕溪路,人看似若耶。渔罾挂棕树,酒舫出荷花。碧水千塍共,青山一道斜。人间无限事,不厌是桑麻。(《苕溪》)
>
> 花满车茵酒满船,乱云堆里访枯禅。林深何处无芳草,人静有时闻杜鹃。神屋昼飞青礚碛,灵潭阴罩赤蛇蜓。居然悟得松风梦,回首庐山二十年。(《陪阮使君游玉几》)

生活年代略后于戴表元的仇远(1247—1326),自言"近体吾主于唐,古体吾主于《选》"(方凤《山村遗集序》),其论诗主张与表元颇有相通之处。远字仁近,钱唐(今浙江杭州)人。入元以逸民自居,后曾任溧阳教授等职。有《金渊集》。

他的诗歌也以写今昔之感见长,如《和韵胡希圣湖上》:

> 连作湖山五日游,沙鸥惯识木兰舟。清明寒食荒城晚,燕子梨花细雨愁。赐火恩荣皆旧梦,禁烟风景似初秋。凤丝龙竹繁华意,犹为西林落日留。

通篇皆以记忆中的繁华与今日的败落相对照,而穿插以燕子梨花、落日沙鸥等不变之物以贯通今昔,更形凄绝。这等诗篇实已将家国沧桑和人生无常之感融而为一,因而具有较强的感染力。但较之赵孟頫的同类诗篇,自不免相形见绌。

赵孟頫(1254—1322)字子昂,号松雪道人,为宋宗室。宋孝宗就是其高祖父的兄弟辈。他在入元后被迫出仕。历经五朝,官至翰林学士承旨,卒后追封赵国公。但他的内心一直很痛苦。一方面由于以他的这种身份而竟然屈节仕元,深感惭疚;另一方面,他的出身又使他为元的上层贵族所疑忌,处境微妙。所以,他的诗歌最引人注意的,是其深沉的悲哀。

在赵孟頫作品中，传诵最广的是《岳鄂王墓》。它在元代已脍炙人口（见陶宗仪《辍耕录》）。

> 鄂王墓上草离离，秋日荒凉石兽危。南渡君臣轻社稷，中原父老望旌旗。英雄已死嗟何及，天下中分遂不支。莫向西湖歌此曲，水光山色不胜悲。（《岳鄂王墓》）

此诗虽有对南宋君臣的谴责，但主要在于自诉悲怀。其开首两句所写的"秋日荒凉"，既是南宋亡后的现实的象征，也是他自己心情的写照。至于最后两句的所谓"不胜悲"，当然只能是指他自己；因为"水光山色"是不会悲的。只不过是他自己太悲哀了，遂认为湖光山色也已愁惨不堪而已。其中间四句，实是对于造成当前这种深悲极哀的原因的叙述，而非全诗的重点所在。总之，此诗所写的，是他的不胜负荷的痛苦；如同"莫向"句所表明的，他实在不愿再去触及它，只想以逃避来求得解脱。但触目就是"秋日荒凉"的情景，要逃避又怎么逃避得了？

这样的强烈痛苦不但体现在他的与《岳鄂王墓》同类的怀古诗里，也体现在他的写日常生活的诗篇中。试看如下三首：

> 铜雀春深汉苑空，邯郸月冷照秦宫。烟花楼阁西风里，锦绣湖山落照中。河水南来非禹迹，冀方北去有唐风。溪城秋色催迟暮，愁对黄云没断鸿。（《和姚子敬秋怀五首》之一）
>
> 萧萧残照晚当楼，寒叶疏云乱客愁。岁月蹉跎星北指，乾坤浩荡水东流。古来人物俱黄土，少日心情在一丘。独立无言风满袖，青山相对共悠悠。（《次韵信仲晚兴》）
>
> 二月江南莺乱飞，百花满树柳依依。落红无数迷歌扇，嫩绿多情妒舞衣。金鸭焚香川上暝，画船挝鼓月中归。如今寂寞东风里，把酒无言对夕晖。（《纪旧游》）

在赵孟頫以前，杜甫、陆游等诗中都出现过深沉的痛苦，但那往往是与愤怒、希冀等结合在一起的。纯粹写痛苦，而且写得这样深入骨髓，实不能不首推赵孟頫。这是因为他的处境既大异于杜、陆，植根于这种独特处境的感情自也不可能与别人雷同。

至于赵孟頫的创作原则，实也本于唐人的以种种手法来突出、强化自己的感情，而与宋诗的追求平淡乃至枯瘦者迥别。他的诗以清丽为本，有时还吸收了一些词的手法，使描写更为具体而细腻。如"落红无数迷歌扇，嫩绿多情妒舞衣"这样的绮丽铺叙，与其说是近于李贺、李商隐、杜牧的诗，不如说是接近词。至如"独立无言风满袖"，则不免使人想起冯延巳《鹊踏枝》的"独立小楼风满袖"了。这种诗风，包括绮丽的铺叙和诗的词化，对其后的元代诗歌——特别是元末诗歌——的影响,值得重视。顾嗣立《元诗选》说,赵孟頫的北上使元的诗风发生了变化(见后),确非无因而发。

二、刘因及虞集、杨载等

赵孟頫的北上,在至元二十三年(1286)。当时,在本章第一节中介绍过的耶律楚材、刘秉忠、郝经均已去世,在北方文坛上较有影响的是王恽(1227—1304)、姚燧(1238—1313)、刘因(1249—1293)。但王、姚在诗歌创作上并无特色,较有成就的是刘因。因初名骃,字梦骥,后改名因,字梦吉,保定容城(今河北徐水)人。他在思想上受程朱理学影响较深。曾任承德郎、右赞善大夫。不久以母病为由,辞官而归。再度征召,即不再出。有《静修先生文集》。在赵孟頫北上以前,他是北地作家中诗歌创作上最有成就的一个。清代人王灏谓为"气骨超迈,意境深远",像《渡白沟》这样的诗确可当之无愧,虽然这样的诗并不多。

> 蓟门霜落水天愁,匹马冲寒渡白沟。燕赵山河分上镇,辽金风物异中州。黄云古戍孤城晚,落日西风一雁秋。四海知名半凋落,天涯孤剑独谁投!(《渡白沟》)

此诗渗透着深沉的孤独感,"匹马"、"孤城"、"一雁"、"孤剑",层层渲染,又以"独谁投"作结,真使人有天地茫茫,一身块然之感;而"蓟门霜落"、"燕赵山河"、"辽金风物"、"黄云古戍"、"落日西风"等意象,又均于萧瑟中见阔大,是以诗歌的基调悲凉而壮阔。其中所表达的,是个人的抱负虽然远大,但现实的环境已不容许他有所作为的矛盾。虽然只用末句对此略加点明,但感情却强烈而深刻。这种"气骨超迈"的诗风,实可视为自北朝乐府《敕勒歌》所体现的北方雄浑诗风的继续,前引第一期诗人耶律楚材的"闲上披云第一重,离离禾黍汉家宫"、郝经的"撼床一夜宝刀鸣,黑风卷地吹霹雳"等句,也在不同方面、不同程度上体现了此类特色。不过,倘将刘因此类诗篇与赵孟頫的相比较,就可看出刘诗重气骨而不追求血肉的丰满,既无较具体细致的描绘,也不讲究文字的优美,却于素朴中见力度。赵诗则用清丽的(有时甚至是绮丽的)文字、细腻的感受与相应的表现,对其感情加以咏叹,造成一种回肠荡气的效果。血肉略重于气骨,而无气格卑弱之弊①。这两种创作原则是否有优劣之分,可不置论;在这里需要指出的是:在赵孟頫北上以后,直至元末,他的诗歌创作原则

---

① 如《纪旧游》,前六句似过于绮丽,但最后以深沉的寂寞与悲哀作结,从而使前六句的绮丽描绘转化为加强其寂寞、悲哀程度的材料。是以全诗就不至伤于绮丽,也不致因此而导致气格卑弱。

遂与重气骨的倾向相结合而成为元诗的主流。而在这样的结合中,他的创作原则显占优势。这也就是顾嗣立所说的"赵子昂以宋王孙入仕,风流儒雅,冠绝一时,邓善之、袁伯长辈从而和之,而诗学又为之一变。于是虞、杨、范、揭一时并起,至治、天历之盛,实开于大德、延祐之间。"(《元诗选初集》丙集《清容居士集》)

被顾嗣立视为赵孟頫追随者的邓善之(1258—1328),名文原,原籍绵州,自父亲一代起迁钱唐(今浙江杭州);袁伯长,名桷(1266—1327),庆元鄞县(今浙江宁波)人。二人均于成宗时入朝为官。文原官至集贤直学士,兼国子祭酒,兼经筵官;袁桷久在翰林,官至侍讲学士,"朝廷制册,勋臣碑铭,多出其手"(《元史》本传)。有《清容居士集》。他们在诗歌上均主唐音,又以其社会地位,易于在文坛上产生影响。邓文原原集已佚,存留下来的诗歌很少;桷诗虽多应酬之作,但其佳者感情深厚而含蓄,颇有意境,视为赵孟頫的追随者,庶几近之。

　　帘外群山当画屏,白云如水度中庭。松花落径无人扫,失却莓苔一半青。(《静芳亭》)
　　小楼昨夜听琵琶,推手却手怨王家。不辞远嫁卢龙道,可怜长城骨如沙。(《次韵马伯庸应奉绝句》之三)

不过,真能使赵孟頫的传统得以进一步发扬的,实是顾嗣立所说的虞、杨、范、揭——虞集、杨载、范梈、揭傒斯。他们作为本时期(第二期)的后辈作家而在诗歌创作上产生重大影响,被视为四大家。随着这四家的出现,元诗的面貌与宋诗更为殊异。其中最为突出的是杨载。杨维祯《西湖竹枝集》中为杨载所作小传说:"其诗傲睨横放,尽意所止。我朝诗人能变宋季之陋者,称仲弘(即杨载。——引者)为首,而范、虞次之。"又说揭傒斯所作《竹枝》,"其风调不在虞下也"。由此可见,他认为从诗歌创作成就说,这四家的次序应是杨、范、虞、揭,而揭的有些作品实不下于虞。应该注意的是,杨载乃是赵孟頫的学生。所以,这一现象也意味着赵孟頫传统的发扬光大。

杨维祯对四家的上述评价,并不只是他一人的私见。揭傒斯为范梈诗作序说:范梈"与浦城杨载仲弘、虞集伯生齐名,而余亦与之游。伯生尝评之曰:'杨仲弘诗如百战健儿,范德机(即范梈。——引者)如唐临晋帖。'以余为'三日新妇',而自比'汉廷老吏'也。闻者皆大笑。"(《范先生诗序》)即明确地置杨于虞之上。而从虞集的评语来说,他也认为杨诗优于范、揭,至于"汉廷老吏"与"百战健儿"虽难轩轾,但按照揭傒斯和杨维祯的意见,在诗歌创作上虞集实不如杨载。又,范梈为杨载诗集作序说:"虞文靖公(指虞集。——引者)与仲弘同在京师,每载酒诣仲弘,问作诗之法。仲弘酒既酣,尽为倾倒。"可见虞集自己在诗歌方面也服膺于杨载,故常常向他请教。现简介四人情况于后。

杨载(1271—1323),字仲弘,浦城(今属福建)人,徙居杭州。以布衣召为国史院编修官,时已年逾四十。延祐二年(1315)举进士,官至宁国路总管府推官。有《杨仲弘诗》。又著有《诗法家数》,要求作诗者"须先将汉、魏、盛唐诸诗,日夕沉潜讽咏,熟其词,究其旨……苟不为然,我见其能诗者鲜矣"。不过,就杨载来说,这不过是作诗过程中的学习阶段,其目的是领会、吸取古人的创作经验,为我所用,所谓"日就月将,而自然有得,则取之左右逢其源。"(同上)

杨维桢说他的诗"傲睨横放,尽意所止",虽本于范梈为杨载诗所作的序;但他特为拈出,大概这也就是他所最为赞赏杨载诗的所在。下引的两首诗,足以显示此种特点。

春蔬茂前畦,蒨蒨有颜色。珍禽叫深树,过耳亦一适。用是易吾虑,毋为自襞积。放浪天地间,无今亦无昔。古人得意处,相与元不隔。如何故人心,未照我胸臆?征言极纤芥,实出左右力。岂惮决系蹯?人生且为客。(《遣兴偶作》)

人事重名实,趋向尽百端。丈夫负雄气,动欲追古贤。于意少不惬,自放江海边;登高望八极,云气生我前。万事何足问,所须惟酒钱。(《次韵景远学士立春日》之二)

在这些诗句里,虽然具有"人生且为客"、"万事何足问"这样的消极思想,但同时也显示出了一种桀骜不驯的生活态度。由此,我们可以看到"人生无常"之类的观念与反对个性束缚之间的联系(尽管此种观念也可导致逆来顺受的信条)。同时,这两首诗虽似文字素朴,但却很注意感情的突出与强调。如第二首,不仅以"于意"二句具体描绘其"雄气"的内涵,更以"登高"二句象征地写出其超脱凡庸、傲视世俗之概,使其"雄气"更为突出;结末两句则突然一转,貌似旷达,其实却体现了这位"负雄气"的"丈夫"与现实的冲突、他的苦闷与自我安慰。这种似粗实细的写法,在根底里是与前述赵孟頫以种种手法来突出、强化自己感情的创作原则相通的。

杨载的诗还有一些以清丽的文字写其心绪的,从中可更明晰地看到赵孟頫的传统。

门前高柳绿纷纷,恋霭留烟昼不分。雨砌芳菲晴后见,风窗言语静中闻。桐花可作凤凰食,竹叶还成虎豹文。但使此心无外慕,卜居何日绝人群!(《遣兴》)

渐觉星星两鬓皤,推愁不去奈愁何!客中忘却春光度,惊见前林嫩竹多。

　　终朝矻矻坐书帷,春去春来总不知。怪得山禽如有意,隔窗撩乱踏花枝。

　　几日悬悬雨不休,客窗孤迥使人愁。杜鹃啼切知何处?坐对云山万木稠。

　　美木千章绕故宫,如烟如雾塞虚空。路冲南北山冈断,披拂能来万里风。(《客中即事》四首)

这些作品中的诗句,或直写其心曲(如《客中即事》前三首的一二两句),或写其刹那间的感受(如该三首中的三四两句),相互配合,使读者更易把握其感情;或以写景代抒情,使感情隐约而含蓄,更耐寻味(如《遣兴》的"雨砌"两句,《客中即事》的"美木"两句)。文字清丽,用以直接增加作品的美感。所有这一切,都是唐诗中出现过的艺术原则,也是赵孟頫走过的道路。不过,杨载作品中的自我与环境的矛盾却较赵诗突出了,像"桐花可作凤凰食"那样的自我推许——以凤凰自比——和在写愁时对自我的强调(如《客中即事》第三首),都是赵孟頫的作品所未见的。

总之,杨载的诗既与宋诗大异其趣,又具有较高的艺术水平,是以《元史·杨载传》说:"自其诗出,一洗宋季之陋。"

范梈(1272—1330),字亨父,一字德机。清江(今属江西)人。曾任翰林院编修官。有《范德机诗集》。

虞集曾评范梈诗为"唐临晋帖",大概是说他虽然学古,却与古人仍有距离;而这距离恐也正是他的长处。他的诗最有特色的是歌行,从中显然可以看到李白的影响,但仍有自己的面目。

　　往与凌云山人披虎豹、谒太清,是时东风满瑶京,绿杨三月听流莺。君随桂席湘江行,予亦骑马趋承明。手把宫袍厌缚身,却忆南溪有纵鳞。四年辞海岳,一举上星辰。逢君却向凌云下,心上经纶甚潇洒。半夜清猿四合啼,长松古月照回溪。桃花源上路,一去意都迷。我本凌云峰畔客,何日相从卜其宅。早服还丹生羽翼,共脱朝衣挂青壁。(《凌云篇》)

　　游莫羡天池鹏,归莫问辽东鹤。人生万事须自为,跬步江山即寥廓。请君得酒勿少留,为我痛酌王家能远之高楼。醉捧勾吴匣中剑,斫断千秋万古愁。沧溟朝旭射燕甸,桑枝正搭虚窗面。昆仑池上碧桃花,舞尽东风千万片。千万片,落谁家?愿倾海水溢流霞。寄谢尊前望乡客,底须惆怅惜天涯。(《王氏能远楼》)

这类诗气势磅礴,虽然其中所写的对酒的赞美、对自由生活的向往、以仙人自命等均已见于李白的诗篇,但"手把宫袍厌缚身,却忆南溟有纵鳞"、"游莫羡天池鹏"这样的诗句却与李白的精神并不相合;因为李白不但以大鹏自喻,而且渴望建功立业,绝不至嫌宫袍缚身。这是范梈诗与李白的距离,也是其自身价值的所在。他与士大夫的传统理想的差距已超过了李白。同时,这些诗于奔放中又含有清丽的成分,如第一首的"是时"二句,第二首的"昆仑池上碧桃花"等句,都与赵孟頫影响下当时元诗的主流相联系。

虞集(1272—1348),字伯生,其书斋名邵庵,因以为号。先世为仁寿(今属四川)人,从父亲起迁居崇仁(今属江西),遂为崇仁人。其五世祖虞允文为南宋名相。虞集于成宗大德(1297—1307)时入仕,历经九帝,至惠宗即位才辞官而归,官至奎章阁侍书学士。有《道园学古录》。

虞集在思想上虽受程朱理学的影响,但其诗却颇有尊情之作。如《院中独坐》:

何处他年寄此生,山中江上总关情。无端绕屋长松树,尽把风声作雨声。

大概是由于雨声更易增加人的惆怅,他不免对"绕屋长松树"有所抱怨,故以"无端"二字来表露这种不满;从这里也就显示出了感情的细腻。

在他的诗中,写得最好的也就是直接或间接关涉到情的诗,如:

瑶草春深昼日闲,灵芝清露自怡颜。双成吹彻参差玉,八骏人间去不还。(《王母图》)

贝阙珠宫夜不眠,露华浩浩月娟娟。不应又作人间梦,窈窕吹箫度碧烟。(《无题》)

雨浥轻尘道半干,朝回随处借花看。墙东千树垂杨柳,飞絮时来近马鞍。(《访杜弘道长史不值道中偶成》)

三首均文字清丽,笔致灵动,前一首更谓虽生活于瑶池境,日餐灵芝,吸饮清露,但也未免有情。这些都与赵孟頫以来的元诗主流相一致。

他另有一些作品,意象虽较壮阔,但写来仍颇空灵,与宋诗迥异。如《月出古城东》:

月出古城东,海气浮空濛。车骑各已息,宫阙何穹窿。牧马草上露,吹笳沙际风。帐中忽闻雁,传令彀雕弓。

揭傒斯(1274—1344),字曼硕,龙兴富州(今江西丰城)人。官至翰林侍讲学士,卒谥文安。有《揭文安公全集》。

揭傒斯很推崇范梈的诗,故其作品也有与上引范诗颇为相似的,如《赠王郎》：

> 王郎楚狂士，意气飞秋霜。读书一万卷，下笔数千行。富贵视浮云，况肯矜文章？十五耻闾里，掉臂辞故乡。夜宿东海月，朝买西州航。瞋目王公前，结客少年场。一饮或一石，一醉或一觞。宁揖屠狗人，不与俗士当。千金不易笑，岁暮单衣裳。阮籍在穷途，英声连四方。鸾鹄有时铩，反愧燕雀翔。世无剧孟交，不及青楼倡。燕赵如花人，翠袂黄金珰。不识豪俊士，空媚痴与狂。王郎远过我，坐我枯藜床。终夕无酒饮，抚髀歌慨慷。平明别我去，极目空茫茫。

这首诗也是对狂放不羁的人格的歌颂，而以"极目空茫茫"作结，于豪放中有含蓄之致。这是因为他也长于写空灵的作品之故。如《寒夜作》：

> 疏星冻霜空，流月湿林薄。虚馆人不眠，时闻一叶落。

此外，他还有一些以风调取胜之作。如《女儿浦歌》二首，即被杨维桢收入《西湖竹枝集》，评为"风调不在虞（集）下"。

> 女儿浦前湖水流，女儿浦前过湖舟。湖中日日多风浪，湖边人人还白头。

> 大孤山前女儿湾，大孤山下浪如山。山前日日风和雨，山下舟船自往还。

总之，这四家各有其特色，但却都在不同方面与赵孟頫诗有相通之处。同时，分别见于这四家诗的追求绮丽、强调自我的特色，又成为第三期诗的先声。

如果把这四家的创作特色和成就与他们的籍贯联系起来，也引人深思。他们中除杨载外，都可说是江西人。而江西正是宋代江西诗派的根据地。这三人的背离江西派乃至宋诗的传统，正是宋诗和江西派没落的反映。与他们同时的欧阳玄在所作《罗舜美诗序》中说："我元延祐以来，弥文日盛；京师诸名公咸宗魏晋唐，一去金宋季世之弊，而趣於雅正。诗丕变而近於古；江西士之游京师者，其诗亦尽改其旧习焉。"虞集等三人的创作道路，正可作为欧阳玄此说的佐证。

第三节　元诗的高峰与殿军

顾嗣立《元诗选》说："有元之诗，每变递进，迨至正（1341—1368）之末，而奇材益出焉。"（《元诗选·凡例》）以第三期诗歌与第二期相比较，作家个性进一步鲜明起来了。在这一时期,诗人成就最突出的是杨维祯、萨都剌和高启。杨虽年长于萨,但萨却较杨早逝。今先介绍萨都剌,次及杨维祯;至于高启,则将留到下一编去介绍,因为他是朱元璋刀下的牺牲。

一、萨都剌

萨都剌(约1307—?),字天锡,号直斋,本回族答失蛮氏,其父、祖均为元代武臣,以世勋镇守云、代。萨都剌生于代州(今山西代县)。代为古雁门地,故其集名《雁门集》。原集已佚。今所传以弘治本《萨天锡诗集》最为可靠。清萨龙光所编《雁门集》,除增入作品外,又有不少异文来历不明,难以尽据。元末干文传所撰《雁门集序》,说萨都剌"逾弱冠,登丁卯进士第。""丁卯"指泰定四年(1327),"逾弱冠"则至少为二十一岁;而虞集《赠萨天锡进士》有"今日玉堂须倚马,几时上苑共听莺。贾生谁谓年犹少,庾信空惭老更成。"是萨都剌举进士、入仕途之时,实较贾谊入仕时的年龄还要小,故有"贾生谁谓年犹少"之句;下句赞美其年岁虽轻,文章已极成熟,不像庾信似地需要"老更成"("庾信文章老更成",见杜甫《戏为六绝句》)。按,贾谊于汉文帝初年入仕,文帝元年,贾谊虚岁二十二岁;故萨都剌举进士,似亦不应大于二十一岁①。

萨都剌考取进士后,先后任镇江录事司达鲁花赤、江南诸道行御史台掾、燕南河北道廉访司照磨、福建闽海道廉访司知事,后至元三年(1337)进燕南河北道廉访司经历,至正(1341—1368)后期曾官于浙。《列朝诗集小传》谓其晚年曾入方国珍幕,但未知所据。萨龙光极力反对此说,则尤为无据。

萨都剌的诗长于写情,尤其是女子的爱情。他写得热烈而大胆,用绮丽的文辞,把女子对爱情的渴望描摹得细腻而动人。若用弗洛伊德学说来分析,存在于这些诗的根底里的,乃是诗人对异性的爱慕。试看他的《蕊珠宫》:

芙蓉城里白玉楼,冰帘倒挂珊瑚钩。美人宴坐太清室,蛾眉不锁人间愁。彩桥东畔杨花转,飞到三天紫清殿。仙裳日暖藕丝香,燕语莺啼动幽怨。天风泠泠吹珮环,霞冠不整偏云鬟。萧郎风骨何可得?紫箫赤凤游

---

① 按,萨龙光引萨氏家谱,谓萨都剌胞弟之子萨仲礼为元统元年(1333)进士,显与上推萨都剌生年相矛盾。但萨龙光所引萨氏家谱是否可据,也是问题;因家谱中常有不实不尽、张冠李戴的情况。此外,萨龙光编《雁门集》中的有些作品也与上推萨都剌生年相抵牾,但这些作品的文字异于他本而来路不明。同时,萨龙光据其所编《雁门集》中这些作品考定萨都剌生于至元九年(1272),则其举进士时为虚岁五十六岁,旋赴镇江,任录事司达鲁花赤,而萨都剌于诗中自称"京口绿发参军郎"(《题江乡秋晚图》),可见其时年岁甚轻,也与萨龙光所考生年不合。

云间。瑶坛午夜霜华重,罗袜生寒红一十①。锦屏甲帐蕊珠新,云房大鼎丹砂嫩。天宫仙女淡淡妆,桃花洞口逢刘郎。巫山神女弄云雨,楚台人去空断肠。步虚声断栏干外,春去秋来颜色改。东风吹老碧桃枝,深院无人夜如海。

诗的首四句,是仙女的超脱凡俗的清冷。但接着就写自然界的春色终于使她萌生"幽怨",渴望"萧郎";通过追求,她一度曾获得了爱情,但瞬即乖离。最后的四句则是经历过了爱情的仙女所感到的岁月流逝的悲哀和独处的寂寞,那如海的夜色正象征着寂寞的无边无际。在这里,他赞美了爱情的力量的巨大,同时也暗示了这种力量源于自然,因而连仙人也无法抗拒。

此诗所写的女仙的寂寞,很容易使人想起李商隐的名篇《嫦娥》:

> 云母屏风烛影深,长河渐落晓星沉。嫦娥应悔偷灵药,碧海青天夜夜心。

以前注释李商隐诗的,对此众说纷纭,但未免流于穿凿。就诗而论,不过是诗人在饱尝了长夜的寂寞以后,忽然想到孤处月宫的嫦娥也会因无法忍受寂寞之苦而懊悔自己的偷药之举的吧。二诗虽都从女仙的寂寞着眼,但李商隐的是虚拟,故出以含蓄之笔,萨都刺的是实写,故运用铺叙手法,较细腻地描摹了女仙的感情;如果仔细想想,嫦娥的"碧海青天夜夜心"其实也离不开对爱情的渴望,但李商隐并不点明,萨都刺却对女仙由不理会爱情到渴求爱情乃至失去爱情的过程极力渲染。总之,二诗的基本精神是相通的,但李诗文字精练,其内涵相对丰富,因而与萨都刺诗有深浅之别;但后者的铺叙使感情热烈而鲜明,所以,这种"浅"并不是艺术水平的降低,而是体现了诗歌创作的另一种原则,也可说是诗吸收了词曲——在此处尤其是曲——的经验和特色的结果。

《蕊珠宫》所表现的对女性的爱情要求的同情和尊重,在萨都刺诗中并不是个别的现象。他的《江南怨》、《长门秋漏》、《四时宫词》等都属于这一类。尤其是《华清曲题杨妃病齿》,其中"妾身虽侍君王侧,别有闲情向谁说?断肠塞上锦棚儿,万恨千愁言不得。成都遥进新荔枝,金盘紫露甘如饴。红尘一骑不成笑,病中风味心自知"等语,竟对杨贵妃与安禄山("锦棚儿")的爱情及其由此产生的苦闷也有所同情,这样的对封建道德的大胆背叛,也正基于对个人要求和权利的肯定。自然,萨都刺不可能不受传统观念的影响,从而他对杨贵妃也有强烈的谴责,但同时又认为她有很值得同情的一面,如同他在《鹦鹉曲题杨妃绣枕》一诗中所说的:"亡家败国污天地,天生尤物天亦嗔。一朝艳质化尘

---

① "一十"二字疑误。成化本《雁门集》作"一寸"。

土,可恨可怜千万古。"而且,就他的这两首涉及杨贵妃诗的具体描绘来看,"可怜"的感情在他的诗中更为突出。

他对女性的这种同情和尊重,与男性作家对女性美的追求是联系在一起的。在上述的两首诗中,他就用了不少笔墨来赞颂杨贵妃的美,如"美人春睡苦不足,梦随飞燕游昭阳。觉来粉汗湿香脸,一线新红枕痕浅。"(《鹦鹉曲题杨妃绣枕》)"朱唇半启榴房破,胭脂红注珍珠颗。一点春酸入瓠犀,雪色鲛绡湿香唾。九华帐里薰兰烟,玉肱曲枕珊瑚偏。玉钗半脱翠蛾敛,龙髯天子空垂涎。"(《华清曲题杨妃病齿》)这样的对女性美的极力渲染,在根底里正是对异性的恋慕。如果把这些句子与本编第二章所引王实甫《西厢记》中张生初见莺莺时的那些曲词相比较,不难发现其共通之处。换言之,萨都剌在这两首诗中,首先是把杨贵妃作为男性恋慕的"一代艳质"来写的,从而他的同情和尊重其实是对一个可爱的异性而发。作品对此不加掩饰,也正是元朝人的思想束缚少于唐朝人的一种反映。

由上述诗篇所体现的感情的强烈和纵恣,也见于萨都剌其他类型的诗歌,并加强了它们的感染力。在这方面最值得注意的是《过居庸关》:

> 居庸关,山苍苍,关南暑多关北凉。天门晓开虎豹卧,石鼓昼击云雷张。关门铸铁半空倚,古来几度壮士死。草根白骨弃不收,冷雨阴风泣山鬼。道旁老翁八十余,短衣白发扶犁锄。路人立马问前事,犹能历历言丘墟。夜来锄豆得戈铁,雨蚀风吹失颜色。铁腥惟带土花青,犹是将军战时血。前年又复铁作门,貔貅万灶如云屯。生存有功挂玉印,死者谁复招孤魂?居庸关,何峥嵘!上天胡不呼六丁,驱之海外休甲兵,男耕女织天下平,千古万古无战争!

此诗题下原注:"至顺癸酉岁。"在作此诗的前五年,即致和元年(1328),泰定帝在上都(即开平,在今内蒙古正蓝旗东闪电河北岸)去世,大臣倒剌沙等奉皇太子即位于上都,是为天顺帝;而大臣燕铁木儿等则在大都(今北京市)立武宗次子图帖睦尔(即文宗)为帝,改元天历,于是在两个政权之间展开了激烈的军事斗争。大都政权以重兵守居庸关,但不久即为上都政权的军队攻破,很快又为大都政权收复,并"垒石以为固"(《元史·文宗本纪》一)。诗中的"前年又复铁作门"四句,即指此事件而言。这诗的基本精神是与元好问的反战诗篇相通的,都强调战争的恐怖和罪恶①。虽然由于萨都剌没有经受过元好问所亲历的由战争造成的剧烈痛苦,此诗不如《壬辰十二月车驾东狩后即事五首》(之

---

① 关于元好问的有关诗篇,参见本编第一章第二节的《元好问的诗》。

二)、《岐阳三首》(之二)的沉痛,但从他的那些渲染战争的残酷、暗示其对人类生活的严重破坏的诗句中①,同样体现了对战争的深刻憎恶;篇末数句,更直接表现了对于消灭战争的渴望;因而也很感人。而在此诗的这种对战争的否定中,是把战争双方——包括元文宗——都作为灾难的制造者来谴责的,尽管在他写作此诗的至顺癸酉岁的皇帝是元文宗的继承人,实际掌权的则是文宗皇后②。所以,此诗之能写成这样,是与萨都剌的敢于大胆抒发自己的感情分不开的。也可以说,正由于萨都剌的尊重自我,他才既能勇敢地写爱情,又能勇敢地从事政治批判。

萨都剌诗除长于抒情以外,写景也细腻而生动,并同样善于使用铺叙手法。他的《晓上石壁滩》、《越溪曲》、《紫溪道中》等都属于此类。今引《越溪曲》如下:

> 越溪春水清见底,石鳞银鱼摇短尾。船头紫翠动清波,俯看云山溪水里。谁家女儿木兰桡,髻云堕耳溪风高。采莲日暮露华重,手滴溪水成蒲萄。盈盈隔水共谁语,家在越溪溪上住。蛾眉新月破黄昏,双橹如飞剪波去。

此诗写越溪春日之美,而以充满青春气息的女儿作为重点描摹的对象,给人以明丽、欢快之感。全诗分作三段。第一段为光线明亮之时,是以不但能看清水底石鳞银鱼的动态,且能从水中倒影欣赏云山的形状。第二段写日暮,第三段写新月初上之际,而各各有其独特的美。既能烘托整个气氛,又能于细处落墨,如"石鳞"、"髻云""手滴"等句。在这一首中,我们也可以看到词曲的影响。就其对过程叙述的委曲周至来说,近于曲;就其描写之细来说,又近于词。如其"髻云"一句,就与温庭筠《菩萨蛮》的"鬓云欲度香腮雪"有异曲同工之妙。温词说的是,鬓边有头发垂下来,即将到达腮际,发的乌黑与腮的雪白相衬,益增其美;此诗则说,由于风大,髻上有少量头发散落耳边,随风飘拂,甚具灵动之致。均观察入微,笔墨传神。试再看唐诗的写法。如李白《越女词》,为诗中写越女之美的名篇。他虽写到了越女的"眉目艳星月"、"笑入荷花去"、"新妆荡新波",甚至注意到了"屐上足如霜",但均无类似"髻云"句那样的细腻描写。这也正是萨都剌从词曲吸取营养以加强诗的表现力的好例。

除诗以外,萨都剌也善作词。一般说来,元词的总体成就不如宋代,加以由南宋入元的词人(如张炎等)一般仍被目为宋文学家,元词也就更形寥落。其中

---

① 此诗的"道旁老翁八十余,短衣白发扶犁锄",是暗示壮年男子都已死于战争,是以在参加农业劳动的乃是八十余的白发老翁;"犹能历历言丘墟",意味着经过战争的破坏,村落已为丘墟,故老翁为过客详言沦为丘墟的过程。
② "至顺癸酉岁"的皇帝宁宗,为元文宗侄儿,年甚幼小,是文宗皇后所立;实权在文宗皇后手里。

最突出的是萨都剌和张翥。萨都剌的词虽只剩下十五首，但其特色甚为鲜明。

在他的十五首词中，怀古之作占了六首（《满江红·金陵怀古》、《酹江月·登凤凰台怀古，用前韵》①、《酹江月·过淮阴》、《酹江月·姑苏台怀古》、《念奴娇·登石头城次东坡韵》、《木兰花慢·彭城怀古》）；这是他的词里最值得重视的部分。我国怀古词之最早而最著名的，自是苏轼的《念奴娇·赤壁怀古》。而萨都剌的这六首却有四首与苏轼此词有关。次东坡韵的那首《念奴娇》自不必说，另三首《酹江月》实是《念奴娇》的别名，因苏轼那首词的结句为"人间如梦，一樽还酹江月"，是以这一词牌又名《酹江月》。但以萨词与苏词相较，其着重点显有不同。

> 石头城上，望天低吴楚，眼空无物。指点六朝形胜地，唯有青山如壁。蔽日旌旗，连云樯橹，白骨纷如雪。一江南北，消磨多少豪杰。　　寂寞避暑离宫，东风辇路，芳草年年发。落日无人，松径里、鬼火高低明灭。歌舞尊前，繁华镜里，暗换青青发。伤心千古，秦淮一片明月。（《念奴娇·登石头城次东坡韵》）
>
> 古徐州形胜，消磨尽、几英雄。想铁甲重瞳，乌骓汗血，玉帐连空。楚歌八千兵散，料梦魂、应不到江东。空有黄河如带，乱山起伏如龙。　　汉家陵阙动秋风。禾黍满关中。更戏马台荒，画眉人远，燕子楼空。人生百年如寄，且开怀、一饮尽千钟。回首荒城斜日，倚阑目送飞鸿。（《木兰花慢·彭城怀古》）

其上一首并不是像通常怀古词——包括苏轼《念奴娇》——那样地颂赞古代英雄的业绩，却对它们的破坏性后果加以指斥。试看苏轼《念奴娇》的"遥想公瑾当年，小乔初嫁了，雄姿英发。羽扇纶巾，谈笑间、樯橹灰飞烟灭"，使人对周瑜破曹的勋业多少艳羡；而此词的"蔽日旌旗，连云樯橹，白骨纷如雪"，却只使人感到战争的残酷。同时，一般怀古词虽也常使人从历史的流程中产生世事无常、人生短暂的悲慨，苏轼《念奴娇》之以"大江东去，浪淘尽、千古风流人物"发端，以"人间如梦，一樽还酹江月"作结，就是很典型的例子；而像此词这样地强调眼下的残破以引发人生的痛苦和无奈，却为前此所无。把当日繁丽的离宫沦为今时鬼火明灭的无人松径的现象作参照，感悟到青春正在欢乐和繁华中暗暗消逝，这种使历史的无情与个体生命的恍如昙花一现相贯通的写法，乃是萨都剌怀古词的特色，也是他所贡献于怀古词的新内容。总之，苏轼《念奴娇》一类怀古词的重点在缅怀往昔，其感慨是由此而生发；而在萨都剌的

---

① "用前韵"，指用萨都剌《酹江月·游钟山紫微观赠谢道士，其地乃文宗驻跸升遐处》韵。

怀古词中，往昔却被当作一种参照系数，甚至否定对象，藉以咏叹个体生命的悲哀：英雄的业绩既不值得追求，人生的欢愉又转瞬即逝，只有"伤心"才是"千古"不变的真实！这正是旧的信念已经崩坏、新的坚固立足点尚未获得的个体生命的怅惘。

其后一首的题旨大致与此类似：项羽对勋业的追求固以失败告终，刘邦的成功最终也不过落得"禾黍满关中"——汉室的陨灭[①]——的结局；至于历史上令人羡慕的爱情和美人也早已消失无踪（"画眉人远，燕子楼空"）；人生唯一可以凭藉的，恐怕也就只有喝酒了罢，但归根到底仍是无奈——在"荒城斜日"中目送着"飞鸿"远去，那悲凉是比酒更浓的。此词的异于上首的特色，是想像更为丰富：由所处的彭城，想到曾定都于此的项羽，由项羽而联想到刘邦及汉朝的灭亡和关中的残破，然后再回到本地的戏马台和燕子楼[②]；从而把英雄、勋业、美人、爱情融于一炉，使其所抒之情具有更大的容量，人生的悲哀更显得广袤。

在元代词人中，可与萨都剌相颉颃的是张翥（1287—1368），今一并在此略作介绍。翥字仲举，晋宁（今属云南）人。早年居杭州，曾从仇远学诗。至正时官至集贤学士，以翰林学士承旨致仕。有《蜕庵集》、《蜕岩词》。陈廷焯《白雨斋词话》贬抑元词，而盛推张翥，说"张仲举规模南宋，为一代正声，高者在草窗、西麓之间，而真气稍逊"。其实，张翥词并不以宋词为矩矱，倒是吸收了曲的写法，如他的《多丽·为友生书所见》："小庭阶，帘栊婀娜蓬莱。恨匆匆、归鸿度影，东风摇荡情怀。不多时、见他行过，霎儿后、依旧回来。银铤双鬟，玉丝头导，一尖生色合欢鞵。麝香粉，丝茸衫子，窄窄可身裁。偶回头、笑涡透脸，蝉影笼钗。"这样的细腻描写（尤其是"不多时"以下诸句）是只有在曲中才见得到的。此首虽非张翥词中的上品，但很可见出其写作特色。那就是参用曲的铺叙、细致的手法，以写景抒情，从而获致强化感情的效果。

张翥词以写今昔之感、伤逝之怀的最具特色。在这方面传诵较广的是《摸鱼儿·春日西湖泛舟》：

涨西湖，半篙新雨，麹尘波外风软。兰舟同上鸳鸯浦，天气嫩寒轻暖。帘半卷。度一缕、歌云不碍桃花扇。莺娇燕婉。任狂客无肠，王孙有恨，莫放酒杯浅。　　垂杨岸，何处红亭翠馆？如今游兴全懒。山容水态依然好，惟有绮罗云散。君不见，歌舞地、青芜满目成秋苑？斜阳又晚。正

[①] "禾黍"句用《诗经·黍离》的典故，据《毛诗序》，《黍离》是东周一位大夫所作，他见西周的"宗庙宫室，尽为禾黍"，故作诗以抒感伤；此处借指汉王朝覆灭后的凄凉景象。
[②] 戏马台相传为项羽所筑。燕子楼系关盼盼所居之地，她是唐代著名歌妓，也为镇守当地的张愔妾侍；愔死后，她独居楼中十余年，最终不食而死。

> 落絮飞花,将春欲去,目送水天远。

此词的上片写昔日游西湖的情景,下片则写今日泛舟之所见,上下片形成强烈的对照。这不免使人想起赵孟頫的七律《纪旧游》(参见本章第二节)。但赵诗所写只是身世之感,此词则已触及人生的悲哀,使人深感繁华终归萧索,而"莺娇燕婉"也必将被"落絮飞花"所代替。此种悲感,在《忆旧游·重到金陵》中尤为突出。

> 怅麟残废井,凤去荒台,烟树欹斜。再到登临处,渺秦淮自碧,目断云沙。后庭漫有遗曲,玉树已无花。向宛寺裁诗,江亭把酒,暗换年华。
> 双双旧时燕,问巷陌归来,王谢谁家。自昔西州泪,等生存零落,何事兴嗟!庾郎似我憔悴,回首又天涯。但满耳西风,关河冷落凝暮笳。

上一首是从个人的今昔之异生发开去的,此首则从历史的变迁、人事的无常出发,归结到个人的无奈,因而其所写的人生的悲哀也就更其深切。全篇均用铺陈手法,既极写金陵的萧索,又竭力渲染盛衰的反差,给人以强烈的感受。但这一切,其实都只是词人心境的写照①。这种心境,与萨都剌怀古词中所表达的是相通的。

此外,张翥也长于写友情与恋情,常常伴随着寂寞、悲哀的情怀。《石州慢·春日雨中》、《南浦·舣舟南浦,因赋题》、《解连环·留别临川诸友》等都属于这一类。今引《石州慢·春日雨中》为例:

> 烟雨轻阴,庭院悄寒,晴意难准。社前燕子归来,恰换一番花信。春光全在,杏花红闹枝头,双鸾衔上金钗鬓。待到尽开时,又胭脂成粉。
> 堪恨。西园扑蝶,人闲芳径,踏青鞾润。帘影愔愔、竟日薰胜如困。惜花中酒,寻常过了年年,情多那得离愁尽?翠被不成温,满薰篝兰烬。

虽是写情,但"待到尽开时,又胭脂成粉"之句,感慨甚深;这也正是对人生的无奈的悲叹。

二、杨维桢

杨维桢②(1296—1370)是元代后期江浙地区影响很大的文学家,维桢字

---

① 如"再到登临处"三句,就很能显示出寂寞和冷落。但无论何时,秦淮总是"渺"而"碧"的,而在金陵极目远望,"云"也总是看得见的,这都并非萧索的景色;至于"沙"则未必有,因为金陵无论怎么残破,与"黄沙远上白云间,一片孤城万仞山"(王之涣《凉州词》)的边塞情景到底不一样。

② 杨维桢的"桢"字,常被写作"桢",而实为误字。见孙小力《杨维桢年谱》(复旦大学出版社1997年版)卷首《传略》。

廉夫,号铁崖、铁雅、铁笛道人等。诸暨(今属浙江)人。与萨都剌同为泰定四年(1327)进士。授天台县令,以忤豪民免职。后虽曾任钱清盐场司令、杭州四务提举、权江浙等处儒学提举,均官位甚卑,且有十几年时间连这种低级官吏的职位都未曾得到,以至长期闲居。至正十六年(1356)任建德路总管府推官。两年后(1358),建德为朱元璋军攻破,遂避居富春山。此后往来于江、浙一带,不复出仕。洪武二年(1369)冬,应明太祖朱元璋征召,赴南京修礼乐书,次年五月病殁。有《铁崖古乐府》、《复古诗集》、《东维子文集》等。

杨维桢在诗歌创作上不但自成一家,而且以他为首,开创了"铁雅派";这在当时就是"为人脍炙"的诗派(见杨维桢《一泓集序》)。从表面上看,这派的主要特点是提倡古乐府,但其更深层的要求是提高诗歌的艺术成就。他在《潇湘集序》中说:"余在吴下时,与永嘉李孝光论古人意。余曰:'梅一于酸,盐一于咸,饮食盐梅,而味常得于酸咸之外,此古诗人意也。后之得意者,惟古乐府而已耳。'孝光以余言为韪,遂相与唱和古乐府辞。好事者传于海内……泰定文风为之一变。吁,四十年矣。"此序作于至正二十六年(1366),其前四十年为泰定三年(1326)。可知他的诗风从泰定年间起就对诗坛发生了很大影响。在这里尤值得注意的是:第一,他所倡导的"味常得于酸咸之外"乃是晚唐司空图的论诗主张,其强调的是诗歌的艺术特征,与南宋严羽的"兴趣"说、清初王士禛的"神韵"说均一脉相承,而与宋诗的主理则相对立。同时,杨维桢又认为"诗出情性"(《两浙作者序》),他的提倡古乐府和复古,实含有强调情性、反对模拟之意。他说:"古风人之诗,类出于闾夫鄙隶,非尽公卿大夫士之作也。而传之后世,有非今公卿大夫士之所可及,则何也?古者人□(疑当作"人"。——引者)有士君子之行,其学之成也尚己,故其出言如山出云、水出文、草木之出华实也。后之人执笔呻吟,模朱拟白以为诗,尚为有诗也哉?故摹拟愈偪,而去古愈远。"(《吴复诗录序》)总之,他由此而所要求于诗歌的,乃是诗人的情性与诗的艺术特征。至于他所认为的诗歌的艺术特征的具体内涵,则没有进一步阐发。第二,他的所谓"古乐府",实包括古诗在内,不仅指乐府歌行;其门人吴复作《辑录铁雅先生古乐府序》说:"……铁崖先生为古杂诗凡五百余首,自谓《乐府遗声》。"①而吴复将这些"古杂诗"编为十卷,干脆名为《铁崖先生古乐府》,其中即包括古诗在内,如卷八(《览古》四十二首)就全是古诗。而吴复所编此书是经杨维桢肯定的②。换言之,杨维桢的提倡"古乐府",

---

① 见《四部丛刊》影印明成化刊本《铁崖先生古乐府》卷首。又,此本所附顾瑛《后序》说:"会稽杨先生赋有《丽则遗音》,诗有《乐府余声》。"《乐府余声》盖即《乐府遗声》之异名。

② 杨维桢《吴君见心墓志铭》:"遂编次余古诗凡十卷,加以评注,能道余所欲言。"

实是提倡近体诗以外的古诗，因而至少在客观上含有诗体解放之意。近体诗形成后，在中国诗史上曾产生过重大积极作用，但篇幅的限制与格律的严谨、语言的凝练，对于注重感情恣放的近世诗人来说却并不相宜，是以萨都剌、杨维桢乃至以后的高启都不以近体诗见长。同时，由于杨维桢所提倡的"古乐府"中还包含着竹枝词这样的体制，他并对竹枝词特别提倡，编有《西湖竹枝词》等；这种体制便于以通俗的语言来写作，而杨维桢自己在写此等诗时也很注重诗歌语言的通俗化，如"劝郎莫上南高峰，劝我莫上北高峰。南高峰云北高雨，云雨相催愁杀侬"（《西湖竹枝歌》）之类。所以，他的倡导古乐府对推动诗歌语言的通俗化也有意义。值得注意的是：我国近世文学的重大贡献之一是文学语言的变革，最突出的自是白话小说的出现及其所取得的巨大成就；而在狭义的诗歌领域，杨维桢的古乐府实可视为清末黄遵宪新派诗的滥觞。

杨维桢的上述诗论并没有对诗歌的内容加以限制，因此，他虽然由于自己的思想局限曾写过一些褒美节义的诗，但也创作了不少颇有离经叛道倾向的作品。大致说来，他的这种性质的诗歌可以分为三类。

首先是张扬自我。在他的《大人词》、《道人歌》等诗篇里，诗人的自我独立天地，含蕴万物，傲视众人，直抉宇宙的奥秘，同时又无限寂寞与孤独。

> 有大人，曰毻牛，绛人甲子不能记，曾识庖牺兽尾而蓬头。见炼石之女补天漏，涿鹿之帝杀蚩尤。上与伊周相幼主，下与孔孟游列侯。衣不异，粮不休，男女欲不绝，黄白术不修，其身备万物，成春秋。故能后天不老，挥斥八极隘九州。太上君，西化人，自谓出无始劫，荡乎宇宙如虚舟，其生为浮死为休。安知大人自消息，天子不能子，王公不能俦，下顾二子真蟩蟒。（《大人词》）

> 道人飞来朗风岑，玄都上下三青禽，搏桑已作青海断，鳌丘又逐罗浮沉。初见蟾精生月腹，前身捣药婆娑阴。还仙服食终恍惚，天上仙骸成积林。手持女娲百炼笛，笛中吹破天地心。天地心，何高深，八千岁，无知音。（《道人歌》）

诗中的"大人"与"道人"都是诗人的自况。二诗皆以想像的丰富和气势的磅礴取胜，而在其根底里则是陆九渊的哲学。陆九渊倡言"四方上下曰宇，往古来今曰宙。宇宙便是吾心，吾心即是宇宙。"（《象山先生全集》卷二十二《杂说》）。他所依据的就是这种思想，连《大人词》的标题也源于陆九渊，《象山先生全集》卷二十五即有同名的作品。因为宇宙就在我的心里，人类社会的历史甚至帝王圣贤便也存在于我的心里，离开了我的心就没有这一切，他自然可以说"曾识庖牺兽尾而蓬头。见炼石之女补天漏"了。但尽管其哲学思想有渊源,而把自我的形象写得如此高大,不向任何人物——包括天子和孔孟——低头,在我国古代文学中却是从杨维桢开始的。假如说晚明文学新思潮是以源出王阳明心学的李卓吾思想为基础的,那么,杨维桢这种以陆九渊哲学为基础的对自我形象的描绘,在哲学思想上原是与晚明文学新思潮相通的。

其次,是对于与礼教相对立的爱情的肯定。在他的诗集中,写爱情的诗不少。有些作品的爱情性质不明确,有些则显然为礼教所不容。

在这方面写得最朴素的是《别鹄操》。那本是琴操中的一首。原来是说:商陵穆子娶妻五年而无子,他的父母命他休妻另娶,他的妻子"中夜悲啸",穆子很感伤,故作此琴操。杨维桢这一首则含有翻案的意思。诗中说:"比翼将乖,雌雄羁孤。中夜雌啸,雄将曷如?宁为不雏,死作两孤,不愿八九子为秦乌。"也就是:宁可断子绝孙,也绝不休掉妻子。这是以夫妇之情来否定孝道;因为"无后"原是最大的不孝。

不过,就诗而论,《别鹄操》写得并不感人。其影响最大的则为《续奁集二十咏》。写一个青年女子的私情及其终于与所爱者成婚生子,并从各个方面赞扬了这女子的美。在当时就"万口播传",后来并出了单行本。其精神固与元代大量写爱情的剧曲、散曲相一致,就诗歌的艺术造诣说,也为别开生面之作。

> 深情长是暗相随,月白风清苦苦思。不似东姑痴醉酒,幕天席地了无知。(《相思》)

> 胡伎牵来狞叱拨,轻身飞上电一抹。半兜玉镫裹湘裙,不许春泥污罗袜。(《走马》)

前一首的一二两句直写其相思之深,后两句则隐喻其痛苦已非醉酒所能排解,故不能采取"东姑"的解脱方式。大胆、婉转兼而有之。后一首赞扬女子的矫健,而于勇武中另有高华之气,娉婷之姿,读末两句可见。以前的乐府诗虽也有称赞妇女的英勇的,如《李波小妹歌》,但均无此诗的风姿。尤其是在主理的宋诗以后,杨维桢把私情引入了诗歌领域,这不能不说是重大的进步。——自然,宋词也有写私情的,但词在北宋是不登大雅之堂的文体,在编个人的文集时从不编入词(无论这集子是作者自编或其家属、门人所编);将词编入集子是从南宋庐陵所刊欧阳修文集开始的,但有些艳冶之词仍然不收。

在杨维桢写情的诗中,还有一点值得注意:他对人的内心的复杂性已有所体认,并予以认同。如其《买妾言》云:"买妾千黄金,许身不许心。使君闻有妇,夜夜《白头吟》。"这里不仅包含着对男子薄情的谴责,而且对女子的"许身不许心"加以肯定。实际上也就意味着:被以高价买去作妾的女子没有对其丈夫——主人忠心的义务。在封建道德的长期熏陶下,这种想法显有异端色彩。

第三，对于热烈的、世俗的美的追求。

中国的诗歌表现热烈的美，始于曹植而盛于李白；中晚唐诗歌已不复有此等情趣。但曹植的这类作品固纯是贵族声口，如"归来宴平乐，美酒斗十千"（《名都篇》），就非贵族不办；李白的"袖长管催欲轻举，汉东太守醉起舞。手持锦袍覆我身，我醉横眠枕其股"（《忆旧游寄谯郡元参军》）之类的热烈场面，也与一般的世俗之人有相当距离。而在杨维桢的诗中不但重新出现了热烈的美，而且经常是世俗化的。其代表作为《花游曲》。诗前有小序：

> 至正戊子三月十日，偕茅山贞居老仙、玉山才子烟雨中游石湖诸山。老仙为妓者璚英赋《点绛唇》词。已而午霁，登湖上山，歇宝积寺行禅师西轩。老仙题名轩之壁，璚英折碧桃花。下山，予为璚英赋《花游曲》，而玉山和之。

"贞居老仙"为张雨，杨维桢的诗友；"玉山才子"则为顾瑛，是铁雅诗派的一员。

> 二月十日春濛濛，满江花雨湿东风。美人盈盈烟雨里，唱彻湖烟与湖水。水天虹女忽当门，午光穿漏海霞裙。美人凌空蹑飞步，步上山头小真墓。华阳老仙海上来，五湖吐纳掌中杯。宝山枯禅开茗碗，木鲸吼罢催花板。老仙醉笔石阑西，一片飞花落粉题。蓬莱宫中花报使，花信明朝二十四。老仙更试蜀麻笺，写尽春愁《子夜》篇。

作为此诗中心的"美人"，其实是个妓女。诗中所写，不过是当时上层市民常有的携妓游山的情景，纯属世俗化的行为。但全篇却充满了热烈、欢快的情绪，美的景色和美的人交相辉映，甚至本与此种境界很不调和的寺院里沉重的木鱼（"木鲸"）声，经诗人用了一个"吼"字之后，似乎也变得热烈起来了。此处所反映的，正是处在上升阶段的市民的审美趣味。在我国诗歌史上是一种新的景观。而杨维桢的许多诗篇都有这样的追求，如《奔月厄歌》、《筚篥吟》、《李卿琵琶引》、《张猩猩胡琴引》、《城西美人歌》等。

杨维桢诗歌的这种新的内容与新的色调，对于当时诗坛起了一种巨大的震撼，属于铁雅诗派者达"数百人"（《寒厅诗话》），顾瑛、袁凯、杨基等皆出于此派（这些人都将在下一编中介绍）。

三、李孝光的散文

除诗词以外，文学性的散文在元末也取得了相应的成就。其最具代表性的作家，就是与杨维桢以古乐府相倡和的李孝光（1285—1350）。孝光字季和，温州乐清（今属浙江）人，曾任秘书监丞等职，有《五峰集》。他的散文的成就远在其诗歌创作之上。

自宋代以来，所重者多为实用性的文章，尤其是明道、载道之文，文学散文则不受重视。元代虽常有文学散文，如前举麻革的《游龙山记》，其后也有戴表元、宋本、元明善等人的作品，而至李孝光出，文学散文的艺术成就又有了明显的提高。他的代表作是《雁山十记》，今引其中《大龙湫记》的一段如下：

> 今年冬又大旱，客入，到庵外石矼上，渐闻有水声。乃缘石矼下，出乱石间，始见瀑布垂，勃勃如苍烟，乍小乍大，鸣渐壮急。水落潭上洼石，石被激射，反红如丹砂。石间无秋毫土气，产木宜瘠黑，反碧滑如翠羽凫毛。潭中有斑鱼廿馀头，闻转石声，洋洋远去，闲暇回缓，如避世士然。家僮方置大瓶石旁，仰接瀑水，水忽舞向人，又益壮一倍，不可复得瓶。乃解衣脱帽著石上，相持扼掔，欲争取之，因大呼笑。西南石壁上，黄猿数十，闻声，皆自惊扰，挽崖端偃木牵连下，窥人而啼。纵观久之，行出瑞鹿院前——今为瑞鹿寺，日已入。苍林积叶，前行，人迷不得路，独见明月宛宛如故人。

写瀑布之状，用笔简练而生气蓊勃，人的欢快情绪与自然之美融而为一；末数句由动入静，极富神韵。以此与《游龙山记》相比较，我们可以看到文学散文的长足进步。

国文学史新著      中国文学史新著

本书荣获

第二届中华优秀出版物（图书）奖
第二届"三个一百"原创出版工程入选奖
2005-2007上海图书奖一等奖
上海市第九届哲学社会科学成果奖一等奖

教育部重点推荐大学文科教材

章培恒 骆玉明·主编

下卷

增订本
第二版

复旦大学出版社

内容提要

本书是对现代文学以前的中国文学发展过程的实事求是而又独具特色的描述。在描述中，作者根据马克思主义理论，以人性的发展作为文学演变的基本线索；吸收西方形式美学的成果，把内容赖以呈现的文学形式（包括作品的语言、风格、体裁、叙事方式、由各种艺术手法所构成的相关特色等）作为考察的重点，并进行相应的艺术分析；严格遵照实证研究的原则，伴随必要而审慎的考证，通过对一系列作品的新的解读和若干长期被忽视的重要作家、作品以及其他文学现象的重新发现，以探寻和抉发中国古代文学本身的演化和中国文学古今演变的内在联系，从而揭示出中国现代文学乃是中国古代文学的合乎逻辑的发展，西方文化的影响只是加快了它的出现而非导致了中国文学航向的改变。此书虽然充分吸收了复旦大学出版社1996年出版的《中国文学史》的优点，但却已是一部新的著作。

目 录

第六编　近世文学·受挫期

概说	3
第一章　明初诗文的厄运和台阁体的兴起	11
第一节　高启、刘基及其他	11
第二节　台阁体的形成	33
第二章　在困境中挣扎的明代前期戏曲和小说	39
第一节　戏曲	39
第二节　小说	46

第七编　近世文学·复兴期

概说	53
第一章　文学在明代中期的复苏和进展	63
第一节　弘治、正德时期的诗文发展	63
第二节　嘉靖时期的诗文演化	87
第三节　文学复苏期的戏曲、小说及其他	134
第二章　晚明的文学高潮	158
第一节　《西游记》	158
第二节　《金瓶梅词话》及其他小说	165
第三节　汤显祖与戏曲创作的繁荣	173
第四节　袁宏道的诗文与晚明小品的特色	190

第八编　近世文学·徘徊期

概说	209
第一章　缓步在下坡路上 　　——明代末期的文学	215
第一节　"三言"、"两拍"等明末小说	215

第二节　竟陵派、王思任与王彦泓、陈子龙 ·················· 234
　　第三节　吴炳与明末的戏剧 ································ 248
第二章　光芒犹自闪耀
　　　　——清代顺治至康熙中期的文学 ···················· 251
　　第一节　诗词 ·· 252
　　第二节　散文 ·· 288
　　第三节　小说、戏曲批评 ·································· 302
　　第四节　小说 ·· 316
　　第五节　戏曲 ·· 342
第三章　萧条的来临和隐伏的生气
　　　　——康熙后期到乾隆初叶的文学 ···················· 362
　　第一节　赵执信与沈德潜 ·································· 363
　　第二节　方苞和桐城派的形成 ······························ 369
　　第三节　厉鹗与郑燮 ······································ 378

第九编　近世文学·嬗变期

概说 ·· 387

第一章　通俗文学在乾隆时期的辉煌
　　　　——以吴敬梓、曹雪芹与陈端生为代表 ·············· 398
　　第一节　吴敬梓的《儒林外史》 ···························· 398
　　第二节　曹雪芹的《红楼梦》（前八十回） ·················· 417
　　第三节　《红楼梦》的后四十回与其他小说 ·················· 433
　　第四节　陈端生的弹词《再生缘》 ·························· 435

第二章　袁枚及其同调与异趋
　　　　——乾隆中叶至嘉庆时期的诗文 ···················· 439
　　第一节　袁枚 ·· 439
　　第二节　蒋士铨与赵翼 ···································· 452
　　第三节　姚鼐与翁方纲 ···································· 458
　　第四节　黄景仁与张问陶 ·································· 461
　　第五节　舒位与彭兆荪 ···································· 468
　　第六节　常州词派与阳湖文派 ······························ 476
　　第七节　沈复的《浮生六记》 ······························ 480

第三章　白话小说在近世文学的最终阶段 …………………………… 485
　第一节　《镜花缘》 ………………………………………………… 485
　第二节　以《三侠五义》为代表的侠义公案小说 ………………… 490
　第三节　《海上花列传》 …………………………………………… 496
第四章　从龚自珍到"诗界革命" …………………………………… 506
　第一节　龚自珍的诗文 ……………………………………………… 506
　第二节　鸦片战争至义和团运动间的诗文 ………………………… 515
　第三节　从新诗到"诗界革命" …………………………………… 527

第 六 编

近世文学

受挫期

概　　说

　　自蒙古字儿只斤窝阔台（太宗）元年（1229）——也即金哀宗正大六年——开始，到朱元璋建立明王朝的洪武元年（1368），共一百三十九年。在这一时期中，元杂剧的创作光辉灿烂，散曲的成就也十分突出，南戏有《琵琶记》、《拜月亭记》问世，通俗小说有《三国志通俗演义》和罗贯中编次的《水浒传》，文言小说有《娇红记》，在诗歌领域，即使不计生于1190年的元好问，也还有赵孟頫、杨维桢、萨都剌、高启等人的诗篇，不能不说当时是文学的丰收期。而从洪武元年下推一百三十九年，为正德二年（1507），在这期间，除了施耐庵将《水浒传》在罗贯中编次的基础上发展为今本或基本上接近于今本的样子外，在小说、戏曲上可以提及的只有《剪灯新话》、《剪灯余话》和极少数杂剧，在诗文上也仅有李梦阳等前七子初露头角。较之上一个一百三十九年，显得何等黯淡。例如，以王实甫《西厢记》与这一时期的《萧淑兰》之类杂剧相比，真有上下床之别；《剪灯新话》、《剪灯余话》固然有许多《娇红记》所未涉及的内容，但各篇在描写的细腻、人物的生动方面也远逊于《娇红记》，而且政府在正统七年（1442）还明令禁绝"《剪灯新话》之类"的小说[①]。自然，高启、杨基等人都活到了洪武元年之后，但他们或被惨杀，或遭迫害，与其说通过他们可以看到洪武时期的文学创作成绩，毋宁说他们的遭遇充分显示了严酷的专制独裁统治对文学的扼杀。所以，从朱元璋建立明王朝起，文学就进入了一个惨淡的时代；在近世文学萌生期出现的新的成分不是夭折就是衰退，只有极少数的作品仍能坚持原先的传统，但又常遭无情的摧残。根据这一情况，我们把洪武元年（1368）作为中国的近世文学受挫期的开始。至其下限则划在成化末年（1487），因在弘治（1488—1505）年间，不但李梦阳等已倡导复古，实际是在要求文学的复兴，而且从出版的情况来看，《西厢记》、《三国志通俗演义》、《琵琶记》在弘治时都

---

① 参见陈正宏、谈蓓芳等著《中国禁书简史》，收入安平秋、章培恒主编《中国禁书大观》，上海文化出版社1990年版。

有刊本①,可见当时文化界已有一些新的气象。故将弘治作为近世文学复兴期的开始。

明初的经济摧残和思想整肃

在元代末年,经济已有较大的发展;相对于其以前的时代来说,工商业的发展尤为显著。不过,其发展是不平衡的,就总体而言,经济发达地区集中于江南,尤其是今江浙两省的若干地区。大都(今北京)虽然也很繁荣,但那是元朝的首都,其繁荣局面的造成在很大程度上是政治因素在起作用。总之,在全国范围内,经济繁盛之地只占很小的比重,工商业繁盛之地所占的比重更小。因而,如以强大的政治力量加以打击,是能轻易摧毁的。

明王朝一建立,就采取了打击富庶地区、工商业和富裕阶层的政策,而且严厉地推行,从而使经济——特别是工商业经济——遭到严重挫折。朱元璋出身于较贫穷的农民家庭,原先文化水平较低,后又努力学习传统的阐述"治道"的著作。他之所以采取这一政策的具体原因不明,但基于贫富矛盾的贫穷者对富人的憎恶,基于城乡矛盾的农民对工商业者的歧视,传统的"崇本抑末"的学说,都有可能引导他走上这样的道路。而在其创业过程中,当时经济特别发达的苏州、嘉兴等地和其他一些经济发达地区又掌握在其敌对者手中,当地民众与他作过斗争,这更促使他给予打击报复。

他对这些地区先是以政治理由加以打击。在至正二十七年(1367),朱元璋军攻破苏州,就将张士诚及其文武官员、官员的家属和其他受牵连人士二十余万押解到其政府所在地(今江苏南京)②,这些人除被杀外,都被迁徙到凤阳等地去了。对于方国珍、陈友谅之子陈理等所占地区的类似情况的人们也采取同样的办法。虽然这里面已包括了许多富人,但还可说是为了剪除政治上的异己;他另有若干措施则是完全针对富人的,用种种借口剥夺他们的财产就是其中之一。如王世贞《周一之墓志铭》:"高帝下吴郡,而周氏以高赀闻,举凤阳寝园赋,已又缮金陵廊舍,以是中落。"(《弇州山人四部稿》卷九十一)这是富户被迫出资修皇帝祖先的陵墓和建筑首都以致破产的一例。又,《明史·太祖孝慈高皇后传》:"吴兴富民沈秀者,助筑都城三之一,又请犒军。帝怒曰:'匹夫犒天子军,乱民也,宜诛。'"幸而由于马皇后的谏请,才免了沈秀的死罪,谪

---

① 《西厢记》有弘治刊本行世;《三国志通俗演义》有弘治甲寅(即弘治七年,1494)庸愚子序,其底本当即弘治刊本;据黄仕忠《〈琵琶记〉研究》(广东高等教育出版社1996年版)考证,《琵琶记》陆贻典抄本(这是今存《琵琶记》中最可信据之本)所据的旧刻本实为弘治刊本。

② 见谈迁《国榷》卷二。

成云南；其家产当然全被抄没。从王世贞所记周氏的情况来看，富户的出资助政府兴建显然不是自愿的；沈秀之"助筑都城三之一"，当然同样如此。他大概不会钱多得不耐烦了，在出巨资助筑都城后还想再拿出大笔钱来犒军，而当是意识到自己处境的危险，希望花钱买平安，不料竟成了朱元璋整他的借口。又，《明史·食货志》："初，太祖定天下官、民田赋……惟苏、松、嘉、湖，怒其为张士诚守，乃籍诸豪族及富民田以为官田，按私租簿为税额。而司农卿杨宪又以浙西地膏腴，增其赋，亩加二倍。故浙西官、民田（赋）视他方倍蓰。"这也就意味着把这四个地区的豪族及富民的田产全都没收了。《明史·太祖本纪》："（洪武）三年……徙苏州、松江、嘉兴、湖州、杭州民无业者田临濠。"这些地区的富户土地既然已被没收，当然可以把他们作为"无业者"迁徙出去了。这种打击富民的政策，到朱元璋的儿子明成祖朱棣时仍继续执行，而且打击面更为扩大。《明史·成祖本纪》：永乐元年八月，"徙直隶苏州等十郡、浙江等九省富民实北京"。

经过这样的打击，富民大量破产。这些富民中，当然包括了富裕的工商业者。而对工商业来说，除此以外，还有两大厄运。一是征税的严酷。商税虽在名义上说是"三十而税一"，但在全国设了许多征税机构，货物在产地便已征税，在所过津又要收取，是以明初的解缙说："既税于所产之地，又税于所过之津，何其夺民之利至于如此之密也。"①何况这些机构是被规定每年必须收足一定数额的税金的，为了完成任务，自不得不以超过"三十而税一"的税率来征收，从而大大加重了商人的负担。二是禁止民间的海外贸易。"敢有私下诸番互市者，必置之重法。凡番香番货，皆不许贩鬻"②。而在元代，海外贸易在经济中实已占有了较重要的地位。

经过这样的打击，就形成了经济的萧条。"素号繁华"的苏州，在沉重的打击下固已"邑里潇然，生计鲜薄，过者增感"（王锜《寓圃杂记》卷五），嘉兴等地也"罪者谪戍，艺者作役，富者迁入京师支郡，眪隶不问逃亡，大归消落"③。虽然苏州、嘉兴等地是全国受打击最重的，但打击富民、打击工商业的政策是全国一致的，因此，其他地区的经济情况虽然会较此好一些，但所受影响必然也很严重。

在摧残经济的同时，还在思想上进行整肃。

明初的士人入仕之途，除征辟外，主要是通过科举和国子监两个途径。国

---

① 见《明史》卷一百四十七《解缙传》。
② 见《明太祖实录》卷二三一，洪武二十七年正月。
③ 见天启《平湖县志》八《食货一·户口》，此所说是"洪武后"的情况。按，平湖县于明宣德四年（1429）由海盐县析置，与海盐皆属嘉兴府。

子监的学习课程为御制《大诰》、《大明律令》、《四书》、《五经》、刘向《说苑》、御制《为善阴骘》、《五伦》等书(见《皇明太学志》卷七)。很明确地显示出要以儒家经典与朱元璋自己的思想来统制士人思想的意图。就是地方学校,朱元璋也令学生读御制《大诰》,说是"为师者率其徒能诵《大诰》者赴京,礼部较其所诵多寡,次第给赏"(《明会典》卷七十八)。至洪武三十年,到京城(当时以南京为首都)去试读《大诰》的各地师生,竟达十九万三千四百余名。所谓《大诰》,即是朱元璋为民众所制定的生活、思想准则,也包括法律条文等内容。至于科举,则《明史·选举志》说:"科目者,沿唐、宋之旧,而稍变其试士之法,专取四子书①及《易》、《书》、《诗》、《春秋》、《礼记》五经命题试士,盖太祖与刘基所定。其文略仿宋经义,然代古人语气为之,体用排偶,谓之八股,通谓之制义。"其对《四书》及《易》、《书》、《诗》的理解,以程、朱的注释为依据②。至永乐年间颁布《四书大全》、《五经大全》作为考试课本,且这两部"大全"也是以程、朱学说为准绳的。而科举考试在明代的重要性又远非元代可比,全国的读书人基本都要走这一条路;因而程、朱学说也就在思想界占有了前所未有的巩固的统治地位。其时还发生了一件事:饶州儒士朱季友向成祖进献自己所著之书,"专诋周、张、程、朱之学",成祖大怒,给予杖击及遣戍处分,并焚其著作,说是"无误后人"(见杨士奇《三朝圣谕录》及严有禧《漱华随笔》卷一)。这更意味着反对程朱学说要受法律处分。

不过,对朱元璋来说,儒家思想还存在缺陷,以致连孟子也遭到了整肃。《明史·钱唐传》:"帝尝览《孟子》,至'草芥'、'寇仇'语,谓非臣子所宜言,议罢其配享,诏有谏者以大不敬论。唐抗疏入谏曰:'臣为孟轲死,死有余荣。'时廷臣无不为唐危。帝鉴其诚恳,不之罪。孟子配享亦旋复。然卒命儒臣修《孟子节文》云。"朱元璋之所以不予钱唐处分并恢复孟子的"配享"待遇,大概是后来觉得对于早就被公认为中国第二位圣人的孟子到底不宜使用太强硬的手段,所以采取了"修《孟子节文》"的釜底抽薪的办法。所谓"'草芥'、'寇仇'语",是指《孟子·离娄》下的"君之视臣如土芥,则臣视君如寇仇(赵岐注:"芥,草芥也。")"。在朱元璋看来,这种观念是很危险的。既然对孟子仍不得不予尊崇,就必须把《孟子》加以改造以消除危险。他命儒臣所修的《孟子节文》,就对此书大加删削,不但"土芥"、"寇仇"等句去掉了,还把"闻诛一夫纣矣,未闻弑君也"(《孟子·梁惠王》下)等被他认为不利于君主独裁的大量言论全都除去了。

---

① 即《四书》。
② 《明史·选举志》说:"《四书》主朱子《集注》,《易》主程《传》、朱子《本义》,《书》主蔡氏《传》及古注疏,《诗》主朱子《集传》。"按,蔡氏,指朱熹学生蔡沈。

总之，朱元璋(以及他的儿子朱棣)的思想统制，是要使他统治下的臣民都成为驯顺的奴才或奴隶。为了达到这一目的，除采取上述的教育手段外，还有残酷的镇压。

严酷的独裁政治和士大夫的悲惨处境

朱元璋开国以后，在政治上建立了君主个人独裁的体制。这一体制是通过洪武十三年的废除丞相制而最终完成的。从此在政府中再也没有能对皇帝的权力起到某种程度的制衡作用的因素，他真正做到了在政治上随心所欲。又辅以直接向他负责的特务机构锦衣卫(那在名义上是他的警卫部队)，用来侦查、迫害他所认为不忠的人们；并对臣僚采取廷杖、腐刑等处分，以摧折其廉耻。廷杖是他的新发明，腐刑则在汉代以后早就不用于士大夫了。

他所创造的这一切，除对士大夫的腐刑外，在明代都延续下去了。尽管有的有所修改，但基本精神是一致的①。有的则变本加厉②。

朱元璋的统治手段，十分严酷，对士大夫又存有很深的疑忌，甚至明确规定"寰中士夫不为君用，其罪至抄札"(《明史·刑法志》)。对于元代的统治，他本以为其失在于宽；较之宋代，他所定的法律也"宽厚不如宋"(《明史·刑法志》)。而更其可怕的是，由于极端的独裁，无论对于官员或民众的惩罚，经常不依据法律，纯凭一己的好恶和需要，因而对官民大加虐杀。这里引几个例子：

> (洪武)八年……时造凤阳宫殿。帝坐殿中，若有人持兵斗殿脊者。太师李善长奏诸工匠用厌镇法，帝将尽杀之。祥为分别交替不在工者，并铁石匠皆不预，活者千数。(《明史·薛祥传》)

当时的劳役，不可能宽厚到三班轮换，既然"交替不在工者"加上铁石匠还有"千数"，则被杀者至少也要接近一千了。而这位重视人命的薛祥，其最后结果是"坐累杖死，天下冤之"(同上)。

> 太祖尝微行京城中，闻一老媪密呼上为老头儿。大怒。……亟传令召五城兵马司总诸军至，曰："张士诚小窃江东，吴民至今呼为张王。我为天子，此邦呼为老头儿，何也？"即命籍没民家，甚众。(徐祯卿《翦胜

---

① 如大学士的设立。在习惯上大学士常被视为宰相，但那其实是皇帝的秘书班子，对皇帝的权力并无任何制衡作用。是以从品级说，大学士只是正五品，而六部尚书为正二品，连知府都是正四品。
② 如特务机构，其后又有东厂、西厂之设。

野闻》）

> 太祖尝于上元夜微行京师。时俗好为隐语，相猜以为戏。乃画一妇人，赤脚怀西瓜，众哗然。帝就观，因喻之曰是谓淮西妇人好大脚也！甚衔之。明日，命军士大戮居民，空其室。盖马后淮西人，故云。（同上书）
>
> 帝既得天下，恶胜国顽民窜入缁流。乃聚数十人，掘一泥潭，埋其身于泥中，特露其顶。用大斧削之，一削去头数颗。名曰铲头会。（吕毖《明朝小史》）①

仅仅这几条，就足以见到朱元璋对民众的残忍了。即使是草芥，一般的人大概也不会对之如此特意踩躏。倘若按照"君之视臣如土芥，则臣视君如寇仇"的原则，人民岂不都要将他作为"寇仇"了？他之要对《孟子》加以整肃，原也是难怪的。

除了虐杀民众以外，对官员的迫害也令人难以想像。无辜被笞捶、谪戍和杀害，成了司空见惯的事。仅洪武九年，"官吏有罪者，笞以上悉谪屯凤阳，至万数"（《明史·韩宜可传》）。这实是一个骇人听闻的数字。而当时官员之受到处分，有许多根本无罪。如李质，是一个颇有惠政的好官，后"拜靖江王右相。王罪废，质竟坐死"（《明史·周祯传》附《李质传》）。又如严德珉，"由御史擢左佥都御史，以疾求归。帝怒，黥其面，谪戍南丹"，德珉还为自己能保全生命而深感侥幸（见《明史·杨靖传》附《严德珉传》）。是以茹太素在洪武八年上疏说："才能之士，数年来幸存者百无一二。"（《明史·茹太素传》）叶伯巨于洪武九年所上奏疏说得更沉痛：

> 古之为士者，以登仕为荣，以罢职为辱。今之为士者，以溷迹无闻为福，以受玷不录为幸，以屯田工役为必获之罪，以鞭笞捶楚为寻常之辱。其始也，朝廷取天下之士，网罗掊撼，务无余逸。有司敦迫上道，如捕重囚。比到京师，而除官多以貌选，所学或非其所用，所用或非其所学。洎乎居官，一有差跌，苟免诛戮，则必在屯田工役之科。率是为常，不少顾惜……致使朝不谋夕，弃其廉耻，或事掊克，以备屯田工役之资。……（《明史·叶伯巨传》）

他的奏疏使朱元璋暴跳如雷，叶伯巨终于死在狱中。总之，朱元璋的统治时期是一个很可怕的时代。

与此相应，当时出现了很多文字狱。据钱谦益说，明初著名诗人高启的被杀，表面上是由于他为魏观重建的知府衙门写了《上梁文》，实是因他所作的

---

① 类似的记载也见于明王文禄《龙兴慈记》。

《宫女图》诗被朱元璋认为讥讽宫闱丑事[①];钱说未知何据,但高启总之是以文字遭祸。又,刘辰《国初事迹》说:"佥事陈养吾作诗云:'城南有娶妇,夜夜哭征夫。'太祖知之,以为伤时,取到湖广,投之于水。"至于以文字无意触忌而被杀的,更不知凡几。在《双槐岁钞》中就记有洪武时的许多学校教官因代当地军政官员作贺表或谢表而被杀的事件[②],如林元亮所作谢表中有"作则垂宪"的话,赵伯宁、林伯琼、蒋质所作贺表内分别有"作则"、"仪则"的字样,蒋镇所作贺表中有"睿性生知"一句,吕睿所作谢表说到"遥瞻帝扉",统统被杀;想来是朱元璋因"则"与"贼"音近,"生"与"僧"音近,"扉"与"非"音近,怀疑他们在讥笑自己曾作贼、作僧,指斥皇帝之非了,自然非杀不可。像这样因写表笺而被杀的还有一大批,其中包括了当时较有名的文人苏伯衡。他是在任处州教授时因表笺问题而被杀的,他的两个儿子想救他,也一起被杀了;至于他的表笺到底有什么问题,目前已不可知。

明初的文人就生活在这样动辄得咎的恐怖中。

在朱元璋的儿子朱棣——明成祖统治天下的时期,情况并无改善。直至宣德(1426—1435)、正统(1436—1449)时期才有所松动。

文学的倒退和挣扎

这个时期的文学动向,大致可分为两个方面:倒退和挣扎。

这两种动向,是在洪武时期就已开始的。如本书上一编所述,元末的文学在尊重个体,抒写内心真实的喜怒哀乐、追求和冲突等方面都有了长足的进展;而由元入明的作家,在洪武时期对元末文学的这种传统分别采取了坚持和背弃的态度。前者以高启为代表,而当时政治现实如同一张大网,正在日益收紧,因而这种坚持同时也就是挣扎。后者以宋濂为代表,他在明朝编定自己的文集时全部删除了他在元代的作品,而在入明后所写的诗文中则俨然以对明王朝歌功颂德的醇儒而现身,连刘基诗歌中的那种不满现实之意也没有(关于刘基的诗参见本编第一章)。不过,生活是那样的无情,他最后由于偶然的疏忽仍然遭到了镇压。

由元入明的作家很多都有悲惨的命运,除高启以外,徐贲、张羽、孙蕡等皆被杀或被迫自杀,至于如杨基等遭受折磨以后还能善终的就要算是幸运的了。

---

① 见本编第一章。
② 今所见本《双槐岁钞》中已无此项记载;王世贞所见本于此记述较详,见《弇州史料》后集卷三十一《国朝丛记·进表笺儒学官以讹误诛》。

这样的虐杀再加上严格的思想统制,倒退的倾向在洪武及其后的文学中就越来越发展,在诗文方面,至台阁体的形成而达于极致;在戏曲方面,则有朱有燉可以作为此种动向的代表。

然而,元末的上述文学传统是在长期的社会发展过程中自然形成的。凡是历史的必然产物都不可能在短时期内被全部、彻底、干净地消灭。何况在中国这样的社会环境里自我意识的觉醒不得不经过漫长而艰难的历程,因而已经形成的对自我的尊重也不是短期内能轻易扼杀的,即使在朱元璋那样残酷的统治下,也存在着为了维护自我尊严而作的惨烈的斗争。在洪武时担任御史的王朴的经历就充分说明了这一点。《明史·王朴传》说:

> 性鲠直,数与帝辨是非,不肯屈。一日,遇事争之强。帝怒,命戮之。及市,召还,谕之曰:"汝其改乎?"朴对曰:"陛下不以臣为不肖,擢官御史,奈何摧辱至此?使臣无罪,安得戮之?有罪,又安用生之?臣今日愿速死耳。"帝大怒,趣命行刑。过史馆,大呼曰:"学士刘三吾志之:某年月日,皇帝杀无罪御史朴也!"竟戮死。帝撰《大诰》,谓朴诽谤,犹列其名。

他虽然出仕于朝廷,但绝不因朱元璋是皇帝就曲意承顺,而仍然唯理是从,要分清是非曲直;而当朱元璋以死来威胁他,要他认错求饶时,他宁可去死也不屈服,而且对于朱元璋的"摧辱"提出了愤怒的抗议,这更是对自我尊严的维护。在这以前,我国历史上有过不少为忠义而献身、不惜遭受酷刑的志士,但还没有出现过这样在面临生死抉择时仅仅为了维护自我尊严而对抗最高统治者并自愿献出生命的烈士。这说明历史在当时到底已进入了近世。也正因此,在文学的倒退动向加深的同时,挣扎的因素继续存在。这是因为,一则经受过元末文学洗礼的人在有机会时仍会走上前人的道路,瞿佑的《剪灯新话》就是这样的代表;再则由较强烈的自我意识导致的与环境的冲突所冒出的火花,有时会与元末文学不谋而合,方孝孺的有些作品就是如此;三则元末文学传统在明初虽遭到严重压抑,但在不少人的心目中仍是有魅力的存在。因而不但瞿佑的《剪灯新话》为人们所热烈喜爱,连台阁体的代表人物杨士奇,在政治环境有所松动的正统元年(1436),也对杨维祯唱出了这样的颂歌:"余又见《复古诗集》,读其《琴操》,不让退之;其宫词不让王建;其古乐府不让二李;其《漫兴》、《冶春》、《游仙》等题,即景成韵,使老杜复生,不是过也;而香奁诸作,尤娟丽俊逸,真天仙语。……窃恨生晚,不得撰杖履从后也。"(《跋复古诗集后》)在这样的情况下,挣扎的成分虽然微弱,但却有深厚的读者基础。因此,当政治压力有所减轻时,文学的复兴也就成为必然的了。

第一章 明初诗文的厄运和台阁体的兴起

诗文创作在元末的显著成就已在上编作了介绍,但到明初却因遭受无情的打击而衰落了。由元入明而在诗文创作上较有成绩的人,绝大多数都在迫害下悲惨地死亡,连刘基、宋濂这样的高层人士也不例外;随着他们的纷纷逝去,文苑突然变得荒凉了。个别侥幸保住了性命的像袁凯那样的人,自也不敢再在创作上有所表现。因而在文坛上形成了万马齐喑的局面。但由于对自元入明的文人的摧残有一个过程,大致说来,在朱元璋统治的前期,生机尚未尽失,后期则愈益惨淡。加以其子永乐帝的克绍箕裘,终于形成了一个文学上的怪胎——"台阁体",其影响及于全国。

第一节 高启、刘基及其他

王世贞说:"当是时(指洪武时。——引者),诗名家者,无过刘诚意伯温、高太史季迪、袁侍御可师。"(《艺苑卮言》卷六)又说:"才情之美,无过季迪;声气之雄,次及伯温。当是时,孟载、景文、子高辈实为之羽翼。"(同上书卷五)其所谓"袁侍御可师"也即"景文"(袁凯),可见他认为袁凯的诗名虽与高、刘相埒,而成就实较逊,只配作他们的"羽翼"。他的上述说法大致是对的,只是子高(刘崧)更弱,不足与杨基(孟载)、袁凯并列。而高启、刘基(伯温)、袁凯、杨基之诗,实都可视为元末诗风的余响。

一、高 启

高启(1336—1374),字季迪,长洲(今江苏苏州)人。元末曾居吴淞青丘,自号青丘子。在张士诚占据苏州一带时,他与士诚所属高级官员颇有交往,但未出仕。洪武初召修《元史》，为翰林院国史编修。书成，授户部右侍郎，辞归。洪武七年（1374），苏州知府魏观因嫌当时的知府衙门狭隘，拟迁至原先元代的府衙，故将它重加修葺，并请高启写了一篇《上梁文》。但该处曾被张士诚作为王宫，朱元璋就以魏观重修张士诚王宫的罪名将他处死，高启也牵连被腰斩①。他的诗集留传于世的，一为他自编的《缶鸣集》，一为明代景泰间徐庸所编的《高太史大全集》。后一种所收的诗远多于前一种。

作为中国的近世诗人，高启的人生态度与创作态度都有与其前辈颇为相异之处。这也是我们在研究高启和本期文学史时首先必须注意之点。

高启的人生态度最令人注目的，是其对个性的尊重。在他看来，维护个性而不使扭曲，乃是人生最重要的事件。在中国诗歌史上，他最早唱出了个性被压抑的悲哀和焦虑。

洪武初他被征召到京师去修《元史》后，虽然颇受优遇，但却深深感受到个性与环境的冲突，内心十分痛苦。他在《喜家人至京》诗中这样写道：

　　……诏从太史校金匮，每旦珥笔趋彤闱。春游禁苑侍鹤驾，冬祀泰畤随龙旂。有时青坊坐陪讲，宫壶满赐沾恩辉。草茅被宠已逾分，不才宁免诮与讥！海鸟那知享钟鼓？野马终惧遭笼靮。江湖浩荡故山远，归梦每逐鸿南飞。……

诗中所写的这些恩遇，正是以前的士大夫所求之不得的，连李白也曾为"朝天数换飞龙马，敕赐珊瑚白玉鞭"（《玉壶吟》）而兴高采烈。但高启却不愿享受这样的待遇，反而从中感到了被束缚的恐惧，渴望早日恢复自由的生活。这不是高启比李白更高明，而是因为时代不同了，元末明初的自我意识的觉醒程度已远远超过了开元、天宝之际。当然，嵇康等魏晋人物的珍重自我也不下于高启。但他们属于士族——一个特殊的阶层，是在其独有的优厚地位与社会条件的基础上形成这种较为高扬的自我意识的，而高启只是地主阶级中的一个普通的读书人。因此，若以高启与魏晋士人相比，我们也看到了自我意识在社会上的大幅度扩张——从人数甚少的特殊阶层扩大到了人数较多的阶层。在这方面，与高启属于同阶层的杨维祯也是一个很好的例证，他在《大人词》中所歌唱的"天子不能子，王公不能俦"，在张扬自我上是与高启一致的。尽管庄周

---

① 后来曾传说高启的被害是因其所作《宫女图》诗被朱元璋怀疑为讽刺当时宫廷的淫乱情况，但不便发作，就借其写《上梁文》事件将他杀害。见《列朝诗集小传》甲集《高太史启》。此说不知何据。但魏观既被加上了重修张士诚王宫的大罪，则按照朱元璋的逻辑，为此而作《上梁文》的高启自是同谋犯，无论是否有前科，也都非杀不可了。《宫女图》诗如下："女奴扶醉踏苍苔，明月西园侍宴回。小大（当为"犬"之误。——引者）隔花空吠影，夜深宫禁有谁来？"

也有过类似的要求,但那是以超脱现实的社会生活为前提的,杨维桢诗中的"大人"却是"男女欲不绝,黄白术不修"的普通人。

这种尊重自我、尊重个性的思想,在高启身上是根深蒂固的。他曾不止一次地表述过这种看法:

> 驽马放田野,志本在丰草。偶遇执策人,驱上千里道。顾非乘黄姿,岂足辱君皂?负重力不任,哀鸣望穹昊。奈何相逢者,犹羡羁络好!(《寓感二十首》其十三)

> 野性不受畜,逍遥恋江渚。冥飞昔未高,偶为弋者取。幸来君园中,华沼得游处。虽蒙惠养意,饱饲贷庖煮。终焉怀惭惊,不复少容与。……(《池上雁》)

> 白雪泛金塘,群翻动曙光。危栖翘独趾,乱喽引修吭。池中鹄可并,廷内鹭难行。自怜观咏者,江湖兴未忘。(《御沟观鹅》)

前两首诗把"海鸟那知享钟鼓?野马终惧遭笼轨"之意表述得更为清楚,并特地点明"野性不受畜",突出了自己的"野性"与受畜养的处境之间不可调和的矛盾。后一首则不但再一次强调了自己的"江湖"之志,而且对"御沟"里被饲养着的鹅群的那种"危栖"、"乱喽"的优游之状,自命可比鸿鹄的志得意满之态,隐含怜悯与讥笑之意,进一步显示出了他对个性被束缚的生活的鄙视。这种尊重自我的精神较之李白的"安能摧眉折腰事权贵,使我不得开心颜"(《梦游天姥吟留别》)又进了一步。他已经不只是不愿向某些人卑躬屈节,而是要使生活状况整个地符合自己的"野性"——个性;凡与此相违背的,即使在当时的社会规范中被认为无上光荣,他也无法忍受。由于像这样的个性与环境相冲突的痛苦,在我国诗歌史上乃是第一次出现,他还难以深入地表达,不得不一再假托于鸟兽。上引几首诗的感染力都不强,主要只能作为我们考察他的思想的依据。但由这种高度尊重自我、维护个性自由的情操所构成的人格力量,却对高启的诗歌创作具有十分重要的意义。

由于尽力使自己的个性不受束缚,他的心灵活动便能获得广大的空间,由于高度尊重自我,他对于与自我有关的一切事物与一切人——包括亲属、朋友和所有的人(自我的同类)——都具有深切的关心和敏锐的感受,并把这一切形之于自己的诗歌。他在《青丘子歌》中这样地写其创作过程:"斫元气,搜元精,造化万物难隐情。冥茫八极游心兵,坐令无象作有声。"没有心灵活动的广大空间,怎能"冥茫八极游心兵"?没有对一切事和一切人的敏锐感受,又怎能"造化万物难隐情"?而离开了对对象的关心和同情、共鸣,又怎能感受?

也正是基于其尊重自我、尊重个性的人生态度,高启的创作态度大异于前人。他把诗歌创作作为自己的唯一事业，但绝不是基于功利的目的，也不顾世俗的毁誉，而只是为了自娱，使自己的创造力——生命力的一种——得到高度的发挥：

> 青丘子，臞而清，本是五云阁下之仙卿。何年降谪在世间，向人不道姓与名。蹙屐厌远游，荷锄懒躬耕。有剑任锈涩，有书任纵横。不肯折腰为五斗米，不肯掉舌下七十城。但好觅诗句，自吟自酬赓。……朝吟忘其饥，暮吟散不平。……妙意俄同鬼神会，佳景每与江山争。星虹助光气，烟露滋华英。听音谐《韶》乐，咀味得大羹。世间无物为我娱，自出金石相轰铿。江边茅屋风雨晴，闭门睡足诗初成。叩壶自高歌，不顾俗耳惊。欲呼君山老父携诸仙所弄之长笛，和我此歌吹月明。（《青丘子歌》）

这种纯粹从自我出发，通过心灵的自由翱翔来熔铸一切，以创造力的发扬来求得个体生命的满足的创作态度，实已具有近代（modern time）的色彩。假如他不是在朱元璋的屠刀下过早地结束了自己的生命，沿着这样的创作道路走下去，也许会在诗歌创作中取得更大的成就。《四库全书》的编者既肯定高启"天才高逸，实据明一代诗人之上"，又致憾于其"殒折太速，未能熔铸变化，自为一家"（《四库全书总目提要》卷一六九《大全集》），也正意味着高启在创作上本会有更辉煌的前途。

现在，介绍一下高启的诗歌创作特色。

高启的诗，题材多样，古、近体均有佳构，也都深深打着时代的烙印。元代自至正十一年（1351）高启虚龄十六岁时开始发生动乱，经过连年不断、规模愈益扩大的战争，元朝终于在至正二十八年（1368）被灭亡。而在至正十六年（1356）高启二十一岁时，张士诚占领了他的家乡苏州一带，高启也就亲历了战乱之苦。在朱元璋攻克苏州、继而统一全国后，他所面临的又是严酷的统治，许多朋友受到严厉的惩罚甚至被杀，他的哥哥就是被惩处的一个。因此，从元末起，他的诗就时杂悲感，缺乏杨维桢诗的那种乐观的精神与磅礴的气势，但却更具深度。在其属于这一类的优秀诗篇中，蕴含着一种与环境相抗衡而生的沉潜的力量；这跟他的人生态度有关。至于短篇小制，也常含惆怅的情思。

由于身处战乱，他的诗中有些是写民众在这样的处境下的痛苦的。如《苦哉远征人》、《登西城门》等。今引《吴越纪游十五首》中的《过奉口战场》如下：

> 路回荒山开，如出古塞门。惊沙四边起，寒日惨欲昏。上有饥鸢声，下有枯蓬根。白骨横马前，贵贱宁复论！不知将军谁，此地昔战奔。我欲问路人，前行尽空村。登高望废垒，鬼结愁云屯。当时十万师，覆没能几存？应有独老翁，来此哭子孙。年来未休兵，强弱事并吞。功名竟谁成？

杀人遍乾坤。愧无拯乱术,伫立空伤魂。

这首诗中的好些景象,已被前人写过;当然,字句是不同的。例如"上有饥鸢声"一句,就很容易使人想起李白写战场状况的"乌鸢啄人肠,衔飞上挂枯树枝"(《战城南》)。但此诗自有新的创造:首先是对战争残酷的较全面、具体而又序列分明的描绘,这是以前的诗歌所没有出现过的。它先勾画战场上所遗存的可怖情景,进而点明"前行尽空村",最后归结到"杀人遍乾坤",逐步扩大,使读者感到全国都已成为屠场而为之颤栗。尽管写后两点都较概括,但因前一点描绘得相当明晰,读者自会以此为基础,用自己的想像力去补足那惨酷的状况。这种虚实相生之法的熟练运用,也增加了描写的感染力。其次是在整个描写中贯穿了主观与客观的相生相克的矛盾,从而给予读者一种特殊的感动。这是此诗最重要的特色。——以前的写战争残酷的诗歌名篇,很少是作者真正亲历了劫后战场而写成的。高启这一首则是因目睹了这种惨象而引起心灵的颤动,故其想像的展开与感情的波荡在诗中既相互穿插又彼此融合。就全篇来看,第一句固为叙事,第二句立即转为抒情,"如出古塞门"所表现的是高度的惊愕:吴越胜地怎么突然变成了古代荒凉可怖的塞外?接着用"惊沙"四句铺叙其所见,以"白骨"句为过渡,抒其内心的悲感:"贵贱宁复论!"这有两层含义①。一层是在上述惨象压迫下的人生价值失落的悲哀:既然如同皑皑白骨所显示的,人生的贵贱之别到最后必然泯灭无遗,那么,生前的荣辱、悲欢等等都不过是过眼烟云,人生又有什么意义呢? 另一层是对广大人群惨罹劫难的悲慨:这场战祸使贵贱同遭杀戮,它给人间带来了多大的不幸! 而随着惨况的进一步揭露,后者就占了主导地位。所谓"登高望废垒,鬼结愁云屯",乃是在谴责战祸所造成的鬼氛愁云纠结宇内的惨酷局面,较悲慨已进了一步。及至"功名竟谁成? 杀人遍乾坤",更是对战争制造者的悲愤鞭挞了。这种鞭挞,可说是元好问《壬辰十二月车驾东狩后即事五首》之二、《岐阳三首》之二、《楚汉战处》等诗的批判精神的继承和发展②。结尾的"愧无拯乱术,伫立空伤魂",同时包含了急欲战胜现状的强烈愿望和无力战胜的深沉悲哀。而

---

① 由于古汉语的特殊性和中国古代诗歌的独特语言,再加以中国古代不使用标点符号,"贵贱"句可作两种理解。一种是在此句与其上句之间加逗号。于是"贵贱"成为"宁复论"的"论"字之宾语(这是宾语提前的句式);而上句的宾语"白骨"则转而成为此句的主语,在这样的情况下,主语省略是汉语(特别是古代汉语)所允许的。所以,此句的意思就成为"白骨宁复论贵贱"。另一种是在此句与上句之间加句号,使之成为意义完整的独立句,于是"贵贱"就是此句的主语。联系其前三句来看,此句意为:在这样的浩劫中,贵贱同罹惨祸,哪里有什么分别! 这是为遭劫者之广而悲慨。因这两种理解都可成立,读者在阅读时往往同时产生两种感受。

② 参见本书中卷第 351、352 页。

作为其根底的,则是对深陷于苦难的人们的热爱。正由于在诗中蕴含的环境对于诗人的刺激、压抑与诗人的反应——从被压抑得怀疑人生的意义到洋溢着征服环境的热望——都很剧烈,此诗有一种沉潜的强力;连"惊沙四边起,寒日惨欲昏"这样的写景之句都颇有力度。至于"年来未休兵,强弱事并吞"等看似平淡的叙述,若联系其上下文来理解,也令人深感沉痛。以"年来"两句来说,那其实意味着被战争残酷地毁灭了全家的"独老翁"的可怜愿望——"来此哭子孙"——也被连年的战乱扼杀了!再加上其下的"杀人遍乾坤"等,就使此诗从"登高望废垒"以下一步紧一步地推向那导致颤栗的高潮。

总之,此诗的深沉有力,主要源于诗人从尊重自我出发的敏锐感受、丰富想像及其对同类的爱;当然也需要高度的技巧。上述的"年来"两句,化平淡为厚重,就是突出的例子。不过,若没有丰富的想像,不能意识到"独老翁"在当时连"来此"都已无法做到,这种技巧也就无从使用了。

这种从尊重自我出发的爱,在其表现友情的诗篇里更为突出。他的友人在那个时代惨遭不幸的很多,他为此写了不少诗篇,以抒写自己的怀念与悲哀,如《怀徐七》、《登南楼看雨有怀》、《哭临川公》①等。悲愤最强烈的是《得亡友周记室在系所诗次韵》:

> 拟出置罗再卜邻,死生俄判两吟身。百年岂料逢今日?四海何由见此人!吴地有园花已尽,楚山无塚草空新。一篇《幽愤》时时读,风雨寒灯夜独亲。

周记室或即周砥②。高启诗集中尚有《冬至夜坐怀周记室》、《哭周记室》等诗,其人当也是在明初被拘系在古时的楚地而死在那里的,死后连坟都没有(也许连尸体都未找到)。高启此诗不仅对友人的死充满了悲哀,显示了对他的无限系恋,而且对自己所处的社会现实作了猛烈的掊击,斥为百年未逢的最黑暗的时代,将富裕的"吴地"摧残得满目荒凉。正是由于诗人的剧烈愤怒,此诗在悲痛中仍含有一种沉潜的力量。而在朱元璋的统治下,类似的被害者真是不可胜数;诗人之所以对周记室的遭遇如此悲愤,就因为他是自己的亲密友人。

至于写自己经历和由此而生的感慨时,高启更是勇敢地抒发内心的感情,显露真实的自我,明晰地体现出个性,因而具有内在的撼人的力量。《四库全

---

① "临川公"指饶介,张士诚据吴时,为淮南行省参政,后被朱元璋所杀。
② 《高太史大全集》卷九有《独游山中忆周记室砥》诗。但《列朝诗集小传》甲前集《周山人砥》,谓砥字履道,又谓其"去之会稽,殁于兵",与高启诗所述"周记室"情况不符。《高太史大全集》卷十二又有《送周履道人郭》诗,似与"周记室"亦非一人。倘非《列朝诗集小传》有误,则字履道者盖与"周记室"姓名偶同。

书》编者评高启诗说:"其于诗,拟汉魏似汉魏,拟六朝似六朝,拟唐似唐,拟宋似宋,凡古人之所长,无不兼之。……特其摹仿古调之中,自有精神意象存乎其间。"(《四库全书总目提要》卷一六九《大全集》)说高启"摹仿古调"及"拟汉魏似汉魏"等等,并不符合实际,如前引的那些诗就无法说是"摹仿"哪种"古调"的;但说"自有精神意象存乎其间",确为有见之言,这"精神意象"也就是个性之所寄。

在这类诗中,无论是对其所处时代的反应,抑或仅仅是其个人在日常生活中的某种心境的流露,都常常有其异于旁人的独特感受。前者如《兵后出郭》,后者如《晓步园池》:

俯仰兴亡异,青山落照中。民归邻树在,兵去垒烟空。城角犹悲奏,江帆始远通。昔年荆棘露,又满阖闾宫。(《兵后出郭》)

发随秋叶落,心共晓云舒。稍改新题句,浑忘旧读书。林争移树鸟,池响食萍鱼。无限悠然意,凉天独步余。(《晓步园池》)

前一首是苏州被攻下及惨遭破坏后所作,其时朱元璋的大军已经撤走。诗中的感情极为复杂。既有对眼前的满目荒凉、民众的深重灾难的悲悯、愤怒,如"民归"两句所表现的;又有对和平生活终于恢复和人的顽强拼搏的满含痛苦的欣慰:当军号还在城头悲鸣的时候,人们已经为了生存与发展而乘舟远行,这实在值得赞叹;但在这一天到来之前,人民牺牲了多多少少的生命与财产啊! 所以他不说"已远通"而说"始远通",这一"始"字包含着无尽的悲恨。同时,这首诗又显示了对人生和自然的深沉思考。开头的两句即以人事和自然相对照,"青山落照"虽然具有苍凉之意,与诗人当时的心境相一致,但究竟是永恒的。因而给人的印象是:与自然相比,人间的兴亡显得多么短暂。末两句不仅感慨于张士诚的覆灭,其"又满阖闾宫"的"又"字意味着又经历了一次兴亡。人生既是那样的短暂,这本来就已够悲哀的了,那又为什么要如此频繁地发生战乱,把人类以顽强的拼搏所创造的一切不断地毁灭呢? 这是人类的愚蠢抑或无奈?像这样的丰富而复杂的感情,正显示了高启精神世界的独特性——他的个性。

第二首所写,是凄凉与宁静的矛盾。第一句的头发脱落,意味着人已到了中年,这与其所处的木叶飘落的秋天,都给人以凄凉之感;第二句却说其心境的宁静舒展犹如秋晓的白云。三、四两句写其生活的恬淡,但其中又正有大悲哀在——以前读过的书几乎已全忘却,这其实是生命渐趋衰亡的象征。五、六两句写其对自然界的超脱的观照,由此而引发悠然之意,但最后又归结到凄清的景色——凉天——和寂寞的处境。所以,这乃是诗人独有的心灵挣扎。

除此以外，高启在抒写较单纯的感情时，也常显示出某种独特的色彩，如写愁苦而常伴随着意在冲破愁苦的努力，写欢乐而又时受愁绪的袭击。《午日有怀彦正幼文》《客舍雨中听江卿吹箫》《约诸君游范园看杏花》等属于前者，《东池看芙蓉》《与客携乐游宝积山遂泛石湖》等属于后者。而无论是前者或后者，都能使人感受到自我意识逐步觉醒后的人的内心世界的动荡。试以《与客携乐游宝积山遂泛石湖》为例。其将近三分之一的篇幅是用来写游山之乐的，那"客吹玉管笙，合以金柱弦。清阴度碧嶂，松风助冷然。宛若鸾凤吟，要眇入紫烟。行人尽矫首，响遏云中仙"等诗句所体现的逸兴遄飞之状，几可与杨维祯《花游曲》等篇所写的相颉颃。但该诗的后一小半，感情就起了变化：

……众宾起欢呼，船返水漫舷。回橹掠寺过，杨柳山门前。此地有离宫，美人艳当年。罗裙罢春舞，草色馀芊绵。况我昔此游，冠盖十里连。重来复谁在？新知满中筵。人事既若斯，今古俱可怜。能游即称达，何须问愚贤？我欲叫冯夷，捧月出海边。醉后不归去，相照船中眠。

"众宾"四句的内容，仍是欢乐的继续。"此地"六句，由今思昔，而豪情未减。"重来"二句突然一转，遂有不胜今昔之感。及至"人事"二句，更弥漫着愁云惨雾，深陷于悲哀之中了。以下六句虽强自振作，却已近于勉为欢笑。所以，造成此诗感情转折的最核心的部分，乃是"今古俱可怜"的体会，而处在这种体会的根底的，则是诗人所深深感受到的自我的脆弱。这又是与高启对自我的尊重相为表里的。——在那个时代里的士大夫，越是尊重自我，就越会感到自我的脆弱。

一般说来，高启的诗以古体最为擅长，但其小诗也有情致宛然的。如以下两首：

一片欲随流，残妆照影愁。谁来唱《桃叶》，风雨送离舟。（《咏水边桃花》）

春风江上荡舟过，垂柳垂杨拂浪波。惆怅今年频送客，长条欲折已无多。（《江上送客》）

前一首所写的是：从树上飘坠的桃花已被吹至水边，原有的美丽消失将尽，只剩"残妆"；她照影愁绝，即将在风雨中向那没有尽头的征途漂流，却没有一个旧伴前来相送，对她稍稍表示惜别的情意。那本是一种尖锐的痛苦，但用了传统的比兴手法，"托事于物"，遂有蕴藉之致。后一首作于苏州被朱元璋军所破之后，数十万人被押送到今日的南京——当时的首都；此诗的后两句是以这一惨痛的事实为背景的。但若不了解这一情况而就诗论诗，那么，从"垂柳垂杨拂浪波"和"长条欲折已无多"的盛衰对比中,也会引起无限的惆怅。

总之,综观高启在诗歌创作方面的成就,《四库全书总目提要》评之为"实据明一代诗人之上",实非漫言。当然,他在创作上的局限也是明显的。如上所述,他的自我意识实已强过李白,因此,他所感受到的痛苦和在其内心所涌动的实际上反映了个体与群体冲突的波涛较之李白的也更为猛烈,但他的作品却不能以相应的形式来表现这一切。例如,若对他在《咏水边桃花》中所蕴含的感情加以分析,实质是一种绝对的孤立感。在高启以前的中国历史上的诗人,是作为邪恶势力的对立面、至多是作为庸众的对立面而感到孤独的,所以,屈原还有女媭对他关心,灵氛和巫咸也向他指示过前程。而"水边桃花"却是被彻底抛弃了的个体,孤零零地走向灭亡。这种绝对的孤立感是与现代意识相通(绝非类似)的,或者说与鲁迅《孤独者》中的魏连殳在其曾被社会彻底弃绝这一点上有某些相通之处。这是尖锐的痛苦,但在《咏水边桃花》中,痛苦的尖锐性却消失了。再如《与客携乐游宝积山遂泛石湖》中"人事既若斯,今古俱可怜"两句所包含的感情,实质是极其沉重的个体失落感;正因为无论在怎样的情况下,个体的失落都无可避免,这才有"今古俱可怜"的浩叹。而这种永恒的个体失落感,也是与现代意识相通的。鲁迅的《影的告别》里的那个"然而黑暗又会吞并我,然而光明又会使我消失"的影子(《野草》),也可说是永恒的个体失落感的象征。因此,永恒的个体失落感同样是一种尖锐的痛苦,而在高启的那两句及其所在的整首诗中,也缺乏痛苦的尖锐性。换言之,在高启的感情中,应已具有超越其以前诗人的新的成分,但他的诗却还不能恰如其分地表现这种感情。

在我们看来,这主要是诗歌的形式问题。因为,在文学作品中,倘若没有与特定内容相应的形式,也就不可能有这特定的内容。所以,随着高启的出现,寻求和创造诗歌的新形式的任务也就提上了日程。不过,由于朱元璋的统治很快就扼杀了社会上的新的思想成分,文学作品中也就不可能出现那种需要用新形式去表现的内容了,原来被提上了日程的任务就随之消失。

高启的文章也很有特色,我们将在下一节介绍宋濂时一并述及。

二、刘基、杨基与袁凯

刘基(1311—1375),字伯温,青田(今属浙江)人。元至顺间举进士,先后任高安丞及江浙儒学副提举。他在政治上及军事上都很有才能,元末方国珍起兵作乱时,他在元军中为讨伐方国珍颇建功勋,但在方国珍受招抚后,他却以擅作威福的罪名,被编管绍兴。及至反元军蜂起,他又被征辟去参与戡剿工作,协助行院判石抹宜孙守处州。但江浙行省当局仍对他颇加排挤,遂弃官还乡。其后朱元璋攻处州,石抹宜孙败亡。不久,他接受朱元璋聘请,为其谋划,甚有功绩。明初被封为开国翊运守正文臣、资善大夫、上护军,又封诚意伯。但遭丞相李善长、胡惟庸的诬陷,朱元璋也对他疑忌,在他致仕后削除了他的俸禄,仅保留诚意伯的空衔。于是他从家乡赶到京师去谢罪,其后便在京师居住,实际上是接受监督。他生病时,由胡惟庸送去医药,因而被毒死。胡惟庸被杀后,朱元璋又优待刘基亲属,并说刘基是被胡惟庸毒死的,他则已杀光了胡家[1];言下之意,他已为刘基报了仇。

从刘基现存的作品来看,他对朱元璋建立明王朝后的严酷统治,确是有所不满的。他在晚年所作《有感》(七首)之二中说:"焚书千古讶嬴秦,逃难茫茫走缙绅。尚忆商山近京洛,白头容得采芝人。"意思是:秦始皇的统治虽然残暴,但他还容许商山四皓等人隐居。这是有所指的。朱元璋在明初以征用人才为名,要地方官把有些声望和才能的士人都送到京师去,其结果就如叶伯巨所说:"其始也,朝廷取天下之士,网罗捃摭,务无余逸。有司敦迫上道,如捕重囚。比到京师,而除官多以貌选,所学或非其所用,所用或非其所学。洎乎居官,一有差跌,苟免诛戮,则必在屯田工役之科。率是为常,不少顾惜。"(《明史·叶伯巨传》)有个别坚决拒绝应征的,朱元璋甚至亲自写信去威胁。如秦裕伯一再不肯应征,他就在给裕伯的信中说:"海滨民好斗,裕伯智谋之士而居此地,坚守不起,恐有后悔。"(《明史·张以宁传》附《秦裕伯传》)裕伯遂不得不出。而戴良、王翰、伯颜子中等则因不愿应征为官,竟至被迫自杀[2]。刘基此诗,就是对朱元璋这种虐政的讽刺。

刘基的诗文,在元代所作的编为《覆瓿集》,在明初所作的编为《犁眉公集》。成化时戴用等将这两个集子合刻为《诚意伯刘先生文集》,但仍保留其原来的次序。是以可较清楚地看出他在两个时代的作品的变化。

刘基在元代所作的诗,有一部分颇为秾艳,如"承郎顾盼感郎怜,准拟欢娱到百年。明月比心花比面,花容美满月团圆"(《吴歌五首》之二)之类,与元末杨维桢等人的艳丽之作有其近似之处,这也可说是时代风气使然。但其元代诗作,究以抒发愤懑为主。

他的愤懑,从表面来看可分为两类。一类是由统治集团的昏庸、人民在战乱中的灾难所引发,另一类是基于自己抱负的不能实现。但二者又往往联系

---

[1] 见正德本《太师诚意伯刘文成公集》卷一《诚意伯次子阁门使刘仲璟遇恩录》。
[2] 见《明史》卷二八五及卷一二四。

在一起。例如他的《悲杭城》:

> 观音渡头天狗落,北关门外尘沙恶。健儿披发走如风,女哭男啼撼城郭。忆昔江南十五州,钱塘富庶称第一。高门画戟拥雄藩,艳舞清歌乐终日。割膻进酒皆俊郎,呵叱闲人气骄逸。一朝奔迸各西东,玉斝金杯散蓬荜。清都太微天听高,虎略龙韬缄石室。长夜风吹血腥入,吴山浙河惨萧瑟。城上阵云凝不飞,独客无声泪交溢。

此诗一开头所写,是战祸给予杭州人民的苦难。"忆昔"八句,写杭州的今昔对比,其中蕴含无穷感慨。"清都"二句追溯其原因:最高统治集团不了解实际情况,不对作乱者积极讨伐,却一意招抚。"长夜"二句进一步点明这种苟安政策的后果。末二句归结到自己的悲愤:他的"泪交溢"既是对人民的同情、对繁荣社会的被破坏和统治集团的腐朽的悲惋,同时也是对自己在现实中不被理解、无法发挥作用的处境(如同"独客"一词所暗示)的愤恨。可以说,这样的内容乃是刘基在元代所作诗篇的主调,只不过有些作品偏重于其中的一个方面,有些偏重于另一方面。

就刘基此类诗篇的艺术特色说,则正如前引王世贞《艺苑卮言》所言,以"声气之雄"见长。这既缘于其自身精神的亢奋,也得力于其诗歌的艺术形式。就拿这首诗来看,作为诗人自我形象的"独客",是一种高出于"清都太微"(喻朝廷)的存在,对后者加以批判甚至挖苦。这种把自我置于现实和群体之上的构想,自具一种高昂的气势。同时,此诗即使是写悲惨的情景,所取意象也壮阔、有力。如"女哭男啼撼城郭",后三字就很具力度。又如"吴山浙河惨萧瑟",前四字即是一种雄浑的景观。但就以上两点比较而论,在当时的特定情况下,高视自我是更为重要的;必须具有这样的心胸,才能建构如此的艺术形式。而在这一点上,我们可以看到高启与刘基的相通之处。不过高启更注重其个性的不受压抑,刘基则更倾向于发挥其个人的力量以成就一番事业。

在刘基作于元末的诗歌中,即使是一般性的赠答之作,也常流露出类似的悲愤。现引其与《琵琶记》作者高明的唱和诗一首为例:

> 吴苑西风禾黍黄,越乡倦客葛衣凉。楸梧夜冷鸟惊树,霜露秋清蜂闭房。天上出车无召虎,人间卖卜有王郎。干戈满目难回首,梦到空山月满堂。(《次韵高则诚雨中三首》之三)

然而入明以后,刘基的诗却失去了原有的锋芒。虽然偶或也有前引那样对明初暴政加以讥讽的诗,但更多的却是一种植基于对人的力量的怀疑的无可奈何心情的写照。在这方面最值得注意的是《过苏州》九首:

姑苏台下垂杨柳，曾为张王护禁城。今日淡烟芳草里，暮蝉犹作管弦声。

姑苏台下垂杨柳，落叶萧萧日暮风。天地山河有真主，迎来送往总成空。

忆昔吴宫无事时，满城杨柳舞西施。如今柳尽西施死，恨杀当年陌上儿。

陌上清歌最可听，谁知此是断肠声。就中更有《杨枝》曲，恨杀昏鸦及晓莺。

虎丘山下月朦胧，阊阖门前动地风。《子夜》一声琴一阕，杜鹃声在碧云中。

灯映前窗纸不鸣，四邻无语犬号声。南阳已起为霖了，何用人间更得名！

满地寒风满面尘，荒烟白草旧通津。晏安酖毒俱亡国，可但西施解误人？

成败由天众所知，乌江拔剑更何疑？谁言碧海刲蛟手，也学临春井底儿！

小雨如膏渍陌尘，一沟寒碧晓生鳞。馀年已自无多子，更向途中见早春。

他作此诗时，张士诚政权已为明所灭。诗中"张王"即指张士诚而言。很难想像，作为明朝开国功臣的刘基，对于张士诚政权的灭亡竟会产生如此深沉的感慨，真称得上低回欲绝。诗中虽有"天地山河有真主"之句，似乎在赞美朱元璋；但又说"成败由天众所知，乌江拔剑更何疑"，则失败者也同样是不可一世的英雄，只不过人的力量是这样的渺小，在"天"的面前简直一筹莫展，只能任由摆布。对人的信心既已丧失，高视自我的豪情自不可能存在。于是，王世贞所谓的"声气之雄"，在这里连影子都看不到了。尽管"南阳已起为霖了"一句，意味着他还在自比诸葛亮，而且是事业成功的诸葛亮；但这位诸葛已经默默无闻①，"满面"尘土②，"馀年""无多"，只使人觉得他的可怜。

总之，刘基之所以不对张士诚政权的被消灭感到兴高采烈，却不胜感慨，自以对朱元璋统治的不满为背景。不过，此诗的感人之处并不在其政治性，而在于其所显示的人生的悲哀。以"暮蝉"、"落叶"、"荒烟"、"杜鹃"、"寒风"等意象所组合的愁惨的画面，对读者确有其感染力。可惜的是：在

---

① 所谓"何用人间更得名"，不过是他在人间已经无名的自慰之词。
② "满面尘"一语是借用苏轼《江城子》"尘满面，鬓如霜"之句。

刘基以前的诗人，曾多次唱过类似的悲歌。所以，此类诗篇的创造性，实不如其元末的作品。

但是，随着刘基处境的愈益恶化，他的创造力也就更为衰落了。试看其如下一首：

> 人生多忧患，死去百患消。但恨不便得，无由脱靰镳。浮荣众所贵，何异掠草燋？一生与一死，一夕复一朝。周器忌盈满，老子戒矜骄。园林无恒芳，江海有回潮。委心从大化，庶几永逍遥。（《感春六首》之六）

此诗虽反映出刘基当时的痛苦实已到了求死不得的程度①，但若就诗论诗，则除"但恨"二句使人觉得有点奇怪以外，其余都是前人已经说过的意思，毫无动人之处。今天已无法知道这是由于刘基不敢自由地抒写心曲，抑或是由于一直战战兢兢地过日子，心灵已经干涸，再也写不出好诗了。但无论是哪一种情况，都从一个方面反映了朱元璋的统治对文学的扼杀。

下面，对于被王世贞视为高启、刘基在诗歌创作方面的羽翼的杨基、袁凯稍作介绍。

杨基（1326—1378后），字孟载，号眉庵，祖籍嘉定州（今四川乐山），生于吴中。曾被张士诚辟为丞相府记室，不久辞去。张士诚政权灭亡后，被安置临濠，又徙河南。后被任命为荥阳知县。仕途蹭蹬。在任山西按察使时，被谗革职，并被罚做苦工，死于工所。有《眉庵集》。

杨基与高启、徐贲、张羽为诗友，合称吴中四子。徐贲于洪武六年被地方官荐举出仕；曾任河南布政使；因被控告为对过境部队缺乏犒劳，下狱死。有《北郭集》。张羽也因被征辟而出仕，官至太常司丞，兼翰林院同掌文渊阁事。洪武十八年，被流放岭南，半路召还，张羽知道这是要对他严惩，抵京后即投水而死。有《静居集》。从他们的命运，可知刘基慨叹于当时士人还不如秦始皇统治下的读书人可以隐居避祸，确非无因而发。一般认为，以创作成就而论，高、杨较张、徐为优，而杨又较逊于高。

杨基的诗，其佳者多具愤激之气，悲慨之意。其《白头母吟》，实可视为宣

---

① 他之所以不去自杀而只慨叹于"但恨不便得"，当是因这种自绝于圣朝的行为可能给他家属带来极大的祸患。朱元璋信奉"忠臣去国，不洁其名"的原则。一个一度颇受信用的臣子曾秉正，在受到革职处分后，因没有回乡的旅费，只好卖掉四岁幼女以作盘缠。朱元璋就以"忠臣去国，不洁其名"为理由，斥责他的这种行为为不忠，并对他处以宫刑（见《明太祖文集》卷七《谕罪人曾秉正》）。刘基在被革去俸禄后，就赶快从家乡赶到京城来向他请罪，此后就一直住在京城，以便于朱元璋对他的监督。朱元璋认为这是符合"忠臣去国，不洁其名"的原则的，对刘基这种行为加以肯定（见成化刊本《诚意伯刘先生文集》卷一）。刘基倘若自杀，自然严重违背了"忠臣去国，不洁其名"的教诲，很可能给他家属带来大祸。

告了一个时代的结束的挽歌。

> 白头母,乌头妇,妇姑啼寒抱双股。妇哭征夫母哭儿,悲风吹折庭前树。家家有屋屯军伍,家家有儿遭杀虏。越女能嘲楚女词,吴人半作淮人语。东营放火夜斫门,白日横尸向官路。母言我侬年少时,夫妻种花花绕蹊。夫亡子去寸心折,花窠花窠成瓦圩。十年不吃江州茶,八年不归姊妹家。兰芽菊本已冻死,惟有春风荠菜花。只怜新妇生苦晚,不见当时富及奢。珠帘台榭桃花坞,笙歌院落王家府。如今芳草野乌啼,鬼火燐燐日未西。侬如叶上霜,死即在奄忽。新妇固如花,春来瘦成骨。妇听姑言泪如雨,妾身已抱桥边柱。总使征夫戍不归,芳心誓不随波去。

此诗作于苏州被朱元璋军攻破以后。篇中不仅写了苏州的残破,人民的苦难,更重要的是:这位"白头母"并不只是哀诉,而是愤怒地控告。像她们这种以种花为业的人家,从朱元璋那样的统治者的狭隘眼光看来,正是不务正业,助长社会的奢侈风气,活该受到摧残。她却理直气壮地说:她家的富有,是凭藉着从青年时期就开始的"夫妻种花花绕蹊"辛勤的劳动挣来的;她还把社会的"富及奢"看作是值得骄傲的事情,并为这种"富及奢"的时代的结束、她的儿媳妇再也不能看到这样的盛况而深感悲哀。这种对"奢"的赞美,是与中国传统的农业社会的观念相对立,也与当时新的统治者的统治准则相对立的,因而较明晰地体现出个人的反抗精神。与杜甫等诗篇里的深受苦难的民众相较,这位"白头母"增加了若干主动性。而诗人则为她制造了一个很好的发言环境,使得她的控告很有说服力。从这一点说,诗人的反抗性也较之杜甫等人增强了。——他是在向社会的最高权威挑战。

这种反抗性也表现在他的哀悼高启之死的诗篇中:

> 《鹦鹉》才高竟殒身,思君别我愈伤神。每怜四海无知己,顿觉中年少故人。祀托友生香稻糈,魂归丘陇杜鹃春。文章穷壤成何用,哽咽东风泪满巾。(《哭高季迪旧知》)

当时明的统治早就稳固。高启为明太祖所杀,他却说高启是才高而殒身,也即意味着那本是一个扼杀人才的政权。他一面勇敢地引高启为同调,一面又公然宣布"四海无知己",以孤独者的身份反抗社会。此诗虽抒写悲哀,以"愈伤神"、"泪满巾"等词语表达对高启之死的伤痛,但《鹦鹉》、"文章"二句的愤激,"每怜"一联的无畏,使全诗骨力坚强,遂能于哀伤中见风力。

然而,这种"四海无知己"的心绪虽然悲壮,却也颇为凄凉。因此,他的有些诗遂不免惆怅欲绝。

> 云树参差接远汀,隔沙谁识是丰城。芙蓉不禁行人采,薜荔多依古树生。寒店鸡声烟寺远,沧江鸿影暮川晴。欲将三弄桓伊笛,吹向船头唤月明。(《过丰城》)

此种情致,实已开清初王士禛诗的先声。其"寒店"一联,融化古人诗句,又寓怅惘于悠远之景,这也正是王士禛惯用的手法;而此诗的末两句,更不能不使人想起王士禛《秋柳》第一首的结尾:"莫听临风三弄笛,玉关哀怨总难论。"虽然一是"欲吹",一是"莫听",但相反相成,都是借桓伊三弄以深化自己的愁绪。

袁凯(1310或稍前—?),字景文,号海叟,华亭(今上海市松江)人。洪武间被征召为监察御史。朱元璋用刑严酷,太子朱标则较宽厚,有一次朱元璋把自己对一批犯人的处理意见命袁凯交给朱标,并让朱标复审,朱标对原定处分多所减轻。朱元璋就问袁凯:"朕与太子孰是?"但无论是回答朱元璋对或太子对,都会招来杀身之祸,幸而袁凯还有急智,回答说:"陛下法之正,东宫心之慈。"朱元璋对这回答本身无可挑剔,而"以凯老猾,持两端,恶之"(《明史·袁凯传》)。袁凯知道自己处境已很危险,就假装疯癫,得以还乡。有《海叟集》。

袁凯早年以《白燕》诗得名。时在元末,多经丧乱,逃避现实之意甚为明晰,却又不为现实的悲哀所压倒:

> 故国飘零事已非,旧时王谢见应稀。月明汉水初无影,雪满梁园尚未归。柳絮池塘香入梦,梨花庭院冷侵衣。赵家姊妹多相忌,莫向昭阳殿里飞。

虽在飘零之中,不免哀凄之情,而犹执着于美的寻求。"柳絮"一联,婉丽、清冷兼而有之。末尾自写怀抱,仍具婉约之致。所以,他在元末实在是一个颇具特色的诗人。

然而,经过京师的仕宦生活的打击后,他已生趣毫无。在他的诗里充满了一种厌倦感,只希望不要再受打扰:

> 白发何烦试鹖冠,清江久欲把渔竿。涓涓浊酒须成醉,嫣嫣晴花已倦看。不忍燕莺频往复,且留鸥鹭与盘桓。东家野老浑知我,日日相过却自欢。(《春日溪上偶书》)

生活已几乎榨干了他的感情,他只能发出一些微弱的呻吟。但较之刘基的《感春》之六,却还多少存在一点希望:伴随着鸥鹭度过自己的余生。

最后简单地谈一谈顾瑛,因为他是由元入明的诗人的又一种类型。

顾瑛(1310—1369),一名阿瑛,又名德辉,字仲瑛,自号金粟道人,昆山(今属江苏)人。家业豪富,早年即轻财结客,多与文士交游,于杨维祯尤尊崇备至。杨维桢在元末隐然为东南文坛盟主，在经济上实得顾瑛及倪元镇之助。顾瑛之子顾元臣，曾为元朝水军副都万户，明初被安置临濠，瑛亦随往，不久去世。有《玉山璞稿》、《玉山逸稿》。

《玉山璞稿》所收，皆元末之作。《四库总目提要》评其集中之诗说："清丽芊绵，出入于温岐（即温飞卿。——引者）、李贺间，亦复自饶高韵。"颇得其实。今引《以吴东山水分题得阳山》诗为例：

> 别起高楼临碧溪，绕楼青山云约齐。阳山独出众山上，却立阳湖西复西。天风吹山岘不起，倒落芙蓉明镜里。影娥池上曲栏杆，遍倚秋光三百里。白云不化五彩虹，化为夭矫之白龙。一朝挟子上天去，霈泽下土昭神功。土人结祠倚灵洞，雨气腥翻海波动。纸钱窣窣蜥蜴飞，女巫击鼓歌迎送。兹山本是秦余杭，越兵昼获夫差王。不知谁是公孙圣？空谷答声吴乃亡。只今此地愁云黑，铁马将军金作勒。汉蛇曷识剑雌雄，秦鹿应迷路南北。山下花开一色红，花下千头鹿养茸。衔花日献黄面老，挟群时入青莲宫。闻道青霜落林谷，斤斧丁丁惊鸟宿。千年白鹤忽飞归，失却长松旧时绿。君今坐看楼上头，析韵赋诗浮玉舟。凭高一览青未了，底事仲宣生远愁。明朝更踏东山路，傀儡湖中观竞渡。酒花滟滟泛昌阳，醉归扶上楼头去。

诗中既写阳山的自然景色，又将有关的传说点缀其间。有的传说本具迷离恍惚之姿，如"不知"二句所显示的；再加以在叙述这些传说时的迅疾转换，更使读者有目迷五色的感觉。同时，此诗虽通过历史上的兴衰暗示人事的无常，更以"千年"二句说明自然也非永恒，是以其落脚处仍为及时行乐，但又突出了在这样美好自然风景中的及时行乐生活的可贵可羡，洋溢着乐观的精神，使无常之感为之黯然失色。这也就是此诗的"高韵"之所在。

顾瑛在朱元璋攻克苏州以后，诗风为之一变。作品主要保存在《玉山逸稿》中。传诵较广的为以下几首：

> 儒衣僧帽道人鞋，天下青山骨可埋。若说向时豪杰处，五陵鞍马洛阳街。（《自题小像》）

> 柳条折尽尚东风，杼轴人家户户空。只有虎丘山色好，不堪又在客愁中。（《登虎丘有感》之一）

> 虎丘城外髑髅台，无数红花带血开。静听剑池池内水，声声引上辘轳来。（《登虎丘有感》之二）

第一首虽写今昔盛衰之感，但"天下青山骨可埋"一句，实隐含决不屈服的无畏精神。王世贞《艺苑卮言》卷六引此诗后说："至今人传之。"又说："其于陶靖节,可谓异轨同操";当也就其不屈精神而言。至于后二首,显然是对苏州残破的深沉的悲歌,其"无数红花带血开"之句,既是血的控诉,又使人深感恐怖。从顾瑛身上,我们可以看出:诗人的心灵如果不曾受过严重的桎梏而又有相当的才气与素养,那么,随着处境的不同,他既会唱欢乐的歌,也会唱悲哀或愤怒的歌。

但是,随着朱元璋统治的日益巩固,作家的精神枷锁却越来越沉重了。

三、宋濂与方孝孺

在明初,文人中也有不同于高启等的延续元末文风而积极为明王朝服务的,其最突出的代表为宋濂。但他最后仍遭迫害而死,这就进一步显出了士大夫在明初的悲惨命运。

宋濂(1310—1381),字景濂,号潜溪。自幼即聪明好学,九岁能作诗。至正年间,元廷曾授以翰林编修之职,辞而不赴任。后应朱元璋征聘,任江南儒学提举,并教授太子朱标经书,被朱标尊奉为师。入明后,官至学士承旨、知制诰、兼赞善大夫。"为开国文臣之首","一代礼乐制作,濂所裁定者居多"(《明史·宋濂传》)。洪武十年,致仕还乡。洪武十三年,以其孙子宋慎为逆臣胡惟庸党羽的罪名,慎及其叔璲皆处死刑,宋濂及全家均徙茂州。宋濂于次年死于夔州。而据徐祯卿《翦胜野闻》的记载,宋濂的遭祸,实是因他忘了向朱元璋进献庆贺洪武十三年元日的贺表,朱元璋向当时在朝为官的宋璲、宋慎质问,二人谎说宋濂病得不能写表;朱元璋立即派人调查,发现了真相,本欲连宋濂一并处死,幸而皇后和太子都为他缓颊,宋濂才得免死。他的儿子和孙子的被杀,倒是受了他的牵累。

宋濂在元末,也受其时文风影响。在诗歌方面,如所作《思春辞》(原注:"丙申春作。"按,即元末至正十六年),就与前引刘基的《吴歌》同为秾艳之作:"美人别我城南去,几见楼头凉月生。南浦沉书寻素鲤,东风将恨与新莺。丁香枝上同心结,九曲灯前白发明。花托芳魂随鹊梦,草移愁色上帘旌。物华半老燕脂苑,春影轻笼翡翠城。歌扇但疑遮月面,舞衫犹记倚云筝。因弹别鹤心如剪,为妒文鸳绣懒成。宫烛不啼偏有泪,湘桃无语自多情。岩南树密晨乌集,江北潮回暮渚平。幸有梦中能聚首,唤醒恨杀短箫声。"另有《越歌》(原注:约杨推官同赋,八首),也与此类似。注中的"杨推官",或即杨维桢。他和维桢为好友,而在一般印象中,宋濂甚似醇儒;故对其何以能与维桢友善,似乎不好理解。而由这一类诗,可知他与维桢实有相通之处。但入明以后的诗,就有了很大变化。颂圣、应酬之作可不置论,就是《送方生还宁海》那样送其得意门生方孝孺还乡的作品,也充满了"湛恩来九天,悯吾发如银。特赦还故山,许与烟霞亲"及"岂无赠别言,有意须当遵。真儒在用世,宁能滞弥文?文繁必丧质,适中乃彬彬。……道贵器乃贵,奚须事空言?孳孳务践形,勿负七尺身。敬义以为衣,忠信以为冠。慈仁以为佩,廉知以为鞶"之类的句子。性灵的汨没,于此可见。

与诗相比,宋濂的文在当时更受推崇。而其元末和明初的作品,也变化很大。大致说来,其元末所作,尚有不受羁勒的豪气,叙事抒情,不失生动之致。入明之后,则颂圣阐道,拘迫无生气了。

他的元末散文,以《秦士录》最具特色。此篇写秦中狂生邓弼(字伯翊)有绝世之才,慷慨豪迈,怀抱大志,而终不受重用,遂出家为道士,郁郁而死。

> 一日,独饮娼楼,萧、冯两书生过其下,急牵入共饮。两生素贱其人,力拒之。弼怒曰:"君终不我从,必杀君,亡命走山泽耳。不能忍君苦也。"两生不得已,从之。弼自据中筵,指左右揖两生坐,呼酒歌啸以为乐。酒酣,解衣箕踞,拔刀置案上,铿然鸣。两生雅闻其酒狂,欲起走。弼止之曰:"勿走也,弼亦粗知书,君何至相视如涕唾。今日非速君饮,欲少吐胸中不平气耳。四库书从君问,即不能答,当血是刃。"两生曰:"有是哉!"遽摘七经数十义叩之,弼历举传疏,不遗一言。复询历代史,上下三千年,缅缅如贯珠。弼笑曰:"君等伏乎未也?"两生相顾,惨沮不敢再有问。弼索酒,被发跳叫,曰:"吾今日压倒老生矣!古者学在养气,今人一服儒衣,反奄奄欲绝,徒欲驰骋文墨,儿抚一世豪杰。此何可哉,此何可哉!君等休矣!"两生素负多才艺,闻弼言,大愧,下楼,足不得成步。归询其所与游,亦未尝见其挟册呻吟也。
>
> 泰定末,德王执法西御史台,弼造书数千言,袖谒之。阍卒不为通,弼曰:"若不知关中有邓伯翊耶?"连击踣数人。声闻于王,王令隶人捽入,欲鞭之。弼盛气曰:"公奈何不礼壮士?……"王曰:"尔自号壮士,解持矛鼓噪,前登坚城乎?"曰:"能。""百万军中可刺大将乎?"曰:"能。""突围溃阵,得保首领乎?"曰:"能。"王顾左右曰:"姑试之。"问所须,曰:"铁铠、良马各一,雌雄剑二。"王即命给与。阴戒善槊者五十人,驰马出东门外,然后遣弼往。王自临观,空一府随之。暨弼至,众槊并进。弼虎吼而奔,人马辟易五十步,面目无色。已而烟尘涨天,但见双剑飞舞云雾中,连斫马首堕地,血渖淋滴。王抚髀欢曰:"诚壮士,诚壮士!"命勺酒劳弼。弼立饮不拜。由是狂名振一时,至比之王铁枪云。

在这两段文字中,写邓弼既鄙视那些"奄奄欲绝"的儒生,又无视尊卑之别,傲见王侯,均虎虎有生气。写其与五十壮士斗槊,更有龙腾虎跃之势。在这种描写中,充分反映了作者对个人及其力量的重视,与《三国志通俗演义》、《水浒传》对英雄的描写有其相通之处。

然而,倘与高启所作的散文《书博鸡者事》相比较,就可看出二人的区别。

高启所赞美的,是一个"素无赖,不事产业,日抱鸡呼少年博市中,任气好斗,诸为里侠者皆下之"的"博鸡者"。当地的地方长官颇受民众爱戴,但却遭"豪民"诬告,本就对他不满的一位姓臧的监察部门官员就乘机陷害他,使他受到革职处分。民众很愤慨,但无可奈何,于是就请博鸡者出来干预。

> 一日,博鸡者遨于市,众知有为,因让之曰:"若素名勇,徒能藉贫屡者耳。彼豪民恃其赀,诬去贤使君,袁人失父母。若诚丈夫,不能为使君一奋臂耶?"博鸡者曰:"诺。"即入闾左呼子弟素健者,得数十人,遮豪民于道。豪民方华衣乘马,从群奴而驰。博鸡者直前捽下,提殴之。奴惊,各亡去。乃褫豪民衣自衣,复自策其马,麾众拥豪民马前,反接,徇诸市,使自呼曰:"为民诬太守者视此!"一步一呼,不呼则杖,其背尽创。豪民子闻难,鸠宗族僮奴百许人,欲要篡以归。博鸡者逆谓曰:"若欲死而父,即前斗;否则阖门善俟,吾行市毕,即归若父,无恙也。"豪民子惧遂杖杀其父,不敢动,稍敛众以去。袁人相聚从观,欢动一城。……
>
> 博鸡者因告众曰:"是足以报使君未耶?"众曰:"若所为诚快,然使君冤未白,犹无益也。"博鸡者曰:"然。"即连楮为巨幅,广二丈,大书一"屈"字,以两竿夹揭之,走诉行御史台。台臣弗为理,乃与其徒日张"屈"字游金陵市中。台臣惭,追受其牒,为复守官,而黜臧使者。方是时,博鸡者以义闻东南。(《凫藻集》卷五)

这里所写的博鸡者,凭个人的力量抱打不平,充分表现出"任气好斗"的特色。以之与宋濂所表彰的"秦士"相比,即可发现:第一,博鸡者的行为已较严重地违背了那个时代的社会规范,而"秦士"的硬拉两个儒生喝酒,以及在德王的阍卒"不为通"时他"连击踣数人",虽也颇见豪气,但较之博鸡者所为,不免有大小巫之别。第二,博鸡者只是个"不事产业"的"无赖"汉,为上流社会所不齿;"秦士"则不但熟读儒家经传,且具有如下的抱负:"今天下虽号无事,东海岛夷尚未臣顺。间者驾海舰互市于鄞,即不满所欲,出火刀斫柱,杀伤我中国民。诸将军控弦引矢,追至大洋,且战且却,其亏国体为已甚。西南诸蛮,虽曰称臣奉贡,乘黄屋左纛,称制与中国等,尤志士所同愤。诚得如弼者一二辈,驱十万横磨剑伐之,则东西止日所出入,莫非王土矣。"不但要报效君国,而且要发动战争,使"东海岛夷"与"西南诸蛮"臣服,这也正是秦皇汉武心目中的贤臣,集权君主的得力鹰犬。——当然,在"狡兔死,走狗烹"时他也许会在劫难逃;但那是另一回事。

总之,就文章本身来看,《秦士录》确是一篇颇具特色的散文,但宋濂在歌颂"秦士"时,特别强调了他的上述特点,而这跟其入明后所写散文的以颂圣阐道为中心,原也不无相通之处。

宋濂在元末所作的另一篇名文《桃花涧修禊诗序》,内容虽与《秦士录》很不相同,但也同样反映了其转变的可能性。那是记叙其与友人至桃花涧修禊的经过,写景色之美与人物的神态都颇生动,较李孝光的《大龙湫记》等篇尤细腻可玩。

> 浦江县北行二十六里,有峰耸然而葱蒨者,玄麓山也。山之西,桃花涧水出焉。乃至正丙申三月上巳,郑君彦真将修禊事于涧滨,且穷泉石之胜。前一夕,宿诸贤士大夫,厥明日既出,相帅向北行,以壶觞随。约二里所,始得涧流,遂沿涧而入。水蚀道几尽,肩不得比,先后累累如鱼贯。又三里所,夹岸皆桃花。山寒,花开迟,及是始繁。旁多髯松,入天如青云。忽见鲜葩点湿翠间,焰焰欲爇,可玩。又三十步,诡石人立,高可十尺余,面正平,可坐而箫,曰凤箫台。下有小泓,泓上石坛广寻丈,可钓。闻大雪下时,四围皆璚树瑶林,益清绝,曰钓雪矶。西垂苍壁,俯瞰台矶间,女萝与陵苕缪辀之,赤纷绿骇,曰翠霞屏。又六七步,奇石怒出,下临小洼,泉洌甚,宜饮鹤,曰饮鹤川。自川导水为蛇行势,前出石坛下,锵锵作环佩鸣。客有善琴者,不乐泉声之独清,鼓琴与之争,琴声与泉声相和,绝可听。又五六步,水左右屈盘始南逝,曰五折泉。又四十步,从山趾斗折入涧底,水汇为潭。潭左列石为坐,如半月。其上危岩墙峙,飞泉中泻,遇石,角激之,泉怒跃起一二丈,细沫散潭中,点点成晕,真若飞雨之骤至。仰见青天镜净,始悟为泉,曰飞雨洞。洞旁皆山,峭石冠其巅,辽夐幽邃,宜仙人居,曰蕊珠岩。遥望见之,病登陟之劳,无往者。(《桃花涧修禊诗序》)

在这样的描写中,读者所感受到的,不只是自然景色本身,更是作者与它的心灵共鸣。诸如"焰焰欲爇"、"泉怒跃起一二丈"之类,更显然是作者赋予自然物以灵性,使之具有生动的神态。所以,这里所需要的,首先是作者的敏锐感应,及其心灵活动的足以接受与容纳此类幽深险峭之美的广大空间。倘将此段文字与下节所引杨士奇《游东山记》里毫无生气的自然描写相比较,对此将会有更明确的了解。

然而,宋濂在这篇中具体地记叙了此行的快乐以后,在将近结尾处却来了这么一段：

> ……虽然，无以是为也，为吾党者，当追浴沂之风徽，法"舞雩"之咏叹，庶几情与境适，乐与道俱，而无愧于孔氏之徒。无愧于孔氏之徒，然后无愧于七尺之躯矣。可不勖哉！濂既为序其游历之胜，而复申以规箴如此。他若晋人兰亭之集，多尚清虚，亦无取焉。

这一段实在大煞风景。原来，前面所写的这一切美丽、快乐的经过，都是值得检讨的。不过，宋濂自己在游历时，恐怕在脑中也并没有出现过"浴乎沂，风乎舞雩，咏而归"（《论语·先进》）之类的念头。否则，一面游山玩水，一面又老觉得自己的行为愧对孔氏之徒，那就不可能感到愉悦，更写不出上引的那种文字来。

总之，在元代末期，宋濂的思想就存在着矛盾：既有适应当时的社会风气和文风的一面，又受有儒家思想的较深影响。等到社会环境一变，他就很自然地成为醇儒了。

也正因此，他在入明以后的散文，颂圣阐道的气味就极为浓厚。常被称引的《送东阳马生序》、《送陈庭学序》、《阅江楼记》等无不如此。如《阅江楼记》，一开头就说："金陵为帝王之州。自六朝迄于南唐，类皆偏据一方，无以应山川之王气。迨我皇帝定鼎于兹，始足以当之。由是声教所暨，罔间朔南；存神穆清，与道同体。虽一豫一游，亦思为天下后世法。"其结尾又说："逢掖之士，有登斯楼而阅斯江者，当思帝德如天，荡荡难名，与神禹疏凿之功同一罔极，忠君报上之心，其有不油然而兴者耶？"这实在使人觉得肉麻。但他写作此文，是"奉旨撰记"，也许不得不然。那么，像《送东阳马生序》那样不涉及政治性的文章又如何呢？他在自述其早年求学的艰苦后，勉励马生说："盖余之勤且艰若此。今虽耄老，未有所成，犹幸预君子之列，而承天子之宠光，缀公卿之后，日侍坐备顾问，四海亦谬称其氏名，况才之过于余者乎？"对天子所赐的"宠光"，仍然念念不忘。接着又大大歌颂了一通太学的好处，这当然是变相的颂圣：

> 今诸生学于太学，县官日有廪稍之供，父母岁有裘葛之遗，无冻馁之患矣；坐大厦之下而诵《诗》、《书》，无奔走之劳矣；有司业、博士为之师，未有问而不告，求而不得者也。凡所宜有之书，皆集于此，不必若余之手录、假诸人而后见也。其业有不精、德有不成者，非天质之卑，则心不若余之专耳，岂他人之过哉！

其中特别使人感兴趣的，是"凡所宜有之书，皆集于此"一句。换言之，凡是太学所没有的书，都是不宜有的。这确实便于思想统制。

这样的颂圣阐道之作，当然谈不上什么文学特色。不过，宋濂在入明以后的文章写成这个样子,恐怕也并非完全自觉自愿,而有外界的压力在起作用。他在元代曾经编过自己的文集——《潜溪集》和《潜溪后集》,至洪武十年(1377)又刊刻过《宋学士文粹》。其元末所作的《拟晋武帝平吴颂》(原收入《潜溪集》),《宋学士文粹》重收时改成了《拟晋武帝武功颂》,文中提及"吴"之处,也都做了改动,如"伐吴"改作"徂征"、"吴王"改作"孙氏"之类。其所以如此,就因朱元璋在做皇帝以前,曾自称"吴王"。这样的修改,显然是为了怕被认为指桑骂槐,惹出祸来。他连旧作都要这样谨慎地修改,写新作时又怎能不小心翼翼呢!

不过,旧作无论怎么修改,总不能很妥帖。所以,后来他编定自己的文集,元末之作索性一律不收。这就是正德间始由张缙为之刊行的《宋学士文集》七十五卷(有《四部丛刊》影印本)。

从宋濂的这种变化中,可知明初的文学是在沿着怎样的方向行进。令人意外的是:其中与主流倾向稍稍有些不同的,倒是宋濂得意门生方孝孺的少量作品。

方孝孺(1357—1402),字希直,人称正学先生。宁海(今属浙江)人。朱元璋死后,其孙允炆即帝位,孝孺曾任侍讲学士。及至朱元璋儿子朱棣(明成祖)发动武装叛乱,攻破京师,命孝孺起草登极诏书。孝孺勇敢诋斥,被灭十族(九族及学生),死者达八百七十余人。有《逊志斋集》。

孝孺为宋濂门生。宋濂致仕还乡后,他还特地到宋濂故乡,向宋濂学习,前后共四年。所以,方孝孺受儒家思想影响很深,而且连宋濂早年的那种绮思也没有。不过,他生性倔强,不畏权势,加以在他幼年时期,又发生过改朝换代的巨变,他对皇帝倒也没有看得怎样神圣不可侵犯。从而在他的作品中也存在少量颇具特色的作品。其最著者为《叶伯巨郑士利传》。

叶、郑二人都是对朱元璋的暴政提出批评意见,希望加以改正的,但伯巨死于狱中,士利则"输作终身"。他写伯巨的结局说:

> ……即为书言三事……其语皆切直。上大怒曰:"小子乃何敢疏间吾家骨肉?我见之且心愤,况使吾儿见之耶?速取以来,吾将手射之而啖其肉耳!"伯巨至,丞相乘上喜乃敢奏,诏系刑曹问状,瘐死狱中。

原来,所谓圣明天子,竟是这样一个恶魔式的人物。丞相之所以要"乘上喜乃敢奏",当是怕朱元璋真的干出"手射之而啖其肉"的事来,那就未免有累盛德了。

方孝孺记此等事,虽甚简短,但从那种冷峭的语气中,读者是可以体会到其勉强压制着的内心激动的。这就与元末文学的注重自我有其相通之处。孝孺既死,在明初的文坛上就连这样的声音也听不到了。接着而来的,是台阁体的一统天下。

第二节 台阁体的形成

台阁体是明代文学很有影响的流派之一。它的形成虽始于永乐后期,但其渊源实可上溯至明初的江右诗派。倘对江右诗派以及与之同时的另四个诗派的消长情况稍作考察,就可知道台阁体的出现实是明初文化政策的必然产物。

一、江右诗派及其他

胡应麟曾把明初诗分为五派,说是"吴诗派昉高季迪,越诗派昉刘伯温,闽诗派昉林子羽,岭南诗派昉于孙蕡仲衍,江右诗派昉于刘崧子高"(《诗薮》续编卷一)。这五派的所在,也是当时经济、文化相对发达的地区。诗与文的作家都较为集中。

就经济说,当时最繁盛的除上述的吴、越外,就是岭南。孙蕡所作《广州歌》说:"广南富庶天下闻,四时风气长如春。……岗峨大舶映云日,贾客千家万家室。春风列屋艳神仙,夜月满江闻管弦。"(《西庵集》卷四)可见岭南的繁华。而吴、越、岭南诗派所受的打击,最为惨重。高启被杀,刘基被毒死,已见上述;孙蕡也是朱元璋的刀下冤魂。

孙蕡(1334—1389),字仲衍,顺德(今属广东)人。洪武三年(1370)进士。先后任翰林典籍、平原县主簿、苏州府经历等职,两度受到惩处,后因曾为大将蓝玉所藏画题诗,蓝玉以叛逆罪被杀,当时凡查出与蓝玉有文字往来的,无一幸免。孙蕡也以蓝党的罪名处死。所著有《西庵集》。蕡诗才情、气势虽不如高启、刘基,但承元末诗风的余绪,不乏高致。他在任平原县主簿、被罚做苦工又罢职还乡时,作《还山作》诗,其中说:"迂才忤盛世,复此归敝庐。扶迹近逸民,振衣辞高衢。"傲然不屈之气,充溢字里行间。这与朱元璋所推行的摧残士气的文化政策恰好相反。由此而言,他的被杀实也不算意外。

闽诗派的创始人林鸿,字子羽,福建福清人。少时任侠不羁,洪武初,以荐举官将乐县儒学训导。经七年,拜膳部员外郎。以性格与仕途不合,自免而归。其时年尚未满四十。与闽中高棅等人唱和,称"闽中十子"。有《鸣盛集》。

林鸿的内心,与当时的现实颇有抵触。其《初出秣陵赋得二首》之一说:

"生离死别已声吞,淮水东流万古冤。今夜石头城下月,何人把酒酹诗魂!"从末句来看,大概是悼念高启之作;但他不像杨基悲悼高启之诗那样地在诗题中明白表示,足见他虽忍不住自己的悲愤,但又尽可能地小心谨慎。是以他归乡以后,就徜徉山水,以逃避现实;所谓"予生况多暇,所性乐山水"(《同诸生登绖月兰若》)。这与他任侠不羁的个性其实是不合的,是以他的诗终于走上了模拟的一路——模拟王维、孟浩然、韦应物等人的山水诗。《列朝诗集小传》批评他说:"膳部之学唐诗,摹其色象,按其音节,庶几似之矣。其所以不及唐人者,正以其摹仿形似,而不知由悟以入也。"这准确地说明了林鸿诗的缺陷,但却不能完全报出其病源:违背了诗人自己的个性,是根本无法"由悟以入"的。

林鸿之所以模拟盛唐,当是由于他本是重感情的人,如其《初出秣陵赋得二首》之诗所显示的;而唐诗则是重感情的诗。他在闽地诗坛具有很高声望,"凡闽人言诗者,皆本鸿"(《列朝诗集小传》甲集《林膳部鸿》)。由于他的启发,在福建开启了尊崇唐诗——特别是盛唐——的风气。他的同乡高棅(1350—1423)因此而编《唐诗品汇》,把唐诗分为初、盛、中、晚四期。这在明代诗歌发展过程中产生了重大影响(见下一编)。高棅自述其主张由来说:

> 先辈博陵林鸿尝与余论诗,上自苏李,下迄六代:汉魏骨气虽雄,而菁华不足;晋祖玄虚,宋尚条畅,齐梁以下,但务春华,殊欠秋实。唯李唐作者,可谓大成。然贞观尚习故陋,神龙渐变常调,开元天宝间,神秀声律,粲然大备,故学者当以是楷式。予以为确论。后又采集古今诸贤之说,及观沧浪严先生之辩,益以林之言可征,故是集专以唐为编也。(《唐诗品汇·凡例》)

是以林鸿在诗歌创作上虽乏成就,在明代诗歌史上仍应受到重视。

在明初的诗歌五派中,处境较好的是江右诗派。其创始人刘崧(1321—1381),原名楚,泰和(今属江西)人。七岁就能赋诗。洪武三年(1370),被荐举为职方郎中,迁北平按察副使,被认为有罪而罚做苦工,罚毕还乡。十三年召为礼部侍郎,署吏部尚书,以年老致仕。十四年又召为国子司业,病卒。有《槎翁诗集》。

刘崧本受元末文风影响,其诗丽而不卑,也颇有感时伤事之作。如作于元末的《题余仲扬画山水图为余自安赋》,即是一例:

> 金华仙人余仲扬,笔墨萧飒开老苍。昨看新图湖上宅,烟雾白日生高堂。层峰上蟠石嶠嶠,绝岛下瞰江茫茫。长松并立各千尺,间以灌木相低昂。松下上人坐碧草,秋影忽落衣巾凉。囊琴未发弦未奏,已觉流水声洋洋。赤城霞气通雁荡,巫峡雨色来潇湘。谁能千里坐致此,欲往久叹河无

梁。风尘涨天蔽吴楚,六年怅望神惨伤。玄猿苦啼岩北树,白雁不到江南乡。赭山焚林绝人迹,如此山水非寻常。此图本为自安写,亦感同姓悲殊方。幽轩素壁泉声动,对此令我心为狂。何由扪萝逐麋鹿,振衣直上云中冈。登临一写漂泊恨,长啸清风生八荒。

"风尘涨天蔽吴楚"等句对当时割据"吴楚"、从事战争的军事集团皆予谴责,其中就包括朱元璋在内。但他"天性廉慎"(《明史·刘崧传》),入明后就不再有这等诗了。偶有所感,也锋芒尽敛,温柔敦厚。如《姑苏曲》:

姑苏城头乌夜啼,姑苏台上风凄凄。芙蓉露冷秋香死,美人夜泣双蛾低。铜龙咽寒更漏促,手拨繁弦转红玉。鸳鸯飞去屧廊空,犹唱吴宫旧时曲。

此诗当作于苏州被朱元璋军残破之后。其写自然景色的几句,也许具有象征意味,但谁也无法实指。而且就通篇来看,也可理解为一般的怀古诗,其末二句至少在字面上都是针对春秋时的吴国而言。

另一方面,刘崧在入明后还有若干歌功颂德之作。像《大赦恩诏和李子翀二首》等诗,本以颂圣为目的,可不置论。但即使在一些不相干的文章里,他有时也可以加上诸如此类的内容。如在为林鸿《鸣盛集》所作的《序》中,在称赞了一通林鸿的创作实绩后,突然笔锋一转,说是"虽其天资卓绝,心会神融,然亦国家气运之盛,驯致然也"。像这样不失机会地颂赞当代的统治,是在明王朝才出现的新气象。

在明初的五个诗派的首领中,只有他和林鸿得以善终。而林鸿采取的是逃避的态度,只有他才能适应这一可怕的环境。朱元璋对他很赞赏,在洪武十四年任命他为国子监司业时,"赐鞍马,令朝夕见,见辄燕语移时"。他死后,"帝命有司治殡殓,亲为文祭之"(《明史·林鸿传》)。从这里也就可以看到,在当时的严酷统治下能有发展的可能性的文学,只能是这样一类作品。

果然,从刘崧所开创的江右(即江西)诗派中,产生出了以杨士奇为代表的台阁体。《列朝诗集小传》甲集《刘司业崧》论江右诗派的流变说:"江西之派,中降而归东里,步趋台阁,其流也卑冗而不振。"这是说得很对的。

二、台阁体的形成及特色

王世贞说:"台阁之体,东里辟源,长沙道流。"又说:"文章之最达者,则无过宋文宪濂、杨文贞士奇、李文正东阳、王文成守仁。……杨尚法,源出欧阳氏,以简澹和易为主,而乏充拓之功,至今贵之,曰台阁体。"(《艺苑卮言》卷五)

所谓"东里",即杨士奇;"长沙"则指李东阳。由此看来,"台阁体"实主要指其文章而言。但从上引《列朝诗集小传》甲集《刘司业崧》的文字来看,杨士奇等人的诗也称台阁体,并不只是指文章。

台阁体作家中声望最高的自为杨士奇(1365—1444),其次则为杨荣(1371—1440)、杨溥(1372—1446),故又称三杨。士奇名寓,以字(士奇)行;号东里。泰和人。建文时入仕。永乐帝即位之初,即以士奇入直文渊阁,参预机务。荣字勉仁,建安(今福建建瓯)人。建文二年(1400)进士,授编修。与士奇同入阁。溥字弘济,石首(今属湖北)人,与杨荣同举进士,也任编修,洪熙元年(1425)入内阁。三人皆官至尚书、大学士;士奇居内阁四十余年,杨荣近四十年,杨溥也有二十余年。称他们的诗文为台阁体,既是基于他们的这种身份,同时也由于其作品的特色:多歌功颂德、阐道辅教之作,就是写纯粹的私人生活,也缺乏激情和想像,显得舒缓、平淡甚或冗沓。而这又是与他们的生活环境、政治身份相联系的。

在明王朝正式宣告成立的洪武元年(1368),杨士奇还只是三岁的幼儿,杨荣与杨溥则还没有出生。他们都是在朱元璋推尊程朱理学、实行思想统制的时代里受教育和长大的,其心灵不能不深受禁锢;又在那样专制、独裁的政治环境里能应付裕如,自不可能再有任何锋芒与棱角。那些歌功颂德、阐道辅教的作品已毋庸引用,现在看两首写日常生活的:

  一命微官万里程,清时行送鲁诸生。天连粤峤孤城险,家渡湘江数口轻。杨柳飞花沾去棹,桄榔杂树隐离情。才高莫叹淹退僻,政满还来谒圣明。(杨士奇《送向武全吏目》)

  万方人乐太平辰,朝退郊游逸兴新。近郭园林初过雨,向阳花卉更宜春。兰亭觞咏殊同调,茅舍衣冠自绝伦。岁岁有期寻胜赏,载歌《既醉》答皇仁。(杨荣《东郭草亭宴集》)

  半帘晴雪草堂春,石鼎清茶况味真。谁羡名园桃与李,轻车宝马逐香尘?(杨溥《题玉树琼林巷》)

第一首送人去远方做小官,却仍忘不了颂美其所处的"清时"和当今的"圣明"。第二首写郊游,却谆谆地告诫人们:目前能过上这样的幸福生活,完全是靠了伟大的皇帝对我们的恩慈。第三首则是道德的说教,要人们满足于清贫的生活,不去羡慕名园桃李、轻车宝马。其实,这也正是统治者理想中的好百姓:一心感念皇恩,安于贫穷,没有任何非分之求;这才能使大家共乐太平。至于这些诗是否能打动人,那就不必词费了。

当然,也有想写得美一些而并不着重于教育意义的,但受到了禁锢的心灵很难感受到美,更不能加以表现。例如杨士奇的《发淮安》:"岸蓼疏红水荇青,茨菰花白小如萍。双鬟短袖惭人见,背立船头自采菱。"(《明诗纪事》乙签卷三)无论是写风景或人物,皆板滞平庸,毫无生气,而且不免令人失笑。作者大概遵循"非礼勿视"的圣训,见到船头"背立"着一个女孩子就赶快移开视线,并没有看清楚她在做什么。其实,人"立"在"船头"是无法"采菱"的。何况"背立"的含义也不明白。倘是背对着她自己的船舱,那就是面朝着船行的方向,必将被更多的人——与其船行方向相反的其他船中的和岸上的人——所看到,因而根本不是"惭人见";倘是背对着船行的方向,就更无法采菱。只要将此诗与六朝以来写采莲、采菱女子的诗和唐、五代、两宋的相同题材的词稍加比较,就可发现,那些作品中的女子大抵是大胆而活泼的。但随着程朱理学的愈益束缚人心,这种活泼大胆就被斥为轻浮,而以羞涩畏怯作为女子的美;于是诗人就按照这样的审美标准来虚构采菱女子的"惭人见",以致处处扞格不合。

至于台阁体的文章,其歌功颂德、阐圣辅教的现象更为突出。少量不含此类内容的写景抒情之作,也因缺乏热烈的感情、丰富的想像而显得平淡乏味。现引杨士奇《游东山记》中的数段于后。在台阁体中,这是要算上乘的了。

是岁三月朔,余三人者,携童子四五人,载酒肴出游。隐溪乘小肩舆,余与立恭徒步。天未明东行,过洪山寺二里许,折北,穿小径可十里,度松林,涉涧。涧水澄澈,深处可浮小舟。旁有磐石,容坐十数人。松柏竹树之荫,森布蒙密。时风日和畅,草木之葩烂然,香气拂拂袭衣,禽鸟之声不一类。遂扫石而坐。

坐久,闻鸡犬声。余招立恭起,东行数十步,过小冈,田畴平衍弥望,有茅屋十数家,遂造焉。一叟可七十余岁,素发如雪,被两肩,容色腴泽,类饮酒者。手一卷,坐庭中,盖齐丘《化书》。延余两人坐。一媪捧茗碗饮客。牖下有书数帙,立恭探得《列子》,余得《白虎通》,皆欲取而难于言。叟识其意,曰:"老夫无用也。"各怀之而出。

还坐石上,指顾童子摘芋叶为盘,载肉。立恭举匏壶注酒。传觞数行,立恭赋七言近体诗一章,余和之。酒半,有骑而过者,余故人武昌左护卫李千户也,骇而笑,不下马,径驰去。须臾,具盛馔,及一道士偕来。道士岳州人刘氏。遂共酌。道士出《太乙真人图》求诗,余赋五言古体一章,书之。立恭不作,但酌酒饮道士不已,道士不能胜,降跽谢过,众皆大笑。李出琵琶弹数曲,立恭折竹,窍而吹之,作洞箫声,隐溪歌费无隐《苏武慢》,道士起舞蹁跹,两童子拍手跳跃随其后。已而道士复揖立恭曰:"奈何不与道士诗?"立恭援笔书数绝句,语益奇。遂复酌。余与立恭饮少,皆醉。

　　起,缘涧观鱼,大者三四寸,小者如指。余糁饼饵投之,翕然聚,已而往来相忘也。立恭戏以小石掷之,辄尽散不复。因共慨叹海鸥之事,各赋七言绝诗一首。道士出茶一饼,众析而嚼之。余半饼,遣童子遗予两人。

把这些段落与前引宋濂《桃花涧修禊诗序》的相应段落稍作比较,我们就可发现此篇写得多么平庸。相对于宋濂在那一篇中的写景文字,此篇的写景只能算是记流水账罢了。

也正因此,王世贞说"杨尚法,源出欧阳氏,以简澹和易为主,而乏充拓之功",实在是说得很对的。欧阳修的散文,包括《醉翁亭记》等名篇在内,因缺乏热烈的感情而显得平淡;其长处是注重结构,层次井然,无枝蔓之病。杨士奇的文章走的也是这个路子,但却已从平淡进到了庸陋。那就因为欧阳修心灵所受的禁锢并无杨士奇之甚,这是从他的词就可以知道的;只不过他把那种能打动人的感情用于词而不表现在散文中。杨士奇则根本缺乏那样的感情。

不过,真是所谓盲者不忘视吧,他在内心深处对那些感情丰富、热烈的作家还是有所羡慕的。到了晚年,整个社会环境较前也有所宽松,他在正统元年(1436)所作《跋复古诗集后》中,竟然赞美杨维祯的"《香奁》诸作"为"天仙语",并说是"窃恨生晚,不得撰杖履从后也"(《铁崖先生复古诗集》卷六十六附)[①]。而这也就可见连台阁体作家自己都在向往着另一种文学。

最后需要说明的是:所谓"台阁体",乃是指创作上与三杨有类似倾向的作家作品。自永乐(1403—1424)后期形成以来,这样的作家作品越来越多,真可谓风靡一时。直到弘治(1488—1505)时期,前七子等倡言复古,情况才有了变化。

[①] 陆容《菽园杂记》不相信此《跋》出于杨士奇手,说是"玩其辞气,断非东里之作,盖好事者盗其名耳"(《明代笔记小说大观·菽园杂记》卷九,上海古籍出版社2005年版,第461页)。但他举不出确切的证据。这种主观的判定,不足为凭。

第二章　在困境中挣扎的明代前期戏曲和小说

戏曲和小说在元代都有过辉煌的成绩，到明初也已趋于衰落。自明王朝成立以后直到嘉靖时期的一百数十年间，戏曲的逆转趋向十分明显，只有少数作品还能对元杂剧的优秀传统有所保持，但已颇为逊色。在小说领域中，则在这样的长时期里只出现了极少的几种作品。所以，无论小说戏曲都是在困境中挣扎。

第一节　戏　　曲

相传朱元璋很重视和喜欢戏曲，曾称赞过《琵琶记》，并且明初的藩王受封后到封地去时，还赐给他们一千七百种戏曲剧本①。这种传说到底有多大的可靠性还不清楚②。但朱元璋的儿子、被封为宁王的朱权不但自己写作杂剧，还写了一部研究戏曲的专著《太和正音谱》；朱元璋的孙子、也即受封为周王的朱橚的儿子朱有燉（后来他袭封为周王）写了很多杂剧剧本。这说明在当时的上层中确实存在着爱好和看重戏曲的风气。明成祖朱棣要他的臣子编纂大型丛书《永乐大典》，其中收入了很多戏曲剧本，就是此种风气的反映。

这一情况固然有利于戏曲资料的保存，但对戏曲创作的发展却有其不可忽视的负面影响，导致统治阶层的观念很快地向戏曲创作渗透，而由于朱元璋和朱棣都采取了严酷的思想统制政策，当时整个社会的思想状况都在逆转，统治阶层的观念尤为陈腐。因此，明代初期的戏曲创作较之元代的至少出现了

---

① 分别见田艺蘅《留青日札》及李开先《张小山乐府序》。
② 例如，王国维《宋元戏曲史》就曾指出元代戏曲留存于明初的不可能有这么多（加上明人创作的也不可能达到此数）。

三种后退的情况：第一，宣传妇女的节义的倾向较前强烈。这以前的《荆钗记》中的钱玉莲虽然由于不愿再嫁而自杀，但那是由于被迫去嫁给她所不愿意的人；如没有人迫使她再嫁，她就不会去死。明初的杂剧却宣扬那种纯粹为了守节的死。第二，出现了不少对统治者进行祝颂、庆贺的剧本，这是以前的戏曲所没有的。第三，神仙道化剧的恶性发展。元代的神仙道化剧——例如马致远的《岳阳楼》——多抒写对人生的感慨，而明初的神仙道化剧则多渲染神仙而失掉了人生的感慨。这当与朱元璋及其以后的各个皇帝崇奉方术、迷信神道及由此形成的时尚有关①。与此相应，元代戏曲中所有的积极的内容，在明代初期的戏曲里却大为削弱或消失了。这从我们下面的叙述中可以看到。

由元入明的戏剧作家，有贾仲明、李唐宾、刘兑等，有的在永乐、宣德间仍健在；作为明朝宗室而从事戏曲创作的，有朱权、朱有燉。比起前述的一些作家来，朱有燉乃是后辈；但他却是生活在这一时期的影响最大的剧作家。

元代戏曲的优秀特色，在这一时期仍有所保持的，是其对爱情的讴歌。这方面的代表作家有贾仲明等。

贾仲明（1343—1422后），一作仲名，号云水散人，淄川（今属山东淄博市）人。在元末曾与罗贯中交游，为忘年交。永乐帝即位前，他曾为其侍从。《录鬼簿续编》或即为他所作，其中保存了若干元末明初的戏曲资料。他所作的杂剧，今存《铁拐李度金童玉女》、《荆楚臣重对玉梳》、《李素兰风月玉壶春》、《萧淑兰情寄菩萨蛮》四种。除第一种为神仙道化剧外，另三种均为爱情剧。最值得重视的为《萧淑兰》。

此剧写萧淑兰热恋其兄友人、也为她家西宾的张世英，但世英却为迂儒，将男女间的私相恋爱视为无耻的事，几次峻拒，并逃离她家。她追求不懈，最后在她哥哥写信给张世英时，她在信封中偷偷塞进了她所作的《菩萨蛮》，以申述她对张世英的爱。不料此事被她的哥哥发觉，幸而她的兄、嫂都通情达理，反而成全了她和张世英之间的婚事。

这一剧本的最突出之处，是写了一个大胆追求爱情、锲而不舍的女性。元杂剧本不乏在爱情上颇有主动精神的女性，《墙头马上》的李千金就是其代表之一。但像萧淑兰那样地在多次遭男方拒绝后仍毫不气沮的，在以前的戏曲中却还没有出现过。写她在遭到拒绝后的语言和心理活动的曲词，也生动而有风趣。例如，她初次向张世英表示自己的爱情时，张世英指责她"不遵父母之命，不从媒妁之言，廉耻不拘，与外人私通"，她反击说：

---

① 关于朱元璋及其以后的明朝皇帝崇奉方术、迷信神道的情况，可参看杨启樵氏《明清史抉奥》（香港广角镜出版社1984年版）所收《明代诸帝之崇尚方术及其影响》。

> 你恼怎么,陶学士、苏子瞻！改不了强文憋醋饥寒脸,断不了诗云子曰酸风欠,离不了之乎者也腌穷俭;想你也梦不到翔龙飞凤五云楼,心不忘鸣鸡吠犬三家店！(〔寄生草〕)

像这样痛快淋漓、大胆泼辣的抢白,也为前所未见,颇能显示萧淑兰的个性和贾仲明的才气。而当她听到张世英在这之后含怒说"早是我哩！他人怎了？全不怕当家尊嫂恶,恩养劣兄严"时,她却又生出了进一步与张世英亲近之意:

> 这生不心欢,到心慊！早则腾腾烈火飞红焰,将姻缘簿亲检自撕掉。得咱这香腮若共贴,玉体肯相沾,怕甚么当家尊嫂恶,恩养劣兄严！(〔金盏儿〕)

以这样大胆的曲词写如此微妙的内心活动,也颇能显出作者的创造性。

不过,作者写张世英却完全失败了。他依据圣贤的教训,不但一再拒绝萧淑兰的追求,严词斥责,而且确实对她非常恼怒;而作者对他的这种行为又显然持着赞赏的态度,从而与他的肯定萧淑兰形成了不可调和的矛盾。这从此剧的"正名"也可以看出来:"张世英饱存君子志,萧淑兰情寄《菩萨蛮》。"

作者之写出这样的男青年,显然是由于他所处的已是大力培养和制造张世英式的人物的社会。肯定萧淑兰是上一时代的余音,赞赏张世英则是此一时代的要求;作者就在这两种思潮中受着挤压。而由于作者的这种矛盾,萧淑兰的性格也就显得不完整。读者不免有点奇怪:像这样的一个女性,怎会如此锲而不舍地爱上那样一个男性呢？若说爱情是盲目的,似乎也盲得太厉害了一些。

但无论怎么说,在这剧本中占主导地位的还是上一时代的余音。他的另两个爱情剧同样如此。《荆楚臣重对玉梳》,写荆楚臣与妓女顾玉香相爱,却受玉香母亲的阻挠,玉香赠盘费给楚臣,让他赴京应试。楚臣走后,她母亲迫她与一个有钱的商人交好,她坚决反抗,最后私自逃走。但在路上受到商人的拦劫,差点送命,幸而这时楚臣已考取为官,及时赶到,两人终得团圆。后来朱有燉的《刘盼春守志香囊怨》,可说是此剧的翻案。《李素兰风月玉壶春》写李斌与妓女李素兰相爱,经过种种波折,终得成功的故事。此剧之值得注意者,在于李斌是以作者友人李唐宾为原型的,而李唐宾即杂剧《李云英风送梧桐叶》的作者[①]。虽然剧中所写未必都是实事,但也可大致看出李唐宾对爱情的态

---

① 《录鬼簿续编》称李唐宾作品有《梨花梦》和《李云英风送梧桐叶》,该书作者贾仲明自称李唐宾"与余交久而敬",可见贾、李二人交往甚密。既如此,贾仲明关于李唐宾生平和著作情况之说当可以信从。

度。《梧桐叶》也正是歌颂爱情的剧本。

李唐宾号玉壶道人,广陵(今江苏扬州市)人。元末曾官淮南省宣使。《录鬼簿续编》称赞他"衣冠济楚,人物风流,文章乐府俊丽"。《梧桐叶》所写,是唐代李云英与其丈夫任继图悲欢离合的故事。任继图不听李云英劝阻,到边塞从军,恰值安禄山叛乱,夫妇消息阻隔。云英得宰相牛僧孺收为义女。要她和自己女儿一起抛彩球招婿,被她拒绝,但同意陪义妹同上彩楼。其时继图考取状元,其友人花仲清也考取武状元;两人在彩楼前经过,牛小姐本将彩球抛给继图,但他因不肯辜负云英,加以拒绝。于是牛小姐与花仲清成婚,任继图也得与云英相认而重圆。剧本的结尾显然受到《拜月亭记》中王瑞兰与其前夫文状元重圆、其义妹与武状元成婚的故事的影响,但此剧之最值得重视的,是其在描写女性对爱情的渴求方面的细腻、深切和曲词的"俊丽"。如第一折写李云英对其丈夫的思念:

〔混江龙〕韶华将尽,三分流水二分尘。闷恹恹人闲白昼,静巉巉门掩青春。白鹦鹉频传花外语,锦鸳鸯将避柳边人。唗晓日莺声恰恰,舞香风蝶翅纷纷,映楼阁青山隐隐,漾池塘绿水粼粼。过节序偏增感叹,对莺花谩自伤神。桃似火,草铺茵,歌声歇,笑声频。则为我眼中不见意中人,因此上今春不减前春闷。流泪眼桃花脸瘦,锁愁肠杨柳眉频。

(白)当日妾身不合容他去了,致有今日也呵。

〔油葫芦〕悔杀当初不自忖,轻将罗袂分,今日个锦笺无路托鸿鳞。我如今瘦岩岩腰减罗裙褪,他那里急煎煎人远天涯近。昨日是秋,今日是春,叹光阴有尽情难尽,无计觅行云。

〔天下乐〕可正是一样相思两断魂。青也波春,断送了人。叹孤身恰如飞絮滚,虚飘飘离乱人,孤另另多病身,对清风憔悴损。

在这些曲词中,细腻地写了由于韶华易逝而自己青春虚掷的痛苦,实与后来《牡丹亭》中杜丽娘的悲哀相同;所反映的都是女性对爱情的渴求。至于抒情之深细,曲词之美丽,也与《牡丹亭》之写杜丽娘者相通;当然,那是两种风格不同的美。不过,妻子思念自己的丈夫,连封建道德也难以反对,尽管李云英的思念只是从自己的寂寞孤独出发,而未想到丈夫的安危,与贤妻的标准多少有点不合;而汤显祖笔下那个尚无未婚夫的少女也如此强烈地渴求爱情,那就不是封建礼教所容许的了。所以《牡丹亭》只能产生在晚明。

较贾仲明时代略后的剧作家是朱权(1378—1448)。他是朱元璋的第十七子,封宁王,谥献。号涵虚子、丹丘先生。所作杂剧十二种,今存《卓文君私奔相如》及《冲漠子独步大罗天》两种。

《卓文君私奔相如》写文君私奔司马相如的故事。在这以前,关汉卿等都写过以相如、文君为题材的剧本,惜都亡佚。朱权此剧,对相如有意挑逗文君及文君的私奔都加以赞美,这还是元杂剧的传统。但却安排了一个很有意思的情节:他们在私奔途中,由卓文君驾车。这是由文君自己提出来的:"请先生乘车,妾为之御。"并特地说明道:"男尊女卑,理之常也。夫唱妇随,人之道也。今先生乘车,妾为之御,斯乃妇道之宜。虽于怆惶之际,焉敢失其义乎?"后来他们被卓文君父亲派来的人追上了,相如束手无策。但卓父在事先曾叮嘱追赶的人,如是相如驾车,就将他们捉回去法办;如是文君驾车,那就放过他们,因为"人于逼迫之际而不失其义者,亦可谓贤矣"。所以追赶的人又终于把他们放了。由此可见,两人之得以私奔成功,是因他们仍然遵守"男尊女卑"、"夫唱妇随"之类大道理。这在剧本中固然是小节,但作为一种考察封建道德怎样在明初戏剧里逐渐加强的资料,却是饶有意味的。

《冲漠子独步大罗天》是神仙道化剧,写冲漠子在吕洞宾和张紫阳点化下终于成道的故事。剧中充满了关于道教的修炼诀窍的叙述和人世不足恋、成仙才快乐之类的说教。例如:"这一个家住在金精玉液,这一个家住在玉室丹基,这一个家住在中宫正西。恁三个世不相离。这一个忒温柔从来正直,这一个忒刚强偏好争驰,全凭着黄婆媒合做夫妻。若不是,枉耽阁,一世阻佳期。"(〔十二月过尧民歌〕)这里的所谓"恁三个",就是道教所谓的婴儿、姹女、黄婆,曲词所说,就是怎样依靠黄婆以调和婴儿、姹女的方法——修仙的关窍。剧本写到这个样子,一点艺术的意味都没有了。

朱有燉(1379—1439)虽是朱权的侄子,其实只比他小一岁。他是朱元璋第五子周王橚的长子,号诚斋。洪武二十四年(1391)被册封为周王世子,洪熙元年(1425)嗣位为王。作有杂剧三十一种。其属于神仙道化剧的,也以宣扬成仙为基调,不过没有像《冲漠子独步大罗天》那么乏味。他还开创了庆贺剧一体。此类作品最早的为《得驺虞》。作于永乐六年(1408)。写永乐二年,因皇帝有道,天下太平,天帝命仁兽驺虞出现。地方官和藩王将它献给朝廷,众百姓欢庆天下太平。这种歌功颂德的戏剧,是元代从所未有的。此外如《群仙庆寿蟠桃会》,写天上群仙庆贺,又下降至中州——周王的封地,对下界(特别是当地)大加赞叹;这其实是对明王朝和皇帝的变相歌颂。此剧作于宣德四年(1429)。

朱有燉杂剧最值得注意的,是有意识的对节义的宣扬。其《赵贞姬身后团圆梦》自序说:"宣德八年,岁在癸丑,仲冬之月。予闻执事者言:今秋山东济宁有军士之妻,因其夫亡而自缢。守志贞烈,为众所称。既而又得杂剧《同棺记》,乃济宁士人为之作也。予以劝善之词,人皆得以发扬其蕴奥,被之声律,以和乐于人之心焉。遂访其事实,执笔抽思,亦制传奇一帙,名之曰《赵贞姬身后团圆梦》。"足见此剧乃是"以和乐于人之心"为目的的"劝善之词"。剧本写的是:钱锁儿与妻子赵官保本是由双方父母指腹为婚的,其后钱家贫窘,赵母欲将女儿另嫁豪富爿舍,但官保与其父亲深明大义,是以二人终得成婚。不料婚后锁儿又被派往口北操练,官保在家全心全意地侍奉婆婆,坚拒爿舍的调戏。两年后,钱锁儿死在口北,其同伴将骨殖送回家乡。她痛哭一场后,说是"想我夫主在时,尚且有人来说媒,要营勾我。如今夫主亡了,我是个寡妇了,怎生自做得主张?我想好马不鞴二鞍,好女不嫁二夫,今欲寻个自尽……"就把婆婆托给邻居照应,自尽而死(第三折)。她的死,完全是为了"好女不嫁二夫"的道德观念。接着,作者又特地写了第四折:由于她的"贞烈之性,古今罕有"(第四折),她死后,玉帝封她为贞姬,封其夫为义仙,"皆证仙果"(同上)。朝廷也"双表义夫节妇,就着军卫有司月给廪米,养他母亲"。在元代的戏曲中,虽也有少数表章节义的,但从无如此之甚。如前所述,《荆钗记》中的钱玉莲在得到丈夫死讯后的投江自杀,是因其家庭逼她再嫁之故;而官保却是在无人逼迫的情况下就主动自杀的。至于女人在"贞烈"自杀之后能获得这样大的好处,则是元代戏曲中从未出现过的内容。从这里,我们又一次看到了明代初期戏剧与元代的差异。

与此剧相类似的朱有燉另一剧本是《刘盼春守志香囊怨》。也作于宣德八年。写乐户女子刘盼春与周恭相爱,欢好数月,后因周恭受其父母拘管,不能再来,盼春的母亲要她接待富商陆源,盼春不愿,与其母亲大闹一场,遂自缢而死。

这种女儿已有所爱、母亲却逼她另接富商的情节,在贾仲明《荆楚臣重对玉梳》中已出现过;不过贾剧中的女儿以出走来反抗,此则以死来反抗。同时,前者的出走是基于爱情,后者的死因却主要是为了当"烈女","守清名"。下引的是刘盼春自杀前所唱的曲词:

> 罢罢罢,向人间拼舍了情郎分,到身后标题个烈女魂。我实是立心贞,出言准,守清名,志坚稳;不由我气长吁,泪偷揾,湿香腮,淡脂粉,鬈乌云,玉钗损。禁不得薄嬷嗔,受不得子弟窘,因此上一世儿尽节向一个郎君,不强似做那等杂不剌的众人妻到折了本。(第三折〔黄钟尾声〕)

为了强调刘盼春的节烈,作者又特地安排了第四折,由白婆儿——实际上是作者的代言人——对她加以表扬,说她是"有羞耻,有志气,生成知道三纲五

常之人",并把她与另一妓女、为所爱者抛弃而自杀的谢桂英相比较①,说是"桂英有甚打紧?不在话下"。理由是:

> 说起那谢氏当年,先为迎送,多曾经变,偏怎生到王魁才肯把心专?便做是二十为娼,三十自尽,也曾有十年姻眷。桂英死有甚希罕?他多管为五花封诉屈声冤?(〔甜水令〕)
>
> 争如这刘盼春节义双全?他拼了个十八岁娇容,做了那五百载因缘。恰便似粪壤上灵芝,鸦窠中彩凤,浊水内红鸳。怕不他今世里缘薄分浅,乞求得再生来美满团圆。标题在月户云轩,声名满汴水梁园,出色与锦阵花营,流芳入黄卷青编。(〔折桂令〕)

这就是说,谢桂英在与王魁相爱以前已接过客,失过节,后来的自杀也不是为了守节,所以"桂英死有甚希罕","不在话下"。必须像刘盼春这样,一生只与一个人相好,别人再要她接客时她就死,那才应该大大表扬。在社会将许多女性迫入教坊、乐户沦为男性的泄欲工具——有些还是皇帝把她们送进去的②——以后,封建道德又要她们从一而终,赶快自杀。从这里也就可以懂得鲁迅为什么要把"仁义道德"归结为"吃人"。不过,在戏曲史上,这样的作品也是从明代才开始出现的。

而且,由于元曲的影响,即使是朱有燉,在其他的戏曲剧本里也有对并不从一而终、但后来却忠于其所爱者的妓女加以表彰的,《李亚仙花酒曲江池》就是这样。那就与贾仲明的《荆楚臣重对玉梳》相仿了。

现在,回过头来简单地谈一谈与贾仲明基本同时的刘兑。他的《金童玉女娇红记》在宣德十年——即朱有燉写了《赵贞姬身后团圆梦》、《刘盼春守志香囊怨》的二年以后——才首次刊行,可能写成较晚。

这是根据元代文言小说《娇红记》改编的。其所不同于小说的主要是:剧本先说明男女主人公是金童玉女下凡,而且女主人公的父亲比小说所写的开明,那聘定了娇娘的男方也很好,竟然同意退婚,所以娇娘与申生在生前结成了夫妇,后来又一同回归仙班。这样一改,原作的悲剧性被完全破坏了,娇娘与申生的为礼教所不容的爱情,也因两人是谪下凡尘的金童玉女之故,得到了一件天然的保护衣。在这些地方都可看出时代的印痕。而其表现爱情的曲词,也已不可能蕴有打动人的深情了。

---

① 此处所说的谢桂英,当即关于王魁的传说中被王魁所抛弃的人。
② 例如,永乐帝就把忠于建文帝的臣子齐泰、黄子澄、茅大芳等人的妻女打入教坊,令她们遭受众多男性的凌辱。

第二节 小　　说

明代初期的小说能继承元代传统的，文言作品为《剪灯新话》、《剪灯余话》；白话小说则为施耐庵"的本"《水浒传》。此外，《西游记》旧本不知出于元代抑或明初，也一并在此略作介绍。

一、《剪灯新话》与《剪灯余话》

元代文言小说的杰构《娇红记》，不仅是对爱情的热情颂赞，其描写的细腻也远胜唐宋传奇。明代初期的文言短篇小说集《剪灯新话》与《剪灯余话》在颂赞爱情方面固然继承了《娇红记》的传统，在题材上且有所开拓；而就描写的细腻说，实不逮《娇红记》。

《剪灯新话》作者瞿佑(1347—1433)，字宗吉，号存斋，钱塘(今浙江杭州)人。早年以诗见赏于杨维祯，洪武时曾任仁和、宜阳等县训导，后拜国子助教，升周王府右长史，永乐间以辅导失职下狱，长期谪戍保安州(今河北省涿鹿县)。《剪灯新话》于洪武十一年(1378)间写定。

《剪灯新话》共四卷，二十篇，附录一篇。书中最值得重视的，是关于爱情的小说。其《联芳楼记》与《翠翠传》写市民家庭的女子对爱情的大胆追求，并对她们的才华予以衷心赞美，这在中国的文言小说中都是别开生面之作。如《联芳楼记》中的女主人公薛兰英、薛蕙英，"皆聪明秀丽，能为诗赋"，"时会稽杨铁崖制《西湖竹枝曲》，和者百余家，镂版书肆。二女见之，笑曰：'西湖有《竹枝曲》，东吴独无《竹枝曲》乎？'乃效其体，作《苏台竹枝曲》十章……铁崖见其稿，手写二诗于后，曰：'锦江只说薛涛笺，吴郡今传兰蕙篇。文采风流知有自，联珠合璧照华筵。''难弟难兄并有名，英英端不让琼琼。好将笔底春风句，谱作瑶筝弦上声。'由是名播远迩，咸以为班姬、蔡女复出，易安、淑真而下不论也"。她们不但与当时的诗坛泰斗抗衡并为后者所佩服，而且，在她们的《竹枝曲》中，竟然有"杨柳青青杨柳黄，青黄变色过年光。姜似柳丝易憔悴，郎如柳絮太颠狂"之类的诗，这对于未婚的青年女性来说，更是封建道德所不容许的胆大妄为、不知廉耻的事，何况她们又是良家女子。其后，她们共同爱上了一个青年男子，就主动向他挑逗，并设法把他引进自己的居室；但这却不是不识轻重，而是作了充分的思想准备，正如她们自己所说："妾虽女子，计之审矣。""他日机事彰闻，亲庭谴责，若从妾所请，则终奉箕帚于君家；如不遂所图，则求我于黄泉之下,必不再登他门也。"至如《翠翠传》中的翠翠,在尚未长成时,就与邻居、同学金定相爱,并私订为夫妇。至十六岁时,父母为其议婚,她"辄悲泣不食。以情问之,初不肯言,久乃曰:'必西家金定。妾已许之矣。若不相从,有死而已,誓不登他门也。'"这与薛家姊妹的勇于追求爱情实为同一类型,而且,翠翠也能写诗词和骈文,同样是才女。尽管在南宋末的《张浩》篇中,已出现过主动、大胆地追求爱情的李氏女子,但那一篇不仅存在着不合情理的幼稚想法,而且女主人公的形象远不如这两篇丰满。——在《联芳楼记》中是对薛氏姊妹的才华的强调和通过《苏台竹枝曲》所反映的她们的无视世俗的精神;在《翠翠传》,则除了写她的才华外还写了她后来的悲惨遭遇。

她的遭遇是这样的:元代末年,张士诚作乱,她为其部将李将军所掳掠。金定辗转寻妻,终于在湖州找到了;但她已为李将军姬妾,只能假托为她的兄长,充当将军的记室。她私下给他寄了一首诗:"一自乡关动战锋,旧愁新恨几重重。肠虽已断情难断,生不相从死亦从。长使德言藏破镜,终教子建赋游龙。绿珠碧玉心中事,今日谁知也到侬。"金定得诗后,自知此生已无团圆之望,"遂感沉疴"。她向将军请求,才能前去探视,"翠翠以臂扶生而起,生引首侧视,凝泪满眶。长吁一声,奄然命尽。"他死后,翠翠为他送殡,"是夜得疾,不复饮药",临死前要求把她的遗体葬在金定墓侧,算是完成了"生不相从死亦从"的愿望。所以,此篇不仅写了她在追求爱情方面的勇敢,也写了她在面临生死考验时的软弱,以及与此同时存在的对爱情的坚贞和痛苦。因此,此篇和《联芳楼记》都有《张浩》所不可企及的内容,较之《娇红记》,在题材方面显然也有所开拓。但描写较粗率,如写金定与翠翠的死别,只有上引的那么简单的几句,就是显例。

与《翠翠传》后半篇相似的精神,也存在于作为该书附录的《秋香亭记》中。该篇写元末商生与其表妹采采自幼相爱,双方家长也有意把他们结为夫妇。但由于元末的动乱,两家音耗隔绝;经过十年,才重新联系上,其时采采已与别人结婚,并有了孩子。她给他一封信和一首诗,信中自述其艰困说:"欲终守前盟,则鳞鸿永绝;欲径行小谅,则沟渎莫知。不幸委身从人,延命度日,顾伶俜之弱质,值屯蹇之衰年,往往对景关情,逢时起恨。虽应酬之际,勉为笑欢;而岑寂之中,不胜伤感。追思旧事,如在昨朝。华翰铭心,佳音属耳。半衾未暖,幽梦难通,一枕才欹,惊魂又散。视容光之减旧,知憔悴之因郎;怅后会之无由,叹今生之虚度。"商生十分伤感,和了一首诗,结以"惟有当时端正月,清光能照两人边"之句,"并其书藏巾笥中,每一览之,辄寝食俱废者累日"。像这样地写情人隔绝后的痛苦,体现了对人的复杂性的某种程度的理解:女性(也包括男性)在某种特定情况下不得不与别人结婚,但其心底仍然深爱着原先的情人或丈夫，而对方也同样深爱着她。这样的作品的出现，也正是对于传统的道德的某种背离。

《秋香亭记》所写，大概是以瞿佑自己的爱情生活为原型的。《剪灯新话》卷首瞿佑"乡友"凌云翰《序》说："至于《秋香亭记》之作，则犹元稹之《莺莺传》也。余将质之宗吉，不知果然否？"因元稹《莺莺传》为自述其遭遇之作，从宋代起已广为人知；所以凌云翰在这里实际是暗示《秋香亭记》中也有瞿佑自己的影子。

此外，《剪灯新话》中的《华亭逢故人记》也是值得重视的作品。该篇写松江士人全、贾二子"皆富有文学，豪放自得"，"以游侠自任"，在元末曾协助张士诚反对朱元璋，兵败自杀。后来，二子的友人石若虚遇到了他们的鬼魂，一时忘记他们已死，就相互聚谈。二人在谈话中，豪气不减往昔，说是"大丈夫死即死矣，何忍向人喉下取气耶"，并对历史上那些作过一番事业、失败后又为企求活命而宁愿忍受屈辱的人大肆讥笑；但在他们的诗中，又不禁满怀伤感："一片春光谁是主，野花开满蒺藜沙。""生存零落皆如此，惟恨平生壮志违。"以致"若虚骇曰：'二公平日吟咏极宕，今日之作，何其哀伤之过，与畴昔大不类耶？'"像这样地写失败英雄的悲壮情怀及其内心的矛盾，也为以前所未见。

《剪灯新话》在瞿佑生时已"为好事者传之四方"（瞿佑《重校剪灯新话后序》），在其死后，"不惟市井轻浮之徒争相诵习，至于经生儒士，多舍正学不讲，日夜记意，以资谈论"（《英宗实录》卷九十）。它对后世的白话小说也很有影响，如书中的《三山福地志》、《金凤钗记》、《牡丹灯记》、《翠翠传》等皆为通俗白话小说所取材；而如《渭塘奇遇记》之写男女情侣梦魂相感应，也为《聊斋志异》所借鉴。

李昌祺《剪灯余话》的出现，也正是《剪灯新话》影响深广的表现之一。

《剪灯余话》正文四卷，二十篇，附录《贾云华还魂记》一篇。李昌祺（1376—1452），名祯，以字（昌祺）行，庐陵（今江西吉安）人，永乐二年进士。曾任广西、河南左布政使。自入仕以来，曾两度罚做苦工。其《剪灯余话》的《序》说："往年余董役长干寺，获见睦人桂衡所制《柔柔传》，爱其才思俊逸，意婉词工，因述《还魂记》拟之。后七年，又役房山，客有以钱塘瞿氏《剪灯新话》贻余者，复爱之，锐欲效颦；虽奔走埃氛，心志荒落，然犹技痒弗已。受事之暇，捃摭诙闻，次为二十篇，名曰《剪灯余话》，仍取《还魂记》续于篇末。"由此可见，此书正文及附录均为"效颦"之作。

但正因其为"效颦"之书，也就缺乏创造性。其中较值得注意的，是写恋爱之作，而仍不免使人想起《剪灯新话》。如《凤尾草记》写龙生与其表妹祖氏女相爱,但不能成婚,祖女终于自缢而死。这很容易使人想起《秋香亭记》。而且,祖女生前,曾与龙生在凤尾草侧定情,而商生与其表妹也曾于桂花树下"语心"。又如《秋夕访琵琶亭记》,写沈韶与伪汉陈友谅的婕妤郑婉娥鬼魂相爱四年,缘尽而别;而《剪灯新话》的《滕穆醉游聚景园记》写滕穆在聚景园与宋理宗时的宫人卫芳华相爱,经过三年,也缘尽而别。至其描写的粗率,也同于《剪灯新话》。

《剪灯余话》之描写较为细腻的,是其附录《贾云华还魂记》。李昌祺自己说那是模拟《柔柔传》的;而《柔柔传》今已不可得见。不过,就其故事框架来说,与《娇红记》颇有相似之处:作品中男女主人公的父母为通家之好,男主人公寄居女主人公家中,彼此相爱,但为女方尊长所阻,女主人公被迫自杀。这些都类似于《娇红记》;唯一不同的,是女主人公死后又还魂,终于团圆,这是其创造,也是败笔。至于其中的细节,也颇有近于《娇红记》的。如二人相约私会,但男方被别人灌醉,女方去时只得废然而返,这也是《娇红记》中已出现过的。何况作者在该篇中两次提到《娇红记》,可知他是看过这一作品的。不过,他既自说是拟《柔柔传》,为什么又与《娇红记》如此相似呢?曾有研究者推测,可能《柔柔传》也是模拟《娇红记》的。

但尽管如此,《剪灯余话》对后世也仍有影响,其《芙蓉屏记》、《秋千会记》、《田洙遇薛涛联句记》等均为后来的通俗白话小说所取材。

这两部短篇文言小说集虽然艺术成就有所不同,却都与当时占主流地位的思想之间存在着程度不同的矛盾。是以桂衡在洪武年间为《剪灯新话》作《序》说:"……子厚作《谪龙说》与《河间传》等,后之人亦未闻有以妄且淫病子厚者,岂前辈所见,有不逮今耶?亦忠厚之志焉耳矣。余友瞿宗吉之为《剪灯新话》,其所志怪,有过于(《谪龙说》)马孺子所言,而淫则无若河间之甚者。而或者犹沾沾然置喙于其间,何俗之不古也如是!"这意味着此书在洪武时就已遭到非议。至正统七年(1442),国子监祭酒李时勉上言:"如《剪灯新话》之类","若不严禁,恐邪说异端日新月盛,惑乱人心,实非细故。乞敕礼部行文内外衙门及提调学校佥事御史并按察司官巡历去处,凡遇此等书籍,即令焚毁。有印卖及藏习者,问罪如律。庶俾人知正道,不为邪妄所惑"(《英宗实录》卷九十)。结果就按照他的建议办理,《剪灯新话》遭到了禁止。至于《剪灯余话》,本是《剪灯新话》的同类作品,照理也该严禁;不过当时到底是否遭禁,现在已难以查考,而李昌祺由于此书受到非议,则是确切无疑的。《列朝诗集小传》中的李昌祺传说:"……效瞿宗吉《剪灯新话》,作《余话》一编,借以伸写其胸臆;其殁也,议祭于社,乡人以此短之,乃罢。"(乙集《李布政祯》)

二、施耐庵"的本"《水浒传》与《西游记》

今天所见的罗贯中编次《水浒传》,乃是"施耐庵的本"(见高儒《百川书志》)。罗贯中所撰《三国志通俗演义》成书于元代,而今本《水浒传》四十四回写杨雄、石秀故事,杨雄有"我与你军卫有司,各无统属"之语。这绝不可能出于在元代已写过《三国志通俗演义》的罗贯中之手,否则他不可能不知道这种"军卫有司,各无统属"乃是明朝才有的情况,在这以前,地方上并无"军卫"。何况在这一部分中,把杨雄所在的蓟州作为宋朝的辖土,而写宋江征辽的部分,则将蓟州作为辽的所辖,故有"仍将夺过檀州、蓟州、霸州、幽州,依旧给还大辽管领"(八十九回)之语。可见写杨雄、石秀的这一部分与后来写征辽的部分并非出于一人之手①。换言之,《水浒》中写杨雄、石秀在蓟州故事的这一部分,可能是"施耐庵的本"所加上去的。总之,"施耐庵的本"《水浒传》的形成,大概在洪武末期至永乐时期(这是依据七十二回"宋江、柴进扮作闲凉官"的这种描写所作的推定,见上一编中关于《水浒传》的部分);至于它较罗贯中原来的本子异同如何,则是一个还待探索的问题。

此外,再简单地谈一谈《永乐大典》本《西游记》。

在《永乐大典》第一三一三九卷中,收有一段出于《西游记》的《梦斩泾河龙》故事,大意是:泾河龙王听一占卜先生说,来日有雨,而且明说"辰时布云,午时升雷,未时下雨,申时雨足",共下"三尺三寸四十八点";龙王就与他打赌,若次日不下雨,占卜先生需罚银五十两。不料龙王很快就接到了玉帝要他降雨的圣旨,降雨的要求与占卜先生所说一样。龙王为了赢得东道,故意改了下雨的时间和分量,因而犯了天条,理当斩首。占卜先生又指点龙王去请求唐太宗帮助,并得到了太宗同意,不料仍被杀了。这一故事也见于万历刻本《西游记》;同时,这仅是唐僧西天取经(也即"西游")的一个引子,若无其后的一系列取经故事,仅仅这一节是不可能被称为《西游记》的。由此可知,在编纂《永乐大典》期间,西游故事已颇为丰富。但这些故事到底形成于明代初期还是元代,现在也已不可知了。

---

① 曾有研究者认为,《水浒》中的征辽部分是嘉靖时郭勋本所加,这是一种误解。见章培恒《关于〈水浒〉的郭勋本与袁无涯本》(收入岳麓书社 1992 年版《献疑集》)。

第七编

近世文学

复兴期

概　　说

从明代弘治(1488—1505)时期开始,中国近世文学进入了复兴期;它一直延续到万历(1573—1620[①])中期。大致说来,在这一时期的文学中,个人与环境的冲突——或者说环境对于个性的压抑——以及人的复杂性得到了进一步的表现;以这一时期的《西游记》、《金瓶梅词话》及以后的《儒林外史》、《红楼梦》为代表的白话小说成为成就最突出的文学样式;这同时也就意味着白话正在文学中逐步扎根。以上三点显示出文学是在朝着五四新文学的方向发展。但直到清末,我国文学仍与五四新文学存在着相当的距离,是以鲁迅等人只有从域外吸取了很多营养以后才写出了被称为新文学的作品。这种局面的形成,就文学本身来说,一方面是明初以来所遭受的巨大挫折使得直到元代为止仍不弱于世界上其他国家的我国文学在百年左右的时间里走上了一条与西方国家的文学发展相反的道路:西方的文艺复兴运动当时正在不断地扩展和深入,我国的文艺园地却经历着前所未有的荒凉与萧索;另一方面是进入了复兴期后我国近世文学的行进仍一再发生曲折。它在万历时期形成了高潮,但从万历三十年(1602)前后就开始回落。从那以来文学的发展就长期处于徘徊状态,直到乾隆(1736—1795)中后期才又重振。这就使近世文学的发展在总体上更趋迟缓。

明代中后期的思想演化与异端人格的涌现

我国文学在这一时期的发展,是与经济、思想的演进同步的。

就明代中后期的经济说,从正统(1436—1449)时期起城市经济已从明初的破坏中逐渐恢复,至弘治时其繁荣程度已超过历史上的任何一个时期。到

[①] 万历皇帝于 1620 年去世,此年本应是万历四十八年;但继承皇位的朱常洛(光宗)也在同年去世,所以这一年就被作为光宗泰昌元年。

嘉靖、万历间就更为富庶。这倒不是政府采取了促进城市经济的政策,只不过自洪熙(1425)以来不再蓄意打击,因而经济得以在较少阻碍的情况下自然地成长。

与此相应,市民阶层的力量也随之复苏和进展,并日益作用于文化(这里指狭义的文化)。弘治、正德时期在文坛上异军突起的前七子首领李梦阳,就是商人的孙子①。在他的集子中有好些为商人所写的作品②,而且有的商人同时也是诗人③;这一方面显示了李梦阳的文学创作与商人的联系,另一方面也说明了市民介入文学的队伍正在扩大④。晚明时期新思潮的最突出代表李贽,也是商人的孙子⑤。他说:"且商贾亦何可鄙之有?挟数万之赀,经风涛之险,受辱于关吏,忍诟于市易,辛勤万状。所挟者重,所得者末。然必交结于卿大夫之门,然后可以收其利而远其害……"(《焚书》卷二《又与焦弱侯》)由这些与传统的崇本抑末、鄙视商贾的意见截然相反的主张,实不妨将他视为商贾的代言人。总之,从弘治到晚明时期的文化发展中,市民的影响显然是重要的促进因素。

这种促进作用,从明代中后期的思想演化中也可看出。在明代中后期的思想界,王守仁的学说具有显要地位。但那本是具有两重性的学说,正如谈蓓芳氏在《中国禁书简史》第五章所指出的:"王阳明提倡'良知',认为:'知是心之本体。心自然会知,见父自然知孝,见兄自然知弟,见孺子入井自然知恻隐,此便是良知,不假外求。'(《传习录》上)这本是要证明封建的伦理道德是符合人的自然本性的,但同时也就高度肯定了人的自然本性,把基于自然本性的'知'(即所谓"心自然会知")当作了应该发扬的'良知'。在确定了这样的前提之后,如果一旦发现了人的自然本性不是孝弟或不单是孝弟,而历来被封建伦

---

① 见李梦阳《空同集》所收《族谱》的《大传第四》。
② 关于此点,大概是日本吉川幸次郎氏最早注意到。他在1960年发表于《立命馆文学》第180期的《李梦阳の一侧面》(中译文收入章培恒等译,安徽文艺出版社1986年版及复旦大学出版社2001年版《中国诗史》)中就已指出:李梦阳的《梅山先生墓志铭》、《祭鲍子文》、《明故王文显墓志铭》、《潜虬山人记》、《缶音序》、《方山子集序》、《方山子祭文》、《赠豫斋序》、《赠汪时嵩序》、《汪子年六十,鲍郑二生绘图,为之序》、《鲍母八十寿序》、《鲍允亨传》都是为商人而作。
③ 如《梅山先生墓志铭》中的梅山先生(鲍弼)、《缶音》的作者余存修、《方山子集》的作者郑作。
④ 在李梦阳笔下的市民诗人余存修等,都只是普通的商人,而元末从事文艺活动的顾瑛、倪元镇则是上层市民。这种变化,意味着市民中参与文学创作者的队伍的扩大。
⑤ 张建业氏《李贽评传》修订本(福建人民出版社1992年版)据1974年在福建南安发现的《明故处士章田暨配丁氏、滕张氏合葬墓志铭》中记述章田兄弟四人及其父竹轩公情况的"四人自少长聚婺,同室共炊,家庭迄无间言。厥后食指蕃滋,庐舍湫隘,竹轩公始命析箸分居,公乃侨南邑小郡,赁庑贾贸"等语,推断"竹轩也应该有一定的小商资本"(第20—21页)。竹轩即李贽祖父,章田是其次子,也即李贽的叔父。

理道德所否定的种种欲望——诸如'好货'、'好色'等等——倒是符合人的自然本性的,那么,这种欲望也就成了应该发扬的'良知'了。"[①]而在把王阳明学说引向另一种思路方面起作用最大的,就是商人的孙子、并可视之为商人代言人的李贽。他是作为阳明学派中的健者而现身的。他说:

> 如好货,如好色,如勤学,如进取,如多积金宝,如多买田宅为子孙谋,博求风水为儿孙福荫,凡世间一切治生、产业等事,皆其所共好而共习,共知而共言者,是真迩言也。(《焚书》卷一《答邓明府》)
>
> 夫唯以迩言为善,则凡非迩者必不善。何者? 以其非民之中,非民情之所欲,故以为不善,故以为恶耳。(《道古录》卷下)
>
> 夫天下之人不得所也久矣,所以不得所者,贪暴者扰之,而仁者害之也。仁者以天下之失所也,而忧之,而汲汲焉,欲贻之以得所之域。于是有德礼以格其心,有政刑以絷其四体,而人始大失所矣。
>
> 夫天下之民物众矣,若必欲其皆如吾之条理,则天地亦且不能。是故寒能折胶,而不能折朝市之人,热能伏金,而不能伏竞奔之子。何也? 富贵利达所以厚吾天生之五官,其势然也。是故圣人顺之,顺之则安之矣。(《焚书》卷一《答耿中丞》)

把人们"所共好而共习,共知而共言"的东西视为"民之中","民情之所欲",这是很容易理解的;而对于"民情之所欲"的东西全都视为善,不承认其中还存在着必须克服的"人欲",则显然是以王阳明"心自然会知"的"良知"说为依据的。这样,他就把阳明学引到了符合市民要求的方面,不但把"好货"、"好色"等欲望作为"迩言"——"善",公然肯定了对"富贵利达"的追求,并且明确地指出,其追求的目的在于"厚吾天生之五官";而对于以"德礼"、"政刑"来束缚人的身心则加以反对。值得注意的是:道家也是反对"德礼"、"政刑"的,但与此同时,他们又企图尽量限制甚至反对"厚吾天生之五官"的欲望。所以,李贽的这种观念,既截然有别于以"德礼"、"刑政"相标榜的儒家思想,也显与老庄之说相抵触。他所期望的,是人的官能享受、男女之欲("好色")、上进要求("勤学"、"进取")、对后代的爱护和关心("为子孙谋")都得到社会的承认,让人们得以自由地去争取其实现,对人们的心灵也不加以束缚。这无疑是当时市民意识的体现,与资本主义初期的启蒙思想也有相通之处。

不过,李贽的这种思想在明代中后期并不是突然产生的,在他以前已有了

[①] 陈正宏、谈蓓芳等著《中国禁书简史》,载安平秋、章培恒主编《中国禁书大观》,第79—80页。

若干类似的思想成分。例如,李梦阳就曾说过:"孔子曰:'不义而富且贵,于我如浮云。'汉以下儒者只言富贵如浮云。过矣。"(《空同子·论学》下)他反对汉以来儒者的鄙视富贵本身,这与李贽肯定人们对"富贵利达"的追求可谓异曲同工;与李梦阳基本同时的唐寅说:"食色性也古人言,今人乃以之为耻。"(《默坐自省歌》)这与李贽的肯定人的欲望也可谓殊途同归,因为他同样把"食色"之类的欲望视为人的本性。需要指出的是:"食色性也"本是孟子的论敌告子的话,孟子特地对此作过批判(见《孟子·告子上》)。唐寅则公然站在告子一边,这本身就是对儒家"德礼"的反叛。总之,从进入近世文学复兴期以来,异端思想就在逐步成长,至李贽而集其大成。

也正因此,这一时期还出现了一个值得重视的现象:士大夫中异端人格的涌现。其特征是:尊重自我、尊重个性,轻视甚或反抗"德礼"。唐寅、祝允明、徐渭、李贽等人都属于这一类,其事迹也传诵较广;此外如李梦阳、王廷陈、常伦、胡缵宗、杨循吉、桑悦、王维桢等都个性突出,在王世贞《艺苑卮言》卷六、卷七中有相当生动的记载。今摘引少许,以见一斑。

> 李献吉(梦阳)既以直节忤时,起宪江西,名重天下。俞中丞谏督兵平寇,……抑诸司长跪,李独植立。俞怪,问:"足下何官耶?"李徐答:"公奉天子诏督诸军,吾奉天子诏督诸生。"竟出。后与御史有隙,即率诸生手锒铛,欲锁御史,御史杜门不敢应。(《艺苑卮言》卷六)

> (桑)悦为博士逾岁,而按察视学者……行部抵邑,不见悦,顾问长吏:"悦今安在?岂有恙乎?"长吏素恨悦,皆曰:"无恙,自负不肯迎耳。"乃使吏往召之。悦曰:"连宵旦雨淫,传舍圮,守妻子亡暇,何候若?"按察久不待,更两吏促之。悦益怒,曰:"若真无耳者!即按察力能屈博士,可屈桑先生乎?为若期:三日先生来;不三日不来矣。"(《艺苑卮言》卷六)

> (王廷陈)外补裕州守。……台省监司过州,不出迎,亦无所托疾。人或劝之,怒曰:"龌龊诸盲官受廷陈迎耶?当不愧死!"一日出候其师蔡潮——以他藩道者,潮好谓曰:"生来候我固厚,而分守从后来,亦一见否?且生厚我以师故,即分守君命也。"稚钦(即廷陈)曰:"善。"乃前迎分守。而分守既下车,数州吏微过,当稚钦答之十。稚钦大骂曰:"蔡师误王先生见辱!"挺身出,悉呼其吏卒从守,勿更待。一府中慴伏,亡敢留者。分守窘不能具朝餔①……(《艺苑卮言》卷七)

> (胡缵宗以作诗为世宗所恶而)下狱,欲论死。……当是时孝思(即缵宗)将八十矣,了不怖慑。取锦衣狱中柱械之类八,曰制狱八景,为诗纪

---

① 这里是说,王廷陈把原先侍应其上司分守的吏卒全都撤走,分守在馆舍中连早饭都无人供应。

之。众争咎孝思,掣其笔曰:"君正坐诗至此耳,尚何吾伊为?"孝思潸然咏不辍,曰:"坐诗当死,今不作诗,得免死耶?"……人谓孝思意气差胜苏长公,才不及耳。(《艺苑卮言》卷七)

所谓"苏长公",指苏轼。苏轼以作诗批评新法下狱,而其狱中诗有"圣主如天万物春,小臣愚暗自亡身"(《狱中寄子由》之二)之句,无论是真心颂圣抑或是求取从宽处理的手段,都与胡缵宗的岸然不屑有别。但这种差别的原因首先在于时代。宋代的自我意识或对自我尊严的执着,都还没有达到明代中、后期的水平。撇开胡缵宗不说,上引李梦阳等人的表现,也不能期之于宋人。相对来说,宋人注重"德礼",而明代中、后期的一部分人对于"德礼"已有所抵触,甚至企图有所突破,是以有上述的狂傲行为。

明代中、后期既已有了这样的异端思想和异端人格,那么,在文学上呈现出新的气象也就是很自然的事了。

文学的复苏和高潮的形成

明代的文学复苏始于弘治时期。首先是从诗文的领域突破,但到后来,小说和戏曲却取得了更大的成就。

最早起来登高一呼的,是主要生活在弘治、正德时期的李梦阳。他对当时的诗文都作了激烈的抨击。他说:"今文人学子"之诗并非真诗,"出于情寡而工于词多也"(《诗集自序》);又说:"今之文","考实则无人,抽华则无文"(《空同子·论学》上)。这种对"今"时诗文的几乎全盘否定的批判,当然是以洪武后期、特别是台阁体形成以来的文学界的情况为对象的。而他以为这种现象的造成,其根源在于宋儒。因此,他提倡复古,要以学习唐代及其以前的诗文来振兴当时的文学。

在上述理论中,作为其核心的,显然是对于诗文必须具有"真情"、"真人"的要求;至于其复古的主张,既是用宋以前的"古"作为否定宋儒的武器及其倡导"真情"、"真人"之说的依据,也含有从宋以前的文学创作中吸取经验以提高水平的用意[①]。尽管李梦阳对学习古人创作经验这一点过于强调,带来了一定程度的因袭乃至模拟前人的副作用;但在他及其同道——以何景明、徐祯卿、边贡为核心——的努力下,在当时形成了声势浩大的复古运动,诗歌开始恢复了激情,文学性的散文也开始恢复了生气。这是他们提倡复古运动的主要方面。

[①] 关于李梦阳的文学理论的具体内容,在本编第一章有较详细的介绍,此处从略。

不过,这种效果的取得,更主要的是由于他们的努力符合了时代的需要。李梦阳、何景明、边贡都是长江以北的人,他们的运动是在北京发起,再逐步向各地扩大其影响的。而在长江以南,以苏州为中心的一批与李梦阳基本同时的文人,在没有受到复古运动的影响时就已在写显示"真情"、"真人"的诗文了;就此点而言,与李梦阳可谓不谋而合。徐祯卿就是这样的苏州文人中的一个。后来他到了北京,很快就成了李梦阳的有力助手。——王世贞描述这一复古运动说:"北地(李梦阳)矫之,信阳(何景明)嗣起,昌穀(徐祯卿)上翼,庭实(边贡)下毗"(《艺苑卮言》卷五),足见徐祯卿所起作用之大。正由于当时无论长江南北,都已具有规模不同、程度不一的改革要求,李梦阳登高一呼才能应者云集。

与李、何、徐、边共同倡导复古的,还有王廷相、康海、王九思,当时称为"七才子"。康海、王九思除诗文之外,又致力于戏曲创作。康海所作的《中山狼》和王九思所作的《杜甫游春》打破了自朱有燉以来的剧坛的沉闷气氛,开始恢复了元杂剧"彼但摹写其胸中之感想与时代之情状,而真挚之理与秀杰之气时流露于其间"(王国维《宋元戏曲史》)的传统,并经过嘉靖时的李开先——《宝剑记》的作者——的继承而发扬光大。同时,李梦阳自己虽不作曲,但却给予《西厢记》以很高的评价,而且十分推崇民间歌咏男女之情的俗曲,甚至把它作为作诗的楷模①。因此,可以说,弘治、正德间的文学复古运动对于戏曲创作的复苏也起了积极的推动作用。

正是沿着弘治、正德时期的上述方向,不少文学家在坚持真情的道路上越走越远,真情的内容也日益具体化为真实的人性,当时称为"童心"或"性灵"②。其间虽也有唐顺之等人起来反对,但终于无法扭转形势。于是,到了嘉靖末期至万历中叶,明代的文学发展达到了高潮:在诗文方面,产生了以公安派为代表的一系列作家,在戏曲方面出现了汤显祖——《牡丹亭》作者——等许多剧作家,在白话小说方面则有《西游记》和《金瓶梅词话》的问世。比较起来,小说和戏曲的成就还超过了诗文。在这里需要说明的是:尽管当时对白话小说并未在理论上有所探讨,仅少数人对《水浒》作了评价,但文学作品必须写出基于真实人性的思想感情的认识,却正是《西游记》、《金瓶梅词话》获得成功的必不可少的条件。至于袁宏道等人的文学主张,虽似与李梦阳的有所不同,但那其实是在原有基础上的新的发展;这一点我们将在本编第二章进行具体阐述。

---

① 参见本编第一章关于李梦阳的部分。
② 参见本编第二章关于李贽和袁宏道的部分。

文学高潮的终止

文学高潮的形成,始于嘉靖末期,讫于万历三十年(1602)前后。换言之,从那以后,文学就处于历时悠久的落潮期了。

这种落潮的标志,首先体现于袁宏道和汤显祖在创作上的变化。

如同本编第二章将要叙述的,袁宏道的文学主张——"性灵说"本是李贽"童心说"的继承和发展,但从万历二十七年起,他的思想就渐渐转变了。他的弟弟袁中道为他所作的《行状》说:"逾年(按,此指万历二十七年。——引者),先生之学复稍稍变,觉龙湖(即李贽。——引者)等所见,尚欠稳实。以为悟修犹两毂也,向者所见,偏重悟理,而尽废修持,遗弃伦物,偭背绳墨,纵放习气,亦是膏肓之病。……遂一矫而主修,自律甚严,自检甚密,以澹守之,以静凝之。"(《吏部验封司郎中中郎先生行状》)其实,李贽的"童心说"以及在其影响下的袁宏道"性灵说"的进步意义,正在于对当时的既成社会规范的冲击,从而为新的社会思想开辟道路。因而,他之将"龙湖等所见"斥为"遗弃伦物,偭背绳墨",这就从根本上否定了李贽及其"童心说"的进步意义。需要指出的是:袁中道所说的这一切,绝非出于他对袁宏道的误解;有宏道在万历二十八年(1600)写给李贽的信可以为证:

> 世人学道日进,而仆日退,近益学作下下根行。孔子曰:"下学而上达。"枣柏曰:"其知弥高,其行弥下。"始知古德教人修行持戒,即是向上事。彼言性言心、言玄言妙者,皆虚见惑人,所谓驴橛马桩者也。
>
> 今丛林中,如临济、云门诸宗,皆已芜没,独牛山道场自唐以来不坏。由此观之,果孰偏而孰圆耶?《净土诀》爱看者多,然白业之本戒为津梁,望翁以语言三昧,发明持戒因缘,仆当募刻流布,此救世之良药,利生之首事也。幸勿以仆为下劣而摈斥之。(《李龙湖》)

明清的进步思想家常借佛教禅宗之说以阐演自己的主张①,李贽等人也是如此,是以他们在当时被称为"狂禅",万历二十七、八年间,礼部尚书余继登上疏指斥当时的新思想,谓其"窃佛氏之余"(见下引),也是就其与禅宗的关系而言;袁宏道此信否定禅宗("云门"、"临济"皆属于禅宗;说"临济、云门诸宗"即包括禅宗诸宗),斥之为"偏",并且要李贽转而"发明持戒因缘",正是要把他从"遗弃伦物,偭背绳墨"的道路上拉回来,向既成的社会规范投降。

---

① 禅宗有南北宗之别,明清时期北宗早已衰落;当时所说禅宗一般即指南宗。说李贽及以前的袁宏道"偏重悟理,而尽废修持",那正是禅宗南宗的主张。

从那以后,袁宏道的"性灵说"就以"澹"为实际内容,甚至与宋代理学沆瀣一气了。

晚明文学高潮的另一代表汤显祖,在万历二十六年写了他的代表作《牡丹亭》,不仅热情地歌颂了少女对爱情的生死不渝的追求,而且体现了与人性解放的要求相通的思想成分。但在其写于万历二十八年的《南柯记》中,对爱情的作用就已有所怀疑,至万历三十年写《邯郸记》则已进而致力于显示人生的虚幻了。这与袁宏道的后退几乎是同步的。只不过汤显祖的后退的完成在万历三十年,较袁宏道略迟而已。

晚明文学高潮的这两位最具代表性的作家的上述变化,正象征着明代文学从高潮的回落。而且,在万历三十年以后,明代文学在总体上也没有再出现高潮时期的光芒了。至其回落的原因,则首先是由于政治上的压迫,其次是由于社会危机的日益深重。

先说政治上的压迫。这集中表现在万历三十年李贽的被捕自杀及其著作的被禁毁。

在中国近世文学复兴期的开头两位皇帝——弘治帝与正德帝——对意识形态领域的情况都不甚注意,当时思想界和文学界之得以较有生气(王阳明学说就是在当时形成并扩大其影响的),当与此有关。但正德皇帝的继承人嘉靖皇帝却颇为精明,他很快就感觉到王学的流行和反对朱熹的言论是一种危险。"早在明世宗即位之后不久的嘉靖元年(1522)十月,礼科给事中章侨就上奏疏说:'三代以下,论正学莫如朱熹',并不指名地批判了王守仁。世宗立即下诏:'自今教人取士,一依程朱之言,不许妄为叛道不经之书,私自传刻,以误正学。'(《世宗实录》卷十九)至嘉靖八年,世宗又公开批判王守仁:'守仁放言自肆,抵毁先儒,号召门徒,声附虚和,用诈任情,坏人心术。近年士子传习邪说,皆其倡导。'(《世宗实录》卷九十八)嘉靖十七年,世宗干脆下诏说:'今后若有创为异说,诡道背理,非毁朱子者,许科道官指名劾奏。'(《世宗实录》卷二一八)其力图在思想上进行整肃,已极为明显。"①然而,也许是由于国家多事(在军事上要应付蒙古俺答汗及倭寇,统治集团内部又斗争激烈),加上嘉靖皇帝忙于斋醮和服食丹药,以求长生,后来倒也并未采取实际行动,而这种警告也没有使异端思想有所收敛,到万历时期更愈演愈烈,出现了李贽这样的怪杰。统治集团中一部分人终于忍无可忍了。在万历二十七、八年间,礼部尚书余继登上疏说:"比乃有倡为异说,窃佛氏之余,以燀乱天下之耳目,共相推挽,靡然从风。谓传注为支离,谓经书为糟粕,谓躬行实践为迂腐,谓人伦物理为幻妄,

---

① 引自陈正宏、谈蓓芳等著《中国禁书简史》,载安平秋、章培恒主编《中国禁书大观》,第81页。

谓纪纲法度为桎梏,谓礼义廉耻为虚伪,惟一了此心。则逾闲荡检,皆为率性矣。新学小生,转相崇尚,杂入文字,名为新说。"(冯琦《礼部尚书兼翰林院学士赠太子少保谥文恪余公行状》)①这意味着形势已很严峻。至万历三十年终于发生了以"敢倡乱道,惑世诬民"的罪名逮捕李贽及禁毁其著作的事件,李贽遂在狱中自杀。

当时不但禁毁了李贽的全部著作,而且命令把具有异端思想的别人的著作全部焚毁,"其有决裂圣言,背违王制,援儒入墨,推墨附儒,一切坊间新说曲议,皆令地方官杂烧之"②。同时,还准备由李贽而牵连别人。御史康丕扬就曾上疏,要求把另一个异端思想家紫柏禅师(即达观)也一起逮捕法办,说李贽"往在留都,曾与此奴(指紫柏。——引者)并时倡议",因而应该"并置于法"。神宗虽没有批准这一请求,但到了第二年,康丕扬终于借另一事件,把紫柏逮捕入狱;紫柏因受不住拷打,也死在狱中③。

所以,以李贽事件为契机,在当时确实造成了一种恐怖气氛。但在李贽事件发生以前,也即在余继登上疏要求整肃思想时,袁宏道已感到了沉重的压力。他的人生态度和思想的转变,就正是这种压力感的结果④。即此一点,也就可见政治压迫与文学高潮的回落之间确存在某种联系。

再说社会危机。

从万历后期起,社会危机日益深重。以李贽为代表的异端思想,在当时虽能引起人们对现存制度及社会规范的怀疑,却还不可能设计出新的、切实可行的制度及相应的社会规范,从而不可能以新的办法来解决社会危机。而按照传统的办法去解决,那就首先要求统治阶级中人自觉地把群体利益放在第一位,同心协力以克服困难;同时也要求人民驯服地接受统治,作出牺牲,至少不要起来捣乱。而以李贽为代表的异端思想(以及与这种思想相关联的文学作品)不但不能起到这样的作用,还可能产生负面效应。因此,关心国计民生的士大夫也愈益感到这种思想是要不得的了。值得注意的是:在李贽事件前后,积极筹划和参与思想整肃的官员,都是关心国家前途并敢于对危害民众的政治措施提出批评的人,包括前述的余继登、上疏弹劾李贽的张问达、要求禁毁一切异端著作的冯琦,都是如此⑤。这也就意味着异端思想对士大夫的吸

---

① 冯琦所撰《行状》只说此为余继登任礼部尚书时的事情。按,继登任礼部尚书在万历二十七年五月至二十八年七月,见《明史·七卿年表》二。
② 见陈正宏、谈蓓芳等《中国禁书简史》,载安平秋、章培恒主编《中国禁书大观》,第82页。
③ 同上书,第82页及第89—90页。
④ 参见本编第二章有关部分。
⑤ 这三人的传记,分别见于《明史》卷二一六及卷二四一。

引力及影响必将日益削弱,自我意识以及对个性的坚持也必将有所减退。所以,在李贽著作被禁毁以后,虽然过不几年又大为盛行,但不久就难以为继了。与此相应,文学中的对个性的追求也就逐渐黯淡下去。

所以,文学从高潮的回落实乃出于必然。

第一章　文学在明代中期的复苏和进展

　　自从李梦阳等人在弘治时期倡导复古以来,诗文面貌很快有了较大变化,由台阁体的长期流行所造成的冗沓陈腐之风再也不能统治文坛。以热烈的感情为基础,追求刚健或秀美,成为诗歌较普遍的风尚。在散文方面,也开始出现了力求写出真实的感情与精神面貌的作品。这样的倾向,并由诗文而向戏曲扩展,为戏曲在明代的再度繁荣奠定了基础。一般说来,自弘治至嘉靖中期,文学是在复苏的基础上稳步地进展;在嘉靖前期虽曾一度遭到唐顺之、王慎中等的反对,但经过李攀龙、王世贞等人的努力,文学仍然按照原来的方向行进。这一运动所藉以号召的复古,虽然不无流弊,但当时在复古的口号下包含着对于真情和真人的追求,因此,这一运动的主要方面是积极而有益的,为晚明文学新思潮的出现奠定了基础。

第一节　弘治、正德时期的诗文发展

　　李梦阳等领导的诗文复古运动虽始于弘治时期,但在这以前,诗歌已出现了改变的朕兆。其代表人物是李东阳。而当李梦阳在北京提出复古口号时,在江南已有一批人在从事类似的实践。因此,若要考察李梦阳等人的复古运动,那么,既必须注意其前驱者,更不能忽略其同时代的具有相仿的趋向的人们。

一、李 东 阳

　　李东阳(1447—1516),字宾之,号西涯,茶陵(属今湖南)人。天顺八年进士,官至少师兼太子太师、吏部尚书、华盖殿大学士。有《怀麓堂集》及《续集》。

又有《怀麓堂诗话》(也称《麓堂诗话》),本是《怀麓堂集》中的一卷,但有多种单行本。李东阳因久居高位,门生故旧甚众,在文坛上影响很大。尽管他所作之文并未脱出台阁体的窠臼,但在诗歌方面却已有所变化,作为他门生的李梦阳也曾受到过他的启发。是以王世贞说:"长沙公(指李东阳①——引者)少为诗有声,既得大位,愈自喜,携拔少年轻俊者,一时争慕归之。虽模楷不足,而鼓舞攸赖。长沙之于何、李也,其陈涉之启汉高乎!"(《艺苑卮言》卷六)"何李"的何,指何景明。

李东阳论诗,崇唐黜宋,注重比兴和情思。他说:

> 诗有三义,赋止居一,而比兴居其二。所谓比与兴者,皆托物寓情而为之者也。盖正言直述,则易于穷尽而难于感发。惟有所寓托,形容摹写,反复讽咏,以俟人之自得,言有尽而意无穷,则神爽飞动,手舞足蹈而不自觉。此诗之所以贵情思而轻事实也。(《麓堂诗话》)

在这里他提出了诗"贵情思"的原则,而且把它和比兴联系起来。这一主张后来被李梦阳所继承与发展,所以须稍加诠释。

首先,赋的手法为什么不能写出有"情思"的作品?赋一般被解释为直叙其事,而《诗经·采薇》的"昔我往矣,杨柳依依。今我来思,雨雪霏霏",也一直被解释为赋的手法,它们又何尝不具"情思"?但李东阳对比兴的解释是"托物寓情",而"昔我"四句,虽是直叙其事,却已寓有丰富的情感,其"杨柳"、"雨雪"两句,既是对客观景物的描摹,也可说是表现诗人悲哀之情的道具,因而已满足了他所谓"托物寓情"的要求。说得更明确一些,李东阳是把那些看似直叙其事,但却托寓感情的诗句都视为比兴的。关于此点,还可以《麓堂诗话》的如下一条来印证:

> "月到梧桐上,风来杨柳边"岂不佳,终不似唐人句法。"芙蓉露下落,杨柳月中疏"有何深意?却自是诗家语。

如按照通常的理解,"芙蓉"两句原是直叙其事,属于赋的范畴;但它们既被主张诗"贵情思而轻事实"的李东阳赞为"诗家语",可见他是把它们视为富于"情思"、运用比兴的句子的。这就可见他对"赋"与"比兴"的界定确和一般的有所不同。假如进一步分析其所举例句,我们就会发现:在"芙蓉"两句中,通过经受不住秋露而凋落的芙蓉和在月光下已显稀疏的杨柳,传达了一种凄凉与萧索的感受,而与此相对的"月到"两句,虽然写景也颇深细,却并不具备"芙蓉"两句那样的抒情色彩。因此,李东阳其实是把叙事中寓情的也归入了比兴,只

---

① 李东阳为茶陵人,茶陵古属长沙,故称之为"长沙公"或"长沙"。

有直叙其事而不寓情的才被他归之于赋。这样,运用赋的手法自不能写出有"情思"的作品了。他对于赋和比兴的这种区分本身是否合理为另一问题,但从这里也正可以看到他的重情的主张。

其次,"情思"的具体内涵是什么?这从以下一条可获得进一步理解:

> 唐人不言诗法,诗法多出于宋,而宋人于诗无所得。所谓法者,不过一字一句,对偶雕琢之工,而天真兴致,则未可与道。其高者失之捕风捉影,而卑者坐于粘皮带骨,至于江西诗派极矣。惟严沧浪所论,超离尘俗,真若有所自得,反复譬说,未尝有失。(《麓堂诗话》)

他论诗特别强调"天真兴致"。就其对严羽《沧浪诗话》的推崇来看,所谓"兴致",当近于严羽所说的"兴趣"。——严羽说过:"盛唐诸人唯在兴趣,羚羊挂角,无迹可求。"至于"天真"一词,则实本于《庄子·渔父》:"礼者,世俗之所为也;真者,所以受于天也,自然不可易也。故圣人法天贵真,不拘于俗。"既重"情思",又标举"天真",可知李东阳所要求的情,至少在理论上是不为礼俗所拘的情。这就不但与李梦阳所提倡的情相通,而且与后来袁宏道的性灵说也有相通之处了。

同时,他的贬黜宋诗,既是因为"宋人于诗无所得","天真兴致,则未可与道",那么,他把唐宋诗相对立,所谓"宋诗深,却去唐远。元诗浅,去唐却近"(《麓堂诗话》),其实也就意味着唐诗是有当于"天真兴致"的了。

他的这些理论,都为李梦阳所继承和发展。此外,李东阳对诗歌的声调、节奏、结构等也较重视,如说"长篇中须有节奏,有操有纵,有正有变,若平铺稳布,虽多无益"(《麓堂诗话》)之类,这对于李梦阳也有影响。

然而,李东阳的诗歌创作虽较台阁体已有了明显变化,却还不能与自己的理论相称。以下两首可作为代表:

> 路转三湘去更深,潞河西岸浙东浔。潜鳞自足波涛地,别马长怀秣饲心。湘女庙前山似黛,柳公亭下石如林。征科亦是公家事,民力江南恐未禁。(《与顾天锡夜话和留别韵,时天锡谪永州府同知》)

> 壬辰七月壬子日,大风东来吹海溢。峥嵘巨浪高北山,水底长鲸作人立。愁云压地湿不翻,六合惨澹迷乾坤。阴阳九道错白黑,乌兔不敢东西奔。里人苍黄神屡变,三十年前未曾见。东村西舍喧呼遍,牒书走报州与县。山阺谷汹豺虎噑,万木尽拔乘波涛。洲沉岛灭无所逃,顷刻性命轻鸿毛。我方停舟在江皋,披衣跽床夜忽昼。忽掩青袍涕双透,举头观天恐天漏。此时忧国况思家,不觉红颜坐凋瘦。潼关以西兵气多,胡笳吹尘尘满河,安得一洗空干戈!不然独破杜陵屋,犹能不废啸与歌!世间万事不得

意,天寒岁暮空蹉跎,呜呼奈尔苍生何!(《风雨叹吴江县舟中作》)

在上引的第一首中,"别马长怀秣饲心"一句,隐喻虽处迁斥之地,而君恩永不忘却,这正是台阁体的老调,而末句"民力江南恐未禁",却是不可能见于台阁体的作品的。其第二首的感情,较第一首要强烈一些;结末三句尤非台阁体作家所敢言。但无论第一首或第二首,就其总体而言,都是"月到梧桐上,风来杨柳边"一类,也即并未"寓情"的赋。其第二首虽有"呜呼奈尔苍生何"之句,但却丝毫都不敢触及苍生受苦的真实原因,更看不出由苍生的苦难而产生的真正的激动。其写"海溢"之状,也不使人感到恐怖,反而有一种雄浑的美。倘若我们把此诗与何景明《岁晏行》比较一下①,就能知道"寓情"与不寓情的区别。至如第一首的"路转"两句,"湘女"两句,更近于硬凑篇幅,毫无"情思"可言。总之,他虽然知道应体现出"天真兴致",但在他自己的诗歌创作里却还缺乏从真实的自我出发的热烈的感情。他在《麓堂诗话》里批评严羽的诗歌创作不能符合其自己的理论要求,"顾其所自为作……亦少超拔警策之处"(《麓堂诗话》),他自己也是如此。所以,王世贞说他"模楷不足",又说"长沙之于何、李也,其陈涉之启汉高乎",实是确评。

二、倡导真情与复古的李梦阳

在弘治、正德间掀起声势浩大的复古运动的,是李梦阳及其同道。发动者则为李梦阳。《列朝诗集小传》丙集《李副使梦阳》说:"献吉生休明之代,负雄鸷之才,偶然谓汉后无文,唐后无诗,以复古为己任。信阳何仲默起而应之。自时厥后,齐吴代兴,江楚特起②,北地之坛坫不改。近世耳食者至谓唐有李、杜,明有李、何,自大历以迄成化,上下千载,无余子焉。"这是一条十分重要的记载。近数十年来,关于这一时期的文学发展情况常有一种误解,好像自公安、竟陵派兴起以来,复古派就一蹶不振了。其实并非如此。从复古运动形成以后,作为发动者的李梦阳在文学界一直受到崇奉("坛坫不改")。同时,从这一记载还可知道:在当时影响仅次于李梦阳的,为何景明。不过,说李梦阳"谓汉后无文",是不对的;详见下文。

李梦阳(1472—1530),字天赐,又字献吉,号空同子。庆阳(今属甘肃)人。因庆阳古属北地郡,故也以"北地"指代梦阳。弘治七年进士,由户部主事,官至江西提学副使。刚直敢言,多次下狱,终被革职。而从游者甚众,"名震海

---

① 见本书第74页引。
② "齐吴代兴",指李攀龙、王世贞的代兴;"江楚特起",指公安派、竟陵派的兴起。

内"(《明史·李梦阳传》)。有《弘德集》、《空同先生集》。

李梦阳虽倡导复古,而其目的,则是要求诗文能写出真情、真人。

关于"真情",其《诗集自序》说:

> 李子云:曹县盖有王叔武云。其言曰:夫诗者,天地自然之音也。今途咢而巷讴,劳呻而康吟,一唱而群和者,其真也,斯之谓风也。孔子曰:"礼失而求之野。"今真诗乃在民间。……真者,音之发而情之原也①。

因此,他所谓的"真诗",乃是源于情的诗。那么,为什么"今真诗乃在民间"呢?据他的解释,是因为"而文人学子顾往往为韵言,谓之诗";并进一步申述说:

> 诗有六义,比兴要焉。夫文人学子比兴寡而直率多。何也?出于情寡而工于词多也。

只有将李东阳所加于比兴的定义——"托物寓情"——与此联系起来,才能理解"比兴寡"乃是"出于情寡"的原因:因为无"情"可"寓"。这样的诗当然不是"真诗"而只是"韵言"。从这里还可以进一步理解:李梦阳对于诗歌,不但要求真情,而且还要求用比兴来表现真情。这也正是李东阳的理论。

关于"真人",其《论学》上篇说:

> 古之文,文其人如其人便了。如画焉,似而已矣。是故贤者不讳过,愚者不窃美。而今之文,文其人无美恶皆欲合道。传志其甚矣。是故考实则无人,抽华则无文。

这里他虽然特别提出了"传志",那不过是因为这类文章的此等问题尤为明显;其批判的矛头,实是针对所有的"今之文"的。他的意思是:"今之文"所"文"的无论是自己或别人,都要使之"合道",于是在文章中就看不到真的人了——"考实则无人"。这种按照"道"所臆造出来的东西,当然不可能有打动人之处,自然落得"抽华则无文"的结果。总之,"今之文"是整个堕落了。

他所提出的"真情"和"真人",用词虽别,其实是相通的。作品中倘无真情,哪来的真人?连人都是假的,感情又怎么能真?只不过诗歌偏于抒情,文则以叙事为多,所以他在论诗时强调情,论文时则强调"人"。

李梦阳不但肯定了诗文必须写"真情"、"真人",而且明确提出:当时诗文

---

① 李梦阳在本篇中多引王叔武之说,同时又一再表示了他对王氏之说的肯定,如"大哉,汉以来不复闻此矣";最后并说自己因此而醒悟:"李子于是怃然失,已洒然醒也。"所以,王叔武的意见也就成了李梦阳的主张。

之堕落,实是宋儒所造成的恶果。他说:

> 夫诗,比兴错杂,假物以神变者也。……宋人主理,作理语,于是薄风云月露,一切铲去不为,又作诗话教人,人不复知诗矣。……今人有作性气诗,辄自贤于"穿花蛱蝶"、"点水蜻蜓"等句,此何异痴人前说梦也?(《〈缶音〉序》)

如上所述,按照李梦阳等人的意见,"比兴"源于情。而由于"宋人主理",作诗时只有理而铲去了情,诗歌就达不到"比兴错杂,假物以神变"的程度了。李梦阳在这一段文字中特别举出了"性气诗"——理学诗,更说明了他的反对"宋人主理"是含有反理学的内容的。他又说:

> 宋儒兴而古之文废矣。……或问:何谓?空同子曰:嗟儒言理,不烂然软?童稚能谈焉。渠尚知性行有不必合邪?(《论学》上)

这些话是在批判"今之文,文其人无美恶皆欲合道"的现象时说的。他的意思是:这种现象的造成,是由于宋人的"言理"使得人们误认为人的"性行"都是合"理"——"合道"的,倘非写元恶巨奸,只好把其性行都写得"合道",其结果就是"古之文废矣"。——在这里也就可知《列朝诗集小传》说李梦阳"谓汉后无文"是不对的,他所反对的,只是宋代直至当时的文。

正由于不满宋人的"言理",李梦阳甚至提出了真情超越于"理"的观点。在《〈结肠操谱〉序》中说:

> 天下有殊理之事,无非情之音。何也?理之言常也。或激之乖,则幻化弗测,《易》曰"游魂为变"是也。乃其为音也,则发之情而生之心者也。……感于肠而起音,罔变是恤,固情之真也。

这里的背景是:李梦阳妻子死后,在烹煮准备用于祭祀的猪时,猪肠忽然自动结成球状,他以为这是妻子的阴灵悲痛所致,遂写《结肠篇》三首以抒哀伤,但"恒虑今之君子谓予好怪"也。不料他的朋友陈鳌将此诗谱成了琴曲,并向他说了上述的一段话。李梦阳也就接受了他的观点。文中"罔变是恤"的"变",即上文"游魂为变"的变,也即"殊理"的现象。其末几句是说:尽管其感情是由"殊理"之事所产生,但只要这感情是真的,就应该肯定和值得流传。这种认为真情可以不受"理"的束缚的观点,给予个人的心灵活动以较前广大的空间,也是自我意识的觉醒程度较前提高的表现。到了晚明时期,又发展为"第云理之所必无,安知情之所必有耶"(汤显祖《牡丹亭》题词)的进一步崇情抑理的理论。

总之,李梦阳在文学创作中提倡"真情"、"真人",既包含着对宋代诗文的厌恶,也是对当时的诗文现状的否定,渗透着改革的要求。倘在今天,这一要求自当以创新来实现;但至迟从唐代起,"复古"就成为希望改革的人们所打的旗帜。李梦阳也是如此。所以,他在弘治时期就提出了"学不的古,苦心无益"(《答周子书》)的主张,并收到了"古学遂兴"(同上)——诗文复古运动兴起——的效果。

由以上的引述,可知他的标举"的古"——以古代为鹄的——乃是要学习宋代以前诗文中的写真情、真人的精神;但他同时又认为"文必有法式,然后中谐音度"(同上),因而其所谓"的古"也含有学习古代诗文"法式"之意。他所追求的,是"以我之情,述今之事,尺寸古法,罔袭其辞"(《驳何氏论文书》)。而且,他以为文的"法式"虽见于古人之作,其实却是客观规律:"古人用之(指法式。——引者),非自作之,实天生之也。今人法式古人,非法式古人也,实物之自则也。"(《答周子书》)这却是其局限所在。因为,任何一种客观规律,从其开始被发现到它被人们所熟练掌握,必有一个漫长的发展过程。从而古人作品所显示的"文之法式",绝不能是客观规律的充分体现。倘若"尺寸古法",文学在形式上就不会再有所发展了。何况随着社会的发展,文学必将产生很多新的内容和新的形式,这些新形式自也有其自己的独特法式,为以前的作品所没有体现过的,又怎么能"尺寸古法"呢?

也正因此,李梦阳所倡导的诗文复古,既有张扬真情、否定程朱理学的积极一面,也有在形式上缺乏创新精神的消极一面。但相比而言,其积极一面是主要的。这在其创作实践中也可清楚看出。

在诗歌创作方面,李梦阳以气势见长;其长篇巨制甚为当时所称道,但不免有结构散漫之弊。故其近体实优于古诗。大体而论,他的部分作品确有因袭之迹,但也有些诗篇感情强烈,颇能显示他的个性,不能以因袭目之。它们不但非台阁体所能比,较之李东阳所作也有重大的进步。今引两首为例:

> 赤豹黄熊贡上方,虞罗致尔自何乡?微躯亦被雕笼缚,远视犹闻宝络香。显晦山林齐感激,喧呼道路有辉光。名鹰侧目思翻掣,细犬搔毛欲奋扬。随侍近收擎鹘校,上林新起戏卢坊。攫兔定蒙天一笑,磔狐应使地难藏。贡官驰马尘埋面,驿吏遭箠泪满眶。南海亦曾收翡翠,西戎先已效羚羊。白狼也产从遐域,曰雉犹劳献越裳。圣德从来及禽兽,欲将恩渥示要荒。(《道逢黑豹鹰狗进贡,十韵》)

> 穷年岂办椒花颂?守岁真贪竹叶杯。天下风尘难即料,夜中星斗直须回。伤心蜀汉新戎马,触目中原半草莱。饮罢空庭聊独立,五更春角动城哀。(《己巳守岁》)

这是两首不同类型的诗。前一首批判正德皇帝为了个人的享乐,命令地方上进贡野兽。诗人所写,是其看到的"贡官驰马尘埋面,驿吏遭箠泪满眶";至于在捕捉和运送野兽的过程中人民群众要遭受多少痛苦,就全凭读者去想像。此篇的最大特色是讽刺笔法的使用。其"南海"以下四句,写历史上的圣明之世,最高统治者也曾接受远地贡献的鸟兽;因而从表面上看来似是在歌颂当时也正是盛世。结末两句,更正面说这是"圣德"及于鸟兽、"恩渥"远流"要荒"的盛事。但在实际上,由于"贡官"两句的插入,这些当然都是讽刺、挖苦的话。而对皇帝的这样尖锐的讽刺,为以前诗歌所罕见,也正显示了诗人感情的激烈。后一首内容丰富,结构严密。第一句写诗人处境的艰窘,第二句虽似平铺直叙,其实却含有深意。他的贪杯乃是无可奈何的排解,第三、四句就是对此的说明:国家的前途十分可虑,接下来不知还将有什么变乱,而他却身处困境,只能坐待岁月的逝去①;除了以酒浇愁以外,还能有什么办法呢?但五、六两句又进一步指出:他虽在喝酒,内心却为蜀汉的战乱而深感痛苦,"中原半草莱"的惨状又仿佛在他眼前闪动。于是他喝不下酒了,只好独自在空庭伫立。终于,天亮了,春天到了,但这丝毫也不能给人带来喜悦,沉重的悲哀笼罩了大地。李东阳虽也有些忧时的诗,但这样深沉的忧思和哀痛却为其作品所未见。在李梦阳的这两首诗里,都体现了自我意识的复苏和进展。洪武后期以来所形成的个人噤若寒蝉或一味歌功颂德的风气已被冲破,一部分人已经敢于以自己的所见、所感和认识唱出不谐于流俗的声音了。比较起来,其第二首的打动人的力量强于上一首;但上一首所用的讽刺手法却显示了一种新的探索。

在散文方面,李梦阳的作品虽因"尺寸古法"而在行文上缺乏清新之气,但因其强调写真人真情而在内容上有所拓展,为散文的深入表现人物的精神面貌开辟了道路。如《太白山人传》,那是其最突出的代表。该篇写山人的前后变化,颇富意趣:

> ……山人善诗,有超逸才。……于是山人则南走吴会。吴会人识山人,又识山人诗,于是争礼敬山人。山人固善说玄虚,又肤莹、渥颜、飘须,望之如神仙中人。于是愈礼敬山人;而好异之士踵接于门矣。山人往来越湖间,多在支硎南屏山寺中。钜家则争造寺,馈山人美饮食、鞋服,以是饶裕。冠佩之士慕名来访,山人辄供具欢洽竟日,酒酣畅歌,意态超脱,令人起尘外之思。……
>
> 一日,山人病且革,仓皇属其友曰:"死葬我佳山,幸题我墓曰'明诗人

---

① "夜中"句的"星斗"指北斗星,斗柄能起指示时间的作用。此句是说:一过半夜,斗柄又要回到指示正月的部位了。

孙一元之墓'。"已而山人苏,起而愤曰:"几负我志。"而吴越人以是觇知山人初无羽化术,徒空谈、放浪形骸,稍稍疑避。而山人则顾益说世务,恒切齿不平,其诗亦多为忿激悲壮之音。于是用世之士顾益喜之,乐与之交,义投情合。犯涛弄月,扣舷和歌,俯仰一笑,每自许于世无双。

太白山人开始时装出的样子,使人以为他有"羽化术",于是获得了人们的礼遇和优厚的供给,"以是饶裕"。不料得了一场大病,几乎死去,拆穿了西洋镜。于是他又以悲慨世事的志士面貌出现,得到了另一批人的好感,照样过着优裕的生活。而就通篇来看,此文的重点实不在揭露太白山人的诈骗,倒反而突出了他的才能:真是装神仙像神仙,扮志士像志士。就说写诗吧,装神仙时其诗"超逸",扮志士时则"忿激悲壮",这岂是庸才所能? 所以,读完此篇,人们不免觉得这位山人颇有可爱之处。这也就意味着李梦阳对人的复杂性已初步有所体认,不以宋儒的"道"——传统道德的集中和升华——苛求于人。从他对太白山人的描写中,我们可以进一步理解他之批判"文其人无美恶皆欲合道"的意义。还应指出的是:此篇写得虽很简单,但像太白山人这样类型的人物,在我国文学中还是第一次出现。后来《儒林外史》里马二先生所遇到的洪神仙,实是太白山人的前半截;当然,《儒林外史》的描写是远为丰富了。

综上所述,李梦阳所发起的诗文复古运动,其积极意义是主要的。不仅如此,在诗文以外的领域,他也提出了前无古人的精辟见解。以下所引,分别见于李开先、徐渭的记载:

> 有学诗文于李崆峒者,自旁郡而之汴省。崆峒教以:"若似得传唱《锁南枝》,则诗文无以加矣。"请问其详,崆峒告以:"不能悉记也。只在街市上闲行,必有唱之者。"越数日,果闻之,喜跃如获重宝。即至崆峒处谢曰:"诚如尊教。"何大复继至汴省,亦酷爱之,曰:"时词中状元也。如十五《国风》,出诸里巷妇女之口者,情词婉曲,有非后世诗人墨客操觚染翰,刻骨流血所能及者,以其真也。"……若以李、何所取时词为鄙俚淫亵,不知作词之法、诗文之妙者也。词录于后,以俟识者鉴裁:"傻酸角,我的哥,和块黄泥儿捏咱两个。捏一个儿你,捏一个儿我。捏的来一似活托,捏的来同床上歇卧。将泥人儿摔碎,着水儿重和过,再捏一个你,再捏一个我——哥哥身上也有妹妹,妹妹身上也有哥哥。"(李开先《词谑》二七)

> 空同子称董子崔、张剧,当直继《离骚》,然则艳者固不妨于《骚》也。噫,此岂能人人尽道之哉?(徐渭《曲序》)

在《词谑》的记载中,虽没有说明李梦阳喜爱《锁南枝》的原因是什么,但何景明(大复)已作了说明;两人的意见当是一致的。由此可知,李梦阳的提倡真情的理论,原是包含着对于男女爱情的肯定的。同时,从"若似得传唱《锁南枝》,则诗文无以加矣"之语,又可见李梦阳认为诗文的最高水平,就是达到这一《锁南枝》的境界。这种对民间俗曲的推崇,在我国文学史上真可谓前无古人。至于《曲序》所载的他对《西厢记》杂剧的褒扬①,参以《词谑》此条,也正是理所当然的。因为《西厢记》和《锁南枝》所写,都是男女真情;既然《锁南枝》那样的作品都已经是"诗文无以加矣",《西厢记》自然可以上接《离骚》了。

所以,李梦阳的出现,实在意味着明代文学的重大转折的开始。晚明文学新思潮的许多重要内容,诸如崇情抑理、提高戏曲与俗曲的地位等,在李梦阳那里都已初露端倪。是以晚明文学新思潮的杰出代表李贽对李梦阳给予极高评价,说是"宇宙内有五大部文章:汉有司马子长《史记》,唐有杜子美集,宋有苏子瞻集,元有施耐庵《水浒传》,明有李献吉集"②。又说:"如空同先生,与阳明先生同世同生,一为道德,一为文章,千万世后,两先生精光具在。……人之敬服空同先生者,岂减于阳明先生哉?"(《与管登之书》)李贽思想源于阳明,他将李梦阳与王守仁相提并论,足见其钦敬之忱,也可见晚明文学新思潮与李梦阳的关系。

当然,晚明的另一位代表性作家袁宏道对李梦阳的诗文复古运动是有所批评的:"空同才虽高,然未免为工部奴仆。"(《答梅客生开府》)但他也同时肯定了李梦阳与何景明所开创的道路:"草昧推何李③,闻知与见知。机轴虽不异,尔雅良足师。"(《答李子髯》其二)按,《汉书·儒林传序》:"文章尔雅。"颜师古注:"尔雅,近正也。"因此,袁宏道是承认李、何开创的道路为近于正道的,他所感到不足的,是他们的"机轴""不异";其说李梦阳不免为杜甫奴仆的原因也在于此。而这也就意味着,袁宏道对李、何的批判不过是要把他们这条"近正"的道路变得更正而已,换言之,也就是要在他们的基础上进一步提高。

三、李梦阳的三大辅佐

李梦阳倡导诗文复古后,得到了很多人的响应,在文学界形成了一种运

---

① 徐渭说"董子崔、张剧",容易使人误解为董解元《西厢记》诸宫调,但其实是指《西厢记》杂剧,只是徐渭误以为该剧是董解元所作。他在《题评阅〈北西厢〉》中说:"世谓崔、张剧是王实甫撰,《辍耕录》乃云董解元。陶宗仪元人也,宜信之。"(《徐文长佚草》卷二)按,陶宗仪所说为《西厢记》诸宫调,盖徐渭不知有此一作品存在,故有此误会。
② 见明万历间周晖《金陵琐事》卷一《五大部文章》,台北:成文出版社1983年版,第56页。
③ 胡应麟《诗薮续编》卷一《国朝》上:"观察开创草昧,舍人继之……一时云合景从,名家不下数十,故明诗首称弘、正。""观察"、"舍人"分指李梦阳、何景明。袁宏道此句,与胡应麟的意思相近;而胡应麟是很推崇李、何的。

动。在响应者中,最重要的是何景明、徐祯卿、边贡、康海、王九思、王廷相,与李梦阳并称七才子。到了嘉靖时期,在这个运动的继承者中又出现了李攀龙、王世贞等七位重要的作家,被称为后七子,因而李梦阳等也就被称为前七子。

如同本编《概说》所引《艺苑卮言》已经指出的,在前七子中,何景明、徐祯卿、边贡为李梦阳最主要的辅佐。康海与王九思则在戏曲创作方面的成就胜于诗文,我们将把他们放到第三节去介绍。王廷相的文学业绩较逊,故从略。

在这三人中,何景明的作用尤大。与李梦阳齐名,世称"李何"或"何李"。景明(1483—1521)字仲默,号大复山人,河南信阳人。弘治十五年考取进士,当时仅十九岁。长期任中书舍人,晚年为陕西提学副使。有《大复集》。

何景明在文学思想上主张复古,崇尚真情。关于后一点,从上引《词谑》所载景明对《锁南枝》的评价中也可看出。在复古方面,他与梦阳的观点基本一致;但在怎样向唐代及其以前的作家学习的问题上,其看法与李梦阳有所区别。他自己说:"追昔为诗,空同子刻意古范,铸形宿镆,而独守尺寸。仆则欲富于材积,领会神情,临景构结,不仿形迹。"(《与李空同论诗书》)他以佛家"舍筏达岸"的比喻来说明这种学习的方式(同上)。后来王世贞在述及由这一复古运动所引起的副作用时说:"然而正变云扰,剽拟雷同。信阳之舍筏,不免良箴;北地之效颦,宁无私议?"(《艺苑卮言》卷五)他显然是赞成何景明的。

何景明之诗,以俊逸见称。而其根底,则在感情真挚,较有个性。如《登谢台》:

> 故国萧条登此台,暮云春色转相催。蓬蒿满地悲风起,楼观当空倒影来。山鸟不随歌舞散,野花曾傍绮罗开。今来古往无穷事,万载消沉共一哀。

诗中的景色,全由作者的感情哺育而成。如"山鸟"一联,颇使人感到萧飒。但在实际上,山鸟、野花本都能显示自然之美,只是诗人自己沉湎于历史的陈迹之中,为昔日的歌舞、绮罗俱归幻灭而深为悲哀,是以它们都成了引愁之物。再以"蓬蒿"一联来说,春日的风本非悲风,楼台的倒影固然不免诡异,但人们所注意的,一般只是楼台本身,倘非在特殊的心境中,没有人会抛开了楼台而只去注意其倒影的。因此,这一联显得荒寒怪诞,也是作者的感情在起作用,使他为现实中的东西("风")涂上了本来不存在的色彩,并把注意力集中于那些引起殊常感受的事物。总之,是作者的感情渲染出了这"故国萧条"的画面。而且,他不仅从这一画面中感受到了昔日的繁华消歇的悲凉,更预见到了今日的繁华转瞬成空的痛苦,这也就是其结末两句的内涵。

这里我们不妨把它与性质类似的李白《登金陵凤凰台》稍作比较。李诗是:"凤凰台上凤凰游,凤去台空江自流。吴宫花草埋幽径,晋代衣冠成古丘。三山半落青天外,一水中分白鹭洲。总为浮云能蔽日,长安不见使人愁。"他虽然也充满了今昔盛衰之感,但却仍然想抓住个人的有限生命,做一番事业,因而为"浮云"(谗臣)蔽日、使他不能回到皇帝身边("长安")而愁苦。何景明此诗,却已没有了这样的人世热情与愤激,有的只是对于人间沧桑的感叹。但他并没有因此而否定人生的意义,而是认为正如他们这一代之为前人的"消沉"(这里是消失、沉没之意)而悲哀一样,后人也会为他们这一代而悲哀的吧;所谓"万载消沉共一哀"。那么,凡是在历史上有所作为的人,都将永存在后人的哀痛之中。这就是他对个体生命价值的感人而独特的——也即富于个性的——思考。

在这里再顺便提一下:作为倡导复古而又崇尚唐诗的何景明,是不会不熟悉李白《登金陵凤凰台》这样的诗的。因此,他的"山鸟"一联当曾受过"吴宫"一联的影响。李白的那一联说的是:当日的花草和衣冠今天都已不见了。何景明此联说的是:当日的花鸟、绮罗和歌舞都已不见了。其中的花草和花鸟、衣冠和绮罗都存在某种共同点,在联想时很容易由此及彼。只不过李白的说当日花草已经不见,是明白交代的,何景明说花鸟则依靠暗示:在读"山鸟不随歌舞散"时,人们自然会理解今天的山鸟已经不是昔日得见歌舞的山鸟了,昔日的山鸟早已逝去;其"野花"句也会取得同样的效果。换言之,在李白诗里用作引发今昔之感的道具的,是花草和衣冠,在何景明诗里却将它们换成了不无相通点的花鸟和绮罗,并增加了歌舞,又添用了暗示的手法。这大概就是他所说的"不仿形迹"、"舍筏而达岸"。

为了说明何景明诗的特点,这里再引一首《岁晏行》:

> 旧岁已晏新岁逼,山城雪飞北风烈。徭夫河边行且哭,沙寒水冰冻伤骨。长官叫号吏驰突,府帖连催筑河卒。一年征求不少蠲,贫家卖男富卖田。白金纵有非地产,一两已值千铜钱。往时人家有储粟,今岁人家饭不足。饥鹤翻飞不畏人,老鸦鸣噪日近屋。生男长成聚比邻,生女落地思嫁人。官家私家各有务,百岁岂止疗一身?近闻狐兔亦征及,列网持赠遍山域。野人知田不知猎,蓬矢桑弓射不得。嗟吁今昔岂异情,昔时新年歌满城。明朝亦是新年到,北舍东邻闻哭声。

此诗感情强烈,对时政的失误以及由此带给人民的痛苦表现了毫不隐晦的愤慨,从而颇具感人的力量。倘把此首与前引李东阳的《风雨叹》相比较,我们就能理解明诗在这期间有了多大的进展。而正如下文将要引及的他的《上杨邃庵书》所说:"仕宦之徒不贬损以就时,游滑以希世,何能免于今之人哉?"他之能在此诗中如此的写出自己的悲愤,正是其执着于自我,不肯"贬损以就时,游滑以希世"的结果。至于其"舍筏而达岸"的特色,此诗也同样存在。如"谣夫河边行且哭"一句,就与杜甫《哀江头》的"少陵野老吞声哭,春日潜行曲江曲"(《杜诗详注》卷四)有关。该诗是写"少陵野老"在江边且行且哭,何景明此句,则将野老换作了谣夫,江边换作了河边。其下句的"沙寒水冰冻伤骨",则又显与陈琳《饮马长城窟行》的"水寒伤马骨"有关;唯陈诗所伤的是马骨,何诗所伤的是人骨。又,陈诗此句与"卒"字押韵(其原句为"慎莫稽留太原卒"),何景明的这一句也是如此。当然,对于这种"舍筏而达岸"的方法应该如何评价,是一个值得进一步研究的问题。

在散文方面,《上杨邃庵书》实可视为其最突出的代表作。李梦阳在任江西提学副使时,因与一御史发生矛盾,终至被构陷下狱,情况相当危急。何景明为此而写信给大臣杨一清——邃庵,要他对李梦阳加以救援。今节引如下:

> 仆闻圣人哲士,取人于众恶;明主显相,识贤于集毁。夫徇同情则独行见遗,实多口则廉节被黜。何也?独行者同情之所缪,而廉节者众口之所黜也。……今有操独行,秉廉节,而干众恶,负集毁若李梦阳者,明公在上,何可弗少加察而一援之也?

> 夫仆于阳,非敢谓其无过也。自崇而弗下人,太任而弗识时,多愤激之气,乏兼容之量,昧致柔之训,犯必折之戒,此其过也。若其饰身好修,矜名投义,见善必取,见恶必击,不附炎门,不趋利径,处远怀不招之耻,处近执莫麾之勇,在野有《兔罝》之武,在公著素丝之直,立志抗行,秉心陈力,咸可尚也。

> 前与御史相迕,同党交构,恃其贞介,不服文法,遭延无已,固其自取。而尊达至为不悦,缙绅靡然诽笑,言官亟诋于朝,法吏深鞫于狱,惟恐摧之弗披,而辱之弗窘也。嗟哉,亦已甚矣。谓深惩以全之,乃底其坏,历责以备之,实求其缺。谓其为高好胜,多事越位,不即攻之,将为患害;则阳之为害,弗犹愈于卖法成贿,污行丧守,玩公诡避,行私熽虐,甘心附媚,役志富势者乎?凡此一切,置之不问,而独于阳而较焉,何也?

> 大概习于苟同,而畏异已;溺于混浊,而非独清;便于相容,而惮弗群;务为蔽閟,而忌太白。故当事谓之横,伐奸谓之讦,建树谓之标已,振起谓之轻事,问民隐曰市名而出位,持国法曰寡情而立威。是以诡俗谐众之人,相倚为誉;而直节独行之士,疾之若雠。由此观之,仕宦之徒不贬损以就时,游滑以希世,何能免于今之人哉?……

> 今京师之士,其弗知者则已流言传讹,昧形议影,群猜共怒,一吠百声,持辩风起,发言雷同矣。间有知者,则亦恐异同于威要之吏,以遭口舌

之祸,视为秦越,随其轩轾。夫反同情以伸人,格众口以明物,此其弗利也必矣。孰肯乐弗利而为之哉?昔孔融鹗荐乎祢衡,汾阳解爵于李白。扬善登俊,闵才舒困,昭昭人代矣。今阳之文藻敷赡,才辩捷给,诚二子之流匹;而拘检行止,闲于礼义,可以用世贲治,二子弗若也。乃窘辱摧靡,卒无一为之地者,仆甚伤之。……

在这里有几点很值得注意:第一,他热情地赞扬了一种"操独行,秉廉节,而干众恶,负集毁"的人格,这其实也就是赞扬对自我的尊重和坚持、对群体压抑个体的反抗。第二,他对摧残上述人格的行为和现实作了尖锐的揭露,以"群猜共怒,一吠百声,持辩风起,发言雷同"等词句来形容当时的社会对特立独行的个人的迫害,真可谓入木三分。在后来龚自珍的散文中对此有更深刻而激烈的抨击。第三,这是一种新的文学体制。它显非叙事文和抒情文,从性质来说,近于说理文;是为了说明对李梦阳处理的不合理和应该加以救援的理由。但又含有强烈的感情——对李梦阳的尊崇、同情,对迫害李梦阳的人和当时政治现状的憎恶、愤怒;而且,文中的那种不向这种现实屈服的精神、锋芒毕露的生活态度、真挚的感情等等,都较明显地体现了作者的个性。因此,它在以理服人的同时,又具有文学作品以情动人的力量,实可视为一种新的文学散文。这种文学体制在以后不断发展,并逐步形成了更新的面貌。

与何景明相比,徐祯卿在当时的影响要小一些;而就诗歌成就来说,实可与李、何鼎足而三。徐祯卿(1479—1511),字昌毂,太仓州(今属江苏太仓县)人,自父亲起徙居苏州府城。十余岁即能写作诗文。与祝允明、唐寅、文徵明齐名,称吴中四才子。弘治十八年进士。先后任大理寺左寺副及国子监博士。有《迪功集》、《谈艺录》、《翦胜野闻》、《新倩籍》等;另有《迪功别集》及《徐迪功外集》。

当时苏州一带的文士,颇有率性任情的,如杨循吉、祝允明等;徐祯卿早年即与他们交游,在思想上很易受到他们影响。他所作《翦胜野闻》,对朱元璋的残忍、暴虐作过不少揭露(在上一编《概说》及第一章关于宋濂的部分曾予引述);对本朝的开国皇帝如此放肆,至少应有率性任情的生活态度。其文学思想和创作也有这样的倾向。

《谈艺录》是他的论诗之作。他说:"情者心之精也。情无定位,触感而兴。既动于中,必形于声。……盖因情以发气,因气以成声,因声而绘词,因词而定韵,此诗之源也。""夫情能动物,故诗足以感人。……若乃欷歔无涕,行路必不为之兴哀;愬难不肤,闻者必不为之变色。"这也就意味着:诗的第一动因是情,若没有真切而深厚的感情,诗歌决不能动人。这跟李梦阳提倡真情,是完全一致的。因此,他在弘治十八年考取进士后,寓居京师,遇到了李梦阳,很快就成了李梦阳所发起的运动中的一员,并由于他的创作成就而发挥了很大的作用；而他自己的诗歌也出现了新的面貌。

徐祯卿居住苏州时作的诗，就感情真挚，不为凡俗所拘，因而颇能动人。试以《过故宫》六首的后三首为例：

　　扰扰干戈谁解纷，吾能谈笑却三军。江山赢尽将何用，销得荒郊数尺坟。

　　感慨当时壮士心，不图行客一沾襟。千年刘项元同死，垓下何须叹楚音！

　　木叶萧萧朝市平，空教才子赋《芜城》。百年销尽繁华梦，唯有寒蛩泣月明。

从"百年"句，可知该处在一百年左右以前还是王宫；"千年"二句又说明"故宫"的主人的身份类似项羽。所以，其所经过的乃是元末张士诚的旧宫，自当作于苏州。在这三首诗中，徐祯卿对这些争夺天下的英雄——包括张士诚的对手朱元璋——表现了怜悯和轻蔑：他们即使赢得了江山，但自己所最后得到的，不过是荒郊外的数尺坟墓；他们虽有胜利、失败之分，但最后都要在世界上消失，而从漫长的历史过程（"千年"）来看，几年或几十年的差别根本算不了一回事，因此胜利者和失败者可说是同时死亡的；而正是为了这种毫无意义的争夺，他们却给人类造成了多么惨酷的灾祸，使人类社会出现了多少次像鲍照《芜城赋》所描绘的可怕的情景！

尽管在元好问的诗和萨都剌的词里已分别出现过部分类似的思考，元好问强调了争夺天下的英雄给人类带来的深重灾难①，萨都剌指出了这种争夺的毫无意义②，但徐祯卿不仅把二者结合了起来，而且将其本朝的开国皇帝也明显地列入了这一可悯和可憎的"芜城"制造者的行列③，这却是前所未见的。读了这样的诗，再回过头去看看台阁体的那些歌功颂德的作品，人们就会理解它们是怎样的丑陋可笑。

从徐祯卿的这类诗篇，我们可以知道君权的神圣不可侵犯性在他那里是已经动摇了。假如他仍把自己看作君主的驯顺奴才，那就连怀疑都不敢。因此，这种动摇是与诗人脑子里的自我地位的提高相辅而行的。

此诗的感染力，既在于诗人能把这种新鲜的感受勇敢地表现出来，也在于其相应的表现能力。像"江山赢尽"和"销得荒郊数尺坟"的强烈对比，真使人有怵目惊心之感；而像"千年刘项元同死"这样的句子，一面仍以强烈对比——

---

① 参见本书中卷第五编第一章第二节关于元好问的诗的叙述。
② 参见本书中卷第五编第六章第三节有关萨都剌词的叙述。
③ 从《翦胜野闻》对朱元璋的大胆揭露来看，徐祯卿的这种做法是有深厚的思想基础的。

刘项同死之说与历史事实的反差——给予读者重大的刺激,另一面则以我国诗歌语言的精炼、含蓄以及读者由此所形成的接受习惯,用"千年"二字表达了上文所阐释过的丰富内容,从而使读者在刹那间领悟到这种反差的虚幻性,受到更大的撼动。不过,这些创作原则都是前人创造的,徐祯卿只是将前人的创作经验加以巧妙运用,而没有提供新的创作原则。这与李梦阳所说的"尺寸古法"也可谓不谋而合。

也正因此,徐祯卿到北京后很快成为李梦阳倡导的诗文复古运动的一员,并不是偶然的。《列朝诗集小传》丙集《徐博士祯卿》说:"其持论于唐名家独喜刘宾客、白太傅,沉酣六朝散华流艳文章烟月之句,至今令人口吻犹香。登第之后,与北地李献吉游,悔其少作,改而趋汉、魏、盛唐,吴中名士颇有'邯郸学步'之诮。"这种记载并不符合历史事实,是不对的,与李梦阳的结交使他的诗歌创作有了新的进展。像下引《将进酒》那样气势磅礴的长篇,就是他入京后所作;另一首颇为优美的长篇《醉时歌》也为入京后作;而在可以肯定其为入京前作的诗中,却没有同类的作品。

  将进酒,乘大白,砗磲为罍锦作幂。燕京杜康字琥珀,朱缊三千酒一石,君呼六博我当掷。盘中好菜颜如花,鸳鸯分翅真可夸。壶边小姬拔汉帜,壮士失色徒喧哗。拉君髻,劝君酒,人间得失那复有?男儿命运未亨嘉,张良空槌博浪沙。秦皇按剑搜草泽,竖子来为下邳客。一朝崛起佐沛公,身骑苍龙被赤鸟。灭秦蹙项在掌间,始知桥边老人是黄石。狂风吹沙涨黑天,天山雪片落酒筵。锦屏绣幕不觉暖,齐讴赵舞绕膝前。人生遇酒且快饮,当场为乐须少年,何用窘束坐自煎!阳春岂发断蓬草,白日不照黄垆泉。君不见,刘伶好酒无日醒,幕天席地身冥冥,其妻劝止之,举觞向天白:妇人之言不足听。又不见,汉朝公孙称钜公,脱粟不春为固穷,规行矩步自衒世,不若为虱处裈中!丈夫所贵岂穷苦!千载倜傥流英风。人言徐卿是痴儿,袖中吴钩何用为?长安市上歌击筑,坐客知谁高渐离。我醉且倒黄金罍,世人笑我餔糟而扬醨。吁嗟屈原何清,渔父何卑!鲁连乃蹈东海死,梅福脱帽青门枝。明朝走马报仇去,裹子桥边人岂知!(《将进酒》)

此诗所歌咏的,是世俗的、热烈的享乐生活,对个人能力——"灭秦蹙项在掌间"——的高自期许,决不"餔糟而扬醨"以取容于庸众的坚强意志①,以一己

---

① 《楚辞·渔父》中,屈原说自己的灾祸是由"众人皆醉我独醒"所造成的,渔父就劝他说:既然众人皆醉,"何不餔其糟,而歠其醨"(据《文选》)。意即迁就众人,与之同流合污。徐祯卿此处是说:他虽经常喝酒,以致被众人笑为"餔糟而扬醨",但他绝不会走渔父所提出的那种道路。

力量杀人报仇的奋不顾身的精神,对儒家"德礼"的鄙视和否定①。因而洋溢着生活的热情,显示了强大的生命力;也隐含着对于自由的追求,那是否定儒家"德"、"礼"的必然产物。可以说,这是一种新的人生信念。

当然,阮籍已经以裈中之虱来指斥和形容当时的儒者及其人生观,但诗中所颂赞的热烈的、世俗的享乐生活也正是阮籍所鄙弃的。而李白虽然赞美过类似的生活理想,却从未发出过"不若为虱处裈中"的呐喊;这是由于自士族阶层消失以后,社会上已不再存在足以在某种程度上抗衡君权的力量,君权日益绝对化,儒家的三纲五常之说成为神圣不可侵犯的原则,儒学的地位随之不断提高,魏晋时期那种鄙视儒学的景象已不可能重现。因而李白的《嘲鲁儒》,也不过是嘲笑他们的"问以经济策,茫如坠烟雾"。至于徐祯卿此诗,不但复活了阮籍的鄙视儒学的精神,而且把它和上述的这一切相结合,从而跟后来李贽的否定"德礼"、"政刑"而肯定"所以厚吾天生之五官"的事物有了相通之处,尽管李贽用的是抽象的阐述,而徐祯卿用的是热情洋溢的咏歌。

因为诗中有"燕京杜康字琥珀"之句,可知其所写乃是北京的饮酒场面,自当是他入京后所作;就诗的风格来看,也是李白歌行的一路,合于《列朝诗集小传》所谓"登第之后","改而趋……盛唐"之语。换言之,这是在李梦阳复古理论影响下的产物。正如西方的文艺复兴是以复兴希腊、罗马的古典文化来使文化符合当时社会发展的需要一样,就徐祯卿此诗来看,弘治、正德时期的复古运动也是要把洪武后期以来、特别是台阁体统治时期早已湮没的文化传统——包括魏晋时期鄙视儒学的精神——振兴起来,使文学的发展符合社会与人的个性发展的需要,明代文学则由此朝着晚明文学新思潮的方向行进。

就此诗的艺术成就说,由于热情洋溢,气势磅礴,结构繁复、曲折而又一气贯注、脉络分明,其丰富的内容得以充分而巧妙地展开,因而颇具感染力。可以说,此诗较之前期之作,在内容上更为拓展,在艺术上也有新的开辟。

然而,此诗的取得上述成就,在很大程度上是依靠和运用了前人的经验,因而显得独创性不足。例如,"白日不照黄垆泉"固然不免使人想起李白的"白日不照吾精诚"(《梁甫吟》),"汉朝公孙称钜公"与李白的"汉朝公卿忌贾生"(《行路难》其二)似也并非没有关系,就是"燕京杜康字琥珀"之句恐也受到"兰陵美酒郁金香,玉椀盛来琥珀光"(李白《客中作》)的启发:"字琥珀"之于"琥珀光"自毋庸词费,"燕京杜康"也不过是"兰陵美酒"的变化——把地域从"兰陵"

---

① 公孙弘为汉武帝时人,治《春秋》,官至丞相。《汉书·公孙弘卜式兒宽传》,称"儒雅则公孙弘、董仲舒、兒宽"。按"规行矩步"即儒家所谓"礼","为固穷"即儒家所谓"德"("君子固穷"见《论语》)。徐祯卿对这些的批判,实与李贽的批判"德礼"相通。

变到了"燕京",而"美酒"则被变成了它的代称"杜康"。

此外,徐祯卿还有一些富于情致的诗,颇为后人称道。今引数首,以见一斑。

> 吟风吹月度黄昏,谁借姮娥寂寞魂。莫向昭阳妒歌烛,孤辉只合照长门。(《长门怨》)
>
> 筑得城高骨亦枯,生民糜烂到扶苏。山谿七国曾凭险,知是长城不捍胡。(《筑城曲》)
>
> 渺渺春江空落晖,行人相顾欲沾衣。楚王宫外千条柳,不遣飞花送客归。(《春思》)
>
> 风霜独卧闲中病,时节偏催蟄口蛇。篱下落英秋半掬,灯前新梦鬓双华。文章江左家家玉,烟月扬州树树花。会待此心销灭尽,好持斋钵礼毗耶。(《文章烟月》)

这一类情思宛转之诗,为前七子中的其他六子所无。这大概与徐祯卿的乡土文化传统有关。其中《春思》作于入仕之后①,《文章烟月》则据《松窗快笔》等所载为弱冠之作②;另两首的写作时间难以确指。要之,此类作品前后期都有。《列朝诗集小传》于《文章烟月》尤为赞赏,至谓"'文章'、'烟月'之句,至今令人口吻犹香"。但此诗结尾已流于衰飒,就全篇而论,反不若《春思》的浑然一体。

在前七子中,另一个成就较为突出的诗人是边贡。边贡(1476—1532),字廷实,历城(今属山东济南)人。弘治九年(1496)进士,官至南京户部尚书。由于其诗歌成就,又与李梦阳、何景明、徐祯卿并称四杰。有《边华泉集》。边贡长于五言,善写幽忧之情,惆怅之思。例如:

> 骨肉俱零落,还家不似归。自伤真块处,谁遣更花飞。雨挹春苗病,风摧旅雁稀。飘飘木兰楫,吾欲泛东沂。(《春暮》)
>
> 隔岁乡关月,中秋想一看。真愁白发显,翻隐碧云端。桂影流烟湿,金波映浦寒。鸡鸣兴不浅,吟酌细凭阑。(《颐疴清源,中秋澑雨。宵分言霁,短音寓怀》)
>
> 惆怅东篱下,西风酒一壶。物随秋渐老,人与月同孤。幻梦疑蕉鹿,尘踪笑网蛛。寒蛩不解意,唧唧响青芜。(《对月感怀》)
>
> 此山青可爱,岩嶂绕云松。暂息野中驾,弥耽尘外踪。石桥今古在,

---

① 徐祯卿于入仕后,曾被派遣至湖南;据诗中"楚王宫外"二句,当为奉使湖南时作。
② 明龚立本《松窗快笔》卷三谓徐祯卿"弱冠著《谈艺录》及《叹叹集》",而阎秀卿《吴郡二科志》谓《叹叹集》中收有《文章烟月》。《叹叹集》已佚,而《迪功外集》中有《文章烟月》之诗。

香客往来逢。落日谷风起,依稀闻暝钟。(《故山道中二首》之一)

前三首写愁固甚明显,第四首一开头明明说"此山青可爱",但结末仍归于黯淡和衰飒。

边贡此等诗境虽有近于中唐刘长卿等人之处,但其哀愁的色彩较他们的为浓,而设想之深细也较他们为胜。如"尘踪笑网蛛"一句,乃是尘踪见笑于网蛛之意。他把自己设想为已被蜘蛛所网住的小虫,他的一切行动——"尘踪"——都是要从网中挣扎出去,但毫无效果,不过被结网的蜘蛛所笑。因此,渗透在这类句子里的,是作者所感受到的被束缚和无从自主的痛苦。关于此点,还可从以下一首得到印证:

尔本能言鸟,羁栖误此生。众方怜彩翠,天苦忌聪明。月下离群思,花间唤婢声。居然成往迹,留架在前楹。(《家豢鹦鹉为狸奴所毙,予伤之,赋短律二篇,书呈同志,期有以慰我也》之一)

此诗所表现的悲伤,确很深沉。不过,他其实不是把被害的鹦鹉作为鸟来写的。诸如"羁栖"句、"月下"句都只是人才能有的感受;他是把这只鹦鹉拟人化了,或者说是把他自己在生活中感受到的痛苦突入了鹦鹉之中。而无论是蛛网中的小动物或金笼中的鹦鹉,在不自由和无法改变自己的悲惨命运方面是基本一样的。由此可知,边贡之所以有如此深重的悲哀,乃是因为他深深感到了环境对他的压抑和桎梏。他与刘长卿等人的诗境的上述区别,当是由于他的这种感受较刘长卿等人深切。

最后说明一点:《明史·李梦阳传》说梦阳"倡言文必秦汉,诗必盛唐,非是者弗道",这被后来的不少研究者所信从,并用来作为批判、否定李梦阳倡导的诗文复古运动的重要依据。其实,李梦阳并没有这样说过,他只是认为宋儒对诗文创作起了极严重的破坏作用①。而从作为前七子和四杰之一的边贡诗中,我们可以更清楚地看到《明史·李梦阳传》此说的荒谬:边贡的这些诗就都不是盛唐的路子。

四、祝允明和唐寅

在李梦阳于北京指出诗文皆坏于宋时,江南也有人提出了类似的看法,其

---

① 参见章培恒《李梦阳与晚明文学新思潮》(原载《古田教授退官记念中国文学语学论集》,日本东方书店1985年版;转载于《安徽师范大学学报》1986年第3期)。又,王运熙、顾易生先生主编《中国文学批评通史》中的《明代文学批评史》也说:"可见说李梦阳主张'诗必盛唐',并不准确。"(上海古籍出版社1991年版)

代表人物即为祝允明。祝允明(1460—1526),字希哲,号枝山。长洲(今江苏苏州市的一部分)人。弘治举人。曾任广东兴宁知县,迁应天府通判。与唐寅、文徵明、徐祯卿并称吴中四子。工书法,也善诗文。有《祝子罪知录》、《怀星堂集》等。

允明思想大胆而新颖,其《祝子罪知录》在这方面尤为突出。《四库全书总目提要》谓其"好为创解。如谓汤、武非圣人;伊尹为不臣;孟子非贤人;武庚为孝子;管、蔡为忠臣;庄周为亚孔子一人;……邓攸为子不孝、为父不慈、人之兽也;王珪、魏徵为不臣;……韩愈、陆贽、王旦、欧阳修、赵鼎、赵汝愚为匿非。论文则谓韩、柳、欧、苏不得称四大家;论诗则谓诗死于宋;论佛、老为不可灭。皆剿袭前人之说,而变本加厉。王宏撰《山志》曰:祝枝山,狂士也。著《祝子罪知录》,其举刺予夺,言人之所不敢言。刻而戾,僻而肆,盖学禅之弊。乃知屠隆、李贽之徒,其议论亦有所自,非一日矣。圣人在上,火其书可也。其说当矣"(《四库全书总目提要》卷一二四《子部·杂家类·存目一·祝子罪知》)。《四库》馆臣虽然站在反对祝允明的立场,但所举各条在当时确含有离经叛道的色彩,说祝允明为李贽前驱,也非无见。

在文学思想方面,祝允明的反宋是很明白的。他认为"学坏于宋"(《学坏于宋论》),而"典册不越经史子集,集亦学也"(《答张天赋秀才书》);所以,隶属于集部的诗文也都坏于宋了。在他看来,诗文有一定的法则,就如裁制衣服,衣料及式样可以改变,"及其成衣一也","成衣"的法则是古今都不能变的。"奈何论文者徇今并反乎古?要自宋后,缪极于斯。呜呼,岂有古今相承,千载而下,数口翻覆迁易,乃欲为定辞耶!今人幼小,辄依闾阎童儿师,教以书市所卖号为古文者。一踏举业门,即遥置度外矣。又欲自进,亦锢蔽于宋后陋谈。问文,曰'祖韩',又曰'韩、柳、欧、苏耳'。问诗,曰'宗杜',又曰'宋犹唐耳'。噫,闇矣哉。然而知韩杜等者贵矣,知韩杜等未足擅众而止吾者几人焉!知韩杜等未足擅众而止吾者又贵矣,知而自信以自遂,又几人焉!"(《答张天赋秀才书》)总之,他的意思是:宗韩、宗杜本就不对,如再把韩文与欧苏之文相提并论,把唐诗与宋诗视为一体,那就"闇矣哉"——更为荒谬——了。正确的办法,是应"知韩杜等未足擅众而止吾",进而建立"自信",达到"自遂"——由自己来成就自己。总之,不依傍古人,不为古人所限制,相信自己,充分发挥自己的创造性以完成自己,这就是他所认为的古代诗文所体现的法则,而在他看来,这种法则已被宋儒所"坏"。他的这些见解,与李梦阳的复古理论基本一致,其攻击的矛头都是指向宋代的诗文乃至宋儒之学的。

祝允明的文章虽然思想新颖,但属于文学性质的,艺术成就都并不高。较有特色的是诗歌:

四十不拟老,老状日已至。饮量复减昔,三饮已复醉。诗来亦信口,甲乙懒排次。遐览天地间,何物如我贵?所恨每自丧,长失本然味。(《和陶渊明饮酒》之十五)
　　玉田金界夜如年,大地人间事几千。万籁萧萧微不辨,露繁霜重月盈天。(《浩月》)

其第一首以"我"为世上的最贵,这自是一种大胆的思想。但作为文学作品,此诗感动人的却是其对未能珍视自我的悔恨和补救已迟的悲哀。因此,全诗的中心虽似在最后四句,但在读完这四句后,以前的那些看来平淡的句子就给人以重压了。同时,他敢于把这样的将自我放在第一位的思想感情写入诗中,与李梦阳的诗歌应写真情的主张也是吻合的。第二首所写,是一种广漠而微带凄凉的境界,具有在这以前的诗歌从未出现过的独特美感。诗人自己没有在作品中现身,但诗里的景色却都渗透着他的感情。如第一句的"夜如年"固然体现了诗人的难以忍受的孤寂,就是"玉田金界"的"玉"与"金"的比喻,也有寒冷乃至沉重之感。所以,这首诗所表现的,乃是孤寂的个人面对着广袤而无情的、包蕴着人间万事的宇宙所引起的难以言说的凄凉。倘与陈子昂《登幽州台歌》的"前不见古人,后不见来者。念天地之悠悠,独怆然而涕下"相比较,那么,陈子昂的感怆是由荒凉的、缺少人烟的特殊环境所引发,祝允明的凄凉却是在日常环境里产生的,故其自我感受更为敏锐。这与其"遐览天地间,何物如我贵"的觉悟不可分割。

　　祝允明在诗歌创作方面还有一点很值得注意的,就是他对写作艳体诗的热衷。传世的《祝允明书艳体诗册》是其所写的艳体诗的真迹,原件现藏上海图书馆。据曾经收藏过此件的方濬颐《梦园书画录》卷十所载,共有诗十三首;现在上海图书馆所藏只有九首及残句数句,佚失了三首多。其最末一首诗之后有祝允明的跋:"嗣兰爱仆闺体诗,忙还,姑以此应。余有小集十卷,伺彼此暇日,当为尽出,同作忏悔。"其中"余有小集十卷"一句,联系首句的"嗣兰爱仆闺体诗"来看,当是"闺体诗"的"小集",至少其中绝大部分是"闺体诗",否则就不必为之"尽出"(因嗣兰所爱者乃是"闺体诗"),更没有"同作忏悔"的必要了——是"绮语"才要"忏悔"。写作如此大量的艳体诗,在数量上远远超过了韩偓与杨维桢,在中国诗歌史上是很值得重视的。这意味着通过歌咏男女爱情来冲击礼教和儒家诗学观念的努力,在明代中期已经重新开始,并且已有明显的表现。

　　现存的这十三首艳体诗,写情都自具特色。《惊鸾曲》尤为突出。今据《梦园书画录》卷十引录如下:

纱笼凝碧烟，江纹汎琼席。明玉榻横陈，芙蓉醉秋色。春迷一朵梨花云，鸳鸯小队不忍分。玉郎求凰拟连翼，入得帘帷声恻恻。羞娇不敢呼，临帷密坐情呜呜。玉纤难把揾香暖，睡鸾惊觉声模糊。鸾情本忆凤，招凤入鸾梦。凤兮语破梦中身，双栖日日长无真。（《惊鸾曲》）

此首以鸟喻人，写得迷离恍惚。全诗分作两大段。其第二段自"玉郎"句起，大意是：凤鸟欲求配偶，其所追求的鸾鸟却已成为富贵人家的禁脔，凤也就飞入了其家的帘帷。但不敢呼唤鸾鸟，只能"临帷密坐"，以"呜呜"的鸣声来表达自己的情感。这"惊觉"了"睡鸾"，她本也思念着凤鸟，就招引他在梦中相会。凤向"梦中"的鸾"说破"了她的处境：她虽日日与别人"双栖"，但这种"双栖"并不是真的；至于何以如此的原因，则留给读者去想像。而且，由于末句点明了"双栖日日长无真"，所谓"睡鸾"与"梦中身"显然也具有象征意义，意味着鸾在被凤"说破"以前其实只是在睡梦中生活——懵懵懂懂地过着日子；但她与凤在梦中的相会终于使她惊醒了过来。再将诗中此段与第一段联系起来看，就可以明白"鸾"所隐喻的乃是"横陈"于"明玉榻"上的美人。这位美人原有相爱者，而且感情很深——"鸳鸯小队不忍分"，后来却与他分离而进入了这个富贵之家。

所以，此诗的第一大段是用写实的手法，第二大段则用象征的手法。二者巧妙地结合，既歌颂了爱情的力量和"凤"的不顾礼教的追求，也隐晦地表现了环境对爱情的压迫和"鸾"的由软弱而觉醒的过程。这既继承了元代文学肯定爱情的传统，也是晚明文学热烈赞颂爱情的先声。在艺术上，由于大量运用象征手法，给予读者丰富的想像空间，提供了多种解读的可能（其实，诗中所写凤的"入帘帷"就既可解读为现实中的"鸾"的追求者确以某种方式进入了她的家庭的象征性的写法，也可解读为"鸾"的想像或梦境。上文所述系取第一种解读；若取第二种解读，那么，通篇诗就都是写"鸾"在进入富贵之家后一直在怀念其原来的爱人，并对当前的生活深感痛苦），从而在很大程度上扩大了诗的内涵，也形成了一种扑朔迷离的美。这种把写实和象征结合起来的方式，是一种新的艺术手法。

祝允明的友人唐寅，在文学思想方面虽然没有提出新的观点，但其诗歌创作追求真情、真人，因而与李梦阳的文学理论也有共通之处。

唐寅（1470—1523），字伯虎，又字子畏，号六如居士、桃花庵主，苏州吴县（今江苏苏州市的一部分）人。是我国历史上的杰出画家，也善诗文。弘治十一年举人，名列第一。次年至京参加会试，被认为事先得到了主考所泄漏的试题而入狱，后虽获释，但被革去了举人。他本纵放不羁，经此打击，更不受世俗束缚。有《六如居士全集》。

唐寅的诗本以清新婉丽见长。后来却力求以浅近的语言更自由地抒写性灵,"晚年作诗,专用俚语,而意愈新"(顾元庆《夷白斋诗话》);这是明代最早出现的、有意识地在诗歌上进行创新的诗人。他的某些作品,在我国白话文学史上具有重要意义。至其创作态度,则是勇敢地抒写他所认为的人性。其《默坐自省歌》描画自己说:"头插花枝手把杯,听罢歌童看舞女。食色性也古人言,今人乃以之为耻!"(《唐伯虎外编》卷一)尽管"食色性也"之论是孟子早就批判过的,但他认为人性确是如此,就无所顾忌地把这样的行为、感情写出来。

他的清新婉丽的诗,可以《姑苏八景》为代表。在其诗集的袁宏道批本中,这八首曾被评为"此中有画"。今引其末一首《洞庭湖》为例:

> 具区浩荡波无极,万顷湖光净凝碧。青山点点望中微,寒空倒浸连天白。鸱夷一去经千年,至今高韵人犹传。吴越兴亡付流水,空留月照洞庭船。

此外,他的《和沈石田落花诗三十首》中,也有这一类作品,如"红尘拂面望春门,绿草齐腰金谷园。鹤篆遍书苔满径,犬声遥在月明村。春风院院深笼锁,细雨纷纷欲断魂。拾得残红忍抛却?阿咸头上伴银幡"之属(《唐伯虎外编》卷一)。不过,人们对这一组诗更为注意的,是其可能与《红楼梦》中林黛玉《葬花词》有关的部分。相传唐寅所居桃花庵"多种牡丹","至花落,遣小伻一一细拾,盛以锦囊,葬于药栏东畔……"(见《六如居士全集·外集》)故《红楼梦》研究者认为书中所写黛玉葬花是受了唐寅葬花的影响,进而认为黛玉《葬花词》与这一组《落花诗》也有关联。准此而论,则黛玉《葬花词》中"明年闺中知有谁",或当受到唐寅此诗"明年勾管是何人"的启发;而唐寅此组诗中的"花落花开总属春,开时休羡落休嗔。好知青草骷髅塚,就是红楼掩面人",也不妨视为《葬花词》中"一朝春尽红颜老,花落人亡两不知"的先声。

唐寅那些以较浅近甚或俚俗的语言抒写性灵的诗,由于是探索性质,自不免有失败之作。而其《桃花庵歌》、《伥伥词》和《漫兴十首》中的《拥鼻行吟水上楼》一首,在当时就受到较高评价。

《桃花庵歌》中的桃花庵,是唐寅所盖造的住宅,在风景优美的桃花坞中。此诗所写,实是唐寅自己的生活和性情:

> 桃花坞里桃花庵,桃花庵里桃花仙;桃花仙人种桃树,又摘桃花换酒钱。酒醒只来花下坐,酒醉还来花下眠;半醒半醉日复日,花落花开年复年。但愿老死花酒间,不愿鞠躬车马前;车尘马足富者趣,酒盏花枝贫者缘。若将富贵比贫贱,一在平地一在天;若将花酒比车马,他得驰驱我得闲。别人笑我忒风骚,我笑他人看不穿。不见五陵豪杰墓,无酒无花锄

做田。

王世贞评此诗说,"如父老谈农桑,事事实际中,间作宛至情语"(《唐伯虎外编》卷五附录《题唐伯虎诗画卷》);又说:"语肤而意隽,似怨似适,真令人情醉。"(《唐伯虎外编》卷五附录《唐伯虎画》)此诗虽然语言浅近,迥异于在它以前的我国诗作,但感情真挚,贯注全篇,既赞美了那种自由的不受束缚的生活,具有鄙视富贵的高格,但对这种平凡的生活又多少有些失落感,所谓"若将花酒比车马,他得驱驰我得闲",于自我慰藉之中又深深显示出他的无奈。由这种复杂的感情所形成的独特境界,确实具有艺术感染力;王世贞"似怨似适,真令人情醉"之评,殊为有见。

然而,王世贞的弟弟王世懋却特别赞赏其《伥伥词》和"拥鼻行吟"的那一首《漫兴》,说是"生平闭目摇手,不道《长庆集》,如吾吴唐伯虎,则尤《长庆》之下乘也",但每见这两首就"恨恨悲歌不已",并解释说:"词人云:'何物是情浓!'少年辈酷爱情诗,如此情,少年那得解?"(《艺圃撷余》)今引二诗于下:

伥伥莫怪少时年,百丈游丝易惹牵。何岁逢春不惆怅?何处逢情不可怜?杜曲梨花杯上雪,灞陵芳草梦中烟。前程两袖黄金泪,公案三生白骨禅。老后思量应不悔,衲衣持钵院门前。(《伥伥词》)

拥鼻行吟水上楼,不堪重数少年游。四更中酒半床病,三月伤春满镜愁。白面书生期马革,黄金游客剩貂裘。近来检校行藏处,飞叶僧房细雨舟。(《漫兴十首》之八)

王世懋之所以会抛弃其憎恶长庆体的偏见,深深被这两首所感动,因其感情实在真挚而浓烈。第一首为早年所作(见阎秀卿《吴郡二科志》)。前四句说少年时为爱情所牵系原是很正常的事,中二句以比兴之笔描摹爱情的欢乐、美好,如梦如烟,后四句所写的是:虽然为爱情而抛弃了前程,并且悟彻了人生的空幻①,但到暮年持钵乞食时,他对少年时的爱情和为爱情所付的代价仍然不会有丝毫懊悔。对爱情如此执着,对它的美丽和强大的力量作如此热情的歌颂,而且以"公案三生白骨禅"和"老后思量应不悔"这样的强烈对比来加以形容,这在我国的诗歌史上真是破天荒的,难怪王世懋要说"如此情,少年那得解"了。至于第二首,已是唐寅在遭受打击后所作。中间四句,写其少年时欢乐的生活、稚气的哀愁、远大的抱负、由于挥霍而造成的窘迫;首尾四句,则是对这一切已不可复得的深沉悲感。少年情状——包括当时的幼稚和荒谬——在暮

---

① "公案三生白骨禅"句的"白骨禅",犹言"白骨观",出《楞伽经》,意谓把人生看作"白骨微尘,归于空虚"。

年回忆起来是那样令人神往,因而越显出当前"飞叶僧房细雨舟"的生活的凄凉。像这样的心境,当然更不是少年所能理解的了。不过,与其说此诗是写了人生的无奈,倒不如说是对青春的含泪的礼赞。倘若没有青年时的这一切,人的一生岂不成了可怕的空白?

此类诗歌的存在,证明了唐寅的探索取得了令人鼓舞的成就。

最后需要指出的是:唐寅已开始写作白话作品,现引录于下:

这个和尚,叫做达摩。一语不投机,九年面壁坐。人道是观世音化身,我道他无事讨事做。(《达摩赞》)

两只凸眼,一脸落腮。有些认得,想不起来。噫,是踏芦江上客,一花五叶至今开。(《又赞》)

我问你是谁,你原来是我。我本不认你,你却要认我。噫,我少不得你,你却少得我。你我百年后,有你没了我。(《伯虎自赞》)

此等体制,当源自佛家的偈语。但其内容,却已脱离了阐扬佛家教义的范围,而具有文学的意味了。尤其是最后一首,所写的实是人生的悲哀:真实的生命比幻象还要虚幻不实!"赞"本为文的一体,这类白话赞的出现,可说是白话之文的开端;但它们又押韵,因而与白话诗也不无关系。

第二节 嘉靖时期的诗文演化

嘉靖时期的诗文,是接续正德末叶诗文发展的趋向,沿着李梦阳、何景明等人开辟的道路向前发展的。其张扬真情、真人的精神得到了继承和进一步发扬;作为张扬真情、真人的根据的复古旗帜,在很大程度上被保存了下来,但其后期的个别突出作家在这点上也有所突破。跟这样的进程背道而驰的,是崇道派。大致说来,在正德至嘉靖间,李、何及其影响下的年轻一代在文坛上已占有绝对优势,作为年轻一代代表的,有黄省曾、皇甫涍等人。到了嘉靖时期,最早出现的是在李、何等人基础上前进的高叔嗣和"八才子"等,至嘉靖十四五年间从八才子中分化出了崇道派,要求以儒学甚至理学来统率文学。经过十年左右,李攀龙起而与之抗衡,至嘉靖二十九年,以李攀龙、王世贞为首的后七子形成,坚持李、何的传统,声势不断壮大,终于战胜了崇道派。而在后七子派日益进展的同时,年岁较王世贞略大的徐渭异军突起,于文学既强调情,又力反模拟,把"复古"的旗帜也抛弃了,这就比李、何与后七子又进了一步。

一、黄省曾与皇甫涍等

作为李梦阳的后辈而与李梦阳相交,并在扩大李梦阳一派的影响方面起了重大积极作用的黄省曾(1490—1540),字勉之,号五岳山人,吴县(今江苏苏州市的一部分)人。嘉靖十年(1531)举人。有《五岳山人集》。他从六岁起就爱好文学。长大后与其兄鲁曾不惜家财地购置图书,接交宾客。曾至越中向明代心学的创始人王守仁学习,作《会稽问道录》,是以《明儒学案》中列有他的专节①。

他论诗重情,因而对明初以来的萎靡文风很不满意,而对李梦阳的主张及其创作则十分推崇。他说:

> 今之为文者,颓然崩峰,逝然倒澜,鄙浅恶陋,狂悖一世,虽号称名家者,亦不过借聋瞽之见,乘习熟之誉,声讹耳谬,略传之耳。若加之以百年,俟之于圣贤,则存而诵之者几希矣。濂、祎②、东里之辈可镜而知也。(《与文恪王公论撰述书》)

> 逮于东里,徒持浑厚闲淡之体,以主张后进,而委靡不振之风亦由此而开矣。(《与陆芝秀才书》)

像这样一再指名道姓地批判东里(杨士奇),并对被明太祖所称赞的宋濂、王祎之文也加以掊击,这是李梦阳都没有做到的。在这些文字里,他实际上是把明初以来由朱元璋父子的残酷统治所形成的文坛上的令人窒息的气氛作了大胆否定。也正因此,他热情赞扬李梦阳能在这样污浊的空气中孤军奋起,而为文学的发展开出一条新路:"……由是巴曲塞宇,而《白雪》孤扬;鄙音弥国,而黄钟特奏。至勇不摇,大智不惑,灵珠早握,天池独运,主张风雅,深诣堂室。凡正德以后,天下操觚之士咸闻风翕然而新变,寔乃先生(指李梦阳。——引者)倡兴之力,回澜障倾,何其雄也。"(《寄北郡宪副李公梦阳书》)

与此同时,他认为李梦阳等虽扭转了原来的颓势,文坛上的缺陷依然很多,解决之道,是进一步提倡真情,而且是基于自然的真情;这也就是要把李梦阳的提倡"真诗"的主张向前推进:

---

① 见《明儒学案》卷二十五《南中王门学案》一。
② "祎"原作"韦"。按,在宋濂与杨士奇(东里)之间并无名"韦"而与宋、杨声望相埒的文人,唯王祎与宋濂齐名,在黄省曾的时代常以二人并称,如皇甫冲为《皇甫少玄集》所作序(见该集卷首)即有"盖今之为文者,王、宋称一代之宗"语。"韦"当为"祎"之误;今改正。又,《艺苑卮言》卷六:"高帝尝谓宋濂:'浙东人才,唯卿与王祎耳。才思之雄,卿不如祎;学问之博,祎不如卿。'"

诗者,神解也,天动也,性玄也,本于情流,弗由人造。……但世人莫省自然,咸遵剽窃。正德以来,古途虽践,而此理未逮;艺英虽遍,而正轨未开;秀句虽多,而真机罕悟。(《诗言龙凤集序》)

仆尝爱陆生有云:"诗缘情而绮靡。"一言尽之。缘情者,质也;绮靡者,文也。故衷里弗根者,靡乎格之感;斧藻不备者,缺扬耀之色。(《答武林方九叙、童汉臣书》)

在他看来,"诗缘情而绮靡"一语已把诗歌的本质囊括无遗,所谓"一言尽之";而诗之所以能成为"神解"、"天动"、"性玄",就因为它是基于自然的人的感情的奔流;至诗歌美的形成,则是在这基础上施以"斧藻"的结果;然而,由于人们的"莫省自然,咸遵剽窃"由来已久,在李梦阳的倡导复古已取得成绩的正德时期以来,这种"自然"之理还未能深入人心,以致在诗歌上仍存在不少问题。换言之,在当时的诗歌创作上必须有较大的突破,而其关键则在张扬真情,本于自然。因此,他虽然肯定了李梦阳的复古的口号,但却更强调其所揭橥的真情,并由此而引申出重自然之旨和反剽窃模拟的要求。

尤其值得重视的是:他所倡导的"本于情流"、出于"自然"的"神解"、"天动"、"性玄",其实也就是"性灵",所以他在另一处更明白地说:"夫文者,所以发阐性灵,……"(《李先生文集序》)此处的"文"是包括诗歌而言的;因为"李先生文集"即李梦阳的集子,其中诗文兼收。由此言之,在黄省曾的理论中已经包含了后来袁枚"性灵说"的先声。

那么,怎样来达到这一目标呢?黄省曾认为必须回到古人所曾经历过的"本于情流,弗由人造"的正确道路上去,他特地为此而编纂了《诗言龙凤集》以启示门户:"古人构唱,直写厥衷,如春蕙秋蓉,生色堪把,意态各畅,无事雕模。""予乃抚此沦衰,特启作户,略删汉魏以迄唐初,作者凡六十三人,得诗四百七十四首,皆抽思入妙,风格无沦,来哲纷纷,难臻斯奥矣。"(《诗言龙凤集序》)这一方面仍是李梦阳复古主张的继续;但另一方面却把初唐及其以前的诗歌提到了盛唐之上,所谓"来哲纷纷,难臻斯奥"的"来哲"中,显然是包括了盛唐作者的,这实为稍后陈束等人标举初唐的滥觞。

他自己的诗歌创作,借鉴六朝,兼及唐人,虽然蹊辙犹存,但能写自我的独特感受,颇足动人,殊非杨士奇、李东阳等人之诗所能望。如以下三首:

秋水理归棹,徒行向溧阳。林愁红日尽,山苦白云长。客影随他骑,乡心过野芳。喜看村馆近,聊得举孤觞。(《溧水步至观堂假宿一首》)

暮雨过前溪,春云四野低。望开山更合,看出树重迷。池外花交吐,岩间鸟半栖。烟芜千里色,弥使客心凄。(《虎丘雨集一首》)

春舸遡晴川,游衿忽怅然。落花催落景,流水送流年。(《春泛一首》)

感情深厚,本于心扉,而词语素朴,似出自然。第一首写途中的孤苦,如在目前;末两句虽为自慰,而凄寂之情更浓。第二首将低迷的景色与内心的凄寂融合为一,"池外"句虽似写花的生气,但处在这样的背景下,又衬以"鸟半栖"的沉闷,那"交吐"之花也给人以承受重压的惨然之感。第三首写春游中一刹那的感受,首句颇有欢愉之情,次句起即急转直下,由"落花"、"流水"而念及人生的无常;这种突然的情绪波动,就使无常感更加强烈。王世贞评黄省曾诗,谓其"如假山池,虽尔华整,大费人力"(《艺苑卮言》卷五)。这也许含有批评之意,但却是符合实际的;以上这些诗歌虽似素朴,其实是"大费人力"的结果。不过这实在无可厚非,艺术创作本来就不能纯任自然而不费人力,只要不落痕迹就好。

黄省曾的文学理论和创作在当时有很大影响。钱谦益虽然对黄省曾评价颇多不实之词(参见《明儒学案》卷二十五《南中王门学案》一),但也不得不承认"勉之集盛传于世"(《列朝诗集小传》丁集上《黄举人鲁曾》)。而李梦阳一派之得以在吴中发扬光大,且由吴中而播于江南其他地方,则省曾之功尤大。他先是影响了兄长黄鲁曾。"勉之北面事空同,重染北学;得之(鲁曾之字。——引者)词必己出,不欲寄人篱下,亦往往希风李、何。"(同上)继而由他们兄弟扩大到吴中,如钱谦益所说:"余观国初以来,中吴文学历有源流;自黄勉之兄弟心折于北地,降志以从之,而吴中始有北学。"(《列朝诗集小传》丁集上《皇甫金事涍》)在这过程中,皇甫冲(1490—1558)、皇甫涍(1497—1546)、皇甫汸(1504—1567后)、皇甫濂(1508—1564)四人所起的传承作用极为重要。

这四人是兄弟,并称"皇甫四杰"。其中皇甫涍、皇甫汸尤为著名。皇甫涍,字子安,长洲(今江苏苏州市的一部分)人。嘉靖十一年(1532)进士,曾任右春坊司直,官终浙江按察佥事,有《皇甫少玄集》。汸字子循,嘉靖八年(1529)进士,曾任南京吏部稽勋郎中,终于云南按察司佥事,有《皇甫司勋集》。王世贞曾对当时吴中作家作过这样的评价:"太原兄弟,俱擅菁华(原注:贡士冲、司直涍、司勋汸、虞部濂);汝南父子,嗣振骚雅(原注:省曾、姬水①)。……吴中一时之秀,海内寡俦。"(《艺苑卮言》卷七)而皇甫氏兄弟与鲁曾、省曾为表兄弟,因而颇受黄氏昆仲的熏陶。钱谦益说:"(鲁曾等)于甫氏兄弟为外昆,故甫氏之少学,得之汝南居多,而后乃屡迁焉。"(《列朝诗集小传》丁集上《黄举人鲁曾》)又说:"甫氏,黄氏中表兄弟也。子安(皇甫涍之字。——引者)虽天才骏发,而耳目濡染,不免浸淫时学。"(同上书丁集上《皇甫金事涍》)此处的所谓"时学",即指李梦阳等人的文学主张及创作。皇甫涍《秦吴杂歌九首》其二:"昭代

---

① 姬水为黄省曾之子。

文章百代雄,一时词赋说关中。来游骢马知难并,更草《凌云》入汉宫。"其三:"崆峒高插五云间,汉魏风流亦可攀。李白才名天地在,谢安谁为起东山?"所谓"关中"、"崆峒"、"李白"皆指李梦阳,前二者由其籍贯言,后者则因李白与李梦阳同姓,故以借指梦阳。皇甫汸《盛明百家诗序》也说:"弘治、正德之间,何、李二俊力挽颓风,复还古雅;长沙李文正诱奖群乂,摘藻天庭;世宗嗣位之初,己丑而后,文运益昌,海内作者,彬彬响臻,披华振秀,江右相君,亦厘吐握。开元天宝,庶乎在兹。"虽然基于势利之见,把严嵩("江右相君")也尊为振兴文艺的大功臣,但仍视李、何为振兴文运的奠基人。这可作为钱谦益所谓皇甫兄弟"浸淫时学"的注解。他们虽然也看到了李梦阳等人的缺陷,如皇甫汸即对李梦阳、何景明之诗"病其谿径"(《皇甫少玄集》卷首皇甫汸序),此即皇甫冲所说的"李、何矫一时之弊,而不能不泥其迹"(《皇甫少玄集》卷首皇甫冲序),皇甫涍也认为李梦阳后来对徐祯卿的有些批评不切实际(见其《迪功外集后序》),但他们对李梦阳的基本评价始终未变。上引皇甫涍、汸之作皆出于晚年。正由于皇甫兄弟在吴中都是很有影响的重要文人,他们跟着黄省曾对李、何等人作这样的推崇、肯定,也就有力地扩大了李、何在吴地和江南其他地区的影响。

大概说来,皇甫涍和皇甫汸均以诗见长。所作崇尚个人的感受,颇欲表现真实的内心世界,但又重在借鉴古人。钱谦益说他们"而后乃屡迁焉",其实不过是其所借鉴的对象有所不同罢了。《四库全书》的《皇甫少玄集》与《皇甫司勋集》提要分别谓涍诗"宪章汉魏,取材六朝",汸诗"古体源出三谢,近体源出中唐"(均见《四库总目提要》卷一七二),就其主要倾向言,庶几近实。至其佳处,涍诗在于清逸,汸诗则近于清空,有时略显衰飒。现各引二首,以见一斑。

离居苦遥夜,客思渺难裁。清琴屡罢绪,素杵尚馀哀。猿鸣山月静,鹤舞涧阴开。侧伫一丘想,胡为双鬓催。(皇甫涍《岁暮述怀十首》其三)

同君别山寺,心每怀沧洲。山馆对新霁,烟虹开远流。空歌碧云暮,怅望石梁游。况复西津月,萧萧此夜秋。(皇甫涍《同子循初秋雨后怀虎山桥》)

鄱口晓来望,浔阳路此通。颓波销霸业,蔓草没王宫。雾色香炉上,秋声瀑布中。禅心与游思,并落枫林东。(皇甫汸《鄱阳》)

清汉月仍满,空山岁欲阑。入林无叶碍,映水觉池寒。远道心千里,高楼思万端。谁能三五夜,长及盛年看?(皇甫汸《十月十五夜月》)

二、高叔嗣、八才子及其他

如同前引黄省曾之文所指出的,由于"莫省自然,咸遵剽窃"之风由来已久,李梦阳等人在复古的旗帜下张扬真人、真情的理论和创作实践,在对文学的发展起了重大的积极作用的同时,在文坛上也引起了一些负面的现象。其一,如同李梦阳在《诗集自序》中所指出的:他在接受了"真诗"在于民间的观点后,曾经"废唐近体诸篇而为李、杜歌行",虽然他后来又进而"为六朝诗"、"为晋魏"、"为琴操、古歌诗"乃至四言诗,但在文坛上却已形成了"一变而为杜"(陈束《苏门集序》),也即纷起师法杜甫的局面,有的人更模拟李梦阳的作品,如唐顺之就曾"爱崆峒诗文,篇篇成诵,且一一仿效之"(李开先《荆川唐都御史传》)。这些自然不利于文学的发展。因此,嘉靖时期在文学上面临一个既坚持表现真情、真人,又克服上述负面现象的任务。然而,李梦阳的张扬真情、真人是打着复古的旗帜的,由于历史的惰性,这旗帜不可能立即抛掉,从而为完成上述任务带来了很多困难;何况艺术上的创新本来也离不开对前人经验的吸取,要划清创造性的继承和拟古的界限却并不容易。所以,嘉靖时期的诗文,基本上是在复古的旗帜下缓慢发展的。

在这方面,最早出现的值得注意的作家,是高叔嗣、八才子中的部分成员和王维桢等人。

高　叔　嗣

高叔嗣(1502—1538),字子业,祥符(今河南开封)人。嘉靖二年(1523)进士。官至湖广按察使。有《苏门集》。他早年为李梦阳所赏识;自谓"生平所向慕两人",其一即李梦阳(见陈束《苏门集序》)。其诗深受王世贞及弟世懋、陈束、李开先等人的赞誉①,李开先《六十子诗·高苏门叔嗣》至谓"苏诗能入室,何李只升堂。"原注:"何、李虽成大家,去唐却远;苏门虽云小就,去唐却近。蔡白石、王岩潭以苏诗为我朝第一,其言虽过,要之不可尽非也。""升堂"、"入室"之喻,虽就其去唐远近而言,但也意味着高叔嗣是沿着何、李的道路前行的,只是进得更深了一层;至于就总体成就而言,李开先仍主张何、李与高叔嗣有"大家"、"小就"之别,这也正反映了嘉靖时期绝大多数作家对李、何开创的文学事业的肯定。

陈束《苏门集序》说:叔嗣"因心师古。涉周秦之委源,酌二京之精秘,会晋余润,契唐本宗。……故其篇什,往往直举胸情,刮抉浮华,存之隐冥,独妙闲旷,合于风骚。有应物之冲澹,兼曲江之沉雅,体孟、王之清适,具岑、高之悲壮……"这对理解高诗与李梦阳的异同颇有参考价值。"因心师古"、"直举胸

---

① 分别见王世贞《艺苑卮言》、王世懋《艺圃撷余》、陈束《陈后冈文集·楚集·苏门集序》、李开先《闲居集·诗》四《五言绝句·六十子诗·高苏门叔嗣》。

情",这正是李梦阳的倡导复古、标举真情的道路;但叔嗣写诗既不学杜甫,也不模仿李梦阳,而是根据自己的特点,广泛吸收前人的经验,这就摆脱了一味师从杜甫甚或李梦阳而导致的困境。陈束说叔嗣的风格近于孟浩然、王维、张九龄、韦应物;这基本是对的,但其郁悒之怀,则有出于此数人之外者;至于"具岑、高之悲壮"的,在叔嗣诗中已为别调,其雄迈之气更不足以望高、岑项背。其后王士禛《池北偶谈》称高叔嗣诗为"古澹",更进一步说明了他与高、岑诗的区别。今引其诗三首,以见一斑。

怜君方迁戍,况我婴愁疾。一别若流云,相从竟何日?平生托交游,弱冠弄篇帙。书愿藏名山,功期铭石室。安知事不就,跌宕情如一。已矣复谁陈?今亦返蓬荜。(《送别永之》)

空斋晨起坐,欢游罢不适。微雨东方来,阴霭倏终夕。久卧不知春,茫然怨行役。故园芳草色,惆怅今如积。(《病起偶题》)

死士结剑客,生年藏博徒。里中夷门监,墙外酒家胡。有时事府主,无何击匈奴。虎颈一侯印,猿臂两雕弧。誓使名王侍,羞闻边吏诛。长驱随汗马,转斗出飞狐。蒲垒遂破灭,莎车不支吾。甲第起北阙,蛮邸开东都。岂学票姚将,椒房仗子夫?(《少年行》)

第一、二首抒写其与环境的冲突,分别杂以对朋友的深厚感情和故园之思,用笔古澹,而劲气暗含;虽然"去唐却近",却已与唐人范围不尽一致。第三首在题材上固与边塞诗相通,而仍未能摆脱古澹的特色。但该诗的末两句,对久已被歌颂为英雄的霍去病,投以轻蔑与不屑,颇足显示其狂傲之致。总之,高叔嗣的这种具有较丰富感情和个性特色的诗歌的出现,在前七子的后继者中最早显示出了对李、何道路的重在精神实质的理解。

李开先与陈束、吕高等八才子

八才子基本上是与高叔嗣同辈的文士。他们是李开先、王慎中、唐顺之、陈束、吕高、赵时春、熊过、任瀚。据李开先《吕江峰集序》(《闲居集·文》五),"八才子"之称始于"嘉靖十年后"。这八人中,除王慎中、赵时春为嘉靖五年进士外,余均为嘉靖八年进士。但赵时春于嘉靖九年已罢官离京,唐顺之也于同年请假回乡,且其时唐顺之与王慎中尚无交往。直到嘉靖十一年唐顺之返京,才与王慎中相交,并接受其文学主张[①]。因此,这一团体的绝大多数成员共聚北京,且有较长时间的延续活动,实在嘉靖十一年至十三年间[②];他们之博得

[①] 见下文关于唐顺之的部分。
[②] 因王慎中于嘉靖十三年秋谪官常州,陈束于次年调职湖广,再下一年唐顺之致仕还乡。

"八才子"之名当也在此数年,故李开先在说及此名的由来时,特地强调"嘉靖十年后",并明确指出:"八人者,迁转忧居,聚散不常,而相守不过数年,其久者亦止八九年而已。"(《吕江峰集序》)

八才子里在文学上影响最大的是李开先与王慎中、唐顺之、陈束、吕高(具体说明见后)。但王慎中和唐顺之后来在文学上走了另一条道路,与"八才子"得名之初的情况不一样了,我们将留到下一部分去叙述。这里只介绍李、陈、吕三人。

李开先(1502—1568),字伯华,号中麓,山东章丘人。官至太常少卿、提督四夷馆。罢归后,家居近三十年。善诗文,有《闲居集》。并重视通俗文艺,从事戏曲创作。有戏曲剧本《宝剑记》及杂论通俗文艺之作《词谑》。路工曾辑其现存作品为《李开先集》。其同年进士陈束(1508—1540),字约之,号后冈,浙江鄞县人,官至河南提学副使,有《陈后冈集》;吕高(1506—1557),字山甫,号江峰,丹徒(今江苏镇江)人,曾任山东提学副使等职,有《江峰漫稿》。

在八才子得名之初,他们的共同文学主张,是崇情、复古和鄙弃宋人的诗文,基本上仍是前七子的传统,只不过在具体做法上有所不同而已。在李开先和陈束的主张中,这一点表现得很清楚。吕高的集子里则无文学理论性的文章。

在诗歌方面,从李开先对陈束作品的评价很可看出他们的倾向:

> 诗则有难言者。每情会景来,思奇兴发,一篇成则一篇便可名世。孟渭泉称其为国朝第一人。皇甫百泉则以为早铸四杰,晚镕二张,道轸于平原,晞驾于康乐。至于参错韦、孟之间,出入阴、何之室,齿居散骑之后,而才出洛阳之前,则又唐荆川之所素许者也。大抵李、何振委靡之弊而尊杜甫,后冈则又矫李、何之偏而尚初唐。(《后冈陈提学传》)

可见陈束作诗,首重"情会"("会"是"集"的意思),其情既集,遂有景来相合。但其形式与风格,则广泛吸收六朝至唐代的经验,而尤重于初唐。所以,他在诗歌创作上走的是崇情师古的道路,而且他所师的"古"不包括宋、元。这都源于李梦阳、何景明的传统。不过,李梦阳"废唐近体诸篇"(《诗集自序》)[1],陈束则以"尚初唐"为主,这是其相异之处;当然,由于崇情、师古的基本点相同,这种相异仅只是具体做法的差别。何况他们是在肯定"李、何振委靡之弊"的前提下来"矫李、何之偏"的,并不是要回到李、何所否定的"委靡"的道路上去,

---

[1] 以"尊杜甫"来概括李梦阳的诗论是不对的,李梦阳虽有过一个"废唐近体诸篇而为李、杜歌行"的阶段,但其后他自己已超越了这一阶段;何况即使在这一阶段,他也李、杜并举,并非独尊杜甫。但他的"废唐近体诸篇",确是与"尚初唐"相矛盾的。

所以,这只是在李、何基础上的一种补充或发展。

从李开先的上述评论来看,他对陈束的这种诗歌创作趋向显然是肯定的;即使是陈束的"尚初唐",他也至少认为是有现实意义的。同时,唐顺之当时对陈束的诗也是赞赏的,而唐顺之其时在文学上对王慎中可谓亦步亦趋(见下文),所以,这也反映了王慎中的态度。换言之,陈束诗歌的主要面貌,实反映了王、唐转变前的八才子在诗歌追求上的基本倾向。

不过,在陈束去世的前几年,他已经认识到了以"尚初唐"来救偏是不行的。他在嘉靖十七年(1338)为高叔嗣《苏门集》所写的《序》中说:

> 国朝以经义科诸生,诗道阙焉。洪武初沿袭元体,颇存纤词,时则高、杨为之冠。成化以来,海内和豫,缙绅之声,喜为流易,时则李、谢为之宗。及乎弘治,文教大起,学士辈出,力振古风,尽削凡调,一变而为杜,时则有李、何为之倡。嘉靖改元,后生英秀,稍稍厌弃,更为初唐之体,家相凌竞,斌斌盛矣。夫意制各殊,好赏互异,亦其势也。然而作非神解,传同耳食,得失之致,亦略可言。何则?子美有振古之才,故杂陈汉、晋之词,而出入正变。初唐袭隋、梁之后,是以风神初振,而缛靡未刊。今无其才而习其变,则其声粗厉而畔规;不得其神而举其词,则其声阐缓而无当。彼我异观,岂不更相笑也?(《苏门集序》)

此处的"不得其神",是就上文"风神初振"而说。他的意思是:如无杜甫之才而学习其"变",固然不行;学初唐而不得其神,只学到了缛靡未除的词,弊病也不小。是以有"彼我异观,岂不更相笑也"的结论。由此可见,他对李、何的"力振古风,尽削凡调"是肯定的,因为这改变了"国朝以经义科诸生,诗道阙焉"的局面;他对"纤词"和"流易"之声则显然是不满的。至于"一变而为杜"之不无弊病,在他看来,乃是因杜甫才气太大,一般的人学不好,反而成了"其声粗厉而畔规";何况诗坛上只有杜甫型的诗歌一花独放本来就不符合"意制各殊,好赏互异"的客观需要,是以"一变而为杜"的局面之不能长久维持,也是必然的。但"更为初唐之体"而"家相凌竞",也行不通;其弊端与"一变而为杜"同样地可笑。因此,他推崇高叔嗣的"因心师古","涉周秦之委源,酌二京之精秘,会晋余润,契唐本宗"(《苏门集序》),也即在表现自己内心世界的前提下,在诗歌形式上以唐为主,而参取唐以前乃至周、秦之长。需要注意的是:宋、元诗在这里仍然不是吸取的对象。

这与李开先的论诗主张是基本一致的。李开先固然赞扬"情会景来,思奇兴发",以情为诗之主;又宣称"风出谣口,真诗只在民间"(《市井艳词序》),与李梦阳之说如出一辙。对明代的诗歌发展过程,他是这么看的:"国初诗微存古意,亦有古法,至成化年而萎腐极矣。敬皇(即弘治帝。——引者)兴文勤政,事简俗熙,士夫争以声实相高。诗三变而复古,不但微有古意古法而已。时则有庆阳李崆峒、信阳何大复……"(《边华泉诗集序》)这是对复古的肯定。但他同时又指出:"我朝自诗道盛后论之:何大复、李崆峒遵尚李、杜,辞雄调古,有功于诗不小。然俊逸、粗豪,无沉着、冲淡意味,识者谓一失之方,一失之亢。"(《咏雪诗序》)总之,他继承李梦阳的提倡真情、复古的传统,肯定李梦阳等振兴诗道的功绩,以弘治时期为明朝诗歌由衰而盛的转折点,但又认为对李梦阳等人不能亦步亦趋,必须有所改变,这都与陈束之论并无二致。但他批评李、何"无沉着、冲淡意味",而这也正是初唐诗所缺少的,可见他并不认为"尚初唐"真能起到"矫李、何之偏"的作用,尽管它能使人意识到求变的必要性。

在文的方面,他们的见解比在诗的方面更为大胆,不但张扬真情,而且把《水浒》作为仅次于《史记》的伟大作品来肯定。如同在前面介绍李梦阳时所说过的,李开先《词谑》曾记载过李梦阳、何景明很赞赏一首歌咏男女之情的《锁南枝》的事,梦阳说是"若似得传唱《锁南枝》,则诗文无以加矣";何景明则赞其"如十五《国风》……情词婉曲,有非后世诗人墨客操觚染翰,刻骨流血所能及者,以其真也"。在这以后,李开先接着写道:

> 崔后渠①、熊南沙、唐荆川、王遵岩、陈后冈谓:《水浒传》委曲详尽,血脉贯通,《史记》而下,便是此书。且古来更无有一事而二十册者。倘以奸盗诈伪病之,不知序事之法、史学之妙者也;若以李、何所取时词为鄙俚淫亵,不知作词之法、诗文之妙者也。(《词谑》二七)

在这里值得注意的是:第一,除崔后渠(崔铣)以外,持这种见解的另四个——熊南沙(过)、唐荆川(顺之)、王遵岩(慎中)、陈后冈(束)——都是八才子中人,而李开先自己显然也是持这种见解的。换言之,八才子中至少有五个人持这种看法。第二,李开先不可能为《水浒》问题分别向这五个人通讯征求意见,上引的话当是他们在会晤时的议论。嘉靖十一年至十三年间五才子均在北京,相互言及《水浒》,当亦为此数年间事②。所以,这体现了八才子得名初期的文学见解。第三,他们把《水浒》作为《史记》以后的最好的作品,可见他们并不是

---

① 崔铣年辈长于八才子,有《洹词》传世。与何景明齐名,亦曾与李梦阳为友,其《祭李献吉文》说:"铣壮而识君,强而定交。"对李梦阳的文学、气节均评价甚高。《江西按察司副使空同李君墓志铭》说:"弘治中空同子兴,陋痿文之习,慨然奋复古之志,自唐而后,无师焉已。汝南何景明友而应之。空同子之雄厚,仲默之逸健,学者尊为宗匠。又咸激厉风节,敢上直谏;安于冗散,鄙忽骤贵。"(《崔氏洹词》卷十四)
② 因王慎中与唐顺之在嘉靖十一年以前尚未结交,嘉靖十三年王慎中赴常州,十四年陈束赴湖广,这以后再没有五个人聚在一起的机会。

把形式上的是否古雅作为评文的标准,而是以叙事的是否"委曲详尽,血脉贯通"为依据,这说明了他们在文的方面也已打破了文学的雅俗界限。——尽管在今天看来,《史记》和《水浒》在性质上显然有别,但他们是视之为同类的,所以认为《水浒》也体现了"史学之妙",而《史记》在当时又被视为文。第四,这条记载把他们的肯定《水浒》和李、何的肯定那首《锁南枝》相提并论,又一次显示了他们与李、何在文学思想上的相通;其实,他们之不以《水浒》内容的奸盗诈骗为病,与李梦阳的反对写人追求"合道"以致失却真人的主张可谓桴鼓相应。而"若以李、何所取时词为鄙俚淫亵,不知作词之法、诗文之妙者也"之语,更可知"文之妙"在根底里是与"诗之妙"一致的,都必须体现感情的真实、深厚。

总之,他们文论的基本出发点是要求写真情、真人,这可说源于李、何;他们把《水浒》地位提到这么高,也许受了李、何赞赏《锁南枝》的启发,但就这一见解本身来说,在我国文学史上却是空前的,实为以后李贽等人类似观点的先驱;至于他们论文不分雅俗,更显然是对李、何文论的发展。

就创作说,李开先和陈束、吕高均长于诗歌,李开先在他们中较为突出。

据李开先说,陈诗的长处在精细,缺陷在深晦;吕诗的优点是沉着痛快,缺点是方板。而二人的相通处,是在其不为世俗所拘的豪纵、兀傲。

> 高阳年少事横行,重侠由来不重生。夺得雕刀摇雪色,骑将飞马震风声。
> 北风吹陇簌黄沙,纵博千场日未斜。白剑杀人丹剑舞,笑歌踏入酒姬家。(陈束《高阳行二首》)

> 潇潇寒雨对高秋,寂寂空床拥敝裘。归向钧天频有梦,挽回沧海独无谋。平生颇爱任公子,末路方思马少游。珍重故人招隐意,家园南郭可淹留。(吕高《暮秋述怀》)

陈束二诗,是对热烈、奔放的生活的向往,显示出一种对突破拘挛而守常的气氛的渴望。诗中对此种生活的诸方面都作了洋溢着感情的颂赞,也就是李开先所说的"精细";但上述渴望却埋藏过深,需仔细体会才能发现(从表面上看,此诗只是对高阳少年的客观描写),这就难免深晦了。至于吕高的那一篇,其傲视当世之意极为明白。"任公子"之典出于《庄子·外物》①,是一个志向与行为都非庸众所能想像的巨人。诗人不是把他作为追慕的对象,却以"颇爱"二字来表明自己的态度,这说明他至少把自己放在与任公子并驾齐驱的地位。

---

① 《庄子》原文是:任公子为大钩巨缁,五十犗以为饵,蹲乎会稽,投竿东海。旦旦而钓,期年不得鱼。已而大鱼食之,牵巨钩䧟没而下。鹜扬而奋鬐,白波若山,海水震荡,声侔鬼神,惮赫千里。任公子得若鱼,离而腊之,自制河以东,苍梧已北,莫不厌若鱼者(《南华真经》卷九)。

其"挽回"一句,虽慨叹于自身的"无谋",但那宏大的抱负仍透露出不可一世的气概。此诗尽管缺乏灵动之致,因而不无"方板"之弊;但就其大胆抒写胸臆来说,也确可称为"沉着痛快"。这些都是对台阁体和李东阳诗歌传统的突破,而与李梦阳等前七子的创作道路相通。

李开先的诗,他自己最得意的是《塞上曲》一百首,曾为此写过两篇《序》。他在壮年时"曾两使上谷、西夏"(《塞上曲序》),见到士兵的情况,深受感动,晚年追思而作此诗。由于对士兵的痛苦心情颇具同感,诗中很少豪言壮语,而多凄哀、怨愤之辞。语言自然,具有民歌风味。例如:

应募当年曾许国,裹尸马革亦相宜。平生壮志今何在?一度怀乡一泪垂。

已过瓜期不放班,天寒路远泪潸潸。交河北望天连海,朔野南来雪满山。

不经大挫不知惧,怪得胡儿犯顺多。复套既然蒙重戮,捣巢罪复合如何?

数千铁骑饱豺狼,虚把捷音奏上方。女哭儿啼逢忌日,新坟只葬旧冠裳。

征夫触目堪垂泪,不但刍粮到骨穷。营树春来惟细柳,塞禽秋尽只飞鸿。(《七言绝句》)

在上引的五首中,第一首写出了应募战士的思想演变:原先一心报国,不惜牺牲自己的生命;但到后来,却壮志耗尽,只剩下怀乡之情了。以下四首,从不同的角度说明了这种转变的原因:刍粮乏绝,瓜代无期,企图收复河套的主帅遭受刑戮,葬送数千铁骑的将军却上报战功。总之,从朝廷到指挥作战的将军,全都在危害国家,普通的士卒历尽艰辛,白白地战死沙场,其家里的亲人则经受无穷的哀伤。所以,不是普通的士卒没有报国热情,而是统治阶层把这种热情全都糟蹋完了。像这样从关怀个体命运出发的、对统治阶层进行强烈谴责的诗,更不是台阁体作家和李东阳那样的高官写得出的。由此可见,李开先也是沿着李梦阳等人开辟的道路前进的。

需要指出的是:李开先《塞上曲》的格调之与民间歌曲有些接近,并不是偶然的。如上所述,他本有"风出谣口,真诗只在民间"的认识,而在他的有些诗篇里,更显然表现出了向民间歌曲靠拢的努力。例如杂体诗《村女谣》:

三条路儿那条光,那条路可上东庄?东庄有个红娥女,不嫁村夫田舍郎。村田虽好他不喜,一阵风来两鬓糠。灶旁门外鸡随犬,院后家前马伴羊。一心嫁在市城里,早起梳头烧好香。一壶美酒一锅饭,一盏清茶一碗汤。从今不见恼怀事，里老催科又下乡。

严格说来，这只是七字唱本，称不上诗。我们从中虽可知道当时在较发达地区的农村青年女子里已出现了厌倦农村和向往城市的倾向，但这首诗本身却不能给予我们任何感动。它的值得注意之处，是李开先把它作为杂体诗，编入了自己的诗集，可见他对此是很重视的。这至少意味着他是有意识地在探索诗歌与民间歌谣的结合，也即有意识地向"只在民间"的"真诗"的靠拢。这种靠拢的根源实在于李梦阳。在《空同集》中收有一篇《郭公谣》①，歌咏"新妇"被公婆迫害而死的事，并附按语说："今录其民谣一篇，使人知真诗果在民间。"现已不知此篇是李梦阳对原作的忠实记录，抑或已经过他的加工。但李开先在自己诗集中保存其所写的这种民谣性体制的诗，与李梦阳的以《郭公谣》为"真诗"，在精神上是完全一致的。由此而论，《塞上曲》的格调近似民间歌曲，也正显示了对"真诗"的追求。总之，"真诗"在于民间的这种认识，至迟到李开先的时代，已引发了对诗歌形式的更新要求；当然还处于最初的探索之中。

李开先的文章以传记最为突出，自由流畅，颇有描写生动之处。今引《后冈陈提学传》数段如下：

> 权贵有慕名枉访者，辄闭门不轻出见，又私语有所讥弹，哗然传于缙绅间。顾未斋骂其为轻薄小黄毛；意将刻一小黄毛图书用之，以暴其失，中麓子力止之，勿生事端也。罗峰张国老，宠眷方隆，朝士多出其门下，而诚斋汪太宰，虽国之大臣，亦小心附丽之，凡事承望风旨不敢违。每岁时上寿，后冈惟虚投一刺，不肯候见，二老恨之刺骨，然未始相语也。及考满，司功有与后冈善者，风知汪意，虑其不安，故书中考，汪乃改而为上。张从左掖出，偶与汪值，汪云："贵乡陈编修，以尊分书上考矣。"张遽怒色曰："此乡曲素无状者，何得庇覆如此！"汪乃悯然自失，亟至部堂，立召文选郎取缺帖来，查一远恶地，出补陈翰林束，初只知其与内阁亲昵，不意其亦恶之也。遂注湖广佥事，分司辰、沅，乃五溪故区，而苗蛮聚处也。……

> 已而有采木之任，往来毒雾瘴烟中，勤劳登顿，且虑绳弹，伛偻服役，身同贱工，感叹柳子之言：过洞庭，上湘江，非有罪左迁者罕至。遂上书乞休。……

> 书上不报，而升福建参议。过家省母，卜日登途。至浔阳，偶逢笃友

---

① 《郭公谣》的全文是："赤云日东江水西，榛墟树孤禽来啼。语音哀切行且啄，惨怛若诉闻者凄。静察细忖不可辩，似呼郭公兼其妻。一呼郭公两呼婆，各家栽禾。栽到田塍，谁教检取螺。公要螺炙，婆言摄客。摄得客来，新妇偷食。公欲骂妇，婆则嗔妇。头插金，行带银。郭公唇干口噪救不得，哀鸣绕枝天色黑。"（《空同先生集》卷六）

李中溪，相与访远公遗社，上香炉绝顶，吸天池泉，坐文殊升天台，上扪层霄，下临万仞，振衣四顾，飘飘焉有遗世羽化之思。又将裹粮杖策，遍游吴越诸名山，何其壮也。

及抵任，气郁郁不舒，勉强坐公堂，检括案牍，比回衙，则仰屋长啸，愤闷如穷人无所归，家人莫喻其故。第左右罗列图史，置酒一壶，且诵且饮，以致呕血，多或数升。盖失近贵而处远方，宜其不平如此，只凭以酒浇愁，愁不能遣，而病且日增。

中麓子时为文选，乃徙作河南提学副使。文事乃其余事，能变士习，兼得士心。乡试期近，坐肩舆，一昼夜疾驰二三百里，应试士数甫完，而病不可支矣。僚长为之迎医于济郡，至则无所施其功，乃以书别中麓子曰："疏狂之性，原与时违，畸薄之缘，更与天忤。久患脾湿，气体大不佳胜，不即引去，乃局促从事。以致肌骨内销，形神外变，不久为阎罗君座上客耳。"字迹不减往时。发书数日，竟死淇上，年甫三十三。

此文所写，不仅很能显示出陈束的强烈的个性，而且对他敢于傲视权贵的狂放、遭排斥后的悲愤，都充满了同情甚至赞美，文字也自然而生动。

像这样的传记，也可说是李梦阳的写"真人"的主张的体现。实际上，李开先对这种主张是深有同感的。他说："传乃文中一体，善恶皆备可也；诸作者多溢美人善，而恶则未之及。"（《老黄浑张二恶传》）这与李梦阳批判宋儒出而文章失真、"无美恶皆欲合道"，若出一辙。

关于李开先等人在嘉靖时期文坛上的影响，可从当时文学家、《古诗纪》编纂者冯惟讷（少洲）对李开先所说的如下一段话中得知："（公于）前辈宗工钜儒表章略尽，但自今上改元后，如王、唐、陈、吕数子，与公以文章气节彪炳当时，其声实可方驾弘、德间矣。今诸子稍稍有厌世者，公不可不各为一传，以备信史。"（李开先《后冈陈提学传》）李开先曾为前七子中王九思、康海、李梦阳、何景明写过传，此处的"前辈宗工钜儒"主要就是指这些人；因而所谓"方驾弘、德间"，也就是"方驾"李梦阳等人。由此可知：第一，在八才子中，实以李开先和王、唐、陈、吕的影响为最大。故冯惟讷在此处只提这五人而不及其他。第二，冯惟讷是在肯定李梦阳等人为"宗工钜儒"的前提下再称许李开先等人可与他们"方驾"的，足见在他看来，李开先等人与李梦阳等并不是处于对立的地位，而是隶属同一阵营的，或者说是他们的后继者。第三，王慎中、唐顺之的文学观念后来转变了，实际上已与李、何的方向相反，但冯惟讷仍给予他们以"方驾"李、何的评价，可见他所重视的，实是他们在前期的业绩，对他们后期的表现，则不予置评。第四，李开先不仅不加修正地引用了冯惟讷的这一段话，而且以此作为他写陈、吕、王、唐四传（这是《闲居集》中的次序）的缘起，足征李开先也是同意这种意见的。

王维桢和钱嶪

在与李开先等同时期的作家中，值得重视的尚有王维桢和钱嶪。

王维桢(1507—1555)①，字允宁，华州(今陕西华县一带)人。嘉靖十四年进士，官至南京国子监祭酒。死于地震。有《槐野先生存笥稿》。

王维桢诗文俱继承李梦阳的传统。《槐野先生存笥稿》卷首孙陞《序》，称"王子与之(指李梦阳。——引者)后先入室"；李攀龙《序》也表达了类似的意思。其尤值得注意的，是孙陞、李攀龙等《序》中异口同声地称王维桢"文章法司马子长氏"，王世贞也说他"于文，远则祖述司马、少陵，近则师称北地而已"(《艺苑卮言》卷七)。而就作品的形式看，实不类《史记》或司马迁的其他作品，也不似李梦阳。若寻求其文章与司马迁、李梦阳的共同点，首先在于个性色彩。如《答敖梦坡祭酒书》：

> 仆居南中，第块然独处，往来甚稀，日惟旧故之思。适奉翰札，若以仆妄持孤棱，益务不可下之节者。仆非敢若此也。仆犹夫故吾耳，顾于南中不宜。且南中亦不宜于吾。以故人取其近似者以为名，曰伉厉守高也。
>
> 且仆戆直朴略，受性已定。犹仆之貌——修干广颡，昂首掀眉，揭膺阔步，皆造化陶冶，不可移易。古之挟仙术者能蜕人骨，不能易人貌。即学者惟因性而道之，因似而成之，不能折强为弱，反阳为阴。今公责仆勿高勿卑，择中而居之。此乃休戚之情，骨肉之痛，惧其僵仆，故望之若是。仆手书三叹焉。
>
> 亦尝有以里妇之效颦闻于公者乎？昔有姬曰西子者，里之姣好人也。一日西子病心疾，乃捧心而颦焉。观者益以为艳。其里妇慕之，亦捧心而颦。家人见之，诧曰："此固吾家妇也。奈何倏而化为鬼也？"今令仆守吾素，即不投俗好，犹自称人；变之则化为鬼，则家人骇矣。仆即死不愿也。古人直弦曲钩之诫，昄昄在策，历有征验，仆诵之久矣。顾竟不能矫而曲，或其司命主之，江湖在前，故驱昧子陷溺也。仆非坚白者流，期直其说而不下。念俗与性违，性不变竟将俗乖，乖者独立，独立必摇。圣人贵见几，所以避伐木之殃。华山岩洞，足栖吾躯，渭水清流，足濯吾缨，竟托之永毕矣。彼其当轴匡世，追还古昔，则有诸公在焉。仆藉是得安枕百年，幸尤甚也。唯勉策效时，慎爱景光，至恳至恳。

---

① 王维桢《临潼初度》诗有"辛丑仲冬月二日，吾今三十五年过"语(《槐野先生存笥稿》卷三十五)，据以推知其生年。卒年据《槐野先生存笥稿》卷首刘仕忠《序》。

这是他在担任南京国子监祭酒时所作;所谓"南中",即指南京一带。王世贞说他"慷慨激烈","意不可一世士。又好嫚骂人"(《艺苑卮言》卷七)。他的个性与当时的环境发生了较剧烈的冲突,他的朋友劝他抑制自己,但他坚决不愿改变,宁可因此而辞官不做。此篇可说是其维护个性的宣言,充满了激情和自豪。文亦犀利而明辨,颇能见其个性。尽管嵇康早就说过"性有所不堪,真不可强"(《与山巨源绝交书》)的话,但对个性的不可和不应移易作这样感情充沛的申论,以前却还没有过。这也正是我国文学已进入了近世期的征兆之一。而这样的文章竟出自"师称北地"的作家笔下,也就足见李梦阳的提倡复古实对文学的发展起了促进作用。文中并无模拟司马迁或效法李梦阳的痕迹,又足见把李梦阳提倡的复古等同于模拟甚或剽窃是不符合事实的(前七子各人的文风不同,也正说明了这一点);至于当时文坛上出现过的某些"正变云扰,剽拟雷同"(《艺苑卮言》卷五)的现象,实由不能正确理解李梦阳复古主张而产生。

当然,王维桢此文若写得再轻灵一些,就像后来袁宏道的书札一样,其感人的程度必将加强。但要从唐宋文进到袁宏道那样的文章,本有一个过程,并不是可以一蹴而就的。

可与王维桢这种具有较鲜明的个性色彩的文章相颉颃的,是在其前一科(嘉靖十一年)考取进士的钱嶫抒写真情的诗歌。嶫,字君望,南通州(今江苏南通)人。曾任广西参议。他的诗保存下来的很少,钱谦益《列朝诗集》也未收入。《明诗综》收有他的组诗《悯黎咏》,共六首。前有小序:

> 嘉靖戊申,崖吏失御,重以积蠹之余,群黎遂叛,攻掠城邑,远近绎骚。抚者无策,漫以牛酒从事,越岁不戢。当路请命征讨,予分典戎事,深悼诛夷之惨,用广咨诹,卒藉天威,诛获渠首,歼荡丑类,总五千余级。诸村悔过,悉归顺焉。庚戌夏四月三日,奏凯底定。追惟致寇有因,覆车当戒,感时述事,潸然有怀。

"崖"指琼崖,即海南岛。文中虽用了"天威"、"丑类"一类的词,但他对于被歼的"丑类"实很同情,对于"天威"的残酷则很反感。现引六首诗中的后四首如下:

> 朝发城东门,夕驻藤江垒。杀气干层云,狼师渡藤水。鸡犬皆震惊,人民尽奔徙。海避愁蛟蛇,山匿畏虎兕。蛇虎犹可虞,狼毒不可迩。军令甚分明,颠仆何由弭?伶俜泣路衢,进泪不能已。嗟哉一将功,岂独万骨毁。

> 海南无猛虎,而有麖与麂。玄崖产珍木,种种称绝奇。斯物出异域,

颇为中国推。以兹重征索,奔顿令人疲。穷年务采猎,为官共馈仪。苦云近岁尽,无以充携持。直欲诉真宰,铲此苏民脂。物理固有然,切怛劳人思。

叶落当归根,云沉久必起。黎人多良田,征敛苦倍蓰。诛求尽余粒,尚豢犊与豕。昨当租吏来,宰割充盘几。吏怒反索金,黎氓那有此?泣向逻者借,刻箭以为誓。贷一每输百,朘削尤相拟。生当剥肌肉,死则长已矣。薄诉吏转嗔,锁缚不复视。黎儿愤勇决,挺身负戈矢。铨急千人奔,犯顺非得已。赫赫皇章存,今人弃如纸。

朔风戒良节,赫赫张皇师。军门号令严,震肃将天威。壮士快鞍马,锋镞如星飞。一举破贼垒,刀斧纷纭挥。剖尸越丘阜,踏血腥川坻。白日暗西岭,瘴气昏余晖。翅鼠堕我前,饥乌逐人归。征夫怀惨忧,涕泗沾我衣。黎人本同性,云胡登祸机。神武贵勿杀,不在斩获为。息火当息薪,弭兵当弭饥。谁生此厉阶,哲士知其非。

在这四首诗中,他写出了黎族人民平时所受官府的压迫和欺凌,他们反抗的不得已;也写出了官军镇压人民的凶残远过于蛇虎,那"一举破贼垒,刀斧纷纭挥。剖尸越丘阜,踏血腥川坻。白日暗西岭,瘴气昏余晖"等句所显示的惨酷,真令人不寒而栗;而所谓"贼垒",他在上一首中已经指出,那不过是"犯顺非得已"的人民的守御之所。因此,在"征夫怀惨忧,涕泗沾我衣"这样的句子中,我们可以真切地体会到诗人的悲痛。尽管诗中不无懈笔[①],但此类作品的出现,同时也就宣告了台阁体的彻底没落,反映了明代诗歌从李梦阳以来的进程。

三、崇道派和归有光

嘉靖中期,在文坛上一方面是李开先等人将李梦阳、何景明等的传统导向新的阶段,另一方面也出现了一股反李梦阳及其一派的思潮。这一思潮的最重要代表,是唐顺之和茅坤。前者以其理论上的坚定性,后者以其通俗性——他的一部贯彻其主张的选本《唐宋八大家文钞》销行甚广。最近几十年的中国文学史和文学批评史著作中,一般称唐顺之、茅坤及另两位相关的文人王慎

[①] 例如末一首就嫌议论太多,因而削弱了以情动人的力量。像"神武"四句,全属多余;"谁生此厉阶"一句,作为愤怒的质诘自有其必要,但紧接着的"哲士知其非"不但苍白无力,而且使上一句的愤怒质诘也成了平淡的发问。

中、归有光为"唐宋派"①。但如同我们在下面将要说明的,把他们称为崇道派也许更为确切。

这四人中,唐顺之、王慎中都名列"八才子",原与李开先等人的文学思想类似,也都称赞过《水浒》。后来他们的文学观念改变了。而在这方面,唐顺之实是受了王慎中的影响。

王慎中(1509—1559),字道思,号南江、遵岩居士,晋江(今福建泉州)人。嘉靖五年进士,官至河南左参政。有《王遵岩文集》。

他中进士后,在北京做官,与李开先等共称八才子也是在其仕宦北京期间。李开先曾说他与唐顺之"诗祖初唐"(《何大复传》)②,当是就其在北京时的情况而言。同时,他虽不喜欢李梦阳诗的"雄豪亢硬",但对梦阳在文学上的业绩仍给予颇高评价,在其所作的《吊李空同先生》中还说:"空同先生之风,予慕之久矣。"所以,他当时与陈束的既肯定李梦阳,又欲"矫李、何之偏而尚初唐"基本一致。嘉靖十三年,他被贬谪为常州通判,后迁南京户部主事、南京礼部员外郎。这时他的思想开始转变。因为他在南京与王守仁的学生王畿"讲解王阳明遗说,参以己见,于圣贤奥旨微言多所契合。曩惟好古,汉以下著作无取焉。至是始发宋儒之书读之,觉其味长,而曾、王、欧氏文尤可喜,眉山兄弟犹以为过于豪而失之放"(李开先《遵岩王参政传》)。如本编《概说》所已提及的,王阳明学说本有两重性,存在着"要证明封建的伦理道德是符合人的自然本性"的一面。看来王慎中正是从这一面去接受王学的。所以,他由此进而赞美宋儒,并从大力肯定《水浒》转变为对苏轼兄弟都嫌其"放"了。他自己所作,也"悉出入曾、王之间",唐顺之刚看到这些作品时也"以为头巾气"(同上)。总之,他在此时成了理学的信徒,他写的文章也就成了阐扬儒家之道的"头巾气"的文章。因为他的这一转变是在南京任职时完成的,而他在嘉靖十五年(1536)就升为山东提学佥事。所以,他的转变大概也是在嘉靖十四五年完成的。

至于其在这以后的文学主张,主要在于提倡以文章("古文")来阐扬儒家之道。如他自己所说:"所为古文者,非取其文词不类于时,其道乃古之道也。"(《与林观颐》)关于"古之道"的内涵,则可从他对其认为"尤可喜"的曾巩的评价中看出:"……其于为文良有意乎折衷诸子之同异,会通于圣人之旨,以反溺去蔽,而思出于道德。"(《曾南丰文粹序》)至此,他与主张"宋儒兴而古之文废矣"的李梦阳的文学理论的分歧就很明显了。李梦阳是要文章摆脱宋儒的羁

---

① 章培恒、骆玉明的《中国文学史》(复旦大学出版社1996年版)也使用了"唐宋派"的名称,尽管把归有光划出了唐宋派。
② 李开先在《康王王唐四子补传》中说,王慎中文学观念改变后,"诗亦以盛唐为宗"(《李中麓闲居集》卷十);可见"祖初唐"是文学观念改变以前的事。

绊,他则是要文章重新回到宋儒的"道"。

他的这种转变对唐顺之起了决定性的影响。

唐顺之(1507—1560),字应德,武进(今属江苏)人。嘉靖八年进士,官至右佥都御史、凤阳巡抚。有《荆川文集》。

唐顺之中进士后,第二年就请病假回乡,接着又因母亲去世而守丧,至嘉靖十一年才回北京并得到了与王慎中相识的机会,相知甚深①。唐顺之"素爱崆峒诗文,篇篇成诵,且一一仿效之"(李开先《荆川唐都御史传》),而慎中"作为诗文,俱秦汉魏唐风骨"(李开先《遵岩王参政传》),于是就对唐顺之"告以自有正法妙意,何必雄豪亢硬也。唐子已有将变之机,闻此如决江河,沛然莫之能御矣"(李开先《荆川唐都御史传》)。由此可知,王慎中在转变以前,文宗秦汉,诗宗魏唐②;而如上所述,他在"魏唐"中特别重视的乃是初唐。这本来就不是李梦阳的一路,是以他对"仿效""崆峒诗文"的唐顺之要另授以"正法妙意"了。而在王慎中有了上述转变之后,又把他的"悉出入曾、王之间"的文章给唐顺之看,"唐荆川见之,以为头巾气。仲子(即王遵岩。——引者)言:'此大难事也。君试举笔自知之。'未久,唐亦变而随之矣。"(李开先《遵岩王参政传》)而唐顺之在跟着他转变以后,就走得比他更远,最后终于得出了如下的结论:"三代以下之文,未有如南丰;三代以下之诗,未有如康节者③。"(《与王遵岩参政》)如果明代作家都遵照他的理论去写曾巩式的文,邵雍式的诗,必将导致文学的大倒退。但在近几十年的文学史和文学批评史著作中,唐顺之的理论却颇受重视,有的著作甚至视之为公安派的前驱。

在唐顺之的主张中,近数十年来常被称道的,是如下一段:

> 近来觉得诗文一事,只是直写胸臆,如谚语所谓开口见喉咙者;使后人读之如真见其面目,瑜瑕俱不容掩,所谓本色。此为上乘文字。(《与洪芳洲书》)④

从原则来说,倡导"本色"当然并不错。但在这以前,李梦阳已提倡"真情"、"真人",如"本色"就是写"真情"、"真人"之意,那也并不是他的创造发明。如说其"本色"论的"开口见喉咙"意味着不需作任何艺术加工,那却并不值得赞扬。

---

① 唐顺之《答王南江提学》:"仆自入官,得请见于当世士大夫,盖三年而后见兄,一见则骇然异之,而兄亦过以仆为知己。"
② 因李开先在《遵岩王参政传》中说他"曩唯好古,汉以下著作无取焉";文包括在"著作"内,诗则可以不包括于其中。是以王慎中在转变以前,其文只可能宗秦汉,而不可能宗魏唐。
③ 康节,即邵雍(1011—1077),北宋时理学家,理学象数学派的创立者。
④ 此篇见于《四部丛刊》影印明万历本《重刊荆川先生文集》卷七,题作《又》;其上一篇为《与洪方洲书》("方"当为"芳"之误。——引者)。所谓"又"者,谓其标题与上一篇同。

现在再看他就"本色"与非"本色"的区别所作的分析：

> 秦汉以前，儒家者有儒家本色，至如老庄家有老庄本色，纵横家有纵横本色，名家、墨家、阴阳家皆有本色。虽其为术也驳，而莫不皆有一段千古不可磨灭之见。是以老家必不肯剿儒家之说，纵横必不肯借墨家之谈，各自其本色而鸣之为言，其所言者其本色也。是以精光注焉，而其言遂不泯于世。唐宋而下，文人莫不语性命、谈治道，满纸炫然，一切自托于儒家。然非其涵养畜聚之素，非真有一段千古不可磨灭之见，而影响剿说，盖头窃尾，如贫人借富人之衣，庄农作大贾之饰，极力装做，丑态尽露。是以精光枵焉，而其言遂不久湮废。(《答茅鹿门知县》二)

他在这里对"本色"与否的分析和对"唐宋而下"之文的指责①，大体说来也是符合实际的。问题在于，面对着他所指出的这种现象，可以有两种纠正的办法：一种是，作家不要再"自托于儒家"了，大胆地写自己真实的思想感情，那就近似于李梦阳的提倡写"真人"、"真情"；另一种是，要求作家按照儒家的方式进行自我改造，使儒家思想与自己的生命融为一体，真正做到"有儒家本色"，从而其所写的"语性命、谈治道"的文章也就"精光注焉"了。唐顺之所倡导的是后者。他在另一篇《与洪芳洲书》中说：

> ……盖文章稍不自胸中流出，虽若不用别人一字一句，只是别人字句。差处只是别人的差，是处只是别人的是也。若皆自胸中流出，则炉锤在我，金铁尽熔，虽用他人字句，亦是自己字句，如《四书》中引《书》、引《诗》之类是也。愿兄且将理要文字权且放下，以待完养神明，将向来闻见，一切扫抹，胸中不留一字，以待自己真见露出，则横说竖说，更无依傍，亦更无走作也。

"自己真见"也就是与"影响剿说，盖头窃尾"相反的东西，也即"本色"。至于怎样才能获得它，从其所规定的"完养神明"的先决工夫中，我们不难找到答案：

> 承教：中庸不可能，乃在声臭之表。此吃紧要言。《中庸》所谓"无声无臭"，实自戒谨不睹、恐惧不闻中得之。本体不落声臭，工夫不落闻见。然其辨只在有欲无欲之间。欲根销尽，便是戒谨恐惧，虽终日酬酢云为，莫非神明妙用，而未尝涉于声臭也。(《答张甬川尚书》)

原来，"欲根销尽"，就处处都是"神明妙用"了。所以，要"完养神明"，就必须达

---

① 唐顺之既对"唐宋而下"(按，包含唐宋)之文作了这样否定性的评价，恐怕很难把他称为"唐宋派"。

到清除人欲的境界。从表面上看来,他的主张"将向来闻见,一切扫抹,胸中不留一字",与李贽的提倡"童心",并认为"有道理从闻见而入,而以为主于其内,而童心失"(《童心说》)的观点似乎颇为接近,但李贽所要恢复的"童心",乃是体现人性的各种要求,其中正有理学家所反对的人欲在,与唐顺之所希求的"欲根销尽"的"自己"是恰相对立的。而文人既已"欲根销尽",自然也就对当时以程朱理学为代表的儒家思想身体力行,并已与自己的生命融而为一了,无论在阐扬儒家思想方面怎么"横说竖说",也都处处是"本色"了。

总之,唐顺之既以"完养神明"——"欲根销尽"作为在写作中达到"自胸中流出"——"直写胸臆"的先决条件,他显然并不是要求作家写出离开儒学的真实的思想感情,而是要作家在根据儒家思想"语性命、谈治道"时能做到"精光注焉"。

然而,要这样地达到"完养神明"、"欲根销尽"的境界是根本不可能的。所以这种理论不过是自欺欺人之谈而已。他把严嵩掌权以后的诗作为最符合其要求的典范,也正说明了这一点。——他为严嵩《钤山堂诗集》所作的序中,在大大歌颂了一通严嵩的政绩后,又说:

……公于诗文各极其工,而尤喜为诗。……公示之近稿,曰:"吾少于诗务锻炼组织,求合古调。今则率吾意而为之耳。"某对曰:"公南都以前之诗犹烦绳削也,至此则不烦绳削而合矣。"公颔之。……夫公之诗,雄深古雅,浑密天成,有商、周郊庙之遗。

所谓"近稿",是严嵩当了首辅以后写的诗。所谓"率吾意而为之",也就是"直写胸臆";而在唐顺之看来,他的这种诗已完美到了"不烦绳削而合矣"的地步了。真是官越做得大,诗也越写得好。然而,以严嵩的诗与其为人相对照,难道那就是"欲根销尽"的"本色"之作吗?

当然,他也为这种所谓"横说竖说"而处处"本色"的文章提供了另一种典范。其《答王南江提学》说:"今往近作数篇,冗散无可采。至如《赠彭通判》与《李郎中墓文》亦稍见己志,故敢请教耳。"所谓"冗散无可采"自是客套话,而他特地用来"请教"的《赠彭通判》等二文是他所认为的得意之作,当为事实。现引其《赠彭通判致仕序》(即其所谓《赠彭通判》)的末一段——用以"见己志"的点睛之笔——为例:

夫去就有二途,而仕隐无两道,在《易》之渐之上九,既已渐于逵矣,而孔子曰:"其羽可用为仪,不可乱也。"观之上九,可以肆志矣,而孔子曰:"志未平也。"由此言之,君子所以蚤夜孜孜蕲尽乎己而被乎物者,岂独蹙蹙于世者则然,虽肥遁高尚之士,亦固有责焉耳,且君之居官,清远闲散,翛然绝以声利自污,则仕固无异乎其隐,今君之去也,将益尽乎己而被乎物,使其志未平而其羽可用,则隐固亦无异乎其仕矣。故曰:去就有二途,而仕隐无两道。苟徒枕石漱流、嘲弄烟月以为旷达,而曰世与我既相违矣,则余又何敢以此望君,且非君所以自待也。君行矣,其亦有以处予也哉?

彭通判是一位正要离任——"谢病以去"——的官员,以上这段话就是对他的训诫,要他在今后更加恪守儒家之道,"蕲尽乎己而被乎物",而不能去过"枕石漱流,嘲弄烟月"的生活。在这里我们所看到的,其实只是理学家对人的苛求;这除了迫使人去做伪君子以外,不可能有别的结果。文章也尽是一些理学家的空话、套话,恹恹无生气。当然,就这种训诫本身来说,倒确像是"欲根销尽"了的;但只要把他的这些冠冕堂皇的话头与其对严嵩诗的吹捧一对照,就可洞察其虚伪了。

依据自己的此类文学理论,唐顺之对李梦阳作了谩骂式的批判,与他对严嵩的歌颂形成鲜明的对照:

所示济南生文字,黄口学语未成,其见固然,本无足论。但使吾兄为人所目摄,此亦丰干饶舌之过也。且崆峒强魂,尚尔依草附木,为祟世间,可发一笑耳。(《与洪芳洲郎中》二)

"济南生"指李攀龙,因其为济南人。唐顺之的反对李梦阳,自是因为李梦阳的创作实践和理论与他的崇尚儒家之道的主张不一致之故;但即使李攀龙得罪了唐顺之和他的朋友,与早已死去的李梦阳何干,何必使用"强魂"、"为祟"这样的言词呢?在这里也可以看到鼓吹"中庸"者的一种心态。

当时在文学思想上与唐顺之相近并对李梦阳提出公开批评的,还有茅坤(1512—1601)。坤字顺甫,号鹿门,归安(今浙江吴兴)人。嘉靖十七年进士,曾任大名兵备副使等职。有《茅鹿门集》。唐顺之对他的文章与文论的看法是:"门庭路径,与鄙意殊有契合。虽中间小小异同,异日当自融释。"(《答茅鹿门知县》二)他持"文以载道"之说(《与王敬所少司寇书》),批评李梦阳之文"于古之所谓文以载道处,或属有间",讥之为"草莽偏裨,项籍以下"(《复陈五岳方伯书》)。

也是从"文以载道"的观点出发,他认为"文特以道相盛衰"(《八大家文钞总序》),是以选择了唐宋时期最符合"道"的标准的八个作家的相应文章,编为《唐宋八大家文钞》。这八个作家是韩愈、柳宗元、欧阳修、苏洵、苏轼、苏辙、曾巩、王安石。按,明初朱右所编《新编六先生文集》所选辑的也是这八人之文(以三苏为一集,故称"六先生")。茅坤不过将他们改称为"八大家",并强调其"载道"而已。由于此书传播较广,也就扩大了"文以载道"论和这八家的影响。

与以上三人观点相通,而在创作上较有特色的是归有光(1506—1571)。有光字熙甫,昆山(今属江苏)人。嘉靖四十四年进士,其时他已六十岁了。曾任长兴知县、南京太仆寺丞等官。有《震川集》。

归有光对李梦阳提出的"宋儒兴而古之文废矣"之说显然持反对态度。他在《项思尧文集序》中说:"盖今世之所谓文者难言矣。未始为古人之学,而苟得一二妄庸人为之巨子,争附和之,以诋排前人。……文章至于宋元诸名家,其力足以追数千载之上,而与之颉颃,而世直以蚍蜉撼之,可悲也。无乃一二妄庸人为之巨子以倡道之欤!"由于李梦阳在当时影响很大,梦阳去世时归有光已二十五岁(虚岁)了,他不可能不知道李梦阳的上述观点。所谓"世直以蚍蜉撼之",当是就李梦阳批判宋以来的文章"考实则无人,抽华则无文"一类言词而发。尽管归有光的这段话是从"今世之所谓文"说起的,但"今世之所谓文"的这种倾向是由李梦阳的倡导而形成,则"一二妄庸人为之巨子以倡道"的"妄庸人"和"巨子"自当指李梦阳①。

归有光之所以对李梦阳"宋儒兴而古之文废"之说如此深恶痛绝,实因他自己的思想和文章都是宋儒一路。有的著作以为归有光的文章源于《史记》,他也说自己"性独好《史记》"(《五岳山人前集序》),但他的精神与司马迁是根本违戾的。试看其《陶庵记》:

> 余少好读司马子长书,见其感慨激烈,愤郁不平之气勃勃不能自抑,以为君子之处世,轻重之衡,常在于我,决不当以一时之所遭,而身与之迁徙上下。设不幸而处其穷,则所以平其心志,怡其性情者,亦必有其道。何至如闾巷小夫,一不快志,悲怨憔悴之意,动于眉眦之间哉?盖孔子亟美颜渊,而责子路之愠见,古之难其人久矣。
>
> 已而观陶子之集,则其平淡冲和,潇洒脱落,悠然势分之外,非独不困

---

① 《列朝诗集小传》丁集中《震川先生归有光》说:"(熙甫)尝为人文序,诋排俗学,以为苟得一二妄庸人为之巨子。弇州闻之曰:'妄诚有之,庸则未敢闻命。'熙甫曰:'唯妄故庸。未有妄而不庸者也。'弇州晚岁赞熙甫画像曰:'千载有公,继韩欧阳。余岂异趋?久而自伤。'识者谓先生之文,至是始论定,而弇州之迟暮自悔,为不可及也。"则似归有光所说"妄庸""巨子"指王世贞。按,谦益此条颇有可疑之处。如其引王世贞"久而自伤"语,就是对原文的篡改,说王世贞"迟暮自悔",则是由篡改原文导致的谬说(详见本卷127—128页的有关叙述)。其所记王世贞对归文中"妄庸人"一节的反应和归有光的驳斥,在钱谦益《列朝诗集》以前未见记载,而按当时实际情况,反宋元文的"倡道"者实为李梦阳,他曾公开提出"宋儒出而古之文废矣",王世贞仅为附和者。归有光此处所斥的"妄庸巨子"自当是李梦阳。王世贞并无必要把归有光这几句话拉到自己身上,故此说实亦不足征信。而且,即使王世贞确曾有"妄诚有之,庸则未敢闻命"之说,也当是他觉得归有光把自己也归入了"妄庸人"一类,并不能证明归有光此语仅为王世贞而发。

于穷,而直以穷为娱。百世之下,讽咏其词,融融然尘渣俗垢与之俱化。信乎古之善处穷者也!推陶子之道,可以进于孔氏之门。而世之论者,徒以元熙易代之间,谓为大节,而不究其安命乐天之实。夫穷苦迫于外,饥寒憯于肤,而情性不挠,则于晋、宋间真如虮虱聚散耳。

可见他对司马迁的"感慨激烈,愤郁不平之气勃勃不能自抑"是很反感的,甚至因此而斥之为"闾巷小夫";但既然如此,他又怎能与司马迁思想相通,怎能写出太史公那样的文章呢? 他所赞美的是"以穷为娱"、"安命乐天"、善于自挠"情性"的思想和行为(因他认为"穷苦"、"饥寒"之人如再"情性不挠",那么其生命就"如虮虱聚散"了),而这在刚烈的李梦阳辈看来倒真是"闾巷小夫"之所为了。但这一切却也正是儒学、特别是程朱理学所肯定的。因此,王世贞在《归太仆像赞》中所说"先生于古文词,虽出之自《史》、《汉》,而大较折衷昌黎、庐陵",有一部分是对的,由于"折衷"庐陵等人,其精神实与《史》、《汉》相差很大(班固也不是如此);但也有不甚确切之处,那就是夸大了韩愈对他的影响,倒是他的曾孙归庄《书先太仆全集后》中"比于欧、曾"的评价更接近实际。这样,他自然要对李梦阳之论给予激烈的反击了。

至于他的基本文学观,则见于《雍里先生文集序》:"以为文者,道之所形也。道形而为文,其言适与道称,谓之曰:其旨远,其辞文,曲而中,肆而隐。是虽累千万言,皆非所谓出乎形,而多方骈枝于五脏之情者也。"因此,就总体来说,归有光的文章也是崇儒阐道那一套。只是有少数文章,还能在不违背"道"的前提下以情动人,那就是《项脊轩记》、《先妣事略》、《思子亭记》、《寒花葬志》几篇。现引《先妣事略》如下:

先妣周孺人,弘治元年二月十一日生。年十六,来归。逾年,生女淑静。淑静者,大姊也。期而生有光;又期而生女子,殇一人,期而不育者一人;又逾年,生有尚,妊十二月;逾年,生淑顺;一岁,又生有功。有功之生也,孺人比乳他子加健,然数颦蹙顾诸婢曰:"吾为多子苦。"老妪以杯水盛二螺进,曰:"饮此,后妊不数矣。"孺人举之尽,喑不能言。正德八年五月二十三日,孺人卒。诸儿见家人泣,则随之泣,然犹以为母寝也,伤哉! 于是家人延画工画,出二子,命之曰:"鼻以上画有光,鼻以下画大姊。"以二子肖母也。

孺人讳桂。外曾祖讳明,外祖讳行,太学生。母何氏。世居吴家桥,去县城东南三十里,由千墩浦而南,直桥并小港以东,居人环聚,尽周氏也。外祖与其三兄,皆以赀雄,敦尚简实,与人姁姁说村中语,见子弟甥侄,无不爱。孺人之吴家桥,则治木绵,入城则缉纑,灯火荧荧,每至夜分。

外祖不二日使人问遗,孺人不忧米盐,乃劳苦若不谋夕。冬月炉火炭屑,使婢子为团,累累暴阶下。室靡弃物,家无闲人。儿女大者攀衣,小者乳抱,手中纫缀不辍,户内洒然。遇僮奴有恩,虽至箠楚,皆不忍有后言。吴家桥岁致鱼蟹饼饵,率人人得食。家中人闻吴家桥人至,皆喜。

有光七岁,与从兄有嘉入学。每阴风细雨,从兄辄留。有光意恋恋,不得留也。孺人中夜觉寝,促有光暗诵《孝经》,即熟读无一字龃龉,乃喜。孺人卒,母何孺人亦卒。周氏家有羊狗之痾,舅母卒,四姨归顾氏,又卒,死三十人而定。惟外祖与二舅存。

孺人死十一年,大姊归王三接,孺人所许聘者也。十二年,有光补学官弟子,十六年而有妇,孺人所聘者也。期而抱女,抚爱之,益念孺人。中夜与其妇泣,追惟一二,仿佛如昨,余则茫然矣。世乃有无母之人,天乎痛哉!

文中所写对母亲的感情不无真实动人之处。特别是在当时此类文章都写得繁冗、刻板的情况下,它确给人以清新之感。但其所写母亲的情况,除堕胎而死这一节是为了表现多产之苦外,其他的性情、行为都是显示其贤德的;而能从日常生活中显示其性格特征和亲子之爱的却一点都没有。所以不但篇幅窘狭,感动人的力量也并不强。倘将它与清代袁枚《祭妹文》比较一下,就可见出高下之别。因袁枚只是要抒发自己的悲痛,并不是要使他妹妹在道德上完善化(参见本卷第448—449页);此篇虽也有感情的流露,却以显示其母亲的贤德为前提。

现在,可以回过头来说一说此派的名称问题了。如上所述,在他们四人中除茅坤编过一部《唐宋八大家文钞》外,其他三人从未以"唐宋"为号召。而且茅坤也只是表章"八大家",并非标举整个唐宋文。因此,称之为唐宋派显然是不切实际的。陈建华氏的《中国江浙地区十四至十七世纪社会意识与文学》(上海学林出版社1992年版)已早就指出了这一点。但若改为"宗宋派"也不合适。如王慎中虽然喜欢曾巩、王安石、欧阳修,但却明确地对苏轼兄弟表示不满,怎能说他"宗宋"?唐顺之在文章方面也只推崇曾巩一人。另一方面,茅坤是公开打出"文以载道"的旗帜的,其他三人也都很强调"道",倘若改之为"崇道派",则对于这四个人全无扞格不合之处。

再说,以前的文学史和文学批评史著作之称他们为唐宋派,乃因认定李梦阳等人是主张"文必秦汉"的,故以"唐宋派"的名称来显示其与"秦汉派"的区别。但说李梦阳倡言"文必秦汉"本是《明史·文苑传》的讹误,则"唐宋派"之称实并不能表现出他们与李梦阳一派的矛盾所在,倒是"崇道"之名较能反映其与李梦阳的标举真情、真人的冲突。

最后说明一点:有的研究著作说李梦阳在《论学》中有"西京而后,作者勿论矣"之语,故仍称梦阳为"秦汉派";此说恐难以成立。《论学》见于李梦阳撰

《空同子》;此书本为单行本,后也收入《空同集》。我们所见的明嘉靖刊《金声玉振集》本《空同子》、清刊《子书百部》本《空同子》和万历本、《四库全书》本《空同集》,《论学》中均无"西京而后,作者勿论矣"之语。但有如下一段:

> 昔人谓:"文至《檀弓》极。迁史序骊姬云云,《檀弓》第曰'公安骊姬',约而该,故其文极。"如此论文,天下无文矣。……自"《檀弓》文极"之论兴,而天下好古之士惑,于是惟约之务——为渐洗,为謷牙,为剌剔,使观者知所事而不知所以事,无由仿佛其形容,西京之后,作者无闻矣。

也许有的后出的版本于末两句讹作"西京而后,作者勿论矣",否则当是该著作的作者引用偶误。这段文字的主旨在于批判"《檀弓》文极"论,自"《檀弓》文极之论兴,而天下好古之士惑"以下,都是对其危害性的揭示。至其末两句,是说"《檀弓》文极之论"迷惑了"天下好古之士",他们从此就对"西京之后"的作者无所知——"无闻"了。所以,这一段话不但并不意味着李梦阳否定"西京之后"的作者,反而说明了李梦阳把"好古之士"的无视"西京之后"的作者——对他们"无闻"——作为一种受了错误理论的迷惑而出现的不正常现象。这当然不能作为李梦阳是"秦汉派"的依据。

那么,"西京之下"两句,是否可被理解为东汉以来的作者全部不行,终致"无闻"了呢?如能这样理解,那也就意味着李梦阳对东汉以来的作者全都否定,从而也就可以说他只推崇秦汉之文,并把他称为"秦汉派"了。但这一段文字是批判"《檀弓》文极"论的,这两句则是在揭示"《檀弓》文极"论所导致的"好古之士"为文"惟约之务"的恶果。而在东汉至魏晋南北朝时期,为文"惟约之务"至多只是个别现象,绝不会因此而使东汉以还的作者全部不行而"无闻"。所以,把这两句视为对"西京之下"作者的评价,显然是不能成立的。

四、后 七 子

王慎中、唐顺之自嘉靖十五年间开始宣扬其崇道理论以来,一度在文坛上颇具声势。大致从嘉靖二十七年(1548)起,以李攀龙、王世贞等人为首的一批作家坚持李梦阳、何景明的道路,起而与他们抗衡,最终使他们黯然失色。

李攀龙(1514—1570),字于鳞,号沧溟,山东历城(今济南市)人。嘉靖二十三年进士。官至河南按察使。有《沧溟集》。王世贞(1526—1590),字元美,号凤洲、弇州山人。嘉靖二十六年进士,官至南京刑部尚书。刚直而有节操。严嵩为首辅时,政治腐败,杨继盛因反对严嵩而被害;王世贞不像唐顺之那样对严嵩大唱赞歌,却公然支持杨继盛。他因此而遭严嵩忌恨和压制。严嵩后来并借故处死其父亲。世贞一生著作甚多，诗文汇编为《弇州山人四部稿》、《弇州山人续稿》。由于李、王二人在考取进士后都在北京做官，至嘉靖二十七年，二人相识，并立即成为志同道合的好友。他们在文学上的共同认识是："今之作者，论不与李献吉辈者，知其无能为已。"①（李攀龙《送王元美序》）

接着，李攀龙的友人谢榛来京。嘉靖二十九年，徐中行、梁有誉、宗臣、吴国伦也考取进士，仕于北京。这七人先后订交，在文学上均主张复古，"一时骚坛，直追汉魏"（宗臣《报梁公实》，公实即有誉）。当时称他们为七子，也称后七子。但是，他们的文学活动竟遭到了严嵩的忌视。王世贞在叙述他们七人以及与之同道的另一些人在北京"相与扬扢"、"吟咏时流布人间"的情况后说："而分宜（指严嵩。——引者）氏当国，自谓得旁采风雅权，谗者间之，眈眈虎视，俱不免矣。"（《艺苑卮言》卷七）现在已不清楚严嵩何以要排斥、打击他们，但严嵩自己的诗集是请唐顺之作序的，李攀龙等人则反对唐顺之之流及其主张，所以，严嵩在文学上与他们对立也是自然的。

在这七人中，李、王影响最大，谢、宗的成就也较显著。

在李、王等作为生力军进入文坛之时，李梦阳等人的传统已面临难于继续的危险。王世懋《贺天目徐大夫子与转左方伯序》说："于鳞辈当嘉靖时，海内稍驰骛于晋江、毗陵之文，而诗或为台阁也者，学或为理窟也者；于鳞始以其学力振之，诸君子坚意唱和，迈往横厉。"所以，他们的反对矛头，其实是指向王、唐的。

殷士儋为李攀龙所作《墓志铭》说："盖文自西汉以下，诗自天宝以下，若为其毫素污者，辄不忍为也。"②大致说来，在形式上，其文章以《左传》、《史记》等为归，诗歌则按照不同体裁，分别以汉至六朝的古诗和盛唐近体为准绳；在内容上仍坚持写真人、真情的传统。他的最大缺陷，是没有认识到作品的形式本身有一个进化过程，在当时回到《左传》、《史记》的形式实是一种倒退；也没有意识到真能写出当时的真人、真情的作品，其内容必然远较以前的作品丰富，因而形式上也必须有所突破。

不过，虽然在今天看来，他的文章古奥难懂，当时却还是普遍使用文言文的时代，读者在这方面的感觉不致像我们这样强烈，加以他的文章中确实有些作品是从新的角度来写摆脱理学束缚的感情和行为的，给人以耳目一新之感。因此，他的文章在当时引起了强烈的反响，有人惊骇，有人尊崇赞赏。王世贞说："操觚之士不尽见古作者语，谓于鳞师心而务求高以阴操其胜于人耳目之外而

---

① 这句话的大意是：今天的作者，凡持论与李梦阳等不合的，就可知其不可能在文学上有什么成就。所谓"论不与李献吉辈者"，指王慎中、唐顺之等人。在《送王元美序》此句以前，已有一段文字对"晋江、毗陵二三君子"作了批评，"晋江、毗陵"分指王慎中、唐顺之。

② 《沧溟先生集》附录卷三十二。

骇之；其骇与尊赏者相半。"(《李于鳞先生传》)"骇"也好、"尊赏"也好，总之是对王、唐等崇道之文的猛烈冲击。如以下的这些记叙，就显与崇道之文相对立。

公名柬，始居约时，游邑诸生间，莫能厚遇。久之，授弟子室里中，非其好也。则曰："嗟乎，大丈夫生不能游大人以成名，即当效鲁仲连布衣而排患解纷，令千里诵义尔，终安能呕呕为章句师，坐帷中日夜呻其佔毕，从群儿取糈自食乎？"会邑富人许公女年二十不嫁，欲求贤夫如公者。公是时年三十矣，乃脱身游女家。

女家素长者，里中少年多侮之。即妻公，又皆来侮以尝公。……（公曰）"今我在也，而彼皆藉吾家。令我不维是子婿行，皆鱼肉之矣。"亡何微知少年家阴事，以令里中。里中皆谓少年："彼不上书告君，即利剑刺君矣。"少年家顾且因许翁奉百金，愿交欢公。公乃以所奉百金益市牛酒，更召外家宗人及里中父老日高会……

邑有豪亭父朱某者，好众辱人。公一日从旁数之曰："朱君太横哉！"朱乃瞋目视公，曰："客何为者？居邑屋至不见敬于若乎？"乃大挫公，公佯不问。一日袖四十斤铁椎谓朱曰："不闻信陵君椎杀晋鄙事乎？"朱跪曰："吾始以先生为庸人，乃今知之。"……（李攀龙《长兴徐公敬之传》）

隐君张冲者，其先钟离人，徙金陵，再徙吴门，家世服贾云。隐君即尝挟策里中，学一先生之言，然略大体，终不欲数数佔毕间。弱冠往试视业，则息钱恒什倍，喜曰："万货之情，可得而观已。然我则不暇。"顷之，乃如京师，与燕赵游闲公子为富贵容，从诸佳丽人鼓瑟、跕屣、蹴鞠、六博，翩翩未厌也。及观官阙之盛、官仪之美，与所交贤豪间长者游，私且慕之曰："所谓隐君岩穴之士设为名高者，安归乎？非深谋廊庙，论议朝廷，何以称焉？而胡为失当年之至乐，不自肆于一时？"

盖期年……乃益治产，折节为俭，与用事僮仆同苦乐，不翅若自其手指出。三十年间三致千金。尝曰："不时散失，无所藏之？"以故，身所尝施若所已责不可胜数。……（李攀龙《张隐君传略》）

上一篇传记的主人公，是一个不愿好好读书上进，却找一个社会地位低的富岳家，倚之行侠，其所作所为又颇有违背当时社会规范之处的人。但作者对他却颇为赞赏，并对那些不符合社会规范的行为津津乐道。后一篇也颇能写出主人公的个性：先痛痛快快地享乐，再勤劳、刻苦地经商。此篇还有一点值得注意的是：主人公曾有割股疗母的孝行，这按照当时的传统本来是应大为表扬的，但李攀龙却只轻描淡写地提了一句："亡论刲股荐母称笃行君子，即弱冠游京师自肆于一时，斯亦诚理所取焉。""刲股荐母"的事迹一点不写，"游京师自肆于一时"的情况却如上所引,写得比较详细,而且作了"诚理所取"的肯定评价,这也可清楚看出李攀龙并不是要把人物写得"合道",而是要真正写出那个人的特色。当然,从这里也就反映了李攀龙自己的人生信念已经有了不同于传统的新的成分,所以,他不但不把那些行为视作恶德,反而加以赞扬。

需要补充说明的是:"长兴徐公敬之"乃是后七子之一的徐中行的父亲,张隐君的儿子张献翼等也是当时颇有名望的文士。从这些地方也可看出市民阶层正通过其子弟而影响于文学。

李攀龙曾长期被作为拟古的典型而受到否定,但像上引的那两篇传记却并不是依靠拟古的手段写得出的。这里有新的思想和新的视角。当然,他所使用的形式与其所要表达的内容是存在矛盾的;如能在形式上进行创新,这两篇将会成为清新、生动的佳作。而像现在这种样子,即使当时的读者读起来也会觉得费力,自然大大减弱了感染力,如《张隐君传略》的"身所尝施若所已责不可胜数"句,"若"释为"和","责"即"债","已责"指免去别人欠他的债,这样的用词在当时也不常见,难怪有一半读者要为之"骇"了。

李攀龙的诗,乐府、古体缺乏独创性,有的且具有较明显的模拟之迹,为世所诟病;值得重视的是近体诗。七律和五绝颇有言外之致,均不乏佳作。

现在先看两首七律:

> 佳节高楼酒复清,鲍山斜日入杯平。天涯谁借穷交泪?海内空传拙宦名。四野浮云垂雪色,千林朔气拥寒声。醉来极目中原尽,独抱风流万古情。(《冬日登楼》)

> 太行山色倚巉岏,绝顶清秋万里看。地拆黄河趋碣石,天回紫塞抱长安。悲风大壑飞流折,白日千厓落木寒。向夕振衣来朔雨,关门萧瑟罢凭栏。(《登黄榆马陵诸山,是太行绝顶处(四首)》之一)

这两首均富于气势,突出了自我的超众。第一首的末两句,写自己在空间综揽一切,在历史的长河中无可比伦;因而虽有"天涯"一联写其孤独和艰困,但后先映照,这些都只成了显示其无视现实的压抑的铺垫。第二首的"绝顶清秋万里看"实与第一首的"极目中原尽"同意,写出了诗人自己的高瞻远瞩,但较后者多了一重作用:由此带出现实的情状。以下四句写"长安"——作为国家象征的首都——形势雄伟,而今却已在悲壮地走向衰落。末两句暗用左思"振衣千仞冈"(《咏史诗八首》之五)的典故。左思此句本含有鄙视尘俗之意,李攀龙用在这里,则是借以表现鄙视尘俗的自己所受到的现实的压力:暮色朔雨、关门萧瑟,他已不忍再看这悲惨的时世了。尽管所写角度不同,他的这两首诗不但都渗透了高昂的自我意识,而且显然比杨维祯的《大人词》之类的作品更贴近实际生活。诗中的景色描写也生动有力,形成一种与全篇的感情很和谐的气氛,相得益彰。像这样具有较高艺术感染力的诗篇,是不应被加上模拟、剽窃之类的恶谥的。

不过,若把这两篇联系起来考察,就可以较清楚地看出李攀龙律诗的一个重大缺陷:意象甚或词语的相互重复。"绝顶"、"万里看"与"极目中原尽"之类似已见上述,而第二首的"千厓落木寒"与第一首的"千林""拥寒声"也彼此相通。假如我们视野再扩大一些,还能在他的七律中找到好些词语相同的例子,如《与卢次楩登太伾山》首句"河朔风尘万里看",就与此处"绝顶清秋万里看"的末三字相同;又如《寄元美(四首)》其二的下半首:"浮云万里中原色,落日孤城大海流。自昔风尘驱傲吏,还能伏枕向清秋。"其"万里"、"风尘"与"河朔"句重出,"清秋"、"万里"又已见于"绝顶"句。尽管这种弱点前人——例如唐代许浑①——也有,但李攀龙却过于突出,是以曾遭到钱谦益的尖刻讥嘲(见《列朝诗集小传》丁集上《李按察攀龙》)。不过,李攀龙的五绝却没有这样的问题,写得也颇优美。

    朝来送归客,复此长河湄。立马折杨柳,已无前日枝。(《别意》)
    平潭澹不流,寒影群峰集。斜阳一以照,彩翠忽堪拾。(《丁香湾》)

这两首都以含蓄见长。第一首既悲哀于友人的不断离去("复此长河湄"的"复"字意味着这是他常来送客之处),又伤悼于时光的流逝:以杨柳的已无昔日繁枝,暗寓"物犹如此,人何以堪"的伤感。——东晋的桓温就是因为看到了他昔日所种杨柳都已长大而产生这样的感慨并为之泫然流涕的(见《世说新语》)。第二首的前两句所显现的,本是一种萧疏的景色,但接着的两句就写它在夕阳的映照下,突转为美艳。这同时也就暗示着美艳的虚幻不实,转瞬即灭;一旦夕阳消失,剩下的就只是晚景的萧条。所以,这两首都深得言外之致。

现在再看一首与此略有不同的:

    有酒但须饮,无世不可避。方其潦倒时,何与傍人事。(《漫成(二首)》其一)

此首纯用赋体,已离开了李东阳、李梦阳的特重比兴的传统。但却鲜明而集中地表现了自我与环境的对立,尤其是后两句,渗透着一种悲壮的感情:明明知道这样的对立将会给自己带来不幸——"潦倒",但却还是要坚持下去,而且决意独自负荷这不幸,既不屑于"傍人"的讥嘲或幸灾乐祸,也拒绝"傍人"的关心、同情或援助。正是这种毅然地走向悲剧的独立的人格,使此诗末两句具有

---

① 见本书中卷第四编第三章第一节的有关叙述。

了诗意,并扩充至全篇。

总之,李攀龙的诗文创作既有突出的缺陷,也有显著的成就。正因他并非四平八稳、面面俱到,反而在文坛引起了强烈的震动。当然,由于缺陷的突出,他的影响本来就不可能维持很久;幸而在他生前有王世贞与他密切配合,一面积极地宣扬他的优点,一面尽可能地除去或削弱其理论的片面性;在他死后,王世贞就成为这一运动的领袖,进一步扩大了原有的影响,终于取得了运动的成功。

王世贞文学思想的最基本方面,是要求作品写出性情之真,既反对模拟,也厌恶那些并无激情的议论。至于他的提倡复古,也正是基于这一目的。这从其评论诗文之作的《艺苑卮言》中可以看得很清楚:

> 唐自贞元以后,藩镇富强,兼所辟召,能致通显。一时游客词人,往往挟其所能,或行卷贽通,或上章陈颂,大者以希拔用,小者以冀濡沫。……故剽窃云扰,谄谀泉涌,取办俄顷以为捷,使事饾饤以为工。至于贡举,本号词场,而牵压俗格,阿趋时好。……是以性情之真境,为名利之钩途。诗道日卑,宁非其故?(《艺苑卮言》卷四)

由此可知,他认为诗歌一类的文学作品理应是"性情之真境",但自唐代的贞元以后,由于文人的取悦藩镇和贡举作祟,它们成了"名利之钩途",是以"诗道日卑"。王国维后来在《人间词话》中说:"诗至唐中叶以后,殆为羔雁之具矣①。故五代、北宋之诗佳者绝少,而词则为其极盛时代;即诗词兼擅如永叔、少游者,词胜于诗远甚,以其写之于诗者不若写之于词者之真也。至南宋以后,词亦为羔雁之具而词亦替矣。"两人论中国诗歌自唐中叶以后开始衰落及其原因,若合符节。但这是不谋而合,抑或是王国维接受了王世贞的观点,就不得而知了。

从上一段引文中还可知道,他之认为使文学离开"性情之真境"的,是剽窃、谄谀、使事饾饤、牵压俗格、阿趋时好等等。有的易于明白,有的尚须稍加说明。

其一是"剽窃"。在王世贞看来,剽窃与模拟密不可分,因而他明确地说:"剽窃模拟,诗之大病。"②(《艺苑卮言》卷四)在评论陆机时,他反对前人"陆之文病在多而芜"之说,特地指出:"陆病不在多而在模拟,寡自然之致。"(同上书卷三)

其二是"牵压俗格,阿趋时好"。就王世贞来说,那种符合时尚、人云亦云而不能真正显示作者性灵的东西,就属于这一类。他在论述唐代的贡举制度对文学创作的消极作用,指出"凡省试诗,类鲜佳者"、"律赋尤为可厌"时,曾以

---

① 此句意为:几乎成了像"羔雁"那样的礼品了。
② 《艺苑卮言》此段尚有"模拟之妙者,分岐逞力,穷势尽态,不唯敌手,兼之无迹,方为得耳"的话,似并未完全否定模拟。但既说"分岐逞力",那就已是今天所说的借鉴而非模拟了。

《阿房宫赋》为例:"杜牧《阿房》,虽乖大雅,就厥体中,要自峥嵘擅场。惜哉其乱数语,议论益工,面目益远。"(同上)按,《阿房宫赋》的乱辞为:"呜呼,灭六国者六国也,非秦也。族秦者秦也,非天下也。嗟乎,使六国各爱其人,则足以拒秦;秦复爱六国之人,则递三世可至万世而为君,谁得而族灭也! 秦人不暇自哀而后人哀之! 后人哀之而不鉴之,亦使后人而复哀后人也。"这样的议论在当时来说不但不算错,王世贞也不会反对。他之所以为该赋有这样一段文字而可惜,当因从中只能看到一般人都会赞同的论说,却看不到作者的"面目",所谓"面目益远",从而就不再是"性情之真境"了。然而,就参加省试并求得录取来说,这些显示正确的政治、道德观念的话头自然是应该有的。因此,在作为省试试卷或为参加省试作准备而写的律赋中出现此类内容,乃是很自然的事,而这也就是"阿趋时好"。在律赋写作中形成了这种风气以后,即使并不是为准备或参加省试而写的律赋中也难免会出现这样的东西,那就是"牵压俗格"了。总之,诗赋中的离开了"性情之真境"的观念性的表述,无论其观念是否正确,在王世贞看来都是应该反对的。这是一种已经接触到了文学的自身特征的、在当时很值得重视的见解。他讥笑欧阳修《明妃曲》说:"'耳目所及尚如此,万里安能制夷狄?'①《论学绳尺》②,公从何处削去之乎拾来!"(《艺苑卮言》卷四)也正是这种见解的表现。

既然"贞元以后""诗道日卑",出现了上述弊病,那么,要使诗歌回到"性情之真境",就必须恢复其原先的传统。王世贞说,他与李攀龙定交后,"自是诗知大历以前,文知西京而上矣。"(《艺苑卮言》卷七)"大历"为唐代宗的年号,"贞元"为代宗的下一个皇帝德宗的年号。其所以强调"诗知大历以前",而对这以后的诗歌不予提及,当是因德宗贞元时期起就"诗道日卑"之故。在这里还要补充一点:王世贞并不是一个认为时代越早、文学作品就越好的人,他在论及一些文学现象时,曾一再说"未可以时代优劣也"③。则其强调"大历以前"的诗歌,显然不是由于其"时代",而是由于其"诗道"。

至于他的"文知西京而上"的原因,可从下引文字推知:

---

① 此为《明妃曲》中语。
② 《论学绳尺》是宋代魏天应所编,"辑当时场屋应试之论"(《四库全书总目提要》卷一八七《论学绳尺》)。王世贞此处意谓:《明妃曲》这两句像是科举考试的论文里的话,大概是欧阳修从《论学绳尺》所删除的不知哪一篇文章中拾来的。谢榛《诗家直说》也说欧阳修这两句像"书生讲章",参见下文。
③ 例如:"七言绝句,盛唐主气,气完而意不尽工。中晚唐主意,意工而气不甚完。然各有至者,未可以时代优劣也。"(《艺苑卮言》卷四)又,"谢氏,俳之始也。陈及初唐,俳之盛也。盛唐俳之极也。六朝不尽俳,乃不自然,盛唐俳,殊自然,未可以时代优劣也。"(同上)

《檀弓》、《考工记》、《孟子》、《左氏》、《战国策》、司马迁,圣于文者乎!其叙事则化工之肖物。班氏贤于文者乎,人巧极,天工错。庄生、《列子》、《楞严》、《维摩诘》,鬼神于文者乎!其达见,峡决而河溃也,窈冥变幻而莫知其端倪也。(《艺苑卮言》卷三)

在这里有几点很值得重视:第一,在他所认为"圣于文"的"西京而上"的著作中,虽然包含一些经书,但他却是从"叙事"的角度而非思想的角度去肯定它们的,而另一些经书——如《易经》、《尚书》、《论语》——就被排斥于这范围之外了。至于《庄子》、《列子》等书,被他所赞赏的也是其在"达见"——表达见解——上面的成就。因此,他论文的着眼点在于"叙事"和"达见"方面的水平,而不在于作品的思想是否合于"道"(包括政治原则、伦理道德等等)。这对起于中唐、到宋代占据主流地位、在嘉靖时期由唐顺之等大力鼓吹的明道、载道一类文学观念固然是勇敢的挑战,对当时文学的发展也具有重大积极意义,因其为肯定那些在不同程度上与"道"相抵触的优秀文学作品提供了理论依据;如同上文已经提到的,李开先等肯定《水浒》也正是依据类似的理由。第二,"叙事"——包括描写——的如"化工之肖物",意味着生动而自然,这就具有了某些文学成分,何况被他认为符合这一要求的《史记》中本就含有不少文学性作品。《庄子》等书在"达见"上"峡决而河溃"、"窈冥变幻而莫知其端倪"的特色,实为气势雄放、构思奇恣、想像瑰异、行文灵动之意。这些对于《庄子》、《列子》等书的文学色彩的形成,具有重要作用①。他把上述的"叙事"、"达见"的方式作为"西京而上"的文章的长处,而又强调"文知西京而上",乃是把文章的"叙事"和"达见"往实际上的文学性的方向引导。应该说,萧统编的《文选》虽已对文章的性质有所划分,但对诗赋以外的文章的文学性与非文学性并没有(当时也不可能有)严密的区别,而从唐代古文运动兴起以后,由于强调明道、载道,不但文学性的文章与非文学性的文章愈益混淆,而且非文学性的文章越来越占优势。所以,王世贞的这种理论是有利于文学性的文章的发展的。第三,他的提倡上述的"叙事"、"达见"方式而以"文知西京而上"为旗帜,这既有其认识上的原因,也与我国文学发展的客观情况有关。他认为东汉班固的作品不能与《史记》并驾齐驱,而只能被评为"贤于文",其原因是在叙事的自然这一点上有所不如;所谓"人巧极,天工错",也就意味着以"人巧"为主,"天工"为辅。王世贞对此虽未具体阐述,但《汉书》之有骈俪色彩,这在当时文士中已近于常识,则其对班固文的上述评价自当就此而言。魏晋以后,骈俪之风日盛,在他看来当然更非化工。韩愈、柳宗元的振起古文和欧阳修等人的进一步弘

---

① 参见本书上卷第一编第四章第二节对庄子散文的分析。

扬,虽使散体文又成为主流,但它们的"明道"、"载道"的文章既没有如"化工之肖物"的"叙事",在"达见"上也不复有"峡决河溃"、"窈冥变幻"之致,其为王世贞所不满,也是必然的。而且如上所述,王世贞的主张是把文章的"叙事"、"达见"往实际上的文学性的方向引导,这与"明道"、"载道"的要求本就存在着明显的矛盾。从他对柳宗元《梓人传》的评价中可以较清楚地看到这一点:

> 《梓人传》,柳之戆乎,然大有可言。相职居简握要,收功用贤,在于形容梓人处已妙,只一语结束,有万钧之力可也,乃更喋喋不已。夫使引者发而无味,发者冗而易厌,奚其文? 奚其文?(《艺苑卮言》卷四)

我们在本书中卷介绍柳宗元的散文时已经指出:《梓人传》一文就其写梓人本身的部分来看,是一篇简短而颇为生动的传记,但其发议论的部分,在篇幅上却远远超过了对梓人本身的叙述①。这种长篇议论,是就其所述这一"梓人"的"知体要"、善于"役人"和谋划,引申出怎样当好宰相的道理,毫无文学性可言。读者如果不是想学习"治道",必然会感到十分厌烦。王世贞此处的指摘,也正是一般读者的感受。他不是反对柳宗元在此篇中所说的道理,只是认为该篇中长达七八百字、占全文三分之二篇幅的议论应该"只一语结束",让读者自己去回味和思考。然而,这其实是柳宗元的"明道"说与王世贞的文学思想难以调和的矛盾。就柳宗元而言,这一大段议论正是对"道"的阐明,也即该篇的主旨所在;而这些道理绝不是三言两语能说清楚的,何况"只一语结束"? 但要使该文成为较优秀的文学作品或是具有较强的文学性的文章,这样的长篇议论又是万万要不得的;是以王世贞对《梓人传》的这大段议论作了"奚其文? 奚其文"的批评。也正因此,既注重文学性、又在文学性方面强调"化工之肖物"的王世贞,如要借助古代的某种传统来为其文章方面的理论张目,是既不能标举骈俪盛行的六朝文以及作为骈俪滥觞的东汉班固等人的文章,更不能以明道、载道的唐宋文为旗帜的;提倡"文知西京而上"成了其唯一可能的选择。

总之,王世贞的文学复古主张,在诗歌上是要达到"性情之真境",在文章方面则要加强文学性。不过,他虽然说"诗知大历以前,文知西京而上",对那以后的诗文却并不全盘否定,仍在某些方面、某种程度上有所肯定,这就使他的理论较少片面性②。

王世贞的诗文,由于存在着大量应酬之作,有不少并未能真正体现其自己

---

① 参见本书中卷第66页。
② 如云:"永叔之文雅而则,明允之文浑而劲,子瞻之文爽而俊,子固之文腴而满,介甫之文悄而洁,子由之文畅而平。于鳞云:'惮于修辞,理胜相掩。'诚然哉!"(《艺苑卮言》卷四)既同意李攀龙所指出的他们文章的缺陷,又对这有所肯定。

的主张。但如对之作一番拣择,仍能看出其不同于前人的特色。

在诗歌方面,王世贞的长处是能大胆地抒写自己的感受,语言自然,富于气势,以较分明的个性特点或激情来感染读者。最能显示这一点的,是他的古诗。当然,在他的古诗中有一部分拟古之作,但不占主导地位。值得重视的,是以下一类诗篇:

> 长安城西一亩宫,尽可逃名藏白首。鞋底风尘多自误,壶中天地何不有!枝头淅淅扫郁蒸,云脚垂垂打清昼。但令吾党鲸鲵吸,任它大陆蛟龙走。竹林自昔未逢僧,莲社于今方纵酒。已满七人那用觅?即眠千日非云久。才闻抱瓮便舒眉,除却传杯须袖手。鹳埤声哀焉足听?鸱夷腹大唯堪受。仿佛似有辟书来,此物毋劳挂吾口。(《雨中痛饮作》)

> 至后阳回万象苏,荒村形影独愁吾。疏钟似傍寒光早,步屧仍催返照孤。纵饮江湖忘令节,得归天地尚穷途。鸡豚自爱田家有,肯向周京忆赐酺?(《至日作》)

> 三载寒庐梦不成,悔将馀债伴残生。南楼酒少初微后,依旧萧萧夜雨声。(《偶成》其二)

这三首都是能显现其"性情之真境"的诗歌。其第一首,把人生的享乐要求和对现实的强烈不满紧密地结合起来,那"鞋底风尘多自误"一句,隐喻为国事勤劳奔走全都无益,只足自误(但也可理解为在当时的现实中要致身通显必须奔相关权门,而他与"吾党"不屑于此,视之为"自误"之行),只能从醉中来满足自己。其"任它大陆蛟龙走"与"除却传杯须袖手"两句,也含寓隐喻之意。前者表面上是写大雨滂沱,传说中行雨的蛟龙在大陆各地驱驰,同时也借指大地陆沉;意为纵使国家陆沉,他们也只能任之而已,因而在此句中实含有强烈的无可奈何的悲愤。后者则隐指"吾党"在当时的政治情况中动辄得咎(可参看下引《张助甫》),被逼得只能袖手旁观。因而此诗虽然写的是消极的行为,但以隐含的悲愤为根底,感情激昂,气势充沛,在这里也正显示出诗人有别于其先辈和同时代作家的个性特点。至第二、三首,均写自己的孤独。只是第二首强调的为傲岸的孤立和对环境的反拨,最后两句更含有对朝廷(至少是对朝中当权者)的轻蔑;第三首的重点,则在被环境压碎后的孑然无助乃至对生命的绝望,此种感情为以前的我国诗歌所未见,已开清代黄景仁一派的先声。但无论第二抑第三首,都显现了在自我意识觉醒过程中个人所体验到的困境。

王世贞的文章最有特色的是小品一类,能较充分地体现其注重文学性和强调自然的主张。它们自由挥洒,直抒胸臆,感情浓郁,而又具有对美的自觉追求。现引两篇为例:

前时荒迷中，仅一拜尺牍、长歌之赠，得附承起居。嗣后见邸报，知足下复为用事者龋龁，有广平之除。溺人必笑，窃有问也：何足下不善宦至此耶？徐汝宁颇能言上蔡东豪致，此子亦竟谪矣。仅一明卿硕果，犹三折肱，令人短气。

不佞自奉讳来，忽忽公除，又且逾岁。虽未脱粗素，强颜为人。春时课僮丁，理耕钓之业。及日上赋，践更游徼，不求免。与世无涉，足养狂态。独宿障未除，时问笔砚，指腕荆棘。偶披佛书，忽若有悟，然而七情损腐，无复根器。思一游目，则外惭路人；间及养生，则内痛逝者。展转偪侧，愈鲜生趣。

嗟乎，故人不小念我，鳞羽飞沉，湖山阅如，迁客归氓，唯阿能几。幸不吝呴沫，使我渴思如醉。勉旃，勉旃。

杨大名故在东省，自云与足下有连，时相依存。今当比壤，聊尔附问。扇头六绝，多恣恣之致，可俯赐酬。……（《书牍·张助甫》）

足下书寓，上事人也。则叙契阔，陈丧乱，宛然握手矣。足下谓从贼中来，饘粥都废。仕路刺促，荆棘眼底，至喻于蟹蚌醢鸡，亦大悲哉！

虽然，此宁独足下也！某风雨之椽，再辱贼手；被发燕市中，复失贵人色，眈眈虎视。故有槐简，不敢弃之，候作逐客用耳。间一揽镜，鬓发骤改。猰貐纵横，黔首失素。秦晋之间，岳徙地拆，恒恐一旦不待，无以寄吾区区。日夜仰面看屋梁未给也。吴明卿曾一寄吾诗："古来薄命妇，不肯悔蛾眉。"吾读之泫尔涕泪也。

足下毋以时薄而自矜束。长安中纵乏仆与李于鳞，宁不有屈氏累、盲老公、腐令之属卧足下几席间乎！勉旃自爱。风尘之际毋深谈，勖之而已。（《书牍·袁履善》）

这两篇都以精练而近于自然的文字，直述胸中的感慨；寥寥数笔，深切动人。如第一篇写他在家乡为其被杀害的父亲守丧期满后的生活情状和内心痛苦，仅"践更游徼，不求免"七字，就表达出了他当时处境的艰困和危殆①；而"思一游目，则外惭路人；间及养生，则内痛逝者"，也把他由父亲被害而产生的内疚之深和创痛之巨显露无遗②。再如第二篇，抒发其对国事的忧伤和对时政的

---

① "践更游徼"，指当时官府分派民众轮流担任的夜间巡逻任务；按惯例士大夫是不担任的。但官府当时竟要他也承担这一任务，而他又并不要求免除，就因他的父亲是被作为罪犯处死而他自己又为严嵩所忌，是以不得不如此。又，他的所谓"不求免"，当然并不是亲自去巡逻，而是派遣他家里的下人代替执行；因为按规定，这本是可找人代的。
② 他的"外惭路人"，是因父亲被严嵩陷害致死，他无力救援，事后又无力为之报仇和平反。"养生"，这里指有益于身心健康之行，包括适当娱乐。每逢此等情况，他就会以自己当前的逸乐想起父亲已永远不可能再有此等愉快了，因而内心悲痛。

愤慨，其"日夜仰面看屋梁未给也"一句，真可谓画龙点睛，结尾处的"长安中纵乏仆与李于鳞"云云，隐然以屈原、左丘明、司马迁自居，甚且等而上之，其狂傲和豪气也跃然纸上。总之，这两篇的感染力在于：第一，作者敢于大胆地表露其感受和个性特点，而其感情的浓烈与个性之分明均有常人所不可及之处；这自与自我意识的加强不可分割。第二，语言虽近于自然，但极力以最少的文字来表现尽可能丰富的内涵——事状与感情，且使之生动而明晰。如第一篇自"偶披佛书"以下，以三组矛盾刻画其欲求解脱而未能、甚至连想暂时放松一下也不可得的困境，使人对他的"展转偪侧，愈鲜生趣"获得深刻的理解；第二篇以"故有槐简，不敢弃之"①一节，表白其决不谄谀取容、准备被降职的意志，也给人以强烈的印象。也正因此，这两篇之隽永而有情致，也是作者有意识的艺术加工的结果。从文学发展的角度看，这两篇——尤其是第二篇——实可视为晚明袁宏道等小品文的先声（因第一篇还保留少量骈俪成分）。

除了李攀龙、王世贞之外，后七子中在文学上较为突出的还有谢榛和宗臣。

谢榛（1495—1575），字茂秦，号四溟山人，山东临清人。终身未仕。有《四溟山人全集》。如前所述，文学复古运动原是由李攀龙最早倡导的，王世贞与他则是后七子中最早响应李攀龙的两个②。

谢榛以诗著称。论诗之旨，见于其《诗家直说》。他的论诗主张，大抵同于李、何、王、李，但对如何吸取前人创作经验的问题作了较多具体探讨，对诗歌的形式问题也作了较细致的探索，这在前、后七子中是较为突出的。其中有好些值得注意的见解，如"长篇古风，最忌铺叙，意不可尽，力不可竭，贵有变化之妙"（《诗家直说》卷二），就颇能显示古风不同于歌行的特色。又如，他曾批评

---

① 明代规定，六品至九品的笏（简）用槐。写此信时，王世贞任青州兵备副使，为正四品。
② 关于谢榛参与李攀龙等人结诗社的情况及其与李攀龙交恶的经过，明代王兆云《皇明词林人物考》卷九所记甚详："济南李攀龙，吴下王世贞辈结诗社，高自标置，攀龙以（与榛）乡里故，间操其诗示同社，曰：'有布衣人若此。'众大骇曰：'若布衣邪，大是行家中人！'因拉入社。寻携之京师，力为延誉，一时都下喧喧，倾睹四溟矣。……攀龙以刑部郎出知顺德，榛以故人往；攀龙适有他故，不得极视故人。故人坐市楼望，日昳无所见，大怒，声言故人欲去。攀龙令吏先趋，奉十金赆，曰：'太守且至。'榛缺金少，投之地骂。攀龙随公干完，出省故人，而榛颜词转恶，刺刺不已。攀龙不得已，上舆还。犹遣吏持向金赆之，榛竟取金去。榛至京师，颇为人道攀龙治顺德无状，不任为守。诸社中人廉其故，移书四远，诮让榛，榛名顿减。"（据万历三十二年刊本）此为关于谢榛在社中地位及李、谢交恶的最早历史记载。万历时载籍涉及此事的，也无违戾之说。唯邢云路《刻谢茂秦诗序》有"……结社为诗，……而茂秦以布衣祭酒"语（见《四溟山人全集》），此谓谢榛于诗社中年最长（谢榛较李于鳞长十九岁）。而其后钱谦益为谢榛等人作为小传（见《列朝诗集小传》丁集），所述多与此相反。他的时代既远后于王兆云，而又举不出任何证据反驳王氏的记载，自不足征。

五代时诗"未有一夜梦,不归千里家"①为"字繁辞拙",其原因是"两句一意,则流于议论,乃书生讲章:'未尝有一夜之梦而不归乎千里之家也。'欧阳永叔亦有此病,《明妃曲》:'耳目所及尚如此,万里焉能制夷狄'——'夫耳目之所及者尚然如此,况万里之外,焉能制其夷狄也哉'。"(《诗家直说》卷三)以具体的例子,说明诗不应是文的压缩,也很有说服力。不过,因袭前人之弊他也未能免除,而且还从理论上加以辩护。例如:

> 嘉靖戊午岁夏日,予偕浙东莫子明游嵩山少林。及至芦岩,观泉奔流界壁,泠然洒心,因得"飞泉漏河汉"之句。子明曰:"此全袭太白'飞流直下三千尺,疑是银河落九天',略无点化。"予曰:"约繁为简,乃方士缩银法也。"(《诗家直说》卷三)

这是公然主张从前人作品中袭用诗的意象了,尽管要稍作变动。但就总体来说,他的注重探索具体问题的诗论,仍然反映了我国诗歌在艺术形式方面的进展。

谢榛的诗歌成就不如李攀龙和王世贞。由于他的身份是山人——当时的一种依靠诗文或其他的文化活动(如书画)周旋于上层人物之间以获得若干报酬来维持生活的人,很多诗篇都是王国维所说的"羔雁之具"。但其并非出于应酬而真实地抒写自己感受的作品,却也很能打动读者。

> 西北风来何太剧,落花满园春可惜。黄鹂叫春蝴蝶愁,四野无人日将夕。惟有一枝留晚春,当砌徘徊不忍摘。且将樽酒对残花,春去悲歌复何益。(《西园春暮》)

> 生涯怜汝自樵苏,时序惊心尚道途。别后几年儿女大,望中千里弟兄孤。秋天落木愁多少,夜雨残灯梦有无。遥想故园挥涕泪,况闻寒雁下江湖。(《秋日怀弟》)

伤春之作,诗中常见。但像上引第一首那样地将暮春的景色写得如此凄惨,而对这如此凄惨的景色仍徘徊不忍离去,并且还要赏味这仅剩的悲哀的美——唯一的"残花",以使自己多少得到一点慰藉,却是很有个性特色的。其实,这已经是为自己生命而作的最后的挣扎了;它使人感到:当这"惟有"的"一枝"也枯萎时,生活中的美就彻底消失,剩下的只有"悲歌"了。第二首写自己生活的艰困、对亲人的深切思念,后四句情景交融,更强化了诗人的悲怆。

后七子中的另一位作家宗臣(1525—1560),字子相,兴化(今属江苏)人。官至福建提学副使。有《宗子相集》。

---

① 谢榛引此二句,谓为李建勋诗,而陶岳《湖湘故事》则谓蒋维东所作。

王世贞谓其诗"以气为主,务于胜人,间有小瑕及远本色者弗恤也"(《艺苑卮言》卷七),故多佳句,王氏征引达数十联,如"枕簟疏秋雨,江山隔暮烟"、"夜立残砧杵,园行久薜萝"之属。其佳句能与通篇相称者,则如下引的《雨夜沈二丈至》:

> 榻有何人下?君能此夜过。寒蝉吴客赋,"衰凤"楚狂歌。雨气千江入,秋声万木多。明朝寒浦望,摇落有渔蓑。

诗中渗透着兀傲之气和悲凉之意,颇能感人。第一句用《后汉书·徐穉传》"(陈)蕃在郡不接宾客,唯穉来特设一榻,去则县之"的典故,意谓自己极少有可接待的宾客;第四句则自比以"凤兮凤兮,何德之衰"的歌曲讥笑孔子的楚狂接舆,均能显示其兀傲之概。至于悲凉之意,则依靠景色来体现,"雨气"二句和结尾的一句均很好地起到了这一作用。尤其是"雨气"一联,景象阔大,在《艺苑卮言》中也被王世贞作为佳句列出,而在诗中又与其所歌咏的傲岸不羁的人格正相适应,从而增强了全篇的感染力。

宗臣也能文,其所作《报刘一丈书》传诵甚广。他的长辈刘玠(即他所称的"一丈")写信给他,以"上下相孚,才德称位"相勖。所谓"上下相孚",也就是搞好上下级关系。他回答说,这是他绝对不能做到的。从中很可看出他的个性:

> 且今世之所谓孚者何哉?日夕策马候权者之门,门者故不入,则甘言媚词作妇人状,袖金以私之。即门者持刺入,而主者又不即出见。立厩中仆马之间,恶气袭衣袖,即饥寒毒热不可忍,不去也。抵暮,则前所受赠金者出,报客曰:"相公倦,谢客矣。客请明日来。"即明日又不敢不来。夜披衣坐,闻鸡鸣即起盥栉,走马抵门。门者怒曰:"为谁?"则曰:"昨日之客来。"则又怒曰:"何客之勤也?岂有相公此时出见客乎?"客心耻之,强忍而与言曰:"亡奈何矣,姑容我入!"门者又得所赠金,则起而入之,又立向所立厩中。幸主者出,南面召见,则惊走匍匐阶下。主者曰:"进!"则再拜,故迟不起。起则上所上寿金。主者故不受,则固请;主者故固不受,则又固请。然后命吏内之。则又再拜,又故迟不起,起则五六揖始出。出,揖门者曰:"官人幸顾我,他日来,幸亡阻我也。"门者答揖,大喜,奔出。马上遇所交识,即扬鞭语曰:"适自相公家来,相公厚我,厚我!"且虚言状。即所交识,亦心畏相公厚之矣。相公又稍稍语人曰:"某也贤,某也贤。"闻者亦心计交赞之。此世所谓上下相孚也。长者谓仆能之乎?

> 前所谓权门者,自岁时伏腊一刺之外,即经年不往也。间道经其门,则亦掩耳闭目,跃马疾走过之,若有所追逐者。斯则仆之褊哉,以此常不见悦于长吏,仆则愈益不顾也。每大言曰:"人生有命,吾惟守分尔矣!"长

者闻此,得无厌其为迂乎?

文中对诣谀权门者的描写固极生动,有王世贞所谓"其叙事则化工之肖物"之妙,而在紧接着此段叙述之后的"长者谓仆能之乎"一句,更充分体现了他对这一切人物——"孚者"、"门者"、"主者"和"所交识"——的无限蔑视。在这里,我们看到了一个与此种卑下的世态对立着的兀傲的形象,与《雨夜沈二丈至》中呈现的兀傲的诗人相辉映。在行文上,虽然"即"字、"则"字用得太多,略显累赘,却通篇均无古奥和模拟之迹。当然,宋代的古文中也有平易如此篇的,但像该篇这样细腻而又深刻的叙写却为前此所无。即如"孚者"的"适自相公家来,相公厚我,厚我"之语,仅仅重复了一个"厚我",其志得意满之态就见于言外。尽管后七子都打着"复古"的旗帜,但诸如此类的文章却显然是在推动散文的进展而不是把它拉向后退的。

总之,由于后七子在文学创作上取得了显著的成绩,远非王慎中、唐顺之等人所能比,他们在文坛上的影响就越来越大。据王世贞自己说,在他们开始倡导复古时,与他们可以称为同调的,连七子算在一起共十四人(见《艺苑卮言》卷七),后来阵营越来越扩大,七子以外,有"后五子"、"广五子"、"续五子"、"末五子","其后广为四十子"(见朱彝尊《静志居诗话》卷十三《谢榛》),多为当时著名文人,如汪道昆、屠隆、胡应麟等。这样,他们在文坛上占了压倒的优势,而以唐顺之等人为代表的崇道派则黯然失色。该派不但后继乏人,而且正如陈建华氏所指出的,其重要人物茅坤后来甚至分别写信给后七子中的王世贞和徐中行,在前一封信中对李攀龙和王世贞的诗大大称赞,说是"即如五、七言近体及长歌、绝句诸什,往往斧藻李、杜,鞭挞高、岑,其匠心所至,甚且唐人所不能,而二公时时抽逸响,出别调焉,呜呼盛矣"(茅坤《与王凤洲大参书》);在后一封信中则说:"历城公(指李攀龙)其肯以孟氏所以推伯夷、伊尹者与何、李,推颜、闵者与武进可乎"(茅坤《与徐天目宪使论文书》),从而"意味着唐宋派走到了末路"[①]。按,后一封信中的"武进"指唐顺之。《孟子·公孙丑》上说:伯夷、伊尹、孔子"皆古圣人也"(虽然茅坤认为孟子对伯夷、伊尹是"外之也"的,见其同一书信),又说:"子夏、子游、子张皆有圣人之一体,冉牛、闵子、颜渊则具体而微也。"所以,茅坤的意思是:何景明、李梦阳已被推为"圣人"了,是否可把唐顺之作为"具体而微"的"圣人"呢? 他已经自动把唐顺之的地位降到了何、李之下,而且还希望这一主张能为后七子所首肯,这较之他以前所说"雄才侠气,姗韩欧、骂苏曾,而不能本之乎六艺者,草莽偏裨,项羽、曹操

---

① 见陈建华《中国江浙地区十四至十七世纪社会意识与文学》,上海学林出版社1992年版,第163页。

以下是也"(茅坤《与慎山泉侍御论文书》),真有不胜今昔之感。按照他以前的理论,不但李、何是"草莽偏陴",李攀龙更是如此;而今则不但承认李、何是圣人,而且希望"草莽偏陴"李攀龙等人给唐顺之一个略低于李、何的地位了。陈建华氏由此而看到了该派的"走到了末路",可谓具眼。

不过,尽管李攀龙、王世贞等人最终取得了胜利,钱谦益却以捏造和其他的不正当手法,硬说王世贞后来承认了错误,否定了自己原先的道路,从而完全颠倒了后七子与崇道派之间的是非功过。由于钱谦益此说影响极大,故不得不稍加辨正;但限于篇幅,又不可能对之逐条驳斥。仅以一条被广泛接受的为例。

在《列朝诗集小传》丁集《震川先生归有光》中,钱谦益说:"弇州晚岁赞熙甫画像曰:'千载有公,继韩、欧阳。余岂异趋,久而自伤。'识者谓先生之文,至是始论定,而弇州之迟暮自悔,为不可及也。"此说几乎已为学术界所公认①,而钱氏篡改、歪曲原文的手法之恶劣与巧妙,实以此条最为突出。

现在先引《弇州山人续稿》中《像赞·归有光》的有关原文如下:

……寻以太仆入司制敕,气稍发舒。而浙之台使复苛擿之。先生方属疾,郁郁不乐,遂卒。

先生于古文辞,虽出之自《史》、《汉》,而大较折衷于昌黎、庐陵。当其所得,意沛如也,不事雕饰而自有风味,超然当名家矣。其晚达而终不得意,尤为识者所惜云。

赞曰:风行水上,涣为文章。当其风止,与水相忘。剪缀帖括,藻粉铺张。江左以还,极于陈、梁。千载有公,继韩、欧阳。余岂异趋,久而始伤?

将此段文字与钱谦益的引用及申论相比较,可以发现如下五点:第一,王世贞的原文是"久而始伤",却被钱谦益篡改成了"久而自伤"。第二,王世贞在"余岂"句的上文中,从未提及自己伤悼之事,怎会在篇末突然冒出"自伤"之意来?所以,"久而始伤"的"伤"显然不是"自伤",而是为归有光"伤"。因其上文曾说归有光"晚达而终不得意,尤为识者所惜云",而"惜"也就是"伤"的意思②,此句显与上文相呼应,说他自己也早就为归有光的"不得意"而伤,并不因为二人"异趋"而对他的"不得意"长期无动于衷。第三,在这段文字中,王世贞对归有光的评价并不高。所谓"当其所得",译成白话,就是"在他写得好的

---

① 仅个别人(例如陈建华氏)对此作过驳斥,但并未引起足够注意。我们在下文将要揭露的钱谦益篡改原文等手法,则为陈建华氏所未及。
② "惜"释为"伤",见《文选》中颜延之《直东宫答陈尚书》、《和谢监灵运》及陆厥《奉答内兄希叔》等篇的五臣注。

时候";那也就意味着尚有"当其所失"——写得不好的时候。"当名家"是"与名家相当"。所以,王世贞此处只是肯定了归有光文章中的"当其所得"的那些篇,说它们可与"名家"相当;他并没有把归有光这个作家归入"名家"之列,何况"名家"本来就不如"大家"。第四,王世贞说的"千载有公,继韩、欧阳",也不是对归有光的推崇。他自己本就"文知西京而上"(见前),又何有于"继韩、欧阳"之人?至于"千载"云云,乃是承上句的"极于陈、梁"而言,说归有光处在梁、陈的千载以后(梁始于502年,陈亡于589年,归有光生于1507年);被钱谦益断章取义地一引,舍弃了其前的"江左以还,极于梁陈"而只引"千载有公",读者自易误会为此句是说归有光为千载一人。其实,这首"赞"本含有批评归有光之意,它是说,写文章应如"风行水上,涣为文章"那样地出于自然,所以,梁、陈文士追求藻丽固然不对,像归有光那样地"继韩、欧阳"——"大较折衷于昌黎、庐陵"(也即大抵以韩、欧阳为准则)又何尝符合"风行水上,涣为文章"的自然之旨?也正因此,王世贞此处既强调了他与归有光之间的"异趋",同时也说明归有光到底是写过些好文章的人,尽管"异趋",他还是早就为归有光的不得意而哀伤。第五,归有光在王世贞心目中的地位既然如此,他凭什么要因归有光而如钱谦益所说的"迟暮自悔"?在这段文字中哪有什么"迟暮自悔"之意?

事情很清楚,上引钱谦益关于王世贞的那一段话,纯是篡改和捏造。

五、徐　渭

在后七子派声势日益盛大的同时,有一个作家在当时的影响虽不如他们,但在后世却更受重视。那就是年岁较王世贞略大的徐渭。

徐渭(1521—1593),字文清,更字文长,别号田水月、天池山人、青藤道士等,浙江山阴(今绍兴市)人。年二十为诸生,多次应乡试皆不第,一生潦倒。曾入浙江总督胡宗宪幕府,前后五年,参与抗倭活动,颇受宗宪优遇。宗宪因依附严嵩,纳贿揽权,严嵩失败后,宗宪也下狱死。徐渭惧受连累,精神失常,自杀未成。后又杀死妻子,遂入狱。监禁多年,始获释。善诗文、戏曲,尤工书画。著作行世者,有《徐文长三集》、杂剧《四声猿》、《徐文长逸稿》、《徐文长佚草》等。另有《南词叙录》,署"天池道人"作,世多以为出于徐渭,骆玉明等考为陆采作。

徐渭论诗,强调感情,既反对模拟和华而不实之作,又反对以理代情,以议论入诗。他在《叶子肃诗序》中明确指出:"不出于己之所自得,而徒窃于人之所尝言,曰某篇是某体,某篇则否,某句似某人,某句则否,此虽极工逼肖,而已不免于鸟之为人言矣。"在《肖甫诗序》中他又说:"古人之诗本乎情,非设以为之者也";"迫于后世","诗之格""多至不可胜品","然其于诗,类皆本无是情,而设情以为之","其势必至于袭诗之格而剿其华词"。于是,"有穷理者起而捄之,以为词有限而理无穷,格之华词有限而理之生议无穷也,于是其所为诗悉出乎理而主乎议"。他对这两种诗的评价是:"夫是两诗家者均之为俳,然谓彼之有限而此之无穷,则无穷者信乎在此而不在彼也。"换言之,他虽然认为"出乎理而主乎议"的诗要比"袭诗之格而剿其华词"的作品好一些,但也只是五十步与百步之别,实质上都是假诗。——"俳"为"俳优"之意。这里是说,这两类均非真诗,犹如俳优所扮演的人物究非其人本身。应该指出:联系到当时的诗歌发展情况,所谓"有穷理者起而捄之"的"穷理者",也即唐顺之之流。唐顺之后期把邵雍的诗作为"三代以下"的最好诗歌(见前),这就把"悉出乎理而主乎议"的诗作为诗的样板了。有的研究者说徐渭"上继唐宋派的余绪",恐怕并不符合实际。至其所谓"古人之诗本乎情",倒是继承了李梦阳之说,而且正是李梦阳提倡复古的依据。实际上,他对李梦阳是很尊崇的,其《曲序》就说:"空同子称董子崔张剧,当直继《离骚》,然则艳者固不妨于《骚》也。噫,此岂能人人尽道之哉?"

徐渭自己的诗,有不少确是"本乎情"的,尽管也不乏应酬之作。

他是个尊重自我的人,对束缚个人的秩序和观念颇为憎恶,但当时的环境又迫使他不得不在很多方面克制自己。因此,高傲和压抑感在他身上都很突出,由此形成他对环境的反拨。其诗歌所表现的感情主要也在于此。这种感情与独特的艺术形式相结合,就使其诗歌具有较强的感染力。试以以下两首为例:

> 大泽高踪不可寻,古碑祠木自阴阴。长江万里元无尽,白日千年此一临。我已醉中巾屡岸,谁能梦里足长禁?一加帝腹浑闲事,何用旁人说到今?(《严先生祠》)

> 荆卿本豪士,渐离亦高流,舞阳虽少小,杀人如芟苗。眇然三匹夫,挟燕与秦仇。悲歌酒后发,涕下不能收。猛气惊俗胆,奇节招世尤。见者徒骇顾,那能谅其由?我生千载后,缅兹如有投。时违动自妄,忽作燕京游。短褐入沽肆,酒至思若抽。念彼屠与贩,零落归山丘。皇皇盛明世,六辔控九州,匕首蚀野土,广道鸣华辀,寸规不可越,安用轲之俦?我思远及之,旷若林与鹜。凤鸟不可得,苍鹰以为求。(《入燕三首》之二)

其上一首所咏的是东汉初严子陵与已经做了皇帝的友人刘秀同榻而以足搁于刘秀腹上的事。这事长时期被作为一件特异的事件来传述,甚至说在当天晚上就出现了"客星犯御座"的天象(见《后汉书·逸民·严光传》)。这样做的出发点,是将皇帝视为神圣不可侵犯的存在;其根底里是严酷的封建等级制度和由此形成的观念。徐渭此诗,却把这视为很普通的行为;实际上也就意味着一个普通人即使在皇帝面前也不必自认为矮人一等,以致在与皇帝同榻时战战兢兢,终宵不寐,或睡着了也悬着颗心,束手束脚。就这样,他通过此事热情地歌唱了个人的尊严。那"一加帝腹浑闲事"之句,真可谓傲睨一世;而诗中对严子陵的赞美之情又和诗人自己的形象交相辉映,使这不可一世的兀傲成为子陵和诗人的共同品性。——在开首两句中,"高踪"固是直写子陵,"大泽"和"阴阴"的祠木也是对子陵的烘托[1];颔联的"长江"句是子陵当年垂钓处的地理形势[2],次句更把子陵在当地垂钓歌颂为白日照临,而且千年来只此一度;颈联正式点明诗人和子陵在勇敢捍卫自我尊严上原是彼此相通的。于是上述对子陵的赞美同时成了诗人的自我写照,而作为全诗高潮的"一加"句也就成为诗人的勇敢宣言。"何用旁人说到今"一句看似赘笔,实是对于"旁人说到今"的这种社会现象及作为其根底的封建等级制度、观念的反拨,体现了他与这种环境的对立。所以,此诗在精神上是杨维桢《大人词》"天子不能子"的继承,不过,该诗的"大人"是以陆九渊的哲学为依据[3],而此诗则出于历史上的实事,只是对之作了富于感情的引申,因而较《大人词》更为切实而感人。

其下一首所歌咏的是杰出的个人与环境的矛盾、对立。从历史上的荆轲等三人归结到诗人自己。"猛气惊俗胆,奇节遭世尤。见者徒骇顾,那能谅其由"四句,原是荆轲等杰出个人的共同悲哀,而诗人自己的感受更为深刻。因他生活在所谓盛世,"寸规不可越",所遭的束缚和压抑更为残酷,求如荆轲那样地拼搏一番的机会也不可得;不过他的内心始终渴望着像苍鹰那样地飞翔和搏击。在这首诗里,他不仅表现了庸众与杰出个人的对立,更表现了盛世——封建秩序十分稳固的时代——对杰出个人的更残酷的扼杀。后一点是我国以前的文学作品所从没有触及过的,这其实正反映了自我意识的觉醒在徐渭的时代较之以前有了新的进展。

从这两首也可看出徐渭诗的艺术特色:诗歌的意象具有强烈的主观性,能较清晰地呈现出诗人的投影,从而读者能较直接、深切地体味到诗人感情的跃动。就第一首来说,所写的虽是诗人经过严子陵祠时的所感,但只"古碑祠

---

[1] "阴阴",为遍覆之貌,即"灵之至,庆阴阴"(《汉书·礼乐志》)的"阴阴"。这里是形容祠木的众多和高大。
[2] 严子陵在刘秀为帝后不愿出仕,隐居垂钓。相传其垂钓处在富春江边,后人遂于其地建祠。富春江为钱塘江的一段;此处"长江"为长的江之意,即指钱塘江,"万里"是夸张的形容。
[3] 参见本书中卷第494—495页。

木自阴阴"一句似具较多的客观成分,何况还可能是受了杜甫《蜀相》的启发[①];换言之,此句可能不是出于他对严子陵祠这种现实情状的感动,而是他原就为之感动的从杜甫诗得来的诸葛亮祠的景象在此处得到了印证。至于其他七句中,一、三两句均有浓厚的主观成分[②],余五句更纯为主观的抒发。在第二首中,荆轲、高渐离、秦舞阳三人虽是历史上的实有人物,但却并无三人在一起共饮悲歌的历史记载;"猛气"四句更是诗人的虚构,以显示杰出人物的孤特自古已然,用作抒写他自己与环境、庸众对立的陪衬。"我生千载后"以下诸句,就都是直写自己所受的压抑与愤懑了。"皇皇盛明世"六句虽似客观描写,其实却是为了表明他对这种"寸规不可越"的环境的憎恶。所以,这两首诗都是从诗人的主观出发,根据其感情的需要来创造意象的。在这过程中,诗人在其精神力量的驾驭下,运用了想像、夸张、虚构、铺叙、比喻、象征等各种艺术手段,使意象具有一种傲世凌俗的奇异的美。

徐渭诗歌意象的主观色彩,甚至在其写景诗中也可以看到。现引两首为例:

> 危磴发闽甸,孤壁矗江浦。日如云外升,天从隙中度。标映翠逾莹,赭错苍微护。不受山人樵,自生水沉树。高顶澄方池,遥夜足春雨。蝌蚪自依苔,鲜鳞倏飞雾。何以致兹奇?鸟攫涧流鲋。清夕听啼猿,白日接仙驭。仰止莫能攀,搔首徒延伫。(《江郎山三片石高顶,树生沉香,人或拾其朽落。又有小池雾雨,鱼辄飞去,人相传鸟衔游鳞向啄,堕子生长》)

> 万里一亭孤,高城带海隅。不堪亭上望,帆落晚汀蒲。(《越望亭》,题下原注:"诸友画八景送马先生之安福,索赋")

这两首诗都能使人体味到一种孤傲的情绪。第一首中的"危磴"、"孤壁",以及它们迫使"天"也只能从其缝隙中度过的顽强,不能不使人想起鲁迅《秋夜》中落尽了繁华的枣树干子"那最直最长的几枝""默默地铁似的直刺着奇怪而高

---

① 杜甫《蜀相》诗的首二句为:"丞相祠堂何处寻,锦官城外柏森森。"与此诗韵部相同。杜诗这两句写到诸葛亮祠树木众盛,徐诗首二句则写其处"祠木"众多,树荫覆盖极广。且二诗第一句末皆为"寻"字,其第二句末皆为叠字,而其意义又均为对树木的形容,颇为相近。徐诗这两句显从杜诗脱化而出。
② 第一句"大泽高踪"四字中,"高踪"固已含有颂赞之意,"大泽"也非写实,因严子陵一生活动都与大泽无关,此处当用《左传》"深山大泽,实生龙蛇"的典故;"龙蛇"在那典故中原喻非常之人;"大泽"在这里是指非常之人的处身场所,当然,它同时给人以广袤无垠的感觉。至于第三句,虽与严子陵祠畔的富春江有关,但无论富春江或钱塘江都非"万里""无尽"的"长江",而且此句是与第四句紧密联系的,把严子陵形容为万里无尽的长江上千年一临的"白日",以极力显示严子陵的伟大。所以,其重点并不在描写自然景色,而是在凸现诗人心目中的理想人格。

的天空,使天空闪闪地鬼眯眼"的意象;尽管后者显示了远为强烈的反抗性。当然,这并不是鲁迅在写《秋夜》时曾受到徐渭此诗的影响,而当是二人都深感环境的重压意图反拨,这才使其意象有相通之处。至于此诗中的"不受"、"自生"等句,"高顶"的方池、"飞雾"的"鲜鳞",也都给人以不可侵犯或无从束缚的印象,但它们本身又都不是伟大的存在,并没有左右其他事物的命运的力量;因而与对"天"也不肯退让的"危磴"、"孤壁"基本上属于同一类型:不屈。第二首不仅写了处于极高之境的、一望无际的孤亭,而且以"不堪"二字,透露出了它与"帆落晚汀蒲"的停滞而迟暮的现实的对立。所以,此诗所含蕴的也是超越凡俗的孤傲的意象。其实,地既是"海隅",此亭又可远望万里,那么,浩瀚的大海本来也在"亭上望"者的视线之内,诗中只提"汀蒲",显是诗人为了创造上述意象的主观选择。可以一提的是,清代后期的龚自珍在《杂诗,己卯自春徂夏在京师作,得十有四首》之十二中说:"凭君且莫登高望,忽忽中原暮霭生。"其对"中原暮霭"的否定与此诗之以"帆落晚汀浦"为"不堪"望的景象,如出一辙。

徐渭也能文。其佳者既能表现个性,又有奇劲之气,不流于冗阘。《自为墓志铭》是最突出的代表。

> 山阴徐渭者,少知慕古文词,及长益力。既而有慕于道,往从长沙公究王氏宗。谓道类禅,又去扣于禅。久之,人稍许之,然文与道终两无得也。贱而懒且直,故悻贵交似傲,与众处不冘袒裼似玩,人多病之,然傲与玩,亦终两不得其情也。生九岁,已能习为干禄文字,旷弃者十余年,及悔学,又志迂阔,务博综,取经史诸家,虽琐至稗小,妄意穷极,每一思废寝食,览则图谱满席间。故今齿垂四十五矣,藉于学官者二十有六年,食于二十人中者十有三年,举于乡者八而不一售,人且争笑之。而己不为动,洋洋居穷巷,俨数椽储瓶粟者十年。一旦为少保胡公罗致幕府,典文章,数赴而数辞,投笔出门。使折简以招,卧不起。人争愚而危之,而己深以为安。其后公愈念折节,等布衣,留者盖两期,赠金以数百计,食鱼而居庐,人争荣而安之,而己深以为危。至是,忽自觅死。人谓渭文士,且操洁,可无死。不知古文士以入幕操洁而死者众矣,乃渭则自死,孰与人死之。渭为人度于义无所关时,辄疏纵不为儒缚,一涉义所否,干耻诟,介秽廉,虽断头不可夺。故其死也,亲莫制,友莫解焉。

这是该文的前半篇,于其身世、性格、自绝的原因的叙述,皆简捷而生动,而且贯穿着自傲与自尊,确实颇为感人。但如"与众处不冘袒裼似玩"、"干耻诟,介秽廉"等句,就近于古奥了。

不过，在《自为墓志铭》中，这样的笔法并不多；另一些文章里，此类现象就颇为突出了。如《赠吴宣府序》：

> ……余方与君罢讲稽山，下逢之，直前视，彼四人者嗔曰："酸何知，敢视我，直攫乃巾碎之耳！"余谓君曰："市人足恃也，盍抶诸？"君曰："不约易散，未可也。"君归呼族人于家，余归呼族人于寓。得七八辈，余曰："可矣。"君曰："不约莫任其害，未可也。"约族人曰："侪等击，击其下，莫击其上。"约市人曰："侪等莫击，第喊而声援。"遂击。四人者靡不仆几烂，击者逞褫其绛锦与靴，四人者裸而号，乞命，君曰："悉还之。"稽首悔谢若崩角。市者哗而合掌，君答而拊曰："劳矣！"稽首称快若崩角。顾谓余曰："盍归乎？"余曰："诺。"过寓将别，君曰："未也，已令设于寓矣。"举爵以揖升，若次功级然，尽醉而退。

这样的文笔，其古奥程度就远远超过《自为墓志铭》；至如"不约易散，未可也"、"不约莫任其害，未可也"之类，简直是《左传》笔法了。

这种现象的造成，实与弘治以来的复古思潮有关。徐渭在《书田生诗文后》中说："田生之文，稍融会六经及先秦诸子诸史，尤契者蒙叟、贾长沙也。姑为近格，乃兼并昌黎、大苏，亦用其髓，弃其皮耳。师心横从，不傍门户，故了无痕凿可指。诗亦无不可模者，而亦无一模也。此语良不诳。以世无知者，故其语亢而自高，犯贤人之病。噫，无怪也。"看来，徐渭对田生的诗文评价极高，与其人似也甚为知己。但除此一篇外，现存的徐渭诗文中没有再提及这位"田生"的；同时，根据现有的资料，当时也没有这样一位姓田的诗文高手。因此，这位"田生"当就是田水月——徐渭的别号（"田水月"合成一"渭"字）。由此可知，徐渭自己也是从复古的道路——所谓"稍融会六经及先秦诸子诸史"——走过来的，《赠吴宣府序》就正是这样的产物。不过，徐渭并没有认为这条道路对他有什么危害，而且他沿着这条道路终于走到了"师心横从"的境地，而"师心"正是元末文学思想活跃时的创作原则①。倘李梦阳等人所兴起的文学复古运动，与元末"师心"的文学思潮并不相通，徐渭又怎能由此而达到"师心"的境界？因此，这一运动对明代中后期的文学发展实起着承上启下的重要作用。自然，当徐渭标举"师心"时，已经抛弃了复古或"师古"的旗帜，但他显然并不站在文学复古运动的对立面②。

---

① 见本书中卷第336—337页。
② 他在《廿八日雪》一诗中虽曾对李攀龙等人对谢榛的态度表示愤慨，但那是由"朱毂华裾子"的"鱼肉布衣"而引起，并不是对他们的文学复古的理论与实践的批判。

第三节　文学复苏期的戏曲、小说及其他

在弘治至嘉靖时期，与诗文的发展同步，戏曲、小说也有了明显的进展。在戏曲方面，摆脱了萧条的态势。从王九思、康海开始，经过李开先、徐渭的先后努力，创作走上了表现人性、抒发真情的道路。为万历时期戏曲创作的繁荣奠定了基础。在小说方面，虽没有戏曲那样的重要成绩，但随着《钟情丽集》、《辽阳海神传》等作品的先后出现，其复苏的形势也已颇为明显。此外，散曲创作和民间歌曲的收集也各有值得注意之处。

一、正德时期的戏曲创作

戏曲创作的复苏，是从正德时期开始的。当时戏曲作家的最突出代表，是康海与王九思。

康海（1475—1541），字德涵，号对山、沜东渔父，陕西武功人。弘治十五年举进士第一，官翰林院修撰，刚直敢言。诗文与李梦阳等齐名，共称七子。正德初，宦官刘瑾当权，李梦阳为瑾所恶，下狱。梦阳求救于康海。康海与刘瑾同乡，平日素无交往；为救梦阳，前去谒见刘瑾，宛转陈说，梦阳遂得获释。及刘瑾被诛，忌康海者诬其为刘瑾党羽，因而罢官。康海回乡后，始终不改傲岸之态，生活愈益恣放；终身不再被用。有《对山集》（诗文集）、《沜东乐府》（散曲集）及杂剧《中山狼》。

康海的文学主张，李开先作过如下概括："古人言以见志，其性情状貌，求而可得，此孔子所以于师襄而得文王也；要之自成一家。若傍人篱落，拾人唾咳，效颦学步，性情状貌洒然无矣，无乃类诸译人矣乎？君子不作凤鸣，而学言如鹦鹉，何其陋也！"（《对山康修撰传》）他所主张的，是在诗文中见作者的"性情状貌"，但又借"古人"以作为提倡这种主张的依据；这与李梦阳以提倡"复古"来要求写出真情、真人的做法是完全相同的，是以康海也为复古运动的一员。不过，他又公开反对"傍人篱落，拾人唾咳，效颦学步"、"学言如鹦鹉"，这与后来徐渭的反对人而学为鸟言，也并无二致，从而更清楚地说明了倡导"复古"与反对模拟、剽窃本是可以互补的。

他的散文在七子中很受推崇，据王九思说：何景明、徐祯卿、边贡和王九思自己在散文写作上都得到过他的帮助（见李开先《渼陂王检讨传》）。不过，就其在后世的影响来说，则杂剧《中山狼》尤受重视。该剧写东郭先生在中山

地方救了一只被追捕的狼。狼在危险过后,却要把他吃掉充饥。于是他和狼一起,先后请老树、老牛为此评理,老树、老牛都说主人对它们忘恩负义,因此,狼把东郭先生吃掉也是应该的。最后遇到一位老人,才帮东郭先生杀掉了狼。这与文言短篇小说《中山狼传》所写情节相同。《中山狼传》有姚合、谢良、马中锡作三说,一般以为出于马中锡。此剧似即以小说为基础。不过,康海写作此剧的最主要原因,自是有感于世间存在着许多中山狼式的人物。

剧本以东郭先生为主角,其用笔的重点在于刻画东郭先生在整个过程中的感情演变:作为长途跋涉者的他在旅途中的感伤,初遇狼时的惊恐,是否要予以救助的犹豫,把狼隐藏起来后受到追捕者的怀疑和威吓而产生的怯惧,由狼的忘恩负义而导致的愤怒,面对死亡的惶急和听到老树、老牛的控诉而引起的震动,最终获得解救的感悟,在剧本中都有较清晰而生动的表现。把感情的历程写得如此细腻而丝丝入扣,这是以前的任何杂剧都没有过的。当然,这与作品的情节简单、时间集中存在密切联系;否则就难以在短短的四折中做到这一点。但无论如何,作者的这种竭尽全力以刻画人物感情的做法是值得重视的。

也正因此,剧本所写的东郭先生的很多心理活动都能使人感动。如第一折写东郭先生在遇狼前的旅途感受的唱词:

〔油葫芦〕古道垂杨噪晚鸦,看夕阳恰西下。呀呀寒雁的落平沙。黄埃卷地悲风刮,阴云遍野荒烟抹。只见的连天衰草岸,那里有林外野人家!秋山一带堪描画,揾不住俺清泪洒袍花。

〔天下乐〕策蹇冲寒到海涯,好教俺嗟也么呀。两鬓华,常言的出外不如家。既没个侣伴们共温存,更少个僮仆儿相衬搭,俺不觉的颤钦钦心头怕!

凄凉的景色,坎坷的身世,孤身独行的恐惧,相互交融,通过疏宕而感情浓郁的曲词,形成一种沁人心脾的魅力。

再如,在东郭先生向老树和老牛询问狼是否该吃他时,它们都说自己给主人做了极大贡献,养活了他们全家,使之安富尊荣,如今自己年迈无力,主人就要把它们砍掉和杀掉,以获取最后一点好处,"您却有甚恩到这狼来?该吃您,该吃您!"这真是惊心动魄的回答!原来人世间就是这样地忘恩负义。作为对老树的回答的反应,东郭先生的唱词是:

〔绵搭絮〕……您道是结子开花,枉做了木奴;今日里断梗除根,只当是折蒲。(哎,罢了!罢了!)都似这义负恩辜,俺索做钽麑触槐根一命殂!(第三折)

他对老牛的回答的反应,则是:

〔拙鲁速〕您道是急巴巴的荷犁锄,只剩得影岩岩的瘦身躯。今日里受的酸风苦雨,倒在颓垣败堵,尚兀待掀皮剜肉费踌蹰。(哎,罢了罢了!俺好命穷也!)这场儿的冤苦,向谁行来分诉?諕的俺似吴牛见月儿喘吁吁。(第三折)

在这里可以看到东郭先生所受的震动,也可看到其心情的复杂、矛盾。当听到老树的回答时,他为其主人的忘恩负义而愤慨,但还没有料想到忘恩负义者是如此之多,所以有"都似这义负恩辜",他宁愿自杀的宣言。而在听到了老牛的回答后,他才知道忘恩负义确是普遍现象,等待着老牛的就是"掀皮剜肉"的惨酷。他意识到在这样的世界里,自己是很难逃脱被吃的命运了,是以有"这场儿的冤苦,向谁行来分诉"的悲叹。但面对着死亡,原先宁可自杀的豪气没有了,剩下的只有惊恐。

总之,通过这样的切身经历,东郭先生认识了这个世界的不义和残酷。因此,在狼被杀以后,他并不觉得世界就此变好了;其内心仍怀着深深的恐惧:"休道是这贪狼反面皮。俺只怕尽世里把心亏。少什么短箭难防暗里随,把恩情番成仇敌,只落得自伤悲。"(〔沽美酒〕)"俺只索含悲忍气,从今后见机、莫痴。"(〔太平令〕)而由于在整个剧本里,东郭先生的感情演变都被写得真切动人,他在最后的这种觉悟也就具有震撼力。

自晚明时期起,就有人认为剧中的中山狼是指李梦阳。经现代研究者蒋星煜氏等考证,此说实不足信。不过,康海曾作过《读〈中山狼传〉》诗,其中说:"平生爱物未筹量,那记当时救此狼?"那么,此剧所写,确是有其深切体验的。

当时与康海一起被作为刘瑾党羽的还有也属于前七子的王九思(1468—1551)。九思,字敬思,号渼陂,陕西鄠县(今户县)人。弘治九年进士。授检讨。刘瑾专权时,翰林院官除状元外皆调部属,他也改官吏部主事,后升至郎中;刘瑾既诛,王九思被目为瑾党而谪为寿州同知,次年被勒令致仕。据李开先《渼陂王检讨传》,这实是忌恨他的人对他的打击,并非他真与刘瑾有牵连。所著有诗文集《渼陂集》、《渼陂续集》、杂剧《曲江春》、散曲集《碧山乐府》等。

他的诗文本是李东阳一路,后转而与李梦阳、康海等从事文学复古运动。梦阳、康海并分别对其诗文有所改削。所作词曲(散曲、杂剧),成就犹在诗文之上。故李开先说:"诗文苍古。而词曲则新奇,不止守元人之家法,而且得元人之心法矣。脍炙人口,洋溢人耳。"(《渼陂王检讨传》)

杂剧《曲江春》作于自寿州返乡以后(据《渼陂王检讨传》)。所写的是:杜甫在唐肃宗时于长安任右拾遗之职,官闲无事,至曲江贾婆婆所开设的酒馆喝酒,因无酒钱,只好把朝衣抵押在酒馆中。后来带了钱再去,又受到酒楼上正在饮酒的富豪的奚落和贾婆婆的赶逐,只好到另一酒家赊酒。次日,岑参邀他到渼陂庄游赏。一路行去,都是优美的风景,遂有归隐之思。到庄上不久,有朝中使者来传宣,皇帝要升他为翰林学士。他却辞官不做,决意与政界决裂了。

整个剧本是以杜甫的思想演变为中心而展开的。第一折中的杜甫是个心系国事、忠于皇家的贤臣。他自己说:"自从明皇主人往成都去了,我曾到曲江池上,则见那胡尘满眼,宫殿萧条,春光依旧,物是人非,真个好伤感人也呵!"因此,他对于为朝廷作出了贡献的贤相姚崇、宋璟等大为称颂,对奸相李林甫则愤怒斥责。不过,由于自己"年纪四旬有余",官卑职小,"怎能勾麒麟阁上功臣分"?遂决定"明日往城南游玩一遭"。这就已经流露出了心中的苦闷以及欲在美好的自然景色中获得安慰的愿望。到了第二、三折,这种与环境的矛盾逐步加深,尤其是在贾婆婆酒楼上所受的屈辱,更给他很大的刺激,因而他"对景伤怀",要"痛饮一场"。这是他痛饮时的唱词:

〔满庭芳〕深拚醉倒,青春易去,白发难饶。满园桃李,风吹落,万点飘摇。高塚外麒麟卧草,小堂中翡翠为巢。推物理须行乐,浮名蜗角,何用绊吾曹!(第二折)

这已开始出现了与朝廷离心的倾向。其后在去渼陂庄的途中,他越来越被美丽的自然景色所吸引,也就越来越产生脱离朝廷的渴望:

〔东原乐〕相映着日色红,恰便似青莲隐约在风前动,瀑布飞来百尺虹。堪题咏。我待要避人来也,住在这紫云深洞。
〔绵搭絮〕不怕你经纶夺世,锦绣填胸,前推后跻,口剑唇锋。呀!眼睁睁难分蛇与龙,烈火真金当假铜。似这等颠倒英雄。不如咱急流中归去勇!
(第三折)

正是在这样的基础上,他在第四折的结尾傲然宣称:

〔离亭宴带歇拍煞〕从今后青山止许巢由采,黄金休把相如买,摩娑了壮怀。想着那骑马上平台,登楼吟皓月,倚剑观沧海。胸中星斗繁,眼底乾坤大。你看!那薄夫菲才,谁是个庙堂臣?怎做得湖海士?羞惭杀文章伯。紫袍金阙中,骏马朝门外,让与他威风气概。我子要沽酒再游春,乘桴去过海。

在这里,杜甫自己显得十分高大,而与朝廷中的大小臣僚——"薄夫菲才"——相对立。因此,他决意与他们决裂,"让与他威风气概",自己却要高举远游。这是高度的自尊,也是对统治集团的极度蔑视。就这点说,此剧也正是对自我尊严的热情讴歌。

明代普遍传说此剧是批判李东阳的。这种说法大概始于嘉靖初。李开先《渼陂王检讨传》说:"嘉靖初年,将征之纂修实录,而同罢吏部者①摘取《游春记》中所具人姓名,毁于当路:'李林甫固是指李西涯,而杨国忠得非杨石斋、贾婆婆得非贾南坞耶?'坐此竟已之。"《游春记》即《曲江春》的异名,李西涯即李东阳。虽然杨国忠在作品里其实并没有出现,这一举报显有虚假成分,但第二折中在酒楼上喝酒的豪客有"闻的先父尝说,李林甫丞相的诗最好,清新流丽,人人易晓",这却显然不适合于唐朝的李林甫,只适于明朝的李东阳,何况剧本所写的渼陂确是王九思所居之地。因此,王九思在写李林甫时带了李东阳一笔,在写杜甫时也多少掺入了一点自己的感情,当都是事实;但若说此剧纯是为李东阳所写,就未免是以偏概全了。因为就总体上说,剧本中写及的李林甫与李东阳是不同的,剧本中杜甫的遭遇也与王九思截然有别。

总之,随着康海、王九思的出现,在明初的严酷统治下深受压制的戏曲作家作为个体的主动精神重又醒觉起来。他们把自己所感受到的与环境的矛盾、自我的尊严勇敢地表现于戏曲创作之中,开始使戏曲重又回到金、元时期所奠定的与历史前进方向相一致的道路上去,并继续发展。而康海、王九思都是弘治、正德时期文学复古运动中的重要人物;所以,这一运动不仅导致了诗文的复苏,也导致了戏曲创作的复苏。

二、嘉靖时期的戏曲创作

嘉靖时期的戏曲创作较之正德时期又有进展。主要在于:第一,正德时期是杂剧复兴的开始,嘉靖时期则除了杂剧继续向前推进外,并在南戏的基础上形成了传奇,使戏曲创作进一步出现了新的面貌。第二,从剧作的数量上看,也有了明显的增长。这时期的戏曲作家,最重要的是李开先和徐渭。前者的成绩在传奇,后者的成绩在杂剧。

传奇虽是在南戏的基础上形成的,但关于二者的区别,目前在研究者中还没有统一的意见。顾名思义,南戏自应用南曲,传奇则南北曲合用。除此以外,传奇的体制与《琵琶记》等南戏没有多大的差别。但在实际上,现存较早的南戏《宦门子弟错立身》和《小孙屠》已有北曲,就此点言,则南戏和传奇的区别实不在北曲的有无,而在北曲的多少。这虽难以有截然的标准,但如李开先的《宝剑记》,不但有好些北曲曲牌,而且其最著名的《夜奔》一出全用北曲,那么,

---

① 指原与王九思同在吏部任职,刘瑾获罪后也被作为刘瑾党羽而罢职的人。

把它算作传奇较之视为南戏似更为恰当。

李开先此剧之所以值得重视,是因它不仅在形式上从南戏转变为传奇,更因为它在内容上较明代成化以来的南戏有了重大突破。

自《琵琶记》和《荆》、《刘》、《拜》、《杀》以后,南戏创作沉寂了很长的时期。至成化年间,邱濬(1420—1495)《五伦全备记》出①,才打破了这种局面。其后又陆续有《冯京三元记》、姚茂良《双忠记》、沈采《千金记》、《还带记》、邵灿《香囊记》、王济《连环记》、陆采《明珠记》、《怀香记》、《南西厢记》等南戏剧本产生。它们大抵作于正德时期至嘉靖前期。另有《绣襦记》,有徐霖作、薛近兖作和作者佚名三说,倘徐霖(1462—1538)作之说可靠,当亦作于正德至嘉靖前期②。这些剧本大致可分为三类。一类是宣扬封建道德和因果报应之说,内容陈腐,艺术上也平庸;如《五伦全备记》、《冯京三元记》、《双忠记》、《还带记》、《香囊记》。后一种且"以时文为南曲",因作者"习《诗经》,专学杜诗,遂以二书语句勾入曲中,宾白亦是文语,又好用故事作对子"(徐渭《南词叙录》),更妨碍了对人物感情和性格的真切表述,但却由此而开了南戏中讲究骈俪、词藻的一派。另一类以情节取胜,写人物感情和内心活动都较简单。但如演员能通过表演来丰富人物的感情,仍能受到观众的欢迎。如《千金记》、《连环记》。《绣襦记》基本上也属此类,但封建道德的色彩较为浓厚。此剧本事出于唐传奇《李娃传》。元人石君宝杂剧《李亚仙花酒曲江池》在唐传奇基础上把它写成了一个歌颂爱情的剧本。《绣襦记》则尽量加重女主角在道德——当然是封建道德——上的完美性,她为了激励男主角读书上进,竟然自己剔目毁容;与此相应,整个故事也加重了败子回头的成分。再一类是歌颂爱情的,那就是陆采(1497—1537)的三个剧本。其中尤以《怀香记》最具特色。写西晋时权臣贾充的女儿与韩寿的恋爱故事。贾女渴望爱情,主动追求韩寿,颇有白朴《墙头马上》中李千金的勇敢,可惜曲词浮泛,不能深切地表达她在恋爱过程中的喜怒哀乐。对韩寿的描写更多败笔。例如,二人相约在韩寿的居室私会,而且在这以前他们没有私会过,但在贾女前去赴约时,韩寿已因与朋友喝酒而醉得不省

---

① 吕天成《曲品》卷上,关于邱濬有"乍辞幄讲,亟谱家词。造捏不新,知老笔之已钝"语。"家词"当即指《五伦全备记》。据何乔新《赠特进左柱国太傅谥文庄邱公墓志铭》,邱濬于成化帝即位后,任经筵讲官,升侍讲、侍讲学士,又升翰林院学士,至成化十三年升国子监祭酒。《曲品》之所谓"幄讲",当指其任经筵讲官及侍讲、侍讲学士时的工作,至其任翰林学士时是否还要承担"幄讲"的工作,今不得而知。但任国子监祭酒时,自不可能再担负此一任务。由此言之,其"亟谱家词"至迟在成化十三、四年间,其时邱濬为虚龄五十八九岁,故云"老笔"。
② 徐霖虽生年较早,但吕天成《曲品》卷下有"尝闻:《玉玦》出而曲中无宿客,及此记(指《绣襦记》。——引者)出而客复来"之语,祁彪佳《远山堂明曲品》、朱彝尊《静志居诗话》亦谓《玉玦》在《绣襦》之前。《玉玦》作者郑若庸生于1490年,其作剧不可能早于正德元年(1506)。

人事了,她只得废然而返。由此一点看,韩寿好像并没有把二人的爱情放在心上;但其整个情况却又并非如此。作品的这一插曲,当是为了显示爱情过程中的波折;事实上,小说《娇红记》也有过类似的情节,并无消极效果①,此剧却因处理不当,反而损害了韩寿性格的完整性。总之,自成化以来,南戏的创作逐渐增多了,但却尚无较优秀的剧本出现。李开先的《宝剑记》则是最早的突破。

《宝剑记》作于嘉靖二十六年(1547),其时陆采去世已经十年了。其本事出于《水浒传》,但有所发展。大致情节如下:北宋末年的林冲原为征西统制,因见朝政混乱,上本陈谏,反被贬为巡边总旗,幸蒙张叔夜保荐,得任禁军教师,提辖军务。既而因"朝廷听信高俅拨置,遣朱缅等大兴土木,采办花石,骚动江南黎庶,招致塞上干戈。此辈反称贺时世太平,不管闾阎涂炭",他"为国伤情",又上一本,要求"花石且暂停,休招外攘",并惩处高俅、童贯等(第六折)。于是高俅设下奸计,把他骗入白虎节堂,欲置于死地,但未得逞,便将他发配沧州。原要解差在途中杀死林冲,却被鲁智深所救。其后高俅儿子想谋夺林冲妻子,派人到沧州林冲所管的草料场纵火,林冲忍无可忍,终于杀死了纵火者,投奔梁山。林妻则在高衙内的逼迫下离家逃亡,林母也被迫自杀。林冲上梁山后,征得宋江同意,起兵五万,要下破东京。官军无法抵抗,皇帝只得下诏招安,并把高俅父子送给林冲报仇。林冲夫妻重又团圆。

此剧所写的故事较之《水浒》有两点明显的不同。第一,在《水浒》中,高俅父子的迫害林冲纯是由于高衙内要谋夺林妻;在剧本中,却是林冲为了国家与民众主动和高俅、童贯等斗争,以致高俅定要害死林冲;至于高衙内的欲夺林妻,已在高俅三番五次地谋害林冲之后。所以,政治斗争的内容在此剧中占了很大的比重。这显与作者自己对政治斗争的关注分不开。第二,《水浒》中的宋江从来没有想过要攻打东京,在此剧中梁山的军队却已打到了黄河两岸,倘不是皇帝下诏招安并承诺交出高俅父子,林冲就要率军渡河,直指东京。所以,作品的反抗精神也就加强了。

不过,以上这些只是题材上的差别,而作品的价值并不是由题材决定的。值得重视的是:作品由此写出了一个与《水浒》颇为不同的林冲。这个林冲虽有忠君思想,但那是与对国家、民众命运的关心联系在一起的,是以他上章弹劾童贯、高俅等的出发点就是国家和民众都因他们而遭到了深重灾难。同时,他对自己又具有很高的期许,在他开始出场的那一折——第二折——中,就有这样的唱词:"豪放,匣中宝剑无尘障,知何日诛奸党? 自奖,虽不能拜将封侯,

---

① 《娇红记》也有娇娘于晚间到申生的房间去而申生醉卧不醒的情节,但二人事先并未约定这天晚上相会,是以申生的醉卧是可以理解的。

也当烈烈轰轰做一场。"(《醉翁子》)这也就意味着他并不是一个肯做皇帝的没齿不贰的奴才或驯服工具的人物。因此,他在"为国伤情"(第六折)而劾奏童贯、高俅以致经受了一系列磨难后,发出了这样的质问:"我不负君恩,君何负我?"(第二十九折《集贤宾》)在夜奔梁山的途中,他清楚地认识到自己已"逼做叛国的红巾,背主的黄巢",同时也发誓说:"这一去,博得个斗转天回,须教他海沸山摇。"(第三十七折《折桂令》)反抗的决心已经形成。及至发兵东京之际,他更毅然宣称:"大丈夫不能留芳百世,亦当遗臭万年。人言说的好:'过后思君子,无毒不丈夫。'使李逵先整掇五千人马,报复冤仇。"(第四十七折)这正是其"烈烈轰轰做一场"的抱负的最终实现。因为,攻打东京是向当时社会秩序的公开宣战,其结局不是留芳百世,便是遗臭万年,而且后者的可能性更大;即使成功了,也会在历史记载中被贬斥为"要君"的乱臣贼子。但"留芳"也罢,"遗臭"也罢,他总之是"烈烈轰轰"做过一场了,他没有辜负他的"自奖"。就这样,作品使我们看到了一个具有宏大志向的、统治阶级的正直成员,怎样在环境的压迫下,终于发出了反叛的绝叫,而其昂扬的自我意识在这过程中又起了怎样的作用。

作者在写这一切的时候,对林冲具有显然的同情和赞美,而且对林冲的内心活动和感情的显示深入而生动,因此很具感染力。林冲在杀死火烧草料场的高俅爪牙而奔赴梁山途中的一折——第三十七折(通常称为"夜奔"),尤为突出。

〔新水令〕按龙泉血泪洒征袍,恨天涯一身流落。专心投水浒,回首望天朝。急走忙逃,顾不的忠和孝。
〔驻马听〕良夜迢迢,投宿休将门户敲。遥瞻残月,暗度重关,急步荒郊。身轻不惮路迢遥,心忙只恐人惊觉。魄散魂消,魄散魂消,红尘误了武陵年少。
〔水仙子〕一朝谏诤触权豪,百战勋名做草茅,半生勤苦无功效。名不将青史标,为家国总是徒劳。再不得倒金樽杯盘欢笑,再不得歌金缕筝琵络索,再不得谒金门环珮逍遥。
〔折桂令〕封侯万里班超,生逼做叛国的红巾、背主的黄巢。恰便似脱扣苍鹰,离笼狡兔,摘网腾蛟。救急难谁诛正卯?掌刑罚难得皋陶!鬓发萧骚,行李萧条。这一去,博得个斗转天回,须教他海沸山摇。
〔雁儿落〕望家乡去路遥,想妻母将谁靠?我这里吉凶未可知,他那里生死应难料!
〔得胜令〕呀!諕的我汗浸浸身上似汤浇,急煎煎心内类油调。幼妻室今何在?老尊堂恐丧了!劬劳,父母恩难报;悲嚎,英雄气怎消!

〔沽美酒〕怀揣着雪刃刀，行一步哭号啕。拽长裾急急蓦羊肠路绕，且喜这灿灿明星下照。忽然间昏惨惨云迷雾罩，疏喇喇风吹叶落，振山林声声虎啸，绕溪涧哀哀猿叫。吓的我魂飘胆消，百忙里走不出山前古庙。

〔收江南〕呀！又只见乌鸦阵阵起松梢，数声残角断渔樵。忙投村店伴寂寥。想亲帏梦杳，空随风雨度良宵！

林冲对其遭遇和当前处境的愤怒、悲哀、惊恐，对亲人的思念、负疚，对自己前途未卜的忧虑，报复和反叛的决心，途中荒凉、恐怖的景色对他心理的重压，交错在一起，相互渗透，给予读者以强烈的感动。就这一折来说，较之元代杂剧、南戏的任何优秀曲词均无愧色。

从这里还可以看到李开先此剧的根本性的艺术特色：重视人物的描写。如果只是考虑情节的交代，这几支曲词全都可以不要。而且，这绝不是剧中仅有的例子。如第四折林冲夫妻论心、第二十三折林冲与鲁智深分别，就都属于这一类。有意思的是：二十三折中林冲还写家书托鲁智深带给母亲、妻子，有两段唱词和相应的说白；但从其后诸折来看，此信始终没有带到，也没有点出其何以不到的原因。可见写信之举对情节的进展毫无关系，作者安排此节，只是为了表现林冲对母、妻的深厚感情；这个目的既已达到，书的下落作者就不再关心了。在写林冲妻子、母亲、使女锦儿乃至公孙胜这样的次要人物时，也都着重写其心理活动与感情。如高衙内威逼林冲妻子与他成亲，林妻被迫自缢，救下后，锦儿决心代她出嫁再乘机自杀，以便她逃奔外地，寻觅林冲；分别之际，锦儿对林妻——她称之为"母亲"——有这样一段话：

母亲少得烦恼。路上与王妈妈水宿风餐，小心在意。寻见爹爹时，是必休题锦儿之事，太平归省，老奶奶坟边，将我无主的锦儿题名，也奠上一杯残浆剩水，便是子母情肠；你孩儿死在九泉之下，不敢忘了母亲！（第四十三折）

话极朴素，但真称得上血泪交迸。她到死都不愿林冲为她的悲惨命运而悲哀，也不愿他们在以后对她有什么报答，只要在每年给林冲母亲上坟时还记得有她这样一个孤鬼就够了。多么善良而可怜的灵魂！

还有值得注意的是：从剧本的描写来看，作者对封建道德的某些方面已有所怀疑和动摇。如"大丈夫不能留芳百世，亦当遗臭万年"的话，本来是与封建秩序、封建道德相抵触的，因为它会鼓励人们做出种种与封建秩序、道德相违背的事来；是以在以前的文学作品中，从不让所谓正面人物说这样的话，但李开先却使他所赞扬的林冲毅然宣之于众。再如，当高衙内胁迫林冲妻子时，林冲母亲对自己媳妇说："孩儿，你弱质芳年，便死而何益！不如嫁了他，苟延性命,苍天自有报应处。"她一再相劝,林妻执意不允,于是她决心自尽。她说:"苍天,苍天!我一家无故遭此横祸!高衙苦逼媳妇为婚,媳妇千万顾恋老身,坚执不肯依。不如我寻个自尽。孩儿也无挂念,老身也不受苦。罢!罢!"(第三十八折)在横祸来临之际,她所殷切希望的,就是儿媳妇能够活下去。至于所谓道德、节操的问题,她根本不予考虑。而且为了儿媳妇能够这样违背道德地活下去,她终于献出了自己的生命。这,就是我国文学在近世时期所出现的重视个体生命价值的新的精神。它跟儒家所强调的"君子爱人以德,小人爱人以姑息",程朱理学所鼓吹的"饿死事小,失节事大"相对立,与朱有燉在《香囊怨》中所提倡的妓女也应"从一而终"并为此而自甘死亡的道德信条更如水火不相容。

李开先与康海、王九思有交往,对他们颇为崇敬,并在戏曲创作上受有他们的影响。他自己说:"予初碌碌,赖二翁(指康海、王九思。——引者)称扬有名,鄙作亦赖之得进。"(《渼陂王检讨传》)他创作《宝剑记》时,康海已死,王九思为之作《书〈宝剑记〉后》,赞之为"至圆不能加规,至方不能加矩。一代之奇才,古今之绝唱也"。前两句虽然说得过头,但也可见《宝剑记》正是他的理想标本。换言之,作为文学复古运动的重要成员,他不仅与康海在戏曲创作中作了贡献,而且还希望他们之后的戏曲创作沿着类似《宝剑记》那样的道路走下去。从中可以进一步看出弘治、正德间开始的文学复古运动的实质与积极意义。至于其评语的后两句,若就《宝剑记》在戏剧创作中的创造性(出现了以前的剧本从未有过的人物和精神)及其把南戏提高到一个新阶段(以前的南戏从未表现过像"夜奔"那样慷慨悲壮的感情,也从未在北曲的使用上达到这样高的水平)来说,也并不算过分。

在李开先写作《宝剑记》的十多年后,徐渭写了他的杂剧《四声猿》——《狂鼓史渔阳三弄》、《玉禅师翠乡一梦》、《雌木兰替父从军》、《女状元辞凰得凤》[①]。

[①] 徐朔方教授所撰《关于四声猿》(载《戏文》1982年第4期)据《徐文长逸稿》卷四《倪君某以小象托赋而先以诗,次韵四首》题下原注"又以幕客讽我"语,定此四诗作于徐渭为胡宗宪幕客时;又据同注"倪别有七言绝讽我云:'犹喜曾无江夏权。'谓我幸无权耳,不然即一黄祖也"语,考定同书卷八《倪某别有三绝见遗》与上诗为后先之作,因该诗题下自注有"一以渭《渔阳三弄》杂剧内有黄祖,乃讽我即是黄祖,特无权耳"语,与前诗注语相应;复因后诗题注中言及"一因四剧名《四声猿》,谓为妄喧妄叫",故考定《四声猿》作于渭在胡宗宪幕中时。渭为幕客在嘉靖四十年至嘉靖四十四年间(1561—1565)。又,或以为倪某诗作于徐渭晚年,所谓"以幕客讽我"者,讽其曾为幕客耳。按,此说误。徐渭次倪某韵诗之二:"惭非十九人中客,付与毛锥站画中。"即答倪某"以幕客讽我"者;盖以不得若毛遂助平原君建大功而仅能弄笔题倪某画像为惭,此自是现任幕客口吻。又,同诗之二:"评惭王濬推王猛。"诗题下注则云:"第二首,倪诗以略误推我。"是倪推渭为王猛(猛为苻坚谋主,雄才大略,功勋甚著),而渭仅云"略误";此显作于渭在宗宪幕下,意气风发之时。

不过，从体制上看，许多地方已对杂剧有所突破。例如，杂剧的定格为四折，而《四声猿》的第一种只一折，第二、三种均只两折，第四种则为五折。杂剧由一人主唱，《四声猿》却有两个及多人唱的。

在这四种中，《雌木兰》和《女状元》都是赞美女性的才能的，颇可看出徐渭在妇女观方面的进步性。但从文学的成就看，实以前两种为突出；《玉禅师》尤值得重视。

该剧所写的是：玉通和尚原是"西天""古佛"，"止因修地未证，夺舍南游"（第一折），在杭州水月寺住下，又虔修了二十余载。新任柳府尹怪他不去迎参，便派妓女红莲来败坏他的道行。他果然上当。气愤之下，他写了一个帖子与柳府尹，中有"我身德行被你亏，你家门风被我坏"（同上）之语，坐化后投胎于柳府尹家，成为他的女儿。长大后为娼，败坏了柳家门风。幸而其前生的师兄月明和尚前来度化，遂又复归于佛门。此一故事在田汝成《西湖游览志》中已有记载，其旨原在宣扬灵应；但在徐渭笔下，它却显示了人性与力图克服人性的教义的对立。其第一折以人性的胜利而告终，后一折表面上似在鼓吹佛法的广大，但却并不意味着佛法已战胜了人性。

在第一折中，这个自称"五十三年心自在"的玉通和尚，面对着红莲，处处受制，也即处处违背了佛家教义。这天晚间，他听庵中的道人报告说，有一个全身被雨淋湿的妇人前来借宿，他问："那妇人老也小？"及至听说"上不过十七八岁，一法生得绝样的"，他就不敢留她进来住宿了，但又不能赶她出去，于是告诉道人："你把一床荐席，就放在左壁窗槛儿底下，叫他将就捱捱儿吧。"佛家讲究四大皆空，要求做到无人相、无我相，他不敢留漂亮少妇，就是有人相了；让她在窗槛底下苦捱，则又是无慈悲心。可见他一听得漂亮女子，内心立生戒惧，便把佛教根本教义忘了；这其实是从反面显出了异性的力量的巨大。其后红莲装得腹痛将死的样子，他惊慌起来，生怕她死在庵中，打人命官司，而且，"验尸之时，又是个妇人，官府说你庵里怎么收留个妇人，我有口也难辩"。这又违背了佛家"不惊，不怖，不畏"的教导。因红莲原先说过，在病发时，有人以热肚皮与她的相贴就能痊愈，惊慌之下，他照此办理，结果破了淫戒。及至发觉上当，他大为瞋怒，骂红莲道："则教你戴毛衣成六畜道，变虫蛆与百鸟餐……"（〔收江南〕）并不恤以自己投胎为娼来报复柳府尹。这更走上了佛家以为大毒的瞋、痴的道路；那种报复手段就是"痴"。但从另一方面来看，他以上的这一切都是人之常情；常人虽然没有他那样的从事报复的法力，却同样有报复的愿望。也就是说，他克制了人性五十三年，但一遇到青年美女，其防线就全面崩溃，这正意味着人性的不可克制。

此折曲词和说白配合密切，通俗明快，并能深切地表现出人物的感情。以下是玉通在上当后的悲慨、对红莲的指责以及红莲的回答：

〔新水令〕我在竹林峰坐了二十年，欲河堤不通一线。虽然是活在世，似死了不曾然。这等样牢坚，这等样牢坚，被一个小蝼蚁穿漏了黄河堑。（红）师父，吃蝼蚁儿钻得漏的黄河堑，可也不见牢。师父，你何不做个钻不漏的黄河堑？

……

〔折桂令〕叫道是满丹田疼得似蛇钻，叫与他坦腹磨脐，借暖隈寒。我那时节为着人命大事，我也是救苦心坚，救难心专，没方法将伊驱遣，又何曾动念姻缘。（红）不动念，临了那着棋儿谁教尔下？（生）不觉的走马行船，满帆风到底难收，烂缰绳毕竟难拴。（红）师父，你若不乘船要什么帆收，你既自加鞭却又怪马难拴。

玉通的急怒交加、悔恨夹杂，红莲的从容不迫，均清晰可见；玉通言词的苍白无力，红莲回答的无懈可击，也都给人以深刻的印象。

其实，玉通之所以处处落在下风，并非他守戒不坚，而是因为这种对人性的克制本就难于坚持。是以他自己最后也说："当时西天那摩登伽女，是个有神通的娼妇，用一个淫咒把阿难菩萨霎时间摄去，几乎儿坏了他戒体。亏了那世尊如来才救得他回。那阿难是个菩萨，尚且如此，何况于我？"这已经意味着人的自然欲望极难克制，而红莲则说得更透彻："师父，我笑这摩登还没手段，若遇我红莲呵，由他铁阿难也弄个残，铁阿难也弄个残。"玉通对此竟然无法置辩，只能以"则教你戴毛衣成六畜道"之类的诅咒来威吓她。这就进一步显示出了红莲的自信、自傲和玉通的沮丧无奈，也再一次强调了人性的顽强。在第二折中，由玉通和尚投胎并已落娼的柳翠，遇到了月明和尚。后者喷她一口法水，她悟彻了前身。于是与月明和尚一递一句地说了一通颇含禅机的话，就算度化完成。但在这里正存在一个很大的问题：这位重入佛门的信徒，靠着本折中所表现出来的这一点理论上的领悟，在下次又遇到诱惑时抗御得了么？与上一折那种笔酣墨饱的描写相对照，这一折的度化成功并不能否定上一折的人性的胜利。

跟《玉禅师》相比，《狂鼓史》显然缺乏戏剧冲突。它说的是：曹操死后，入了地狱，曾经击鼓骂曹的祢衡则在阴间颇受优待。判官要求祢衡把击鼓骂曹的事表演一通给他看。祢衡同意了，但希冀把自己被害后曹操做的恶事也作为骂的内容。判官当然赞成。便把地狱中的曹操押出来，让他重新扮成丞相的样子，受祢衡的痛骂。所以，这其实是打死老虎。

此剧的值得注意之处，是在祢衡对曹操的痛骂中，渗透着徐渭自己的感情。下面所引，是祢衡骂曹操杀杨修、孔融和害死祢衡自己的段落：

〔六么序〕哄他人口似蜜,害贤良只当耍。把一个杨德祖立断在辕门下,殢可可血唬零喇。孔先生是丹鼎灵砂,月邸金蟆,仙观琼花,《易》奇而法,《诗》正而葩。他两人嫌隙,于你只有针尖大,不过是口唠噪有甚争差!一个为忒聪明参透了鸡肋话,一个则是一言不洽,都双双命掩黄沙。

……

〔么〕哎,我的根芽也没大兜搭,都则为文字儿奇拔,气概儿豪达,拜帖儿长拿,没处儿投纳;绣斧金树,东阁西华,世不曾挂齿沾牙。唉!那孔北海没来由也!说有些缘法,送在他家。井底蛤蟆也一言不洽,怒气相加。早难道投机少话,因此上暗藏刀把我送与黄江夏。又逢着鹦鹉撩咱,彩毫端满纸高声价,竟躬身持觞劝酒,俺掷笔还未了杯茶。

……

〔青哥儿〕日影移窗棂、窗棂一镈,赋草掷金声、金声一下。黄祖的心肠忒狠辣,陡起鳞甲,放出槎枒。香怕风刮,粉怪娼搭,士忌才华,女妒娇娃。昨日菩萨,顷刻罗刹。哎!可怜俺祢衡的头呵,似秋尽壶瓜,断藤无计再生发,霜檐挂。

这几支曲词不仅愤怒地斥责了曹操、黄祖的妒贤嫉能、残害才俊,更为被害者的悲剧命运深感哀痛,对他们的才能、品格洋溢着由衷的赞美。所有这些错综交互,形成一股强大的感情力量,曲词也如江河奔腾,一往无前。在这里,剧中人物的感情与作者的感情已经汇而为一。更确切地说,它们并不是作者体会剧中人物的处境、感情而得,因为剧中所写的祢衡在阴间为上客而曹操沦为囚徒的幻境是根本无法实际体会的;所以,这只是作者自己的感情突入人物的结果,与作者诗歌的意象具有强烈的主观色彩的艺术特色彼此相通。一般说来,像戏剧这样的艺术门类只有在特定的情况下才能这么做,但在作品中饱含作者自己的感情却正是文学作品——包含戏剧创作——艺术感染力的所在。

总之,作为戏剧文学,《玉禅师》与《狂鼓史》的艺术成就显有高下之别,前者的第一、二折也不平衡;但其所体现的艺术原则——表现人性及其胜利、在人物中渗透作者的热烈感情——却正是与复苏后的明代文学前进方向相一致的。可以说,汤显祖的《牡丹亭》就是此等艺术原则的再次显现,当然是在更高层次上的显现。

三、弘治至嘉靖时期的小说

这一时期的小说创作,保存下来的资料很少。有些作品可能已保留下来了,目前却难以确定。例如,万历时所刻《国色天香》《绣谷春容》等书中的有些文言小说,可能即出于此一时期,只是眼下无从证明。但尽管如此,小说在这一时期的复苏仍是可以断定的。在这方面值得注意的是《钟情丽集》和《辽阳海神传》。

《钟情丽集》的现存最早刊本是弘治十六年本,四卷,收藏于日本成篑堂。明代《风流十种》《绣谷春容》《国色天香》等均收入《钟情丽集》,而文字不尽相同。大连图书馆藏有《钟情丽集》抄本,未知所出;但不分卷,显与弘治本有别。上海古籍出版社印行的《古本小说集成》所收《钟情丽集》,即据大连图书馆抄本影印。

据孙楷第氏《日本东京所见小说书目》载:弘治本卷首有简庵居士的序,称其书为"余友玉峰生"所作,又谓玉峰生其时为"弱冠之士";序末署"成化丁未春二月花朝前二日简庵居士书于金台之官舍"。据此,则此书的写成不当迟于成化二十三年(1487)丁未。但此年是成化的最后一年;弘治帝于当年即位。且序中未言及此书的出版事。而抄本《钟情丽集》及《绣谷春容》所收者,其结尾处均有这样一段:

> 玉峰主人与兄交契甚笃,一旦以所经事迹、旧作诗词备录付予,命为之作传焉。

"玉峰主人"当即简庵居士《序》中所说的"玉峰生"。"兄"则为"予"(即"作传"者)之兄。据此,玉峰生——玉峰主人实即书中的主人公,而作者则为玉峰主人的一位好友的弟弟。这显然与简庵居士《序》中的话发生了冲突。倘若弘治本的结尾也是如此,那就可以推想:在简庵居士于成化丁未写《序》时,本书作者本想把它说成是一部由玉峰主人所虚构的作品的;但后来出版时,他却又要把它说成是玉峰主人的亲身经历了。换言之,在简庵居士作《序》和该书正式出版之间隔了一些时候,以致作者的想法发生了变化,而且作者很可能在这期间按照后来的想法对内容有所修改(至少上引结尾的那段话是后加的);同时,简庵居士《序》中说:"吾知是集一出之后,治家者知内外之当严……"似乎原书对其所写的表兄妹的私情并不完全肯定,因而希望治家者严内外之别,以避免此类可非议事件的发生;但除弘治本未见、不知其详外,其他各本都没有这样的内容,则作者在简庵居士作《序》后也许还有过较重要的修改。为慎重起见,我们把它看作弘治时的作品。至于此书作者,明人相传为邱濬,那是靠不住的;参见徐朔方教授为《古本小说集成》所收影印大连图书馆藏抄本《钟情丽集》所作《前言》。

作品以辜辂和瑜娘为男女主人公。二人是表兄妹;辜辂的祖姑即瑜娘的祖母。他奉父命去问候祖姑,被挽留在她家作西宾。因与瑜娘相见既频,日久生情,常以诗词见意。瑜娘祖母也向辜辂明确表示要把瑜娘许配给他。他赶快回家,向父亲禀告,其父即遣媒来求婚,瑜娘父亲答应了亲事。在这期间,辜辂中了秀才。但不久之后,他的父亲去世,家道中落,瑜娘父亲遂有悔婚之意,加以法律本有禁止中表通婚的规定,就把瑜娘许配给了同郡富室符氏。瑜娘愤而自杀,但被救了转来。其后与辜辂私奔,在辜辂家中同居。却又遭到符氏告发,双双入狱。幸而宰官同情他们,只命瑜父把瑜娘领回;同时也判符氏与瑜娘的婚姻为非法。瑜父领回瑜娘后,把她监禁起来,又得她祖母的帮助,让她重回辜家,两人终得团圆。最后辜辂得"掇巍科",夫妻荣贵。

这一作品的前半写二人的恋爱过程及瑜娘的抗婚,颇有与《娇红记》相似之处;瑜娘父亲许婚而又悔赖,也与《娇红记》的娇娘父亲相似。这些可能受了《娇红记》的影响。但其后的私奔、入狱等均为《娇红记》所无。如写瑜娘于出狱后在家中的情况说:

> 瑜娘自归之后,黎(指瑜娘之父。——引者)幽之冷室,使之自尽。瑜终日独自悲吟,欲殒命,然以未得与生诀别,尚不能忍。乃作哀词八首以自吊,云:
> ……
> 百年伉俪兮一旦分张,覆水难收兮拳拳盼望。倘若不遂所怀兮死也何妨,正好烈烈轰轰兮便做一场。莫教专美兮待月西厢,何必偃仰兮苦恋时光!

描写虽较粗率,所作哀词亦无文采,但瑜娘对辜辂生死不渝之情及宁死不屈之意还是看得出来的。其所谓"烈烈轰轰兮便做一场",也正是后来《宝剑记》中林冲的追求。然则在文学复苏时期,作品中的男女实均有不甘于平庸没世的。总之,这较之其稍前《剪灯余话》所写的爱情显然更为勇敢。因此,其本身的艺术成就虽然不高,但就其反映小说创作的风气转变这一点来看,却是值得重视的。这以后就陆续出现了若干用文言写的恋爱小说,如《怀春雅集》等;其出现的确切时间则难以查考。

这时期的小说中,另有一篇很值得重视的,是蔡羽的《辽阳海神传》。蔡羽在该篇中说,这是他听作品主人公的叙述后记录下来的,故署"蔡羽述";但因所叙事迹神怪,不可能为实事,自当出于创作。

蔡羽(? —1541),字九逵,吴县(今江苏苏州的一部分)人。国子监生,后为南京翰林院孔目。在文学上也主张复古,有《林屋集》、《南馆集》。

《辽阳海神传》的男主人公程宰,是徽州商人。正德初至辽阳经商,资本亏尽,与兄长都沦为别人的伙计。心情抑郁。一天晚上,忽有三个美人并众多侍女入室,其中一个美人自称与程宰有夙缘,就共同宴饮;宴终人散,她独自留宿。此后与程宰的感情越来越深厚,就告诉程宰,自己是辽阳海神。程宰向她诉说困顿之状,她就帮助程宰经营,在四五年间获利数万。到嘉靖三年,程宰忽然思念家乡,美人便对他说,两人缘分已尽,程宰不胜悲哀。分别时,美人又说,他在归途中有三大难,届时她当来救护。程宰得她的帮助,终于平安回乡。蔡羽在篇末说:"今年丙申在南院①,客有言程来游雨花台者,遂令邀其偕至,询其始末。"则此篇实作于嘉靖十五年丙申(1536)。

从文学发展的角度看,这篇小说的如下两点很值得重视。

第一,本篇虽有若干赘笔(主要是海神对程宰所提出的天堂地狱等问题所作的回答),但所占篇幅很少。就总体来说,描写颇为生动、细腻,想像也较丰富。如写二人分别的一段:

> 一夕,程忽念及乡井,谓美人曰:"仆离家二十年矣,向因耗折,不敢言旋。今蒙大造,丰饶过望,欲暂与兄归省坟墓,一见妻子,便当复来,永奉欢好,期于周岁,幸可否之。"美人欷歔叹曰:"数年之好,果尽此乎?郎宜自爱,勉图后福。"言讫,悲不自胜。程大骇曰:"某告假归省,必当速来,以图后会,何敢有负恩私?而夫人乃遽弃捐若是耶?"美人泣曰:"大数当然,非关彼此。郎适所言,自是数当永诀耳!"言犹未已,前者同来二美人及诸侍女仪从,一时皆集,箫韶迭奏,会燕如初。美人自起酌酒劝程,追叙往昔,每出一言,必汍澜哽咽。程亦为之长恸,自悔失言。两情依依,至于子夜。诸女前启:"大数已终,法驾备矣。速请登途,无庸自戚!"美人犹执程手泣曰:"子有三大难,近矣,时宜警省,至期吾自相援。过此以后,终身清吉,永无悔吝。寿至九九。当候子于蓬莱三岛,以续前盟。子亦自宜宅心清净,力行善事,以副吾望。身虽与子相远,子之动作,吾必知之。万一堕落,自干天律,吾亦无如之何也。后会迢遥,勉之!勉之!"丁宁频复,至于十数。程斯时神志俱丧,一辞莫措,但雪涕耳。既而邻鸡群唱,促行愈急,乃执手泣诀而去,犹复回盼再四,方忽寂然。于时蟋蟀悲鸣,孤灯半灭,顷刻之间,恍如隔世。亟启户出观,但曙星东升,银河西转,悲风萧飒,铁马叮当而已。

虽然对话偶有较为古奥之处(如"今蒙大造"之类),但写二人由离别而生的留

---

① 指南京翰林院。

恋和悲哀,海神对程宰的关怀,都相当深细。就描写的具体来说,实已超过唐传奇及《剪灯新话》一类作品;而如"于时蟋蟀悲鸣……"之类情景交融的词句,则为《娇红记》类型的小说所无。因此,本篇实显示了在文言小说创作上的一种新的努力。

第二,作品的男主人公是个商人。在介绍元代文学的部分,我们已经说明:在元杂剧中,凡是士子与商人在争取女性的爱情方面产生矛盾时,商人总是失败并被写得很不堪;像《东堂老》那样对商人加以肯定的,在元杂剧中是极个别的,而且那与爱情无关。至于在小说方面,《娇红记》虽含市民意识,而且作品所写的娇娘的家庭情况也有与市民的近似之处,但男女主人公及其家长却都是以仕宦之家的身份出现的。因此,《辽阳海神传》实是我国小说史上第一篇写商人在爱情生活中受到高贵女性——甚至是神仙——的青眼而且较细致地描绘其丰富的感情生活的作品。同时,通过海神帮助程宰经商致富的故事,也肯定了商业的价值。结合其上述第一点特色而言,这实是我国第一篇具有较鲜明的市民意识、在艺术上显示了新的努力的文人小说,为万历时宋懋澄同类文言小说的先声,它们对后来《三言》、《两拍》之类的文言小说具有重要影响。

四、散曲及民间歌曲

从明初开始的文学衰落的过程中,散曲也衰落了。在这期间,朱有燉虽作过不少散曲,在当地(今河南开封一带)传唱颇盛,以致李梦阳《元宵绝句》有"齐唱宪王新乐府,金梁桥外月如霜"之句,但较之元代散曲大为不逮。例如,感叹人生的短促和否定对名利的追求,本是元代散曲的重要内容之一;朱有燉也有一批这样的作品。但元曲中此类曲词之佳者均蕴含着对个体生命的灼人的热情,就是像关汉卿《闲适》(〔南吕四块玉〕)那样赞颂宁静的、没有进取性的生活的小令,虽然吟唱着"离了利名场,钻入安乐窝,闲快活",而其所向往的,仍是"老瓦盆边笑呵呵,共山僧野叟闲吟和。他出一对鸡,我出一个鹅,闲快活"的自由自在[①]。朱有燉所咏歌的,却是"浮生自觉皆无用,德尊崇禄盈丰,浑如一枕黄粱梦。迷到老来才自懂:功,也是空;名,也是空"(〔北中吕山坡里羊〕)。这其实是对于生命的厌倦,既看不到引人神往的追求,又没能感情洋溢地叙写其厌倦的原因,只是简单地重复了元人的名利皆空的结论,从而缺乏艺术感染力。

与剧曲在明代的复兴同步,散曲的复兴也是从正德时期开始的。其最早

---

① 参见本书中卷第 429 页。

的突出代表同样是康海与王九思。

康海的散曲集《沜东乐府》共收小令二百余首,套数三十余套。均作于罢官家居以后,多咏其放逸生活之趣与鄙弃功名之志。尽管他并非主动要退出官场,但通过自身的经历,确实体会到了官场的黑暗,因而具有以富贵为敝屣的气概。同时也有少数散曲显示出深沉的压抑感。如果把上述两类作品加以综合,我们就不但看到了他那傲视现实的自我尊严,也看到了他那欲改变现实而不得的焦躁。至于曲词,均气势磅礴,感情充沛,深具力度。

属于前一类的,如小令〔越调寨儿令〕("眼谩睃")、套数〔双调新水令〕(《东谷草堂燕集》)、〔仙吕点绛唇〕(《归田述喜》)、〔仙吕村里迓鼓〕(《春游》)等,在明代都有较大影响。而最具特色的,是小令〔寨儿令〕("虽是穷")和套数〔正宫端正好〕(《秋兴》),今引〔寨儿令〕全篇和〔正宫端正好〕的数支曲子如下:

> 虽是穷,煞英雄,长啸一声天地空。禄享千钟,位至三公,半霎过檐风。马儿上才会峥嵘,局儿里早被牢笼。青山排户闼,绿树绕垣墉。风,潇洒月明中。(〔寨儿令〕)
> 〔滚绣球〕铲畦塍作沼渠,架桑麻盖隐居。乐淘淘做一个傲羲皇人物,任天公怎生般加减乘除。兴来呵旋去沽,睡浓呵谁敢呼?我把这世间情饱谙心目。也待要苦依依落魄随俗,止为这双孪被底难伸脚,因此上七里滩头只钓鱼,撒罢了玉虒天厨。(〔正宫端正好〕套)
> 〔耍孩儿〕为什么安车耻向红尘去,单效那不唧溜悲秋杜甫?便做到三公六位待何如!头疼杀马穰人呼。爱你个科头跣足眠幽谷,因此上倒缶倾囊贳酒壶。闲议论谁曾顾?可正是山禽难饲,野马难刍!(同上)

这些曲词不仅生动地表现了傲睨天地、脱屣富贵的豪气,更唱出了向往自由、力图摆脱束缚的心声。他之不愿再进入官场,正是因为他已意识到了这种无意义的"峥嵘"是以自身的受束缚——"被牢笼"作为代价的。值得注意的是:〔耍孩儿〕的"山禽难饲,野马难刍",与高启的"海鸟那知享钟鼓?野马终惧遭笼靮"①可谓异曲同工;〔滚绣球〕的"这双孪被底难伸脚"云云,与徐渭的"我已醉中巾屡岸,谁能梦里足长禁"②都是从严子陵的典故生发开去的,尽管康海是感到与皇帝同榻的束缚难于忍受,不如离开,徐渭则认为与皇帝同榻也不必拘束,尽可把脚伸到他的腹上,因而比康海更进了一步,但基本点则是相通的。因此,从文学的体现希冀自由的精神说,康海显然是从高启到徐渭之间的中转站。这绝不意味着康海此曲受到了高启诗的影响或徐渭曾从这支〔滚绣球〕中

---

① 参见本卷第12页。
② 见本卷第129页。

受到启发,但从文学发展的角度来看,我们可以说:以李梦阳为首的前七子的文学复古运动,乃是元末明初文学积极内核的继承者,而徐渭则是其进一步弘扬者。

康海的另一类型的散曲,可以套数〔仙吕点绛唇〕(《久雨作》)为代表:

〔仙吕点绛唇〕透幕侵箔,把人厮虐,何时了?彻夜滔滔,绿水人家绕。
〔混江龙〕不知昏晓,滴滴点点闹寒蕉。愁心易感,业眼难交。阻拦岐路,蹭蹬渔樵。迷渡口黯林梢,崩岸谷涨波涛。吃紧的黄花寂寞东篱道,望不的三峰华岳,看不见万顷秋郊。
〔寄生草〕云初淡,势更骄。恍疑万马长空淖,忽如万井遥天倒,蓦然万鹜平林落。旅魂乡梦怎生堪,闺人嫠妇如何较?
〔六么序〕呀,趄趄的封了山坳,忽剌的暗了市朝。便是庙堂中也乞良的鬼哭神号。怎生的借剑诛蛟,破甑焚鸦,执简乘鹤向天公细扣根苗:见如今干支死闭了晴旸兆?又不是润春郊好雨如膏。良田一望皆池沼,家无四壁,闷彻三焦。
〔么〕一会家麈毫,划度,笑语儿曹,细和《离骚》。自酌香醪,强对佳肴。且把这难打荡的情肠按着。呀,蓦然间又怎学忽地云消,划地烟交?越越的奋撼咆哮,檐花万点帘前瀑。便是个铁石人也魄散魂消。莫不是冯夷故把东洋倒?逐日家纷纷霭霭,溜溜嘈嘈。
〔后庭花煞〕阴晴数所遭,亏盈无定约。焰爨家家闭,萍芜处处漂。怎生教封姨知道?霎时间层阴净扫见层霄!(《久雨作》)

从"便是庙堂中也乞良的鬼哭神号"之句,可见此处所咏,实不仅是自然界的雨,而且蕴含象征意味。它实际是一种具有巨大破坏性的、无所不在的、"把人厮虐"的力量,从朝廷到深闺乃至渡口林梢都深受其害。作者空有消除它的愿望,但只能忍受,只能以"笑语儿曹,细和《离骚》"以及"香醪"、"佳肴"来强自排解,痛苦地等待着"层阴净扫"的那一天的到来。值得注意的是:以这样的象征手法来抒写个人与环境的矛盾以及在环境压抑下的焦灼,并对这种象征的事物作如此具体、鲜明的铺叙,在现存的金、元与明代前期的散曲中从未出现过,这当是康海对散曲所作的新贡献。

王九思散曲的基本倾向与康海近似,但豪气较逊,对人生的悲慨则比康海深沉。现引其套数〔正宫端正好〕(《春游》)中的几支曲词为例:

〔上小楼〕想着那潭潭相府,迢迢官路。画戟朱门,大纛高牙,后拥前驱。彼丈夫,我丈夫,虎争狼顾。就里个赚人坑有谁觉悟?
〔么〕我也曾榜登龙虎,班随鹓鹭,口吐风雷,目藐公侯,志挽唐虞。力未输,兴已孤。青春抛去,做一场黑邓邓梦中蕉鹿。
〔满庭芳〕何劳怨苦?花明彩袖,酒满墁壶。看花两眼如遮雾,及早欢娱。时运来官封五羖,迁谪去客吊三闾。这两个都不做,做一个刘伶伴侣,到处是吾庐。
〔快活三〕叹光阴忒迅速,恰便似过隙驹。趆趆的又是五十余,那里有千万种闲思虑?
〔朝天子〕王谢家锦屋,百姓家草屋,认不得贫和富。乌衣巷口日将晡,总是伤情处。燕子飞来,谁家庭户?问东风谁是主!有黄金几斛,有良田万亩,也索要回头顾。
〔四边静〕望中原高低禾黍。寂寞秦宫,萧条汉都。千古英雄,今日归何处!笑杀山翁,做个酒徒。再不上功名簿。

这些曲词与一般的勘破世情不同。他从切身经历体会到:在名利场中争逐,不过是进入了"赚人坑";要为"志挽唐虞"这样的抱负而奋斗,也只是浪费青春的梦幻。由此,他获得了进一步的觉悟:那创建统一大业的秦汉皇帝、世代绵延的王、谢贵族,到底在人间留存了什么呢?因此,他的"再不上功名簿",乃是对传统的价值观念的否定,在这样的深沉悲慨中,正蕴藏着对人生的新的探索,尽管他没能得出积极的结论。

除了康海、王九思外,在正德、嘉靖时期的散曲家,还有常伦、李开先、冯惟敏和王磐、金銮、陈铎、沈仕、杨慎、黄娥等。大致说来,常、李、冯和唐、王都是黄河流域或其以北的人,余则为长江流域或其以南的人(含祖籍不在该地区而实际上已为该地区居民者)。前者称北派,后者称南派。这只是就作者的地域所作的区分,并非北派用北曲写作,南派用南曲写作;两派的人都兼用南、北曲。就风格而言,大抵北派偏于豪放,南派则较清丽。

在北派散曲家中,李开先的生平已作过介绍。常伦(1492—1525),字明卿,号楼居子,山西沁水人。曾任大理寺评事,有《常评事集》及散曲集《写情集》。冯惟敏(1511—1580),字汝行,号海浮山人,山东临朐人。曾任涞水(今属河北)知县等职,有散曲集《海浮山堂词稿》。今引三人散曲各一首为例:

鹿呦呦,野猿为友鹿同游。懒仙坐拥芦花被,行棹木兰舟。孤灯闪闪渔村晚,残角悠悠旅馆秋。临江阁,望海楼,得凝眸处且凝眸。(李开先〔南仙吕傍妆台〕)

冈葫芦一摔个粉碎,臭皮囊一挫个蝉脱,鸦儿守定兔儿窝中睡。曲江边混一回,鹊桥边撞一回,来来往往无酒儿三分醉。空攒下个铜斗儿家缘也,单买那明珠大似椎。恢恢,试问青天我是谁!飞飞,上的青霄咱让谁!

（常伦〔山坡羊〕）

〔正宫端正好〕跳出了虎狼穴，脱离了刀枪寨，天加护及早归来。甫能撮凑到红尘外，总是超三界。

〔滚绣球〕磣可查荆棘排，活扑剌蛇蝎挨。打周遭挤成一块，谎得俺脚难那眉眼难开。一个虚圈套眼下丢，一个闷葫芦脑后摔。跕着他转关儿登时成败，犯着他诀窍儿当日兴衰。几曾见持廉守法躲了冤业，都只为爱国忧民成了祸胎，论什么清白！……（冯惟敏《徐我亭归田》，〔正宫端正好〕套数）

在南派散曲家中，王磐、金銮善于写景，陈铎、沈仕以写情之作较具特色，杨慎、黄娥身世凄凉，曲中愁绪颇足动人。

王磐，字鸿渐，号西楼，高邮（今属江苏）人。生活于正德、嘉靖时期。有散曲集《西楼乐府》。金銮，字在衡，号白屿。本为陇西人，随父亲寓居今江苏南京。生活于正德至隆庆间，万历初或尚在世。有《萧爽斋乐府》。二人的散曲中最有成就的，是这一类作品：

石亭荫凉，撑开竹影，放入山光。燕儿对舞莺儿唱，天助诗狂。借林下烟霞一掌，躲人间万事奔忙。襟怀放，对清风飒爽，歌窈窕两三章。（王磐《题石亭》，〔北中吕满庭芳〕）

凤凰台下，见两行杨柳，千树桃花。当年燕子添声价，又来到百姓人家。看白昼香尘走马，听黄昏老树啼鸦。便做到春如画，渐风飘雨洒，芳草遍天涯。（金銮《长干春兴》，〔北中吕满庭芳〕）

与此相对，陈铎、沈仕虽也有写景之作，陈铎的题材尤为广泛，但最能显示其特色的，则是表现男女之情的散曲。铎字大声，邳州（今江苏邳州市）人，自上世即居住今江苏南京。世袭指挥。生活年代大致与康海、王九思同时。其散曲存世者达一千余首，有散曲集《梨云寄傲》、《秋碧轩稿》等；谢伯阳氏所辑《全明散曲》中搜罗最备。沈仕，字懋学，号青门山人，浙江仁和（今杭州）人。至迟于嘉靖初已声名甚盛，卒年可能在嘉靖末。其散曲集《唾窗绒》已佚，任讷氏收辑其现存散曲，仍名为《唾窗绒》，收入《散曲丛刊》中。二人均以作南曲擅场，善于描写青年妇女在恋爱中的心理，沈仕且多艳丽之作，世称"青门体"。今各引一首为例：

想才郎一去了杳无凭，早忘了海誓山盟。说来话儿全不应，谁似你辜恩薄倖。对神前提着小名，才骂了又心疼。（陈铎《怨别》，〔南风入松〕）

倚栏无语掐残花，蓦然间春色微烘脸上霞。相思薄倖那冤家，临风不敢高声骂，只教我指定名儿暗咬牙。（沈仕《春怨》，〔懒画眉〕）

不过,陈铎、沈仕的这类散曲,究竟是男性作家对妇女心理的体会;是否真能写出妇女的心曲,还是值得研究的问题。比较起来,杨慎妻子黄娥所写怀念丈夫的散曲,才称得上情真意切。

杨慎(1488—1559),字用修,号升庵,四川新都人。正德时曾任翰林修撰,嘉靖时为经筵讲官。嘉靖三年,以敢于切谏而下狱、遭廷杖,谪戍云南;在当地度过了三十五个年头,才含恨逝世。其妻黄娥(1498—1569),字秀眉,于正德十三年(1518)结婚。婚后六年,杨慎就充军云南。次年,黄娥曾到云南探视,不久即还四川,其后即长期过着孤独的生活。后人曾将她与杨慎所作散曲辑为《杨升庵夫妇散曲》。她的作品有不少是怀念杨慎的。套数〔北越调斗鹌鹑〕(《忆别》)尤有名:

〔北越调斗鹌鹑〕分手东桥,送君南浦。目断行云,泪添细雨。载恨孤舟,戛愁去橹。厮看觑,两无语。当时也割不断那样恩情,今日个打叠起这般凄楚。
〔紫花儿序〕病恹恹云衣雨带,冷清清月户风亭,孤另另晨钟暮鼓。信断音疏,枕剩衾余。踟蹰,想起他嫋嫋婷婷玉不如。动人情处,春风兰蕙,秋水芙蕖。
〔调笑令〕短叹又长吁,一寸柔肠千万缕。眼睁睁怎忍分飞去,凤鸾交鸳鸯伴侣。争奈惹鸦喧鹊妒,枉耽了落雁沉鱼。
〔麻郎儿〕东君要与花为主,可怜见憔悴了粉捏身躯。月才圆便有云和雾,端的是嫦娥命苦。
〔圣药王〕高桥渡,团山路。万转千回,无计留他住。锦瑟年华谁与度,铁做心肠泪似珠,不见他一纸来书。
〔尾声〕不明白前世姻缘簿,教今生千般间阻。实指望眼皮上供养出并头莲,有分教心窝儿里再长连枝树。

此首表现了她对丈夫的深切思念、离别带给她的无限痛苦和她对爱情的坚贞,曲中渗透的愁绪很能使人感动。尤其值得注意的是:她还写出了丈夫在她心目中的可爱之处,也即"想起他嫋嫋婷婷"诸句。中国在夫妇配合上的传统观念,是郎才女貌。这一方面是因为男性从其在社会上奋斗的需要来说,才具必不可少,另一方面是把女性仅仅作为男性玩赏的对象。黄娥则公然宣称:丈夫的令她动情之处("动人情处")在于他的漂亮。这就体现了女性在婚恋中的主体地位,在一定程度上蕴含着女性对自己的权利的要求。在以前的剧曲中,本来就已出现过女性对男性的美的赞赏,但那到底是出于剧中人之口。黄娥以一个上层社会的妇女,竟然大胆地抒写了这样的感情,这不仅显出了她的勇敢,而且由于她连这样的内心活动也敢写,在涉及她的思念、痛苦等方面时自更无所畏忌,是以通篇都情真意切,具有较大的感染力。

杨慎的散曲,以表现其困顿、不幸的最为突出。如〔北仙吕点绛唇〕套数:

〔北仙吕点绛唇〕万里云南,九层天栈,千盘险。一发中原,回望青霄远。
〔混江龙〕自离了蓬莱阆苑,晓风残月挂秋帆。江莴漠漠,水荇田田。落日山川虎兕号,长风洲渚蛟龙战。鸿雁池头,鲤鱼山下,鸬鹚堰底,鹦鹉洲边。扬舲常恨水云迟,授衣又早寒暄变。恰似萍流蓬转,几曾饱系藤牵。
〔油葫芦〕白雪江陵古渡边,解征帆,上征鞍。楚塞霜寒枫叶丹,沅澧波香兰芷鲜,武陵春老桃花怨。千里望云心,九叠悲秋辩。又不是南征马援,壶头山愁望飞鸢。
〔天下乐〕瘦马凌竞蝶梦残,雾慾风偶怎消遣?断角残钟几度孤城晚。回首送衡阳去雁,忍泪听泸溪断猿。乱云堆何处是西川?
……

以散曲写愁苦,而能如此深切,叙事抒情融而为一,在杨慎以前尚未出现过。这也正是杨慎在散曲史上的贡献。

总之,在正德、嘉靖时期,散曲不仅得以复苏,而且有了重大的发展。无论是较早的康海、王九思,还是较晚的黄娥、杨慎,其散曲的好处在根本上都是有真情、有个性,这与李梦阳等人在诗文上提倡真情、真人,其基本倾向是一致的。但自那以后,散曲的成就不但未能够得到进一步弘扬,反而呈现衰落的趋势;其原因尚有待研究。

最后,简单地介绍一下民间歌曲。

在台阁体统治文坛的时期,诗文虽然缺乏生气,但在民间歌曲里当还存在一些表现真情的作品。尽管保存下来的很少,从以下一首已可见一斑。

富贵荣华,奴奴身躯错配他。有色金银价,惹的傍人骂。嗏,红粉牡丹花,绿叶青枝,又被严霜打,便做尼僧不嫁他!(〔新编四季五更驻云飞·咏题情〕)

此首是写一个青年女子被许配给了她所不喜欢的"富贵荣华"的男子,她认为这是对她的沉重打击,决意抗婚。写得虽很朴素,但确是其真情实感,并与封建礼教相对立。它收在成化年间金台鲁氏刊刻的《新编四季五更驻云飞》中。鲁氏所刊〔驻云飞〕一类曲子还有《新编题〈西厢记〉咏十二月赛驻云飞》、《新编太平时赛赛驻云飞》。

在正德、嘉靖间,中原地区又有〔锁南枝〕、〔山坡羊〕等民间歌曲,感情真挚而想像丰富,较前引〔驻云飞〕有了重大进步。其中以"傻酸角"开头的一首〔锁南枝〕为李梦阳、何景明所推崇,李梦阳甚至认为"若似得传唱〔锁南枝〕,则诗文无以加矣"。前已介绍,此不赘陈①。李开先《词谑》还载有《锁南枝》另二首和《山坡羊》三首,以为与上述的一首"不相上下",今录其所载〔山坡羊〕一首为例:

熨斗儿熨不展眉尖折皱,竹绷儿绷不开面皮黄瘦,顺水船儿撑不过相思黑海,千里马儿也撞不出四下里牢笼扣。俺如今吞了倒须钩,吐不的,咽不的,何时罢休?奴为你梦魂里挣破了被角,醒来不见空迤逗。泪道也有千行喋!恰便似长江不断流。休,休,阎罗王派俺是风月场行头;羞,羞,夜叉婆道你是花柳营对手。

其写情的深切,铺叙的自然,与前述〔锁南枝〕确可比美。在这以后,直到明末,又陆续流行过《寄生草》、《罗江怨》、《劈破玉》、《粉红莲》、《银纽丝》、《打枣竿》、《挂枝儿》等曲调。辑集这些歌曲的,则有《词林一枝》所收《楚歌罗江怨》,《摘锦奇音》所收《时兴罗江怨妙歌》、《劈破玉歌》、《大明春》所收《挂枝儿》、《汇选倒挂枝儿》,冯梦龙辑《挂枝儿》(又名《童痴一弄》)等。冯梦龙另辑有《童痴二弄》,则为山歌的辑集,故又名《山歌》。这些民间歌曲之佳者,皆在于咏歌男女真情,大抵均为前述《锁南枝》、《山坡羊》等歌曲的传统的继续。

---

① 参见本卷第71—72页。

第二章　晚明的文学高潮

明代文学在弘治至嘉靖时期经历了全面的复苏以后，经隆庆而至万历年间形成了高潮。在小说方面，先后有《西游记》、《金瓶梅词话》等；在戏曲方面，以《牡丹亭》最为突出；在文学理论方面，提出了"童心说"和"性灵说"；在诗文方面，则有公安派的崛起，与诗歌相比较，他们在散文创作上的成就对后世的影响尤为重大。然而，由于遭到政治压迫，这一高潮从万历三十年左右起就结束了，以后是长达百年的徘徊期——各体文学虽仍在不同程度上保持着高潮时期的优秀传统，但都已较前逊色，最终则归于萧条。

第一节　《西游记》

在明代嘉靖年间，刊印小说之风日渐兴盛。其间既有昔时所传旧本，如《三国志通俗演义》、《忠义水浒传》等；也出现了当时所编纂的新作，例如熊大木编集的《唐书志传通俗演义》、《大宋武穆王中兴演义》（亦名《大宋中兴通俗演义》）、《南北两宋志传》之属。至隆庆、万历时期，此类历史演义所刊益多，较著者有《列国志传》、《平妖传》等。其艺术水平虽均不高，但它们的一再刊印，既显示了读者对小说的需要，也对推动小说的繁荣有其积极作用。百回本《西游记》就正是在这样的气氛下出现的一部杰构。

一、《西游记》的成书与作者

《西游记》是一部神魔小说，写孙悟空等保护唐僧玄奘西天取经的故事。

玄奘是历史实有人物。俗姓陈，早年出家，于唐贞观三年赴西域取经，贞观十九年返回，历时十余年，途经百余国，带回佛经六百五十七部。这种经历本身就具有传奇性。玄奘回国后口述自己的经历，由弟子辩机记录，写成《大唐西域记》一书。后来其弟子慧立、彦悰又撰成了《大唐慈恩寺三藏法师传》，将玄奘的经历加以渲染夸张，增加了一些神奇的故事。此后玄奘取经的故事在社会上日益流传开来，在佛教的"俗讲"与民间文艺中不断地讲说，神话的色彩越来越浓。南宋诗人刘克庄在《释老六言十首》之四中有"取经烦猴行者，吟诗输鹤阿师"的诗句，可知在南宋时取经故事中已出现了猴行者的形象。此外，关于取经的故事在宋元戏文中有《陈光蕊江流和尚》，金院本有《唐三藏》。在元刊本《大唐三藏取经诗话》中，取经的故事有了进一步的发展，其取经队伍中不仅已有了玄奘、猴行者，而且有了深沙神。猴行者自称"我是花果山紫云洞八万四千铜头铁额猕猴王"，自是《西游记》中孙悟空的前身，深沙神则是沙僧的前身，只是还没有出现猪八戒的形象。《诗话》中的猴行者智斗白虎精、经女人国、入王母瑶池偷蟠桃等故事，可说是《西游记》中有关故事的原型。

大约在元代后期——至迟在明代初期——出现了一部较系统地讲述取经故事的小说《西游记》，可惜此书已佚失。在朝鲜的汉语教科书《朴通事谚解》①中还保存了此一小说的若干故事梗概："法师往西天时，初到师陀国界，遇猛虎毒蛇之害，次遇黑熊精、黄风怪、地涌夫人、蜘蛛精、狮子怪、多目怪、红孩儿怪，几死仅免。又过棘钩洞、火炎山、薄屎洞、女人国及诸恶山险水，怪害患苦不知其几。"这些都为后来的百回本小说《西游记》中有关故事之所本，又其中所引述的"车迟国斗圣故事"，齐天大圣大闹天宫的故事，也与百回本《西游记》很接近。值得注意的是在这一小说《西游记》中已出现了"黑猪精朱八戒"的形象，说明一师三徒的取经队伍在这里已经完备无缺了。此外，在《永乐大典》卷13139"送"字韵"梦"字条下还辑录了一段《梦斩泾河龙》的故事，引书标题作《西游记》，其内容与百回本《西游记》第九回前半部分基本相同。这说明至迟在明初已存在着一部《西游记》，而其中的有些故事情节已经与后来的百回本《西游记》相去不远。百回本《西游记》则是在此基础上加工润色而成的。

今天所能见到的《西游记》的最早刊本是明万历二十年（1592）金陵唐氏世德堂刻本，二十卷一百回，不署作者姓名，首有陈元之的序。本书对《西游记》

---

① 《朴通事谚解》是将崔世珍（？—1542）的《朴通事》及《朴通事集览》合辑而成。但崔世珍的《朴通事》并非他的创作，而当是据旧本改订而成。其原本当出于元至正七年（1347）之后。研究者一般认为其中所引《西游记》为元末故事。参见日本太田辰夫氏《〈朴通事谚解〉所引〈西游记〉考》（译文载《古典文学丛考》第一辑，章培恒译，复旦大学出版社1985年版，第398—421页）。按，该书所引《西游记》情节与百回本《西游记》有同有异，不出于百回本明甚。又，崔世珍卒年相当于明代嘉靖三十二年，其所引《西游记》不可能出于百回本之后，而当是百回本以前的传本。由于《永乐大典》所引过的那一部《西游记》内容已颇丰富（见本书第50页），足可包容此等情节。《朴通事谚解》所引的《西游》故事当即出于该本甚或更早的传本。

的介绍,即以此本为依据(人民文学出版社所出《西游记》,除叙述唐僧父母的一回——即该本第九回——系据清刊《西游证道书》所补外,也基本依据此本①)。在此本陈序中有两点值得注意,一是唐氏世德堂本系依据旧本,"为之订校,秩其卷目梓之"的。可知世德堂本只是对旧本《西游记》加以"订校",所以较完整地保存了旧本的原貌。其次,陈序中在谈及旧本《西游记》的作者时说:"《西游》一书,不知其何人所为,或曰出今天潢何侯王之国,或曰出八公之徒,或曰出王自制。"则知早期《西游记》的刊行与明宗室藩王有关。又,明周弘祖《古今书刻》载有山东鲁王府刊本与登州府刊本两种《西游记》,故世德堂本当出自鲁王府本,而登州府本当亦自鲁王府本出。据考,《古今书刻》成书于隆庆、万历之际,因其所著录诸书中不见有万历刊本;故日本太田辰夫氏认为鲁王府本《西游记》大概为隆庆所刊②。据此,其成书当在嘉靖、隆庆之际。至其作者(即在元末或明初的古本《西游记》的基础上加以再创造,使之成为类似今所见百回本的面貌者)则当为鲁王门客。因当时王府门客中颇有文人,如谢榛即曾为赵王门客。

关于百回本《西游记》为何人所作的问题,在清代初叶之前一直没有明确的说法,曾有人说是元道士邱处机。后来清人吴玉搢、阮葵生等先后以天启《淮安府志》中著录有吴承恩著《西游记》为依据,肯定百回本小说《西游记》为吴承恩所著,鲁迅、胡适均采取这种说法,故在学术界有较大影响。但天启《淮安府志》并未说明吴承恩的《西游记》是否小说,而清初黄虞稷的《千顷堂书目》则把吴承恩《西游记》列入地理类,作为游记性质的著作,所以,现在也有不少学者认为此书非吴承恩作。

吴承恩,字汝忠,号射阳山人,淮安府山阴(今江苏淮安)人。嘉靖年间岁贡生,曾为浙江长兴县丞,老年贫穷无嗣,困顿以终。天启《淮安府志》卷十六《人物志》称:"吴承恩性敏而多慧,博极群书,为诗文下笔立成,清雅流丽,有秦少游之风。复善谐剧,所著杂记几种,名震一时。"著有《射阳先生遗稿》。但如他并不是小说《西游记》的作者,则这些对研究小说《西游记》并无意义。

二、《西游记》的创作成就

在明代小说中,被称为神魔小说代表的《西游记》以神奇的内容与丰富的

---

① 本文所引《西游记》文字均据《古本小说集成》影印金陵世德堂本。
② 参见〔日〕太田辰夫著《西游记の研究》第十二章《世德堂本西游记(世本)考》,日本研文出版社(山本书店出版部)1984年版。

想像独树一帜,在我国文学史上有崇高的地位。就其创作成就说,大致在于人物形象塑造和故事叙述两个方面。作品既肯定了人的正常欲望,更热情赞颂了珍视生命、要求自由、维护尊严、顽强拼搏的意志和力量——强大的生命力。

人物形象塑造

《西游记》是一部以英雄为主角的小说,只不过其所写的英雄是神魔,以幻想的形式表现出英雄的特点。

作为《西游记》中最主要的英雄,孙悟空生来就是自由的,他这个天产石猴,无父无母,孕于自然的怀抱,自幼与狼虎为伴,獐鹿为友,在花果山福地"称王称圣任纵横",过着"不伏麒麟辖,不伏凤凰管,又不伏人间王位所拘束,自由自在"的生活(第一回)。其后,他凭着自己的一身本领,闯东海龙宫,搅阴曹地府,大闹天宫,任性而行。他不愿意自己的个性受压抑,更不能忍受欺凌和屈辱。第一次上天宫,玉皇大帝让他做弼马温,当他得知弼马温的官职是"未入流"的马夫时,自尊心受到极大的伤害,"咬牙大怒道:'这般渺视老孙!老孙在那花果山,称王称祖,怎么哄我来替他养马?养马者,乃后生小辈,下贱之役,岂是待我的?不做他!不做他!我将去也!'"取出金箍棒打出天宫,重新回到他的自由王国——花果山(第四回)。后来他虽被迫做了唐僧的徒弟,保唐僧去西天取经,可他追求自由、捍卫自我尊严的性格并没有变。他打死了拦路抢劫的强盗,唐僧责怪他行凶,他使性回花果山而去。作者评论说:"原来这猴子一生受不得人气。"为了管束他,观音菩萨唆使唐僧给他戴上金箍帽,限制了他行动的自由,抑制了他的个性,他得知是观音主谋时,就大怒道:"坐定是那个观世音!他怎么那等害我!等我上南海打他去!"(第十四回)。只是由于自知不敌,才断了这个念头。从此,他一心一意要除去那个束缚他自由的金箍帽,曾一再向观音、如来佛提出这一要求(见第五十七、五十八回等)。最后取经成功到西天时,他首先想到的还是除掉头上的金箍。

孙悟空的自由精神还表现为他蔑视权威的反抗性。他的大闹天宫就是这种反抗性的体现。后来虽曾因此而长期受到镇压,但仍自豪地对唐僧说:"老孙自小儿做好汉,不晓得拜人,就是见了玉皇大帝、太上老君,我也只是唱个喏便罢了。"(第十五回)就是在被骗戴上了金箍帽后,也依然桀骜不驯,蔑视权威,他骂观音菩萨"该她一世无夫",嘲笑如来佛祖是"妖精的外甥"。孙悟空的这种自由个性与反抗意识,比《水浒传》中的李逵、武松、鲁智深等人还要强烈。鲁智深、武松等虽然敢于反抗官府,李逵并曾叫喊"杀去东京,夺了鸟位",可最后还是跟着宋江投降了朝廷,为之效力甚至卖命。孙悟空则始终不向天庭卑躬屈节,并一直为自己大闹天宫的这段历史而自豪,在取经路上遇到妖怪,自报家门时,他经常要把这段历史重述一遍。而尤其值得重视的是,他不但自己不愿受压抑、欺凌,同时也不能容忍别人欺压弱小。在平顶山,当他听土地说妖魔使妖法将他们拘去轮流当值时,他"仰面朝天,高声大叫道:'苍天!苍天!自那混沌初分,天开地辟,花果山生了我,我也曾遍访明师,传授长生秘诀。想我那随风变化,伏虎降龙,大闹天宫,名称大圣,更不曾把山神、土地欺心使唤。今日这个妖魔无状,怎敢把山神、土地唤为奴仆,替他轮流当值?'"(第三十三回)他后来虽然成了佛教的"斗战胜佛",但根据书中的描写,他不是因此而成了奴才或帮凶,只不过失去了束缚他的金箍帽。——自然,今天的读者也许会认为佛教内仍然等级森严,但《西游记》作者却把西方佛国和孙悟空的花果山水帘洞都视为其成员"共乐天真"之处①。

在孙悟空身上充盈着一股饱满的生命力,洋溢着旺盛的斗志,他机智勇敢,不屈不挠,所向无敌。无论是与天庭抗礼,还是与西天路上的各种妖魔搏斗,他都无所畏惧,百折不回。太上老君那威力无比的炼丹炉,不仅没有把他烧死,反而炼就了他的铜头铁臂火眼金睛;白骨精虽然变化无常,终没有逃脱他的金箍棒;与狮驼洞的老魔、芭蕉洞的铁扇公主战斗,他钻进敌人的肚子,在里面"竖蜻蜓,翻跟头",智胜敌手。猪八戒赞他是个"钻天入地,斧砍火烧,下油锅都不怕的好汉"(第三十二回),确非虚誉。

与这种巨大的生命能量同在的,是对生命的珍惜。早在花果山做逍遥自在的美猴王时,他就产生了对生命的忧虑:"今日虽不归人王法律,不惧禽兽威严,将来年老血衰,暗中有阎王老子管着,一旦身亡,可不枉生世界之中,不得久注天人之内?"(第一回)听通背猿猴说佛、仙、神圣可以修得与天地齐寿,他就断然放弃了美猴王的生活,远涉重洋访仙求道。学成之后又大闹地府,把猴属之类的生死簿全部勾销,超越了生死的限制。《三国志通俗演义》与《水浒传》中的英雄们大多是面对生死无所畏惧,他们凭着一腔热血行事,对生命不甚爱惜。所谓"大丈夫生而何欢,死而何惧"。相比之下,孙悟空的生命意识远比三国英雄与水浒英雄强烈。但这并不是贪生怕死,孙悟空在战斗中的英勇表现就可资证明。

像这样的热爱自由、自尊、自珍的精神,显然是与自我意识的进一步发展相联系的。但这种要求在当时的现实中无法实现,人们只有通过幻想的形式来满足。孙悟空是一个自由的精灵,读他的故事可以激发人们对自由的向往,

---

① 《西游记》第八回,说西方极乐世界诸佛"各执乃事,共乐天真";第三十一回叙孙悟空被唐僧赶逐回山重作猴王后,因知唐僧遭难,要去救援,临行嘱咐众猴说:"待我……功成之后,仍回来与你们共乐天真。"

孙悟空的形象出现于明代中后期并非偶然,它与当时社会中的个性解放精神息息相通。

除了孙悟空以外,猪八戒也是作品中很值得重视的人物。他生得笨拙,懒惰贪睡,好占小便宜。古人云:"食色,性也。"这两种欲望在猪八戒身上表现得很充分。因为错投了母猪胎,长了一副猪的肠肚,猪八戒的食量特别大,也特别喜欢吃,似乎总没有吃饱的时候。在寇员外家吃酒宴,他对沙僧说:"兄弟,放怀放量吃些儿。离了寇家,再没这好丰盛的东西了!"(第九十六回)在天竺国,因国王要招唐僧为驸马,设专宴招待师徒四人,盛宴美酒,歌舞管弦,八戒尽情受用,禁不住高叫道:"好快活!好自在!今日也受用这下日了!"(第九十四回)这与梁山英雄的以"大碗喝酒,大块吃肉"为"快活"有些近似,只不过八戒的这种满足被表现得更其淋漓尽致,也更能引起读者的同情和戏栗了。此外,他的前身本为天蓬元帅,因酒醉调戏嫦娥犯了色戒被贬下界,这个故事似乎说明色欲是他的先天本性。做妖怪时他曾娶高家的女儿为妻,随唐僧做和尚后,还念念不忘老婆,一遇挫折就想散伙回高老庄做女婿去。四圣试禅心时,他因色心重而受惩罚,可他仍旧不改。见到太阴星君领着嫦娥仙子收玉兔,他又"动了欲心,忍不住,跳在空中,把霓裳仙子扯住道:'姐姐,我与你是旧相识,我和你耍子儿去也。'"(第九十五回)这时离他修成正果已不远了。

与此相关,八戒还爱财,他曾偷偷地把别人给的衬钱攒凑成为银子,煎成一块大银放在耳朵眼里,破犀牛怪后,受人酬宴,他趁机"把洞里搜来的宝贝,每样各笼些须在袖"(第九十二回)。他又偷懒,巡山时睡大觉,取经的心也不坚定,动不动就要分行李散伙。他还有嫉妒心,时常在唐僧面前挑拨些是非等。

尽管猪八戒身上有诸多的缺点,可我们并不觉得他可厌,相反,却觉得他有点可爱,也很亲切。这是因为作者在总体上把猪八戒写得本分而老实,取经途中的脏活、重活都是他干的,他也没有做过真正的坏事;只有一次由于他的挑拨而使孙悟空被唐僧赶走,但他后来为了救师父又不顾危险地去把孙悟空请回来。所以,作者实在是把他作为一个普通人来写的,有普通人的优点,也有普通人的欲望和弱点。若除去八戒身上披着的天蓬元帅的外衣和那一副猪的长相,他实际上就是一个类似于平凡而善良的小市民的人物。我们说三国英雄与梁山英雄的身上体现出某种市民意识,那是就作者在写这些人物时的观念而说,这些人物本身则仍与通常的市民有着一定的距离,猪八戒的形象则与市民本身的特点相接近了。

在《西游记》的人物中,不但孙悟空、猪八戒形象的塑造相当成功,而且"神魔皆有人情,精魅亦通世故"①。无论神仙妖怪,写来都颇有风趣。例如第六十回写牛魔王已有妻子铁扇公主,又作玉面公主的赘婿。孙悟空假冒铁扇公主的人去找牛魔王,玉面公主在牛魔王面前撒娇放泼,即是一例:

> 这女子没好气,倒在怀里,抓耳挠腮,放声大哭。牛王满面陪笑道:"美人休得烦恼,有甚话说?"那女子跳天索地,口中骂道:"泼魔害杀我也!"牛王笑道:"你为甚事骂我?"女子道:"我因父母无依,招你护身养命。江湖中说你是条好汉,你原来是个惧内的庸夫!"牛王闻说,将女子抱住道:"美人,我有那些不是处,你慢慢说来,我与你陪礼。"

故事叙述的特色

《西游记》中的人物描写之所以能打动人,除了他们的感情、行为能与读者的心灵相通之外,还因他们所处的环境、所遭遇的困难及其所采取的行动,在在都出人意表,使读者在阅读过程中深感惊喜与兴趣。

这首先是由于作者驰骋丰富的想像,为我们描绘了一个奇异的世界。不仅孙悟空会七十二般变化,他的金箍棒也能随人意而变。天上有灵霄宝殿、王母瑶池,东海有水晶龙宫,地下有九幽冥府;西行途中所历之境则有鹅毛飘不起的流沙河,臭不可闻的稀柿衕,也有连年燃烧不息的八百里火焰山等等;所遇的妖魔鬼怪,则鱼虫鸟兽、天上神仙、菩萨坐骑,无奇不有。全书变化多端,极尽幻设之能事。中国文学的幻想境界,至《西游记》堪称集其大成。

其次,作者在运用其想像力时,十分注重趣味性,是以故事及文字均妙趣横生,摇曳多姿,而又能从中显出人物的性格。孙悟空在朱紫国为国王治病的这一段就是很好的例子。他与唐僧等刚到朱紫国会同馆寄寓时,因馆使不让他们住正厅,他心中不快,便声言"我偏要他(在正厅)相待"。其后,他带八戒出外,看到国王招聘贤才为自己治病的榜文,他把榜揭来偷偷塞在八戒怀中,把八戒捉弄了一番。接着,他以"悬丝诊脉"的方法道出了国王的病源,赢得了信任;又要太医院备齐八百八味药料,以便他合药。及至重回会同馆,馆使请他们到厅堂上用晚餐,并自我检讨说:"老爷来时,下官有眼无珠,不识尊颜。……"于是行者"忻然登堂上坐"。到了夜深人静,他与猪八戒、沙和尚合药,在八百八味中只用了大黄、巴豆两味,却要猪八戒到唐僧所骑白马处弄半盏马尿来"丸药",沙和尚不由担心起来,说是马尿"腥腥臊臊,脾虚的人一闻就吐,再服巴豆、大黄,弄得人上吐下泻,可是耍子?"悟空这时才向他们说明,这

---

① 鲁迅《中国小说史略》第十七篇《明之神魔小说〈中〉》。

马是龙所变,"若得他肯去便溺,凭你何疾,服之即愈"。不料白马珍惜其便液,不肯浪费,八戒将盏子"衬在(它)肚下,等了半会,全不见撒尿。他跑将来,对行者说:'哥啊,且莫去医皇帝,且快去医医马来。那亡人干结了,莫想尿得出一点儿!'"(第六十八至六十九回)像这样的段落,无论其故事本身抑或文字描写,都深具趣味性;而孙悟空的性高气傲、聪明机智和乐于助人等特点,也充分表露出来。——他不但治好了国王的病,而且还为国王救回了被妖怪夺去的皇后。

第三,在故事的结撰上,精心构思,其过程多繁复而曲折。西天取经途中,唐僧师徒每经历一难,就是一个完整的故事,共七十余故事,在大故事中又往往包括了众多的小故事段,形成了大故事中套小故事的复合重叠结构,环环相扣。作者尤喜用三段式,即将一个大故事的发展分为三个阶段完成,如三打白骨精,三调芭蕉扇等。有时一个故事中包含有几个三段式,如车迟国斗圣所写孙悟空与妖怪斗法,先写其比呼龙使雨,次写坐禅,再写隔板猜物。在隔板猜物中又分三个层次,猜桃子、猜宫衣、猜道童。其后又赌砍头、破腹、下油锅。比斗的结果是孙悟空显神通取得了胜利,诛杀了三个妖魔。这种叙述,故事中有故事,但各各不同,相互争艳斗妍,具有一种激发读者阅读兴趣的特殊效果。

《西游记》问世后影响很大,不仅出现了众多的评释本(如《西游记原旨》、《西游证道书》等)和简本,也出现了很多续书,如《续西游记》、《后西游记》、《西游补》等。同时还开创了神魔小说一派,如《封神演义》、《三保太监下西洋记》等小说就是在《西游记》的影响下出现的。但这些仿作和续书没有一部可以和《西游记》相比。这也说明杰作是不可模仿的,在文学创作上缺乏创造性的作品是没有生命力的。

第二节 《金瓶梅词话》及其他小说

在百回本《西游记》以后,我国小说有了进一步发展。在万历时期出现的长篇小说《金瓶梅词话》固是我国小说史上的一部里程碑性质的作品,宋懋澄的文言短篇小说也有其独特的价值。

一、《金瓶梅词话》

《金瓶梅词话》的作者自署兰陵笑笑生;至其真实姓名,目前学术界尚无一致的看法。作品产生的时代有嘉靖年间和万历年间二说。据明代顾起元《客座赘语》记载：饮宴时唱南曲为万历以后之事，其前皆用北曲。而《金瓶梅词话》所写的大筵席，如西门庆宴请蔡状元、宋巡按，分别用"苏州戏子"、"海盐子弟"演戏（第三十六回、四十九回），所以，此书当写成于万历时期。作品所叙虽假托为宋代的故事，但其反映的，实为明代后期的社会现实。而且，作者用了种种暗示来使读者了解这一点。例如，书中一再称女主人公之一的李瓶儿为"锦衣西门孺人李氏"（第六十二回、六十四回），这就说明她的丈夫、书中男主人公西门庆为明代锦衣卫的官员；因为锦衣卫这机构只存在于明代。

《金瓶梅词话》最初以抄本的形式在社会上流传，袁宏道于万历二十四年（1596）写给董其昌（思白）的信（《锦帆集之四·尺牍》）中曾经提及，但这种早期抄本没有留存下来。现在所能见到的最早的刻本，是一百回本的《金瓶梅词话》，卷首有欣欣子序和万历四十五年丁巳东吴弄珠客序。其刊刻年代当即在万历四十五年（1617）或稍后。

《金瓶梅词话》的创作成就

《金瓶梅词话》的艺术成就主要在两个方面：描绘了一系列具有复杂性格的人物；通过这些人物的活动及其思想感情，为读者提供了一幅现实生活的真实而生动的画面。这两者——尤其是第一点——在我国文学史上都具有开创性。

在人物描写上，《金瓶梅词话》改变了我国以前的小说以写情节为主、人物性格单一（即缺乏性格内部的矛盾、冲突）的状况，而成为以写人物为主，情节只是人物的活动及其相互关系的呈现。所以，《金瓶梅》并无曲折、新奇、富于悬念的情节，却有许多对全书的情节发展来说毫无价值但对人物描写却很有意义的段落①，同时人物性格也趋于复杂，显示出内部的矛盾甚或冲突。作品中的主要人物和几个次要人物都有这样的特点。

这部作品里的第一主人公应该说是西门庆。他自私、狠毒、贪婪、好色，害死过不少人命。但其凶残、丑恶素质的表现形式极为复杂，有时看起来甚至像是与此相反的东西。以他跟李瓶儿的关系来说，他先奸骗了李瓶儿，又得了李瓶儿的许多钱财，本已跟李瓶儿约好迎娶的日子，但因他自己遇了些麻烦事，就此对李瓶儿不瞅不睬；在自己的麻烦过去后，也不立即与李瓶儿联系，迫得李瓶儿嫁了蒋竹山。他一知此事，不但毫无内疚，反而对李瓶儿十分痛恨，陷

---

① 如第八回写女主人公之一的潘金莲毒打迎儿、五十八回写潘金莲与孟玉楼周济磨镜的老人，就都对全书的情节发展并无意义，但前者显示出潘金莲的凶残，后者则显示其并非毫无同情心。

害了蒋竹山,把李瓶儿娶了过来。但李瓶儿一进门,他就加以虐待,李瓶儿痛苦不堪,只好上吊自杀;救醒后,他又加以鞭打,经李瓶儿苦苦哀求才罢。这些地方都显示出他的狠毒、自私。但由于李瓶儿带来许多金银财宝,为人又柔顺,第二年更为他生了个儿子,他又转而对李瓶儿十分喜爱。在李瓶儿临终和死去之时,他表现了真诚的悲痛之情。瓶儿将死时,潘道士曾嘱咐西门庆:"今晚官人却忌不可往病人房里去,恐祸及汝身。慎之,慎之!"当时人们对这种警告绝不敢等闲视之,但西门庆还是进瓶儿房里去了,他想的是:"法官戒我休往房里去,我怎坐忍得!宁可我死了也罢,须得厮守着,和他说句话儿。"及至李瓶儿一死,他不顾污秽,不怕传染,抱着她,脸贴着脸哭:"宁可教我西门庆死了罢,我也不久活于世了,平白活着做什么!"(第六十二回)拿出许多银子来给她办丧事。还在李瓶儿房中伴灵宿歇,于李瓶儿灵床对面搭铺睡眠。尽管他深爱李瓶儿的重要原因之一是李瓶儿给了他很多钱财①,但他当时这种不顾个人祸福的、痛不欲生的感情却是发自衷心的。所以,这个形象并不是恶德的图解,而是一个在灵魂中渗透了恶德的、具有复杂思想感情(其中包含着某些好像与这些恶德矛盾的思想感情)的活生生的人。

潘金莲是作品三个女主人公中最重要的一个。她冷酷、淫乱,毒死丈夫武大而嫁给西门庆为妾,因见西门庆宠爱另一个妾李瓶儿,心怀不忿,害死了李瓶儿所生的孩子,又处处给李瓶儿气受,李瓶儿也悲痛、郁怒而死。但她同时又是被践踏和损害的人。从小就被卖到了王招宣府,后来王招宣死了,她母亲把她"争将出来",又将她卖与张大户家。到她十八岁时,六十几岁的张大户将她"收用了",为此,大户的妻子"将金莲甚是苦打"。大户将她嫁给了贫困、本分的武大,又暗中"与金莲厮会。武大虽一时撞见,亦不敢声言"。金莲与武大成婚后,"见他一味老实,人物猥獕,甚是憎嫌"。她心中想的是:"奴端的那世里悔气,却嫁了他,是好苦也。"书中对她被"收用"和她的婚姻分别表示了惋惜和同情。关于前者,他说:"美玉无瑕,一朝损坏;珍珠何日,再得完全?"对于后者,他说:"看官听说,但凡世上妇女,若自己有些颜色,所禀伶俐,配个好男子便罢了。若是武大这般,虽好杀也未免有几分憎嫌。自古佳人才子相凑着的少,买金偏撞不着卖金的。"(第一回)而在她毒死武大、嫁给西门庆为妾以后,过了不久,西门庆便恋上了妓女李桂姐,老是不回家。潘金莲带了封束帖给他,催他回来,却招恼了西门庆。于是她也在家中与别人私通,有人向西门庆

---

① 他的心腹家人玳安评论西门庆在李瓶儿死后的表现说:"俺爹(西门庆)饶使了这些钱(指李瓶儿的丧葬费用),还使不着俺爹的哩。俺六娘(李瓶儿)嫁俺爹,瞒不过你老人家,是知道该带了多少带头来。别人不知道,我知道。把银子休说,只光金珠玩好、玉带绦环狄髻、值钱宝石还不知有多少。为甚俺爹心里疼?不是疼人,是疼钱。"(第六十四回)

举报,西门庆要她脱了衣服,用马鞭抽她;倘不是又有人帮她遮掩,就难免被西门庆毒打甚或打死。作者于此感叹道:"正是:为人莫作妇人身,百年苦乐由他人。"(第十二回)后来西门庆虽又恢复了对她的宠爱,但他的女人太多,有时"许多时不进他(她)房里来",她又悲伤、又寂寞、又怨恨、又懊悔——懊悔自己当初错信了西门庆的甜言蜜语。正如她自己所说:"我的苦恼,谁人知道?眼泪打肚里流罢了。"(第三十八回)正因作者在极写她的残忍、卑劣的同时,又写了她的被蹂躏和由此导致的痛苦,这才显示出了她性格的复杂性:她也有作为人的正常要求,但这种正常要求不但得不到尊重,而且横被摧残;在这种不正常的处境里生活的人怎么可能有正常的性格?她的残忍、卑劣等等正是她的性格被扭曲的表现。从这点来说,潘金莲是我国文学史上第一次出现的被扭曲的性格;书中的另两个女性形象李瓶儿、宋惠莲也在不同程度上体现了这样的特点。

李瓶儿是书中的另一女主人公,其性格有一个较明显的发展过程。她本是花子虚的妻子,子虚在外嫖妓,"整三五夜不归家"(第十回),她"气了一身病痛"(第三十回),但仍然希望花子虚回心转意;花子虚的荒唐却是变本加厉,她终于被西门庆勾引上了。后来,子虚因故入狱,李瓶儿把子虚的三千两银子都交给西门庆,要他给子虚托人情。西门庆说:"只消一半足矣。"她却说:"多的大官人收去。"(第十四回)及至子虚出狱,财产都没有了,"因问李瓶儿查算西门庆那边使用银两下落",反被李瓶儿"整骂了四五日"。西门庆本"还要找过几百两银子"与花子虚,李瓶儿却不同意。花子虚由此而气成重病。李瓶儿开始还请太医给他看病,"后来怕使钱,只挨着。一日两、两日三,挨到三十头,呜呼哀哉"(第十四回)。其实,这时李瓶儿还是很富的。这表现了在她身上所存在着的泼辣、凶狠的一面。而在她嫁给西门庆为妾后,虽然先受西门庆折磨,后被潘金莲欺侮,连儿子都被金莲害死,但她只是默默忍受。对全家大小都照顾体贴,对下人也尊重而照顾(第六十四回)。尽管潘金莲这样欺凌她,但她对金莲的母亲却十分关怀。在临死之前,为孩子的奶妈如意儿、相熟的贫妇冯妈妈、婢女迎春、绣春的未来,都尽可能作了安排。她跟这些人诀别时说的那些洋溢着感情的话,使得她们全都哭了(第六十二回)。这与她对花子虚的泼辣、狠毒恰成鲜明的对比。究其原因,是她在花子虚那里得不到温暖和爱情,而西门庆虽曾一度折磨过她,但很快就变得对她十分爱护,她感到了满足。于是,泼辣、狠毒的东西在她身上消失了。这也可见她原是善良的人,当她的正常要求得不到满足时,她变得狠毒、泼辣;一旦满足,她的善良就恢复了。

再看一看作为次要人物的宋惠莲。她本是厨役蒋聪的妻子,却与西门庆的家人来旺有奸情。蒋聪死后,她嫁了来旺,却又贪图钱财,与西门庆通奸,并跟另外一些男人打情骂俏。为了便于跟西门庆来往,她希望西门庆把来旺派出去,"使的他马不停蹄"(第二十五回)。但当她发现来旺遭到西门庆陷害,她就当面斥责西门庆:"你原来就是个弄人的刽子手,把人活埋惯了!害死人,还看出殡的!"(第二十六回)坚决不肯再跟西门庆和好,最后终于自杀。这是一个在美丽的外貌下,隐藏着轻浮、淫荡的灵魂,但在灵魂深处却又蕴含着"富贵不能淫,威武不能屈"的品质的人物。

在潘金莲、李瓶儿、宋惠莲等女性身上,我们看到了人的正常要求——人性遭到不同程度的压抑所导致的恶果。其中潘金莲的压抑最重,她也变得更为可怕。关于人性的问题,稍后的金圣叹曾经说过:"'遂万物之性'为成。'成'里边有个秘诀曰曲①。'曲'成'曲'字,取正吹之横笛,孔里边有个曲。逐孔逐孔吹去,从上翻到最下一孔,从下转到最上一孔,天地之调已尽了。""调唱不足,再收不转;调唱足了,自然歇手。……末世之民,外迫于王者,不敢自尽其调;内迫于乾元,不得不尽其调,……弑父弑君,始于犯上,乃是别调。"(《唱经堂语录纂》卷一)他的意思是说,当人性受到压抑,"不敢自尽其调"时,就会在"乾元"——人的本性——的驱使下,出现"弑父弑君"的别调。这也正可用于解释潘金莲何以会做出那种残忍的事来的缘故。至于西门庆,他的人性也已扭曲,但这却是当时的社会环境加以鼓励并为之提供各种条件的结果。

《金瓶梅词话》提供的生活图景

通过一系列人物形象,《金瓶梅词话》既显示了性格的复杂性,也提供了一幅当时现实生活的鲜明图景。西门庆是个开生药铺的浮浪子弟,凭借钱财,勾结官府。他让潘金莲用毒药害死武大,官府不但不予惩办,反而将那个想为武大报仇的武松刺配远恶军州。后来,他的靠山杨提督倒台了,他本应拿问,却因向太师蔡京的儿子和右相李邦彦大量行贿,就安然无事,继续作恶:先是为娶李瓶儿,陷害了医生蒋竹山;又为霸占宋惠莲,陷害来旺,迫使惠莲自缢而死;惠莲的父亲宋仁想为女儿报仇,又被西门庆勾结官府害死。接着,因送了蔡京一份重礼,这个素无一官半职的白身人突然被任为"金吾卫左千户,居五品大夫之职",成为"本处提刑所副理刑"(第三十回)。于是,他一面加紧与蔡京的管家翟谦勾结,认为亲家;一面利用其提刑官的职务,作威作福,贪赃枉法,仅卖放杀人凶犯苗青一事,就得赃银五百两。他的这种行为虽遭到巡按御史曾孝序的弹劾,但由于翟谦、蔡京的包庇,结果是曾孝序倒霉,最后被"窜于岭表"(第四十九回),西门庆却丝毫无损。不久,他又送重礼与蔡京,成了蔡京

---

① 这是就"曲成"一词的意义而说。

的干儿子,在地方上更其炙手可热。在这过程中,他通过送礼行贿等手段,跟蔡状元、安主事、宋巡按等来往甚密,倚仗他们的势力,兼为盐商,还偷漏税金,大肆贩运,开起了绸缎铺等,生意越做越兴旺。蔡京又为他冒功,升了正理刑。由于他跟蔡京的关系和雄厚的财力,地方大僚诸如知府、都监等都要仰承他的鼻息,依靠他的门路来升官。正在他十分兴头的时候,因纵欲过度,得病身死,结束了罪恶的一生。

从西门庆的一生,可以看出当时的统治集团从上到下都烂透了。皇帝只求满足私欲,根本不顾天下安危。他建造艮岳,运花石纲,弄得"官吏倒悬,民不聊生","公私困极,莫此为甚"(第六十五回),但他却因自己的这一欲望得到满足而"朕心加悦",对于顺应其私欲的官僚大加封赠(第七十回)。正是在这样的情况下,一味迎合皇帝的蔡京当了太师,大权在握。那是个见钱眼开、什么都干得出来的人,由于西门庆屡次赠送厚礼,蔡京不但把"一介乡民"西门庆一下子封为执掌一省刑狱的理刑官,而且把送礼来的西门庆奴才也封了官。什么纲常法纪,在他眼里一文不值!他这样做的结果,当然是西门庆的礼越送越重,而西门庆的地位也日益提高。至于别的官僚,跟蔡京也是一丘之貉。他们对于广有财产又跟蔡京关系密切的西门庆,勾结、奉承还来不及,哪里会跟他作对?既然如此,心狠手辣又慷慨地向官僚们馈送财物的西门庆,又怎会不无往而不利呢?

所以,在《金瓶梅词话》中,西门庆的飞黄腾达并不是个别的、偶然的现象,而是当时政治环境的必然产物。尤其有意思的是:据七十八、八十七回所写,当地的一个想跟西门庆合作的富户张二官,在西门庆死后,立即采取跟西门庆同样的行贿手法,顶了西门庆的缺,做了提刑官;西门庆原拟利用其跟官府的关系包揽为朝廷购古器的买卖,已被张二官包揽去了;围绕在西门庆身边的帮闲已追随在张二官身后;连西门庆的小老婆李娇儿都成了张二官的妾。换言之,一个跟西门庆类似的人物已经继承了他的事业。在那个时代里,西门庆是死不绝的,西门庆式的罪行既不会停止,也不会间断。

也正因此,在《金瓶梅词话》中,看不到理想,看不到正义,人们所看到的,只是凶狠残忍的剥削者、压迫者终身受用不尽,善良的人们一辈子在苦难中煎熬、悲惨地死亡。从这点来说,《金瓶梅词话》所显示的,乃是中国小说史上第一次出现的、并未涂上理想色彩的、压得人喘不过气来的真实。

但是,西门庆的作恶多端,虽然是由于政治势力的支持,但其真正依靠的,乃是经济力量。他"原是清河县一个破落户财主,就县门前开着个生药铺"。"近来发迹有钱,专在县里管些公事,与人把揽,说事过钱,交通官吏"(第二回)。可见其把揽衙门公事,乃在开生药铺而"发迹有钱"之后。他做官虽也贪赃枉法,其生活的主要来源还是商业收入(第三十回)。他是以"开生药铺"的市民的身份,靠经商致富,再以此为凭借,在政治上取得显赫地位的。他之与封建统治集团狼狈为奸,说明当时的市民阶层还不是一个独立的政治力量;而他之得以爬上这样的政治地位,又反映出当时的封建统治集团已不得不降尊纡贵,寻求市民中有力人物的资助,也就是反映了封建统治阶级力量的削弱和市民阶层的逐步壮大。由此看来,《金瓶梅词话》中对社会现实的描绘是打着那个时代的深刻烙印的;明代万历时期正是资本主义萌芽产生的时期。

需要指出的是:《金瓶梅》中的这一系列生活画面,不仅是作为人物所由活动的环境、决定其性格和命运的条件而出现于作品中的,而且更是由于人物的性格和命运而具有迫人的性质的。例如,我们倘若不是看到了环境怎样把潘金莲的性格加以扭曲以及被扭曲了的潘金莲又怎样在环境的驱使下变得越来越凶残、冷酷和无耻,也就不能真正体会到那种环境的可怕。所以,与环境的描写相比较,对人的描写才是这一小说中的第一性的东西。而在对人的描写中,又渗透着作者的感情,这在上文分析潘金莲时已有所涉及,例如,作者对潘金莲的嫁给武大、在婚后受西门庆的凌辱,就曾不平和感叹。至于这种感情的出发点,则显然是对个人要求和权利的较以前的进一步肯定。换言之,没有对人生的较新的认识以及与之相联系的感情,作品对人物的描写就不可能具有这样的深刻性,从而也就不可能提供如此迫人的生活画面。

《金瓶梅词话》在中国小说史上的历史地位

《金瓶梅词话》在中国小说史上具有重要地位。首先,这是第一部以描写普通人日常生活为主题的长篇白话小说,它以西门庆的家庭为中心,写了平凡人的世俗生活与欲望,开了中国世情长篇小说的先河。诚如鲁迅先生所指出的:"作者之于世情,盖诚极洞达,凡所形容,或条畅,或曲折,或刻露而尽相,或幽伏而含讥,或一时并写两面,使之相形,变幻之情,随在显见,同时说部,无以上之。"①它的世情描写对后世的小说如《醒世姻缘传》、《儒林外史》、《红楼梦》等产生了很大的影响。其次,它对人物描写的重视超过了情节,从而以写实的手法细致地描写出他们的复杂的性格和心态,使古代小说人物的塑造真正地进入了性格化,为《红楼梦》等小说的性格化描写奠定了基础。

但是,《金瓶梅词话》中具有太多的性行为的描写。尽管这跟当时把人的生理欲望看作正常要求的进步思潮有关,例如李贽就曾对人的"好货好色"的欲望加以肯定;作品中的有些性行为的描写虽然与情节的发展或人物性格的

---

① 《中国小说史略》第十九篇《明之人情小说〈上〉》。

表现有关,但很多都没有这样的作用;其有关的部分也嫌过多过滥。虽然在《金瓶梅词话》以前就已有秽亵小说出现,但《金瓶梅词话》对以后的秽亵小说的泛滥所起的作用却是不容忽视的。

二、明后期的文言短篇小说

在明后期的文言小说中,出现了一些相当优秀的作品,宋懋澄(1570—1622)《九籥集》中所收的《负情侬传》和《九籥别集》中所收的《珠衫》是典型的代表。

《负情侬传》写浙东李生恋京师名妓杜十娘,后资财穷匮,为鸨母所逐。十娘以为李生真情可托,共同筹资令其代为赎身,两人乘舟南归。途中遇一新安盐商,因慕十娘姿色,欲以千金易之。李生恐穷乏携妓而归,不能见容于父,意有所动。十娘探知其意,伪允之,明日过舟,当众取妆台中所暗藏无数珍异宝物抛入江中,怒斥盐商与李生,投江而死。后来冯梦龙将此改编为《杜十娘怒沉百宝箱》,收入《警世通言》,在情节和人物性格方面几乎未作任何改动。

虽说妓女对爱情的渴望最终破灭的故事早已屡见不鲜,《负情侬传》仍有动人的力量。故事中的十娘是个颇有心机的人,她为了自己一生的归宿,早已做好金钱方面的准备,但在嘱托李生为自己赎身时,却让他到处奔波,筹措一部分款项,以证明他对自己的感情。然而她终究未能摆脱被人视为玩物、可以随意买卖的悲惨命运;她的一生的梦想,在刹那之间被自己所爱之人打得粉碎。她的死,是对命运的反抗,也是对自我人格的维护。小说中写十娘听说盐商的计划并明白李生的心意后,说道:

> 谁为足下画此策者,乃大英雄也,郎得千金,可觐二亲,妾得从人,无累行李,发乎情,止乎礼义,贤哉,其两得之矣!

这里以"发乎情,止乎礼义"这种正统道德的教条来指斥士大夫的伪道德,指斥李生对"情"的背叛,是有深意的。在传统道德标准中,李生抛弃一个妓女以求父母的欢心,算不上什么过错;拿元稹写《莺莺传》的态度来看,这甚至是可以赞美的行为。但在本篇中,他的背信弃义以及对对方人格的轻辱,被视为严重的不道德行为。比起过去一般地描写追求婚姻自主的文学作品,这篇小说表达了更为深刻的人生理想。其结构的细密完整,也是过去同类小说所没有的。

《珠衫》描写了一个商人家庭的婚姻波折。故事写楚中某商人有妻甚美,楚人行商久不归,其妻被一新安客商设计诱骗,转而相爱不舍。楚人知情后,遣妇归母家,而隐其事。妇后嫁某官为妾,楚人以其房中十六箱金帛宝珠封付之。继而楚人在粤中误伤人命,审理官员即其前妻之夫。妇人托言楚人为其舅家之子,乞救之。事毕两人相见,"男女合抱,痛哭逾情"。官问得其详,仍令妇归其前夫。这一故事被冯梦龙改写为《蒋兴哥重会珍珠衫》,即《喻世明言》的这一篇。这篇小说虽有较多的巧合因素,但这些巧合在故事的发展过程中都写得合情合理,较以往关于商人的小说,其生活气息更为浓厚。它所表明的生活观念很值得注意。在旧礼教中,妇女贪于情欲而"失节"是极大的罪恶,绝无可恕。但在《珠衫》中,这虽被视为过错(楚人夫妇重新会合后,因丈夫已再娶,妇人遂"降等"为妾,这也是对她的惩罚),但通过楚人对其妻的顾恋旧情的处置方式,其妻对前夫顾恋旧情的解救行为,以及两人重见时相抱痛哭的情景,说明妇女"失节"并非不可饶恕的罪恶,在"失节"的同时夫妻相爱之情仍然存在。这种对"失节"妇女的同情与宽容,体现着在摆脱礼教教条之后,人性所可能具有的真正美德。与《水浒传》等小说杀戮"淫妇"的场面相比,我们在这里看到了人道主义的光彩。

《杜十娘怒沉百宝箱》和《蒋兴哥重会珍珠衫》,乃是"三言"中最为脍炙人口的篇章,而《负情侬传》和《珠衫》为之奠定了重要的基础,由此我们也可以看出明后期文言小说的发展及其艺术价值。

在明后期文言小说中,冯梦龙编纂的《情史类略》(或简称《情史》)也值得注意。此书分类编排,大量汇录历代有关"情"的历史故事、笔记及传奇小说(间有删改),同时也有其本人的作品。此书编纂年代不详,但比较《情史》和"三言"中均有的故事,可以断定此书编纂在先。如《情史》中《昆山民》只是不足二百字的传闻记录,到了《醒世恒言》中的《乔太守乱点鸳鸯谱》,已演为情节繁富而具有浓厚喜剧色彩的佳构。但作者在写作《昆山民》时,无疑已经注意到这一故事所包含的深长意味。还有,前面所提及的《负情侬传》和《珠衫》,也是经冯氏稍作修改收入了《情史》的。可以说,《情史》的编纂为他写作"三言"中大量的爱情、婚姻题材的小说起了准备作用。有些小说则被凌濛初所利用,如写一对青年男女为自由的爱情而奋力抗争的《张幼谦》,被改为《二刻拍案惊奇》中的名篇《通闺闼坚心灯火》。

第三节 汤显祖与戏曲创作的繁荣

在这一时期,与小说创作的发展同步,戏曲创作也达到了高潮,出现了许多作家作品。其最有成就的,为爱情剧。围绕着婚恋问题,展开个人与环境、人性与礼教的冲突;并有不少作品在艺术上获得了不同程度的成功。其最突出的,是汤显祖的《牡丹亭》;作为其前驱的,是高濂《玉簪记》,此外还有梅鼎祚《玉合记》、周履靖《锦笺记》之属。创作思想与汤显祖相违戾的,则有沈璟。

一、作为汤显祖前驱的高濂及其他

在明代文学复苏以后,高濂的《玉簪记》是最早出现的优秀爱情剧;它在艺术上的成就较其前的陆采《怀香记》等高出甚多。

高濂,字深甫,号瑞南道人。浙江钱塘(今杭州)人。家豪富,以入赀得官,待选鸿胪寺,三岁未得实授,归隐杭州西湖。万历三十一年(1603)二月尚在世①。著有《遵生八笺》、《雅尚斋诗草》,传奇《玉簪记》、《节孝记》等。《玉簪记》尤著名。《词林一枝》已收有此剧散折②。一般认为《词林一枝》刻于万历元年,纵或今存明刻本《词林一枝》于万历元年后曾有所增补③,但此剧之为万历早期甚或更前一些的作品,当无疑问。

《玉簪记》所叙,是书生潘必正与在女贞观出家的青年女子陈妙常的恋爱故事。作者着重写了作为人性重要组成部分的对爱情的渴求和否定人生的宗教观念在陈妙常身上的冲突,并以前者的胜利作为结束。

在她遇到潘必正以前,听师父讲经之时,这种矛盾就已在她心里萌芽,正如她自己所说:

〔梁州序〕芳心冰洁,翠钿尘锁,怪胭脂把人耽误。蜂喧蝶嚷,春愁不上眉窝。(作背科)暗想分中恩爱,月下姻缘,不知曾了相思簿?身如黄叶舞,逐流波;老去流年竟若何?(《谈经听月》)

前边的"芳心"五句,是她努力以宗教教义来改造自己的结果;其下的"暗想"诸句,则是少女对爱情的本能的幻想以及对暮年的孤独的恐惧。可以说,这是我国文学史上第一次出现的对人性和扼杀人性的观念的矛盾的较具体的描摹。而在她与潘必正相见之后,这种矛盾就进一步尖锐化,一直克制着的爱情要求变得越来越强烈。剧本第十八出《媒姑议亲》的前半部分就生动地写出了她的这种自我斗争过程。尽管她很不满意自己的这种转变,是以在该出的开头,她还有"妙常苦守清规,今经多载。无奈尘心未尽,俗缘顿生,对景添愁,强制不

---

① 此年二月十二日曾与冯梦祯游西湖,见《快雪堂日记·癸卯》。
② 见李修生主编《古本戏曲剧目提要》,文化艺术出版社1997年版,第267页。
③ 《词林一枝》收有《狮吼记》散折。该剧作者汪廷讷历仕万历、泰昌、天启三朝,年辈较后,在万历元年能否写成《狮吼记》颇成问题。是以今见《词林一枝》虽署万历元年,但不能排斥其后曾经增补的可能性。

定,可恨人也"的自白,但接着的两支曲词,就只是倾诉她的爱情不能满足的痛苦了:

〔桂枝香〕奴似风掀黄叶,云遮残月。猛可的如醉如痴,独自个谁温谁热?把床儿打叠,把床儿打叠,方才梦枕儿上蝶,又惊回窗儿外铁。好难说,愁如雁字天边阵,泪似鹃花枝上血。

〔又〕云台松舍,清灯长夜,听钟儿敲断黄昏,拥被儿卧看明月。心中自思,心中自思,猛可的身如火热,直恁的睡不宁贴。好难说,咽不下心头火,转添些长叹嗟。

在这样的情况下,她写了如下的一首词以"聊寄幽情":"松舍青灯闪闪,云堂钟鼓沉沉。黄昏独自展孤衾,欲睡先愁不稳。一念静中思动,遍身欲火难禁。强将津唾咽凡心,争奈凡心转盛。"这首词既是前面两支曲词的总结,也宣告了她的自我斗争的结束。

在这以后,教义的影响在她身上就消失了。她先是以恋爱中的相思病患者而现身。第十九出《词姤私情》中的〔绣带儿〕鲜明地表现了她的这种心情:"难题起,把十二个时辰付惨凄,沉沉病染相思。恨无眠残月窗西,更难听孤雁嘹呖。堆积,几番长叹空自悲。怕春去,留不住少年颜色。"及至潘必正向她求爱,而且拿出了她所写的那首词作为凭据,使她再也不能保持女儿家的矜持,自此她就热情如火。在潘必正被女贞观主——也是他的姑母——逼迫,前去赴试时,她竟然不顾后果,雇船追赶,以求一别(见二十三出《秋江哭别》);这样的大胆和勇敢,也正是爱情所给予她的。总之,在她的身上较完整地体现了在爱情领域内的被压抑的人性觉醒的过程及其强烈的追求;就这点而言,也可说是后来杜丽娘的类似觉醒与追求的预演。不过,杜丽娘在被爱情唤醒以后,进一步产生了自主的渴望,而且由于客观条件的不同,其追求远为悲壮(见下文)。这正是《牡丹亭》对前人的超越。

《玉簪记》在描写女主人公方面的成就已如上述,写男主人公潘必正也简而不陋。他不像《西厢记》中张生那样,一见到莺莺就似染了疯魔。第一次见面时,他正处在下第的悲哀中,又忙着与姑母——陈妙常的师父——叙述别情,对边上的陈妙常并未引起注意。在观中住下来后,"偶见仙姑(陈妙常)修容光彩,艳丽夺人"(第十四出《茶叙芳心》〔菊花新〕),才起了爱慕之心。接着又通过与妙常的"清话"和奏琴,对她有了更多的了解,发现她"情儿意儿,那些儿不动人"(十六出《弦里传情》〔朝元歌〕)[①]。在这基础上,他对陈妙常的恋情

[①] 以上所述,分别见十二出《必正投姑》、十四出《茶叙芳心》、十六出《弦里传情》。

越来越强烈,终至为她生病,与她偷情,在被迫分离时又深为痛苦。所以,这一人物形象虽不如陈妙常的丰满,但其感情发展的脉络仍清晰可见,对其内心活动的描写,也颇鲜活。如十六出《弦里传情》中他所唱的〔懒画眉〕:"月明云淡露华浓,欹枕愁听四壁蛩,伤秋宋玉赋西风。落叶惊残梦,闲步芳尘数落红。"就颇为传神地写出了他在秋夜的孤寂、凄冷。十七出《旅邸相思》的〔谒金门〕:"愁滋味,风雨暮秋天气。一枕相思头彻尾,如何消遣些?"虽只寥寥数语,而其相思之苦,也活现纸上。倘与陆采的《怀香记》等作品相比,其艺术成就实不可同日而语。至于《玉簪记》所显现的女主人公层次分明的自我斗争的过程,就是较之元代《西厢记》等名作,也可谓之别开生面;尽管其总体成就并不能达到那些名剧的水平,还有一些小的失误①。

《玉簪记》在艺术上还有一点值得注意的:曲词清俊,抒情深切而不恪守格律,这也可说是开《牡丹亭》的先声。

在《玉簪记》以后、汤显祖的《紫钗记》和《牡丹亭》以前的著名爱情剧是梅鼎祚(1549—1615)的《玉合记》。鼎祚字禹金,宣城(今属安徽)人。国子监生。潜心著述,有《鹿裘石室集》、《青泥莲花记》等多种。《玉合记》作成于万历十四年(1586),即汤显祖作《紫钗记》的前一年。

此剧本事出于唐传奇《柳氏传》(许尧佐撰)。其梗概是:唐明皇时李王孙姬柳氏,在一个偶然的机会,见到了才子韩翃,二人均有爱慕之意。李王孙虽不知内情,因对韩翃很重视,竟将柳氏赠给了他。婚后二人很恩爱。不久安史之乱爆发,柳氏避居寺中,韩翃则在平卢节度使侯希逸麾下任职。乱平以后,柳氏为番将沙吒利所得。韩翃随侯希逸来京师朝见,得悉此情,但沙吒利平乱有功,声势煊赫,他也无可奈何,只有独自悲痛。幸而希逸部将许俊勇而仗义,闻知后竟将柳氏劫出,二人遂得团圆。

此剧的值得重视之处,首先在于对柳氏在李王孙府中时的幽怨之情的描写,表现了她对爱情的幻想和青春遭受扼杀的痛苦。这与《玉簪记》中的陈妙常和以后《牡丹亭》中的杜丽娘均有相通之处。

柳氏虽在李府为姬,但因长成不久,李王孙又好道,是以她仍是闺中独处的少女,只有侍儿轻蛾相伴。处在青春期的她,深感寂寞与苦闷。正如她自己

---

① 其失误之最明显的,是出家于女贞观、身为道姑的陈妙常,有些地方却像尼姑,如第八出《谈经听月》中她请师父讲解《法华》旨要;十九出《词妬私情》中她与潘必正相爱后,有"从今孽债染缁衣"的唱词。《法华》是佛经,"缁衣"是僧之衣。此点前人早就指出。但高濂当不至连这样的常识也没有。想来作品本是把妙常写作尼姑的,后来却改成了道姑(大概是由于尼姑不好看),但原来的有些词句没有修改干净,以致自相矛盾。至于作这种身份修改的是高濂自己,抑或出于剧本流传过程中某一人的手笔,今已不得而知。

所说:"奴家生来二八,方且待年。""……我郎君暂称豪俊,每托仙游。咏'夭桃'虽则有时,叹匏瓜终当无匹。"(第三出《怀春》)况且李王孙也并不是她真正满意的人。在轻蛾对她的处境深为同情,提出"几时得玉管偷香,把孔雀金屏选日开"时,她回答说:"我便是李家人了。那望金屏选日开?"(同上)这不是她不希望,而是已经绝望了。总之,她不由自主地成了李家的人,因而只能永远在李家过着这种"无匹"——没有爱侣、没有爱情的生活,不可能再有另结婚姻、获得幸福的机会,眼睁睁地任凭青春逝去。在她初次出场的第三出中,她的"柳笼烟,花蘸雨,春色已如许"、"好风频谢落花声"、"淡蛾羞敛不胜情"、"梦魂无赖"、"顾影徘徊"等唱词和说白,都含蓄地表现了她的青春虚度、寂寥无奈的悲哀。

正是在这样的情况下,她得知了当时有个才气很大的韩翃,就深为爱慕。在第七出中,她一出场所唱"细雨闲销香烬,微风暗揭帘琼。雕梁语燕惊残梦,呢喃春恨难平"(〔西锦地〕)的曲词和"一片春愁谁与共?""奴家这几日身子不快"的道白,进一步显示了她所遭受的由爱情不能满足导致的身心折磨。接着,她在帘下望见许多士大夫都去拜访韩翃,就突然爱起这个尚未见过的人来①,渴望为他之妻。

  (白)……我虽惭司马之琴,愿举梁鸿之案。只是此事,我却怎生好说来?早见那飞絮横空,香尘扑地,好春光都则辜负也。
〔宜春令〕空中絮,陌上尘,笑春光何曾恋人?残云没定,乘风目断东墙影。(白:吾闻士羞自献,女愧无媒。)假饶他碧玉多情,也须要明珠为聘。(白:罢罢!我终是笼中物了。)算分明围鸾槛凤,倩谁着紧?(睡介)

这种对一个素昧平生的人的突然而强烈的爱情,虽与少女的善于幻想有关,同时更反映了对爱情的渴求在她心底是怎样汹涌澎湃,以致必须用某个符号来寄托这种渴求。这里的韩翃和后来杜丽娘的梦中情人一样,都不过是此种符号罢了。而在有了这样的符号以后,她深深感到了作为"笼中物"的痛苦,也与后来杜丽娘的有了梦中情人以后强烈地希求由自己来支配个人的婚恋和命运,彼此相通。

写少女的怀春,在我国文学史上是从《诗经》开始的。但是,较为细腻地描绘怀春之情——爱情渴求——所遭到的来自环境的扼杀以及由此所引发的深沉的痛苦,却首见于此剧。其后的《牡丹亭》虽在这方面写得更为深入,并将矛盾进一步展开,不像此剧似的以一个偶然性的事件——李王孙的慷慨赠

---

① 她曾望见过韩翃,但不知其姓名。所以,当时她心目中尚无韩翃的形貌。

妾——匆促地让柳氏得到一个如意郎君,但此剧的前驱之功仍然值得重视。

其次,《玉合记》除了开端部分写柳氏对爱情的渴望颇为细腻外,接下去写她在与韩翃分别后的离愁、受沙吒利逼迫时的坚贞,均不乏感人之处。写其他的人物,包括韩翃、李王孙乃至出场很少的许俊,也较注意表现其感情和性格。下面所引,是许俊带着韩翃书信闯进沙吒利府第去营救柳氏时的曲词,就颇能表现其英雄气概。

〔北刮地风〕呀,这马儿忽腾腾举四蹄,怀揣着风月文移。撞辕门似入无人地,早穿过绿水桥西。又经他碧杨楼际,斜刺里画栋朱扉。(白:适方见沙吒利这厮打猎去了。)趁着那蜂未窥,蝶未知,把暗香偷递。你道是巧张罗惯打围①,俺可也见兔儿才放鹰飞。(第三十七出《还玉》)

第三,此剧情节比较复杂,又以安史之乱为背景,插入了唐明皇、杨贵妃的故事,但结构仍相当紧凑,无冗散之弊。汤显祖《玉合记题词》,谓此剧"视予所为霍小玉传(指《紫箫记》。——引者),并其沉丽之思,减其秾长之累。"确为实情。

尽管《玉合记》宾白喜用骈偶,有些曲词又有用典过多之病,但由于以上三个优点,它在当时受到热烈欢迎,"士林争购之,纸为之贵"(徐复祚《三家村老委谈》)。传唱也很盛,据梅鼎祚《长命缕记序》说,"凡天下吃井水处,无不唱章台传奇者"(指《玉合记》。——引者)。

与梅鼎祚同岁的剧作家周履靖(1549—1630)所作的《锦笺记》,也是一部值得注意的爱情剧。周履靖,字逸之,号螺冠子。浙江嘉兴人。早年即弃八股不为,专力于古文词。此剧写宦门之女柳淑娘与书生梅玉的婚恋。柳、梅二家有亲戚关系,所以梅玉得以寄寓柳家。淑娘既爱梅玉才貌,又担心父母做主的婚姻会坑害自己一生,遂大胆与梅玉相爱。其间经过种种曲折,幸而机缘凑巧,淑娘又能勇敢地反抗包办婚姻,二人终得团圆。

此剧在描绘人物感情方面采取粗线条的方式,能大致显示其精神面貌。其长处在善于以烘托手法来表现人物的内心活动。如第十一出《诒婚》,淑娘在门口听人唱《莲花落》,其中有这样的句子:

(介)多少娇娘吃子爹娘赚,(介)嫁了村牛及俗胎。(介)不要琴书不要画,(介)双陆围棋尽撒开。(介)日图三餐夜一宿,(介)枕边鼻息似轰雷。(介)走到人前如木佛,(介)开得牙关臭杀来。(介)这样村牛撞着子,(介)一世为人好苦哉!

---

① 这句系就沙吒利去打猎而言。

淑娘听后,感叹道:"适才所唱,句句真的。""我听伊言,心暗推,屈指桃夭几个宜?回文锦半世含嗟,断肠吟到老成悲。苏台月伴西施醉,玉关草湿明妃泪,淑女堪求君子谁?"(〔啄木儿〕)这些曲词,虽然主要是列举了历史上一系列著名女性的悲惨身世,但在上引《莲花落》的烘托下,人们可以较清楚地体会到她对父母包办婚姻的恐惧,以及由此引发的她对未来的忧虑乃至怨怅。这也就成为在第三十八出《咸遂》中,她不顾生死而坚决反抗包办婚姻的张本;至于这一反抗给她带来了幸福,则是作者的微旨所在。

所以,这是一个赞扬女子在婚恋自主方面的勇敢精神的剧本。它的艺术特色,是"炼局遣词,机锋甚迅,巧警会心"(吕天成《曲品》卷下)。此类婚恋剧在当时的一再出现并受到欢迎,也正反映了个人意识的逐步膨胀。

二、汤显祖的生平与思想

汤显祖(1550—1616)是我国历史上伟大的戏曲作家之一,诗文也负时名。字义仍,别号海若、若士、清远道人等。江西临川人。二十一岁中举,但以后几次应进士试均不第,其中万历五年和八年皆因拒绝首辅张居正的延揽而落选。直到张居正死后,他才于万历十一年(1583)中进士,但在北京礼部观政期间,又以不受执政申时行、张四维招致,于次年出为南京太常寺博士,五年后升至南京礼部主事。万历十九年上《论辅臣科臣疏》弹劾申时行及其亲信杨文举(科臣)等,被贬为广东徐闻县典史。两年后调任浙江遂昌知县,颇有政声。万历二十六年(1598)春弃官归里,从事著述。有诗文集《红泉逸草》、《问棘邮草》、《玉茗堂集》等。所撰戏剧有《紫箫记》、《紫钗记》、《牡丹亭》、《南柯记》、《邯郸记》,后四种合称"临川四梦"或"玉茗堂四梦",因四个剧本中都写到梦境;至于《紫箫记》,则是他早年所写的未完之作,实为后来《紫钗记》的初稿本。今人汇集其现存诗文、戏剧,编有《汤显祖集》行世。

汤显祖幼年就受到儒家和道家思想的熏陶;少年时师从罗汝芳,汝芳为泰州学派的代表人物之一;在任职南京时,又受到达观与李贽的思想影响。作为一个政界的人物,他渴求改善朝政,坚持气节。作为倾向于王学、仰慕李贽又礼赞禅宗的士大夫,他既有强调心灵和自然人性的一面,又有否定现实人生的一面。在其生活的不同时期,这二者分别在其创作中起着主导作用。

从前一点出发,汤显祖强调心的力量在创作中的巨大作用。而在他看来,心的力量又源于独立不羁的人格。其《序丘毛伯稿》说:

> 天下文章所以有生气者,全在奇士。士奇则心灵,心灵则能飞动,能飞动则下上天地,来去古今,可以屈伸长短生灭如意,如意则可以无所

不如。

与"奇士"相对立的,则为"拘儒老生"。《合奇序》指出:"世间唯拘儒老生不可与言文。耳多未闻,目多未见,而出其鄙委牵拘之识,相天下文章。宁复有文章乎。……士有志于千秋,宁为狂狷,毋为乡愿。"因此,他所要求的,乃是不像"拘儒老生"或"乡愿"那样地恪遵既成的社会规范,而甘于以"狂狷"面貌出现的独特不羁之士。这既与当时李贽、袁宏道的主张相一致,也与后来龚自珍之说相通。而他的《牡丹亭》之所以能成为杰构,就正因其较充分地体现了这种创作精神。

但从后一点出发,就会以世事为虚幻,视人生的追求为可笑。他的《南柯记》和《邯郸记》就正陷入了这样的境地。

三、汤显祖的戏曲创作

《临川四梦》中,《牡丹亭》取材于明话本《杜丽娘慕色还魂》,《紫钗记》、《南柯记》、《邯郸记》分别取材于唐传奇《霍小玉传》、《南柯太守传》和《枕中记》。《紫钗记》写作时间最长,大约在万历五年至七年写成半部初稿(即今存《紫箫记》),过了十年开始重写,直到万历二十三年才定稿,而《牡丹亭》、《南柯记》和《邯郸记》三剧则分别写定于弃官后的万历二十六年、二十八年和二十九年。

《紫钗记》和《牡丹亭》

《紫钗记》和《牡丹亭》都为歌颂爱情之作。尽管《紫钗记》对霍小玉整个恋爱过程的感情演变的描写十分细腻和深入,从中可以看到我国戏曲在人物塑造上的进展的痕迹。例如,写霍小玉在爱情遭到波折后其痛苦的逐步加深,从三十六出《泪展银屏》的"卷帘无限,山明水远。残霞外烟抹晴川,淡霜容叶横清汉。正关山一点,正关山一点,遥望处平沙落雁。倚危阑,泪来湿脸还谁见?愁至知心在那边"(〔桂枝香〕),到四十七出《怨撒金钱》的"去也春光,月地花天,相思影瘦的不成模样。为伊踪迹,费尽思量"(〔行香子〕),再到五十二出《剑合钗圆》的"鬼病恹恹损,落花风片紧。多应无分意中人,恨恨恨。梦浅难飞,魂摇欲坠,人扶越困"(〔怨东风〕),"冷清清遭值这般星运,闹氲氲搅人的方寸。虚飘飘耽捱了己身,软哈哈没个他丰韵。……病的昏,问你个春几分?睡也睡也睡不稳,过眼花残,断头香尽。伤神,病在心头一个人。消魂,人似风中一片云"(〔山坡羊〕),充分地表现出她所遭受的煎熬是在怎样地越来越强烈,这是以前的戏曲创作从来没有出现过的,因而很值得重视;但《牡丹亭》的成就却更在其上。据王思任《批点玉茗堂牡丹亭叙》记载:"若士自谓一生《四梦》,

得意处惟在《牡丹》。"沈德符也说:"《牡丹亭梦》一出,家传户诵,几令《西厢》减价。"(《万历野获编》卷二十五)这是因为它大胆、深入、细腻地写出了人性与礼教及有关的社会规范的冲突,并热情地讴歌了人性的胜利。

剧本的女主人公杜丽娘出身于官宦之家,从小就受着严格的封建教育与管束。她在各方面都是一个很有教养的淑女。然而,当她在春日游赏花园时,在自然景色的激发下,突然产生了一种不可抑制的欲望:

(低首沉吟介)天呵,春色恼人,信有之乎?常观诗词乐府,古之女子,因春感情,遇秋成恨,诚不谬矣!吾今年已二八,未逢折桂之夫;忽慕春情,怎得蟾宫之客?昔日韩夫人得遇于郎,张生偶逢崔氏,曾有《题红记》、《崔徽传》二书。此佳人才子,前以密约偷期,后皆得成秦晋。(长叹介)吾生于宦族,长在名门。年已及笄,不得早成佳配,诚为虚度青春。光阴如过隙耳。(泪介)可惜妾身颜色如花,岂料命如一叶乎!〔山坡羊〕没乱里春情难遣,蓦地里怀人幽怨。则为俺生小婵娟,拣名门一例一例里神仙眷。甚良缘,把青春抛的远。俺的睡情谁见?则索因循腼腆。想幽梦谁边?和春光暗流转。迁延,这衷怀那处言?淹煎,泼残生,除问天!(第十出《惊梦》)

杜丽娘的这种渴望和怨恨当然是违背礼教和当时关于妇女的社会规范的。但她同时又是天真而很有教养的少女,这些都出于本能。所以,我们在这里其实是看到了礼教和有关社会规范对人的本性的压制以及由此所导致的人的痛苦,也看到了无论怎样周到的教养都不能真正扼杀人性。

正是在这种"春情"的驱使下,杜丽娘做了一个梦,梦中与一青年男子相会,"共成云雨之欢。两情和合,真个是千般爱惜,万种温存"。梦醒之后,她毫无罪恶感,反而说"哎也天那!今日杜丽娘有些侥幸也",并对梦中的幸福情景留念不已。以至"心内思想梦中之事,何曾放怀?行坐不宁,自觉如有所失"(同上)。当晚"只图旧梦重来,其奈新愁一段!寻思展转,竟夜无眠"(第十二出《寻梦》)。次日,她仍深深陶醉在那"美满幽香不可言"的梦境中,甚至不顾母亲的责备,竟狂热而痴心地到花园中去寻找梦中的情景。结果"寻来寻去","杳无人迹",只找到一株大梅树,她竟伤心地哭泣起来,并对着梅树发出了"这般花花草草由人恋,生生死死随人愿,便酸酸楚楚无人怨"的呼号(同上)——只要能够让她自由地恋爱,自主地决定自己的一切,包括生死,那么,她愿意承担由此导致的一切后果,无论落到怎样"酸酸楚楚"的境地也决不怨恨。这种呼号正是晚明人性解放的要求在一个少女心中所引发的回音。

基于这样强烈的对于爱情的渴求,杜丽娘因寻不到梦里情人而无限伤痛,患病去世。但死后的鬼魂还在阴间追索这梦中人。经过三年,她终于遇到了他——柳梦梅,相互热恋,并由于与柳梦梅的欢会,"冷香肌早偎的半热"(《冥誓》),杜丽娘得以重生,与柳梦梅结为夫妇。而在这整个过程——从《惊梦》到《婚走》——中,支配杜丽娘的思想和行动,使她由生而死又由死而生的,始终是在欲望的基础上所形成的锲而不舍的爱情。她在临死前的感受是:"拜月堂空,行云径拥,骨冷怕成秋梦。世间何物似情浓?整一片断魂心痛。"(第二十出《闹殇》〔鹊桥仙〕)在回生后的自述,则是"如笑如呆,叹情丝不断,梦境重开"(第三十六出《婚走》〔意难忘〕);"奴家死去三年,为钟情一点,幽契重生"(同上)。汤显祖《牡丹亭题辞》说:"情不知所起,一往而深,生者可以死,死可以生。生而不可与死,死而不可复生者,皆非情之至也。"杜丽娘的经历,就正是这一理念的充分体现。而杜丽娘的情,既是一种精神力量,又是人性的显示。所以,这一剧本乃是个人的精神力量、人性悲壮地战胜束缚人性的环境的赞歌。

自然,这种胜利本身具有某种虚幻性。但正因虚幻,其象征意义就远远大过现实意义。较有鉴赏力的读者只会被杜丽娘的这种追求所激动,而不会由于她的回生而感到轻松。汤显祖以这种虚幻的形式来表现这一场实际上的悲剧(在当时的环境下,像杜丽娘那样美丽、敏感又强烈地渴求爱情的少女当然只能得到悲惨的下场;剧本所写及的她的失望而死,正是历史的必然)和他的人性必将战胜的信念,并在艺术上获得成功,这也正如他自己所说,是由于"心灵则能飞动,能飞动则下上天地,来去古今,可以屈伸长短生灭如意……"(《牡丹亭题辞》),也即是由于作家自己的源自独立不羁的人格的强大的心灵力量。

这种心灵力量不仅表现在他敢于唱出这样的赞歌,更在于他能够较充分地体会杜丽娘式的少女的痛苦、追求和坚强,并将这一切较完美地显现出来。所以,《牡丹亭》里的杜丽娘,其情感的丰富、细腻、炽烈,发展脉络的真切、清晰,在在都令人感动,从她游园惊梦到死后回生的这一阶段尤其如此。

就游园的部分来看,杜丽娘在起床初始,对镜理妆之际所唱的〔步步娇〕,就可谓神来之笔。

袅晴丝吹来闲庭院,摇漾春如线。停半晌整花钿,没揣菱花,偷人半面,迤逗的彩云偏。(行介)步香闺怎便把全身现?(第十出《惊梦》)

开头两句是说:她在梳妆时,看到庭院中被风吹断的蛛丝在晴日下袅袅飘拂,感到春天的脆弱也正与这摇漾着的"线"——"晴丝"相仿佛[①]。这种由蛛丝的易遭摧折而立即联想到春光易逝的极度敏感,正意味着她平时就深深沉浸在

[①] 李渔以为"晴丝"是"情丝"的谐音(《闲情偶寄》),似不确。因情丝是从其心中产生而非自外"吹来"的。倘说她一见到"晴丝",就因"晴"、"情"的同音而引起情丝一缕,又不免过于想入非非了。

青春易残的悲哀和恐惧之中。因为,我国自很早的时候起,这二者就已被联系起来了;而且,她若不是由此而考虑到自己的这种可悲处境,就不致如以下几句曲词所表现的那么失魂落魄。——接着的"停半晌",表明她在感慨于"春如线"后,就陷入了沉思,连梳妆都停下来了。经过"半晌",她才重"整花钿",但神思恍惚,陡然被镜中的自己吓了一跳①,以为身边多出了一个人,因而"整花钿"的手猛然一震,把"彩云"也弄"偏"了。像这样的通过动作来传达其内心感受的曲词,生动地显示出了她心底的享受青春欢乐的渴求以及由于这种愿望遭到压抑而导致的深刻的苦闷。当然,在这里我们也看到了杜丽娘作为深闺少女的感情的细腻——庭院中的"晴丝"就使她怅惘万端——和竟会被镜中的自己吓着的娇弱。至于这支曲子最后的"步香闺怎便把全身现",既体现了她平时所受的教养对她的束缚,也说明了她的渴求永远只能潜藏于心底,而不能有所表露,这就是其悲哀乃至悲剧的由来。

她在游园时所唱的〔皂罗袍〕,乃是上述〔步步娇〕曲的进一步发展,也是脍炙人口的名曲。

> 原来姹紫嫣红开遍,似这般都付与断井颓垣。良辰美景奈何天,赏心乐事谁家院。朝飞暮卷,云霞翠轩。雨丝风片,烟波画船——锦屏人忒看的这韶光贱。

这是美丽的春天的颂歌,是对春天的美丽被浪费的悲哀和不平,其末句包含着多少怨怅!而更其重要的是,这同时也是对自己的青春被扼杀的哀怨。因而园中的景色不但不能使她愉悦,反而引起了更多的悲戚。在与她一起游园的天真的丫环春香兴高采烈地发出"这园子委是观之不足也"的赞叹时,她却冷冷地说:"提他怎的?"并以如下的曲词作为这次游园的结束:"观之不足由他缱,便赏遍了十二亭台是枉然,到不如兴尽回家闲过遣。"(〔隔尾〕)这里所抒发的,已经是青春的活力与渴望遭受压制的深刻苦闷了。这也就是其惊梦的张本。

剧本中的游园部分,包括杜丽娘和春香二人的曲、白在内,只有五百字左右,但却能如此生动感人地写出杜丽娘的心态,自不得不归功于作者高度的感受力和表现力。这同时也就是他在对杜丽娘的整体塑造和对作品里其他较重要人物的描绘方面能够取得成就的原因所在。

他对作品里其他较重要人物的描绘,虽不能如刻画杜丽娘那样地入木三

---

① "没揣菱花,偷人半面"的"没揣",是"不料"之意。但她本在对镜梳妆,镜中有自己的映像乃是自然之事,无所谓"没揣"。可见她当时尚未完全从沉思中醒来,忘掉了自己正对着镜子,因而镜中的映像对于她成了意外——"没揣"——的存在。

分,却也栩栩如生。作为剧中第二主人公的柳梦梅,他那对功名的渴求和对爱情的期盼,对杜丽娘的无限恋慕和生死以之的执着,在求谒杜宝——杜丽娘父亲——时的不通世务,遭致后者压迫时的勇敢反抗,都被写得鲜明而生动;春香的天真可爱,杜府塾师陈最良的迂腐而善良,均跃然纸上;连常被误认为封建势力代表的杜宝,在剧中也血肉丰满,感情充沛。他对杜丽娘是挚爱的,虽然反对她"白日眠睡",要她在"刺绣余闲",多读些书,"他日到人家,知书知礼,父母光辉"(第三出《训女》);但同时也是为杜丽娘的前途着想,"看来古今贤淑,多晓诗书。他日嫁一书生,不枉了谈吐相称"(同上)。在那种"女子无才便是德"的时代里,父亲能为女儿考虑及此,实在已很难得了。及至杜丽娘因游园惊梦而患病,他妻子从春香处得知了一些情况,就对他说:丽娘的得病,是因游园时"梦见一人,手执柳枝,闪了他去",他虽然因此而责怪妻子:"我请陈斋长教书,要他拘束身心,你为母亲的,到纵他闲游。"但对杜丽娘却毫无怪责,反而积极请医,为她治疗。后来他妻子又说:"(丽娘)若早有了人家,敢没这病。"这也就意味着丽娘的病源是基于情欲之思。按照封建礼教,这是很可耻的事。但他却并不以这种病为下贱,只是说:"女儿点点年纪,知道个什么呢?""忒恁憨生,一个哇儿甚七情?……则是你为母的呵,真珠不放在掌中擎,因此娇花不奈这心头病!"(第十六出《诘病》)换言之,倘若杜丽娘年龄再大一些,那么,得这种病也并不意外。总之,他对女儿虽不理解,却也并不苛责,在内心深处则是深深地爱着她的;与他妻子一样,都把杜丽娘当作全家的命根子,所谓"两口丁零,告天天半边儿是咱全家命"(第十六出《诘病》〔驻马听〕)。因而,在杜丽娘临终时,他与其妻子合唱的〔忆莺儿〕确是充满了悲痛之情:

> 鼓三冬,愁万重,冷雨幽窗灯不红,听侍儿传言女病凶。……(同泣介)我的儿呵!你舍的命终,抛的我途穷,当初只望把爹娘送。(合)恨匆匆,萍踪浪影,风剪了玉芙蓉。(第二十出《闹殇》)

而在杜丽娘死后,他对妻子又是真诚安慰,希望她保重;尽管在丽娘生前,他曾怪责过妻子对她太放纵,这时却毫无归咎之意,反而说大概是由于自己审错了案子,枉断人命,才受此业报。在这里包含着深切的关心和体贴。

> 〔红衲袄〕夫人,不是你坐孤辰把子宿曇,则是我坐公堂冤业报。较不似老仓公多女好,撞不着赛卢医他一病跻。天天,似俺头白中年呵,便做了大家缘何处消,见放着小门楣生折倒。夫人,你且自保重。便作你寸肠千断了也,则怕女儿呵,他望帝魂归不可招。(同上)

总之,他虽然遵守当前的社会规范,也绝不反对封建礼教,但却富于人情味,对女儿和妻子都有深挚的爱。其实,杜丽娘的悲剧并不能由他负责。因为,杜丽娘所感受到的寂寞和对爱情的渴求，是只有在女性从小就能获得与男性同样的社会待遇（例如受教育、社交等）的情况下才能解决的。至于在杜丽娘的时代，即使杜宝愿意放她到社会上去自由择偶，社会也不容许。他唯一能做的，就是早日为杜丽娘找个如意郎君。但对杜丽娘这样美丽、敏感的女性来说，包办婚姻往往是另一个悲剧的开始。换言之，杜宝和他的妻子都不是杜丽娘的痛苦与悲剧的制造者，这与《西厢记》中崔莺莺的母亲、《墙头马上》中裴少俊的父母破坏子女的婚姻与幸福很不一样。他是一个深爱女儿，但却对她的痛苦既不理解也无能为力的父亲。这在当时是戏曲文学中从未出现过的类型，而如上所述，作者对这一人物的描写虽只寥寥数笔，却也颇为传神。

因此，从总体上来说，《牡丹亭》虽有结构略嫌散漫之弊①，但无疑是我国文学史上的杰构。就其对人物的描写、个人与环境的矛盾冲突的表现来说，较之《西厢记》等作品是进一步深化了。

《牡丹亭》的曲词俊丽和用典较多，这是从上面的引文也可以看得清楚的。与元杂剧相比，它跟口语的距离拉大了，也妨碍了文化素养较低的观众（以及读者）的欣赏；但另一方面却能较深细而精练地写出剧中人的内心活动，特别是杜丽娘那种敏锐而复杂的感受，因而又丰富和扩大了曲词的表现力。由于这二者在汤显祖的剧本里是相互渗透的，研究者往往强调其中的一个方面，以致褒贬不一。此外，汤显祖写作时不恪守曲律，他自己说：ː"凡文以意趣神色为主。四者到时，或有丽词俊音可用。尔时能一一顾九宫四声否？如必按字摸声，即有窒滞迸拽之苦，恐不能成句矣。"（《答吕姜山》）这对于文学创作当然是正确的，但从戏曲音乐的角度来看，却会给演员的歌唱带来某种困难。那么，是要求演员发挥主观能动性去克服困难，甚至要求对音乐曲调稍作调整以适应曲词呢，还是主张剧作家在写作时必须首先服从曲律的规定？在这方面也就存在着不同的看法。下文将要介绍的以沈璟为首的吴江派，就是力主把曲律放在第一位的。

《南柯记》和《邯郸记》

比《牡丹亭》迟写两年的《南柯记》，既可说是在《牡丹亭》基础上的进一步思考，也可说是后退。在《南柯记》完成后第二年所作的《邯郸记》，则比《南柯

---

① 剧本中用不少篇幅所写的李全夫妇及其所统率的部队进攻南宋与杜宝招安他们的故事，也许隐含作者批判朝政之意，但对杜丽娘、柳梦梅的婚恋并无实际影响，因而成为作品的游离部分。

记》退得更远了。

在《牡丹亭》里,杜丽娘和柳梦梅的情缘得到了圆满的结果,这也可说是"情"的巨大力量显示。但是,他们在结成了美满姻缘以后,又怎样来应付生活中纷至沓来的各种问题呢?作为社会的人,他们将与社会取怎样的对应态度,后果如何?这些在《牡丹亭》中当然是用不着解答的,但如对人生进行认真的思考,却不得不涉想于此。而《南柯记》的后半部分,实不妨视为对此类问题的变相的答案。

此剧所写的,是唐代淳于棼的故事。他有一次见到一个年轻女子,"秀入肌肤,香生笑语",因而心中恋慕(第七出《偶见》)。后见她代妹子向佛前施舍"金凤钗一双,通犀小盒一枚",他更惊奇于"人与物皆非世间所有"(第八出《情著》,下同)。她又对他说,妹子比她"还妙",他不禁失声而呼:"妹子,妹子,你有凤钗犀盒,央他送在空门,何不亲身同向佛前啰,和我拈香订做金钿盒?"(〔节节高〕)于是,她知道他已深深陷入情网,将为她妹子系念不置,"暮凉天他归去愁无那。牙儿嗑,影儿那,心儿阁,向人天结下这姻缘大"(前腔)。其实,她本是蚂蚁所化,是大槐安国蚁王的侄女,此来是为蚁王之女瑶芳——她口中的"妹子"——寻亲。淳于棼由于"情太多"(同上),便被她选中。淳于棼回家后,"一发无情无绪"(第十出《就征》),一天下午,酒醉而卧,梦中被大槐安国王召去,与瑶芳公主成婚。夫妻恩爱。又被任命为南柯郡太守,政绩显著,人民感戴。二十年间,生了二男二女,均沐恩宠。不料公主染病渐深,淳于棼所辖的一个将军又失守了城池,全军覆没。国王就调他夫妇回朝。公主死于途中。他先被任命为左相,那是朝中最高的官职。加以他在任南柯太守时,"南柯丰富,二十年间,但是王亲贵戚,无不赂遗"(第三十九出《象谴》),因而颇受他们的尊重。但很快就有人上书国王,说是天象示警,将有"衅起他族,事在萧墙"(同上),他便成了国王的怀疑对象,立即被解除了权柄,幽居私宅,成天担心着还有进一步的灾祸要来。幸而国王只是命他回归故里。于是他从梦中醒来,发现原先所喝的酒尚未冷却,接着又查明白了所谓大槐安国原是他家槐树根下的一窠蚂蚁。他由此勘破世情,归依佛门。

这一作品前半部所写的由于"情"的力量,人得以与蚂蚁成婚,过了二十年幸福生活,这与《牡丹亭》所写的"情"能使人由生而死又由死而生、终与所爱者结成夫妇,如出一辙。而后半部则进一步揭示出:"情"并不能解决人生的所有问题。作为社会的人,命运并不掌握在自己手里。像淳于棼那样,为南安郡人民做了许多好事,并尽量在政治上搞好人际关系,又是国王爱女的丈夫,其地位何等稳固!然而说倒便倒,他一点都做不得主。人生既然这样脆弱,那么,其意义又何在呢?——这却是《牡丹亭》所没有的内容。所以,也可以说,这是作者在《牡丹亭》基础上的进一步思考。

联系我国封建社会的历史和汤显祖所置身的政治现实,这种思考的合理性是十分明显的。它本身就是一种进步,是个人不再安于任人摆布的地位的反映。但是,在汤显祖的时代,他找不到改变这种局面的道路。而从万历二十七、八年开始的思想整肃(参见本编《概说》),对于汤显祖之类的异端更是一种沉重的压力;这不能不增加其思想上的消极成分。所以,上述的思考终于导致了对人生的否定,并且把"情"也否定了,因为"情"本是附丽于人生的。以下所引,就是淳于棼觉悟后的认识,也可说是汤显祖为人生所作的结论:

> 我淳于棼这才是醒了。人间君臣眷属,蝼蚁何殊?一切苦乐兴衰,南柯无二。等为梦境,何处生天?小生一向痴迷也。
> 〔南园林好〕咱为人被虫蚁儿面欺,一点情千场影戏,做的来无明无记。都则是起处起,教何处立因依。(第四十四出《情尽》)

说人间的"君臣"何殊"蝼蚁",这自是对当时君主独裁制度的反拨,但其出发点却是人生的虚幻。既然如此,爱情自也幻而不实,于是那能使人由生而死又由死而生的情,使人与蚂蚁相结合的情,在这里也就成了"影戏"的制造者而失去意义了。

不过,《南柯记》在其前半部中还是赞扬了"情"的巨大力量,因而与其后半部之间显然有所矛盾。到了《邯郸记》,这样的矛盾就消失了。该剧所写的是:吕洞宾下凡去度化有缘之人。在旅店中遇见自叹贫贱的卢生,就引他入梦。让他在梦中享受繁华,也历尽艰困;最后官至首相,穷奢极欲,年过八十,五子十孙,忽然一病而亡,这才发现原来是在做梦。入梦前店主人正在煮黄粱,醒来时黄粱尚未熟。于是勘破人生,跟随吕洞宾出家。至其梦中经历,则主要是官场的升沉,政局的变幻;男女之情仅起到点缀作用。

在剧本的结束处,汉钟离、曹国舅、铁拐李、蓝采和、韩湘子、何仙姑等神仙,将卢生在梦中的联姻崔氏、状元及第、建立边功、险遭死刑、权势显赫、临终乞恩等事一一加以讥嘲,以显示人生的虚幻,这也就是全剧的主旨所在:

〔浪淘沙〕(汉)甚么大姻亲?太岁花神。粉骷髅门户一时新。那崔氏的人儿何处也?你个痴人!……

〔前腔〕(曹)甚么大关津?使着钱神,插宫花御酒笑生春。夺取的状元何处也?你个痴人!……

〔前腔〕(李)甚么大功臣?掘断河津,为开疆展土害了人民。勒石的功名何处也?你个痴人!……

〔前腔〕(蓝)甚么大冤亲?窜贬在烟尘,云阳市斩首泼鲜新。受过的悽惶何处也?你个痴人!……

〔前腔〕(韩)甚么大阶勋？宾客填门，猛金钗十二醉楼春。受用过家园何处也？你个痴人！……

〔前腔〕(何)甚么大恩亲？缠到八旬，还乞恩忍死护儿孙。闹喧喧孝堂何处也？你个痴人！……(第三十出《合仙》)

除蓝采和外，汉钟离等所指斥的，正是当时社会为士大夫所设定的追求目标。因此，在这里明显包含着对那个时代的政治现实的反拨。但其用来取代那种目标的，却是冤亲平等、荣辱无殊的境界。在《牡丹亭》里激动人心的那种对于生活的热烈追求，在这里是连影子都看不到了。

汤显祖的进一步走向消极，恐怕不仅与明王朝正在开展的思想整肃有关，也与他自己的进一步遭到打击分不开。在写《邯郸记》的这一年，他受到了革职处分①。

在《南柯记》中，人物描写已远不如《牡丹亭》的动人，《邯郸记》在这方面更为突出。以两剧结尾处显示人生虚幻的曲词来说，前引卢生的〔南园林好〕还有些感情色彩，汉钟离等人的〔浪淘沙〕就纯是说教了。不过，《邯郸记》第三出《度世》却写得颇为成功，尤其是吕洞宾的如下曲词，意境高远，既有超凡脱俗之致，又有悲天悯人之怀，其实正反映了汤显祖自己既欲超越现实又未能忘怀人间的矛盾。

〔红绣鞋〕趁江乡落霞孤鹜，弄潇湘云影苍梧。残暮雨，响菰蒲。晴岚山市语，烟水捕鱼图。把世人心闲看取。

……

〔迎仙客〕俺曾把黄鹤楼铁笛吹，又到这岳阳楼将村酒沽。……来稽首，是有礼数的洞庭君主。……听平沙落雁呼，远水孤帆出。这其中正洞庭归客伤心处，赶不上斜阳渡。

四、沈璟与吴江派

汤显祖的《牡丹亭》在明代剧坛受到高度推崇，但也有加以苛评的，那就是以沈璟为首的吴江派。

沈璟(1553—1610)，字伯英，号宁庵、词隐生，吴江(今属江苏)人。万历二年进士，官至光禄寺丞。万历十八年以病告归，家居二十余年，致力于戏曲创

---

① 汤显祖于万历二十六年，自动弃职还乡。根据明朝制度，凡非革职的官员，均保留"仕籍"。到万历二十九年，却与他算旧账，给予了革职处分。

作及研究。其成就主要在南曲韵律的探讨方面。辑有《南词韵选》，意在究明南曲用韵的法则；又增订蒋孝《南九宫谱》为《南九宫十三调曲谱》，被誉为"订世人沿袭之非，铲俗师扭捏之腔，令作曲者知其所向往，皎然词林指南车也。"（徐复祚《曲论》）其论曲之作，则有《唱曲当知》、《论词六则》等。作有传奇十七种，以《义侠记》较为流行。

沈璟的曲论，主要有两大主张。第一，强调语言的本色。而其所谓本色，实仅就朴素乃至俚俗而言。第二，把符合曲律作为撰曲的最重要之点，说是"宁律协而词不工，读之不成句，而讴之始叶，是曲中之工巧"①（见吕天成《曲品》卷上）。这两点都与《牡丹亭》相反。所以他曾把《牡丹亭》按照自己的主张加以修改。据王骥德《曲律》卷四《杂论》第三十九（下）所载，汤显祖看到这一修改本后，很为不快，批评说："彼恶知曲意哉！余意所至，不妨拗折天下人嗓子。"这也可以看作是两种创作原则的对立。

当时曲坛上有些人对沈璟颇为推崇。冯梦龙尊之为"词家开山之祖"（《太霞新奏》卷一），王骥德谓其"斤斤返古，力障狂澜。中兴之功，良不可没"（《曲律》卷四《杂论》第三十九下），吕天成《曲品》中的《新传奇品》，虽把沈璟和汤显祖都列为"上之上"，但却以沈居汤之前，并说："予之首沈而次汤者，挽时之念方殷，悦耳之教宁缓也。"由于与沈璟在理论上的共同点，他们被称为吴江派（因沈璟是吴江人）。

沈璟的剧本都颇平庸，就是其流行较广的《义侠记》，同样如此。该剧写武松故事。今引剧中武松于鸳鸯楼上杀死张都监及蒋门神、张团练后连夜奔逃的一段于下：

……（生急上）打破玉笼飞彩凤，顿开金锁走蛟龙〔步步娇〕（行介）托迹天涯空劳攘，举世皆罗网。奇毛已被伤，幸脱樊笼，更欲何向？（想科）我有个去处了。少不得早晚入梁山，十字坡先自潜踪往。

（内鸣锣科）（生）前面有巡军来了，且躲在一边去。（下）……（生复上）这一伙巡军已过去了，趁此更深人静，撒开脚步，趱行前去。
〔五供养〕行行自想，此去还须，暂阻鸾凰②。丈夫怀远略，岂肯恋闺房。他娘儿厮守，况地主常相依傍。我又差了。糊口犹无计，何暇想糟糠。且把愁怀、暂时撇漾。

---

① 沈璟此说，一般以为本于何良俊（1506—1573）。何氏《四友斋丛说》卷三十七："夫既谓之辞，宁声叶而辞不工，无宁辞工而声不叶。"
② 沈璟在《义侠记》中，为武松安排了一个未过门的妻子。"暂阻鸾凰"指暂时还未能成婚。下文"他娘儿厮守"二句也是就其未婚妻的情况而言。

〔江儿水〕我来本是英雄汉,未去收成名利场。被天翻地覆多磨障,杀得地惨天愁伸冤枉。离了天关地轴才疏放,奈心急步行不上。(看科)两腿酸疼、犹恨无端吃棒。

〔川拨棹〕回头望,这一条血路广。染衣衫犹自淋浪,染衣衫犹自淋浪。若被人窥须遭祸殃。只得苦宵行日隐藏,苦宵行日隐藏。(第三十二出《挂罗》)

在这些曲词中,丝毫看不出武松的感情波涛。连对于他的"无端吃棒"以致"行走不上",也只是使用了很浮泛的"犹恨"二字,而不能真正显示出其内心的痛恨。倘若把此段与李开先《宝剑记》中写林冲夜奔的一段相比较,我们就可看出优秀的作品与平庸的作品的区别。至于作品的语言,固然不妨称为朴素,但与关汉卿《窦娥冤》中窦娥被杀前所唱〔滚绣球〕那样的朴素具有天壤之别。〔滚绣球〕充满了激情,此则几乎没有什么感情色彩,因而谥为平庸也许更为恰当。此外,他的"只得苦宵行日隐藏"之类的句子,倒确是体现了"读之不成句"的特色的,当然同时也有"讴之始协"的功能。

第四节 袁宏道的诗文与晚明小品的特色

与小说、戏曲的发展相应,诗文在本时期也有了明显的变化,并形成了独具特色的晚明小品——一种新颖的文学散文。体现诗文的这一变化的,主要是以袁宏道为最重要代表的公安派。袁宏道同时是"性灵说"的创始者,他是在性灵说的指导下从事诗文创作实践的。而性灵说又显然受有李贽"童心说"的影响。由这一点来说,袁宏道的诗文与晚明的哲学新思潮实有紧密联系。不过,从万历二十七年起,袁宏道思想有所后退,其文学理论、创作与哲学新思潮的联系也逐渐减弱了。

一、"童心说"与"性灵说"

"童心说"的创始者李贽(1527—1602),号卓吾,又号宏甫,泉州晋江(今属福建)人。曾任南京刑部员外郎、云南姚安知府等职。退出官场后长期从事讲学,著有《藏书》、《焚书》等。万历三十年以"敢倡乱道,惑世诬民"的罪名被中央政府逮捕,在狱中自杀而死;其著作全遭禁毁。但禁毁的风头一过,书坊又纷纷刊刻其书以牟利,并非李贽之作也假托其名以增加销路。

关于李贽的哲学思潮,本编的《概说》已略有介绍。他依据王阳明"心自然会知"之说,把人的物质生活欲望作为符合人性的东西加以肯定,而把束缚人的精神自由和相应行动的"德礼"、"政刑"则作为使人失所的东西加以否定。在这基础上,他又提出了"童心说",把"童心"作为为人为文的基础,而把违背童心的视为假人假文。他说:

> ……夫童心者,绝假纯真,最初一念之本心也。若失却童心,便失却真心;失却真心,便失却真人。人而非真,全不复有初矣。
>
> ……然童心胡然而遽失也?盖方其始也,有闻见从耳目而入而以为主于其内,而童心失。其长也,有道理从闻见而入而以为主于其内,而童心失。其久也,道理闻见日以益多,则所知所觉日以益广,于是焉又知美名之可好也而务欲以扬之,而童心失;知不美之名之可丑也而务欲以掩之,而童心失。……夫既以闻见道理为心矣,则所言者皆闻见道理之言,非童心自出之言也。言虽工,于我何与?岂非以假人言假言,而事假事、文假文乎?(《童心说》)

由此可见,李贽所说的"童心",不仅存在于儿童时代,而且是人的一生都应该具有的;至于作为"童心"对立面的"闻见道理",显然是后天各种原则、规范,是和人的"最初一念之本心"相反的,所以,当它们取代了"童心"的时候,人就成为假人了。换言之,"童心"是人的先天的本性。他之提倡"童心"而反对"从闻见而入"的"道理",乃是因为他意识到这些"道理"——社会规范——是与人性相对立、扼杀人性的;这与他的反对"德礼"、"政刑"正相一致。

关于"童心"与文学的关系,李贽是这么阐释的:"天下之至文,未有不出于童心焉者也。苟童心常存,则道理不行,闻见不立,无时不文,无人不文,无一样创制体格文字而非文者。……故吾因是而有感于童心者之自文也。"(同上)并特地指出:元杂剧、《西厢曲》、《水浒传》"皆古今至文"(同上)。他认为好的文学作品必须基于人的先天本性,并把《西厢记》等列入这样的作品之列,这在我国文学史上是一种新的观念;但他又以为只要"童心常存"就能写出好的作品来,则显然是一种片面的看法,否定了艺术形式的相对独立性。

袁宏道前期的"性灵说"实可视为"童心说"的继承和发展。

宏道(1568—1610),字中郎,号石公。万历二十年(1592)进士。万历二十三年至二十五年曾任吴县令,以病请假。二十六年,入京任顺天教授,次年,迁国子监助教,二十八年,补礼部仪制主事,数月,又请假还乡。万历三十四年复职,官至验封司郎中。有《敝箧》、《锦帆》、《解脱》、《广陵》、《瓶花斋》等集,去世后被辑为《袁中郎全集》。

宏道幼即聪慧,在万历十八年时,曾去拜访李贽,相互投契,留三月余,宏道自居于弟子之列。自此,"始知一向掇拾陈言,株守俗见,死于古人语下,一段精光不得披露。至是浩浩焉如鸿毛之遇顺风,巨鱼之纵大壑"。遂主张"大丈夫当独往独来,自舒其逸","岂可逐世啼笑,听人穿鼻络首"(袁中道《吏部验封司郎中中郎先生行状》,以下简称《行状》)。他的"性灵说"就是在这样的思想基础上提出的。

在他看来,是否能体现"性灵"为真诗文、假诗文的分水岭,所谓"要以出自性灵者为真诗耳"①。他同时又说:"故吾谓今之诗文不传矣。其万一传者,或今闾阎妇人孺子所唱《擘破玉》、《打草竿》之类,犹是无闻无识真人所作,故多真声。不效颦于汉魏,不学步于盛唐,任性而发,尚能通于人之喜怒哀乐嗜好情欲,是可喜也。"(《叙小修诗》)所谓"《擘破玉》、《打草竿》之类",均是当时的民间歌曲。关于此点,他在《答李子髯》(其二)中说得更明白:"当代无文字,闾巷有真诗。却沽一壶酒,携君听《竹枝》。"《竹枝》在此处为民间歌曲的泛称。这些作品既被称为"真诗",当然是体现了"性灵"的;而其所以能"多真声",则是因其作者为"无闻无识真人"。他的鼓吹"无闻无识",与李贽的反对"有道理从闻见而入而以为主于其内",可谓异曲同工。他在《叙陈正甫会心集》中还对"毛孔骨节俱为闻见知识所缚"的人加以讥嘲,更可见出其强调"无闻无识"绝非偶然。至于"真人",则根据袁宏道在另一处所作的解释,乃是:"率性而行,是谓真人。"(《识张幼于箴铭后》)总之,他所提倡的"性灵",也是以人的先天本性为前提,而与后天的"闻见知识"以及由"闻见知识"而入的社会规范相违戾的,与他的"岂可逐世啼笑,听人穿鼻络首"的人生信念也相一致。

袁宏道的倡导"性灵",固然具有反模拟的内容,他对后七子中的李于鳞更作过颇为尖刻的批判(参见《小陶论书》等篇),但如把"性灵说"仅仅归结为反模拟或反后七子,那却是把其积极意义大大缩小了。"性灵说"首先是要引导作家去写作"独往独来,自舒其逸"而不为流俗所拘的作品。倘若把袁宏道自己的作品作为实践其"性灵说"的样品,那么,像下文将要引述的《答林下先生》、《兰亭记》等篇,其"率性而行"、旁若无人的气概,才真正显示出了"性灵说"的精粹。

这种"性灵说"较之李梦阳等以表现真人、真情为具体内容的复古主张显然更进了一步,因为李梦阳等所倡导的真情、真人还较抽象,袁宏道的"性灵"则和李贽的"童心"一样,强调了与"闻见知识"——社会规范相冲突的人的先天本性,从而也就更能显示"独往独来"的个性;但却并不是李梦阳等人的复古

---

① 这是江盈科为袁宏道《敝箧集》所作《序》中引述的袁宏道语。袁宏道任吴县令时,江盈科为长洲令;吴县、长洲都在苏州,二人友谊甚笃,文学思想一致。江盈科所引之语当可信。

理论的对立面。《答李子髯》(其二)说:"草昧推何李,闻知与见知。机轴虽不异,尔雅良足师①。"他肯定了何景明、李梦阳的文学主张,认为他们指引的方向是接近正道、值得学习的②,虽然何、李的作品并未能像袁宏道那样另辟机轴。至于他的所谓"当代无文字,闾巷有真诗",与李梦阳的"真诗在民间"之说一脉相承,更无庸赘论。

不过,袁宏道的思想有前后期的不同。以上所述,乃是其前期的"性灵说"的内容;其后期的"性灵说"则与此有别。

据袁中道《行状》,袁宏道于万历二十六年到北京任顺天府教授,到第二年,"先生之学复稍稍变。……遂一矫而主修,自律甚严,自检甚密,以澹守之,以静凝之";并认为其以前的"遣弃伦物,偭背绳墨,纵放习气,亦是膏肓之病"。对自己原先的生活态度以及与之相联系的思想都作了否定。到第二年又请假还乡。

如同本编《概说》所指出的,万历二十七、八年正是明王朝准备进行思想整肃的时期,而在这期间,袁宏道有一种恐怖情绪。他在请假回乡后所作的《答黄无净祠部》中说:

> 弟往在邸,尝语伯修曰:"今时作官,遭横口横事者甚多,安知独不到我等也?今日吊同乡,明日吊同年,又明日吊某大老,鬼多于人,哭倍于贺,又安知不到我等也?"以是无会不极口劝伯修归,及警策身心事……

此处所述,即是其万历二十八年请假回乡前之事,因为怕"横口横事"甚至死亡临到自己头上,他要求伯修(他的兄长,见后)"警策身心"和请假还乡,而他自己也确实做到了。所谓"自律甚严,自检甚密",也就是"警策身心"的体现。由此看来,他在万历二十七年的思想转变和二十八年的请假,实是基于这种恐怖情绪。

随着思想的转变,他所要求的"性灵"不但排斥了热烈的感情,而且与"理"相调和了。

他在万历三十二年所作的《叙呙氏家绳集》中说:"苏子瞻酷嗜陶令诗,贵其淡而适也。凡物酿之得甘,炙之得苦,唯淡也不可造;不可造,是文之真性灵也。"但万历二十四年所作的《叙小修诗》却说:

> (其诗文)大都独抒性灵,不拘格套,非从自己胸臆流出,不肯下

---

① 《周易·屯》:"天造草昧。"疏:"草谓草创,昧谓冥昧。言天造万物于草创之始,如在冥昧之时也。"
② 《汉书·儒林传序》:"文章尔雅。"颜注:"尔雅,近正也。"

笔。……盖弟(指小修。——引者)既不得志于时,多感慨;又性喜豪华,不安贫窘;爱念光景,不受寂寞。百金到手,顷刻都尽,故尝贫;而沈湎嬉戏,不知樽节,故尝病。贫复不任贫,病复不任病,故多愁。愁极则吟,故尝以贫病无聊之苦,发之于诗,每每若哭若骂,不胜其哀生失路之感。……而或者犹以太露病之,曾不知情随境变,字逐情生,但恐不达,何露之有?且《离骚》一经,怨怼之极,党人偷乐,众女谣诼,不揆中情,信谗赍怒,皆明示唾骂,安在所谓怨而不伤者乎?

他前期所认为的"独抒性灵"的诗,原是感情热烈,不妨"若哭若骂"、"怨怼之极"的;到了后期,却只有"淡"才算得上是"真性灵",这些当然都称不上"淡",因而也就要被排斥在"性灵"之外了。

他在万历三十七年所作的《西京稿序》中说:"夫诗以趣为主,致多则理诎,此亦一反。然余尝读尧夫诗,语近趣遥,力敌《斜川》;……"理学家邵尧夫的诗既然可敌陶渊明(陶渊明有《游斜川诗》),自然也就是"真性灵"的体现了。于是,原先的"性灵"与"闻见知识"的冲突就不复存在。又,他在万历二十五年所作的《叙陈正甫会心集》中说:"迨夫年渐长,官渐高,品渐大,有身如梏,有心如棘,毛孔骨节俱为闻见知识所缚,入理愈深,然其去趣愈远矣。"可见"理"——"闻见知识"——原是与"趣"相对立的,但理学家邵尧夫的诗既然"语近趣遥",可见"理"与"趣"也是没有矛盾的了。总之,他在前期所反对的"理"——"闻见知识",到了后期就不再成为否定的对象。所以,其后期以"淡"为实际内容的"性灵说"也就背离了李贽的"童心说"。

最后需要说明的是:其前期的"性灵说"虽源于李贽的"童心说",但也有超越"童心说"之处,那就是他对文学的表现能力的重视。他在前期对"性灵说"是这样阐释的:"夫性灵窍于心,寓于境。境所偶触,心能摄之;心所欲吐,腕能运之。……以心摄境,以腕运心,则性灵无不毕达。"(江盈科《敝箧集序》引袁宏道语)这"以腕运心"的过程也就包含着表现能力在内,这却是"童心说"所没有涉及的,也是"性灵说"对"童心说"的发展。

二、袁宏道的诗文创作

与"性灵说"的变化相应,袁宏道的诗文创作也是前期优于后期。大概说来,其文又优于诗,这里主要介绍其前期之作。

袁宏道文的好处,是自然而个性鲜明,洒脱而凝练,题材广泛而富于情趣。若从文学发展的角度来看,那么,向口语的靠拢、以议论见感情,篇幅小而又蕴含表现深厚内容的可能性,有时具有幽默感,这是袁宏道在散文方面的新贡献,也是通常所谓晚明小品的特色。

现先引《答林下先生》及《兰亭记》于后:

数年闲适,不知一旦忙苦乃尔。如此人置如此地,作如此事,奈之何?嗟夫,电光泡影,后岁知几何时?而奔走尘土,无复生人半刻之乐,名虽作官,实当官耳。先生家道隆崇,百无一阙,岁月如花,乐何可言。

然真乐有五,不可不知。目极世间之奇,耳极世间之声,身极世间之安,口极世间之谭,一快活也。堂前列鼎,堂后度曲,宾客满席,觥醢若飞,烛气薰天,巾簪委地,皓魄入帷,花影流衣,二快活也。箧中藏万卷书,书皆珍异。宅畔置一馆,馆中约真正同心友十余人,就中择一识见极高如司马迁、罗贯中、关汉卿者为主,分曹部署,各成一书,远文唐、宋酸儒之陋,近完一代未竟之篇,三快活也。千金买一舟,舟中置鼓吹一部,知己数人,游闲数人,泛家浮宅,不知老之将至,四快活也。然人生受用至此,不及十年,家资田地荡尽矣。然后一身狼狈,朝不谋夕,托钵歌妓之院,分餐孤老之盘,往来乡亲,恬不为怪,五快活也。

大抵世间只有两种人:若能屏绝尘虑,妻山侣石,此为最上;如其不然,放情极意,抑其次也。若只求田问舍,挨排度日,此最世间不紧要人,不可为训。古来圣贤,如嗣宗、安石、乐天、子瞻、顾阿瑛辈,皆信得此一着及,所以他一生得力。不然,与东邻某子甲蒿目而死者何异哉!(《答林下先生》)

古今文士爱念光景,未尝不感叹于死生之际。故或登高临水,悲陵谷之不长;花晨月夕,嗟露电之易逝。虽当快心适志之时,常若有一段隐忧埋伏胸中,世间功名富贵举不足以消其牢骚不平之气。于是卑者或纵情曲蘖,极意声伎;高者或托为文章声歌,以求不朽;或究心仙佛与夫飞升坐化之术。其事不同,其贪生畏死之心一也。独庸夫俗子,耽心势利,不信眼前有死;而一种腐儒,为道理所锢,亦云"死即死耳,何畏之有?"此其人皆庸下之极,无足言者。夫蒙庄达士,寄喻于藏山;尼父圣人,兴叹于逝水。死如不可畏,圣贤亦何贵于闻道哉?

羲之兰亭记,于死生之际,感叹尤深。晋人文字,如此者不可多得。《昭明文选》独遗此篇,而后世学语之流,遂致疑于"丝竹管弦""天朗气清"之语。此等俱无关文理,不知于文何病?昭明,文人之腐者,观其以《闲情赋》为白璧微瑕,其陋可知。夫世果有不好色之人哉?若果有不好色之人,尼父亦不必借之以明不欺矣。

兰亭在乱山中,涧水弯环诘曲,意古人流觞之地即在于此。今择平地砌小渠为之,与人家园亭中物何异哉!(《兰亭记》)

如果按照通常的文章分类法,这两篇基本上可以算是议论文。因第一篇自"然真乐有五"起直到结束,第二篇自开端至"尼父亦不必借之以明不欺矣"止,全都是发议论。但其重点,并不在于论证自己的看法,而在于抒发感情。其第一篇所要表现的,乃是对"求田问舍,挨排度日"的平庸生活的憎恶及其超脱平庸的渴望,谈论五项"真乐"等等只不过是抒发此种感情的手段,作者实无意于辨析这五项是否"真乐",是以连"一身狼狈,朝不谋夕"何以是"快活"而非苦事亦不予阐发。至于后一篇,其重点实在于表达他对"为道理所锢"的"腐儒"和以"好色"为瑕疵的陋见的鄙夷。所以,其第一段虽以此种腐儒与"耽心势利"的俗子相提并论,而该段末尾的征引蒙庄、尼父,实均针对腐儒而言。其第二段述及萧统对《闲情赋》的批评,若仅是用来显示其人之"陋"以解释《文选》不收《兰亭记》的原因,则不必再对"夫世果有不好色之人哉"云云加以强调。不过,他并没有就这二者的谬谈作具体、细致的剖析,其第一段的大部分只是对"古今文士爱念光景,未尝不感叹于死生之际"的现象稍作阐发,以与"死即死耳,何畏之有"的腐儒之说相对照;其第二段的着力点更是为了把笔锋从《兰亭记》引到萧统。换言之,这篇文章之打动读者的,主要不是其议论的说服力,而是通过这些貌似信笔挥洒的议论所流露出来的对上述的腐儒、陋见的蔑视,以及由此所体现出来的作者"独往独来"的人格力量;因为这种腐儒之说和陋见在当时却是为绝大多数人所认同的。所以,这两篇虽像是议论文,其实却具有浓烈的感情色彩,一种新型的文学散文。五四新文学中的杂感,可说是此种散文的继承和发展。

这两篇虽然很简短,但却都涉及重大的问题。第一篇实际上是对于将义务等同于人生的传统观念的反拨。以儒家为代表的传统观念所强调的乃是人应尽的义务,所谓"三纲"之说,就是要臣对君尽义务,子对父尽义务,妻对夫尽义务;这种义务不仅要求绝对地服从,而且还必须牺牲自己。与义务相对的个人权利是普遍受到漠视的,除了主张不应剥夺民众最低限度的物质生活条件以外。但那与其说是维护个人的权利,毋宁说是为了维护社会秩序。在这样的情况下,享乐自然成为否定的对象。但正如马克思所早就指出的:"……关于享乐的合理性等等的唯物主义学说,同共产主义和社会主义之间有着必然的联系。"(《神圣家族》第六章)这也就意味着享乐本是基于人性的需求。袁宏道不仅把享乐作为人间"真乐",而且把终身热衷于享乐的元末顾阿瑛列于"圣贤"之一,说他"信得此一着及,所以他一生得力"。所谓"此一着",就是人若不能"屏绝尘虑"便应"放情极意"。在这里他所强调的乃是个人的权利,张扬享乐只是其派生物。第二篇的反对"死则死耳,何畏之有"的"道理"与以"好色"为瑕疵的陋见,其实是坚持个人的珍爱自己生命和爱慕异性的权利,与第一篇存在相通之处。所以,这两篇都是对于传统的人生信条的抗争,虽不免矫枉过正,但文学作品本不同于理论著作,它是诉诸读者感情的,此二文所具的冲击力殊足感人;作品篇幅短小而容量甚大;虽蕴含惊世骇俗的精神,就形式言却轻松活泼,挥洒自如:在在都显示出鲜明的个性特色。

这种个性特色又是与作者的语言运用分不开的。作品在语言上的进一步向口语靠拢,十分明显。如《答林下先生》的"大抵世间只有两种人","若只求田问舍,挨排度日","皆信得此一着及,所以他一生得力",简直就是白话;再如"然人生受用至此,不及十年,家资田地荡尽矣","此最世间不紧要人,不可为训",和《兰亭记》的"虽当快心适志之时,常若有一段隐忧埋伏胸中,世间功名富贵举不足以消其牢骚不平之气","观其以《闲情赋》为白璧微瑕,其陋可知","若果有不好色之人,尼父亦不必借之以明不欺矣",也都与口语相当接近,若于其中略改一二字,就与那些喜欢插入文言虚字的白话文相仿佛了。但另一方面,作品的文字又极洗练,不因其靠拢口语而流于冗杂。为了加强文字的表现力,也常用文言的炼字炼句之法,甚至杂入骈文的句式。如"烛气薰天,巾簪委地,皓魄入帷,花影流衣"(《答林下先生》),"夫蒙庄达士,寄喻于藏山;尼父圣人,兴叹于逝水"(《兰亭记》),均为显例。是以其文笔既轻松自如,又凝炼有致,有时也显得深沉;而作者的感情与个性即由此流露。

正因袁宏道散文具有上述特色,他的作品无论抒情、写景都清新可喜。除上引两篇外,其抒情之作如《丘长孺》、《汤义仍》、《徐汉明》、《沈博士》、《李子髯》、《沈广乘》、《家报》等①,写景之作如《虎丘》、《天池》、《晚游六桥待月记》、《游飞来峰至北高峰记》、《六陵》等皆传诵甚广。《虎丘》尤佳,但限于篇幅,难以征引;今引《六陵》如下:

> 六陵萧骚岑寂,春行如秋,昼行如夜,虽联鞭叠骑,常若有伥啼鬼哭之声。读唐义士诗,楚痛入骨,为之泣下。古来亡国败家虽多,未有若此之惨酷者也。
>
> 碑碣皆荒断不可读。山势回合,架数败宇其间,惟有老松横道,杜鹃花滴血满山而已。相与悲歌感慨,泣数行下。既而自笑,鬼若无知,则暴骨含珠,高碑废垅,等作一丘。鬼若有知,玉鱼金盌之恨,今已销歇。且禹陵之卷石,视六陵之荒址,其荣枯能有几也,游者乃乐彼而怆此。噫,亦

---

① 袁宏道的尺牍中同名者不少,现注明以上作品在《袁宏道集笺校》(钱伯城笺校,上海古籍出版社1981年版)中的页数,以免混淆。它们在《笺校》中的页码分别是第208、215、217、219、241、242、251页。

惑矣！

六陵为南宋皇帝在浙江绍兴的陵墓所在地，元时江南释教总统杨琏真伽将杭州、绍兴的宋帝陵全都发掘，其骸骨为唐珏（即唐义士）所收埋，并作诗以悲其事。袁宏道此篇记其游六陵时的感受，全文仅163字，而凄厉之景、悲楚之意，相互渗透，撼人殊甚。结尾一转，虽若自慰，其实更增无常之感。与苏轼《赤壁赋》的后段形似而实质大异。

袁宏道的小品文，有时也颇具幽默感。这在中国古代散文中是少见的。如《百花洲》：

> 百花洲在胥、盘二门之间。余一夕从盘门出，道逢江进之，问："百花洲花盛开否？盍往观之。"余曰："无他物，惟有二三十粪艘，鳞次绮错，氤氲数里而已矣。"进之大笑而别。

这些也就是晚明小品的优点所在。

与散文相比，袁宏道的诗却颇显不如。

在《伯修》一文中，袁宏道自述其作诗之法说："世人以诗为诗，未免为诗苦，弟以《打草竿》、《擘破玉》为诗，故足乐也。"像这样地以作民间歌曲之法作诗，袁宏道之前的李开先已经试验过，唐寅也有一些俚俗化的诗，甚至元末杨维祯的提倡古乐府，也已含有要把诗歌从严密的格律中解脱出来之意。这是因为，随着社会的发展，日益丰富的生活和感情要求诗具有相应的表现形式。若从广义的诗歌来看，这一进程实是从中唐开始的。由诗发展为词，词又发展为散曲，一方面扩大其表现力，另一方面在总体上向口语靠拢，其结果就使广义诗歌与社会的适应度不断增加，其艺术水平也不断提高。不过，词和散曲都是音乐文学，在表现感情的深度和广度上受有明显的限制，明代中期以后，散曲的发展就停顿了；词的停滞则比散曲更早。再从狭义的诗歌领域看，宋诗本不足与唐诗方驾，元、明两代虽着重在向唐诗吸取营养，但不仅没有出现李白、杜甫那样的诗人，也没有产生足以与唐诗名篇相当的杰构。这并不是元、明诗人缺乏才能，而是原来的诗歌形式与元明诗人的思想感情之间已发生了距离。倘若一任旧贯，诗歌创作必将衰退。所以，从杨维祯到袁宏道的探索与诗歌前进的大方向原是一致的。不过，从先秦四言诗到唐代的近体诗，诗歌的形式和技巧是经过无数艺术经验的积累才达到那样高度的造诣的，由此也形成了读者在审美方面的心理定势。要在诗歌形式方面有所创新并取得成功真是谈何容易。袁宏道的以《擘破玉》、《打草竿》之法作诗，实是一种失败的试验，但也给后人留下了有益的教训。

具体地说，这种方法就是直抒胸臆，较充分地宣泄自己的感情，重视奔放

而不求含蓄与浓缩,文字也以晓畅为主。现在看他两首这样的诗:

……垂头再哭哭声哑,长夜幽幽悲逝者。破玉锤珠可惜人,天何言哉无知也。三哭眼酸泪枯欲流不得流,焚香告天愿天为我开咽喉。颜渊鲁高士,胡为三十二而死休?灵均楚直臣,云何枯槁江潭望君门而媒蹇修?云何为而投阁?贺何为而赋楼?渴何为而病马?癫何为而疾牛?龙何愚而触网?鳖何细而随钩?山何卑而成水?海何升而为丘?圣者不能言,愚者不能忧。释迦与老子,眜瞢双白头。即如王子声,高第十二秋,穷年只淹蹇,低眉拜督邮。谗言复间之,刺心如戈矛。缠棺布三尺,栖身土一抔。嗟乎子声,汝生不能一日牙牌青绶拱手长安道,又不能拂衣故园补缀先人草。万里迢遥魄伴魂,一具瘦骨官送老。福君何其薄?夺君何其早?和氏空有泣,楚国无以宝。天不平,地不平。吁嗟乎,王子声!(《哭临漳令王子声》其二)

昔闻八百里,今来八百亩。为问袁大令,可如贺监不?黄冠吾愿学,其如多八口。形体作仆奴,礼法成枷钮。幸尔略知识,效攀辞五斗。强作舒眉诗,学饮宽肠酒。所以不脱然,为身非我有。恩爱毒其躬,父母掣其肘。未免愧古人,青山空矫首。(《贺家池》)

上一首感情激烈,但却缺乏中国传统诗歌的美感。例如自"颜渊鲁高士"以下,连提十个问题,使读者能较充分地体会到他内心的强烈愤懑,但却过于直露,感情一泻无余。这是中国传统诗歌的大忌。无论李白还是杜甫,都没有这样直露地倾诉悲愤的诗句。然而,袁宏道能否对此进行艺术处理,使之含蓄、蕴藉一些呢?倘他这样做了,就必然会减弱感情的强度,不能恰如其分地表现个人与环境的冲突了;而这样的愤懑,原是个人与环境的冲突达到了一定高度的产物。如果既要保持现有的感情强度,又要增加诗美,就只能从根本上改变诗歌的意象。但那就不是用《擘破玉》、《打草竿》之法作诗所能达到的,而必须对传统的诗歌形式作更深入和艰苦的革新。这却不是在当时的历史条件下所能做到的。此诗的其他部分也都可作如此理解。至于第二首,同样直露而缺乏传统的诗美,但像"形体作仆奴,礼法成枷钮"这样的认识,"恩爱毒其躬,父母掣其肘"这样惊世骇俗的觉悟①,实在是无法用蕴藉含蓄的传统诗歌

---

① "五四"新文学中,对"礼法"的批判是常见的,但涉及"恩爱毒其躬,父母掣其肘"的却还不多。沉樱的短篇小说《回家》是其中之一。该篇写一个离家已一年多的女青年丽尘,决定与同伴们去参加"伟大的事业",临行前又回家来看看;但家庭的温暖却使她舍不得离开了。这实不妨视为"恩爱毒其躬,父母掣其肘"的注解,虽然丽尘所想参加的"伟大的事业"与袁宏道所向往的生活是完全不同的。

形式(不是体裁)来表现的。

当然,袁宏道并不是不能写凝练的、具有传统美感的诗,例如《东阿道中晚望》:

> 东风吹绽红亭树,独上高原愁日暮。可怜骊马蹄下尘,吹作游人眼中雾。青山渐高日渐低,荒园冻雀一声啼。三归台畔古碑没,项羽坟头石马嘶。

已经是美丽的春暖花开时节了,但他却是孤独的("独上高原"),而且充满了迟暮感。在他看来,一般人都是盲目的,他们的眼睛已经被尘雾蒙住了①;掀起尘雾的,则是那些乘坐骊驹的富贵者。于是白日渐渐西沉;冻雀的一声啼叫突然打破了这沉寂的空气。他感到一种巨大的变异将要来临,连项羽坟上的石马都已发出嘶鸣。这就是此诗所告诉我们的一切。从这里,我们可以具体、清晰地体味到他内心的萧索、忧虑和愤懑,甚至还含有某种恐惧:那即将到来的变异是什么连他也不清楚。他的这种复杂的感情、新颖的意象(冻雀的啼叫②、石马的嘶鸣、"蹄下尘"与"眼中雾"的奇妙联想、第一句的美丽景色与第二句的寂寞和迟暮感的强烈对比等)、凄厉的色彩、比兴手法的熟练运用所形成的广阔的想像空间,都很使读者感动,也具有传统的诗歌的美感。而且,由于意象的新颖,这种美感并不只是传统的复制,还给予读者以新的体味。但尽管如此,像上引《哭临漳令王子声》(其二)、《贺家池》二诗所体现的鲜明的个性,在这首诗中却看不到了。由此可见,袁宏道并不是写不出那种具有诗歌的传统美感的作品,而是写不出既能表现其独特而强烈的内心冲动、又体现出传统美感的诗歌。

袁宏道在诗歌问题上曾与当时苏州的文学家张献翼(字幼于)有所争论,在给张氏的一封信中,他说:

> 公谓仆诗亦似唐人,此言极是。然要之幼于所取者,皆仆似唐之诗,非仆得意诗也。夫其似唐者见取,则其不取者断断乎非唐诗可知。既非唐诗,安得不谓中郎自有之诗,又安得以幼于之不取,保中郎之不自得意耶?仆求自得而已,他则何敢知。近日湖上诸作,尤觉秽杂,去唐愈远,然

---

① 《汉书·王式传》:"歌《骊驹》。"注:"服虔曰:'逸《诗》篇名。……'文颖曰:'其辞云:骊驹在门,仆夫具存;骊驹在路,仆夫整驾'也。'"可见诗中骊驹的主人当是有好些"仆夫"侍候的上等人,故云"仆夫具存"。在《诗经》时代,这当为大夫阶层。袁诗特地指出"骊马蹄下尘",当用"骊驹"的典故。因富贵者出行,随从众多,马匹精良,这才会尘雾蒸腾,迷住行人眼睛。

② 虽然我国古代诗歌很早就写到鸟雀,但像"荒园冻雀"那样的凄厉景象,并配以更增加了凄厉之感的"一声啼"那样短促而突兀的啼叫,这却是在以前的诗歌中难以见到的。

愈自得意。……（《张幼于》）

这里的所谓"似唐人"，实指具有像唐诗那样的美感。而所谓"尤觉秒杂"的"近日湖上诸作"则是指其当时游西湖所作诸篇，上引《贺家池》就是其中之一。这又可见袁宏道那些蕴含传统美感的诗并不是他自己最满意的；而他最满意的却又没有那种美感。这其实也就意味着：到了袁宏道的时代，最能使诗人激动的新的感情内涵已经超出了诗歌的传统形式所能提供的美感的范围；因此，创造一种能与这样的感情内涵相适应的诗歌的美已提上了议事日程，而袁宏道的试验则是在这方面所作的最早的集中努力。不过，在袁宏道以后（更确切地说是从袁宏道后期开始），这种试验就停止了。再次进行试验，严格说来已是新诗时期了；在新诗以前的梁启超等人进行的"诗界革命"，明确要求"以古人之风格入之"，那就仍不免是"似唐之诗"或似唐以外的其他古人之诗，与袁宏道的"求自得"存在距离。

三、公安派的其他作家

袁宏道的诗文在其生前有很大影响，附和者不少，形成了一个文学流派；因宏道为公安人，故称公安派。在这一派中，除宏道外，影响最大的为袁宗道、袁中道、江盈科。宗道、中道与宏道并称三袁。不过他们均无宏道那种"独往独来，自舒其逸"的气概，诗文也就缺乏袁宏道那样的鲜明个性。但文字均明白晓畅，不以涂饰为工，这是与袁宏道相同的。

袁宗道（1560—1600），字伯修，号石浦，是袁宏道的兄长。万历十四年进士，官至右庶子。有《白苏斋类稿》。本推崇王世贞、李攀龙。袁中道为他作的传记说："二十举于乡。不第归，益喜读先秦、两汉之书。是时，济南、琅琊之集盛行，先生一阅，悉能熟诵。甫一操觚，即肖其语。"（《石浦先生传》）其后却转而批评王、李，并上推至李梦阳，谓其开模拟之端，但也肯定"空同诸文，尚多己意，纪事述情，往往逼真"（《论文》上）。大抵说来，他是从学习王、李转变为主张为文必须畅达，并进而反对模拟之风的。至于他的转变始于何时，目前尚无确切材料。

如同袁中道的《石浦先生传》所指出的，他为人谨慎，因而不如袁宏道似的有惊世骇俗之论。但文笔清新，小品文之写真情实感者也颇足动人。如尺牍《龚寿亭母舅》：

> 三年之间，时时聚首畅饮，极尽山林之乐。将为此趣可要之白首，而微尚不坚，匆匆就道。寒月长途，严霜摧我鬓，朔风钻我骨，亦复何兴而麤

蘼不休。遂使云心斋前,苍筠无色,薛荔笑而猿鹤怨。盖未抵浊河,而意已中悔矣。且年来放浪诗酒社中,腰骨渐粗,意态近傲。昔年学得些儿馨折,尽情抛向无事甲里,依然石浦河袁生矣。前偶有诗曰:"狂态归仍作,学谦久渐忘。"盖情语也。千万莫轻易出山,嘱嘱!

这是他在北上补官途中所写的信,叙述途中的苦辛、内心的懊悔,寥寥数笔,却给人以深切的感受,其中所表现的个性与环境的矛盾,也以真切而发人深思。

袁中道(1570—1623),字小修,为宏道之弟。万历四十四年进士,由徽州府教授,官至南京礼部郎中。其著作传世者有《珂雪斋近集》、《珂雪斋前集》、《珂雪斋集选》、《游居柿录》,今人汇编为《袁中道集》。

当袁宏道在吴县为县令时,中道还只是二十几岁的青年,但他的诗文已编成集子。袁宏道对之颇为赞赏,视为"性灵说"的体现;并为之作《叙小修诗》(上文已摘引)。现引其当时所作的《有感》(其一)和《放歌赠人》,以与宏道《叙》所言中道诗特色相印证。

予意非为侠,心中不可平。且须凭独往,那复问横行。愁来无后日,泪尽是前程。不堪到岁暮,寒鸟叫江城。(《有感》其一)

金闾九月露为霜,太湖澄碧涵波光。萧瑟山中木叶脱,飘零塘上藕花香。有客遥夜悲行路,络纬鸣壁虫吟户。枯鱼无水忆波澜,风扫芭蕉昼掩关。却言七月游武林,湖上芙蓉艳不胜。越女红裙朝送酒,词客朱弦夜鼓琴。留连湖上两月归,可笑乐极忽生悲。青眼故人何处是,绿林狂客漫相欺。不死乞食到吴中,谁信贫工病更工。可怜一掬飘蓬泪,留来滴向馆娃宫。偃蹇一命细于丝,为臂为肝只此时。愁人参苓新药裹,妒他桃李好花枝。吴地繁华翻寂寂,秋来更漏转迟迟。无情只傍青蝇客,有恨难听《白纻辞》。床头锈涩芙蓉剑,案上尘封金屈卮。委顿了无一日欢,转觉人生行路难。竹皮冠在能欺发,犊鼻裈亡不耐寒。黄金娇客终难媚,《白雪》新诗且自看。愁人相对愁难道,愁极朱颜一夜老。骥子盐汗委黄泥,凤凰折脚眠荒草。升沉苦乐讵有常,造物优侗那可晓。时光冉冉不我待,双鬓如漆能常在?人生功名无定期,蚁旋偶与腥膻会。岂以七尺浪奔驰,一发不中便息机。相赠愧无绕朝策,第一韶华莫虚掷。五白六赤游侠场,初七下九行乐日。宾从刻烛诗千篇,男女杂坐酒一石。兴来得意恣游遨,飘风吹作天涯客。影落三江与五湖,游戏宛洛醉京都。走马弯弓出九边,登山涉水过三吴。春花秋月尽可度,最是宅边桃叶渡。夜饮朝歌剧可怜,繁华极是伤心处。领略东风快放颠,任骂轻薄恶少年。闲来乞食歌妓院,竿木随身挂水田。沉湎放肆绝可笑,乡里小儿皆相诮。君不见擘天金鹓啖老龙,

榆枋小鸟难同调。(《放歌赠人》)

前一首颇可见出磊落不平之气和悲壮的特色,那种明知是绝望的反抗在我国古代诗歌中殊不多遘。后一首则散漫无节,失于冗杂,但青年的热情、追求、欢乐、谬误、愤懑、狂傲,跃然纸上;袁宏道《叙小修诗》曾言其诗"有时情与境会,顷刻千言,如水东注,令人夺魄。其间有佳处,亦有疵处。佳处自不必言,即疵处亦多本色独造语。然予则极喜其疵处",于《放歌赠人》诗可见一斑。不过,就袁中道现存的作品来看,像《有感》和《放歌赠人》的都并不多。

在袁宏道于万历二十七、二十八年思想开始转变之后,中道也有所变化,有些地方甚至走得比袁宏道还远。如说"《水浒》崇乱则诲盗,此书(指《金瓶梅词话》。——引者)诲淫,有名教之思者,何必务为新奇以惊愚而蛊俗乎?"(《游居柿录》)所以,他的诗歌不久就失去了青年时期的锋芒,也是很自然的。

中道小品以游记为佳。善写景,于清疏中见秀美。而文字整饬,已无宏道小品向口语靠拢的特色。如《西山十记》之四:

> 从香山俯石磴行柳路不里许,碧云在焉。刹后有泉,从山根石罅中出,喷吐冰雪,幽韵涵澹。有老树中空火出,导泉于寺,周于廊下,激聒石渠,下见文砾金沙,引入殿前为池,界以石梁,下深丈许,了若径寸。朱鱼万尾,匝池红酣,烁人目睛,日射清流,写影潭底,清慧可怜。或投饼于左,群赴于左,右亦如之,咀呷有声。……

若与袁宏道《虎丘》等文相较,中道此篇就不免见出斧凿痕了。

中道文章中最好的一篇,是《李温陵传》——李贽的传记。写作时已在李贽遇害之后。如前所述,在李贽被镇压的前后,明代的文学高潮就在退落了。虽然后来曾有过李贽著作重又热销的时期,中道此篇也可能即作于那时①,但他能公然表彰李贽,使文学高潮时期的精神得以在某种程度上重现,究竟是难能可贵的。此文所写李贽,固然虎虎有生气,篇末的论赞也很见笔力:

> 或问袁中道曰:"公之于温陵也,学之否?"予曰,"虽好之,不学之也。其人不能学者有五,不愿学者有三。公为士居官,清节凛凛;而吾辈随来辄受,操同中人,一不能学也。公不入季女之室,不登冶童之床;而吾辈不断情欲,未绝嬖宠,二不能学也。公深入至道,见其大者;而吾辈株守文

---

① 袁中道为其兄宗道所作传中说:"李卓吾刻《藏书》成,先生曰:'祸在是矣。'"(《石浦先生传》)他并把这作为宗道"遇事烛照"的突出例子。可见他很理解李卓吾思想与当时统治集团的尖锐冲突。他的为人,又正如其自己所说:"吾辈胆力怯弱,随人俯仰。"(《李温陵传》)在李贽被杀之初,局势很严重,袁中道想必不敢作那样的文章。

字,不得玄旨,三不能学也。公自少至老,惟知读书;而吾辈汩没尘缘,不亲韦编,四不能学也。公直气劲节,不为人屈;而吾辈胆力怯弱,随人俯仰,五不能学也。若好刚使气,快意恩仇,意所不可,动笔之书,不愿学者一矣。既已离仕而隐,即宜遁迹名山,而乃徘徊人世,祸逐名起,不愿学者二矣。急乘缓戒,细行不修,任情适口,鸾刀狼藉,不愿学者三矣。夫其所不能学者,将终身不能学;而其不愿学者,断断乎其不学之也。故曰:虽好之,不学之也。若夫幻人之谭,谓其既已髡发,仍冠进贤;八十之年,不忘欲想者,有是哉?所谓蟾蜍掷粪,自其口出者也。"

无论是其不能学之处抑不愿学之处,都显出了李贽的棱棱风骨。其结尾数句,洋溢着对诬蔑李贽者的极度憎恶,真可谓掷地作金石声。同时,他毫不掩盖自己软弱甚或鄙陋的一面,也无讳饰地写出了他自以为优于李贽实则却显示了其缺陷的所在,因而个性鲜明,读来颇有亲切感。这些,确都无愧于袁宏道《叙小修诗》中对中道作品的肯定评价。由此也可见:明代文学自万历后期开始的落潮期是一种缓慢的退却,并且在这过程中偶或也会闪现一些近似以前的火花。

除三袁以外,公安派的另一重要作家为江盈科(1553—1605),字进之,桃源(今属湖南)人。万历二十年进士,授长洲县令,官至四川提学副使。有《雪涛阁集》,刊于万历二十八年。今人将其著作汇辑为《江盈科集》。他是袁宏道的同年进士,任长洲县令后不久,袁宏道来为吴县令。吴县与长洲均在苏州,二人经常相见,情好甚笃。江盈科不但完全接受了袁宏道的文学思想,而且对宣传这种思想和推广袁宏道的作品做了很多工作。袁宏道的《敝箧集》、《锦帆集》都是他作的序;《解脱集》是他所刻:先刻两卷,刻后袁宏道又有了新作,遂续刻两卷,所以他为此集写了两篇序。在公安派开始形成之时(也即袁宏道在吴县为县令的时候),袁中道只是二十余岁的青年,袁宗道虽已为翰林,但为人"平粹缜密"(袁中道《石浦先生传》),也即平和小心,而且,他的与袁宏道文学思想较为接近,恐还在袁宏道于万历二十六年冬入京之后①。换言之,除袁宏道外,当时对扩大公安派影响起作用最大的首推江盈科。

江盈科的诗正如袁宏道所论有"才高识远,信腕信口,皆成律度,其言今人之所不能言,与其所不敢言者"的一面,但也有"一二语近乎近俚近俳"(《雪涛

---

① 袁中道《书方平弟藏慎轩居士卷末》:"戊戌之冬,伯修、中郎皆官都门,……时中郎作诗,力破时人蹊径,多破胆险句。伯修诗稳而清,……为中郎意见所转,稍稍失其故步。"又,宗道有《论文》上、下二篇,因宗道为宏道之兄,研究者多以为此两篇为宏道"性灵说"的先驱。但此两篇究为何时所作,实难以考定。

阁集序》)。前者是主导面。钟惺说:"江令(指江盈科。——引者)贤者,其诗定是恶道,不堪再读。……袁仪部(指宏道。——引者)所以极喜进之者,缘其时历诋往哲,遍排时流,四顾无朋,寻伴不得,忽得一江进之,如空谷闻声,不必真有人迹,闻跫然之音而喜。"(《与王稺恭兄弟》)则显非实事求是之论。如江盈科《孟司谏(原注:时被放)》诗:

> 自以商山杳,生愁汉嗣移。讼言忘谔谔,抗诏敢期期。已是肝如铁,偏怜鼎似饴。湘江兰芷在,渔父共提携。

这真可称得上"其言今人之所不能言,与其所不敢言"。孟司谏指史科左给事中孟养浩。万历二十年正月,谏官李献可等请求为神宗长子常洛举行"豫教"典礼①,神宗以献可疏中写错了弘治年号为借口,给予处分,孟养浩和许多谏官都上疏救援献可,并都主张"豫教",养浩之疏尤激烈。结果,养浩受到廷杖一百与除名为民的处罚,参与此事的其他谏官也都受到惩处(参见《明史》卷二三三《李献可传》、《孟养浩传》)。此诗在表彰孟养浩的忠荩的同时,对神宗皇帝作了尖锐的斥责。作者的意思是:孟司谏是为了维护皇室的稳固,却遭到了如此惨酷的待遇。但对于他那样的硬汉子来说,即使把他投入鼎中烹煮,他也甘之如饴,一百廷杖又怎能奈何得了他?把他削职为民,他就会像屈原那样地流芳百世②,适足以显示皇帝是像楚怀王、顷襄王那样的昏君。在这里,江盈科以素朴有力的语言、适当的典故运用、"已是"两句的集中而富于想像的刻画,表现了一种无视封建皇权的气概,颇足感人;这种气概也正是袁宏道所谓"独往独来,自舒其逸"的大丈夫精神的体现。再如《秋日》的"宦情霜里叶,时论草间虫。成就陶潜懒,夕郎书一封",其对"时论"的公然指斥,固为"今人之所不能言"与"不敢言",而比喻的巧妙、个性的显现③,又都使此诗不乏感染力。

江盈科的另外许多诗,感情虽无如此激烈,但也常有独特的感受,与袁宏道的性灵说相合。如以下两首:

> 寒声起树杪,四顾天如垂。远岫吐云叶,乱风交雨丝。饥鸦索食急,倦马赴关迟。句曲可能达?仆夫云未知。(《句曲雨》)

---

① 常洛因是神宗长子,本当立为太子。但当时神宗宠爱郑贵妃,从而特别喜欢郑贵妃之子常洵,并把立太子之事拖着不办,群臣纷上奏章,要求确定太子,神宗皆不予理睬。为常洛举行"豫教"典礼,也就是变相宣布常洛为太子,所以当时君臣都把此事看得很重。
② "湘江"、"兰芷"、"渔父"皆用屈原作品中的典故,暗示孟司谏的遭遇与屈原一样。
③ 例如,以"陶潜懒"来反抗"时论"对他的谴责,就是一种颇能见出其个性的方式。"夕郎"本用以指称黄门侍郎;此处的"夕郎"之"书"是指不利于江盈科的奏疏。

几年元日滞金阊,青鬓萧疏半已霜。飞凫可能如叶县,种花浪复比河阳。鞭箠痛彻疲民骨,杼轴空歌织女章。辽左军储星火急,蠲租那得念逃亡?(《戊戌元旦感赋》)

前一首写景,以真切胜,从中渗透了旅途的艰困。后一首抒情,生动而深刻地写出了诗人的痛苦:支出了过多的精力,生命在迅速地逝去,但换来的却是人民的深重灾难,而且局面还将进一步恶化,看不到出路何在。它不像元结《春陵行》和《贼退后示官吏作》那样地具体描绘人民的悲惨生活和诗人由此产生的内心矛盾,而是着重写个人生命价值失落、理想破灭(由"种花"句所表现的)和前途茫然的悲哀,读来另有感人之处。

所有这些诗篇,都绝非钟惺的所谓"恶道"!

江盈科的小品文也多有从自己胸臆流出者,虽不如袁宏道的灵动有致,但也能发前人所未发。如《与卓月波光禄》:

……别来困簿书良苦,出而低眉,有如妓女侍贵倨人,嚬亦不敢,笑亦不敢,局促屏气,膝行自前;入坐堂皇,吏抱案牍,纷如乱麻,谛观则目欲眩,摇笔则腕欲脱;俄而较钱谷,听狱讼,箠楚之声,号呼之音,繁聒吾耳,如鸣蜩沸羹,欲逃避一刻不可得。诸如此状,以语足下,何啻地狱中鬼囚向大罗仙真说狌犴愁苦?今且视事几一年,形骸销蚀,鞠如枯鰕,无一善状可述……

写自己的心情,极为真切;以妓女比官吏,设想尤为大胆,而胸中的苦闷、郁悒,历历如见。袁宏道曾作《丘长孺》,自述为令之苦,有"弟作令备极丑态,不可名状。大约遇上官则奴,候过客则妓"等语,颇为人所称。而袁文作于万历二十三年(见《袁宏道集笺校》页208),江文则作于万历二十一年①,较袁文尚早二年。由此可知,江盈科的写作此类小品文,并非受袁宏道的影响;二人可谓不谋而合。

总之,在文学高潮时期,诗文方面确实出现了一种新的面貌,而公安派则是其最突出的代表。

---

① 江盈科为万历二十年进士,及第后授长洲令;此文有"视事几一年"之语,当作于万历二十一年。

第 八 編

近世文学

徘徊期

概　　说

　　从万历三十年(1602)前后起,晚明文学高潮——其实也是整个明代文学的高潮——就终止了。不过,这并不意味着文学很快就处于衰落。从那时直到康熙中期的百余年间,文学仍取得了相当的成绩,虽然不再能达到晚明文学高潮时期的总体水平,却也并未相差太远,就文学的发展来说,是处于长期的徘徊之中。从康熙后期到乾隆初期的近五十年间,文学的发展从表面上看来是处于低谷,但仍有前进的暗流在涌动,所以那只是黎明前的黑暗,接下来文学就又进到了一个新的阶段;因而我们把这近五十年也仍列入徘徊期之中。

从高潮回落的明末文学

　　万历三十年明政府逮捕了李贽并禁毁其著作,也把其他人的"新说曲议"一并禁毁了,次年又将另一个在思想界很有影响的人物紫柏禅师加以逮捕,以致李贽、紫柏先后被迫害而死(均见上编《概说》)。这当然给当时的思想与文学以很大的打击。然而,过不了几年,李贽的著作不但重又在书坊出现,而且销路很好,以致书坊中一度出现了若干假托为李贽所撰写、批评的伪书。

　　这种热销虽然并未持久,但已足够表明政府的这次思想整肃和政治镇压活动没有取得完全的成功。其原因大致有三:

　　第一,从弘治元年(1488)到万历三十年(1602)已经历了一百十余年。在这期间政府对思想界处于不干预(如明武宗)或难以实际控制(如明世宗)的状态,以致异端思想通过讲学、结社等形式日益蔓延,越到后来发展越快,其间又先后出现了诸如王守仁、李贽这样杰出的思想家,异端思想在理论上也已自成体系。所以,在明政府于万历二十七、二十八年要对它进行整肃时,它已成为一种无法在短时期内扑灭的思想潮流。

　　第二,这种异端思想实际上是与当时的市民经济及市民的要求联系在一起的。而当时的市民经济与市民阶层远比元末强大。举例言之,徽州在元末明初还是经济落后地区,在思想上受朱熹学说影响很深;但到了明代中后期就成为经济发达地区,市民的势力很大,在文化上则不仅与当时的新思潮沆瀣一气,而且颇为突出①。在当时的情况下,要对已经发展得比较强大的市民经济以及市民阶层在短期内加以摧毁已不可能。这种新思潮的基础既然无从清除或削弱,它本身也就不可能被消灭,甚至很难使它遭到一蹶不振的打击。

第三,由于内忧外患的日趋严重和统治集团内部矛盾、斗争的愈益尖锐,明政府在这次思想整肃和政治压迫以后,已难以对思想、文化界继续采取与此类似的大动作了。

正因如此,李贽著作在被禁毁几年以后重又热销,也是很自然的事。

不过,在万历三十年以后,新思潮确实受到了挫折。一方面,在整肃和镇压的威胁下,相当一部分士大夫不敢再像以前那样无所畏忌地投身于新思潮之中了,袁宏道的退缩就是一个突出的例子。其他的人,包括常被研究者用来与公安派并称的竟陵派创始者钟惺,在思想上也都未能达到袁宏道前期那样的高度。另一方面,从万历三十年直到明朝灭亡的这一阶段,社会的各种危机越益深重,当时的新思潮不但不能直接帮助这些危机的解决,而且在巩固原有体制以便集中各种力量来克服危机这一点上甚至具有某些负面作用,所以,士大夫在接受新思潮方面,无论就接受者的数量或接受的深度来说,较之万历三十年以前都明显削弱了。

因为文学的发展与其指导思想是难以分割的,万历三十年以后的新思潮虽然继续存在、传播但又有所萎缩的这种状况,就使从那时直至明末的文学既未根本脱离晚明文学高潮时的轨道,但其成就却明显不如高潮时期,在某些方面并有所退化。这一时期在文学史上较值得重视的,在小说方面有冯梦龙的"三言"——《古今小说》(《喻世明言》)、《警世通言》、《醒世恒言》——和凌濛初的"两拍"——《拍案惊奇》和《二刻拍案惊奇》;在诗文方面有以钟惺、谭元春为代表的竟陵派和王思任、王彦泓、陈子龙等;在戏曲方面有吴炳、袁于令、阮大铖等。

旧辙难以遽改的清初文学

明代灭亡以后的五六十年间,思想界和文学界的情况并无根本性的改变。

明朝灭亡的直接原因,是社会危机的加深所引发的农民大起义。李自成率领的农民军于崇祯十七年(1644)攻克了北京,崇祯帝自缢。接着,明的宗室

---

① 参见韩结根《明代徽州文学研究》,复旦大学出版社2006年4月版。

在南方建立了小朝廷,史称南明。而东北的满族则在明朝大将吴三桂的配合下兴兵入关,打败了李自成,同年占领北京,建立清王朝,改元顺治。继而挥兵南下,很快拥有了江浙两省,并不断扩大其战果。南明政权虽在西南地区进行了长达十余年的抗争,仍归失败。只有南明大将郑成功及其子孙在台湾抗清,一直坚持到康熙二十二年(1683),但已无关大局。经过这样的大动荡以后,汉族士大夫中的一部分人大力提倡"经世致用"之学,不但对李贽那样的异端思想作了猛烈抨击,有不少人甚至对陆象山、王阳明的哲学也斥为有害无益。而当时大多数人的所谓"经世致用"之学,在根本上仍离不开经学;具体地说,就是在儒家思想指导下,去研究一些具体问题,以寻求改良现状的方案。与此同时,清朝统治者也在大力提倡儒家学说,尤其是程朱理学。在这种双方夹击的形势下,异端思想自不可能重现辉煌。不过由于它在晚明已有了较深广的基础,不会立即一蹶不振;在清初的五六十年间它仍在继续发挥作用。例如,生于康熙七年(1668)的方苞就曾这样自述:"仆少所交多楚、越遗民,重文藻,喜事功,视宋儒为腐烂,用是年二十,目未尝涉宋儒书。"他二十岁时为康熙二十七年。当然,他后来思想转变了(见本编第三章有关部分),但那是因为在儒学风气日浓的康熙二十七年他还只有二十岁,可塑性并不太小;在康熙二十七年也是"目未尝涉宋儒书"而又比他年长二十岁左右的人就不易转变了。

也正因此,清初的文学仍有不俗的成绩。以吴伟业、王士禛为代表的诗,以纳兰性德为代表的词,以张岱、廖燕为代表的散文,以金圣叹、李渔为代表的小说、戏曲批评,蒲松龄的《聊斋志异》,洪昇的《长生殿》与孔尚任的《桃花扇》,都在文学史或戏曲史上有其地位,其总体成绩并不弱于明末文学,某些方面还有所超越。但其虚构性的叙事文学既未能在晚明文学高潮的基础上有所突破,可与五四新文学相通的因素(形式上的白话叙事,内容上的个人与环境的矛盾——环境对个人的压抑,个人的痛苦、追求和反拨——的展示,等等)反而有所削弱;非虚构的诗文也失去了近世文学复兴时期的锐气和开拓性(这是只要把王士禛的"神韵说"和袁宏道前期的"性灵说"比较一下就可看出的),偏重于感伤一路。只有廖燕的散文是个例外。但他的文集直到乾隆时才有刊本,除了在日本有个和刻本外,后来在国内也未重刻,《四库全书》既未收它(这是当然的,因其内容原与《四库》的标准相抵触),但也没有列入"存目"和《禁毁书目》,足见编《四库》时根本不知道有这部书,它在当时乃是无声无息的存在。

另一方面,由于清王朝建立以来异端思想仍在缓慢地继续衰退,与文学的上述趋势相违异的倾向于清初也在滋长。例如,由明入清的钱谦益不仅要求诗歌"约之以礼",而且要诗人"发皇乎忠孝恻怛之心,陶冶于温柔敦厚之教"(均见后);在散文上也有汪琬这样醇正的作家出现(见后)。随着时间的推移,文学上的后一种倾向就逐渐占了上风，终致形成了文学风气的转变。

文学风气的转变

从顺治时期到康熙中期的上述文学成就，基本出于由明入清和出生于顺治(1644—1661)前半叶的作家之手①。因为在后一种人接受教育和成长的时期，社会上仍有较多晚明异端思想的遗留，他们也就较易受其影响。但到了他们的下一代，这种异端思想却有所收缩。这一方面是由于清政府不断地提倡儒学，表彰孔子和儒家的其他代表人物，如康熙皇帝在这方面便做得很出色。以见于《清史稿·圣祖本纪》的来说，在其在位的前三十年(康熙在位共六十一年)中，就颁行了《孝经衍义》、《尚书讲义》、《易经日讲》三部阐发经书旨义的著作，并为《易经日讲》和《四书讲疏义》写序；亲撰《孔子庙碑文》两篇，周公、孟子庙碑文各一篇，均"御书勒石"；又作《孔子赞序》与《颜子赞》、《曾子赞》、《子思赞》、《孟子赞》，"颁于学宫"；任命周公、程颢、程颐、周敦颐的后人为五经博士；亲自到曲阜孔子庙朝拜，"行九叩礼"，"书'万世师表'额"，还在其他场合亲自祭祀孔子两次；又在阙里为子思建庙。通过这一类由皇帝亲自操持的尊孔崇儒的措施，儒学在读书人——尤其是热衷功名的一般读书人——中的影响自然逐渐扩大和加深，像方苞那样原先受过异端思想不小影响的人也转变过来了。另一方面，与对儒学的正面提倡相配合，清政府还有严厉的镇压手段。正如康熙帝自己所说："朕惟治天下，以人心风俗为本。欲正人心，厚风俗，必崇尚经学而严绝非圣之书，此不易之理也。"②而要"严绝非圣之书"，那自然非残酷镇压不可了。这也就更使读书人不敢有出轨的言论。所以，在顺治后半叶和再晚一些的时期出生的人们中，晚明异端思想的印痕至少在表面上已大为消退了。

这里需要补充说明的是：清政府的严酷镇压是很早就开始的。它大致分为两类：一类是文字狱，一类是以读书人为对象的其他大案。文字狱主要是以文字从事"反清复明"或不利于政府、皇帝的活动（当然，有许多其实是冤枉的)的案件，后来则把思想上不满儒学或理学的问题也包括进来了。康熙的六十一年中有文字狱两起，第一起是在康熙二年结案的，被祸的人家有七百户。雍正共十三年，著名的文字狱有五起。乾隆在位六十年，根据现有资料，较严

---

① 只有生于顺治十二年(1655)的纳兰性德是唯一的例外，但他早熟而敏感，不但受教育早，而且被他视为同辈朋友并有较多交往的人都比他年长得多，所以，他是在跟顺治前半叶出生的作家相同的文化氛围里接受教育和成长的。

② 《圣祖实录》卷二五八载康熙五十七年上谕。

重的文字狱就达三十几起之多①。这当然是严酷的思想禁锢。尽管在清初的一个较长阶段内,与反清复明无关的异端思想还不是直接的迫害对象,但思想压迫既如此惨酷,人们在思想上自不得不加强检束,以免受祸。至于那些虽非文字狱但却以读书人为对象的案件,则有"哭庙案"、"奏销案"(江南士大夫拖欠钱粮案)、"科场案"(科场舞弊案)等等,受害者少则十数家,多则数百甚或上千人。这些案件虽似不牵涉到思想问题,但有关的读书人在受到打击以后,往往小心谨慎,不敢乱说乱动了;而且对没有涉案的读书人也能起到杀鸡儆猴的作用。何况有的被害者本身就是异端思想很严重的人(例如著名的异端思想者金圣叹就因不满于地方官的贪酷,与另一些读书人到当地文庙去痛哭以示抗议,结果哭庙的人都被杀了,家属则被充军;这就是哭庙案),杀了他们也是对异端思想的打击。

在这样的情况下,与晚明精神相通的文学自必进一步萎缩,与清政府的"正人心、厚风俗"的要求相一致的文学也必然日益兴盛。由方苞开创的桐城派、力主"温柔敦厚"的沈德潜诗学等都应运而生,并先后成为文坛的主流;仅有少数作家不为其囿,但创作上也无突出成就。在相当长的一段时期内,文学就恹恹无生气了。

不过,尽管在这样严酷的统治下,由于社会的稳定,经济——尤其是工商业经济——仍在发展,市民阶层的力量随之益趋壮大,对国外的交流也在扩展,要在思想上回到以前的醇正状态已经不可能了。所以,与统治集团"正人心,厚风俗"的愿望相反的思想上的暗流仍然存在。例如,《四库全书总目》卷五十《史部·别史类存目》为李贽《藏书》所作提要说:"至今乡曲陋儒,镇其(指李贽。——引者)虚名,犹有尊信不疑者。"可见至少到乾隆三十九年李贽的思想仍有相当影响②。再如袁枚《随园诗话》卷十二记其姑母的事情说:

> 姑通文史。……尝论古人,不喜郭巨,有诗责之云:"孝子虚传郭巨名,承欢不辨重和轻。无端枉杀娇儿命,有食徒伤老母情。伯道沉宗因缚树,乐羊罢相为尝羹。忍心自古遭严谴,天赐黄金事不平。"余集中有《郭巨埋儿论》,年十四时所作,秉姑训也。

郭巨埋儿是"二十四孝"中的一个著名故事:郭巨母老家贫,他因自己的幼子加重了家庭负担,以致影响对母亲的奉养,要把儿子活埋。幸而在挖坑时发现了地下藏有黄金,可用以养家活口,他的儿子也就活了下来。据说,这黄金是上天为了嘉奖他的孝而赐给他的。此事在封建社会一直受到高度赞颂,郭巨

---

① 见陈正宏、谈蓓芳《中国禁书简史》,载《中国禁书大观》,第107—110页。
② 据《四库全书总目》卷首,《四库全书总目》的纂修始于乾隆三十九年。

也就成为孝子的楷模。其实这正充分显示了封建道德的"吃人"实质。而袁枚的姑母却在雍正七年(1729)以前就对它作了相当严厉的谴责①,甚至说"天赐黄金事不平",足见她对此一故事所宣扬的封建孝道的怀疑和否定。而且,到了雍正十二年(1734),袁枚把自己写的《郭巨论》和另一篇文章请他的老师杨文叔批评,杨文叔评道:"文如项羽用兵,所过无不残灭。"(《杨文叔先生文集序》)可见这位老师也是赞同他们对郭巨的批评的。换言之,尽管统治者如此地宣扬"正学",并辅以残酷的镇压,但民间仍有相反的思想暗流在涌动。

所以,文学界虽然从康熙末期起就已似恹恹无生气,但仍有新生的力量在悄悄生长,吴敬梓的《儒林外史》就是在乾隆十四年(1749)前写成的,尽管在当时不可能刊印;曹雪芹的《红楼梦》也是在乾隆十九年取得了阶段性成果的。这都意味着文学已不可能如明初似的长期衰落。一旦时机到来,仍将重新兴盛。也可以说,清朝政府和方苞、沈德潜等人都无法将文学拉回到长期萧条的老路。

---

① 袁枚说他十四岁所作《郭巨埋儿论》就是受了她对郭巨评价的影响。他十四岁(虚岁)时为1729年。

第一章　缓步在下坡路上
——明代末期的文学

万历二十七年袁宏道思想转变，万历二十八、二十九年汤显祖分别写了《南柯记》和《邯郸记》。这意味着前述的文学高潮已接近尾声，以《牡丹亭》和前期袁宏道的文学思想、创作为代表的光芒已难以为继。到万历三十年李贽被害，明王朝开展严酷的思想整肃，便正式宣告了这一高潮的结束。从此以后，文学就处于落潮期了。

不过，上述高潮的形成，是经过长期的积累的。从李梦阳等人在弘治时期倡导复古运动开始，到万历三十年已逾百年。必须有朱元璋、朱棣父子那样的辣手，采取坚决的、不间断的凶残镇压（当然还要有相应的社会条件），才能把百年的思想成果在短期内予以毁灭。而明代末期政权却已无法做到这一点了。李贽死后不久，思想整肃就有所松弛。虽然由于社会危机的加深，士大夫的思想趋向发生了变化（参见本编《概说》），文学高潮时期的盛况已难于恢复，但却也并未出现突然衰落的局面，而是缓慢地下降。具体地说，在文学高潮中出现的精神和艺术特色，从万历后期到康熙中叶的百年左右时间内，是处于缓慢的削弱过程中，而非立即消失并且有时还有所回升，所以，从万历三十年开始的文学落潮期是相当漫长的。在这时期产生的明末文学中的"三言"、"两拍"，竟陵派、王思任、曹学佺的小品，王彦泓、陈子龙的诗歌，吴炳等人的戏曲和清代前期文学中吴伟业及王士禛的诗歌，张岱、廖燕的散文，蒲松龄的《聊斋志异》，李渔和洪昇、孔尚任的剧本，都在不同程度上保存着文学高潮的传统，当然也同时显示出这种传统的不同程度的萎缩。为了叙述的方便，我们将它分作两章，分别介绍明代末期和清代前期的这种情况。

第一节　"三言"、"两拍"等明末小说

在本时期的小说中，以短篇小说集"三言"、"两拍"成就最高。另有长篇小

说《封神演义》和《醒世姻缘传》，不妨分别视为《西游记》和《金瓶梅词话》的后继，但均远为逊色。

一、冯梦龙与"三言"

"三言"的编纂者冯梦龙(1574—1646)，字犹龙，别号龙子犹，又号墨憨斋主人。长洲(今江苏苏州)人。崇祯三年(1630)贡生，崇祯七年(1634)至崇祯十一年(1638)任福建寿宁知县，在任期间颇有政绩。清兵入关后曾参加抗清运动。冯梦龙少负才名，风流倜傥，"逍遥艳冶场，游戏烟花里"①。《苏州府志》称他"才情跌宕，诗文藻丽"②。与其兄冯梦桂、弟冯梦熊皆有名于时，人称"吴下三冯"。

冯梦龙一生困顿科场，仕途也不得意，他将主要的精力从事写作。著述丰富，经、史、子、集皆有涉猎，而尤长于通俗文学的搜集、整理与创作。他改编的长篇小说有《三遂平妖传》、《东周列国志》；纂辑的通俗文学作品集除"三言"外，有民歌集《山歌》、《挂枝儿》；另辑有散曲集《太霞新奏》、笑话集《笑府》、故事集《古今谭概》；又对《灌园记》等七种戏曲剧本加以改订，加上其自著的《女丈夫》、《双雄记》、《万事足》三种，辑为《墨憨斋传奇十种》。而对后世产生较大影响的则为《山歌》、《挂枝儿》和"三言"。

《挂枝儿》一名《童痴一弄》，《山歌》又名《童痴二弄》。二书所收大都为江南地区的民间歌曲。前一书所收的作品，均用〔挂枝儿〕曲调；但书已不全，残存近四百首。沈德符(1578—1642)《万历野获编》说："比年以来，又有《打枣竿》、《挂枝儿》二曲，其腔调约略相似，则不问南北，不问男女，不问老幼良贱，人人习之，亦人人喜听之。"据"比年"之语，再参以沈德符的生活年代，则〔挂枝儿〕曲调当起于万历中、后期。《山歌》所收为民歌体制的作品，共三百余首，凡十卷。前九卷用吴语。二书中的歌曲，除极少数作品外，其产生年代早的大抵不超过万历中期，晚的则到天启、崇祯间了。它们中有许多经过文人的加工修改，冯梦龙自己当也做过此项工作，有的作品可能甚至出于文人之手。

冯梦龙自述其编《山歌》的目的，为"借男女之真情，发名教之伪药"(《山歌序》)；《挂枝儿》的倾向大抵相同。故所收多为歌咏男女情爱之作。不过，这种类型的民间歌曲，在其前已出现过不少，如上一章第一节所引《锁南枝》就颇为

---

① 《冯梦龙全集》"附录"王挺《挽冯梦龙诗》。
② 赵景深、张增元《方志著录元明清曲家传略·明代戏曲作家·冯梦龙》。

优秀①。冯梦龙所辑作品就爱情描写来说，并无明显的进展；其值得注意的，是歌曲中涉及"性"的成分的增加。这固然可以视为对爱情的生理基础的肯定和重视，但有些作品已脱离了情，而只是"性"的暗示，如《挂枝儿》的《鼓》、《山歌》的《姐儿生得》等，这在文学上并无多大意义。又，《挂枝儿》的《错认》说："冷清清，独自在房儿(中)睡觉。猛听得是谁人把我门敲，想是我负心的冤家来到。慌忙披衣起，罗裙拴着腰。急急的开门也，呸，(又是)妹妹的孤老。"此女显为妓女。可见书中的有些歌曲原是妓女唱来娱客的，难怪有不少"性"的暗示了。"五四"运动以后，此二书——尤其是《山歌》——颇受一些学者的推崇，是以影响较大；但如从文学的角度看，似乎并无多大价值。当然，这并不意味着其中的作品一无可取之处，例如："约郎约到月上时，那了月上子山头弗见渠。咦弗知奴处山低月上得早，咦弗知郎处山高月上得迟。"(《山歌》卷一《月上》)"栀子花开六瓣头，情哥郎约我黄昏头。日长遥遥难得过，双手扳窗看日头。"(《山歌》卷一《等》)就颇能显示民歌的特色：于质朴中见真情。

"三言"为《喻世明言》、《警世通言》、《醒世恒言》三部白话短篇小说的简称。共收小说一百二十篇。其中《喻世明言》初名《古今小说》，约刊于天启元年(1621)前后，《警世通言》刊于天启四年(1624)，《醒世恒言》刊于天启七年(1627)。"三言"的题材来源广泛，包括明代人及其以前的通俗小说和文言小说。凌濛初在《拍案惊奇序》中称："独龙子犹氏所辑《喻世》等诸言，颇存雅道，时著良规，一破今时陋习；而宋、元旧种，亦被搜括殆尽。"说明冯梦龙的"三言"对"宋元旧种"作了广泛利用。

"三言"中的作品，其故事来源大致可分为四类；并由此而影响到这些小说与冯梦龙的时代的关系。

第一类源于"三言"以前的通俗小说。但目前尚未发现具有确切依据的宋话本②；凌濛初说"三言"收罗了"宋元旧种"，其实只是元代旧种。

此类又可分为两种情况：一种是源于元话本而作过很大的加工、修改。这可以《醒世恒言》中的《郑节使立功神臂弓》为突出代表。其故事来源为元刊小说《红白蜘蛛》。后者虽只残剩一页，但可推知其全部篇幅还不到《郑节使立功神臂弓》的一半，且描写粗率③。又如《喻世明言》的《众名姬春风吊柳七》，当源于元话本《柳耆卿玩江楼记》，但已有很大改动。至于这些改动是否出于冯梦龙之手，今已无从考知。另一种是源于元代及"三言"以前的明代通俗小

---

① 参见本书下卷第71页。
② 参见本书中卷第326及第443—444页。
③ 参见黄永年教授《记元刻〈新编红白蜘蛛小说〉残页》，载《中华文史论丛》1982年第1辑。

说，但加工、改动较少。如《喻世明言》中的《明悟禅师赶五戒》、《简帖僧巧骗皇甫妻》，《警世通言》中的《蒋淑珍刎颈鸳鸯会》，分别与明代洪楩于嘉靖时所编《清平山堂话本》的《五戒禅师私红莲记》、《简贴（帖）和尚》、《刎颈鸳鸯会》的情节基本相同。《清平山堂话本》所收前两种为元话本①，后一种则为明代作品。

第二类源于"三言"以前的文言小说。其最著名者为《喻世明言》中的《蒋兴哥重会珍珠衫》和《警世通言》中的《杜十娘怒沉百宝箱》，分别源于宋懋澄《九籥前集》卷十一《珠衫》和《九籥集》文部卷五所收《负情侬传》②。这种性质的白话小说，除了把原来的文言翻译或改写成白话外，其他的加工不多。也有把几篇文言小说综合而成的，例如《醒世恒言》的《隋炀帝逸游遭谴》就糅合了《隋遗录》、《隋炀帝海山记》、《迷楼记》等几篇宋代文言小说；但除综合工作外，其他的加工仍然不多。

第三类源于"三言"以前的笔记、方志以及其他书籍中的简短记载，它们在被改编成白话小说时必须经过大幅度的加工，充实其内容。从故事本身（包括故事发生的年代、作品中出现的地名、官制等）来看，这些作品有很多是明代人改编的。美国韩南教授曾对《喻世明言》中的此类作品加以考证，认为改编者大概是冯梦龙。被他用来作为例证的，是《喻世明言》的卷二一、二二、二七、二九、三〇、三二、三九和卷五、六、八、九、一三③。韩南氏的推理是很有说服力的。由此而言，"三言"中由冯梦龙改编而成的白话短篇小说当不在少数。此外，有些出于前人记载的作品，其故事发生年代或其所依据的资料与冯梦龙编"三言"的时代很接近，其改编者倘若不是冯梦龙本人，也当是与其时代相同或相近的人士。例如《醒世恒言》卷三五《徐老仆义愤成家》，故事开始于嘉靖间，结束时当已进入万历时期，故事来源为田汝成《阿寄传》(《田叔禾集》卷六)；同书卷三九《汪大尹火焚宝莲寺》，当出于万历时期的《皇明诸司廉明奇判公案传》卷上《汪县令烧毁淫寺》。这两篇改编成白话小说都不可能早于万历年间。

第四类是没有题材来源、纯出于创造的作品。这在目前可以肯定的只是《警世通言》的《老门生三世报恩》一篇，因为此篇不仅找不到其故事来源，而且冯梦龙为传奇《三报恩》作的《序》中还明确地说："余向作《老门生》小说，政谓

---

① 参见本书中卷第326及第443—444页。
② 参见美国韩南教授(Professor Patrick D. Hanan)著、吴璧雍译《〈蒋兴哥重会珍珠衫〉与〈杜十娘怒沉百宝箱〉撰述者》(韩南原文标题为"The Making of *the Pearl-sewn Shirt* and the *Courtesan's Jewel Box*")，译文收入王秋桂编《韩南中国古典小说论集》(台湾联经出版事业公司1979年版)，原文载《哈佛亚洲学报》(*Harvard Journal of Asiatic Studies*)33卷(1973)。
③ 参见韩南著《〈古今小说〉中某些故事的作者问题》("The Authorship of Some *Ku-Chin hsiao-shuo* Stories")，陈淑英译。原文载《哈佛亚洲学报》29卷(1969)，译文收入王秋桂编《韩南中国古典小说论集》。

少不足矜,而老未可慢……"(《三报恩》卷首)可知这是他的创作。此外另有一些作品也可能为冯梦龙作,但无确证。如《醒世恒言》中的《张廷秀逃生救父》就是如此;因其出处不明,又是万历时期的作品(因篇中有"万历爷"之语),当是冯梦龙或其同时人所作。

总之,从"三言"作品的现状来说,尽管有不少是以前人的成果为主,包括上述的前两类的绝大部分小说在内;但也有不少是冯梦龙及其相同或相近时代的人们的大幅度改编的结果,甚或就是他们的创作,那主要是上述的后两类小说。我们在这里所要介绍的也是后者,因为它们较多地体现了明代后期的时代色彩。

"三言"中的此类作品均以叙述故事见长。虽然其中也有些较好的人物描写,但其叙述故事的能力显然更为出色。其值得重视的大部分作品所写的,都是人在自然欲望和有关感情驱使下的主动或被动的活动,以及这些活动与既定的社会秩序(包括伦理道德)之间的错综复杂的关系。这些故事情节新奇,描述生动,而又无勉强捏合之迹,所以对读者颇具吸引力。

如同李贽把"好货好色"作为人的正常欲望加以肯定一样,"三言"中此类小说也极其重视这方面的内容,许多作品围绕着男女情爱和对于财富的追求而展开,而当这两者与传统的伦理道德发生矛盾时,只要那不对社会和别人造成较严重的损害,一般都采取谅解和宽容的态度。正因如此,"三言"中此类作品里能有不少从传统伦理道德来说不应涉及的题材,而且对之作出符合人情的处理;其故事情节的新奇感固然由此而来,某些情节之能描写得较为生动,也与此有关。

在"三言"的此类作品中最能体现上述特点的,也就是关于男女婚恋和涉及财富追求的故事。

在上一类故事中,作品往往通过男女之间的奇特遇合反映出人性与封建礼教的矛盾,并对后者采取漠视的态度。《乔太守乱点鸳鸯谱》(《醒世恒言》)是很典型的一篇[①]。男青年孙玉郎与其姊姊都已订婚。姊姊的未婚夫病重,男方要其姊嫁过去"冲喜",玉郎的母亲却怕女儿嫁过去后丈夫死掉,难以重婚,就让玉郎男扮女装,代姐姐出嫁;新婚之夜,男方因新郎病重,就让其妹慧娘陪伴新娘,结果是这一对青年男女有了夫妇之实。当孙家跟过去的养娘责怪玉郎不该如此做时,玉郎却说:"你想恁样花一般的美人,同床而卧,便是铁石人也打熬不住,教我如何忍耐得上!"但慧娘也是有了婆家的,后来事发,慧娘的婆家告到官府。按照法律,对玉郎、慧娘本应判刑,主审的乔太守却判两

[①] 《情史》所引《笑史》载有类似这篇小说的故事,云为嘉靖年间实事;《情史》又有注云:"小说载此事,病者为刘璞。"刘璞即此篇小说中的人物。胡士莹氏《话本小说概论》(中华书局1980年版)以为《情史》所云"小说"即指此篇,是。故此篇的写作当在万历时期或其前后。

人为夫妻,又让玉郎的未婚妻与慧娘的未婚夫成婚,以为补偿。因那两个青年男女本身也都很好,所以大家满意。在判词中,乔太守称两人的私自结合为"移干柴近烈火,无怪其燃",又说"相悦为婚,礼以义起"。指出男女间的相互吸引与爱悦是婚姻的基础,礼法应该顺应人情的现实需求,而不是相反。乔太守成人之美的行为在小说中受到人们的赞扬,人们甚至称他为"青天"。这个故事的叙述手法以奇巧取胜,而更其重要的是,作品对那些违背封建礼教的人和事都采取宽容、谅解的态度。首先违背礼教的当然是孙母,女婿还没有死,她就打算让女儿再嫁,并异想天开地要儿子去代嫁,但这实是出于她对女儿的爱,因而虽显得有点可笑,却也值得同情。至于玉郎和慧娘,更是触犯了"万恶淫为首"戒律的罪魁祸首,但在作品里却显得天真可爱。所以,当他们相爱以后,读者自然而然地为他们的命运担心,特别是在慧娘婆家告下来后,更不免为之焦急。而在看到乔太守乱点鸳鸯谱时,也就大大松了一口气。所以,这篇故事的吸引人,既在于其题材,更在于其人物描写中的上述精神。

与《乔太守乱点鸳鸯谱》相反相成的,是《况太守断死孩儿》(《警世通言》)①。小说写邵氏青年丧夫,她"心如坚石",不顾别人的劝告,立志守节,十年如一日。但有一天在外因的诱发下,她终于抑制不住生理冲动,与仆人得贵通奸,并怀了孕。事情败露后,她杀了情夫,自缢而死。这一悲剧的产生,虽有奸人的挑唆,但归根到底是由邵氏强欲克制人欲而终于无法克制的结果。所以作者评论道:"自古云:'呷得三斗醋,做得孤孀妇。'孤孀不是好守的。替邵氏从长计较,到不如明明改个丈夫,虽做不得上等之人,还不失为中等,不到得后来出丑。"尽管作者仍把再嫁的人视为"中等",但其不同意以礼教来扼杀人欲的态度是很明显的。

在涉及财富追求的故事中,那些违背传统道德而凭藉自己才能获得财富的行为得到了肯定,这里较明显地反映了明代中后期的市民意识。这类作品里最值得注意的是《滕大尹鬼断家私》(《喻世明言》)②,写的是清官滕大尹判断一起家产争夺案的故事:年迈的倪太守恐其大儿子在自己死后谋害尚未成年的小儿子,就在生前把财富分给了大儿子,却把一幅画图给了小儿子,并说待小儿子成年后,可凭着这画图向贤明官府去告。滕大尹在接到小儿子的诉状后,认为财产的分割有倪太守生前的遗嘱为依据,无法更改,但倪太守的上

---

① 本篇故事情节取自万历编刊《海刚峰先生居官公案》、《皇明诸司公案》,参见胡士莹《话本小说概论》和小川阳一《三言二拍本事论考集成》(日本新典社1981年版);其创作时代当在万历年间或稍后。
② 本篇故事情节也取自《皇明诸司公案》等书(参见小川阳一氏《三言二拍本事论考集成》),当也作于万历时期。

述遗言又必然有其道理,于是反复研究那幅图画,终于被他发现了倪太守在生前还埋藏了大批金银,准备给小儿子。他"见开着许多金银,未免垂涎",于是装神弄鬼,谎称与倪太守的鬼魂交谈,并说倪太守赏给他一千两黄金,从而骗取了这笔财富。作者详细描写了滕大尹发现秘密和装神弄鬼的经过,以突出他的负责和才能。作品给人的印象是:如果没有滕大尹,倪太守的小儿子根本不可能得到这笔藏金,只能贫穷而终。所以,滕大尹实在为他做了大好事,自己从中得点好处,也算不了什么。这个故事也写得轻松活泼,富于趣味性。而其所以如此,是因其笔下的"贤明官府"是个有血有肉的人,既有想尽力做好工作的一面,又有垂涎财物的一面;而且,这种行为并没有被写成罪大恶极的骗局,滕大尹也并不因此而被写成恶徒。

"三言"中的此种作品,不少可分别隶属于这两类:如《玉堂春落难逢夫》(《喻世明言》)①,写青年男女在爱情、婚姻方面的执着和坚贞,可列于第一类。《赵春儿重旺赵家庄》(同上)写妓女赵春儿已决意与一个败落子弟成婚,但却不立即从良,要"在外寻些衣食之本";最后她凭着自己的积蓄和才能,使其夫家重新兴旺起来②。作品对这一人物作了热烈的赞扬,可属于第二类。

当然,还有一些作品并非以上两类所可包括,但也写得风趣可喜,或新奇出于意外。但这些作品里也必然多少有些为传统的伦理道德所不容的言行,这才能脱出平庸。前者如《钱秀才错占凤凰俦》(《醒世恒言》)③。作品中的钱青家道贫寒,在表兄颜俊家处馆。颜俊丑陋,要钱青冒充他去相亲,钱青"欲待从他,不是君子所为;欲待不从,必然取怪,这馆就处不成了"。结果还是代他去了。后来又冒充他去迎亲,不料当天风雨大作,只好睡在女家。钱青不欺暗室,颜俊却以为他已做了对不起自己的事,便闹将起来;但女家发现真相后,愿意把女儿嫁给钱青,官府也作了同样的判决。作品中有许多风趣的描写,而其所以能如此,是因作品对钱青的代别人去相亲和迎亲的不道德行为不苛责,仍把他写成善良、有才气并颇为可爱的青年。又如《杨谦之客舫遇侠僧》(《喻世明言》)④,写杨谦之赴贵州安庄知县任时,途中遇到一个侠僧,侠僧见杨谦之为人诚恳,处境艰难,很同情他,就将自己的侄女李氏送与杨谦之为妻。李氏

---

① 此两篇分别取自万历编刊《海刚峰先生居官公案》和钟惺《名媛诗归》,其创作时代不可能早于万历。
② 此篇故事出于冯梦龙《智囊补》,其故事发生年代为嘉靖间,男主人公为孙太学;小说则从《智囊补》衍出,写作年代也不可能早于万历。
③ 《情史》载其故事梗概,并云为"万历初"事;倘此篇出于万历以前,《情史》编者不当疏误至此。
④ 日本小川阳一氏《三言二拍本事论考集成》于《喻世明言》十九《杨谦之客舫遇侠僧》一文,据篇中地名、官制考定此篇为明代之作,并疑其出于明代中叶以后,为冯梦龙所作。今从之。

本领高强,多次帮助杨谦之度过了难关。三年任满,杨谦之获得了大批财富而回,这时侠僧来迎杨谦之,才对杨谦之说明李氏是有丈夫的人,要归还给她的丈夫,至于财物,他建议"杨大人取了六分,侄女取了三分,我也取了一分"。这故事之令人感到新奇,是因作品把救人危难放在维护女子贞节之上。当然,在财富分配问题上也反映了当时的市民意识——既然出了力,就应分钱,连"侠僧"也不例外;但侠僧之让李氏嫁给杨谦之,却显然不是从获得财富的目的出发的。

总之,"三言"之所以能具有不少有趣的故事,首先在于作者、编者对传统道德观念的某种程度的漠视。不过,他们到底是生活在封建社会后期的人物,不可能完全摆脱封建思想的束缚。所以,"三言"中也有一些纯从传统观念出发的作品。如《施润泽滩阙遇友》(《醒世恒言》)与《吕大郎还金完骨肉》(《警世通言》)①,这两篇小说写的都是小商人因拾金不昧而得到好报的故事,其中虽表现了施润泽与朱恩、吕玉与陈朝奉之间的友谊和表扬了施、吕这两个在当时说来是属于新兴阶层的人物的品德,但整个故事被安置在因果报应的框架之内,总体上仍显得平庸。至于像《陈多寿生死夫妻》(《醒世恒言》)那样地歌颂女子为贞节而牺牲自己幸福乃至生命的故事②,就更堕于恶道了。

"三言"除了善于叙述故事外,写人物也有写得较好之处;有时具有较真实、细腻的心理刻画。如《蒋兴哥重会珍珠衫》(《喻世明言》)写蒋兴哥得知妻子有外遇,回到自己家门前的复杂的心情,《卖油郎独占花魁》(《醒世恒言》卷三)写小商人秦重见到花魁娘子后的心理变化③,《玉堂春落难逢夫》中写玉堂春对王景隆的刻骨相思等等,都是人物心理描写的较成功的例子。今引蒋兴哥从陈大郎那里得知妻子有外遇时的情况如下:

> ……急急的赶到家乡,望见了自家门首,不觉堕下泪来。想起:"当初夫妻何等恩爱,只为我贪着蝇头微利,撇他少年守寡,弄出这场丑来,如今悔之何及!"在路上性急,巴不得赶回。及至到了,心中又苦又恨,行一步,懒一步。

---

① 《施润泽》篇交代故事发生时间,有"且说嘉靖年间"云云,显非嘉靖时人声口;且故事中的主人公于嘉靖年间做了不少好事后,夫妇均活到八十余岁,子孙繁荣,则故事实已延续到万历时期。其写作年代自不可能早于万历。《吕大郎》篇的直接故事来源今未寻获,据谭正璧氏《三言两拍资料》(上海古籍出版社1980年版,第252页),似系综合《双槐岁钞》及《挥麈新谭》(《坚瓠广集》引)的有关记载,再加衍化而成,则当也为万历前后所作。
② 此篇本事出于明代许浩《复斋日记》,赵景深先生怀疑此篇小说为冯梦龙所作(见《醒世恒言的来源和影响》,收入《小说戏曲新考》,世界书局1939年版)。按,此篇即使不出于冯梦龙,当亦为其同时代人所作。
③ 此篇中有〔挂枝儿〕小曲,不可能作于万历以前。前举郑振铎、胡士莹二氏之作皆已注意及此。

蒋兴哥的这种悔恨之心,表现出对妻子的谅解及自责,揭示出人性中善良、宽容的一面,丰富了小说人性描写的内涵,也为后来蒋兴哥夫妻重圆打下了心理基础。这篇小说取材于宋懋澄《九籥前集》中的《珠衫》,上举这一段关于蒋兴哥心理活动的描写却是"三言"的作者添加进去的。从这里我们可以看出,"三言"虽不以描写人物见长,但也并非一无可取。

不过,除《杜十娘怒沉百宝箱》等少数作品外,"三言"给予读者的主要是轻松的愉悦,而缺乏较强烈的、深刻的感动。其能给予这样的感动的,又往往承袭多而创造少。如《杜十娘怒沉百宝箱》,其能感动人之处,全源自《负情侬传》,不过把文言改成白话而已。尤值得注意的是:《负情侬传》对李生和新安人的结局只说是"不知所之",《杜十娘怒沉百宝箱》则言李"郁成狂疾,终身不瘳",新安人"自那日受惊,得病卧床月余,终日见杜十娘在旁诟骂,奄奄而逝。人以为江中之报也"。而且还增加了一个《负情侬传》原无的人物——柳遇春。他在杜十娘与李生结合的过程中曾出钱资助,十娘死后,他竟然得到了十娘投在水中的百宝箱,十娘并托梦给他,说是她"每怀盛情,悒悒未忘",故以此"聊表寸心"。这就大大增加了原书所无的劝善惩恶功能。与此类似的是:《珠衫》末尾有一段说:"或曰:新安人(即与作品中女主人公私通者。——引者)客粤,遭盗劫尽,负债不得还,愁忿病剧,乃召其妻至粤就家,妻至,会夫已物故。楚人(指作品中男主人公。——引者)所置后室,即新安人妻也。废人曰:若此,则天道太近,世无非理人矣。"(《九籥别集》卷二)宋懋澄显然是否定这种观念的。《蒋兴哥重会珍珠衫》却对此大加渲染,书中男主人公得知其所娶后妻就是奸骗他妻子的新安人之妻时,"把舌头一伸,合掌对天道:'如此说来,天理昭彰,好怕人也。'"作者并特地指出:"这才是《蒋兴哥重会珍珠衫》的正话。"意即此篇的主旨就在宣扬此类报应之说。在此段之后,作者写了这样一首诗:"天理昭昭不可欺,两妻交易孰便宜?分明欠债偿他利,百岁姻缘暂换时。"在全篇结束处,又再次强调:"殃祥果报无虚谬,咫尺青天莫远求。"可以说,在对女主人公怀有同情这一点上,《蒋兴哥重会珍珠衫》与《珠衫》是相通的;而在文学作品是否应具有惩善劝恶作用方面,二者是恰恰相反的。从这里也就可以看出"三言"的特色:它既有在某种程度上保持高潮时期的文学精神的一面,又有向传统的文学观念回归的一面。它之不能给读者以较强烈的、深刻的感动,其故也就在此;因为这必然会导致与传统文学观念的剧烈冲突。

二、凌濛初和"两拍"

凌濛初(1580—1644),字玄房,号初成,别号即空观主人。浙江乌程(今吴兴)人。十二岁入学,十八岁补廪膳生,但科举蹭蹬,直到崇祯七年(1634)五十五岁时始任上海县丞,曾代理知县。崇祯十五年(1642)升任为徐州通判。次年,反政府武装陈小乙率数万人出没房村附近,淮徐兵备道何腾蛟追陈部至房村,邀凌濛初入幕。凌濛初献《剿寇十策》,很得腾蛟赏识。濛初又单骑入陈营,劝诱陈小乙等投降。崇祯十七年(1644)正月,李自成别部进军徐州,凌濛初率众抗拒,呕血而死。

凌濛初的代表作品是"两拍",即《拍案惊奇》(又名《初刻拍案惊奇》)和《二刻拍案惊奇》。《拍案惊奇》四十卷,于崇祯元年(1628)由尚友堂刊行,《二刻拍案惊奇》四十卷于崇祯五年(1632)也由尚友堂刊行。但在流传过程中,《二刻拍案惊奇》的第二十三卷和第四十卷散失不传,于是后来刻书时就把《拍案惊奇》的第二十三卷充作《二刻拍案惊奇》的第二十三卷,又将凌濛初的杂剧《宋公明闹元宵》充作《二刻拍案惊奇》的第四十卷。所以,我们今天所能看到的保存最完整的尚友堂刊本"两拍"共有小说七十八篇。除"两拍"之外,凌濛初还有戏曲《红拂》、《虬髯翁》以及其他著作多种。

凌濛初的"两拍"是在冯梦龙的"三言"影响下创作的。不过,"三言"中包含有不少宋、元旧篇,即使是明代的作品,也未必都是冯梦龙的手笔;而凌濛初的"两拍",除个别篇章外,都是他根据野史笔记与当时的社会传闻等创作的(但这些题材并不都是他直接从相关的第一手材料中搜集到的,他主要参考了《亘史》、《广艳异编》一类的文言作品;参见韩结根氏《明代徽州文学研究·附录》)。所以,"两拍"基本上是凌濛初个人创作的小说集。

"两拍"与"三言"齐名,在题材内容、艺术手法等方面存在不少相近之处,也都以说故事见长。至其异点,则主要表现在以下几个方面。

首先,"三言"和"两拍"中都有不少以男女爱情婚姻为题材的小说,"两拍"比起"三言"来,更强调欲的作用,对女性的情欲也明确加以肯定。在《任君用恣乐深闺,杨太尉戏宫馆客》(《二刻拍案惊奇》)中,凌濛初对富贵人家多娶妻妾一事加以评论说:"岂知男女大欲,彼此一般。……枕席之事,三分四路,怎能勾满得他(她)们的意,尽得他们的兴?所以满闺中不是怨气,便是丑声。总有家法极严的,铁壁铜墙,提铃喝号,防得一个水泄不通,也只禁得他们的身,禁不得他们的心。略有空隙,就思量弄一场把戏。"这就是说:作为自然本性的情欲,是无论怎样都禁锢不住的。女性的情欲同样如此。这与残酷压迫女性的封建礼教显然是针锋相对的。

正因如此,"两拍"中有一些"三言"所没有(也许是不敢写)的故事,也写了一些相当大胆的女性形象。这都与他的这种对女性情欲的看法有关。如《闻人生野战翠浮庵,静观尼昼锦黄沙衖》(《拍案惊奇》),整个故事就是由作为女性的静观克制不住情欲的冲动、主动挑逗男性而引起的,但结局却很美满。最后静观还俗,成了官太太。再如《两错认莫大姐私奔,再成交杨二郎正本》(《二刻拍案惊奇》),其中的莫大姐是徐德的妻子,她不但与杨二郎私通,相爱很深,此外"还有个把梯己人往来"。她打算与杨二郎私奔,去"自由自在的快活",却又因与另一人——郁盛——欢会而泄露了风声,被郁盛骗走,又被卖进妓院。杨二郎由于徐德的控告,作为拐走莫大姐的嫌疑犯而坐监。最后真相大白,徐德为自己害杨二郎坐牢而感到歉疚,就同意莫大姐与杨二郎成为夫妇,莫大姐与杨二郎过起了"称心象意"的日子。按"万恶淫为首"的封建道德标准,像静观尼与莫大姐这样的女子都是应该加以惩处的,但作者对前者是赞扬,对后者是宽容。比较起来,后一个故事更富于人情味。如果不是对女性的情欲持上述的态度,这样的故事是写不出来的。按照传统观念,与很多男人发生关系的女人应该受到惩罚和社会的唾弃,可作者在整个故事叙述中对莫大姐的同情却多于指责,他给莫大姐安排的结局本身就表现出了这一点。

不但如此,在凌濛初笔下还出现了像罗惜惜这样的形象。她是《通闺闼坚心灯火,闹图圄捷报旗铃》(《拍案惊奇》)中的女主人公。因与张幼谦相爱而私定终身,但两人的婚事却遭到惜惜父亲的反对,反将惜惜另许他人。罗惜惜约张幼谦幽会,两人"你贪我爱,尽着心性做事,不顾死活"。罗惜惜对张幼谦说:"而今已定下日子了,我与你就是无夜不会,也只得两月多,有限的了。当与你极尽欢娱而死,无所遗恨!"当张幼谦对这种无所顾忌的往来有点担心时,她却毫不在意:"我此身早晚拚是死的,且尽着快活。就败露了,也只是一死,怕他什么?"像这样地以同情的笔触描绘女性对欢乐的强烈追求,也是"三言"所没有的。

但就总体来说,却很难认为"两拍"在人物描写上较"三言"有所进步。因为作者在写这类故事时,作品中的人物乃至作者自己的注意力只集中于性本身,而基本不触及由此引发的个人精神世界的变化,因而作品中缺乏完整的艺术形象。以罗惜惜来说,作者只是突出她的要"极尽欢娱而死"的一面,却并不触及她在自己的年轻生命即将被迫死亡时的悲痛和愤恨。假如能对后一点作充分的描写,那就会导致个人对扼杀生命的环境——首先是罗惜惜的父亲——的血泪控诉,罗惜惜也就成了在被环境粉碎的过程中既悲壮地进行反抗、又强烈地追求欢乐的血肉丰满的艺术形象。不过,无论凌濛初是否具有这样的艺术才能,他都不可能如此去做。因为,这将使作品与当时处于主流地位的观念产生太尖锐的冲突,从而与凌濛初在"两拍"中所体现的态度不相容。——在《闻人生野战翠浮庵,静观尼昼锦黄沙街》的结尾处,凌濛初写道:静观的那位做了官的丈夫,"在宦途时有蹉跌,不甚像意。年至五十,方得腰金而归。""曾遇着高明的相士,问他宦途不称意之故,相士道犯了少年时风月,损了些阴德,故见如此。"他的这种谨慎态度,与冯梦龙是一致的。

其次,在"两拍"中对两代人的矛盾的描写较"三言"有所进展;虽然在作品里受到重点批判的上一代人物仅限于市井小民,仍然显示了凌濛初的谨慎态度。

在"三言"、"两拍"中,都有青年的恋爱、婚姻要求遭到家长反对的故事。但"三言"在处理此类题材时,一般不重视对家长的描写;"两拍"在这方面却有值得注意之处。在《错调情贾母詈女,误告状孙郎得妻》(《二刻拍案惊奇》)中的方妈妈,就是作者用了重笔浓彩所写的人物。她的女儿贾闰娘与男青年孙小官相悦相爱,但方妈妈"拘管女儿,甚是严紧。日里只在面前,未晚就收拾女儿到房里去了"。有一次她发现两人之间感情很深,就痛骂女儿为勾引汉子的"臭淫妇",说是"做了这样龌龊人,不如死了罢","碎聒得一个不了不休"。贾闰娘本因与孙小官相爱而受到母亲的阻挠,心中悲哀,经此打击,更是"泪如泉涌",她想道:"以此一番,防范越严,他走来也无面目,这因缘料不能勾了。况我当不得这擦刮,受不得这腌臜,不如死了,与他结个来生缘罢。""哭了半夜",就自缢了。贾妈妈当然是爱女儿的,但正是这种从传统观念出发的"爱",既剥夺了女儿的自由与欢乐,又活活逼死了女儿。她不但不反省自己,却恨死了孙小官。就把孙小官骗进女儿房中锁起来,试图诬告孙小官奸杀人命。谁知由于她的粗心,没有发现闰娘并未气绝,她的行为反成全了孙小官与贾闰娘的好事,结果是贾闰娘在孙小官情欲的感召下复活,待方妈妈回来,两人已"宛然似夫妻一般"地生活在一起。在这里,作者对方妈妈的愚蠢、粗鄙、冷酷固然作了鞭辟入里的揭露,同时也反映了她这一代人奉为金科玉律的观念——包括从封建礼教出发的对子女的严格管教——与青年一代的要求之间的冲突。

不但在这些涉及婚恋的事件中,就是在日常生活里,两代人的矛盾也已显露出来。《姚滴珠避羞惹羞,郑月娥将错就错》(《拍案惊奇》)在这方面是一个颇为典型的故事。姚滴珠嫁到潘家后,与其丈夫感情很好。但公婆却待她很坏。"一日,因滴珠起得迟了些个,公婆朝饭要紧,猝地答应不迭。潘公开口骂道:'这样好吃懒做的淫妇,睡到这等日高才起来,看这自由自在的模样,除非去做娼妓,倚门卖俏,撺哄子弟,方得这样快活象意。若要做人家,是这等不得。'"这实在是人格侮辱,所以姚滴珠在"大哭一场"后,越思量越恼。道:"老无知这样说话,须是公道上去不得。"所以,姚滴珠就准备回娘家去告诉父母。不料在中途受一光棍的诱骗,做了商人的外室。害得婆家与娘家长期打官司,她的父亲也受了连累。而作者的同情显然在姚滴珠一边。他在叙述姚滴珠因忍受不住夫家的侮辱而落入光棍彀中时,特地加了"可怜甚"的眉批(见《拍案惊奇》影印本);对其公婆,则斥为"甚是狠戾,动不动出口骂詈,毫没些好歹"。像这一类作品和描写也是"三言"所没有的。

其三,叙述故事的能力较"三言"有所提高。这主要表现为如下两点:第一,能以丰富的想像力,将故事设计得生动曲折,并以较具体的描绘逐步展开情节。第二,相同或相近类型的故事能编造得各有精彩,不落窠臼。

前者可以《拍案惊奇》卷一《转运汉遇巧洞庭红,波斯胡指破鼍龙壳》为代表。这是一篇很有名的小说,不但被收入《今古奇观》等选本,并被收入冯梦龙增编的《燕居笔记》,足见冯氏对此篇也很赞赏。它的出处,是《泾林续记》。作品主人公文若虚的主要遭遇,在《泾林续记》中都已出现,只是其姓名为苏和。但读《泾林续记》的有关记载,使人感到味同嚼蜡,《拍案惊奇》中此篇,则对人很有吸引力。现引《泾林续记》中所载苏和于岛中得鼍龙壳的纪事如下:

> ……舟归遇风,泊山岛下。随众登陆,闲行至山坳,见草丛中有龟壳如小舟,长丈许。苏心动,倩人舁至舶。众大笑,谓:"安用此枯骨为?"苏不顾,日夕坐卧其内。

《拍案惊奇》的相关叙述则是:

> 行了数日,忽然间天变起来。……那船上人见风起了,扯起半帆,不问东西南北,随风势漂去。隐隐望见一岛,便带住篷脚,只看着岛边使来。看看渐近,恰是一个无人的空岛。……船上人把船后抛了铁锚,将椿橛泥犁上岸去钉停当了,对舱里道:"且安心坐一坐,候风势则个。"
>
> 那文若虚身边有了银子,恨不得插翅飞到家里,巴不得行路,却如此守风呆坐,心里焦躁。对众人道:"我且上岸去岛上望望则个。"众人道:"一个荒岛,有何好看?"文若虚道:"总是闲着,何碍?"众人都被风颠得头晕,个个是呵欠连天的,不肯同去。文若虚便自一个抖擞精神,跳上岸来。只因此一去,有分交:十年败壳精灵显,一介穷神富贵来。若是说话的同年生,并时长,有个未卜先知的法儿,便双脚走不动,也挂个拐儿随他同去一番,也不枉的。
>
> 却说文若虚见众人不去,偏要发个狠,扳藤附葛,直走到岛上绝顶。那岛也若不甚高,不费甚大力,只是荒草蔓延,无好路径。到得上边打一看时,四望漫漫,身如一叶,不觉凄然吊下泪来。心里道:"想我如此聪明,一生命蹇,家业消亡,剩得只身,直到海外。虽然侥幸,有得千来个银钱在囊中,知他命里是我的不是我的?——今在绝岛中间,未到实地,性命也还是与海龙王合着的哩!"
>
> 正在感怆,只见望去远远草丛中一物突高。移步往前一看,却是床大

一个败龟壳。大惊道:"不信天下有如此大龟! 世上人那里曾看见? 说也不信的。我自到海外一番,不曾置得一件海外物事,今我带了此物去,也是一件希罕的东西,与人看看,省得空口说着,道是苏州人会调谎。又且一件:锯将开来,一盖一板,各置四足,便是两张床,却不奇怪?"遂脱下两只裹脚,接了,穿在龟壳中间,打个扣儿,拖了便走。

走至船边,船里人见他这等模样,都笑道:"文先生那里又跎了纤来?"文若虚道:"好教列位得知,这就是我海外的货了。"众人抬头一看,却便似一张无柱有底的硬脚床,吃惊道:"好大龟壳! 你拖来何干?"文若虚道:"也是罕见的,带了他去。"众人笑道:"好货不置一件,要此何用?"有的道:"也有用处。有什么天大的疑心事,灼他一卦;只没有这样大龟药。"又有的道是:"医家要煎龟膏,拿去打碎了煎起来,也当得几百个小龟壳。"文若虚道:"不要管有用没用,只是希罕,又不费本钱,便带了回去。"当时叫个船上水手,一抬抬下舱来。初时山下空阔,还只如此,舱中看来,一发大了,若不是海船,也着不得这样狼犺东西。众人大家笑了一回,说道:"到家时有人问,只说文先生做了偌大的乌龟买卖来了。"文若虚道:"不要笑,我好歹有一个用处,决不是弃物。"随他众人取笑,文若虚只是得意。取些水来内外洗一洗净,抹干了,却把自己钱包行李都攛在龟壳里面,两头把绳一绊,却当了一个大皮箱子。自笑道:"兀的不眼前就有用起了?"众人都笑将起来,道:"好算计,好算计! 文先生到底是个聪明人。"

作者以其丰富的想像力,把途中风起、船只漂至荒岛的过程,文若虚的心情及其上岛的动机,上岛时的情景和胸中的感慨,发现败龟壳后的心理活动、动作,船上人的调侃和他对龟壳的处理,都叙述得生动活泼、曲折有致。原来的枯燥文笔立即变得兴味盎然了。当然,"三言"本也在使用此种方法,但想像和描绘如此丰富、细致的,却还没有出现过。尤其像上引最后一段那样的文字,如仅从交代情节的角度看,纯是赘笔;凌濛初能注意及此,导致作品人物神情飞动的效果,在文学创作上较冯梦龙确实有所进展。

就后一点论,可以举出两组作品为例。一组是《卫朝奉狠心盘贵产,陈秀才巧计赚原房》(《拍案惊奇》)、《痴公子狠使噪脾钱,贤丈人巧赚回头婿》(《二刻拍案惊奇》)。另一组是《丹客半黍九还,富翁千金一笑》(《拍案惊奇》)、《沈将仕三千买笑钱,王朝议一夜迷魂阵》(《二刻拍案惊奇》)、《赵县君乔送黄柑,吴宣教甘偿白镪》(《二刻拍案惊奇》)。前一组写的是败子回头的故事,后一组写的是骗子的故事。而在这些类型相似或相同的故事中,在叙述上各有特点和吸引人之处,并无雷同之弊。

第一组的两篇,虽分别写两位公子家产破落的过程,但陈秀才聪明英俊,只是贪图享乐,过于靡费,以致日就贫薄,到了一定阶段,他就"收了心,在家读书";那位"痴公子"却是被一班清客撺哄,家产迅速地落入了他们及其同党手中,并且始终受他们愚弄,毫不觉悟,最后终至鬻妻卖身,流落乞丐群中。至于就两个人的结局而言,陈秀才的家道复兴,虽曾得到其妻子的帮助,却主要是依靠自己的计谋和能力;痴公子却完全是由于其岳父的庇荫,才得以"温饱而终"。因而,两个故事的类型虽然相近,却显得各有风致。在这里顺便说明一点:"痴公子"的本事源于《觅灯因话》卷一《姚公子传》,许多描写均来自该篇,仅结尾处略有不同;"陈秀才"的败落过程则均出于凌濛初的创造,不但不与"痴公子"犯复,且加入卫朝奉勒索一节,使其破落过程自具特色,并作为其后报复的张本,把故事引向高潮,这均可显示其叙述能力之不同凡响。

写骗子的三篇,虽都主要以女色为行骗工具,但骗术各有巧妙,骗子的身份、声口、气派迥不相侔,而又每篇均具精彩。这样的同中之异,充分显示出作者设计和叙述故事的能力较之"三言"已有过之而无不及。

不过,"三言"以前的白话短篇小说都是话本性质(包括《清平山堂话本》在内),文人编写白话短篇小说是从"三言"开始的。就此点而言,"三言"具有开创性;作为后来者的"两拍",若一无较胜之处,就不足以与"三言"并称了。

在《拍案惊奇》刊行以后,销路甚好,书贾又请凌濛初编印了《二刻拍案惊奇》。同时,其他书贾也起而仿效。与《二刻拍案惊奇》几乎同时出版的,有陆人龙的《型世言》十卷四十回。此外尚有周楫《西湖二集》三十四卷、浪仙《石点头》十四卷、薇园主人《清夜钟》十六回、东鲁古狂生《醉醒石》十五回等。但其艺术成就均不能与"三言"、"两拍"并驾齐驱。

三、《封神演义》与《醒世姻缘传》

除白话短篇小说集外,这一时期的明末小说中还有两部长篇——《封神演义》和《醒世姻缘传》——也都较明显地反映了这一文学落潮期的特色。

《封神演义》一百回,日本内阁文库藏明舒载阳刊本,假托"钟伯敬批评";当刊行于钟伯敬(惺)死后,否则就不敢假托其名。此本卷首邗江李云翔序称:"俗有姜子牙斩将封神之说,从未有缮本,不过传闻于说词者之口,可谓之信史哉?余友舒冲甫自楚中重资购有钟伯敬先生批阅《封神》一册,尚未竟其业,乃托余终其事。余不愧续貂,删其荒谬,去其鄙俚,而于每回之后,或正词,或反说,或以嘲谑之语以写其忠贞侠烈之品、奸邪顽顿之态……"则《封神》之有"缮本"(书面文学作品),实自此假托钟伯敬评本始。钟惺卒于天启四年(1624),则此书当刊于天启、崇祯间。鲁迅先生《中国小说史略》谓"张无咎作《平妖传》

序,已及《封神》,是始成于隆庆、万历间(十六世纪后半)矣"。但日本内阁文库藏泰昌元年刊《天许斋批点三遂平妖传》卷首张誉(无咎)《叙》,实未提及《封神演义》之名;至崇祯间重刻《平妖传》,张誉对原序略加修改,始将原序中"非近日作《续三国》、《浪史》、《野史》等鸱鸣鸦叫,获罪名教者比"一句改为"至《续三国志》、《封神演义》等,如病人呓语,一味胡谈",而篇末仍署作序时间为"泰昌元年";鲁迅先生因未见《平妖传》天许斋原刊本,故有此误会。但张誉作于泰昌元年的原序尚不提及《封神》,至崇祯间始补入,实也可作为泰昌元年张誉作序时《封神》尚未问世的旁证。

舒载阳刊本卷二题"钟山逸叟许仲琳编辑",其他各卷均不署作者姓名。实则此书前二卷为许仲琳编,其他为李云翔编①。二人生平均不详。至于本事来源,则为李云翔所谓"说词者之口",也即民间的"说话"。此等"说话",由来甚早。现在尚保存着元刻本《新刊全相平话武王伐纣书》,可知至迟在元代已有"武王伐纣"的平话。又,《封神演义》中所述哪吒反抗父亲的故事,不但见于《三教源流搜神大全》,也见于百回本《西游记》。该书八十三回《心猿试得丹头,姹女还归本性》中叙孙悟空状告李靖、哪吒父子,李靖以为悟空是诬告,盛怒之下,"抡过刀""望行者劈头就砍",哪吒却知孙悟空所告有理,就赶上去以剑架住,接着是:

> 天王大惊失色。——噫!父见子以剑架刀,就当喝退,怎么返大惊失色?原来天王生此子时,他左手掌上有个"哪"字,右手掌上有个"吒"字,故名哪吒。这太子三朝儿就下海净身闯祸,踏倒水晶宫,捉住蛟龙,要抽觔为绦子。天王知道,恐生后患,欲杀之。哪吒奋怒,将刀在手,割肉还母,剔骨还父;还了父精母血,一点灵魂,径到西方极乐世界告佛。佛正与众菩萨讲经,只闻得幢幡宝盖有人叫道:"救命!"佛慧眼一看,知是哪吒之魂,即将碧藕为骨,荷叶为衣,念动起死回生真言,哪吒遂得了性命。运用神力,法降九十六洞妖魔,神通广大。后来要杀天王,报那剔骨之仇。天王无奈,告求我佛如来。如来以和为尚,赐他一座玲珑剔透舍利子如意黄金宝塔,——那塔上层层有佛,艳艳光明。——唤哪吒以佛为父,解释了冤仇。所以称为托塔李天王者,此也。今日因闲在家,未曾托着那塔,恐哪吒有报仇之意,故下个大惊失色。却即回手,向塔座上取了黄金宝塔……

由于《西游记》在《封神演义》之前,哪吒与其父李靖有仇的此段故事显非取自

---

① 详章培恒《〈封神演义〉的性质、时代和作用》及《〈封神演义〉作者补考》,载《献疑集》,岳麓书社1993年版。

《封神》；而是在《封神》以前已有不少关于哪吒的故事，并且颇为流行，故《西游记》作者用之以涉笔成趣。而就《封神演义》来看，叙述哪吒出身及其与李靖的矛盾实为书中最精彩的部分。

但作品的中心内容，是叙述纣王的残暴不仁以及武王伐纣过程中的一系列战争。此书不但肯定以臣伐君的武王，而且认为不肯以子伐父、反而助纣为虐的殷洪是"逆命于天"（第六十回）；这较之朱元璋命令编写的《孟子节文》把《孟子》中"闻诛一夫纣也，未闻弑君也"之类的话也删去自然显得颇有特色，但在朱元璋即位以前，歌颂武王而批判殷纣早已成为读书人的共识，在明代中叶以后，又成了人们的共同看法，所以，对此书的这种"思想价值"似也不必重视。其值得注意的，倒是在叙述战争过程中所显示的想像力，如雷震子的长出翅膀，在空际飞翔；土行孙的穿入地层，迅速潜行；郑伦、陈奇分别能从鼻、口喷出光来，迷倒敌人；高明、高觉"千里眼、顺风耳"之灵气，前者"目能观看千里"，后者"耳能详听千里"（第九十回）。诸如此类，都能对读者具有一定的吸引力。

不过，此类奇才异能，并未能构成曲折灵动的故事情节。究其原因，一则是矛盾的解决往往比较简单，再则是在叙述过程中，缺乏对人物的动作、神态、性格的描绘，三则是独创性较少。现引杨戬与常昊斗法的一段如下：

> 话说两人大战未及十五合，常昊拨马便走。杨戬随后赶来，取出照妖鉴来照，原来是条大白蛇。杨戬已知此怪，看他怎样腾挪。只见常昊在马上忽现原身，有一阵怪风卷起，播土扬尘，愁云霭霭，冷气森森，现出一条大蛇。怎见得，诗曰：
>
> 黑雾漫漫天地遮，身如雪练弄妖邪。
>
> 神光闪灼凶顽性，久于梅山是旧家。
>
> 话说杨戬看见白蛇隐在黑雾里面来伤杨戬，杨戬摇身一变，化作一条蜈蚣，身生两翅飞来，钳如利刃。怎见他的么样，有诗曰：
>
> 二翅翩翩似片云，黑身黄足气如焚。
>
> 双钳竖起挥双剑，先斩顽蛇建首勋。
>
> 杨戬变做一条大蜈蚣，飞在白蛇头上，一剪两断。那蛇在地下挺折扭滚。杨戬复了本相，将此蛇斩做数断，发一个五雷诀，只见雷声一响，此怪震作灰灭。（第九十一回）

在这以后，紧接着写杨戬与吴龙斗法，其描写的简单程度与上一段相同，唯吴龙现出的原身是蜈蚣，杨戬则变做雄鸡把它啄死而已。

这两段都使人想起《西游记》中孙悟空与二郎显圣真君的斗法，也摘引于下：

却说真君与大圣变做法天象地的规模,正斗时,大圣忽见本营中妖猴惊散,自觉心慌,收了法象,掣棒抽身就走。……将近洞口,正撞着康、张、姚、李四太尉,郭申、直健二将军,一齐帅众挡住道:"泼猴!那里走!"大圣慌了手脚,就把金箍棒捏做个绣花针,藏在耳内,摇身一变,变作个麻雀儿,飞在树梢头钉住。那六兄弟,慌慌张张,前后寻觅不见,一齐吆喝道:"走了这猴精也!走了这猴精也!"

正嚷处,真君到了,问:"兄弟们,赶到那厢不见了?"众神道:"才在这里围住,就不见了。"二郎圆睁凤目观看,见大圣变了麻雀儿,钉在树上,就收了法象,撒了神锋,卸下弹弓,摇身一变,变作个饿鹰儿,抖开翅,飞将去扑打。大圣见了,搜的一翅飞起去,变作一只大鹚老,冲天而去。二郎见了,急抖翎毛,摇身一变,变作一只大海鹤,钻上云霄来嗛。大圣又将身按下,入涧中,变作一个鱼儿,淬入水内。二郎赶至涧边,不见踪迹。心中暗想道:"这猢狲必然下水去也。定变作鱼虾之类。等我再变变拿他。"果一变变作个鱼鹰儿,飘荡在下溜头波面上,等待片时。那大圣变鱼儿,顺水正游,忽见一只飞禽,似青荘,毛片不青;似鹭鸶,顶上无缨;似老鹳,腿又不红;"想是二郎变化了等我哩!……"急转头,打个花就走。二郎看见道:"打花的鱼儿,似鲤鱼,尾耙不红;似鳜鱼,花鳞不见;似黑鱼,头上无星;似鲂鱼,鳃上无针。他怎么见了我就回去了?必然是那猴变的。"赶上来,刷的啄一嘴。那大圣就撺出水中,一变,变作一条水蛇,游近岸,钻入草中。二郎因嗛他不着,他见水响中,见一条蛇撺出去,认得是大圣,急转身,又变做一只朱绣顶的灰鹤,伸着一个长嘴,与一把尖头铁钳子相似,径来吃这水蛇。水蛇跳一跳,又变做一只花鸨,木木樗樗的,立在蓼汀之上。二郎见他变得低贱,——花鸨乃鸟中至贱至淫之物,不拘鸾、凤、鹰、鸦都与交群——故此不去捞傍,即现原身,走将去,取过弹弓拽满,一弹子把他打个跷蹲。

那大圣趁着机会,滚下山崖,伏在那里又变,变一座土地庙儿:大张着口,似个庙门;牙齿变做门扇,舌头变做菩萨,眼睛变做窗棂。只有尾耙不好收拾,竖在后面,变做一根旗竿。真君赶到崖下,不见打倒的鸨鸟,只有一间小庙;急睁凤眼,仔细看之,见旗竿立在后面,笑道:"是这猢狲了!他今又在那里哄我。我也曾见庙宇,更不曾见一个旗竿竖在后面的。断是这畜生弄谄!他若哄我进去,他便一口咬住。我怎肯进去?等我掣拳先捣窗棂,后踢门扇!"大圣听得,心惊道:"好狠!好狠!门扇是我牙齿,窗棂是我眼睛;若打了牙,捣了眼,却怎么是好?"扑的一个虎跳,又冒在空中不见。(第六回)

其斗争过程的曲折多变,悟空与二郎神的动作、神情乃至心理活动的生动、具体的描绘,较之《封神演义》之写杨戬与常昊、吴龙的斗法,真有霄壤之别。而且,《西游记》写孙悟空变蛇而二郎变鹤制蛇在前,《封神演义》写常昊现身为蛇而杨戬变蜈蚣剪蛇在后,未免有蹈袭之迹,何况其描写又如此简单!

总之,《封神演义》作为以想像之奇取胜的神魔小说固可说是《西游记》的后继,但其艺术成就较之《西游记》就远为不逮了。这也正是当时已处于文学落潮期的一种征象。与《封神演义》的出现时间相先后的神魔小说,尚有冯梦龙在旧本《平妖传》的基础上增润而成的《三遂平妖传》①、《续西游记》(作者姓名无考)、吴元泰的《上洞八仙传》(一名《东游记》)、余象斗的《五显灵官大帝华光天王传》和《北方真武祖师玄天上帝出身志传》、董说的《西游补》等,唯《西游补》较有特色。叙孙悟空于三调芭蕉扇之后,为鲭鱼精所迷,陷入种种幻象之中,后得虚空主人之助,始得脱离。意在说明"悟通大道,必先空破情根"(见该书卷首《答问》);而其长处,实在于"造事遣辞,则丰赡多姿,恍忽善幻,奇突之处,时足惊人,间以俳谐,亦常俊绝"(鲁迅《中国小说史略》第十八篇)。但既无《西游记》那样生动的人物形象,也无其宏伟的气势,因而较之《西游记》仍有大、小巫之别。

在这一时期不属于神魔小说而值得注意的长篇《醒世姻缘传》则与《金瓶梅词话》存在某些可比性;因其也是以一个家庭的日常生活为中心,而向较为广阔的社会生活延伸。此书署"西周生辑著,然藜子校定",共一百回。约作于明末,作者及校定者生平不详。清代中叶曾有此书为蒲松龄所作的传说,并为胡适所信从。但当世学者已据书中称明朝为"本朝"、称朱元璋为"我太祖爷"的事实,指出其不可能出于蒲松龄之手。

在写家庭的日常生活方面,作品主要描绘了男主人公狄希陈备受其妻薛素姐、妾童寄姐折磨的情况,并把这作为冤冤相报的结果。根据小说的交代:狄希陈的前生曾射死一只仙狐并剥了它的皮,又虐待妻子计氏致死,而薛素姐和童寄姐则分别为仙狐、计氏所托生。最后,狄希陈得高僧胡无翳指点迷津,忏悔宿业,并虔诵《金刚经》万卷,始获解脱。这种因果报应的框架,虽似可笑,却含有为薛、童这样泼悍妇女辩护之意。在当时的社会里,妇女深受压迫,偶然出现少数所谓泼悍的女性,社会就群起而攻之,视为最大的恶德。而《醒世姻缘传》却认为:这种恶德正是对其所受迫害和凌辱的反拨。以与《金瓶梅词

---

① 旧本《平妖传》共二十回,是一本较粗率的小说,韩南氏认为它大概作于 1400 年至 1550 年之间,而且很可能早过 1550 年很多,见其所著《平妖传著作者问题之研究》("The Composition of the Ping-yao Chuan"),原载《哈佛亚洲学报》(*Harvard Journal of Asiatic Studies*) 31 卷 (1971),译文(梁晓莺译)收入王秋桂编《韩南中国古典小说论集》。

话》相较,就可发现其间存在相通之处。潘金莲在与武大成婚前一直过着屈辱的生活,和武大的婚姻就是其被侮辱、被损害的产物,她自己也便成了淫乱而凶残的人物;李瓶儿原先一心希望丈夫花子虚与自己恩爱厮守,却不断遭到对方的冷遇,遂转而与西门庆偷情,并对花子虚变得很为泼悍。这与薛、童之既受迫害而又惨无人道地折磨狄希陈可谓前后相承。不过,潘、李的这一切是基于其现实的遭遇,因而其性格中存在着逻辑联系;薛、童则吃苦在前世,报复在今生,而今生的所作所为在她们来说又不是有意识的报复,所以只使人感到她们的性情特别乖戾,除了前生夙因的理由以外别无解释。这其实也就意味着作为文学形象的她们缺乏艺术阐释。其不及《金瓶梅词话》之处十分明显。

书中也有一些较好的描写,虽然还未能构成有机整体和完整的艺术形象。例如,素姐因狄希陈在外偷情,加以毒打,希陈母亲站在儿子一边,并说了"我还有好几顷地哩,卖两顷给他嫖"这样的话,素姐立即给予痛斥:

> 你能有几顷地?能卖几个两顷?只怕没的卖了,这两把老骨拾还叫他撒了哩!小冬子要不早娶了巧妮子(希陈之妹。——引者)去,只怕卖了妹子嫖了也是不可知的!你夺了他去呀怎么?日子树叶儿似的多哩,只别撞在我手里!(第五十二回)

按照当时的道德标准,这真可谓全无妇德,大逆不道,但素姐心中的愤激、对希陈母子的轻蔑,跃然纸上。而且,就这段话本身来看,确实义正词严;因而其实也就暗示着:她的这类言行中含有无可动摇的合理因素,那么,当时的道德标准对这类女性大肆挞伐是否完全合理呢?在这里顺便说一下:以树叶之多来形容今后日子之长,极为生动和别致,但却源于《金瓶梅词话》。该书五十九回妓女郑爱月对西门庆说:"往后日子,多如树叶儿。"可见《醒世姻缘传》的作者是受有《金瓶梅词话》影响的。

在狄家以外的社会生活方面,作品写到了官吏、商人、流氓等多种人物,也涉及了不少黑暗现象和社会矛盾,如官场的腐败、科举的弊端、宗族间的争斗等等,颇具真实感,但却不能如《金瓶梅词话》似地入木三分。

第二节 竟陵派、王思任与王彦泓、陈子龙

在袁宏道思想转变以后,公安派逐渐失掉了原有的锐气,其在文坛的地位终于被竟陵派所取代。但在竟陵派声势方盛之时,有些作家并不受竟陵派的

影响,并在创作上各有其成就;其在小品方面,以王思任、曹学佺等为代表,在诗歌方面则有王彦泓、陈子龙、吴伟业诸人;吴伟业的许多优秀诗篇作于清代,将到下一章中去叙述。

一、竟陵派

竟陵派的倡导者为钟惺、谭元春。他们都是湖广竟陵(今湖北天门)人,故有竟陵派之称。

钟惺(1574—1624),字伯敬,号退谷,万历三十八年进士(1610),官至福建提学佥事。有《隐秀轩集》。谭元春(1586—1637),字友夏,虽然科场不利,至天启七年(1634)才成为举人,始终没有考取进士,但文名甚著。有《谭友夏合集》。他们的文学见解,除见于其论文之作外,还体现于其所编选的《古诗归》、《唐诗归》等书中。

在袁宏道后期,竟陵派已开始从事文学活动。在一个相当长的时期内,研究者常把公安、竟陵视为类似的文学流派,但在实际上,正如谈蓓芳氏在1989年所已指出的:"竟陵派不过是把袁宏道后期的倒退又推进了一步。"①

在文学思想上,竟陵派一方面接过了袁宏道"性灵"的口号,如谭元春《诗归序》就说:"夫真有性灵之言,常浮出纸上,决不与众言伍。"另一方面则对"性灵"作了返归传统的解释。首先,是关于"性情"。谭元春在《王先生诗序》中写道:"夫性情,近道之物也。……自古人远而道不见于天下,理荡而思邪;有一人焉近道,相与惊而癖之者,势也。""嗟乎,性不审而各为其性,情不审而各为其情,将率天下而同为此各有之性情,以明其不癖,是其于性情也苟然而已矣。"这就是说,人们必须使自己的性情"近道";倘若不向这一目标迈进而"各为其性"、"各为其情",就是不可取的。钟惺在《周伯孔诗序》中,既肯定伯孔"为诗亦颇肖其性与才与情与习",又要他"多读书,厚养气,暇日以修其孝弟忠信,入以事其父兄,出以事其长上……",也就是要他使自己的性情更接近于道。其次,是关于"灵心"。钟惺说:"诗至于厚而无余事矣。然从古未有无灵心而能为诗者。厚出于灵,而灵者不即能厚。……然必保此灵心,方可读书养气,以求其厚。"(《与高孩之观察》)这样,"灵心"就成了借以"读书养气,以求其厚"的阶梯。由此两点来看,他们所说的"性情"、"灵心",与袁宏道前期所说的与"闻见知识"相对立的"性灵"毫无共同之处,但和袁宏道晚年的见解——"遣

---

① 见谈蓓芳撰《明代后期文学思想演变的一个侧面——从屠隆到竟陵派》,载《复旦学报》社会科学版1989年第1期。本节关于钟、谭文学思想的阐述,多参考谈氏此文。

弃伦物，偭背绳墨，纵放习气，亦是膏肓之病"——是相通的；不过袁宏道自己在文学理论上还没有正式提出过像钟惺这样的主张。

在艺术风格上，竟陵派主张"幽深孤峭"，也即"幽情单绪，孤行静寄于喧杂之中，而乃以其虚怀定力，独往冥游于寥廓之外"（钟惺《〈诗归〉序》）。这在表面上虽与公安派的主张不同，但与袁宏道后期的见解实际上也有相通之处。钟惺《简远堂近诗序》说："诗，清物也。其体好逸，劳则否；其地喜净，秽则否；其境取幽，杂则否；其味宜澹，浓则否；其游止贵旷，拘则否。……夫日取不欲闻之语，不欲见之事，不欲与之人，而以孤衷峭性勉强应酬，使吾耳目形骸为之用，而欲其性情渊夷，神明恬寂，作比兴风雅之言，其趣不已远乎！"可见"幽深孤峭"的风格，实以"性情渊夷，神明恬寂"为基础的。而"性情渊夷，神明恬寂"也就是"淡"；跟钟惺自己所说的"其味宜澹（淡）"正相呼应。如果说袁宏道所标榜的陶渊明式的"淡"还可能含有消极地维护个性自由的内容，那么在"性情渊夷，神明恬寂"基础上的"淡"却连这样的内容也消失了。

总之，无论在哪一方面，竟陵派较之后期的袁宏道都走得更远了。

不过，从钟、谭所作小品文而言，由于尚未丢掉"性灵"的口号，在形式上仍保持率心而言的特色，给人以卷舒自如之感，文字也较轻灵。所以，虽已失掉了公安派前期小品的锋芒，不可能再有像袁宏道《答林下先生》等文中所体现的那种强烈的个性色彩，但也不无清新、优美之作。写自然景色的小品，此点较为显著。今引钟惺《浣花溪记》于后，以见一斑。

> 出成都南门，左为万里桥。西折，纤秀长曲，所见如连环、如玦、如带、如规、如钩，色如鉴、如琅玕、如绿沉瓜，窈然深碧，潆回城下者，皆浣花溪委也。然必至草堂，而后浣花有专名，则以少陵浣花居在焉耳。
>
> 行三四里，为青羊宫。溪时远时近，竹柏苍然，隔岸阴森者尽溪，平望如荠，水木清华，神肤洞达。自宫以西，流汇而桥者三，相距各不半里。异夫云"通灌县"，或所云"江从灌口来"是也。人家住溪左，则溪蔽不时见。稍断则复见溪。如是者数处。缚柴编竹，颇有次第。
>
> 桥尽，一亭树道左，署曰"缘江路"。过此则武侯祠。祠前跨溪为板桥一，覆以水槛，乃睹浣花溪题牓。过桥一小洲，横斜插水间如梭。溪周之，非桥不通。置亭其上，题曰"百花潭"，水由此亭还。度桥，过梵安寺，始为杜工部祠。像颇清古，不必求肖，想当尔尔。石刻像一，附以本传。何仁仲别驾署华阳时所为也。碑皆不堪读。
>
> 钟子曰：杜老二居，浣花清远，东屯险奥，各不相袭。严公不死，浣溪可老，患难之于友朋大矣哉！然天遣此翁增夔门一段奇耳。穷愁奔走，犹能择胜，胸中暇整，可以应世。如孔子微服主司城贞子时也。

时万历辛亥十月十七日，出城欲雨，顷之霁。使客游者，多由监司郡邑招饮，冠盖稠浊，磬折喧溢，迫暮趣归。是日清晨，偶然独往。楚人钟惺记。

关于杜甫的一段议论，平庸殊甚，与袁宏道《游兰亭记》中议论的迥出流俗者不啻霄壤；写景则简淡而有远致，颇堪玩味。

然而，由于追求"幽深孤峭"，不同凡响，钟惺的小品中已有拗折之处，如上举的"溪时远时近，竹柏苍然，隔岸阴森者尽溪"之属，至其后辈刘侗、于奕正之流，对此作了进一步的发展，以故意变换词性，删除不可少的词语等手段，形成一种塞涩而耐咀嚼的风格。如刘、于合著《帝京景物略》中记温泉的一段说："泉虽温乎其出，能藻，能虫鱼，禾黍早成，早于他之秋再旬。林后涸，草色久驻，晚于他之秋再旬。"就是一个颇为典型的例子。

在诗歌创作方面，由于竟陵派提倡"幽深孤峭"，最能体现其特色的是以下这类诗篇。

去年当上巳，记集寇家亭。今昔分阴霁，悲欢异醉醒。可怜三月草，未了六朝青。花作残春雨，春归不肯停。（钟惺《三月三日雨中登雨花台》）

重阳无不雨，况作蜀山行。已历诸峰险，刚逢半日晴。峡寒偏著色，江晚自多声。虽复终阴暗，心魂亦暂清。（钟惺《暂霁》）

两诗都具悲凄之致，较充分地体现了诗人感受的敏锐，这就是他们的所谓"灵心"或"性灵"。但这种"灵心"或"性灵"是已经过了驯化的，所以诗中并无不规范的感情；其对人生的无常和凄凉的叹息，在钟惺以前就已有了太悠久的传统。作品之多少给人以新鲜感的，是浓缩和拗折的语句构造，近于晦涩的含蓄。"未了六朝青"、"花作残春雨"可作为前者的代表，"峡寒"二句可作为后者的代表①。如从"幽深孤峭"的艺术特征来看，前者有助于"峭"的形成，后者有助于"深"的形成；而这两首诗的悲凄之情，则可说是"幽"、"孤"的体现。钱谦益把他们的诗风归结为"以凄声寒魄为致"、"以噍音促节为能"（《列朝诗集小传》丁集中《钟提学惺》），是过于夸大了。以这两首来说，声虽凄而"魄"并不"寒"，如《暂霁》结尾的"虽复"二句所表现的，明知前途总归"阴暗"，但仍领略这刹那的"心魂"之"清"，并露出欢喜之情，这岂是魄寒者的感受？至于"噍音促节"，跟这两首的距离就更明显了。

---

① 以"峡寒"句来说，"著色"指点染颜色；其必然具有的意思是：峡中寒冷，当时又已是深秋（重阳），草木应已枯萎，但不料仍很茂盛。以"著色"来隐喻草木之盛，这对读者来说是需要好好想一想才能明白的。然而，它是否还有别的意思呢？换言之，这里的"著色"是仅指草木青翠呢，抑或还意味着野花尚妍，甚或竟可看到有动物出没于其间？这在诗中就毫无迹象可寻了。

二、王思任与曹学佺的小品文

竟陵派以外,当时还有许多小品文作家,其中最值得重视的是王思任与曹学佺。他们的小品文不取径于竟陵,其成就实在钟、谭之上。

王思任(1574—1646),字季重,号谑庵,山阴(今浙江绍兴)人。万历进士。清兵南下时,南明弘光朝首辅马士英贪婪误国,仓猝奔逃,并欲入越。思任致书斥责,有"越乃报仇雪耻之国,非藏垢纳污之地也。职当先赴胥涛,乞素车白马以拒阁下"(张岱《王谑庵先生传》)之语,意即将拼死拒绝他的到来。其后绍兴陷于清,他绝食而死。有《王季重十种》。

王思任小品于抒情叙事皆有意趣,颇能显示他的潇洒脱俗的风姿和无所畏忌的个性。其最值得重视的,是以议论抒情的部分。如《落花诗序》、《钓台》、《〈笑府〉序》等。现录《落花诗序》前半如下:

> 《诗》三百,皆性也。而后之儒增塑一字,曰"《诗》以道性情"。不知情即性之所出也。性之初,于食色原近,告子曰:"食色性也。"其理甚直,而子舆氏出而讼之,遂令覆盆千载,此人世间一大冤狱也。"国风好色而不淫",若非魁三百篇者乎?未得《关雎》不胜其哀哀之旨。向使不必得之,又得之即不寿,"参差"其语,文王将默默已耶。"宁不知倾城与倾国,佳人难再得。"武帝雄风大略,开口称善,五脏俱见。至"姗姗来迟",叹与烛荧惚恍,而读者先已心伤矣。此皆性之所呼也。若必建鼓而别之曰:文王德也,武帝色也。武帝诚已具服,而文王独非人性也哉?何以知"窈窕"之必训幽闲也?何以知佳侠之不为樛木也?是伯鸾必见赏而奉倩必见诛也。甚矣宋先生之拘也。

他为告子的"食色,性也"之说翻案,对孟子的否定告子加以批判,但却全无理论分析。他为了证明文王的好色,就质问说:"何以知'窈窕'之必训幽闲也?"①但"窈窕"之训幽闲,由来已久;若要推翻旧训,自当提出充分的理由,并且证明新说的合理,绝不能只凭这样的一个质问。倘若有人反问道:"何以知'窈窕'之必不训幽闲也?"王思任将何词以对?所以,他的这一整段都不是论

---

① 《诗经·关雎》有"窈窕淑女,君子好逑"之语。《毛诗序》和《诗经》有关注释说此诗是吟咏周文王的"后妃之德"的,因而"君子"被认为是指文王。旧注以为"窈窕"是"幽闲"之意,"幽闲"系就德性言,所以,"淑女"之成为君子的"好逑"乃是由于她的德性。王思任则认为"窈窕"应按后世的一般用法,指女性的美丽,这也就是她之能成为文王的"好逑"的原因。他的"何以知'窈窕'之必训幽闲也"是对旧注的驳斥。

说文；若以论说文的要求来衡量，可谓它全无价值。但如把它作为文学性的散文来读，则使人颇感兴味，因为其中较充分地显示出作者的气势、机智、幽默，而感情即运行乎其间。如其判断孟子、告子关于人性争论的公案，仅用了"（告子）其理甚直，而子舆氏出而讼之，遂令覆盆千载，此人世间一大冤狱也"这样寥寥二十六字，这真是睨权威——孟子在当时既是伦理性的权威，又是政治性的权威——如无物的大无畏精神，也是对自我的真正尊重。而其对后世儒家长期以来在人性问题上盲从孟子、不敢也不能独立思考的现象，以"覆盆千载"、"人世间一大冤狱"来概括，其中包含了多么强烈的憎恶、怜悯与不平！至于其谈《国风》及文王的一段文字，更属匪夷所思①。他把"国风好色而不淫"之语作为周文王好色的证据，固然很可见出他的机智；在肯定《关雎》中的"君子"是指文王的前提下，根据诗中"君子"对"淑女""寤寐求之"等句子，一本正经地来讨论被儒家奉为偶像的周文王假如失恋了以后会怎么办，以及好不容易追求到的美丽妻子假如短命而死了以后文王又怎么宣泄感情的问题，更是出色的幽默，鲜明地显示出凌驾于世俗之上的潇洒风姿。而在其根底里，则仍是由于对文王这位最大的圣人毫无敬畏之心，把他还原成普通人，这才会想出上述这些问题。在膜拜文王者看来，它们无疑是稀奇古怪的和具有亵渎性的。他的这种做法显然与竟陵派的求"厚"的精神相冲突。所以，他的小品文实已超越了钟、谭，直接继承了袁宏道前期的无忌惮地放言高论的传统。

然而，就总体而论，公安派前期小品文中的向口语靠拢的特色在王思任的小品里却有所丧失。以《落花诗序》的那一段来说，"向使不必得之，又得之即不寿，'参差'其语，文王将默默已耶"几句就极费解，那是因"必"字、"即"字的用法远离口语②；"'参差'其语"一句缺少动词，这样的句式不但为口语所不容许，在袁宏道的小品中也从未出现过（倘把此句写成"则据诗中'参差'诸语"，这几句之间的逻辑联系就清楚了）。

---

① "国风好色而不淫"以下一段的大致意思是："国风好色而不淫"之语是你们（"若"）也同意的，那就可见《国风》乃是"好色"之诗，《国风》第一篇的《关雎》当然同样如此，因而《关雎》所吟咏的男主人公——"君子"——周文王自然是"好色"之人；但你们竟然反对"食色，性也"之说，可见你们并未懂得《关雎》。而且，假如文王最终没有得到这位"淑女"，又或者虽然得到了而她却短命而死，那么，根据《关雎》的"参差荇菜，左右流之。窈窕淑女，寤寐求之"（据《诗经》旧注，"参差"二句是用来形容"君子"对"淑女"的昼夜不息的追求和思念的）之语，文王难道就会默默而已吗？言下之意，文王倘遇这种情况，必然会通过语言乃至诗歌来宣泄自己的感情，这就与其下文所述汉武帝之事没有什么两样了。
② 此处的"必"作"终"解（实际是把"必"作为"毕"的假借字使用），这样的用法在先秦和汉代的古籍中虽然有，也不多见。"即"在此处是"而"的意思；从宋代语录及元明通俗小说来看，宋代以来的口语中已无此种用法。

在当时值得重视的另一作家曹学佺(1573—1646)与王思任同为万历二十三年(1595)进士,字能始,侯官(今福建福州市)人。天启时官广西右参议,迁陕西副使;尚未赴任,就因所撰《野史纪略》为当权的魏忠贤一党所忌而革职。家居二十年,专意著述;南明隆武帝时官至礼部尚书,加太子太保;隆武帝政权被清兵灭亡后,学佺入山中自缢而死。有《石仓集》。其所辑《石仓历代诗选》中的《明诗选》,为研究明诗的重要著作。

曹学佺的小品也善于以议论来抒情。而且自袁宏道以来,晚明小品就常给人以脱离现实的印象,虽然他们的作品在启发人们摆脱心灵的束缚方面所起的作用也是有助于社会的进步的;曹学佺的小品却颇有直面现实之作,而其按抑不住的悲愤,敢于以个人向社会抗争的精神则给读者以较大的震动。可以说,他是在晚明把小品文引向直面现实的道路的第一人。他的这类小品中最具代表性的是《内江喻在莪墓志铭》,它完全摆脱了墓志铭的固有格式,而一任感情的驰骋。

  楚蜀相接之地,岑谿险恶,夷酋杂处,禽禧兽怒,情形靡定,当事者稍稍不克奉扬天子威德。讳兵示弱,佳兵不祥,盖甚难言之矣。然挑衅多在边帅,移祸则在小民。人但知行间矢石之屡伤,而不知鞔输饷道之更苦;但知事中之驰驱难措,而不知事后之功罪易淆也。噫,难言之矣!
  予同年喻君绳祖,初试为沅陵令云。其时有播之师,又有皮林之师。以五溪之水,当一路之兵;以四方乌合之众,转三十钟一石之粟。缓之则愆期,急之则难必其命。纵之则逃匿,操之将变自内出。噫,难言哉!君以县令而督饷,以文弱之躯而走箐壑之险,以调停之术而两不得当将吏之心,以升一俸之功而博量移之罪。噫,难言哉!
  夫身有封疆之责者,不能销患于未形,而保民如赤之心与夫开疆拓土之念较,则必不胜矣。身在锋镝之中者犹能决胜于俄顷,而致远任重之劳与夫掩败为功之术较,则又不胜矣。有胜有不胜,则其为功也为罪也,吾不得而知之也。吾知夫子不得已之役而委宛纡徐以存活千百人之命,则不以为功而以为罪可也;虽终其身焉德不胜位、赍志以逝,亦可也。
  君自沅陵调棠邑,升大理评事,丁忧起复,候补都下而卒。以视乎播与皮林之师,有先君死者,有后君死者,使苟有杀一不辜之心而自悔平旦、遗憾千秋,则不啻若霄壤矣。
  君之卒年四十有九,葬于其乡,而先世、后人详于状中。予以同年之谊,且守土,乃为铭曰:予治蜀也知蜀事,观君之所为也悲君志,不知乎世之功也何惑乎君罪!龙洞之阳君其藏,有功无功庸何伤?以理推之世逾昌。

与通常的墓志铭不同,此文不是铺叙喻在莪的生平,而只表扬了他在担任沅陵令时的功绩;却又不详述其过程,只是对他立功受罚这一点抒发感慨,表现了作者对当时政治情况的无限悲愤。文章实际诉说的是:在汉族居住区与少数民族居住区相交接的那些地方的行政、军事长官——即所谓"边帅"——不能安抚少数民族的民众,却向他们"挑衅",以致引起变乱,从而给汉族"小民"带来深重的灾祸;他们在战争中所担负的"辇输饷道"的任务比在阵前作战的士兵更苦。而就文武官员这一边来说,那些"有封疆之责"的大员,平时既不能"销患于未形",一旦变乱发生,他们不是保护民众,使之免受或少受损失,却想乘机"开疆拓土",获取更大的富贵,也即给民众带来更大的灾难;一般的官员又只想在行伍中立战功,反正失败了也能"掩败为功",所以没有人愿意承担"致远任重之劳",例如"督饷"一类的苦差事。至于像喻在我这样的官员,尽心尽力,如期完成了"督饷"的任务,又不强迫"四方"征集来的民众不顾死活地抢运,以保全"千百人"的生命,却使部队的将军和有关的地方官吏都对他不满;他在这件事上所立的功劳本应得到"升一俸"的奖励,但却被认为有"罪",受到了"量移"的处分——"自沅陵调棠邑"。文中一再说"噫,难言之矣"、"噫,难言哉",其实是作者对这类现象痛心疾首,但在当时的政治环境中却无法明确表达,更不能涉及其形成的原因——那就涉及朝廷了,只能以"难言"二字来宣泄他的满腔悲愤,但敏感的读者是能体味到他内心的激动的。至于所谓"则其为功也为罪也,吾不得而知之也",那实际意味着这些被视为有功而受奖的乃是罪人,被认为有罪而受罚的倒是功臣;紧接着的"吾知夫子不得已之役而委宛纡徐以存活千百人之命,则不以为功而以为罪可也;虽终其身焉德不胜位,赍志以逝,亦可也",如用白话来意译,那就是:"是的,对于在这一无法推卸的任务中委宛迂回地保全了千百条生命的人,你们可以不肯定他的功绩而把他作为罪人,你们也可以让他一辈子得不到应有的地位、最终赍志以没;我所知道的就是这些!"在这些句子中,作者的愤懑达到了几乎要爆炸的地步。尽管文字较为隐晦,但这样感情浓烈、直面现实的作品,在晚明小品中实称得上别开生面。他还有《林初文诗选序》等文章,也属于这一类型。

王、曹二人以外,年辈与他们相仿或较他们略后的作家中,还有不少人在小品文创作方面也各有成就。今再举二例,以见一斑:

> ……"迷阳迷阳,无伤吾行。吾行屈曲,无伤吾足。"当今之世,仅免刑焉,敢复夜行不知止哉!兹且就医海曲,依甥舍而居,世态乡情,久置不问。若得徵草泽之功,藉秦越之力,起其蹒跚,锡之款段,且将问六桥之花柳,探灵山之巅际。与兄把酒衔杯,一倾倒郁积,或有期乎?各寻乐处,无撄身世之患而已。(张鼐《复钱孟玉书》)

阁以远名,非第因目力之所极也。盖吾阁可以尽越中诸山水,而合诸山水不足以尽吾阁,则吾之阁始尊而踞于园之上。阁宜雪、宜月、宜雨,银海澜回,玉峰高并;澄晖弄景,俄看濯魄冰壶;微雨欲来,共诧空濛山色。此吾阁之胜概也。然而态以远生,意以远韵。飞流夹巘,远则媚景争奇;霞蔚云蒸,远则孤标秀出;万家灯火,以远故尽入楼台;千叠溪山,以远故都归帘幕。若夫村烟乍起,渔火遥明,蓼汀唱欸乃之歌,柳浪听睍睆之语,此远中之所孕含也。纵观瀛峤,碧落苍茫,极目胥江,洪潮激射,乾坤直同一指,日月有似双丸,此远中之所变幻也。览古迹依然,禹碑鹄峙;叹霸图已矣,越殿乌啼;飞盖西园,空怆斜阳衰草;回舸兰渚,尚存修竹茂林。此又远中之所吞吐,而一以魂消、一以怀壮者也。盖至此而江山风物,始备大观,觉一壑一丘,皆成小致矣。(祁彪佳《寓山注·远阁》)

以上两位作者中,张鼐(？—1629),字世调,一字侗初,华亭(今上海市)人。万历三十二年(1604)进士,官至南京吏部右侍郎,兼詹事府詹事。有《宝日堂初集》。其《复钱孟玉书》作于天启年间,当时正是魏忠贤一党大肆打击有气节的士大夫的时候,文中真实地表现了他的愤慨、无奈和企图保全自己、也怕朋友遭祸的心态,读来颇有亲切感。

祁彪佳(1602—1645),字幼文,浙江山阴(今绍兴)人。天启进士。崇祯时为御史,巡抚苏、松。后辞官家居。弘光时任右佥都御史,巡抚江南,不久被排挤去职。在清军攻陷杭州、绍兴后自杀。其诗文大部分收入后人所辑的《祁彪佳集》中。他曾在家乡营建园林,名为寓山;远阁为寓山的一部分。本篇不仅写出了景物的美,更写出了一种高远的境界,"乾坤直同一指,日月有似双丸"的气势。至以"禹碑鹄峙"、"修竹茂林"来抵御"越殿乌啼"、西园草衰的销魂之境。虽未完全成功,但也令人神往。此类写景之作,尽管和《复钱孟玉书》的体制不同,但都具有直抒性灵、摆脱格套的特色。

三、王彦泓、陈子龙与明末诗风的转变

公安派兴起以后,在很短的时间内,几乎风靡全国。继而竟陵派又取代公安,执文坛的牛耳。然而,在竟陵正盛之时,王彦泓异军突起,以其富于个性的诗歌,作出了自己的贡献。至崇祯十年(1637),陈子龙对这两派公然起而排击。自此以后,明末的诗风就渐渐转变了。这倒不是陈子龙的影响特别强大,实是因为当时有不少人与他观点相似,创作道路也相近,例如吴伟业、李雯、宋徵舆等,只不过由他率先提出而已。

王彦泓(1593—1642),字次回,金坛(今属江苏省)人。出身于仕宦之家,他自己却到四十三岁(虚岁)才成为岁贡生,次年任华亭训导,在任上去世。著

有《疑雨集》①。

王彦泓诗的特征,可借用袁宏道对袁小修诗的评语来概括:"独抒性灵,不拘格套。"这着重表现在以下两个方面。

首先,他的有些诗里洋溢着珍视自我、鄙视凡俗的感情,而又绝无剑拔弩张之态,只有深沉的痛苦:

> 睡足空船夕照黄,水程三日酒为粮。招谗宋玉因词貌,助懒嵇康是老庄。好友仅能同笔砚,美人难与共杯觞。醉偕俗客无聊甚,聊当长歌哭几场。(《吴行舟中漫兴》)
> 收拾残书剩几篇,轻狂踪迹廿年前。笑倾犀首花间盏,醉扶蛾眉月下船。黄祖怒时偏自喜,红儿痴处绝堪怜。如今兴味销磨尽,剩爱铜炉一炷烟。(《感旧》)

第一首的"好友仅能同笔砚",是说他与好友之间既不能相互支持,也不能相互理解,只不过可以"同笔砚"而已。与"美人""共杯觞"虽然是他所向往的,但"共杯觞"也并不意味着心灵的交流,再从第二首"红儿痴处绝堪怜"来看,"美人"也只是他所爱怜的对象,而并不视为知音,何况连"共杯觞"这样的愿望也无法达到。因而他的内心是无比地寂寞和孤独。而他之所以落到这种地步,是因为他的像宋玉一样的才貌和嵇康似的高傲、疏懒的生活态度,使他为世人所疾。他只能以不断喝酒来排解,但即使醉了也无法逃脱"俗客"的纠缠;他除了长歌当哭以外再无别的道路好走!这其实是已经意识到了环境的压抑的敏感的个人的悲号。至于第二首的"黄祖怒时偏自喜",则进一步突出了他的高傲和无畏。汉末才士祢衡就是被黄祖一怒而杀死的,但诗人不但不为这类人物对自己的恼怒而惧怕,反而感到高兴——因为这证明了自己是像祢衡那样决不向任何人低头的大丈夫。虽然此诗结尾两句说到兴味消磨已尽,但那也只是英雄老去的无奈,从另一方面显示了人生的悲哀。

在这之前的中国诗歌里,有过许多对于志士、豪侠的歌颂,也出现过像阮籍诗那样的对孤独寂寞的咏叹,像高启诗所抒写那样的对被加上"笼靮"的恐惧,但像王彦泓这样从普通到几乎随处可遇的经历(如第一首的舟中生活)中感受到如此深沉的痛苦的,却还没有过。也正因此,这是个性鲜明的、具有独创性的诗。

其次,王彦泓有许多写恋情的诗。它们不但感情真挚,而且通过对女性体态的生动点染来展示对方的美以及自己的内心波澜;这是在其以前的中国诗歌中很难看到的爱情描写,从而体现了在它以前的中国诗歌未曾涉及的爱情

---

① 关于王彦泓的生平及其创作的情况,可参看复旦大学耿传友博士的学位论文《一个被文学史遗忘的重要作家——王次回及其诗歌研究》(尚未公开出版),2005年4月。

的某些本质特征。

马克思在批判思辨唯心主义——"批判的批判"——时曾对爱情作过这样的论述:"为了达到完美的'认识的宁静',批判的批判者首先必须竭力摆脱爱情。爱情是一种情欲,而对认识的宁静说来,再没有比情欲更危险的东西了。"①"因为爱情第一次真正地教人相信自己身外的实物世界,它不仅把人变成对象,甚至把对象变成了人。"②马克思揭露批判的批判把爱情定义为"抽象的情欲"时说:"因为在思辨的用语中,具体的叫做抽象的,而抽象的却叫做具体的,所以在认识的宁静的眼睛里爱情是抽象的情欲。"③这也就意味着爱情乃是具体的情欲。他并讥笑批判的批判道:"诱人的、多情的、内容丰富的爱情这个对象,对认识的宁静说来只不过是一个抽象的模型……"④而王彦泓诗中所写的恋情,正与马克思所指出的这种爱情的特质相应;或者说,以马克思关于爱情的论述为指导,我们就能具体理解王彦泓这类恋情诗的意义。

> 睫睫犹然怯曙晖,芙蓉颜色慰朝饥。因留宋玉亲炊饭,却赏王敦竟脱衣。心许溅裙三日去,人知叠骑几时归。还愁守到浓欢夜,瘦得蛮腰剩一围。(《有赠》)

> 此生幽愿可能酬?不敢将情诉謇修。半刻沉吟曾露齿,一年消受几回眸。微茫意绪心相印,细腻风光梦借游。妄想自知端罪过,泥犁甘堕未甘休。(《再赋个人》)

> 画帘初轴异香敷,佩响徐来不待呼。舞髻垂钗松翡翠,歌唇尝酒湿珊瑚。娇啼露滴千条筯,妙转风搓一串珠。苎泽乍闻心便醉,况劳持爵劝淳于。(《席上》)

在这些诗里,诗人对其恋人的热烈爱情和对她的体貌、动作等的狂热迷醉是相互渗透、不可割裂的,因此,它们鲜活地表现了作为具体的情欲的爱情的"诱人"、"多情"和"内容丰富",但又不流于色情或轻薄。因此,较之以前的中国关于爱情的诗歌有了明显的发展。即使是脍炙人口的杜牧的"多情却似总无情,唯觉樽前笑不成。蜡烛有心还惜别,替人垂泪到天明"(《赠别二首》之二)或元稹的"半欲天明半未明,醉闻花气睡闻莺。狓儿撼起钟声动,二十年前晓寺情"(《春晓》),其体格虽都高于彦泓诗,但若以鲜活、细腻说,则颇有不逮。大概也正因此,日本的作家永井荷风(1879—1959)曾说:"我不知道在中国的诗集中

---

① 马克思、恩格斯《神圣家族》中译本第 23 页,北京:人民出版社 1958 年版。
② 同上书,第 24 页。
③ 同上书,第 26 页。
④ 同上书,第 25 页。

是否还有其内容如同《疑雨集》那样地肉体性的作品。"(《初砚》)①

王彦泓的这类艳体诗在明末清初流传甚广,在当时受到普遍的高度评价,袁枚《再与沈大宗伯书》中曾说王士禛集中时时窃取彦泓,耿传友氏则证据确凿地指出了纳兰性德词中用彦泓诗的例子(如纳兰《浣溪沙》的"五字诗中目乍成"即取自王彦泓《有赠》的"矜严时已逗风情,五字诗中目乍成"②)。但到乾隆时,沈德潜于其所编《国朝诗别裁集》的《凡例》中对王彦泓诗大加攻击,说是"尤有甚者,动作温柔乡语,如王次回《疑雨集》之类,最足害人心术,一概不存。"由于沈德潜当时正受乾隆皇帝推许和信任,在文坛很有地位,《国朝诗别裁集》也销行甚广,加以其时文学界的异端思想已处于隐伏阶段,王彦泓诗就不像原先似地广受推崇,反而遭到一些思想醇正者的批判了。幸而袁枚站出来极力为他辩护(见其《再与沈大宗伯书》),并且说:"香奁诗至本朝王次回可称绝调。"(《随园诗话补遗》卷三)随着沈德潜一派诗论影响的逐渐削弱,王彦泓的地位又逐渐恢复。据耿传友氏统计,仅在1905—1936年间,王彦泓的《疑雨集》(包括无注本和有注本)就印了三十几次,而且还出现了伪托为王彦泓所著的诗集《疑云集》,也颇为流行,连郁达夫都信以为真。

王彦泓诗在20世纪初到抗战爆发的三十余年间受到如此广泛的欢迎,而且这种欢迎完全出于自发,欢迎者中还包括了新文学作家,如郁达夫、王独清、唐弢等;这正说明了他的诗与现代人存在相通之处。而且,他的诗也传到了国外,日本作家永井荷风就很喜欢他的诗,在其《雨潇潇》等小说中都曾加以引述,并流露出明显的同感。在其所作《初砚》一文中,还说王彦泓《疑雨集》中诗的"形式的端丽、词句的幽婉而又重以感情的病态,往往可与波德莱尔相抗衡"。其实,永井荷风自己的创作与此也有相通之处③。而美国研究中国文学

---

① 译引自《荷风全集》第14卷,日本岩波书店1963年版。
② 见耿传友《一个被文学史遗忘的重要作家》。该文叙述后人对他的评价及其诗集的版本流传情况甚详,可参看。又,本段所述的这方面的情况皆据耿传友文。
③ 陈薇氏为其选译的《永井荷风选集》(北京:作家出版社1999年版)所作《序》中,除指出"永井荷风和谷崎润一郎是日本唯美主义文学流派的两位大师"之外,并摘录日本著名的文学评论家吉田精一对永井荷风创作的评论说:"贯穿于荷风的文学世界里的一个主题,可以说是表现那种达到烂熟之极以后渐趋颓废,并伴随着这种颓废引发出诗意的忧伤的社会、风物以及人情世故。""在荷风的创作对象里,几乎不存在那些健全的普通人家的悲喜剧。"永井荷风之所以注重《疑雨集》的"感情的病态",显与他自己的这种创作倾向有关。在《永井荷风选集》中所收的以第一人称写成的《雨潇潇》"是一篇处于随笔和小说中间的、一种类似心境小说风格的作品,是最大限度地发挥了作者的抒情散文气质的名作。"(同上)在该篇中永井荷风两次引用王彦泓的诗以抒发"我"的心情,一首即本节录过的《感旧》,另一首为:"病骨真成验雨方,呻吟灯背和啼螿。凝尘落叶无妻院,乱帙残香独客床。附赘不嫌如巨瓠,徒疮安忍累枯肠。唯应三复《南华》语,鉴井蜉蝣是药王。"

的著名专家韩南则称王彦泓为"中国的波德莱尔"①。

王彦泓诗的"感情的病态"在中国文学史上是很少见的,与他基本同时的陈子龙的诗在这点上就与他截然相反。

陈子龙(1608—1647),字卧子,号大樽,华亭(今上海松江)人。崇祯十年(1637)进士,南明弘光时曾任兵科给事中。清兵南下后,因曾从事抗清活动而被捕,遂自杀。有《安雅堂稿》等多种集子,后人辑为《陈忠裕公全集》。

子龙早年即有文名,并积极参与政治活动。曾与夏允彝等结几社,与复社相呼应。他于崇祯十年考取进士后,在北京作《嘉靖五子诗》,对李攀龙、王世贞、徐中行、宗臣、梁有誉五人大加表扬。其写李攀龙的一首说:

> 长离出丹山,将以辉明德。鸿运正中天,应期来羽翼。济南钟神秀,大雅追古式。取材既宏丽,抗心乃渊特。二华插银汉,苍翠倚天侧。凭陵视千古,瑰玮高九域。感此郢唱稀,伤彼楚工惑。淫哇虽迭奏,精灵自无极。三叹魏祖言,文章实经国。一披沧海珠,烂然云霞色。(《嘉靖五子诗·李于鳞》)

他不仅把李攀龙推崇为"凭陵视千古,瑰玮高九域",而且对公安、竟陵皆加以批判。不过,他写此诗时,公安已衰,竟陵犹盛,因此,所谓"盛此郢唱稀,伤彼楚工惑"的"楚",首先是针对竟陵而言。

陈子龙自己的创作成就主要在诗歌,七律尤胜。王士禛赞为"近代作者,未见其比,殆冠古之才,一时瑜、亮,独有梅村耳"(《香祖笔记》卷二)。

大致说来,其诗既勇于表现自我,又注重传统——尤其是唐诗的传统——的继承。前者是其与公安派(主要是公安派的前期)的相通处,后者则是其相异点。

陈子龙的诗歌,无论是写自己的抱负抑或爱情生活,均感情充沛,真挚动人。如以下两首:

> 五陵游侠鲁诸儒,意气皆云非我徒。岂有汉庭思贾谊,虚从江左号夷吾。大荒虎啸身难隐,深夜鸡鸣梦未孤。侧足秋风老日月,昔人壮志在弯弧。(《自慨》之三)
>
> 艳阳何事独神伤,春气茫茫日更长。草碾玉轮都号梦,花当绣户尽名香。万条南国宫中柳,千骑东方陌上桑。便有柔情收不得,好凭云雨放(仿)高唐。(《春游》之三)

---

① 见韩南《中国近代小说的兴起》,徐侠译,上海:上海教育出版社2004年版。

上一首豪迈慷慨,气势雄浑,其"大荒"一句,竟有"天下大事,舍我其谁"之概,而对时事的忧虑、朝政的不满,则见于言外。后一首不但热烈缠绵,而且明言其所恋对象业已罗敷有夫①,显为礼教所不容。像这样两种类型的诗,均为乡愿所不敢与闻,而其动人处也正在此:不计世人的毁誉,显出自己的面目与心胸。

也正因勇于表现自我,陈子龙在明末就写了一系列批判时政的诗,以抒发自己的忧虑和愤懑。如《檀州乐》:

> 檀州使宅夜开宴,伎乐纷纭拟天馔。帘垂红锦附氍毹,蜡和沈香焚甲煎。猩唇熊白不知名,碧玉黄金满深院。谁其坐者中贵人,盘龙织绮稳称身。赐炙传呼动千骑,上寿逡巡来九宾。渔阳老将邯郸儿,竞前呢呢谁最亲?皆言禁中出颇牧,指挥万里无烟尘。山头嵯峨烽火绝,此时胡雏窥汉月。明驼快马凌风雪,帐前健儿沙中血,回首华堂灯未灭。

此诗所写的,是崇祯十一年清兵入墙子岭、青山口,蓟辽总督吴阿衡败死,监军太监邓希诏逃遁的事。当清兵乘夜偷袭时,大将们正在太监宅中为他上寿,谀词潮涌;军中却全不设防,以致清兵深入,在帐前健儿战斗而死时,太监宅中的华堂灯火犹然未灭。此诗的批判矛头,不仅指向主将和太监,同时也指向皇帝。太监的派遣,不但无益于军事,反而成了失败的根源。然而,是谁派他去的呢?正是皇帝!"皆言禁中出颇牧"句,特地点出"禁中",正是为了把这位被谀为廉颇、李牧的太监与皇帝联系起来。倘不是出于"禁中",谁愿这么奉承他呢?但此诗的感人之处,实不在于诗人所作的政治批判,而在于较充分地抒发了他那再也抑制不住的悲愤。其冷峭的结句,实际上是对这一罪行的严厉控诉;而诗人的心是在跟"健儿"身体一样地流血。

陈子龙这样的诗篇,当然比竟陵派的"幽深孤峭"之作更能打动人,何况还有吴伟业等人与他在朝着同一方向努力(吴伟业将在本书的下一章中介绍)。所以,从崇祯末期起,竟陵派的诗风在文坛上很快失去了主流地位。不过,无论是王彦泓还是陈子龙,都只是在传统诗歌的框架内发挥自己的积极性,提高艺术水平,像李开先《村女谣》那样从民间歌谣中吸取养料的对诗歌创作的探索,像袁宏道以"湖上诸诗"为代表的诗歌革新,钟、谭固然不予重视,王彦泓、陈子龙更不会感兴趣,诗歌形式的改革在以后的两百余年内

---

① "万条南国宫中柳,千骑东方陌上桑",前一句隐喻其所恋之人,后一句用汉乐府《陌上桑》的典故,《陌上桑》所写的是一个"自有夫"的少妇。这两句说"宫中柳"已经有了丈夫。按,陈子龙曾与名姬柳如是相恋,其后柳如是归于钱谦益,此诗当是怀念婚后的柳如是之作。

就不再被提起了。

第三节 吴炳与明末的戏剧

由于汤显祖的巨大影响,对爱情的赞美和对词采——实际上是对人物内心活动及性格的生动描绘——的重视在明末剧坛上成为一种潮流,较重要的作家有吴炳、阮大铖、孟称舜、袁于令等。

当然,在共同的倾向下,各人还有自己的特色。如阮大铖(约1587—1646)在这四人中对戏剧的娱乐性最为重视,已开后来李渔剧作的先声。所作剧本今存《燕子笺》、《春灯谜》、《双金榜》、《牟尼合》四种。孟称舜(约1600—1655)的剧本具有较浓的抒情气氛,所作以《娇红记》、《桃花人面》最著,前者为传奇,后者为杂剧。袁于令以明末所作的《西楼记》擅名。他虽被某些人列为吴江派,但颇注重曲词之美。《西楼记》写书生于叔夜与妓女穆素徽相爱,却受到叔夜父亲的阻碍与破坏,他则对父亲的严命消极对抗,并不恤以身殉情,显示了"孝"的观念在士大夫阶层中的动摇①。此外,《西楼记》较重视心理描写,《错梦》一出写于叔夜由于苦念穆素徽而做噩梦,这在我国戏剧史上具有首创性;可惜于、穆两个人物形象都欠丰满。

在明末剧坛上成就最突出的是吴炳(?—1647)。炳字石渠,号粲花主人。宜兴(今属江苏)人。万历四十七年进士,明末曾官江西提学副使。南明永历帝时,官兵部侍郎兼东阁大学士。后为清军所俘,绝食死。所著传奇五种:《绿牡丹》、《画中人》、《西园记》、《疗妒羹》、《情邮记》,通称《粲花五种》。

吴炳深受汤显祖影响。其《画中人》传奇里的仙人华阳真人说:"天下人只有一个情字。情若果真,离者可以复合,死者可以再生。"(卷上第五出《示幻》)那完全是汤显祖《牡丹亭》中的论调。他的五种曲也都写男女真情,而且可以明显看到《牡丹亭》的痕迹。例如,《画中人》里的男主人公对着一幅画不断呼叫,感动了画中美人的精魂,出来与他相会,这不免使人想起《牡丹亭》的"叫画";这位美人因身、魂相离太久,终于死去,他又开棺让她复活,这也与杜丽娘的再生如出一辙。在他要开棺时,他的书童说他"想因错看《还魂记》,只道真有回生杜丽娘"(卷下第二十九出《画生》)。这大概是吴炳的自我解嘲:他自己跳不出《牡丹亭》的窠臼,只好怪主人公"错看"了《还魂记》,死学柳梦梅。也

---

① 早在元代的《宦门子弟错立身》中已出现了类似的内容,但那是出于民间的较为质朴的作品,与《西楼记》之出于士大夫之手者有别。

正因此,《粲花五种》虽然曲词甚美,但独创性不足,不能成为第一流的剧作。

然而,吴炳也有值得重视之处:他的剧本中对青年妇女在婚恋问题中的痛苦的描绘对前人有较多的超越。在这方面写得最好的是《西园记》。

这个剧本写的是:赵玉英自幼由父亲做主与王伯宁订下了婚约,长大后王伯宁却颇为不堪,她心中郁郁。幸而有邻女王玉真与她相交甚密,得以稍解愁怀。一天,玉真在她楼中,恰值楼下赵家花园中有一青年书生张继华前来游玩,玉真失手掉下了花枝,被张继华拾得,以此因缘,彼此有了情愫。但继华未知玉真姓名,因她在赵家楼上,遂误以为是赵玉英。玉英不久就以婚姻不如意,未嫁而亡。继华得知后很悲痛,叫着她的名字痛哭。赵玉英的魂灵应声寻来,为他的深情所感动,就假借王玉真的姓名与他相会和相爱。但自知身是鬼魂,不能与他长相厮守,过了两个月就要他与王玉真结婚,并告以真相,最后离他而去。此剧虽以小旦扮赵玉英,但她在剧中的地位十分重要,至少不下于以旦扮演的王玉真。——这也是吴炳在戏曲创作中的创造,打破了历来以旦为女主人公的惯例;他的《疗妒羹》以小青为主人公,但也以小旦扮演。

剧本以不少篇幅生动地描写了赵玉英的苦闷和悲痛。她在病重时,其实并不要求痊愈,而只想早些死去:"今生生望少,薄露临朝。浑瘦尽,不成娇。夜台应自好。不如早赴莱蒿。捱短日,转无聊。"(卷上第十四出《病诀·金珑璁》)在她昏晕时,仿佛听父母说起要与她"冲喜",让王伯宁"择吉行聘",待她"身子好了,便与毕姻"。等父母一走,她从丫头口中证实了此事,就叹道:"咳,我赵玉英死的不差也!"接着唱〔尾声〕:"花枝甘背东风老,也省得狂蜂杂闹,便等我向干净泉台走一遭。"(第十四出)在她看来,跟自己所不乐意的人成婚的痛苦,远远超过了死亡。所以,她一直在求死,而且越来越感到自己这种追求的正确。这就深刻地表现了那种婚姻制度是在怎样咬啮青年女性的心灵、吞噬她们的生命,而她们又在怎样地苦苦挣扎,甚至把死亡作为摆脱这种附骨之疽的乐土。那声"我赵玉英死的不差也"的叹息,实在令人战栗。

在赵玉英死后,虽然与张继华结下了短暂的情缘,但终因人鬼有别,不得不与他分离。于是她又一次经受了无比的伤痛:"梦不和人觉,魂欲随天老。偷仿巫山几暮朝,洒泪枯秋草。"(卷下第三十二出〔卜算子〕)以下是分手时她对他的最后叮嘱:

〔掉角儿序〕……(小旦白:张郎,缘数已断,从此会期少矣。)少不得风归壑,雨随潮,云还峤,原不是久住窝巢。(生:难道你就要去?)(小旦)青鸾信杳,黄泉路遥。(白:张郎,你若念奴家呵)照旧的向风前月下一灵高叫。(作鬼声,将魂帕蒙首,竟下)

这是一种非常凄凉的分别。深情缱绻,但从此人天路隔,她只能忍受着永远的寂寞和怀念。

尤为难得的是:剧本的末一出《道场》,虽然写了由于赵玉英父母、张继华、王玉真延请高僧为她做道场,她得以升天,但却毫无欢乐的气氛。她的鬼魂在来到道场时,只感到"这供佛花是我悽惶泪血,这绕坛烟是我冤惨情结"(〔北喜迁莺〕)。看到张继华与王玉真时,她说的是:"张郎、妹子,须信道死者疏睽,生者亲热,我怎肯搅乱你夫妻美协"(〔北四门子〕),这从另一方面透露了她的内心仍然存在着极深的失落感与遗憾。直到下场时,她所感到的还是惊恐、忧愁:

〔北水仙子〕(杂扮天女执幡盖引小旦上)来来来恁越绝,见见见大地山河棋布列,那那那霄汉可肩接,这这这虹霓如带曳。怕怕怕守天关虎豹啮,愁愁愁驾天河乌鹊怯。趁趁趁朝霞一缕早飞越,到到到西方净土方才歇,总总总仗佛力猛提挈。

她把自己获致解脱的希望全都寄托于佛力的提携。但如同稍涉佛学的人都知道的,没有自己的觉悟便永远无法脱离苦海。而她却充满悲痛和失落感,在往西方途中依然怕这怕那,哪有丝毫觉悟的迹象?所以,作者在这一出中虽然给她安排了一个升天的结局,但整出的描写却又向人提出了一个这样的问题:过去的经历在她心灵上所造成的巨大伤痛真的能够消失么?

所以,这是一个在描写女性的痛苦方面相当深刻的剧本。不过,此剧也像《画中人》那样地留着明显的《牡丹亭》的痕迹,如玉英的鬼魂听到张继华的叫唤而出现,就与杜丽娘听到柳梦梅的叫唤而出现类似;赵玉英与张继华在房中叙情,外人闯入,玉英一闪而没,则跟杜丽娘在房中与柳梦梅谈话时因石道姑等人的闯入而闪没相近。同时,此剧存在着两根主线:张继华对王玉真的恋情和赵玉英的婚恋悲剧,因而在结构上显得散漫。

吴炳的另一剧本《疗妒羹》也是写女性的痛苦的。剧中的小青才貌双全,却被父母卖与一伧夫为妾,其大妇又极悍妒,小青备受磨折,终于死去。可惜作者又给她安排了一个死后重生,嫁与一多情才子为妾的结局,那就落套了。但剧中有些出描摹小青的悲哀,颇为生动。《题曲》一出,写小青夜读《牡丹亭》剧本,为杜丽娘的感情和经历所深深打动,又自伤身世,遂题诗抒其悲感。场面甚冷,但抒情气氛浓厚;清代选录流行折子戏的《缀白裘》中即收有此出,可见当时颇受观众欢迎。

第二章　光芒犹自闪耀

——清代顺治至康熙中期的文学

明王朝被李自成部队推翻后,紧接着清兵入关,逐步消灭了南明政权。以满族贵族为统治集团主体的清王朝对汉族民众和部分士大夫的镇压——包括文化摧残——至为严酷,直到康熙皇帝亲政后,才逐步有所缓解。在这样的情况下,自清王朝建立以来出现了大量表现悲哀、愤怒的文学作品。而由于南明政权很快就呈现出一蹶不振之势,汉族士大夫的绝大部分都已意识到当前的政治格局不可能在较短期内改变,悲哀乃至消极的情绪远较愤怒普遍。另一方面,晚明新思潮虽在万历三十年前后就已开始遭到削弱,但仍有较大影响。顺治至康熙中期的文化摧残,实以"华夷之辨"的政治思想、反清复明的言论和可能直接危及清王朝统治的文化活动为重点,至于尊重个人、个性之类的观念,还不曾严加控制。所以,晚明新思潮中的这些内容较之明末并未进一步衰落。它们或与上述的悲哀情绪相结合,成为对个人在环境压抑下的悲剧命运的哀挽或生存困境的悲叹;或继续赞扬那些争取个人幸福的言行,显示某些传统观念的不合理,甚至对某种扼杀个人心灵的现象加以反拨。前者的比重较大一些。而在总体上,清初的文学较之晚明全盛时期仍使人感到创造性不足。

就戏曲小说而言,戏曲创作固然没有一部可与《牡丹亭》并驾齐驱,小说上的杰构《聊斋志异》也仅以故事的瑰丽见长,在对人物内心世界的揭示和描写上,却已失去了《金瓶梅词话》那样的丰富性和生动性,而故事的瑰丽是唐传奇就开始的传统,对人物内心世界描写的重视和深入才是近世小说、戏曲有异于前代文学的生命力之所在。尽管在戏曲、小说批评方面出现了像金圣叹那样的批评家,但他的工作全都是以清代以前的创作实践为对象的,是对此类创作的成就和特色加以剖析与概括的结果,而且他的工作中有很大一部分是在晚明就进行的。在散文领域,晚明抒写性灵的传统虽仍在继续,但已出现了另一种较有力量而与之异趣的倾向。所谓"清初三大家"——汪琬、魏禧与侯方域——已开始向唐宋古文的传统回归,尽管也仍保留了晚明小品的若干痕迹。

其坚持晚明小品传统的,以张岱和廖燕为代表。张岱的散文是对美好的往昔(晚明时期的生活)的回忆,可说是"寄沉痛于幽闲",但也说明了现实生活已不再存在产生此类作品的土壤,这仅是过去的回音;廖燕文章中成就最高的,为貌似议论而实则蕴含强烈感情之作,它是在晚明小品传统基础上的新的探索与开辟,不过这在廖燕文集中也只是极个别的现象,而且廖燕在清初文坛上影响很小,是远离于主流的存在,直到乾隆元年才有人为之刊刻文集(见乾隆刊《二十七松堂文集》卷首序),后来并传到了日本,但在国内则流传甚少,编《四库全书》时根本不知道有这部书。

与戏曲、小说、散文相比较,在当时最具特色的倒是诗词。由吴伟业、王士禛和纳兰性德所代表的、从各种角度所作的对个人命运和生存状态的凄绝的悲叹,是在以前的诗词中没出现过的,另有一种感动人的力量。不过,从文学发展的角度来看,那只是袁宏道前期"性灵说"的实践——独抒"性灵"而不为"理"所缚,并不是新的创作原则的发现,尽管吴、王的诗歌创作成就已超过了公安派诸人;再则他们所吟咏的,乃是个人的几乎没有挣扎余地的绝望情绪,这是只适应于那一特定时代的,因而其所提供的创作经验很少有被后人进一步发扬的可能性。换言之,他们的成果在推动文学的进展上缺乏晚明文学全盛期的开拓性。

第一节 诗 词

一、以吴伟业、王士禛为代表的清初诗歌

吴伟业和王士禛是清初影响最大的两位诗人,他们在年岁上分别代表了两个世代。吴伟业在明末已经成名和入仕,不过他的最能令人感动的诗都写于清代。王士禛则在清兵入关时还只有十岁,但他在青年时期就已在诗歌创作上成就卓著,深受推崇,因而在吴伟业逝世后他就很自然地成为诗坛宗匠。本节即以介绍这两个人的诗篇为主,兼及吴伟业以外的由明入清的诗人。

吴 伟 业

吴伟业(1609—1672),字骏公,号梅村,太仓(今属江苏)人。崇祯四年(1631)进士,为会试第一名,殿试一甲第二名,授编修,后官至左庶子。弘光时升少詹事。清兵南下,家居不仕。但至顺治十年(1653),清廷下诏征求遗佚人

才,伟业被总督马国柱所荐,辞谢不获;恐坚拒遭祸,遂入都任职。先为秘书院侍讲,很快就升国子监祭酒,至顺治十三年因嗣母病亡,回乡守孝,遂不复出。其诗文集收辑最完整者为《梅村家藏稿》,另有戏剧创作《秣陵春》等三种和《绥寇纪略》。

吴伟业思想中本有晚明的异端成分(参见本章中对其杂剧《临春阁》的介绍),又身经明清之际的大动乱,目睹耳闻了许多惨绝人寰的事件,并置身于清初对汉族士大夫的严酷防范与打击的环境里,多历忧患①。而出仕清廷一节又使他深感羞愧,他自己说:"惟是吾以草茅诸生,蒙先朝巍科拔擢,世运既更,分宜不仕,而牵恋骨肉,逡巡失身,此吾万古惭愧,无面目以见烈皇帝及伯祥诸君子②,而为后世儒者所笑也。"(《与子暻疏》)这使他处于高度的精神紧张之中,以至晚年"每申一纸,怛焉心悸,若将为时世之所指摘,往往辍翰弗为"(《宋尚木抱真堂诗序》);但另一方面也使他深深体会到了个人被环境逼挠的痛苦,这也就是他在《自叹》诗中所说:"松筠敢厌风霜苦,鱼鸟犹思天地宽。"他宁可忍受风霜之苦,但希望给予个人一个较为宽松的生存空间。

正因为他自己的遭遇及其周围所发生的一切都使他深刻感到个人所受的惨酷,所以,他的诗有不少是写个人的悲惨命运的。而在他所写的不幸的受难者中,既有平民,也有帝王将相、文人学士和美女。写平民的,如《堇山儿》、《直溪吏》、《临顿儿》等,由于诗人对他们缺乏理解,难免流于表面化;写得富于特色的,是后一种。如《琴河感旧四首(并序)》、《听女道士卞玉京弹琴歌》、《过锦树林玉京道人墓(并传)》、《永和宫词》、《白燕吟(并序)》、《鸳湖曲》、《悲歌赠吴季子》、《圆圆曲》等,皆传诵甚广。吴伟业在文学史上的地位,就是由这些诗篇所奠定的。

在后一种中,诗人所写的,或是自己亲近的人,如情人、朋友,或是在社会上有重大影响而与自己无直接交往的人,如吴三桂、陈圆圆。总的都是显示个

---

① 例如,顺治十八年吴伟业被卷入了"奏销案"。明朝开国之初,朱元璋把苏州一带地区的田赋定得特别重;这是含有在经济上打击异己的目的的。到了清初,这些地区的税额仍然沿袭明制。而地方绅士(从官员到生员)在这之前已有不缴纳税的特权,便继续不交;但清政府不承认这种特权,到顺治十八年由巡抚朱国治下了辣手,把他们(共一万三千余人)作为"抗粮"论处。经中央政府批准,这些人的官职全都革除(生员除名),并以监禁、刑罚等手段迫使他们交清所欠赋税,很多人倾家荡产,当时称为"奏销案"。那也含有在政治上打击江南士大夫的目的。详见孟森《心史丛刊》初集《奏销案》。吴伟业《与子暻疏》:"……而奏销事起。奏销适吾素愿,独以在籍部提,牵累几至破家。"可见他曾被押解至京都(所谓"部提");至于"奏销适吾素愿",则是说他因此而被革除了在清代的官职("奏销案"发生之前,他虽未任实职,但官员的身份仍在)正符合他的"素愿"。
② 烈皇帝指崇祯帝。伯祥为伟业友人杨廷麟的字,廷麟以抗清而死。

人的生存困境,但前者更着重于身受者的具体遭遇,后者则尤着力于大的背景。当然,这二者也并非截然分割,只是有所偏重而已。

在此类诗篇里,就数量说,吴伟业写得最多的是关于卞玉京的诗①。玉京名赛赛,秦淮人,为著名歌妓。"知书,工小楷,能画兰,能琴。年十八,侨虎丘之山塘。所居湘帘棐几,严净无纤尘。双眸泓然,日与佳墨良纸相映彻。见客初亦不甚酬对,少焉谐谑间作,一坐倾靡。与之久者,时见有怨恨色。问之,辄乱以它语。其警慧虽文士莫及也"(《过锦树林玉京道人墓》附《传》)。她与吴伟业一见钟情,欲以身相许。吴伟业大概存在实际困难,"固为若弗解者"(同上)②;但两人仍然情深爱重。后来遭乱分别,玉京回到秦淮。过了七年,她寄居常熟,吴伟业也经过那里,为她写了《琴河感旧四首》。其写作背景是这样的:

> 枫林霜信,放棹琴河。忽闻秦淮卞生赛赛,到自白下,适逢红叶。余因客座,偶话旧游。主人命犊车以迎来,持羽觞而待至。停骖初报,传语更衣。已托病痁,迁延不出。知其憔悴自伤,亦将委身于人矣。予本恨人,伤心往事。江头燕子,旧垒都非;山上蘼芜,故人安在?久绝铅华之梦,况当摇落之辰?相遇则惟看杨柳,我亦何堪;为别已屡见樱桃,君还未嫁。听琵琶而不响,隔团扇以犹怜,能无杜秋之感,江州之泣也?漫赋四章,以志其事。(《琴河感旧四首》附《序》)

这四首诗写得哀艳而沉痛,是对于被扼杀的爱情的挽歌。今录其第三、四首于下:

> 休将消息恨层城,犹有罗敷未嫁情。车过卷帘劳怅望,梦来携袖费逢迎。青山憔悴卿怜我,红粉飘零我忆卿。记得横塘秋夜好,玉钗恩重是前生。(其三)
> 长向东风问画兰,玉人微叹倚栏杆。乍抛锦瑟描难就,小叠琼笺墨未干。弱叶懒舒添午倦,嫩芽娇染怯春寒。书成粉奁凭谁寄,多恐萧郎不忍看。(其四)

前一首虽写彼此的怜念,但诗人笔下的卞玉京对他的感情显然基于想像。后一首更纯以想像出之。而在这种想像中,正渗透着深重的爱和心心相印的体

---

① 除本节将述及的《听女道士卞玉京弹琴歌》、《琴河感旧》、《过锦树林玉京道人墓》之外,尚有《画兰曲》等。
② 当时如要娶名妓,都得具有雄厚财力;例如伟业友人冒襄为了娶名妓董小宛为妾,就先花了一千多两银子为她还债,见冒襄《影梅庵忆语》。而吴伟业"衰门贫约"(《梅村家藏稿》卷三十八《秦母于太夫人七十序》),并不具备娶名妓的条件。

贴。在这里没有以身殉情的浪漫激情，却可听到在现实压迫下与所爱者分诀的痛苦呻吟、由难忘的爱情与无尽的怀念而导致的深沉叹息，同时却又给人以一种哀艳的美。

诗中所想像的卞玉京对吴伟业的款款深情并非诗人的一厢情愿，而是符合实际的。在写这四首诗之前，卞玉京虽然托病不见，但吴伟业还没有把写成的诗送给她，她就主动到太仓来看他了。当然，由于二人无法结合，卞玉京终于不得不另嫁别人，其处境也就更其悲惨。《过锦树林玉京道人墓》所附《传》说：

> ……踰数月，玉京忽至，有婢曰柔柔者随之。尝着黄衣，作道人装。呼柔柔取所携琴来，为生（指吴伟业。——引者）鼓一再行。……柔柔庄且慧。道人画兰好作风枝婀娜，一落笔尽十余纸，柔柔承侍砚席间如弟子然，终日未尝少休。客或导之以言，弗应；与之酒，弗肯饮。踰两年，渡浙江，归于东中一诸侯。不得意，进柔柔奉之，乞身下发，依良医保御氏于吴中。保御者年七十余，侯之宗人，筑别宫资给之良厚。侯死，柔柔生一子而嫁。所嫁家遇祸，莫知所终。道人持课诵戒律甚严。生于保御中表也，得以方外礼见。道人用三年力，刺舌血为保御书《法华经》。既成，自为文序之，缁素咸捧手赞叹。凡十余年而卒。墓在惠山祇陀庵锦树林之原。

就这样，卞玉京度过了她的悲惨而短暂的一生。她的刺舌血写经，与其说是出于佛教徒的虔诚，不如说是为了以肉体的苦痛来缓解精神的苦痛。在上引小传以后，诗篇这样抒写诗人经过她的坟墓时的感受：

> 龙山山下茱萸节，泉响琤淙流不竭。但洗铅华不洗愁，形影空潭照离别。离别沉吟几回顾，游丝梦断花枝悟，翻笑行人怨落花，从前总被春风误。金粟堆边乌鹊桥，玉孃湖上蘼芜路。油壁曾闻此地游，谁知即是西陵墓！乌桕霜来映夕曛，锦城如锦葬文君。红楼历乱燕支雨，绣岭迷离石镜云。绛树草埋铜雀砚，绿翘泥涴郁金裙。居然设色倪迂画，点出生香苏小坟。

> 相逢尽说东风柳，燕子楼高人在否？枉抛心力付蛾眉，身去相随复何有！独有潇湘九畹兰，幽香妙结同心友。十色笺翻贝叶文，五条弦拂银钩手。生死栴檀祇树林，青莲舌在知难朽。

> 良常高馆隔云山，记得斑骓嫁阿环。薄命只应同入道，伤心少妇出萧关。紫台一去魂何在？青鸟孤飞信不还。莫唱当时渡江曲，桃根桃叶向谁攀？

全诗回还往复，哀艳而迷离。前六句表现的是卞玉京在爱情方面所经历的痛苦及其无奈的"悟";第七、八句似是悟后的解脱,但接着的"金粟堆边乌鹊桥"①,则说明她虽在死后仍幻想着爱情之桥,从而突出了解脱感的短暂与虚幻、她的内心与其处境的剧烈冲突。然后写她的死亡,以"乌桕"六句抒发诗人对她的逝世与遭遇的深切哀悼。自"相逢"以下的两大段,进一步悲叹卞玉京这类才女的命运。前一段是说,像她这种身份的人,如继续为人姬妾,那么,等男方一死,她也必须跟着死去,否则就要受到讥笑、责难:"枉抛心力付蛾眉,身去相随复何有!"后一段借着柔柔的灾祸,点明玉京倘不出家,难保没有更惨的结局。因此,诗中尽管出现了"青莲舌在知难朽"之类的安慰之句,但从"薄命只应同入道"句可知,这种"入道"后的不朽也不过是薄命人的慰情聊胜于无而已。——在生前既已饱尝了苦难,以舌血所写的经即使在死后长存于世,又有何补?

总之,《过锦树林玉京道人墓》所写的是诗人对两个被环境扼杀的妇女的伤悼。她们在当时的社会地位都很低,但在吴伟业诗篇里,类似的可悲的妇女绝不只存在于社会地位低下的人群中。他的《听女道士卞玉京弹琴歌》就以卞玉京的口吻,叙述了中山王府的小姐等大家闺秀在南京被攻破时的惨境和玉京的悲痛之情:"……羊车望幸阿谁知,青冢凄凉竟如此。我向花间拂素琴,一弹三叹为伤心。暗将别鹄离鸾引,写入悲风怨雨吟。……贵戚深闺陌上尘,吾辈飘零何足数!"

不过,把个人的悲剧仅仅归因于清兵的入关和南下,显然并不符合吴伟业的原意。他的《永和宫词》所咏叹的,就是崇祯帝宠爱的田贵妃的凄哀的命运。诗中的田贵妃美丽、温柔、才华出众,但皇后周氏与她发生了摩擦。崇祯帝在周皇后的压力下不得不对她加以"诘问"。接着,由于她的娘家倚势横行,她也被打入了冷宫。尽管崇祯帝一度曾对她重加怜爱,但不久她所生的、深为崇祯所喜欢的小儿子死了,其时崇祯帝的处境日见险恶,他既为此而烦躁,又为爱子的死而悲痛,宫中一片萧索,田贵妃也就很受冷落,历尽凄凉,终于悲哀地死去。诗中对此是这样表现的:

……君王内顾惜倾城,故剑还存敌体恩②。手诏玉人蒙诘问,自来阶下拭啼痕。

外家官拜金吾尉③,平生游侠多轻利。缚客因催博进钱,当筵便杀弹

---

① "金粟堆"为唐玄宗墓地(见宋敏求《长安志》),此句用唐明皇、杨贵妃的爱情故事借指生死不渝的恋情。
② 这两句是说:崇祯帝虽然内心怜惜田贵妃("倾城"),但对周皇后故剑恩深,而且从名分上说,皇帝与皇后乃是"敌体",贵妃则低了一等,所以不得不在周田的摩擦中支持周皇后。
③ 自此句至"笑谭豪夺灞陵田",写田妃娘家的倚势横行。

筝伎。班姬才调左姬贤,霍氏骄奢窦氏专。涕泣微闻椒殿诏,笑谭豪夺灞陵田。

有司奏削将军俸,贵人冷落宫车梦。永巷传闻去玩花,景和门里谁陪从? 天颜不怿侍人愁,后促黄门召共游。初劝官家伴不应,玉车早到殿西头。

两王最小牵衣戏①,长者读书少者弟。闻道群臣誉定陶,独将多病怜如意。岂有神君语帐中,漫云王母降离宫。巫阳莫救苍舒恨,金锁雕残玉筯红。

从此君王惨不乐,丛台置酒风萧索。已报河南失数州,况经少子伤零落! 贵妃瘦损坐匡床,慵髻啼眉掩洞房。豆蔻汤温冰簟冷,荔枝浆热玉鱼凉。病不禁秋泪沾臆,裴回自绝君王膝。苔没长门有梦归,花飞寒食应相忆。……

诗中的田贵妃,实在是个可怜的弱女子。仅仅"自来阶下拭啼痕"一句,就含有无限伤心。至于"贵妃瘦损"以下诸句,其中所显示的贵妃临终前的愁惨哀凄和对生命的眷恋、对亲人的系念,其深婉感人,较之《长恨歌》写杨贵妃临殁的"宛转蛾眉马前死"等句显然有了不可否认的进步。同时,上引这些诗句又清楚表明:田贵妃之获得这样的结局,并不是她本人的责任,她既没有去冲撞皇后,更没有唆使其娘家去干不法的勾当,她只是在环境的逼拶下的无告的弱者。但对她起了逼拶作用的皇后,又何尝不为丈夫爱情的转移而痛苦? 何况后来又主动采取了"后促黄门召共游"的妥协行动。至于崇祯帝对田贵妃的处分和冷漠,也都是迫于环境的压力。因此,我们在这首诗里看到了环境对于众多个人的普遍的压迫;但清兵的南侵却并没有在此诗中作为环境的组成部分而出现,其所涉及的倒是李自成部队。诗篇在叙述田贵妃死亡后有这样一段:"头白宫娥暗嚬蹙,庸知朝露非为福? 宫草明年战血腥,当时莫向西陵哭。穷泉相见痛仓黄,还向官家问永王。幸免玉环逢丧乱,不须铜雀怨兴亡。"就透露了其中消息②。

说得更明确一些,政治力量在吴伟业诗里是压迫个人的因素,其中既包括了清朝政权和李自成的部队,也包括了明朝政权。至于明政权与清政权在这

---

① 自此句至"金锁雕残玉筯红",写田贵妃所生两个儿子的情况及其幼子之死。"如意"是汉高祖宠爱的戚姬所生儿子,此处借指田贵妃所生的幼子。
② 这几句是说:李自成军在第二年攻破北京,田妃若还未死,就会遭到更大的不幸;但尽管如此,田妃所生的永王还是被李自成军掳走了,使她在地下深感痛苦。又,崇祯帝及其皇后均死于李自成军入京之时,不可能再为他们造陵墓,便打开了田贵妃的墓,把他们三人安葬在一起,故有"穷泉相见痛仓黄"等语。

方面的共同点,可从《白燕吟》中看出。该诗的《序》说:

> 云间白燕庵,袁海叟丙舍在焉。吾友单狷庵隐居其傍,鸿飞冥冥,为弋者所篡。……狷庵解组归田,遭逢多故,视海叟之西台谢病、倒骑乌犍牛、以智仅免者,均有牢落之感。俾读者前后相观,非独因物比兴也。

其诗则为:

> 白燕庵头晚照红,摧颓毛羽诉西风。虽经社日重来到,终怯雕梁故垒空。……缟素还家念主人,琼楼珠箔已成尘。雪衣力尽蓝田土,玉骨神伤汉苑春。衔泥从此依林木,窥簪讵肯樊笼辱?高举知无鸿鹄心,微生幸少乌鸢肉。探卵儿郎物命残,朱丝系足柘弓弹。伤心早已巢君屋,犹作徘徊怪鸟看。漫留指爪空回顾,差池下上秦淮路。紫颔关山梦怎归,乌衣门巷谁谁哺?头白天涯脱网罗,向人张口为愁多。啁啾莫向斜阳语,为唱袁生一曲歌。

诗中以白燕的遭遇象征作为士大夫的个人在政治权力逼拶下的悲惨的处境和痛苦的心情。这些人并无"鸿鹄"之心,更无反叛之意①,只不过不想进入"樊笼"而已。但却横遭迫害,终于落得个"摧颓毛羽诉西风"的下场。这不得不令人战栗和深思。值得注意的是:单恂(狷庵)的悲剧发生在清初,以《白燕》诗驰名的袁凯却是朱元璋屠刀下的幸存——"以智仅免"——者;诗人把这二人相提并论,要"读者前后相观",其结句"啁啾莫向斜阳语,为唱袁生一曲歌"也含有以袁凯的遭逢来安慰单恂之意,犹言此等悲剧历来皆然,你也看开一些吧!这就意味着:无论在明代或清代,政治力量都是逼拶个人的环境的重要组成部分。

值得指出的是:就吴伟业诗来看,《白燕吟》中的单恂固然因"窥簪讵肯樊笼辱"而为"探卵儿郎"所厄,但甘入"樊笼"的人物同样受环境的摆布,并且有过之而无不及。《鸳湖曲》所写吴昌时和《悲歌赠吴季子》所写吴兆骞的命运就说明了这一点。

吴昌时在明末任吏部文选司郎中,依附首辅周延儒。延儒本非正人,但在他于崇祯十四年再度为相后却采取了一些颇得人心的措施,因而得罪了厂卫——当时的特务机构,终于被厂卫抓住了把柄,免职而归。但他的政敌还不甘心,便通过攻吴昌时而继续攻他。"御史蒋拱宸劾吴昌时赃私巨万,大抵牵连延儒,而中言昌时通中官李端、王裕民,泄漏机密,……""帝怒甚,御中左门,亲鞫昌时,折其胫,无所承,怒不解。拱宸面讦其通内,帝察之有迹,乃下狱论

---

① "伤心早已巢君屋,犹作徘徊怪鸟看"二句,就表明了他们对于自己被误认为异端的悲哀。

死,始有意诛延儒。"(《明史·周延儒传》)吴昌时就此被杀,延儒也被勒令自尽。所以,吴昌时的落得如此结局,并不是由于他做了坏事,而是由于他所依附的周延儒干了些好事①;崇祯帝之处死昌时,主要也不是由于他的贪污(在这方面并无实据),而是由于认为他与宦官相交结——"通内"。世事就是如此颠倒,个人只能任凭环境的摆弄;《鸳湖曲》对此不胜悲慨:

……欢乐朝朝兼暮暮,七贵三公何足数!十幅蒲帆几尺风,吹君直上长安路。长安富贵玉骢骄,侍女薰香护早朝。分付南湖旧花柳,好留烟月伴归桡。那知转眼浮生梦,萧萧日影悲风动!中散弹琴竟未终,山公启事成何用?东市朝衣一旦休,北邙坏土亦难留。白杨尚作他人树,红粉知非旧日楼。

诗篇先写吴昌时在其家乡嘉兴南湖的欢乐生活,继写其在京师(长安)的富贵,然后写其突然被杀。其中"十幅蒲帆"二句,虽似写实,而实含有象征意味:既是被"风""吹"上长安路,就有身不由己之意。曹植的《吁嗟篇》所说的"吁嗟此转蓬,居世何独然!……卒遇回风起,吹我入云间。自谓终天路,忽然下沉渊",可以参看。至于"东市朝衣"是用晁错被杀的典故。不过晁错是真的穿着朝衣在东市被杀的,吴昌时却"下狱论死",由监狱押送法场,当然不会再让他穿朝衣,所以,这假如不是隐喻昌时如晁错似地忠而获咎,至少也是隐喻他是与晁错相类似的政争的牺牲品。总之,吴昌时生命历程中的这种迅疾的变化,正说明了个人在环境驱使下不由自主的无奈和悲哀。《鸳湖曲》的结句说:"君不见白浪掀天一叶危,收竿还怕转船迟。世人无限风波苦,输与江湖钓叟知。"在他看来,个人之在人世,不过是"白浪掀天"的大江中一叶危殆的小舟而已。

《悲歌赠吴季子》所写的吴兆骞,为江南名士。顺治十四年应乡试,被录取为举人。但清廷认为这场考试有作弊的情况,就把录取的举人押送到京城去,在皇宫的大殿复试,把复试不合格的举人都作为行贿而得中的,重责四十板,家产籍没入官,其本人及父母兄弟妻子均流徙宁古塔。江南乡试的考官全处死刑,主考、房考的妻子籍没入官。而复试时每个举人身边都有手执武器的士兵监视,有些举人实是因精神紧张而写不出或写不好文章的,吴兆骞就是其中的一个②。《悲歌赠吴季子》即为此而作:

---

① 《明史·周延儒传》:"初,延儒奏罢厂卫缉事,都人大悦。……而厂卫以失权,胥怨延儒。……掌锦衣(卫)者骆养性,延儒所荐也,养性狡狠,背延儒与中官结,刺延儒阴事。……居数日,养性及中官尽发所刺(延儒)军中事。帝乃大怒。"可见延儒倒台的根本原因,在于"奏罢厂卫缉事"。"厂"为宦官(中官)主持,"卫"即锦衣卫。
② 顺治十四年,顺天与江南皆发生严惩考官及举人的科场案,实际上是清廷向汉族士大夫立威,详见孟森《心史丛刊》一集《科场案》(《近代中国史料丛刊续编》第九十四辑)。

人生千里与万里,黯然消魂别而已。君独何为至于此!山非山兮水非水,生非生兮死非死!十三学经并学史,生在江南长纨绮。词赋翩翩众莫比,白璧青蝇见排抵。一朝束缚去,上书难自理,绝塞千山断行李。……

诗中充满悲愤之情,"君独何为"句的诘问尤为深刻、尖锐,这意味着他的悲惨处境绝不是其行为所应导致的后果;而且,在陷入了这种处境以后就再也无从辩白和解脱——"上书难自理"。所以,在这首诗中我们再一次看到了个人在环境压迫下的无可避免的痛苦。尽管此类科场案的发生含有清廷向汉族士大夫立威的因素,但在清廷推行民族压迫之前,个人又何尝不是在环境的摆布下经受种种惨痛?

在吴伟业作于顺治九年左右的名篇《圆圆曲》里①,这样的惨痛以更为集中与惊心动魄的形式呈现在读者之前。

鼎湖当日弃人间,破敌收京下玉关。恸哭六军俱缟素,冲冠一怒为红颜。"红颜流落非吾恋,逆贼天亡自荒谯。"电扫黄巾定黑山,哭罢君亲再相见。

相见初经田窦家,侯门歌舞出如花。许将戚里箜篌伎,等取将军油壁车。——家本姑苏浣花里,圆圆小字娇罗绮。梦向夫差苑里游,宫娥拥入君王起。前身合是采莲人,门前一片横塘水。横塘双桨去如飞,何处豪家强载归!此际岂知非薄命?此时只有泪沾衣。薰天意气连宫掖,明眸皓齿无人惜。夺归永巷闭良家,教就新声倾坐客。坐客飞觞红日暮,一曲哀弦向谁诉?白晳通侯最少年,拣取花枝屡回顾。早携娇鸟出樊笼,待得银河几时渡!恨杀军书底死催,苦留后约将人误。

相约恩深相见难,一朝蚁贼满长安。可怜思妇楼头柳,认作天边粉絮看。遍索绿珠围内第,强呼绛树出雕栏。若非壮士全师胜,争得蛾眉匹马还?

蛾眉马上传呼进,云鬟不整惊魂定。蜡炬迎来在战场,啼妆满面残红印。专征箫鼓向秦川,金牛道上车千乘。斜谷云深起画楼,散关月落开

---

① 《圆圆曲》有"传来消息满江乡,乌柏红经十度霜"语,后句系自圆圆被"豪家强载归"起算。圆圆被豪家强载而归在崇祯十五年春,见冒襄《影梅庵忆语》。由此下推至顺治八年秋冬间,则乌柏红已十度矣。此为《圆圆曲》写作时间的上限。又,《圆圆曲》收于《梅村家藏稿》卷三《前集》三。《前集》为伟业顺治十年仕清前所作诗,《圆圆曲》自不可能作于顺治十年伟业仕清之后。

妆镜。

传来消息满江乡,乌桕红经十度霜。教曲妓师怜尚在,浣纱女伴忆同行。旧巢共是衔泥燕,飞上枝头变凤凰。长向尊前悲老大,有人夫婿擅侯王。

当时只受声名累,贵戚名豪竞延致。一斛明珠万斛愁,关山漂泊腰支细。错怨狂风飏落花,无边春色来天地。常闻倾国与倾城,翻使周郎受重名。妻子岂应关大计,英雄无奈是多情!全家白骨成灰土,一代红妆照汗青。

君不见馆娃初起鸳鸯宿,越女如花看不足。香径尘生乌自啼,屟廊人去苔空绿。换羽移宫万里愁,珠歌翠舞古梁州。为君别唱吴宫曲,汉水东南日夜流。

此诗所写,是吴三桂与陈圆圆的遭遇。陈圆圆是苏州名妓,被外戚田弘遇(一说为周奎)①强买至京,献给崇祯帝,但没有引起崇祯帝的重视,就又回到田(或周)家,后归吴三桂。三桂镇守山海关,其家属及陈圆圆均留在北京。李自成军入京后,圆圆被李自成(一说为其将领刘宗敏)所得。自成令三桂父亲吴襄招降三桂,吴三桂本已同意,后来得知圆圆之事,遂举兵反对李自成,并引清兵入关,终于导致清王朝的建立。吴三桂虽夺回了陈圆圆,但满门均为李自成所杀。

全诗包含两条线索。一条线索是陈圆圆的身世,在这里我们清楚地看到了个人在环境的驱使下所经历的种种深沉的痛苦和突然降临的荣华。另一条是吴三桂的两难处境和惨痛经历。正如诗中所明确指出:他是为了陈圆圆而反对李自成的,并为此而付出了"全家白骨成灰土"的代价;倘若他要避免这样的结果,就必须眼看着爱人被夺,而且向夺取其爱人者卑躬屈节、偷生取容,但这难道是一个具有自尊心的人所能忍受的吗?何况即使他肯这样无耻地活下去,夺去了他爱人的权力者能对他放心,让他活下去吗?他无论选择哪一条路,都只能是一场悲剧。而此诗的最后一段更进一步指出:他的悲剧还不止于全家死绝而已,另有更可怕的命运在等待着他。那就是春秋时期越国灭吴时吴王夫差的下场。"馆娃宫"、"响屟廊"都是春秋时吴宫的建筑,"越女"指西

---

① 田弘遇为崇祯帝的妃子田贵妃的父亲,周奎则为其皇后周氏的父亲。按,记陈圆圆与吴三桂事者以吴伟业《圆圆曲》为最早(作于顺治九年左右),而吴诗于此仅言"田窦家",用汉代外戚田蚡、窦婴的典故。虽未明言为田家抑周家,但必为二家之一。后来关于陈圆圆被强买的传说,或言周家,或言田家,恐均为从《圆圆曲》派生的悬测之词。

施——《圆圆曲》是明确地把陈圆圆作为西施后身的①,诗的末句"汉水东南日夜流"则用李白《江上吟》"功名富贵若长在,汉水亦应西北流"的诗意,隐喻吴三桂的功名富贵不能长在,转瞬就将是"香径尘生乌自啼,屧廊人去苔空绿"的惨况,等待着吴三桂的将是可怕的灭亡,陈圆圆的结局当然也不会美好。换言之,个人无论怎样地挣扎,最终都将被环境压得粉碎。

如上所述,在吴伟业的许多诗歌里都写了个人的痛苦。它们有的与历史大事件、社会的动乱有关,有的仅是日常生活中的现象。《圆圆曲》则把这两类痛苦结合起来(陈圆圆在被李自成军所获以前的痛苦属于后者),而且使个人与环境的冲突处于最尖锐的形式,集中地表现了个人的不幸,从而成为此类诗歌中最突出的一篇②。倘与吴伟业之前的诗歌相比较,就可发现:其前的诗人从无如此广泛而深入地倾诉个人——以个人为本位——的悲惨命运的,更没有创作过类似《圆圆曲》那样揭示个人困境的作品。吴伟业之所以能做到这一点,除了个人的条件以外,自金元以来、特别是晚明以来的个人意识的进展无疑起了重要的作用。这一方面使个人进一步感受到了自身在环境压抑下的悲哀和痛苦,另一方面也就对其他个人所受的压迫得以有较具体的体验和同情。

至于吴伟业诗的艺术特色,也以体现于《圆圆曲》中者为最具代表性。大致说来,他的优秀诗篇皆以哀艳为基调,并常具迷离之致。具体地说:第一,这些作品以写美丽而柔弱的景色及人物——包括形态、行为、感情——为主,而且着重写他(它)们的被压抑、衰败和毁灭,因而"哀"是其本质的方面;但由此又形成一种凄惨的美。以《圆圆曲》说,不仅充满了"出如花"、"油壁车"、"浣花里"、"娇罗绮"之类给人以柔美之感的词语,而且,其末一段的"香径尘生乌自啼,屧廊人去苔空绿"二句,虽然显示了美的消失,却仍蕴含着美的残余。这除了此段中的当前景物仍具有某些美的因素(如"香径"、绿苔)外,更借助于历史现象和读者的联想。像"屧廊人去"之语,其"人去"是与传说中的西施曾在屧廊行走相对照而言的,因而在读者脑子中会紧接着出现两个画面:正在廊

---

① 此诗中的"梦向夫差苑里游,宫娥拥入君王起。前身合是采莲人"等句即就此而言。相传西施入吴后曾与吴宫宫女在采莲泾采莲(见高启《采莲泾》诗),故以"采莲人"隐喻西施。说陈圆圆是西施后身,大概是当时苏州的传说。

② 顾师轼《梅村先生年谱》于顺治元年系:"有《圆圆曲》。诗中有'冲冠一怒为红颜'句,三桂赍重币求去此诗,先生弗许。"似此诗为讽刺三桂者。按,《圆圆曲》非顺治元年所作,冯沅君先生等早已指出,此不赘。三桂求去此诗之事,不知何据,也不见于清代前期的记载。伟业顾惜身家,以至被迫出仕;其《王母徐太夫人寿序》,即为三桂额驸之母而作,文中于三桂及其额驸均颂扬甚至。当三桂势焰熏灼之日,伟业岂敢与之相抗? 师轼此说,殊不足据。此诗之非讽刺吴三桂之作,可参看章培恒《说"冲冠一怒为红颜"》,载《上海文学》1995 年 12 期。

中走着的绝世美女和人去廊空的现状;从而使读者为美的逝去而惆怅。这其实也就是将已经消失的昔日的美,转化成在读者脑中残存的美;而读者的惆怅之感因为是与此种残存的美联系在一起的,所以也是一种美感,虽然不免凄凉。第二,诗中在不得不涉及一些与哀艳违戾的情状时,通过独具匠心的配置,仍能不破坏哀艳的基调,并具相得益彰之妙。如诗的第二句"破敌收京下玉关"、第七句"电扫黄巾定黑山",若孤立地来看,皆颇雄健,但前者的上句为"鼎湖当日弃人间",下句为"恸哭六军俱缟素",均写悲哀之情,因而此句只是对悲哀起了某种缓解作用,免其流于尖锐,并非喧宾夺主,后者也与其下的"哭罢君亲再相见"相互制约,构成威武而荏弱的整体。至于"冲冠一怒为红颜"句,前四字固然极富英雄气概,但与后三字相结合,就显得风流旖旎了。其把表现极凄厉的"全家白骨成灰土"与"一代红妆照汗青"相配,使之转为凄艳,也是同样的性质。这一切都给予本诗所体现的哀艳以相应的力度,从而不沦为柔靡。第三,诗中所写的柔美及其被摧残,糅合得自然而紧密,相反相成。其形式大致有二:一是将二者分别叙述,由前者突然转入后者,以鲜明的反差,造成强烈的效果。在写陈圆圆身世时,先以"家本姑苏浣花里"六句交代陈圆圆的来历,处处点出她的艳丽,再以"横塘双桨去如飞"等句写她忽遭凌逼,使读者在阅读时,犹如正处于风和日丽之际,骤变为阴霾弥天的境地,就是一个典型的例子。一是同时兼写二者,彼此映衬。如"关山漂泊腰支细",在一句中既写她的艰困,又写她的美丽;且以腰支细的弱女而历关山漂泊之苦,也就更显出她所受的惨酷。其"可怜思妇楼头柳,认作天边粉絮看"两句,虽写她的厄运,但"楼头柳"和"天边粉絮"仍具轻盈之美,这与"关山"句实为异曲同工。第四,多运用隐喻和象征手法。这既可以避免对某些事实的烦琐说明,以求洗练,在多数场合还能增加美感。如写陈圆圆被强载归以后进入宫廷,又重返豪家而成为其家伎之事,只以"薰天意气连宫掖,明眸皓齿无人惜。夺归永巷闭良家,教就新声倾坐客"四句来交代,那就比直叙其事简洁得多了。而且其第二句既点出了陈圆圆在宫中的遭受冷落,又与这四句之前的"何处豪家强载归"等句和紧接其后的"坐客飞觞红日暮,一曲哀弦向谁诉"二句遥相绾连,凸现了她的娇弱无依。与此相关的吴三桂在"田窦家"见到陈圆圆后就爱上了她并终于把她带走的过程,诗人也只以"白皙通侯最少年,拣取花枝屡回顾。早携娇鸟出樊笼,待得银河几时度"这样几句来叙述,于简练以外,更使整个过程显得十分美丽,并给予读者以充分的想像空间。其他如"遍索绿珠围内第,强呼绛树出雕栏"、"错怨狂风飏落花,无边春色来天地"等句,也都具有增加美感的作用。诗篇的迷离恍惚之致即由此而形成。第五,注重炼字造句,尤其注重用典;这在造成吴伟业诗歌哀艳基调方面是基础性的工作。属于炼字的,如

"乌桕红经十度霜",其色彩感甚为鲜明,且具冷丽之致,这是由"红"与"霜"的配置所导致;"乌桕红"在吴伟业当时固是常见景象,但配上"霜"字,就可以见其匠心了。属于造句的,如"一斛明珠万斛愁",不仅控诉了豪家给陈圆圆制造的无穷痛苦,而且在众多美丽明珠的映衬下,那广大的哀愁也笼上了一层冷艳的光(明珠买妾虽有典故,但以"一斛明珠"与"万斛愁"相配却是吴伟业的创作)。至于用典,更是吴诗的一大特色。王国维虽说:"以《长恨歌》之壮采,而所隶之事只小玉、双成四字,才有余也。梅村歌行,则非隶事不办。白吴优劣,即于此见。"(《人间词话》)但这是他对用典加以否定的结果;其实,此种艺术手段并非全无积极意义的。吴诗的大量用典固然使不少读者索解为难,对熟悉原典的读者却也有增加联想、获得更为丰富的感受的作用。在形式上,对强化哀艳的基调也很有助益。如"家本姑苏浣花里"的后三字是用唐代名妓薛涛的典故,这不仅交代了陈圆圆的出身,意味着她具有薛涛那样的美丽和出众才华,而且"浣花里"之名及其后的"圆圆小字娇罗绮"等句均给读者带来美的印象,交汇成一幅和谐的画面。而"前身合是采莲人"句,不以一般人都熟悉的"浣纱人"指代西施,却用了"采莲人"的典故,虽较生僻,但"采莲"的意象显比"浣纱"为美,而且古代描绘"采莲"之美的诗文很多,由此还可引起一系列美的联想。这些都加强了"哀艳"中"艳"的一面。

吴伟业的创作思想也有值得重视之处。他在《与宋尚木论诗书》中说:"夫诗者本乎性情,因乎事物。政教流俗之迁改,山川云物之变幻,交乎吾之前,而吾自出其胸怀与之吞吐,其出没变化固不可一端而求也。"其前两句固为论诗者之常言,但所谓"吾自出其胸怀与之(指事物的变迁。——引者)吞吐",则实已注意到了创作过程中主观与客观的错综复杂的关系。主观固不得不赖于客观的供应才有物可"吞",但见于作品中的则已是经过主观的融化而"吐"出之物;而文学创作的"不可一端而求"的"出没变化"既是作者的"胸怀与之吞吐"的结果,它首先自是"胸怀"的创造。这种对"胸怀"的作用的强调和"自出其胸怀"的要求,显与袁宏道"独抒性灵"的主张相通;但他对创作过程中的主客观关系的理解,则已较袁宏道所说的"情与境会,顷刻千言"(《叙小修诗》)深入了一步。而吴伟业的诗歌,就是这种创作思想的体现。

由明入清的其他诗人

在吴伟业的时代,存在不少由明入清的诗人。与他齐名的有钱谦益与龚鼎孳,三人并称"江左三大家";而钱、龚二人在诗歌创作上的成就皆不足与其并驾齐驱。

钱谦益(1582—1664),字受之,号牧斋,常熟(今属江苏)人,明万历三十八年(1610)进士,崇祯时官至礼部侍郎。多才博学而贪于权势,在统治阶级内部的权力斗争中失败,被革职。弘光时任礼部尚书,依附权相马士英及其党羽阮大铖。清兵南下,率先迎降;遂至北京,以礼部侍郎管秘书院事,不久辞职归乡,并与南明政权暗通声气,参与反清活动。有《初学集》、《有学集》及《投笔集》等,又编选明代诗为《列朝诗集》,其入选诗人名下所系小传曾析出别行,题为《列朝诗集小传》,较为流行。

谦益在文学上反对李梦阳、李攀龙、王世贞诸人及竟陵派,于袁宏道则颇有赞美之语,如云:"中郎之论出,王、李之云雾一扫,天下之文人才士始知疏瀹心灵,搜剔慧性,以荡涤摹拟涂泽之病,其功伟矣。"(《列朝诗集小传》丁集中《袁稽勋宏道》)故后人或有以为其文学思想接近于公安派者。但在上引几句之后,他紧接着又批判袁中郎说:"机锋侧出,矫枉过正,于是狂瞽交扇,鄙俚公行,雅故灭裂,风华扫地。"(同上)那么,袁宏道即使不能说是过大于功,至多也只能算功过相抵而已。他又指斥公安派的雷思霈(字何思)说:"何思与袁氏兄弟善,当公安扫除俗学,沿袭其风流,信心放笔,以刊落抹揉为能事,而不知约之以礼。"(《列朝诗集小传》丁集中《袁仪制中道》附《雷简讨思霈》)"信心放笔"其实正是袁宏道的主张(见其《叙小修诗》),也是其"性灵说"中最有价值的所在;而钱谦益则要求在"信心放笔"时"约之以礼",如此则又哪里有"信心"之可言?而且,他在《胡致果诗序》中公然提出:"著与微,修词之枝叶,而非作诗之本原也。学殖以深其根,养气以充其志,发皇乎忠孝恻怛之心,陶冶乎温柔敦厚之教,其征兆在性情,在学问,而其根柢则在乎天地运世,阴阳剥复之几微。"这就是说,因为诗的根柢在于"天地运世,阴阳剥复之几微",所以有盛世之音、衰世之音之类的区别,但无论处于何世,诗人都要"发皇乎忠孝恻怛之心,陶冶乎温柔敦厚之教";这与袁宏道的以"礼法"为"枷杻"正相对立。

由此看来,钱谦益的文学思想与袁宏道(尤其是前期的袁宏道)本不相侔;其所以赞扬宏道,不过借以作为反对李梦阳诸人之助。而其反对李梦阳诸人所用的手段也很不光明,很难把那看作正常的文学思想之争。因他不仅对他们的提倡真情及其在当时的巨大作用一字不提,片面地诋之为"窜窃剽贼"(见《列朝诗集小传》丙集《李少师东阳》),而且篡改王世贞的原文,伪造世贞晚年"自伤"之说(见本编第一章第二节关于"后七子"的部分),以抹杀王世贞的理论和创作,同时也借以否定李攀龙乃至李梦阳等人的道路。

钱谦益这种"疏瀹心灵"而"约之以礼"的文学主张,使其诗歌缺乏真感情。有的流于平庸,有的则简直是奴才精神的告白:

汉宫遗事剪灯论，共指青衫认泪痕。今夕惊沙满蓬鬓，才知永巷是君恩。（《霞老累夕置酒，彩生先别，口占十绝句记事，兼订西山看梅之约》之六）

金尊檀板落花天，乐府新翻红豆篇。取次江南好风景，莫教肠断李龟年。（《遵王、敕先共赋胎仙阁看红豆花诗，吟叹之余，走笔属和八首》之六）

这两首都作于入清以后。第一首如果从字面上看，那是说一个告别了扼杀人性的宫女生活的女子在怀恋其原先幽囚宫中的日子①，并为当时这种处境而感激君恩，其奴性的十足固不待言；而其实际内涵，则是说钱谦益与霞老虽然在崇祯时期遭到排挤、打击，如同幽囚宫中的宫女那样的悲惨，但与他们在清代的遭遇一比较，便感到当时的处境还是值得怀恋的，从而对崇祯帝深为感恩戴德，那么，这也不过是在宣扬"做自己人的奴隶"的好处②。第二首所咏的红豆乃是"相思"——爱情的象征。钱谦益在崇祯十四年（1641）与美丽而富于才气的柳如是成婚；他为此深感欣喜。至作此诗的顺治十八年秋天，他的村庄的红豆树经过二十年而重新开花结子，遵王、敕先之诗即为庆贺此事而作，同时也含有颂赞他们的爱情幸福美满之意。所以诗的前三句是写，在江南的美好景色里，面对金尊美酒，听着在檀板配合下歌者所唱的遵王、敕先创作的对钱柳爱情的颂歌。这本是欢乐的气氛，但第四句却突然一转，以唐代安史之乱以后流落江南的李龟年自居，并说这样的寻欢作乐只是聊以自慰，免致肠断而已。于是原来的欢乐气氛既被破坏，光靠第四句又不能造成深沉的悲感，全诗就变得不伦不类。这正是"约之以礼"的结果。原来，当时他已因降清后仕宦不得意而辞职南归，并且以明的遗臣自居。根据君辱臣死的原则，他本应自杀以尽节；但要留着有用之身以图恢复，自然也很合理。不过在这种情况下再对酒听曲，谈情说爱，并且见于咏歌，那从主张"约之以礼"的钱谦益看来就逾礼太甚了，所以不得不用第四句来遮盖。关于此点，吴伟业的下述记载可作有力的旁证："牧斋读余诗（指伟业为其恋人卞玉京所写《琴河感旧》四首。——引者）有感，亦成四律。其序曰：'余观杨孟载论李义山无题诗，以谓音调清婉，虽极其浓丽，皆托于臣不忘君之意，因以深悟风人之指。若韩致光遭唐末造，流离闽越，纵浪《香奁》，盖亦起兴比物，申写托寄，非犹夫小夫浪子，沉湎流连之

---

① 永巷，是汉代宫中官署名，其中也有监狱以囚禁妃嫔、宫女。此诗中的"永巷"即指囚禁永巷。
② 鲁迅《且介亭杂文末编·半夏小集》："用笔和舌，将沦为异族的奴隶之苦告诉大家，自然是不错的，但要十分小心，不可使大家得着这样的结论：'那么，到底还不如我们似的做自己人的奴隶好。'"（《鲁迅全集》第6卷，第595页）

云也。顷读梅村艳体诗,声律研秀,风怀恻怆,于歌禾赋麦之时,为题柳看桃之作,彷徨吟赏,窃有义山、致光之遗感焉。……'""末简又云:'小序引杨眉庵论义山臣不忘君语,使骚人词客见之,不免有兔园学究之诮。然他日黄阁易名,都堂集议,有弹驳"文正"二字,出余此言为证明,可以杜后生三尺之喙,亦省得梅老自下注脚。'"(《梅村诗话》)他的意思是说:在这国破家亡之时,吴伟业的这些爱情诗倘非有寄托,那是对伟业的人品有损的,将来就得不到"文正"的谥号了,所以他特地"引杨眉庵论义山臣不忘君语"为之表白,以"杜后生三尺之喙"。不料吴伟业并不领情,反而说:"玉京明慧绝伦,书法逼真《黄庭》,琴亦妙得指法。余有《听女道士弹琴歌》及《西江月》、《醉春风》填词,皆为玉京作,未尽如牧斋所引杨孟载语也。此老殆借余解嘲。"(同上)这才是诗人本色。写爱情就是写爱情,无论这是否国破家亡之时,也无论其会不会损及自己的品格与声名,绝不借大帽子来掩盖。其末一句更可谓直抉牧斋心肝:他正因怕自己与柳如是的婚事和那些艳体诗有损名誉,便借梅村之诗,说些"艳体诗""有义山、致光之遗感"的话头,为自己解嘲。我们理解了钱谦益的这种心态,也就可以懂得他何以要在写欢乐气氛的那首中加入"莫教肠断李龟年"那样的句子了。

总之,由于意识到这是"歌禾赋麦之时","约之以礼"的钱谦益也就要在诗歌中努力表现《黍离》之痛和对旧王朝的眷恋。不过,从清兵南下时他率先迎降这点来看,他对明朝的感情实在并不深厚,也并非真有民族意识,后来的参与南明反清活动不免带有政治投机性质,所以,他诗中的《黍离》之痛或者显得勉强(如上引第二首诗),或者做作得过了头(如上引第一首诗),都不能真正引起读者的感动。倒是他的某些从社会的残破中引发历史的沧桑感并加以抒写的诗篇,其感情虽不浓厚,却也并非虚假,在他的诗集中要算是较好的作品了。今引《丙申春就医秦淮,寓丁家水阁浃两月,临行作绝句三十首,留别留题,不复论次》中的第三首如下:

  舞榭歌台罗绮丛,都无人迹有春风。踏青无限伤心事,并入南朝落照中。

江左三大家的另一家龚鼎孳(1618—1673),字孝升,号芝麓,合肥(今属安徽)人。崇祯七年(1634)进士,先后任蕲水知县、兵科给事中,以敢于言事,于崇祯十六年十月下狱;李自成军攻破北京前不久才获释。曾在李自成朝廷中任直指使,后降清。在顺治朝颇受排挤,康熙时官至刑部尚书。曾屡次上疏言江南凋敝之状,要求减轻民间的负担;对遭遇危险的明代遗民常予救援,傅山、阎尔梅等都曾得到他的帮助。有《定山堂集》。

鼎挈诗颇有写民生疾苦的,如《挽船行》、《岁暮行》、《万安夜泊歌》等,但那只是旁观者的同情。虽有若干颇具创意的诗句,如"鸺鹠夜叫秋草死,战场鬼哭江头水"(《挽船行》)、"石壁阴森埋白日,城上野蒿连十室。高滩远吼鬼啸呼,空城人少虎充实"(《万安夜泊歌》)之类,但统观全篇,却看不到诗人由这种悲惨现实所引起的强烈的心灵震撼,因而感情淡薄,缺乏动人力量。真能显示其创作特色的,是那些融入自己身世之感的悲歌。

  失路人归故国秋,飘零不敢吊巢由①。草将封恨题青冢,乌为伤心改白头。明月可怜销画角,花枝莫遣近高楼。台城一片歌钟起,散入南云万里愁。(《初返居巢感怀三首》之一)

  登高风物郁苍苍,何处寒花发战场!吴蜀健儿犹裹甲,汉江游女自褰裳。中流鼓吹招狂史,隔岸楼台更夕阳。满眼昆明消一醉②,烽烟真不上渔航。(《登晴川阁小饮时同纪伯紫秦虞桓家弟孝积限韵》之二)

第一首的前半写自己的惭沮之情、悲痛之感,后半则写战事方殷,破坏惨重,到处是愁云惨雾。第二首的前六句写时代的动乱和没落,虽然芳草犹萋,楼台却已沉浸在夕阳之中,末二句则写自己的痛苦和逃避:满眼劫灰,只能以醉来消解。诗中的现实均已经过了诗人感情的冶铸,而诗人的内心活动则凝练而无所讳饰地袒露在读者之前,像"飘零不敢吊巢由"那样的句子,岂钱谦益诗中所能见?加以"选词之缛丽,使事之精切,遣调之隽逸,取意之超诣"(吴伟业《龚芝麓诗序》),其诗自具感人之力,尽管还不能如吴伟业似地成为一代宗匠。

除此以外,由明入清的人士中在诗歌创作方面具有不同程度的成就的,尚有宋琬、施闰章、夏完淳、屈大均等。

宋琬(1614—1674),字玉叔,号荔裳,山东莱阳人。顺治进士。曾任浙江按察使、四川按察使。有《安雅堂集》。施闰章(1618—1683),字尚白,号愚山,宣城(今属安徽)人。也为顺治进士,官至侍读。有《学余堂文集、诗集》。两人以诗齐名,称"南施北宋"(王士禛《池北偶谈》)。大致说来,宋的才气大于施,施在诗歌创作上所下的工夫则深于宋。他们的诗皆以写愁苦之情和对世事的感慨的较具特色。现各引一首为例:

  塞鸿犹未到芜城,载酒登临雨乍晴。山色浅深随夕照,江流日夜变秋声。上方钟磬疏林满,十里笙歌画舫明。空负黄花羞短鬓,寒衣三浣客心

---

① "巢由",这里借指清初以隐居来抗拒出仕的明代遗民。"吊"为慰问之意。
② "昆明",指劫灰。据《高僧传·竺法兰》载:汉武帝掘昆明池,得黑灰,后以问竺法兰,竺法兰回答说:"世界终尽,劫火洞烧,此灰是也。"又,韩偓《乱后春日途经野塘》诗:"眼看朝市成陵谷,始信昆明有劫灰。"

惊。(宋琬《九日同姜如农王西樵程穆倩诸君登慧光阁饮于竹圃分韵》)

斜日照荒野,乱山横白云。到家成远客,访旧指新坟。战地冤魂语,空村画角闻。相看皆堕泪,风叶自纷纷。(施闰章《乱后和刘文伯郊行》)

夏完淳(1631—1647),字存古,华亭(今上海市松江)人。他的父亲夏允彝在弘光朝为吏部主事,南京陷落时自杀。他那年只有虚龄十五岁,次年参加抗清军事活动,并把家财全部捐献给军队,第二年被清军所获,不屈而死。有《玉樊堂集》《南冠草》;后人整理为《夏完淳集》。

完淳师事陈子龙,于古体推尊六朝,颇重丽藻。但他所处的却是一个惨酷的时代,他又是一个意志坚强、敢作敢为的人,因而其诗歌都体现出强大的生命力,只是有时发扬,有时内敛。发扬者奔放俊逸,杂以丽词,更显出青春的活力;内敛者则转为沉郁。前者多为古体,后者多为近体。今引两首,以见一斑。

天风一吹海波立,钱塘东去锦湍急。片片春帆细雨中,西泠晓发西兴入。忆昔当年游武林,布帆丝缆清江深。画船箫鼓卧凉月,朱楼烟雾生秋阴。此时年才五六许,但觅梨栗未解语。便知天下有吴生,西陵花月风骚主。

先公风表汉三君,朱履三千昼扫门。逢人便下南州榻,满座还开北海樽。吴生此时席中见,十载神交空半面。援笔千言凌紫霞,元龙湖海人人羡。

那知一别三年来,阊阖不开生尘埃。荆榛古殿铜驼卧,弓剑荒陵金雁哀。抱石千秋葬鱼腹,王褒泣血羊昙哭。屠箫犹解问夷门,衣冠半已更胡服。风尘相遇客为家,齐拂双龙剑上花。埋名同隐屠羊肆,忍死须臾博浪沙。华堂明烛良宵会,金樽斗酒离人醉。醉里论心敢放歌,梦中分手还流泪。

几回凭吊旧山河,形胜萧条可奈何!伍胥祠前暮潮满,苏小墓边秋草多。呜呼!陆郎玉树埋黄土,小陆风流隐屠贾。柴生卖药不二价,徐子披裘鬻五羖。君归有语幸相传,忘忧长向酒家眠。今年白社相招处,回首黄垆竟惘然。悲歌却话先朝事,抗眉休负生平志。乘风一寻仓海君,归来访汝吴门市。(《放歌赠吴锦雯兼讯武林诸同志》)

登楼迷北望,沙草没寒汀。月涌长江白,云连大海青。征鸿非故国,横笛起新亭。无限悲歌意,茫茫帝子灵。(《秋夜感怀》)

这两首都蕴含着政治理想以及由此生发的悲慨,但这种理想在诗中不是冷淡的观念或其形象化,而是具体而炽烈的感情的催化剂并已与之融为一体。离开了这一点,就必然沦为空洞甚或虚假的叫号。

屈大均(1630—1696),原名绍隆,字介子,广东番禺(今属广州市)人。清兵入广东后,曾参加抗清活动,因失败而削发为僧。经多年始还俗,改名大均,字翁山。有《翁山诗外、文外》《道援堂集》等。

屈大均的诗在当时就受到王士禛的很高评价,说是"其诗尤工于山林边塞,一代才也"(《池北偶谈》)。后来龚自珍更以他与屈原相提并论,尊为"文词宗",其《夜读番禺集,书其尾》说:"灵均出高阳,万古两苗裔。郁郁文词宗,芳馨闻上帝。"他的诗大致可分为两种类型。一种是以气势胜,奇崛、豪宕,而其不受羁束的人格、与现实的冲突即隐寓其中;另一种以意象的优美为特色,将其在面对雄伟、清丽的自然景色时的心灵的巨大感动传达给读者。借用袁宏道的语言,这两者其实都是他的"独抒性灵"之作。至于题材,则他的此类佳篇确以"山林边塞"为多。

> 浮云无归心,黄河无安流。神鱼腾紫雾,苍鹰击高秋。类此雄豪士,滔滔事远游。远游欲何之?驱马登商丘。朝与侯嬴饮,暮为朱亥留。悲风起梁园,白草鸣飕飕。挥鞭空鸣镝,龙骑如星流。超山逐群兽,穿云落两鹜。归来宴吹台,酣舞双吴钩。惊沙翳白日,垂涕向神州。徒怀匹夫谅,未报百王仇。红颜渐欲变,岁月空悠悠。(《过大梁作》)

> 饮马东连白道泉,桑乾西接紫河烟。何年代邸沦秋草,几处秦城出远天。事去英雄羞一剑,时来游侠喜三边。哀笳莫奏思乡曲,都尉台前月正圆。(《大同作》)

> 飞翠如烟雨,秋来山色浓。夕阳一返照,明灭金芙蓉。独啸此亭月,将寻何处钟。石门精舍近,蚤晚巢云松。(《望五老峰》)

前两篇属于第一种类型。诗中的大多数意象虽也具有感染性,但程度不同,有的甚至不免落入套路,如"远游欲何之?驱马登商丘"之类。然而,全诗气势浑瀚,蕴含着出自强大生命力的对于高昂的境界的追求、突入以及由挫折而生的悲慨。尽管这种气势是由意象的总体所构成,但意象的组合对气势的形成无疑起了重大的作用。例如《过大梁作》的"悲风起梁园,白草鸣飕飕",不仅悲凉,而且有点衰飒,但接以"挥鞭空鸣镝,龙骑如星流。超山逐群兽,穿云落两鹜。归来宴吹台,酣舞双吴钩",就使原来的悲凉、衰飒成为被豪壮的世界所克服的对象,从而更显示出这一世界的力量。后一篇属于第二种类型。前四句意象明丽,三、四两句尤具动态的美。五、六两句写诗人在感情上与这种宏伟的自然景色的契合和彻悟:"独啸此亭月"的"啸"固然是出于感动,"独"则相近于陈子昂《登幽州台歌》"念天地之悠悠,独怆然而涕下"的"独",意谓这是诗人内心所独有的感受,非一般人可以理解。因而在"啸"了以后,他就要从佛教中去寻求寄托了。至于他的感动到底是怎么样的,何以导致把佛教作为归宿,这就都由读者自己去体会。可见这两句中的意象,其内涵十分丰富;同时,其表现也动静相生,虚实相成①,灵动自如。最后两句既是对第六句的回答,也是对其归宿的进一步描绘:"石门精舍"见其宏大,巢居"云松"则高洁而潇洒,这两句的意象也甚优美。总之,这类诗所注重的是各组意象本身的美,由此而自然地形成整体的和谐画面。

王 士 禛

  王士禛(1634—1711),字贻上,号阮亭,别号渔洋山人,山东新城(今桓台)人。顺治十五年(1658)进士,官至刑部尚书。一生著述甚多,有《渔洋山人诗集、续集》、《蚕尾集、续集、后集》、《南海集》、《雍益集》等。另有《渔洋山人精华录》,是其诗歌选集,相传系士禛所手定,托为其门人选编(见《四库全书总目》卷一七三《精华录》)。他是吴伟业以后清代影响最大的诗人。《四库全书》编者说:"当康熙中,其声望奔走天下。凡刊刻诗集,无不称渔洋山人评点者,无不冠以渔洋山人序者;下至委巷小说如《聊斋志异》之类,士禛偶批数语于行间,亦大书'王阮亭先生鉴定'一行弁于卷首,刊诸梨枣以为荣。"(同上)此虽为夸张之词,但当时所刊诗集借士禛姓名以号召者,确也为数不少。

  他虽然只比夏完淳、屈大均分别小三岁、四岁,但既没有夏完淳那样的家庭背景,也没有屈大均那样的地理环境②,因而他并无夏、屈似的反抗清廷的意识,在他虚龄二十五岁时就通过科举考试而入仕。不过,一则在他内心中具有较强的个人意识,对颜斶、鲁仲连、灌夫那样维护个人尊严的人物十分仰慕③,而在当时的官僚社会里,这就不免使他常常感到受束缚、被压抑的痛苦,因此,他感慨自己的处境说:"谁使野鹤姿,鷇鸴堕笼笯?"(《柴关岭》)悲慨人生说:"吁嗟哉!人生遇合亦偶然,雄飞雌伏皆可怜。"(《叶讱庵自吴中寄予长歌兼示金山见忆之作奉答》)再则那是一个严酷的时代,人民的痛苦不能不使他深有触动,如他的《复雨》、《春不雨》等篇皆写了民众在死亡线上的挣扎,他的《蚕租行》更叙述了一个悲惨的事件:"丁酉夏,有民家养蚕,质衣钏鬻桑,而催

---

① 下句的"将寻何处钟"是沉思,与上句的"独啸"有"静"与"动"之别。又,上句的"此亭月"是确有所指的,为"实";下句的"何处钟"在该句中是不确定的,为"虚",尽管在七、八两句中已有了答案。
② 屈大均的家乡广东,直到顺治七年(1650)大均虚龄二十岁时才完全被清兵所占有;从顺治三年冬至顺治七年,处于南明军队与清兵的拉锯战状态。
③ 他咏颜斶说:"吾高颜夫子,抗节藐齐宣。钟簴宁足论,殿上呼'王前'。"(《颜斶墓》)赞美鲁仲连说:"蹈海既高义,肆志宁辱身?"(《怀古诗三篇·鲁仲连陂》)对于灌夫,除了说"我爱灌仲孺,意气薄云天"外,并以主要篇幅颂扬了他不惧权势、使酒骂座的行为(《冬日偶然作四首》之二),而就是这种行为导致了他的杀身与灭族。

租急,遂缢死。其夫归见之,亦缢。王子感焉,作是诗也。"(《蚕租行·序》)这就更增加了他对人生的悲观。因此,除了应酬之作以外,表现人生的失落感和悲哀就成为其诗中分量最重的一个方面,尽管随着他的官位增高,此类作品的数量在不断减少。

王士禛论诗标举"神韵"。关于"神韵"的内涵,从其作于康熙二年(1663)的《戏仿元遗山论诗绝句三十二首》中的如下几首可见一斑:

> 五字"清晨登陇首",羌无故实使人思。定知妙不关文字,已有千秋幼妇词。(其二)
>
> 青莲才笔九州横,六代淫哇总废声。白纻青山魂魄在,一生低首谢宣城。(其三)
>
> 挂席名山都未逢,浔阳喜见香炉峰。高情合受维摩诘,浣笔为图写孟公。(其四)
>
> 风怀澄澹推韦柳,佳处多从五字求。解识无声弦指妙,柳州那得并苏州?(其七)
>
> 中兴高步属钱郎,拈得维摩一瓣香。不解雌黄高仲武,长城何意贬文房?(其八)

从"羌无故实"、"不关文字"、"无声弦指"等语,可知其文学思想实源于钟嵘、严羽,并以后者为主。因为钟嵘论诗,主张"自然英旨",不满于用典,故有"'清晨登陇首',羌无故实"(《诗品》)之语,严羽在《沧浪诗话》中也早就说过:"夫诗,……不涉理路,不落言筌者上也。……盛唐诸人唯在兴趣,羚羊挂角,无迹可求。故其妙处透彻玲珑,不可凑泊,如空中之音,相中之色,水中之月,镜中之象,言有尽而意无穷。"至其对于具体诗人的评价,则自出手眼,不尽同于钟、严,推崇谢朓、王维、孟浩然、韦应物、钱起、郎士元、刘长卿。——他虽然也提到了"青莲才笔九州横",但最后却归结为"一生低首谢宣城"。其实,李白虽也颇为赞赏谢朓,写过"解道'澄江净如练',令人长忆谢玄晖"一类的句子,但只是"长忆"而已,何尝"一生低首"? 所以,王士禛此首不过是把李白作为颂美谢朓的铺垫。

把此种文学思想和这些诗人的创作成就综合起来,就可以知道:王士禛在诗歌上所注重的是感情、意象、自然、含蓄,在意象营造方面则向主观倾斜①;在题材方面多取日常生活的感受而不大触及社会矛盾,与此相应,感情

---

① "在唐诗发展中其意象营造向主观倾斜的历程"主要是从王维开始的,在韦应物、刘长卿、钱起、郎士元的诗歌中,此点表现得更为明显,参见本书上卷第三编第七章第四节关于王维诗歌的论述,中卷第四编第一章第二节关于韦应物、刘长卿、钱起、郎士元诗歌的论述。

深婉而不激烈。这也就是王士禛那些表现人生的失落感和悲哀的诗的特色。虽然王士禛在中年以后,其诗歌风格有所改变,但这并不是他的创作的进步,而且到了晚年他又几乎回到了原来的道路(见其《唐贤三昧集·序》),所以在这里对此就不再述及了。

王士禛诗的上述特色,在以下几首中都有较鲜明的体现:

　　苍苍远烟起,械械疏林响。落日隐西山,人耕古原上。(《即目》)
　　吴头楚尾路如何,烟雨秋深暗白波。晚趁寒潮渡江去,满林黄叶雁声多。(《江上》)
　　萧条秋雨夕,苍茫楚江晦。时见一舟行,濛濛水云外。(《即目》)
　　年来肠断秣陵舟,梦绕秦淮水上楼。十日雨丝风片里,浓春烟景似残秋。(《秦淮杂诗十四首》之一)

这些诗所写的,都是诗人寂寞而凄凉的心情。在第一首中,伴随着风吹疏林的声响,诗人久久地凝视着傍晚的荒凉古原以及为了生存而艰苦地挣扎的、以致太阳隐没后尚在耕作的人们,从"苍苍远烟起"直到日落①。然则诗人为什么要这样久久地凝视,以及上述景象给诗人带来了怎样的心灵震撼,诗中全不交代,但敏感的读者是可以想像得之的。第三首与此类似,只不过背景改成了在萧条的秋天傍晚,处于雨中的旷远迷茫的微暗大江。凡有船只经过,诗人就目送着它,直至其在天际消失,然后又默默地看着另一艘船只的行驶。在这里,诗人的寂寞、孤独是不言而喻的,而"萧条"两句所写景色带给读者的凄凉之感则正是诗人自己心情的写照。至于第二、四首,仅"满林黄叶雁声多"、"浓春烟景似残秋"之句,就已能使读者感受到作者的心情了。所以这四首诗都具有较强的感染力。其中有三点很值得注意:第一,诗中虽多清词俊句,但均出自直接描绘。除"吴头楚尾"外,不用典故("秣陵"虽是古地名,但为当时文士所习用,可不视为用典)。而且,这四字也可撇开原典,从字面上理解为吴地之头、楚地之尾;那对诗意的掌握并无妨碍。因而这四首较好地实践了钟嵘《诗品》的"古今胜语,……皆由直寻"和王士禛自己的"羌无故实使人思"的主张。其写景的清新自然,则是谢朓开创的传统。第二,这四首不仅都表现了诗人寂寞、凄凉的心情,并且是以此来打动读者的,写景物的诗句不过是引导读者进入诗人那种心境的工具。但除了末篇的"肠断"二字外,这四首中没有任何直写诗人心情的字句。因而就表现诗人的上述心情来说,其前三首确可谓"羚羊挂角,无迹可求,透彻玲珑,不可凑泊",也可谓"不着一字,尽得风流"。其第四

---

① 在"落日隐西山"时就看不到"苍苍远烟起"了。所以,诗人是先看到"苍苍远烟起",再渐渐地看到"落日隐西山"的。

首虽因"肠断"一词而稍落言筌,但全篇之最能打动读者的,实为后两句;而那两句在表现作者心情方面仍有"不可凑泊"之妙。第三,这四首的意象营造都具有向主观倾斜的特点。其第一首最使人惊心动魄的是"人耕古原上"之句,末三字充分突现了景物的荒寒,从而使"远烟"、"疏林"、"落日"都带有浓烈的苍凉之感。但在实际上,此诗作于山东的济南府、青州府一带①,并非荒凉之区。倘说这"古"字只是显示该地的历史悠久,并不意味着它还停留在古老的未开发的阶段,那么,任何地区都是历史悠久的,诗人何必在这里多余地加上此字呢? 因此,这乃是诗人根据其内心感受来营造意象的结果,而其感动读者的力量也主要来源于此。第二首的标题既为《江上》,所写自是舟行江上的所见,其第三句又为"晚趁寒潮渡江去",然则作者又怎能看到"满林黄叶"? 而且当时既在晚潮之际,雁自已栖息,又何来偌多"雁声"? 足见其末句也是诗人主观想像的产物。但正因有了此句,读者才能从诗中深深感到秋暮的凄凉并与诗人共鸣。至于第三首,其三、四两句——尤其是第四句——极为灵动,且具深远之致。但我们最多只能看到一只船在水天之际消失,绝不可能看到它穿出"水云外"。何况当时又是"秋雨夕"、"楚江晦",视力所能达到的范围极小。其第四句之全凭想像,不言而喻。第四首的三、四两句,虽似写景,其实主要也只是体现诗人的心情。《牡丹亭》的杜丽娘曾有"朝飞暮卷,云霞翠轩。雨丝风片,烟波画船——锦屏人忒看的这韶光贱"(《惊梦》)的感慨,可见"雨丝风片"正是春日的美景之一,那么,又怎会"十日雨丝风片里,浓春烟景似残秋"呢? 假如诗人确有这样的感受,那也是因为他自己的心情已经到了"残秋"之故。但就诗而论,这两句确实造成了一种很浓郁的凄凉的氛围,感人甚深。总之,这四首之具有较高的艺术成就,是与其以主观来营构意象的特征分不开的。这种特征在从王维到韦应物、刘长卿、钱起、郎士元等人的诗中变得越来越明显;由此可见,王士禛在上引《论诗绝句》中对这些诗人的推崇,实是与他自己的创作道路相联系的。

不过,以上所述,仅是王士禛诗歌创作的主要方面。还有两个侧面也很值得重视。

其一,有时也大量运用典故,以表现更为繁复、微妙的感情。其最具代表性的,是《秋柳四首》。

这一组诗是他于顺治十四年(1657),也即他虚龄二十四岁时在济南所作。

---

① 王士禛诗集中的作品系按写作先后编排。《即目》之前有《法庆寺阁上望云门山》等诗,法庆寺在青州,云门山在益都(青州府治所)城南五里;《即目》后有《浒山道中》等诗,浒山在济南邹平县西。故知其作《即目》时在青州、济南一带。

当时他去参加乡试,许多名士也都到了济南。一日,他们在大明湖的水面亭会饮。亭下杨柳千余株,披拂水际,"叶始微黄,乍染秋色,若有摇落之态"。王士禛"怅然有感,赋诗四章"(见其《菜根堂诗集序》)。诗前有小序:

> 昔江南王子,感落叶以兴悲;金城司马,攀长条而陨涕。仆本恨人,性多感慨。寄情杨柳,同《小雅》之仆夫;致托悲秋,望湘皋之远者。偶成四什,以示同人,为我和之。丁酉秋日北渚亭书①。

全诗如下:

> 秋来何处最销魂?残照西风白下门。他日差池春燕影,只今憔悴晚烟痕。愁生陌上《黄骢曲》,梦远江南乌夜村。莫听临风三弄笛,玉关哀怨总难论。
>
> 娟娟凉露欲为霜,万缕千条拂玉塘。浦里青荷中妇镜,江干黄竹女儿箱。空怜板渚隋堤水,不见琅琊大道王。若过洛阳风景地,含情重问永丰坊。
>
> 东风作絮糁春衣,太息萧条景物非。扶荔宫中花事尽,灵和殿里昔人稀。相逢南雁皆愁侣,好语西乌莫夜飞。往日风流问枚叔,梁园回首素心违。
>
> 桃根桃叶镇相怜,眺尽平芜欲化烟。秋色向人犹旖旎,春闺曾与致缠绵。新愁帝子悲今日,旧事公孙忆往年。记否青门珠络鼓,松枝相映夕阳边!

诗人是见到济南大明湖的杨柳"若有摇落之态"而兴感,但第一首所咏的却是白下——今江苏南京——的杨柳"只今憔悴晚烟痕"的情景。这固然显示了诗人以主观营构意象、不为现实情况所限的特色,而其特别关注南京,则显然是因其为弘光帝建都之地。王士禛当是见到杨柳的"若有摇落之态",产生了序中所引及的桓温那样的感慨:"木犹如此,人何以堪?"②遂欲以杨柳为道具,抒写人事无常的悲哀。而弘光政权的兴衰,正是当时体现人事无常最深切的事件,所以借此抒感;诗中的杨柳,自然也不得不处于南京一带了。不但第一首如此,第三首的"灵和殿"、第四首的"桃根桃叶",也分别为南京昔日的宫殿名和人名。至于第二首的"空怜板渚隋堤水,不见琅琊大道王",虽似指隋堤之

---

① 见《渔洋诗集》所收《秋柳四首》。《渔洋精华录》虽也收《秋柳四首》,却删去了此序。
② 据《世说新语》载:东晋时桓温将领兵北征,经过金城,见其年轻时所种柳"皆已十围",因而"慨然叹曰:'木犹如此,人何以堪?'攀枝执条,泫然流涕。"《秋柳四首》的《序》中"金城司马,攀长条而陨涕"语即指此事。

柳,实际隐寓弘光政权的灭亡及其原因①。不过,王士禛对弘光朝并非像明朝遗老似地具有特殊感情。"三秋人易怨,八代感何殊?"(《鸡鸣寺眺后湖二首》之二)这意味着人在秋天容易产生哀怨之情,而此类哀怨之情是与王朝消亡而引发的伤感没有什么差别的(大概是因为二者都含有没落的悲哀)。值得注意的是:他把"八代"(指吴、东晋、宋、齐、梁、陈、南唐及弘光这八个建都于南京的王朝)相提并论,可见弘光的灭亡和另七个王朝的灭亡在他心中所引起的感慨并无不同。他要抒发的,是王朝灭亡后的惨况带给他的沉痛,其中既无对前朝的怀恋,也无对明室覆亡的悲愤,所有的只是对身经沧桑之变的个人在瞬息间判若云泥的处境的无限同情和繁华不再的深沉叹息②。在《秋柳》三、四两首中,此种特色显得尤为清楚。

与此诗的第一、二首写悲凉的秋天不同,第三、四首所写为诗人想像中的春天再度来临的情景;而那又是何等凄惨的春天。第三首的开首两句,就以浓烈的感情哀叹着繁华的长逝:在东风使杨柳树上生出轻絮并把它吹上行人衣服的时候,本应像以前的春天一样,到处是欣欣向荣的气象;如今却景物全非,一片萧索,唯堪"太息"。接着的两句以扶荔宫花事废尽,灵和殿旧人已稀,进一步铺写上句所云"萧条"之状,渗透着今昔盛衰之感。五、六两句,以象征笔法写身经沧桑之变的人们的愁惨、凛惧,最后以往事不堪回首作结③,更增凄怆。至于第四首,是哀怜美人、才士、帝子、公孙俱已沦落或逝去④,而且夫妇

---

① 王士禛在作于顺治十七年(也即比《秋柳》迟作三年)的《淮安新城有感二首》之一中说:"……四镇虫沙成底事,五王龙种竟无归。行人泪堕官桥柳,披拂长条已十围。""四镇"指弘光时最靠近南京的四个军区的首领,"隋堤"的一部分即在其辖地,诗中的"官桥柳"也即隋堤柳。又,《秋柳》第二首"不见琅琊大道王"句下自注:"借用乐府语,桓宣武曾为琅琊。"则"琅琊大道王"实指桓温。参以《淮安新城有感》的上引诗句,可知《秋柳》第二首的"空怜板渚隋堤水,不见琅琊大道王",实隐喻弘光时镇守扬州(隋堤所经)一带的将军中没有桓温那样的杰出人才(所谓"四镇虫沙成底事"),以致迅速灭亡。
② 即使是对已经逝去很久的古人,王士禛也会因其突然陷入惨境而深为同情,如《和吴渊颖题钱舜举〈张丽华侍女汲井图〉》:"可怜拂槛晓妆时,入井仓皇那得知。千载画图犹省识,石栏红泪颭胭脂。"
③ 此首末两句"往日风流问枚叔,梁园回首素心违",是说深谙"往日风流"的枚叔,已将回首往事视为违反其"素心"的行为,也即已不愿回首了。
④ "桃根桃叶镇相怜,眺尽平芜欲化烟"中的桃根桃叶,是东晋才士王献之之妾。这两句是说:桃根、桃叶已失去了王献之,只能二人彼此相怜。虽然她们还幻想着王献之的突然归来,因而日日凝望,但眺尽平芜,却只有"欲化烟"的杨柳(古代诗词中的"烟柳",指杨柳正盛之时;"欲化烟"则指其尚为新柳)。王士禛《秦淮杂诗十四首》之三:"桃叶桃根最有情,琅琊(指王献之。——引者)风调旧知名。即看渡口花空发,更有何人打桨迎。"意谓桃根桃叶今已无人将护(因王献之《情人歌》原有"桃叶复桃叶,渡江不用楫。但渡无所苦,我自来迎接"及"桃叶复桃叶,桃叶连桃根。相邻两乐事,独使我殷勤"诸语(《玉台新咏》卷十),士禛诗"更有"句即缘此而发),可与《秋柳》中"桃根桃叶"二句互参。

离别,再无会期,唯有昔日的恩爱尚缭绕胸际①。通篇都渗透着缠绵与哀伤,极具感人的力量。

把《秋柳四首》与上引《即目》等四首相比较,除了在意象营构上向主观倾斜、词句清俊等共同点外,又存在较大的区别:

第一,《即目》等诗基本上用直接描绘的方法,《秋柳》则多用典故。不过,王士禛在用典上很具创造性,大致有如下几点:一、将用典的诗句与其他诗句巧妙结合起来,以扩大原典的意义。如第二首的"浦里青荷中妇镜,江干黄竹女儿箱。空怜板渚隋堤水,不见琅琊大道王",其"空怜"两句是讽刺弘光朝的将领中没有桓温那样的人才(说已见前),"浦里"句的以荷作镜,其原典是讽刺何敬容的无用②,联系其后的"空怜"两句,此处当是指弘光朝臣之虚有其表而无实用。至于"江干"句,源自乐府《黄竹子歌》的"江边黄竹子,堪作女儿箱",原典并无讥刺之意,但就《秋柳》此句与其上下句的关系看,显然也是对弘光朝臣而发。当是因黄竹虽堪作箱,但黄竹箱在箱子中实是简陋粗鄙之物,所以此句乃是隐斥弘光朝臣的鄙陋。这种扩大原典意义的手法,使王士禛在写诗时所能使用的典故远较旁人为多,从而也就能自由挥洒。二、作者运用典故,在不违背原典基本含义的前提下,有时会增入一些原典所无的具体描绘,作为形成其诗歌基调的一种辅助手段。最典型的为上引"浦里青荷中妇镜"。"浦里"、"中妇"与"青荷"的"青"皆为诗人所加。由于这些字的加入,诗句就有一种旖旎之致;再配以下句的"江干黄竹女儿箱",更显婉丽。使全诗所表现的凄凉之情,不致流入衰飒。这就使典故能真正为诗人使用,而不致让诗人成为典故的奴隶。三、用典虽多,但始终以直接的描写、抒发为主体,并由此形成一种独特的气氛;读者即使对某些典故不甚了然,依然能为诗歌的气氛所感动。以《秋柳》的第一首来说,其开头两句——"秋来何处最销魂?残照西风白下门"——已给人以强烈的"销魂"之感③;接着的"他日差池春燕影,只今憔悴晚烟痕",虽用了沈约《阳春曲》"杨柳垂地燕差池"的典故来写杨柳在春日之感,以和秋间的凄寂相对照,但只从字面上理解,也有强烈的盛衰之感沁人心头;其五、六两

---

① 第四首末二句"记否青门珠络鼓,松枝相映夕阳边",系用乐府《杨叛儿》:"七宝珠络鼓,教郎拍复拍。黄牛细犊儿,杨柳映松柏。"
② 何良俊《世说补》卷四载:江从简曾作诗讽刺何敬容,有"欲持荷作镜,荷暗本无光"语,以"荷"影"何",暗示何敬容的无用。
③ 第二句的"残照西风"虽出自相传为李白所作《忆秦娥》的"西风残照,汉家陵阙",但即使不知其出典,仍会被此句深深感动。

句——"愁生陌上《黄骢曲》,梦远江南乌夜村"①用典较僻,而由"愁生"、"梦远"之语,自可知诗人是为今日的情况而"愁生",为往日的"梦远"而悲慨,因而从第三、四句获得的盛衰之感得以继续维系甚或有所强化;最后的"莫听临风三弄笛,玉关哀怨总难论"②,撇开其所用典故,读者也能感受到诗人的"哀怨"之深和"白下"的荒凉——因为当地已与玉门关外相仿佛,诗人所体味到的已经是"玉关哀怨"了。这种通过气氛的营造而使不熟悉典故的读者能在某种程度上受到感染的手段,是李商隐所开创的,王士禛则运用得更为熟练了③。

第二,虽然在意象的营构上都是向主观倾斜,但《秋柳》却比上引的《即目》等诗的想像力远为丰富。因为《即目》等诗的想像是以眼前景色为基础的,以"时见一舟行,濛濛水云外"(《即目》)来说,舟行于水云之外的情况固出于想像,但其向水天交接之处驶去却出于目见。至于《秋柳》前二首所写的白下秋日情景,虽似有济南大明湖的秋色可作为想像的凭藉,但如"玉关哀怨总难论"、"含情重问永丰坊"之类诗句所含蕴的内容,绝非在当时的大明湖所能获得感受的;其三、四两首所写的白下春日情状当然更与秋天的大明湖无涉。所以,《秋柳》四首基本上是其内心原有的哀愁的外化;文学素养(包括他所掌握的典故)为他提供了必需的材料,而想像力则是这种外化得以完成的主要手段。

第三,《秋柳》比起《即目》等诗来具有更丰富的内涵。这是为当时的社会大变动及其灾难性的后果、为无数个人在这一变动中的不幸遭遇所唱的哀歌;诗人不是站在某一群体的立场上来谴责另一个群体和鼓吹报复,而是表现了

---

① 《黄骢曲》是唐太宗命乐工所作,以悼念其所乘战马的;此马为其定中原时所乘骑,后在攻辽时死亡。"乌夜村"为晋何淮所居的村庄,其女生时有群乌夜蹄,其后晋穆帝立其女为后,乌又夜啼,故名。
② 这两句虽兼用桓伊的典故,主要却自唐代王之涣《凉州词》的"羌笛何须怨杨柳,春风不度玉门关"(参见本书上卷第450页)生发而来。"羌笛"所奏乐曲的内容为"怨杨柳",王之涣却认为塞外的荒寒是"春风"不来之故,不能归咎杨柳。王士禛的意思则是:是否应"怨杨柳"是"难论"——说不清楚的,还是不要听笛子的演奏吧。这意味着他在想像中的"白下"所感受的已是"玉关哀怨",只不过他的这种"哀怨"是如此深沉和复杂,笛子所演奏的有关音乐已不能引起他的共鸣了。
③ 例如李商隐的《锦瑟》:"锦瑟无端五十弦,一弦一柱思华年。庄生晓梦迷蝴蝶,望帝春心托杜鹃。沧海月明珠有泪,蓝田日暖玉生烟。此情可待成追忆,只是当时已惘然。"首尾四句为直接抒发,全诗的气氛由此形成;中间四句用典,追叙其"华年"的遭遇并起加强气氛的作用。因为首尾四句易解,对其所用典故不甚熟悉的读者也能受到不同程度的感动。而《秋柳》的直接抒发和用典,不像《锦瑟》似地界限分明,经常相互渗透。如"莫听临风三弄笛,玉关哀怨总难论",第一句基本上为直接抒发,第二句就其对"莫听临风三弄笛"的原因的交代来说,是直接抒发,但"玉关哀怨"则是用典,而它同时又说明诗人所感受到的是"玉关哀怨",透露出当时的"白下"已荒凉得有如"玉关",则又近于直接抒发了。

作为个体的人在面对这一切时所产生的内心的悲痛和迷惘。也只有理解了这一点,我们才能理解为什么他在《即目》等诗中所流露的心境是那样地萧索。

王士禛诗歌的另一个侧面,在于有时也会较直率地显示其内心的荒凉与萧索,虽异于上述士禛诸诗的含蓄,但仍具有感人之力。较有代表性的是如下一首:

芦沟桥上望,落日风尘昏。万里自兹始,孤怀谁与论? 故人感离赠,昨夕共清言。此去珠江水,相思寄断猿。(《芦沟桥却寄祖道诸子:友人姜西溟、门人盛珍示、郭皋旭、卫凡夫、朱悔人、吴天章、洪昉思、汤西厓、查夏重、声山、张汉瞻、惠元龙、刘贞士、王亮工、王孟毂》)

此诗不用典,全是直接的抒写,这与《即目》等诗相似;但却不是像《即目》等诗那样地含蓄不露。头两句所写景色蕴含着一种沉重之感,反映了诗人内心的悒郁,三、四两句直白地表现了他的寂寞、孤独。结句更流于衰飒。也正因此,倡导"温柔敦厚"的"诗教"而反对王士禛的赵执信在其所著《谈龙录》中曾把此篇作为王诗的代表大加挞伐①。因为他只承认基于个人与群体(以皇帝为代表的)关系而产生的"止于礼义"之情,而完全否定这种基于私生活的喜怒哀乐,甚至说逐臣去国时所写的诗,其悲哀程度也不应超过此首,那却只不过反映了时代的严酷或可悲。关于赵执信,在下一章中将作进一步的介绍。

二、以纳兰性德为代表的清初词人

清初词人众多,诗人吴伟业、王士禛等也多善于作词;而词人中最为杰出的,则为纳兰性德。以词擅名而在词坛上颇有影响者,尚有朱彝尊、陈维崧,二人均为纳兰性德的前辈。在他们的作品中,一面可以看到晚明文学崇尚感情、重视自我的传统,另一方面也可以看到这一特殊时代中较为普遍的悲哀色彩。

朱 彝 尊

朱彝尊(1629—1709),字锡鬯,号竹垞,别号小长芦钓师、金风亭长,秀水(今浙江嘉兴)人。出身名门,曾祖、祖父在晚明皆仕至高官。但到他成年时,家道已经中落。年方十七,入赘同乡冯氏为婿,且授徒里中。已而游历大江南北,在公卿门下当幕僚,与王士禛等文士交往,文名渐盛。康熙十八年(1679)以荐试博学鸿词科,授翰林院检讨,迁日讲起居注官。后因私带小胥入宫抄

---

① 参见本编第三章第一节。

书,被劾降级。之后虽一度官复原职,而最终仍被罢官。晚年居乡,专意学问,著述甚丰。其诗文词结集为《曝书亭集》行世,另辑有明诗总集《明诗综》和唐宋金元词总集《词综》。

朱彝尊在清初文坛上与王士禛齐名,世称"南朱北王",这主要是就他的诗而言。他的诗总体上没有渔洋诗特有的那种伤感情怀,而时时透露出一种学究式的博雅,这跟作为诗人的朱氏同时为一笃实的经学家有密切的关联。在诗学旨趣上,朱彝尊崇尚唐诗,而鄙薄宋诗,对明代的前后七子颇加赞许。他早年所写的一部分作品,因此也颇有一些七子派的形貌,如七律《题南昌铁柱观》,用"阴洞蛟龙晴有气,虚堂神鬼昼无声"那样的别致意象摹写道观的神秘,即与李梦阳、何景明诸人的诗作不无相似之处。

朱彝尊现存诗作中,比较特殊的一首是五排《风怀二百韵》。该诗以二百韵四百句共两千字的超长篇幅,叙写了朱氏个人经历的一次刻骨铭心的婚外恋情。诗中的女主人公,据考即朱氏的妻妹。从结构上看,此诗从诗人自身入赘,与女主人公初识,写到对方的两次不成功的婚姻,与双方在避乱的特殊遭际中渐生感情,最终突破礼教樊篱,频频幽会,及至天各一方,女主人公不幸病故。这种大胆的恋爱诗,可说是晚明文学传统的继续;但由于作者在诗中有意无意地以炫耀的姿态运用了大量的典故(有不少还是僻典)与不常用的字,这一本应感人的诗篇整体上被一层厚厚的学问所笼罩,终于未能绽放出它本可具有的光彩。

从感情的流畅表达与这种表达同时具备较佳的文学形式方面说,朱彝尊的词,要较他的诗更出色一些。朱氏词收入《曝书亭集》者,依其类别分为《江湖载酒集》、《静志居琴趣》、《茶烟阁体物集》、《蕃锦集》四个部分。其中前二集为普通的抒情之作,《静志居琴趣》还被某些学者视为《风怀》诗的注脚①,以其中颇多艳词。《茶烟阁体物集》则专收咏物词,《蕃锦集》乃集唐人诗句为词者。

朱彝尊词中的较好作品,是写恋情和身世之感的;其动人之处,在于渗透篇中的悲哀情绪。如下引的三首:

泪眼注,临当去,此时欲住已难住。下楼复上楼,楼头风吹雨。风吹雨,草草离人语。(《一叶落》)

黄芦红蓼白蘋洲,一水东西南北流。旧日秋孃尚在不?石桥头,柳外斜阳花外楼。(《忆王孙》)

横街南巷,记钿车小小、翠帘徐揭。绿酒分曹人散后,心事低徊潜说。

---

① 见冒广生《小三吾亭词话》卷三《竹垞静志居琴趣》,《词话丛编》,唐圭璋编,中华书局1986年版,页4711。

莲子湖头,枇杷花下,绾就同心结。明珠未斛,朔风千里催别。　　同是沦落天涯,青青柳色,争忍先攀折。红浪香温围夜玉,堕我怀中明月。暮雨空归,秋河不动,纠箭丁丁咽。十年一梦,鬓丝今已如雪。(《百字令·偶忆》)

这三首都没有朱氏诗作中那种浓烈的学究气息。前两首以简单直白的语言,描绘正在经历感情冲击或追忆往昔情感的词人内心的活动,并且均能将自然景物自然地引入小词中,有一种别致的逸趣。第三首把恋情与身世之感结合起来,写自己与恋人同样"沦落天涯",这爱情本身就充满了苦涩,虽然同时也就更是一种灵魂的契合而不仅是情欲的体现(所谓"青青柳色,争忍先攀折");而最后他与她终于离别了,接下来又是十年漂流,人也渐渐老去。词的最后几句,写别离后的悲痛,回忆往事时的凄凉,都颇为感人。

即使在全部用唐人诗句集成词篇的《蕃锦集》中,也不乏这样的感情深厚之作。试看下面这首《临江仙·汾阳客感》:

无限塞鸿飞不度,太行山碍并州。白云一片去悠悠。饥乌啼旧垒,古木带高秋。　　永夜角声悲自语,思乡望月登楼。离肠百结解无由,诗题青玉案,泪满黑貂裘。

此词整体上有明确的感情表达,结构也较自然,词末还有一个小高潮。虽还谈不上有震撼人心的力量,末二句中的"青玉案"、"黑貂裘"又不免过于华丽,与整首词的气氛不协调。但就大体来说,仍能使人感到作者的悲怆,其中所蕴含的,既有思乡之情,也有身世之感;后者是由"永夜角声悲自语"一句透露的,那间接折射出时世的动乱和作者壮志难酬的悲哀。

值得注意的是:此词是作者分别从十位唐代诗人的诗集中挑选出一句,加以组织而成的——上片五句依次为李益、白居易、张若虚、沈佺期、刘长卿的诗句,下片五句依次是杜甫、魏扶、鱼玄机、高适、李白。这一种集句的方法在我国由来已久;由于必须迁就前人的成句,束缚太大,本难写出好的作品(此词之出现"青玉案"、"黑貂裘"那样的字眼,其故也就在此),也不宜提倡,但此词却还能在某种程度上给人以感动,这除了作者的博学善采之外,就因作者确实具有这样的感情,在面对此类景色时也确有这样的感受。

不过,在上引的几首词中,不但《临江仙》存在着前述的缺陷,那《百字令》中的"红浪香温围夜玉,堕我怀中明月",也给人以"隔雾看花"(借用《人间词话》中语)之感,只能使人猜测到是作者正在与其情人热恋之际,她却突然离去了(大概是被迫的)。由于对其遭遇还需猜测,自然也就难于体会作者的感情了。因此,这两句实是作者的败笔。这是朱彝尊在词中追求"清空"、"醇雅"之境的结果。朱氏论词,颇崇南宋,而南宋诸家之中,又特别推崇姜夔、张炎二家,其所辑《词综》在"发凡"中称"姜尧章氏最为杰出",又其《解佩令·自题词集》自谓"不师秦七,不师黄九。倚新声,玉田差近",即是明证。姜、张二家词以"清空"、"骚雅"为风格的标志,因此,上引的朱彝尊几首词都有"清空"、"醇雅"之姿(那也可说是他的词作的基本风格),而且当他感到某些情景如果直接表现就违背"清空"、"醇雅"的要求时,就故意隐约其词了,而这也就损害了作品的感人力量。

总之,朱彝尊敢于大胆地写自己的恋情,不但在词中写,而且在诗里写,这是晚明文学新思潮的传统,其词中的悲哀情绪则与时代的特征相关联;但他的诗大量运用典故,于词提倡"清空"、"醇雅",却已离开了晚明"直抒性灵"的"直抒"之旨了。

朱彝尊倡导的词学宗旨与其创作上形成的特殊风格,在清初颇有追随者,其中尤以浙籍文士居多,文学史上因有诗坛"浙派"及词坛"浙西词派"之称,后者以龚翔麟选辑的包括朱彝尊、李良年、李符、沈皞日、沈岸登及龚氏本人之作在内的《浙西六家词》一书的流行,尤负盛名。但以曝书亭词为代表的浙西词,由于提倡"清空"、"醇雅"而造成的内容表达上的缺陷,在朱氏之后的诸家创作中也越来越成为清词普遍存在的一种明显的不足。发展到清代中叶,与之相对的以提倡词应有"寄托"为宗旨的常州词派便取代了浙派的地位。

陈 维 崧

陈维崧(1625—1682),字其年,号迦陵,宜兴(今属江苏)人。明亡时年方二十,因其父陈贞慧本为复社中人,且以气节著称,所以他年轻时交往的朋辈,亦多为明遗民及其子弟。但到康熙十八年(1679),他还是去应了博学鸿词科的考试,中式后授职为翰林院检讨,又参与《明史》的纂修。有《迦陵文集》、《迦陵俪体文集》、《湖海楼诗集》、《迦陵词全集》。

陈维崧外貌粗豪,胡须满脸,性格外向,精力充沛。在文学上他诗词文兼长,文中又既能写古文,还擅作骈文;至诸体中最擅长的,则是词。他"中年始学为诗余"(陈宗石《迦陵词跋》)。而所作词现存多达四百余调,一千六百余首。从数量上看,堪称前无古人,后无来者。他几乎试遍了到清初为止词坛上出现的所有词调,某些同调词,他还尝试了它们的不同体制,如《河传》一调,在《迦陵词全集》中即有十二种体制不同的作品。就词的篇幅而言,陈维崧对长调似乎有特别的偏好,他现存一千六百余首词作中,长调即占了九百多首;而长调中的某些词牌,在他的笔下又一再重复,如《满江红》一调,他写了九十六首;《念奴娇》一调,他作了一百零八首;而《贺新郎》一调,竟高达一百三十五首。数量、形制与篇幅的繁夥,自然使得陈维崧的词作在总体上显现出较以往词家词作更为斑斓复杂的外貌。事实上陈氏本人在许多场合,也已将填词视为跟作诗同样的创作活动,而将不少原本由诗来担当的题材写入词作中。另一方面,陈氏的词和前此宋明诸家词相比,也有了某些明显的形式差异。这种差异就积极的一面说,是迦陵词中出现了一些带有曲的韵味的作品,一定程度上拓展了传统词作的表现空间,像《探春令·试灯夜对雪》的上片:"六街料理做元宵,奈雪儿偏下。小鹦哥隔着秋千架,将六出花轻骂。"俨然是一派曲的风致。而这种差异由消极的一面看,则是迦陵词里出现了不少以文为词的粗率之作,将本已区分的词文界限再度模糊,如《沁园春·题王山长小像》起首云:"己卯之秋,余甫成童,流观简编,见诸省贤书,楚材最妙。"这样的句子读来已了无词的韵味。不过不论是积极的还是消极的方面,迦陵词之所以有此不同以往词的特征,均是陈维崧大胆探索的结果。

从文学史的角度论,迦陵词中历来最受注目的,是其间透露出的作者飞扬不羁的气概;而其中正蕴含着一种张扬自我的精神。试看下面这首《醉落魄·咏鹰》:

寒山几堵,风低削碎中原路,秋空一碧无今古。醉袒貂裘,略记寻呼处。　男儿身手和谁赌?老来猛气还轩举。人间多少闲狐兔?月黑沙黄,此际偏思汝。

虽然词题上写的是"咏鹰",而词中实际所咏赞的,是一位年虽迟暮、心犹壮烈的志士——词人自己。他所处的环境,不免令人感到有些凄凉,那万里无云的晴空之下,寒山与秋风映衬的,仅有已经中酒沉醉了的志士的孤独身影。但是在词的下片,作者却以一种"声色俱厉"(陈廷焯《白雨斋词话》评此词语)的笔调,转瞬间即营造出一份英雄的兀傲之气,表现了他决不向限制自己的环境屈服,而要与"人间狐兔"搏战到底的决心,使自我得到了比较完美的呈现。

迦陵词中另一具有文学史意义的特征,是其时时显露的悲愤情怀。如《踏莎行·冬夜不寐》:

旧恨如丝,新寒似水,两般都着人心里。五更刁斗汴梁城,一天风雪成皋垒。　古寺钟生,邻墙月死,枕头欹遍如何是!半生孤愤酒难浇,挑灯且读《韩非子》。

作者在词中并未具体指认"旧恨"、"新寒"为何物,但词中叙写风雪五更之夜,自己辗转难以入眠的痛苦,皆由"半生孤愤"而来,词末又为读者下了一个《韩非子》(其中有《孤愤》之篇)的注脚,则我们大致可以猜测这里的"旧恨"、"新寒",或与词人亲身经历的易代之恸有关。如果我们再注意到陈维崧的词里经常提到"死"或类似于死亡的意象,像上引词中即有"邻墙月死"之语,而《采桑子·正月二十日从吴天石处获读纬云弟京邸春词因和其韵》起首又云:"昨冬并说西樵死,送尽英雄,只剩衰翁,寒日西颓贯白虹。"则迦陵词里弥漫的这份悲愤之绪,与同时代王士禛诗、纳兰性德词中所流露的那份感伤悲凉是相通的。

可惜的是,这样的作品在陈维崧集子中并不多见;他的许多作品都失之粗率。

纳 兰 性 德

纳兰性德(1655—1685)本名成德,以避皇太子保成名讳,改名性德;字容若,号楞伽山人。隶籍满洲正黄旗,是康熙时著名阁僚明珠的长子。年十七补诸生,次年参加顺天乡试,成举人。康熙十五年(1676)中进士,选授三等侍卫,后迁至一等。虽不得已而任武职,但终身嗜好艺文图籍。"其扈跸时,㧑弓书卷,错杂左右。日则校猎,夜必读书,书声与他人鼾声相和"①。能诗擅文,尤长于填词。又精书画赏鉴。有《通志堂集》、《饮水词》。

纳兰性德是清王朝定鼎中原后成长起来的一代文学新人。他虽然身为满洲贵族的后代,而自幼所受的教育中,汉族传统文化教育占了相当的比重;他又是一个天性"爱闲"并自称"疏庸"的人②,曾赋诗云:"吾本落拓人,无为自拘束。倜傥寄天地,樊笼非所欲。"(《拟古四十首》之三十九)但中进士后却被羁于其本不感兴趣的武职。敏感的心绪,失意的仕宦,使他"四顾复不适"(《杂诗七首》之三),并比常人更痛切地感受到了个人与环境的冲突。在《拟古四十首》之二十六中,他塑造了一匹因被圈禁而深感灰心的"宛马":"宛马精权奇,欻从西极来。蹴踏不动尘,但见烟云开。天闲十万匹,对此皆凡材。倾都看龙种,选日登燕台。却瞻横门道,心与浮云灰。但受伏枥恩,何以异驽骀?"这与明初高启《寓感二十首》之十三从题旨到形式均颇为相近③,都是以马自喻,凸现了个人不愿受任何束缚的强烈愿望,以及因个性与环境相冲突而给个人生活造成的痛苦;不同的只是高启在诗中自比为志在丰草的驽马,而纳兰性德则将自己视为迥出群驽的"龙种",字里行间流露出浓重的贵族气息。这自然是实际生活的隐喻,而那种令人窒息的实际生活,同时也使纳兰性德自然地将文学(尤其是词)视为一种充分泄露个人诸般情感的重要形式。他的词,因此成

---

① 徐乾学《通议大夫一等侍卫进士纳兰君墓志铭》(《纳兰词笺注·附录一》,张草纫笺注,上海古籍出版社2003年版)。
② 见上海图书馆编《词人纳兰容若手简》。
③ 参见本书本卷第六编第一章第一节《高启、刘基及其他》所引高启该诗及有关论述。

为清代前期文学中个性独具的一个存在。

纳兰性德的词最初以"侧帽词"为名,后来更名为"饮水词",并以此名流传后世。"饮水"之名的出典,显然是禅家所谓的"如鱼饮水,冷暖自知"。他取以为词集之名,似寓含了个人深受环境压抑,与群体疏离,只能自我怜惜的意思。而就表现的内容与方式来看,饮水词最引人注目的地方,则是其无所不在的感伤气氛,与不择地而出的真率的个人情感流露。尽管一直过着裘马轻肥的贵族公子生活,但对于词人而言,生活本质上似乎是一种永远也无法摆脱凄苦、无奈甚至绝望的宿命式旅程,所以饮水词中出现频率最高的情绪性表白,竟是"凄凉"二字[①];同时身处繁华之中的词人,艺术上又病态似地关注繁华零落一类的悲剧性场景[②],并着意凸现这种繁华已逝背景下个人的不幸与悲怆。当已逝的繁华与饱经沧桑的人类历史相联系时,这种不幸与悲怆更具动人心魄的魅力。如著名的《蝶恋花·出塞》:

> 今古河山无定数。画角声中,牧马频来去。满目荒凉谁可语?西风吹老丹枫树。　　幽怨从前何处诉。铁马金戈,青冢黄昏路。一往情深深几许,深山夕照深秋雨。

词中描绘的,是词人出塞途中路过"青冢"也就是王昭君墓时所见所慨。上片景象弘阔,寥寥数语,即给人以历史的纵深感。但其硬质的语词间,已分明流露出饮水词特有的"凄凉"之绪;尤其是结束时的"西风吹老丹枫树"一句,于彤红似火的枫树上着一"老"字,且谓此种苍老源于西风的无情劲吹,即在热烈的景致之下蕴涵了无限的悲凉。下片着重回忆昭君出塞的历史情事,起句将幽怨无处可诉的情绪性反问劈空插入,个人被冷酷的历史现实抛弃的不幸与无奈,在上片所绘硬质画面的映衬下毕显无遗;接着用黄昏中隐约可见通向青冢的荒凉之路,来寓示金戈铁马的纷繁战争中女性的悲剧性命运,更为触目惊心;而最后两句"一往情深深几许,深山夕照深秋雨",四个深字叠次呈现的,又是一种难以言说清楚的惆怅情怀。词从题材方面看似为一首咏史之作;但其着眼点与表现的重点,乃是个人的命运,这又与一般的咏史词有很大的区别。无情的历史与有情的个体间的尖锐冲突,在词中越到后来越得到充分的展示,而词人内心所向,全是同情具有悲剧性命运的个体一方,因此词的后半,历史

---

① 《饮水词》中出现"凄凉"一词的句子极多,如"知否小窗红烛,照人此夜凄凉"(《清平乐·忆梁汾》)、"水驿灯昏,关城月落,不算凄凉处"(《雨中花·送徐艺初归昆山》)、"一种晓寒残梦,凄凉毕竟因谁"(《清平乐·忆梁汾》)等等。
② 《饮水词》中有"马首望青山,零落繁华如此"(《好事近》)、"夜雨几番消瘦了,繁华如梦总无凭"(《浣溪沙》)、"眼底风光留不住"(《蝶恋花》)等句,即其例。

性的具象场景完全淡出,对悲怆之情的描绘占据了整个画面。

就表现感情的细腻、丰富与鲜活而言,饮水词可以说是再度回复到了北宋词的水准。在纳兰性德的笔下,虽然也不乏化用甚至套用前代名家词作境象、语句及文字的例子,但写得最出色的一些作品,都能语近天然,直道心迹。如下面这首《摊破浣溪沙》:

> 一霎灯前醉不醒,恨如春梦畏分明。澹月澹云窗外雨,一声声。
> 人到情多情转薄,而今真个不多情。又听鹧鸪啼遍了,短长亭。

一段似有似无的感情,在灯前沉醉的词人内心激起了想分辨明晰又害怕明白结果的千般恼恨。此时窗外淡淡的云月,与传进屋里的点点雨声,都成了既可增加词人内心苦痛,又能冲淡、消解词人情感的无情之物。而痛苦到极点,有情也便转换成了无情。词人因此自我安慰道:"而今真个不多情。"但是当鹧鸪的啼声再度传来时,他又进入了无法忘情的境界,那仿佛在说"行不得也哥哥"的鸟鸣,声声都似在召唤词人鸳梦重温。值得注意的是,词在整体上采用了一种不断对照、充满冲突的结构,以展示主人公的矛盾心绪:上下片结束时出现两种自然之声,即寓示了可以诱使词人或忘却旧情或重温旧情的不同内涵;而全词渐次呈现的主人公由情生恨,由恨去情,而后再恢复对情的憧憬的种种心态,又超越具体人事,而艺术地描画出了作为个体的人面对情感困境时都可能作出的复杂的心理反应。此外像《酒泉子》,着墨不多,却能写活一种心与物感又凄清异常的景致:

> 谢却荼蘼,一片月明如水。篆香消,犹未睡,早鸦啼。　　嫩寒无赖罗衣薄,休傍阑干角。最愁人,灯欲落,雁还飞。

词中表达的情感较之上引《摊破浣溪沙》所写更不明确,只是侧面描绘了词人因某种情绪困扰而无法入睡的情形。但因为其中连续营造了诸如月明如水、篆香渐灭、寒鸦早啼、灯火欲落等或具有逐步松弛感或具有持续紧张感的意象,两相交织,便颇为传神地烘托了情思绵绵不绝,又深感百无聊赖的人生孤独况味。至于从更深一层说,词中状摹的外在事物与内心不相和谐的场景,如人未睡而鸦早啼,将灭灯就寝而雁仍飞翔等等,则又可谓是词人擅长由个人与环境冲突的一面构思词境的另一佳例。

一般认为,饮水词中的优秀之作皆是令词,纳兰笔下的长调词作大都不甚成功①。但从文学充分表现个人情感的角度看,饮水词里的部分长调仍值得

---

① 《复堂词话》引周稚圭语云:"容若长调多不协律,小令则格高韵远,极缠绵婉约之致。"又《越缦堂日记》亦谓饮水词"长调殊鲜合作"(《纳兰词笺注》附录二)。

重视。如悼亡题材《金缕曲·亡妇忌日有感》：

> 此恨何时已。滴空阶、寒更雨歇，葬花天气。三载悠悠魂梦杳，是梦久应醒矣。料也觉、人间无味。不及夜台尘土隔，冷清清、一片埋愁地。钗钿约，竟抛弃。　　重泉若有双鱼寄。好知他、年来苦乐，与谁相倚。我自终宵成转侧，忍听湘弦重理。待结个、他生知己。还怕两人都薄命，再缘悭、剩月零风里。清泪尽，纸灰起。

如果将此词与苏轼的《江城子（十年生死两茫茫）》相比，其情感表达的深度超越了东坡词，是十分明显的。因为妻子的离去，使词人痛感"人间无味"；因为妻子长眠地下，便为其在九泉与谁同甘共苦而思念不已，终宵难眠；甚至连来生再结姻缘，又怕双方薄命，重为对方带来悲痛也都想到了。这些描绘人生无常、生命脆弱，以及爱情易受命运捉弄、人世伤害的细节，是苏轼所没有表现或不愿表现的。而也正因此，纳兰性德的这首长调尽管不能避免前人从词律等方面发出的责难，其在文学史尤其是词史上仍具有重要地位。

王国维在《人间词话》中，曾称赞纳兰性德"以自然之眼观物，以自然之舌言情"，"北宋以来，一人而已"。如果考虑到词自南宋中期以后即走上了典雅、繁复甚至晦涩的路径，本以直观地展现人的情感见长的这一文学样式，逐渐习惯于将情感包裹在复杂的文辞与结构之中，则饮水词的出现，的确是使词重新回到了充分而真率地表情的正途。另一方面，正如陈维崧所云："饮水词哀感顽艳，得南唐二主之遗。"（见冯金伯辑《词苑萃编》引）纳兰性德在运用词的样式，抒写个体因受环境压抑而不得身心自由，只能以悲哀的文字舒泄一腔怨愁方面，又上承李璟、李煜词的传统。这就意味着纳兰性德词之所以取得如此的成就，除了其非汉族的特殊身份及经历外，也由于其对汉族文化中与他的词的这种特色相通的成分的吸取。而就后一点言，则除了对李璟、李煜词的继承以外，当时社会的文化氛围——晚明思潮的遗风和在汉族士大夫中较普遍存在的悲哀情绪——自也不会不对他产生影响。

总之，正是在这种种复杂因素的交叉作用下，纳兰性德才能将这种对人生的悲苦心境的艺术化呈现，提高到了一种前所未有的强烈程度；前此还从未有人将人生的失意情感描绘得如此凄凉与悲苦[①]。这在中国近世文学的发展历程中具有特殊的意义，显示了人的个体意识在一个新的更深层次上的觉醒。

[①] 北宋晏幾道、秦观等人的词中也颇不乏表现人生失意情感之处，但其呈现的基调，是深切的惆怅，因而失意之中，尚有些许因回忆而生的安慰。纳兰词中则几乎看不到这种安慰，因此其中的失意之绪传达给读者的，是一种个人已深感绝望的凄凉。

而就影响的一面说,饮水词的意义实不仅是复古式的重现宋词重情话语,而更在于以一种特有的感伤情怀,吸引后来更宽泛范围内的诸体文学,共同关注更为个人化的个体情感失落、个体与群体的冲突或疏离等非政治性的悲剧话题。《红楼梦》里的贾宝玉虽然不是如旧红学家所说的就是纳兰性德,但《红楼梦》所具有的那种重视悲剧氛围营造的表现形式,从文学史上看,却不能说与饮水词毫无关联。

第二节 散　　文

从顺治时期到康熙前期,在属于文学范畴的散文领域大抵有两种倾向。一种是继续晚明小品的传统,其代表作家为张岱与廖燕;另一种是向唐宋古文的传统回归,其代表作家为魏禧、侯方域与汪琬,被称为"清初三大家"。张岱、廖燕在清初文坛上的影响都较侯、魏、汪为小,何况张岱的散文又只是过去时代的回音;所以,在张、廖以后,晚明小品的流风余韵就消歇了。与此相反,向唐宋古文传统回归这一派的声势却越来越大,终于推衍成为桐城派而在文坛取得了统治地位。而且,在侯、魏、汪三人身上都还多少有一些晚明散文抒写性灵的痕迹,在推衍成为桐城派后,这样的痕迹也消失了。

一、张　　岱

在清初,有许多善写小品文的作家是由明入清的。他们受过晚明精神的洗礼,因而在其作品中可以见到晚明小品的流风余韵。其中最突出的是张岱(1597—1679)。张岱诗文兼擅,而尤以小品文为世所称。因其小品大抵作于明亡以后,所以我们将其置于本章来介绍。他字宗子,一字石公,别号陶庵。出身世家,但在明亡前未曾入仕。家仅中产,而贪图享乐,生活奢侈。清兵南下,张岱曾参加抗清军事活动,受南明政权的将军之职①,既而"国破家亡",遂"披发入山"(《〈陶庵梦忆〉序》)。晚年贫困不堪,而著书不辍。有《石匮书》、《琅嬛文集》、《陶庵梦忆》、《西湖梦寻》等,大抵作于明亡以后。但其小品所描绘的,不但多是他个人在明末的生活,而且主要反映他在当时的心境。

---

① 张岱《自为墓志铭》叙述生平曰:"常自评之,有七不可解:……以书生而践戎马之场,以将军而翻文章之府,如此则文武错矣,不可解三。"知其曾履战场,且受将军之职,后又转而以著述为业。同篇的"铭"又有"老廉颇,战涿鹿"语,知其上战场时业已年迈;当是在晚年曾参与抗清军事活动。

张岱的创作精神,是不隐讳,不虚饰,写出真实的自我。其《自题小像》说:"功名邪落空,富贵邪如梦,忠臣邪怕痛,锄头邪怕重,著书二十年邪而仅堪覆瓿。之人邪有用没用?"寥寥数语,而自有真实的张岱在。写自己尚且如此,写别的当然更不肯昧着良心,胡捧瞎骂。这就是其小品文首先值得重视之处。

他的小品文中,凡涉及晚年处境的,多苍凉凄恻。既含家国之感,也有对人生的悲叹。但忆及早年情状的,则颇能显示生活的——自然的和人间的——美,虽然也不无对生活的艰辛的悲叹。一般说来,其小品的主导倾向仍是对人生的热情;其所以有浮生若梦的悲慨,实出于对人生的留恋,而不是对人生的勘破。

现先介绍上述第一类作品。从其现存小品来看,此类较少。最被称道的,有《〈陶庵梦忆〉序》、《〈西湖梦寻〉序》、《自为墓志铭》等。《〈陶庵梦忆〉序》的后半尤能体现他的悲感与执着相互渗透的特色。

> 鸡鸣枕上,夜气方回。因想余生平,繁华靡丽,过眼皆空,五十年来,总成一梦。今当黍熟黄粱,车旋蚁穴,当作如何消受? 遥思往事,忆即书之,持向佛前,一一忏悔。不次岁月,异年谱也;不分门类,别《志林》也。偶拈一则,如游旧径,如见故人,城郭人民,翻用自喜。真所谓痴人前不得说梦矣。
>
> ……余今大梦将寤,犹事雕虫,又是一番梦呓。因叹慧业文人,名心难化,政如邯郸梦断,漏尽钟鸣,卢生遗表,犹思摹揭二王,以流传后世。则其名根一点,坚固如佛家舍利,劫火猛烈,犹烧之不失也。

既已觉悟到人生如梦,往事仅堪供忏悔之用,而又对它们无限留恋,"城郭人民,翻用自喜",然则终身永无解脱之日。"黍熟黄粱",只能益增悲感。所以,他的"名心难化"而"犹事雕虫",也无非是想后世人士知道有这么一个人物和如许梦境而已。这样的文字,虽然渗透着绝望的感伤,却又伴随着深沉的眷恋。其感人之力,正缘于此。

后一类小品,集中在《陶庵梦忆》、《西湖梦寻》二书内。其长处在善于发现生活中的美,也即人生的值得留恋处,并以灵动之笔加以描摹。其尤值得注意者,是那些带有世俗性的部分。例如,从六朝的山水文学直到苏轼的《前赤壁赋》乃至元末李孝光的游记,所写的均是士大夫心目中的美;袁宏道、张岱等人的小品开始注意城市生活所形成的热烈的美,这在中国的文章史上是很值得重视的现象(在诗歌史上,这种现象开始得更早,至少可以上推到柳永的词)。张岱在这方面的作品不少,如《扬州清明》、《绍兴灯景》等;至其《虎丘中秋夜》则把富丽的美与艺术的美相结合,别有情趣,可与袁宏道的《虎丘》后先辉映:

> 虎丘八月半，土著流寓、士夫眷属、女乐声伎、曲中名妓戏婆、民间少妇好女、崽子娈童及游冶恶少、清客帮闲、傒僮走空之辈，无不鳞集。自生公台、千人石、鹤涧、剑池、申文定祠，下至试剑石、一二山门，皆铺毡席地坐，登高望之，如雁落平沙，霞铺江上。
>
> 天暝月上，鼓吹百十处，大吹大擂，十番铙钹，渔阳掺挝，动地翻天，雷轰鼎沸，呼叫不闻。更定，鼓铙渐歇，丝管繁兴，杂以歌唱，皆"锦帆开澄湖万顷"同场大曲。蹲踏和锣，丝竹肉声，不辨拍煞。更深，人渐散去，士夫眷属皆下船水嬉。席席征歌，人人献技。南北杂之，管弦迭奏，听者方辨句字，藻鉴随之。
>
> 二鼓人静，悉屏管弦，洞箫一缕，哀涩清绵与肉相引。尚存三四，迭更为之。
>
> 三鼓，月孤气肃，人皆寂闻，不杂蚊虻。一夫登场，高坐石上，不箫不拍，声出如丝，裂石穿云，串度抑扬，一字一刻。听者寻入针芥，心血为枯，不敢击节，惟有点头。然此时雁比而坐者，犹存百十人焉。使非苏州，焉讨识者？

在这里他写了两种美：世俗欣赏的和只有识者能够领略的。他对二者都加以赞叹，并都写得极其令人神往。这样的审美情趣，与"五四"后的知识分子已有相通之处。

当然，由于明末的江浙一带在繁盛的背面已存在着社会危机的朕兆，何况张岱的这些小品又是经历了沧桑之变以后的追忆，自然会有某种反思的成分，因而有时也接触到令人悲叹的一面。如《二十四桥风月》写扬州邗沟——妓女集中地——的情况说，该地除名妓外，普通妓女"可五六百人"，每日傍晚"倚徙盘礴于茶馆酒肆之前"以候客，但最后总有二三十人剩下。"沉沉二漏，灯烛将烬，茶馆黑魖无人声。茶博士不好请出，惟作呵欠，而诸妓醵钱向茶博士买烛寸许，以待迟客。或发娇声唱《劈破玉》等小词，或自相谑浪嬉笑，故作热闹以乱时候，然笑言哑哑声中，渐带凄楚。夜分不得不去，悄然暗摸如鬼，见老鸨，受饿、受笞，俱不可知矣。"读来令人凄然。至如《西湖香市》一篇，在极写香市之盛后，却以如下一段文字作结：

> 崇祯庚辰三月，昭庆寺火。是岁及辛巳、壬午涝饥，民强半饿死。壬午虏鲠山东，香客断绝，无有至者，市遂废。辛巳夏，余在西湖，但见城中饿殍舁出，扛挽相属。时杭州刘太守梦谦，汴梁人，乡里抽丰者，多寓西湖，日以民词馈送。有轻薄子改古诗诮之曰："山不青山楼不楼，西湖歌舞一时休。暖风吹得死人臭，还把杭州送汴州。"可作西湖实录。

虽是寥寥数笔,却已较清楚地显示出政治的腐败与社会基础的薄弱;而细心的读者也不难体会出作者内心的悲痛。

除此以外,张岱小品中还有不少写士大夫情趣的,如《西湖七月半》、《湖心亭看雪》等,大抵清新可喜。也有具讽刺性的作品,颇见匠心。如《孔庙桧》,一开头就是:"己巳,至曲阜,谒孔庙,买门者门以入。宫墙上有楼耸出,扁曰'梁山伯祝英台读书处'。骇异之。"结尾为:"孔家人曰:'天下只三家人家,我家与江西张,凤阳朱而已。江西张,道士气;凤阳朱,暴发人家,小家气。"首尾对照,当时"孔家人"的气质如绘。

不过,张岱的小品文虽没有丧失自我,却已在尽量调整自我与社会规范的关系,连王思任、曹学佺小品所具有的放言高论的锐气也失去了。何况他的这些小品文就总体而论,乃是过去时代的回音。

张岱以外,还有很多由明入清的小品文作家,其与张岱的文章在精神上存在相通之处的,则为叶绍袁和余怀。

叶绍袁(1589—1648)字仲韶,号天寥道人,吴江人,天启进士,官工部主事,辞归。其妻子与子女皆能诗文,家庭中文艺气氛浓厚。顺治二年清兵下江南后,弃家为僧。著有《甲行日注》等。

《甲行日注》是日记体的作品,从其因清兵下江南而离家逃遁之日开始。今引两则于下:

> 二十七日,丙午。雨。晓起理装。家人辈至庵中拜别,余曰:"此行也,若幸中兴有期,则归来相见亦有日。不然,从此永诀矣。两幼主室家之好未完(偘、倕未婚),岂不痛心。然留之事房,必不可,我亦无可奈何耳,三孙不及见其长大,幸为我善视之。踞湖山先垅松楸,幸念之毋忘。闻房令遁不降者,籍入。不赇数亩与环堵之室,不暇计矣。顾夫人、公子,向受钱唐公之托,今亦有愧九原,当令善返昆山耳。诸妇女可寄西方尼庵,汝辈但为谋其糊口者,俾无冻馁以死,感且不朽"。家人皆伏地哭,余亦泣。登舟,二兄幼舆、叔秀侄来送;侄孙舒胤亦来,时年十五,泪涔涔不止矣。既发,冒雨至栖真寺即香上人简庵。夜,可生上人为祝发焉。即此后,或有黄冠故乡之思,但恐彭泽田园,门非五柳,辽东归鹤,华表无依耳。
> ……
> (八月)十六日,乙丑。阴。天色萧疏催冷,凄况郁人。吴山多生灵芝,王荆公云:"神奇之产,销藏委翳于蒿藜榛莽之间。而山农野老,不复知为瑞也,岂不然哉?"因思风庐旁,得更结一茅,名百芝草堂,佛书棕具,足了暮年。而乱离之世,力艰衣食,亡妇儿女,亦未有蓬颗之蔽焉,安从余力及此? 书之以识我之意也。

第一节所记,是离家出逃时的情状,以简谈的文字写离别的惨痛和对未来的忧惧,自然真率,而给人以强烈的震动。第二则所记,则为出逃次年的八月间事,最悲痛的时间已经过去。虽内心仍甚黯淡,而已萌发了对闲适生活的追求,想盖"芝草堂"了;对此种文人积习,作者也毫不掩饰。所以这两则的气氛虽不尽相同,但都有真实的自我在。

余怀(1616—1695),字澹心,号曼翁,莆田(今福建莆田东南)人,长期侨居南京,一生未仕,而文名籍甚。有《板桥杂记》,专记明末南京旧院(妓院)情状,为众多名妓写小传,对她们的才艺和美丽多所赞扬。今引该书序文的一部分于下:

> 余生也晚,不及见南部之烟花,宜春之子弟,而犹幸少长承平之世,偶为北里之游。长板桥边,一吟一咏,顾盼自雄。所作歌诗,传诵诸姬之口。楚润相看,态娟互引,余亦自诩为平安杜书记也。
> 鼎革以来,时移物换。十年旧梦,依约扬州;一片欢场,鞠为茂草。红牙碧串,妙舞清歌,不可得而闻也;洞房绮疏,湘帘绣幕,不可得而见也;名花瑶草,锦瑟犀毗,不可得而赏也。间亦过之,蒿藜满眼;楼馆劫灰,美人尘土。盛衰感慨,岂复有过此者乎?
> 郁志未伸,俄逢丧乱。静思陈事,返念无因。聊记见闻,用编汗简。效东京梦华之录,标崖公蚬斗之名,岂徒狭邪之是述,艳冶之是传也哉?

二、廖 燕

廖燕(1644—1705),原名燕生,后改名燕,字人也,号柴舟,韶州曲江(今广东韶关市郊)人。康熙初入县学,晚年弃去。曾为塾师、幕僚。有《二十七松堂集》。

廖燕受晚明进步思潮影响,敢于独立思考。他不仅反对封建统治者的愚民政策,把以八股取士的制度作为与秦始皇的焚书同样性质的措施,而且把《诗》、《书》也作为愚民的工具。

他的散文以讽刺见长,在犀利的剖析中隐寓着强烈的感情。但也有清新隽永的。后者显为晚明小品的继续,前者则更能显示其个人的特色。

前一类散文可以《明太祖论》为代表。通过对统治阶级愚民政策和专制独裁的批判,流露出内心的极度愤懑。在这以前,我国已有貌似论说文而实则蕴含并抒发情感的作品(参见袁宏道《答林下先生》、《兰亭记》等作品分析部分),《明太祖论》是其进一步的发展。

> 天下可智不可愚,而治天下可愚不可知。使天下皆知而无愚,而天下

不胜其乱矣。

　　益智者动之物而扰事之具也。昔人云:"天下本无事,庸人扰之耳。"夫庸人乌能扰天下哉?扰天下者,皆具智勇凶杰卓越之材。使其有才而不得展,则必溃裂四出,小者为盗,大者谋逆,自古已然矣。惟圣人知其然,而惟以术愚之,使天下皆安于吾术,虽极智勇凶杰之辈皆潜消默夺而不知其所以然,而后天下相安于无事。故吾以为明太祖以制义取士与秦焚书之术无异,特明巧而秦拙耳;其欲愚天下之心则一也。

　　秦始皇以狙诈得天下,欲传之万世,以为乱天下者皆智谋之士,而欲愚之,而不得其术。以为可以发其智谋者无如书,于是焚之以绝其源。其术未尝不善也,而不知所以用其术,不数年而天下已亡。天下皆咎其术之不善,不知非术之过也。且彼乌知《诗》、《书》之愚天下更甚也哉!《诗》、《书》者为聪明才辨之所自出,而亦为耗其聪明才辨之具;况吾有爵禄以持其后。后有所图而前有所耗,人日腐其心以趋吾法,不知为法所愚。天下之人无不尽愚于法之中,而吾可高拱而无为矣,尚安事焚之而杀之也哉?明太祖是也。

　　自汉、唐、宋历代以来,皆以文取士,而有善有不善。得其法者惟明为然。明制:士惟习四子书,兼通一经,试以八股,号为制义,中式者录之。士以为爵禄所在,日夜竭精敝神以攻其业。自《四书》、一经外,咸束高阁,虽图史满前,皆不暇目,以为妨吾之所为,于是天下之书不焚而自焚矣。非焚也,人不复读,与焚书无异也。焚书者欲天下之愚,而人卒不愚,又得恶名。此不焚而人自不暇读。他日爵禄已得,虽稍有涉猎之者,然皆志得意满,无复他及;不然,其不遇者亦已颓然就老矣,尚欲何为哉?

　　故书不可焚,亦不必焚。彼汉高、楚项所读何书?而行兵举事俱可为万世法。《诗》、《书》岂教人智者哉?亦人之智可为《诗》、《书》耳。使人无所耗其聪明,虽无一字可读,而人心之"诗"、"书"原自不泯。且人之情,图史满前,则目饱而心足;而无书可读,则日事其智巧,故其为计更深而心中之"诗"、"书"更简捷而易用也,秦之事可鉴已。故曰明巧而秦拙也。

　　孔子曰:"民可使由之,不可使知之。"夫治天下者一人而已,其余皆臣与民而听治于一人者也。使天下皆安心而听治于一人,而天下固已极治矣,尚安事使其知之而得以议吾之政令也哉?故虽以明之制百世不易可也。(《明太祖论》)

文中似乎处处都在赞扬八股取士制度与愚民政策,其实都是尖刻的讽刺。因为文章一开始就已说明:"天下可智不可愚。"要使天下成为美好而合理的天下,那就必须使天下人都聪明而不愚蠢;只是为统治者的便于统治着想,那才要使天下人都愚蠢。所以，愚民政策越执行得成功，天下就越糟糕，人民也就越痛苦；越是能导致愚民政策的成功的制度，也就越是罪恶的制度；越是能设计出高明的愚民措施的统治者，也就越是人民的公敌。自然，文中似乎也指出了"天下皆智而无愚"的危害："使其有才而不得展，则必溃裂四出，小者为盗，大者谋逆。"但是，一个合理的社会不就应该做到人尽其才吗？"有才而不得展"不正是重大的社会弊病吗？那么，推行愚民政策的结果，虽然可使"小者为盗，大者谋逆"的现象大为减少甚或绝迹，但不也就可以使"有才而不得展"的情况无限制地扩大和延续，甚至最后弄得大家都无才可展吗（龚自珍后来就在其《乙丙之际著议第九》中深刻地揭露了这种无才可展的情况①）？这正是一个社会的末路！

也正因此，本文对八股取士的制度和愚民政策的批判实在非常深刻，可说已达到了当时的最高水平。同时，作者也已接触到了最高统治者和天下民众的对立，对于提倡愚民之术的"圣人"和"民可使由之，不可使知之"的主张颇为不满。但是，他无法公然地表达这一切，只能以类似赞扬的形式，行嬉笑怒骂之实。而读者在阅读时，不仅震惊于其看问题的透彻和犀利，也为其强自抑制的满腔悲愤、字里行间所透露出来的敢于向社会挑战②的个性特色所深深感动。所以，文章虽似以议论为主，但基于其所呈现的热情和个性，仍是文学性的散文。如从文学的分类来看，与"五四"新文学中的鲁迅等人的杂文实属于同一类型；若从创作精神来看，也不无相通之处。晚明小品竟然能演化出这样的文章来，也正证明了晚明文学与"五四"新文学之间确实存在着某种联系。

至于廖燕之所以能有如此深刻的看法，自与晚明新思潮的影响有关。例如，他把天下士人按照统治者的要求，只以诵读《四书》、《五经》为事（对每个士人来说，则是诵读《五经》中的一经），视为"日腐其心"，这实是李贽把《四书》等作为"道学之口实，假人之渊薮"（《童心说》）的传统的继续与发扬；他认为人如不读《诗》、《书》就能更好地发挥自己的聪明才智，也与李贽的"天生一人自有一人之用，不待取给于孔子而后足"（《答耿中丞》）的观点相通。自然，目前并无任何材料可以证明他读过李贽的这些著作，但必须在李贽这类观点在社会上扩大开来，对《四书》、《五经》的盲目崇拜和迷信已在一部分人中开始动摇，廖燕的这一类主张才有出现的可能。

廖燕散文中的清新隽永之作，大抵以身边琐事、日常感受为题材，娓娓而

---

① 参见本书第507页。
② 因为八股取士的制度不仅在明代执行，在清代也延续了下来。所以，这是由政府权力所长期推行，并为社会所长期承认和支持的制度。说这种制度是为了愚民、使人们"日腐其心"，那其实也就是向社会挑战。

谈，简练生动，于情景真切或见解新颖中显出其个性特色。这些都是晚明小品的传统。现各引一篇为例：

> 己未春，予僦居城东隅。茅屋数椽，箦低于眉，稍昂首过之，则破其额。一巷深入，两墙夹身，而臂不得转。所见无非小者。屋侧有古井一环，瓮狭浅，仅可供三四罌，天甫晴则已竭。井边有圃，虽稍展，然多瓦砾瘠瘦。蔬植其中，则短细、苦涩不可食；予每大嚼之不厌。巷口数家，为樵汲、艺圃与拾粪、卖菜佣所居。其家多小雏，大亦不至五六岁，时入嬉戏，或偷弄席上纸笔画眉颊戏者，予颇任之。
>
> 门外有古槐一株，颇怪，时有翠衣集其上。旁有小石墩数块，客至则坐其下谈笑。客多乡市杂竖，所谈皆米盐菜豉，无有知肉食、大言者。予虽欲大言之，而客莫能听也。以故，凡笔之于文者皆称是。……（《小品自序》）
>
> 人非日，非月，非火，则不能见物。然以为可见者将在此三者邪？若使人无目，物亦不能见。以为可见者，又将在目耶？若使人无日、无月、无火，目又不能见，毕竟以何为见？目，附我者也；日、月与火又附目者也，是谓之以我见我。虽然，我复何在？《易》云："复，其见天地之心矣乎！"心者，我之谓也。请质之见亭主人，然乎否邪？（《见亭跋》）

前一篇写其贫居之状，历历如绘，而作者自己的精神面貌、尤其是他对肉食者的藐视，也寓于其中。后一篇虽似讨论人依靠什么以见物的问题，最终归为心；这在稍稍涉猎陆、王之说或佛家经典者，且为极平凡的答案；但接着的一句"心者，我之谓也"，不再作任何解释，余韵泠然，其中却蕴含着尊崇自我的激情。意谓"日、月与火"之类"附目"之物，实是依附我而存在的，"我"乃是天地万物的主宰。于此不再词费，正是让读者有充分的想像余地，也是哲学论文与文学散文的分界所在。至于他在这方面的真实思想，则可参看他的《三才说》。其中有这样的话："我生天地始生，我死天地亦死。我未生以前，不见有天地，虽谓之至此始生可也。我既死以后，亦不见有天地，虽谓之至此亦死可也。非但然也，亦且有我而后有天地，无我而亦无天地也；天地附我以见也。"这当然是标准的主观唯心主义的哲学，但在当时，却正是崇尚个体、强调个体的哲学基础。在廖燕逝世的一百余年以后，龚自珍倡导"众人之宰，非道非极，自名曰我"，也正是依据这样的哲学理论，但恐非得自廖燕[①]；这大概也就证明了：当历史发展到某一阶段，总会有某些类似的主张出现。

[①] 廖燕的文集流传甚少，没有任何证据证明龚自珍读过他的著作。

可惜的是：廖燕以后，中国的文学又出现了停滞乃至倒退。

三、"清初三大家"

与张岱直至廖燕一系的作品相对，在清初文学散文的领域还存在着以魏禧、侯方域、汪琬为代表的另一系，他们被称为"清初三大家"。关于此点，《四库全书》馆臣为汪琬《尧峰文钞》所作的提要说得颇为清楚：

> 古文一脉，自明代肤滥于七子，纤佻于三袁，至启祯而极敝。国初风气还淳，一时学者始复讲唐宋以来之矩矱，而琬与宁都魏禧、商丘侯方域称为最工，宋荦尝合刻其文以行世。然禧才杂纵横，未归于纯粹；方域体兼华藻，稍涉于浮夸；惟琬学术既深，轨辙复正，其言大抵原本《六经》，与二家迥别。其气体浩瀚，疏通畅达，颇近南宋诸家，蹊径亦略不同。庐陵、南丰固未易言，要之，接迹唐、归，无愧色也。

上面所叙述过的张岱等人不但是"三袁"一路，而且还从"启祯"而来，因而与"复讲唐宋以来之矩矱"的魏、侯、汪显然体现了两种很不相同的倾向。但就这三人而论，其情况也颇有差别，侯、汪二人则前期与后期又有变化；不过从总体来看，这三人都在把散文拉回到传统的唐宋古文的道路上去，其最终的结果是为桐城派的出现创造了条件。

魏禧（1624—1681），字冰叔，江西宁都人。入清不仕，以气节自重。自居为明室遗民，而又颇与清朝官员交往。有《魏叔子集》。

魏禧于文章，主张以唐宋诸大家的"文章格调"为楷模。其《宗子发文集序》说："今夫文章，《六经》、《四书》而下，周秦诸子、两汉百家之书，于体无所不备，后之作者，不之此则之彼，而唐宋大家则又取其书之精者参和杂糅，镕铸古人以自成，其势必不可以更加。故自诸大家后，数百年间未有一人独创格调，出古人之外者。"这就是说，文章"格调"已尽于唐宋诸大家，后人无法再创新，只能跟随唐宋诸大家之后，亦步亦趋。所以，《四库》馆臣把他列入"复讲唐宋以来之矩矱"的队伍中，是很不错的。但是，魏禧倒也并不提倡全盘模仿唐宋"诸大家"的文章。紧接着上引的文字之后，魏禧这样写道：

> 然文章格调有尽，天下事理日出而不穷。识不高于庸众，事理不足关系天下国家之故，则虽有奇文，与左、史、韩、欧阳并立无二，亦可无作。古人具在，而吾徒似之，不过古人之再见，顾必多其篇牍以劳苦后世耳目，何为也？（《宗子发文集序》）

因此，他要求文章必须有古人文中所未见之"理"，但这又不能"取办临文之顷"，必须平时蓄积。他说："人生平耳目所见闻，身所经历，莫不有其所以然之理。虽市侩、优倡、大猾、逆贼之情状，灶婢、丐夫米盐凌杂鄙亵之故，必皆深思而谨识之，酝酿蓄积，沈浸而不轻发，及其有故临文，则大小浅深各以类触，沛乎若决陂池之不可御。"（同上）

照此看来，文章的能事，就在于以唐宋诸大家的"文章格调"写古人所未见之理。他认为文章所体现之"理"必须由自己体会而得，还多少有点尊重自我的意味，但他的这种理论对于文学性的散文已有很大危害：第一，文学性的散文首重在情，所写之景也必须以情为主干；把文章的内容仅仅归结为"理"——哪怕是体现于日常事物中的"理"，也就从根本上取消了文学性散文的本质特征。第二，文学性的散文固然可以写天下大事，但也不妨写身边的小小悲欢，魏禧却说"事理不足关系天下国家之故，则……可无作"，那又把文学性散文的创作道路堵塞了一大半，例如，袁宏道、张岱等人的许多优秀的小品文就都应被否定。第三，内容决定形式，元代以后所出现的许多社会现象和人们的思想感情已大异于唐、宋，岂能用唐宋诸大家的"文章格调"来表现？倘若硬要削足适履，其作品必然味同嚼蜡。

也正是基于自己的理论，魏禧所作多为论说文；其在文章的分类上可以属于文学散文的，也缺乏美感。在其后一类文章中较为人所知的，是《大铁椎传》，今即以该篇为例。

据作者自述，该篇中所记之事出于其所认识的陈子灿的叙述，是子灿与其同学高信之在宋将军处的见闻[①]：

> ……时座上有健啖客，貌甚寝。右胁夹大铁椎，重四五十斤，饮食、拱揖不暂去。柄铁，折叠环复如锁上练，引之长丈许。与人罕言语。语类楚声。扣其乡及姓字皆不答。既同寝，夜半，客曰："吾去矣。"言讫不见。子灿见窗户皆闭，惊问信之。信之曰："客初至，不冠不袜，以蓝手巾裹头，足缠白布，大铁椎外一物无所持，而腰多白金。吾与将军俱不敢问也。"子灿寐，而醒，客则鼾睡炕上矣。
>
> 一日辞宋将军，曰："吾始闻汝名，以为豪。然皆不足用。吾去矣。"将军强留之，乃曰："吾尝夺取诸响马物，不顺者辄击杀之。众魁请长其群，吾又不许。是以仇我。久居此，祸必及汝。今夜半，方期我决斗某所。"宋将军欣然曰："吾骑马挟矢以助战。"客曰："止！贼能且众。吾欲护汝，则不快吾意。"宋将军故自负，且欲观客所为，力请客。客不得已，与偕行。将至斗处，送将军登空堡上，曰："但观之，慎弗声，令贼知汝也。"

[①] 据文中所述，"宋将军"并非真的将军，只是"人以其雄健，呼宋将军云"。

> 时鸡鸣月落,星光照旷野,百步见人。客驰下,吹觱篥数声。顷之,贼二十余骑四面集,步行负弓矢从者百许人。一贼提刀纵马奔客曰:"奈何杀我兄?"言未毕,客呼曰:"椎!"贼应声落马,马首尽裂。众贼环而进,客从容挥椎,人马四面仆地下,杀三十许人。
>
> 宋将军屏息观之,股栗欲堕。忽闻客大呼曰:"吾去矣!"□地尘且起。黑烟滚滚,东向驰……去……后遂不复至。

由于以唐宋"诸大家"的"文章格调"为楷模,力求简古,全文只是交代了故事梗概,并无动人的描写。篇末附彭躬庵评语:"若灭若没,疑城八面。须知是写钜鹿、昆阳、王铁铃笔法,不是传红线、聂隐娘局段。中有物在故。"但揆诸实际,此文不但不足以接迹《史记·项羽本纪》写巨鹿之战的那一段,与《后汉书》中写昆阳之战者也有很大的距离,不过是欧阳修《新五代史》中《死节传·王彦章传》的模仿而已。试看《后汉书·光武本纪》是怎样写光武在昆阳城下以数千兵士而大破王莽大臣王寻、王邑统率的百万大军的:

> ……诸将既经累捷,胆气益壮,无不一当百。光武乃与敢死者三千人;从城西水上冲其中坚。寻、邑阵乱,乘锐崩之,遂杀王寻。城中亦鼓噪而出。中外合势,震呼动天地。莽兵大溃,走者相腾践,奔殪百余里间。会大雷风,屋瓦皆飞,雨下如注,滍川盛溢。虎豹皆股战①,士卒争赴,溺死者以万数,水为不流。

两相比较,"大铁椎"之战群盗就只像是傀儡戏而已。但这也难怪,既以唐宋诸大家"文章格调"为楷模,心有所拘,又怎能写得如此的笔酣墨饱;虽然《后汉书》也不是文学性的作品。

彭躬庵的评语中,其值得注意的倒是"中有物在故"一句。此文在记述"大铁椎"事迹后,尚有魏禧的一段议论:"子房得力士椎秦皇帝博狼沙中,大铁椎其人欤?天生异人,必有所用之。予读陈同甫《中兴遗传》,豪俊侠烈魁奇之士泯泯然不见功名于世者又何多也!"这其实是在暗示"大铁椎"为有志于"中兴"——"恢复明室"——的"异人",有一天会做出像"椎秦皇帝博狼沙中"那样的大事来。接着魏禧又说:"子灿遇大铁椎为壬寅岁②,视其貌当年三十,然则大铁椎今四十耳。"这又在暗示此类有奇才异能的反清复明志士尚在壮年,恢复之望尚未断绝。这大概就是"中有物在"的"物",也就是魏禧之所谓"理"。这种"理"当然很有政治意义,但它并不能增加文章的感人程度;而由于文章并

---

① 指王莽军中的"虎豹";据其上文记载,王莽军中有"虎豹犀象之属,以助威武"。
② 壬寅为康熙元年(1662),距明亡十九年。

不感人，作者在此文中的政治寄托对读者也就不可能产生什么鼓舞作用。

至于彭躬庵的所谓"疑城八面"，也属夸大之词：在理解了"大铁椎"的志士身份后，对于他的来找宋将军及忽然而去，也就没有什么可疑的了。倒是他的与子灿同寝，夜半忽然不见而"囷户皆闭"、其后又"鼾睡炕上"，好像有点神奇，但前人的小说——例如吴淑的《江淮异人录》——中早有类似的故事①，所以这并非魏禧的创意；而其文中糅杂小说家言，则是其文章还不如后来的桐城派"醇正"的方面之一。因为在明朝灭亡时，他已虚龄二十岁了，当时正是"古文一脉"至"启祯而极弊"之际，魏禧在这样的环境中接受教育，由幼年而进入成年，自然不可能不受其影响。

清初三大家中的另一家侯方域（1618—1655），字朝宗，河南商丘人。父恂，曾官户部尚书，又是东林中人，方域自己为复社名士，与方以智、冒襄、陈贞慧合称四公子。清兵下江南后，归居乡里。曾致书友人吴伟业，劝阻其仕清。而他自己也曾于顺治八年应河南乡试，中副榜，有《壮悔堂集》。

侯方域虽年长于魏禧，但其早年"汩没于六朝"，对"韩欧苏"一路的文章不感兴趣，至顺治二年（1645）秋天从江南回到故乡，才发生重大转变，"大毁其向文，求所为韩、柳、欧、苏、曾、王诸公以几于司马迁者而肆力焉"（徐作肃《壮悔堂文集序》），因此，他的"讲唐宋以来之矩矱"实在魏禧之后。《壮悔堂集》所收，也多为顺治二年以后所作。

侯方域的文学性散文，以《李姬传》最为著名。"李姬"指金陵歌妓李香，文中称其"侠而慧，略知书，能辨别士大夫贤否"，"少风调皎爽不群。十三岁从吴人周如松受歌玉茗堂四传奇，皆能尽其音节。尤工《琵琶》词，然不轻发也"。除此而外，通篇皆写其气节；实际上，说她"尤工《琵琶》词"云云，也是下文写其气节的伏线。

> 雪苑侯生（指侯方域自己。——引者）己卯来金陵，与相识。姬尝邀侯生为诗，而自歌以偿之。
>
> 初，皖人阮大铖者以阿附魏忠贤论城旦，屏居金陵，为清议所斥。阳羡陈贞慧、贵池吴应箕实首其事，持之力。大铖不得已，欲侯生为解之。乃假所善王将军，日载酒食与侯生游。姬曰："王将军贫，非结客者。公子盍诘之？"侯生三问，将军乃屏人述大铖意。姬私语侯生曰："妾少从假母

---

① 《江淮异人录》（卷上）载：成幼文留一书生共宿，"夜共话。成暂入内，反（当为"及"之误。——引者）复出，则失书生矣。外户皆闭，求之不见。少顷复至前曰：'旦来恶少年（指故事中的一个欺凌儿童的恶少年。——引者），吾不能容，断其首来。'乃掷之于地。……书生于是长揖而去，重门皆锁闭，而失所在"。

识阳羡君,其人有高义。闻吴君尤铮铮。今皆与公子善,奈何以阮公负至交乎?且以公子之世望,安事阮公?公子读万卷书,所见岂后于贱妾耶!"侯生大呼称善,醉而卧。王将军者殊怏怏,因辞去,不复通。

未几侯生下第,姬置酒桃叶渡,歌《琵琶》词以送之,曰:"公子才名文藻,雅不减中郎。中郎学不补行,今《琵琶》所传词固妄,然尝昵董卓,不可掩也。公子豪迈不羁,又失意,此去相见未可期,愿终自爱,无忘妾所歌《琵琶》词也。妾亦不复歌矣。"

侯生去后,而故开府田仰者以金三百锾邀姬一见,姬固却之。开府惭且怒,且有以中伤姬。姬叹曰:"田公宁异于阮公乎?吾向之所赞于侯公子者谓何?今乃利其金而赴之,是妾卖公子矣。"卒不往。

文中极力写李香的大义凛然而绝口不谈二人之间的感情。但细心的读者不免会产生疑问:李香并无向侯方域进行思想教育的义务,倘非对他情深爱重,因而生怕他行止有亏,何以要这样地诲人不倦?而且她只是个妓女,这些话一旦传之于外,必然会遭到阮大铖的打击报复,她又何以这样地不顾利害祸福?倘若她深爱侯方域,那么,在二人分别——而且是"相见未可期"的分别——之际,又何以不见离愁别绪、哀伤之意,连强自按抑、勉作欢颜的痕迹都没有?难道她真是"铁女人",除了想爱人成为义烈男儿之外,毫无儿女情怀?尤为可笑的是,文中于二人的交往,仅说"侯生己卯来金陵,与相识。姬尝邀侯生为诗,而自歌以偿之";但若仅此而已,那么王将军的"日载酒食与侯生游",李香是怎么知道的?王将军与侯生的"屏人"之言,李香又怎能晓得,并向他"私语"劝阻①?所以,必须在"自歌以偿之"后,进一步交代二人在此后的情谊,文章才算得上叙事清楚,条理分明。侯方域的写作能力当然不至于低到连这样的要求也达不到,他不过是在有意回避其与李香的情侣关系而已。结果却使文中的李香成了温柔的说教者、"大义"的化身,而不是有血有肉的人;这样的作品很难感动读者。倘把它与吴伟业为卞玉京写的小传(《过锦树林玉京道人墓》诗所附)比较一下,就可以看到二者的工拙。吴传中的卞玉京只是一个普通的妓女,但她的美丽与才气给读者留下深刻的印象,她的悲惨身世更令人同情;侯传中的李香是被作为大义凛然的奇女子来写的,但却只像是侯方域的道德

---

① 倘若王将军"日载酒食与侯生游",发生在李香"尝邀侯生为诗,而自歌以偿之"之后,那就必须侯生从此与李香往来甚密甚或留居院中,李香才能发现其与王将军的交往并加以劝阻;倘王将军与侯生交往发生在李香邀侯生为诗之前,那么,李香纵或由于某种偶然的原因当时已知道了侯、王的关系,并劝侯生叩问原因,但倘非此后侯、李往来密切,李香又怎能知道王将军向侯生"屏人"而述之词并向侯生"私语"?难道侯生会特地跑去向一个仅仅有一次个别交往的妓女汇报此事?

保姆（原来意义上的保姆，而不是女佣的代称），老在提醒他："小心，前面是个坎，别摔跤！"因而不免有点滑稽。

这种差别的造成，主要在于吴伟业敢于表现其对卞玉京的真挚而深厚的感情，侯方域却连其与李香的情侣关系也要遮掩，把二人写成只是道义之交。作者既没有真诚而无畏的心，又怎能把令人感动的东西呈现于读者之前？

侯方域本来不是畏首畏尾的人，但在清兵南下、他归居乡里之后，为人为文都改变了。作《李姬传》已在弘光覆亡之后①，其时他的文章"实宗乎昌黎、柳州、庐陵、眉山诸子"（徐邻唐《壮悔堂文集序》），自然不敢再有越轨的内容了。——与妓女的恋爱不但为正宗的道德所不容，也不见于"昌黎、柳州、庐陵、眉山诸子"的古文。在这些地方都可看出"复讲唐宋以来之矩矱"对文学性散文创作所起的实际作用。

不过，正因侯方域的转变始于顺治二年，其时他已虚龄二十八岁，而他死时又只虚龄三十七岁，不可能在短短十年间尽变积习，所以还会为妓女立传，而且在该文的开首写李香的假母李贞丽就说："贞丽有侠气，尝一夜博，输千金立尽，所交接皆当世豪杰……"显然含有赞扬之意，连一夜输千金似也被作为值得表彰之事，那却还是晚明小品的路子；所以侯方域的散文与"醇正"的标准还有些距离。

在"清初三大家"中真称得上"纯粹"的，正如《四库》馆臣在《尧峰文钞》的"提要"中所说，当推汪琬。汪琬（1624—1691）字苕文，长洲（今江苏苏州）人。顺治进士，由户部主事升刑部郎中，一度降职为北城兵马司指挥，再升户部主事。康熙时被推荐参加博学鸿词科考试，授翰林院编修。曾自编其作品为《钝翁类稿》六十二卷、《续稿》五十六卷，晚年又加删汰，定为《尧峰文钞》五十卷。换言之，在他看来，这五十卷以外的其他作品与他自己的文学标准——至少是他晚年的文学标准——还有不尽一致之处，或只是些可有可无之作；《尧峰文钞》才是其代表作的汇集。《四库》馆臣所称赞的，也就是这一部；《钝翁类稿、续稿》则为《四库全书》所未收。

汪琬于学推崇周、张、二程，尤其服膺朱熹，说是"使孔子之文逾数十传不坠，盖文公之力居多"；于文则推崇"韩、柳、欧阳、曾"，连王安石与苏氏父子都还不列入他的"文统"之内，这大概由于他认为"文者贯道之器"，而王、苏之文皆与这一要求存在距离之故②。《四库》馆臣称赞他"学术既深，轨辙复正"，确是不错的。但他也是在晚明度过其幼年并步入成年期的，受过晚明文化的熏

---

① 文中有"故开府田仰者以金三百锾邀姬一见"语。田仰为"开府"之官，参见徐鼒《小腆纪年》；此处称为"故开府"，当作于清兵渡江南下之后。
② 参见《尧峰文钞》卷二十九《王敬哉先生集序》。

陶。因而他早年所写的文章中虽没有离经叛道之作，但也还有些不无美感的文学性散文；在编《尧峰文钞》时却被删去了，想来是因为它们并非"贯道"之具。试以其游记为例。

其游记中可算是文学散文的为《游马驾山记》，除交代一些有关的事实（如"马驾山不载郡志，或又谓朱华山云"）外，不入议论，皆是写景。以下一段颇可见其所尚：

> ……前后梅花多至百许树，芗气蓊勃，落英阗阗，入其中者迷不知出。稍北折而上，望见山半累石数十，或偃或卬，小者可几，大者可席，盖《尔雅》所谓"礐"也。于是遂往，列坐其地，俯窥旁瞩，濛然竭然，曳若长练，凝若积雪，绵谷跨岭，无一非梅者。加又有微云弄白，轻烟缭青，左澄湖以为镜，右崇嶂以为屏，水天浩漾，苍翠错互，然则极邓尉、玄墓之观，孰有尚于兹山者耶？……

这类作品确实与"周、张、二程"之"道"不相干，被《尧峰文钞》删去可谓理所当然。该书收入的游记只一篇，那自是汪琬心目中的游记标本，它也真称得上"贯道之器"。今全引如下：

> 出宣武门横径菜市，穿委巷而南，得废地数亩，有胜国时民家故园在焉。予居京师十年，游其地者屡矣。最后偕二三子会饮于此，箕踞偃松之下，相羊杂花之间，予与二三子皆乐之。日中而往，及晡而后返。
>
> 予乃告二三子曰：昔孔子乐以忘忧，子渊氏箪瓢陋巷，不改其乐。此皆至人，惟道德之适而性命之安，是以无所往而不乐也。至于吾党则不然，学焉而不足，养焉而不充，纷纷然劫之以忧患，而济之以私欲。斯二者，日相寻而未已，则其所不乐者不既多乎！苟非有所寄焉，亦何以逌然而笑，洒然而歌，悠然而有会心也哉？然则吾与二三子取酒以为欢，撷芳以为玩，盖亦出于无聊之思，不得已而寄诸斯园以相乐也，非所谓乐其乐者也。夫必能乐其乐，然后命之曰至人。（《游京师郭南废园记》）

连游记都成了寓教训的工具，艺术的美感哪还有立足的余地？然而，不但汪琬最后走上了这样的道路，而且这条道路还被认为是正路，于是文学的萧条也就成为必然的了。

第三节 小说、戏曲批评

通俗小说和戏曲发展到明末清初，不但已经历史悠久，而且分别取得了重大的成就,因而已具备了对它们进行总结、从中概括出较有意义的理论的条件。在这方面最早作出重要贡献的是金圣叹;时代略后于他的李渔也很值得重视。

一、金圣叹的小说、戏曲批评

金圣叹(1608—1661),原名采,字若采,吴县(今江苏苏州)人。明末诸生。入清后绝意仕进,专意读书著述,更名人瑞,字圣叹。据其自述,那是取义于《论语·先进》中"夫子喟然叹曰:吾与点也"之义的;因孔子是圣人,故曰"圣叹"。其具体含义是:要像孔子所赞叹的曾点似地过闲适的生活[1]。但他其实仍未能忘情于社会现实。顺治十八年(1661)清世祖去世,遗诏传至苏州。其时有生员百余人哭于文庙,要求驱逐当地的贪酷县令,金圣叹也在其中;遂被诬为乘机倡乱而处死,家属亦遭流放。他以《离骚》、《庄子》、《史记》、杜甫诗、《西厢记》、《水浒传》为"六才子书",加以评论。除《史记》评论未见留存外,《离骚》、《庄子》、杜诗的评论都有部分存留,《水浒》、《西厢》(即其所谓"第五才子书"、"第六才子书")的评点则完全保存了下来。此外尚有《唱经堂语录纂》、《沉吟楼诗选》、《沉吟楼借杜诗》等著作行世。

金圣叹在明末就开始从事文学批评的工作(他的评点《水浒》始于崇祯十四年),直至遇祸前夕,仍在进行。他的成就主要在小说、戏曲批评方面。那倒不是由于他把《西厢》、《水浒》的地位提高到与《离骚》、杜诗等并列,因为在这以前,李贽已在其《童心说》中把《西厢》、《水浒》作为足以与中国历史上任何伟大文学作品相颉颃的"天下之至文"了。金圣叹"六才子书"的提法,只是扩大了李贽这种理论的影响。他的重大贡献,在于通过对《西厢》、《水浒》这两部作品的评论,对小说、戏曲理论的一些基本原则问题提出了富于创造性的见解。此外,他对《西厢》、《水浒》的某些具体批评,也颇警辟。现分别予以介绍。

先说其在小说、戏曲理论上的建树。

首先,他认为小说、戏曲的首要任务是写人,其艺术魅力即在于把人物的性格写出来。

他在《读第五才子书法》中论述《水浒传》的成就时说:"别一部书,看过一遍即休。独有《水浒传》,只是看不厌,无非为他把一百八个人性格,都写出

---

[1] 《论语·先进》载:孔子要学生子路、冉有、公西华、曾点各言其志,曾点的志向是:在暮春三月,与几个同伴在沂水里洗个澡,舞蹈一番,唱着歌回去。"夫子喟然叹曰:吾与点也。""与"在这里是赞同之意。

来。"又说:"《水浒传》写一百八个人性格,真是一百八样。若别一部书,任他写一千个人,也只是一样;便只写得两个人,也只是一样。"(《第五才子书施耐庵水浒传》卷三)既然《水浒》的百看不厌只是由于它把一百八个人性格都写出来,而"看过一遍即休"的"别一部书"则是把无论多少个人物都写得"只是一样",那就可见作品的吸引力主要来自人物性格,其重要性远在情节或所谓主题思想之上。这在当时可说是很深刻的见解。

由于我国的通俗小说主要源自"说话",在开始的一个相当长的时期里,听众的兴趣和"说话人"的注意力都集中在情节,直至通俗小说的创作积累了较多的经验之后,对人物的描写才逐步重视起来;但在这之前尚无人对人物的重要性从理论上加以概括。金圣叹上述见解的提出,意味着我国在这一问题上的认识已达到了自觉的阶段。而小说到底是以人物为重抑或情节为重,这实际是反映创作进程的大问题。《儒林外史》、《红楼梦》均主要以人物来打动读者,情节仅是写人物的材料。鲁迅的《离婚》、《肥皂》、《在酒楼上》、郁达夫的《春风沉醉的晚上》等现代小说,其情节的平淡无奇尤为明显。我国小说史上的这一进展也可说是小说现代化过程的一大内容;而在理论上最早体现这种变化的则是金圣叹的上述见解。这里还要说明的是:《水浒》并没有"把一百八个人性格都写出来",很多读者的喜爱它仍在于情节的精彩①;因此,金圣叹这一提法中所蕴含的理论原则极为重要,但作为具体批评则有其片面性。

金圣叹在批评《西厢记》时虽然没有在理论上再对人物的重要性加以阐述,但在具体批评中仍贯穿了这种精神。如金圣叹评本《西厢记》的《赖简》折总评分析崔莺莺的性格,说她是"又娇稚,又矜贵,又多情,又灵慧千金女儿,不是洛阳对门女儿也"(《贯华堂第六才子书西厢记》卷六);又评《哭宴》折莺莺唱词"马儿慢慢行,车儿快快随"两句说:"此真小儿女又稚小,又苦恼,又聪明,又憨痴一片的微细心地,不知作者如何写出来也。"(卷七)而尤其重要的是对《借厢》折张生所唱〔中吕粉蝶儿〕开头两句"不做周方,埋怨杀你个法聪和尚"两句的评语,其大意是:张生一见法聪,先不说借房,而忽然说这两句,虽无理可笑,但却可见张生昨夜已为借房事盘算了一夜,无限焦急,以致"发言无次"。因此,《西厢记》虽没有正面写张生昨夜的情况,但"只此起头一笔二句十三字,便将张生一夜无眠,尽根极底,生描活现"(卷四)。这就是"用笔而其笔之前、笔之后、不用笔处无处不到,此人以鸿钧为心,造化为手,阴阳为笔,万象为墨"

---

① 明代有好些书坊出版简本《水浒》。其特点是保留《水浒》原有的情节,而删去其描写人物的文字(当然以不影响情节的进展为限)。此类简本尽管受到具有鉴赏力的士大夫的鄙视,但却销得很好。足见很多读者所重视的还是《水浒》的情节。

（该折总评）。又说："使低手为之，当云：来借僧房，敬求你个法聪和尚，你与我用心儿做个周方云云，亦谁云不是〔粉蝶儿〕？然只是今朝张生，不复是昨夜张生。"（卷四）这也就意味着：能这样地把人物写好、写活，就是力敌造化的伟大作家，否则便是"低手"。与上引"独有《水浒传》，只是看不厌；无非为他把一百八个人性格都写出来"的说法，在基本点上是相通的。

总之，在金圣叹看来，无论作小说或戏曲，其首要任务就是写人物，这是作品能否获得成功的关键；其具体要求，则是从人物的言行和内心活动中显示出其性格特征，如上引的两条关于莺莺的评语所表明的①，而且，作品所写到的人物在某一特定场合的言行必须与作品未曾写及的其以前的活动具有内在的联系——那也就是金圣叹对张生〔粉蝶儿〕的两句唱词大为赞赏的原因。在三百几十年以前，金圣叹对小说、戏曲这类虚构性叙事文学中写人物问题的认识能达到如此明确、精细的程度，实属难能可贵。

其次，他认为作者必须把自己设想为作品中的人物，体验同样的内心活动，这才能把人物写得栩栩如生。

他在指出《水浒传》写人物的成就时，进一步解释了《水浒》何以能把人物写得如此鲜明、生动的原因。他说：作者无论写豪杰、奸雄、淫妇、偷儿都很逼肖。其能写好豪杰、奸雄，也许是因为作者本人就是豪杰兼奸雄的缘故，然而，"若夫耐庵之非淫妇偷儿，断断然也。今观其写淫妇居然淫妇，写偷儿居然偷儿，则又何也？"对此，他自己回答说：

> 非淫妇定不知淫妇，非偷儿定不知偷儿也。谓耐庵非淫妇偷儿者，此自是未临文之耐庵耳。……若夫既动心而为淫妇，既动心而为偷儿，则岂惟淫妇偷儿而已；惟耐庵于三寸之笔、一幅之纸之间，实亲动心而为淫妇，亲动心而为偷儿。既已动心，则均矣。又安辩泚笔点墨之非入马通奸，泚笔点墨之非飞簷走壁耶？（五十五回总评）

这其实也就要求作家必须与作品中的人物具有同样的内心感受，即使那人物是"偷儿"或"淫妇"也不例外。此种理论与"五四"以后的新文学中要求作家突入人物的观点显然具有相通之处。但它与我国的传统道德则是不相容的：要作家与偷儿、淫妇"则均矣"，那不是把作家引入下流吗？而且，仅仅依靠"动心"，又怎么能"则均矣"了呢？

---

① 类似的评语，在其《水浒》的评论中也有很多。如《读第五才子书法》说："《水浒传》并无之乎者也等字，一样人便还他一样说话，真是绝奇本事。"又如对《水浒》所写林冲请求王伦收录时的一段话，金圣叹批道："林冲语。须知此……虽非世间醒醍人语，然定非鲁达、李逵声口；故写林冲另是一样笔墨。"（第十回批语）

这里牵涉到了金圣叹对人性以及人性与社会的关系问题的理解。他在阐释《易经·系辞》"曲成万物而不遗"句中"曲成万物"的意思时说:"遂万物之性为成,'成'里边有个秘诀曰曲。'曲成''曲'字,取正吹之横笛,孔里边有个曲。逐孔逐孔吹去,从上翻到最下一孔,从下转到最上一孔,天地之调已尽了。……曲非圣人之曲,乃万物自然之曲也。"(《语录纂》卷一)正因有此"万物自然之曲",所以,"调唱不足,再收不转;调唱足了,自然歇手。圣人于一切世间不起分别,一片都成就去。尽世间人但凭他喜,但凭他怒,自有乾元为之节。若唱了顶调,自然去不得了。末世之民,外迫于王者,不敢自尽其调;内迫于乾元,不得不尽其调。所以瞒着王者,成就下半个腔出来。朋比评告,俱出其中,弑父弑君,始于犯上,乃是别调。"(同上)这就是说,必须让"万物"——人也包括在内——各遂其性;因"万物"之性乃是"自然"赋予的,不获得满足绝不能"歇手"!人的犯罪行为乃是其自然本性受到"王者"的压制而未能满足的结果。"王者"当然不可能靠他自己一个人或极少数人就完成这样的事业,而必须通过整个社会组织,所以,金圣叹所谓"王者"与人的自然本性的矛盾其实也就是社会与人的自然本性的矛盾。而在金圣叹看来,既然人的犯罪行为是其自然本性受到压制的结果,那么,过失就不在犯罪者本人。他在假托为施耐庵作的《水浒传序》中说:"吾友……(谈)不及人过失者,天下之人本无过失,不应吾诋诬之也。"必须把他在《语录纂》中的上述观点与这些话联系起来,才能了解其所谓"天下之人本无过失"的原因所在。这不能不使人想起马克思所引述过并加以肯定的法国唯物主义者的如下见解:"既然从唯物主义意义上来说人是不自由的,就是说,既然人不是由于有逃避某种事物的消极力量,而是由于有表现本身的真正个性的积极力量才得到自由,那就不应当惩罚个别人的犯罪行为,而应当消灭犯罪行为的反社会的根源,……"①金圣叹的看法自然没有法国唯物主义者的深刻,但"天下之人本无过失"和"不应当惩罚个别人的犯罪行为"二说之间却也不无相通之处。法国唯物主义者之认为"不应当惩罚"和金圣叹之认为不是过失,原因都在于这些行为的责任不在个人。

由此可见,按照金圣叹的理论,"淫妇偷儿"与一般人的自然人性本无不同,只是其自然人性受到了压制,这才唱出"别调"来,而且这种"别调"也是在自然人性的催迫——"内迫于乾元,不得不尽其调"——下形成的,所以,作家只要从自己的人性出发,设身处地地体味他们的遭遇,是能够真切地感受他们的喜怒哀乐的,所谓"既已动心,则均矣"。同时,人的自然本性既然是"调唱足了,自然歇手"的,那么,只要作家的环境能使他遂其自然之性,当然不会再唱

---

① 见马克思、恩格斯《神圣家族》第六章《对法国唯物主义的批判的战斗》,第167页。

"别调",否则就必然要唱,这与他是否感受过"淫妇偷儿"的喜怒哀乐全不相干;倘若诋斥金圣叹的"动心"说是把作者引入下流,其本身就很荒谬可笑。总之,尽管金圣叹的上述理论过分强调了"动心"的作用,忽略了阅历的重要性;但他所提出的作家必须具有与人物同样的感受才能写好人物的观点,在当时的文艺理论领域无疑具有进步作用。

至于金圣叹的"遂万物之性为成"、"圣人于一切世间不起分别,一片都成就去"之类的说法,与李贽的要求对民众"顺其性不拂其能"(《论政篇》)和反对社会之"有德礼以格其心,有政刑以絷其四体"(《答耿中丞》)的学说显然是一脉相承的,都包含着对个体的人性的尊重。他之所以要求小说、戏曲之类作品写出每个人物的性格,恐怕跟他的尊重个体人性的观点也不无关系。

第三,他认为生活中的正常现象都可以写入文艺作品中,只要作者能写得具有美感就行;从所谓"道德"的角度来加以限制或否定,是可笑甚至卑鄙的。

他的这种认识,集中体现在金评本《西厢记·酬简》的评语中。那一折有几句唱词涉及性生活,因此受到了道学家的口诛笔伐。他对此作了尖锐的驳斥:

> 有人谓《西厢》此篇最鄙秽者,此三家村中冬烘先生之言也。夫论此事,则自从盘古至于今日,谁人家中无此事者乎?若论此文,则亦自从盘古至于今日,谁人手下有此文者乎?谁人家中无此事,而何鄙秽之与有?谁人手下有此文,而敢谓其有一句一字之鄙秽哉?……而彼三家村中冬烘先生犹呶呶不休,詈之曰鄙秽。此岂非先生不惟不解其文,又独甚解其事故耶?然则天下之鄙秽殆莫过先生,而又何敢呶呶为?(《贯华堂第六才子书西厢记》卷七《酬简》总评)

这对于道学家固然是一针见血的有力批判,而从文学理论的角度来看,其中所体现的美学原则尤其值得重视。

以上三项见解的提出,不但证明了金圣叹在文学理论方面的深厚造诣和突出才能,也证明了我国的小说、戏曲创作发展到明代末年已达到了可据以总结出若干具有现代色彩的文学理论原则的高度。只可惜金圣叹在清初被杀害了,而我国的文学在进入清代以来又经历了长期的徘徊和萧条。

现在说金圣叹在对小说、戏曲的具体批评中的得失,那都见于其对《西厢记》、《水浒传》的评点。

在对《西厢记》的总体评价上,虽然李贽早就给予充分的肯定,但道学先生们仍把它斥为"淫书";而且李贽也没有对《西厢记》的价值作进一步的阐发。金圣叹则明确指出:"《西厢记》不同小可,乃是天地妙文。自从有此天地,他中间便定然有此妙文。不是何人做得出来,是他天地直会自己劈空结撰而出。若定要说是一个人做出来,圣叹便说此一个人即是天地现身。""想来姓王字实父此一人亦安能造《西厢记》?他亦只是平心敛气,向天下人心里偷取出来。"(《读第六才子书西厢记法》)这话有些玄,他的实际意思大致是:《西厢记》所写的崔、张恋爱事件,并不是某一个人凭空想像得出来的,而是"自从有此天地,他中间便定然有此妙文",用《语录纂》中的话来说,也就是"万物自然之曲"的体现;至于作品中人物的喜怒哀乐,都是与天下人相通的,他说此书是作者"向天下人心里偷取出来",其故当即在此。这既是对《西厢记》的崇高评价,也是对其价值的提纲挈领的阐发。这样的书当然不会是"淫书",所以他用不屑的语气回答说:"文者见之谓之文,淫者见之谓之淫耳。"(同上)

对于《西厢记》的结构,金圣叹给予了高度重视。他说:"若是字,便只是字;若是句,便不是字;若是章,便不是句。岂但不是字,一部《西厢记》,真乃并无一字;岂但并无一字,真乃并无一句。一部《西厢记》,只是一章。"(《读第六才子书西厢记法》)换言之,在句中字便不复有其独立的意义,在章中句也不复有其独立的意义;《西厢记》的"只是一章",意味着它并不是若干个有独立意义的部分的缀合,而是一个相互联系的整体。但这还不够,他又说:"若是章,便应有若干句;若是句,便应有若干字。今《西厢记》不是一章,只是一句,故并无若干句;乃至不是一句,只是一字,故并无若干字。"(同上)这也就意味着:此一整体内部的相互联系已紧密到了不可分割、融而为一的程度,因而已不可能析为若干句、若干字了。在金圣叹以前,还没有人对戏曲作品的结构给予如此的注意,也没有人对《西厢记》的这一优点作这样的阐述。

此外,金圣叹还对《西厢记》所写人物的言行、心理活动等作过许多细致的阐发,其中也很有些警辟之见,如上文已经引述过的;此处就不赘述了。

金圣叹对《水浒》的批评,情况要复杂得多。从他的评语来看,他既憎恶贪官污吏的迫害民众,但又反对人民的造反。因此,他一方面对被迫落草的人物有所同情,对无视权势、敢于打击贪官污吏的英雄有所赞扬[1],但对造反行动本身及其首领宋江,则或以深文周纳的方法,或以篡改原文的手段加以否定和攻击——他谎称得到了《水浒传》的"古本"(施耐庵的原本),并说他所据以评点的就是这种"古本"。以此与容与堂刊百回本《忠义水浒传》(目前所能见到的《水浒》最早的完整刊本)相较,不但文字颇有不同,而且百回本中写宋江受

---

[1] 如《水浒》第十回写林冲被迫投奔梁山,在酒店中自伤身世,金圣叹批道:"一字一哭,一哭一血,至今闻其声。"又如对李逵、武松等人,批语中也多次加以赞扬,甚至说李逵为"至性人,可敬可爱"(三十八回批语)、武松为"菩萨心胸"(二十七回总批)。

招安、征辽、征方腊等内容都为金圣叹批评本所无；这些都出于金圣叹的删改。在动了这样的手术以后，他说："繇耐庵之《水浒》言之，则如史氏之有《梼杌》是也。备书其外之权诈，备书其内之凶恶，所以诛前人既死之心者，所以防后人未然之心也。繇今日之《忠义水浒》言之，则直与宋江之赚入伙，吴用之说撺筹，无以异也。无恶不归朝廷，无美不归绿林，已为盗者读之而自豪，未为盗者读之而为盗也。"（金评本《水浒传·序二》）此处所说的"耐庵之《水浒》"，乃是说经过他的删改、并通过他的评点作了歪曲阐释的《水浒》。金圣叹竟这样地对待一部小说，说明了一个人的荒谬政治立场对其艺术才能的损害多么严重。

此外，金圣叹在探索《水浒》的艺术特色时，虽有好些警辟的见解（已如上述），但又借鉴八股文的作法而提出"草蛇灰线法"、"绵针泥刺法"等名目用以分析《水浒》的布局行文，那却往往是可笑的。

二、李渔的戏曲理论和体现其理论的创作

李渔（1611—1680），字笠鸿，号笠翁，浙江兰溪人。明末入金华府学。至清代绝意仕进。曾长期寓居杭州，又迁居金陵。依靠卖文、开书铺、组织家庭戏班演出于官绅之家①及富裕友人的接济，过着相当阔绰的生活。写作（包括诗文、小说、戏剧）和编书成为其谋生的主要手段；那些富裕的友人之所以肯接济他，也是因其为较有名的文人而且交游广阔之故。有《笠翁一家言文集、诗集》、《耐歌词》、《笠翁传奇十种》，短篇小说集《无声戏》初集、二集及其选辑《无声戏合集》②、《十二楼》等。另有《闲情偶寄》，分论"词曲"、"声容"、"居室"、"器玩"、"饮馔"、"种植"、"颐养"之事；其中论词曲的部分，实可视为自成体系的戏曲理论著作。

李渔既从事小说、戏曲创作，又从事批评；而无论其创作抑或批评都体现出对商业性艺术的自觉追求。这是一种很值得重视的现象。我国最早的"说话"和戏曲，原是艺人谋生的手段，因而必须迎合听众、观众的要求，也即多少

---

① 他的组织家庭戏班从事演出，在名义上是不收报酬的，因而其社会身份不同于倡优；但他去演出过的人家，一般都以别的名目向他馈送钱财。
② 这三种书皆刊行于清代顺治年间。《无声戏二集》为李渔友人张缙彦出资刊行，其中有一篇小说还写到张缙彦，对他颇加称赞。缙彦为清初大臣，于顺治十七年（1660）遭政敌的攻击而被判刑，而刊行《无声戏二集》事也成为缙彦吹捧自己、居心叵测的罪状之一。是以不但《无声戏二集》不能公开流行，连初集及《合集》也受到了牵累。其后《无声戏合集》改名为《连城璧》，并增加了《连城璧外编》。现在《无声戏》初集尚存，二集则已亡佚；《连城璧》及其《外编》也尚存，其《外编》共收六篇小说，五篇出自《无声戏》初集，另一篇估计出自《无声戏》二集。《无声戏合集》现已残缺，但各篇的插图尚存。

具有商业性的色彩。其后，并非职业艺人的文人(例如关汉卿、罗贯中)参加了创作，这一方面使得通俗小说和戏曲的水平有了大幅度提高，另一方面也造成了通俗小说和戏曲创作中的商业性和非商业性两种倾向的日益分离，出于商业性目的的作品艺术水平低①，艺术水平高的则没有或很少商业性方面的考虑；仅个别作品也许是例外②。直到冯梦龙的"三言"、凌濛初的"两拍"先后问世，才有应书坊主人的要求而作、在艺术上又颇具特色的文人作品③，但目前尚无资料足以说明冯、凌对这类作品的性质已有自觉的认识。因此，对商业性艺术的自觉追求，可说是从李渔开始的。尽管这种追求对艺术水平的提高未必都有益，但却也是文学进入近世阶段的迹象之一；至于作品内容在一定程度上摆脱封建思想的束缚，自是不可避免的现象。

为了说明李渔的这种自觉追求，必须把他的小说戏曲创作和有关理论——他在这方面的理论虽集中于戏曲问题，却也与小说相通——结合起来叙述，并以理论为主。

先说他的戏曲理论(含小说理论)。

《闲情偶寄》中论"词曲"的部分，在近半个世纪以来受到我国戏剧理论史研究者的高度评价。而从文学史的角度来探讨它的意义，则其最值得重视的观点，是对戏剧的娱乐性的提倡，并为提高其娱乐效能而制定了较完密的方案。而且，他在小说领域也持类似的态度。

他在《闲情偶寄》中公然提出："戏法无真假，戏文无工拙，只是使人想不到、猜不着，便是好戏法，好戏文。"(《词曲部》下《格局第六·小收煞》)在他看来，"戏法"和"戏文"在根本点上是一致的，都是为了使观众获得一种因"想不到、猜不着"而致的意外的惊喜。在这以前，我国的戏曲作者大致出于三种目的：一、提供娱乐；二、从事教化；三、自抒其感受。其第二种类型的作者使戏曲成为政治、伦理的工具，显与文艺的特性相违；第三种类型的作者固然有可能创作出卓越的作品来，但也可能因不适应观众的需要而成为曲高和寡，从商业性的角度考虑，是很不利的。只有第一种类型的作者才符合商业性的要求。而李渔所制定的"好戏文"的标准，也正是从提供娱乐的目的出发的。

---

① 例如嘉靖、万历时期书坊所出的、由下层文人或书坊主人编写的通俗小说。
② 例如《水浒传》，因施耐庵的生平无可考，不知其是否有商业性目的。
③ 《古今小说》卷首绿天馆主人《序》："茂苑野史氏，家藏古今通俗小说甚富，因贾人之请，抽其可以嘉惠里耳者，凡四十种，畀为一刻。"茂苑野史为冯梦龙别号。从学术界现有的研究成果，已知"三言"中的不少作品乃是当时的新作，有的虽是旧篇，但也已经过加工，只有一部分是基本保存原貌的旧篇。其中的新作，显非冯梦龙原来就已收藏，当是在受到"贾人之请"后所撰写；对旧篇的加工，当也是受到"贾人之请"后才进行的。"两拍"之应贾人之请而作，见凌濛初为《拍案惊奇》所作自序。

在其关于"好戏文"的标准中,还包含着观众本位的原则。既然要"使人想不到、猜不着"才是好戏文,那么,无论剧作者自己对他的作品如何得意,也无论文学界、戏剧界的内行对它如何称赞,但如广大观众感到它并不是"想不到、猜不着"的,那就仍然不是好剧本。换言之,广大观众才是剧本最权威的评判者①。也正因此,无论这一剧本构思得如何奇特,但如观众看了一会就觉得没有意思甚至产生抵触情绪,不再注意演出,也即不去"想"和"猜"了,或者由于无法理解而难以"想"、"猜",那都不能算是起到了"使人想不到、猜不着"的实际效果。这又可见创作家还必须有一整套吸引观众注意力的办法,使之兴味盎然地看到底,聚精会神地去"想"和"猜",并为剧本不断地给他提供其所"想不到、猜不着"的答案而惊喜,那才是真正写出了好剧本。《闲情偶寄》在这方面为剧作家制定了一个颇为周密的方案。大致说来,有如下几点:

第一,情节必须新奇。"欲为此剧,先问古今院本中曾有此等情节与否,如其未有,则急急传之,否则枉费辛勤,徒作效颦之妇"(《词曲部》上《结构第一·脱窠臼》)。但这要受到两方面的限制。一方面是必须不违背"劝善惩恶"之旨,所谓"以之(指戏曲创作。——引者)劝善惩恶则可,以之欺善作恶则不可"(《结构第一·戒讽刺》);另一方面是"勿使有道学气"(《词曲部》上《词采第二·重机趣》)。后者虽是他在谈"词采"时提出的要求,但若情节本身就有道学气,曲词又岂能独无?所以这也同时是对情节而言。这两方面显然是互相制约的。其真实意思是:"劝善惩恶"固可,但不能走上道学一路;"道学气"虽不能有,但不能从根本上违背社会的善恶规范,以致成为"欺善作恶"的工具。这也正是在当时争取绝大多数观众的最好办法。情节不新奇当然无人要看,但如从根本上违背了社会的善恶规范,一般人也无法接受,而在经受了晚明精神的洗礼以后,道学气又已为很多人所厌恶;李渔的这种主张,可谓面面俱到。

第二,继承前人经验中可以提高剧本艺术水平而又适应广大观众需要的成分,抛弃其虽能提高艺术水平但与广大观众的需要不甚适应的部分。

就前一种情况说,例如,他主张剧本应"说何人肖何人,议某事切某事"(《词曲部》上《词采第二·戒浮泛》),并且说:"欲代此一人立言,先宜代此一人立心,若非梦往神游,何谓设身处地?无论立心端正者,我当设身处地,代生端正之想;即遇立心邪辟者,我亦当舍经从权,暂为邪辟之思。"(《词曲部》下《宾

---

① 日本冈晴夫教授于1981年发表的论文《作为剧作家的李笠翁》(《剧作家としのこ李笠翁》,载《艺文研究》第42号,庆应義塾大学艺文学会,1981年12月)中早就把"李渔的戏曲演剧观"概括为"演出本位"和"观众本位",可参看。

白第四·语求肖似》)这其实是金圣叹早就提出过的"动心"说的通俗化①,不过没有金说的深刻(因金圣叹是要求作者做到"既已动心,则均矣",也即充分体味到这些被视为卑劣、邪恶的人物是怎样在"外迫于王者,不敢自尽其调;内迫于乾元,不得不尽其调"的处境下唱出"别调"来的,并不只是"暂为邪辟之思")。又,其《词采第二·重机趣》提出"填词之中,勿使有断续痕";而金圣叹所说《西厢记》"只是一章"、"只是一字",也已包含无"断续痕"的意思在内。这一类经验对属于商业性艺术范畴的戏剧创作大抵是有益的。

就后一种情况说,那么,他以"贵显浅"为名而对汤显祖《牡丹亭》的某些曲词所作的批评就是典型的例子。他说:

> 凡读传奇而有令人费解,或初阅不见其佳,深思而后得其意之所在者,便非绝妙好词。……《惊梦》首句云:"袅晴丝吹来闲庭院,摇漾春如线。"以游丝一缕,逗起情丝。发端一语,即费如许深心,可谓惨澹经营矣。然听歌《牡丹亭》者,百人之中有一二人解出此意否?若谓制曲初心并不在此,不过因所见以起兴,则瞥见游丝,不妨直说,何须曲而又曲,由晴丝而说及春,由春与情丝而悟其如线也?若云作此原有深心,则恐索解人不易得矣。索解人既不易得,又何必奏之歌筵,俾雅人俗子同闻而共见乎!(《词曲部》上《词采第二·贵显浅》)

李渔对此一曲词的理解并不准确,那其实是表现了杜丽娘的百无聊赖和内心的苦闷的②;但既连李渔都发生了误解,说是"恐索解人不易得"大概也不错。问题是:以此为理由而对此类曲词加以否定,实际上就是要作者迁就绝大多数观众(或读者)的艺术趣味,堵塞了作家的体现其独特艺术个性的探索。这也就使艺术不能有突破性的进展。

与此相似的例子是:金圣叹的小说、戏曲观已以人物为中心,李渔却又回到了以事件为中心。他说:"一本戏中有无数人名,究竟俱属陪宾,原其初心,

---

① 李渔《闲情偶寄》初刊于康熙十年(1671),《词曲部》上《结构第一·戒讽刺》中自述其时"年将六十"。李渔于康熙九年(1670)虚岁六十,则其作《词曲部》时当在康熙八年或稍前,而金圣叹卒于顺治十八年(1661)。是金圣叹批《水浒》、《西厢》远在李渔作《闲情偶寄》之前。又,《词曲部》上《词采第二·忌填塞》中曾云:"施耐庵之《水浒》,王实甫之《西厢》,世人尽作戏文小说看,金圣叹特标其名曰'五才子书'、'六才子书'者,其意何居?盖愤天下之小视其道,不知为古今来绝大文章,故作此等惊人语以标其目。噫!知言哉!"则李渔作《闲情偶寄》时必已看过金评本《水浒》、《西厢》。

② 参见本书关于汤显祖《牡丹亭》的有关分析。这种对人的内心世界的细腻描写,在我们今天固然不难理解,但在当时却还是一种新颖的艺术描写,是以连李渔也产生了误解。至于他的所谓"以游丝一缕,逗起情丝",则因"晴丝"之"晴"为"情"的谐声字;这种运用谐声字的表现手法,始于六朝乐府,具有悠久传统,较易为人所想到。

止为一人而设",而此一人"又止为一事而设";"此一人一事,即作传奇之主脑也。然必此一人一事固然奇特,实在可传而后传之,则不愧传奇之目"。并举例说:"如一部《琵琶》止为蔡伯喈一人,而蔡伯喈一人又止为'重婚牛府'一事"(《词曲部》上《结构第一·立主脑》)。换言之,不是写事为写人服务,而是写人为写事服务。这种情节中心论就显然比金圣叹的理论倒退了。但绝大多数的观众和读者对戏曲和小说的兴趣都集中在情节,李渔的这种理论也还是要作者迁就绝大多数观众的艺术趣味。

第三,李渔提出了不少使观众易于理解和增加其兴趣的办法,也提醒作者防止某些会导致观众不满的弊病。如他要求作者注重宾白、减省头绪,就是为了使观众对剧本内容易于理解;他提醒作者在编写剧本时要"针线紧密"、"每编一折,必须前顾数折,后顾数折",以免"一节偶疏,全篇之破绽出矣"(《词曲部》上《结构第一·密针线》),写宾白时要多加检点,不要弄得"前是后非,有呼不应,自相矛盾"(《词曲部》下《宾白第四·时防漏孔》),就都是为了使剧本不致引起观众的不满;他特别强调科诨,视为"看戏之人参汤",说是"养精益神,使人不倦,全在于此"(《词曲部》下《科诨第五》),当然也是为了增加观众的趣味。这些主张,多数是符合戏曲本身的特点,因而是必要和有益的,但有的也仅仅适应于只以娱乐为目的的剧本,如其对科诨的重要性的论述。

总之,李渔戏曲理论的特色,是使戏曲创作尽可能地获得广大观众,为此而想方设法地适应他们的需要,迎合其趣味。他既不注意戏曲的政治伦理作用,也不追求艺术上的超越,甚至无视作家的创作个性、提出使艺术从已有基础上后退的主张。这实际上是一种商业性的艺术理论。

李渔曾经把他的短篇小说集称为《无声戏》。在他看来,小说和戏曲的艺术特征基本一致,只不过小说是只能看而无法听——因其"无声"——的。所以,他的上述戏曲理论,同时也是他对小说的基本要求。而他的小说、戏曲创作则是与其理论大抵一致的。因此,通过对他的创作的剖析,可以进一步看出其理论的特色。

现在简略地说一下李渔的小说、戏曲创作。他的创作大致有如下几个特点:

第一,题材新奇,颇具吸引力。虽不无与道学相悖之处,但仍可为当时社会所接受。

李渔的戏曲创作《笠翁传奇十种》与留存在《无声戏初集》、《连城璧》、《十二楼》等短篇小说集中的作品,其情节确都为前此的戏曲、小说所未有,大多数读来颇有趣味。如《十二楼》中的《夏宜楼》,写瞿吉人买了一架千里镜(即望远镜),窥见了邻居詹家的小姐及众婢女的情况,进而窥见了其父亲的作为,就装神弄鬼,冒充神仙,骗倒了詹家父女,得与小姐成婚。这种以当时从西洋传入的新器具为主要道具来构成一系列情节的小说,实为我国历史上的破天荒之作。在这过程中吉人所使用的手段,也甚巧妙而自然。如他从千里镜中看到詹小姐在做诗,做了一半,由于父亲的到来而搁下了,他便代小姐做了后半首,着人送去;小姐因自己在闺房中做诗的事都被吉人知道得一清二楚,便认为他真有超凡的神奇力量。此类匪夷所思而又不涉怪异的故事,在当时无疑很能吸引人。同时,这一作品显然与道学相对立,因吉人的这些所作所为在道学家看来全都是不道德的,作品对此却出以赞扬的口吻。不过,从元代的《墙头马上》、《西厢记》、《娇红记》等一系列作品问世以来,又经晚明精神的洗礼,戏曲、小说写才子、佳人偷情在不少人看来已经不算什么了,何况吉人对詹小姐又是明媒正娶,婚前清清白白,所以,它也不致为当时社会所不容。

与此相类似的,还有短篇小说《合影楼》、《寡妇设计赘新郎,众美齐心夺才子》、《谭楚玉戏里传情,刘藐姑曲终死节》以及据后两种改编的戏曲《凰求凤》、《比目鱼》;这些作品在总体上均不致与社会发生冲突,而其中主要人物又多与吉人似地在婚姻问题上表现了主动精神。像谭楚玉在路上一见到女演员刘藐姑就爱上了她,并不惜以书生而进入戏班学戏,及至二人相爱,藐姑母亲却逼她嫁给别人,她自杀殉情,他也随之自尽;至于《凰求凤》中的三位女子,因看上了同一个男青年,竟各出手段抢婚,就当时来说尤为千古未闻之奇事。这种为了争取个人的爱情而不顾一切,甚至不惜生命的行为,可说是晚明精神的体现。但刘藐姑与谭楚玉之间既无父母之命,又无媒妁之言,原是为封建礼教所不容的私情,作品却把刘藐姑描绘为从一而终的死节,谭楚玉在随她自杀时,也说:"他既做了烈妇,我不得不做义夫了。"(《比目鱼》第十五出)把追求婚恋自由的举措,朝维护封建道德的方向去阐释;《凰求凤》中的女子抢婚,也被写成出于家长的授权或同意,以减少其与礼教的冲突。

由此可见:李渔在构思作品的主要情节时,颇有不为礼教及其他社会规范所羁、别出心裁之处,故能做到题材新奇而具有吸引力;固然有赖于其丰富的想像力,但也受赐于晚明精神之熏陶——如将那些抢婚的女子写得相当可爱,就决非拘挛而守常的士人所能为与敢为。但他在具体描写时,又尽可能地使之不与社会的主流意识相冲突——至少是不致发生较严重的矛盾,故已与晚明精神有了明显的距离。

第二,叙述风趣,不但常可令人解颐,而且对陈腐的言行也颇有嘲讽,但以不致触犯社会的共识为度。

在这方面最突出的,是对于道学先生的描绘。如《美男子避惑反生疑》(《无声戏》第二回)中所写的这种类型的知府:他"做官极其清正","生平极重的是纲常伦理之事,他性子极恼的是伤风败俗之人。凡有奸情告在他手里,原告没有一个不赢,被告没有一个不输到底"。有一次他审一件奸情案,那本属诬枉,男女双方在被传到衙门来之前,连面都没有见过。但女方生得很美,他看到她的形貌姿态后,"先笑一笑,又大怒起来道:'看你这个模样,就是个淫物了。你今日来听审,尚且脸上搽了粉,嘴上点了胭脂,在本府面前扭扭捏捏,则平日之邪行可知,奸情一定是真了。'——看官,你道这是甚么原故?只因知府是个老实人,平日又有些惧内,不曾见过美色,只说天下的妇人毕竟要搽了粉才白,点了胭脂才红,扭捏起来才有风致,不晓得何氏(作品中的被告。——引者)这种姿容态度是天生成的,不但扭捏不来,亦且洗涤不去"。由于他的这种无知和成见,何氏就被屈打成招。幸而他的太太是个泼妇,由于一点疑似之迹,硬说他与儿媳妇通奸,把儿媳逼死;他去"埋怨夫人","夫人不由分说,一把揪住将面上胡须挦去一半"。他受此冤屈,这才悟到何氏大概也是受害者,最终不但使他的太太明白了自己的无辜,还为何氏洗雪了冤枉,而且给她找了个理想的归宿。换言之,李渔虽对这位道学先生作了不少调侃,以轻松的笔调揭示了此类人物的可厌、可笑与可憎,使读者在阅读时常有会心的微笑,但最后仍对道学先生大加表彰,使人感到道学先生究竟是君子和好人。因为李渔所处的时代已不是像晚明那样连朱熹也可大加掊击的反道学的时代了,倘对道学家根本否定,那就大背"劝善惩恶"之旨,是李渔绝不肯做的。

在对其他人物、事件的描绘中,也常出以风趣之笔。如戏曲《风筝误》里的韩世勋,自幼由戚补臣抚养成人,后来中了状元,又立了军功,戚补臣就为他订下了亲事,对方是詹家的二小姐,才貌双全。但韩世勋以前曾私入詹家,与一个冒充二小姐的女子见过面,那人又丑又不端,所以韩世勋坚决不愿成就这头亲事,但又不敢把以前私下见面的事说出来,因而弄得十分尴尬。以下是其中的一节:

(小生)贤侄,你为何这等张惶?这头亲事也聘得不差。他第二位令爱,才貌俱全,正该做你的配偶。……(生)请向老伯,这"才貌俱全"四个字,还是老伯眼见的,耳闻的?(小生)耳闻的。(生)自古道,耳闻是虚,眼见是实。小侄闻得此女竟是奇丑难堪,一字不识的。……(小生)自古道,娶妻娶德,娶妾娶色。娶进门来,若果然容貌不济,你做状元的人,三妻四妾,任凭再娶,谁人敢来阻当!(生)就依老伯讲罢,色可以不要,德可是要的么?(小生)妇人以德为主,怎么好不要?(生)这等,小侄又闻得此女不但恶状可憎,更有丑声难听。他……

(小生)我且问你,他家就有隐事,你怎么知道?还是眼见的,耳闻的呢?(生)眼……(急住,思量介)是,是耳闻的。(小生大笑介)你方才说我眼见是实、耳闻是虚,难道我耳闻的就是虚,你耳闻的就是实?做状元的

人,耳朵也比别人异样些。(第二十八出《逼婚》)

写韩世勋原本理直气壮地在反驳戚补臣,突然发现自己的证据是见不得人的,只好赶紧改口,以致反而被戚补臣占了上风,其狼狈惶遽之态固然令人失笑,但是又纯出自然,绝非硬做出来的滑稽,故作者可称此中高手。

第三,虽然是张扬封建道德的作品,也极力追求趣味性,而不落入教化一路。

李渔的小说、戏曲中,张扬封建道德的虽然只是少数,如小说《丑郎君怕娇偏得艳》(后改编为戏曲《奈何天》)、《妻妾抱琵琶梅香守节》之类,却也不容忽视;因为这显出了商业性的往往难以避免的迎合主流意识的一面。但也正因是商业性的文艺,这种张扬仍极力追求娱乐性而严戒道学气。

以《妻妾抱琵琶梅香守节》来说,其所赞扬的乃是一个原为主人所鄙弃而在主人死亡的噩耗传来后却含辛茹苦地为之守节、抚养其遗孤的通房丫头,尽管那孩子并非她所生;同时对改嫁而去的主人妻妾大加鞭挞。这篇小说之张扬封建道德的性质极为明显。但通篇都无说教的痕迹,其具体描写更具有"使人想不到、猜不着"的效果。例如,当主人在家时,其妻妾都十分恳切地表示万一主人有个三长两短一定守节不嫁,只有这个通房丫头却流露出未必守节的意图,并因此遭到主人的轻贱;但一得到主人去世的消息,其妻妾却赶快改嫁,并带去了家中的财产,只有她吃尽千辛万苦,养活孤儿并培养他读书。但主人其实未死,数年后无恙归来,问她以前何以要作那样的表示,她又作了一番合情合理的解释,大意道:当时她们既然都说要守节,那就用不到仅仅是通房丫头的她来守节抚孤;现既无人肯守,她自然要将此事承担起来了。所以,整个故事的进展充满着意外,而这种意外的形成又并不显得牵强,读来使人趣味益然。

第四节 小　　说

清初的小说若就其创作动机来看,大致可分为两种类型。一种是商业性的,以供书坊出版为主要目的;另一种则主要是文人的抒发兴会、寄托感情或自见其志之作。当然,在前一种中,也有兼具自我表现或自我安慰的意味的,后一种的作者在写作时也未必不抱有被社会接受(包括获得出版机会)的希望。但二者的侧重点显然有所不同。而且,前一种类型的小说在清代前期数量繁多,导致了当时小说的繁荣。因而要了解清初小说的发展,必须对小说出版业有所了解。

至迟从明代嘉靖时期起,书商已在通俗小说的出版方面大显身手。不过,在明末以前书商主要是重印小说名著(如《三国》、《水浒》)和出版既成的作品(如《西游记》、《金瓶梅》);也有书商自己编印小说(包括约人编写)的,但影响不大。从明末起,才出现了书商约人编写而成的、有广泛影响的小说,"三言"、"两拍"就是这样的代表。从此以后,商业性出版对小说发展的作用就逐渐大起来了。

清初的出版业继承晚明的盛况。其中既有像李渔那样以文人而自营书坊的,也有书坊主而拥有作者队伍的①。同时,一般的文人也已不以给书坊编写小说为耻。例如,清初颇有名气的吕留良(1629—1683)并不是一个倜傥不羁的人,而其《寄黄九烟》云:"闻道新修谐俗书,文章卖买价何如。"原注:"时在杭,为坊人著稗官书。"他这样说显然并不是为了奚落黄九烟,而是已把此类行为视为常事(黄九烟名周星,是当时颇有影响的文人,擅诗文,也作通俗小说)。在这样的风气下,清初新编的商业性的通俗小说,在数量上较明末有过之而无不及。就作品门类来说,既有通俗演义、神魔小说②,也有人情小说;就体裁说,则既有长篇,也有短制。在此类小说中,最流行的为才子佳人小说——人情小说的一种;其次则为通俗演义。

以发舒作家自己的情志为立足点的这一时期的小说,最有成就的为蒲松龄的《聊斋志异》。以瑰丽的故事,清逸而幽深的笔致,叙述爱情的温暖、现实的冷酷,其艺术魅力迄今未衰。但《聊斋志异》要到乾隆三十一年(1766)才有刻本,所以,直到乾隆上半期为止,《聊斋志异》的影响还不如上述的商业性小说大。此外尚有陈忱、吕熊,也都是这一类小说作者。

若就这时期小说的创作特色而言,则又大抵有两种倾向。一种是承晚明

---

① 例如南北鹖冠史撰《春柳莺》卷首吴门拚饮潜夫《序》:"南北鹖冠,风流名人也。……尝谓余言:'古来贤士出于蓬门陋巷,德妇见之裙布荆钗;如锦衣玉食、绣柱雕梁,俱属外焉者。'余识其言而敬之,复请之小说,才色在所不偏,劝戒俱所不废。……"是拚饮潜夫实为从事出版业者,而此一小说的编写,则出于他的组稿。又,清初著有众多通俗小说的作家烟水散人(徐震)为白云道人所编《赛花铃》作的《题辞》说:"予自传《美人书》以后,誓不再拈一字。忽今岁仲秋,书林氏以《赛花铃》属予点阅。……而嗜痂之癖犹存,得不补缀成编,以供天下好奇之士闲窗抚掌?……"可见徐震必是"书林氏"的作者队伍的成员,所以在"书林氏"拿别人的稿子请他"点阅"时,尽管他已"誓不再拈一字"了,却不但为之"严加校阅",而且还"增补至十六回"(见同书风月盟主所撰《后序》)。又,烟水散人撰《合浦珠》的《自序》说:"忽于今岁仲夏,友人有以'合浦珠'倩予作传者。予逊谢曰:……而友人固请不已,予乃草创成帙。"核以他与"书林氏"的密切关系,此所谓"友人"当也即"书林氏",而《合浦珠》实为书坊主人先有了对书稿内容的大致设想,再请作者写作的。
② 如本编第一章述及《西游记》时所介绍过的神魔小说《后西游记》就是这一时期的作品。卷首《序》说:"真诚造就,如涉诬愿沉阿鼻。"此类均为书坊的广告语;可知此书也为书坊出品。

精神的余绪,在男女婚恋问题上多持开放态度,有的作品并能表现环境对个人的压抑,甚或赞扬个人的反抗;但以情节为中心。像《聊斋志异》那样的杰构,虽然文字优美,而对人物内心世界的描绘仍处于次要地位。另一种则重视政治目的或道德训诫,而漠视小说的文学特征。

一、素政堂主人的商业性出版与才子佳人小说

在清初出现了大量才子佳人小说,那是书坊刊行的大众读物。在当时颇为流行。乾隆时曹雪芹写《红楼梦》,在其开头部分曾对这些小说作过批评,可见它们在曹雪芹时代仍有读者;如当时已毫无影响,曹雪芹就不会再提及。

这些作品在出版时,作者都署别号,故其真实姓名大都无可考;偶有个别知其真实姓名的,也很少关于其生平的资料。如烟水散人,现虽已知道他的真实姓名为徐震,浙江嘉兴人,又号秋涛,生于明末,主要活动于顺治、康熙时期,著有才子佳人小说多种(《后七国乐田演义》的有一种版本亦署"烟水散人"撰,实为伪托),但仍无法知其身世之详。不过这类小说大抵与书坊有密切关系则是可以确定的。如徐震的《合浦珠》即为应书坊之请而作,南北鹖冠史的《春柳莺》也是书坊的约稿(均见第314页注)。而在推动才子佳人小说的创作方面起了最大作用的,则是苏州书坊素政堂。

关于素政堂的情况以前的研究者都不了解,甚至连素政堂的所在地也未弄清楚。近年才由文革红查知其为苏州书坊,她并认为素政堂主人即冯梦龙之子冯焴①。其后一点虽尚未为学术界所公认,但也很有可能;至于素政堂为苏州书坊则是无疑的,因素政堂与存仁堂曾联合刊行邹漪《启祯野乘二集》,其书现存,署"金阊存仁素政堂梓"。

文革红还指出:素政堂主人又有一个别号为天花藏主人,理由是:才子佳人小说《两交婚》和《幻中真》卷首的《序》均署"天花藏主人题于素政堂",前者有"天花藏主人"、"素政堂"二印,后者有"天花藏"及"素政堂"印,可见素政堂为天花藏主人所有,因而素政堂主人即天花藏主人。

在才子佳人小说《玉娇梨》和《平山冷燕》合刻本卷首有天花藏主人的一篇序(在《玉娇梨》、《平山冷燕》的部分单刻本中也有)。其中说:

予虽非其人,亦尝窃执雕虫之役矣。顾时命不伦,即间掷金声,

---

① 见文革红《天花藏主人非嘉兴徐震考》(《明清小说研究》2005年1期)和《"素政堂主人"为冯梦龙之子冯焴考》(《复旦学报》(社会科学版)2006年2期)。

时栽五色,而过者若罔闻罔见,淹忽老矣。欲人致其身而既不能,欲自短其气而又不忍,计无所之,不得已而借乌有先生以发泄其黄粱事业。有时色香援引,儿女相怜;有时针芥关投,友朋爱敬;有时影动龙蛇而大臣变色;有时气冲牛斗而天子改容:凡纸上之可喜可惊,皆胸中之欲歌欲哭。吾思人纵好忌,或不与淡墨为仇;世多慕名,往往于空言乐道。……

序文末署"时顺治戊戌立秋月"。可见其人原想读书上进,但却无人赏识,只好以小说来自我表现与自我安慰,即所谓"不得已而借乌有先生以发泄其黄粱事业";又从文中"淹忽老矣"语,知其于顺治十五年戊戌(1658)时至少已四十岁左右。

不过,国家图书馆所藏《天花藏评点四才子书》(即《平山冷燕》)第十二回回评中有"予向阅诸小言,味都嚼蜡。今始见四才子,异而评之。第恨妾生较晚,不及细为点缀耳"之语,是以邱江宁据此考证天花藏主人为女性,而上引天花藏主人《序》中"顾时命不伦……欲人致其身而既不能"等语又清楚表明其为男性,与《平山冷燕》评语的自称为"妾"相矛盾,故邱江宁认为此《序》乃后人伪托①。

其实,《平山冷燕》的评语实系该书作者自己所写②,邱江宁抉发此书评者乃是女性,也就意味着此书为女性所写,这对于研究才子佳人小说和中国的女性文学都很有意义。然而,上述那篇《序》所表明的天花藏主人——素政堂主人为男性,与《天花藏评点四才子书》的评者自称为"妾"之间的矛盾,很难以该《序》为后人所伪托来解释③。因此,此书原是作者自评,出版时则改署出版者天花藏主人之名(大概因为若署作者所评,则评语中对这部作品的称赞就成了

---

① 见邱江宁《天花藏主人为女性考》,载《复旦学报》(社会科学版)2006年1期。
② 该书十一回评语评该回中一段描写说:"……盖取其才而忘其丑也。观于此,虽若表燕、平爱才特甚;察其隐,实欲明山黛之才自造其极,非借美人、门第作声价也。个中冷暖,惟作者自知。""惟作者自知"的"个中冷暖",评者竟为之表出,这正说明了评者其实就是作者自己。
③ 因为乾隆戊辰本《天花藏七才子书》(即《玉娇梨》、《平山冷燕》合刻本)卷首此《序》,末署"时顺治戊戌立秋月天花藏主人题于素政堂",另行又署"康熙乙酉春日梅园重镌",知戊辰本的底本为康熙四十四年乙酉所刊,而康熙十八年素政堂还在刊印《启祯野乘二集》,"梅园重镌"时距此不过二十六年,其时素政堂主人也许已经去世,但其子嗣必然还在(纵或他没有儿子,但书坊老板是有遗产的,按之当时习俗,也必有同族的人为其嗣子),不会容许别人用天花藏主人之名盗印素政堂出版物,所以梅园很可能就是素政堂主人后人的产业,其人因年久书板漫漶,是以重镌。何况纵使梅园乃系盗印,又有什么必要去伪撰一篇序言?若原有二书合刻本序,则将原有的《玉娇梨·序》(《玉娇梨》原有《序》,见后)原封不动或改头换面地置于卷首即可,何必去另外伪撰一篇?倘说要在伪撰的《序》中说明二书合刻之事,则此《序》又毫未交代。所以,很难设想此《序》为后人伪托。实际上此《序》倒很可能是天花藏主人为《玉娇梨》所撰的另一篇序,说见后。

自吹自擂），而其人乃是女性，在写评语时一不留神用上了其平时的自称——"妾"，而天花藏主人也未发现这一问题，就这样印出来了。至于这位女性与天花藏主人是什么关系，是否如邱江宁推测的为其妻妾，则是很值得进一步研究的问题。

总之，由于了解了上述情况，可知今存清初小说中凡是明署为素政堂刊行或"天花藏批评"，或有素政堂主人序或天花藏主人序，或题"天花藏主人订"的出版物，都是素政堂所刊行①。其所出版的才子佳人小说现存的至少有十几种，作者队伍颇大，清初著名的才子佳人小说作家徐震也是其队伍中的成员（因上海图书馆所藏樗李烟水散人所撰《鸳鸯配》封面右上方题"天花藏主人订"，可知此书也是素政堂刊行）；这个队伍中还拥有《平山冷燕》作者那样的女性高手。所以，素政堂实是清初刊行才子佳人小说的大本营。同时，清初最早刊行才子佳人小说的书坊大概也是素政堂；它所刊行的《玉娇梨》则当是清初最早（其实，也是我国最早）的才子佳人小说。理由如下：

日本内阁文库藏《玉娇梨》（即《古本小说集成》据以影印者）卷首有素政堂主人《序》："……适客携《玉娇梨》秘本示余……故不惜木灾，用代丝绣……"是此书即素政堂主人所刊。卷首又有《缘起》，谓此书"相传""出弇州门客笔，而弇州集大成者也"，"弇州深喜其蕴藉风流，足空千古，急欲绣行，惜其成独后，弇州迟暮不及矣"，因而素未刊行，收藏者"什袭至今。近缘兵火，岌岌乎灰烬之余。……不敢再秘。因得购而寿木"。《缘起》虽不署名，但由其末一句，可知亦为此书刊行者所作。至"弇州门客"云云（"弇州"指明代著名文人王世贞），自出假托②。

又，王世贞为太仓（今属苏州太仓）人，素政堂为苏州书坊；而自王世贞晚年直至明末，这一带均无足以导致书稿"岌岌乎灰烬之余"的"兵火"，所以此书至早刊行于清初。而《玉娇梨》与《平山冷燕》合刻本卷首《序》作于顺治十五年（1658），自清初至顺治十五年之间仅顺治二年清兵南下时苏州、太仓一带有这样的"兵火"（此点邱江宁文已经指出），故《玉娇梨》的刊行当在顺治三年至十五年间。——在这里顺便说一下，合刻本《序》有"刻此书白而不玄……岂必

---

① 青莲室主人所撰《后水浒传》卷首有"采虹桥上客题于天花藏"的序，钤有"素政堂"、"天花藏"两方印章，则采虹桥上客与天花藏主人也是同一人，《后水浒传》当也是素政堂所刊行。所以，除此以外当还有素政堂以别的名义刊行的小说。

② 因为《玉娇梨》第一回开头就有一首诗，末两句为："更有子云千载后，生生死死谢知音"，意谓此书在当时不可能为人赏识，倘能在后获一知音，那就感恩不尽了；若此书确是弇州门客写来请弇州审定的，写这两句岂不意味着弇州不会赏识此书，不是自己的知音吗？弇州门客岂有如此唐突弇州之理？

俟诸后世？皆将见一出而天下皆子云矣"之语，可见此《序》实在并不是为《玉娇梨》、《平山冷燕》二书的合刻本而作（否则说应说"矧此二书白而不玄"，不会说"此书"），它当是其中一部书的《序》，在二书合刻时就将它作为合刻本的序了。但"岂必"二句显然是针对《玉娇梨》第一回回前诗"更有子云千载后，生生死死谢知音"而言，《平山冷燕》书中并无这类意思的话。所以，此《序》原是《玉娇梨·序》。那么为什么日本内阁文库藏《玉娇梨》卷首另有一篇与此不同的《序》呢？按，该《序》对这一小说虽也作了高度评价，但接着又说："客曰：白描绘事，逊色牡丹，无弦焦桐，让声羯鼓。倘优俳操去取之权，牙侩秉春秋之笔，则子将奈何？予曰：不然。是非识者定之。方今文人才女满天下，风流之种不绝，当有子云其人者谓予知言。子其俟之。"对此书出版后的效应的估计，较之顺治十五年《序》的"将见一出而天下皆子云矣"，真可谓天壤之别。所以，日本内阁文库藏本卷首的《序》乃是原序，其时还不知读者对此类小说的反响如何，故一面假托为被王世贞所赞赏的《金瓶梅》续书以吸引读者，另一方面在《序》中估计其效应时也不敢说满话（所谓"当有子云其人者谓予知言"，不过是"当有高明之人说此书很好"之意；只要有一个人说它好，就不能说作《序》者的预测不对）。不料此书一出就受到了读者的热烈欢迎，是以改写序言，撤掉《缘起》，不再假托为《金瓶梅》续书了。由此言之，《玉娇梨》乃是我国的第一部才子佳人小说，书坊在开始出版此类书籍时尚不知读者是否会欢迎，具有实验的性质，不料一炮打响，这以后不仅素政堂大出此类小说，别的书坊也纷纷跟进了。

也正因此，才子佳人小说乃是清初书坊推出的大众读物，因其广受读者欢迎，是以在当时非常兴盛，存留至今天的也很多。

在此类小说中，较有影响的为《玉娇梨》、《平山冷燕》、《好逑传》，另有《金云翘传》也值得注意。

以上四部小说，大致可分为两类。前三部为一类，以写男女青年婚恋为主；后一部另为一类，将婚恋和个人的坎坷命运结合起来写。

《玉娇梨》题荑秋散人撰（也有署作荑秋山人、荑荻山人、荻岸散人的，均不足据）；《平山冷燕》的早期刊本不署作者，后出的刊本或题荻岸散人撰，也有署作荻岸山人、荑荻散人的，也均不可信。

这两部书均是素政堂主人在清初刊行的（《平山冷燕》显然刊于《玉娇梨》之后），当是清初的作品[①]。《好逑传》署"名教中人编次，游方外客批评"，其作者、评者的生平均无考。书中第一回有"话说前朝北直隶大名府……"之语，可

[①] 《玉娇梨》于书中人物的活动时间只说是"正统年间"，不加"前朝"字样，那是因其假托为"弇州门客"所作之故，自不能据此而认为其作于明末。

知其作于清代;"北直隶"则为永乐以后的明朝人的习惯性用语(它的正式名为京师),入清以后,就以"直隶"作为其正式地名①,"北直隶"之称也随之消失,只有在明代生活过相当长时间的人才会由于习惯而仍用这一称呼。所以,此书当是一个由明入清的人在顺治时期或康熙前期所作。

这三部小说所写,皆是才子佳人相互爱慕,最终结为夫妇的故事;其间虽有无才无学而颇具财势或其他能力的奸徒因妄图获得佳人而使用种种卑鄙伎俩,给他们的结合带来很多波折,也为作品增加了若干悬念,但奸徒的阴谋都以失败告终。作为商业性的小说,这些作品的共同特点,是致力于情节的设计而忽视人物的描写;而为了给才子佳人以圆满的结局,不使读者由于他们的悲剧而产生重压感,作品把其父母尊长都写得很开明,对他们大力支持,有时连皇帝也站在他们一边。这就大大削弱了人物及其婚恋自由的要求与当时环境的尖锐对立,抽去了人物在剧烈的冲突中显示其激情和复杂的内心活动的可能性,加以作者对才子佳人的才又主要理解为能够作诗和掉文,从而让他们满口"之乎者也",人物也就更无生气。但尽管存在着这样的缺陷,它们对才子佳人的相互眷恋及某些显然违背封建礼教的行动所持的肯定甚至赞赏的态度却很值得注意。例如《玉娇梨》中扮作男子的才女卢梦梨在与书中的男主人公苏友白初次交谈时,就谎称代妹子说亲,实际以自己的终身相许。在知道苏友白已有心上人后,又愿以小妾自处,最后二人均誓不相负。其有关对话如下:

> ……卢梦梨羞涩半晌,被苏友白催促不已,只得说道:"小弟有一舍妹,与小弟同胞,也是一十六岁,姿容之陋酷类小弟,学诗学文,自严亲见背,小弟兄妹间实自相师友。虽不及仁兄所称淑女之美,然怜才爱才,恐失身匪人一念,在儿女子寔有同心,一向缘家母多病,未遑择婿,小弟又年少,不多阅人,兼之门楣冷落,故待字闺中,绝无知者。昨楼头偶见仁兄翩翩吉士,未免动摽梅之思。小弟探知其情,故感遇仁兄,谋为自媒之计。今挑问仁兄,知仁兄钟情有在,料难如愿,故不欲言也。今日之见,冀事成也。异日兄来,事已不成,再眉目相对,纵兄不以此见笑,弟独不愧于心乎?……此实儿女私情,即今言之,已觉面热颜赤,倘泄之他人,岂不令弟羞死。"……苏友白微笑道:"……除非两存。但恐非深闺儿女之所乐闻也。"卢梦梨道:"舍妹年虽幼小,性颇幽慧,岂可以儿女视之?恋君真诚,

---

① 明代的京师和南京均辖有不少府县,皆"直隶六部"(《明史·地理志》一),故在习惯上分别称为"直隶"(也称"北直隶")、"南直隶"。到了清代,各省皆设总督,不再有"直隶六部"的行政区划了,明代的京师之地则正式被命名为直隶省。

昨已与弟言之矣。娶则妻，奔则妾，自媒近奔，即以小星而侍君子，亦无不可，……"苏友白大喜道："……三人既许同心，岂可强分妻妾？倘异日书生侥幸得嫔二女，若不一情，有如皎日。"卢梦梨亦大喜道："兄能如此，不辜弟妹之苦心矣。虽仓卒一言，天地鬼神实与闻之，就使海枯石烂，此言不朽矣。"

其对话虽然毫无感人的力量，但卢梦梨的追求婚恋自主的热情与勇气却实在是元曲《墙头马上》以来的女子"自媒"传统的继续，尽管她的愿意自居为妾和欣然接受苏友白一夫二妻的主张，并不是今人所赞同的。此类才子佳人小说的大量出现及其畅销，意味着男女青年——至少是其中的才子佳人——的婚恋自主的要求已得到了社会上为数不少的一部分人的承认。就此点而言，其同时代的《聊斋志异》中有不少美丽的爱情故事，在其百余年以后出现《红楼梦》所写的贾宝玉、林黛玉那样的爱情悲剧并引起普遍的同情，原都是顺理成章的事。也可以说，"五四"新文学中的大量爱情作品实在是植根于这样的传统土壤之中的，而并不仅仅是外来影响的产物。

其中尤其值得注意的，是出于女性作者之手的《平山冷燕》。书中对两位才女（山黛、冷绛雪）大加推崇，赞美她们在婚姻上具有的独立自主的权利，而且让两位顶尖才子平如衡、燕白颔在与她们比赛文才时大败亏输，一个自认"出丑"，另一个"垂头丧气"（第十七回）。而就评语来看，作者之写这两个才女，实是要为她们"吐气生色"（第六回评）；对于轻视女性的"迂腐儒绅"则在评语中斥为"于国家无毫发之补"（第三回评）。这都显示出了当时已开始觉醒的女性的心态。

这三种小说都在十八、十九世纪被介绍到了欧洲。《玉娇梨》和《好逑传》都有法文和英、德文译本，《平山冷燕》有法文译本。《好逑传》受到过歌德、席勒的称赞；黑格尔在其《历史哲学》中引述过的《两个表姐妹》就是《玉娇梨》的英文译名。所以鲁迅说它们"在外国特有名，远过于其在中国"[1]。

现在说才子佳人小说中的另一类——《金云翘传》[2]。

此书题青心才人编次，卷首有天花藏主人的序。由天花藏主人的生活年代来推测，这部小说的出现至迟在清初。而书中开头部分说："即如扬州的小青，……正惟可伤可痛，故感动了这些文人墨士，替他刻文集，编传奇，留贻不

---

[1] 见鲁迅《中国小说史略》第二十篇《明之人情小说（下）》及人民文学出版社1982年版《鲁迅全集》第9卷《中国小说史略》的有关注释、人民文学出版社1983年版《玉娇梨》附冯伟民氏《校点后记》。

[2] 《金云翘传》，《明末清初小说选刊》第一函，春风文艺出版社1985年版，第1—2页。

朽,成了个一代佳人。谁人不颂美生怜,那个不闻名叹息!"(第一回)从上下文意来看,小青①的"成了个一代佳人"是文人们为她"刻文集、编传奇"的结果。但必须所刻文集、所编传奇流传开来,才能出现"谁人不颂美生怜,那个不闻名叹息"的盛况。换言之,《金云翘传》的写作距文人为小青"刻文集、编传奇"必已有相当年岁。谱小青事的传奇有朱京藩《风流院》、吴炳《疗妒羹》,皆刊于崇祯间。其文集有明末刊本《小青集》传世,但不知刻于哪一年;又有抄本《小青焚余稿》(附《小青传》),为崇祯四年黄来鹤抄本。可见崇祯四年小青文集还处于以抄本形式流传的阶段。所以,在"文人墨士"为她"刻文集"时,离明亡大概已没有几年了。《金云翘传》的写作在清代初期的可能性似较明末为大。

此书的情节大致如下:才女王翠翘与书生金重相爱。不幸她的父亲为强盗所诬攀,必须拿出一大笔钱去打点,否则就得家破人亡。为了筹款,她只得卖身与外乡人为妾,终于落入妓院。她以死反抗,鸨母怕落个迫良为娼、逼死人命的罪名,便买通当地一个流氓,假装要救她出去,既骗了她的身体,又制造出她与人私奔的假象,鸨母乘机加以毒打,打得她终于"自愿"为娼。后来书生束守爱上了她,但束生在家乡已有妻子,就娶了她另住;过了一年多,其妻用计把她劫回家去,备受折磨,且有性命之忧。她找了个机会逃出束家,在一尼姑庵中避难。因恐形迹败露,又由尼姑介绍到熟人薄妈家中寄住。薄妈假说束家追寻紧急,骗得她与其侄子薄幸结婚,又由薄幸把她卖给了浙江台州的一家妓院。翠翘认了命,从此随波逐流,"其名遂振一时"(第十七回)。于是引来了"一个好汉"徐海。他与翠翘意气相投,为她赎身,订了嫁娶之约而别。翠翘明知他要造反作乱,但仍一意守候着他。过了三年,徐海果然以寇兵来迎,又为她兴兵报仇,消了她的怨气。其时"闽、广、青、徐、吴、越"的民众遭徐海"寇兵"的蹂躏,"苦不堪言"(第十八回)。明兵无能,不能剿灭,督府就派人向翠翘游说,要她"以君国为重,以生民为念"(同上),劝徐海投降朝廷。她照此做了。不料徐海一降,立即被害,督府又要对她进行污辱;最后将她赐与永顺酋长。"翠翘不得已,含涕从之"(第十九回);而内心痛苦之极,遂投江自杀。幸而被人相救,不久又与金重重逢。金重虽已与她妹妹翠云结婚,对她的爱恋之情却始终如一,于是一夫二妇,"曲尽室家"(第二十回)。

徐海是实有的人物,为明代嘉靖时期的倭寇首领之一,纵横江、浙。总督

---

① 小青为实有人物抑文学中的虚构人物,当时有不同看法,因而传世的小青作品是否真是小青所作也是问题。现代学者潘光旦氏则认为她是实有人物,参见其所著《冯小青——一件影恋之研究》(新月书店1929年8月订正再版)。

胡宗宪以计诱降，又发兵围攻，徐海投水而死。《明史·胡宗宪传》对此有简单记述，并有"海妾受宗宪赂，并说海"之语，但没有记及其妾的姓名。在小说中，最早写及王翠翘、徐海故事的是晚明《亘史》中的《王翠翘》、《广艳异编》的《王翘儿》，两编内容大同小异；此外，《亘史》中的《罗龙文传》、明末短篇小说集《西湖二集》（周楫撰）的《胡少保平倭战功》，也都述及翠翘，但分别以写罗龙文、胡宗宪为主。其后余怀作《王翠翘传》①，系缀拾《亘史》中《罗龙文传》与《王翠翘》的事迹而成。以上各篇对王翠翘的记述均甚简略。

《金云翘传》则情节曲折，以下几点尤其值得重视：第一，这一作品的题材反映了社会对个人的迫害的惨酷。从诬攀翠翘父亲的强盗，糊涂而残酷的官府，妓院、流氓、骗子等恶势力，束守妻子那样的大家闺秀——她是尚书的女儿——及其娘家那样的豪门，乞求翠翘帮助以建功立业又倒过来对她迫害的总督（督府），构成了一张无所不在的罗网，而像翠翘那样有才华的女子则只能在网中挣扎与哀号。尽管作品最后勉强给了翠翘一个大团圆的结局，拙劣地打破了悲剧气氛，但其所接触到的个人与社会矛盾的尖锐、集中，在以前的小说中却还没有见到过②。这意味着对个人所处困境有了进一步的感受。第二，小说对于像翠翘那样的被侮辱与被损害者，不是从道德上加以苛求，而是表现出明显的同情。当翠翘第一次被骗入妓院时，她虽曾勇敢地反抗，不惜自杀，及至出逃被获，遭受毒打，求死不得，终于屈服。作品不是把她作为没有气节的软骨头来谴责，而是极写其痛苦难忍，她那在皮鞭下哀告求饶的"伤心"之言，引得"旁人无不替他堕泪"（第十回）。至于她第二次落入妓院后，"人以彼求欢，彼正借人遣兴。豪歌彻夜，放饮飞觥"（第十七回），揆诸传统道德，自是淫荡无耻，而作品却赞之为"有侠概"（同上）。这又意味着作者是考虑到了个人所能忍受的限度及其作为人的要求——包括"遣兴"在内——的。这样一种对待个人的原则，与曹雪芹对待尤三姐的原则实是相通的③；当然，从描写人物的艺术成就来说，此书的翠翘自远不足望《红楼梦》尤三姐的项背。第三，此书中的徐海，是个反社会的人物。反社会当然是一种可怕的行为，但又往往与社会的弊病相联系。作品写徐海写得并不成功，但并没有对这类反社会的人物作简单化的处理。在徐海初出场时，作者盛赞他的气概："开济豁达，包含宏大。等富贵若弁毛，视俦列如草莽。气节迈伦，高雄盖世。深明韬略，善操奇正，（曾）曰：'天生吾才，必有吾用。有才无用，天负我矣。设若皇天负我，我亦

---

① 载清代张潮辑《虞初新志》卷八。
② 例如《水浒》中的林冲，在上梁山前虽然一再遭到迫害，但那都是高俅父子在主使。而王翠翘所受到的则是来自社会众多方面的打击。
③ 这是指曹雪芹原本中的尤三姐，一百二十回本《红楼梦》中的尤三姐与此有别。

可以负皇天。大丈夫处世,当磊磊落落,建不朽于天壤,安能随肉食者老死牖下。纵有才无命,英雄无用武之地,不能流芳百世,亦当自我造命;弄兵潢池,遗耻万年。不然这腔子内活泼泼的热血,如何得发付也!'"(第十七回)接着写他为翠翘兴兵报仇,也令人心大快。但同时又写了徐海对广大人民所造成的劫难:"此时闽、广、青、徐、吴、越,寇兵纵横,干戈载道,百姓涂炭,生民潦倒,苦不堪言"(第十八回),连徐海自己也承认:"江南之地,为吾等毒殆尽,士民恨不能啖吾肉,……"(第十九回)这两者虽未能形成统一的整体,但作者已能同时注意到人物的这两个方面,也正反映了他对人的复杂性的体认。

不过,作者的认识、态度和作品的题材并不等于作品的内容。内容是体现于形式之中的。《金云翘传》在形式上粗糙、简陋而且颇多缺陷,没有对于人物具体、细腻、栩栩如生的描写,有时又让人物在日常对话中掉文,更显得不伦不类。因此,虽然作品的题材尖锐而集中地反映了个人与社会的矛盾,颇有可取之处,但在总体上却缺乏艺术感染力。

这一小说后来传入了越南,由阮攸(1765—1820)改编为喃传(越南的韵文体小说,其性质与中国的俗文学相似),名为《断肠新声》(亦名《金云翘传》),用其原来的题材重新进行创作,在越南文学史上具有很大影响。这既从另一方面证明了其题材的动人,也显示出了形式在文学中的重要性;《金云翘传》的不成功和喃传《断肠新声》的成功,其差别就在于形式。

二、通俗演义和其他长篇小说

这时期的通俗演义,值得注意的有褚人获(1635—1702后)的《隋唐演义》和钱彩编次、金丰增订的《说岳全传》;另有陈忱(1615—?)的《水浒后传》[①]、青莲室主人的《后水浒传》、吕熊的《女仙外史》[②],虽所写之事绝大多数出于虚构,与通常所谓演义异趣;但因都是以历史事件为因头的长篇章回小说,故一并在此介绍。

在以上五部中,《后水浒传》、《隋唐演义》、《说岳全传》都是商业性的小说,《水浒后传》与《女仙外史》则是文人另有寄托之作。而除了《隋唐演义》外,其

[①] 陈忱《水浒后传》有"万历戊申雁宕山樵序"。雁宕山樵即陈忱之号,但万历戊申时陈忱尚未出生。此当是恐以文字罹祸,故弄玄虚。现在所知的《水浒后传》版本,以康熙三年刊本为最早,英国博物院和日本早稻田大学各藏有一部(见日本大冢秀高编著《增补中国通俗小说书目》,汲古书院1987年5月版,第161页),序或即康熙三年所作。

[②] 吕熊当生于崇祯六至八年(1633至1635年)之间,卒于康熙五十三年至五十五年(1714至1716年)之间。见上海古籍出版社1992年版《女仙外史》卷首章培恒所作《前言》。

余的四部都含有不同程度的悼念明室覆亡之意。

在这方面表现得最明显的,是陈忱的《水浒后传》。忱字遐心,号雁宕山樵,乌程(今浙江湖州)人。为明遗民。入清后以卖卜为生,在顺治时曾与顾炎武、归庄等参加惊隐诗社。《水浒后传》共四十回,假托为古宋遗民著。卷首雁宕山樵《序》有云:"嗟乎,我知古宋遗民之心矣。穷愁潦倒,满眼牢骚,胸中块磊,无酒可浇,故借此残局而著成之也。""必其垂老奇穷,颠连痼疾,孤茕绝后,而短褐不完,藜藿不继,屡憎于人,思沉湘蹈海而死⋯⋯"此实为作者的自我描绘。作品的情节是接续百回本《水浒传》而展开的,大致如下:宋江、卢俊义诸人死后,原梁山泊头领李俊等或由于遭受官府压迫,或为了抱打不平,又各先后走上了反抗官府的道路。其中李俊等人率众浮海,在暹罗站住了脚跟;另一些人则仍在中国,不久金兵入侵,他们抗击金军,打了几次胜仗,终因众寡悬殊,也出海与李俊会合。最后李俊在暹罗为王,而仍奉南宋正朔。《序》中又谓:《后传》所叙"群雄激变而起,是得《南华》之怒","中原陆沉,海外流放,是得《离骚》之哀",可知这实是作者寄托其明亡后的哀怨与愤怒之作。

书中写"群雄激变而起"的部分,对统治集团中一些人的敲诈勒索、霸占妇女等暴行颇表憎恨,对群雄的抗争也加赞美。只是描写虽尚具体,却并不见精彩。故其感人之力远逊《水浒》。如第五回写李应的主管杜兴在彰德打抱不平,杀了一个恶人,官府却秉承童贯意旨,把远在家乡的李应收监,要他交出杜兴,其文字如下:

> 却说李应,虽知杜兴刺配彰德,有两三个月不通音信。其时秋末冬初,正在家里收拾稻子上仓,只见本府太爷来拜,慌忙出迎。知府到厅上;正要参见,知府道:"枢密行文,有件要紧事,到府间去说。"衙役簇拥便行。李应脱身不得,只得随去。到济州城内,知府升了堂,说道:"你主管杜兴,纵容他劫杀了冯指挥舍人,童枢密要你身上送出杜兴。"李应分辩道:"杜兴刺配彰德,隔着三千多里,从来不通音耗,那里去寻他?"知府发怒道:"你和他同是梁山泊馀党,自然窝藏在家,推不得干净。今日且不难为你,暂时监下,我申文到枢密院,自去分辩。"李应到监里寻思道:"怎又做出事来,连累着我?"只得把银子分裱狱中。那节级人等晓得李应是大财主,要趁他钱财,并不难为。不在话下。

李应骤然遭受陷害,等待着他的很可能是杀身之祸——他根本不知杜兴音耗,当然找寻不出;枢密院的主持人童贯又是梁山死敌,哪肯听他"分辩",其前途的凶多吉少已成定局。然而,李应对此既无惊怒之情,也无忧惧之意,只是在心里埋怨杜兴"怎又做出事来,连累着我"。作品在人物描写上的单薄、苍白,于此可见。

书中写"中原陆沉""之哀"的,最突出的是第三十八回柴进与燕青等作为暹罗使臣到达南宋首都临安的一段:

……到吴山顶上,立马观看,前江后湖,山川秀丽;遥望万松岭上,龙楼凤阙,缥缈参差,十分壮丽;俯瞰城中,六街三市,繁华无比。……柴进回头向北道:"可惜锦绣江山,只剩得东南半壁。家乡何处?祖宗坟墓远隔风烟。如今看起来,赵家的宗室比柴家的子孙也差不多了。对此茫茫,只多得今日一番叹息。"燕青道:"譬如没有这东南半壁,伤心更当何如?"

柴进的感慨,是与作品中人物的身份和处境相合的,也较深沉感人;燕青的那番话,却是代作者在安慰柴进并自抒沉痛了。生活在南宋初期的人,是绝不会以"譬如没有这东南半壁"来聊自宽解的,当时的人还没有体验过江山全都沦陷的痛苦。

总之,陈忱此书,在主观上虽有批判黑暗的政治现实及抒发沧桑之痛的动机,但由于艺术成就不高,也就缺乏感人之力。胡适在《水浒续集两种序》中,说"这部书里确有几段很精彩的文字,要算是十七世纪的一部好小说"①。他所举出来作为例证的,是第二十四回燕青将黄柑、青果献给被金兵所俘的徽宗和二十七回李应诸人处死蔡京等奸臣的两大段;现引其尤为赞美的前一段如下:

……道君皇帝一时想不起,问:"卿现居何职?"燕青道:"臣是草野布衣;当年元宵佳节,万岁幸李师师家,臣得供奉,昧死陈情,蒙赐御笔,赦本身之罪,龙札犹存。"遂向身边锦袋中取出一幅恩诏,墨迹犹香,双手呈上。

道君皇帝看了,猛然想着,道:"元来卿是梁山泊宋江部下。可惜宋江忠义之士,多建功劳;朕一时不明,为奸臣蒙蔽,致令沉郁而亡。朕甚悼惜。若得还官,说与当今皇帝知道,重加褒封立庙,子孙世袭显爵。"

燕青谢恩,唤杨林捧过盒盘,又奏道:"微臣仰觐圣颜,已为万幸。献上青子百枚,黄柑十颗,取苦尽甘来的佳谶,少展一点芹曝之意。"齐眉举上。上皇身边只有一个老内监,接来启了封盖。道君皇帝便取一枚青子纳在口中,说道:"连日朕心绪不宁,口内甚苦;得此佳品,可以解烦。"叹口气道:"朝内文武官僚世受国恩,拖金曳紫;一朝变起,尽皆保惜性命,眷恋妻子,谁肯来这里省视!不料卿这般忠义!可见天下贤才杰士原不在近臣勋戚中!朕失于简用,以致如此。远来安慰,实感朕心。"命内监取过笔砚,将手中一柄金镶玉珌白纨扇儿,吊着一枚海南香雕螭龙小坠,放在红

---

① 《胡适文存二集》卷四,黄山书社1996年版,第537页。

毡之上,写一首诗道:

> 笳鼓声中藉毳茵,普天仅见一忠臣。若然青子能回味,大赉黄柑庆万春!

写罢,落个款道"教主道君皇帝御书"。就赐与燕青,道:"与卿便面。"燕青伏地谢恩。

上皇又唤内监分一半青子、黄柑:"你拿去赐与当今皇帝,说是一个草野忠臣燕青所献的。"

……两个取路回来,离金营已远,杨林伸着舌头道:"吓死人! 早知这个所在,也不同你来。亏你有这胆量! ……我们平日在山寨,长骂他(皇帝)无道;今日见这般景象,连我也要落下眼泪来。"

胡适引完以后评论道:"这一大段文章,真当得'哀艳'二字的评语! 古来多少历史小说,无此好文章;古来写亡国之痛的,无此好文章;古来写皇帝末路的,无此好文章!"这恐怕是过誉了。此段文字较之上引李应下监的那一段固然要真切、生动得多,但也并不能给人以多大感动,较之杨林所说"连我也要落下眼泪来"的程度,真有天渊之别。而且,类似的段落在全书中也很少见。

清初的另一种《水浒》续书为青莲室主人的《后水浒传》。青莲室主人的生平不详。其书卷首有天花藏主人所作序,署"采虹桥上客题于天花藏",说已见前;天花藏主人既是清初的作者,《后水浒传》也当是清代初期的作品。

此书的情节是:宋江、卢俊义等死后,转世为杨幺、王摩诸人,反抗官府,聚义于洞庭湖。后为岳飞所败,请求投降,岳飞不许,杨幺等遂俱死去。采虹桥上客的《序》中对杨幺诸人的"孝义"、"血性"、"雄才大略"多所称赞,并且说:"设朝廷有识,使之当恢复之任,吾见唾手燕云,数人之功,又岂在武穆下哉! 奈何君王不德,使一体之人,皆成敌国,岂不令人叹息,千古兴嗟宋室之无人也。"这与雁宕山樵的感慨颇为类似,而作品的主旨也即在此。不过,设想幼稚,描写粗率,较之陈忱《水浒后传》,又不可同日而语。如第十九回写开封知府贪赃枉法,欲屈斩孙本,不料遭到满堂书吏的反对。他们不但公然声称"我等众人岂肯心服",而且还以行动来抗议:"一齐说道:'相公既是徇私枉法,我等众人只索退出。'……说罢遂一哄走出堂去。"结果,知府不得不向众吏役屈服,免了孙本死罪,只将他刺配远方。这实在是缺乏常识的设想。即使吏役的"一哄走出堂去"真有挟制官府的力量,但贪赃枉法的知府在被迫作了让步之后,岂有不加报复之理? 要抓住吏役的错失又是很容易的。以吏役社会经验的丰富,自不会不考虑到这一点。因此,只有这些吏役全都是忠于国法或友情(因为孙本是他们的同事)而毫不计及个人安危祸福的人,才会采取如此的集体行动。在当时的衙门里,这自然是匪夷所思的事。

与这两部《水浒》续书同样以南宋和金的矛盾斗争为背景的是《说岳全传》。此书为钱彩编次,金丰增订。现仅知钱彩字锦文,为仁和(今浙江杭州)人,金丰字大有,为永福①人。序为金丰所作,末署"甲子孟春上浣永福金本识于余庆堂"。通常认为此"甲子"指康熙二十三年(1684),但也有人认为是指乾隆九年(1744)。按,此书现在保存下来的皆为嘉庆及其以后的刊本。在锦春堂刊本《说岳全传》第一回中提到"赵匡胤"时,"胤"作"𦙍",此自是"胤"的错字。但此书若为乾隆九年定稿,"胤"字当已避讳作"𦙄"(避雍正帝讳),其初刻本或翻刻本就不可能误作"𦙍"了。换言之。金丰《序》所署"甲子"当为康熙二十三年,其时"胤"字尚不需避讳。

《说岳全传》写岳飞率军抗击金兵的故事,以情节紧张取胜,描写则颇为简单。如岳飞部将高宠挑华车之事,在戏剧中衍化为《挑华车》(一作《挑滑车》),为京剧的保留节目之一,而在小说中也仅粗具梗概而已。

> 那高宠杀得高兴,进东营,出西营,如入无人之境。直杀得番人叫苦连天,悲声震地,看看杀到下午,一马冲出番营。正要回山,望见西南角上有座番营。高宠想道:"此处必定是屯粮之所。常言道:'粮乃兵家之根本。'我不如就便去放把火,烧他娘个干净,绝了他的命根,岂不为美?"便拍马抡枪,来到番营,挺着枪冲将进去。小番慌忙报知哈元帅。哈铁龙吩附快把铁华车推出去。众番兵得令,一片声响,把铁华车推来。高宠见了,说道:"这是什么东西?"就把枪一挑,将一辆铁华车挑过头去。后面接连着推来,高宠一连挑了十一辆。到得第十二辆,高宠又是一枪。谁知坐下那匹马,力尽勉疲,口吐鲜血,蹲将下来,把高宠掀翻在地,早被华车碾得稀扁了。(第三十九回)

小说除赞扬岳飞的忠勇和智谋外,对北宋末年与南宋时期的政治腐败也多所批判。全书以如下一诗结束:"力图社稷逞豪雄,辛苦当年百战中。日月同明惟赤胆,天人共鉴在清衷。一门忠义名犹在,几处烽烟事已空。奸佞立朝千古恨,元戎谁与立奇功?"这与两部《水浒》续书作者的感慨颇有相通之处。不过,此书在岳飞、岳云等被害以后,又设计了岳飞次子岳雷率军扫平金邦的情节,在善于安慰读者方面,比《水浒后传》更进了一步。

由于《说岳全传》所反对的金,是中国少数民族女真族所建立的政权,而女真族在明代又建立"后金",至1636年改国号为清,最后成为统一全

---

① 清代有两个永福县,一在福建,一在广西。金丰自署永福,不知其究为何地。

国的清王朝，此书在乾隆五十三年遭到了禁毁；但到嘉庆时又开始流行起来了。

与上述三部作品的写宋代故事不同，吕熊的《女仙外史》是以批判明成祖来寄托其对明朝的怀念的。吕熊，字文兆，昆山（今属江苏）人。在顺治二年（1645）清兵南下时，昆山民众曾奋起抵抗，并遭到残酷屠戮和劫掠。他的父亲因不愿自己儿子在清朝政府做官，从此就命令他"业医，毋就试"①。后来他虽做过清朝官吏的幕客，却始终拒绝出仕。

他所作的《女仙外史》，写明代永乐皇帝朱棣在夺取帝位后，以唐赛儿为首的一批忠臣义士仍拥戴建文皇帝，与朱棣作了坚决的斗争；直到朱棣去世，其子高炽即位，这一斗争才告结束。书中之大力表彰建文皇帝，对当时明朝遗民来说是别有意义的。例如，与吕熊基本同时的赵士喆，曾作过一部《建文年谱》，以显示建文帝之"至德"，其目的则是"当沧海贸易禾黍顾瞻之后，欲以残编故纸，慭遗三百年未死之人心"②。这也可见明朝遗民的宣扬建文帝乃是其系念明室的感情的表现，而不只是单纯的"发思古之幽情"而已。所以，吕熊这部书在政治上是犯忌的。他的发心写作这部小说是在康熙四十年（1701），写成约在四十二年或四十三年③，其刊刻约在康熙五十年（1711）④；不久就因"《外史》触当时忌"，从其借寓的南昌"归吴门"⑤。可惜具体情况现已不详，想来是他在南昌为此受人评告，但事情并未闹得很大，逃回苏州就幸免了。

《女仙外史》所写的永乐帝篡位与唐赛儿造反，在历史上虽实有其事，但唐赛儿与建文帝并无关涉；至其具体情节，更是悠谬荒诞，神魔杂出；人物描写或简率浅陋，或离奇不情，较之陈忱《水浒后传》，显然有所不逮。但全书事迹繁多，头绪纷杂，而不致流于冗散，为其长处。是以《长生殿》作者洪昇评为"节节相生，脉脉相贯，若龙之戏珠，狮之滚球，上下左右，周回旋折，其珠与球之灵活，乃龙与狮之精神气力所注耳。是故看书者须睹全局，方识得作者通身手眼"⑥。语虽近夸，而作者的重视结构，也为事实。

总之，这是一部具有严肃的动机的小说，正如吕熊在该书《自叙》里所说："夫建文帝君临四载，仁风洋溢。失位之日，深山童叟莫不涕下。熊生于数百年之后，读其书，考其事，不禁心酸发指，故为之作《外史》，大书帝之行在并建文年

---

① 乾隆《昆山新阳合志》卷二十五《人物·文苑·吕熊传》。
② 见钱谦益《有学集》卷十四《建文年谱序》。
③ 见康熙钓璜轩刊本《女仙外史》卷首章刘廷玑《品题》。
④ 见上海古籍出版社1992年版《女仙外史》卷首章培恒所作《前言》。
⑤ 《昆山新阳合志》卷二十五《人物·文苑·吕熊传》。
⑥ 《女仙外史》二十八回所附洪昇评语。

号至二十六年,下接洪熙元年而止。谓之曰万世之公论也可,一人之私论也亦无不可。"同时,其写作态度也很严肃;他的友人刘廷玑谓其"平生之学问心事皆寄托于此"①,当非虚言。而且书中确也处处可以见到他的学问,从谈大道、天文、阵法、诗词直至各种杂学。但尽管如此,这仍是一部艺术水平颇低的作品。较值得注意的是:从他开始,清代小说中出现了"以小说见才学"②的一派。其后夏敬渠的《野叟曝言》,走的就是这一条路子,尽管二者的思想倾向很不相同。尤其有意思的是:《女仙外史》中能力高强、学问渊博的吕军师实是作者幻想中的自己,而《野叟曝言》中更为超凡入圣的文素臣,也同样是作者的自我幻化。

在此类小说的前述五部作品中,比较地没有政治意味的是褚人获所编、四雪草堂刊印的《隋唐演义》。现存四雪草堂初印本卷首有康熙三十四年(1695)褚人获所作序。人获,字石农,长州(今江苏苏州)人。此书是以明代后期的《隋史遗文》、《隋炀帝艳史》、《大隋志传》、《隋唐两朝志传》等通俗小说为基础,再增加若干新的内容而编成的。故署为"剑啸阁、齐东野人等原本,长洲后进没世农夫汇编"。"没世农夫"当为褚人获的别号,"剑啸阁"指《剑啸阁批评秘本出像隋史遗文》,"齐东野人"则指齐东野人编次的《隋炀帝艳史》;二书皆为崇祯时的小说,《隋史遗文》是《西楼记》作者袁于令所编。

《隋唐演义》共一百回。大致前半部多凭借旧籍,后半部(尤其是六十六回以后)则以人获新创为多。此书以隋炀帝及其妃子朱贵儿为唐明皇、杨贵妃的前身,将这一对两世夫妻的故事作为全书的主干,而把自隋朝统一至唐明皇逝世为止的漫长时期的许多故事穿插于其间。

在其卷首的《四雪草堂重编隋唐演义发凡》的结尾说:"倘有翻刻者,千里必究。"可见这也是一部以营利为目的的小说。但书中不断出现作者的教训性的议论,其最后一回更一翻《长恨歌》及《长恨歌传》以来的关于杨贵妃成仙的传说,说她在"北阴别宅"里受罪,并对前去找寻她的方士道:"我有宿怨,又多近孽,当受恶报。只等这些冤对到齐,证结公案,便要定罪。"(第一百回)至于朱贵儿之所以能转世为杨贵妃,则是因她在炀帝将被贼臣谋害之际,一心护主,舍生全节,"以忠义相感,故能如愿"(同上)。所以,这实是一部道德色彩很强的小说。其中属于褚人获新创的部分,大抵叙述草率而设想迂腐;这也正是欲藉小说以说教的作者难以避免的命运。

---

① 《在园杂志》卷二。
② 鲁迅语,见《中国小说史略》第二十五篇。唯鲁迅以写作《野叟曝言》的夏敬渠为此派的最早作家,而吕熊的时代较夏敬渠早七十年或略多一些。

不过,在其前半部中,因为多数本于旧籍,也有一些较为生动的段落。如第四十回写隋炀帝赴扬州途中,命一群十六七岁的女孩子拉纤,因天气骤热,这些女子不免流汗喘息。"炀帝看了,心下暗想道:'这些女子,原是要他粉(妆)饰美观,若是这(一)等(个)〔个都〕流出汗来,喘嘘嘘的行走,便没一些趣味。'"于是采纳虞世基的建议,颁下重赏,命百姓在河堤两边移植杨柳。百姓贪图重赏,"便不顾性命,大大小小,连〔日〕夜都〈赶〉来种树。"炀帝也为之踌躇满志:

> 炀帝在船楼上,望见种柳树的百姓蜂拥而来,心下十分畅(快)快(旹)。因对群臣说道:"昔周文王有德于民,〔故〕民为他起造台池,〔就〕如子〔之〕事父一般,千古以为美谈。你看今日这些百姓,〔一〕个个争先赶快〈来种柳树〉,何异昔时光景?〔众臣奏道:"陛下德高三皇,功过五帝,不必细述其他,只这一段种柳光景,便可远垂不朽矣。臣等不胜庆幸。"炀帝道:"这样好光景,不可虚过。"〕朕也亲种一株,以见君臣同乐的盛事。"遂〔带〕领〔了〕群臣,走上岸来。众百姓望见〔炀帝〕,都〔慌忙〕跪〔在地〕下〔七上八下的乱〕磕头。炀帝〔遂〕传旨叫众百姓起〔来〕,因说道:"劳你们百姓种树,朕心甚是(不)过意〈不去〉。〈待〉朕〔也〕亲栽一颗,以见恤民之意。"遂〔自家〕走到柳树边,选了一颗,亲自用手去移。手还不曾到树上,早有许多内相移将过来,挖了一个坑儿,栽将下去。炀帝只将手在上边(面)摸了几摸,就当他种了〔一般〕。群臣与百姓看见,〔都〕齐呼万岁。……(第四十四回)

这段描写真切细腻,颇具讽刺意味,实不妨视为《儒林外史》的先声。但它全部袭自《隋炀帝艳史》第二十七回《种杨柳世基进谋,画长黛绛仙得宠》。在上面的引文中,有〔〕号者为《隋炀帝艳史》原有而被褚人获删去的,有〈〉号者为《隋炀帝艳史》原无而由褚人获增入的,有()号的则是《隋炀帝艳史》不同于《隋唐演义》的原文[①]。两相比较,就可见《隋唐演义》在这一大段描写中不但毫无创造性,反而把"众臣"那段绝妙的颂词删去了。

三、蒲松龄的《聊斋志异》

《聊斋志异》的作者及版本

清初最杰出的小说,为蒲松龄(1640—1715)所作《聊斋志异》。蒲松龄,字

[①] 例如上引的"若是这(一)等(个)〔个都〕流出汗来",在《隋炀帝艳史》中为"若是一个个都流出汗来",《隋唐演义》则为"若是这等流出汗来"。

留仙,别号柳泉居士。山东淄川(今属淄博)人。出生在一个日趋没落的地主家庭,十余岁即为秀才,但一直未考取举人,到七十一岁才援例成为贡生。在家乡任塾师数十年,一度曾至外地为幕客,但时间很短。长于诗文,而以小说擅名;也作过俗曲。后人辑其诗文、俗曲等为《蒲松龄集》。

《聊斋志异》为文言短篇小说集,大概于康熙十一二年(1672—1673)或稍后开始写作,一直写到他的晚年,至少经历了三十余年的时间。他自述其写作原委及过程说:"才非干宝,雅爱搜神;情类黄州,喜人谈鬼。闻则命笔,遂以成编。久之,四方同人,又以邮筒相寄,因而物以好聚,所积益夥。……独是子夜荧荧,灯昏欲蕊;萧斋瑟瑟,案冷疑冰。集腋为裘,妄续幽冥之录;浮白载笔,仅成孤愤之书。寄托如此,亦足悲矣。嗟乎!惊霜寒雀,抱树无温;吊月秋虫,偎阑自热。知我者其在青林黑塞间乎?"(《聊斋志异》卷首《聊斋自志》)这也就意味着,他的写作此书,固与其"搜神"、"谈鬼"的嗜好有关,但其主要目的,则一是抒发悲愤,二是聊以获得温暖和慰藉,即所谓"偎阑自热"。至于作品的题材,虽有一部分来自他人的述说或记录,也包括旧籍中的材料,但大都已经过他的润色乃至改造,主要的部分则出于他的创作。

《聊斋志异》长期以抄本流传,至乾隆三十一年(1766)始有刊本,即青柯亭本。今存的《聊斋》版本,最可靠的自是他的手稿本,但可惜只剩了半部。其次是山东博物馆所藏康熙抄本,残存五卷(即半部多一些);再其次是乾隆间铸雪斋抄本,基本上保存了《聊斋志异》的全部作品。在后人的整理本中,以张友鹤氏辑校《聊斋志异会校会注会评》本(中华书局上海编辑所1962年初版,上海古籍出版社1978年新一版)成绩最为卓著。从现在保存的半部手稿本(四册)来看,全书为八册,不分卷,也未标明每册的次序;铸雪斋本则把它分成了十二卷,虽基本保存了手稿本每册中各篇的先后次序,但是否打乱了原来各册的次序,则在研究者中还有不同的意见。由于蒲松龄是按照《聊斋志异》中作品的写作先后来编排的,从中大致可以看出其创作的发展过程①。但限于文学史的体例,本书于此无法涉及。

《聊斋志异》的艺术成就

《聊斋志异》共收短篇小说四百九十余篇,所记大抵为奇异事迹,故名为"志异";"志"是"记"的意思。其中虽有少数作品的特色仅在故事的怪异(如

---

① 见章培恒《〈聊斋志异〉写作年代考》、《再论〈聊斋志异〉原稿的编次问题》(皆收入《献疑集》)和 Allan Barr "The Texual Transmission of Liaozhai Zhiyi" (*Harvard Journal of Asiatic Studies* Vol. 44, No. 2〈December, 1984〉)。《献疑集》附有该文的节译——《〈聊斋志异〉文本的演变》。

《尸变》、《喷水》),但多数都另具魅力。大致说来,其艺术成就体现在以下几个方面。

第一,书中的大多数小说是瑰奇的故事与通常的人性的结合。这些作品里的凡人与神仙鬼怪(怪中以狐精为主)都具有一般人的喜怒哀乐、情爱欲望,既非圣贤,也非奸邪,只是为了追求个人的幸福——包括情感和爱欲的满足——自发地采取了某些为传统道德所不容的言行,有时甚至颇具叛逆性,而神仙鬼怪的非凡力量则使其遭遇显得甚为奇幻,因而既给予读者以亲切感,也带来意外的愉悦。可以说,《聊斋志异》所具的吸引力就是以此为基础的。

体现此种特色极为明显而又各具佳胜的作品,有《娇娜》、《翩翩》、《霍女》、《香玉》、《青娥》、《青凤》、《聂小倩》、《莲香》、《巧娘》、《连琐》、《连城》、《章阿端》、《荷花三娘子》、《小谢》、《阿绣》、《白秋练》等等,不胜枚举。这里试以《霍女》与《娇娜》为例。

《霍女》的情节是:彰德富户朱大兴吝啬而好色。有一次,他遇到一个姓霍的孤身女子,长得很美,便迫她为妾。她顺从了他,但要过很奢侈的生活,耗费尽了他的家私。在朱大兴面临败落时,她曾私奔当地的大户何家,主人很喜欢她,把她收留了下来;但后来又听别人之劝,把她送还朱家。于是她又私奔黄生。黄生贫困,但二人感情甚笃;她也变得吃苦耐劳,不要求过奢侈的生活了。过了好久,她忽然对黄生说,她其实是有家的,要黄生与她同回镇江娘家。在途中,有一人贪恋她的美色,愿出千金买她。她诱骗黄生写下卖契,并要对方拿来银子,就跟着走了。黄生不料有此变故,悲痛欲绝,而她却很快地回到了黄生身边。原来她是为黄生骗来了一大笔银子。到达目的地后,黄生才知道其娘家很富裕。过了些时候,她说自己不能生育,要为黄生纳妾,又说买妾的价格高,不如对外声称黄生是自己的哥哥,为他娶妻。于是不顾黄生的反对,为他在镇江娶了一个女子阿美。不久,她以"至南海一省阿姨,月余可返"为由,离家而去,但竟数月不回。黄生又发现霍家的人行动诡秘,害怕起来。决计把阿美留在她自己的娘家,独还彰德。而霍女的哥哥大郎却把阿美从其娘家胁迫出来,送还给途中的黄生,他们自己一家则就此搬迁,再无踪迹可寻。到阿美所生的儿子仙赐十余岁时,由老仆带着到镇江去。经过扬州,在旅舍休息。忽有一妇女,乘孩子身边无人,把他引入另一房间,抱于膝上。"乃为挽髻,自摘髻上花代簪之;出金钏束腕上。又以黄金内(即"纳"。——引者)袖,曰:'将去买书读。'儿问其谁,曰:'儿不知更有一母耶?归告汝父,朱大兴死无棺木,当助之。勿忘也。'"及至老仆寻来,发现她是自己旧日主母;她便"推儿榻上,恍忽已杳"。

这一女子究竟是神仙、鬼怪抑或凡人,在作品中没有明白交代,但她的行为显然与传统的道德相冲突。倘是神仙、鬼怪,自有保护自己的能力,何至被朱大兴胁迫而为妾?其后又何以要先后私奔何家与黄生?此非淫贱而何?况且她之与黄生"恨相得之晚",重要原因之一是黄"工于内媚",性欲的成分占有很大比重。倘是凡人,当然不会有"缘分已尽"之类的自觉,那么,她的主动离开黄生,岂非是厌倦了这种爱情生活而另有所求?那更是一种严重违背妇道的行为。然而,作品却把她写得很可爱。从她的被朱大兴胁迫为妾到她与黄生结为夫妇,我们看到的是一个弱女子在外力压迫下虽然作了牺牲,但却机智地进行报复、坚韧地从事斗争、终于战胜对手并取得了幸福的过程;从她的提出回娘家到一去不返,我们又看到了一个女子在决心离开自己的所爱者时的周到体贴、拳拳深情和决不为爱情——可能是已经逝去的爱情——而改变自己生活航向的自尊。这二者都令人感动。虽然由于作者避开了对她的心理活动的描写,我们无法了解她从前一个过程进向后一个过程时的内心波澜,否则也许会提供一种丰富、鲜明甚或与具有较强的主体意识的现代女性多少有其相通之处的个性,但作品故事的瑰奇及由此形成的恍惚迷离之致从另一方面给予读者以补偿,读者也就不去计较两个过程之间的缺少联结了。

《娇娜》的情节是:孔生流落天台,颇为困苦。幸遇素不相识的陕西皇甫公子,谈得投机,就留他住在家中,待遇优渥。有一次孔生患病,"胸间肿起如桃,一夜如碗,痛楚呻吟",甚为危殆。"公子朝夕省视,眠食都废"。又把正在外祖母处的妹子娇娜叫回来,令她医治。娇娜"年约十三四,娇波流慧,细柳生姿。生望见颜色,频呻顿忘,精神为之一爽"。娇娜为他割除时,出血极多,他却"贪近娇姿,不惟不觉其苦,且恐速竣割事,偎傍不久"。病虽旋即痊愈,而他却"悬想容辉,苦不自已。自是废卷痴坐,无复聊赖"。公子已窥知其意,就明确告诉他,娇娜"齿太稚",与他不相匹配,并为他介绍表姊松娘。孔生见松娘也很美丽,"与娇娜相伯仲",就结了婚。夫妇间感情深厚。不久,公子赠以黄金百两,把二人送回孔生家乡。后来孔生考取进士,到延安担任推官;松娘已生了儿子,与他同赴任所。又因得罪了御史而被罢免,一时无法还乡。在那里忽然又遇到了皇甫公子,"入其家,则金沤浮钉,宛然世族"。他就与松娘母子同住皇甫家中。其时娇娜已嫁与吴家,也回娘家来和他们相聚。接着就发生了一件大事:

> 一日,公子有忧色,谓生曰:"天降凶殃,能相救否?"生不知何事,但锐自任。公子趋出,招一家俱入,罗拜堂上。生大骇,疾问。公子曰:"余非人类,狐也;今有雷霆之劫。君肯以身赴难,一门可望生全。不然,请抱子而行,无相累。"生矢共生死。乃使仗剑于门。嘱曰:"雷霆轰击,勿动也。"
> 生如所教。果见阴云昼暝,昏黑如磐。回视旧居,无复闬闳;惟见高

塚岿然,巨穴无底。方错愕间,霹雳一声,摆簸山岳;急雨狂风,老树为拔。生目眩耳聋,屹不少动。忽于繁烟黑絮之中,见一鬼物,利喙长爪,自穴攫一人出,随烟直上。瞥睹衣履,念似娇娜。乃急跃离地,以剑击之,随手堕落。忽而崩雷暴裂,生仆,遂毙。

少间,晴霁,娇娜已能自苏。见生死于旁,大哭曰:"孔郎为我而死,我何生矣!"松娘亦出,共舁生归。娇娜使松娘捧其首,兄以金簪拨其齿,自乃撮其颐,以舌度红丸入,又接吻而呵之,红丸随气入喉,格格作响。移时,醒然而苏。见眷口满前,恍如梦寐。于是一门团圞,惊定而喜。

生以幽圹不可久居,议同旋里。满堂交赞,唯娇娜不乐。生请与吴郎俱,又恐翁媪不肯离幼子。终日议不果。忽吴家一小奴汗流气促而至。惊致研诘,则吴郎家亦同日遭劫,一门俱没。娇娜顿足悲伤,涕不可止。共慰劝之。而同归之计遂决。

在以上描写中最需注意的,是孔生与娇娜之间极其深厚而又不得不潜藏起来的爱情。就孔生来说,他之与松娘结婚,是因她"与娇娜相伯仲也";严格说来,不过是把她作为娇娜的替代。在成婚之后,也许他自己都已不再意识到,而在他的内心深处最为珍贵的、愿意为之牺牲一切的,却仍是娇娜。证据是:当他看到被鬼物所攫的似是娇娜因而急跃离地前去相救时,不但不顾惜自己的生命,连松娘母子与皇甫公子也在所不计了。因为,在这以前皇甫公子已谆谆叮嘱他"雷霆轰击,勿动也",那也就意味着他如一动,穴中生灵——包括当时也在穴中的松娘母子——都将遭劫;而他也是完全领会这一点的,所以虽然处境极为险恶,他仍"屹不少动"。但为了救娇娜,他把这一切全都置之度外了,这就可见娇娜在他心中占有多重的分量!何况他在"繁烟黑絮之中""瞥睹衣履",就"念似娇娜",足征其心念所注,只在她身上,以致不但是娇娜的衣服,连她穿的鞋子的模样都记得清清楚楚。至于娇娜,在与孔生重逢后,"生拜谢曩德。笑曰:'姊夫贵矣。创口已合,未忘痛耶?'"虽然是开玩笑的话,但也隐隐透露了她对他的感情;因为这是只能出于关系很亲密的人之间的口吻,否则就应逊辞他的"拜谢"。后来见到孔生死在自己身旁,她完全被他的深情所震撼了,对他的称呼也就从"姊夫"而变为"孔郎",而且说"孔郎为我而死,我何生矣",这已远非感恩报德之情,而是生死之恋。而且,把她的这种表现与其在听到丈夫吴郎全家遭劫时的"顿足悲伤,涕不可止"相比较,显有厚薄之别——她没有为吴郎之死而引发"何以生为"之类的悲感。

总之,这整篇故事都颇为瑰奇。其中有不少奇幻的描写。篇末孔生守护皇甫公子全家那一节就是一个很好的例子。而作品的真正生命力实在于所写的人物及其相互关系,尤其是孔生和娇娜间这种美丽而凄凉——因为两人不能结合——的爱情。蒲松龄在篇末说:"余于孔生,不羡其得艳妻,而羡其得腻友也。观其容可以忘饥,听其声可以解颐。得此良友,时一谈宴,则色授魂与,尤胜于颠倒衣裳矣。"这话当然是站在男性的立场说的,因为孔生的这种可羡的遭遇实以娇娜的寂寞和凄苦的生活为代价;但同时也证明了蒲松龄确是把孔生与娇娜的感情纠葛作为本篇的中心的。

蒲松龄能以上述的态度来写霍女及孔生、娇娜间的微妙感情,实是晚明精神的继续。但他不能或不敢直抉人物的真实内心,从而缓和了人物与当时社会规范的矛盾,使作品只能以故事的瑰奇见长,缺乏对读者的震撼力——那是在晚明文学中曾经出现过的。他所处的时代究竟已非晚明了!

其次,《聊斋志异》善写悲哀的情状,以倾诉人生的不幸和缺陷。此类作品以简练的笔墨,把哀苦写得极为深切动人,在我国古代文言小说中实属难能可贵。何况其所表现的,大都为荒诞之事,虚幻之情,而叙沉痛犹如亲历,这既可见其感情的浓烈,也显示出了想像的丰富和生动。

体现这种特色的作品,大致可分两类。一类以写人生的痛苦为全篇的中心,如《叶生》、《公孙九娘》等;另一类则以写人生的无奈见长,如《林四娘》、《田七郎》、《阿英》等。而无论是哪一类,都能从某些方面显示出人生的凄楚。

第一类中的《公孙九娘》所写的是:青年女子公孙九娘,与一大批无辜民众同遭政府的迫害,母女双双惨死异乡,丛葬荒郊。数年后,人间的一个青年男子——作品中称为"莱阳生"——于晚间来到丛葬之所,邂逅公孙九娘,经人说合而成婚。但她虽在花烛之夜,仍然充满了悲苦:

> ……枕上追述往事,哽咽不成眠。乃口占两绝云:"昔日罗裳化作尘,空将业果恨前身。十年露冷枫林月,此夜初逢画阁春。""白杨风雨绕孤坟,谁想阳台更作云?忽启镂金箱里看,血腥犹染旧罗裙。"天将明,即促曰:"君宜且去,勿惊厮仆。"自此昼来宵往,嬖惑殊甚。

公孙九娘知道人与鬼不能长久结合,过了不久,就催促莱阳生归去,只是希望他能把自己母女的遗骸迁回埋葬。然而这一可怜的愿望也终于不能实现:

> 一夕,问九娘:"此村何名?"曰:"莱霞里。里中多两处(指莱阳县和栖霞县。——引者)新鬼,因以为名。"生闻之欷歔。女悲曰:"千里柔魂,蓬游无底,母子零孤,言之怆恻。幸念一夕恩义,收儿骨归葬墓侧,使百世得所依栖,死且不朽。"生诺之。女曰:"人鬼路殊,君不宜久滞。"乃以罗袜赠生,挥泪促别。生凄然而出,忉怛若丧。……
> 叩寓归寝,展转申旦。欲觅九娘之墓,则忘问志表。及夜复往,则千坟累累,竟迷村路,叹恨而返。展视罗袜,着风寸断,腐如灰烬,遂治装

东旋。

> 半载,不能自释,复如稷门,冀有所遇。及抵南郊,日势已晚,息驾庭树驾庭,趋诣丛葬所。但见坟兆万接,迷目榛荒,鬼火狐鸣,骇人心目。惊悼归舍。失意遨游,返辔遂东。行里许,遥见女郎独行丘墓间,神情意致,怪似九娘。挥鞭就视,果九娘。下语,女竟走,若不相识。再逼近之,色作怒,举袖自障。顿呼"九娘",则湮然灭矣。

尽管莱阳生并非不愿实现自己的诺言,但仅仅在与她分别的当夜去了一次丛葬之所,便因"竟迷村路"而"治装东旋"了。假如他真对此事极其重视,至少应该连续寻找几夜的。而且,在回乡之后,竟过了半年才重来寻找。她后来之不愿再与他相见,显然是认为他对自己并无炽烈的爱,以致连她这种恳求也并不怎么重视。这在一个陷于悲惨中的、像公孙九娘那样富于才华而多情的女子确实不堪忍受。所以,她不仅生前历尽折磨,死后也一直沉浸在痛苦之中;短暂的婚姻所带给她的仍然不过是失望与怨怅。然则人生的痛苦竟然连死亡也不能解脱!

与公孙九娘的死后都不能实现自己的愿望相反,《叶生》中的主人公叶生倒是在死后满足了心愿的。然而,这种满足其实是更刺心的悲哀。他在生前怀才不遇,屡次参加科举考试都未被录取;最后遇到了一个赏识他的知县丁乘鹤,多方为他宣扬,但仍然名落孙山;丁乘鹤离任时,要他跟着去,以便进一步为他设法,他却因自己的命途坎坷,在极度的悲愤中生病而死去了。然而,他的鬼魂还是像生人一样地去见丁乘鹤,并说已经病愈。丁乘鹤信以为真,聘请他教授自己的儿子。几年以后,他的学生考取了进士,他也在丁氏父子的帮助下考取了举人。在他学生的劝说下,他决心返乡一次。

> 会公子差南河典务,因谓生曰:"此去离贵乡不远。先生奋迹云霄,锦还为快。"生亦喜。择吉就道,抵淮阳界,命仆马送生归。归见门户萧条,意甚悲恻。逡巡至庭中,妻携簸具以出,见生,掷具骇走。生凄然曰:"我今贵矣。三四年不觌,何遂顿不相识?"妻遥谓曰:"君死已久,何复言贵?所以久淹君柩者,以家贫子幼耳。今阿大亦已成立,行将卜窀穸。勿作怪异吓生人。"生闻之,怃然惆怅。逡巡入室,见灵柩俨然,扑地而灭。妻惊视之,衣冠履舄如脱委焉。大恸,抱衣悲哭。

他满腔欢喜,自以为终身的追求终于实现,得以衣锦还乡了。但其结果,却是骤然认识到一切都已终结,所有的努力都是徒劳,自己的悲剧命运永远无法改变。这是怎样摧心裂肺的痛苦!除了"扑地而灭",他还有什么路好走!

其第二类中的作品,从表面看来似与第一类无别,都写了人生的悲哀;但与第一类相较,却更强调了人生的无奈。此类作品中的主人公,例如《田七郎》中的田七郎、《阿英》中的阿英,原是意识到厄运的可能降临而力求避免的,但却终因客观的处境或自己无法抑制的感情上的要求,而仍然无法摆脱悲惨的命运。《林四娘》的主人公林四娘的遭遇更发人深思。她前身本是明末衡王府的宫女,清兵入境时,"遭难而死"。经过十七年,其鬼魂却与陈宝钥热恋,但内心却始终极为惨苦。她"每夜辄起诵《准提》、《金刚》诸经咒。公(指陈宝钥。——引者)问:'九原能自忏耶?'曰:'一也。妾思终身沦落,欲度来生耳。'"然而,这种企图避免再次"沦落"的努力,带来的却是另一种类型的悲剧:

> 居三年,一夕,忽惨然告别。公惊问之。答云:"冥王以妾生前无罪,死犹不忘经咒,俾生王家。别在今宵,永无见期。"言已,怆然。公亦泪下。乃置酒相与痛饮。女慷慨而歌,为哀曼之音,一字百转,每至悲处,辄便哽咽。数停数起,而后终曲,饮不能畅。乃起,逡巡欲别。公固挽之,又坐少时。鸡声忽唱,乃曰:"必不可以久留矣。然君每怪妾不肯献丑;今将长别,当率成一章。"索笔构成,曰:"心悲意乱,不能推敲,乖音错节,慎勿出以示人。"掩袖而去。公送诸门外,渺然没。公怅悼良久。视其诗,字态端好,珍而藏之。诗曰:"静锁深宫十七年,谁将故国问青天?闲看殿宇封乔木,泣望君王化杜鹃。海国波涛斜夕照,汉家箫鼓静烽烟。红颜力弱难为厉,惠质心悲只问禅。日诵菩提千百句,闲看贝叶两三篇。高唱梨园歌代哭,请君独听亦潸然。"诗中重复脱节,疑有错误。

她要超度来世,但由此导致了与恋人的永别。而眼前这种剧烈的痛苦,又岂是未来的富贵所能抵偿于万一? 然则人生实永远只能在苦海中挣扎,终无解脱之日。

中国古代的文学缺乏悲剧的精神,这是王国维等人早就指出过的,鲁迅还曾因此而加以"瞒与骗"的恶谥。所以,蒲松龄能在不少作品中直面人生的凄楚,也正是其可贵的一端。

第三,笔致峭拔而宛转,不仅兼具古文与六朝骈文之长,且能有所突破,是以叙述简要而生动。

《聊斋志异》是以古文来写作的,用笔简峭而凝练,但又吸收了六朝骈文的长处,致力于对美的追求,故时时有灵动之致。这在写景方面可以看得更为清楚。试举数例,以见一斑:

> 杨于畏,移居泗水之滨。斋临旷野,墙外多古墓,夜闻白杨萧萧,声如涛涌。夜阑秉烛,方复悽断。忽墙外有人吟曰:"玄夜凄风却倒吹,流萤惹草复沾帏。"反复吟诵,其声哀楚。听之,细婉似女子。(《连琐》)

伶仃独步，无可问程，但望南山行去。约三十馀里，乱山合沓，空翠爽肌，寂无人行，止有鸟道。遥望谷底，丛花乱树中，隐隐有小里落。下山入村，见舍宇无多，皆茅屋，而意甚修雅。北向一家，门前皆丝柳，墙内桃杏尤繁，间以修竹；野鸟格磔其中。（《婴宁》）

一夜，梦至江村，过数门，见一家柴扉南向，门内疏竹为篱，意是亭园，迳入。有夜合一株，红丝满树。隐念：诗中"门前一树马缨花"，此其是矣。过数武，苇笆光洁。又入之，见北舍三楹，双扉阖焉。南有小舍，红蕉蔽窗。探身一窥，则榻架当门，罥画裙其上……（《王桂庵》）

其第一例堪称凄美，二、三两例则均属清丽。此等曼妙的文笔，实受六朝骈文的影响，迥出所谓唐宋八大家之外；而笔致的自然，又与骈文蹊径显异。

至其述人叙事，在力求简洁的前提下，务期具体而生动。故凡事件的关键性进程，人物在此种状态下的声音笑貌、言语动作（不包括内心活动）的主要方面，都能活现于读者之前。上引《娇娜》、《叶生》、《公孙九娘》、《林四娘》篇中各段，皆是显例。今再引《聂小倩》篇中的一段，以为补充。那是在青年女子聂小倩的鬼魂与甯采臣合作、得剑仙帮助而摆脱了原先控制她的妖物羁绊之后发生的。甯采臣把她的尸骸携回故乡，葬于自己住宅的附近；她本想嫁给甯采臣，但他母亲不同意，只肯收她为义女。她白天留在甯家，晚上却不得不回坟墓。以下所引，是其第一天晚上从甯家返回坟墓前的情景：

日暮，母畏惧之，辞使归寝，不为设床褥。女窥知母意，即竟去。过斋（指甯采臣的居室。——引者）欲入，却退，徘徊户外，似有所惧。生呼之。女曰："室有剑气畏人。向道途之不奉见者，良以此故。"甯悟为革囊，取悬他室。女乃入，就烛下坐。移时，殊不一语。久之，问："夜读否？妾少诵《楞严经》，今强半遗忘。浼求一卷，夜暇，就兄正之。"甯诺。又坐，默然，二更向尽，不言去。甯促之。愀然曰："异域孤魂，殊怯荒墓。"甯曰："斋中别无床寝，且兄妹亦宜远嫌。"女起，容颦蹙而欲啼，足俔儳而懒步，从容出门，涉阶而没。甯窃怜之。

聂小倩在这一特定状态下的言语、动作、神态皆栩栩如生，叙述又宛转而富于情致。唐宋古文家本不擅于此等描写，归有光虽以《先妣事略》、《寒花葬志》等文为人所称道，但其情致也显然不逮。至于骈文，更不宜于作具体、生动的叙事。所以，蒲松龄的此等文笔，不仅吸收了前人骈、散文的长处，且又有所突破，特色鲜明。

第四，《聊斋志异》所述虽为恍惚离奇之事，但实以冷酷的社会现实为背景。那些美丽的鬼狐所给予人们的，往往是人间所得不到的温暖。如《娇娜》

中的孔生,在流落不偶时留他居住并给予种种优遇的,是狐狸皇甫公子一家;《翩翩》中的罗子浮,"为匪人诱去作狭邪游",以致金尽为倡家所逐,身患恶疮,流落为丐,是不知为狐为仙的翩翩收留了他,并为他治愈了疾病,最终结为夫妇;《张鸿渐》中的张鸿渐,既受官府迫害,其妻又为无赖凌逼,两次把他从死亡边缘救回来的是女狐舜华;《辛十四娘》中的冯生,不听其妻辛十四娘的劝告,终致被豪家陷于死地,为了把他救出来而历尽艰苦的,是辛十四娘和她的婢女,而这两人都是狐精,而且,正如辛十四娘对冯生所说的:"君被逮时,妾奔走戚眷间,并无一人代一谋者。尔时酸衷,诚不可以告愬。"冯生的"戚眷"却都是人类。所以,《聊斋》中的鬼狐世界实是作为冷酷的人间世的对立面而存在的。这既是《聊斋志异》之为"孤愤之书"之所在,也是此书之使人产生亲切感的原因。

由于以上诸点,《聊斋志异》遂成为我国千古独绝的文言短篇小说集。其后虽有纪昀《阅微草堂小说》、袁枚《子不语》、《夜雨秋灯录》等书陆续问世,但或缺乏描写(如前两种),或立意卑俗、文笔荒陋(如后一种),均不足与《聊斋》比肩。

第五节 戏 曲

经过明末清初的大动乱并最终导致清王朝取代明王朝的结局后,汉族士大夫面对着满目疮痍的社会,经受着自身较之满族的同阶层者低人一等的屈辱,不得不滋生悲凉的沧桑之感。同时,晚明精神在清初虽已颇有减退,却并未消失。清初戏曲创作受这两大因素的影响,也就常常出现对乱离的悲叹和兴亡的感喟,以及对某些传统观念的冲击和爱情的讴歌,尽管歌喉已不如晚明的嘹亮、圆润。其受人瞩目之作多出于此;只是不同的作家、作品各有不同的侧重,如李渔的戏曲就完全没有前一类内容。至于当时的代表性戏曲作品,除李渔诸作已见前述外,先有吴伟业的《秣陵春》、《临春阁》、《通天台》,李玉的《千钟禄》等,后有洪昇《长生殿》、孔尚任《桃花扇》。洪、孔二剧声名尤噪。

一、吴伟业、李玉的戏曲及其他

吴伟业主要是诗人,戏曲创作不过是他在明亡以后的偶尔寄兴之作,如其在《秣陵春·序》中所言:"余端居无憀,中心烦懑,有所彷徨感慕,仿佛庶几,而将遇之,而足将从之,若真有其事者;一唱三叹,于是乎作焉。"这三剧虽都充满了沧桑之感,但其主旨却各不相同,每一种都具有鲜明的特色。

《秣陵春》以主要篇幅用来写爱情。其情节大致如下:南唐亡后,后主旧臣徐铉的儿子徐适所珍藏的玉杯为后主昭仪黄氏的侄女黄展娘所得,展娘珍藏的宝镜也落到了徐适手中。二人各在玉杯、宝镜中照见了对方的影子,因而相互爱慕。又得仙人之助,展娘的灵魂离开躯壳而与后主、昭仪的鬼魂相聚,并成了他们的干女儿,遂由他们做主,与徐适成婚。婚后,徐适被官府捕去,展娘的灵魂受惊而逃回自己的家里。她的肉体本因灵魂离去而长期昏迷,接近死亡,至此而霍然痊愈。徐适被捕后,因祸得福,中了状元。但他急于找寻展娘,不愿做官,说是"我妻子失散,那里还有兴做官"(三十一出《辞元》)。最后终于夫妇重圆,并在金陵的李后主祠中祭祀。后主旧日仙音院中的乐工曹善才其时已出家为道人,自愿在祠中侍奉香火。

就这一作品对爱情描写的本身来看,实在没有太大的创造性。在戏曲史上,女子的灵魂离开躯体而与所爱者成婚,早已见于元郑光祖《倩女离魂》、明代吴炳《画中人》等剧。男子因不能与所爱的女子团聚而不愿为官,也已见于袁于令《西楼记》。至其曲词,在表现爱情上尚未能逾越吴炳《画中人》、《情邮记》诸作,遑论《牡丹亭》?但将爱情描写与沧桑之感的抒发结合起来,却为此剧所首创。

这种沧桑之感,体现在许多人物身上。如男主人公徐适,一出场的〔正宫引子·瑞鹤仙〕就是:"燕子东风里,笑青青杨柳,欲眠还起。春光竟谁主?正空梁断影,落花无语。凭高漫倚,又是一番桃李。春去愁来矣,欲留春住,避愁何处?"其"凭高漫倚,又是一番桃李"之句,已隐含无限感慨:意谓旧朝已逝,现在又是一番新朝的兴旺气象了。在徐适以后出场的蔡游(徐适友人)的〔黄钟引子·西地锦〕,就把这层意思说得较为显豁:"步屧村村花柳,故人寂寞青溪。南朝自古伤心地,啼乌有恨谁知?"至于抒写兴亡之感的高潮,则是最后一出《仙祠》中李后主(小生)魂返故国,与旧日乐工曹善才(外)的问答:

……(小生)我那澄心堂呢?(外)
〔后庭花〕澄心堂堆马草,(小生)凝华宫呢?(外)凝华宫长乱蒿,(小生)御花园许多树木呢?(外)树木呵,砍折了当柴烧,(小生)那书籍是我最爱的。(外)书呵,拆散了无人裱。亏了个女婿妆乔,状元波俏,才挣这搭儿香火庙。善才也做庙里道人了。(小生)这也难为你。(外)三山卷怒涛,乌鸦打树梢,城空怨鬼号。怕的君王愁坐着,则把俺琵琶弹到晓。(小生)世间光景,自然是这样的……

这真是满纸呜咽!与其说是曹善才在抒发其南唐亡后的悲慨,实不如说是吴伟业在叙述清兵入南京后的所见所感。此折无论在构思(以前朝乐工来写出兴亡之感)抑或曲词方面,均可视为《长生殿·弹词》(见后)的先声。是以清初罗坤为《长生殿》所作《题辞》说:"词笔娄东迥绝尘,排场我爱《秣陵春》。六朝感慨风流后,跌宕中原有几人?"既点出《秣陵春》的主旨为对"六朝"(借指南唐)灭亡的感慨,又隐以《长生殿》为《秣陵春》的后继。而《长生殿》的抒写兴亡之感,则固集中在《弹词》一出,如其同时人杜首言的《题词》所说:"开元盛事过云烟,一部清商见俨然。绣口锦心新谱出,《弹词》借手李龟年。"(均见《暖红室汇刻传奇》本《长生殿》)是洪昇实借手李龟年来抒发其沧桑之感,与吴伟业之借手曹善才来叙写兴亡悲慨如出一辙。

和《秣陵春》之为传奇不同,吴伟业的《临春阁》、《通天台》都是杂剧。虽均以抒发兴亡之感为主,而前者尤其值得注意,因其同时对轻视女性的传统观念作了猛烈的冲击,显示了晚明精神其实蕴藏着很大的发展可能性。只是在吴伟业以后,由于客观条件的变化,这种可能性并未进一步实现。

《临春阁》写南朝陈后主的亡国,以女将冼氏和后主妃子张丽华为主要人物。据吴伟业以前的各种史书记载,陈后主的亡国是荒废政事所造成,其中的主要一条就是宠幸张丽华和孔贵妃。伟业此剧则盛赞张丽华的为国勤劳、美丽多才,并设置了智勇双全、忠于国家的女将冼氏,明确地把陈的灭亡归因于担任文武要职的男性和昏庸的陈后主。其最后一出,写隋军南下,冼氏星夜起兵赴救,不料后主重用的那些男性将帅一触即溃,不待冼氏兵到,隋军已破京城,张丽华、孔贵妃都已被害。丽华鬼魂来到冼氏军营托梦,诉说衷情。冼氏梦醒,知陈朝已亡,张丽华和孔贵妃都已被害,无限悲愤:

……(旦仰面大哭介)
〔紫花儿序〕娘娘呵!谁似你千娇百纵,谁似你粉艳香融,谁似你断燕惊鸿。我见了芳心犹动,亏下的一点霜锋。娘娘,你死得其所,也索罢了。从容,肠断琵琶曲未终。寄语那黑头江总:还亏我薄命昭阳,点缀了诗酒江东。(小生)闻得众文武说两个贵妃许多不是。(旦)都是这班人把江山坏了,借题目说这样话儿。
〔麻郎儿〕他锁着雕房玉栊。五言诗怎卖卢龙?我醒眼看人弄醉翁,推说道里头张孔。(末)孔贵妃听得也自缢了。(旦)这个还好。他两人相处甚厚,此去呵,〔幺篇〕须与他女兄相逢,唧哝。生折倒琼树青葱,柱摔碎玉佩丁冬,活支煞翠娟雏凤。就杀也罢了,把这样人儿,胡拿乱拥,岂不可惜!
〔络丝娘〕密扎扎刀枪没缝,冷清清茶饭谁供?一个人儿厮葬送。君王呵!做官家何用?
〔东原乐〕娘娘,你恨血千年痛,悲歌五夜穷。便算是有文无禄,做个诗人塚,消不得一碗凉浆五粒松。谁似你魂飘冻,止留得女包胥,向东风一恸。

在这些曲词中,充满了对张丽华的赞美和为她遭受迫害而生的悲痛,对那些男性则表现出强烈的轻蔑。吴伟业作为男性诗人,在当时能这样地为女性抒写心曲,推倒女祸亡国的谬见,确属难能可贵。而其深沉的兴亡之痛,也就渗透于这种对女性命运的悲悼之中。以下所引两曲,可为代表。前者是冼氏在知道张丽华被害后的哀思,后者是张丽华的自悼。

〔锦搭絮〕洞庭波涌,五岭云封。嚖呖呖几行征雁,昏惨惨几树青枫。他血污游魂怕晓钟,除非是神女兰香有梦通,我也认不出雨迹云踪,待折那后庭花问远公。

〔秃厮儿〕临春阁叹暮雨凄凉画栋,后庭花做楚江萧瑟芙蓉。歌残玉树听晓鸿,少不得绮窗外又东风融融。

较之《临春阁》,《通天台》的情节更为简单。全剧只两出。叙南朝沈炯本仕于梁,梁亡后被羁北朝,抑郁无聊;一日游于郊外,见汉武帝的通天台已经颓坏,又联想到梁亡后的悲惨局面,愈益痛苦;因而醉卧酒肆,梦见汉武帝召宴;醒来之后,觉悟人生"到头来总是一场扯淡,何分得失,有甚争差"(第二出《么篇》)。但这只是无可奈何的自慰之词,全剧仍以兴亡之悲为基调。郑振铎氏为《清人杂剧初集》的《临春阁》、《通天台》所作《跋》语说:"《通天台》第一折炯之独唱,悲壮愤懑,字字若杜鹃之啼血,其感人盖有过于《桃花扇·余韵》中之《哀江南》一曲也。"确为精辟之见。只是此剧的兴亡之感已逾越于王朝递嬗,而更着眼于世事的无常了。试看沈炯见到荒芜的通天台时的感慨:

〔点绛唇〕万里思家,青袍布袜。西风乍,落木寒鸦,一道哀湍下。

〔混江龙〕则看他终南如画,荒台百尺揽烟霞。……猛抬头几行金字,一弄儿明纱。原来是汉武帝通天台。咳!武帝甘泉万骑,那里去了?今日冷清清坐地,只落得沈初明一个陪侍他。赤紧的汉室官家闲退院,不比个长安县令放晨衙。黄门乐承值的樵歌社鼓,上林苑开遍了野草闲花。大将军掉脱了腰间羽箭,病椒房瘦损却脸上铅华;山门外剩几个泪眼的金人,废廊边立一匹脱辔的天马。早知道通天台斜风细雨,省多少柏梁宴浪酒闲茶。……

〔油葫芦〕石马嘶风灞水洼。那北邙山直下。茂陵池馆锁蒹葭,珠帘零落珊瑚架,玉鱼沉没蛟龙匣。这的是松楸埋宝剑,那里有鸡犬护丹砂。尽生前万岁虚脾话,赚杀人王母碧桃花。(第一出)

汉武帝生前何等威风,何等奢华!就是死后,因其子孙长期统治全国,他也备受尊崇；但到最后仍落得如此凄凉的结局，这就是"到头来总是一场扯淡"之意。而其曲词也灵动跳脱，既明白如话，又极为凝练，诗意浓郁，堪称绝唱。只是梅村剧本（包括前两种在内）均不注重戏剧性，故其在戏曲史上的影响不但远不如《长生殿》、《桃花扇》之大，就其流行程度来说，也逊于与其基本同时的李玉。

李玉，字玄玉，号苏门啸侣、一笠庵主人，吴县（今江苏苏州市）人。生平不详。精于音律，所撰《北词广正谱》，吴伟业曾为之作序。一生作剧甚多，今存者尚有十九种。以其注重情节、结构，曲词通俗，在舞台上颇为流行。写忠奸斗争的《一捧雪》、《清忠谱》，写男女恋爱的《占花魁》等均较著名；而文学价值最高的则为《千钟禄》。

此剧写明代初叶建文帝因其叔父朱棣起兵反叛，兵败逃亡，朱棣即位为帝，大肆杀戮忠于建文和不愿与朱棣合作的臣僚，残害其家族；所谓《千钟禄》实即"千忠戮"的谐音。剧本对建文帝甚为同情，对朱棣及其帮凶则加以谴责。

如前所述（见本章叙述小说《女仙外史》的部分），当时人之怀念建文实含有留恋明室之意，而剧中所写被残害者的惨状，也可使人联想到明末清初的许多受难者的遭遇。作者在写到此等场合时，笔端常带感情，故颇有动人之处。建文在逃亡途中见到众多受害者情景的《惨睹》一出，这种特征尤为明显。

（生缁衣笠帽，小生道装挑担上，白）大师走吓！
〔倾杯玉芙蓉〕（生）收拾起大地山河一担装。（小生合唱）四大皆空相。历尽了渺渺程途，漠漠平林，叠叠高山，滚滚长江。（生白）我自吴江别了史徒出门，师弟两人，一路登山涉水，夜宿晓行。一天心事，都付浮云；七尺形骸，甘为行脚。身作闲云野鹤，心同槁木死灰。（唱）但见那寒云惨雾和愁织，受不尽苦雨凄风带怨长。（生白）徒弟，前面是那里了？（小生）是襄阳城了。（生）是襄阳城了！咳！（生唱）雄城壮。看江山无恙，谁识我一瓢一笠到襄阳！

（内）走吓！（小生）后面有许多车辆兵马来了。且闪过一边，让他们过去。（下。外末拿枪、哨子帽，杂扮车夫、四辆，净扮将官押上）
〔刷子芙蓉〕颈血溅干将，尸骸零落、暴露堪伤。又首级纷纷，驱驰枭示他方。（净白）咳！俺想皇爷杀了多少大臣，就在京城号令罢了，又听那都察院陈御史之言，说凡系那处人，把首级发在本处号令。把头儿装了数十辆，着咱们各处分解。这样苦差，好不烦恼！快走！快走！（众应，唱）凄凉，叹魂魄空飘天际，叹骸骨谁埋土壤？……咳！那些众公卿做什么官！今日里呵（唱）堆车辆，看忠臣榜样！枉铮铮自夸鸣凤在朝阳。（下）

（生、小生上）吓！阿呀，好痛心也。

〔锦芙蓉〕裂肝肠,痛诛夷盈朝丧亡。郊野血汤汤。好头颅如山,车载奔忙。又不是逆朱温清流被祸,早做了暴嬴秦儒类遭殃。(小生白)大师走罢,不要保他们的事了。(生)咳! 都为我一人,以致连累万□性命,是我累及他们了。(唱)添悲怆。泣忠魂飘扬,羞杀我犹存一息泣斜阳。

以下尚有大批被难者的家属押处远方、大量不愿合作的官员解往京师去处死的场面,在在使人觉得不像人间。建文帝不由悲愤交加,唱出了"眼见得普天受柱,眼见得忠良尽丧。迷天怨气冲千丈,张毒焰古来无两。我言非戆,劝冠裳罢想,到不如躬耕陇亩卧南阳"(〔朱奴芙蓉〕)的曲词。而自上引的〔倾杯玉芙蓉〕直至此一〔朱奴芙蓉〕,既符合逃亡中的建文帝的心境,也颇能表现清初汉族士大夫中许多人的心声。渗透在曲词中的,是在惨酷现实逼拶下的愤懑悲号,身经社会巨变的无限感怆,均感人甚深。李玉诸剧中此实为独绝之作。

与李玉同时的剧作家,较著名的尚有朱㿥、朱佐朝、邱园等。朱㿥的《十五贯》、朱佐朝的《渔家乐》均有全本传世,其折子戏也常在昆曲舞台上演出。邱园的《虎囊弹》虽全本已佚,但其中的《山门》(演《水浒》中鲁智深醉打山门事)一出堪称杰构,曲词深蕴苍凉之美。《红楼梦》二十二回中曾写过薛宝钗和贾宝玉对它的赞赏,那恐怕也反映了曹雪芹自己的态度。今引〔混江龙〕、〔寄生草〕二曲如下,以见一斑。〔寄生草〕就是宝钗、宝玉所极为倾倒的。

〔混江龙〕(净)只见那朱垣碧瓦,梵王宫殿绝喧哗。郁苍苍虬松罨画。(笑介)咦咦、哈哈哈。听、听吱喳喳喳古树栖鸦。你看那伏的伏起的起斗新青群峰相迓,那高的高凹的凹丛暗绿万木交加。遥望着石楼山、雁门山横冲霄汉,那清尘宫、避暑宫隐约云霞。这的是莲花涌定法王家。说什么袈裟披出千年话,好教俺悲今吊古、止不住忿恨嗟呀。
〔寄生草〕(净)漫拭英雄泪,相随处士家。且住:想俺当日打死了郑屠,若非师父相救,焉有今日? 师父吓,谢恁个慈悲剃度莲台下。师父,你当真不用了? (外)当真不用了。(净)果然不用了? (外)果然不用了。(净)罢,没缘法,转眼分离乍。赤条条来去无牵挂。那里去讨烟蓑雨笠卷单行,敢辞却芒鞋破钵随缘化?(《虎囊弹·山门》)

第一支曲子所表现的感情甚为奇特:面对着雄伟的自然景色和庄严的梵王殿宇,鲁智深的内心不但并无赞美之意,却"止不住忿恨嗟呀"。在这种个人与环境的奇妙对立中,深刻地显示了鲁智深内心所郁积的广大深厚而又无从宣泄的愤懑;以致连如此壮美的景物也只能引起他的反拨。第二支所写的则是孤独的悲哀和自豪:在人间无亲无故、连曾经救过他的师父也"不用"他了,于是他虽然不得不过着"芒鞋破钵随缘化"的贫苦的生活,却也充满了"赤条条来去无牵挂"的痛苦而欢喜的傲岸。就表现形态来说,由孤独而产生的这样的傲岸与"五四"新文学的某些作品——例如鲁迅的《影的告别》——所抒发的孤独感是不无相通之处的。

二、洪昇与《长生殿》

洪昇(1645—1704),字昉思,号稗畦。钱塘(今杭州)人。他出身于仕宦世家,远祖在明朝累代为官,父亲洪起鲛也曾在清初出仕,外祖父黄机在康熙初官至文华殿大学士兼吏部尚书。所以,尽管洪昇诞生于明清易代的乱离之中,但他在童年、少年时代仍然受到了良好的家庭教育,并先后师事陆繁弨、毛先舒等知名文人学者,早年即以诗词名世。康熙七年入国子监为太学生,经历了长达二十余年的求仕生涯,但因他为人疏狂不羁,凡"交游宴集,每白眼踞坐,指古摘今"[①],始终未获一官半职。康熙二十七年(1688),他的代表作《长生殿》面世,立即震动京师剧坛,"一时朱门绮席、酒社歌楼,非此曲不奏,缠头为之增价"[②]。但至明年八月因在佟皇后丧期内观演《长生殿》而被人参劾为"大不敬",不仅洪昇被革去国子监生籍,而且其他与会的官员、诸生中有近五十人也分别被革职、除名。过了不久,洪昇回到浙江,过着放浪潦倒的生活。后因"酒后登舟",不幸在浙江乌镇落水而死。

洪昇一生多才多艺,与当世名流如朱彝尊、赵执信、查慎行、陈维崧、吴雯等皆有交往,入京后又执贽于王士禛之门;所作诗词颇多。黄机在《啸月楼诗集序》中说他"性耽吟咏,于古近体靡不精究;悲凉感慨之中,有冠冕堂皇之气"。袁枚《随园诗话》谓其"诗才在汤若士之上"。沈德潜《国朝诗别裁》评其诗"疏澹成家"。今存诗集有《啸月楼集》、《稗畦集》和《稗畦续集》,另有诗稿《幽忧草》和词集《啸月词》、《昉思词》、《四婵娟室填词》已佚。但他的主要成就还是在戏剧方面。据杨友敬刻《天籁集》徐材跋称,洪昇曾创作戏剧四十余种,现在剧目可考者十种,其中仅有传奇《长生殿》和杂剧《四婵娟》传世。

《四婵娟》由历史上四个才女的故事组成,在体式上明显受到了徐渭《四声猿》的影响。第一折写谢道韫和叔父谢安咏雪联吟,第二折写卫茂漪向表弟王羲之传授书法,第三折写李易安和丈夫赵明诚清谈斗茗,第四折写管仲姬和丈夫赵孟頫泛舟画竹,四个故事各自独立,共同表现了洪昇对才女的赞美。其第

---

① 徐麟《长生殿序》。
② 同上。

三折把古往今来的夫妻分为"美满夫妻"、"恩爱夫妻"、"生死夫妻"和"离合夫妻"等四种类型,认为"生死夫妻"们具有如下特点:

> 都生难遂,死要偿。嚼住了一点真情,历尽千磨障。纵到九地轮回,也永不忘,博得个终随唱,尽占断人间天上。(《东原乐》)

因此"别成夫妻一种奇缘,倒作千古佳话";这和他在《长生殿》中描写李隆基、杨玉环的生死之情有相通之处。值得注意的是:在他看来,即使是"生死夫妻",也必须"终随唱";不能违背"夫唱妇随"之义。

《长生殿》依据传统题材而作,前后"经十余年,三易稿而始成"。第一稿名《沉香亭》,大约在康熙十二年或十四年写于杭州,剧中以李白得遇唐玄宗为主要关目,大致与屠隆《彩毫记》相类。不久,因友人毛玉斯批评该剧"排场近熟",洪昇在北京又改写第二稿,"去李白,入李泌辅肃宗中兴,更名《舞霓裳》";剧中"尽删太真秽事",上演后曾被人称为"深得风人之旨"。但他仍觉得意犹未尽,"后又念情之所钟,在帝王家罕有","重取而更定之","专写钗盒情缘";剧中主要依据白居易《长恨歌》、陈鸿《长恨歌传》来安排情节,同时兼采正史、野史及元杂剧《梧桐雨》、明传奇《惊鸿记》的有关描写予以重构,终于在康熙二十七年写成长达五十出的鸿篇巨制,"易名曰《长生殿》"①。

《长生殿》是以安史之乱前后的社会政治为背景来描写唐明皇李隆基和贵妃杨玉环的爱情悲剧。洪昇除在《例言》中表明此剧"专写钗盒情缘"以外,还在第一出《传概》中自叙其创作宗旨是"借太真外传谱新词,情而已";剧本最后一曲又以"旧《霓裳》,新翻弄。唱与知音心自懂,要使情留万古无穷"等语与之遥相呼应。可见作者创作《长生殿》的主要意图是言情,他是把李、杨情缘作为"生死夫妻"的理想爱情来加以描写和歌颂的。所以,当梁清标称"是剧乃一部闹热《牡丹亭》"时,洪昇深表赞同,视为"知言"(《长生殿·例言》)。不过,由于题材、时代及作者思想的不同,《长生殿》中所表现的"至情",比起《牡丹亭》来,其内涵与意义已有所不同。

其一,《牡丹亭》中所表现的那种生死爱情,是青年男女的自主恋爱,其本身就具有反封建礼教的性质。而《长生殿》的李、杨,乃是皇帝与妃子的关系,其缔结婚姻的基础是符合封建制度、包括封建礼教的(尽管杨贵妃原是唐明皇的儿媳妇,唐明皇硬夺来作自己的妃子,这是违背通常的道德,也违背封建礼教的;但《长生殿》既然已删除了杨贵妃原为其儿媳妇这一点,就剧本来说,他

---

① 参见洪昇《长生殿·例言》、徐麟《长生殿序》。

们的夫妇关系就不违背封建礼教了)。但作品所写的夫妇间的生死不渝的感情原也有其感人之处,何况其所极力描写的唐明皇在杨贵妃死后的悲痛确实显得很真挚,因而这仍是一部在写情上较有成就的剧本。

其二,《长生殿》中的李、杨之情,是发生在宫廷污秽环境中的帝、妃感情,而且按照传统的主流观念,杨贵妃更是安史之乱的罪魁祸首;歌颂这样的"至情"又要不与传统观念相冲突,是棘手的事。因而作者紧扣李、杨的特殊身份,一面浓墨重彩地写出他们"占了情场"、生死以之的执着追求;一面又有意识地将他们的爱情生活与国家兴亡联系在一起,以展示由于他们"逞侈心而穷人欲",逐渐"弛了朝纲",以致给人民、给国家,甚至给他们自己带来严重的灾难,从而揭示他们爱情的危害性,体现传统的劝惩思想。又为克服这二者之间的矛盾,作者在剧本的后半部深入描写了李、杨——尤其是杨贵妃——的反思和后悔自责,终于使他们消除了罪孽,得以上升天界。

这样,《长生殿》中李、杨的感情内涵就远比《牡丹亭》中杜、柳的复杂。不过,这同时也就体现了剧本的落后一面:剧中虽也有人说过"(对安史之乱)休只埋怨贵妃娘娘"(《弹词》),但最终通过人物的自责,仍把安史之乱的责任主要加到她身上。她的鬼魂说:"只想我在生所为,那一桩不是罪案?况且弟兄姊妹挟势弄权,罪恶滔天,总皆由我。"(第三十出《情悔》)这比起唐代韦庄的认识来都差多了(参见中卷第142—143页)。

其三,《长生殿》中所讴歌的"真情"、"至情",还包含有"看臣忠子孝,总由情至"的忠孝之情(第一出《传概》)。在作者看来,由于郭子仪、雷海青等忠臣义士秉有真情,所以能救君民于水火,挽狂澜于既倒,这样的人也就能垂名青史,流芳百世。把"忠"、"孝"这样的封建道德也归属于"真情"的范围,更属匪夷所思。

以上的二、三两种,都属于《牡丹亭》的"情"所没有的内容。由此可以看出,洪昇在《长生殿》中结合历史兴亡言情时,其价值取向与"发乎情,止乎礼义"的传统观念已比较接近,较《牡丹亭》则显然后退了。

不过,由于《长生殿》的情节比《牡丹亭》"闹热",环绕李、杨的感情及其演变,还写了社会的动乱,有时表现出一种深沉的历史沧桑感和由于社会大动荡给人带来的一种空幻的失落感。如宫廷乐工李龟年在安禄山破长安后流落江南,沦为乞丐,沿街卖唱,格外凄凉:

> 不隄防余年值乱离,逼拶得岐路遭穷败。受奔波风尘颜面黑,叹衰残霜雪鬓须白。今日个流落天涯,只留得琵琶在。揣羞脸上长街,又过短街。那里是高渐离击筑悲歌,倒做了伍子胥吹箫也那乞丐。(第三十八出《弹词》〔南吕·一枝花〕)

这支曲子写出了安史之乱这类大动乱给普通人带来的巨大变故与痛苦,那也是明、清易代之际许多人的类似遭遇,因此在当时引起了强烈共鸣,被人们广为传唱,有"家家'收拾起'①,户户'不隄防'"的佳话。李龟年以历史见证人的身份对人弹唱宫中的事与马嵬之变时,其主调是一种"梦幻"般的感伤:"唱不尽兴亡梦幻,弹不尽悲伤感叹,大古里凄凉满眼对江山。我只待拨繁弦传幽怨,翻别调写愁烦,慢慢的把天宝当年遗事弹。"(同上,〔转调货郎儿〕)

《长生殿》在艺术表现上成就也较明显,以致被梁廷枏称为"千百年来曲中巨擘"(《曲话》)。

首先,它在人物形象的塑造方面颇见功力,较细致地刻画了李隆基、杨玉环思想感情及其发展。

作为风流天子的李隆基,他对杨妃的爱情有一个从滥情走向专一的逐渐深化的过程。他勾搭虢国夫人后因不能容忍杨妃生妒,一怒之下把她贬谪出宫,但随即又由愁而悔,由悔而恼,由恼而怒,继而一连打了两个进膳的内侍,极想召回杨妃却又碍于帝王之尊难于启口,最后还是在高力士的帮助下连夜迎取杨妃回宫。过了不久,李隆基又因召幸梅妃而与杨妃发生冲突,但这一次他不仅没有勇气再度遣送杨妃出宫,而且被她的"情深妒亦真"所感动,主动赔礼认错:"总朕错,总朕错,请莫恼,请莫恼!"至"密誓"时,终于走向专一。但李隆基在享乐中既穷奢极侈,挥霍无度,又耗费了精力,消磨了意志,从而导致政治上误任边将、委政权奸等重大失策,直接酿成了严重的政治危机。结果"乐极哀来",随着安史之乱的爆发,李隆基只好"匆匆的弃宫闱珠泪洒",仓皇幸蜀。不料途经马嵬时六军哗变,他虽曾试图保护杨妃:"宁可国破家亡,决不肯抛舍你也";"若是再禁加,拼代你陨黄沙";但最终还是牺牲了杨妃。从此,李隆基陷入了无穷的悔恨与哀伤之中:

> 是寡人昧了他誓盟深,负了他恩情广,生拆开比翼鸾凤。说甚么生生世世无抛漾,早不道半路里遭魔障。(第三十二出《哭像》,〔正宫·端正好〕)
>
> 羞杀咱掩面悲伤,救不得月貌花庞。是寡人全无主张,不合呵将他轻放。(同上,〔脱布衫〕)
>
> 我当时若肯将身去抵搪,未必他直犯君王;纵然犯了又何妨,泉台上,倒博得永成双。(同上,〔小梁州〕)
>
> 如今独自虽无恙,问余生有甚风光!只落得泪万行,愁千状!(哭科)我那妃子呵,人间天上,此恨怎能偿!(同上,〔么篇〕)

---

① "收拾起"指李玉《千钟禄·惨睹》中〔倾杯玉芙蓉〕一曲,首句为"收拾起大地山河一担装"。

这是他抵达成都、立太子后对马嵬事变的反思。他既"恨寇逼的慌,促驾起的忙";也恨陈元礼"生逼个身儿命儿,一霎时惊惊惶惶的丧"(第三十二出《哭像》)。更悔恨自己当时昧盟负恩,未能"将身去抵搪"。自蜀还京后,他在雨打梧桐的秋夜因思念杨妃入梦,应邀与杨妃相会,又受到陈元礼的阻拦,他竟于梦中下令杀了陈元礼。梦醒后又遍召方士为他寻觅芳魂,传达思念之情。最后终于以其知罪有悔、"痛念不衰"而感动织女,上奏天庭,使李、杨重续前缘,永为夫妇。洪昇所精心塑造的李隆基形象,既有多重内涵,又有发展变化,较之以往李、杨戏中的同名人物具有新的面貌。

对杨玉环这个人物,洪昇从"义取崇雅,情在写真"的原则出发,彻底摒弃了诸如进京前曾嫁寿王和入宫后与安禄山私通等"秽迹",把她写成了一个忠贞专一的情痴。当李隆基把宫女杨玉环册为贵妃,并以金钗、钿盒与之定情时,她就表示:"惟愿取情似坚金,钗不单分盒永完。"在杨妃看来,既已订立了钗盒之盟,双方就应该真挚、忠诚,所以,她要求"一人独占三千宠",不能容许"并头莲旁有一枝开",排斥包括自家姊妹在内的任何女人的介入,并由此而与李隆基发生了两次大的冲突。第一次因不能容忍自家姐姐虢国夫人分爱而"恁使骄嗔"以致"忤旨",使她备尝了被贬谪、被弃置的痛苦。第二次因李隆基在翠华西阁召幸梅妃,给她以强烈震动:

> 闻言惊颤,伤心痛怎言。(泪介)把从前密意,旧日恩眷,都付与泪花儿弹向天。记欢情始定,愿似钗股成双,盒扇团圆。不道君心,霎时更变,总是奴当谴,嗏,也索把罪名宣。怎教冻蕊寒葩,暗识东风面。可知道身虽在这边,心终系别院。一味虚情假意,瞒瞒昧昧,只欺奴善。(第十八出《夜怨》,〔风云会四朝元〕)

她以一片痴情相对,换来的却是"虚情假意",欺瞒蒙骗,深感"惊颤"、"伤心"而不能容忍。因而当永新劝"迎合上意,力劝召回",她回答说:"此语休提。"(同上)并于清晨起赶去大闹西阁。高力士劝道:"莫说是梅亭旧日恩情好,就是六宫中新窈窕,娘娘呵,也只合佯装不晓,直恁破工夫多计较!不是奴婢擅敢多口,如今满朝臣宰,谁没个大妻小妾,何况九重,容不得这宵!"(第十九出《絮阁》)这原是符合封建礼教的至理名言,但她不肯认同,仍然使性发恼,并向李隆基自请引退:

> (旦泣科)妾自知无状,谬窃宠恩。若不早自引退,诚恐谣诼日加,祸生不测,有累君德鲜终,益增罪戾。今幸天眷犹存,望赐斥放。陛下善视他人,勿以妾为念也。(泣拜科)拜、拜、拜、拜辞了往日君恩天样高。(出钗、盒科)这钗、盒是陛下定情时所赐,今日将来交还陛下。把、把、把、把

深情密意从头缴。(同上)

这种自请引退、缴回信物的实质,是女子因丈夫用情不专而主动提出离婚,这不仅在历代后妃中绝无仅有,即使在普通女性中也不多见;尽管洪昇对她的此种行为并不满意(见下文),但在实行多妻制的古代中国实具有反抗意识。最后由于李隆基主动赔礼认错,杨玉环才收回金钗、钿盒。应该说,杨贵妃的这种行为正是封建礼教所大力反对的女子的妒忌行为,但以她当时的处境来说,又非如此不可,她说得非常明白:"江采蘋,江采蘋,非是我容你不得,只怕我容了你,你就容不得我也!"(第十八出《夜怨》)不过,她不仅仅以美貌固宠,而是凭真挚热烈的感情、无视礼教的勇敢和超众的才智(妙能制曲、善歌工舞等)征服并改造了李隆基。随驾幸蜀途中,她只希望"早早破贼,大驾还都便好",并不知大难即将临头。突然间听得六军喧哗,将杨国忠诛杀,还要拿她正法,她不由得惊惧啼哭,急忙向李隆基寻求保护。后来意识到李隆基不但不能保护她,连他自身也有危险,她终于克服了死的恐惧,主动请求自杀:

(旦跪介)臣妾受皇上深恩,杀身难报。今事势危急,望赐自尽,以定军心。陛下得安稳至蜀,妾虽死犹生也。算将来无计解军哗,残生愿甘罢,残生愿甘罢!(第二十五出《埋玉》)

她在临死前还一边细细向高力士交代后事,表现出对钗盒情缘的无限留恋;一边愤愤控诉道:"唉,陈元礼,陈元礼,你兵威不向逆寇加,逼奴自杀。"这样,洪昇就把杨妃由不知死、不愿死到决心赴死却又依依不舍的心理历程写得合情合理,委曲动人。就她本人的"慷慨捐生"来说,是为情而死;死后做了鬼的杨玉环则唯有忏悔和相思:

对星月发心至诚,拜天地低头细省。皇天,皇天!念杨玉环呵,重重罪孽,折罚来遭祸横。今夜呵,忏愆尤,陈罪告,望天天高鉴宥我垂证明。只有一点那痴情,爱河沉未醒。说到此悔不来,惟天表证。纵冷骨不重生,拼向九泉待等。那土地说,我原是蓬莱仙子,谴谪人间。天呵,只是奴家恁般业重,敢仍望做蓬莱座的仙班,只愿还杨玉环旧日的匹聘!(第三十出《情悔》,〔三仙桥〕)

虽然如前所述,她在忏悔时认为以前的一切都是错的,是"罪案"(在这"罪案"中间显然还包括不容李隆基与梅妃来往之事,因为一则剧本突出了梅妃的孤独和痛苦,再则上引高力士的那段话其实代表了男权社会的公理,从而彰显了杨贵妃的违背妇道),但对爱情却始终不渝,最后终于突破生死仙凡的界限而重圆旧盟。剧中的杨玉环至此已成为执着于爱情而又回归正路的新形象。

除了李、杨之外，洪昇在写及其他人物的特征——如杨国忠的奸诈、安禄山的狡黠、郭子仪的忠直、雷海青的义烈以及高力士的圆滑、李龟年的持重等——时，一般不流于单一性和面谱化，因而也有其可观之处。

其次，它的情节丰富，结构宏大，层次井然而无杂乱之弊。全剧五十出，横断为上下两卷，纵分为爱情和政治两条。上卷从《定情》到《埋玉》，着重描写了李、杨之间的两次大的冲突和一次生死离别，展示了他们的爱情发展；与此同时，又通过《贿权》到《惊变》，描写了当时的社会政治背景，触及了唐王朝由盛而衰的过程。这两类场次，互相对照，交错发展，不仅使剧本情节的展开条理分明，而且照顾到了演出时排场的冷热相济、演员的劳逸相均，也在演出效果上起到了强烈对比、互相烘托的作用。由于李、杨的特殊身份，他们的生活只能在宫廷，因此作者从内容出发，其上卷突破了传奇中生旦两个主角分为双线发展的传统格局，一边以李、杨在宫廷的爱情生活为主线，一边以天宝政治活动为副线，使爱情与政治、爱情的发展与政治的危机相联系，推动剧情迅速进展。下卷展示的是人间与冥界、天上的新场面，着重描写了李、杨爱情由阻隔到重圆的过程，同时也附带展示了唐代政治由乱到治的过程。下卷则因杨妃离开了人间而先后成了鬼和仙，所以又基本上是生旦各领一线，对照发展，一方面铺写人间的政治形势和李隆基的追悔与相思，一方面表现作为鬼魂和仙子的杨玉环的悔过与思念。最后在织女和道士的帮助下，生旦得以互通信息、互表深情，终致双线合并，生旦于天上团圆。正如王季烈所说：该剧"分配角色，布置剧情，务使离合悲欢，错纵参伍，搬演者无劳逸不均之虑，视听者觉层出不穷之妙。自来传奇排场之胜，无过于此"①。但全剧达五十折之多，尽管当时演传奇的惯例是分两日演出，仍然难以容纳，从而给上演带来了很大困难。"伶人苦于繁长难演，竟为伧辈妄加节改，关目都废"（《长生殿·例言》）。后来洪昇友人吴舒凫干脆将它缩改为二十八折，"而以虢国、梅妃别为饶戏两剧"，以便两日演完。洪昇本人虽仍认为最好上演全本，但也并不反对吴本（亦见《长生殿·例言》）。

再次，它的曲辞与音律俱佳，文情与声情并茂。洪昇本人精通音律，又具备多方面的文学才能，因而《长生殿》的语言既当行，又本色，在清代戏曲中颇为少见。从音律的角度看，全剧曲辞严守格律，"字精句研，罔不谐叶"，曲牌运用得体，并且通篇不重复，宫调的配合、曲韵的选择都适应剧情的变化，甚至能以不同的曲调风格来表现不同人物的心态，例如第十九出《絮阁》写李隆基召幸梅妃，被杨妃侦知后大闹西阁，作者有意识地采用南北合套来表现这场爱情

---

① 王季烈《螾庐曲谈》卷二第四章《论剧情与排场》，商务印书馆1934年版，第304页。

风波。凡杨玉环所唱,皆为北曲;而李隆基、高力士、永新诸人所唱,皆为南曲,两种曲调风格的比较,构成了悲剧与喜剧的不同格调。一方面突出了杨妃幽怨感伤、"情深妒亦真"的思想感情,另一方面揭示了李隆基等人在无可奈何的尴尬处境中只图息事宁人的心态。从文学角度看,作者善于汲取唐诗宋词元曲的语言艺术成就,创造性地写出了生动活泼而又充满诗意的戏剧语言,其特点是晓畅、清丽、精练,切合人物身份,富于动作性,妙语佳句随处可见。例如,第二十四出《惊变》中杨妃酒醉后唱道:

态恹恹轻云软四肢,影濛濛空花乱双眼,娇怯怯柳腰扶难起,困沉沉强抬娇腕,软设设金莲倒褪,乱松松香肩軃云鬟,美甘甘思寻凤枕,步迟迟倩宫娥换入绣帏间。(〔南扑灯蛾〕)

这是杨玉环人间欢乐的极点,通过描写她双眼朦胧、娇软困倦的醉态,展示了这位美人沉醉于爱情幸福中的风姿神韵,杨恩寿称此曲"宛然一幅'醉杨妃画图'","将醉中风致曲曲写来,虽仇十洲妙笔,不能得其仿佛也"。(《续词余丛话》)又如,第二十九出《闻铃》中李隆基唱道:

淅淅零零,一片凄然心暗惊。遥听隔山隔树,战合风雨,高响低鸣。一点一滴又一声,一点一滴又一声,和愁人血泪交相迸。对这伤情处,转自忆荒茔。白杨萧瑟雨纵横,此际孤魂凄冷。鬼火光寒,草间湿乱萤。只悔仓皇负了卿,负了卿!我独在人间,委实的不愿生。语娉婷,相将早晚伴幽冥。一恸空山寂,铃声相应,阁道崚嶒,似我回肠恨怎平!(〔武陵花〕)

李隆基于风雨途中登临剑阁,听到山林中的雨声,和着檐前铃铎,随风而响,禁不住触景伤情,发出如此感伤的心声。作者运用情景交融的手法,把风声雨声铃声和人物的悲声融为一体,层次分明地揭示了他失去杨妃后悔恨交加、痛不欲生的复杂心理,句句明白如话,却又意境深远,流溢着诗意的感伤。

三、孔尚任与《桃花扇》

孔尚任(1648—1718),字聘之、季重,号东塘、岸堂、云亭山人。山东曲阜人,孔子六十四代孙。"自幼留意礼乐兵农诸学"(《与颜修来》),二十岁为诸生,后捐赀为例监。康熙二十三年(1684)冬,清圣祖玄烨趁南巡回京之便,至曲阜祭祀孔子,孔尚任被荐在御前讲经,受到赏识,破格授为国子监博士。他为此作《出山异数记》一文,表示要"犬马图报,期诸没齿"。上任后第二年秋,奉命随工部侍郎孙在丰参与疏浚黄河海口的工程,在淮扬一带滞留了三年多。事后回京,仍为原职。后升转户部主事,职宝泉局监督。康熙三十九年(1700)

三月迁户部员外郎,但不久即以"疑案"罢官①。其后遂居于家乡,有时也出游外地。

孔尚任以《桃花扇》名世,与《长生殿》的作者洪昇齐名,有"南洪北孔"之称。但他也擅长诗文,曾著有《鳣堂集》、《湖海集》、《岸堂文集》、《石门集》、《长留集》(与刘廷玑的诗歌合集)等多种,不过,有的已佚,今人辑其所存编有《孔尚任诗文集》行世。刘廷玑曾在《长留集序》中说:"海内之重东塘者,不仅诗也。即以诗言,而《湖海》、《岸堂》、《石门》诸集,盈尺等身,亦洋洋乎当代之大家矣!"从现存作品来看,孔尚任的诗无论叙事抒情,都挥洒如意,不事雕琢,自成一格。例如:

> 污池水浑不见底,池边灌园人早起。如雪白绫搅青丝,竹竿挑出两人死。一男一女貌如花,香帕系颈肩相比。人人围看不识谁,有姥哭媳又哭子。媳为嫂兮子为叔,嫂寡叔幼情偏美。昨日人投碧玉钗,花烛今夜照门里。心急口懦无奈何,两人私誓同沉水。水底鸳鸯不会飞,那得生根变连理?(《污池水》)

> 匆忙又散一盘棋,骑马来看旧殿基。夕照偏逢鸦点点,秋风只少黍离离。门通大内红墙短,桥对中街玉柱攲。最是居民无感慨,蜗庐僭用瓦琉璃。(《过明太祖故宫》)

二诗皆作于淮扬治河期间,前诗所叙寡嫂与小叔的私情显然违背礼教,不能为家庭和社会所容。于是,当有人送来聘礼,要娶走寡嫂的时候,两人便私下发誓为情而死,并且在一同沉水时是"香帕系颈肩相比",死得非常悲壮而缠绵,作者先用"貌如花"、"情偏美"来描写他们,最后以"水底鸳鸯不会飞,那得生根变连理"为恨,表达了他的悲嗟与惋惜。这与元好问悲悼青年男女殉情而死的《摸鱼儿》题材相仿②,但作者的感情却远不如元好问的浓烈。后诗有感于明太祖故宫已变为一片残破荒凉的废墟,附近的居民却把旧殿的琉璃瓦拿来盖自己的"蜗庐"。这两首诗所体现的对于爱情悲剧和历史变迁的感叹,与《桃花扇》有相通之处。

《桃花扇》是孔尚任的代表作。据孔尚任《桃花扇本末》所记,此剧所写之事间接得自其族兄孔方训,其人于崇祯末在南京做官,对弘光时的情况很了解,所述之事皆翔实可靠,连李香君"面血溅扇,杨龙友以画笔点之"的情节,也是杨龙友的"小史"告诉他的。换言之,《桃花扇》所写皆实有其人、实有其事,

---

① 《长留集》收孔尚任《和蔡纲南赠扇原韵送之南还》二首末自注:"予被谪疑案,纲南颇知,曾赠金慰予"。但"疑案"的原委今已无从考知。

② 参见本书中卷第350—351页。

所以一般认为《桃花扇》乃是历史剧。

其实《桃花扇》的男女主人公侯方域和李香君虽都实有其人,但剧中所写之事则大部分出于虚构,有些甚至与事实真相截然相反。

以侯方域来说,据剧中所写,他于崇祯癸未年(1643)受到阮大铖的陷害,即投入史可法幕,并在马士英要求史可法同意立福王为帝时,侯方域极陈其不可,史可法终于接受了他的意见。但在实际上侯方域在癸未年离开南京后是在江浙一带漫游,直到甲申年(1644)才渡江而至江北,入高杰幕。① 所以,他在癸未、甲申年并没有入过史可法幕,何况史可法与侯方域都是主张立福王为帝的,根本不可能发生侯方域向史可法力陈福王不应立,以及史可法接受其意见的事②。尤其重要的是,剧中说侯方域于高杰生前就因与杰意见不合而径归故乡,又到南京,以致被阮大铖关入狱中,并将被处以重刑。侯方域的朋友苏昆生就赶到镇守湖广的大帅左良玉处求救。在苏昆生向左良玉报告侯方域入狱的事件时,左良玉同时也了解到了弘光帝的倒行逆施。于是左良玉大怒,发兵东下,马士英和阮大铖得信后就派重兵去防御左良玉,从而严重削弱了防御清军的兵力,使清军得以轻易攻入金陵。按,剧中左良玉的举兵并造成严重后果是事实,但侯方域入狱却完全是子虚乌有。因侯方域不但原先确在高杰军中,而且在高杰被许定国杀害后,侯方域仍在高杰留下的部队中,后来跟着这支部队一起降清并攻入金陵。所以他在高杰死后回到金陵之时,正是马士英、阮大铖奔逃不迭之际,又怎有可能把他逮捕入狱③?以前之论侯方域者往往致憾于其以后的出应清廷科举,而没有注意到他原是攻打金陵的降清部队中的一员。

再说李香君(她原名李香,见侯方域《壮悔堂集》卷五《李姬传》),她与侯方

---

① 详见章培恒《〈桃花扇〉与史实的巨大差别》,《复旦学报》(社会科学版)2010年第1期。
② 侯方域《四忆堂诗集》卷五《哀辞九章·少师建极殿大学士兵部尚书开府都督淮扬诸军事史公可法》中说:"……福邸承大统,伦次适允若,应机争须臾,乃就马相度(自注:马相士英也)。坐失纶扉权,出建淮扬幕。……"可见史可法只主张立福王的,侯方域对此也很赞成,他所唯一不满于史可法的是史可法在这事情中没有当机立断,却去跟马士英商量,以致后来大权旁落。按,史可法为方域之父侯恂门生,方域且尝亲接可法,所说当可信。至于记载南明史事的书籍一般说主张立福王的是马士英,史可法只是被动地接受了此一意见,则为贤者讳之说尔。
③ 关于此事,侯方域友人贾开宗为侯方域写的《本传》中说得很清楚:"后大铖兴党人狱,欲杀方域,渡扬子依高杰得免。豫王师南下,杰已死,方域说其军中大将,急引兵断盱眙浮桥,而分扬州水军为二,战不胜,则以一由泰兴趋江阴,据常州,一由通州趋常熟,据苏州,守财赋之地,跨江连湖,障蔽东越,徐图后计。大将不听,以锐甲十万降。从其军渡江,授官,辞归。"可见侯方域一直在高杰的部队中,并随着这支部队一起降清,直至攻入金陵,清廷并欲授以官职,他不愿接受,回到故乡。余详见章培恒《〈桃花扇〉与史实的巨大差别》。

域确曾有短期的恋爱关系,那发生在崇祯己卯年(1639),但仅仅几个月这种恋爱关系就结束了,侯方域以后没有再与她见面①。所以剧中写的她与侯方域之间的生死不渝的爱情、她为此所经历的无限艰辛全都出于虚构,剧中把二人的恋爱写成开始于癸未年(1643)也是孔尚任为了把二人的爱情与"南朝兴亡"联系起来而作的改动。

由上所说,可知《桃花扇》并不是历史剧,而是具有太多的虚构成分的恋爱剧,但这并不影响《桃花扇》的艺术价值,因为虚构与想像本是艺术的必要前提。

《桃花扇》的最大成就在于塑造了李香君这一个性强烈的人物。这样个性强烈的妇女在以前的文学作品中是从来没有出现过的,但在明末的现实中却开始出现了,柳如是就是其特出的代表(详见陈寅恪先生《柳如是别传》)。

李香君的强烈个性集中体现在她的尊重个人意志,不屈不挠。在《却奁》一出中,这点已可看得很清楚:她之得与侯方域结合,表面是杨龙友起了很大的作用——为侯方域支出了二百多两银子的妆奁和酒席费用;但在实际上这些钱都出自原为阉党、革职后闲居金陵的阮大铖。接着,杨龙友把真相和阮大铖的目的告诉了侯方域,并得到了方域的谅解:

> (末)圆老(指阮大铖。——引者)当日曾游赵梦白之门,原是吾辈。后来结交魏党,只为救护东林。不料魏党一败,东林反与之水火。近日复社诸生,倡论攻击,大肆殴辱,岂非操同室之戈乎?圆老故交虽多,因其形迹可疑,亦无人代为分辩。每日向天大哭,说道:"同类相残,伤心惨目,非河南侯君,不能救我。"所以今日谆谆纳交。(生)原来如此,俺看圆海情辞迫切,亦觉可怜。就便真是魏党,悔过来归,亦不可绝之太甚,况罪有可原乎。定生、次尾(当时复社的反阮领袖。——引者),皆我至交,明日相见,即为分解。

出人意料的是,侯方域的这一回答却遭到了李香君的激烈反驳:

> 〔旦怒介〕官人是何说话?阮大铖趋附权奸,廉耻丧尽;妇人女子,无不唾骂。他人攻之,官人救之,官人自处于何等也?〔川拨棹〕不思想,把话儿轻易讲。要与他消释灾殃,要与他消释灾殃,也提防旁人短长。官人之意,不过因他助俺妆奁,便要徇私废公;那知道这几件钗钏衣裙,原放不到我香君眼里。(拔簪脱衣介)脱裙衫,穷不妨;布荆人,名自香。

尽管尊东林而反阉党是当时的一般观念,但东林确有值得肯定之处,而阉党确

---

① 详见章培恒《〈桃花扇〉与史实的巨大差别》。

实为民众所反对,所以李香君在这里体现了对原则的坚持。而更其重要的是,她对依然挚爱着的男子作了毫不留情的斥责,略不掩饰地表示了她的愤怒,从而完全抛弃了封建制度所要求于女性的柔顺。这种具有强烈个性的女子是《桃花扇》以前的中国文学中所从未见过的,也是文学中的新的创造。

也正是基于强烈的个性,她不但坚拒了要娶她为妾的漕抚田仰,而且在马士英遣人代田仰来强娶时,她以死相抗。既而她被强迫去内廷学歌,她自己说:"奴家香君,被捉下楼,叫去学歌,是俺烟花本等。只有这点志气,就死不磨。"(《骂筵》,下同)不料在去内廷之前,马士英、阮大铖等又要她去陪酒,她不由暗自高兴:"难得他们凑来一处,正好吐俺胸中之气。"她要拼着一死,把他们痛骂:

> 赵文华陪着严嵩,抹粉脸席前趋奉;丑腔恶态,演出真《鸣凤》。俺做个女祢衡,挝渔阳,声声骂;看他懂不懂。(〔江儿水〕)
>
> ……
>
> 堂堂列公,半边南朝,望你峥嵘。出身希贵宠,创业选声容,《后庭花》又添几种。把俺胡撮弄,对寒风雪海冰山,苦陪觞咏。(〔五供养〕)
>
> ……
>
> 东林伯仲,俺青楼皆知敬重。干儿义子从新用,绝不了魏家种。……(〔玉交枝〕)

这也就意味着像李香君那样强烈的个性以及"只有这点志气,就死不磨"的对自我意志的尊重(这其实也是强烈的个性的内涵之一)有可能导致对权势者的激烈抗争,从而对封建等级制度是一种潜在的威胁。在男权社会里,当这种精神状态出现在一向受到"柔顺"的束缚的女性身上时,其威胁性也就更大。

当然,李香君的强烈的个性不只表现为敢于抗争,而且是与感情的丰富、深厚同存的。她渴望爱情——母爱和男女的恋情,当这些要求遭到打击时,她会感到无限的寂寞和凄凉。在《寄扇》一出中,她的恋人侯方域避祸远去,她的养母李贞丽又为了保全她而代她远嫁田仰,只剩她一人孤居小楼,她陷入了绝望的深渊。

> 〔醉桃源〕〔旦包帕病容上〕寒风料峭透冰绡,香炉懒去烧。血痕一缕在眉梢,胭脂红让娇。孤影怯,弱魂飘,春丝命一条。满楼霜月夜迢迢,天明恨不消。
>
> 〔坐介〕奴家香君,一时无奈,用了苦肉之计,得遂全身之节。只是孤身只影,卧病空楼,冷帐寒衾,无人作伴,好生凄凉。
>
> 〔北新水令〕冻云残雪阻长桥,闭红楼冶游人少。栏杆低雁字,帘幙挂冰条;炭冷香消,人瘦晚风峭。

这样的孤苦凄凉甚至软弱与《却奁》、《骂筵》中的坚强勇敢集中于一身,所以李香君是一个血肉丰满的人,而不是某种简单的符号。这样的女性的出现也就是《桃花扇》在我国虚构文学中的新的创造。

《桃花扇》还写了许多其他的人物,但相对来说,都比较贫薄。例如李香君的恋人侯方域,当他知道李香君为了他"碰坏花容,溅血满扇,杨龙友添上梗叶,成了几笔折枝桃花"时,其反应竟是:"〔生细看喜介〕果然是些血点儿,龙友点缀,却也有趣。这柄桃花扇,倒是小生之宝了。"他为这把包含着李香君的无限痛苦和血泪所形成的桃花扇感到喜欢和"有趣",那么他对李香君到底有多少感情?这样来写具有对李香君的生死不渝的爱情的侯方域不能不说是一种败笔。

比较起来,倒是对杨龙友的描写还较有特色。他是代阮大铖来拉拢侯方域的,但侯方域在李香君的影响下,拒绝了这种拉拢,有些话说得他颇为难堪。但他并不因此而怀恨在心,当阮大铖要陷害侯方域时,他前来报信,使侯方域得以远逃避祸,他对李香君及其养母也很照应。不料在田仰要娶妾时,他虽知李香君深爱侯方域,却让人去李家说媒,这当然不会成功。他虽然对此毫无报复之意,却为李香君惹下了大祸:阮大铖知道后,就唆使马士英派遣恶仆,代田仰去强娶。他怕李家母女吃亏,就跟着一起去了,结果李香君差点碰死在地,他给香君的养母(李贞丽)出主意,由贞丽去代嫁,保全了李香君的生命。他对这件由他惹下的大祸是这样总结的:

〔末笑介〕贞丽从良,香君守节,雪了阮兄之恨,全了马舅之威!将李代桃,一举四得,倒也是个妙计。〔叹介〕只是母子分别,未免伤心。

他的这种看似矛盾的言行自有其性格的内在逻辑:他是一个太看重现实利益,而又不失厚道的人。由于前者,他与马士英、阮大铖乃至田仰等混在一起,以便从中得到点好处(也确实得到了好处,他后来做礼部主事就是由于马士英的提拔);由于后者,他尽量不跟他们作恶,搭救侯方域就是其中之一。他的要为李香君与田仰撮合,一面是为了跟田仰搞好关系,另一面是因他根本不相信在公子王孙与妓女之间会有生死不渝的爱情,以为:"侯公子一时高兴,如今避祸远去,那里还想着香君哩,""但有强如侯郎的,他(指香君——引者)自然肯嫁",这都是他的把现实利益放在第一位而推演出来的看法。他的沾沾自喜于"一举四得"的妙计,也是缘此;而为李香君母女的分离而感叹,又显示了他的厚道。写次要人物而能达到这样的深度,也属不易。

总之,《桃花扇》是一部要通过男女爱情来显示弘光朝的兴废之作,所谓"南朝兴亡,遂系之桃花扇底"(《桃花扇本末》);作者并力图使其具有教育意义,让人"知三百年之基业,隳于何人?败于何事?消于何年?歇于何地?不独令观者感慨涕零,亦可惩创人心,为末世之一救矣"(《桃花扇小引》)。但其对爱情的描写由于男女主人公并非铢两悉称,在总体上不算成功,何况为了加强教育意义,作者最后竟让侯方域与李香君都听从了一个道士的"你看国在那里,家在那里,君在那里,父在那里,偏是这点花月情根,割他不断么"(《入道》)的说教,双双割断情爱而出家,更成为其写爱情的最大败笔。正如王国维所说:"沧桑之变,目击之而身历之,不能自悟,而悟于张道士之一言;且以历数千里,冒不测之险,投缧绁之中所索之女子,才得一面,而以道士之言,一朝而舍之,自非三尺童子,其谁信之哉?"①至其揭示南明覆亡的原因,又不免流于表面化,无非是弘光帝昏庸,马、阮等奸佞专权误国,掌握军权的将帅只顾私利、不顾大局那一套,并无新意。

所以《桃花扇》的突出成就实在于其对李香君的塑造;在个别次要人物的描写上也还不无特色。此外,在写弘光朝的覆亡时,有些地方流露出较浓重的兴亡之感,颇为感人。例如《孤吟》折的两支〔甘州歌〕:

> 望春不见春,想汉宫图画,风飘灰烬。棋枰客散,黑白胜负难分;南朝古寺王谢坟,江上残山花柳阵。人不见,烟已昏,击筑弹铗与谁论。黄尘变,红日滚,一篇诗话易沉沦。
>
> 难寻吴宫旧舞茵,问开元遗事,白头人尽。云亭词客,阁笔几度酸辛;声传皓齿曲未终,泪滴红盘蜡已寸。袍笏样,墨粉痕,一番妆点一番新。文章假,功业诨,逢场只合酒沾唇。

---

① 《红楼梦评论》,《王国维遗书》第五册《静安文集》,上海古籍书店1983年版,第496页。

第三章 萧条的来临和隐伏的生气

——康熙后期到乾隆初叶的文学

康熙(1662—1722)共六十一年,如果分为三期,那么从康熙后期(始于康熙四十一年)到吴敬梓写成《儒林外史》的下限——乾隆十四年的近五十年间(1702—1749),文学显然处于萧条时期。在上一章所述及的作家中,康熙四十一年还在世的只有洪昇(卒于1704年)、王士禛(卒于1711年)、蒲松龄(卒于1715年)和孔尚任(卒于1718年)。但作为戏剧作家的洪昇、孔尚任,到康熙四十一年都已不再从事戏曲创作了;王士禛写作他的那些好诗的时间都比康熙四十一年早得多;蒲松龄于康熙四十一年及以后虽仍在继续写《聊斋志异》,但已是强弩之末①。另一方面,主张以文学为政教的工具的方苞与沈德潜在康熙后期已崭露头角,以后就分别成为文界和诗苑的领军人物。所以,从康熙后期至乾隆初期,文坛相对暗淡。虽有以厉鹗、郑燮为代表的少数作家置身于主流之外,创作成就也不突出。

不过,即使在这期间,文坛上也仍有与这种暗淡相违异的暗流在涌动,吴敬梓、曹雪芹、袁枚都是在这时期成长起来的,所以这时期其实是在为下一阶段文学的嬗变期的出现准备条件。这就是因为如本编《概说》所述,清政府虽然大力提倡正学并采取严酷的镇压手段,但一则从晚明时期兴盛起来的异端思想经过长期的发展已不能被轻易扑灭,再则随着市民经济的不断发达,异端思想的基础在日益扩大和加深。清政府的苦心孤诣终于不能改变历史的行程。而且,至迟到乾隆十四年吴敬梓写成了《儒林外史》,文学的萧条就宣告结束了。

---

① 《聊斋志异》原稿共八册,有将近两册写于康熙四十一年及以后(参见章培恒《〈聊斋志异〉写作年代考》与《再谈〈聊斋志异〉的原稿编次问题》,收入《献疑集》,岳麓书社1991年版),但在这两册中能给人强烈感动的作品显然少于其他六册(以每一册为比较基准)。

第一节　赵执信与沈德潜

在康熙后期，最早对王士禛等人的诗风表示不满、加以批判的，是赵执信，其理论依据就是"温柔敦厚"的"诗教"说。接着，年辈略后于赵执信的沈德潜一度成为诗坛盟主，又大肆张扬"诗教"；诗歌为政教服务的主张遂在一段时间里成为诗论的主流，与当时文论的主流——桐城派的"义法"说相呼应。文学风气为之一变。

赵　执　信

赵执信(1662—1744)，字伸符，号秋谷。山东益都人。康熙十八年(1679)进士，官至右赞善。康熙二十八年，因在为皇后服丧期间与一些人在洪昇寓所观优伶演《长生殿》而被罢官。他推尊宋诗，不满于严羽与王士禛一派的诗论，而服膺于反严羽的明末清初人冯班。有《因园集》、《饴山堂集》、《谈龙录》等。

《谈龙录》专为批判王士禛而作。其卷首《序》说："司寇(指王士禛。——引者)名位日盛。其后进门下士若族子侄有借余为诟者，以京师日亡友之言为口实。余自惟三十年来以疏直招尤，固也。不足与辩。然厚诬亡友，又虑流传过当，或致为师门之辱。私计半生知见，颇与师说相发明。向也匿情避谤，不敢出。今则可矣。乃为是录，以所藉口者冠之篇，且以名焉。"其第一条则说：

　　钱塘洪昉思昇，久于新城(指王士禛。——引者)之门矣。与余友。一日并在司寇宅论诗。昉思嫉时俗之无章也，曰：诗如龙然。首尾爪角鳞鬣一不具，非龙也。司寇哂之曰：诗如神龙，见其首不见其尾，或云中露一爪一鳞而已，安得全体？是雕塑绘画者耳。余曰：神龙者屈伸变化，固无定体。恍惚望见者，第指其一鳞一爪，而龙之首尾完好，故宛然在也。若拘于所见，以为龙具在是，雕绘者反有辞矣。昉思乃服。此事颇传于时。司寇以告后生，而遗余语。闻者遂以洪语斥余，而仍侈司寇往说以相难。惜哉。今出余指，彼将知龙。

以《序》中"以所藉口者冠之篇"之语，可知《谈龙录》之作，是由洪昇、赵执信在王士禛宅中的一场谈话引发的。据他说，因为在这场谈话以后，外界产生了讹传，把洪昇的看法说成是他的看法，而他的足以驳倒王士禛的警辟观点却被埋没了，所以他要作此书加以抉发。不过，赵执信的这条记载却颇多疑点。

王士禛在把这场谈话"告后生"时,不过是"遗余语"——没有提及赵执信的看法,却并未把洪昇的意见说成是赵执信的意见,"闻者"又怎么会"以洪语斥余"——把洪昇的话作为赵执信的观点来斥责呢?而尤其奇怪的是:此《序》之末所署作年为"己丑"——康熙四十八年(1709),而他与洪昇在王士禛宅中"论诗"则是在"京师日"——他与洪昇都居住在京师之时,那就不可能迟于康熙二十八年(1689)①。既然"此事颇传于时",也即在当时就已流传开来,而且把洪昇的意见当作赵执信的观点来指斥,那么,赵执信为什么不在当时就加以抉发,却要到二十年以后,特别是在洪昇去世四年以后(洪昇死于1703年)才来声明呢?说是"向也匿情避谤,不敢出。今则可矣",但在洪昇死后的四年间赵执信的个人处境和整个文坛的情况都不见有多大变化,他为什么不在洪昇生前,而要到洪昇去世四年以后才突然宣布:二十年来一直被认为是我赵执信所发表的片面意见,其实是洪昇的看法,而且我在当时就已对此说作了纠正呢?然则他所说的这一事情究竟是否真实,实在是个疑问。

不过,他与王士禛在对诗的看法上确是有重大分歧的。这分歧主要并不在如何以龙喻诗的问题上,而在于诗的思想内容。请看《谈龙录》的如下一条:

> 昆山吴修龄乔论诗甚精,……独见其与友人书一篇,中有云:"诗之中须有人在。"余服膺以为名言。……
>
> 司寇昔以少詹事兼翰林侍讲学士奉使祭告南海,著《南海集》。其首章留别相送诸子云:"芦沟桥上望,落日风尘昏。万里自兹始,孤怀谁与论?"又云:"此去珠江水,相思寄断猿。"不识谪宦迁客,更作何语。……非所谓诗中无人者耶?

王士禛原作本书已全文引录②,并已对它作了简要分析。此诗真切而深入地表现了他的寂寞与萧索,具有明晰的个性特点,但赵执信却认为这是只有"谪宦迁客"才能有的感情,而不是"以少詹事兼翰林侍讲学士奉使祭告南海"的王士禛所应有,从而斥为"诗中无人"。这就可见其所要求的"诗中有人",乃是要诗中有符合于他的标准的人,也即其思想感情不逾越他所制定的规范的人;否则,诗中的思想感情便要被斥为不合理,整首诗也就成为"诗中无人"了。

那么,赵执信的这种标准或规范的具体内涵是什么呢?就是"诗教"、"礼

---

① 赵执信于康熙二十八年为皇后服丧期间在洪昇寓所观演《长生殿》而罢官还乡,见《清史稿》本传。又据赵执信《饴山堂集》卷十六《怀旧集·洪昇小传》,执信自出京后,仅在其"游吴越"时与洪昇见过两次面。故其与洪昇在王士禛宅论诗必为康熙二十八年出京前事。
② 见本书第279页。

义"。《谈龙录》说：

> 诗之为道也，非徒以风流相尚而已。《记》曰："温柔敦厚，诗教也。"冯先生恒以规人①。《小序》曰："发乎情，止乎礼义。"余谓斯言也，真今日之针砭矣夫。

倘若衡以《诗序》所阐发的《诗经》之义，岂有大夫奉使而不系心君国却沉湎于个人的哀伤之理？王士禛当时的身份当然是大夫，他奉命去祭告南海，又是一宗责任不轻（祭祀神祇在古代是作为大事的）、沿途的地方官都要竭诚款待的美差，王士禛不是对皇帝的信用自己感恩戴德、一心一意地考虑怎样好好完成任务，却满腔离情别绪、忧愁哀思，则其心中哪有君臣之义存在？这就难怪赵执信要对之大加斥责了。

不过，这种理论的实质，乃是以"礼义"来规范人的一切思想感情，剥夺个人即使仅仅在感情上的自由活动的空间。就王士禛来说，从其《十八滩三首》之一、《肺病》、《武溪水》、《见田家饭牛者意有所感，赋得牛饭就松凉》、《归次临淮》（均收入《渔洋精华录》卷十一）等诗来看，他是颇以此次出差为苦的，甚至还产生了像他那样地在京师做官还不如归耕家园或在家乡做个小官的好的想法。至其以为苦的原因，则是由于第一，此次出差路途遥远而且险恶（这在当时是符合实际的）；第二，他自己身体不好；第三，要与亲属分别较长的时期（约半年）。他的这首留别诗中的萧索、忧伤之感即由此而产生。可以说，这也就是个人与环境的矛盾——在环境的驱使下人的个性无法得到充分而全面的实现——的一种体现。王士禛此诗正是以其具有美感的艺术形式表现了这种矛盾而使读者受到感动的。但如从另一角度来看，那么，像王士禛这样地不以君臣大义为重，皇帝要他做这么一点事他就如此抑郁，并且形之于诗，那自然从根本上违背了诗歌必须"止乎礼义"、教人以"温柔敦厚"的原则。

至于赵执信自己的诗歌创作，倒确是与王士禛相反的。试看他被罢官而离开北京返回家乡时的一首诗：

> 事往浑如梦，忧来岂有端？罢官怜酒失，去国觉天寒。北阙烟中远，西山马首宽。十年一挥手，今日别长安。（《出都》）

他承认"罢官"是由于自己的错误——"酒失"，因而没有怨恨之心，只是觉得自己的遭遇有点可怜；而"北阙烟中远"一句，既是惆怅，又透露出对朝廷的无限依恋。不仅做到了"怨而不怒"，连"怨"的成分都很淡薄。即使王士禛的那首

---

① 冯先生指冯班。班字定远，明末清初人。赵执信自谓其诗学出于冯班。《谈龙录》谓："既而得常熟冯定远先生遗书，心爱慕之，学之不复至于他人。"

诗也是遭谪逐而作,也远不如此首醇正。

与《出都》为先后之作的《出宫词》,其所蕴含的恋主的哀愁就更为明显而深切:

> 禁门际晓开,敕放如花女。起作辞宫妆,低头泪如雨。所悲入宫早,不恨出宫迟。十年闭永巷,妾貌犹昔时。当窗理镜奁,容华良独惜。君王岂无恩,妾自未相识。同时良家子,多在昭阳宫。齐纨虽皎洁,不如蜀锦红。旧家送我时,愿妾承天眷。归去姊妹行,含羞说金殿。

此诗作于其遭受革职处分即将离京之时,诗中所写的被放出宫的宫女乃是赵执信的自况。这位宫女虽然"十年闭永巷",但仍然"不恨出宫迟";而且对君王一味感恩戴德,只是怨怅自己未能与他相识。这与钱谦益的《霞老累夕置酒,彩生先别,口占十绝句记其事,兼订西山看梅之约》之六"汉宫遗事剪灯论,共指青衫认泪痕。今夕惊沙满蓬鬓,才知永巷是君恩"直可前后辉映。只不过钱谦益所系念的是明朝的皇帝,赵执信所依恋的则是清朝的皇帝。从这两首诗,可以清楚看出其所提倡的"止乎礼义"、"温柔敦厚"的诗论的实质。

有一种传说:赵执信曾请王士禛为他的《观海集》作序,王士禛迟迟不作,他就转而攻击士禛(见《四库全书总目》卷一九六《谈龙录》提要)。但从赵执信的诗歌创作来看,他在文学思想上确与王士禛存在尖锐的矛盾,他的批评王士禛实在并不仅仅是报私怨。另一方面,如他确曾请王士禛为自己诗集作序,那也不过是想借王士禛的地位和称赞来抬高自己;而王士禛的迟迟不作,想来是因途辙不同,实在难以下笔——赞扬违背素心,批评又有所不可。

沈 德 潜

年岁略小于赵执信,但在倡导"温柔敦厚"的"诗教"方面影响远大于赵执信的,是沈德潜。

沈德潜(1673—1769),字确士,号归愚,长洲(今江苏苏州)人。出身贫寒,十一岁时即代父教书。虽因科举不利,大半生都在教书糊口的境遇中度过,但却逐渐成了颇有名气的诗人。乾隆四年(1739),他已年将七旬,却时来运转,考取了进士,选为庶吉士。乾隆七年散馆时,乾隆皇帝当面称他为"江南老名士",授编修,还把他自己的诗给他看,命他写和诗,并且对其和作很为赞赏。数年内多次迁擢,升至礼部侍郎。乾隆十四年(1749)致仕,仍甚得乾隆皇帝的优遇,曾加授礼部尚书等衔,并为其集子作《序》。德潜死后九年,有人讦告徐述夔《一柱楼集》中有"悖逆"语,连带发现了他曾为徐述夔撰写传记,因而遭到了夺赠官、削谥号、仆墓碑的身后惩罚;但乾隆皇帝在这事的第二年又作诗怀念他。有《沈归愚诗文全集》,并编选有总集《古诗源》、《唐诗别裁集》、《明诗别裁集》(此种系与周准合编)和《国朝诗别裁集》。

他的论诗之作《说诗晬语》(收入《沈归愚诗文全集》,也有单行本)作于雍正九年(1731)前后,是其诗论的集中体现。其中说:

> 诗之为道,可以理性情、善伦物、感鬼神、设教邦国、应对诸侯,用如此其重也。秦汉以来,乐府代兴;六代继之,流衍靡曼。至有唐而声律日工,托兴渐失,徒视为嘲风雪、弄花草、游历燕衎之具,而"诗教"远矣。

至其所谓"理性情"的实质,同书也有明确的说明:

> 《记》曰:"宽而静、柔而正者,宜歌《颂》;广大而静、疏达而信者,宜歌《大雅》;恭俭而好礼者,宜歌《小雅》;正直而静、廉而谦者,宜歌《风》。"凡习于声歌之道者,鲜有不和平其心者也。

可见所谓"理性情"也即"和平其心",使人的思想感情符合"宽而静"、"柔而正"、"恭俭而好礼"、"廉而谦"等等原则,也即不逾越"温柔敦厚"的樊篱。以这样的道德标准为基础,诗歌也就能起到它所应起的伦理、政治作用——善伦物、感鬼神、设教邦国、应对诸侯——了。凡不能起到这种作用的诗歌,他就斥之为"嘲风雪、弄花草、游历燕衎之具",从根本上背离了"诗教"。这与赵执信的主张——"诗之为道也,非徒以风流相尚而已",而必合乎"温柔敦厚"之"诗教"——如出一辙。

在其为《国朝诗别裁集》所作的《凡例》中,他的这种观点表述得更为明白:

> 诗必原本性情,关乎人伦日用,及古今成败兴坏之故者,方为可存,所谓"其言有物"也。若一无关系,徒辨浮华,又或叫号撞搪以出之,非风人之指矣。尤有甚者,动作温柔乡语,如王次回《疑雨集》之类,最足害人心术,一概不存①。

他要求于诗的"其言有物",也即方苞要求于文的"言有物",都是要作品具有符合于"法"——"道"的内容(详见本章第二节关于方苞的部分)。因此,不但王彦泓那样的爱情诗被斥为"最足害人心术",就是具有政治、社会内容而感情激烈的,也被斥为"叫号撞搪以出之,非风人之指";倘若只写个人感情(不包括爱情)而不"关乎人伦日用,及古今成败兴坏之故",又要被加上"徒辨浮华"

---

① 王彦泓是明朝人,本不属于《国朝诗别裁集》的收录范围,他也许把王彦泓误认为清初的人了;但这里也有可能是说,清朝人写的类似《疑雨集》的作品一概不收。

的恶谥。那么,诗歌除了以平和的形式,表现合乎传统的政治、道德观的内容以外,还有什么可写的呢？在这样的思想指导下,诗歌又怎能逃脱平庸的命运？所以,晚清文廷式在回溯清诗的发展历程时说:"本朝诗学,沈归愚坏之:体貌粗具,神理全无,动以'别裁'自命;浅学之士,为其所劫,遂至千篇一律,万喙雷同。"①

至于沈德潜自己所写的诗,确是体现了他的主张的。兹引两首如下。前一首作于其二十八岁那一年,写后一诗时则已年届知命而尚未入仕。

> 莫以瑚琏器,持问田家叟;莫以官中妆,夸示下里妇。瑟不如芋,抱此焉徂。仰天而歌,其声乌乌。歌声乌乌何太悲,烈士壮年日就衰!(《悲歌行》)

> 芳兰钼其根,贱于水中蒲。士人虐其类,轻于市中屠。炎炎当路人,金多崇体躯。遇士故无礼,弃之等泥涂。士流亦戆直,敢非其大夫。所以士与官,凿枘两相殊。近闻穷庐子,冠裳而累俘。官长大嫚骂,虎吏伤肌肤。李树代桃僵,绝命于非辜。林间一鸟死,百鸟声喧呼。同类为举幡,苍黄走街衢。官长赫然怒,谓此梗化徒。誓将一网尽,那复分龙鱼。王制选造士,允为邦国储。儒行贵自重,文章砥廉隅。两者均失之,厥咎归谁欤!江河日东趋,颓阳日西徂。摧折已自今,后日将何如？缅怀申屠蟠,搔首空踟蹰。(《百一诗》)

第一首所写,是个人不得志的悲哀。这是由于尚未遇到识主而造成的——以"瑚琏器"而"持问田家叟"、以"官中妆"而"夸示下里妇",又怎能不碰壁呢？然而,社会上并不只是"田家叟"与"下里妇",而且,"田家叟"和"下里妇"在当时社会是并不占主要地位的,他们不赏识绝不意味着前途就绝望了。诗人的悲哀只是在于自己的年龄一天天大起来了,却还没有遇到赏识的人。这真是"哀而不伤"、"怨而不怒",很符合"诗教"精神的。

第二首所写的,是当时的官僚与士人的矛盾。也许是长期被阻挡在仕途之外的缘故吧,在诗的开头部分是对官僚的不尊重士子有所不满的,但接下来就对"士流"的"敢非其大夫"有所谴责了。尤其在写了士人遭官僚虐杀而士子聚众抗议之后,其批判的矛头就主要针对反抗的士子,其结尾二句说:"缅怀申屠蟠,搔首空踟蹰。"意思是：倘若当代有申屠蟠那样的人作为士子的表率,那就不会有这样的乱子了。——申屠蟠是东汉后期的士人,当时政治黑暗,"京师游士汝南范滂等非讦朝政,自公卿以下皆折节下之。太学生争慕其风,以为

---

① 《文廷式集》卷六《笔记(上)·琴风余谭》。

文学将兴,处士复用。蟠独叹曰:'昔战国之世,处士横议,列国之王,至为拥篲先驱,卒有阮儒烧书之祸,今之谓矣。'乃绝迹于梁砀之间,因树为屋,自同佣人。居二年,滂等果罹党锢,或死或刑者数百人,蟠确然免于疑论。"(《后汉书·申屠蟠传》)他把申屠蟠作为他所向往的模范,那就意味着无论朝政多么黑暗,读书人也应该像申屠蟠那样地不卷入斗争的漩涡,以全身远害;而当时这些聚众抗议的士子是完全错了。

这两首诗的共同特点,是既无激情与生气,也说不上美感。管世铭《读雪山房杂著》评沈德潜诗为"谨而庸",对这两首同样是适合的。

沈德潜除了要求诗歌"其言有物"以外,还重视"法"。他说:"诗贵性情,亦须论法。"(《说诗晬语》)由于重"法",从而一面强调"起伏"、"照应"、"承接"、"转换"之类的手法,一面也讲究"体格声调"(同上)。后来的研究者也有取其后一点而称其诗论为"格调说"的。但就其诗论的体系来说,则"诗贵性情"——出自"和平其心者"的性情——是第一位的,"法"是第二位的,"格调"又是"法"中的一部分。因此,以"格调说"来概括其论诗主张或作为其诗论的主要特征,恐怕是不合适的。

还有一点必须说明:沈德潜论明代诗歌,否定台阁体而推崇李、何,于清诗又推尊王士禛,故也有研究者以沈德潜为李、何及王士禛的后继者。但其否定台阁体不过是因仍成说——自明代中期以来这种一味对最高统治者歌功颂德、热衷说教、缺乏生气的文学已经遭到普遍唾弃;其赞美李、何及王士禛则又貌合神离,多所误解及曲解,与李、何、王理论、创作的精神实质实相违戾。如李梦阳的倡导真情(甚至肯定非"理"之情)、批判宋代理学,就与沈德潜的鼓吹"性情"之"和平"相对立;至于他与王士禛的矛盾,袁枚也早已有所揭露:针对他的诋斥王彦泓,袁枚写道:"次回才藻艳绝,阮亭集中,时时窃之。先生最尊阮亭,不容都不考也。"(《再与沈大宗伯书》)袁枚对王士禛诗评价不高,竟至用一"窃"字;但由此也可理解:在对于以王彦泓作品为代表的艳体诗的态度方面,沈德潜与王士禛是根本对立的,所以,沈德潜虽有许多推尊士禛之说,以致给人"最尊阮亭"的印象,其实二人在思想上有很重大的歧异。

第二节　方苞和桐城派的形成

与沈德潜的鼓吹"温柔敦厚"的"诗教"相先后,方苞大力倡导"义法",并以他为首形成了古文中的桐城派,一时成为古文的主流。

一、桐城派的奠基者方苞

方苞(1668—1749),字凤九,又字灵皋,号望溪,安庆桐城(今属安徽)人。他早年因受具有异端思想的明代遗民的影响,"年二十目未尝涉宋儒书",至二十四岁"始寓目焉"。从此笃信程朱之学,而以与程朱"背而驰者"为"学之蠹"(方苞《再与刘拙修书》)。善作八股文和古文,为诸生时已有较高声誉,康熙三十八年(1699)应江南乡试,为解元,四十五年(1706)成进士,但因母亲患病,未参加殿试即返乡。

康熙五十年,方苞的同乡戴名世所著的《南山集》、《孑遗录》被清政府认为"有悖逆语"(《清史稿·方苞传》,下同),名世被处死;方苞曾为他的文集写过序,因而也被捕入狱。幸而康熙皇帝宽大,方苞和另外几个与此案有牵连的人皆"免罪入旗"①。他更因祸得福,"圣祖夙知苞文学,大学士李光地(清朝的理学名臣。——引者)亦荐苞,乃召苞值南书房",成了皇帝的侍从之臣;至康熙"六十一年,命充武英殿修书总裁"。康熙皇帝去世后,雍正、乾隆皇帝也都对他很器重,官做到礼部侍郎。乾隆皇帝并"命苞选录有明及本朝诸大家时艺,加以批评,示学子准绳。书成,命为《钦定四书文》"。可见他在文事上很能体会皇上的意图。

当时是科举时代,读书人做官首先要通过科举考试,而要能够考取就要做好八股文。所以,在一般人心目中,八股文的地位和重要性远在古文之上;换言之,只要八股文做得好,就能文名满天下,也就能在古文方面受到尊崇②。方苞既能在八股文(也即"四书文")方面为学子"示准绳",而且这"准绳"又被皇帝所赞赏,以"钦定"的名义颁行,方苞在文坛上自然成为一代宗师,他的古文也就耸动天下了。因而他在当时又被推崇为古文大家。有《方望溪先生全集》行世。

---

① "旗"既是行政编制,也是军事编制。清兵入关前,满族分隶八个旗,通称"八旗";降附的汉人和蒙古人则分别编入"八旗汉军"和"八旗蒙古"。清兵入关后,这种建制仍然存在,但原住关内的汉族成员在一般情况下不再编入"八旗汉军"。命方苞等人"入旗",就是将他们编入"八旗汉军",以便加强管理。

② 袁枚就是这方面的一个例子。他先以八股文出名,然后凭着由此获得的在文坛的声望,"收致四方俊士,与之共商《史》、《汉》文章之正统",尽管开始时"外间""徒知有先生之时文而已,不知有古文也",但很快取得了成功(袁榖芳所作《小仓山房文集后序》)。所谓"共商《史》、《汉》文章之正统",也就是要在古文方面树旗帜。而他也果然成功了,很快成了在古文上足以与方苞等桐城派相抗衡的大家,请他写墓志铭(那是不能用八股文写的)的润笔,竟有高达白银千两的(见光绪刊本《小仓山房文集》卷首《随园老人遗嘱》)。

方苞除了写作古文以外,又提出了一系列关于古文的主张,影响日益扩大。他的同乡后辈刘大櫆所作古文受到他的赏识,也出了名。所以乾隆时就有人说:"……士能为古文者未广。昔有方侍郎,今有刘先生,天下文章其出于桐城乎!"① 刘大櫆的弟子、桐城人姚鼐也以古文擅名,于是形成了古文中的桐城派。在清代绵延不绝,声势相当大。但姚鼐以后的桐城派作家乃是信奉(或基本信奉)刘、姚的主张并付诸实践的人,不都是桐城人了。如师事姚鼐、在后期桐城派中颇有名望的管同(1780—1831)、梅曾亮(1786—1856)就都是江苏上元人。方、刘、姚则被推为桐城派的三祖。

方苞关于古文所提出的最重要的理论、也即桐城派的基本方针,就是"义法"说。

《春秋》之制义法,自太史公发之,而后之深于文者亦具焉。义即《易》之所谓"言有物"也;法即《易》之所谓"言有序"也。义以为经而法纬之,然后为成体之文。(《又书货殖列传后》)

现代研究者对其所谓"言有物"的"物"往往只从今天的一般意义来理解,以为是泛指一切事物。其实他说的"物"是有特定内容的,所以特地指明为《易》之所谓'言有物'"。这句话见于《周易·家人》,其原文为"彖曰:'家人,女正位乎内,男正位乎外……父父,子子,夫夫,妇妇,而家道正。正家而天下定矣。'象曰:'风自火出,家人。君子以言有物而行有恒。'"作为象辞,是与彖辞紧密联系的。所谓"君子以言有物",是说"君子"以"家人"之旨言则"言有物"("家人"之旨也即"父父,子子,夫夫,妇妇,而家道正"),故王弼注:"家人之道,修于近小而不妄。故君子以言必有物,而口无择言……"孔颖达疏:"物,事也。言必有事,即口无择言……言既称物而行称恒者,发言立身皆须合于可常之事,互而相足也。"(《周易注疏·家人》)注疏所说的"口无择言"为"非法不言"之意②。王弼与孔颖达既都把"言有物"与"口无择言"联系起来,可见他们都认为"言有物"的"物"不是泛指一切事物,而仅是指合于"法"——也即合于道的事物,所谓"合于可常之事"。这是因为"君子"已经"修于近小而不妄"了,则其所言自然都合于道,可以"口无择言"了。也正因此,方苞所说的"言有物"乃是用《周易·家人》的"君子以言有物而行有恒"的典故,其所要求的乃是合于"可

---

① 这是姚鼐引用的程晋芳、周永年的话,见姚鼐《惜抱轩文集》卷八《刘海峰先生八十寿序》,《四部丛刊》本。
② "口无择言"出于《孝经·卿大夫章》:"是故非法不言,非道不行。口无择言,身无择行。言满天下无口过,行满天下无怨恶。"所谓"口无择言",是因为"非法不言",因而说的话总是对的,用不到"择言"了。

常"的事物。

至于"言有序",也不只是表述得条理清楚之意。此语见于《周易·艮》:"六五,艮其辅,言有序,悔亡(注:施止于辅,以处于中。故口无择言,能亡其悔也)。象曰:'艮其辅,以中正也(注:能用中正,故言有序也)。'"(《周易注疏·艮》)可见"言有序"仍是与"口无择言"联系在一起的,而其表达方式则要符合"中正"之道。换言之,"言有序"是要以合于"中正"之道的方式来叙述合于"法"的事物。这就不仅具有了内容上的要求,而且也提出了形式上的标准——既要符合"中正"之道,那就必然与"绮靡"、"艳丽"、"轻倩"之类的风格相对立。实际上,桐城派的古文确实也没有具备这种特色的。

正因其所谓"言有物"和"言有序"的内涵如此繁富,所以"义法"说实是其古文理论的基本纲领。他的关于古文的其他重要论述都可包含在其"义法"说中。例如常被研究者引述的方苞如下三项主张:

若古文则本经术,而依于事物之理,非中有所得不可以为伪……未闻奸佥污邪之人而古文为世所传述者。(《答申谦居书》)

古之圣贤,德修于身,功被于万物,故史臣记其事,学者传其言,而奉以为经,与天地同流。其下如左丘明、司马迁、班固,志欲通古今之变,存一王之法,故记事之文传。荀卿、董傅守孤学以待来者,故道古之文传。管夷吾、贾谊达于世务,故论事之文传。凡此,皆言有物也。(《杨千木文稿序》)

古文中不可入语录中语、魏晋六朝人藻丽俳语、汉赋中板重字法、诗歌中隽语、南北史佻巧语。(《望溪先生全集》附录苏元辑《方苞年谱》末所引方苞训示其门生沈廷芳语)

其第一条所言,可与《周易》"言有物"的王弼注所谓"家人之道,修于近小而不妄也[1]。故君子以言必有物……"相参证;君子要"修于近小而不妄"自必须"本经术,而依于事物之理",然后才能"中有所得";所以这是古文能做到"言有物"的前提。

其第二条实不妨视为对"言有物"内涵的举例说明。其所举以为例的左丘明、班固、董仲舒(董傅)、贾谊固然都是儒家,《管子》虽自《隋书·经籍志》以来就被列入法家,但该书的思想实是以儒家为本而辅以法家的某些手段,试看其

---

[1] 对"修于近小而不妄"的含义,可参看孔颖达对此所作的阐发:"正家之义,修于近小。"至其所说的"正家",不是《周易·家人》的彖辞:"彖曰:家人,女正位乎内,男正位乎外。男女正,天地之大义也。……父父、子子、兄兄、弟弟、夫夫、妇妇而家道正,正家而天下定矣。"(均见《周易注疏·家人》)

《牧民》篇所说："何谓四维？一曰礼,二曰义,三曰廉,四曰耻。""四维不张,国乃灭亡。"这完全是儒家思想,正与法家相对立。只有司马迁,虽其《孔子世家》对孔子十分推崇,他自己也做过董仲舒的学生,但光凭这些就把他划入儒家还有点为难,所以方苞就将司马迁写作《史记》的本旨"通古今之变,成一家之言"(司马迁《报任安书》)篡改为"通古今之变,存一王之法"了。所谓"一王之法"乃是儒家的治国正道①。而司马迁思想之异于儒家者实极严重而明显,班固说他"是非颇缪于圣人,论大道则先黄老而后《六经》……"(《汉书·司马迁传赞》)倒是实事求是之论。只是《史记》在当时已成为文章的经典之一,无法加以否定;如要承认班固对司马迁思想的正确说明,则又无异于对"古文则本经术"之说的自我否定。所以只好篡改司马迁写作《史记》的本旨,硬说他要"存一王之法"了。但这也就充分暴露了他所标榜的"不可以为伪"的实质。

至于第三条,则正是"言有序"必须符合"中正"之道的具体说明。正因为要以符合"中正"之道的形式来传达"言有物"的"物"——合乎儒家之道的内容,自必须庄重简明,又怎能阑入"语录中语"及"藻丽俳语……"之类的词语和句式呢？但这也就是桐城派古文在形式上也缺乏生气与灵性的原因。拘忌这么多,文章又怎能写得灵动？所以,要贯彻这种原则,就只能写官样文章。而像袁宏道前期的小品,又何尝有这一类拘忌,例如：

> ……独庸夫俗子,耽心势利,不信眼前有死;而一种腐儒,为道理所锢,亦云"死即死耳,何畏之有？"此其人皆庸下之极,无足言者。夫蒙庄达士,寄喻于藏山;尼父圣人,兴叹于逝水。死如不可畏,圣贤亦何贵于闻道哉！(《游记五则·兰亭记》)

前数句的"不信眼前有死"、"一种腐儒"等近于"语录中语","夫蒙庄……"等句则属于"南北史佻巧语"一路。但其文章之生动灵活又岂桐城派所能望其项背？

方苞自己的文章自然是力求符合其"言有物"、"言有序"的原则的。所作绝大部分都不是文学之文;少数具有文学性的,也大都因为此种指导思想而或流于庸谨,或失诸矫诬。试以其《左忠毅公逸事》一文为例。左忠毅公即明末左光斗,因反对魏忠贤而被杀。该文先写左光斗对史可法的赏识和拔擢,继述左光斗下狱后史可法去探监及二人的对话,末以史可法受左光斗精神感召而尽忠于国事作结。这是桐城派的名文之一。中间一段尤为作者心力所注,而矫诬之迹亦愈益显露。

---

① 《汉书·儒林传》："孔子因鲁春秋,举十二公行事,绳之以文、武之道,成一王法。"孔颖达《春秋序疏》："采周公之旧典,以会合成一王之大义。"

> 及左公下厂狱,史朝夕狱门外。逆阉防伺甚严,虽家仆不得近。久之,闻左公被炮烙,旦夕且死。持五十金,涕泣谋于禁卒。卒感焉。一日,使史更敝衣、草屦,背筐,手长鑱,为除不洁者。引入,微指左公处。则席地倚墙而坐,面额焦烂不可辨,左膝以下筋骨尽脱矣。史前跪,抱公膝而呜咽。公辨其声,而目不可开,乃奋臂以指拨眦,目光如炬。怒曰:"庸奴!此何地也?而汝来前。国家之事糜烂至此,老夫已矣!汝复轻身而昧大义,天下事谁可支拄者?不速去,无俟奸人构陷,吾今即扑杀汝。"因摸地上刑械,作投击势。史噤不敢发声,趋而出。后常流涕述其事,以语人曰:"吾师肺肝皆铁石所铸造也!"

左光斗遭受折磨至此,而其心中所念念不忘的仍然只是国家大事;不仅毫不考虑其个人的祸福,并将史可法对其个人的关心视为"昧大义"的蠢事,而且毫不顾及作为个人的史可法的感受,斥为"庸奴",甚至说是"不速去"、"吾今即扑杀汝",这简直是对史可法的人格侮辱。当然,他也许是考虑史可法的安全,要可法赶快离开,但好好地说不行吗,何至如此毒詈!而且,该文接下去还写了史可法对此事的评价:"(可法)后常流涕述其事,以语人曰:'吾师肺肝皆铁石所铸造也。'"所以,这是被作为英雄肝胆来赞扬的,而并不是为了显示左光斗在残酷折磨下的精神烦躁。

渗透在这种描写里的,是对个人价值——包括个人尊严——的彻底否定。按照这样的逻辑,那么,史可法出于对左光斗的个人感情、不计安危地去探望他,就是有损国家利益的鄙庸之行;而左光斗为了国家利益如此卑视和痛斥史可法对自己的关心,则是大义凛然、顶天立地的英雄行为。总之,为了国家利益,不仅不应该计及作为个人的自己,也不应计及作为个人的其他的人。

现在当然已无法查考左光斗当时是如何对待史可法的,但方苞在这段描写里却是在极力拔高左光斗。他一面写左光斗已"被炮烙,旦夕且死"、"面额焦烂不可辨",以致"目不可开";另一面又写左光斗在"奋臂以指拨眦"以后,竟然"目光如炬"。这里他连最起码的常识也不顾了:面部和额部都已被灼得"焦烂不可辨",眼球岂能不受损伤,又哪来的"如炬""目光"?此等矫诬之笔,只不过说明了他是多么热衷于把左光斗的形象写得高大完美。

这样的写法显然与明代中期李梦阳提倡写"真人"以来的传统相对立。试看祁熊佳为祁彪佳所作《行实》中写其自杀前情况的一段(祁彪佳见本编第一章):

> ……止留契交祝季远款语(指把季远留在彪佳家中。——引者)。乃步廊下,星月微明,望南山笑曰:"山川人物,皆属幻景。山川无改,而人生

忽一世矣。"①

这以后,他就等众人熟睡之际,悄悄出门,投水自杀了。他是因不愿出仕清廷而死的。那既是为了坚持民族气节,也是为了捍卫自己的人格。如肯稍稍委屈一下,原是不难在新朝享受荣华富贵的;但他却从容自杀了。在离开世间前的瞬间,他仍然珍视友谊,充满着人生无常的感慨。为他作《行实》的祁熊佳,并不是明末清初的有名作家,但却是在晚明精神的熏陶下成长的;此文写得自然而无矫饰,绝不把祁彪佳装扮成慷慨激昂的忠臣义士,但却存在着上引那样感人至深的段落。这正是晚明小品与桐城古文的主要歧异所在。

不过,方苞在青少年时期也是受过晚明精神的熏陶的,虽然在二十四岁以后改弦易辙,皈依程朱,但旧日烙印实在很难彻底根除,因而个别文章仍有未醇之处。《亡妻蔡氏哀辞》就是一个突出的例子:

> 妻蔡氏名琬,字德孚,江宁隆都镇人。以康熙丙戌秋七月朔后二日卒。在余室凡十有六年。
>
> 自己卯以前,余客京师、河北、淮南,归休于家,久者乃三数月耳。自庚辰至今,赴公车者三,侍先兄疾逾年,持丧逾年,而吾父自春徂秋必出居特室,余尝从焉,又间为近地之游,其入居私寝,久者乃旬月耳。余家贫多事。吾父时怫郁,旦昼嗟吁,吾母疲疴间作,吾与妻必异衾裯,竟夕无言。妻常从容语余曰:"自吾归于君,吾两人生辰及伏腊令节、春秋佳日,君常在外,其相聚必以事故不得入室,或瞢目相对,无欢然握手一笑而为乐者,岂吾与君之结欢至浅邪。"
>
> 余先世家皖桐,世宦达。自迁江宁,业尽落,宾祭而外,累月逾时家人无肉食者,蔬食或不充。至今年,余会试,注籍春官,归逾月而妻卒。
>
> 妻性木强,然稍知大义。先兄之疾也,鸡初鸣,余起治药物。妻欲代,余不可,必相佐,又止之,则辗转达曙,数月如一日也。壬午夏,吾母肝疾骤剧,正昼烦瞋不可过,命妻诵稗官小说以遣之。时妻方娠,往往气促,不能任其词。余戒以少休。妻曰:"苟可移大人之意,吾敢惜力邪!"
>
> 余性钝直,而妻亦戆,生之日,未尝以为贤也;既其殁,触事感物,然后知其艰。余少读《中庸》,见圣人反求者四,而妻不与焉,谓其义无贵于过暱也。乃余竟以执义之过而致悔焉。甚矣,治性与情之难也!

文中的"余性钝直,而妻亦戆,生之日,未尝以为贤也"两句,透露了二人关系中

---

① 《祁彪佳集》卷十《附录》,中华书局上海编辑所1961年版。

不和谐的一面,但整篇文章却又极力写其妻子的贤惠,使她处处合于"道",实在看不到她有什么"戆"的地方;因而就整篇文章而论,也就缺乏"真人"。不过,大概是由于晚明精神的熏陶,他对于其妻子的因缺乏正常夫妇生活而产生的痛苦还多少有所理解与同情,从而记下了她的那一段话,虽然说得十分婉转,几乎连"怨"都看不出,但仍隐约地透露出些许苦闷。这是该篇唯一能感动读者之处,虽然需要读者细心体会。

还有值得注意的一点是:他竟对妻子生前自己"未尝以为贤"之事作了反思,而且牵扯上了《中庸》。所谓"圣人反求者四"的原文是这样的:"子曰:……君子之道四,丘未能一焉。所求乎子以事父,未能也;所求乎臣以事君,未能也;所求乎弟以事兄,未能也;所求乎朋友先施之,未能也。"(《礼记正义》卷五十二)方苞的意思是:孔子所强调的"君子之道四"中并没有提到必须善待妻子,因而他也认为不宜看重妻子,但现在却懊悔了。至于"甚矣,治性与情之难也"这一句则是想说明这并不是孔子的道理不对,而是自己"治性与情"的工夫还没有到家,以致在理解、执行孔子的指示时发生了偏差。虽然如此地作了自我检讨,却仍显得孔子的教导不太圆满——如果在"君子之道"中提一下对妻子应有的态度,就不致让方苞这样虔信圣人之道的君子有所后悔了。

不过,衡以方苞自己的"义法"说,他的这种写法恐怕也是不太圆满的吧。而这却又意味着:如果作者多少有一点个人的真实感情,就难免会与"义法"说相抵牾。

二、刘 大 櫆

方苞之后,桐城派的代表作家是刘大櫆(1698—1779)。大櫆字才甫,又字耕南,号海峰,也是桐城人。早年着意功名,年二十余入京师,因所撰文章颇有奇姿而得方苞的赏识。但雍正中两登副榜,皆不获举;乾隆年间一再受荐应试,亦被黜落。最后得到一个黟县教谕的低职,做了没几年便告老还乡。晚年隐居枞阳,以耕读自娱。著有《海峰文集》、《海峰诗集》、《论文偶记》,并辑有《历朝诗约选》等。

刘大櫆比方苞小整三十岁,而都在人世度过了八十二个春秋。他们虽是同乡,又被后人同列为桐城派"三祖",但生活境遇、个人性格及为文作风其实很不相同。方苞虽早年入狱,后半辈却平步青云;刘氏则一辈子处于底层,且有"我于群物内,非士亦非民;我于众业内,无斧复无纶"的感叹①,行迹类似于

---

① 《海峰诗集·古体诗》卷三《病中书感》。

一个"多余的人"。方苞个性偏执；刘氏则为人旷达，尤好饮酒。方、刘二人文风相异，前人亦多有论及，像方宗诚的《桐城文录序》里，即有"（刘大櫆）虽尝受法于望溪，而能变化以自成一体。义理不如望溪之深，而藻采过之"的话（《刘大櫆集》附录四）。

在文学理论上，刘大櫆有跟方苞所持见解一致的地方，也有自成一说之处。他的文学批评论著《论文偶记》中，最著名的观点，即是要求文章神气、音节、字句的协调统一，而所谓"义理、书卷、经济者，行文之实；若行文自是另一事"的说法，前半段尚有方苞"义法"说的踪影，后半段则完全是从文章本身出发的见解，与其对神气、音节、字句的强调相联系，这就对"义法"说有所背离了。反映到实际创作中，刘氏文章的一个显著特点，就是不仅整体上文学性文章的数量要远过于方苞之作，而且不少非文学性的文章中，也颇有以文学笔法描写的段落①。

也许是由于一生不得志的缘故，刘大櫆的文章从精神上看，不乏逸出清代正统的道学理念的地方。他晚年心灰意冷，取"无斋"作其斋号，在所撰《无斋记》里，对人生的一切享受与欲望都作了否定，而这种种否定之中，有一种否定看似不过因文顺流而下，毫不经意，实则笔锋所向，直指最高当局：

> 横目二足之民，瞀然不知无之足乐，而以有之为贵。有食矣，而又欲其精；有衣矣，而又欲其华；有宫室矣，而又欲其壮丽。明童艳女之侍于前，吹竽击筑之陈于后，而既已有之，则又不足以厌其心志也。有家矣，而又欲有国；有国矣，而又欲有天下；有天下矣，而又欲九夷八蛮之无不宾贡；九夷八蛮无不宾贡矣，则又欲长生久视，历万祀而不老。以此推之，人之歆羡于富贵佚游而欲其有之也，岂有终穷乎？

文章层层推进，波澜迭兴，其彻底放弃世俗追求的出世外表下，实包含着一种对统治阶层贪得无厌的揭露。这与方苞大部分文章严格遵循为当朝政治服务、与官方保持高度一致的宗旨，是有相当大的差别的。

不仅如此，刘大櫆的不少文章还显现出了追求文字之美、并不拒斥表现个人真实感受的特征。像《游黄山记》、《游浮山记》、《游碾玉峡记》，所写主要是身历的自然景观，而用字简练，又极注重描摹优美奇异的山水意境。《游晋祠记》一篇，更是布局谨严，错落有致，由太原西南周叔虞祠的地望，写到祠旁泉

---

① 如《马湘灵诗集序》（《海峰文集》卷四）中有一段写自己与马氏在京师饮酒，至马氏"大醉欢呼，发上指冠，已复悲歌出涕"，而刘氏亦"泣涕纵横不自禁"，即描绘生动，对话精彩，极富文学意味。他如《章大家行略》、《樵髯传》等纪实性文章中，亦有类似的文字。

流、山上石桥的幽丽,转而引《山海经》等述晋祠的历史,最后归结到个人身处历史现场时的诸般感慨。文中富于意趣的,是如下一段:

> 水上有石桥,好事者夹溪流曲折为室如舟。左右乔木交荫,老柏数十株,大皆十围。其中厕以亭台佛屋,采色相辉映。月出照水尤可爱。溪中石大者如马、如羊、如棋局,可坐。予与二三子摄衣而登,有童子数人咏而至,不知其姓名,与并坐久之。山之半有寺,凿土为室,缭曲宏丽。累石级而上,望之墟烟远树,映带田塍如画。

其独抒性情者,则在文末一节:

> 是来也,余兄奉之官徐沟,余偶至其署,因得纵观焉。念余之去太平兴国远矣,去唐之贞观益远矣。遡而上之,以及智伯及叔虞,又上之至于台骀金天氏之裔,茫然不知在何代。太原之去吾乡三千余里,久立祠下,又茫然不知身之在何境。山川常在,而昔之人皆已泯灭其无存。浮生之飘转无定,而余之幸游于此,无异鸟迹之在太空。然则士之生于斯世,虽能立振俗之殊勋,赫然惊人,与今日之游一视焉可也,其孰能判忧喜于其间哉!于是为之记。

这一节里提到的台骀金天氏之裔、智伯叔虞及唐代贞观、宋代太平兴国年号,皆与上一节引据《山海经》等史料时所言之事有关。作者于此,从时空两方面观照自我,从而将一种既令人悲感又令人旷放的情怀抒发了出来,其蔑视功名、齐观万物的姿态,在气魄上无疑是超越了方苞式的高头讲章的。但因强调字句、音节,其行文就不免有欠自然之处,如"太原之去吾乡三千余里"的"之"字,"皆已泯灭其无存"的"其"字,都是为了诵读时的声调谐适而加上去的,不利于感情的一气呵成的表达。这也是桐城派与现代散文之间的距离大于公安一派的一个方面。

总之,对于一生失意的士人来说,要恪遵方苞的"义法"说实在并不容易。所以,桐城派发展到了刘大櫆,实已发生了危机。幸而得到姚鼐的振兴,桐城派才又得以发扬光大。也正因此,刘大櫆虽也列于三祖,但其在桐城派的影响显然不如方、姚。

第三节 厉鹗与郑燮

在这一时期,不与文坛的主流沆瀣一气而自具创作特色的,以厉鹗与郑燮为代表。他们的诗抒写怀抱,不落"人伦日用"的窠臼,但或则在感情上已有所拘忌,或则在艺术上较为粗率,因而局限也较为明显。

厉　鹗

厉鹗(1692—1752),字太鸿,号樊榭,别号南湖花隐,钱塘(今浙江杭州)人。少孤家贫,靠兄长卖烟叶为生。善读书,尤喜为诗词,而性格孤傲,不谙世事。康熙五十九年(1720)考取举人,后两度会试皆落选,因以布衣文人的身份游于大江南北。有《樊榭山房集》、《宋诗纪事》等著作多种传世。

厉鹗的一生,几乎都在贫病失意中度过:绝意仕进之后,他的日常生活时常要靠友朋的接济才能维持①;他的做烟叶生意的家庭背景,使他嗜烟如命②,晚年"屡躯复多病,肤理久枯槁"③,人称"瘦厉"④,或即与此有关。但他又十分喜爱游山玩水,他一辈子待得最久、去得最多的地方,又恰好是杭州、扬州这两个风景秀丽的城市。这种个人生活的不幸与身处环境的美好二者奇异交织、充满矛盾的现实情形,给予厉鹗文学创作最明显的影响,便是在他的作品中,常可以看到许许多多美丽的文辞,但这些美丽的文辞背后,却缺乏一种发自作家内心的对美的热烈的回应;所有的,只是对外界的某种冷冷的观照,偶尔再加一点个人淡淡的感伤。

前人评厉鹗的诗,有"孤澹"、"清高"之称⑤。而衡之《樊榭山房集》中的具体作品,这种"孤澹"与"清高"境界的获得,主要是靠诗歌取径的幽辟与尖新。如下面这首《月夜泛舟至西溪山庄》:

　　溪流凡几曲,曲曲月随船。别浦春寒浅,名园夜色偏。鸟惊千树雪,人语数峰烟。不待参横后,临行一惘然。

诗依照泛舟所见的顺次,将读者引入月夜中的西溪山庄。其中描绘小舟行进于曲曲弯弯溪流的首联,尽管有皓月当空作背景,仍使人感到一种莫名的孤寂。紧接的第二联"别"字起首、"偏"字结尾,更让人觉得深入到了一个十分逼仄的境地。尽管下面的第三联表面上一反前态,写到了景象颇为阔大的千树之雪和数峰烟霭,但在它们的上面,分别勾画出鸟儿从雪树丛中惊起、夜深人静之际传来幽幽人语这两个具有冲突性的意象,那种阔大的实景自然也就被冲淡褪色了。这样到诗结束时,留下的便只有那个似乎忽然感到兴尽而又无

---

① 其诗集中有诸如《午节贫甚叕甫冒雨以白金十两假我赋此奉谢》之诗,可证明此点。
② (清)吴衡照《莲子居词话》谓"樊榭生平有烟癖"。
③ 见厉鹗《六十生日答吴荜村见贻之作》。
④ 据《樊榭山房集》附录引"蔡郎余先生賸稿"。
⑤ 杭世骏《词科掌录》(卷二)云:"自新城、长水盛行时,海内操奇觚者,莫不乞灵于两家。太鸿独矫之以孤澹……"而沈德潜《清诗别裁集》(卷二十四)则谓厉鹗"诗品清高"。

所适从的孤独的诗人了。这首诗从文字上看,不能说它写得不美,但由整体意境论,则颇类似南宋姜夔的词,感情淡漠,有一种不食人间烟火之味。事实上厉鹗的不少诗作都是如此。如著名的《灵隐寺月夜》,中间两联"月在众峰顶,泉流乱叶中。一灯群动息,孤磬四天空",描绘梵界清幽之境十分传神,有声有色,但整首诗传达的,依然是典型厉诗式的"孤澹"与"清高"。而即便是本应表现个人强烈感情的诗歌题材,到厉鹗的笔下也常常出现有意收敛过分激动的情绪的情形。如特为题咏诗人新逝的爱姬朱氏而作的《悼亡姬十二首》,尽管被袁枚赞为远过杭世骏悼亡妾诗①,但其实组诗中的大半仍是比较有节制的悲叹。如第十一首:

> 约略流光事事同,去年天气落梅风。思乘荻港扁舟返,肯信妆楼一夕空。吴语似来窗眼里,楚魂无定雨声中。此生只有兰衾梦,其奈春寒梦不通!

诗中给人最深印象的,是作者对斯人已去的无奈,而不是刻骨铭心的痛惜。而事实上我们从该组诗所提供的背景材料看,厉鹗与朱氏感情甚笃,对这位年轻爱妾的辞世,是十分悲痛的②。但诗人却未能(抑或是不愿)将这种悲痛更强烈地表现出来。从这个意义上说,厉鹗作品的特征被后人归纳为"约情敛体"③,不无道理。

厉鹗也能词,其作品在词史上被列为继朱彝尊曝书亭词之后"浙西词派"又一代表。而我们看樊榭山房词,的确也有不少明显规摹朱氏词的地方,如多咏物,有集句词等等。厉氏在《论词绝句十二首》的第十首中曾云:"寂寞湖山尔许时,近来传唱六家词。偶然燕语人无语,心折小长芦钓师。"可见他是奉曝书亭词为楷模的。但从总体上说,厉词不如朱词那么面目多样;而就意境论,则厉词较厉诗亦略有逊色,因为其中的大部分作品里讲究词藻、轻视感情表达的现象,较作者本人诗作有过之而无不及。相比之下,倒是个别兴到随意之作,显出一点独特的风韵。如《点绛唇·题授衣读书稻田隅图》:

---

① 见《随园诗话》卷十四。
② 《悼亡姬十二首》序云:"姬人朱氏,乌程人。姿性明秀,生十有七年矣,雍正乙卯,予薄游吴兴,竹溪沈微士幼牧为予作缘,以中秋之夕,舟迎于碧浪湖口,同载而归。……姬人针管之外,喜近笔砚,……从予授唐人绝句二百余首,背诵皆上口,颇识其意。每当幽忧不怿,命姬人缓声循讽,未尝不如吹竹弹丝之悦耳也。……辛酉初秋,忽婴危疾,为庸医所误,沉绵半载,至壬戌正月三日,泊然而化,年仅二十有四,竟无子。悲逝者之不作,伤老境之无惊,爱写长谣,以摅幽恨。"
③ 这本是汪积山《尊闻录》中评厉鹗词的话,但移来评价厉氏的诗,亦颇适合(《樊榭山房集·轶事》)。

片雨斜阳,柳阴濯足看行水。世间良计,识字耕夫耳！　　风约云萍,又向芜城会。推书起,酒阑无味,为我言田意。

虽然有一些句子写得过于直白,且有凑句的痕迹,但通篇言辞爽利,并且有一份难得的直道心曲式的情感流露了出来。只是这样的词在樊榭山房词中极为罕见。

郑　燮

郑燮(1693—1766)字克柔,号板桥,兴化(今属江苏)人。早年曾为塾师,已而浪迹南北,喜与佛道中人游。雍正十年(1732)年届不惑,方中举人;乾隆元年(1736)成进士。历官山东范县、潍县知县,以勤政爱民著称。但终因为地方灾民请赈,得罪上司而罢官。平生能书善画,晚居扬州,被列为"扬州八怪"之一。著作后人辑为《郑板桥集》。

在清代中叶文坛上,郑燮与浙西词派名家厉鹗年龄相仿,而较位居"乾隆三大家"之首的袁枚年辈稍高。他一生经历了康、雍、乾三朝"盛世",但由于性格倔强,仕途蹭蹬。他在思想上尚未达到如后来袁枚等人那般离经叛道的程度,但由于天性中本有"狂"与"怪"的一面,所以对当时流行的窒息人性的理学,也没有什么亲切感,而谓"理学之执持纲纪,只合闲时用着,忙时用不着"(《板桥自叙》)。这一切造就了他的文学创作有一种既平易近人又不乏个性的特色,虽不深刻,而风神独具。

与清代前期文坛大部分诗词名家一样,郑燮也能写讲究选字、结构精巧的作品。如七绝《小廊》:"小廊茶熟已无烟,折取寒花瘦可怜。寂寂柴门秋水阔,乱鸦揉碎夕阳天。"前两句境界纤巧轻盈,后两句场景弘阔壮大,这种通过结构性的对比,展现所描绘的自然优美、壮美并具的创作方式,显然与杜甫的《绝句》"两个黄鹂鸣翠柳,一行白鹭上青天。窗含西岭千秋雪,门泊东吴万里船"有承续关系。而诗末形容纷乱的鸦群掠过长空,谓之就像是无形中有一只手"揉"碎了满天的夕阳,更是比喻新异。又如词作中的《浪淘沙·暮春》:

春气晚来晴,天淡云轻,小楼忽洒夜窗声。卧听潇潇还淅淅,湿了清明。　　节序太无情,不肯留停,留春不住送春行。忘却罗衣都湿透,花下吹笙。

写暮春时节的惜春情怀,温润而略带伤感。其中"湿了清明"一语的构思,当本自宋代蒋捷《一剪梅》词中"红了樱桃,绿了芭蕉"诸句,但将"湿"这一完全具象化的动词,置于"清明"那样的时节性概念上,又显现了作者异乎寻常的想像力。

但上述这些作品尚不能算是真正具有板桥风格的诗词。使人一望便知为郑燮之作的,是那些不十分讲究修辞的精巧细密,而以直道心曲为特征的诗与词。有那样特征的郑诗,自不免形制粗糙,故诗人自己也说:"余诗格卑卑,七律尤多放翁习气。"(《前刻诗序》)但当似乎是冲口而出的诗句,寓涵着诗人崇尚个性的独特内容时,却能在整体上创造出一种痛快淋漓的动人效果。如七古《巨鹿之战》:

> 怀王入关自聋聱,楚人太拙秦人虎,杀人八万取汉中,江边鬼哭酸风雨。项羽提戈来救赵,暴雷惊电连天扫,臣报君仇子报父,杀尽秦兵如杀草。战酣气盛声喧呼,诸侯壁上惊魂逋,项王何必为天子,只此快战千古无。千奸万黠藏凶戾,曹操朱温尽称帝,何似英雄骏马与美人,乌江过者皆流涕。

历史上那充满血腥又深藏狡诈的秦汉之战、楚汉相争,在郑燮的笔下,成了一幕幕令人喝彩的古装戏;竭尽全力登上天子宝座的帝王,在诗人看来,也远不如项羽那样以骏马、美人相伴结束一生的征战明星令人瞩目与同情。这里评判历史人物成就高低的,不是战场实际的胜负,而是作为一个人是否具有强盛的生命力。因此尽管项羽最终失败了,但在诗人眼里,只有他才是真正的英雄。

这种着力凸现人的个性与生命力的题旨,在郑燮的词里也可以见到。像《青玉案·宦况》,便对束缚人性的官宦生涯作了直白的揭露:

> 十年盖破黄绸被,尽历遍、官滋味。雨过槐厅天似水,正宜泼茗,正宜开酿,又是文书累。
> 坐曹一片吆呼碎,衙子催人妆魂儡。束吏平情然也未?酒阑烛跋,漏寒风起,多少雄心退!

如果说上引《巨鹿之战》是从正面赞赏合乎人性的人事,那么此词即是从反面状写种种扼制人性的官场惯例。作者带着满腔的沮丧与怨气,将做官与个人自由的诸多矛盾,一一呈现给读者:本该是品茶、喝酒的好时光,却来了一大堆败人兴致的文书;本该是个活泼自在的读书人,却总要在衙吏的催促下扮演道貌岸然的官老爷。这是多么令人厌恶的生活!而更使人悲哀的,是个人曾经拥有的雄心壮志,就这么在无聊的官宦生涯中褪色消亡了。这些无疑是一位亲身经过宦海浮沉的老实人所说的老实话。郑燮能借词的形式,用前人从未如此明确表示过的文辞,将它们艺术地表达出来,确实不凡。

同时值得注意的是,无论是《巨鹿之战》诗,还是《青玉案》词,在语言上都呈现出一种平易通俗的特点;而就两首作品的结构而言,则仍是文学作品。换言之,通过上引二作,我们可以发现郑燮正致力于在诗词领域内探索某些新的表现方式。像《青玉案》词几乎从头至尾都是在直白简单地叙说,但这种语言的通俗,并未打破词固有的节奏与韵律,尤其是上片末的"正宜泼茗,正宜开酿,又是文书累"诸句,前两句与后一句之间,不仅在意义上相敌对,且节律也由于文辞从叠句式一改为孤句,而由松弛陡转为紧张,瞬间营造起了一种具有反讽意味的喜剧场景。又如郑燮的另一首民歌风味的诗《长干女儿》:

> 长干女儿年十四,春游偶过南朝寺,鬓发纤松拜佛迟,低头堕下金钗翠。寺里游人最少年,闲行拾得翠花钿,送还不识谁家物,几嗅香风立怅然。

诗纯用白描手法绘一对并未谋面的小儿女的动态,而只字不及故事发生的"南朝寺"的外部环境,从叙事的角度看,实有微型小说的意味。但由整体形制论,它仍是标准的七言诗,只是在此规整的形制中,诗人并未遵循一般的赋诗讲究一定程度浓缩语句的规则,而更多地显现出类似叙事文写作的顺次展示风格。就本诗而言,由于题旨主要在表现年轻人那份萌动的春心,结束语又颇具浪漫的意蕴,故诗味甚浓。但以类似创作方法写诗,当遇到更为复杂的情节或情绪需要表现时,其存在的因不能突破形制束缚而易流为打油体诗的弱点,也很可能导致创作失败。郑氏的某些诗即是如此,其词中的一小部分也有此弊。因此从文学史上看,郑燮在诗词创作方面所作的这类探索,虽有新意,却是不够深入的。

第 九 编

近世文学

嬗变期

概　　说

　　大概在乾隆十一年至十四年(1749)间,吴敬梓写成了《儒林外史》并开始流传;乾隆十九年(1754),曹雪芹所写的《红楼梦》取得了阶段性成果,形成了《脂砚斋批评石头记》的甲戌本;在乾隆二十五年(1760)或稍前一些,袁枚写了《答沈大宗伯论诗书》,公然向沈德潜的文艺观挑战(见下文);也是在乾隆二十五年前后,曹雪芹基本完成了《红楼梦》的前八十回(以上所述,均见本编第一、二章的相关部分)。在十二三年时间里所发生的这几项文学上的重大事件,意味着清代文学的萧条阶段已经结束,一个新的时期来到了。这就是中国近世文学的嬗变期——向现代文学嬗变。它开始于乾隆十四年或稍前,结束于光绪二十六年(1900)。从20世纪起,中国文学就进入了现代时期。

　　与文学的这种嬗变相应的,是思想领域的变化。戴震(1724—1777)在此一阶段的早期即提出了"理也者情之不爽失也,未有情不得而理得者也"、"今以情之不爽失为理,是理者存乎欲者也"(《原善》)的观点,把"情"、"欲"凌驾于"理"之上,不仅从根本上否定了程朱理学"存天理,去人欲"的理论,而且为人们按照"情"、"欲"的要求重新设计自己的生活开辟了新的空间。到这一阶段的晚期,谭嗣同更高举"冲决君主之网罗"、"冲决纲常之网罗"的旗帜,与"五四"新文化运动的反对旧道德相衔接。

　　这一文学嬗变期大致可以鸦片战争为界,分作前后两期。

嬗变前期的演进过程

　　乾隆皇帝即位之后,就推行残酷的政治高压政策。他在位六十年,光是现在所已知道的较严重的文字狱就有三十多起,平均两年不到就有一起[①]。然而,就是在这样的血雨腥风之中,近世文学的嬗变期拉开了帷幕。这一方面固

[①] 陈正宏、谈蓓芳《中国禁书简史》,载《中国禁书大观》,第110页。

然证明了历史前进的车轮是无法阻止的,但另一方面,嬗变期的前一阶段文学也就不能不打着这个高压政策的深刻烙印。

首先,白话通俗小说在当时是不登大雅之堂的。尽管政府有时会以禁止"淫词小说"之类的名目对白话通俗小说在总体上给予压制,但都针对已经刊行的作品,而且如无特殊原因,并不打击具体作品的作者①。例如李渔的《无声戏二集》在当时是禁书,还给书中写及的一个人物——张缙彦带来灾难,但李渔自己却未受处分②。由此可见,白话通俗小说远不如诗文那样地受到严密监控,抄本尤其如此。所以,在嬗变期最早出现的体现出新变特色的文学杰构乃是两部白话通俗小说——《儒林外史》和《红楼梦》,而且都长期没有刊本,仅以抄本流传。——《红楼梦》要到乾隆五十六年(1791)才有排印本问世,《儒林外史》留存至今的刻本则以嘉庆八年(1803)卧闲草堂本为最早③。第二,这两部小说虽都以作者生活的年代的社会现实为题材,但都假托为前代的故事,卧闲草堂本《儒林外史》卷首的《序》更将此书冒充为明代的小说④。第三,袁枚的《小仓山房集》虽然是在乾隆后期刊刻的,但文网并未放松,他集子中的有些思想又相当大胆,所以他不得不巧妙地保护自己,如《小仓山房文集·凡例》说:"集中议论文字,有偶异先儒、独抒己见者,拘儒颇以为惊。恭读皇上御批《颜鲁公祠堂记》云:'今之学者,一字一句与程、朱不相似,则引绳批根曰:"此异端也。"及考其行,乃与流俗无异。'又曰:'今上智之士謦欬偶异于圣人,即摈之不得为吾徒,而中才以下反可以口说得之,则学问之道将沦胥以亡,较不讲学之士瞑晦尤甚。'大哉王言,洵万古读书之准则也。"其内心的畏惧可以想见。

然而,尽管受着这样的限制,无论是吴敬梓、曹雪芹还是袁枚,都没有被险

---

① 陈正宏、谈蓓芳《中国禁书简史》,载《中国禁书大观》,第 121—130 页。
② 同上书,第 121—124 页。
③ 金和为同治八年(1869)群玉斋活字本《儒林外史》所作《跋》,说金兆燕于乾隆三十三年(1768)至四十三年在扬州为官时曾刊刻过《儒林外史》,但不注明其所说的依据。金和此《跋》颇有不实之处(参见章培恒《〈儒林外史〉原书应为五十卷》);《儒林外史》此种版本至今未发现,也不见于别人的著录。金说不足信。
④ 卧闲草堂本《儒林外史》卷首有《序》,末署"乾隆元年春二月闲斋老人序"。其中说:"至《水浒》、《金瓶梅》诲盗诲淫,久干例禁。乃言者津津,夸其章法之奇,用笔之妙,且谓……从来稗官无有出其右者。呜乎,其未见《儒林外史》一书乎?"按,对《水浒》、《金瓶梅》作这样的称赞者,皆为明末清初人,本就没有看到《儒林外史》的可能,而作《序》者却责问他们说"其未见《儒林外史》一书乎",那显然是要使读者误认为《儒林外史》至迟是与《金瓶梅》相先后的作品。又,《儒林外史》中的杜少卿是以吴敬梓为原型的。书中的第三十三回写到安徽巡抚因"钦奉圣旨,采访天下儒修",要推荐杜少卿去应征,即以乾隆元年的博学宏词试为背景;所以,在乾隆元年二月绝不可能已写成全书五十回。此《序》所署的"乾隆元年春二月"显然是倒填年月。

恶的环境所吓倒,在小说创作领域,《儒林外史》和《红楼梦》都对当时的现实具有强烈的批判性,而且把我国的文学创作提高到了一个新的阶段。

《儒林外史》一方面批判当时社会和礼教的戕贼人性,另一方面则赞美了那些皎然不群或在"文行出处"上有可取之处的人物,以与那些人性已遭戕贼的人们相对照。以其对人性的尊崇和对人性与环境的关系的理解、对礼教的批判来说,都已大大超越前人,而与"五四"新文学存在相通之处;在人物描写上的高度成就和由此所体现的写实主义成分在我国文学中的成长壮大,也体现了我国文学的重大进展,并与《金瓶梅》、《红楼梦》等小说一起为"五四"新文学的小说创作奠定了可赖以较迅速发展的基础。

稍后的曹雪芹《红楼梦》以反映个性之与环境的矛盾及其所遭到的惨酷压制为中心,一方面暴露了家族制度所导致的人与人之间的咬啮、残杀;另一方面也暴露了礼教的伪善与凶残,实为我国文学史上的空前之作。就创作方法言,写实主义成分较之《儒林外史》又有了重大的发展,写作技巧也益臻成熟。

在曹雪芹《红楼梦》之后,虚构性的文学作品又出现了弹词《再生缘》,"其自由及自尊即独立之思想"(陈寅恪语)上与《红楼梦》相衔接,下亦可与新文学相通。

在诗文领域,年岁与曹雪芹相近的袁枚在乾隆二十五年或稍前所写的《答沈大宗伯论诗书》①中公然提出:"至所云'诗贵温柔,不可说尽,又必关系人伦日用',此数语有褒衣大袑气象,仆口不敢非先生,而心不敢是先生。"对以沈德潜为代表的儒家诗学观加以嘲讽(其所引述的沈德潜这种论诗主张的实质,参见本书第八编第三章第一节)。自此之后,他不但于诗进一步标举"性灵"、"生趣",甚至说:"且夫诗者,由情生者也。有必不可解之情,而后有必不可朽之诗。情所最先,莫如男女。"(《答蕺园论诗书》)把男女之情凌驾于君臣、父子、兄弟、师生、主仆等各种感情之上,更直接与儒家的基本道德相冲突。在当时条件下,他虽不敢排击孔孟,却把宋儒作为靶子,所谓"一切苛刻论,皆从宋儒始"(《遣怀杂诗》之二十)。在创作上,他的文章较诗歌尤为突出,如《祭妹文》、《清说》等篇感情深厚而个性分明,时时流露出无视礼教与世俗的异端精神;语言也自然灵动,较晚明小品更接近白话文。

随着袁枚的崛起,其后辈诗人中有好些也走上了自抒性灵的道路,较著名的有黄景仁、张问陶、舒位、彭兆荪等。在散文方面则有沈复的《浮生六记》,不但自抒性灵,且深切地控诉了礼教对人的残害,文笔生动而描写深细,实为独

---

① 此篇与袁枚《再与沈大宗伯书》为姐妹篇。《再与沈大宗伯书》一开头就说:"闻《别裁》中独不选王次回诗……"知其时袁枚尚未见沈德潜的《国朝诗别裁》。当是此书尚在编纂过程中,或书刚出版,袁枚还未看到。《国朝诗别裁集》初刊于乾隆二十五年,有乾隆二十五年教忠堂刊本。

绝之作。与沈复年龄相仿的李汝珍,其所作《镜花缘》虽为小说,但以游戏为宗旨,追求趣味性,实也以自抒性灵为主。总之,在袁枚的后期,文坛是渐渐活跃起来了,虽然仍不敢直接对现实有所批判。

袁枚晚年,清政府由残酷的高压政策所导致的严重的统治危机已日渐显露出来。例如,自乾隆末年肇始的川楚陕白莲教起义,一直延续到嘉庆七年(1802)才告"荡平"(《清史稿·仁宗本纪》),先后参加起义者达数十万人,历时九年,分布于四川、湖北、陕西、甘肃、河南五个省区,就是这种危机的表现之一。到乾隆皇帝于1799年去世之后,清王朝在政策上不得不作出调整,其思想统制也就有所松弛。虽然在长期的严酷统治下所形成的士风的萎靡未能立即改变,直到道光五年(1825),士人中"避席畏闻文字狱,著书都为稻粱谋"①的情况仍相当严重,但与历史的前进方向相一致的健康的力量所受的压制终于有所削弱,得以较直接地表述先进的观念和较尖锐地批判现实了。其中最突出的,是袁枚的同乡龚自珍。

龚自珍已具有以个人为本位的意识,他认为"众人之宰,非道非极,自名曰我。"(《壬癸之际胎观第一》)而且把"我"作为宇宙万物的本源,说是"群言之名我也无算数,非圣人所名;圣何名?名之以不名。群言之名物也无算数,非圣人所名;圣何名?名之曰'我'。"(《壬癸之际胎观第九》)其前半是用《老子》"道可道,非常道;名可名,无常名"之意,以"我"为"常"(也即宇宙的本源),是以圣人"名之以不名";后半则以万物皆为"我"所派生,故圣人于物统名曰"我",其理论依据乃是陆象山、王阳明的心学。而因为以个人为本位,他反对以"大公无私"之类的规范来抹煞个人的价值和地位②,反对以大家族的聚居生活来限制个人的自由和快乐,说是"相忍为家(指为了维护这种大家族的聚居而个人间相互容忍。——引者),生人之乐尽矣,岂美谈耶"(《农宗答问第三》),尤其反对以群体来扼制个人③。以专制

---

① 龚自珍于道光五年所作《咏史》批判当时士风有"避席畏闻文字狱,著书都为稻粱谋"语,见《龚自珍全集》(中华书局上海编辑所1959年版)第九辑。
② 龚自珍《论私》:"圣帝哲后……究其所为之实,亦不过曰'庇我子孙,保我国家'而已。何以不爱他人之国家而爱其国家?何以不庇他人之子孙而庇其子孙?……忠臣何以不忠他人之君而忠其君?孝子何以不慈他人之亲而慈其亲?寡妻贞妇何以不公此身于都市,乃私自贞私自葆也?……且夫狸交禽媾,不避人于白昼,无私也。若人则必有闺闼之蔽,房帷之设,枕席之匿,赪颡之拒矣。……今曰'大公无私',则人耶?则禽耶?"(《论私》)
③ 《乙丙之际著议第九》:"当彼其世也,而才士与才民出,则百不才督之、缚之,以至于戮之。戮之非刀、非锯、非水火;文亦戮之,名亦戮之,声音笑貌亦戮之。戮之权不告于君,不告于大夫,不宣于司市,君大夫亦不任受。其法亦不及要领,徒戮其心,戮其能忧心、能愤心、能思虑心、能作为心、能有廉耻心、能无渣滓心。……"

政治来蹂躏人的尊严①。与此相应,他赞颂"孤而足恃"的巨大的个人精神力量②,渴望个性的自由发展(见本编第四章关于龚自珍《病梅馆记》的有关论述)。在他的诗文中,以上述感受为中心,伴随着热烈的渴望,发出了痛苦而愤怒的呼号;这意味着在我国近世文学的诗文领域也已出现了明显的现代性成分。

嬗变后期的文学走向

在龚自珍去世的上一年(也即1840年)爆发了鸦片战争;最后以中国失败、订立丧权辱国条约结束。至1851年洪秀全率众在广西起义,建号太平天国;并很快进至长江流域,建都南京,数度重创清军,史称"太平天国运动";至1864年清军才攻克南京。这一运动坚持十四年,历经十八个省,给予清政府以严重打击,也使统治阶层内部的力量发生了变化,汉族官员的权力有了明显的提高和扩大。在这期间还发生了第二次鸦片战争,1883—1885年又发生了中法战争,清政府均签订了屈辱条约。所以,自1840年以来,民族危机日益深重,社会遭到严重破坏。

在这样的情况下,人们所普遍关心的是怎样消除民族、社会的危机,抵御侵略,而且具有就事论事的性质,对发展个性等的要求反而较前减弱了。当时西方文化虽迅猛涌入,但由于东西文化的差异,大多数人对之持恐惧、仇视、轻蔑的态度,少数先进者虽然热心于了解世界、吸收西方文化的长处,但其所重视的只是西方文化中的实用的东西,即直接有助于富国强兵、发展实业的方面,对其政治制度、意识形态则或者轻视,或者认为不符合中国国情。连黄遵宪这样对外国有较多接触的官员,在其出使日本时,还对日本在政体和意识形态上的"脱亚入欧"表示惋惜和不满③。直到1894年发生了中日战争,至次年中国又以失败告终,才有较多的先进者认识到光从富国强兵、发展实业等方面

---

① 《古史钩沉论一》:"昔者霸天下之氏,……未尝不仇天下之士,去人之廉,以快号令;去人之耻,以嵩高其身;一人为刚,万夫为柔,以大便其有力强武,……大都积百年之力,以震荡摧锄天下之廉耻。……"
② 《壬癸之际胎观第四》:"心无力者,谓之庸人。报大仇,医大病,解大难,谋大事,学大道,皆以心之力。司命之鬼,或哲或悟,人鬼之所不平,率平于哲人之心。哲人之心,孤而足恃,故取物之不平者恃之。"
③ 见其改订本《日本杂事诗》卷首光绪十六年《序》。按,黄遵宪于出使日本后又先后出使美国及英国,至光绪十六年时已转而肯定日本的变法维新,也见上《序》,参见钱仲联先生《人境庐诗草笺注》附录《年谱》(上海古籍出版社1981年版)。但这种转变是只有像黄遵宪这样多与外国人交往而且思想开明的人才能完成的,非国内的一般士人所能。

来吸收西方文化是远远不够的，必须像日本那样地来吸收西方文化才能收到富国强兵的实效，于是掀起了在政治体制、社会科学、人文学科领域的学说等方面学习西方文化的维新热潮，其结果就是1898年的戊戌变法。虽然由于统治集团中的顽固派的破坏，变法很快失败了。变法的首脑人物光绪皇帝遭到软禁，康有为、梁启超逃亡国外，谭嗣同等则壮烈牺牲。

但是顽固派的倒行逆施阻挡不了历史的前进。在义和团的"扶清灭洋"遭受必然的失败后，被废除的新政不得不又逐渐恢复，清政府并被迫允诺实行立宪。只不过由政府自上而下地进行改革的时机已经失去，1911年的辛亥革命终于推翻了清王朝的统治。

与上述的总体发展形势相应，自鸦片战争失败至中日战争期间的文学以继承感时伤事的传统为主流，表现了作家的爱国热情和对政治现实的愤懑、忧虑，但在《红楼梦》和袁枚、龚自珍诗文里的那些与现代性相通的成分却稀薄甚至看不到了。连在当时诗歌中最早关注西方文化的黄遵宪，也正如钱锺书先生所说："差能说西洋制度名物，掎摭声光电化诸学，以为点缀，而于西人风雅之妙、性理之微，实少解会。故其诗有新事物，而无新理致。"（《谈艺录》）其时之能弘扬《儒林外史》、《红楼梦》的传统的，实只《海上花列传》一部。它所写的，实际上是以妓院为中心的社会对人性的戕贼，这与《儒林外史》存在相通之处，不过其锲入点不是以八股取士的科举制度罢了。至其在人物描写上的成就，则较《儒林外史》与《红楼梦》均有所发展。

自1895年以后，随着维新思潮的扩展和深化，在文学上也开始有所变化。1896年、1897年间，夏曾佑、谭嗣同、梁启超等常共同作"新诗"，用了许多体现新思想的"新语句"。如谭嗣同《金陵听说法诗三首》之三云："纲伦惨以喀私德，法会盛于巴力门。""喀私德"为Caste的音译，指"印度分人为等级之制"；巴力门即Parliament的音译，"英国议院之名也"（梁启超《饮冰室诗话》）。这种诗虽常被作为他们的"新诗"实验失败的例证，但实在也不妨视为具有超前性的改革。因为诗人对"纲伦"（纲常、伦理）的憎恶、批判固然是"五四"新文学的先声，其以英文名词的音译入诗也是文学革命后的新诗以外文音译乃至原文入诗的前驱；它的局限只在于还束缚在旧诗的形制之内，以致减弱了诗歌的艺术感染力。这绝不意味着诗歌改革的"此路不通"，而是意味着还必须加强改革的力度。

1899年冬天，梁启超发表了《汗漫录》，正式提出了"诗界革命"的口号，说是"支那非有诗界革命，则诗运殆将绝"。他还为这种"诗界革命"制定了三个必要条件："第一要新意境，第二要新语句，而又须以古人之风格入之。"他的所谓"新意境"、"新语句"乃是"欧洲意境语句"，而且要以"欧洲之真精神真思想"

为"诗料"。他认为符合其"诗界革命"条件的诗当时尚未出现,他跟夏、谭所写的那些"新诗"固然不够格,黄遵宪的诗也没有达到这种要求①。尽管他还在主张"古人之风格",从而与文学革命后的新诗具有重大差别,但确已在要求诗歌的改革。而且在他的倡导下,"诗界革命"确是开展起来了。

总之,嬗变后期的文学发展虽然是曲折的,但最终还是沿着《红楼梦》和龚自珍诗文所开辟的道路前进了。

嬗变期文学与"五四"新文学相通的成分

近世文学嬗变期在文学上所取得的上述成果,其实是在引导文学朝着新的方向——新文学的方向——前进,这是只要考察一下近世文学嬗变期所存在的与新文学相通的成分就可以理解的;当然,新文学的产生是受了西方文化的重大影响,但如没有这些成分的存在,新文学是不可能仅仅由于西方文化的影响而凭空产生的。正如鲁迅所说:"新主义宣传者是放火人么,也须别人有精神的燃料,才会着火;是弹琴人么,别人的心上也须有弦索,才会出声;是发声器么,别人也必须是发声器,才会共鸣。"(《热风·五十九"圣武"》)

对"五四"新文学——文学革命后的第一个十年的文学——的本质特征,章培恒做过如下的概括:"第一,它的根本精神是追求人性的解放;第二,自觉地融入世界现代文学的潮流,对世界现代文学中从写实主义到现代主义的各种文学潮流中的具有积极意义的成分都努力吸取;第三,对文学的艺术特征高度重视,并在继承本民族的文学传统和借鉴国外经验的同时,在这方面作了富于创造性的探索——不但对作为工具的语言进行了勇敢的革新,在继承本民族白话文学传统的前提下,作出了突破性的辉煌的成绩,而且将包括描写的技巧、深度、结构、叙述方式等在内的文学的形式改革得在总体上现代化了,使文学的表现能力也达到了足以进入世界现代文学之林的程度。上述这三者在新文学中是彼此联系、相互渗透的,……"②现在依次考察近世文学嬗变期中所已存在的与其相通的成分。

首先,关于"人性的解放"。

---

① 关于"诗界革命"于何时提出、提倡者为谁的问题,以前的学术界存在不少误解;陈建华氏才对此作了精确的考辨,见其所作《晚清"诗界革命"发生时间及其提倡者考辨》(原载《中国古典文学丛考》第一辑,复旦大学出版社1985年版;后收入其所著《"革命"的现代性——中国革命话语考论》,上海古籍出版社2000年版)。此处所述,即据陈氏之说。

② 章培恒《关于中国现代文学的开端》,《复旦学报》社会科学版2001年2期,又载章培恒、陈思和主编《开端与终结》,复旦大学出版社2002年版。

鲁迅在其1934年所作的《〈草鞋脚〉小引》中写道："最初，文学革命者的要求是人性的解放，他们以为只要扫荡了旧的成法，剩下来的便是原来的人，好的社会了，于是就遇到保守家们的迫压和陷害。大约十年以后，阶级意识觉醒了起来，前进的作家就都成了革命文学者。"(《且介亭杂文》)他所说的"文学革命者"就是1917年文学革命开始以来投身于新文学运动的人们，包括鲁迅自己在内。至其所谓的"人性的解放"，则是以个人为本位的人性解放。所以郁达夫在其为《中国新文学大系·散文二集》所写的《导言》中说："'五四'运动的最大的成功，是'个人'的发见。从前的人，是为君而存在，为道而存在，为父母而存在的，现在的人才晓得为自我而存在了。我若无何有于君，道之不适于我者还算什么道，父母是我的父母；若没有我，则社会、国家、宗族等那里会有？"①他对"五四"新文化的这种阐述是符合实际的。周作人、胡适所倡导的固然是"个人主义的人间本位主义"、"健全的个人主义"之类的思想；鲁迅则在1907年就高呼"掊物质而张灵明，任个人而排众数"(《坟·文化偏至论》)，到1918年更颂扬"个人的自大"，说是"'个人的自大'，就是独异，是对庸众的宣战。……多有这'个人的自大'的国民，真是多福气！多幸运！"(《热风·三十八》)就是李大钊，也于1919年的《我与世界》中说："我们现在所要求的，是个解放自由的我，和一个人人相爱的世界。介在我与世界中间的家国、阶级、族界，都是进化的阻碍，生活的烦累，应该逐渐废除。"②

现在回过头来看近世文学嬗变期的文学。龚自珍所揭举的"众人之宰，非道非极，自名曰我"与郁达夫所谓的"'个人'的发见"显然是相通的，其中也含有"道之不适于我者还算什么道"的意思，因为"道"如得不到"众人之宰"——"我"的承认，当然就不能对"众人"发生作用，也就算不了"道"了；龚自珍所说的"忠臣何以不忠他人之君而忠其君？孝子何以不慈他人之亲而慈其亲"，与郁达夫所说的"我若无何有于君"、"父母是我的父母"，也是相通的。龚自珍《病梅馆记》所透露出来的个性被压抑的痛苦，与作为文学革命发生时期代表作之一的俞平伯《花匠》所蕴含的"人性的解放"的要求更是一脉相承的(参见本编第三章的相关部分)。至于《红楼梦》之反映个性与环境的矛盾及其所遭受的残酷压制，《儒林外史》、《海上花列传》之批判环境对人性的戕贼，也都存在着可以发展到文学革命所要求的"人性的解放"的契机。

其次，关于新文学的"自觉地融入世界现代文学的潮流，对世界现代文学

---

① 分别见周作人《人的文学》(《新青年》5卷6号)、胡适《中国新文学大系·建设理论集·导言》。
② 《李大钊文集》下册，第23页，人民出版社1984年版。

中从写实主义到现代主义的各种文学潮流中的具有积极意义的成分都努力吸收"这一特征与近世文学嬗变期的关系。

在近世文学的嬗变期,虽然在1895年以前文学界并没有萌发过吸收外国文学的长处的要求,但文学本身的演变却已为新文学自觉地融入世界现代文学的潮流提供了相应的基础,这可从以下三点来看。

第一,近世文学嬗变期在创作上所取得的新的成就为新文学的自觉地融入世界现代文学的潮流提供了可资凭藉的遗产。例如,新文学的前二十年至少在小说方面是以创作出了一系列优秀的写实主义作品而得以融入世界现代文学的潮流的,而从《儒林外史》、《红楼梦》到《海上花列传》,写实主义成分是在长足地进展。这就是中国的新文学小说作家得以自觉地运用写实主义方法写出成功的作品从而融入世界现代文学潮流的土壤。

第二,在嬗变期以前所出现的近世文学中与世界现代文学存在相通之处的作品,在嬗变期得到了及时的肯定,因而能发扬光大。在这方面最突出的是王彦泓的诗。它遭到了沈德潜的全盘否定,被斥为"最足害人心术",袁枚则给予热情赞扬,对沈德潜加以驳斥。而王彦泓诗就正是存在着与世界现代文学相通的成分的。这里以日本现代作家永井荷风读王彦泓(次回)《疑雨集》的感受为例:

> 我们文坛是喜爱西洋艺术的,说到中国诗,只是被作为倘非夸示清寂枯淡就顽强表现豪壮磊落气概、一点都不说及人的内心的秘密弱点的东西。这或许是对的。但如一翻王次回《疑雨集》,那么,其全集四卷就都是情痴、悔恨、追忆、憔悴、忧伤的文字。其形式的端丽、辞句的幽婉而又重以感情的病态,往往可与波德莱尔相抗衡。我不知道中国诗集中是否还有其内容如同《疑雨集》那样地肉体性的作品,而横溢于波德莱尔《恶之华》诗集中的倦怠、衰弱的美感直可移作《疑雨集》的特征[①]。

而美国研究中国文学的著名专家韩南也称王彦泓为"中国的波德莱尔"[②],足征这并不是永井荷风的个人偏好。而且,在1905年至1936年间,王彦泓的诗集印行了三十几次,说明了他的诗同时也是与中国现代人相通的。由此可见,近世文学嬗变期对其以前出现的含蕴现代性成分、与世界现代文学具有相通之处的作品起了维护与传承的作用,这同样是中国新文学得以自觉地融入世界现代文学潮流的土壤。

第三,在近世文学嬗变期的最后几年,文学已面临着非作重大改变不可的

---

① 译自永井荷风《初砚》,《荷风全集》第14卷292页,日本岩波书店昭和三十八年(1963)版。
② 见韩南《中国近代小说的兴起》,徐侠译,上海教育出版社2004年版。

形势。这从梁启超在1899年冬天所作的《汗漫录》中可以看得很清楚。他说:

> ……予虽不能诗,然尝好论诗。以为诗之境界,被千余年来鹦鹉名士(予尝戏名词章家为鹦鹉名士,自觉过于尖刻)占尽矣。虽有佳章佳句,一读之似在某集中曾相见者,是最可恨也。故今日不作诗则已,若作诗,必为诗界之哥仑布、玛赛郎然后可。犹欧洲之地力已尽,生产过度,不能不求新地于阿美利加及太平洋沿岸也。……要之,支那非有诗界革命,则诗运殆将绝。

这里必须注意的是:第一,梁启超当时对外国文学知之甚少,所以,他并不是通过与外国文学的比较而得出中国诗歌必须改革的结论,而是从其对中国诗歌本身的感受中获得这一认识的。第二,他不是从其对诗歌的思想内容方面的要求出发而对中国诗作出这样的评价的,其所着眼的乃是诗歌的美感。这意味着人们已在迫切地要求着不是传统文学所能提供的新的美感了,因而新文学自觉地融入世界现代文学的潮流也正是处于嬗变期的中国近世文学进一步发展的必然要求。

最后,关于新文学的"对文学的艺术特征高度重视","使文学的表现能力也达到了足以进入世界现代文学之林的程度"这一特征与近世文学嬗变期的关系。可以说,新文学的这一特征也是在近世文学嬗变期的基础上进一步发展的结果。

这里首先是白话与文言的问题。不但《儒林外史》、《红楼梦》等已是杰出的白话文学作品,为新文学的白话小说提供了可赖以提高的基础,就是袁枚等人的文章也已与白话很接近,为白话散文的形成和发展提供了必须而有益的借鉴。只有新诗,在传统诗歌中可资吸收的不多,所以新诗的发展远较小说和散文困难。

其次是描写的技巧与深度。这在近世文学的复兴期与嬗变期——尤其是嬗变期——也有突出的表现。只要看看《中国小说史略》的有关介绍,就可于小说窥豹一斑。如论《儒林外史》,说其"叙范进家本寒微,以乡试中式暴发,旋丁母忧,翼翼尽礼,则无一贬词,而情伪毕露,诚微辞之妙选,亦狙击之辣手矣";"其述王玉辉之女既殉夫,玉辉大喜,而当入祠建坊之际,'转觉心伤,辞了不肯来',后又自言'在家日日看见老妻悲恸,心中不忍'(第四十八回),则描写良心与礼教之冲突,殊极刻深"(第二十三篇)。又如论《红楼梦》,说"全书所写,虽不外悲喜之情,聚散之迹,而人物事故,则摆脱旧套,与在先之人情小说甚不同。……正因写实,转成新鲜。"(第二十四篇)这都可见当时小说的描写已进到了一个新的阶段。至于散文,则如《浮生六记》那样生动、细致而感人至深的描写,尤为前此所未有(详见下文)。所有这些都显示出近世文学在描写方面的演进。

再次是结构。这在长篇小说中最为突出。在嬗变期以前,中国的长篇小说的结构或者单调(如《西游记》),或者松散(如《水浒传》),或者拖沓(如《金瓶梅》)。到了嬗变期,《儒林外史》虽仍嫌松散,但已初具统系;《红楼梦》则不但结构紧密,而且以作品中主要人物的命运及其环境的逐步呈现、人物性格的逐步深化及展示为主要脉络(均见下文),成就最为显著。在新文学的几部著名长篇小说中,在结构上已无《西游》、《水浒》、《金瓶梅》、《儒林外史》一类的弊病,当与近世文学嬗变期在这方面的重大进展有关。

最末是叙事方式。近世文学嬗变期的小说虽仍是第三人称的全知叙事方式,但已有了若干第一人称叙事方式的成分。最明显的是《镜花缘》。如该书第二十三回林之洋自说其在书馆卖货读文的经过,竟有一千二百字,情节完整,叙述也颇详细,实可视为一篇独立的、第一人称的微型小说。可见这一时期的作者在叙事方式上也已有所探索。

所以,在近世文学嬗变期中也存在着不少与新文学的对艺术特征高度重视的特征相通的成分。

综上所述,新文学的产生虽受有西方文学的重大影响,但却是在中国近世文学——尤其是其嬗变期的文学——的基础上的跃进,而不是传统的断裂。

第一章　通俗文学在乾隆时期的辉煌

——以吴敬梓、曹雪芹与陈端生为代表

在中国近世文学嬗变期较明显地体现出嬗变——向着现代文学嬗变——特色的最早两部作品都是在乾隆时期出现的白话通俗小说——吴敬梓的《儒林外史》和曹雪芹的《红楼梦》。《儒林外史》反映了在特定社会环境下人的堕落,其实也就是人性的沉沦;《红楼梦》则反映了环境对个性的扼杀以及个性被压抑的痛苦。这两部小说的作者都不是冷漠的反映,而是充满着悲愤或忧伤。鲁迅总结"五四"新文学的第一个十年说:"最初,文学革命者的要求是人性的解放,他们以为只要扫荡了旧的成法,剩下来的便是原来的人,好的社会了……"(《〈草鞋脚〉小引》)无论把人性的沉沦归因于特定的环境抑或控诉环境对个性的扼杀,都跟鲁迅所说文学革命者在第一个十年的认识和追求存在着相通之处。

乾隆时期的其他小说除高鹗所续《红楼梦》后四十回外,均不足称;但弹词《再生缘》却为独绝之作,"其自由及自尊即独立之思想,在当日及其后百余年间,俱足惊世骇俗"(陈寅恪《论再生缘》)。

第一节　吴敬梓的《儒林外史》

吴敬梓(1701—1754),字敏轩,一字文木,又号粒民,全椒(今属安徽)人。曾祖父是顺治年间的探花,做过不小的官,其祖上有过较长的"家门鼎盛"(吴敬梓《移家赋》)时期,但其父亲却只担任赣榆县教谕,渐见衰败了。吴敬梓很早就成了秀才,却一直没有考上举人。他不满于以八股文取士的科举制度,愤世嫉俗,又性喜豪华,终于用尽了祖传家产,至三十三岁时移家南京。晚年生活贫困。他的著作除《儒林外史》外,存世者尚有《文木山房集》四卷和《诗说》。

一、《儒林外史》的成书年代和版本

吴敬梓的朋友程晋芳在乾隆十四年(1749)所作怀念他的诗里说："外史纪儒林，刻画何工妍！吾为斯人悲，竟以稗说传。"①知《儒林外史》至迟于此年已经写成并至少已在朋友间流传，得到了很高评价，所以程晋芳认为这是可以传诸后世的作品；又因为那是轻视白话通俗小说的时代，程晋芳也就不免为吴敬梓的"竟以稗说传"而悲哀了。另一方面，《儒林外史》中的杜慎卿是以吴敬梓的堂兄吴檠为原型的，吴檠为乾隆十年进士，任刑部主事②，而《儒林外史》四十六回已说到杜慎卿"铨选郎部"之事，则写此回时必在乾隆十年吴檠考取进士并任工部主事（"部郎"）之后。故《儒林外史》的写成当不至早于乾隆十一年③。

现在所能见到的《儒林外史》版本，以嘉庆八年（1803）卧闲草堂本为最早，共五十六回，其后的刊本皆从此本出；另有六十回本，其多出的文字系后人妄增，不可信据。但五十六回本也有问题。因为程晋芳于敬梓死后所作《文木先生传》说："所著有《文木山房集》、《诗说》若干卷，又仿唐人小说为《儒林外史》五十卷，穷极文士情态，人争传写之。"一部五十六回的书绝不可能成为五十卷（无论是一卷七回、其余四十九卷各一回，或者四十四卷各一回、余六卷各二回，抑或再以别的方式，都是难以想像的）；比较合理的是一卷一回；而且现存五十六回本中有些显然存在后加的痕迹。因而原书当为五十回④。金和为群玉斋活字本《儒林外史》所作《跋》说《儒林外史》原书为五十五

---

① 此诗收入程晋芳《勉行堂诗集》卷二，为《怀人诗十八首》之第十六首，原有注："全椒吴敬梓，字敏轩。"知该诗为怀吴敬梓而作。《勉行堂诗集》编年，《怀人诗十八首》为乾隆十四年作。
② 见何泽翰《〈儒林外史〉人物本事考略》第一章《重要人物考实·杜慎卿》，上海古籍出版社1985年6月版。
③ 今本《儒林外史》为五十六回，而原书实止五十回，今本的五十六回系后人窜入；今本四十六回之前有五回左右也系后人窜入，故今本四十六回约相当于原书的四十一回或四十回（参见下文所述及本页注④）。自此至全书结束尚有九或十回。而乾隆十年颁布进士榜在五月初一（见《清史稿·高宗本纪》），自发榜至任命主事等官职还要距离一段时间，接下来要写九至十回小说，则《儒林外史》的写成最早也在乾隆十一年了。又，如果不相信原书五十回之说，而主张原书为五十五或五十六回，则自四十六回至全书结束也为九或十回。
④ 参见章培恒《〈儒林外史〉原书应为五十回》、《〈儒林外史〉原貌初探》和《再谈〈儒林外史〉原本卷数》，均收入其所著《献疑集》，岳麓书社1992年版。又，除第五十六回外，今本中后人窜入的部分主要在第四十六回之前。

回,也不可信①。至于后加的六回,主要为五十六回本的写萧云仙、汤镇台父子故事(包括汤公子游妓院和汤镇台兴兵奏捷等)的部分和第五十六回整回,另外还有一些零星的事件②。

二、《儒林外史》的艺术成就

《儒林外史》通常被视为以批判八股取士的科举制度为主的讽刺小说。其实它并不只是讽刺,还有不少出于衷心的赞美。其所批判的也不仅仅限于八股取士的科举制度。它写的是一个可怕的时代以及在这时代里的人的堕落和反拨,最后则宣布了更广大与深沉的黑暗的到来;通过整个描写,它显示了写实主义成分在我国小说史上的进一步增长。

一个可怕的时代

《儒林外史》所写的,是在一个可怕的时代里的故事。因此,必须显示出这一时代的特色,人物的活动才有其依据和意义。《儒林外史》的艺术成就的基点,就在于以画龙点睛之笔揭示了时代的可怕。

《儒林外史》里的人物所由活动的环境被标明为明代,其所反映的却是作者生活时代的现实;例如,作品里的杜少卿在很大程度上就是以作者自己为原型。但这绝不意味着作品里的明代只是对清代的影射,因为像宁王谋反之类的事件是显然不能视为影射清代的类似事件的③。所以,作者其实是在文本里构造了一个特定的环境,它虽打着明代的某些印记,在基本点上却与两个时代——明代以及作者生活的时代——相通。

这种时代的特征在作品的第一回《说楔子敷陈大义,借名流隐括全文》里已较明白地透露出来。

第一回说的是:元末诸暨农家出身的王冕依靠自学成了杰出的画家,当地知县时仁以他的画为礼品送给告假在乡的一位很有地位的京官危素。危素同时是著名的文人,鉴赏力很高,对此画大为赞赏,对知县说要与王冕见面。知县派人去请他,他不来,只好自己下乡去拜访,他又避而不见。知县十分恼

---

① 参见章培恒《〈儒林外史〉原书应为五十回》、《〈儒林外史〉原貌初探》和《再谈〈儒林外史〉原本卷数》,均收入其所著《献疑集》,岳麓书社1992年版。又,除第五十六回外,今本中后人窜入的部分主要在第四十六回之前。
② 同上。
③ 清代也有叛乱,但都不能与明代的宁王叛乱相比附。三藩之乱固非宁王之乱所能同日而语,有些地方性的小叛乱又不足望宁王之乱的项背。

火。跟王冕关系很好的邻居秦老埋怨他道："你方才也太执意了。他是一县之主，你怎的这样怠慢他！"王冕道："时知县倚着危素的势要，在这里酷虐小民，无所不为。这样的人我为什么要相与他？但他这一番回去，必定向危素说。危素老羞变怒，恐要和我计较起来。……"于是到外地去躲了些时候。后来"打听得危素已还朝了，时知县也升任去了，因此放心回家"。又过了些年，"天下就大乱了"。不数年间，朱元璋得了天下，"建国号大明，年号洪武，乡村人人安居乐业"。但不久就发生了两件大事：

> ……洪武四年，秦老又进城里，回来向王冕道："危老爷已自问了罪，发在和州去了。我带了一本邸抄来与你看。"王冕接过来看，才晓得危素归降之后，妄自尊大，在太祖面前自称"老臣"，太祖大怒，发往和州守余阙墓去了。此一条之后，便是礼部议定取士之法：三年一科，用《五经》、《四书》八股文。王冕指与秦老看道："这个法却定的不好，将来读书人既有此一条荣身之路，把那文行出处都看得轻了。"
>
> 说着，天色晚了下来。……王冕左手持杯，右手指着天上的星，向秦老道："你看，贯索犯文昌，一代文人有厄。……"

一般以为王冕的所谓"贯索犯文昌，一代文人有厄"是由八股取士的科举制度所引发，但此段文字之前明明说了两件事情：危素因在太祖面前自称"老臣"而"问罪"和八股取士的科举制度的制定。而前一件事则意味着皇帝可以凭着个人好恶、任意将人问罪并给予严重处分，这正是专制独裁发展到顶点的表现，是一种很可怕的现象。那么，为什么把"一代文人有厄"只归因于八股取士的科举制度而把这种极端的专制独裁排除在外呢？何况在下文中还有与此相呼应的叙述，那是在第三十五回：卢信侯向庄绍光说，他已收集到国初"被了祸的"高青丘的文集；庄绍光却劝他道："像先生如此读书好古，岂不是个极讲求学问的；但国家禁令所在，也不可不知避忌。青丘文字虽其中并无毁谤朝廷的言语，既然太祖恶其为人，且现在又是禁书，先生就不看他的著作也罢！"一个"并无毁谤朝廷的言语"的著名文人仅仅因为"太祖恶其为人"就"被了祸"——据历史记载，是受了腰斩的酷刑，其文集也成了"禁书"，这是怎样的妄施杀戮！而这跟危素的由于自称"老臣"而受到严处正是一脉相承的。读书人陷入了这样黑暗、悲惨的处境，又怎能不成为"一代文人有厄"的主因之一呢？

还应指出的是：第一回所写元末知县"酷虐小民，无所不为"却能升官的这种现象，在其后的明代现实里得到了进一步发展。第八回写南昌知府王惠十分严酷，"这些衙役，百姓一个个被他打得魂飞魄散，合城的人无一个不知道太爷的利害，睡梦里也是怕的"；但对这样的酷吏，"各上司访问，都道是江西第一个能员。做到两年多些,各处荐了",便升了道台。可见元末地方官员的"酷虐小民,无所不为"还要倚靠个别人的"势要",到了明代,这回已是"各上司"衙门的共同要求!

所以,在"敷陈大义"、"隐括全文"的第一回里,作者已把其所写的全书的环境概括为如下三点:地方官员"酷虐小民,无所不为";皇帝的专制独裁已发展到极端,生杀予夺全凭一人的好恶,读书人动辄会遭灭顶之灾;以《四书》、《五经》八股文"作为科举取士的标尺,既钳制思想、束缚性灵,又把读书人引导到只求通过八股文以"荣身"而完全不顾"文行出处"的道路上去。这是一个何等可怕的时代!

在这样可怕的时代里,所谓"一代文人有厄",在作品中主要表现为人性的沉沦,但也还有少数人在坚守,另有一些人在沉沦中仍有自己的底线。所以,第一回里王冕在说了"一代文人有厄"那些话以后,又"见天上纷纷有百十个小星都坠向东南角上去了",于是王冕说道:"天可怜见,降下这一伙星君去维持文运,我们是不及见了。"不过,这是"小星",当然不能在现实生活中起大作用。所以,作品的最后,实际上是宣告了"这一伙星君"的"维护文运"的努力的失败,更广袤和浓重的黑暗覆盖了整个社会:

> 话说万历二十三年,那南京的名士都已渐渐销磨尽了。……花坛酒社,都没有那些才俊之人;礼乐文章,也不见那些贤人讲究。论出处,不过得手的就是才能,失意的就是愚拙。论豪侠,不过有余的就会奢华,不足的就见萧条。凭你有李、杜的文章,颜、闵的品行,却是也没有一个人来问你。所以那些大户人家冠昏丧祭,乡绅堂里坐着几个席头,无非讲的是些升迁调降的官场;就是那贫贱儒生,又不过做的是些揣合逢迎的官校。……(第五十五回)

这真是一个死气沉沉的、看不到曙光的时代!

人性的沉沦和守护

在揭示时代的可怕的基础上,《儒林外史》通过对那个时代"儒林"的描写,真实地反映了当时的人性的沉沦以及个别人物以坚持自我的方式所作的对人性的守护,同时也生动地反映了人性沉沦的原因。这是《儒林外史》艺术成就的主要所在。

先看作品中的人性的沉沦和守护。

《儒林外史》里的读书人大致可分三类:顺应时代而堕落的,反抗——或在一定程度上反抗——时代而坚持自我的,虽不反抗而仍有所操持的。通过对这些人物的描写,作品显示出了那个时代对人性的扼杀。

属于第一类的,有周进、范进、鲁编修、高翰林乃至卫体善、随岑庵等。其共同特点是除做八股文外别无才学,品格则卑污不堪。但在以八股文作为入仕的唯一正路的社会里,他们却成了社会的栋梁,即使考不取进士,做不了官,也可像卫体善、随岑庵那样地以八股文选家的身份进入社会名流的行列。

作者在写这些人时,用笔多少虽有所不同,但都能深刻显示出他们可笑可鄙的所在。这里以其着墨最重的范进为例,略作剖析。

范进是个在生活上一无所能的穷儒。有一次,他母亲"饿的两眼都看不见了",命他把家里一只生蛋的母鸡拿到集上去卖。他到了集上,"抱着鸡,手里插个草标,一步一踱的东张西望在那里寻人卖",卖了"两个时辰"还没有卖掉(第三回)。倘说这本不是才高学博者的分内事,不会做也不足怪,可他的不学无知又到了惊人的地步。例如,他在考取做官以后,由御史出任山东学道,他老师要他照应一个童生荀玫。他查荀玫的卷子,没有查到,心里发急。一个幕客讲笑话,说前些年有个人点了四川学差,何景明对那人说,四川人中像苏轼这样的文章是应该考列六等的,那人就记在心里,任满回去对何景明说:"学生在四川三年,到处细查,并不见有苏轼来考,想是临场规避了。"不料范进却回答道:"苏轼既文章不好,查不着也罢了。这荀玫是老师要提拔的人,查不着不好意思的。"(第七回)原来,他连苏轼是宋朝的著名文学家都不知道,还以为是他那个时代的童生。再有一次,一个人冒充博学,说刘基是洪武三年的第五名进士,他就插口道:"想是第三名。"(第四回)这是要显得他比那人更博学。其实,刘基是帮助朱元璋打天下的,八股取士的科举制度就由他和朱元璋共同制定,在洪武时哪要考什么进士?而且明朝之有进士是从洪武四年才开始的(见《明史·选举志》),可见他对明初的史事一无所知,却敢于公然撒谎以抬高自己!

凭着八股文而考取进士的,其学问竟然就是如此!再看其考取后的所作所为。

他一考中举人,就有一个当地的乡绅张师陆前来拉拢,说"我和你是亲切的世弟兄"(第三回);送了他五十两银子和一所三进三间的房子,他都收了。接着又"有许多人来奉承他,有送田产的,有人送店房的,还有那些破落户,两口子来投身为仆图荫庇的,到两三个月,范进家奴仆丫环都有了,钱米是不消说了"(同上)。这些礼当然都不是白送的,至少是要他利用举人的身份在适当的时候从地方上或官府里捞到好处,也即帮着他们干一些违法、害人的事。"吃人的嘴软,拿人的手短",他既然收了这么多重礼,到时候自然不能不做。所以,才一考上举人,他就已经投入了黑暗、腐朽势力的怀抱。过不几天,他的母亲死了。尽管如上所述,当时他已经相当富足,但他仍然按照张乡绅的主意,到高要县知县——他的座师——那里去打秋风(第四回),这就进一步暴露了他的贪婪。其实,当时地方官的俸金都很低,依靠正常收入是无法接济别人的;所谓打秋风,不过是分润他们的贪污所得——如同此第四回所写,这位知县每年的非法收入是八千两银子。而他既然从中得到了好处,将来做了官自然必须加倍补报,也即同样以贪赃枉法来报答。

八股取士的科举制度所取中的,就是这样的人!也只有这样的人才能在那个社会里春风得意。——范进不几年就做了通政(第七回),那是四品的官。

属于第二类的,以杜少卿为最突出的代表。虞博士、庄绍光虽都与他在精神上相通,但也都有其顺应环境的一面,不如杜少卿的勇敢与坚决。

在《儒林外史》中,杜少卿一开始就是以挥金如土、愤世嫉俗的阔公子的身份出现的,他"眼里又没有官长,又没有本家"(第三十二回),并公然扬言:"这学里秀才,未见得好似奴才。"(同上)因为在他出场以前,作品已相当充分地揭露了儒林——包括官员和士人——的腐朽,他的这种言行显然是对其所处的污浊环境的反拨。而且,这种反拨是与对自我的尊重联系在一起的。当地的知县托人来说,要他去拜访自己,他却对来人说:"他果然仰慕我,为什么他不先来拜我,倒叫我拜他?况且倒运做了秀才,见了本处知县就要称他老师。王家这一宗灰堆里的进士(指当地知县。——引者),他拜我做老师我还不要,我会他怎的?"(第三十一回)其后安徽巡抚因皇帝下诏"采访天下儒修",要推荐他去应征;这是一般读书人所渴想的际遇,他却对巡抚说:"小侄麋鹿之性,草野惯了,近又多病,还求大人另访。"(第三十三回)巡抚坚持要荐,他就装病辞了(第三十四回)。为了维护自己的个性——"麋鹿之性",他弃富贵如敝屣。尤其值得注意的是:当那位"仰慕"他的知县被罢了官,"新官押着他就要出衙门,县里人都说他是个混账官,不肯借房子给他住,在那里急的要死",眼看要"搬在孤老院"了,他得知后就立即把这罢了官的知县接到自己家里来住。他虽然知道这是一个为百姓所痛恨的官,但却根本不去考虑在道义上是否应该帮助这样的混账官的问题,只是说:"至于这王公,他既知道仰慕我,就是一点造化了。我前日若去拜他,便是奉承知县;而今他官已坏了,又没有房子住,我就应照应他。"(第三十二回)这更是我行我素,根本无视流俗的毁誉;但从中也体现了他的为人准则:既不屈己就人,又不迫于世俗的压力而辜负别人对自己的"仰慕"。这其实也就是维护自己的人格的尊严。可以说,他正是以对自我的尊重来抗击这恶俗的环境的。这种精神跟新文学里的尊重自我者——例如鲁迅《孤独者》里的魏连殳——就不无相通之处。

当然,杜少卿身上也还存在着另外一面,那很容易被视为对于古人的向往。他释《诗经·郑风·女曰鸡鸣》说:"你看这夫妇两个,绝无一点心想到功名富贵上去,弹琴饮酒,知命乐天,这便是三代以上修身齐家之君子。"(第三十四回)这种解释是否合乎《女曰鸡鸣》的实际为另一问题,但他对"三代以上修身齐家之君子"的追慕却是显而易见的。在他卖尽了不动产、已经只剩下千把两银子时,听到迟衡的建议"盖一所泰伯祠,春秋两祭,用古礼古乐致祭。借此大家习学礼乐,成就出些人才,也可以助一助政教",他竟捐银三百两,并为之"大喜"(第三十三回)。这很像是对古代政教的迷恋,因而他的愤世嫉俗也似乎是因现实与他心目中的理想——古代政教——的矛盾而引起。其实,他的立身处世——"眼里又没有官长,又没有本家"——衡以古代的政教,直可谓之乱民。他在为《诗经》作新解时又说:"朱文公解经,自立一说,也是要后人与诸儒参看,而今丢了诸儒,只依朱注,这是后人固陋,与诸儒不相干。小弟遍览诸儒之说,也有一二私见请教。"而在提出他的"私见"时,他又一再说:"这话前人不曾说过。""这个前人也不曾说过。"(第三十四回)可见他不但不受朱熹和"诸儒"等"前人"的束缚,而且是要与他们立异,他何尝是迷信古人、以他们为楷模的人?所以,他并不是真的迷恋古代,而只是对现实已经绝望,却又没有可藉以否定现实的思想武器,便以古代——包括"三代以上修身齐家之君子"——来作为否定现实的依据。这与清末康有为等人的"托古改制"也有其相通之处,不过康有为等人是自觉的,他是不自觉的而已。

正因杜少卿是那个时代的叛逆者,他最后不仅生活贫困,而且遭到流俗的极端鄙薄。"南京人都知道他本来是个有钱的,而今弄穷了,在南京躲着,专好扯谎骗钱,他最没有品行"(第三十六回)。高翰林更说:自己"在家里往常教子侄们读书,就以他为戒,每人读书的桌子上写一纸条贴着,上面写道:'不可学天长杜仪(即杜少卿。——引者)。'"(第三十四回)

属于第三类的人物,有马二先生、杜慎卿、季苇萧等。他们的人性已处于沉沦的过程中,但仍各自守着不同的底线,因而各各有其可爱之处。这里以马二先生为例。

马二先生是衷心拥护八股取士的科举制度的。他把做官作为人生的最高目的,认为从孔、孟以来读书人所追求的就是做官,只是各时代的入仕途径不同,人们追求的方式也就随之改变:"……到宋朝又好了,都用的是些理学的人做官,所以程、朱就讲理学,这便是宋人的举业。到本朝用文章取士,这是极好的法则。就是(孔)夫子在而今也要念文章、做举业,断不讲那'言寡尤,行寡悔'的话。何也?就日日讲究'言寡尤,行寡悔',那个给你官做?孔子的道也就不行了。"(第十三回)这就是说,统治集团要你怎样去取得官位你就怎样去做,跟做官无关的一切你就不要去"讲究",否则纵使你像以前的孔子一样也是白搭。这实在是一种可怕的、堕落的人生态度,至少是使人丧失独立的人格,也失尽了灵气。他在杭州吴山上远望,"一边是江,一边是湖,又有那山色一转围着,又遥见隔江的山高高低低,忽隐忽现",面对着这样美丽的自然景色,他都只是不伦不类地用《孟子》里的话来加以赞美:"真乃载华岳而不重,振河海而不泄,万物载焉!"(第十四回);在西湖附近的一个茶室里,进到里面,看见一处楼上供着"仁宗皇帝的御书",他就"吓了一跳,慌忙整一整头巾,理一理宝蓝直裰,在靴桶内拿出一把扇子来当了笏板,恭恭敬敬朝着楼上扬尘舞蹈,拜了五拜"(第十四回),这跟当时一般读书人对"御书"根本不予理会(参见十八回所写景兰江等四人见到"御书"的情况)的态度成为鲜明的对比。而在高翰林诋毁杜少卿后,他竟然说:"(高翰林)方才这些话,也有几句说的是。"(第三十四回)他的这些言行都可厌可笑;人性竟然可以被扭曲成这种样子! 然而,他仍然有他自己的底线。在跟蘧公孙成了朋友以后,一听到公孙即将遭到"杀头充军"的大祸,就罄其所有地拿出了九十二两银子来救他,而且事先不跟公孙说,事后告诉他时还特地说明:"就是我这一项银子,也是为朋友上一时激于意气,难道就要你还!"(第十四回)公孙就真的不还,弄得他差点流落异乡。这真可谓高风亮节,令人肃然起敬。但就是这样的人,也被改造得成了上述的模样,却又进一步显示出了那个时代的可怕。

人是怎样堕落的

如上所述,《儒林外史》在反映那个时代里读书人的人性的沉沦和守护的同时,也生动地反映了人性沉沦的原因。现在看它的这一方面。

作品所触及的人性的堕落原因,有两个侧翼:一个是以八股取士的科举制度;一个是礼教,但那与八股文的指导思想程朱理学也有联系。

先说前者。

从杜少卿和范进的对比中,读者已不难理解到范进完全是环境的产物而杜少卿则是其与环境相抗的结果:范进为了考取,不得不努力读八股文章,而八股文章是既无历史知识又无文学知识的,他又怎能知道苏轼的姓名和刘基的历史? 考取以后,他实在也没有主动去做什么坏事,那些财产都是别人自己送上来的,张乡绅也是自己找上门来的,打秋风又是张乡绅给他出的主意,如果当时的政治状况不是地方官员"酷虐小民,无所不为",从而必然导致贿赂公行、是非颠倒,区区一个举人又有多少能量,哪会有这么多人主动来巴结他? 至于杜少卿,知县三番五次要会见他,巡抚主动要推荐他,如果不是坚决拒绝,他又怎能保持自我? 这同时也就透露出了范进的堕落乃是环境使然。但作品在这方面还有更明确的揭示:通过其所写的蘧公孙和匡超人,读者还能进一步看出人是怎样堕落的。

蘧公孙是南昌太守蘧祐的孙子。蘧祐在"精神正好"时就主动退休了(第八回)。他自己说:"我本无宦情,南昌待罪数年,也不曾做得一些事业,虚縻朝廷爵禄,不如退休了好。不想到家一载,小儿亡化了,越觉得胸怀冰冷。细想来只怕还是做官的报应。"(同上)这是肺腑之言。看来他在做官时,也不得不顺应环境做了一些于心不安的事,但他还是有自己坚守的底线,所以主动退休了。退休以后,他对孙子的教育与众不同,"不曾着他去从时下先生";考虑到他以前已在其父亲的教导下读过些经史,蘧祐就"常教他做几首诗,吟咏性情,要他知道乐天知命的道理",却不教他八股文章(第八回,并参见十一回所写公孙做八股文的情况)。也正因此,公孙早年就慷慨不群。有一次,他到亲戚家去收债,收到了二百两银子,路上遇到了素不相识的王惠。待知道了王惠与他祖父、父亲都认识,当时因犯罪在逃,他就把这二百两银子都送给了王惠。回家以后,蘧祐对此大为高兴。当时他还只有虚龄十七岁(第八回)。

但这一年他娶了鲁编修的女儿做妻子。鲁编修是对八股文崇拜得五体投地的人,说是"八股文章若做得好,随你做什么东西,要诗就诗,要赋就赋,都是一鞭一条痕,一掴一掌血。若是八股文章欠讲究,任你做出什么来,都是野狐禅、邪魔外道"(第十一回)。这位小姐恪遵父亲的教训,也是个专做八股文的大行家,以考取进士为人生必经的发轫之路,说是"自古及今,几曾看见不会中进士的人可以叫做个名士的"(同上)?结婚以后,父女发现蘧公孙做八股文章不行,心里不乐。蘧公孙在这样的环境里,也就慢慢变了。到所生儿子四岁时,鲁小姐"每日拘着他(指小孩)在房里讲《四书》、读文章。公孙也在旁指点,却也心里想在学校中相与几个考高等的朋友,谈谈举业"(第十三回)。这时的公孙在妻子影响下,已完全背离了祖父给他设计的道路。祖父要他"知道乐天知命的道理",不看重八股文,他却想儿子以八股文来安身立命,与妻子一起追着四岁的小孩子"每晚"读到"三四更鼓"(第十三回),而且自己也想"讲举业"——后来果然成了八股名家之一(第二十八回)。这是多大的转变!而这么一变,他的为人也大变了。如上所述,马二先生为了救他,罄其所有地为他付了九十二两银子,但他并不归还。到马二先生离开当地到杭州去时,他只"封了二两银子、备了些熏肉小菜"去送行,还向马二先生"要了两部新选的《墨卷》回去"(第十四回)。而马二先生对这其实是有思想准备的,他在为蘧公孙出钱时就说过:"蘧公孙是什么慷慨脚色?这宗银子知道他认不认,几时还我?"(同上)

在接受蘧太守的教育、过"乐天知命"的生活时,他对一个素不相识并受朝廷缉捕的人,一出手就送二百两银子;现在受了妻子的影响,改变了生活道路,对于为自己付了九十二两银子的恩人、而且生活拮据的马二先生却以二两银子来搪塞,其刻薄实在令人憎恶、愤怒。这就是人在环境支配下的堕落。当然,这不能责怪鲁小姐个人,她自己也是鲁编修教育出来的,而且他们父女所代表的是当时社会的主流意识。

再说匡超人。

匡超人本是个淳朴的人,因家境贫寒,流落在杭州,靠拆字为生。但早年读过八股文,作文也已成篇;在拆字时仍拿本八股文的书看。一个偶然的机会遇到了马二先生,马二先生对他大为赞赏,不但送了他十两银子,让他得以返回故乡乐清,还教了他许多做八股文的法子,并对他说:"你如今回去奉事父母,总以文章举业为主。人生世上,除了这事就没有第二件可以出头。……古语道得好:'书中自有黄金屋,书中自有千钟粟,书中自有颜如玉。'而今什么是书?就是我们的文章选本了。贤弟,你回去奉养父母,总以做举业为主。就是生意不好,奉养不周,也不必介意。总以做文章为主。那害病的父亲睡在床上没有东西吃,果然听见你念文章的声气,他心花开了,分明难过也好过,分明那里疼也不疼了。"(第十五回)

匡超人回乡以后,一面做生意,一面勤读文章,对其生病的父亲奉养得无微不至,对母亲和兄嫂也都很好,足见其为人相当厚道。他的情况被当地知县知道后,知县对他很赏识,帮他进了学,成为秀才。但过不多久,知县被罢了官;他进城去看知县,恰值城里百姓认为他是个好官,聚集起来要挽留他,街上拥挤,匡超人无法进到衙门,只好回家。不料民众的这番行动不但保不住知县,反而抓了几个为头的人,有人向上头密报,说匡超人也是为头闹事的人,匡超人只好再逃到杭州去。临行之前,跟他要好的一个同乡潘保正给了他一封信,让他去投奔自己的堂兄弟潘三。

到了杭州,匡超人就变坏了。一则他已是秀才,就有一批斗方名士接纳了他。这批人中有些本是靠八股文为生的,如卫体善、随岑庵之流;还有一些人虽然是做诗的,但也以科名为无上荣耀,当地的诗坛领袖赵雪斋一见到匡超人就说现任学台"是大小儿同案"(第十七回),而且在他们看来,如果"外边诗选上"有几十处刻着一个人的诗,他就"比进士享名多着哩"(同上)。所以,做诗也就是他们结交官府、追逐声名的工具。匡超人跟他们混在一起,不但学了好些八股文的理论,也学会了他们的不学无术而惯于自我吹嘘、打击别人的卑鄙伎俩。他不但吹嘘自己的选本"每一部出,书店定要卖掉一万部",以致"此五省读书的人""都在书案上香火蜡烛供着'先儒匡子之神位'",有人拆穿他,说他还活着,别人不会称他"先儒",他还强辩说"先儒者乃先生之谓也";对他的恩人马二先生,他竟说是"这马纯兄理法有余,才气不足,所以他的选本也不甚行。……惟有小弟的选本,外国都有的。"(第二十回)再则他所投奔的潘三是布政司衙门里作恶多端的猾吏,他倒是给匡超人弄了不少钱,但也教他做了不少违法、害人的事,如假造公文、冒名应考之类,他都照办不误;还用从潘三那里得来的钱在杭州娶了亲。不料原先赏识他的知县后来在京里做了官,把他接到京里去,还准备把自己的女儿嫁给他。他为了贪图富贵,就谎称未婚,重新结了亲。

匡超人由一个颇为淳朴的年轻人堕落到如此模样,一面是由于与杭州的那班斗方名士沉瀣一气,一面是受潘三的熏陶。而杭州的那班斗方名士实是当时读书人只求"荣身"而"把那文行出处都看得轻了"的必然结果,潘三这样的恶吏则是地方政府"酷虐小民,无所不为"(第一回)的自然产物——官府要推行这样的暴政,就必然要依靠并培养出此类恶吏。所以,与蘧公孙的沉沦一样,匡超人的沉沦也是由当时的现实环境所造成。

还要补充一点:匡超人之走上这条道路的最初的引路人乃是马二先生。所以,马二先生自己虽还有其做人的底线,但他所宣扬的这条路却只能引人走向堕落。

现在看那导致人堕落——人性沦失——的另一个侧翼:礼教。这集中体现在第四十八回中。

该回所写的穷儒王玉辉是个秀才。据他自己说:"我生平立的有个志向,要纂三部书嘉惠来学",第一部就是"礼书",编纂方法"是将三《礼》分起类来,如事亲之礼、敬长之礼等类,将经文大书,下面采诸经、子史的话印证,教子弟们自幼习学"。可见这是一个对"礼"看得极重的人。他的第三个女儿"出阁不上一年多",却死了丈夫,因不忍累公婆及父母养活自己,决心自杀。她公婆不同意,王玉辉却说:"亲家,我仔细想来,我这小女要殉节的真切,倒也由着他行罢。"又向女儿说:"我儿,你既如此,这是青史上留名的事,我难道反拦阻你?你竟是这样做罢!"他"亲家再三不肯",但"王玉辉执意"如此。他回家对妻子说了此事,妻子说道:"你怎的越老越獃了!一个女儿要死,你该劝他,怎么倒叫他死!这是什么话说?"王玉辉却道:"这样事你们是不晓得的!"他妻子"痛哭流涕"地到女儿婆家去了,王玉辉却"在家依旧看书写字,候女儿的信息"。及至他女儿活活饿死,他妻子"哭死了过去,灌醒回来,大哭不止",王玉辉却对她说:"你这老人家真正是个獃子!三女儿他而今已是成了仙了,你哭他怎的?他这死的好。只怕我将来不能像他这一个好题目死哩!""因仰天大笑道:'死的好,死的好!'大笑着走出房门去了。"

对王玉辉的这种行为,除了说他人性丧尽以外,实在无法再以别的话来概括。然而,他并不是一个残忍或对女儿没有感情的人。在女儿死了以后,县里举行隆重的"送烈女入祠"的仪式,"通学人要请了王先生来上坐,说他生这样好女儿为伦纪生色",他却"转觉心伤,辞了不肯来";又因"在家日日看见老妻悲恸,心下不忍",遂外出旅行,但在途中"一路看着水色山光,悲悼女儿,悽悽惶惶";有一次看到别人船上"一个少年穿白的妇人,他又想起女儿,心里哽咽,那热泪直流出来"。可见他的内心实在是为女儿的死深感痛苦,也很为妻子的"悲恸"而难受的。那么,他为什么要鼓励女儿去死呢?那在他跟亲家和女儿的谈话中也已说得很清楚,因为他女儿的死是"殉节"、"是青史上留名的事",所以他不但不拦阻反而鼓励。很清楚,他这是中了礼教和程朱思想的毒。"礼"是主张女子守节的,而他是热衷于"礼"、立志编纂《礼书》以"嘉惠来学"的人;他又是个秀才,考秀才和做秀才读的《四书》、《五经》是以程朱之说为依据的,而程、朱又极为鼓吹贞节,甚至宣称"饿死事甚小,失节事甚大";无论他是热衷于"礼"而导致对程朱节烈观的特别信服,还是由于受程朱思想的影响而热衷于"礼"的,总之,在这种思想的支配下,他在女儿要自杀时采取这样的态度正是必然的事。他的女儿既不忍累父母、公婆养活,出身于她那种家庭的人又绝无再嫁之理,除了自杀,实在别无道路可走;好在"饿死事甚小",还可以"青史上留名",王玉辉又有什么理由去阻拦她呢?但这种行为到底不是人性的本然,所以事后他又悲痛不止,是以鲁迅《中国小说史略》曾引述钱玄同的意见,说《儒林外史》的这一段"描写礼教与良心之冲突,殊极刻深"(《中国小说史略》第二十三篇)。

其实,《儒林外史》写王玉辉的这一段,同时也是对杜少卿等的建造泰伯祠、隆重祭祀的反思。建祠的动机,是"每年春秋两祭,用古礼古乐致祭。借此大家学习礼乐,成就出些人才"(第三十三回),这跟王玉辉的立志编纂《礼书》,"教子弟们自幼习学"之《礼》中的有关内容实在并无本质的不同。因此,即使这目的能够达到,也不过培养出一些像王玉辉那样的人而已。何况,不过五十年,"那祠也没有照顾,房子都倒掉了"①。

所以,从《儒林外史》中不仅可以看出人性堕落的原因,而且也可看出当时的人性堕落并不是振兴礼乐之类的传统方法所能挽回的。

然而,尽管时代是在这样地没落,人性是在这样地沦丧,却还有杜少卿那样的人在坚持自我,而且像蘧公孙、匡超人那样的人的堕落主要也是受了环境的污染,何况在作品的最后(今本五十五回)中还有保存着真诚、情趣和尊严的市井奇人存在,可见人性原是美丽的,这就跟新文学的第一个十年里要求"人

---

① 这是今本五十五回中盖宽的邻居所说的话。这位邻居在大祭泰伯祠时"二十多岁",说这话时"七十多岁"。

性的解放"的文学革命者的认识——"只要扫荡了旧的成法,剩下来的便是原来的人"——有了相通之处了。

写实主义成分的增长,现代小说形式的接近

《儒林外史》的上述艺术成就既体现了中国文学史上的写实主义成分的增长,也体现了中国小说在形式上之向现代小说的接近。

中国长篇小说之体现了较多写实主义成分的,以《金瓶梅词话》为最早。这之后就是《儒林外史》了。

《儒林外史》的单个人物的内涵不如《金瓶梅词话》丰富、复杂,这是只要把书中着墨最多的杜慎卿、少卿或马二先生与西门庆稍作比较就可明白的;因为其所取的只是人物的二三片段而不是像《金瓶梅词话》似地对人物的全景式的展开。不过,就作品中的写实主义成分而论,它较之《金瓶梅词话》也有不少新的进展。

首先,是故事的进一步平凡化。

假如说,《水浒》、《三国》都是以写情节为主的,那么,《金瓶梅》已转变为以写人物为主了。不过,其故事仍有若干传奇性;而《儒林外史》的故事则进一步趋向平凡化了。如第十四回马二先生的游西湖,用了一千二百几十个字(不含标点符号),除了写他东跑西看和坐下来吃东西以外,什么特别的故事都没有。但在这样的描写中,却自然地显露出了马二先生的精神面貌,如鲁迅所说,其"西湖之游,虽全无会心,颇杀风景,而茫茫然大嚼而归,迂儒之本色固在"(《中国小说史略》第二十三篇《清之讽刺小说》)。通过这些平淡的、没有矛盾冲突和悬念的事情来写人物,既需要作者非常敏锐的观察力,从中发现其能够显示出人物特征的、有吸引力的内涵,又必须有高度的表现能力,不但能传神,而且能引起读者的兴味。而更重要的是,这样写出来的人物必然是具有个性的。读者在看这些平淡不过的生活时,其实是在欣赏人物的个性特征——例如马二先生游西湖时所体现的他所独有的——不是别的迂儒所可能有的——"迂儒本色",否则这样平淡的过程有什么可看的。而且,如果把他在游西湖时的表现安置在别人——例如杜慎卿——身上,就会被读者视为极其拙劣的描写。所以,《儒林外史》的这种故事的平淡化乃是与写实主义相通的、新的进展。

其次,写出了在个人与社会的相互关系中具有某种程度的主动性的人。

在中国以前的小说与其他门类的文学作品中,当个人与某种社会规范发生矛盾时,个人总是被动的回应。例如《金瓶梅》中的李瓶儿,她与原先的丈夫花子虚的矛盾其实是她与"夫为妻纲"这一社会规范的矛盾——花子虚之不把她当回事是因为根据这一规范他本是李瓶儿的主子,正与"君为臣纲"中的君是臣的主子一样;而她对花子虚的反抗则是违反了这一社会规范的。而从她在作品中的表现来看,她只是在忍受不了花子虚对她的待遇时反抗花子虚个人而并不是有意识地反抗这一社会规范,所以在她与西门庆成婚后就变成了完全符合这一规范的妻子了。这也就意味着她作为个人在与这一社会规范发生矛盾时只是被动的回应。而杜少卿已对某些社会规范发生了怀疑。例如他的"眼里又没有官长,又没有本家",那显然不是受了某位(甚或某些)"官长"、"本家"的压迫而导致的对这位(或这些)"官长"、"本家"的反拨,而是对于必须服从"官长"、敬重"本家"一类的社会规范(那归根到底源自"君为臣纲"、"父为子纲"的总原则,因为"官长"是"君"所委派来统治百姓的,"本家"是"父"的尊长、兄弟)发生了怀疑而导致的行为,因而他对"官长"和"本家"本身——而不是对其中的个人——采取了一种截然不同于这类社会规范的态度。换言之,在个人与社会的相互关系中,他并不只是被动的回应,在某些方面他已在主动思考并将其思考所得付诸行动。后来曹雪芹《红楼梦》中的贾宝玉把读书上进的人称为"禄蠹"、自己坚决不走这样的道路,并且声称"除'明明德'外无书",则是在个人与社会关系中个人主动性的加强。而且还有林黛玉作为他的同志,具有主动性的人正在逐步扩大。

从社会的发展来说,这类人物的出现是社会处于新、旧嬗变期的征兆。就具有写实主义成分的文学作品来说,这类人物的产生是在写人的广度与深度上的一种发展;因为这是以前的文学作品所没有写过的人(在广度上的扩展),也是对个人描写的一种新的推进(在深度上的开掘)。

第三,在具体描写上向深、细演进,讽刺也更趋深刻。

作为具有写实主义成分的文学作品,《儒林外史》的描写是具体、真实而生动的。因为其作品中的人物许多是只求"荣身"而不顾"文行出处"的,在对他们作这样的描写时,他就把他们身上的一些不被注意的可笑、可鄙之处揭露了出来,这也就是所谓讽刺①。如果将它和《金瓶梅词话》中的有关描写作一比较,即可了然。这里只举一个例子。

在《金瓶梅》中,蔡御史恭维西门庆说:"恐我不如(谢)安石之才,而君有王右军之高致矣。"(第四十九回)恭维西门庆这样粗鄙的土财主和侦缉部门的官员为王羲之一类的文人雅士,这固然显出了蔡御史的可笑可鄙,因而曾为鲁迅

---

① 鲁迅对"讽刺"的解释是:"'讽刺'的生命是真实;……它所写的事情是公然的,也是常见的,平时是谁都不以为奇的,而且自然是谁都毫不注意的。不过这事情在那时却已经是不合理,可笑、可鄙,甚而至于可恶。"(《且介亭杂文二集·什么是讽刺》)

所赞赏①,但如跟《儒林外史》里的也为鲁迅所赞赏的如下一段相比较,就可分明看出二者的差别。那是写范进在居丧期间到汤知县处打秋风的:

> ……拱进后堂,摆上酒来。……知县安了席坐下,用的都是银镶杯箸。范进退前缩后的不举杯箸,知县不解其故。静斋笑道:"世先生因尊制,想是不用这个杯箸。"知县忙叫换去。换了一个磁杯、一双象箸来;范进又不肯举。静斋道:"这个箸也不用。"随即换了一双白颜色竹子的来,方才罢了。知县疑惑:"他居丧如此尽礼,倘或不用荤酒,却是不曾备办。"落后看见他在燕窝碗里拣了一个大虾元子送在嘴里,方才放心。(第四回)

鲁迅对这一段的评价是:写范进居丧"翼翼尽礼,则无一贬词,而情伪毕露,诚微辞之妙选,亦狙击之辣手矣。"(《中国小说史略》第二十三篇)比起《金瓶梅》的那一段来,他显然更赞赏这一段。因为居丧期间之所以不用这些讲究东西,是由于父亲(或母亲)亡故,心中悲痛,不忍也不愿吃较好的食物(汤知县的所谓"荤酒")、使用讲究的餐具;如今范进对食物力求精美——"在燕窝碗里"拣"大虾元子"吃,可见他并没有因母亲的死去而悲痛得不忍、不愿吃较好的东西,那么,他对于餐具的这不用、那不用不就是装样子给别人看的么?所以说这段描写"无一贬词,而情伪毕露"。但在一般情况下,人们所看到的只可能是他的一再拒绝使用讲究餐具,而不会去注意他在燕窝碗里拣大虾元这样的小事;在席间发现此点的也只是担心他不吃荤酒因而特别注意他吃了些什么的知县。作者之写这一细节,如是出于平时的观察所得,足见其观察的敏锐与描写的深细,如果纯粹出于虚构,更可见出其想像力之极端丰富。相比之下,蔡御史那句奉承话的可鄙可笑就要算是容易发现的了。因而就观察、描写的深度或想像力之高超而论,自也逊于《儒林外史》的那一段了。虽然两者都是讽刺,但写范进的那些文字显然更为深刻。

第四,在较大程度上消除了"说话"的痕迹。

中国的白话通俗小说源于"说话",因而受"说话"的影响较深。大致表现在以下两点:第一,"说话"作为大众艺术,不可能公然背叛主流意识或传统观念②,从而往往落入"劝善惩恶"(其"善"、"恶"当然皆以主流意识、传统观念为

---

① 鲁迅《中国小说史略》曾把含有这一引文的一大段描写,引入其《中国小说史略》第十九篇论述《金瓶梅》的部分,作为该书"著此一家(指西门庆等),即骂尽诸色"的例证。

② 在今天还可看到类似这样的情况。例如,2006年9月20日《新民晚报》A2-1版载:有一搞笑的话剧《Q版辣妹打面缸》中的知县姓包,被称为"包公";他是内衣裁缝出身(剧本对此点还特别强调),花钱买了个小官,因而显然不是宋代读书人出身的包拯。但因"包公"行为不端,剧本上演时仍然受到中老年观众的普遍抵制与反对。这则新闻的标题是:《包公被"恶搞",廉吏成"淫棍"——沪上话剧〈Q版辣妹打面缸〉令观众愤慨》。

标准)的窠臼,至少要在某种程度上顺应此种要求;而这是与写实主义的原则相矛盾的。即使是《金瓶梅词话》也不能摆脱此种局限。在该书第一回中就由作者出面鼓吹"士矜才则德薄,女衒色则情放。若乃持盈慎满,则为端士淑女,岂有杀身之祸?"所以,作品既有许多符合写实主义的描写,也常可以看到削弱甚或抵消其客观描写的说教;最后一回的普静禅师超度鬼魂、预示因果、点化吴月娘,那更是其陈腐说教的图解,恰与写实主义的基本原则相反。第二,"说话"是由"说话人"讲说给听众听的,为了给"说话人"提供表演的机会和给予观众听觉上的享受,"说话"中具有大量的诗词骈文。在长篇章回小说中,不但每回的开端、结尾都有诗、词或骈文一类的文字,回中对某个人物或某种景色的集中描写也往往使用它们。但小说是供阅读的,这些东西不但打断了阅读的连贯性,而且在描写人物或景色上远不如白话散文的真切、传神,因而也有损于描写的具体生动。这同样是《金瓶梅词话》也未能避免的局限。

在《儒林外史》中,"说话"的痕迹在很大程度上被消除了。

这首先是由于此书已脱离了以主流意识和传统观念为依据的"劝善惩恶"的轨道,书中基本上没有以作者身份所作的评论或规劝,一力以叙述和描写来打动读者。而更重要的是:书中的评价尺度既已有异于传统的善恶标准,人物的结果也不合于"善恶到头终有报"的愿望。例如,杜少卿既不能显亲扬名,又莫名其妙地败尽了祖业,核以传统观念,正是典型的不孝,高翰林告诫其子弟"不可学天长杜仪"是完全符合当时的道德标准的;但书中却对他大加歌颂。另一方面,作者既对他作了高度肯定,却又让他在贫困中度过其大半生——"布衣蔬食,心里淡然"(第四十四回),这又完全违反了"善有善报"的原则,再如王玉辉的女儿为夫殉节,这在传统观念中是何等壮烈、辉煌的事,但在作品中却只见出凄惨与无奈(第四十八回);王玉辉鼓励女儿尽节,这在传统观念中又是何等大义凛然的崇高事件,但在作品中却只显得残忍和愚蠢,而且作品还突出了他在女儿死后所感受到的剧烈痛苦,进一步暴露了这种鼓励殉节的行为的反人性。这与鼓吹妇女守节殉身的主流意识、传统观念更是大相凿枘。

其次是由于书中除保存了章回的形式和每回回首的"话说……"和回末的"有分教:……"、"且听下回分解"一类的话头外,只有第一回的开端和最末一回的结尾各有一首词,别处再无诗词、骈文一类的文字,全都是白话散文的叙述和描写。这既使作品的叙述、描写不致常被诗词、骈文所打断,也使作品的叙述、描写更为真切、生动。

《儒林外史》的这一特点,一方面提高了作品的写实的能力,另一方面也使它比以前的章回小说更接近现代小说的形式。

第五,在白话运用上已具有高度能力。

在中国古代杰出的白话小说中,《水浒》和《金瓶梅》虽都在语言运用上成就卓著,但《水浒》是元明间的白话,与现代白话已有较大距离,《金瓶梅》又有较多的方言。因而与现代白话最为接近的乃是《儒林外史》、《红楼梦》的语言。

《儒林外史》基本上以当时的白话写成,虽然偶或杂有文言化的句子与表述方法,但无论写景、叙事、述情都能传神而不流于冗长、散漫,有时颇有幽默感。如第一回、第三十三回的写景色,均着墨不多而历历如画:

……须臾浓云密布。一阵大雨过了,那黑云边上镶着白云渐渐散去,透出一派日光来,照得满湖通红。湖边上山青一块、紫一块、绿一块,树枝上都像水洗过一番的,尤其绿得可爱。湖里有十来枝荷花,苞子上清水滴滴,荷叶上水珠滚来滚去①。(第一回)

……三人吃酒直吃到下午,看着江里的船在楼窗外过去,船上的定风旗渐渐转动。韦四太爷道:"好了,风云转了。"大家靠着窗子看那江里,看了一回,太阳落了下去,返照照着几千根桅杆,半截通红。

两种景色截然不同而都深具美感。其手法则颇具变化,或用明写,如上一段;或取暗示,如下一段——仅以"几千根桅杆"的"半截通红",使人想像出江景的壮阔而凄凉。这都显示了作者在语言运用上的造诣。至于其某些描写中的笔致的幽默,尤为前此小说所少见。现以马二先生受假神仙的款待一段为例。

……捧上饭来,一大盘稀烂的羊肉,一盘糟鸭,一大碗火腿虾圆杂脍,又是一碗清汤。虽是便饭,却也这般热闹。马二先生腹中尚饱,因不好辜负了仙人的意思,又尽力的吃了一餐。……(第十五回)

总之,其白话运用已相当熟练,意味着当时的白话文学在语言上已达到了较高水平。这也是二十世纪一二十年代的文学革命在语言方面的历史凭藉。

上述五点,都是《儒林外史》的突出艺术成就。它们既体现了写实主义成分在小说中的进一步增长,也展示了近世小说在形式上向现代小说靠近的过程。至于《儒林外史》的结构虽然仍嫌松散,由许多各具相对独立性的单元所组成,如鲁迅所说,"集诸碎锦,合为帖子","虽云长篇,颇同短制"(《中国小说史略》第二十三篇);但其"集诸碎锦"并非随意拼缀,每一单元的主角不仅都个性鲜明,而且彼此映照,相反相成,以见儒林的整体。倘若仔细探究,亦已初具统系。

---

① "须臾浓云密布"、"苞子上清水滴滴"就杂有文言色彩。又,如是纯粹的白话表述,在"浓云密布"之后,应先交代下雨,再写雨停;此处在写"浓云密布"后即写"一阵大雨过了",那是文言文的简练的表述方法,甚至是诗词的表述方法。

三、《儒林外史》在中国文学史上的地位和影响

《儒林外史》与《红楼梦》都是我国近世文学转型期的代表作,也是在近世文学中与现代文学最具相通性的两部作品。《儒林外史》所具的这种相通性在于:反映了环境对人性的扭曲、个性与社会的矛盾、礼教对人的残害,也写了个人对自我的坚持;含有较丰富的写实主义的成分、描写趋于深细;白话的运用已达纯熟自如之境,并基本消除了"说话"的影响,无论在内容与形式上都已成为现代白话小说的先声。

也正因此,《儒林外史》对现代文学也有重大影响,这里仅以鲁迅为例。

如所周知,《儒林外史》所反映的环境对人性的扭曲中八股取士的科举制度占有极重要的地位。而鲁迅的小说里有两篇都与科举有关。一篇是《白光》,主人公陈士成一共考了十六次秀才都没有考上,终于发狂淹死了。另一篇是《孔乙己》,作品对主人公有这样的介绍:"孔乙己原来也读过书,但终于没有进学(也即没有考取秀才。——引者),又不会营生,于是愈过愈穷,弄到将要讨饭了。"而当别人问他"你怎的连半个秀才也捞不到呢"时,他便"立刻显出颓唐不安模样,脸上笼上了一层灰色,嘴里说些话;这回可是全是之乎者也之类,一些不懂了"。可见这是个考了大半辈子科举都没有考上的可怜虫,这给予他沉重的思想负担,一涉及这个话题,他就痛苦不堪。而他的这种深沉的痛苦,也正因为他曾在这方面寄予了重大的期望,从而也必然付出了巨大的时间和精力,又哪里还有余暇顾及"营生"呢? 范进不就连卖鸡也不会么! 所以,他的"不会营生"以致"弄到将要讨饭"也正是科举制度害的。他不过是一个一辈子没有考取的范进。所以,《孔乙己》的重点是在揭露人的冷酷,而被如此冷酷对待的孔乙己,却是先受科举制度的毒害,再陷入如此悲惨的境地的。这就可见由《儒林外史》所开创的对科举制度与人性的矛盾的暴露,在新文学中仍有它的回响。

当然,目前没有任何材料可以证明鲁迅之写陈士成、孔乙己这两个人物是受《儒林外史》的影响,但在《肥皂》中揭露四铭精神面貌的这一段描写则当与《儒林外史》有关。那是写四铭在与其子女一起吃晚饭的时候:

> 招儿带翻了饭碗了,菜汤流得小半桌。四铭尽量的睁大了细眼睛瞪着看得她要哭,这才收回眼光,伸筷自去夹那早先看中了的一个菜心头。可是菜心已经不见了,他左右一瞥,就发见学程刚刚夹着塞进他张得很大的嘴里去,他于是只好无聊的吃了一筷黄菜叶。
>
> "学程,"他看着他的脸说:"那一句查出了没有?"
>
> "那一句? ——那还没有。"

"哼,你看,也没有学问,也不懂道理,单知道吃!学学那个孝女罢,做了乞丐,还是一味孝顺祖母,自己情愿饿肚子。……"

他对儿子学程的这一通责骂,显然是因学程夹了他早就看中的菜心头,所以有"单知道吃"这一类的话。问学程"那一句查出了没有",不过是寻找责骂的借口。一个父亲为了菜心竟对儿子如此痛恨,其精神世界何等低下!

不过,四铭由于吃不到一种菜肴(菜心头)而暴露了精神世界的低下,与范进由于吃了一种菜肴(大虾元)而"情伪毕露",都将一种菜肴作为揭示人物的精神面貌的道具,不能不说二者有其相通之处。尤其要注意的是:鲁迅的《肥皂》作于1924年3月22日(见该篇自署),而其写成《中国小说史略》则在1923年10月(见该书《序言》),并在书中对《儒林外史》写范进吃虾元的这一段作了很高评价,可见他在写《肥皂》时已读过《儒林外史》的那一段并大为赞赏,那么,他在自己写小说时受其启发也是很自然的罢!

第二节 曹雪芹的《红楼梦》(前八十回)

《红楼梦》是紧接在《儒林外史》之后的伟大文学作品,它比《儒林外史》更接近新文学。但通常所见的一百二十回本《红楼梦》中,其主要价值所在是前八十回,为曹雪芹所作;后四十回则出于高鹗之手。因为曹雪芹没有写完全书就去世了,所以后四十回系高鹗所续,而且在一百二十回本中的前八十回也经过高鹗的修改、增补。要对《红楼梦》有较确切的认识,必须将前八十回和后四十回分别加以研究;研究前八十回也不能依据一百二十回本,而应以脂砚斋评本(见下文)为依据。

一、曹雪芹和《红楼梦》(前八十回)的写作

曹雪芹(约1715—约1763),名霑;雪芹是他的号。又号芹圃、芹溪①。满洲正白旗包衣人。"包衣"是满语的音译,意为奴仆。他的先世原是汉族,后来成了满族正白旗的奴仆,故其子孙也属正白旗包衣,但虽是包衣,在清朝政府中均可担任要职。曹雪芹的祖父曹寅是康熙皇帝的亲信及其在江南的耳目,曾担任过江宁织造、两淮巡盐御史等职,资财甚富,生活豪奢,又多与文人学士

---

① 一说曹霑字梦阮,但古人的名、字意义相辅(如诸葛亮字孔明、周瑜字公瑾,亮与明、瑜与瑾均意义相辅),霑与梦阮在意义上并无联系,此说恐不确。也许梦阮也是他的号。

结交,自己也擅诗词,并从事戏曲创作。曹寅死后,他的儿子曹頫继续担任江宁织造。但在雍正时,曹頫被罢官查处,家产抄没,曹家自此就败落了。因此,曹雪芹早年生活优裕并受过良好的教育,后来却在贫困中度日。《红楼梦》所写的,是贾府由盛而衰的历程,这与他自己的经历和见闻存在紧密的联系。他自述写作《红楼梦》的动机说:

……今风尘碌碌,一事无成,忽念及当日所有之女子,一一细考较去,觉其行止见识皆出于我之上,……当此,则自欲将已往所赖天恩祖德锦衣纨袴之时,饫甘餍肥之日,背父兄教育之恩,负师友规谈之德,以至今日一技无成、半生潦倒之罪,编述一集,以告天下人。我之罪固不免,然闺阁中本自历历有人,万不可因我之不肖,自护己短,一并使其泯灭也。……虽我未学,下笔无文,又何妨用假语村言敷演出一段故事来,亦可使闺阁昭传,复可以悦世人之目,破人愁闷。……(第一回)①

我们虽然不能因此而认为《红楼梦》所写皆为实事,但曹雪芹显然是以自己的经历和见闻作为其从事艺术创造的生活基础的。所以,一般认为书中的男主人公贾宝玉系以曹雪芹自己为原型。

《红楼梦》又名《石头记》。今天所见的《红楼梦》前八十回的早期抄本都有脂砚斋的评语;从评语的内容来看,这个自署脂砚斋的人与曹雪芹关系很密切,但究竟是何关系,目前尚未能确指。现存的脂评本有三种。一种存十六回,因有"脂砚斋甲戌抄阅再评"语,简称甲戌本;一种残存四十一回又两个残回,因有"己卯冬月定本"语,简称己卯本;一种存七十八回,因有"庚辰秋月定本"语,简称庚辰本。至其何以都不足八十回的原因则颇为复杂,有些可能是在流传过程中佚失,但也有些可能是曹雪芹当时尚未写好。如胡适就认为甲戌本之所以只有十六回是因为曹雪芹在甲戌年(乾隆十九年,1754)只写了十六回(按,也可能是当时整理好的只有十六回。——引者)。同时,这些本子中的脂砚斋评语并不都是在其所标明的那一年或其以前所写,也有出于其后的。如甲戌本有一条评语:"壬午除夕,书未成,芹为泪尽而逝。""壬午"为乾隆二十七年(1762),已在甲戌的八年以后了。

除了标明为脂砚斋批评的以外,还有一些八十回抄本也有评语;但未标明批评者。此等本子当也出于早期的八十回抄本。此类抄本中有一种有戚蓼生的序,通称戚序本,有正书局曾据以石印,故流传较广。

---

① 本节引《红楼梦》文,除注明者外,皆据《古本小说集成》影印北京大学图书馆藏《脂砚斋重评石头记》(存七十八回)。原书分装八册,自第五册起每册首页均署"庚辰秋月定本"或"庚辰秋定本",故研究者简称庚辰本。

从脂砚斋的评语来看,在曹雪芹生前,《红楼梦》的前八十回已基本写定;八十回后也已写了一部分,但原稿在被人借去阅览时丢失了,所以八十回后的都没有保存下来。因脂评本在交代成书过程时,有"曹雪芹于悼红轩中披阅十载,增删五次,纂成目录,分出章回"等语,则其前八十回至少写了十年。又据甲戌本脂批,他死于壬午除夕(1763年2月12日)①,那么,他开始写《红楼梦》至迟在壬申年(1752);何况他在甲戌年至少已写了十六回,若在壬申尚未动手,甲戌年又怎么拿得出十六回来?

二、《红楼梦》前八十回的艺术成就

《红楼梦》前八十回以写实的方法,广阔而深入地反映了以家族结构和礼教为主要组成部分的环境与人性的尖锐矛盾以及坚持自我的个人所经受的惨重的压迫、剧烈的痛苦和不得不以生命为代价的壮烈;在这过程中,写实主义成分在中国文学里有了大幅度的增长,白话运用的纯熟自如也进到了新的高度。所以,它是对《儒林外史》的较全面超越,从而与新文学也就更为接近了;因为文学革命的第一个十年本就在追求人性的解放,而作为显示了文学革命实绩的第一篇小说《狂人日记》又是"意在暴露家族制度和礼教的弊害"②的,《红楼梦》显然都与之相通。大致说来,《红楼梦》前八十回的艺术成就约可分为以下四项:(一)真实而生动地反映了人性与环境的冲突。(二)深刻揭示了抑制人性的环境的核心——家族结构与礼教。(三)无所讳饰地写出了个性的丰富与复杂;这些也意味着在中国文学史上写实主义成分的进一步增长。(四)白话的运用已经纯熟自如,结构也臻于完密。

人性与环境的冲突

首先,《红楼梦》前八十回(以下简称《红楼梦》)真实而生动地反映了人性与环境的冲突,这是其艺术成就的基本方面。

在《红楼梦》所写的许多人物身上,都存在着此种冲突,这给予他们以剧烈的痛苦。但其中不少人仍然坚持自我,甚至不惜以生命作为代价,贾宝玉、林黛玉、晴雯、芳官、尤三姐、司棋……无不如此。其坚持自我的人数固然大大超

---

① 关于曹雪芹卒年,尚有卒于癸未除夕及卒于甲申二说。
② 鲁迅《且介亭杂文·〈草鞋脚〉小引》:"最初,文学革命者的要求是人性的解放……"又,《且介亭杂文二集·〈中国新文学大系〉小说二集序》:"从一九一八年五月起,《狂人日记》……等陆续的出现了,算是显示了'文学革命'的实绩……《狂人日记》意在暴露家族制度和礼教的弊害。……"

过了《儒林外史》,个人的斗争的惨烈也远非《儒林外史》中的人物所可及。

这里以贾宝玉为例。

贾宝玉是个极其聪明、"任性恣情"(第十九回)而又性早熟的男孩;他所要求的,是心灵活动的广大空间和温馨的感情世界。同时,他很小就有自己的不同于流俗的见解,而且不肯轻易放弃。为了改造他,他父亲贾政时时打他,有一次几乎把他打死。这使他内心深处深感孤独乃至绝望,他只企望在青年女性的爱抚中早日死去,获得她们的深切哀悼,他的形骸则化为飞灰乃至轻烟(参见下引第十九回、第三十六回有关文字)。

早在十一岁时,他父亲带着他和一众清客到刚建造的别墅大观园去,为其中各处题匾额和对联①。当时他就因不愿改变自己的看法而与父亲发生了冲突。

>……说着引人步入苑堂,里面纸窗木榻,富贵气象一洗皆尽。贾政心中自是欢喜,却瞅宝玉道:"此处如何?"众人见问,都忙悄悄的推宝玉,教他说好。宝玉不听人言,便应声道:"不及'有凤来仪'(大观园中的另一处建筑名。——引者)多矣!"贾政听了道:"无知的蠢物!你只知朱楼画栋、恶赖富丽为佳,那里知道这清幽气象!终是不读书之过。"宝玉忙答道:"老爷教训的固是,但古人长云'天然'二字……此处置一田庄,分明见得人力穿凿,扭捏而成。远无邻村,近不负郭;背山山无脉,临水水无源。高无隐寺之塔,下无通市之桥。峭然孤出,似非大观。争似先处有自然之理、得自然之气?虽种竹引泉,亦不伤于穿凿。古人云'天然图画'四字,正畏非其地而强为地,非其山而强为山。虽百般精而终不相宜……"未及说完,贾政气的喝命:"出去!"(第十七回)

很明显,贾宝玉的这种见解实在比他父亲高明,但他说出了自己看法的结果所受到的却是如此无情的待遇。其实,贾宝玉对他父亲本来就很害怕,这次是他自己在园中逛,听说父亲来了,赶快溜走,却已被他父亲遇上,只好随着一起题匾联。但尽管如此,他仍然不愿违心地附和父亲的意见,而是坚持自己的看法,无畏地跟父亲辩论。由此而言,他的"任性恣情"正是一种可贵的尊重理性的精神。

也正因"任性恣情",他跟他父亲以及整个环境的矛盾远不止在对"自然"的理解上,更重要的是在人生道路上。正如袭人所说他的:"不承望你不喜读

---

① 《红楼梦》并未明言宝玉此时的年龄,但据其十七至二十三回所写,宝玉题匾额的第二年即迁入大观园,在大观园中过了至少一年以后,他还是个"十二三岁的公子"(二十三回)。

书,已经他(指贾政。——引者)心里又气又愧①,而且背前背后乱说那些混话:凡读书上进的人你就起个名字叫作'禄蠹',又说'只除"明明德"外无书,都是前人自己不能解圣人之书,便另出己意混编纂出来的'。这些话怎么怨得老爷不气、不时时打你?"(第十九回)在袭人说了他以后,他虽口头上表示"那原是那小时不知天高地厚,信口胡说,如今再不敢说了",但也只是敷衍袭人而已。过了不久,史湘云来看他,又发生了如下的事:

> 正说着,有人来回,说:"兴隆街的大爷来了。老爷叫二爷出去见呢。"宝玉听了,便知是贾雨村(书中的一个善于做官、心狠手辣的人。——引者)来了,心中好不自在。……湘云笑道:"还是这个情性不改。如今大了,你就不愿读书去考举人进士的,也该常常的会会这些为官做宰的人们,谈谈讲讲些仕途经济的学问,也好将来应酬世务,日后也有个朋友。没见你成年家只在我们队里搅些什么!"宝玉听了道:"姑娘请别的姊妹屋里坐坐,我这里仔细污了你知经济学问的!"袭人道:"云姑娘快别说这话。上回也是宝姑娘也说过一回,他也不管人脸上过的去过不去,他就咳了一声,拿起脚来走了。……我到过不去,只当他(指宝钗。——引者)恼了,谁知过后还是照旧一样。真真有涵养、心地宽大!谁知这一个反到同他生分了。那林姑娘见你赌气不理他,你得赔多少不是呢!"宝玉道:"林姑娘从来说过这些混账话不曾?若他也说过这些混账话,我早合他生分了。"袭人和湘云都点头笑道:"这原是混账话!"(第三十二回)

可见他始终没有改掉"小时"的"信口"之语,仍把"读书上进"、"仕途经济的学问"看作"禄蠹"的"混账话"。至于他之憎恶这些,显然并不是怕读书。他对《离骚》、《文选》就读得很熟,书里的奇花异草之名都能记得(第十七回);对于《庄子》也很喜爱,"……看至外篇《胠箧》一则……意趣洋洋"(第二十一回)。对诗、词他更为用心,曾以"花气袭人知昼暖"的诗句为一个姓花的丫头取名袭人,以致贾政批评他"不务正,专在这些浓词艳赋上作功夫"(第二十三回);至于《西厢记》等作品,尤其让他废寝忘餐,他对林黛玉说:"真真这是好书,你要看了,连饭也不想吃呢!"(第二十三回)所以,他并不是厌恶读书,而只是厌恶那些"禄蠹"们必读的关于"仕途经济"之书。换言之,他的"任性恣情"既导致了他对于当时主流的意识形态的怀疑,也使他追求着精神世界的广阔空间——从《庄子》直到《西厢记》。

这种"任性恣情"跟他的性早熟相结合,更使他成为当时现实中的另类,也

---

① 庚辰本原作"有气又愧",据戚序本改。

更加深了他与环境的冲突及其痛苦。至其性早熟的原因,一则是这等富贵之家的孩子所难免的营养过剩,再则是滋补药的作用(例如第二十三回就有宝玉母亲王夫人嘱咐宝玉"天天临睡的时候"吃丸药的描写;宝玉并未生病,此等药自是滋补性的;当时宝玉十二岁);三则因其从小就和一群女孩子一起生活,并由好些丫鬟服侍,其中还包括了"本是个聪明女子,年纪本又比宝玉大两岁,近来也渐通人事"的袭人(第六回);在《红楼梦》八十回本中,明确写到与宝玉有过性关系的女子就是她,那还是宝玉少年时期的事。总之,由于性早熟,加以所处的又是一个实行多妻制的社会,他不但很早就与林黛玉之间产生了刻骨铭心的爱,而且还深深地爱着丫鬟晴雯;当然也爱袭人。另一些丫头如金钏、芳官、四儿等与他虽无暧昧,却亲密到不拘形迹。而且,受社会风气的影响,他还有同性恋的倾向;跟秦锺、蒋玉菡都已不只是一般的朋友,虽然未必有肉体关系。而这一切在他父母眼中都是不可宽恕的。他母亲虽然舍不得责打他,却把金钏儿、晴雯、芳官、四儿先后赶了出去,只留下了向她告密、从而获得了她信任的袭人;其结果是金钏、晴雯悲惨地死去,芳官也被迫出了家。他父亲因蒋玉菡是权势薰炙的忠顺王的优伶,而且是王爷所"断断少不得的"人,贾宝玉竟与他亲厚,以致忠顺王遣人前来诉告,连累了自己——"祸及于我",更是"气的目瞪口歪",又为贾环的谗言所惑,以为金钏儿是因宝玉"强奸不遂"而自杀的,气愤之下竟要把他活活打死,后来虽被阻止,宝玉已受了重伤(第三十三回)。

　　这一切都强化了贾宝玉与环境的冲突。在被父亲责打以后,林黛玉来看他,抽抽噎噎地说道:"你从此可都改了罢!"宝玉长叹一声道:"你放心,别说这样话,就便为这些人死了也是情愿的。"(第三十四回)可见他已决定以死来维护自己的生活道路。另一方面,由于处在这样的压抑之中,他本来就已深感到生活的灰暗,只有从其所亲爱的几个青年女性那里才能得到慰藉,因而希望她们"同看着我、守着我,等我有一日化成了飞灰——飞灰还不好,灰还有形有迹,还有知识——等我化成一股轻烟,风一吹便散了的时候,你们也管不得我,我也顾不得你们了"(第十九回),到金钏自杀、他自己被父亲毒打以后,他的厌世思想就进一步凸现出来,竟对袭人说:"比如我此时若果有造化,该死于此时的,趁你们在,我就死了,再能够你们哭我的眼泪流成大河,把我的尸首漂起来,送到那鸦雀不到的幽僻之处,随风化了,自此再不要托生为人,就是我死的得时了。"(第三十六回)及至晴雯等都落了悲惨的结局,他更感到生活只是受罪,只有死亡才是解脱:"余犹桎梏而悬附。"①(第七十八回)。所以,在宝玉身

---

① "悬附"即"附赘悬疣"之意,这是用《庄子·大宗师》的典故:"彼以生为附赘悬疣,以死为决疣溃痈。"

上所体现的,乃是"任性恣情"所导致的个人与环境的剧烈冲突及其无尽的痛苦——人性在环境压抑下的深刻悲哀。

当然,在《红楼梦》里这样的悲剧并不只发生在宝玉身上,黛玉、晴雯、芳官等也都是由于不能克制自己的情性才为环境所不容的。就黛玉来说,她对宝玉的反对"禄蠹"、憎恶"仕途经济的学问"不但充分理解,而且完全一致。上引宝玉对史湘云和袭人所说的那些"混账话"的斥责,恰巧被黛玉听到了,她非常感动,"不觉又喜又惊,又悲又叹。所喜者果然自己眼力不错,素日认他是个知己,果然是个知己……"(第三十二回)同时,她毫不掩盖自己对宝玉的爱情以及在爱情中产生的矛盾乃至争吵,而这一切正是为当时注重礼教的环境所不容。尽管贾母本来很爱黛玉,但后来也对她日益不满,认为她不能做宝玉的妻子,曾想为宝玉向薛宝钗的妹妹宝琴求婚,只是宝琴已订了婚,这才作罢(第五十回)。所以,《红楼梦》八十回以后宝玉与宝钗成婚、黛玉悲惨而死之事虽是高鹗续写的,但林黛玉与贾宝玉的爱情只能以悲剧结束,黛玉的命运很为悲惨却是曹雪芹预定的结局。

而且,这些人在个性——体现在个体身上的具体的、自具特色的人性——遭到残酷的压制、摧残时全都坚持自我,不向环境屈服。贾宝玉在被父亲毒打后向黛玉表示决不悔改,"就便为这些人死了也是情愿的",已见前述。黛玉明明知道贾母痛恶女孩子对男青年的情爱,亲耳听到她将这些陷入爱情的女孩子斥为"鬼不成鬼,贼不成贼"(第五十四回),但过不几天,当她听说紫鹃的几句话刺激得宝玉"眼睛也直了,手脚也冷了,话也不说了……已死了大半个了,连李妈妈都说不中用了"时,不但"嗳的一声,将腹中之药一概呛出,抖肠搜肺、炽胃扇肝的痛声大嗽了几阵,一时面红发乱,目肿筋浮,喘的抬不起头来",而且当着袭人的面对紫鹃说:"你径拿绳子来勒死我是正经!"毫不掩饰地表露了她与宝玉同生共死的真情(第五十七回),也就是告白了她并不在乎贾母对"鬼不成鬼、贼不成贼"者的憎恨。至于晴雯,在受到王夫人怒斥、处境危殆之际,仍无所畏惧地公然反抗王夫人所布置的对大观园的抄检(见下文);芳官等在被王夫人逐出大观园、把她们交给各自的干娘后,竟然"寻死觅活,只要铰了头发作尼姑去",最后终于出家(第七十七回)。总之,在这类关键时刻,她们都不为环境所压服。这与杜少卿的坚持自我的精神当然是相通的;但贾宝玉、晴雯等人经受了杜少卿所没有经受过的严峻考验,因而更为壮烈。

《红楼梦》的显示人性与环境的冲突、人性被压抑的痛苦以及在压抑下的挣扎、反抗,跟以文学革命为开端的新文学的要求人性解放显然是相通的:既然已感到了被压抑的痛苦而且在挣扎与反抗,接下来的自然是解放的要求。

家族结构与礼教对人性的摧残

其次,《红楼梦》在反映人性与环境的冲突时,至少在客观上生动地揭示了家族结构与礼教乃是摧残人性的环境的主要组成部分;这是构成《红楼梦》艺术成就基本方面的主要一翼。

《红楼梦》中的贾府,是一个人与人之间彼此残害的场所,正如贾宝玉的妹妹探春所说:"咱们倒是一家子亲骨肉呢,一个个不像乌眼鸡?恨不得你吃了我,我吃了你!"(第七十五回)这里指的是主子之间的关系,因为贾府的奴才——其人数远远超过主子——是不在探春所说的"亲骨肉"之内的。但作为主子的"亲骨肉"之间既然如此,非"亲骨肉"的主奴之间、奴才与奴才之间当然更其这样。这种相互残杀的过程,也就是摧残人性的过程。至于贾府内所以会惨酷地相互残杀,一则是家族结构本身所造成,也即是由于家族内的各人的利益的驱动,再则是因为贾府乃"诗礼之家"(第二回),对"礼"极其注重,而"礼"本有压迫乃至残害人的一面,在家族内部的斗争中更成为残害对方的有力工具①。

也正因此,在贾府内的摧残人性的环境的主要组成部分就是家族结构与礼教。

贾府中人们相互残杀的事真是不胜枚举②,这里仍以贾宝玉为例,对他的个性加以严重摧残的主要有贾政、王夫人和袭人,具体事件如下:

首先是贾政。

贾政平时对他的个性的压抑,在上文中已有简单叙述,现引其最残酷的一次——为蒋玉菡与金钏儿事而毒打宝玉,竟要把他处死——的描写于后:

> 贾政一见(宝玉),眼都红紫,也不暇问他在外流荡优伶、表赠私物,在家荒疏学业、淫辱母婢等语,只喝令:"堵起嘴来,着实打死!"小厮们不敢违拗,只得将宝玉按在凳上,举起大板,打了十来下。贾政犹嫌打轻了,一脚踢开掌板的,自己夺过来,咬着牙,狠命盖了三四十下。众门客见打的不祥了,忙上前夺劝,贾政那里肯听!……王夫人一进房来,贾政更如火上浇油一般,那板子越发下去的又狠又快,按宝玉的两个小厮忙松了手走

---

① "礼"在封建社会既是封建等级制度的保证,又是对人的思想与行动的束缚,所谓"别贵贱"、"序尊卑"、"体上下","然后民知尊君敬上,而忠顺之行备矣"(《大戴礼记·朝事》);同时,它又是与"法"结合在一起的,例如,如果子女不孝,父母就可向官府控告,由官府对不孝者处刑——包括死刑。
② 谈蓓芳的《鲁迅〈狂人日记〉的历史渊源》(《复旦学报》(社会科学版)2006年3期)对此有较详细的阐述,可参看。

开,宝玉早已动弹不得了。贾政还欲打时,早被王夫人抱住板子。贾政道:"罢了,罢了,……我养了这不肖的孽障,已经不孝;教训他一番,又有众人护持。不如趁今日一发勒死了,亦绝将来之患!"说着,便要绳索来勒死。(第三十三回)

在这里,贾政必欲把宝玉置之死地而后快的情状,清晰如画。他之所以如此狠毒,既是为了家族,更是为了他自己的利益。因为宝玉如能为家族争光、荣宗耀祖,自然也就为贾政带来了好处;如今宝玉不仅不能做到这一点,却反而"祸及于我",所以就把他恨之入骨了。而他所加给宝玉的罪名,则是违反礼教;所谓"在外流荡优伶、表赠私物,在家荒疏学业,淫辱母婢"都是触犯礼教的。至其对宝玉是否确曾"淫辱母婢"不加调查就予毒打甚至要加以"勒死",则是家族制度所给予他的威权。所以,宝玉的这场灾祸,乃是家族制度和礼教相结合的产物。它不但是对宝玉的肉体的残害,而且是对其个性的严重摧残——要通过暴力来扼杀他的个性。

其次,是王夫人。

贾宝玉的母亲王夫人看来对宝玉很慈爱,在贾政要把宝玉打死时,她苦苦求情。然而为了"爱护宝玉",她残酷地迫害了好些人,并且在宝玉身边安下了眼线——袭人,这一切实际上是对于宝玉精神上的虐杀。而且这种虐杀是越来越狠毒的:她先是因为金钏儿与宝玉玩闹,就把金钏儿赶了出去,迫使金钏儿投井自杀,以致宝玉"恨不得此时也身亡命殒,跟了金钏儿去"(第三十三回)。在把袭人收为自己的眼线后,她又一举把与宝玉关系密切的晴雯、芳官、四儿全都赶逐了出去,害得芳官出家、晴雯夭亡,贾宝玉受此刺激,痛苦至极,如同上引的哀悼晴雯的《芙蓉女儿诔》所表明的,他已认为只有死亡才是其不堪负荷的痛苦生活唯一的解脱。

然而,王夫人之所以要这样做,其实是为了宝玉。她在听到她的丫头金钏儿与宝玉玩闹时,"照金钏儿脸上就打了个嘴巴子,指着骂道:'下作小娼妇,好好的爷们都叫你教坏了!'"(第三十回)在赶逐晴雯、四儿等人时又说:"我的心耳神意时时都在这里,难道我通共一个宝玉就白放心凭你们勾引坏了不成?"①(第七十七回)而在宝玉被贾政毒打后,袭人对她说:"论理我们二爷也须得老爷教训两顿,若老爷再不管,将来不知做出什么事来呢!"②(第三十四

---

① 庚辰本的"难道"句原作"难道我……就白放心……",后又改"白"为"这么",笔迹与"白"字不同。按,戚序本也作"白放心";知其早期抄本原作"白","这么"则为后人所改。今不取。
② 庚辰本"论理我们二爷……"句据原抄如此,后又于"论理"上加一"若"字,笔迹与原抄不同,今不取。"我们"二字也被删去,但戚序本也有此二字,当为原抄所有,删除则出于后人,今亦不取。

回)她就大为赞赏说"这话和我的心一样",并说她所怕的是"若打坏了(宝玉),将来我靠谁呢"。可见她在对宝玉行为的评价上与贾政一样,也认为是违背家族利益、触犯礼教的,因而必须严加管教,换言之,在要扼杀宝玉的个性、把他管得符合礼教这一点上,她与袭人、贾政是完全一样的。只不过她怕宝玉被"打坏",所以不是以责打宝玉的方式,而是采取把那些与宝玉关系密切的女孩子赶逐出去的办法来达到她的目的。她在这样做时所依仗的也是其在家族结构中的威权,而这对宝玉心灵的伤害则较之贾政的毒打尤为严酷,他在《芙蓉女儿诔》中所表现的痛苦较之在遭贾政毒打后的更为深重。

扼杀宝玉个性的另一个重要人物是袭人。

袭人是服侍宝玉的丫环,并很早就和贾宝玉发生了性的关系。也正因此,她对贾宝玉与林黛玉、史湘云的亲密非常恼怒,曾为此公然与宝玉闹矛盾(第二十一回)。而尤其重要的是,她对宝玉的"任性恣情"、称读书上进者为"禄蠹"、"除'明明德'外无书"都持反对态度,并要他"不任意任情"(第十九回)。所以,她也是要扼杀宝玉的个性的。然而,她对宝玉的种种劝告,宝玉只是表面上顺着,实际上我行我素。于是她就进而依靠王夫人来达到目的。在王夫人因宝玉被贾政毒打而向她问话时,她在向王夫人说了上引的那些话后,又建议把宝玉迁出大观园(当时宝玉与贾府的几位小姐、林黛玉、薛宝钗都住在园中),说是"如今二爷(指宝玉。——引者)也大了,里头姑娘们也大了,况且林姑娘、宝姑娘又是两姨姑表姐妹①。虽说是姊妹们,到底是男女之分,日夜一处起坐不方便,由不得叫人悬心。……若要叫人说出一个不好字来……二爷一生的声名、品行岂不完了?"王夫人听了后,"如雷轰电掣的一般"(第三十四回)。说得明白一点,如果贾宝玉与林黛玉或薛宝钗有了恋爱关系甚或性关系,他"一生的声名、品行"就"全完了",这正是极力主张礼教者的话头,也说到了王夫人的心里去,使王夫人大为感激,竟赞为"难为你成全我娘儿两个声名体面",并说"我就把他交给你了,好歹留心保全了他"(同上)。后来王夫人之赶逐晴雯、四儿、芳官实是她在捣鬼,这连宝玉也意识到了②。她之这样做,在

---

① "姑表",庚辰本原误作"娘表"(后又点去"娘"字,当是后人所删),据戚序本改。
② 第七十七回对此是这样写的:"宝玉道:'怎么人人的不是太太都知道,单不挑出你合麝月、秋纹来?'袭人听了这话,心一动,低头半日,无可回答。因慢笑道:'正是呢,若论我们,也有顽笑不留心的孟浪去处,怎么太太竟忘了,想是还有别事,等完了再发放我们也未可知。'宝玉笑道:'你是头一个出了名的至善至贤之人,他两个又是陶冶教育的("是"下疑脱"你"字。——引者),焉能还有孟浪之处。……只是晴雯,也是合你一样从小过来的,虽然他生的比人强些,也没什么要紧。就只他的情性爽利,口角锋芒些,究竟也不曾得罪你们。想是他过于生得好了,反被这好所误。'说毕复又哭起来。袭人细揣此语,好似宝玉有疑他们之意……"(庚辰本此段颇有衍文及误字,以上据戚序本引)

实质上固是为了自己的利益和地位,但她用来打动王夫人的却是礼教,其所仗持的则是王夫人由于家族制度而具有的威权。

因此,贾宝玉与环境的冲突,主要就体现为他与贾政、王夫人、袭人的冲突,而这归根到底是家族结构、礼教与人的个性的冲突。

个性的丰富复杂

第三,《红楼梦》对压抑人性的环境的深刻揭示是与其对个性本身的丰富性、复杂性的无所讳饰的描写相结合的。这是构成《红楼梦》艺术成就基本方面的另一主翼。这个基本方面及其两翼的统一意味着写实主义成分在中国文学发展过程中的进一步增长。

如上所述,《儒林外史》中已有较显著的写实主义成分,但比较起来,《红楼梦》又有了进一步的发展。限于篇幅,这里只举一个例子:《儒林外史》里的杜少卿是以作者吴敬梓为原型的,《红楼梦》里的贾宝玉是以作者曹雪芹为原型的,但贾宝玉的性格要比杜少卿丰富得多。杜少卿慷慨、豪迈,虽然愤世嫉俗,有时甚至显得有点傻乎乎,不必要地将大把银子周济别人,以致家业败落,但他自己却洁身自好,律己甚严;这跟贾宝玉的生活态度很不一样。也正因此,他的性格较为单一。而在实际上,吴敬梓的家产败落与他的流连妓院等生活有关,如同胡适所说:"吴敬梓的财产是他在秦淮河上嫖掉了的。"(《吴敬梓年谱》)换言之,吴敬梓在将原型发展为作品中的人物杜少卿时,把他认为不光彩或不重要而其实很能显示人物性格复杂性的部分删掉了。曹雪芹却相反,正如鲁迅论《红楼梦》所说:"其要点在敢于如实描写,并不讳饰……所以其中所叙的人物,都是真的人物。"也正因此,贾宝玉的性格就远较杜少卿丰富、复杂。其思想固然远比杜少卿敏锐、深刻与大胆,其感情世界的博大、细腻而多彩也与杜少卿迥异其趣。也许其中有太多的杂质,但也正因此而成其浑厚。

这种个性的丰富与复杂,在《红楼梦》的一系列人物——不仅像林黛玉、薛宝钗、王熙凤之类的主要人物,而且也包括平儿、袭人、晴雯等次要人物——身上都体现出来。这里以晴雯为例。

《红楼梦》之于晴雯,先写其因跌断扇子骨而引发与宝玉、袭人的争吵,显示其维护个人尊严的坚毅、天真(第三十一回);再通过其病中为宝玉补雀金裘而描摹其深情智慧与顽强(第五十二回);然后以其在王善保家的奉王夫人之命抄检大观园时的反抗行为,凸现出她的勇敢无畏:在抄检之前,王夫人已对她严厉斥责,意味着凶多吉少,但在抄检时,她仍"挽着头发闯进来,'豁'一声将箱子掀开,两手端着,底子朝天,往地下尽情一倒,将所有之物尽都倒出。王善保家的也觉没趣"(第七十四回)。最后是她在重病中被王夫人赶逐出去,住

在其姑舅哥哥家中,宝玉去看她时她的表现:

  ……(宝玉)一面想,一面流泪问道:"你有什么说的?趁着没人告诉我。"晴雯呜咽道:"有什么可说的,不过挨一刻是一刻,挨一日是一日!我也知横竖不过三五日的光景就好回去了。只是一件,我死了也不甘心的:我虽生的比别人略好些,并没有私情密意勾引你怎么样,如何一口死咬定了我是个狐狸精!我太不服!今日既已耽了虚名,而且就要死了,不是我说一句后悔的话,早知如此,当日也另有个道理。不料痴心傻意,只说大家横竖是在一处,不想平空生出这一节话来,有冤无处诉!"说毕又哭。……晴雯拭泪,就伸手取了剪刀,将左指上两根葱管一般的指甲齐根铰下,又伸手向被内将贴身穿着的一件旧红绫袄脱下,连指甲都与宝玉,道:"这个你收了,以后就如见我的一般。快把你穿的袄儿脱下来我穿,我将来在棺材内独自躺着,也就像还在怡红院的一样了。论理不该如此,只是耽了虚名,我可也是无可如何了!"宝玉听说,忙宽衣换上,藏了指甲。晴雯又哭:"回去他们看见了要问,不必撒谎,就说是我的。既耽了虚名,索性如此,也不过是这样……"(第七十七回)

在这里,晴雯对宝玉的生死不渝的热爱和即使死了也要反抗到底的刚烈表露无遗,同时也引起读者的强烈感动。

  假如说以上的四段充分显示了晴雯的美好,那么,作品中的晴雯还有另一面在。这里再介绍两段:

  第一段是宝玉房里的小丫头红玉,因被王熙凤差遣去做事,回来碰到了晴雯等人。"晴雯一见了红玉,便说道:'你只是疯跑罢!院子里花儿也不浇、雀儿也不喂、茶炉子也不煨,就只在外边逛!'"及至红玉说明雀儿已喂、花今天不用浇、烧茶炉不是她该班,而且她也不是在外边逛,是王熙凤"使唤我说话去东西的",晴雯仍然不依不饶,"冷笑道:'怪道呢!原来爬上高枝儿去了,把我们不放在眼里,不知说了一句话半句话,名儿姓儿知道了不曾呢?就把他兴的这样!这一遭半遭儿的美不得什么,过了后儿,还的听呵。有本事从今儿出了这园子,长长远远的在高枝而上,才美得。'一面说着,去了。这里红玉听说,不便分争,只得忍着气来找凤姐儿……"(第二十七回)

  第二段是宝玉房里的小丫头坠儿,偷了别人的镯子。晴雯其时正在生病,知道后就要叫坠儿来,被宝玉劝住了。过了两日,病仍然不好,晴雯先是"急的乱骂大夫说:'只会骗人的钱,一剂好药也不给人吃。'……又骂小丫头子们:'那里钻沙去了?瞅我病了,都大胆子走了,明儿我好了,一个个的才揭你们的皮呢!'唬的小丫头子篆儿忙进来问:'姑娘作什么?'晴雯道:'别人都死绝了,就剩了你不成?'说着只见坠儿也蹭了进来①。晴雯道:'你瞧瞧这小蹄子,不问他还不来呢! 这里又放月钱了,又散果子了,你该跑在头里了! 你往前些,我不是老虎,吃了你?'坠儿只得前凑。晴雯便冷不防欠身,一把将他的手抓住,向枕边取了一丈青,向他手上乱戳,口内骂道:'要这爪子作什么? 拈不得针、拿不动线! 只会偷嘴吃,眼皮子又浅,爪子又轻,打嘴现世的,不如戳烂了!'坠儿疼的乱哭乱喊。麝月忙拉开坠儿,按晴雯睡下……晴雯便命人叫宋嬷嬷进来,说道:'宝二爷才告诉了我,叫我告诉你们,坠儿狠懒,宝二爷当面使他,他拨嘴儿不动,连袭人使他,他背后骂他。今儿务必打发他出去,明儿宝二爷亲自回太太就是了。'"(第五十二回)

在这两段里,我们清楚看到了与上面所介绍过的晴雯显然相异的一面:对小丫头的欺凌、褊狭甚至残酷。在第一段中,她先是不分青红皂白地对红玉加以责骂,及至发觉红玉实在并无可以责骂之处,却仍然说了一大通尖酸刻薄的话以发泄怨气。在第二段里,由于自己生病而心情不好,就痛骂小丫头,甚至说"一个个的才揭你们的皮";则其平日对小丫头的态度可想而知。至于拿一丈青向坠儿的手上乱戳,还骂着说"要这爪子作什么? ……不如戳烂了",那更流于凶狠了——尽管坠儿不应偷东西,但晴雯又有什么权利去折磨坠儿呢? 坠儿已"疼的乱哭乱喊",她却仍然无动于衷! 因而也许可以这样说:晴雯自己有强烈的自尊心,但她却并不把地位比她低的人的尊严当一回事;她自己对贾府的等级制度并不驯顺,甚至无视王夫人的权威,但她又心安理得地依据这种等级制度凌驾于小丫头们之上。这里固然体现了晴雯性格中的矛盾,但又有其内在的统一性,并不是支离破碎的糅合,而是显示了晴雯个性的丰富与复杂。

像这样的丰富、复杂的个性,在《红楼梦》以前的作品中尚未出现过,在《红楼梦》里却是相当普遍的存在。

《红楼梦》的人物描写中还有一点值得注意的,是其已经接触到了人物的潜意识。这集中体现在第五回中。该回写贾宝玉梦游太虚幻境,与一位"鲜艳妩媚,有似乎宝钗,风流袅娜,则又如黛玉"的"乳名兼美、字可卿"的青年女子成婚,而可卿则是宝玉侄媳秦氏的小名。尽管作者在这个梦境中加入了若干神秘的成分(如预示休咎等),但其实是暗示这个青年女子乃是黛玉、宝钗、秦可卿的综合,也即暗示了宝玉对这三个女子的爱慕。后来秦可卿病重,自知不起,向王熙凤说些"我自想着未必熬的过年去呢"一类的话,宝玉听了,"如万箭攒心,那眼泪不知不觉就流下来了"(第十一回)。及至得到可卿死去的消息,宝玉"只觉心中似戳了一刀的不忍,哇的一声,直奔出一口血来"(第十三回)。

---

① "蹭",庚辰本原作"徉",据戚序本改。

更可见宝玉确对秦可卿有一种特殊的感情。不过,在当时的伦常的束缚下,处在少年时期的宝玉当不致对侄媳妇有非分之想;所以,秦可卿如果以某种形式进入了他的梦境,那也不过是潜意识的作用罢了(自然,曹雪芹不会懂弗洛伊德的学说,但《红楼梦》所写的宝玉的情况,有许多出于曹雪芹的经历;他自己在以前作过类似的梦却是可能的)。文学作品之能涉及潜意识,当然更是心理描写上的一种进步,也使作品中的个性更其丰富与复杂。到了二十世纪的二十年代,向培良在短篇小说《飘渺的梦》里以梦境写一个少年在潜意识中对其嫂子的爱慕,可说是曹雪芹此种写梦的传统的继续,虽然向培良也许并不是受曹雪芹《红楼梦》的影响,但也可见通过梦来表现人的潜意识在我国古代文学中也不是无迹可寻的。

《红楼梦》在人物描写上的上述成就,是写实主义成分在我国小说史上获得长足进展的主要组成部分之一。

白话运用纯熟自如,长篇结构渐趋完密

第四,《红楼梦》在写个人、环境及二者的冲突中的卓越的成绩,与其白话运用的纯熟自如、小说结构的臻于完密是不可分割的;没有后两点,其成绩就不可能如此卓越。这是《红楼梦》艺术成熟的又一个主要方面。

首先是关于白话的熟练运用。《儒林外史》在白话的运用上所取得的重大成就已如上述,《红楼梦》较它又迈进了一大步。不但《儒林外史》中偶或掺杂的文言句式和文言式的表述已经基本消失,而且叙述简洁、明快,人物对话生动而又具有个性,实可谓语言艺术的经典之作。试以五十二回"晴雯病补雀金裘"一段为例。那段说的是:宝玉因要去祝贺舅父的生日,贾母给了他一件雀金呢的氅衣,"是哦啰斯国拿孔雀毛拈了线织的",不料宝玉穿上的第一天就在"后襟子上烧了一块",当夜拿出去织补,却无人敢揽这个活。宝玉房中的晴雯倒是会补,却又病得不轻。但最后她还是不顾病体沉重,补好了它:

……麝月道:"这怎么样呢?明儿不穿也罢了!"宝玉道:"明儿是正日子,老太太、太太说了还叫穿这个去呢,偏头一日烧了,岂不扫兴!"晴雯听了半日,忍不住翻身说道:"拿来我瞧瞧罢!没这个福气穿就罢了,这会子又着急!"宝玉笑道:"这话到说的是。"说着便递与晴雯,又移过灯来细看了一会。晴雯道:"这是孔雀金线织的,如今咱们也拿孔雀金线,就像界线似的界密了,只怕还可混得过去。"麝月笑道:"孔雀线现成的。但这里除了你,还有谁会界线?"晴雯道:"说不得我挣命罢了!"宝玉笑道:"这如何使得!才好了些,如何做得活!"晴雯道:"不用你蝎蝎螫螫的,我自知道。"一面说一面坐起来,挽了一挽头发,披了衣裳。只觉头重身轻、满眼金星

乱迸，实实掌不住；若不做，又怕宝玉着急，少不得恨命咬牙捱着。命麝月帮着拈线。晴雯先拿了一根比一比，笑道："这虽不狠像，若补上也不狠显。"宝玉道："这就狠好。那里又找哦啰斯国的裁缝去？"晴雯先将里子拆开，用茶杯口大的一个竹弓钉牢在背面，再将破口四边用金刀刮的散松松的，然后把针纫了两条，分出经纬，亦如界线之法，先界出地子，后依本衣之纹来回织补。补两针又看看，织补两针又端详端详。无奈头晕眼黑，气喘神虚，补不上三五针，伏在枕上歇一会。宝玉在傍，一时又问："吃些滚水不吃？"一时又命："歇一歇！"一时又拿一件灰鼠斗篷替他披在背上；一时又命："拿个拐枕与他靠着！"急的晴雯央道："小祖宗，你只管睡罢！再熬上半夜，明儿把眼睛抠搂了怎么处？"宝玉见他着急，只得胡乱睡下，仍睡不着。一时只听自鸣钟已敲了四下，刚刚补完。又用小牙刷慢慢的剔出茸毛来。麝月道："这就狠好！若不留心，再看不出的。"宝玉忙要了瞧瞧，说道："真真一样了！"晴雯已嗽了几阵，好容易补完了，说了一声："补虽补了，到底不像。我也再不能了！""嗳哟"了一声，便身不由主倒下。

在这一大段文字中，除了"界线之法"、"本衣之纹"和"又命"还剩有书面语的痕迹外，其余几乎全是以北京话为基础的口语。不但交代过程简捷而又具体、细致，人物的对话更是肖其声口；尤其是晴雯所说，不但显示了她对宝玉的深厚感情，而且个性鲜明。就白话文的运用来说，这样的文字不但在我国古代白话小说中具有经典性，对后来的新文学也是宝贵的启示。

再说结构。

《红楼梦》具有贯通全书的中心人物——贾宝玉，并按照与这一中心人物（包括其感情、命运等等）的关系的深浅而构成有机的人物系列。举例言之，尤二姐、尤三姐似乎是与宝玉没有多大关系的人，然而她们的先后去世竟给予宝玉重大的精神打击，第七十回写道："争奈宝玉因冷遁了柳湘莲，剑刎了尤小妹，金逝了尤二姐，气病了柳五儿，连连接接，闲愁胡恨，一重不了一重添，弄得情色若痴，语言常乱，似染怔忡之疾。"根据脂砚斋的评语，曹雪芹最后是写了贾宝玉的出家的；那么，尤氏姐妹的夭逝应该也是其出家的重要原因之一吧。他既在现实生活中看到了这么多的痛苦和丑恶，并受到了深重的刺激，对红尘的留恋自然是越来越淡薄了。所以，连尤氏姐妹都是环绕着中心人物的人物系列中的有机组成部分，而不是游离的存在。

也正因此，《红楼梦》的结构是围绕着中心人物的成长及其命运的逐步显示而展开的。在这过程中，又不断地展现与其相关人物的经历、命运及其对中心人物的影响。例如晴雯。她的死对宝玉影响深巨，使他进一步感受到了生活只是痛苦而沉重的负担；但她在作品中并不是用来对中心人物施加影响的道具,而是一个血肉丰满的、独立的人物(尤氏姐妹同样如此)。作品通过前述的四个阶段——从她为扇子问题而与宝玉吵嘴直到临终前与宝玉诀别——及其对红玉、坠儿的态度,展现其性格与命运、个性的丰富与复杂。所以,《红楼梦》是在逐步展现中心人物的性格、命运的过程中,不断地显示其相关人物的性格、命运及其与中心人物的关系,当然同时也显示了他们之间的相互关系(例如晴雯与袭人的关系)。与此无关的则概于删芟。作品的结构也即由此而形成,它已臻于完整与严密。

在《红楼梦》以前,中国文学史上从来没有结构如此完整而严密的长篇小说。《水浒》、《儒林外史》固然没有贯通全书的中心人物,因而更不可能存在以此为中心的作为有机组成的人物系列,主次井然而又彼此渗透地来展现人物的性格与命运;《西游记》虽有贯通全书的中心人物,但并不是以人物性格、命运的逐步深化来形成全书的结构的,仅仅以中心人物的众多降妖伏魔的故事来组织全书,因而结构单调;《金瓶梅》虽也有中心人物,但未能贯通全书,不少事件是在西门庆死后发生的,而且作品中插入不少赘笔(如在写到宝卷及"说因果,唱佛曲儿"时,每每把宝卷、佛曲等内容一一记录下来),导致结构的冗杂。所以就长篇小说的结构来说,《红楼梦》实在代表了我国古代文学的最高水平。

三、《红楼梦》前八十回在中国文学史上的地位

《红楼梦》的上述艺术成就,使它成为我国文学古今演变的过程中的里程碑式的作品。

在中国古代文学的领域里,就写实主义成分的进展、白话运用的纯熟自如、结构的完整、严密而言,《红楼梦》都达到了登峰造极的地步,并都可以成为新文学的重要遗产;甚至像以梦的形式来写人的潜意识这样的手法,既为新文学所常用①,在《红楼梦》中也已有其先声。同时作品所反映的个人与环境的剧烈冲突、个性惨遭扼杀的痛苦、家族制度与礼教对人性的摧残,则又都与新文学所含蕴的现代性相通。连巴金《家》里的少爷觉慧与丫头鸣凤的恋爱的被毁灭,也容易使人联想起宝玉与丫头晴雯的爱情悲剧,尽管晴雯远比鸣凤泼辣。当然,这绝不意味着巴金对《红楼梦》的模仿或其曾受《红楼梦》的影响,但却足以说明《红楼梦》的上述一切都是通向未来的。

---

① 新文学中使用此种手法的颇多,从鲁迅的《兄弟》直到叶灵凤的《姊嫁之夜》;上文之举《缥缈的梦》为例,是因其所写的潜意识的内容与《红楼梦》的类似。

第三节 《红楼梦》的后四十回与其他小说

在一百二十回本出现以前，八十回本的《红楼梦》一直以抄本形式流传。现在所见的一百二十回本以乾隆五十六年（1791）排印本为最早，次年又经改订而重新排印。该书卷首程伟元序，谓《红楼梦》"原本一百二十卷"，而当时一般人收藏的"只八十卷，殊非全本"，经他"竭力搜罗"，始陆续得到了后四十卷的全部，"乃同友人细加厘剔，截长补短，抄成全部，复为镌板，以公同好。《石头记》全书至是始告成矣"。可知主持全书印行工作的为程伟元。故世称乾隆五十六年印行的本子为程甲本，第二年的改本为程乙本。

该书又有高鹗的序和引言，说明此书是他同程伟元共同整理的。但俞樾《小浮梅闲话》曾据张问陶《船山诗草》中《赠高兰墅鹗同年》诗"艳情人自说《红楼》"句原注"传奇《红楼梦》八十回以后俱兰墅所补"之语，说《红楼梦》八十回以后的四十回均为高鹗续写。其后胡适又经考证而证实了俞樾的这种看法。虽也有人对胡适的结论提出不同意见①，但尚无法加以推翻。而且高鹗自号红楼外史，《说文·史部》："史，记事者也。"是他自己本就承认为"红楼"故事的记叙者。其称为"外史"，当是标明他所记叙的并非原来的"红楼"故事，而是原来的"红楼"以外的故事。

一、高鹗的《红楼梦》后四十回

高鹗（约1738—约1815），字兰墅，别号红楼外史，内务府镶黄旗汉军，辽东铁岭（今属辽宁省）人。乾隆五十三年举人，六十年进士。曾任刑科给事中等职。有《兰墅文存》等书。续写《红楼梦》后四十回时，尚未成进士，故其所作序中引述程伟元对他说的话，有"子闲且惫矣"云云。

《红楼梦》后四十回主要是宣布了贾府和书中主要人物的结局，使全书不再成为未完之稿。同时，在程甲本和程乙本中还对前八十回的文字作了不少修改，想来也与他有关。

《红楼梦》八十回本第五回的《红楼梦》曲词及《金陵十二钗》册子的判词

---

① 不同意见大致有三种：（一）说后四十回也为曹雪芹所作；（二）说后四十回为程伟元与高鹗共作；（三）说后四十回是程、高以外的另一人所作，在程伟元印一百二十回本以前即已存在，此稿后为程伟元所得，故由程氏印行。

中,本已对贾府及主要人物的结局有所暗示,脂砚斋评语中也有好些处提到,知贾府在最后是"落了片白茫茫大地真干净"(第五回《红楼梦》曲第十四支),书中主要人物的结局都很悲惨,贾宝玉则出了家。高鹗续书跟曹雪芹原来的安排有相合的,但相异的更多。

其相合而且写得很好的,是林黛玉的结局。贾母最后选择薛宝钗做宝玉的妻子,并且骗宝玉说是让他跟林黛玉结婚,于是宝玉被骗与薛宝钗拜堂。黛玉不知宝玉是被骗,遂悲愤而死。其写黛玉的结局悲惨而壮烈,王国维《红楼梦评论》曾将黛玉与宝玉最后相见的一段赞为全书一百二十回中"最壮美者之一例"。现引王国维所称赞的此段于后:

> 那黛玉听着傻大姐说宝玉娶宝钗的话,此时心里竟是油儿酱儿糖儿醋儿倒在一处的一般,甜苦酸咸竟说不上什么味儿来了……自己转身要回潇湘馆去,那身子竟有千百斤重的,两只脚却像踏着棉花一般早已软了,只得一步一步慢慢的走将下来,走了半天,还没到沁芳桥畔,脚下愈加软了,走的慢,且又迷迷痴痴,信着脚从那边绕过来,更添了两箭地路。这时刚到沁芳桥畔,却又不知不觉的顺着隄往向里走起来。紫鹃取了绢子来,却不见黛玉,正在那里看时,只见黛玉颜色雪白,身子恍恍荡荡的,眼睛也直直的,在那里东转西转……只得赶过来,轻轻的问道:"姑娘怎么又回去?是要往那里去?"黛玉也只模糊听见,随口答道:"我问问宝玉去……"紫鹃只得搀他进去。那黛玉却又奇怪了,这时不似先前那样软了,也不用紫鹃打帘子,自己掀起帘子进来……见宝玉在那里坐着,也不起来让坐,只瞧着嘻嘻的呆笑,黛玉自己坐下,却也瞧着宝玉笑。两个也不问好,也不说话,也无推让,只管对着脸呆笑起来。忽然听着黛玉说道:"宝玉,你为什么病了?"宝玉笑道:"我为林姑娘病了。"袭人、紫鹃两个吓得面目改色,连忙用言语来岔。两个却又不答言,仍旧呆笑起来……紫鹃搀起黛玉,那黛玉也就站起来,瞧着宝玉只管笑,只管点头儿。紫鹃又催道:"姑娘回家去歇歇罢。"黛玉道:"可不是,我这就是回去的时候儿了。"说着便回身笑着出来了,仍旧不用丫头们搀扶,自己却走得比往常飞快。(第九十六回)

王国维在引用了此段后又说:"如此之文,此书中随处有之。其动吾人之感情何如,凡稍有审美的嗜好者无人不经验之也。"①

至于后四十回的其余部分,则均不及此段远甚。就贾府的结局说,虽也遭

---

① 见《王国维遗书》第五册《红楼梦研究》第三章《红楼梦之美学上之价值》。

到了抄家等变故,宝玉也出了家,但终于家业复振,宝玉在出家之前与贾兰一起考中了举人,而且其时宝钗已经怀孕,据书中交代,他的儿子将来也要飞黄腾达。所以鲁迅评高鹗之补后四十回说:其时"未成进士,'闲且惫矣',故于雪芹萧条之感,偶或相通。然心志未灰,则与所谓'暮年之人,贫病交攻,渐渐的露出那下世光景来'(戚本第一回)者又绝异。是以续书虽亦悲凉,而贾氏终于'兰桂齐芳',家业复起,殊不类茫茫白地,真成干净者矣"①。

二、乾隆时期的其他小说

高鹗所补《红楼梦》虽有不少缺陷,但宝、黛终于不能结婚,黛玉更青年夭折,所以使不少人深感不满,并在一百二十回本的基础上再予续补,使宝玉终于和黛玉团圆。这倒从另一方面显示了高鹗后四十回的高明之处。此等续书之出于乾隆及嘉庆间的,有逍遥子《后红楼梦》、秦子忱《续红楼梦》、海圃主人《续红楼梦》、红香阁小和山樵南阳氏《红楼复梦》、归锄子《红楼梦补》等。

乾隆时期所出现的小说尚有李百川《绿野仙踪》一百回(后又删改为八十回)、夏敬渠(1705—1787)《野叟曝言》一百五十四回(一本存一百四十八回;此书虽作于乾隆时,但至光绪时始印行);李绿园(1707—1790)《岐路灯》一百零八回,成书于乾隆四十二年,一直以抄本流传,至一九二四年才有石印本行世。

以上三种小说大抵皆以"劝善惩恶"为旨,艺术上颇为平庸。《野叟曝言》更宣扬理学,以才学自卫,鲁迅谓其"意既夸诞,文复无味,殊不足以称艺文,但欲知当时所谓'理学家'之心理,则于中颇可考见"②。

第四节　陈端生的弹词《再生缘》

在曹雪芹《红楼梦》诞生稍后,清代文坛上出现的另一部虚构性叙事名作,是杭州才女陈端生写的弹词《再生缘》。

陈端生(1751—1796?)出生于一个对女性较有平等观念的官宦世家,其父陈玉敦曾在北京、山东、云南等数地就职,端生皆得随侍,因而阅历较当时一般闺秀要广。后婚于范氏,以范氏被牵连入一科场舞弊案,发配伊犁,后半生生

---

① 见《鲁迅全集》第九卷《中国小说史略》第二十四篇《清之人情小说》。
② 见《鲁迅全集》第九卷《中国小说史略》第二十五篇《清之以小说见才学者》。

活颇为艰辛。嘉庆初,范氏遇赦归,而端生未等到家人团聚,即因病辞世。

《再生缘》全书二十卷八十回,其中前十七卷共六十八回为陈端生所撰,余下三卷共十二回乃同时另一女作家梁德绳在陈端生殁后所续。书以当时江南流行的七字句诗为主的长篇弹词为体,叙写了一个发生在元代,初起于边陲云南、终结于首都北京的离奇故事。其中主人公孟丽君乃当时名臣孟士元之女,因貌美才高而为同是名门的皇甫、刘氏两家所争聘。孟家无奈而用射箭比赛决两公子皇甫少华、刘奎璧与丽君的姻缘,结果皇甫胜出。不料刘奎璧心怀不满,动用父权连设阴谋迫害皇甫一家,并逼婚孟氏,致孟丽君女扮男妆出逃他乡。后孟丽君改名郦君玉赴试,连中三元,官至丞相,且入大学士梁某家为赘婿,因得为被害的皇甫一门昭雪冤案,且揭刘家之恶于朝廷。而当皇甫及孟家欲其还复女性身份,与少华重行花烛之礼时,她却以假乱真,数度严辞。最后因元帝发觉其女扮男装之秘而欲纳为妃子,才不得已与家人团圆。

全书篇幅宏大,结构复杂,人物众多,头绪纷繁,而据考,陈端生初撰其书在乾隆三十三年(1768),时年仅十八,到三十五年(1770)二十岁时已完成前十六卷;后因人事牵累,迟至乾隆四十九年(1784)才又写了第十七卷;再后即辍笔,或已有初稿而散佚①。

由于梁德绳后续的三卷在思想境界、文辞造诣等诸多方面都不能与陈端生前作相比,其提供的基本情节,也只是给读者一个可以预想的较平庸的大团圆结局,因此考察《再生缘》一书的文学史意义,可以不考虑梁氏所续三卷,而专注于陈端生所撰的前十七卷——并且由于那样一种考察的基础是一个未完成的文本,因而提供给我们以不少想像的余地与推测的便利。

这其间首先应当提到的,自然是一些前辈学者已经指出的《再生缘》的超越以往才子佳人小说的思想价值。陈寅恪先生《论再生缘》一文中,曾特意举孟丽君抗旨、以权臣之地位面斥父母、使丈夫在自己跟前跪拜等例,指出"端生心中于吾国当日奉为金科玉律之君父夫三纲,皆欲藉此等描写以摧破之也",并谓"端生此等自由及自尊即独立之思想,在当日及其后百余年间,俱足惊世骇俗"②。如果考虑到孟丽君的这种种惊世骇俗之举,是出现在陈端生为她设计的一个从无史实依据的女性连中三元、位至人臣之极的空想背景下的,则《再生缘》的这种思想意义,同时也可以说是陈端生文学想像力甚为丰富的成果。

---

① 参见陈寅恪先生《论再生缘》,收入《寒柳堂集》,上海古籍出版社1980年版。
② 郭沫若《〈再生缘〉前十七卷和它的作者陈端生》(最初发表于1961年5月4日《光明日报》)一文亦有类似的看法。

其次可以一说的,是《再生缘》整体构思上显现的颇为强烈的女权主义意识。与上述思想价值相关联,陈端生在结构全书时,从人物到情节都表现出极为明显的"重女轻男"态势;尽管书中人物数量的男女之比可能还是男性占上风,但从人物及其行事的重要程度看,则女性绝对超过男性:孟丽君的重要性自不必说,像皇甫氏的长女皇甫长华,在开卷之初就被描写成一位"兰襟蕙质超尘俗,足智多谋果不凡"的奇女子,证据是:"总督若逢难办事,便教长华决疑难。从其件件行将去,四野人声动地欢。"(《再生缘》第二回)后其父征朝鲜被俘,且被奸臣诬陷为叛国,她随弟少华出征彼邦,关键时候完全是凭借了个人的诚心、法力与武功,先破敌方军师神武真人的迷雾阵,继率孝女兵把番军杀得个人仰马翻,为战争的最后胜利奠定了基础。又如那位因父亲与皇甫氏同被俘于朝鲜,而不得已女扮男装、更改名字、落草为寇的卫勇娥,其前半生占山为王、不将元朝放在眼里的勇气与魄力,使书中的许多男性黯然失色。而她用立定之法生擒第一号反面人物刘奎璧,又是推动全书情节由逆转顺的一个关键点。再如作为反方刘家唯一具有正面形象的刘燕玉,虽非沙场上的巾帼英雄,而对于已与之私订终身的皇甫少华一往情深,甘愿遁入尼姑庵为奴,亦不愿另嫁贵人;在刘家倾覆之后,又以非凡的勇气,赴京营救父母,撇开这其中的道德是非不谈,其性格的刚烈坚毅,足给人以极为深刻的印象。相比之下,那些个别或片时地看来仍有光彩的男性形象,就显得孱弱了:皇甫少华显不及其姐长华;大有仙风道骨的熊浩,似亦略逊后来成为其妻的卫勇娥;至于刘家姐弟,则刘奎璧与刘燕玉可以说是相差十万八千里。《再生缘》的这种"重女轻男"格局,从根本上说,是女性作家以文学的方式,对当时的男权社会作一种自慰式的抗争,其中的神话色彩显而易见①。

然而在今天看来,《再生缘》更值得玩味的地方,是陈端生创造孟丽君这一奇女子时所设定的人物命运路径,及其最后试图回返时的道德困境。孟丽君的女扮男装,是《再生缘》全书的一个重要关节。通过孟丽君的女扮男装,陈端生无疑是痛痛快快地让自己进行了一次无阻碍地侵入男权社会的纸上神游。但是,令人感到十分无奈的是,这次神游从一开始就是依照男性的权力话语来安排的,陈端生显然无法想像,除了像男人们梦想的那样金榜题名、位及丞相、除害扶良,她还能让她的孟丽君过怎样风光的日子。所以当前十七卷的后半部按通常逻辑将回到开头的皇甫氏与孟氏的姻缘重续时,孟丽君(其实也就是陈端生)迟疑了。这种迟疑在我们看来,其实是陈端生不能解决她本身的两个思想矛盾所致:一方面,在《再生缘》的开场部分,皇甫少华与孟丽君的婚姻,

---

① 事实上书中的这些杰出女性,都被塑造成带有某种天赋的神性。

本来就不是建立在一种互相了解的感情基础上,而是通过一场十分荒唐的"射柳夺袍"比赛所决定的,尽管作者为皇甫少华说了一大堆好话,孟丽君则在相当长的时间里,连自己丈夫的半点影子也未见过。这样,当时移世改,一场被人为阻碍了的婚姻终可以恢复时,驱使孟丽君还复女儿装的,只有那"一女不嫁二夫"的迂腐教条了。孟丽君在女扮男装情形下所取得的节节胜利,都是与当时的不少为女性制定的教条相违背的,如果她个人的命运还是要回到那一套教条系统之中,则从陈端生一面而言,实是一种深刻的自我讽刺。另一方面,当陈端生为孟丽君设计完成一套标准的男性外衣之后,以"郦君玉"之名行世的孟氏,自亦为一套符合男性官宦行事法则的教条所制约,这就是她后来在孟家为生母诊病、不得已相认时道出的几条不能还复女儿身份的苦衷:"他"作为人臣对于君王的责任,作为赘婿对于岳家的责任,作为人"子"对于已受封的继父母的责任,还有"老师如何嫁门生"的面子问题(因为皇甫少华是"他"亲试取中的武状元)。无论从前一方面说还是从后一方面讲,孟丽君(郦君玉)都步入了一个因为尊奉的教条相互冲突而造成的两难的困境中。这一困境自然也是作者陈端生难以解决的,因此,当故事情节早在第十卷之前就可以完成通常的团圆结局时,《再生缘》依旧波澜迭起,而所有的波澜,都集中在孟丽君不肯承认自身为女性这一点上。致使当时已经读到抄本《再生缘》的不少读者,都劝作者早日完结此书,"为他既作氤氲使,莫学天公故作难"(第六十五回),不要再让孟丽君为难了。但这些盼望看到大团圆结局的读者哪里知道,陈端生很可能是难以为孟丽君作出合乎道德的抉择,才如此辛苦地让"郦君玉"一次又一次地做出惊世骇俗之举呢!

  也许纯粹从文本的艺术造诣的角度看,《再生缘》跟比它稍前的《红楼梦》无法相提并论;但从内在精神上讲,它与《红楼梦》却不无相通之处:其中都出现了对于传统礼教的诘难与反拨,都有一种通过男女两性的比较对照凸现女性价值的明显意图。但《再生缘》之未能达到《红楼梦》那样高的整体水准,实还有另一方面的缘由,那就是它是在用传统的价值标准反抗传统,结果不知不觉地使自己陷进了一种道德困境之中。《再生缘》的这种特殊的叙事方式及其所遭遇的困境,从文学史上看有其典型的意义,它预示了乾隆以后的文学,将出现种种新的令作者亦难以把握的变异。

第二章 袁枚及其同调与异趋
——乾隆中叶至嘉庆时期的诗文

袁枚少年和青年时期，诗文在桐城派和沈德潜"诗教"说的影响下，陷于萧条之中。到了袁枚中年时期，文名渐盛，至乾隆二十五年或稍前，他写信给沈德潜，公然向其"诗教"说挑战，此即《答沈大宗伯论诗书》。以后他逐渐成为文坛领袖，倡导"性灵"、批判宋儒理学，诗文创作遂重又兴旺起来。黄景仁、张问陶、舒位、彭兆荪、沈复，在诗文的自抒心声上均可视为袁枚的后继者，与龚自珍及新文学也均有其相通之处。

在这时期的诗文作家与袁枚取向不同者，前有姚鼐、翁方纲，后有以张惠言为枢纽的常州词派与阳湖文派。至于在当时与袁枚并称为"三大家"的蒋士铨和赵翼则情况较为复杂，赵翼于诗主张求新、求变，这是与袁枚相通的，但其创作却未见新变的特色，蒋士铨后期的诗却已近于翁方纲所谓"人伦日用"一途了。

第一节 袁 枚

袁枚与《红楼梦》作者曹雪芹有颇多的共同点：他们年辈相仿，文学观相近；生活经历虽相反——曹氏由贵族公子沦为落魄文士，袁枚则从贫家子弟变成文坛名流——但都在后半生达到了文学创作的巅峰状态；各具个性的创作实绩，使他们同时成为乾隆后期文坛上从不同的方向彰显反理学的重情文学的代表人物。不同的是曹雪芹的文学成就，集中体现在小说撰著方面；而袁枚的创造性贡献，涉及文学理论、诗文创作等诸多领域。

一、袁枚的生平、思想和诗论

袁枚(1716—1798)，字子才，号简斋，别号随园老人，钱塘(今浙江杭州)

人。早年家境穷困，而嗜书如命。乾隆元年（1736）赴广西探亲，因撰《铜鼓赋》为广西巡抚金䥗所赏识，被荐博学鸿词科；事虽报罢，而身入京城，得与诸名士相往还，终于乾隆三年（1738）中举，次年成进士，改庶吉士，开始了仕宦生涯。但翰林院散馆考试，他却又以满文成绩下等，改发为溧水知县。之后还担任过江浦、沭阳、江宁三县的知县，并有一段赴陕西就职的短暂经历。乾隆二十年（1755），他急流勇退，在金陵自置的别业随园里做起了寓公。此后游山玩水，赋诗撰文，交游广泛，门生众多，成了乾嘉之际文坛上的一大在野闻人。嘉庆二年冬，因患痢疾而卒。有《小仓山房集》、《随园诗话》、《子不语》等著作多种传世。

袁枚的一生，大约可以四十岁时移家入随园为界，分为两个阶段：前半生忙于科举，苦于为官①；后半生脱却俗累，潇洒自由。他的文学创作，因此也呈现出前后相异的面貌。

袁枚早年所写诗文，收入通行本《小仓山房诗文集》者多已经作者后来删改。未经删改及不见录于《小仓山房诗文集》的袁氏少作风貌，目前我们仅能从一种名为《双柳轩诗文集》的选本中略窥一二②。该选本所收皆为袁枚乾隆十一年（1746）之前的作品，总体风格与袁氏退官以后之作相比，显得拘谨、板实；部分文字流丽的作品，则内涵浅显，缺乏后来诗文所具有的那种强烈的情感冲击力。其中较为特别的，是据袁氏后来自称初稿写于十四岁时的《郭巨论》一文③。文章旨在揭露"二十四孝"之一的郭巨埋儿故事的荒谬，由两个前后相关的段落组成，一从情理上驳斥郭巨埋儿为大孝之非，一揭发该故事末所谓掘地见黄金实为一场骗局。两个段落形式上用了颇多的逻辑反问，但其立论的根基，却是作者的基于想像的事理，乃至与作者个人对虚伪孝行的强烈憎恶之情。像"不能养，何生儿？既生儿，何杀儿"、"杀子则逆，取金则贪，以金饰名则诈，乌乎孝"，诸如此类的文句，在在都显示出作者内心涌动着情感的波澜。尽管这篇作品在《双柳轩诗文集》中只能算是例外，但由此可见他当时的内心已经具有某些异端的成分，尽管在那样的处境下只能于实在按抑不住时

---

① 袁枚三十三岁时所写《答陶观察问乞病书》中，曾谈到自己当时"不踠膝奔窜，便瞠目受嗔"的痛苦的为官经历。
② 袁枚《随园诗话补遗》卷四："余宰江宁时，门下士谈毓奇为刻《双柳轩诗文集》二册。罢官后，悔其少作，将板焚毁。后《小仓山房集》中，仅存十分之三。"按：《双柳轩诗文集》乾隆刊本二册，上海图书馆有藏本。
③ 《小仓山房文集》卷二十《高帝论》末自注："此与《郭巨论》同作，年甫十四，……"按：《小仓山房文集》所收《郭巨论》，与《双柳轩诗文集》中所收同名篇章相比，已有删改，最明显的，是将文末原来的"呜呼！彼岂以其矫揉谲诡为孝名哉"一句，改成了如下的措辞更为严厉的话语："韩愈书《鄠人对》，以其剔股欲腰诸市。若巨者，其尤出鄠人上哉！"

微见端倪而已。

乾隆二十年袁枚归隐随园以后,在文学观方面,逐渐形成了他独具特色的一套系统的理论。同时创作上也出现了质的飞跃。

袁枚的文学理论以诗论为核心,其主要贡献就是他的"性灵说"。"性灵说"的思想基础则是对"存天理,去人欲"的程、朱之学的反拨。

与程、朱"存天理,去人欲"的主张相反,袁枚提出:"人欲当处,即是天理。"(《再答彭尺木进士书》)①因此他公然宣称:"郑、孔门前不掉头,程、朱席上懒勾留。一帆直渡东沂水,文学班中访子游"(《遣兴》之二十二)②,直白地表露了个人对历代经学家与宋代程朱理学的反感。而其所以对理学反感,是因为在袁氏看来,"一切苛刻论,都从宋儒始"(《遣怀杂诗》之二十);宋儒的价值观,与他个人早年就向往的"天马空行自一生"③式的自由完全背道而驰。至于他要访问子游,则是因为《论语》中有"文学子游子夏"(《先进》)的话,故借以表示他对文学的爱好,绝不意味着他要通过文学来宣扬儒家学说,因为他在《偶然作》中曾明确说过:"《六经》皆糟粕。"

因此,袁枚认为文学(尤其是诗)应当真实而无所束缚地表现个人的感情。在成书于乾隆五十五年(1790)的《随园诗话》中他强调说:"诗人者,不失其赤子之心者也。"(卷三)这也就意味着诗应该像"赤子之心"那样的是人的真性情的流露;同时又说:"且夫诗者由情生者也。有必不可解之情,而后有必不可朽之诗。情所最先,莫如男女。"(《答蕺园论诗书》)④竟把男女之情置于君臣、父子、师生、兄弟之上。足见其所强调的情或"赤子之心"确有不受封建道德束缚的一面。这也就是他在《随园诗话》里所说的"余最爱言情之作"(卷十)的具体内涵。

正是从此出发,袁枚在诗歌创作的基本艺术准则方面标举"性灵"、"性情"与"生趣"。在《随园诗话》里他明确地说:"自《三百篇》至今日,凡诗之传者,都是性灵,不关堆垛。"(卷五)《寄怀钱玙沙方伯予告归里》之三又提出"性情以外本无诗",并称"我诗重生趣"(《哭张芸墅司马》)。这些显然都与晚明公安派的文学主张有承续的关系。

---

① 《再答彭尺木进士书》中的彭尺木,即彭绍升,据《明清进士题名碑录索引》,彭氏乃乾隆二十六年进士,袁氏此信称其为进士,当为后期之作。
② 据《小仓山房诗集》,此诗作于乾隆五十六年(1791)。下引袁诗,凡未出注者,皆为袁氏乾隆二十年以后之作,编年依据同上。
③ 此为袁氏乾隆十四年(1749)所作《偕香亭、豫庭登永庆寺塔有作》中语,见《小仓山房诗文集》卷六。
④ 蕺园即程晋芳(1718—1784)。《答蕺园论诗书》起首云:"来谕谆谆教删集内缘情之作",袁集最早成书者即《双柳轩诗文集》,其中几无"缘情"之作,则所谓"集内"之"集",当指袁枚后期诗文集,故该信当亦为袁氏后期之作。

基于这样的文学观念,他对当时及稍前流行的与此违异的文学观念都作了无情的批判。如嘲笑堆砌典故、夸示学问的诗人——以翁方纲为代表——说:"天涯有客太冷痴,错把抄书当作诗。抄到钟嵘《诗品》日,该他知道性灵时。"(《仿元遗山论诗》)而其矛头所向,尤在沈德潜之说。《答沈大宗伯论诗书》、《再与沈大宗伯书》皆为此而作。

《答沈大宗伯论诗书》说:

> 至所云"诗贵温柔,不可说尽,又必关系人伦日用",此数语有褒衣大袑气象。仆口不敢非先生,而心不敢是先生。何也?孔子之言,《戴经》不足据也,惟《论语》为足据。子曰"可以兴"、"可以群",此指含蓄者言之,如《柏舟》、《中谷》是也。曰"可以观"、"可以怨",此指说尽者言之,如"艳妻煽方处"、"投畀豺虎"之类是也。曰"迩之事父,远之事君",此诗之有关系者也。曰"多识于鸟兽草木之名",此诗之无关系者也。仆读诗常折衷于孔子,故持论不得不小异于先生,计必不以为僭。

沈德潜的这些主张均属于儒家文学观。"诗贵温柔"云云,本于《礼记·经解》所载孔子之语:"……温柔敦厚,诗教也。"袁枚却在不举出任何证据的前提下就一口咬定"《戴经》(即《礼记》。——引者)不足据",那只是不敢公然与孔子立异的遁词。当然,《诗经》中的"艳妻煽方处"、"投畀豺虎"之类的诗句无论从袁枚或今天一般人看来都不能算"温柔敦厚",但孔子是可以从"巧笑倩兮,美目盼兮,素以为绚兮"的诗句中引出"绘事后素"乃至"礼后"的观念的(见《论语·八佾》),谁又知道他对"艳妻"二句是怎么理解的呢?至于孔子所谓的"小子何莫学夫《诗》,《诗》可以兴,可以观,可以群,可以怨,迩之事父,远之事君,多识于鸟兽草木之名"(《论语·阳货》),显然是说《诗经》既能教人"事父"、"事君",又能使人"多识于鸟兽草木之名",绝不意味着《诗经》中一部分作品是教人"事父"、"事君"的,另一部分作品则是光让人"多识于鸟兽草木之名"的。袁枚以此来否定沈德潜的诗"必关系人伦日用"的理论,其实是对孔子这段话的曲解。但这在袁枚当时恐怕是无可奈何的,在儒家思想受到统治集团尊崇、处于主流地位的情况下,袁枚要反对沈德潜的这种儒家文学观,他只好抬出孔子来,以显示他并非离经叛道;但他的意见与孔子又颇有矛盾,于是就不得不使用曲解孔子原意的手法了。

至于他之所以反对沈德潜的真正原因,实是因为在他看来,"诗者,各人之性情耳……无自得之性情,于诗之本旨已失矣"(《答施兰垞论诗书》);而沈德潜的上述主张,正是要以儒家的道德观来限制乃至破坏各人"自得之性情"。关于这一点,在《再与沈大宗伯书》中可以看得更为清楚:

> 闻《别裁》中独不选王次回诗,以为艳体不足垂教。仆又疑焉。夫《关雎》即艳诗也,以求淑女之故,至于"展转反侧",使文王生于今,遇先生,危矣哉!《易》曰:"一阴一阳之谓道。"又曰:"有夫妇然后有父子。"阴阳夫妇,艳诗之祖也。

这是针对沈德潜《国朝诗别裁集·凡例》中的"诗……若一无关系(指其与"人伦日用及古今成败兴坏之故"一无关系。——引者),徒辨浮华,又或叫号撞搪以出之,非风人之指也。尤有甚者,动作温柔乡语,如王次回《疑雨集》之类,最足害人心术,一概不存"之语而发的。连沈德潜认为"最足害人心术"的诗歌,袁枚都为之辩护,并且大加赞美,说是"次回才藻艳绝,阮亭集中时时窃之,先生最尊阮亭,不容都不考也"(同上);所以,在对王次回诗的评价问题上的分歧,正反映了袁枚文学观与以沈德潜为代表的儒家文学观之间的尖锐对立。至于他引《诗经·关雎》的"展转反侧"来为王次回艳诗辩护,与其曲解孔子的"多识于鸟兽草木之名"来为"诗之无关系者"辩护实为同一手法。因为王次回的艳诗之秾艳缠绵、哀感悱恻固然非《关雎》的"展转反侧"这样朴素的诗句可比(参见本书第八编第一章第二节关于王彦泓的部分),而且还有直写男女之间的爱抚的,如"斗帐香篝不漏烟,睡鞋暖窄困春眠。教郎被底摩挲遍,忽见红帮露枕边"(《即夕口占绝句十二首》之五)之类,核以当时的道德标准,谓其"害人心术"原无不合。袁枚读王彦泓诗甚熟①,对这类诗篇不会不知道,但只是他认为"情之最先,莫如男女",这类诗也不应否定而已。

袁枚为了王次回艳诗而与沈德潜正面论战,除了在男女爱情问题上的观点对立之外,还有很重要的一点,那就是他认为"诗之道大而远,如地之有八音,天之有万窍,择其善鸣者而赏其鸣足矣,不必尊宫商而贱角羽,进金石而弃弦匏也"(《再与沈大宗伯书》),这也就是说,只要是出自"自得之性情"的诗,无论其"性情"如何,都不应加以轩轾,关键只在于其是否"善鸣"——诗人的"性情"表现得好不好。正是基于这样的认识,所以他进而明确提出:"艳诗宫体,自是诗家一格"、"卢仝、李贺险怪一流,似亦不必摈斥。"(同上)在这里已包含着如下的意思:应该让诗人按照自己的"性情"不受限制地歌唱。

袁枚的这种大胆的文学思想在当时引起了激烈的反响。集中体现其论诗主张的《随园诗话》被章学诚斥为"附会经传,肆侮圣言,尤丧心病狂"的大毒草

---

① 袁枚《随园诗话》卷五第二十八云:"朱草衣《哭槎儿》云:'罗浮南海历秋冬,烟水云山隔万重。前日寄书书面上,红签犹写汝开封。'洪銮《赠徐小鹤》云:'早离讲席赋离居,知已逢难别易疏。正是开门逢去使,接君三月十三书。'……人传诵以为天籁,不知蓝本皆出于王次回。其《过妇家感旧》云:'归宁去日泪痕浓,锁却妆楼第二重。空剩一行遗墨在,丙寅三月十三封。'"即此一端,可见其读次回诗之熟。《随园诗话》此外尚有好几条都涉及王彦泓。

（见《文史通义·诗话》）；但在另一些清代文人眼中则是跟《聊斋》、《红楼》鼎足而立的大著作（见林钧《樵影诗话》）。

二、袁枚的诗歌创作

袁枚前期的诗歌创作并无明显成就，后期的诗虽然实践了自己的主张，又富于才情，在生前就风行于世，但不大注重艺术上的加工，写得太多太快，又有不少应酬之作，因而也不免受到"才多而手滑"的讥评（见《清史列传》七十二《袁枚》），梁启超甚至把他和蒋士铨、赵翼一并斥为"臭腐殆不可向迩"（《清代学术概论》三十一）。然而披沙拣金，优秀作品也自不乏，从中确可看出才情兼备的大家风范。

袁枚的诗首推七古，故被张维屏赞为"才华丰赡"（《国朝诗人征略》）。如《春雨楼题词为张冠伯作》与《相逢行赠徐椒林》，虽内容截然有别，但均是中国诗歌史上值得重视的作品。先看前者。

江南九月秋雨多，采菱女儿唱棹歌。歌声宛转入云去，木叶惨惨水不波。《金荃》谱好何人制？道是京江张公子。公子沧桑四十年，鄙人约略能弹指。侬住钱塘江上村，钱塘作镇李将军。乘龙婿得张延赏，花烛人间第一春。崔卢门第武安家，弄玉吹箫凤引车。艳艳华灯金作屋，层层步障树交花。两家门第气如虹，况复嫦娥出月宫！仙乐风高香远近，珠玑人扫路西东。官衔书秃三千管，钗费争传百万工。自怜发短初垂额，鸭阑也看羊车客。望得衣裳影半痕，便成春梦三生隔。长安作队走名场，市上相逢各老苍。忝着官袍归索妇，马头才拜北平王。此时金印已模糊，此日华池锦尚铺。闻说《霓裳》家按谱，有时玉女共投壶。怜才到处夸袁虎，意气公然似灌夫！谁知白日堂堂去，黑云一阵风来处。窦氏贪争沁水田，石家祸起珊瑚树。魏其宾客霍家奴，昆冈失火烧无数。仲山父鼎孔悝钟，曾与山河誓始终。两入星牢都脱手，一朝平地蹶秋风。雄鸡断尾何人悟，象齿焚身自古同。祸水家家欲灭难，命灯谁肯续三竿。罪虽全雪家何有？死竟无名骨不寒。青山庄在路人游，台榭荒凉草数丘。羊侃歌姬辞故苑，谢公丝竹剩空楼。门留卖帖风吹白，枢过桥心水不流。可怜一品令公孙，曾是当年看杀人。飘泊鳏鱼身一个，春雨楼中泪潜堕。唱断秋山红豆枝，晓风残月真无那。吴苑三更乌夜啼，南唐一阕家山破。芳草茫茫六代烟，白头重遇柳屯田。耳聋怕听兴亡事，手滑能调断续弦。乞食吹箫归不得，为人权作李龟年。乐府千章韵更娇，旗亭雪小月轮高。曲终酒散琵琶断，剩有秋江咽暮潮。

此诗作于乾隆十八年(1753),时袁枚尚未退官。根据诗末原注,张氏"为文贞公(按当即康熙时名臣张玉书)之孙、总督李卫之婿。父适作方伯,家产籍没"。诗歌所写,实是个人被环境所播弄,无法支配自己命运的悲剧。这位张公子在早年享尽荣华、万人争羡,完全是环境所给予的;中途的遭受巨变和晚年的沦落,也完全是环境所迫。在吴伟业的诗里,早就抒写了个人在环境驱迫下惨遭毁灭的哀痛,如《永和宫词》和《鸳湖曲》(参见本书第八编第二章有关吴伟业的部分);袁枚此诗则发展为对这种状况的悲愤,"谁知白日堂堂去"至"死竟无名骨不寒"十六句,表现得尤为明显。"窦氏贪争沁水田"用东汉外戚窦宪强占沁水公主园田的典故,"石家祸起珊瑚树",是说西晋石崇为巨富,光是珍奇的珊瑚树就有不少,但他终于因此而被害①。由此暗示张公子的被祸实起于统治阶级上层的财产争夺。以下诸句是说除张家以外,还有许多人家都遭受了灭顶之灾。有些人最后总算洗雪了罪名,但家却完全破落;有些人更冤枉地死去了——"死竟无名骨不寒"。张公子也就因此而沦落到无家可归,只能以卖艺度日。所以这其实已是对环境残酷地将个人碾得粉碎的控诉。

而且,如果再仔细想一想,就会产生问题:这位张公子虽然是康熙时大学士张玉书之孙,岳父李卫又是总督,但清朝官员的俸禄很低,张公子结婚时的那种奢华的排场和由此反映的家财的豪富又是怎样来的?无非也是巧取豪夺而已。所以,在那个社会里,统治集团一直在进行着掠夺,不过在这一时期里某些人得势了,获得了巨大的财富,在别一时期里另一些人得势了,原先的得势者就陷入了悲惨的处境。所以,这原是一个不义的、在统治阶级内部也彼此鲸吞着的社会。

然而,张公子是无辜的。他有才气,善作词曲(由"《金荃》谱好"之句及"柳屯田"的称呼知之),琵琶也弹得很好,而且"怜才",具有较高的文学鉴赏力,到处赞扬袁枚的诗文,又有肝胆,意气如同灌夫。他没有做过官,当然没有去参与过统治集团间的掠夺,但最终却落得如此的下场。这不能不使人想起《红楼梦》作者曹雪芹的遭遇及其笔下的贾宝玉。具有如此大起大落悲剧命运的个人,在袁枚的诗里和曹雪芹构思的小说中几乎同时被传写,乾隆时期的文学,似乎确有其与以往不同的独特的时代性。

此诗在艺术上的特色也很突出,大致有以下三点:

首先,作品写哀伤之情,又杂以悲愤,而用词却以绮丽为主。这不但没有导致相互扞格,并且相得益彰,形成了一种哀凄的美。这是因为一方面诗人在

---

① 在传说中,石崇的被害还有一个原因是由于有人觊觎其姬人绿珠;此处只强调石崇的豪富,当是因本诗所写的这一场争夺是由财富所引起。

作为此诗三大组成部分的第一部分中以绮丽之词极写其成婚时的旖旎风光与第二、三部分的突遭奇祸、孤独凄凉,形成了强烈的对照,因而更增强了对读者的刺激和作品的艺术效果;另一方面则是由于其在用词上的匠心,虽在第二、三部分也仍然尽可能地加入绮丽或与其性质相近的词语,既与第一部分的用词特色有其内在的联系性,又不致与本部分的气氛相矛盾。如写突遭奇祸的第二部分的"石家祸起珊瑚树"、"仲山父鼎孔悝钟"等句,其中的"珊瑚树"固然晶莹美丽,鼎钟也为珍器重宝,因而与第一部分的用词特色有其相通之处,但在此一部分的作用,则"珊瑚树"是表明其致祸之因,钟鼎是写其"两入星牢都脱手"的惨痛。至于第三部分的"唱断秋山红豆枝"、"芳草茫茫六代烟"等句,此类特质更为明显。

第二,作品以灵动的笔致,在艺术上形成了较大的张力,即以开头的四句来说,"江南九月秋雨多"本是一种哀愁的景色;但却接以"采菱女儿唱棹歌"及"歌声宛转入云去"两句,一转而为清丽,接下来又出人意料地突变而为凄厉:"木叶惨惨水不波"。这其实意味着在悲惨的环境中虽然时或出现美好的景象,但最终仍归于毁灭而让悲惨统治整个世界。但写美好事物——少女的歌声——的消失,却用了"入云去"这样婀娜多姿的描绘,给悲哀披上了一件美丽的外衣。总之,在这四句诗中,既蕴含着剧烈的冲突,又具有内在的紧密而自然的联系;它同时也奠定了诗的基调:在悲哀的大环境中,美虽在挣扎,但最终仍然只剩下了悲凄。

第三,结构的巧妙和叙述的脉络分明。在写张公子经历的三部分中都插入了诗人自己,因此诗人得以直接抒发自己的感受,既增加了感情的强度,又使所叙之事给予读者更为鲜明的印象。其第一部分的"自怜发短"四句即写诗人幼年时在路上看张公子迎亲的情状和艳羡,以进一步突出张公子当时生活的奢华、美满,并使读者对诗人笔下的情景具有一种亲切感。第二部分从"长安结队……"起,一开始即写诗人与张公子的相交,既反映了张公子并非只是纨绔公子,在人品上有其值得肯定的一面,同时也暗示了二人的友谊,这不仅使接着所写的张公子突遭奇祸时诗人的错愕、悲愤之情——"谁知白日堂堂去,黑云一阵风来处"以下诸句——具有了令人信服的依据,而且也增加了读者对张公子的同情。第三部分则通过诗人与张公子沦落后的会面,写张公子处境的悲惨和诗人的哀痛,叙事、抒情合而为一,给予读者以强烈的震撼。同时,通过这三部分的叙述,读者除了不知张公子的名字以外,对他的经历已获得了明晰的认识,不像吴伟业的歌行(不论是《圆圆曲》、《永和宫词》抑或《鸳湖曲》),必须读者对其所叙之事已有所了解,这就因为伟业歌行实以抒情为主,诗中之事只是其抒情的材料,而此诗则以叙事为主,诗人的感情是随着所叙之事的展开而逐步生发的。

袁枚的另一首特色显著的叙事诗,是其写于暮年的《相逢行赠徐椒林》:

> 酒杯爱共荆轲把,唾壶惯招处仲打。徐公三十耻读书,原是长安杀人者。杀人何处敢横行?白日青天紫禁城。轻生如作暂时别,放归不感金吾情。金吾逻骑欺少年,书券逼取青楼钱。公闻命召某某至,一重门入一重闭。虬肩在盆酒在尊,老拳如椎八十斤,请择于斯一任君。鼠子㑨㑨惊且奔,慴服三日声犹吞。君不见徐次子,报仇甘为吕母死?又不见徐元直,被发垩面曾作贼?家风如此传雄豪,可肯毛锥换宝刀!千金赠与狡童马,一麾出看庐江涛。庐江高城风荡荡,排衙权作千夫长。朝编史论挟风霜,暮品丹青寄萧爽。湖海元龙气已降,旁人犹恼次公狂。公乃笑吃吃,替人惜眼光。空看周处当官日,不见朱云年少场。握手秦淮交肺腑,僧房小住听钟鼓。脑后偷将铁弹看,灯前戏拔蛇矛舞。强予踏湿游倡家,矗矗新楼大道斜。一片香心消不得,满山代种幽兰花。吁嗟乎!相逢迟,相识早,世上英雄原不少,袁丝袁丝可惜老!

徐氏本是一个敢在光天化日之下的紫禁城里杀人的侠士,并因此而判了死刑,但他毫无畏惧("轻生如作暂时别");后来不知遇上什么盛典而获大赦。但他对此毫无感谢之情,也不因此而有所收敛。得知"金吾逻骑"仗势欺人,他又勇敢地站出来,以个人的拳脚功夫,慴服了对方。当袁枚在秦淮河畔跟这位富有传奇色彩的人物相识时,当年的狂士,而今已变成了能"朝编史论,暮品丹青"的文人。但知己相逢,徐氏兴之所至,依然舞刀弄枪,还强邀袁氏游戏青楼。对于这样一位境遇已变、个性未改的英雄,袁枚从内心感到喜爱。他的这首歌行体长诗,便用一个随内容而跌宕起伏的形制,借豪爽粗犷的文辞,为徐椒林这位不为礼法所羁的豪士,画了一幅栩栩如生的肖像;写其"慴服""金吾逻骑"的具体、生动,尤为前此的叙事诗所未见,显然吸取了通俗小说的手法。在此诗的最后,袁枚既直率地表达了对这种不受礼法束缚的生活的由衷向往,同时也流露出因自己年已向暮而起的人生悲慨。

除了七古以外,袁枚的七律也很受当时的推崇。张维屏谓其"七律中酬赠言情之作,无辞不达,无意不宣,以才运情,使笔如舌"(《国朝诗人征略》),虽不无夸饰,但其中也确实不乏超常之作。今引其在当时备受重视的组诗《春草》①如下:

---

① 《随园诗话》卷五:"余咏《春草》,一时和者甚众。"并引其以为佳者六人之句。则所谓"和者甚众",当非妄言。

江城三月草烟绵,有客凭栏感岁年。雪后人归春满地,马头风起影摇天。清明细雨长亭路,画角斜阳南浦船。欲采蘼芜歌《水调》,几回愁过大堤边。

谁家牧笛下牛羊?踏到襄城举国狂。一片绿成蝴蝶路,几丛眠作酒人床。印来罗袜春痕软,望去裙腰别恨长。记得斑骓嘶暮雨,青袍今已误萧郎。

黄骢一曲《艳阳歌》,撩乱春愁起碧波。寂寂鸟啼新院落,萋萋人感旧山河。根高自占风云早,物贱偏沾雨露多。莫怪已芟生转密,此身原要托烟萝。

玉钩斜月冷黄鹂,渺渺寒芜夕照西。青入穷沙颁历日,绣完平野失春泥。三生蓬海骚人老,六代云山燕子低。说与东风合惆怅,剪刀虽好叶难齐。

十二瑶阶也托根,野心只是厌红尘。开花自笑无名字,采药时逢有异人。恍惚池塘寻旧梦,分明书带认前身。年来似劝夭桃隐,遮住渔郎不问津。

栽培不仗主人翁,自立斜阳自偃风。空苑倩教随意绿,落花借与满身红。千般甘苦尝难尽,一局输赢斗易终。我欲踏青何处好?琴河西畔板桥东。

诗中所写,既是春草的生动情景,又是由春草引起的离情愁绪,皆历历如在目前,并且沁人心脾。而尤其难得的是,借此以写渴望自由、独立自尊的人格,不畏摧残、难以压制的个性,确为当时的诗歌开辟一个新境界。前者如"十二瑶阶也托根,野心只是厌红尘"、"栽培不仗主人翁,自立斜阳自偃风";后者如"莫怪已芟生转密,此身原要托烟萝"、"说与东风合惆怅,剪刀虽好叶难齐"。在这样的诗歌里,显然已存在着与五四新文学相通的成分。

三、袁枚的文章

袁枚不仅以诗歌驰名,其后期所写的骈文及文学性散文也很有特色。他用骈文写的一些墓志铭,如《聪娘墓志》、《客吟先生墓志铭》①等,以典丽之辞,抒哀感不尽之情,成为清代传记文学作品中的一枝奇葩。而散文作品中的一些记人记事之作,则能注重刻画人物性格,并寓普通的人事以深刻的人生哲

---

① 据两篇墓志铭本文,聪娘卒于乾隆三十七年(1772),客吟先生汪舸卒于乾隆三十五年(1770),是二文皆袁枚后期之作。

理。这其中最常被人提及的名作,是晚年所写的《祭妹文》①。这一通篇都采用絮絮叨叨的语言,回忆自己跟亡妹生前相聚时诸般琐事的作品,打破了流行的祭文格套,却创造出了一种以无所阻隔与修饰的文字排遣悲痛的绝好范式。

  呜呼!汝生于浙,而葬于斯,离吾乡七百里矣。当时虽觭梦幻想,宁知此为归骨所耶?汝以一念之贞,遇人仳离,致孤危托落;虽命之所存,天实为之。然而累汝至此者,未尝非予之过也。予幼从先生授经,汝差肩而坐,爱听古人节义事。一旦长成,遽躬蹈之。呜呼!使汝不识《诗》《书》,或未必艰贞若是。

  余捉蟋蟀,汝奋臂出其间。岁寒虫僵,同临其穴。今予殓汝葬汝,而当日之情形,憬然赴目。予九岁憩书斋,汝梳双髻,披单缣来,温《缁衣》一章。适先生奓户入,闻两童子音琅琅然,不觉莞尔,连呼"则则"。此七月望日事也。汝在九原,当分明记之。予弱冠粤行,汝掎裳悲恸。逾三年,予披宫锦还家,汝从东厢扶案出,一家瞠视而笑,不记语从何起。大概说长安登科,函使报信迟早云尔。凡此琐琐,虽为陈迹;然我一日未死,则一日不能忘。旧事填膺,思之凄梗,如影历历,逼取便逝。悔当时不将嫛婗情状,罗缕纪存。然而汝已不在人间,则虽年光倒流,儿时可再,而亦无与为证印者矣。

  汝之义绝高氏而归也,堂上阿奶,仗汝扶持;家中文墨,䵍汝办治。尝谓女流中最少明经义、谙雅故者;汝嫂非不婉嫕,而于此微缺然。故自汝归后,虽为汝悲,实为予喜。予又长汝四岁,或人间长者先亡,可将身后托汝,而不谓汝之先予以去也。前年予病,汝终宵刺探,减一分则喜,增一分则忧。后虽小差,犹尚殗殜,无所娱遣。汝来床前,为说稗官野史可喜可愕之事,聊资一欢。呜呼!今而后,吾将再病,教从何处呼汝耶?

  汝之疾也,予信医言无害,远吊扬州。汝又虑戚吾心,阻人走报。及至绵惙已极,阿奶问:"望兄归否?"强应曰:"诺。"已予先一日梦汝来诀,心知不祥。飞舟渡江,果予以未时还家,而汝以辰时气绝。四支犹温,一目未瞑,盖犹忍死待予也。呜呼,痛哉!早知诀汝,则予岂肯远游?即游,亦尚有几许心中言要汝知闻,共汝筹画也。而今已矣!除吾死外,当无见期。吾又不知何日死,可以见汝;而死后之有知无知,与得见不得见,又卒难明也。然则抱此无涯之憾,天乎?人乎?而竟已乎?

  汝之诗,吾已付梓;汝之女,吾已代嫁;汝之生平,吾已作传。惟汝之

---

① 《祭妹文》首句为"乾隆丁亥冬,葬三妹素文于上元之羊山",乾隆丁亥当乾隆三十二年(1767),是该文亦为袁氏后期之作。

窀穸,尚未谋耳。先茔在杭,江广河深,势难归葬;故请母命,而宁汝于斯,便祭扫也。其旁葬汝女阿印。其下两冢:一为阿爷侍者朱氏,一为阿兄侍者陶氏。羊山旷渺,南望原隰,西望栖霞,风雨晨昏,羁魂有伴,当不孤寂。所怜者,吾自戊寅年读汝《哭侄》诗后,至今无男。两女牙牙,生汝死后,才周晬耳。予虽亲在未敢言老,而齿危发秃,暗里自知,知在人间,尚复几日?阿品远官河南,亦无子女,九族无可继者。汝死我葬,我死谁埋?汝倘有灵,可能告我?

呜呼!身前既不可想,身后又不可知。哭汝既不闻汝言,奠汝又不见汝食。纸灰飞扬,朔风野大。阿兄归矣,犹屡屡回头望汝也。呜呼哀哉!呜呼哀哉!

文章整体上采用的是生者对死者倾诉心曲的形式,不断出现的以"汝"起首的文句,把一种逝者已去而生者依然不愿承认现实,力图以无尽的话语挽留对方在人间的痛苦情境,呈现得分外真切。就具体内容而言,文中不再有通行的对已故女性三从四德的廉价歌颂——甚至从导致亲人生活困顿的角度出发,对女性自幼读《诗》、《书》那样由传统观念看去实属人生正途的事情,也不无微词——也不再只是单纯地哭天抢地式的生者哀感,而是以细腻的笔触,层层敲开尘封已久的记忆之匣,让往日的欢辛与悲戚,再度活生生地呈现在自己的跟前。它不以表现崇高为目标,而倾力凸现真实无伪的人间亲情。这种展示一己"赤子之心"的文学表现方式,在以后的文学中逐渐成为一种创作通则。五四以后的新文学作品里,即颇不乏此类表现形式的抒情散文。

从文学发展的角度看,袁枚文章中过去较少受到重视,而实与《祭妹文》等抒情散文具有同样重要意义的,是一些带有论说文性质的文学散文。这类形态独特的散文的文学特征,我们在本卷第七编第一章第一节介绍何景明有关文章时已经述及。袁枚后期文章中可归入此类的作品,主要有《清说》①、《与薛寿鱼书》②等。

《清说》以日常生活原理为基础,对现实中"以谿刻为清"的不近人情之举进行了激烈的抨击。由于这种抨击的过程并不以简单的逻辑推理为主,而始终贯穿着作者强烈的爱憎之情,故文章虽为论辩之体,而仍能以情动人。如下面这一段:

---

① 《清说》不见录于《双柳轩诗文集》,由文中反映的思想论,当为袁枚后期的作品。
② 此信中提到薛寿鱼寄其祖父薛一瓢墓志给袁枚事,而据《小仓山房文集》卷十四《祭薛一瓢文》,乾隆十四年(1749)一瓢曾以医术救活濒危的袁枚,是袁枚与薛氏祖孙交往,而撰此信时寿鱼必已成年,以祖孙年龄相距不当少于四十岁计,此信当为袁枚后期之作。

> 后世不然。或无故而妄织蒲矣,或无故而与蟗争食矣。彼所好者,在乎矜名以自异,则不得不权其轻重,舍此以骛彼。是俭其外而贪其中,洁其末而秽其本也,乌乎清?且天下之所以丛丛然望治于圣人,圣人之所以殷殷然治天下者,何哉?无他,情欲而已矣。老者思安,少者思怀,人之情也;而"老吾老以及人之老,幼吾幼以及人之幼"者,圣人也。"好货"、"好色",人之欲也;而使之有"积仓",有"裹粮"、"无怨"、"无旷"者,圣人也。使众人无情欲,则人类久绝而天下不必治;使圣人无情欲,则漠不相关,而亦不肯治天下。后之人虽不能如圣人之感通,然不至忍人之所以不能忍,则絜矩之道,取譬之方,固隐隐在也。自有矫清者出,而无故不宿于内;然后可以寡人之妻,孤人之子,而心不动也。一饼饵可以终日,然后可以浚民之膏,减吏之俸,而意不回也。谢绝亲知,僵仆无所避,然后可以固位结主,而无所踌躇也。己不欲立矣,而何立人?己不欲达矣,而何达人?故曰不近人情者,鲜不为大奸。

其中对于"情欲"的肯定,自与作者倡导的文学主张完全合辙;而"自有矫清者出"以下诸句,更以形象的语汇,刻画出一群无情之辈心怀叵测的可憎面目。这样正面的动情之理,与反面的无情之事互相对照,奸人之"清"的本质,便在一股激情涌动、势不可挡的文辞的洗刷下,毕显无遗。相比之下,《与薛寿鱼书》这篇书信体散文写得更具有袁氏倡导的"性灵"神韵。薛氏祖父本以医闻名,但殁后子孙为其撰墓志,却无一字道及医术,而大谈其"讲学"事。袁枚对此颇为不满,故在信中跟薛氏说:

> 子之大父一瓢先生,医之不朽者也,高年不禄。仆方思辑其梗概以永其人,而不意寄来墓志,无一字及医;反托于与陈文恭公讲学云云。呜呼!自是而一瓢先生不传矣,朽矣!
> 夫学在躬行,不在讲也。圣学莫如仁,先生能以术仁其民,使无夭札,是即孔子老安少怀之学也。素位而行,学孰大于是!而何必舍之以他求?阳明勋业烂然,胡世宁笑其多一讲学。文恭公亦复为之,于余心犹以为非。然而文恭,相公也。子之大父,布衣也。相公借布衣以自重,则名高;而布衣挟相公以自尊,则甚陋。今执途之人而问之曰:"一瓢先生非名医乎?"虽子之仇,无异词也。又问之曰:"一瓢先生其理学乎?"虽子之戚,有异词也。子不以人所共信者传先人,而以人所共疑者传先人,得毋以"艺成而下"之说为斤斤乎?
> 不知艺即道之有形者也。精求之,何艺非道?貌袭之,道艺两失。燕哙、子之何尝不托尧、舜以鸣高,而卒为梓匠轮舆所笑。

> 医之为艺，尤非易言。神农始之，黄帝昌之，周公使冢宰领之，其道通于神圣。今天下医绝矣，惟讲学一流转未绝者，何也？医之效立见，故名医百无一人；学之讲无稽，故村儒举目皆是。子不尊先人于百无一人之上，而反贱之于举目皆是之中，过矣！即或衰年无俚，有此附会，则亦当牵连书之，而不可尽没其所由来。仆昔疾病，性命危笃，尔时虽十周、程、张、朱何益？而先生独能以一刀圭活之。仆所以心折，而信以为不朽之人也。虑此外必有异案良方，可以拯人，可以寿世者，辑而传焉，当高出语录陈言万万。而乃讳而不宣，甘舍神奇以就臭腐，在理学中未必增一伪席，而方伎中转失一真人矣。岂不悖哉！岂不惜哉！

信的基本语气颇为恳切，而恳切之下，实寓含了一重轻微的嘲讽。恳切与嘲讽交织的跌宕文辞间，自然贯穿着说理的逻辑，但像自道病危时全靠一瓢先生医术济命，而谓"尔时虽十周、程、张、朱何益"，取不同范畴的人事强加对比，逻辑上实不无漏洞——但它却十分感人。其根源，即在此信撰写的基本手法，与上引《清说》一样，都是感性式的，而非理性式的。这种注重表现个人情感，以动情的方式展开论说主题的文章，从文学史上看，显然与晚明袁宏道的同类文章有承继关系，其影响则波及晚清龚自珍的文章，并一直延续到五四以后以鲁迅杂文为代表的一大批新文学作品。

袁枚的出现，是对乾嘉时期文坛沉闷局面的一次强有力的精神刺激。他以一种旷放不羁、轻视名教的个人姿态，在文学理论方面提出了一系列冲决传统诗教的激进主张，把自晚明即已开始，在清初受到阻断，以李贽"童心说"、袁宏道"性灵说"为代表，合乎人性的文学思想重又标举了出来，并直接影响到晚清王国维等对于"赤子之心"式的文学的推崇。从而使清代诗文的发展，开始出现力图摆脱理学控制，回复合乎人性的表现形态的转折性趋向。他感觉敏锐，才力充沛，在一己的创作中确实达到了独辟蹊径，自成一家的水准。但是，他同时又是一个聪明人，在力求完美地用文学来表现自我感情与个性时，他不愿使自己的实际生活受到任何实质性的损害，因此常常机智而富于策略地绕开一些过分敏感的话题，或为其某些"出格"之语找到冠冕堂皇的借口，这正反映了其所处时代的严酷。

第二节　蒋士铨与赵翼

蒋士铨、赵翼与袁枚并称"乾隆三大家"，但其诗文创作的成就和影响均不如袁枚，倒是赵翼的诗论颇有新意。蒋士铨早年曾受到袁枚称赞，后期的创作则已与袁枚取径相异了。

蒋　士　铨

蒋士铨(1725—1785)，字心余，一字苕生，号清容，晚号定甫，铅山(今属江西)人。少年时期曾有一段随父游历北方的经历，在父亲至交山西泽州王镗家中时得以博览群书。弱冠南返，中乾隆十二年(1747)举人。此后三度参加会试，因诸种原因名落孙山，至乾隆二十二年(1757)方成进士。始官翰林院编修，继任武英殿纂修官等职；却以秉性刚直，不随流俗，而在宦海浮沉七载之后，辞官南归，跟袁枚一样在金陵做起了寓公。已而为生计所迫，出长蕺山、崇文、安定诸书院。乾隆四十三年(1778)，因乾隆皇帝南巡，赐臣子诗中言及其名，"感激再出山"(《述怀》)，赴京充任国史馆纂修官。不久即患中风，再度去职，在南昌度过余生。有《忠雅堂全集》。

由于袁枚的推许，蒋士铨在乾嘉时期与袁氏及赵翼被并称为诗坛"三大家"，而获得了广泛的声誉。但无论是从诗作的风格还是题旨看，蒋诗与袁诗都存在很明显的差异。《忠雅堂集》里虽然也有"文章本性情"(《文字》)之类的句子，并正面提到过"性灵"一词①，但蒋士铨真心向往并且自认为崇高的文学境界，却是用诗来表现"忠孝情怀义烈心"(《赠相士李生》)；同时像唐代元稹、白居易那样，以诗为针砭时弊的重要工具②。与此相联系，他的诗虽不排斥真实感情(尤其是亲情)的流露，而从根本上说，他对基于人性的种种复杂情感持轻视态度，而有"无情则寿考，有爱多拘牵"(《杂诗》)之说。他一而再、再而三地以诗的形式讴歌前代或同时的忠臣、义士、孝子、节妇，结果在后来个别评论者的眼里，这竟成了他在"三大家"中最为杰出的重要缘由③。

不过纵览蒋士铨一生的诗歌创作，这种对表现忠孝节义的热衷，并非由来已久。相反，根据现存的诗稿及已有的记载，早年蒋士铨实写过不少与袁枚诗一样情性毕露的作品。陈琰《艺苑丛话》所载蒋氏少年时遇扬州妓女蔷香而题绮诗事，或未必真确，但蒋诗中现存可基本确证为创作时间

---

① 如《张廉船仲子(舟)北来喜而有作》中即有"性灵多慧语，文彩自天来"之语(《忠雅堂诗集》卷七)。
② 为此他写过不少"新乐府"，如《固原新乐府》等，但艺术成就不高。
③ 如清康发祥《伯山诗话》即谓蒋士铨"识高味厚，品洁才豪，忠孝之言，皆从肺腑中流出，出语一二，抵人千百"，此长"非袁、赵二君所能到也"。

最早的七古《浩歌》①,却无疑呈现了青年蒋士铨桀骜不驯的性格:

> 海波直上堆芙蓉,五丁一夜移千峰。羲和鞭日怒走马,寒蟾出没惊飞鸿。天鸡不鸣老兔伏,玉官激射天河空。中有志士苦夜短,倒喝结璘行天东。二十男儿不得意,酒罏醉卧游新丰。玉肪散尽绿绮琴,连钱脱却青毛骢。倔强匣中三尺水,疾声夜吼丰城铜。过眼昆仑没海水,黄河天半垂崆峒。生年既不满百岁,北邙墓草成高丛。短衣拟挟玉龙去,扪萝一笑从猿公。

诗中出现的意象,无一是纤细孱弱的;诗的语言,也颇为粗豪;加上全诗用了响亮似洪钟的东韵做韵脚,一泻如注,成功地刻画了一位年轻而不得志的士子无处发泄其旺盛的生命力,而不得不借酒梦游,上天入地探寻人生意义的可叹场景。值得注意的是,这种不免有些粗豪的风格,在蒋士铨以后的诗中还不时可以看到,但像《浩歌》这样无所顾忌地讴歌个人的强盛生命力的作品,却几乎见不到了。

与此同时,写出了《浩歌》以后的蒋士铨,其诗作中以赞美忠孝节义为主旨的作品越来越多。这类作品从诗人本身而言,也许并不缺乏真挚的情感;其题材若处理得当,本可成就一些好诗。如五古《昆山夏贞妇刘氏诗》,写一位才做了十天新嫁娘,尚未入洞房的女性,因丈夫病故而坚持守节达十七年,故事本身颇耐人寻味。据诗中所述,当刘氏丈夫病故后,她的公公和婆婆还是相当通情达理,对她说:"儿亡妇勿哀,幸妇犹未婚。"刘氏自己的父母则"自怨嫁女早,断送兰苕春。恐女容华凋,劝女返家门"。换言之,这位新嫁娘的父母公婆均未要求她为此守寡。但刘氏却认为"亲意忒乖讹",坚持"请留未亡身,以附死者魂",并为此陈述了许多看来并非虚构的理由。这使得她的公公兰巢翁觉得相当为难。在向诗人介绍这位守节的儿媳时,"述之辄改容",并"悯妇抱幽光,何以明其衷"。此诗若到此为止,并对前此刘氏与父母公婆的对话作艺术加工,本可是一首佳作,因为它让读者活生生地看到了礼教压迫之下的女性已经扭曲了的内心世界:她们真诚地为已经不再存在的丈夫守节,为此不惜自己将自己打入人间地狱,同时却使真心为她们的实际生活考虑的亲人处于礼教与人性冲突的两难处境中。但诗人在此后却为之发了一大通以礼教为旨归的感慨,结果将诗的主题完全偏向了对刘氏那种有悖人性举措的赞美。这不能不令人深感遗憾。

从文学史的角度看,《忠雅堂集》里较值得注意的诗是以下两类:其一以

---

① 此诗作于乾隆九年(1744),时蒋士铨二十岁,有关考证参见李梦生为本诗所作"笺",载《忠雅堂集校笺》(上海古籍出版社1993年版)卷一。

真挚的笔触描绘诗人自身与亲人聚散离合的种种场面与情感,其二用松弛的笔墨抒写个人面对自然万物的诸般感触。前者如组诗《到家》,用六首前后相贯的五古,质朴地叙写了游子返家当天与家人重逢的场面①。各首所叙以时间为经,而又各有中心,其中第五首在继前四首叙写到家后亲朋欢聚的热闹场景后,笔锋一转,记录了自己与母亲重逢并单独相处时的一段质朴的对白:

  父饮亦既醉,就寝先自息。戒儿勿久坐,晨起诣父执。阿娘常少睡,问讯继相及。谓娘无别虑,寒暑恐儿疾。书来儿未归,梦儿儿讵识?望儿不欲梦,梦复与儿值。壮游岂不好?我生仅汝一。思汝每自恨,翻怪汝行急。汝归我已欢,汝听勿转泣。仆婢立渐近,童稚不复匿。欲语未便吐,含笑候颜色。嘈杂良可爱,真气出胸臆。烛尽母亦倦,有梦莫儿觅。

诗中包括首尾在内的所有场景与对话,都是生活原态的实录;其中心部分抒写的,则是诗人的母亲向久别的儿子叙说思念之情。全诗尽管谈不上精致,甚至就形式而言还有些粗糙,但直抒所感,既无说教,亦不矫揉造作。后者像下引二诗:

  闲居遣意病终日,永昼共眠书半床。门外市声宜众耳,树头生趣媚朝光。倦眼喜开新雨后,深衣疑在古人旁。风铃不语帘垂地,起嗅瓶花无限香。(《生趣》)
  湿云鸦背重,野寺出新晴。败叶存秋气,寒钟过雨声。半檐群鸟入,深树一灯明。猎猎西风劲,湖心月乍生。(《湖上晚归》)

前一诗状闲居所见所感,以写意笔法出之,声色俱足,流动之中不失个性锋芒;后一诗用工笔重彩细腻地摹写傍晚湖上胜景,用字尖新而独具韵味(如谓在带有雨气云朵的映衬下,寒鸦的背上望去似亦增加了重量)。这些诗都与袁枚的张扬性灵有其相通之处。

赵　翼

  赵翼(1727—1814),字云崧,又字耘松,号瓯北,阳湖(今江苏常州)人。乾隆十九年(1754)由举人中明通榜,入直军机处。七年后复中进士,为是年殿试

---

① 这种组诗形式与以往组诗不尽相同,它是以一组描绘在时间上前后相续的生活场景的诗,表现诗人对特定事件的感受。因此组诗在整体上有一个首尾相贯的结构,各首孤立地看则似凭空插入的生活片断。蒋士铨以此方式撰写的组诗,除《到家》外,还有《偕袁简斋前辈游栖霞》等。

探花。初授朝林院编修,后出任云南镇安、广东广州知府,升贵州兵备道。因事降级,遂乞归。晚年以著述、讲学自娱。著作有《瓯北集》、《瓯北诗话》、《廿二史劄记》、《陔余丛考》等多种。

似乎是某种巧合,在科举场上不得已而名列第三的赵翼①,在后人所谓的乾隆诗坛"三大家"中也被排在末位。从特征明显与否的角度论,这一地位也许不无道理:袁枚诗中表现出的自由疏放的姿态,与蒋士铨诗里流露的浓厚的道德自律气息,各执一隅,适成对照;而这两种面目在赵翼作品中都没有特别明显的展示。赵翼从天性上说是一位比较纯粹的学者,他在乾嘉学派中与钱大昕、王鸣盛等名家各有自己的独特位置,便证明了这点。他的不少诗作用典与使事都颇多,也堪称清代学人诗的代表之一。然而由乾嘉时期诗歌衍化的轨迹来看,赵翼却以他的另一些不太引人注目的诗,为以后清诗的发展,提供了不比袁、蒋两家之作(尤其是蒋氏之作)逊色的广泛多样的变化方向。

和蒋士铨一样,赵翼诗中也出现了一些描写亲情友情的作品,而感情表现更富于内涵,更激越,整体形制也较蒋诗更为完整。如《送刘邦甸出都》:

> 与君结交非一日,同补诸生便相识。江城风雨一夕谈,意气忽如胶入漆。其时豪宕各少年,班荆更有吴瀛仙。三人五日必一面,不面令人夜不眠。共携百钱入酒肆,醉谈四座惊轰阗。转眼饥驱各驰骛,我先索米长安住。君也衣食奔走间,入京出京凡几度。今来仍为区区名,铢积数载纳粟成。京闱榜发又报罢,依人那得辞长征。年过四十心未死,冀得禄养可代耕。太仓升斗定何日?垂白亲已需杖行。雪花打头风酸鼻,过我话别难为情。吁嗟乎!人生在世如转毂,前路茫茫总难卜。天公赋命本不齐,孰应受穷孰享福。权非己操可若何,所自尽者只幽独。欲耕无地且砚田,欲养无禄且馆谷。临分更酹一杯酒,愧我无力堪援手。泪眼徒看失意人,二十年前一老友。

诗人在京城送别的旧友刘邦甸,早年曾跟诗人一起度过了一段放浪形骸的快乐生活,之后为生计所迫各奔东西。此番重逢,赵翼已入仕途,刘氏则捐资而仍未得实际功名。于是这一对昔日如胶似漆的朋友,今日却因地位的悬殊而变得若即若离。赵翼满怀怜悯,劝刘氏改弦易辙,不妨卖文授馆,自食其力,同时表示在入仕问题上无力相助;刘氏则在离开令他心酸的都城时,无言以对。当诗在"泪眼徒看失意人,二十年前一老友"的悲悯气氛中结束时,诗起首的那一段有关二十年前诸人意态飞扬场面的回忆,恰成了对某些幻想以"依人"之

---

① 《清史稿》卷四九二赵翼本传云:"(乾隆)二十六年,(翼)复成进士,殿试拟一甲第一,王杰第三。高宗谓陕西自国朝以来未有以一甲一名及第者,遂拔杰而移翼第三,授编修。"

方来获得个人光明前途的读书人的一个最有力的讽刺。很显然,以这样的主旨表现友情的诗,在《忠雅堂集》里是看不到的。

相对袁枚诗的灵动、疏放,赵翼的一些作品显得更具有某种因文辞拣选得当、构思巧妙而产生的美感①。在赵翼的笔下,自然常以一种活的姿态呈现在读者面前,诗人笔触所至,关心的只是将自然物事纯美的一面展现出来,而并不在意是否通过表现这种美的自然,可以借寓何种特别的意义——这跟上述《送刘邦甸出都》一类作品正好相反;或者说,自然与人事,在赵翼看来是应当分别用不同方式来展现的两个不同的诗歌领域,诗之于自然,应当不附加任何另质性的东西。《树海歌》就是一个典型的例子:

> 洪荒距今几万载,人间尚有草昧在。我行远到交趾边,放眼忽惊看树海。山深谷邃无田畴,人烟断绝林木稠。禹刊益焚所不到,剩作丛箐森遐陬。托根石罅瘠且钝,十年犹难长一寸。径皆盈丈高百寻,此功岂可岁月论。始知生自盘古初,汉柏秦松犹觉嫩。支离夭矫非一形,《尔雅》笺疏无其名。肩排枝不得旁出,株株挤作长身撑。大都瘦硬干如铁,斧劈不入其声铿。苍髯蝟磔烈霜杀,老鳞虬蜕雄雷轰。五层之楼七层塔,但得半截堪为楹。惜哉路险运难出,仅与社栎同全生。亦有年深自枯死,白骨僵立将成精。文梓为牛枫变叟,空山白昼百怪惊。绿荫连天密无缝,那辨乔峰与深洞。但见高低千百层,并作一片碧云冻。有时风撼万叶翻,恍惚诸山爪甲动。……我行万里半天下,中原尺土皆耕稼。到此奇观得未曾,榆塞邓林讵足亚。邓尉香雪黄山云,犹以海名巧相借。况兹荟蔚径千里,何啻澎湃重溟泻。怒籁吼作崩涛鸣,浓翠涌成碧浪驾。忽移渤澥到山巅,此事直教凫衍诧。乘篮便抵泛舟行,支筇略比刺篙射。归田他日得雄夸,说与吴侬望洋怕。

此诗诗题下有注云:"自下雷州至云南开化府,凡与交趾连界处八百里,皆大箐,望之如海,爰作歌纪之。""大箐"是云贵一带的方言,泛指有大片丛生树木的山谷。诗人将这连绵不断的山间森林比喻为一辽阔无垠的"树海",并以观真海的眼界,放笔描绘了树海中风来雾去之际,各色树木挺立不倒的倔强姿态。诗从首至尾皆用七言,而诗中选字,多采有声音或具较硬质感者,从而使作品在整体的流动之中,同时具有了一种内在的紧张感。蒋士铨序《瓯北集》,谓赵氏"兴酣落笔,百怪奔集,故雄丽奇恣,不可逼视",这首诗正可作为代表。

赵翼诗中还有少数借古讽今之作,很值得注意。如《杂题》曰:

---

① 王鸣盛谓赵翼以一才人兼学者的身份,而有"妙绪独抽,排粗入细"的功夫,大约即是赵诗有此特色的根源。

> 康成居北海,黄巾拜其门。远公居庐山,问答到卢循。固由素行高,能使剧盗驯。亦见当时风,法网漏纤鳞。弗以形迹疑,共推德服人。使其遇黠吏,早以通贼论。管汝儒与释,且试吏威伸。

相传汉末的黄巾军和东晋的"剧盗"卢循分别对大儒郑玄和释慧远都很尊重,因而被作为郑玄、慧远道德高尚、具有巨大感化力的美谈来传扬,但赵翼却把这作为当时"法网"尚宽的证据,否则早把郑玄、慧远当作"通贼"法办了。篇中作为"当时"的对立面的"黠吏",显然是包括清代的官吏在内的。诗虽不工,但在当时文字狱的淫威下,能够出现这样的作品,也正是高压政策难于长期维持的朕兆。

与袁枚相似,赵翼也兼有批评家的身份。他的有关文学批评的见解,主要见于其晚年所作的《瓯北诗话》。这部以评论李白起首,纵说唐宋金明清诸大家的文学批评名著,充分显现了作者理论素养与朴学功底兼长的学术特征。其中对于李白的特别推崇和对于明人高启、清人吴伟业的关注,都别具意味。而在文学史上,赵翼还有一些论诗诗,在后代也获得了广泛而深远的影响。如著名的《论诗》绝句之一:

> 李杜诗篇万口传,至今已觉不新鲜。江山代有才人出,各领风骚数百年。

通俗而理性的诗句中寓含的,正是对包括自己诗作在内的中国诗歌发展趋向的清醒认识。

第三节 姚鼐与翁方纲

当袁枚在文学界影响甚大之时,在文学思想上与其相异而也具有一定声势的,为姚鼐与翁方纲。但姚鼐所重在文,其尤重者又为非文学之文,故就文学的发展而言,其影响实不如袁枚。翁方纲所倡导的"肌理说"虽是诗论的一种,但主张太偏,在当时就未受到较广泛的重视,很快就趋于衰落了。

姚 鼐

桐城派发展到乾嘉之际,一种企图将方苞式的"义法"与刘大櫆的"神气、音节、字句"说进行综合的倾向开始出现,其间的代表性作家,是姚鼐。

姚鼐(1732—1815),字姬传,一字梦谷,署室名曰惜抱轩,后人因称其为姚惜抱。他是方、刘二人的同乡，并曾及刘大櫆之门。在仕途上他比乃师幸运，乾隆二十八年(1763)考取进士后，由庶吉士改礼部主事，累官至《四库全书》纂修官，又以记名御史的身份告归。可谓一帆风顺。后半生主讲江南紫阳、钟山等书院，达四十余年。著述颇富，有《惜抱轩诗文集》、《古文辞类纂》、《五七言今体诗钞》、《唐人绝句诗钞》等。

姚鼐被前人列为桐城派"三祖"（又称"方刘姚"）中的殿军，一个重要的缘由，即是他提出"义理、考证、文章"三者合一的主张（见《惜抱轩文集》卷四《述庵文钞序》），并编选了一部后来流传甚广的古文选本——《古文辞类纂》。《古文辞类纂》通行本七十五卷，选录先秦迄清代文章七百余篇，分论辨、序跋、奏议、书说、赠序、诏令、传状、碑志、杂记、箴铭、赞颂、辞赋、哀祭十三类排列。依照姚氏自己的解说，其选文的标准可归纳为神、理、气、味、格、律、声、色八字（见《古文辞类纂序目》），这八字从形式上看，可谓刘大櫆的"神气、音节、字句"说的扩充：神、理、气、味即源于"神气"，而"格、律、声、色"则相当于"音节、字句"。但反观《古文辞类纂》所选，其占据中心地位的作家作品，是由明代唐顺之所标举的"唐宋八大家"之文、清代正统文人所推崇的明代归有光之文，以及姚氏的前辈同乡方苞、刘大櫆之文。诸家之作入选与否，又与文章本身所表达的题旨是否合乎正统"义理"颇有关联，如书中"杂记"之部所收刘大櫆之作，为《浮山记》、《窦祠记》、《游凌云图记》三篇，除《浮山记》纯为写景外，其余两篇一颂明末击"流贼"救桐城的战将（《窦祠记》），一赞"播国家之休风、鸣太平之盛事"的官吏游乐生活（《游凌云图记》），都有裨于政教，而刘氏充满个人感慨的《游晋祠记》之类则不予选收。姚鼐于自己业师的作品也如此严格择取，可见其书的编纂宗旨，从本质上说更接近于方苞的论文理论，而与刘大櫆的文学见解貌合神离。

姚鼐本人的创作实践，也与方苞相似：《惜抱轩诗文集》中甚少文学性的文章，而颇多高谈义理之辞。其间稍可一提的，是《游媚笔泉记》一篇：

> 桐城之西北，连山殆数百里，及县治而迤平。其将平也，两崖忽合，屏蠹墉回，崭横若不可径。龙溪曲流，出乎其间。
>
> 以岁三月上旬，步循溪西入。积雨始霁，溪上大声，㶁然十余里。旁多奇石、蕙草松枞，槐枫栗橡，时有鸣巂。溪有深潭，大石出潭中，若马浴起振鬣，宛首而顾其侣。援石而登，俯视溶云，鸟飞若坠。
>
> 复西循崖可二里。连石若重楼，翼乎临于溪右。或曰：宋李公麟之垂云沜也。或曰：后人求公麟地，不可识，被而名之。石罅生大树，荫数十人。前出平土，可布席坐。南有泉，明何文端公摩崖书其上曰：媚笔之泉。泉漫石上，为圆池，乃引坠溪内。左丈学冲于池侧方平地为室，未就，

要客九人饮于是。日暮半阴,山风卒起,肃振岩壁榛莽,群泉矶石交鸣,游者悚焉,遂还。

是日姜坞先生与往,鼐从,使鼐为记。

此篇结构严密、文字简古,处处见出其锤炼字句之力和对高峻的气势的追求,但都不如前引其师刘大櫆《游晋祠记》的写景诸句之能较真切地显示自然景色之美。篇中于个人感受更不着片言只语。而且即便是这样的文学性文章姚氏亦极少作,可见桐城派发展到这一阶段,文学的本位意识,是再度削弱了。

翁 方 纲

在乾嘉时期文学缓慢地重振的过程中,坚持走一条与袁、赵、蒋"乾隆三大家"等相异的路径的,是翁方纲。

翁方纲(1733—1818),字正三,号覃溪,顺天大兴(今属北京)人。乾隆十七年(1752)考取进士,官至内阁学士。著有《复初斋集》及《石洲诗话》、《苏诗补注》等。其人比袁枚年轻十七岁,而所持文学观念与所写作品(主要是诗歌)面貌皆较袁枚的陈旧很多。在理论上他最有影响的,是提出了一种所谓的"肌理说"。他说:

> 昔李、何之徒空言格调,至渔洋乃言神韵。格调、神韵皆无可着手也,予故不得不近而指之曰肌理。少陵曰:"肌理细腻骨肉匀。"此盖系于骨与肉之间而审乎人与天之合,微乎艰哉。(《仿同学一首为乐生别》)

这是一种将诗类比为自然人的肌体的奇特观念。在这种奇特观念的支配下,翁氏认为即便是艺术的诗也可以像后世的解剖医学那样,实在而直观地解析其结构、意象乃至其他任何构成部件。而实现这种实在的解析的前提,在他看来是要具备丰厚的学问①。但学问又不是那种纯粹的以求真为目标的知识,学问的根本是在于求得一个"理"字。这个"理"字的最高级表现形式,就是合乎官方正统的程朱理学。所以在《理说驳戴震作》一文中,他对同时著名学者戴震《孟子字义疏证》一书中"言'理'力诋宋儒",而仅从学理的角度推论"理"的释义乃"密察条析之谓"的做法大为不满,以为"夫理者彻上彻下之谓,性道统掣之理即密察条析之理,无二义也;义理之理即文理、肌理、腠理之理,无二

---

① 翁氏《神韵论下》云:"……即所谓'诗有别才,非关学'之一语,亦是专为骛博滞迹者偶下砭药之词,而非谓诗可废学也。须知此正是为善学者言,非为不学者言也。"类似的意思在《延晖阁集序》等文章中也有表述。

义也"。这样,翁氏的诗歌"肌理说",从根本上说就跟当时袁枚提倡的"性灵说"完全异趣,而与清代前期桐城派的"义理说"和稍早的沈德潜"温柔敦厚"诗教说,如出一辙了。

如此则即便从较"低级"的操作层面看,翁方纲的"肌理说"也无法给诗的创作带来任何突破性的进展,就是可以遇料的事了。这方面最好的例子,是翁氏自己的诗歌。《复初斋诗集》中的作品数量上高达六千首,但由于题材上被"义理"所限制,表现方式方面又受到了学问的困扰,大部分诗"如博士解经,苦无心得"①。像集中因被选入几种著名的清诗总集而尚算有点名气的《洋画歌》《汉延熹西岳华山庙碑歌为朱竹君赋》等长诗,或直白记录所见所闻,或满纸加注、详细考证,根本没有诗意,这也就无怪乎后人要给翁方纲以如下这般尖锐得有点刻薄的批评了:

> 翁以考据为诗,饾饤书卷,死气满纸,了无性情,最为可厌②。

第四节　黄景仁与张问陶

袁枚以外,当时在诗歌创作上成就最为突出的是黄景仁与张问陶。在对诗的根本看法上,二人实可视为袁枚的同道。

黄　景　仁

黄景仁(1749—1783),字汉镛,一字仲则,号鹿菲子,武进(今江苏常州)人。十七岁为秀才,不久就读于常州书院,屡应乡试不第,因客游湘、皖等地,入湖南按察使王太岳、安徽学政朱筠幕。后游京师。乾隆四十一年(1776)应皇帝"东巡召试",列名二等,任武英殿书签官,以例得仕主簿,捐赀为候选县丞。而被债家所迫,离京西行。最终病卒于山西解州,年仅三十五岁。有《两当轩集》。

黄景仁年辈小于名列"江右三大家"之首的袁枚,而自少即与袁氏相识,且有诗酒往还。其《呈袁简斋太史》诗于随园推崇备至,谓之"文章草草皆千古"、"唤起文人六代魂"。袁枚对这位晚生后辈亦颇加赞许,在《仿元遗山论诗》中称黄氏为"今李白"。其互相褒许的缘由,大约是因为两者对于人生应当追求

---

① 洪亮吉《北江诗话》评翁方纲诗之语。
② 见朱庭珍《筱园诗话》卷二。

一己的自由与快乐,并在自己的诗中畅写这份自由与快乐这一问题,有十分近似的看法①。但是黄景仁的诗除了精神上跟袁枚诗有相通之处外,整体面貌则大相径庭。究其原因,乃是黄氏短暂的一生中,承受了袁氏从未经历过的贫困与疾病的双重煎熬和强烈的失恋痛苦②,作为一位个性极强的读书人,高度的自尊与现实所造成的个人难以更改的卑微处境,使其作品成为敏感的内心世界复杂活动充分外化的一种表征,其风格,因此也就在追求自由、爱情与人生快乐的疏放之下,多了一重深切的顾影自怜式的感伤。

黄景仁现存诗作中,曾经受到同时人称赏,也为后人广泛称引的,是《癸巳除夕偶成》二首中的第一首和《绮怀》十六首的第十五首。前一诗云:

> 千家笑语漏迟迟,忧患潜从物外知。悄立市桥人不识,一星如月看多时。

诗写于乾隆三十八年除夕,时黄景仁不过二十五岁的年纪。前人或以为此诗于乾隆间时事有所寓指③,那大概只是一种推测。由诗所营造的境界看,其更明显的,是深入地刻画了一位尽管年轻却已经历了一些人生沧桑的书生内心的无限惆怅,以及面对无垠星空时所感受到的真切的孤独。这种孤独感也正是强烈的自我意识的产物④。

至于《绮怀》,其第十五首虽然传诵最广,但全部十六首乃是一个有机整体,也是中国古代爱情诗中的特绝之作,而且显然与五四新文学中的爱情诗相通。单把其中的第十五首孤立起来观察,还不足以充分理解其内涵与优越性。这组诗的第一至五首,写二人由两小无猜而终于产生私情。第六至第九首写二人分别后他的无穷思念。第十首写对方与别人成婚后生了孩子,他在孩子的汤饼宴上又见了她一面,他为重见而深感欢欣,又为今后的天各一方而无限伤痛。第十一首以下皆写自己的怀念和痛苦。今引第五至第十首、十五至十六首如下:

> 虫孃门户旧相望,生小相怜各自伤。书为开频愁脱粉,衣禁多浣更生香。绿珠往日酬无价,碧玉于今抱有郎。绝忆水晶帘下立,手抛蝉翼助新

---

① 对此黄氏在诗中颇有表白,如《太白墓》中即有"人生百年要行乐,一日千杯苦不足"之语。
② 关于黄景仁一生处于贫困境地的情形,洪亮吉《国子监生武英殿书签官候选县丞黄君行状》有具体的叙述,可参阅。又黄景仁《自叙》云:"体羸疲役,年甫二十七耳,气喘喘然有若不能举其躯者。"(《两当轩集》附录《自叙》)可见其年轻时身体状况即甚不佳。
③ 陆继辂《合肥学舍札记》记吴山锡语云:"此诗题《癸巳除夕》,乾隆三十八年也。其明年有寿张之乱,金星先期骤明,作作有芒角,作者盖深忧之,非流连光景之作也。"
④ 事实上《两当轩集》中还有许多诗也出现了近似的画面,《晚眺》的"独立苍茫数雁群"等句皆属此类。

妆。(其五)

小极居然百媚生,懒抛金叶罢调筝。心疑棘刺针穿就,泪似桃花醋酿成。会面生疏稀笑靥,别筵珍重赠歌声。沈郎莫叹腰围减,忍见青娥绝塞行。(其六)

自送云軿别玉容,泥愁如梦未惺忪。仙人北烛空凝盼,太岁东方已绝踪。检点相思灰一寸,抛离密约锦千重。何须更说蓬山远,一角屏山便不逢。(其七)

轻摇络索撼垂恩,珠阁银枕望不疑。栀子帘前轻掷处,丁香盒底暗携时。偷移鹦母情先觉,稳睡猧儿事未知。赠到中衣双绢后,可能重读定情诗。(其八)

中人兰气似微醺,芎泽还疑枕上闻。唾点著衣刚半指,齿痕切颈定三分。辛勤青鸟空传语,佻巧鸣鸠浪策勋。为问旧时裙钗上,鸳鸯应是未离群。(其九)

容易生儿似阿侯,莫愁真个不知愁。夤缘汤饼筵前见,仿佛龙华会里游。解意尚呈银约指,含羞频整玉搔头。何曾十载湖州别,绿叶成阴万事休。(其十)

几回花下坐吹箫,银汉红墙入望遥。似此星辰非昨夜,为谁风露立中宵?缠绵思尽抽残茧,宛转心伤剥后蕉。三五年时三五月,可怜杯酒不曾消。(其十五)

露槛星房各悄然,江湖秋枕当游仙。有情皓月怜孤影,无赖闲花照独眠。结束铅华归少作,屏除丝竹入中年。茫茫来日愁如海,寄语羲和快著鞭。(其十六)

在这组诗里,他不仅勇敢地写了自己的一次违反礼教的爱情——私情,而且深刻地写了在这种爱情中的欢乐、痛苦,对爱情的执着,在对方成婚、生子后自己的苦恋,而且大胆地宣告了失去爱情后人生即变得毫无意义,因而只求速死,所谓"茫茫来日愁如海,寄语羲和快著鞭"。这一切都可视为五四新文学中的爱情诗的先驱。所以冰心说,她在早年就"迷上了龚定庵、黄仲则(《两当轩诗集》)和纳兰成德";"如龚诗中有'落红不是无情物,化作春泥更护花',黄诗中有'似此星辰非昨夜,为谁风露立中宵',皆是极好的句子"①。黄诗的这两句确实写得"极好",其第一句具有象征性,意味着爱人已离他而去,昔日的欢乐已经一去不回,但他仍然如此痛苦地期待,这又是为了谁呢?

黄景仁诗如此无所顾忌与独特,在他以前的中国文学中是很少见的,这其实

---

① 《冰心复严文井信》,《当代》1991年第3期。

是现实对诗人加以双重压力的结果。一方面是贫病交迫的实际生活致使诗人步履维艰,另一方面个人内心异常丰富的情感与极其强烈的自尊不断受到摧挫。于是发而为诗,也就在很大程度上突破通行规则,显现出强烈的个性色彩。由《两当轩集》中所存诗看,其表现为两种风格稍有不同的类型。

类型之一,是跟上引《癸巳除夕偶成》、《绮怀》等风格近似,而对个人处境的危困显现出更多的悲感。代表性的作品如七律《夜起》:

> 诗颠酒渴动逢魔,中夜悲心入痦歌。尺锦才情还割截,死灰心事尚消磨。鱼鳞云断天凝黛,蠹壳窗稀月逗梭。深夜烛奴相对语,不知流泪是谁多①?

诗人对于作诗与饮酒二者都达到了入魔的境界,其真实的原因除了对诗酒本身有一点特殊的兴趣外,更多的是在于可以借诗酒抒发自己满腔的郁闷与不平。郁闷与不平产生的根源,则在于个人的抱负、才华转眼都被那压抑个人充分自由发展的现实环境消解殆尽。即便如此,诗人依然心有不甘,依然将绝望当作希望来细细品味。但其内心自然明了眼前的一切都已成定局,除了深夜与蜡烛相对流泪,别的做什么都是徒劳无益了。描写这种令人绝望而又无奈的士人心态,本非黄景仁首创,但像本诗这样不顾传统诗教要求的节制,一任情感宣泄地畅写男性的怨愁悲泣,确乎是前所罕见的。类似的意旨,黄氏在《杂感》一诗中表述为"十有九人堪白眼,百无一用是书生",无可奈何的表层语辞下隐含的,是对严酷的现实致使士人社会地位陡降,乃至人格丧失的强烈的激愤。而《东阿项羽墓》诗中所说的"美人骏马应同恨,多少英雄末路人",则可说是这种为士人抱不平心态的拓展与延伸。

类型之二,则情绪较前者高昂,风格洒脱,翁方纲所说的"凌厉奇矫"颇可作为其标志。而其精神内质,仍是贯穿黄诗始终的对个人的重视和因人世沧桑而生的感叹。兹举其著名的歌行《笥河先生偕宴太白楼醉中作歌》为例:

> 红霞一片海上来,照我楼上华筵开。倾觞绿酒忽复尽,楼中谪仙安在哉!谪仙之楼楼百尺,笥河夫子文章伯。风流仿佛楼中人,千一百年来此客。是日江上同云开,天门淡扫双蛾眉。江从慈母矶边转,潮到然犀亭下回。青山对面客起舞,彼此青莲一抔土。若论七尺归蓬蒿,此楼作客山是

---

① 黄景仁还写过一首与此诗题旨、风格都十分相近的诗《旅馆夜成》:"斜月阴阴下曲廊,燕眠蝠掠共虚堂。床头听剑铮成响,帘底看星作有芒。绿酒无缘消块垒,青山何处葬文章?待和烛舅些须语,又恐添渠泪一行。"末联与《夜起》如出一辙。

主。若论醉月来江滨,此楼作主山作宾。长星动摇若无色,未必常作人间魂。身后苍凉尽如此,俯仰悲歌亦徒尔。杯底空余今古愁,眼前忽尽东南美。高会题诗最上头,姓名未死重山丘。请将诗卷掷江水,定不与江东向流。

自然的一切物象,楼台、青山、明月、长星,都没有确定不移的质性,都会随着现实参照物的改变而改变。但是诗人落笔撰成的诗卷,却以其不朽的价值而成为必不与江水东流而去的恒定之物,屹立于人间。这首有着李白歌行一般浪漫而激情充溢的作品,在表达诗人个体的强健姿态方面确实有一点袁枚所称的"今李白"的味道①。稍有异味的地方,是诗中终究未能彻底摆脱黄诗根柢上的感伤基调,而于不经意中流露出了对个人身后苍凉的无奈与悲戚。

作为袁枚的同道与后辈,黄景仁对诗艺的探索,颇有超越随园之处。他的诗,力度与气魄虽不及袁诗,而遣词造句的工巧与细密,则远胜袁诗。像上引七律《夜起》的第三联"鱼鳞云断天凝黛,蠡壳窗稀月逗梭",用鱼鳞状写云态,蠡壳形容窗影,本极平常,但其后各以"断"、"凝"、"稀"、"逗"两组或沉重或轻盈的动词勾连夜景,便在有限的语辞间营造起一种意蕴无穷的氛围。又如《晓行》中"小店欲随平野去,残灯都被晓风收"两句,画面不仅有纵深感,且有时间上的延续性,从而借着拂晓野外小店、残灯的孤寂无依,把一份落寞萧飒的诗人心绪呈现了出来。值得注意的是,黄景仁诗中表现出的这种对诗艺的讲究,正是当时的清代诗坛十分缺乏的。因此从文学发展的历程看,具有特殊的意义。

张 问 陶

张问陶(1764—1814),字仲冶,号船山,四川遂宁人,生于山东馆陶。乾隆五十五年(1790)进士,由翰林院庶吉士,授检讨,迁御史、吏部郎中。嘉庆十五年(1810)出知莱州,因与上官龃龉,在官年余即辞职,南下苏州做寓公。有《船山诗草》。

在乾嘉时期的诗坛上,张问陶是继袁枚、黄景仁之后,又一位个性特出的诗人。在同时人眼中,他是个"才子"兼"狂士"型的人物,性格爽朗,没有什么城府。据说在迁官御史后,他曾连上三疏,一劾六部九卿,一劾天下各督抚,一

---

① 事实上黄景仁在文学上也非常崇拜李白,《太白墓》中即有"我所师者非公谁"的话;而对杜甫,则谓"终嫌此老太愤激",尽管在另一个地方他承认"杜固诗之祖"(《诗评》)。

劾河漕盐政。而当朋友问他这样做就不怕积怨于众官时,他却半开玩笑半认真地回答:"我所责难者,皆大臣名臣事业,其思为大臣名臣者,方且感我为达其意,若无志于此者,将他身分抬得如此高,惭愧不暇,何暇怨我乎?"①在险象环生的宦海里,以此种纯真的姿态与同僚相处,这位曾自号"老船"的张才子自免不了最终翻船的下场。但他以同样的纯真去做诗,却于清代中叶山重水复疑无路的诗歌创作困境中,别辟一途,获得了相当的成功。

张问陶曾公开否认自己的诗有学袁枚诗之处②,但由《小仓山房尺牍》所收袁枚"答张船山太史"(《船山诗草》附录)言及张氏"名所著诗集为《推袁集》"③一点看,其私心还是颇宗袁诗的。同时,《船山诗草》中现存的不少诗作,也反映了张问陶的诗歌主张在精神上与袁枚的"性灵说"一脉相承。他同样认为诗应表现"性灵",在《题法时帆(式善)前辈诗龛向往图》中曾感叹:"不写性灵斗机巧,从此诗人贱于草!"他同样把表现个人感情视为诗的生命,一再表示:"既来人世可无情"(《怀人书屋遣兴》之七)、"好诗不过近人情"(《论诗十二绝句》之十二)。与此相应,他也把诗是否有个人的独特面貌视为衡量作品优劣的重要标准,而有"诗中无我不如删"(《论文八首》之七)和"写出此身真阅历,强于钉饾古人书"(《论诗十二绝句》之三)的断语。这些见解贯彻到张氏本人的创作之中,便决定了船山诗与随园诗在内质上颇有相通之处。

和袁枚诗作一样,张问陶的诗在表现男女情感方面也显得颇为通脱。他首先不像当时的一班"正人君子"那样,把女性视为祸水,而在《美人篇》里宣称:"人貌充宇宙,有美忽超尘。美人实无罪,溺者自忘身"、"美人亦人耳,既遇宜相亲"。据此又从其重视个人情感的角度出发,直率地在诗中自道心迹:"竟逢知己何妨死,未遇倾城不肯狂。"(《佛前饮酒浩然有得》)显现了他将女性之美视为一种情感与艺术兼融的特殊的人生境界加以追求的心志④。这样,他也就自然地把文学中表现夫妇之间的浓情蜜意看作是理所当然的事,而赋诗一改前此此类题材作品故作姿态、压抑真情的表达方式。像下面这首《春日忆内》:

房帏何必讳钟情,窈窕人宜住锦城。小婢上灯花欲暮,蛮奴扫雪箒无声。春衣互覆宵寒重,绣被联吟晓梦清。一事感卿真慧解,知余心澹不

---

① 见陈其元《庸闲斋笔记》卷五。
② 《船山诗草》卷十一有《颇有谓予诗学随园者笑而赋此》二首,其一云:"诗成何必问渊源,放笔刚如所欲言。汉魏晋唐犹不学,谁能有意学随园。"
③ 现存《船山诗草》编年诸集中无名"推袁集"者,疑此题名张氏后来已改为他名,或《推袁集》为张氏生前自选的一种诗集。
④ 张氏诗中有"娶妇也须无俗韵,生儿应免出凡材"的话(见《船山诗草》卷四《妇翁林西崖先生初任成都县……作砚缘诗四首志之》之四),前一句亦此心志的表白。

沽名。

起句便力破夫妻之间讳言"钟情"的陈习,而借回忆个人婚姻生活中的种种浪漫场景,如"春衣互覆"式的关怀,"绣被联吟"中的欢愉等等,使本应是男女爱情关系描绘重点的夫妇感情,得到了前所罕见的真确的呈现。

从艺术的层面上说,张问陶的诗集中,还有一部分作品与袁枚之作面貌不尽相同,且以富有独创性而更值得注意。这部分诗的写作与张氏个人生活长期处于比较贫困的境遇有关,更与张氏具有落拓不羁的个性相涉,其共同的特征,是在游戏笔墨形态中寓含了对人生哀乐的种种深切的感受,有一种清诗中难得一见的奇趣。像大受袁枚称赏的《稚存闻余将乞假还山作两生行赠别醉后倚歌而和之》一诗①,以奇特的想像虚构醉境中的两位书生登云上天,与酒星为伴,痛饮杯中明月,在悲喜交加中分别的情形,便极具感染力。

> 读君《两生行》,涕笑一时作。黑夜关门读不休,打窗奇鬼争来攫。怀诗忽走心茫然,远登云栈如登天。人言彼土即吾土,藏诗可以经千年。我方欲西行,一星坠我前。戴樽衣甕佩龙勺,俗客惊骇疑真仙。莫惊鬼夺诗,我为公呵护。且复立斯须,和此好诗去。是时下界冬已残,风狂雪虐天漫漫。一生牵衣不忍诀,一生和诗呕出血。城南柳秃空无枝,天诏酒星绾离别。重读《两生行》,如见两生情。一一若吾语,大叫难为赓。翩然一跃入杯底,绕地万人呼不起。双丁二陆偏同时,万古之名今已矣。酒星抱月来,掷入两生杯。两生惊起槽丘台,欢声轰作隆冬雷。忽闻门外征马语,两僮泣下纷如雨。马声高朗僮声俯,似诉两生离别苦。一生闻之悲,一生闻之喜。两生悲喜人不知,天外浮云地中水。君不见开天盘古氏,其情最可怜。九州莽莽无人烟,独坐独行一万年。又不见高真之居亦孤寂,举酒招人人不瞧。九天费尽百神谋,仅夺唐朝一长吉。两生把盏同轩眉,居然日日相追随。一生偶送一生去,临歧何必吞声悲。我马莫怜君马独,我僮莫向君僮哭。云天万里好联吟,共把长空当诗屋。

《两生行》本是洪亮吉(稚存)为送张氏还蜀而写的一首赠别之作;所谓"两生",即洪、张二人。张问陶的这首酬答之诗,则借了洪诗原来塑造的诗中人物,与原诗末"从此长安少一生,酒星只照南头屋"诸语,而改实为虚,移花接木,将诗境从地下搬到天上,使两生摇身一变成了可使星月风云为之动容的神人。诗中最有意味处,是用开天盘古氏的孤独,反衬两生"日日相追随"的幸运,因而在抒写离别的悲情之中,又蕴含了人生得一知己的无限欣喜。张诗的性情之灵以及因此而

---

① 见《随园诗话补遗》卷五、卷六。

创造出的那份奇趣,于此可见一斑。

有这份奇趣的船山诗,不只出现在歌行一体中,律诗和绝句里也不乏其例,并且由于体制的缘由,律绝里的这类作品还显得更具美感。如下面的二首:

> 一家风俗古乡村,童仆妻孥笑语温。灭烛深宵同说鬼,满帘明月不关门。(《成都紫薇花书屋杂诗》六首之六)
>
> 悄然谁礼梵王宫,恶树千寻倚暮空。万翅盘风鸦点黑,一星夺月鬼灯红。兴衰如梦斜阳远,颂祷无灵浩劫同。时有樵人拾遗像,细敲佛骨辨青铜。(《古寺和韵》)

二诗都写到了"鬼",但前者轻松,有飘逸之势;后者沉重,带着浓烈的色彩。而从构思的角度说,则均打破常规,将人间的温暖与因历史变迁而生的感慨,置于一个具有对立意味的场景里加以展示,因此具有既使人警醒又令人回味的出众效果。

第五节　舒位与彭兆荪

年岁与张问陶相埒、在创作上也有显著成就的诗人尚有舒位与彭兆荪。他们的诗歌创作也都不受羁络、直抒性灵。其创作的基本出发点固然与黄景仁、张问陶相同,且对稍后的龚自珍也有明显的影响。龚自珍《己亥杂诗》中有一首为:"诗人瓶水与谟觞,郁怒清深两擅场。如此高材胜高第,头衔追赠薄三唐。"原注:"郁怒横逸,舒铁云《瓶水斋》之诗也;清深渊雅,彭甘泉《小谟觞馆》之诗也。"值得注意的是:龚自珍自述其创作云:"欲为平易近人诗,下笔清深不自持。"彭兆荪的"清深"与龚自珍诗本有相通之处;而龚诗《夜坐》的"一山突起邱陵妒,万籁无言帝坐灵"之类,又何尝不"郁怒横逸"?

舒　位

舒位(1765—1815),字立人,号铁云,直隶大兴(今北京)人,生于苏州。少年时期随父宦居广西,曾以侍父迎接安南使者而赋《铜柱》诗,名传异域。乾隆五十三年(1788)中举,但以后数次应进士试皆不果。曾入黔西观察使王朝梧幕,且客游湖、湘等地。嘉庆二十年除夕,因母丧悲痛过度而卒。平生能书擅琴,兼长制曲,而以诗名世,有《瓶水斋诗集》。

舒位立身谨慎,文学创作却"殊不类其为人",而以"诗才奇伟恣肆"为时人所称道(见《瓶水斋诗集》附录二萧抡撰《舒铁云孝廉墓志铭》)。立身与为文的这种反差强烈的对比,实以个人内心深层的矛盾与痛苦为代价。他一面对"生男作客半如无"的说法表示真切的理解,引入自己的诗中,为远游不及照顾家人而自责①;另一面也在为"书生末路一官催"的冷酷现实而悲叹不已②。他从天性上说是一位不愿受任何束缚的人,平时"单衣练布,惟能昼眠;散发斜簪,不标丰度"(见《瓶水斋诗集》附录三王良士所撰《瓶水斋诗集序》),但环境又逼迫他不得不有所收敛,负起一定的道德责任;而当他担负起责任时,他又无法忘情于臆想中的自由所能给自己带来的快乐③。于是他南北漂泊,思家而难得归家;屡败屡试,期待着世俗的成功,却又从心底里蔑视功名④。个性无疑有被压抑的一面,但同时躁动的心绪也无时不在。形之于诗,便出现了龚自珍所谓的"郁怒横逸"的独特风貌。"横逸"指其超越常规。

在舒位同时的某些人眼中,瓶水斋诗里最受注目的似乎是《破被篇》。这首以"读书万卷读不破,走入破被堆中卧"起首,归结为"我乃化为蝴蝶夜夜飞天魔"的七言古诗,据载甚受法式善的激赏⑤。但其实它除了有一份书生式的自嘲与一点超越时空的想像之外,整体构思及意境并不十分出色。真正能代表舒诗那种"郁怒横逸"特征的,首先是下面这四首《昭君诗》。诗前有小序:

汉元帝时,陈汤斩郅支单于,传首京师。呼韩邪单于闻之,且喜且惧,入朝愿婿汉氏,遂以后宫良家子王嫱配焉。匪寇昏媾,与唐回纥有异。自石季伦《王明君辞》已多谬咏,后之作者第弗深辨。惟元帝按图召幸,致讥险谒,而嫱又自向掖庭令请行,不已衒乎?譬如李平驰间道而始识真卿,毛遂喻囊锥而自媒赵胜,上不好瑟,下不爱鼎。士女之耻,嘻,可慨矣!

永巷年年怨绮罗,长门夜夜定风波。可知千载琵琶语,绝胜三秋团扇歌。依旧锦车驰玉垒,分明钿合隔银河。蛾眉肯用黄金赎?妾被黄金误已多。

天汉当年百战勋,安危谁料托红裙?紫台梦冷南宫漏,青冢魂招北塞云。尚有牧羊苏属国,可怜射虎李将军。由来一片关山月,拍遍胡笳不忍闻。

省识春风一面无,真真难向夜深呼。卷中人在崔娘老,马上妆成蔡女

---

① 见《陈序璜明经属题其母氏遗诗》二首之二,据诗自注,"生男作客半如无"乃陈母诗中语。
② 见《天津县斋与丁秋水孝廉话旧》四首之四。
③ 他在《观演长生殿乐府》四首之三中有"酒绿灯红夜,春风舞一场"之语,似不但状观戏所见,亦抒内心所感。
④ 他在《题钱舜举锦灰堆横卷》中说:"浮名只宜画作饼,好官无过多得财。"
⑤ 见舒位《题梧门先生三君咏后并寄》诗内自注。

孤。此去定骑红尾凤,再来岂有白头乌?当时竟杀毛延寿,未画明妃出塞图。

雁门关外马牛风,远嫁乌孙事略同。但使古公能好色,不妨魏绛论和戎。掖庭请去恩非薄,山鏊犹存句最工。回首平城三十万,是谁奇计出无穷。

诗序的大意是:汉元帝时,国家的力量强大,呼韩邪单于请求赐婚,并不是用武力威胁,汉元帝是自己答应他的请求的。而后来的作者对汉元帝按照图画来决定是否"召幸"宫中女子,并不与真人见面的行为不置一辞,只是讥评毛延寿的奸险,对王昭君自己请求许配给呼韩邪单于,并在辞别元帝时打扮得美丽出众,却批评为"不已衒乎",但她实是因为在汉宫中受尽冷落,根本未能见皇帝一面,才迫而出此①;这正如毛遂的所谓"颖脱而出",没有什么可以责备的②。既然"上不好瑟","下"又何必"爱鼎"? 在男女情爱问题上女性一直受到压抑③实在是可悲慨的。在舒位的时代,这是很大胆的见解。

此诗的第一首是说:不但宫女和失宠的皇后生活痛苦,以致昭君远嫁的遭遇比起受冷落的班婕妤来要好得多④,就是像杨贵妃那样受宠爱的,最后还不是成了牺牲品⑤? 所以,到了匈奴以后,即使汉天子要用黄金把她赎回来,她也不会同意。第二首则说,昭君出塞并不是因为考虑国家的安危⑥,而纯粹是个人的选择。她在汉宫过的是寂寞孤独的生活,因而宁可死在北国——"青冢魂招北塞云"。这当然是悲惨的,然而,命运悲惨的岂止是女性的王昭君,男

---

① 王昭君是汉元帝的宫女。相传汉元帝并不亲自观看宫女的容貌,而是根据画工所画的她们的图像来"召幸"的。昭君很美,但却被画得不好看,所以在宫中受尽冷落。及至南匈奴单于呼韩邪来朝,"帝敕以宫女五人赐之。昭君入宫数岁,不得见御,积悲怨,乃请掖廷令求行。呼韩邪临辞大会,帝召五女以示之。昭君丰容靓饰,光明汉宫。顾景徘徊,竦动左右。帝见大惊,意欲留之。而难于失信,遂与匈奴。"(《后汉书·南匈奴传》)

② 毛遂之事及其"颖脱而出"的比喻(这也就是后世成语"脱颖而出"的由来)见《史记·平原君列传》。

③ 《诗经·卫风·氓》:"于嗟女兮,无与士耽。士之耽兮,犹可说也;女之耽兮,不可说也。"显示了在"士女之耽"方面男女的不平等。

④ 杜甫《咏怀古迹五首》中关于王昭君的一首有"千载琵琶作胡语"句,此诗的"千载琵琶语"借指王昭君的遭遇;相传为汉成帝时的班婕妤于失宠后所作的《怨诗》中,有"……裁为合欢扇,团团似明月。……常恐秋节至……恩情中道绝"等句,此处以"三秋团扇歌"借指班婕妤的命运。

⑤ 《长恨歌》中,杨贵妃被处死后,唐明皇委派的方士在仙山中找到了她;她"惟将旧物表深情,钿合金钗寄将去"。此处的"钿合隔银河"借指杨贵妃已被处死,"依旧"句则指唐明皇在处死杨贵妃后,依然作为皇帝排场豪阔,到达了成都。

⑥ "安危谁料托红裙"是"谁会设想把国家的安危寄托于红裙"之意,这是说昭君的出塞并不牵涉国家安危。

性的苏武、李广又何尝不如此！第三首写王昭君在汉宫的凄苦以及她在匈奴竟然能够找到配偶,同时指责汉元帝竟不为王昭君留下一个真实的图像①。第四首是说只要能做到内无怨女,外无旷夫,与夷狄彼此亲睦也不妨②。所以王昭君自己请求嫁到匈奴去,对国家就非薄情寡义③,杜甫以"群山万壑赴荆门"之语对王昭君大加赞美,这实在是最好的诗句④。

在《昭君诗》及其序中,可以看出诗人对世事有很多的愤懑——从女性的被压抑到苏武⑤、李广所受到的不公正的遭遇,对世俗的观念——包括当时占主流地位的不少观念——又不甘屈从。以王昭君的传说而论,对她的嫁与南匈奴,本有被迫和出于她的主动请求二说,宋代以降一直以前一说为主;而持后一说的,也只说她的这种做法是为了发舒"悲怨"。此诗却认为比起在皇宫中遭受冷落甚或经历"风波"的班婕妤、陈皇后("长门"是汉武帝陈皇后所居)以及"永巷"中的许多宫女来,王昭君的命运已好得多了;甚至说为了不使自己成为"怨女",不妨像王昭君那样地去"和戎",并对她大加赞扬。这是对女性作为个人的权利的大胆肯定,也是对世俗观念的大胆挑战。在后来的新文学中,有把王昭君与呼韩邪单于的结合作为真实的爱情来歌颂的⑥,因此,在舒位此诗中也正蕴含着与新文学相通的成分。

舒位的这类诗,在感情上和观念上固然可称"郁怒横逸",在艺术上则以清词丽句抒写深沉的感慨,于秀逸中深具力度。龚自珍评论他与彭兆荪的诗说:"如此高才胜高第,头衔追尊薄三唐。"(《己亥杂诗》)实是称赞他们已自辟境界,非前人的优秀之作所可范围了。

舒位的另一些诗作,写得虽没有《昭君诗》这般郁怒横逸,而多以一种清丽的笔调,抒发或孤寂或惆怅的人生况味,但仍可见其与环境的深刻矛盾。如《遥夜》:

---

① 第三首写王昭君在汉宫中生活凄苦,连见皇帝一面都不可得,她甚至难以在深夜痛苦地呼号。而女性是很快就要老去的,今天画图中所见的美人都早就老了,王昭君的青春却被如此地践踏,到她妆成远赴匈奴时依然只是孤身一人。但她此去定然要找到自己的配偶,决不会成为白头乌重新回来。只可惜汉元帝只是杀了毛延寿,而不为王昭君留下一个真实的图像。
② "古公能好色"出于《孟子·梁惠王》下:"昔者太王好色,爱厥妃。……当是时也,内无怨女,外无旷夫。"太王即古公。"魏绛论和戎"之事见《左传·襄公四年》。
③ 朱熹《诗集传·鸤鸠》中释"恩"为"情爱";又《大戴礼记·本命》:"礼义者,恩之主也。"故此诗中的"恩非薄"可释为并非薄情寡义。
④ 本书第四编第一章第一节对杜甫此句有较详细的阐释。
⑤ 苏武在匈奴十九年,历尽艰危,但回朝之后仅为典属国,"秩中二千石",一度且被罢官;他的儿子也被卷入谋反案而被杀。见《汉书·李广苏建列传》。
⑥ 见顾青海著《王昭君》一剧,初载郑振铎、章靳以主编《文学季刊》1934年第2期。

> 遥夜萧然此泊舟,不成去住且勾留。钟鱼远近湖边寺,灯火高低水上楼。历尽炎凉人不见,听残鸿雁客应愁。无因飞作南塘鸟,四面红窗起棹讴。

在只有钟声木鱼相伴的夜间因"不成去住"而泊舟,似乎象征着诗人终身漂泊无定的难堪生涯。而更令人难堪的,是"历尽炎凉人不见"式的绝对孤独,因为它不仅使人痛感人生的艰辛,还营造了一种漠视个人人格的氛围,让人倍感压抑。诗的最后,引入了一个四面灯火映现,又闻湖上棹歌声起的热闹场景,表面上是打破了原有的寂静,其实却是更进一步深入地凸现了诗人内心的寂寞。又如《雨夜发石门县四十里至乌镇见月》:

> 黄梅已过雨不休,夜云湿上诗人头。烟波森森不知处,飞去一叶沙棠舟。叩舷歌啸三十里,裳衣吹薄风飕飗。行听篷背雨脚小,仰睇六幕青天收。蝉声两岸吟未绝,溪桥野树相与浮。推篷看水涨乡绿,钓船高出溪中洲。潮痕一丈芳草短,时见萤火随东流。我家柴门正临水,沙际一白眠群鸥。舻声到门忽惊起,飞上百尺清凉楼。家人梦醒延我入,青灯开出双扉秋。相从吹笛话旧雨,残月却挂西南钩。

诗中所写的是一次回家的历程,但直到后半部的"我家柴门正临水"一句,前此大半描绘的都是船行所见景色。即便是有关到家以后的描写,也多是述家人如何惊喜;涉及诗人本身行动的,仅有"相从吹笛话旧雨"一联,且即便在这样令人欢愉的场景中,诗人似乎依然心有旁骛,关心着那一弯悬挂西南的残月。而此时如果我们再细读诗的前半部分,可以体味到那烟波浩渺中的风声雨丝,与流逝不居的潮痕萤火,其实都映衬着诗人欲言又止的无限惆怅。从这个意义上说,舒位诗所呈现的这种风致,并不是一种完全自由的飘逸之态,而蕴含着与其"郁怒"相通的抑郁。

舒位对袁枚是尊崇的,赞为"等身诗卷留无地"(《过随园作》);并针对一些人在他身后所作的诋毁,说是"身后文章不掩瑜"(同上)。因此,二人也可视为同调。

彭兆荪

被龚自珍赞为诗格"清深"的彭兆荪(1769—1821),字湘涵,号甘亭,镇洋(今江苏太仓)人。少年时期因父宦山西宁武,侍游北地多年。乾隆五十二年(1787)南返,家道中落,客居江淮间,曾入两淮转运使曾燠、江苏布政使胡克家之幕。能诗擅画,兼长骈文,而屡应科第不偶。道光元年得举孝廉方正,未赴而卒。有《小谟觞馆全集》。

彭兆荪的经历与舒位有相似之处，也是长期不得志，无法施展个人抱负。同时他的一生中又比舒位多了一点传奇色彩，那便是在"舞象之年"即远赴古楼烦之地——宁武，领略了塞北边关的苍凉之景，染上了"胸中斗血，风吹不凉"（《陇水歌辞》）的健儿习性，从而在个性深处铸就了一重同辈文人少有的刚烈旷放的气概。他早年的诗，因此成为乾隆时代诗坛的别调逸曲。《宣府二首》的第一首可说是比较典型的代表：

> 龙堆夜气接渔阳，独倚和门望大荒。玉帐照斜三辅月，金笳吹老一城霜。燕支山远秋无色，拔里台倾土尚香。愁绝孤亭围万柳，丝丝风入鬓边凉。

诗人写作此诗时不会超过十九岁①，而诗中却弥漫了一重显然与诗人实际年龄并不相称的苍凉意味。似乎可以说，独特的题材，造就了诗人之作具有一种弘廓的境界与刚毅的力度。而同样的题材，七绝《夜起》二首又写得意境与美感兼具：

> 手拓筹边楼四隅，黄花岭接小单于。苍烟不动乱山睡，看尺一丸秦月孤。
>
> 羌笛惯飞边柳叶，霜笳能说落星心。四更虎气出城角，风色怒来声满林。

前一首以带有相当浓烈的个人心绪的主观视角，摄取并重构夜起所见的山川与星空场景，一方面使茫茫无垠的原野在边塞疆界的连接中获得某种历史的纵深感，另一方面又借天边一轮圆月在大漠的映衬下显得小如弹丸的实像，凸现了富于独立意识的个人在此特殊的情景中自我因扩张而深感崇高的满足。后一首四句所写都是夜景中的声音。前二句是能引动诗人起思乡之绪的乐声，后二句则是让人不寒而栗的虎啸。从题旨上看，这首似不及前一首那么具有深切的意蕴，但其简练的笔触，与其中显现的年轻诗人描绘边塞独特风情的才气，仍足以动人心魂。

乾隆后期彭兆荪回到南方后，诗风逐渐有了较大的转变。对早年那种生气勃勃但"颇违俗"的诗作，他不无自贬之辞，而有"所嫌好奇博，不复勤篏扬，墨沈恣淋漓，心苗转微茫"的反思语②。与这种重视"心苗"的认识相应，他自述其作诗的宗旨为"厌谈风格分唐宋，亦薄空疏语性灵。我似流莺随意啭，花

---

① 《小谟觞馆诗集》为编年之本，此诗收在卷一《楼烦集》的中部。《楼烦集》为"辛丑迄丁未"也即乾隆四十六至五十二年（1781—1787）之作，时彭氏十三至十九岁。
② 见《小谟觞馆诗集》卷六《寒夜题沈钦韩诗卷七首》之五。

前不管有人听。"①言下之意,他的作品既不落格调说、肌理说宗唐宗宋的旧套,也不步袁枚性灵说的后尘,而自出机杼。至这种"随意啭"的结果,则既有继承并发展了作者本人早年诗作中情感激越、境界弘阔特色的作品,也有另辟蹊径,写其寂寞、孤独,与现实格格不入的诗歌。

属于前一类的作品,可以《夜饮露台上,月出示友》为代表:

> 生身不堕禁酒国,斫地欲歌歌不得。生身不作灌将军,一醉已被交章劾。谅哉人生行乐耳,觋觋安能事修饬!而公自是高阳徒,剑胆琴心人岂识?二更苍龙奕奕蟠,东南月大推半丸。台高树密暮烟紫,碧天露洗红阑干。呼曹挈榼手擘脯,我为楚歌若楚舞。杜陵老子容登床,盍向诸公觅严武?

起首即满含激愤地描绘了个人身处不自由之境的痛苦,接着用颇为恣放的笔调,抒写幻想中的诗人遁入醉境后的种种快乐,最后借杜甫酒醉时登床指称其上司严武为小儿的典故,喻示自己对权贵的蔑视。除了个别诗句因缺乏提炼而稍显粗糙外,诗整体上有一股激昂之气、洒脱之风,可以说在意旨方面,确乎是比诗人早年作品更深刻了。

属于后一类的诗歌,较前一类内容丰富,其基调是抒写个人的寂寞、孤独,但其侧重点又有所不同。有的侧重于写个人与现实的对立,有的则侧重于写人生的无奈。当然二者又是彼此相通的。因为在人生的无奈中本也包含着环境对个人的压迫。

前者在彭兆荪后期的作品中数量不少。因为其时家道中落,作幕为生,不得不仰人鼻息,但这又与其富于自尊的个性不相容;这种内心的矛盾和痛苦就只能在诗歌中抒发。

> 北望河流走陆深,朱丝系玉几回沉。词人只叹黄楼水,使者虚挥少府金。一线何年安夏服,百端时事入冬心。豪情输与诸曹掾,比舍歌呼倒佩簪。(《淮安郡斋岁暮杂感十四首》之十)
>
> 蹯蹯绵绵抱影身,剧谈浓笑任比邻。茗炉寒守冬釭独,朱墨偷排夜课匀。有语断难谐众耳,知心终要算家人。团栾灯火西窗暖,梦尽刀环总未真。(同上之十三)
>
> 罢携柑酒掩重关,寂寂春来寂寂还。帘影有波摇翠縠,砌花无语下红斑。惭叨大府甔分半,懒共参军语作蛮。读罢道书投笔起,画屏千遍看吴

---

① 见《小谟觞馆诗集》卷七《近日刊诗集者纷纷,予心非之,而友人中有许出资以佐剞劂费者,恐异日不能坚持初志,料检之余,漫题四诗于后》之二。

山。(《春尽作》)

这三首都作于其在临淮作幕之时。第一首很明显地流露了其对当时政治现实的不满和对国事——水利工程是当时政府的一项重大支出——的忧虑,但其重心是抒发自己在这方面的感情而不是作政治批评,因而更显示了其心情的沉重及其与现实——包括其周围的那批小官僚——的对立。第二首从一些具体事情写了环境对个人的压抑与自己的反拨:在岁暮大家都在宴饮谈笑的时候,自己想如常工作都得偷偷地做——"偷排夜课匀",以免显得与众不同;但如要参与进去,却又话不投机,因而只能以回忆昔日与家人"团栾"度岁的温暖情景,聊以排遣。第三首是写在这样百无聊赖的情景中,他丧失了对生活的热情和兴趣,连自然景色的变化也已对他没有多少影响,但他仍然不愿参与到群体生活中去——"懒共参军语作蛮",宁可以读道书和看画屏里的家山——"吴山"指其家乡的山——来安慰自己的孤寂。所以,这三首诗所写的都是自我意识已有了较高程度的觉醒的诗人在很普通的境遇里所敏锐感受到的个人与环境的对立,他的不肯屈从的兀傲,由此所产生的寂寞、痛苦。这应该也就是龚自珍所说的"清深",因为"清深"本就是与"平易近人"相对立的。至于这三首诗在艺术上的成就也很突出。如第一、二首皆对比强烈①,第三首的写景富于象征意味,且也具有对比性质②;再如第一首还运用了"以一统多"的手法③,第二、三首中"以小见大"的技巧也很成功④。总之,这三首均调动种种艺术手段,以凸显自我与环境的对蹠。

后者从以下两首可见一斑:

春侣嬉春春事幽,管弦丛外独扁舟。小桥流水三叉路,落日垂杨一角

---

① 第一首的"百端时事入冬心"之于"比舍歌呼倒佩簪"为人我对比,第二首的"踽踽绵绵抱影身"则不但与"剧谈浓笑"的"比邻"构成人我对比,又与"团栾灯火西窗暖"构成自己的今昔对比。

② "帘影有波摇翠縠"是一种具有诱惑性的美景,"砌花无语下红斑"则是美的孤独的凋零。联系此诗所写的诗人的极度孤独和处境的悲惨(他只能分半氈),"砌花"句其实也是诗人自己的象征,因而与"砌花"句相对的"帘影"句也就具有了象征环境对自己的诱惑的意味。同时,"帘影"句与"砌花"句本身也是一种对比。

③ 第一首的前五句皆写政府在水利问题上的腐败现象,但第六句接以"百端时事入冬心"一方面显示出了时事的可悲可忧者实有"百端",水利方面的问题不过是其中之一而已;另一方面又以"冬心"之语表现了诗人对政治现实已灰心绝望,对自己的人生也已有了末路之感。所以,"百端"句在诗中具有多重意义,具有"以一统多"的作用。

④ 如第二首的"朱墨偷排夜课匀",这本是小事,但连"夜课"都要"偷排",则可见在这种漠视个人权利的环境下,一个人要保持独立是何等艰难。第三首的"罢携柑酒掩重关",连"柑酒"都已"罢携",可见其生活趣味丧失殆尽。

楼。空有梦回寻旧境,更无人解此清游。酒徒散尽雷塘远,冷月明明照玉钩。(《追忆》)

一曲当筵酒一杯,凄然蜡泪渐成堆。不知隐隐五更转,只觉茫茫百感来。外地见花兼坐月,中年无乐况多哀。寸心恰与寒炉似,多少星星未爇灰。(《一曲》)

作这两首诗时他已虚岁三十九(1807),既已饱受环境的压抑,又深感华年的已逝,于是人生无奈之感就袭上心来。不过,诗中虽渗透着寂寞与悲哀,却仍然具有"清深"的特色。

最后需要说明的是:他与舒位是志同道合的朋友,其《和舒铁云孝廉位见题丙辰岁游山诗卷诗》有"天涯同调舒元褒"之句。龚自珍以二人相提并论殊非偶然。

第六节　常州词派与阳湖文派

在袁枚倡导"性灵"与真情,并有黄景仁、张问陶、舒位、彭兆荪等人以自己的创作实践体现出此种道路的成就之时,作为袁枚的后辈而与此种倾向异趣者,则有常州词派与阳湖文派。常州词派讲"寄托",实是强调词的政治功能,其在诠释古人之词时,甚至连欧阳修的《蝶恋花》("庭院深深深几许")也被赋予了政治内容。阳湖文派讲究"书法",但其所重者实也在于文章的政治功能,从恽敬的《西园记》中可以看得很清楚。由张惠言同时作为此两派的主持人之一这件事上,也可看出其间的共同点。

常 州 词 派

厉鹗以后的清代词坛,虽然一度还是"浙西词派"的天下,但偏于"清空"一路的词风,已逐渐令人生厌;而浙西词派的后续者中也颇乏略有成就者。以张惠言为代表的"常州词派",便在这样的局势下,以纠浙派偏弊的面目,粉墨登场。

"常州词派"肇基于张惠言、张琦兄弟,由惠言之甥董士锡承传,至周济而主张完备。因为二张及董氏皆武进(今江苏常州)人,周济又从董氏商讨词学,故后人称以他们为中心的词学流派为"常州词派"。

"常州词派"的创立者张惠言(1761—1802),字皋文,出身于一个贫穷的儒生家庭,靠个人的勤勉与刻苦,在嘉庆四年(1799)考取进士,官翰林院编修。他原来的学术专攻是《易》学,却以词学著称于世。有《茗柯文编》,并与弟张琦合辑了唐宋词总集《词选》。

张惠言论词,主张比兴与寄托。在为《词选》所撰"叙"中,他这样解说词的本质:

> 传曰:"意内而言外者谓之词。"其缘情造端,兴于微言,以相感动,极命风谣里巷男女哀乐,以道贤人君子幽约怨诽不能自言之情,低徊要眇以喻其致,盖《诗》之比兴,变风之义,骚人之歌,则近之矣。

在这段解说里,张氏一方面竭力提升词的地位,将之与《诗经》、《楚辞》相提并论,这也就是后人所谓的"尊体";另一方面又将词的特性归结为借缘情之辞,发"贤人君子"欲道的微言大义,即强调词当有所"寄托"。从这两方面的主旨出发,他在与乃弟合辑的《词选》里,对文学史上一些著名的词作,进行了完全以他们的词学理念为基础的新的阐释。如一般认为是欧阳修所作的《蝶恋花》("庭院深深深几许"),在张氏看来充满了政治性的寓言:上片中"楼高不见章台路",前四字被释为"哲王不寤",后三字则被注为"游冶小人之径";而下片"雨横风狂三月暮"、"乱红飞过秋千去"两句,又分别被说成是"政令暴急"和"斥逐者非一人"。透过这类具体的解说,联系上引张氏论词主张,可见"常州词派"初起时,虽然立意在提升词的文学地位,反浙西词派之道而行,而实际所论却在理论上离词的真正文学本位更远了。

张惠言的词现存很少,仅四十余首。其中曾屡得后人称许的,是《水调歌头·春日赋示杨生子掞》五首。这五首中有四首充分体现了词人自己的词学理想,以情词之体,寓个人的微言大义,只是我们今天已无法知悉其真实的本意了。仅第三首稍有不同,词曰:

> 百年复几许,慷慨一何多!子当为我击筑,我为子高歌。招手海边鸥鸟,看我胸中云梦,蒂芥近如何?楚越等闲耳,肝胆有风波。 生平事,天付与,且婆娑。几人尘外相视,一笑醉颜酡。看到浮云过了,又恐堂堂岁月,一掷去如梭。劝子且秉烛,为驻好春过。

此词与组词中的其余四首相比,没有花影飞絮、碧云绿草一类的特殊意象(这些意象联系张氏本人词论,当是有所"寄托"之物),相对来说写得意义比较显豁,也有整体的气势。不足的是"气"有余而"情"不足,仿佛是在唱高调,缺乏打动人心的力量,因此也少余韵。

类似张惠言《水调歌头》一、二、四、五首的情形,在"常州词派"的几位后继者那里时常可以看到;而像第三首一类的词,也有续作。如董士锡(字晋卿)的《江城子·丙寅里中作》:

> 寒风相送出层城。晓霜凝。画轮轻。墙内乌啼,墙外少人行。折尽垂杨千万缕,留不住,此时情。　红桥独上数春星。月华生。水天平。镜里芙蓉,应向脸边明。金雁一双飞过也,空目断,远山青。

就词的意境而言,董氏此作要较张惠言词更见出色,因为其中境象的构筑,靠的是具体明丽的景致,而不是个人主观的意念表白,从这一角度说,此词不乏动人心绪的亮色。但正如谭献《箧中词》评此词所用"格高"二字寓示的,董氏填作该词时,注意所在是词中所应蕴含一种超越常规的高格调,而不是个人面对诸般美丽景致时所自然生成的复杂情感——情感在这里已基本被过滤掉了——因此无论外界的景色如何美丽,在词人看来也不过是可以用来表示个人寄寓的种种材料罢了。颇堪玩味的是,尽管常州词派与浙西词派表面上有水火不容之势,而对于词作"高格"的追求,二者却如出一辙。只不过浙派的"高格"要求尽量地保持"空灵"之姿,而常州派的"高格"则须填注只有词人自己才明了的内在寓意。至于感情,则两派都相对而言比较漠视。王国维曾评姜夔词"格高而无情"(《人间词话》);常州词派的这一类词,"格高"固然不如白石,"无情"却较白石更甚。

阳 湖 文 派

"常州词派"的崛起,使常州这一东南小城获得了广泛的关注。在以后的学者笔下,与常州词派大约同时诞生的,据传还有一个文章流派——"阳湖派"。"阳湖派"与前此的"桐城派"的关系,学界一直看法不一:或以为是跟桐城派完全不同的两个文章派别,或以为仅是桐城派的一个分支①。"阳湖派"的代表人物,一般认为是常州府阳湖县人恽敬、李兆洛,还有我们前面已经介绍过的武进作家张惠言。

恽敬(1757—1817),字子居,号简堂。乾隆四十八年(1783)中举,历官富阳、新喻、瑞金等县知县。晚年委署吴城同知,因受人诬告而罢官。有《大云山房文稿》。其人一生飘零,官运不佳,但也因此于世事有较透彻的了解②。在文章方面,他早年杂学百家,后半生专意于与"桐城派"颇有渊源的"古文"的写作,名声渐起。但其最擅长的,是实用性的碑铭记传;最讲究的,是文章的"书

---

① 关于"阳湖派"与"桐城派"关系的话题,可参阅曹虹《阳湖文派研究》第5页的有关叙介,中华书局1996年版。
② 如《大云山房文稿·言事》卷二《与来卿》云:"不佞常言,宋明以来,士大夫以儒林之声气为游侠,以游侠之势力为货殖,以货殖之赢余复附于儒林。若辈心术事为,尽于此数语。"

法"(即写作的规矩)。后者集中显现在《大云山房文稿》卷首的《通例》二十五则中。像如下的两则：

> 传目自《汉书》以下皆书名，《史记》或书名，或书字，或书官，或书爵。集中家传皆书号，书先生；外传、小传皆书字，或书人所称，如"曹孝子"是也。
>
> 墓表有列铭及诗者，变例也。集中皆不列铭及诗。碑记列铭及诗者，正例也。集中皆列铭及诗。壁记则无之。其壁铭有序者，书"并序"，以别于壁记也。

如此严密的"书法"，显然比桐城派"义法"走得更远。从实用性文章体裁衍化的方面论，它自然有规范文体的正面效用。但从文学发展史的角度看，却是在有意无意地削弱文学作品中十分可贵的个性呈现程度。再看恽氏曾以"古文法尽出子长，其孟坚以下时参笔势"(《大云山房文稿·言事》卷二《与黄香石》)自誉的代表作《同游海幢寺记》，不过文从字顺，而甚少飞扬通透的神韵，就可知被视为"阳湖派"当然首领的恽敬，其文才实不如他之前的桐城派诸公。所以尽管他表面上较桐城派诸家持论更为圆通①，对于文章根本的理解，却与桐城派所坚持的理学思路如出一辙，甚至可以说更加缺乏生气②。

既与恽敬是小同乡又被归入同一文派的李兆洛(1769—1841)，其持论的基本指向，亦与恽敬颇为相似，都是力图用表面的融通，掩饰个人文才的窘迫。兆洛字申耆，号善一老人，曾官凤台知县。晚岁主讲于江阴书院。有《养一斋集》。作为一个文化人，李兆洛其实更值得肯定的是他对于地理学的贡献③。他与文学的因缘，则主要是由于继桐城派著名作家姚鼐编《古文辞类纂》之后，又编纂了一部通代的《骈体文钞》。但他试图通过寻绎骈、散文之间的联系来提升骈文历史地位的愿望，却由于《骈体文钞》的过分拓展骈文的外沿，将贾谊《过秦论》等秦汉著名散文均归入"骈文"旗号之下，滥加收录，而适得其反地落空了。

相比之下，张惠言在"阳湖派"诸名家中堪称最具文学情趣者。《茗柯文编》中的文章虽不如词作盛传一时，却不乏纯文学的作品，如骚体赋《游黄山赋》、《寒蝉赋》、《秋霖赋》等，用辞考究，色彩斑斓。而《竹楼赋》以"苍苔孤侵，人声四沉；单鹤偶叫，潜虬一吟；云百态而迤入，风万响而来寻"式的清丽骈文

---

① 如《大云山房文稿·言事》卷一《与黎楷屏》中调和性情说与格调说，谓："鄙意以为无性情之格调，必成诗囚；无格调之性情，则东坡所谓饮私酒，吃瘴死牛肉发声矣。……"
② 一个典型的例子，是《大云山房文稿补编》所收《西园记》一文中所说的如下一段话："敬思子瞻《凌虚台记》近于傲，子厚《永州新堂记》近于谀。傲与谀皆非也。然子厚比政事言之，子瞻感慨废兴而已。岂非子瞻为失，而子厚为得邪？"这用今天某些教条主义者的话说，就是柳宗元的文章从政治思想的高度谈问题，而苏轼的不过是抒发个人感受，自然柳文高于苏文了。
③ 李氏著有《历代地理沿革图》、《历代地理志韵编今释》等地理学著作多种。

(《茗柯文编》初编），展现其他"阳湖派"名家笔下难得一见的美妙境界，并由此讴歌"绝世独立"的君子品格，虽然从内涵到形制均没有超越《楚辞》，但其重振《楚辞》之风的意图，与张氏本人在词作方面对"意内言外"效果的追求，可谓殊途同归。令人遗憾的是，《茗柯文编》中类似《竹楼赋》这样的具有较强可读性的美文，实在是太少了。

第七节　沈复的《浮生六记》

在这一时期的叙事性散文中，成就最为突出的是沈复的《浮生六记》。它既独抒性灵，富于生活情趣，同时却又能写出在家族制度和礼教的压迫下个人的斑斑血泪。其创作精神既与袁枚乃至袁宏道的性灵说相通，也与新文学的要求人性解放者有其内在的联系，故也受到新文学家俞平伯、林语堂等人的推崇。

沈复(1763—1822后)，字三白，号梅逸，江苏苏州人。早年曾游幕于江南一带，又有一段短暂而失败的经商经历。后得故友石韫玉的帮助，以幕僚身份在川、鄂、陕、鲁等地漫游；嘉庆年间还曾随使臣到琉球，而《浮生六记》据考即作于出使琉球时①。

与以虚构性为主、篇幅宏大的《红楼梦》不同，《浮生六记》是沈复个人的自传性纪实之作，全书仅六卷，以各卷题依次为"闺房记乐"、"闲情记趣"、"坎坷记愁"、"浪游记快"、"中山记历"、"养生记道"（或讹作"养生记道"），故全书总题为"浮生六记"。六记中末二记已佚，民国时坊间曾刊印过所谓的"六卷全本"，但据后人考证，该全本中的第五、六两卷《中山记历》和《养生记道》，其实是抄袭张英《聪训斋语》、李鼎元《使琉球记》、曾国藩《求阙斋日记类钞》等书拼凑而成②，所以今天我们可以作为讨论依据的，只能是《浮生六记》的前四卷。

《浮生六记》全书从结构上看，属于叙事体的系列文言散文，每卷一篇，各有独立的主题，全书联缀，又成为一比较完整的个人日常生活实录。作者的着眼点，在以个人的婚姻生活为中心，将自己大半生的悲欢离合尽情地呈现给读者。但其所设计的呈现程序，又非杂乱无章，而处处显出一种篇章组织上的巧思精构：一方面，随着内容的变化，全书的整体节奏有张有弛，前两卷描绘夫妇相得，风格抒情轻逸，第三卷叙写颠沛流离，情节曲折跌宕，第四卷回溯游历

---

① 参见陈毓罴《〈浮生六记〉写于海外说》，《光明日报》1984年10月30日3版。
② 参见郑逸梅《清娱漫笔》、《书报旧话》。

心境,文辞复转为平和通脱;另一方面,各卷的内容又相互衔接、照应与补充,如卷三《坎坷记愁》中记夫妇俩因失欢于父辈,又负债难偿而不得不连夜离乡投奔无锡友人,至成母子永别时,有"将交五鼓,暖粥共啜之"一段描写,时妻子陈芸强颜欢笑对丈夫说:"昔一粥而聚,今一粥而散;若作传奇,可名《吃粥记》矣。"(《浮生六记》卷三)其中提到的"昔一粥而聚",即卷一《闺房记乐》开始部分写到的沈复少年时代在母家遇陈芸,陈因沈饥而特为留暖粥,而遭亲友戏谑的故事。当年的那一段食粥故事,成就了沈陈两人的美满姻缘;而此时虽同是食粥,却寓示了悲剧的开场。两相对比,尽管陈芸是以玩笑的口吻来说的,语中所含的无限辛酸,依然是一望便知。而这样的前后照应与对比,在全书中并非止此一例;于此可见作者在将最通常的人间生活场景,转换成适合读者阅读的文学文本时,确是经历了着意布置与修饰的过程的。至于全书在这种结构性的精致安排之上,又颇注重文辞的整体效果,从而使古老的文言在叙事的简洁之外,还带有一重以欢乐与伤感的交织为主要内质的抒情之风,则是通读四卷的读者都可以很快感受到的。

若要进一步考察《浮生六记》在中国近世文学史上的意义,则书中通过对现实人物的描摹而呈现的对于人性现实的洞彻观照,似乎是一较佳的切入点。而环境——书中具体体现为礼教——对个人的迫害,则无疑是最重要的一环。这其中最引人注目的,自然是作为作者描写重点的夫人陈芸。陈氏作为传统中国社会中一位有一定文化水平又恪守礼教的已婚女性,在《浮生六记》中展现的个人经历,总体上说并不具有特别的传奇性:她的婚姻从夫妇双方来说无疑是幸福的,因为父母之命正好与她自己的心愿契合;在入沈家之后,她的所作所为也基本合乎妇道,所谓"事上以敬,处下以和,井井然未尝稍失"(《浮生六记》卷一),即是证明;但最后她还是为一些日常琐事而被夫家弃逐,终于贫病交迫而死。从表面上看,有些是出于公公婆婆的误解,但实际上则反映了礼教的迫害。她被弃逐的原因是三个:第一,沈复的父亲在外地为幕客,沈复则陪伴着父亲。沈父知她能写信,就让她代沈母写家信。以后沈母与沈父之间发生了矛盾,沈母认为是她代笔写信时写得不得当而引起的,就不让她代笔了。沈父后来看到她不代笔了,要沈复问原因,她也不敢回答。于是沈父认为她"不屑代笔",非常生气。那么,她为什么不向沈父说明原因呢?因为"宁受责于翁,勿失欢于姑也"(《浮生六记·坎坷记愁》,下同)。得罪了婆婆,日子会更难过。第二,沈父在外想娶个妾,而且要同乡人;在他看来,沈复如不给他办到,就是不能"仰体亲意"。沈复就写信给她,让她在家乡物色。这事当然要得罪婆婆,但又不能不办。有人介绍了一个姓姚的女子,她让姚女上门来给她看一下,却给婆婆看到了,她只好说是找她来玩的邻家女子。沈父在娶姚女为妾后,她向婆婆说,这是沈父自己看中的。但婆婆不久就知道了真相,于是她"并失爱于姑矣"。第三,沈复的弟弟启堂曾向邻妇借债,让她作保。过了些时,沈父病了。她写信给沈复,除了说启堂的债务外,并说:"令堂以老人之病,皆由姚姬而起。翁病稍痊,宜密嘱姚托言思家,妾当令其家父母来扬接取,实彼此卸责之计也。"不料这信落到了沈父手里,就问启堂借债的事,启堂"答言不知",沈父就大发雷霆,把她赶出去了,理由是:"背夫借债,谗谤小叔,且称姑曰令堂,翁曰老人,悖谬之甚。"

过了两年,事情总算弄清楚了,容许她回家。但过了些时,因为陈芸与一个妓女有些来往,加以患病日剧,需要医药费,"不数年而逋负日增,物议日起。老亲又以盟妓一端,憎恶日甚。余(沈复自称。——引者)则调停中立,已非生人之境矣。"接着,因为沈复友人向别人借债,请沈复作保,钱借到后就逃走,债主常登门讨债。沈父大怒,就再次把二人赶出家门。说是"汝妇不守闺训,结盟娼妓。汝亦不思习上,滥任小人。当置汝死地,情有不忍。姑宽三日限,速自为计。迟必首汝逆矣"①。于是两人只好避居到陈芸的盟姊华氏——居住锡山——家去。其时二人已有一子、一女,女儿青君十四岁,儿子逢森十二岁;他们只好把女儿送人作童养媳,儿子送去学徒。又恐被债主知道,决定第二天"五鼓悄然而去"。以下就是二人出行时的悲惨情景。

……余曰:"卿病中能冒晓寒耶?"芸曰:"死生有命,无多虑也。"……是夜先将半肩行李挑下船,令逢森先卧。青君泣于母侧。芸嘱曰:"汝母命苦,兼亦情痴,故遭此颠沛。幸汝父待我厚,此去可无他虑。两三年内,必当布置重圆。汝至汝家须尽妇道,勿似汝母。汝之翁姑以得汝为幸,必善视汝。所留箱笼什物尽付汝带去。汝弟年幼,故未令知,临行时托言就医,数日即归。俟我去远,告知其故,禀闻祖父可也。"旁有旧妪,即前卷中曾赁其家消暑者,愿送至乡;故是时陪侍在侧,拭泪不已。将交五鼓,暖粥共啜之。芸强颜笑曰:"昔一粥而聚,今一粥而散;若作传奇,可名《吃粥记》矣。"逢森闻声亦起,呻曰:"母何为?"芸曰:"将出门就医耳。"逢森曰:"起何早?"曰:"路远耳。汝与姊相安在家,毋讨祖母嫌。我与汝父同往,数日即归。"鸡声三唱,芸含泪扶妪启后门,将出。逢忽大哭,曰:"噫,母殆不归矣!"青君恐惊人,急掩其口而慰之。当是时,余两人寸肠已断,不能复作一语,但止以勿哭而已。青君闭门后,芸出巷十数步,已疲不能行。使妪提灯,余背负之而行。将至舟次,几为逻者所执,幸老妪认芸为病女,余为婿,且得舟子皆华氏工人,闻声接应,相扶下船。解缆后,芸始放声痛

---

① 当时被父母以"忤逆"的罪名向官府举报,最重可判处死刑。

哭。是行也,其母子已成永诀矣!

这正是血泪文字,深切地反映了个人在礼教压迫下的无限痛苦。五四新文学把礼教的实质概括为"吃人",确有其深切的体会在内。此段文字的写法也已近于白话——用"唐宋八大家"或桐城派一类古文是无法写得如此真切感人的。正因其内容与形式上的这种特色,五四新文学家中有好些人(如林语堂、俞平伯)都对它颇为推崇。这也显示出了它与五四新文学的相通之处。

《浮生六记》不但深切地写了在礼教压制下的这一悲剧,还花费了相当的笔墨去表现女主人公的另一面,那是当仅有夫妇二人在场,或夫妇在大家庭之外与友朋相聚时的种种活的姿态,像趁丈夫奉父命外出,托言归宁,以达到与夫君同会于万年桥下之目的,且夫妇二人与船家女杯酒浪语相嬉,而当女友因不明真相,私下向其告状并质问说"前日闻若婿挟两妓饮于万年桥舟中,子知之否"时,陈氏的回答竟是:"有之,其一即我也。"(卷一)这样有趣的故事,作为真实的场景被记录在案,既是对于那个时代过于严厉地规范男女关系(包括夫妻关系)做法的一种嘲谑,更是真切地显现了这样一个真理——即使是一位恪守礼教的年轻女性,也有以自己独特的方式打破礼教束缚而获得暂时的身心完全自由的愿望与行为。

与此相应,《浮生六记》中作者沈复对于作为个体的"我"的叙写,既有表现其生活情趣的一面,如其卷二《闲情记趣》中所述各种情事,但给予读者以更强烈的印象的,则是人生的艰难与悲凉。而由于书中对这种艰难与悲凉的叙述颇有声色,它又成为我们考察文学与史实关系的一个有价值的个案。卷三《坎坷记愁》中自述二度赴靖江向姐夫范惠来索还旧债的传奇经过,情节描写即一波三折:

……时天颇暖,织绒袍哔叽短褂,犹觉其热。此辛酉正月十六日也。是夜宿锡山客旅,赁被而卧。晨起趁江阴航船,一路逆风继以微雨。夜至江阴江口,春寒彻骨,沽酒御寒,囊为之罄。踌躇终夜,拟卸衬衣,质钱而渡。十九日北风更烈,雪势犹浓,不禁惨然泪落。暗计房资渡费,不敢再饮。正心寒股栗间,忽见一老翁草鞋毡笠负黄包,入店,以目视余,似相识者。余曰:"翁非泰州曹姓耶?"答曰:"然。我非公,死填沟壑矣。今小女无恙,时诵公德。不意今日相逢。何逗留于此?"盖余幕泰州时有曹姓,本微贱,一女有姿色,已许婿家,有势力者放债谋其女,致涉讼。余从中调护,仍归所许。曹即投入公门为隶,叩首作谢,故识之。余告以投亲遇雪之由。曹曰:"明日天晴,我当顺途相送。"出钱沽酒,备极款洽。二十日晓钟初动,即闻江口唤渡声。余惊起,呼曹同济。曹曰:"勿急。宜饱食登舟。"乃代偿房饭钱，拉余出沽。余以连日逗留，急欲赶渡，食不下咽，强啖麻饼两枚。及登舟，江风如箭，四肢发战。曹曰："闻江阴有人缢于靖，其妻雇是舟而往。必俟雇者来始渡耳。"枵腹忍寒，午始解缆。至靖，暮烟四合矣。曹曰："靖有公堂两处。所访者城内耶？城外耶？"余踉跄随其后，且行且对曰："实不知其内外也。"曹曰："然则且止宿，明日往访耳。"进旅店，鞋袜已为泥淤湿透，索火烘之。草草饮食，疲极酣睡。晨起，袜烧其半。曹又代偿房饭钱。访至城中，惠来尚未起，闻余至，披衣出，见余状惊曰："舅何狼狈至此？"余曰："姑勿问。有银乞借二金，先遣送我者。"惠来以番饼二元授余，即以赠曹。曹力却，受一圆而去。余乃历述所遭，并言来意。惠来曰："郎舅至戚，即无宿逋，亦应竭尽绵力；无如航海赴船新被盗，正当盘账之时，不能挪移丰赠，当勉措番银二十圆，以偿旧欠，何如？"余本无奢望，遂诺之。

余欲再至靖江，作"将伯"之呼。……时已薪水不继，余伴为雇骡以安其（芸）心，实则囊饼徒步且食且行。向东南，两渡叉河，约八九十里，四望无村落。至更许，但见黄沙漠漠，明星闪闪，得一土地祠，高约五尺许，环以短墙，植以双柏。因向神叩首，祝曰："苏州沈某投亲失路至此，欲假神祠一宿，幸神怜佑。"于是移小石香炉于旁，以身探之，仅容半体，以风帽反戴掩面，坐半身于中，出膝于外，闭目静听，微风萧萧而已。足疲神倦，昏然睡去。及醒，东方已白，短墙外忽有步语声。急出探视，盖土人赶集经此也。问以途。曰："南行十里即泰兴县城，穿城向东南十里一土墩，过八墩，即靖江，皆康庄也。"余乃反身，移炉于原位，叩首作谢而行。过泰兴，即有小车可附。申刻抵靖，投刺焉。良久，司阍者曰："范爷因公往常州去矣。"察其辞色，似有推托。余诘之曰："何日可归？"曰："不知也。"余曰："虽一年亦将待之。"阍者会余意，私问曰："公与范爷嫡郎舅耶？"余曰："苟非嫡者，不待其归矣。"阍者曰："公姑待之。"越三日，乃以回靖告，共挪二十五金。雇骡急返。

这样的文字，即使是放到清代中叶人情小说中去比较，也毫不逊色——而沈氏所记却是身历的实境。纪实性文本因其内涵与叙事方式的独特，而带有浓厚的小说意味，这一现象，实际上意味着文学体裁的确定性到清代中叶已经进一步被消解了。而从后来文学的发展看，它又成为五四以后新文学中的散文一体也注重文本叙事效果的前导。

第三章 白话小说在近世文学的最终阶段

从《儒林外史》、《红楼梦》开始，中国的近世白话小说与现代文学的内在联系已可被相当清晰地看出来。在近世文学的最终阶段，这种内在联系有了较多方面的显示。其间最有代表性的作品，是《镜花缘》、《三侠五义》与《海上花列传》。

第一节 《镜花缘》

《镜花缘》作者李汝珍，字松石，直隶大兴（今属北京市）人，但自幼年即寓居于海州（今属江苏连云港市），是在那里长大的。一般认为其大致生于1763年左右，死于1830年或稍前一些，但未必可靠①。他性格豪爽，兴趣广泛，学问渊博，对音韵学有较深入的研究，著有《受子谱》（围棋谱）和音韵学著作《音鉴》等书。当时求取功名所必需的八股文，他却看不起，当然也不屑好好地学，所以在仕途上并不得意，只在河南任过县丞。

《镜花缘》共一百回。据作者自己说，他生逢太平盛世，"读了些'四库'奇书，享了些半生清福，心有余闲，涉笔成趣，每于长夏余冬，灯前月夕，以文为戏，年复一年，编出这《镜花缘》一百回"，他为此而"消磨了十数多年层层心血"（《镜花缘》一百回）。这样的创作态度，在我国小说史上真可谓千载难逢。根据现有资料，以十多年的层层心血来"以文为戏"，除李汝珍以外，我国还没有第二位这样的小说家。

---

① 这是根据胡适《〈镜花缘〉的引论》的考证，鲁迅等小说史研究者多从之，但并无坚实的证据。据《古本小说集成》本《镜花缘》卷首黄毅所撰《前言》，汝珍生年至少比1763年迟十年左右，卒年也应相应延后。

他的这种创作态度给作品带来了几个明显的特点。

首先，在全书的情节构想上着重趣味性。

这部小说所写的，是这样的故事：在一次庆贺王母寿诞的宴会上，嫦娥要求百花仙子命令百花齐放，为王母助兴。百花仙子却因各花开放皆有一定时间，若要百花齐放，必须玉帝旨意，所以不肯同意。言来语去，与嫦娥说僵了。百花仙子当即表示，除了玉帝之命以外，"即使下界人王"提出这样的要求，她"也不敢应命，何况其余"；在嫦娥的挤兑下，她还进一步保证：如果没有玉帝命令而她"竟任百花齐放，情愿堕落红尘，受孽海无边之苦"（第一回）。后来心月狐受命下凡去当皇帝——也即武则天，嫦娥就嘱托她在登位后下旨让百花齐放。过了若干年，武则天果然下了这样的命令，其时百花仙子恰巧外出，她统辖下的各位花神不知如何是好，最后就都按照皇帝的命令而开花了。为此，百花仙子与各位花神都被贬下凡尘。百花仙子降生在岭南唐家，名为小山。在她长到十几岁时，父亲唐敖因在功名上受到挫折，就想出世求仙，又梦见神人告诉他，"有名花十二，不幸飘零外洋"，若他能"力加培植，俾归福地"，便是有助于成仙的"功德"（第七回）。于是唐敖便跟着他从事海外贸易的内兄林之洋出海游历。林之洋船上有一舵工多九公，为人老成，满腹才学，与唐敖很谈得来。他们在海外经过君子、大人、黑齿、白民、淑士、两面、女儿等数十个国家，遭逢许多奇遇。唐敖服食了几种仙草，也找到了"名花十二"——其实是十二位由花神所托生的少女，终于功德圆满，在小蓬莱成了神仙。他的女儿唐小山得知这消息后，到海外寻父，没有寻见，却得到了唐敖的一封信。其时武则天下诏举行女性的科举考试，信中命她改名闺臣（表示她是唐朝的闺中之臣），前去应考。唐闺臣从海外回来后，就跟她的亲戚朋友——包括十二"名花"——前去参加考试，都被录取了。这次共录取了一百名才女。她们聚在一起，高高兴兴地玩了十天，这才彼此分别。最后，唐闺臣和另一位才女颜紫绡成了仙，有几位才女在女儿国分别作了皇帝和宰相，另几位才女因跟着丈夫反对武则天，在战争中被杀或自杀了，而武则天也让位给了自己的儿子——唐中宗。

在这一百回的大书中，写唐敖、多九公等人在海外的游历用了三十二回，写唐小山海外寻父的经过用了十回，写才女们的十日欢聚用了二十五回。前二者所着重的是唐敖父女见闻、遭逢之奇特，后者则主要写才女们的游艺活动和谈论学问。它们的共同特点，是追求趣味性。尽管在今天看来，这些谈论学问的部分不免显得枯燥，但对当时的士大夫来说，这同样是有趣味的话题。书中所涉及的唯一政治问题，是武则天"一味尊崇武氏弟兄，荼毒唐家子孙"所引起的统治阶层内部矛盾与斗争，但前后只用了大约七回的篇幅，而且并无重要意义,不过起着陪衬和铺垫的作用。例如,唐敖就是由于这一内部斗争的牵连而仕途失意,终于到海外去游历的;但如给唐敖的仕途失意另找一个原因,对全书的主要情节也没有什么影响。而且,即使在写及这一问题时,也常常会有追求趣味性的倾向。全书的最后部分叙述忠于李唐的人与武氏弟兄的战争,就是如此,第九十九回章荎被困青钱阵更是一个突出的例子[①]。总之,全书的情节安排都着重于趣味,这是作者的创作态度带给本书的第一个特色。

其次,在具体的描写中,作者也常常追求风趣。他不但不重视对作品中人物的道德评价,甚至也不希冀真实地揭示人物的内心世界。因此,作品既不能引起读者道德上的激动,也不能引起感情上的剧烈波澜。它所给予读者的是愉悦。例如,唐闺臣到海外寻父时,有一次被大盗劫走,她的两个同伴——婉如、若花也一起被劫;大盗想将她们作妾,她们不愿受此凌辱,准备自杀。下面是她们当时的对话:

> 若花道:"我们还是投井呢,还是寻找厨刀自刎呢?"闺臣道:"厨房有人,岂能自刎?莫若投井最好。"婉如道:"二位姐姐千万携带妹子同去。倘把俺丢下,就没命了。"若花道:"阿妹真是视死如归。此时性命只在顷刻,你还斗趣。"婉如道:"俺怎斗趣?"若花道:"你说把你丢下就没命了,难道把你带到井里倒有命了?"(第五十回)

在这里,作者既不从传统的道德观念出发,对她们的以死全贞进行热烈的歌颂,也根本不去揭示她们在临死前的悲痛、愤怒或依恋、忧急,却让若花抓住婉如的一句话大做文章。其实,人在惶急之时用词不当,本是常有的现象,从这种现象原可进一步揭示人物的内心世界,但作者却只注意于用词不当的可笑,并通过若花把这可笑之处指了出来。当然,这样的写法是不真实的:处在那样的情况下,若花不会再有闲情逸致去注意并分析婉如的这种小错误。但读者读到这里,倘非有意吹毛求疵,大概很少有人会指责作者描写的不真实,可能还有不少人将会为此而微笑。再如林之洋在女儿国卖货,忽被国王看中,要他做王妃,并强迫他缠脚。"及至缠完,只觉脚上如炭火烧的一般,阵阵疼痛。不觉一阵心酸,放声大哭"。这本是一个很能反映缠足的残酷性的事件,作者对缠足也确是反对的(在写君子国的那部分中,作者还把缠足作为"俗弊"之一

[①] 章荎在青钱阵中进入幻境,成了一个豪宅的主人,拥有许多奴仆,他与他们的对话都匪夷所思。例如,为他管银、钱的分别叫作五分、四文,据他们自己说:"小人向日做人最老实,凡有银子出入,每两只落五分,从不多取。""小人向日也最老实,每钱一千只扣四个底儿,不像那些下作人,每钱一千,不但偷偷摸摸,倒串短数,还挣许多小钱,小人断不肯的。"章荎道:"每两五分,每千四文,也还不多,都算要好的。就只你们的名字,被外人听了未免不雅,必须另改才好。"

来加以抨击),但接下去他却让林之洋哀求道:"奉求诸位老兄替俺在国王面前方便一声,……俺的两只大脚,就如游学秀才多年未曾岁考,业已放荡惯了,何能把他拘束?"(第三十三回)这就使读者把注意力从缠足的残酷性移开,而失笑于林之洋这一譬喻的奇妙了。

可以说,这是一部十分致力于风趣的作品。在我国古代小说中,致力于风趣的,只有《西游记》和《镜花缘》两部,而且后者更甚于前者。《儒林外史》虽然也揭露出生活中许多可笑的东西,但那是严肃的讽刺,而不是轻松的风趣。

《镜花缘》这一特点的形成,绝非偶然。一个人为了"以文为戏",竟肯"消磨了十数多年层层心血",足见他对游戏——文字游戏也是游戏的一种——是何等重视!倒过来说,他对那与游戏相对立的所谓正经事却未必很看重,否则绝不肯为了游戏而消磨掉这么多岁月与心力。这是一种很洒脱的人生态度。也正因为洒脱,就不至于把历来视为神圣不可侵犯的观念看得那么神圣,更不会把世俗认为当然的事一律看成正常,于是在生活中发现了大大小小的许多荒谬,包括语言的舛讹(上文所引婉如的那句话就是这类舛讹的一例)。但既是游戏,他自然不愿自己和读者由这些荒谬而获得悲痛、愤懑,却希图由此而导致开颜一笑。这也就构成了他作品独有的风趣。

第三,也正因此,《镜花缘》中还存在若干独到之见,那是对传统观念和世俗行为不盲目认同而必然进行的重新思考的结果。在叙述君子国的部分所出现的反对算命合婚、迷信风水、请客饮宴时讲排场等等言论,都属于这一类,虽然在今天看来,这些议论的论据也还不无可议之处,但在当时却已很难得了。

在这些独到之见中,最可贵的是关于妇女问题的认识。作者在书中特地安排了一个女儿国。这一类国名虽然很早就有,如先秦古籍《山海经》载:"女子国,在巫咸北。两女子居,水周之。"(《海外西经》)在《西游记》中也出现过西梁女国。但那都是没有男子的国家。《镜花缘》的女儿国却是男女都有,只不过"男子反穿衣裙,作为妇人,以治内事;女子反穿靴帽,作为男人,以治外事",也即社会、国家的大事都由女性负责处理,男性则只能管家务。这对于男尊女卑的中国古代社会来说,当然是一种反常的现象。但作者却并不这么认为。请看书中唐敖与多九公的有关对话:

> 唐敖道:"九公,你看,他们原是好好妇人,却要装作男人,可谓矫揉造作了。"多九公笑道:"唐兄,你是这等说;只怕他们看见我们,也说我们放着好好妇人不做,却矫揉造作,充作男人哩。"唐敖点头道:"九公此话不错。俗语说的:'习惯成自然。'我们看他虽觉异样,无如他们自古如此;他

们看见我们,自然也以我们为非。"(第三十二回)

这真是石破天惊之论。在他看来,当时中国社会之由男性支配女性,原不是什么天经地义、不可移易的事,而仅仅是一种习惯,它跟女儿国之由女性支配男性,并无优劣之分,而仅仅是习惯的差异。既然如此,中国古代在男女关系上的一系列伦理规范、法律条文,就都失去了神圣不可侵犯的性质。

假如说,在叙述君子国部分所出现的对某些习俗的抨击是通过作品人物之口来进行的,以致那些段落已跟演讲词颇为接近,不再具有小说的感人力量(见第十二回),那么,他对妇女问题的看法却是渗透在对女儿国的整个叙述中的,通过有关的事件和人物,明眼人自会理解:那个由女性支配的社会并不比男性支配的社会有任何逊色之处,那个社会里的不合理现象(例如强迫林之洋缠足),也正是男性支配的社会所具有的。在书中的其他部分同样存在着类似的情况:例如唐敖、多九公在黑齿国与红红、亭亭论学,最后弄得狼狈不堪,就说明了女性的聪明才智绝不弱于男性;唐闺臣等人参加科举考试,有一百名才女被录取,则说明了当时中国社会里被作为男性特权的"学而优则仕"的道路,女性同样能走。

总之,渗透着作者对妇女问题上述看法的很多叙述都具有新鲜感,读来使人兴味盎然。这种由独到之见所形成的新鲜感,也就成为《镜花缘》的第三个特点。

然而,由于作者是"以文为戏",有时就不免过于重视个人的兴之所至,而不考虑作品的艺术效果和读者的接受能力。加以作者本是相当渊博的学者,写作此书时又用了十多年时间,更可从容查考,不断充实,作品里"掉书袋"的情况相当严重。其结果,一方面出现了不算太少的冗长、乏味的叙述,如写一百位才女的十日欢聚竟用了二十五回,尽管她们主要是从事游艺活动,但没完没了地看她们怎样行令,如何说俏皮话等等,到后来就很难避免厌倦之感;另一方面,作品中涉及学问的地方太多,有些是直接谈学问,这对于接触过此项学问的读者来说可能是有兴趣的,但大多数读者却会感到索然无味,还有一些是将学问溶入于故事中,以致一般读者不易领会。

但是,尽管具有上述缺陷,此书在当时仍然受到了热烈欢迎。它最早刊刻于嘉庆二十二年(1817)或二十三年(1818),至道光十二年(1832)止,在短短的十四五年间就在不同的地区被刊刻了六次(据《中国通俗小说书目提要》),以后又一次次翻刻、翻印。而从文学发展的意义上说,那么,这种敢于直抒自己的感受而不顾其与世俗观念——乃至被视为天经地义的观念——的冲突、为追求风趣而不惜花费十余年层层心血的"以文为戏"的作品,与新文学中"为艺术而艺术"的一派实有其相通之处。

第二节 以《三侠五义》为代表的侠义公案小说

在清代的道光至光绪年间,出现了许多侠义、公案小说,包括《施公案》、《彭公案》、《儿女英雄传》、《三侠五义》、《七剑十三侠》等。这些小说在思想上大抵秉持传统观念,有些更流于陈腐。但它们却是现代武侠小说的前驱,因而也有值得注意之处。比较起来,《三侠五义》在这些小说中较有特色,可作为它们的代表。

《三侠五义》又名《忠烈侠义传》,一百二十回。此书系据民间说唱艺人石玉昆(约 1810—1871)说唱的《龙图公案》笔录、润饰而成。玉昆天津人,而久在北京卖唱,咸丰、同治年间以唱单弦轰动一时。尝在一关闭多年的杂耍馆子唱《龙图公案》,听众每过千人。有人一边听唱,一边将其说白笔录下来,成为《龙图耳录》一书。《三侠五义》即自《龙图耳录》出。初刊于光绪五年(1879),其后俞樾(1821—1907)又改《三侠五义》为《七侠五义》。然除第一回作了改动外,其他仅个别文字略有增损。另有《小五义》及《续小五义》,为《三侠五义》之续书,相传亦出自石玉昆之所述。

此书在结构上可分为三部分,前二十七回,主要写包拯断案;中间部分着重写侠客义士除暴安良;后三十六回主要写巡按颜查散率领侠客义士以"稽查水灾,兼理河工民情"为原由,收服定军山,征剿襄阳王。但三者并不是截然分割的。前二十七回也写了南侠展昭助擒刺客、除邪破法等事。中间五十七回也写了包公所断的十多起案件。但无论写包公的断案或侠士们的业绩,大都是具有较强的独立性的单个故事,而且故事本身的情节又都比较简单,叙写也是粗线条式的;所以每个故事的吸引力并不强,而全书的结构也较松散。

若从其内容来考察,则主要有两个方面。一方面是揭露襄阳王赵爵、国丈庞吉、国舅庞昱和朝廷总管马朝贤等为首的奸贼乱臣与各种邪恶势力勾结,为非作歹,祸国残民的罪行;另一方面是颂扬以包拯、颜查散为首的清官秉正无私、不畏权贵、执法不阿的事迹和"七侠五义"——包括南侠展昭、北侠欧阳春、锦毛鼠白玉堂等——除暴安良、扶危济困的侠义行为。而这两者又是紧密联系在一起的。如第十二至第十四回写国舅庞昱奉旨到陈州放赈,到陈州后,非但不放赈,反而倚仗太师之势,侵吞赈款,"将百姓中年轻力壮之人挑去造盖花园,并且抢掠民间妇女,美貌的作为姬妾,蠢笨者充当服役"(十一回),弄得百姓四处逃藏。这些穷民本就难于存活,遭此荼毒,就更只有死路一条。那些被抢的妇女,其命运就更其悲惨。有个叫金玉仙的良家女子被庞昱抢来后,庞昱命人劝她顺从,她坚决反抗。庞昱企图用特制的藏春酒制服金玉仙。不料被她"劈手夺过,掷于楼板之上"。庞昱大怒,"便要吩咐众姬妾一齐下手",幸亏南侠展昭拔刀相助,金玉仙才得逃脱虎口。后来庞昱得知秉公无私、不畏权势的龙图大学士包公前来陈州查赈,并带有钦赐御铡三口,唯恐罪行败露,便与太守蒋完策谋,派勇士项福去暗杀包公,又多亏义士白玉堂相救,包公才幸免于难。他一到了陈州,就执法不阿,使庞昱受到法律制裁,助纣为虐的陈州太守蒋完畏罪自缢,陈州百姓得庆更生。这也就意味着:要使百姓免遭这些奸党的蹂躏,就必须依靠清官和侠士。但侠士之救百姓,就如展昭救金玉仙那样,只能救个别的人;要使广大百姓都不受奸党欺凌,那就非清官不可了。而清官又是受到皇帝支持的,所以,更确切地说,《三侠五义》写的是在好皇帝支持下的清官、侠士与奸党及贪官污吏、恶霸豪强的斗争。

在这些侠士中,多少有些个性的,是白玉堂。因为他跟四位结义兄弟的绰号中都有一个鼠字,人称"五鼠",而展昭却被皇帝称为"御猫"。猫是要捕鼠的,所以他对展昭的"御猫"之称很不服气,要弄点颜色给展昭看看。展昭是包公手下最重要的保卫人员,他就去盗来了包公的古今盆、游仙枕、还魂镜,并留下字束,指名向展昭挑战:"我今特来借三宝,暂且携归陷空岛。南侠若到卢家庄,管叫御猫跑不了。"后来展昭果真被他戏弄并幽囚在陷空岛内,成了"憋死猫",多亏白玉堂三位拜兄的帮助,才得脱释,取回三宝。这是此书中唯一不太驯顺的侠士,所以书上说他"阴险狠毒,专好行侠仗义,就是行事太刻毒"。尽管他在本质上也是尽忠于皇帝和奉事清官的,但作者最后还是让他在铜网阵中死掉完事。

然而,此书在思想上虽然鼓吹忠义,书中的侠士也都已输心于朝廷,但却还能写出他们的粗豪之气,从而不失自然之致。如以下的一段:

……马汉道:"喝酒是小事,但不知锦毛鼠是怎么个人?"……展爷便将陷空岛的众人说出,又将绰号儿说与众人听了。公孙先生在旁,听得明白,猛然省悟道:"此人来找大哥,却是要与大哥合气的。"展爷道:"他与我素无仇隙,与我合什么气呢?"公孙策道:"大哥,你自想想,他们五人号称'五鼠',你却号称'御猫',焉有猫儿不捕鼠之理?这明是嗔大哥号称御猫之故,所以知道他要与大哥合气。"展爷道:"贤弟所说,似乎有理。但我这'御猫'乃圣上所赐,非是劣兄有意称'猫',要欺压朋友。他若真个为此事而来,劣兄甘拜下风,从此后不称御猫,也未为不可。"众人尚未答言,惟赵虎正在豪饮之间,……却有些不服气,拿着酒杯,立起身来道:"大哥,你老素昔胆量过人,今日何自馁如此?这'御猫'二字,乃圣上所赐,如何改得?

倘若是那个什么白糖咧，黑糖咧，他不来便罢，他若来时，我烧一壶开开的水，把他冲着喝了，也去去我的滞气。"展爷连忙摆手说："四弟悄言。岂不闻'窗外有耳'？"刚说至此，只听得拍的一声，从外面飞进一物，不偏不歪，正打在赵虎擎的那个酒杯之上，只听当啷啷一声，将酒杯打了个粉碎。赵爷吓了一跳，众人无不惊骇。（第三十九回）

这些人的对话皆质朴率真，马汉、赵虎之语，尤见本色。作者自己的语言也直白简略而少修饰，虽缺乏细致的描绘，但读来仍奕奕有神。鲁迅《中国小说史略》也曾举以为例。

《三侠五义》的出现，与其以前的《施公案》是分不开的。如前所述，《三侠五义》本来就是石玉昆所说的《龙图公案》。"公案"乃是我国小说中早就出现的一个门类，明代人所撰的"公案"小说现尚存有《海刚峰先生居官公案传》、《新刻名公神断明镜公案》、《新镌国朝名公神断详情公案》等多种。值得注意的是：这些"公案"中的破案，都是靠问官的智慧、经验等，没有把破案与武功结合起来的。而且，在明、清之际还出现过题为《龙图公案》的书，也写包公断案，同样没有武功的内容。所以，将武功加入《龙图公案》实始于石玉昆，但最早将武功加入公案的，则是《施公案》。石玉昆当是受《施公案》的影响。

《施公案》，现在所见最早的刊本为道光十八年（1838）刊本，题作《施公案奇闻》，共九十七回，但不署作者，故不知为何人所作。另有一种较后的刊本，于《序》后题"嘉庆戊午新镌"；此行倘非后人所增，则其成书当在嘉庆三年戊午（1798）了。此书在刊行后曾一续再续，至光绪二十九年（1903）已共有十续、五百二十八回。

《施公案》写清代施仕纶（按，当作施世纶）自任知县至大臣期间所断诸案件。由于其所处理的罪犯中，既有强盗，又有恶霸，被处理者的家属及亲友自然想要报复；在侦察及审理过程中，犯罪者为了掩盖罪行，也有想将其杀害的。所以他也就不能不为审案而遇险。但幸而其属下有黄天霸等武艺高强的人，对他加以保护，并为他镇压绿林及豪强，使他得以化险为夷，而且捕获、法办的绿林、豪强越来越多，他的官也越做越大。黄天霸本出身绿林，归顺后也就逐步高升。

《施公案》所写，就是其破疑案、惩土豪、灭寇盗的故事。每个故事都较简单，相互间并无紧密联系，且文字亦拙劣。但黄天霸使单刀，能打飞镖，又能蹿房越脊，他的武功跟《水浒》中梁山英雄的是另外一种路子（《水浒》中的时迁虽也能飞檐走壁，但却不能在房脊上比斗），而后来武侠小说中的侠士的武功则主要是他的这种路子的继承和发展。就这点说，《施公案》对后世武侠小说的影响实在很大。至于《三侠五义》中的展昭等人的武功则更是《施公案》中的这种类型的武功的延续。

当然,这并不意味着《三侠五义》对以后武侠小说的发展没有贡献。就武功来说,《三侠五义》引入了点穴;武侠小说所写武功由硬功转向内功,实自点穴始。此外,《三侠五义》中还写到了机关的设置(上文所提到的铜网阵,即是一例),这在以后武侠小说中也是一个重要的环节。这两点在《小五义》和《续小五义》中也都继续下去了。现各引一段具体描写为例。

……只见玉堂拉了个回马式,北侠故意的跟了一步。白爷见北侠来的切近,回身劈面就是一掌。北侠将身一侧,只用二指看准胁下轻轻的一点,白玉堂倒抽了一口气,登时经络闭塞,呼吸不通,手儿扬着落不下来,腿儿迈着抽不回去,腰儿哈着挺不起身躯,嘴儿张着说不出话语,犹如木雕泥塑一般,眼前金星乱滚,耳内蝉鸣,不由的心中一阵恶心迷乱,实实难受得狠。(《三侠五义》第七十八回)

且说黑妖狐智化与小诸葛沈仲元二人暗地商议,独出己见,要去王府盗取盟单。……(智化)爬伏在悬龛之上,晃千里火照明:下面是一个大方盒子,……上头有一个长方的硬木盒子,两边有个如意金环。伸手揪住两个金环,往怀中一带,只听见上面咔嚓一声,下来了一口月牙式铡刀。智爷把双眼一闭,也不敢往前蹿,也不敢往后缩,正在腰脊骨上当啷一声。智爷以为他腰断两截,慢慢睁眼一看,不觉着疼痛,就是不能动转。列公,这是什么缘故? 皆因……智爷的腰细;又遇着解了百宝囊,底下没有东西垫着;又有背后背着这一口刀,连皮鞘带刀尖,正把腰节骨护住。(《续小五义》第一回)

前者是点穴,后者是机关。因为在当时还是新发明,所以都比较简单,智化竟然还能死里逃生。到了后来的武侠小说中,就越来越臻完善了。点穴有麻穴、哑穴、死穴之分,机关也门类繁多,有的是触着立死,有的则被生擒活捉,碰上的人绝不会再有智化那样的好运气了。

把《施公案》和《三侠五义》中的武功加以发展的最早的小说,是贪梦道人的《彭公案》。贪梦道人原名杨挹殿,福建人。该书有光绪十八年(1892)序,一百回。它与《施公案》是同类型的书,不过书中的清官换成了彭朋(应作彭鹏),书中活动的人物换成了黄天霸的父亲黄三太等。书中兵器增多了,有的打法也较诡异,如有一种叫杆棒的,打斗时很快就可以摔人一个跟斗。还发展了水战——精通水性的人在水里搏斗(《水浒》中的三阮等人虽然水性很好,但却没有作过这样的搏斗)。此外,在机关的设置上也有了相当大的改进。

然而,《彭公案》的上述进展只是在《施公案》和《三侠五义》原有基础上的提高，与此相比，《七剑十三侠》则是开辟了一个新的方面——飞剑。

《七剑十三侠》三集一百八十回，唐芸洲编，芸洲号桃花馆主人，苏州人。初集六十回印行于光绪二十三年（1897），二集、三集均印行于光绪二十七年（1901）。初集印行后，很受读者欢迎，而二集未及时续印，至光绪二十六年就有惜花吟主续作四十回，以《仙侠五花剑》的书名印行。这四十回所写自与《七剑十三侠》二集内容不同。

此书写二十位剑侠——"七子十三生"及其门徒徐鸣皋等人在王守仁率领下平定宁王叛乱之事。宁王是明代的藩王，在正德年间确曾叛乱过，王守仁也是历史上的实有人物。但书中所写的平叛过程，却出于虚构。据书中所写，宁王的军师余半仙是白莲教徐鸿儒的徒弟，徐鸿儒自己也帮助宁王造反。而在历史上，徐鸿儒率领的白莲教众的起事是在明代天启年间，较宁王的叛乱后一百余年。这就可见作者本就不是把此书作为历史小说来写的。

宁王叛乱的平定虽主要依靠"七子十三生"的力量，但书中的主角却是徐鸣皋。鸣皋及其结义兄弟行侠仗义，除暴安良，打击绿林、恶霸，效忠朝廷，均与《施公案》、《三侠五义》中的侠义行为性质相同；其反对宁王，亦犹《三侠五义》中侠义英雄之反对襄阳王。此书之较《施公案》、《三侠五义》有所提高的，则在主线比较清楚，因徐鸣皋等人所打击的绿林、恶霸等有不少是宁王的爪牙，所以，以徐鸣皋等人为一方，以宁王及其部属为另一方的斗争脉络较为明晰，相对来说，书中各个故事之间的联系显得密切一些，全书的结构也就紧凑一些。

此书之最值得注意的，是其中除了武术以外，还存在剑术与法术。法术当与明代的神魔小说有关，如五十九回所写余半仙的招魂就戮大法就显然是从《封神演义》的落魂阵变化而来。剑术虽在唐代的传奇中就已开始出现，但像《七剑十三侠》所写的那种斗剑，却是前所未有的。今引一例如下：

> 只见余半仙出阵来，左右两个披发童子，一个捧宝剑，一个捧葫芦，云阳生鼻孔中飞出白光一道，向余半仙头上直下。余半仙掷剑空中，迎住白光，盘旋飞舞，如二龙抢珠，斗个不了。河海生口中，鹢寄生口中吐出白光，两道光又望余半仙头上直下来，余半仙不慌不忙，向空中吹气两口，他一枝剑空中分为三枝，抵住三道白光，紧紧交斗，全无半点懈怠。他有这吹剑之法，虽是妖术，却也厉害。只见凌云生、御风生、独孤生、卧云生、罗浮生、一瓢生、梦觉生、漱石生、自全生一齐吐剑，九道白光望空直下。余半仙连连吹气，三枝剑又化出九枝剑来，共是十二枝剑，抵住十二道白光，空中交斗。忽如群龙戏海，忽如众虎争峰，忽如一阵苍鹰击于殿上，忽如两山猛兽奔向岩前。（《七剑十三侠》第六十九回）

像这样的斗剑,远比后来《江湖奇侠传》中的斗剑来得热闹,而有点近于更后的《蜀山剑侠传》了。同时,武术、剑术、法术同时存在的这种写法,也正是《江湖奇侠传》和《蜀山剑侠传》的特点。

此外,从《施公案》、《三侠五义》直到《彭公案》、《七剑十三侠》,其中的侠士都是在不断地打斗中生活的。离开了打斗,他们就很少有别的生活内容。因此,这些书比《水浒》的打斗更多,侠士的生活道路跟打斗的结合更密切(因为他们的生活道路不过是一连串打斗的继续),这对以后的旧派武侠小说格局的奠定具有重要作用。

这些小说中的英雄都以男性为主。突出地描写女性英雄的为《儿女英雄传》。

《儿女英雄传》本五十三回,今残存四十回,清文康撰。文康,费莫氏,字铁仙,满洲镶红旗人,大学士勒保次孙,曾被任命为驻藏大臣,以疾未赴任。他年轻时,"家世余荫,门第之盛,无有伦比;晚年诸子不肖,家道中落,先时遗物斥卖略尽",他仅仅"块处一室,笔墨之外无长物,故著此书以自遣"(均见该书马从善《序》)。此书的写定大概在道光时期。鲁迅《中国小说史略》说他"荣华已落,怆然有怀,命笔留辞,其情况盖与曹雪芹颇类。惟彼为写实,为自叙;此为理想,为叙他,加以经历复殊,而成就遂迥异矣"。

此书写名门出身的侠女何玉凤,智慧骁勇绝世,人又美貌,因其父被奸臣所害,故奉母避居山林,欲伺机报仇。其仇家名纪献唐,权势极盛,何玉凤一时无从下手,更名改姓为十三妹,往来市井间,依仗武艺取"没主儿钱"维持生活。偶于旅途间见孝子安骥困危,以武艺救他脱险,并赠银以助其营救父亲,又撮合安骥与同难人张金凤结姻。不久,纪献唐恶贯满盈,为朝廷所诛,何玉凤虽未手刃仇人,而父仇则已报,欲遁入空门。然终于接受张金凤的劝告,嫁与安骥,与张金凤共事一夫,和睦如姊妹。后各有孕。何玉凤成了一个孝妇贤妻。

世上本流传着"英雄气短,儿女情长"之类的俗谚,文康却主张"援情入性",使侠烈英雄兼有儿女真情。他认为,"有了英雄至性,才成就得儿女心肠;有了儿女真情,才作得出英雄事业"。因为"世上的人,立志要作忠臣,这就是个英雄心,忠臣断无不爱君的,爱君这便是个儿女心;立志要作个孝子,这就是个英雄心,孝子断无不爱亲的,爱亲这便是个儿女心。至于'节义'两个字,从君亲推到兄弟、夫妇、朋友的相处,同此一心,理无二致"。作者根据这种观念,精心塑造了一位"儿女英雄",这就是书中的主人公——何玉凤。但正如鲁迅所说,因为作者欲使"英雄儿女之概"备于她一身,遂致书中的这位女英雄"性格失常,言动绝异,矫揉之态,触目皆是矣"(《中国小说史略》)。

不过,《儿女英雄传》也不无优点,那就是胡适所说的"言语的生动,漂亮,俏皮,诙谐,有风趣"(《〈儿女英雄传〉序》)。至于其对武侠小说的影响,则主要在于对女英雄的着力描写和那种关于"英雄儿女"的思想,连朱贞木于1949年写的《七杀碑》里,其男主人公杨展在塔儿冈的山寨大厅上还留下了"英雄肝胆,儿女心肠"八个字,书中的另一重要人物涵虚老道解释道:"亦英雄,亦儿女,才是性情中人","英雄肝胆,占着一个义字,儿女心肠,占着一个仁字,仁义双全,才是真英雄。"(《七杀碑》第二十八章《英雄肝胆,儿女心肠》)足见其影响之深远,虽然朱贞木对"英雄儿女"的理解已脱出了"援情入性"的那一套了。

第三节 《海上花列传》

《海上花列传》六十四回,题"花也怜侬著",实为韩邦庆(1856—1894)作。邦庆字子云,号太仙,松江(今属上海)人,科举不第,曾长期旅居上海,担任过《申报》的编辑,并创办个人性文艺期刊《海上奇书》,所得多耗费于妓馆,死时仅三十九岁。《海上花列传》先在光绪十八年(1892)二月《海上奇书》创刊号上开始连载,每期二回,共刊十五期三十回;两年后,全书的石印本行世。作者在此书的《跋》中称还将续写下去,但因他的早逝而未着手。留下的作品另有文言短篇小说集《太仙漫稿》等。

一、对人性的真实观照

《海上花列传》主要写清末上海的妓女生活。以高级妓院为主,也间及低级的妓院。全书以赵朴斋、赵二宝兄妹二人的事迹为主要线索,但赵氏兄妹的故事仅占全书篇幅的十分之一左右。书中写了种种不同的人物,而且多出于对人性的真实观照,在写女性——书中的女性主要是妓女——时表现得尤为突出。

此书第一回开始就说:作者"因海上自通商以来,南部烟花,日新月盛,凡冶游子弟倾覆流离于狎邪者不知凡几",所以他要以"过来人"的身份"现身说法",以便他们迷途知返。(见第一回)但这实是旧时通俗小说为了避免受到道德上谴责的套话,作者的内心倒是同情妓女的处境的。因为也是在第一回的开首,即上述那套门面话之后,作者又叙述了他花也怜侬——作者自己——所做的一个梦。他在梦境中,见到"一大片浩淼苍茫、无边无际的花海"。下面是他对花海的描述及其感触:

……那花虽然枝叶扶疏,却都是没有根蒂的,花底下即是海水。被海水冲激起来,那花也只得随波逐流,听其所止。若不是遇着了蝶浪蜂狂,莺欺燕妒,就为那蚱蜢、蜣螂、虾蟆、蝼蚁之属,一味的披猖折辱,狼藉蹂躏。惟夭如桃,秾如李,富贵如牡丹,犹能砥柱中流,为群芳吐气。至于菊之秀逸,梅之孤高,兰之空山自芳,莲之出水不染,那里禁得起一些委曲,早已沉沦汩没于其间。

花也怜侬见此光景,辄有所感,又不禁怆然悲之。……

这些花显然就是书中所写妓女的象征。由此可见,他认为她们堕落的责任并不在于自己,而在于环境,也即由于她们生在海上,不得不受海水的冲激,以致随波逐流。因此,他不是憎恨她们,而是同情和怜悯她们,即所谓"怆然悲之"。而其"怆然悲之"的前提,一方面是在某种程度上的对传统道德观念的叛逆,另一方面是设身处地地为对方着想的宽容精神;也可以说,这是出于对人性的理解和同情。

在书中对妓女的描写上,处处可以看出这样的态度。这里举两个人物为例。

一个是赵二宝。她原是上海附近乡下的一个姑娘。因为哥哥赵朴斋流落在上海,她跟母亲及女友张秀英同到上海来寻找。哥哥找到了,她却因贪图吃喝玩乐,受人诱骗,流落为娼;母亲和哥哥也跟她住在一起。来的客人不少,"做得十分兴头"(三十五回)。不久,接到了一个少年俊雅、"极富极贵的史三公子"(三十七回)。二人海誓山盟,史三公子并答应娶她回家,要她等他三个月(三十八回)。史三公子走时,二宝连他付的一千元"局帐"(应付给妓院的费用)也不收(五十五回);从此就闭门谢客。为了日常开销,她不得不欠了许多债。谁知史三公子一去不回,她派赵朴斋去打听,才知史三公子已负心另娶。她痛苦非常。迫于生计和债务,不得不重操旧业。但其时已十分拮据,母亲又患重病,只好靠典质来支付医药费。这一天恰好来了个仗势胡为的恶少赖头鼋,嫌二宝对他不热情,就大加蹂躏:

……扭住二宝衣领,喝令过来,二宝抵死望后挣脱,赖公子重重怒起,飞起一只毡底皂靴,兜心一脚,早把二宝踢倒在地。阿虎、阿巧奔救不及。二宝一时爬不起,大哭大骂。赖公子愈怒,发狠上前,索性乱踢一阵,踢得二宝满地打滚,没处躲闪,嘴里不住的哭骂。……阿虎、阿巧挽起二宝,披头散发,粉黛模糊,好象鬼怪一般。二宝想起无限委屈,那里还顾性命,奋身一跳,直有二尺多高,哭着骂着,定要撞死。赖公子如何容得如此撒泼,火性一炽,按捺不下,……袖子一挥,喝声:"打!"就这喝里,四个轿班、四个当差的撩起衣襟,揎拳捋臂一齐上,把房间里一应傢伙什物,除保险灯

之外,不论粗细软硬、大小贵贱,一顿乱打,打个粉碎。(六十四回)

经过这一场糟蹋,二宝实已无法再维持今后的生活了。作者接着写道:

> ……(二宝)独自蹭上楼梯,房间里烟尘历乱,无地存身,只得仍到书房。朴斋随后捧上一只抽屉,内盛许多零星首饰,另有一包洋钱。朴斋道:"洋钱同当票,才撂来哚地浪,勿晓得阿少?"二宝不忍阅视,均丢一边。朴斋去后,静悄悄地,二宝思来想去,上天无路,入地无门,暗暗哭泣了半日,觉得胸口隐痛,两腿作痠,趔向烟榻,倒身僵卧。(同上)

从传统的道德观念来看,二宝实是自甘下贱。她如在寻到哥哥后立即随母亲回乡,本就可在乡间平安度日。但她先是贪图上海的吃喝玩乐,经受不住各种诱惑,流连忘返,终致沦落为娼。所以她的悲惨结局,不过是自食其果。但在作者笔下,她却是善良、忠厚而多情的;在上引的这些文字中,确可体会出作者的"怆然悲之"。

而且,在写她的堕落过程时,作者也着重于现实的情势,而非道德的谴责。例如,在寻到了赵朴斋后,她本要立即回去的,却受她邀约同来上海的女友张秀英的牵制,迁延了下来:

> ……二宝道:"教栈里相帮去叫着船,明朝转去。"秀英道:"耐教我来白相相,我一埭勿曾去,耐倒就要转去哉!勿成功!"二宝央及道:"价末再白相一日天,阿好?"秀英道:"白相仔一日天再说。"洪氏只得依从。吃过晚饭,秀英欲去听书。二宝道:"倪先说好仔,书钱我来会。倘然耐客气末,我索性勿去哉。"秀英一想,含糊笑道:"故也无啥,明朝夜头我请还耐末哉。"……(第二十九回)

就是在诸如此类的情况下,回家的事一天天拖了下去,而她对上海的繁华生活也越来越入迷。所以,她的堕落实是环境使然,何尝是本性下贱?再与其为娼后的遭遇相联系,读者看到的乃是一个单纯、善良的女孩逐步陷入悲惨深渊的过程。

在《海上花列传》中,与赵二宝的忠厚、善良截然相对立的是黄翠凤,所以胡适曾说:赵二宝"一家都太老实了,太忠厚了,简直不配吃堂子饭","这碗堂子饭只有黄翠凤、黄二姐、周兰一班人还配吃"(胡适《海上花列传序》)。然而,即使对黄翠凤,作者又何尝不"怆然悲之"?

黄翠凤确实是狠毒的。她对自己妓院里的其他妓女,可以拉住耳朵,"往下一摔",把对方从所坐高椅上跌下地来却不敢哭(第八回);而且还串通老鸨,对一个与她关系很好的客人敲诈勒索(五十八、五十九回)。但与此同时,作者也写了她的可悲可悯。据她自述:"我八岁无拨仔爷娘,进该搭个门口(指妓院)。"(四十九回)当时她连为父母"带孝"都办不到;直到赎身出去,才能补带(同上)。而且,她之在妓院里能不受老鸨虐待,是拼得舍去性命换来的。"还是翠凤做清倌人辰光,搭老鸨相骂,拨老鸨打仔一顿。打个辰光,俚咬紧点牙齿,一声勿响。等到娘姨哚劝开仔,榻床浪一缸生鸦片烟,俚拿起来吃仔两把。老鸨晓得仔,吓煞哉,连忙去请仔先生来。俚勿肯吃药啘,骗俚也勿吃,吓俚也勿吃。老鸨阿有倽法子呢?后来老鸨对俚跪仔,搭俚磕头,说从此以后,一点点勿敢得罪耐末哉,难末算吐仔出来过去。"(第六回)而且,黄翠凤也知道,老鸨所看重的并不是一个人的生命,而是她为其赚钱的能力,所以,在老鸨不敢得罪她的同时,她也为老鸨拼命赚钱。有一次,一家公馆叫她的局,是要她去"代碰和",她不想去,但却不得不去。一个熟人说,那你就别去好了。她说:"叫局阿好勿去?倪无姆要说个。"那人说:"耐无姆阿敢来说耐?"她回答道:"无姆末倽勿敢说,我一迳勿曾做差倽事体,生来无姆勿说倽,倘然推板仔一点点,倪个无姆肯罢哉!"(第二十二回)原来,她以拼命挣来的不受打骂的权利,仍然是以老老实实地遵守妓女的规矩忍受侮辱、损害为代价的。所以,这个狠毒的人的内心,仍然是满腔辛酸。既然如此,那么,在悲惨的处境下,被逼迫得连对自己都不得不狠毒——无所顾惜地吞下生鸦片——的黄翠凤,难道还有可能对别人不狠毒吗?这其实是人性的异化!

总之,无论写赵二宝还是写黄翠凤,都不是根据传统的道德去加以指责、丑化,而是把这些都看作环境所造成。她们的所作所为,只是普通人在特定环境下所作的不同反应。所以,作者之写这些人物,乃是基于对人性的真实观照。与此同时,作品也就必然反映了个人与环境的矛盾。赵二宝与黄翠凤固不必说,就是李漱芳的郁郁而终,朱淑人和周双玉的感情破裂,也无不是环境对个人压迫的结果。——李漱芳与陶玉甫二人确实情深爱重,但陶玉甫不能娶妓女李漱芳为正式的妻子,李漱芳又不愿屈辱地作妾,就一直迁延着,以致心情不好,身体越来越坏,终于不治而死,被别人评论为"李漱芳要做大老母,做到仔死"(六十二回)。朱淑人也是确实爱上了周双玉,想要娶她。但他哥哥却要另外给他定亲,他不愿意,又不敢向哥哥说明,就请当时在上海很有地位、也很受淑人信赖的齐云叟帮忙,齐云叟却对他说,倘要娶双玉作妾,"容易得势;倘然讨俚做正夫人,勿成功个哩。就像陶玉甫,要讨个李漱芳做垫房,到底勿曾讨,勍说是耐哉"(五十四回)。淑人不得不同意了他哥哥所定的婚事,激得双玉要与他一起自杀(见下文)。在这些地方都可看到社会对个人权利的压制;因为阻止陶玉甫、朱淑人娶妓女为妻的并不只是他们的家长,而是社会的舆论和习惯势力。何况从书中的描写来看,陶、李和朱、周的恋情均出于人性的自然,这同时也就反映了环境与人性的冲突。

二、高度的艺术成就

《海上花列传》具有高度的艺术成就,这体现在如下四个方面。

第一,基于对人性的真实观照,作品的人物性格复杂、内涵丰富,并且对于在不同程度上被环境压迫甚或碾碎的人,作者充满着理解、同情与悲悯。这在上文介绍赵二宝、黄翠凤等人时已经言及,此不赘述。

第二,对人物言、行的描写真切而生动,真可谓栩栩如生、恍在眼前,且又能充分显示出人物的性格特征。

关于写言的部分在下文还将谈到,这里以双玉要与朱淑人同吞鸦片自尽的一段——那是言、行结合的——为例。那是在双玉得知了淑人已与别人订婚后发生的事。

>……双玉亲自关了前、后房门,并加上闩。转身蓦来,见淑人褪履上床,双玉笑道:"慢点困哩,我有事体来里。"淑人怪问云何,双玉近前,与淑人并坐床沿,双玉略略欠身,两手都搭着淑人左右肩膀,教淑人把右手勾着双玉脖项,把左手按着双玉心窝,脸对脸问道:"倪七月里来里一笠园,也像故歇实概样式一淘坐来浪说个闲话,耐阿记得?"淑人心知说的系愿为夫妇、生死相同之誓,目瞪口呆,对答不出。双玉定要问个明白,淑人没法,胡乱说声记得。双玉笑道:"我说耐也勿应该忘记。我有一样好物事,请耐吃仔罢。"说罢,抽身向衣橱抽屉内取出两只茶杯,杯内满满盛着两杯乌黑的汁浆。淑人惊问:"啥物事?"双玉笑道:"一杯末耐吃,我也陪耐一杯。"淑人低头一嗅,嗅着一股烧酒辣气,慌问:"酒里放个啥物事嗄?"双玉手举一杯,凑到淑人嘴边,陪笑劝道:"耐吃喧。"淑人舌尖舐着一点,其苦非凡,料道是鸦片烟了,连忙用手推开。双玉觉得淑人未必肯吃,趁势捏鼻一灌,竟灌了大半杯。淑人望后一仰,倒在床上,满嘴里又苦又辣,拼命的朝上喷出,好像一阵红雨,湿漉漉的洒遍衾裯。淑人支撑起身,再要吐时,只见双玉举起那一杯,张开一张小嘴,咽嘟咽嘟尽力下咽。淑人不及叫喊,奋身直上,夺下杯子,掼于地下,豁琅一声,砸得粉碎。双玉再要抢那淑人吃的一杯,也被淑人掳落跌破,淑人这才大声叫喊起来。……(六十三回)

双玉的要自杀是真的。在这以前,她已独自"先去灶间煤炉旁边,将剜空生梨内所养的促织儿尽数释放"(同上),就是为了怕她死后无人喂养这些小动物,以致饿死。这既反映了她的爱心,也表明了她是真要寻死,并非以吞鸦片来吓人。所以,她在开始时那样亲热地对待淑人,是希望他能自愿地吞下鸦片的吧,那时她就会谅解淑人不敢抗婚的软弱,并在对淑人的挚爱中安慰而满足地死去。她自己的从容赴死,不但显示了她的无畏和镇定,也是基于对爱情的执着。不料淑人却拒绝同死,这就使她无限愤慨:

> ……双玉大怒,欻地起立,柳眉倒竖,星眼圆睁,咬牙切齿骂道:"耐个无良心杀千刀个强盗坯,耐说一淘死,故歇耐倒勿肯死哉。我到仔阎罗王殿浪末,定归要捉耐个杀坯,看耐逃走到陆里去!"……淑人拍腿哭道:"勿是我呀。阿哥替我定个亲,一句闲话无拨我说晼。"双玉欻地扑到淑人面前,又狠狠的戟指骂道:"耐只死猪猡!晓得是耐阿哥替耐定个亲。我问耐:为倽勿死?"吓得淑人倒退不迭。……

这时的双玉对淑人已经只有愤慨而毫无爱意了,她显得泼辣而粗野,与开始准备和他同死时的温柔判若两人。这也正反映了她内心变化的剧烈和痛苦的尖锐。但到最后,她也决定不死了。在别人苦劝她服解药时,她"不禁哼的笑道:'劝倽嗄,放来浪,等我自家吃末哉喕。俚勿死,我倒犯勿着死拨俚看。定归要俚死仔末,我再死。'说着,举起玻璃杯,一口一口慢慢的呷(指喝解药。——引者)"(同上)。在这冷笑声里,对淑人除了强烈的仇恨外,还充满着轻蔑,而且表明了她已从感情的极度冲动中恢复了冷静与理智。

通过这样的描写,不但清楚地显示了人物的心理发展过程,而且充分表现了人物的性格特征:她的勇敢、温柔、刚烈、泼辣、粗野、爱的执着和恨的深切,这些都伴随着她的变化多端的语言、明晰如画的动作,构成统一整体而呈现于读者之前。在它以前的中国小说——包括《红楼梦》——中都未曾出现过这样的描写。

第三,在叙述方法上的创新。

《海上花列传》在《海上奇书》上连载时,原有《海上花列传例言》,后来出石印单行本却未收载。其实《例言》很有价值,其中最重要的一条是:

> 全书笔法自谓从《儒林外史》脱化出来,惟穿插藏闪之法则为从来说部所未有。一波未平,一波又起,或竟接连起十余波;忽东忽西,忽南忽北,随手叙来,并无一事完全,却并无一丝挂漏;阅之觉其背面无文字处尚有许多文字,虽未明明叙出,而可以意会得之:此穿插之法也。劈空而来,使阅者茫然不解其如何缘故,急欲观后文,而后文又舍而叙他事矣;及他事叙毕,再叙明其缘故,而其缘故仍未尽明;直至全体尽露,乃知前文所叙并无半个闲字:此藏闪之法也。

由此可见，作者在此书的笔法方面最得意的乃是穿插藏闪之法。这二者确很值得重视。

胡适的《海上花列传序》曾将穿插和藏闪都解释为把许多不相干的故事联系起来的方法。其实，藏闪之法并不用于不同故事之间的联系，而用于交代单个的故事。例如，书中的沈小红是与王莲生关系极密切的妓女。有一次，另一妓女张惠贞跟王莲生闲谈，突然说沈小红"自家个用场忒大仔点"。王莲生进一步追问时，张惠贞就拿话搪塞，接着作者就掉转笔锋去写别的事情了。后来王莲生虽又把此事去问其友人洪善卿，善卿也仅答以"（小红）就为仔坐马车，用场大点"（二十四回），实际上，其"用场大"的缘故"仍未尽明"。直至第三十三、三十四回中，王莲生发现沈小红与京剧演员小柳儿睡在一起，才知洪善卿所说，乃是指沈小红因坐马车而与小柳儿相识，成了他的情妇，从而增加了许多支出。很显然，这就是藏闪之法，因为它完全符合作者为藏闪所下的定义。

这种方法不仅增加了悬念，实在也是叙事模式从全知视角向限知视角转化的一种迹象。因为从这整个事件的叙述过程来看，作者在这点上并未显得比王莲生多知道一些。书中另有一些故事也在不同程度上具有这样的特色。如赵二宝在上海寻到赵朴斋后，本要立即回乡，因为同来的张秀英反对，二宝就说多留一天，并于当晚同张秀英去听书，遇到了施瑞生，其后与施瑞生关系日密，终于留在上海了。但从听书结识施瑞生以后的最关键几天的情况，全是从赵朴斋的视角写的，赵朴斋不知道的，作者也不交代，可以说作者在这方面知道的并不比赵朴斋多（第三十回）。

至于穿插之法，则既可用于不同的故事，也可用于同一故事的不同过程之间。如在黄翠凤、鸨母黄二姐和罗子富的故事中，黄翠凤在赎身问题上与黄二姐矛盾很大，罗子富则很帮她的忙。赎身之后，罗子富为她摆酒请客，其中一个客人为葛仲英。酒席尚未开始，作者就笔锋一转写葛仲英的其他事情去了；这是第五十回及其以前的事。到了五十六回，才又接写罗子富、黄翠凤，同时写黄二姐来请黄翠凤帮助，翠凤对她很冷淡，黄二姐只得走了。其后又写别事。至五十八回，黄二姐又来求助。翠凤作难了她好一阵，才对她说："倘然有法子教拨耐，赚着仔三四百洋钱，耐倒再要嫌道少哉嘅。""黄二姐没口子分辨"，翠凤又不再言语，"足足有炊许时"，始与黄二姐"附耳说话"。"黄二姐弯腰偻背，仔细听着。又足足有炊许时，翠凤说话才完，黄二姐亦自领悟"。至于在黄二姐耳边说了些什么，书中全未交代。到了五十九回，黄二姐就来偷走了罗子富盛契据的拜匣，勒索一万洋钱。可以说，在这故事的发展过程中，插入了许多别的事，可谓"一波未平，一波又起"。而且在罗子富拜匣失窃后，黄翠凤显得很愤慨，罗子富也根本没有怀疑到此事与她有关。但敏感而仔细的读者却会联系上一回黄翠凤与她附耳低言之事,知这实在出于翠凤的授意。尤其值得注意的是:黄翠凤只答应帮她赚三四百洋钱,而且在她保证不会嫌少时才教了她法子,可她向罗子富却开口要一万元。子富到底给了多少,书中没有写;推想起来,子富当然不会全给,但至少给个一二千吧,那么,这一二千中属于黄二姐的实只三四百元,其余的好处都是黄翠凤的。这也就是"穿插之法"中的另一个方面:"阅之觉其背面无文字处尚有许多文字,虽未明明叙出,而可以意会得之"。所以,所谓"穿插",既因其"一波未平,一波又起"而具有加强悬念的作用,又因这种"可以意会得之"的方法而在很大程度上丰富了读者的想像空间。它与"藏闪"之法的结合,就构成了《海上花列传》在叙述方法上的创新,并且部分地显示出叙述模式从全知视角向非全知视角转变的迹象。

第四,在人物对话中吴语的成功运用。

这一点在胡适的《海上花列传序》中早已指出,他并且称它为"吴语文学的第一部杰作"。他说:"方言的文学所以可贵正因为方言最能表现人的神理。通俗的白话固然远胜于古文,但终不能如方言的能表现说话人的神情口气。"这是说得很对的。试看李漱芳向陶玉甫叙述其得病缘由的那一大段话:

> ……漱芳又嗽了几声,慢慢的说道:"昨日夜头天末也讨气得来,落勿停个雨。浣芳嗐,出局去哉;阿招末,搭无姆装烟;单剩仔大阿金,坐来浪打磕铳,我教俚收拾好仔去困罢。大阿金去仔,我一干仔就榻床浪坐歇。落得个雨来加二大哉,一阵一阵风,吹来哚玻璃窗浪,乒乒乓乓,像有人来哚碰,连窗帘才(这里是"都"的意思。——引者)卷起来,直卷到面孔浪,故一吓末,吓得我来要死,难末只好去困。到仔床浪嗐,陆里困得着嗄,间壁人家刚刚来哚摆酒,搲拳唱曲子,闹得来头脑子也痛哉。等俚哚散仔台面末,台子浪一只自鸣钟,跌笃跌笃,我勁去听俚,俚定归钻来里耳朵管里。再起来听听,雨末落得价高兴;望望天末,永远勿肯亮个哉。一迳到两点半钟,眼睛算闭一闭。坎坎闭仔眼睛,倒说道耐来哉呀,一肩轿子抬到仔客堂里,看见耐轿子里出来,倒理也勿理我,一径望外头跑。我连忙喊末,自家倒喊醒哉。醒转来听听,客堂里真个有轿子,钉鞋脚地板浪声音有好几个人来浪。我连忙爬起来,衣裳也勿着,开出门去,问俚哚:'二少爷嗐?'相帮哚说:'陆里有倽二少爷嗄?'我说:'价末轿子陆里来个嗄?'俚哚说:'是浣芳出局转来个轿子。'倒拨俚哚好笑,说我困昏哉。我再要困歇也无拨我困哉,一径到天亮,咳嗽勿曾停歇。"(第十八回)

如果是吴语区域的人,读了这一段就会觉得好像听到了她的倾诉,不仅充分感受到了她的语气及其中所包含的感情,而且其说话时的神态也恍在目前,如此真切、生动。这一切是无法用普通话来表现的。虽然才气如张爱玲者也办不到。将她的《国语海上花列传》中的这一段与以上的引文一比较,即可了然。例如,她把"一阵一阵风……"几句译为:"一阵一阵风,吹在玻璃窗上,乒乒乓乓,像有人在砰窗户。连窗帘都卷起来,直卷到脸上。这一吓吓得我要死。这可只好去睡了。到了床上喊,哪睡得着!"①意思不错,但神理已失。如"陆里困得着嘎",何等娇软!"哪睡得着"却一变而为刚硬了。这不是张爱玲译得不好,而是根本无法译。

当然,这同时也成为《海上花列传》的一个大问题:非吴语区的读者难以读懂。

三、《海上花列传》与中国小说传统

除了用吴语写作以及作为长篇小说却由许多独立的故事构成以外,《海上花列传》的内容与形式都已与新文学前期的小说存在许多相通之处。但没有任何材料可以证明韩邦庆受过任何西方小说的影响。恰恰相反,如同他在《海上花列传例言》中所表明的,除穿插藏闪之法外,"全书笔法自谓从《儒林外史》脱化出来"。例如,书的开头花也怜侬所做的梦,就相当于《儒林外史》的"楔子",都起着点明全书题旨的作用。除《儒林外史》外,作者还受了其他许多古代小说的影响,包括《金瓶梅》、《聊斋》、《红楼梦》等。例如三十六回高亚白为李漱芳看病的那一段,就渊源于《红楼梦》第十回张友士给秦可卿看病的部分。张友士说秦可卿的病源是:"据我看这脉息,大奶奶是个心性高强聪明不过的人,聪明忒过则不如意事常有,不如意事常有则思虑太过,此病是忧虑伤脾……"而高亚白说李漱芳的病源则是:大约其为人必然绝顶聪明,加之以用心过度,所以忧思烦恼,日积月累,脾胃于是大伤。……所谓"绝顶聪明",即"聪明不过";"用心过度",即"思虑太过";"忧思烦恼……脾胃于是大伤",也即"忧虑伤脾"(根据中医理论,胃为脾之腑,脾伤必然及胃,所以,伤脾也就是伤脾胃)。不但病源一样,文字也较接近。而尤其有趣的,是两人看病后的结论:

> 今年一冬是不相干的,总是过了春分,就可望全愈了。(《红楼梦》)
> 眼前个把月总归勿要紧,大约过仔秋分,故末有点把握,可以望全愈哉。(《海上花列传》)

除了加上"故末有点把握"以外,其他可说是逐句从《红楼梦》脱化而出,"可以

---

① 《国语海上花列传》I《海上花开》,上海古籍出版社1995年版。

望全愈哉"更是"可望全愈了"的苏州话翻版。

韩邦庆在写《海上花列传》时,不可能在书桌上放着《红楼梦》等书,边写边参照,而当是由于那些书里所写的一切在他脑中留着极其深刻的印象,有时就不免连文字也近似了。

总之,《海上花列传》是在中国小说传统的土壤上结出的果实。因此,它在内容与形式上存在许多与新文学前期的小说相通之处,也正可看出中国自身的文学原是在往哪个方向发展。

第四章 从龚自珍到"诗界革命"

从近世文学嬗变期一开始的小说和弹词——《儒林外史》、《红楼梦》、《再生缘》的情况来看，与新文学相通的因素正在大量增长；至于同一时期的诗文领域，其总体发展趋势虽与小说领域的相一致，进度却相对迟缓。到龚自珍出现，诗文领域也呈突飞猛进之势，与新文学的相通性遂明显呈现。只是由于鸦片战争的爆发，原先的进展势头反而缓慢了下来（参见本编《概说》）。但随着中日战争的失败，国内的先进分子认识到了必须加紧改革的力度，终于在1899年由梁启超提出了"诗界革命"的口号。到20世纪，中国文学就进入近（现）代期了。

第一节 龚自珍的诗文

龚自珍是中国近世杰出的思想家和杰出的文学家。作为思想家，他注重个体、倡导改革；作为文学家，他抒写个人遭压制、个性被扭曲的痛苦与置身于停滞、倒退、摧残天才、践踏人的尊严的现实的苦闷、郁怒，也有对爱情的热烈追求和失去所爱者的悲哀。

一、龚自珍的生平和思想

龚自珍（1792—1841），字璱人，号定盦，浙江仁和（今杭州）人。先以捐纳为内阁中书，至道光九年考取进士，其后曾任礼部主事。至道光十九年（1839）辞官南归，两年后病逝。所作诗文，后人编为《龚自珍全集》。

龚自珍是朴学大师段玉裁的外孙，段玉裁则是戴震的学生。段玉裁虽以《说文解字注》等书驰名当时及后世，但他受戴震的哲学思想、社会思想影响很深。收在其《经韵楼集》中的《东原先生札册跋》说：

>……其言非从事于字义、制度、名物,无由以通六经之语言;非知天理之不外于人欲,则以意见误名之曰理而祸斯民。仆生平论述最大者为《孟子字义疏证》一书,此正人心之要。此二札者,圣人之道在是。殆以玉裁为可语此而传之也。

可见他完全接受了戴震的"天理之不外于人欲"的观点,而且认为它具有重要意义,也完全赞同戴震对程朱理学的批判——为祸人间。

段玉裁的思想对龚自珍产生很大影响①。他说自己"学本段金沙"("段金沙"即指段玉裁),当也包括这种思想渊源而言。此外,龚自珍的母亲也许因家庭教育的缘故,跟一般女性也不大一样,在龚自珍的童年就教他读吴伟业诗②;吴伟业的关注个人命运、重视个人感情也不可能对龚自珍没有影响。他后来之崇扬晚明精神(见《江左小辨序》),恐也与其受吴伟业的影响有关。

龚自珍在思想上强调个人,以"我"为万物的本源,以自我为众人各自的主宰,曾明确地说:"群言之名我也无算数,非圣人所名;圣何名?名之以不名。群言之名物也无算数,非圣人所名;圣何名?名之曰'我'。"(《壬癸之际胎观第九》)其后半是说:"无算数"的物都是以"我"为本源的,就事论事地称之为某物、某物(例如称之为花、叶)都不是探本之言;"圣人"是探求本源的,所以对一切物都称之为"我"。从中国当时思想界的情况来看,陆象山、王阳明的心学都是以"我"为万物本源的,也即陆象山所谓的"宇宙本是我心,我心即是宇宙"。龚自珍的这种观点当与陆王心学有关。至于"圣人"对"我"的"名之以不名",那是因为根据老子"名可名,无常名"之说,最本源的东西本来是无法命名的。也正因为"我"是万物的本源,所以对每个人来说,都只能受其自己的支配,所以他又说:"众人之宰,非道非极,自名曰我。"(《壬癸之际胎观第一》)这其实也就是强调个人的权利、自由和尊严:既然众人的主宰就是自我,那么,非"我"的他人就不应去损害此人的权利、干涉他的自由、侮辱他的尊严。

也正因此,他对必然要损害个人权利、限制个人自由、无视个人尊严的"大

---

① 段玉裁的《经韵楼集》刊刻时,龚自珍参加校勘工作,见吴昌绶《龚自珍年谱》。同时龚自珍青年时期作有《明良论》四篇。其第一篇指出:清朝官员之所以思想、言行均极鄙陋,是因俸禄太低,"贫累之也"。那正是跟"存天理,去人欲"之说直接对立的。倘按"存天理,去人欲"之说,这些官员因俸禄低就不去实心任事,那是由于他们不能"公而忘私",正是私欲膨胀的结果,理当责成他们"去人欲";龚自珍却主张提高他们的俸禄,并把他们的鄙陋归咎于政府的俸禄太低,这是对"人欲"的肯定,主张满足他们的"人欲"。而在《明良论》的第二篇后有段玉裁的评语,足见段玉裁在这四篇中至少看过两篇,其评语是:"耄矣,犹及见此才而死,吾不恨矣。"对龚自珍的这种观点作了高度评价。

② 龚自珍《三别好诗》篇前有《序》:"余于近贤文章,有三别好焉。……以三者皆于慈母帐外灯前诵之。吴(伟业)诗出口授,故尤缠绵于心。吾方壮而独游,每一吟此,宛然幼小依膝下时。"

公无私"之类的观念深恶痛绝,其《论私》甚至说:"今曰'大公无私',则人耶?则禽耶?"在他看来,所谓"大公无私"是一种反人性的东西,倒是对禽鸟也许相应。

郁达夫在说到五四新文化运动的功绩时,首先标举"自我的发见"①,龚自珍的这种思想在大方向上正是与"自我的发见"相一致的;同时,与"文学革命"者的"人性的解放"——以个人为本位的人性解放——的要求也可相通。

然而,他所置身于其中的现实却正是对于以"我"为主宰的"众人"给予最大的摧残并且已告成功的时代,他说:"昔者霸天下之氏,……未尝不仇天下之士,去人之廉,以快号令,去人之耻,以嵩高其身;一人为刚,万夫为柔,……"(《古史钩沉论一》)到了他的时代,这种"震荡摧锄天下之廉耻"的目的已经达到,"天下之廉耻""既玲②,既狁,既夷"(同上),于是成了"衰世":

> 衰世者,文类治世,名类治世,声音笑貌类治世。……人心混混而无口过也,似治世之不议。左无才相,右无才史,阃无才将,庠序无才士,陇无才民,廛无才工,衢无才商,抑巷无才偷,市无才驵,薮泽无才盗,则非但鲜君子也,抑小人甚尠。(《乙丙之际著议第九》)

在这样的衰世,"我"——特别是有才能的个人——就更其痛苦,而天下的大乱也就要到来了。

> 当彼其世也,而才士与才民出,则百不才督之缚之,以至于戮之。戮之非刀、非锯、非水火;文亦戮之,名亦戮之,声音笑貌亦戮之。戮之权不告于君,不告于大夫,不宣于司市,君大夫亦不任受。其法亦不及要领,徒戮其心,戮其能忧心、能愤心、能思虑心、能作为心、能有廉耻心、能无渣滓心。又非一日而戮之,乃以渐,或三岁而戮之,十年而戮之,百年而戮之。(同上)

这种情况,正是鲁迅后来所批判过的"愚民的专制"。但那是不能持久的。所以龚自珍又进一步指出:

> 才者自度将见戮,则蚤夜号以求治,求治而不得,悖悍者则蚤夜号以求乱。夫悖且悍,且睊然睅然以思世之一便己,才不可问矣,鬷之伦惄有辞矣。然而起视其世,乱亦竟不远矣。(同上)

正因如此,龚自珍一面强烈要求改革:"一祖之法无不敝,千夫之议无不

---

① 见《中国新文学大系·散文二集·导言》。
② "既"为"已经"之意。

靡,与其赠来者以勃改革,孰若自改革?"(《乙丙之际著议第七》)一面则进一步强调突出的个人的作用:"心无力者,谓之庸人。报大仇,医大病,解大难,谋大事,学大道,皆以心之力。司命之鬼,或哲或悟,人鬼之所不平,卒平于哲人之心。哲人之心,孤而足恃,故取物之不平者恃之。"(《壬癸之际胎观第四》)这种对"哲人之心"的强调,与鲁迅在20世纪初叶所主张的"掊物质而张灵明,任个人而排众数"也是相通的。

二、龚自珍的散文

在龚自珍的文学创作中,散文的影响比诗歌更大。其散文的主要成就和特色,是以富于个性的语言,抒写了他在现实中所感受到的痛苦、愤怒、焦虑、渴望,也有个人的私密感情的袒露。大致可分为三类。

第一类,是直接触及社会现实的。此类散文中,有些是杂有感情的论政或表达思想之作,不属于文学的范围;有些则是以某些社会、政治现实或思想观念为材料的抒情文或以抒情为主的文章,则仍是文学的散文。

此类文学散文中,包括了上面引用过的《古史钩沉论一》、《乙丙之际著议第九》等;另如《乙丙之际著议第十八》、《乙丙之际塾议第二十五》、《江左小辨序》之属亦均可归入此类。而其最值得重视的则为《尊隐》。

《尊隐》很难懂,在这里有必要先对它作一扼要的解释。《尊隐》此处说的是:在一个行将没落的时代里,在民间已逐渐形成了一种巨大的、足以推翻朝廷的力量。真正的隐者已经意识到了这一点,但并不参与到这种反朝廷的力量中去,而是孤立于世变之外。不但当时无人理解,而且后世的人也无从理解,因为他根本不求当时与后世的人的理解。所以他是"无待"的,不但是"横之隐",而且是"纵之隐"。他所"尊"的,就是这样既能洞察一切、又傲视一切的巨大的人格力量。他不但鄙视朝廷,而且也不投奔、迎合那即将取代朝廷的"山中之民",他始终是一个独立的个人①。在文中龚自珍对这种独立的个人是这样描绘的:

> ……俄焉寂然,灯烛无光,不闻馀言,但闻鼾声。夜之漫漫,鹖旦不鸣。则山中之民有大音声起,天地为之钟鼓,神人为之波涛矣。是故民之丑生,一纵一横。旦暮为纵,居处为横,百世为纵,一世为横,横收其实,纵收其名。之民也,鳌者欤?邱者欤?垤者欤?避其实者欤?能大其生以

---

① 详谈蓓芳《龚自珍与20世纪的文学革命》,见《中国文学古今演变论考》,上海古籍出版社2006年6月版。

> 察三时,以宠灵史氏,将不谓之横天地之隐欤? 闻之史氏矣,曰:百媚夫,不如一狷夫也;百酣民,不如一瘁民也;百瘁民,不如一之民也。则又问曰:"之民也,有待者耶? 无待者耶?"应之曰:"有待。""孰待?"曰:"待后史氏。""孰为无待者邪?"曰:"其声无声,其行无名,大忧无蹊辙,大患无畔涯,大傲若折,大瘁若息,居之无形,光景煜爚,捕之杳冥,后史氏欲求之,七反而无所睹也。悲夫悲夫! 夫是以又谓之纵之隐。"

这种"纵之隐"与鲁迅《影的告别》里的"影"有其相通之处,因为"影"所追求的也是彻底的孤独。"有我所不乐意的在天堂里,我不愿去;有我所不乐意的在地狱里,我不愿去;有我所不乐意的在你们将来的黄金世界里,我不愿去。/然而你就是我所不乐意的。/朋友,我不想跟随你了,我不愿住。/我不愿意!/呜乎呜乎,我不愿意,我不如彷徨于无地"。"我独自远行,不但没有你,并且再没有别的影在黑暗里。只有我被黑暗沉没,那世界全属于我自己。"当然,"纵之隐"仅仅是与"影"有其相通之处,而非相同;即使在追求孤独上,他也远不能达到"影"的高度。"影"傲然于"只有我被黑暗沉没",《尊隐》却不免为这种极端的孤独而感到"悲夫悲夫"了。

第二类是并不直接触及社会现实的抒情文,其所写的仅仅是一己的悲哀,但其源于社会现实的痛苦与追求仍跃然于其中。此类作品可以《病梅馆记》为代表。

> 江宁之龙蟠,苏州之邓尉,杭州之西溪,皆产梅。或曰:梅以曲为美,直则无姿;以欹为美,正则无景;梅以疏为美,密则无态。固也。此文人画士,心知其意,未可明诏大号,以绳天下之梅也;又不可以使天下之民,斫直,删密,锄正,以殀梅、病梅为业以求钱也。梅之欹、之疏、之曲,又非蠢蠢求钱之民,能以其智力为也。有以文人画士孤癖之隐,明告鬻梅者,斫其正,养其旁条,删其密,夭其稚枝,锄其直,遏其生气,以求重价,而江、浙之梅皆病。文人画士之祸之烈至此哉! 予购三百盆,皆病者,无一完者,既泣之三日,乃誓疗之、纵之、顺之,毁其盆,悉埋于地,解其棕缚;以五年为期,必复之全之。予本非文人画士,甘受诟厉,辟病梅之馆以贮之。呜呼! 安得使予多暇日,又多闲田,以广贮江宁、杭州、苏州之病梅,穷予生之光阴以疗梅也哉?

此文显然是以梅的被束缚、扭曲来隐喻人性的被束缚、扭曲,否则又何至为此而"泣之三日"? 即使他真购过三百盆"病梅",但他在"泣之三日"时必已另有所感,不仅仅是为梅而泣了。所以此文所隐寓的是人性解放的要求。作者是为现实中的人性遭到扼杀而感到无比的悲痛,而且对人性之从扭曲中恢复自然怀着热烈的渴望。

这篇《病梅馆记》实可视为俞平伯小说《花匠》的先声。后者是被鲁迅视为新文学早期的代表作之一而选入《中国新文学大系·小说二集》的。该篇先写花木之被花匠所扭曲,继而写上一代对下一代的人性扭曲;花木之被扭曲同样是作为人性扭曲之象征来看待的。

第三类则可视为前两类的综合。作品虽直接触及社会现实,但重点则在写自己,而且还袒露了个人的隐秘心曲。这在《己亥六月重过扬州记》中可以看得很清楚。该文所写的是:扬州从表面上看来繁华如故,但实已开始没落,若以一年四季来比喻,已经是初秋之际了。这其实是对整个社会的状况的隐喻:连素来极其繁华的扬州都到了这样的境地,何况其他!但他由此又想到自己的人生也已进入了初秋,却并不因此而有颓唐之感,他仍要奋斗,而且也仍然为男女之情所感动。

> ……阜有桂,水有芙渠菱芡,是居扬州城外西北隅,最高秀。南览江,北览淮,江、淮数十州县治,无如此治华也。……惟窗外船过,夜无笙琶声,即有之,声不能彻旦。然而女子有以栀子华发为赘求书者,爱以书画环瑱互通问,凡三人,凄馨哀艳之气,缭绕于桥亭舟舫间,虽澹定,是夕魂摇摇不自持。……余齿垂五十矣。……抑予赋侧艳则老矣,甄综人物,蒐辑文献,仍以自任,固未老也。天地有四时,莫病于酷暑,而莫善于初秋,澄汰其繁缛淫蒸,而与之为萧疏澹荡,泠然瑟然,而不遽使人有苍莽寥泬之悲者,初秋也。今扬州,其初秋也欤?予之身世,虽乞籴,自信不遽死,其尚犹丁初秋也欤?作《己亥六月重过扬州记》。

在这里他不但写出了对于人生的追求和自信,令人深为感动,而且还写了他的"魂摇摇不自持",在散文中而有这样的隐秘心曲的袒露,那就近于新文学中郁达夫一类作家了。——其实,不同于郁达夫的新文学作家也难免有类似的表现①。

三、龚自珍的诗歌

龚自珍的诗大致可分为两类。一类是写自己与环境的冲突,一类是写

---

① 例如,沈从文于20世纪20年代末至30年代初居住于上海时,其所住弄堂房子的对面,住着一个学艺术的女学生。他自己说:"明知无所冀于这女人,却有时不免走到晒台上去,像看好书那么趣味绵绵的望着这女人的房,且望到这女人在房中怎样作事看书,这心情是难说的。……"(《不死日记·善钟里的生活》)"魂摇摇不自持"与"这心情是难说的",实可谓异曲同工。

恋情。

写其与环境的冲突的，表现了对环境的强烈否定，有一种"孤而足恃"的精神。至其表现方式，则或为直叙其事，或用象征手法，乃至托诸咏史。

直叙其事的，可以《十月廿夜大风不寐，起而书怀》为代表：

> 西山风伯骄不仁，虓如醉虎驰如轮；排关绝塞忽大至，一夕炭价高千缗。城南有客夜兀兀，不风尚且凄心神。家书前夕至，忆我人海之一鳞。此时慈母拥灯坐，姑倡妇和双劳人。寒鼓四下梦我至，谓我久不同艰辛。书中隐约不尽道，惚恍悬揣如闻呻。我方九流百氏谈宴罢，酒醒炯炯神明真。贵人一夕下飞语，绝似风伯骄无垠。平生进退两颠簸，诘屈内讼知缘因。侧身天地本孤绝，刿乃气悍心肝淳！欹斜谑浪震四坐，即此难免群公瞋。名高谤作勿自例，愿以自讼上慰平生亲。纵有噫气自填咽，敢学大块舒轮囷。起书此语灯焰死，狸奴瑟缩偎幯茵。安得眼前可归竟归矣，风酥雨腻江南春。

在这里，诗人直接表现了个人与环境的严重对立。环境是如此横暴，严酷地压抑着个人，连"欹斜谑浪震四坐"都被视作异端，为"群公"所瞋。因此，"侧身天地本孤绝，刿乃气悍心肝淳"的个人，即使强自收敛，连大气都不敢出（"纵有噫气自填咽，敢学大块舒轮囷"），却仍要遭到暴风般的残酷打击。处在这种环境里的诗人，感受到了无限的悲愤与痛苦，只有远在家乡的母亲与妻子的亲情才让他得到了些许的安慰。

较为曲折地表现个人与环境的冲突的，则有《夜坐》、《咏史》等篇。今以以下二首为例：

> 春夜伤心坐画屏，不如放眼入青冥。一山突起邱陵妒，万籁无言帝坐灵。塞上似腾奇女气，江东久殒少微星。平生不蓄湘累问，唤出姮娥诗与听。（《夜坐》之一）

> 金粉东南十五州，万重恩怨属名流。牢盆狎客操全算，团扇才人踞上游。避席畏闻文字狱，著书都为稻粱谋。田横五百人安在，难道归来尽列侯？（《咏史》）

在龚自珍以前的诗歌中，最能显示出自己的坚持精神的，大概要数《离骚》的"虽体解吾犹未变兮，岂余心之可惩"、"亦余心之所善兮，虽九死其犹未悔"了。然而，这是一种被环境迫挤的自己。在上引的龚自珍这两首诗里，自我则是凌驾于环境之上的，是环境的审判者，其所展现的，是对环境的轻蔑，包括"帝坐"、"邱陵"、"牢盆狎客"和"团扇才人"。

他的爱情诗，与其以前的诗人所写的，有如下两点差别：第一，真实地写出其对女方的感激、尊重、崇敬；这与"文学革命"头十年中初步具有男女平等思想的男性作者有其相似之处，而与其以前具有较严重的男尊女卑思想的诗人颇不相同；第二，他对于自己在恋爱中的狂热、别离带来的悲哀，恋爱所给予他的温暖、幸福，也都真实地加以表现，不怕有失身份，这也与"文学革命"头十年的把恋爱看得很神圣的作者们相通，是他以前的诗人所做不到的。

关于前者，在以下这些诗里表现得比较明显：

一言恩重降云霄，尘劫成尘感不销。未免初禅怯花影，梦回持偈谢灵箫。

鹤背天风堕片言，能苏万古落花魂。征衫不渍寻常泪，此是平生未报恩。

风云材略已消磨，甘隶妆台伺眼波。为恐刘郎英气尽，卷帘梳洗望黄河。

道韫谈锋不落诠，耳根何福受清圆？自知语乏烟霞气，枉负才名三十年。

身世闲商酒半醺，美人胸有北山文。平交百辈悠悠口，挥罢还期将相勖。

其中的"一言"、"鹤背"二首写自己对女方的感激（尽管"一言"诗含有认为自己不配接受此"恩"之意）；"道韫"、"身世"分别写她的高出于自己和男性的朋友；至于"风云"一首更直写其"甘隶妆台伺眼波"的心情，这是他以前的诗人绝不肯出之于口的，但却是"文学革命"开始后写爱情的作品中所不难见到的。

属于后一种的，则可以如下诸首为代表：

能令公愠公复喜，扬州女儿名小云。初弦相见上弦别，不曾题满杏黄裙。

小语精微沥耳圆，况聆珠玉泻如泉？一番心上温磨过，明镜明朝定少年。

欲求缥渺反幽深，悔杀前番拂袖心。难学冥鸿不回首，长天飞过又遗音。

明知此浦定重过，其奈尊前百感何？亦是今生未曾有，满襟清泪渡黄河。

客心今雨昵旧雨，江痕早潮收暮潮；新欢且问黄婆渡，影事休提白傅桥。

阅历天花悟后身，为谁出定亦前因。一灯古店斋心坐，不似云屏梦里人。（真迹本下注："作此诗之期月，实庚子九月也。偶游秣陵小住，青溪一曲,萧寺中荒寒特甚,客心无可比似。子坚以素纸来索书,书竟,忽觉春回肺腑,掷笔拏舟回吴门矣。仁和龚自珍并记。")①

在这六首中,"能令"一首,写自己初识"小云"时的狂热,在从"初弦"到"上弦"的很短的几天里,就几乎在她的杏黄裙上题满了诗;"小语"一首写由于她的美丽和深情,他感到自己已回到了少年时代(按,他当时虚岁已四十八岁);"欲求"、"明知"二首,是写他限于客观条件,决心与她分手,但又深为懊悔,十分悲痛;"客心"一首则是分手后的自慰之词,"阅历"诗更进一步说经过这段恋爱,他更悟得了"色空"的真谛,从此要过枯寂的"斋心"生活,但值得重视的是他在真迹本"阅历"诗后的那条自注。原来,他与这一女子是在扬州相遇和热恋的,她本是青楼中人,但与龚自珍相恋并在龚自珍决定与她分手后,她就回到苏州,"闭门谢客"了(见"阅历"诗原注)真迹本自注说的则是:他在作此诗后,过了整整一年(期月),客游南京,心情十分荒寂,恰巧有朋友请他写字,他就把"阅历"诗写了一遍,忽然觉得"春回肺腑";因为他决心到苏州去找她了②。这种出尔反尔的行为,也是他以前的人所说不出口、而在早期新文学作品中则不乏其例的。其所以然之故,就在于龚自珍的恋爱观中已具有了新的因素。

还应说明的是:龚自珍诗歌的上述内容,都是通过其特有的意象而表现出来的(不是通过意象表现出来的,其实不是诗的内容,而是游离于诗的思想)。这些意象除了渗透着诗人的感情以外,还以鲜明的对比表现了其与环境的对立与其内心的冲突。如《十月廿夜大风不寐,起而书怀》的末尾,以灯焰欲死、狸奴瑟缩的凄厉与"风酥雨腻江南春"相对比,《咏史》以"田横五百人"的壮烈,与"避席畏闻文字狱,箸书都为稻粱谋"的阘茸相对比,都表现了他的追求与环境的对立;《己亥杂诗》的"尘劫成尘感不销……梦回持偈谢灵箫",以及"欲求缥缈反幽深,悔杀前番拂袖心"等诗句,则表现了自己的内心冲突。其诗歌之感人,也就在于这些意象。而新文学的诗人也很有为其意象所打动的。冰心晚年集龚自珍诗句以抒发自己的感受,就是一个很好的例证。这说明了龚诗的意象与新文学也有其相通之处。今引冰心集龚自珍句而成的绝句三首,以见一斑:

光影犹存急网罗,江湖侠骨恐无多。夕阳忽下中原去,红豆年年掷逝波。
风云材略已消磨,其奈尊前百感何。吟到恩仇心事涌,侧身天地我蹉跎。

---

① 按,通行本《龚自珍全集》将真迹本此注误置于"客心"诗下。
② 他跟她后来是结合了。她名阿箾("箾"为"箫"字的另一种写法,是以"一言"诗有"梦回持偈谢灵箫"之句),龚自珍《上清真人碑书后》有"姑苏女士阿箾侍"的"附记";此文是龚自珍在家中所作,可见她后来已在他家中了。

> 不容水部赋清愁，大宙东南久寂寥。且莫空山听雨去，四厢花影怒于潮①。

龚诗的意象原就各有感人之处，经冰心镕铸了自己的感情而加以集中，其原来的含义就更为鲜明而突出，如"侧身天地我蹉跎"、"四厢花影怒于潮"之类，真可谓境界独绝。至于冰心诗的意义，不属于本书叙述范围，今不赘。

类似的情况也见于郁达夫的作品。郁达夫《无题——效李商隐》二首之一中的"红似相思绿似愁"句便显然是用龚自珍《己亥杂诗》"盘堆霜实擘庭榴"一诗中的原句。

就以上几点来看，龚自珍的思想、创作实与文学革命存在明显相通之处。这生动地说明："文学革命"的产生在我国原是有深厚基础的，是文学传统的发扬，而非文学传统的断裂。至于梁启超说的"晚清思想之解放，自珍确与有功焉。光绪间所谓新学家者，大率人人皆经过崇拜龚氏之一时期。初读《定庵文集》，若受电然，稍进乃厌其浅薄"（《清代学术概论》），那恐是晚清新学家对龚氏的了解尚停留在表面之故。

第二节 鸦片战争至义和团运动间的诗文

在鸦片战争爆发的第二年，龚自珍就去世了。他没有写过直接涉及这一事件的诗。而自鸦片战争以后，事变相继发生，社会和民族的严重危机日益暴露。读书人在较长的时期里热衷于解决这些现实的危机，包括"师夷之长技——船坚炮利——以制夷"的方案的提出；那虽然有利于推进人们对西方、日本的情况的了解，但由于在开始阶段只注重其物质文明而忽略其思想文化的方面，对于中国原有的政治和思想上的问题的关注反而淡薄了。因而，到中日甲午战争止，像龚自珍诗文中所有的那些与新文学相通的因素反而在诗歌里消失了。直到甲午战争前不久，才有少数诗人重又回到龚自珍的道路上去。及至甲午战争失败，士大夫里有少数先进者进一步认识到必须进行思想、文化

---

① 冰心的这些诗，以《绝句八首——集龚自珍句》的标题发表于《当代》1991年第3期，由林东海作注。同期还发表了《冰心复严文井信》和严文井的《一直在玩七巧板的女寿星》；冰心信自称这些诗为1914—1918年的少作，严文则隐约透露出这是冰心的故弄狡狯。至2006年1月，褚钰泉先生主编的《悦读》第2卷（江西二十一世纪出版社出版）发表了林东海先生《护花使者——记冰心老人》一文，才说明冰心是用1975年上海人民出版社出版的《龚自珍全集》来集句的，而且在他访问冰心的1991年3月21日，冰心还在利用这个本子继续集句。所以，她的《绝句八首》至早是1975年以后的作品，而且很可能作于1991年或稍前。

的变革,在文学上也出现了新气象。大抵说来,从鸦片战争至甲午战争前后,关怀国事、忧伤世变的作品成为诗坛热点。虽然题材与背景崭然有异于前,但就创作的基本精神而言仍是传统的继续。在这期间较值得重视的诗人是黄遵宪。他把许多国外的事物写入诗歌,形成了所谓"新派诗"。几乎与此同时,在散文中也出现了把国外事物作为题材的作品,以薛福成为最具代表性的作家。

甲午战争失败以后,大多数诗人仍继续原先的道路,小部分诗人则有了重大变化,形成了新诗(当然,个别人在甲午战争前也已有了若干变化,但与新诗尚有明显距离),最后变而为"诗界革命"。因为这已包含着向现代文学的转变,故将新诗和诗界革命另立一节来叙述。

一、张维屏及其关于鸦片战争的诗

鸦片战争的爆发及其失败,在读书人中引起了巨大的震撼,因而产生了许多诗歌。既有对清政府腐败的揭露,也有对人民英勇反抗的讴歌;既颂赞战死的将军,也忧虑国家的未来。在这方面较受注意的诗人有贝青乔、张维屏。

贝青乔(1810—约1863),字子木,江苏吴县人,诸生。以游幕为生。鸦片战争时,他在奕经(清廷派赴浙江抗击英军的统帅)幕府,亲眼看到了清军的腐败。愤而为诗,即《咄咄吟》。另有《半行庵诗存》、《苗俗记》等。今引《咄咄吟》中的一首:

> 瘾到材官定若僧,当前一任泰山崩。铅丸如雨烟如墨,尸卧穹庐吸一灯。

这里所写的是奕经军队在宁波与英军对抗时的实事。奕经部下有的军官在作战过程中因为鸦片烟瘾发了,只好躺下抽鸦片,尽管"铅丸如雨",他仍付之不问不闻。这在今天的人大概是很难想像的,因而很有史料价值。就诗而论,却只是较为粗率的记事之作,缺乏深沉的感情。比较起来,张维屏的相关诗篇的感情就浓烈得多了。

张维屏(1780—1859),字子树,一字南山,广东番禺人。道光进士。做过知县、知府。所著《国朝诗人征略》,龚自珍曾为之作序(即《张南山〈国朝诗征〉序》),给予相当高的评价。另有《松心草堂集》)。

鸦片战争爆发时,他已退职家居。番禺县的治所在今广州,鸦片战争在广州的前后过程,他均亲见亲闻,很受感动。作有《三元里行》、《三将军歌》等,皆激昂悲愤,为人传诵。今引《三元里行》如下:

> 三元里前声若雷,千众万众同时来,因义生愤愤生勇,乡民合力强徒

摧。家家田庐须保卫,不待鼓声群作气。妇女齐心亦健儿,犁锄在手皆兵器。乡分远近旗斑斓,什队百队沿溪山。众夷相视忽变色:黑旗死仗难生还。夷兵所恃惟枪炮,人心合处天心到,晴空骤雨忽倾盆,凶夷无所施其暴。岂特火器无所施,夷足不惯行滑泥,下者田塍苦踯躅,高者冈阜愁颠挤。中有夷酋貌尤丑,象皮作甲裹身厚;一戈已椿长狄喉,十日犹悬郅支首。纷然欲遁无双翅,歼厥渠魁真易事;不解何由巨网开,枯鱼竟得攸然逝。魏绛和戎且解忧,风人慷慨赋同仇。如何全盛金瓯日,却类金缯岁币谋?

这首诗所写的,是鸦片战争时期广州郊区人民的一次自发的抗英斗争。当时林则徐已受到处分,奕山被任命为靖海将军,督办广东海防,他赶快遣官让人民停止斗争,这就是诗中所谓"不解何由巨网开"二句的由来。虽然诗人对形势的估计是有问题的,他把已经千疮百孔的清政府统治误认为"全盛金瓯日"了;但他写人民的这一次自发斗争真是虎虎有生气,他对这一斗争的支持、信任,也出于真实的感情,因而在同类的诗作中是富于感染力的一篇。

二、郑珍、金和、王闿运的诗与蒋春霖的词

鸦片战争的失败暴露并加深了原已存在的社会危机。及至1851年太平军起,前后经历十四年;在这期间,又于1856年至1860年发生了第二次鸦片战争,清朝的统治已至风雨飘摇之境。至1864年清军攻破太平天国首都天京,清政府才有了喘息的余裕,在当时被吹嘘为清廷的中兴,其实社会危机只是表面上有所缓解,实际仍在增长;何况在1883年至1885年又发生了中法战争。在这样的时局下,当时诗词之稍有可称者大抵以关注政治现实和抒写由此引发的感情为重点,尽管其视角和手法有所不同;而对于个性受压抑等问题则无所感应了。在形式上它们大抵未脱前人的范围。

这一时期诗人之较著名者有郑珍、金和、王闿运,词人之较受称道者有蒋春霖(另有黄遵宪,在当时可谓大家;留待后述)。

郑　珍

郑珍(1806—1864),字子尹,晚号柴翁。贵州遵义人。道光举人。一生只做过训导、教谕之类小官。生活困顿。究心经学。有《巢经巢诗钞》、《后集》及《巢经巢文集》。

据陈衍《石遗室诗话》说:道光、咸丰以降,何绍基、祁寯藻、郑珍、莫友芝等"始喜言宋诗。何、郑、莫皆出程春海侍郎恩泽门下"。后人遂称这些人为宋

诗派。在这一派诗中,以郑珍较受人重视。

郑珍论诗,主张"言必是我言,字是古人字。固宜多读书,尤贵养其气。气正斯有我,学赡乃相济"(《论诗示诸生,时代者将至》)。其所谓"气正",也就是符合传统的道德规范;如衡以李贽童心说、袁宏道前期性灵说,这样的"我"实已非真我了。所谓"字是古人字",也正是其稍后的黄遵宪所大力批判的俗儒之见(见后文)。

郑珍在诗歌创作上,于自己生活的贫困、政治的腐败颇有揭示,但失之平淡,缺乏冲击力和诗人的鲜明个性。今各引一首,以见一斑。

> 雪风刁调吹破篱,吾独穷困于此时。天寒拥卷作跏坐,日暮向人赊夕炊。菜摘蚕豆上中叶,樵分鹊巢高下枝。穷生百巧却自笑,看尔更计明朝为。(《雪风》)

> 虎卒未去虎隶来,催纳捐欠声如雷。雷声不住哭声起,走报其翁已经死。长官切齿目怒嗔:"吾不要命只要银。若图作鬼即宽减,恐此一县无生人。"促呼捉子来,且与杖一百:"陷父不义罪何极,欲解父悬速足陌!"呜呼,北城卖屋虫出户,西城又报缒三五。(《经死哀》)

前一首所写的个人贫困,近于客观描写;稍有感情色彩的"吾独"句,实袭自《离骚》的"吾独穷困乎此时也"①;但《离骚》于此句后即接以"宁溘死以流亡兮,余不忍为此态也",何等愤激!此处所接的两句却神定气闲,真正做到了"发乎情,止乎礼义"。第二首所写的官吏的残暴虽令人发指,但诗人却缺乏激情,"欲解父悬速足陌"之类的句子简直是在凑韵,哪里看得出诗人的激动?

金　和

金和(1818—1885),字弓叔,又字亚匏,上元(今江苏南京)人。一生贫穷潦倒,曾数度依人为幕僚,而好声色,喜饮酒。以亲身经历了太平天国战事,所作诗多述有关史实。有《秋蟪吟馆诗抄》。

由于经历了特殊的战争岁月,金和诗集中留存了大量描写太平天国时期个人与时代发生巨大变化的纪事之作。这部分作品由于大都运用写实的笔触以记录当时的亲历及所见所闻,从史学角度看有颇高的史料价值。但也由于过于写实,并且从诗人所取立场看,过分强调了清王朝的官方立场与价值取向,能在艺术上获得感人效应的作品很少。从文学史的角度考察尚值得一提的,是其中的一首长篇叙事诗《兰陵女儿行》。该诗写一兰陵女子被进剿太平

---

① 《离骚》的原句为:"忳郁邑余侘傺兮,吾独穷困乎此时也。"

天国的某位清朝将军劫掠逼婚,在婚礼上机智地反劫将军,舌战赴会的诸宾客,最终迫使将军交出所骑飞马,让她脱身而去。故事一波三折,充满紧张气氛,而诗人善于运用叙述性文字与对话穿插的方法,将全诗写得富于小说意味,也颇有别开生面之功。但就整体而言,诗意明显缺乏,散文式的句子又一定程度上削弱了诗的流畅效果。唯诗中"慨从军兴来,处处兵杀民。杀民当杀贼,流毒滋垓垠"等句对清军的揭露可谓痛快淋漓。

金和诗中相比之下写得出色一些的,是部分带有诗人个性特征的长篇古诗。这些作品里往往有股豪爽不平之气,又杂以些许的悲凉。如《题绩溪方石湖钟按剑图》:

> 丈夫按剑未一言,怒已有声到牙齿。世无血性雌男儿,抢地自知罪当死。回头大笑不屑杀,若辈人间鸡犬耳。佞臣舌与贪臣头,乃欲上书奏天子。时乎未来且饮酒,君少而狂气如此。只今白发渐星星,早已中年杂悲喜。乡里庸奴俳谑之,谁信酣歌旧燕市。摩挲此剑复何用,铁锈成花锋钝矣。我生虽后君十年,绮岁才名去如水。弃书敢说侠肠热,红尘谁为刺穷鬼。见君此图欲一鸣,如今吴越兵方起。封侯骨相觉无种,更与君摩沧海垒。

此诗由于运用了效果强烈的对比构架,整体上起伏多致,同时又不失流畅之态,堪称《秋蟪吟馆诗抄》中的上乘之作。但诗中也存在一个明显的缺陷,即一再将忠君封侯的陈腐观念抬出来,使之成为诗旨的某个带有中心意味的义项。这与此诗起首创造的那个无所畏惧、独立于天地之间的男儿形象存在明显的矛盾。而且,金和的其他许多诗也常将类似的理念强制性地贯注其中,在相当程度上损害了诗的感人之力。从文学史上看,这无疑比龚自珍的诗倒退了。

王 闿 运

王闿运(1833—1916),初名开运,字壬甫,一字壬秋,号湘绮,湖南湘潭人。咸丰举人。太平军兴起后,曾入曾国藩幕。既而主讲于成都尊经书院、长沙思贤讲舍、衡州船山书院等处。光绪三十四年(1908),清廷赐授翰林院检讨,加侍读。入民国后,曾任清史馆馆长。有《湘绮楼全书》。

王闿运在晚清诗史上,因其创作中复古的倾向而被论者视为"汉魏六朝派"的代表,又以其籍贯与影响而被派作"湖湘派"的魁首。然而事实上从王氏的一部分写得较为出色的作品看,其所宗者实不仅汉魏六朝,而且虽未能在总体上摆脱前人的羁绊,却仍有自己的切身感受,表现了超越侪辈的才情。他最受时人推崇的七古长诗《圆明园词》,便在明显受到元白歌行的影响的同时,表现出其真切的感慨。据同治十年(1871)秋徐树钧所撰序,此诗作于是年春,上距圆明园于咸丰十年(1860)被西方侵略者焚毁已十年有余。诗中不但铺写了圆明园的修造历史、道咸间国事与宫廷的变故,还描绘了圆明园的衰败萧条,抒发了诗人的无限哀感。这也是全诗中写得最好的两段。

  玉路旋悲车毂鸣,金銮莫问残灯事。鼎湖弓剑恨空还,郊垒风烟一炬间。玉泉悲咽昆明塞,惟有铜犀守荆棘。青芝岫里狐夜啼,绣漪桥下鱼空泣。
  敌兵未爇雍门荻,牧童已见骊山火。应怜蓬岛一孤臣,欲持高洁比灵均。丞相避兵生取节,徒人拒寇死当门。即今福海冤如海,谁信神州尚有神?

如果说前一段尚可见唐代元稹《连昌宫词》某些段落的影子,那么后一段完全可以说是自出机杼。但这仅是就其题材而言,在艺术上仍缺乏独创性,也看不出鲜明的个性。与郑珍虽取径不同,其病则一。

蒋 春 霖

  与郑珍等人的以诗擅名不同,蒋春霖(1818—1868)则是词人。他字鹿潭,江阴(今属江苏)人。早年因父亲官荆门知州,随侍任所。父殁,家道中落。曾多次参加科举考试,而连续不中,故放弃举业,转就两淮盐官之职。后以母亲去世,辞官移家扬州。终卒于吴江。有《水云楼词》。
  蒋春霖生活在清道光、咸丰、同治三朝。他个人的仕途不顺,与那时的国势不振,适相映照。因而具有浓厚的悲观意识。他早年擅诗,曾获"乳虎"之誉;至中年则取诗稿悉数焚烧,专力于词的创作,而所作以工于"镂情刿恨"(李肇增《水云楼词》序中语)为时人称道。
  在《水云楼词》中,人生与自然界的一切美好事物,不是已成往昔,就是尚未出现。因而词人在作品中扮演的角色,不是伤感的回忆者,就是落寞的期待者。像描写个人中年绮怀的《风入松》,序文已云:"昔梦重寻,春情非旧;丝竹中年,岁华自惜。东泽绮语债,亦将借此销除也。"表现出万般无奈的心绪;词的下片更谓:"夕阳江上数峰青,烟草暗离亭。风怀老去如残柳,一丝丝、渐减春情。重写绿窗旧梦,酒阑浑不分明。"其中尽管提到了"重写""旧梦",但被描绘成如丝丝残柳的往日情感,显然已经失去了它应有的波澜与力度。
  蒋春霖词写得最见功力的,是把个人身世之感与社会的破败结合起来的作品,如《淡黄柳》,写扬州被兵之后园林的荒芜与个人的沦落之悲,颇为沉痛,在那个词已趋于衰落的时代里,可谓名作。但若以独创性来衡量,仍不无欠缺。

> 寒枝病叶,惊定痴魂结。小管吹香愁叠叠。写遍残山剩水,都是春风杜鹃血。　自离别,清游更消歇。忍重唱、旧明月。怕伤心又惹啼莺说,十里平山,梦中曾去,唯有桃花似雪。

其下片后半的句式,实本自南宋姜夔同调词末"怕梨花落尽成秋色,燕燕飞来,问春何在,唯有池塘自碧"诸语。而"残山剩水"、"春风杜鹃血"等也皆是诗词中常语。较之北宋的杰出词人,不免有上下床之别。

较蒋春霖稍后的词人尚有王鹏运、郑文焯、文廷式、况周颐等,虽也努力于作词,但较之蒋春霖犹有不逮。就词的这一文学样式来说,实已颓势难挽了。

三、黄遵宪的新派诗与王韬、薛福成的散文

黄遵宪及其新派诗

比起本节中的上述诗人来,黄遵宪在文学史上的影响要大得多。他不但写了许多描述当时重大事件的诗篇,而且将国外的新事物写入作品;他自己在主观上也力图在前人的基础上另辟诗境,从而形成了当时诗坛上的"新派诗"。梁启超在提倡"诗界革命"时曾对他作过高度肯定。不过,"诗界革命"的内涵前后有所变化,梁启超对他作高度肯定已是在"诗界革命"的后期了。

黄遵宪(1848—1905),字公度,广东嘉应州(今梅县)人。光绪二年(1876)考取举人。次年出使日本,任参赞。后又历任清政府驻美国旧金山的总领事、英国公使馆参赞、新加坡总领事。光绪二十年(1894)回国。曾以署湖南按察使衔在湖湘一带协助巡抚陈宝箴办新政。戊戌变法失败前夕,奉使日本,以政变陡起,罢归。著有《人境庐诗草》、《日本杂事诗》、《日本国志》。

黄遵宪二十一二岁时作《杂感》诗,曾有"俗儒好尊古,日日故纸研。六经字所无,不敢入诗篇。古人弃糟粕,见之口流涎。沿习甘剿盗,妄造丝罪愆"等语,这不啻是对郑珍"言必是我言,字是古人字"之类主张的批判。他又毅然提出:"我手写吾口,古岂能拘牵?"似欲在诗中另辟一种境界,而其实在他心目中的最佳诗境,仍是一种不能不为"古"所"拘牵"的风貌。在《人境庐诗草》的自序中,他写道:

> 尝于胸中设一诗境:一曰,复古人比兴之体;一曰,以单行之神,运排偶之体;一曰,取《离骚》、乐府之神理而不袭其貌;一曰,用古文家伸缩离合之法以入诗。其取材也,自群经三史,逮于周秦诸子之书,许、郑诸家之注,凡事名物名切于今者,皆采取而假借之。其述事也,举今日之官书会

典方言俗谚,以及古人未有之物,未辟之境,耳目所历,皆笔而书之。其炼格也,自曹、鲍、陶、谢、李、杜、韩、苏讫于晚近小家,不名一格,不专一体,要不失乎为我之诗。

可见其赋诗的宗旨,是要取古今之事文为我所用,借前人的文思神理而别创一格。

这从理论上讲其实并无特殊的新意——黄遵宪之前的那些大大小小的诗人们,谁不是号称要在古人的基础上别创一格呢?不同的是黄氏曾游历东西洋,眼界远较一般人开阔,他又有较高的学力与才力,能将其所知的一些声光化电的知识与所见的国外事物写入诗中,因而他的一部分诗在当时看来也的确有些奇异的风姿与格调。如《以莲菊桃杂供一瓶作歌》,将花姿花色写得纷迷烂漫,而其中又寓含了一定的哲理:

> 南斗在北海西流,春非我春秋非秋。人言今日是新岁,百花烂漫堆案头。主人三载蛮夷长,足遍五洲多异想。且将本领管群花,一瓶海水同供养。莲花衣白菊花黄,夭桃侧侍添红妆,双花并头一在手,叶叶相对花相当。浓如栴檀和众香,灿如云锦纷五色。华如宝衣陈七市,美如琼浆合天食。如竟筎鼓调筝琶,蕃汉龟兹乐一律。如天雨花花满身,合仙佛魔同一室。如招海客通商船,黄白黑种同一国。一花惊喜初相见,四千余岁甫识面;一花自顾还自猜,万里绝域我能来;一花退立如局缩,人太孤高我惭俗;一花傲睨如倨倨,了更妩媚非粗疏。有时背面互猜忌,非我族类心必异;有时并肩相爱怜,得成眷属都有缘;有时低眉若饮泣,偏是同根煎太急;有时仰首翻踌躇,欲去非种谁能锄;有时俯水瞋不语,谁滋他族来逼处;有时微笑临春风,来者不拒何不容。众花照影影一样,曾无人相无我相。传语天下万万花,但是同种均一家。古言猗傩花无知,听人位置无差池。我今安排花愿否?拈花笑索花点首。花不能言我饶舌,花神汝莫生分别。唐人本自善唐花,或者并使兰花梅花一齐发。飙轮来往如电过,不日便可归支那。此瓶不干花不萎,不必少见多怪如橐驼。地球南北倘倒转,赤道逼人寒暑变。尔时五羊仙城化作海上山,亦有四时之花开满县。即今种花术益工,移枝接叶争天功,安知莲不变桃桃不变为菊,回黄转绿谁能穷?化工造物先造质,控抟众质亦多术,安知夺胎换骨无金丹,不使此莲此菊此桃万亿化身合为一?众生后果本前因,汝花未必原花身,动物植物轮回作生死,安知人不变花花不变为人?六十四质亦么麼,我身离合无不可,质有时坏神永存,安知我不变花花不变为我?千秋万岁魂有知,此花此我相追随。待到汝花将我供瓶时,还愿对花一读今我诗。

以此诗对照前引黄氏自己提出的"诗境"标准,正可见其"复古人比兴之体"诸语的实际应用成效。从题材、形制及用典上看,它有相当传统的成分,像类似的题目,在彭兆荪《小谟觞馆诗集》里就曾出现过①;但由其引新知识(如地球、赤道等概念)而论,它又是前无古人的作品。只是这种"新"与"旧"的胶合形态仍有不少生硬乃至不合缝处,如全诗意欲通过莲、菊、桃三花杂置一瓶的寓象,表现不同民族间本来平等的思想,而所借喻这一思想的文学理念,却是佛教因果轮回之说,便显现出作者虽在实际生活中已具有超越当时一般人的世界性眼界,在文学上却尚未找到一种真正具有艺术感染力的样式,来表达一种全新的情感。钱锺书先生《谈艺录》谓人境庐诗"差能说西洋制度名物,掎撦声光电化诸学,以为点缀,而于西人风雅之妙,性理之微,实少解会",确是一针见血之论。

至于黄遵宪的直接写国外事物的诗,最有名的为《樱花歌》,颇能显示日本东京樱花开时的盛况,如下引诸句:

> 鸧金宝鞍金盘陀,螺钿漆盒携巨罗。缎张胡蝶衣哆啰,此呼奥姑彼檀那,一花一树来婆娑。坐者行者口吟哦,攀者折者手挼莎,来者去者肩相摩。墨江泼绿水微波,万花掩映江之沱。倾城看花奈花何!人人同唱樱花歌。……

可惜当时诗人对日本明治维新的意义缺乏认识,在这几句之后,即接以"道旁老人三嗟咨",由他来抚今思昔,说是"即今游客多于鲫,未及将军全盛时",最后提出"仍愿丸泥封关再闭一千载,天雨新好花,长是看花时",那就成为全篇之玷了。其后他的思想虽有了改变,但就写国外事物之美而论,实以《樱花歌》的这几句最有代表性②。

除此以外,黄遵宪还有不少写当时重大事件的诗,如《悲平壤》、《东沟行》、《哀旅顺》、《哭威海》、《降将军歌》、《度辽将军歌》等,在当时被誉为"诗史",甚负盛名。但均重于客观描写,缺乏激情,且又多归咎个人,未能深入显示事件的症结所在。今引《度辽将军歌》如下:

> 闻鸡夜半投袂起,檄告东人我来矣。此行领取万户侯,岂谓区区不余畀。将军慷慨来度辽,挥鞭跃马夸人豪。平时蒐集得汉印,今作将印悬在

---

① 见《小谟觞馆诗集》卷四《一春不出游,杂取牡丹勺药诸花插瓶置之斋中有作》。
② 如其所作《登巴黎铁塔》、《苏彝士河》诸诗,虽均在思想变化之后,但诗中多用中国典故,以中国旧有事物相比附,难以显示事物真貌(如《登巴黎铁塔》的"下竖五丈旗,可容千丈帐",分别用秦始皇作阿房宫"下可以建五丈旗"及隋炀帝北狩时建"大帐"、"其下坐数千人"的典故,反而模糊了人们对铁塔本身的认识)。

腰。将军乡者曾乘传,高下句骊踪迹遍,铜柱铭功白马盟,邻国传闻犹胆颤。

自从弥节驻鸡林,所部精兵皆百炼。人言骨相应封侯,恨不遇时逢一战。雄关巍峨高插天,雪花如掌春风颠。岁朝大会召诸将,铜炉银烛围红毡。酒酣举白再行酒,拔刀亲割生彘肩。自言平生习铨法,炼目炼臂十五年。目光紫电闪不动,袒臂示客如铁坚。淮河将帅巾帼耳,萧娘吕姥殊可怜。看余上马快杀贼,左盘右辟谁当前?鸭绿之江碧蹄馆,坐令万里销锋烟。坐中黄曾大手笔,为我勒碑铭燕然。

么麽鼠子乃敢尔,是何鸡狗何虫豸?会逢天幸遽贪功,它它籍籍来赴死,能降免死跪此牌,敢抗颜行聊一试。待彼三战三北余,试我七纵七擒计。两军相接战甫交,纷纷鸟散空营逃。弃冠脱剑无人惜,只幸腰间印未失。

将军终是察吏才,湘中一官复归来。八千子弟半摧折,白衣迎拜悲风哀。幕僚步卒皆云散,将军归来犹善饭。平章古玉图鼎钟,搜箧价犹值千万。闻道铜山东向倾,愿以区区当芹献,藉充岁币少补偿,毁家报国臣所愿。燕云北望忧愤多,时出汉印三摩挲,忽忆辽东浪死歌,印兮印兮奈尔何!

此诗所写,为吴大澂事。中日战争时,湖南巡抚吴大澂自请率师出关作战,得到批准,最后失败而归。诗中极写吴大澂的无知可笑,好像战败的责任全在于他。其实,这并不符合事实,此战的失败总的来说是由于政治体制的落后,具体来说则是军队内部的矛盾,各有山头,军令难以统一。顾廷龙先生《吴愙斋年谱》考证甚详。但此诗之失,除了事实的差讹以外,尤在感情的淡薄。诗人只是夸张地描绘将军的昏庸可笑,读者却无法在这种描绘里感受到诗人的出自真诚的激情(离开了真诚,也就无激情可言);如写其兵败后的"弃冠脱剑无人惜,只幸腰间印未失",就是一种过度的丑化,已近于插科打诨,而失去了沉痛与悲愤。也正因缺乏出自真诚的激情,作品就不可能有高度的艺术感染力。这可说是黄遵宪此类诗的通病。

因此,尽管黄遵宪把自己的诗称为新派诗,在《酬曾重伯编修》(其二)中说:"废君一月官书力,读我连篇新派诗。"但他的诗其实并不能显示诗歌发展的新方向。

王韬、薛福成等人的散文

在黄遵宪把外国事物写入诗篇、创作他的"新派诗"的同时,在散文里也出现了以外国事物为题材的作品。这是随着对外接触的日渐增多、西方思想的浸润、文体的初步变化而形成的。

在这过程中最早做了努力的是王韬(1828—1897)。他原名利宾,长洲甫里村(今苏州昆山)人。早年即厌弃八股文,二十二岁至教会所办墨海书馆任职,接触了许多西学书籍。后至香港,进入理雅各主持的英华书院工作,1867年随理雅各游英、法。1870年回港。从1874年起主持香港《循环日报》凡十年,作了许多报刊文章。他认为"文章所贵在乎纪事述情,自抒胸臆,俾人人知其命意之所在,而一如我怀之所欲吐,斯即佳文"(《弢园文录外编·自序》)。故其文不重修饰,而"磅礴勃发,横抉溢出,如急流迅湍,一泄而无余"(《弢园尺牍续钞自序》)。换言之,这是一种浅易明快、富于感情、追求鼓动性的文章,适于报刊之用。

王韬运用这种文体不但写了许多宣传变革的政论文,而且写了不少国外游记,如《漫游随录》和《扶桑游记》。那都是文学性的散文了。试看其与一个外国女士共游的一段:

> 余与女士穿林而行,翠鸟喁啾鸣于树颠,松花柏叶簌簌堕襟上。园四围几十许里,行稍倦,同坐石磴少息。女士香汗浸淫,余袖出白巾,代为之拭,曰:"卿为余颇觉其劳矣,余所不忍也。"女士笑曰:"余双趺如君大,虽日行百里不觉其苦,岂如尊阃夫人,莲钩三寸,一步难移哉!"言毕,起而疾趋,余奋足追之不能及……

在今天看来,作者称这位外国女士为"卿",她则称自己双脚为"双趺",称对方妻子为"尊阃",并用了"莲钩三寸"这样的词语,都不免是滑稽的事,但其文字的浅近、明快,描写的具体、生动、细腻,确已大大超过唐宋八家、桐城、阳湖的散文了。

在王韬之后,又有郭嵩焘、黎庶昌、薛福成也善于以散文写国外事物。郭、薛尤为突出。

郭嵩焘(1818—1891),字伯琛,号筠仙,湖南湘阳人,道光进士。曾任福建按察使、总理衙门大臣。于1876年任出使英国大臣,后又兼任驻法国大臣,1879年归国。不仅主张学习西方的科学技术,发展实业,而且关注西方的议会制度。有《郭嵩焘诗文集》、《郭嵩焘日记》,今引其《日记》中记其在英国观烟火的一段如下:

> 忽爆声从地发,直冲而上,如万爆轰裂,现火牌楼一座。忽又爆声齐发,现宫殿一座,矗立山端,众树环之,言此温则行宫也。以君主明日生辰,方居温则行宫,用以志庆。忽又爆声齐发,现君主一像,颜酷肖之。忽又爆声连发,直上丈许,横出又丈许,成白色一道;忽奔腾而下,如瀑布之

> 坠于崖端,火光四扬,远望之疑为水气之喷薄也。忽又爆声连发如转珠,少顷,现出五色花亭一座。忽又爆声连发,亦如转珠,现出五色大球一颗,腾空圆转不息,尤为奇绝。忽又爆声自地直冲而上,散为千万爆声,其光如金蛇万道腾跃。忽又爆声直冲而上,散为万点明星;方惊顾间,又冲而上,再散为万点明星。亦有冲上丈许,忽东出数尺,爆声随发,其光如月;又转而西出,爆声复发,其光亦同;往复六七次,如火龙之旋转,左右两座相为冲击,真奇观也。

此等瑰奇景象,为中国从来散文所未见。这不仅由于题材的新颖,更在于笔法的恣纵、描写的逼真、想像的丰富。更值得注意的是：其中的有些文字已近于白话了,如"现出五色大球一颗,腾空圆转不息"、"忽又爆声自地直冲而上,散为千万爆声"之类。足征此类景象与文言文间很难并容。如纯用白话,大概是更为生动的吧。

郭嵩焘回国后十年,薛福成(1838—1894)任出使英、法、比、意四国大臣。福成,字叔耘,号庸庵,江苏无锡人。初入曾国藩幕府,累官至湖南按察使,奉命出使,至1894年始卸任回国,同年病死。有《庸庵全集》。

他在思想上比郭嵩焘更进了一步,主张实行君主立宪,其写国外事物的散文也远较郭嵩焘流行。所作《巴黎观油画记》为传世名篇。试看其对油画《普法交战图》的描绘：

> ……极目四望,则见城堡冈峦,溪涧树林,森然布列。两军人马杂逻,驰者、伏者、奔者、追者、开枪者、燃炮者、搴大旗者、挽炮车者,络绎相属。每一巨弹堕地,则火光迸裂,烟焰迷漫,其被轰击者,则断壁危楼,或黔其庐,或赭其垣。而军士之折臂断足,血流殷地,偃仰僵仆者,令人目不忍睹。仰视天,则明月斜挂,云霞掩映;俯视地,则绿草如茵,川原无际。几自疑身外即战场,而忘其在一室中者。迨以手扪之,始知其为壁也,画也,皆幻也。(《观巴黎油画记》)

这不仅是对这幅油画的生动描绘,而且渗透了作者在观赏时的想像和感情;读这类文章,实是读者与作者、油画的心灵交流。

这本是作者《出使英法意比四国日记》中的一段。但在从日记中选出而成为单行之作时,作者却又加了一段："余闻法人好胜,何以自绘败状,令人丧气若此？译者曰：'所以昭炯戒,激众愤,图报复也。'"不知这段后增的文字所记是否为事实,但与其观油画时的感受却并不一致。因为就其对油画的描述而言,只是使人感到战争的残酷、恐怖,实在难于激起"图报复"的愿望。作者之加上这段,大概是为了加强作品的教育意义。

总之，这些散文的出现，一方面是意味着散文中新的成分的增长和某些脱离旧的轨道的迹象，另一方面也意味着龚自珍的散文传统——特别是他对个人的尊重——并未在这一阶段得到较全面的继承和发展。

第三节　从新诗到"诗界革命"

在中日战争爆发前不久，诗风已在逐渐转变。其一是诗人作为个人的自我与环境的矛盾的凸现，这也就意味着龚自珍传统的恢复；其二是新词语的引入，这是把龚自珍的传统更向前推进。例如陈三立的诗就呈现出这样的特点①：

> 脚底花明江汉春，楼船去尽水鳞鳞。凭栏一片风云气，来作神州袖手人。（《高观亭春望》）

意境阔大，景色优美，而诗人则冷然地傲视这一世界。说"袖手人"，不是超脱，而是决绝。不过，诗人并不是对现实隔膜，而是对现实的无限愤慨。其《癸巳元夕述怀次前韵》说：

> 氍毹膝席了未闲，炉烟螺缭蜡焰殷。儿稚拜舞攫枣栗，褰裳明嫣双蛾弯。他时涂抹得仿佛，跳丸日月无由攀。掉头狂歌二十载，一卷兀兀鸡虫间。南浮沅湘探西穴，北走燕市窥宸颜。吴越苍茫棹海水，发兴更在匡庐山。去圣久远仙人杳，拂衣尘雾藏江关。六籍空文亦晦昧，颇欲摧廓专柄环。精芒顿撼火传灭，所治糟粕偿蠢顽。方今五洲贯一孔，异文智故森璘斑。大师雄儒睨世宙，竞推怪变蹈辛艰。窃比蚍蜉骇丘垤，退抱寸壤缠荆菅。颠倒莱衣候酒食，有田便与驱车还。村园瓜果饱露雨，直捍膝外同夷蛮。呜呼微尚盖毕是，志拟天地旋贻患。诗成踊跃对茗碗，谁知冰巷号屏癏②。

原来，他意识到传统的学问已无法挽救当世，在"方今五洲贯一孔"之际，他想用"异文智故"来加以充实，不料"志拟天地旋贻患"，他就只好退回来作"神州袖手人"了。而值得注意的是"五洲"——五大洲这种新词的引入。

这种一面与环境矛盾越来越尖锐，一面引入新的字语的倾向，到谭嗣同而达到一个新的阶段，形成了"新诗"，并进而由梁启超发展为"诗界革命"，成为

---

① 陈三立（1853—1937），字伯严，江西义宁（今修水）人。光绪进士，有《散原精舍诗、续集、别集》等。他在诗坛有较大影响是在20世纪，故本书不予详述。

② 此诗据南京图书馆藏陈三立诗稿录。

近世文学与近(现)代文学之津梁。

一、谭 嗣 同

谭嗣同(1865—1898),字复生,号壮飞,湖南浏阳人。父亲谭继洵官至巡抚。他自幼受到良好的教育,工诗善文;在虚岁三十左右接受新学,思想有较大变化,遂不满以前所作,在诗歌方面尤为突出。中日甲午战争后,在浏阳设立学堂,又至北京、上海、南京等地,进一步研讨新学。1896年,以捐纳而得知府之职,在南京候补,同时著成《仁学》,主张冲决"纲常"的罗网,并进而冲决一切罗网,是中国思想史上的一部重要著作。1897年至湖南,协助巡抚陈宝箴(陈三立之父)推行新政,设立时务学堂,宣传新学,次年又设立南学会,创办湘报,鼓吹变法。同年因大臣徐致靖的推荐,被征召至京师,任四品卿衔军机章京,积极参加变法。以慈禧太后为首的旧党发动政变后,有人劝他逃走,他却愿意以自己的牺牲来唤醒国人,遂被捕遇害。他的著作经后人辑为《谭嗣同全集》。

谭嗣同于三十岁以前所作诗已意境高远,颇能显示其独立不羁的人格,如《晨登衡岳祝融峰二篇》:

  身高殊不觉,四顾乃无峰。但有浮云度,时时一荡胸。地沉星尽没,天跃日初镕。半勺洞庭水,秋寒欲起龙。

  白帝高寻后,三年得此游。芒鞋能几两,踏破万山秋。独立乾坤迥,坐观江海流。朱陵有遗洞,怀古一搜求。

如此高大的自我形象、傲视乾坤的豪壮气势,岂是凡俗的环境所能限制,琐屑的庸人所敢望其项背? 这真称得上是自我的颂歌!

然而,这样的诗并不能真正表现接受了新的人生观和政治观的诗人之实在的内心追求和由此产生的激情,所以他必须寻找新的道路。梁启超说,嗣同"丙申(1896)在金陵所刻《莽苍苍斋诗》,自题为'三十以前旧学第二种',盖非其所自喜者也。浏阳(谭嗣同)殉国时年仅三十二,故所谓新学之诗寥寥极希。"(《饮冰室文集》四十五《诗话》)

今引其新学之诗——也称新诗——三首为例:

  而为上首普观察,承佛威神说偈言。一任法田卖人子,独从性海救灵魂。纲伦惨以喀私德,法会盛于巴力门①。大地山河今领取,菴摩罗果掌

---

① "喀私德(Caste)、巴力门(Parliament)皆译名。巴力门,英国议院名;喀私德,盖指印度分人为等级之制也。"见梁启超《饮冰室诗话》。

中论。(《金陵听说法诗三首》之三)

鲁中汲汲弥缝者,误尽群乌是旧巢。公意不嫌杀风景,直须取付祖龙烧。(《题江标建霞修书图》之一)

三界惟心不等闲,圣人糟粕亦如山。众生绝顶聪明处,只在虚无缥渺间。(同上之三)

诗写得并不成功,几乎无艺术性可言。因为他作这种试验不过二三年就牺牲了,不成功是很自然的。这里值得注意的是:第一,他力图摆脱传统观念对文学的束缚,真实地歌唱自己的心灵。因而对纲常伦理、旧文化和圣人皆作了猛烈的冲击;虽然由于艺术上的粗糙,这其实只是游离于诗的观念。但就其思想来说,却是与新文学相通的。第二,力图在诗中运用新的词语,因而不但有"杀风景"这样的口语,而且还有外文的音译之词,这与新文学中的新诗也是相通的。

至于谭嗣同的《狱中题壁》当然是不朽之作①。但因当时的特殊处境,此首虽作于三十岁之后,却并不属于新诗的范畴。

还有一点值得注意的是:谭嗣同于文章也有独到的见解。其《论艺绝句》六篇之二说:"千年暗室任喧豗,汪(江都汪容甫中)魏(邵阳魏默深源)龚(仁和龚定庵自珍)王(湘潭王壬秋闿运)始是才。万物昭苏天地曙,要凭南岳一声雷。"下有自注:"文至唐已少替,宋后儿绝。国朝衡阳王子,膺五百之运,发斯道之光,出其绪余,犹当空绝千古。下此若魏默深、龚定庵、王壬秋,皆能独往独来,不因人热。其余则章摹句效,终身役于古人而已。……自欧、曾、归、方以来,凡为八家者……狭为范以束迫天下之人才,千夫秉笔,若出一手,使无方者有方,而无体者有体,其归卒与时文律赋之雕镂声律,墨守章句,局促辕下而不敢放辔驰骋者无异。……虽骏发若恽子居,尚未能蠲除习气,其它又何道哉!"(《论艺绝句》六篇之二)这就把唐宋八大家、归有光、方苞及其以下之"为八家者"全都否定了。这也可视为五四新文学痛斥"桐城谬种"之先声。

二、梁启超

梁启超(1873—1929),字卓如,号任公,又号饮冰室主人。广东新会人。他是近代维新运动的领袖之一,又是著名的学者。其著作编为《饮冰室合集》。

他在文学上的成就和影响是多方面的,在20世纪的影响较其在19世纪要大得多。限于本书的性质和体例,这里只介绍其对"诗界革命"的提倡及其

---

① 原诗为:"望门投止思张俭,忍死须臾待杜根。我自横刀向天笑,去留肝胆两昆仑。"

相关的诗篇。

梁启超是在1896年至1897年间与谭嗣同、夏曾佑一起写"新诗"的。他在《饮冰室诗话》中说:"盖当时所谓新诗者,颇喜挦扯新名词以自表异。丙申、丁酉间,吾党数子皆好作此体,提倡之者为夏穗卿,而复生亦篤嗜之。"其实他自己也是与他们一起的①。所谓"挦扯新名词以自表异",如同前引谭嗣同的"纲伦惨以喀私德"所表明的,乃是表现新的理想和对旧的制度、道德的冲击,本有其值得重视的一面。所以,到了1899年,梁启超在这基础上提出了"诗界革命"的要求:

> ……予虽不能诗,然尝好论诗。以为诗之境界,被千余年来鹦鹉名士(予尝戏名词章家为鹦鹉名士,自觉过于尖刻)占尽矣。虽有佳章佳句,一读之似在某集中曾相见者,是最可恨也。故今日不作诗则已,若作诗,必为诗界之哥仑布、玛赛郎然后可。犹欧洲之地力已尽,生产过度,不能不求新地于阿美利加及太平洋沿岸也。
>
> 欲为诗界之哥仑布、玛赛郎,不可不备三长。第一要新意境,第二要新语句,而又须以古人之风格入之,然后成其为诗。不然,如移木星、金星之动物以实美洲,瑰伟则瑰伟矣,其如不类何!若三者具备,则可以为二十世纪支那之诗王矣!……
>
> 时彦中能为诗人之诗,而锐意欲造新国者,莫如黄公度。……然新语句尚少,盖由新语句与古风格,常相背驰。公度重风格者,故勉避之也。……
>
> 吾论诗宗旨大略如此。然以上所举诸家,皆片鳞只甲,未能确然成一家言,且其所谓欧洲意境语句,多物质上琐碎粗疏者,于精神思想上未有之也。虽然,即以学界论,欧洲之真精神真思想尚且未输入中国,况于诗界乎?此固不足怪也。吾虽不能诗,惟将竭力输入欧洲之精神思想,以供来者之诗料,可乎?要之,支那非有诗界革命,则诗运殆将绝。虽然,诗运无绝之时也。今日者革命之机渐熟,而哥仑布、玛赛郎之出世必不远矣。上所举者,皆其革命军月晕础润之征也,夫诗又其小焉者也。(《夏威夷游记》)

在这里值得注意的是:他把"新语句"作为"诗界革命"的必备条件之一,这就是因为离开了"新语句"就无法表达新思想——欧洲之真精神真思想。也正因此,他对于"新语句尚少"的黄遵宪并不给予多高的评价,称之为"诗界革命"的

---

① 他的《亡友夏穗卿先生》说:"他(指夏曾佑)又有四首寄托遥深的诗……谭复生和他的是……这些话都是表现他们的理想,用的字句都是象征。当时我也有和作,但太坏,记不得了。"

"月晕础润",而非"诗界革命"本身。

那么,能够体现这种"诗界革命"要求的诗是怎样的呢?这可以他作于1901年的《举国皆我敌》为例证:

> 举国皆我敌,吾能勿悲?吾虽吾悲而不改吾度兮,吾有所自信而不辞。"世非混浊兮,不必改革!"众安混浊而我独否兮,是我先与众敌。阐哲理指为非圣兮,倡民权谓曰畔道。积千年旧脑之习惯兮,岂旦暮而可易?先知有责,觉后是任。后者终必觉,但其觉匪今。十年以前之大敌,十年以后皆知音。君不见,苏格拉瘐死兮基督钉架,牺牲一身觉天下。以此发心度众生,得大无畏兮自在游行。眇躯独立世界上,挑战四万万群盲。一役罢战复他役,文明无尽兮竞争无时停。百年四面楚歌里,寸心炯炯何所撄。

这首诗是有"新语句"的:"民权"、"基督"、"苏格拉";因为这是表现其新思想、新意境所必需的。至其风格,则自是古风格。所以这确是其在《夏威夷游记》中倡导的"诗界革命"的体现①。尽管在诗的形式上给人以非驴非马之感,但由于"新语句"的引入和若干白话词语的使用(如"挑战四万万群盲"),实也可以说是显示了由传统诗歌向新诗转化的征兆。

同时,此诗倡言"民权",显然与五四新文化运动的追求民主相一致,声言"挑战四万万群盲"又与五四之宣扬易卜生同一径路(1918年6月出版的《新青年》第4卷第6号"易卜生号"中译载了易卜生的《娜拉》和《国民之敌》,"挑战四万万群盲"的基本精神是与《国民之敌》相通的)。所以,《举国皆我敌》实为中国现代文学史上的第一首诗。

另一方面,梁启超此诗与龚自珍的联系也很密切。他曾在《清代学术概论》中大力表章龚氏的"讥切时政,诋排专制",又说"自珍所学,病在不深入,所有思想,仅引其绪而止";但"晚清思想之解放,自珍确与有功焉。光绪间所谓

---

① 必须说明:从梁启超的提出"诗界革命"到其写作此诗的1901年,正是其倾向于革命的阶段;但从1902年秋冬间起,他的思想有了转变,"诗界革命"的内涵也有了变化,在癸卯(1903)三月的《新民丛报·诗话》中,在"诗界革命"的原则里就删掉了"新语句",说是"吾党近好言诗界革命。虽然,若以堆积满纸新名词为革命,是又满洲政府变法维新之类也。能以旧风格含新意境,斯可以举革命之实矣。"与此相应,黄遵宪在"诗界革命"中的地位也提高了:"近世诗人能熔铸新理想以入旧风格者,当推黄公度。""生平论诗,最倾倒黄公度"(以上所述,参见陈建华《"革命"的现代性——中国革命话语考论》209—211页,上海古籍出版社2002年12月版;又,本书所述"诗界革命"提出的时间,亦据该书的考证)。但是,这是梁启超个人的变化。从中国文学的发展来说,那么,从龚自珍到1899年的《诗界革命》、1901年的《举国皆我敌》则正是合乎逻辑的演进。

新学家者,大率人人皆经过崇拜龚氏之一时期……"。而"诋排专制"与倡导"民权"正是紧密联系的两个阶段,若没有深切感受到专制制度的危害性,也就不会理解"民权"的重要。所以,梁启超当是在其"崇拜龚氏"之时期接受了其"诋排专制"的思想,再进而吸取西方文化并提倡民权的。也可以说,他的提倡"民权"乃是由龚自珍"引其绪"的"诋排专制"的深入。

至于他的"眇躯独立世界上,挑战四万万群盲"、"众安混浊而我独否兮,是我先与众敌",也不能不使人想起龚自珍的"侧身天地本孤绝,刿乃气悍心肝淳"(《十月廿夜大风不寐,起而书怀》)、"虽天地之久定位,亦心审而后许其然;苟心察而弗许,我安能颔彼久定之云?"(《文体箴》)生活在那样的时代里,对任何被公认为天经地义的东西都要通过自己的理性思考来重新确定的"孤绝"的个人,其结局只能是以"眇躯"来"挑战四万万群盲"。何况,龚氏早就把"我"作为宇宙的创造者(见本章第一节所引其《壬癸之际胎观第一》与《壬癸之际胎观第九》部分),又认为"哲人之心,孤而足恃"(《壬癸之际胎观第四》),故梁启超的以个人而"挑战四万万群盲",正是龚氏此类思想的必然发展。因而此诗既与易卜生的《国民之敌》、五四新文学相通,也可说是龚自珍思想、文学的发展。

总之,梁启超在19世纪末提倡的"诗界革命"所孵育的《举国皆我敌》——中国现代文学的第一首诗,虽然接受了西方文化的影响,但却是中国近世文学嬗变期中龚自珍思想、作品的合乎逻辑的发展。当然,如果不是从西方文化中吸取了养料,那么,从"诋排专制"到正式提出"民权"的主张会需要更长的时日,但既已开始对专制加以"诋排",则"民权"的提出就是其必然的归宿。所以,西方文化的影响只是加快了中国近世文学向现代文学的转化,而不是改变了中国文学本然的航程;《举国皆我敌》就是其生动的例证之一。至于这以后的中国现代文学的发展,就不属于本书的叙述范围了。

不过,关于中国近世文学和现代文学的内在联系却不妨在此略说几句。

第一,被鲁迅作为"文学革命"的最根本要求的"人性的解放",在近世文学——尤其是其嬗变期——中已有端倪可寻。见于《红楼梦》的人性被压抑的形形色色的、剧烈的痛苦和《病梅馆记》的对于疗治被摧残的梅的本性——隐喻被扭曲的人的本性——的悲痛欲绝的渴望,就是突出的代表。

第二,被郁达夫作为五四新文化运动的"最大的成功"的"'个人'的发见"——"晓得为自我而存在"——在近世文学中已有清晰的而且显然处于成长过程中的萌芽。如从龚自珍的提出"众人之宰,非道非极,自名曰我"往上推,中经廖燕、李贽的有关论述,至少可以推到祝允明的高唱"遐览天地间,何物如我贵? 所恨每自丧,长失本然味"(参见本书下卷83页);这都是在本土思想的基础上获致的觉悟,而非西方思想影响的结果。

第三，白话文经过长期的发展，到近世文学的嬗变期终于出现了《儒林外史》、《红楼梦》那样的白话小说的杰构，为现代文学奠定了文学语言方面的基础。

第四，现代文学在形式方面的发展和成绩，实与近世文学为它所做的准备密切相关。只要对小说、散文与诗歌的发展历程稍作比较，就不难获得相关的认识。

在小说领域，不但在近世文学嬗变期出现了具有高度艺术成就的《儒林外史》和《红楼梦》，而且至迟从《金瓶梅词话》开始，小说里的与写实主义相通的成分就日益增加；在散文领域，则自明代后期起，以写景、叙事、抒情为职志的文学性散文（有些貌似说明或议论而实以感情贯穿于其间的文章也包括在内）有了重大发展，在内容上既有别于唐宋古文的"载道"传统而以表现自我为主，在形式上也不再为唐宋古文所拘，又与骈文及先秦两汉的古文相异，而渐向白话倾斜，此种特征在袁枚的有些作品（例如《祭妹文》）和沈复的《浮生六记》等书中可以看得更为清楚。所有这些都是新文学中的小说、散文可资借鉴的遗产，是以在现代文学中也以小说、散文的发展最为迅疾，成就最为显著；何况"文学革命"以降的现代小说在相当长的一段时间里是以写实主义为主潮的，更足以显示出二者间的联系。

与此相反，直到近世文学嬗变期的最后，诗歌在形式上并无重大突破。到了新文学的第一个十年，新诗人中出现了两种倾向：一种认为传统的诗歌形式不适合表现现代人的感情与生活，必须另起炉灶，这可以周作人为代表；另一种则仍对传统诗歌多所借鉴，其作品在当时也颇有影响，戴望舒的《雨巷》（参见本书中卷171页）就属于这一类。它远比同时期很受推崇的周作人《小河》富于诗意。然而，在写了《雨巷》后不久，戴望舒在诗歌创作上就发生了重大转变，公然声称："诗的韵律不在字的抑扬顿挫上，而在诗的情绪的抑扬顿挫上，即在诗情的程度上。""韵和整齐的字句会妨碍诗情，或使诗情成为畸形的。倘把诗的情绪去适应呆滞的、表面的旧规律，就和把自己的足去穿别人的鞋子一样。"（戴望舒《诗论零札》五、七）这就趋同于周作人的论诗主张了。而且，后来的《七月》派的诗人在这点上与戴望舒也大体相近。

至于戴望舒的转变以后的诗，则可以如下的作品为例：

  这里他来了：夜行者！／冷清清的街上有沉着的跫音，／从黑茫茫的雾，／到黑茫茫的雾。

  夜的最熟稔的朋友，／他知道牠的一切琐碎，／那么熟稔，在牠的薰陶中／他染了牠一切最古怪的脾气。

  夜行者是最古怪的人。／你看他走在黑夜里：／戴着黑色的毡帽，／迈着夜一样静的步子。（《夜行者》）

  飞着，飞着，春，夏，秋，冬，／昼，夜，没有休止，／华羽的乐园鸟，／这是幸福的云游呢，/还是永恒的苦役？

渴的时候也饮露，/饥的时候也饮露，/华羽的乐园鸟，/这是神仙的佳肴呢，/还是为了对于天的乡思。

是从乐园里来的呢，/还是到乐园里去的。/华羽的乐园鸟，/在茫茫的青空中，/也觉得你的路途寂寞吗？

假使你是从乐园里来的，/可以对我们说吗，/华羽的乐园鸟，/自从亚当、夏娃被逐后，/那天上的花园已荒芜到怎样了？（《乐园鸟》）

很难说这样的诗曾经或可以从中国古代的诗歌传统中有所吸取[①]。这也就意味着中国的许多现代诗人——其中有不少相当杰出——至少在形式上不得不白手起家，而中国现代文学中的小说、散文作家则还不至于如此地在遗产中无可借鉴。因此，假如说现代文学中的新诗的成就不如小说、散文似地引人注目，那就不应忽略了中国近世文学没有为诗歌的形式的发展提供通向未来的准备，反而由于中国古代诗歌长期的——后来几乎近于凝固的——辉煌而在中国广大的人群中养成了一种很难改变的对诗歌的欣赏趣味，增加了这种自辟蹊径的新诗被读者接受的难度。

由此可知，中国现代文学的发展——尤其是其形式上的发展，无论是小说、散文抑或诗歌，其实都受着近世文学的无形的制约。

第五，中国文学进入近世期后即屡遭蹉跌，从明初开始的受挫期更是长达一百十余年。而在进入复兴期后，又经历了长期的徘徊乃至萧条；甚至其嬗变期也是在文字狱的淫威和软、硬兼施的严酷思想统制下悄然开始的。近世期之如此多灾多难也就预示着中国现代文学的发展绝不会一帆风顺，必然要经受曲折乃至严重的摧残。因为，导致近世文学多灾多难的社会基础和各种力量绝不会在进入现代期后自动消失，何况现代文学的产生本受西方文化影响的促进，并不完全是在本土的基础上产生的进步力量及其思想从基本上战胜了本土的保守、腐朽的社会力量及其思想的结果，因而在进入现代期后必然要受到力量仍相当强大的后者的顽强反对乃至在条件许可时的残酷的镇压。

然而，无论伴随着怎样的艰难曲折，历史总是向前发展的，文学也总是向前发展的，所以，我们终于迎来了文学的现代期，而且也迎来了文学上生气蓬勃的今天。

[①] 新诗中类似这样的优秀作品真可谓不胜枚举，例如阿垅的《白色花》、穆旦的《我》，等等。当然，在现代文学的诗歌中也存在着受传统影响很深的作品，有些新诗人甚至也写旧诗，其中还不乏优秀之作，例如冰心的《绝句八首——集龚自珍句》（见本卷517页），但那都不是现代文学中的主流。

执笔者简介及分工

执笔者简介
(姓氏笔画为序)

陈广宏　复旦大学文学博士,复旦大学古籍研究所副所长兼中国古代文学研究中心副主任、教授,中国古代文学专业博士生导师。

陈正宏　复旦大学文学博士,复旦大学古籍研究所教授,中国古典文献学专业博士生导师。

杨光辉　复旦大学文学博士,复旦大学图书馆副研究馆员,复旦大学古籍研究所兼职副教授。

邵毅平　复旦大学文学博士,复旦大学中文系教授,比较文学专业博士生导师。

郑利华　复旦大学文学博士,复旦大学古籍研究所、中国古代文学研究中心教授,中国古代文学专业博士生导师。

骆玉明　见卷首主编介绍。

谈蓓芳　复旦大学文学博士,复旦大学古籍研究所、中国古代文学研究中心教授,中国文学古今演变专业博士生导师。

黄仁生　复旦大学文学博士,复旦大学古籍研究所、中国古代文学研究中心教授。

曹亦冰　北京大学中国古文献研究中心研究员。

章培恒　见卷首主编介绍。

魏崇新　复旦大学文学博士,北京外国语大学中国语言文学学院院长、教授,比较文学与比较文化专业博士生导师。

执笔者分工

导论　　　　　　　　　　　　　　　　　　　　　　　　章培恒

第一编　上古文学
　第三章　历史散文　　　　　　　　　　　　　　　　杨光辉

第四章　诸子散文　　　　　　　　　　　　　　　　　　　杨光辉
其他　　　　　　　　　　　　　　　　　　　　　　　　　章培恒

第二编　中世文学·发轫期
全部　　　　　　　　　　　　　　　　　　　　　　　　　章培恒

第三编　中世文学·拓展期
概说　　　　　　　　　　　　　　　　　章培恒　骆玉明　陈正宏
第一章　曹氏父子与建安文学
　　第一节　曹操及其乐府诗　　　　　　　　　　骆玉明　陈正宏
　　第二节　建安七子和诗风的始变　　　　　　　　　　　陈正宏
　　　　　（其中孔融由章培恒、骆玉明承担，刘桢由章培恒、
　　　　　陈正宏承担，祢衡、繁钦由章培恒承担）
　　第三节　曹丕与曹植
　　　曹丕　　　　　　　　　　　　　　　　　　　陈正宏　骆玉明
　　　曹植　　　　　　　　　　　　　　　　　　　章培恒　骆玉明
　　第四节　蔡琰的《悲愤诗》　　　　　　　　　　　　　骆玉明
第二章　魏晋文学
　　第一节　曹魏文学　　　　　　　　　　　　　　　　　骆玉明
　　　　　（其中嵇康、向秀部分由章培恒承担）
　　第二节　陆机、左思与西晋诗文　　　　　　　　　　　骆玉明
　　第三节　东晋诗文与陶渊明　　　　　　　　　　　　　骆玉明
　　　　　（其中陶渊明由陈正宏承担）
第三章　南朝的美文学
　　第一节　谢灵运与山水诗的兴盛　　　　　　　　　　　骆玉明
　　第二节　鲍照及汤惠休等　　　　　　　　　　　　　　陈正宏
　　　　　（其中鲍照的诗赋由章培恒、陈正宏承担）
　　第三节　沈约、谢朓与永明体　　　　　　　　陈正宏　骆玉明
　　第四节　《文心雕龙》与《诗品》　　　　　　　　　　骆玉明
　　第五节　萧氏兄弟及其后继者　　　　　　　　骆玉明　陈正宏
　　第六节　以妇女问题为中心的"艳歌"集《玉台新咏》和
　　　　　《古诗为焦仲卿妻作》　　　　　　　　　　　　章培恒
第四章　魏晋南北朝民间乐府
　　第四节　《木兰诗》　　　　　　　　　　　　　　　　章培恒

其他		骆玉明
第五章　魏晋南北朝小说	章培恒	骆玉明
第六章　南北文学的融合与初唐的诗风		
第一节　《水经注》与《洛阳伽蓝记》	章培恒	骆玉明
第三节　徐陵、庾信与王褒	骆玉明	陈正宏
其他		陈正宏
第七章　唐诗的新气象与李白		
第五节　李白		章培恒
其他		陈正宏

第四编　中世文学·分化期

概说	章培恒	陈正宏
第一章　文学分化的开始与中唐诗文		
第一节　杜甫	骆玉明	章培恒
第二节　经历安史之乱的其他诗人		
刘长卿	章培恒	郑利华
钱起等		章培恒
韦应物、顾况	陈广宏	章培恒
第三节　诗坛的新生代		章培恒
第四节　韩愈、柳宗元及其诗文的异途		陈正宏
（其中韩愈诗及柳宗元诗分别由陈广宏、郑利华承担）		
第五节　元稹、白居易诗的两重性		陈正宏
第六节　李贺及其他		
李贺、刘禹锡、张籍、王建	郑利华	章培恒
姚合、贾岛		章培恒
第七节　唐代的女诗人		陈正宏
第二章　体现新倾向的唐代俗文学与传奇	陈广宏	章培恒
第三章　晚唐诗歌的演进与诗文分化的缓解		
杜牧、许浑、李商隐	章培恒	郑利华
其他		章培恒
第四章　词的兴起及其任情唯美的倾向		章培恒
第五章　词在北宋的繁荣		陈正宏
（其中李煜词及东坡词分别由章培恒、邵毅平承担）		
第六章　北宋诗文的重道抑情倾向		陈正宏

（其中王禹偁及苏轼诗文分别由章培恒、邵毅平承担）
　第七章　南宋诗词的衍化　　　　　　　　　　　　　　陈正宏
　第八章　宋代的俗文学及志怪、传奇的俗化　　　　　　章培恒

第五编　近世文学·萌生期
　概说　　　　　　　　　　　　　　　　　　　　　　　章培恒
　第一章　作为近世文学发端的金末文学　　　　　　　　章培恒
　第二章　元代的杂剧
　　第一节　元杂剧的体制　　　　　　　　　　　　　　章培恒
　　其他　　　　　　　　　　　　　　　　　　黄仁生　章培恒
　第三章　元代的南戏
　　第一节　南戏的兴起及早期剧本《张协状元》　章培恒　黄仁生
　　其他　　　　　　　　　　　　　　　　　　黄仁生　章培恒
　第四章　元代的散曲　　　　　　　　　　　　　　　　章培恒
　第五章　近世文学萌生期的小说
　　第二节　《三国志通俗演义》　　　　　　　章培恒　魏崇新
　　第三节　《水浒传》　　　　　　　　　　　章培恒　魏崇新
　　其他　　　　　　　　　　　　　　　　　　　　　　章培恒
　第六章　近世文学萌生期的诗文　　　　　　　　　　　章培恒

第六编　近世文学·受挫期
　全部　　　　　　　　　　　　　　　　　　　　　　　章培恒

第七编　近世文学·复兴期
　概说　　　　　　　　　　　　　　　　　　　　　　　章培恒
　第一章　文学在明代中期的复苏和进展
　　第一节　弘治、正德时期的诗文发展　　　　　　　　章培恒
　　第二节　嘉靖时期的诗文演化　　　　　　　谈蓓芳　章培恒
　　（其中徐渭部分由章培恒、黄仁生承担）
　　第三节　文学复苏期的戏曲、小说及其他　　　　　　章培恒
　　（其中《四声猿》部分由章培恒、黄仁生承担）
　第二章　晚明的文学高潮
　　第一节　《西游记》　　　　　　　　　　　魏崇新　章培恒
　　第二节　《金瓶梅词话》及其他小说

《金瓶梅》	魏崇新	章培恒
其他小说		章培恒

第三节　汤显祖与戏曲创作的繁荣

汤显祖	章培恒	黄仁生
其他		章培恒

第四节　袁宏道的诗文与晚明小品的特色　　　　　章培恒

第八编　近世文学·徘徊期

概说　　　　　　　　　　　　　　　　　　　　章培恒

第一章　缓步在下坡路上
　　　　——明代末期的文学

第一节　"三言"、"两拍"等明末小说

"三言"、"两拍"	章培恒	魏崇新
其他小说		章培恒
其他		章培恒

第二章　光芒犹自闪耀
　　　　——清代顺治至康熙中期的文学

第一至三节　　　　　　　　　　　　　　　　　章培恒
（第一节中"以纳兰性德为代表的清初词人"由陈正宏承担）

第四节　小说

《聊斋志异》	章培恒	魏崇新
其他小说		章培恒

第五节　戏曲

《长生殿》、《桃花扇》	章培恒	黄仁生
其他戏曲		章培恒

　　（其中李玉与《清忠谱》由章培恒、黄仁生承担）

第三章　萧条的来临和隐伏的生气
　　　　——康熙后期到乾隆初叶的文学　　章培恒　陈正宏
（第一节中的赵执信由章培恒承担）

第九编　近世文学·嬗变期

概说　　　　　　　　　　　　　　　　　　　　章培恒

第一章　通俗文学在乾隆时期的辉煌

　　　　　——以吴敬梓、曹雪芹与陈端生为代表
　第一节　吴敬梓的《儒林外史》　　　　　　　　　　章培恒　骆玉明
　第二节　曹雪芹的《红楼梦》（前八十回）　　　　　章培恒　骆玉明
　第三节　《红楼梦》的后四十回与其他小说　　　　　　　　章培恒
　第四节　陈端生的弹词《再生缘》　　　　　　　　　　　　陈正宏
第二章　袁枚及其同调与异趋　　　　　　　　　　　陈正宏　章培恒
　　　　　——乾隆中叶至嘉庆时期的诗文
　　　（其中第六节李兆洛部分由章培恒承担）
第三章　白话小说在近世文学的最终阶段
　第二节　以《三侠五义》为代表的侠义公案小说　　　　　　曹亦冰
　其他　　　　　　　　　　　　　　　　　　　　　　　　　章培恒
第四章　从龚自珍到"诗界革命"
　第一节　龚自珍的诗文　　　　　　　　　　　　　　谈蓓芳　章培恒
　第二节　鸦片战争至义和团运动间的诗文　　　　　　　　　章培恒
　　　（其中郑珍、金和、王闿运、蒋春霖由陈正宏承担）
　第三节　从新诗到"诗界革命"　　　　　　　　　　　　　章培恒
　　　（其中陈三立由陈正宏承担）

图书在版编目(CIP)数据

中国文学史新著(增订本)第二版/章培恒,骆玉明主编.
—上海:复旦大学出版社,2011.1(2022.6重印)
ISBN 978-7-309-08022-3

Ⅰ.中… Ⅱ.①章…②骆… Ⅲ.文学史-中国 Ⅳ.I209

中国版本图书馆 CIP 数据核字(2011)第 045245 号

经作者授权,本书增订本第二版由复旦大学出版社独家出版。

中国文学史新著(增订本)第二版
章培恒　骆玉明　主编
出 品 人/严　峰
责任编辑/贺圣遂　杜荣根　韩结根　宋文涛

复旦大学出版社有限公司出版发行
上海市国权路 579 号　邮编:200433
网址:fupnet@fudanpress.com　http://www.fudanpress.com
门市零售:86-21-65102580　　团体订购:86-21-65104505
出版部电话:86-21-65642845
浙江临安曙光印务有限公司

开本 787×1092　1/16　印张 96.75　字数 1737 千
2022 年 6 月第 2 版第 6 次印刷
印数 43 301—49 300

ISBN 978-7-309-08022-3/I·606
定价:228.00 元

如有印装质量问题,请向复旦大学出版社有限公司出版部调换。
版权所有　侵权必究